HEYNE <

Beinahe dreitausend Jahre sind seit dem Aufbruch der Menschheit in das All vergangen. Die Erde ist das Zentrum eines Sternenreichs, der Liga Freier Terraner. Mehrere Tausend von Menschen besiedelte Planeten gehören zur Liga, ihre wichtigsten Repräsentanten sind Perry Rhodan und sein Freund Reginald Bull.

Bei einem für die Medien inszenierten Flug über den Mars kommt es zur Katastrophe: Der Mars-Liner-01, das eigens für diesen Zweck aus dem Museum geholte Schiff, gerät in einen geheimnisvollen Energiewirbel. Rhodan und Bull sowie dreißig andere Passagiere werden mitsamt dem Mars-Liner-01 in eine weit entfernte Zukunft gerissen. Die Versprengten, ein bunt zusammengewürfelter Haufen, müssen nun um das nackte Überleben kämpfen. Unter Rhodans Führung machen sie sich daran, herauszufinden, zu welchem Zweck man sie in die Zukunft entführt hat – und ob es für sie eine Möglichkeit der Rückkehr gibt …

Erstmals in einem Band: Der atemberaubende PERRY RHODAN: ODYSSEE-Zyklus – ein Science-Fiction-Abenteuer im Breitwandformat, geschrieben von den besten Autoren der PERRY RHODAN-Heftserie.

Perry Rhodan

ODYSSEE

Sechs Romane in einem Band

WILHELM HEYNE VERLAG
MÜNCHEN

Das Umschlagbild ist von Oliver Scholl

Umwelthinweis:
Dieses Buch wurde auf chlor- und
säurefreiem Papier gedruckt.

Redaktion: Klaus N. Frick/Sascha Mamczak

www.heyne.de
Printed in Germany 5/2006
Umschlaggestaltung: Nele Schütz Design, München
Satz: C. Schaber Datentechnik, Wels
Druck und Bindung: Bercker, Kevelaer

ISBN-10: 3-453-52192-7
ISBN-13: 978-3-453-52192-6

Inhalt

1 Hubert Haensel

Die Kolonisten der Zukunft 7

2 Leo Lukas

Der geheime Krieg 207

3 Hans Kneifel

Das Energie-Riff 407

4 Frank Böhmert

Die Traumkapseln 573

5 Frank Borsch

Das strahlende Imperium 763

6 Uwe Anton

Die Lebensboten 957

Perry Rhodan

ODYSSEE

1

Hubert Haensel

Die Kolonisten der Zukunft

Mars-Liner-01

Das Museums-Vehikel Mars-Liner-01 ist eine authentische Hinterlassenschaft der ersten Mars-Kolonisten. Der Transportgleiter wurde im Jahre 2021 n. Chr. als Äquivalent eines Fernreisebusses entwickelt, der zwischen den weit auseinander liegenden ersten Mars-Stationen verkehrte. Nutzbar war er ebenso für den öffentlichen Nahverkehr innerhalb der größeren Siedlungen.

Der einsitzige Führerstand für den Piloten wurde leicht zurückgesetzt eingebaut. Auf der rechten Seite der Gleiterzelle befinden sich die runden, wulstartig vorspringenden Schleusen, ihnen gegenüber zwei Rundmodule mit Deuterium-, O_2- und H_2O-Tanks.

Eine flache Kuppel im Heckbereich birgt den Generator zur Erzeugung eines einfachen Schutzschirms. Prallfeld- und Antigravaggregate sind in den beiden Bugauslegern installiert. Als Mehrzweckmodell wurde der Gleiter für alle Eventualitäten ausgestattet und verfügt über ein autarkes Lebenserhaltungssystem einschließlich Nahrungsvorräten.

Die Sitzanordnung innerhalb der Passagierkabine kann variabel gestaltet werden, besteht in der Regel aber aus einer Doppel- sowie einer Einzelsitzreihe. Beidseits der viersitzigen Hinterbank gibt es zwei Hygienezellen für längere Reisen.

Unterhalb des Passagierdecks liegen die Aggregate der Energieversorgung einschließlich eines kleinen Fusionsreaktors sowie Stauräume für Gepäck und ein Kühlfach.

TECHNISCHE DATEN:

Länge: 21,0 Meter
Höhe: 3,5 Meter
Breite: 5,5 Meter

Die Außenhülle besteht aus silbrig eloxiertem Arkonit-Stahl
Passagierzahl: zirka 30 (variabel)
Atmosphären-Geschwindigkeit: 625 km/h

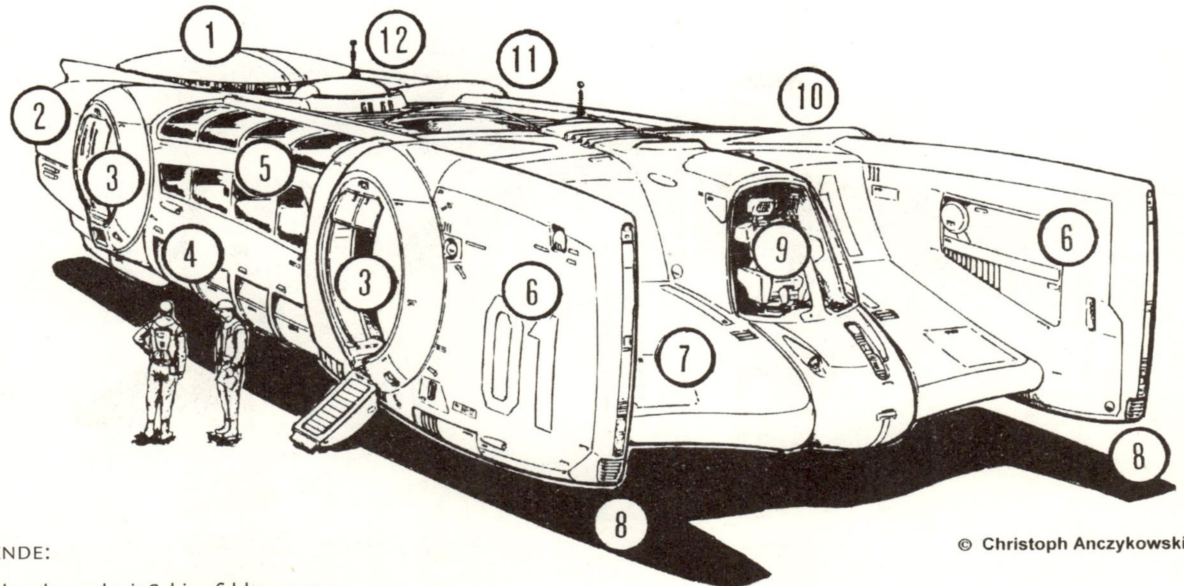

Legende:

1 Schutzkuppel mit Schirmfeldgenerator
2 Heckausleger mit Impuls- und Pulsator-Triebwerken
3 Rundschleusen mit ausfahrbarer Rampe
4 Frachtbereich
5 Passagierraum mit Hygienekabinen
6 Bugausleger mit Antigravtriebwerk
7 Bugschürze mit Prallfeldgeneratoren, dahinter Fusionsreaktor und Energiespeicher
8 Normal- und Infrarotscheinwerfer, Ortungssystem
9 Pilotenkanzel aus Panzertroplon
10 Vorderes Rundmodul mit O_2- und H_2O-Tanks
11 Hinteres Rundmodul mit Deuterium-Tanks
12 Kommunikationssysteme

Prolog

Unheimlich und faszinierend zugleich ging die Sonne auf. Weitaus fahler als die Terraner es gewohnt waren und um ein Drittel kleiner, stieg sie über den zerklüfteten Horizont. Doch ihre Umrisse verwischten schnell – ein aufkommender Sturm peitschte Sandfontänen vor sich her.

Im Widerstreit von Licht und Schatten verwischten die Kraterwände. Sekunden später fegte der Orkan über den Schwebebus hinweg. Die Ebene zwischen dem unwirtlichen Süden und den Lavafeldern des Nordens verwandelte sich in einen mahlenden, alles verschlingenden Strom. Mit Urgewalt brandete die rote Sandflut heran.

»Es besteht kein Grund zur Aufregung.« Die Stimme des Piloten klang geschäftsmäßig monoton. »Bislang hatte die Anreicherung der Atmosphäre mit Sauerstoff Vorrang vor der Einführung der Wetterkontrolle.« Er lachte leise. »Der Sturm ist eine Zugabe; in wenigen Monaten wird das in den Siedlungsgebieten niemand mehr erleben.«

Sand und Geröll schmirgelten über den Rumpf. Jenseits der Scheiben tobte eine rotschwarze Hölle. Es war unmöglich geworden zu erkennen, ob Mars-Liner-01 weiterhin dem engen Grabenbruch folgte oder schon zum Stillstand gekommen war.

Kaum jemand sagte noch etwas. Hie und da war ein Murmeln zu vernehmen, eine erschreckte Äußerung, nicht mehr.

»Wir ändern den Kurs, um dem Orkan auszuweichen ...«

Ein dumpfer Aufprall übertönte die Durchsage. Der Schwebebus bockte. Er schüttelte sich unter dem heranprasselnden Gesteinshagel. Die porösen Brocken zerplatzten beim Aufprall in ein Meer von Splittern.

Die erste Verwünschung war zu hören. »Mars sehen und sterben – hieß es nicht einmal so?«

»Wahnsinn!«, konterte eine jugendliche Stimme. »Wenn ich mir vorstelle, dass wir bald hier leben werden ...«

»Ahnst du überhaupt, was es heißt, in dieser Wüste auf sich allein gestellt zu sein?« Ein rot geädertes, aufgequollenes Gesicht wandte sich der jungen Frau zu. »Wie alt bist du? Neunzehn? Dann halte dich mit solchen Äußerungen zurück!«

Shim Caratech lächelte säuerlich. »Siebzehn.« Sie nutzte die Gelegenheit, den Mann zu taxieren. »Sonst noch Fragen?« Zögernd strich sie mit einer Hand über das verhüllte Bündel auf ihrem Schoß.

»Bewahre …« Ihr Gegenüber verzog das Gesicht, fasste sich an die massige Nase – und nieste schallend. Gleich darauf ein zweites Mal, während er aus zusammengekniffenen Augen suchend um sich blickte.

Draußen herrschte Weltuntergang. Unaufhörlich malträtierte der Gesteinshagel das museumsreife Gefährt. Der Mars präsentierte sich von seiner denkbar schlechtesten Seite.

»Man könnte annehmen, diese Welt mag uns nicht«, sagte der Mann hinter Shim.

Braungebrannt und gut aussehend, gefiel er ihr vom ersten Moment an, er gefiel vermutlich jeder Frau. Aber wenn sie ihn mit Perry Rhodan verglich, der vorn im Bus saß … Rhodan war interessanter. Trotzdem wandte Shim sich halb um. »Ich finde das aufregend. Eine beinahe unberührte Welt, wo gibt es die sonst noch?«

»Wenn du das so siehst. Wir wurden uns leider noch nicht vorgestellt. Allgame. Pratton Allgame. Ich bin …« Seine Züge versteinerten, als das Aufheulen des Triebwerks die Isolierungen durchschlug. Der Orkan drückte den Bus zur Seite und schob ihn einen Abhang hinab. Die Schräglage wurde trotz der Stabilisatoren bedrohlich.

»Kein Grund zur Aufregung …!«, meldete der Pilot.

Das Kreischen berstenden Stahls übertönte die Durchsage. Mars-Liner-01 schrammte an Felsblöcken vorbei. Blitze zuckten durch die Düsternis. Ein gigantischer Sog tobte jetzt über dieser Region des Mangala Vallis.

Mit dem Heck voran rutschte der Bus ab, Sekunden später überschlug er sich. In dem Moment schienen nur noch die automatischen Rückhaltesysteme der Sitze zu funktionieren. Shim Caratech wurde tief in die Polsterung gedrückt. Sie verkrampfte beide Hände um das Bündel auf ihrem Schoß, während sie schicksalsergeben die Augen schloss.

Jemand schimpfte erbärmlich.

Eine andere Stimme lachte fast hysterisch – und brach gurgelnd ab, als die Prallfelder wieder wirksam wurden. Mars-Liner-01 schlingerte spürbar, doch Augenblicke später sank er so dicht neben einer zerfurchten Felswand zu Boden, dass niemand den Bus verlassen konnte. Jedenfalls nicht über eine der beiden Schleusen.

»Wir hatten soeben ein kleines Problem«, meldete der Pilot. »Bitte bewahrt Ruhe …«

»Problem?«, rief jemand aufgebracht. »Ich muss verrückt gewesen sein, als ich … als ich glaubte … hier mein Glück zu finden. Der Mars ist … fremd geworden. Wer erinnert sich denn noch, wie er früher war?«

Das eine oder andere zustimmende Nicken. Shim Caratech fragte sich, warum Perry Rhodan dazu schwieg. Die Szene wirkte auf sie so surrealistisch wie viele der virtuellen Spiele, die in den letzten Jahren den Markt überschwemmt hatten.

In diesem Moment erhob sich der schlanke, dunkelblonde Mann im vorderen Bereich des Busses. Sein Blick glitt über die Sitzreihen hinweg. Shim lächelte, als er sie kurz ansah. Er hob die Hand, und jeder wartete plötzlich darauf, was er zu sagen hatte.

»Unser Mars war immer eine faszinierende Welt«, sagte Perry Rhodan. »Wir Menschen haben ihn vor langer Zeit schon einmal besiedelt und wir werden es wieder tun. Unabhängig davon, was inzwischen geschehen sein mag. Fünfzigtausend Menschen warten längst darauf, sich eine neue Heimat zu erobern.«

»Warum zähmt man diese Wildnis nicht, bevor wir ihr ausgesetzt werden?«

»Keiner ist schutzlos.« Reginald Bull hatte sich in seinem Sitz umgewandt, die Arme auf der Rückenlehne verschränkt und das Kinn aufgestützt. Im Gegensatz zu Rhodan wirkte er gereizt.

»Ich fühle mich nicht sicher«, begehrte der Passagier auf. Shim rümpfte die Nase. Der Mann hatte sich schon am Terminal ungeduldig, überheblich und beinahe aggressiv gezeigt. »Mars-Liner-01, ein Überrest der Erstbesiedlung? *Ein Seelenverkäufer*, behaupte ich. Was soll damit bezweckt werden? Nostalgische Gefühle? Patriotismus? Ich pfeife darauf.«

Perry Rhodan schritt zwischen den Sitzreihen hindurch. »Es steht jedem frei, diese Gemeinschaft zu verlassen. Niemand wird gezwungen, auf dem Mars zu siedeln.«

Der Mann lachte glucksend. »Ich verlange, dass mich eine Space-Jet zurückbringt.«

»Du kannst jederzeit aussteigen.«

»Hier?« Der Mann starrte Rhodan ungläubig an. »Das ... das ist nicht dein Ernst? Da draußen ...«

»... warten Gleiter auf alle, die eben erkannt haben, dass diese Welt ihre Kräfte überfordert. Um Missverständnisse auszuräumen: Seit zehn Minuten befinden wir uns im Sicherheitsbereich einer der ersten neuen Depotstationen.«

»Aber der Sturm ...?«

»Eine Holo-Projektion«, murmelte Shim Caratech und lehnte sich zurück. Sie hatte gewusst, dass Perry Rhodan niemanden in Gefahr bringen würde. Er neigte nicht zu Unvorsichtigkeiten. Reginald Bull ebenso wenig. In der Nähe der beiden potenziell Unsterblichen durfte sie sich so sicher fühlen wie nirgendwo sonst.

Shim kaute auf der Unterlippe, als Minuten später der eine Passagier ausstieg. Zwei Offiziere der Raumflotte nahmen ihn in Empfang. Niemand folgte ihm. Alle anderen Passagiere waren fest entschlossen, den Roten Planeten zu ihrer neuen Heimat zu machen.

»Eine Welt … eine ganze Welt für die Kunst.« Der Mann mit der massigen Nase schnäuzte sich und putzte dann mit demselben Tuch seine Brille. Hektisch, wie um sich abzulenken. Shim hatte ohnehin noch nicht gesehen, dass er die Brille wirklich aufgesetzt hatte.

»Wenn das nicht wäre …«, murmelte er. »Wenn das nicht wäre, würde ich ebenfalls aussteigen.« Abrupt hielt er inne, rümpfte die Nase und blickte starr um sich. Sein Niesen ging durch und durch. Mit dem Handrücken wischte er sich das Wasser aus den Augen. »He, Rhodan! Auf dem Mars gibt es keine Katzen, oder?«

Mindestens zwei Dutzend Augenpaare starrten ihn an. Er hob die Schultern und schniefte laut. »Schon gut. Das war nur eine Frage.«

1

Ron Dyke

Es gibt keinen Sternenhimmel mehr über Terrania City. Die Hauptstadt der Erde ist ein brodelnder Wurmtopf, dessen Nächte sich nicht vom Tag unterscheiden. Manchmal glaube ich, im Überfluss, der unser aller Leben bestimmt, ersticken zu müssen.

Zwei Zimmer stehen mir im Redhorse-Tower zur Verfügung, insgesamt 120 Quadratmeter Dschungellandschaft. Da ist der kleine See, in dem ich sogar schwimmen kann, aber eben nur klein, und daran ändert auch die holografische Weitenprojektion nichts. Vom Wasser aus hast du die Illusion großer Ausdehnung und glaubst, in der Ferne Inseln und brütende Wasservögel zu sehen. Ich könnte die Wiedergabe variieren, doch das Wissen, dass diese Welt eine Illusion ist, lässt sich nicht verdrängen.

Eine leise Stimme unterbricht meine Überlegungen. »Es ist 22 Uhr, Ron. Du wolltest informiert werden, um rechtzeitig …«

»Schon gut.« Über glatt geschliffene Kiesel – sie sind echt und waren nicht eben billig – wate ich ans Ufer. Die Libelle über dem Schilfgürtel entpuppt sich als Schweberobot.

»Die Temperatur in der Stadt beträgt 23 Grad. Für Mitternacht wurde ein halbstündiger leichter Nieselregen angekündigt. Empfehlung für die nächsten Stunden ist das Starlight Inn *mit einem neuen Programm zalitischer …«*

»Es reicht!«, unterbreche ich schroff. Während ich mich abtrockne, flattert der Robot hinter mich und bringt meine Haare in Ordnung. »Ein Vorschlag zur besseren Präsentation, Ron«, schnarrt er. »Regenbogenfluoreszenz. Farbe und Intensität werden von deinen Emotionen bestimmt.«

»Ich weiß. Aber ich halte nichts von diesem emotionalen Voyeurismus. Solange ich das nicht bewusst steuern kann …«

»Wie willst du anders schnell und ehrlich Kontakt finden, Ron? Grün symbolisiert Interesse, rot sexuelles Begehren. Die Erfolgsquoten beweisen unwiderlegbar …«

Unwillig fahre ich herum. Die Libelle taumelt, als ich sie mit dem Arm streife. »Wie ich mein Leben außerhalb dieser Wände gestalte, überlass mir! Du bist zu freizügig programmiert, ich werde einen Fix einspielen.« Bei den letzten Worten sehe ich die Libelle schon nicht mehr, sie ist behände zwischen den Pflanzen untergetaucht.

Ich justiere die Panoramaverglasung auf einseitig transparent. Ein grelles Lichtermeer flutet herein. Aus dem 147. Stockwerk bietet sich ein einigermaßen guter Überblick über die Metropole, bis hinüber zu den fernen Raumhäfen. In Minutenabständen starten und landen Kugelraumer; für kurze Zeit wirken sie wie Sternschnuppen, die in großer Höhe aufflammen und ebenso schnell wieder erlöschen.

Winzig wie Ameisen die Menschen unter mir, der Verkehr bildet ein unentwirrbares Chaos auf vielen Ebenen.

Ein monströser Schatten lässt mich zusammenzucken. Gefahr!, *schreit etwas in mir. Ich versteife mich in Erwartung eines vernichtenden Aufpralls, obwohl Prallfelder in der Fassade eine Kollision verhindern. Der Gleiter ist riesig, er sinkt vor meinem Fenster abwärts und folgt der Spiralwindung des Turms. Ein holografisches Schriftband am Heck verkündet: »Terrania Sightseeing Tours«. Im Innern 200 Schaulustige aus vielen Bereichen der Milchstraße. Ich hasse diese organisierten Reisen, sie zerstören den letzten Rest von Individualität. Ich verdunkle die Verglasung wieder.*

Ich wurde zu spät geboren. Das ist mein Problem. Um einige tausend Jahre zu spät. Früher gab es noch das Unbekannte und Fremde, den Reiz der Entdeckung. Aber heute? Das Leben ist leicht und einfach wie nie – allen galaktischen Konflikten zum Trotz. Wenn die Nachrichten Raumschlachten zeigen, bleibt das oberflächlich und ist kaum anders als die ungezählten Trivid-Szenen. Realität und Fiktion sind häufig nicht voneinander zu unterscheiden.

Uns Terranern wurde eine transparente Glocke übergestülpt. Hier sind wir, hier hat sich unser Leben abzuspielen, aber das Reizvolle auf der anderen Seite erleben nur wenige Auserwählte. Den Männern und Frauen der Raumflotte steht das Universum offen …

… meine Bewerbung wurde abgelehnt. Mit 53 zu alt. Lächerlich. Aber trotzdem nicht zu ändern.

Vielleicht, *rede ich mir ein,* wäre ich bei den großen Materialschlachten am Sternenfenster ums Leben gekommen.

Egal.

Ich will aus meiner Haut heraus, doch genau das kann ich nicht. Manchmal fühle ich mich wie die Puppe, aus der bald ein Schmetterling schlüpfen wird. Nur fehlt mir die Kraft zur letzten entscheidenden Anstrengung. Wahrscheinlich werde ich sie nie aufbringen.

»Träume weiter, Ron.« Die eigene Stimme schreckt mich auf. Aber genau das ist mein Problem: Ich träume nur. Weil ich zu behütet aufgewachsen bin. Nie habe ich Entscheidungen von echter Tragweite treffen müssen. Das Leben ist keine Herausforderung.

Die Luft flimmert. Zwischen mir und dem kleinen See verdichtet sich die Holowand. »Eine Sondersendung aller terranischen Nachrichtendienste«, flüstert die vertraute Servostimme. »Der Empfangsbereich erstreckt sich ausschließlich auf das Solsystem.«

Das ist ungewöhnlich. Schlechte Neuigkeiten? Ich kann es mir kaum vorstellen. Was sollte schwerer wiegen als der überstandene Krieg gegen das Reich Tradom?

Das Symbol der Solaren Residenz stabilisiert sich. Störungen überlagern das Bild. Ich kneife die Brauen zusammen und warte.

Aus dem Flirren heraus verdichtet sich Reginald Bulls Konterfei. Die Arbeit der Maskenbildner kann nicht darüber hinwegtäuschen, dass sein Gesicht gerötet ist. Er schwitzt. »Soeben«, verkündet er, »habe ich für das Solsystem Großalarm ausgelöst.«

Er scheint mich anzustarren. Durchdringend. Und wie mir ergeht es in dem Moment Milliarden anderer Menschen. Bull zögert, er blickt auf sein Kombiarmband und nickt. »Es ist definitiv. Vor wenigen Sekunden ist der Planet Mars ins Sonnensystem zurückgekehrt. Mit tektonischen Beben und anderen unliebsamen Erscheinungen muss gerechnet werden. Die Heimatflotte steht bereit.« Die Einblendung eines zerklüfteten, rostroten Planeten folgt. Zwei kleine, unregelmäßig geformte Monde umkreisen diese Welt. »Das sind Archivaufnahmen aus der Zeit der ersten Besiedlung«, fährt Reginald Bull fort. »Heute können sich nur noch die älteren unter uns an den Mars erinnern. Beinahe hundert Jahre sind seit seinem Austausch gegen Trokan vergangen – aber nun wird dieser Tausch rückgängig gemacht …«

Ich höre nicht mehr zu. Meine eigenen Überlegungen lenken mich ab. Ich bin zu jung, um den Roten Planeten jemals erlebt zu haben, und kenne seine Geschichte nur aus Datenholos.

Trotzdem spüre ich eine unglaubliche Faszination …

Diese Welt, die nach einem altertümlichen Kriegsgott benannt wurde, ist fremd, aber zugleich sehr nahe. »Das sind Archivaufnahmen aus der Zeit der ersten Besiedlung …« Bulls Stimme klingt in mir nach. Es wird eine zweite

Besiedlung geben, dessen bin ich mir sicher; ich interpretiere seine Worte genau so.

Wann? Sicherlich nicht heute und morgen. Einige Jahre werden wohl vergehen, bis alle Untersuchungen durchgeführt worden sind und der Planet freigegeben wird. Aber dann werde ich zu den Ersten gehören, die ihren Fuß auf diese Welt setzen. Das ist mein neuer Traum.

Wir leben in einer Zeit, in der Träume Wahrheit werden.

Mit einem Fingerschnippen lasse ich die Holowand zerstieben. Jetzt ist mir danach, im Starlight Inn *zu feiern. Wenn es sein muss, sogar mit einer dreibusigen Zaliterin im Arm; die Manie der Körperveränderung macht vor nichts Halt.*

Ich glaube, ich beginne von heute an erst richtig zu leben, denn ich habe in allem Überfluss ein Ziel gefunden.

Ich werde vom Mars aus wieder die Sterne sehen können.

16. Juni 1329 Neue Galaktische Zeitrechnung

Drei weit geschwungene Kuppeln erhoben sich über die Geröllwüste. In den Strahlen der Morgensonne schimmerte ihr Wabenmuster wie ein rostbraunes Gitter.

Zwei kleine Raumschiffe schwebten im Umkreis der Station auf Prallfeldern. Eine der beiden 60 Meter durchmessenden Korvetten wurde entladen. Wie ein Mückenschwarm hingen die Arbeitsroboter in der Luft.

Für einen Augenblick verharrte ich in der runden Schleusenkammer des Mars-Liners und ließ das Panorama auf mich wirken. Wild zerklüftet der Hintergrund der Marslandschaft, eine endlose Ödnis. Die Station hingegen weit mehr als nur ein Hauch von Zivilisation. Siebzehn Jahre waren seit meinem Entschluss vergangen, mich auf dem Mars niederzulassen, eine lange Zeit, in der ich mehr als einmal des Wartens überdrüssig geworden war. Doch im Nachhinein bereute ich nichts.

Tief atmete ich ein. Die Luft schmeckte anders als auf der Erde, künstlich und nach Desinfektionsmitteln. Zumindest bildete ich mir das ein.

Hinter mir erklang ein mürrisches Seufzen. Ich wurde unsanft vorwärts gestoßen und stolperte die wenigen Stufen hinunter. »Nichts für ungut.« Der Mann, der mich angerempelt hatte, grinste wirr. Aber nur für einen Augenblick, dann drehte er seine Hände, als könne er keiner Fliege ein Leid antun. Er war groß und unförmig, seine Nase war rot geschwollen. Im Bus hatte er schräg hinter mir gesessen. »He!«, er atmete durch Mund und Nase gleichzeitig, »ich nimm dir schon nicht das Land weg, keine Sorge.« Schnaufend schwang er sich durch den Ausstieg.

Fünfzig Hektar Marsboden hatte ich für den Nutzungswert meiner Wohnung in Terrania City erhalten. Gekauft ab Reliefbild. Das Stück Land hatte mich an ein ausgetrocknetes Flussdelta erinnert. In wenigen Wochen würde ich die ersten Pfosten eines Energiezauns aufstellen und alle Brücken hinter mir abbrechen.

Der Dicke schob sich neben mich. Obwohl ich selbst nicht klein bin, musste ich zu ihm aufsehen. »Ich bin Quart«, ächzte er. »Ich meine, ist doch gut möglich, dass wir Nachbarn werden, oder?«

»Ron.« Ich ergriff seine Pranke und staunte über den sensiblen Händedruck.

Mit der Linken rieb sich mein Gegenüber die Nase. »Der Kraterkegel hinter den Kuppeln ... Was meinst du, Ron? Mich erinnert er an ein Gesicht. Mit großen Desintegratoren sollte man den überschüssigen Fels verdampfen. Jahrmillionen würde das Kunstwerk überdauern, eine Skulptur, die schon aus dem Weltraum ...« Ein heftiges Niesen stoppte seinen Wortschwall. Eine junge Frau, eher noch ein Mädchen, ging an uns vorbei. Quart wollte sie festhalten, reagierte aber zu langsam. »Ich weiß nicht«, murmelte er. »Irgendetwas hat sie, was mir absolut nicht ...«

Er schürzte die Lippen und verzog die Mundwinkel zu einem Lächeln. Perry Rhodan stand keine zwanzig Schritte entfernt. Er hatte mit einem Offizier geredet und blickte in dem Moment zu uns herüber.

Er schaut mich an, stellte ich überrascht fest.

Rhodan kam auf uns zu. Mit seinem Namen war das Schicksal der Menschheit unlösbar verbunden. Man konnte geteilter Meinung über seine Erfolge sein, aber sicher war, dass Terra ohne ihn nicht zu dem heutigen Sternenreich geworden wäre. Eigentlich unglaublich, dass er und Reginald Bull die erste Mondlandung erlebt hatten. Nein, nicht erlebt – sie selbst waren die ersten Menschen auf dem Mond gewesen. So unendlich weit in der Vergangenheit, dass viele die beiden schon als Fossilien ansahen. Wenn ich es recht bedachte, mussten sie an die dreitausend Jahre alt sein. Ob so ein Aktivatorchip, der ihnen die potenzielle Unsterblichkeit verlieh, wirklich erstrebenswert war? Aber weshalb sollte ich mir darüber Gedanken machen? Niemand würde mir je das ewige Leben anbieten.

Rhodan schüttelte dem Dicken die Hand, dann wandte er sich mir zu. »Kennen wir uns?«, fragte er wie beiläufig.

Er war so anders als in den Trividsendungen. Natürlicher. Außerdem spürte ich eine Ausstrahlung, der ich mich nicht entziehen konnte.

»Leider nein«, hörte ich mich sagen.

Seine graublauen Augen lachten. »Das können wir ändern. Wir werden noch einige Tage lang Gelegenheit haben, uns zu unterhalten.«

Mehr als meinen Namen brachte ich nicht heraus. Dabei hatte ich so vieles fragen wollen.

Rhodan schien meine Gedanken zu erraten. »In der Hauptkuppel wartet ein Frühstücksbuffet«, sagte er. »Dort wird jeder die noch fehlenden Informationen erhalten. Unser gemeinsamer Flug wird zweifellos anstrengend werden. Aber das Schlimmste haben wir ja schon hinter uns.«

»Pah!«, schnaubte Quart. »Wer hat sich diesen ... diesen ...«

»Unfug«, half Rhodan aus.

»Jawohl, Unfug – wer hat sich das ausgedacht? Mir ist seither hundeelend.«

»Das war eine Idee des Einwanderungsbüros. Nur der Pilot wusste davon. Bully und ich wurden erst in letzter Sekunde informiert.«

Quart verzog das Gesicht. »Wollten die uns umbringen, bevor wir einwandern können?«

Eine steile Falte erschien über Rhodans Nasenwurzel. »Dieser Vorgang wird sich nicht wiederholen«, versprach er. »Es gibt Grenzen, die nicht überschritten werden sollten.«

»Also, für mich war das alles sehr realistisch.« Den Mann, der sich unvermittelt einmischte, hatte ich kurz vor dem Aufbruch kennen gelernt. Pratton Allgame war Weinbauer, der sich zum Ziel gesetzt hatte, die Tradition der alten marsianischen Weine wiederzubeleben. »Wer das nicht aushält, der sollte auf Terra bleiben. Der Mars ist schon immer eine Welt besonderer Herausforderungen gewesen.«

Der Dicke blähte die Wangen auf. Aber statt eine Schimpftirade loszulassen, wischte er sich nur mit dem Ärmel seines viel zu weiten Pullovers über die Nase. Das Ding war ebenso altmodisch wie seine ausgewaschene und verbeulte Hose. Ich konnte Quart nicht einschätzen. Angefangen vom Sektenpriester bis hin zum Geheimagenten mochte er so ziemlich alles sein.

Reginald Bulls Stimme übertönte die Geräusche der Verladearbeiten. »Hat denn keiner Appetit auf ein anständiges Frühstück?«, rief er laut. »Vor uns liegt ein langer Tag, und der nächste Sandsturm wird echt sein, das garantiere ich.«

Ich bin überzeugt, dass keiner von uns jemals so viele Holos vom Mars gesehen hatte wie während des Frühstücks. Die eindrucksvollen Bilddokumente gaben einen Abriss über mehr als zweieinhalbtausend Jahre Geschichte des Sonnensystems wieder.

Die offizielle Vorstellung aller Teilnehmer wurde nachgeholt, als weitere Passagiere eintrafen. Bislang war unser Schwebebus nur zu drei Vierteln besetzt gewesen. Als wir zu Beginn der Nacht den im Entstehen begriffenen neuen Raumhafen verlassen hatten, hatte niemand solche Dinge hinterfragt. Und zugegeben, ich war ebenfalls zu müde und zu aufgeregt gewesen.

Das Los hatte uns aus den fünfzigtausend Siedlern ausgewählt, die bereitstanden, wie ein Heuschreckenschwarm über den Planeten herzufallen. Exakt so formulierte es Reginald Bull in seiner knapp gehaltenen Begrüßung, nachdem Perry Rhodan vor ihm von Zuversicht und menschlichem Beharrungsvermögen gesprochen hatte.

Bei den Neuankömmlingen handelte es sich um Wissenschaftler. Ein Geologe, zwei Hyperphysiker, ein Spezialist für Terraforming. Allerdings fragte ich mich, weshalb auch eine Kosmopsychologin anwesend war. Wahrscheinlich sollte sie uns im Auge behalten.

Sie setzte sich zu mir, weil an meinem Tisch der letzte freie Platz war. Ihr Blick, mit dem sie nicht nur mich musterte, hatte etwas von der Präzision eines Sezierlasers.

»Ich habe nicht vor, unseren Ausflug mit einem Nervenzusammenbruch zu beenden«, sagte ich. Die Bemerkung konnte ich mir nicht verkneifen.

Das plötzliche Lächeln um ihre Augen herum war echt. »Umso besser«, antwortete sie.

Zwei Personen fehlten noch. Sie trafen mit einer Space-Jet ein, nachdem wir anderen uns schon wieder an Bord des Liners begeben hatten. Medienleute – ich hätte es mir denken können. Ihre Ausrüstung beschränkte sich auf zwei kleine Metallkoffer. Also war keine Direktübertragung vorgesehen.

Nur wenige Meter über dem Boden jagte der Schwebebus der Sonne entgegen. Erst allmählich wurde mir die bizarre Schönheit dieser Welt so richtig bewusst. Rot bis Rostbraun waren die beherrschenden Farben, und immer wieder wirbelte der Wind Staubschleier auf. Ich versuchte mir vorzustellen, dass schon in wenigen Jahren üppiges Grün bis an die Berghänge heranreichen würde. Die Planung sah künstliche Seen ebenso vor wie einen in viele Seitenarme verzweigten Fluss, der den Grabenbrüchen folgen sollte. Zeitweise schien der Horizont sehr nahe zu sein. Dahinter, nur noch gut zweitausend Kilometer entfernt, wartete mein Grundstück.

»Du gehörst zu den ersten Siedlern, die auf dem Mars ihr Glück suchen …«

Ich wurde aus meinen Gedanken aufgeschreckt. Neben mir stand einer der Reporter und blickte mich forschend an.

»Natürlich«, sagte ich.

Der Mann verzog die Mundwinkel. »Milliarden Menschen sind daran interessiert, mehr zu erfahren«, drängte er. »Was ist das für ein Gefühl? Was erwartest du hinter dem Horizont?«

Er würde nicht locker lassen. Ein halbes Dutzend Mikrooptiken umschwirrte mich und zeichnete holografische Aufnahmen aus allen Perspektiven auf. »Ein unberührtes Paradies«, antwortete ich.

»Die fünfdimensionale Streustrahlung, zweifellos ein Erbe der nahen Vergangenheit und der Versetzung des Planeten, hat bislang die Besiedlung verhindert. Aber du sprichst von einem Paradies?«

Was wollte er hören? Es fiel mir schwer, den Mann richtig einzuschätzen. »Die schädliche Strahlung ist abgeklungen«, fuhr ich fort. »Nicht umsonst mussten wir siebzehn verdammt lange Jahre auf diesen Tag warten. Der Mars wurde zur Neubesiedlung freigegeben. Es gibt keine Gefahr mehr, in keiner Hinsicht.«

»Du glaubst also, heute sei ein guter Tag.«

»Warum sollte er das nicht sein?«

»Mühe, Strapazen, fehlende Infrastruktur … Fürs Erste wahrscheinlich ein Einwohner auf den Quadratkilometer, wenn überhaupt. Das ist Einsamkeit pur. Kann ein Mensch das auf Dauer ertragen?«

Mit einer Kopfbewegung deutete ich auf eine ferne Hügelkette, die sich langsam aus dem Dunst herausschälte. »Irgendwo dahinter liegt mein Grundstück. Dort wartet sehr viel Arbeit. Ich werde keine Zeit haben, mich einsam zu fühlen. Und wer sagt dir, dass ich nicht gerade die Einsamkeit suche?«

»Ja.« Der Mann nickte zögernd. »Wer sagt mir das?« Er blickte an mir vorbei und widmete sich den Optiken. »Das war also eine Stimme der Unentwegten, die sich hier zusammengefunden haben – die erste Stimme dieses Tages. Ein Individualist, zweifellos. Aber es gibt auch andere, Menschen, die das knallharte Geschäft wittern und die einen sechsten Sinn zu haben scheinen. Wie zum Beispiel Pratton Allgame, der sich vorgenommen hat, innerhalb eines Jahrzehnts marsianischen Rebensaft zu einem ernst zu nehmenden Konkurrenten terranischer Weine zu machen. Die Passagierliste dieses Museums-Vehikels zeigt überhaupt eine Reihe interessanter Personen, angefangen von der Mars-Nostalgikerin Fran Imith bis hin zu – ein schwer auszusprechender und noch schwerer zu merkender Name – Quartodezimus Filidor Edlervon Homphé. Er ist Künstler, ein Exzentriker, der auf dem Mars nicht siedeln, sondern der Nachwelt gewaltige Monumente hinterlassen will. Es mag sein, dass uns schon in einigen Jahren das Gesicht von Quartodezimus vom Olympus Mons entgegenstrahlt. So wie gleich, wenn ich mit ihm rede – nach der Verlautbarung des Einwanderungsbüros. Und für alle, die sich jetzt berufen fühlen, dieser gigantischen Fels- und Sandwüste Mars ebenfalls ihren Stempel aufzudrücken: Es steht noch Areal der ersten Tranche zur Verfügung.«

Er dirigierte die Optiken zwischen den Sitzreihen hindurch. Er hatte Recht, wenn er den Schwebebus als Museums-Vehikel bezeichnete. Mars-Liner-01 war eine authentische Hinterlassenschaft der ersten Kolonisten und mit dem heutigen Stand der Technik keineswegs mehr zu vergleichen. Aber er erfüllte seinen Zweck. Vor allem empfand ich den Hauch von Nostalgie als reizvoll.

»In wenigen Minuten erreichen wir die erste der archäologischen Grabungsstätten«, gab der Pilot bekannt. »Dieser Planet war bekanntlich nicht immer kahl und unwirtlich. Der Ausgrabungsbereich liegt auf der Sohle eines ausgewaschenen Flussbetts, gut zwei Kilometer unter dem Standardniveau der Oberfläche. Dieses Tal verläuft überaus geschwungen, die Geröllschichtung in den Wänden gibt einen guten Querschnitt über Jahrmillionen planetarer Geschichte.«

Nicht alle im Bus schienen daran interessiert. Aber das gehörte eben auch zu unserer Tour, deren medienwirksame Inszenierung sich auf die Siedlungsregion konzentrierte. Wahrscheinlich warteten die ersten Teams von Terra-News, Independent LFT und wie sie alle hießen, schon bei den Ausgrabungen.

Ich lehnte mich zurück und blickte auf die vorbeihuschende Landschaft, die sich in der Ferne kaum zu verändern schien. Die Weite faszinierte ebenso wie das fahle Spiel von Licht und Schatten.

Hinter mir wurden Stimmen laut. Jemand lachte schrill und hörte ebenso abrupt wieder damit auf.

Die Bergkette verschwand hinter aufkommendem Dunst. Ich blinzelte verwirrt. Da war ... Jäh straffte ich mich. Nichts ... Ich hatte mich getäuscht. Da waren nur Staubschleier in der Atmosphäre.

Für einen Augenblick hatte ich geglaubt, bizarre Gebäude zu sehen, die Silhouette einer riesigen Metropole. Sie hatte die gesamte Ebene bedeckt. Unglaublich fremde Bauten waren mit filigraner Architektur eine Symbiose eingegangen, wie sie nicht einmal Terrania City aufwies.

Ich starrte nach draußen, doch das Bild wiederholte sich nicht.

Erst am Abend würde ich mein Grundstück zu sehen bekommen. Darauf wartete ich. Die Ausgrabungen interessierten mich nur am Rand. Ich schloss die Augen und versuchte, mir diese seltsame Erscheinung in die Erinnerung zurückzurufen. Es wollte nicht gelingen, zu vage war der Eindruck gewesen.

Der Reporter stand jetzt hinter mir. Laut redete er mit zwei Passagieren. Ich achtete nicht darauf, was sie sagten, weil es mich nicht interessierte. Irgendwie war das alles unwichtig und weit weg: der Bus, die Siedler und Wissenschaftler ... Eine nie gekannte Leichtigkeit erfüllte mich, ein schwer zu beschreibender Zustand, als könnte ich alle planetare Schwere abstreifen wie eine zu eng gewordene Haut.

Ich ließ mich treiben und hatte gleich darauf den Eindruck zu schweben. Es war ein schönes Gefühl. Nur noch wie aus weiter Ferne nahm ich die Geräusche hinter mir wahr. Aber auch sie verstummten.

Plötzlich sah ich sie wieder, die fantastische Metropole. Im Licht der hoch stehenden Sonne erwachte sie zu vielfältigem Leben. Sie zog mich mit unwiderstehlicher Gewalt an.

Die Stadt rief mich.

2

»Alles in Ordnung«, sagte Reginald Bull. Er hatte einige Worte mit einer Frau gewechselt, deren holografische Miniatur sekundenlang über seinem Kombiarmband sichtbar geworden war. »Wir werden an der Ausgrabungsstätte schon von einem Medienaufgebot erwartet. Die Burschen wollen unseren Mars-Liner-01 als das Ereignis feiern.«

»Sei froh, dass sie uns nicht mit einer flüssigtreibstoffgetriebenen Rakete zum Mars geschickt haben.«

Bullys Kopf ruckte herum. Aus zusammengekniffenen Augen fixierte er Perry Rhodan. »Nicht mit mir«, sagte er ächzend. »Ich denke, im Alter haben wir uns ein Mindestmaß an Bequemlichkeit verdient.«

»Alter ist relativ«, wandte eine Frauenstimme ein.

Lachfalten prägten sich um Reginald Bulls Augenwinkel ein, als er sich umwandte. »Richtig«, pflichtete er bei. »Ich fühle mich ohnehin von Minute zu Minute jünger.« Er suchte den Blick der hinter ihm sitzenden Frau. Sie mochte um die dreißig sein, vielleicht etwas jünger, und hielt seinem prüfenden Blick mühelos stand.

»Mir ist neu, dass man dem Kriegsgott Mars eine verjüngende Wirkung zuschreibt«, entgegnete sie.

»Wieso ausgerechnet dem?« Bully lächelte wissend. »Das hat wohl eher unsere Unterhaltung bewirkt.«

Bis vor wenigen Minuten hatten sie ausgiebig miteinander geredet. Über sehr vieles, was mit dem vierten Planeten des Solsystems zusammenhing. Bull war über Fran Imiths profundes Wissen verblüfft gewesen, das bis in die Anfangszeit der terranischen Raumfahrt zurückreichte. Sie war ebenso intelligent wie schön, wobei er sich auf die Reihenfolge nicht festlegen wollte. Vor allem hütete er sich davor, diesen Gedanken auszusprechen.

Vielleicht hatte ihn ihre Haarfarbe auf sie aufmerksam gemacht. Dunkelrot. Die Locken fielen ihr luftig bis über die Schultern, und ihre Augen strahlten in einem leuchtenden Blau, das eine starke Persönlichkeit ausdrückte. Bully hatte vor zwei Tagen die Dateien der Teilnehmer durchgeblättert, um sich wenigstens annähernd ein Bild machen zu können. Jetzt bedauerte er, dass er Fran Imiths Kurzvita nicht ausführlicher betrachtet hatte. Aber das ließ sich spätestens übermorgen nachholen. Falls es dann noch nötig war.

Fran Imith hatte ein kleines Areal am Rand des Siedlungsgebiets erworben, in schnell erreichbarer Nähe einer archäologisch vielversprechenden Region. Sie war Mars-Nostalgikerin, und schon dieser Begriff erklärte ihr Interesse und ihre Kenntnisse.

»Reginald«, begann Fran unvermittelt, »du und Perry Rhodan, ihr gehört zu den ersten Menschen, die den Mars betreten haben …«

Bull nickte zögernd. »Wenn ich daran zurückdenke, erscheint mir die Zeit seither wie eine kleine Ewigkeit.«

»Es *ist* eine kleine Ewigkeit«, bestätigte die Frau. »Jedenfalls für Menschen wie mich, die ganz normal altern.«

»... noch lange nicht«, rutschte es Bull heraus.

Fran Imith überhörte die Bemerkung. »Wie fühlt es sich an, nach so langer Zeit wieder den Mars zu betreten?«

»Es ist keineswegs das erste Mal in den letzten Jahren. Aber bislang waren wir unter Ausschluss der Öffentlichkeit hier.«

Fran streifte sich eine Haarsträhne aus dem Gesicht. »Ich verstehe.«

»Es tut gut, wieder auf dem Mars zu sein.« Perry Rhodan wandte sich nun ebenfalls der Frau zu. »Er ist wie ein Stück Heimat.«

»So sehe ich das auch.« Fran Imith hatte noch mehr sagen wollen, schwieg aber, weil sich Reginald Bulls Kombiarmband meldete. Sie reckte den Kopf, um zu sehen, mit wem Bull redete.

Das kleine Hologramm wurde von Störungen durchzogen. Vage war ein verzerrtes Gesicht zu erkennen. Bully hob den Arm ein wenig höher. »Ich verstehe nicht. Muss das Mistding ausgerechnet jetzt den Geist aufgeben?«

Ein Knistern verzerrte die akustische Wiedergabe. Dazwischen einzelne Satzfetzen. »... über dem Gebiet ... außergewöhnliche Interferenzen ... wissen nicht, wodurch sie ausgelöst ...«

Das Bild verblasste und baute sich neu auf. Diesmal war die Farbwiedergabe völlig verdreht. Bull tippte Berührungssensoren an, die das Display in rascher Folge veränderten. »Das Ding funktioniert einwandfrei, eigentlich«, stellte er fest.

»Probleme?«, fragte Perry Rhodan.

Bull hob die Schultern. »Wenn ich das wüsste. Scheint einer unserer Sicherheitsleute gewesen zu sein.«

»In fünf Minuten sind wir vor Ort und können persönlich mit ihm reden.«

Reginald Bull wirkte keineswegs überzeugt. Rhodan ebenfalls nicht. Aber da Mars-Liner-01 über kein Hyperfunkgerät verfügte, blieb ihnen keine andere Wahl, als zu warten.

»Falls etwas Unvorhergesehenes geschehen sein sollte, schicken sie uns ohnehin eine Korvette entgegen.« Bull hantierte wieder am Armband. Vorübergehend schien sich das Hologramm zu stabilisieren, dann verwirbelte es in einem Funkenregen. »Ich halte das für die Auswirkung einer starken Störstrahlung«, sagte er.

»Als Ausgangsort kommt dann wohl nur das Grabungsfeld in Betracht.«

Fran Imith beugte sich nach vorn. »Probleme?«, erkundigte sie sich wie beiläufig.

»Das wird sich in wenigen Minuten herausstellen«, antwortete Rhodan.

»Möglicherweise bei den *Maulwürfen.*« Bulls Blick schien jede Linie um die Augen der Frau nachzuzeichnen. »Falls es sich als erforderlich erweist, müssen wir weiter von den Grabungen entfernt anhalten als vorgesehen.«

Fran Imith nickte irritiert. Ihr war anzusehen, dass sie sich in der Nähe der Aktivatorträger wohl fühlte. Immerhin ergab sich eine Gelegenheit wie diese nicht jeden Tag.

Urplötzlich zuckten ihre Hände hoch. Mit den Fingerspitzen massierte sie ihre Schläfen. Bull musterte sie aus halb zusammengekniffenen Augen. »Kopfschmerzen?«, wollte er wissen.

Sie nickte. »Das kenne ich überhaupt nicht. Bisher ...«

Die nachdenklichen Falten auf Bulls Stirn gruben sich tiefer ein. »Ich spüre das auch«, murmelte er und schwang sich aus dem Sitz. Mit raschen Schritten verschwand er Richtung Pilotenkanzel.

»Was ist ...?«

»Später, Fran.« Rhodan folgte dem Freund. Er sah nicht mehr, dass Fran Imith sich ruckartig versteifte. Sie trug an allen Fingern fein gravierte silberne Ringe. An einem dieser Schmuckstücke hantierte sie überaus interessiert. Dabei schweifte ihr Blick mehrmals zur Pilotenkanzel.

Draußen hatte sich der Himmel zugezogen. Die Sicht war auf ein Minimum geschrumpft, die fernen Höhenzüge ließen sich nicht einmal mehr erahnen. Fran Imith ballte die Linke zur Faust. Sie schlug mit den Knöcheln gegen die Zähne. »Irgendetwas stimmt nicht«, murmelte sie.

Im Bus machte sich Unruhe breit. Viele Passagiere hatten den nahenden Sturm schon bemerkt, die anderen wurden jetzt aufmerksam.

Jemand stieß einen erschreckten Ausruf aus. Funken huschten über die Verstrebungen zwischen den Fenstern, energetische Entladungen, die an Elmsfeuer erinnerten. Ein heftiges Unwetter schien sich zusammenzubrauen.

Der Pilot wandte sich nicht um, als Reginald Bull die Kanzel betrat. Mehrere Zusatzaggregate waren aktiviert und überspielten ihre Anzeigen auf die Frontscheibe. Die Bodentaster vermittelten ein monochromes Abbild der Planetenoberfläche. Größere Spalten wurden ebenso angezeigt wie die verstreut liegenden Findlinge. Eine Kollision mit den teils sehr großen Felsen wäre dem Schwebebus trotz der Prallfelder schlecht bekommen.

»Und?«

»Noch zwölf Kilometer bis zu den Ausgrabungen.«

»Das meine ich nicht. Ich will wissen, ob alles in Ordnung ist.«

»Schon.« Kopfnickend deutete der Mann nach draußen. »Da braut sich allerdings einiges zusammen.«

Reginald Bull beobachtete die Anzeigen auf der Scheibe ebenso wie die rasch um sich greifende Schwärze. Der Stand der Sonne war nicht mehr festzustellen, lediglich ein fahler Hauch hing noch irgendwo im Zenit. Nicht weit voraus zuckte ein vielfach verzweigter Blitz aus den Wolken herab.

Die Schwärze riss auf. Ein grelles Licht traf den Schwebebus und zerstob in einem irrlichternden Funkenmeer.

»Erzähl mir keiner, dass das normal ist!«, brauste Bull auf. »Was ist mit den Steuerimpulsen?«

Ein kurzes Zögern, dann: »Keine Beeinträchtigung. Soll ich den Bus landen?«

»Nein!«, bestimmte Perry Rhodan aus dem Hintergrund. »Solange wir nicht wissen, was geschieht …«

»Du glaubst …?« Bull schüttelte den Kopf. »Das kann nicht dein Ernst sein.«

In rascher Folge flammten neue Entladungen in der Schwärze auf. Ein Funkenmeer umfloss den Bus wie ein dichter werdendes Schneetreiben. Die Energieortung spielte verrückt.

»Das ist alles, nur kein Unwetter.« Rhodan checkte die Anzeigen seines Kombiarmbands. »Mehrdimensionale Energien … Bestimmung nicht möglich.«

»Du glaubst«, Reginald Bull schüttelte den Kopf, »dieser dreimal verdammte Mars verschwindet schon wieder aus dem Sonnensystem? Ausgerechnet in dem Moment, in dem wir …? Nein, das kannst du anderen erzählen, aber nicht mir.«

Der Bodentaster fiel aus. Flackernd erloschen alle Einblendungen auf der Frontscheibe. Mars-Liner-01 schwamm inmitten eines endlos schwarzen Ozeans, in dem es keine Orientierung mehr gab.

»Ausfall der Leitimpulse!«, meldete der Pilot.

»Umschalten auf Handsteuerung! Runter mit der Kiste!«

Die Geschwindigkeit hatte nur noch zweihundert Stundenkilometer betragen. Den Bus aus wenigen Metern Flughöhe aufzusetzen erschien Reginald Bull weit ungefährlicher, als blind ins Ungewisse zu fliegen.

»Runter, hab ich gesagt!«

Heftiger peitschte der Funkenregen dem Liner entgegen. Wirbel bildeten sich, Strömungszonen wie unter einem unsichtbaren äußeren Einfluss. Dennoch schien die Zeit plötzlich stillzustehen. Etwas veränderte sich. Reginald Bull spürte es deutlich. Er brachte dennoch keinen Laut über die Lippen. Ein unheimlicher Zwang schnürte ihm die Luft ab.

Neben ihm sackte der Pilot im Sessel zusammen, seine Hände fielen auf die Kontrollen – aber weder bohrte sich der Bus kopfüber in den Sand, noch kippte er seitlich weg. Bulls Reaktion wäre ohnehin zu spät erfolgt.

Ein unheimlicher goldener Schein durchflutete plötzlich die Kanzel. Der Funkenregen stob nicht mehr seitlich davon, sondern klatschte zäh auf den

Rumpf des Schwebebusses, und das Licht schien sogar den Stahl zu durchdringen.

»Angleichung unterschiedlicher Energieniveaus«, bemerkte Perry Rhodan.

Bull reagierte nicht darauf. Er hatte die Magnetgurte des Piloten gelöst und zerrte ihn aus dem Sessel. »Hilf mir schon! Der Kerl wiegt mindestens 120 Kilo.«

Es war zu spät.

Das Arkonit der Außenhaut löste sich in flirrenden Eruptionen auf. Dahinter zeigte sich

– Nichts!

Ein anderer, treffenderer Begriff kam Reginald Bull nicht in den Sinn. Nicht einmal Sekundenbruchteile blieben ihm, dann war nur mehr das entsetzliche Gefühl, von gewaltigen Kräften zerrissen zu werden, mit einem Teil des eigenen Ich noch auf dem Mars zu sein, während der Rest in Raum und Zeit verwehte.

Er stürzte in die Unendlichkeit.

3

Quart Homphé

»Nein, nein, nein, so geht das nicht. Etwas mehr Gefühl, wenn ich bitten darf. Das ist ein Kunstwerk. Kunst, verstehst du? K wie kolossal, U wie unübertrefflich, N wie …«

»Nicht normal?«, platzt der Gnom heraus.

»Ja. – Äh, nein, natürlich nicht. Du machst mich völlig wirr im Kopf, Quintus.«

Der Kleine kichert schrill. »N wie natürlich von Quartodezimus Homphé. War es das, was du sagen wolltest, großer Meister?«

»Nein«, ächzt Quart Homphé. Das klingt schon nicht mehr so fest wie eben, sondern eher weinerlich. »Nein und nochmals nein. Mein Kunstwerk lasse ich mir nicht von einem dahergelaufenen …« Ohne darauf zu achten, passiert er die äußere Sperre. Seine unförmige Gestalt, einmal in Bewegung geraten, ist nicht so leicht wieder zu stoppen. Erst als die Holosäulen aufbrechen, bleibt er breitbeinig stehen. Vornübergebeugt, die Hände auf die Oberschenkel gestützt, schaut er sich nach seinem Assistenten um. Doch die in der Dämmerung aufflammende Helligkeit blendet ihn.

»Quintus!«, keucht er. »Schalt das ab! Sofort!«

»Unmöglich, Quart.«

»Nichts ist unmöglich, merk dir das.« Endlich entdeckt Homphé den Gnom hinter einer halb kugelförmigen Projektorphalanx. »Abschalten!« Er brüllt beinahe. »Die Präsentation ist erst für übermorgen …«

Zu spät. 48 dicke Lichtsäulen berühren in dem Moment die tief hängende Wolkendecke über der neu errichteten Anlage für Recycling und Wiederaufbereitung. Zehn Quadratkilometer misst das Areal. Es ist kreisrund angelegt und wird von großen Container-Transmittern begrenzt, die in ihrer Bauweise wie Megalithen wirken. Es gibt nichts, was hier nicht entgiftet werden kann, und die offizielle Eröffnung wird in zwei Tagen stattfinden, begleitet von einer holografischen Installation des bislang nur Eingeweihten bekannten Next-Wave-Künstlers Quart Homphé.

Die Lichtsäulen fluten an den Wolken auseinander. Monatelang hat Quart gerechnet und programmiert und immer von Neuem modifiziert. Inzwischen ist er überzeugt davon, seine holografische Installation auf geniale Weise fertig gestellt zu haben. Die Farbkomponenten bilden nur noch das Tüpfelchen auf dem i.

Ergriffen starrt Quart Homphé in die Höhe, schwer atmend und den Tränen näher denn je. Wie eine Brandungswelle flutet das Licht von den Säulen nach innen, entlang der fein strukturierten Bänder der Cirrocumuluswolken. In nahezu acht Kilometern Höhe überschlägt es sich in einem perfekten Zusammenspiel von Helligkeit und Schatten, die Farben vermischen sich, und im Zentrum der Installation entsteht ein erster überdimensionaler Tropfen. Erst funkelnd wie ein Diamant, dann von strahlendem Blau. So gewaltig wie ein Leichter Kreuzer. Seltsamerweise denkt Quart in dem Moment an die Wetterkontrolle. Was heute so perfekt funktioniert, muss auch übermorgen klappen.

Der Tropfen löst sich. Schneller werdend fällt er herab – als wolle er alles unter seiner Lichtfülle begraben.

»Imposant«, seufzt Quart Homphé. »Ich habe mich selbst übertroffen.«

Die nächsten Lichttropfen wachsen unter den Wolkenschleiern. Es ist ein unglaublich erhebender Anblick.

Es regnet funkelndes Licht.

Nur fünfhundert Meter vor Quart Homphé schlägt der erste Tropfen auf. Mit offenem Mund beobachtet der Künstler das Geschehen und nimmt jedes Detail begierig in sich auf, während seine Hände die Brille malträtieren, die er an einem geflochtenen Halsband trägt. Die altmodischen Gläser sind für den Fall gedacht, dass er seine Weitsichtigkeit verliert, eine Bedrohung, die wie ein Damoklesschwert über ihm hängt, ihn aber bislang verschont hat, obwohl die genetische Veranlagung zur Kurzsichtigkeit in seiner Familie vorhanden ist.

Zeitlupenhaft langsam schiebt sich das holografische Licht vom Zentrum nach außen, ein Wall, der von den nachströmenden Quanten aufgebauscht wird. Die Ränder wölben sich in die Höhe, fransen aus und bilden geschwungene Zacken. Quart Homphé hat unterschiedliche Strömungsgeschwindigkei-

ten programmiert und nicht einmal einen Abweichungsfaktor infolge widriger Bodenwinde außer Acht gelassen.

Er steht wie erstarrt. Was sich ihm hier bietet, ist ein erhabenes Schauspiel, der Anfang einer zwanzigminütigen Sequenz, die noch weit Imposanteres offenbaren wird. An den Zacken der aufsteigenden Lichtflut bilden sich jetzt Kugeln, jede zehn Meter durchmessend, und das alles steigt lautlos wieder auf, eine gewaltige, sich ausdehnende Krone, einem zerplatzenden Wassertropfen abgeschaut.

Die nächsten Tropfen schlagen im Rund auf und spritzen in unzähligen gekrönten Zacken erneut in die Höhe.

Es regnet Licht.

»Fantastisch!«, jubelt Quintus. »Es funktioniert!«

Hat sein Assistent daran gezweifelt? Homphé setzt zu einer heftigen Erwiderung an, dass es ihm angesichts solcher Ignoranz nichts ausmachen wird, sich nach einem neuen Helfer umzusehen, dem sechsten in diesem Jahr, den er dann der Einfachheit halber Sextus nennen wird, doch ein heftiger Niesreiz hindert ihn daran, seine Gedanken auszusprechen. Quartodezimus ringt nach Luft, aus seinen Augenwinkeln quellen Tränen. Dann erreicht der unsägliche Niesreiz die Nasenwurzel, und Quart Homphé platzt schallend heraus. Er stolpert mehrere Schritte weit vorwärts.

Ein aggressives Fauchen erklingt.

Quart erstarrt. Die Tränen verschleiern seinen Blick. Aber da ist es schon wieder, dieses entsetzliche Gefühl, sein Schädel müsse zerspringen. Er presst sich eine Hand aufs Gesicht, mit der anderen fuchtelt er wild in der Luft herum. »Weg!«, keucht er. »Verschwinde, du Mistvieh!«

Ein Schrei wie der eines Kleinkinds wird zum verhaltenen Wimmern. Aber das ist noch etliche Meter entfernt. Viel aggressiver klingt das Maunzen unmittelbar vor ihm. Abwechselnd heiß und kalt läuft es Homphé den Rücken hinab, als sich etwas Weiches an seine Beine schmiegt.

»Ver… verschwind…« Das neuerliche Niesen sticht wie mit glühenden Nadeln in sein Gehirn. Quart Homphé stolpert zu allem Überfluss über einen der Projektorköpfe. Mit den Armen rudernd, versucht er, sein Gleichgewicht zu wahren, aber rund drei Zentner Lebendgewicht entwickeln eine beachtliche Eigendynamik.

Er bricht in die Knie, kann gerade noch verhindern, dass er der Länge nach hinschlägt.

»Quartodezimus, hast du dich verletzt?«, ruft Quintus scheinheilig.

Dem Künstler stockt der Atem. Über ihn rollt der Widerschein eines zerplatzenden Lichttropfens hinweg. Die grelle Helligkeit zeichnet sekundenlang monströse Schatten.

Es ist ein Ungeheuer, das Quart in dem Moment anspringt, ein Monstrum mit kantigem Schädel und Stachelpelz, die Reißzähne gierig gefletscht und Geifer versprühend. Und so schwarz wie die Hölle erscheint das Biest.

Quart stockt der Atem. Mit einer einzigen weit ausholenden Bewegung schlägt er zu. Eine Reflexbewegung, aber er trifft. Seine Finger streifen ein weiches, nachgebendes Fellbündel – und im gleichen Moment rast ein greller Schmerz über seine Hand hinweg. Warm und klebrig tropft es über die Finger.

»Quintus«, keucht Quart Homphé. »Hilf mir! Ich verblute.« Er niest wieder, nicht mehr so heftig wie zuvor, und spuckt angewidert aus. Immer noch kniet er auf dem nackten Boden, umgeben von flackernden Entladungen, die ihn in dem Moment herzlich wenig interessieren. Seine Gesundheit ist wichtiger.

»Miau«, erklingt es neben ihm.

»Hau ab!« Quart Homphé wimmert. »Immer nur Katzen ... Katzen ... überall. Ich kann die Biester nicht mehr sehen.« Mit einem Schmerzlaut reißt er den Arm zurück. Aber es war nur Quintus, der ihn berührt hat, keines dieser grässlichen Viecher, die seine Allergie auslösen.

»Halt still!«, herrscht ihn der Gnom an. Noch einmal greift Quintus zu und bricht ihm fast das Handgelenk. Manchmal wundert sich Homphé, welche Kräfte sein nur eineinhalb Meter großer Assistent entwickelt.

»Das ist nur ein Kratzer, Quart.«

»Nur? Das ging bis auf die Knochen.«

»Die äußere Speckschicht klafft auf, mehr nicht. Das heilt schnell.«

Homphé schüttelt den Kopf. »Das weiß ich besser als du. Die Wunde wird sich entzünden, im schlimmsten Fall werde ich die Hand nicht mehr gebrauchen können. Und weißt du, was es heißt, eine neue ...?«

»Hab dich nicht so. Die Katze hat dich gekratzt, na und?«

»Katze. Genau.« Quartodezimus würgt und röchelt und spuckt aus. »Woher kam das Vieh?«

»Das Gelände ist groß genug ...«

»Quatsch. Es hätte abgesperrt gehört. Überall sind diese Bestien. Sie sind aufdringlich und falsch, und ihre Haare bringen mich eines Tages noch um.«

Quintus tupft die Wunde mit einem Taschentuch ab. Sie blutet schon nicht mehr. »Du bist krank«, stellt er unumwunden fest. »Du bildest dir ein, dass du Katzen nicht magst ...«

»Sie stinken, sind eigenwillig und verursachen schlimmste Allergien.«

»Du bist starrsinnig, Quart. Es wird Zeit, dass dir das jemand sagt.«

Quartodezimus Filidor Edlervon Homphé wuchtet sich in die Höhe. Er überragt den Gnom um fast einen halben Meter. Erst starrt er seine Wunde an, dann Quintus. »Ich sage dir auch etwas.« Langsam und drohend, zugleich voll verhaltener Genugtuung quellen die Worte über seine Lippen. »Ich brauche deine Hilfe nicht mehr, du kannst gehen. Aber nimm die verfluchten Katzenviecher mit.«

Der Assistent verzieht das Gesicht zu einem schiefen Grinsen. Ihm ist nicht anzusehen, was er wirklich denkt. »Du tust mir Leid, Quart. Katzen wirst du auf Terra bestimmt nicht entgehen können. Es sei denn …« Sein Blick schweift in die Runde. Der letzte große Lichttropfen zerplatzt soeben in ein filigranes Muster. Mehrere hundert nur einen Meter große Kugeln bilden sich, jede ein holografisches Abbild der guten alten Erde.

»Was?«, schnaubt Homphé.

Quintus geht. Ohne auf die Katzen zu achten.

»Du kannst mich hier nicht allein zurücklassen! Nicht mit diesen Biestern.«

»Ruf doch einen Medotransport! Wenn du mich fragst, du hast eine Katzenpsychose.«

»Und du bist endgültig entlassen.« Quart Homphé schreit jetzt. »Was wolltest du noch sagen? Was heißt: Es sei denn …?«

Der Assistent dreht sich nur einmal um. »Geh doch auf den Mars«, rät er spöttisch. »Wenn du irgendwo sicher sein kannst, keine Katze zu sehen, dann dort.«

Nachdenklich schaut Quart Homphé dem Gnom hinterher. Mit dem Handrücken reibt er sich die Nase und er schafft es, den Niesreiz zu unterdrücken. Endlich rafft er sich dazu auf, den Codegeber in Funktion zu setzen, der die holografische Installation beendet. Mit einem Wimmern aus den Akustikfeldern bricht die Vorstellung ab. Die beiden pelzigen Scheusale hetzen fauchend davon.

»Der Mars«, murmelt Homphé in Gedanken versunken. Was Quintus da gesagt hat, war der erste vernünftige Satz, den er jemals von sich gegeben hat.

Der Mars!

Homphé nickt vor sich hin. Es gibt nur ein Problem: Was soll er auf dem menschenleeren Roten Planeten? Kaum jemand wird seine Holoinstallationen sehen wollen. Felsen bestimmen dort das Bild, keine ausgedehnten Städte, keine Fabrikanlagen.

»Felsen?« Er lauscht dem Klang der eigenen Stimme. »Ich bin Künstler. Ich werde Skulpturen aus Stein erschaffen, wie sie niemand vorher gesehen hat. Ganze Bergzüge …« Quart Homphé stockt. Vor den Erfolg haben die Behörden den Schweiß gesetzt. Er hasst Formalitäten – aber noch mehr hasst er Katzen.

Die eigenen rasselnden Atemzüge schreckten ihn auf. Er wollte nach Quintus rufen, dann besann er sich. Mit allen fünf Fingern der rechten Hand massierte er seine juckende Nase und schnaufte kräftig.

Zwölf Monate waren vergangen, seit er Quintus entlassen hatte. Er hatte seither nur noch kleinere Installationen fertig gestellt und sich ansonsten um seine Übersiedlung zum Mars gekümmert. Vor allem um die neuen großen Projekte, die er verwirklichen würde. Ein Marsgesicht auf dem Olympus Mons, das anfliegende Raumschiffe unübersehbar grüßte. Vielleicht sein eigenes Konterfei?

Die Luft war trotz der steten Umwälzung stickig. Und überhaupt: Er hatte Mühe, die Augen offen zu halten. Eine seltsame Müdigkeit erfüllte ihn. Die Stimmen der Mitreisenden waren zum fernen, kaum noch wahrnehmbaren Raunen geworden, eine Kulisse, auf die er ebenso gut verzichten konnte.

Quart Homphé blinzelte träge. Er würde versuchen, ein Interview zu geben, gleich an der Ausgrabungsstätte sein großes Projekt der Öffentlichkeit verkünden. Es gab keinen besseren Zeitpunkt dafür. Archäologie und Moderne mussten sich zu einer gelungenen Synthese verbinden. Eine ganze Reihe von Skulpturen als Symbol für den Aufbruch dieser Welt in eine neue Epoche. Unauslöschbar mit seinem Namen verbunden. *Die Homphé-Gesichter ...*

Er blinzelte, massierte sich die Augenwinkel und blickte nach draußen. Die endlose Wüste hatte ihn ermüdet. Aber jetzt war da ein goldenes Flirren. Wie dichtes Schneetreiben. Quart Homphé kniff die Brauen zusammen. Das alles erschien ihm seltsam unwirklich, unscharf irgendwie. Ohne den Blick von der Scheibe abzuwenden, tastete er nach seiner Brille und setzte sie auf.

Die Gläser waren verschmiert. Genau das hatte er befürchtet. Sobald er das Ding wirklich benötigte, gab es Probleme. Er spuckte auf die Gläser, zog sich den Pullover aus dem Hosenbund und polierte heftig.

Mars-Liner-01 kippte zur Seite. Quart Homphé wartete auf einen vernichtenden Aufprall, auf das grässliche Kreischen, mit dem Stahl über harten Fels schrammte und vom Bug bis zum Heck aufgerissen wurde.

Aber nichts dergleichen geschah. Lediglich die Magnetgurte schnappten zu und hielten ihn einigermaßen sicher im Sitz fest. Aber das war Homphé längst egal, ein gallebitterer Geschmack im Mund ließ ihn würgen.

Draußen war nichts.

Weder Schwärze noch sonst etwas.

Mit bebenden Händen versuchte Homphé, die Brille wieder auf die Nase zu bekommen. Es gelang ihm erst im dritten Anlauf, nachdem er sich mit den Bügeln fast die Augen ausgestochen hatte. Tränen der Erregung, ein Rest von Spucke auf dem Glas und mehr Schlieren als vorher, die zweifellos von seinem Pullover stammten, beeinträchtigten seine Sicht. Plötzliche Helligkeit blendete ihn, während ihn gleichzeitig eine unsichtbare Faust in den Sitz presste.

Ein Gurgeln drang über Quart Homphés Lippen. Der Pilot hatte den Schwebebus ruckartig beschleunigt und steil in die Höhe gezogen. Für ein solches Manöver waren die Absorber des Museumsvehikels nicht geeignet. Quart bebte, als sein Magen zwischen die Rippen gedrückt wurde. Das Fahrzeug schien abzustürzen.

Entsetzte Schreie ringsum. Dann hatte er es geschafft, sich die Brille zum zweiten Mal von der Nase zu reißen. Aus weit aufgerissenen Augen blickte er nach draußen, auf ein gigantisches Gebäude, das dem Liner entgegenzuspringen schien. Außerdem waren da jede Menge andere Fahrzeuge. Auf halsbrecherischem Kurs jagte Mars-Liner-01 zwischen ihnen hindurch, frontal auf die Fassade aus Glas und Stahl zu. Vielleicht würde der Schwebebus nicht gleich beim Aufprall zerrissen werden, sondern hindurchbrechen, aber dann ... Quart Homphé lachte heiser, um seine eigene Unsicherheit und Panik zu vertreiben. »Das ... das ist wieder nur eine Simulation!«, stieß er hervor. »Was soll der ...?«

Ein gewaltiger Schatten huschte heran, ein kantiges Vehikel. *Unglaublich lang und massig,* war alles, was Homphé erkannte, dann drehte sich der Schwebebus um die eigene Längsachse und tauchte weg. Das Manöver war entsetzlich. Die Fliehkraft presste Quart gegen die Scheibe, während die erneut durchschlagende Beschleunigung die Reste des Frühstücks in der Speiseröhre aufsteigen ließ. Er würgte, versuchte, den Brechreiz zu unterdrücken, doch als das andere Fahrzeug nicht einmal einen Meter entfernt vorüberzog, war es um den letzten Rest seiner Beherrschung geschehen. Keuchend übergab er sich und glaubte, sterben zu müssen, weil der Mars-Liner auf die andere Seite kippte.

Schreie neben ihm.

»Schikago!«, brüllte eine Frauenstimme.

Quart Homphé schloss die Augen. Ein extremer Niesreiz quälte ihn. Sein Puls jagte; in diesen Sekunden wähnte er sich dem Tod näher als dem Leben. Wie viel hätte er dafür gegeben, diese Qual nicht länger ertragen zu müssen.

»Schikago, komm her zu mir!« Die Stimme der jungen Frau klang schrill. »Nicht zu dem Mann, neeiiin ...«

Quart Homphés Niesreiz wurde unerträglich und entlud sich. Seine Nase, der Rachen, alles war plötzlich wund, und bis in den Schädel hoch zuckte der Schmerz. Quarts Oberkörper wurde nach vorne geschleudert, dann sank er wimmernd zurück, beide Hände vor dem Gesicht verkrampft. Langsam glitten seine Finger über die wulstigen Wangen abwärts. Schweiß und Tränen verklebten die Lider, er hatte Mühe, die Augen zu öffnen, vielleicht wollte er es auch gar nicht mehr, obwohl Mars-Liner-01 wieder ruhiger flog.

Erneut zuckte es in Homphés Gesicht. Er war blass geworden, der schüttere Haarkranz klebte klatschnass an den Schläfen.

Im nächsten Moment stieß er einen durchdringenden Schrei aus. Ein herausforderndes, aggressives Miauen antwortete ihm. Ungläubig starrte Homphé auf den schmalen Platz zwischen seinem und dem Vordersitz. Ein türkisblaues, goldäugiges Monstrum grinste ihm entgegen und entblößte die spitzen Fangzähne.

»Schikago, komm zu mir! Wird's bald!«

»Eine Katze …« Quart Homphé schien nicht glauben zu können, was er sah. Weit quollen seine Augen aus den Höhlen hervor, er schnappte nach Luft wie ein Fisch auf dem Trockenen. »Nimm …«, sein abermaliges Niesen fiel schwach aus, »nimm das Biest da weg!«, herrschte er Shim Caratech an. »Wie kommt das überhaupt an Bord?«

Die Fluglage des Busses war wieder einigermaßen stabil. Ein fahler Himmel zeichnete sich ab und, halb verschwommen, die ferne Sonne. Sie war nicht mehr als ein düsterer gelber Schemen hinter aufgebauschten Regenwolken.

Als Shim nicht sofort reagierte, trat Homphé zu. Doch das hätte er besser gelassen. Die Katzenaugen funkelten ihn tückisch an, das Biest krümmte den Buckel und ließ ein unwilliges Fauchen vernehmen, dann sprang es …

… und landete auf Homphés Knien. Er riss die Arme hoch. »Weg mit der haarigen Bestie!«

»Das ist eine Ferrol-Katze«, sagte Shim Caratech.

»Mir egal, woher das Vieh stammt. Es haart, und Katzenhaare bringen mich um …« Es kostete Quart unglaubliche Selbstüberwindung, zuzupacken. Doch ihm blieb keine Wahl. Seine Finger krallten sich in das seidenweiche und lange Fell.

»Nicht!«, schrie Shim Caratech auf. »Schikago kostet ein Vermögen.«

Homphé lachte wirr. »Und wenn schon … Au, verfluchtes Biest.« Blitzschnell hatte Schikago zugebissen, und ebenso schnell sprang die vom Planeten Ferrol stammende Katze auf den Boden zurück und wandte sich mitten im Gang noch einmal um und musterte die füllige Gestalt, als könnte sie keiner Fliege etwas zu Leide tun.

Quart Homphé starrte seinen rechten Unterarm an, auf dem sich die Bisswunde blutig abzeichnete. Mit der Linken quetschte er zusätzlich das Blut heraus. »Ich brauche Antibiotika«, jammerte er hilflos. »Diese Viecher sind unberechenbar.«

»Schikago ist nicht giftig«, sagte die junge Frau so laut, dass der halbe Bus es hören konnte, »was man hier aber nicht von jedem behaupten kann.«

Homphé reagierte nicht. In sich zusammengesackt, ein Häufchen schwabbeligen Elends, kauerte er in seinem Sitz. Er registrierte nicht einmal, dass Mars-Liner-01 zwischen fremden Gebäuden tiefer sank.

Quart Homphés Selbstmitleid verhinderte, dass er aus dem Fenster blickte. »Ich wollte auf den Mars, weil es hier keine Katzen gibt«, jammerte er. »Dieser Planet könnte so schön sein. Aber wenn sich diese Biester erst vermehren … Eine Plage, sage ich. Sie sind eine Heimsuchung …«

»He!« Pratton Allgame war aufgestanden und klopfte dem Künstler auf die Schulter. »Halt endlich den Mund, du Spinner!«

Homphé starrte ihn erschüttert an.

Mit gekonntem Griff packte Allgame die Katze im Nacken und setzte sie zurück in das Körbchen, das Shim Caratech mit beiden Händen hielt. »Keine Sorge, junge Frau«, sagte er lächelnd, »der Dicke tut Schikago bestimmt nichts. Dafür verbürge ich mich.«

»Danke.«

Pratton Allgame nickte knapp. Mit einer umfassenden Bewegung deutete er nach draußen. »Wir sollten uns endlich mit Wichtigerem befassen«, stellte er fest und fügte nach einer winzigen, wenngleich bedeutungsvollen Pause hinzu: »Was ist das für eine Stadt?«

4

Irgendwo tief im Nichts ein Gedanke, so flüchtig wie das Aufflackern einer Kerze im Orkan und ebenso schnell erloschen:

Ich.

Der Gedanke kehrte wieder. Überrascht, sich seiner selbst bewusst und wissensdurstig.

Ich lebe.

Er registrierte die Veränderung, einen eigentlich zeitlosen Vorgang, ohne ihn aber wirklich zu verstehen. Zugleich erwachte die Erinnerung; sie machte es leichter zu verstehen. Von einer Sekunde zur anderen war er in einer Art Teleportation aus seiner vertrauten Umgebung herausgerissen worden. Eine Versetzung, die keineswegs zeitlos verlaufen war, sondern auf seltsame und unbekannte Weise verzögert.

Nicht nur ich. Alle wurden von dem goldenen Flirren erfasst.

Er spürte, dass Zeit verging, ohne jedoch sagen zu können, ob es sich um Sekundenbruchteile oder gar Stunden handelte. Seine Sinne waren nicht dafür geschaffen, das wahrzunehmen. Das Nichts hatte seine eigenen Gesetze.

Da war ein zweiter, vorerst noch vager Gedanke. Er signalisierte Gefahr.

Sein bitteres Lachen hallte durch die Unendlichkeit. *Was kann ich dagegen tun? Was?* Er verkrampfte sich, nahm seine Muskeln wieder wahr und seinen Körper. Ein dumpfes Pochen unter der Schädeldecke, das Rauschen des Blutes in den Schläfen. Das Herz hämmerte wild gegen die Rippen.

Es wird nicht mehr lange dauern ...

Wie viel Zeit war wirklich verstrichen? Unwillig wischte er die Frage beiseite, sie lenkte ihn nur ab. Er brauchte seine Konzentration für das vor ihm Liegende.

Die ersten Minuten, das wusste er, waren immer die schlimmsten. *Die ersten Minuten von was?*

Schatten verdichteten sich ringsum. Sie nahmen Konturen an, die er zu kennen glaubte.

Er fieberte dem Moment entgegen, in dem er körperlich werden würde.

Ich?

Mischte sich Furcht in seine Überlegungen? Eher waren es Zweifel. Weil eine Frage auftauchte, die er noch nicht beantworten konnte:

Wer bin ich?

»... Reginald Bull.« Die eigene Stimme erschreckte ihn, sie klang heiser und kaum verständlich. Ein wenig verwirrt blickte er um sich und fuhr sich mit beiden Händen durch das zentimeterkurz geschnittene Haar.

Vier, vielleicht fünf Sekunden waren vergangen, seit er sich seiner selbst wieder bewusst geworden war. Die Zeitfunktion des Armbands zeigte es ihm. Aber längst nicht alles war wieder wie zuvor. Das goldene Schneetreiben war verweht, die Sicht hatte sich normalisiert. Die Sonne stand als kleine, verwaschene Scheibe nahezu im Zenit. *Nur diese Stadt ...?* Etwas raste auf ihn zu – etwas, das es an dieser Stelle gar nicht geben durfte. Wie alles andere auch.

Reginald Bull reagierte instinktiv, als er in die verwaiste Handsteuerung eingriff. Mit aufheulenden Absorbern und wimmerndem Triebwerk schleuderte Mars-Liner-01 herum und entging um Haaresbreite der Kollision mit einem anderen, seltsamen Flugobjekt.

Die Marswüste hatte sich auf erschreckende Weise verändert. Das war nicht mehr die weitgestreckte zerklüftete Ebene mit den begrenzenden Höhenzügen und Kratern – das war ... Ein Stöhnen auf den Lippen, drängte Bull alle belastenden Gedanken beiseite. Was er durch die Sichtscheibe der Pilotenkanzel erkennen konnte, war eine gigantische Metropole, mit vielen großen Städten vergleichbar, aber dennoch anders.

Fremd! Der Eindruck fraß sich fest.

Zehn Sekunden ...

Der Schwebebus raste durch überbordenden Verkehr. Ein Dutzend Warnanzeigen und mehr blinkten hektisch. Es gab keine Leitimpulse mehr; die Satelliten im Marsorbit waren entweder gestört oder ...

... nicht mehr vorhanden.

»Raus aus dem dichten Verkehr!«, kommandierte Perry Rhodan hinter ihm.

Bull lachte dumpf. »Wohin?«, wollte er fragen, aber er brachte nicht einmal den Ansatz über die Lippen. Ringsum herrschte ein kontrolliertes Chaos, dessen Gesetzmäßigkeiten sich ihm entzogen. Immer noch neben dem Pilotensitz stehend, riss er den Schwebebus in die Höhe. Hinter ihm ein dumpfes Krachen, begleitet von kläglichem Wimmern. Rhodan wurde von der jähen Aufwärtsbewegung gegen die Wand gedrückt, und der aus seiner Bewusstlosigkeit wiedererwachte Pilot rutschte auf den Durchgang zur Passagierkabine zu.

Steil schoss Mars-Liner-01 in den mausgrauen Himmel. Das Knacken im Rumpf verriet, dass solche Manöver Gift für den alten Schwebebus waren.

Etwas Großes, Massiges stieg aus der Tiefe herauf. Bully hatte es nur vage wahrgenommen, aber jetzt, als der Bus mit aller Kraft dem Zusammenprall zu entkommen suchte, erkannte er das scheibenförmige Gefährt in voller Größe. Gut hundertfünfzig Meter durchmaß es und schien so etwas wie ein Frachter zu sein. Der leicht nach außen gebogene obere Rumpf war von Vertiefungen geprägt, Ankerbuchten, in denen eigenwillig geformte Container steckten. Der blinkende Spitzkegel im Zentrum mochte ein Fesselfeldprojektor sein oder mit dem Antrieb zu tun haben, Reginald Bull hatte eine solche Konstruktion jedenfalls nie zuvor gesehen.

Kollisionswarnung! Die ersten einfachen Funktionen des Liners erwachten zu neuem Leben.

Es musste ein aberwitziges Bild sein, wie der kantige Schwebebus schräg in die Höhe stieg, von dem massigen Frachter gefolgt. Bully hatte sich in den Pilotensitz geschwungen, aber damit wurde die Sicht für ihn nicht umfassender. Lediglich die auf der Frontscheibe erscheinenden Anzeigen unterstützten ihn.

Der Sitz war hart und mit den modernen Konturensesseln nicht zu vergleichen; die Kontrollen reagierten noch nicht auf Blickkontakt, sondern mussten zum überwiegenden Teil mechanisch aktiviert werden. Trotzdem fühlte sich Reginald Bull sofort vertraut. Mars-Liner-01 war für ihn mehr als ein beliebiges Museumsstück – solche Schwebebusse hatte er vor langer Zeit selbst über die karge Oberfläche des Roten Planeten geflogen. An Bord Siedler, die das ehrfürchtige Staunen nicht verlernt gehabt hatten, für die der Mars ein gewaltiger Schritt in ihrem Leben gewesen war.

Nahezu alle Kontrollen flackerten rot. Sie verrieten, dass der Frachter den Bus vom Heck her aufschlitzen würde.

»Wer hat uns das eingebrockt?« Bully zerrte an der Handsteuerung, der Liner kippte zur Seite weg. Für Sekundenbruchteile raste eine zerklüftete Wand heran, dann schrammte der Bus über eine zurückspringende Kante hinweg ins Leere. Ein Konglomerat aus Gittern und Verstrebungen, kantigen Kästen und trichterförmigen Steuerdüsen fegte vorbei und verschwand endgültig aus dem Blickfeld, als Bully den Liner in die Horizontale zurückfallen ließ.

»Da war nicht einmal ein Meter dazwischen«, ächzte er und wischte sich den Schweiß aus dem Gesicht.

»Pass auf!«, warnte Rhodan.

Bull grinste schräg. »Wie meine Großmutter schon immer zu sagen pflegte: Jede Art von Verkehr ist unfallträchtig.« Aus weit aufgerissenen Augen blickte er durch die Frontscheibe. Die ausgedehnte Skyline kam wieder in Sicht, eine Metropole, die sich scheinbar endlos erstreckte. Dazu eine überaus hohe Fahrzeugdichte. Gleiter schwebten von allen Seiten heran und vermischten sich auf vielen Ebenen.

Bull seufzte. »Wenn du mich fragst, hier gilt nur eins: je höher, desto weniger Durcheinander.«

Rhodan hatte dem Piloten auf die Beine geholfen. Sie redeten verhalten miteinander.

»Schick ihn bloß nicht nach hinten!«, sagte Bully warnend. »Unsere Passagiere fragen sonst, wer die Kiste fliegt.«

»Die werden gleich ganz andere Fragen stellen.«

»Das kann ich verstehen.« Reginald Bull seufzte ergeben. »Bei allen Sternengeistern, was ist das hier? Und wieso erwischt es immer uns?«

Zwei Gleiter kreuzten den Kurs des Mars-Liners, gläserne Kästen, wie Bully sie irgendwann vielleicht in technischen Entwürfen gesehen hatte, die aber nie wirklich gebaut worden waren. Sie erschienen ihm ebenso abstrus wie plump, nichts, was dem Konstrukteur besondere Anerkennung eingebracht hätte. »Du mich auch«, rutschte es Bull heraus, als einer der wenigen Passagiere des ersten Gleiters eine obszöne Geste machte. Der Kerl hatte abstehendes dunkles Haar – der Vergleich mit Shims Frisur drängte sich auf – und einen dichten Bart, aber vor allem war er unverkennbar terranischer Abstammung. Wie die anderen auch, die herüberglotzten.

Der zweite Gleiter wich dem Liner aus. Bully konnte gerade noch erkennen, dass er mit Angehörigen anderer Völker besetzt war. Ein Echsengesicht mit weit vorspringendem Maul und faustgroßen Glubschaugen, daneben ein gefiedertes Wesen mit im Nacken aufgestelltem bunten Federkamm … Reginald Bull kniff die Brauen zusammen, dann schüttelte er den Kopf. Er bildete sich ein, ziemlich alle bekannten Völker identifizieren zu können, aber die da drüben? Der Versuch, noch einen zweiten Blick zu erhaschen, blieb erfolglos.

»Wir befinden uns nicht mehr auf dem Mars!«, sagte Perry Rhodan.

»Ach?« Bully wandte sich nur flüchtig um.

»Wenn du mich fragst, befinden wir uns nicht einmal mehr im Sonnensystem.«

»Ich frag dich nicht, weil mir das schon klar ist. Okay?« Reginald Bull konzentrierte sich auf die Head-Up-Anzeigen, weil eine Front dicht gedrängt stehender Gebäude vor ihm aufwuchs. Ein stählerner Urwald, das war der beste Vergleich. In der Tat wirkten die Häuser wie überdimensionierte Bäume. Von einem säulenartigen Zentrum ausgehend, spalteten sich Fortsätze wie Äste ab, auf denen ballonartige Konstruktionen saßen. Ganz zu schweigen davon, dass diese Bauweise nur mit einer ausgefeilten Technik möglich war, wirkte keiner der »Bäume« wie der andere. Teilweise griffen ihre Äste ineinander und bildeten ein schwer zu überschauendes Dickicht, in dem sich hunderte, wenn nicht gar mehrere tausend Flugobjekte abzeichneten.

Der Pilot schien sich endlich gefangen zu haben. Er wollte etwas sagen, wurde aber unterbrochen, weil Fran Imith in die Kanzel stürmte. Ihr erster Blick galt keinem der drei Männer in dem engen Raum, sondern schweifte nach draußen. Eine wache, lauernde Aufmerksamkeit zeigte sich in ihren Augen. »Die Passagiere werden unruhig«, stellte sie unumwunden fest. »Ich denke, es ist an der Zeit ...«

»Wofür?«, fragte Bully.

»Wir müssen ihnen sagen, dass das da draußen ...«

»Das ist diesmal keine Simulation«, unterbrach Perry Rhodan.

»Ich weiß«, sagte Fran Imith.

»Umso besser.« Rhodan massierte die kleine Narbe auf seinem rechten Nasenflügel. Den linken Arm hatte er angewinkelt, das Multifunktions-Armband war aktiv, aber die holografische Projektion zeigte nur Störungen.

Fran Imith warf einen flüchtigen Blick auf das Display. Sie schien sich damit auszukennen, andernfalls hätte sie nicht umgehend die richtigen Schlüsse gezogen. »Keiner der bekannten solaren Sender ist aktiv«, stellte sie unumwunden fest. »Das kann nicht sein!«

Reginald Bull hatte anderen Schwebefahrzeugen ausweichen müssen, deshalb den Mars-Liner vor dem »Baumviertel« herumgezogen und die Geschwindigkeit bis auf vierzig Stundenkilometer herabgesetzt. Doch nun bildete der Bus offensichtlich ein Hindernis. Von hinten flutete der Verkehr heran, drängte sich auf teilweise halsbrecherischem Kurs vorbei, und die eine oder andere fremde Gestalt reagierte unverhohlen wütend. Bully hob nur grinsend die Hand, und als ob sein Anblick Wunder wirke, jagten die anderen Maschinen mit wachsender Beschleunigung davon.

»Immerhin – sie scheinen mich zu kennen.« Er grinste breit.

»Red keinen Unsinn«, wehrte Perry Rhodan ab.

»Überzeug dich selbst davon! – Ich wünschte, das alles wäre nur eine Simulation.« Bully bremste den Mars-Liner weiter ab und flog nahe an ein skurriles Bauwerk heran. Er ließ die Maschine absinken. Der fließende Verkehr tangierte ihn danach kaum noch, lediglich Gleiter, die das Gebäude verließen, bedeuteten eine potenzielle Bedrohung.

Er schaltete die Durchsage ein. »Hier spricht Reginald Bull. Ich bitte alle, Ruhe zu bewahren und auf ihren Plätzen zu bleiben. Offenbar wurden wir von einer unbekannten Maschinerie im Bereich der archäologischen Grabungen teleportiert. Das ist an sich kein Problem, außer, dass wir für den Rückflug vielleicht ein Raumschiff anfordern müssen.« Er lachte vielsagend. »Das schafft unser Mars-Liner-01 nicht mehr aus eigener Kraft. Wir suchen nur noch einen geeigneten Landeplatz. Danach wird sich alles klären.«

»Wirklich?«, fragte der Pilot skeptisch. Die Erleichterung darüber, dass Bull seinen Platz eingenommen hatte, war ihm deutlich anzusehen. Seine Erfahrung mit dem altertümlichen Fahrzeug beschränkte sich auf wenige Flugstunden.

Und Fran Imith fügte hinzu: »Weiß einer schon, wohin es uns verschlagen hat?«

Perry Rhodan zögerte kurz, ehe er antwortete: »Ich habe eine Stadt wie diese nie zuvor gesehen. Sie befindet sich mit einiger Wahrscheinlichkeit nicht innerhalb der Milchstraße.«

Fünfzig Meter über dem Boden hielt Reginald Bull den Mars-Liner in der Schwebe. Unter dem Bus erstreckte sich eine eigenwillige Flora, eine Art Farnwald. Aber nicht Grün war vorherrschend, sondern ein schmutziges Violett. Bis zu dreißig Meter hoch ragten die gespaltenen Wedel auf. Sie standen in Reih und Glied und wogten gleichmäßig im Wind.

Die Außenoptik übertrug das Bild auf einen lächerlich kleinen Monitor. Es war noch nicht einmal dreidimensional und ließ wenig Details erkennen. Mehrmals glaubte Reginald Bull, Lebewesen inmitten der Pflanzen zu sehen, aber wirklich sicher war er sich dieser Beobachtung nicht. Zu viel anderes beanspruchte seine Aufmerksamkeit. Die Gebäudefront wirkte im wahrsten Sinne des Wortes erdrückend. Über schätzungsweise eineinhalb Kilometer erstreckte sie sich und war annähernd ebenso hoch, eigentlich ein gewaltiger Klotz, grundhässlich, wären nicht die unzähligen Rücksprünge, Nischen und Einschnitte gewesen. Wie Höhlen wirkten sie, umrahmt von gewundenen Stahlträgern, einem engmaschigen Außenskelett und offenbar in die Zwischenräume gegossenem Kunststein. Ununterbrochen schwebten Gleiter ein und aus.

Es hatte zu nieseln begonnen. Der Farnwald schien sich dem belebenden Nass entgegenzurecken.

»Zehn Minuten erst«, murmelte Reginald Bull. »Dabei kommt es mir vor, als hingen wir hier schon eine kleine Ewigkeit rum.« Er checkte die letzten Aggregate und Messinstrumente. Inzwischen funktionierten alle Bereiche wieder, angefangen vom Prallfeld bis hin zu der einfachen Funkanlage. Niemand hatte es je für notwendig erachtet, Hyperfunk zu installieren. »Was sagt dein Armband, Perry?«

»Nichts, was ich auf Anhieb verstehen könnte. Die Frequenzen, auf denen gesendet wird, sind für uns ungewöhnlich. Außerdem ist der Pikosyn ausgefallen, nur noch die positronischen Funktionen arbeiten.«

»Könnte eine Folge der Strahlung sein. Sonst noch was?«

»Ich gebe ungern Halbwahrheiten bekannt.«

»Die sind mir immer noch lieber als gar nichts. Wir werden jemanden nach dem Weg zum nächsten Restaurant fragen müssen.«

»Oder nach Hause ...«, wandte Fran Imith ein. Sie stand nach wie vor im Durchgang zur Kanzel. Aus dem Passagierraum erklang Pratton Allgames Predigerstimme.

»Das hört sich an, als hätte sich unser Weinbauer mit Quart Homphé angelegt«, murmelte Reginald Bull.

»Andere Sorgen hast du nicht?«

Bully hob die Schultern. »Wenn du mich so fragst ... Ich werde darüber nachdenken.«

Die Situation war nicht so ungewöhnlich, wie sie erschien. Oft hatten sich die beiden Unsterblichen auf unbekanntem Terrain behaupten müssen. Immer war es ihnen gelungen, sich wieder nach Hause durchzuschlagen. Nur hatten sie nie auf einen bunt zusammengewürfelten Haufen unterschiedlichster Menschen Rücksicht nehmen müssen.

Perry Rhodan pfiff überrascht zwischen den Zähnen hindurch. Seine Armbandortung hatte neue Daten geliefert. »Das ist interessant. Die Masseanzeige gibt eindeutige Werte aus.«

»Und?«

»Diese Welt ist der Mars!«

Sekundenlang herrschte betretenes Schweigen. Nur aus dem Bus drangen lauter werdende Stimmen nach vorne. Die Passagiere waren sich über irgendetwas uneins.

»Ich habe schon besser gelacht.« Reginald Bull seufzte ergeben. »Wenn das der Mars ist, muss der fahle gelbe Fleck, den wir gesehen haben, unsere Sonne gewesen sein. Aber verrate mir dann bitte, was dieser ganze Unfug da draußen ...« Er verstummte, denn im Hintergrund wurde es laut.

Fran Imith hatte sich schon zurückgezogen, die aufgebrachten Gemüter aber nicht beruhigen können. Perry Rhodan ging ebenfalls nach hinten. Er brauchte nur die Fäuste in die Hüfte zu stemmen, um wenigstens vorübergehend für Ruhe zu sorgen.

»In Ordnung«, sagte er. »Jetzt will ich wissen, wo das Problem ist!«

Khirm Smertens, ein hagerer Zwei-Meter-Mann mit ungewöhnlich blasser Haut, hielt ihm ein silbernes, zwei Handspannen messendes Etwas entgegen. »Hier haben wir das Problem. Warum wird uns die Wahrheit vorenthalten?«

»Ich kenne sie selbst noch nicht.«

Ein anderer fragte: »Wo befinden wir uns wirklich?«

»Die Ortungsdaten sagen, dass dies der Mars sein muss.«

Betretenes Schweigen. Doch gleich darauf redeten alle durcheinander. »Ruhe!«, rief Smertens und streckte das schmale Silberband in die Höhe. »Verdammt, haltet endlich den Mund!«

»Das ist Shims Haarspange«, sagte Rhodan und stellte damit seine Beobachtungsgabe unter Beweis.

»Mit integriertem Funkempfänger.« Khirm Smertens nickte eifrig. »Shimmi lässt sich ständig mit Musik berieseln. Aber jetzt ...« Er justierte das Kombigerät auf höchste Lautstärke.

Eine knarrende Stimme erklang, ein dumpfer Bass, der an das Quaken eines Froschs erinnerte. Eine zweite schnarrende Stimme fiel ein. Es war offensichtlich, dass sich beide unterhielten. Aber die Wesen sprachen kein Interkosmo, die Lingua franca der Milchstraße.

»Wenn das als Beweis nicht genügt. Wir befinden uns weder auf dem Mars noch im Sonnensystem, nicht einmal mehr in der Milchstraße.«

»Bitte«, sagte Perry Rhodan. »Alle Aufregung hilft uns nicht weiter. Wir haben ein Problem ...«

»Ein Problem?«, ächzte jemand. »Das ist doch schamlos untertrieben.«

»... aber wir werden damit fertig.«

»Bitte«, drängte Fran Imith im Hintergrund, »geht wieder auf eure Plätze. So ändert keiner etwas.«

»Die Frau hat Recht«, pflichtete Allgame bei. »Wenn uns jemand heil zurückbringen kann, dann Rhodan und Bull. Aber keiner von euch. Wer sich das zutraut, soll sich melden!«

Es wurde leiser im Fahrgastraum. Nicht zuletzt deshalb, weil sich eine Flugschale neben dem Bus herabsenkte.

Langsam schwebte sie nach vorne. Zwei Wesen kauerten in dem eigenwilligen Gefährt, die Hände auf seitlichen Konsolen aufgestützt. Sie waren humanoid, nicht allzu groß, aber im Vergleich dazu ungewöhnlich breit in den Schultern. Vogelabkömmlinge. Ihre kantigen, spitzen Schnäbel und die weiß gefiederten Schädel erinnerten an irdische Kormorane. Ihr Interesse galt eindeutig dem Mars-Liner.

Rhodan machte auf dem Absatz kehrt zur Pilotenkanzel.

»Wir erregen Aufsehen.« Reginald Bull deutete auf die Einblendungen, die das Ortungsbild der Flugschale und ein halbes Dutzend anderer Fahrzeuge zeigten.

Die beiden Gefiederten schwenkten vor den Mars-Liner ein. Aus hochgestellten ovalen Augen blickten sie auf die Pilotenkanzel. Die Schädel vollführten ruckartige, kröpfende Bewegungen.

»Möchte wissen, was die von uns wollen.« Bully massierte sich die Schläfen. »Mit irgendwas sind die nicht einverstanden.«

Die Flugschale pendelte, sackte abrupt bis auf den Boden ab und stieg langsam wieder in die Höhe. Die Bewegungen der Vogelabkömmlinge wurden hektischer, sie rissen die Schnäbel auf, als wollten sie tatsächlich ihre Nahrung wieder hervorwürgen.

»Hinterher!«, bestimmte Perry Rhodan. »Sie wollen, dass wir ihnen folgen.«

»Aber …«

»Mach schon!«

Sonderlich überzeugt schien Bully nicht zu sein, dennoch ließ er den Bus langsam in die Höhe steigen. Die Flugschale der Gefiederten beschleunigte und jagte im 45-Grad-Winkel davon. Erst als die Vogelwesen bemerkten, dass der Bus deutlich langsamer in Fahrt kam, verzögerten sie wieder.

»Ich denke, das ist unser Abholdienst«, sagte Perry Rhodan zufrieden.

Bully warf ihm einen verkniffenen Blick zu. »Wenn du mich fragst, sonderlich aufmerksam sind die nicht. Wir könnten längst als Wrack in irgendeiner Straße liegen. Die sind fünfzehn Minuten zu spät dran.«

»Bei dem Verkehr hier …« Rhodans Tonfall war nicht zu entnehmen, wie ernst er seine Bemerkung meinte.

Reginald Bull stutzte zuerst, er schien zu einer Erwiderung ansetzen zu wollen, überlegte es sich aber doch anders.

»Wir sollten unsere Passagiere wissen lassen, dass es nun bald wieder nach Hause geht«, stellte Perry Rhodan kurz darauf fest.

»Was macht dich so sicher?«

»Nichts. Aber sag's ihnen trotzdem.«

5

Ein ergebenes Seufzen auf den Lippen, aktivierte Reginald Bull die Bordkommunikation. »Wir werden in Kürze mehr über unsere Situation erfahren«, verkündete er. »Offensichtlich haben wir zwei Lotsen bekommen, die uns durch diese Stadt führen. Ich denke, am Ziel erwartet uns eine umfassende Aufklärung. Danke.«

»Ich hoffe, Sie hatten einen angenehmen Flug und beehren uns bald wieder.«

Bully kniff die Brauen zusammen. Rhodans Bemerkung hatte ihn auf dem falschen Fuß erwischt.

»Ich finde, du bist der perfekte Flugkapitän«, versicherte der Freund.

»Wenigstens einer, der das einsieht.« Reginald Bull gab sich schon wieder zuversichtlich, obwohl der Verkehr erneut dichter geworden war. Es wurde schwierig, möglichst nahe an der Flugscheibe dranzubleiben. Unaufhörlich drängten andere Gleiter heran. Dass dieses Durcheinander keine schwerwiegenden Kollisionen nach sich zog, erschien wie ein Wunder.

Die Vogelwesen umflogen zwei Pyramidenbauten, deren Spitzen ein funkelnder Energietunnel miteinander verband. Am Tunnelrand klebten transparente Kapseln, und einige Dutzend Menschen warteten darauf, diese Gebilde betreten zu können. Bully versuchte, mehr zu erkennen, aber die Distanz war zu groß.

»Abgesehen von ihrer Kleidung … sie könnten durchaus auf Terra geboren sein.«

»Das wäre möglich, ja.«

Schnaubend stieß Reginald Bull die Luft aus. »Ich kenne dich! Du hältst mit irgendetwas zurück. Also?«

Sie näherten sich den Außenbezirken der gewaltigen Metropole, die vielleicht sogar größer war als Terrania City. Querab schimmerten Wasserflächen im Widerschein fahler Sonnenstrahlen. Überhaupt bestimmte zunehmend exotische Vegetation das Bild, die Bauten traten weiter auseinander und wurden niedriger.

»Wir wurden nicht an einen anderen Ort versetzt«, sagte Perry Rhodan.

»Hm.«

»Dieser Planet ist der Mars.«

»Das hattest du bereits festgestellt.«

»Bist du anderer Ansicht, Bully?«

»Ich könnte dir alle plausiblen Vermutungen an den Fingern abzählen.«

Die Flugschale mit den beiden Vogelwesen beschleunigte. Gut zweihundert Stundenkilometer betrug die Fluggeschwindigkeit. Weit voraus tauchte im Dunst ein einzelnes höheres Bauwerk auf.

»Jede Wette, das ist unser Ziel.« Reginald Bull warf Rhodan einen auffordernden Blick zu. »Ich höre immer noch«, drängte er.

»Wir haben den Mars nicht verlassen. Leider gibt es keinen anderen Beweis als die eingeschränkten Ortungsdaten meines Armbands. An eine Parallelwelt glaube ich nicht. Trotzdem war das, was wir erlebt haben, eine Art Versetzung.«

»Nicht im Raum, sondern in der Zeit?« Bully klang keineswegs überrascht.

»Wenn du so willst, beides. Nur eben initial auf der Zeitschiene.«

»Da existieren zwei Richtungen, wenn ich mich nicht irre.«

Das Bauwerk voraus wurde deutlicher. Zwei Kilometer Höhe, zeigte die Distanzmessung an, ein gewaltiger Turm, der sich ab dem unteren Drittel zu drei gabelartigen Zinken verjüngte.

»In die Zukunft!«, sagte Perry Rhodan jäh und fügte hinzu: »Das ist aber nur ein Gefühl.«

Bully nickte. Verbissen blickte er nach draußen. »Wenigstens gibt es noch Menschen«, sagte er nach mehreren tiefen Atemzügen. »Trotzdem. Hier sind mehr als nur einige hundert Jahre vergangen. Allein diese grässliche Vegetation … Die Farne erinnern mich an das erdgeschichtliche Trias. Wie lange lag das vor unserer eigenen Zeit? Nein, sag's lieber nicht.«

»Die Pflanzen wurden wahrscheinlich von überall her importiert.«

»Rund 250 Millionen Jahre«, sinnierte Bully. Einmal in Fahrt gekommen, war er nicht mehr so leicht zu stoppen. »Ungefähr vor 205 Millionen Jahren begann das Jura. Damals hatten sich die Kontinente der Erde noch nicht einmal getrennt.« Wie aberwitzig seine Vermutung war, sah er von selbst ein. »Weißt du, was unsere Passagiere mit uns machen würden, sobald sie eine solche Zahl hören? Dabei sind wir da ebenso reingeschlittert wie sie.«

Der Turm war deutlicher zu erkennen. Nicht drei Zacken stiegen aus dem Unterbau auf, sondern vier. Zudem handelte es sich um zwei monströse Bauten, die sich kreuzförmig überlappten – zwei »Stimmgabeln«, deren Zinken verschiedene Höhen erreichten und in schrägen Dächern endeten.

»Sieht bedeutungsvoll aus«, sinnierte Bully. »Wer dort sitzt, hat vermutlich einiges zu sagen.« Er zuckte zusammen, als Rhodan urplötzlich mit der rechten Hand ausholte und über seine Schulter wischte. »He«, brummte er, »was ist in dich gefahren?« Vorübergehend war er abgelenkt, weil die Flugschale mit den Vogelwesen tiefer sank und abbremste. Er glich die Geschwindigkeit des Mars-Liners an. Erst dann schaffte er es, sich wieder dem Freund zuzuwenden.

Perry Rhodan hatte etwas in der hohlen Hand gefangen. Allerdings tat er sich schwer, dieses Etwas festzuhalten und hatte inzwischen die Linke zu Hilfe genommen. »Ich mag es nicht, wenn man uns nachspioniert«, schimpfte er.

»Lass mich raten. Eine Mikrooptik?«

»Ich habe mich schon gefragt, warum keiner von den Medienleuten in der Kanzel erscheint. Sonst hören sie doch auch das Gras wachsen.«

»Das Ding hat unsere Unterhaltung übertragen?«

»Zumindest aufgezeichnet.«

Bullys Augen funkelten, als er auf die Seitenwand deutete. Neben den Redundanzsystemen der wichtigsten Flugkontrollen gab es mehrere leere Fächer. Sie waren für Erweiterungsinstallationen vorgesehen gewesen, die bei diesem Typ von Schwebebus aber nie ausgeführt worden waren. »Vorläufige Sicherheitsverwahrung, schlage ich vor. Falls jemand die Optik vermisst, wird er sich schon melden. Dann erzähle ich ihm was.«

Er konzentrierte sich auf den Anflug. Ein imposantes Bauwerk war diese doppelte Stimmgabel, doch wurde Bully erst jetzt richtig bewusst, dass im näheren Umfeld kaum Flugverkehr herrschte.

Nicht einmal mehr fünfhundert Meter Distanz. Die Flugschale war zum Stillstand gekommen, der Bus schloss im Schritttempo auf. Alle Scanner und Ortungen arbeiteten, aber die Ergebnisse ließen zu wünschen übrig.

»Sieht so aus, als wären vor uns einige Abschirmungen aktiv.«

»Das allein muss noch nicht sehr viel bedeuten.« Rhodan hatte einige Mühe gehabt, die Mikrooptik in Gewahrsam zu nehmen, ohne dass sie ihm dabei entwischt war. Das Ding war wendiger als eine Hummel und keineswegs größer, aber auch nicht intelligenter als ein Insekt. Ein leises und rhythmisches Knacken verriet, dass die Optik hartnäckig gegen die Tür anflog.

Bullys Finger huschten über die Kontrollen, als mehrere kleine Schirme aufflackerten.

Unbekannte Energieform ...

Beeinflussung des Pulsatortriebwerks ... Keine Reaktion auf den Korrekturschub, den Bull auslöste.

Kinetische Fremdeinwirkung ... Der Bus wurde wie von Geisterhand auf das Bauwerk zugezogen. Auch die Flugschale glitt weiter.

»Sie haben uns im Traktorstrahl.« Bull schaltete alle Antriebsfunktionen auf Leerlauf. Immerhin konnte er auf diese Weise blitzschnell reagieren, sollte es die Situation erfordern. Er wirkte grimmig entschlossen. »Auf die Erklärung, die wir hoffentlich bald erhalten werden, bin ich wirklich gespannt.«

Für einen Moment stockte Perry Rhodan der Atem. Das Gefährt mit den beiden Vogelwesen musste unweigerlich gegen die Wand prallen. Große Fensterfronten prägten die Fassade des Bauwerks in vielen Bereichen, aber ausgerechnet vor dem Mars-Liner und der Flugschale gab es weder Luken noch Einflugöffnungen, und die verspiegelte Außenhülle wirkte wie eine Stahllegierung.

»Für unsere neuen Freunde ist das offenbar völlig normal«, bemerkte Reginald Bull.

Sekunden später schien die Wand aufzuwallen. Rhodan versuchte, mehr zu erkennen als nur dieses Brodeln – es gelang ihm nicht. Auch nicht, als der Mars-Liner-01 ebenfalls in das Gebäude einflog. Vermutlich täuschte der Eindruck, dass die Materie in Bewegung geraten war, und es handelte sich um einen energetischen Effekt. Der Terraner spürte ein Prickeln am ganzen Körper, als würden sich seine Haare aufrichten, aber so schnell wie es begonnen hatte, war es auch wieder vorbei. Er hatte das Durchdringen der Wand nicht einmal richtig wahrnehmen können.

Eine Halle öffnete sich vor dem Bus, eher sogar ein weitläufiger Hangar, der sich in unbestimmter Distanz verlor. In der Nähe gab es nur ein weiteres Fahrzeug: die Flugschale der Lotsen.

Die beiden Vogelwesen klappten ihre Konsolen zurück und schwangen sich über die niedrige Bordwand. Sie hatten sichtlich Mühe, einen sicheren Stand zu bewahren.

Sechs ebenfalls fragil wirkende Vogelabkömmlinge näherten sich mit stakenden Schritten von der Seite her. Noch waren sie gut zweihundert Meter von dem gelandeten Mars-Liner entfernt, aber sie kamen zielstrebig heran.

»Sonderlich eilig haben sie es nicht«, bemerkte Reginald Bull. »Das dürfte aber dennoch unser Begrüßungskomitee sein.«

Der Gang der Fremden wirkte unsicher, was wohl an den hoch angesetzten Kniegelenken lag. Die schmalen Hüften taten ein Übriges dazu, sie hielten die Standfläche relativ eng begrenzt. Für menschliches Empfinden wirkten die Proportionen verschoben. Die breiten Schultern und der tonnenförmige Oberkörper lasteten auf dürren, zerbrechlich anmutenden Beinen. Die Arme machten keinen stabileren Eindruck, und Flügel, die eine Entlastung des Gehapparats bedeutet hätten, schienen nicht einmal mehr rudimentär vorhanden zu sein.

Bully schüttelte den Kopf. »Ich habe keine Ahnung, wo ich dieses Volk einordnen soll. Wir sind solchen Vögeln bislang nicht begegnet.«

Gleichzeitig wirkten die Fremden bis auf ihre Köpfe humanoid. Sie trugen pastellfarbene lange Gewänder, die das Brustgefieder aussparten. Auch die verhornten Gliedmaßen waren deutlich zu erkennen.

Die beiden Wesen aus der Flugschale, die dem Bus schon deutlich näher waren, hielten kurz inne und schienen mit den anderen zu reden.

»Warum hören wir nichts?«, schimpfte Perry Rhodan, der soeben das Translatormodul seines Armbands kontrollierte.

»Vergiss nicht, wie alt die Kiste ist«, antwortete Bully. »Der Typ hatte doch damals schon seine Macken. Ich vermute, dass eine Sandkruste die Außenmikrofone abdeckt.«

Rhodans Wangenknochen traten hervor. Ihm war anzusehen, dass er sich ärgerte. »Welches verkappte Genie hatte eigentlich die Idee mit dem Museumsfahrzeug?«

»Tourismus und …«

»Ich will's gar nicht hören«, wehrte Rhodan ab. »Wir hätten unser Veto einlegen sollen. Allerdings habe ich mich von der Nostalgie verleiten lassen; zwei Tage im Bus über den Mars … Wie lange hatten wir keine Gelegenheit mehr für solche Fahrten.« Er deutete nach hinten. »Gehen wir!«

»Und das hier?« Bully klopfte auf die Konsole. »Mir behagt es nicht, die Startbereitschaft aufzugeben.«

»Kommt der Bus gegen den Traktorstrahl an?«

»Ich weiß nicht. Vielleicht mit voller Beschleunigung.«

»Und die Wand hinter uns?«

Bully seufzte ergeben. »Willst du alles mies machen? Dann stell dich gleich in die Kabine und erkläre, dass wir keine Ahnung haben …«

Sie sorgten sich um die Passagiere. Alles andere war zweitrangig. Die Mehrzahl der Männer und Frauen hatte den Vorfall vermutlich noch nicht in seiner ganzen Tragweite erfasst. Aber sobald das geschah, würde es Probleme geben. Sie waren räumlich oder zeitlich weit von der Heimat entfernt – und der einzige Lichtblick war, dass es so aussah, als hätte man sie erwartet.

Genau das sagte Perry Rhodan, als er Augenblicke später zwischen den Sitzreihen stand. »Wir wurden erwartet, das ist offensichtlich. Reginald Bull und ich werden mit den Fremden reden. Wir wissen noch nicht, was das alles zu bedeuten hat, aber wir finden es heraus.«

»Schaffen wir es nach Hause?«, rief jemand dazwischen.

»Wir haben es immer geschafft. Weshalb sollte das diesmal anders sein?«

Einige lachten. Shim Caratech klatschte hastig Beifall. »Mein Vertrauen hast du, Perry!«, rief sie laut.

Rhodan deutete eine Verneigung in ihre Richtung an. »Danke, Shim.« Gleichzeitig hob er die Hand und hinderte zwei Männer in den vorderen Reihen am Aufstehen. »Wir brauchen keine Medienpräsenz da draußen«, wehrte er ab. »Ich hoffe, das ist unmissverständlich. Vorerst bleibt jeder Passagier an Bord.«

»Wir haben einen Informationsauftrag …«

»Die Situation hat sich geändert. Wenn ich hier die Verantwortung übernehme, erwarte ich, dass meine Anordnungen befolgt werden. Wir wissen nicht, wie unsere Freunde da draußen auf Optiken und dergleichen reagieren.«

»Schon gut.« Der Reporter, der sich schon halb erhoben hatte, ließ sich auf den Sitz zurücksinken. »Sobald alles zufrieden stellend geklärt ist …?«

»Dann meinetwegen.« Rhodan ließ die vordere Schleuse aufgleiten. In einer nicht atembaren Atmosphäre hätte das äußere Schott blockiert und einen Ausstieg nur über die korrekte Schleusenfunktion ermöglicht.

Kurz wandte er sich zu Bull um, der dem Piloten eine Reihe von Anweisungen gegeben hatte, dann verließ er den Bus.

»Ihr müsst reden«, sagte Bully. »Möglichst viel, wenn wir euch verstehen sollen.« Er tippte sich mit dem Finger an die Brust. »Ich bin Reginald Bull. Mein Begleiter heißt Perry Rhodan. Wir sind Terraner. Aber ich denke, das wisst ihr. – Ich hoffe es jedenfalls«, fügte er hinzu.

Die Translatormodule ihrer Armbänder benötigten einen möglichst großen Wortvorrat für die Analyse der fremden Sprache und ihrer Grammatik.

Bully glaubte, in den Gesichtern der Vogelwesen Neugierde und eine furchtsame Zufriedenheit zu erkennen. Zumindest erweckten ihre Muskelbewegungen und die Veränderung im feinen Gesichtsgefieder diesen Eindruck. Überhaupt schienen die Farbnuancen der Federn so etwas wie eine Physiognomie darzustellen. Dass die Augen der Fremden weit vorne saßen und senkrecht standen, hatte er schon gesehen, bevor er der Flugschale gefolgt war. Aus unmittelbarer Nähe erkannte er ihre Grundfarbe als ein helles Gelb mit schwarz kontrastierender Iris.

Der Blick dieser Augen wirkte traurig.

»Wie dem auch sei«, fuhr Reginald Bull fort. »Wir hoffen auf einen freundschaftlichen Kontakt. Ihr wirkt auf mich nicht gerade angriffslustig. Eher würde ich sagen, sehr müde und kraftlos.«

»Das ist bedingt richtig«, erwiderte eine tiefe, getragene Stimme. Bully empfand in dem Moment eine schwache Vibration. Er wusste nicht einmal, ob er die Worte wirklich gehört hatte. »So schnell reagiert kein Translator«, murmelte er im Selbstgespräch. »Das war Zufall, oder?«

»Wir verstehen dich sehr gut, Reginald Bull.«

Überrascht legte er die Stirn in Falten. Der amüsierte Zug um Perry Rhodans Mundwinkel ärgerte ihn. »Wer versucht hier eigentlich, uns auf den Arm zu nehmen?«, wollte er wissen. »Das sieht nach einem abgekarteten Spiel aus. Aber für einen Medienscherz geht das entschieden zu weit.« Ruckartig wandte er sich um. Wie erwartet, blickten ihm hinter den Sichtscheiben des Mars-Liners eine Reihe interessierter Gesichter entgegen – allen voran die beiden Reporter.

»Es ist Zeit für eine Erklärung«, sagte in dem Moment Perry Rhodan.

»Natürlich«, erwiderte der größte der Fremden.

Bully schätzte, dass er exakt so groß wie Rhodan war, also 1,89 Meter. Zugleich glaubte er zu erkennen, dass es sich um einen ihrer Lotsen handelte. »Also, was ist das hier?«, drängte er. »Theater oder nicht?«

Sein Gegenüber sperrte den Schnabel auf. Eine verknorpelte Zunge wurde sichtbar. Das Vogelwesen stieß eine Reihe dumpfer Laute aus und winkelte die Arme vor der Brust an. »Wir befinden uns im Ordensturm von Mantagir«, verkündete es, als sei damit schon alles gesagt. »Wir Tambu gehören dem Orden der Wissenschaftler von Cor'morian an.«

Sobald der Fremde redete, lag mehr als nur die Vibration seiner Bassstimme in der Luft. Bully glaubte, zwei Stimmen unterscheiden zu können – eine, die zu ihm in Interkosmo sprach und eine zweite, leise, im Hintergrund, die wie Vogelkrächzen klang, in derselben Tonhöhe.

»Ich bin Gherdon Cal Stogg, der technische Leiter dieser Niederlassung.«

»Wo befinden wir uns?«, fragte Rhodan. »Wie heißt diese Welt?«

»Balance B.« Der Gefiederte reckte den Hals.

»Welche Galaxis?«

»Vaaligo.«

Bully wollte gerade loslegen, als sein Gegenüber ihm die Hand entgegenstreckte. Die Finger wirkten unglaublich dürr; wahrscheinlich befanden sich unter den faserigen Hornlamellen nur Muskelstränge und Knochenfragmente.

Die Art, wie Gherdon Cal Stogg ihm die Hand entgegenhielt, irritierte Bull. Erst bei genauerem Hinsehen bemerkte er die hauchdünne transparente Scheibe auf der Kuppe des Mittelfingers. Ohne eine schwache Lichtreflexion wäre ihm das Gebilde vermutlich gar nicht aufgefallen.

»Was ist das?«

»Ein Translator.«

Die Scheibe war so groß wie eine Zwei-Galax-Münze, also etwa wie seine Daumenkuppe. In ihrer Konsistenz erinnerte sie an Folienmaterial. Sie mochte gleichermaßen als Miniatur-Monitor wie als Datenspeicher dienen. Ob die äußerst umfangreichen Funktionen eines Übersetzungsgeräts darauf Platz fanden, von denen der Datenspeicher noch das geringste Volumen beanspruchte, erschien fraglich. Die logischen Funktionen der Spracherkennung und Interpretation sowie der Lernfähigkeit benötigten üblicherweise ein mehrfaches Volumen.

»Ein schönes Spielzeug.« Seine Zweifel waren keineswegs geringer geworden. »Vor allem wurde das Gerät schon auf Interkosmo programmiert.«

»Das ist selbstverständlich«, bestätigte einer der Wissenschaftler. »Wir sind gezwungen, professionell und effektiv zu arbeiten.«

Reginald Bull akzeptierte es, dass der Tambu ihm das Plättchen auf die Wange drückte. Es haftete sofort, und als er selbst mit den Fingern darüber strich, nahm er es fast nicht als Fremdkörper wahr. Er spürte nur eine kaum tastbare Hautunebenheit. Zudem war dieser Translator nur bei peinlich genauem Hinsehen zu entdecken, das stellte er fest, als Perry Rhodan ebenfalls ein solches Gerät erhielt.

»Vaaligonde ist die Verkehrssprache unserer Galaxis. Alle lokalen Varianten stehen euch hiermit zur Verfügung.«

Reginald Bull war nahe daran, die Vermutung eines Zeitsprungs zu revidieren. »Das Interkosmo wurde alten Archiven entnommen?«, fragte er. Lebende Sprachen, die von nahezu allen raumfahrenden Völkern einer Galaxis benutzt wurden, verschwanden nicht innerhalb weniger Jahrtausende. Dazu hätte es extremer Veränderungen bedurft.

»Nicht einmal unsere am weitesten zurückreichenden Datensammlungen kennen phonetische oder schriftliche Beispiele eurer Sprache«, antwortete der Tambu. »Lediglich ein einziger Hinweis auf eine vor Äonen verschollene Umgangssprache existiert. Die Quelle ist aber nachgewiesenermaßen unzuverlässig.«

Sekundenlang starrte Reginald Bull die Fremden an, dann schüttelte er sich, als müsse er eine plötzliche Benommenheit vertreiben. »Noch einmal, und zwar langsam und zum Mitschreiben«, forderte er. »Wie alt ist diese Quelle?«

»Sehr alt.«

»So geht das nicht.« Er glaubte zu spüren, dass die Blicke der Buspassagiere ihn förmlich sezierten. Für einen Augenblick war er versucht, sich umzudrehen und ihnen zu sagen … Was eigentlich?

»Eine genaue Zahl!«, verlangte Perry Rhodan in dem Moment.

»Nahezu eine Milliarde eurer Jahre.«

Eine Milliarde … Perry Rhodans Gedanken überschlugen sich. Das war selbst für ihn mehr, als er auf Anhieb verkraften konnte. Schwindel erfasste ihn. Er beugte sich vor und stützte die Hände auf den Knien auf. Tief atmete er ein, konzentrierte sich zugleich auf die Impulse des Zellaktivators, die ihm halfen, die Übelkeit zu überwinden. *Eigentlich*, dachte er, *ist es unerheblich, ob wir tausend Jahre in die Zukunft versetzt wurden oder eine Milliarde. Der Vorgang an sich ist identisch.*

»Mein Gott!« Neben ihm fuhr sich Reginald Bull mit beiden Händen durch das Stoppelhaar. »Gibt es die Erde überhaupt noch?«

»Sie erfüllt einen wichtigen Zweck«, antwortete Gherdon Cal Stogg.

»Wie schön.« Bully wischte sich mit dem Handrücken über die Augen. »Jetzt würden wir gerne wissen, was hinter alldem steckt.«

»Wir befinden uns noch auf dem Mars?«, fragte Perry Rhodan.

»Diese Welt heißt heute Balance B.«

»Hm.« Bully verbiss sich jeglichen Kommentar. Es war nicht die Zeit dafür.

»Wir sind dreißig Personen«, fuhr Rhodan fort. »Was sollen wir den anderen sagen? Dass die Wissenschaftler von Cor'morian uns entführt haben?«

»Dass wir eure Hilfe benötigen. Allein sind wir endgültig verloren.« Es war Perry Rhodans Blick, der Gherdon Cal Stogg aufforderte weiterzureden. »Uns Tambu bleibt keine andere Hoffnung mehr. Wenn ihr euch verweigert, werden wir die Zeitversetzung rückgängig machen. Wir wollen andere Wesen nicht in Bedrängnis bringen.«

»Das zu hören tut gut«, murmelte Reginald Bull.

Einer der anderen Wissenschaftler sagte: »Vor einiger Zeit haben wir festgestellt, dass Balance B im Mittelpunkt einer außergewöhnlichen Raum-Zeit-Instabilität liegt. Erst diese Instabilität ermöglichte es, entlang der Zeitachse nach einer Lösung für unser Problem zu suchen. Wir sind sicher, dass wir in den Terranern die erhoffte Unterstützung gefunden haben.«

»Wurde unser Mars-Liner entführt, weil die Wissenschaftler von Cor'morian maßgebliche Personen wollen?«

Gherdon Cal Stogg legte den Kopf schräg, was entweder Unsicherheit oder Verneinung bedeutete. »Wir konnten das Fahrzeug keineswegs gezielt für den Transport auswählen, sondern mussten akzeptieren, was wir im Wirkungsbereich des Temporal-Teleporters fanden. Seine Zielgenauigkeit lässt noch zu wünschen übrig. Andererseits sind wir schon zufrieden damit, dass es uns so schnell gelungen ist, eine Versetzung zu bewirken. Die Streuwirkung ist dafür verantwortlich, dass euer Fahrzeug nicht am Ordensturm materialisierte, sondern irgendwo in Mantagir.«

»Mantagir ist diese Metropole?«, vermutete Rhodan.

»Deshalb also das verspätete Empfangskomitee.« Bully kaute nachdenklich auf der Unterlippe.

»Das tut uns Leid. Natürlich sind wir uns der Gefahr bewusst, in die wir euch damit gebracht haben.«

»Ist das ein großes Problem?« Der Tambu hob die Arme leicht an und ließ sie wieder sinken. Die Geste drückte Unschlüssigkeit aus. »Also doch ein Problem«, stellte Bully unumwunden fest.

Der Tambu zögerte. Dann sagte er: »Wir glauben nicht, dass die Nodronen auf euch aufmerksam geworden sind. Mantagir ist eine kosmopolitische Stadt, da fällt ein ungewöhnlich konstruiertes Fahrzeug mehr oder weniger nicht auf.«

»Und warum wurden wir eine Jahrmilliarde …«, Perry Rhodan zerbiss die Zahl regelrecht, »warum wurden wir so weit in die Zukunft geholt? In der kurzen Zeit in Mantagir haben wir gesehen, dass hier auch Menschen leben.«

Den Tambu spreizten sich die Federn, das war schwer zu übersehen. »Was du für Menschen hältst«, brachte Gherdon Cal Stogg hastig hervor und sein Schnabel schlug mehrmals knackend zusammen, »das sind Nodronen!«

6

Ron Dyke

Neugierde und Unvernunft waren für mich schon immer hervorstechende Eigenschaften des Menschen gewesen. Das bestätigte sich wieder. Unser Mars-Liner-01 war nach längst überholten Bedürfnissen konstruiert. Der Gang zwischen den Sitzplätzen verlief nicht in der Mitte, sondern im linken Drittel – weil sich auf dieser Seite Einzelplätze befanden. Rechts gab es Doppelsitze, breit genug, um jedem Passagier ausreichend Bewegungsfreiheit zu bieten. Rechts befanden sich zudem die beiden Luftschleusen, eine vor den Sitzen, die andere im rückwärtigen Bereich vor der Hygienezelle.

Ich saß rechts und beobachtete Perry Rhodan und Reginald Bull, die höchstens zwanzig Meter entfernt mit den Vogelwesen redeten. *Irgendwie seltsam,* fand ich, aber das lag wohl daran, dass sich jeder die Begegnung mit Vertretern fremder Kulturen anders vorstellt. Als einer der Gefiederten erst Bulls Wange berührte und danach Rhodans, traf mich ein schmerzhafter Stoß zwischen die

Schulterblätter und ließ mich mit der Stirn gegen die Scheibe krachen. »Lass sehen!«, keuchte mir jemand ins Ohr. »Was geschieht da draußen?«

»Nichts … was dich dazu zwingen sollte …, andere zu belästigen«, antwortete ich.

»Dann rück zur Seite. – Bitte.«

»Siehst du nicht, dass es zu eng wird?« Mein Sitznachbar, einer der nachträglich zugestiegenen Wissenschaftler, protestierte ebenfalls.

Abwehrend hob ich die Arme, als der kleine und korpulente Mann erneut versuchte, sich ans Fenster zu drängen. »Von meiner Seite aus sieht man nichts«, widersprach er.

»Vielleicht beim nächsten Mal. Dann könnte es umgekehrt sein.«

»Da draußen wird Geschichte geschrieben, aber wir sitzen nur da und lassen das alles an uns vorbeigehen!«, protestierte er.

»Woher willst du das wissen?«, fragte mein Nebenmann.

»Hat einer jemals solche schrägen Vögel gesehen?« Die Stimme des Kleinen wurde schrill. »Wir müssen doch nur eins und eins zusammenzählen.«

Einige lachten, was ihn nur noch mehr anzustacheln schien. Meinen Nebenmann und mich keines weiteren Blicks würdigend, stieß er sich ab und stolperte im Gang nach vorne. Aber auch dort biss er auf Granit. In der offenen Schleuse standen die beiden Reporter. Ich konnte nicht erkennen, was sie taten, aber wahrscheinlich versuchten sie, die Unterredung mit Akustikfeldern aufzuzeichnen.

»Ich habe ein Recht, nach draußen zu gehen«, protestierte der Kleine, als ihn die Medienleute zurückdrängten.

Der eine oder andere feixte inzwischen. Das war die Abwechslung, die wir brauchten, um nicht über unsere Situation nachdenken zu müssen.

Auf einmal stand die Frau, die schon mehrfach mit Reginald Bull geredet hatte, neben dem Mann. Vielleicht hatte sie vor, sich an Bull heranzumachen, ich wusste es nicht und erlaubte mir auch kein Urteil. Aber irgendwie hatte es danach ausgesehen. Fran Imith hieß sie, sofern ich den Namen richtig behalten hatte, und sie packte unvermittelt mit der linken Hand zu und zog den Kleinen einfach mit sich. Mit Nachdruck setzte sie ihn auf seinen Einzelplatz zurück.

»Was Perry Rhodan gesagt hat, war unmissverständlich«, erinnerte sie. »Wir bleiben im Bus, und er und Bull führen die Verhandlungen. Oder ist jemand anderer Ansicht und traut sich mehr zu?«

Ich schaute mich um. Nur noch zwei Männer standen unschlüssig zwischen den Sitzreihen. Gurgelnd wuchtete sich Quart Homphé in die Höhe, dann trat und schlug er unkontrolliert um sich.

Er nieste schallend und schimpfte wie ein Raumtramp; die Katze fauchte und Shim Caratech glaubte, sich lautstark gegen den Dicken behaupten zu müssen –

wahrscheinlich hatte sie da nicht einmal so Unrecht. Wir waren wirklich ein bunt zusammengewürfelter Haufen.

»Bull kommt zurück!«

Vorübergehend hatte ich mich ablenken lassen. Vielleicht hätte ich besser diesem Homphé meinen Platz angeboten, damit er aus der unmittelbaren Nähe der Katze wegkam. Shim hatte wohl einen triftigen Grund vorweisen können, dass ihr gestattet worden war, das wertvolle Tier mitzunehmen.

Reginald Bull trat durch die Schleuse. Sofort herrschte wieder angespannte Aufmerksamkeit. Er ließ seinen Blick schweifen.

»Diese Stadt heißt Mantagir«, sagte er übergangslos. »Sie liegt auf dem Planeten Balance B – Details dazu später. Es hat den Anschein, dass wir einige Tage hier verbringen werden, als Gäste der Wissenschaftler von Cor'morian. Sie haben uns auf ihre Welt geholt, aber sie werden uns auch wieder zurückschicken. So viel dazu. Das Volk der Tambu bittet um unsere Hilfe.«

»Was wollen sie von uns?«

Bull schüttelte den Kopf. »Sie warten auf jemanden, der uns das erklären wird. Danach sollen wir unsere Entscheidung treffen. Einstweilen sind wir Gäste im Ordensturm der Wissenschaftler. Das heißt, jeder kann sich innerhalb des Gebäudes frei bewegen.«

»Und in der Stadt?«

»Ohne ortskundige Begleitung halte ich das nicht für ratsam.«

»Wird auch Zeit, dass wir diese Sardinenbüchse endlich verlassen können.« Quart Homphé drängte sich nach vorne. »Mir ist hundeübel. Das Katzenvieh stinkt …«

»… überhaupt nicht!«, protestierte Shimmi.

Homphé wandte sich zu ihr um und winkte ungehalten ab. »Das kann ich besser beurteilen. Aber jetzt brauche ich frische Luft, sonst ersticke ich.« Er wälzte sich an Bull und den Reportern vorbei. Für einen Moment sah es so aus, als wolle er noch etwas sagen, dann schüttelte er verbissen den Kopf und schwang sich seufzend durch die Schleuse.

Inzwischen drängten alle auf den Mittelgang. Um Aufmerksamkeit heischend, hob Bull die Arme. »Niemand wird gezwungen, den Bus zu verlassen. Wer an Bord bleiben will …«

»Sollen wir uns diese Gelegenheit entgehen lassen?« Eine ältere, grauhaarige Dame blieb vor Bull stehen und musterte ihn von oben bis unten. »Wann hat einer von uns schon die Gelegenheit, die Unsterblichen zu begleiten? Das ist interessanter als der öde Mars; von dem werden wir noch genug sehen.« Ich stand unmittelbar hinter ihr. Sie wandte sich zu mir um. »Was sagst du dazu? Stimmt das, oder nicht? Na los, worauf wartest du noch?«

»Äh … ja …«

»Das war alles?« Sie schien es nicht fassen zu können. »Ich bin wahrscheinlich doppelt so alt wie du, mein Junge, aber so wortkarg ...«, sie schüttelte den Kopf, »nein, das war ich nie. Du musst das Leben hinterfragen, sonst erinnerst du dich später nicht einmal mehr, wofür du überhaupt gelebt hast. Ist es nicht so?«

Ich wich so weit wie möglich zur Seite. Bulls Blick wollte mich durchbohren. Natürlich hatte er bemerkt, dass mir momentan alles andere als nach tief schürfenden Gesprächen war.

Vor der Schleuse standen die Passagiere dicht gedrängt, als ich als einer der letzten den Bus verließ. Einige diskutierten laut, andere blickten nur staunend um sich. Dabei war es herzlich wenig, was wir zu sehen bekamen. Nur ein Hangar, dessen Decke schätzungsweise fünfzehn Meter über uns hing, leicht nach oben gewölbt und der entstehende Hohlraum von einer Art Gestänge abgegrenzt. Wie ein Spinnennetz mit stabilisierender Funktion.

Endlich stiegen auch Bull und der Pilot aus. Zugleich stakten zwei Tambu heran. Ihre Bewegungen zu verfolgen machte schwindlig. Ich ertappte mich dabei, dass ich an mir hinabblickte und mir vorzustellen versuchte, wie sich so hoch angesetzte Kniegelenke auswirken würden.

»Das Fahrzeug ist hier gut untergebracht. Noch ist der Ordensturm der sicherste Ort in ganz Mantagir.«

Ich verstand, was der Tambu sagte. Er benutzte einen eigenen Translator.

»Wenn du allerdings glaubst, du müsstest den Einstieg absichern ...«

»Was würdest du an meiner Stelle tun?«, fragte Bull.

»Alle Sicherheitsvorkehrungen treffen, auch wenn sie unnütz erscheinen«, antwortete der Gefiederte.

Reginald Bull nickte. »Ich verzichte darauf. Wer den Bus betreten will, der schafft es ohnehin.« Er wandte sich uns Passagieren zu: »Perry und mir wurde versichert, dass sich jeder frei bewegen kann. Trotzdem halte ich es für sinnvoll, wenn wir zusammenbleiben. Hier im Hangar ist sowieso die Katze gefr... ich meine, es ist nichts geboten. – Entschuldige, Shimmi, das ist so eine Redensart von mir.«

»Deswegen muss man sich nicht entschuldigen.« Quart Homphé stand einige Schritte weit abseits und wedelte mit den Händen in der Luft herum, als versuche er, in Gedanken eine Statue zu positionieren.

In dem Moment erklang ein drohendes Fauchen. »Nein, Schikago – neeiiin!« Das war Shim Caratechs Stimme. Unruhe entstand. Wo die Passagiere am dichtesten beieinander standen, zeichnete sich hastige Bewegung ab.

»Haltet sie doch fest!«

»Verdammt, ist die schnell! Und wendig.«

»Das Biest kratzt.«

»Schikago, hierher!« Ein türkisfarbener Blitz fegte zwischen den vielen Beinen hervor und verschwand unter der Schleusentreppe. Sekunden später sah ich die Ferrol-Katze in Angriffshaltung. Ihr weißer Schwanz, langsam von einer Seite zur anderen zuckend, und die weißen Barthaare waren der einzige Kontrast.

Die Tambu schienen sich versteift zu haben. Aber vielleicht bildete ich mir das auch nur ein. Interessiert schauten sie zu, wie Shim vergeblich versuchte, die Katze aus ihrem Versteck hervorzulocken. Schikago zog sich indes nur weiter zurück, und dann war sie plötzlich verschwunden, hatte vermutlich einen Durchschlupf unter den Bus gefunden.

Shimmi setzte sich auf die Stufen, stellte den Korb ab und schmollte. Mit beiden Händen raufte sie sich ihr kurzes blondes Haar, das ohnehin schon in alle Richtungen abstand. »Ich gehe nicht mit!«, verkündete sie laut. »Ich bleibe hier.«

Einige lachten, andere glaubten, Ratschläge geben zu müssen. Sogar Perry Rhodan kam näher. »Shim ...«, begann er, kam aber nicht weiter. Ein lautes Kreischen erklang, und Schikago fegte unter dem Podest hervor. Nur wenige Sätze brauchte sie, die Tambu zu erreichen und ihre Zähne in eines der dünnen Vogelbeine zu schlagen.

Das geschah so schnell, dass es niemand hätte verhindern können. Und schon fegte Schikago zurück. Lediglich Reginald Bull reagierte und packte konsequent zu. Weder Schikagos Fauchen noch ihr Zähnefletschen beeindruckten ihn.

»Pass künftig besser auf deinen Schützling auf«, sagte er tadelnd, als er Shim die Katze zurückgab.

»Das Biest wird bald alle auf dem Gewissen haben«, ächzte Homphé. »Katzen machen mich krank. Wenn ich doch nie auf die Idee gekommen wäre, den Mars aufzusuchen.«

Ich achtete nicht länger auf ihn. Der Tambu, den Schikago gebissen hatte, musste von zwei Artgenossen gestützt werden. Hinter mir murmelte jemand halblaut etwas von Katzen und Vögeln und dass es unverantwortlich sei, ein Tier in den Bus mitzunehmen. Wenn der dicke Künstler das gehört hätte, wären ihm die Halsadern noch einige Zentimeter mehr geschwollen.

Perry Rhodan entschuldigte sich bei dem Gefiederten. Die Antwort ließ mich spontan aufhorchen. »Wir sind uns der Gefahr bewusst, die Terraner darstellen können«, sagte der Tambu. »Aber uns bleibt keine andere Wahl. Um nicht unterzugehen, müssen wir zu ungewöhnlichen Mitteln greifen. Im schlimmsten Fall ...«

»Sprich nicht weiter!«, unterbrach ein anderer.

»Im schlimmsten Fall verbündet ihr euch mit den Nodronen. Aber wir hoffen, dass das nicht geschehen wird, wenn ihr sie erst kennen lernt.«

Ich fragte mich, in was für eine Welt wir verschlagen worden waren.

Die Aussicht war atemberaubend. Nicht, weil sich Mantagir vor uns nach allen Seiten bis an den fernen Horizont erstreckte – solche Metropolen waren auch auf der Erde zu finden –, sondern ihrer exotischen Bauweise wegen.

Ein Antigrav-Lift hatte uns aus dem Hangar in eines der darüber liegenden Stockwerke des Ordensturms gebracht. Keiner war zurückgeblieben, und offensichtlich bereute niemand seinen Entschluss.

Die Tambu erklärten, was wir sahen. Dabei stürmte so viel Neues auf uns ein, dass sich niemand auch nur die Hälfte von dem merken konnte, was sie sagten. In Mantagir waren hunderte der unterschiedlichsten Völker vertreten. Ihre Namen sagten mir nichts, ich hatte sie nie zuvor gehört. Interessant klang, dass die Bevölkerung nur aus Kolonisten von ganz Vaaligo bestand. »Von einer Urbevölkerung ist auf Balance B nichts bekannt«, sagten sie. »Und wir – nun wir haben euch geraume Zeit beobachtet, bevor wir die Zeitversetzung in Angriff nahmen.«

Rhodans und Bulls Mienen blieben verschlossen. Beide hielten sich zurück. Kein Zweifel, die Situation war ernster, als alle glaubten. Richtig betrachtet, waren wir Mars-Siedler eine zusätzliche Belastung. Ich fragte mich, wie viele von uns die Nerven verlieren würden, sollte die Situation eskalieren.

»Du ...« Shim Caratechs Stimme riss mich aus meinen Überlegungen. »Du bist Ron, nicht wahr?«

Ich nickte.

»Halt doch bitte das hier. Aber pass auf, dass Schikago nicht wieder ausreißt!«

Schon hatte sie mir den Korb in die Hand gedrückt. Angesichts der doch recht gewichtigen Ferrol-Katze war der Korb überraschend leicht. Vermutlich bewirkte das ein winziger Antigrav.

Der Korb war geflochten. Eine solche Arbeit gab es nur noch auf wenigen Welten. Aus dem im oberen Rand eingelegten Kunststoffring war eine hauchdünne Kuppel ausgefahren. Zweifellos ließ das Material Sauerstoff diffundieren. Entkommen konnte Schikago so nicht mehr, falls ich nicht versehentlich die Abdeckung zurückfahren ließ, und ich würde mich hüten, einem der verschiedenen Sensoren zu nahe zu kommen.

Die Katze hatte sich zusammengerollt und schnurrte leise. Nur als ich versuchte, den Korb abzustellen, öffnete sie träge ein Auge. Ihr Blick war vorwurfsvoll, dann gähnte sie, streckte sich und ließ ihre spitzen Zähne funkeln.

»He, nicht schlecht, aber wacklig.« Shimmi hockte auf einer der Stangen, die aus einer halbhohen Wand herausragten. Holz, hatte ich auf den ersten Blick vermutet, doch es handelte sich eher um synthetisches Material. Die Maserung war zu gleichmäßig.

Shimmis Beine reichten nicht mehr bis auf den Boden. Beide Arme ausgebreitet, versuchte sie, ihr Gleichgewicht auszubalancieren. Dieser Raum, hatte es geheißen, war Treffpunkt für die Wissenschaftler von Cor'morian anlässlich von Besprechungen oder einfach nur in ihrer Freizeit. Derzeit war außer unseren Begleitern niemand hier.

Ein unterdrückter Aufschrei. Shimmi hatte den Halt verloren. Sie versuchte noch, sich festzuhalten, aber das Material war zu glatt. Sekundenlang hing sie nahezu waagerecht in der Luft, dann klatschte es.

»Mist, verflixter.« Shim lag auf dem Bauch und grinste gequält. Zögernd streckte sie einen Arm empor und wartete darauf, dass ihr jemand auf die Beine half. Ich vermute, dass sie hoffte, Rhodan würde ihr den Gefallen tun. Aber er bedachte sie nur mit einem missbilligenden Blick. Erst Pratton Allgame ergriff ihre Hand und zog sie hoch.

»Halte dich bitte mehr zurück, Shim«, sagte er mit mildem Tadel. »Manche Völker reagieren unvorhersehbar auf Zwischenfälle. Ich hoffe, du hast dich nicht verletzt.«

»Halb so schlimm«, antwortete Shimmi. »Danke übrigens.«

»Es war mir eine Ehre.«

Sie schaute ihn an, zog eine Braue in die Höhe und kam auf mich zu. »Schläft Schikago? Sie scheint in letzter Zeit etwas träge zu sein.«

Das mit dem träge zweifelte ich an. Die Katze hatte sich eben erst ungeniert auf einen sehr großen Vogel gestürzt. Wir konnten von Glück reden, dass der Vorfall keine diplomatischen Verwicklungen ausgelöst hatte.

Ein Halbkreis hatte sich um die Tambu, Rhodan und Bull gebildet. Allem Anschein nach gab es Wichtiges zu hören.

»... wie lange der Aufenthalt in Mantagir dauert, hängt letztlich von eurer Entscheidung ab«, führte einer der Gefiederten aus. »Wir haben vor wenigen Minuten Nachricht vom Prior-Forscher erhalten, dem erhabenen Lishgeth On Paz. Er befindet sich inkognito im Anflug auf Balance B. Unter Einhaltung aller Sicherheitsvorkehrungen dürfte er noch während der Nacht, spätestens aber morgen früh im Ordensturm eintreffen.«

»Dieser Prior-Forscher ist der Anführer, auf den wir warten?«, wollte Rhodan wissen.

»Lishgeth On Paz wird euch die spezielle Problematik in allen Einzelheiten erläutern. Danach können Entscheidungen getroffen werden.«

Bull nickte. »Das heißt, wir werden die Nacht im Ordensturm verbringen.«

Ich warf einen Blick durch die übergroßen Panoramascheiben. Die Sonne war nicht zu sehen, doch die länger gewordenen Schatten verrieten, dass sie den Zenit schon vor geraumer Zeit überschritten hatte.

Gherdon Cal Stogg legte den Kopf schräg und plusterte sein Gefieder auf. »Angesichts der bevorstehenden Ankunft des Prior-Forschers erscheint uns die Unterbringung im Ordensturm für längere Zeit als zu gefährlich. Unser Orden hat mächtige Feinde in Mantagir.«

Ich sah, dass Reginald Bull das Gesicht verzog.

»Eigentlich auf dem ganzen Planeten«, fuhr der Wissenschaftler fort. »Das ist leider Tatsache.«

Bull wirkte wenig erfreut. Perry Rhodan rieb sich mit dem Zeigefinger den Nasenflügel. Er schüttelte kaum merklich den Kopf.

»Um es genau zu sagen: Der Orden ist in der ganzen Galaxis in seinem Bestand bedroht. Und zwar unmittelbar.«

Reginald Bull kaute auf der Unterlippe. Gut zehn Sekunden vergingen in bedrücktem Schweigen. »Ist das jetzt alles?«, erkundigte er sich schließlich. »Oder kommt als nächste Steigerung die Lokale Galaxiengruppe?«

»Ich verstehe deine Verärgerung, Terraner. Bitte versetze dich dennoch in unsere Lage …«

»Ohne ausreichende Informationen ist das ein schwieriges Unterfangen.«

»Morgen«, vertröstete Gherdon Cal Stogg. »Bis dahin haben wir für euch eine unverfängliche Unterkunft angemietet. Sie liegt nordwestlich des Stadtzentrums und bietet größtmögliche Bequemlichkeit.«

»Das gefällt mir nicht.« Bully sprach aus, was ich ebenfalls dachte. Die Tambu hofften auf unsere Hilfe, gaben ihre Informationen jedoch nur scheibchenweise preis. Fürchteten sie, dass Rhodan und Bull ablehnen würden, sobald sie alles wussten? Überhaupt – wer entschied darüber? Die beiden kraft ihrer Erfahrung, die niemand anzweifelte, oder alle Passagiere, indem sie abstimmten? Mich wunderte in dem Moment, dass noch keiner diese nahe liegende Frage ausgesprochen hatte.

»Ich wiederhole, dass die Unterkunft sicher und unverfänglich ist«, versprach das Vogelwesen. »Eure Individualdaten wurden ausgemessen und werden soeben an die Unterkunft übermittelt. Falls wir eure Unterstützung erhalten, werdet ihr in Kürze auf einen sicheren Planeten transportiert. Und egal, ob ihr das morgen schon wollt oder erst in mehreren Wochen, wir werden euch in eure Zeit zurückschicken, und zwar in einer Punktlandung – auf einige wenige Tage genau.«

»Zeit?«, stöhnte die ältere Dame, die mich an der Schleuse angesprochen hatte. »Wir wurden also in der Zeit versetzt und nicht im Raum? Warum sagt uns das niemand?«

»Weil bislang keine ausreichende Gelegenheit dazu war«, antwortete Perry Rhodan. »Ohnehin ändert das nichts an der Tatsache.«

»Jetzt ist die beste Gelegenheit für Erklärungen. Oder befürchtest du, dass wir alle in Panik ausbrechen?« Sie wandte den Kopf und versuchte, Reaktionen der anderen zu erkennen. »Man kann sich an den Fingern abzählen, dass wir nicht nur ein paar Jahre in die Zukunft versetzt wurden.« Sie zögerte. »Oder ist es die Vergangenheit? Sind die Menschen, die wir in Mantagir gesehen haben, Lemurer?«

»Wir befinden uns in der Zukunft«, sagte Rhodan.

»Wie weit?« Sie war resolut und fürchtete sich nicht einmal vor dem Disput mit einem der Unsterblichen. In Gedanken leistete ich Abbitte; ich hatte sie falsch eingeschätzt.

»Eine Milliarde Jahre.«

Ich akzeptierte die Zahl eher beiläufig, bevor mir bewusst wurde, was sie wirklich bedeutete. In einer Milliarde Jahren eroberte Leben aus dem Ur-Ozean seine Welt, entwickelte es sich im Rahmen einer eigenen Evolution und wurde intelligent, griff vielleicht sogar schon nach den Sternen, während raumfahrende Völker von der kosmischen Bühne abtraten und in der Bedeutungslosigkeit verschwanden oder sogar ausstarben. Spontan fragte ich mich, welche Funktion die Menschheit heute erfüllte. Wir hatten Menschen gesehen, also existierte unsere Spezies noch.

Und die Unsterblichen, die Aktivatorträger? Was war aus ihnen geworden? Mussten sich Rhodan und Bull nicht zuallererst genau diese Frage stellen? Mir wurde in dem Moment erst richtig bewusst, wie wenig die beiden zu beneiden waren.

Da war plötzlich ein seltsames, vibrierendes Geräusch, ein schriller Ton an der Grenze der Hörbarkeit, der sich hartnäckig festsetzte. Dieser Ton schmerzte nicht nur, er zwang mich sogar, hastiger zu atmen. Zugleich spürte ich einen stärker werdenden Kopfschmerz, der sich bis in den Nacken hinabzog. Ich sah es an den Gesichtern der anderen, dass es ihnen ähnlich erging.

»Sie kommen …!«

Ein Mann schrie. Er machte einen Schritt vorwärts, dann noch einen, rannte los. Andere folgten ihm. Sie starrten durch die Panoramafenster hinaus auf die Stadt, über der ein Schwarm düsterer Flugkörper erschienen war. Fünfzig oder mehr mussten es sein. Sie wogten heran wie Insekten auf der Jagd nach Beute.

Schmal wirkten sie von vorn und zugleich bedrohlich. Der Schwarm glitt nach zwei Seiten auseinander … teilte sich weiter … *Jäger!* Die Assoziation drängte sich auf. Sie erinnerten an irdische Rochen. Eine einzige schmale Schwinge bildete den Rumpf, an den äußeren Enden nach vorne geschwungen und spitz zulaufend. Auch der Bug war als Doppelspitze ausgeformt – vielleicht war es gerade das, was sie wie Rochen erscheinen ließ. Von diesen Spitzen ausgehend verliefen zwei verdickte Stränge schräg nach hinten, der Rumpf dazwischen wurde klobiger. Ich verstand zu wenig von Raumfahrttechnik, doch in diesem Bereich arbeitete wohl die Besatzung, dort waren auch die Antriebsaggregate untergebracht. Und die Waffenprojektoren.

Die ersten Jäger rasten auf den Ordensturm zu, stellten sich auf eine Schwingenkante auf und verschwanden seitlich aus dem Sichtfeld.

Hinter mir rief eine Stimme Befehle. Rhodan oder Bull, keine Ahnung, wer von beiden. Ich achtete auch nicht darauf, sondern hatte nur Augen für die heranwogenden Jäger. Vielleicht fünfzig, höchstens hundert Meter vor den Fenstern zog einer der Jäger vorüber. Ich glaubte zu spüren, dass die Wände bebten. Flüchtig sah ich unter dem Rumpf eine geschwungene Kanzel und glaubte sogar, humanoide Formen zu erkennen.

Jemand packte mich am Arm und wollte mich mit sich ziehen. »Wir müssen hier weg! Komm endlich!«

Ich schüttelte die Hand ab. Eine Stimme erklärte mich für verrückt. Dann wurde es leiser um mich herum.

Immer noch starrte ich nach draußen. Das Gros der Flotte drängte heran. Zwei große Gleiter, die den Kurs der Jäger kreuzten, wurden von grün leuchtenden Strahlen getroffen. Über eine Strecke von etlichen hundert Metern hinweg konnte ich verfolgen, wie sich ihre Außenhülle auflöste, Entladungen zwischen den Antriebsaggregaten aufzuckten und schließlich mehrere kleine Explosionen die kläglichen Fragmente vollends zerrissen.

Ich war fasziniert und abgestoßen zugleich. Die Zukunft erschien mir nicht besser als meine eigene Gegenwart oder die Vergangenheit. Offenbar lernten Intelligenzen nie dazu. Setzten sie ihren Verstand wirklich nur dazu ein, immer neue und effektivere Mordmaschinen zu ersinnen?

Ich war unfähig, mich um meine eigene Sicherheit zu sorgen. Auf gewisse Weise war mir sogar egal, was geschehen würde. Konnte ich in der Zukunft überhaupt sterben? Das war nicht meine Zeit; alle meine sterblichen Überreste mussten sich längst in Atome verflüchtigt haben.

»Ron Dyke, hörst du nicht …?«

Der Denkfehler war, dass ich in meine Zeit zurückkehren musste, wenn ich dort sterben wollte. Alles andere …

Eine flackernde grüne Helligkeit schreckte mich auf. *Desintegratoren!*, erkannte ich. Die Jäger feuerten auf den Ordensturm. Doch die Waffenstrahlen wurden weit vor dem Gebäude von einer gelblich schimmernden Wand aufgesogen – ein Schutzschirm, der eben noch nicht da gewesen war.

»Ron! Wir müssen hier weg!«

Ich zögerte immer noch. Bis ein greller Blitz mich einhüllte. Lodernde Glut war überall, und obwohl ich keine Hitze spürte, glaubte ich, mitten im Fegefeuer zu stehen.

Noch hielt der Schirm stand.

Endlich warf ich mich herum. Aber überall loderte roter Widerschein, der mir das Wasser in die Augen trieb. Das Nachleuchten des Strahlschusses hatte sich in die Netzhaut eingebrannt. Weit vor mir war ein Schatten; er winkte, schrie, aber ich verstand nicht. Ich taumelte weiter, verfolgt vom losbrechenden Stakkato, ein dumpfes, salvenartiges Dröhnen, als sei der ganze Turm ins Schwingen geraten.

Weiter!

Nicht nachdenken! Lauf einfach, lauf um dein Leben!

Sekundenlang glaubte ich, wieder das schrille, vibrierende Heulen zu vernehmen, doch es erstarb, als mich ein heftiger Stoß von den Beinen warf. Ich schaffte es nicht mehr, mich abzufangen, und rutschte über den Boden. Blutige Schleier wogten vor meinen Augen. *Jetzt nicht die Besinnung verlieren – weiter!* Die Schmerzen wurden unerträglich, aber irgendwie kam ich wieder auf die Beine.

Vor mir musste der Weg zum Liftschacht sein. Mehr als ein verschwommenes Abbild der Umgebung nahm ich ohnehin nicht mehr wahr, und alles sah so verflucht ähnlich aus. Ich taumelte gegen eine hüfthohe Wand, verfing mich zwischen den daraus hervorstechenden Stangen.

In dem Moment zerplatzte die Verglasung. Ich muss wohl geschrien haben, als der peitschende Knall die Welt in Totenstille versinken ließ. Eine ungeheure Druckwelle fegte Splitter heran, dann schlug sengende Hitze über mir zusammen.

Die Schmerzen waren heftiger geworden. Übergangslos fiel ich aus der wohligen, pochenden Geborgenheit meiner Ohnmacht in die Wirklichkeit zurück. Es musste mein Röcheln gewesen sein, das mich aufgeschreckt hatte; ich bekam kaum noch Luft. Eine schwere Last drückte auf den Brustkorb.

Ich war eingeklemmt und unfähig, die Arme zu bewegen. Die Hitze wurde unerträglich. Feuerschein erfüllte die Luft. Mühsam schaffte ich es, wenigstens den Kopf zu drehen. Ich musste wissen, wie weit die Glut schon um sich gegriffen hatte. Immer noch war ich taub, in meinen Ohren knackte und pochte es.

Halb verkrampft hing ich zwischen irgendwelchen Trümmern. Als ich zurückblickte, stand die Welt für mich Kopf, ein ungewohnter Anblick. Wo bis vor wenigen Minuten noch die imposante Fensterfront gewesen war, gähnte ein gewaltiges Loch. Teile der Decke waren herabgebrochen; Stahlträger und Mauerschutt bildeten ein undurchdringliches Chaos. An vielen Stellen sonderten brennende Kunststoffe dichten Qualm ab.

Draußen huschten die Jäger vorbei – tödliche Schatten, unheimlich. Ich spürte, dass sie auf den Ordensturm feuerten, aber ich hörte nichts. Das Gebäude bebte, schien sich manchmal sogar aufzubäumen.

Weitere Deckensegmente brachen herab. Staub und Glut wirbelten auf.

Eine Berührung an der Schulter. Ich schreckte zusammen. Aber nahezu gleichzeitig schob sich Rhodans Gesicht in mein Blickfeld. Was er sagte, verstand ich nicht. Er blickte mich forschend an, bewegte erneut, aber diesmal deutlicher, die Lippen. Offenbar wollte er wissen, ob ich meine Beine noch spürte.

»Ich hörc nichts«, brachte ich hervor.

Er kniff die Brauen zusammen und musterte mich eindringlich.

»Mein Rückgrat ... ist in Ordnung.«

»Okay.« Das konnte ich ihm vom Mund ablesen. Mühsam wuchtete er die ersten Trümmer zur Seite. Der Schweiß rann ihm in Strömen übers Gesicht und hinterließ glänzende Spuren auf der rußgeschwärzten Haut.

Wie lange Perry Rhodan versuchte, mir zu helfen, weiß ich nicht; ich hatte jedes Zeitgefühl verloren. Irgendwann richtete er sich auf und schaute mich besorgt an.

»Geh!«, herrschte ich ihn an. Allmählich glaubte ich, wenigstens die eigene Stimme wieder zu hören. »Die anderen brauchen dich dringender!«

Er bückte sich, wuchtete einen der Balken hoch und rammte ihn mit aller Kraft zwischen den Schutt. Ich brüllte dabei wie am Spieß, aber schon im nächsten Moment bekam ich mehr Luft. Rhodan benutzte den Balken als Hebel. Mauerbrocken rollten zur Seite. Qualvolle Augenblicke vergingen, aber er schaffte es. Ich bekam meinen rechten Arm frei und konnte gleich darauf endlich wieder freier atmen.

»Versuche, dich nach vorne zu ziehen. Ich kann das Geröll nicht mehr lange zurückhalten.«

Irgendwie verstand ich ihn. Nicht jedes Wort, aber ich reimte mir das Gesagte zusammen. Mit aller Kraft wälzte ich mich herum, zog die Beine an und versuchte, auf die Knie zu kommen. Ein paar Zentimeter noch; meine Finger ertasteten einen Riss im Boden, ich verkrallte mich darin und spannte die Muskeln an. Ein letzter Ruck, ich spürte, dass etwas hinter mir nachgab und warf mich mit einer letzten Anstrengung nach vorn.

Der Ordensturm erbebte bis in die Grundfesten. Dreck regnete von der Decke herab. Die Beben waren das Heftigste, was ich bislang gespürt hatte. Explosionsgeräusche hallten durch das Gebäude; noch schienen sie weit entfernt, aber das konnte sich sehr schnell ändern.

Erstickend lag der Staub auf den Atemwegen. Ich kam schwankend auf die Beine. Hustend und nach Luft ringend, taumelte ich weiter. Rhodan zog mich mit sich.

Überall brannte es. Im Salventakt jagten die Geschütze der Jäger ihre Glutbahnen ins Gebäude. Nicht die Energien waren zu spüren, sondern ihre Auswirkungen, die Schäden, die sie anrichteten. Der Lärm kam näher. Nicht weit von uns entfernt donnerte ein Deckensegment herab. Staub und Geröll wälzten sich wie eine Lawine heran und hüllten uns ein. Rhodan brüllte auf, er zerrte mich zu Boden und warf sich schützend über mich.

Die nächsten Atemzüge waren qualvoll, ich keuchte nur noch, presste die Hände fest vors Gesicht.

»Wir müssen hier raus!«

Wir hasteten weiter, als hinter uns die Hölle losbrach. Ohrenbetäubender Lärm, das Kreischen von Metall auf Metall, dazu stoßweise, harte Erschütterungen. Einen bangen Augenblick lang fürchtete ich, dass der Turm über uns einstürzte, aber dann sah ich einen der Jäger auf uns zukommen.

Die brennende Maschine raste auf uns zu – viel zu schnell, als dass wir ihr noch entrinnen konnten. Wie gelähmt starrte ich dem Monstrum entgegen, schaffte es nicht einmal, die Augen vor dem Ende zu verschließen. In dem Moment wollte ich wissen, was geschah, wie es sich anfühlte, wie ein Insekt zerquetscht zu werden.

Eine halbe Tragfläche brach ab und wirbelte davon. Der Jäger kippte, bohrte sich mit dem Stumpf in den Boden und wurde herumgerissen. Ein infernalisches Toben fegte über uns hinweg. Höchstens zehn Meter entfernt schrammte das Raumschiff vorbei und bohrte sich als monströses Geschoss durch berstende Innenwände.

Weg hier!

Wir stolperten weiter, hinter uns die Hölle. Wenn der Jäger explodierte, mussten wir weit entfernt sein – sehr weit entfernt sogar.

Endlich der Lift vor uns. Ein Tambu wartete. Sein Gefieder war blutverschmiert, ein Arm hing seltsam verdreht am Körper. Er war vermutlich mehrfach gebrochen. Ich verstand nicht, was der Fremde Rhodan zurief, aber offensichtlich gab es außer dem Schacht, der jederzeit zur Todesfalle werden konnte, noch einen anderen Weg in den Hangar.

Augenblicke später hasteten wir eine gewundene Treppe hinab. Ich war mit meiner Kraft am Ende, doch Perry Rhodan fand immer noch genügend Energie, den Tambu zu stützen, der ein jämmerliches Bild abgab. Das Vogelwesen konnte sich nicht mehr aus eigener Kraft auf den Beinen halten.

Der Hangar ... Auch hier herabgebrochene Deckensegmente; Versorgungsleitungen, die wie Eingeweide aus einem aufgebrochenen Leib hervorquollen. Alles um mich herum drehte sich. Ein rasender Wirbel ... Ich spürte noch, dass ich zusammenbrach, dann war nichts mehr.

7

»Das ist der Ernstfall, den wir befürchtet haben.« Der Tambu kröpfte unablässig, offensichtlich ohne es selbst zu bemerken. Sein Gesichtsflaum hatte sich abgespreizt. »Die Nodronen wagen es wirklich, mitten in Mantagir mit Gewalt gegen uns vorzugehen …«

»Ich hoffe, es gibt entsprechende Defensivmaßnahmen.« Reginald Bulls Stimme klang bitter, seine Enttäuschung war nicht zu überhören.

Shim Caratech schaute abwechselnd ihn und dann wieder den großen Wissenschaftler an. Vorübergehend hatte sie geglaubt, dass ihr diese Welt der fernsten Zukunft gefallen könnte, allein schon die riesige Metropole mit ihrer exotischen Ausstrahlung hatte es ihr angetan. Aber der Schein trog, ein Paradies war das nicht.

»Sie wollen den Ordensturm auslöschen«, fügte ein anderer Tambu hinzu. »Ich fürchte, sie werden es schaffen.«

Im ersten Erschrecken glaubte Shimmi, sich verhört zu haben. Dann sah sie Bulls Wangenknochen hervortreten. Er schien dem Cor'morian an den Hals gehen zu wollen. *Das vielleicht nicht,* durchzuckte es sie. *Aber er wird ihn rupfen.* Genau den Eindruck machte Bull in dem Moment.

»Warum greifen die Jäger an?«

»Das ist eine lange Geschichte. Der erhabene Lishgeth On Paz …«

»Ja, ja, ich weiß«, unterbrach Bull ungeduldig. Sein Blick schweifte über die Gruppe. »Unter den Umständen verlassen wir das Gebäude natürlich schnellstmöglich.«

Eine Explosion flammte auf, nicht sehr weit entfernt. Shim konnte nicht erkennen, was geschehen war, doch die sich ausdehnende Glutwolke ließ das Schlimmste befürchten. Augenblicke später flossen die ersten Energieschüsse vor der Panoramafront auseinander.

»Wie stark ist der Schutzschirm?«, wollte Fran Imith wissen.

»Ein ziviler Klasse II-Schutz.« Gherdon Cal Stogg starrte an Reginald Bull vorbei auf die Silhouetten der Jäger. »Dieser Übermacht hält er nicht stand. Unsere wenigen bewaffneten Gleiter …« Er unterbrach sich. »Ihr müsst überleben, Terraner! Wir bringen euch in Sicherheit.«

»Unser Schwebebus …?«

»Seine Technik würde den Nodronen nicht lange widerstehen.«

Die ersten Passagiere folgten den Tambu bereits, ohne auf Bull zu achten oder auf Perry Rhodan, der lautstark versuchte, Dyke zur Vernunft zu bringen. Einige hatten sich von der Gruppe abgesondert und im Raum verteilt. Die anderen verschwanden hinter den Gefiederten soeben in einem unübersichtlichen Korridor. Die Tambu wussten, was zu tun war. Sie kannten die Angreifer und deren Möglichkeiten.

Shimmi warf einen ängstlichen Blick in die Runde. Trotz der riesigen Sichtscheiben konnte sie nur einen eng begrenzten Ausschnitt sehen. Die Vorstellung, was in diesen Sekunden wirklich rings um das gewaltige Bauwerk geschah, wie Dutzende der bedrohlich wirkenden Raumschiffe das Feuer eröffneten, ließ sie erschauern. Dann rannte sie los, gequält von dem Gefühl, dass die Tambu resignierten.

Vor ihr verschwanden die anderen Passagiere in einem Seitengang. Einer der Gefiederten trieb sie zur Eile an. »Beeil dich!«, rief er Shimmi entgegen. »Wir dürfen nicht länger warten!«

Siedend heiß durchzuckte es sie. Längst nicht alle waren vor ihr. Reginald Bull fehlte noch, ebenso Perry Rhodan und ein paar andere.

Von irgendwoher rollte ein dumpfes Grollen heran, gefolgt vom Stakkato dröhnender Explosionen. Der Turm schien zu schwingen wie eine angeschlagene Saite. Ein heftiges Beben ließ Shim gegen die Wand prallen; sie schaffte es gerade noch, den Korb mit Schikago festzuhalten.

Der Tambu vor ihr war in den Knien eingeknickt. Er hatte Mühe, sich aufrecht zu halten. Weit riss er den Schnabel auf, und sein Schrei ging Shim durch und durch. Sie spürte seine Todesfurcht.

Nur noch sie und der Cor'morian waren in dem Korridor, die anderen in ihrer Furcht schon vorausgeeilt. Einen Augenblick lang gab sie sich ihrer Panik hin. Was, wenn sie den Anschluss verlor?

»Lauf endlich!«, krächzte es vor ihr. »Falls unsere Gleiter noch entkommen können, dann jetzt. In einigen Minuten wird es dafür zu spät sein.«

Ein schreckliches Bild entstand vor Shim Caratechs innerem Auge, wie eine Szene aus den Spielen, die sie selbst verabscheute, obwohl sie für ihre Altersgenossen Kult bedeuteten: Der übermächtige Feind belagerte die Guten. Es galt, eine Möglichkeit zur Flucht zu finden und diese auch zu überleben ... »Nein«, brachte sie tonlos hervor. »Ich warte auf Rhodan und Bull.« Sie stolperte zurück, umgeben von ohrenbetäubendem Lärm, den sie gar nicht mehr so richtig wahrnahm. Nach wenigen Schritten wandte sie sich noch einmal um. Der Tambu war verschwunden, der Korridor leer. Weit entfernt glaubte sie, Feuerschein zu sehen.

Sie ging schneller. Zum Glück war im Boden des Flechtkorbs ein kleiner Antigrav eingearbeitet. Andernfalls wäre ihr Schikagos Gewicht längst zur Last geworden.

Der Korridor verzweigte sich mehrfach. Shimmi war über den ersten Knotenpunkt schon hinaus, als sie innehielt. Die Richtung war falsch. Zumindest erschien es ihr so. Also zurück und in den anderen Seitengang ... Auch hier war sie allein. Sie hatte sich verlaufen. Irgendwie sahen sich alle Abzweigungen ähnlich, und das Stakkato der Vernichtung war ohnehin überall.

Schwer atmend hielt Shim Caratech inne. In ihren Augen lag ein gehetzter Ausdruck. »Perry!«, rief sie. Dann lauter: »Perry! Bully!« Sie erhielt keine Antwort. Nur Schikago fauchte aggressiv und schlug seine Krallen in die Folie. »Lass das!«, herrschte Shimmi die Katze an.

Schwer atmend stand sie da und dachte an ihre Eltern, die eigentlich an dieser ersten Marsexkursion hätten teilnehmen sollen, und an ihren Freund Jaki. Wenn der gewusst hätte, was hier geschah. »Schwächling«, fauchte sie. Er war ihr inzwischen so was von scheißegal …

Ein Krachen und Bersten rollte heran, der Boden bäumte sich auf. Ungläubig starrte Shimmi in die Höhe. Wenn der Turm einstürzte, war es ohnehin egal, wo sie sich befand. *Mein Gott!* Traurig blickte sie Schikago an. Die Augen der Katze hatten sich zu schmalen Schlitzen verengt, Schikago wirkte schläfrig, als ginge sie das alles nichts mehr an. *Mein Gott,* brachte Shimmi ihren Gedanken zu Ende, *niemand wird je erfahren, was mit uns geschehen ist.*

Ein gewaltiges, massiges, dunkles Etwas durchbrach die Wände vor ihr. Dicker Stahl zerfetzte wie dünnes Papier. Aus einer Abzweigung stürzte ein Tambu hervor – Shim sah ihn nur für Sekundenbruchteile, bevor er von dem Koloss weggewischt wurde.

Was durch den Korridor tobte, war eines der rochenförmigen kleinen Raumschiffe. Shimmi brüllte sich die Seele aus dem Leib. Zeitlupenhaft langsam sah sie den Tod auf sich zukommen und stand dennoch wie versteinert. Der stählerne Leib schob einen Wall aus Trümmern vor sich her. Die Wände wurden zur Seite gepflügt, und der Schrottberg wuchs immer höher auf.

Unvermittelt taumelte Shim ins Leere. Sie begriff noch, dass in der Wand verlaufende Leitungssysteme aufgeplatzt waren, dann schlug sie mit dem Kopf auf. Ein kühler Luftzug umfing sie, und während über ihr alles in einem röhrenden, berstenden Chaos verging, stürzte sie ab.

Ein heftiger Ruck raste durch ihre Beine und stauchte sie zusammen. Sie war auf ein Hindernis geprallt und hatte es durchschlagen. Gleich darauf ein zweites Mal. Vielleicht handelte es sich um Filtersysteme; sie wusste es nicht.

Der Sturz wurde zum Gleiten, dann erfolgte ein letzter Aufprall. Shim Caratech blieb benommen liegen, ein Häufchen Elend, zusammengerollt wie ein Embryo und mit ebenso wenig Selbsterhaltungstrieb. Inzwischen war ihr alles egal, wenn nur diese Qual endlich aufhörte. Mit beiden Armen den Korb umklammernd, ließ sie sich auf den Rücken sinken.

Hoch über ihr explodierte der ins Gebäude eingedrungene Jäger. Die Vibrationen und der Lärm waren in der engen Röhre unerträglich. Shim wartete nur noch auf eine mörderische Druckwelle oder eine heranschießende Flammenwand. Aber nichts dergleichen geschah.

Nach einer Weile registrierte sie, dass ihr Gefängnis den Blick nach draußen erlaubte. Das Endstück bestand aus trüb transparentem Material – vielleicht handelte es sich um den Einstieg für Wartungstechniker.

Vergeblich suchte sie nach einem Öffnungsmechanismus. Sie tastete die glatte Wandung ab, trat mit den Füßen um sich, aber nichts geschah. Draußen stürzte ein Deckensegment in die Tiefe, riss den Boden teilweise auf und verkeilte sich. Über die entstandene Rampe rutschten brennende Wrackteile herab.

Shim konnte sich nicht befreien, sie schaffte es nicht einmal, in der glatten Röhre wieder in die Höhe zu kriechen. Wimmernd ließ sie ihren Tränen endlich freien Lauf.

»Nimm die Optiken weg, oder ich vergesse mich!« Im Laufen drehte sich Reginald Bull herum, seine Rechte zuckte vor und die Finger verkrallten sich im Hemd des Reporters. Für einen Augenblick hatte es den Anschein, als wolle er mit der anderen Hand zuschlagen. Doch dann stieß er den Mann nur unwillig zurück.

Einen halben Meter vor ihm hing die Kamera in der Luft. Bully war überzeugt davon, dass sie gerade jetzt alle Gesichter in Großaufnahme zoomte. Schweißüberströmt, verzerrt, teils blutig. »Ich mag das nicht«, sagte er schwer atmend. »Noch eine Aufzeichnung und ich sorge dafür, dass du deine Lizenz verlierst.«

Der andere starrte ihn an. Wütend erst, dann unverhohlen spöttisch. »Wer sagt dir, dass wir es überhaupt zurück schaffen?«

»Wozu brauchst du dann die Aufnahmen?« Reginald Bull ging weiter. Sie waren nur noch eine kleine Gruppe, hatten alle anderen aus den Augen verloren. Die Mehrzahl war hoffentlich von den Tambu in Sicherheit gebracht worden und verließ vielleicht gerade in diesem Augenblick den Ordensturm. Und Perry? Um den Freund machte Bull sich weniger Sorgen als um alle anderen. Wahrscheinlich würde Rhodan sogar noch vor ihm und seinen Schützlingen im Hangar und beim Mars-Liner sein. Über das, was dann geschehen musste, zerbrach Bully sich noch nicht den Kopf. Die Situation würde entscheiden.

Sie hatten eine Zwischenetage erreicht. Das Stockwerk über ihnen stand in Flammen, jedenfalls so weit sie es vor ihrem Abstieg überblickt hatten. Die Kampfjäger der Nodronen feuerten ohne Unterbrechung.

»Da vorne geht es nicht mehr weiter!« Fran Imith war im Laufschritt bis zur nächsten Abzweigung vorausgeeilt, nun kam sie zurück. Aus einer Platzwunde auf ihrer Stirn quoll ein ansehnlicher Blutfaden. Es schien sie nicht zu interessieren.

Zweimal schon hatten sie umkehren müssen, weil Feuersbrünste oder Schuttberge den Weg versperrt hatten. Inzwischen fürchtete Reginald Bull, dass sie sich immer weiter vom Mars-Liner entfernten.

»Das ist … Wahnsinn. Ich kann nicht mehr … ich sterbe.« Wo er gerade stand, ließ Quart Homphé sich zu Boden sinken.

»Reiß dich zusammen, Fettwanst!«, herrschte Pratton Allgame ihn an. »Ohne dich wären wir längst am Ziel!«

»Pratton«, stöhnte Bull, »mit solchen Vorwürfen machst du nichts besser.«

»Ich sage nur, was wahr ist. Diese Memme wird uns bald alle auf dem Gewissen haben.«

»Genug!«, herrschte Bull den Mann an. »Genügt das Chaos ringsum noch nicht? Müssen wir uns schon gegenseitig ans Leder?« Mit dem Handrücken wischte er sich über die Lippen. »Steh auf, Quart!« Trotz des Zellaktivators atmete er schwer. Es war eigentlich kein Wunder, dass der übergewichtige Künstler nicht mehr weiterkonnte.

»Ihr müsst mich tragen. Ihr habt die Verantwortung für mich. Der Mars, eine beschauliche Tour …« Homphé lachte glucksend und brach ab. Mit weinerlicher Stimme fuhr er fort: »Ich bin krank – seht ihr das nicht? Mein Herz. Und die Lunge. Ich … ich krieg keine Luft mehr. Das war zu viel für mich, zu katas… trophal.«

»Weiter!«, drängte eine Frauenstimme. »Wir müssen Quart zurücklassen. Aber er liegt ohnehin im Sterben.«

»Wer?«, brachte Homphé mühsam hervor.

»Du selbst sagst das«, pflichtete Fran bei. »Unsere Kosmopsychologin hat das nur wiederholt.«

Quart Homphé gurgelte. Er bemitleidete wirklich sich selbst am meisten. Im nächsten Moment packte Fran Imith zu. Es sah leicht aus, wie sie den Dicken hochwuchtete, tatsächlich setzte das mehr als nur Körperkraft voraus. Reginald Bull blickte die Frau staunend an. Fran wirkte weder sonderlich zerbrechlich, noch zierte sie sich wie manche andere, wenn es darum ging, auch einmal zuzupacken. Von Anfang an hatte er gesehen, dass sie gut durchtrainiert war, aber wie sie Homphé auf die Beine stellte, ließ sie in seiner Achtung eine Stufe höher steigen.

Fran Imith schob den Dicken kurzerhand vor sich her. Und irgendwie schien er plötzlich Respekt zu empfinden. Jedenfalls trottete er mit hängenden Schultern weiter.

Viel zu lange irrten sie schon auf der Zwischenetage umher, ohne einen weiteren Abstieg zu finden. Ein einziges Mal passierten sie eine Fensterfront und erhaschten einen Blick auf anfliegende Jäger. Aus den Schächten der Luftumwälzung quoll stinkender Rauch, der sich in öligen Schwaden über dem Boden anreicherte. Insgeheim fürchtete jeder den Moment, in dem er nicht mehr erkennen konnte, wo er hintrat. Es war ohnehin düster geworden. Ganze Batterien von Leuchtplatten funktionierten nicht mehr.

Ein dumpfes Dröhnen näherte sich, huschte vorüber. Es kam von der Außenwand. Reginald Bull folgte der verborgen bleibenden Lärmquelle mit den Augen. Er erwartete, jeden Moment die Fassade aufbrechen zu sehen.

»Da hinüber!« Er ging wieder voraus. Sie mussten weg von der Peripherie, die Bedrohung war hier zu groß. Den Geräuschen nach zu schließen, hatten Jäger ein Stockwerk hoch über ihnen in Schutt und Asche gelegt.

Das Dröhnen begann erneut. Es schien von vorn auf sie zuzukommen. »Lauf endlich, Quart!«, brüllte Reginald Bull.

Fremdartige große Aggregate bestimmten das Bild. Manche Maschinenblöcke reichten bis unter die Decke, andere wirkten filigran und zerbrechlich. Mannsdicke Kabelstränge spannten sich scheinbar ohne nachvollziehbare Ordnung in den verschiedensten Höhen. Sie wirkten nicht nur seltsam archaisch, sie machten zugleich das Labyrinth perfekt.

Quart Homphé drehte sich im Kreis. »Das bringt nichts«, schluchzte er. »Wir finden hier nicht raus – nicht bevor alles über uns zusammenbricht.«

»Ich seh mich weiter um«, schlug Fran Imith vor.

»Das tust du nicht«, widersprach Bully. »Wir bleiben zusammen! Ich will dich nicht verlieren.«

Die Frau reagierte verblüfft. »Nett«, brachte sie überrascht hervor, doch das hörte Bull schon nicht mehr. »Zeichnen deine Optiken nur auf?«, wandte er sich an den Reporter.

Der Mann schüttelte verwirrt den Kopf.

»Mensch«, fauchte Bully, »ich will wissen, ob die Dinger direkt senden können? Auf Armbandfrequenz?«

»Du meinst …?«

»Können Sie? Ja oder nein?«

»Ja, natürlich.«

»Dann mach schon, jag sie raus!«

Endlos lange Minuten vergingen, bis alles justiert war. Über Reginald Bulls Handgelenk verdichtete sich die Holoprojektion. Die Störungen waren ungewöhnlich, aber endlich zeichneten sich Konturen ab.

Die Optiken jagten mit großer Geschwindigkeit zwischen den Maschinen hindurch. Ein beinahe unüberschaubares Labyrinth. Wer sich hier nicht auskannte, brauchte Stunden, um hindurchzufinden. Endlich zeigte das Holo eine Treppe abwärts, steil und unbequem, aber sie war der Ausweg, den Bull erhofft hatte.

Hinter ihnen näherte sich das Dröhnen zum dritten Mal. Glühende Risse durchzogen plötzlich die Außenwand und platzten auf. Stahlverstrebungen wurden nach innen gedrückt, Mauersegmente wirbelten heran. Dahinter Nodronen-Jäger. Sie feuerten mit Hochenergiewaffen. Brodelnde, alles verbrennende Glut flutete durch die äußeren Stockwerksbereiche.

Bully sah die Feuerwalze noch heranrollen und vor den monströsen Aggregaten in die Höhe branden, dann hetzte er als Letzter die enge Treppe abwärts. Heftige Erschütterungen ließen ihn den Halt verlieren. Er stürzte, überschlug sich, fing sich irgendwie ab und taumelte weiter.

Die Treppe brach auseinander. Im Podest unter ihm klaffte ein breiter Riss. Die anderen hatten die Stelle schon überwunden und hetzten weiter. Reginald Bull zögerte nur kurz, dann stieß er sich ab. Zwanzig, dreißig Meter unter ihm war der Boden.

Später hätte er nicht springen dürfen. Schwer schlug er gegen die Stufen und klammerte sich wie eine Klette fest. Die Konstruktion schrammte schräg an einer Wand entlang, verfing sich aber Sekunden später mit einem heftigen Ruck. Bully wurde nach vorn geschleudert, ließ im richtigen Moment los und riss die Arme schützend über den Kopf. Der erneute Aufprall trieb ihm die Luft aus den Lungen, er überschlug sich, rutschte weiter, blieb irgendwo hängen. Unter ihm waren die letzten Stufen, der Boden schien ihm entgegenzuspringen. Reginald Bull schlug schwer auf, versuchte aber sofort, wieder auf die Beine zu kommen. Deutlich registrierte er das Pochen des Zellaktivators in der Schulter, die belebenden Impulse, die den anderen fehlten.

Hinter ihm erklang das Kreischen berstenden Metalls. Die Treppenkonstruktion war noch nicht zur Ruhe gekommen.

Bully sah Quart Homphé davontaumeln. Der Künstler stürzte, raffte sich aber wieder auf und stolperte weiter, ohne sich nur einmal nach den anderen umzuwenden.

Die Psychologin krümmte sich am Boden, sie schien ernsthaft verletzt. Pratton Allgame räumte Trümmer beiseite, um ihr zu helfen.

Und dann entdeckte er Fran Imith. Bully stockte der Atem, als er die Frau nur wenige Meter neben sich liegen sah. Ihre ohnehin blasse Haut wirkte endgültig blutleer, das rote Haar fiel ihr halb übers Gesicht, aber sie bewegte sich nicht. *Bewusstlos oder tot.* Er starrte sie an, seine Kehle wurde rau. Gleichzeitig vernahm er ein dumpfes Bersten über sich, Metall schrammte über Metall, und das Geräusch kam näher. Irgendetwas hatte sich in der Höhe gelöst, es polterte den Treppenabsatz herab.

Fran Imith lag dicht vor den verdrehten Überresten der Treppe.

Alles geschah wahnsinnig schnell. Reginald Bull warf sich nach vorne, bäuchlings kam er neben der Frau auf, bekam sie an den Schultern zu fassen und wälzte sich mit ihr herum. Ihre Glieder waren schlaff wie die einer Puppe. Der Gedanke, sie könne tot sein, entsetzte ihn. Aus den Augenwinkeln heraus sah Bully einen Schatten näher kommen. Er schrie auf und machte seinem Entsetzen Luft. Fran lag jetzt über ihm, noch einmal drehte er sich herum, hielt den leblosen Körper dabei umklammert. Jedes Detail brannte sich in sein

Gedächtnis ein. Das alles war wie ein Film, der in extremer Zeitlupe vor ihm ablief.

Fran Imiths Lider zuckten, als er sich über sie wälzte. Ein Stöhnen drang über ihre Lippen. Sie lebte.

Noch eine Drehung zur Seite. Das Dröhnen war jetzt neben ihm, etwas unheimlich Massiges krachte auf den Boden – keine eineinhalb Meter entfernt.

Bully lag nur da und atmete schwer. Er starrte auf den Geräteblock, der Fran und ihn zerschmettert hätte, wären sie nur ein wenig langsamer gewesen. In dem Moment sah er, dass Fran ihre Augen weit aufgerissen hatte. Sie starrte ihn an und doch zugleich an ihm vorbei, und immer noch hielt er sie fest an sich gepresst.

»Bully, Fran …« Pratton Allgame rief mit bebender Stimme nach ihnen.

»Wir … haben es geschafft!« Stockend brachte Bull den Satz hervor, sein Kopf sank auf Fran Imiths Schulter.

Gleich darauf reagierte er wie elektrisiert. Es spürte Frans Lippen an seiner Schläfe, kurz nur und zart wie ein Hauch, aber so völlig anders als die Situation. »Danke, Bully«, raunte sie.

Er ließ ihre Schultern los und sank zurück. »Ich hätte besser aufpassen sollen. Das hätte nicht geschehen dürfen.«

»Das ist doch wohl meine Aufgabe.«

»Was?« Bull stemmte sich in die Höhe und registrierte ungläubig, dass er recht wacklig auf den Beinen stand. *Eine Milliarde Jahre,* schoss es ihm durch den Sinn. *Dazu der Angriff. Kein Wunder, wenn ich mich mies fühle.* Den anderen Grund, der dafür noch in Frage kam, ignorierte er. Jetzt war weiß Gott nicht die Zeit für solche Überlegungen. Deshalb vergaß er Frans Bemerkung auch sofort wieder.

»Ich wollte sagen«, berichtigte sie sich, »dass jeder für sich selbst verantwortlich ist.«

Er reichte ihr die Hand, um ihr aufzuhelfen. Sie kam aus eigener Kraft auf die Beine, ergriff dann aber doch seine Rechte und zog sich an ihm hoch. »Noch mal Danke, Bully.«

Er stand da wie vom Donner gerührt. Einer der mächtigsten Männer der Liga Freier Terraner, aber ihm fehlten die Worte. »Vergiss es«, brachte er endlich tonlos hervor. Er war ein Idiot. Hatte er sich nicht im Bus noch ausgemalt, wie es sein würde, Fran Imiths Nähe zu spüren? Und was tat er?

Irritiert blickte sie ihn an. »Wenn du meinst, Bully.«

»Fran …« Er stockte. Der Ordensturm der Wissenschaftler von Cor'morian schwankte. Was immer er hatte sagen wollen, es war vorerst unwichtig. »Du kannst Reginald zu mir sagen«, brachte er noch hervor. »Oder bleib bei Bully, wie es alle tun. Such dir's aus. Aber jetzt müssen wir weiter.«

8

Wieder hatte Shim Caratech versucht, sich in die Höhe zu ziehen. Verbissen und mit aller Kraft hatte sie um jeden Zentimeter gekämpft, und sie hätte jubeln können, als sie wirklich weiter gekommen war als zuvor. Aber dann war sie erneut abgerutscht und hatte ihre Furcht und die Panik in sich hineingefressen.

Es gab keinen Öffnungsmechanismus. Nicht von dieser Seite aus. Und die Röhre war zu steil, sie würden niemals aus eigener Kraft entkommen.

So weit sie sehen konnte, herrschten Chaos und Zerstörung. Unaufhörlich krachten Trümmer aus der Höhe herab, Shim erkannte nicht, ob sie nur von einer Galerie stammten oder aus anderen Stockwerken. Vor wenigen Minuten war ein Feuersturm durch die Halle getobt, aber die Flammen waren schnell wieder erloschen. Stellenweise fiel feiner Regen. Offenbar funktionierten noch automatische Löschvorrichtungen. Dampf wogte auf und würde bald alles gnädig verhüllen.

Shim Caratech hatte keine Tränen mehr. Sogar ihr trockenes Schluchzen, das von unkontrollierten Zuckungen begleitet wurde, versuchte sie zu unterdrücken. Der Furcht folgte Trotz, die selbstverleugnende Gewissheit, dass ihr das Schicksal nichts anhaben konnte. »Wir müssen stark sein, Schikago, dann schaffen wir es auch. Wäre doch schlecht, wenn Tiana spürt, wie es um uns steht.« Sie musste reden, das half. Gegen die Einsamkeit und ihre Trauer. Und Schikago war ein guter Zuhörer, sie schnurrte leise und wohlig. Aber das lag daran, dass Shim den Korb geöffnet hatte und die Katze kraulte. Schikago konnte sich dann endlos dehnen und genüsslich alle viere von sich strecken. Shimmi wünschte sich, sie hätte auch jemanden gehabt, der ihr den Nacken kraulte. Ob Bren überhaupt schon mitbekommen hatte, dass sie fehlte? Und ihre Mutter, die das alles arrangiert hatte, würde ohnehin längst tausend Qualen durchleiden, nur weil Shim einmal nicht zu Hause war.

»Was meinst du, Schikago? Perry Rhodan wird uns retten; er sieht doch, wer fehlt, sobald der Bus starten soll.«

Sie belog sich selbst. Aber diese Lüge tat gut. Mechanisch grub sie ihre Finger in Schikagos Nackenfell. Ihre Gedanken eilten zurück zum Mars. Das Sicherheitspersonal auf dem Raumhafen hatte den Korb unter die Lupe genommen, nachdem die Streustrahlung des Antigravs angemessen worden war. »Zwei Personen sind für den Flug vorgemerkt.« Shim hatte ihren treuesten Augenaufschlag vorgeführt und geantwortet: »Schikago und ich.«

»Wer ist Schikago?«

»Meine Katze.«

»Hier stehen die Namen Tiana und Bren Caratech.«

»Oh, Mist.« Sie hatte ihr Hemd abgetastet, danach die eng sitzende Hose, und die zunehmende Unruhe des Sicherheitsbeamten hatte ihr verraten, dass ihr Styling perfekt war, auch wenn etwas mehr Fleisch auf ihren Rippen nicht geschadet hätte. Die Erleuchtung, dass sie den Datenträger an ihrer Haarspange befestigt hatte, war ihr gerade noch rechtzeitig gekommen.

Trotzdem hatte der Mann den Kopf geschüttelt. »Keine Katze.« Sein Standpunkt war unabänderlich erschienen und hätte ihr beinahe eine wenig freundliche Antwort entlockt. Wäre nicht, ja, wäre nicht urplötzlich diese markante Stimme hinter ihr erklungen.

»Gibt es Probleme?«

Im Herumfahren hatte Shim erkannt, wer da stand. Wie eine kleine Gottheit hatte sie ihn angestarrt, wohl wissend, dass auch er nur ein Mensch aus Fleisch und Blut war. Aber was für ein Mensch! Um fast eine Kopflänge überragte er sie, er war schlank und sichtlich gut trainiert, und der Blick seiner graublauen Augen hatte sie elektrisiert. *Perry Rhodan!*

»Nein«, hatte der Sicherheitsbeamte behauptet.

»Ja«, hatte sie gesagt, und Perry Rhodans Lächeln war noch eine Spur breiter geworden. Hinreißend männlich, hatte Shim empfunden.

»Das geht in Ordnung. Ich verbürge mich dafür.«

Einfach so hatte er das gesagt, hatte ihr zugenickt und seinen Weg fortgesetzt. Und von da an fragte sie sich, wie es sein musste, einen solchen Mann zum Vater zu haben – oder mehr noch, zum Freund.

Sie schreckte aus ihren Gedanken auf, weil eine gutturale, gänzlich unverständliche Stimme erklang. Verwirrt blickte Shim auf die silberne Spange, die sie sich eben aus dem Haar gezogen hatte. Das Gerät war Empfänger für die Terranischen Äther-Streams und kombinierte umfassende Speicherfunktionen mit Akustikfeldern im Lautsprecherbereich ebenso wie im Umlenkbereich als Kopfhörer. Jetzt produzierte es unverständliche Laute. Shim fröstelte, als sie eine harte Stimme vernahm, unterbrochen von schrillem Zirpen. Das war unglaublich fremd, zweifellos die Umgangssprache in dieser Epoche.

Vertraute Laute registrierte sie erst, als die Spange auf einen nahen Sender umsprang. Siedend heiß überlief es sie, obwohl sie selbst sich über Funk nicht bemerkbar machen konnte. Aber allein schon zu wissen, dass die anderen nach ihr suchten, war unglaublich viel wert.

Die Stimme wurde von Störungen überlagert, war aber dennoch einigermaßen verständlich. »... nicht mehr lange warten ... Wenn du mich hörst, Perry ... antworte endlich.«

Niemand suchte sie. Shim Caratech hätte losheulen können. »Bully«, brachte sie gepresst hervor. »Hol mich hier raus, Bully!« Sie schrie beinahe. Obwohl sie wusste, dass er sie nicht hören konnte.

»Wir müssen bald starten … Der Ordensturm wird den Angriff nicht überstehen. Und wir? Ich habe lange nicht mehr gebetet, Perry … aber ich hoffe, Gott hat ein Auge auf uns. … Wo bist du? Gib mir wenigstens ein Lebenszeichen … Kann nicht glauben, dass du umgekommen …« Der Empfang brach zusammen. Verzweifelt versuchte Shim, eine neue Sendung herauszufiltern. Aber vielleicht konnte Reginald Bull auch nicht mehr reden. Die Vorstellung, dass es ihn und wer weiß wen noch erwischt hatte, ließ die junge Frau frösteln.

»Weißt du, was ich glaube, Schikago?« Leise murmelte sie vor sich hin. »Oder nein: was ich hoffe? Dass wir alle nur Figuren in einem Spiel sind, nicht real, weißt du. Und dass ein neues Spiel anfängt, wenn wir alle raus sind. Dann bekommen wir eine neue Chance, das ist so wie das Y-Bakami, das ich in der Tasche habe. Jedes Mal eine neue Welt und neue Charaktere …«

Ein Dröhnen schreckte sie auf. Es schien von überall her zu kommen.

Das Geräusch wurde rhythmisch, ging in ein Schaben über, als machte sich jemand an der Röhre zu schaffen. Shim Caratech hob den Kopf.

Das Erste, was sie sah, war ein kantiger Vogelschnabel inmitten eines markant gefiederten Gesichts. Der Tambu stand auf einem verbeulten Behälter, und das Werkzeug, mit dem er an ihrem Gefängnis hantierte, wirkte wie ein ausgeglühtes Metallstück. Es schien immer noch sehr heiß zu sein. Shim glaubte zu erkennen, dass die Hände des Vogelwesens grässlich verbrannt waren.

Ein Teil der Röhrenwand polterte zu Boden. Shim fiel ebenfalls, aber sie konnte sich einigermaßen abfangen.

»Komm!«, sagte der Cor'morian. Ohne abzuwarten, ob sie ihm auch wirklich folgte, wandte er sich um und stakte auf seine unbeholfen wirkende Art davon.

»Wie hast du mich gefunden?«

»Wir versuchen, euch alle in Sicherheit zu bringen. Der Angriff der Nodronen kam zu früh.«

»Ihr wusstet also, was geschehen würde?« Shim blieb abrupt stehen. »Trotzdem habt ihr uns entführt?«

»Euer Fahrzeug«, sagte der Tambu anstelle einer Antwort. Sie folgte seinem ausgestreckten Arm mit den Augen. Höchstens zweihundert Meter entfernt stand der Mars-Liner-01. Auf den ersten Blick wirkte er unbeschädigt, aber auch verlassen. Niemand hielt sich in der Nähe auf, beide Rundschleusen waren geschlossen.

»Wo sind die anderen?«

»Geh!«, herrschte der Gefiederte sie an. »Ein Teil von euch wird soeben von unseren besten Piloten ausgeflogen. Wir hoffen, dass sie entkommen; die Nodronen rechnen nicht mehr mit Widerstand.« Und wandte sich um und stolperte davon.

»Und du?«, rief Shim hinter ihm her. »Warum hilfst du uns nicht und kommst mit mir?«

»Wenn meine Heimat stirbt, sterbe ich ebenfalls.«

»Deine Heimat, dieser Planet – Balance B?«

»Ein Planet, nein, das haben wir längst nicht mehr. Meine Heimat ist dieser Ordensturm.«

Shim Caratech zögerte nicht länger. Sie ging, rannte zuletzt, sodass ihr Herz wild gegen die Rippen hämmerte. Der Mars-Liner durfte nicht ohne sie starten.

»Wartet!«, keuchte sie.

Nichts bewegte sich.

Die Furcht, vielleicht nur um Sekunden zu spät zu kommen, wich dem beklemmenden Gedanken, allein zu sein.

Und wenn schon. Welche Chance würde der schwerfällige Schwebebus gegen die schlanken Jäger der Nodronen haben?

Sie waren ein verlorener Haufen. Das wurde Reginald Bull erst richtig bewusst, als er die wenigen Personen vor sich sitzen sah. Fran Imith und Pratton Allgame durchwühlten gerade die Medo-Ausrüstung des Liners. Besonders umfangreich war das Material nicht.

Fran verabreichte der Kosmopsychologin eine schmerzstillende Injektion. Dabei hantierte sie nicht nur überaus geschickt mit den Ampullen und der Druckluftkanüle, sie wusste auf Anhieb, wo sie ansetzen musste. Bully nahm sich vor, Fran danach zu fragen – später, sobald sie das Gebäude weit hinter sich hatten.

Niemand hatte den Bus während ihrer Abwesenheit betreten. Die Überwachung arbeitete zwar nur auf positronischer Basis, doch sie hätte jede Manipulation aufgezeichnet.

Alle Funktionen zeigten Grünwerte. Bully fragte sich dennoch, wie er den Schwebebus aus dem Hangar fliegen sollte. Damit die Wand ihre Konsistenz veränderte, bedurfte es zweifellos eines Anstoßes, eines Funkimpulses oder einer besonderen Strahlung. Oder der Vorgang wurde zentral ausgelöst. Es gab unzählige Möglichkeiten. Reginald Bull verwünschte die Tatsache, dass er nicht rechtzeitig danach gefragt hatte. Denkbar war auch ein vollautomatischer Vorgang, sobald der Liner der Wand nahe kam. Falls er sich allerdings irrte, würde er keine zweite Chance erhalten.

Bully drosch die Fäuste aneinander. Er würde ohnehin nicht starten, solange sie nur so wenige waren. »Sechs von dreißig.« Er schüttelte den Kopf. »Wir müssen warten.«

Aber genau das konnte er nicht. Er durfte alle, die es bis in den Bus geschafft hatten, nicht einer vagen Hoffnung wegen in neue Gefahr bringen.

Galt das auch für Perry Rhodan? Bully biss die Zähne zusammen. Unbewegt blickte er nach draußen. Vielleicht war es gerade die massive Hangarwand, die dem Mars-Liner bislang Schutz bot. Die Angreifer konzentrierten sich auf die Fensterfronten in den oberen Etagen. Im Bus waren die Erschütterungen kaum mehr wahrzunehmen, hier innen wirkte die Welt noch einigermaßen heil. Die Sensoren zeichneten alle Beben auf und projizierten die Daten auf die Frontscheibe. Die Ausschläge wurden intensiver.

Fran und der Weinbauer Pratton hatten die Kosmopsychologin auf die hinterste Bank gelegt, das waren vier Sitzplätze zwischen den beiden Hygienezellen. Die Verletzte schien zu schlafen. Aber ihr Atem war flach und kaum wahrzunehmen.

»Ich weiß nicht«, sagte Fran, als Reginald Bull sie fragend ansah. »Ich vermute, sie hat schwere innere Verletzungen, aber in dieser Schrottkiste gibt es keine Möglichkeit, das festzustellen. Ich kann nur ihre Schmerzen lindern.«

Bully nickte stumm. Er widersprach nicht. Mit »Schrottkiste« hatte Fran Imith gar nicht so Unrecht. Andererseits war ein Medienspektakel geplant gewesen, kein Ausflug in die fernste Zukunft des Solsystems.

Der Reporter blickte ihm entgegen. Mit zwei Fingern wischte er sich überschüssiges Wundplasma von den Brauen. Seine Stirn wies zwei lange Platzwunden auf, das schon geronnene Blut war in seinem Gesicht verschmiert und wirkte wie eine Kriegsbemalung. Auch eine Fleischwunde am Oberarm war schon versorgt.

»Wir sind die Letzten«, stellte der Mann fest. »Außer uns hat es keiner zurück geschafft.«

Bully reagierte nicht darauf. »Bist du in Ordnung?«, fragte er ausweichend.

»Ich schon, aber …«

»Wir warten!« Sein Tonfall duldete keinen Widerspruch. Bull ging wieder nach vorne. Nur neben der Sitzreihe, in der sich Quart Homphé zusammengekauert hatte, blieb er stehen. Der Künstler zitterte. Er hatte die Arme vor der Brust überkreuzt und wippte mit dem Oberkörper unkontrolliert vor und zurück. Er schien nicht einmal zu bemerken, dass jemand neben ihm stand.

Homphé reagierte auch nicht, als Bully ihn ansprach. Nur ein Wimmern kam stoßweise über seine Lippen.

»Hast du Schmerzen, Quart?«

Homphé hielt lediglich für einen Moment in seiner monotonen Bewegung inne, dann ließ er sich gegen das Fenster sinken. Sein Jammern wurde lauter.

»Reiß dich zusammen, Fettsack!« Bull konnte nicht anders, als den Mann anzuschreien. »Es ist für uns alle nicht schön, aber so machst du nichts besser.«

Quart Homphé verstummte, seine Lippen bewegten sich nun lautlos. Er zog die Beine hoch und rollte sich auf den beiden Sitzplätzen zusammen.

»Wenn du ein Schlafmittel brauchst …«

»Nein, nein, ich will kein Gift in meinem Körper.« Homphé vergrub den Kopf unter den Armen.

»Wie du willst.« Reginald Bull ging weiter. Auf gewisse Weise konnte er den Dicken sogar verstehen. Nichts sehen, nichts hören und nichts reden – wie die drei Affen – war manchmal das Allheilmittel.

Er ging in die Pilotenkanzel und ließ sich auf den Sitz fallen. Mit beiden Händen fuhr er sich über das Gesicht, dann winkelte er den linken Arm an. »Aktiviere die Hauptfrequenz!«, befahl er dem Pikosyn, dann rief er nach Perry Rhodan.

Eine Minute später wiederholte er den Ruf mit verändertem Text.

Rhodan meldete sich nicht.

Bully starrte dumpf brütend vor sich hin. Unzählige Gefahren hatten sie überlebt. Angriffe technisch hoch stehender Invasoren ebenso wie kosmische Katastrophen. Und ausgerechnet ein banaler Ausflug auf dem heimischen Mars sollte das Ende bedeuten? Das war nicht zu begreifen.

Was haben wir falsch gemacht? Er vergrub das Gesicht in den Händen. Vielleicht war das einfach nur der Zeitpunkt, der irgendwann hatte kommen müssen. Die Aktivatorchips schützten nicht vor einem gewaltsamen Tod. *Haben wir wirklich geglaubt, es könne ewig so weitergehen?* Tief atmete Bully ein. *Wir haben nicht nur nach den Sternen gegriffen – wir wollten das Universum. Aber wir wollten es nicht für uns, sondern für alle. Eine friedliche Koexistenz aller Völker.* Und ausgerechnet das eigene Sonnensystem wurde zum Verhängnis.

Reginald Bull blickte auf. Er sah eine Bewegung, aber er verarbeitete sie nicht. Weil er in Gedanken immer noch bei Perry Rhodan weilte und es nicht der Freund war, der da auf den Mars-Liner zukam.

»Shimmi«, murmelte er. »Das ist Shimmi …« Erst Sekunden später reagierte er wirklich. »Shimmi kommt!«, brüllte er nach hinten. »Sie hat es also auch geschafft.« Mit einer hastigen Schaltung öffnete er die vordere Schleuse.

Shim Caratech kam nicht zur Ruhe. Gehetzt schaute sie sich um, lehnte sich in ihrem Sessel zurück und fuhr sich mit den Händen durchs Haar. Dankbar nahm sie den Becher Wasser entgegen, den ihr Pratton Allgame reichte. Sie trank viel zu hastig, verschluckte sich und spuckte die Hälfte wieder aus. Was dann noch da war, stellte sie Schikago in den Korb.

Sie rieb sich den Nacken und blickte die Umstehenden fahrig an. »Die anderen werden von den Tambu ausgeflogen«, brachte sie stockend hervor. »Sie sind jetzt schon in Sicherheit.«

»Wieso kannst du das wissen?«

Shim wischte sich den Schweiß von der Stirn. »Einer dieser Vögel hat es mir verraten. Der mir geholfen und mich hierher geschickt hat.«

»Wo ist der Cor'morian jetzt?«

»Wo?« Shim Caratech schnaufte gequält. »Ich weiß es nicht. Er wollte hier bleiben. Mehr …«, sie schluchzte stoßweise, »mehr weiß ich nicht.«

»Das reicht auch«, wandte Pratton Allgame ein. »Sieht denn keiner, wie es der Frau geht?«

»Wir müssen trotzdem warten«, sagte Fran Imith.

»Auf wen denn noch? Alle sind längst draußen.« Allgame war neben der jungen Frau in die Hocke gegangen und legte ihr besänftigend seine Hände an die Schultern.

»Wir warten auf Perry Rhodan«, fuhr Fran eisig fort. »Das sind wir ihm schuldig.«

Eine schrille Stimme erklang von der anderen Sitzreihe. »Rhodan ist längst weg, der hat sich als Erster abgesetzt. Um uns kümmert sich kein Schwein, wir sind doch nur das Fußvolk.«

Allgames Miene verhärtete sich. Ihm war anzusehen, dass er Quart Homphé am liebsten vom Sitz hochgezerrt hätte. Aber Shim hielt ihn zurück. »Lass den Schwätzer«, raunte sie. »Der hat keine Ahnung.«

»He!« Offenbar ermutigt, weil niemand widersprach, wurde der Dicke lauter. »Wir müssen starten, Bull! Ich bestehe darauf.«

»Noch nicht.«

»Es ist mein Recht …« Homphé brach gurgelnd ab, als sich Bully jäh über seinen Sitz beugte.

»Ich weiß, was dein Recht ist, Quart. Das musst du mir nicht erzählen. Aber vielleicht hilfst du uns, die anderen zu suchen. Das würde dir gut tun.«

»Wo?« Quart Homphé blickte Bull von unten herauf an, als hätte er nicht richtig gehört.

Reginald Bull machte eine umfassende Handbewegung, und Augenblicke später wurde der Künstler von Krämpfen geschüttelt. »Ich bin krank«, wimmerte Homphé. »Alles dreht sich; ich halte das nicht mehr aus.« Ein Schwall Wasser klatschte in sein Gesicht; nach Luft ringend, verstummte er.

»Hat der Herr außerdem noch einen Wunsch?« Fran Imith stellte den leeren Becher zurück. »Nein? Dann können wir uns endlich um wirklich Wichtiges kümmern.« Sie bemerkte, dass Reginald Bull sie nachdenklich musterte. Prompt wollte sie zu einer Entschuldigung ansetzen, aber Bully winkte ab. »Du bist mir um Sekunden zuvorgekommen.«

»Nein!« Der heisere Aufschrei ließ alle herumfahren. Der Reporter hatte ihn ausgestoßen. Er war kreidebleich, sein Blick verlor sich in weiter Ferne.

»Was ist los?«

Trebb Wilburn versuchte zu reden, aber seine Stimme versagte. Der Metallkoffer lag geöffnet neben ihm. Ein Hologramm flimmerte über dem aufgeklappten Deckel, doch es zeigte kein Bild, nur das energetische Grundmuster. Der Reporter aktivierte die Wiedergabe.

Zuerst war da nur eine Stimme: »... sie sagen, dass die Nodronen nicht ruhen werden, bevor sie den Ordensturm von Mantagir dem Erdboden gleichgemacht haben. Aber sie wollen uns in Sicherheit bringen. Wir sind neunzehn Personen, was mit den anderen geschehen ist, weiß ich nicht. Trotzdem hoffe ich, dass du noch lebst, Trebb, und dass du meine Aufzeichnung auch empfängst. Ich sende das Material live an dich – es ist besser, wenn wir beide über diese Unterlagen verfügen.« Endlich wurde der Sprecher sichtbar. Sein Gesicht wirkte verzerrt, das Haar hing ihm in wirren Strähnen in die Stirn. Im Hintergrund waren einige andere Menschen zu sehen, aber auch mehrere Tambu. »Einer von uns beiden wird bestimmt durchkommen, Trebb. Und weißt du, was das bedeutet? Dieses Material wird ein Vermögen wert sein. Eine Milliarde Jahre in der Zukunft – eine Milliarde, Trebb! Wir lassen uns für jedes Jahr einen Galax honorieren.« Er lachte schallend. Aber dieses Lachen war nicht ehrlich, es spiegelte trotz allem Besorgnis wider. »Ich wünsche dir viel Glück. Wir alle werden es brauchen.«

Die Einstellung wechselte. In der Wiedergabe wurde eine lang gestreckte Fensterfront sichtbar. Unschwer war zu erkennen, dass sie sich in einem der »Gabelzinken« des Gebäudes befand. Der Blick reichte zu zwei anderen der schlanken Säulen hinüber und weiter bis an den fernen Horizont. Das Bild wirkte neblig und unscharf.

Für Sekundenbruchteile waren einige der rochenförmigen Raumjäger zu sehen. Glutstrahlen hämmerten in den Schutzschirm, konnten ihn aber nicht durchschlagen. Dann war der Spuk schon wieder vorbei.

»Sie sagen, dass in diesem Sektor die Schirmfelder extrem verstärkt wurden. Es wird den Nodronen schwer fallen, sie zu durchbrechen. Aber offenbar versuchen sie das gar nicht. Hörst du mich, Trebb? Wir schaffen es, davon bin ich überzeugt. Die Nodronen greifen uns hier nicht an, weil sie es gar nicht nötig haben. Sobald der Turm in sich zusammenfällt, erledigt sich für sie das Problem der starken Schutzschirme. Darauf spekulieren die Nodronen, und ihre Rechnung geht auf. Doch bis das geschieht, sind wir alle draußen.«

Die Optik zeigte Gesichter in Großaufnahme. Ängstliche, verschwitzte, in Reglosigkeit erstarrte Grimassen. Dazwischen Cor'morian, ausdrucksstark mit aufgeplustertem Gefieder und großen Vogelaugen. Jeder, der diese Bilder sah, spürte instinktiv, dass die Tambu wussten, was sie taten. Nicht eine Sekunde lang kamen Zweifel auf. Nur in der Totale schlich sich etwas wie Wehmut ein, vielleicht sogar ein Gefühl hilfloser Resignation.

»Gherdon Cal Stogg ist bei uns. Er beteuert, dass er nicht mit einem so überraschenden Angriff der Nodronen rechnen konnte. Aber er wird uns in Sicherheit bringen. Die Maschinen, die hier in einem abgeriegelten Bereich stehen, sind Neuentwicklungen, Raumgleiter, bei deren Konstruktion auf erschwerte Ortung größter Wert gelegt wurde. Die Piloten fliegen sie mit Mentalkappen. Wenn ich das richtig verstanden habe, eine Art Gedankensteuerung, die blitzschnelle Reaktionen erlaubt.«

Mindestens drei Optiken waren im Einsatz. Das ließen die Überblendungen erkennen. Da waren zum einen die Raumgleiter, imposante keilförmige Konstruktionen mit geschwungener Kantenführung. Es gab keine größeren planen Bauteile. Schon die optische Wiedergabe schien sich in stetig zitternder Bewegung zu befinden. Die Cor'morian verteilten ihre Passagiere gleichmäßig auf beide Gleiter. Eine andere Szene zeigte die gegenüberliegenden Gebäudeteile.

Jäh zoomte das Bild. Das Entsetzen in Großaufnahme. Gewaltige Explosionen an der Basis des gegenüberliegenden »Gabelzinkens«. Wie ein ausgezacktes Band zogen sich Glutwolken über den sichtbaren Teil des Bauwerks. Die Jäger der Nodronen konzentrierten ihr Feuer auf den oberen Bereich. Der schlanke, aber immer noch mehrere hundert Meter durchmessende Gebäudeteil neigte sich zur Seite. Risse entstanden, weiteten sich aus, dann brach der Sockel weg. Staub quoll auf, der Zoom zeigte monströse Mauerplatten, die der auf ihnen lastende Druck förmlich wegsprengte.

Sekunden später sackte der Turm ab. Nacheinander brachen die unteren Stockwerke weg. Immer höher wogte der Staub auf, eine gigantische, das Entsetzen verdeckende Wolke, die von innen heraus von flackerndem Feuer erhellt wurde.

»Wer dort drüben noch ist, hat keine Überlebenschance. Ich frage mich, was die Nodronen zu solchem Hass treibt. Wir werden es erfahren. Ganz sicher. Ich verstehe, warum die Wissenschaftler von Cor'morian Terraner zu Hilfe holen. Aber sie hätten sich eines unserer modernsten Schlachtschiffe sichern sollen, nicht das Uraltmodell eines Schwebebusses. Was sie brauchen, sind Waffen und ausgebildete Raumsoldaten, keinen Haufen Zivilisten … Wir starten, die andere Maschine vor uns. Wir fliegen durch die Wand hindurch …«

Die Bilder wechselten. Zu erkennen war nicht viel. Sequenzen aus dem Innern des Gleiters, die Menschen eng zusammengepfercht, bemitleidenswert in ihrer Hilflosigkeit.

Von allen Seiten stürzten die Jäger der Nodronen heran. Ihre Geschütze woben ein tödliches Netz vor den fliehenden Gleitern.

»Das sind zu viele. Sie schießen sich ein …«

Ein Schutzschirm blähte sich zum flammenden Fanal auf. Nicht einmal einen erschreckten Atemzug später loderte eine neue Sonne zwischen den Wolken. Ein alles durchdringender greller Schein löschte vorübergehend jede andere optische Wahrnehmung aus.

»... sie sind ... sie wurden vernichtet.« Der Kommentar versiegte hilflos.

Aus dem Lohen heraus entstanden neue Konturen. Die Aufnahme zeigte die zurückfallende Metropole Mantagir. Gleichzeitig legte sich ein glühender Schleier über das Bild; der Schutzschirm des zweiten Gleiters reagierte im gegnerischen Feuer.

Dann ein greller, die Augen schmerzender Blitz.

Danach war nichts mehr, nur noch das fahle Projektionsrauschen.

9

Beklemmendes Schweigen hing im Mars-Liner-01. Jemand weinte. Es war Shimmi. Dicke Tränen rannen ihr über die Wangen hinab.

»Wir haben sie verloren«, sagte Fran Imith stockend. »Sie sind gestorben, ohne dass wir ihnen helfen konnten.« In dem Moment wurde wohl jedem bewusst, wie sehr sie aufeinander angewiesen waren.

»Und jetzt?« Quart Homphé hatte sich wieder aufgesetzt und blickte die anderen teilnahmslos an. Unruhig zupfte er an seinen fleischigen Fingern. Es knackte vernehmlich. Aber vielleicht war das seine ureigene Art, mit dem Grauen fertig zu werden.

»Es gibt nichts Neues zu sagen«, antwortete Reginald Bull frostig.

»Nichts?« Homphé verschränkte die Finger ineinander, streckte die Arme von sich weg und drückte die Hände durch. »Ein Seitenturm ist schon eingestürzt. Die anderen werden auch zusammenbrechen.«

»Die Raumgleiter wurden abgeschossen«, versetzte Fran Imith eisig. »Wir haben also eine makabre Wahl ...«

Homphé schauderte, aber er schwieg. Zögernd begann er, seine nutzlose Brille zu putzen. Diesmal mit einem imprägnierten Tuch, das er dilettantisch genau auffaltete, als hänge davon seine künstlerische Laufbahn ab.

»Gibt es noch eine Sendung?«, fragte Bull den Reporter. Trebb Wilburn schüttelte nur den Kopf.

»Wir sind zu siebt«, stellte Reginald Bull fest. Keiner reagierte darauf. Fran Imith kümmerte sich um die Kosmopsychologin; als sie sich wieder aufrichtete, schüttelte sie aber kaum merklich den Kopf. »Warum gibt es hier keine vernünftige Diagnosemöglichkeit? Sie muss operiert werden, und das vermutlich sehr schnell.«

»Wenn nicht?«

»... stirbt sie wahrscheinlich.«

»Wir müssen in unsere Zeit zurück.« Allgame bedachte Shim mit einem forschenden Blick. Die junge Frau war vor Erschöpfung eingeschlafen, jedoch zuckten ihre Augen unter den geschlossenen Lidern. »Es gibt keine Alternative. Oder kennt jemand eine vernünftige Klinik in dieser Zeit?«

»Ich sehe trotz allem keinen Grund, die Hoffnung aufzugeben«, sagte Reginald Bull scharf.

»Das tue ich auch nicht«, sagte Allgame. »Vielleicht machen die Nodronen Gefangene. Wenn wir uns über Funk ergeben ...«

Quart Homphé ließ ein abgrundtiefes Seufzen hören. »Macht das«, murmelte er halblaut. »Ich will, dass diese Qual ein Ende hat.«

»Wir sind fünf – außerdem eine schwer Verletzte und ein Verrückter«, korrigierte Fran Imith Bullys Gedankengang von vorhin. »Neunzehn von uns starben in den Raumgleitern der Cor'morian. Ich wünschte, es wäre anders. Das ergibt vier Vermisste. Fragt sich, wie viel Zeit uns bleibt, sie zu finden.«

»Sobald wir den Hangar verlassen, schießen uns die Nodronen ab«, gab Bully zu bedenken. »Wir brauchen einen anderen Ausweg.«

»Ich sagte eben schon, dass wir uns ergeben sollten«, erinnerte Allgame.

Quart Homphé lachte glucksend. »Ich kann den Kerl zwar nicht leiden, aber diesmal hat er Recht.«

»Nein«, widersprach Bull.

»Dann stimmen wir ab.« Homphé bebte. »Wir wollen überleben, Reginald Bull. Wir sind nicht unsterblich wie du.«

In Situationen wie dieser verwünschte Bully den Zellaktivator. Immer wieder gab es Menschen, die ihn um dieses Gerät nicht nur beneideten, sondern sogar hassten. Sie fühlten sich übervorteilt, sahen nur das Erstrebenswerte einer unendlichen Lebensspanne. Bully hatte viel Geduld, weil er die Menschen und ihre Probleme kannte. Aber sie war alles andere als unerschöpflich, und wenn er explodierte, dann krachte es gewaltig. Noch beherrschte er sich, wenngleich sich seine Hände um den Kragen der groben Jacke verkrampften, die er über dem olivfarbenen Overall trug. *Siedler-Outfit*, hatte er geglaubt. Der Werkzeuggürtel um die Hüfte war detailgetreu der Ausrüstung der einstigen Mars-Kolonisten nachempfunden. Sogar eine Falt-Atemmaske mit kleinem Pressluftvorrat hing am Gürtel. Doch stattdessen hätte er besser daran getan, schwere Waffen mitzunehmen.

Sekundenlang schloss er die Augen. Weil Perrys Stimme durch seine Gedanken spukte.

»Willst du uns hier draußen verhungern lassen?« Da war der vorwurfsvolle Klang wieder. Zugleich kam neues Leben in Bulls untersetzte Gestalt. Sein Ruf hallte durch den Bus: »Rhodan hat es geschafft!«

Viel zu langsam glitt die Schleuse auf. Perry Rhodan half Ron Dyke die wenigen Stufen hinauf und stützte ihn, bis Dyke sich ächzend auf den nächsten Sitz sinken ließ.

»Seid ihr okay?«, fragte Fran Imith.

»Bis auf einige Abschürfungen.«

»Das kriegen wir hin«, versicherte Bull. »Fran ist besser als jeder Medoroboter.«

Perry Rhodans Blick war inzwischen über die Sitzreihen geschweift. »Sind das alle?«, fragte er bitter.

»Wir hoffen noch auf zwei weitere Überlebende. Alle anderen sind tot, umgekommen beim Versuch, mit den Cor'morian den Turm zu verlassen.«

Ein zweites Seitengebäude musste eingestürzt sein. Die Minuten anhaltenden schweren Erschütterungen waren auch an Bord des Mars-Liners zu spüren. Ebenso gut hätte es sie selbst erwischen können. Aber darüber verloren weder Perry Rhodan noch Reginald Bull ein Wort. Nur Quart Homphés Jammern wurde unerträglich. »Wir müssen weg«, murmelte er immer von Neuem. »Wir müssen hier raus, sonst gehen wir drauf.«

»Es reicht!«, herrschte Bully den Künstler an. Homphé stutzte nur für einen Augenblick, dann begann sein Lamento von Neuem. Doch irgendwie spürte er, dass etwas geschehen sollte, das sich gegen ihn richtete. Als sich Fran Imith neben ihm über die Sitzlehne beugte, wollte er sie im ersten Erschrecken abwehren, doch gleich darauf erschien sogar so etwas wie Erleichterung in seinen zusammengekniffenen Augen. Eine Hochdruckinjektion zischte. Homphés Gurgeln wurde leiser und verstummte, als sein Kopf zur Seite kippte. Bully ließ den Dicken auf den Sitz gleiten und sicherte ihn mit den Magnetgurten. Quart Homphé würde eine Zeit lang tief schlafen.

»Wir sind wirklich nur noch ein fliegendes Hospital.« Pratton Allgame seufzte. »Ich halte es hier drinnen nicht mehr aus. – Lass mich nach den Vermissten suchen. Ohne Gewissheit über ihr Schicksal fliegen wir ja doch nicht ab.«

»Ich warte nur noch auf die Dämmerung«, antwortete Bull. »Nach meiner Schätzung in einer halben Stunde.«

Ein Hauch von Sarkasmus umfloss Allgames Mundwinkel, als er fragte: »Und wie lange hält das Gebäude noch stand?«

»Mindestens dreißig Minuten«, versicherte Fran Imith, bevor Bull oder Rhodan antworten konnten.

»Bis dahin vertrete ich mir die Füße«, kündigte Allgame an.

»Zu gefährlich«, wehrte Rhodan ab. Der Hangar schien zwar noch halbwegs stabil zu sein, aber die steten Beben konnten nicht ohne Folgen bleiben. Mitunter schien ihr Zentrum schon sehr nahe zu sein. »Wir müssen starten, sobald der Turm …«

»Da draußen sind noch zwei von uns«, erinnerte Allgame. »Wir sollten wenigstens versuchen, sie zu finden.«

»Das ist wie die Suche nach der Nadel im Heuhaufen«, ließ sich Wilburn vernehmen. »Ich weiß nicht, ob es viel bringt, aber ich kann zwei Optiken entbehren.«

»Das klingt doch schon besser«, bemerkte Fran Imith. »Ich gehe ebenfalls.«

»Du weißt, was du tust?« Beinahe hatte es den Anschein, als wollte Bull die Frau zurückhalten, aber dann ließ er seine ausgestreckte Hand wieder sinken. »Falls das Gebäude einzustürzen beginnt, muss ich starten. Dann kann ich nicht mehr warten, bis alle an Bord sind. Eine andere Chance, den Nodronen zu entkommen, werden wir nicht erhalten. Eine Lawine aus Staub und Dreck wird sich nach allen Seiten ausbreiten, und der Bus muss mittendrin sein. Andernfalls erwischen uns die Jäger.«

»Das meinst du nicht wirklich, Reginald.« Ungläubig blickte die Frau ihn an, eine ganze Weile länger als es nötig gewesen wäre, ihr Missfallen auszudrücken. »Wie groß, glaubst du, ist die Chance, das zu überstehen?«

»Höher als bei den Tambu-Gleitern.«

»Zwanzig Prozent?«, fragte Fran Imith.

»So ungefähr«, bestätigte Bully.

»Und ich dachte immer, Aktivatorträger würden ihr Leben ganz besonders zu schätzen wissen. Habe ich mich geirrt?«

Bulls Züge versteinerten erneut. »Die Frage kannst du dir selbst beantworten, sobald wir hier raus sind.«

»Unser Ausflug erübrigt sich!«, rief Pratton Allgame in dem Moment. »Da kommen zwei.«

Ronika und Khirm Smertens waren durch die Hölle gegangen. Das brauchten sie nicht zu sagen, das war ihnen anzusehen. Fran Imith fing die junge Frau gerade noch auf, als sie in der engen Schleusenkammer zusammenbrach. Khirm hätte wahrscheinlich nicht einmal mehr die Kraft aufgebracht, seine Frau vor dem Sturz nach außen zu bewahren.

Niemand fragte. Was wollten sie noch reden? Längst war alles gesagt, und ungeschehen machen konnten sie nichts. Selbst wenn sie die Zeit hätten zurückdrehen können.

Fran Imith versorgte die Neuankömmlinge. Pratton Allgame ging ihr dabei zur Hand. Einfach nur dasitzen und abwarten, das konnte er nicht.

Die Erschütterungen wurden heftiger. In Sekundenabständen durchliefen Bebenwellen den Boden. Urplötzlich ein dumpfes Dröhnen; etwas Schweres hatte den Mars-Liner getroffen und den Rumpf in Schwingungen versetzt.

Es geht los!, sagte Perry Rhodans Blick. Staub zog in trägen Schwaden durch den Hangar. Im Hintergrund loderten Flammen auf, erstarben aber ebenso schnell wieder. Die Erschütterungen hielten nicht nur an, sie wurden nun rasch stärker.

Bully schaute kurz über die Sitzreihen hinweg. Nein, so hatte er sich den Flug über die Marswüste nicht vorgestellt. »Ich bin in der Kanzel. Einer muss die Kiste gleich fliegen.«

»Reginald!«, rief Fran hinter ihm her.

Er wandte sich bei den vordersten Plätzen um. Wortlos. Mit ausdruckslosem Gesicht.

»Du schaffst es«, sagte die Frau. Und so leise, dass Bully es bestimmt nicht hören konnte, fügte sie hinzu: »Du musst es einfach schaffen.«

Es ging los. Das war der Augenblick, vor dem selbst Reginald Bull sich gefürchtet hatte. Weil er nicht wusste, was wirklich geschehen würde. Er war längst nicht so ruhig, wie er sich den Anschein gab. In seinem Innern rebellierte es. Nicht seinetwegen machte er sich Sorgen – weder er noch Perry Rhodan waren unersetzlich; ihr Tod würde ein herber Verlust für die Menschheit sein, aber die Terraner standen längst auf eigenen Beinen. Perrys Sohn Michael, Homer G. Adams, Tifflor und vielleicht sogar Saedelaere würden die nahtlose Fortsetzung ihrer Politik sicherstellen. Sie waren Menschen, die schon immer in kosmischen Bahnen dachten. Aber da war etwas, das Bully noch gar nicht in voller Konsequenz abzuschätzen vermochte, ein Gefühl, dem er sich lange Zeit hinweg entzogen hatte. Da war ein Mensch, zu dem er sich hingezogen fühlte. Er wollte nicht, dass Fran Imith starb. Auch wenn er bislang herzlich wenig über sie wusste – sie hatte etwas, das ihn neugierig machte. *Vielleicht,* dachte Bully, *habe ich mein Leben noch gar nicht wirklich gelebt.*

Er saß im Pilotensitz, nicht nur die Kontrollen vor sich, sondern auch die gebogene Frontverglasung. Die seitlich vorspringenden Bugausleger behinderten seine direkte Sicht, andererseits bargen sie so unverzichtbare Aggregate wie die Prallfeldgeneratoren und den Antigrav. Und wahrscheinlich war es sogar besser, wenn er nicht zu viel von dem mitbekam, was neben ihm geschah; das half ihm, sich ausschließlich nach vorne zu orientieren.

Wann hatte er zuletzt ein Fahrzeug geflogen, das noch mit Sensorschaltern ausgerüstet gewesen war? Das war sehr lange her. Die heutigen berührungsintensiven Flächen mit ihren situationsbezogenen Schemata ließen das Flair, eine Maschinerie wirklich zu beherrschen, gar nicht mehr aufkommen. »Wir zwei«, murmelte Bully, »du und ich, wir sind eins. Anders können wir es gar nicht schaffen.« *Ich hoffe nur,* fügte er in Gedanken hinzu, *du lässt mich nicht im Stich, sobald es darauf ankommt.*

Die Sicht reichte kaum mehr wenige Meter weit, die Geländetaster zeigten immer neue Unebenheiten voraus. Die Deckenverkleidung des Hangars platzte ab. Bully konnte nur hoffen, dass der Mars-Liner nicht unter herabstürzenden Trümmern begraben wurde. Die Gefahr war groß. Alles in ihm drängte danach, sofort loszufliegen, bevor es endgültig zu spät sein würde.

Aber draußen warteten die Jäger der Nodronen. Ihnen würde der langsame Schwebebus nicht entgehen können.

Was er vorhatte, war gegen jede Vernunft. Vielleicht sprach er damit sein eigenes Todesurteil und das der ihm anvertrauten Menschen.

Die Prallfelder waren aktiviert. Einen vernünftigen Schutzschirm, einen, der diese Bezeichnung wirklich verdient hätte, gab es nicht. Wozu auch?

Die Ausschläge im unteren Feld der Einblendungen wurden steiler. Die oberen Etagen des Turms sackten in sich zusammen.

Mehr Leistung auf den Antigrav ... Mars-Liner-01 löste sich vom Boden. Urplötzlich überzogen flackernde Rotwerte die Kontrollen. Bully konnte nicht erkennen, was den Bus im Heckbereich getroffen hatte, doch er atmete auf, als er erkannte, dass das Prallfeld stabil geblieben war.

Der Schweiß rann ihm unter den Kragen. Warum, um alles in der Welt, konnte er diesmal nicht ruhig bleiben? Er erinnerte sich an schlimmere Situationen, die er gemeistert hatte. Vor seinem inneren Auge jagten die rochenförmigen Jäger vorbei.

Die Bebenwelle verstärkte sich rasend schnell. Aus jedem Ausschlag der grafischen Wiedergabe wuchs schon der nächste, stärkere heraus.

Ein Rascheln erklang hinter ihm. Bully achtete nicht darauf.

»Ich denke, du brauchst jetzt Gesellschaft«, sagte Perry Rhodan leise.

»Ich weiß nicht. Du solltest dich besser anschnallen.«

»Wenn du meinst.« Rhodan zog den Notsitz aus der Wand heraus. Von oben klappten die Bügel des Rückhaltesystems herab.

»Ich dachte eigentlich an den Passagierraum«, brachte Bully gepresst hervor; »dort ist es sicherer. – Nein, bleib. Ich freue mich, dass da du bist.«

»Wir schaffen es.«

Tief atmete Reginald Bull ein. Aber er schwieg. Die Außenmikrofone übertrugen ein dumpfes Rumoren. Es klang wie das Grollen eines fernen Vulkanausbruchs, aber es kam näher. Und es wurde lauter.

Die Erschütterungen waren jetzt körperlich spürbar. Alles geriet in Bewegung, es regnete Trümmer. Der Lärm steigerte sich zum Stakkato. Weltuntergang. Wer immer sich noch im Gebäude befand, konnte dieses Chaos nicht überleben. Ein zwei Kilometer hoher Turm stürzte haltlos in sich zusammen, als hätte es nie eine Statik und Antigrav-Elemente gegeben, die ihm Stabilität verliehen. Von außen gesehen musste es ein ungeheuerlicher Vorgang sein, zu sehen, wie ein Stockwerk nach dem anderen wegbrach, wie Fassadenfragmente ringsum abplatzten und in die Tiefe stürzten, sich beim

Aufprall in den befestigten Boden bohrten und dabei wie Geschosse explodierten.

Viel zu schnell erreichte dieses Chaos die unteren Etagen. Plötzlich klaffte ein Riss in der Außenwand. Er weitete sich aus, verzweigte sich, und die Druckwelle wirbelte das Innere des Gebäudes nach außen. Auch den Mars-Liner. Wie ein welkes Blatt im Herbststurm wurde der schwere Schwebebus herumgeworfen. Vergeblich versuchte Bully, die unkontrollierte Bewegung abzufangen, das Pulsator-Triebwerk dröhnte unter Volllast, aber der heranbrandende Lärm übertönte alles. Das eigene Wort war nicht mehr zu verstehen.

Schutt prasselte herab, und der Staub war wie ein Leichentuch plötzlich überall. Es gab kein Licht mehr, nur noch erstickende Schwärze.

Die Zeit schien stillzustehen.

Reginald Bull erfasste alle Anzeigen gleichzeitig. Die Ausfälle häuften sich. Schirmversagen im achteren Bereich; er glaubte, die Erschütterungen bis ins Cockpit zu spüren. Gefährliche Schräglage; die Druckwelle hatte den Liner weiter angehoben und würde ihn umwerfen, wenn er nicht gegensteuerte. Etwas Großes, Schweres schrammte vorbei. Das Kreischen des Stahls klang wie der Todesschrei eines Urzeitsauriers.

Dann war der Mars-Liner durch. Teils aus eigener Kraft, weit mehr aber von der Druckwelle aus dem Gebäudeinnern getrieben, hatte er den Hangar verlassen. Die Sicht wurde keinen Deut besser, selbst die Ortungen reagierten zu träge für dieses alles unter sich erstickende Chaos.

Nur der Lärm veränderte sich. Aus dem dröhnenden Prasseln der einstürzenden Mauern wurde ein monotones Rauschen. Gleichmäßig beinahe, wie von einer gigantischen Brandungswelle.

Es war in der Tat eine Woge aus Staub und Dreck und Schutt, die den Mars-Liner-01 mit sich riss. Immer wieder wurde der Bus schwer erschüttert. Bully hielt ihn verbissen nicht nur in der Schwebe, sondern dicht über dem Boden. Ein gefährliches Spiel, doch was war nicht gefährlich gewesen, seit sie Mantagir erreicht hatten?

Undurchdringliche Schwärze hüllte den Bus ein. Sie bedeutete Schutz und Bedrohung gleichermaßen. Es war unmöglich abzuschätzen, wie weit der Bus sich schon vom Zentrum des Geschehens entfernt hatte. Reginald Bull hätte nicht einmal zu sagen vermocht, wie viel Zeit vergangen war – er war zur Marionette seiner eigenen Anspannung geworden, ein Roboter, der rein mechanisch seine Arbeit verrichtete und alles Störende verdrängte. Nur würden seine Gefühle später zum Ausbruch kommen und ihn überrollen, so wie die unglaublich düstere Woge, die hundert Meter und höher auf die dicht bebauten Stadtteile zudonnerte – eine Sintflut, die alles mit sich reißen würde, was nicht rechtzeitig fliehen konnte.

Irgendwann ebbte der Lärm ab.

Die Relieftaster lieferten wieder brauchbare Bilder.

Aus dem brodelnden Dunst schälten sich die Silhouetten naher Bauwerke heraus. Reginald Bull ließ den Bus noch weiter absinken und beschleunigte gleichzeitig.

Energieverbrauch minimiert: Prallfelder nur noch im Heckbereich, alle Taster abgeschaltet. Flug auf Sicht. Die Sonne war inzwischen untergegangen, in den Straßenschluchten herrschte Düsternis.

Mars-Liner-01 löste sich aus der brodelnden, langsam in sich zusammensinkenden Staubwalze. Ein düsterer Schemen, so tauchte er im Tiefflug in die Metropole ein. Keine Raumjäger stießen aus der Höhe auf ihre Beute herab und eröffneten das Feuer.

Nur dreieinhalb Minuten waren vergangen. Sie erschienen Reginald Bull unendlich lang. »Ich habe Blut und Wasser geschwitzt«, brachte er stockend hervor. »Aber wir haben es geschafft.«

»Es war klar, dass du das sagen würdest.« Perry Rhodan löste das Rückhaltesystem und erhob sich. »Ich sehe nach unseren Passagieren. Oder brauchst du mich?«

»Den Rest bekomme ich ganz gut allein hin«, erwiderte Bully. Er wandte kurz den Blick. »Danke.«

»Wir schaffen es auch nach Terra zurück. Irgendwie.«

Erst einige Kilometer weiter wurde der Verkehr lebhafter. Wahllos wechselte Reginald Bull die Richtung und ließ den Bus in größere Höhe aufsteigen. In der Nacht verwandelte sich die Metropole in ein gleißendes Lichtermeer. Nur hinter dem Mars-Liner, gut fünfzehn Kilometer entfernt, brodelte eine gigantische schwarze Säule. Blutig rot loderte die Glut in ihrem Zentrum, und ein gewaltiger Rauchpilz hatte sich bereits kilometerweit ausgedehnt. Bald würden Staub, Asche und kleinste Trümmer abregnen.

Die beiden letzten schlanken Seitentürme waren gemeinsam eingestürzt. Reginald Bull fragte sich, wie viele Leben der Angriff der Nodronen gekostet haben mochte. Unzählige Fragen bewegten ihn in diesem Augenblick. Aber alle waren nur zweitrangig, bis auf eine: »Wohin?« Er kannte noch keine vernünftige Antwort darauf. Sie waren Fremde in einer fremden Stadt.

Zwischenspiel

Ein grimmiges Lächeln hatte sich in das von Narben entstellte Gesicht von Axx Cokroide eingegraben. Diese Narben waren die sichtbaren Zeichen von Dutzenden ritueller Zweikämpfe, aus denen er als unangefochtener Sieger hervorgegangen war. Niemand sonst hatte eine so reiche Erfahrung vorzuweisen. »Ich höre«, sagte er und seine Stimme vibrierte. Dass er die Hand auf die Peitsche von Nodro senkte, die als einzige Waffe in seinem Gürtel steckte, ließ den Boten zusammenzucken. »Wenn du keine schlechten Nachrichten bringst, hast du nichts zu befürchten«, fügte Axx Cokroide hinzu. Er genoss die sichtbare Furcht des Untergebenen.

»Die Kampfjäger, Herr, melden den Vollzug ihrer Mission.«

Axx Cokroide, offizieller Botschafter des Zwillingsgötzen, Oberhaupt des Cokroide-Clans und damit der mächtigste Clanführer in diesem Sektor von Vaaligo, blickte ihn unverwandt starr an.

»Der Ordensturm der Wissenschaftler von Cor'morian wurde weisungsgemäß vernichtet. Es gab zwei Fluchtversuche, aber beide wurden unterbunden.«

»Gut.« Axx Cokroide hatte sich erhoben und sich der Fensterfront zugewandt. Das oberste Stockwerk des Botschaftsgebäudes erlaubte einen weiten Blick über Mantagir. Die Nacht war hereingebrochen. In weiter Ferne tobte in diesem Moment ein unbeschreibliches Chaos, zu weit entfernt, als dass er es hätte beobachten können. »Ein bedauerlicher Unfall, wir werden den Völkern Vaaligos unser Mitgefühl aussprechen. Die Experimente der Wissenschaftler bergen den Tod in sich, davor habe ich stets gewarnt. Du kannst gehen.«

»Ja, Herr.«

Augenblicke später war Axx Cokroide allein. Sein Lachen hallte von den Wänden seines großen Arbeitszimmers wider. Er war immer ein Gegner der Tambu und ihrer mangelnden Informationspolitik gewesen. Geheimniskrämerei dieser Art hasste er. Die Informationen seines Geheimdienstes, die Wissenschaftler im Ordensturm von Mantagir planten einen Schlag gegen das Empire von Nodro, hatten nur das Fass zum Überlaufen gebracht. *Du oder ich* – eine andere Wahl hatte nie bestanden. Auch der Versuch, den Ordensturm zu erobern, wäre zum Scheitern verurteilt gewesen. Die Wissenschaftler hätten ihn lieber selbst zerstört, als ihn den Nodronen in die Hände fallen zu lassen.

Axx Cokroide spuckte aus. Nodro war jetzt schon die entscheidende Macht auf Balance B wie überhaupt im Tazmai-System. Nur für einen offenen Krieg war es noch zu früh.

Die Reaktion der Stadtverwaltung konnte er vorhersehen. Alle Vertreter der beteiligten Völker würden schweigen. Heute lag der Ordensturm in Schutt und Asche, morgen konnte ein Unfall jeden anderen ereilen. Selbst wenn sich alle Kräfte in Mantagir vereinten – er fürchtete sie nicht. Hinter ihm standen die Zwillingsgötzen.

Axx Cokroide ging zu seinem Schreibtisch zurück und stellte eine Verbindung her. »Ich will Nedra sehen!«, befahl er. »Bringt sie zu mir!«

Der schnelle Sieg hatte ihn in Laune versetzt. Nedra hatte er schon lange haben wollen, seine Lust aber bis zum heutigen Tag aufgeschoben. Sie war jung und kräftig, und sie würde ihm das Recht nicht verweigern.

Zwei Wachen brachten ihm die Frau. Hatte er sich getäuscht, verweigerte sie sich? Oder spielte sie nur ihr Spiel mit ihm?

Nedra war halb so alt wie er und einen Kopf kleiner. Ihre Muskeln bewiesen ihre körperliche Stärke, aber auch alle anderen Formen waren entsprechend üppig. »Sieh mich an!«, herrschte er sie an. Nur zögernd hob sie den Blick. Aber sie schaute durch ihn hindurch.

»Du kennst mein Recht.« Er blieb dicht vor ihr stehen, seine Rechte zuckte vor und umklammerte ihr Kinn. Axx Cokroide wusste, dass sein Griff schmerzhaft war, doch Nedra verzog nicht einen Muskel. Er drehte ihren Kopf, betrachtete die mit wildem Fleisch verwachsenen Narben, die von ihren Zweikämpfen zurückgeblieben waren, und ihr tief schwarzes, zu Strähnen geflochtenes Haar, das bis weit über die Schultern fiel. Dann strich seine Hand abwärts, über ihre Schultern, ihre Brust. Er spürte, wie Nedra zusammenzuckte.

»Verschwindet!«, herrschte er die Wachen an, dann zog er die Frau mit sich. »Ich will dich sehen! Ganz, hier und jetzt.«

Sie wagte keinen Widerspruch. Aber in ihren Augen loderte ein düsterer werdendes Feuer. Es reizte ihn. Sein Wort war Gesetz, sie konnte sich nicht sträuben.

Der Umhang glitt von Nedras Schultern. Darunter trug sie eine grob gewebte, geschnürte Jacke. Ungeschickt nestelte sie an den Bändern.

»Mach!«, forderte Axx Cokroide. Mit zwei Schritten war er bei ihr, packte mit seinen Pranken zwischen die Bänder und riss die Jacke auseinander. Dann das Hemd, das sie darunter trug. Nedras Brüste waren schwer und wohlgeformt, sie hoben und senkten sich unter hastigen Atemzügen.

Ein Summton riss Axx Cokroide aus seinen Betrachtungen. Sekundenlang schwankte er zwischen dem Anruf und seiner Lust, dann nahm er den Anruf entgegen. Nedra würde ihm nicht entkommen.

»Was soll die Störung? Wenn es nicht wichtig ist …«

»Es ist sehr wichtig, Herr. Es geht um den Ordensturm.«

»Er wurde vernichtet.«

»Ja, aber …«

»Was noch?« Die Frage war voll verhaltenem Zorn.

»Die Erstanalyse aller Aufzeichnungen hat ergeben, dass … Jemand scheint der Vernichtung entkommen zu sein.«

»Ausgeschlossen. Mir wurde gesagt, dass kein Tambu entkam.«

»Die Auswertung der Ortungsprotokolle ist eindeutig. Ein Gleitfahrzeug unbekannter Bauart entkam der Vernichtung, wenn auch mit knapper Not.«

In dem Moment bedauerte Axx Cokroide, dass nur eine Sprechverbindung bestand. Er hätte jetzt das furchtsame Gesicht des anderen sehen wollen. Zu glauben, dass die weltfremden Wissenschaftler fähig gewesen sein sollten, den Kampfjägern zu entkommen, fiel ihm schwer. Noch dazu in einem Fahrzeug unbekannter Bauart. Sein Gefühl sagte ihm, dass dahinter weit mehr steckte, als er momentan überblicken konnte.

»Die Ortungsdaten des fremden Fahrzeugs liegen vor. Ich will, dass nach ihm gefahndet wird! Überall! – Und ich will den Verantwortlichen für diesen Fehlschlag sehen. Im Innenhof und sofort!«

Er bedachte die Frau mit einem durchdringenden Blick. »Du musst leider noch auf mich warten. Ich habe Wichtigeres zu tun.«

Er ging.

Das kalte Licht der Scheinwerfer stanzte einen begrenzten Bereich des Hofs aus der Dunkelheit heraus. Ein Teil der Gesandtschaft hatte sich versammelt. Eine schweigende, anonyme Masse, fand Axx Cokroide. Er musste sie nicht beachten.

Ohnehin galt sein Interesse dem Delinquenten. Der Henker hatte ihm die Beine gespreizt an die beiden im Boden verankerten Pflöcke gefesselt und die Arme auf den Rücken gebunden. Axx Cokroide spuckte dem Mann ins Gesicht. Es war ein blutjunger Nodrone.

»Warum?«, herrschte er ihn an. »Wie konnte dieser Fehler geschehen?«

»Ich weiß es nicht«, stammelte der andere. »Ein unbekanntes Fahrzeug, fremde Technik … Ich flehe um Gnade, Herr.«

»Abgelehnt.« Axx Cokroide machte auf dem Absatz kehrt.

Dann ein kurzer Blick zum Henker, der die Peitsche von Nodro schon in der Hand hielt. Cokroide lächelte grimmig, er nickte.

Der Henker hob die Hand. Keineswegs schwungvoll, sondern mit Bedacht und großer Vorsicht. Ein Raunen ging durch die Menge, sogar Axx Cokroide hielt in dem Moment den Atem an. Er sah den Ausdruck großen Erstaunens im Gesicht des Verurteilten; der Mann schien überrascht zu sein, dass er noch lebte. Wer die Peitsche überstand, war frei.

Dann die ersten dünnen Blutspuren auf der Haut. Senkrecht nebeneinander, wie unglaublich feine Linien. Auch die Kleidung riss auf. Beide Arme kippten von den Schultergelenken aus nach unten, die Schultern lösten sich vom Körper, der Schädel fiel in Scheiben auseinander.

Jede Hinrichtung ähnelte der anderen. Axx Cokroide ging. Wer Fehler machte, wurde bestraft, so war sein Gesetz. Aber das interessierte ihn in dem Moment schon nicht mehr. Auf ihn warteten die Freuden der Leidenschaft.

10

Ronika und Khirm Smertens

Unbewegt blickt er auf die eisgraue Flut, die sich schäumend durch das Tal wälzt. Mehr denn je erscheint ihm der Dschungel am jenseitigen Ufer wie eine unheimliche und tödliche Mauer. Der Schutzschirm, der das Naturschutzgebiet umgibt, ist keineswegs unüberwindbar. Das weiß er nun, aber es ist zu spät – Godila kann niemand zurückbringen.

»… damit wir erkennen, dass nichts in diesem Universum ewig Bestand hat. Godila starb, bevor sie ihr Leben genießen konnte. Wir werden uns immer fragen, warum das so sein musste, aber wir werden die Antwort darauf wohl nie erhalten. So bleibt uns nur, Godila dahinfahren zu sehen auf dem Fluss ohne Wiederkehr. Wie das Wasser sich ins Meer ergießt, von der Sonne aufgesogen wird und über dem Land wieder abregnet, so wird für sie ein neuer Kreislauf des Lebens beginnen.«

Khirm spürt Ronikas Körper neben sich beben; seine Frau wird von heftigem Schluchzen geschüttelt, sie krallt ihre Finger in seinen Unterarm. Es fällt ihr schwer, ohne Godila weiterzuleben. Auch ihm fällt es schwer. Aber sie sind beide noch jung.

Der Geistliche bückt sich, um die Taue zu lösen, die den Sarg am Ufer halten. Ein anderer reicht ihm die Feuerschale.

»Das mache ich!«, sagt Khirm unvermittelt. Ronika schaut ihn zwar überrascht an, doch sie hindert ihn nicht daran, die Schale in den Sarg zu stellen. Lange blickt er auf das bleiche Gesicht ihrer Tochter. Godila liegt da, als schliefe sie nur. Leicht fallen die braunen Locken auf ihre Schultern. Die grässlichen Wunden, die ihr die Bestie zugefügt hat, werden von den eng gewickelten bunten Bändern kaschiert.

In ihrer Religion bedeuten diese Bänder Unverwundbarkeit und ewiges Leben. Deshalb werden die Toten darin eingehüllt, bevor sie der Fluss für immer mit sich nimmt. Vor einigen Jahren hat Khirm den Ursprung des Glaubens erfahren, der mit ihren Ahnen von Terra gekommen ist. Die Menschen haben uralte und heilige Bäume mit solchen Bändern geschmückt, als Zeichen von Würde und Unantastbarkeit.

Langsam treibt das Boot in die Mitte des Flusses, wo die Strömung reißend wird. Irgendwann, hunderte Kilometer entfernt Richtung Meer, werden die Flammen auf den Sarg übergreifen …

Wortlos wendet sich Ronika um. Schweigend geht sie am Ufer entlang zurück in die Stadt. Nichts wird mehr so sein, wie es einmal war. Khirm weiß, dass seine Frau den insektenhaften, unermüdlichen Arbeitern niemals mehr unbefangen begegnen kann. Sie haben den Schutzschirm vernachlässigt und sind schuld daran, dass eine der wilden Bestien den Dschungel verlassen konnte. Jedenfalls glauben die Technikwächter, solche Spuren gefunden zu haben.

Ronika redet an diesem Abend kein Wort mehr. In der Nacht hört Khirm sie weinen. Aus der Ferne dringen die Stimmen des Urwalds heran.

Der neue Tag bringt einen Sonnenaufgang wie lange nicht mehr. In Minutenabständen steigen beide Gestirne über den Horizont herauf, und ihre Strahlen vereinen sich zu einem gewaltigen Kaleidoskop. Ronika hat kaum einen Blick dafür. Ihre Augen sind blutunterlaufen, ihr Gesicht ist hager und eingefallen.

Am Abend findet Khirm die Waffe, einen handlichen Nadler mit starken Explosivgeschossen, die mühelos die Panzer der Arbeiter durchschlagen können. Er schweigt dazu, aber zwei Tage später sieht er Ronika am Rand der Siedlung stehen und die Arbeiter beobachten. Sie trägt die Waffe bei sich.

Noch bringt sie es nicht fertig, den Schuldigen zu töten. Aber sie wird es tun. Khirm kennt seine Frau lange genug, um zu spüren, was in ihr vorgeht. Sie haben ihren Ehevertrag auf Lebenszeit verlängert, als Godila geboren wurde. Eine schwere Geburt, in der Einsamkeit der Nordberge ohne medizinische Hilfe. Der Medogleiter war erst eingetroffen, nachdem Khirm selbst die Nabelschnur durchtrennt hatte.

»Wir gehen fort!«, sagt er endlich. »Third Hope birgt zu viele Erinnerungen, und ich will nicht, dass du zur Mörderin wirst. Für mich macht es keinen Unterschied, ob Mensch oder Insekt.«

Zwei Monate verbringen sie mit der Suche nach einer geeigneten Welt, bis sie endlich fündig werden und alle Formalitäten erledigen. Weitere zwei Wochen später starten sie an Bord eines kleinen Passagierraumers. 14.837 Lichtjahre bis New Egypt – für jemanden, der seinen Heimatplaneten nie verlassen hat, bedeuten sie eine gewaltige Entfernung. Und doch sind sie mit Zwischenaufenthalten innerhalb von sieben Tagen zu bewältigen.

Der letzte Start verzögert sich, ohne dass die Verantwortlichen Gründe dafür nennen. Erst am dritten Tag gibt es eine lapidare Verlautbarung, astrophysikalische Besonderheiten behinderten den Weiterflug.

Ein Hypersturm – vielleicht. Doch die Wahrheit ist weit erschreckender. New Egypt steht inmitten dichter Sternpopulation, die nächsten Sonnen nicht einmal ein Lichtjahr weit entfernt. Und eine dieser Sonnen ist im Begriff, zur Supernova zu werden. Innerhalb der nächsten zehn Standardjahre. Die planetare Regierung hat deshalb den Notstand ausgerufen und als erste Maßnahme alle Einwanderungsprogramme gestoppt. New Egypt wird wohl evakuiert werden müssen.

»Ohne den Zuschuss für die Existenzgründung wird unser Guthaben in einem halben Jahr aufgebraucht sein«, stellt Khirm bitter fest. »Der Flug war teuer genug.«

Zwei Tage später startet der Raumer ohne sie. Khirm und Ronika sind mit ihrer spärlichen Habe auf einer Welt gestrandet, die nichts anderes ist als ein gigantischer Umschlagplatz, ein Funkfeuer zwischen zwei galaktischen Spiralarmen. Schrill, hektisch und unerträglich. Hier gibt es keine Arbeit für einen Agraringenieur und eine Formdesignerin. Nicht einmal Gelegenheitsjobs. Roboterheere verrichten alle Verladearbeiten auf den großen Raumhäfen, und in den Raumfahrerkneipen die Gäste zum Konsum zu animieren wäre das Letzte, zu dem Ronika sich herabließe.

Khirm setzt alle Hebel in Bewegung, ihre Situation zu ändern. Aber die Botschaft der LFT war während des Kriegs gegen das Reich Tradom geschlossen und wurde seither nicht wieder besetzt. Mehrere Hyperfunksprüche an eine über tausend Lichtjahre entfernte terranische Niederlassung verschlingen eine große Summe Galax. Die Antwort eines terranischen Attachés trifft ein, als Ronika und Khirm ihre letzte Hoffnung fast schon aufgeben wollen. Es ist ein auf zunächst zwanzig terranische Standardjahre befristetes Arbeitsangebot für einen Agraringenieur. Verlängerung um denselben Zeitraum in Aussicht gestellt.

»Urbanisierung und Terraforming im Solsystem«, liest Ronika Smertens ungläubig. »Das ist das Heimatsystem der Menschheit.«

»Etwas Besseres könnte uns gar nicht passieren«, bestätigt Khirm ohne zu zögern.

Seine Frau legt den winzigen Projektorchip zur Seite. »Ich weiß nicht«, sagt sie leise. »Das kann doch nur einen der unwirtlichen Monde betreffen, die bis heute nie besiedelt wurden. Giftgasatmosphäre, eisige Kälte und was sonst noch.«

»Lies weiter!«

»Und wenn schon. Wir werden in Containern dahinvegetieren müssen, wenigstens in den ersten beiden Jahrzehnten.«

»Lies trotzdem«, bittet Khirm eindringlich.

Ronika aktiviert den Chip von Neuem. Augenblicke später schaut sie verblüfft und ungläubig zugleich auf. »Der Mars?«

»Der vierte Planet des Solsystems.« Khirm nickt lachend. »Vor Jahren haben die Medien ausführlich über diese Welt berichtet. Dort gibt es keinen Dschungel, der uns an Third Hope erinnern kann, nur Sand und Wüste und eine unglaubliche Herausforderung.« Er zieht seine Frau an sich und küsst sie auf die Stirn. »Das ist ein Wink des Schicksals, Ronika ...«

»Wo sind wir?« Völlig überraschend fuhr sie auf der Sitzbank hoch, doch eine feste Hand hinderte sie daran aufzuspringen.

»In Sicherheit«, antwortete Khirm verhalten, als wolle er selbst noch nicht daran glauben.

Leise seufzend ließ sich Ronika Smertens wieder zurücksinken. »Mir fehlt ein Stück Erinnerung. Ich weiß nur noch, dass wir endlich den Bus vor uns hatten – aber dann ist da nichts mehr.«

»Der Mars-Liner konnte den Turm gerade noch rechtzeitig verlassen.«

Weit riss Ronika die Augen auf. Sie starrte durch die oberen Fenster in die Nacht hinaus. Scheinwerferfinger geisterten über den wolkenverhangenen Himmel. »Verfolgen sie uns?«

»Wer – die Jäger? Nein, danach sieht es nicht aus.«

»Wie fühlst du dich, Ronika?« Fran Imith war herangekommen und beugte sich über die hagere Frau.

»Wir haben überlebt. Was soll ich sonst sagen?« Ronika wandte den Kopf und blickte suchend über die nächsten Sitze. »Wo sind die anderen? Der Bus ist ja halb leer.«

»Die Tambu wollten sie in Sicherheit bringen.«

»Und?«

Fran schüttelte den Kopf. Ihre Geste sagte mehr als Worte.

»Entsetzlich.« Khirm brauchte eine Weile, bis ihm das über die Lippen kam. »Wenn ich daran denke, dass wir bei der Gruppe waren, die sofort zu Beginn des Angriffs tiefer ins Gebäude geführt wurde. Aber irgendwie«, er stockte und fuhr sich mit der Hand übers Gesicht, »irgendwie haben wir den Anschluss verloren und mussten uns selbst durchschlagen. Wir waren schon nahe daran aufzugeben, aber dass wir als Einzige …« Er schaute Fran nachdenklich an. »Vielleicht gibt es doch so etwas wie eine Gerechtigkeit des Schicksals.«

»Das hängt immer davon ab, was man selbst daraus macht. – Ronika, ich hätte gern einen Test vorgenommen.«

Es dauerte nur wenige Sekunden, bis der auf die Innenseite des Handgelenks geklebte Messstreifen Puls, Blutdruck, Hautwiderstand und noch einige andere Werte anzeigte. Sie lagen zwar nicht ganz im Normbereich, ließen aber keine Probleme erkennen. Das traf auch auf Khirm zu.

»Wohin fliegen wir?«, fragte seine Frau.

»Ich nehme an, Reginald wird den Bus irgendwo landen, wo wir unbehelligt bleiben werden.«

»Und wie kommen wir nach Terra zurück?«

»Rhodan und Bull finden einen Weg, bestimmt«, sagte Fran Imith mit Nachdruck. »Wir haben Glück im Unglück, dass sie bei uns sind.«

»Danke.« Nachdenklich schaute Ronika Smertens der Frau mit dem dunkelroten Haar hinterher. Fran wandte sich in dem Moment an den fettleibigen Künstler, schien aber keine Antwort zu erhalten. Ronika sah, dass sie sich schulterzuckend umwandte und mit Allgame redete. Der Winzer vollführte eine umfassende Armbewegung. »Ein Platz ist so gut oder so schlecht wie der andere«, verstand Ronika. »Ich gebe mich da keinen Illusionen hin.«

Sie blickte nach draußen. Die Flughöhe war schwer zu schätzen. Zwischen 500 und 800 Metern vielleicht. Unter dem Bus quoll der Fahrzeugstrom unvermindert dicht, nur in der Höhe war es ruhiger geworden.

Ronika presste ihr Gesicht an die Panzertroplonscheibe und schirmte die Reflexe verursachende Innenbeleuchtung mit den Händen ab. Die vorbeihuschenden Fassaden erschienen nun deutlicher. Aber nicht das interessierte sie. Ihr Blick wanderte in die Höhe, glitt seitlich voraus und widmete sich zuletzt der Region hinter dem Schwebebus. Ronikas Aufatmen war nicht zu überhören.

»Die Nodronen-Jäger lassen uns in Ruhe«, versprach ihr Mann. »Keine Sorge. Die können unseren Ausbruch gar nicht mitbekommen haben, falls sie überhaupt von uns wissen.«

»Ihr Angriff galt den Wissenschaftlern von Cor'morian?«

»Wem sonst?«

Das leuchtete ein und half ein wenig, ihr Unbehagen zu verdrängen. Weit in der Ferne glaubte Ronika einen Hauch von Düsternis in der schwächer werdenden Lichtflut auszumachen. Eine schmale schwarze Säule, die den Stadtrand mit den Wolken verband. »Ist er das?«, wollte sie wissen.

»Wer?« Höhere Bauten behinderten die Sicht. Auf vielen Dächern wucherte eine üppige Pflanzenpracht, zum Teil hingen Schlingpflanzen weit über zerklüftete Mauern herab.

Jetzt sah es auch Khirm: eine sogar auf die große Entfernung noch deutlich wahrnehmbare Rauchsäule. »Der Ordensturm existiert nicht mehr«, bestätigte er. Knapp fünfzig Kilometer mochten sie mittlerweile entfernt sein. In der Passagierzelle herrschte Schweigen. Fran Imith hatte sich inzwischen auf einen der vielen freien Plätze sinken lassen.

Ronika hing düsteren Gedanken nach. Wie ihr erging es wohl den meisten. Furcht beherrschte sie, doch darin mischte sich auch ein wenig Neugierde. Wer hatte schon die Gelegenheit zu erfahren, wie die Zukunft aussah? Wäre nur nicht Unverständnis und Trauer gewesen. Sie hatten Menschen verloren, mit denen sie vor einem Tag aufgebrochen waren. Das war schwer zu verstehen. So wie Ronika vor Monaten den Tod ihrer Tochter nicht verstanden und schon gar nicht akzeptiert hatte. Sie glaubte, jeden Moment aus diesem schrecklichen Albtraum aufwachen zu müssen. Aber die leeren Plätze blieben. Nichts machte den Tod ihrer Begleiter ungeschehen – und das Entsetzlichste daran war die Vorstellung, dass sie selbst nur unverschämtes Glück gehabt hatte.

Warum? Da war die quälende Frage wieder, auf die es wohl nie eine zufrieden stellende Antwort geben würde. Ronika Smertens hatte geglaubt, sich eines Tages mit der Ungewissheit arrangieren zu können, doch nun erkannte sie, wie brüchig diese Hoffnung gewesen war. Ob ein Monat oder hundert Jahre – nichts, was einmal geschehen war, würde wirklich in Vergessenheit geraten.

»Welches Datum schreiben wir?«, fragte sie unvermittelt.

»Den 17. Juni«, murmelte Khirm schläfrig.

»Ich meine das Jahr«, fügte Ronika hinzu.

Er bedachte sie mit einem verwirrten Augenaufschlag. »1329 Neue Galaktische Zeitrechnung«, sagte er, verstand aber erst im selben Moment, worauf sie hinauswollte. »Ich weiß es nicht. Ich glaube kaum, dass wir eine Möglichkeit haben, das festzustellen.«

»Die Cor'morian können das.«

»Wahrscheinlich.«

»Sie werden uns auch wieder in unsere Zeit zurückschicken?«

»Das hat sich so angehört.«

»Wie bekommen wir erneut Kontakt zu ihnen?«

Khirm blickte seine Frau verwirrt an. »Ich habe keine Ahnung«, gestand er endlich ein. »Aber Rhodan oder Bull werden schon wissen, was sie tun.«

Der Bus sank langsam tiefer. Andere Fahrzeuge flogen auf demselben Kurs und kamen zum Teil sehr nahe. Viele transparente Kapseln waren darunter. Ronika entsann sich, solche eigenwilligen Gebilde bei den pyramidenartigen Bauwerken gesehen zu haben. Sie vermutete, dass es sich um öffentliche Verkehrsmittel handelte. Alles flutete in eine Richtung. Und dann entdeckte sie den zerklüfteten Hügel voraus. Ein unruhiges Spiel von Licht und Schatten veränderte sein Aussehen stetig. Das Areal war nicht einmal aus der momentanen Perspektive zu überschauen, es musste sich über viele Quadratkilometer hinweg erstrecken.

Mars-Liner-01 schwamm mit dem Strom. Hunderte der unterschiedlichsten Fahrzeuge waren ringsum.

Suchte Reginald Bull die Anonymität der Masse? Nach allem, was Ronika inzwischen gesehen hatte – und das waren nur eng begrenzte Ausschnitte –, musste Mantagir ein ungeheurer Schmelztiegel sein, ein Ort, an dem wohl alle galaktischen Völker vertreten waren. Hypermoderne, in ihrer bizarren Eleganz schon fragil wirkende himmelsstürmende Bauten kontrastierten mit eher bodenständiger, kubischer Architektur, die im Vergleich plump war und wahrscheinlich so massig wie die Intelligenzen, die darin wohnten. Und hier ein Berg nahe dem Zentrum der Stadt, ein ausgedehntes Gelände, das zu pulsieren und sich zu bewegen schien.

»Es lebt.« Ronika erschrak über die eigene, hastig hervorgestoßene Feststellung. Welche Ahnung hatte sie denn schon von großen Städten? Sie hatte auf einer Welt gelebt, auf der die Natur das bestimmende Element gewesen war, auf der menschliche Siedlungen kein Fremdkörper, sondern integrierter Bestandteil gewesen waren … Ronika schlug die Hände vors Gesicht. Hörte das nie auf? Die Erinnerung stieg in ihr empor wie ein Schreckgespenst. *Nichts anmerken lassen!*, redete sie sich ein. *Wenn sich einer von uns wirklich auf den Mars gefreut hat, dann ist das Khirm. Er würde sich Vorwürfe machen.*

Eine Lautsprecherstimme fraß sich in ihre Gedanken vor. Ronika war dankbar dafür, dass sie auf die Weise abgelenkt wurde.

»Wir wissen nicht viel über die Wissenschaftler von Cor'morian und noch weniger über die Nodronen«, sagte Perry Rhodan. »Aber bei aller Trauer über unsere Toten müssen wir herausfinden, was auf dieser Welt gespielt wird. Es sieht danach aus, als hätte sie zwei Gesichter – den schönen äußeren Schein und die bittere Wahrheit hinter den Kulissen. Vielleicht wird schon nach uns gefahndet. Wir wissen das nicht. Deshalb suchen wir den Schutz der Anonymität in der Menge. Mars-Liner-01 wird in Kürze landen. Alle anderen Fahrzeuge sind in ein komplexes Leitsystem eingebunden. Wir haben die Hauptfrequenzen aufgespürt und orientieren uns daran. Was immer das vor uns sein mag, ein gewaltiger Vergnügungspark, Sportstätten oder andere öffentliche Einrichtungen, wichtig ist, dass wir Informationen erhalten.«

Ein Pulk von etwa vierzig Maschinen, zu denen auch der Bus gehörte, scherte aus dem bisherigen Kurs aus. Ronika konnte das monströse Bauwerk nicht mehr sehen. Doch dafür erschienen weit verstreut fünf Verteiler. Eine andere Bezeichnung fand sie nicht für die Bauwerke, die an die trichterförmigen und von Lamellen umgebenen Kortuspilze ihrer Heimat erinnerten. Zwischen 100 und 300 Metern hoch, eine schlanke, sich nach oben öffnende Mittelachse und, von dieser ausgehend, weit abstehende Scheiben oder Segmente – das waren Abstellplätze für Gleiter, aber eben deshalb auch unterschiedlich hoch.

Der Mars-Liner schwebte ein. Atemlos verfolgte Ronika Smertens den Anflug. Das alles war neu für sie, solche Szenen kannte sie bestenfalls aus den vielfältigen Trivid-Programmen, aber sie selbst zu erleben war etwas völlig anderes. Zumal sie ihr Leben lang nicht von Third Hope weggekommen war.

Ein unaufhörlicher Strom von Fahrzeugen. Leitlichter in schwer zu deutender Vielfalt. Vorübergehend fragte sie sich, wie Reginald Bull damit zurechtkam. Doch seinetwegen brauchte sie sich bestimmt keine Gedanken zu machen. Eher empfand sie Beklemmung, weil sie das alles mehr interessierte als das Schicksal der ums Leben gekommenen Passagiere. Viele von ihnen hatten Freunde und Verwandte gehabt, die auf sie warteten und nicht einmal ahnen konnten, was geschehen war.

Ein Schatten schreckte Ronika auf. Aber der Bus hatte nur eines der Lamellendecks erreicht, das aus unmittelbarer Nähe riesig wirkte. Dreißig Meter Höhe, schätzte Ronika. Und überall Fahrzeuge und die fremdartigsten Geschöpfe, die der zentralen Trichtersäule zustrebten.

Auch die anderen klebten buchstäblich an den Scheiben. Von Shim Caratech kam ein staunender Ausruf nach dem anderen.

Zwei oder drei freie Landeplätze nahezu im Zentrum der Deckscheibe glaubte Ronika zu sehen. Reginald Bull schien einen weniger auffälligen Bereich vorzuziehen, denn der Mars-Liner tangierte das Deck nur und sank außerhalb weiter in die Tiefe.

Im unteren Lamellenbereich waren die Decks teilweise abgeschlossen. Wahrscheinlich verbargen sich hinter den Gitterstrukturen Versorgungsaggregate, Energieumwandler, Antigrav-Generatoren und sogar Schutzschirmprojektoren.

Auch hier gab es kaum freie Landeplätze. Minuten später setzte Mars-Liner-01 jedoch in einem zwischen zwei großen Aggregatkomplexen gelegenen Bereich auf, der von außen kaum einsehbar war.

»Wir machen Zwischenstation«, hallte Rhodans Stimme aus den Lautsprechern. »Alles Weitere wird sich ergeben.«

»Das ist alles?«, fragte Ronika verwirrt. »Keine Erklärungen, nichts?«

»Rhodan weiß nicht mehr als wir«, sagte ihr Mann.

11

»Ich erwarte von dir nur, dass du eine Menge auswertbare Holoaufzeichnungen mitbringst, Trebb«, stellte Reginald Bull unmissverständlich klar. »Extratouren gibt es nicht.«

Eine steile Falte erschien auf Wilburns Stirn. »Dafür stehen mir dann die Exklusivrechte an der Dokumentation zu«, forderte er. »Wenn ich schon den Kopf hinhalte …«

»… willst du auch ordentlich dabei verdienen.« Der Vorwurf in Bulls Stimme war nicht zu überhören. »Manchmal glaube ich, es gibt keine Ideale mehr.«

»Geld«, sagte der Reporter, »ist eines.«

»Dafür sind dann Einzelne bereit, über Leichen zu gehen.«

»Ich habe niemanden auf dem Gewissen«, widersprach Wilburn. »Ich werde sogar zwanzig Prozent der Einnahmen für die Hinterbliebenen unserer Toten spenden.«

Es war Bully anzusehen, dass ihm eine heftige Erwiderung auf der Zunge lag, doch er schluckte sie unausgesprochen hinunter. Sie mussten sehen, dass sie gemeinsam das Beste aus der Situation machten, alles andere hatte dahinter zurückzustehen. Er wandte sich Rhodan zu: »Funkkontakt nur im Notfall über die Armbänder. Wir versuchen, alles zu vermeiden, was Aufsehen erregen könnte.«

»Acht Stunden Zeitlimit«, wandte Fran Imith ein, »ist das nicht zu großzügig bemessen? Falls euch etwas zustößt …«

»Ich weiß es nicht«, unterbrach Bully. »Das hängt von den Gegebenheiten ab, die wir antreffen.«

»Ich werde alle Aufzeichnungen stündlich mit Rafferimpuls übermitteln«, sagte Wilburn. »Die Gefahr einer zufälligen Ortung dürfte in dem Fall gering bleiben.«

»Aber wir halten zumindest einseitigen Kontakt.« Bully wusste, dass Fran Imith gerne mit dem Reporter getauscht hätte. Doch er hatte seine Entscheidung getroffen, weil Wilburns Schwebeoptiken wertvolle Dienste leisten konnten.

Sie verließen den Bus.

»Es ist schon ein eigenartiges Gefühl, hier zu sein«, stellte Wilburn fest. »Diese Stadt ist eigentlich noch gar nicht gebaut, die Bewohner von Mantagir werden erst in ferner Zukunft geboren.«

Reginald Bull warf einen raschen Blick in die Runde. Niemand befand sich in ihrer Nähe. »Du unterliegst einem Trugschluss«, widersprach er. »Die Gebäude sind Realität ebenso wie alle Intelligenzen, denen wir begegnen werden.«

»Aber – das ist unsere Zukunft.«

»Jetzt nicht mehr. Das hier ist unsere Gegenwart, sie ist so real wie alles, was wir kennen.«

»Ich will mich mit dir nicht streiten.« Mit einer fahrigen Bewegung wischte sich der Reporter über die Stirn und riss dabei ein Stück des noch nicht völlig mit dem Gewebe verbundenen Sprühplasmas ab. Die Wunde blutete erneut.

Als Reginald Bull nicht antwortete, begann Wilburn noch einmal: »Sobald wir ins Jahr 1329 NGZ zurückkehren, wird diese Zeit hier unsere fernste Zukunft sein und noch nicht existent.«

»Dann schon«, bestätigte Bull.

»Wo liegt der Unterschied?«

»In der Realität der jeweiligen Gegenwart.«

Trebb Wilburn schüttelte den Kopf. »Das verstehe, wer will.«

»Jede Zeit für sich ist real. Was geschieht, kann nicht rückgängig gemacht werden.«

»Ich würde eher sagen, wir haben gar nicht erst versucht, eine Änderung herbeizuführen. Wenn wir unsere Toten mit zurücknehmen …«

»Sie sind tot, sie bleiben tot, und niemand kann sie wieder lebendig machen. Egal, ob du mit den sterblichen Überresten eine Milliarde oder fünf Milliarden Jahre in die Vergangenheit gehst. Jede Zeit, in der wir gerade existieren, ist unsere reale Gegenwart, deshalb warne ich vor Unvorsichtigkeiten. Ich würde ungern in einer Zeit sterben, die nicht meine eigene ist.«

»Aber …« Wilburn schwieg. Vor ihnen führten markierte Wege zusammen. Sie sahen einige Dutzend Personen, die aber nicht auf sie achteten. »Wie kann etwas gleichzeitig mehrfach existieren, ohne sich zu überlappen?«

»Nichts existiert gleichzeitig.«

»Alles im Jahr 1329 NGZ …«

»Gehört hier schon sehr lange der Geschichte an. So lange, dass die Liga Freier Terraner längst vergessen wurde. Ohnehin solltest du von unzähligen potenziellen Zeitebenen ausgehen.«

»Hör auf mit diesen Spitzfindigkeiten!«

»Warum produzierst du nicht eines Tages eine Reportage mit einem Dimensionsphysiker?«

Trebb Wilburn schüttelte sich. »Wenn ich schon die Zeit nicht verstehe …« Das Eingeständnis fiel ihm sichtlich schwer. »Mir ist jetzt bewusst, dass meine Realität stets genau da ist, wo ich mich gerade befinde.«

Einige tausend Gleiter, Kapseln und was es außerdem als schnelles Fortbewegungsmittel gab, waren allein auf dem einen Deck abgestellt. Reginald Bull fragte sich, wie viele Einwohner Mantagir haben mochte. Doch eine Schätzung war mit vielen Unsicherheitsfaktoren behaftet.

Obwohl das Deck, auf dem er den Mars-Liner gelandet hatte, keineswegs zu den besonders stark frequentierten gehörte, strömten immer mehr Personen der Zentrumsnabe zu.

Zwei Wesen mit grauer Schuppenhaut, in glitzernde, halb transparente Umhänge gekleidet, die den Blick kaum behinderten, kamen von hinten heran und eilten schweigend weiter. Ihre waagerecht und quer liegenden, auf einem schmalen Hals sitzenden Köpfe erinnerten Bull an terranische Hammerhaie. Und nicht nur das. »Aarus?«, murmelte er, als er ihnen aus zusammengekniffenen Augen hinterherblickte. Eine entfernte Ähnlichkeit mit den Technikern der Kosmischen Wurme war nicht zu leugnen.

Spinnenartige Geschöpfe näherten sich auf sechs stelzenartigen Beinen unglaublich schnell. Ihre dicht behaarten eiförmigen Körper hingen wie eine Gondel unter den kantig abstehenden Schultergelenken. Zumindest auf die Distanz war eine Unterscheidung zwischen vorne und hinten nur aufgrund ihrer Laufrichtung möglich.

Während des Anflugs hatte Reginald Bull aus den Zentrumsnaben rotierende Flugkörper aufsteigen sehen. Aufgrund ihrer scheibenförmigen Konstruktion boten sie wohl Platz für viele Passagiere. Zubringerfahrzeuge, hatte er vermutet.

Nun betrat er mit Wilburn eines dieser Flugtaxis. Die Nabe im Zentrum der Plattformen war nichts anderes als eine Hohlröhre. Die Flugscheiben liefen darin an Führungsschienen. Aber das sah er erst, nachdem er die ovale Aussparung durchschritten hatte und sich umwandte. Der teils gläsern wirkende Rumpf ermöglichte ihm diese Feststellung.

Gut dreißig Meter durchmaß die Scheibe. Sie bot Platz für mehrere hundert Personen. Aber nur zum Teil und scheinbar wahllos angeordnet gab es Sitzgruppen.

Siebzig oder achtzig Personen warteten bereits auf den Transport. Ihre Gespräche verstummten beinahe abrupt. Bully blickte in die Runde. Sie wichen ihm aus, stellte er fest. Aber sie taxierten ihn eindringlich, sobald sie glaubten, dass ihm das nicht auffiel.

Das Schweigen hatte etwas Beklemmendes.

Reginald Bull wusste selbst nicht, warum er plötzlich sagte: »Kein schöner Tag heute. Der Ordensturm der Wissenschaftler von Cor'morian wurde zerstört.«

Kaum einer schaute ihm ins Gesicht. »Du.« Reginald Bull ging auf die nächste Sitzgruppe zu und wandte sich an einen dicken Humanoiden mit Schildkrötengesicht. »Was sagst du dazu?«

Zögern erst, dann: »Ein schrecklicher Unfall.«

»Viele dürften umgekommen sein.«

Er stand jetzt vor dem Schildkrötenwesen. Zwei andere, die er nicht angesprochen hatte, beeilten sich, ihren Platz zu räumen. »Wo wollt ihr hin?«, fragte er. Dass Trebb Wilburn die Augen verdrehte, amüsierte ihn.

»Die Plätze sind frei«, sagten sie.

Bully bedeutete Wilburn, dass er sich setzen sollte. Zugleich wandte er sich wieder an das Schildkrötengesicht. »Ob die Tambu den Ordensturm wieder aufbauen werden? Noch imposanter als zuvor?«

»Ich weiß nicht. – Nein, ich glaube nicht.«

»Vielleicht nicht in Mantagir. Aber Balance B ist groß.«

»Ich glaube, Herr, ich muss mir die Füße vertreten.«

»Nein, noch nicht.« Bully empfand alles andere als Vergnügen, als er sein Gegenüber blass werden sah. »Ich will eine eindeutige Antwort auf eine unmissverständliche Frage«, drängte er. »Leben auf Balance B noch mehr Tambu?«

»Nein, bestimmt nicht. Nur im Ordensturm der Wissenschaftler.«

»Habt ihr Vertraute, einen Unterschlupf ...?«

»Ich weiß das nicht. Bitte, du kannst mich zu den Wettspielen schicken – aber ich werde trotzdem nichts sagen können.«

»Wer dann?« Reginald Bull hob seine Stimme. Jeder musste verstehen, was er fragte. »Ich suche Antworten.«

Die Scheibe startete. Ein blitzschneller Wechsel von Licht und Schatten, von draußen hereinfallend, war der einzige Anhaltspunkt für die Bewegung. Augenblicke später bot sich ein verschwommener Blick über die Stadt, doch Bully achtete nicht darauf. »Wo finde ich noch Wissenschaftler von Cor'morian?«, wollte er wissen.

Eines der Spinnenwesen stakte auf wackligen Beinen auf ihn zu. Es hielt einen respektvollen Abstand von mehreren Metern ein, als es langsam den Körper absenkte. Ein Kopf war auch jetzt nicht zu sehen. Heftig schwingende Sinnesfäden erzeugten schrille Töne. Auch sie übersetzte das Translatorplättchen auf Bullys Wange problemlos. »Wissen die Nodronen nicht am besten, wo sie jemanden finden können?«

Wieder dieser abrupte Wechsel von Licht und Schatten. Die Scheibe senkte sich in einen Landeschacht.

Nachdenklich schaute Reginald Bull den davoneilenden Passagieren nach. Wenn er sich nicht täuschte, hatten sie es sehr eilig.

»Was ist?«, fragte Trebb Wilburn interessiert.

»Später«, sagte Bull ausweichend.

Die Flugscheibe hatte sie in einer unterirdischen Halle abgesetzt – wie tief unter der Oberfläche, vermochte Bully nicht einmal abzuschätzen. Eine Messung war mit den eingeschränkten Funktionen seines Armbands nicht mehr möglich. Nach dem dritten Versuch, der wieder einen anderen Wert erbrachte, gab er es auf.

Kuppelförmige Hallen reihten sich aneinander. Das Ganze war ein gigantischer Verkehrsknotenpunkt, in dem ein Unkundiger tagelang umherirren konnte, ohne jemals an den Ausgangspunkt zurückzugelangen. Sofern er der ortsüblichen Schriftsprache unkundig war. Holografische Leitsysteme, situationsbezogen aufleuchtende Hologramme, Hinweise, Beschriftungen in den Start- und Landeschächten der Flugscheiben, aber auch die komplexe Führung eines monströsen U-Bahn-Netzes – all das wirkte nur verwirrend. Und dazwischen wimmelte ein wahrhaft babylonisches Vielvölkergemisch.

Von einer vergleichsweise ruhigen Galerie in rund vierzig Metern Höhe aus, auf der sie sich ungewollt wiedergefunden hatten, beobachteten Bull und Wilburn das Treiben.

»Als hätte jemand die Ursuppe eines Planeten ausgekippt«, raunte der Reporter.

Bully blickte ihn verblüfft an. Dann sagte er sich, dass der Vergleich gar nicht so schlecht war. Er gab sogar treffend wieder, was sich abspielte.

In Terrania City konnte jeder, der mit offenen Augen durch die Stadt ging, Angehörige von vielleicht zehn, höchstens fünfzehn verschiedenen Völkern treffen. Dazu die von irdischen Siedlern abstammenden Umweltangepassten, deren Konstitution sich im Laufe von Generationen deutlich verändert hatte. Doch das war nichts gegen die Vielfalt von Mantagir.

Der Traum von der kosmischen Einheit hätte in dieser Metropole verwirklicht sein können, ein uneingeschränktes Mit- und Nebeneinander. Aber die Wirklichkeit war anders, der Angriff auf die Wissenschaftler von Cor'morian, was immer sich hinter dieser Bezeichnung verbergen mochte, hatte ein kaltes, zynisches und Leben verachtendes Gesicht erkennen lassen. Die Zukunft war nicht besser als die Vergangenheit.

Zwei Stunden waren vergangen. Im Untergrund gab es weder Tag noch Nacht, nur künstliches, sich regelmäßig veränderndes Licht. Allem Anschein nach barg der Hügel doch ein gigantisches Unterhaltungszentrum. Die Helligkeitsschwankungen kündigten spezielle Programme an und mochten für Wesen bestimmt sein, deren Kommunikation auf Hell-Dunkel-Werten basierte. Bully erkannte das, als er eine Gruppe vermeintlicher Pflanzen passierte und in dem Moment das Licht abfiel. Die eineinhalb Meter hohen knorrigen Stämme zogen Dutzende bleicher Wurzelfäden aus dem Boden, entfalteten ihre Knospenköpfe zu fahl rosafarbenen Gebilden und näherten sich mit ruckartigen Bewegungen dem Zugang eines Röhrenschachts.

Obwohl die Menge dicht gedrängt vorbeiflutete, blieb Bully und seinem Begleiter ausreichend Bewegungsraum.

»Sind wir Aussätzige?«, raunte Wilburn in einem geeigneten Moment.

»Viel schlimmer«, gab Bully tonlos zurück. »Wir sind Menschen.«

Der Reporter blieb abrupt stehen. Sein Blick verengte sich, ohne dass er verstand, was sein Begleiter meinte.

»Jeder hält uns für Nodronen«, fuhr Reginald fort. »Wahrscheinlich bleiben wir deshalb von allzu großer Neugierde verschont. Man respektiert uns, ist aber zugleich erleichtert, wenn wir verschwinden. Kein Wunder, wenn ich bedenke, was mit den Tambu geschehen ist.«

»Die Nodronen als Nachfolger der Menschen«, sinnierte Trebb Wilburn. Er wirbelte herum und stemmte sich die Fäuste in die Hüfte. Fast ebenso schnell wichen die Passanten zur Seite. Er fixierte ein fast drei Meter großes Echsenwesen, das unter seinem stechenden Blick Unsicherheit erkennen ließ. Im letzten Moment erinnerte er sich daran, dass ihn der andere nicht verstehen würde. Gab es Nodronen, die sich einer fremden Sprache bedienten? Er wandte sich wieder Bull zu. »Ich fange an, den Sinn zu verstehen, der hinter allem steckt. Die Vogelwesen haben uns nicht zufällig in ihre Zeit geholt, weil wir gerade auf dem Mars weilten – sie haben sich mit Absicht Menschen ausgesucht.«

»... alles ist möglich in den Katakomben von Mantagir – lass es geschehen. Erfülle dir deine geheimsten Träume und tritt an im Zweikampf gegen einen Irchy-Ba. Besiege deinen Gegner. – Du bist skrupellos und willst selbst einmal die Peitsche von Nodro führen? Hier kannst du es tun – für nur fünfzig Calculs.

Aber sieh dich vor, zerfleische dich nicht selbst mit den Schnüren.« Überlaut verkündete eine hallende Stimme die angebotenen Attraktionen. Reginald Bull ignorierte die vermeintlichen Verlockungen, Wilburn wirkte nur noch unsicher. Weil er kein Wort von dem Geschrei verstand. »Du siehst die Tage verrinnen und dein Leben ist inhaltsleer geworden? Deine großen Pläne haben sich nicht erfüllt, du bist nur ein Staubkorn in der Wüste Vaaligos. Vielleicht nicht einmal das? Hast du je die Fesseln gesprengt, die dich von angenehmen Erinnerungen fern halten? Dann genieße wenigstens diesen Tag oder die Nacht, denn alles ist möglich in den Katakomben von Mantagir – lass es geschehen ...«

Ein Holokubus zeigte in rasch wechselnder Folge skurrile Lebewesen. Es mochten einige hundert sein, viele plump und massig, von Schuppen oder gar einem Hornpanzer geschützt. Manche sahen aus wie Tiere, doch die Art, wie sie in der Darstellung ihre schweren Waffen handhabten, zeigte Intelligenz.

»Wähle deinen Gegner«, drängte die monotone Stimme, die alles zu durchdringen schien. »Die Kategorien sind Körperkraft oder geistige Auseinandersetzung. Die Siegesprämie richtet sich nach der Dauer deines Zweikampfs. Nur zweihundert Calculs beträgt dein Einsatz in der Stunde nach Mitternacht.«

»Was ist das?«, wollte Wilburn endlich wissen, nachdem er sich minutenlang darauf konzentriert hatte, die Reaktionen der vorbeiflutenden vielgestaltigen Menge zu beobachten. Ein kurioses Panoptikum waren die Katakomben von Mantagir auf jeden Fall. Kleine blauhäutige Kugelgeschöpfe balancierten auf drei Beinen vorbei, und das Auffallendste an ihnen waren die weit ausfahrbaren Tentakelaugen. Dazu Insektoide in den unterschiedlichsten Gestalten, von hagerem Wuchs mit rudimentären Flügelstümpfen bis hin zur wohlgenährten, in dunklen Farben glänzenden Kreatur, die ein beißender Geruch umwehte. Viele Passanten wichen diesem Geschöpf spontan aus, nur Reginald Bull rümpfte lediglich die Nase. Sekundenlang starrten sie sich an. Die hochgewölbten schwarzen Facettenaugen wirkten wie ein Zerrspiegel, der das Geschehen ringsum seiner unausgesprochenen Bedrohlichkeit enthob. Auf zwei Meter standen sie sich gegenüber. Schweigend, beinahe erstarrt.

Da war ein Wühlen unter seiner Schädeldecke. Das war Reginald Bulls erstes Empfinden. Irgendetwas versuchte, in seine Gedanken einzudringen, aber diese Kraft scheiterte an seiner Mentalstabilisierung. Im nächsten Moment war alles wieder wie zuvor, nur dass sich die Facettenaugen auf Trebb Wilburn richteten.

Bully sah den Reporter kaum merklich zusammenzucken, dann verhärteten sich Wilburns Züge. Vielleicht war das schwarze Insektenwesen, das so frappierend an eine Schmeißfliege erinnerte, telepathisch veranlagt. Oder es konnte Gefühlregungen sondieren. Beides bedeutete eine neue Qualität der Bedrohung. Bully warf sich nach vorne, seine Hand krachte auf den Chitinpanzer des Schwarzen. »Verschwinde!«, herrschte er ihn an. »Wir mögen das nicht.« Ein dicker, mit Borsten übersäter Rüssel zuckte ihm entgegen, Bully griff instinktiv zu. »Du lädst dir eine Menge Ärger auf, wenn du dich mit uns anlegst. Sag mir deinen Namen!«

Das Insektenwesen schien ihn ungläubig anzustarren. Oder auch wütend. Bully glaubte, das zu spüren. Ebenso die ablehnende Haltung. Sicher war er sich jedoch keineswegs. Dann riss sich sein Gegenüber ruckartig los. Borstenhaare splitterten zwischen seinen Fingern, zugleich wurde der beißende Gestank unerträglich.

Sekundenlang pendelte Reginald Bulls Blick zwischen dem in der Menge verschwindenden Schwarzen und seiner Hand hin und her. An den Fingern klebte eine dunkle Flüssigkeit. Sie stank erbärmlich. Vergeblich versuchte Bully, die zähen Tropfen abzuschütteln.

In dem Moment wurde er zum ersten Mal angesprochen. Es war ein ebenfalls insektoides Geschöpf, aber es reichte ihm nur bis zum Bauch. Der Kleine sah aus wie eine überdimensionale Stubenfliege mit dunklem Körperpanzer. Unruhig trat er von einem Bein auf das andere, während er mit seinen vier Armen immer heftiger gestikulierte.

»Selbst du solltest dich nicht mit einem Entflohenen anlegen. Sie sind unberechenbar, auch wenn sie uns Rmedi in gewissem Sinn ähnlich sehen.«

Das klebrige Zeug an seiner Hand trocknete bereits ein. Aber der Gestank wurde deshalb keineswegs erträglicher. Bully streckte den Arm zur Seite. »Ein Entflohener?«, fragte er. Ob er sich damit als Unwissender bloßstellte, erschien ihm zweitrangig. Wichtiger war der Anknüpfpunkt und dass er vielleicht Antworten auf einige Fragen erhalten konnte.

Sein Gegenüber zeigte sich keineswegs verwundert. »Wir Rmedi nennen sie so. Es gibt nicht viele von ihnen, sie sollen extrem langlebig, aber zugleich so gut wie unfruchtbar sein. Ich glaube, dass nicht viele in Vaaligo jemals von diesen Kreaturen gehört haben. Vor allem wusste ich nicht, dass einer der Entflohenen auf Balance B weilt.«

»Dieser Name ist eigenartig.«

Die »Fliege« ließ ein hektisches Klicken vernehmen. »Die Urväter dieser stinkenden Abart, heißt es, sind aus einem Labor auf Balance A ausgebrochen. Sie wurden von den Wissenschaftlern von Cor'morian gezüchtet.«

»Wozu?«

»Niemand weiß das heute noch.«

»Du hast Kontakt zu den Tambu in Mantagir?«

Der Rmedi schien zu erstarren. »Nein«, brachte er hervor. »Ich will nicht von Cokroide als Gegner angesehen werden. Glaube mir.«

Bei den letzten Worten hatte er sich umgewandt, und nun hastete er davon und ließ sich von der Menge mitreißen. Schon nach wenigen Sekunden verlor Bull den Kleinen aus den Augen.

Wilburn hatte inzwischen eine seiner Schwebeoptiken zurückgeholt und justierte sie neu. »Wie wäre es mit einem Translator für mich?«, fragte er. »Du hast das Ding auf der Wange, warum gibst du mir nicht einfach dein Armband?«

»Weil der Pikosyn nicht mehr richtig funktioniert.«

Wilburn zog indigniert eine Braue hoch. »Ein terranisches Produkt mit Fehlern?«

»Tatsächlich, so etwas soll es geben. Dabei glaube ich nicht einmal, dass die Fehlfunktionen am Armband selbst liegen. Einige hyperphysikalische Bedingungen scheinen sich verändert zu haben.«

Der Reporter grinste anzüglich. »Ich kenne das. *Fliegst du dein Raumschiff an die Wand, war's der physikalische Widerstand. Und weißt du danach auch nicht weiter, schieb die Schuld auf den Hyperfeldleiter.*«

Bully schürzte die Lippen. »Ist das die neueste Entschuldigung aller Raumschiffstechniker?«

Wilburn hatte die Optik in der hohlen Hand gehalten. Jetzt ließ er sie wieder aufsteigen. Er blickte ihr hinterher, als sie eine Gruppe echsenartiger Geschöpfe passierte und steil in die Höhe stieg.

Sie hatten einen gewaltigen Dom erreicht, der allem Anschein nach den Übergang in die hügelartige Anlage darstellte. Transportbänder stiegen in verwirrendem Durcheinander zu den offenen Zwischenetagen auf. Gläserne Aufzugkapseln schimmerten wie Regentropfen, die ihre Farbe mit der Höhe veränderten, und zwischen alldem spannten sich Fußgängerbrücken ebenso wie spiralförmig gewundene Hohlröhren, in denen hin und wieder Schwärme geflügelter Lebewesen sichtbar wurden.

Von allen Seiten strömten Bewohner Mantagirs in den Dom und strebten in die Höhe. Sehr viele Insektoide, aber auch Echsenwesen prägten das Bild der Menge. Die wirklich menschenähnlichen Humanoiden waren entweder von kleinem Wuchs oder unterschieden sich durch auffällig lang gezogene kahle Schädel oder auch ein zweites Armpaar. Ein Geschöpf wie eine monströse Raupe, auf acht Stummelbeinen laufend, den Oberkörper aufgerichtet und mit weiteren acht Gliedmaßen jeden mit Nachdruck auf die Seite schiebend, bahnte sich einen Weg durch die Menge.

»Es scheint doch einiges an dem dran zu sein, was die Zukunftsforscher behaupten«, sagte Wilburn bedeutungsvoll. Bull schaute ihn fragend an. »Dass in ferner Zukunft Insekten die Herrschaft übernehmen werden«, fuhr der Reporter fort, »weil sie sich jeder Veränderung ihrer Umwelt weit effektiver anpassen können als der Mensch.«

Wilburns Augen verengten sich plötzlich. Er fixierte einen Punkt auf einer der höher liegenden Etagen.

»Siehst du was Bestimmtes?«, drängte Bull.

»Ich hätte schwören können … Nein, da ist niemand mehr.«

»Wen hast du gesehen?«

»Menschen – oder Nodronen. Ich bin mir schon nicht mehr sicher.«

»Wie viele waren es?«

»Drei oder vier, so genau konnte ich das nicht erkennen.«

Damit hatten sie rechnen müssen. Es war unvermeidlich, dass sie früher oder später auf Nodronen trafen. Die Frage stellte sich nur, wie eine solche Begegnung verlaufen würde. Obwohl der Angriff auf den Ordensturm kompromisslose Brutalität offenbart hatte, lagen die Hintergründe dieses Vorgehens für die Terraner im Dunkeln. Es mochte sein, dass die Nodronen ihresgleichen gegenüber umgänglicher waren. Man musste beide Seiten kennen, um sich ein einigermaßen verlässliches Bild machen zu können.

»Haben sie uns entdeckt?«

»Keine Ahnung …«

Ein Strahlschuss zuckte auf. Bullys Kopf flog förmlich in die Höhe, als er das Aufblitzen registrierte. Prompt ging sein Blick in die Richtung des Einschlags; der Schuss hatte eine der Fußgängerbrücken getroffen und ein an den Schmelzrändern nachglühendes Loch hinterlassen. Mehrere Passanten waren verletzt oder sogar getötet worden. Panik entstand, als die einen flohen und andere zu helfen versuchten. Bully beobachtete die gegenüberliegenden Etagen. Von dort ebenso wie von einigen der offenen Bandstraßen aus konnte geschossen worden sein.

»Schick die Optiken hin! Übertragung auf mein Armband.«

»Mist, verdammter!«, fluchte Wilburn plötzlich. »Ich hab nur noch eine zur Verfügung. Die andere ist Totalausfall.« Hektisch hantierte er an dem kleinen Steuergerät. »Es ist, wie ich sage. Irgendwer hat die Optik abgeschossen!«

Sie standen am Rand einer surrealistischen Brunnenkonstruktion, die nach dem Zufallsprinzip schwebende Wassertropfen ausspie. Vor allzu neugierigen Blicken aus der Höhe waren sie deshalb einigermaßen geschützt.

Etwa vierzig Meter über ihnen entstand Bewegung, und weitere Schüsse fielen. In rascher Folge stachen armdicke Glutstrahlen quer durch die weitläufige Halle. Ein Lift wurde getroffen und begann zu brennen. Die Kabine mit mehreren echsenartigen Passagieren stoppte abrupt.

Der zweite Schuss hatte eines der Laufbänder gestreift und mehrere Personen in die Tiefe gerissen. Aber es sah so aus, als wären sie von Prallfeldern aufgefangen und sanft zu Boden gebracht worden.

Die nächsten Strahlbahnen lagen näher und ließen in nur noch zehn Metern Höhe glutflüssiges Material abtropfen. Danach traf ein Schuss in die Menge. Genau das hatte Bully befürchtet, als er erkannt hatte, dass die Strahlbahnen einem beweglichen Objekt galten, das sich mit hoher Geschwindigkeit schräg abwärts bewegte – auf Wilburn und ihn zu!

Der Reporter fluchte unterdrückt. Hektischer als zuvor hantierte er mit seinem Steuerelement – und in dem Moment wurde Bullys Vermutung zur Gewissheit. Beide Optiken waren angemessen und als Fremdkörper identifiziert worden.

Deutlich sah er jetzt die Schützen: Sie waren Menschen. Zumindest auf Distanz erschien die Ähnlichkeit verblüffend. Sie trugen dunkle Uniformen mit einem jackenartigen Schuppen- oder Paillettenpanzer, und sie machten von ihren Waffen rücksichtslos Gebrauch. Am Boden waren mehrere Personen getroffen worden. Bull konnte nicht erkennen, ob es Tote gegeben hatte oder nur Verletzte, aber alles rannte plötzlich auseinander.

»Du kannst nicht ...«, begann er, wurde aber schroff unterbrochen.

»Ich weiß«, stieß Wilburn hervor. »Ich kann die Optik nicht zurückholen, ohne dass sie uns aufspüren. Ich muss sie opfern, sonst gibt es noch mehr Tote.«

Die Schüsse vereinten sich in großer Höhe. »Ich verwünsche diese Kerle.« Der Reporter warf die nutzlos gewordene Steuerung in den Brunnen.

»Und nun verschwinden wir besser«, bestimmte Bull. »Unsere schießwütigen Freunde werden bald hier auftauchen.«

»Seit zehn Minuten überfällig.« Fran Imith blickte über die endlos scheinenden Reihen der abgestellten Fahrzeuge hinweg. »Ich hoffe, du hast Recht, Perry, und es ist ihnen wirklich nichts zugestoßen.«

»Das wäre bei Bully dann wohl das erste Mal.«

»Irgendwann ...« Fran Imith zögerte, nahm den Satz aber doch wieder auf. »Irgendwann ist immer das erste Mal.«

»Falls es wirklich Probleme gibt, kann Bully sich über sein Armband melden«, wandte Rhodan ein.

»Sofern ihm dazu die Möglichkeit bleibt.«

Perry Rhodan musterte die Frau von der Seite. Er konnte sie schwer einschätzen. Fran Imith hatte offenbar eine harte Schule durchlaufen, sie verstand es zuzupacken und scheute kein vertretbares Risiko, aber sie spielte auch mit ihren Reizen. Zudem schien sie geschafft zu haben, was seit langem keiner Frau mehr gelungen war, nämlich Reginald Bull den Kopf zu verdrehen. *Ihn zumindest zum Hinschauen zu verleiten,* berichtigte sich Perry, denn manchmal glaubte er, keinen hartnäckigeren Single zu kennen als Bully.

»Wir warten noch«, entschied er. Selbst wenn er eine Suchaktion starten musste: Wen sollte er schicken? Und vor allem: wo anfangen? Falls nicht wenigstens ein Peilsignal eintraf, musste eine Suche nach Bully und Wilburn der berüchtigten Suche nach der Nadel im Heuhaufen sehr nahe kommen. Doch beide hatten gewusst, worauf sie sich einließen.

Rhodan ging zwischen den Sitzreihen hindurch nach hinten.

Pratton Allgame zeigte sich von allem unberührt. Er blätterte in einem Buch, einem handlichen Exemplar fürs leichte Gepäck und eigentlich ein Mittelding zwischen traditionellem Buch und Datenspeicher. Die Folienseiten nahmen ein Vielfaches der üblichen Datenmenge auf und generierten über Mikrosensoren entweder nach Blickkontakt oder Berührung die jeweils nächste Textseite. Altmodisch blieb es dennoch, vergleichbar dem Mars-Liner-01. »Der Mars im Wandel der Geschichte«, las Perry im Vorbeigehen den Titel. Allgame schaute flüchtig auf. »Eine interessante Abhandlung«, bemerkte er. »Dein Name wird mehrfach darin erwähnt. Und falls du Ablenkung suchst: Ich habe auch ein Buch über Weinbau im Gepäck.«

Die beiden Smertens unterhielten sich mit Ron Dyke, ihnen fiel nicht einmal auf, dass Rhodan vorbeiging. Nur Homphé blähte die Wangen auf wie ein zu groß geratener Frosch. »Mir ist nicht gut«, jammerte er. »Warum will das keiner einsehen? Unternimm endlich etwas, bring uns heim!«

»Uns ist allen nicht gut«, erwiderte der Terraner. »Aber mit Wehklagen kommen wir nicht weiter. Versuch einfach, dich zu beruhigen.«

Die Kosmopsychologin lag nach wie vor lang ausgestreckt auf der Rückbank. Inzwischen hatte sie die Augen wieder geöffnet, wenngleich sie nur blicklos an die Decke starrte.

»Sie reagiert«, sagte Shim Caratech, die Fran vor kurzem abgelöst hatte. »Das ist doch schon ganz gut, oder?«

»Ich hoffe es.« Rhodans Blick streifte den Flechtkorb. Unter der Abdeckung kauerte Schikago wie ein Schwerverbrecher. Etwas Lauerndes lag im Blick der Ferrol-Katze, als sie ihre Krallen zeigte.

Rhodan ging vor der Psychologin in die Hocke. Sie bewegte den Kopf nicht, doch ihre Augen folgten ihm. »Du verstehst, was ich sage, Imara?«

Ein flüchtiges Blinzeln.

»Hast du Schmerzen?«

Die Augäpfel bewegten sich ein klein wenig von links nach rechts und wieder zurück.

»Wir suchen nach einem Weg, um bald von hier fortzukommen. Du schaffst es.«

»Ich passe weiter auf«, sagte Shimmi.

Perry Rhodan nickte dankbar, wandte sich wieder um und ging nach vorne. Quart Homphé wuchtete sich vor ihm vom Sitz. Mit beiden Händen griff er nach Rhodans schlichtem Anzug und krallte die Finger ins Revers. »Wir müssen uns stellen, damit das alles ein Ende hat«, ächzte er. »Verstehst du? Wir müssen das einfach tun …«

Rhodan ergriff die fleischigen Handgelenke und drückte sie zur Seite, bis Homphé endlich losließ. Mit Nachdruck schob er den Künstler auf seinen Sitz zurück.

»Ich werde nichts überstürzen und schon gar nichts tun, was wir hinterher bereuen müssten, Quart. Versuch einfach wieder zu schlafen …«

»Wie stellst du dir das vor? Bei dieser Aufregung.«

»… dann beruhige dich wenigstens. Jammern bringt uns jedenfalls in keiner Hinsicht weiter.«

Homphé riss die Augen weit auf. Dennoch hatte Rhodan das Gefühl, dass der Dicke nur durch ihn hindurchblickte.

Zwanzig Minuten war der erwartete Kontakt inzwischen überfällig … Perry Rhodan ignorierte seine wachsende Unruhe. Von Quart Homphés Pessimismus würde er sich jedenfalls nicht anstecken lassen.

Die Frage nach Freund oder Feind hatte sich für Reginald Bull beantwortet. Wer rücksichtslos von der Waffe Gebrauch machte, nur um zwei unbekannte Objekte zu zerstören und dabei Verletzte oder gar Tote in Kauf nahm, der hatte sich selbst ins Abseits gestellt.

Neben Wilburn bahnte er sich einen Weg durch die Menge. Gegen den Strom, denn er wollte sich nicht zur Oberfläche emportragen lassen. Von dort waren die Nodronen gekommen – sofern es sich wirklich um Nodronen handelte. Über die Distanz hinweg hatten sie jedenfalls wie Menschen ausgesehen.

»Vielleicht haben wir es mit einer Art Polizeitruppe zu tun.«

»Das vermute ich.« Die Arme erhoben und leicht vorgestreckt, versuchte Trebb Wilburn, allzu rüde Zusammenstöße zu vermeiden.

Zweihundert Meter hatten sie sich erst von dem Brunnen entfernt. Dort herrschte mittlerweile Aufruhr. In mehreren aus der Höhe herabsinkenden Flugschalen sah Bull zum ersten Mal Roboter – einfache Konstruktionen mit zylinderförmigem Körper und Kugelkopf. Vielleicht waren es Medoroboter. Oder ein Räumkommando? Der letzte Gedanke erschreckte ihn, war er doch eine Folge der offensichtlichen Härte, die das Leben in Mantagir bestimmte. Immer drängender wurde die Frage, weshalb die Wissenschaftler von Cor'morian Terraner so aberwitzig weit in die Zukunft geholt hatten.

Rechts von ihnen, höchstens dreißig Meter entfernt, schwebte eine Kapsel herab. Der Uniformierte im Innern hielt mit beiden Händen eine klobig aussehende Brille vor seinen Augen. Zweifellos ein Suchgerät.

Reginald Bull versetzte Wilburn einen Stoß zwischen die Schulterblätter, der den Reporter zur Seite taumeln ließ. Vor ihnen gab es eine Vielzahl röhrenförmiger Tunnel – wahrscheinlich der Zugang zu schnellen Verkehrsverbindungen.

Der Nodrone verschwand in der Menge. Trotzdem hatte Bully das Gefühl, dass er ihnen folgte.

Ein Tunnel war so gut wie jeder andere. Dass sie in eine Sackgasse gerieten, fiel erst auf, nachdem sie die Röhre durchschritten hatten und sich eine lang gestreckte

Höhle vor ihnen öffnete. Optische Felder ließen die jenseitige Wand massiv erscheinen, doch in rascher Folge brachen ovale Flugkörper daraus hervor, Kapseln mit jeweils sechs Sitzplätzen. Sie landeten, entließen ihre Passagiere und hoben innerhalb von Minutenfrist wieder ab, sofern keine neue Fahrgäste einstiegen.

Reginald Bull war stehen geblieben und beobachtete den Vorgang. Es gab keine Leitsysteme, die erklärt hätten, wohin die Kapseln flogen. Angesichts ihrer Vielzahl glaubte Bully, dass sie aus den verschiedensten Bereichen von Mantagir kamen. Sich ihnen anzuvertrauen bedeutete eventuell, sich in einiger Zeit am jenseitigen Ende der Metropole wiederzufinden. Das war kein sonderlich verlockender Gedanke.

Trebb Wilson war schon ein Stück weitergegangen und erst nahe der Landefelder stehen geblieben. Bully wollte ihm folgen, als er angerempelt wurde. Ein grau geschuppter massiger Leib streifte ihn und stieß ihn zur Seite.

Ein zweiter grauer Schatten wuchs neben ihm auf, eine gespaltene Zunge zischte ihm entgegen. Bully erkannte einen dreieckigen Schlangenschädel mit weit auseinander liegenden Augen. Der Rumpf war nicht dicker als ein menschlicher Oberschenkel, doch eine Vielzahl dünner Tentakelarme relativierte diesen Eindruck.

»Nimm ihm die Peitsche ab!« Zugleich mit der Übersetzung des Translatorplättchens vernahm Bully ein durch Mark und Bein gehendes Zischen. Gut ein Dutzend Tentakeln wickelten sich von hinten um seinen Leib.

»Er hat keine Peitsche bei sich.«

»Was wollt ihr von mir?«, fragte Bull scharf. »Ich habe euch keinen Anlass gegeben, mich anzugreifen.«

Das Zischen verstärkte sich. Einige Echsenwesen und eine große froschähnliche Gestalt wurden aufmerksam. Mit allen Anzeichen des Entsetzens wichen sie zur Seite aus.

»Zwei unserer Nestbrüder sind der Peitsche zum Opfer gefallen«, zischte das Schlangenwesen, das ihn angerempelt hatte. »Wir werden dich dafür töten, Nodrone.«

Bully schüttelte den Kopf, eine Geste, mit der die beiden offensichtlich wenig anfangen konnten. Das kantige Maul vor ihm öffnete sich und entblößte kräftige Eckzähne. Fein ziselierte Muster waren in den Zahnschmelz eingraviert und mit einer funkelnden Masse ausgefüllt worden. Aber nicht das jagte Bully einen Schauder den Rücken hinab, sondern die schillernden Tropfen an den nadelspitzen Zahnenden. Er fragte gar nicht erst, ob sein Zellaktivator das Gift würde neutralisieren können, er griff seinerseits an, im selben Moment, in dem sein Gegenüber zubiss.

Das Maul zuckte um Haaresbreite an ihm vorbei, weil Reginald Bull sich mit einer jähen Drehung losriss. Seine ineinander verschränkten Hände krachten gegen den Halsansatz des Schlangenwesens und ließen das grässliche Zischen verstummen.

Den zweiten Angreifer ahnte Bully mehr, als dass er ihn schräg hinter sich noch erkennen konnte. Sich in derselben Bewegung, mit der er zugeschlagen hatte, fallen lassen und nach dem anderen Gegner treten war eins. Sein Tritt ging fehl, die Kreatur wuchs züngelnd über ihm auf.

Die Kreatur stieß zu. Gleichzeitig zuckte ein Blitz auf. Der kantige Schädel wurde von grellem Feuer umflossen. Schuppenhaut und Fleischfetzen spritzten nach allen Seiten, dann quoll ein Schwall Blut aus dem plötzlich kopflosen Rumpf. Die sterblichen Überreste kippten rückwärts und wanden sich in wilden Zuckungen.

Entsetzt wich die Menge zurück. Die vielfältigen Lautäußerungen steigerten sich zum Crescendo, auf das der Translator nicht mehr reagierte.

Ein Fußtritt traf Reginald Bull in die Seite, als er sich aufrichten wollte, und warf ihn zurück. Er blickte geradewegs in die flirrende Abstrahlmündung einer Energiewaffe. Der Kerl, der ihn bedrohte, wirkte wenig Vertrauen erweckend. Ein Vollmondgesicht, fand Bully. Der Schädel war kahl geschoren, aber das Gesicht wurde bis zu den Jochbögen von dunklen Bartschatten beherrscht. Ein verkniffener Zug lag um den schmalen Mund, die Augen funkelten in stechendem Gelb. Der Mann trug tatsächlich eine Uniform aus grobem schwarzem Stoff. Über der weit geschnittenen und an der Hüfte gegürteten Jacke hing ein panzerartiger Paillettenüberwurf.

»Wer bist du?«, herrschte er Bully an. »Was hatten die beiden Sonden zu bedeuten?«

»Nichts«, antwortete Reginald Bull betont lässig. »Wenn es sein muss, erkläre ich das deinem Vorgesetzten …«

»Steh auf! Aber vorsichtig. Ich werde nicht zögern, einen Rebellen dahin zu schicken, wo er hingehört.«

»Ich bin kein …« Reginald Bull stockte der Atem. Aus den Augenwinkeln sah er den Schatten hochfahren. Mit unglaublicher Geschmeidigkeit schnellte sich das Schlangenwesen, das er wohl nur für wenige Momente betäubt hatte, auf den Uniformierten. Der Nodrone stieß einen gurgelnden Schrei aus, als sich die Zähne in seinen Waffenarm bohrten. Sein Gesicht verzerrte sich zur Grimasse, er taumelte, der Strahler entglitt seinen kraftlos werdenden Fingern, dann riss ihn die zuckende Kreatur zu Boden und versuchte, ihn zu umschlingen.

Bully rannte los. Bevor andere Nodronen erschienen oder einige der Umstehenden auf den Gedanken kamen, ihn ebenfalls anzugreifen. Wilburn blickte ihm entgegen. »Zu den Kapseln!«, rief Bull, mit der flachen Hand das Translatorplättchen abdeckend. Niemand musste verstehen, was er sagte, und inzwischen war es ihm egal, ob er als Fremder identifiziert wurde.

Der Einstieg einer Kapsel stand noch offen. Wilburn schwang sich hinein und machte sofort Bully Platz.

»Starten!«

Keine Reaktion. Bulls Blick schweifte nach draußen. Die Menge erschien ihm wie eine vielgestaltige schweigende Mauer. Zu gerne hätte er gewusst, was in diesen fremden Wesen vor sich ging.

Erst nach einer kleinen Ewigkeit hob die Kapsel ab, beschleunigte und flog in einen engen Tunnel ein. »Zielangabe ist erforderlich«, erklang eine mechanische Stimme. Nur Reginald Bull verstand, was sie sagte.

»Welche Ziele stehen zur Verfügung?«, erwiderte er.

Ein Hologramm baute sich vor ihm auf. Es zeigte unverkennbar einen Ausschnitt der riesigen Metropole.

»Details im nahen Umkreis!« Das System schien praktikabler zu sein, als er befürchtet hatte. Bully setzte noch eins drauf: »Unterlegung mit Realbildern!«, verlangte er.

Es funktionierte. Der Translator der Tambu war nicht mit Gold aufzuwiegen. Reginald Bull lehnte sich entspannt im Sitz zurück und nannte sein Ziel.

12

Ron Dyke

Im ersten Moment wusste ich weder, wo ich mich befand, noch was geschehen war. Ich hatte wieder einen jener Albträume gehabt, die mich in letzter Zeit häufig quälten. Weil ich zu lange gewartet hatte, Terrania City zu verlassen. Das Leben auf der Erde war wie eine eiserne Zwangsjacke gewesen, aus der ich mich nicht mehr befreien konnte – kein goldener Käfig, wie viele glaubten. Deshalb träumte ich von fernen Welten und Dingen, die niemand vor mir gesehen hatte. Aber längst waren das keine schönen Träume mehr. Sie erschreckten mich und wollten mir einreden, dass es ungefährlicher sei, vom 147. Stockwerk aus über den Dschungel aus Stahl und Glas hinwegzublicken, als mich dem Unbekannten auszusetzen. Mit Ronika und Khirm Smertens hatte ich über fremde Welten und tödliche Konflikte gesprochen. Ein Planet musste nicht einmal intelligentes Leben hervorgebracht haben, um für Menschen zur Falle zu werden, aggressive Mikroben genügten …

Ruckartig richtete ich mich auf. Die Stimmen, die ich jetzt deutlicher vernahm, hatten mich geweckt. Vorne im Bus redeten etliche Personen laut durcheinander.

Meine Lider waren verklebt. Hastig blinzelnd versuchte ich, den undeutlichen Schatten, die ich sah, mehr Kontur zu geben – und mit einem Mal wurde mir klar, dass ich nicht geträumt hatte. Die Wirklichkeit war schlimmer als ein Traum.

Reginald Bull und der Reporter waren wieder da. Nur wirkten sie alles andere als zufrieden.

»Babylon war nichts gegen die Völkervielfalt in Mantagir«, hörte ich Bully sagen. *Babylon?* Ich kannte den Namen, aber ich konnte ihn auf Anhieb nicht zuordnen.

Inzwischen drängten die anderen nach vorne, sogar Homphé schaffte es, sein nervendes Jammern einzustellen. »Neugierde versetzt tatsächlich Welten«, murmelte ich, als sich der Fette an mir vorbeischob. Quart reagierte nicht darauf, war vermutlich vom Geruch seines eigenen Angstschweißes wie betäubt.

Babel. Natürlich, das war es. Der Turmbau zu Babel. Ich erinnerte mich, vor langer Zeit in einer Abhandlung über die Bibel davon gelesen zu haben. *Geschah hier auf dem Mars etwas Ähnliches?* Ich glaubte an Gott, an ein Wesen, das die Geschicke des Kosmos lenkte und über allem stand, aber was die Menschen daraus gemacht hatten, missfiel mir.

»Ich bin überzeugt, dass die Wissenschaftler von Cor'morian nicht unsere Gegner sind«, sagte Reginald Bull. »Die Nodronen sind die Gefahr, aber was dabei wirklich auf dem Spiel steht, wissen wir noch nicht.«

Homphés ablehnendes Schnaufen war wie ein rotes Tuch für mich. »Wir brauchen die Cor'morian, um in unsere eigene Zeit zurückzukehren«, hörte ich mich mit Nachdruck sagen. Ich hatte mich nicht einmischen wollen, aber ich konnte nicht anders.

»Wir beherrschen die fremde Sprache nicht«, wandte Allgame ein. »Außer den beiden Translatoren stehen uns keine Hilfsmittel zur Verfügung. Und wir wissen noch herzlich wenig über die örtlichen Gegebenheiten.«

»Wir müssen zurück!«, prustete Homphé. »Das ist unser einziges Problem. Wir müssen schnell zurück; mir geht es nicht gut.«

»Unser schlimmstes Problem heißt Homphé!«, platzte Pratton Allgame heraus. Ob gewollt oder ungewollt, blieb dahingestellt. Jedenfalls brauste der Künstler auf und wäre dem Weinbauern beinahe an die Kehle gegangen.

Perry Rhodan stellte sich zwischen die beiden. »Wir müssen uns zusammenraufen!«, sagte er bedrohlich leise. »Und das werden wir auch schaffen. Ob wir zurückkehren können, hängt in erster Linie von uns selbst ab und danach erst von den Tambu. – Was ist, Quart?«

Der Künstler murmelte etwas Unverständliches. Schließlich bequemte er sich zu einem Nicken.

»Was sagst du, Pratton?«, fuhr Rhodan fort.

»An mir soll es nicht liegen.«

»Es gibt noch ein zweites Problem. Ich will den Teufel nicht an die Wand malen, aber ...«

Ein Aufschrei von der Rückbank her unterbrach den Terraner. »Perry, schnell!« Shim Caratechs Stimme war ihr Erschrecken anzuhören.

Homphé war der Erste, der herumfuhr. Er versperrte den anderen den Weg, aber er dachte nicht einmal daran, sich in Bewegung zu setzen. Wie versteinert stand er da und starrte nach hinten.

Fran Imith flankte über die Sitze hinweg. Rhodan folgte ihr auf demselben Weg, und Bully schaffte es endlich, den Künstler auf seinen Platz zurückzuschieben. Ich fragte mich, ob Homphés Kunstwerke eine ähnlich impertinente Ausstrahlung aufwiesen wie er selbst.

»Sie stirbt.« Shim Caratechs Ausruf mahnte eindringlich, dass es Wichtigeres gab, als über unbequeme Mitmenschen zu schimpfen. Plötzlich war mir so hundeelend, wie Homphé es vorgab. Der kalte Schweiß brach mir aus allen Poren.

»Ron«, vernahm ich Ronika Smertens wie aus weiter Ferne. »Was ist mit dir? Du bist leichenblass.«

»Es ist nichts«, log ich. »Nur eine vorübergehende Schwäche.« Dass sie mir nicht glaubte, interessierte mich in dem Moment herzlich wenig.

Rhodan stand neben der Psychologin. Er bückte sich und drückte ihr die Augenlider zu.

»Was machen wir mit dem Leichnam?«, hörte ich Fran Imith fragen. »Wir können Imara nicht in Mantagir beisetzen.«

»Neben dem Gepäckraum ist eine Kühlkammer«, sagte Reginald Bull. »Wenn wir einige Getränke nach oben holen und den Rest umschichten ... Wer fasst mit an? Quart ... Ron ...«

Die Sonne ging über Mantagir auf, als wir es endlich geschafft hatten. Mehrmals waren wir zu Unterbrechungen gezwungen gewesen, weil Fremde zu nahe an den Mars-Liner herangekommen waren. Aber alle hatten nur zu ihren eigenen Gleitern gewollt und waren gestartet. Mittlerweile gähnten sichtbare Lücken auf dem Deck.

Ich entfernte mich vom Bus. Wenigstens einige Minuten lang wollte ich allein sein. Langsam wich die künstliche Lichtfülle der Nacht dem trüben Schein des neuen Tages. Erste Sonnenstrahlen durchbrachen den Dunst über der Stadt.

Meine Schritte stockten. Nicht weit vor mir machte sich jemand an einem Gleiter zu schaffen. Ein Bulldoggengesicht, fand ich, als der Fremde zu mir herüberschaute. Der wilde, bis auf die Brust reichende Bart wirkte ungepflegt. Er rief mir etwas zu, was ich nicht verstand. Es klang aggressiv. Dann ließ er von seinem Gleiter ab und kam auf mich zu. Ich reagierte erleichtert, als Reginald

Bull von hinten neben mich trat. Der Fremde machte auf dem Absatz kehrt, schwang sich in seine kleine Maschine und jagte mit wimmerndem Triebwerk auf der anderen Seite über die Plattform hinaus.

»Entferne dich lieber nicht zu weit vom Bus«, mahnte Bull. Kein Vorwurf lag in seinen Worten, sondern nur Besorgnis.

»Ich wollte den Sonnenaufgang sehen.«

Er nickte stumm. Dann ging er vor mir her und blieb erst wenige Meter vor dem Ende der Plattform stehen. Es hatte nicht den Anschein, dass sie von Prallfeldern oder Ähnlichem gesichert wurde. Aber wahrscheinlich gab es hier ohnehin niemanden, der das Bedürfnis verspürte, seinen Blick über den Dschungel der Zivilisation schweifen zu lassen.

In der Ferne spielten erste Sonnenstrahlen im »Geäst« der seltsamsten Bauten, die ich je gesehen hatte. Ein Wald aus Beton, Glas, Stahl und wer weiß was noch. Wir waren gestern schon daran vorbeigeflogen.

Eine Handbreit daneben ging die Sonne auf. Sie hatte sich in der Zukunft nur wenig verändert. Etwas rötlicher empfand ich ihren Schein und den Glutball größer, als er hätte sein dürfen. Über dem Horizont lag ein fahler Regenbogen.

Wenigstens für einen Augenblick genoss ich die Stille. Dann glitt mein Blick weiter und suchte markante Punkte. »Wir könnten uns hier zurechtfinden«, sagte ich leise.

»Das wird hoffentlich nicht nötig sein«, wehrte Reginald Bull ab.

Ich folgte seinem Blick mit den Augen. Nach wie vor stand eine fahle, dunkle Rauchwolke am Horizont, wo sich gestern noch der Ordensturm der Wissenschaftler von Cor'morian erhoben hatte.

»Wir lassen den Mars-Liner hier zurück«, eröffnete Bully.

»Wieso das? Wir ...«

Er ließ mich nicht ausreden. »Wir müssen damit rechnen, dass die Angreifer im Nachhinein unsere Flucht aus dem Ordensturm bemerken. Schon deshalb können wir es uns nicht leisten, mit dem Bus weiterzufliegen.«

»Und du willst ihn hier lassen?«, wandte ich ein.

»Inmitten zehntausend anderer Fahrzeuge dürfte unser Museumsstück am wenigsten auffallen«, fuhr Reginald Bull fort. »Sobald die Nodronen die Ortungen ihrer Jäger auswerten, werden sie von uns wissen. Auch wenn sie sonst nichts herausfinden, den Bus werden sie im aktiven Zustand anhand seines energetischen Spektrums identifizieren können.«

»Aber wohin sollen wir uns wenden?«

»Die Wissenschaftler von Cor'morian wollten uns in einem sicheren Quartier unterbringen. Sie haben unsere Daten schon übermittelt.«

»Welches Reisebüro?« Die Bemerkung konnte ich mir nicht verkneifen.

»Keine Ahnung.«

Ich muss ihn wohl ziemlich verwirrt angeschaut haben, denn er ließ ein leises Lachen vernehmen. »Wir machen es eben wie Touristen in allen galaktischen Metropolen – wir behaupten, wir hätten den Namen unseres Hotels vergessen.«

So einfach sollte das sein? Ich schaute ihn skeptisch an. »Und wen fragen wir?«, wollte ich wissen. Trotzdem hatte er Recht, ganz bestimmt sogar. Sobald wir unsere Unterkunft erreichten, würden wir auch erneut Kontakt zu den Wissenschaftlern von Cor'morian bekommen. Und damit stand uns der Rückweg in unsere eigene Zeit offen.

Wir hatten den Mars-Liner-01 fast wieder erreicht. Ich wandte mich noch einmal um – die ersten Sonnenstrahlen fielen bereits bis weit in das Parkdeck herein.

»Wir fragen das öffentliche Verkehrsnetz«, antwortete Bully erst jetzt auf meine Frage. »Ich habe es schon probiert, funktioniert bestens.« Als er meinen Blick bemerkte, mit dem ich unseren Schwebebus taxierte, fügte er hinzu: »Wir dürfen ihn nicht zerstören, und wir können ihn nicht einmal verschenken. Aber ebenso wenig wollen wir damit weiterfliegen.«

»Trebb!« Perry Rhodan rief den Reporter zurück, als der Mann gerade den Bus verlassen wollte. »Hier, nimm das; vielleicht hast du Verwendung dafür. Ich hätte es beinahe vergessen.«

Obwohl ich nur wenige Schritte entfernt stand, konnte ich nicht erkennen, was Rhodan Wilburn gab.

»Meine Schwebeoptik.« Der Mann nahm den kleinen Gegenstand wie etwas sehr Wertvolles entgegen. »Danke.«

»Ich denke, wir sind uns einig«, sagte Rhodan.

Unmittelbar an der Zentralsäule führten Personenaufzüge vom Boden bis zur Trichtermündung. Reginald Bull und Wilburn hatten den Weg ausfindig gemacht, und wir gingen ihn nun in die entgegengesetzte Richtung.

Knapp einen Kilometer entfernt, eingebettet in ein Geflecht aus Schwebebrücken, Laufbändern und von Pflanzen überwucherten Galerien, verknüpfte ein Verkehrsknotenpunkt die fünf Gebäude und ihre Landeplattformen mit der städtischen Infrastruktur. Zwar herrschte einiger Andrang, doch ging alles zügig voran. Wiederholt fiel mir auf, dass uns die Vertreter der unterschiedlichsten Völker abschätzend musterten. Wir erregten Aufmerksamkeit, aber niemand sprach uns an. Entweder stellten Echsenabkömmlinge und Insektoide den Hauptanteil der Bevölkerung, oder ihr Lebensbereich konzentrierte sich überwiegend auf die umliegenden Stadtteile, und andere Viertel waren den Humanoiden vorbehalten.

Als Vorletzter unserer Gruppe stieg ich in eine der Kapseln. Ronika und Khirm Smertens sowie Fran Imith hatten schon auf den Sitzen Platz genommen, die sich unseren Körperformen anpassten. Bully kam als Letzter. Die transparente Wandung erlaubte den Blick hinüber zu Rhodans Gruppe. Ich sah, dass er auf Homphé einredete, der Dicke aber heftig gestikulierend abwehrte. Rhodan wandte sich ab. Erst als Quart allein vor der Transportkapsel stand, kam Bewegung in seine massige Gestalt. Quartodezimus – was für ein Name – musste einfach vor vollendete Tatsachen gestellt werden.

Reginald Bull unterhielt sich mit einer mechanischen Stimme, die aus Lautsprecherfeldern erklang. Was die Automatik sagte, verstand ich nicht, das Vaaligonde schien mir ohnehin ein grässlicher Zungenbrecher. Aber Bullys Antwort, obwohl sie von der Übersetzung seines Translators überlagert wurde, war einigermaßen verständlich, solange ich mich auf ihn konzentrierte.

»... sind fremd auf Balance B und in Mantagir, gestern erst eingetroffen. Wir haben den Namen und die Adresse unserer Unterkunft verloren.«

Die Kapsel war etwa fünfhundert Meter hoch aufgestiegen und verharrte in dieser Position, während andere an uns vorbeizogen und in den angrenzenden Straßenzügen verschwanden. Mehr als ein leichtes Flirren der Luft rund um das untere Drittel einer jeden Kapsel konnte ich nicht als Antriebsemission erkennen.

Eine seltsame Sprache war das Vaaligonde. Als die Automatik sich wieder meldete, versuchte ich, wenigstens einige halbwegs bekannte Brocken herauszuhören. Aber da war nichts, was auch nur entfernt dem Interkosmo geähnelt hätte.

»Wir sind nicht die einzigen Besucher, die in Mantagir die Orientierung verlieren.« Bully wiederholte die Aussage mit seinen eigenen Worten, um uns zu informieren. »Passiert das wirklich Angehörigen aller Erbauer-Völker?«, fragte er, offensichtlich, um der Automatik weitere Informationen zu entlocken.

Der krächzende Laut schien eine Bestätigung zu bedeuten. Wahrscheinlich waren mit Erbauer-Völker alle gemeint, die in das wuchernde Geschwür Mantagir ihre eigene Architektur eingebracht hatten.

Die Kapsel mit Rhodan und den anderen hing inzwischen neben uns. Die Antwort des Verkehrssystems ließ lange auf sich warten. Überlichtschnell arbeitenden Syntrons musste es ein Leichtes sein, aus einigen zehntausend eingebundenen Hotelverzeichnissen die benötigten Daten auszufiltern. Oder gab es keinen solchen Verbund? Vielleicht beruhten die Rechenanlagen auch auf einem anderen Standard.

»Das *Ewige Ei der Irchy-Ba* verzeichnet seit einem Tag die Anmeldung von dreißig Humanoiden, die von einem Planeten namens Mars stammen. Die übermittelten Individualdaten stimmen mit denen der anwesenden fünf Personen ein.«

Bully nickte uns zu. »Richtig«, bestätigte er. »Wir wollen vor diesem Haus abgesetzt werden.«

Wie hatte der Name gelautet? *Das Ewige Ei der …?* Mir war der Begriff schon wieder entfallen. Aber wir hatten jetzt ein Ziel. Alles andere würde sich ergeben.

Ich sah das vorbeihuschende Mantagir inzwischen mit etwas anderen Augen, nicht mehr so verkrampft und feindselig wie zu Anfang. Die Metropole wirkte bizarr und vielfältig, keineswegs geplant, sondern eher im Laufe langer Zeit gewachsen, wie überhaupt organische Formen das Bild entscheidend mitprägten. Kühn in den blassen Himmel strebende Architektur konkurrierte mit riesenhaften Termitenbauten. Hochstraßen und Schwebebänder wickelten sich um plumpe Blöcke, die eher an behauene Felswände erinnerten als an Bauwerke einer galaktischen Metropole. Dazwischen die nüchterne und zweckmäßige Linienführung von Versorgungszentren mit dem unüberschaubaren Gewimmel von Lastengleitern. Und dazwischen, plötzlich und völlig unerwartet, ein Urwald. Baumriesen ragten hoch auf. Ihre ineinander verfilzten Kronen bildeten ein nahezu undurchdringliches Dickicht, wären da nicht hin und wieder Einflugschneisen zu sehen gewesen. Dieser Urwald war bewohnt. Und in einiger Entfernung zog eine hoch aufragende blaue Wand meinen Blick an. Ein tropfenförmiges Gebilde, sich nach oben stark verjüngend, von Strukturen durchzogen, die an Wasserpflanzen erinnerten. Obwohl die Kapsel rasch abdrehte, gewann ich den Eindruck, dass jenes vermeintliche Bauwerk nicht wirklich ein Gebäude war, sondern in Form gepresstes Wasser – ein Kunstwerk oder doch eher Behausung für Amphibien?

Immer gieriger nahm ich die neuen Eindrücke in mich auf. Eine Milliarde Jahre in der Zukunft – wer hätte sich jemals träumen lassen, dass unser öder Mars so viele Facetten erhalten würde. Weit in der Ferne, sich im Dunst des Horizonts verlierend, ragten Bergzüge auf.

»Ich will, dass wir für den Rest des Wegs nahe zusammenbleiben«, sagte Perry Rhodan. »Keine Extratouren.«

Die Kapsel sank tiefer.

Das Gebäude wirkte für menschliche Verhältnisse überraschend normal. Von der Eiform bis hin zu einer Art Nestbau, wie es dem Ursprung der Tambu entsprochen hätte, hatte ich beinahe schon alles erwartet. Stattdessen blickte ich auf eine hohe Gebäudefront mit Vorsprüngen, Nischen und Spalten, bestehend aus sechseckigen langen Elementen, die in unterschiedlich großer Anzahl zusammengedrängt, gebündelt und übereinander aufgeschichtet waren. Manche Segmente schienen frei in der Luft zu schweben, und erst bei genauem Hinsehen fiel auf, dass ihre seitlichen Säulen doch auf den darunter liegenden Bauteilen ruhten.

Der Eingang öffnete sich wie eine düstere Höhle vor uns. Als Reginald Bull allein vorausgehen wollte, hielt ihn Fran Imith am Arm zurück. »Das könnte auch eine Falle sein«, warnte sie. »Du bist ohne Schutz.«

Bullys Augen verengten sich. »Wenn Perry und ich immer so vorsichtig gewesen wären, gäbe es keine unabhängige Menschheit mehr.« Nachdenklich leckte er sich über die Lippen, dann nickte er versöhnlicher. »Hast du einen besseren Vorschlag?«

»Ich gehe mit dir.«

»... was letztlich uns beide in Gefahr bringt.«

Frans Blick huschte die Straße entlang. Auf der gegenüberliegenden Seite, fast hundert Meter entfernt, wand sich ein Schwebeband in die Höhe. Die Gebäude wirkten in diesem Bereich gedrungen, der Gleiterverkehr folgte teilweise dem Straßenverlauf, die Mehrzahl der Maschinen kreuzte in größerer Höhe.

»Du hast dich heute Nacht schon unnötig in Gefahr gebracht«, betonte die Mars-Nostalgikerin.

»Wie gesagt ...« Bully schickte sich an, das Gebäude zu betreten. »Wir sind beide unbewaffnet. Also was soll's?«

Fran Imith bückte sich blitzschnell. Ihre eng anliegende, hochgeschlossene Cat-Suit-Kombination wirkte ohnehin schon wie eine zweite Haut, nun offenbarte sie ein perfektes Muskelspiel. Fran war gut trainiert. Ich hatte zufällig mit angehört, wie sie Bull gegenüber ihren Sieg im 400-Meter-Sprint bei der terranischen Stadtmeisterschaft erwähnt hatte. Aber das lag zehn Jahre zurück.

Fran trug wadenhohe dunkle Stiefel. Jetzt glitten ihre Finger über den Schaftrand hinweg, und als sie sich wieder aufrichtete, funkelte ein Messer in ihrer linken Hand. Ein Wurfdolch, wenn ich das richtig erkannte, eine dünne und allem Anschein nach rasiermesserscharfe Klinge. Mit einer knappen Bewegung schüttelte Fran ihre roten Locken in den Nacken, zugleich ließ sie den Dolch hochspringen, fing ihn ebenso geschickt an der Klinge wieder auf und reichte ihn Bull. »Nimm den hier mit«, sagte sie, »dann ist mir wohler.«

Bullys Blick wurde durchdringend. Niemand fing einen Dolch so auf, wie Fran Imith es gerade gezeigt hatte, wenn er nicht im Umgang damit geübt war.

Bully taxierte die Klinge, dann reichte er sie zurück. »Es gibt doch stets Überraschungen«, sagte er leise. »Aber mit dem kleinen Vibratormesser«, er klopfte auf seinen Werkzeuggürtel, »das ich hier habe, kann ich besser umgehen. Behalte den Dolch.«

Seine bedeutungsvolle Geste in Richtung Rhodan bemerkte ich vielleicht als Einziger. Bully fragte nicht, weshalb Fran im Stiefelschaft versteckt eine Waffe bei sich trug, doch plötzlich hing eine beinahe greifbare Anspannung in der Luft. Lächelnd ließ die Frau den Dolch in ihren Stiefelschaft zurückgleiten.

»Ist das zweite Wurfmesser in deinem rechten Stiefel für mich reserviert?«, wollte Rhodan wissen.

Fran lachte hell, wie jemand, der sich bei seinen geheimsten Gedanken ertappt fühlte.

»Was ist jetzt?«, drängte Shim Caratech. »Gibt es Zimmer für uns oder nicht? Ich muss den Korb ausputzen; Schikago hat …«

»Niemand will das hören«, schnaubte Quart Homphé. »Setz das Biest aus, damit wir endlich Ruhe haben.«

Pratton Allgame schob sich an Khirm und Ronika vorbei und klopfte dem Dicken von hinten auf die Schulter. »Du bist ein Widerling«, stellte er im Brustton der Überzeugung fest. »Es wird Zeit, dass dir das jemand sagt. Im Gegensatz zu dir sind Katzen wahre Freunde.«

Homphé lief puterrot an. Er schnappte nach Luft. Als ich schon glaubte, er würde sich mit seiner ganzen Fülle auf den Weinbauern stürzen, wuchtete er sich herum und stürmte vor uns her, als gäbe es nichts, was ihn aufhalten könnte.

Sein ersticktes Gurgeln erklang Augenblicke später. Aber da waren Reginald Bull und Fran Imith schon neben ihm und schleppten ihn weiter.

13

Der Zugang entpuppte sich als weitläufige, zerklüftete Höhle. Ausgebleichte Wurzeln hingen von der Decke oder rankten sich um schlanke, schillernde Stalaktiten. Wasser tropfte von den Wänden und sammelte sich in einem schmalen Rinnsal, das den glitschig werdenden Pfad begleitete, eine Brücke aus ineinander verkeilten unbehauenen Felsblöcken unterquerte und in einen weitläufigen See mündete.

Die Höhle führte noch tiefer in den Fels hinein, doch die Wände traten mit zunehmender Distanz enger zusammen und verwehrten die Sicht. Ein diffuses Licht verlieh dem allen einen unwirklichen Schimmer, und von irgendwoher erklang ein dumpfes Raunen, das sich zu Silben formte.

Jemand redete auf ihn ein. »… wurde avisiert«, verstand Reginald Bull, als er sich endlich umwandte. Im gleichen Augenblick erlosch die Illusion.

Er befand sich in einer weitläufigen, elegant ausgestatteten Lobby. Transparenz bestimmte das Bild, ein elegantes Nebeneinander spiegelnder Säulen und futuristischer Möblierung. Im Hintergrund wucherte üppige Blumenpracht, und davor erstreckte sich tatsächlich ein kleiner Teich. Kegelförmige Roboter waren mit Reinigungsarbeiten befasst.

Fran Imith hielt Homphé fest, der mit offenem Mund um sich blickte. »Holografische Installationen«, hörte Bully den Dicken ächzen, achtete aber nicht länger auf ihn.

Eine riesige Eidechse beobachtete ihn aus weit hervorquellenden Pupillen. Allerdings besaß dieses Wesen sechs Gliedmaßen, die den schlanken, flammend rot geschuppten Körper dicht über dem Boden hielten.

Die Eidechse reckte ihm den Kopf entgegen. Der Kehlsack wurde von einer blau geschuppten Querfalte gebildet, die zitternd hüpfte, als dieses Geschöpf erneut zu reden begann. Es waren fauchende, zischende Laute, denen Bully ohne das Translatorplättchen keine Bedeutung zugemessen hätte.

»Mir wurden dreißig Humanoide avisiert. Ihr seid aber weniger.«

»Das ist schon in Ordnung«, antwortete der Terraner. »Die anderen mussten Balance B überraschend wieder verlassen. Ich hoffe, das ist kein Problem.«

»Das ist es nicht«, bestätigte die Eidechse. »Besondere Wünsche oder Vorlieben?«

»Nein. Aber hat jemand nach uns gefragt?«

Sein Gegenüber richtete den Oberkörper ein Stück weit auf und kam ihm dadurch noch etwas näher. Bully schätzte das Geschöpf auf über drei Meter Länge, und sein Gewicht mochte sich einer Tonne nähern. Der kräftige Schwanz peitschte über den Boden. Er stellte vermutlich eine nicht zu unterschätzende Waffe dar.

»Wer sollte gefragt haben?«

»Ein Tambu«, sagte Bull.

»Nein.« Das Wesen wuchs noch ein Stück höher vor ihm auf. Erst jetzt erkannte Bully, dass die vorderen beiden Gliedmaßenpaare gleichermaßen als Handlungs- wie auch als Laufarme dienten. »Du weißt nichts von dem schrecklichen Unglück, das die Wissenschaftler von Cor'morian ereilt hat? Ihr Ordensturm ist nach einer gewaltigen Explosion in sich zusammengestürzt. Alle Medienkanäle berichten seit vergangener Nacht davon. Es scheint keine Überlebenden gegeben zu haben.«

»Aber die Kampfjäger der Nodronen ...«

»Etliche Kampfjäger und sogar zwei Kleine Frachter sind im Einsatz. Es heißt, sie hätten bislang nur die Überreste von Tambu aus den Trümmern herausgeholt. Schrecklich, das Ganze. Aber die Wissenschaftler haben schon immer gefährliche Experimente durchgeführt. Sie spielen mit der fünften Dimension, und das wird eines Tages noch schlimme Folgen nach sich ziehen.« Die Eidechse ließ sich wieder auf alle sechs Gliedmaßen zurückfallen. »Du kommst von Nodro?«

»Mars«, sagte Bully.

»Nie gehört. Trotzdem, du siehst aus wie ein Nodrone.«

»Hast du damit ein Problem?«

»Nein, nein, bestimmt nicht«, beeilte sich die Eidechse zu versichern. Minuten später hatte sie Bull die benötigte Anzahl von Zutrittscodes ausgehändigt. Es waren fingernagelgroße, einen halben Zentimeter dicke Plättchen, auf die ihre Zimmertüren ansprachen.

»Und?«, wollte Reginald Bull wissen. »Wie bediene ich sie?«

»Du kennst die Zutrittscodes nicht?«, erklang es verblüfft.
»Nicht in dieser Ausprägung.«
»Wo liegt dein Planet, dieser Mars?«
»Auf der anderen Seite von Vaaligo. Sehr weit entfernt.«
»Das ist in der Tat eine lange und strapaziöse Reise. Ich möchte sie nicht hinter mich bringen müssen.« Bullys Antwort hatte das Echsenwesen offenbar zufrieden gestellt. »Du musst den Würfel fest mit der Hand umschließen, dann führt er dich.«

Ein flackernder Lichtpunkt führte sie zu einem Lift, der augenscheinlich nur auf dem Stockwerk endete, auf dem ihre Zimmer lagen. Auch dieser Korridor wirkte von einer Seite aus höhlenartig. Sobald man sich aber umwandte, sah man einen quadratischen Querschnitt und spiegelnde Wände.

Fran Imith musste lachen, als Shimmi sich mehrmals im Kreis drehte, dann den Flechtkorb zwischen ihre Füße klemmte und mit beiden Händen an ihren Haaren zupfte, die jetzt flach angedrückt waren. Die Nacht im Bus hatte ihre Spuren hinterlassen. Obwohl Shimmi schon an Bord versucht hatte, mit Haarspray und Spiegel ihre Haare wieder in den Griff zu bekommen. Als sie jetzt ihre Tasche von der Schulter nahm und nach der fingerhutgroßen Spraydose kramte, griff Fran kurz entschlossen zu. »Du lässt das Zeug, wo es ist!«

»Ich weiß nicht, was dich das interessiert«, erwiderte Shim unwirsch.

»Sehr viel sogar. Wir gehen erst auf die Zimmer. Dort hast du genügend Zeit …«

»Na also.« Shim hängte sich die Tasche wieder über die Schulter, ballte die linke Hand zur Faust und folgte dem aufflammenden Licht zur gegenüberliegenden Tür.

»Bleib stehen!«, sagte Fran scharf.

»Was ist jetzt schon wieder?« Seufzend wandte sich Shimmi um. »Habe ich etwas falsch gemacht?«

»Noch nicht. Aber wir müssen vorsichtig sein.«

»Bully, Perry!«, rief Shim Caratech. »Sagt doch auch etwas.«

»Fran hat mein vollstes Vertrauen«, sagte Bull.

»Mann!« Shim verdrehte die Augen. »Was ist bloß los? Nicht mal mehr frisch machen darf man sich.«

»Sobald ich weiß, ob dein Zimmer sauber ist.« Shim verstand nicht, was Fran von ihr wollte. Und schon gar nicht, als Fran verlangte, ihr den Zutrittscode zu geben.

»Gib Fran den Schlüssel«, verlangte Reginald Bull. »Das gilt auch für alle anderen. Allerdings denke ich, Fran ist uns eine Erklärung schuldig.«

»Sie ist alles, nur keine Mars-Nostalgikerin«, behauptete Pratton Allgame.

Fran Imith steckte zwei ihrer Fingerringe um. »Sollte jemand Zweifel an meiner Integrität hegen«, sagte sie, »ich bin ausgebildete TLD-Agentin und für den Terranischen Liga-Dienst als Leibwächterin tätig. Aktuell wurde ich für den Schutz von Perry Rhodan und Reginald Bull eingeteilt, die beiden wussten jedoch nichts davon.«

»Ein harmloser Rundflug über den Mars«, murmelte Bully. »Nicht einmal da ist man vor dem TLD sicher.«

»Harmlos?«, erwiderte Fran mit eigenwilliger Betonung.

Bully hob die Schultern und ließ sie langsam wieder sinken. »Niemand konnte vorhersehen, dass wir ... ach, was soll's?« Er winkte ab.

Fran Imith verdrehte ihre Ringe gegeneinander. Augenblicke später baute sich ein Holo über ihrem Handrücken auf. »Alles sauber«, verkündete sie. »Im Korridor gibt es keine Abhörvorrichtungen oder Kameras.«

»Zumindest nichts, was du mit dem Kleinkram feststellen kannst«, ergänzte Bully.

»TLD-Ausrüstung, mein Lieber. Immerhin hast du keinen Verdacht geschöpft, bis ich dir den Wurfdolch geben wollte.«

»Da wurde mir allerdings einiges klar.«

»Ich hatte Pratton im Verdacht, uns zu überwachen«, sagte Rhodan.

Der Weinbauer blickte ihn erstaunt an. »Ich und Geheimdienst? Bewahre! Ich bleibe bei meinen Rebstöcken.«

Beinahe eine halbe Stunde benötigte Fran Imith, um die Quartiere zu überprüfen. Danach stand fest, dass es weder Fallen noch andere unerwünschte Dinge gab. Das Hotel war sauber.

Reginald Bulls Unterkunft war die letzte, die Fran inspizierte.

»Schade«, sagte Bully, als sie sich zum Gehen wandte.

Fran wandte sich um. »Was meinst du damit, Reginald?«

»Schade, dass wir uns unter diesen Umständen kennen lernen mussten.«

»Es wird ja nicht ewig so bleiben.« Fran Imith schob den Ärmel ihres Cat-Suits zurück und streifte ein hauchdünnes Kombiarmband über den Stoff. »Jetzt kann ich das offen tragen«, sagte sie und aktivierte die bislang brachliegenden Funktionen. »Nur die Datumsanzeige ist unvollständig. Der 18. Juni 1329 ...« Sie tippte eine Eingabe. »Plus E Null Neun – Exponent Neun, nur zur Erinnerung.«

»Plus eine Milliarde Jahre.« Bully gab auf seinem Armband ebenfalls den Zusatz ein. »Wer hätte das jemals gedacht?«

Pratton Allgames Lächeln erstarb, kaum dass die Tür hinter ihm zugeglitten war. Er presste die Lippen zusammen, und seine braunen Augen bekamen einen stechenden Ausdruck. Langsam wanderte sein Blick durch das Zimmer. Nichts schien ihm entgehen zu können.

Mindestens vierzig Quadratmeter, schätzte er. Der Raum war für humanoide Ansprüche ausgerichtet. Es gab eine gepolsterte Sitzgruppe, einen kleinen dazugehörenden Tisch mit Fuß, einen Wandschrank für Gepäck und Kleidung sowie ein rundes Bett. Auch hier kein Antigrav, sondern eine dicke Spezialunterlage, die sich jeder Belastung anpasste. Pratton nickte zufrieden, als er probeweise an mehreren Stellen zudrückte. Er würde gut schlafen, auf jeden Fall besser als in der vergangenen Nacht im Bus.

Die große Fensterfront war abgeblendet. Auf sein Kommando in Interkosmo würde der Mechanismus nicht reagieren, deshalb unternahm Pratton erst gar nicht den Versuch. Stattdessen tastete er die Wand neben dem Fenster ab. Seine Finger huschten über den elastischen Wandbelag. Er fand nichts, auch auf der anderen Seite nicht.

Erneut schweifte sein Blick durch den Raum. Genauer diesmal und nichts auslassend. Das Rundbett stand ziemlich nahe an der Seitenwand, dort gab es eine knapp einen halben Meter breite Nische. Fran Imith hatte mit ihren Ringsensoren nach energetischen Streureflexen und Ähnlichem gesucht, aber darüber hinaus alles unberührt gelassen. Pratton arbeitete da genauer.

Er schürzte die Lippen, als er in der Nische ein daumennagelgroßes transparentes Plättchen entdeckte. Mit dem angefeuchteten Finger tippte er darauf und holte es heraus. Das Ding erinnerte verblüffend an die beiden Translatoren der Tambu. Er ging damit in den angrenzenden Nassraum und platzierte das Plättchen vor der Spiegelwand auf seiner Wange. Es schien förmlich mit der Haut zu verschmelzen und war danach so gut wie unsichtbar.

Pratton sah sich auch hier ausgiebig um. Die Dusche war geräumig für drei Personen seiner Statur. Der Wasserfluss wurde hier wie auch am Waschbecken über Bewegungssensoren gesteuert, ein einfaches Prallfeld baute sich auf, sobald die Dusche benutzt wurde. Es gab flauschige Handtücher, aber auch ein Trockengebläse mit langer Zuleitung. Es klapperte leise, als Pratton den Spiralschlauch in die Hand nahm. Augenblicke später fiel ihm aus der Düsenöffnung ein daumendickes längliches Etwas entgegen. Pratton drehte das Gebilde unschlüssig zwischen den Fingern. Es war unvollständig, befand er schließlich. Drei kleine Stecköffnungen an der Schmalseite verrieten es ihm.

Pratton streifte sein Cape ab und legte es über die Sessellehne. Dann erst unterzog er den Nassraum einer eingehenderen Überprüfung. Unter dem Waschbecken, in einem schmalen Einschnitt, fand er das zugehörige zweite Teil. Das Zusammenfügen war einfach. Eine Sensortaste verriet, dass das Gerät über mindestens zwei Funktionen verfügte. Aber nichts geschah.

Ein lautes Klopfen schreckte Pratton auf. Es kam von der Tür neben dem Nassraum, die den Durchgang zum nebenan liegenden Quartier darstellte. Pratton hatte diese Tür bislang ignoriert. Jetzt wurde sie von der anderen Seite aufgestoßen.

»Hallo, ich will nicht aufdringlich sein, aber wenn wir schon nebeneinander wohnen ...« Das war Ron Dykes Stimme. »Pratton, bist du das? Natürlich, ich kenne doch das Cape. Pratton, bist du im Nassraum?«

Dyke blickte ihn direkt an, aber er schien ihn nicht zu sehen. Er kam so nahe, dass Pratton nur den Arm auszustrecken brauchte, um ihn zu berühren – dann drehte er sich um und verließ den Raum wieder. Allgames Gedanken überschlugen sich. Dyke hatte ihn nicht gesehen, und das konnte eigentlich nur eines bedeuten: Das Gerät, das er aktiviert in der Hand hielt, war ein Deflektor. Anerkennend schnalzte er mit der Zunge. Deflektoren gehörten nie zur Standardausstattung eines Hotelzimmers, sonst wäre ihm früher vieles leichter gefallen.

Jemand hatte das Gerät gezielt deponiert!

»Das Fenster aufhellen!«, sagte Pratton.

Unvermittelt fielen die Sonnenstrahlen ungehindert durch die Scheiben.

Der Translator funktionierte. Er war also auf Interkosmo programmiert.

»Die Tambu haben das für uns deponiert«, murmelte Pratton Allgame im Selbstgespräch. »Diese komischen Vögel müssen geahnt haben, was geschehen würde.«

Er begann, gezielt zu suchen. Es war wie eine Sucht, die nach ihm griff, und er wurde fündig.

Nahezu alle Unterkünfte hatten eine Verbindungstür zu einer zweiten. Fran Imith hatte das schon während ihrer kurzen Überprüfung gesehen und als positiv vermerkt. Auf diese Weise blieb keiner allein. Ihnen allen steckte der Schock noch in den Knochen – erst die jähe Versetzung, dann der Angriff auf den Ordensturm, das Wissen um den Tod der anderen Passagiere und die Erkenntnis, dass man selbst dem nur durch eine Verkettung von Zufällen entronnen war.

Eine Milliarde Jahre, eine schwer vorstellbare Zahl. Entweder man arrangierte sich damit, oder man zerbrach daran. Und arrangieren bedeutete eigentlich nichts anderes, als diesen ungeheuren Wert zu ignorieren, so zu tun, als geschehe alles einfach morgen. Und vor allem irgendwo, nur nicht im heimischen Sonnensystem.

Schriller Lärm brandete Fran entgegen, als sie ihr Zimmer betrat. Das Tosen eines startenden Raumschiffs, vermischt mit dem klagenden Heulen eines Hundes und dem arhythmisch schrillen Klang der Hirtenhörner vom Deneb, unterlegt mit einem ständig wechselnden Takt – so empfand Fran die Musik. Äther-Streams, ein hochtrabender Name für ein nervtötendes Gejaule.

»Shimmi, schalt das ab!«

Eine Barbarenhorde marschierte jetzt unter Schwerterklirren in eine Arena ein. Eisentüren knarrten in ihren Scharnieren, die Meute auf den Rängen tobte.

»Gleich!«, kam Shim Caratechs Antwort.

Fran marschierte, schon halb entkleidet, in den Nebenraum. Shim Caratech war nicht da, Schikago lag träge und lang ausgestreckt neben seinem Körbchen. Die Katze blinzelte und streckte sich, als Fran näher kam.

Shims Haarspange und der dazugehörige Steckspeicher lagen auf dem Bett. Shimmi hatte die Soundanlage des Zimmers angeschlossen. Fran drehte die Lautstärke herunter. Jetzt hörte Fran auch, dass Shim unter der Dusche stand.

»He, was ist los?«, rief das Mädchen. »Wer nimmt den Sound weg?«

»Ich. Bevor das ganze Hotel zusammenläuft.« Fran ging in ihren Raum zurück. Vorsichtig streifte sie die Stiefel ab und schälte sich vollends aus dem Cat-Suit. Gleich darauf stand sie ebenfalls unter der Dusche und genoss die prickelnden, offenbar mit einem belebenden Zusatz angereicherten Wasserstrahlen.

Als sie die Nasszelle wieder verließ, lag Schikago auf ihrem Bett. »Verschwinde!«, herrschte Fran die Katze an. »Hier hast du nichts verloren.«

Schikagos Fauchen meldete unverkennbar Besitzansprüche an. Aber Fran Imith war nicht Quart Homphé, sie packte zu, hob die Katze vom Bett und schob sie mit Schwung über den Boden. »Du bist zu fett, meine Liebe, und jetzt raus hier!«

Sekunden später dröhnte wieder der apokalyptische Weltuntergang aus dem anderen Zimmer herüber.

»Shim!« Keine Antwort. »Mach wieder leiser, Shimmi!« Nichts geschah. Fran stürmte nach nebenan – und blieb abrupt stehen. Shim Caratech stylte sich wie für eine der Megapartys im Erdorbit. Ihre schwarze Hose saß viel zu eng. Das weiße Hemd hatte sie am Bauch zusammengeknotet. Dazu hatte sie sich die blauen und roten Ketten, die sie schon im Bus getragen hatte, wieder um den Hals geschlungen. Die gut fünf Zentimeter durchmessenden blauen Ohrringe waren neu, vermutlich hatte sie sie in ihrer Tasche herumgetragen.

Mit ihrer winzigen Dose Haarspray und einer unglaublichen Ausdauer malträtierte Shim Caratech ihr Haar. Die ersten Strähnen standen schon verdreht und spitz nach außen gerichtet wie Lanzen. Sie reagierte noch immer nicht auf Frans Proteste. Erst als Fran abermals den Ton abdrehte, wandte sie sich um.

»Warum machst du das?«

»Ich will verhindern, dass sie uns Sicherheitsbeamte auf den Hals hetzen.«

»Das ist Musik«, sagte Shim seufzend.

»Sie ist zu laut, meine Liebe.«

Shim zögerte. »Wie du meinst. Hilfst du mir, die Strähnen zu drehen? Hinten ist mein Haar immer störrisch.«

»Muss das sein? Wir haben wirklich anderes zu tun«, sagte Fran.

Ein amüsiertes Grinsen huschte über Shim Caratechs Gesicht. Auffallend langsam musterte sie Frans nackten, muskulösen Körper. Eine gewisse Bewunderung in ihrem Blick war schwerlich zu übersehen.

»Hat dich Bully schon so gesehen?«

»Wer?« Fran Imith glaubte, nicht richtig gehört zu haben.

»Reginald«, sagte Shimmi betont und grinste noch eine Spur breiter. »Glaubst du, ich hätte nicht gesehen, wie er ...?«

»Halt den Mund!«, fuhr Fran auf.

»Okay. Was ist nun? Hilfst du mir?«

»Damit wir uns klar verstehen: Du bist hier nicht auf der Erde«, brauste Fran Imith auf. Sprach's, drehte sich um und ging. Die Tür glitt hinter ihr zu.

Sekundenlang blickte Fran auf das matte Fenster. Es gab keine manuelle Steuerung, sie würde Perry oder Reginald bitten müssen, die entsprechenden akustischen Befehle auf Vaaligonde zu geben. Falls nicht irgendwo doch ein Bedienungssensor herumlag. Sie hatte sich noch nicht richtig umgesehen.

Der Summer ihres Armbands ertönte. Fran hob es vom Bett auf. »Ja?«

»Komm bitte zu Perry ins Zimmer.« Das war Reginald Bulls Stimme. »Wir warten beide auf dich.«

»Sofort.« Sie wollte abschalten, als ihr auffiel, dass die Bilderfassung aktiv war.

Im selben Moment verdrängte ein Grinsen die Schatten auf Bullys Gesicht. »Aber zieh dir vorher was über«, fügte er hinzu.

Fran schloss das Armband um ihr rechtes Handgelenk. Viel konnte Reginald eigentlich nicht gesehen haben.

Zwischenspiel

»Es muss möglich sein, ein einzelnes Fahrzeug in Mantagir aufzuspüren!« Axx Cokroide tobte. »Dieser seltsame Gleiter kann nicht spurlos verschwunden sein. Ich kann nicht glauben, dass er sich unsichtbar machen kann.«

»Nein, natürlich nicht.«

»Wo ist er dann?« Cokroides Faust donnerte so fest auf die Tischplatte, dass die versammelten Ara'Sam und Are'Nos entsetzt zusammenfuhren. Sie waren seine Führungsmannschaft, aber er sah, dass sie ratlos waren. »Ich will nicht hoffen, dass Unfähigkeit die Ursache für das Versagen ist.«

Der Vorwurf der Unfähigkeit bedeutete das Todesurteil. Axx Cokroide wusste, dass die Männer sich anstrengen würden, endlich ein Ergebnis vorzulegen. Wenn nicht, würde er ein Exempel statuieren; jeder, der ihm gegenübersaß, war ersetzbar.

»Shagta Okko wartet, Herr«, wurde ihm gemeldet.

Ein grimmiger Zug erschien auf seiner wettergegerbten Haut. »Lass sie noch warten!«, herrschte er den Sprecher an.

»Shagta Okko sagt ....«

»Es ist mir egal, was sie sagt.« Axx Cokroide wandte sich wieder der Runde zu. »Ich erwarte Vorschläge und Ergebnisse. Vor allem aber will ich dieses Fahrzeug sehen – hier, in meiner Gesandtschaft.«

Die Vorschläge, die ihm nacheinander unterbreitet wurden, klangen gut und waren den besonderen Gegebenheiten angepasst. Cokroide wusste, dass jeder der Männer sein Bestes geben würde.

Er entließ die Männer und empfing Shagta Okko. Die Bürgermeisterin von Mantagir entstammte dem Volk der Jifften. Sie war einen Kopf größer als Axx Cokroide, aber das interessierte ihn nicht, er ließ sie ohnehin vor seinem Schreibtisch stehen, während er sich im Sessel zurücklehnte und sie lange und eindringlich musterte. Es missfiel ihm, dass Shagta keine Regung erkennen ließ. Ihre Schuppenhaut veränderte sich nicht, und der extrem kräftige Stützschwanz würde ihr auch noch in Stunden festen Halt geben. Ein Schlag mit dem Schwanz konnte jeden Nodronen töten. Aber Axx Cokroide wusste, dass er Shagta beinahe nach Belieben demütigen konnte. Jede dieser Echsen hatte einen Schwachpunkt.

»Ich erwarte deine Mithilfe bei der Suche nach einem ungewöhnlichen Flugobjekt«, begann der Nodrone endlich. »Diese Angelegenheit steht in Verbindung mit dem bedauerlichen Unfall am Ordensturm der Wissenschaftler. Ich glaube nicht, dass ein Tambu die selbstverschuldete Katastrophe überlebt hat. Oder ist dir dergleichen bekannt?«

Ihre kalten Echsenaugen blickten ihn an. Er verwünschte diese Blicke, die ihm nichts über die Gemütsverfassung des Betreffenden verrieten.

»Ja oder nein?«, herrschte er Shagta Okko an.

»Mir ist nichts dergleichen bekannt.«

»Es ist von eminenter Wichtigkeit, dass alle verdächtigen Fahrzeuge sofort der Gesandtschaft von Nodro gemeldet werden. Wir wollen helfen, das Geschehen aufzuklären.«

»Natürlich«, sagte sie.

Lag da ein Hauch von Unmut in ihrer Stimme? Unterschwelliger Widerstand? Axx Cokroide zog die Peitsche aus dem Gürtel und spielte scheinbar gedankenverloren mit dem zwei Handspannen messenden Schaft. Die Schnüre waren eingezogen.

»Natürlich liegt es dir fern, Nodro einen Dienst zu verweigern, der allen Völkern nützt«, sagte er mit schneidender Kälte in der Stimme. »Sollte es anders sein, wird es mir ein Vergnügen sein, dir persönlich den Schwanz vom Körper zu schneiden.«

Endlich zeigte die Bürgermeisterin Anzeichen von Angst. Als er sie kurz darauf entließ, war Axx Cokroide überzeugt davon, dass sie alles in ihrer Macht Stehende unternehmen würde, um das fremde Fahrzeug aufzuspüren.

14

Perry Rhodan hatte die Polarisierung der Fensterfront verändert. Was er zu sehen bekam, war nicht der imposante Rundblick über Mantagir, den er sich erhofft hatte, sondern ein begrenzter Ausschnitt, da andere Gebäude die Sicht behinderten. Der Gleiterverkehr war dichter geworden, auch in den verschiedenen Fußgängerbereichen herrschte mittlerweile reges Leben.

Minutenlang stand der Terraner unbewegt vor dem Fenster und ließ den Anblick auf sich wirken. Unter anderen Umständen hätte ihn diese Stadt fasziniert. Aber so spürte er nur die Last der Verantwortung. Zu viele Passagiere des Mars-Liners-01 hatten schon sterben müssen. Für eine Auseinandersetzung, deren Hintergründe immer noch im Dunkeln lagen. Rhodan wartete darauf, dass die Tambu wieder Kontakt mit ihnen aufnehmen würden. Der Prior-Forscher Lishgeth On Paz musste schon auf Balance B gelandet sein.

»Stehen Nachrichtensendungen zur Verfügung?« Die eigenartige Struktur der Wandverkleidung hatte ihm verraten, dass es sich um eine Projektionsfläche handeln musste. Ein mehrere Quadratmeter großer Ausschnitt erwachte zum Leben. Schriftzeichen flammten auf. Er konnte sie nicht lesen, und der Translator war nutzlos, was das geschriebene Wort anbetraf. »Die Programme der Reihe nach durchschalten«, bestimmte er.

Da waren Aufnahmen aus dem Weltraum, ein Gebiet dichter Sternpopulation. Raumschiffe unbekannter Typen kreuzten im Bereich einer roten Riesensonne. Dazu schematische Einblendungen, im Zeitraffer verschoben sich die Sterne zueinander. Als eine erklärende Stimme anhob, wechselte das Bild.

Ein Studio, im Hintergrund die Projektion einer Spiralgalaxis. Perry Rhodan ertappte sich dabei, dass er nach bekannten Sternformationen suchte, aber Sekunden später erschienen die Teilnehmer einer Gesprächsrunde im Bild. Da war ein Tambu. Das Gesicht mit dem markanten Schnabel, den ausdrucksstarken Augen und dem fein gezeichneten Gefieder gehörte eindeutig einem der Wissenschaftler von Cor'morian. Neben dem Vogelwesen saß eine insektoide Intelligenz auf einem erhöhten Sitzgestell; das Geschöpf erinnerte auf den ersten

Blick an eine Fliege. Die letzte Überspielung von Wilburns Schwebeoptiken hatte mehrere ähnliche Wesen erkennen lassen. Rhodan schätzte die Größe auf wenig mehr als einen Meter.

Auf der anderen Seite des Tambu saß ein Mensch. »Standbild!«, befahl Perry Rhodan. Die Wiedergabe fror ein.

Der Unbekannte wirkte überaus kräftig. Er trug eine beigefarbene, geschnürte Jacke mit schmalem Kragen, an dem eine Vielzahl geschliffener Edelsteine funkelten. Im Gegensatz dazu wirkten sein bärtiges Gesicht und das ungebändigt in die Stirn hängende Haar ungepflegt. Seine Augen waren leicht zusammengekniffen. Als hätte er einen schwachen Sehfehler, den er auf diese Weise ausglich. Die türkisgrüne Augenfarbe und die ins Olivgrün gehende Schattierung der Haut verrieten, dass es sich nicht um einen Terraner handelte.

Nach allem, was Perry Rhodan bislang wusste, hatte er einen Nodronen vor sich. Allerdings irritierte ihn das einträchtige Nebeneinander des Nodronen und des Tambu. Zumindest vorerst konnte er sich keinen Reim darauf machen. Zudem stellte sich die Frage, ob die Bilder echt waren; er konnte kein Signet entdecken, das dafür garantiert hätte.

Ein Holo baute sich auf. Es zeigte Pratton Allgame, der sich aufmerksam nach allen Seiten umschaute. Augenblicke später klopfte es an der Tür.

»Öffnen!«, sagte Perry Rhodan.

Allgame wirkte wie frisch aus dem Ei gepellt. Sein Haar war exakt gescheitelt und in Form gebracht, dazu eilte ihm ein herber Duft voraus. »Schließen!«, sagte er. Die Tür reagierte auf sein Kommando.

Perry Rhodan zog interessiert eine Braue hoch.

Allgame lächelte wissend. Er deutete eine Verbeugung an. »Ich denke mir, Perry, das hier dürfte für dich von Interesse sein.« Aus der Innentasche seiner Jacke, aus seiner weit geschnittenen grauen Hose und sogar aus dem Schaft seiner Stulpenstiefel brachte er mehrere Gegenstände zum Vorschein und legte sie nebeneinander auf den kleinen Tisch, der offenbar zur Ausstattung jedes Zimmers gehörte.

Rhodan zog die zweite Braue hoch. »Woher hast du das?«, wollte er wissen.

»Sieh's dir erst an. Dann reden wir weiter.«

Rhodans erster Griff galt dem kleinen, handlichen Strahler. Es war ein Modell, das für eine annähernd menschliche Hand mit mindestens drei bis vier Fingern konstruiert worden war.

»Liegt leicht in der Hand«, bemerkte Pratton. »Die Energieanzeige steht auf voll. Darüber hinaus besteht die Option einer Funktionswahl. Ich kann aber nicht sagen, ob Thermo und Desintegrator oder Thermo und Lähm…«

»Woher hast du das?«, wiederholte Perry Rhodan, drängender als zuvor.

»Es lag in meinem Zimmer rum. Neben dem Strahler ein Mini-Funkgerät, ein Deflektor – ach ja«, er tippte mit der Fingerspitze auf die Wange, »einer dieser Translatoren war auch da. Ich denke, die Wissenschaftler von Cor'morian wollten uns diese Dinge zukommen lassen.«

»Fran hat nichts entdeckt, als sie dein Zimmer absuchte.«

»Sie hat sich auch nur auf ihre Technik verlassen«, antwortete Pratton Allgame. »Dazu gehört …«

»Ja?«, sagte Rhodan, als Allgame abbrach.

»Man muss sich intensiver damit beschäftigen.«

»Du meinst, Fingerspitzengefühl. Hat das ein Weinbauer?«

»Und ob.« Pratton nickte eifrig. »Das beginnt schon bei der Auswahl der jungen Reben und geht über die Schädlingsbekämpfung ohne Gift oder Gentechnik bis hin zur Lese. Die einzelnen Beeren …«

Rhodan winkte ab. »Sieh dich um«, bat er.

Minuten später hatte Allgame aus der Nasszelle und unter dem Rundbett identische Ausrüstungsgegenstände hervorgeholt. Auch ein Translatorplättchen war vorhanden. Er schaute Rhodan zufrieden an. »Das ist doch schon was, oder?«

Anstatt eine Antwort zu geben, ließ der Terraner die Verbindungstür aufgleiten. »Bully!«, rief er. »Ich brauche dich.«

Nur eine undeutliche Antwort erklang. Sie schien aus der Nasszelle zu kommen.

»Beeil dich!«, drängte Rhodan.

Augenblicke später tauchte Bully in der Türöffnung auf. Er hatte sich ein Handtuch um die Lenden geschlungen, mit einem anderen rieb er seine Haarstoppel trocken. Überrascht schaute er auf, als er den Weinbauern bemerkte. »Ah, Pratton, fein gemacht? Wo soll's denn hingehen?«

»Sieh dir lieber das hier an«, unterbrach Perry Rhodan ihn ungeduldig.

Bully stieß einen überraschten Pfiff aus. »Wo ist das her?«

»Die Tambu haben unsere Zimmer damit ausstatten lassen«, sagte Rhodan.

Bully warf sich das Handtuch über die Schulter und fuhr sich mit beiden Händen durchs Haar. »Das soll sich Fran auch gleich mit ansehen«, stellte er fest. »Ich rufe sie.«

Fran Imith sah von einem Mann zum anderen, nur auf Reginald Bull blieb ihr Blick ein klein wenig länger hängen. »Warum wollten uns die Wissenschaftler von Cor'morian mit all diesen Utensilien ausrüsten?«, fragte sie.

»Die Tambu hätten uns das alles persönlich aushändigen können«, wandte Pratton ein.

»Das heißt, alles wurde erst hinterlegt, nachdem der Turm schon zerstört war?« Bully schüttelte den Kopf. »Wer wusste von unserer Anwesenheit und von diesem Hotel?«

»Lishgeth On Paz«, sagte Perry Rhodan.

»Warum hat sich der Prior-Forscher dann noch nicht mit uns in Verbindung gesetzt?«

»Es kann viele Gründe geben. Vielleicht sind wir zu ungeduldig.«

»Unsere Ankunft wurde vom Ordensturm aus angekündigt«, erinnerte Bully. »Jemand muss die Daten entsprechend nachbearbeitet haben.«

»Die Eidechse am Empfang«, vermutete Fran Imith.

»Das können wir klären«, stellte Pratton Allgame fest. »Ich übernehme das.«

»Nein!«, wehrte Rhodan entschieden ab. »Wer immer uns wohlgesonnen ist, wird sich über kurz oder lang bei uns melden. Geschieht das nicht, befindet er sich in keiner Position, die es ihm erlauben würde. Oder hat jemand vor, unsere Helfer in Bedrängnis zu bringen?«

»Sie haben an alles gedacht.« Fran drehte eine daumengroße, nur wenige Millimeter dicke Platte zwischen den Fingern. Das aufgeprägte Symbol verriet, dass es sich um ein Zahlungsmittel handelte. Die in das Material eingebettete Schleife aus silbernem Draht diente allem Anschein nach als Datenspeicher.

»Calcul heißt die Währung, so viel haben wir herausgefunden«, sagte Reginald Bull.

Pratton schob sich einen zweiten Creditchip in die Hosentasche. »Ich möchte wissen, welche Summe uns zur Verfügung steht«, bemerkte er wie beiläufig.

»Wir durchsuchen jeden Raum.« Perry Rhodan übersah geflissentlich, dass Allgame zwei Creditchips eingesteckt hatte. Das war im Moment unerheblich. Ohne ihn hätten sie die Ausrüstung wahrscheinlich nie entdeckt.

Sie wurden auch in den anderen Zimmern fündig. Creditchips, Funkgeräte und Translatorplättchen waren identisch, lediglich die Waffen variierten; die beiden zylinderförmigen Nadler waren nicht auf Anhieb zu identifizieren, sondern erst, nachdem sie es geschafft hatten, ein Magazin herauszuklappen und mit giftgrüner Flüssigkeit gefüllte Hohlnadeln fanden. Ihre ungewöhnliche Dicke und die fehlende Spitze ließen vermuten, dass sie beim Aufprall ein betäubendes Gas freisetzten. Bully schob sich einen solchen Nadler zusätzlich unter den Gürtel.

Ronika Smertens weigerte sich, eine Waffe in die Hand zu nehmen. »Noch vor einigen Monaten dachte ich, ich könnte ohne einen Strahler nicht mehr leben. Heute glaube ich nicht mehr, dass der Tod eines intelligenten Wesens ein anderes zufrieden stellen könnte.«

»Nimm die Waffe trotzdem«, drängte Fran Imith. »Vorsorglich.«

»Was soll ich damit? Wir haben es doch erlebt. Glaubst du, ich könnte damit auch nur einen der Raumjäger abschießen?«

»Khirm?«, fragte Fran.

Der Mann nickte. »Ich weiß, der Notfall kann schneller kommen, als wir denken. Mir ist jedenfalls wohler, wenn wir nicht wehrlos sind.« Er nahm die für ihn bestimmte Waffe entgegen sowie den handlichen Strahler, den Ronika abgelehnt hatte.

Die Nächste, die sie aufsuchten, war Shimmi. Sie wirkte gelangweilt – ebenso wie Schikago, die zusammengerollt vor ihrem Korb schlief. Leben kam erst in ihre Augen, als die Verglasung transparent wurde. Und dann kam sie aus dem Staunen nicht mehr heraus. »Mensch, das hätte ich auch finden können!« Mit sichtlichem Eifer klebte sie sich den Translator an die Wange. »Und eine Waffe! Die passt perfekt in meine Tasche.«

»Das ist kein Spielzeug, Shimmi«, ermahnte Rhodan sie.

»Und auch kein Modeschmuck«, fügte Fran Imith hinzu.

»Glaubt ihr, ich kann mit so einem Ding nicht umgehen? Wo lebt ihr eigentlich?« Auffordernd streckte Shim die Hand aus. »Habe ich nicht das Recht, mich zu verteidigen, wenn ich angegriffen werde?«

»Langsam«, sagte Fran. »Noch sind wir nicht so weit.«

»Perry ... Sie mag mich einfach nicht.«

Fran schüttelte den Kopf. »Das ist doch Unsinn!«

»Gib ihr den Strahler«, sagte Rhodan.

»Danke.« Shim Caratech schenkte ihm einen betörenden Augenaufschlag. Sie nahm Fran die Waffe aus der Hand. »Ist leicht, das Ding«, stellte sie fest. »Und ein wenig fremd. Aber alles dran: manuelle Auslösesperre, ein kleines Energiemagazin mit Anzeige und Laufkühlung. Reichweite und Streuwinkel ...?«

»Wir haben keine Gebrauchsanweisung dafür.« Fran Imith seufzte. »Gut, Shimmi, ich habe mich getäuscht, du hast Ahnung.«

»Das will ich meinen.« Shim holte ihre Umhängetasche und verstaute den Strahler in einem Seitenfach. Augenblicke später war sie wieder allein. Sie ließ sich aufs Bett sinken und blickte nachdenklich über die Stadt. Die Sonne stand nahezu im Zenit.

»Das ist verrückt, Schikago. Wenn Tiana das wüsste, würde sie aus der Ohnmacht gar nicht mehr aufwachen. Und Jaki erst, dem Schwächling müssen wir das alles haarklein erzählen, bevor wir ihn in den Wind schießen. Was meinst du, Schikago?«

Kein Miauen antwortete ihr. Der Platz vor dem Bett war leer.

»Wo hast du dich verkrochen, Schikago?«

Minuten später wusste Shim Caratech, dass die Katze nicht mehr im Zimmer war. Sie musste Perry Rhodan und den anderen gefolgt sein.

Schweiß stand in dicken Perlen auf Quart Homphés Glatze. Aus weit aufgerissenen Augen verfolgte er vom Durchgang aus, wie Pratton Allgame sein Bad durchsuchte.

Homphé hatte geschlafen und erst Minuten nach dem ersten Klopfen geöffnet. Das Bett war zerwühlt, einer seiner Stiefel lag auf dem Sessel, der andere vor dem Schrank. Den alten, ausgeleierten Pullover hatte sich Quart in aller Eile übergestreift.

»Was soll das?«, brauste er auf. »Ich protestiere gegen diese Verletzung meiner Intimsphäre!« Sein Blick pendelte zwischen Allgame und dem offenen Durchgang zum Nebenraum hin und her. Er hörte Rhodan und Bull mit dem Reporter reden, aber er konnte nicht allen gleichzeitig zuhören.

»Wir suchen nach Waffen, das sagte ich doch eben schon.« Fran Imith war mit ihrer Geduld am Ende.

»Nicht bei mir. Ich erlaube nicht, dass ...«

»Hier.« Pratton Allgame reckte zwei Fundstücke in die Höhe, während Homphé, der immer noch nicht begriff oder nicht begreifen wollte, wie ein Walross schnaubte.

»Das ist der übliche Deflektor«, stellte Allgame fest. »Ideal für unseren dicken Choleriker.«

»Hör mal, du ... du ...« Homphé fand die richtigen Worte nicht, zumal Allgame ihn mit der flachen Hand nachdrücklich zur Seite schob. Im nächsten Moment stolperte er über die eigenen Füße, ruderte mit beiden Armen durch die Luft, ohne jedoch seinen sicheren Stand wiederzufinden, und setzte sich rückwärts auf die Bettkante.

Pratton Allgame tastete inzwischen die andere Bettseite ab.

»Ich will nicht, dass er hier alles durcheinander bringt!«, schimpfte Homphé. »Perry!«, brüllte er noch, dann verzerrte sich sein Gesicht. Er rang nach Luft, seine Hand zuckte hoch und krallte sich in die linke Brustseite. Ächzend kippte er zur Seite.

»Verdammt!«, entfuhr es Pratton.

Perry Rhodan erschien im Durchgang. »Was ist mit ihm?«

»Quartodezimus simuliert«, stellte Fran Imith fest. »Er weiß sich nicht mehr anders zu helfen.«

»Der Kerl ist sowieso ein lebensuntüchtiger Spinner«, behauptete Allgame. »Marsberge in Gesichter verwandeln, wem würde sonst so etwas einfallen?«

»Keinem. Deshalb bin ich ja ein Genie.« Quart Homphé wälzte sich herum und versuchte, sich auf den Unterarmen hochzustemmen. Er fixierte die Waffe in Prattons Hand. »Gib her!«, keuchte er. »Das gehört mir!«

»Zu gefährlich.«

Endlich kam Homphé wieder auf die Beine. »Das ist Diebstahl! Die Waffe war in meinem Zimmer.«

»Quart!«, rief Perry Rhodan. »Hör auf!«

»Ich will zurück!«

»Das wollen wir alle«, bestätigte Fran Imith. »Was nichts daran ändert, dass du für eine Waffe zu labil bist.«

Homphé suchte fahrig nach seiner Brille. Sie lag auf dem Tisch. Er nahm sie auf und fing an, die Gläser zu polieren. Mittendrin fuhr er mit einer Hand unter seinen Pullover und rieb sich damit die Augen aus. Dann spuckte er auf die Gläser.

»Warum sagt ihr nicht, was ihr denkt?«, rief er. »Es wäre besser gewesen, wenn die Nodronen mich erwischt hätten. Das ist es doch. Aber das Leben geht nicht immer nur nach Wunsch.«

»So ist es«, pflichtete Pratton bei.

Homphé bedachte ihn mit einem giftigen Blick. »Es kann nicht jeder so blendend aussehen. Wo hast du dich jahrelang gepflegt?«

»Das muss ich mir nicht anhören, nicht von diesem Hypochonder.« Allgame drückte der TLD-Agentin die Ausrüstungsgegenstände in die Hand. »Ich gehe.«

Fran Imith nickte, sagte aber nichts.

»Warum verschwindet ihr nicht alle und lasst mich hier zurück? Geht doch. Ich komme schon allein zurecht. So wie auf Terra. Meine Frau ist auch gegangen, und sie hat Billi und Patia mitgenommen.«

»Quart«, begann Fran. »Das tut mir Leid ...«

»Hör auf!« Homphés Stimme überschlug sich. »Geht doch, geht – lasst mich allein!«

Perry Rhodan nickte der Agentin zu.

»Ich habe hier einen Translator und einen Creditchip für dich«, sagte Fran. »Ich lege beides auf den Tisch.«

»Wenn du uns brauchst, Quart, oder falls du reden willst ...« Rhodan versuchte noch einmal, an den Künstler heranzukommen, aber Homphé schüttelte heftig den Kopf.

»Lasst mich in Ruhe, alle!«

Quartodezimus Filidor Edlervon Homphé war erst seit ein paar Minuten wieder allein, als sein gequältes Schnaufen aufhörte. Seine rechte Gesichtshälfte zuckte. Er konnte nichts dagegen tun, die Nervenreizung überfiel ihn in unregelmäßigen Abständen. Manchmal spürte er monatelang gar nichts, jetzt kam es dafür doppelt schmerzhaft. Dann fühlte er sich wie sein voller Name: verlogen, prall und überheblich. Er hatte sich diesen Edlervon nicht ausgesucht.

Unentwegt blickte er auf die Tischplatte. Sie wollten ihn loswerden. Das sagten sie nur nicht, aber hätten sie ihm sonst Creditchip und Translator dagelassen? Deutlicher konnte die Aufforderung gar nicht sein.

Sie akzeptierten ihn nicht. Weil sie seine Kunst nicht verstanden. Dabei hatte er dem Mars so hoffnungsvoll entgegengesehen. Vergessen können, dass seine Familie sich von ihm getrennt hatte – darauf hatte er gehofft. Und dass er mit seiner Kunst endlich berühmt würde.

Warum war er nicht im Turm umgekommen? Das wäre die beste Lösung gewesen, nicht nur für die anderen, auch für ihn selbst. »Ich bin euch nicht mehr länger im Weg.« Er wusste nicht, ob er den Satz wirklich hervorgestoßen oder nur gedacht hatte, aber er kam wieder auf die Beine. Sie akzeptierten nicht einmal seine Krankheit, diese verfluchte Katzenhaarallergie. »Nicht nachweisbar«, hatten die Ärzte behauptet. Was wussten sie denn schon?

»Nicht nachweisbar«, hallte es unter seiner Schädeldecke. Dröhnend. Er riss die Hände hoch und presste sie gegen die Schläfen. Mit aller Kraft. Augenblicke später wurde es wieder besser.

Er hob den Creditchip auf und ließ ihn achtlos in seiner Hosentasche verschwinden. Der Translator erschien ihm weitaus wichtiger. Er streckte die Hand aus und legte das Plättchen vorsichtig auf die Handfläche. Irgendwer hatte einmal behauptet, dass er über eine besonders ausgeprägte Lebenslinie verfügte.

Eine Weile beobachtete er die winzige Scheibe, beobachtete, wie sie auf den Hautfalten balancierte, sobald er die Finger bewegte. Dann klatschte er sich die Hand auf die Wange, auf den erneut zuckenden Trigeminus. Das Ding haftete tatsächlich.

Die Brille ... Brauchte er sie wirklich? Er hängte sich das geflochtene Band dann doch um den Hals, zupfte seinen Pullover zurecht und schlüpfte in die Schuhe.

Augenblicke später stand er in der offenen Tür, schaute vorsichtig nach rechts und links und huschte weiter. Alles war ruhig. Der Antigrav-Lift besaß zum Glück eine Kabine. Sich einfach in einen leeren Schacht zu stürzen hatte Quart nie behagt, das schaffte er, wenn überhaupt, nur mit geschlossenen Augen.

Als er langsam in die Tiefe sank, glaubte er von irgendwoher das Fauchen einer Katze zu hören. Entsetzt blickte er um sich, doch er war allein. Es gab in der Zukunft keines dieser grässlichen Biester.

15

Shim Caratech

»Das kannst du nicht tun, Shimmi, du kannst ihn nicht einfach sterben lassen.« Sie reagiert nicht auf den Ruf. Doch im nächsten Moment geht die Nörgelei weiter. »Ich sage dir, Shimmi, das ist falsch. Gib ihm noch eine Chance.«

Die Lippen fest zusammengepresst, wendet sie den Kopf und blickt Jaki durchdringend an. Eigentlich schaut sie sogar durch ihn hindurch. Sie will sich jetzt nicht mit ihm streiten, er hat sowieso Unrecht. Entweder siehst du das ein, oder du lässt es bleiben, *denkt sie wütend.* Aber red' mir nicht ständig drein.

»Zwei Tage«, drängt Jaki weiter. »In zwei Tagen verändert er sich.«

»Du veränderst dich doch auch nicht, oder?« Sie ist wütend. Was sie mit ihrem Y-Bakami macht, geht Jaki nichts an. Er kennt sich damit nicht aus, quatscht nur dumm daher, damit er überhaupt etwas sagt.

»Das ist etwas anderes«, beharrt er.

Wortlos steht Shim auf und wechselt den Platz. Von den beiden Felsen aus hat sie ohnehin die bessere Sicht auf den kleinen Raumhafen. Der Anstieg ist schwierig. Lockeres Geröll bricht unter ihren Schuhen weg, aber dann schwingt sie sich auf die vorstehende Granitnase und lässt die Beine baumeln. Jaki steht fünfzehn Meter unter ihr und stemmt die Hände in die Hüften.

»Komm runter!«, verlangt er.

»Ich denke nicht daran. Erst mache ich die Charakterauswertung für heute.« Zwanzig Personen agieren inzwischen in ihrem Trivispiel. Nach den eingegebenen Parametern entwickeln sie sich auch dann weiter, wenn der kleine Holoprojektor abgeschaltet ist. Immer häufiger greift sie in die Entwicklung ein – und Jaki ist sauer, weil sie für ihn entsprechend weniger Zeit hat.

Eine der Spielfiguren, es ist Malcon Jussic, winkt ihr zu. »Hallo, Shim«, hört sie ein leises Stimmchen aus dem Akustikfeld, »ein schöner Tag heute. Ich habe Cherry sterilisieren lassen.« Cherry ist der einzige Tiercharakter im Spiel, eine Katze, was sonst. Shim fragt sich in dem Moment, wie Malcon ausgerechnet auf die Idee verfallen sein kann, Cherry dürfe keinen Nachwuchs bekommen. Weiß er überhaupt, was ein Kater ist? Sie entsinnt sich nicht, das eingegeben zu haben. Entwickeln die Figuren mehr Eigenleben, als sie ihnen zugestanden hat?

Unter ihr poltern Steine. Jaki versucht tatsächlich, ihr zu folgen. Er kann es nicht, ist nicht gelenkig genug.

»Bleib unten!«, herrscht sie ihn an.

»Ich will mit dir reden.«

»Morgen.«

»Heute, Shimmi. Warum weichst du mir aus?«

Sie schweigt. Ihr Blick folgt einer in wenigen Kilometern Entfernung startenden Korvette. Ein Schwarm fetter Elstern stiebt kreischend auf und flattert zu der nahen Siedlung hinüber. Shim mag diese schwarz-weißen Vögel nicht, weil sie es fertig gebracht haben, auf Schikago loszugehen. Seitdem reagiert die Ferrol-Katze aggressiv, sobald Vögel in ihrer Nähe auftauchen.

»Ist es wahr, dass deine Eltern zum Mars auswandern wollen?«

Shims Zeigefinger huscht über das Sensorfeld des Y-Bakami. Sie hat es inzwischen zu einer erstaunlichen Schnelligkeit gebracht.

»Sag schon, Shimmi. Warum ausgerechnet zum Mars?«

»Warum nicht?«

Unter ihr ist sekundenlang Stille. »Du gehst mit ihnen?«, erklingt es dann. »Ich muss das wissen.«

Du gehst mir auf die Nerven!, denkt Shim Caratech. »Das dauert noch«, antwortet sie schließlich. »Einige Monate bestimmt. Und ich freue mich schon.«

Neuerliches Poltern vermischt sich mit einem schmerzvollen Aufschrei. Augenblicke später humpelt Jaki in ihr Blickfeld. Er lässt sich ins Gras sinken. »Komm runter.« Seine Stimme klingt leiser als zuvor. »Ich habe mich verletzt.«

»Blutest du?«

»Nein.«

»Hast du dir was gebrochen?«

»Nein, ich glaube nicht.«

»Dann kann es nicht so schlimm sein. Warte gefälligst, bis ich für heute fertig bin.«

Dass Jaki keine Geduld aufbringt, ist sein Problem. Sie freut sich auf den Mars, und das wird sie sich von niemandem vermiesen lassen. Und außerdem: Der Rote Planet ist nur einen Katzensprung von der Erde entfernt. Wenn Jaki will, kann er jede Nacht mit dem Teleskop Ausschau halten.

»Wisst ihr, was?«, sagt sie unvermittelt im Selbstgespräch. »Ich habe zwei Tage lang gewartet, dass euer Verhältnis besser wird – jetzt fliegt einer raus.« Sie öffnet die Namensliste der Spielcharaktere, tippt mit dem Finger auf den an letzter Stelle und löscht ihn. »So macht man das.«

Eine halbe Stunde später, sie ist wieder zu Hause, streicht Schikago schnurrend um ihre Beine. Shim geht in die Hocke und krault die Katze. »Du wirst dicker«, murmelt sie gedankenverloren.

»Shim«, erklingt es aus dem Garten, »bist du das?«

»Ja, Tiana.«

»Dein Vater war da und hat nach dir gefragt.«

»Bren?«

Eine Tür schlägt zu. Gleich darauf steht Tiana vor ihr, bleich wie immer und überarbeitet. »Weißt du nicht mehr, wer dein Vater ist?«

»Manchmal könnte man das glatt annehmen. Wo ist er jetzt schon wieder hin? Habe ich ihn vier oder fünf Tage lang nicht zu Gesicht bekommen?«

»Gleiterflug, mit einem wichtigen Geschäftspartner.«

»Du meinst, so richtig halsbrecherisch …?«

»Hör auf damit, Shim. Mir wird schon schwindlig, wenn ich nur daran denke.«

»… ohne 5-D-Energiestabilisierung, allein mit Aerodynamik. Wieder ein Transatlantiktrip?« Shim packt die Katze mit beiden Händen und stemmt sie vor sich hoch, vergräbt ihre Nase in das türkisblaue Fell. »Hast du gehört, Schikago? Das ist altmodisch, aber abenteuerlich.«

»Nimm die Katze nicht so vors Gesicht, das ist unhygienisch. Überhaupt, wenn dein Vater nicht so eigensinnig wäre, hätte ich das Tier längst wieder verkauft.«

Shimmi grinst herausfordernd. »Vielleicht sollten wir eine Zucht anfangen. Einfach einen Ferrol-Kater dazu und ich könnte mir gutes Geld für einige Hypnoschulungen verdienen.«

»Schlag dir das aus dem Kopf! Ach ja, bevor ich es vergesse: Das mit dem Mars wird vermutlich doch nichts. Dein Vater hat ein lukratives Angebot für Europa erhalten, das er nicht ausschlagen kann.«

»Das ist …« Shim schluckt krampfhaft und setzt sich die Katze auf die Schulter. »Das kann er nicht machen!«

Tiana Caratech zuckt mit den Achseln. »Ich bin wieder im Garten, ich kann die Sämlinge jetzt nicht vertrocknen lassen.«

»Was ist mit dem Rundflug nächste Woche?«, platzt Shim heraus.

»Was soll schon sein? Wir ziehen morgen unsere Bewerbung zurück.«

»Nein«, sagt Shim entschlossen, »das werdet ihr nicht tun, oder ihr seht mich nie wieder. Ich fliege für euch. Kneifen könnt ihr später immer noch.«

Tiana wird noch eine Nuance blasser. »Du allein«, murmelt sie. »Das ist … ich weiß nicht …«

Das ist schon so gut wie eine Zustimmung. »Ich bin sicher, es werden lauter nette Menschen mitfliegen«, setzt Shim noch eins drauf. »Und außerdem: Was soll auf dem Mars schon passieren?«

»Erwarte nicht von mir, dass ich drei Tage lang mit der Katze allein im Haus bleibe.«

»Schikago, das Prachttier heißt Schikago, nicht einfach nur Katze. Ich werde sie mitnehmen, dann hat jeder was davon.« Shim beugt sich vor und küsst ihre Mutter auf die Wange, etwas, was sie schon eine Ewigkeit nicht mehr getan hat. »Danke, Tiana.« Auf dem Absatz dreht sie sich einmal um sich selbst. »Mars!«, ruft sie. »Shimmi kommt!«

»Und was wird Jaki dazu sagen?«

Shim Caratech schnippt mit den Fingern und macht eine wegwerfende Bewegung.

Es gab nur den einen breiten Korridor, von dem zu beiden Seiten die Türen zu den Unterkünften abzweigten. Zur Rechten endete er an einer lichtundurchlässigen Glasfront. Aber vielleicht ging es dahinter weiter, und was Shim Caratech für ein bis zum Boden reichendes Fenster hielt, war in Wirklichkeit der Übergang in einen anderen Gebäudetrakt.

Es war nur Neugierde, die Shimmi die Polarisierung ändern ließ; Schikago musste sich in die andere Richtung gewandt haben. Ihr Blick fiel hinab in eine Art Innenhof, eng, kahl und von der Sonne stiefmütterlich behandelt. Eigentlich war der Zwischenraum zum nächsten Gebäude nur ein düsteres Loch. Links von ihr rückte das andere Bauwerk noch näher heran, und vermutlich verschmolzen beide Häuser im rückwärtigen Bereich sogar miteinander.

Shim wandte sich um. Hinter der Tür von Homphés Unterkunft hörte sie laute Stimmen. Einen Moment lang hielt sie an und lauschte angestrengt, konnte aber nichts verstehen.

Sie huschte weiter. Der Korridor knickte ab. Noch einmal dreißig Schritte entfernt führte der Antigrav-Lift nach unten. Bei der Ankunft hatte sie die Distanz mitgezählt – eine dumme Angewohnheit, aber sie konnte nicht einfach nur mit der Meute mitlaufen. Das hatte ihr schon immer Unbehagen bereitet.

Flüchtig dachte sie an das Echsenwesen am Empfang. Sie spannte die Muskeln an ... aber der Korridor blieb auch hinter der Biegung leer. Ein Blick in die Liftkabine, Schikago war nicht da. Allerdings konnte sich die Ferrol-Katze nicht in Luft aufgelöst haben. Ein kläglicher Laut ließ Shimmi herumfahren. »Schikago!«, rief sie freudig, aber da war nicht einmal die Spur eines Fellbüschels. Sie verharrte unschlüssig.

Etwas polterte. Von wo das Geräusch kam, blieb Shim verborgen.

»Komm her! Sofort!« Verhaltener Ärger schwang in ihrer Stimme mit. Bren würde ihr den Kopf abreißen, wenn sie ohne die Katze zurückkam. Das würde das erste Mal seit langem sein, dass er von seiner Tochter wieder Notiz nahm. Und Tiana? Nun, sie hatte die Katze sowieso nicht haben wollen.

Shim ärgerte sich über ihre Gedanken. »Wo hast du dich verkrochen?«, rief sie scharf. Diesmal antwortete ein jämmerlicher Laut. Shim hielt den Kopf schräg – unschlüssig, ob dieses Klagen wirklich hinter der nächsten Tür hervordrang.

Alles war wieder ruhig. Bis auf knisternde Laute aus der Decke, die wohl von Versorgungsleitungen verursacht wurden. Argwöhnisch blickte Shim in die Höhe. Sie traute Schikago zu, dass sie einen Einstieg in die Schächte der Klimaanlage gefunden hatte.

Abermals hörte sie das klägliche Winseln. Sehr leise. In dem Zimmer wohnte keiner aus dem Liner. Vielleicht hatte ein Fremder das Zimmer bezogen und nicht bemerkt, dass ihm die Katze gefolgt war. Shim fragte sich, wie ein türkisblauer Blitz mit weißem Schwanz von Facettenaugen wahrgenommen wurde.

Bestimmt gab es einen Türmelder, sie hatte die Vorrichtung nur noch nicht entdeckt. Shim hob die Faust, zögerte, klopfte dann. Ihre Hand durchdrang die

Tür wie einen Nebelhauch. Der halbe Unterarm verschwand, bevor Shim begriff. Einen Moment lang stand sie wie versteinert da, dann tastete sie mit der Linken nach vorne.

Es gab keine Tür. Was so aussah, war ein Hologramm, hinter dem sich alles Mögliche verbergen konnte. Shimmi steckte beide Arme bis zu den Ellbogen hinein und zog sie langsam wieder zurück. Nichts war geschehen, sie konnte die Finger wie zuvor bewegen. Entschlossener wagte sie einen zweiten Versuch. Sie stieß auf keinen Widerstand, und diesmal setzte sie auch einen Fuß nach vorne. Der Boden schien sich ohne Unterbrechung fortzusetzen. Shim holte Luft und machte einen, zwei Schritte nach vorn.

Ihre Umgebung veränderte sich jäh. Der schmale Gang vor ihr weitete sich nach wenigen Metern. Düsternis erfüllte den Raum, nur irgendwo im Hintergrund glommen mehrere schwache Lichtquellen. Sie offenbarten ein auf den ersten Blick undefinierbares Durcheinander. Ein Lebenserhaltungssystem, vermutete Shim.

Sie hörte jetzt Schikagos klägliches Jammern deutlicher. Es roch nach Staub und Technik, und da waren Spuren, die Shim erschreckten. Krallenbewehrte Pranken hatten die Abdrücke hinterlassen. Sie lagen weit auseinander, und zwischen ihnen zog sich eine Schleifspur durch den Staub.

Ein blauer Lichtblitz zuckte auf, blendete sie. Sekundenlang sah Shimmi nur noch grell verzerrte Umrisse, dann schossen ihr Tränen in die Augen.

Heftigen Kratzgeräuschen folgte ein zorniges Fauchen. Dann entdeckte Shim die Abdrücke von Katzenpfoten. Schikago war in ihrem Jagdinstinkt der breiten Schleifspur gefolgt. Tiana sagte der Ferrol-Katze ohnehin Verschlagenheit und Gefräßigkeit nach, aber hier kam auch noch Größenwahn hinzu. So recht nach Grinsen war Shim nicht zumute, aber sie konnte nicht anders.

Endlich entdeckte sie Schikago, die in einem Käfig gefangen war. Es handelte sich eindeutig um eine mechanische Falle. Die Ferrol-Katze blickte Shim treuherzig entgegen. Den Kasten anzuheben und Schikago mit der anderen Hand herauszuziehen war kein Problem. Noch während sie es tat, fragte sie sich, für wen die Falle eigentlich gedacht war. Unerwünschte Nager oder Insekten in Schikagos Größe? Fröstelnd blickte sie um sich. Vielleicht hatte sie ja Glück, und die Falle war nur vorsorglich aufgestellt oder längst vergessen worden.

Shim hielt die Katze im Nacken fest. »Mach das nie wieder!«, schimpfte sie. Schikago gähnte gelangweilt.

Der Raum war größer, als sie vermutet hatte, und erstreckte sich annähernd über die halbe Hausbreite. Irgendwo vor ihr erklang ein hohles Gurgeln, als schieße Wasser mit hohem Druck durch Leitungen. Wasser oder eine andere Flüssigkeit. Anlagen wie diese gab es vielleicht auf jeder Etage. Gäste mit unterschiedlichem Metabolismus benötigten voneinander abweichende Bedingungen, um sich wohl zu fühlen. Shimmi hat sich nie mit solchen Dingen befasst. Wozu auch, sie war jetzt erstmals über den Erdorbit hinausgekommen. Aber es erschien ihr logisch, dass viele kleine Dinge anpassungsfähig sein mussten, angefangen von der Raumtemperatur bis hin zur Zusammensetzung des Duschwassers.

Eine der Röhren flackerte plötzlich, als würden Lichtbündel durch eine trübe Masse hindurchgejagt. In unregelmäßigen Abständen weitete sich die Helligkeit aus, hatte Bestand, bis der nächste Impuls eintraf, und jagte dann als sternförmiges Funkeln weiter. In einiger Distanz verschwand die Röhre im Boden.

Shim Caratech konnte nicht widerstehen. Sie folgte dem Leuchten bis zu einem Durchlass im Boden. Von hier aus konnte sie in die darunter liegende Etage blicken. Der Raum war, wenigstens so weit sie es überblicken konnte, angefüllt mit verschieden geformten Tanks. Dort unten arbeiteten größere Maschinen, ihr durchdringendes Summen verursachte körperliches Unbehagen.

Rund um die Röhre verliefen Halterungen, an denen Shim leicht hätte hinabklettern können. Sie beäugte sie unschlüssig, dann entschied sie sich dagegen. Es wurde Zeit, dass sie in ihr Zimmer zurückging. Falls Fran sie vermisste, würde es wieder Ärger geben.

Im Umdrehen bemerkte Shim die monströse düstere Gestalt, die ihr auflauerte. Ihr Aufschrei erstickte aber schon im nächsten Moment. Jemand hatte hier eine Leiche versteckt, vielleicht, um einen Mord zu vertuschen.

Der oder die Tote lehnte aufrecht zwischen mannsdicken Leitungen. Zu sehen war der Leichnam lediglich aus Shims momentanem Blickwinkel oder aus noch größerer Nähe.

Shimmi biss sich auf die Unterlippe. Trotz des flauen Gefühls im Magen ging sie näher heran. Sie sah graue, rissige Schuppenhaut und dachte an das Eidechsenwesen am Empfang. Aber die sterblichen Überreste hier waren kleiner, von flammend roten Hautfetzen ganz zu schweigen.

Der Mörder hatte dem Toten den Schädel abgetrennt. Die ausgefranste Leiche begann erst am vorderen Beinansatz, und sogar von den Gliedmaßen waren nur Stümpfe vorhanden.

Im nächsten Moment platzte Shim Caratech prustend heraus. Ihr Schreck löste sich in der Erkenntnis, dass Balance B wohl noch sehr viele Überraschungen bereithielt.

Was vor ihr von der Decke baumelte, war nichts anderes als trockene, abgestoßene Schuppenhaut, in mehreren Lagen gebündelt, sodass sie wie ein kompletter Körper aussah. Shimmi wusste, dass sich irdische Eidechsen mehrfach häuteten, wenn sie auch ihr Schuppenkleid eher in Fetzen abschabten. Hier hatte sich jemand die Mühe gemacht, alle Häute zu sammeln. Vielleicht dokumentierten diese Wesen auf solche Weise ihr Lebensalter. Mantagir faszinierte sie zunehmend, diese Stadt war eben nicht nur Mord und Totschlag, sondern unglaublich vielfältig.

Trotzdem hatte Shimmi es plötzlich eilig, den Versorgungstrakt zu verlassen. Ihre Spuren waren stellenweise gut zu erkennen, aber das ließ sich nicht mehr ändern. Sie dachte an Perry Rhodan und Reginald Bull. Sie hatte einmal Fotos von den Sohlenabdrücken der beiden im Mondstaub gesehen. Sonderlich anders, fand Shim Caratech, sahen die Abdrücke ihrer Ledersandalen im Staub auch nicht aus.

Die vermeintliche Tür war von dieser Seite ein graues, durchsichtiges Flimmern. Shimmi zuckte erschrocken zurück. Quart Homphé stand nur wenige Meter entfernt und wischte sich die schweißnassen Hände an der Hüfte ab. Dann verschwand er im Lift.

»Der haut ab!«, murmelte Shim. »Wer hätte das von dem Dicken gedacht?«

Ihre Umhängetasche hatte sie dabei. Darin waren nicht nur das Y-Bakami, das sie seit der Zeitversetzung nicht mehr angefasst hatte, ihr Haarspray und alle anderen Utensilien, sie hatte auch den Creditchip und die kleine Waffe darin verstaut. In einem Seitenfach lag außerdem zusammengerollt Schikagos Leine.

Shim hakte die Leine in Schikagos Halsband ein. Die Liftkabine war noch nicht wieder oben. Flüchtig spielte sie mit dem Gedanken, das Trivispiel zu aktivieren. Im schlimmsten Fall hatten sich ihre Spielfiguren mittlerweile verselbständigt und die komplette Szenerie geschmissen. Sie würde Mühe haben, alles wieder hinzubiegen. Und sie würde hart durchgreifen müssen. Sie war für die Spielcharaktere … ja, was eigentlich? Programmiererin, Mutter, oder gar ein gottähnliches Wesen, das sie nicht wahrnehmen konnten, dessen Handlungen sie aber sehr deutlich zu spüren bekamen? Wieder einmal fragte Shim sich, ob die Menschen ebenfalls nur solche Spielfiguren waren. Eigentlich eine aberwitzige Vorstellung – die sich aber umso hartnäckiger festsetzte, je länger sie Y-Bakami spielte. Vielleicht war es gut, einige Tage lang alles sich selbst zu überlassen.

Shim Caratech reagierte erleichtert, als der Antigrav-Lift wieder zur Verfügung stand. Gleich darauf erreichte sie die Lobby. Schikago hatte sie vorsichtshalber wieder auf den Arm genommen.

Es herrschte einiger Betrieb in der weitläufigen Halle, deutlich mehr jedenfalls als am Vormittag. Eine Gruppe neuer Gäste war eingetroffen, ameisenartige Intelligenzen, hinter denen sich großes Gepäck stapelte. Shim streifte die schweren, eingeschnürten Leiber mit einem forschenden Blick. Die Kopffühler dieser Wesen befanden sich in pendelnder Bewegung, und ihre kräftigen Kieferzangen schlugen immer wieder krachend zusammen. Sie scheuchten die Lastenroboter, die sich des Gepäcks annehmen wollten, mit wütenden Gesten zur Seite.

Von der Bar im Hintergrund erklang glucksendes Gelächter. Shim sah zwei Echsen, die eine grell gefärbte Halskrause aufstellten und deren Schädel dabei ruckartig nach vorne zuckten. Bei ihnen saßen einige der Fliegenwesen, aber nicht ein einziger Humanoide war zu sehen.

Shim Caratech hatte das Gefühl, dass sich die Blicke aller an ihrem Rücken festfraßen, als sie in Richtung Ausgang ging. Sie wandte sich nicht mehr um. Quart Homphé war nirgends zu sehen; er musste das Hotel zügig verlassen haben.

»Ich wünsche dir einen schönen und ereignisreichen Tag in Mantagir!« Das Zischen erschreckte sie. Unmittelbar neben ihr ruckte ein Eidechsenschädel in die Höhe, die runden Pupillen starrten sie unbewegt an. Die graue Schuppenhaut ließ das Wesen beinahe mit den aufgeschichteten Steinen und den wenigen blühenden Pflanzen verschmelzen, die den Raum in einen Zugangs- und einen Ruhebereich teilten. Das war dieselbe Haut, die Shim oben zwischen den Rohrleitungen gefunden hatte.

»Kann ich dir weiterhelfen? Ich tue es gern.«

»Danke«, wehrte Shim Caratech ab, »das ist nicht nötig. Ich bin nicht zum ersten Mal in Mantagir.«

Warum sie das gesagt hatte, wusste sie selbst nicht. Vielleicht, um ihre Herkunft zu verschleiern. Tief atmete sie ein, als sie dann vor dem Hotel stand. Es war nicht so warm, wie der wolkenlose Himmel erwarten ließ, ein frischer Wind wehte sogar durch die Straßenschluchten und trieb undefinierbares Pflanzenmaterial vor sich her.

In der Luft hingen einige Dutzend Gleiter; zwei offenbar robotische Fahrzeuge krochen aufreizend langsam über den Boden, hinter sich einen glitzernden, rasch trocknenden Film zurücklassend. Reinigungs- und Desinfektionsfahrzeuge, vermutete Shim. Ebenso wie die halb kugeligen Gebilde, die sich mit acht Greifarmen an der Unterseite der Schwebebrücken und Laufbänder festkrallten.

Shim entdeckte Quart Homphé in einiger Entfernung. Seine große, unförmige Gestalt, vor allem aber der gelbgrüne Pullover ließen ihn nicht so leicht in der Menge untergehen. Er stand auf einem Transportband.

Shim interessierte sich brennend dafür, wohin der Dicke wollte. Im Liner hatte er sich als ein Nervenbündel entpuppt, das besser daran getan hätte, Terra nie zu verlassen – und jetzt eilte er zielstrebig durch eine fremde Umgebung, als hätte er nie etwas anderes getan. *Er kann gar nicht anders,* erkannte Shim. *Er kommt niemals gegen das Laufband an, die Anstrengung würde ihn umbringen.*

Am Ende der Straße wechselte Homphé auf eine Querverbindung, und in dem Moment verstand Shim Caratech, wo sein Ziel lag. Während des Anflugs hatte sie die in einem Pulk beieinander hängenden Flugkapseln gesehen.

Sie holte langsam auf. Homphé wandte sich nur einmal flüchtig um, bemerkte sie aber nicht. Das Band mündete in die unterste Etage eines Knotenpunkts. In rascher Folge dockten Kapseln an und lösten sich nacheinander wieder. Homphé wirkte verloren inmitten der quirligen Menge, die an ihm vorüberflutete. Mit einer Ausdauer, die Shim ihm gar nicht zugetraut hätte, widmete er sich den holografischen Plänen. Die Transportkapseln, stellte Shim fest, zeigten veränderliche Farbmarkierungen, in denselben Grundfarben leuchteten auch die Holos auf. Ein geläufiges und einfaches System, fand Shim. Jeder brauchte sich nur nach der Farbkennung seines Zieles zu richten.

Homphé hatte sich zwei Plattformen weiter nach oben tragen lassen. Er wartete. Transportkapseln ohne Farbmarkierung ignorierte er hartnäckig. Das waren die Transportmittel, die auf individuelle Befehle reagierten. Entweder hatte Quart Homphé das übersehen oder, was Shim als wahrscheinlicher ansah, er wusste zwar, wo er hinwollte, aber er konnte dieses Ziel nicht nennen.

Er will zum Mars-Liner!, erkannte Shim. Vorübergehend spielte sie mit dem Gedanken, Quart Homphé heimlich zu folgen. Sie ließ sich in einem Antigrav-Feld ebenfalls weiter nach oben tragen. Wenn sie einer der freien Kapseln befahl, dem anderen Fahrzeug zu folgen … Noch im Aufsteigen sah sie eine Kapsel anlegen und mehrere Personen aussteigen. Im nächsten Moment wuchtete sich Quart Homphé ins Innere. Zwei löwenmähnige Wesen folgten ihm. Im ersten Moment war Shimmi sicher, Gurrads aus der Großen Magellanschen Wolke vor sich zu haben, aber dann bemerkte sie die aufgequollenen Fischgesichter. In Sekundenschnelle warf sie ihr Vorhaben um. Eine andere Kapsel stand nicht bereit. Sie würde Homphé aus den Augen verlieren. Mit schnellen Sätzen eilte sie vom Lift zum Rand der Plattform. Der Einstieg der Kapsel schloss sich unmittelbar hinter ihr.

Mit geschlossenen Augen kauerte Homphé in seinem Sitz. Die Arme hatte er auf dem Bauch abgestützt, und sein Brustkorb hob und senkte sich unter hastigen Atemzügen. Er hatte Shim noch nicht bemerkt.

Schikago fletschte die Zähne. Sie starrte den Dicken angriffslustig an, ihr Nackenfell sträubte sich, während sie sich zugleich fester auf Shims Schoß stemmte. Gerade noch rechtzeitig hielt Shimmi der Katze das Maul zu; Schikago schüttelte sich, kam aber nicht dagegen an. »Ruhig!«, flüsterte Shim ihr ins Ohr. »Benimm dich!«

Sie beobachtete Homphé. Er schwitzte, und eigentlich tat er ihr Leid. Irgendetwas in seinem Leben musste schief gelaufen sein. Schon, wie er sich kleidete –

das war weder exzentrisch, noch konnte es als Individualismus oder Gleichgültigkeit durchgehen. Die Kleidung hatte er bestimmt schon vor einem Jahrzehnt getragen, so wirkte sie jedenfalls. Möglich, dass sie für Homphé mit Erinnerungen verbunden war. Shimmi überlegte, ob sie einen solchen Charakter in ihr Y-Bakami einbauen sollte und dann eine Woche oder zwei warten, ob er sich behauptete.

Die beiden Fischwesen waren bis an den Rand ihrer Sitze gerutscht. Ihre dicklippigen Münder bewegten sich zwar ununterbrochen, aber sie redeten nicht.

Homphé atmete jetzt ruhiger, um seine Mundwinkel zuckte es verhalten. Mit seiner Katzenhaarallergie schien es jedenfalls nicht weit her zu sein. Wenn Shim nur an seine Niesanfälle im Liner dachte ... In dem Moment fiel ihr auf, dass er die Augen offen hatte. Er starrte sie an, wie man einen Geist anstarrt. Dann platzte er dröhnend heraus. Und noch einmal. Tränen schossen in seine Augenwinkel. Er nieste, heftiger als zuvor, versuchte, sich die Nase zuzuhalten und schnarchte dabei entsetzlich laut. Die beiden Fischwesen quetschten sich vor Entsetzen in die Polster.

Shim hatte Mühe, ihre Katze festzuhalten. »Hör auf!«, herrschte sie Schikago an. »Lass ihn in Ruhe!«

»Was willst du hier?« Quarts Frage war kaum verständlich.

»Nichts. Reiner Zufall.« Dass sie die Stimme hob, ließ es eher wie eine Frage klingen.

Homphé schüttelte auch prompt den Kopf. »Geh wieder! Ich will allein sein.«

»Vielleicht ...« Shim Caratech schluckte, ihre Kehle war plötzlich wie zugeschnürt. »... will ich dir helfen.« Sie war selbst überrascht von dem, was sie da sagte. »Wir stecken alle gemeinsam im Sumpf.«

Homphé starrte die Katze an. Er hatte rot geäderte Augen. Aber das lag weniger an seiner Allergie als vielmehr daran, dass er sie heftig mit beiden Händen rieb. »Ich brauche niemanden. Ich komme allein zurecht. Sag den anderen ... ach was, sag ihnen, sie müssen mich nicht mitnehmen, wenn diese Cor'morian sie ...«

»Still!«, platzte Shimmi heraus.

Quart Homphé verzog nur das Gesicht. »Die Cor'morian werden sie in die Vergangen...«

»Halt den Mund!«, schrie Shim außer sich. Mit der flachen Hand schlug sie gegen den Translator an ihrer Wange.

Homphé schwieg von da an betroffen. Er hatte begriffen, dass das Translatorplättchen alles übersetzte, was sie sagten. Tatsächlich hatten die beiden anderen Passagiere vorübergehend so etwas wie Aufmerksamkeit erkennen lassen. Aber nun richteten sie ihre Glubschaugen wieder zur Seite.

Sie kannten den Weg. Vor ihnen erhob sich der monströse Hügel, der auch im Licht der noch hoch stehenden Sonne zu leben und an immer neuen Stellen aufzuwallen schien. Momentan war dieser Eindruck sogar intensiver als während der Nacht. Aber sollte es wirklich Lebewesen von diesen Ausmaßen geben? Shim zweifelte daran. Die Schwerkraft hätte einen solchen Organismus zerquetschen müssen.

Ein beachtliches Stück näher ragten die fünf Türme auf. Ihre umlaufenden Plattformen warfen deutliche Schlagschatten.

Quart Homphé schwieg beharrlich seit mindestens zehn Minuten. Geradezu fluchtartig hatte er die Kapsel nach der Landung verlassen und war davongestürmt. *Mit der Eleganz eines Sauriers,* fand Shim.

Endlich wandte er sich um. »Warum läufst du mir nach?«, herrschte er sie an.

»Tue ich das?«

Er stampfte weiter. »Lass mich in Frieden!«

»Ich will dir helfen, Quart. Du gehst zum Mars-Liner?«

»Nein.«

Er beschleunigte seine Schritte und suchte plötzlich sogar das dichteste Gewühl. Shimmi ließ sich zurückfallen. Mehrmals wandte Quart Homphé sich noch suchend um, dann schien er zu glauben, dass er sie losgeworden war.

Sie näherten sich dem mittleren der fünf Trichtertürme. *Wie ein Bienenstock,* dachte Shimmi angesichts hunderter Gleiter am Himmel. Weit im Norden der Stadt startete ein Raumschiff. Eher zufällig sah sie die grellen Flammenspeere in den Himmel steigen; Sekunden später rollte das dumpfe Donnern der Triebwerke heran.

Fast hätte sie sich zu lange ablenken lassen. Sie bemerkte gerade noch, dass Quart Homphé in einem der äußeren Lifte nach oben schwebte, und folgte ihm.

Quart ging tatsächlich zum Mars-Liner. Shim huschte an einer Reihe abgestellter Maschinen vorbei und beobachtete. Der Dicke versuchte, durch die Sichtscheiben ins Innere des Busses zu blicken. Sonderlich zufrieden wirkte er danach nicht. Er rüttelte an der hinteren Rundschleuse, drosch mehrmals mit der Faust auf den Umfassungswulst – und verschwand urplötzlich hinter dem Fahrzeug. Minutenlang wartete Shim darauf, dass Homphé wieder auftauchte. Sie wollte ihm gerade hinterher eilen, als er um den vorderen linken Bugausleger bog. Immer wieder schaute er sich um, als fürchte er, beobachtet zu werden. Eine Zeit lang betrachtete er die Pilotenkanzel, eilte zwei Meter vor, dann wieder zurück, stützte sich auf der Bugschürze ab, und Shimmi glaubte schon, er wolle tatsächlich nach oben klettern, aber dann sah er wohl ein, dass er das nicht schaffen würde.

Stimmen wurden laut. Erstaunlich behände eilte Homphé auf die rechte Busseite und verharrte angespannt, bis zwei Gleiter abhoben und im Verkehr

Mantagirs verschwanden. Ausführlich befasste er sich dann mit dem Mechanismus der vorderen Schleuse. Er klatschte die Hand auf die Sensoren, aber nichts geschah. Der Mechanismus reagierte nicht auf seinen Handabdruck.

Für Shim Caratech war klar, dass der Künstler entweder etwas aus dem Bus holen oder sich in den Mars-Liner zurückziehen wollte. Nach der Schleuse hantierte er an den unten liegenden Gepäckfächern. Sogar an der Kühlbox, in der die Leiche der Psychologin lag, versuchte er sich. Die positronische Verriegelung konnte er ohne den zugehörigen Code aber nicht überlisten.

Mitten in der Bewegung hob Quart Homphé den Kopf. Für einen Sekundenbruchteil glaubte Shim, dass er sie anschaute, und zuckte zurück. Erst Augenblicke später wagte sie sich hinter dem Gleiter, den sie als Deckung gewählt hatte, wieder hervor.

Homphé war verschwunden.

Schikago auf den Armen, lief Shim zum Mars-Liner hinüber, umrundete das Heck, hastete auf der anderen Seite nach vorne. Quart Homphé schien sich in Luft aufgelöst zu haben.

Shim Caratech rannte zwischen den Reihen der Gleiter hindurch. Nichts. Irgendwann gab sie auf, sie war schließlich nicht Homphés Kindermädchen. Mit bebenden Fingern fischte sie das Mini-Funkgerät aus der Tasche und schaltete es ein, um Perry Rhodan oder Reginald Bull zu informieren. Letztlich überlegte sie es sich doch anders und ließ das Funkgerät wieder in die Tasche fallen. Unschlüssig stand sie da. Sollte sie ins Hotel zurückkehren oder dem Reiz von Mantagir nachgeben?

16

Bully lehnte im Durchgang zwischen den beiden Zimmern. In der Hand hielt er ein Getränk aus dem Kühlfach. Er nahm einen kräftigen Schluck und wischte sich mit dem Handrücken über die Lippen. »Schmeckt fruchtig und erfrischt. Ich denke, dass das jeder von uns trinken kann.«

Ihnen fehlte die Möglichkeit, fremde Nahrungsmittel zu analysieren. Andererseits stand nicht zu erwarten, dass etwas davon unbekömmlich sein würde.

»Was unternehmen wir, falls sich dieser ominöse Forscher nicht meldet?«, fuhr Bully fort. »Wir wissen nicht einmal, ob Taz schon gelandet ist. Vielleicht hat er nach dem Angriff auf den Turm kalte Füße bekommen.«

»Ich hoffe es nicht«, sagte Rhodan.

Eine zischende, schlecht akzentuierte Stimme erklang. Bully legte den Kopf schräg und lauschte auf den Kommentar, dann nahm er den nächsten Schluck. »Das hört sich nicht so an, als wäre es für uns interessant«, stellte er fest.

»Wen interessieren schon die Nachrichten von gestern?«, fragte Perry Rhodan.

»Uns.« Bully verließ seinen Platz unter dem Türrahmen und setzte sich auf Rhodans Bett. Den inzwischen leeren Getränkebehälter warf er zielsicher in den Müllschlucker.

Auf der Bildwand liefen nacheinander die Nachrichtensender ab. Da waren Szenen einer großen Stadt, zweifellos Mantagir, aber nicht einmal ein Hinweis auf den zerstörten Ordensturm wurde gegeben. Ein anderer Sender zeigte Aufnahmen aus einer riesigen Raumschiffswerft. Wie es den Anschein hatte, war ein ganzer Planet nur für die Produktion ausgebaut. »Kugelraumer«, brachte Reginald Bull beinahe ehrfürchtig hervor. Aber gleich darauf stellte sich heraus, dass die massige Kugel nur Teil eines Raumschiffs war. Ein Schwerer Sternenkreuzer des Empire von Nodro, ausgestattet mit den besten Entwicklungen eines Lineartriebwerks und einer maximalen Überlichtgeschwindigkeit von einer Million.

Bully klopfte auf den Translator, dann bohrte er kurz mit dem kleinen Finger im Ohr. »Entweder mein Gehör lässt nach, oder das Gerät übersetzt falsch«, stellte er mürrisch fest.

»Eine Million Licht«, sagte Perry Rhodan. »Das habe ich auch gehört.«

»Na dann viel Vergnügen.« Bully nickte verbissen vor sich hin. »In was für einer Zeit sind wir gelandet? Was die hier fliegen, ist Schneckentempo.«

»Du willst eine ausführliche technische Funktionsbeschreibung?«

Abwehrend streckte Reginald Bull die Hand aus. »Verschone mich momentan damit. Ich denke nur nicht daran, mit so einer lahmen Ente durch den Weltraum zu gurken.«

Perry Rhodans Antwort blieb unausgesprochen. Ein Nachrichtenüberblick folgte. Die Bildsequenz zeigte den Ordensturm der Wissenschaftler von Cor'morian zu einem Zeitpunkt, als die Hälfte des Gebäudes schon in Schutt und Asche lag.

»Ein tragischer Unfall ereignete sich gestern am frühen Abend. Aus bislang ungeklärter Ursache stürzte der bedeutende Ordensturm am Rand von Mantagir bis auf die Grundmauern ein. Erste Verlautbarungen scheinen darauf hinzudeuten, dass fünfdimensionale Experimente der Wissenschaftler von Cor'morian die Katastrophe verschuldet haben. Das sofortige Eingreifen Schwerer Kampfjäger des Empire von Nodro blieb vergeblich.«

»He«, entfuhr es Bully. »Die haben nicht eingegriffen, die haben angegriffen.«

»Siehst du was davon?«

Die Bilder zeigten Dutzende der rochenförmigen Jäger, die das hohe Bauwerk umflogen. Einige Maschinen versuchten, mit Traktorstrahlen wankende Mauersegmente abzustützen. Es gelang ihnen nur mehr schlecht als recht. Von Energieschüssen war nichts zu sehen.

Augenblicke später sackte der Rest des Turms in sich zusammen. Eine gigantische Wand aus Dreck und Schutt wirbelte auf und wälzte sich wie eine alles verschlingende Lawine den dichter besiedelten Stadtbereichen entgegen.

»Irgendwo da drin stecken wir mit dem Mars-Liner.« Sekundenlang befürchtete Bully, den Schwebebus zu sehen, doch dann wechselte das Bild erneut.

»Perfekter Schnitt«, sagte Perry Rhodan. »Die das produziert haben, wussten von Anfang an, was geschehen würde.«

»Und die Bevölkerung glaubt die Lügen oder will sie zumindest glauben.«

»... ohne das Eingreifen der Kampfjäger wären die Folgen für Mantagir unabsehbar gewesen. Wir sind der Kampfbasis des Empire zu Dank verpflichtet. Es gab Stimmen, die sich anfangs dagegen ausgesprochen haben, dass das Empire von Nodro als einziger Staat eine Basis auf Balance B unterhält, Stimmen, die ihren Zweck, den Schutz des Gesandtschaftspersonals, als Farce bezeichneten – diese Stimmen werden nun verstummt sein.«

»Wahrscheinlich haben die Tambu protestiert«, sagte Bully schwer. »Das ist auch eine Art, Widersacher mundtot zu machen. Wenn ich das richtig interpretiere, sind die Nodronen so etwas wie eine galaktische Großmacht, die tun und lassen kann, was sie will. Sie biegen sich ihre eigene Wahrheit zurecht und akzeptieren zum Schein ein gewisses Miteinander.«

Die schnellen Schnitte hielten an. Die Optik war allem Anschein nach im Innern eines Jäger positioniert. Markante Punkte von Mantagir glitten vorbei, gleich darauf kam die Kampfbasis der Nodronen in Sicht. Etliche Jäger landeten. Die Szene wurde aufgebauscht.

»Axx Cokroide, der offizielle Botschafter des Zwillingsgötzen, der seit Tagen auf Balance B weilt, gab seiner Erschütterung über das Geschehen Ausdruck. Axx Cokroide spricht von einem Tag der Trauer, an dem viele Wissenschaftler als höchste moralische Instanz des Großen Vorhabens abberufen wurden. Er drückt dem Volk der Cor'morian sein Mitgefühl und sein Bedauern aus.«

»Das ist also der Oberlügner«, zischte Reginald Bull. Er wartete jedoch vergeblich darauf, dass der Nodrone ins Bild kam.

Stattdessen wurde zu einem neuen Thema übergeleitet. Bilder des Planeten wechselten einander ab, Impressionen aus Städten, von denen aber keine Mantagir auch nur annähernd nahe kam, daneben weitläufige Felder, Ernteroboter und abgeschliffene Ringgebirge. Die gesamte Nordhalbkugel dieser Welt war zivilen Zwecken vorbehalten.

»Ich sehe keinen eindeutigen Beweis, dass es sich wirklich um unseren Mars handelt«, stellte Perry Rhodan fest.

Erneut kamen Nodronenjäger in Sicht.

»... stehen sie auch bereit, Balance B Schutz zu gewähren. Ihre Kräfte werden in absehbarer Zeit noch aufgestockt, um zu gewährleisten, dass Balance B als eine von zwei Steuerzentralen seine Funktion minutiös übernehmen kann. Die letzten Feinarbeiten auf der Südhalbkugel sowie im Planeteninnern werden in diesen Monaten ausgeführt. Eine große und bedeutende Leistung steht damit vor der Vollendung. Der Beginn der ewigen Reise ist in greifbare Nähe gerückt!«

Belanglose Texte folgten. Auch die gezeigten Bilder waren eher langweilig.

Reginald Bull stand inzwischen vor dem Fenster. Gedankenverloren blickte er über die Stadt hinweg. »Neue Fragen, aber keine Antworten«, sagte er seufzend. »Balance B als Steuerzentrale. Von was?«

»Ich bin sicher, wir erfahren das«, antwortete Perry Rhodan.

»Und eine ewige Reise?«

»Vielleicht soll der Planet aus dem Sonnensystem herausgelöst werden.«

Bullys Armband meldete sich mit leisem Signalton. »Das ist Fran«, vermutete er, während er die Wiedergabe aktivierte. Sekundenbruchteile später stand die TLD-Agentin als wenige Zentimeter großes Hologramm auf seinem Handrücken.

»Shimmi ist verschwunden«, eröffnete sie. Reginald Bull machte offenbar ein wenig geistreiches Gesicht, denn sofort fügte Fran Imith hinzu: »Sie hat ihre Katze dabei und das Hotel verlassen. Das habe ich eben vom Portier erfahren.«

»Wie kommt sie dazu, allein ...«

»Keine Ahnung. Aber sie scheint es ziemlich eilig gehabt zu haben. Jedenfalls liegt ihre Haarspange noch auf dem Bett, und bislang habe ich sie nie ohne das Ding gesehen.«

»Hast du versucht, sie über Funk zu erreichen?«

»Ich bekomme keine Verbindung. Entweder hat sie das Funkgerät nicht aktiviert, oder es gibt eine Reichweitenbegrenzung.«

»Was sonst noch?«, wollte Bully wissen. »Ich hasse solche Tage, an denen junge Frauen und Katzen verschwinden.«

»Und Künstler«, fügte Fran Imith lapidar hinzu.

»Willst du behaupten, dass Quart Homphé ebenfalls in diesem Moloch unterwegs ist?« Reginald Bull lachte hell. »Tut mir Leid, Fran, aber das nehme ich nicht einmal einer TLD-Agentin ab. Quartodezimus wird vor Angst schlotternd unter seinem Bett liegen. Hast du da schon nachgeschaut?«

»Quartodezimus, mein Lieber, hat vor Shimmi das Gebäude verlassen. Das steht fest. Sie muss ihm gefolgt sein.«

Perry Rhodan war es, der fragte: »Was kann ein Künstler in einer Stadt wie dieser suchen?«

Sie war noch da und beobachtete ihn. Shim Caratech war nicht weniger aufdringlich als ihre grässliche Katze.

Quart Homphés Herz hämmerte bis zum Hals. Zeitweise hatte er das entsetzliche Gefühl, keine Luft mehr zu bekommen, aber irgendwie schaffte er es doch, sich auf den Beinen zu halten. Er quälte sich mit der Suche nach Gründen. Vielleicht war die gescheiterte Beziehung an allem schuld. Auf dem Mars hatte er Abstand gewinnen und zu sich selbst finden wollen. Einfach nur dasitzen und die Stille und endlose Leere genießen. Und er hatte gehofft, endlich unsterblich zu werden. Mit einem monumentalen Kunstwerk, wie es keiner vor ihm in Angriff genommen hatte. Vor Jahren hatte er sogar schon in Erwägung gezogen, die schwebende Solare Residenz mit Glitzerfolie zu verpacken. Ein verlockender Gedanke war das. Aber den Mount Olympus in ein Gesicht zu verwandeln …

Schnaufend rang er nach Luft. Vor seinen Augen tobten grellbunte Reflexe, er spürte die Halsschlagadern hüpfen. Wenn er jetzt zusammenbrach, war es aus, zu spät für jede medizinische Hilfe. Woher hätte sie auch kommen sollen? *Vielleicht gar kein schlechtes Ende,* dachte er. Umfallen und weg, einfach entschweben, das wünschte er sich. Er schwitzte und spürte, wie ihm die Nässe den Rücken hinabrann. Sein Blutdruck spielte wieder verrückt, jagte von einem exorbitanten Wert zum nächsten. Und die Tabletten lagen im Bus, weil er sie in der Hektik vergessen hatte. Außerdem hatte er gehofft, sich innen ausruhen und Abstand gewinnen zu können. Allein im Bus … ein sonderbares Gefühl, die quälende Furcht vor dieser Welt hier draußen zu besiegen, nicht im Hotel und in der Nähe der anderen. Er hatte es versucht, hatte den Mut aufgebracht, es den anderen zu zeigen. Auch ohne die Waffe, die sie ihm verweigert hatten.

Ich brauche euch nicht, keinen von euch. Und ich kann doch nichts dafür, dass ich noch am Leben bin und die anderen sterben mussten. Ich habe das nicht gewollt, das alles nicht … Mit der Faust schlug Quart Homphé auf die Gepäckfächer, die sich ebenso wenig öffnen ließen wie alle anderen Verriegelungen. In dem Moment sah er Shim Caratech wieder. Sie glaubte wohl, dass er sie nicht bemerkt hatte.

Quart Homphé entwickelte eine Geschmeidigkeit, die er sich selbst nicht zugetraut hätte. Hinter dem Bus rannte er los. Er stieß gegen abgestellte Gleiter, taumelte weiter. Bunte Zackenmuster tanzten vor seinen Augen. Vergeblich versuchte er, die Brille auf die Nase zu bekommen. Er stolperte, stürzte und schürfte sich den Arm auf. Klebrig warm tropfte Blut über seine Finger. Der Anblick tat ihm nicht gut, er spürte die Übelkeit aufwogen. Wimmernd krümmte er sich zusammen, und dann war da nur noch ein Summen in seinem Schädel.

Das Zirpen machte ihn verrückt. Er konnte es nicht ignorieren, es fraß sich in seine Gedanken. Da war jemand dicht vor ihm. Ein beißender Geruch stach ihm unangenehm in die Nase. Röchelnd atmete er durch den Mund.

Er lag auf der Seite, auf einer viel zu harten Unterlage, und seine Lider waren hoffnungslos verklebt. Er schaffte es nicht, die Augen zu öffnen. Erst als ihm jemand mit einem kühlen Tuch die Stirn und die Augenwinkel abwischte …

Jemand? Der Gedanke entsetzte ihn.

… schaffte er es wenigstens, einen Teil seiner Umgebung wie durch dichten Nebel hindurch wahrzunehmen.

Da war nichts, was ihm bekannt vorgekommen wäre. Sonderbar geformte Möbel oder Maschinen im Hintergrund, dazu ein flackernder Holoschirm. Und unmittelbar vor ihm dürre Beine, eine Vielzahl von Beinen sogar.

Quart Homphé fuhr abrupt in die Höhe. Das Zirpen hörte auf, dafür redete eine heisere Stimme auf ihn ein. Aus dem Nebel schälten sich die Konturen einer seltsamen Gestalt heraus. Sie war kugelförmig und hatte rissige braune Borkenhaut, allerdings keinen Kopf, sondern einen umlaufenden Haarkranz, aus dem langstielige Augen hervorpendelten. Alle dürren Beine gehörten zu diesem einen Geschöpf. Es trug einen knallgelben, löchrigen Überwurf.

Homphé lachte schrill. Er weigerte sich, aus diesem Albtraum aufzuwachen.

Das Zirpen begann erneut. Das Kugelgeschöpf führte ein blinkendes spindelförmiges Ding über seinen Körper hinweg. Jetzt verharrte es über seinem Brustkorb und berührte die Haut.

Solche Träume behagten Homphé überhaupt nicht. Mit einem Aufschrei schlug er die Tentakelarme beiseite. Sein Oberkörper war nackt, das bemerkte er erst jetzt; er lag da wie ein Anschauungsobjekt auf dem Seziertisch. »Nein, das nicht!« Er schwang sich von der niedrigen Liege.

Das Kugelwesen war nur halb so groß wie er. Hastig redete es auf ihn ein, aber Quart Homphé achtete nicht darauf.

»Wo ist mein Pullover?« Der Kleine hatte Angst vor ihm; das spürte er, und das tat gut. Jäh breitete er die Arme aus und hinderte sein Gegenüber daran, an ihm vorbeizulaufen. »Ich bin Homphé, hörst du – Quart Homphé. Glaube ja nicht, dass ich mir das gefallen lasse, ich …« Das Kugelwesen redete ununterbrochen, viel zu schnell, als dass Quart es verstanden hätte. »Ruhe!«, brüllte er. »Hör auf!«

Breitbeinig stand er da, schnaufend, und versuchte, sich zu erinnern. Sein aufgeschürfter Arm, das Blut … jetzt deckte ein Sprühverband die Wunde ab. »Was ist das hier?«, fragte er, immer noch schwer atmend und massierte seine Nasenwurzel. »Eine Klinik?«

»Eine einfache Krankenstation.« Endlich verstand er die Kugel, nur verzog er unwillig das Gesicht, als sich ihm gleich drei Augen entgegenreckten. »Wir sind nicht auf die Behandlung von Nodronen vorbereitet.«

»Nodronen?«, ächzte Quart. »Bleib mir mit denen vom Leib!« Im nächsten Moment wurde er schon wieder lauter: »Ich will meinen Pullover zurück. Wenn nicht … ich zeige dir, was es heißt, sich mit mir anzulegen.«

Es tat gut, selbst einmal stark zu sein. Solche Empfindungen lagen lange zurück, in der Zeit vor seinem Ehevertrag mit Sarra. Aber später war seine Krankheit ausgebrochen, und Sarra hatte ihn verlassen.

»Wir informieren die nodronische Botschaft …«

»Was soll der Unsinn?«, begehrte Homphé auf. »Keine Nodronen!« Mit der flachen Hand schlug er zu. Viel zu zittrig, und irgendwie erwischte er nicht das Kugelgeschöpf, sondern eine Reihe von Instrumenten, die klirrend durcheinander wirbelten. Einiges zerbrach am Boden. Das hätte er schon längst tun sollen. Er blähte die Wangen auf und stieß die Luft schnaubend wieder aus. Es war schwer, die eigenen Gefühle zu kontrollieren, wahrscheinlich sogar unmöglich. Sie quälten ihn, fraßen ihn auf, und nur wenn er an einem seiner Kunstwerke arbeitete, ließen sie ihn in Ruhe. Das fehlte ihm und machte ihn zum Nervenbündel. Er wusste es, aber er konnte nichts dagegen tun.

»Ich bin Künstler«, sagte er versöhnlich. »Verstehst du?« Ein zweites Kugelgeschöpf brachte seinen Pullover. »Das ist eine verrückte Welt, in der ihr lebt, oder?« Quart Homphé verhedderte sich in den weiten Ärmeln. »Kunst«, begann er von Neuem. »Kennt ihr Kunstwerke? Wunderbare Skulpturen, die jeden Körper zum Sinnbild erheben; Gemälde, die den Sonnenschein ausatmen und den Duft von Blumen verströmen …« Ihre Stielaugen glotzten ihn an, Quart verstummte mit einem ärgerlichen Laut. »Ihr kennt das nicht. Ohne Kunst seid ihr arm dran – kapiert ihr das wenigstens?« Ihr Schweigen hatte etwas Endgültiges, und schon wuchs seine Unsicherheit von Neuem. Mit bebenden Fingern stopfte Quart den Pullover in den Hosenbund.

»Bist du wirklich gesund?«

Zum ersten Mal verstand er die Worte der fremden Sprache klar und deutlich. Die Frage ging wie ein Stich durch seine Rippen. Schweigend hängte er sich die Brille um den Hals. Ein suchender Blick, auf der Liege war nichts zurückgeblieben. Er wühlte in den Hosentaschen, alles war noch da, sogar der Creditchip.

»Meine Krankheiten gehen euch nichts an!«, brauste er auf. »Bringt mich …« Er biss sich auf die Zunge, weil ihn die Erinnerung mit sich riss. Er war zusammengebrochen, wusste nicht einmal, wie er hierher gekommen war, geschweige denn, wo er sich befand. »Ich will zum Gleiterdeck zurück.«

»Das ist nicht weit.«

»Dann bringt mich hin.«

»Du bist noch nicht lange in Mantagir?«

»Ja, ja, was soll das …? Ich …«

»Axx Cokroide hat die Anweisung erteilt, alle Nodronen …«

»Das interessiert mich nicht.«

»Axx Cokroide …«

»Wer zum Teufel ist dieser Kerl?« Mit beiden Händen fuhr sich Homphé unter den Kragen. Er schwitzte schon wieder.

Die Stielaugen der Kugelgeschöpfe erstarrten in der Bewegung. Ihr Blick wurde ihm unheimlich. Wenn er jetzt nicht verschwand, würde ihn die Unsicherheit auffressen; er spürte schon, dass seine Beine schwer wurden. Bald würden sie wie Blei sein, und dann hatte er sich nicht mehr unter Kontrolle. Er stapfte auf die einzige Tür zu, die er in seiner Nähe entdecken konnte.

»Du bist kein Nodrone?« Die Frage verfolgte ihn, als er den Untersuchungsraum verließ. Er stürmte weiter, kümmerte sich nicht darum, wohin. Einfach nur weg. Fort von hier. Das Gefühl, einen unverzeihlichen Fehler begangen zu haben, saß ihm im Nacken und wurde immer schwerer. Fremde Gesichter begegneten ihm. Er achtete nicht darauf, nahm sie alle nur wie wächserne Masken wahr.

Ein Fehler … Er machte nur noch Fehler, seit Jahren schon. Der Erfolg verbrannte jedes Mal wie ein Strohfeuer, und danach stürzte er wieder in die bodenlose Leere, die er so sehr hasste. Weil sie ihn zwang, besser zu werden, noch mehr aus sich herauszuholen, bis die Erschöpfung ihn wieder einholte. Ein entsetzlicher Kreislauf war das, und jeder Versuch auszubrechen machte alles nur noch schlimmer.

Fremde Hände griffen nach ihm … Klauen … Tentakel … Er stieß sie alle zur Seite. Spätestens jetzt würden die Nodronen erfahren, dass Menschen auf ihrer Welt angekommen waren. Er hatte sie verraten.

Entsetzt hielt er inne. Er befand sich in einer kuppelförmigen runden Halle und hatte keine Ahnung, von wo er gekommen war. Es gab viele Ausgänge und in den Wänden ovale Öffnungen. Ein babylonisches Stimmengewirr prasselte auf ihn herab. Die Übersetzungen, die der Translator lieferte, überschlugen sich. Er drehte sich einmal um sich selbst, wurde von der vorbeiströmenden Meute mitgerissen. Schnäbel, Echsengesichter, Spinnenvisagen – das alles vermischte sich für ihn zu einem nicht mehr zu entwirrenden Knäuel. Vor ihm wuchs eine der ovalen Öffnungen auf, er wurde hindurchgestoßen, kam nicht gegen den Sog an, der ihn mitriss.

Ein runder, nicht allzu hoher Raum nahm ihn auf. Er war eingekeilt zwischen anderen und schloss ergeben die Augen. Selbst durch die Lider hindurch nahm er den flackernden Wechsel zwischen Licht und Schatten wahr.

Das Gefühl zu schweben wurde übermächtig. Er blinzelte, sah hohe Bauten vorbeiziehen. Er flog über Mantagir, aber schon Augenblicke später sank die Scheibe wieder. Er wurde abermals mitgerissen, bis sich die Menge verlor.

Zwei seltsame Wesen blickten ihn aus funkelnden Augen an. Raubsaurier. Ihre langen, spitz zulaufenden Schädel saßen auf biegsamen und noch längeren Hälsen. Kräftige Hinterbeine, dazu kurze Arme – Quart machte kehrt und hetzte davon.

Die beiden folgten ihm, er sah ihre Schatten aus den Augenwinkeln. Er stieß gegen einen Gleiter, taumelte in eine andere Richtung, bis er sich endlich erschöpft zwischen zwei Fahrzeugen zu Boden sinken ließ.

Wie lange er da gekauert hatte, vermochte er später nicht zu sagen, als ihm endlich auffiel, dass er unbehelligt geblieben war. Zögernd blickte er um sich. Fünf Türme standen nahe beieinander, von seiner Position aus konnte er nur zwei sehen. Er ging weiter und entdeckte schließlich noch zwei gleiche Bauwerke. Sie waren unterschiedlich hoch, aber der Blickwinkel und die Gebäude, die er dahinter aufragen sah, irritierten ihn. Da war der seltsame Hügelkomplex, aber die Ausdehnung der Anlage machte ihm plötzlich Angst. Vielleicht befand er sich auf der entgegengesetzten Seite.

Ihm blieb keine andere Wahl, er musste selbst herausfinden, ob er sich verlaufen hatte. Sein Ärger auf Rhodan, Fran Imith und die anderen war verflogen und neuen Ängsten gewichen. Er hätte sich nie verleiten lassen dürfen, das Hotel zu verlassen.

Irgendwie schaffte er es, mit einem Antigrav-Lift das Bauwerk zu verlassen. Fünf Landetürme erhoben sich vor ihm auf einem großen Areal. Wenn er an ihnen aufschaute, fürchtete er, dass sie ihn im nächsten Moment erschlagen würden. Immerhin kam ihm die Anordnung der Türme bekannt vor, und er war sich ziemlich sicher, in welchem davon der Mars-Liner stand. Auch wenn es ihm wieder nicht gelingen würde, das Fahrzeug zu betreten, er brauchte jetzt etwas Vertrautes, an dem er sich aufrichten konnte.

Irgendwann stand Quart Homphé auf der richtigen Plattform, und es war ein schönes Gefühl, das Ziel erreicht zu haben. Bis zu dem Moment, in dem er vor dem Mars-Liner hätte stehen müssen.

Der Bus war verschwunden!

Er hatte sich in der Richtung geirrt. Homphé ging weiter. Vieles auf der Plattform erschien ihm bekannt, anderes wirkte bedrückend fremd. An den Fahrzeugen konnte er sich nicht orientieren, ebenso wenig am Stand der Sonne.

Übelkeit stieg in ihm auf.

Zurück. Der Platz, an dem der Mars-Liner-01 hätte stehen sollen, war immer noch leer. Quart schritt ihn ab. Das war der Platz. Von hier aus hatte er Shim gesehen, dort drüben neben dem Stützpfeiler hatte sie gestanden … Das änderte nichts daran, dass der Bus fort war.

Quart Homphé taumelte. Ein schrecklicher Verdacht quälte ihn. Die anderen hatten den Weg zurück in ihre Zeit gefunden und waren abgeflogen – ihn hatten sie seinem Schicksal überlassen.

»Warum?«, keuchte er. »Warum lasst ihr mich in dieser Zeit verrecken?«

Sein Herzschlag setzte aus, begann von Neuem, stolperte wieder. Er musste Gewissheit haben, so schrecklich sie sein mochte. Seine Hand glitt in die Hosentasche, fand das Funkgerät. Mit zitternden Fingern schaltete er es ein.

»Hilfe!«, stieß er hervor. »Hört mich wer? Dann holt mich hier ab! Ich sterbe ...«

Mantagir war in der Tat eine faszinierende neue Erfahrung, eine Metropole, die Shim Caratech zunehmend tiefer in ihren Bann zog. Sie spürte das pulsierende Leben, diese unglaubliche Vielfalt, die mit ihrer eigenen Welt so wenig gemeinsam hatte.

Seit sie die Plattform verlassen hatte, dachte sie nur noch hin und wieder an den dicken Künstler. Er war so schnell verschwunden, dass sie annahm, er hätte sich versteckt, um sie endlich loszuwerden. Aber das war dann sein Problem; sie hatte jedenfalls versuchen wollen, ihm die Hand zu reichen. »Wir müssen zusammenhalten«, klang Perry Rhodans Aufforderung in ihr nach. »Sonst sind wir in dieser Zeit verloren.«

Shim hatte sich zu einer der kühn geschwungenen Fußgängerbrücken hinauftragen lassen und die Aussicht dort oben genossen. Sie bereute, dass sie mit ihrer Haarspange nicht auch Filmsequenzen festhalten konnte. Diese Stadt hätte sie nach ihrer Heimkehr gern allen gezeigt, denn Worte allein reichten niemals aus, alles das zu beschreiben, was sie erblickte und fühlte. Mit jedem Atemzug sog sie ein Stück von Mantagir in sich auf.

Vorbeihuschende Gleiter funkelten wie Juwelen im schräg einfallenden Sonnenlicht. Und zum ersten Mal sah Shim auch geflügelte Geschöpfe, die wie Schmetterlinge flatternd zwischen den oberen Etagen umhertollten. *Sie spielen,* erkannte Shim. Mantagir hätte friedlich und schön sein können, wäre da nicht die erschreckende Erinnerung an den Ordensturm der Wissenschaftler von Cor'morian gewesen.

Sie ließ sich von einem schnell laufenden Band entlang des gewaltigen Hügelbauwerks tragen. Unterhalb lagen die Katakomben, von denen Bully und Wilburn erzählt hatten. Shim interessierte dieser Bereich nicht, er erschien ihr laut und beklemmend. Auf der Oberfläche fühlte sie sich freier.

Ein Schwebelift brachte sie wieder nach unten. Nicht mehr weit vor ihr erhoben sich die Ausläufer des Hügels. Hier unten, auf Straßenniveau, war alles wieder aufdringlicher, greller, lauter. Tausende strömten auf den Hügelbau zu, folgten den unvermittelt aufflammenden Holos, die Attraktionen anpriesen. Vor allem Wettkämpfe beherrschten das Bild. Gerüstete Gladiatoren, bei deren bizarrem Anblick Shim den Kopf schüttelte, daneben langbeinige Arachnoiden, im Ringkampf ein unglaubliches Durcheinander ineinander verflochtener Gliedmaßen.

Eine Darstellung zeigte Menschen. Bärtige Gesichter, zermürbte Harnische aus dunklem Material, vielleicht Leder. Als sie aufeinander einschlugen, floss erstmals Blut. Shim wandte sich ab. Die Nodronen waren der Schatten, der auf dem Paradies Mantagir lastete.

Vor ihr wuchs der Hügelbau auf. Weit musste sie den Kopf in den Nacken legen, um die obere Begrenzung zu überblicken.

Shim folgte einer Gruppe kleiner Humanoider, bis diese sich um einen Roboter scharten. Es war eine Art mobiler Verkaufsstand, eine Schwebeplattform mit geschwungenen Aufbauten. Der metallische Leib teilte sich in zwei schlanke Rümpfe. Auf jedem saß ein ovaler Kopf mit einem einzigen großen Auge in der Mitte und einer darunter liegenden Sprechmembran. Jeder Rumpf verfügte über zwei Arme mit jeweils vier langen Tentakelfingern, die flink und geschickt hantierten. Der oder die Roboter, Shim wollte sich da nicht mehr festlegen, verteilte gezackte grüne Blätter. Erst als sie noch näher kam, erkannte Shim, dass in die Blätter eine weiße Masse eingeschlagen war. Die kleinen Humanoiden schaufelten das Zeug begierig in sich hinein.

»Eine Portion oder zwei?«

Im ersten Moment registrierte Shim Caratech gar nicht, dass der rechte Roboter sie angesprochen hatte. »Wieso?«, erwiderte sie irritiert.

»Für dich und deinen Begleiter.« Er sah offenbar Schikago als intelligentes Wesen an. »Das Gschnitz ist heute außerordentlich gelungen«, fügte der Roboter hinzu. »Du wirst begeistert sein.«

»Eine Portion«, sagte Shim. Einen Augenblick später hielt sie ihr Blatt in Händen. Das Ganze roch eigentlich nach gar nichts.

»Sieben Calculs.«

»Wie? Ach ja.« Shim suchte in ihrer Tasche nach dem Creditchip. Gleich darauf wusste sie, dass die Tambu wirklich alles bedacht hatten – nur nicht, dass die Nodronen mit Kampfjägern angreifen würden.

Mit zwei Fingern strich sie durch die Masse und kostete. Der Roboter hatte nicht übertrieben. Was immer das war, es hatte einen angenehm würzigen Geschmack. In dem Moment fiel ihr auf, dass Schikago nicht mehr neben ihr war. Die Leine war ihr, als sie nach dem Chip gesucht hatte, offenbar vom Handgelenk gerutscht.

»Dein Begleiter ist zur Arena gelaufen«, sagte der linke Roboter, der ihren Blick richtig deutete.

Weit vor ihr fegte ein türkisblaues Knäuel über den Platz. Shim hastete hinterher. »Schikago!«, brüllte sie. »Komm zurück!« Schikago dachte nicht daran. Dafür wurde sie selbst plötzlich von allen Seiten angestarrt. Shim war wütend, in erster Linie auf sich selbst. »Was glotzt ihr mich so an?«, schleuderte sie einer Gruppe Spinnenbeiniger entgegen. »Ich komme nicht vom Mond!«

»Du brauchst Hilfe, Nodronin?«

»Ja«, wollte sie sagen, »nein!«, stieß sie hervor.

Sie folgte der Richtung, die der Roboter angegeben hatte. Schikago blieb verschwunden.

Der Appetit war ihr gründlich vergangen. Shim warf das Blatt in den nächsten Abfallschlucker. Sie ging weiter. Es war unmöglich, in dem dichter werdenden Gedränge den Überblick zu behalten.

»Du willst kämpfen, Nodronin?«

Sie zuckte zusammen. Ein schrecklich entstelltes Gesicht kam ihr fast auf Tuchfühlung nahe. Drei verflochtene Halsstränge hielten den Kopf auf einem muskulösen Körper fest.

»Nein«, sagte Shim.

»Alle Nodronen lieben den Kampf.« Das Gesicht entblößte zwei Reihen metallischer Zähne. Die Narben waren zweifellos Andenken an schwere Kämpfe. Shim vermutete, dass es eine Desintegratorwaffe gewesen sein musste, die den rechten Brauenwulst, ein Stück der gespaltenen Nase und den Großteil der rechten Wange abgetrennt hatte. »Obwohl«, dröhnte es ihr entgegen, »du bist sehr schwach für eine Nodronenfrau. Bist du krank?«

»Lass mich in Ruhe!«

Eine halbe Hand fasste nach ihr und hielt sie unnachgiebig fest. »Du bist seltsam. Aber glaube nicht, dass ich vor einer Nodronin Angst habe.« Das Geschöpf – Shim bebte schon innerlich – schnaubte entrüstet. »Das hier, was noch von mir übrig ist, haben mir Nodronen angetan. Nur ein Streifschlag, aber ich will gar nicht daran denken, was geschehen wäre, wenn …«

Vergeblich versuchte Shim, sich loszureißen. Die Hand umklammerte sie wie ein Schraubstock. »Was willst du von mir?« Sie ahnte es: Rache nehmen für etwas, von dem sie keine Ahnung hatte. Sie erschien ihm als schwaches Opfer.

Ganz nahe war ihr das verstümmelte Gesicht. »Ich töte dich nicht – nein, heute noch nicht. Aber du wirst leiden, wie dein Volk uns leiden lässt.«

Hunderte strömten vorbei, ohne sie zu beachten, und der Kerl zerrte sie jetzt mit sich. Er hielt ihren rechten Arm umklammert. Verzweifelt versuchte sie mit der Linken, ihre Umhängetasche zu öffnen. Es dauerte endlos lange, bis sie hineingreifen konnte. Da war das Haarspray, der Spiegel, das kleine Funkgerät und endlich die Waffe. Fast hätte sie aufgeschrien, als sich ihre Finger um den Griff verkrampften und sie blind die Sicherung löste. Sie wusste nicht, ob sie es fertig bringen würde, zu schießen. Mit einer letzten verkanteten Bewegung zerrte sie den Strahler aus der Tasche. Was immer gleich geschehen würde, sie hatte es nicht gewollt. »Du«, brüllte sie mit sich überschlagender Stimme, »schau her!«

Seine Augen weiteten sich jäh. Gleichzeitig fiel sein harter Griff von ihr ab.

»Ich gehe nicht mit dir!«, herrschte Shim ihn an. »Hast du wirklich geglaubt, ich wäre hilflos?« Sie war fest entschlossen, die Rolle zu spielen, in der er sie ohnehin schon sah. »Auf deine Unverschämtheit gibt es nur eine Antwort. Lauf, oder ich vergesse mich. Lauf schon!«

Der Kerl taumelte zurück. Es war der Strahler, der ihm Respekt einflößte.

Sie hob die Waffe, legte auf ihn an. »Schneller ... noch schneller!« Am liebsten wäre sie ebenfalls davongerannt, doch genau das durfte sie nicht tun. Sie musste durchhalten, und wenn ihr die Knie noch so weich wurden. Alles in ihr drängte danach zu verschwinden, bevor andere auf die Idee kamen, sich mit ihr messen zu müssen. Um sie herum war plötzlich viel freier Raum.

Nicht losrennen!, redete sie sich ein. *Geh langsam! Als wäre das alles völlig normal für dich.*

Völlig unerwartet entdeckte sie Schikago nicht einmal zwanzig Meter entfernt im Schatten eines Baumes. Die Ferrol-Katze spielte mit einer Beute, die Shim nicht erkennen konnte. Immer wilder stieß sie mit dem Kopf zu, und dann fuhr auch ihre Pfote nach vorne. Als Shim rief, zuckten ihre Ohren, und sie krümmte den Rücken.

»Komm schon, verdammt, komm her!« Ihre eigene Bedrängnis erschreckte Shim Caratech. Sie stand am Rand eines stark frequentierten Platzes und hielt immer noch den Strahler in der Hand, wenngleich sie bemüht war, die Waffe vor allzu neugierigen Blicken zu verbergen. Aber sie wollte den Strahler noch nicht aus der Hand legen. Außerdem wusste sie nicht, wer vielleicht auf sie aufmerksam geworden war und sie beobachtete. Wahrscheinlich hatte auch der Kerl mit dem zerschnittenen Gesicht noch nicht aufgegeben. Und falls Polizei oder andere Ordnungstruppen erschienen, hatte sie denkbar schlechte Karten, dann würden auch Rhodan und die anderen auffliegen. Die Katze durfte sie ohnehin nicht zurücklassen.

Die Situation wuchs ihr über den Kopf.

Schikago trottete endlich heran. Mit der unschuldigsten Miene, die eine Ferrol-Katze machen konnte. Sie hatte etwas im Maul, das entfernt an ein Wollknäuel erinnerte. Verhalten maunzend drängte sie sich an Shims Beine, dann legte sie ihr die Beute vor die Füße.

»Du brauchst dich gar nicht wieder einschmeicheln«, schimpfte Shim.

Das Knäuel bewegte sich, es rollte sich auf, stand plötzlich auf zwei Beinen und schüttelte sich heftig. Shim glaubte erst, ihren Augen nicht mehr trauen zu dürfen, dann bückte sie sich. Ein verknittertes Gesicht mit Stupsnase und schwarzen Knopfaugen blickte ihr furchtlos entgegen. Und dann begann ein dünnes, nur aus der Nähe verständliches Stimmchen mit einer Schimpftirade, die sich gewaschen hatte.

Schikago sträubte sich das Fell. Sie zeigte die Fangzähne, schielte aber auf Shim, als warte sie auf einen Befehl, der ihr erlaubte, endlich zuzubeißen.

»Untersteh dich!«, warnte Shim.

»Wer hat dir das Hirn amputiert? Was bildest du dir eigentlich ein, dieses Ungeheuer auf friedliebende Bürger loszulassen?« Das dicht behaarte Geschöpf war durchaus humanoid. Es hatte zwei dünne Beine und zwei Ärmchen und war aufgerichtet nicht mehr als vierzig Zentimeter groß, besaß aber einen Wortschatz, wie man ihn im Allgemeinen nur Raumtramps oder Prospektoren nachsagte.

»Ich verlange Schmerzensgeld! Bluten wirst du, das verspreche ich dir! Und was ist, du Weltraumhexe, wo bleibt die Entschuldigung? Das ist doch wohl das Mindeste, was ich erwarten darf. Sag, dass es dir Leid tut, dass du dieses Ungeheuer …«

»Entschuldige bitte, es tut mir Leid, dass Schikago dir Angst …«

»Unterbrich mich nicht! Und Angst? Ich habe keine Angst, wenn ich gewollt hätte, wäre dieses Ungeheuer jetzt tot, gehäutet, gevierteilt und gebraten. Einen schönen Braten gäbe das.« Offenbar fühlte das Wesen sich jetzt stark, oder es reagierte seinen Schock ab, jedenfalls machte es einen blitzschnellen Ausfallschritt auf Schikago zu und ließ seine Arme vorschnellen. Die Katze fauchte zwar, wich aber prompt zurück.

»Es tut mir Leid«, wiederholte Shim. »Wie kann ich das wieder gutmachen?« Schikago drängte sich winselnd an ihre Beine.

»Gar nicht.« Der Kleine schüttelte sich wieder. Seine Knopfaugen schienen sie zu durchbohren. »Du bist nicht aus Mantagir«, brachte er in dem Moment hervor. »Du bist überhaupt nicht aus Vaaligo? So eine Kreatur wie dich habe ich überhaupt nie gesehen.«

Verwundert registrierte Shim, dass Schikago zitterte. Und da sah sie die Fellbüschel, die der Wind vor ihr davonwehte.

»Lass das!«, herrschte sie das Männchen an.

»Was?« Es fuchtelte wild mit den Ärmchen. »Du beschuldigst mich, du … ausgerechnet du? Ich habe nichts getan, ich.« Mit jeder Handbewegung, die er machte, zerrte eine unsichtbare Kraft an Schikagos Fell. Jetzt, da Shim wusste, worauf sie achten musste, sah sie es deutlich.

»Ich wollte mich bei dir entschuldigen«, sagte sie. »Aber jetzt? Sei froh, wenn ich dich ungeschoren lasse.« Sie bückte sich und nahm Schikago auf den linken Arm, während sie dem Männchen gleichzeitig die Waffenmündung an den Bauch hielt.

»Das tust du nicht. Du wirst keinen Cepraun erschießen. Siehst du, wie ich zittere, du hirnlose Mutation …«

»Großmaul«, sagte Shim und ging. Als sie sich noch einmal umwandte, sah sie nur eine haarige Kugel liegen. Das Geschöpf hatte sich wieder zusammengerollt.

Wurde sie verfolgt? Sie wusste es nicht, erkennen konnte sie auch nichts. Ihre Unruhe wuchs aber eher noch. Sie erschrak, als jäh ein durchdringender Ton erklang. Er wiederholte sich, bevor ihr das Funkgerät in der Tasche einfiel.

Da war eine kaum verständliche, aufgeregte Stimme. Quart Homphé flehte sie an, ihm beizustehen.

17

Wieso hatte Quart Homphé das Hotel verlassen? Rhodan, Bull und Fran Imith waren sich schnell einig: natürlich der Kunst wegen. Eine Recherche im Datennetz der Stadt ergab rasch das größte Kunstwerk der Stadt, den Platz der Ewigen Wissenschaft. Dort musste Homphé stecken.

Es war ein Kinderspiel gewesen, Informationen über den Platz aus den Hotelzimmern abzurufen. Unter dem Stichwort Kunst waren die tausende von steinernen Büsten und Plastiken, die den Platz prägten, ausführlich beschrieben. Auch unter Wissenschaft und Bildung fanden sich unzählige Querverweise. Allein das Sichten hätte Stunden in Anspruch genommen – Zeit, die sie nicht hatten, wollten sie verhindern, dass Quart Homphé zum Sicherheitsrisiko wurde.

Sie mussten den Künstler finden, und zwar schnell.

Rhodan, Bull und die TLD-Agentin brachen auf. Es gab eine öffentliche Zubringerlinie, die aus allen Teilen der Stadt den Platz der Ewigen Wissenschaft anflog. Seine exakt kreisrunde Form, eingesäumt von Parkanlagen, war aus der Luft gut zu erkennen. Dazu die vielen Lehrplätze und die unzähligen Besucher, die sich vor allem über die Peripherie der Anlage ergossen.

»Drei Kilometer Durchmesser«, sinnierte Reginald Bull, während sich der bis auf den letzten Platz besetzte Gleiter den Landeplätzen näherte. »Dazu eine kleine Völkerwanderung. Selbst wenn sich Quart wirklich hierher abgesetzt hat, wie sollen wir ihn aufspüren?«

»Wir trennen uns«, schlug Perry Rhodan vor.

Fran Imith schüttelte den Kopf. »Zu gefährlich«, wehrte sie ab. »Ich bin für eure Sicherheit verantwortlich, und ich habe schon einmal nur zugeschaut, als Reginald und Wilburn …«

»Wir brauchen keine Gouvernante«, stellte Perry Rhodan fest.

»Nun weiß ich wenigstens, als was ich angesehen werde.« Fran Imith kontrollierte ihre Fingerringe. Darin war so viel an Nanotechnik verborgen, dass sie die Geräte der Wissenschaftler von Cor'morian nicht benötigt hätte. Desintegrator und Thermostrahler, vermutete Reginald Bull, darüber hinaus im Zusammenwirken sicher auch ein Schutzschirmprojektor, ausreichend für kurzzeitige Belastung.

Der Gleiter war gelandet. Mehr als hundert Individuen ergossen sich über die Piste und strebten unterschiedlichen Zielen zu. Die Terraner blieben an Ort und Stelle, um sich einen Überblick zu verschaffen.

»Das ist also der Ort, der in Mantagir als Kunststätte gilt«, bemerkte Bully. »Ein ausgedehnter Park mit den unterschiedlichsten Skulpturen. Wirkt wie ein riesiger Museumsplatz.«

»Bildende Kunst«, ergänzte Fran Imith mit amüsiertem Unterton. »Wenn wir hier Antworten auf alle unsere Fragen bekommen ...«

»Bestimmt nicht nach den Cor'morian.«

Ein Aufleuchten huschte über Frans Miene. »Habe ich vergessen zu sagen, wer diesen Platz vor Jahrtausenden erbauen ließ? Das tut mir Leid.«

»Die Wissenschaftler von Cor'morian«, sagte Perry Rhodan. »Daran habe ich nicht einen Augenblick lang gezweifelt.«

Bully ließ seinen Blick über die Anlage schweifen. Es war schlicht unmöglich, eine einzelne Person aus der Distanz aufzuspüren, zumal an manchen Skulpturen reger Andrang herrschte. »Was machen wir, wenn Quartodezimus nicht hier ist? Und Shimmi, ist sie ihm gefolgt oder nicht? Ausgerechnet die beiden.« Er schüttelte den Kopf, als könne er es nicht glauben. »Shim hat ihre Katze dabei, und was Quart von Katzen hält, brauche ich wohl nicht zu wiederholen.«

»Ich bin nicht ihr Kindermädchen«, sagte Fran ziemlich schroff. »Das gilt für beide.«

»Ihres nicht, aber unseres. Oder wie sehe ich das?« Reginald Bull erntete einen giftigen Seitenblick.

Rhodan hielt das Funkgerät der Tambu in der Hand. Er hatte es, wie Bully und Fran ebenfalls, nach den ersten vergeblichen Versuchen, Quart Homphé oder Shim Caratech zu erreichen, wieder abgeschaltet. Die Gefahr einer Ortung durch die Nodronen war nicht von der Hand zu weisen, solange sie nicht wussten, ob es sich um Standardware oder spezielle Funkgeräte handelte.

Trotzdem versuchte Rhodan, die Vermissten auf diese Weise zu erreichen. Er bekam keinen Kontakt. Gerade als er abschalten wollte, erklang eine leise Stimme. »Was ist schon wieder?« Sie gehörte einem Mädchen.

»Shimmi?«

»Wer spricht da? Du bist doch nicht Quart!«

»Rhodan. Hör mir gut zu, Shim.«

»Perry! Meine Güte, Perry.« Das klang schon ein wenig lauter und grenzenlos erleichtert. »Ich könnte dir um den Hals fallen.«

Reginald Bull grinste. Er stand jetzt auf Tuchfühlung neben Rhodan, um die leise Stimme ebenfalls zu verstehen.

»Wo bist du, Shim, und was ist mit Quart?«

»In der Nähe des Mars-Liners.« Shim fasste sich so knapp wie möglich. Aber wohl eher vor Aufregung und nicht, weil sie die Gefahr erahnte. »Quart hat mich vor ein paar Minuten über Funk angerufen. Er scheint ziemlich am Ende zu sein. Kommt ihr hierher?«

Rhodan blickte kurz zu der Gleiterstation hinüber. »Das dauert wahrscheinlich zu lange. Melde dich, sobald du Näheres weißt, Shim. Aber sei vorsichtig. Und schalte das Funkgerät ab, wenn du es nicht benützt.«

»Oh«, hörten sie Shim noch sagen, dann war die Verbindung unterbrochen.

»Vielleicht sollten wir uns doch in Richtung der Katakomben aufmachen«, wandte Bull ein. »Ich weiß, ich weiß«, sagte er schnell, als Fran zu einer Erwiderung ansetzte, »egal, was geschehen ist, wir kommen auf jeden Fall zu spät.«

»Homphé hat wohl kaum gezielt nach Shim gerufen«, stellte die Agentin fest. »Die Funkgeräte sind aufeinander justiert. Welches gerade aktiv ist, wird angesprochen.«

»Das heißt, Shim hat ihres eingeschaltet quer durch die Stadt geschleppt.« Bullys Blick schweifte prompt in die Höhe. Es waren keine Raumjäger zu sehen. Noch nicht.

Das Gefühl, von den Türmen und Plattformen der Gleiterlandeplätze erschlagen zu werden, wurde unerträglich. Shim Caratech hatte die Ferrol-Katze auf den Arm genommen, um schneller vorwärts zu kommen, und dann den dummen Fehler begangen, steil in die Höhe zu blicken. Jetzt schien alles in schwankende Bewegung geraten zu sein.

Perrys Anruf erreichte sie vor einer der Liftkabinen. Auch wenn sie es niemals zugegeben hätte, seine Stimme zu hören, tat gut. Siedend heiß überlief es sie, als sie verstand, was er mit dem Abschalten meinte. Hatte sie die Nodronen schon auf ihre Spur gelockt? Sie taumelte, als sie wieder in die Höhe schaute, und wäre beinahe gestürzt. Im letzten Moment besann sie sich und quetschte sich noch mit in die nächste Liftkabine hinein.

Schikago fauchte aggressiv. Die Katze spürte also auch, dass die Umstehenden sie durchdringend musterten. Das alles wurde allmählich zum Spießrutenlauf; aber wahrscheinlich sah sie schon Geister, wo keine waren. Trotzdem war sie erleichtert, als sie gleich darauf aussteigen konnte.

Dann war sie allein. Ihre Schritte hallten dumpf zwischen den abgestellten Gleitern zurück. Niemand war hier.

»Quart?«

Sie erhielt keine Antwort.

»Quart, wo hast du dich verkrochen?« Sie stand auf dem leeren Landefeld und drehte sich einmal um sich selbst. Homphé war verschwunden. In seiner Panik schien er nicht mehr ein noch aus gewusst zu haben. »Dieser Idiot«, zischte Shim, »bringt uns wahrscheinlich alle in Gefahr!«

Schikago ließ ein zorniges Knurren hören. Unbewegt blickte sie in eine Richtung und streckte den Kopf. Ihre Ohren richteten sich nach vorn.

»Witterst du etwas? Wo ist der Dicke?« Shim lief los, sie spürte Schikagos Unruhe deutlicher.

Nicht einmal zwanzig Schritt entfernt kauerte Homphé in sich zusammengesunken hinter einem Gleiter. Er zitterte.

»Quart!«

Nur langsam wandte er den Kopf. Er sah Shim, aber er blickte zugleich durch sie hindurch. »Sie sind fort«, stammelte er tonlos. »Sie haben mich hier zurückgelassen.«

»Wer … wer ist weg?«

»Alle.«

»Unsinn.«

Homphé schien zu frieren. Er presste seine Arme an den Oberkörper. »Sie sind mit dem Mars-Liner weggeflogen, zurück in unsere Zeit.«

»Ich habe eben noch mit Perry gesprochen.«

»Du?« Allmählich kehrte Leben in seine Augen zurück. Vor allem schien ihm bewusst zu werden, wer vor ihm stand. Röchelnd rieb er sich die Nase. »Aber der Bus? Wir haben uns …« Er nieste gequält. »… verlaufen.«

»Unsinn.« Shim Caratech holte ihr Funkgerät hervor. Augenblicke später stand die Verbindung zu Perry Rhodan. »Ich habe ihn«, sagte sie. »Er ist soweit in Ordnung. Aber er glaubt, dass alle mit dem Liner zum Mars zurück sind.«

»Kannst du mit ihm …?«

»Perry, der Bus ist wirklich weg!«

»Ihr seid am richtigen Platz?«

»Wir werden uns kaum beide verlaufen haben!«, protestierte Shim.

»Gibt es Spuren?«

»Nichts, was mir aufgefallen wäre.«

»Ihr müsst dort weg. Schnell. Kommst du mit Homphé klar?«

Forschend blickte Shim den Künstler an. Auf gewisse Weise tat er ihr sogar Leid. Was geschehen war, hatte ihn überfordert. Schwankend versuchte er, auf die Beine zu kommen.

»Ich habe Schikago bei mir«, sagte Shim. »Ich glaube nicht …«

»Wenn er nicht wirklich allein zurückbleiben will, muss er mit dir gehen. Sag ihm das.« Knapp beschrieb Perry Rhodan den Platz der Ewigen Wissenschaft.

»Das kriegen wir hin«, versprach Shim Caratech. »Ich schalte jetzt ab. Ende.«

Mit beiden Händen hielt sie die widerstrebende Katze fest, als sie zu Homphé aufsah. »Du hast die Wahl«, sagte sie. »Entweder kommst du mit mir und Schikago, oder du verschimmelst hier.«

»Sie meldet sich nicht.« Reginald Bull starrte das Funkgerät in seiner Hand an, als könne er es auf diese Weise beeinflussen. Fast eineinhalb Stunden waren vergangen, ohne dass Shim und Quart Homphé eingetroffen wären. Dabei hatte er trotz aller Befürchtungen sein Funkgerät extra während dieser Zeit aktiviert. Aber Shim hatte nicht versucht, erneut Kontakt herzustellen.

»Sie schafft das«, behauptete Rhodan.

»Shim ist unreif«, widersprach Fran Imith. »Sie hantiert mehr mit Haarspray und Spiegel und ihren Ätherstreams ...«

»Was hast du getan, als du jung warst?«, wollte Bully wissen. Rhodans warnenden Blick übersah er.

Fran reagierte auch prompt empfindlich. Mit 29 Jahren fühlte sie sich gewiss noch nicht alt, angesichts einer Lebensspanne, die in Richtung der magischen zweihundert ging. »Ich habe trainiert«, sagte sie. »Sehr hart sogar.«

»Das habe ich auch nicht ...« Sein Art war mitunter etwas unbeholfen, das wusste Bull selbst. *Das habe ich auch nicht angezweifelt,* hatte er sagen wollen. »Ich bin wegen des Mars-Liners beunruhigt«, schwenkte er um. »Wer klaut schon ein Museumsfahrzeug?«

»So antik schaut unser Bus im Vergleich zu den hiesigen Fahrzeugen auch wieder nicht aus«, gab Rhodan zurück. »Vielleicht haben wir nur ein Zeitlimit überschritten.«

»Und der Bus wurde abgeschleppt?« Reginald Bull stieß ein kurzes Lachen aus. »Entschuldige, aber terranische Verhältnisse hätte ich hier nicht erwartet.«

»Im schlimmsten Fall haben die Nodronen den Mars-Liner«, sagte Fran Imith.

Bully schnaufte tief durch. »Das wäre aber wirklich der schlimmste Fall.« Mit einer Kopfbewegung deutete er über den Platz der Ewigen Wissenschaft. »Eigentlich reicht es, wenn einer hier wartet.«

Sie hatten sich die ersten steinernen Büsten schon angeschaut, waren dann aber zu dem Landeplatz zurückgegangen. Die Skulpturen stellten eindeutig Wissenschaftler von Cor'morian dar, Persönlichkeiten, die vor langer Zeit Bedeutendes geschaffen oder erforscht hatten. Nur wenige Vertreter anderer Völker schienen Eingang auf den Platz gefunden zu haben.

Stellte man sich vor einer dieser Statuen auf, erwachte sie zu holografischem Leben. Dann war es, als trete der Betroffene persönlich aus dem Stein hervor, um seine Lehrsätze zu verkünden.

»Ich bleibe hier«, sagte Perry Rhodan. »Schaut ihr beide euch weiter um.« Fran Imiths Blick ging plötzlich an ihm vorbei; er wandte sich um.

Shim Caratech und Quart Homphé kamen auf sie zu. Die beiden waren offenbar eben erst angekommen.

»Wo wart ihr so lange?«, wollte Reginald Bull wissen. »Wir haben uns schon Sorgen gemacht.«

»Bei der Station waren Nodronen«, sagte Shim.

»Wir glauben jedenfalls, dass es Nodronen waren«, schwächte Homphé ab.

»Trotzdem haben wir lieber gewartet, bis sie verschwanden«, führte Shim Caratech ihren Satz zu Ende, und als sie Bullys Blick bemerkte, der zwischen ihr und Quart Homphé schwankte, fügte sie hinzu: »Wir haben so etwas wie ein Zweckbündnis. Aber die beiden«, sie meinte Quart und ihre Katze, »werden sich wohl nie verstehen.«

»Das ist meine Allergie«, protestierte der Künstler.

Shim sagte spöttisch: »Quatsch. Du reagierst doch nur, sobald du weißt, dass Schikago in deiner Nähe ist.«

»Das ist mir eigentlich egal«, sagte Perry Rhodan ärgerlich. »Ich will keine solchen Extratouren mehr sehen. Solange wir nicht wissen, was in Mantagir wirklich gespielt wird ...«

Quart Homphé schien ihm überhaupt nicht mehr zuzuhören. Er hatte die Skulpturen auf dem großen Platz entdeckt. »Realistische Skulpturen«, murmelte er. »Bildliche Darstellung in einen räumlichen Zusammenhang gebracht. Wie groß ist dieser Platz?« Fragend schaute er Rhodan an. »Ich sehe das als Metapher für die Ausbreitung des Menschen über den Weltraum.«

»Das sind Tambu-Statuen«, berichtigte Bull.

Homphé zuckte mit den Achseln. »Dann eben die Ausbreitung des wissenden Intellekts, der Triumph des Individuums über die großen Distanzen des Kosmos.«

»Und die Zeit«, bemerkte Fran Imith.

»Wie? Ja, ja, natürlich.« Quart Homphé war einige Meter weitergegangen, plötzlich wandte er sich um. »Das sehen wir uns doch an, oder?« Lethargie und Selbstmitleid schienen von ihm abzufallen wie eine vertrocknete Haut. »Hier können wir sehr viel über den Planeten lernen.«

»Da hat er allerdings Recht.« Die Bemerkung rutschte Bully heraus. »Wir wollten uns ohnehin näher damit befassen. Und das möglichst, bevor es dunkel wird.« Er sah zur Sonne. Es war bereits später Nachmittag.

Die Statue war detailliert gearbeitet. Schon aus der Entfernung zeigten sich die im Kopfbereich abgespreizten Federn. Dazu die kantigen spitzen Schnäbel und die weit vorn angesetzten hochgestellten Augen. Fast schien es, als lebten sie.

Quart Homphé nahm von den anderen kaum noch Notiz. Mit ärgerlichen Handbewegungen schien er allerdings die beiden Echsenwesen vertreiben zu wollen, die einige Meter vor der Statue standen. Es mochte Zufall sein, dass sie sich abwandten, jedenfalls wurde Homphé sofort schneller, als fürchte er, man könnte ihm zuvorkommen.

»Ich hoffe, das ist handgearbeitet. Sieht aber auch aus wie gegossen. Aber solche Banausen – nein, das darf nicht sein, das würde alle Anstrengungen nur verhöhnen.«

Er stürmte auf die Statue zu. Im nächsten Moment prallte er zurück, kämpfte sekundenlang um sein Gleichgewicht und konnte doch den Blick nicht von dem Geschöpf abwenden, das vor ihm aus dem Nichts heraus entstanden war. Er hätte den Arm nur auszustrecken brauchen, um den Tambu zu berühren.

Die Statue lebte. So sah es aus. Tatsächlich war jedoch vor ihr dieses Wesen materialisiert, das ihr auf die Feder glich.

»Es ist gut, Fremder, dass du dich für mein Leben und meine Forschung interessierst«, sagte der Tambu. »Ich bin einer der Wissenschaftler von Cor'morian, mein Name ist Torrak Sil Morn.«

»Homphé«, murmelte der Dicke. »Quartodezimus Filidor Edlervon Homphé.«

»Die Nachwelt wird stolz von mir behaupten, dass ich Entscheidendes zur Entwicklung und Erforschung des Halbraumtriebwerks beigetragen habe. Die schnelle Fortbewegung durch jenes Medium, dessen energetische Konstante niedriger liegt als die des fünfdimensionalen Hyperraums, eröffnet der Raumfahrt gänzlich neue Perspektiven. Das von mir konstruierte Hauptaggregat des Halbraumtriebwerks wird als Mantelkonverter bezeichnet. Dieses Aggregat erzeugt ein kugelförmiges Kompensationsfeld zur Ausschaltung der vier- und fünfdimensionalen Konstanten. Damit wird ein Raumschiff gleichermaßen den Einflüssen unseres Standardraums, also der Grunddimension, entzogen und ebenso gegen das übergeordnete Kontinuum abgeschirmt. Das Eindringen in den Hyperraum wie bei einer Transition wird vermieden. Damit wird die extreme körperliche Belastung von Raumschiffsbesatzungen vermieden, die mitunter zu langen Ausfallzeiten führte. Ich erkläre jetzt die exakte physikalische Wirkungsweise einschließlich der zwischendimensionalen Effekte. Als Grundlage für diesen ersten Abschnitt, der eineinhalb Stunden in Anspruch nehmen wird, sollten die Arbeiten des Theorie-Physikers Cas Anirre sowie des Werkstoffdesigners Ver Horben bekannt …«

Quart Homphé hatte reglos zugehört, aber nun verdrehte er seufzend die Augen. Als er die Hand ausstreckte, um den Tambu zu berühren, verschwand dieser im selben Sekundenbruchteil. Homphés Doppelkinn klappte nach unten. »Das war nur eine Projektion?«, ächzte er. »Aber diese Statue … sie ist echt.« Er stürmte die letzten Meter vorwärts, dann tasteten seine Finger über die Statue. Jede Federrippe schien er abtasten zu wollen. »Rau. Das ist echt, aus Stein gemeißelt. Das ist funktionale Kunst in Vollendung.« Er wich zurück, machte einige Schritte weiter auf den Platz hinaus und wandte sich schließlich zögernd um. »Das ist schön«, sagte er stockend. »Dafür hat es sich gelohnt, zu diesem Platz zu kommen. Ich werde auf dem Mars etwas Ähnliches …« Er stockte, ein Zittern durchlief seinen Körper. Sein Gesicht, eben noch freudestrahlend, wirkte plötzlich wieder eingefallen und matt. »Wir werden es nicht schaffen, diese Welt lässt uns nicht mehr los. Das fühle ich. Wir sind zu schwach.«

»Du willst ins Hotel zurück?«

»Nein, nein, ich …« Quart Homphé wischte sich den Schweiß von der Stirn. »Es ist nur zu viel auf einmal.« Er nieste und wischte sich mit dem Ärmel über die Nase.

»Wir bleiben hier, bis es dunkel wird«, entschied Perry Rhodan. »Es muss doch irgendeine Möglichkeit geben, sich auf diesem Platz zurechtzufinden.«

Achtzehn Statuen, eine kunstvoller gearbeitet als die andere und jede in veränderter Körperhaltung dargestellt, hatten sie hinter sich. Der Zeitaufwand würde enorm sein, selbst wenn sie jeweils nur herauszufinden versuchten, welches Wissen jeweils vermittelt wurde.

Alle Tambu-Hologramme hatten sich bislang als Lehrer für Naturwissenschaften erwiesen. In erster Linie hatten sie Lehrsätze der Physik und Chemie dargelegt. Was an hyperphysikalischem Wissen erläutert worden war, hatte an die Anfänge terranischer Raumfahrt erinnert. Einfach gestrickte Formeln, die erst den Einstieg zum Verständnis der übergeordneten Dimensionen bedeuteten.

Lediglich die Skulptur einer insektoiden Lebensform, die Reginald Bull als Rmedi identifizierte, entpuppte sich als Nachlass eines Geistesgelehrten. »… wir wissen nicht, wie unser Universum enden wird, hier steht heute noch Aussage gegen Aussage. Die Theorie der Rückführung in das Anfangsstadium, des Kollaps durch zunehmende Gravitation und Kontraktion, steht der Behauptung eines sich über alle Zeit hinweg ausdehnenden Raum-Zeit-Gefüges gegenüber. Die einzige natürliche Begrenzung wird das Ausbrennen aller Sonnen sein, zu einem Zeitpunkt, an dem längst keine neuen Sterne mehr geboren werden. Aber auch diese These erscheint zweifelhaft, zumal sie einen unvorstellbar langen Zeitraum abdecken würde. Dessen ungeachtet können wir schon heute feststellen, dass das Leben und die Intelligenz in unserem Universum im Schwinden begriffen sind. Das ist ein extrem langsam ablaufender Prozess, doch erscheint er für gute Statistiker über Jahrtausende hinweg bereits nachweisbar. Ich muss nicht darauf hinweisen, dass für die Gemeinschaft aller Intelligenzen von Vaaligo das Leben das höchste Gut ist, das es zu bewahren gilt. Das Große Vorhaben wird in wenigen Jahrzehnten dem Planungsstadium entwachsen sein und in die Phase der Verwirklichung eintreten. Eines fernen Tages, in

Äonen, wird sich alles Leben dieses Universums vereinen, und unser Geist wird in der Lage sein, das Ende des Universums zu überdauern, wie immer es auch geartet sein mag ...«

»Das Leben als das höchste Gut«, sinnierte Perry Rhodan. »Die Nodronen scheinen davon noch nichts gehört zu haben.«

»Ich weiß nicht«, sagte Reginald Bull, ohne darauf einzugehen, »aber möglicherweise steckt ein System in der Anordnung der Skulpturen. Was meinst du, Quart?«

»Jedes künstliche System ist chaotisch.« Der Dicke wedelte mit den Armen. Er schien überrascht, dass Bull ausgerechnet ihn fragte. »Einzig und allein natürliche Formen bestechen durch ihre Symmetrie. Im makroskopischen Bereich gibt es sehr viele gute Beispiele für eine sinnvolle Anordnung. Nimm eine kristalline Struktur, die sich entlang vieler Symmetrieachsen spiegelt ...«

»Sag das noch einmal«, unterbrach Bully.

Homphé wirkte sofort verunsichert. »Was?«, brachte er hervor. »Ich weiß nicht, was du hören willst.«

»Schon gut.« Reginald Bull winkte ab. »Das mit der Symmetrie. Wenn ich das richtig sehe, sind auf dem Platz der Ewigen Wissenschaft die Fachgebiete gespiegelt angeordnet. Über mindestens eine Achse hinweg, die genau vor uns verläuft. Aber ich glaube eher, dass noch eine zweite, kreuzende Achse hinzukommt.«

»Woher willt du das wissen?«, fragte Perry Rhodan.

»Ich weiß es nicht – ausnahmsweise glaube ich das nur.« Bully deutete auf die verschiedenen Statuen, die sie bereits aufgesucht hatten. Es war in der Tat so, dass die Physiker nebeneinander lagen. »Zwischen ihnen eine gedachte Linie eingefügt, dann folgen nach außen die chemischen Erkenntnisse, danach die geometrischen Lehrsätze. Hier hatten wir gerade die Kosmologie.«

»Und wieso ausgerechnet eine Vierteilung?«, fragte Fran Imith. »Weshalb nicht nur zwei oder acht?«

»Weil die Anzahl der Wissenschaftler geringer wird, je weiter von der Linie sie entfernt aufgestellt wurden«, antwortete Rhodan an Stelle seines Freundes. »Bei einer Zweiteilung wären alle Disziplinen gleich stark berücksichtigt, während eine Achtelteilung die entlang der Linien liegenden Fächer zugunsten der Gesamtzahl bevorzugen würde.«

»Vorausgesetzt, an diesen Trennlinien sind nur die Physiker angeordnet«, wandte Fran Imith ein.

»Was sollte es sonst sein?« Nachdenklich kratzte sich Bully hinter dem Ohr. »Die Statuen bisher sprechen für eine Spiegelung nach Fachgebieten. Demnach brauchen wir nur ein Viertel des Platzes abzusuchen, um eine Art Gesamtplan zu erhalten.«

»Ich schlage vor, dass Perry und ich jeweils allein gehen und du mit Quart und Shimmi.«

»Ich mache das ebenfalls allein«, sagte Homphé.

»Tut mir Leid, Quart«, wehrte Rhodan ab, »aber ich halte deinen Zustand immer noch für zu labil.«

Homphé nickte nur verbissen. »Ich bin es gewohnt, dass man mich nicht braucht. Ein blindes Huhn findet zwar auch einmal ein Korn, so wie eben, aber ansonsten ... Ich verstehe es ja sogar, das ist das Dumme. Nur nicht, weshalb ausgerechnet ich noch lebe, obwohl so viele andere umgekommen ...«

»Hör auf, Quart!«, sagte Fran scharf. »Wenn du akzeptiert werden willst, gewöhn dir dieses falsche Selbstmitleid ab.«

Homphé schüttelte sich ab, fuhr sich mit den Händen übers Gesicht und nickte dann stumm. Es sah jedoch nicht so aus, als hätte er wirklich verstanden. Dass ausgerechnet er die Statue eines Künstlers als eine der nächsten auswählte, mochte Zufall sein, vielleicht, weil sich niemand davor aufhielt. Oder weil es sich um einen der wenigen Nicht-Tambu handelte.

Der Künstler war zugleich Architekt. Oder umgekehrt. Er redete von wachsenden, bedarfsangepassten Gebäuden, von sich selbst kopierenden molekularen Strukturen, die unter steter Energiezufuhr ein nahezu unbegrenztes Wachstum erreichten. Gedacht, um ganze Städte auf Ödwelten wachsen zu lassen, dazu gleichzeitige Urbanisierung für die spätere Besiedlung.

»Jedes Haus ein Kunstwerk.« Quart Homphés plötzlicher Eifer war geradezu unheimlich. »Ich habe es nicht bemerkt.« Er schlug sich mit der flachen Hand an die Stirn. »Hier wächst ein solches Kunstwerk, im Zentrum der Stadt, der Hügel, unter dem die Katakomben liegen. Unsere Zukunft ist also nicht ohne Kunst. Sie hat überdauert, und sie hat seltsame Formen angenommen – aber es gibt sie!«

Bullys angedachte Systematik schien sich tatsächlich zu bestätigen. Im Winkel von ungefähr 45 Grad zur Trennlinie stießen sie auf die Statue einer plump wirkenden vierbeinigen Echse. Ihre Sprache war schwer verständlich, aber was sie erklärte, wurde durch astronomische und astrophysikalische Aufnahmen ergänzt.

Das Abbild einer Spiralgalaxis erschien. Der Sprecher nannte sie Vaaligo. Deutlich erkennbar stand ein Black Hole im galaktischen Zentrum, das Halo wurde von ungewöhnlich vielen Kugelsternhaufen bevölkert, und die langgestreckten Spiralarme zeigten eine Tendenz aufzufasern.

»Das soll Vaaligo sein?«, fragte Shim Caratech verwirrt. »Dann ist Vaaligo nicht unsere Milchstraße.«

»Die Kollision mit dem Nachbarsystem Toolamus ist unvermeidbar«, sagte das Holo des Astronomen. »Beide Sternsysteme werden sich eines Tages durchdringen. Die Simulationen sind eindeutig und lassen über einen langen Zeitraum hinweg erkennen, wie die Spiralstruktur dadurch beeinflusst wird. Diese Simulation unterliegt der akustischen Befehlseingabe und kann beliebig abgerufen werden.«

»Ist eine Rückprojektion in die Vergangenheit möglich?«, fragte Perry Rhodan.

Das Echsenwesen schien ihn anzuschauen. »Selbstverständlich. Nenne deinen Wunsch.«

»Rückprojektion der Bewegung Vaaligos um eine Milliarde Jahre.«

Um Reginald Bulls Mundwinkel zuckte es. Fran Imith kniff die Brauen zusammen und schien etwas sagen zu wollen, brachte aber keinen Ton hervor. Quart Homphé reagierte nicht, er schaute sich schon die ganze Zeit über suchend nach den anderen Statuen um.

Die Konstellationen veränderten sich. Es war eine schnelle rückläufige Drehbewegung, an deren Ende ein Bild stand, das jeder kannte.

»Die Milchstraße!«, platzte Shim Caratech heraus. »Hier, der Orion-Arm und dort M 13 und Arkon.«

Minuten später sahen sie das System der gelben Sonne Tazmai, eingeblendet aus dem Spiralarm, der in der Galaxis Vaaligo dem einstigen Orion-Arm entsprach. Tazmai schien in der Tat identisch mit Sol zu sein, und Balance B war der dritte Planet des Systems. Oder eigentlich der vierte – der Abstand zwischen Balance B und seinem sonnennäheren Nachbarn war ungewöhnlich groß.

»Nein«, brachte Shim erschrocken hervor. »Das ist nicht wahr, oder?«

»Ich fürchte, es stimmt, Shim«, sagte Perry Rhodan. Seine Stimme war belegt. »In dieser Lücke hat früher einmal die Erde ihre Bahn gezogen. Jetzt scheint Terra verschwunden.«

»Vernichtet? Wurde die Erde zerstört?«

»Wir wissen es nicht.«

18

Sie kehrten erst nach Einbruch der Dunkelheit in ihre Unterkunft zurück. Das Wissen um das Verschwinden Terras bedrückte sie. So sehr sie sich sagten, dass diese Tatsache nach einer Milliarde Jahre irrelevant war, die Erde blieb ihre Heimat, und ihre Gedanken hingen ihr nach.

Trotz ihrer Müdigkeit konnte Fran Imith nicht schlafen. Unruhig wälzte sie sich von einer Seite auf die andere. Ihr Mehrzweckarmband, das sie am Nachmittag auf Ortszeit geeicht hatte, zeigte beinahe schon Mitternacht an, als sie aufgab. Eine Zeit lang schaute sie aus dem Fenster. Die Nacht über diesem

Stadtteil war düster, erst in einiger Entfernung geisterten Scheinwerfer über den Himmel und hüllten die höchsten Bauten in eine flirrende Aura.

Fran ließ die Nachrichtensender auf der Bildwand durchlaufen. Es gab wenig Interessantes, einzig einem Kurzbericht über den Tazmai-Sektor als größtem militärischem Aufmarschgebiet der Nodronen widmete sie ihre Aufmerksamkeit. Minuten später glaubte sie, mehrere rochenförmige Raumjäger in großer Höhe über der Stadt zu sehen. Die Jäger verschwanden in südliche Richtung.

Ihre Unruhe blieb und wurde eher noch größer. Fran ertappte sich dabei, dass sie immer öfter aus dem Fenster schaute und den Himmel absuchte. Die Jäger gingen ihr nicht aus dem Sinn.

Es war eine Stunde nach Mitternacht, als sie aus ihrem Cat-Suit die dünne Folie des Restlichtverstärkers hervorholte. Nanotechnik machte es möglich, dass die Folie in mehreren Schichten jedes noch so schwach einfallende Lichtquant verstärkte.

Über Mantagir lauerten keine Jäger. Ihre Triebwerksemissionen hätten Fran wie ein Wetterleuchten erscheinen müssen.

Ihr Blick schweifte tiefer, über dunkle Fassaden hinweg zur Straße hinunter. Nur wenige Passanten waren zu Fuß unterwegs. Zwei standen auf der anderen Straßenseite und unterhielten sich.

Fran Imith schaute genauer hin. Schlagartig wurde ihr bewusst, dass ihre Unruhe gewichtige Gründe hatte. Antrainiertes Misstrauen hatte sie wach gehalten.

Auf der gegenüberliegenden Seite standen zwei Nodronen. Und das keineswegs zufällig. Anhand eines holografischen Plans, dessen Helligkeit für den Restlichtverstärker wie ein Leuchtfeuer war, suchten sie nach etwas. Als sie Sekunden später genau zu ihr aufblickten, zuckte Fran heftig zusammen. Nicht einen Augenblick lang bezweifelte sie, dass die Nodronen die Terraner gesucht und endlich gefunden hatten.

Über die Armbandfrequenz, auf engsten Radius justiert, rief sie nach Rhodan und Bull. Sie erhielt keine Antwort. So fest konnten beide gar nicht schlafen, dass sie den Ruf nicht registrierten. Die Zeit lief ihr davon.

Ein flüchtiger Blick nach draußen. Die Nodronen waren noch da, aber sie hatten sich ein Stück weit entfernt. Ihr holografischer Plan war erloschen. Natürlich, sie brauchten ihn nicht mehr.

Am Himmel noch keine Jäger. Aber sie würden kommen, davon war Fran überzeugt.

Sie riss die Verbindungstür zum Nebenraum auf. Shim fuhr erschreckt hoch.

»Raus aus dem Bett! Du hast zwei Minuten, alles mitzunehmen, was dir wichtig ist. Dann müssen wir hier verschwunden sein!«

»Was ist los?«, fragte Shim schlaftrunken. Immerhin schwang sie sich schon aus dem Bett.

»Mach schon! Wir müssen unsere Leute wecken! Die Nodronen haben uns gefunden.«

Sie verließ den Raum, weckte die Smertens, Dyke und Allgame. Sie begriffen sofort, holten ihrerseits die anderen. Nur von Rhodan und Bull noch kein Lebenszeichen. Es war Fran egal, ob sie das ganze Hotel aufschreckte, als sie gegen die Tür Rhodans hämmerte. Schließlich nahm sie die Ringe an ihrer rechten Hand zu Hilfe. Ein eng gebündelter Desintegratorstrahl fraß sich in den Öffnungsmechanismus. Fran stieß die Tür zur Seite und stürmte weiter. Beide Räume waren leer, die Betten offensichtlich unberührt. Sie fluchte und rannte zurück. Die zwei Minuten, die sie sich als Frist gesetzt hatte, waren fast verstrichen.

Die anderen warteten auf dem Korridor. »Draußen ist alles ruhig«, empfing sie Trebb Wilburn.

»Glaub das nicht. Die Nodronen haben uns entdeckt – ich weiß nicht wie, aber sie haben es geschafft. Die Frage ist nur, ob die Gesandtschaft Kampfjäger schickt oder ob sie versuchen werden, die Angelegenheit diskreter zu regeln.«

»Wo sind Rhodan und Bull?«, fragte Wilburn.

»Ich weiß es nicht. Aber wenn wir uns darüber noch lange den Kopf zerbrechen, kommen wir nicht mehr raus.«

»Wir brauchen die Deflektoren«, sagte Pratton Allgame. »Die Nodronen werden den Eingang überwachen.«

»Dann haben wir auch im Schutz der Unsichtbarkeit keine Chance. Wenn die Nodronen gut sind, rechnen sie mit solchen Spielereien. Wir müssen versuchen, auf andere Weise hier rauszukommen.«

»Ich weiß was!« Shimmi rannte weiter und am Lift vorbei. »Kommt schon, es gibt einen Weg.«

»Bleib hier!«, befahl Fran. Im nächsten Moment glaubte sie, ihren Augen nicht mehr trauen zu dürfen. Shim Caratech war durch eine geschlossene Tür gerannt und verschwunden.

»Was ist?«, erklang Shims Stimme. »Wollt ihr hier raus oder nicht?«

»Gar nicht übel, die Kleine«, bemerkte Allgame. »Aus der wird mal was.«

Nacheinander durchdrangen sie das Holo. Shim zeigte in die Runde. »Versorgungsleitungen. Einige groß genug, dass wir in ihnen weiterkommen.«

»Nein, sie sind eine Falle«, wehrte Fran ab. »Was glaubst du, wie schnell uns die Nodronen da drin aufspüren. Die würden uns über mehrere Etagen hinweg hören.« Trotzdem ging sie weiter. »Wohin geht es da?« Sie zeigte auf den Bodendurchbruch.

»Keine Ahnung«, gestand Shim.

Niemand fragte, weshalb Shimmi überhaupt von dem Versorgungsraum wusste. Das Dröhnen einer fernen Explosion ließ sie erstarren. Homphé wimmerte. »Wenn wir alle sterben, bin ich schuld.« Keiner achtete auf ihn.

»Ich habe die Optik!«, rief Wilburn. »Wenn ich die nach unten schicke ...«

»Mach schon!«, drängte Fran. »Her mit den Bildern!«

Eine zweite Explosion. Staub rieselte von den Rohrleitungen herab. Dumpfe, undefinierbare Geräusche drangen von irgendwoher heran.

In der Übertragung wurden Flüssigkeitstanks sichtbar. Die Optik schwebte zwischen ihnen hindurch. »Nichts«, stellte Fran fest. »Da kommen wir nicht weiter.«

Weitere Explosionen. Dann Schüsse. Schwere, polternde Schritte näherten sich. Befehle hallten heran, von den Schächten bis zur Unkenntlichkeit verzerrt.

»Wenigstens kommen keine Raumjäger«, bemerkte Fran. »Sie schicken nur Truppen.« Das klang sarkastisch.

»Ein paar von denen nehme ich jedenfalls mit.« Allgame hielt plötzlich seinen Strahler in der Hand. Ron Dyke und Khirm Smertens zogen ebenfalls ihre Waffen. »Ich töte niemanden«, widersprach Ronika schroff.

»Da ist etwas!« Wilburns Ausruf elektrisierte sie alle. Tatsächlich zeigte die Übertragung eine schwere Tür, sie befand sich eindeutig in der Außenwand des Hotels. Wahrscheinlich führte sie ins Nachbargebäude hinüber.

»Wir müssen runter!«, bestimmte Fran. »Los, Shimmi, du zuerst. Dann Quart.«

»Ich bleibe hier«, wimmerte der Dicke. »Mich vermisst sowieso niemand.«

»Tu gefälligst, was ich sage!«, herrschte ihn die Agentin an. »Und beweg deinen Hintern!«

Shim hatte sich bereits an den Verstrebungen nach unten gehangelt. Homphé hatte es nicht so leicht, für ihn war die Öffnung beinahe zu eng. Erst als die anderen schoben, klappte es. Homphé klatschte zu Boden und rollte wimmernd zur Seite.

Dyke war der Nächste. Hinter ihm stand Ronika Smertens zwischen den Rohren. Sie griff nach den Verstrebungen, als Schritte heranpolterten. Ein einzelner Nodrone kam. Im Bruchteil einer Sekunde überschaute er die Situation und riss den Strahler hoch.

Ein grünes Flirren zuckte vor. Der Desintegratorschuss traf Ronika in die Brust, wanderte weiter und schnitt einige Leitungen auf. Im selben Moment feuerten Pratton Allgame und Khirm Smertens. Die Glutbahnen ihrer Thermostrahler töteten den Angreifer, als Ronika leblos auf dem Boden aufschlug. Khirm warf sich über sie, zerrte sie zur Seite.

»Sie ist tot, Khirm. Du kannst für sie nichts mehr tun!«

Er starrte Fran Imith an. Seine Lippen bebten, für einen Moment schien er sie anschreien zu wollen, dann wischte er sich mit der Hand übers Gesicht. »Ronika ... war alles ... was ich noch hatte«, brachte er hervor. Er hob die Waffe auf, die ihm entglitten war.

»Runter mit dir!«, befahl Fran.

Khirm schüttelte den Kopf. »Nein. Erst die anderen.«

»Ich befehle ...«

»Das kannst du nicht, Fran.« Er strich seiner Frau übers Haar und küsste die Tote sanft auf die Stirn. »Du müsstest mich schon erschießen ...«

Wilburn schwang sich nach unten. Allgame folgte ihm dichtauf.

»Jetzt du!«, sagte Fran.

Khirm schüttelte den Kopf. »Ohne Ronika gehe ich nirgendwo mehr hin. Mein Weg ist hier zu Ende. Bring die anderen in Sicherheit, Fran – ich hoffe, ihr seht die Erde wieder!«

»Du weißt wirklich, was du tust, Khirm?«

Er nickte nur, dann ließ die Agentin sich von der Seite in den Durchbruch fallen. Die anderen hatten inzwischen die Tür erreicht und feuerten auf die Verriegelung. Rot glühend tropfte das Material ab, die Halterungen gaben nach. Sengende Hitze breitete sich aus.

»Wir brauchen etwas, um die Tür aufzuwuchten. Anders kommen wir hier nicht raus.«

Wasser sprühte aus automatischen Löschvorrichtungen. Sie durchtrennten mehrere armdicke Leitungen, um mit ihnen die Tür aufzustemmen. Das Wasser schoss ihnen unter hohem Druck entgegen und verteilte sich auf dem Boden.

Von der oberen Etage drang Kampflärm. Endlich gab die Tür nach. Ein schmaler, dunkler Korridor wurde sichtbar, der eindeutig zum benachbarten Gebäude gehörte.

»Deflektoren einschalten!«, kommandierte Fran Imith. Nacheinander wurden sie für Dritte unsichtbar, konnten sich selbst aber immer noch gegenseitig sehen, was bei terranischen Modellen unmöglich gewesen wäre. Quart Homphé wälzte bereits durch den Korridor, Shim folgte ihm. Dann Dyke.

Fran Imith war schon mehrere Meter weit in den Korridor vorgedrungen, als sie feststellte, dass Wilburn ihr nicht folgte. Sie wandte sich um, sah, dass er seine Ausrüstung zusammenraffte. Im selben Moment zuckte ein Blitz aus der Höhe herab und weitete sich zur brodelnden Explosion. Eine heftige Druckwelle riss Fran von den Füßen.

Nur Sekunden waren vergangen, aber Fran glaubte, sich alle Knochen gebrochen zu haben. Hinter ihr glühte der Korridor, die Hitze war unerträglich. Trebb Wilburn konnte nicht überlebt haben. Doch den Nodronen war der Weg versperrt.

Das Hotel brannte. In den oberen Stockwerken hatten heftige Explosionen die Wände weggesprengt. In den unteren Etagen leckten die Flammen aus den leeren Fensterhöhlen und loderten gierig an der Fassade empor. Rauch wälzte sich träge die Straße entlang.

Niemand redete. Sie waren nur noch fünf und eine Katze, und sie wussten, dass sie dem Tod nur um Haaresbreite entronnen waren. Durch den Korridor hatten sie ein enges Treppenhaus erreicht, waren von dort in den Keller des Nachbarhauses vorgestoßen und hatten tief unter dem Straßenniveau eine Verbindung auf die andere Straßenseite gefunden.

Von einem Seitengebäude aus hatten sie noch gesehen, wie weitere Nodronen in das schon brennende Hotel eingedrungen waren. Danach hatten neue Explosionen das Gebäude erschüttert.

»Da drüben hat niemand überlebt«, sagte Pratton Allgame erschüttert. Er hatte den Strahler in den Hosenbund geschoben und starrte wie gebannt in die Flammen. Shim streichelte die Ferrol-Katze und redete beruhigend auf sie ein, mehr um die eigene Erschütterung zu verbergen, als das Tier zu beruhigen.

»Wie viele Gäste waren in dem Hotel?«, fragte Ron Dyke. »Nein, ich will es gar nicht wissen.«

»Wir müssen weiter, bevor sie auch hier nach uns suchen!«, sagte Quart Homphé.

Fran Imith schüttelte den Kopf. »Wir haben nur eine Chance, wenn wir hier bleiben. Auf der Straße würden sie uns sehr schnell aufspüren.«

»Und Rhodan und Bully?«

»Falls sie hier irgendwo in der Nähe sind, werden sie sich zurückhalten. Im Augenblick ist es zu riskant, die Funkgeräte zu benutzen. Wir warten!«

Stundenlang brannte das Hotel. Dann sanken die Flammen allmählich in sich zusammen. Irgendwann erschienen Robotgleiter, die mit Löscharbeiten begannen. Vermutlich hatten die Nodronen den Einsatz verzögert.

Es dämmerte bereits, als die ersten Mitglieder des Sturmkommandos abzogen. Sie wirkten martialisch, aufs Töten gedrillt. Shim Caratech und Quart Homphé schliefen zu der Zeit tief, Pratton Allgame stand unverändert steif am Fenster. Er schien nicht müde zu werden. Dyke und Fran Imith hatten sich inzwischen schon einmal abgewechselt.

Erst das Morgenlicht ließ das ganze Ausmaß der Zerstörungen deutlich werden. Bergungstrupps begannen damit, die ersten verstümmelten Leichen aus der Ruine zu holen.

Es war nach neun Uhr, als die letzten Nodronen verschwanden. Eine halbe Stunde später wagte Fran endlich, den Armbandfunk zu aktivieren. Sie benutzte die terranische Standardfrequenz und Interkosmo, als sie nach Rhodan und Bull rief.

»Fran«, das war Reginald Bulls Stimme. »Gott sei Dank, du lebst. Was ist mit den anderen?«

»Drei Tote«, antwortete die Agentin knapp. »Wo, zum Teufel, habt ihr gesteckt?«

Bull schwieg einen Moment lang. »Wir haben uns umgesehen. Als Aktivatorträger brauchen wir nur wenig Schlaf. Wir kamen erst zurück, als die Löscharbeiten schon im Gang waren. Außerdem haben wir gesehen, wie die Nodronen verkohlte Leichen abtransportiert haben. Wir konnten nur hoffen, dass ihr überlebt habt.« Sein Aufatmen war deutlich zu hören.

»Und jetzt?«

»Wir treffen uns so schnell wie möglich. Shim und Quart werden wissen, wo. Oder sind die beiden …?«

»Sie haben es geschafft«, sagte Fran, »Sie und Pratton und Ron.«

Zwischenspiel

Angewidert schaute Axx Cokroide auf die Leichen der drei Verantwortlichen. Die Peitsche des Henkers hatte sie in Streifen geschnitten, ein Tod, der ihnen für einen flüchtigen Moment die Illusion gelassen hatte, überlebt zu haben. Seine Leute sterben zu sehen gefiel ihm nicht, vor allem, wenn es sich um fähige Männer handelte. Aber sie hatten versagt, die Rebellen waren entkommen. Das musste gesühnt werden.

Die Auswertung zeigte, dass es den Unbekannten gelungen sein musste, über ein Nebengebäude die Flucht zu ergreifen. Inzwischen war es zu spät, ihre Spur neu aufzunehmen.

Axx Cokroide kochte. Er wollte diese Flüchtlinge, er musste sie haben, um sie zu befragen. Ihr Fahrzeug war inzwischen gefunden und auf das Gelände der Gesandtschaft transportiert worden. Die in der Kühlzelle entdeckte Leiche einer Frau bewies ebenso wie die Aufnahmen eines Fremden aus dem Stadtzentrum, dass es sich bei den bislang Unbekannten um nodronische Rebellen handelte. Woher jedoch die unbekannte Technik ihres Fahrzeugs stammte, war noch ungeklärt.

Was konnte eine größere Tragweite entwickeln als Rebellen auf Balance B?

Der Fehlschlag im *Ewigen Ei der Irchy-Ba* hatte ihnen einen Vorsprung verschafft. Axx Cokroide zweifelte nicht daran, dass die Rebellen versuchen würden, den Planeten zu verlassen.

Die geforderte Verbindung zum kommandierenden General der 8000 nodronischen Sternenkreuzer im Tazmai-System baute sich auf. »Son'Varish«, begann Cokroide ohne Vorrede, »ab sofort darf kein Raumschiff das System verlassen, das nicht überprüft und freigegeben wurde. Du haftest mir für die Durchführung. Ich erwarte, dass alle nicht-nodronischen Einheiten mit Individual-Tastern nach blinden Passagieren durchsucht werden. Es besteht der Verdacht, dass Rebellen nach Balance B gelangt sind und wieder von dem Planeten zu fliehen versuchen.«

Eine entsprechende Anweisung hatte er schon den Truppen in Mantagir erteilt. Alle Schiffe wurden vor dem Start von den Raumhäfen ebenfalls durchsucht. Darüber hinaus waren sämtliche Zugänge zu den Schaltzentralen der Südhalbkugel des Planeten seit kurzem gesperrt.

Es war nur noch eine Frage der Zeit, bis seine Anordnungen Wirkung zeigen mussten. Die Rebellen konnten nicht mehr entkommen.

Ihnen standen höchst unangenehme Stunden bevor. Im Selbstgespräch stellte sich Axx Cokroide immer wieder seine brennendste Frage: »Was haben Nodronen im Ordensturm der Wissenschaftler von Cor'morian zu suchen?«

19

Ron Dyke

»So können wir nicht zusammenarbeiten!« Ungläubig verfolgte ich, wie Fran Imith Perry Rhodan gegenüber aufbrauste. »Ich habe einen Auftrag zu erfüllen, und ich gedenke, ihn auch auszuführen. Wer mich allerdings behindert, das seid ausgerechnet ihr beide. So geht das nicht …«

»Es scheint beim TLD unbekannt zu sein, dass wir uns selbst ganz gut beschützen können«, antwortete Rhodan leichthin.

Fran Imith blickte ihn entgeistert an. Ich konnte ihren Blick nicht anders bezeichnen.

Bully zuckte mit den Achseln. »Wir sind eben keine gewöhnlichen Leute…«

Fran bedachte ihn mit einem vernichtenden Blick. »Das fürchte ich allmählich auch«, sagte sie. »Einige im TLD haben mich vor euch gewarnt. Dummerweise wollte ich ihnen nicht glauben.«

»Wir hatten eine Nachricht hinterlegt«, sagte Rhodan. »Als Aktivatorträger kommen wir mit sehr wenig Schlaf aus.«

»Der Platz der Ewigen Wissenschaft erschien uns so interessant, dass wir nach weiteren Informationen suchten«, ergänzte Bull.

»Und? Hat es sich wenigstens gelohnt?«, fragte Fran.

Wir standen am Rand eines großen Gleiterlandeplatzes, rings um uns herrschte ein stetes Kommen und Gehen. Rhodan und Bull hatten uns hier erwartet.

»Es ist unglaublich«, sagte Bully. Seine Stimme vibrierte, und das hatte ich an ihm bislang noch gar nicht bemerkt. *Er ist erschüttert*, stellte ich fest. *Oder er-*

griffen. Auf jeden Fall müssen sie Dinge erfahren haben, die selbst einem Unsterblichen an die Nieren gehen. Dabei konnten Rhodan und Bull weiß Gott auf ein bewegtes Leben zurückblicken; sie hatten Geschichte nicht nur erlebt, sondern gemacht.

»Wir reden später darüber«, sagte Perry Rhodan ausweichend. »Wir haben die Zeit genutzt und ein neues Quartier gemietet.« Er lachte, als er unsere ungläubigen Blicke bemerkte. »Scheint nicht billig gewesen zu sein, aber das Guthaben auf den Creditchips hat ausgereicht. Die Wissenschaftler von Cor'morian zahlen.«

Bully nickte. »Gehen wir?«

»Zu Fuß?«

»Was sonst? Das Haus liegt quasi um die Ecke.«

Es dauerte einige Minuten, bis wir den Grünstreifen rings um den Platz durchquert hatten. Eine feudale Gegend empfing uns. Exklusive Glaspaläste hätte man auf der Erde zu den Bauten gesagt, die sich hier, von Parks und sogar Wasserflächen aufgelockert, in den Himmel schraubten.

Ich hörte Rhodan, Fran und Bull über die Schrecken der vergangenen Nacht reden. Sie wollten wissen, wie Khirm, Ronika und Wilburn ums Leben gekommen waren.

»Die Nodronen sind eiskalt«, zischte Fran Imith. »Ihnen scheint völlig egal zu sein, wie viele Unschuldige sterben müssen, damit sie ihre Ziele erreichen.«

»Welche Ziele sind das?«, wandte ich ein. »Herrschaft? Macht?«

»Macht besitzen sie schon«, antwortete Rhodan. »Sie sind die geheimen Herrscher von Mantagir, zweifellos von ganz Balance B. Sonst könnten sie es sich nicht erlauben, ein Bauwerk wie den Ordensturm der Wissenschaftler einzuäschern und das Ganze auch noch als tragischen Unfall hinzustellen.«

»Sie werden uns jagen, bis sie uns haben«, sagte Fran.

Ich spürte, dass ich blass wurde. Sie hatte Recht. Wenn es nicht bald gelang, von Neuem Kontakt zu den Cor'morian aufzunehmen, würde uns keine ruhige Minute mehr bleiben. »Was können die Nodronen über uns wissen?«, fragte ich.

»Das Haus vor uns, das aussieht wie aus gedrehten Röhren zusammengesteckt, ist unser Hotel«, machte Bully uns aufmerksam.

Ich nickte nur und konzentrierte mich auf Rhodan.

»Zu Anfang haben die Nodronen wohl nur herausgefunden, dass ein unbekanntes Fahrzeug dem zusammenstürzenden Ordensturm entkam. Danach werden sie weiter ermittelt haben. Wir hätten es jedenfalls so gehandhabt. Welche Hinweise sie aber zu unserem Hotel geführt haben – wir wissen es nicht. Vielleicht haben die Tambu mit unserer Anmeldung Spuren hinterlassen.«

»Auf jeden Fall«, sagte Reginald Bull, »können wir davon ausgehen, dass der Mars-Liner nicht von ungefähr verschwunden ist. Die Nodronen haben ihn, das lasse ich mir nicht ausreden. Und falls sie ihn schon untersucht haben, wissen sie, dass er einer ihnen völlig unbekannten Technik entstammt. Das ist Grund genug, alles in Bewegung zu setzen, was sie haben …«

»Wie geht es jetzt weiter?«, wollte Pratton Allgame wissen.

Wir hatten unser Ziel erreicht. Atemberaubend schraubte sich das Bauwerk in die Höhe. Ich glaubte, Knoten und Verschlingungen in der Struktur zu erkennen, doch sobald ich mich auf einzelne Elemente konzentrierte, verschwammen sie vor meinen Augen. Zwischen ihnen hingen kantige Gebilde. Sehr viele sogar, und es schienen bei jedem Hinschauen mehr zu werden.

»Chamäleonmaterial«, jubelte Quart Homphé. »Das ist nicht einfach nur ein Gebäude, das ist Kunst. Vollendete Kunst. Von einer Schönheit, die nur ein wahrer Künstler erfassen kann.«

»Wie es weitergeht?«, wiederholte Rhodan. »Ohne die Wissenschaftler können wir nicht in unsere Zeit zurück. Wenn es sie hier nicht mehr gibt, müssen wir nach ihnen suchen. Die Galaxis ist groß; wir werden einen Weg finden, Balance B zu verlassen und die Wissenschaftler zu finden.«

Im ersten Moment glaubte ich, mich verhört zu haben. Weg vom Mars und alles aufgeben, was uns noch mit der Vergangenheit verband? Da draußen würden wir endgültig Entwurzelte sein.

Welke Blätter im Herbststurm. Der Vergleich setzte sich hartnäckig fest und ließ sich nicht mehr verdrängen. Ich hatte Angst. Und sie wurde von Stunde zu Stunde größer.

»Surrealismus pur.« Das war Quart Homphés Kommentar beim Betreten des Hauses gewesen, und seitdem hatten seine Augen einen eigentümlichen Glanz. Als lebte er endgültig in einer anderen Welt, in der Realität und Fantasie ineinander flossen.

Alles befand sich im Fluss, es gab keine geraden Wände, keine Kanten, selbst der Boden schien sich uns immer wieder von Neuem entgegenzuwölben. Dazu eine lichtdurchflutete Offenheit, die die Sinne verwirrte. Für wen auch immer dieses Haus errichtet worden war, Menschen gehörten nicht dazu. Nodronen wohl ebenso wenig. Ich nahm an, dass Rhodan und Bull uns allein schon aus diesem Grund hier eingemietet hatten.

Wir hatten Gelegenheit, uns frisch zu machen. Ein grelles, zweifellos keimtötendes Licht und Warmluft ersetzten die Wasserdusche. Lange stand ich in der Hygienezelle und hoffte, dass die Spuren der Nacht von mir abfielen. Vergessen würde ich nie können, aber ich fühlte mich danach einigermaßen ausgeglichen und regeneriert.

Den anderen erging es ähnlich, als wir uns zur Lagebesprechung trafen. Unsere Gemeinschaft war erneut zusammengeschmolzen, und ich fragte mich, wer von uns der nächste sein würde – ein Gedanke, für den ich mich am liebsten getreten hätte.

Die anderen warteten schon in Rhodans Zimmer, als ich eintraf. Im Hintergrund war eine Bildwand aktiv. Natürlich mussten wir über die aktuelle Entwicklung in Mantagir auf dem Laufenden bleiben, auch wenn sich die Nodronen bestimmt nicht von der Öffentlichkeit in die Karten sehen lassen würden.

»Wir sind vollzählig«, bemerkte Fran Imith überflüssigerweise. Im Grunde war das nur die Aufforderung an Rhodan und Bull, uns zu berichten, was sie auf dem Platz herausgefunden hatten.

»Auch wenn es in Mantagir nicht so aussieht, wir haben auf dem Platz der Ewigen Wissenschaft die Information erhalten, dass das Leben und die Intelligenz im Universum langsam und scheinbar unaufhaltsam zurückgehen«, begann Perry Rhodan. »Das ist an sich keine neue oder erschütternde Erkenntnis, schließlich wissen wir, dass die Hohen Mächte des Kosmos im Begriff sind, das Leben einzudämmen, indem sie jede Förderung eingestellt haben. Das betrifft gleichermaßen den Bau von Sporenschiffen, die Lebenskeime ausstreuen, wie die gewaltigen Sternenschwärme, mit deren Hilfe einst die Entwicklung der Intelligenz gefördert wurde. Seitdem ist eine Milliarde Jahre vergangen, und was wir heute Nacht erfahren haben, scheint zu beweisen, dass die langfristigen Maßnahmen der Kosmokraten greifen.«

»Wie viel habt ihr erfahren?«, fragte Allgame.

»Für einen Überblick ausreichend«, antwortete Rhodan. »Was aber auf dem Platz noch auf uns wartet …« Er zuckte mit den Achseln. »Was dort im Lauf der Jahrhunderte oder Jahrtausende zusammengetragen wurde, ist enorm.«

»Deshalb diese nahe gelegene Unterkunft«, vermutete ich.

»Ja. Wir wollen jede freie Minute nutzen, um die Statuen zu befragen«, sagte Bull. »Je mehr wir wissen, desto größer sind unsere Chancen.«

»Die Völker in Vaaligo wissen demnach von den Maßnahmen der Kosmokraten«, stellte Fran Imith fest. »Und sie gehen gegen sie vor. Sie machen denselben Fehler wie andere vor ihnen.«

»Ja und nein«, sagte Bull.

»Was soll das heißen?«

»Was Bully damit ausdrücken will«, fuhr Perry Rhodan fort, »ist die Tatsache, dass niemand in Vaaligo von den Maßnahmen der Kosmokraten zu wissen scheint, die in unserer Zeit getroffen worden sind. Obwohl der Kosmos immer noch vor Vielfalt zu bersten scheint, sind ihre Auswirkungen ersichtlich. Dagegen gehen die Völker von Vaaligo gemeinsam vor.«

»Offenbar aber doch nicht so gemeinsam, wie es klingt.« Fran Imiths Feststellung hatte einiges für sich. Die Nodronen waren der Schwachpunkt in dieser vermeintlichen Zusammenarbeit, ganz gleich, um was es dabei ging.

»Ehrlich gesagt«, wandte ich mich an Rhodan, »ich verstehe immer noch nicht, um was es eigentlich geht. Besiedeln sie neue Welten? Oder züchten sie vielleicht neues Leben?«

»Keines von beidem. Es gibt ein Großes Vorhaben aller Völker. Noch konnten wir nicht in Erfahrung bringen, seit wann dieses Projekt betrieben wird, ob es sich nur um einige Zehntausend Jahre handelt oder gar mehrere hunderttausend.«

Ein Laut grenzenloser Überraschung war das Erste, was wir von Shim Caratech zu hören bekamen. Allerdings hatte sie wie gebannt zugehört, mit offenem Mund und zusehends größer werdenden Augen.

»Im Rahmen dieses Projekts wurde der dritte Planet des Tazmai-Systems vor ungefähr tausend Jahren aus dem Sonnensystem entfernt. Und einige zehntausend andere wichtige Welten und Sonnen ebenfalls.«

»Der dritte Planet – Terra?« Die Agentin blickte von einem zum anderen. Nebenher behielt sie aber auch die Holoprojektion im Auge. Ich hatte gesehen, dass sie mehrfach bei einem abrupten Bildwechsel zusammengezuckt war. Sie traute dem Frieden nicht.

»Wenn es sich wirklich um die Erde handelt, und es gibt momentan keinen Grund, das anzuzweifeln«, fuhr Perry Rhodan fort, »dann ist sie heute eine hochtechnisierte Welt namens Balance A. Sie wurde in den Orbit einer blauen Riesensonne versetzt, ungefähr 55 Lichtjahre von hier entfernt.«

Ich war erstaunt, wie offen Rhodan mit uns redete. Schließlich waren das Fakten, die uns nicht gerade anspornten. Die Erde umstrukturiert und in die Umlaufbahn um eine fremde Sonne versetzt. Wer auf dieser Welt geboren worden war, hing an ihr, sie war etwas Besonderes, ein blaues Juwel, und wenn ich mich nicht irrte, waren wir alle hier Kinder der Erde.

Ein erstickter Laut kam von Quart Homphé. Fast gleichzeitig schrie Fran Imith auf.

Ich reagierte gerade noch schnell genug, um erkennen zu können, dass die Bildwand unseren Mars-Liner zeigte.

»... es zeigt sich, dass die seitens des Empire von Nodro getroffenen und von den Wissenschaftlern von Cor'morian stets kritisierten Maßnahmen gerechtfertigt waren«, sagte die Stimme eines Sprechers. »Die vorausgesagte Bedrohung hat sich als real erwiesen. Doch obwohl achttausend Einheiten von Nodro das Tazmai-System und den Orbit von Balance B abriegeln, ist es fremden Kräften gelungen, in Mantagir einzudringen. Dieses Fahrzeug einer uns unbekannten Technik, das zunächst in der Botschaft von Nodro überprüft wird, ist der unwiderlegbare Beweis. Es wird in Kürze zu einer eingehenden Untersuchung nach Nodro verschifft.«

Das Bild wechselte. Mein Entsetzen steigerte sich noch.

»Die Fremden agieren in der Maske von Nodronen. Aber ihre Tarnung ist nicht perfekt. Sie sind körperlich schwächer, ihre Augen verraten sich durch eine andere Färbung. Auch ihre Kleidung entspricht nicht nodronischen Gewohnheiten.«

In einer unglaublich langen Sequenz war das Gesicht der Kosmopsychologin zu sehen. Natürlich hatten die Nodronen ihre Leiche im Kühlfach entdeckt. Sie hatten sogar Imaras Lider wieder geöffnet. Meine Kiefergelenke schmerzten, so heftig biss ich die Zähne aufeinander. Was die Nodronen taten, war unwürdig.

Augenblicke später war Quart Homphés Konterfei zu sehen. Der Dicke streifte sich gerade umständlich den Pullover über.

»Ich wusste es«, jammerte Homphé von Neuem. »Ich bin schuld, ich allein …«

»Halt den Mund!«, herrschte Rhodan ihn an. »Sie haben uns auch ohne dich gefunden. So schnell würden wohl nicht einmal die Nodronen reagieren.«

Wir hörten den Fahndungsaufruf. Die Bevölkerung von Mantagir wurde aufgefordert, sofort Meldung an die nodronische Botschaft zu erstatten, sobald wir gesehen wurden. Unsere Gegner schienen nicht zu wissen, wie viele wir wirklich waren, aber sie wussten, dass wir den Anschlag auf das Hotel überlebt hatten.

»Wenn wir Pech haben«, hörte ich mich sagen, »werden wir in diesem Moment verraten.«

Perry Rhodan nickte. »Wir müssen sofort verschwinden. Noch können wir es im Schutz der Deflektoren schaffen …«

Es war ein eigenartiges Gefühl, im Schutz der Unsichtbarkeit durch die Stadt zu fliehen. Die am dichtesten belebten Straßen und Plätze mieden wir ohnehin, weil wohl jeder Bewohner Mantagirs sofort auf den Zusammenprall mit etwas Unsichtbarem reagiert hätte. Öffentliche Verkehrsmittel verboten sich aus demselben Grund. Mit unserer endgültig planlos gewordenen Flucht verloren wir zugleich jede Hoffnung, dass die Tambu uns doch noch aufspürten. Ich fragte mich, wie lange wir ohne Verbündete durchhalten konnten.

Wir hatten erst zwei oder drei Kilometer zurückgelegt, als Quart Homphé schlappmachte. Er ließ sich zu Boden sinken und war nicht mehr zum Weitergehen zu bewegen.

Hoch über uns patrouillierten Raumjäger der Nodronen. Natürlich waren ihre Optiken in die Straßenschluchten gerichtet, und die Aufnahmen wurden in ihrer Gesandtschaft sofort ausgewertet. Wir durften also nicht riskieren, selbst für kurze Zeit unsere Deflektoren abzuschalten.

Wann würden die Nodronen auf den Gedanken kommen, per Energieortung nach uns zu suchen?

»Wir müssen Mantagir verlassen«, sagte Fran Imith eindringlich. »Hier sind wir nicht mehr sicher.«

Pratton Allgame verzog das Gesicht zu einer säuerlichen Grimasse. »In einer solchen Situation werden die Raumhäfen abgeriegelt«, argumentierte er. »Das weiß der TLD ebenso gut wie ich. Wir kommen da mit unseren Deflektoren nicht rein. Es sei denn, deine Agentenausrüstung ist umfangreicher als gedacht.«

Fran schaute den Weinbauern nachdenklich an, sagte aber nichts.

Inzwischen war Homphé wieder einigermaßen fit. Er kam von selbst auf die Beine und stolperte vor uns her. Wie immer man zu ihm stehen mochte, er schien seine letzten Reserven zu mobilisieren. Dass die Nachrichten ausgerechnet sein Konterfei gezeigt hatten, musste ihn schwer getroffen haben.

Irgendwann fiel mir auf, dass wir nach Norden gingen. Ich bemerkte es nur, weil uns die unentwegt patrouillierenden Raumjäger nun entgegenkamen. »Wenn ich mich recht entsinne, liegt am nördlichen Stadtrand die Gesandtschaft von Nodro«, sagte ich schließlich.

Pratton warf mir einen bedeutungsvollen Blick zu. »Das ist so, mein Freund. In ihrer unmittelbaren Nähe werden sie am wenigsten mit uns rechnen.«

Im Schatten haushoher Farnwedel legten wir eine längere Rast ein. Ein geradezu urweltlich anmutender Wald war das, schwül-dampfend und voll ungewohnter Gerüche. Eine ähnliche Region hatten wir kurz nach unserer Ankunft über Mantagir entdeckt. Oder handelte es sich vielleicht um denselben Bereich? Ich konnte die Umgebung nicht zuordnen.

Tiere lärmten hoch über uns in den Wedeln. Ich hoffte jedenfalls, dass es Tiere waren und nicht Intelligenzen; Shimmi hatte mir den Zwischenfall mit ihrer Katze und dem haarigen kleinen Humanoiden berichtet. Sie saß mit übereinander geschlagenen Beinen neben mir, hatte den Korb mit Schikago auf ihren Oberschenkeln stehen und machte irgendwelche Notizen. Als ich versuchte, mehr zu erkennen, zog sie die Schreibfolie zur Seite und schüttelte verbissen den Kopf. Die Ähnlichkeit, die sie in dem Moment mit ihrer Ferrol-Katze hatte, war verblüffend. Schikagos Mimik wirkte ebenso zornig. Immer wieder schlug sie nach der Folienkuppel, die ihr den Weg nach draußen verwehrte.

»Wir sind ebenfalls eingesperrt«, raunte ich. »Also mach dir nichts draus. Nach dieser Zeit kommt eine andere.« Shim bedachte mich mit einem überraschten Blick von der Seite, schwieg aber.

Im Sichtschutz der Farne hatten wir die Deflektoren abgeschaltet. Wir mussten sparsam mit der Energie umgehen. Keiner wusste zu sagen, wie lange die Energieversorgung funktionieren würde.

Reginald Bull hantierte mit einem faustgroßen Gerät. Gleich darauf leuchtete vor ihm ein Holowürfel auf. Wenn ich es richtig sah, projizierte er eine der örtlichen Nachrichtensendungen. Er grinste breit, als Fran Imith sich vor ihm aufbaute und ihn musterte.

»Selbst gekauft, meine Liebe«, sagte er. »Heute Morgen. Die Creditchips sind wirklich Gold wert. Ist übrigens interessant, was da abläuft. Unsere lieben Nodronen ziehen eine flächendeckende Fahndung auf, die für eine Hand voll Flüchtlinge viel zu viel der Ehre ist. Ich habe gerade mitbekommen, dass alle startenden Raumschiffe durchsucht und die Passagiere überprüft werden. Diesen Planeten verlässt keine Maus mehr unkontrolliert.«

»Haben die hier Mäuse?«

»Ja, ich denke schon. Warum eigentlich nicht?«

Zwischen den beiden knisterte es auf eine eigentümliche Weise. Ich glaubte, dass Bully die Agentin bewunderte, zugleich aber vor seinen eigenen Empfindungen zurückschreckte. Und er wollte diese Gefühle verbergen. Am meisten wahrscheinlich vor sich selbst.

»Über welchen Zeitraum werden sie die Fahndung aufrechterhalten?«, wollte Pratton wissen. »Ein solcher Aufwand ist normalerweise nur für wenige Tage gerechtfertigt. Danach werden wir uns wieder ungezwungener bewegen können.«

Rhodan schüttelte den Kopf. »Nicht einmal der erwartete Prior-Forscher scheint auf dem Planeten gelandet zu sein. Worauf sollen wir warten, Pratton? Selbst wenn es aberwitzig klingt: Wir müssen hier weg, weil wir die Wissenschaftler von Cor'morian brauchen.«

»Und sie uns«, fügte Fran Imith hinzu.

»Marschieren wir deshalb nach Norden?«

»Ja. Wenn alle Raumschiffe kontrolliert werden, müssen wir uns eines suchen, für das eigene Regeln gelten: eine nodronische Einheit.« Seine Kompromisslosigkeit erschreckte mich. Aber dann verstand ich. Unsere beste Chance war, Balance B als blinde Passagiere zu verlassen – an Bord eines nodronischen Raumers.

Schon der Gedanke daran trieb mir den Schweiß auf die Stirn. Aber Rhodan meinte es ernst.

Wir marschierten los. Irgendwann lagen Dutzende Kilometer hinter uns, mehr als ich uns zugetraut hatte. Gewohnt, solche Strecken zu gehen, war keiner von uns. Mir brannten die Füße, der Rücken schmerzte, und wenn ich mich zu dehnen versuchte, hatte ich das Gefühl, in einer eisernen Zwinge zu stecken. Shim hatte bis jetzt ohne zu klagen durchgehalten, und nur Quart Homphés Unleidlichkeit feierte neue Triumphe. Als Pratton ihm Schläge androhte, verlegte er sich auf bitterböse Blicke.

Es ging auf Mitternacht zu. Vor uns erstreckte sich die Gesandtschaft des Empire Nodro, ein unüberschaubarer monströser Komplex, der weiträumig in gleißende Lichtflut getaucht wurde. Einiges relativierte sich jedoch bei weiterer Annäherung. Der taghell erleuchtete Bereich war der botschaftseigene Raumhafen. Mindestens ein Dutzend großer Raumer stand dort. Die gewaltigen Zylinderkonstruktionen mussten Frachter sein, während es sich bei den schlanken, raketenförmigen Schiffen mit dem trichterförmig erweiterten Heck eher um Kriegsschiffe handelte. In dem separaten Bereich des Hafengeländes, in dem die Kreuzer auf ihren Landestützen ruhten, starteten und landeten in unregelmäßigen Abständen die rochenförmigen Angriffsjäger. Mit donnernden Triebwerken rasten sie über uns hinweg.

Ich spürte, wie sich mir die Nackenhaare aufstellten. Die Gesandtschaft, die skrupellose Macht, für die sie stand, machten mir Angst. Ich wollte wieder zurück in die Straßen Mantagirs. Dort, in dem Völkergewirr, fühlte ich mich wohler. Ein Gedanke kam mir. Unerhört und … ich drückte ihn schnell weg.

»Das Gelände ist von energetischen Zäunen umgeben«, stellte Bully fest, nachdem er eine Zeit lang mit den Ortungen seines Kombiarmbands hantiert hatte. Aus unerfindlichen Gründen versagten die Pikosyns nach wie vor den Dienst.

»Energiezäune kann man überwinden«, sagte Pratton.

»Die Geschütztürme auch?«, fragte ich und deutete auf die massiven Kuppeln, die sich in regelmäßigen Abständen im Innenbereich erhoben.

»Gegen Bodenziele sind solche Waffen nicht zu gebrauchen«, antwortete Rhodan.

Werkstätten und Hangars lagen zur Linken, rechterhand erhob sich in einiger Distanz ein hufeisenförmiges Gebäude. Das musste die eigentliche Gesandtschaft sein.

»Irgendwo auf dem Gelände ist unser Mars-Liner abgestellt.« Das klang, als überlege Perry Rhodan nur laut. Für mich stand fest, dass er genau wusste, was er wollte. »Der Bus wurde hier überprüft«, fuhr er fort. »In den Speziallabors auf Nodro wird darüber hinaus jedes einzelne Aggregat auseinander genommen und seine Funktionsweise analysiert werden. Ich vermute, dass der Transport nach Nodro bald erfolgen wird.«

Darauf wollte er also hinaus. Wir sollten an Bord unseres Busses den Planeten verlassen! So aberwitzig konnte selbst ein Perry Rhodan nicht agieren. Ich starrte wie gebannt auf die Gesandtschaft. Alles in mir wehrte sich dagegen, mich weiter der Anlage zu nähern. Und jetzt wollte Rhodan uns nicht nur dorthin führen, sondern direkt nach Nodro? Auf eine ganze Welt voller Nodronen?

Er schien bemerkt zu haben, dass ich ihn entgeistert anstarrte. »Keine Angst, Ron«, sagte er zu mir. »Ich bin nicht lebensmüde. Aber besteht nicht immer die Möglichkeit, dass ein Frachter von Piraten gekapert wird?«

»Vielleicht stellst du dir Piraten anders vor.« Reginald Bull zwinkerte mir aufmunternd zu. »Doch so ist das nun einmal. Jeder muss sehen, wo er bleibt.«

Nur noch hin und wieder fauchten Kämpfjäger über uns hinweg. Ansonsten war es auf dem Botschaftsgelände ruhig geworden.

Rhodan, Bull und Fran Imith hatten eine Zeit lang lebhaft debattiert. Ich hatte ihnen nur mit Mühe folgen können, zu sehr war ich in meinen eigenen Gedanken gefangen.

Pratton hatte sich mehrfach eingemischt. Fran hatte, wie sie sagte, auf Nummer Sicher gehen und vorab das Gelände erkunden wollen. Ihr Vorschlag, allein aufzubrechen, war jedoch erst von Bull vehement abgelehnt worden, und dann hatte sich auch Rhodan dagegen entschieden.

»Im Notfall müssten wir Funkkontakt aufnehmen und ein unnötiges Ortungsrisiko eingehen. Aber selbst wenn das nicht der Fall wäre und sie dich bemerken, hätten wir keine zweite Chance mehr«, war sein Argument gewesen. »Uns bleibt ein einziger Versuch, nicht mehr.«

Im Schutz der Dunkelheit und mit aktivierten Deflektorfeldern näherten wir uns dem Zaun. Ich war der Letzte der Gruppe, noch hinter Homphé. »Haltet Abstand!«, sagte Fran Imith warnend. »Das sind hochgespannte intermittierende Felder. Sollte es zu Überschlägen kommen, wird der, den es erwischt, nicht einmal mehr Zeit haben, das zu bedauern.«

Quart Homphé jammerte verhalten.

»Du hältst den Mund, Dickwanst!«, herrschte Fran ihn an. »Der Deflektor schützt vor optischer Wahrnehmung, aber nicht vor deinem Gegrunze.« Sie blickte in die Runde. »Wir sind drei Personen mit Erfahrung und vier, die keine Ahnung haben, was auf sie zukommt.«

»Vier«, sagte Pratton Allgame. »Vier mit Erfahrung.«

Fran musterte ihn durchdringend. »Wieso höre ich das erst jetzt?«

»Es war noch nicht wichtig. Ich kenne mich mit Hochenergiesperren leidlich gut aus.«

»Leidlich gut ist zu wenig.«

»Dann eben bestens.«

»Braucht man das im Weinbau?«

Pratton zuckte mit den Achseln. »Nicht unbedingt.« Es war offensichtlich, dass er sich nicht weiter dazu äußern wollte. »Was ist jetzt?«, drängte er. »Gehen wir oder nicht? Wir müssen zu zweit sein, wenn wir einen feldleeren Raum von ausreichender Größe schalten wollen.«

»Das weiß ich selbst.« Fran wandte sich Rhodan und Bull zu. Rhodan nickte knapp, Bull schaute den Weinbauern nachdenklich an. »Gib ihm dein Armband, Reginald«, bat die Agentin.

»Das ist nicht nötig«, wehrte Pratton ab. »Wenn ich mich auf etwas verlasse, dann auf mein eigenes Werkzeug. Eine gewisse Standardausrüstung gehört heutzutage zu jedem Planetenausflug.«

Ich hatte das Gefühl, dass er sich amüsierte. Für einen Moment war ich sogar versucht anzunehmen, dass er ebenfalls einem Geheimdienst angehörte. Zur größeren United Stars Organisation vielleicht, die gelegentlich mit dem TLD kooperierte?

Einige Meter vom Zaun entfernt versuchten die beiden, Frequenzbereiche zu ermitteln. Sie wollten eine Interferenz herstellen, die in einem eng begrenzten Bereich die tödliche Wirkung aufhob, ohne dabei eine Rückkoppelung zu provozieren, die Alarm ausgelöst hätte. Ich ertappte mich dabei, wie ich mir wünschte, dass sie es nicht schafften. Dass sie ihre Anstrengungen aufgaben und wir alle wieder in Mantagir untertauchten.

Ein leichtes Flirren entstand zwischen ihnen, eine Art Wellenbewegung, die sich nach beiden Seiten ausbreitete. Dabei hörte ich Pratton Allgame zum ersten Mal eine Verwünschung ausstoßen. Fran und er erstarrten.

Kurz darauf entstand erneut dieses Flirren. Diesmal hatte es Bestand, ein eng pulsierender Bereich, der blasser wurde, und plötzlich erschien es mir, als weite sich dieses Flirren über zwei, drei Meter hinweg aus.

»Jetzt!«, zischte Fran. »Beeilt euch!«

Reginald Bull ging dicht vor mir auf den entstandenen Durchlass zu. Er zog Homphé mit sich. Shimmi hetzte mit ihrem Korb heran, ich ließ sie vor mir passieren. Ich zögerte.

»Worauf wartest du noch, Ron?«, sagte Rhodan. »Jetzt oder nie!« Als ich nicht reagierte, zog er mich kurzerhand mit sich. Ich ließ es geschehen, unfähig, mich zu wehren, aber auch, aus eigener Kraft den Schritt zu machen. Allgame und Fran Imith bildeten den Abschluss. Unmittelbar nach ihnen schien die Öffnung aufzuwallen, der Energiezaun schloss sich wieder.

Wir waren drin.

Und ich starrte sehnsüchtig nach draußen.

Das Gelände war riesig. Mehrmals zogen Bodengleiter nahe an uns vorbei. Offensichtlich patrouillierten Nodronen rings um die Anlage. Besonders effektiv gingen sie dabei nicht vor, sonst hätten sie uns bemerkt.

Zügig näherten wir uns den Werkhallen. Kurz bevor wir die erste erreichten, öffnete sich ein Segment der Außenwand. Zwei Raumjäger schwebten heraus.

Dahinter konnte ich gerade noch weitere Maschinen erkennen, an denen Nodronen arbeiteten, dann riss mich eine kräftige Hand zu Boden. Keine Sekunde zu früh. Die Jäger starteten, und das keineswegs nur mit ihrem Antigrav-Triebwerk. Eine heiße Woge peitschte über uns hinweg, dann folgte erst die eigentliche Druckwelle. In dem Moment hätte ich mir die Seele aus dem Leib schreien können, und niemand hätte es gehört. Obwohl ich mühsam um einen festen Halt kämpfte, wurde ich meterweit davongeschleudert.

»Weg hier!«, raunte mir Bully zu. »Lauf!«

Wir schafften es gerade noch vor einer eintreffenden Fahrzeugkolonne in den Schutz des nächsten Gebäudes. Hinter der Kolonne schloss sich die Werkhalle wieder. Dass keiner von uns zu Schaden gekommen war, erschien wie ein Wunder. Shim hatte während des Starts der Jäger krampfhaft den Korb festgehalten und einige Schürfwunden abbekommen, aber nicht mehr. Quart Homphé war jedoch am Ende seiner Kräfte. Er würde nicht mehr lange durchhalten. *Und du,* fragte ich mich unvermittelt. *Was ist mit dir? Wie lange hältst du das hier noch durch?*

»Es ist besser, wenn wir zwei Gruppen bilden«, sagte Perry Rhodan. »Fran und ich suchen nach dem Mars-Liner, ihr anderen bleibt hier zurück. Wir kommen allein schneller vorwärts.«

»Fran und ich gehen«, widersprach Bully. »Alles andere ist indiskutabel.«

Rhodan nickte nur.

Seit eineinhalb Stunden waren wir schon auf dem Gelände. Die Nacht verstrich mit Riesenschritten. Alles blieb ruhig, doch meine Nervosität wuchs. Ich spürte, dass eine Entscheidung bevorstand. Quart Homphé schlief, das war das Beste, was er tun konnte. Irgendwann brachte Shimmi ein handflächengroßes Gerät aus ihrer Tasche hervor, aber sie ließ es ebenso schnell wieder verschwinden. Sie hatte selbst erkannt, dass sie uns damit möglicherweise verraten hätte.

Einige Zeit später fielen mir die Augen zu. Ich schreckte dennoch regelmäßig wieder auf. Und endlich waren Reginald Bull und Fran Imith wieder da.

»Wir haben den Mars-Liner gefunden. Er wird nicht bewacht. Wie es aussieht, bereiten die Nodronen seinen Abtransport vor.«

Schweres Transportgerät stand vor dem Liner. Die Nodronen brauchten ihn nur noch auf die Lastenplattform zu verladen und aus dem Hangar zu fahren. Zwei Frachtraumer warteten in Sichtweite; vielleicht würden wir mit einem davon diesen Planeten verlassen.

»Versiegelt«, sagte Reginald Bull in dem Moment, und seiner Stimme war der mühsam verhaltene Zorn anzuhören. »Wir können nicht eindringen, ohne dass die Nodronen davon Wind bekommen.«

»Gibt es eine andere Möglichkeit, nach innen zu gelangen?«, wollte ich wissen.

»Zur Not über den Frachtbereich. Aber die Verschlussklappen wurden ebenfalls präpariert.«

»Jedes Siegel lässt sich irgendwie öffnen«, wandte Pratton Allgame ein. Er sagte es so betont, dass ich mich fragte, ob er auch davon Ahnung hatte.

»Natürlich«, bestätigte Bully. »Alles ist nur eine Frage der Ausrüstung. Unsere Technik wäre allem, was wir bislang auf Balance B gesehen haben, hoch überlegen. Leider steht uns nicht das Richtige zur Verfügung. Wir bräuchten mindestens eine Werkstoff-Analysesonde, um einigermaßen sicher an die Siegel herangehen zu können. Ich nehme an, dass keiner zufällig eine solche Sonde einstecken hat.«

»Wir können zumindest die Siegel lösen?«, hörte ich mich fragen.

Reginald Bull nickte. »Das schon. Nur bringt es uns nicht weiter. Ein offenes Siegel fällt ebenso schnell auf wie ein zerstörtes.«

»Ich werde es wieder schließen«, sagte ich.

Die Köpfe der anderen ruckten herum. Bull blickte mich entgeistert an. »Das soll wohl ein Witz sein! Du weißt, was das bedeutet, Ron?«

»Natürlich. Einer von uns bleibt auf Balance B zurück – in dem Fall ich.« Im Moment, in dem ich die Worte aussprach, löste sich etwas in mir. Als fiele eine große Anspannung von mir ab, ein Gewicht, das mir die Luft abgedrückt hatte.

»Das kommt nicht in Frage«, wehrte Perry Rhodan ab. »Wir finden einen anderen Weg.«

»Es gibt keinen«, behauptete Fran.

»Es muss einen geben!«

»Das ist egal«, schaltete ich mich ein. »Ich habe mich entschieden. Ich bleibe.«

»Du meinst es ernst, Ron?«

»Hätte ich das sonst vorgeschlagen?«

»Was willst du hier tun?«, fragte Fran Imith. »Hier ist niemand, der auf dich wartet.«

Ich zuckte die Achseln. »Niemand wartet auf mich. Weder hier noch auf Terra, noch anderswo. Deshalb bin ich auf den Mars gekommen: Um ein neues Leben zu beginnen. Und das werde ich tun.« Ich blickte zurück, zur Skyline Mantagirs. Zigmillionen lebten dort, die Angehörigen hunderter, vielleicht tausender Völker. Es musste dort einen Platz für mich geben.

»Und die Nodronen?«

»Werden sich den Teufel um mich scheren. Nicht lange, und sie werden merken, dass ihr ihnen entkommen seid. Sie werden nie auf den Gedanken kommen, dass einer von uns hier geblieben ist.«

Schweigen setzte ein, dann spürte ich eine Hand auf meiner Schulter. Sie gehörte Pratton Allgame. »Komm, ich zeige dir, wie du durch den Zaun kommst.

Allein kannst du nur ein kleines und instabiles Feld erzeugen, aber das sollte genügen.«

Niemand erhob Einspruch. Die Entscheidung war gefallen. Ich zitterte – vor Aufregung. Ich fragte mich, welche Überraschungen mein neues Leben für mich bereithielt.

Fran Imith benötigte zehn Minuten, um das Siegel an der vorderen Rundschleuse zu lösen. Sie zeigte mir, was ich tun musste, damit keine Spuren zurückblieben. »Ron«, sagte sie dann, »mögen alle deine Wünsche in Erfüllung gehen.«

Shimmi fiel mir um den Hals, dann verschwand sie wortlos in der Schleuse.

»Mach's gut, Ron, wird schon schief gehen.« Pratton legte mir noch einmal die Hand freundschaftlich auf die Schulter. Sogar Quart Homphé zeigte sich gerührt, sein Händedruck war gar nicht schwammig, sondern überraschend fest.

Perry Rhodan und Reginald Bull waren die Letzten, die sich von mir verabschiedeten. Ich spürte, dass es insbesondere Perry schwer fiel. Wenn es ihm möglich gewesen wäre, hätte er wohl mit mir getauscht. Aber ein Mann wie er wurde in der Milchstraße gebraucht – in seiner eigenen Zeit, seiner eigenen Welt. Ich … ich hatte meine verloren. Aber ich würde sie wiedergewinnen.

»Mach dir keine Sorgen, Perry. Wir sehen uns bestimmt wieder«, sagte ich. Perry blickte mich nur fragend an. »Bist du unsterblich oder nicht?«, fuhr ich fort. »Was sind schon eine Milliarde Jahre für einen Aktivatorträger? Vielleicht …«

Er zog mich an sich, und für einen kurzen Moment bestand zwischen uns eine innige Vertrautheit.

»Ich glaube es nicht«, sagte er. Dann war ich allein.

Das Schott wurde von innen geschlossen. Mit aller Sorgfalt drückte ich das Siegel wieder an. Ohne mich noch einmal umzuwenden, verließ ich die Halle im Schutz meines Deflektors.

Mantagir wartete.

20

Vergeblich reckte Fran Imith den Hals, um Ron Dyke noch einmal zu sehen. Er war von einem Moment zum anderen verschwunden.

Bedrücktes Schweigen herrschte im Bus. Sie alle fragten sich, ob Rons Plan gelingen würde. Sollte er den Nodronen in die Hände fallen, war ihm ein grausames Ende sicher. Shim Caratech öffnete ihre Tasche und spielte nervös mit ihrem Inhalt. Das Haarspray rollte zur Seite.

»Bitte nichts herumliegen lassen, was vom Deflektorfeld nicht erfasst wird«, mahnte Fran. »Ich frage mich ohnehin, ob es besser wäre, uns zu verstecken.«

»Hier kommt niemand herein«, sagte Allgame. »Die Siegel werden erst auf Nodro gelöst.«

»Ein Blick durch die Fenster kann uns verraten.«

»Wir haben die Deflektoren.«

»Deren Energievorrat eventuell begrenzt ist. Wir brauchen den Schutz der Unsichtbarkeit später noch dringend.«

»Fran hat Recht«, bestätigte Perry Rhodan. »Wir müssen uns rechtzeitig ein geeignetes Versteck suchen.«

»Für Quart haben wir das große Gepäckfach neben dem hinteren Schott«, sagte Reginald Bull. »Die Hygienezellen sind ebenfalls nicht von außen einsehbar. »Zwei oder drei Personen passen in jede. Es wird dann zwar etwas eng ...«

»Das wäre also geklärt«, sagte Perry Rhodan. »Sobald sich außerhalb des Busses nur das Geringste bewegt, ist absolute Ruhe zu halten. Sonderlich lange werden wir es hier ohnehin nicht aushalten müssen.«

»Und jetzt ab nach hinten!«, verlangte Bully.

»Stellprobe?«, argwöhnte Shim.

Es funktionierte auf Anhieb. Wenn auch Quart Homphé keuchte und ihm der Schweiß in Strömen ausbrach.

»Wir wissen immer noch nicht, was wirklich gespielt wird«, erinnerte Allgame, als sie wieder auf die Sitzbänke zurückgekehrt waren. »Nachdem wir noch Zeit haben, wie wäre es mit weiteren Erklärungen? Was ist das für ein Großes Vorhaben, von dem gesprochen wurde? Vor allem, was hat die Erde damit zu tun?«

Perry Rhodan schaute ihn nachdenklich an. »Ein Schwarm«, sagte er. Nur diese beiden Worte, doch sie schlugen ein wie eine Bombe.

Fran Imith ruckte herum und blickte den Terraner ungläubig an. Allgame keuchte. »Das ist unmöglich. Die letzten Schwärme wurden stillgelegt ...«

»Vor einer Milliarde Jahren«, stellte Fran fest. »Es gibt sie nicht mehr, weil das Leben als solches überhand nahm.«

»Aber ... wenn hier ein Schwarm neu entsteht ...«

»Keineswegs auf Geheiß der Hohen Mächte«, sagte Perry Rhodan.

»Wer steckt dann dahinter?«

»Nach Aussage einer Tambu-Statue die Wissenschaftler von Cor'morian«, sagte Reginald Bull. »Sie wurden als Erstes Schwarmvolk bezeichnet. Von ihrer Heimatwelt ging die erste Phase der Erbauung des Vaaligischen Schwarms aus – sie selbst nennen es jedoch das Große Vaaligische Vorhaben. Dass der Planet Cor'morian seit geraumer Zeit als verschwunden gilt und die Wissenschaftler sehr zurückgezogen leben, ändert nichts daran, dass sie nach wie vor als höchste moralische Instanz in Vaaligo gelten. Ihre Weisungsbefugnis üben sie aber nur noch selten aus.«

»Ich verstehe das nicht.« Shim war hörbar irritiert. »Was ist das, ein Schwarm? Was soll damit bezweckt werden?«

»Du hast noch nichts davon gehört?«

»Na ja, etwas schon, aber es hat mich nie wirklich interessiert.«

»Am besten stellst du dir einen Schwarm wie eine wandernde Kleingalaxis vor«, sagte Bully. »Eine Zusammenballung von Sonnen und Planeten auf engstem Raum, dazu gedacht, auf endloser Bahn durch das Universum zu ziehen und die Intelligenz zu fördern. So ein Schwarm, wenn er richtig eingesetzt wird, ist das moralisch höchststehende Unternehmen, das ich mir vorstellen kann. Das gilt auch für den im Entstehen begriffenen Vaaligischen Schwarm. Er wurde gebaut, um den Galaxien der Lokalen Gruppe das Leben zurückzubringen, ein kosmischer Entwicklungshelfer, wenn du so willst.«

»Ich habe nicht den Eindruck, dass das Leben schwindet.«

»Weil Mantagir einer der wenigen Orte ist, an denen Vertreter aller Intelligenzen leben. Ansonsten sieht es so aus, als hätte sich die Zahl der raumfahrenden Zivilisationen gegenüber einst bald halbiert.«

»Wie passen die Nodronen ins Bild?« Quart Homphé schien doch nicht so unbeteiligt zugehört zu haben, wie es den Anschein hatte.

»Wir wissen es noch nicht«, gestand Rhodan ein. »Nicht einmal, ob das eine mit dem anderen etwas zu tun hat.«

Shim Caratech hatte sich auf ihren Sitz gekniet, die Arme auf der Lehne verschränkt und das Kinn aufgestützt. Sie schaute Perry Rhodan fragend an. »Wie groß ist so ein Schwarm?«

»Die größte Breite beträgt knapp tausend Lichtjahre, in der Länge sind es beinahe sechseinhalbtausend. Die Zahl aller schwarminternen Sonnen und Planeten liegt bei rund 300 000, wird aber im Lauf seiner Reise erfahrungsgemäß anwachsen. Und der Vaaligische Schwarm wird in Kürze seine Ewige Reise antreten.«

Shims Staunen war offensichtlich. Einen Schwarm zu bauen war schon vor Äonen eine Meisterleistung von Technik und Logistik gewesen, die ganze Galaxien über lange Zeit hinweg beschäftigt hatte.

Ein dumpfes Rumoren erklang. Minuten später waren leichte Vibrationen wahrzunehmen. Doch zu dem Zeitpunkt war im Innern des Mars-Liners-01 schon niemand mehr zu sehen. Seine Passagiere hatten ihre Verstecke aufgesucht.

Die Erschütterungen nahmen zu, der Schwebebus wurde angehoben …

…. und geraume Zeit später wieder abgesetzt.

Die Stille, die folgte, sollte nur von kurzer Dauer bleiben.

Nach einer halben Stunde setzte ein durchdringendes Vibrieren ein. Perry Rhodan kannte diese Art der Erschütterung. Es entstand, wenn ein kleineres Raumschiff mit Impulstriebwerken startete.

Das Vibrieren hielt minutenlang an. Dann, für einen ganz kurzen Moment, setzte die Schwerkraft aus.

Rhodans Folgerung war eindeutig. Mars-Liner-01 befand sich an Bord eines nodronischen Raumschiffs, wahrscheinlich ein Frachter, der soeben mit Kurs Nodro gestartet war und die planetare Atmosphäre hinter sich gelassen hatte. In Betracht kam auch noch eine sehr kleine militärische Einheit, auf jeden Fall keiner der großen Sternenkreuzer vom Raumhafen der Gesandtschaft. Die kurzzeitige Veränderung der Schwerkraft war durch die Regelung der Schiffsaggregate auf Standardwerte entstanden.

Rhodan wies Quart Homphé und Shim Caratech an, in ihren Verstecken zu bleiben, und kurz darauf traten er, Bull, Fran und Pratton im Schutz ihrer Deflektorschirme in den Lagerraum, in dem die Nodronen den Mars-Liner abgesetzt hatten. Nur wenige Meter vor ihnen zeichneten sich die Umrisse eines Mannschotts im nackten Stahl ab.

»Was glaubt ihr«, fragte Pratton Allgame, »wie groß ist die Besatzung?«

»Fünfzehn, vielleicht zwanzig Nodronen«, erwiderte Bully. »Mehr bestimmt nicht.«

Der Öffnungsmechanismus des Schotts war einfach zu bedienen, es genügte, ihn mit drei Fingerkuppen gleichzeitig zu berühren. Die Stahlfläche glitt auseinander.

Fran Imith und Rhodan huschten hindurch. Vor ihnen lag ein zweiter, größerer Lagerraum. Nur wenige Schritt vom Schott entfernt stand ein Nodrone, ein grober, ungeschlachter Kerl mit wallendem Haar. Verwundert starrte er auf das sich von Geisterhand öffnende Schott und zog die Waffe, noch ehe er einen Schritt nach vorne machte. Einen Augenblick später sank er gurgelnd zusammen. Seine Waffe polterte zu Boden.

Ein zweiter Mann, er hatte sich am anderen Ende des Raums mit mehreren Containern befasst, schaute auf. Er sah den Kameraden zusammenbrechen, das offene Schott und riss sofort den Strahler hoch. Eine unsichtbare Kraft stoppte seinen Arm noch in der Aufwärtsbewegung. Aus größer werdenden Augen schaute er zu, wie die Waffe sich in seiner Hand selbstständig machte, aber bevor er reagieren konnte, wurde sein Arm ausgehebelt. Sein Aufschrei hatte etwas Klägliches, als er sich in der Luft überschlug und schwer auf dem Rücken aufkam. Der Versuch, wieder aufzuspringen, blieb im Ansatz stecken, dann kippte er schlaff zur Seite.

»Haben die alle so harte Knochen?«, erklang eine Frauenstimme aus dem Nichts heraus.

»Keine Ahnung, Fran«, antwortete Reginald Bull. »Ich weiß nur, dass der Nächste mir gehört.«

»Wenn es darum geht, den Burschen einiges heimzuzahlen, bin ich auch noch da«, meldete Pratton seine Ansprüche an.

»Das ist kein Spaziergang«, erinnerte Rhodan.

Von den Frachträumen aus gelangten sie auf einen langgestreckten Korridor. Niemand war zu sehen.

»Wo sind die Maschinenräume und die Hangars?«, dachte Bully laut nach. »Die Mannschaftsquartiere dürften so kurz nach dem Start nicht belegt sein, zumindest nicht, solange das Schiff sich noch innerhalb des Systems befindet.«

»Wir trennen uns«, entschied Rhodan. »Kontakt über Armband. Die Zentrale erobern wir gemeinsam.«

Sie benötigten nicht einmal zehn Minuten, um weitere acht Besatzungsmitglieder aufzuspüren und auszuschalten. Die Dagorgriffe, von unsichtbaren Händen ausgeführt, zeitigten durchschlagenden Erfolg. Zudem erwiesen sich die Handwaffen aus dem Hotel als Kombistrahler. Der Paralysemodus sorgte dafür, dass die Nodronen für geraume Zeit handlungsunfähig bleiben würden.

Das Schiff entpuppte sich als zylinderförmige Konstruktion. Aus der Anordnung der Räumlichkeiten ergab sich die Folgerung, dass die Zentrale im Bereich der Bugregion zu suchen war. Ungefähr in der Schiffsmitte trafen die vier Terraner wieder zusammen.

Das Schiff beschleunigte inzwischen. Vermutlich stand die erste Überlichtetappe kurz bevor.

Die Zentrale lag vor ihnen. Das geöffnete Hauptschott wirkte geradezu wie eine unausgesprochene Einladung. »Kein Risiko eingehen. Wir nehmen gleich die Paralysestrahler.«

Das Schott ließ nur zwei Personen gleichzeitig passieren. Fran Imith und Reginald Bull drangen als Erste in die Zentrale vor. Im selben Moment flammten über den Bildschirmen blaue Lichter auf.

Fran Imith hastete nach vorne. Im Laufen feuerte sie ihre Waffe ab. Aber der Nodrone, auf den sie gezielt hatte, warf sich gedankenschnell zur Seite. Lediglich Bully traf. Aus dem Augenwinkel heraus sah er einen vierten Nodronen an einem Pult hantieren. Bully fuhr herum und löste den Paralysator aus. Doch da hatte der Nodrone schon seinen Strahler hochgerissen und feuerte. Es grenzte an Wahnsinn, innerhalb der engen Zentrale eine Thermowaffe zu benutzen, doch Nodronen kümmerte das nicht.

Der Glutstrahl zuckte auf Fran Imith zu. Die TLD-Agentin befand sich wie die Übrigen im Schutz ihres Deflektorfelds, der Nodrone hatte nur zufällig in ihre Richtung gezielt.

Bullys Aufschrei kam zu spät. Fran wirbelte zwar noch herum, aber gleichzeitig traf der Thermoschuss ihren Oberkörper und flutete auseinander. Rhodan und Allgame feuerten nun ebenfalls. Ihre Paralysatorschüsse machten dem Spuk ein schnelles Ende.

»Vierzehn«, sagte Fran in diesem Moment. »Ich hoffe, das waren schon alle. Die Zentrale gehört zumindest uns.«

Bully blickte sie ungläubig an.

»Was ist?« Fran lachte gequält. »Ich bin kein Geist. Du kennst doch die kleinen Spielzeuge des TLD; ein Schutzschirmprojektor im Fingerring, gerade ausreichend für solche Treffer.«

Bully nickte schwer. Er lauschte. Etwas hatte sich verändert. Augenblicke später verstand er: Die Triebwerke waren verstummt.

»Ein vorprogrammierter Hilferuf wurde ausgelöst«, stellte Rhodan fest. »Sieht ganz danach aus, als hätten wir ein kleines Problem.«

»Wenn es nur das wäre«, antwortete Bull. Ein Blick auf die Bildschirmgalerie zeigte ihm, dass der Frachter noch weit näher an Balance B stand als angenommen. »Wir werden die Meute in kurzer Zeit auf dem Hals haben. Falls wir bis dahin nicht mit dem Kahn umgehen können, sehen wir alt aus.«

Zwischenspiel

Auch der zweite Zugriff auf die Rebellen war gescheitert. Allerdings zeigten die Aufforderungen über die öffentlichen Nachrichtendienste Wirkung. Axx Cokroide wusste nicht, wie knapp die Rebellen erneut entkommen waren, aber sie hielten sich aus unerfindlichen Gründen immer noch im Zentrum Mantagirs auf. Es war nur mehr eine Frage der Zeit, bis ihnen alle Fluchtwege abgeschnitten sein würden. Seine Truppen hatten längst begonnen, die Stadt systematisch zu durchkämmen.

Dennoch war Cokroide unzufrieden. Die letzte Meldung stammte vom frühen Abend des vergangenen Tages, mittlerweile stand die Sonne schon wieder zwei Handbreit hoch über dem Horizont. Irgendwo mussten die Rebellen die Nacht verbracht haben, vermutlich unter freiem Himmel. In dieser Phase waren sie am verletzlichsten.

Ein Anruf schreckte ihn aus seinen Überlegungen auf.

»Von der Funkzentrale wurde vor wenigen Augenblicken der automatische Notruf eines Frachters empfangen, Herr. Die STOLZ VON NODRO …«

»Was ist geschehen?«, fragte er scharf. Der Schiffsname sagte Axx Cokroide genug. Es war der Frachter, der das Fahrzeug der Rebellen nach Nodro transportieren sollte.

»Wir wissen es noch nicht. Ein Angriff fremder Raumschiffe ist ausgeschlossen, ein technischer Defekt auf die Entfernung nicht erkennbar …«

Die Rebellen! Axx Cokroide begriff, dass er am falschen Ort nach ihnen suchen ließ. Während er sie in Mantagir vermutet hatte, mussten sie auf das Gelände der Gesandtschaft geschlichen sein. Anders konnte es nicht sein. Er ignorierte die offene Verbindung und schaltete weitere Hyperfunkkanäle.

»Dies ist ein Notfall. Die STOLZ VON NODRO ist umgehend aufzubringen! Aber keine Totalvernichtung. Der Frachter darf das System auf keinen Fall verlassen!«

Der Befehl wurde von einem Dutzend Sternenkreuzern bestätigt. Die weiteren Bestätigungen sah Cokroide schon nicht mehr. Er stürmte über den angrenzenden Korridor zum nächsten Transmitterraum, um persönlich die Verfolgung aufzunehmen. Diesmal hatten die Rebellen zu viel gewagt. Sie saßen in einer Falle, aus der es kein Entkommen gab.

Axx Cokroide freute sich schon auf die Verhöre.

21

Es war keine schöne Arbeit, aber besser als nur herumzustehen und vor Angst nicht mehr klar denken zu können. »Hilf uns, die Bewusstlosen einzusammeln!«, hatte Fran Imith ihn aufgefordert. »Wir schließen sie in einen leeren Hangar ein. Wenn sie aufwachen, müssen sie sicher verwahrt sein.«

Er hatte nicht geahnt, wie schwer die Burschen waren. Zögernd beugte sich Quart Homphé nach vorne. Der Bewusstlose hatte nicht nur völlig verfilztes Haar, er stank auch geradezu erbärmlich.

Quart bemühte sich, nicht allzu tief einzuatmen. Wieder ergriff er den rechten Arm des Nodronen und zerrte ihn ein Stück weit hinter sich her. Er war körperliche Arbeit nicht gewohnt. Andererseits hatte er den Nodronen schon auf den Korridor hinausgezerrt. Nur noch dreißig Meter fehlten bis zum Hangar.

Er stutzte. Hatte der Bewusstlose nicht eben den Mund verzogen?

Da war es wieder. Der Nodrone öffnete sogar ein Auge. Dunkelrot funkelte die Pupille. Der Kerl erwachte viel zu schnell.

Quart Homphé überlegte, ob er davonlaufen sollte. Aber die anderen würden ihn dann erst recht für einen Schwächling halten. Das hier war seine Chance, allen zu beweisen, dass er auch anders sein konnte.

Der Nodrone hatte jetzt beide Augen offen. Doch sein Körper war nach wie vor gelähmt, er bewegte sich nicht.

»Glotz mich nicht so an! Ihr seid Mörder und Verbrecher. Genau, das seid ihr.«

Der Kerl winkelte den Unterarm an, ballte die Finger zur Faust. Quart Homphé glaubte, sein Herzschlag müsse aussetzen. Dann brüllte er aus Leibeskräften los: »Hilfe! Hierher! Kommt schon, helft mir! Schnell!«

Niemand kam, und der Nodrone hatte inzwischen beide Arme angewinkelt. Seine Augen brannten voll unverhohlenem Hass. Jeden Moment würde er aufspringen und ... Quart Homphé fasste sich an den Hals. *Renn weg!*, schrie alles in ihm. *Lauf, bevor er dich umbringt!* Nicht einmal das konnte er.

Der Nodrone spannte die Muskeln an. Seine Beine zuckten. Quart Homphé schickte ein Stoßgebet zum Himmel oder jedenfalls das, was er für ein Gebet hielt. Gleichzeitig schloss er die Augen, kniff die Lider fest zusammen, ballte die Faust und schlug mit aller Kraft zu.

Der Schmerz raubte ihm beinahe die Besinnung. Er hatte sich die Hand gebrochen, alle Knochen zersplittert. Nie mehr würde er eine Holoinstallation vorbereiten können, von einer Skulptur in den Marsbergen ganz zu schweigen. Er hätte das nicht tun dürfen, hätte ... der Schmerz zwang ihn, die Augen wieder zu öffnen. Entgeistert blickte Quart Homphé auf den Nodronen, der erneut reglos am Boden lag. Er starrte seine Hand an, danach den Bewusstlosen, dann quälte sich ein heiseres Lachen über seine Lippen.

»Ich war das! Ich habe ihn niedergeschlagen, ich, Quartodezimus Filidor Edlervon Homphé!«

Er lachte, bis ihm die Tränen über die Wangen rollten.

»Verdammt einfache Technik«, stellte Reginald Bull fest. »Linearantrieb und Positroniken. Absolut nichts Vernünftiges und wirklich Schnelles.« Seine Finger huschten über die Schaltflächen der Konsolen. Nur manchmal zögerte er.

»Ich hoffe, du hast keine Probleme damit«, sagte Perry Rhodan. »Andernfalls übernehme ich.«

»Unsinn. Was die hier haben, ist ein Rückschritt. Bekanntes Prinzip, bekannte Anordnung, nur unlesbare Schriftzeichen. Aber auf die bin ich zum Glück nicht angewiesen.«

Nacheinander veränderte sich die Anzeige der Schirme. Ortungsbilder zeichneten sich ab, Skalen und Verlaufsgrafiken ... alles das, was auf terranischen Raumschiffen längst von den überlichtschnellen Syntrons abgearbeitet wurde.

»Wenigstens haben wir den orbitalen Wachgürtel schon weit genug hinter uns. Aber in dem System wimmelt es von Schiffen. Das müssen die achttausend Wachschiffe des Empire sein und dazu jede Menge Frachter.«

»Ich habe hier einige Dutzend große Brocken in der Anzeige«, meldete Rhodan. »Nach meinem Dafürhalten sind das Raumstationen. Vielleicht gehören sie zum Schwarm.«

»Wenn ich mich jetzt um etwas kümmere, dann um den verdammten Antrieb dieses miesen Kahns«, schimpfte Bully. »Das Ding ist eine lahme Ente. Na los doch, komm, wo bleibt der Schub?« Er hatte es endlich geschafft, die blockierten Triebwerke freizuschalten. Lange Flammenzungen leckten aus den Heckdüsen. Die Außenbordoptiken zeigten die Bilder.

»Die Positronik ist schon programmiert. Das sieht mir nach einer lächerlich kurzen Überlichtetappe aus. Aber egal, nur weg von hier.«

»Das wird auch Zeit«, bemerkte Perry Rhodan. »Mehrere schnelle Kreuzer nähern sich auf Kollisionskurs. Distanz …«

»Vergiss es, ich will's nicht hören! Ich frage mich, was ich noch tun muss, um das Ding auf Fahrt zu bringen.«

Ein grelles Aufleuchten sprang von den Schirmen herab und tauchte die Zentrale in ein unwirklich anmutendes Licht.

Bully schnaubte. »Schlechte Zielvorgabe. Die sind noch zu weit entfernt für Wirkungsfeuer. He, jetzt hab ich endlich die Schutzschirme. Aber ich sag's gleich, viel Vertrauen habe ich in die nicht.«

Ein gelbliches Flirren zeigte sich auf den Schirmen der Direktbeobachtung. Wieder feuerten die Verfolger. Diesmal lagen die Strahlbahnen deutlich näher, beinahe schon bedrohlich nahe.

Bully verstummte. Verbissen beobachtete er die Kontrollen. Dann kam sein triumphierender Ausruf: »Eintauchgeschwindigkeit erreicht!«

Die ferne Sonne, das fahle Band der Milchstraße und die angreifenden Raumer verschwanden und wichen dem rötlichen Grau des Linearraums.

Sie waren in Sicherheit.

Vorerst.

Perry Rhodan

ODYSSEE

2

Leo Lukas

Der geheime Krieg

Du bist das Davonlaufen leid?
Dann stell dich der Erkenntnis, dass sich
der hartnäckigste Verfolger niemals abschütteln lässt,
jener, vor dem du fliehst, seit du denken kannst:
du selbst.

Celia Dos Torres

Es ist erschütternd zu erfahren,
Wie nahe wir an der Verzweiflung wohnen.
Wie dünn der Schleier ist, der uns die Welt
Erträglich scheinen lässt; und wie
Zerbrechlich, was uns aufrecht hält.

Otto Blume (apokryph)

Fear, ladies and gentlemen,
is the only true comedian in town.

Ian Rankin

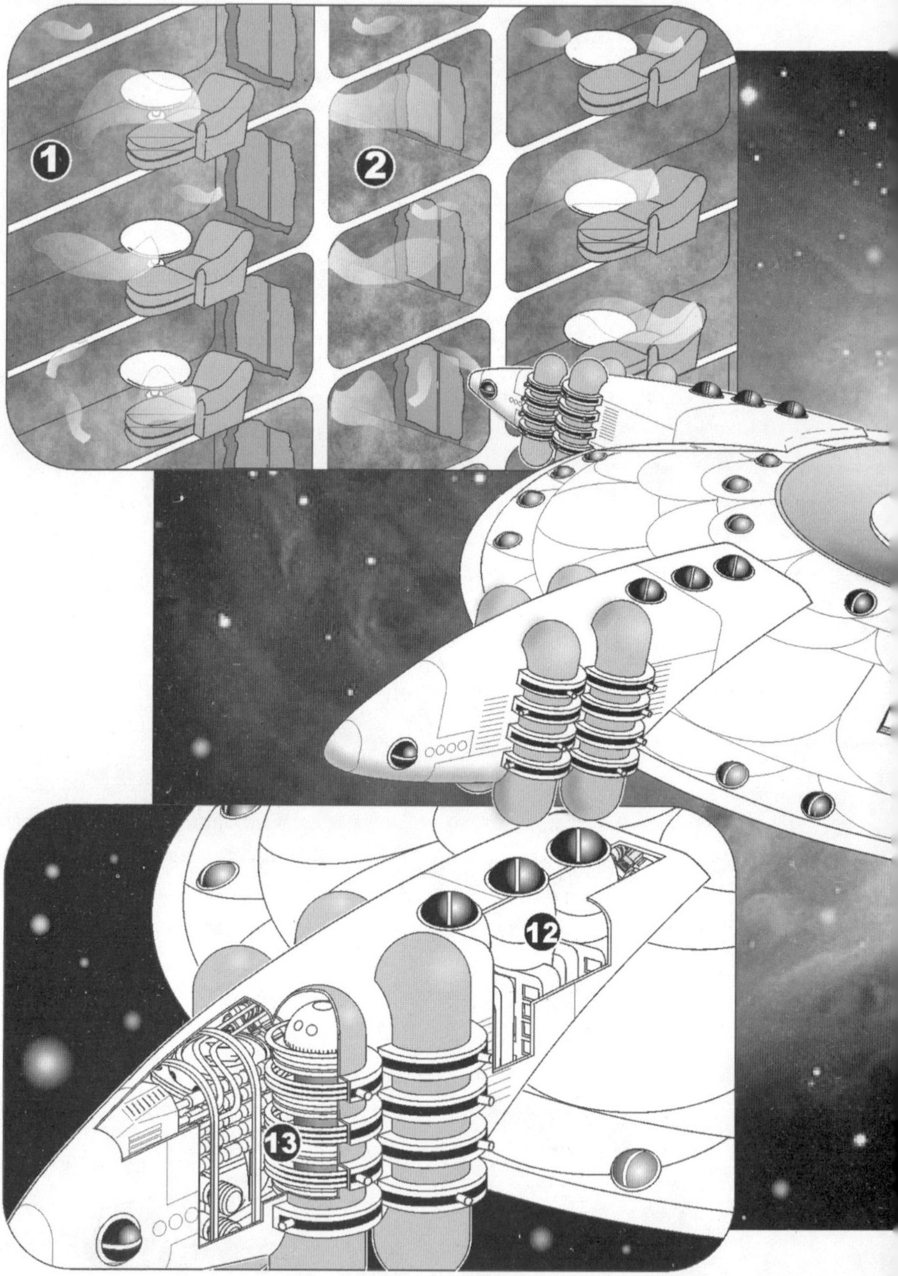
1
2
12
13

3
4
5
6
7
8
11
9
10
9
9

Schwerer Kampfpaat der Quochten

Quochten erreichen zwischen 1,60 und zwei Metern Körpergröße. Ihr Kopf erinnert an irdische Frösche, ihr Oberkörper ist birnenförmig. Sie fürchten offene Flächen, da ihre Vorfahren den Angriffen von Flugechsen ausgesetzt waren.

Die Quochten nutzen verschiedene Raumschifftypen. Die Zeichnung zeigt einen schweren Kampfpaat, ein Schlachtschiff. Es führt 72 Tripuls- und 96 Bipulsgeschütze.

Der Kampfpaat erinnert von oben betrachtet an einen pockenübersäten Rundstern. Sein Durchmesser beträgt 933 Meter, die Höhe 117 Meter. Bis zu 750 Quochten bedienen das Schiff, weitere 500 können als Landungstruppen an Bord genommen werden.

Das Innere des Kampfpaats ist wie bei allen Raumschiffen der Quochten höhlenartig angelegt. Quochten bevorzugen eine hohe Luftfeuchtigkeit. In ihren Wohn- und Arbeitsbereichen schweben stets kleine Dampfwolken, und es tropft von der Decke. Selbst die Zentrale macht keine Ausnahme.

Das Überlichttriebwerk des Schiffes kann modular komplett ausgetauscht werden. 24 schwere Energiespeicher ermöglichen große Reichweiten und die Versorgung leistungsfähiger Offensiv- und Defensivbewaffnung.

Erläuterungen:

1 Standardunterkunft eines einfachen Besatzungsmitglieds
2 Typischer höhlenartiger Laufgang
3 Überlichttriebwerk in Kassettenbauweise
4 Primäre Energiespeicher
5 Unterkunftsbereiche
6 Lebenserhaltungssysteme, mehrfach redundant
7 Hauptkraftwerk
8 Schutzschirmgeneratoren (4 x 4 + Projektorstaffeln)
9 Sekundäre Leitstände
10 Brücke
11 Brücke, von außen gesehen
12 Bipulsgeschütze
13 Tripulsgeschütze

Prolog

Ein Routineauftrag, sagten sie.

Mhm.

Eigentlich wolltest du Urlaub nehmen. Es war hoch an der Zeit. Du hattest den Job ziemlich satt. Man muss sich auch mal um sich selbst kümmern, nicht ständig nur um andere, oder?

Aber das wäre auf dem Mars, sagten sie. Auf dem Mars! Der dich immer schon fasziniert hat. Das steht nämlich in deinen Akten: »Mars-Nostalgikerin«. Na bitte – und jetzt bekommst du sogar dafür bezahlt. Flug, Spesen, alles inklusive. Kannst ja, wenn du willst, hinterher ein paar freie Tage anhängen, sagten sie. Sozusagen das Nützliche mit dem Angenehmen verbinden.

Damit haben sie dich geködert. Mit dem Mars, und mit Perry Rhodan.

Was, *er persönlich?*, hast du gefragt: Ich soll die Leibwächterin für *Perry Rhodan* spielen?

Für niemand Geringeren. Reginald Bull ist übrigens auch noch dabei.

Moment mal – eine einzige Agentin des Liga-Dienstes wird dazu abgestellt, sowohl den Terranischen Residenten als auch den Verteidigungsminister zu beschützen?

Womit du keineswegs andeuten wolltest, dass die nicht sehr gut auf sich selbst aufpassen könnten. Das sind lebende Legenden. Die ersten Menschen auf dem Mond. Die zwei, die uns zu den Sternen geführt haben. Wie lange ist das her? Drei Jahrtausende, grob geschätzt. Dreitausend Jahre, in denen, ausgehend von einem abgelegenen, kleinen blauen Planeten, ein beachtliches Sternenreich errichtet wurde.

Dennoch ...

Reiner Routineauftrag, haben dich deine Vorgesetzten beruhigt. Nur eine kurze Rundtour, noch vor dem offiziellen Startschuss zur Neubesiedelung des Mars. Ein für die Medien inszeniertes Spektakel: Rhodan und Bull gondeln mit dreißig ausgesuchten Existenzgründern, Künstlern und Wissenschaftlern in diesem Museumsstück, diesem uralten Vehikel, dem original »Mars-Liner 01«, über den roten Dünen herum. Die beiden wissen nicht einmal, dass du unter den Passagieren bist. Warum auch? Was soll schon groß passieren? Ihr besichtigt drei, vier Ausgrabungsstellen, die Trivid-Sender kriegen hübsche Bilder, und das war's dann.

Kannst ja, wenn du willst, hinterher noch ein paar freie Tage anhängen, sagten sie. Ganz gemütlich. Also quasi: bezahlter Urlaub. Genau dort, wo du immer hin wolltest, Fran.

Mhm.

Nur dass dann ein wenig mehr daraus geworden ist.

Um etwa *eine Milliarde Jahre* mehr …

Jetzt rast du, in einer unglaublich fernen Zukunft verschollen, mit einem brustschwachen Frachtkahn überlichtschnell durch den Halbraum. Wohin? Keine Ahnung. Rhodan und Bull wissen es auch nicht. Aber sie arbeiten daran.

Na immerhin!

Der Ausflug ist zum Albtraum geworden. Von den dreißig Passagieren leben bloß noch fünf. Und ein furchtbar lästiges Katzenvieh mit dem absolut dämlichen Namen Schikago. Alle anderen sind den Attacken der Nodronen zum Opfer gefallen, Friede ihrem Angedenken. Resümee: Nach einer knappen Woche in der Galaxis, die vor unvorstellbar langer Zeit einmal eure heimatliche Milchstraße war, habt ihr fünfundzwanzig Menschen verloren und noch keinen einzigen Freund gefunden. Dafür aber jede Menge Fieslinge, die euch ans Leder wollen.

Ein Routineauftrag, sagten deine Vorgesetzten.

Mhm.

1 *Fluchtversuche*

1 Der Bildschirm zeigte ein graues Wabern, das von rötlichen Schlieren durchzogen wurde. Oder einen roten Nebel, in dem gräuliche Formen schwammen. Oder …

»Besser nicht zu lang hinsehen«, erklang Perry Rhodans Stimme. »Das kann Kopfschmerzen und Schlimmeres zur Folge haben. – He, hallo, Quart! Hörst du mich?«

Quartodezimus Filidor Edlervon Homphé zuckte zusammen. Er spürte, dass ihn jemand an der Schulter rüttelte, erst sachte, dann heftiger. Quart schluckte. Er versuchte, die Augen vom Panoramaschirm abzuwenden. Das fiel ihm gar nicht leicht. Die Aufnahmen der Außenbordkameras übten eine außerordentlich starke Faszination auf ihn aus. Obwohl sie jenes unbegreifliche, übergeordnete Kontinuum, durch das sich ihr Raumschiff bewegte, sicherlich verfälscht darstellten, zogen ihn die psychedelischen, sich dauernd verändernden Bilder in ihren Bann. Er hatte das Gefühl, in die Unendlichkeit zu stürzen, in höhere Dimensionen einzutauchen, sich darin aufzulösen, zu verlieren.

Mit großer Mühe drehte er den Kopf zu Perry um. »Es ist … furchterregend schön«, flüsterte er.

»Ich weiß.« Der Terranische Resident lächelte. »Warte mal, wie ging das Zitat noch? Ach ja: ›Das Schöne ist nur des Schrecklichen Anfang, den wir gerade noch verstehen.‹«

Quart nickte anerkennend. »Wer hat das gesagt?«

»Rainer Maria Rilke. Ein Zeitgenosse meiner Großeltern.«

»Seufz. Damals besaßen die Leute eben noch Sinn für die Kunst.«

»Täusche dich nicht, mein Lieber. Jene Epoche war eine der grauenvollsten in der Geschichte der Menschheit. Und das will etwas heißen.«

Rhodan wischte sich mit der Hand über das Gesicht. »Ich muss wieder hinunter zu Bully. Willst du dich nicht lieber in einer der Kabinen ein wenig hinlegen? Oder Shimmi und Pratton im Mars-Liner Gesellschaft leisten?«

»Nein. In den Kabinen stinkt es erbärmlich, und im Liner ist diese grässliche Katze, bei deren bloßem Anblick ich schon Hautausschläge bekomme. Wenn es euch nichts ausmacht, bleibe ich lieber hier.«

»Wie du meinst, Meister Homphé. Aber versenk dich nicht allzu sehr in den Halbraum. Dabei sollen schon Leute ins Koma gefallen sein.«

»Was – ernsthaft?«

Perry hob die Schultern. Er grinste. »Vielleicht ist es ja nur Raumfahrerlatein. Aber lass es lieber nicht darauf ankommen, okay?«

Der Aktivatorträger stieg leichtfüßig die Treppenstufen hinunter. Quart blinzelte. Jetzt erst bemerkte er, wie sehr seine Augen brannten. Außerdem war er total verspannt. Er ließ den Kopf kreisen, um seine Halsmuskulatur zu lockern.

Die Zentrale des Frachters besaß die Form einer runden, sechs Meter hohen und an der Decke zwölf Meter durchmessenden Schüssel. Also wie ein Zirkus, oder eine kleine Arena. Der Mann, den seine gewiss wohlmeinenden, wenngleich etwas exzentrischen Eltern Quartodezimus Filidor Edlervon getauft hatten, befand sich auf der oberen der beiden ringförmigen Galerien, an einem Leitstand, dessen Funktion er nicht im Mindesten begriff. Er hatte seinen großen, unförmigen Körper in einen Schalensessel gequetscht und sah auf das Kommandopult hinunter, das die Mitte und zugleich den tiefsten Punkt des Raumes einnahm.

Dort war Reginald Bull zugange. Er mühte sich nach Kräften, dem Frachtschiff, das sie kurz nach dem Start vom Mars gekapert hatten, die Geheimnisse seiner Bedienung zu entlocken. Fran Imith, als TLD-Agentin ebenfalls solide kosmonautisch ausgebildet, unterstützte ihn bei diesem schwierigen Unterfangen. Gerade gesellte sich Rhodan wieder zu ihnen.

Quart, oben auf seiner Galerie, schnaufte. Die anderen drei Überlebenden des Mars-Rundflugs, der zu einem Höllentrip geworden war, konnten leider nur Däumchen drehen. Zu mehr waren sie an Bord nicht zu gebrauchen. Ein Weinbauer, eine minderjährige Göre und, Nutzlosester der Nutzlosen, er selbst: Quartodezimus Filidor Edlervon Homphé, der berühmte bildende Künstler, bekannt – wenn auch nicht unbedingt beliebt – für seine avantgardistischen, garantiert unverständlichen holografischen Installationen. Übergewichtig, nervenschwach, mit zwei linken Händen und einer Katzenhaarallergie.

Kurz: der geborene Held.

Zum hundertsten Mal haderte er mit dem Schicksal, das ihn hierher in die Zukunft verschlagen hatte. Warum ausgerechnet ihn? Einen unnützeren Klotz am Bein hätte man Bull und Perry wohl kaum aufbürden können. Shimmi Caratech war wenigstens sportlich und geschickt; Pratton Allgame kannte sich zumindest in Fragen der Ernährung aus.

Und Fran Imith, die rothaarige, blauäugige, blasshäutige Schönheit, die sich als TLD-Agentin entpuppt hatte, war sowieso eine Kanone. Wie beiläufig sie einen Gutteil der nodronischen Besatzungsmitglieder ausgeschaltet hatte – alle Achtung! Kein Wunder, dass die beiden Zellaktivatorträger sie praktisch längst wie ihresgleichen behandelten.

Während andererseits Quart mit ziemlich genau denselben Blicken bedacht wurde wie Schikago, die vermaledeite Katze …

Seit Beginn der Linearetappe waren bereits fünf Stunden vergangen. Mittlerweile hatte Bull die Funktionsweise des Bordrechners durchschaut. So viel Quart von dem technischen Kauderwelsch verstanden hatte, handelte es sich um eine so genannte Varsonik, bei der statt Elektronen Positronen zum Einsatz kamen. Und dann war da noch was mit irgendwelchen Hyperkristallen …

Endlich konnten sie auch eine Art Bedienungs-Manual für die Navigation und den Überlicht-Antrieb ausfindig machen. Allerdings nur bruchstückhaft, auf viele Dateien verteilt. Und vor allem, klarerweise, in Vaaligonde, dem Idiom, das hier – beziehungsweise: *jetzt*, in dieser Zeit – von allen Völkern gesprochen wurde.

Das machte die Sache nicht unbedingt einfacher. Zwar verfügten die Terraner über Mini-Translatoren. Diese waren Teil der Ausrüstung, die sie von den Cor'morian bekommen hatten, jenen mysteriösen Wissenschaftlern, die den Mars-Liner in diese Zeit entführt hatten. Doch bei den dünnen, nicht einmal zwei Zentimeter durchmessenden Scheiben, die fast unsichtbar auf der Wange getragen wurden, handelte es sich um rein akustische Geräte. Sie konnten vaaligondische Schriftzeichen genauso wenig lesen wie die Terraner. Also musste erst einmal der Bordcomputer dazu gebracht werden, dass er die entsprechenden Passagen laut von sich gab, damit die Translatoren übersetzen konnten. Die Zeitangaben, Längenmaße und so weiter stimmten mit den terranischen natürlich ebenfalls nicht überein.

Hölle, war das eine langwierige Prozedur! Quart verlor bald das Interesse daran. Er begann wieder in Richtung des großen Bildschirms zu schielen, der über dem Eingang zur Zentrale angebracht war.

Graue Wolken, in denen rötliche Strahlen zerflossen. Oder roter Dunst, worin gräuliche Schleier sich drehten. Oder …

Quartodezimus Filidor Edlervon Homphé wäre fast vom Sessel gefallen, als Bull plötzlich aufbrüllte.

2 »Darf das wahr sein, meine Herren? Ich weigere mich fast, es zu glauben. Und doch ist es passiert. Man greift sich an den Kopf: Achttausend Einheiten im Tazmai-System können nicht verhindern, dass vor ihrer Nase ein Frachtschiff gekapert wird. Von sage und schreibe sechs Personen! Wie ist so etwas möglich? Und vor allem: Wer ist dafür verantwortlich?«

Wie beiläufig klopfte Axx Cokroide im Gehen auf den unterarmlangen, braunen, kunstvoll gravierten Schaft, der von seinem aus winzigen Kettengliedern geschmiedeten Gürtel herabhing.

Die Peitsche von Nodro.

Was Cokroide mit dieser Geste ausdrücken wollte, war allen in der Offiziersmesse klar. Jemand würde dafür bezahlen, dass den Fremden die Flucht aus der Stadt Mantagir und vom Planeten Balance B gelungen war. Jemand würde büßen. Wer, stand noch nicht fest; aber sehr wohl, wie.

Pelmid Sulcatob erinnerte sich noch gut an die erste Hinrichtung, der sie hatte beiwohnen dürfen. Sieben Umläufe war sie damals alt gewesen. Wie lange vorher sie sich schon darauf gefreut hatte! Aber dann, als sie mit eigenen Augen sah, wie die Peitsche von Nodro den Leib des Delinquenten buchstäblich in Scheiben schnitt …

Ein guter Henker tötet mit einem einzigen Schlag. Die speziellen Peitschenschnüre, die ausschließlich bei Exekutionen verwendet werden, bestehen nämlich aus Monomolekularketten. Nichts ist dünner; nichts ist schärfer. Der Verurteilte steht immer noch aufrecht. Kein Schmerz lässt sich auf seinem Gesicht erkennen, nur Verwunderung, und ein Funken von Hoffnung, der Henker könnte gefehlt haben. Dann zeigen sich auf seiner blütenweißen, eng anliegenden Kleidung fünf hauchdünne, senkrechte, hellrote Streifen, die sich in seinem Gesicht fortsetzen. Einer verläuft mitten durch das linke Auge. Die Streifen werden dicker, Blut quillt hervor, tropft in den Sand. Nun kippt das Ohr weg, und der daran hängende Teil des Schädels, mit der halben Pupille. Zugleich gleiten die Arme zu Boden, schnurgerade abgetrennt; Knochen, Muskeln, Sehnen, rotes Fleisch, ein Querschnitt wie aus dem Anatomiebuch. Der Rest des Kopfes und des Körpers zerfallen. Die Menge jubelt.

Pelmid hatte sich übergeben müssen, und sich noch lange Zeit später entsetzlich deswegen geschämt. Ihre Mutter hatte sie getröstet. Das sei ganz normal, hatte sie gesagt; bei Mädchen komme das sehr oft vor.

Bei Mädchen. Damals hatte Pelmid beschlossen, nie mehr »wie ein Mädchen« zu sein. Sondern wie ein Junge, nein: *besser* als jeder Junge.

»Ich warte auf eine Antwort, meine Herren.«

Das Flackern des offenen Feuers, um das die Offiziere im Halbkreis versammelt standen, spiegelte sich auf Axx Cokroides kahl geschorenem Schädel. Sein flächiges, markantes Gesicht mit dem energischen Kinn und der breiten Nase wurde von zahlreichen Narben zerschnitten. Der offizielle Botschafter des Zwillingsgötzen von Nodro hatte, so erzählte man sich in der Flotte, unzählige rituelle Duelle ausgefochten, bis er zum Clansoberhaupt der Cokroide aufgestiegen war. Keiner, der je mit ihm in den Ring gestiegen war, egal ob als Herausgeforderter oder als Herausforderer, war noch am Leben.

Axx Cokroide hat sich immer durchgesetzt, dachte Pelmid. Sie gestand sich ein, dass sie eine gewisse Bewunderung für ihn empfand; nicht bloß für den Botschafter, sondern auch für den Mann. *Er kann viel, nur eines nicht: verlieren. Das ist es, was sein Leben bestimmt: der Beste, der Erste zu sein. Das ist sein Ziel, seine Philosophie. Axx Cokroide muss sich beweisen. Er wird niemals sein wie die Zwillingsgötzen; dieser unüberwindlichen Grenze ist er sich klar bewusst. Aber innerhalb seiner Möglichkeiten strebt er an, dass kein anderer ihm gleichkommt. Kein Nodrone, und schon gar kein Angehöriger irgendeines anderen Volkes.*

Ein gefährlicher Mann; ein attraktiver Mann.

Er war groß, kräftig gebaut, durchtrainiert. Die Haut wettergegerbt, die Hände wie Pranken. Breite, eiserne, mit gravierten Ornamenten verzierte Bänder schützten seine Handgelenke. Er trug die Uniform eines Son'Trokete, des höchsten militärischen Ranges im Empire von Nodro: eine weit geschnittene, in der Taille gegürtete Jacke aus grobem schwarzen Stoff, überzogen vom eng gemaserten Paillettenpanzer aus bestem Nodroplast, der ihn gegen mechanische Angriffe jedwelcher Art wappnete. Im Bereich des Herzens waren die Rangabzeichen aufgestickt: der schwarze und der weiße Kopf vor der Silhouette eines Leichten Sternenkreuzers.

»Wenn sich die Feuerleitoffizierin dieser Einheit an mir satt gesehen hat«, sagte Axx Cokroide mit schneidendem Tonfall, »kann ja vielleicht sie meine Frage beantworten.«

Pelmid Sulcatob hielt dem Blick seiner dunkelroten Augen stand. »Gern, Son'Trokete. Die Hauptschuld liegt gewiss bei der Mannschaft des Frachters, die sich offensichtlich von den Rebellen überrumpeln ließ.«

»Das ist billig, Are'Sam. Dieser Kommandant und seine Untergebenen können sich hier nicht verteidigen.«

»Are'Nos«, korrigierte Pelmid mechanisch. Sie war es gewohnt, dass ihr von Männern, die sie nicht kannten, so gut wie immer ein niedrigerer Dienstgrad als ihr richtiger zugeschrieben wurde. Die entsprechenden Rangabzeichen unterschieden sich durchaus. Aber die Kerle sahen immer nur das, was *unter* der Bluse war.

»Are'Nooos ...«, wiederholte Cokroide gedehnt. Er zog die Augenbrauen hoch. »So, so. Ich wusste gar nicht, dass wir eine Frau in einer solchen Position haben.«

Pelmid neigte das Haupt. »Ich bin die ranghöchste weibliche Offizierin der Flotte, Herr Botschafter.«

»Sieh einer an. Von welchem Clan?«

»Sulcatob.«

»Verstehe.«

Hörte sie da eine gewisse Enttäuschung darüber, dass sie keine Cokroide und somit nicht der Willkür des Clanführers ausgeliefert war? Innerlich schmunzelte Pelmid.

Ich hätte gar nichts dagegen, mit dir das Lager zu teilen, Axx Cokroide, dachte sie. *Aber du kannst mich nicht dazu zwingen. Du wirst schon um mich werben müssen.*

»Der Befehl, besagtes Frachtschiff abzufangen«, nahm sie den Gesprächsfaden wieder auf, »kam bemerkenswert früh; jedoch nicht früh genug. Bis wir an Ort und Stelle gelangt waren, hatte der Frachter bereits die Linearetappe eingeleitet.«

Cokroide musterte sie mit regungslosem Gesicht. Soeben hatte sie die Schuld am Entkommen der Rebellen niemand anderem als ihm in die Stiefel geschoben. Auf elegante Weise, in ein Kompliment verpackt. Wobei sie nicht einmal hatte lügen müssen. Tatsächlich hatte der Botschafter in Mantagir äußerst rasch auf den automatischen Alarm des Frachters reagiert. Nichtsdestotrotz waren sie zu spät gekommen. Der Frachter war im Halbraum verschwunden, bevor sie Kernschussweite erreicht hatten.

»Doch unsere Halbraumspürer haben ihn noch rechtzeitig erfasst«, fuhr sie fort. »Weiters konnten wir, ehe wir die Verfolgung aufnahmen, in Erfahrung bringen, wie dieser Kapitän gewöhnlich seine Etappen auf der Strecke nach Nodro einteilt. Mit anderen Worten: Wir wissen recht genau, welchen Kurs er aller Wahrscheinlichkeit nach programmiert hat; ergo, wann der Frachter wieder in den Normalraum zurückfallen wird. Dieser Zeitpunkt wird in Bälde eintreten. Wenn du erlaubst, Son'Trokete, würde ich mich deshalb jetzt gerne auf meinen Posten begeben.«

»Tu das, Are'Nos Sulcatob«, sagte Cokroide gemessen, fast sanft. Seine Rechte streichelte den Schaft der Peitsche. »Diese Konferenz ist beendet. Aber sei versichert, wir beide sprechen uns noch.«

»Es wird mir«, erwiderte Pelmid, »eine Ehre sein.«

Sie salutierte, drehte sich um und ging.

Die Hitze in ihrem Rücken rührte nicht von der Feuerstelle her, sondern vom Glühen in Axx Cokroides Augen.

3 In diesem Moment erkannte sie, dass er ihr ganz und gar nicht gleichgültig war.

Ein Routineauftrag. Mhm. Und dann, dachte Fran Imith, zornig auf sich selbst, *verguckst du dich zu allem Überdruss auch noch in einen deiner Schützlinge!*

In einen biologisch Unsterblichen, der drei Jahrtausende auf dem stämmigen Buckel hatte. Den Stammbaum ihrer Familie vermochte Fran nicht einmal halb so weit zurückzuverfolgen. Bull hätte es mit ihrer Ururgroßmutter getrieben haben können, und mit deren Ururgroßmutter. Und mit deren, und mit deren, und so weiter und so fort.

Er konnte ihr eigener Vorfahr sein. Vielleicht fühlte sie sich ja deshalb so zu ihm hingezogen?

Daraus wird nichts, schärfte sie sich ein. *Daraus darf schlicht und einfach nichts werden!*

Aber verdammt, sie mochte ihn. Wie er vom Kommandopult aufsprang, die Hände zusammenschlug und ausrief: »Ja! Ja, ja, ja! Leute, wir haben dieses verfluchte Ding endlich geknackt!«

Er umarmte sie. Schreckte sofort zurück, murmelte eine Entschuldigung. Genau das machte ihn so liebenswert. Seit dem Jahr 1976 alter Zeitrechnung war er achtunddreißig. Unverändert, und trotz all seiner immensen Erfahrung ein großes Kind geblieben.

Er führte eine Art unbeholfenen Kriegstanz auf, drehte sich um seine Achse, hielt dann plötzlich inne und kratzte sich mit allen zehn Fingern die Schädeldecke unter der Bürstenfrisur.

»O weh, Freunde«, sagte er. »Wir haben ein Problem.«

Perry Rhodan hob die Augenbrauen. »Houston ist weiter denn je, Dicker. Worum geht's?«

Reginald Bull lehnte sich an die Konsole. »Dieses Schiff ist eine lahme Ente. Aber offenbar sind hier alle Raumer weit schwächer, als wir es gewohnt sind.«

Basistechnologie – erklärte er – war in Vaaligo, wie die Milchstraße jetzt hieß, das Linear- oder Halbraumtriebwerk. Ihr vermeintlich flügellahmer

Frachter verfügte also über einen Antrieb, der durchaus dem Stand dieser Zeit entsprach.

Das sinngemäß als »Mantelkonverter« umschriebene Hauptaggregat war freilich kein Triebwerk im eigentlichen Sinne. Es erzeugte vielmehr ein kugelförmiges Feld zur Totalkompensation vier- und fünfdimensionaler Konstanten, das ein Raumschiff sowohl von den Einflüssen des Standarduniversums wie auch des übergeordneten Kontinuums abschirmte. Ein tatsächliches Eindringen in den Hyperraum wurde dadurch vermieden.

»Also wie in der Frühzeit der interstellaren Raumfahrt«, hörte sich Fran die Lektionen ihrer TLD-Ausbildung aufsagen. »Das Kompensationsfeld bewirkt zwar Eintritt und Schutz, und dessen Abschalten logischerweise den Rücksturz in den Normalraum, aber hierbei handelt es sich um eine statische Funktion. Für die Dynamik der Fortbewegung sorgen die Impulstriebwerke, deren Ausstrahlungen beim Durchdringen des Kompensationsfeldes strukturverformt werden, vielmillionenfache Lichtgeschwindigkeit erreichen und so die eigentliche Bewegung begründen. Die Bezeichnung Lineartriebwerk bezieht sich darauf, dass bei den Einzeletappen das jeweilige Flugziel als so genannter Zielstern direkt angepeilt und quasi geradlinig, also linear, angeflogen wird.«

Bulls wasserblaue Augen ruhten mit sichtlichem Wohlgefallen auf ihr.

»Bin beeindruckt«, sagte er. »Hätte nicht gedacht, dass jemand deiner Generation dieses Verfahren noch so genau kennt. Allerdings beträgt der maximale Überlichtfaktor hier nur eins Komma fünf Millionen. Gebräuchlich ist im Normalbetrieb ein Ü-El-Eff von etwa einer Million. Soll heißen, einhundertvierzehn Komma zwei Lichtjahre pro Stunde.«

Rhodan schüttelte ungläubig den Kopf. »Das ist, verglichen zu den Geschwindigkeiten unserer Zeit, ein Pappenstiel. Bist du dir sicher?«

»Klar bin ich sicher. Mehr geht anscheinend nicht. Außerdem haben die Mantelkonverter eine begrenzte Reichweite, die je nach Größe und Modell zwischen fünf- und zwanzigtausend Lichtjahren liegen kann. Danach sind sie ausgebrannt und müssen getauscht werden. Pro Etappe lassen sich maximal tausend Lichtjahre zurücklegen. Oder ein bisschen mehr, wenn man einen beträchtlich höheren Verschleiß in Kauf nimmt. Was wir gnadenlos tun werden.«

»Werden wir das?«, fragte Rhodan.

»Und ob. Wir wollen es unseren Verfolgern doch nicht zu leicht machen, oder?«

Bull schlug vor, die Etappe um dreißig Lichtjahre zu strecken, also über das ursprünglich programmierte Ziel hinaus zu springen. Vielleicht gelang es ja auf diese Weise, die Verfolger abzuschütteln. Die Reichweite der nodronischen Orter war nämlich auf fünf Lichtjahre begrenzt.

»Rücksturz wäre dann in siebenundvierzig Minuten. Bis dahin könnte ich auf Verdacht eine neue Etappe vorbereiten. Für den nicht ganz unwahrscheinlichen Fall, dass wir uns rasch wieder davonmachen müssen. Nur die Grundlagen natürlich, die astronomische Orientierung kann erst im Normalraum geschehen.«

»Guter Plan, Dicker. Ich werde mich derweil um unser Problem kümmern. Beziehungsweise um unsere vierzehn Probleme.«

Nun begriff auch Fran, was Bull gemeint hatte. Die nodronische Besatzung des Frachters, die sie paralysiert und im einzigen freien Hangar eingesperrt hatten! Inzwischen würden sie längst wieder erwacht sein.

»Was soll mit ihnen weiter geschehen?«, fragte sie.

Rhodan rieb sich nachdenklich die Narbe auf seinem Nasenrücken. »Im Hangar können wir sie auf Dauer nicht belassen. Wohin wir auch fliehen, wir werden vermutlich bedeutend länger unterwegs sein als gedacht. Und das heißt ...«

»Wir können sie unmöglich immer wieder betäuben.«

»Richtig. Sie würden bleibende Schäden davontragen. Andererseits ist die Unterbringung im Hangar menschenunwürdig. Dort gibt es nicht einmal sanitäre Anlagen. Wenn wir sie einsperren wie Tiere, sind sie gewiss nicht zu einer Kooperation zu bewegen. Dabei könnten sie für uns von großem Nutzen sein. Wir müssen sie also umquartieren.«

Fran kaute auf ihrer Unterlippe. »Das kann heikel werden. Wie willst du vorgehen?«

4 Nachdem er seinen Plan erklärt hatte, machten sie sich sofort an dessen Umsetzung.

Varrn Vardak wusste, dass er sich auf seine Männer bedingungslos verlassen konnte. Nodronen waren, wenn es darauf ankam, sehr diszipliniert. Zudem brannte in ihnen allen das Verlangen, die Scharte auszuwetzen und sich für die erlittene Schmach zu rächen, koste es, was es wolle.

Zu verlieren hatten sie ohnehin nichts mehr. Am wenigsten er selbst. Ihn wunderte, dass er überhaupt noch am Leben war. Wäre Varrn an der Stelle des feindlichen Anführers gewesen, er hätte kurzen Prozess mit seinen Gefangenen gemacht. Aber selbst, wenn er hier wider Erwarten lebend herauskommen sollte – einem Kommandanten, der sein Schiff an Rebellen verlor, winkte nur noch eines: die Peitsche von Nodro.

Ein Tod in Schande. Im Kampf zu fallen war dem allemal vorzuziehen.

Die Fremden hatten ihnen sämtliche Waffen abgenommen, auch die Messer, die einige der Männer in ihren Stiefeln versteckt gehabt hatten. Der Hangar war vollkommen leer geräumt worden. Egal. Es musste auch so gehen.

Natürlich bestand immer noch die Möglichkeit, dass man sie einfach verhungern ließ. Dagegen ließ sich nichts tun. Zu versuchen, das mannsdicke Schott von innen aufzubrechen, war ein ebenso sinnloses Unterfangen, wie mit bloßen Händen die strukturverdichteten Nodroplast-Wände zu attackieren. Ihre einzige, verschwindend geringe Chance bestand darin, dass jemand vom Kaperkommando das Schott öffnete, aus welchem Grund auch immer.

Auf diese Situation bereiteten sie sich vor.

Und sie sollten belohnt werden. Gar nicht sehr lange, nachdem alle ihre Positionen eingenommen hatten, ertönte eine Stimme aus dem Lautsprecher.

»Wir wissen, dass ihr wach seid und dass ihr mich hören könnt«, sagte die Stimme. Sie klang merkwürdig verfremdet. Als ob gleichzeitig noch ein Zweiter sprechen würde, sehr leise und in einem gänzlich unverständlichen Dialekt.

»Tretet mindestens zwanzig Schritt vom Schott zurück«, fuhr die doppelte Stimme fort, »und stellt euch so hin, dass wir auf einen Blick alle vierzehn gut sehen können. Wenn ihr das tut und euch auch sonst vernünftig verhaltet, werdet ihr demnächst sukzessive in eure Kabinen verlegt, wo ihr euch verpflegen und reinigen könnt. Wir wollen euch im Prinzip nichts Böses. Beim kleinsten Anzeichen von Widerstand aber schießen wir sofort.«

Mehrere seiner Männer sahen Varrn fragend an. Sollten sie das Angebot annehmen? Ihnen allen knurrten die Mägen, und einige hatten bereits in einer Ecke des Hangars ihre Notdurft verrichten müssen.

Varrn Vardak überlegte nicht lange. Die Kabinen ließen sich von der Zentrale aus verriegeln, das Kommunikationssystem war via Bordrechner abschaltbar. Sie wären in Zweier- und Vierergruppen aufgesplittert und isoliert. Nein, ihre Chance hatten sie jetzt, und nur jetzt.

Er bedeutete seinen Untergebenen, dass sie bei ihrem Plan bleiben würden.

»Wir öffnen nun das Schott. Überlegt euch gut, wie ihr euch verhaltet. Befolgt unsere Anweisungen, dann werden wir mit dieser misslichen Situation gemeinsam fertig werden und euch bei der nächsten sich uns bietenden Gelegenheit freilassen. Wenn ihr aber Dummheiten macht, habt ihr es euch selbst zuzuschreiben, dass ihr weiterhin im Hangar bleiben müsst.«

Ja, ja, dachte Varrn. *Komm schon!*

Der Verriegelungsmechanismus bewegte sich quietschend. Das Schott schwang auf.

5 Fran zählte, so schnell sie konnte. Sechs – sieben – acht – neun – zehn – elf … Zwölf der nodronischen Raumfahrer standen, gemäß Rhodans Anordnung, halbkreisförmig aufgefächert ungefähr in der Mitte des Raums. Zwei weitere lagen auf dem Boden.

»Was ist mit denen?«, fragte sie scharf.

»Sind noch immer bewusstlos. Haben eine Überdosis abbekommen.« Der Sprecher machte einen Schritt nach vorn, blieb aber sogleich stehen, als Fran warnend ihren Strahler auf ihn richtete.

»Bist du der Kapitän?«, fragte Perry.

»Der Are'Imga, ja.«

Er war gut zwei Meter groß und fast halb so breit. Ein Muskelpaket, etwa hundertzehn Kilo schwer, schätzte Fran. Im Unterschied zu den meisten Nodronen, denen sie bisher begegnet waren, wirkte sein schwarzes Haupthaar sehr gepflegt. Er trug es zu zwei Zöpfen geflochten, dazu einen Schnurrbart, dessen spitze Enden nach oben gebogen waren, wie die Hauer eines Wildschweins. Alles an ihm vibrierte vor verhaltener Aggression.

»Ganz ruhig«, sagte Rhodan. »Du bist der Erste, Kapitän. Du allein. Leg deine Hände auf den Kopf und verschränk die Finger. Gut so. Und jetzt gehst du langsam zu uns her. Keiner von den anderen rührt sich! Sonst schießen wir. Wir bringen dich in deine Kabine, dann holen wir den Nächsten. Los!«

Der Nodrone setzte sich in Bewegung. Sein Mund war zu einem Strich zusammengekniffen. Die Wangenknochen in seinem olivgrünen Gesicht traten deutlich hervor. Als er nur noch zwei Meter vom Schott entfernt war, weiteten sich seine Nasenlöcher. Da wusste Fran schlagartig, dass etwas nicht stimmte.

»Vorsicht!«, schrie sie.

Zu spät.

6 Genau im richtigen Moment ließen sich Wlenko und Mozz von der Decke fallen.

Varrn stürmte los. Seine List war aufgegangen. Die Fremden, ein erstaunlich schmächtiger Mann und ein noch filigraneres Weib, hatten sich von den ausgestopften Kleidungsstücken am Boden täuschen lassen.

Es war nicht einfach gewesen, sie so zu drapieren, dass sie echt wirkten. Jeder, auch Varrn selbst, hatte beigesteuert, was er nur an Wäsche entbehren konnte, ohne dass es bei flüchtiger Betrachtung auffiel. Und die beiden Männer, die außer ihm die meiste Erfahrung im Nahkampf besaßen, eben Wlenko und Mozz, hatten sich mit Stoffschleifen an den Ventilationsgittern über dem Eingang festgezurrt.

Obwohl sie so lange hatten ausharren müssen, dass ihre Gliedmaßen gewiss taub und steif waren, warfen sie sich, sobald sie auf den Beinen gelandet waren, mit dem Mut der Verzweiflung durch das Schott auf die Fremden. Diese lösten ihre Waffen aus, aber Mozz und Wlenko fingen die Strahlen mit ihren Leibern auf.

Während sie noch zusammensanken, war Varrn schon bei ihnen. Er erfasste Wlenkos leblosen Körper, schleuderte ihn mit aller Gewalt gegen den dünnen Fremden und rammte in derselben Bewegung die rothaarige Frau. Ihre Schusswaffe polterte zu Boden.

Hinter sich hörte er die dröhnenden Schritte und das Schlachtengebrüll seiner Männer. Aber er blickte nicht zurück, sondern rannte weiter den Gang hinab.

Plötzlich spürte er seinen linken Arm nicht mehr. Ein Paralysator-Strahl hatte ihn gestreift. Und wenn schon!

Er bog um die Ecke, ballte im Laufen triumphierend die Faust.

Es hatte funktioniert. Er war frei!

Schon bald würde sein Schiff wieder ihm gehören. Und die Peitsche von Nodro würde ihre Opfer fordern.

Aber er, Varrn Vardak, würde nicht darunter sein.

7 Unter dem Gewicht des paralysierten Nodronen ging Perry Rhodan in die Knie. Einen Schuss konnte er im Fallen noch auf den Kapitän abfeuern, dann knallte er mit dem Hinterkopf gegen die Wand. Für den Bruchteil einer Sekunde war er desorientiert. Funken tanzten vor seinen Augen, während er den schweren, erschlafften Leib zur Seite wälzte.

Er war wütend, stinksauer auf sich selbst, weil er so unachtsam gewesen war. Das Blut pochte in seinen Schläfen. Er verfluchte sich wegen seiner Blauäugigkeit. Wie hatte er nur darauf bauen können, dass die Besatzung des Frachters auf sein Angebot einging? Bloß, weil es ihnen gelungen war, sie einmal zu überwältigen! Aber da war das Überraschungsmoment auf Seiten der Terraner gewesen. Jetzt hatte sich das Blatt gewendet. Weil er den unverzeihlichen Fehler begangen hatte, den Gegner zu unterschätzen.

Sind ja keine Soldaten, sondern simple Frachtschiffer.

Ha!

Die konzertierte Ausbruchsaktion hatte ihn eines Besseren belehrt. Alle Nodronen waren Krieger, ausnahmslos alle.

Diese Erkenntnis hätte dir schon früher kommen können, Perry Rhodan. Nun zahlst du den Preis für deine Hochnäsigkeit.

Er tastete panisch nach dem Strahler, der ihm entglitten war. Fand ihn. Nicht schnell genug.

Die Meute war heran. Schon stürmten die Vordersten durch das Schott.

Fran Imith begrüßte sie mit einer aberwitzig raschen Abfolge von Dagor-Schlägen. Ihre Arme und Beine wirbelten durch die Luft. Mit Hieben und Tritten schaltete sie zwei der Nodronen aus und drängte den dritten zurück in den Hangar. Dann hechtete sie zur Seite.

»Schieß, Perry!«, rief sie.

Er schoss.

Die TLD-Agentin rollte sich ab, kam wieder hoch und hämmerte gegen den Knopf, der den Schließmechanismus des Schotts betätigte. Perry ließ den Finger am Auslöser, bis der Zugang zum Hangar wieder verriegelt war.

In der Ferne verloren sich die Schritte des Kapitäns.

Rhythmisch flackernde Warnlichter tauchten den Gang in ein gespenstisches Blau.

»Die Linearetappe wird soeben beendet«, teilte die sonore Stimme des Bordrechners mit. »Wiedereintritt in den Normalraum in zehn, neun …«

8 »… sieben, sechs, fünf …«

Reginald Bulls Finger trommelten auf das Kommandopult. Die Rücksturz-Sequenz ließ sich, einmal gestartet, nicht mehr anhalten. Wo in aller Welt blieben Perry und Fran? Ihnen musste etwas zugestoßen sein, sonst wären sie längst zurück gewesen. Sie wussten schließlich, dass er sie brauchte, wenn er eine neue Etappe einleiten sollte.

Ohne Hilfe konnte er das nicht bewerkstelligen. Normalerweise wurde dieses Schiff von mindestens drei Astronauten geflogen, einem Piloten, einem Navigator und einem Orter. Dazu kamen bei kniffligeren Manövern ein bis zwei Bordingenieure und im Verteidigungsfall ein Waffenmeister.

Er aber war allein. Selbst für einen Notsprung ins Ungewisse würde er mindestens eine weitere Person benötigen, schon wegen der räumlichen Distanz zwischen dem Steuerpult und den Holokuben der Navigationsstation.

»… drei, zwei, eins – Rücksturz!«

Abrupt erlosch das rotgraue Wabern auf dem Panoramaschirm. Aus der Schwärze entstand ein Sternenhimmel, in dessen Vordergrund sich das System einer orangen Sonne befand. Die Anordnung der schematisch dargestellten Planetenbahnen kam Bull vage bekannt vor, doch ihm blieb keine Zeit, darüber nachzudenken.

Perrys Stimme dröhnte aus allen Lautsprechern. »Alarm! Einer der Gefangenen ist ausgebrochen, vermutlich der Kapitän. Er bewegt sich irgendwo im Schiff. Wir verfolgen ihn. Höchste Vorsicht ist geboten, er wirkt zum Letzten entschlossen. Ich wiederhole: Alarm! Einer der Gefangenen …«

Mit Perry und Fran war also vorerst nicht zu rechnen. Ob er wollte oder nicht, Bully musste allein zurechtkommen. Was ein Ding der Unmöglichkeit war. Außer …

»Quart! Quart Homphé!«, rief er zur Galerie hoch.

Aber der Künstler war in seinem Schalensessel zusammengesackt. Er schnarchte. Bei der Betrachtung des Linearraums eingepennt …! Bull stieß einen Fluch aus. Er ergriff wahllos eines der Geräte in dem historischen Werkzeuggürtel, den er um die Hüfte trug, und warf es wütend nach Homphé.

Das Werkzeugteil, eine quaderförmige Messapparatur, traf den Glatzkopf am Ohr. Er schreckte hoch. »Was …?«

»Beweg deinen Fettarsch hier herunter, aber dalli!«, brüllte Bull. »Keine Widerrede, hopp-hopp!«

Homphé war so verdattert, dass er unverzüglich gehorchte. Auf den Stufen strauchelte er, fing sich mit Mühe. »Aber … ich kann nicht …«, stammelte er.

»Doch, du kannst. Hierher, Quart. Du tust genau das, was ich sage, und nichts sonst, verstanden?«

»Mir ist der Fuß eingeschlafen«, jammerte der Dickwanst. »Und ich hab furchtbare Migräne …«

»Und du redest ab sofort nur noch, wenn du gefragt wirst. Kapiert?«

Quart nickte eingeschüchtert. Bully stellte ihn vors Steuerpult und positionierte sich selbst so, dass er notfalls Navigations- und Orterstation bedienen konnte.

»Wenn es sein muss, Meister Homphé, wirst du diesen Kahn fliegen«, knurrte Reginald Bull grimmig. »Und ich werde dir sagen, wie.«

Quarts große, fleischige Hände nestelten zitternd an der Brille, die vor seinem Bauch baumelte. »Das gibt ein Unglück«, winselte er.

Er sollte Recht behalten.

Wenige Sekunden später materialisierten die Sternenkreuzer der Nodronen.

2 *Wein und Kopfschmerzen*

9 *Heute ist der 21. Juni 1329 + E09,* schrieb Shim Caratech in ihr Tagebuch: *Der Wahnsinn geht weiter. Und ich stecke mittendrin! Kann es selbst kaum glauben.*

Die zu Hause werden Augen machen, wenn ich das erzähle. Die Spucke wird ihnen wegbleiben! Knudin, der alte Angeber, wird sooo klein sein. Kleiner als ein neugeborener Siganese. Zwei Zentimeter mit Hut, hehe. Gegen dieses Mega-Abenteuer sind seine Urlaubsgeschichten der reinste Baby-Kram.

So, so, Herr Knudin behauptet, er hätte mit eigenen Augen den arkonidischen Imperator gesehen? Pah! Selbst, wenn's wahr wäre – wer will das hören?

Mich jedoch werden sie anbetteln, dass ich ihnen alles genau berichte, noch einmal und noch einmal, bis ins kleinste Detail. Deshalb schreibe ich alles auf, damit ich nichts vergesse. Du, liebes Tagebuch, wirst ein Vermögen wert sein, da bin ich mir jetzt schon sicher. Ein Augenzeugenbericht aus der Zukunft, sage und schreibe eine Milliarde Jahre entfernt! In Gold werden dich die Trivid-Sender aufwiegen, ach was: in Howalgonium.

Falls wir jemals wieder nach Hause kommen, versteht sich.

Shimmi hielt inne, kaute am Stift und horchte in sich hinein. Sie war nicht ganz sicher, ob sie Heimweh verspürte. Ihre Mutter fehlte ihr schon sehr, wiewohl es in letzter Zeit häufig Streit gegeben hatte. Ihr Vater seltsamerweise auch. Dabei hatte er wahrscheinlich noch gar nicht richtig mitbekommen, dass seine einzige Tochter verschwunden war.

Jaki? Jaki vermisste sie nicht. Dem hatte sie sowieso schon längst den Laufpass geben wollen, diesem Milchbubi! Der alles nachplapperte, was sein großes Vorbild Knudin ihm einredete. Nein, der ging ihr wirklich nicht ab. Und für die Angst, als alte Jungfer zu enden, war es wohl ein wenig zu früh.

Ich bin zuversichtlich. Perry Rhodan wird das schaffen, schrieb sie weiter. *Er ist einfach der Größte! So cool, so souverän, und dabei so nett! Hach, ich könnte ihn … Aber das, liebes Tagebuch, weißt du ja bereits.*

Sie ließ den Stift sinken und seufzte herzhaft.

Pratton Allgame, der es sich zwei Reihen weiter auf einem der Doppelsitze gemütlich gemacht hatte, sah von seinem Buch auf. »Kummer?«, fragte er.

»Nein. Ja. Weiß nicht.«

»Wenn du darüber reden willst, nur zu.«

»Danke. Ich komme schon klar.«

»Du brauchst kein schlechtes Gewissen zu haben, dass du mich störst. Ich habe dieses Buch sicher schon fünfzig Mal gelesen.«

»Warum liest du es dann trotzdem wieder?«

»Weil es für mich das Buch der Bücher ist. Die Heilige Schrift.« Er hielt den dicken, abgegriffenen Wälzer hoch, sodass sie den Titel entziffern konnte.

»›Vom Wesen des Weines‹. – Und was ist daran so besonders?«

»Das Placke'sche Compendium wurde vor über zweitausend Jahren verfasst. Aber jedes Wort ist heute noch gültig.«

»Aha.«

Pratton war ihr sympathisch, doch seine Vorträge über irgendwelche halb vergammelten Eichenfässer musste sie nicht haben. Sie widmete sich wieder dem Tagebuch.

Reginald Bull ist auch nicht ohne. Ein Superpilot, das weiß jedes Kind. Lernt man schließlich schon in der Grundschule. Und es ist wahr, ich kann es bezeugen!

»Bull kann alles fliegen, was nur irgendwie fliegen kann«, hatte sogar Shimmis Papa immer gesagt. Und der ließ sonst keinen anderen Piloten neben sich gelten. Aber vor Bully, da hatte er Respekt. Der war fast so was wie ein Idol für ihn.

Nur diese Fran Imith geht mir auf die Nerven, weil sie ständig an mir herumnörgelt. Und der fette Quart sowieso. Wie der Schikago anschaut! Als ob sie ein Monster wäre.

Apropos … Wo steckte eigentlich Schikago?

Eben noch hatte sie auf Shimmis Schoß geschnurrt. Jetzt war die Katze verschwunden. Na, sie würde schon wieder auftauchen. Die beiden Schleusen des Mars-Liners waren fest geschlossen, also bestand keine Gefahr, dass Schikago ausbüchste.

Ein Lautsprecher quäkte, doch Shimmi konnte nicht verstehen, was durchgesagt wurde. Sie sah Pratton fragend an. Der schüttelte den Kopf.

»Vielleicht Ende der Linear-Etappe«, mutmaßte der Weinbauer.

Shimmi überlegte, ob sie in die Zentrale hochgehen sollte. Aber dort war sie nicht gern gesehen, schon gar nicht mit Schikago. Und alleine lassen wollte sie die Ferrol-Katze auch nicht. Wenn sie beleidigt war, konnte Schikago mit ihren scharfen Krallen ganz schöne Zerstörungen anrichten.

Pratton schlug sein Buch zu. »Ich werde mich einmal oben schlau machen, was los ist«, sagte er. Er stand auf, streckte sich, gähnte ausgiebig, dann verstaute er sorgsam das Buch in seinem Gepäckfach.

»Pass auf, dass Schikago nicht mit dir hinaushuscht!«

»Keine Sorge, junge Dame. Mir ist noch nie etwas Wertvolles durch die Lappen gegangen.«

Er schlüpfte in seine Stulpenstiefel, strich die weite, graue Hose glatt und überprüfte in der spiegelnden Fensterscheibe seine Frisur. Shimmi schmunzelte. So eitel wie Pratton war nicht einmal sie. Obwohl sie zugeben musste, dass der Aufwand sich lohnte. Allgame sah wirklich blendend aus. Zumindest für jemand, der nicht Perry Rhodan hieß.

Der schlanke, braungebrannte Winzer hatte vorgehabt, die angeblich so große Tradition marsianischer Weine wiederzubeleben. Nun, davon konnte vorerst keine Rede sein. Auf Balance B, wie der Mars jetzt hieß, wurden gänzlich andere Ziele verfolgt. Für Wein herrschte genauso wenig Bedarf wie für Quart Homphés Kunstwerke. Pratton jedoch trug es mit Fassung und Stil, während Quart, der eklige, furchtbar schlecht angezogene Fettsack, pausenlos lamentierte.

Endlich zufrieden mit seinem Erscheinungsbild, deutete Allgame eine Verbeugung an, dann machte er sich auf den Weg.

Kurz bevor er an der Schleuse war, wurde diese von außen geöffnet.

10 Jemand stand hinter ihr.

Auch ohne sich umzudrehen, wusste Pelmid, um wen es sich handelte. Axx Cokroide. Sie spürte seinen Atem, als er seinen Mund ganz nah an ihr Ohr brachte.

»Erst feuern, wenn ich den Befehl dazu gebe«, sagte er. »Und halte dich im Zaum, schöne Are'Nos vom Clan der Sulcatob. Schieß sie nur manövrierunfähig. Ich will unbedingt Überlebende, die ich verhören kann.«

»Dein Wunsch ist mir Befehl, Son'Trokete. Aber dazu müssen wir erst mal näher heran. Warum bist du eigentlich so erpicht darauf, diese Typen zu kriegen, dass du persönlich die Verfolgung leitest?«

Der Botschafter der Zwillingsgötzen zögerte. Wenn er wollte, konnte er sie für ihre Vorwitzigkeit abstrafen. Subalternen stand es streng genommen nicht zu, die Motive eines Oberkommandierenden in Frage zu stellen.

Er stieß ein kurzes, bellendes Lachen aus. »Bist du immer so neugierig, Feuerleitoffizierin?«

»Ich denke schon. Leben wir denn nicht, um Wissen und Erfahrungen zu sammeln?«

»Wir leben, um dem Empire und den Zwillingsgötzen zu dienen«, versetzte Axx Cokroide schroff. Seine Hand umklammerte ihre Schulter so fest, dass sie einen Aufschrei unterdrücken musste. »Vergiss das nie, Pelmid Sulcatob.«

Sieh an, er kannte ihren Vornamen; also hatte er sich inzwischen über sie erkundigt. Sein Griff lockerte sich. Als er die Hand von ihrer Schulter nahm, strichen seine Fingerspitzen wie unabsichtlich über ihre Wange.

»Ich will dir gleichwohl sagen, warum ich diese Fremden selbst einfangen werde. Erstens: Niemand entkommt Axx Cokroide, klar? Niemand! Zweitens, die Cor'morian haben sicherlich nicht umsonst mit ihnen Kontakt aufgenommen. Dahinter steckt irgendeine geheime Teufelei. Welche, werde ich erfahren, wenn ich zumindest einen von ihnen lebend in die Hand bekomme. Also demnächst – falls die Besatzung dieses Schiffes etwas taugt.«

Pelmid fröstelte. Sie fühlte sich von Cokroides ungenierter Zurschaustellung seiner Macht abgestoßen und angezogen zugleich. Dass er in seiner Domäne Herr über Leben und Tod war, verbarg er genauso wenig wie seinen herben, männlichen Körpergeruch.

Gnade den Fremden, wenn er ihrer habhaft wird! Axx verfügt mit Sicherheit über Mittel, die jeden zum Reden bringen. Er ist nicht zufällig Gesandter der Zwillingsgötzen am wichtigsten Brennpunkt der Galaxis – sondern deshalb, weil er Resultate erzielt. Rasch; und ohne die geringsten Skrupel.

»Sei unbesorgt, Son'Trokete«, sagte sie. »Ich verstehe mein Fach. Du kannst dir aussuchen, in wie viele Teile ich diesen Kahn zerlegen soll, sobald ich ihn groß genug im Visier habe.«

Cokroide würdigte sie keiner weiteren Antwort. Er trat ans Kommandopult und verfolgte wortlos die Annäherung ihrer Flotte an den gekaperten Raumer.

Wer immer das kleine Frachtschiff steuerte – reichlich ruckartig, wie Pelmid fand –, er behielt genügend Unterlichtfahrt bei, um sofort wieder in den Halbraum wechseln zu können, sobald er eine neue Linearetappe programmiert hatte. Die Zeit, die er dafür benötigte, sollte allerdings ausreichen, die Distanz zu ihm auf Kernschussweite zu verringern. Wenn sich auch ihre maximal erzielbaren Überlicht-Faktoren nicht wesentlich unterschieden – in puncto Sublicht-Beschleunigung waren die Schweren Sternenkreuzer dem Frachter weit überlegen.

Desgleichen, was die offensiven und defensiven Waffensysteme betraf. Pelmid kontrollierte mit ihrer »Feuerorgel« nicht weniger als 220 Bipuls- und 110 Tripuls-Geschütze, erstere in den Bug, letztere ins Heck des Schlachtschiffs integriert. Dem hatte der Frachter nur Energieschirme der Klassen I und II entgegenzusetzen. Die verkrafteten höchstens einen Streifschuss aus einer Bipuls-Kanone, und auch das nur mit viel Glück.

Bipuls-Geschütze erzeugten ein überlichtschnelles Röhrenfeld, das bei einem Volltreffer den Schutzschirm des Zielobjektes punktuell durchschlug, selbst wenn es sich um einen fünfdimensionalen Klasse-III-Schirm handelte. Überdies wandelte das Feld den ihn durchlaufenden Thermostrahl so um, dass er ohne Streuverluste das Ziel erreichte. Die dort freigesetzte Energie konnte deutlich feiner dosiert werden als bei anderen Waffensystemen, ein Raumschiff daher gezielt wrackgeschossen werden. Eine Bipuls-Kanone gab in äußerst kurzem Abstand jeweils zweimal Salven auf exakt dasselbe Ziel ab. Die erste schwächte in der Regel die Schirmstruktur des Gegners so stark, dass die zweite durchdrang, bevor der gegnerische Schirm sich vollständig regenerieren konnte.

Tripuls-Kanonen feuerten, wie der Name schon sagte, in derselben Zeit dreimal. Sie ließen sich dabei aber weniger genau dosieren und galten deshalb als »Killersystem«.

Das Empire von Nodro erzeugte sogar so genannte Quartor-Geschütze mit noch gewaltigerer Durchschlagskraft. Doch diese wurden ausschließlich planetengebunden oder auf großen Raumforts eingesetzt. Sie nahmen zu viel Platz in Anspruch und verbrauchten viel zu viel Energie, um sich in Raumschiffen verwenden zu lassen.

Für den Frachter würde Pelmid jedenfalls keine Quartor-Kanone benötigen. Sie nahm sich vor, ihn mit einer einzigen Bipuls-Salve außer Gefecht zu setzen. Das würde Axx Cokroide beeindrucken. Sie wusste genau, wo und wie sie die Triebwerke treffen musste, damit kein weiteres Linearmanöver mehr möglich war.

In ihren Fingern begann es zu kribbeln; je näher sie dem gekaperten Schiff kamen, desto mehr. Sie entsicherte genüsslich den Feuerknopf.

Momente wie diesen liebte Pelmid Sulcatob.

11 Situationen wie diese hasste Fran Imith.

Ein Routineauftrag. Mhm.

Hätte sie sich bloß nicht breitschlagen lassen! Sie könnte jetzt am Strand liegen, auf irgendeinem warmen, idyllischen Planeten weitab der gängigen Raumfahrtrouten, und bedenkenlos in der Sonne schmoren. Sich alle zwei Stunden von einem gut gewachsenen Rettungsschwimmer den Rücken eincremen lassen … Ab und an einen leichten, fruchtigen Cocktail schlürfen …

Stattdessen schlich sie, unendlich weit entfernt von Erdbeer-Daiquiri und Sandstrand, durch stickige Gänge, alle Sinne angespannt im Bewusstsein, dass hinter jeder Biegung ein mörderischer Gegner lauern konnte.

Perry und sie hatten sich am zentralen Antigravschaft getrennt. Das Schiff war eine zylindrische Konstruktion, hundertzwanzig Meter im Durchmesser und dreimal so lang. Weit über neunzig Prozent des Rauminhalts wurden von diversen Aggregaten und Frachträumen voller Container eingenommen. Der einzige leere Hangar, in dem sie die Nodronen eingesperrt hatten, befand sich ungefähr in der Mitte der Walze, die Zentrale wie auch die kleine Mannschaftssektion im Bug. Der Mars-Liner war bei den Beibooten im Heck untergebracht worden, vom Antigravschacht aus gesehen also unten.

Ohne viele Worte hatten sie sich darauf verständigt, dass Perry den Weg nach oben einschlagen würde. So konnte er Bull gegebenenfalls in der Zentrale zu Hilfe kommen. Fran hingegen war hinuntergeschwebt, den Strahler im Anschlag, feuerbereit. Auf der vorletzten Ebene hatte sie den Schacht verlassen und die Nottreppe genommen, um in den Beiboothangar zu gelangen.

Bemüht, kein Geräusch zu verursachen, huschte sie durch die niedrigen, spärlich beleuchteten Gänge. Sie zermarterte sich den Kopf darüber, was der nodronische Kapitän unternehmen würde. Ohne dabei in ihrer Aufmerksamkeit nachzulassen, versuchte sie, sich in seine Lage zu versetzen. Wie würde sie an seiner statt agieren? Allein gegen eine Übermacht von Feinden, deren genaue Anzahl ihm unbekannt war.

Seine größte Trumpfkarte stellte zweifellos seine Kenntnis des Schiffs dar. Aber wo würde er diese am besten ausspielen können?

12 In der Zentrale wimmelte es höchstwahrscheinlich von Rebellen, die noch dazu inzwischen über seinen Ausbruch informiert worden waren. Dort warteten sie gewiss schon auf ihn. Also hatte sich Varrn Vardak dem abwärts gepolten Antigrav anvertraut.

Nur kurz. Im Schacht bot man ein allzu leichtes Ziel. Nach fünf Decks war er ausgestiegen und hatte sich über Wartungs- und Lüftungsröhren weiter nach unten gearbeitet.

An einer Gerätekammer hielt er an, um zu verschnaufen. Er lauschte. Außer dem vertrauten, tiefen Summen der Aggregate war nichts zu vernehmen.

Gut.

Er durchsuchte die Kammer nach Waffen. Alles, was er fand, waren ein langes Metallrohr und ein Thermo-Schweißgerät, das zusätzlich über eine Desintegrator-Funktion verfügte. Nicht gerade eine Strahlenpistole, aber über ganz kurze Distanzen ähnlich effektiv. Das musste reichen.

Varrn bildete sich nicht ein, es als Einzelner mit dem ganzen Kaperkommando aufnehmen zu können. Das waren Profis, sonst hätten sie ihn und seine Leute nicht so schnell überwältigen können.

Den Gedanken, mit einem der Beiboote zu fliehen, solange sie sich noch im Normalraum aufhielten, verwarf er sofort wieder. Er verachtete sich geradezu dafür, dass ihm diese Idee überhaupt gekommen war. Ein nodronischer Kapitän verließ sein Schiff nicht, wenn es in Schwierigkeiten steckte.

Ebenso wenig zerstörte ein Raumfahrer, der etwas auf sich hielt, mutwillig wertvolle Maschinenanlagen. Deshalb war auch Sabotage keine Option. Sicher, er hätte mit dem Thermo-Schweißer die Steuerleitungen kappen können, die von der Zentrale zu den Triebwerken verliefen. Dafür hätte er zwar eine gewisse Zeit benötigt, weil diese Leitungen dreifach redundant ausgeführt und zudem dick isoliert waren. Aber danach hätte er nur noch warten müssen, bis ein Schiff der Kriegsflotte den antriebslosen Frachter aufbrachte. Dass sie verfolgt worden waren, davon ging er aus. Axx Cokroide, der Botschafter zu Mantagir, war nicht der Mann, sich quasi direkt vor seiner Nase ein Raumschiff stehlen zu lassen.

Dennoch. Cokroide würde einen Schuldigen suchen. Jemand, den er für den unerhörten Vorfall zur Verantwortung ziehen konnte. Ein Opfer für die Peitsche.

Varrn Vardak konnte sich denken, wer das sein würde.

Es sei denn, es gelang ihm, das Schiff – *sein Schiff!* – zurückzuerobern. Nur dann durfte er es wagen, dem Botschafter wieder unter die Augen zu treten.

Mit wachsender Verzweiflung zwirbelte er seine Schnurrbartspitzen. Wenn er bloß gewusst hätte, wie viele Rebellen es waren und welche Ziele sie verfolgten! Warum hatten sie das Schiff überhaupt gekapert? Die Fracht war wertvoll, aber auch wieder nicht so außergewöhnlich, dass sie ein dermaßen abscheuliches und zugleich riskantes Verbrechen rechtfertigte. Das einzige exotische Stück stellte das merkwürdige Fluggerät dar, das ganz zuletzt eingeladen worden war …

Varrn Vardak pfiff leise durch die Zähne.

Ging es darum? Fand er vielleicht darin ein Druckmittel, mit dem er den feindlichen Anführer zur Aufgabe zwingen konnte? Der schmächtige Mann, den sie beim Hangar übertölpelt hatten, hatte Verhandlungsbereitschaft signalisiert, von Kooperation und dergleichen geschwafelt. Das mochte freilich eine Finte gewesen sein – wenngleich Varrn sich nicht vorstellen konnte, zu welchem Zweck. Andererseits passte derart un-nodronische Weichheit nicht zu Leuten, die ein solches Kommandounternehmen auszuführen in der Lage waren … *Ach verdammt!*

Der Are'Imga merkte, wie sich seine Hirnwindungen zu verknoten begannen.

Hör auf damit, Varrn!, befahl er sich selbst. *Du warst noch nie ein großer Denker. Sondern immer ein Mann der Tat. Also trödle nicht herum, dein Leben hängt sowieso an einem moleküldünnen Faden!*

Er nahm sich diese seine wohl formulierten Worte zu Herzen. Begab sich auf schnellstem Weg in den Beiboothangar. Pirschte sich an das seltsam antiquiert wirkende Vehikel heran. Sah gerade noch rechtzeitig, dass sich darin etwas bewegte. Schlich gebückt zum hintersten der Fenster. Lugte vorsichtig hinein.

Eine Jugendliche und ein geckenhaft gekleideter Mann, auch dieser nicht gerade der Kräftigste. Soweit er erspähen konnte, beide unbewaffnet.

Gut.

13 »Gute Frau«, sagte Pratton Allgame, sich selbst Luft zufächelnd, »du hast mich ganz schön erschreckt. Was ist los, Fran? Du machst einen, wenn ich das sagen darf, etwas echauffierten Eindruck.«

»Habt ihr denn die Durchsage nicht gehört?«

»Welche Durchsage?«

Shimmi Caratech schob ihr Gesicht näher an die Scheibe. Wegen der Spiegelungen der Innenbeleuchtung konnte sie nur wenig erkennen. Der Weinbauer stand in der Schleuse, Fran Imith davor.

»Ist bei euch alles in Ordnung?«, fragte die Rothaarige.

»Könnte nicht besser sein«, gab Allgame ironisch zur Antwort. »Wenn man von der Kleinigkeit absieht, dass wir die falschen Leute in der falschen Zeit …«

Alles ging so schnell, dass Shimmi nicht einmal mehr dazu kam, einen Warnruf auszustoßen. Eine Gestalt sprang hinter der Bugflosse hervor, schwang einen metallisch glänzenden Stab, traf damit Fran voll am Hinterkopf. Blut spritzte, verteilte sich als feines rotes Pünktchenmuster über die Scheibe. Pratton taumelte zurück in den Liner, hielt die Arme schützend über sich, schrie auf, als der Stab auch auf ihn niedersauste. Sein seidenes Cape verfing sich in einer der Lehnen. Er stürzte, verschwand zwischen zwei Sitzreihen.

Der Nodrone packte Shimmi, hielt ihr ein klobiges Gerät an den Kopf.

»Ich habe etwas mit eurem Anführer zu besprechen«, keuchte er.

14 »Keine Zeit für Details«, knurrte Bull, während er wie wild zwischen zwei Pulten hin- und herhüpfte. »Habt ihr den Kapitän erwischt? – Den roten Hebel ganz nach rechts, Quart! Und Vollschub!«

»Nein.« Perry Rhodan überblickte die Lage im Bruchteil einer Sekunde. Er eilte dem schweißgebadeten Freund zu Hilfe, indem er die Orterstation übernahm. Die Schweren Sternenkreuzer, dreizehn an der Zahl, schlossen trotz Bulls waghalsiger Manöver immer weiter auf. Dass sie noch nicht feuerten, zeigte nur, dass sie sich ihrer Beute sehr sicher waren und den Frachter möglichst wenig beschädigen wollten.

»Ausweichen nach X dreißig, Ypsilon vierhundert, Zet minus zwölf. – Wie weit bist du, Dicker?«

»Ich habe einen Zielstern. – Die gelben Dreiecke, Quart! Drück das dritte von links, dann das fünfte. Gut so. Jetzt dreimal die violette Raute. – Aber ich muss noch feinjustieren, sonst landen wir mitten in der Sonne. Vierzig Sekunden, würde ich meinen. – Himmel, Quart, achte auf den Oszillator!«

Der Dicke japste nach Luft. Mit zitternden Fingern schaffte er es, das bedenklich trudelnde Schiff wieder zu stabilisieren. Perry hätte ihm die Steuerung liebend gern abgenommen. Doch derzeit war es wichtiger, Bull für die Linear-Navigation freizuspielen.

»Drei Sternenkreuzer schwärmen aus. Die wollen uns knapp hinter der Bahn des äußersten Planeten abfangen. In zirka dreißig Sekunden.«

»Das fällt ihnen aber glücklicherweise reichlich spät ein.« Bully rief Quart weitere Anweisungen zu. Dessen Gesicht war eine weißere Schattierung von bleich. Unwillkürlich drängte sich Perry eine uralte Melodie auf … Egal. Sehr lange würde Homphé nicht mehr durchhalten. Aber viel Zeit blieb ihnen allen nicht.

Da flackerte der Panoramaschirm. An Stelle des Sternenhimmels erschien, offenbar aufgenommen von einer Hangarkamera, das Bild des Mars-Liners. Unmittelbar vor dessen Bugschleuse stand der nodronische Kapitän. Er hielt Shimmi Caratech mit der linken Hand am Hals, auf dem sich rote Würgemale abzeichneten. Die Rechte zielte mit einem undefinierbaren, aber gefährlich aussehenden Gerät auf Pratton Allgame, der einige Meter links von der Schleuse am Boden kauerte, sichtlich zerstört, in sein Seidencape gehüllt wie in einen Kokon. Rechts von dem Hünen mit der olivfarbenen Haut und dem aufgezwirbelten Schnurrbart lag eine verkrümmte Gestalt in einer Blutlache.

»Ich bin Varrn Vardak«, brüllte der Kapitän, »der rechtmäßige Kommandant dieses Schiffs. Zoom!«

Die Kamera reagierte auf seinen akustischen Befehl und fuhr näher heran.

»Merk dir mein Gesicht«, schepperte es aus den Lautsprechern der Zentrale. »Und sieh die Angst in den Augen dieses Kindweibs. Wisse, Rebell, wer immer du bist: Wenn du dich nicht ergibst, bevor ich von zwanzig heruntergezählt habe, vernichte ich nicht nur sie und den Lackaffen da, sondern auch dieses Gefährt, an dem euch anscheinend so viel liegt. Öffne sofort das Schott zu dem Hangar, in dem sich meine Mannschaft befindet. Eine einfache Anweisung an den Bordrechner genügt. Ansonsten tritt mein Desintegrator in Aktion.«

Perry Rhodan und Reginald Bull blickten einander an. Beide hoben zugleich die Schultern. Sie steckten in der Zwickmühle. Dreizehn Nodronen bedrängten sie von außen, einer von innen ... Das Spiel war aus, ihre Flucht zu Ende.

»Ich beginne zu zählen«, sagte der Nodrone. Er drückte die Mündung des klobigen Werkzeugs an Shim Caratechs Schläfe. »Zwanzig, neunzehn, achtzehn, siebzehn ...«

Siebzehn, dachte Perry Rhodan. *Shimmi ist siebzehn.*

Vor seinem geistigen Auge sah er, wie ihr Gesicht zerfiel, ihr Kopf desintegriert wurde. Wie ein Leben ausgelöscht wurde, das gerade erst begonnen hatte. Das durfte er nicht zulassen. Er musste kapitulieren, er hatte keine andere Wahl.

»Sechzehn ...«

Das Bild der Kamera sprang zurück.

15 Und ein blauer Blitz sprang nach vorn.

Schikagos Krallen verhakten sich in den Wangen und Augenlidern des Nodronen. Der verkrampfte sich in Agonie, löste sein Gerät aus.

Aber Shimmi hatte sich schon gestreckt und wieder zusammengekrümmt, mit einer Bewegung, wie sie Schwimmer ausführten in jenem seltsamen Stil, der »Schmetterling« genannt wurde.

Der Desintegratorstrahl fuhr an ihr vorbei, streifte die Lackierung des Mars-Liners und löste einen Teil der Hangarwand auf.

Die blaue Ferrol-Katze, die sich in den Nacken des Nodronen verbissen hatte, harkte mit den krallenbewehrten Pfoten weiterhin auf dessen Gesicht ein.

Shimmi keilte nach hinten aus, traf ihn am Gemächt. Aber das registrierte der hünenhafte Kapitän kaum.

Pratton Allgame hatte das Gefühl, eingreifen zu müssen. Mit unendlichem Bedauern nahm er in die Hand, was er liebevoll unter dem Sitz verstaut hatte, bevor der Mars-Liner 01 zu seinem Rundflug aufgebrochen war. Was er wieder hervorgeholt hatte, nachdem er zwischen die Sesselreihen gefallen war. Was er seither unter seinem Cape verborgen hatte.

Obwohl er sich selbst dafür hasste, rannte er zu dem mit Schikago ringenden Unhold, hob den Arm und zog durch.

Mit lautem Knall zersplitterte eine absolut unbezahlbare Magnum-Flasche Chateau Placke 1269 Grand Cru Special Reserve auf dem Schädel des Nodronen.

3 *Sonne von links*

16 Ihm wurde schwarz vor Augen. Er fiel ins Nichts.

Als er wieder zu sich kam, stand Perry Rhodan über ihn gebeugt.

»Alles okay?«, fragte der Terranische Resident freundlich.

Quart Homphé fühlte sich erbärmlich. Wie ein nasser Sack. Wie der Versager, der er war.

»Ich bin in Ohnmacht gefallen«, stellte er unnötigerweise fest. »Tut mir Leid, Perry. Der Stress war zu viel für mich. Ich bin eben für so etwas nicht gebaut. Mein Kreislauf ... Er hat einfach aufgegeben. Sind wir jetzt alle tot?«

Rhodan lachte. »Aber nein. Im Gegenteil, wir befinden uns in relativer Sicherheit, wenn auch nur vorläufig. Du warst großartig, Quart. Wir haben es geschafft, wir sind dank Bullys und deiner Finte in den Halbraum entkommen. Unmittelbar danach bist du umgekippt.«

Quart schloss die Augen. Eine Flutwelle der Erleichterung schwappte über ihn hinweg, gefolgt von einer kräftigen Brise Stolz.

Du warst großartig, hatte Perry gesagt. Das war die schönste Kritik, die Quartodezimus Filidor Edlervon Homphé in seiner langen Karriere jemals bekommen hatte. Er hatte zwar, wenn er ehrlich war, von einer Finte nicht das Geringste mitgekriegt, aber wenn Rhodan das sagte, würde es schon stimmen. Hauptsache, es hatte funktioniert.

Der Resident streckte die Hand aus. Quart ergriff sie, ließ sich auf die Beine helfen. »Und wie geht es jetzt weiter?«, fragte er.

Tja, das stand in den Sternen.

Nach wie vor, bekannte Perry, hatten sie keine Ahnung, wie sie Kontakt zu den Wissenschaftlern von Cor'morian aufnehmen sollten. Ohne deren Hilfe war eine Rückkehr in ihre eigene Zeit wohl unmöglich. Doch wussten sie weder, wo sie mit der Suche nach den mysteriösen Vogelwesen beginnen sollten, noch, wie sich ihre Flucht weiter entwickeln würde. Daran, dass sie die Flotte der dreizehn Sternenkreuzer nach dieser Etappe abgeschüttelt haben könnten, glaubte niemand. Wenigstens beherrschten sie Bordrechner und Steuerung ihres Frachters zusehends besser.

Eine weitere gute Nachricht gab es: Fran Imith war mit einer schweren Gehirnerschütterung davongekommen. Bully hatte es sich nicht nehmen lassen, ihre Platzwunde eigenhändig zu versorgen. Derzeit schlief sie, ruhig gestellt mit Medikamenten aus Bulls schier unerschöpflichem Werkzeuggürtel, auf einer improvisierten Liege in der Zentrale. Damit er ein Auge auf sie haben könne, hatte Bully erklärt ... Auch Shimmi Caratech und Pratton Allgame hatten sich leidlich von Schock und Schrecken erholt.

»Wobei der Weinbauer deutlich mitgenommener gewirkt hat«, berichtete Perry. »In einem fort hat er dieselben französischen Wörter gemurmelt. Konnte gar nicht mehr aufhören damit. Aber ich hoffe, er wird das Erlebnis bald verwunden haben.«

Quart genierte sich vor sich selbst, weil bei diesen Worten eine gewisse Schadenfreude in ihm aufwallte. Allgame hatte sich immer so unerschütterlich gegeben, so überlegen und herablassend ihm gegenüber. Nun hatte also auch dieser präpotente Dandy seine Grenzen erkennen müssen!

Der nodronische Kapitän, den Pratton mit der Weinflasche ausgeknockt hatte, war von Perry, sobald sie sich im Linearraum befanden, sicherheitshalber paralysiert, an Armen und Beinen gefesselt und zusammen mit Fran auf einem Antigrav-Schlitten in die Zentrale transportiert worden. Bull hatte ihn untersucht – wobei ein weiteres Mal die frappante Ähnlichkeit mit den Terranern zutage getreten war – und einen Enzephalographen an seinem Kopf montiert. Sich schlafend zu stellen half Vardak also nichts. Sobald seine Gehirnströme anzeigten, dass er das Bewusstsein wiedererlangt hatte, würde sich Perry mit ihm befassen. Viel erwartete er sich allerdings nicht davon.

Die wahre Heldin, deren beherztem Eingreifen sie alle ihre Freiheit, wenn nicht ihr Leben verdankten, war mit einer Extraportion Katzenfutter belohnt worden.

»Das hat sie sich verdient. Obwohl Shimmi der Meinung ist, dass Schikago in den letzten Tagen an Gewicht zugelegt hat«, sagte Perry amüsiert. Er schnitt eine Grimasse. »Ich wollte, wir hätten keine größeren Sorgen.«

17 Je länger sie unterwegs waren, desto gedrückter wurde die Stimmung in der Zentrale.

Hatte Axx Cokroide noch getobt und sie alle als Nichtskönner beschimpft, als ihnen der Frachter auch nach der zweiten Etappe wieder um Haaresbreite entwischt war, so war der Botschafter nach dem dritten, im Endeffekt gleich verlaufenen Zwischenstopp in dumpfes Brüten verfallen.

Wie fette schwarze Wolken lagen Furcht und Frustration über dem Kommandostand und jeder einzelnen der vier Galerieebenen. Cokroides drohendes Schweigen ließ sich noch viel schwerer ertragen, als wenn er herumgebrüllt hätte. Niemand wagte, mehr als das absolut Notwendige zu sprechen, und auch das nur gedämpft.

Es war aber auch zu dumm! Dreizehn Schwere Sternenkreuzer, jeder davon mit einer Elitebesatzung von rund zwölfhundert Nodronen, schafften es nicht, den gekaperten Frachter einzufangen, der gerade einmal ein Drittel der Gesamtlänge eines Sternenkreuzers maß!

Aber die gegnerische Schiffsführung agierte, wie Pelmid zugeben musste, sehr geschickt. Die weitaus schlechteren Unterlicht-Beschleunigungswerte des Frachters wurden dadurch wettgemacht, dass die Flüchtigen ihren Verfolgern stets einen Schritt voraus waren; dass *sie* bestimmten, wann die Etappen zu Ende gingen. Eine exakte Synchronisation der Sternenkreuzer während des Linearflugs war unmöglich. Wegen der naturgemäß nicht völlig identischen Reaktionszeiten der dreizehn Piloten verstreute sich die Flotte nach jedem unvermittelten Rücksturz über Lichtminuten. Bis sie sich wieder gesammelt und so weit formiert hatte, dass sie zum Angriff übergehen konnten, verschwand der Frachter bereits wieder im Zwischenraum. Wo er zwar bald darauf abermals von den Halbraumspürern erfasst wurde – aber das quälende, oft viele Stunden lange Warten begann von Neuem …

Natürlich variierte der Gegner die Länge seiner Etappen; Pelmid hätte es nicht anders gemacht. Er hielt im Wesentlichen weiter Kurs Richtung Nodro und Galaktisches Zentrum, doch keineswegs auf der üblichen Route, mit den üblichen Zwischenstationen. Mal wechselte er bereits nach wenigen Dutzend Lichtjahren wieder in den Normalraum, mal reizte er die maximale Reichweite fast zur Gänze aus. Das verschaffte seiner Besatzung den Vorteil, dass sie sich die Ruheperioden einteilen konnten, während die Verfolger keinen Augenblick in ihrer Wachsamkeit nachlassen durften. Obwohl sich die Besatzungen im Schichtbetrieb abwechselten, zermürbte das; zumal die Kommandanten es nicht wagten, sich in ihre Kabinen zurückzuziehen, solange Cokroide in der Zentrale ausharrte. Also wurden reichlich Aufputschmittel eingeworfen, und infolgedessen lagen die Nerven blank.

Schließlich ertrug Pelmid Sulcatob die Situation nicht länger. Sie war sich des Risikos wohl bewusst, als sie Cokroides Aufmerksamkeit mit einem Handzeichen auf sich lenkte.

»Du hast etwas zu sagen, Are'Nos?« Jedes Wort kam scharf wie ein Peitschenhieb. Synchron duckten sich sämtliche an den Pulten Beschäftigte.

Nur Pelmid hielt das Haupt hoch erhoben. »Ich möchte einen Vorschlag machen, Son'Trokete.«

»Du bist also mit unserer bisherigen Taktik nicht einverstanden?« – Was so viel bedeutete wie: *Du erdreistest dich, mich kritisieren zu wollen?*

»Wie sollte ich? Davon verstehe ich viel zu wenig«, wich sie aus. »Ich bin nur eine einfache Bordschützin. Aus dem beschränkten Blickwinkel einer solchen finde ich allerdings, dass sich unsere dreizehn Schiffe gegenseitig eher behindern als verstärken. Deren geballte Feuerkraft ist ja keineswegs nötig; viel wichtiger wäre, dass ein einziges nahe genug an den Frachter herankommt.«

»Aber versuchen wir das denn nicht ohnehin nach jedem Wiedereintritt?«

»Mit Verlaub, Son'Trokete – nein. Möglicherweise liege ich völlig daneben; doch habe ich den Eindruck, dass die Kommandanten der Sternenkreuzer immer erst Kontakt mit unserem – deinem – Schiff aufnehmen und deine Anweisungen abwarten. Womit sie, glaube ich, bei allem gebotenen Respekt deine Intentionen missverstehen.«

Der letzte Satz war als goldene Brücke gedacht. Cokroide, das musste man ihm lassen, erkannte sie sofort, und er benutzte sie, ohne mit der Wimper zu zucken.

»Ja, bin ich denn hier von lauter hirnlosen Mitläufern umgeben?«, donnerte er. »Seit wann produziert die Raumfahrtakademie von Nodro Befehlsempfänger ohne jegliche Eigeninitiative? An alle Einheiten, zur Klarstellung: Selbstverständlich sind die Are'Imgas der Sternenkreuzer angehalten, im Zweifelsfall die Formation aufzulösen und autark zu handeln. Wichtigstes Ziel ist es, den Frachter zu stoppen, ohne ihn völlig zu vernichten. Die Gefahr, eventuell den Anschluss zu verlieren, mag dabei in Kauf genommen werden.«

Pelmid verzog keine Miene. Innerlich triumphierte sie. Cokroide hatte eine neue Direktive ausgegeben und doch sein und ihr Gesicht dabei gewahrt. Das sprach für ihn. Er war also, trotz seines hohen Ranges, sehr wohl fähig, Kritik anzunehmen und zu berücksichtigen – wenn sie in der richtigen Form vorgebracht wurde.

Ein intelligenter Mann; ein attraktiver Mann.

Sie fieberte dem Ende der Etappe entgegen.

Nun war es für den Rebellen bedeutend schwieriger geworden. Er würde sich nicht mehr einem Pulk gegenübersehen, der um jeden Preis zusammenbleiben wollte, sondern dreizehn Gegnern, die unabhängig voneinander Jagd auf ihn machten.

18 »Rücksturz!«

Perry Rhodan, wie gehabt am Orterpult, bemerkte augenblicklich, dass die Verfolger ihre Taktik geändert hatten. Er rief Bully eine entsprechende Warnung zu. Offenbar hatte ihr Oberbefehlshaber den Nodronen die Zügel freigegeben. Ohne die geringste Verzögerung drangen die beiden am nächsten zum Frachter herausgekommenen Sternenkreuzer auf sie ein und eröffneten das Feuer.

Es waren beeindruckende Schlachtschiffe, alles in allem mehr als einen Kilometer lang. An einen kugelförmigen Hauptkörper von 820 Metern Durchmesser schloss sich am Heck ein 140 Meter langer Konus mit einem Radius von sechzig Metern an. Darin befanden sich, wie sie inzwischen wussten, die Sublicht-Antriebsblöcke und die absprengbaren Vorratslager für Protonengas-Treibstoffkugeln.

Exakt gegenüber, oben auf der Kugel, ragte ein raketenförmig geschwungener Bugkörper von 120 Metern hervor. Dieser enthielt Zentrale, Bordvarsonik, Observatorium und Mannschaftsquartiere. Parallel dazu erstreckten sich zwei ebenso lange antennenartige Ausleger. Mit dieser eigenartigen Konstruktion erzielten die Nodronen Funk- und Ortungsreichweiten, die ihnen gegenüber anderen Völkern einen klaren Vorteil verschafften.

Quart Homphé, wieder »ferngesteuert« von Bully, schaffte es mit einem halsbrecherisch engen Haken, das Zentralgestirn des Sonnensystems zwischen sie und die beiden Sternenkreuzer zu bringen. Aber sofort war ein Dritter da und hängte sich an sie an. Bedenklich rasch schmolz der Abstand dahin.

»Zeit für unseren letzten Trumpf«, sagte Perry Rhodan. »Pratton, kannst du mich hören?«

»Laut und deutlich, Perry.«

»Bist du bereit?«

»Allzeit.«

»Begrüße das. Auf mein Kommando, ja?«

Schon griffen die ersten Strahlenfinger nach ihnen …

19 … da schleuste der Frachter Beiboote aus. Und dazu ein gutes Dutzend Gestalten in Raumanzügen. Sie trieben langsam auseinander, behielten jedoch ihr Bewegungsmoment bei und rasten daher zwischen ihnen und dem Zylinderraumer dahin.

»Die ursprüngliche Besatzung!«, rief der Ortungsoffizier. »Der Are'Imga, ein gewisser Varrn Vardak, funkt uns an. Er bittet darum, keine Rücksicht auf ihn und seine Männer zu nehmen, obwohl er zu wissen glaubt, dass die Beiboote vermint sind.«

»Also weiterfeuern?«, fragte Pelmid.

»Nein! Dieser lächerliche Idiot!«, fluchte Axx Cokroide. »Er hatte Kontakt mit den Fremden und kann uns bestimmt wertvolle Hinweise liefern. Stattdessen will der Narr den Helden spielen! Fahrt verringern, wir nehmen ihn und die anderen an Bord. Den Frachter holen wir uns nach der nächsten Etappe umso sicherer.«

Nicht ohne Bedauern nahm Pelmid die Finger von ihren Geschützkontrollen. So nahe war sie noch nie dran gewesen ...

Freilich musste sie zugeben, dass Cokroides Entscheidung richtig war. Das Risiko, dass der Frachter Raumminen mitgeführt hatte, die einem Sternenkreuzer gefährlich werden konnten, war sehr gering, aber vorhanden. Schließlich handelte es sich um einen Militärtransporter. Wie auch immer, auf eine Etappe mehr oder weniger kam es nun, bereits etliche Flugtage von Balance B entfernt, auch nicht mehr an. Außerdem war es immer unangenehm, auf die eigenen Leute zu schießen, selbst wenn dies in höherem Interesse geschah.

Axx bastelt eifrig an seiner eigenen Legende, wurde ihr plötzlich bewusst. *Diese Episode wird rasch die Runde machen. An allen Herdfeuern wird man sich erzählen, dass Axx Cokroide, der Botschafter der Zwillingsgötzen, der Son'Trokete und Clansführer, vierzehn einfache Frachtschiffer verschont und sogar aus Raumnot gerettet hat.*

Und sei es nur, um sie hinterher der gerechten Strafe für ihr Versagen zuzuführen ...

So rasch wie möglich schleusten sie die Männer ein. Dann entfernten sie sich von den Beibooten, bis ausreichender Sicherheitsabstand gegeben war, und Pelmid vernichtete diese mit einer einzigen, wohlgezielten Salve. Sie vergingen ohne jegliche ungewöhnliche Nebenerscheinungen. Nichts deutete darauf hin, dass sich tatsächlich größere Mengen Explosivstoff in ihnen befunden hatten. Es sah vielmehr ganz so aus, als wäre Vardak einem Bluff aufgesessen. Nun, das würde Cokroide ihm gegenüber nicht gerade milder stimmen.

Währenddessen jagten drei andere Sternenkreuzer den Frachter. Aber dieser entkam ein weiteres Mal.

20 »Puh.«

»Das kannst du laut sagen, Dicker.«

Fran erkannte die Stimmen. Bully und Rhodan lebten also noch. Und sie selbst ebenfalls, auch wenn sie sich entsetzlich schwach fühlte.

Sie versuchte sich aufzurichten. Böser Fehler. Stöhnend sank sie wieder zurück auf die Liege. Die Zentrale tanzte vor ihren Augen. Verschwommen nahm sie wahr, dass Reginald Bull zu ihr geeilt kam.

»Na, na! Immer langsam mit den jungen Pferden«, sagte er. »Guten Morgen! Schönheitsschläfchen beendet?«

Zuerst brachte sie nur ein Krächzen heraus. Ihr Hals war trocken und schmerzte. »Durst …«

Bully reichte ihr ein Trinkgefäß. Sie nahm einige wenige kleine Schlucke. Jeder einzelne brannte wie die Hölle. »Was ist … Wie lange habe ich geschlafen?«

»Oooch, etwas über drei Tage.«

»Drei …?« Sie schloss die Augen. Nach einigen langen, tiefen Atemzügen öffnete sie sie erneut. Sie blickte an sich hinab. Ihre Blöße wurde von einem groben Laken bedeckt. In ihrem linken Unterarm steckte eine Kanüle.

»Wir haben dir intravenös Flüssigkeit zugeführt.« Bulls Gesicht lief rot an, während er den Tropf entfernte. »Und Shimmi hat dich gereinigt, wenn es … äh … notwendig war.« Er räusperte sich. »Ich konnte leider in der Bordapotheke keinen für … äh … Frauen geeigneten Katheter …«

»So genau will ich's gar nicht wissen. Danke, Reginald.«

Sie versuchte ein Lächeln. Dass er, der Dreitausendjährige, der mehr erlebt und gesehen hatte als fast jeder andere, peinlich berührt herumdruckste, erwärmte sie stärker denn je für ihn.

»Wann kann ich aufstehen?«, fragte sie rau, um das Thema zu wechseln.

»In ein, zwei Tagen bist du wieder auf dem Damm, schätze ich. Bis dahin sollten die Nachwirkungen der Gehirnerschütterung abgeklungen sein.«

Er berichtete ihr, was geschehen war, seit sie der nodronische Kapitän bewusstlos geschlagen hatte. »Mit dem Kerl ließ sich leider nicht die geringste Einigung erzielen. So was von stur! Wollte sich unserem Befehl ausschließlich unter der Bedingung unterstellen, dass er zuvor von einem von uns im Duell besiegt wurde. Verrücktes Volk. Darauf haben wir uns natürlich nicht eingelassen. Zumal ja unsere beste Kämpferin nicht einsatzfähig war …«

»Danke für die Blumen, aber die stehen mir nicht zu.« Sie schüttelte den Kopf, was sie sofort bereute. »Aua. – Tolle Kämpferin, die sich so leicht ausschalten lässt.«

»He, ich will keine Selbstvorwürfe hören! Das ist schlecht für den Heilungsprozess.«

Da die Nodronen und ihr Kapitän renitent geblieben waren, hatten sie sich ihrer beim letzten Orientierungsaufenthalt im Normalraum entledigt. So hatten sie wenigstens einige dringend benötigte Sekunden gewonnen.

»Mit diesem Kunstgriff sind wir noch einmal davongekommen. Doch jetzt haben wir, fürchte ich, unser Pulver verschossen. Ich möchte dich eigentlich nicht beunruhigen, aber es sieht nicht sehr gut aus. Früher oder später wird uns das Glück untreu, und dann kriegen sie uns.«

Fran Imith nahm es als Zeichen der Wertschätzung, dass er ihr reinen Wein einschenkte. Seltsam, trotz der Gefahr, in der sie schwebten, fühlte sie sich geborgen, wenn Bully in der Nähe war. Sie zog das Laken bis zum Hals, drehte sich ächzend auf die Seite.

»Ich glaube, ich schlafe noch ein bisschen.«

»So ist's brav.« Er lächelte, stand für einige Sekunden unschlüssig, dann drehte er sich um und ging zurück an die Kontrollen.

Sie dämmerte weg. Erwachte von lauten, hektischen Rufen. Einige Stunden mussten vergangen sein; sie fühlte sich deutlich besser. Und sie musste aufs Klo. Aber dafür war jetzt wohl nicht der richtige Zeitpunkt.

Sie setzte sich auf. Das gelang erstaunlich gut. Sie kniff die Augen zusammen. Den Darstellungen des Panoramaschirms und den akustischen Kommandos, die Bull abwechselnd mit Perry, der Bordvarsonik und – *um aller Himmel willen!* – Quart Homphé austauschte, entnahm sie, dass sie sich wieder im Normalraum aufhielten.

Und gleich von sieben, acht, neun Sternenkreuzern auf einmal attackiert wurden.

Fran war nicht religiös. In diesem Augenblick wünschte sie, sie wäre es. Sie hätte viel gegeben für eine göttliche Instanz, an die sie ein Stoßgebet hätte richten können.

Ich bin erst neunundzwanzig. Viel zu jung, um zu sterben. Und – verdammt noch mal, es ist wahr – frisch verliebt. Was macht es schon, dass er um neun und ein paar tausend Jahre älter ist? Ich liebe Reginald Bull, und ich will eine gemeinsame Zukunft mit ihm haben!

Dass sie sich das erstmals rückhaltlos eingestanden hatte, verlieh ihr neue Kräfte. Sie erhob sich, schüttelte ihr Schwindelgefühl ab, drapierte das Laken notdürftig um die Hüften und stakste wackelig, aber entschlossen zum Kommandostand.

»Fran!«

»Es geht mir gut, ich bin okay. Perry, wenn du die Navigation übernimmst, besetze ich die Ortung. Dann kann Bully das Schiff steuern. Nun macht schon!«

Die beiden zauderten nur für den Bruchteil einer Sekunde.

21 Es war, als ginge ein Ruck durch den Frachter.

Plötzlich wurden seine Flugmanöver merklich runder, geradezu elegant, und um Vieles schlechter vorhersehbar. Mehrfach verlor Pelmid ihn im buchstäblich letzten Moment noch aus der Zielerfassung.

Was immer der Pilot da drüben geschluckt hat, ich hätte bitte gern ebenfalls ein paar Ampullen davon!

Egal; was es auch war, es würde ihm nichts helfen. Diesmal hatten sie ihn. Einige der anderen Kreuzer konnte er durch absolut verbotene Kunststückchen noch abschütteln. Doch in Pelmids Raumer hatte inzwischen Axx Cokroide persönlich die Schiffsführung übernommen, und der erwies sich dem gegnerischen Kommandanten als ebenbürtig.

Ein fähiger Mann; ein attraktiver Mann.

Cokroide bewies, dass er keineswegs aufgrund von Beziehungen oder Nepotismus zum Son'Trokete aufgestiegen war. Und dass er, seit die Zwillingsgötzen ihn vom Flottendienst in die Botschaft von Mantagir versetzt hatten, nicht im Mindesten eingerostet war. Er sah nicht jedes Manöver des fremden Raumfahrers voraus, aber zumindest jedes dritte. Und seine barsch gebellten, doch immer perfekt verständlichen Anweisungen brachten sie näher und näher an den vermaledeiten Lastenkahn heran. Es war eine Freude, mit Axx zu fliegen.

Und für ihn zu töten.

Vardak hatte berichtet, dass sich im Heck des Frachters, im Hangar neben den Triebwerken, einige besonders gefährliche Rebellen aufhielten; vor allem ein riesiger, schier unbesiegbarer, blaufelliger Kämpfer. Nun, der war in wenigen Augenblicken Geschichte. Pelmid würde ihn wegpusten, zusammen mit dem gesamten Hinterteil.

Die Kuppe ihres rechten Mittelfingers streichelte den entsicherten Feuerknopf.

Und drückte ihn.

22 Dann gingen die Lichter aus.

Ein Schlag wie von einem gigantischen Hammer traf die Schiffszelle. Für einen Moment waren die Andruck-Neutralisatoren überfordert. Quart Homphé wurde quer durch die Zentrale geschleudert. Kurz glaubte er, von dem ungeheuren Gewicht, das auf seinem Brustkorb lastete, am Boden zerquetscht zu werden. Dann setzte die Antischwerkraft wieder ein.

Im rötlichen Schein der Notbeleuchtung sah er, dass Perry Rhodan ebenfalls gestürzt war. Bull und die barbusige Agentin aber hatten es, an ihre Pulte geklammert, irgendwie geschafft, stehen zu bleiben.

»Festhalten!«, schrie Fran Imith. »Da kommt schon die nächste Welle!«

Wieder erzitterte der Raumer, diesmal nicht ganz so arg. Dennoch purzelte Quart wieder einige Meter weit. Morgen würde sein Körper von Blutergüssen übersät sein.

Wenn es ein Morgen gibt …

»Was ist das?«, rief Rhodan, der sich wieder aufgerappelt hatte, über das Heulen der Sirenen hinweg.

»Erschütterungen der Raum-Zeit-Struktur«, antwortete Fran. »Überdimensionale Wellenfronten, verursacht durch ein transitierendes Sonnensystem, das hier soeben einen Zwischenstopp eingelegt hat.«

Quart blickte zum flackernden Panoramaschirm hoch. Neben der einsamen, planetenlosen Sonne war nun ein zweites Gestirn zu erkennen, das von einem guten Dutzend von Begleitern mit zahlreichen Monden umkreist wurde.

»Achtung, nächste Welle!«

Er verspreizte sich zwischen zwei Aggregatblöcken. Während sein Körper wie von den Faustschlägen eines unsichtbaren Titanen geschüttelt wurde, realisierte Quart, was die TLD-Agentin gerade zum Ausdruck gebracht hatte.

Ein ganzes Sonnensystem, mit allem Drum und Dran, war ihnen unvermutet in die Quere gekommen!

»Wahrscheinlich wird es zum vaaligischen Schwarm transportiert«, vermutete Rhodan, der sich bemühte, den Navigationscomputer wieder in Gang zu bringen. »Ich habe früher schon mehrmals Strukturerschütterungen von Transitionen angemessen, nur waren die viel, viel weiter entfernt. Jetzt aber stecken wir mittendrin. Kein Wunder, dass die Anzeigen verrückt spielen.«

»Was für ein Pech!«, entfuhr es Quart.

»Im Gegenteil.« Bull hantierte in rasendem Tempo an den Kontrollen. »Das ist unsere Chance! Mit etwas Glück sind die Sternenkreuzer ebenso überrascht und von den Stoßfronten betroffen wie wir.«

»Unsere sämtlichen Ortersysteme werden jedenfalls geblendet«, meldete Fran. »Keine Chance, die Nodronen in diesem Impulsgewitter auszumachen. Vielleicht ergeht es ihnen mit uns ja ähnlich. Achtung!«

Schon drückte die nächste Welle Quart in den Spalt zwischen den Aggregatblöcken. Die drei anderen aber standen unerschütterlich wie Felsen. Wieder einmal wurde ihm schmerzlich bewusst, dass er, der Schwächling, in diesem illustren Kreis von Übermenschen nichts verloren hatte. Auch wenn sie freundlich und nett zu ihm waren – ein Nichtsnutz mit einem idiotischen Namen wie Quartodezimus Filidor Edlervon Homphé würde niemals wirklich dazugehören.

Die normale Beleuchtung ging wieder an. Quart hinkte zu einem Schalensessel und zwängte sich hinein. Er wischte sich den brennenden Schweiß aus dem Gesicht. Alles tat ihm weh. Hoffentlich hatte er keine inneren Verletzungen erlitten … Eine neue Welle raste über ihn hinweg. Er schloss die Augen.

Als er sie wieder öffnete, zeigte der Panoramaschirm das vertraute Rotgrau des Linearraums.

23 »Und?«, fragte Bull.

»Wir haben sie abgehängt«, sagte Fran matt. Nun spürte sie die Anstrengung doch. »Alle, bis auf einen.«

»Wär auch zu schön gewesen«, seufzte Perry Rhodan. Er begab sich zu Quart Homphé, der wie ein schwabbliges Häuflein Elend im Schalensessel hing, und redete beruhigend auf ihn ein.

Fran ließ sich von Bully stützen und zu ihrer Liege führen. Sie streckte sich leise stöhnend aus. »Wie lang reichen eigentlich unsere Treibstoffvorräte noch?«

»Die sind nicht so sehr das Problem. Die Mantelkonverter machen mir Sorgen. Viel mehr als zwei, drei Etappen gebe ich denen nicht mehr.«

»Weia.«

Sollte sie es ihm sagen? Ihm gestehen, was ihr die Kraft gegeben hatte, das Manöver inmitten des Raum-Zeit-Bebens durchzustehen? Oder würde sie sich damit im wahrsten Sinn des Wortes unsterblich blamieren?

Erwidert er meine Gefühle überhaupt?

Ihre Blicke trafen sich.

Bull blinzelte als Erster. »Ich … äh … habe den Kurs jetzt Richtung Eastside gesetzt. Obwohl dieser Begriff sachlich eher falsch ist«, schwafelte er ungewöhnlich hastig drauflos. »Schließlich hat unser gutes altes Solsystem in einer Milliarde Jahren das galaktische Zentrum zirka viereinhalb Mal umkreist. Und damit waren sicher vielfältige dynamische Verschiebungen von Sonnen, Spiralarmen et cetera verbunden. Weil die Milchstraße, die sie jetzt Vaaligo nennen, ja bekanntlich keine feste Scheibe darstellt. Äh. Ja. Entschuldige, ich wollte dich mitnichten belehren …«

Der Zauber war verflogen. Dafür kehrten die Kopfschmerzen zurück.

»Außerdem«, fügte Bull hinzu, »kommen wir diesmal in einem Sektor mit bedeutend dichterer Sternenpopulation heraus. Möglicherweise verschafft uns das einen gewissen Vorteil. Falls da entsprechend erhöhter Raumschiffsverkehr herrscht, können die Nodronen ihre überlegene Schnelligkeit vielleicht nicht so ausspielen. Hoffe ich halt.« Er zuckte verlegen mit den Achseln. »Na, dann gehe ich mal wieder an die Arbeit. Oder brauchst du noch etwas?«

»Nein, danke. Oder doch. Könntest du mir bei Gelegenheit wieder eine etwas schicklichere Kleidung aus dem Liner bringen lassen?«

»Klar doch. Ich … ich … äh … Wie dumm von mir. Ich leite das gleich in die Wege.«

Er errötete bis zu den Ohrenspitzen.

Süß.

24 Sauer war ein Hilfsausdruck für Axx Cokroides Gemütslage.

Die Richtung, in welche sich die Flüchtigen gewandt hatten, behagte ihm gar nicht. Sie bewegten sich auf eine kritische Zone zu. Es kam einem hohen Wagnis gleich, ihnen in dieses Gebiet zu folgen.

Als könne sie seine Gedanken lesen, sagte die in mehr als einer Hinsicht aufreizende Feuerleitoffizierin: »U-oh. Wo der, scheint's, hinwill, haben wir aber wenig Verwandte.«

Er wies sie scharf in die Schranken: »Zerbrich dir nicht meinen Kopf, Weib, oder ich zerbreche dir deinen! Wir bleiben dran. Niemand entkommt Axx Cokroide.«

Doch als sie, nur wenige Augenblicke nach dem Frachter, den Linearflug abbrachen, schien es, als strafe ihn die Realität Lügen.

Dass sie zu den übrigen von Balance B aufgebrochenen Einheiten keine Funkverbindung mehr bekamen, verwunderte Axx nicht. Dieser Sektor wurde nicht vom Empire kontrolliert. Also gab es auch keine Relaisstationen, und die zwölf Sternenkreuzer, die im hyperenergetischen Chaos des transitierenden Sonnensystems den Anschluss verloren hatten, befanden sich gewiss deutlich weiter entfernt als bloß fünf Lichtjahre. Sie waren auf sich allein gestellt. Und wenn schon; damit hatte er gerechnet.

Doch auch vom Frachter fehlte jede Spur.

Dafür gab es nur eine Erklärung: Dessen Schiffsführer hatte unmittelbar an diese Etappe eine weitere angehängt, hatte den Flug bloß kurzfristig unterbrochen, um sie zu bluffen, ihn dann aber sofort wieder geradlinig fortgesetzt, zu einem Ziel, das von vornherein programmiert gewesen war. Weit konnte das nicht sein, nicht bei den hier dicht an dicht stehenden Sonnen.

Axx Cokroide ließ den Kurs des gekaperten Schiffes extrapolieren. Er trieb seine Mannschaft zu höchster Eile an, wobei er die Hand nicht zufällig auf die Peitsche von Nodro legte. Entsprechend flott lieferten sie Resultate. Drei Systeme kamen in Frage. Zwei davon waren unbewohnt.

Und das dritte …

»Wrischaila«, fauchte er durch die zusammengebissenen Zähne. »Ausgerechnet Wrischaila!«

Seine Gedanken rasten. War es Absicht oder Zufall? Hatte der gegnerische Kommandant, der sich laut Vardaks Aussage Perry Rhodan nannte, von allem Anfang an vorgehabt, im Wrischaila-System Zuflucht zu suchen? Oder waren seine Manöver tatsächlich so spontan und improvisiert gewesen, wie es den Anschein gehabt hatte?

Anders ausgedrückt: Wusste dieser Rhodan – der doch, wenn schon nicht Nodrone, unzweifelhaft ein Humanoider war –, wusste er eigentlich, worauf er sich einließ?

4 *Schikanen*

25 *25. Juni 1329 + E09. Na bitte, liebes Tagebuch,* schrieb Shimmi Caratech. *Reginald und Perry haben auch den letzten Nodronen ausgetrickst und im Sternendschungel dieses Kugelhaufens abgehängt. Und nebenbei, wie Bully es formuliert hat, »einen unverhofften Hort der Zivilisation« entdeckt. Vielleicht finden wir hier ja endlich diese seltsamen Cor'morian, oder wenigstens einen brauchbaren Hinweis, wo sie sich verkrochen haben.*

Sie kaute, im vollen Bewusstsein der Bedeutung dieser Aufzeichnungen für die Nachwelt, auf ihrem Stift herum. Einen zukünftigen Meilenstein der Weltliteratur zu verfassen war gar nicht so einfach.

In dem System, in das wir gerade einfliegen, schrieb sie nach reiflicher Überlegung, *ist mörderisch was los. Die Planeten sind zwar allesamt lebensfeindlich und unbewohnt, aber der sechste, ein gewaltiges Riesentrumm, besitzt nicht weniger als 23 Monde. Dreiundzwanzig Stück! Und offenbar ist jeder einzelne davon, vom kleinsten bis zum größten, besiedelt. Auf den Monden, in den Orbits um sie herum sowie über das ganze System verstreut tummeln sich nämlich etliche tausend Raumschiffe in allen möglichen Formen. Einige sehen haargenau so aus wie das, was in Schikagos Katzenkistchen liegt, hihi; hoffentlich riechen sie nicht auch so …*

Den letzten Satz strich sie wieder. Der klang, fand sie, zu flapsig für die Chronistin einer derartigen »Odyssee«. Pratton Allgame hatte ihr dieses Wort erklärt, und auch, dass es ebenfalls auf einen Reisebericht zurückging, aufgezeichnet von, wenn sie sich richtig erinnerte, Homer G. Adams. Vor Urzeiten, denn sie waren noch mit Segelschiffen unterwegs gewesen; aber der Mars war auch damals schon vorgekommen.

Pratton, der war richtig nett. Seit sie gemeinsam den grässlichen Nodronen besiegt hatten, kümmerte er sich besonders rührend um Schikago, spielte immer wieder mit ihr herum. Shimmi war das sehr recht. Sie machte sich eh ein wenig Sorgen, ihre Katze könnte verfetten. Hatte einfach zu wenig Auslauf in dem Mars-Liner, und raus durfte sie ja nicht, da ließ sich Perry nicht becircen. Richtig faul war das Luder geworden, und dass sie ein Bäuchlein bekommen hatte, war beim besten Willen nicht mehr zu übersehen. Von ihrem Frauchen ließ sich Schikago kaum mehr zu Bewegung anspornen, aber wenigstens mit Pratton tollte sie zwischen den Sitzreihen hin und her.

Irgendwo hatte der Weinbauer drei faustgroße Bällchen aufgetrieben, und mit denen hetzte er die Ferrol-Katze kreuz und quer durch den Liner. Als er bemerkte, dass Shimmi ihm zusah, jonglierte er gekonnt mit den Bällen, was Schikago halb wahnsinnig machte. Dann hielt er ihr einen davon auf der Handfläche hin, schloss die Finger – und als er sie wieder öffnete, war der Ball verschwunden! Schikago blinzelte, fauchte wütend, schlug mit der Tatze nach Prattons Arm. Aber der zog ihn blitzschnell weg, griff in die Tasche seiner weiten Hose – und förderte daraus das Bällchen zutage. Er zwinkerte Shimmi zu und rollte es den Gang entlang. Schikago fetzte hinterher wie ein blauer Kugelblitz. Sie überschlug sich mehrmals, als sie es eingeholt hatte.

Shimmi applaudierte. »Lernt man das in der Weinbauschule?«, fragte sie.

»Keine Ahnung, ich habe nie eine besucht.«

Sie lachten. Doch, Pratton Allgame war richtig nett.

Glücklicherweise, schrieb sie weiter, *hat Frannie (die sich übrigens mächtig ärgert, wenn ich sie so nenne, hehe) unter den tausenden Schiffen bisher nur ein einziges der Nodronen angemessen. Und auch das ist kein Sternenkreuzer, sondern ein ziviler Personen- und Handelsraumer. Überhaupt gibt es kein sichtbares Militär, auch keine Raumforts. Perry vermutet, dass wir auf ein »multi-ethnisches Industrie- und Warenaustauschzentrum der Völkergemeinschaft von Vaaligo« gestoßen sind. Das jedoch lange nicht so bedeutend wie etwa der Mars sein dürfte – da es offensichtlich über keine permanente »Wachflotte« verfügt.*

Kurz: Sieht aus, als hätten wir es ganz gut getroffen. Im Gewimmel um die 23 Monde können wir uns vor den Verfolgern verstecken, Kontakte knüpfen, Informationen sammeln und so weiter, eventuell sogar ein anderes Raumfahrzeug ergattern. Ein gewisses Risiko ist natürlich dabei, aber … Haben wir denn eine andere Wahl?

26 »Nein«, sagte Perry. »Solange uns niemand anfunkt, verhalten wir uns ebenfalls ruhig.«

Fran, die wieder den Funk- und Ortungsleitstand besetzte, sah keinen Grund, Rhodans Entscheidung zu hinterfragen. Als TLD-Agentin hatte sie schon einige Einsätze auf unbekanntem Terrain hinter sich gebracht, doch mit Perrys und natürlich auch Bullys diesbezüglicher Erfahrung konnte sie keinesfalls mithalten.

Ob Reginald auf gewissen anderen Gebieten wohl ebenfalls dermaßen abgebrüht war?

Sie schalt sich insgeheim eine verliebte Närrin und konzentrierte sich wieder auf ihre Geräte. Seit geraumer Zeit versuchte sie, den regen Funkverkehr im System abzuhören. Doch ausnahmslos alle Sendungen waren hochgradig verschlüsselt. Es schien keinen einzigen öffentlichen, frei zugänglichen Nachrichtenkanal zu geben. Seltsam. Aber was wussten sie schon über die hiesigen Verhältnisse? Vielleicht musste man die entsprechenden Dekoder erst auf einem der Monde erwerben.

Je näher sie dem Riesenplaneten kamen, desto mehr Einzelheiten der dreiundzwanzig Trabanten ließen sich erkennen. Alle waren dicht bebaut, auf höchst unterschiedliche, zum Teil äußerst beeindruckende Weise.

»Welchen sollen wir anfliegen?«, fragte Bully gut gelaunt. »Irgendwelche Präferenzen oder Eingebungen auf den billigen Plätzen?«

Rhodan zuckte mit den Achseln. »Fran?«

»Das Funkaufkommen ist überall annähernd gleich hoch. Und den Inhalt der Botschaften verstehe ich ja leider nicht. Aber bei dem da«, sie markierte einen der kleinsten Monde im Holo, »parken Schiffe besonders vieler verschiedener Bauweisen.«

Sie vergrößerte die Darstellung.

»Sieht aus wie eine Kartoffel«, kommentierte Bull trocken, »die schon ein wenig zu lange gelagert worden ist.«

Fran grinste ihm zu. Der Vergleich stimmte. Aus der nahezu lückenlos von berghohen Gebäudekomplexen bedeckten Oberfläche des unregelmäßig geformten, alles in allem etwa sechzig Kilometer messenden Himmelskörpers wuchsen an zahlreichen Stellen Ausleger wie verkrümmte Triebe. Daran waren hunderte Raumschiffe angedockt. Ihre Größe variierte stark, von nur wenigen Dutzend Meter langen Raumyachten bis zu gewaltigen, schwerfällig wirkenden Transportschiffen.

Bull steuerte eine freie Stelle an einem der Auswüchse an. Als sie sich diesem bis auf etwa fünfhundert Meter genähert hatten, erfasste sie ohne jegliche Vorankündigung ein Traktorstrahl.

»Ganz schön stark«, sagte Bully, nachdem sie langsam an den Ausleger herangezogen worden waren. »Nicht einmal, wenn wir wollten, kämen wir hier wieder weg, fürchte ich.«

Von der Oberfläche des Mondes trafen Richtfunkimpulse ein, die die Varsonik entschlüsseln konnte. Fran legte das Bild auf den Panoramaschirm.

Ein sich kaum merklich drehender Kristall mit … mhm, dreiundzwanzig Ecken. Offenbar ein Symbol für den Verbund der Monde.

Dazu ertönte eine fremdartige, für Frans Ohren ziemlich scheußlich klingende Melodie. Dann sagte eine tiefe, gutturale Stimme auf Vaaligonde: »Willkommen im Werftwerk von Wrischaila. Ihr habt euch soeben der Gerichtsbarkeit der elften Werkwerft unterstellt und den hier gültigen Gesetzeskodex in allen siebenunddreißigtausendundelf Punkten akzeptiert. Teilt uns Name, Adresse, Anderkonto und Zulassungsnummer eures Rechtsberaters mit.«

Bully, Fran und Perry sahen einander ratlos an.

»Willkommen im Werftwerk von Wrischaila«, wiederholte die Stimme. »Ihr habt euch soeben der Gerichtsbarkeit der elften Werkwerft unterstellt und den hier gültigen Gesetzeskodex in allen siebenunddreißigtausendundelf Punkten akzeptiert. Teilt uns Name, Adresse, Anderkonto und Zulassungsnummer eures Rechtsberaters mit.«

Perry bedeutete Fran, ihm das Mikrofon auf Sendung zu schalten. »Wir kommen von weit her«, sagte er dann, »und sind mit den hiesigen Gebräuchen nicht vertraut. Wir würden gern …«

»Willkommen im Werftwerk von Wrischaila. Ihr habt euch soeben der Gerichtsbarkeit der elften Werkwerft unterstellt und den hier gültigen Gesetzeskodex in allen siebenunddreißigtausendundelf Punkten akzeptiert. Teilt uns schleunigst Name, Adresse, Anderkonto und Zulassungsnummer eures Rechtsberaters mit! Oder habt ihr etwa keinen?«

Fran benötigte eine Sekunde, um zu realisieren, dass die monotone Stimme keine Aufzeichnung war und der unsichtbare Sprecher diesmal im Anschluss an seinen Sermon eine Frage gestellt hatte.

Perry Rhodan reagierte deutlich schneller. »Nein«, antwortete er. »Wie gesagt, wir benötigen Informationen über …«

»In diesem Fall wird euch ein Pflichtbeistand zugeteilt. Es handelt sich um den ehrwürdigen Advokatus Ter-Gün-Madian, welcher euren Bevollmächtigten in acht Zeiteinheiten in seiner Kanzlei empfangen wird. Befinden sich an Bord eures Raumfluggerätes Personen mit in der elften Werkwerft von Wrischaila gültigen Identitätsnachweisen?«

»Bedaure, nein.«

»In diesem Fall muss mindestens ein Bevollmächtigter von euch einen befristeten Identitätsnachweis erwerben, um die elfte Werkwerft betreten zu dürfen. Die Gebühr ist beim ehrwürdigen Advokatus Ter-Gün-Madian zu entrichten, welcher sie umgehend an das NOTARIAT weiterleiten wird.«

»Wie viel kostet das?«

Die tiefe, völlig emotionslos klingende Stimme nannte eine frappierend hohe Summe in Calculs, der vaaligischen Währung. Obwohl diese fast ein Viertel der Barmittel ausmachte, die sie von den Cor'morian erhalten hatten, sagte Perry: »Wir nehmen Identitätsnachweise für zwei Personen. Wie lange sind diese gültig?«

»Achtzehn Zeiteinheiten.«

Das waren umgerechnet knapp sechs Stunden. Bully schnitt eine Grimasse. *Nicht gerade das billigste Pflaster,* bedeutete das.

»Wo finden wir diesen ehrwürdigen Advokatus?«, fragte Rhodan.

»Im hellbeigen Bezirk, an der Verschneidung von Schwermutsschlucht und Ewig-nicht-mehr-gesäuberte-Ebenen. Eure IDNs geleiten euch hin.«

»Gibt es irgendwelche Regeln, die wir auf unserem Weg beachten sollten?«

»Der Gesetzeskodex der elften Werkwerft umfasst siebenunddreißigtausendundelf Punkte. Eine ausführlich kommentierte Ausgabe ist in der Kanzlei des ehrwürdigen Advokatus Ter-Gün-Madian erhältlich, jedoch liegt ihr Preis über dem vorläufigen Schätzwert eures Schiffes. Sie kann euch also erst nach dem beglaubigten Nachweis entsprechender Besitztümer ausgefolgt werden.«

»Ich verstehe. Na schön. Können wir inzwischen irgendwelche anderen Informationen über Wrischaila oder Vaaligo im Allgemeinen bekommen?«

»Nicht ohne Rechtsbeistand.« Nun klang die gutturale Stimme fast ein wenig indigniert. »Ihr seid anscheinend wirklich von sehr weit her.«

Damit brach der namenlose Unsichtbare das Gespräch ab. Für einige Zeit ertönte noch kakophonisches Gedudel, dann erlosch die Funkverbindung.

»Irgendwie drängt sich mir eine Redensart auf, in der die Wörter ›Regen‹ und ›Traufe‹ vorkommen«, feixte Bully.

»Wir werden ja sehen, Dicker. Jedenfalls sollten wir die uns zur Verfügung stehende, teuer erkaufte Zeit nutzen und sofort aufbrechen.«

»Du hast zwei Ausweise geordert. Wen willst du mitnehmen?«

27 »Dich, schönste Pelmid vom Clan der Sulcatob. Damit du mir beweisen kannst, dass du noch andere Qualitäten besitzt als bloß ein vorlautes Mundwerk.«

»Ich fühle mich geehrt«, entgegnete Pelmid galant. »Allein mit dir, hochverehrter Son'Trokete, in der Hölle von Wrischaila – wie romantisch!«

Der durchdringende Blick, den ihr Axx Cokroide zuwarf, erhöhte schlagartig ihre Körpertemperatur. Sie senkte den Kopf, ließ sich nicht anmerken, wie erregt sie war. Es knisterte definitiv zwischen ihnen. Ihr war vollkommen bewusst, dass sie sich in allerhöchste Gefahr begab. Aber sie spielte nun mal gern mit dem Feuer – und nicht nur mit dem aus ihren Bi- und Tripuls-Kanonen.

»Wir sind nicht allein«, sagte Cokroide knapp. »Are'Imga Varrn Vardak und zwei seiner Männer werden uns begleiten.«

Sie spitzte die Lippen; versagte sich gerade noch einen überraschten Pfiff. Was wollte Axx mit dem unglücklichen Frachterkapitän? Andererseits … na klar, Vardak würde alles, aber auch wirklich alles daransetzen, sich zu rehabilitieren. Er und seine Männer würden sich für Cokroide notfalls in Stücke reißen lassen. Das war immer noch unvergleichlich besser und ehrenvoller als die Peitsche von Nodro.

Ihre Hochachtung vor dem Clansführer der Cokroide wuchs ein weiteres Stück.

Ein berechnender Mann; ein attraktiver Mann.

Dass er das Risiko einging, sich persönlich ins Werftwerk von Wrischaila zu begeben, zeigte ihr, wie wichtig er die mysteriösen Fremden nahm. Da steckte mehr dahinter als nur der unbeugsame Wille, seinen Spruch »Niemand entkommt Axx Cokroide« zu verifizieren. Nein, derart stur und eitel war er auch wieder nicht. Der Botschafter musste darüber hinaus überzeugt sein, dass die Fremden den Zielen der Zwillingsgötzen gefährlich werden konnten, so unglaublich das klang. Sechs Personen gegen das gesamte Empire. – Was sollten die schon anstellen können?

»Zudem«, fuhr Axx fort, »werden wir Unterstützung von der Besatzung des nodronischen Handelsraumers erhalten, mit dem wir bereits Kontakt aufgenommen haben. Sie gehören einem unbedeutenden Kleinclan an, der den Cokroide verpflichtet ist.«

Also de facto: dir persönlich, dachte Pelmid. *Ob sich darunter wohl auch eine hübsch unterwürfige Raumfahrerin befindet?*

Erstaunt konstatierte sie einen Anflug von Eifersucht. Unsinn! Welcher Mann mit nur dem halben Intelligenzquotient des Botschafters würde ihr, Pelmid Sulcatob, eine andere Frau vorziehen?

Und wenn doch, war er selbst schuld, basta!

Wie auch immer, die Anwesenheit dieser Handelsschiffer mochte ihre Aufgabe erleichtern. Pelmid selbst war noch nie auf einer der dreiundzwanzig Werkwerften gewesen, auch auf keinem anderen der wenigen noch existierenden, über die ganze Galaxis verstreuten, uralten Werftwerke. Aber natürlich hatte sie die Schauergeschichten gehört, die in der Flotte darüber kursierten. Selbst wenn man das übliche Raumfahrergarn abzog, blieb genügend Haarsträubendes übrig. Und angeblich war Wrischaila das Übelste von allen; es gab sogar Gerüchte, die wahren Drahtzieher hinter einem Gutteil der dreiundzwanzig Gewerken, die auf den einzelnen Monden den Ton angaben, seien *Quochten* …

Pelmid schüttelte sich unwillkürlich.

»Wir fünf werden mit einem der kleinen, unauffälligen Beiboote hinfliegen«, verkündete Axx. »Der Sternenkreuzer verbleibt im Ortungsschutz der Sonne und greift nur ein, wenn ich ausdrücklich Befehl dazu gebe.«

So etwas hatte sich Pelmid schon gedacht. Eine offen ausgeführte Militäraktion verbat sich angesichts dessen, dass hier Nodronen nicht gerade gern gesehen wurden; zumindest nicht solche, die eindeutig als Vertreter des Empire erkennbar waren. Und gegen dermaßen viele Schiffe hätte, wenn es hart auf hart ginge, sogar ihr Sternenkreuzer den Kürzeren gezogen. Vor allem aber bestand die Gefahr, dass Axx Cokroide sein Gesicht verlor, gegenüber den Clans wie auch – noch schlimmer – den Zwillingsgötzen. Mit Kanonen auf Kleinvögel schossen nur fantasielose, ineffiziente Rüpel. Gnadenlose, genau dosierte, »chirurgische« Schläge hingegen, wie die kaltschnäuzige Zerstörung des Ordensturms von Mantagir, o ja, das war sein Stil, dafür war Axx bekannt und gefürchtet. Und offenbar kannte er sich auch mit geheimen Kommandounternehmen aus.

Wenn es ihm gelingt, die Flüchtigen trotz der Zustände im Werftwerk aufzuspüren, zu ergreifen und zurück nach Balance B zu bringen, dachte Pelmid, *hat er seiner Erfolgsgeschichte zweifellos ein weiteres Ruhmesblatt hinzugefügt. »Cokroides Hand reicht bis Wrischaila«, wird man sich an allen Feuern ehrfürchtig zuraunen.*

Und vielleicht würde man ja im selben Atemzug auch ihren, Pelmids, Namen nennen …

»Vom Frachter fehlt jede Spur. Hat wahrscheinlich irgendwo angedockt und die Maschinen heruntergefahren, sodass wir seine Signatur derzeit nicht orten können.« Cokroide verzog den Mundwinkel. »Das macht nichts. Sollen sie sich ruhig in Sicherheit wähnen. Wir finden sie auch so. Und je mehr wir über ihre Machenschaften in Erfahrung bringen, bevor wir sie uns schnappen, desto besser. Komm, schöne Waffenmeisterin! Wir brechen auf.«

28 Sie schlüpften in leichte Raumanzüge aus dem Fundus des Frachters, bei denen sie sämtliche Rangabzeichen und sonstigen nodronischen Symbole entfernt hatten. Dafür hatten sie allerlei bunte, in den Kabinen aufgestöberte Stoffteile auf die Anzüge appliziert, um ihre wahre Körperform möglichst zu verschleiern. Einige der herunterbaumelnden Fetzen mochten, wenn man nicht zu genau hinsah, als zusätzliche Arme durchgehen; ein Wulst am Gesäß sollte einen kurzen Schwanz simulieren. Im als Höcker verkleideten Rückentornister waren die miniaturisierten Aggregate für Atemlufterzeugung und Antigravflug untergebracht; um die Hüfte trugen sie Gürtel mit den Deflektoren und Funkgeräten der Cor'morian.

»Hals- und Beinbruch, Freunde! Nicht vergessen: Immer schön Kontakt halten«, rief Bull zum Abschied, »damit notfalls die Kavallerie eingreifen kann!«

Und aus wem soll die bestehen?, dachte Fran sarkastisch. *Vielleicht aus Quart Homphé und Schikago?*

Sie verließen den Frachter durch eine der Heckschleusen und trieben auf die Öffnung in dem gut dreißig Meter dicken Ausleger zu, an den der unsichtbare Traktorstrahl ihr Schiff nach wie vor gefesselt hielt. Perry flog als Erster hinein. Fran folgte ihm. Innen war es dunkel. Sie schalteten die Helmscheinwerfer ein und tauchten in die etwa fünf Meter durchmessende, gewundene Röhre hinab. Die vollkommene Stille und die sie umgebende Schwärze drückten Fran aufs Gemüt. Es gab keinerlei Anzeichen dafür, dass jemand oder etwas ihre Anwesenheit bemerkt hatte.

»Nicht gerade ein roter Teppich, was?«, scherzte Rhodan.

»Seien wir froh«, funkte Fran zurück. »Der hätte hier sicher so viel gekostet wie anderswo ein ganzer Teppichladen.«

Ein vertrautes Lachen in ihrem Helmlautsprecher zeigte an, dass Bully mithörte. Immerhin, die Verbindung stand.

Nach zehn Minuten, die Fran wie eine halbe Ewigkeit erschienen waren, erreichten sie das Ende der Röhre. Sie drehten sich im Flug, landeten auf den Füßen und schalteten die Antigravs ab. Hier unten herrschte, wie Fran von ihren Anzeigen ablas, eine Schwerkraft von 0,7 Gravos. Sie würde also aufpassen müssen, dass sie sich nicht zu heftig vom Boden abstieß.

In die Wand war ein schmuckloser Torbogen eingelassen. Perry Rhodan ging hindurch, mit langen, tänzerisch anmutenden Schritten. Oranges Licht flammte auf, das aus der gesamten Decke zu kommen schien. Dennoch wirkte es kraftlos und düster.

Sie befanden sich in einem kurzen Gang, der offenbar die Funktion einer Schleuse hatte. Als Fran über die Schulter zurückblickte, war der Torbogen spurlos verschwunden. Ein zischendes Geräusch ertönte: Luft strömte ein. Atembar, signalisierte der Analysator ihres Raumanzuges nach einigen Sekunden. Dennoch ließen sie ihre Helme vorerst geschlossen.

Am Ende des Gangs öffnete sich ein identischer Torbogen. Sie gelangten in einen großen, deutlich heller beleuchteten Raum, dessen Wände die Schmauchspuren von Strahlschüssen zeigten. Die flimmernden Mündungen eines halben Dutzends knapp unter der Decke angebrachter, ferngesteuerter Thermo-Gewehre richteten sich auf sie.

»Ihr führt Waffen mit euch«, erklang plötzlich eine sonore, emotionslose Stimme. Möglicherweise derselbe Sprecher wie vorhin – aber vielleicht redeten die hier ja alle so. »Gemäß dem von euch akzeptierten Gesetzeskodex ist es Privatleuten nicht gestattet, die elfte Werkwerft von Wrischaila mit Schusswaffen zu betreten. Bringt diese sofort in euer Schiff zurück.«

»Das hat uns niemand gesagt. Können wir die Strahler denn nicht irgendwo deponieren?«, fragte Perry Rhodan, leicht ungehalten, wie Fran fand.

»Nein. Für die versuchte Missachtung des Kodex wird eine Strafe von elftausend Calculs pro Person festgesetzt, die von eurem Rechtsbeistand an das NOTARIAT zu überweisen ist. Geht jetzt. Wenn ihr diesen Raum nicht augenblicklich verlasst, wird das Feuer eröffnet.«

Also zurück in die Schleuse, wieder die Röhre hoch, den ganzen langen Weg …

»Nicht ärgern, nur wundern«, sagte Rhodan säuerlich.

Bull grinste, als er die Strahler entgegennahm. »Das scheinen hier ja richtige Seelchen zu sein«, sagte er. »Bin schon neugierig, was denen noch so einfällt, um uns zu schikanieren und dabei zu schröpfen. Erinnert mich an gewisse Landstriche auf der Erde, damals, als wir beide noch jung und schön waren, was, Perry?«

»Mh.«

Und abermals die Röhre hinunter, durch die Schleuse, in den Raum mit den Thermostrahlern und den unmissverständlichen Schmauchspuren …

Und der stark abgenutzten, klotzigen Tastatur, die sich soeben aus der Wand schob.

»Gebt Name, Adresse, Anderkonto und Zulassungsnummer eures Rechtsberaters ein«, verlangte die bekannte Stimme.

»Verdammt, ihr wisst genau, dass wir nur über einen Pflichtbeistand verfügen«, sagte Perry genervt, »einen Advokatus namens Ter-Gün-Madian. Aber wir haben uns bereit erklärt, befristete Identitätsnachweise zu erwerben.«

»Gut, dann steckt sie ins Lesegerät. Zugleich.«

Neben der Tastatur stülpte sich ein Würfel aus der Wand, in dem sich zwei fingerlange Schlitze befanden.

»Ich dachte, die bekämen wir hier«, sagte Perry durch die zusammengebissenen Zähne. »Aber lass mich raten – sie liegen oben am Einstieg für uns bereit, nicht wahr?«

Wenn sich der Unsichtbare amüsierte, so ließ sich das dem Tonfall seiner Stimme nicht entnehmen. »Das ist richtig. Also holt sie endlich. Für wiederholte fahrlässige Dienstzeit-Verschwendung und sinnlose Belästigung der Portiersbeauftragten wird eine Gebühr von elftausend Calculs pro Person festgesetzt, die von eurem Rechtsbeistand an das NOTARIAT zu überweisen ist.«

»Sehr, sehr lustig. Ha, ha, ha.«

Zehn tödlich fade Minuten Flug die Röhre hinauf …

»Schau, unsere Spezialagenten! Lange nicht mehr gesehen«, spöttelte Bully über Funk. »Wollt ihr nicht kurz auf einen Tee hereinkommen und von euren aufregenden Abenteuern berichten?«

»Ach halt doch die Klappe, Dicker!«

Tatsächlich fanden sie nun, gleich neben der Öffnung in der meterdicken Wand des Auslegers, eine kleine Nische, in welcher zwei schmutzigweiße Kärtchen lagen. Perry reichte Fran eines davon, das andere behielt er für sich.

»Auf ein Neues!«, grummelte er.

Erneut flogen sie die verfluchte Röhre hinab, steckten die ID-Nachweise in die Schlitze, zugleich, wie es die Stimme verlangt hatte. Prompt wurden sie verschluckt – und wären wohl auf Nimmerwiedersehen verschwunden, hätten Fran und Perry nicht dünne Schnüre an ihren Kärtchen befestigt, mit denen sie sie wieder herauszogen.

Der Portiersbeauftragte gönnte ihnen nicht die Genugtuung, sich Enttäuschung anmerken zu lassen. »Ihr könnt passieren«, sagte er lapidar. »Willkommen in der elften Werkwerft von Wrischaila. Ich bin überzeugt, ihr werdet wenig Gelegenheiten haben, euren Besuch zu bereuen.«

29 Erstaunlicherweise wiesen ihnen die Kärtchen tatsächlich den Weg, wie es versprochen worden war. Zwar boten sie keinen Übersichtsplan. Doch auf den Oberseiten der Ausweise erschienen grünlich schimmernde Pfeile und zeigten ihnen, in welche Richtung sie sich halten beziehungsweise welche Abzweigung sie jeweils nehmen sollten.

Solche gab es wahrlich mehr als genug. Die elfte Werkwerft stellte eine einzige Industriestadt aus riesigen, ineinander verschachtelten Fabriken und unzähligen, vergleichsweise winzigen Werkstätten dar. Vom Himmel vermochte Perry genauso wenig zu erspähen wie von der ursprünglichen Mondoberfläche. Dreißig, vierzig, fünfzig Geschosse hoch – oder tief, je nachdem, wo man gerade stand – türmten sich die Fertigungsstätten übereinander. Im Gewirr der dazwischen eingezwängten, schmalen, verwinkelten Gassen, Tunnels, Stiegen, Brücken, Rampen und Kreuzungen war an ein rasches Vorankommen nicht zu denken, so dicht an dicht drängten sich überall die Massen der Passanten.

Die meisten von ihnen entstammten einer Vielzahl verschiedener Echsenvölker. Anders als in der Mars-Metropole Mantagir, wo Perry und seine Begleiter ständig als vermeintliche Nodronen angestarrt worden waren, nahm kaum jemand von Fran und ihm Notiz. Die improvisierte, ihre humanoide Körperform verbergende Verkleidung schien ihren Zweck zu erfüllen. Vielleicht lag es aber auch nur daran, dass sie es hier überwiegend mit Technikern zu tun hatten, die allesamt in höchster Eile unterwegs und an ihrer Umgebung kaum interessiert waren. Müßiggang schien in der elften Werkwerft unbekannt zu sein, oder jedenfalls schwerstens verpönt.

Mittlerweise hatten sie ihre getönten Helme einen Spalt weit geöffnet, um Luft und Energie zu sparen. Das Sauerstoffgemisch war recht gut atembar, wenngleich es einen unangenehm sauren Beigeschmack besaß. Die Temperatur lag um die dreißig Grad, schätzte Perry, bei relativ geringer Luftfeuchtigkeit. Dennoch spürte er schon bald, wie ihm der Schweiß in Strömen den Rücken hinabrann. Ständig mussten sie dagegen ankämpfen, von den massigen Echsenleibern abgedrängt, mitgerissen oder schlichtweg niedergetrampelt zu werden.

Fran Imith ließ sich nicht anmerken, ob sie das dauernde Geschiebe und Gestoße erschöpfte. Die TLD-Agentin war keineswegs fragil gebaut, im Gegenteil bestens durchtrainiert. Dennoch – ihre Verletzung und die Gehirnerschütterung lagen nur wenige Tage zurück. Eigentlich hätte er Fran gar nicht mitnehmen dürfen. Aber ganz allein aufzubrechen wäre unverantwortlich gewesen, und wen sonst hätte er als Begleiter wählen sollen? Pratton? Shimmi? Oder gar Quart Homphé? Undenkbar. Niemand von denen verfügte über ausreichend Kraft und Kondition, von rudimentärsten Nahkampf-Fertigkeiten ganz zu schweigen. Und Bull musste unbedingt beim Schiff bleiben, er kannte sich einfach am besten mit dessen Bedienung aus.

Nach einiger Zeit fanden sie durch Zufall einen Mauervorsprung, hinter dem sie ungesehen den Helm zurückklappen, verschnaufen und sich den Schweiß aus den Augen wischen konnten. Fran Imiths von lockigen, schulterlangen, dunkelroten Haaren eingerahmtes Gesicht erschien Perry noch blasser als sonst.

»Bist du in Ordnung?«, fragte er.

»Etwas … außer Atem, aber sonst … geht es mir … ganz gut.«

»Sag sofort, wenn es dir zu anstrengend werden sollte. Es bringt nichts, sich überzustrapazieren.«

»Klar doch. TLD-Regel Nummer neununddreißig: ›Den Helden zu spielen, sich aber zu übernehmen dabei, ist dumm und richtet mehr Schaden an als Nutzen.‹«

Sie warfen sich erneut ins Gewühl.

Die Kanzlei des Advokatus lag im hellbeigen Bezirk, hatte der schikanöse Portier gesagt. Derjenige Bereich der mondgroßen Industriestadt, durch welchen sie sich bisher bewegten, konnte damit kaum gemeint sein, denn hier dominierte ein verwaschen wirkendes Lila. Fast alles war in dieser Farbe gehalten, die Mauern, die Bodenbeläge und Überdachungen, sogar die Schilder und Leuchtschriften über den kleinen Werkstätten. Auf originelles Design oder avancierte Ästhetik wurde sichtlich kein Wert gelegt.

»Ich will mich ja nicht aufdrängen«, ertönte geraume Zeit später Bulls Stimme in ihren Helmen, »aber wir, also Quart und ich, haben eure Bewegungen aufgezeichnet und mit Hilfe der Varsonik analysiert. Ergebnis: Diese Kärtchen führen euch an der Nase herum. Nicht gerade im Kreis, aber in einer Art dreidimensionaler Spirale.«

»Verflucht! Die Kerle versuchen uns schon wieder übers Ohr zu hauen.«

»Den Eindruck habe ich ebenfalls. Ach ja, und im von uns aus einsehbaren Teil der Mondoberfläche ist nichts Beiges zu erkennen. Das muss nichts heißen, besagter Bezirk kann schließlich auch viele Ebenen weiter unten liegen. Ich wollte es euch nur sagen.«

»Na prima. Danke, Dicker. – Es hilft nichts, Fran, wir werden nach dem Weg fragen müssen.«

Doch das gestaltete sich schwierig. Die meisten Entgegenkommenden reagierten gar nicht oder abweisend auf Perrys Versuch, sie anzusprechen. Endlich blieb, an einer ausnahmsweise etwas weniger frequentierten Kreuzung, eine Echse stehen, die einen guten Kopf kleiner als er selbst war. Sie besaß drei Beine, wovon das dritte, kräftigste sich wohl im Rahmen der Evolution aus dem Schwanz gebildet hatte. Darauf stützte sie sich jetzt und musterte Perry aus faustgroßen, senkrecht geschlitzten Pupillen.

»Kannst du uns sagen, wie wir zum hellbeigen Bezirk kommen? Zur Verschneidung von Schwermutsschlucht und Ewig-nicht-mehr-gesäuberte-Ebenen?«

»Wer ist dein Rechtsberater, wo wohnt er, wie lauten seine Anderkonto- und Zulassungsnummer?«

Nicht schon wieder!

»Sein Name ist Ter-Gün-Madian. Er wohnt ebendort, und ...«

Perry kam gar nicht mehr dazu, der Echse mitzuteilen, dass ihm die weiteren Daten unbekannt waren, so schnell hatte sie sich mit dem Schwanzbein vom Boden abgestoßen und wieder davongemacht. Unter Absonderung von lauten, keckernden Geräuschen, die ihn verdächtig an ein höhnisches Lachen gemahnten.

»Scheint nicht über den allerbesten Leumund zu verfügen, der ehrwürdige Advokatus«, meinte Fran. »Oder wie würdest du diese Reaktion sonst interpretieren?«

Perry seufzte. »So kommen wir nicht weiter, und schon gar nicht rechtzeitig zu unserem Termin. – Bully?«

»Am Apparat.«

»Könnt ihr von oben irgendwelche Verkehrssysteme erkennen? Trassen von Zügen, oder vielleicht so was wie Haltestellen oder Standplätze von Gleitertaxis?«

»Bedaure, nein. Gelegentlich werden große Aggregate oder halbe Raumschiffe auf Antigrav-Plattformen verschoben, aber Personenverkehr findet praktisch keiner statt.«

Perry überlegte. »Dennoch, die können nicht alle überallhin zu Fuß gehen. Nicht bis zu sechzig Kilometer weit. Vielleicht gibt es tief unter der Mondoberfläche eine Art U-Bahn.«

»Klingt logisch«, sagte Fran. »Obgleich ich, ehrlich gesagt, keine große Freude damit habe.«

»Wieso?«

»Ich leide unter einer leichten – mit der Betonung auf leichten – Höhlenphobie. Raumschiffsgänge, auch Keller von Bauwerken machen mir nichts aus. Aber wenn ich weiß, dass sich direkt über mir Tonnen von Gestein befinden, werde ich kribblig. Nichts Schlimmes, ich kann's durchaus eine Zeit lang ertragen. Ich wollte es dir nur gesagt haben, frei nach Regel Nummer neununddreißig.«

»Schon gut.«

Er nestelte an einem der von seiner Brust hängenden Stoffzipfel herum. Auch das noch! Alles schien sich gegen sie verschworen zu haben. Die Typen von dieser seltsamen Werkwerft sowieso. Deren Motiv war klar: Man wollte ihnen so lang Knüppel zwischen die Beine werfen, bis sie sich derart unrettbar verschuldet hatten, dass sie ihr Raumschiff in Zahlung geben mussten – und sich selbst vermutlich als eine Art Sklavenarbeiter verdingten. Offiziell ging dabei alles mit rechten Dingen zu. Wenn jemand allerdings durch widrige Umstände daran gehindert wurde, sich einen Rechtsbeistand zu besorgen oder diesen aufzusuchen … tja, dann war das eben Pech, und ganz allein sein Problem. Perry zweifelte nicht daran, dass ihr Termin und die dafür eingesetzte Summe sofort verfallen würden, wenn sie auch nur eine Sekunde zu spät bei diesem Ter-Gün-Madian auftauchten.

Aber wie dorthin gelangen? Sie wussten nicht einmal, wo der hellbeige Bezirk lag, und Auskunft bekamen sie keine.

Also doch auf gut Glück ins Mondinnere vordringen? Trotz Frans Phobie? Für die ihr kein Vorwurf zu machen war. Sie hatte einen Begleitschutz-Auftrag auf dem Mars angenommen, in einem uralten, schwebenden Reisebus. Von Erkundungen unter der Oberfläche eines Himmelskörpers war keine Rede gewesen. Fran hatte gesagt, sie könne damit umgehen, und das glaubte er ihr auch. Trotzdem wollte er ihr das nur im äußersten Notfall antun.

Gab es wirklich keinen anderen Weg?

Es *musste* einen anderen geben! Neue, gänzlich uninformierte Besucher wie sie konnten nur die Ausnahme sein: beliebt und begehrt, weil sie sich am schnellsten um ihr Hab und Gut erleichtern ließen – aber sicherlich in der Minderzahl. Wie bewegten sich die übrigen Raumfahrer, die hier Reparaturen vornehmen ließen oder Ersatzteile und andere Industrieerzeugnisse einkauften? Würden die überhaupt diese Werkwerft aufsuchen, wenn sie sich über weite Strecken zu Fuß durch die engen Verkehrswege quälen mussten?

Wohl kaum.

Gut, wenn sie vorab Bescheid wussten, wo sie hinwollten, würden sie am jeweils nächstgelegenen Ausleger andocken. Die gab es ja rund um den ganzen Mond, sie stellten die einzige erkennbare übergeordnete Struktur dar. Was aber, wenn jemand mehrere, weit voneinander entfernte Ziele hatte?

»Bully.«

»Ja, Dünner?«

»Mir kommt da eine Idee …«

30 KLINGT INTERESSANT, stand auf dem Bildschirm. UND DU BIST SICHER, DASS ES SICH UM NODRONEN HANDELT?

»Ja und nein«, sprach Ter-Gün-Madian ins Mikrofon. »Sie sehen, wenn man sich die läppische Verkleidung wegdenkt, wie Nodronen aus. Andererseits verhalten sie sich sehr … un-nodronisch.«

WAS VERSTEHST DU DARUNTER?

»Je nun, wie soll ich sagen … Sie brausen nicht auf, versuchen nicht, sich mit Gewalt durchzusetzen. Sondern sie halten sich an die Regeln, spielen mit, und das noch dazu äußerst geschickt.«

DU MEINST ...?

»Sie könnten die sein, die ihr sucht. Bürgen kann ich dafür natürlich nicht«, fügte er hastig hinzu. »Dazu beobachte ich sie noch nicht lang genug. Deshalb habe ich mich ja gemeldet. Ich könnte sie weiter auflaufen lassen, in Folge demnächst ihr Schiff einsacken und sie in die Quarzminen auf der Zwanzigsten abschieben. Oder aber ...«

NEIN. DAS WÄRE VIELLEICHT EINE VERTANE CHANCE. STELLE KONTAKT HER UND VERSUCHE, MEHR ÜBER SIE HERAUSZUFINDEN. INFORMIERE MICH, SOBALD DU GENAUERES WEISST.

»Selbstverständlich. Was meine Belohnung betrifft ... Hallo? Hallo? Bist du noch da?«

Aber es kamen keine neuen Schriftzeichen mehr dazu. Ter-Gün-Madian peitschte ärgerlich mit dem Schwanz das Wasser. Dann gab er einen akustischen Befehl. Der Bildschirm erlosch. Dafür ließ der Advokatus die Leuchtreklamen einschalten und traf einige weitere Vorkehrungen.

Als alles getan war, erfrischte er sich und aß ein wenig Laich. Noch gestattete er sich nicht zu frohlocken. Viel zu gering bemaß er die Chance, dass ausgerechnet ihm ein solcher Fang gelingen sollte. Obwohl, nein: gerade *weil* er ihn so dringend benötigte.

Wenn diese schwanzlosen Zweibeiner allerdings tatsächlich waren, wofür er sie hielt, ja dann ...

5 *Die Schwermutsschlucht*

31 »Volltreffer, Perry. Pratton hat den Transmitter gefunden. Ihr könnt euch auf die Socken machen. Aber orientiert euch nicht an diesen Kärtchen, sondern folgt lieber eurem guten alten Onkel Bully. Der ist nämlich verlässlicher.«

Es hatte etwas Frustrierendes, umzukehren und den ganzen weiten Weg in der Gegenrichtung nochmals zurückzulegen. Aber Fran sah ein, dass es am sichersten war, sozusagen in ihren eigenen Fußstapfen wieder retour zu gehen – auch wenn es sich höchstwahrscheinlich nicht um die kürzeste Strecke handelte. Bull spielte die Aufzeichnung, die er in weiser Voraussicht von den Bildern ihrer Helmkameras angefertigt hatte, rückwärts ab und lotste sie so zurück zum Fuß des Auslegers, von dem sie gekommen waren. Ohne diese Hilfe hätten sie ihn wohl kaum gefunden, wurde doch der Blick in den Himmel von den vielen Türmen, Schloten, Viadukten und Überdachungen verwehrt, und Hinweisschilder oder Verkehrszeichen gab es keine.

Fran war froh, dass sie nicht hinab in die Unterwelt des Mondes musste, und daher mehr als dankbar für Perrys schlauen Einfall.

Wie sich soeben herausgestellt hatte, existierte sehr wohl ein Personentransportsystem auf der elften Werkwerft. Nämlich Transmitter, welche sich in den Spitzen der Ausleger befanden, die wie Triebe von der »Mond-Kartoffel« in den Weltraum ragten.

Eigentlich logisch, dachte Fran. *Darauf hätten wir auch früher kommen können. Andererseits war es so verdammt naheliegend, die Richtung nach unten einzuschlagen. Hm. Ich kann mir nicht helfen, mir kommt das Ganze mehr und mehr wie ein besonders gehässig aufgebautes Syntron-Spiel vor ...*

Auf Rhodans Geheiß hatte Bully den Weinbauern nachsehen geschickt, und dieser hatte den Transmitter entdeckt, genau dort, wo ihn Perry vermutet hatte. Ausprobieren konnte Pratton das Gerät freilich nicht, er verfügte ja über kein ID-Kärtchen. Inzwischen war er wohlbehalten wieder ins Schiff zurückgekehrt.

Sie flogen also diesmal an jenem Ausstieg, an dem ihr Frachter angedockt war, vorbei und weiter nach oben, minutenlang. Nach dem hektischen Getümmel in der Werkwerft genoss Fran die öde, stille Röhre beinahe. Sie passierten einige Öffnungen, die zu den Ankerplätzen anderer Raumer gehörten, aber nach wie vor bewegte sich niemand sonst innerhalb des Auslegers. Vielleicht verfügten Stammkunden der Werkwerft ja über direkte Zugänge zum Transmitternetz von Bord ihrer Schiffe aus und ersparten sich so den Flug durch die Röhre.

An deren Ende erweiterte sie sich zu einer etwa sechs Meter durchmessenden Hohlkugel. Die Innenwand war schmucklos wie alles andere, was sie bisher auf diesem seltsamen Mond kennen gelernt hatten. In der Mitte schwebte ein würfelförmiger, drei Meter hoher, an einer Seite offener Käfig aus dunkelrot glimmenden Gitterstäben.

»Der Transmitter«, sagte Perry Rhodan. »Aber wie wird die Gegenstation angewählt?«

»Hier ist ein Schlitz für die ID-Karte. Soll ich?«

Perry nickte. Fran schob ihren Ausweis hinein, nicht ohne die Schnur gut festzuhalten. Diese stammte von einer der Peitschen, die sie den Nodronen abgenommen hatten.

Eine fremdartige Melodie ertönte, ähnlich kakophonisch wie die vorige. Plötzlich erschien entlang der Wand ein armhohes Leuchtband, das die Farben des Spektrums zeigte, wie ein Regenbogen oder die sehr detaillierte Farbtonskala eines Grafikrechners.

»Mhm. Und was davon ist jetzt hellbeige?«

Drei Felder kamen in Frage, die sich nur um Nuancen voneinander unterschieden.

»Wenn wir wüssten, wie exakt diese Translatoren arbeiten«, sagte Perry, »täten wir uns leichter. Ist die Abstufung hell – mittel – dunkel? Dann wäre das linke Feld gemeint. Oder normal – hell – am hellsten? In diesem Fall müssten wir das mittlere nehmen. Es könnte sogar das rechte sein, wenn ›hell‹ ungenau übersetzt ist und in Wirklichkeit für die intensivste Färbung steht. Was meinst du?«

»Ich tippe aufs linke Feld. Das ist aber nur so ein Gefühl.«

Rhodan schob einen der bunten Fetzen beiseite und blickte auf das Chronometer seines Multifunktionsarmbands. »Uns bleibt nicht mehr viel Zeit. Bis wir draufkommen, dass wir im falschen Bezirk gelandet sind, könnte es für einen neuerlichen Transmittersprung zu spät sein. – Bully?«

»Allzeit bei euch, bis ans Ende der Welt.«

»Sehr witzig. Ist Quart Homphé noch in der Zentrale?«

»Ja.«

»Was sagt er dazu? Als Künstler müsste er doch über ein besonders gutes Farbempfinden verfügen.«

»Quart, du hast's gehört. Was davon ist für dich am ehesten hellbeige?«

»Also, ich … ich weiß nicht, o-o-ob ich eine derartige Verantwortung …«

»Mach schon, Meister!«

»Äh … äh … äh …«

Fran trommelte mit den Fingern auf ihr Visier. Der Kerl schaffte es, ihr noch mehr auf die Nerven zu gehen als Shimmi und Schikago zusammen.

»Äh … Könntet ihr bitte etwas näher ranfliegen? Das Bild der Helmkameras ist nicht sehr … Ja, besser. Danke. Und jetzt wieder weiter weg. So weit es geht. Ja … äh … Tja, also ich würde sagen … Hm. Unter diesen Umständen … Andererseits, gesetzt den Fall, die denken eher in Pantone Hexakrom als in Toyo Dreizehneinunddreißig …«

»Ganz ruhig, Quart«, sagte Perry. »Lass dir Zeit. Wir haben es zu eilig, um etwas zu überstürzen.«

»Also ich … äh … Auf die Gefahr hin, mit dieser äußerst oberflächlichen Expertise komplett danebenzuliegen … Aber wenn ich das System der Topsider zu Grunde lege …«

So ungeduldig sie war, musste Fran doch innerlich zugeben, dass der Bildhauer und Holo-Künstler möglicherweise die richtige Fährte gefunden hatte. Die Topsider, ein Volk aus der Milchstraße ihrer Zeit, stammten ebenfalls von Echsen ab. Falls Homphé tatsächlich über deren Farbwahrnehmung detailliert Bescheid wusste …

»… dann würde ich – immer vorausgesetzt, ich erinnere mich richtig, das ist auch schon wieder ein paar Jährchen her – dann täte ich am ehesten noch …«

Fran zählte lautlos die Sekunden. Bei zehn würde sie explodieren, das spürte sie. Sieben. Acht. Neun.

»… das Feld links vom Linken … äh … Ich meine, eins links vom Linksten der drei, die ihr … Ihr wisst schon. Unsereins würde die Farbe eher dunkelgelb nennen, aber die Topsider … Ja. Entschuldigung. Umpf, ich glaube, mir wird schlecht. Wrx.«

»Danke vielmals, Quart.«

»Der kann dich nicht mehr hören, Perry. Soll ich ihn wieder zu sich bringen?«

»Nein. Wir nehmen das dunkelgelbe.«

Fran zögerte, blickte Perry fragend an. Er nickte. Sie berührte das Farbfeld mit der Hand. Ein Summen erfüllte den Raum. Mit einem Mal erglühte der Gitterkäfig viel stärker. Das Gerät war offenbar betriebsbereit und auf ein Ziel justiert.

Fran zog ihr Kärtchen wieder aus dem Schlitz, dann atmete sie tief durch und vertraute sich dem Materietransmitter an.

32 Kaum hatte sie sich hineinmanövriert, verschwand sie, und der Würfel mit ihr. Perry starrte verblüfft auf die Stelle, wo sich der Transmitter befunden hatte. Nach etwa zwei Sekunden erschien der leere Käfig wieder.

Oder ein anderer, der seine Stelle einnimmt, korrigierte er sich. *Na klar, so muss es sein. Das Gitter wird mitversetzt. Was den Vorteil hat, dass man es bis zum Rand voll stopfen kann.*

Rasch wiederholte er die Prozedur. Kärtchen rein, Feld gedrückt, Kärtchen raus …

Etwas klemmte. Er stemmte sich mit dem Fuß gegen die Wand, zog stärker. Zu stark. Die dünne Schnur riss. Er trudelte durch den Raum, überschlug sich in der Schwerelosigkeit, prallte unsanft gegen die Gitterstäbe. Eine Art Warnsignal ertönte.

Ach du …!

Nein, es war nur das Zeichen, dass er seinen Identitätsnachweis nicht vergessen sollte. Die Karte ragte zur Hälfte aus dem Schlitz.

»Das bleibt aber bitte unter uns, Dicker!«, brummte Perry, dann nahm er das verfluchte Ding wieder an sich und schwebte in den Transmitter.

Angesichts dessen, dass es sich nur um eine relativ kurze Strecke handeln konnte, war der Schmerz der Entzerrung und Wiederverstofflichung ungewöhnlich stark. Auch schien es Perry, als verstriche dazwischen eine geringe, doch subjektiv feststellbare Zeitspanne. Was es eigentlich nicht geben durfte. Transmitter, wie er sie kannte, funktionierten in Nullzeit. Hier rein, und im selben Moment dort heraus. Unwillkürlich tastete er seinen Körper ab, horchte in sich hinein; atmete erleichtert aus, als er keine Veränderung feststellen konnte.

Er sah sich um. Eine Art Hangar, mit dunkelgelben Wänden, leer bis auf zwei identische Gitterkäfige.

Und Fran.

»War das bei dir auch so ... eigenartig?«, fragte er die TLD-Agentin.

»Mhm. Irgendwie wird mir dieser Ort immer unheimlicher.«

»Mir auch, wenn ich ehrlich bin. – Bully, kannst du uns orten? He, Dicker, bist du da?«

Keine Antwort. Die Funkverbindung war abgerissen. *Na bravo.*

»Vielleicht wird dieser Bereich abgeschirmt«, mutmaßte Fran. »Gehen wir trotzdem weiter? Sollen wir die Deflektoren einschalten?«

»Weiter: Ja. Deflektoren: Nein. Ich hege den Verdacht, dass wir observiert werden, wenigstens zeitweilig. Wir sollten unseren Beobachtern nicht leichtfertig verraten, über welche Mittel wir verfügen. Los!«

Sie traten durch eine große dunkelgelbe – oder hellbeige? – Schiebetür aus dem Hangar und befanden sich sofort wieder im Gewühl der Mondstadt. Obwohl, ganz so dicht wie im lila Bezirk war das Gedränge hier nicht. Dafür wirkte alles viel heruntergekommener. Überall lag Dreck, Abfall, Sperrmüll.

»›Ewig-nicht-mehr-gesäuberte-Ebenen‹ trifft's ganz gut«, sagte Fran Imith.

Perry nickte. »Ich kann es ja fast nicht glauben, aber es sieht so aus, als hätte unser Bordgenie richtig gelegen. Jetzt müssen wir nur noch diese Schwermutsschlucht finden.«

Das erwies sich zum Glück als einfach. Da die Bezeichnung Schlucht auf eine größere Lücke zwischen den Industriekomplexen hindeutete, hielten sie sich jeweils dorthin, wo es weniger verbaut aussah. Gleichzeitig schien dies die Richtung zu einer Art Zentrum des Bezirks zu sein, denn die Tunnel wurden immer breiter und frequentierter. Erstmals sahen sie auch einfache, dreirädrige Fahrzeuge, mit denen unglaublich voluminöse Lasten transportiert wurden. Die über und über mit Unrat bedeckte Straße, der sie folgten, mündete schließlich in einen ebenso zugemüllten Platz, dessen eine Längsseite scheinbar im Nichts endete.

Vorsichtig traten sie an die Abbruchkante heran. Hier ging es tief hinunter, sehr tief. Perry hielt sich an einem verbogenen Stahlträger fest, beugte sich vor, verrenkte den Hals. Nach oben waren es gut zwanzig Stockwerke, nach unten jedoch mindestens dreimal so viele.

»Als hätte jemand mit einer gewaltigen Axt einen Keil aus der Bebauung herausgehauen«, sagte Fran leise.

»Ein sehr treffendes Bild«, bestätigte Perry. »Merkwürdig, dass sie die Lücke nicht wieder zugebaut haben. Sie nutzen doch sonst jeden Kubikmeter.«

Die Schlucht erstreckte sich nach beiden Seiten einige hundert Meter weit. Sie mochte etwa vierzig Meter breit sein. Genau ließ sich das nicht abschätzen, denn von unten stieg unaufhörlich ein diffuser, gräulicher Dunst empor, durch den die gegenüberliegenden Gebäude kaum zu erkennen waren. Der

Grund verschwand in schwärzlichen Wolken, aus denen ab und an Flammen züngelten. Perry trat zurück. Er tat es Fran nach und schloss den Helm, wegen des erbärmlichen Gestanks nach Exkrementen, ranzigem Öl und verbranntem Plastik.

Er fuhr herum, weil er am Rand seines Gesichtsfeldes eine Bewegung wahrgenommen hatte. Einige der zahlreichen Häufen, die über den Platz verstreut lagen, schoben sich langsam an Fran und ihn heran. Der vorderste richtete sich halb auf. Er entpuppte sich als ein etwa menschengroßes, in vor Schmutz starrende Lumpen gehülltes Lebewesen, dessen Kopf entfernt an den eines terranischen Leguans erinnerte.

»Kann ich deine Stiefel haben?«, erklang es aus seinem breiten Mund. Eine lange, schleimige Zunge fuhr blitzschnell heraus und wieder hinein.

»Was?«

»Bevor du springst – kann ich deine Stiefel haben?«

Nun waren auch die anderen heran.

»Und ich den Helm!«

»Ich diesen blauen Schal!«

»Den Schal kriege ich! Drängel dich nicht vor, du elender Furunkelhaufen, du bist nach mir dran!«

Die meisten der Echsen, die einen Halbkreis um Fran und Perry gebildet hatten, sahen kränklich aus. Ihre Köpfe waren von Geschwüren bedeckt. Ihre meterlangen Zungen kamen bereits bedrohlich nahe.

»Halt, halt!«, rief Perry. »Wir haben überhaupt nicht vor zu springen.«

»Nicht?«

»Macht keine Witze.«

»Schade. Seid ihr da ganz sicher?«

»Denk noch mal drüber nach. Ist denn das ein Leben? Nichts als Müh und Plage tagaus, tagein. Hm? Hab ich nicht Recht?«

In gewisser Hinsicht schon.

Trotz des Zellaktivators fühlte sich Perry müde und ausgebrannt. Viel geschlafen hatte er in den letzten Tagen ja wirklich nicht, sondern jede freie Minute darauf verwendet, das hiesige Alphabet und zumindest einige Brocken Vaaligonde zu erlernen.

»Und wer dankt's dir, hm? Wer denn? Niemand.«

»Genau. Keiner versteht dich. Alle wollen bloß was von dir. Und was hast du hinterher davon? Nur Undank, Undank, Undank.«

»Eben. Der Aufwand lohnt einfach nicht. Steht nicht dafür. Kommt auch nichts heraus als immer noch mehr Arbeit. Stimmt's, oder hab ich Recht?«

Perry ertappte sich dabei, dass er den Leguanhaften zustimmte. Seit schier unendlich langer Zeit taumelte er von einer Kalamität in die nächste. Kaum hatte er eine Bedrohung für die Menschheit, die Galaxis oder gleich deren tausend abgewehrt, klopfte schon die nächste an die Tür. Und das würde wohl noch ewig so weitergehen, wenn nicht ein gnädiges Schicksal dem doch irgendwann einmal ein Ende machte …

Fran schwankte. Im Helmfunk hörte er sie stöhnen. Das brachte Perry zur Besinnung.

He! Was geschieht hier? Wo kommen die plötzlichen Kopfschmerzen her, und die depressiven Gedanken?

Na, von wem wohl! Und dabei bin ich mentalstabilisiert …

»Nun komm schon, spring! Aber vergiss nicht, mir vorher deine Stiefel zu geben!«

Perry ergriff Fran am Arm, rüttelte sie. »Sie versuchen uns zu beeinflussen«, funkte er ihr zu. »Du musst dich dessen nur bewusst werden, dann kannst du ganz leicht dagegen ankämpfen. Hörst du?«

»J-ja. Oh. Du hast Recht. Wenn man es weiß, wirkt es fast gar nicht. Hölle, ich war nahe daran …«

»Springt!«, schrien die verdreckten Echsen im Chor. »Springt endlich!«

Doch ihre knarrenden Stimmen besaßen keine Macht mehr. Die Suggestion, die von ihnen ausging, war nur teilweise parapsychischer Natur. Die wichtigste Komponente schien die sprachliche zu sein, vielleicht so etwas Ähnliches wie neuro-linguistische Programmierung. Höchst erstaunlich, dass das trotz der Mentalstabilisierung und des Umwegs über die Translatoren funktioniert hatte – wenn auch nur für beschränkte Zeit.

Enttäuscht zogen sich die Echsen zurück. Ohne die beiden Terraner eines weiteren Wortes zu würdigen, verteilten sie sich wieder über den Platz.

»Danke, Perry.«

»Ich muss dir danken, Fran. An mir selbst hätte ich die mentale Beeinflussung wahrscheinlich nicht so schnell bemerkt.«

Weit entfernt ertönte ein langgezogener Schrei. Sie sahen den von einer der höheren Ebenen herabgestürzten Körper gerade noch im Dunst und Rauch verschwinden.

Die Schwermutsschlucht macht ihrem Namen alle Ehre …

»Lass uns gehen«, flüsterte Fran. »Egal wohin, nur fort von hier. Bitte.«

Perry legte ihr den Arm um die Schulter. Er führte sie vom Abgrund weg und über den Platz, zwischen den leblos wirkenden Lumpenhaufen hindurch, zur Straße zurück. Ihn fröstelte. Er hatte gewiss schon Schlimmeres gesehen. Und doch wühlte ihn das Erlebnis auf.

Es ist immer wieder erschütternd zu erfahren, wie nahe wir an der Verzweiflung wohnen, zitierte er in Gedanken einen Schriftsteller, dessen Namen ihm momentan nicht einfallen wollte: *Wie dünn der Schleier ist, der uns die Welt erträglich scheinen lässt; und wie zerbrechlich, was uns aufrecht hält …*

Nach einigen Dutzend Schritten hatte sich Fran wieder gefasst. Sie räusperte sich, streifte im Gehen Perrys Arm behutsam ab. »An der Verschneidung von Schlucht und Ungesäuberten Ebenen, hat der Portier gesagt. Was könnte damit gemeint sein?«

Sie sahen es, nachdem sie der Hauptverkehrsader, die parallel zur Abbruchkante verlief, einige hundert Meter weit gefolgt waren. Hier verengte sich die Häuserschlucht und ging dann in eine Art Schacht oder Kamin über, von unregelmäßigem Querschnitt, etwa dreißig Grad zur Senkrechten verschoben und zwischen zwanzig und sechzig Meter durchmessend. Unzählige fragile Brücken, oft nicht viel mehr als windschiefe Leitern oder Seile mit vereinzelten Brettern, spannten sich zwischen den schmutziggelben Wänden dieser »Verschneidung«. Überall hingen schmuddelige Hinweisschilder und Leuchtreklamen, bei denen die meisten Buchstaben ausgefallen waren.

Perry bemühte sich, die Aufschriften zu entziffern, und las laut vor, was er zusammenstoppeln konnte. Auch Fran hatte bereits begonnen, das Vaaligonde zu erlernen, doch stand sie wegen der Zeit, die sie im künstlichen Tiefschlaf verbracht hatte, erst ganz am Anfang.

»›Institut für Individualpsychologie und Intimschmuck‹«, übersetzte der Translator Perrys Gestammel, während sie auf den schwankenden Brücken tiefer kletterten. »›Meditation nach der Manta-Methode, Massage gegen Aufpreis‹ … ›Dreiundzwanzig Wege zum unzerstörbaren Glück, mit Freigetränken‹ … ›Laichen, bis die Schuppen platzen‹ … ›Garantiert gigantische Gewinne durch Investitionen in die Neue Ökonomie‹ …«

»Das dürfte ein bisschen zu viel versprochen sein«, kommentierte Fran amüsiert. »Wenn der angebliche Experte sein Büro in einem derartigen Loch hat.«

Immer weiter hinab ging es, mal über bröckelnde Simse die Wände entlang, mal über nicht einmal zwei Fuß breite Stege ohne Geländer quer über den Schacht. Im engen Dickicht der vielen Verstrebungen nutzten ihnen die Antigravs herzlich wenig. Doch mussten sie immerhin keine Angst vor einem Absturz haben.

Schließlich entdeckte Perry die Leuchtreklame. Sie war eine der größten und, gemessen am hiesigen Standard, prunkvollsten von allen. Was hauptsächlich daran lag, dass noch sämtliche Schriftzeichen intakt waren.

»›Ter-Gün-Madian, Advokatus und Pflichtbeistand, alle Kassen.‹ Das muss es sein.«

33 Er begrüßte sie aufs Devoteste. Gerade, dass er ihnen nicht die Füße abschleckte. Richtig eklig. Hochwohlgeboren hin, Durchlaucht her … Obwohl er alles daransetzte, weltmännisch gewandt aufzutreten, konnte er nicht verbergen, wie sehr er sich vor seinem berühmten Clansoberhaupt in die Hosen machte. Sogar Axx wurde es bald zu viel der Unterwürfigkeit.

»Spar dir das Gesülze. Bring uns zu unseren Quartieren, Attaché Mokoefa«, befahl er barsch. »Wir sind müde. Wenn wir uns ausgeruht haben, wirst du mir von euren Fortschritten berichten. Es gibt doch welche?«

Der so genannte Attaché, ein ungewöhnlich schwammiger Nodrone mit lachhaft kurz gestutztem Bart und Haupthaar, vollführte einen weit ausladenden Schlenkerer mit der Hand, in der er eine Trinkschale hielt. Das sollte wohl nonchalant wirken. Doch er zitterte dabei so stark, dass er die Hälfte des Begrüßungstrunks verschüttete und sich von oben bis unten bekleckerte.

»Gewiss, o erhabener Botschafter Cokroide, ruhmreicher Son'Trokete und Heerführer«, säuselte er, wobei ihm der Kichersaft vom speckigen Wams troff. »Wir haben unsere Fühler ausgestreckt und auch bereits Rückmeldungen erhalten. Ich verfüge über allerbeste Verbindungen, müsst ihr wissen.«

»Wir werden ja sehen. Jetzt zeig uns die Unterkünfte.«

Auf einen Wink Mokoefas sprangen drei – selbst für nodronische Verhältnisse – spärlich bekleidete Frauen herbei und bückten sich diensteifrig nach dem Gepäck. Axx verscheuchte sie mit einer kaum merklichen Handbewegung sofort wieder. Stattdessen beluden sich Mozz und Wlenko, die beiden zu Varrn Vardak gehörigen Männer, mit dessen und Cokroides zahlreichen Tornistern. Pelmid Sulcatob trug ihre Ausrüstung und die wenigen mitgenommenen, persönlichen Habseligkeiten selbst.

Der Attaché ging voran. Aus der protzigen, doch letztlich geschmacklos und billig wirkenden Empfangshalle gelangten sie über eine breite, geschwungene Treppe in einen Laubengang. Dessen offene Bögen blickten auf der einen Seite in den Innenhof der Niederlassung, auf der anderen hinaus auf die Oberfläche des neunten Mondes. Dort stand, sich als Silhouette vor den Energiekuppeln der benachbarten Enklaven abhebend, Mokoefas Handelsraumer. Er war ungefähr so groß wie ein leichter Sternenkreuzer, aber gedrungener, und unzweifelhaft viel schwächer bewaffnet. Ein Wunder, dass er sich ohne Geleitschutz überhaupt in diesen Sektor wagte.

Oder auch nicht, dachte Pelmid. *Was sonst sollte einen Nodronen nach Wrischaila treiben, wenn nicht zwielichtige Geschäfte zwischen den Fronten? Kurz: Schmuggel; falls er nicht sogar Geschäfte für die Rebellen tätigt – über mehrere Ecken, versteht sich.*

Die dreiundzwanzig Monde des Planeten Wrischaila stellten eines der letzten Werftwerke von Vaaligo dar, eine Art freie Wirtschaftszone; wenn man so wollte: einen riesigen »Gewerbepark« mit dem Schwerpunkt auf Raumfahrtindustrie. Ein anachronistisches Überbleibsel der mangelhaft organisierten galaktischen Gesellschaft vor dem Auftreten der Nodronen; mittlerweile technologisch längst nicht mehr auf der Höhe und weitab vom Schuss, also von den derzeitigen Brennpunkten des Geschehens in Vaaligo. Es gab, hatte Axx Cokroide beim Herflug im Beiboot erklärt, keine Zentralverwaltung, nur das lose »Konsortium der 23 Gewerken«, die auf dem jeweiligen Mond – der jeweiligen Werkwerft – auf höchst unterschiedliche Weise regierten und vielen verschiedenen Echsenvölkern entstammten.

»Die Verhältnisse in Wrischaila sind ungeheuer kompliziert«, faselte Mokoefa, der Attaché, während sie den Laubengang entlangschritten, »komplizierter noch als in den anderen übrig gebliebenen Werftwerken. Doch das wisst Ihr ja sicher selbst, hohe Herrschaften. Gleichwohl, um Jurisdiktion und Bürokratie braucht Ihr Euch keine Sorgen zu machen. Das kann ich alles zu Eurer vollsten Zufriedenheit erledigen.«

»Wir benötigen Identitätsnachweise«, ordnete Axx Cokroide an, ohne auf die Ausführungen seines Gefolgsmanns näher einzugehen. »Lautend auf die Namen einfacher Mitglieder deines Kleinclans, deren Personenbeschreibungen den unsrigen ähneln. Verstehst du? Wir reisen inkognito. Aus Gründen, die dich nichts angehen. Wie schnell kannst du das besorgen?«

Mokoefa fuhr sich nervös durch die fettigen Haare. »Ein Anruf genügt, Botschafter, Son'Trokete, Herr. Maximal zwei Anrufe. Allerhöchstens drei.«

»Wie schnell, habe ich gefragt!«

»Wenn Ihr Euch, nach einem ausgiebigen, erholsamen Schläfchen, von Euren Lagern erhebt, werden sie bereitliegen.«

»Ich pflege nicht länger als eine halbe Bordeinheit zu ruhen. Also spute dich.«

»Gewiss, o Erhabener, das werde ich. – Hier sind unsere bescheidenen Gästezimmer.«

Pelmid vermutete, dass es sich in Wirklichkeit um die Räumlichkeiten des Attachés und seiner engsten Angehörigen handelte. Obwohl sie unübersehbar frisch geputzt und aller privater Dinge entledigt worden waren, erweckten die durchaus luxuriösen Unterkünfte in ihr nämlich den Eindruck, als würden sie regelmäßig bewohnt. Wahrscheinlich war Mokoefas Familie in aller Eile in die eigentlichen Gästequartiere übersiedelt. Nun, Pelmid konnte das egal sein.

Axx teilte die Räume auf, wobei er es so einrichtete, dass Pelmid das Gemach neben seiner Suite bekam. Varrn Vardak musste, obwohl er als Are'Imga der Ranghöhere war, mit einem beträchtlich kleineren Zimmer vorlieb nehmen. Mozz und Wlenko teilten sich eine bessere Besenkammer. Freilich dachten auch sie nicht im Traum daran, Einspruch zu erheben.

Nachdem Pelmid Sulcatob die Tür hinter sich geschlossen hatte und mit einem Seufzer der Erleichterung aus ihrer Uniform geschlüpft war, sprang sie ins Badezimmer. Sie wusch sich, rasierte Beine, Unterarme und Achselhaar, verrieb wohlriechendes Salböl auf ihrer Haut und schminkte sich dezent, aber sorgfältig Gesicht und Brustwarzen. Dann legte sie die Jaffage an, das traditionelle, aus einem hauchdünnen, semitransparenten Seidengespinst bestehende Kleidungsstück der Nodroninnen. Zufrieden betrachtete sie sich im Spiegel.

Sie glaubte nicht, dass Axx schon in dieser Schlafperiode zu ihr kommen würde.

Falls aber doch, würde sie bereit sein, ihn zu empfangen.

34 »Herein, nur herein, ihr sollt willkommen sein!«

Die Stimme klang schrill und übersteuert. Die schwere, verbeulte Metalltür schwang auf. Perry musste sich bücken, und Fran zog ebenfalls den Kopf ein. Es dauerte einige Sekunden, dann hatten sich ihre Augen an das im Inneren herrschende Halbdunkel angepasst.

Ein Aquarium, konstatierte Fran. *Von dem schmalen Windfang abgesehen, in dem wir stehen, ist der gesamte Saal ein Aquarium, bis knapp unter die gut fünf Meter hohe Decke gefüllt mit einer fluoreszierenden Flüssigkeit.*

»Wappnet euch, befristet Aufenthaltsberechtigte«, verkündete die hysterisch kreischende Stimme, »für die Begegnung mit eurem Pflichtbeistand, dem ehrwürdigen Advokatus Ter-Gün-Madian!«

Ein grausam verzerrter Tusch ertönte. An der Bodenkante des Aquariums, unmittelbar vor ihren Füßen, wurden Feuerwerkskörper gezündet. Sie produzierten niedrige, sprühende Fontänen, zwei, drei ... Der vierte gab nur ein armseliges »Puff!« von sich, gefolgt von einem mickrigen weißen Wölkchen. Das wurde verweht, als quietschende, in der Decke verborgene Ventilatoren in Aktion traten. Dann hagelte es für ein paar Sekunden.

»Feuer, Wasser, Wind und Graupeln«, deklamierte die Stimme voller Pathos. »Und ... äh ... mehrstimmige Akkorde. Über alle fünf Elemente gebietet der unermesslich einflussreiche Ter-Gün-Madian. Noch dazu vorsteuerabzugsberechtigt. Neiget eure Häupter, so ihr über welche verfügt, und blicket zu ihm auf!«

Na was jetzt, fragte Fran in Gedanken – *neigen oder aufblicken?*

Sie entschied sich für Letzteres.

In der aus sich selbst heraus leuchtenden Flüssigkeit wurden undeutlich schlängelnde Bewegungen erkennbar. Dann durchstieß ein spitzer Kopf die Oberfläche. Zwei dünne, fast durchscheinende Ärmchen umfassten die Oberkante der Aquariumswand und zogen den dunkelbraun glänzenden Körper hoch, bis etwa ein halber Meter davon über die Kante pendelte. Zwei stecknadelkopfgroße, schwarze Augen blickten auf Perry und Fran herab.

In etwa eine Mischung aus Aal, Muräne und übergroßem Skink, dachte Fran. Sie hatte schon oft genug mit exotischen Wesen zu tun gehabt, sodass sie niemand nach seinem Äußeren beurteilte. Die Art und Weise allerdings, wie dieser Advokatus seinen Auftritt inszeniert hatte ... »Schmierenkomödie« war noch ein beschönigender Ausdruck dafür.

Jedenfalls nicht unbedingt auf Anhieb Ehrfurcht gebietend oder Vertrauen erweckend.

»Wir haben einen Termin bei dir«, rief Perry nach oben, den Kopf in den Nacken gelegt. Er winkte mit seinem ID-Kärtchen. »Hier, falls du das überprüfen willst.«

»Nicht nötig.« Der Aalartige sprach in ein Mikrofon, das von der Decke baumelte. Aus den an den Wänden hängenden Lautsprechern wurde sein dünnes Stimmchen schrill und verzerrt wiedergegeben, wobei es häufig zu Rückkopplungen kam.

»Ihr habt in der kurzen Zeit eures Aufenthalts in der elften Werkwerft ein gewaltiges Sündenregister angehäuft. Die Strafen dafür belaufen sich zusammen mit der Gebühr für eure befristeten ID-Nachweise und dem mir gemäß den Tarifempfehlungen der Anwaltskammer zustehenden Honorar auf elfhundertundelftausend Calculs. Besagte Summe muss sofort entrichtet werden, widrigenfalls dieses Gespräch beendet ist und euer Schiff umgehend beschlagnahmt wird.«

»Das könnte dir so passen«, brummte Perry. Er steckte den Ausweis wieder ein und holte stattdessen seinen Creditchip hervor. »Elfhundertundelftausend, hm? Ich nehme doch stark an, dass du das Allermeiste davon an dieses NOTARIAT abliefern musst, nicht wahr?«

»Wie es einem ehrbaren Bürger und mondbekannten Star-Advokatus geziemt.«

»Mondbekannt glaube ich gern, Star schon weniger. Oder willst du behaupten, dass du freiwillig in diesem verkommenen Viertel haust?«

»Was unterstehst du dich!«, kreischte Ter-Gün-Madian, wobei sein etwa zwei Meter langer Leib die Flüssigkeit aufwühlte. »Selbstverständlich habe ich dieses Domizil nach reiflicher Überlegung und mit voller Absicht gewählt, um hautnah am Puls der Zeit zu sein. Diese Gegend ist unter jungen Professionellen überaus begehrt. Die Grundstückspreise steigen von Zeiteinheit zu ...«

»Der einzige Vorteil ist wohl«, unterbrach Rhodan brüsk das Gekeife und Geplantsche, »dass deine Klienten es nicht weit zur Schwermutsschlucht haben, nachdem sie von dir ausgepresst wurden. Wie auch immer, du kannst uns nichts vormachen: Deine Geschäfte laufen nicht sonderlich gut. Ich habe das Gefühl, du könntest ein wenig mehr Geld, als dir das NOTARIAT für deine Tätigkeit als Pflichtbeistand zukommen lässt, ganz gut brauchen.«

»Willst du mich etwa – bestechen?«

Perry Rhodan breitete die Arme aus. »Bei uns sagt man: Eine Hand wäscht die andere. Weniger Abgaben fürs NOTARIAT, deutlich geringere Strafen für uns – dafür mehr und vor allem steuerfreies Honorar für dich. Behaupte bloß nicht, du könntest das nicht hinbiegen.«

»Pst, leise! – Rechts von euch ist eine Pforte. Kommt rein. Aber schrei um Himmels willen nicht mehr so herum!«

35 Sie waren schnell von Begriff, das musste er ihnen lassen. In beeindruckend kurzer Zeit hatte der größere Humanoide durchschaut, was Ter-Gün-Madian ihm zu durchschauen gegeben hatte, und den darin versteckten Köder geschluckt. Der scheinbar so verunglückte Auftritt hatte seinen Zweck voll und ganz erfüllt. Prompt unterschätzten ihn die sonderbaren Nodronen, hielten ihn für ein armseliges Großmaul. Sie glaubten, ihn kaufen, zum Komplizen machen und somit die Initiative übernehmen zu können. Sollten sie! Je weniger sie ihm zutrauten, desto besser.

Ein guter Feldherr ist der, der einen Krieg gewinnt. Ein besserer, der siegt, ohne dass der Feind es überhaupt bemerkt ...

Es stimmte schon, dass er in Nöten war, doch keineswegs in finanziellen. Um ein paar hunderttausend Calculs ging es nicht, wirklich nicht. Wenn er immer öfter an die Schwermutsschlucht dachte, dann aus gänzlich anderen Gründen. Aber vielleicht stellten diese beiden Fremden und ihre Genossen in dem eindeutig nodronischen Frachter ja tatsächlich seine Rettung dar.

Sie waren seiner Einladung bereitwillig gefolgt und über die Leiter in den hinten hinaus gelegenen, niedrigeren Teil des Beckens gestiegen, den er für vertrauliche Besprechungen nutzte. Dort gab es unter Wasser auch Kisten in verschiedenen Höhen als Sitzgelegenheiten für Langbeiner wie sie. Er regulierte den Flüssigkeitspegel so, dass ihre Köpfe gerade noch herausragten, damit er sich mit ihnen Aug in Aug unterhalten konnte. Außerdem sorgte er für eine schwache Strömung, die die nassen Fetzen ihrer Verkleidung hin und her bewegte und so recht gut erkennbar die Form ihrer Raumanzüge enthüllte. Gar kein Zweifel möglich, es handelte sich um nodronische Modelle.

Er selbst hatte Körper und Schwanz lässig um den Ast eines Aquariumsbaumes geschlungen. In der linken vorderen Hand hielt er einen Glimmstängel, an dem er gelegentlich paffte. Aus Erfahrung wusste er, dass Nicht-Amphibien diesen Anblick besonders skurril, komisch und folglich sympathisch fanden.

Die Sache mit den Strafen hatten sie bald besprochen. Der Fremde, der sich Per-Ri-Rodan nannte und den Großteil des Redens übernahm, war ein guter, routinierter Verhandler. Ter-Gün-Madian vermittelte ihm das Gefühl, das absolute Maximum herausgeholt zu haben, und gab mit viel Gejammer und Gezeter vor, er sei weit unter sein ursprüngliches Limit gedrückt worden. In Wirklichkeit war ihm das bisschen Schwarzgeld vollkommen egal. Er wollte viel mehr herausfinden, welche Pläne die Humanoiden verfolgten, in der elften Werkwerft und darüber hinaus.

Also fragte er, genau so schleimig, wie sie es von ihm erwarteten: »Kann ich euch sonst noch irgendwie behilflich sein?«

»Wir tragen uns mit dem Gedanken, unser Schiff mitsamt der Ladung zu verkaufen und eventuell ein anderes, gern auch etwas kleineres, doch jedenfalls wendigeres und wehrhafteres zu erwerben. Wenn du so ein Geschäft ehebaldigst einfädeln und möglichst unauffällig abwickeln kannst, soll es dein Schaden nicht sein.«

Er verschluckte sich und inhalierte so heftig, dass er einen Hustenanfall bekam. Angewidert warf er den Glimmstängel ins Wasser.

Ehebaldigst! Unauffällig!

Waren sie wirklich dermaßen naiv, oder taten sie nur so?

»Jetzt hört mir mal gut zu, Freunde«, krächzte er. »Ein paar geringfügige Strafdateien verschwinden zu lassen ist eine Sache; ein ganzes Raumschiff dieser Größe zu kaufen oder zu verkaufen eine gänzlich andere. Ihr werdet im gesamten Werftwerk von Wrischaila niemanden finden, der so etwas einfach unter der Hand und am NOTARIAT vorbei abwickelt. Ganz abgesehen davon, dass es strengstens verboten ist und mit sofortiger totaler Enteignung aller Beteiligten geahndet würde, geht garantiert keiner ein derartiges Risiko ein, über die Rückenflosse geschlagen zu werden. Da braucht es nicht nur eine Horde von Rechtsbeiständen, sondern auch reihenweise Anlage- und Abgabenberater für die Zwischenfinanzierung, die ihrerseits wieder in rauen Mengen Gut- und Schlechtachter beauftragen. Dazu kommen die jeweiligen Kurs- und Rekursprüfer, Vor- und Rückversicherer, Treu- und Verderbhänder … Wie habt ihr euch denn vorgestellt, dass wir hier Handel treiben? Mit Muscheln?«

»Also, ein wenig einfacher hätten wir uns das schon gedacht.«

»Träumt weiter, Kindsköpfe. Ha! Ihr besitzt ja noch nicht einmal dauerhafte ID-Nachweise.« Er entzündete einen neuen Lungentorpedo. »Außerdem geht es nicht auf allen Monden Wrischailas so gemütlich zu wie hier. Manche Werkwerften sollte man besser nicht ohne Leibwache aufsuchen. Und darunter ist in gewissen Gegenden eine kleine Privatarmee zu verstehen.«

»Gut, lassen wir das vorerst. Was länger oder gar nicht befristete Aufenthaltsgenehmigungen für mehrere, sagen wir: sechs Personen angeht – wie kommen wir dazu?«

»Das ist leicht. Und sehr teuer.«

»Wie viel?«

Ter-Gün-Madian merkte sofort, dass die genannte Summe ihre Barmittel überstieg. Boshaft fügte er hinzu: »Nicht weiter schlimm. Ihr könnt ja jederzeit euren Frachter verkaufen …«

6 *Der Unsichtbare*

36 »Ein grässlicher Kerl.«

»Und mehr als zwielichtig. Nicht nur wegen des Strahlewassers, in dem er herumschwimmt.«

Sie befanden sich wieder in den Ewig-nicht-mehr-gesäuberten-Ebenen, auf dem Rückweg zur Transmitterstation. Unbefriedigend und ergebnislos war die Besprechung zu Ende gegangen. Die einzige Vereinbarung, die sie mit dem im wahrsten Wortsinn aalglatten Anwalt getroffen hatten, war die, dass er kurz vor Ablauf ihrer Aufenthaltsfrist den Frachter anfunken und sich nach ihren weiteren Wünschen erkundigen würde.

»Glaubst du, dass er sich überhaupt meldet?«, fragte Fran.

»Ich denke, doch.«

Der Advokatus besaß großes Interesse an ihnen, das hatte Perry deutlich gespürt. Weshalb, stand auf einem anderen Blatt. Klar, er verdiente bei allen ihren Aktivitäten mit, wenn sie diese über ihn laufen ließen – und das mussten sie notgedrungen, ob es ihnen schmeckte oder nicht. Ohne Rechtsbeistand ging in Wrischaila gar nichts, und woher sollten sie einen anderen nehmen?

Doch da ist noch mehr, war Perry überzeugt. *Wir müssen sehr, sehr vorsichtig sein.*

Zum Abschluss hatten sie die Rede auf alteingesessene Völker der Galaxis Vaaligo gebracht, wie beispielsweise die Cor'morian. Nach wie vor bestand ja ihr wichtigstes Ziel darin, Kontakt zum verschollenen Volk der Wissenschaftler zu erhalten, die sie in diese Zeit geholt hatten und wohl als Einzige auch wieder eine Milliarde Jahre zurückversetzen konnten. Aber Ter-Gün-Madian hatte nur herablassend gemeint, er sei weder Historiker noch ein Auskunftsbüro, und hatte eine so horrende Summe dafür gefordert, entsprechende Experten zu vermitteln, dass sie dankend abgewunken hatten. Nicht einmal eine Adresse hatte er herausgerückt.

»Arschloch, schleimiges«, fluchte Fran, die offenbar ähnlichen Gedanken nachhing. »Obwohl es zugegebenermaßen putzig ausgesehen hat, wie er rauchte ...«

Ihnen blieben noch etwas weniger als zwei Stunden, die sie sich in der elften Werkwerft ungehindert bewegen durften. Perry hatte keineswegs vor, diese teuer erkaufte Zeit ungenutzt verstreichen zu lassen. Genauso wenig, wie er dem Advokatus abnahm, dass sich das höllisch komplizierte juridische System nicht doch umgehen ließ. Er hatte oft genug mit aufgeblähten Bürokratien zu tun gehabt. Überall gab es Hintertürchen. Man musste sie nur finden.

Er erklärte Fran seinen Plan. Flüsternd, bei geöffnetem Helm, in einer dunklen Ecke. Es war ziemlich unwahrscheinlich, dass ihre Funkgeräte abgehört werden konnten, da diese von den technologisch weit über dem gebräuchlichen Niveau stehenden Cor'morian stammten. Aber er wollte auf Nummer sicher gehen.

In der Transmitterstation angekommen, vergewisserten sie sich, dass sie allein waren. Zu den Funktionen ihrer Standard-Kombiarmbänder gehörte ein Ortungsgerät, nicht sonderlich leistungsstark, aber ausreichend, um den dunkelgelben Hangar nach Kameras und Ähnlichem abzusuchen. Wie Perry gehofft hatte, waren keinerlei Aufzeichnungsgeräte vorhanden. Warum auch? Zur Benutzung des Transmitternetzes mussten die ID-Nachweise eingeführt werden. Somit wurde ohnehin registriert, wer sich wann hatte abstrahlen lassen, und natürlich ebenso, wohin.

Genau das gedachten sie sich zunutze zu machen.

Nochmals sahen sie nach, ob ihnen jemand gefolgt war. Nein. Gut. Gleichzeitig programmierten sie die Transmitter auf jenes blasse Lila, das für die Station in der Spitze »ihres« Auslegers stand. Dann stemmten sie die beiden schweren Müllsäcke, die sie unterwegs aufgelesen hatten, hoch und warfen sie in die Gitterkäfige, die umgehend mit ihrer Fracht verschwanden.

»Nicht ganz dieselbe Masse«, sagte Perry, während er den Deflektor einschaltete, »aber bei den hierorts auftretenden, beträchtlichen Größen- und Gewichtsunterschieden hoffentlich nahe genug dran.«

Mit etwas Glück vermutete, wer auch immer sie überwachte, sie jetzt auf dem Heimweg in ihr Schiff. Verlassen konnten sie sich darauf nicht, aber was hatten sie schon zu verlieren?

Unsichtbar schlüpften sie durch den Spalt im Hangartor, den sie vorsorglich offen gelassen hatten, und starteten ihre Flugaggregate.

37 WAS HABEN SIE VOR? WO WOLLEN SIE HIN?

»Das konnte ich ihnen bislang nicht entlocken«, raunte Ter-Gün-Madian ins Mikrofon. »Alles, was sie von sich gaben, habe ich dir bereits mitgeteilt.«

Sein Gesprächspartner, wenn man denn diese perverse Form der Kommunikation so nennen wollte, schien zu überlegen. Lange. Oder hatte er die Verbindung bereits wieder getrennt? Der Advokatus, vor Anspannung zitternd, entzündete etwas Laich, aß einen Glimmstängel … ups.

Uäh!

Er würgte noch immer, als endlich neue Schriftzeichen auf dem Bildschirm erschienen.

ICH STEHE UNTER DRUCK, DARF MIR KEINEN IRRTUM ERLAUBEN. MAN HAT MIR BEDEUTET, DASS EINE FEHLEINSCHÄTZUNG FATALE FOLGEN FÜR MICH HABEN KÖNNTE. UND NATÜRLICH AUCH FÜR DICH.

»Dessen bin ich mir bewusst. Ich tue mein Bestes. Bei allen dreiundzwanzig Himmeln, ich rieche förmlich, dass sie die sind, nach denen ihr sucht! Andererseits, versteh mich bitte, der Wunsch könnte Vater des Gedankens sein. Ich sehne mich so sehr danach, dass ich meiner eigenen Intuition nicht traue. Niemand weiß besser als du, wie viel für mich auf dem Spiel steht.«

ALSO WAS JETZT???

»Lass mir noch ein wenig mehr Zeit. Bis jetzt gibt es kein einziges Indiz, das dagegen spräche. Solche Nodronen hat die Galaxis noch nicht gesehen. Vielleicht eine Mutation … Ach, ich weiß es nicht. Sie sind sehr gewitzt, reaktionsschnell, geradezu furchterregend alert, besonders der eine. Unglaublich, wie schnell sich der auf jede neue Situation einstellen kann. Aber da ist noch mehr, davon bin ich überzeugt. Wir müssen sehr, sehr vorsichtig sein.«

ZEIT, ZEIT. IMMER WILLST DU MEHR ZEIT. DIE HABEN WIR ABER NICHT!!! WENN ICH NICHT BALD LIEFERE, SCHNEIDEN SIE MICH IN STREIFEN. UND DU WEISST, WAS DAS FÜR DICH BEDEUTET.

»Ich tue ja eh, was ich nur kann, du Aas!«, brüllte Ter-Gün-Madian. Seine Kiemen flatterten unkontrolliert. »Entschuldige«, wimmerte er. »Ich habe die Beherrschung verloren. Wollte dich nicht insultieren. Ich bin … ich habe … ich hätte so gern ein Lebenszeichen von ihr, ein Holo, ein Standbild nur … Ich verzehre mich vor Sorge, buchstäblich. Bin schon so dünn wie ein Kabel … Kannst du mir nicht wenigstens sagen, wie es ihr geht? Ein Wort, ein einziges Wort?«

Keine Reaktion. Die Schrift auf dem Schirm blieb, wie sie war.

Ter-Gün-Madian versetzte dem Mikrofon einen Hieb, brach sich fast die Finger dabei. Dann schwamm er ins Ruhebecken, stellte den Wecker auf fünf Zeiteinheiten, reduzierte die Wassertemperatur so weit, wie er es gerade noch wagen konnte, und gab sich der kalten, trostlosen Starre hin.

38 »Nicht bewegen!«

Fran hielt unwillkürlich den Atem an. Sie drückte sich gegen die Wand, presste auch die mittlerweile wieder trockenen Stoffteile so flach an sich wie nur möglich. Dennoch streifte sie das dreirädrige Gefährt. Es riss dabei einen Flicken los, der plötzlich sichtbar wurde, sobald er den Einflussbereich des Deflektorfeldes verließ. Aber niemand von den Vorbeihastenden schöpfte Verdacht.

»Puh.«

»Weiter!«, hauchte Rhodan.

Sie hatten die Helme zurückgeklappt, da sie nun sowieso für jedermann außer sich selbst unsichtbar waren, und verständigten sich, wenn nötig, durch leise Zurufe, die im allgemeinen Lärm der Straße untergingen.

Unter den vielen Dutzenden von Reklameschildern, die Perry auf dem Weg zu ihrem so genannten Rechtsbeistand entziffert hatte, war auch eines gewesen, das nach allem, was sie inzwischen erfahren hatten, buchstäblich in neuem Licht erstrahlte:

STO . . . R KA . L
GESCHI . HTE, GESCH . CHTEN,
SEHR SC . MACKHA . TE SCHICHTT . RTEN

Der winzige Laden, der aussah, als wehre er sich mit letzter Kraft dagegen, von den bedrohlich über und neben ihm aufragenden Fabriken zerquetscht zu werden, wurde von roten, grünen und blauen Lampions erleuchtet. Allein das machte ihn zu einer Oase inmitten der ihn umgebenden dunkelgelben – und zugleich hellbeigen – Wüste.

Die Regale an den Wänden, die Theke, die Sitzgruppe im Eck, sogar die verdorrten Blumenampeln, die von der Decke herabhingen, ächzten unter der Last unzähliger kleiner, würfelförmiger Datenträger. In der Luft lag Moder, doch zugleich auch Weisheit.

Fran, die fand, dass sie lange genug Perry für sie beide hatte reden lassen, rief: »Kundschaft!«

Zugleich schaltete sie ihren Deflektor aus.

Ein Wesen kam aus den unergründlichen Tiefen des Ladens geschlurft, das Fran Imith, sobald sie seiner im schummrigen Licht ansichtig wurde, bei sich spontan als »Der Schildkröt« bezeichnete.

»... alter Mann ist schließlich kein Transitionsraumer«, nuschelte der Schildkröt, während er mit einem Tuch, das mindestens so vergreist war wie er selbst, seinen Sehbehelf abwischte. Als er diesen wieder über seinem Schnabel fixiert und Fran ins Knopfauge gefasst hatte, zuckte er zusammen. Sein Kopf verschwand ruckartig unter dem Knochenschild, schob sich jedoch bald darauf wieder hervor.

»O heilige Gemeinsamkeit! Hat jemand gesehen, dass du hier hereingegangen bist?«

»Das kann ich mir nicht vorstellen«, antwortete Fran wahrheitsgemäß. Perry hatte seinen Deflektor angelassen; nun, da sie den ihrigen deaktiviert hatte, konnte auch sie ihn nicht mehr wahrnehmen.

»Ehrlich?«

»Ehrlich.«

»Eine Nodronin. Dass ich das noch erleben darf. Gehörst du zu den Rebellen?«

»Äh … nicht direkt.«

»Na ja, das würdest du einem Unbekannten gegenüber wohl nicht einfach so ausplaudern. Obwohl ich dich beruhigen kann. Ich pfeife auf das Empire, und wenn du in dessen Dienst stehen solltest, dann um kein Deut weniger. Ich fürchte die Peitsche von Nodro nicht, mir bleiben so oder so nur noch wenige Einheiten. Einzig die Quochten … Aber ich sehe, dass ich beginne, dich zu langweilen. Was ist dein Begehr?«

Fran fühlte, wie sie eine Gänsehaut bekam. Hier waren sie richtig. Hier würden sie endlich mehr über die Galaxis Vaaligo, über die Zukunft der Milchstraße erfahren.

»Geschichte«, sagte sie feierlich. »Und Geschichten.«

»Verstehe. Willst du nicht doch lieber ein Stück Schichttorte? Sie ist sehr schmackhaft, wenngleich nicht mehr ganz frisch und ein wenig trocken.«

Aber während er sprach, begann er bereits, Datenwürfel zusammenzusuchen und auf dem Abspielgerät zu stapeln.

»Meine Zeit ist leider sehr begrenzt«, bekannte Fran mit aufrichtigem Bedauern. »Wenn du mir vielleicht nur das Wichtigste an historischen Daten … Besonders interessieren mich die Cor'morian und die Nodronen.«

»Das kann ich dir auch auswendig erzählen«, nuschelte der Schildkröt.

39 »Interessant«, sagte Perry, nachdem sie den Laden wieder verlassen hatten. »Wirklich sehr, sehr interessant. Zu schade, dass uns nicht mehr Zeit zur Verfügung stand. Aber wir werden das bei nächster Gelegenheit nachholen.«

Einst, hatte der Schildkröt doziert, vor langer Zeit, in den glücklichen, goldenen Äonen, gab es in der Galaxis Vaaligo fast nur Echsenvölker, welche in Frieden zusammenlebten, denn die spärlich besiedelte Sterneninsel bot mehr als genug Platz für alle.

Was nichts anderes bedeutet, als dass die Dichte an intelligenten Lebensformen in der Milchstraße stark zurückgegangen ist, dachte Perry. *Wie es die Kosmokraten anstrebten …*

Die verschiedenen, verstreuten Echsenzivilisationen hatten wenig Kontakt untereinander. Handel, Technologie- und Wissenstransfer wurden fast ausschließlich in den zahlreichen Werftwerken betrieben. Allgemein herrschte Zufriedenheit mit diesem Status Quo. Niemand wollte daran etwas ändern, weder aus Bedürftigkeit noch aus Ehrgeiz oder Sendungsbewusstsein.

Eine Ausnahme in mehrfacher Hinsicht stellten die Wissenschaftler von Cor'morian dar. Sie stammten nicht nur von Vögeln ab, sondern sie strebten auch als einzige permanent nach Höherem. Doch ging es ihnen nicht um Macht oder Einfluss, sondern um Forschung um des Fortschritts willen. Da sie den anderen Völkern dabei kein Leid zufügten, sondern sie auch uneigennützig an vielen ihrer technischen Errungenschaften teilhaben ließen, waren sie hoch angesehen. Manchenorts wurden sie geradezu verehrt. Wo immer Angehörige des Volkes Tambu, wie sich die vogelköpfigen Wissenschaftler selbst nannten, einen ihrer Ordenstürme errichten wollten, wurden sie mit offenen Armen aufgenommen. So verbreiteten sie sich über große Teile der Galaxis. Ihr eigentlicher Heimatplanet aber geriet in Vergessenheit.

Vor etwa dreißig- oder fünfunddreißigtausend Jahren – genau hatte das der Schildkröt nicht definieren können, da hätte er erst in seinen Datenspeichern nachsehen müssen – begannen die Cor'morian mit den Vorbereitungen für ein kühnes, nie da gewesenes Unterfangen. Sie wollten einen so genannten Schwarm erbauen und damit in der Lokalen Galaxiengruppe Intelligenz und die Entstehung von Leben fördern.

Einen Schwarm! Wie sind sie auf diese Idee gekommen? Von selbst? Nein, das wäre ein schier unglaublicher Zufall. Derartige Schwärme, mit genau derselben Aufgabe, existierten in unserer Zeit, und lange davor. Sollte sich dieses Wissen rund eine Milliarde Jahre lang erhalten haben? Und wenn dem so ist: Gibt es vielleicht noch andere Überlieferungen?

Perry war sich freilich nicht sicher, ob er überhaupt erfahren wollte, was aus den Terranern, den Arkoniden, den Blues und den vielen anderen Sternenreichen der Milchstraße geworden war, oder – aus Sicht des Jahres 1329 NGZ – werden würde. Und doch: Falls sich ihm die Gelegenheit bot, sich diese Informationen anzueignen, würde er sie ergreifen. Das lag einfach in der menschlichen Natur.

Faust: »Zwar weiß ich viel, doch will ich alles wissen.«

Obwohl gerade diese Geschichte nicht sonderlich gut ausgegangen ist …

Etwa um dieselbe Zeit, als das Volk Tambu den Bau des Schwarms in Angriff nahm, betraten die Nodronen die galaktische Bühne. Woher sie ursprünglich kamen, konnte niemand sagen; möglicherweise stammten sie gar nicht aus Vaaligo, sondern aus einer anderen Galaxis. Den Planeten Nodro besiedelten sie jedenfalls erst später.

Während die Cor'morian und die Echsenvölker nahezu sämtliche Ressourcen für den ehrgeizigen Plan des Schwarmbaus verwendeten, begann im Schatten dieser einzigartigen technologischen Großtat das Empire von Nodro zu wuchern – zu Anfang mehr oder minder unbeachtet.

Eine Ignoranz, die sich im Lauf der Jahrtausende rächen sollte.

Die Humanoiden zeigten sich den echsenhaften Lebensformen in puncto Vitalität und Vielseitigkeit nämlich überlegen. Sie begannen die Galaxis Vaaligo im Sturm zu erobern und die anderen Völker rücksichtslos zu verdrängen.

Welche Ironie der Geschichte – hier sind die Menschen die Bösen!, begriff Perry. *Kein Wunder, dass uns überall mit Misstrauen begegnet wird.*

Inzwischen umfasste das Empire von Nodro nicht weniger als rund fünftausend Planeten. Und es gebot über die größte militärische Macht in der Galaxis. Von den Tambu jedoch hörte man immer weniger. Nach wie vor fanden sich ihre Ordenstürme auf zahlreichen Planeten; die weitaus meisten aber standen mittlerweile leer.

»Unser nächstes Ziel steht somit fest«, verkündete Perry. »Wir müssen einen der wenigen noch bewohnten Ordenstürme finden. Bedauerlich, dass dir der nette Historiker diesbezüglich nicht weiterhelfen konnte.«

»Seine Daten sind einfach zu veraltet, wurden teilweise hundert Jahre und länger nicht mehr aktualisiert.«

»Na ja, das wäre wohl auch zu einfach gewesen. Jedenfalls benötigen wir dazu ein neues, möglichst unauffälliges Raumschiff. Da die Nodronen weite Teile der Galaxis kontrollieren, kämen wir mit dem Frachter nicht weit. Ich sage dir, ich würde ihn lieber heute als morgen loswerden und in einer der Werkwerften untertauchen, bis wir ein anderes Schiff gefunden haben. Allerdings ganz sicher nicht in der Elften. Dieser Ter-Gün-Madian ist uns schon viel zu sehr auf die Pelle gerückt.«

»Obacht, da kommen wieder drei mit Wimpeln!«

Unwillkürlich duckte sich Perry trotz des Deflektorschirms. Manche Reflexe ließen sich eben auch nach dreitausend Jahren noch nicht unterdrücken.

Der Schildkröt hatte sich beim Abschied geweigert, von Fran Geld anzunehmen. »Ich bin sterbenskrank«, hatte er genuschelt. »Kann jeden Morgen aufwachen und draufkommen, dass ich tot bin. Was soll ich da mit Calculs? Mein Leben habe ich gelebt und genossen, so weit es die Umstände erlaubten. Du aber bist jung. Pass gut auf dich auf, freundliche Nodronin-oder-auch-nicht-Nodronin! Geh den Exekutern aus dem Weg. Auch wenn sie hinter jemand anderem her sein sollten – wer immer ihnen in die Quere kommt, kann schneller, als er sich's versieht, in Schwierigkeiten geraten.«

Natürlich waren Perry und Fran sofort hellhörig geworden. Exekuter? Konnte es sein, dass diese nach *ihnen* fahndeten?

Doch Suchtrupps der an ihren roten Wimpeln erkennbaren Häscher, die für das NOTARIAT säumige Zahler verfolgten, trieben sich gemäß dem Schildkröt bereits seit gut zwanzig Zeiteinheiten verstärkt in den Ewig-nicht-mehr-gesäuberten-Ebenen herum. Das konnte also nicht sie betreffen. Vor zwanzig Zeiteinheiten hatten sie mit dem Frachter noch gar nicht an der elften Werkwerft angedockt gehabt.

Zwei der drei Wimpelträger, die sich, die schmale Gasse entlang, beunruhigend rasch auf Fran und Perry zubewegten, waren Irchy-Ba, wie sie ihnen auch schon in Mantagir untergekommen waren. Sie ähnelten ins Riesenhafte vergrößerten, sechsgliedrigen Eidechsen. Gut drei Meter lang, gingen sie gewöhnlich nicht aufrecht, sondern benutzten die mittleren Gliedmaßen als Laufarme. Sie wogen bis zu einer Tonne, besaßen eine flammend rote Schuppenhaut und an der Kehle eine an ein Halsband erinnernde Querfalte, die durch vergrößerte, aufgequollen wirkende, bläuliche Schuppen gebildet wurde.

Man sagte den Irchy-Ba nach, oft rabiat und draufgängerisch zu agieren; und diese beiden, über und über mit Rucksäcken und breiten Ausrüstungsgürteln behängten Exemplare machten auf Perry ganz besonders den Eindruck, als wäre mit ihnen nicht gut Kirschen essen. Ohne Rücksicht auf Verluste verschafften sie sich Platz. Mit ihren kräftigen Handlungsarmen stießen sie Passanten, die nicht schnell genug ausweichen konnten, brutal zur Seite und versetzten ihnen im Vorbeigehen noch extra einen klatschenden Schlag mit dem muskulösen Schwanz. Nicht wenige blieben bewusstlos liegen.

Der dritte Exekuter schritt hinter den beiden Rabauken her und versetzte ab und zu einem der am Boden Liegenden einen Tritt. Er gehörte dem Volk der Jifften an, so wie auch die Bürgermeisterin der Mars-Metropole Mantagir. Jifften gingen aufrecht und wurden über zwei Meter groß, bei einem Gewicht von bis zu einer halben Tonne, was auf die Herkunft von einer Hochschwerkraftwelt schließen ließ. Der Schädel war flach gedrückt, kantig, mit grünen Schlitzaugen und einem extrem biegsamen Hals von dreißig Zentimetern Länge. Der überaus kräftige Stützschwanz durchmaß fast einen halben Meter und stellte wegen des dornigen Hornbesatzes an den Enden eine mörderische Waffe dar. Dennoch galten die Jifften eher als ausgleichendes Element, als Unterhändler und Diplomaten.

»Zwei böse und ein relativ guter Cop«, raunte Perry. »Nichts wie weg!«

Hm. Leichter gesagt als getan. Vor ihnen stauten sich die flüchtenden, sich gegenseitig behindernden Massen. An ein Ausweichen war in dem engen, an dieser Stelle nur wenig mehr als zwei Meter hohen Gang nicht zu denken. Und dass ein Vollzugsorgan misstrauisch wurde, wenn es plötzlich gegen jemand Unsichtbaren prallte, davon war auszugehen.

»Da hinein!«

Fran deutete auf eine Lücke zwischen zwei Hauswänden, verschwand auch schon darin. Perry folgte ihr.

Und die drei Exekuter ebenfalls.

Fran und Perry liefen vor den drei furchteinflößenden Echsen her, die sich geräuschvoll, eine nach der anderen, zwischen den eng zusammenstehenden Mauern durchzwängten. Nach wenigen Metern gelangten sie in einen quadratischen, etwa sieben mal sieben Meter messenden Hinterhof, der von einem rostigen Metallnetz überdacht wurde.

»Au weia«, zischte Fran. »Eine Sackgasse!«

Nirgendwo ging es weiter, nicht links noch rechts, nicht oben noch unten. Etliche Dampfauslässe mündeten in den Hof und erfüllten ihn mit weißlichen, übel riechenden Schwaden.

»Keine Panik«, flüsterte Perry. »Sie sind nicht hinter uns her, können uns ja nicht einmal sehen. Suchen wahrscheinlich nur routinemäßig alle Schlupfwinkel ab. Wir zwängen uns in die hinterste Ecke und warten, bis sie wieder abgezogen sind.«

Sie wateten, bedacht darauf, kein verräterisches Geräusch zu verursachen, durch den knietiefen Müll. Was davon ins Deflektorfeld geriet, wurde zeitweise unsichtbar. Doch angesichts der spärlichen Beleuchtung und der dichten Dampfschwaden fiel das, hofften sie, nicht auf.

In der Ecke türmte sich der Abfall noch höher. Perry und Fran kletterten vorsichtig hinauf, fanden auf einigen verdorrten Wurzeln Halt für ihre Füße, lehnten sich an die Wand.

Und fuhren zusammen, als ein erstickter Schmerzensschrei ertönte.

Direkt unter ihnen!

40 »Aaargh! Was soll das? Auauauuu, tut das weeeh!«

Ensetzt hielt Sneber Grax mit beiden Händen seinen Mund zu. Aber es war bereits zu spät.

Und dabei war er so guten Mutes gewesen, den Exekutern ein weiteres Mal entkommen zu können! Auch, als sie sich seinem Versteck bis auf wenige Schritte genähert hatten, war er zuversichtlich geblieben und hatte nicht die Nerven verloren. Er war perfekt getarnt gewesen, vollkommen mit dem stinkenden Müll verschmolzen. Es hätte schon weit besserer Augen und Nasen als der von Irchy-Ba oder Jifften bedurft, um ihn aufzuspüren.

Aber dann durchfuhr ihn mit einem Mal ein furchtbarer Schmerz. Und noch einer, und noch einer. Etwas drückte so schwer auf seinen linken Oberschenkel, dass Sneber panische Angst hatte, der Knochen könne brechen. Und dann verspürte er einen Stiefel mitten im Gesicht … Da konnte er nicht mehr an sich halten. Er schrie, bäumte sich auf, um die unsichtbare Last abzuschütteln.

Und wurde dadurch seinerseits für die Exekuter erkennbar.

»Da ist er!«

»Ergreift ihn!«

»Haben wir dich endlich, du Wicht!«

Geblendet blinzelte Sneber in das Licht der starken Taschenlampen. Tränen schossen ihm in die Augen. Widerstand war zwecklos. Einer der Irchy-Ba blockierte den einzigen Ausgang.

»Du bist verhaftet, Delinquent Grax! Ergib dich, du hast keine Chance. Bleib in Bewegung, damit wir dich sehen können. Aber schön langsam, und versuch keine Tricks, sonst machen wir von der minder gefährlichen Dienstwaffe Gebrauch!«

Sneber hob die Arme. Wie er es auch drehte und wendete: Seine Flucht war zu Ende, und damit im Prinzip auch sein Leben. Wie lange würde er in den Quarzminen durchhalten? Zwei Umläufe, vielleicht drei? Egal, »Leben« konnte man das sowieso nicht nennen. Er war nun einmal nicht für körperliche Arbeit gebaut. Es war aus, vorbei, vorüber.

Da geschah etwas höchst Seltsames.

Die beiden ihm am nächsten stehenden Exekuter kippten plötzlich zur Seite, als hätte sie fast gleichzeitig ein gewaltiger Hieb getroffen. Über sich nahm Sneber Bewegung wahr. Er drehte eines seiner Augen nach oben und sah, wie ein dünner, aus dem Nichts kommender Strahl ein kreisförmiges Loch in das Metallnetz schnitt. Sneber stand fassungslos, die Hände noch immer erhoben. Da wurde er an ihnen ergriffen und nach oben gerissen, durch das Loch, und in rasender Geschwindigkeit weiter den Abgasschacht hinauf. Der Jiffte schoss ihnen nach, doch sein Strahl verpuffte wirkungslos in einem hell aufflammenden Schutzschirm, wenige Zentimeter vor Snebers Fußspitzen.

Sneber schloss die Augen. Sein Herz klopfte wie wild. Er hatte nicht die geringste Ahnung, was hier vorging.

Aber so viel stand fest: Wer immer ihn dazu gebracht hatte, sein Versteck zu offenbaren, hatte ihn daraufhin wieder vor den Exekutern gerettet.

41 »Ich bin ehrenlich aufs Äußerste dankbar«, piepste die merkwürdige kleine Echse. »Nie niiiemals nicht wird euch Sneber Grax das vergessen!«

Sie hatten die Exekuter abgeschüttelt und sich, viele Blocks weiter, in eine halb verfallene Lagerhalle zurückgezogen, um ihren unverhofften Fang genauer in Augenschein nehmen zu können.

Am auffälligsten war, wie unglaublich rasch seine von feinen Schuppen bedeckte Haut die Farbe, Musterung und sogar Struktur des Hintergrundes annahm. Er fügte sich perfekt in seine Umgebung ein. Wenn er sich nicht bewegte und die Lider über den dunklen, tennisballgroßen Augen schloss, musste Fran Imith zweimal hinschauen, um sicherzugehen, dass er noch da war.

Sneber Grax, wie sich der Chamäleonhafte nannte, war etwa einen Meter groß und ging auf zwei kurzen, gebogenen Beinen. Sein langer Schwanz lag, zu einer Spirale zusammengerollt, am Rücken an. Die dünnen Ärmchen endeten in dreifingrigen Händen.

»Gehe ich recht in der Annahme, dass du gewisse Probleme mit dem NOTARIAT hast?«, fragte Perry, nachdem er sich und Fran vorgestellt hatte.

»Das ist riiichtig und falschlich zugleich.« Offenbar taten sich die Translatoren mit der eigenartigen Sprechweise des Kleinen schwer. »Genauer genommen hat das NOTARIAT Schwiiierigkeiten mit mir.«

Fran zog den linken Handschuh ihres Raumanzuges wieder an. Sie hatte ihn abgestreift und in die Tasche gesteckt, um die in den Ringen an ihren Fingern versteckte, mikrominiaturisierte Geheimausrüstung einsetzen zu können. Ohne den schwachen Konturschirm, den sie damit projiziert hatte, wären sie wohl nicht mehr am Leben gewesen.

»Lass mich raten«, sagte sie. »Du hältst wenig davon, Abgaben zu entrichten, stimmt's? Zumal du kaum aufzufinden bist, wenn du nicht willst. Aber in letzter Zeit hast du es ein wenig übertrieben, und darum jagen dich die Exekuter seit etwa zwanzig Einheiten intensiver als je zuvor.«

Sneber Grax linste zu ihr empor. Er zitterte am ganzen Leib. Sein Gesichtsausdruck hatte etwas Treuherziges. Doch Fran war überzeugt, dass der schmächtige Kerl mit allen Wassern gewaschen war.

»Darf das wahr sein? Nodronen, die niiicht nur einen stinkenden Yuchten retten, sondern auch noch seine heimelichsten Gedanken zu lesen vermögen!«

Perry ging vor ihm in die Hocke. »Du brauchst keine Angst zu haben. Weder sind wir Nodronen noch Telepathen. Wir können nur zwei und zwei zusammenzählen. Und wir haben etwas mit dir gemeinsam: Auch wir stehen dem NOTARIAT ein wenig … reserviert gegenüber. Ich denke, du solltest uns mehr über dich erzählen, Sneber Grax. Vielleicht können wir uns gegenseitig helfen.«

42 *Ich, Sneber Grax, aus: »WWWwW – Wer ist Wer im Werftwerk Wrischaila«, herausgegeben von Sneber Grax*

Obgleich meine Bescheidenheit an Selbstverleugnung grenzt, kann ich um der historischen Wahrheit willen nicht umhin zu berichten, dass ich schon vor meiner Geburt ein Wunderkind war. Meine Mutter hatte nämlich das Gelübde der Keuschheit abgelegt und war daher nicht verheiratet. Zahlreiche hoch angesehene Bürger unserer Siedlung besuchten in regelmäßigen Abständen jenes mit dem Bild der aufgehenden Sonne verzierte Haus, das sie bewohnte, um sich von ihrer Sittenstrenge und Standfestigkeit zu überzeugen – manchmal mehrere an ein und demselben Tag! Und dennoch wurde sie trächtig und gebar ein Gelege von vierundvierzig Eiern.

Selbige stellte unsere liebe Mutter, der gewiss das Herz dabei brach, umgehend der Wissenschaft zur Verfügung, damit das Wunder untersucht werden konnte. So waren die ersten Worte, welche ich in meinem jungen Leben vernahm: »Einer bewegt sich immer noch. Ach was, ich schmeiß ihn trotzdem in den Kübel.«

Mit Fug und Recht kann ich behaupten, dass ich das Andenken an meine dreiundvierzig Geschwister bewahrt, ja buchstäblich verinnerlicht habe. Sonst hätte ich den langen Weg durch die Kanalisation wohl kaum überstanden.

Über meine Lehrjahre im Delta möchte ich nur sagen, dass sie Herrenjahre waren. Ich hatte sehr viele Herren, und alle überschütteten mich mit Zuneigung. Noch und nöcher priesen sie meine Anpassungsfähigkeit. Kann man einem Yuchten ein höheres Lob aussprechen? Meine Kunst war sehr gefragt. Immer wieder wurde ich aufgefordert zu zeigen, wie schnell ich verschwinden konnte. Und ich bin mir sicher, keinen enttäuscht zu haben.

Nach Wrischaila gelangte ich als sehender Passagier; alle anderen nämlich waren mir gegenüber blind. Aber das kränkte mich nicht. Ich begann meine Tätigkeit als Linksberater, und schon bald verbreitete sich mein Ruhm über die dreiundzwanzig Monde. Mein Name ist in aller Munde. Der Ruf »Weiß jemand, wo Sneber Grax steckt?« ertönt in jeder Werkwerft; nicht selten werden in diesem Zusammenhang höhere Geldsummen offeriert. Ich bin, wie man so sagt, ein gefragter Mann. Wer mich nicht einen flüchtigen Bekannten nennt, bezeichnet mich als bekannten Flüchtigen. Derlei Prominenz ist nicht leicht zu verkraften, doch ich tue mein Bestes.

Danke, danke, danke, lieber Benutzer, dass auch du die bescheidene Einschreibegebühr überwiesen und dir das umfassende Standard-, Nachschlage- und Wegwerfwerk »WWWwW – Wer ist Wer im Werftwerk Wrischaila« heruntergeladen hast. Die übrigen 96 Milliarden 472 Millionen und zirka elf Rubriken werden in Kürze ebenfalls zur Verfügung stehen. Anregungen, Wünsche, Beschwerden und Zivilklagen kannst du wahlweise an das NOTARIAT oder ans Amt für Quarzbergbau auf WW20 schicken. Glück auf! Möge die Übung gelingen!

Dein sehr ergebener …

7 *Wahrheit tut weh*

43 »Linksbeistand?«, fragte Fran.

Sneber Grax hatte sie im Schutz der Deflektoren zu einer Infosäule geführt, deren Dienste man eigentlich nur mittels ID-Karte und Creditchip abrufen konnte. Aber der Yuchte hatte aus einer seiner Körperfalten eine Phiole geholt und einen dicken, rötlichen Tropfen in den Schlitz geleert, woraufhin sie Zugriff erhalten hatten.

Vermutlich eine Art Naniten-Cocktail, dachte Perry.

Es war das erste Mal, dass sie hier – *jetzt* – Spuren von Nanotechnologie begegneten. Irrwitzig winzige Maschinchen, für die ein Einzeller einen ganzen Planeten darstellte, hatten das Datenlesegerät getäuscht. Sneber hatte dabei allerdings nicht den Eindruck erweckt, als sei er sich über die technischen Vorgänge im Klaren. Er hatte wie ein Magier agiert, der stolz darauf war, den richtigen Zaubertrank eingepackt zu haben.

»Rechtsbeistände«, beantwortete der Yuchte Fran Imiths Frage geduldig, als spräche er zu einem sehr begriffsstutzigen Kind, »vertreten ihre Klienten in legaaalen Angelegenheiten. Linksbeistände hingegen ...« Er zwinkerte mit den riesigen Augenlidern.

»Verstehe. Es existiert also«, sagte die TLD-Agentin, »neben der offiziellen, vom NOTARIAT verwalteten Ökonomie der Werkwerften noch eine andere, illegale.«

»Eine? Ha! Mindestens dreiundzwanzig!«

So etwas hatte sich Perry Rhodan schon gedacht. Je aufgeblasener und restriktiver ein System, desto größer war auch die Grauzone der Schattenwirtschaft. In den Werkwerften von Wrischaila benötigte man dafür offenbar eine Art Führer oder Vermittler, eben einen Linksbeistand. Und den hatten sie ja nun gefunden – wenn er auch mit Vorsicht zu genießen war.

»Pass auf, Sneber«, sagte Perry leise und eindringlich. »Du bist mir durchaus sympathisch; dennoch traue ich dir keine Sekunde über den Weg. Ein Gauner wie du würde seine eigene Großmutter verscherbeln, geschweige denn zwei dahergelaufene Fremde.«

Der Yuchte stemmte die Ärmchen in die Hüften. »Also wirklich!«, rief er entrüstet. »Wo denkst du hin? Selbstverständlich habe ich meine eigene Großmutter verkauft, und zwar mehrmals. Und den Gewinn haben wir iiimmer fair geteilt!«

»Ich kann mir vorstellen, zu wessen Gunsten. Egal. Was ich dir sagen will, ist Folgendes: Bei uns ist ziemlich viel Geld zu holen. Aber nur, solange du dich hundertprozentig loyal verhältst. Beim ersten Versuch, uns zu hintergehen, bist du unser Linksbeistand gewesen. Und das wäre ein großer Schaden für dich, denn wie gesagt, wir haben einiges vor. Beispielsweise wollen wir unser Raumschiff abstoßen oder, besser noch, gegen ein anderes eintauschen.«

Erschrocken sprang Perry einen Schritt zurück, denn Sneber Grax hatte plötzlich zugleich seinen Schwanz und seine fast ebenso lange Zunge entrollt, wobei er ein trötendes Geräusch ausgestoßen hatte; eigentlich deren zwei. Unwillkürlich fühlte sich Perry an gewisse Pfeifchen erinnert, die es auf den Jahrmärkten seiner Kindheit gegeben hatte.

Der Yuchte entschuldigte sich; diese Geste sei bei seinem Volk ein Ausdruck der höchsten Verwunderung und zugleich respektvollen Anerkennung. Geschäfte einer solchen Größe standen, gab er zu, selbst für ihn nicht oft auf der Tagesordnung. Doch könnten sie damit gleichwohl keinen Besseren betrauen.

Perry blieb skeptisch. Ohne mehr als das Nötigste zu verraten, erklärte er dem Kleinen, was sie suchten. Der war gleich Feuer und Flamme. Alles im Prinzip kein Problem, versicherte er überschwänglich. Zuallererst mussten sie sich Bewegungsfreiheit verschaffen, insbesondere die lästigen Exekuter loswerden. Dies war nur möglich, wenn seine Ausstände beim NOTARIAT beglichen wurden, wenigstens eine erste Rate. Unnötig zu sagen, dass er über diese Summe nicht verfügte.

»Hm. Woher sollen wir wissen, dass du nicht abhaust, sobald wir deine Steuerschulden bezahlt haben?«

»Ich fühle mich persööönlich getroffen von so viel Misstrauen. Du selbst hast vorhin argumentiert, dass es dumm von mir wäre, euch zu betrügen.«

»Ja, und ich halte dich keineswegs für dumm. Trotzdem, das reicht mir nicht. Ich will irgendeine Form von Garantie.«

»Schon kapiert. Also Wahrheitsegel. Ach, wie ich diese grässelichen Dinger hasse!«

»Wahrheitsegel?«

44 Er führte sie auf verschlungenen Pfaden zu einer schmalen, unscheinbaren Tür, an die er in kompliziertem Rhythmus klopfte, bis sie geöffnet wurde.

Der Raum, in den sie gelangten, hätte das Hinterzimmer eines Cafés sein können. Tische und Sitzgelegenheiten in unterschiedlicher Größe und Höhe deuteten darauf hin, dass dieses Lokal von Angehörigen verschiedenster Völker frequentiert wurde. Derzeit war aber nur ein einziger Tisch besetzt. Dort saßen sich zwei dunkle, entfernt an Leguane erinnernde Gestalten gegenüber, vollkommen regungslos, und starrten einander an. Von Zeit zu Zeit fauchte eine von ihnen leise. Obwohl es sich um Angehörige einer fremden Rasse handelte, konnte sich Fran Imith des Eindrucks nicht erwehren, es handle sich um ein

Paar mit Beziehungsproblemen. Sneber, Perry und sie nahmen in einer Sitzgruppe am anderen Ende des Zimmers Platz.

»Dreimal?«, fragte die Kellnerin, eine albinoide, in wallende Tücher gehüllte Echse mit hohem, halb durchsichtigem Sichelkamm.

»Wollt ihr beiiide? Es ist sehr schmerzehaft. Nur, damit es nicht hinterher heißt, ich hätte euch nicht gewarnt.«

Fran blickte Rhodan an. »Es reicht, wenn einer von uns sich der Prozedur unterzieht«, sagte der Terranische Resident. »Überdies besitze ich eine gewisse Erfahrung mit solchen … Symbionten.«

Die Kellnerin studierte gelangweilt ihre silbern bemalten Klauen. »Also?«

»Zweiiimal. Aber von den guten, wenn ich bitten darf! – Die Egel sind nämlich nicht alle gleich«, erläuterte Sneber Grax, nachdem die Albino-Echse im Nebenzimmer verschwunden war. »Bei den Schlechten treten die unangenehmen Begleiterscheinungen viiiel stärker auf.«

Nach einiger Zeit kehrte die Kellnerin zurück. Sie trug ein kleines CredChip-Lesegerät sowie zwei trommelförmige, etwa fünfzehn Zentimeter lange Behälter. »Du weißt, wie es läuft, Yuchte. Erst die Calculs.«

Sneber Grax zeigte mit dem ausgestreckten Finger auf Perry. Der führte seinen CredChip in das Gerät ein und autorisierte den Zahlungsvorgang. Kommentarlos schob die Albinoide ab. Der Linksbeistand langte nach einer der Trommeln, schraubte den Deckel ab, griff hinein und holte einen zappelnden, etwa dreißig Zentimeter langen, rostbraun und violett schimmernden Wurm heraus.

»Guuut zupacken«, sagte er. »Die Dinger sind sehr glitschelig.«

Er setzte den Egel in seinen Nacken, wo sich dieser mit einem unangenehm schmatzenden Geräusch festsaugte. Sneber stöhnte laut auf. Fran war nun doch recht froh, dass ihr das erspart blieb.

Auch wenn es sicher ein Erlebnis gewesen wäre, die Gedanken eines Unsterblichen lesen zu können … Aber so funktioniert es ja ohnehin nicht, hat der Kleine gesagt.

Angeblich wirkten die Wahrheitsegel – Perry applizierte gerade den seinigen – wie biologische Lügendetektoren. Sie verliehen für die Zeit von einigen Minuten eingeschränkt telepathische Fähigkeiten. Der Träger eines Egels vermochte deutlich zu erkennen, ob ein anderer, gleichfalls mit einem solchen Symbionten ausgestatteter, aufrichtig war oder log.

Rhodan schloss die Augen, verzog das Gesicht, atmete ganz langsam aus.

»Puh. Angenehm ist das wirklich nicht gerade … Also los. Beginnen wir mit einem Test. Frag mich, wie alt ich bin.«

»Wie alt biiist du?«

»Fünfunddreißig Umläufe meines Heimatplaneten.«

»Falsch.«

»Richtig erkannt. Tatsächlich bin ich achtunddreißig.«

»Ja, das stiiimmt.«

»Man könnte aber auch sagen, ich bin 2978.«

Sneber sprang auf, streckte Schwanz und Zunge aus, trötete zweistimmig. »Heee! Das ist ebenfalls wahrheitlich! Wie kann das sein?«

»Diese Frage beantworte ich dir, wenn ich das Gefühl habe, dir wirklich trauen zu können.«

»Du bist ein erstauuunlich aufrichtiges Wesen, Perry Rhodan. Du lügst nicht oft, oder?«

»Ich habe die Erfahrung gemacht, dass Ehrlichkeit meistens zielführender ist. Aber ich denke, du bist da anderer Ansicht, nicht wahr?«

Der Yuchte ließ sich wieder auf seinen Hocker nieder. »Allerdingslich. Die Welt will belogen sein. Die meisten sind sogar dankbar dafür, der Wahrheit niiicht ins Auge sehen zu müssen.«

»Ich nicht. – Stimmt die Geschichte, die du uns erzählt hast?«

»Im Prinzip schon.«

Perry Rhodan kniff die Augen zusammen. »Das ist zu ungenau.«

»Na schööön. Ich bin tatsachelich Linksberater, schon seit geraumer Zeit. Und gut in dem, was ich mache. Deshalb kriegt das NOTARIAT gewöhnlich exakt gaaar nichts mit von meinen Aktivitäten.«

»Aber?«

»Aber vor kurzem habe ich einer hooochgestellten Persönlichkeit bei der Umfärbung von Krediten geholfen.«

»Du meinst Geldwäsche? Aus Schwarz mach Weiß?«

»Bei uns sagt man Blau und Gelb. Doch ich glaube zu versteeehen, was du meinst. Ja, so war es. Ich habe ein sehr fantasievolles Portfolio organisiert. Nur leiiider war der Kunde, ein Berater des Gewerken, der über die vierte Werkwerft gebietet, eher fantasielos.«

»Au. Das wird ja immer ärger … Ich registriere, dass du dich um die Wahrheit herumdrückst, Sneber Grax. Die Geldanlage hatte nicht zufällig mit dem Standardwerk ›Wer ist Wer im Werftwerk Wrischaila‹ zu tun?«

»Doch. Der Kerl hatte kein Vertrauen in die Neue Ökonomiiie und hat mich ans NOTARIAT verpfiffen.« Der Yuchte ächzte. »Gegen Ende, wenn die Egel absterben beginnen, erhöhen sich die Unannehmlichkeiten betrachtelich. Du solltest zur Sache kommen.«

»Gern. Wirst du uns weiterhelfen, nachdem wir deine Schulden getilgt haben?«

»Ja. Ich bin doch nicht bläööd.«

»Wirst du uns auch nicht übers Ohr hauen, wenn es um den Verkauf unseres Schiffes und den Ankauf eines neuen geht?«

»Nein. Aber ich will natürlich eine ordentliche Provision abstauben.«
»Schon klar. Und hegst du dabei Hintergedanken?«
»Äh … nun … Was meinst du damit?«
»Keine Ausflüchte. Hegst du Hintergedanken?«
»Jjj…aaa. Also, in gewisser Weise, ich meine … wer tut das niiicht?«
»Du versuchst, Zeit zu schinden. Das bringt dir aber nichts. Notfalls kaufe ich uns zwei neue Wahrheitsegel.«
»Bäh, wie abstoßend konsequent! Also, wenn ich eeehrlich bin … Ich hoffe, eventuell mit euch von Wrischaila verschwinden zu können. Mir wird der Boden hier zu kühl. Aaargh!«
Sneber bäumte sich auf. Seine Schuppenhaut, die bisher Tisch und Sessel kopiert hatte, verfärbte sich grünlich. Auch Rhodan presste die Zähne aufeinander; der Schweiß rann in Strömen von seiner Stirn.
Dann fielen die Egel ab. Schwer atmend stierten sich der Terraner und der Yuchte an.
»Willkommen im Team!«, sagte Perry und streckte die Hand aus.

45 Er schlug auf sie ein wie ein Besessener. Sie schrie, doch er hörte nicht auf, ganz im Gegenteil.
Zuerst hatte Pelmid Sulcatob an ein Spiel geglaubt. Sie war in solchen Dingen durchaus nicht unerfahren. Macht- und Sexualtrieb hingen zusammen. Gerade sehr einflussreiche Männer wollten nicht selten im intimen Rahmen erniedrigt werden, zurechtgestutzt, gedemütigt; wollten demonstriert bekommen, dass auch ihnen Grenzen gesetzt wurden; dass sie, auf ihre nackte Existenz entblößt, klein und arm und hilflos waren. Das hatte mit Entlastung zu tun, mit Entschuldung und, endlich, Entspannung.
Axx Cokroide war anders.
Er war erst spät zu ihr gekommen, als sie schon geschlafen hatte. Und er hatte nicht viel Federlesens gemacht.
»Willst du?«
»Ja?«
»Überlege es dir lieber nochmals. Willst du mich, willst du mich wirklich, schöne Pelmid? Nicht den Botschafter, den Son'Trokete. Nicht die Trophäe. Mich. Den Nodronen.«
»Hmmm … Ja, Axx. Ja, ich will.«
Anfangs war es herrlich gewesen. Sein sehniger, heißer, dunstender Körper lechzte nach ihr, das spürte sie bei jeder Berührung. Sie gaben sich einander hin, wild wie Tiere. Aber dann begann er, kurz vor dem Höhepunkt ihrer Lust, sie zu schlagen. Hart. Viel zu hart. Noch härter.

Und je mehr sie sich wehrte, ihn zur Vernunft zu bringen versuchte, desto brutaler wurde er. Drosch mit den Fäusten auf sie ein, kratzte und biss sie, dass sich das Laken rot färbte von ihrem Blut. Nackte Todesangst erfüllte sie, als er ihr eine Klinge an die Kehle setzte.

»Sag ein Wort«, stieß er heiser keuchend hervor, »gib einen einzigen Ton von dir, Pelmid vom Clan der Sulcatob, und ich schneide dir den Kopf ab. Glaubst du, ich kann das nicht? Wer würde mich dafür zur Rechenschaft ziehen?«

Sie versuchte sich zusammenzukrümmen, doch er lag schwer auf ihr, hielt sie mit der anderen Hand und den Beinen fest wie in einem Schraubstock. Ihr Unterleib brannte lichterloh. Tiefer und tiefer drang er in sie ein, auf eine Weise, wie sie es längst nicht mehr wollte, nie gewollt hatte, nicht so.

»Was bildest du dir ein, Schlampe? Willst wie ein Mann sein? Mir ebenbürtig? Niemals! Spürst du den Unterschied? Spürst du ihn gut? Na, gefällt dir das? Sag, dass es dir gefällt. Sag es!«

»Ja! Ja!«, schrie sie unter Tränen. Sie vermeinte, entzweigespalten zu werden, konnte vor Schmerz und Furcht keinen klaren Gedanken mehr fassen, wusste nur, dass es kein Spiel war, sondern Ernst, blutiger, tödlicher Ernst. Dass er sie umbringen würde, wenn sie ihm nicht gab, was er von ihr sehen und hören wollte.

»Ja, es gefällt mir!«, log sie. »Ja. Ja! Jaaa ...«

»Du warst gut«, lobte er sie, nachdem er endlich von ihr abgelassen hatte. »Sehr glaubhaft. Ich denke, wir werden noch viele schöne gemeinsame Stunden erleben, Pelmid Sulcatob.«

Danach ging er.

Sie schleppte sich ins Badezimmer, erbrach sich wieder und wieder, bis nichts mehr in ihr war. Nichts mehr von ihrem Stolz. Aber immer noch viel zu viel von ihm.

Wenig später saßen sie sich am Besprechungstisch gegenüber. Er lächelte sie an, als ob nichts gewesen wäre.

»Ich hoffe, ihr alle seid ebenso erholt wie ich«, sagte er, kühl, beherrscht, souverän. »Mokoefa, ich nehme an, du konntest inzwischen über Mittelsmänner Kontakt herstellen?«

46 »Ja sicher, das ist geregelt. Auch ID-Karten haben wir jetzt für alle, und zwar solche, die sich nicht zurückverfolgen lassen.«

»Gut so.« Reginald Bull verbarg seine Erleichterung nicht. »Wir hatten uns schon ziemliche Sorgen wegen euch gemacht. Vor allem nach der Sache mit den Müllsäcken.«

»Bully hat mich abermals nach oben in den Transmitterraum geschickt, einige Zeit, nachdem der Funkkontakt abgerissen war«, berichtete Pratton Allgame. »Na, ihr könnt euch vorstellen, wie ich erschrocken bin, als ich die Säcke gesehen habe. Und wie froh ich war, als sie wirklich nur Müll enthielten.«

»Ohne dir Vorwürfe machen zu wollen, Alter«, sagte Bull, an seinen Mitstreiter seit Jahrtausenden gerichtet, »aber eine kurze handschriftliche Nachricht an oder in den Säcken wäre keine ganz schlechte Idee gewesen.«

»Du hast Recht. Tut mir Leid«, entschuldigte sich Perry, »daran haben wir im Eifer des Gefechts nicht gedacht. Könnt ihr mir das noch einmal durchgehen lassen?«

Bully blickte in die Runde. Sie waren vollzählig im kleinen Besprechungsraum neben der Zentrale versammelt. Sechs Terraner, eine gottlob sicher in ihrem Korb verwahrte Katze, und das Chamäleonwesen, das Perry Rhodan und Fran Imith mitgebracht hatten.

Fran ...

Er gestand sich ein, dass er mehr um sie gebangt hatte als um seinen ältesten Freund. Der war noch jedes Mal irgendwie davongekommen. Während seine Begleiter nicht selten auf der Strecke geblieben waren ...

»Aber klar doch, Perry.« Shimmi Caratech unterstrich ihre zuckersüß gesäuselten Worte mit einem Augenaufschlag der Sonderklasse. »Hauptsache, du bist wohlbehalten wieder zurück. Und du natürlich auch, Frannie.«

Bull verdrehte die Augen. Pratton Allgame ging ja noch an, den konnte man zumindest einfache Handlangerdienste ausführen lassen. Und Quart Homphé, der aussah, als könnte er nur noch mit Hilfe eines Krans aus dem Kontursessel befreit werden, hatte immerhin während der Verfolgungsjagd durch den Linearraum seinen Mann gestellt. Wenn er nicht gerade ohnmächtig geworden war.

Aber Shimmi? Landplage war ein Hilfsausdruck für das pubertierende Gör.

Apropos Landplage ...

»Da fällt mir ein: Dieser Advokatus hat sich gemeldet, kurz vor Ablauf eurer offiziellen Aufenthaltsfrist. Unser so genannter Pflichtbeistand. Wie hieß er noch gleich?«

»Ter-Gün-Madian.« Perry straffte sich. »Was habt ihr ihm gesagt?«

»Nun, er wollte dich sprechen. Da es ohnehin keine Bildverbindung war, habe ich mich für dich ausgegeben und ihm mitgeteilt, dass wir zu Verkaufsverhandlungen bezüglich unseres Frachters bereit wären. Er wird sich wieder rühren, hat er gesagt.«

»Ter-Gün-Madian?«, fragte entgeistert die kleine, aufgrund ihrer erstaunlichen Tarnfähigkeit kaum sichtbare Echse. »Deeer Ter-Gün-Madian?«

»Ja. Wieso? Kennst du ihn?«

»Äh … flüchtig.« Sneber Grax schüttelte sich. »Das ist ungewohnelich. Sehr ungewohnelich.«

»Was?«

»Dass Madian als Pflichtbeistand auftritt. Das tut er so gut wie nie. Hat er ja wohl nicht nööötig, der reiche Geldsack.«

»Moment«, mischte sich Perry ein. »Reich? Bist du sicher, dass wir vom selben Ter-Gün-Madian sprechen? Auf mich machte er eher den Eindruck einer hoffnungslos verkrachten Existenz.«

»Ah. Na klaaar, ihr wart in seinem Büro an der Schwermutsschlucht, stimmt's?«

Perry bejahte.

»Dort empfängt er Besucher, die er über seine wahren Verhältnisse im Unklaren lassen will. Tatsachelich ist er einer der reichsten Männer von Wrischaila, mit besten Beziehungen zum Gewerken der elften Werkwerft. Manche meinen sogar, er selbst seiii dieser Gewerke!«

»Was hat das zu bedeuten? Warum interessiert er sich so stark für uns, dass er sich persönlich engagiert?« Bully schlug mit der Faust auf den Tisch. »Verdammt, was geht hier vor?«

»Ich weiß es nicht, Dicker. Aber ich habe das Gefühl, wir sollten uns schleunigst aus dem Staub machen.«

Und das taten sie auch.

47 *Ein bisschen mulmig war mir schon,* schrieb Shim Caratech in ihr Tagebuch, *als Reginald den Mars-Liner 01 in den freien Weltraum hinaussteuerte. Ich meine, das Teil ist zwar luftdicht isoliert und so, wurde ja von den Mars-Kolonisten als Fernreisebus zwischen den ersten, teilweise weit auseinander liegenden Siedlungen verwendet. Aber raumtüchtig ist etwas anderes. Baujahr 2021 Alter Zeitrechnung bitte! Das Vehikel stand Jahrtausende lang im Museum. Und jetzt fliegen wir damit von einem Mond zum anderen …*

Andererseits hätte Shimmi dieses Erlebnis nicht missen wollen. Das war nun wirklich »die Anfänge der Raumfahrt hautnah nachvollziehen«, wie es im Prospekt für den Mars-Rundflug geheißen hatte.

Sie wischte Eisblumen vom Fenster, um besser hinaussehen zu können. Unendlich langsam, wie ihr schien, schoben die uralten Pulsator-Triebwerke sie auf den nächststehenden Mond zu. Die Musik, die aus den Kopfhörern ihrer Haarspange erklang, passte richtig gut dazu. Sie fühlte sich wie in einem Film, in dem sie die Heldin war.

Diese Werkwerft, schrieb Shimmi weiter, *ist viel größer als die, auf der wir den Frachter zurückgelassen haben. Sie sieht aus wie ein riesiger Ball, in den jemand Dutzende flacher Scheiben gesteckt hat. Jede davon, hat Sneber er-*

zählt, durchmisst rund fünfzig Kilometer, verfügt über ein eigenes künstliches Schwerefeld und wurde nach einer anderen Landschaft oder Klimazone gestaltet, damit alle Bewohner unter den jeweils für sie optimalen Umweltbedingungen leben können. Von manchen Ebenen ergießen sich breite Flüsse als gigantische Wasserfälle über den Rand hinab auf die nächste Scheibe. Das Sonnenlicht bricht sich in ihnen, was viele Kilometer hohe Regenbögen ergibt. Wunderschön ist das anzusehen. Unter uns, liebes Tagebuch: Ich bin regelrecht ergriffen.

Mit einem Mal überkam Shimmi eine Ahnung von der Größe des Universums. Dutzende kleiner Scheibenwelten gab es allein auf der zehnten Werkwerft. Wochen und Monate würden vergehen, bevor sie sie alle aufgesucht und besichtigt hätten. Und doch war das nur einer von dreiundzwanzig besiedelten Monden des Riesenplaneten Wrischaila. In nur einem von unzähligen Sonnensystemen, in nur einer von unzähligen Galaxien …

Sie musste eingenickt sein, denn als sie die Augen wieder aufschlug, setzte der Mars-Liner bereits zur Landung an. Unter ihnen breiteten sich schneebedeckte Gebirgszüge aus, die zum Rand der Scheibe hin in sanftes, saftig grünes Hügelland übergingen. Großzügig verstreut lagen Siedlungen und einzelne Häuser – nein, eher Gehöfte, Gutshöfe, Schlösser; viele davon mit einem eigenen kleinen Raumhafen.

»Hm. Diesmal haben wir eindeutig die bessere Gegend erwischt«, sagte Fran. »Soll heißen: Wir wechseln von den Kleinkriminellen zu den großen Verbrechern.«

»Das Idyll trügt mit Sicherheit«, stimmte Perry ihr zu. »Wer kann sich angesichts der beengten Raumsituation, wie wir sie in der elften Werkwerft erlebt haben und wie sie bestimmt auch auf vielen anderen Monden vorherrscht, derart großzügige Landsitze leisten? Wohl nur jemand, der nicht von allzu vielen Skrupeln geplagt wird. Wir müssen hier erst recht höchste Vorsicht an den Tag legen, Freunde.«

Schikago sprang auf Shimmis Schoß und spähte neben ihr aus dem Fenster, wobei sie aufgeregt schnurrte. Wahrscheinlich ahnte sie, dass sie endlich wieder Erdboden unter den Pfoten spüren würde. War aber auch höchste Zeit, dass sie ordentlich Auslauf bekam. Ihr Bäuchlein wurde immer dicker. Shimmis Eltern würden ihr bestimmt Vorwürfe machen, wenn sie die reinrassige, mit einem elend langen Stammbaum ausgestattete Katze als Fettkugel zurückbrachte.

Der Liner schwebte nun über einer Aulandschaft, die von vielen kleinen Bächen durchflossen wurde, auf ein geräumiges Landefeld zu. Etliche Raumschiffe verschiedenster Bauweisen waren hier geparkt. An der Hügelflanke dahinter lag zwischen mächtigen, türkis schimmernden Baumriesen ein Dorf, über dem eine ebenso bizarre wie prachtvolle Burg thronte.

»Weiß Bull eigentlich, wo er uns hinbringt?«, fragte Quart Homphé missmutig.

»Sneber Grax ist bei ihm in der Steuerkanzel«, erinnerte Fran. »Er kennt diesen Ort und behauptet, hier ausnahmsweise willkommen zu sein.«

»Und ihr seid euch sicher, dass ihr dieser im wahrsten Wortsinn schillernden Persönlichkeit vertrauen könnt?«

»Relativ sicher, ja«, beruhigte Perry. Mit der rechten Hand betastete er die frische Narbe in seinem Nacken. Shimmi erschauerte ob der beiläufigen Geschmeidigkeit seiner Bewegungen.

Ein toller Typ. Ein interessanter Typ.

Das antike Vehikel setzte auf der Landebahn auf. Die Vibrationen, die Shimmi schon gar nicht mehr bemerkt hatte, ließen abrupt nach, als Bull die Motoren drosselte. Dann erstarben sie gänzlich. Wenig später kamen Sneber und er aus dem Cockpit.

»Und jetzt?«, fragte Pratton Allgame.

»Jetzt«, antwortete der Yuchte, während sich seine Haut rasend schnell dem neuen Hintergrund anpasste, »jetzt besuchen wir den Schutzpatron der Diebe.«

48 Sie stiegen aus. Alle.

Perry Rhodan hatte mit sich gekämpft, ob sie die »Zivilisten« zur Burg mitnehmen sollten. Aber er konnte Pratton, Quart und Shimmi unmöglich noch länger im Mars-Liner einsperren, nicht inmitten eines derart paradiesischen Umfelds. Außerdem hatte Sneber Grax geschworen, dass sie sich auf sicherem Terrain befanden – zumindest so lange, bis der ominöse Schutzpatron entschieden hatte, wie er mit ihnen verfahren wollte. So oder so bot der Schwebebus keinen Schutz vor Waffen, die über Pfeil und Bogen hinausgingen. Also schärfte Perry den drei unfreiwilligen Gefährten ein, dass sie bedingungslos zusammenbleiben und ihre Augen offen halten sollten. Er kam sich dabei wie der Reiseleiter einer Schülergruppe vor, was ihm ganz und gar nicht behagte. Fehlte nur noch, dass er einen bunten Sonnenschirm vor sich hertrug …

Im Gänsemarsch stiefelten sie quer über das Landefeld und einen gepflegten, blendend weiß geschotterten Weg hügelan. Nervtötend langsam, damit Quart Homphé nicht den Anschluss verlor. Der Bildhauer watschelte, schwitzend und schnaufend, etwa so elegant dahin wie ein Walross. Shimmi Caratech tänzelte im Gegensatz dazu ungeduldig von einem Wegrand zum anderen, wobei sie mit dem kleinen Finger Schikagos Katzenkorb vor sich her stupste, der von einem eingebauten Mini-Antigrav in der Schwebe gehalten wurde. Die blaue Ferrol-Katze war sichtlich nicht damit einverstanden, dass sie noch immer nicht hinausdurfte. Wieder und wieder warf sie sich mit ausgefahrenen Krallen gegen die Kuppel aus foliendünnem, transparentem Kunststoff.

Sie waren schon eine Truppe … Pratton Allgame, in seinem schicken, dandyhaften Seidencape, schlenderte, nein: promenierte leichtfüßig bergauf. Gelegentlich blieb er stehen, um sich zu bücken und affektiert an einer Blume zu riechen. Perry konnte nicht glauben, dass der Mann ganz echt war. Irgendetwas hatte der auf dem Kerbholz. Er musste spüren, dass Rhodan ihn beobachtete. Aber er gab sich weiterhin ungerührt und tat, als bemerke er es nicht. Allein das verriet, dass er mehr war als bloß ein simpler Weinliebhaber.

Ich komme schon noch dahinter, was du verbirgst, mein Lieber. Und das gilt auch für dich, Delinquent Grax.

Der meistens nur an seinem flirrenden Umriss erkennbare Linksberater wieselte trotz der kurzen, unbeschuhten Beinchen flott voran. Er schien dem bevorstehenden Treffen mit dem Schutzpatron der Diebe förmlich entgegenzufiebern. Das immerhin war kein schlechtes Zeichen. Snebers Zuversicht hatte etwas Aufbauendes, Erquickendes.

So wie Bullys und Frans frische Verliebtheit.

Es war Perry nicht entgangen, dass sein Kumpel Reginald, tapsig und unbeholfen wie ein junger Bär, die Nähe der feschen TLD-Agentin suchte und dass diese darüber beileibe nicht unglücklich war. Wann immer sie anhielten, um Quart Homphé aufschließen zu lassen, steckten die beiden, leise scherzend und tuschelnd, die rothaarigen Köpfe zusammen. Sie verstanden sich prächtig.

Obwohl er ihnen dieses unschuldige Glück von Herzen gönnte, machte sich Perry Rhodan Sorgen um sie. Wusste Fran Imith, worauf sich einzulassen sie im Begriff war? Was es in letzter Konsequenz bedeutete, einen Unsterblichen zu lieben?

Bull wurde rein körperlich niemals älter. Nicht um eine Sekunde. Fran aber sehr wohl.

In hundert, hundertfünfzig Jahren ist sie eine alte Frau – Bully hingegen, biologisch gesehen, immer noch exakt derselbe. Wird er sie im Seniorenheim besuchen? Wird er an ihrem Sterbebett sitzen, als äußerlich ganz genau der gleiche Mann im besten Alter, als den sie ihn kennen und lieben gelernt hat? Wird sie ihn dann nicht hassen wegen des Aktivatorchips, den er in seiner Schulter trägt? Falls sie Kinder haben und diese zugegen sind, werden sie wie seine Eltern, Groß- oder Urgroßeltern aussehen …

Das ist der Preis, den wir zahlen.

Immer wieder.

Immer wieder aufs Neue.

In melancholischen Momenten wie diesem fürchtete er, an dem Geschenk, das ihm die Höheren Mächte bereitet hatten, zu ersticken. Er rang nach Atem, sog die würzige, den Geschmack von Ginster und Heidekraut enthaltende Luft tief in seine Lungen. Welche, wie er wusste, dank des Zellaktivators unversehrter waren als bei einem wenige Wochen alten Baby.

Ich wünsche euch viel Glück, Fran und Bully, dachte er. *Alles Glück der Erde – wo oder wann sich unser Blauer Planet auch gerade befinden mag …*

Sie erreichten das Dorf. Es bestand aus Bungalows, die von aufwändig gestalteten Ziergärten umgeben wurden. Von den Bewohnern war nichts zu sehen – bis Perry, weil er ein Geräusch vernommen hatte, nach oben blickte.

Da, in den Kronen der türkisen Bäume, hockten sie und starrten aus pechschwarzen Kulleraugen herab. Eine der Flugechsen sprang los, segelte dreißig, vierzig Meter weit, wobei das Muster ihrer aufgespannten Schuppenhaut farbenprächtig leuchtete, und fing sich geschickt tiefer unten im Geäst.

»Wohin?«, rief sie.

»Zum Schutzpatron«, antwortete Sneber Grax.

»Seid ihr denn Diebe?«

Perry Rhodan entging nicht, dass Pratton Allgame als Einziger so tat, als hätte er diese Frage nicht gehört. Er studierte ein blühendes Schlinggewächs, als sei es das Faszinierendste, das er jemals gesehen hatte.

»Der Dilettant borgt«, entgegnete Sneber vergnügt. »Das Genie stiehlt.«

»Wohl wahr, wohl wahr. Guter Spruch, Kamerad. Von dir?«

»Natürlich nicht!«

Die Flugechse stieß Laute der Erheiterung aus. Dann ließ sie sich wie ein Stein in die Tiefe fallen, entfaltete wenige Meter über ihnen die Flughaut und glitt haarscharf über ihre Köpfe hinweg.

Wobei sie den Katzenkorb mit sich riss.

Shimmi schrie auf: »Schikago! Nein!«

Fran reagierte blitzschnell, sprang hoch, um den Korb zu erhaschen. Doch zu spät. Ihre Fingerspitzen streiften nur noch die Unterkante. Die leuchtend bunt gesprenkelte Echse entschwand, allen Gesetzen der Schwerkraft zum Hohn, im dichten Blattwerk der Baumkrone – und Schikago mit ihr.

»Perry! Tu was!«, kreischte Shimmi.

»Kein Grund zur Aufgeregtheit«, versuchte Sneber Grax zu beschwichtigen. »Der Schutzpatron nimmt iiimmer ein Pfand, das ist hier so übelich.«

»Ein *Pfand*? Meine Schikago?«

»Sei unbesorgt, dem Tiiierchen wird nichts passieren.«

Sollten sie versuchen, den Katzenkorb mit Gewalt zurückzuholen? Perry entschied sich dagegen. Letztlich kamen sie als Bittsteller. Sich gleich einmal mit einer bewaffneten Auseinandersetzung einzuführen war bestimmt keine gute Idee.

Es gelang ihm, die hysterische Shimmi einigermaßen zu beruhigen, wobei er relativ schamlos ausnutzte, dass ihn das Mädchen unverkennbar anhimmelte.

Dennoch musste er seine ganze Überzeugungskraft aufwenden. Bei Schikago hörte für Shim Caratech der Spaß auf. Sie kämpfte hart mit den Tränen. Dass ihre Katze entführt worden war, erschütterte sie mehr als alles Vorhergehende. Erst jetzt schien sie zu realisieren, in welch prekärer Lage sie steckten – obwohl Shimmi selbst, seit sie in die Zukunft verschlagen worden waren, schon mehrfach in höchster Lebensgefahr geschwebt war!

So sind wir Menschen nun mal … Logik, Objektivität und rationales Denken waren noch nie unsere Stärken.

Sie gingen weiter. Perry hätte gern tröstlich den Arm um Shimmis Schulter gelegt, aber er fürchtete, sie könnte diese Geste missverstehen. Je näher sie der Burg auf dem Hügel kamen, desto gewaltiger erschien sie ihnen, gerade weil die einzelnen Elemente so fragil ausgeführt waren. Nicht Stein noch Stahl hielten sie zusammen, sondern Antischwerkraft und kunstvoll arrangierte organische Teile. Wie aus Zuckerfäden gesponnen, ragte die Burg vor ihnen auf. Kein Türmchen, kein Erker, kein Fenster glich einem anderen; jeder Söller, jede Zinne, ja jeder Mauerstein schien ein Unikat zu sein.

»Alles gestohlen«, flüsterte Sneber Grax ehrfürchtig. »Aus der ganzen Galaxis Vaaligo, von hunderten verschiedenen Planeten. Ist sie nicht unbeschreibelich schön?«

»Unbeschreiblich schon«, brummte Quart Homphé. »Was die ästhetische Qualität betrifft, muss ich leider passen. Etwas derart grauenvoll stillos Zusammengekleistertes ist mir nicht einmal bei den gefürchteten Töpfernden Hausfrauen von Makra-Mäh untergekommen.«

Gut zweihundert Meter über ihnen schwebte die bunte Flugechse, Schikagos Katzenkorb in den Krallen, auf einen der höchsten Türme zu. Sie keckerte spöttisch, bevor sie in einer Schießscharte verschwand. Shimmi schniefte leise.

Die beiden unterschiedlichen Flügel des Eingangstores schwangen auf. Niemand war zu sehen, aber Perry zweifelte nicht daran, dass sie aufs Genaueste beobachtet wurden.

»Wir müssen zum Audienzsaal«, rief Sneber Grax. »Miiir nach!«

Durch eine mehrstöckige Eingangshalle gelangten sie in einen gut acht Meter breiten Wandelgang. Beide wirkten überfüllt. Überall standen ungeheuerliche Mengen von Möbeln, Artefakten und Gerätschaften.

»Ich nehme an, alles Diebsgut?«, fragte Perry.

»Natüüürlich. Was für eine ketzerische Frage! Sei bloß froh, dass der Schutzpatron das nicht gehört hat, mein Freund.«

Früher, in Perrys Jugend, hatte es auf Terra so genannte Floh- oder Kofferraum-Märkte gegeben. Allein mit dem, was sie bisher gesehen hatten, hätte der Schutzpatron der Diebe Dutzende davon bestreiten können. Jeder Trödler oder, vornehmer ausgedrückt: Antiquitätenhändler wäre vor Neid erblasst.

Am Eingang zum Audienzsaal stellten sich ihnen vier Wächter entgegen. Auf ihren gedrungenen Körpern saßen flache Köpfe, nach hinten gezogen, sodass das Gewicht der gut einen halben Meter langen, schmalen Mundpartien ausgeglichen wurde.

»Wer seid ihr, und was bringt ihr dem Schutzpatron?«, knurrte einer der Kaimanköpfigen.

»Ich bin der hierorts wohlbekannte Linksbeistand Sneeeber Grax«, antwortete dieser feierlich, »und jene sechs von mir bestens Beratenen bringen dem Schutzpatron der Diebe Aussicht auf reichelichen Gewinn. Doch das weiß er ohnehin bereits, also mach voran, Icor!«

Der Wächter trat zur Seite. »Ihr könnt passieren. – Übrigens, Sneber«, raunte er vertraulich, »diese Lebensversicherung, die du mir vermittelt hast, du weißt schon, für den Fall eines plötzlichen Kältetods des Universums ...«

»Leiiider bin ich heute sehr in Eile, Icor. Ich erklär's dir ein andermal, ja?«

Der Yuchte huschte durch die Doppeltür. Die Übrigen folgten ihm, Quart Homphé wie immer als Letzter.

»Kältetod des Universums?«, fragte Perry amüsiert, als er Sneber eingeholt hatte. Auch der Audienzsaal war mit Beutestücken vollgerammelt. Nur ein schmaler, in Serpentinen verlaufender Pfad war frei geblieben.

»Nun, für euch Warmblüter mag diese Vorstellung nicht ganz so grässelich sein, aber für unsereins ... Und die im Versicherungsfall sofort fällige Summe ist unglauuublich hoch ...«

»Nur, dass niemand mehr da sein wird, um sie auszuzahlen oder in Empfang zu nehmen.«

»Soll das heißen, du bist eeeher nicht interessiert?«

Perry wurde einer Antwort enthoben, denn in dem Dschungel aus Kunstgegenständen, Mobiliar und technischen Geräten öffnete sich eine Lichtung. Dort hockte, auf einer einfachen, schmucklosen Stange, der Schutzpatron der Diebe.

8 *Aug in Aug*

49 »Nein! Das kann nicht ... Ihr dürft nicht ...«

DU WILLST MIR VORSCHREIBEN, WAS ICH KANN ODER WIR DÜRFEN?

Während er las, entzündete Ter-Gün-Madian mit fliegenden Fingern einen Glimmstängel. Steckte ihn in den Mund. Bemerkte, dass dort bereits einer war. Warf beide ins Wasser, wo sie zischend verloschen.

»Nein, natürlich nicht«, beeilte er sich zu versichern. »Es ist nur ... Ich kann fast nicht mehr denken vor lauter Sorge um ...«

Er stockte, weil neue Schriftzeichen auf dem Bildschirm erschienen.

ERSPAR MIR DEIN GEFLENNE, ADVOKATUS. ICH STEHE SELBST UNTER HÖCHSTEM ZEITDRUCK. ICH HABE AUF DICH GESETZT, DEINER INTUITION VERTRAUT, ALLE ANDEREN BEMÜHUNGEN ZURÜCKGESTELLT.

»Und zu Recht!«, rief Ter-Gün-Madian eifrig, »völlig zu Recht. Du weißt ja, dass ich die beiden Nodronoiden bei ihrem ersten Transmitterdurchgang, bevor sie in meine Kanzlei kamen, scannen ließ. Inzwischen habe ich die Auswertungen erhalten. Die Ergebnisse sind sensationell. Der Wortführer ist definitiv kein Normalsterblicher. Er trägt ein Implantat, das Produkt einer weit überlegenen Technologie, und ihm haftet eine unerklärliche, höherdimensionale Aura an. Er könnte«, Madian schluckte, »er könnte Der Eine sein.«

UND DU HAST IHN VERLOREN. ER IST DIR ENTWISCHT. WAS EBENFALLS FÜR IHN SPRICHT – ABER GEGEN DICH.

»Ich finde ihn wieder. Bestimmt!«

DU SOLLTEST DICH GEFÄLLIGST BEEILEN, SONST ...!!!

Ter-Gün-Madian spürte, wie eine eisige Hand über seine Rückenflosse strich. »Kannst du mir nicht wenigstens sagen, ob sie wohlauf ist?«, bat er flehentlich. »Ob die Behandlung anschlägt ... ein Wort nur, ein einziges Wort. Bitte.«

ICH WIEDERHOLE: WENN DU DIESE LEUTE NICHT BINNEN ZEHN ZEITEINHEITEN ERNEUT LOKALISIERT HAST, GEBE ICH ANWEISUNG, DIE BEHANDLUNG EINZUSTELLEN.

»Ich setze alles ein, was ich habe«, wimmerte der Advokatus, »all meinen Reichtum, meine Verbindungen. Hunderte sind in meinem Auftrag unterwegs. Die Suche erstreckt sich über so gut wie alle Werkwerften. Es ist nur eine Frage der ...«

Zeit, hatte er sagen wollen. Doch er bemerkte, dass ihm längst niemand mehr zuhörte.

Zehn Einheiten ... Er tauchte unter, bis auf den Grund des Beckens. Ihn fror. Dabei hatte er die Wassertemperatur schon viel weiter angehoben, als es seiner Gesundheit auf Dauer zuträglich war. Aber um seine Gesundheit ging es nicht, nicht um seine.

Das Einzige, was ihn davon abhielt, sich der Schwermutsschlucht hinzugeben, befand sich in ihrer Gewalt, an einem Ort, der selbst ihm unzugänglich war.

Sein Herzblut, sein Augenstern. Sein Ein und Alles.

Seine Tochter.

50 »Ein hübsches Mädchen. Und so gut erzogen. Mein Auge ruht mit Wohlgefallen auf ihr. Ich nehme an, sie wird in den Sitten und Gebräuchen der Alten Clans unterwiesen?«

»Ja, Son'Trokete. Selbstverständlich. Wie alle meine Kinder. Wir ... äh ... halten die Tradition hoch.«

Varrn Vardak zwirbelte seinen Schnurrbart und grinste in sich hinein. Er weidete sich an dem Schauspiel, bei dem eindeutig Mokoefa die lächerliche Figur abgab. Der so genannte Attaché verstand genau, was ihm Axx Cokroide zwischen den Zeilen mitteilen wollte.

Wenn du nicht spurst, mache ich von meinem Recht als Clansoberhaupt Gebrauch und hole mir deine jüngste Tochter in mein Bett.

Die Kleine, die mit gesenktem Kopf am Weibertisch saß, war noch nicht lang in der Pubertät. Sie tat, als merke sie nicht, dass die Männer über sie sprachen. Ihre Arme hielt sie über den kaum entwickelten Brüsten verschränkt.

Knusprig, dachte Varrn. *Wenn auch ein wenig gar jung.*

Für ihre Familie stellte es gewissermaßen eine Ehre dar, wenn sich Cokroide ihrer annahm. Ob es ihr selbst gefallen würde, stand freilich auf einem anderen Blatt. Aber wer fragte danach?

Mokoefas Stimme zitterte. »Wir sind bemüht, dich in jeder Hinsicht zufrieden zu stellen, Son'Trokete. Immerhin konnten wir den Frachter, den du suchst, ausfindig machen. Er befindet sich auf der elften Werkwerft. Doch scheint er von seiner Besatzung verlassen worden zu sein.«

Varrn Vardak spürte, wie ihm das Blut in den Kopf schoss. Sein Schiff!

»Immerhin«, sagte Axx Cokroide kalt. »Ein Teilerfolg. Das wurde auch Zeit, Mokoefa. Obzwar mir die Insassen bedeutend wichtiger sind, wie ich, glaube ich, bereits mehrfach betont habe. Ist das klar? Hast du mich verstanden? Oder geht das nicht in deinen dicken, geschorenen Schädel hinein?«

»Wir arbeiten daran. Bi-bitte hab noch ein wenig Geduld, Botschafter Cokroide. Das Werftwerk von Wrischaila ist riesig, kaum zu überblicken.«

»Jaja. Wirklich, ein hübsches Mädchen. Findest du nicht auch, Are'Nos Sulcatob?«

Die Feuerleitoffizierin, die als einzige Frau am Männertisch Platz genommen hatte, bejahte kurz angebunden. Sie wirkte blasser als sonst. Von ihrer üblichen Aufmüpfigkeit war wenig zu bemerken. Nun, vielleicht hatte sie die Regel, oder ein anderes Weiberleiden. Oder Cokroide hatte der Wichtigtuerin endlich gezeigt, wer hier der Herr war.

»Wie auch immer. Wir brechen unverzüglich auf, um uns den Frachter genauer anzusehen. Bis wir zurück sind, weiß Mokoefa sicherlich bereits, wohin das Kaperkommando ausgeflogen ist, nicht wahr?«

»Ge-gewiss, Son'Trokete.«

Mit einem feinen Lächeln auf den Lippen erhob sich Axx Cokroide und verließ den Tisch. Als er bei der jüngsten Tochter des Attachés vorbeikam, beugte er sich hinab, strich ihr über den Kopf und kniff sie spielerisch in die Wange.

»Ein richtiger Engel«, sagte er. »Ein richtiger Engel.«

51 Seine Flügel schimmerten silbern. Der langgezogene, von einer schwarzen, mumifiziert wirkenden Lederhaut umspannte Schädel erinnerte an den eines Flugsauriers. Wenn er sprach, wurden zwei Reihen nadelspitzer, gelblicher Zähne sichtbar.

»Sneber Grax«, sagte der Schutzpatron der Diebe mit brüchiger, doch durchdringender Fistelstimme. »Ich grüße dich und hoffe, du besitzt einen guten Grund, meine Kreise zu stören. Oder willst du endgültig auch den letzten Gönner, den du in Wrischaila hast, aufbringen gegen dich?«

»Keiiineswegs, o Erhabener, keiiineswegs!«

»Wir werden sehen. Wer sind deine Begleiter? Was führt sie zu mir?«

Während der Yuchte sie vorstellte und ihr Anliegen unterbreitete, hielt sich Shimmi Caratech nur mit allergrößter Selbstbeherrschung im Zaum. Am liebsten wäre sie vorgestürmt und hätte dem alten Flatterich die Meinung gegeigt. Was er sich einbildete, fremder Leute Katzen zu klauen, und so weiter. Doch sie hatte Perry Rhodan versprochen, sich einzubremsen, und das tat sie auch. Wenngleich sie innerlich vor Wut kochte.

»Ein Schiff verkaufen, ein anderes erwerben. Hm.« Der Schutzpatron verlagerte sein Gewicht auf der Stange. Dabei ertönten knisternde und raschelnde Geräusche, die Shimmi eine Gänsehaut verursachten.

»Keine besonders schwierige Übung. Jedoch, selbst eine großzügige Provision vorausgesetzt – warum sollte ich das tun? Der Schutzpatron hilft, wie auf allen Werkwerften bekannt, ausschließlich Dieben. Du hingegen, Sneber Grax, bist ein Betrüger, ein Blender und Bauernfänger. Aber kein Dieb.«

»Den Frachter«, warf Perry Rhodan ein, »haben wir, wenn man so will, gestohlen.«

Ruckartig fuhr der Schädel des Flugsauriers herum. Seine Augen funkelten. »Nein. Wähle deine Worte mit Bedacht, Fremder, sofern du nicht für einen Dummkopf und Schwätzer gehalten werden willst. Ihr habt dieses Schiff seiner ursprünglichen Besatzung mit Gewalt abgenommen, es also geraubt. Das macht einen erheblichen Unterschied.«

»Na komm«, sagte Bully. »Wir sind nicht hier, um über gespaltene Haarspitzen zu debattieren.«

Der Schutzpatron stieß einen hohen Pfiff aus. »Dreistigkeit, wo sich Respekt geziemt! Dreistigkeit! Das mir?«

»Gemach, gemaaach, Erhabener!«, rief Sneber hastig. »Wir wollen nicht jedes Wort von denen auf die Goldwaage legen, oder? Sie sind ganzelich neu hier, kennen sich nicht aus, haben keine farblose Ahnung ...«

»Schweig, Yuchte!«

Shimmi biss sich auf die Unterlippe. Das Gespräch stand auf des Messers

Schneide, das fühlte sie trotz ihrer jugendlichen Unerfahrenheit. Schikagos und vielleicht ihrer aller Schicksal hing an einem seidenen Faden.

»Räuber«, fauchte das greise, saurierhafte Wesen erbost. Knisternd und raschelnd breitete es seine Schwingen aus. »Räuber bringst du vor mein Angesicht, Sneber Grax, freche Räuber, doch keine Diebe. Es herrschen klare Regeln unter den Baronien dieser Werkwerft, das weißt du wohl. Wer seinen Prinzipien untreu wird, zeigt Schwäche; wer schwach ist, fällt Stärkeren zur Beute. Echse frisst Echse in Wrischaila. Manch einer meiner Nachbarn spielt seit langem mit dem Gedanken, dieses mein Reich in seines einzugliedern. Alt ist er und müde, tuscheln sie, jener, der sich Schutzpatron der Diebe nennt. Die Fäden entgleiten ihm, nicht mehr vermag er die Zügel in seiner Hand zu halten streng wie ehedem. Lasst uns ihm zu Hilfe eilen, ihm die Verantwortung freundlich abnehmen. So, wird mir zugetragen, reden sie. Und da verlangst du, ich soll einfach darüber hinwegsehen, dass vor mir allerhand Gesindel steht, jedoch kein einziger Dieb?«

Die sechs Terraner blickten einander verstohlen an, während sie diese Tirade über sich ergehen ließen. Quart Homphé drückte sich ängstlich zwischen zwei Skulpturen. Fran Imith runzelte die Stirn. Reginald Bull zuckte mit den Achseln. Perry Rhodan rieb die apart weißlich verfärbte Narbe auf seiner Nase.

Und Pratton Allgame trat vor, nachdem der Schutzpatron geendet hatte.

»Ich«, sagte er mit klarer Stimme, eine Verbeugung andeutend, »bin ein Dieb.«

52 »Noch einer spricht«, stellte der Schutzpatron fest. »Noch mehr dreiste Lügen, noch weniger Respekt. Ich rufe jetzt die Wachen.«

»Warte.« Pratton Allgame hielt dem stechenden Blick des Flugsauriers stand, ohne zu blinzeln. »Ich bin ein Dieb, und kein schlechter. Ich kann es beweisen.«

Er holte der Reihe nach mehrere Gegenstände unter seinem Cape hervor und erklärte dabei: »Das ist der Codegeber für eine der Raumyachten auf dem Landefeld. Er steckte in der Halterung, und die Stelle liegt im toten Winkel deiner Überwachungskameras, da konnte ich nicht widerstehen. – Die kleine Gipsfigur hier stammt aus dem Vorgarten eines der Bungalows im Dorf. – Vom Kaminsims in der Eingangshalle deiner Burg habe ich diese hübsche Kristallvase genommen; der Bewegungsmelder und die Lichtschranke lassen sich sehr leicht überlisten, die solltest du vielleicht einmal bei Gelegenheit nachjustieren. – Der Talisman und die Halskette schließlich gehören den beiden Wächtern an der linken Seite der Eingangstür. – Nun, bist du mein Schutzpatron oder nicht?«

Fran Imith schloss ganz langsam den Mund, der ihr vor Staunen offen geblieben war. Sie glaubte zu träumen. Pratton Allgame, der Weinbauer und Lebemann – ein Dieb?

Ein Bild stand plötzlich vor ihrem geistigen Auge, das Porträt eines der meistgesuchten Kriminellen der letzten Jahrzehnte. Die feinen Härchen auf ihrem Handrücken richteten sich auf.

Das Phantom von Terrania!, durchzuckte sie die Erkenntnis. Wenn sie sich den Schnurr- und Kinnbart im Fahndungsholo wegdachte, eine andere Haartracht und -farbe vorstellte, dazu braune Augen statt der strahlend blauen … Klar, dann bekam sie Allgame, wie er leibte und lebte.

Pratton, der angebliche Önologe, war niemand anders als der geschickteste Einbrecher der Erde. Eben jenes Phantom von Terrania, das die Reichen und Schönen der Welthauptstadt zwölf Jahre lang in Atem gehalten hatte, und die Ordnungshüter erst recht. Sogar der TLD war schließlich hinzugezogen worden, weil manche den Meisterdieb im Verdacht gehabt hatten, über parapsychische Fähigkeiten zu verfügen.

Das Phantom wurde schließlich doch gefasst und in eine Resozialisierungsanstalt verbracht. Das war vor … vier Jahren, genau.

Mhm. Bei guter Führung konnte das hinkommen. Und dass Pratton mit seiner Eloquenz, seinen perfekten Manieren und seinem unwiderstehlichen Charme nach der Mindestzeit wieder freigekommen war, daran zweifelte Fran nicht im Geringsten.

Auch der Schutzpatron wirkte beeindruckt. Lange Zeit hatte er sein Gegenüber schweigend gemustert. Nun krächzte er: »Mich deucht, deine Begleiter sind ebenfalls überrascht. Sogar Sneber Grax hat es die Rede verschlagen.«

»Sie wussten nichts davon. – Ich bitte um Vergebung, Freunde«, sagte Pratton, an die anderen gewandt. »Ich werde später alles aufklären.«

»Jedenfalls hast du nun deinen Dieb, Schutzpatron«, führte Perry ohne Umschweife wieder zum Thema zurück.

»In der Tat. Und er hat unserer Zunft alle Ehre gemacht. Hast du mich und meine Leute bestohlen aus Habgier, aus Lust oder in weiser Voraussicht, Pratton Allgame?«

»Sagen wir … für alle Fälle. Ich hatte so eine Ahnung, dass Beweise erforderlich sein könnten, falls ich mich zu erkennen geben sollte. Also habe ich auf gut Glück an mich gebracht, was sich im Vorbeigehen unauffällig erledigen ließ. Hätte sich diese Maßnahme als unnötig herausgestellt, hätte ich auf dem Rückweg alles wieder retourniert. Habgier war keine dabei. Ich gestehe jedoch, dass es mir nicht wenig Spaß bereitet hat.«

Er bewegte seine Finger in einem raschen, komplizierten Muster. Eine Glaskugel erschien wie aus dem Nichts, tanzte über die Fingerspitzen, verschwand, um sogleich in der anderen Hand wieder aufzutauchen. Shimmi klatschte Beifall, verstummte aber abrupt, nachdem ihr Fran einen strafenden Blick zugeworfen hatte.

»Es ist Brauch«, sagte der uralte Archäopterix, »dem Schutzpatron der Diebe ein Geschenk zu überreichen, so man ihn um eine Gefälligkeit bittet. Der Wert spielt keine Rolle, doch sollte es originell sein. Und gestohlen, versteht sich.«

»Diiies war meinen Klienten nicht bekannt«, fiepte Sneber Grax. »Ich ersuche um Nachsichtigkeit. Wir werden alsbald …«

»Pardon, mein Freund«, unterbrach Pratton den Linksbeistand. »Ohne mir darauf etwas einzubilden – auch an dergleichen habe ich gedacht.« Abermals griff er in sein Cape. »Dies ist ein einfaches Messgerät, praktisch wertlos, doch sehr alt. Es stammt aus ferner Vergangenheit und stellt in gewisser Weise eine Reliquie dar.«

Bullys Hand war reflexartig zum Werkzeuggürtel gefahren, den er um die Hüfte trug. Pratton warf ihm einen entschuldigenden Blick zu, während er das Mars-Thermometer dem Schutzpatron hinhielt. Der ergriff es und sagte trocken: »Danke.«

Damit war das Vorgeplänkel abgeschlossen, dem Zeremoniell Genüge getan. Auf ein Zeichen des Flugsauriers schwebte der Korb mit Schikago von der Decke hernieder. Überglücklich nahm Shimmi ihn in Empfang. Den schmachtenden Augenaufschlag, mit dem sie Pratton bedachte, hatte sie bislang ausschließlich für Perry reserviert.

Dann kamen sie zum Geschäftlichen.

53 Endlich!

Mehr als acht Zeiteinheiten waren vergangen, als die frohe Botschaft bei Ter-Gün-Madian eintraf. Unverzüglich sandte er einen gerafften Funkimpuls an seinen Auftraggeber. Vor Nervosität rauchte er Kette, bis er Antwort erhielt, obwohl sein Rachen und seine Luftröhre bereits von den unzähligen Glimmstängeln brannten.

DU HAST SIE WIEDERGEFUNDEN?

»Ja.« Er räusperte sich, bekam einen Hustenanfall, spuckte Blut.

Egal. »Kein Zweifel möglich«, versicherte er dem Unsichtbaren, nachdem er sich wieder gefangen hatte. »Einer der geheimsten, exklusivsten Schwarzmarkt-Ringe bietet den Frachter zum Kauf an. In einem hochgradig verschlüsselten vaarsonischen Briefkasten, aber ich konnte meine Kontakte spielen lassen.«

Und seine Calculs. Einen Spitzel in das auf vielen Monden aktive, fein gesponnene Netzwerk des legendären Schutzpatrons der Diebe einzuschleusen hatte Unsummen an Bestechungsgeld verschlungen.

»Wenn die Aktion erfolgreich abläuft … Wenn du die Fremden fängst und sich bewahrheitet, dass ihr Anführer Der Eine ist … Darf ich meine Ler-Loy dann sehen? Nimmst du mich mit zu ihr?«

VIELLEICHT.

Nur dies eine, nichtssagende Wort. Und doch zersprang ihm fast das Herz im Leibe. Er schlängelte unkontrolliert, wühlte das Wasser auf. Ein winziger Hoffnungsschimmer, fern, fern am Horizont … Ter-Gün-Madian beruhigte sich, ermahnte sich zur Besonnenheit.

»Es gibt, berichtet mein Gewährsmann, auch bereits Interessenten für das nodronische Schiff. Du solltest also schnell zuschlagen.«

DAS LASS MEINE SORGE SEIN. WO FINDEN DIE VERKAUFSVERHANDLUNGEN STATT?

54 Im größten Güterterminal der zehnten Werkwerft herrschte fast so viel Betriebsamkeit wie am zentralen Frachthafen von Nodro. Allerdings lief dort alles überschaubar, straff organisiert und mit militärischer Präzision ab, während hier das blanke Chaos ausgebrochen war.

»Infernalische Zustände«, sprach Axx Cokroide aus, was alle an Bord des Beiboots dachten. »Keine Ordnung. Nur Durcheinander und Anarchie. Abstoßend.«

»Meine Rede«, versuchte sich Mokoefa wieder einmal bei seinem Clanchef einzuschleimen. »Andererseits ein schönes Beispiel dafür, wie dringend diese Galaxis die starke Hand des nodronischen Empire und der Zwillingsgötzen braucht.«

Cokroide, der das Beiboot pilotierte, lachte humorlos. »So patriotisch, Attaché, auf einmal? Aber ich kann dich beruhigen. Schon in naher Zukunft wird Wrischaila eine Fußnote der Geschichte sein, wie auch viele andere dieser Relikte aus dunklen, führerlosen Zeiten.«

Allein beim Klang seiner Stimme drohte Pelmid das Essen hochzukommen. Wie sie diese Arroganz, diese Präpotenz, diese impertinente Selbstverliebtheit hasste!

Einmal zahle ich dir zurück, was du mir angetan hast, Axx Cokroide. Glaub nicht, dass du mich zerbrochen hast. Angeknackst, ja. Aber ich bin zäh, ich werde darüber hinwegkommen. Die Wunden, die du mir zugefügt hast, heilen. Dein Brandzeichen wird mit der Zeit verblassen. Letztlich werde ich sogar gestärkt aus alldem hervorgehen. Und dann, wenn du nicht mehr damit rechnest, werde ich Vergeltung üben. Mit Zins und Zinseszins – und wenn ich nur noch dafür lebe, für nichts anderes sonst.

Sie bemerkte, dass Varrn Vardak sie angaffte, und hob kühl lächelnd eine Augenbraue. Der Are'Imga senkte den Blick.

Die Untersuchung seines Frachters hatte erwartungsgemäß wenig eingebracht. Die Vögel waren ausgeflogen, und ihr seltsames Fluggerät hatten sie mitgenommen. Vardak hatte dafür plädiert, das Schiff sicherzustellen, und sich deswegen prompt eine gewaltige Kopfwäsche von Cokroide eingehandelt. Idiot! Abgesehen davon, dass das hier nicht so einfach war – der Feind hätte gewiss Wind davon bekommen, wenn sie den Frachter für sich beansprucht hätten. Diesbezüglich zumindest war Pelmid einer Meinung mit dem Son'Trokete: Die Fremden durften keinesfalls aufgescheucht werden. Sie sollten sich in Sicherheit wiegen und erst bemerken, wie nahe ihre Verfolger ihnen waren, wenn sich die Würgschnur um ihren Hals zugezogen hatte.

Mokoefa erledigte die Formalitäten, während sie zur Landung ansetzten. »Übrigens, Are'Imga Vardak«, wandte sich Cokroide wie beiläufig an den Frachtschiffer: »Ich nehme an, du bist dir im Klaren darüber, dass du und deine beiden Matrosen ihr Äußeres verändern müssen?«

»Äh ... jetzt, wo du es sagst ...«

»Unsere Gegenspieler hatten bereits das Vergnügen, deines edlen Antlitzes ansichtig zu werden, mein Bester«, erinnerte der Botschafter freundlich, fast sanft. »Wir wollen doch nicht, dass sie dich erkennen und im letzten Moment noch Verdacht schöpfen, oder?«

»Nein, nein, logisch, ja freilich. Obwohl, ich dachte, wir verwenden Deflektoren ...?«

»Ich weiß nicht, wie es dir geht, du Leuchtfeuer der nodronischen Intelligenz – ich für meinen Teil würde mit Unsichtbaren keine vertraulichen Geschäfte abwickeln.«

»Aaah ja. Du meinst, ich sollte eine Maske ...«

Schlagartig war alle gespielte Freundlichkeit in Cokroides Miene wie weggewischt. »Wenn du dir nicht sofort deinen lachhaften Schnurrbart wegschneidest, Kapitän«, zischte er leise, aber mit der Schärfe eines Rasiermessers, »übernehme ich das für dich. Und zwar damit.«

Seine Rechte streichelte die Peitsche von Nodro.

Es erheiterte Pelmid, mit anzusehen, wie Varrn Vardak das Gesicht einschlief. Er rang nach Worten. Die langen, aufgezwirbelten Bartspitzen waren sein ganzer Stolz. Mehr als einmal hatte er damit geprahlt, Preise dafür gewonnen zu haben, bei irgendwelchen Konventen, wo sich tausende gleichgesinnter Narren an einem riesigen Lagerfeuer versammelten, um den größten Trottel von allen zu wählen. Viele Jahre lang pflegte und trimmte er die paar Gesichtshaare schon. Und nun sollte er sie abschneiden!

Garantiert hätte es ein falscher Vollbart, wie ihn sich Mozz und Wlenko umhängten, ebenso gut getan. Aber Axx Cokroide liebte es, seine Untergebenen auf perfide Weise zu schikanieren, sie zu demütigen; gerade dann, wenn sie es am wenigsten erwarteten. Genau so hatte er es mit Mokoefa gemacht, und nicht zuletzt mit Pelmid selbst.

Wie ein geprügelter Hund schlurfte Varrn Vardak in die Hygienezelle. Als er zurückkehrte, seiner Manneszierde beraubt, hatte Axx Cokroide das Beiboot bereits aufgesetzt.

Pelmid Sulcatob ergriff den Koffer, der das zerlegte Scharfschützengewehr enthielt.

Noch vor dem Son'Trokete trat sie durch die Ausstiegsluke.

55 Es schneite. Dicke Flocken fielen aus dem düsteren, von dunkelgrauen Wolken verhangenen Himmel auf das Areal des riesigen Weltraumbahnhofs, sanken zu Boden und wurden von den Turbulenzen, die die startenden und landenden Schiffe verursachten, wieder aufgewirbelt. So dicht war das Schneegestöber manchmal, dass Quart Homphé nur wenige Meter weit sehen konnte, egal ob mit oder ohne Brille.

Da erschafft man mit viel Mühe und technischem Aufwand eine künstliche Atmosphäre, dachte er verdrießlich, während er hinter den anderen hertrottete, *um dann darin ein derartiges Sauwetter zu veranstalten. Die spinnen hier, alle miteinander.*

Laut Icor, dem Wächter mit dem Kaiman-Gebiss, den der Schutzpatron der Diebe zu ihrer Unterstützung abgestellt hatte, lag die permanente Kälte in den geringeren Frischhalte-Kosten für leicht verderbliche Güter begründet. Quart hielt das für Quatsch. Wahrscheinlich sollte das miese Wetter nur die Händler dazu bringen, sich auf den teuren Scheiben-Habitaten anzusiedeln, wo für deutlich angenehmeres Klima gesorgt wurde.

Er verabscheute es zutiefst, wie hier alle nur darauf aus waren, anderen das Geld aus der Tasche zu ziehen. Ach, er verabscheute das ganze Werftwerk, diese ganze Galaxis, diese ganze blöde Zukunft, in der die Kunst einen so geringen Stellenwert einnahm. Der Schutzpatron umgab sich zwar mit einer Fülle von Objekten. Doch seine Sammlung verdiente diese Bezeichnung in keinster Weise. Ein wahllos angehäufter Hort, eine ohne jeglichen Geschmack oder Respekt vor den jeweiligen Künstlern aufgeschüttete Halde war das; in Quarts Augen ein ekelerregender Ramschladen, mehr nicht.

Er hätte nie gedacht, dass er sich jemals so sehr nach Terrania zurücksehnen würde, trotz der Dummheit des Publikums, die nur noch von der Ignoranz der Kulturkritiker übertroffen wurde. Dennoch: Jahre seines Lebens hätte er dafür gegeben, jetzt in einem Café am Atlan Boulevard sitzen zu können. Bei schlechter Luft, schlechter Beleuchtung, schlechten Bildern an den Wänden, schlechter Musik, schlechtem Essen sowie schlecht eingeschenkten Getränken die schlechthin haarsträubenden Theorien schlecht gekleideter – und auch nicht besonders gut riechender – Möchtegern-Maestros über sich ergehen zu lassen erschien ihm nachgerade wie das Paradies.

Hier hingegen kamen sie an Kaschemmen vorbei, in denen nicht einmal ein seit Tagen hungernder Ertruser etwas angerührt hätte. Manche der Verköstigungsbetriebe bestanden im Wesentlichen aus einer Rampe, über die eine Art Gabelstapler schwebte, welcher seiner Kundschaft undefinierbare Getränke und ebensolche Speisen auf rohen Paletten hinknallte. Die aus verschiedensten Echsenvölkern und wenigen Insektoiden rekrutierten Stauer und sonstigen Raumhafenarbeiter störten sich offensichtlich nicht daran. Sie schlürften die Flüssigkeiten aus flachen Schüsseln und fraßen die Festnahrung mit bloßen Händen. Wenn sie das Zeug nicht überhaupt mit langen, klebrigen Zungen in ihr Maul beförderten.

Was hatte er, Quartodezimus Filidor Edlervon Homphé, bloß hier verloren – außer inzwischen die Orientierung?

Nach einer langen Zeit des Frierens und Dahinstapfens erreichten sie ein Gelände, verlassener und trostloser als alles, was Quart je gesehen hatte. Sogar der Bergbau-Asteroid Laeioubm hatte im Vergleich dazu vor Leben pulsiert.

»Diiiese Sektoren sind für deeerlei Geschäftsanbahnungen sehr beliebt«, quiekte Sneber Grax, zwanghaft fröhlich wie immer. »Es ist nicht mehr weit, wir sind gleiiich da, meine Freunde.«

Jaja. Stapf, stapf, frier.

»Ein idealer Ort, den unser Schutzpatron euch besorgt hat«, prahlte Icor wenig später. Sie hatten in einem Durchgang zwischen zwei Gebäuden angehalten und blickten auf eine große Freifläche hinaus. Wegen des heftigen Schneetreibens konnte Quart nicht viel erkennen. Der leere Platz mochte ungefähr so groß wie ein Fußballfeld sein, vielleicht etwas kleiner. Er wurde von hohen, fensterlosen Stahlwänden umgeben. Einige wenige massive, zusätzlich mit schweren Gittern und Riegeln verbarrikadierte Tore ließen sich im grell-orangen Schein großer Flutlichtanlagen ausmachen.

»Es gibt nur zwei Zugänge«, erklärte der Kaimanköpfige, »diesen und den gegenüberliegenden. Die Hintereingänge der umliegenden Hangars und Lagerhallen werden nicht benutzt und sind versperrt. Es ist also keiner Partei möglich, entgegen den Abmachungen überraschend zusätzliche Fußtruppen einzuschleusen.«

Links und rechts des schmalen Durchgangs schwebten je drei klobige, bedrohlich summende, pyramidenförmige Kampfroboter mit zahlreichen Kameraaugen. Sie gehörten dem Hehler, von dem der Schutzpatron diesen sterilen, unwirtlichen Ort gemietet hatte, und stellten sicher, dass nur die mit der Gegenseite vereinbarte Anzahl von Personen Zutritt erhielt. Vorhin hatten die Terraner eine Art rötlicher Nebelwand durchschritten, die aus feinen, öligen

Tröpfchen gebildet wurde und den Einsatz von Deflektoren verunmöglichen sollte.

»Die Roboter würden den Umriss eines Unsichtbaren wahrnehmen. Ganz schön ausgetüftelt«, sagte Reginald Bull. »Was findet hier gewöhnlich statt? Geiselübergaben?«

»Auch.« Icor besaß sehr viele Zähne, doch offenbar wenig Sinn für Ironie. »Bei Transaktionen, die nicht über das NOTARIAT arrangiert werden, legen die meisten Beteiligten Wert auf erhöhte Sicherheitsvorkehrungen.«

»Uns soll's recht sein. Gehen wir«, befahl Perry. »Unsere potentiellen Handelspartner werden jeden Moment eintreffen.«

56 Sie waren zu sechst, wie ausgemacht. Eine Echse und drei der Nodronen kamen mit gemächlichen Schritten auf den hüfthohen, etwa dreißig Fuß breiten Steinblock zu, der das Zentrum des Platzes markierte. Die beiden Übrigen, einer davon sehr dick, blieben an der Rückwand stehen, ziemlich genau in der Mitte zwischen dem Durchgang und der linken Ecke.

Sollten sie. Vier waren leichter zu überwältigen als sechs.

»Nun, ist der furchtbare blaue Kämpfer dabei, von dem du uns erzählt hast, Are'Imga?«, fragte Axx Cokroide spöttisch, während sie den anderen entgegengingen.

»So viel ich sehen kann, nicht«, antwortete Varrn. Er fühlte sich unwohl, und keineswegs nur, weil seine frisch rasierte Oberlippe juckte.

»Seltsam, nicht wahr? Oder solltest du ihn halluziniert haben?«

Varrn Vardak bemerkte sehr gut, dass Mozz und Wlenko ihre Lippen aufeinander pressten, um nicht laut loszulachen. Seine Wut auf den Son'Trokete wuchs. Ihn vor seinen eigenen Leuten zu blamieren!

»Keine Antwort?«, stichelte Cokroide weiter. »Wie auch immer. Hier kommt eure Chance, euch zu rehabilitieren. Nutzt sie. Eine weitere wird es nicht geben.« Zu Mokoefa und seinem Sohn sagte er: »Das gilt auch für euch. Auf Schmuggel und Geschäften mit Rebellen, selbst wenn sie über Strohmänner laufen, steht die Peitsche.«

Der Attaché zuckte zusammen und setzte zu einer Entgegnung an, besann sich jedoch eines Besseren. Jedes unbedachte Wort konnte ihn noch tiefer in den Schlamassel bringen.

Axx Cokroide hat uns alle in der Hand, dachte Varrn, *jeden Einzelnen von uns. Er ist buchstäblich Herr über Leben und Tod. Und er genießt es sichtlich.*

Sie erreichten den Steinblock fast zugleich mit den Fremden. Wie vereinbart, trug niemand Raumanzüge oder Waffen, zumindest keine sichtbaren. Die

Echse war überhaupt nackt bis auf einen Lendenschurz. Varrn lief es kalt über den Rücken, als er die drei anderen identifizierte.

Der Befehlshaber hatte immer noch denselben dunkelblauen, bequem geschnittenen Anzug an. Goldene Bordüren zierten die Ärmel und die Außenseiten der Hosenbeine. Wegen der niedrigen Temperaturen hatte er sich einen vorne offenen, im Vergleich dazu derb wirkenden Fellumhang übergeworfen.

Sein untersetzter, rothaariger Cheftechniker steckte in einem einteiligen, olivfarbenen Overall mit zahlreichen Taschen an Brust und Oberschenkeln. Darüber trug er eine schwarze, grobe Jacke mit hochgestelltem Kragen und um die Hüfte einen antiquiert wirkenden Werkzeuggürtel.

Auch die Frau, die Varrn mit der Stange niedergestreckt hatte, war ihrem Stil treu geblieben. Die blaugrüne, hochgeschlossene Kombination, an deren Ärmeln dunkelrote Rautenmuster schimmerten, klebte an ihr wie eine zweite Haut. Da sie trotz der Kälte keine weitere Kleidung angelegt hatte, handelte es sich vermutlich um ein spezielles, isolierendes Material. Möglicherweise war es sogar strukturverstärkt. Dunkelgrüne, wadenhohe Stiefel vervollständigten das Ensemble. Sie schien keine bleibenden Schäden von Varrns Hieb davongetragen zu haben.

Schade.

Varrn gab Axx Cokroide das Zeichen, dass es sich um die Gesuchten handelte. Nichts deutete darauf hin, dass diese ihrerseits Mozz, Wlenko oder ihn erkannt hätten. Die Zivilkleidung und die veränderte Haartracht erfüllten also ihren Zweck. Wenigstens hatte er seinen Schnurrbart nicht vergeblich geopfert.

Sie stellten sich vis-a-vis am Steinblock auf. Nicht Axx Cokroide nahm die Position unmittelbar gegenüber dem gegnerischen Anführer ein, sondern Mokoefa.

Das war ein kluger Zug, wie sich alsbald herausstellen sollte. Der Dunkelblonde mit den blaugrauen Augen, der sich Rhodan nannte, holte nämlich zwei trommelförmige Behälter aus den Anzugtaschen und sprach: »Ich grüße euch, edle Nodronen, und möchte gleich in aller Form um Nachsicht für unser Misstrauen bitten. Doch steht sehr viel auf dem Spiel, und ich habe mir sagen lassen, dass diese Prozedur auf Wrischaila keineswegs ungewöhnlich ist. Habt ihr etwas dagegen, wenn wir unsere Verhandlung zu Beginn unter dem Einfluss von Wahrheitsegeln führen?«

57 »Mitnichten.« Lächelnd stellte Perrys Gegenüber vier identische Trommeln auf den Steinblock. »Sollen wir eure Egel verwenden oder unsere?«

Rhodan erwiderte das Lächeln. Der Typ war ein wenig schmierig, aber nicht unsympathisch. Ein Händler oder Vermittler, definitiv kein Krieger. Das machte Sinn. Er stellte wohl eine Art Verbindungsmann dar.

»Wie wär's, wenn einfach jeder die eigenen nimmt?«, fragte Perry.

»Hintereinander, oder alle auf einmal?«

»Diese Entscheidung überlasse ich euch.«

»Je zwei Personen von einer Partei?«, schlug der Nodrone vor. »Dann behalten wir noch zwei unserer Egel in Reserve, falls eine weitere Klärung nötig sein sollte.«

Perry stimmte zu. Binnen weniger Augenblicke verständigte er sich nonverbal mit Bully und Fran Imith darüber, wer den zweiten Wahrheitsegel ansetzen sollte: Fran. Die eiserne Selbstbeherrschung der TLD-Agentin war in diesem Fall der höheren Erfahrung seines temperamentvollen, leicht reizbaren Freundes vorzuziehen.

Der zweite Partizipant der Gegenseite besaß eine spiegelglatte Glatze und ein wettergegerbtes, von Narben übersätes Gesicht. Am markanten Kinn zeigte sich ein deutlicher Bartschatten. Er trug eine verbindliche Miene zur Schau, doch die Augen funkelten eiskalt. Wenn der bisherige Sprecher für die wirtschaftlichen und eventuell politischen Belange zuständig war, so hatten sie hier unzweifelhaft den militärischen Anführer der Gruppe vor sich.

Sie entnahmen den Behältern die glitschigen, sich windenden Würmer. Als sich der Symbiont in seinem Nacken festsaugte, durchfuhr Perry der bereits bekannte, stechende Schmerz. Als ob ihm von unten ein glühender Nagel diagonal durch den Kopf getrieben würde, sodass die Spitze auf der Stirn wieder austrat.

Auch Fran litt sichtlich. »Mhm«, sagte sie leise. »Du hast mir nicht zu viel versprochen.«

Er zwinkerte ihr aufmunternd zu, dann räusperte er sich. »Fangen wir mit der Vorstellung an. Ich heiße Perry Rhodan, und das ist Fran Imith. Wir stammen aus dieser Galaxis, sind aber keine Nodronen, wiewohl wir euch aus uns unbekannten Gründen bis auf sehr geringe Details ähneln. Wie ihr sicherlich bereits wisst, haben wir einen Frachter in unserer Verfügungsgewalt, den wir verkaufen oder gegen ein anderes Raumschiff eintauschen möchten. Letzteres kann auch über eine deutlich geringere Ladekapazität verfügen. Ihr wollt schließlich einen Vorteil aus unserem Geschäft ziehen, nicht wahr?«

»Das würde ich nicht einmal leugnen, wenn es unter diesen Umständen möglich wäre. Mein Name ist Mokoefa Ottakroide. Ich betreibe auf der neunten Werkwerft eine Handelsniederlassung.«

»Keine leichte Aufgabe, würde ich meinen.«

»Schwierig, aber lösbar. Zumal ich hier nicht in erster Linie das Empire vertrete, sondern die Interessen meiner Familie und meines Clans.«

»Geradeheraus gefragt: Stehst du in Verbindung mit den so genannten nodronischen Rebellen?«

Mokoefa zögerte.

»Du kannst offen sprechen. Wir sind nicht in die Auseinandersetzung zwischen ihnen und dem Empire verwickelt. Wir stehen definitiv weder auf dieser noch auf jener Seite.«

»So ist es«, bekräftigte Fran. »Wir haben auch nicht vor, uns sonst wo einzumischen. Wir wollen zurück in unsere Heimat, das ist alles.«

Ganz kurz hatten sich die Nasenflügel des Militärs geweitet. Offenbar überraschten ihn diese Aussagen. Das wunderte Perry nicht. Auch auf dem Mars hatte man sie für Rebellen gehalten.

»Ich habe noch nie einen von ihnen zu Gesicht bekommen«, sagte Mokoefa langsam. »Aber ich leite gelegentlich über diverse Linksbeistände Geschäfte für sie in die Wege.«

»Wäre auch unser Frachter für sie bestimmt?«

»Jjj … Nein.«

Bislang hatte sich das charakteristische, unangenehm bohrende Gefühl, das eine Lüge begleitete, noch nie eingestellt. Nun war es aufgeflammt, doch nur kurz, denn Mokoefa hatte sich rasch korrigiert.

Interessant. Warum wollte er mir eine falsche Antwort geben?

Erstmals griff der Kahlköpfige in das Gespräch ein. »Wir haben eurem Vermittler ein gewisses Naheverhältnis zu den Rebellen suggeriert, das ja in Mokoefas Fall auch gegeben ist. Entschuldigung: Der Name in meinem ID-Nachweis lautet übrigens Erlon Ottakroide. Mokoefa vertraut mir in militärischen Dingen.«

Nicht gelogen, das hätte ich gespürt. Aber wohl nur die halbe Wahrheit.

Es war ein Psychospiel, was hier ablief. Beide Seiten bemühten sich, möglichst wenige ihrer Karten aufzudecken, aus welchen Gründen auch immer. Nun, das war im Geschäftsleben nichts Ungewöhnliches. Schon gar nicht im Werftwerk von Wrischaila …

»Wir dachten uns«, fuhr Erlon Ottakroide fort – wenn er denn wirklich so hieß, was Perry bezweifelte, »ihr würdet die Begegnung mit Nodronen scheuen, es sei denn, sie gehörten zu den Rebellen.«

»Der Gedanke liegt nahe. In der Tat hätten wir gegen einen unverbindlichen Kontakt mit letzteren nichts einzuwenden. Allerdings aus reiner Neugier. Wie gesagt, wir verstehen uns als neutral.«

Die Cor'morian ließ Perry Rhodan bewusst außen vor. Die latente Aggression, die der Kahlkopf ausstrahlte, war ihm nicht geheuer. Er gab sich verbindlich, aber das mochte Fassade sein. Auch wurde immer deutlicher, dass er und nicht Mokoefa das Heft in der Hand hielt.

Waren sie in eine Falle geraten? Wollte Erlon, bevor er diese zuschnappen ließ, sie einfach nur in scheinbar gefahrlosem Umfeld aushorchen?

»Unser Vermittler«, sagte Mokoefa nach einem auffällig unauffälligen Seitenblick zu seinem angeblichen Militärberater, »erwähnte noch ein anderes, viel kleineres Fortbewegungsmittel, das sich in eurem Besitz befindet. Es soll sich um ein sehr … originelles Modell handeln. Wollt ihr dieses ebenfalls abstoßen?«

»Nein!«, riefen Fran und Bully wie aus einem Mund.

Unsere beiden Mars-Nostalgiker! Welch schöner Gleichklang der Seelen, dachte Perry sarkastisch. *Und welch verräterische Reaktion.*

Sofort hakte Erlon nach. »Warum eigentlich nicht? Für ausgefallene Sammlerstücke lassen sich hervorragende Preise erzielen.«

»Mit Geld hat das nichts zu tun. Hier geht es um ideelle Werte. Es hängen zu viele persönliche Erinnerungen daran«, sagte Fran gepresst.

Perrys Kopfschmerzen verstärkten sich ebenfalls, ein Zeichen, dass die Lebenszeit der Wahrheitsegel sich dem Ende zuneigte.

Und Erlons Geduld ebenso.

58 »Ich möchte euch etwas zeigen«, sagte er.

In Varrn Vardaks Bauch begann es zu kribbeln. Jetzt wurde es ernst.

Cokroide ergriff die leeren Trommelbehälter und stapelte sie übereinander. »Eins, zwei, drei oder vier?«, fragte er dabei aufgekratzt. »Nenn eine Zahl, schöne Fran Imith.«

»Wieso?«

»Tu es einfach.«

»Na schön. Drei.«

Der Son'Trokete hob den Arm und streckte drei Finger in die Luft. Keinen Wimpernschlag später ertönte das leise Fauchen eines Strahlschusses. Die zugehörige Lichterscheinung war nahezu unsichtbar und auch das Resultat auf den ersten Blick nicht sehr spektakulär: Mitten im dritten Behälter von unten befand sich ein kaum daumendickes Loch.

»Das war meine Waffenmeisterin Pelmid Sulcatob. Sie ist gut, nicht wahr? Und der ultrahoch konzentrierte Impulsstrahl aus ihrem Scharfschützengewehr nimmt es mit allen gängigen Individual-Schutzschirmen auf. Wie euch die Egel signalisieren, lüge ich nicht. Ihr bietet für Pelmid ein leichtes Ziel, und es gibt nicht die geringste Deckung. Mit anderen Worten: Wenn ihr nicht tut, was ich sage, seid ihr tot.«

Der Dunkelblonde verzog keine Miene. Auch die anderen beiden gaben sich ungerührt. Nerven hatten sie, das musste ihnen Varrn Vardak lassen. Nur das Echsenwesen mit der langen, spitzen Schnauze tänzelte nervös von einem Bein aufs andere.

»Erlon Ottakroide ist nicht dein wahrer Name«, sagte Rhodan. »Wer bist du wirklich?«

»Du sollst es erfahren. Stell mich vor, Mokoefa.«

»Ihr steht«, verkündete der Händler feierlich, »keinem Geringeren gegenüber als Axx Cokroide, seines Zeichens Son'Trokete der Kampfflotte des Empire von Nodro und offizieller Botschafter der Zwillingsgötzen zu Mantagir.«

»Sehr erfreut. Wie war die Reise? Hattest du einen angenehmen Flug?«

Varrn Vardak war baff. Er schnappte nach Luft.

Für einen Moment sah es aus, als würde sich Cokroide über den Steinquader auf den anderen stürzen. Aber dann entspannte er sich wieder.

»Du kannst mich nicht provozieren, Fremder, wer oder was auch immer hinter dir stecken mag. Vermutlich ein viel weitreichenderes Komplott, als ich angenommen habe.«

»Und was gedenkst du dagegen zu unternehmen?«

Varrn sah von einem der beiden Widersacher zum anderen. Er glaubte zu träumen. Cokroide hatte sich enttarnt. Dann hatte der Anführer des Kaperkommandos ihn frech insultiert. Und dennoch plauderten sie weiter, als ob nichts gewesen wäre.

Es war wie die unnatürliche Ruhe vor einem Sturm, wie die knisternde, nach Salpeter schmeckende Luft vor einem Gewitter in den Bergen.

In den Gesichtern der vier Unterhändler zuckte es. Fast gleichzeitig fielen die Wahrheitsegel ab. Einzig Mokoefa krümmte sich zusammen und stöhnte.

»Trinkt das, oder Pelmid schießt.« Cokroide stellte ein Fläschchen auf den Steinblock. »Jeder nur einen kleinen Schluck, das genügt.«

»Ein Aperitif? Willst du uns zum Essen einladen?« Der Rothaarige griff nach dem Gebinde, roch daran, verzog das Gesicht, trank dann aber doch. »Pfui Deibel! Schmeckt ja widerlich.«

Er reichte es an Rhodan weiter, der ebenfalls einen Schluck nahm. »Uäh! Ohne dir nahe treten zu wollen, Axel – von einem derart hohen Tier wie dir hätte ich mir Besseres erwartet. Das hier würde ich eher als Rabiatperle bezeichnen. Du musst wissen, einer unserer Begleiter ist Önologe, und …«

»Dir wird das Schwätzen gleich vergehen.« Cokroides Augen blitzten, aber seine Stimme klang eisig ruhig. »Ihr habt soeben ein binnen zweier Umläufe tödliches Gift zu euch genommen. Das einzige Gegenmittel befindet sich an Bord meines Sternenkreuzers. Das Spiel ist aus, Rhodan. Du hast verloren. Ich habe gewonnen.«

»Findest du? Ich bin anderer Ansicht. Ein paar Tropfen Gift und eine Scharfschützin – das ist alles, was du zu bieten hast?«

»Und je fünfundzwanzig Mann von Mokoefas Kleinclan an jedem der beiden Ausgänge«, rief Axx Cokroide zornig. »Was willst du noch?«

»Keine Kampfgleiter, Fesselfelder, parapsychisch begabte Mutanten?«

»Nein! Bei den Zwillingsgötzen ...«

»Dann, fürchte ich, wird das nichts mit uns. Einen schönen Tag noch, Botschafter. War nett, dich kennen gelernt zu haben.« Langsam, wie selbstverständlich, drehte sich Rhodan weg und schlenderte ganz gemütlich davon. Seine Begleiter taten es ihm nach.

Für einen Augenblick stand Cokroide verdutzt. Dann schrie er, während er selbst bereits über die steinerne Barriere sprang: »Ergreift sie!«

Und die Hölle brach los.

59 Von hoch oben beobachtete Pelmid Sulcatob die Geschehnisse durch ihr Zielfernrohr.

Noch bevor Axx Cokroide und seine Männer den Fremden erschienen waren, hatte sie bereits eine nahezu ideale Schussposition gefunden gehabt. Seither lauerte sie hier, auf einer kleinen, etwas auskragenden Plattform zwischen den beiden höchsten Hallen. Diese wurden von steilen Walmdächern gekrönt, wohl wegen der häufigen Schneefälle.

Um den vorderen Teil der Plattform zog sich eine etwa kniehohe, aus rotbraunen Ziegeln roh gemauerte Brüstung. Pelmid hockte auf dem hochkant gestellten Koffer, in dem sich das zerlegte Strahlengewehr und das zugehörige Stativ befunden hatten. Sie liebte diese Präzisionswaffe. Das Scharfschützengewehr, eine Sonderanfertigung nach ihren eigenen Entwürfen, verhielt sich zu einer gewöhnlichen tragbaren Strahlenkanone wie ein perfekt ausbalancierter Degen zu einer plumpen Streitaxt. Für längere Feuergefechte oder Sturmangriffe war sie wegen der geringen Streuwirkung und niedrigen Schussgeschwindigkeit denkbar ungeeignet. Doch in Einsätzen wie diesem hatten sie und Pelmid sich schon mehr als einmal bewährt.

Obwohl die Mini-Varsonik auch eine holografische Vergrößerung des von den teleoptischen Feldern der Zielvorrichtung Erfassten projizieren konnte, inklusive genauer Distanzangabe und Fadenkreuz, sah Pelmid lieber direkt durch das Fernrohr. Sie mochte das Gefühl des Kolbens zwischen Schulterbeuge und Wange. Das Schneegestöber behinderte sie kaum; wenn es dichter wurde, erhöhte die Varsonik automatisch den Infrarot-Anteil der Darstellung.

Die Plattform befand sich an einer Längsseite des Platzes, nicht ganz in der Mitte, sondern etwas in die »feindliche« Hälfte hinein verschoben. Der große Steinquader, an dem die gegnerischen Parteien standen, bot den Fremden also keinen Schutz vor Pelmids Schüssen. Pelmid konnte mithören, was gesprochen wurde, wenn auch nur bruchstückhaft, über die Richtmikro-Funktion ihres Gewehrs. Innerhalb des Platzes wurde jeglicher Funkverkehr von starken Störfeldern unmöglich gemacht – eine weitere im Mietpreis inkludierte Sicherheitsvorkehrung.

Sie verfolgte das Gespräch, vom anfänglichen Abtasten über die konkreteren Wortwechsel bis hin zum Eklat. Ihr Pulsschlag erhöhte sich nur unwesentlich, als Axx das Zeichen für ihren Warnschuss gab. Sie durchlöcherte den angegebenen Behälter, dann zog sie die Teleoptik wieder etwas weiter auf, um die gesamte Szene erfassen zu können.

Jeden Moment musste der Tanz losgehen.

Doch die Fremden machten keinerlei Anstalten, eine Flucht zu versuchen! Auch von Cokroides Gift zeigten sie sich unbeeindruckt. Diese Kaltblütigkeit nötigte Pelmid eine gewisse Hochachtung ab. Auch wenn ihr nicht klar war, was sie mit ihren unverfrorenen Provokationen bezweckten – so war wohl schon lange niemand mehr mit dem Son'Trokete umgesprungen.

Pelmid gönnte es ihm von Herzen.

Sie atmete scharf ein, als sich Rhodan, der gegnerische Anführer, umdrehte und davonspazierte. Einfach so, als wäre sein Leben nicht gleich doppelt bedroht!

»War nett, dich kennen gelernt zu haben«, sagte er. Ha! Der Typ hatte wirklich Schneid.

Ein wagemutiger Mann; ein attraktiver Mann.

Aber demnächst, leider, ein mausetoter Mann.

Er hatte sich schon einige Schritt vom Steinblock entfernt, als Axx Cokroide seine Verblüffung überwand. »Ergreift sie!«, rief er.

Dann passierte alles gleichzeitig.

Axx sprang über den Steinquader, Mokoefas Sohn hinterher. Das Echsenwesen rannte los. Die Frau ebenfalls, aber in die Gegenrichtung – auf die anstürmenden Mozz und Wlenko zu. Der rothaarige Mann blieb stehen und griff in seinen Werkzeuggürtel. Varrn Vardak riss sich im Laufen das Hemd vom Leib. Die Frau vollführte einen Handstandüberschlag, dann wirbelte sie wie ein grünblauer Schemen um ihre eigene Achse und versetzte Mozz einen Fußtritt gegen den Kopf, der ihn zu Boden warf. Immer noch hatte Pelmid keinen Schussbefehl erhalten. Mokoefas Sohn überholte Axx und erreichte Rhodan. Der Rothaarige warf zwei kleine, runde Gegenstände. Die Echse hatte bereits ein Drittel der Entfernung zum Ausgang überwunden. Vardak brachte den Strahler in Anschlag, den er mit Klebeband auf seinem Rücken befestigt gehabt hatte. Wlenko drang mit erhobener Peitsche auf den Rothaarigen ein. Langsam kullerten die beiden runden Dinger über den Boden. Rhodan empfing Mokoefas Sohn mit einer kaum sichtbaren Abfolge von Handkantenschlägen. Der Rotschopf schrie der Frau etwas zu, während er Wlenkos Peitschenhieben auswich. Auch Mokoefa, als einziger noch hinter dem Steinblock, hatte nun eine Strahlenwaffe in der Hand. Vardak schoss auf das flüchtende Echsenwesen, verfehlte es knapp. Mokoefas Sohn ging in die Knie, kippte zur Seite. Die Frau schleuderte etwas Glänzendes in Varrns Richtung. Wlenko erwischte den Roten an der Schulter. Vardak brüllte auf; in seinem rechten Unterarm steckte ein Wurfdolch. Cokroide war auf einen Schritt an Rhodan heran.

Da explodierten die Granaten. Dicker grauer Rauch stieg auf, hüllte die Kämpfenden ein. Pelmids Varsonik-gestützte Sicht wurde davon nicht wesentlich beeinträchtigt; die der Männer unten auf dem Platz sehr wohl. Für kurze Zeit verloren sie die Orientierung.

Nicht alle. Reglos, wie eingefroren, starrten einander Axx und Rhodan in die Augen. Ihre Gesichter waren keine zwei Handbreit voneinander entfernt. Schließlich verzog der Son'Trokete verächtlich den Mundwinkel.

»Warum soll ich mir die Hände schmutzig machen? – Feuer frei, Pelmid!«

60 Für einen ganz, ganz kurzen Moment verspürte sie den Drang, das Gewehr nur um einen Hauch nach links zu schwenken, nicht den Dunkelblonden ins Fadenkreuz zu nehmen, sondern Axx Cokroide, ihren Peiniger.

Niemand würde Pelmid hinterher einen Vorwurf machen können. Berühmtere Kunstschützen als sie hatten schon weiter danebengeschossen, zumal unter solchen Bedingungen.

Ein kleines Loch in seinem großen Kopf … Und eine vielversprechende Karriere findet ihr jähes Ende.

Gestorben im Dienst für das Empire von Nodro. Ein Musterbeispiel der Pflichterfüllung. Die Vorstellung, an seinem Grab zu stehen, hatte etwas Verlockendes.

Aber es wäre zu einfach, zu leicht. Er würde nichts davon mitbekommen. Paff, und weg. Ausgeknipst wie eine Lampe. Ohne zu leiden, ohne einen Funken Todesangst zu empfinden, ohne um sein Leben zu winseln oder, besser noch, um seinen Tod, um Erlösung vor unbeschreiblichen Qualen. Vor allem:

Ohne zu wissen, dass sie es war, sie, Pelmid Sulcatob, von deren Hand er starb. Nein, das wäre ihrer Rache nicht würdig. So nicht, nicht hier und jetzt.

Das Gemeine daran war, dass Axx Cokroide das wusste. Würde er sich ihr sonst derart ungeschützt auf dem Präsentierteller anbieten?

Der schlanke, dunkelblonde Mann hingegen, auf den sie angelegt hielt, sah wie ein richtig netter Kerl aus. Beileibe kein Schlappschwanz: Mokoefas Sohn hatte er durchaus nicht mit Samthandschuhen angefasst. Trotzdem konnte sie sich nicht vorstellen, dass er einer Frau antun würde, was Axx ihr angetan hatte. Vielleicht hatte er Kinder und war ihnen ein liebender Vater. Vielleicht beging er gute Werke, wohin immer es ihn verschlug. Vielleicht war er vom Schicksal zu Großem auserkoren.

Gewesen.

Pelmid hatte einen Auftrag, und den führte sie aus.

Ihr Finger krümmte sich um den Abzug, drückte ihn durch.

61 Ein Teil der Balustrade links von ihr, ein Stück der Ziegelmauer, schnellte vor und riss das Stativ um, sodass der tödliche Strahl in den grauen Himmel fuhr, ohne Schaden anzurichten.

Sneber Grax rollte ab, kam hoch, wuchtete das Gewehr über die Brüstung und sprang selbst hinterher. Mit dem Schwanzende hängte er sich an der Kante ein, gerade lange genug, um vom Schwung nach innen unter die Plattform getragen zu werden. Seine Zunge fuhr aus, erwischte das Gewehr, hielt es mit der klebrigen Spitze fest. Er klatschte gegen die Hangarwand, dass ihm Hören und Sehen verging. Trotz der Saugnäpfe an seinen Fingern und Zehen rutschte er nach unten, schneller und immer schneller werdend.

Verdammt, er war einfach zu fett …

Sneber verfluchte sich dafür, dass er sich überhaupt auf dieses wahnwitzige Unternehmen eingelassen hatte. Seine Rolle dabei war auf Bulls Mist gewachsen. »Scharfschützen«, hatte er laut überlegt. »Ich an Stelle eines übel wollenden Gegenübers würde Scharfschützen einsetzen, wenigstens einen. Kommt ja von außen mittels Antigrav ganz leicht aufs Dach. Hm. Was kann man dagegen tun? Shimmi mit dem Mars-Liner darüber kreisen lassen? Mumpitz. Steuern könnte sie das Ding vielleicht noch zur Not, aber wie sollte sie eingreifen? Die Katze abwerfen? Vergiss es.«

Also hatte Pratton Allgame, der Meisterdieb, Sneber unter seinem Cape ins Gelände geschmuggelt. Während Perry, Bull, Fran und Icor das Gespräch mit den Nodronen aufgenommen hatten, war Pratton, verdeckt vom dicken Quart Homphé, an den Schlössern und Riegeln der Hintertür von einer der Lagerhallen zugange gewesen. Sogar er hatte dafür ganz schön lange gebraucht.

Kurz nachdem er die Tür endlich aufgebracht hatte, fiel der erste Schuss. Quart hatte scharfe Augen, das musste man ihm lassen. Er konnte relativ genau lokalisieren, von wo der Strahl gekommen war. Sofort düste Sneber los. So schnell ihn seine kurzen Beine trugen, arbeitete er sich durch die Hallen und Stiegenhäuser. Gelegentlich setzte er den kleinen Desintegrator-Brenner ein, den Bull zusammen mit den Rauchgranaten dem Schutzheiligen der Diebe abgeschwatzt hatte. Perry und die anderen mussten Zeit geschunden haben, was das Zeug hielt, denn als Sneber die Plattform erreichte, war noch nichts Entscheidendes passiert.

Glücklicherweise guckte die Scharfschützin so gut wie immer durch ihr Zielfernrohr. So konnte er sich unbemerkt heranschleichen. Als aus dem integrierten Lautsprecher des Gewehrs der Feuerbefehl ertönte, schnellte er sich von der Mauer ab.

Gut gemacht, dachte er höhnisch. *Toll. Hast einem Wildfremden das Leben gerettet, nur um selbst dabei draufzugehen. Deine Mutter und alle deine Geschwister wären stolz auf dich.*

Als er schon nicht mehr daran glaubte, glitten seine Füße über einen schmalen Wandvorsprung. Mit den Zehen konnte er ihn nicht mehr erfassen, mit den Fingern jedoch sehr wohl. Es gelang ihm, die Abwärtsbewegung zu stoppen.

Baumelnd sah er in den Abgrund hinunter. Immer noch viel zu hoch zum Springen. Pratton und Quart waren durch die Hintertür verschwunden, Icor rannte auf den Ausgang und die drei Kampfroboter zu, die nach wie vor nicht eingriffen. Klar, ihre Aufgabe war, nach außen zu sichern. Was innerhalb des Platzes vorging, war Sache der Mieter.

Sneber tastete sich den Sims entlang. Unter ihm zogen sich Perry, Bull und Fran, durch Sperrfeuer aus deren Fingerringen gedeckt, in Richtung der Hintertür zurück. Zwei der Nodronen lagen am Boden. Die übrigen setzten den Fliehenden nach, teilweise ebenfalls schießend.

Da seine Zunge abzureißen drohte, ließ Sneber das Gewehr fallen. Er erreichte einen Lüftungsschlitz und zwängte sich hinein, sauste wie in einer Rutschbahn durch die Rohre, bis es nicht mehr weiter ging. Schnitt sich, keuchend und fluchend, mit dem Desintegrator einen Weg aus der Lüftung.

Viele Jahre des Davonlaufens hatten seinen Orientierungssinn in Gebäuden geschärft. Er fand seine fünf Freunde wieder und leitete sie instinktsicher durch die miteinander verbundenen Keller der Lagerhäuser. An einer geeigneten Stelle brachten sie kurzerhand ein Gewölbe zum Einsturz. Auf diese Weise gelang es ihnen, ihre Verfolger abzuhängen.

So müde und ausgepumpt war Sneber Grax, als sie endlich wieder an die Oberfläche kamen, dass sich Perry erbötig machte, ihn zu schultern. Sneber nahm mit Freuden an. He, ohne ihn hätte der Typ jetzt einen Dunstabzug im

Schädel! Da konnte Rhodan seinen Linksbeistand ruhig eine Zeit lang auf Händen tragen.

Von den Nodronen war nichts zu sehen. Ohne Zwischenfälle erreichten sie das seltsam altertümliche Fluggerät, das die Schwanzlosen »Mars-Liner Null-Eins« nannten. Als sie nur noch wenige Meter davor waren, ging die Schleuse auf.

Aber nicht Shimmi winkte ihnen entgegen, auch nicht ihr blaufelliges Haustier.

Stattdessen baumelte ein dunkelbraun glänzender Schlangenleib heraus, auf dem ein spitzer Kopf mit winzigen schwarzen Augen saß. Mehrere dünne, fast durchscheinende Ärmchen vollführten spöttische Begrüßungsgesten.

»Einen schönen guten Tag, Sneber Grax, alte Yuchtel!«, rief Ter-Gün-Madian. »Danke für deine Mitarbeit!«

Bevor seine Begleiter die unliebsame Überraschung verdauen konnten, wuchsen rings um sie schwerbewaffnete Gestalten buchstäblich aus dem Boden.

Sie waren knapp doppelt so groß wie Sneber. Auf zwei kurzen, kräftigen Beinen ruhte ein birnenförmiger Körper mit zwei muskulösen Armen, die in schaufelgroße, vierfingrige Hände ausliefen. Die Köpfe wurden von dunkelgrünen, feucht wirkenden Schuppen bedeckt. Riesige, schwarze Augen mit blauer Iris, eingefasst von dicken, faltigen Lidern. Münder, so breit, dass sie Sneber mit einem Bissen hätten verschlucken können.

Exkrement!, dachte er, plötzlich jeglicher Zuversicht beraubt. *Nein, bitte alles, nur die nicht.*

»Was sind das für welche?«, flüsterte Perry.

Sneber hatte Mühe, das Wort auszusprechen.

»Quochten«, sagte er.

10 *Sport, Spiel und Spaß*

62 *Dritter Juli + E09. Seit mehr als drei Tagen sind wir nun schon im Mars-Liner eingesperrt und können nicht hinaus,* schrieb Shimmi Caratech.

Ohne Übertreibung, liebes Tagebuch: Ich halte das bald nicht mehr aus. Quart Homphé lamentiert, rotzt und stinkt. Schikago, wenn ich ehrlich bin, stinkt auch. Sneber Grax stinkt pe-ne-trant. Jedes Mal, wenn er aus einer der beiden Hygienezellen links und rechts von der Hinterbank kommt, ist der Gestank noch ärger geworden. Hängt möglicherweise mit dem wiederaufbereiteten Brauchwasser zusammen, was weiß ich.

Shimmi atmete tief durch, was sie sofort bereute.

Sie versuchte sich dadurch abzulenken, dass sie Ordnung in ihre Aufzeichnungen brachte. Was sie in der ersten Aufregung geschrieben hatte, konnte keine Sau lesen.

Also der Reihe nach: Dass ich diejenige war, die als Wache im Mars-Liner zurückbleiben musste, hat mir einerseits gar nicht gepasst. Andererseits hat es mir schon geschmeichelt, wie mir Perry die Sache schmackhaft gemacht hat.

»Dein Vater, der Pilot«, hatte Rhodan argumentiert, »hat dich schon von klein auf immer wieder ans Steuer gelassen. Du könntest den Liner sicher besser fliegen als Quart oder Pratton. Und Schikago muss sowieso hier bleiben.«

Na, habe ich mich halt erweichen lassen. Dann war es längere Zeit fad, bis die Quochten aufgetaucht sind.

Ich, wie ich schnalle, dass die nicht zufällig hier sind, will sofort das Notsignal absetzen. Geht aber nicht. Der vorderste schaut mich einfach an, mit seinen handtellergroßen Glubschaugen, und plötzlich kann ich mich nicht mehr bewegen. Keinen Millimeter. Schikago hüpft auf meinen Rücken, erstarrt ebenfalls. Hängt auf mir oben, nur noch von den Krallen gehalten, die sich in mein Fleisch gebohrt haben. Das war ehrlich nicht lustig.

Shim erinnerte sich noch genau, was der Froschgesichtige gerufen hatte, mit einer sehr tiefen, knurrigen Stimme: »Entriegle die Schleuse, oder wir paralysieren dich, bis du bei lebendigem Leib verfaulst.«

Ich meine, was hätte ich tun sollen? Die Kerle sahen nicht aus, als machten sie Witze.

Dieser Trick mit dem Versteinern hat dann später auch bei Quart und Pratton gewirkt. Bei Perry, Reginald und Frannie (hihi!) weniger gut. Die sind bekanntlich mentalstabilisiert. Gegen die Übermacht der Quochten hatten sie freilich keine Chance.

Nachdem alle eingestiegen sind, hat der eklige Aal noch ein paar kryptische Bemerkungen abgesondert.

»Ruht euch aus, solange ihr könnt. Das Training wird euch alles abverlangen, und die Kavernen von Takuri erst recht. Macht mir keine Schande. Strengt euch an, ich habe ein Leben auf euch verwettet!«

Dann hat er sich verzogen. Wir wurden mitsamt dem Mars-Liner tief unter die Mondoberfläche verfrachtet, in eine riesige Höhle, wo dieses Raumschiff stand. Wir sahen es nur von oben, bevor der Liner eingeschleust wurde. Scheibenförmig, gut sechshundert Meter im Durchmesser, schätzte Perry. Im Raumschiff war auch wieder eine Höhle, oder eher eine Art Grotte. Viel können wir davon nicht sehen, weil es kein Licht gibt außer dem, das durch unsere Fenster hinausdringt. Seither ist Sense. Rings um den Liner steht bei Tag und bei Nacht – was hier eh nicht den geringsten Unterschied macht – ein dichter Kordon dunkler Gestalten mit großen Knarren. Außerdem haben sie einen Schutz-

schirm um unseren Bus gelegt und diesen arretiert, vermutlich sowohl mechanisch als auch mit Traktorstrahlen. An einen Ausbruch ist nicht zu denken. Auf Kontaktversuche haben sie nicht reagiert.

Bully meint, dass das Schiff längst gestartet ist und schon mehrere Linearetappen absolviert hat. Woher er das wissen will, ist mir schleierhaft. Ich habe jedenfalls keine Veränderung bemerkt, und die anderen, glaube ich, auch nicht. Aber Reginald sagt, er spürt das im Urin.

Shimmi blickte auf. Bull lümmelte in einer der Eckgruppen, zu denen sie die Sitze umfunktioniert hatten, und studierte zusammen mit Fran Imith die hiesige Verkehrssprache Vaaligonde. Dafür, dass ihm die Haut bei der Rückkehr in Fetzen von der Schulter gehangen war, hatte er sich bemerkenswert gut erholt. Klar, der Zellaktivator beschleunigte den Heilungsprozess, so wie er auch gegen Gifte immunisierte.

Pratton spielte wieder einmal Ballfangen mit Schikago. Das war Gold wert, denn Snebers Ausdünstungen machten die Katze ganz kirre. Trotzdem verfettete sie zusehends. Bald würde sie daherkommen wie eine vierbeinige Ausgabe von Quart Homphé. Igitt!

Ganz im Gegensatz zu ihrem Haustier hatte Shimmi abgenommen. Obwohl Pratton Allgame sich rechtschaffen bemühte, die in den Stauräumen unterhalb des Passagierdecks vorrätigen Lebensmittel in immer neuen Variationen zu kombinieren, stand ihr das kalte Essen bis zum Hals. Verhungern würden sie aber noch lange nicht. Die ersten Mars-Kolonisten hatten stets reichlich Proviant mitgeführt, und auch diesbezüglich war das aus dem Museum geholte Vehikel originalgetreu ausstaffiert worden.

Was bedeutete: Riegel mit Wurstgeschmack, Riegel mit Käsegeschmack, Riegel mit Waldbeergeschmack …

Mittlerweile ist mir völlig schnuppe, wohin wir gebracht werden, schrieb Shimmi weiter. *Hauptsache, die lassen uns hier raus.*

Die. Die Quochten.

Sneber Grax war bass erstaunt, dass wir nichts über dieses Volk wussten, welches, behauptet er, als einziges den Nodronen noch ernsthaft Paroli bietet. Wie auch – in den Nachrichtenmedien von Mantagir war keine Rede von einem Krieg. Und doch tobt ein solcher. Ein heimlicher, totgeschwiegener, sagt Sneber. Nicht einmal auf Wrischaila erfährt man viel darüber. Dabei hält sich hartnäckig das Gerücht, dass die wahren Herrscher des Werftwerks Quochten sind. Aus dem Untergrund heraus, im wahrsten Sinne des Wortes. Eine Hypodingsbums, die durch unsere Erlebnisse nicht gerade entkräftet wird.

Shimmi legte den Stift beiseite und schüttelte ihre schmerzende Hand aus. Sie überdachte, was sie gerade geschrieben hatte.

Irgendwie steckte dieser Ter-Gün-Madian mit den Quochten unter einer Decke. Oder, sinngemäß, im selben Bassin. Obwohl die Terraner geglaubt hatten, sich seinem Einfluss entzogen zu haben, war es dem Advokatus im Endeffekt gelungen, sie den Froschköpfen auszuliefern.

Jetzt befinden wir uns, praktisch wehrlos, in ihrer Gewalt.

Aber was haben sie mit uns vor?

63 »Nichts Gutes hört man von der Front.«

Ter-Gün-Madian wusste, was jetzt kam. Er entzündete einen Lungentorpedo.

Eigentlich hatte er sich geschworen, mit der Qualmerei aufzuhören, sollte sein Auftraggeber ihm seinen Herzenswunsch erfüllen und ihn mitnehmen. Er verstand sich nicht als Raucher. Ursprünglich hatte er damit bloß Klienten irritieren wollen. Doch jetzt lag Wrischaila schon über dreitausend Lichtjahre hinter ihnen, und er paffte immer noch.

Der Stress ließ einfach nicht nach.

»Die Nodronen dringen langsam, aber stetig vor. Auf Dauer sind wir ihnen nicht gewachsen. Was ein Jammer! Was ein Elend! Unser grandioses Imperium ist dem Untergang geweiht.«

Dieses Gejammer hörte er nun, seit sie sich im Quochten-Gebiet und damit in Reichweite der Hyperfunkrelais befanden. Also praktisch seit Ende der ersten Halbraum-Etappe.

Eine Kabine hatten sie ihm gar nicht erst angeboten. Die hätte sowieso nicht seinen Bedürfnissen entsprochen. Stattdessen erlaubten sie ihm, sich während des Flugs in einem der kleineren Konferenzteiche aufzuhalten. Das war auf Dauer zwar auch alles andere als bequem. Aber er hätte noch viel mehr ertragen für die Chance, seine geliebte Tochter wiederzusehen.

Ach, wie er sich nach Ler-Loy sehnte …

Der gravierendste Nachteil bei diesem Notquartier war, dass Zimbrr Gutz in schöner Regelmäßigkeit vorbeikam und ihn mit seinem Pessimismus nervte. Was für ein Hartlaich! Seit er den Quochten von Angesicht zu Angesicht kennen gelernt hatte, empfand Ter-Gün-Madian nicht mehr halb so viel Furcht und Respekt vor ihm wie zuvor, als dieser ihm noch anonym über den Bildschirm Anweisungen erteilt hatte.

Zimbrr Gutz hatte den Arm auf eines der Tischchen gelegt, die aus dem dunklen, an der Oberfläche ölig schillernden Wasser ragten, und den breiten Kopf mit dem Kehlsack auf die drei dicken, stahlhart gepanzerten Finger gestützt. Er trug einen hellgrünen, grobmaschigen Netzanzug. In einige der rautenförmigen Zwischenräume waren Rangabzeichen, kleine technische Geräte und allerlei sonstiger Zierrat eingeknüpft. Eine durchaus zweckmäßige Kleidung für Wesen, die in wasserdampfgesättigter Wärme lebten – so man denn überhaupt den unvernünftigen Drang verspürte, sich mit lästigen Textilien zu verhüllen.

Als Geheimagent ihrer Imperialen Majestät hatte Gutz auf der Paateom, wie diese Schiffsklasse genannt wurde, einen hohen Rang inne, doch de facto nichts zu tun. In der Zentrale hatte man ihm wohl dezent zu verstehen gegeben, dass man auf seine Anwesenheit wenig Wert legte; ergo quälte er Madian.

»Bist du wirklich hundertprozentig sicher, dass wir die Richtigen gequochtet haben? Ich weiß nicht, ich weiß nicht ... Die Königin lässt mich filetieren, wenn sie nichts taugen.«

Das war die andere Leier, die Zimbrr draufhatte.

»Zum hundertsten Mal: Du hast doch gesehen, mit welcher Umsicht und Geschicklichkeit sie den Nodronen entkommen sind. Wie viele Beweise willst du noch?«

»Die Letzten, die ich geliefert habe, haben sich als jämmerliche Versager erwiesen. Und die davor sind ebenso kläglich in den Kavernen verreckt. Einen weiteren Fehlgriff kann ich mir unmöglich leisten. Du übrigens auch nicht.«

»Sag mir was Neues.« Ter-Gün-Madian entzündete ein frisches Qualmstäbchen am Stummel des vorigen. Schwierig, weil es schon ziemlich durchweicht war.

Er hatte dem Gerede nicht glauben wollen, dass Quochten schwer zu ertragende Zeitgenossen waren. Ihn konnte diesbezüglich nicht viel schrecken, hatte er gedacht. Als Advokatus hatte er mit allerhand verschrobenen Typen zu tun gehabt. Er würde auch mit den Quochten ohne größere Probleme auf einen feuchten Ast kommen.

Inzwischen war er sich da nicht mehr so sicher.

Sie galten als ein extrem scheues Volk, hatten sich immer schon von der Völkergemeinschaft der Galaxis Vaaligo separiert. Sie legten auf ihre Eigenheit äußersten Wert, nahmen keinerlei Einschränkungen ihrer Souveränität hin. Das Sternenreich, das sie beherrschten, war immer noch das zweitgrößte nach dem der Nodronen; niemand, der nicht unbedingt musste, wagte sich in ihr Gebiet. Darum ließen sie sich auch in den Werkwerften von Wrischaila so gut wie nie blicken, obwohl sie, wie Ter-Gün-Madian aus sicherer Quelle wusste, im Inneren mehrerer Monde ausgedehnte Stützpunkte unterhielten und mehr als einer der Gewerken als ihr Strohmann agierte. Würde dies jedoch publik werden, so verlöre das Werftwerk binnen kurzer Zeit einen Gutteil seiner Kunden.

Jedermann mied die Quochten – und vice versa.

Ihre Zurückgezogenheit ging so weit, dass sie die Positionsdaten fast aller der zu ihrem Imperium gehörigen, besiedelten Planeten geheim hielten. Die Koordinaten von Quocht, der Haupt- und Residenzwelt, kannten selbst von ihren eigenen Leuten nur einige auserwählte Raumkapitäne.

Für Ter-Gün-Madian bedeutete das, dass es von dieser Reise keine Wiederkehr gab. Quocht sehen und sterben, hieß es nicht zu Unrecht: Fremdwesen, die auf die Kavernenwelt gelangten, durften von dort nie wieder weg. Das war Gesetz; Ausnahmen gab es nicht.

Und dennoch hatte er fast die Hälfte seines Vermögens dafür geopfert, dass Ler-Loy nach Quocht verlegt wurde. Weil es nur auf der Kavernenwelt, nirgends sonst, einigermaßen realistische Heilungschancen für sie gab. Mit der Androhung, die Behandlung seiner Tochter abzubrechen – obwohl er eine horrende Summe dafür bezahlt hatte, und weiterhin bezahlte! –, hatten sie ihn in ihren Dienst gezwungen und ihn mit dem vagen Versprechen, seine Tochter eventuell irgendwann wiedersehen zu dürfen, zu Höchstleistungen angespornt.

Zimbrr Gutz, der Madians Führungsoffizier gewesen war, fand das im Übrigen keineswegs verwerflich oder unmoralisch. Was die Königin für gut befand, war richtig; und aus.

Arme Galaxis Vaaligo, dachte Ter-Gün-Madian bitter. *Die Wahl zwischen Quochten und Nodronen ist so erquicklich wie die zwischen den Quarzminen und der Schwermutsschlucht.*

Zimbrr hatte berichtet, dass sich kurz nach Verlassen des Wrischaila-Systems ein Schwerer Sternenkreuzer an ihre Paateom drangehängt hatte.

»Jetzt wagen sie sich schon bis hierher vor! Wo soll das alles noch enden?«, hatte er gequengelt.

Doch der Nodrone hatte nichts ausrichten können. Ein für solche Fälle in Bereitschaft gehaltener Verband aus sechzehn quochtischen Schlachtschiffen, darunter vier Schwere Kampfpaats, hatte rechtzeitig eingegriffen und den Sternenkreuzer rasch in die Flucht geschlagen.

Seither war der Flug ohne Zwischenfälle verlaufen.

Zimbrr sprang abrupt auf. Dabei erzeugte er eine Flutwelle, die über Ter-Gün-Madian hinwegschwappte und seinen Glimmstängel auslöschte.

»Mir reicht's«, rief der quochtische Agent. »Sie haben lange genug gefaulenzt. Wir beginnen sofort mit dem Training.«

Madian merkte ihm an, dass es ihm diesmal ernst war. »Ich hätte sie zwar noch ein wenig länger geschont, weil sie einiges durchgemacht haben, aber bitte. Wen willst du zuerst drannehmen?«

64 Shim »Shimmi« Caratech erschrak fast zu Tode, als plötzlich direkt neben ihr ans Fenster geklopft wurde. Sie kreischte auf. Eines der Froschwesen presste von außen sein abgrundtief grässliches Gesicht gegen die Scheibe.

»Du!«, knurrte es dumpf. »Aussteigen! Hopphopp!«

Hilfesuchend blickte sie zu Perry. Was sollte sie tun? Konnte sie sich überhaupt widersetzen?

Erneut drosch der Quochte ans Bullauge. Unwillkürlich sah Shimmi hin. Böser Fehler. Sie fühlte, wie ihr Körper von der Lähmung ergriffen wurde. Nur ganz kurz, doch sie verstand die Botschaft.

»Komm raus!«, befahl der Grünschuppige. »Allein. Sonst …«

Perry schob sich neben sie ans Fenster. »Wir gehen alle oder keiner!«, rief er laut.

»Nein. Einzeln. Wenn ihr Schwierigkeiten macht, holen wir euch mit Gewalt. Eure Waffen können unseren Schutzschirmen nichts anhaben. Dabei würde nur euer Raumboot beschädigt, und ihr müsstet die kommenden Perioden noch ungemütlicher verbringen.«

Perry, Fran und Reginald tauschten schnelle Blicke aus.

»Wo er Recht hat, hat er Recht«, sagte Bully bedauernd. Shimmi spürte, wie sich ihre Nackenhaare aufstellten. Auf einmal wollte sie den Mars-Liner um nichts in der Welt mehr verlassen.

»Was soll mit ihr geschehen?«, rief Perry durch die Scheibe.

»Werdet ihr schon sehen. Los jetzt, hopp!«

»Geh, Shimmi«, sagte Rhodan leise. »Sie wollen uns lebend, sonst hätten sie sich nicht all die Mühe gemacht. Vielleicht möchten sie uns bloß einzeln verhören. In diesem Fall bleib bei der Wahrheit, okay? Immerhin sind sie Feinde der Nodronen. Möglicherweise kommen wir sogar durch sie an die Cor'morian ran.«

»Soviel ich weiß, essen Quochten fast alles, aber keiiine Intelligenzwesen«, versuchte Sneber Grax sie zu trösten, während sie langsam durch den Mittelgang zur Schleuse schritt. »Also stell dich besser nicht bloöööd.«

Sie streckte dem kaum von der Polsterung zu unterscheidenden Yuchten die Zunge heraus, was Sneber umgehend erwiderte. Na schön, in dieser Disziplin war er ihr über.

Als sie an Pratton Allgame vorbeikam, raunte der Meisterdieb ihr zu: »Schalt das Empfangsgerät deiner Haarspange ein. Vielleicht kannst du etwas vom Bordfunk belauschen, hm? Viel Glück, Shimmi!«

Sie nickte dankbar. Das konnte sie brauchen.

Ein Schwall feuchtwarmer Luft schlug ihr entgegen, sobald sie die Schleusentür geöffnet hatte. Sie stieg die Stufen hinunter, rutschte auf etwas Glitschigem aus. Der Quochte fing sie auf. Seine Finger gruben sich wie Stahlklauen in ihren Oberarm.

»Au! Du tust mir weh!«

»Verzeihung.«

Hm. Höflichkeit, wenn auch in ruppigem Tonfall vorgebracht, war kein ganz schlechtes Zeichen. Er schubste sie weiter, relativ vorsichtig, wie ihr schien. Sehen konnte sie fast nichts, riechen umso mehr. Der Gestank war atemberaubend. Fäulnis, weit schlimmer noch als der Komposthaufen ihrer Tante und Schikagos Katzenklo zusammengenommen. Plus sauer gewordene Milch, gärendes Obst, verrottete Kadaver. Sie wollte gar nicht wissen, woraus der Bodenbelag bestand. Bei jedem Schritt quatschte Schlamm durch die Öffnungen ihrer Ledersandalen, blieb klebrig zwischen ihren Zehen hängen. Bäh! Nur der Gedanke daran, wie sie all das in ihrem Tagebuch beschreiben würde, hielt sie davon ab, in Panik zu verfallen.

Sie durchquerten den Wachkordon und wenig später den Schutzschirm. Das fühlte sich an wie ein hauchdünner Schleier aus nassen Spinnweben. Dahinter war es noch heißer, wie in einer Dampfkammer. Hemd und Hose klebten ihr am Körper. Von der Decke tropfte es herab. Na prima, das würde ihre Frisur endgültig ruinieren. Und sie besaß nur noch eine einzige Mini-Dose Haarspray …

Seltsamerweise baute dieser Gedanke sie auf. Solange sie solche Sorgen hatte, konnte noch nicht alles zu spät sein, oder? Fast hätte sie laut aufgelacht.

Das verging ihr sogleich wieder, als sie die Käfer bemerkte.

Mittlerweile hatten sich ihre Augen an das Dunkel angepasst. Sie bogen gerade aus der großen Grotte in einen niedrigeren Tunnel, als etwas über Shimmis Fuß huschte. Und gleich darauf wieder. Ein fetter, schwarz glänzender Mistkäfer. Ein zweiter, größerer. Zehn weitere, zwanzig, hundert … Sie waren überall. Tausende, in allen Größen, von wenigen Millimetern bis zu daumenlang. Mit Beinen und Scheren und Fühlern …

So, dachte Shimmi. *Jetzt hast du zwei Möglichkeiten, Prinzessin. Entweder du fällst in Ohnmacht – mitten hinein in Schlamm und Gekrabbel – oder du hüpfst schreiend dem Quochten auf die Arme. Oder du … Drei Möglichkeiten. Ohnmacht, Hysterie oder Aufwachen. Weil das nämlich nur ein böser Traum ist. Oder … Vier Möglichkeiten. Ohnmacht, Hysterie, Selbsttäuschung – oder du stehst das durch.*

Wie eine Terranerin. Wie eine Heldin. Wie eine vollwertige Gefährtin von Pratton, Bull und Perry Rhodan.

»Interessante Fauna«, presste sie hervor.

»Phichi-Gabe«, bestätigte ihr froschgesichtiger Begleiter. »Gut. Wichtig. Auch schmackhaft. Willst du?«

Er bückte sich, ergriff mit einer Schnelligkeit, die sie dem plumpen, schwerfälligen Kerl gar nicht zugetraut hätte, einen der Käfer und hielt ihn ihr hin. Die Beinchen bewegten sich auf eine irgendwie obszöne, Übelkeit erregende Weise.

»Nnn … nein, danke. Jetzt nicht. Ich bin auf Diät.«

Der Quochte knurrte etwas Unverständliches, dann warf er den Mistkäfer hoch, stülpte den breiten Unterkiefer vor und fing das Kerbtier damit auf. Es knackte, als er den Panzer zerbiss. Er kaute genüsslich, schluckte, rülpste.

»Ah. Immer wieder toll.«

Shimmi räusperte sich. Ihre Kehle war plötzlich wie ausgedörrt, trotz der Feuchtigkeit ringsum. »Sag mal ... Wo bringst du mich eigentlich hin?«

65 »›Zum Kurs‹, knurrt er. Worauf ich mir denke: Sprachkurs. Die wollen mir Vaaligonde beibringen. Soll sein. Hoffentlich per Hypnoschulung, erspare ich mir wenigstens das öde Büffeln. Oder? Ich meine, ich weiß, ich sollte mich mehr anstrengen, was das betrifft. Aber ich bin das nicht gewohnt, nur so aus Dateien. In der Schule hatten wir ...«

»Ist gut, Shimmi«, sagte Perry Rhodan sanft. »Komm zur Sache, ja?«

Die Quochten hatten sie acht Stunden später wieder abgeliefert. Bewusstlos. Vollkommen erschöpft, aber äußerlich unverletzt. Sie hatten sich schon die größten Sorgen gemacht, obwohl laut Fran, die das Mädchen hinter dem Trennvorhang untersucht hatte, keinerlei Spuren von Folter oder dergleichen feststellbar gewesen waren.

Also hatten sie, einigermaßen erleichtert, wenn auch voll bohrender Ungewissheit, Shimmi schlafen lassen, bis sie von selbst wieder aufgewacht war. Dann hatte sie zu erzählen begonnen.

Nicht ohne immer wieder abzuschweifen.

Sie ist noch ein halbes Kind, vergiss das nicht, ermahnte sich Perry. *Mitten in der Pubertät aus ihrem vertrauten Umfeld herausgerissen, in eine Situation geworfen, die auch weitaus Älteren den Verstand rauben würde. Eine Milliarde Jahre in die Zukunft versetzt. Eine Milliarde, das sind tausend Millionen, oder zehnmal hunderttausendmal Hunderttausend. Da siedet dir doch das Hirn. Dafür hält sie sich ohnehin unglaublich gut.*

»Was ist danaaach geschehen?«, fragte Sneber Grax. Der Yuchte hatte sich im hintersten Winkel des Mars-Liners verkrochen, aber seine Ausdünstungen erfüllten so oder so den ganzen Passagierraum. Die Klimaanlage des Museumsvehikels war merklich überfordert.

»Ich meine, ich hab ein paarmal daran gedacht auszubüchsen«, setzte Shimmi Caratech fort. »Wir hatten Selbstverteidigung in der Schule. Eins gegen eins, da gibt es normalerweise schon ein paar Tricks. Nur, ich weiß ja nicht einmal, wo bei diesen Typen die empfindlichen Stellen sind. Und der hat sich komplett eigenartig bewegt. Die meiste Zeit so langsam, dass mir fast die Füße eingeschlafen sind. Dann aber wieder plötzlich irrsinnig schnell, sobald ich eine unbedachte Bewegung gemacht habe.«

»Sie sind Kaltblüter«, sagte Bull, »und dafür ziemlich voluminös, bei relativ geringer Oberfläche. Ein Körper wie der ihre ist, immer vorausgesetzt, dass hier – jetzt – dieselben Evolutionsgesetze gelten, durchaus schwierig mit Energie zu versorgen. Wir dürfen nicht in den Fehler verfallen, alles terrazentrisch zu analogisieren, aber denkt mal an unsere Frösche: Die hocken auch die meiste Zeit reglos herum, können jedoch bei Bedarf in für uns kaum vorstellbarer Weise quasi explodieren.«

»Die haben aber im Vergleich zum Korpus extrem lange Hinterbeine«, warf Fran Imith ein. »Die Quochten nicht.«

»Na ja, vielleicht sprinten sie stattdessen los«, sagte Pratton Allgame. »Ihr natürliches Umfeld scheint unter der Erde zu liegen. In niedrigen Höhlen ist Hüpfen nicht unbedingt gefragt.«

Fran verdrehte die Augen.

»He, das hier ist immer noch ein Raumschiff«, beruhigte Bully, während er zögernd den Arm um sie legte.

Fran lehnte sich an ihn. »Weiß schon. Nur – wohin fliegt es?«

Quart nieste und furzte im Schlaf.

»Weiter«, forderte Sneber. »Dieser so genannte Kuuurs – was war das wirklich?«

»Ein Labyrinth«, sagte Shimmi matt. »Ein dreidimensionaler Irrgarten aus lauter Gängen voll mit stinkendem Schlamm und wuselnden Käfern. Und sie wollten von mir, dass ich das Goldene Ei finde, bevor mich die Jäger erwischen. Lach nicht!«, fuhr sie Pratton an, der daraufhin prompt errötete. »Ich weiß selbst, dass das wie ein billiges Retro-Syntronspiel klingt. Aber sie haben mir eingeschärft, dass sie mich ohne dieses blöde Ei nie wieder da rauslassen, und dass die Jäger eine Belohnung kriegen, wenn sie mich vorher abfangen. Also bin ich gerannt auf allen vieren, so schnell ich nur konnte.«

»Und?«, fragte Fran.

»Sie haben mich erwischt. Nicht einmal, zehnmal. Und immer wieder losgeschickt. Natürlich war der Kurs nie gleich.«

»Variable Raumelemente«, vermutete Bull. »In Kombination mit veränderten Schwerkraftvektoren … Damit kann man auf relativ kleinem Raum einen immer wieder neuen Parcours generieren. Aber wozu?«

»Woher soll ich das wissen?« Shimmi wischte sich die verklebten Haarsträhnen aus den Augen. »Ehrlich, ich wollte nur noch meine Ruhe. Die gaben sie mir aber nicht. ›Bring das Goldene Ei!‹, haben sie immer wieder geknurrt.«

»Ein Spiel«, überlegte Perry. »Oder eher eine Sportart. Sie wollten sehen, wie gut du dich dafür eignest. Haben sie dich bestraft, weil du versagt hast?«

»Moment mal. Wer sagt, dass ich es nicht geschafft hätte? Ich habe das verdammte Goldene Ei geholt!«

Perry Rhodan betrachtete sich im spiegelnden Fenster des Mars-Mobils. *So siehst du aus,* dachte er selbstkritisch. *Traust den anderen viel zu wenig zu. Fran hat sich als TLD-Agentin entpuppt, Pratton Allgame als König der Einbrecher. Warum sollte nicht auch Shimmi verborgene Qualitäten besitzen?*

»Bravo!«, lobte er sie verlegen. »Alle Ehre. Toll. Wie hast du das gemacht?«

Sie hatte Prattons Rat beherzigt, erzählte sie, und den Funk-Empfänger ihrer Haarspange aktiviert. Zuerst hatte sie mit dem Kauderwelsch, das sie hereinbekommen hatte, wenig anfangen können.

»Aber dann hab ich geschnallt, dass die Kerle mich im Labyrinth über verborgene Kameras beobachten. Und sich untereinander per Funk verständigen, wo ich gerade bin. Nach einigen Anläufen hab ich dadurch umgekehrt auch die jeweiligen Positionen meiner Verfolger herausgekriegt. Und dann hab ich sie mit scheinbar unmotivierten Richtungswechseln ausgetrickst. Sie können ihre Schnelligkeit immer nur für sehr kurze Zeit einsetzen. Wie ich dann mit dem Goldenen Ei ins Ziel gekommen bin, ist mir schwarz vor den Augen geworden.«

»Kein Wunder, bei der Überanstrengung«, sagte Fran anerkennend. »Hast dich wacker geschlagen, Mädel!«

Shimmi kniff misstrauisch die Augen zusammen. Mit Fran kam sie nicht sehr gut zurecht. Aber dann strahlte sie doch übers ganze Gesicht. Pratton brachte ihr etwas zu essen. Sie haute rein wie ein Scheunendrescher. Danach widmete sie sich ausgiebig ihrer Frisur.

Wenige Stunden später holten die Quochten Quart Homphé.

66 Der Dicke war eine Niederlage. Ein Desaster. Eine Katastrophe.

So zuversichtlich Zimbrr Gutz gewesen war, weil die junge Nodronin wirklich gute Ansätze gezeigt hatte, so lautstark verwünschte er das Schicksal, das ihn mit diesem Fettsack strafte.

Und Ter-Gün-Madian durfte es ausbaden. Buchstäblich, denn Zimbrr spuckte vor Ärger und Frust immer wieder in den Besprechungsteich, in dem Madian schwamm.

»Diese Missgeburt rührt sich einfach nicht vom Fleck!«, tobte der Agent der Imperialen Königin. »Drohungen bleiben fruchtlos. Er schlottert ohnehin bereits vor Angst. Im Labyrinth stürbe er binnen kürzester Zeit an einem Herzinfarkt, sagt er, also sei ihm lieber, wir töteten ihn gleich. Ha! Am liebsten würde ich seinem Wunsch Folge leisten und ihm eigenhändig den Hals umdrehen. Aber eine Leiche an Bord bringt Unglück und Trockenheit. Es ist zum Schuppenauszupfen! Hat man so etwas schon erlebt? Und das will ein Nodrone sein!«

»Will er eigentlich gar nicht«, unterbrach Ter-Gün-Madian den Wortschwall. »Sie haben immer betont, weder zum Empire noch zu den Rebellen zu gehören. Und wie du ja selbst sagst, benehmen sie sich reichlich un-nodronisch.«

»Mir ist egal, was für Manieren sie haben!«, brüllte Zimbrr weinerlich. »Sie sollen mir in den Kavernen Ehre machen. Aber so wird das nichts! Ich bin erledigt. Die Königin wird mich in kleinen Portionen an ihre Zierfische verfüttern!«

Und in diesem Tonfall ging es in einem fort weiter. Ohne den Gedanken an Ler-Loy hätte Ter-Gün-Madian die Reise unmöglich ertragen.

Im Verlauf der nächsten Perioden testeten sie der Reihe nach auch die übrigen Gequochteten. Glücklicherweise stellte sich keiner mehr so renitent an wie der Dicke, sodass sich Zimbrrs Laune allmählich besserte. Gegen Ende des Fluges war er geradezu euphorisch.

»Der kleine, schwer zu sehende Yuchte und der Schlanke mit dem Umhang verfügen über einen hervorragenden Orientierungssinn, auch ohne Funkempfänger. Die beiden Rothaarigen sind zäh, wendig, konditionsstark, ausgezeichnete Kämpfer. Und ihr Anführer … Sein taktisches Geschick kann nur als schlichtweg phänomenal bezeichnet werden. Ich hege nicht den geringsten Zweifel mehr, Freund Madian – er ist es. Der Verheißene. Der Eine. Wir sind gerettet. Du, ich und das ganze Volk der Quochten.«

11 *In den Kavernen von Takuri*

67 Am 11. Juli 1329 NGZ – »plus E 09«, wie sie den unglaublichen Zeitsprung umschrieben – erreichte der quochtische Diskusraumer endlich seinen Bestimmungsort. Sie waren fast zwölf terranische Tage unterwegs gewesen.

Der Mars-Liner wurde ausgeschleust. Wie beinahe schon erwartet, befanden sie sich abermals in einem unterirdischen Hangar, einem gewaltigen, mehr als einen Kilometer durchmessenden Höhlendom.

Im Inneren eines Planeten, dachte Fran. *Lebendig begraben unter Tonnen von Gestein. Was ich mir immer schon gewünscht habe.*

Die körperlichen Symptome ihrer leichten Phobie ließen sich durchaus ertragen. Gelegentliche, für andere kaum sichtbare Muskelzuckungen, dazu ein Jucken und Kribbeln unter der Kopfhaut und eine allgemeine, permanente Nervosität – in Summe so, als hätte sie zu wenig Magnesium, jedoch übermäßig viel Coffein zu sich genommen.

Psychisch war es nicht ganz so einfach. Vor allem, da sie nicht wusste, wie lange sie es hier noch aushalten mussten.

Sie hatten zahlreiche Pläne für einen Ausbruch gewälzt, ausgiebig diskutiert – und wieder verworfen. Die Quochten behandelten sie ruppig, doch nicht grundsätzlich feindselig. Eindeutig wollten sie etwas von ihnen. Also hatten die Terraner – und der Yuchte – beschlossen, vorerst einmal abzuwarten und die Dinge auf sich zukommen zu lassen.

Aus dem Felsendom wurde der Mars-Liner-01, zusammen mit einigen ähnlich großen Containern, auf einen flachen, an einen Rochen gemahnenden Antigrav-Tender verladen und durch einen viele Kilometer langen Tunnel abtransportiert.

Immer noch tiefer hinein, noch tiefer hinunter ...

Reginald Bull bemühte sich rührend um sie. »Willst du was trinken? Oder Musik hören, zur Ablenkung? Shimmi borgt dir sicher ihre Haarspange. In deren Speicher sind tausend Stunden Musik ...«

»Nein, danke. Ich komme schon zurecht, okay?« Das klang viel abweisender, als sie es beabsichtigt hatte.

»Klar«, sagte er. Freundlich, verständnisvoll, doch mit einem Gesichtsausdruck wie ein begossener Pudel. Diskret rückte er ein Stück weiter von ihr ab. Er tat ihr Leid. Aber sie besaß momentan nicht die Kraft, ihm zu erklären, was in ihr vorging. Sie wusste es ja selbst nicht genau.

Ein Routineauftrag, sagten sie.

Mhm.

In einer kleineren Höhle setzte der Rochen den Mars-Liner ab. Bewaffnete Quochten nahmen um ihn herum Aufstellung, formierten sich binnen weniger Sekunden abermals zu einem dichten Kordon. Einer – Eine? Gab es überhaupt einen feststellbaren Unterschied? – trat vor und winkte sie hinaus.

Sie schulterten ihre Bündel, die schon seit Tagen für diesen Fall fertig gepackt bereitlagen, und stiegen aus. Bully übernahm zusätzlich einen Großteil von Shimmis Gepäck, damit sie sich um Schikagos Katzenkorb kümmern konnte. Temperatur und Luftfeuchtigkeit waren praktisch dieselben wie an Bord des Diskusraumers, und auch Schlamm, Gestank und Käfer gab es wieder reichlich.

Die Quochten geleiteten sie durch dunstige, von fluoreszierenden Wurzeln und Moosen spärlich beleuchtete Gänge. Fran stapfte mit durchaus gemischten Gefühlen dahin. Einerseits war sie froh, den engen Mars-Liner endlich verlassen zu können. Es hatte bereits erste Anzeichen von Lagerkoller gegeben, obwohl sich alle recht diszipliniert gezeigt hatten, sogar Shimmi und Quart. Andererseits besaß die Vorstellung, sich in einer solchen Grotte zum Schlaf hinzulegen, wenig Verlockendes. Die unzähligen Krabbelkäfer ... Und wer konnte sagen, was dieser Planet sonst noch an Fauna und Flora bereithielt?

Der Gang mündete in eine Halle. Sie war nicht sehr hoch, vielleicht zehn, an manchen Stellen zwanzig Meter. Aber ihre horizontale Ausdehnung ließ sich nicht einmal annähernd abschätzen. Niedrige, rundliche, organisch wirkende Häuser erstreckten sich, so weit Fran sehen konnte.

Eine überdachte Metropole, konstatierte sie. *Es scheint, als hätten die Quochten ein ähnliches Problem wie ich, nur genau entgegengesetzt. Das kann ja heiter werden.*

Sie bewegten sich nun entlang der Felswand, bis sie zu einem Gebäude kamen, das sich offenbar in den Berg hinein fortsetzte. Ein großes Doppeltor wurde von zwei Säulen flankiert, in die florale Motive gemeißelt waren. Der Befehlshaber der Quochten betätigte einen darin versteckten Knopf, worauf die beiden Türflügel auseinander glitten.

Es musste sich um eine Schleuse handeln, denn auf der gegenüberliegenden Seite dieses Vorraums befanden sich ähnliche Schiebetüren.

»Hier drücken«, knurrte der Quochte und zeigte auf einen Hebel. »Aber erst, wenn das Außenschott zu ist, klar?«

Nachdem alle Terraner, der Yuchte und das Gepäck in der Schleuse waren, zogen sich die Quochten nach draußen zurück. Der, der vorhin gesprochen hatte, blieb noch kurz bei Shimmi und dem Katzenkorb stehen.

»Leckerbissen, hm?«, fragte er. Seine riesigen Augen fixierten Schikago. Speichel troff ihm aus dem breiten Mund. »Gibst du mir einen Schenkel ab, wenn ihr das Tier bratet?«

Shimmi bewahrte mit großer Mühe die Fassung. »Äh … Ja. Aber vorher sicher nicht.«

Der Froschköpfige grollte erheitert. Dabei riss er die Kiefer so weit auf, dass Shimmis Kopf problemlos dazwischen Platz gehabt hätte.

Die Quochten sind Jäger, dachte Fran. *Und Katzen passen anscheinend sehr gut in ihr Beuteschema …*

Nachdem ihre Eskorte das äußere Schott hinter sich geschlossen hatte, öffnete Perry das innere. Und stieß einen Pfiff aus.

»Das«, sagte er, »ist ja mal eine positive Überraschung.«

68 Das Quartier war riesig und sehr luxuriös eingerichtet. Vor allem aber: trocken, käferfrei, ganz offensichtlich an nodronische Bedürfnisse angepasst.

»Sieh einer an«, sagte Bull. »Sie haben also doch Kontakt.«

»Oder eher: gehabt«, korrigierte Fran. »Das dürfte einige Zeit zurückliegen.«

Auf den reich verzierten Möbeln lag eine Staubschicht. Es roch muffig. Gerade sprang knatternd eine Luftumwälzungsanlage an.

»Diplomatische Beziehungen mit dem Empire von Nodro?«, überlegte Pratton, während er Staub von einer Kommode wischte und sein Gepäck darauf ablegte.

»Das kann ich mir niiicht wirkelich vorstellen.«

»Also mit den Rebellen. Aber warum sind diese Kontakte wieder eingeschlafen?«

Perry zuckte mit den Achseln. Sie brauchten, so viel stand fest, dringend mehr Informationen. »Wir müssen alles daransetzen, mit jemand ins Gespräch zu kommen, der hier das Sagen hat. Jemand aus der Führungsschicht. Je weiter oben, desto besser.«

Sie richteten sich einigermaßen wohnlich ein. Die Zimmer hatten sie rasch aufgeteilt, da mehr als genug davon vorhanden waren. Es gab auch, gleich neben dem großen Salon mit dem offenen Kamin, eine Küche. Das Wasser rann zuerst bräunlich aus den Hähnen, klärte sich aber bald. Bully analysierte es mit einem Gerät aus seinem Werkzeuggürtel.

»Trinkwasser, mineralienreich, allerdings lauwarm.«

In den ansonsten völlig leeren Kühlbehältern fanden sie Kunststoffflaschen, die sie mit Leitungswasser auffüllten und wieder hineinstellten. Auch ihre verderblichen Vorräte brachten sie darin unter. Viel war das nicht, da sie hauptsächlich Konzentratriegel mitgenommen hatten.

Diesen einfachen Tätigkeiten wohnte etwas Beruhigendes inne. Das gab ihnen ein wenig Sicherheit zurück, im doppelten Sinn festen Boden unter den Füßen. Dennoch vergaß Perry keine Sekunde lang, welch bizarre Welt außerhalb ihrer trügerisch vertrauten Enklave lag. Fran war anzusehen, dass es ihr ebenso erging, nur noch verschärft durch die Höhlenphobie. Ihre Bewegungen waren etwas zu kontrolliert. Ab und an flatterte eines ihrer Augenlider. Bull schlich um sie herum wie ein junger Hund, bis sie sich in ihr Zimmer begab.

Etwas später bekamen sie Besuch.

Ter-Gün-Madian steckte in einem Raumanzug, einer Art Futteral mit Exoskelett und kurzen mechanischen Greifarmen.

»Meine lieben Freunde«, rief er, verstärkt durch einen scheppernden Außenlautsprecher. »Welch schönes Wiedersehen! Ich bin gekommen, um letzte Missverständnisse auszuräumen – falls überhaupt noch solche bestehen.«

»Du hast Nerven«, erwiderte Bully, »dich allein hierher zu trauen – nach allem, was du uns eingebrockt hast!«

»Ach, meine Sorge, von euren Geschenken und sonstigen Beweisen der Zuneigung erdrückt zu werden, hält sich in Grenzen.«

Er richtete seine Hülle senkrecht auf und öffnete die obere Hälfte des kugelförmigen Helms. Darunter schwappte Flüssigkeit. »Ihr gestattet?« Ohne eine Antwort abzuwarten, entzündete er eine Zigarette.

»Nenn uns einen Grund«, sagte Perry, »warum wir dich nicht als Geisel nehmen und auf diese Weise unsere Freilassung erpressen sollten.«

»Auch zwei oder drei, Freund Rhodan. Erstens, ich bin für die Quochten vollkommen wertlos, ihnen eher sogar lästig – als Druckmittel also denkbar ungeeignet. Zweitens, ich biete euch die Gelegenheit, euch mit Ruhm und Reichtum zu bedecken. Drittens, ich bin euer Verbindungsglied zum Hof der Imperialen Königin. Ich halte dich nicht für so unvernünftig, diese Argumente in die Flutwelle zu schlagen.«

Perry musste ihm wohl oder übel Recht geben.

»Also los, erzähle«, forderte er den Advokatus auf. »Was steckt dahinter? Wo sind wir? Warum wurden wir entführt, und was erwartet man von uns?«

69 Ter-Gün-Madian ließ sich seine Erleichterung nicht anmerken. Er hatte die Fremden richtig eingeschätzt. Echte Nodronen hätten zuerst zur Peitsche gegriffen und erst danach Fragen gestellt. Sein Anzug verfügte zwar über einen leichten Individualschirm. Dennoch hatte er sich gefürchtet, ihnen unter die Augen zu treten.

Es kam nicht unbedingt häufig, aber doch immer wieder vor, erklärte er, dass auf Wrischaila Personen gegen ihren Willen rekrutiert wurden – »gequochtet«, wie man im Untergrund sagte. Dabei handelte es sich immer um solche, die gewisse Fähigkeiten erkennen ließen und also geeignet erschienen, bei den einmal pro Umlauf stattfindenden Imperialen Spielen eine gute Figur zu machen.

Ja, sie befanden sich auf der Hauptwelt der Quochten. Genauer: In der Stadt Takuri, an welche die berühmten Kavernen angrenzten, wo die Imperialen Spiele abgehalten wurden.

»Mir schwant Übles«, sagte die Weibliche, die als Rhodans Begleiterin in Ter-Gün-Madians Kanzlei gewesen war.

Oh, es bedeutete eine große Auszeichnung, fuhr Madian fort, an den Imperialen Spielen teilnehmen zu dürfen. Gleichwohl hatte es sich als zweckmäßig herausgestellt, manche Auserwählte gewissermaßen zu ihrem Glück zu zwingen. Sicherheitshalber, sozusagen. Für etwaige in diesem Zusammenhang entstandene Unannehmlichkeiten bat er sehr herzlich um Verständnis sowie Vergebung.

Wie sich Rhodan und seine Leute wohl bereits denken konnten, sollte auch ihnen die Ehre zuteil werden, an den Spielen mitzuwirken. Und zwar als Team, in jener Sportart, welche als die mit Abstand beliebteste galt, als absolute Königinnendisziplin.

Man nannte sie »Die Takurische Jagd«.

Die Regeln waren Folgende: In jeder Runde traten drei Mannschaften gegeneinander an. Sie bestanden aus maximal acht Kombattanten, von denen höchstens sechs sich gleichzeitig im Spielgelände, einem landschaftlich besonders reizvollen Teil der Kavernen von Takuri, aufhalten durften.

»Landschaftelich reiiizvoll für Quochten, naturelich.«

Natürlich wurde das Gelände nach jedem Spiel neu hergerichtet. Die damit befassten Kavernitekten erfreuten sich allerhöchsten gesellschaftlichen Ansehens. Jedes Team bekam ein Goldenes Ei. Ein Teammitglied wurde mit Leuchtfarbe als »Königin« kenntlich gemacht. Wem es gelang, eine gegnerische Königin mit seinem Goldenen Ei zu treffen, der bekam zwei Punkte gutgeschrieben; wer sie damit berührte, während er das Ei in der Hand oder einer sonstigen Extremität hielt, sogar deren fünf.

Deflektoren, Antigravs, Schuss-, Wurf- oder andere Fernwaffen waren strengstens verboten; jegliche Form von körperlicher Gewalt ausdrücklich erlaubt. Auf bereits bewusstlose Gegner noch weiter einzudreschen galt als unschicklich, war jedoch beim Publikum, das die Spiele – und besonders die Takurische Jagd – auf sämtlichen Planeten des Imperiums via Holovision mitverfolgte, sehr beliebt.

Wenn eine »Königin« ihrerseits einen Gegenspieler berührte, bevor sie vom Goldenen Ei getroffen wurde, galt er als gefangen und musste in dieser Runde aussetzen. Die Königin durfte dafür einen Punkt gutschreiben.

Jedes Team verfügte über Funkgeräte, weiters über ein den Gegnern nicht zugängliches »Nest«, in dem sich die Wechselspieler aufhielten. Außerdem standen dort ein Holoprojektor und eine kleine Varsonik, mittels derer man die Bilder der vielen hundert in den Kavernen postierten Kameras abrufen konnte.

Die Mannschaft, die den Turniersieg errang, wurde nicht nur mit Ruhm und Ehre überschüttet, sondern bekam auch einen äußerst hohen Geldbetrag überreicht – von niemand Geringerem als der Imperialen Königin Chi Waka persönlich, im Rahmen einer offiziellen Audienz!

Na, wenn das nicht Motivation genug für Rhodan und seine Leute war ...

Sie wurden übrigens von den Buchmachern bereits als die chancenreichsten Außenseiter gehandelt. Ausschnitte ihrer Trainingseinheiten an Bord der Paateom wurden immer wieder gesendet. Ihre Popularität auf den Welten der Quochten stieg von Zeiteinheit zu Zeiteinheit – und das, obwohl sie äußerlich den verhassten Nodronen glichen!

Nein, über etwaige Kooperationen mit den Rebellen, sei es in Gegenwart oder ferner Vergangenheit, wusste Ter-Gün-Madian nichts, desgleichen nicht über bewohnte Ordenstürme der Wissenschaftler von Cor'morian. Wenn überhaupt jemand, dann konnte nur die Königin selbst über solche Dinge Auskunft geben. Chi Waka herrschte mit absoluter Macht über Quocht und das gesamte Imperium. Auf den anderen quochtischen Planeten residierte ebenfalls jeweils eine Königin, doch sie alle waren der Imperatrix von Quocht ganz klar untergeordnet.

»Ich bedaure, euch jetzt wieder verlassen zu müssen«, schloss Ter-Gün-Madian salbungsvoll und dämpfte seinen Bronchienmörser aus. »Und dabei war es gerade so nett ... Ihr solltet euch gut ausruhen, meine Freunde. Die Spiele beginnen in wenigen Einheiten, und ihr seid bald dran. Euer erster Gegner ist eine Mannschaft, die zu den Favoriten gezählt wird. Entsprechend hoch entwickelt sich das Zuschauerinteresse. Ich bin überzeugt, dass ihr euch dessen würdig erweisen werdet.«

Hastig schloss er den Helm, damit ihm nicht im letzten Moment doch noch jemand eine Kopfnuss verpassen konnte, und verließ das schrecklich trockene, unterkühlte Gemach.

Geleitet von seinem quochtischen ID-Pass, begab er sich zu den Zeremonialgewölben am Eingang der Takurischen Kavernen. Ungleich lieber hätte er endlich Ler-Loy in der Spezialklinik aufgesucht. Aber Zimbrr Gutz hatte es ihm verwehrt. »Erst nach den Spielen«, hatte er geknurrt. »Wenn unsere Leute gewonnen haben, trage ich dich auf Händen dorthin. Sonst aber ... Ich denke, wir verstehen uns. Sieh also zu, Advokatus, dass die Fremden ihr Bestes geben und mit vollem Einsatz dabei sind.«

Der hatte leicht reden!

Als Ter-Gün-Madian die mit feinstens verfaulten Gräsern, vermorschten Hölzern und vermoderten Früchten geschmückten Gewölbe erreichte, waren die Eröffnungsfeierlichkeiten bereits in vollem Gang. Er fand Zimbrr an einer Theke, an der speziell gezüchtete Phichi-Gabe-Käfer in verschiedenen Geschmacksrichtungen feilgeboten wurden.

»Du kommst gerade richtig«, begrüßte ihn der Agent. »Traditionell präsidiert bei dieser Zeremonie nicht die Imperatrix, sondern deren Vizekönigin und Stellvertreterin. Die derzeitige heißt Irn Tekkme. Wir sind alle schon sehr gespannt auf ihre Rede.«

Die Eröffnung der Imperialen Spiele, erläuterte Gutz kauend, stellte für die Vizekönigin den politischen Höhepunkt des Jahres dar. Die Feier bot ihr Gelegenheit, vor größtmöglichem Publikum Kritik an der Amtsführung ihrer Konkurrentin zu üben. Selbstverständlich in höfischer, also raffiniertest verschlüsselter Form. Irn Tekkme war eine Meisterin darin, Kritikpunkte nicht auszusprechen, sondern elegant und dennoch unmissverständlich auf sie anzuspielen.

Als sie ins Redebassin stieg, verebbten alle Gespräche. Sie glich äußerlich, abgesehen von dem unfassbar aufwändig geknüpften Netz-Kleid, einer gewöhnlichen Quochtin. Jedoch trug sie, wie Zimbrr Gutz flüsternd erklärte, alle Anlagen zur Königin in sich, um selbige notfalls binnen relativ kurzer Zeit ersetzen zu können.

»Aha.«

Ter-Gün-Madian war nicht recht bei der Sache. Schon nach den ersten Sätzen der weitschweifigen Rede verlor er das Interesse. Er konnte ohnehin nicht verstehen, warum die Zuhörer an manchen Stellen raunten, an anderen lautstark aufgrollten, an wieder anderen sich vielsagend zunickten. Dabei sprach die Vizekönigin scheinbar bloß über die Aufzucht von Speisefischen, deren Fortpflanzungsverhalten und die Bekämpfung von Schädlingen.

Madians Gedanken glitten ab, zu seiner geliebten Tochter und ihrer schrecklichen Krankheit ... Erst, als laute, langgezogene, in den Mikro-Tonhöhen gekonnt modulierte Hornstöße erklangen, sah er wieder zum Ehrenbassin.

Irn Tekkme warf mit einer lässigen und zugleich majestätischen Geste ein Goldenes Ei in den Einstieg zu den Kavernen von Takuri.

Nachdem das tosende Applausknacken verstummt war, rief sie: »Die Imperialen Spiele sind eröffnet! Mögen die Besten gewinnen!«

70 *15. Juli 1329 + E09. Heute ist der erste Ruhetag der Wettkämpfe, und ich komme endlich dazu, die Ereignisse der letzten Tage nachzutragen. Bisher bin ich jedes Mal, kaum dass wir wieder in unserem Quartier waren und uns den stinkenden Dreck abgewaschen haben, todmüde in mein Bett gefallen. Du kannst dir gar nicht vorstellen, wie das ist, liebes Tagebuch, nach der ganzen langen Zeit auf den Sitzbänken des Mars-Liners wieder in einem Bett zu schlafen. Herrlich! Auch Schikago genießt es, in den vielen Räumen dieses Gebäudes herumstreunen zu können (obwohl sie trotzdem noch nicht wesentlich abgenommen hat). Das kann sie gefahrlos, denn alle Ausgänge sind felsenfest versperrt, nicht einmal einer dieser Käfer käme raus. Und, den Himmeln sei Dank, es kann auch keiner rein. Die Millionen von Krabbelviechern in den Kavernen stehen uns allen schon bis hier.*

Die bisherigen Runden waren erstaunlich einfach. Bis auf das erste Match haben wir alle klar gewonnen. Beim ersten hatten wir gewisse Anlaufschwierigkeiten, auch untereinander, und dadurch wurde es ganz schön knapp. Und über gewisse schmutzige Tricks, die bei der Takurischen Jagd gang und gäbe sind, hat uns vorher auch keiner was erzählt. Mittlerweile aber sind wir echt gut unterwegs, prima zusammengespielt, und vor allem: Jetzt wollen wir's wirklich wissen!

Alle, sogar Quart Homphé.

Shimmi hielt im Schreiben inne, weil sie gähnen musste und grinsen zugleich.

Perry setzte den Fettwanst nicht oft ein, dann aber gezielt. Mehrmals war es gelungen, eine gegnerische »Königin« anzulocken, weil Quart nach einem harmlosen Handgemenge bewusstlos zusammengebrochen war und nun scheinbar mutterseelenallein am Boden lag. Leichte Beute, ein Gegner weniger, und dazu noch ein Punkt – da konnten die anderen nicht widerstehen. Wenn dann der Königin-Spieler auftauchte, löste sich plötzlich Sneber Grax aus der Kavernenwand, hob das Goldene Ei, das er mit seinem Chamäleon-Körper verborgen hatte, und zack – zwei Punkte für die Terraner. Einmal sogar fünf!

Als Teamkapitän ist Perry fantastisch, schrieb Shimmi weiter. *Er hat einen unglaublichen Überblick, orientiert sich irrsinnig schnell und kann praktisch ohne Zeitverlust von Defensive auf Offensive wechseln. Jetzt ist mir endgültig klar, warum sie ihn schon seit bald dreitausend Jahren einen »Sofortumschalter« nennen. Die meiste Zeit dirigiert er uns per Funk. Das machen die quochtischen Spielführer zwar auch, aber denen ist Perry meilenweit über. Wenn es schnell gehen soll, komme fast immer ich dran. Wenn Heimlichkeit gefragt ist, dann Sneber oder Pratton. Für brenzlige Situationen spielt er Fran oder Bully frei, die sind nicht nur die besten Nahkämpfer, sondern auch gegen den Lähmungsblick der Froschgesichter immun. Und notfalls greift Perry selbst ein.*

Die meisten unserer Punkte hat bisher Fran erzielt, die zweitmeisten Reginald. Platz drei bin dann bereits ich!

Ich muss dir sagen, liebes Tagebuch – das Ganze beginnt fast schon, uns Spaß zu machen.

71 Im Finale wurden sie betrogen.

Ihre Gegner waren ein weiteres Überraschungsteam sowie die Champions der vergangenen Jahre, die von allen Buchmachern und Kommentatoren als haushohe Favoriten gehandelt wurden. Diese Mannschaft bestand aus fünf quochtischen Spitzenathleten, die auch in den Einzelbewerben regelmäßig erste Preise abräumten, sowie zwei Irchy-Ba und einem Jifften. Perry vermutete, dass es sich bei letzteren um ehemalige, besonders erfolgreiche Exekuter aus Wrischaila handelte.

Er hatte Holo-Mitschnitte von den Vorrunden-Begegnungen studiert und wusste daher, dass sich die Taktik der Titelverteidiger ebenso einfach wie durchschlagend gestaltete. Sie gaben sich vom Anstoß weg kaum damit ab, Treffer zu verhindern oder selbst Punkte zu erzielen. Ihnen lag einzig und allein daran, die gegnerischen Mannschaften möglichst rasch zu dezimieren. Sollte heißen: Sie gingen nicht aufs Goldene Ei oder die Königin, sondern auf den Mann, attackierten jeden Spieler, der ihnen in die Quere kam, mit äußerster Brutalität. Wenn sie sich dabei anfangs einige Verlustpunkte einfingen, so ließ sie das kalt – über kurz oder lang waren die Gegner aufgrund der Verletzungen und

Totalausfälle dermaßen geschwächt, dass die Champions den Rückstand mit Leichtigkeit aufholen und in eine klare Führung umwandeln konnten. Nicht selten wurde ihnen der Sieg von den Kampfrichtern vorzeitig zugesprochen, bereits im zweiten oder dritten der vier Viertel, weil schlicht und einfach keine einsatzfähigen Gegenspieler mehr am Platz waren. Man nannte sie »Quorquettschs«, was sinngemäß »Höhlenhämmer« bedeutete. Klarerweise waren sie die absoluten Publikumslieblinge.

Umso geringerer Beliebtheit erfreute sich die zweite Mannschaft, die es bis ins Finale geschafft hatte, allen Prognosen der Experten zum Trotz. Sie wurden abfällig als »Quattenadscher« bezeichnet, als »Schlammmaurer«. Ihre äußerst vorsichtig ausgerichtete Taktik zielte darauf ab, irgendwann während der ersten beiden Viertel in einem schnellen Konter zu punkten und dann diese knappe Führung durch eine kompakte Defensivleistung über die Zeit zu bringen. Das gelang den Quattenadschern hauptsächlich wegen ihrer beiden wichtigsten Spieler, die wohl ebenfalls gequochtet worden waren. Sie entstammten einem wenig bekannten Volk von Plasmawesen und konnten ihre Körperform nahezu beliebig verändern. Darüber hinaus schienen sie vollkommen schmerzunempfindlich zu sein, und nahezu unverletzlich. Um sie auszuschalten, hätte man sie schon in kleine Stücke hacken müssen …

Die übrigen sechs Mannschaftsmitglieder waren Quochten, wobei eine verhältnismäßig zierliche Frau den Ton beziehungsweise die Strategie angab. In ihren Kommentaren ließen die Sportjournalisten immer wieder durchblicken, dass die Kapitänin der Quattenadscher besonders hoch in der Gunst der Vizekönigin Irn Tekkme stand. Umgekehrt galten die Quorquettschs als *die* Kämpfer der Königin schlechthin. Sie spielten mit Schleifen in den persönlichen Farben Chi Wakas – schlammbraun, schlammgrau, schlammgrün – und grölten nach jedem Sieg, ebensolche Fahnen schwenkend, ausgiebig die Hymne der Imperatrix.

Es war also auch Politik im Spiel … und nicht wenig Geld. Im ganzen Reich wurden Unsummen auf die drei Finalisten verwettet, wobei die Siegquote der Höhlenhämmer am niedrigsten war, die der unpopulären Schlammmaurer jedoch exorbitant hoch. Die Terraner und der Yuchte, denen man inzwischen den Namen »Nyquodronen« verliehen hatte, firmierten um einiges darunter, aber immer noch weit über den Titelverteidigern.

Auf dem Weg zu den Kavernen versuchte Sneber Grax zum wiederholten Mal, einen ihrer Wächter zu bestechen, damit dieser für ihn eine hohe Summe auf die Quattenadscher setzte. Der Quochte lehnte entrüstet ab.

»Glaubst du denn selbst nicht daran, dass ihr gewinnt?«, knurrte er.

»Naturelich. Aber dann habe ich sooowieso ausgesorgt. Darum hätte ich gern noch eine zweite Angel im Wasser.«

Doch der Wächter ließ sich nicht erweichen, und da auch Shimmi ihn scheel anschaute, stellte Sneber seine Bemühungen ein.

Der vor jedem Spiel übliche Einmarsch der Mannschaften in die Zeremonialgewölbe gestaltete sich diesmal ganz besonders bombastisch. Obwohl, wie es der Tradition entsprach, niemand aus dem königlichen Nest anwesend war, hatten sich alle Schiedsrichter, Kommentatoren, Betreuer und sonstigen Ehrengäste in ihre schmucksten Netzanzüge geworfen. Ein kleines Rauchwölkchen aus einer der hintersten Reihen zeigte an, wo sich Ter-Gün-Madian aufhielt.

Perrys Team wurde als erstes präsentiert und erhielt freundlichen Applaus. Dazu erzeugten die Quochten klackende Geräusche mit ihren stahlhart gepanzerten Fingern. Vereinzelt ertönten aufmunternde Zurufe, die Perrys Translator jedoch wegen des allgemeinen Tumults nur mangelhaft übersetzen konnte. »Beißt den Schlammmaurern Treppen in die Hinterbacken, damit ihre Flatulenzen darauf verunglücken« – das konnte wohl kaum gemeint gewesen sein.

Sobald die Quattenadscher einliefen, erzitterten die Gewölbe von lautstarken Beschimpfungen und verächtlich dröhnendem Geknurre. Quochten besaßen die Fähigkeit, sehr weit und sehr präzise zu spucken. Im Nu war das Team der Vizekönigin über und über mit grüngelbem Speichel bedeckt. Die acht Sportler machten sich jedoch nichts daraus, spuckten zurück und verhöhnten ihrerseits das Publikum mit obszönen Gesten. Die beiden Plasmawesen verformten sich zu Darstellungen offenbar äußerst verpönter sexueller Praktiken und fachten damit den Sturm der Entrüstung noch weiter an. Doch erschien Perry das ganze martialische Getue nicht tödlich ernst gemeint, vielmehr als eine Art kollektives Gaudium, bei dem eben jeder die Rolle, die ihm zugedacht war, so überzeugend und beherzt wie möglich spielte.

Dann kamen die Champions, die Quorquettschs, jeder Einzelne mit einer überreich verzierten, brau-grau-grünen Standarte in der Hand. Der Jubel, mit dem sie empfangen wurden, war ohrenbetäubend. Ein Regen von Phichi-Gabe prasselte auf sie herab. Als sie Aufstellung nahmen, die Fäuste an die königlichen Wappen auf ihrer Schleife schlugen und ihr berühmtes Kampflied intonierten, erhoben sich ringsherum alle aus den terrassenförmig angelegten Sitzteichen und grölten lauthals mit.

Wir sind die Höhlenhämmer!
Wir machen jeden platt
Für unsre Königin,
Die uns geboren hat.

Wir sind die Höhlenhämmer!
Wir kennen kein Pardon,
Für unsre Königin
Auf ihrem Eierthron.

Wir sind die Höhlenhämmer!
Wer uns zum Gegner kriegt,
Wird, was er auch versucht,
Am Ende doch besiegt.

Wir sind die Höhlenhämmer!
Wir hauen furchtbar hin,
Für unsre Königin,
Für unsre Kööö-niii-gin!

»Ojojoj«, flüsterte Shimmi Caratech, die dicht bei Perry stand. »Das würde ich aus unserer Sicht nicht unbedingt als Heimspiel bezeichnen.«

»Umso umheiiimlicher werden wir den Quochten heiiimleuchten. Wir werden ihnen heiiimzahlen, wie heiiimtückisch sie uns verheiiimlicht haben, dass …«

»Pst, Sneber!«

Der Lärm ebbte ab, denn soeben entstand in der Mitte des Zentralgewölbes die dreidimensionale Holografie der Kavernen, in denen die letzte und entscheidende Takurische Jagd dieser Imperialen Spiele stattfinden würde. Anerkennendes Knurren ging durch die Zuschauermassen. Kein Höhlensystem war bisher auch nur annähernd so komplex, verwinkelt und von tückischen Fallgruben gespickt gewesen wie dieses.

Der Oberschiedsrichter gab das Zeichen, dass die drei Mannschaften ihre jeweiligen Nester aufsuchen sollten. Nachdem dies geschehen war, ertönte das schauderhafte Jaulen der Hörner.

Das Spiel begann.

Wie leicht vorherzusehen gewesen war, hielten sich alle drei Teams in den ersten Minuten bedeckter denn je. Die Quattenadscher schirmten den als ihre Königin markierten Quochten in einer Sackgasse unweit ihres Nestes ab. Eines der beiden Plasmawesen blockierte den einzigen breiteren Gang, der diesen Teil der Kavernen mit dem Rest des Labyrinths verband. Sein Artgenosse bewegte sich, das Goldene Ei mit einem Pseudopodium an den fladenförmigen Körper gepresst, zusammen mit einem quochtischen Teamkameraden langsam in Richtung des terranischen Nestes, wo sich Perry nach Kräften bemühte, aus der Überfülle der Kamerabilder die wichtigsten herauszufiltern.

Die Königin und mindestens zwei weitere Spieler mussten sich zu jeder Zeit auf dem Jagdgelände aufhalten, sonst setzte es Minuspunkte. Auch für zu passives Verhalten konnten die Schiedsrichter solche vergeben, beispielsweise, wenn eine Mannschaft über eine bestimmte Zeitspanne hinaus jeder Feindberührung auswich. Mehrere Kommentatoren hatten gefordert, diese Regel dahingehend zu ergänzen, dass auch Scheingefechte, wie sie gelegentlich einer der beiden Plasmoiden vom Zaun brach, entsprechend bestraft werden sollten. Doch das Oberste Kampfgericht hatte verlautbaren lassen, Feindberührung sei Feindberührung. Schließlich waren auch die Aktionen der Höhlenhämmer sehr oft nicht auf Ei oder Königin ausgerichtet.

Besagte Favoriten schwärmten ebenfalls verhaltener aus als sonst. Der Jiffte, dem wegen seines mörderisch gefährlichen Dornenschwanzes am schwersten beizukommen war, hatte wie immer den Part der Königin übernommen. Um ihn massierten sich die Quochten. An der Spitze des Pulks, der sehr langsam ins ungefähre Zentrum des Geländes vordrang, gingen die beiden Rieseneidechsen. Wer das Goldene Ei bei sich hatte, ließ sich noch nicht erkennen; ebenso wenig, in Richtung welcher Gegenmannschaft die Quorquettsch schwenken würden.

In dieser Anfangsphase kam es darauf an, spontan Allianzen zu bilden, zu zweit das dritte Team unter Druck zu setzen – und sich im richtigen Moment ansatzlos gegen seine temporären Verbündeten zu wenden. Diese Vorgeplänkel und Stellungswechsel dauerten meistens bedeutend länger als die eigentlichen Kampf- und Spielzüge, doch waren sie für deren Ausgang entscheidend.

Perry Rhodan hatte Fran Imith als Königin aufgestellt. Die TLD-Agentin hatte sich in dieser Position bewährt, obwohl sie durch die Auswirkungen ihrer Höhlenphobie leicht beeinträchtigt wurde. Aber sie war tapfer, biss die Zähne zusammen, bewies Professionalität, riss durch ihr vorbildliches Verhalten die anderen mit. Und, so zynisch-berechnend das auch klingen mochte: Die Anfälle von Fahrigkeit und Paranoia verschärften ihre Aufmerksamkeit und Reflexe noch.

Bully war als ihr »Leibwächter« abgestellt – eine hübsche Umkehrung der ursprünglichen Rollen, wie Perry fand. Das Paar, das noch keines war, aber wohl bald eines werden würde, arbeitete sich recht flott in Richtung Zentrum vor. Dabei wählten sie enge, gewundene Kavernen, in denen sie vor den Irchy-Ba und dem Jifften relativ sicher waren. Pratton Allgame hielt sich nahe bei ihnen, nie mehr als ein, zwei Weggabelungen entfernt. Seinen größten Trumpf, Sneber Grax, wusste Perry ebenfalls in der Nähe, wenngleich man ihn auf dem Monitor nicht ausmachen konnte.

Gut so.

In den Kavernen waren nicht nur Kameras montiert, sondern auch Lautsprecher. Jede Äußerung, die einer der Billionen Zuschauer vor seinem Holoschirm auf irgendeiner der Quochten-Welten von sich gab, wurde umgekehrt ebenfalls übertragen. So entstand ein eigentümlich intensives Rauschen und Grollen, das Perry an einen ins Unendliche gestreckten Lawinenabgang erinnerte. Es steigerte sich abrupt, als der Pulk der Höhlenhämmer die Richtung änderte und Kurs auf Fran und Bully einschlug. Wenige Sekunden später reagierten das zu den Schlammmaurern gehörende Plasmawesen und der Quochte, der es begleitete. Sie steuerten ebenfalls auf Pratton und die beiden zu.

Damit war praktisch vorgezeichnet, wie die erste Konfrontation verlaufen würde: Alle gegen die Terraner.

Perry spürte, dass sich seine Pulsfrequenz erhöhte. Er informierte über Funk seine Teammitglieder, dann schickte er Shimmi Caratech ins Rennen.

Mit dem Goldenen Ei.

Die Siebzehnjährige setzte ihre ganze Schnelligkeit ein. Sie schwamm mehr durch die von Mistkäfern und Schlamm gefüllten Kavernen, als sie lief. Ihre Bewegungsrichtung zielte eindeutig auf die Königin der Quattenadscher. Erneut verstärkte sich das Getöse aus den Lautsprechern.

Die Strategen auf den Gegenseiten ließen sich nicht beirren. Pulk und Stoßtrupp würden die drei Nyquodronen zwar erst später erreichen als deren Alleingängerin die Barrikade der Schlammmaurer, wegen der niedrigen Normalgeschwindigkeit der Quochten. Aber was sollte eine Einzelne gegen drei quochtische Athleten und einen schier unbezwingbaren Plasmoiden ausrichten?

Noch dazu verfing sich Shimmis Fuß auf den letzten Metern in einem aus dem tiefen, sumpfigen Boden ragenden Algenbündel. Sie stürzte. Die Zuschauer brüllten auf, als ihr der goldene Ball entglitt. Er rollte nicht weit, blieb wenige Meter vor dem Plasmawesen im Schlamm stecken. Dieses streckte sich flach nach vorn und bildete dünne, weißliche Tentakel aus.

Perry hielt den Atem an. Wer das Ei eines Gegners eroberte, beraubte ihn für die Dauer dieses Viertels nahezu jeder Möglichkeit, Punkte zu erzielen.

Einen Lidschlag, bevor die Tentakel den Ball erreichten, schoss von der Decke eine lange Zunge herab. Sneber Grax fischte sich das Goldene Ei, sprang in einem mächtigen Satz über den Plasmoiden hinweg in die Grotte dahinter, warf – und traf die Königin, noch ehe sein Körper unter den Blicken der Quochten erlahmte.

Zwei zu null zu minus zwei für uns, dachte Perry. *Und, was viel wichtiger ist: keine Verletzten.*

Leider sollte es nicht dabei bleiben.

72 Jedes Mal, wenn eine Seite gepunktet hatte, wurde das Spiel unterbrochen, und die Kombattanten kehrten in die Nester zurück. Shimmi und Sneber zeigten sich entsprechend stolz auf ihre Leistung, die anderen drei erleichtert, dass sie gerade noch mal davongekommen waren. Von einer solchen Übermacht körperlich überlegener Gegner hätten sie gewiss schreckliche Prügel bezogen.

»Gewagt und gewonnen«, gratulierte sogar der sonst so sauertöpfische Quart Homphé. »Möge es so weitergehen!«

Tat es aber nicht.

Zwar war ihnen mit ihrem Überraschungsangriff gelungen, die Quattenadscher aus der Reserve zu locken und zu mehr Offensive zu zwingen. Dennoch fand Perrys Team in der ganzen ersten Halbzeit keine weitere Lücke in deren Verteidigung. Die Terraner hatten mehr als genug damit zu tun, die immer heftiger vorgetragenen Attacken abzuwehren. Wieder und wieder entkamen sie den Plasmoiden nur äußerst knapp. Einmal wurde Fran von deren Goldenem Ei gestreift, doch die Schiedsrichter gaben den Treffer aus unerfindlichen Gründen nicht.

Immerhin gelang es den Terranern zweimal, die gegnerischen Parteien aufeinander zuzulocken und im wahrsten Sinn des Wortes abzutauchen, während sich die anderen gegenseitig vermöbelten. Mit gnadenloser Härte: Die Rieseneidechsen und der Jiffte zerrissen eines der Plasmawesen buchstäblich in der Luft. Die beiden verbliebenen Teile waren zwar, wie sich herausstellte, getrennt lebensfähig, aber quasi auf die Stufe von Neugeborenen zurückgeworfen. Sie wurden von ihrem Artgenossen während der Spielunterbrechung vom Gelände gebracht.

Kurz vor Ende des zweiten Viertels fiel einer der Irchy-Ba dem Hypnoseblick zum Opfer. Paralysiert vermochte er sich gegen die Bisse und Hiebe der feindlichen Quochten nicht mehr zur Wehr zu setzen und musste ebenfalls schwer verletzt ausscheiden.

Quart Homphé, der die grausliche Szene im Holobild mit ansah, übergab sich neben Perry – was die Atmosphäre im Nest nicht unbedingt verbesserte.

Im Getümmel dieser Gewaltorgie schlich sich Pratton Allgame wagemutig an den Jifften heran. Er konnte ihn mit dem Ei berühren und fünf weitere Punkte gutschreiben. Aber der Weinbauer und Meisterdieb bezahlte einen hohen Preis dafür. Der dornenbesetzte Schwanz des Umweltangepassten erwischte ihn, eindeutig nach dem Hornsignal, also regelwidrig, jedoch um nichts weniger folgenschwer. Prattons rechte Schulter war ausgekugelt, ein Arm gebrochen, das Gesicht eine blutige Masse, als die Sanitäter ihn im Nest der Nyquodronen ablieferten. Fran und Bull verarzteten den übel Zugerichteten, so gut es unter den gegebenen Umständen ging.

»Aus. Mir reicht's«, sagte Perry energisch. »Das ist es nicht wert. Ab sofort gehen wir kein Risiko mehr ein. Wenn die Gewalt dermaßen eskaliert, ist das kein Sport, sondern Krieg. Und den sollen sie gefälligst ohne uns führen.«

»Aufgeben ist im Reglement nicht vorgesehen«, erinnerte Bully.

»Dann sollen sie uns eben wegen Passivität Punkte abziehen oder meinetwegen disqualifizieren!«

Wie immer litt Fran Imith während der Ruhephase mehr unter den psychosomatischen Auswirkungen ihrer Phobie als in der Hitze der Gefechte. Unentwegt kratzte sie sich am Hinterkopf, auf der Stirn oder an den Nasenflügeln, die davon schon ganz gerötet waren. »Mit anderen Worten, du willst, dass wir in der zweiten Hälfte unser Nest gar nicht mehr verlassen?«, fragte sie Perry.

»Genau.«

»Obwohl wir in Führung liegen?«

Die Kampfrichter hatten den Titelverteidigern für den Regelverstoß des Jifften drei Minuspunkte aufgebrummt. So stand es, da das Team der Vizekönigin zuvor zwei Konterangriffe gegen die Champions erfolgreich abgeschlossen hatte, zur Pause sieben zu minus elf zu eins. Sie hatten also sechs Punkte Vorsprung auf die Quattenadscher und gleich achtzehn auf die Quorquettschs.

»Ich kann nicht verantworten, dass noch andere von uns schwere Verwundungen davontragen.« Vielsagend blickte Perry Rhodan zu Shim Caratech, die mit Heißhunger Konzentratriegel in sich hineinstopfte.

»Aber das hiiieße: keine Audienz bei der Königin. Dann sitzen wir sehr wahrscheinelich auf Quocht fest, bis uns der Schimmel und die Käfer bei lebendigem Leib aufgefressen haben. Nein, danke!« Sneber Grax verfärbte sich puterrot, um seinen Worten Nachdruck zu verleihen.

»Kompromissvorschlag.« Bully, der mit seinem MedoSet Prattons Körperfunktionen stabilisiert hatte, richtete sich auf. Er sah Perry kerzengerade in die Augen. »Nur noch du, ich, Fran und Sneber gehen raus. Nein, keine Widerrede, Shimmi – du bist weder mentalstabilisiert und nahkampfgeschult noch ein Chamäleon und inoffizieller Werftwerk-Meister im Ausbüchsen. Quart wird uns über Funk die Standorte der Gegner übermitteln.«

»Ich? Unmöglich. Das kann ich nicht.«

»Verdammt, jetzt reiß dich doch endlich einmal zusammen, du rückgratloser Schwabbelkloß!«, fuhr Bully den Künstler schärfer an denn je. »Natürlich kannst du das. Du bist Holo-Experte, hast gute Augen – schluck runter, was du sagen willst, den Blödsinn mit der Brille nimmt dir sowieso keiner ab –, und du verfügst über ein ausgezeichnetes Raumgefühl. Sonst hättest du niemals deine Installationen verfertigen können. Oder? Na eben.«

»Aber ... ich habe nicht die geringste Ahnung von Taktik und Strategie.«

»Es gibt keine Taktik mehr, mein Junge. Nur noch den blanken Kampf ums Überleben. Habe ich mich klar genug ausgedrückt?«

Die Hörner ertönten. Es ging weiter.

»Wir stimmen ab«, entschied Perry. »Wer ist für Bullys Vorschlag?«

Vier Hände fuhren in die Höhe. Zögerlich, mit leichter Verspätung, eine fünfte: Quart Homphés. Aus der Richtung von Prattons Pritsche erklang ein gequältes, kaum verständliches »Iww auww!«.

»Na schön«, sagte Perry. »Ich beuge mich der Mehrheit. Unter der Bedingung, dass …«

»Schon klar, Alter«, unterbrach ihn Bully sanft, aber mit Nachdruck. »Gehen wir. Die warten auf uns. Hals- und Beinbruch, Freunde!«

73 »Ich dachte, genau das wollen sie vermeiden?«

»Eine Redensart, nehme ich an. So ähnlich wie ›Kropf- und Schuppendürre‹«, antwortete Ter-Gün-Madian. Er wog einen Glimmstängel in der Hand, kämpfte mit dem Verlangen, gewann – und war darob so stolz auf sich, dass er ihn zur Belohnung doch entzündete.

Die umstehenden Quochten warfen ihm pikierte Blicke zu, enthielten sich aber eines Kommentars.

Zimbrr Gutz hatte ihn in den Kontrollraum der Kampfrichter mitgenommen, wo selbstverständlich alle Funkfrequenzen abgehört wurden, desgleichen die Gespräche in den jeweiligen Nestern. Bildete Madian sich das nur ein, oder begegnete man ihm und dem Agenten der Königin mit plötzlich gesteigerter Ehrerbietung? Er hatte sich sogar seines Anzugs entledigen und in einen speziell für ihn temperierten Gästeteich tauchen dürfen.

Wie auch immer. Er konzentrierte sich auf die zweite Halbzeit.

Hatten die Höhlenhämmer sich bislang immer wieder mit den Schlammmaurern gegen die Weder-Quochten-noch-Nodronen zusammengetan, so ließen sie diese nun links liegen und machten ausschließlich Jagd auf die Spieler der Vizekönigin. Die wehrten sich verbissen, und nicht ungeschickt. Sie erzielten sogar durch Fernwürfe auf den ungestüm andrängenden Jifften vier weitere Punkte.

Am Ende des dritten Viertels wurde ein Spielstand von sieben zu minus fünfzehn zu fünf aufgezeigt.

»He, warte mal«, sagte Ter-Gün-Madian argwöhnisch zu Zimbrr Gutz. »Da stimmt was nicht. Die Nyquodronen hatten keine einzige Kampfhandlung. Selbst, wenn sie sich den Quorquettschs überaus vorsichtig anboten, wichen diese aus. Die Schiedsrichter hätten Rhodan mindestens drei, wenn nicht vier Minuspunkte für passives Spiel aufbrummen müssen!«

»Haben sie aber nicht. Weil, wie du ja gerade selbst festgestellt hast, guter Wille erkennbar war.«

»›Guter Wille‹? Die gehen da drin mehr oder minder spazieren!«

»Mein lieber Advokatus, du bist ein frisch Zugereister. Wie solltest du die Feinheiten der Takurischen Jagd verstehen können?«

»Bei dem, was da abläuft, handelt es sich nicht um Feinheiten, allerwertester Zimbrr, sondern um plumpe Schiebung! Hältst du mich für dämlich? Ich erkenne doch trockenen Laich, wenn ich ihn sehe!«

»Die dauernde Qualmerei verwirrt deine Sinne. Hier geht alles mit rechten Dingen zu. Sämtliche Athleten geben ihr Bestes.«

»Pah!« Ter-Gün-Madian echauffierte sich so sehr, dass er einen Hustenanfall bekam. Mit einem Mal spürte er sein Körperende nicht mehr.

Bei Wrischaila! Sind das erste Anzeichen eines Raucherschwanzes? Nein, bitte nicht. Ich darf nicht sterben, bevor ich mich überzeugt habe, dass sich Ler-Loy auf der Welle der Besserung befindet ...

Als er sich wieder gefangen hatte, hatte das vierte Viertel bereits begonnen.

Die Begeisterung des Publikums, die sich in rhythmisch an- und abschwellenden Grollgesängen niederschlug, war ungebrochen. Jede Aktion der Quorquettschs wurde mit tosendem Klacken begleitet. Und dabei spielten diese ganz eindeutig falsch, handelten offensichtlich gegen ihre eigenen Interessen! Anstatt sich bei den Nyquodronen, die nur vier Spieler am Feld hatten, billige Punkte abzuholen, lieferten sie sich Gefecht um Gefecht mit den Quattenadschern, die inzwischen mit den Führenden gleichgezogen hatten.

»In Wahrheit müssten sie längst vorne liegen«, ereiferte sich Madian. »Das ist jetzt schon der dritte Treffer gegen die Rhodan-Leute, der ihnen mit fadenscheinigen Begründungen aberkannt wurde. Merkt das denn niemand?«

»Ich weiß nicht, wovon du sprichst. Die Oberkampfrichter der Imperialen Spiele sind streng neutral. Da, siehst du? Gerade hat die Königin der Nyquodronen einen Spieler der Schlammmaurer niedergeschlagen, und prompt wurde der Zwei-Punkte-Abstand wieder hergestellt.«

»Niedergeschlagen? Bewusstlos? Sie hat ihm auf die Schulter getippt, und er wollte sie gerade attackieren, als die Hörner erklangen! Das ist doch quappig, und so durchsichtig wie meine Handfläche!«

»Aber den Leuten gefällt's.«

»Wer sagt, dass die Publikumsgeräusche nicht ebenfalls manipuliert sind?«, rief Ter-Gün-Madian.

»Jetzt hör mir einmal gut zu«, knurrte Zimbrr Gutz halblaut. »Paff, so viel du willst, aber halt dich mit derlei Äußerungen zurück, ja? Die fleißigen, ordentlichen und anständigen Quochten da draußen in Vaaligo wollen strahlende Sieger sehen, keine Taktierer. Irn Tekkmes Sumpfkriecher stellen alles Mögliche dar, nur keine Idole. Rhodan und seine Truppe sehr wohl, trotz oder gerade wegen ihres nodronischen Aussehens. Die Höhlenhämmer haben ein gutes Spiel gemacht, haben den Zuschauern was geboten, sind in Anstand und Würde untergegangen. Sie haben gekämpft, wie nur Quochten kämpfen können, aber letztlich mussten sie sich von Perry Rhodans überlegenem taktischen Geschick geschlagen geben. Was keine Schande ist, nicht im Mindesten. Er ist schließlich nicht irgendwer, schon vergessen? Sondern der Eine. Der Retter. Der uns vor dem Niedergang bewahren wird, und zu neuer Größe führen.«

Als Zeichen der Empörung entleerte Ter-Gün-Madian seine Blase in das Wasser des Ehrengästeteichs. »In Wirklichkeit ist er auch nur so eine Figur, eine Puppe an den Fäden einer übergeordneten Instanz, wie wir beide, du und ich«, zischte er. »In Wirklichkeit dient dieses Spiel einem höheren Zweck. In Wirklichkeit steckt ganz etwas anderes dahinter. Oder besser: jemand anderer. Nämlich die Königin Chi Waka.«

»Das hast *du* gesagt. Und, wenn ich dir einen Rat geben darf: Sag es nie wieder. Beim Leben deiner Tochter: Schweig.«

Ter-Gün-Madian schwieg.

Die Hörner erklangen, final, triumphal. Das offizielle Endergebnis wurde bekannt gegeben. Als Sieger, als Gewinner der Takurischen Jagd, als Erringer der höchsten Trophäe der Imperialen Spiele wurde die Mannschaft der Nyquodronen ausgerufen.

»Was«, fragte der ehemalige Advokatus müde, »passiert eigentlich mit den Verlierern?«

12 *Von der Kunst des Teilens und des Herrschens*

74 Die Hinrichtung fand an einem wunderschönen, sonnigen Tag statt, unter einem strahlend blauen, wolkenlosen Himmel.

Niemand, der nicht Bereitschaftsdienst an Bord eines der Sternenkreuzer schieben musste, ließ es sich nehmen, dem Spektakel beizuwohnen. Die auf Mantagir stationierten Raumsoldaten und ihre Angehörigen füllten die riesige Arena bis zum Rand.

Ihr angeregtes Gemurmel und vorfreudiges Lachen drang bis in die Zellen unter den Tribünen. Hier hockten, nur durch einfache Gitterstäbe getrennt, auf harten Steinbänken der Attaché Mokoefa Ottakroide und seine Familie, Varrn Vardak mitsamt der dreizehnköpfigen Mannschaft des gekaperten Frachters, und Pelmid Sulcatob. Niemand sprach, alle hingen ihren trüben Gedanken nach.

Ich wollte schon lange wieder einmal eine Hinrichtung besuchen, dachte die Waffenmeisterin sarkastisch. *Freilich hätte es nicht unbedingt meine eigene sein müssen.*

Sie zweifelte nicht daran, dass dieser Tag ihr letzter sein würde. Obwohl sie noch nicht verurteilt war. Axx Cokroide hatte das militärische Standgericht, dem selbstverständlich er persönlich vorsaß, für die Mittagsstunde angesetzt.

Unmittelbar nach der Verkündung der Urteile sollte gegebenenfalls der Henker in Aktion treten.

Und die Peitsche wird ihre Opfer fordern, ganz sicher. Das ist Axx Cokroides Tag, seine große Show. Undenkbar, dass er nicht ein Exempel statuieren und zugleich für einen krönenden Abschluss sorgen wird.

Das Publikum verstummte. Dann erklangen die wohlmodulierten Stimmen einiger Herolde. In Form von kurzen Balladen, Erzählungen und Dialogszenen riefen sie die Geschehnisse in Erinnerung, die zur heutigen Gerichtsverhandlung geführt hatten.

Wie ein Todeskommando der Rebellen einen Militärfrachter von Balance B entführt hatte.

Wie ein Verband unter dem Kommando von Son'Trokete Axx Cokroide sofort die Verfolgung aufgenommen hatte.

Wie es den Rebellen durch eine Verkettung unglücklicher Zufälle dennoch gelungen war, sich mitsamt dem Lastenraumer nach Wrischaila abzusetzen.

Wie der offizielle Botschafter der Zwillingsgötzen sich daraufhin persönlich in das berüchtigte Werftwerk begeben, praktisch im Alleingang den Frachter für das Empire zurückerobert und wieder nach Mantagir gebracht hatte.

Pelmid Sulcatob war nicht die Einzige in den Zellen, die an dieser Stelle verächtlich auflachte. Die Nodronen draußen auf den Rängen hingegen reagierten, wie es von der Regie beabsichtigt war. Sie huldigten, gewiss angeheizt von unauffällig postierten Claqueuren, Axx Cokroide mit nicht enden wollenden Sprechchören.

Leider, beendeten die Herolde danach ihre hymnischen Lobpreisungen, konnten sich die Rebellen durch feigen Selbstmord der nodronischen Justiz entziehen. Wer Schuld daran trug, dass ihnen dies gelang, sollte das nun folgende Standgericht klären.

Pelmid und die anderen Angeklagten wurden ins Rund der Arena verbracht, vor die Bühne, auf der Axx und seine Beisitzer thronten. Bei diesen handelte es sich um ranghohe Offiziere, dem Empire treu ergeben – und ganz besonders dessen Repräsentanten, Axx Cokroide.

Marionetten, dachte Pelmid angewidert. *Strohmänner. Erbärmliche Speichellecker.*

Die von ihnen durchgeführte, ausgiebige Befragung der Angeklagten diente ebenfalls hauptsächlich dazu, Cokroides Ruhm zu mehren, ihn als einen wahren Superhelden erscheinen zu lassen.

Fast alle Fragen wurden suggestiv gestellt: »Zeugt es nicht von besonderer Liebe zu seinen Truppen, dass der Botschafter und Son'Trokete euch zuerst aus Raumnot rettete und erst dann die Verfolgung fortsetzte?«

»O ja. Unbedingt. Auf jeden Fall.«

»Antworte in ganzen Sätzen, Angeklagter Varrn Vardak!«

»Gern. Äh … Ich finde, es zeugt von besonderer Liebe zu seinen Truppen, dass der Botschafter und Son'Trokete uns zuerst aus Raumnot rettete und erst dann die Verfolgung fortsetzte.«

Und so weiter, während die Schatten länger und länger wurden. Was für ein lachhaftes Schauspiel! Pelmid fiel ein Ausspruch eines ihrer Lehrer ein: *Todesangst, meine Damen und Herren, ist der einzig wahre Komödiant in der Stadt.*

Wie Varrn versuchte sich auch Mokoefa bei Axx Cokroide einzuschleimen, indem er dessen Taten im strahlendsten Licht erscheinen ließ; nur noch um einiges kriecherischer. Pelmid selbst aber weigerte sich, als die Reihe an ihr war, willenlos nachzubeten, was die Beisitzer ihr in den Mund legen wollten. Da sie klar zu erkennen gab, dass sie bei der Wahrheit bleiben würde, wurde ihre Befragung sehr bald abgebrochen.

Am späten Nachmittag zog sich das Standgericht zur Beratung zurück. Angeblich. Pelmid war überzeugt, dass nicht einen Augenblick lang diskutiert würde. Hier bestimmte nur einer: Axx Cokroide.

In der Pause traten Spaßmacher auf, Possenreißer mit grell geschminkten Gesichtern und viel zu großen Schuhen. Niemand fand sie besonders lustig, doch sie gehörten nun einmal dazu. Immerhin, Mozz und Wlenko lachten ein-, zweimal herzhaft, und Mokoefas Kinder stellten ihr Geflenne ein.

Die Sonne brannte heiß auf die Angeklagten nieder. Aber die meisten hätten wohl auch geschwitzt, wenn die Temperatur unter dem Gefrierpunkt gelegen wäre. Pelmid fühlte sich innerlich leer. Die Schande, die der Tod durch die Peitsche von Nodro über ihre Familie brachte, bekümmerte sie; doch nicht so sehr wie der Umstand, dass sie nun keine Gelegenheit mehr zur Rache an Axx bekommen würde.

Sie hatte verloren, auf der ganzen Linie.

Trommler und Seitenpfeifer begleiteten den erneuten Einzug der Richter. Dann ergingen die Urteile.

Mokoefa Ottakroide war schuldig der Kollaboration mit den nodronischen Rebellen. Darauf stand die Todesstrafe, die mit der Peitsche von Nodro zu vollziehen war. Seine Familie wurde auf einen Strafplaneten verbannt.

Varrn Vardak, Mozz und Wlenko waren schuldig der Vernachlässigung ihrer Dienstpflichten sowie der Ungeschicklichkeit vor dem Feind. Darauf stand die Todesstrafe, die mit der Peitsche von Nodro zu vollziehen war. Die übrigen Besatzungsmitglieder wurden auf einen Strafplaneten verbannt.

Pelmid Sulcatob straffte sich. Sie hielt sich kerzengerade, blickte Axx voll ins Gesicht, während er den Gerichtsentscheid verlautbarte. Sie bemühte sich so sehr, nicht zu blinzeln, dass sie die Bedeutung der Worte zuerst gar nicht registrierte.

»… ist unschuldig. Sie hat im Gegenteil höchste Kompetenz und Einsatzbereitschaft an der Seite ihres Son'Trokete bewiesen und wird daher zu dessen persönlicher Adjutantin befördert.«

Unter donnernden Ovationen führte man die völlig Konsternierte auf die Bühne und stellte ihr einen Stuhl zur Linken Axx Cokroides.

»Wir werden noch viel Spaß miteinander haben«, raunte er ihr ins Ohr, während unten der Henker in die Arena trat, um Varrn, Mozz, Wlenko und Mokoefa kunstvoll zu zerteilen.

75 Hände und Füße, Arme und Beine glichen denen gewöhnlicher Quochten. Rumpf und Kopf der Imperialen Königin aber waren mindestens doppelt so groß.

Chi Waka ruhte, den geschwollen wirkenden Leib halb zur Seite gedreht, auf einer Art Diwan. Sie war nackt, nur ein dünnes Tuch aus fauligen Pflanzenfasern bedeckte ihren monströsen Unterkörper. Dahinter perlten unablässig wenige Zentimeter durchmessende Eier hervor, die von Lakaien mit größter Vorsicht aufgefangen und abtransportiert wurden.

Wenn das immer so dahingeht, dachte Fran Imith fasziniert, *legt sie jeden Tag Millionen davon. Dies ist ein Matriarchat im Wortsinn: Chi Waka stellt nicht nur die Herrscherin, sondern auch die Urmutter des Volkes von Quocht dar!*

Andere Höflinge zogen pausenlos in einer langsamen, tänzerischen Prozession an der Königin vorbei und boten ihr auf kristallenen Tellern Nahrung an. Manches ließ sie sich in den gewaltigen Mund löffeln, manches lehnte sie mit einer trägen Handbewegung ab. Das Imperiale Nest wurde von Wasserdampf und einem schweren Geruch erfüllt, den Fran als nicht einmal unangenehm empfand, nur viel zu intensiv: wie überreifer Weichkäse, gemischt mit am Strand eines salzigen Meeres verwesendem Seetang …

Ich hätte in Urlaub gehen sollen. Und nie und nimmer diesen so genannten Routineauftrag annehmen dürfen. Ich muss nicht bei Trost gewesen sein. Routine? Wenn Rhodan dabei ist? Ha!

Sie versuchte die Erinnerung daran zu verdrängen, wie tief im Inneren des Planeten Quocht diese surreale Höhlenblase lag. Viele Kilometer unter der Oberfläche. Fran bemerkte, dass sie sich hinter dem Ohr kratzte, und zwang sich, damit aufzuhören. Unter Aufbietung aller Willenskraft richtete sie ihre Konzentration wieder auf die Königin Chi Waka.

»Sei gegrüßt, Zimbrr Gutz«, sagte diese zu dem Quochten, der die Terraner hier herab ins Imperiale Nest geleitet hatte. Ihre Stimme klang sehr tief, fast schon an der Grenze des Hörbaren. Dennoch, und obgleich sie ihre Tätigkeiten des Essens und Gebärens weiterführte, war jedes Wort klar verständlich. Als besäße Fran plötzlich noch einen zweiten Translator, aber nicht auf der Wange, sondern mitten im Gehirn.

»Wen bringst du mir, mein Mann in Wrischaila?«, fragte die Königin.

»Die Sieger der Takurischen Jagd«, antwortete Zimbrr Gutz feierlich, »auf dass du sie auszeichnest und belohnst.«

Er stellte sie mit Namen vor, alle sechs, Perry als letzten. Der rekonvaleszente Pratton Allgame hatte mit Schikago in ihrer Unterkunft zurückbleiben dürfen.

»Ich danke dir, Zimbrr«, sagte Chi Waka. »Du hast deine Sache gut gemacht. Nun geh. Du aber, Perry Rhodan, tritt an mein Lager.«

Nachdem er ihrer Aufforderung gefolgt war, sprach sie: »Die Imperiale Königin von Quocht verfügt über gewisse Gaben, Fremdling. Ich erkenne in dir etwas Besonderes.«

»Ein winziges Gerät in meiner Schulter verleiht mir biologische Unsterblichkeit. So wie auch meinem Freund und Begleiter Reginald Bull.«

»Das meine ich nicht. Dich umgibt, als Einzigen von euch, ein höherdimensionales Fluidum.«

»Ich verstehe. Man nennt dies eine ›Ritteraura‹. Sie wurde mir verliehen, als ich in den Dienst der Kosmokraten trat, und haftet mir immer noch an, wiewohl ich längst kein Ritter der Tiefe mehr bin.«

Wenn Chi Waka mit diesen Begriffen etwas anfangen konnte, so zeigte sie es nicht. Jedenfalls ging sie nicht weiter darauf ein. »Hat euch die Takurische Jagd Freude bereitet? Seid ihr stolz, weil ihr gewonnen habt?«

»Nein, und nochmals nein«, antwortete Perry trocken. »Wir haben an den Spielen teilgenommen, da uns das als die einzige Möglichkeit erschien, zu dir vorgelassen zu werden. Und wir können unseres Sieges nicht froh werden, weil dieser unverdient war. Ganz abgesehen davon, dass einer von uns schwer verletzt wurde.«

»Unverdient? Das Oberste Kampfgericht hat euch den ersten Preis einstimmig zuerkannt.«

Rhodan verzog den Mundwinkel zu einem ironischen Lächeln. »Einstimmig, ja. Mit einer einzigen Stimme. Deiner, Königin.«

»Was bringt dich zu dieser Anschuldigung?«

»Ich erlaube mir, offen zu sprechen, denn ich habe nichts zu verlieren. Wir sind unvorstellbar fern unserer Heimat, kilometertief im Inneren eines Planeten, den du ganz und gar kontrollierst.«

Fran war, als krümmten sich ihre Eingeweide zusammen. *Danke, Perry,* dachte sie. *Sag's vielleicht noch ein bisschen detaillierter. Wie viele Millionen Tonnen Gestein können uns jeden Moment zermalmen?*

Reginald Bull, der neben ihr stand, tastete nach Frans Hand, ergriff sie, drückte sie sacht. Sie erwiderte den Druck. Bully wollte wieder loslassen, doch sie hielt ihn fest.

»Unser Sieg schmeckt schal«, fuhr Rhodan fort, »weil das Finale eine Farce war. Verfälscht, manipuliert, geschoben. Man hat in großem Maßstab betrogen: uns; die Quattenadscher – das eindeutig beste Team; und Billionen Zuschauer im ganzen Imperium. Ich wüsste zu gerne, warum.«

»Hast du dir dazu denn noch keine Hypothese gebildet?«

»Doch. Vielleicht wolltest du verhindern, dass indirekt deine Vizekönigin triumphiert. Auch der Gedanke an Wettbetrug liegt nahe. Du wärst nicht die erste Monarchin, die ihren Hofstaat auf diese Weise finanziert. Aber ich denke, das greift zu kurz, kann noch nicht alles sein.«

»Du bist ein scharfer Denker, Perry Rhodan. – Ich weiß inzwischen, dass ihr keine Nodronen seid«, wechselte sie das Thema. »Woher der Yuchte stammt, ist mir bekannt. Aber woher kommt ihr?«

Perry zögerte nur einen winzigen Augenblick. Dann legte er die Karten auf den Tisch. Er gab der Königin die Wahrheit preis. Das Kidnapping, ihr Stranden eine Milliarde Jahre von der eigenen Zeit entfernt, die Vernichtung des Ordensturms der Cor'morian in Mantagir, noch ehe sie von den vogelköpfigen Wissenschaftlern mehr über deren Hintergründe hatten erfahren können ... Während er erzählte, wurde Fran klar, wie unglaubwürdig das alles für die Quochtin klingen musste.

»Aus tiefster Vergangenheit geholt von den Cor'morian«, wiederholte Chi Waka. »In den Teichen meines Volkes werden zur Erheiterung Lügengeschichten erzählt, die sich nicht halb so fantastisch anhören. Eine davon, eine Sage oder eher ein Mythos, handelt von einem Auserwählten, einem Fremden, der von unvorstellbar weit kommt, um die Quochten in den Krieg zu führen – und zu einem glorreichen Sieg, der die Zukunft der Galaxis Vaaligo entscheidet. Manche Historiker behaupten, dies sei der Ursprung und eigentliche Sinn der Takurischen Jagd: dass sie dazu diene, überragende Strategen ausfindig zu machen, und vielleicht irgendwann jenen Einen, den mythischen Erretter. Ich glaube nicht daran, doch ein großer Teil meiner Untergebenen tut es. Und eine Imperiale Königin bleibt Königin nur, so lange sie den Willen der Mehrheit erfüllt.«

»Sag nicht, du willst mich deinem Volk als diese Lichtgestalt verkaufen? Da würde ich nämlich schlicht und einfach nicht mitspielen. Wir wollen uns in deiner Zeit keineswegs über Gebühr engagieren, sondern schnellstmöglich nach Hause zurück, und sonst gar nichts.«

»Ich denke darüber nach. Wir sehen uns wieder. Geht. Die Audienz ist beendet.«

»Momeeent!«, fiepte Sneber Grax, der sich bemerkenswert lange zurückgehalten hatte. Seine Schuppenhaut blinkte grellrot und weiß, damit er nur ja nicht übersehen werden konnte. »Rhodan ist in geschäftelichen Dingen ein wenig unterbelichtet. Als seinem Linksbeistand obliegt mir die Aufgabe, daran zu erinnern, dass den Gewinnern der Takurischen Jagd niiicht nur Ruhm und Ehre, sondern auch betrachtelicher Reichtum zugesagt wurde. Also, was ist damit?«

»Richtig. Und wenn wir gerade dabei sind«, legte Bully, der immer noch Frans Hand hielt, ungeniert nach, »wir hätten auch gerne deutlich mehr Bewegungsfreiheit. Es geht nicht an, dass wir wie Gefangene gehalten werden. Weiters benötigen wir Zugang zu Informationen, insbesondere über die Cor'morian, ein fernflugtaugliches Raumschiff ...«

Die Königin stieß einen langgezogenen Laut aus, der wie das Seufzen eines Gebirgsstocks klang. Schwer bewaffnete Wächter erschienen und drängten den Yuchten und die Terraner hinaus.

»Wenn sie sagt, die Audienz ist zu Ende, dann hat man das zu akzeptieren«, knurrte Zimbrr Gutz. Sie nahmen den Rückweg durch die Stollen und Schächte in Angriff.

Weiter hinauf, doch nicht weit genug ...

Die blaue Ferrol-Katze lag zusammengerollt auf Prattons Beinen, als sie wieder in ihr Quartier kamen.

»War ganz schön schwierig, die Jungs davon abzuhalten, Schikago überm offenen Feuer zu grillen«, sagte der Meisterdieb undeutlich durch die Verbände, die sein Gesicht bedeckten.

Ein Trupp Quochten, berichtete er, hatte allerlei Behälter abgeliefert, während sie bei der Königin gewesen waren. Sie enthielten Nahrungsmittel, die für Nodronen – und also auch für Terraner – geeignet waren, sowie reichlich Verpflegung für Sneber.

In der kleinsten Box befand sich das Wichtigste: ID-Pässe für jeden von ihnen sowie Creditchips, mit denen sie auf ein kleines Vermögen zugreifen konnten.

»Und wo ist das Raumschiff?«, fragte Bully.

76 Unterwegs, im Linearraum, orteten die Halbraumspürer des Sternenkreuzers immer wieder transitierende Planeten oder ganze Sonnensysteme.

»Das Schwarm-Projekt tritt in seine letzte Phase«, äußerte Axx Cokroide zufrieden. Er deaktivierte den Infoserver der Kabine. »Bald hört der Unfug mit Werftwerken und dergleichen auf. Aber davor haben wir noch etwas zu erledigen.«

Sie waren kurz nach der Hinrichtung gestartet. Wohin, hatte der Son'Trokete seiner frisch ernannten Adjutantin nicht verraten. »Lass dich überraschen, schöne Pelmid«, hatte er gut gelaunt abgewunken.

Bezüglich anderer Punkte gab er sich mitteilsamer.

»Du kannst dir vorstellen, meine Liebe«, sagte er, während er seine Finger spielerisch über ihre Brüste tanzen ließ, »dass ich die Flucht dieser Rhodan-Bande nicht einfach so hinnehme.«

»Niemand entkommt Axx Cokroide«, deklamierte Pelmid den Satz, den er hören wollte.

»Du weißt, wovon du redest, Süßeste. Außerdem standen beziehungsweise stehen sie in einer noch ungeklärten Beziehung zu den Cor'morian. Die Zwillingsgötzen haben unmissverständlich klar gemacht, dass alles, was etwaige Machenschaften der Initiatoren des Schwarms betrifft, höchste Priorität besitzt. Kurz, ich komme nicht darum herum, die Vorfälle auf Balance B und in den Werkwerften von Wrischaila nach Nodro zu melden.«

»Ach. Der Kommandotrupp der Rebellen hat sich also doch nicht selbst entleibt? Und ich dachte schon, ich litte unter partieller Amnesie.«

Er zupfte ihr ein Schamhaar aus, roch daran, legte es sich auf die Zunge und verschluckte es. Pelmid erschauerte. Alles, was Cokroide tat, war ihr zuwider. Sie hasste ihn, seinen Geruch, seine groben Berührungen, seine selbstherrliche Sprechweise. Und dennoch lag sie neben ihm auf seinem Bett, hatte sie gerade eben seine perversen Bedürfnisse gestillt.

Er hielt ihr Leben in der Hand. Persönlicher Adjutant eines Son'Trokete war einer der begehrtesten und zugleich gefährlichsten Posten in der nodronischen Flotte. Noch nie war eine Frau so weit gekommen. Aber genauso schnell, wie sie aufgestiegen war, konnte sie auch wieder abstürzen. Ihr Gönner konnte sie von heute auf morgen fallen lassen, ohne dies dem Flottenkommando gegenüber rechtfertigen zu müssen. Es lag ganz allein an ihm, ob sie weiter Karriere machte oder in der Versenkung verschwand.

»Ich habe ernsthaft erwogen, Steckbriefe der Flüchtigen an alle Flotteneinheiten und Stützpunkte des Empire verteilen zu lassen«, sagte Axx. »Dies wäre ein gigantischer Aufwand – bedenke die Größe des nodronischen Reichs! –, doch die Macht dazu besäße ich. Und ich hätte keine Hemmungen, wegen dieses Rhodan eine halbe Galaxis in Aufruhr zu versetzen.«

»Aber du hast wenig Interesse daran, dass dadurch zugleich flächendeckend dein Versagen bekannt wird. Dies würde deine Stellung bei den anderen Clansführern in einer nicht vertretbaren Weise unterminieren. Deshalb hast du die Version mit dem Selbstmord der Rebellen in Umlauf gebracht.«

»Findest du daran etwas auszusetzen?«

»Nein, Clansführer, Botschafter, Son'Trokete, Herr.«

Axx lachte, weil sie Mokoefas unterwürfigen Tonfall perfekt nachgeahmt hatte. »Deshalb teile ich Feuer und Lager mit dir, Pelmid Sulcatob«, raunte er mit dem bisschen Zärtlichkeit, wozu er fähig war. »Weil du nicht vor mir kriechst wie die anderen. Weil du mir die Stirn bietest.«

Sie verstand seine Beweggründe sehr genau. Axx Cokroide wollte weiterhin die Augen offen halten. Aber gewiss nicht all seinen Konkurrenten auf die Nase binden, dass er die Flüchtigen auf Balance B in Reichweite gehabt hatte, dann nochmals bei Wrischaila – und dennoch nicht dingfest hatte machen können.

Die ganze Wahrheit wurde ausschließlich nach Nodro weitergemeldet, zu den Zwillingsgötzen; denn vor den untrennbar verbundenen Herren des Empire gab es keine Geheimnisse, auch für einen Axx Cokroide nicht.

Pelmid überwand ihre Abscheu und ergriff ihn, wo er gern ergriffen werden wollte.

»Wohin fliegen wir?«, fragte sie dabei mit aufgesetzter Vertraulichkeit.

»In den Krieg, mein Schatz. In den heimlichen Krieg.«

77 »Unheimlich«, sagte Shim Caratech. »Irgendwie unheimlich.«

»Hä? Was passt denn jetzt schon wiiieder nicht?«

Shimmi zog am Seil. Schikago stemmte sich dagegen, schlug mit der Tatze nach der improvisierten Leine. Angehängt zu sein behagte ihr überhaupt nicht. Aber sie frei streunen zu lassen kam nicht in Frage. Katzenkorb oder Kochtopf, lautete die Devise, oder eben: bei Fuß. Und zwar hurtig. Das blaue Tier war nur noch eine Kugel auf vier Beinstummeln.

»Ich meine, das ist das erste Mal seit fast einem Monat«, führte Shimmi aus, während sie weiterschlenderten, »dass wir nicht auf der Flucht oder sonstwie illegal unterwegs sind.«

»Oh. Giiibt es denn überhaupt eine andere Lebensweise?«

Sie lachten. Bei Sneber Grax hörte sich das so an, als drücke jemand ein Quietschepüppchen.

Shimmi genoss es sehr, sich endlich wieder einmal frei bewegen zu können, auf eigene Faust die fremde Stadt erkunden zu dürfen. So sehr sie Perry Rhodan anhimmelte – diesmal war ihr Sneber als Begleiter lieber. Der Terranische Resident hätte sicher auf eine gewisse Zurückhaltung Wert gelegt. Das Chamäleonwesen aber, dessen Schuppen aus diesem Anlass golden flimmerten, ließ sich genauso gern wie sie von den Bewohnern der Metropole als Sieger der Takurischen Jagd feiern. Wohin sie auch kamen, winkten und knurrten ihnen die Quochten begeistert zu. Das tat dem heranwachsenden Ego schon sehr gut.

Dass nicht wenige der Froschgesichtigen beim Anblick Schikagos begierig zu speicheln begannen, ließ sich verkraften; genauso wie die Käfer, mit denen

Shim und Sneber immer wieder beworfen wurden. Letzteres war als Zeichen der Wertschätzung gemeint, ersteres verständlich. Gefahr drohte Schikago keine – jeder hier wusste, dass die Champions unter dem Schutz der Königin Chi Waka standen. Auch die Hitze, die immens hohe Luftfeuchtigkeit und die herb-säuerlichen Düfte machten Shimmi fast gar nichts mehr aus. Und an das Halbdunkel hatten sich ihre Augen sowieso schon längst gewöhnt.

»Genau so habe ich mir das eigentelich immer vorgestellt«, fiepte Sneber. »Wir sind beliebt und begeeehrt, werden bewundert und vereeehrt – was will man meeehr?«

Außer Pratton Allgame, der sich noch zu wackelig fühlte, hatten sich alle gleich nach dem Essen ihre ID-Pässe gekrallt und waren in Zweiergruppen ausgeschwärmt. Reginald Bull natürlich mit Fran Imith. Was er bloß an dieser Frostbeule fand …? Für den armen Perry war nur Quart Homphé übrig geblieben. Aber er hatte es mit Fassung getragen.

»Vertretet euch die Beine, erholt euch von den Strapazen der letzten Tage, lasst euch meinetwegen von den Quochten bejubeln«, hatte er zum Abschied gesagt. »Wir alle haben uns ein bisschen Entspannung mehr als verdient. Vergesst aber nicht, dass wir immer noch viel zu wenig über die Quochten, die Cor'morian und Vaaligo im Allgemeinen wissen. Wenn ihr also die Möglichkeit seht, Informationen zu ergattern – greift zu. Wir treffen uns zum Abendessen wieder. Danach vergleichen wir, was wir in Erfahrung bringen konnten.«

Shim Caratech und Sneber Grax hatten sich rasch darauf geeinigt, es mit der Datenrecherche nicht zu übertreiben. Dafür waren die anderen besser geeignet. Sie beide wollten lieber gemütlich herumflanieren, Haarspray für Shimmi erwerben, falls es hier so etwas gab, und ansonsten das Alltagsleben studieren.

Sehr spektakulär gestaltete sich dieses allerdings nicht. Takuri war eine verschlafene, geradezu verwunschene Stadt. Die Krötenköpfigen, die sie zu Gesicht bekamen, lehnten, hockten oder lagen die meiste Zeit über regungslos in den Eingängen der rundlichen, an übergroße Kalebassen erinnernden Häuser.

»Scheint ein zufriiiedenes Völkchen zu sein.«

»Ziemlich trübe Tassen, wenn du mich fragst. Dagegen ist ja Quart Homphé die Spritzigkeit in Person.«

Nur ein einziger Quochte bewegte sich zwischen den Häusern hin und her. Manchmal kletterte er mit zeitlupenhaften Bewegungen an einer Außenwand nach oben und hantierte an der Höhlendecke. Er trug einen hellblauen Netz-Overall. Um ihn herum schienen immer besonders viele der Mistkäfer zu krabbeln.

Shimmi entschloss sich, ihn anzusprechen. Er zeigte sich darüber erfreut, gratulierte ehrfürchtig zum Sieg bei der Takurischen Jagd und ließ sich anschließend bereitwillig ausfragen.

Er war ein Wassermeister, erklärte er. Dieser Beruf erfreute sich hoher Wertschätzung, weil die Wassermeister es waren, die für die Bewohnbarkeit der Kavernen sorgten. Da die Quochten sich ursprünglich in Feuchtbiotopen entwickelt hatten, beinhaltete ein von ihnen besiedeltes Gebiet stets auch einen komplexen Wasserkreislauf. Allenthalben fanden sich unterirdische Teichanlagen, es tropfte permanent von den Decken, in den Wänden der Gebäude, Grotten und Höhlendome transportierten winzige Kanäle und Kapillarröhrchen Kondenswasser ab und speisten es in das Netzwerk der Bewässerungs- und Verdampfungsanlagen zurück.

Die Instandhaltung und Wartung dieses Systems wäre schier unmöglich, erläuterte der Wassermeister, gäbe es nicht die Phichi-Gabe. Die teils fingerlangen, teils winzigen Krabbler hielten nämlich die oft nur Millimeter durchmessenden Mikrokanäle frei von Verstopfungen. Wo immer Quochten lebten, legten sie deshalb auch eine starke Kolonie dieser Insekten an. Dass sich die fetteren der Käfer auch hervorragend als kleiner Appetithappen zwischendurch eigneten, war ein angenehmer Nebeneffekt.

»Verstehe. Aber warum tut ihr euch das eigentlich an? Wieso lebt ihr lieber im Untergrund als an der Oberfläche eines Planeten?«, fragte Shimmi. »Ich meine, man kann Geheimhaltung auch übertreiben. Die Positionen eurer Welten sind allen anderen Völkern ja ohnehin unbekannt.«

Auch darauf wusste der Wassermeister eine Antwort. Quochten fürchteten große, offene Plätze. Sie hassten den freien Himmel, und die Leere des Weltraums stellte für sie schlichtweg ein Gräuel dar. Quochten, die sich einer Planetenoberfläche oder gar den Schrecknissen des Weltraums aussetzen mussten, wurden vorab speziell geschult. In eigens dafür eingerichteten Akademien lernten sie viele Umläufe lang, dem psychischen Druck dieser Ausnahmesituationen standzuhalten.

Entwicklungsgeschichtlich stammte diese Verhaltensweise aus der vortechnischen Phase, als ihre Urahnen noch gezwungen waren, aus der Sicherheit einfacher Erdbauten in den Feuchtwäldern von Quocht auf Beutezug zu gehen. Die einzigen Jäger, die ihnen damals gefährlich werden konnten, waren Flugechsen, überaus gefährliche Raubtiere, gegen die es im Freien, insbesondere auf Lichtungen, keinerlei Schutz gab. Sie stießen so schnell und überraschend aus dem Himmel herab, dass die Urquochten ihren Lähmenden Blick meist gar nicht mehr zum Einsatz bringen konnten. Heute noch drohte man schlimmen Quappen, dass diese Flugräuber kommen und sie holen würden, wenn sie ihre Faulmoose nicht schleunigst aufaßen …

Nachdem die Quochten die Schritte zu einer technisierten Zivilisation vollzogen hatten, verlegten sie ihre Wohn- und Arbeitszonen mehr und mehr in die künstlich erweiterten, für sie bequemen und vor allem sicheren Kavernen.

Von Lichtmeistern betreute Glasfaserstränge transportierten die Helligkeit noch bis in die tiefsten Höhlungen hinunter. Zusammen mit der Biolumineszenz mancher Pflanzen und Gesteine machten sie künstliche Beleuchtung weitgehend unnötig.

»Heutzutage«, endete der Wassermeister, »sehen die allermeisten von uns ihr ganzes Leben lang keinen offenen Himmel. Und wir sind sehr froh und glücklich darüber.«

78 »Es grenzt an ein Wunder, dass sie überhaupt die Raumfahrt entwickelt haben, schon gar die interstellare«, kommentierte Fran Imith Shimmis Bericht.

»Bevölkerungsexplosion«, meldete sich Quartodezimus Filidor Edlervon Homphé zu Wort. »Nachdem die Flugechsen keine Gefahr mehr für sie darstellten, waren die Quochten gezwungen, sich neue Lebensräume zu erschließen.«

Das gehörte zu dem, was Rhodan und er herausgefunden hatten. Sie hatten eine Art Volkskundemuseum entdeckt, sich dort ausgiebig umgesehen und in den öffentlich zugänglichen Datenspeichern gestöbert.

Dieser Nachmittag mit Perry hatte Quart gut getan. Wenigstens für kurze Zeit war er sich nicht wie das fünfte – oder siebte – Rad am Wagen vorgekommen. Rhodan hatte ihm vermittelt, dass er seine Gesellschaft, Meinung und Hilfestellung schätzte, und da es bei der Recherche tatsächlich nicht auf Laufen, Springen, Boxen und Schießen angekommen war, hatte er dem Residenten sogar Glauben schenken können.

Auch jetzt lehnte sich Perry entspannt zurück und ließ Quart die Ergebnisse ihrer Nachforschungen referieren.

Ihre extrem hohe Fruchtbarkeitsrate, begann er, bekamen die Quochten erst in den Griff, nachdem sie den für sie so ungeheuer schwierigen Schritt hinaus ins Weltall geschafft hatten.

Das Matriarchat war bereits in den ersten größeren Ansiedlungen etabliert worden, und im Zuge der Industrialisierung und Globalisierung hatten sich die unzähligen kleinen Königinnen-Reiche zu einer planetenumspannenden Monarchie vereinigt. Aber zu jener Zeit war die Königin rein körperlich noch eine Quochtin wie jede andere auch gewesen. Ob die einschneidende, die gesamte Gesellschaft umkrempelnde Veränderung hin zum jetzigen System das unabsichtliche Ergebnis genetischer Experimente oder aber von vornherein geplant gewesen war, darüber schwiegen sich die offiziellen Aufzeichnungen aus. Heute jedenfalls stellte Geburtenkontrolle für die Quochten kein Thema mehr dar.

Die jeweilige planetare Königin – und nur sie! – legte befruchtete Eier. Wie viele davon in den so genannten Wohltemperierten Sümpfen tatsächlich ausgebrütet wurden, bestimmte in regelmäßigen Abständen die Imperiale Planungskommission; je nachdem, ob gerade Expansion, Erhaltung des Status quo oder Reduktion der Bevölkerungszahl geboten war. Die Aufzucht der Quappen besorgten gut ausgebildete Kinderteichler in speziellen Nachwuchstümpeln, deren es in allen Kavernenstädten und Grottendörfern mehr als genügend gab.

»Keine Eltern«, rief Shimmi Caratech aus. »Wow, geil! He, das gefällt mir. Kann ich mich hier auf Froschkönigin ummodeln lassen?«

In der Tat, führte Quart weiter aus, verfügten die Quochten über eine hochentwickelte Biotechnologie, die ihresgleichen in Vaaligo suchte. Quocht galt als letzte Hoffnung für Reptiloide oder Amphiboide, die unter unheilbaren Krankheiten litten. Freilich schafften es nur die Begütertsten, den mit allen militärischen Mitteln abgeriegelten Geheimplanet zu erreichen und in einer der wenigen Exo-Kliniken aufgenommen zu werden. Auf Humanoide war man aber wohl nicht einmal dort eingerichtet. Schließlich stellten die Nodronen die große Ausnahme in der Völkergemeinschaft der Jetztzeit dar.

»Na ja, wenn ich's mir recht überlege«, sagte Shimmi, »bleibe ich vielleicht doch lieber Mensch. Ich meine – das ganze Leben lang kein Sex …«

»Oho«, widersprach Quart. »Da liegst du aber gewaltig daneben.«

Äußerlich unterschieden sich die beiden quochtischen Geschlechter kaum, zumal ja nur eine einzige Frau – die amtierende Königin – an der Fortpflanzung beteiligt war. Auch für die Männer wurde es höchstens Ernst, wenn sie zur Befruchtung der königlichen Eier ausgewählt wurden. Was logischerweise – bei nur einer Königin pro Planet! – einer kleinen Elite vorbehalten blieb.

»Lass mich raten«, nuschelte der immer noch arg lädierte Pratton Allgame. »Preisträger der Imperialen Spiele haben diesbezüglich gewisse Pflichten.«

»Da sind wir aber froh, dass Chi Waka nicht auf der Einhaltung dieser Gepflogenheit bestanden hat«, scherzte Bully. »Sie wäre mir, ehrlich gesagt, etwas zu breithüftig. – Entschuldige, Quart. Ich wollte dich nicht unterbrechen.«

Kein Problem. – Aus dem Gesagten resultierte jedoch mitnichten, dass die Quochten auf ein erfülltes Sexualleben verzichteten. Ganz im Gegenteil. Befreit von Empfängnisverhütung, Kinderversorgung, Erbfolgestreitigkeiten und dergleichen, pflegten sie diesbezüglich zu tun oder zu lassen, wonach ihnen gerade der Sinn stand. Mal verhielten sie sich äußerst promiskuitiv, dann wieder enthielten sie sich für lange Zeit jeglicher sexueller Betätigung. So oder so handelten sie aus reinem Spaß an der Freude. Ohne den Druck, die etwaigen Folgen schon im Vorhinein regeln zu müssen, waren moralische Tabus obsolet. Wenn ein Mann einen Mann liebte, sollte er ihn lieben – wenn er ihn liebte. Oder eine Frau eine Frau. Oder drei Frauen fünf Männer. Oder …

»O Himmel. Jetzt weiß ich, wo wir vorhin hineingeplatzt sind«, rief Bully aus. »Und wir dachten, das sei eine etwas überhitzte Badeanstalt …«

Es war hübsch anzusehen, wie Bull und Imith simultan erröteten.

»Erzähl, was es mit der Vizekönigin auf sich hat, Quartodezimus«, bat Perry.

Gern. – Die Vizekönigin eines planetaren Volkes sah aus wie eine normale Quochtin, trug jedoch die genetischen Anlagen zur Königin bereits latent in sich. Sie wurde allein von den hormonellen Ausdünstungen der amtierenden Königin abgehalten, in eine neue Wachsstumsstufe einzutreten und die körperliche Disposition einer Urmutter auszubilden.

»Das kapiiier ich nicht. Wahrscheinelich bin ich einfach zu bloööd dazu. Jede atembare Luft«, quiekte Sneber Grax, »enthält doch massenhaft Hormone, Mormone, Weltkone, Anemone, Feromone, Provolone, Sojabone ...«

»Das macht schon Sinn«, stoppte Perry Rhodan den vor Aufregung blinkenden Yuchten. »Angenommen, die Königin stirbt überraschend, so muss Ersatz vorhanden sein, der – beziehungsweise die – rasch den nachwuchstechnischen Bedarf des Quochtenvolks generieren kann. Das mag reichlich unromantisch klingen«, entschuldigte er sich, »aber Romantik steht hierorts, glaube ich, eher nicht so hoch im Kurs.«

Er nickte Quart zu. *Weiter,* hieß das.

Jetzt wurde es spannend. Das Zusammenleben der Quochten fußte auf einer Art biologischer Demokratie. Die Dominanz der Königin stand in direktem Zusammenhang mit der Zustimmung ihrer Untertanen zu ihrer Politik. Fehlte diese, veränderte sich das hormonelle Makroklima in der Population, und als Konsequenz verlor die Königin ihren Status.

»Wir haben entsprechende historische Aufnahmen gesehen«, erklärte er. »Und die Kommentare dazu gehört. Eine vom Volk abgelehnte Königin verfällt in eine hoch depressive, so genannte Krampfmetamorphose und hört auf, das nicht mehr benötigte, zusätzliche Gewebe mit Blut zu versorgen. Abgestorbene Zellen werden ausgeschwemmt, bis nach lang andauernden Schrumpfungsprozessen der auf normale Verhältnisse zurückgestutzte Körper übrig bleibt. Allerdings ist der Vorgang so anstrengend, dass ihn die wenigsten überleben. In der Regel rückt die planetare Vizekönigin zur neuen Königin auf.«

»Mhm. Die Vizekönigin ihrerseits«, sagte Fran Imith, sich die Nasenflügel kratzend, »intrigiert natürlich, wo sie kann. Und mittendrin stecken, wieder einmal, wir.«

79 Bully hätte sie gern an sich gedrückt. Aber er wollte alles, nur nicht aufdringlich sein.

»Du oder ich?«, fragte er.

»Wir«, sagte sie.

Also teilten sie den anderen gemeinsam mit, was sie in Erfahrung gebracht hatten.

Gemeinsam. Wir. Nicht du oder ich, dröhnte es durch Bulls alten, dicken Kopf. *Wir haben eine Basis. Wir stellen uns dem, was die Zukunft uns bereithält, vereint. Wir halten zusammen.*

Eine warme Welle lief über seinen Rücken, von der Leibesmitte nach oben.

Sie will mich. Und ich will sie. Das heißt noch überhaupt nichts, aber es ist schön, schön, wunderschön.

Kruzitürken, ich liebe sie.

»Das Bild von den Zuständen in der Milchstraße, der heutigen Galaxis Vaaligo«, begann Fran, »konkretisiert sich. Hier und jetzt existieren die Völker der Vergangenheit nicht mehr. Es ist keine Rede von ES und sonstigen Schauplätzen, Sonnensystemen oder Akteuren, die wir kennen. Abgesehen vom Mars alias Balance B. Was nicht heißen muss, dass die Brennpunkte der Vergangenheit nicht mehr existieren. Sie spielen nur momentan keine entscheidende Rolle.«

»Die Quochten«, übernahm Bully, »waren niemals Freunde der Schwarm-Idee. Aber sie haben sich auch nicht gegen die Cor'morian gestellt. Unsere Informationen haben wir aus einem Planetarium«, erwiderte er Perrys fragenden Blick. »Ganz am Rand der Kavernenstadt. Eigentlich ist es momentan für den Publikumsverkehr gesperrt, aber uns haben sie trotzdem hineingelassen. Ich denke, für ein Souvenir von einem Nyquodronen wären die meisten hier noch zu ganz anderen Sünden bereit.«

Folgendes hatten sie eruieren können: Als Grundstock des im Bau befindlichen Schwarms waren im Sektor Tazmai die ersten Sonnen und Planeten zusammengeführt worden. Und dann ließ das Empire von Nodro die Maske fallen – zu einem Zeitpunkt, da die Wissenschaftler von Cor'morian begannen, ihre innere Kraft zu verlieren, immer weniger wurden und die ersten Ordenstürme sich zu leeren begannen.

»Degeneration«, warf Perry ein, »war auch früher nicht selten das Schicksal von Völkern, die einen Schwarm erbauten.«

Mhm. Und offenbar hatten die Nodronen nur darauf gewartet. Sprunghaft verstärkten sie ihre Anstrengungen. Urplötzlich wurden sie von Nebenfiguren zu Hauptdarstellern. Die Echsen wussten nicht, wie ihnen geschah.

Derzeit kontrollierte das Empire von Nodro dreißig Prozent der Galaxis. Berücksichtigte man die praktisch unbewohnte Zentrumsregion und die wenig erforschten Bereiche, die keine Zivilisation von überregionaler Bedeutung trugen, so waren dreißig Prozent sehr viel. Zumindest mehr als genug, jede andere Macht der Galaxis Vaaligo in Schach zu halten, und notfalls auch alle zugleich. Allein in der »Eastside« wurde noch ein blutiger, der galaktischen Öffentlichkeit verheimlichter Krieg geführt. Wobei die Quochten à la longue auf verlorenem Posten standen.

Sie bildeten das letzte Bollwerk gegen Nodro. Aber sie hatten auf Dauer keine Chance.

Ihre strategische Begabung war einfach begrenzt. Quochten eigneten sich für die harte Arbeit in unterirdischen Fabrikkomplexen, nicht aber für die Unbegrenztheit des Weltraums und die Erfordernisse, die damit zusammenhingen. Sie hielten sich allein aufgrund ihrer enormen Vermehrungsraten und ihrer hohen industriellen Produktivität.

Dass das Empire von Nodro ihnen so hart zusetzte, hatte auch noch einen anderen Grund: Offenbar waren die bekannten Fundstätten von Howalgonium in vielen Teilen der Galaxis weitgehend erschöpft. Gut die Hälfte der seltenen, für die meisten Anwendungen von Hypertechnologie unbedingt benötigten Zheugir-Kristalle wurde zurzeit im Gebiet der Quochten gefördert. Klar, dass die Nodronen daran allergrößtes Interesse hatten!

»So sieht's aus«, schloss Bully. »Noch Fragen?«

»Ja.« Shimmi rutschte auf ihrem Sessel hin und her. »Ihr habt nicht zufällig so etwas wie ein Geschäft gesehen, in dem man Haarspray kaufen kann?«

13 *Macht und Ohnmacht*

80 Ter-Gün-Madian schwebte vor dem Bassin seiner Tochter und weinte bitterlich.

Ler-Loy konnte ihn nicht sehen, denn sie besaß keine Augen. Auch keine Ohren, ihn zu hören. Die Karzinome hatten nicht viel mehr von ihr übrig gelassen als Gehirn und Rückenmark.

»Immerhin ist es uns gelungen, den Verfall aufzuhalten und sie zu stabilisieren«, sagte der Leiter der Exo-Klinik leise. »Sie lebt, wenngleich sie sich im Koma befindet. An einen Ersatz der verlorenen Gliedmaßen und Organe ist jedoch leider nicht zu denken, weil sie die Krankheit nach wie vor in sich trägt. Jedes Implantat würde sofort ebenfalls wieder befallen.«

Sie war ein so aufgewecktes Kind gewesen, eine so hübsche junge Frau. Wie anmutig sie sich durchs Wasser geschlängelt hatte, wie elegant um Äste geringelt!

Und jetzt …

»Wir könnten ihr einen künstlichen Körper geben«, sagte der Mediziner, »oder sie mit einer Varsonik vernetzen, damit sie kommunizieren kann. Aber wenn wir sie wecken, werden auch Gehirn und Nervenbahnen angegriffen. Jede Sekunde im Wachzustand verkürzt ihr Leben um viele Zeiteinheiten. Willst du, dass wir es trotzdem tun?«

Ter-Gün-Madian verneinte.

»Lasst sie schlafen«, flüsterte er mit belegter Stimme.

Er hatte nur dieses eine, einzige Kind bei sich aufgenommen und groß gezogen. Für mehr hätte seine spärliche Freizeit nicht gereicht. Auch Ler-Loy hatte sich oftmals beschwert, weil er so viel arbeitete. Dass er das ja hauptsächlich für sie tat, ließ sie nicht gelten.

Ach, hätte er bloß auf sie gehört! Es war müßig, darüber zu spekulieren, ob sie vielleicht gar nicht krank geworden wäre, wenn er sich mehr um sie gekümmert, ihr mehr Aufmerksamkeit, Zuwendung und Geborgenheit gegeben hätte. Dennoch machte er sich bittere Vorwürfe. Was nützte ihm nun all sein Geld? Er vermochte die Zeit nicht zurückzudrehen, mit all seinem Reichtum Ler-Loys Gesundheit nicht zu erkaufen.

»Es steht dir selbstverständlich auch frei, sie zu erlösen«, sagte der Arzt. »Ich wage nicht zu sagen, was besser für sie wäre. Ihre Heilungschancen sind jedenfalls verschwindend gering, und in absehbarer Zeit werden wir keine neue Therapie für diese Krankheit entwickeln. Aber das musst du entscheiden.«

Er zeigte Ter-Gün-Madian den Knopf, mit dem er das Lebenserhaltungssystem abschalten konnte, und ließ ihn allein.

81 »Allein?«

»Ja. Nur deinen Linksberater kannst du mitbringen, wenn du willst.«

»Na schön.«

Der Quochte, der Perry Rhodan die Einladung Chi Wakas zu einem weiteren Gespräch überbracht hatte, führte ihn und Sneber Grax abermals tief hinunter ins Imperiale Nest. Die Räumlichkeiten der Königin gehörten zu einem Teil der Kavernen, der für die Öffentlichkeit und damit auch für sie verboten war und nur in Ausnahmefällen betreten werden durfte. Auch das Oberkommando der Streitkräfte und die wichtigsten zentralen Varsoniken befanden sich hier.

Sneber hatte nicht die geringste Ahnung, warum gerade er als Einziger Rhodan begleiten durfte. Als Linksberater wurde er hier wohl kaum gebraucht. Egal, so erfuhr er wenigstens aus erster Hand, was Sache war.

Chi Waka aß und gebar, aß und gebar. Lange Zeit betrachtete sie Perry Rhodan schweigend mit ihren riesigen, dunklen Augen. Sneber Grax zappelte und schillerte vor Ungeduld, doch er hielt sich an die Anweisung, erst zu sprechen, wenn die Königin eine Frage an ihn richtete.

Schließlich grollte sie: »Ihr habt euch über viele Dinge informiert, die in Vaaligo jedermann weiß, der sich auch nur ein klein wenig für galaktische Politik interessiert. Ich bin daher inzwischen geneigt, euch zu glauben, dass ihr von weit her gekommen seid, möglicherweise sogar wirklich aus fernster Vergangenheit. Oder waren diese Aktivitäten nur Teil eines besonders raffinierten Täuschungsmanövers?«

»Warum sollten wir das tun?«, antwortete Perry mit einer Gegenfrage. »Was hätten wir davon? Gar nichts. So oder so befinden wir uns in deiner Gewalt. Unser Ziel ist es, die Cor'morian zu finden, damit sie uns die Rückversetzung in unsere Zeit ermöglichen. Und wir hoffen, dass du uns dabei hilfst.«

»Ich gehe einmal davon aus, dass du die Wahrheit sprichst, Perry Rhodan mit der Ritteraura, und will ebenfalls aufrichtig sein. Nicht einmal mir, der Imperialen Königin der Quochten, ist der Verbleib der Wissenschaftler von Cor'morian bekannt. Die eigentlichen Herren des Schwarms, die höchsten moralischen Instanzen der Galaxis, lassen sich nur noch selten sehen, und nicht in einer Weise, die wir berechnen oder vorhersagen könnten.«

»Stehen Ordenstürme auf Welten deines Volkes?«

»Ja. Auf einigen der wenigen, deren Position allgemein bekannt ist, weil sie früher zu diplomatischen Zwecken genutzt wurden. Doch alle diese Türme stehen leer. Ich glaube, dass es praktisch keine Cor'morian mehr gibt. Dieses einst große Volk hat sich mit dem Bau des Vaaligischen Schwarms verausgabt. In den letzten Wissenschaftlern stecken keine Kräfte mehr. Ich halte sie für so gut wie ausgestorben. Stell deine aussichtslose Suche nach ihnen ein, Perry Rhodan, und schlage dich stattdessen auf die Seite der unterdrückten Völker dieser Galaxis – die doch, wie du behauptest, auch deine eigene ist. Vielleicht gibst gerade du den Ausschlag. Ich kann es spüren, du bist etwas Besonderes.«

»Es ist wahr, ich fühle mich für diese Galaxis verantwortlich, Königin Chi Waka. Aber für die Milchstraße *meiner* Zeit. Dort, oder besser: *dann* werden meine Freunde und ich gebraucht. Gerade deshalb solltest du uns die Rückkehr nicht verwehren.«

»Willst du denn gar nicht wissen, weshalb die Nodronen an dem im Bau befindlichen, mittlerweile fast vollendeten Schwarm so interessiert sind?«

Perry Rhodan hob die Arme und ließ sie seufzend wieder fallen. »Nämlich?«

»Die Zwillingsgötzen von Nodro wollen den Schwarm als Instrument der Macht! Gehört ihnen erst einmal der Schwarm, gehört ihnen die ganze Galaxis Vaaligo. Dann ist die Ausrottung meines Volkes nur noch eine Frage der Zeit. Kannst du das verantworten? Die Hände in den Schoß legen, während ein Genozid nie da gewesenen Ausmaßes droht?«

»Ich versichere dir, dass meine Sympathie eher den Quochten als dem Empire von Nodro gehört, obwohl ihr uns viel fremder seid als jene. Und doch … Glaube mir, ich habe diese Galaxis schon mehr als einmal gerettet. Gerade eben – vor einer Milliarde Jahren – sieht sie sich wieder einer neuen Bedrohung gegenüber. Ihr Weiterbestand hängt sicherlich nicht nur von mir allein ab. Dennoch könnte es sein, dass meine Abwesenheit fatale Auswirkungen hat. Auswirkungen auch auf die Zukunft – auf deine Gegenwart!«

»Mir ist die Problematik von Zeitreisen nicht fremd, Perry Rhodan. Damit kannst du mir nicht imponieren. Dass Vaaligo nach wie vor existiert, beweist ja gerade, dass es auch ohne dich gegangen ist, eine Zeit lang oder sogar gänzlich. Wie auch immer. Ich möchte dir und deinem kleinen Freund etwas zeigen.«

Sie gab ihren Lakaien ein Zeichen. Man brachte ihr einen dünnen Umhang, half ihr hinein. Chi Waka erhob sich mühsam, nachdem die letzten Eier weggetragen worden waren. Auf Sneber wirkte sie wie ein wandelnder Fleischberg, fast doppelt so groß wie Rhodan, und mindestens sechzehnmal so schwer wie er selbst.

Die Königin winkte sie durch ein mächtiges Portal in einen angrenzenden, leeren Saal. Auf ein akustisches Kommando von ihr füllte er sich mit holografischen Darstellungen.

»Dies«, grollte sie, »ist das Schlachtfeld, auf dem der heimliche Krieg zwischen Nodronen und Quochten ausgefochten wird. Was hältst du davon?«

Perry Rhodan bewegte sich langsam durch die dreidimensionale Karte. Wann immer er in die Nähe bestimmter Symbole kam, erklangen leise Detail-Informationen. Das vielstimmige Wispern schien seinem Translator Schwierigkeiten zu bereiten. Jetzt verstand Sneber, wozu er mitgenommen worden war. Er eilte zu Perry und half ihm, die verschiedenen Sätze und Zahlenketten auseinander zu dividieren. Dass er selbst fast nichts vom eigentlichen Inhalt verstand, spielte keine Rolle. Rhodan orientierte sich staunenswert schnell.

Die Holografie zeigte zwar keine exakten Koordinaten der quochtischen Position, dafür jedoch in großer Menge Detailschauplätze mit Flottenkonzentrationen und so weiter. Schon nach kurzer Zeit hatten sich Perry Rhodan und Chi Waka in strategisch-taktische Fachsimpeleien verstrickt. Wenn Sneber das militärische Kauderwelsch richtig interpretierte, wies Perry der Königin zahlreiche Fehler oder Schwächen ihrer Kriegsführung nach. Die monströse Quochtin zeigte sich davon aber in keiner Weise beleidigt, sondern nahm die Kritik aufmerksam zur Kenntnis.

Am Ende gelangte Rhodan zu vernichtenden Schlüssen. Seiner Meinung nach, erklärte er offen, waren die Quochten zum baldigen Untergang verdammt. Die Nodronen waren ihnen in allen Belangen überlegen. Zwar hielt sich die Truppenstärke an den Fronten ungefähr die Waage, doch das Empire stand überall besser, seine Flotten waren flexibel positioniert, während sich die Verbände des quochtischen Imperiums nicht selten gegenseitig behinderten.

»Drei Monate noch, vielleicht vier. Ich bedauere, das sagen zu müssen, aber es sieht alles andere als gut für euch aus.«

»Deshalb brauchen wir dich.«

Rhodan umfasste mit einer Handbewegung das Schlachtfeld, das sich über fast ein Sechstel der Galaxis erstreckte. »Leider, Königin. Hier könnte ich auch nichts mehr retten.«

»Doch, Perry Rhodan, du kannst. Und du wirst.«

Mit sehr gemischten Gefühlen kehrten sie in ihr Quartier zurück. »Ich bringe schlechte Neuigkeiten«, sagte Perry. »Wo sind eigentlich Fran und Bully?«

82 In der Grotte, in der ihr Mars-Liner stand, herrschte kaum Betrieb.

»Guter Mann«, sprach Bully einen der beiden Wächter an, die das antike Gefährt beaufsichtigten, »gewöhnlich gut informierten Kreisen zufolge gibt es hier in der Nähe einen Zugang zur Oberfläche. Kannst du uns diesen bezeichnen?«

Konnte er. Aber erst, nachdem ihm Bully einen Schraubenzieher aus seinem Werkzeuggürtel überlassen hatte. Auch er war offensichtlich ein Fan der Takurischen Jagd und der Nyquodronen, die siegreich aus dem Finale hervorgegangen waren.

Man merkte dem Schacht an, dass er so gut wie nie benutzt wurde. Er verlief parallel zu einer der Einflugröhren für die quochtischen Schlachtschiffe und war stellenweise von fahl schimmernden Pflanzen verwachsen. Mit Hilfe der Antigravs und Frans Desintegrator bahnten sie sich mühsam einen Weg.

Aber Fran Imith hätte noch ganz andere Strapazen auf sich genommen, um endlich wieder an die Oberfläche zu gelangen. Sie war Reginald unermesslich dankbar dafür, dass er diesen Vorschlag geäußert und in die Tat umgesetzt hatte.

Als sie den Ausstieg erreichten, aktivierten sie die Schutzschirme, wegen der Flugechsen, von denen Shimmi Caratech erzählt hatte. Tatsächlich bemerkten sie einige kreisende Punkte am Himmel.

Am Himmel! Sie sah wieder einen Himmel, auch wenn er von Wolken verhangen war. Und einen Horizont!

Es regnete stark, doch das machte Fran nicht das Geringste aus. Die archaische Dschungelwelt, die sich vor ihnen ausbreitete, erschien ihr in diesem Moment schöner als der schönste Sandstrand.

»Du kannst dir gar nicht vorstellen, wie erleichtert ich bin«, rief sie. »Ich weiß schon, dass wir wieder zurück da hinunter müssen. Und ich werde die Beklemmung der Kavernen auch weiter durchstehen. Jetzt aber will ich jede Sekunde genießen!«

Und das tat sie.

Bull synchronisierte ihre Schutzschirme so, dass sie zusammen eine Art Baldachin über ihnen bildeten, dann holte er eine Decke aus seinem Rucksack und faltete sie auseinander. Sie setzten sich darauf und sahen in den dampfenden Urwald hinaus.

Eine unberührte Welt. Ein Paradies, in dem es nur zwei intelligente Bewohner gibt.

Uns beide.

»Adam und Eva«, sagte Bull heiser. Er hatte das Gleiche gedacht. Sie nickte, legte ihren Kopf in seine Schulterbeuge.

Minutenlang wussten sie nicht, was sie reden sollten. Mussten sie überhaupt reden?

Aber nein.

Sie sah zu ihm auf. Ihre Blicke fanden sich, und dann ihre Lippen.

Küsste er gut? Jedenfalls nicht wie ein Mann mit der Erfahrung von dreitausend Jahren. Fast scheu, sehr vorsichtig. Und sehr, sehr zärtlich.

Sie lachten, als er Probleme mit dem Verschluss ihres Anzugs hatte. Als sie fast zu Tode erschrocken waren, weil eine Raubechse gegen den Prallschirm krachte. Und als sie halb in den weichen Boden einsanken, während sie sich liebten.

Ja, sie liebten sich. Wie die ersten Menschen auf dieser Welt, oder die letzten in dieser Galaxis. Als ob es kein Gestern, kein Heute und kein Morgen gäbe, keine Zukunft und keine Vergangenheit. Sie gaben sich einander hin, ohne Bedenken oder Vorbehalt. Sie hielten sich aneinander fest, gingen ineinander auf. Der Regen prasselte auf den Schutzschirm, und sie liebten sich.

Und danach liebten sie sich noch einmal.

»Ich lasse dich nicht mehr fort«, flüsterte er, oder sie, einerlei. »Ich gebe dich nie wieder her, nie wieder.«

Sie weinten vor Glück.

Irgendwann zogen sie sich an und begaben sich Hand in Hand auf den Abstieg ins Erdinnere.

Beim Mars-Liner stand Irn Tekkme, die Vizekönigin.

»Ich würde gerne ein paar Worte mit euch wechseln«, sagte sie.

83 »Weiß sie, wo man Haarspray kriegen kann?«

»Shimmi, bitte!«

Nachdem Fran und Bully eingetroffen waren – erhitzt und von innen heraus dermaßen glühend, dass Perry sich ein Schmunzeln nicht hatte verkneifen können –, tauschten sie ihre Erkenntnisse aus und fügten die einzelnen Puzzlesteinchen zu einem Bild zusammen.

Irn Tekkme hatte durchblicken lassen, dass die Zustimmung des Quochtenvolkes zur Politik ihrer Königin im Sinken begriffen war. Ähnlich wie ihr ganzes Imperium, stand auch Chi Waka mit dem Rücken zur Wand. Noch hatte sie die Mehrheit auf ihrer Seite, aber das hormonelle Makroklima änderte sich seit geraumer Zeit spürbar.

In dieser schwierigen Situation wollte sie sich den Mythos vom fremden Auserwählten zunutze machen und in Gestalt von Perry Rhodan mit Leben erfüllen. Deshalb hatte sie das Finale der Takurischen Jagd manipuliert, um ihm mit einem Schlag im ganzen Imperium höchste Popularität zu verschaffen. Und das war ihr ja auch gelungen.

Doch dabei konnte sie es nicht belassen. Sie brauchte dringend einen Erfolg, der die pessimistische Stimmung in der Bevölkerung umdrehte. In der kommenden Schlacht sollte Perry Rhodan deshalb das Oberkommando innehaben und als Triumphator nach Quocht zurückkehren.

»Halt, Stopp, Moment – welche kommende Schlacht?«

»Das hat Irn Tekkme nicht genauer ausgeführt. Ich glaube, sie lehnt sich ohnehin schon sehr weit aus dem Fenster, indem sie hinter dem Rücken der Königin mit uns Kontakt aufgenommen hat.«

Perry nickte. »Verstehe. Intrigen sind üblich und in Ordnung, Verrat jedoch nicht. Wann und wo soll diese Schlacht stattfinden?«

»Ihren Andeutungen zufolge recht bald«, sagte Fran Imith. »Irgendwelche Koordinaten waren ihr natürlich nicht zu entlocken, aber eine Art Codebezeichnung ist ihr herausgerutscht. Nicht völlig unabsichtlich, denke ich.«

»Dordo'Kyeion« hatte dieses Wort gelautet. Das war kein Vaaligondischer Begriff, sondern offenbar ein Eigenname. Der wiederum nicht von den Quochten stammte, denn Irn Tekkme vermochte ihn hörbar nur mit Mühe auszusprechen.

»Hm. Sneber, sagt dir das was? Hast du auf Wrischaila von einem oder einer ›Dordo'Kyeion‹ gehört?«

»Mogelicherweise ja.«

Er hatte, erzählte der Yuchte, nur ein einziges Mal mit jemand von der nodronischen Handelsniederlassung auf der neunten Werkwerft zu tun gehabt, und diesen prompt über den Tisch gezogen. Worauf ihn sein Opfer ausgiebig verflucht hatte. Dabei war auch der Satz »Möge dich Dordo'Kyeion der Vergelter holen!« gefallen.

»Also eine Art nodronischer Rachegott ... Was bezweckt die Vizekönigin damit, dass sie uns auf diesen Begriff stößt?«

»Keine Ahnung«, sagte Perry. »Aber ich denke, wir sollten es schnellstens herausfinden.«

84 Doch in keiner der öffentlich zugänglichen Institutionen konnte man ihnen weiterhelfen, so viele Souvenirs Bully auch in Aussicht stellte. Dordo'Kyeion – was sollte das sein, außer ein grässlich klingender Zungenbrecher? Suchroutinen im planetaren VarsoNetz blieben ebenfalls ergebnislos. Es handelte sich also um eine Angelegenheit höchster Geheimhaltungsstufe.

Weder Chi Waka noch deren Vizekönigin Irn Tekkme reagierten auf ihre Kontaktversuche. Schließlich riss Perry Rhodan der Geduldsfaden.

»Gastfreundschaft hin oder her – wenn sie diese Information nicht herausrücken wollen, dann holen wir sie uns eben. Pratton, du warst das Phantom von Terrania. Was hältst du von einer kleinen Reprise – als Phantom von Takuri?«

»Na ja … Wenn ihr mir versprecht, es meinem Bewährungshelfer nicht weiterzusagen …« Der Meisterdieb grinste verschmitzt. Er war immer noch von Hämatomen übersät, aber wieder einigermaßen wohlauf.

»Ich denke, eine Milliarde Jahre dürften eine ausreichende Verjährungsfrist darstellen«, antwortete Perry. »Siehst du eine Chance, in den verbotenen Bereich der Kavernen vorzudringen?«

»Mal schauen, was die Heilige Schrift dazu sagt.«

Allgame kramte sein Lieblingsbuch hervor, das *Placke'sche Compendium*. Er öffnete den abgegriffenen Wälzer von der Rückseite her. Etwa eineinhalb Zentimeter tief waren die hinteren Seiten ausgeschnitten worden. In diesem Geheimfach lagen, fein säuberlich geordnet, zahlreiche Stäbchen, Spateln und Kärtchen.

»Mikropositronische Dietriche«, erklärte Pratton ein wenig verlegen. »Ich wollte ja eigentlich ein ganz neues Leben als Weinbauer beginnen. Ehrlich, es war und ist mir ernst damit. Aber von meinem Besteck konnte ich mich einfach nicht trennen. Und die Kapitel über Schaumwein und Champagner sind für den Mars nicht so relevant …«

Fran staunte. »Das ist alles, was du für dein … ähem … Handwerk benötigt hast?«

»In aller Unbescheidenheit: Ich glaube nicht, dass sich diesen Präzisionsinstrumenten irgendein Schloss oder eine Alarmanlage länger als ein paar Sekunden verweigern kann.«

»Falls wir wieder zurückkommen, solltest du Vorträge für den TLD halten.«

»Falls wir jemals wieder zurückkommen«, sagte Pratton fest, »werde ich Winzer, und sonst gar nichts. – Wer will mich begleiten? An sich … äh … arbeite ich ja am liebsten allein. Aber mit Datendiebstahl kenne ich mich leider nicht aus. Ich habe immer handfestere Beute bevorzugt …«

Perry blickte Bully an. Was vaaligische Varsoniken betraf, war er der Versierteste von ihnen.

»Schon kapiert.«

85 Wer hätte sich besser zum Schmierestehen geeignet als Sneber Grax?

Der Yuchte bezeichnete sich selbst gewiss nicht zu Unrecht als Meister der Heimlichkeit. Aber Pratton Allgame, der hatte auch was drauf.

Links und rechts der Pforte, die sie für ihren Einbruchsversuch ausgewählt hatten, lehnten je zwei Wächter an der Wand. Und das, obwohl der Eingang ohnehin mit den höchsten hierorts zur Verfügung stehenden Technologien abgesichert war. Aber unter Personalmangel litt das quochtische Imperium am allerwenigsten.

Im Schutz der Deflektoren schlichen Pratton, Bull und Sneber lautlos zur Pforte. Dort betätigte der Meisterdieb eines seiner Mikro-Werkzeuge.

»Akustikfeld«, sagte er in normaler Lautstärke, ganz entspannt, als ob nicht unmittelbar neben ihnen vier schwer bewaffnete Quochten stünden. »Schirmt uns ab und wird seinerseits von diesem überaus nützlichen Anti-Ortungs-Gerät hier vor den Sensoren der Alarmanlage verborgen.«

Ein drittes flaches Kärtchen knackte nach wenigen Sekunden den Code der Türverriegelung; ein viertes unterdrückte die automatische Meldung, die in einem solchen Fall eigentlich an die Überwachungszentrale geschickt werden sollte.

»Seeehr beeindruckend. Aber jetzt wird es kniffelig. Wie sollen wir die Tür öffnen und schließen, ohne dass das den Wächtern auffällt?«, gab Sneber zu bedenken.

»So.«

Aus drei weiteren winzigen Bestandteilen seines »Bestecks« bastelte Pratton eine Art Mini-Projektor. Dann zog er das Türblatt auf. »Bitte einzutreten! Keine Sorge, die Quochten sehen ein Holobild der geschlossenen Pforte. Sobald wir durch sind, schalte ich es wieder ab.«

Gesagt, getan. Nach einigen Minuten hatten sie einen Rechnerraum gefunden, der ihnen geeignet erschien, da sie durch das Bullauge im Schott mehrere Eingabegeräte für Varsoniken erspähen konnten. Pratton überwand auch diese Zugangssperre, dann verschwanden er und Bull in der Kammer.

Sneber drückte sich an die gegenüberliegende, feuchte Wand und stellte sich auf eine längere Wartezeit ein. Derlei war er gewöhnt, das machte ihm nichts aus. Auf seiner lebenslangen Flucht vor nicht völlig zufriedenen Kunden hatte er oft und oft in beträchtlich unbequemeren Lagen ausharren müssen.

Viel los war nicht in diesem Sektor der Kavernen. Einmal kam ein Quochte den Gang entlanggeschlurft, einen schmalen, mit allerlei Gerätschaften beladenen Antigravschlitten vor sich her schiebend. Sneber drückte auf den winzigen Taster, den Pratton ihm gegeben hatte. Daraufhin ging in der Rechnerkammer das Licht aus. Der Quochte ging vorüber, ohne etwas zu bemerken. Sneber sandte das Entwarnungssignal.

Er machte sich keine großen Gedanken, seine Zukunft betreffend. Das hatte er nie getan. Er wollte sein Leben fristen, Spaß haben, Leute übertölpeln und hinterher nicht erwischt werden. Das hatte im Werftwerk von Wrischaila ganz gut hingehauen und würde auch in den Kavernen von Quocht funktionieren. Oder wohin es ihn sonst verschlug – falls er den Planeten je wieder verlassen durfte. Vielleicht blieb er ja auch eine Zeit lang mit diesen Terranern zusammen. Die waren recht unterhaltsam.

Vermisste er die Gesellschaft von Angehörigen seines eigenen Volkes? Nein, ganz und gar nicht. Yuchten waren Einzelgänger. Solange er nicht geschlechtsreif wurde, konnte ihm seinesgleichen gestohlen bleiben. Und bis dahin würde noch viel Wasser durch die Kavernen von Takuri rinnen.

Pratton kam zurück. »Wir haben gefunden, wonach wir gesucht haben«, flüsterte er. »Abgang!«

»Ja, abeeer ... Was ist mit Bully?«

86 Er erregte einiges Aufsehen, als er seinen Deflektor abschaltete und sich ganz ohne jegliche Sicherheitsvorkehrungen an den Varsoniken zu schaffen machte.

Fast im selben Moment ging der Alarm los. Jedenfalls nahm Bully an, dass es sich um einen Alarm handelte. Überall an den Wänden erglühten grüne und gelbe Lichtflecken. Die allgegenwärtigen Phichi-Gabe hörten plötzlich zu wimmeln auf und gaben schnarrende, klackende Laute von sich, um zwei, drei Sekunden später wieder zu verstummen und wild durcheinander zu flitzen. Dann erstarrten und klackten sie erneut. Es war ein eigenartiges, gespenstisches Schauspiel.

Bull brauchte nicht lange zu warten. Aufgeregte Wächter erschienen und führten ihn ab. Sie sperrten ihn in eine enge, feuchte Zelle. Einige Stunden später wurde er ins Imperiale Nest gebracht.

Außer Chi Waka und Irn Tekkme war auch Perry anwesend. Die beiden Terraner nickten einander zu. Genau so hatten sie sich das gedacht.

»Ist dies eure Art, die Gastfreundschaft der Imperialen Königin zu achten?«, knurrte Chi Waka, fast unhörbar tief und doch so erstaunlich gut verständlich.

»Ich würde es nicht als sehr gastfreundlich bezeichnen, uns wichtige Informationen vorzuenthalten und auch sonst jegliches Gespräch zu verweigern, obwohl wir mehrfach dringend darum gebeten haben«, entgegnete Perry kühl. »Ihr habt uns förmlich gezwungen, auf eigene Faust aktiv zu werden. Wie hattest du dir das gedacht, Königin? Wolltest du uns abermals betrügen – und wiederum dein ganzes Volk dazu?«

»Wovon redest du?«

»Von DORDO'KYEION. Und deinem wahnwitzigen Plan einer Entscheidungsschlacht.«

Er zeigte einen Datenträger vor. »Ja, ich weiß Bescheid, und meine Begleiter ebenso. Bull war nicht allein. Auch er hätte ungesehen verschwinden können. Aber er ließ sich ganz bewusst ertappen. Ich nehme an, das war in deinem Sinn, Vizekönigin Irn Tekkme, oder etwa nicht?«

Die beiden Quochtinnen funkelten einander aus ihren riesigen, dunklen Augen an. Lange. Sehr lange.

Schließlich brach die Königin das Schweigen. »Hast du ihnen den Auftrag dazu gegeben?«, fragte sie ihre Rivalin grollend.

»Nein. Das wäre ein Verbrechen gewesen. Ich bin keine Verräterin, Chi, ich bin loyal, dem Imperium und vor allem unserem Volk gegenüber. Ein winzig kleiner Hinweis genügte. Ich habe diese Fremden richtig eingeschätzt. Und benutzt, aber lange nicht in dem Ausmaß, wie du sie zu missbrauchen gedenkst. Ich gestehe, gehofft zu haben, dass sie bei ihrem Einbruch in die verbotenen Kavernen gefasst würden. Ein solches Vergehen muss gemäß unseren Gesetzen eine öffentliche Gerichtsverhandlung nach sich ziehen. Dort wird DORDO'KYEION zur Sprache kommen. Du wirst unser Volk aufklären müssen und hernach entweder deinen unsinnigen Plan fallen lassen – oder deinen Status als Königin verlieren.«

Bull musste zugeben, dass er Hochachtung vor Irn Tekkme empfand. Was sie angezettelt hatte, war keineswegs eine plumpe Palastrevolte, sondern eine raffinierte Intrige im Rahmen der traditionellen Freiheiten einer Vizekönigin. Und doch würde sie damit Chi Waka vom Thron hebeln – falls diese nicht Einsicht zeigte.

So oder so hatte Irn Tekkme erreicht, was sie wollte.

DORDO'KYEION war ein Geheimprojekt der Zwillingsgötzen von Nodro, von dem die Königin über einen ihrer Agenten Wind bekommen hatte. Eine mobile Flottenbasis, ein gigantisches Objekt, das vor kurzem im Sektor Stukoda, knapp außerhalb des Einflussbereiches von Quocht, in Stellung gebracht worden war. Von dort aus wollten die Nodronen in naher Zukunft versuchen, dem Imperium der Quochten den Todesstoß zu versetzen.

Die mobile Basis DORDO'KYEION besaß die äußere Form eines Tetraeders mit einer Kantenlänge von über vierzehn Kilometern. Sie war in einem Gebiet stationiert worden, wo sich in einer Raumkugel von acht Lichtjahren Durchmesser nahezu zweitausend Sonnen ballten. Mittendrin befand sich die kurz vor der Fertigstellung befindliche, gewaltige Raumstation DORDO'KYEION – und eine Wachflotte aus zwölftausend nodronischen Einheiten.

Das war natürlich ungeheuer viel. Doch eine Zahl, mit der die Quochten auch im offenen Kampf gerade noch fertig werden konnten.

Die Imperiale Königin zog derzeit alle verfügbaren Flottenverbände zusammen, um damit DORDO'KYEION vor der endgültigen Fertigstellung anzugreifen und zu vernichten. Wobei bislang nur ihr engster Stab darüber informiert war, welchem Ziel die kommende Offensive galt. Einerseits war Chi Waka überzeugt, dass DORDO'KYEION den wichtigsten Faktor im so genannten heimlichen Krieg zwischen Quochten und Nodronen darstellte. Andererseits wollte sie nicht riskieren, dass die Mehrheit der Bevölkerung ihren gewagten Plan ablehnte. Wenn er glückte und DORDO'KYEION mitsamt der Wachflotte vernichtet war, würde sie als glorreiche Siegerin heimkehren – zusammen mit ihrem neuen Strategen, dem Einen, dem Auserwählten, der gemäß der uralten Überlieferung das Schicksal der Galaxis zugunsten der Quochten entschied.

Das würde ihrem Volk neuen Aufschwung verleihen und zugleich ihre eigene Position wieder festigen.

Irn Tekkme hingegen glaubte nicht daran, dass DORDO'KYEION auf militärischem Weg beseitigt werden konnte.

»Auch nicht mit den fünfzigtausend Einheiten, die wir allerhöchstens aufbieten könnten, ohne die anderen Frontabschnitte allzu sehr zu schwächen«, knurrte sie eindringlich. »Ich teile deine Beurteilung der Lage keineswegs, Chi. Unsere Schiffe werden ins Verderben fliegen. Halte ein, Königin, bevor es zu spät ist!«.

»Welcher Meinung bist du, Perry Rhodan?«

Perry schüttelte nachdenklich den Kopf, was Bully zeigte, dass sein Freund zu denselben Schlussfolgerungen gekommen war wie er.

»Ich fürchte, Irn Tekkme hat Recht, und du befindest dich im Irrtum, Königin. Denk doch einmal nach. Die Nodronen wissen mit sehr hoher Wahrscheinlichkeit, dass ihr DORDO'KYEION entdeckt habt. Ein Geheimprojekt dieser Größenordnung? Ich bitte dich. Deren Gegenspionage-Abteilung wird auch nicht untätig gewesen sein. Falls sie dir diese Information nicht überhaupt gezielt untergejubelt haben. Wie auch immer, sie wissen, dass ihr das Bedrohungspotential von DORDO'KYEION erkennt. Und sie wissen, dass ihr mit zwölftausend nodronischen Einheiten fertig werden könnt.«

Er holte tief Luft. »Dennoch vollenden sie DORDO'KYEION an Ort und Stelle, statt die Mobile Flottenbasis in einen sicheren, von ihnen lückenlos kontrollierten Sektor zu verlegen und dort vollständig zu montieren. Und sie zeigen auch nicht die geringsten Anstalten, ihre Wachflotte zu verstärken. Muss ich noch deutlicher werden? Man stellt dir eine Falle, Königin. Und du bist drauf und dran, geradewegs hineinzutappen.«

»Verstehst du denn nicht? Ihr dürft DORDO'KYEION nicht angreifen!«, rief Bull, der nicht mehr an sich halten konnte.

»Dich hat niemand gefragt«, versetzte Chi Waka scharf.

»Das ist mir aber herzlich egal, Gnädigste. Diese Station fungiert als Lockvogel. Die Nodronen haben mit Sicherheit riesige Flottenverbände eingreifbereit in der Nähe stationiert. Zweitausend Sonnen bieten mehr als genug Ortungsschutz. Ja, kann man denn so vernagelt sein?«

Während er noch sprach, gab er sich in Gedanken selbst die Antwort. Er schlug sich an die Stirn. Chi Waka hatte keine andere Wahl, als die Flucht nach vorn anzutreten! Ihr schwammen die Felle davon. Wenn alles so weiterging wie bisher, würde sich Irn Tekkmes hormonelle Ausstrahlung bald schon als dominant erweisen.

Chi Waka wird dann ihre biologischen Eigenschaften als Königin verlieren – und vermutlich auch ihr Leben! – und ihrer Widersacherin Platz machen müssen. An der DORDO'KYEION-Frage droht sie zu scheitern. Sie glaubt nicht, dass sich der Prozess mit normalen Mitteln noch umkehren lässt; für sie kommt nur ein Paukenschlag in Frage. Sie kann gar nicht klein beigeben.

Und das tat sie auch nicht.

14 *Die Schlacht um DORDO'KYEION*

87 *19. Juli 1329 + E09. Eben haben sie Perry und Sneber geholt,* schrieb Shimmi Caratech, wobei ihre Hand zitterte. *Der Anführer der quochtischen Soldaten, ich glaube, er heißt Zimmerputz oder so ähnlich, drohte uns alle der Reihe nach zu erschießen, falls die beiden nicht mitkämen.*

Die Froschkönigin will es also wirklich wissen.

Sie hat auch die Gerichtsverhandlung wegen Bullys Einbruch in die verbotenen Kavernen abgeblockt. Nämlich mit juristischen Spitzfindigkeiten so weit verzögert, dass die erste öffentliche Sitzung frühestens in etwa drei Wochen stattfinden kann. Bis dahin, hat Reginald gemeint, werden bei DORDO'KYEION längst vollendete Tatsachen geschaffen sein.

Uns sind die Hände gebunden. Also, gefesselt haben sie uns nicht, aber wir stehen wieder unter Hausarrest. Das bedeutet: Meine Chancen, zu Haarspray zu kommen, liegen bei null. Ich sehe furchtbar aus. Die Frisur ist endgültig im Eimer. Der dämliche Quart hänselt mich noch, indem er ständig neue Bezeichnungen für meine Haare erfindet: Trauerweide, Strohfeuer, Baströckchen, Wischmopp … Ich hasse ihn! Außerdem hat er mir allen Ernstes vorgeschlagen, ich solle doch statt des Sprays Quochtenspucke verwenden. Igitt!

Sie sah sich im Wohnsalon um. Von Bull war wenig Hilfe zu erwarten, der hatte sich mit Fran in eines der Zimmer verzogen. Pratton Allgame las stoisch in seiner Weinbibel. Die Einzige, die Shimmi verstand, schien Katze Schikago zu sein. Und die wurde auch immer fetter.

Es war zum Aus-der-Haut-Fahren!

Jetzt halt mich bloß nicht für eine Zicke, liebes Tagebuch, oder für ein dummes Blondchen. Ich weiß schon, wie lächerlich meine Wehwehchen sind angesichts der grundsätzlichen Misere, in der wir stecken. Vor allem Sneber und Perry.

Hach, ich mache mir solche Sorgen um sie …

88 »Wohin bringt ihr uns?«, fragte Perry, obwohl er es sich denken konnte.

»Zum Kampfpaat KERQUIL, dem Nestschiff der Imperialen Königin«, knurrte Zimbrr Gutz, durchaus nicht unfreundlich. »Der Start wird in Kürze erfolgen.«

Dennoch kam es Rhodan so vor, als würden sie keineswegs den schnellsten Weg durch die ausgedehnte Kavernenstadt nehmen. Der Agent der Königin schien eher darauf bedacht, an möglichst vielen dicht besiedelten Vierteln vorbeizukommen. Überall jubelten ihnen und ihrer Eskorte begeisterte Quochten in großer Anzahl zu.

Perry versetzte Sneber Grax einen leichten Stubs, als dieser sich gar zu überschwänglich verbeugte, Kusshändchen warf, nach vorne und hinten zugleich trötete und psychedelisch bunte Farbenspiele mit seinen Schuppen veranstaltete. »Um Himmels willen, beherrsch dich ein wenig!«, zischte er missbilligend.

»Warum soll ich niiicht gute Miene zeigen, auch wenn das Spiel ein böses ist?«, fiepte der Yuchte treuherzig. »Glaubst du, es würde iiirgendetwas ändern, wenn ich so furcheterlich verdrießelich dreinschaute wie du?«

»Hm. Nein, da hast du wohl Recht. Entschuldige.«

Immer mehr Kamerateams schlossen sich ihnen an. Bestimmt wurde auf alle Planeten des Imperiums übertragen, wie der siegreiche Kapitän der Nyquodronen, der große Champion der Takurischen Jagd, der Eine, der Auserwählte, sich anschickte, an der Seite der Quochten in den Krieg einzugreifen.

Perry war diese Inszenierung, in der er unfreiwillig die Hauptrolle übernommen hatte, immens zuwider. Aber was nützte es, wenn er seine Abscheu durch ein verkniffenes Gesicht zum Ausdruck brachte? Die Froschköpfigen konnten seine Mimik ohnehin kaum interpretieren und lasen daher ganz etwas anderes hinein. Sie sahen, was sie sehen wollten: ihren zukünftigen Retter, der grimmig-konzentriert zur Tat schritt.

Die KERQUIL parkte in einem unterirdischen Hangar, einem gewaltigen Höhlendom. Sie war ein großes Schiff, diskusförmig, fast einen Kilometer im Durchmesser, schätzte Perry, und mehr als hundert Meter hoch. An den Außenrändern der Scheibe waren vier mächtige Zacken angeflanscht.

»Geschütztürme«, erklärte Zimbrr Gutz, »jeder davon mit acht überschweren Tripuls-Kanonen bestückt. Als Schwerer Kampfpaat verfügt die KERQUIL über weitere sechzig Tripuls- sowie hundertzwanzig Bipuls-Geschütze.«

Und das wird alles nichts nützen, dachte Perry bitter.

Mit nur rund drei Metern Höhe bot die Zentrale des Schlachtschiffes wenig Kopffreiheit. Quochten fühlten sich in hohen, weiten Räumen nun einmal nicht wohl. Wenigstens war es hier nicht ganz so feucht und schwül wie in den Gängen und Mannschafts-Sektionen, die sie passiert hatten. Drei konzentrische Kreise ordneten sich um den eigentlichen Kommandostand an, in dem nicht mehr Personen Platz fanden als der Kommandant und die leitenden Offiziere. Sie begrüßten Perry ehrerbietig und bellten lautstark ihre Namen. Es kamen viele Kehllaute darin vor.

Der etwas höhere Nebenraum, in den sie Zimbrr Gutz danach führte, stellte eine exakte Kopie des Imperialen Nestes dar. Kondenswasser tropfte von Wänden und Decke. Phichi-Gabe krabbelten am schlammigen Boden. Und Chi Waka lag auf ihrem Diwan, in einem fort essend und gebärend, als befände sie sich nach wie vor in den Kavernen von Takuri und nicht an Bord eines Raumschiffs.

»Sei mir willkommen, Auserwählter«, grollte sie. »Es freut mich, dass du dich bereit erklärt hast, mir als strategischer Berater in der Schlacht um DORDO'KYEION beizustehen.«

»Habe ich das? Ha! Du weißt genau, dass ich niemals aus freien Stücken an diesem Selbstmordkommando teilnehmen würde.«

»Das tut mir Leid, Perry Rhodan, aber es schert mich wenig. Wenn es darauf ankommt, wirst du mir deine Talente nicht verweigern. Du wirst kooperieren, schon aus eigenem Interesse. Aber auch – soweit kenne ich dich inzwischen –, um unnützes Blutvergießen vermeiden zu helfen.«

»Dieses ganze Unternehmen wird als ein einziges unnützes Blutvergießen enden! Königin, ich bitte dich inständig, ich flehe dich an: Hör auf mich, hör auf Irn Tekkme, hör auf die Stimmung in deinem Volk! Noch ist es nicht zu spät ...«

Doch so sehr er auf sie einredete, Chi Waka ließ sich nicht erweichen.

89 Sie gab den Startbefehl.

Nur kurz spielte er mit dem Gedanken an einen Versuch, sie zu überwältigen. Wenn er die Königin als Geisel nahm und drohte, sie zu töten – würde sie dann von ihrem Vorhaben ablassen und umkehren? Oder würde sie diese Verzweiflungstat als Bluff durchschauen, wohl wissend, dass er nicht fähig war, sie kaltblütig zu ermorden?

Aber ganz abgesehen davon, dass er nach Waffen durchsucht worden war, keine mit sich führte und dem monströsen Wesen mit bloßen Händen schwerlich beizukommen war – ein leichtes Flirren, das Chi Wakas Leib wie eine Aura umspielte, zeigte ihm, dass sie von einem Individualschirm geschützt wurde. Nein, auch mit Gewalt vermochte er das drohende Unheil nicht aufzuhalten.

Selten in seinem langen Leben hatte Perry Rhodan sich in einer bedrückenderen Situation befunden. Er kochte innerlich vor Zorn und Frustration, fühlte sich in einem Albtraum gefangen, wehrlos mitgerissen von einer Lawine, die ihn zerschmettern würde, und Millionen von Intelligenzwesen mit ihm.

Während der viereinhalb Tage, die der Flug dauerte, zermarterte er sich nahezu pausenlos den Kopf. Verfluchte den Zellaktivator, weil er wegen dessen belebender Wirkung kaum müde wurde und nur wenige Stunden Schlaf fand. Verfluchte sich, weil ihm die rettende Idee nicht kommen wollte. Aber was er auch anstellte, von welcher Seite er die Situation auch analysierte, ihm fiel nichts ein. Er fand keinen anderen Ausweg als Chi Wakas Willen zu erfüllen und auf diese Weise vielleicht den Schaden zu minimieren, mit etwas Glück wenigstens das Allerschlimmste zu verhindern.

Man hatte Sneber Grax und ihm eine Kabine unweit der Zentrale überlassen. Als durchgesagt wurde, die quochtische Flotte werde demnächst zum letzten Zwischenstopp aus dem Halbraum ins vierdimensionale Kontinuum zurückfallen, begab er sich zusammen mit dem Yuchten ins Imperiale Nest.

»Zeig mir die Zusammensetzung und die Formation deiner Verbände«, sagte er barsch, ohne ein Wort des Grußes.

»Ich wusste es!«, triumphierte die Königin. Sie erhob sich umständlich und winkte ihnen, ihr in den anliegenden Raum zu folgen. Dieser glich dem Holosaal in den Kavernen von Takuri aufs Haar, oder besser: auf den Käfer.

Ein dreidimensionales Abbild der Flotte entstand. Jedes einzelne Symbol wisperte Datenketten. Sneber half ihm, sie zu entschlüsseln.

Insgesamt waren es 54000 Raumer, die Chi Waka mobilisiert hatte. 18000 Schwere Kampfpaats wie die KERQUIL, das Imperiale Flaggschiff. 20000 so genannte Paateoms, ebenfalls diskusförmig, aber um ein Drittel kleiner; Allroundschiffe, die über je vierzig Bipuls- und sechzehn Tripuls-Geschütze verfügten – deutlich weniger als die vergleichbaren Leichten Sternenkreuzer der Nodronen, obwohl diese ungleich kürzer und viel weniger voluminös gebaut waren.

Hm.

Dazu kamen noch 16000 so genannte Blitzpaats, dreihundert Meter durchmessend und vierzig Meter hoch, die zwar wegen ihrer Wendigkeit und ausgezeichneten Beschleunigungswerte sehr gut als Aufklärer oder für rasche, überfallartige Manöver einsetzbar waren, aber einen wesentlichen Makel aufwiesen: Sie trugen nur sechs Bipuls-Kanonen und bloß ein einziges Tripuls-Geschütz, das noch dazu in Turmbauweise oben aus der Nabe des Diskus ragte. Schweres Feuer konnte ein Blitzpaat daher nur mit seiner Oberseite abgeben; im Gefecht musste er also gegebenenfalls gedreht werden!

Na toll, dachte Perry. *Das macht den Vorteil ihrer Schnelligkeit umgehend wieder zunichte.*

Man konnte die Quochten beim besten Willen nicht als geborene Genies im Raumschiffsbau bezeichnen. Das Weltall war nun einmal nicht ihr Element. Leider sah es kaum besser aus, was ihre strategischen Fähigkeiten betraf.

»Diese Formation mag ein hübsches geometrisches Muster ergeben«, sagte Perry, auf die Anordnung der Verbände im Holo bezogen, zu Chi Waka und Zimbrr Gutz. »Jedoch birgt sie gefährliche Schwachpunkte in sich. Beispielsweise dauert es sehr lange, sie nach dem Austritt aus dem Linearraum, der naturgemäß nicht völlig synchron erfolgen kann, wieder einzunehmen. Dadurch bleiben die Flanken bedenklich lang ungeschützt. Wenn in dieser Zeit, sagen wir, jeweils nur zweitausend Schwere Sternenkreuzer hier und hier durchstoßen – seht ihr, was ich meine? – und die nodronische Flotte entlang jener Linie nachrückt, werden unsere Verbände aufgesplittert und stehen, wohin sie sich auch wenden, einer Übermacht gegenüber. Obwohl wir uns insgesamt in der Mehrzahl befinden.«

Zimbrr Gutz hob die Hand. Die Königin bedeutete ihm zu sprechen.

»Aber das ist die traditionelle Angriffsformation des quochtischen Imperiums«, knurrte er. »Sie hat sich seit Tausenden von Umläufen bewährt.«

»Gegen wen?«

»Nun, gegen jegliche Eindringlinge, die in unser Gebiet … Freilich kam das nicht sehr oft vor. Piratennester …« Er stockte verlegen.

»Ihr habt nie einen Expansionskrieg geführt, nicht wahr? Wozu auch. Vaaligo ist spärlich besiedelt, bietet mehr als genug Platz für alle. Ihr habt euch vernünftigerweise auf ein Gebiet beschränkt, das gerade noch verwaltbar ist. Und wenn ein paar Freibeuter sich in einer Grenzregion einnisten wollten, seid ihr in dieser hübschen Formation ausgerückt und habt sie vertrieben. Nicht selten, ohne einen einzigen Schuss abgeben zu müssen. Stimmt's?«

»Das ist richtig.«

Perry fuhr sich durch die tropfnassen Haare. »Aber das, womit wir es zu tun bekommen, sind nicht einige wenige Piraten. Das sind Nodronen, zwölftausend Einheiten – mindestens! – und eine riesige Raumstation. Da geht es nicht um Haltungsnoten oder ein einschüchternd bombastisches Erscheinungsbild. Versteht ihr das?«

Chi Waka wiegte den Schädel hin und her, dann gab sie sich einen Ruck. »Gruppier die Flotte um, wie du es für richtig hältst, Perry Rhodan. Zimbrr, du sorgst dafür, dass seine Anweisungen peinlich genau in die Tat umgesetzt werden. Wir führen die letzte Halbraumetappe erst aus, wenn der Stratege das Signal dazu gibt.«

Sie schleppte sich ächzend hinaus.

»Na schön«, sagte Perry. »Lass uns anfangen.«

90 »Lass uns aufhören. Es hat keinen Sinn.«

»Aber – wieso? Ich dachte …«

»Exakt, Reginald Bull. Du denkst, und zwar an ganz etwas anderes. Du bist weit, weit weg, nicht hier bei mir. Körperlich schon, ich spüre dich, du fühlst dich wunderbar an, stark und männlich … Aber dein Kopf ist viele Lichtjahre entfernt. Und ich will dich ganz – oder gar nicht.«

Sie küsste ihn auf die Stirn, glitt von ihm herunter, schmiegte sich an seine warme Brust, die sich im Atemrhythmus hob und senkte.

»Fran …«

»Ich verstehe dich ja«, sagte sie. »Er ist dein ältester und bester Freund. Euch verbinden fast dreitausend Jahre. Das zählt ja wohl mehr als ein … Urlaubsflirt.«

»Einspruch! Erstens sind wir hier nicht auf Urlaub, und zweitens …«

Sie legte ihm sacht den Zeigefinger auf die Lippen. »Mach keine Aussagen, zu denen du später vielleicht nicht stehen willst oder kannst. Es ist, wie es ist. Und es ist schön und gut, würdig und recht, geziemend und heilsam. Amen.«

Er öffnete den Mund, biss sie spielerisch in den Finger, saugte daran. Das Kitzeln seiner Zunge jagte kalt-warme Schauer über ihren Rücken.

»Hör sofort auf, oder ich mache von Dagor-Kampftechniken Gebrauch!«, lachte sie.

»Das darfst du nicht. Du bist meine Leibwächterin, schon vergessen? Deine Aufgabe ist es, für mein Wohlergehen zu sorgen, und zwar rund um die Uhr.«

Sie entwand ihm den Finger, stach ihn damit in die Hüfte, dass er zusammenzuckte. »Ich bezweifle stark, dass diese Art von Service in den Dienstvorschriften enthalten ist, Herr Verteidigungsminister!«

Ganz im Gegenteil, dachte sie, während sie das Laken über ihren verschwitzten Körper zog. *Ganz im Gegenteil.*

Wenn man es genau nahm, stellte ihr Verhalten sogar einen Entlassungsgrund dar. Eine Liaison oder auch nur eine kurze Affäre mit Schutzbefohlenen stand sehr weit oben auf der »Streng verboten«-Liste für TLD-Agenten im Einsatz. Auch wenn dieser ganz woanders begonnen hatte, und vor mittlerweile einer Milliarde Jahren, einem Monat, einer Woche und einem Tag.

»Ich glaube, ich könnte eine nachträgliche Sondergenehmigung erwirken«, versuchte Bully, den Scherz weiterzuspinnen.

»Bei wem? Beim Terranischen Residenten?«

Er seufzte.

Frans Nasenflügel begannen wieder zu jucken. Und eine Stelle der Kopfhaut über dem rechten Ohr.

Falls wir zusammenbleiben, dachte sie; *wohlgemerkt: falls. Wird das dann immer so sein? Wird auf immer und ewig ein unsichtbarer Dritter neben oder zwischen uns im Bett liegen?*

Nicht, dass sie den beiden Unsterblichen eine verborgene homoerotische Komponente unterstellt hätte. Aber diese Freundschaft, über so viele gewöhnliche Lebensalter hinweg, und die Aufgabe und Verantwortung, die Bull und Perry verband – durfte eine Frau, eine Sterbliche noch dazu, sich wirklich anmaßen, sich zwischen sie zu drängen?

»Es war nie leicht für unsere … Gefährtinnen«, sagte Bully leise.

»Du wirst lachen – das kann ich mir vorstellen.« Sie stand auf und begann sich anzukleiden.

»He! Du kannst mich doch jetzt nicht so liegen lassen!«

»Und ob ich das kann, mein Lieber.«

Er erfasste ihr Handgelenk, zog sie sanft zu ihm hinunter. »Wir wussten beide, worauf wir uns einlassen. Und wir haben uns rechtschaffen gegen die Gefühle gewehrt, die wir füreinander empfinden, oder etwa nicht? Aber letztlich war die Liebe stärker.«

»Ich bin mir nur nicht sicher, ob sie auf Dauer stark genug ist.« Sie sah ihm an, dass ihn diese Aussage schmerzte. »Wir haben nur dann eine Chance«, fügte sie begütigend hinzu, »wenn wir immer ehrlich zueinander sind. Uns nie etwas vorspielen, so gut es auch gemeint sein mag. Gib's zu: Du hast ein schlechtes Gewissen, dich mit mir zu vergnügen, während Perry da draußen wahrscheinlich gerade in höchster Lebensgefahr schwebt.«

»Hm. Wird wohl so sein.« Bull feixte, fuhr sich übers Gesicht. »Obwohl gerade er das für absolut dämlich halten würde. Ich meine, wir helfen ihm nicht im Mindesten damit, wenn wir hier Trübsal blasen, oder?«

»Es klingt wirklich ziemlich blöd. Aber das bist eben du, Bully. Und genau deshalb … mag ich dich so gern.«

Er sah aus traurigen Dackelaugen zu ihr hoch. »Mitleid ist nicht unbedingt das, was ich von dir will.«

»Sondern?«

»Verständnis. Geduld. Durchhaltevermögen. Bitte, Fran – wenn dir etwas an mir liegt, lauf nicht gleich bei der ersten Schwierigkeit davon. Es stimmt, Perry, Sneber und dieses verfluchte DORDO'KYEION gehen mir nicht aus dem Kopf. Was soll ich nur dagegen tun?«

»Gar nichts. Wir warten einfach, bis sie wieder zurück sind.«

Und damit schlüpfte sie, noch bevor er protestieren konnte, durch die Tür hinaus.

91 Er versuchte es mit Betteln und Brüllen, mit Fluchen und Schmeicheln, doch sie blieb hart.

Sneber mischte sich nicht ein. Auf ihn achtete sowieso keiner. Nicht die Königin der Quochten, die starrsinnig auf ihrem Angriffsplan beharrte; nicht Perry Rhodan, der einen allerletzten Versuch unternommen hatte, ihr diesen auszureden.

Die Flotte hatte die letzte Linearetappe beendet und sich nach Perrys Vorschlägen formiert. Jetzt raste sie in hoher Unterlichtfahrt auf DORDO'KYEION zu. Die zweitausend Sonnen des Sektors Stukoda gleißten auf den Bildschirmen; weniger hell, aber noch dichter beisammen erschienen die zwölftausend Lichtpunkte, welche für die nodronischen Kriegsschiffe standen.

Soeben mussten sie die anfliegenden Diskusraumer geortet haben, denn sie fächerten sich auf und bildeten einen leicht gebogenen Wall auf der den Quochten zugewandten Seite.

Sneber kam ganz schön ins Keuchen, als Perry Rhodan so schnell im Holosaal herumrannte und ständig aktuelle Details abfragte, weil er auf seinen kurzen Beinen kaum mitkam. Er merkte es dem Terraner an, dass dieser jeden Moment mit einer Gemeinheit der Gegenseite rechnete. Aber derzeit schien es, als wären die Nodronen vom quochtischen Angriff tatsächlich auf dem falschen Fuß erwischt worden.

Ein Geschwader aus dreitausend Blitzpaats scherte aus und umflog, vom Sperrfeuer der Schweren Kampfpaats gedeckt, den Wall der Nodronenschiffe. In einem kühnen Bogen hielten sie auf DORDO'KYEION zu. In den Nahaufnahmen machte die gigantische mobile Flottenbasis einen unfertigen Eindruck, ganz wie es die Agenten der Königin gemeldet hatten. Kilometergroße Lücken klafften in den dreieckigen Wänden. Zahlreiche robotische Montagetrupps waren zu erkennen. Was Chi Waka aber lauthals frohlocken ließ, war die Ortermeldung, dass DORDO'KYEION offenbar noch über keine eigene Energieversorgung verfügte. Den angemessenen Emissionen nach wurde die für die Fertigstellung der Station benötigte Energie von zwölf Flottentendern bereitgestellt, die wie flache Schachteln an den Außenseiten klebten.

»Wir kamen zur rechten Zeit!«, jubelte die Königin. »Schießt, meine wackeren Quochten! Blast diese hässliche Pyramide aus dem Universum!«

Die Blitzpaats waren auf Schussweite heran. Sie gerieten ins Trudeln, als sie ihre Tripuls-Geschütztürme ausrichteten. Dem Manöver fehlte jegliche Eleganz, und nicht alle Piloten bekamen es richtig hin. Aber die Mehrzahl konnte ihren Diskus so stabilisieren, dass die Kanoniere eine günstige Schussposition vorfanden.

Da begann das All rings um DORDO'KYEION silbrig zu flimmern.

»Die Tender bauen Hochenergie-Überladungsschirme der Klasse III auf!«, rief Zimbrr Gutz.

»Wer hätte das gedacht«, sagte Perry Rhodan ironisch.

HÜ-Schirme, das hatte Sneber Grax bei den Strategiediskussionen aufgeschnappt, bestanden aus einer stabilen fünfdimensionalen Komponente und einer instabilen Überladungszone, deren Energieniveau im Halbraum angesiedelt war. Oder so ähnlich. Jedenfalls vermochten sie große Energiemengen aufzunehmen und zu neutralisieren, indem sie diese in den Bereich zwischen Normaluniversum und Hyperraum abstrahlten.

Offenbar geschah genau das während der Attacke des Aufklärungs-Geschwaders. Das Feuer aus den Tripuls-Türmen verpuffte wirkungslos.

»Die Blitzpaats hätten die von den zwölf Tendern generierten, sich überlappenden Schirmsphären durchaus knacken können«, erklärte Rhodan halblaut, während die Dreihundert-Meter-Diskusse von einem Verband Schwerer Sternenkreuzer zum Rückzug gezwungen wurden. »Wenn sie es zustande gebracht hätten, sich gruppenweise zu synchronisieren und Punktbeschuss auszuüben. Aber leider schießen deine Leute erbärmlich schlecht, Königin.«

»Das macht nichts. Wir wissen jetzt, was der Gegner aufzubieten imstande ist. Der Feuerkraft unserer Schweren Kampfpaats sind diese Schirme nicht gewachsen. Wir greifen sofort mit allen Einheiten an, brechen durch und holen uns DORDO'KYEION!«

»Nein! Verdammt, merkst du das denn nicht? Sie machen es uns viel zu einfach«, schrie Perry Rhodan, der offenbar immer noch eine Falle witterte. »Weil sie uns genau dazu verleiten wollen. Sie öffnen ja richtiggehend einen Korridor für deine Flotte!«

»Ein Fehler, den wir gnadenlos ausnützen werden.«

»Königin.« Der Terraner trat vor Chi Waka, hob die Hände und legte sie auf ihre gewaltige Leibesmitte. Das sah komisch aus, verfehlte jedoch seine Wirkung auf die Imperatrix nicht. »Du hast mich gezwungen, dir als Stratege und Taktiker beizustehen«, sagte Rhodan eindringlich. »Dann nimm jetzt aber auch meinen Rat an. Wenn DORDO'KYEION tatsächlich über keine stärkeren Defensivwaffen verfügt, reicht ein Drittel deiner Streitkräfte bei weitem aus, um die Basis zu zerstören. Lass die übrigen Verbände ihnen Feuerschutz geben, aber nicht mit vorstoßen, sondern halte sie in Bereitschaft. Und zwar außerhalb des nodronischen Walls.«

Chi Waka trat von einem Säulenbein aufs andere. »Gut«, grollte sie schließlich. »So sei es.«

92 Als die Quochten durchbrachen, kam es zu ersten Ausfällen und Verlusten auf beiden Seiten. Paats wie Sternenkreuzer wurden manövrierunfähig geschossen oder vergingen in lautlosen Explosionen, verwehten als langsam auseinander treibende Trümmerwolken. Hüben wie drüben starben in wenigen Augenblicken Tausende und Abertausende von Intelligenzwesen.

Das war ganz normal im Krieg. Für eine Schlacht dieser Größenordnung ganz sicher nur der Anfang, der vielversprechende Auftakt.

Der Witz an der ganzen Sache war nämlich noch lange nicht erzählt. Die eigentliche Pointe kam erst.

»Sieht den Krötenköpfen gar nicht ähnlich«, wunderte sich Axx Cokroide, »zwei Drittel als Reserve zurückzuhalten. Gewöhnlich stürmen sie blindlings drauflos mit allem, was sie haben.«

»Willst du noch abwarten?«, fragte Pelmid Sulcatob.

Ihre Finger kribbelten. Sie saß vor der gewaltigsten Feuerorgel, die sie je hatte bedienen dürfen. Obwohl es sich nur um sehr wenige Kontrollelemente handelte. Aber nicht die Quantität gab hier den Ausschlag, sondern die Qualität.

Sechzehn Quartor-Geschütze.

Beim bloßen Gedanken daran stieg es heiß in ihr auf. Das hier war geiler als alles, was sie je erlebt hatte.

Sechzehn Quartor-Geschütze. Vier an jeder Ecke von DORDO'KYEION. Und sie alle gehorchen einem leichten Druck meiner Fingerspitzen. Gesteuert von mir und meiner Varsonik, feuern sie überlichtschnell eine vierfache Salve ab, gegen die in ganz Vaaligo kein Schutzschirm eines Raumschiffs bestehen kann.

Aber erst, wenn die unter der scheinbar unvollständigen Hülle verborgenen, gigantischen, das gesamte Konstrukt fast vollständig ausfüllenden Protonengas-Reaktoren hochfuhren. Wenn sie die sechzehn Quartor-Kanonen mit ungeheuerlichen Energiemengen voll pumpten. Wenn Axx endlich den Befehl gab, die Maske fallen zu lassen.

Der Flug hierher mit ihm war kein Vergnügen gewesen, beileibe nicht. Und doch empfand sie jetzt, in diesem Moment, Dankbarkeit dafür, dass er sie mitgenommen hatte. Per Transmitter waren sie in die angebliche Flottenbasis übergewechselt, die doch in Wahrheit nicht mehr und nicht weniger darstellte als eine fliegende Geschützplattform, wie sie Vaaligo noch nicht gesehen hatte.

Dordo'kyeion, der Vergelter. Der Zerschmetterer. Der Gott der Rache und der Gnadenlosigkeit.

War dem Son'Trokete eigentlich bewusst, welche Ironie darin lag, dass er gerade sie, die nach Rache Dürstende, vor die Feuerleitkontrollen beordert hatte? Vielleicht schon. Sie traute Axx Cokroide inzwischen fast alles zu.

Nicht mehr als zehn Mann bedienten DORDO'KYEION. Die Roboterheere, die vorgaben, pausenlos an der Fertigstellung der mobilen Basis zu arbeiten, waren reine Kosmetik. DORDO'KYEION war schon komplett gewesen, als man es hier stationiert hatte. Vollendet. Makellos. Der perfekte Köder, die ideale Quochtenfalle.

Und die Froschmäuler fielen darauf herein, genau so, wie es der Botschafter und die Zwillingsgötzen geplant hatten.

Kommt, ihr schleimigen, breitärschigen Kretins! Kommt und seht, was die Nodronen euch bereitet haben.

Und sie kamen.

Wie Motterlinge aufs Licht, stürzten sie sich auf DORDO'KYEION. Und DORDO'KYEION, genau wie tief im Innersten der Gigantstation Axx Cokroide mit seiner Adjutantin, seiner rechten Hand Pelmid Sulcatob, war bereit, sie zu verbrennen.

Axx trat hinter Pelmid. Sie schrie auf, als seine Finger sich in ihre kurzen Nackenhaare verkrallten und ihren Kopf brutal nach hinten rissen. Er presste seine Lippen auf ihren Mund.

»Jetzt«, stieß er dann hervor, während sie noch nach Atem rang. »Mach ihnen den Garaus, meine Schöne!«

Brüllend erwachten die Fusionsreaktoren zum Leben. Pelmids Status-Anzeigen verfärbten sich von Weiß über Gelb und Orange zu leuchtend Rot.

»Feuer frei«, befahl Axx Cokroide.

93 Vierundsechzigmal in der Sekunde feuerte DORDO'KYEION. Nach der ersten Minute waren fast dreitausend Diskusschiffe mitsamt ihrer Besatzungen ausgelöscht. Hunderte weitere trieben als Wracks durch das All.

Chi Waka verfiel in Panik, und ihre Offiziere mit ihr. Einem uralten Instinkt folgend, verkrochen sich nicht wenige der Quochten in der Zentrale unter allem, was vermeintlich Schutz gegen die Bedrohung bot.

Nahezu führerlos raste das Nestschiff der Imperialen Königin weiter auf DORDO'KYEION zu. Staffel um Staffel der vor ihm fliegenden Raumer wurde vernichtet, weggefegt wie von der Axt eines Riesen.

Perry Rhodan fand Zimbrr Gutz, der unter einer Schalttafel kauerte, riss ihn hoch und schrie ihm ins angstverzerrte Gesicht: »Flucht! Ordne sofort den Rückzug an! Weg, nur weg heißt die Devise!«

Der Agent der Königin gehorchte.

Aber es war zu spät.

Aus dem Ortungsschutz der Sonnen von Stukoda brachen nodronische Schlachtschiffe ohne Zahl hervor. Sie bildeten in einem bewundernswert präzisen Manöver binnen kurzer Zeit eine Kugelschale, welche die quochtischen Verbände einschloss. Im Mittelpunkt befand sich DORDO'KYEION, dessen Geschütztürme unablässig Tod und Verderben spien. Zwischen der Gigantstation und dem Wall der ursprünglichen Wachflotte irrten die Reste jenes Drittels der quochtischen Streitkräfte herum, das den Angriff vorgetragen hatte. Es zeigte sich allzu deutlich, weshalb die Nodronen den Quochten so überlegen waren. Wie ihre Königin, verloren auch die Kommandanten Nerven und Orientierung. Jegliche Schlachtordnung löste sich auf. Die Piloten versuchten nur noch abzudrehen und so den furchtbaren Kanonen DORDO'KYEIONS zu entkommen; aber wenn sie es schafften, wurden sie zur leichten Beute des nodronischen Walls.

Jenseits davon stand das Gros der quochtischen Flotte, vom Schock wie paralysiert. Und die Kugelschale der unzähligen neu hinzugekommenen Sternenkreuzer zog sich enger und enger zusammen.

Perry Rhodan sah nur eine einzige Chance, wenigstens einen Teil der Quochten zu retten, und vielleicht, mit sehr viel Glück, auch Chi Waka, Sneber Grax und sich selbst.

»Übertrage mir den uneingeschränkten Oberbefehl!«, rief er der Königin zu. »Jetzt! Sofort!«

Chi Waka stammelte eine entsprechende Formel ins Akustikfeld. Zimbrr Gutz sorgte dafür, dass sie auf sämtlichen noch übrigen Schiffen gehört wurde. Dann begann Perry Rhodan seine Kommandos zu geben, betont ruhig und langsam. Bei weitem nicht alle Kapitäne befolgten sie, aber immerhin die Mehrzahl.

Perry war klar, dass er das drohende, entsetzliche Gemetzel nicht eine Sekunde lang abwenden konnte, schon gar nicht durch eine Kapitulation. Dem Gefecht jetzt noch eine Wendung zugunsten der Quochten zu geben war ebenfalls vollkommen illusorisch. Er konzentrierte alle verfügbaren Kräfte darauf, mit einem überraschenden Ausfall so viele Schiffe wie möglich in Sicherheit zu bringen.

Dazu nutzte er den Korridor, den die Nodronen so einladend im Wall geöffnet hatten und der sich noch nicht gänzlich geschlossen hatte. Er ließ die in Reserve gehaltenen zwei Drittel seiner Streitmacht mit höchster Geschwindigkeit diese Stelle ansteuern und zugleich die Reste der Angriffsflotte von innen auf dieselbe Lücke zuhalten. Das Risiko, dass es trotz der bei einer Raumschlacht üblichen großen Entfernungen zwischen den einzelnen Schiffen zu Kollisionen mit eigenen Einheiten kam, war ihm bewusst, doch er musste es in Kauf nehmen. Alles war besser, als sich zwischen DORDO'KYEION und der Kugelschale bis zum letzten Schiff aufreiben zu lassen.

Rhodan ging davon aus, dass den Nodronen an nichts anderem gelegen war, als möglichst viele Quochtenschiffe zu eliminieren. Dies war von vornherein als Vernichtungsschlacht geplant gewesen. Also versuchte er, ihre Phalanx aufzuspalten. Beide Teile seiner Flotte steuerten auf entgegengesetzte Punkte der Kugelschale zu, wobei der größere Pulk DORDO'KYEION an der Grenze von dessen Kernschussweite passieren musste und um mehrere tausend Einheiten dezimiert wurde. Bitter, doch einen anderen Ausweg sah Perry nicht. Wie er gehofft hatte, reagierte der gegnerische Oberkommandierende rasch. Er gruppierte die Sternenkreuzer innerhalb der Kugelschale so um, dass sie jene Seite verstärkten, auf die der größere quochtische Verband zuhielt – weil er diesen nicht entkommen lassen wollte.

Auf Rhodans Signal schwenkten jedoch beide Teile ab und rasten von zwei verschiedenen Seiten aus spitzem Winkel an derselben Stelle in die Kugelschale. Ein irrsinniges Manöver, das in purem Chaos endete. Denn nun befanden sich beide Parteien in der Schusslinie ihrer eigenen Leute!

Immerhin brach jetzt auch bei den Nodronen Verwirrung aus. Welche Schiffe den Salven der Gegner oder aber dem »Freundfeuer« zum Opfer fielen, ließ sich nicht ausmachen. An eine einigermaßen genaue Ortung war im Strahlengewitter sowieso nicht mehr zu denken. Hüben wie drüben gingen die Verluste in die Zehntausende. Mit Taktik des Raumkampfs hatte das nichts mehr zu tun. Es handelte sich um reines Glücksspiel.

Quochtisches Roulette, dachte Perry. Eigentlich hätte er Todesangst empfinden sollen, aber dafür blieb ihm keine Zeit.

Und dann waren sie durch, hatten den Einschließungsring gesprengt, nahmen mit voller Beschleunigung Fahrt auf.

Die Sternenkreuzer verfolgten sie, feuerten ihnen wütend hinterher. Einige trafen. Weitere Diskusse explodierten oder vermochten, wrackgeschossen, den rettenden Halbraum nicht mehr zu erreichen.

Schon wollte Perry Rhodan aufatmen, da erwischte es auch die KERQUIL.

15 *Das Wunder des Lebens*

94 Ein Sausen und Brausen, ein Donnerschlag. Gleißende Helle, Hitze und Kälte zugleich. Dröhnende, rotschwarze Luft, flüssig wie Teer, schwerer als Blei. Panik und das Gefühl, augenblicklich zerquetscht zu werden. Dann Dunkelheit. Dann nichts mehr.

Sneber Grax kam wieder zu sich, schreiend vor Schmerz.

Tot war er nicht, immerhin. Und offenbar nicht ernsthaft verletzt. Er konnte seine Gliedmaßen bewegen, wenngleich ihm alles wehtat dabei. Prellungen hatte er reichlich erlitten, auch Schürfwunden und Verstauchungen; aber gebrochen schien nichts zu sein, und kein inneres Organ in Mitleidenschaft gezogen.

Andere waren nicht so glimpflich davongekommen.

Als Erstes sah Sneber, nachdem er sich unter dem Schutt hervorgewühlt hatte, den Leichnam eines Quochten. Am hellgrünen Netzanzug und den eingeflochtenen Schmuckstücken erkannte er Zimbrr Gutz. Gesicht war keines mehr übrig. Ein herabgestürzter Stahlträger hatte ihm den Kopf buchstäblich in den Hals getrieben. Beim Anblick des bunten Breis auf Zimbrrs Schultern dachte Sneber im ersten Moment an ein Dessert, das er früher recht gern gegessen hatte – bis er erkannte, dass es sich um eine Mischung aus Blut, Knochensplittern und Gehirnmasse handelte.

Zarter besaitete Gemüter hätten es vorgezogen, sofort wieder in Ohnmacht zu fallen. Sneber Grax begnügte sich damit, den Inhalt seines Magens und Darms gleichzeitig von sich zu geben.

Danach machte er sich auf die Suche nach Rhodan.

Das gestaltete sich nicht einfach, denn er erkannte die Umgebung kaum wieder. Viele Decken und Zwischenwände waren eingestürzt, die Begrenzungen von Holosaal, Imperialem Nest und Zentrale nur noch zu erahnen. Im düster orangen Licht der Notbeleuchtung breitete sich eine feucht schimmernde Schutthalde vor Sneber aus. Trümmer und Tote, in allen Richtungen, so weit er sehen konnte.

Und Phichi-Gabe.

Mit einem Schlag realisierte er, was ihn seit seinem Erwachen verstörte, zusätzlich zu all den anderen Schrecknissen. Die Käfer waren omnipräsent wie eh und je, doch sie wimmelten nicht herum, sondern bewegten sich überhaupt nicht. Erstarrt lagen sie auf den Rücken, wie eingefroren, trotz der hohen und immer noch weiter steigenden Temperatur.

Das Schiff brennt, dachte der Yuchte; von fern hörte er Explosionen. *Die Käfer spüren, dass der Kampfpaat stirbt, dass ihre Heimat unwiederbringlich vernichtet ist. Also stellen auch sie ihre Lebensfunktionen ein.*

Jemand stöhnte.

Sneber fand Perry Rhodan, zur Hälfte von Teilen eines Varsonik-Terminals verschüttet. Während er ihm half, sich zu befreien, bemerkte er, dass der Terraner verletzt war. Die große Wunde am linken Arm stank verbrannt und blutete stark.

»Ein Überschlagblitz, glaube ich«, sagte Rhodan gepresst, während er mit der rechten Hand Anzugreste aus der Wunde entfernte. »Tut verdammt weh, ist aber langfristig kein Grund zur Sorge. Muss nur die Blutung stillen. Und du, bist du okay?«

»Ja.«

»Freut mich.«

Nachdem sie gemeinsam die Verletzung behelfsmäßig versorgt hatten, kämpfte sich Rhodan zu einem intakten Terminal vor. Das Wenige, was die Notaggregate anzeigten, hatte er rasch abgefragt.

»Dieses Schiff wird demnächst auseinander brechen«, erklärte er. »Aber von den Beibooten sind zwei noch raumtüchtig. Alle, die dazu fähig sind, sollen versuchen, diese zu erreichen. Start in drei Minuten.«

Er zeichnete eine entsprechende Anordnung auf und ließ sie überall, wo noch Lautsprecher funktionierten, in permanenter Wiederholung ausstrahlen, zusammen mit der Standortangabe der Beiboote.

Sneber hatte nicht mit Rückmeldungen gerechnet, doch eine kam.

»Perry … Rhodan …«

Es war die Stimme der Königin.

Chi Waka dirigierte sie zu der Stelle, wo sie lag, zwischen den Resten ihres Diwans, den Leichen der Lakaien und den Eiern, die immer noch unter ihr hervorquollen.

»Bin … schwer verletzt, aber nicht … tödlich«, sagte sie röchelnd, abgehackt. »Kann mich nicht mehr bewegen. Keine Chance, ein Beiboot … erreichen zu wollen.«

»Lass es uns dennoch versuchen!«

»Nein. Nicht … transportfähig. Hielte nur die Überlebenden auf. Nodronisches Enterkommando wird … bald da sein. Töte mich, Perry Rhodan!«

»Was?«

»Kann es nicht selbst tun. Muss aber sein … Darf den Nodronen nicht in die Hände fallen. Sie haben Medikamente … Ich würde alles preisgeben, was ich weiß. Positionen sämtlicher Kavernenwelten … Unter meiner linken Hüfte liegt … ein Strahler. Töte mich, Perry Rhodan. Bitte. Jetzt gleich!«

Sneber Grax sah, wie es im Gesicht des Terraners arbeitete.

»Lauf vor, Sneber«, sagte Perry schließlich. »Lauf zu den Beibooten. Ich komme nach. Sollte ich es nicht mehr schaffen, startet ihr dennoch zum genannten Zeitpunkt, klar? Wartet keinen Augenblick länger. Das ist ein Befehl, Linksberater. Du bist mir persönlich für seine exakte Ausführung verantwortlich. Und nun ab mit dir!«

Sein Tonfall signalisierte, dass er keinen Widerspruch dulden würde. Also tat Sneber Grax, wie ihm geheißen war. Er rannte los. Lehm und undefinierbare Flüssigkeiten quatschten unter seinen Füßen. Gelegentlich knackte ein Chitinpanzer.

Das Bild von Rhodan, wie er sich über die Königin beugte, blieb auf Snebers Netzhäuten eingebrannt.

95 »Ist es nicht herrlich anzusehen?«

Pelmid Sulcatob gab ihrem Meister Recht. Die Formation, in der die nodronische Flotte um DORDO'KYEION Aufstellung genommen hatte, besaß etwas

Majestätisches. Ein Kristall aus Tausenden und Abertausenden von Schweren Sternenkreuzern, alle im genau gleichen Abstand, geometrisch exakt ausgerichtet, wie mit dem Lineal gezogen. Ein Bild des Triumphes, eine beeindruckende Demonstration der nodronischen Superiorität über die minderen Völker Vaaligos.

Axx Cokroide hatte die Verfolgung des Rests der quochtischen Flotte einstellen lassen, nachdem deren Flaggschiff auseinander gebrochen war. Leichte Kreuzer und unzählige Geschwader von Raumjägern säuberten das Schlachtfeld. Mit lässiger Präzision machten sie denjenigen Wracks, aus denen noch energetische Emissionen angemessen wurden, und den vereinzelt im Raum treibenden Quochten den Garaus.

Pelmid wandte sich von den Holoschirmen ab. Das war keine Arbeit für Kunstschützen, sondern für Schlächter. Doch auch die musste getan werden. So hatte es der Son'Trokete befohlen.

Axx …

Bald würden an den offenen Feuern in den Offiziersmessen der nodronischen Schiffe die Siegesfeiern beginnen. Immer wieder würden die Kelche auf Axx Cokroide gehoben werden, würde seine Genialität gelobt und die Falle gerühmt werden, die er den verhassten Krötenköpfen gestellt hatte. DORDO'KYEION bedeutete noch nicht den Endsieg, aber gewiss einen entscheidenden Schritt in der Unterwerfung der Galaxis. Und viele, viele kommende Generationen würden Cokroides Namen in einem Atemzug mit DORDO'KYEION nennen.

Und ihren dazu …

Pelmid Sulcatob war glücklich, glücklicher als je zuvor in ihrem Leben. Fast sah sie sich jenem ominösen Perry Rhodan zu Dank verpflichtet, durch den sich Axx' und ihre Wege gekreuzt hatten.

Vielleicht sehen wir uns ja irgendwann wieder. Und dann werde ich ihm artig Danke sagen – bevor ich ihn der Peitsche übergebe.

Durch ein ehrerbietiges Zeichen machte ihr Funker auf sich aufmerksam. »Nachricht von Nodro, Son'Trokete!«

Der Botschafter und Clansführer nahm das Gespräch in einem optisch und akustisch abgeschirmten Feld entgegen. Es dauerte nicht lange.

»Wir werden den Siegesfeiern nicht beiwohnen können«, verkündete er danach knapp. Er wirkte auf Pelmid ein klein wenig verunsichert. »Ich habe Order erhalten, mich unverzüglich auf Nodro einzufinden, zum Rapport bei den Zwillingsgötzen.«

Mehr sagte er nicht. Sie ließen sich per Transmitter in ihren Sternenkreuzer abstrahlen.

Konnte es sein, fragte sich Pelmid, während der Raumer DORDO'KYEION hinter sich ließ, dass die Zwillingsgötzen trotz der vernichtenden Niederlage, die Axx den Quochten beigebracht hatte, nicht völlig zufrieden mit ihm waren?

Wurde ihm die Schuld daran gegeben, dass die Imperiale Flotte nicht restlos zerstört worden war?

Oder ging es um das Verschwinden der mysteriösen Fremden?

Was das betraf, reiste Cokroide mit leeren Händen nach Nodro. Ohne den geringsten Erfolg im Gepäck, dafür mit einer Fülle unkonkreter Vermutungen. Und dem bohrenden Gefühl, dass Rhodan und seine Leute eine Gefahr für das Empire darstellten.

Axx Cokroides Laune hatte sich merklich verschlechtert. Pelmid konnte sich denken, was das für sie bedeutete.

Ihr Glücksgefühl war verschwunden, wie weggewischt. Sie wusste nicht, wovor sie sich mehr fürchten sollte – vor dem, was sie auf Nodro erwartete, oder vor den langen Nächten des Fluges dorthin.

96 »Eine lange Nacht ... Wird es«, fragte Chi Waka, »wie eine lange, lange Nacht sein? Ein traumloser Schlaf, nach dem ich mich ... nicht mehr erinnern kann, wer oder was ich vorher war? Wird eines der Eier, die aus mir geströmt sind, zur ... Hülle für meinen wieder ... jungfräulich-unschuldigen Geist werden? Glaubst du ... an Reinkarnation, an ein Weiterleben nach dem Tode, Perry Rhodan?«

»Ich weiß es nicht«, sagte er wahrheitsgemäß, traurig. »Du bist sicher, dass du nicht doch noch einen Fluchtversuch unternehmen willst?«

»Ganz sicher, Perry Rhodan. Ich sterbe ... doch nicht schnell genug. Sie würden mich künstlich am Leben erhalten, mich mit allen physikalischen und chemischen Mitteln foltern, die sie besitzen ... Und derer sind Legion. Ich würde mein Volk verraten ... es endgültig in den Untergang stürzen. Töte mich, Perry Rhodan. Ich weiß, ich habe dich missbraucht für meine Zwecke, und ich missbrauche dich immer noch ... bis ans Ende. Verzeih mir, aber töte mich. Töte diesen Gewebeklumpen, der nur mehr aus Schmerz und Verzweiflung besteht. Töte Chi Waka, die versagt hat, unsägliche Schuld auf sich geladen hat ... in gutem Willen und guter Absicht. Töte mich, Perry Rhodan. Töte mich, ich flehe dich an!«

Er nahm den Strahler in beide Hände, entsicherte ihn, fühlte das Gewicht. Desintegrierte ihren Kopf sorgfältig, weinend, restlos. Löste ebenso rückstandsfrei den Oberkörper auf, die Arme, den Unterleib, die Beine. Er hätte gern ein quochtisches Gebet gekannt, das er für sie sprechen hätte können. Aber in ihm war nur Leere, schreckliche Ödnis; Leere, Leere, Leere.

Irgendwann stürmten Nodronen in die Überreste des Zentralbereichs. Erneut verblüffte ihn, wie stark sie den Menschen ähnelten, insbesondere einem ganz speziellen Volk einer lang vergangenen Epoche.

Mongolen, dachte er. *Dschingis Khans Horde, in unvorstellbar ferner Zukunft wiedererweckt.*

Aber von wem?

Und wozu?

Er ließ sich widerstandslos abführen. Ganz offensichtlich hielten sie ihn für einen Nodronen, für einen Überläufer oder Kollaborateur. Man brachte ihn an Bord eines nodronischen Kriegsschiffes und steckte ihn in eine Einzelzelle.

Bevor die Tür zuschlug, spuckte ihm einer der Wächter mitten ins Gesicht. »Du wirst erhalten, was Verrätern gebührt«, fauchte er. »Auf dich wartet die Hölle, und sie hat einen Namen: Pembur.«

97 *25. Juli 1328 + E09. – Der Planet Pembur liegt laut Irn Tekkme nur 35 Lichtjahre vom Stukoda-Sternhaufen entfernt. Die Quochten kennen ihn als Todeslager, wo nodronischen Rebellen ein furchtbares Ende bereitet wird. Es liegt nahe, dass Perry dorthin verschleppt worden ist. Du kannst dir vorstellen, liebes Tagebuch, welch schreckliche Sorgen wir uns um ihn machen.*

Aber der Reihe nach. Heute Morgen ist über die Hyperfunk-Relaisstationen die Nachricht von der vernichtenden Niederlage eingetroffen. Kurz darauf hat Irn Tekkme Reginald Bull zu sich holen lassen und ihn informiert.

Shimmi Caratech hielt inne, weil sie schmunzeln musste. Bully war völlig aus dem Häuschen gewesen, als er zurückgekommen war. Hochrot im Gesicht und unglaublich zornig.

»Ich hab's ja gewusst, dass die in einen Hinterhalt fliegen! Verdammter Mist!«

Zwei Stühle und ein kleiner Tisch hatten dran glauben müssen, bis er sich abreagiert hatte. Aber das würde Shimmi nicht schreiben. Dass der Verteidigungsminister der Liga Freier Terraner vor Frustration Möbel zertrümmerte, ging die Nachwelt nichts an, fand sie. Obwohl es ein ziemlich beeindruckendes Schauspiel gewesen war. Schikago hatte sich entsetzt irgendwo im hintersten Winkel verkrochen und war seither nicht mehr hervorgekommen.

Knapp 20000 Schiffe der Quochten, notierte Shim, *konnten der Falle DORDO'KYEION entkommen. Jetzt befinden sie sich auf dem Heimflug. Und das verdanken sie einzig und allein Perry Rhodan. Es gibt recht differenzierte Aufzeichnungen von der Schlacht. Das Nestschiff der Königin wurde demnach zunächst schwer beschädigt, dann aufgebracht und geentert. Die Königin der Quochten selbst dürfte den Freitod gesucht haben, so wie alle anderen Geheimnisträger auch. Das sei bei ihnen so üblich, meint Irn Tekkme.*

Shimmi schüttelte sich. Anfangs war sie begeistert gewesen, zusammen mit Perry Rhodan in ein Abenteuer verwickelt zu werden. Doch jetzt ... Jeden Tag, wenn sie aufwachte, hoffte sie wieder, alles sei nur ein Traum.

War es aber nicht!

Sondern Realität. Sie saßen auf, oder besser: *in* einem Planeten fest, der von seltsamen, jedoch überhaupt nicht komischen Froschwesen bewohnt wurde. Ein heimlicher, unheimlicher Krieg tobte, der es nötig machte, dass sich intelligente Lebewesen selbst entleibten ...

Shim wollte gar nicht daran denken. Hastig schrieb sie weiter.

Was mit Perry und Sneber ist, kann Irn Tekkme dagegen nicht sagen. Vielleicht sind sie gefallen, vielleicht nicht. Bully hat gefragt, ob das Phänomen einer plötzlich erscheinenden, sich ausdehnenden Galaxisspirale beobachtet wurde. Diese Vision zeigt sich nämlich meistens, wenn ein Zellaktivatorträger stirbt. Aber nein, niemand hat etwas Derartiges gesehen.

Also besteht Hoffnung, dass Perry Rhodan noch am Leben ist. Und der begründete Verdacht, dass man ihn nach Pembur gebracht hat, in dieses Todeslager.

Na, dann ist ja alles klar, hat Reginald zu Irn Tekkme gesagt: Wir rüsten sofort eine Befreierflotte aus und setzen sie Richtung Pembur in Marsch.

Doch die Vizekönigin hat das Gespräch an dieser Stelle abrupt abgebrochen und ihn geradezu hinausgeworfen! Kein Wunder, dass er so geladen zurückgekommen ist.

Shimmi kaute auf dem Stift. Überhaupt war Bull in den letzten Tagen ziemlich mürrisch gewesen. Sie vermutete, dass etwas zwischen ihm und Fran Imith lief. Oder gelaufen war, aber dann schief, und jetzt eben nicht mehr. Die beiden zogen sich zwar immer noch gelegentlich in eines der Zimmer zurück, die sie für sich in Beschlag genommen hatten. Aber wenn sie wieder herauskamen, wirkten sie keineswegs so entspannt und gut gelaunt wie ehedem. Ganz im Gegenteil. Sie versuchten zwar, sich nichts anmerken zu lassen, aber Shimmi war weder blöd noch in Liebesdingen unerfahren.

Die zwei hatten was.

Und zwar: Zoff.

Nun, wenigstens litten sie nicht unter Langeweile wie der Rest der Gruppe.

Jetzt stecken wir schon zwei Wochen in diesem Loch. Ich meine, die Wohnsuite ist groß, geräumig, sauber. Uns fehlt nichts, was die Primärbedürfnisse betrifft. Pratton kocht hervorragend, tut sich jeden Tag wieder irrsinnig viel an, sogar für Schikago. Er hat mir auch schon einige richtig tolle Zaubertricks beigebracht. Wie man etwas nur mit Zeige- und kleinem Finger hält, sodass man die Hand trotzdem von beiden Seiten leer zeigen kann. »Drehpalmage« heißt das. Und Frannie – ich glaube, ich nenne sie doch wieder Fran; ich mag sie immer noch nicht, weil sie so ein kalter, stets »vernünftiger« Eisblock ist, aber sie bemüht sich, das will ich ihr nicht absprechen – also Fran, die veranstaltet regelmäßig Gymnastikstunden und zeigt uns Selbstverteidigungstechniken. Da sind sogar Dagor-Griffe dabei.

Vaaligonde büffeln wir auch alle gemeinsam. Dazu kommt selbst Quart Homphé aus seinem Zimmer. Obwohl er ständig niest und darüber klagt, dass hier alles voller Katzenhaare ist, die ihn demnächst umbringen werden, und bla bla bla.

Shim Caratech runzelte die Stirn. Schikago war immer noch nicht aufgetaucht. So lange hatte sie sich noch nie verkrochen. Sie würde doch nicht etwa krank werden?

Plötzlich besorgt, legte Shimmi das Schreibgerät zur Seite und machte sich auf die Suche nach ihrem Haustier. In den Aufenthaltsräumen war Schikago nicht, auch nicht in ihrem gemeinsamen Zimmer. Da stand nur der Katzenkorb, offen und verwaist. Shim begab sich wieder in den Gang und klopfte an Pratton Allgames Tür. Doch niemand antwortete.

Seltsam.

War der Meisterdieb abgehauen und hatte die wertvolle Ferrol-Katze mitgenommen?

Unsinn. Warum sollte er das tun?

Nun blieb nur noch der Bereich an der Rückseite des ehemaligen Nodronen-Quartiers. Dort befanden sich, tief in der Höhlenwand, einige weitere Räume, die von den Terranern nicht benutzt wurden.

Tatsächlich stand die sonst immer verschlossene Verbindungstür offen. Shimmi Caratech trat zögernd ein. Hier war sie noch nie gewesen.

Aber Schikago schon. Am Boden lagen blaue Haarbüschel!

Als sie um eine Ecke bog, prallte sie beinahe mit Pratton zusammen. »Ups«, sagte er. »Da bist du ja. Ich wollte dich gerade holen. Schikago und ich haben eine ganz besondere Überraschung für dich.«

Er winkte sie in eines der Zimmer. Das Licht war abgedunkelt, der Raum fast völlig leer, bis auf eine Art Zelt. Dieses war aus Leintüchern und Bettüberzügen errichtet worden und vorne offen. Nachdem sich Shimmis Augen an das Dämmerlicht gewöhnt hatten, erkannte sie Schikago. Ihre Katze lag, lang ausgestreckt, auf einer weichen Unterlage aus Decken und Handtüchern. Sie maunzte leise, doch hörbar erfreut, als sie Shimmi erkannte.

»Mir sind in den letzten Tagen gewisse … Anzeichen aufgefallen«, flüsterte Allgame. »Doch ich wollte dich nicht beunruhigen, daher habe ich dir nichts gesagt. Es hätte sich ja auch um falschen Alarm handeln können. Aber Vorkehrungen habe ich für alle Fälle schon einmal getroffen.«

»Vorkehrungen? Wieso, was hat sie?«

Und dann fiel es Shim wie Schuppen von den Augen. Schikagos merkwürdiges Verhalten, ihre ständige Gewichtszunahme … Ihr blieb die Luft weg.

»Sie ist trächtig«, raunte Pratton. »Deine Schikago bekommt Katzenbabys. Und zwar jeden Augenblick.«

Im ersten Moment wollte Shimmi lauthals »Nein!« brüllen. Das durfte nicht sein! Nicht hier, nicht jetzt ... Eigentlich überhaupt nicht, auf gar keinen Fall.

Der Stammbaum! Wenn meine Eltern Schikago zum Züchter gebracht hätten, hätten sie mir das auf jeden Fall gesagt. Und mich ganz sicher nicht mit ihr an diesem Mars-Rundflug teilnehmen lassen. Sie muss bei einem ihrer Ausreißer einen Kater getroffen haben. Irgendeinen. Himmel, das gibt Stunk, wenn wir wieder heimkommen!

Aber darum ging es jetzt ja wohl nicht. Terrania war weit, unendlich weit.

»Ich habe selbst schon einige Feliden besessen«, flüsterte der Meisterdieb. »Wenn auch keine blauen von Ferrol. Du musst wissen, sie sehen uns ebenfalls als Katzen, als ihr Rudel. Wenn sie werfen, also Kinder kriegen, entscheiden sie spontan, ob sie dabei ganz allein sein wollen oder aber Angehörige des Rudels dabeihaben möchten. Mir scheint, deine Schikago tendiert zu Letzterem.«

Ein eigenartiges Gefühl beschlich Shimmi wie ein warmes, wohliges Kribbeln. Sie hockte sich vor das improvisierte Zelt, streckte vorsichtig die Hand aus und kraulte Schikago im Nacken.

Die Katze schnurrte. Lange. Und dann ...

Das Folgende erlebte Shim Caratech wie in Trance. Sie wusste, dass es kein Traum war, und doch fühlte sie sich der Wirklichkeit entrückt.

Das Köpfchen des ersten Jungen erschien, schlüpfte zurück, erschien erneut, flutschte heraus. Schikago stöhnte nur ganz leise, dann öffnete sie die Blase, in die das Kätzchen gehüllt war, und fraß sie sogleich auf. Mit der Nachgeburt verfuhr sie ebenso.

Shim wollte das neugeborene Kätzchen berühren, doch Pratton hielt sie sanft zurück. »Nicht«, sagte er leise. »Dein Geruch könnte Schikago irritieren, ja so sehr abstoßen, dass sie das Kleine nicht mehr will.«

Die Katze leckte ihr Junges sauber und bugsierte es in eine Falte der Decke. Dann stand sie auf, kam zu Shimmi und rieb den Kopf an ihrem Knie. Wenig später legte sie sich erneut hin.

Der schrecklich schöne Vorgang wiederholte sich, in Abständen von zehn bis zwanzig Minuten, noch fünf weitere Male. Kein einziger Blutstropfen fiel dabei auf das weiße, weiche Handtuch, so penibel reinigte Schikago sich und ihre Jungen.

Danach bot sie ihnen ihre Zitzen. Die winzig kleinen blauen Kätzchen stürzten sich gierig darauf, fanden sie sofort, obwohl sie allesamt blind waren.

»Ist es dir recht, wenn ich Fran und Bull hole?«, fragte Pratton nach einiger Zeit. »Ich denke mir, dass sie das gern ebenfalls sehen möchten.«

Shim nickte.

Auch die anderen zeigten sich gerührt, sogar die sonst immer so kühle Fran. Bull hockte sich zu Shimmi, nahm sie in den Arm, drückte sie und flüsterte ihr eine kaum hörbare Gratulation ins Ohr.

Nur Quart Homphé, der offenbar die allgemeine Aufregung mitgekriegt hatte und schwer atmend ins Zimmer geschlurft kam, zeigte sich wieder einmal als Stinkstiefel. Kaum hatte er die Situation überblickt, nieste er so laut, dass Schikago ihre Krallen ausfuhr. Drohend fauchte sie den Fettsack an.

Der Bildhauer wischte sich die Nase ab, verschmierte den Rotz auf seiner Brille und sagte böse: »Vielleicht lassen uns die Quochten ja frei, wenn wir ihnen diese sechs Appetithäppchen anbieten ...«

Shimmi wäre ihm an die Gurgel gesprungen, wenn Pratton sie nicht zurückgehalten hätte.

»Hö, hö, immer langsam mit den jungen Pferden«, versuchte Bully zu beruhigen. »Quart, das war geschmacklos. Mach einen Abgang.«

Der so genannte Künstler brummelte etwas Unverständliches und trollte sich.

»Shimmi«, sagte Bull danach warm, »du bist jetzt nicht nur Katzenmama, sondern gewissermaßen auch Oma, klar? Da ist deine ganze Hingabe gefordert. Kümmere dich um die süßen kleinen Bälger.«

»Aber sei sehr vorsichtig, Schikago wird ihren Nachwuchs auch gegen dich mit Zähnen und Klauen verteidigen«, ergänzte Allgame. »Am besten hilfst du ihr, dieses Nestchen noch gemütlicher und sicherer zu machen, indem du weitere Decken und Polster aus den Zimmern bringst. Und Milchersatz aus der Küche. Und Katzenfutter vom Feinsten. Die Geburt war sehr anstrengend für Schikago, und die Kleinen rauben ihr den Rest ihrer Energie. Die saugen sie regelrecht aus. Sie muss jetzt sehr viel fressen, um wieder zu Kräften zu kommen. Fast so viel wie eine Quochtenkönigin ...«

Epilog

98 Was sie in den folgenden Stunden und Tagen auch versuchten, es gelang ihnen nicht, zu Irn Tekkme vorzudringen. Die neue Imperiale Königin, hieß es, befand sich mitten in der Metamorphose und durfte unter keinen Umständen gestört werden, punktum.

Bully erduldete Höllenqualen. Wenn es ihm nicht wegen Perry das Herz zerriss, dann wegen Fran.

Ich hätte diese Frau haben können, dachte er. *Sie wäre genau die Gefährtin, die ich seit Jahrhunderten suche, vielleicht immer schon gesucht habe. Aber ich musste es ja unbedingt verbocken, musste es mit Gewalt vermasseln. Der gute Perry war wichtiger, die große Aufgabe, die Rettung der Galaxis, wenn nicht gleich des ganzen Universums … Und deshalb werde ich wieder übrig bleiben. Ein alter, etwas zu verfressener Depp. Dem es offenbar wichtiger ist, der ewige Zweite hinter Perry zu bleiben, als der Erste im Herzen dieser wunderbaren Frau zu sein. Ich hätte die Chance gehabt. Aber ich hab's verschissen. Bravo, Bully. Toll gemacht. Kannst dir selbst einen Orden verleihen. Quart fällt sicher was hübsch geschmacklos Buntes ein. Und dann kannst du damit herumstolzieren, quer durchs ganze Multiversum. Einsam unter Myriaden von Sternen. Derweil sich Fran einen Jüngeren sucht, der nicht von Verantwortung brabbelt, sondern sich einfach Zeit für sie nimmt, und obendrein einen Bauch wie ein Waschbrett hat. Und der sicher nicht, während sie beieinander liegen, an Perry Rhodan denkt. Einer, mit dem sie glücklich ist – und nicht ständig im Kampfeinsatz.*

Er litt wie ein Hund.

99 Fran Imith unternahm etliche Anläufe, ihn zu trösten, aufzuheitern oder wenigstens abzulenken, doch er ließ sie nicht an sich heran, zeigte ihr buchstäblich die kalte Schulter. Wie ein Panther in einem viel zu engen Käfig streifte er durch die Räume der Suite, und wenn ihn jemand ansprach, fauchte er zurück, man solle ihn gefälligst in Ruhe lassen.

Das taten sie denn auch.

Ein Routineauftrag, dachte Fran. *Mhm. Und jetzt bist du nicht nur in unvorstellbarer Ferne verschollen, ohne den Funken einer Chance auf Rückkehr, sondern auch noch auf engstem Raum mit diesem Kerl eingesperrt. Von dem du für einen kurzen Moment des Glücks geglaubt hast, er wäre der Mann deines Lebens.*

Ausgerechnet sie musste in eine solche Lage geraten! Sie, die allzeit Kühle, eisern Kontrollierte, alles ihrem Beruf unterordnende Professionelle … Seit sie in den Dienst der Terranischen Liga getreten war, hatte sie penibelst darauf geachtet, dass ihre Arbeit nicht von Emotionen beeinträchtigt wurde. Natürlich hatte sie, selbstverständlich in der Freizeit, Liebschaften gehabt. Sie war ja nicht aus Holz – auch wenn sie ihr Bestes tat, bei anderen diesen Eindruck zu erwecken. Ein, zwei Male war sogar das Herz dabei gewesen. Unterschied hatte das keinen gemacht. So oder so hatte es nie sehr lange gedauert, denn der TLD war immer vorgegangen. Dies war das Leben, das zu führen sie sich entschlossen hatte, und das hatte sie durchgezogen, ohne Rücksicht auf sich und sonst wen.

Bis jetzt. Oder genauer: Bis ein paar Tage vor Jetzt.

Anflüge von Einsamkeit und Melancholie hatte sie durch noch mehr Arbeit immer gut verdrängen können. Über Mangel an Aufträgen hatte sie nie klagen müssen. Sie war eine Top-Agentin, und stolz darauf. Das Lob ihrer Vorgesetzten hatte den Verzicht auf ein paar zwischenmenschliche Streicheleinheiten allemal wettgemacht.

Hier jedoch, in diesen verfluchten Kavernen, tief unter der Erde, wo sie nie sein wollte; in dieser Situation, die sie ohnehin kirre zu machen drohte; hier gab es weder Vorgesetzte noch Arbeit. Klar, theoretisch führte sie immer noch ihren Auftrag aus. Aber – was sollte, was konnte sie tun? Sie war zur Passivität verdammt. Die Sprachlernstunden und Selbstverteidigungskurse zählten nicht. Gegen die nervösen Anfälle und das Gefühl, aus der Haut fahren zu wollen, ja sich dafür mit den Fingernägeln eine Öffnung kratzen zu müssen, nahm sie Präparate aus der kleinen Privatapotheke, die sie wie bei jedem »Routineeinsatz« mitführte: Magnesium, einen Vitamin B-Komplex mit Biotin und Folsäure, dazu ein Kräuterelixier aus Lavendelblüten, Pfefferminzblättern und Hopfen, auf das ihre Ururgroßmutter schwörte. Das half schon ein bisschen. Immerhin konnte sie schlafen, wenn auch nie sehr lange. Wirklich erfrischt war sie danach nicht. Doch sie hielt sich in Form. Ausgeruht und körperlich fit sein gehörte zum Job.

Zum Job, der vor der Liebe kam.

Deshalb hatten sie und Reginald Bull auch ihre Beziehung beendet, bevor sie richtig begonnen hatte. Sie befanden sich in einem Einsatz in ferner Zukunft. Durch emotionale Verwirrungen gefährdeten sie die ganze Gruppe – für die sie, ob ihnen das schmeckte oder nicht, Verantwortung trugen.

»Wir müssen Schluss machen.«

Wer hatte das gesagt? Sie oder er? Sie wusste es nicht mehr. War auch egal. Gedacht hatten sie es beide. Wenn sie jemals wieder hier herauskommen und Perry Rhodan wiederfinden wollten, mussten sie all ihre Kräfte darauf konzentrieren und durften sich nicht durch private Probleme ablenken lassen.

Fran weinte, allein in dem Zimmer, das nie ihres sein würde, obwohl sie und Bully sich auf diesem Bett geliebt hatten. Schön war das gewesen.

Und nichts war davon geblieben.

Idiotisch, eigentlich. Das Schicksal, das uns hierher verschlagen hat, hätte uns eine Auszeit geschenkt, eine Art Urlaub, trotz der grässlichen Umgebung. Was aber mache ich?

Alles kaputt.

Offenbar war sie eingeschlafen, in die muffigen Kissen verkrallt. Sie schlug sich an den Kopf, wieder und wieder, hart, mit den von unzähligen Dagor-Übungsstunden hornigen Handkanten, wobei ihr Schädel hohl wie eine tönerne Vase klang. Bis sie realisierte, dass das Geräusch von außerhalb kam.

Jemand klopfte an ihre Tür.

»Herein.«

Bully schob seinen roten Bürstenhaarschnitt ins Zimmer. »Irn Tekkme ist endlich bereit, uns zu empfangen, Agentin Imith«, sagte er trocken, bemüht sachlich. »Dich und mich. Kommst du?«

100 Sie kam ihnen entgegen, wacklig, behäbig, begrüßte sie, legte sich dann wieder auf den Diwan. Aß und gebar, aß und gebar, unaufhörlich, wie Chi Waka und die Imperialen Königinnen vor ihr. Die Lakaien – ob es dieselben oder andere waren, spielte keine Rolle – fütterten sie und räumten die Eier weg. Das Wunder des Lebens ging weiter. Chi Waka war tot; es lebte Irn Tekkme.

Bull begriff, dass die ehemalige Vizekönigin ihre Metamorphose abgeschlossen hatte. Sie hatte ihre Position nicht nur per Amtsübernahme angetreten, sondern war zu einer echten Königin geworden. Die Quochten standen mehrheitlich hinter ihr; deren hormonelle Ausdünstungen hatten Irn Tekkme die Verwandlung ja überhaupt erst ermöglicht.

»Bist du zufrieden?«, fragte Bull heiser. »Das wolltest du doch immer, nicht wahr? Darauf waren deine Intrigen ausgelegt. Wir und Perry dienten dir bloß als Mittel zum Zweck.«

»Es ist«, antwortete sie, mit einer tief grollenden, teils akustischen, teils mentalen Stimme, die jener ihrer Vorgängerin frappierend ähnelte, »sinnvoll und richtig, dass das Alte vom Jungen abgelöst wird. Nur auf diese Weise vermag unser Volk zu bestehen und sich auf geänderte Bedingungen einzustellen.«

Bully nahm die wimmelnden Phichi-Gabe, die feuchte Schwüle und den gärend-fauligen Geruch nur am Rande wahr. Irn Tekkme war zu einem Ebenbild der toten Königin Chi Waka geworden. Statt der »normalen« Quochtin, als die er sie kennen gelernt hatte, fand er nun im Imperialen Nest ein doppelt so großes Geschöpf vor. Dieser Massezugewinn innerhalb weniger Tage ließ sich normalphysikalisch nicht erklären.

Aber was war hier und jetzt schon normal?

»Mir ist das herzlich egal«, sagte er schroff. »Ich fordere von dir, dass du sofort eine schlagkräftige Flotte unter meinem Befehl ausschickst, um Perry Rhodan zu befreien.«

»Du forderst. Mit welchem Recht?«

»Perry hat euch den Hintern gerettet, Königin. Ohne ihn wären von den über fünfzigtausend Einheiten, die DORDO'KYEION angegriffen haben – trotz unserer Warnungen –, höchstens noch eine Hand voll Blitzpaats übrig.«

»Er stand im Dienst der verblendeten Chi Waka und hat seine Schuldigkeit getan. Du erwartest hoffentlich nicht von mir, dass ich angesichts der äußerst kritischen Frontstellung eine Vielzahl von Schiffen abziehe, um ein einziges Lebewesen zu retten?«

»He, auf dieser Sträflingswelt befinden sich außerdem zahlreiche nodronische Rebellen. Die sollten doch nach aller Logik auf eurer Seite stehen!«

»Der Feind meines Feindes ist mein Freund, meinst du? Ich sage dir, Bull, du hast immer noch keine Ahnung von den Verhältnissen in Vaaligo.«

Fran brachte sich mit der ihr eigenen Energie ins Gespräch ein. »Seid ihr wirklich so verbockt und verblödet?«, rief sie. »Die Bedrohung geht vom Empire von Nodro aus. Und da die Rebellen ebenfalls dagegen kämpfen, seid ihr zwangsweise Verbündete.«

Irn Tekkme, essend und gebärend, entgegnete ungerührt: »Die Mentalität der Rebellen liegt uns nicht. Sie betrachten uns nicht als Freunde, sondern als unberechenbare Rivalen. Es gibt keinen gemeinsamen Kampf. Wir ignorieren einander. Wir schweigen uns tot.«

»Da ist doch …«, stieß Fran hervor.

»… was faul!«, ergänzte Bully unwillkürlich.

Einen Lidschlag lang fanden sich ihre Blicke.

»Das könnt ihr nicht beurteilen«, grollte Irn Tekkme, den magischen, viel zu kurzen Moment rüde zerstörend.

Etwas in Bull machte »Klick«. Von da an fuhr er wie auf Schienen. Quasi im Fernsteuer-Modus. Er sah und hörte sich selbst dabei zu, wie er der neuen Königin kalt offenbarte, dass Fran und er bei ihrem Ausflug an die Oberfläche anhand der wenigen sichtbaren Sternbilder die kosmonautische Position des Planeten Quocht ermittelt hatten.

»Vergiss nicht, wir kennen diese Galaxis. Und die ehemalige Eastside ganz besonders. Auch Rhodan und ich haben hier einmal einen Krieg geführt. Er weiß jetzt die Koordinaten eurer Zentralwelt. Perry ist ein harter Brocken, und außerdem mentalstabilisiert. Dennoch …«

»Du bluffst, Bull.«

»Lass es darauf ankommen, Königin.«

Irn Tekkme schlug einem Lakaien das Tablett vom Arm, dass es quer durchs Imperiale Nest flog.

»Ich könnte, ja sollte dich für diese Anmaßung töten lassen«, dröhnte sie. »Doch ich gebe dir drei Schiffe. Den schweren Kampfpaat QUORISH und die Paateoms QUARNA und QUARM. Damit magst du dein Glück versuchen.«

Drei Schiffe. Ein Witz, dachte Reginald Bull.

Aber besser ein Witz als nichts.

101 Für den wenig wahrscheinlichen Fall einer erfolgreichen Befreiung Rhodans von Pembur wurde als Treffpunkt der unbedeutende Quochten-Außenposten Zaphitti vereinbart, wo die drei Schiffe an die Königin zurückgegeben werden sollten.

Angesichts des hohen Risikos – man konnte gut und gern von einem Himmelfahrtskommando sprechen – schlug Reginald Bull vor, die übrigen Terraner vorerst in der relativen Sicherheit der Kavernen zu belassen. Unter der Obhut von Fran Imith, die sich seiner Meinung anschloss. Desgleichen Pratton Allgame. Doch gab der ehemalige Einbrecherkönig zu bedenken, dass andererseits eine weitere Aufsplitterung der Gruppe gerade für die »Zivilisten« gefährlich sein könnte. Shim Caratech griff dieses Argument auf und trat ungestüm dafür ein, dass sie alle zusammenblieben. Wenn Bully und Perry nicht mehr zurückkamen, war ohnehin alles verloren, sagte sie. Sie habe jedenfalls keineswegs vor, auf Quocht eine Kolonie von Terranern und Ferrol-Katzen zu gründen.

Den Ausschlag sollte aber derjenige geben, von dem die anderen es am wenigsten erwartet hatten: Ausgerechnet Quartodezimus Filidor Edlervon Homphé plädierte, obwohl sichtlich mit vollen Hosen, in einer flammenden Rede für »gemeinsam siegen oder gemeinsam untergehen«. Dafür nähme er sogar die Belästigung durch die sieben Katzen in Kauf. »Ich persönlich«, rief er, »bin sowieso hier wie dort unnütz. Mit Bull aber würde ich bis zur Hölle und retour fliegen!«

Schließlich schwenkten Pratton, Fran und Bully um. Mars-Liner-01 wurde zu »Shimmis Katzenheim« umfunktioniert und in die QUORISH eingeladen, die das Kommandoschiff des Mini-Verbandes darstellte. Für den Flug von Quocht nach Pembur waren rund viereinhalb Tage einzukalkulieren. Sie würden also frühestens am 3. oder 4. August vor Ort sein und konnten nur hoffen, dass Perry Rhodan bis dahin durchhielt.

Und so brachen sie ein weiteres Mal auf ins Ungewisse …

Perry Rhodan

ODYSSEE

3

Hans Kneifel

Das Energie-Riff

Leichter Sternenkreuzer der Nodronen

Beschreibung:

Der charakteristische Rumpf der leichten Sternenkreuzer setzt sich aus dem trichterförmigen Heck und dem raketenförmig geschwungenen Bug zusammen. Das Heck beinhaltet die Sublicht-Antriebsblöcke sowie die großvolumigen Schiffsaggregate. Im Bug hingegen ist ein Großteil der Mannschaftsquartiere, die Zentrale, die Lebenserhaltungssysteme und kleinere, leistungsschwächere Triebwerke untergebracht. Bei Bedarf ist der Bug absprengbar.

Das Raumschiff steht auf 12 Teleskoplandestützen.

Wie alle Raumschiffe des Empire von Nodro verfügt auch der leichte Sternenkreuzer über zwei riesige Antennenausleger, die unterhalb der Bugkuppel ansetzen. Sie ermöglichen Funk- und Ortungsreichweiten, die den Nodronen gegenüber anderen Völkern einen klaren Vorteil verschaffen.

Technische Daten:

Länge:	255 Meter
größter Durchmesser Heckspindel:	79 Meter
Mindestbesatzung:	350 Nodronen
Höhe der Zentrale:	9 Meter
Zahl der Galerieebenen:	3

Bewaffnung:

80 Bipuls-Geschütze in den Bug integriert
60 Tripuls-Geschütze in das Heck integriert
Desintegratoren
Paralysestrahler
vier Kampfjäger in Hangars im unteren Teil des Heckkörpers

Legende:

1. Absprengbarer Bug mit Lebenserhaltungssystemen, Mannschaftsquartieren und rudimentären Peripherie-Aggregaten
2. 80 Bipol-Geschütze (im Bug integriert)
3. Antennenausleger für Funk und Ortung
4. Mannschaftsquartiere
5. Kommandozentrale (arenenförmig mit drei Galerien), darunter Lebenserhaltungssysteme
6. Kleine Triebwerke zum Manövrieren des Bugschiffes, wenn dieses abgesprengt wurde
7. Eines von insgesamt vier Beibooten
8. Schutzschirmaggregate
9. Nugas-ähnliche Energie-Erzeugungskraftwerke (acht Stück)
10. Hangar für 7.
11. Energieverteilende Peripherie-Aggregate für 9.
12. 60 Tripuls-Geschütze, sowie Desintegratoren und Paralysegeschütze
13. Sublicht-Antriebskern
14. Sublicht-Antriebsgondeln
15. 12 Teleskop-landestützen

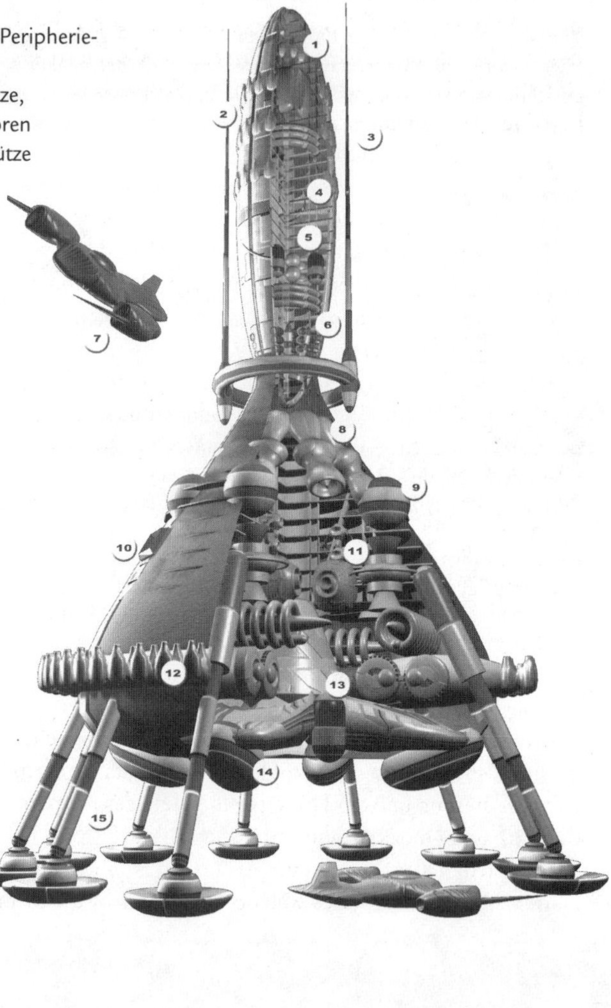

Text und Zeichnung: Daniel Schwarz

1 *Die Gezeitensümpfe*

Die riesige, zerklüftete Scheibe des Mondes versank hinter dem Meereshorizont. Bis zur fernen Brandungslinie, einem verwaschenen weißen Streifen vor Tasha Feoris Augen, dehnte sich der stinkende, missfarbige Schlick des Watts; in drei Stunden würde die Flut wieder über die Gezeitensümpfe herfallen.

Grässlich lastende Stille hatte sich in der feuchten Hitze ausgebreitet. Kein Wattvogel schrie, kein kreischender Fischjäger kreiste und tauchte, nicht eine der Myriaden Fliegen summte. Tasha Feori kannte die Bedeutung dieser furchtbaren Ruhe: Es war die Stille des qualvollen Sterbens, des Dahinsiechens, und des vorabendlichen Todes. Verdursten. Verhungern. Völlige Auszehrung des Körpers, des Überlebenswillens und des Verstandes.

Später, am Abend, als könne die kurze Dämmerung die Qual erleichtern, würden viele der dreitausend Ausgesetzten gestorben sein.

Tasha Feori stand auf einem ausgewaschenen Korallenblock, der aus dem salzigen Algenschlamm des Ufersumpfes herausragte. In der Hitze erhob sich über den schier endlosen Streifen aus Sand und Morast die kochende Luft und brachte selbst das Bild des Antennen- und Projektorenturms und der Gebäude zum Flimmern. Es war die Stunde, in der Fliegen und Mücken ihre Nahrung aus dem Schlick sogen.

Schweiß rann über Tashas Schultern, bildete ein Rinnsal auf ihrem Rücken, tränkte die löchrigen Fetzen ihrer Kleidung und tropfte vom Kinn auf ihre Brüste.

Die Deportierten, die sich wie schwarze, langbärtige Skelette langsam am Rand ihres Blickfelds bewegten, warfen zitternde, lang gezogene Schatten – die einzigen Schatten, die es gab. Kein Schilfhalm, kein Busch, kein Baum; erst jenseits des Energie-Riffs existierten überdachte Flächen und spärliche Vegetation. Und im Gewirr des mehrstöckigen Inselbauwerks, in dem Zayt Kissah residierte und seine Schergen sich langweilten, gab es leistungsfähige Klimaanlagen, deren Summen in manchen Nächten zu hören war.

Tasha stieg von dem scharfkantigen Steinbrocken. Ihre nackten Füße versanken bis über den Knöcheln im Salzsumpf. Der Weg zum freien Wasser, zum Tauchgebiet, war noch viel zu weit. Die nodronische Rebellin bewegte sich bewusst so langsam wie möglich, denn jeder Kraftaufwand rief Bäche von Schweiß hervor, und der Flüssigkeitsverlust des Körpers konnte tödlich werden. Sie wäre nicht die erste, die an Hitzschlag starb.

Sie hob den Kopf, als sie eine Art fernen Donner hörte. Auch die anderen Gestalten erstarrten. Aber es war noch lange nicht die Stunde, in der die auflaufende Flut mit ihrer rauschenden Brandung kam. Das tiefe Rumpeln und Poltern drang aus den Wolkenbänken, die sich undeutlich im Westen über dem Horizont ballten. Tiefrot, schwarz verwaschen und nebelgrau, wie jeden Nachmittag. Dann erkannte Tasha die Ursache des Lärms.

Ein Raumschiff des Empire von Nodro, wahrscheinlich ein Frachter, befand sich im Landeanflug.

Das Schiff brachte zweifellos wieder eine Ladung neuer Deportierter ins Lager und holte die Vorräte von Clezmor-Schwämmen ab. Für die Verurteilten auf der Insel Tapasand bedeutete das zweierlei: Mehr Hungrige und Dürstende und mehr erbitterte Kämpfe um die Schwämme und somit um Wasser und Nahrung. Und: Schnelleren Tod für diejenigen, die zum Kämpfen zu ausgemergelt und zu apathisch waren. Das Tapasand-Isolationslager war eine Tötungsmaschinerie. Von Anfang an als Stätte unblutiger, aber qualvoller Hinrichtungen geplant und erbaut.

Tasha zog ihre Füße mit geringstmöglicher Anstrengung aus dem Schlick und ging, während das Donnern der Bremstriebwerke lauter wurde, auf das Riff zu. Das Schiff flog, wie bisher alle Frachter, den Landeplatz von Westen, aus Richtung Sonnenuntergang an. Nach zwei Dutzend Schritten erschütterte das Geräusch des landenden Frachters die gesamte Umgebung.

Ein Schatten huschte über die Uferzone, und Tasha sah zwischen zerbrochenen Muschelschalen und glitzernden Fischschuppen eine Ölqualle. Das Tier pulsierte schwach, und das ausgelaufene Öl schillerte in allen Farben.

Vorsichtig bückte sich Tasha, zerdrückte das durchscheinende Gewebe zwischen den Handflächen und hob, ehe sie die tote Qualle fallen ließ, beide Arme. Der Rest des wässrigen Öls tropfte nicht in den Dreck, sondern lief über ihre tief gebräunte Haut.

Tasha rieb, so lange das Öl reichte, ihr Gesicht, den Nacken und jede Handbreit Haut der Schenkel ein, die Unterarme und den Oberkörper. Die fette Suspension aus den Zellen der Nesselqualle roch nach abgestandenem Brackwasser und verfaulendem Fisch. Aber sie verhinderte, dass Tashas Haut austrocknete, dass sich jeder Schnitt, jede Abschürfung entzündete und dass sich binnen Stunden eitrige Geschwüre bildeten.

Tasha ließ keinen Gedanken an die Hoffnungslosigkeit ihres Tuns zu. Jeder Nerv pulsierte in gesteigertem Überlebenswillen – obwohl sie es besser wissen musste: Hunderte waren vor ihren Augen gestorben.

In der grauenhaften Intensität des schattenlosen Lebens unter der stechenden Sonne waren ihre Träume von den Traumhabitaten, der ehemaligen Heimat ihrer Familie, zu salzigen Rinnsalen geronnen. Wie Hautkrebs, der noch die Gesündesten tötete, fraß jeder Tag etwas mehr von der winzigen Hoffnung, die irgendwo in Tashas Bewusstsein hockte und sich wie eine trocknende Spore verbarg. Jedes Mal, wenn Tasha an das Überleben dachte, war die Anstrengung größer: Aber sie tauchte immer wieder aus der schwarzen Tiefe der Niedergeschlagenheit auf und schöpfte, wenn auch für immer kürzere Zeit, gerade so viel Hoffnung, dass sie den Gedanken ans Aufgeben verdrängen konnte.

Sie zwang sich, den Kopf zu heben und im blendenden Blau des Himmels nach dem Raumschiff zu suchen.

Das Schiff, die zerschrammte CLIDEYNA, schwebte röhrend und donnernd heran. Mit durchdringendem Quietschen falteten sich die Gestänge der Landestützen aus der dreihundertsechzig Meter langen Nodroplast-Schiffshülle. Flüchtig erkannte Tasha einige Lettern des Schiffsnamens ... EYNA. Der kleine Frachter schwebte zum Energie-Riff und landete hinter der Sperre in einem riesigen Wirbel aus Salzkristallen. Das Landefeld war nicht viel größer als der Schiffskörper. Das Dröhnen der Atmosphärentriebwerke riss ab; wie der Rücken eines Magnoraunden ragte das Schiff über die Zacken des Riffs hinaus.

Noch vor einem Jahr hatte Tasha die Zentrale eines solchen Schiffes fast besser gekannt als ihr eigenes winziges Apartment.

»Sie bringen wieder eine Ladung Affail nach Tapasand«, sagte sie leise. »Lauter gute Leute, deren Stolz mit dem Diktat der Zwillingsgötzen unvereinbar ist.«

Die fünfte Landung, seit Tasha zusammen mit fast zweihundert anderen Rebellen aus den Gefangenenzellen des Frachters in die hoffnungslose neue Existenz als Todeskandidatin hinausgestoßen worden war. Wieder zweihundert Todgeweihte.

Sie steckte die Muschelschale in den Saum ihrer zerschlissenen Hose und sah aus zweihundertfünfzig Schritten Entfernung zu, wie sich die oberen Schleusenluken des Schiffes öffneten und die verbrauchte Luft als weißlichen Dampf hinausließen.

Aus der Bodenschleuse, eine schmale Nodroplast-Rampe mit löchrigem Belag hinunter, würden jetzt nacheinander vielleicht zweihundert Männer und einige Frauen hinausgetrieben werden. *Affail*; Abschaum für die »anderen« Nodronen. *Affail*, wie auch sie beschimpft worden war. Die bessere Hälfte der Nodronen. Davon war jeder »Rebell« überzeugt.

Die Energiewände an einem Ausschnitt des Riffs hatten sich verschoben und ließen nur eine schmale Öffnung zum Strand. Ein Korridor aus Energie bildete sich. Schockwaffen peitschten, die Ankömmlinge stolperten und taumelten und rannten; manche schleppten Bewusstlose oder Tote mit sich und tappten über den abgeschürften Kunststoff der Landefläche, über den glühend heißen Sandstreifen, vorbei an den Stachelwänden bis zur Hochflutkante und von dort in den Morast.

In ihrem Rücken schob sich die brodelnde Wand des Riffs weiter, bis sich die Ausbuchtung wieder geschlossen hatte und das Schiff halb unsichtbar jenseits der unüberwindbaren Barriere stand.

Einige Ankömmlinge fielen in den Sumpf und blieben regungslos liegen. Die anderen trotteten und liefen ratlos weiter und blieben ebenso erschrocken stehen, als sie ihre Umgebung bewusst wahrnahmen. Langsam, als fürchteten sie sich zu Tode, kamen die Überlebenden der Pembur-Station auf Tasha und die neuen Opfer zu.

Sie drehte langsam den Kopf, blickte sich um, und während sie das Entsetzen in den Gesichtern der Neuankömmlinge sah, wischte sie den Schweiß und die salzige Nässe aus ihrem schwarzen Haar, das sie mit der geschliffenen Kante einer Muschel kurz geschnitten hatte. Die Brandungslinie und die Ränder der Wolken bildeten unscharfe, dunstige Muster.

Tasha hatte von allen Deportierten auf Pembur-Station, die sie kannte, am längsten überlebt. Sieben Monate lang. Fünf Frachter-Landungen.

Sie wusste nicht, wie lange sie die Tapasand-Durst-und-Hunger-Maschine noch überleben konnte. Insgeheim und innerlich zitternd hoffte sie auf ein Wunder.

Es würde kein Wunder geben, ebenso wenig wie ein Freudenfeuer oder ein Fortkommen von diesem Unort. Aber Tasha war fest entschlossen, von allen, die nach ungewiss langer Zeit an Entkräftung starben, oder von Raubtauchern getötet wurden, oder ertranken, am längsten zu leben und – diesen winzigen Hauch der Hoffnung hatte jeder Deportierte – als geläutert entlassen zu werden.

Sie hatte die neuen Deportierten erreicht, musterte die schreckensstarren Gesichter, hob den Arm und sagte: »Ich bin Tasha Feori. Ihr seid in der Pembur-Station, im Lager der Insel Tapasand. Der Planet heißt auch Pembur. Ich kann euch nicht helfen; niemand kann das. Nehmt die Bewusstlosen und geht dort hinüber. Wo der Gezeitensumpf zum Küstenschelf abfällt. Da ist es leidlich trocken, und ihr könnt euch hinlegen. Die anderen sagen euch, wie ihr euch verhalten müsst.«

Die neuen Todeskandidaten hatten sich um sie geschart. Ihre dunkle Stimme schien sie einige Atemzüge lang zu beruhigen. Das Licht der Sonne Draynare und die kochende Hitze, die selbst noch drei Stunden vor Anbruch der Nacht herrschte, das Entsetzen über die absolute Trostlosigkeit der riesigen Strandsümpfe und der Anblick der sehnigen, hochgewachsenen Frau hatten sie in eine Starre der Furcht versetzt, die einer Katatonie glich. Keiner antwortete, keiner stellte eine Frage.

»Im Meer ist es kühl. Trinkt das Wasser nicht, es bringt euch um. In zwei Stunden ist die Flut da«, sagte Tasha. Sie blickte in Gesichter jeden Alters; auch diese Ladung bestand nicht nur aus Angehörigen der Traumhabitate. »Die Toten müsst ihr mitnehmen. Die Raubtaucher besorgen den Rest.«

»Was ist das … was sind die Raubtaucher?«

»Ewig hungrige, schnelle Fische mit messerscharfen Mehrfachgebissen. Nur mit Explosionsgeschossen umzubringen. Noch Fragen?«

Niemand antwortete. Sie ging zur Seite und ließ die traurige Prozession an sich vorbeistolpern. Die neuen Deportierten, denen schon jetzt der Schweiß über die Körper lief, schleppten sich vom Energie-Riff zum Strand, dessen niedrige Brandung Kühlung und falsches Wohlbehagen versprach.

Vier von ihnen trugen einen Bewusstlosen, der Tasha sofort auffiel: Er war ungewöhnlich hellhäutig, mit hellem braunen Haar und geschlossenen Augen, der noch seine halbhohen Stiefel und beschmutzte, fremdartige Kleidung trug. Die Ärmel seiner dunkelblauen Jacke waren hochgekrempelt, aber Tasha sah goldfarbene Zierstreifen, offenbar in den teuren Stoff eingewebt, ebenso an den Außenseiten der zerknitterten Hosenbeine.

Am linken Arm hatte er eine hässliche, große Wunde, die von einem Überschlagblitz oder einer starken Verbrennung stammte. Sie war von Schmutz, grauem Schmierfett aus dem Schiff, einer Schicht geronnenen Blutes und einigen Hundert wimmelnder Schmeißfliegen mit metallisch glänzenden Flügeln bedeckt.

»Die Nacht dauert zehn Stunden«, rief Tasha den Deportierten hinterher. »Am Morgen erfahrt ihr mehr. Legt euch auf Sand, der trocken bleibt.«

Die Zeit wurde nach der Länge der Schatten gemessen. Es gab keinen einzigen Gefangenen, der eine Uhr besaß. Sie ließ die Schultern sinken. Der Lärm von jenseits des Energiezaunes bewies ihr, dass sie sich nicht irrte. Im Mittelteil der Insel, auf felsigem Untergrund, stand der zerschrammte Frachter, entlud tonnenweise Versorgungsgüter, nahm vielleicht einige kranke Wärter auf und wurde von den Aufsehern mit den Kühlkisten voller Schwämme beladen. Frische, tiefgekühlte Clezmor-Schwämme, eine Delikatesse für Reiche, die aber als Nahrung für die Taucher tödlich war, denn die Gefangenen verfügten nicht über die fermentierten Gegengifte, die erst den Genuss ermöglichten.

Draynare, die Sonne Pemburs, schob sich hinter die Wolken. Tasha hatte noch die Hälfte ihres Wasservorrats und zwei angebrochene Nahrungs-Konzentratriegel. Der warm gewordene Liquitainer, von Wächtern und Deportierten *Durstbeutel* genannt, ein schwarzgelber, praktisch unzerstörbarer Plastiksack von etwa eineinhalb Litern Inhalt, mit Verschluss und Kordel, hing an ihrem Gürtel, die Riegel steckten zerbröselnd in einer Schenkeltasche.

»Wird Zeit für ein Nachtlager«, murmelte sie. Niemand würde sie anrühren. Unter den Todgeweihten hatte sie den Status einer Auserwählten, deren Gesundheit selbst durch monatelanges Todeslager nicht angegriffen worden war.

Einige hielten sie für die passende Anführerin, aber wofür oder wogegen sollte sie hilflose Deportierte anführen?

»Morgen müssen wir wahrscheinlich wieder viele Tote zur Brandung schleppen.«

Der Gezeitensumpf umgab den festen Kern der Insel wie ein unregelmäßig breiter Kreisring. Ausgedehnte Senken, wenige Felsen und Schotterbetten, wirre Sandzungen und Priele unterbrachen den Morast und die Flächen des Tidensumpfes, der regelmäßig überflutet wurde und bis zur Brandung reichte.

Die Frauen und Männer nahezu jeden Alters, ausnahmslos Nodronen, vegetierten, litten und starben rund um Pembur-Station, eingepfercht zwischen dem Energie-Riff und dem offenen Meer, in dem sie nach den Schwämmen tauchten und von Raubtauchern und Magnoraunden angegriffen, verwundet, verschlungen und getötet wurden. Es gab zwischen den Ausgesetzten unzählige Tragödien, verzweifelte Liebespaare, stoische alte Männer, die sich mit dem langsamen Tod gut angefreundet hatten, Prostitution um Wasser und Nahrungsriegel, vielleicht auch Totschlag – aber in der langen Zeit, in der Tasha von Nachtlager zu Nachtlager dreimal Pembur-Eiland umrundet hatte, erfuhr sie nichts von Menschenfresserei.

Es ist undenkbar, für mich in jedem Fall unvorstellbar, dachte sie, *dass sich stolze Rebellen gegenseitig auffressen.*

Tasha Feori blieb auf einem schmalen, vier Handbreit hohen Sandstreifen stehen, der in dieser Nacht nicht überflutet werden würde. Die Geräusche der Verladearbeiten klangen leise und undeutlich hinter dem Energie-Riff hervor. Bis zum Eintreffen der Flut und zum Steigen des Wassers hatten die Deportierten genug Zeit, über ihr Schicksal nachzudenken, miteinander zu reden und großartige, nutzlose Fluchtpläne zu entwickeln oder auf den fernen Zeitpunkt der Rehabilitierung zu warten. Beim ersten Tageslicht begann das verzweifelte Tauchen nach den Schwämmen.

Tasha setzte sich, scharrte Vertiefungen und häufte kleine Hügel aus dem salzgetränkten feuchten Korallensand auf, kaute einen Brocken des Nahrungsriegels und nahm einen winzigen Schluck Wasser. Sie verschloss den Durstbeutel mit besonderer Sorgfalt.

Farbschleier und Wolkenballungen verdeckten die glühende Scheibe Draynares, als die Sonne unterging. Das Zwielicht der Dämmerung über dem Meer dauerte nur wenige Atemzüge lang. Plötzlich flogen sämtliche Insekten auf; ein riesiges Summen von Myriaden Flügeln erfüllte die Nacht. Nur wenige helle Sterne zeichneten sich als milchige Lichttropfen in der Finsternis ab.

Tasha bedeckte, so gut es ging, ihren Körper mit einer dünnen Sandschicht, um sich gegen die Qual der Fliegen zu schützen. Über das Gesicht und den Hals zog sie die Fetzen ihres Hemdes. Im metallischen Sirren der Mücken schlief sie ein, träumte von kühlen, dunklen Räumen und den duftenden Schatten der elterlichen Plantagen und wachte erst auf, als der Frachter dröhnend mitten in der Nacht einige Luken schloss.

Rund um Pembur-Station, auf den Flächen von Tapasand und im flachen Meer galten die wenigen ungeschriebenen Gesetze des Korrektivlagers, geboren aus der Notwendigkeit des unbarmherzigen »Strafvollzugs«.

Jede Regung wie Mitleid, Hilfsbereitschaft oder Sorge um Kranke und Sterbende gefährdete nur denjenigen, der sich diesen tödlichen Gefühlsluxus gestattete. Wer krank und schwach war, konnte niemanden unterstützen und fiel den anderen gefangenen Rebellen zur Last. Die meisten starben nach einigen Wochen, etliche hielten ein paar Monate durch, und Tasha war auf diesem Teil des Strandes diejenige, die es geschafft hatte, am längsten zu überleben.

Sie hatte nicht gezählt, aber einige hundert Männer und Frauen hatte sie sterben sehen. *Affail!* Diejenigen, deren Verzweiflung ihnen die Entscheidungskraft nicht geraubt hatte, wurden von Raubtauchern zerrissen oder begingen Selbstmord in den Strahlen des Energie-Riffs, oder sie beendeten ihr Leben nicht minder qualvoll, indem sie die rohen Schwämme herunterschlangen.

Tasha war beherrscht von der Furcht, binnen kurzer Zeit zu jenen Verzweifelten zu gehören.

Kurz darauf stieg die Flut.

Das Rauschen der Brandung wurde lauter, kam näher und zog sich wieder zurück. Gurgelnd und blasenwerfend sog der Schlamm das schäumende Meerwasser auf. Tasha hob den Kopf und sah im schwachen Licht der Sterne die hellen Streifen der heranrauschenden Gischt links von ihrem Lagerplatz. Zusammen mit dem Wasser, das rasch alle Priele füllte und unaufhaltsam die ersten Sumpfflächen überflutete, kam vom Meer eine salzige Brise, die den mörderischen Gestank und einen Teil der Hitze des Tages zu vertreiben begann.

Tasha schlief wieder ein und wurde bis zur Morgendämmerung von Albträumen gefoltert.

Sie stand auf. Der Sand, der an ihrer Haut klebte, würde sie einige Zeit lang vor den erbarmungslosen Sonnenstrahlen und der Spiegelung auf der Wasserfläche schützen. Sie feuchtete ihren Zeigefinger an, putzte ihre Zähne mit salzigem Sand, sammelte Speichel und spuckte aus, bevor sie den ersten vollen Schluck Wasser nahm.

Der Platz ihres Nachtlagers war eine winzige Insel in der riesigen Fläche. Tasha watete gedankenlos, mit einem Schatten, der sich irgendwo im Sumpf verlor, auf das Energie-Riff zu. Fünfzig Schritte landeinwärts, zum Riff hin, lag eine Gestalt regungslos, halb von Wasser und Schlamm bedeckt, im Gezeitensumpf.

Der Neue in dem blutverschmierten Anzug.

Tasha ging auf ihn zu; als sie neben dem Fremden stand und der Schatten ihrer Unterschenkel auf sein Gesicht fiel, bewegte er sich und öffnete die Augen. Sie waren graublau und zeigten Tieferes als den Schmerz, den der Neue empfand.

Mitleid? Nein: eine Art professionelles Interesse. Mehr nicht.

Tasha wartete schweigend.

Ich hatte das Bewusstsein verloren. Wo bin ich?, dachte Perry Rhodan und hob den Kopf. Blendende Helligkeit überflutete seine Augen, als er die spiegelnde Wasseroberfläche sah. *Wie bin ich hierher gekommen?*

Er versuchte sich aufzurichten. Der Schmerz in seinem linken Arm ließ ihn aufstöhnen. Dann erkannte er an den Konturen eines langen Schattens, dass jemand neben ihm stand. Als er sich bewegte, merkte er, dass sein Körper halb von zähem, dunkelbraunem Schlamm bedeckt war; riesige Fliegenschwärme stiegen aus dem Schlick auf, versammelten sich mit hungrigem Brummen um ihn und krabbelten auf seiner Haut.

Ich bin in diesem Lager ... Pembur, dachte er in aufkommender Panik. *Diesen Begriff habe ich von den anderen Gefangenen gehört, im Raumschiff; aber ... wo sind die anderen?*

Es gelang ihm, sich trotz der Schmerzen halb aufzurichten. Sein Arm war voller Schlammspritzer, wie seine Kleidung, auf der Haut und der Wunde krabbelten Hunderte von Fliegen. Er verscheuchte sie halb vergeblich und stemmte sich auf die Knie. Der sumpfige Brei gab schmatzende Geräusche von sich. Jetzt fühlte Perry nagenden Hunger und wütenden Durst; dieses Gefühl sagte ihm, dass in seiner Zeitrechnung der 24. Juli 1329 NGZ angebrochen war, plus Exponent Neun – eine Milliarde Jahre. Als er über seine Lippen leckte, spürte er auch den abstoßenden Geschmack brackigen Salzwassers.

Die Wunde schmerzte, hatte sich aber nicht entzündet; an den Rändern glaubte er, in der Grelle blinzelnd, frische Haut zu sehen. Als sich Rhodan aus dem Schlamm befreien wollte, griffen kräftige Hände unter seine Achseln. Der fremde Besitzer des Schattens half ihm aufzustehen. Schließlich stand er schwankend bis zu den Schienbeinen im warmen Schlamm und drehte sich herum.

»Danke«, sagte er. Die nahezu unsichtbare Translatorscheibe auf seiner Wange nahm bei den nächsten Worten die Arbeit auf. Rhodan hatte in den letzten Wochen so viel Vaaligonde gelernt wie möglich und konnte es beinahe fließend sprechen. Dennoch war er froh um den Translator. Das Gerät half ihm, Fehler zu vermeiden. »Ich heiße Perry. Das hier ist ... Pembur-Station?«

»Ja. Ich bin verblüfft, dass du noch bei Besinnung bist«, sagte die hochgewachsene Frau, die ihm geholfen hatte und deren Füße ebenso im Sumpf versanken wie seine. »Ich bin Tasha. Tasha Feori. Die Wunde da, sie allein hätte dich eigentlich schon umbringen müssen.«

»Sie schmerzt furchtbar.« Blinzelnd blickte Perry sich um, dann beschattete er mit zitternder Hand seine Augen. »Aber sie wird mich nicht umbringen. Was tun die Leute dort?«

»Sie tauchen nach essbaren Schwämmen.«

»Wonach? Schwämme? Als Nahrung?« Perry schüttelte den Kopf. Stechender Schmerz durchzuckte ihn; die Landschaft wirbelte vor seinen Augen. Er holte, sehr vorsichtig dieses Mal, tief Luft. Er bemühte sich, alle Einzelheiten der Umgebung zu erkennen und richtig deuten zu können. »Ich verstehe nichts. Noch nicht. Verdammte Hitze.«

»Du wirst schnell alles verstanden haben. Ein paar Tausend ehemalige Rebellen sind der Willkür Are'Imga« – *Oberst* erläuterte der Translator in Rhodans Wange – »Zayt Kissahs und seinen Wächtern ausgeliefert. Und den Sümpfen und dem Meer von Tapasand. Das Energie-Riff sperrt uns aus, wir sind Abschaum, *Affail,* Bestandteile einer Maschinerie der Auszehrung und des langsamen Sterbens. Woher hast du die Wunde?«

»Während einer verlorenen Schlacht zwischen Quochten und Schiffen des Empire von Nodron, bei Stukoda; ein Schuss«, antwortete Perry und verscheuchte Fliegen von seinem Gesicht. Er krempelte die Ärmel herunter und zog die Jacke aus, behutsam den Stoff über die Wunde streifend; sein Hemd troff von Schweiß und klebte an der Haut. »Und im Schiffsgefängnis schlug jemand darauf. Hat mich besinnungslos gemacht. Aber – warum hast du mir geholfen?«

»Also ein Rebell. Warum? Weil du eigentlich schon tot sein müsstest. Jedes Sandkorn hier ist eine Brutstätte von Mikroorganismen. Mit einer solchen Verletzung hast du eigentlich keine Chance.« Sie lachte kurz und zeigte unversehrte Zähne. »Und auch sonst nicht.«

Rhodan befreite seine Füße aus dem Schlamm und folgte Tasha, die Jacke über der rechten Schulter, bis zu einem schmalen Streifen aus Sand und Meereskieseln. Aus dem Sumpf kam entsetzlicher Gestank. Perry glaubte zu erkennen, dass der Sauerstoffanteil der kochenden Luft sehr hoch war. Erleichtert fühlte er die Impulse des Zellaktivators, gleichzeitig begriff er, dass er seine gesamte Energie darauf verwenden musste, die nächsten Stunden und Tage zu überleben.

Er blieb stehen, blickte an sich hinunter und sah dann Tasha an; zum ersten Mal bewusst und mit offenen Augen.

»Alles, was du hier siehst, kann dich umbringen«, sagte Tasha.

Er musterte sie schweigend: eine schwarzhaarige Nodronin, deren olivdunkelbrauner Körper nur aus Knochen, Muskeln und Sehnen zu bestehen schien, bekleidet mit den wenigen Fetzen einer Hose und eines Hemdes mit zerschlissenen Ärmeln. Die Kleidung und die Frau stanken unbeschreiblich, aber auf seltsame Weise wirkte Tasha gesund und entschlossen. Ihre großen, fast schwarzen Augen strahlten Klugheit und Abgeklärtheit aus.

Tasha schien alles zu wissen und zu können, was hier zum Überleben gebraucht wurde. Für einen kurzen Augenblick schien sie so etwas wie die Göttin der Lebenswilligen zu sein.

»Ich muss überleben, so wie du«, sagte Perry. »Was muss ich tun, damit du mir zeigst, wie es hier abläuft?«

Sie deutete zum leeren Landeplatz des Raumschiffs und den ineinander verschachtelten, turmartigen Gebäuden mit den sonnenlichtresistenten Fenstern hinter der Strahlenbarriere. »Ist mit ein paar wenigen Worten erklärt, Fremder Perry Rhodan: Wir tauchen nach Schwämmen. Man nennt sie *Clezmor,* und sie sind essbar; eine Delikatesse der Reichen auf anderen Planeten. Zwei oder drei große Schwämme kosten im Empire ein Vermögen. Isst man sie roh, stirbt man qualvoll. Manchmal bringt sich einer von uns mit seiner letzten Mahlzeit um; du wirst vielleicht seine Schreie hören.

Die Reichen im Empire haben ein Ferment, das sie vor der Zubereitung anwenden. Das Zeug wächst nur dort draußen, in drei bis fünf Metern Tiefe, manchmal auch tiefer, die größeren und wertvolleren Kopfschwämme. Was du am Rand des Wassers siehst, sind andere Deportierte, die nach Clezmor tauchen. Alles klar?«

Rhodan musterte die Oberfläche der Strahlenbarriere. Die Struktur der Energie wirkte in der Sonnenglast wie frisch gebrochener Fels, milchig-semitransparent, voller Risse, spitzer Vorsprünge und Schroffen, deren Kanten wie geschliffener Stahl blitzten. Wolken schoben sich vor die Sonne, Wolkenschatten fuhren über die Insel. Wie beschlagene Spiegel lagen die wasserbedeckten Tidensümpfe da.

»Einiges ist mir klar geworden. Die Leute hinter der Wand tauschen Nahrungsmittel und Wasser gegen eure Schwämme«, sagte er. »Und dabei geht es alles andere als korrekt zu. Medizinische Hilfe oder so etwas Ähnliches ist selbstverständlich unbekannt oder wird nicht gewährt. Die Wächter haben ein gewisses Potenzial an Macht, das sie wie gelernte Sadisten ausüben. Richtig?«

Tasha blickte ihn nicht mehr gleichgültig oder mitleidig an, sondern in ihre Augen trat ein nachdenklicher Ausdruck. Zum ersten Mal sah Rhodan hinter der Fassade der Verwahrlosung, dass sie noch vor kurzer Zeit eine gut aussehende Frau gewesen war, keine Schönheit, sondern vom aparten Reiz der Unvollkommenheit. Die Sonne hatte sich zwei Handbreit über den wolkenlosen Horizont erhoben.

»Dort, woher du kommst, Fremder, scheint man eine lange und geübte Tradition im Schinden, Quälen und Sterbenlassen zu haben. Du hast das Spektrum der Grausamkeiten zutreffend aufgezählt.«

Rhodan nickte traurig. Schon jetzt war es brütend heiß, und die Luft troff förmlich. Obwohl er sich kaum bewegte, war er klitschnass. Seine verdreckte Kleidung sog den Schweiß auf, der große Flecken bildete. Tausende metallisch glänzende Fliegen umsummten bösartig Tasha und Rhodan. Die Tiere waren ungewöhnlich groß und aggressiv, was offensichtlich dem erhöhten Sauerstoffgehalt der Atmosphäre zuzuschreiben war; ihre Tracheen leiteten mehr Sauerstoff in die Körper.

Dieser Umstand, dachte Rhodan, *hat aber wohl kaum etwas mit dem Zustand der Planeten in dieser unglaubwürdig fernen Zukunft zu tun.*

Tashas Armbewegung war knapp und kraftsparend. »Das Energie-Riff. Dahinter langweilen sich Are'Imga Zayt Kissah, der Kommandeur, und seine Aufseher. Weil sie unter der Eintönigkeit leiden, lassen sie uns bewusst langsam sterben und jagen ab und zu mit ihren Gleitern auf dem Meer, fahren irgendwelche Bootsrennen. Zur Abwechslung.«

Die schneeweiß geballten Wolken trieben vorbei. Perry sah wieder die Gezeitensümpfe, die sich als große dunkle Flächen zwischen der niedrigen Brandung und dem Energie-Riff ausdehnten. Dunkel jetzt, weil sie wie Glas mit rauer Oberfläche die Farbe des stahlblauen Himmels spiegelten. An den Rändern kristallisierte Salz aus; an vielen Pflanzenstängeln hatten sich dicke, graubraune Klumpen gebildet.

»Ihr seid zu schwach, habt keine Waffen und kein Werkzeug und könnt die Wächter nicht angreifen.« Rhodan zählte auf, was er klar erkannt zu haben glaubte. »Überdies gäbe es kein Fluchtschiff für dreitausend Leute. Wie hoch ist die Lebenserwartung auf Pembur-Station? Einen Monat?«

Unter anderen Umständen, in einer weniger abschreckenden Umgebung, würde Tasha bemerkenswert gut aussehen, dachte Perry und folgte mit den Blicken einigen Vögeln, die in großer Höhe kreisten und dann nach Süden flogen. *Eine selbstbewusste Frau; kompetent und mit hohem Überlebensfaktor. Ich habe das Glück gehabt, offensichtlich die einzige Person – oder eine der wenigen – zu treffen, die unsere Lage klar beurteilen kann.*

Tasha nickte und sagte scharf, mit dunkler Stimme: »Je nachdem, wie kräftig man war, als man hierher kam – zwei Monate durchschnittlich, höchstens drei. Die Jungen und die ganz Alten sterben zuerst. Wer sie füttert, verhungert selbst.«

Sie schien sich kurz mit Rhodans vermuteter Herkunft zu beschäftigen und fügte hinzu: »Du scheinst zu wissen, was in solchen Lagern abläuft!«

»Das war schon vor einer Milliarde Jahren nicht anders«, antwortete er bitter und rechnete nicht damit, dass Tasha ernsthaft auf die Bemerkung einging.

Sie zog das Wassergefäß hinter dem Hosensaum hervor, nahm einen Schluck und hielt, nach kurzem Zögern, Perry den Behälter entgegen. Sofort stürzten sich Fliegen auf die Öffnung. »Kannst du schwimmen und tauchen?«

»Einigermaßen gut.« Perry wedelte die Fliegen weg und nahm einen Schluck. Das Wasser war abgestanden, aber er schmeckte es nicht, denn auf seinen Lippen, der Zunge und dem Rachen hatte er einen Geschmack, als habe er in einen gärenden Kadaver gebissen. »Nochmals Danke. Du hast eine aufopfernde Tat bei mir gut. Also sollten wir zum Meer gehen, viele Schwämme heraustauchen und bei den Wächtern gegen saftigen Braten, frisches Brot und leckere Früchte tauschen.«

Tasha starrte ihn an, als könne sie nicht glauben, was sie gehört hatte. Achselzuckend sagte sie: »Ich habe mein verdammtes letztes Wasser an einen Verrückten verschwendet, den seine Wunde spätestens heute Nacht umgebracht haben wird.«

»Urteile nicht vorschnell«, entgegnete Perry ernst und blinzelte. »Mitunter dauert das Sterben lange. Besonders meines.«

Während sie kräfteschonend langsam auf die Brandung zugingen, schätzte Perry Rhodan die Entfernungen ab. Vom Energie-Riff bis zu den ersten Wellen waren es an dieser Stelle der Lagune vielleicht tausend Meter, das Riff war etwa zwölf Meter hoch, ein Teil der Gebäude dahinter – sie schienen kreisförmig angeordnet zu sein – dreimal so hoch.

Der Gezeitensumpf bestand aus dünnen Gräsern, Algen und Tang, zwischen denen nichts Essbares wuchs und lebte, und überall dort, wo der Boden sich zum Wasser senkte und darin verschwand, hielten sich die anderen Deportierten auf. Von mehr als fünfhundert Nodronen an dem Strandstück, das er überblicken konnte, schien ungefähr die Hälfte zu waten, zu schwimmen und zu tauchen; er fragte sich, wie lange es dauern mochte, bis jeder persönliche Besitz, den man nicht am Körper trug, gestohlen war.

Bis auf die Geräusche der Körper im Wasser und dem Rauschen und Zischen der Brandung herrschte eine seltsame, bedrückende Stille.

Plötzlich nahm Tasha sein Handgelenk und hielt ihn an. Sie deutete mit dem Zeigefinger, dessen Nagel bis zur Kuppe glatt geschliffen war, auf seine rechte Hand. »Heute Morgen war deine Haut rot, von der Sonne verbrannt. Jetzt ist sie braun. Nicht wie meine, aber … wie machst du das? Ich schmiere mich mit Quallenöl ein.«

»Ich bin kein echter Nodrone«, sagte Rhodan und hoffte, Tasha hörte aus seiner Antwort nicht heraus, dass er auswich. »Bei uns Bastarden ist alles ein wenig anders.«

Ihre Reaktion bewies, dass sie ihm nicht recht glaubte, das Fragen aber auf später verschob. Die Schwimmer und Taucher und anderen, die im Wasser warteten, wandten müde ihre Köpfe und starrten Tasha und den Neuen an.

Rhodan merkte augenblicklich, dass sie Tasha bewunderten. Schließlich hatte sie durch ihr Überleben bewiesen, dass sie die Stärkste und Beste war. Dann dachte er an Fische, die gefangen und roh gegessen werden konnten, dass Fischfleisch, wenn man es auspresste, eine Flüssigkeit hergab, die keineswegs meersalzig war, und er hoffte, dass er irgendetwas fand, das sein Überleben sicherte, wenn auch nur auf der niedrigsten Stufe. Aber wenn wirklich etwas Derartiges existierte, hätten es die Generationen derjenigen, die vor ihm gestorben waren, wohl schon entdeckt.

Er setzte sich ins flache Wasser, das erholsam kühl war, und zog seine vom Schlamm fast ruinierten Halbstiefel aus. »Sind hier herum nicht alle Schwämme schon abgeerntet?« Er deutete auf die Taucher.

Tasha leerte ihre Wasserflasche und begann zwischen ihren Knien ein Loch in den Schlickboden zu graben. Sie schüttelte den Kopf. »Sie wachsen schnell. Die meisten von uns schaffen es nicht weit hinaus – draußen ist es tiefer.«

Ein Königreich für eine Taucherbrille, dachte Perry und zwängte sich aus seiner nassen, schmutzigen und aufgerissenen Hose. Die Sonnenhitze schlug wie mit Peitschenhieben auf seine ungeschützte Haut. *Selbst für die primitivste aller Brillen.*

Nichts! Er hatte kein Messer, kein Kombiarmband, keine Waffe, kein Werkzeug, nicht einmal eine Idee. Die Suche nach den Wissenschaftlern von Cor'morian war auf dieser Höllenwelt – die er keine vier Stunden lang kannte, also noch praktisch gar nicht – wenig mehr als ein abstruser Witz. Auch seine »Retterin« kannte er nicht. Dies würde sich allerdings binnen kürzester Zeit ändern, denn es gab hier nicht viel anderes zu tun, als sich gegenseitig die Lebensgeschichten zu erzählen.

Sie vergruben Schuhe, Durstbeutel und Kleidungsstücke inmitten der Tangfäden. Tasha schlang einen Knoten in die längsten Pflanzenteile über Wasser, um die Stelle wiederfinden zu können. Sie winkte. Perry Rhodan watete neben ihr geradeaus auf die Brandung zu.

»Hinter mir herschwimmen«, sagte sie knapp. »Die Schwämme sehen aus wie ein Gehirn, so groß wie ein Kopf.«

»Alles klar«, antwortete er. »Fast alles.«

Die Füße glitten auf den Pflanzen aus, Perrys und Tashas Körper tauchten tiefer ein. Perry fühlte im kühlen, schäumenden Wasser deutliche Erleichterung, selbst als er den verwundeten Arm eintauchte. Tasha stieß sich ab und schwamm mit kraftvollen Stößen vor ihm her. Er folgte ihr schweigend, entleerte seine Blase und registrierte, dass die meisten Fliegen hinter ihnen zurückblieben. Sie schwammen vielleicht gut hundert Meter weit hinaus. Seine Anspannung ließ abermals ein Stück nach, als er tauchte, die Augen weit öffnete und unter Wasser den Bewuchs auf dem Meeresboden zu erkennen versuchte.

Undeutlich nahm er rechts und links am Blickrand einzelne Taucher wahr. Die Tiefe betrug schätzungsweise drei Meter. Die Gestalten steuerten mit wilden Bewegungen auf kugelige, grünlich-gelbe Gebilde zu, die sich in einem Bett kurzer, senkrecht wedelnder Tangblätter zeigten. Der Tang wirkte aus der Perspektive der Schwimmer so idyllisch wie ein Feld hoher Gräser, die sich im Wind wiegten.

Tasha tauchte schräg abwärts. Fünf, sechs Meter tief, entlang einer breiten Zunge aus schwarzem Tang. Sie und Rhodan schienen allein in dieser Tiefe zu tauchen; die anderen Deportierten hatten offensichtlich nicht mehr die Kraft und Ausdauer, tiefer als drei, vier Meter zu tauchen. Rhodan glaubte bis zur Unkenntlichkeit verrostete und von Muscheln bewachsene Gitter erkennen zu können; offensichtlich ehemalige, zerbrochene und versunkene Taucherkäfige.

Luftblasen perlten schräg in die Höhe, Sonnenstrahlen riefen Lichtreflexe auf den Wellen der Wasseroberfläche hervor. Fast gleichzeitig sahen Tasha und Rhodan zwei große Schwämme. Tasha deutete nach rechts und schwamm nach links; Perry schaffte es trotz des trüben Wassers, bis zum Boden vorzustoßen, sich am Tang festzuhalten und bis zu dem Clezmor-Schwamm vorzutasten. Er packte die Kugel mit beiden Händen, riss und ruckte daran und zerrte sie vom Wurzelstrunk los. Er drehte den Körper, stieß sich mit den Zehen vom sandigen Boden ab und tauchte senkrecht hoch, mit dem letzten Luftvorrat in den Lungen. Zwei Armlängen neben Tasha durchstieß er die Wasseroberfläche, prustete, holte tief Luft und blies die Nase frei.

Der Schwamm sah annähernd wie eine Gehirnkoralle aus, mit weicher grünlich-oranger Oberfläche; darunter war er von der Konsistenz, die Muskelfleisch hat, und als das Wasser hinausgelaufen war, wog die Kostbarkeit so viel wie ein gleich großes Stück eben solchen Fleisches. Etwa zweitausend Gramm. Also ein Vermögen wert auf irgendwelchen unerreichbaren Welten.

»Ich habe so ein Clezmor-Ding«, sagte er und schwamm auf Tasha zu. »Einen ziemlich großen Brocken. Reicht das für heute?«

»Ein dritter wäre besser.« Tashas Blick fiel auf seinen Arm. Sie riss die Augen auf, wich zurück und stotterte: »Deine Wunde … das ist unglaublich! Wie macht das dein Körper?«

Perry trat Wasser und bewegte sich langsam auf das Ufer zu, den Schwamm unter der linken Achsel. Er sah, dass die Krusten, der Schorf und die verbrannten Hautfetzen sich gelöst hatten und im Meerwasser verschwunden waren. Die Oberfläche der Wunde war von rosa Haut überzogen, nur die drei streifenförmigen, schwersten Verbrennungen waren noch nicht wieder zusammengewachsen. Das Salzwasser biss auf der neuen Haut.

»Mein Körper leistet Verschiedenes, das dich vielleicht überraschen könnte«, sagte Rhodan. »Daran ist nichts Wunderbares. Warte hier – ich tauche noch einmal.«

Er gab Tasha den Schwamm, der so groß war wie sein Kopf und von der Festigkeit gewisser Kohlpflanzen. Dann schwamm er wieder hinaus, tauchte und verfluchte erneut das Fehlen einer Brille; trotzdem entdeckte er, als ihm die Luft ausging, einen weiteren großen Schwamm.

Nachdem er aufgetaucht war und Luft geschöpft hatte, tauchte er wieder senkrecht hinunter, riss den Schwamm aus dem Grund und näherte sich mit mächtigen Schwimmzügen seines freien Arms bedächtig der wartenden Tasha.

Es scheint, dachte er bitter, *dass die philosophische Metapher vom echten Leben innerhalb des falschen Lebens in einer so fernen Zukunft nicht gilt. Das falsche Leben, eine Milliarde Jahre, plus Exponent Neun, vom Mars und allem anderen entfernt, das ich zu kennen glaubte, ist tödlich! Ich und Tasha haben immerhin etwas Überlebenszeit gewonnen.*

»Jetzt zeige ich dir, wie wir hier den Tag überstehen«, sagte Tasha. Sie konnte ihre verwunderten Blicke nicht von Rhodans Arm losreißen. »Wir müssen zum Energie-Riff.«

»Zuerst zum Versteck unserer Schätze.« Rhodan stellte fest, dass er grinsen konnte.

Als sie ungefähr die Stelle erreicht hatten, an der sie Durstbeutel und Kleidung vergraben hatten, sah Rhodan im Norden, wie sich die Rundung eines bleichen Mondes neben den Bauwerken und dem Riff über den Horizont hob.

Er zeigte darauf. »Ein riesiger Mond. Wahrscheinlich habt ihr große Gezeitenunterschiede.«

»Ich sehe nur etwas Helles, Gerundetes. Wir nennen es Brayg.« Tasha hatte das Versteck gefunden. Sie gruben die schmutzigen Stücke aus, wuschen sie im Meerwasser und streiften sie über. Der Stoff trocknete schnell und war, bis Tasha und Rhodan das Energie-Riff erreicht hatten, wieder schweißgetränkt. »Ich weiß, dass es der Mond Pemburs ist.«

»Fast jeder Mond ist hell und gerundet. Oder zumindest sehr viele. Siehst du die beiden Vögel dort vor der Wolke?«

»Vögel? Wolke?« Tasha suchte den Himmel mit Blicken ab. »Nein.«

»Wirklich nicht? Darüber reden wir später.«

Einzeln und in kleinen Gruppen näherten sich andere Deportierte, viele von ihnen mit langen, ungepflegten Bärten, dem Energie-Riff. Die meisten trugen Schwämme mit sich, meist kleinere Kugeln als Tasha und Perry. Auf dem Weg vom Strand hatte Tasha Rhodan weitere Einzelheiten mitgeteilt: Die

Schwämme wuchsen, soweit man wusste, ausschließlich im flachen Wasser rund um die Insel Tapasand.

Nirgendwo existierte ein weiterer Anbau, also auch kein systematischer oder gar maschineller Abbau. Die Anzahl der Deportierten sank aufgrund ständig neu Deportierter selten unter ungezählt etwa dreitausend; niemand machte sich die Mühe, sie zu zählen – und wozu auch?

Die Anstrengungen des Tauchens und der praktizierte Sadismus der Wächter ruinierten den Rest der Gesundheit der Deportierten, die Mikroorganismen machten aus jeder an sich harmlosen Verletzung eine tödliche Wunde, und sogar die ungenießbare Vegetation war gegen die Deportierten: Rhodan hatte selbst erlebt, dass die Sicht unter Wasser durch den ständig aufgewirbelten Schlick miserabel war. Der Mond – den die Nodronen offensichtlich nur als nebligen Kreis sahen und Brayg nannten –, erzeugte zweifellos gewaltige Gezeitenunterschiede.

Rhodan und Tasha erreichten als Erste das Energie-Riff. Tasha bedeutete Perry zurückzubleiben. »Warte; sieh zu und merke dir alles. Die verfluchten Wächter nehmen uns noch den letzten Rest Stolz und Würde.«

Rhodan nickte und ließ sie weitergehen. Hinter der Energiewand waren gedämpfte Geräusche, Worte und Gelächter zu hören. Schattenhaft bewegten sich dunkel gekleidete Silhouetten. Als Tasha Feori sich auf einem ausgetretenen Pfad dem Riff bis auf einen Schritt genähert hatte, öffnete sich lautlos eine runde Strukturlücke, etwa fünfundsiebzig Zentimeter im Durchmesser. Flüchtig erhaschte Perry einen Blick auf einen halb verwahrlosten Wächter in einer schwarzen, vor der Brust nachlässig verschnürten Jacke, der schmierig grinste und eine Art Schaufel mit rundem Blatt hindurchschob.

»Zwei große, frische Schwämme«, sagte Tasha mit undeutbarer Betonung. »Mein Essen!«

Sie legte einen Schwamm auf die runde Pfanne. Der Wächter zog das Gerät zurück und knurrte: »Ich prüfe ihn erst, dann kriegst du, was du verdienst.«

Es dauerte zwei, drei Atemzüge lang. Danach sagte der Wächter: »Minderwertige Qualität. Aber ich bin guter Laune. Gib mir den Durstbeutel.«

Tasha legte den leeren Liquitainer auf die Pfanne. Perry merkte sich jede Einzelheit dieses seltsamen Tauschvorgangs; mit einem solchen Vorgehen hatte er fast gerechnet.

Lager? Tötungsmaschinerie! Korrekturlager! Besserungsinsel!

Tasha erhielt einen schlecht gefüllten, kleinen Beutel und eine Hand voll Konzentratriegel und tauschte den zweiten Schwamm gegen etwa die gleiche Menge Wasser und Nahrung.

Als sie diesmal nach ihrer Ration griff und sich vorbeugte, lachte der Wächter und stieß die Schaufel mit einem harten Ruck mitten in ihr Gesicht. Tasha schrie leise auf, lockerte aber den Griff um die dunkelbraunen, krümeligen Riegel nicht. Der gefüllte Durstbeutel fiel vor ihr in den Morast. Sie bückte sich wimmernd, während der Wächter sich halb aus der Öffnung beugte und beobachtete, wie sie sich kriechend aus der Reichweite des Werkzeugs entfernte.

Perry tat, als habe er nichts gesehen, und begab sich ebenfalls dorthin. Er tauschte den dritten Schwamm gegen einen neuen Beutel voll Wasser und vier Riegel. Die Strukturlücke schloss sich; er hatte sich das Verhalten des Wächters genau eingeprägt.

Perry machte einige schnelle Schritte auf Tasha zu, richtete sie auf und wischte ihr mit dem Hemdärmel das Blut aus dem Gesicht. »Lass uns zum Strand gehen. Den Tag und die Nacht überstehen wir gut. Morgen fällt mir etwas ein, was vielleicht unsere Lage erleichtert.«

Sie kümmerten sich nicht um die anderen Deportierten; ebenso wenig, wie sich diese um Tasha und Perry bemühten. Zwar erntete Tasha einige erstaunte Blicke, aber das blieb die einzige Reaktion. Perry, der neben ihr ging und ab und zu ihren Arm nahm und ihr half, spürte den rasend lodernden Zorn, der in der Frau tobte. Das Blut, das aus ihrer Nase tropfte, trocknete auf ihrer Haut; vielleicht hätte eine offene Wunde selbst Tasha umgebracht.

Auf dem Weg zum Strand fanden sie nacheinander drei angeschwemmte Ölquallen und halfen einander, sich mit dem stinkenden Zellsekret der glibbrigen Meereswesen einzureiben. Nun stanken sie ebenso durchdringend wie der Sumpf.

»Welch ein Duft!« Rhodan schüttelte sich und aß, langsam kauend, die Konzentratstangen; er trank mit ungewohntem Genuss das Wasser, solange es noch nicht so warm wie die Luft der Umgebung war. Tasha aß etwa die doppelte Menge, bis sie keinen Hunger mehr zu haben schien. Dann, als die Frau sich auf dem Sand ausstreckte, der von Fliegen nur so wimmelte, brach er zu einem Spaziergang auf, um sich Klarheit über seine Situation zu verschaffen.

Eine Stunde später ließ er sich neben Tasha in den glitschigen Sand fallen und begann, aus den mitgebrachten dürren Tangstücken drei dicke, etwa einen Meter lange Zöpfe zu flechten.

»Was soll das werden, Perry?«

»Unser Strandhaus.« Diesmal war sein Grinsen echt. »Modell Tapasand. Nur für dich und mich.«

Tasha starrte ihn an, als habe er ihr eine Liebeserklärung gemacht, trank und aß etwas von ihrer Ration und kühlte ihr Gesicht mit dickem Schlamm.

Er stellte fest, dass sich sein Flechtwerk viel zu leicht biegen ließ, stand auf und näherte sich suchend der Grenzlinie zwischen Sumpf und Wasser. Mit einer Hand voll großer Fischgräten kam er zurück, integrierte sie in die raschelnden Konstruktionen und grub die dickeren Enden in den Sand ein; als er seine

Jacke auseinander faltete und mit Zähnen und Fingern die Säume der Ärmel zerbiss und auseinander riss, verstand Tasha und half ihm, das verwüstete Kleidungsstück über die oberen Enden der Tang-Gräten-Pfeiler zu breiten.

Ein bizarrer Schatten fiel auf die Sandfläche. Die Sonne stand fast senkrecht über Tapasand, also befand sich die Insel zumindest nahe des Äquators.

»Es ist nicht gerade ein Luxus-Pavillon geworden ...«, begann Rhodan, stutzte und nahm die Jacke wieder herunter. Er packte die beiden Zierknöpfe, riss sie ab und schuf dann zum zweiten Mal ein Schattendach.

»Mangels vorhandener Kleidungsstücke«, er deutete auf die verschwitzten Kleidungsreste, die Tashas runde Brüste kaum bedeckten, »zwar zur Nachahmung empfohlen, aber undurchführbar. Etwas Kühlung für dich und mich – kleiner Dank für deine erste Hilfe.«

Sie rutschte in den Schatten. Es wurde eng, sie saßen Schulter an Schulter. Nach einer langen Weile sagte sie: »Schon jetzt bist du für mich und die anderen ein Gewinn, Fremder. Ob es uns rettet ... vielleicht. Wahrscheinlich eher nicht. Ein paar Gramm von meinem Stolz habe ich allerdings zurückbekommen.«

»Und wenn du den Lehm und das Blut aus deinem Gesicht wäschst, bekommst du vermutlich auch ein ganzes Kilogramm von deiner Natürlichkeit zurück. – Wo finde ich Steine? Korallenstücke, Felsbrocken, Kiesel?«

Sie schüttelte den Kopf, strich mit einer verlegenen Geste über seine Schulter und wagte ein gebrochenes Lächeln, das die ganze Verwüstung im tiefsten Grund ihrer Persönlichkeit erkennen ließ.

»Ich zeige es dir, Perry. Nachher.« Sie blickte auf die beiden Knöpfe in seinem Handteller. »Ich muss erst die Wut auf diese Kreatur von Wächter loswerden. Wut und Hass sind ebenso tödlich wie Raubtaucher. Sie verführen zu unbedachtem Handeln.«

»Das ist richtig.« Rhodan betrachtete Schwimmer, Taucher und erfolgreiche Schwamm-Besitzer, dachte über die großen Vögel nach, die aus dem Süden kamen, über den innersten Kreis der Tapasand-Hölle zogen und wieder zurückflogen. Er sah die mächtigen Wolken, Ergebnisse gigantischer Verdunstungsmengen, zum Himmel aufsteigen, betrachtete den fahlen Vollmond mit den Schatten schwärzlicher Krater, die Verwerfungen und marmorartig geäderten Spalten, spielte mit den großen Knöpfen und versuchte sich an sein Leben vor einiger Zeit zu erinnern; vor Dutzenden Jahren plus einer Milliarde Jahre.

»Wir sollten versuchen, sehr bedacht zu handeln«, sagte er mit einer eigenartig ausdruckslosen Stimme. »Jeder hat nur ein Leben. Wir werden dafür kämpfen wie Tiere, die man in eine scheinbar aussichtslose Lage getrieben hat. Heute Nacht kannst du mir von deinem Leben innerhalb deines Clans erzählen.«

»Und was wirst du mir in der nächsten Nacht erzählen?« Tasha war bemüht, den Schmutz aus ihrem Gesicht zu wischen.

Rhodan zuckte mit den Achseln und murmelte: »Eine unglaubwürdige Geschichte. Eine von unzähligen.«

Diese Erfahrung habe ich schon seit langer Zeit nicht mehr gemacht, erinnerte er sich und wusste nicht, ob er lachen oder weinen sollte, oder einfach nur dankbar darüber sein sollte, dass sie ihm ausgerechnet auf dieser abgelegenen Welt einer Galaxis zuteil wurde. *Die Erfahrung nämlich, dass schlagartig, nachdem Hunger und Durst besiegt sind, alle Lebensgeister, selbst die eines potenziell Unsterblichen, zu reger Betriebsamkeit erwachen.*

Rhodan, durch ein unglaubliches Geschehen in die Zukunft versetzt und in die Auseinandersetzung zwischen Quochten und Nodronen verwickelt, wurde jetzt in die Folgen einer anderen Auseinandersetzung hineingeworfen – in den Kampf zwischen den Rebellen und den »staatstragenden« Nodronen. Auf Tapasand befand er sich im Zustand nach dem Krieg; er zählte zu den Besiegten. Und er musste versuchen, diesen Zustand so schnell wie möglich zu seinen Gunsten zu verändern.

Aber wie? Er hatte – bis auf den Zellaktivator – alles verloren; Rhodan entsann sich aus seiner Universitäts-Zeit an das Postulat eines wenig gelesenen, fast unbedeutenden terraeuropäischen Philosophen: *Dass man das »Zuhandene« erst vermisst und schätzen lernt, wenn es nicht mehr vorhanden, also »abhanden« gekommen war.*

Das war ein senecahafter, stoischer Gedanke. Er hatte nichts »Zuhandenes« mehr in seinem Besitz. Er wandte sich an Tasha, die in den Sand starrte.

»Steine«, sagte Rhodan. »Wo?«

»Komm!« Sie stand auf. Ihre Bewegungen, fand Rhodan, hatten auf einmal etwas unbestreitbares Weibliches bekommen. Trotz seiner Todesfurcht fühlte er sich in der Mehrzahl seiner Überlegungen bestärkt.

Als Leutnant Are'Sam und Wächter Sheo Omek, der Magazinmeister mit der neben Jaum Joger und Zayt Kissah drittlängsten Dienstzeit auf Pembur-Station, sah, wie sein Kollege Traami der jungen Frau die Schaufel mit dem viel zu geringen Tausch-Äquivalent ins Gesicht rammte, erreichte das Maß seiner Duldsamkeit seinen Höhepunkt.

Sheo beschloss, mit seinen Skrupeln endlich Ernst zu machen; was Pembur-Station und das Lager betraf, so wollte er künftig wieder genauso vorgehen wie damals kurz nach dem Bau und der Eröffnung der Station. Als sie noch wie ein strahlender Leuchtturm in der Weite des Meeres gewesen war!

Was zu viel ist, ist zu viel, dachte er grimmig, in kalter Verzweiflung. *Dieses sadistische Vorgehen macht uns zu Mördern. Es gibt keine Freude mehr, kein gesundes Lachen. Wir sind noch immer stolze Nodronen und keine Schlächter.*

Er wollte kein Mörder sein. Damals, als alles auf Pembur-Station noch neu und geregelt war, hatten sie die Rebellen auch nicht langsam umgebracht. Er war ebenso begeistert gewesen wie Joger und Kissah; ein Krieger, der versuchte, Rebellen und Abtrünnige auf die harte Art davon zu überzeugen, dass das Empire von Nodro die beste herrschende Gruppierung der Galaxis war. Aber das hier ging eindeutig zu weit!

Nein, dachte er. *Ich bin nicht mehr wie die anderen – ich bin ein anständiger Nodrone.*

Damals, vor elf Jahren …

Nach dem Voraus-Kommando kamen riesige Transportraumschiffe voller Roboter und mit Exkavatoren und landeten in den Lagunen. Das Gestein im Inneren der Insel wurde Block um Block ausgehoben und als System von Fundamenten ausgelegt und miteinander verglast. Blendend weiße Elemente wuchsen über dem atemberaubenden Blau des Meeres in die Höhe und fügten sich zu Magazinen, Türmen, würfelförmigen Zentralen oder Wohnquartieren.

Bald darauf spiegelten sich Wolken und Wellen im rauchigen Spezial-Nodroglas vieler Fenster. Blitzende Projektoren, funkelnde Antennen und farbenfrohe Türen und Schotte unterbrachen die systematische Schönheit der zweckmäßigen Bauwerke, in die eine erste Gruppe von fünfzig Wächtern einzog, die einzeln und in kleinen Gruppen aus dem unterinsularen Transmitter gekommen waren.

Meiler, Wasser-Aufbereitungsanlage, Klimaanlagen, ein wohldurchdachtes System mehrfarbiger Kabel, Röhren unterschiedlicher Durchmesser und Schächte, durch die heiße und kalte Luft, Wasser, Dampf und Energie flossen, bildeten die Nervenstränge der Pembur-Station, dieser Krönung der Insel, die bedachtsam um sieben große Bäume, den einzigen großen Gewächsen, herum gebaut worden war.

Zum ersten Mal flammte der Schutzschirm auf, zum ersten Mal baute sich das hohe Energie-Riff auf. Ein stolzes Bauwerk, weithin sichtbar auf der Insel am Schnittpunkt der Kaps einer riesigen Kontinentalbucht.

Das monumentale Werk unterbrach eindrucksvoll die Eintönigkeit des Meeres.

Sheo Omek war aus dem Brachland eines regnerischen Kontinents gekommen, der sich auf einer kalten Welt ausbreitete. Hierher, auf eine Insel des ewigen Sommers, in der die Gezeiten riesige Flächen Land in spiegelnde Salzsümpfe verwandelten. Nur langhalsige Meereswesen und Raubfische, die sich bisweilen aus dem Wasser schnellten, waren zu sehen, wenn die Männer mit eingeölten Körpern aus dem Schatten kamen. Und Sonnenaufgänge. Wolken,

Wogen, Gewitter, Ebbe und Flut. Vogelschwärme, ein riesiger Mond. Und Sonnenuntergänge.

Als alle, vom Kommandeur bis zum Magazinarbeiter, wegen der Hitze kurzhaarig und meist bartlos, tief braungebrannt waren, hatten die Kommandos auch die Bodenforts fertig gestellt und deren Varsonik-Steuerung getestet; dann waren sie wieder gestartet. Der erste Transport von zweihundertfünfzig »Rebellen« wurde gelandet, und das Erziehungsexperiment von Pembur-Station begann.

Die Deportierten besserten sich, erkannten die wahre Größe Nodros und anerkannten die Gesetze der Zwillingsgötzen, oder sie vegetierten weiterhin als Schwammtaucher in schwerkraftgesteuerten Käfigen dahin.

So hatte es angefangen …

Sheo spähte durch die Strukturöffnung zum Strand. Es gab heute keinen Deportierten mehr, der mit einem Clezmor-Schwamm die Tauschstelle im Norden aufsuchte. Omek führte auf der kleinen Varsonik einige Schaltungen aus, und die runde Strukturöffnung im Energie-Riff schloss sich. Omek putzte das winzige, abgegriffene Pult von Salzkristallen frei, spülte mit Süßwasser nach und klappte sorgfältig den Schutzdeckel darüber.

Er ertappte sich dabei, dass er bewusst alle Arbeiten mit neuer Sorgfalt ausführte und lächelte bei dem Gedanken an Amintis begierigen Körper in sich hinein. Dann leerte er die sieben Durstbeutel, die in der Sonne gehangen hatten und abgestandenes Wasser enthielten. Er verschloss wegen der Fliegen mit Sorgfalt jeden Beutel; morgen würden die Taucher an *seiner* Tauschstelle nur frisches, kaltes Wasser erhalten, und zusätzlich eine Mineral-Vitamin-Scheibe, die sonst nur die Wächter unter sich aufteilten.

»Und eine faire Menge Nahrungsriegel«, brummte Omek; für ihn klang es wie ein Versprechen. Fast wie ein Schwur.

Er packte die übrig gebliebenen Riegel in den Behälter und verschloss ihn mit ebensolcher Gründlichkeit. Dann hob er ihn auf die Schulter und ging langsam zum Magazin zurück; die Schwämme waren schon vom Sammel-Gleiter abgeholt und in die Kühlkammer gebracht worden.

Das große Magazingebäude lag zur Hälfte unterhalb der Hochwasserlinie und war dauergekühlt. In tiefen Regalen standen die weltraumfesten gefüllten Behälter, die von der Raumschiffsbesatzung gegen die leeren Kisten ausgetauscht worden waren. Im hinteren Bereich stapelten sich Packungen voller Konzentratriegel und alles andere, das der Versorgung der Gefangenen dienen sollte.

Die Regale waren übervoll. Sheo Omek musterte die Abbilder auf den Umverpackungen, prägte sich einige Mengenangaben und Kurzbeschreibungen ein und zuckte mit den Achseln; einige Schaltungen seiner Varsonik würden ihm ein lückenloses Verzeichnis all jener Waren zeigen, für die er verantwortlich war.

Niemand würde ihn kontrollieren, wenn er sein Vorhaben in die Tat umsetzte. Er musste dennoch vorsichtig sein, denn für sein Handeln gab es wenig Verständnis bei den meisten Kollegen. Den meisten? Nein. Keiner würde sein Handeln verstehen … *wollen.*

Omek fühlte sich wie ein Mann, der soeben den ersten Schritt in die Richtung seiner eigenen, neuen Freiheit gewagt hatte. Einer Freiheit, von der er nur undeutliche Vorstellungen hatte.

Mit splitternden Fingernägeln und einem Kiesel, den er mit einem anderen Stein wie einen Flintkeil abschlug, mit viel Geduld und einigen Flüchen hatte Rhodan die oberste Schicht aus glasklarem Kunststoff von den Knöpfen gelöst. Zwar waren sie an den Rändern angeritzt, aber die konkav oder, von außen betrachtet, konvex gekrümmten Flächen waren ohne Kratzer oder nennenswerte Beschädigungen. Mit einer Zähigkeit und Geduld, die er sich selbst nicht mehr recht zugetraut hatte, zog, zupfte und zerrte er aus seiner Hose, der Verzierung der Jacke und den zerschlissenen Hemdärmeln Fäden; so lang wie möglich.

Dann stand der weißliche Mond namens Brayg wieder über der Insel, die jähe Nacht fiel über das Elend, und von der Wasserfront hörten Tasha und Rhodan das Wimmern und Schreien der Frauen, die für einen Schluck Wasser und einen Bissen Konzentrat, günstigstenfalls, unter Schmerzen ihre Liebe verschenkten.

Tasha erzählte stockend und in Stichworten, oft mit langen Pausen und wenig zusammenhängend, welches Verhalten sie als Rebellin abgestempelt, millimeterknapp vor der nodronischen Peitsche gerettet und im Gefangenenhangar eines Frachters vor etlichen Monaten hierher gebracht hatte. Ihre Auffassung von Freiheit, Stolz und Würde war mit den erklärten Absichten der Vertreter des nodronischen Empire unvereinbar.

Autonomie der Bewohner der Traumhabitate und deren Nachkommen, selbst unvollständig, kam für die Anhänger der Zwillingsgötzen in der Machtzentrale Nodro nicht in Frage. Es gab nur einen Begriff für jene »Abweichler«: Sie waren Rebellen und stellten sich dadurch außerhalb der nodronischen Sternengemeinschaft.

Mitten im letzten Drittel ihrer Erzählung schlief sie ein, und Perry schaufelte Sand auf ihren Körper, damit nicht eine Million halbfingergroßer, schillernder Fliegen über sie herfiel.

Am nächsten Tag blieb Rhodan im Schatten und bewachte seine und Tashas karge Schätze, während sie tauchte. Inzwischen kannte er aus ihren Erzählungen auch die beiden anderen »größten« Gefahren, die saurierartigen Magnoraunden und die Raubtaucher, die einer besonders intelligenten Zukunfts-Pembur-Raubhaiart ähnelten. Diesen Bestien, hatte Tasha berichtet, fielen viele Deportierte zum Opfer, die sich entweder in tieferes Wasser wagten oder zu schwach waren, um schwimmend den »Strand« zu erreichen. An manchen Tagen wimmelte es von diesen Nodronenfressern, an manchen Tagen fehlten sie unerklärlicherweise. Seltener sah man Magnoraunden, die sich fast nur im tieferen Wasser bewegten.

Rhodan knüpfte im Schatten mit einer Geduld, die ihn selbst überraschte, aus vielen Fäden seiner Kleidung ein Netz, ein unterarmlanges Band, versuchte darin die durchsichtigen gewölbten Scheiben zu befestigen und fluchte trotz seiner Beharrlichkeit. Immer wieder fielen die glatten Schalen, zuvor die äußerste Schicht der Zierknöpfe, aus dem Netz.

Zwei oder drei Dutzend Male hielt er den breiten Streifen vor seine Augen, versuchte den Blick zu fixieren, und schließlich, am späten Nachmittag, war er mit dem Ergebnis seiner halbwegs idiotischen Arbeit einigermaßen zufrieden: Es ging nicht mehr besser. Nicht mit den minimalen Mitteln, über die er verfügte.

Er hatte ungefähr zwei Dutzend Steine gesammelt. Etwa zwanzig schwere Kiesel aus basaltähnlichem Tiefengestein brachte Tasha. Rhodan knüpfte einen netzartigen Beutel, der das Gewicht von zehn, fünfzehn Kieseln aushielt. Nur ein langfaseriger, verhornter Teil der Tangblätter eignete sich dazu, verflochten und verknotet zu werden. Bei dieser Arbeit empfand er eine geradezu diabolische Freude. Nicht deshalb, weil es ihm glückte – jeder gute Scout hätte Besseres geschafft! –, sondern weil er und Tasha ihre Überlebenschancen dadurch drastisch erhöhten.

Dachte er an Oberst Zayt Kissah und seine miesen Kreaturen, schwand seine vorsichtige Euphorie jäh dahin. Pembur-Station war eingerichtet worden, um den Stolz der nodronischen Rebellen zu brechen und sie langsam umkommen zu lassen, aber auch solche alten, verwahrlosten Stationen hatten ihre eigene Geschichte. Sie wich mitunter von dem Eindruck ab, den sie heute vermittelten. Sicherlich spielten Jahre oder Jahrzehnte andauernde Langeweile und Einsamkeit eine deutliche Rolle.

Am nächsten Morgen sagte er: »Wir haben die Nacht, den Mond und die Fliegen überlebt. Pass auf mich auf. Mit etwas Glück finde ich vier oder fünf von diesen wertvollen Meeres-Kohlköpfen. Dann sehen wir weiter.«

Tasha betrachtete das merkwürdige Band auf seiner Stirn, das steingefüllte Netz aus Pflanzenfasern um seine Hüften, die Knoten, und sah seinen entschlossenen Gesichtsausdruck.

»Wahrscheinlich«, fügte Perry hinzu, »gewinnst du heute wieder einen akzeptablen Brocken deines Stolzes zurück, Göttin des Mondes Brayg. Für mich ist Stolz in diesen Zeiten eine entbehrliche Regung.«

»Mit der Kraft meines Herzens«, brachte Tasha gepresst hervor, »schwöre ich, den Lenkern des nodronischen Empire die Gurgeln durchzuschneiden.« Sie benutzte den Götzenschwur, verkürzte und veränderte aber dessen Wortlaut.

»Ein lobenswerter Vorsatz, doch für heute und morgen irrelevant.« Perry watete schnell in tiefes Wasser. Die beiden Scheiben, mit seinem Speichel eingerieben und ins Meerwasser getaucht, befestigte er mühsam vor seinen Augen und sah plötzlich, wie durch eine sehr schlechte Taucherbrille, ziemlich klar im Wasser unterhalb des Gezeitenmorasts.

Er tauchte in einer Tiefe von sieben, acht Metern oder mehr, beschwert mit den Steinen im Netz um seine Hüften, und drehte mit viel Mühe insgesamt fünf stattliche Clezmor-Schwämme aus dem Meeresboden. Er winkte Tasha, die drei Schwämme übernahm und zurückschwamm. Erschöpft schleppte er seine Beute zu dem hilflosen Schattenbauwerk und ließ sich schwer in den feuchten Sand fallen. Sorgfältig verstaute er die Kunststoffscheiben in einer ramponierten Tasche seiner Jacke.

»Wir sollten die Schwämme an einer anderen Stelle ... an mehreren anderen Stellen eintauschen«, schlug er vor.

Tasha öffnete den Mund, um zu antworten, aber vom Meer her ertönten Schreie und Gekreische, das Wasser rauschte auf, Gischt und Schaum spritzten.

»Raubtaucher!«, rief Tasha erschrocken.

Rhodan sah drei oder vier echsenartig geschuppte, haiähnliche Wesen, knapp mannsgroß, die aus den Wellen sprangen und den Körper eines Nodronen zerfetzten, in wilden Wirbeln aus Blut und Schaum. Der Taucher flog durch die Luft, wurde ins Wasser gerissen, kam noch einmal mit verzerrter Miene hoch, ohne mehr einen Laut herauszubringen, und verschwand in der Tiefe. Andere Schwimmer flüchteten schreiend, so schnell sie konnten, ans Ufer. Die Zähne der mörderischen Gebisse funkelten, der Lebenssaft spritzte, die Beute wurde in die Tiefe gezerrt und verschwand in einem gischtenden Strudel.

»Im seichten Wasser greifen sie an«, erklärte Tasha. »Die Magnoraunden kommen meistens nicht so nahe heran. Du wirst bald ein solches Ungeheuer sehen.«

»Darauf verzichte ich gern«, murmelte Rhodan und rückte mit dem Schatten unter seiner ausgespannten Jacke eine Handbreit weiter zur Seite. Tasha folgte ihm schwitzend nach. »Aber es wird mir wohl nichts anderes übrig bleiben.«

Die Gebäude hinter dem Energie-Riff waren nur ungenau zu erkennen. Pembur-Station hatte keine große Ausdehnung. Rhodan schätzte den Durchmesser auf kaum mehr als zweitausendfünfhundert Meter. Er hatte nicht lange gebraucht, um zu begreifen, dass ihn Tapasands Gezeitensümpfe ebenso umbringen würden wie alle anderen Deportierten. Es musste einen Ausweg geben, aber er sah keine ernsthafte Möglichkeit. Vielleicht konnte der eine oder andere

Wächter mit einem Stein erschlagen werden, aber dies würde nichts ändern und wahrscheinlich den Kommandeur Kissah zu einer brutalen Strafaktion veranlassen.

Er, Rhodan, war den Umständen ebenso ausgeliefert wie der Willkür der Wächter, und er musste einen Weg finden, Pembur-Station zu verlassen.

Tasha schien seine Gedanken erraten zu haben und sagte achselzuckend: »Für zwei, drei Tage haben wir Wasser und Nahrungsriegel. Du denkst nach, nicht wahr? Du kannst absolut sicher sein, dass jede Idee hundertmal ausprobiert wurde. Ohne jeden Erfolg – wenn du vom Angriff gegen die Wächter absiehst. Vor Monaten. Sie haben sich ein Vergnügen aus diesem sinnlosen Versuch gemacht. Haben uns getötet oder einfach verhungern lassen.«

»Das glaube ich dir aufs Wort«, meinte Rhodan. »Aber eines weiß ich: Es gibt immer einen Weg. Wir haben ... Ihr habt ihn nur noch nicht erkannt.«

»Aber du kennst ihn?«

»Nein.«

Tasha zuckte mit den Achseln, blieb im Schatten und blickte hinaus aufs Meer, über dessen Horizont sich mächtige weiße Wolken bildeten. Sie dachte an Janigra, ihren Heimatplaneten, und an die Schatten der Plantagenbäume, in denen sie sich am Duft der Blüten erfreut hatte; der letzte, von schmeichelnden ätherischen Ölen erfüllte Atemzug schien durch eine Ewigkeit und galaktische Entfernungen von diesem armseligen Stück Sandstrand entfernt zu sein.

Zwischenspiel

Fran Imith an Bord der QUORISH ...

Erster Tag des Fluges: Fran stand neben dem letzten Sitz auf der linken Seite des Mars-Liners-01. Inzwischen hatte sie sich immerhin daran gewöhnt, dass der einundzwanzig Meter lange Mars-Liner den Hangar fast ausfüllte – oder den Düsterstollen, die Lurchgrotte, die Kaulkaverne oder die Tropfsteinhöhle, wie Quart diesen Teil des Flaggschiffs wegen der Dunkelheit und der extrem hohen Luftfeuchtigkeit zu titulieren beliebte.

Von der Decke tropfte es wie unrhythmisches Trommeln unablässig auf das Dach, und nur die Klimaanlage von Liner-01 verhinderte treibende Nebelschwaden im Inneren des nostalgischen, silberfarbenen Fluggerätes. Zu der quochtischen Umgebung war kaum ein größerer Gegensatz vorstellbar, eine einfallslos eingerichtete Zelle, die wichtigste Erinnerung an die Heimat der Terraner, ein Überlebensvehikel.

Der Hangar, in dem einige zehntausend mistkäferähnliche Phichi-Gabe durcheinander krabbelten, war finster wie die Mittnacht im tiefen Sumpf, bis auf einige phosphoreszierende Markierungen um Zugänge, Schleusen oder Entlüftungsgitter. Fran hasste die Krabbler, obwohl sich noch keiner der ekelhaften schwärzlichen Käfer, millimeter- bis daumengroß, in den Mars-Liner verirrt hatte; wahrscheinlich hassten sie die kühle Sauberkeit und das Licht oder mieden instinktiv die Anwesenheit einer Katze.

Fran betrachtete ihre Spiegelbilder in den Scheiben und war mit ihrem Aussehen einigermaßen zufrieden; nach dem Duschen lag ihr feuchtes dunkelrotes Haar straff am Kopf an. Die blauen Augen leuchteten; aparter Gegensatz zu der sahneweißen Haut.

Sie war, trotz der klassisch geraden, scharfrückigen Nase, eine schöne Frau mit einem schlanken Körper, den sie unablässig trainierte. Es war also nicht verwunderlich, dass sich Reginald Bull in sie verliebt hatte.

Und sie begann sich zu langweilen. Darüber ärgerte sie sich, *und Ärger macht hässlich*, sagte sie sich. Wenn sie nur in diesem Raumschiff etwas anderes unternehmen könnte!

Die quochtischen Raumschiffe waren übermäßig schlanke Disken, deren Durchmesser im Verhältnis zur dicksten Stelle acht zu eins betrug. Zentrale, Observatorien, Mannschaftsquartiere und sämtliche Hangars und Verbindungskorridore befanden sich an der Peripherie der Scheibe, also auch der Hangar, in dem Mars-Liner-01 festgeklammert war. Das Vehikel passte in die finstere, tropfende Schlammhöhle hinein wie das leuchtende Artefakt einer fremden Zivilisation in eine Kaverne der Vorzeit.

Außer Reginald Bull, der sich so oft wie nötig – oder möglich? – in der Zentrale aufhielt, hatte keiner der Insassen ein Interesse daran, den Liner zu verlassen. Auch sie nicht.

Dass Reginald sich so lange in der Zentrale des Diskusschiffs aufhielt, bei dem Dans Kattin, dem Kommandanten, und dessen grünhäutigen Offizieren, war weniger zufrieden stellend. Als verantwortliche TLD-Leibwächterin, die Bull und Rhodan schützen sollte, hatte Fran versagt – und dieses Eingeständnis des Versagens nagte an ihrem Selbstbewusstsein. Und als Frau, die diesen rothaarigen Mann geliebt hatte und im Grunde immer noch liebte, musste sie sich eingestehen, dass seine Anwesenheit sie mit einem gewissen Unbehagen erfüllte.

Sie betrachtete ihre Hände. Die silbernen Ringe, fein ziselierte Verstecke ihrer geheimen Ausrüstung, schimmerten im Licht der Armaturen. Im Inneren des Raumschiffs und im Schutz des Passagierbusses brauchte sie weder Thermostrahler noch Desintegrator.

In der Stille, die im Mars-Liner herrschte, kamen Gedanken wie kleine Lichtblitze in der Dunkelheit, Gedanken an die ersten leidenschaftlichen Stunden mit Reginald – in den surrealen, niedrigen Kavernen der Quochten.

Und Gedanken an ihren Streit. An ihre Eifersucht auf Rhodan, an dessen Schicksal Reginald noch in ihren intimsten Augenblicken hatte denken müssen.

»Leidenschaft, die belastet«, flüsterte sie. »Und die selbst mich überrascht hat. Mich, die souveräne, kühle Praktikerin des Überlebens.«

Sie drehte sich um und lauschte. Shimmi und ihre Feliden-Familie, Pratton und Homphé schliefen hinter geschlossenen Energievorhängen im hinteren Teil der drei Meter breiten Konstruktion. Reginalds Jacke und sein Werkzeuggürtel hingen über seinem Platz. Homphés Niesen bewies, dass er selbst im Schlaf von seiner Katzenhaar-Allergie träumte: nächtliche Ruhe. Die einzigen Dauergeräusche waren die Klimaanlage und das nervtötende Tropfen.

Unbeweglich ruhte der Liner im wasserdampfgesättigten Hangar. Sein Schwebe- und Prallfeldgestell war mit Saugnäpfen und Krallen aus vaaligischem Transplast am Boden des Hangars festgeklammert. Die Klauen ragten aus kleinen Tümpeln und der feuchten Erde hervor, die jeder, der den Bus betrat, hereinschleppte. Überdies roch das Zeug wie Schlamm aus einem jahrzehntealten Froschteich.

»Ach, Reginald«, wisperte Fran und seufzte. Sie wagte nicht einmal an den Kosenamen zu denken, geschweige denn den auszusprechen, den sie für Bull gefunden hatte. »Auf dem wirklichen Mars wäre alles viel einfacher als in dieser unwirklichen Zukunft.«

Obwohl das Museums-Vehikel für nahezu alle Bedürfnisse eines langen Aufenthalts einiger Personen ausgerüstet war – »mit jedem erdenklichen Luxus«, wie Pratton unüberhörbar sarkastisch bemerkte –, hätte sich Fran Imith im Augenblick an fast jeder anderen Stelle der Galaxis erheblich wohler gefühlt.

Am wohlsten allerdings an Bullys Seite in einem klimatisierten Hotelzimmer mit wirklich »jedem erdenklichen Luxus«.

Mit diesem Gedanken suchte sie die Hygienezelle auf. Sie säuberte sich, strich über ihren Körper, glitt voller Vorfreude auf seinen Besuch mit ihren Händen über den Wasserfilm, dann ließ sie sich trocknen und verließ die Hygienezelle wieder. Sie streifte einen türkisfarbenen Schlaf-Overall über und begann sich zu langweilen.

Sie war noch nicht müde genug und setzte sich auf die Lehne des Sessels im Führerstand. Sie wollte einen neuen Anfang mit Reginald wagen. Er wusste es, sie hatte es ihm gesagt, aber würde er kommen? War ihre gegenseitige Anziehung stark genug?

Wenn sie nur nicht so aufgewühlt wäre, so schrecklich nervös. War sie denn ein Teenager? Was machte dieser Mann mit ihr? Fran glitt von der Lehne, klappte den Sessel in Ruheposition und aktivierte achselzuckend den Holoschirm. Sie streifte das Multifunktionsarmband ab und stellte es hochkant auf das Armaturenbrett. Hinter ihrem Bild in der Frontscheibe erkannte sie schwach weitere düstere Einzelheiten des niedrigen Hangars.

Als Fran in die Augen ihres Spiegelbildes sah, fiel ihr ein, dass sie die vier oder fünf Tage und Nächte – so lange etwa sollte der Flug der drei Schiffe dauern – zur Reflexion, Selbstanalyse und Ergründung der zärtlichen Begeisterung verwenden sollte, die sie zu Bully hinzog. Und zur Analyse der Störungen in ihrer kurzen, intensiven Beziehung, die sie keineswegs zu beenden gedachte. Ganz im Gegenteil, Reginald!

Obwohl das erklärte Ziel des Flugs nur darin bestand, Perry Rhodan zu retten, blieb viel Zeit für selbstkritische Überlegungen. Perry, Bullys Freund: Wenn sie an ihn dachte, empfand sie völlig irrationale Eifersucht. Eifersüchtig auf einen Mann? Einen Unsterblichen? Ebenso unsterblich wie Reginald? Hier, ausgerechnet in der unwirklichen Welt der Zukunft oder der realen Zukunft eines Milliarden-Jahre-Traumes?

Fran versuchte sich selbst davon zu überzeugen, dass ihre Verliebtheit in Reginald andere, erotische Gründe hatte, dass sie auf einer Ebene stattfand, die jedes Hindernis überwinden konnte, auch wenn sie selbst keineswegs potenziell unsterblich und kein Mann war, kein Freund, sondern eine verliebte Frau, die Reginalds Entschluss keineswegs für endgültig hielt. Seinen Entschluss? War es nicht *ihr* Vorschlag gewesen?

Und dass »Perry und Bully« völlig andere Erinnerungen teilten, und dies über einen unvorstellbar langen Zeitraum hinweg, den sie nie einholen konnte, musste schließlich nicht ewig zwischen ihnen stehen. So war es am Anfang ihrer Romanze nicht gewesen, warum sollte es den wesentlichen, langjährigen Teil einer aufrichtigen Beziehung ausmachen?

Ihre Romanze war bisher allzu kurz gewesen …

»Es ist nur schwierig, Fran«, flüsterte sie im Selbstgespräch. »Keineswegs hoffnungslos.«

Sie gähnte zum ersten Mal. Die Imperiale Quochtenkönigin Chi Waka hatte trotz lautstarker Proteste beschlossen, den Fremden Perry Rhodan das Amt des Raumschlachtenlenkers zu übertragen. Die mobile Flottenbasis der Nodronen, DORDO'KYEION, sollte noch vor ihrer Fertigstellung vernichtet werden. Im Nestschiff der Königin hatte Rhodan den Angriff geleitet, obwohl er überzeugt gewesen war, in eine Falle zu fliegen. 80000 Sternenkreuzer des Empire von Nodro ließen den Versuch der Königin im Desaster enden; die Sieger entdeckten den Fremden inmitten der quochtischen Gefangenen und brachten ihn ins Rebellenlager auf Pembur; er war quochtischer Kollaborateur, zum Tode verurteilt.

Die neue Königin, Irn Tekkme, überließ Reginald nach seinen langen, beschwörenden Bemühungen drei Kampfschiffe, übertrug ihm das Kommando und schwor ihn auf den Erfolg des Einsatzes ein. Die QUORISH, in deren Schutz sich der Mars-Liner befand, war das Flaggschiff dieses kleinen Verbandes, der sich auf dem Flug zum Draynare-System mit unzähligen Linearraum-Manövern abquälte.

»Unsere Beziehung, mein unsterblicher Geliebter, die Suche nach Perry, der Flug zur Sonne Draynare und nach Pembur – wir sind erst am Anfang!«, flüsterte Fran. Sie konnte als Einzelkämpferin zur Befreiung Rhodans kaum etwas beitragen, und sie wusste es. »Aber ich kann auf unser kleines Team aufpassen.«

Eine Linkshänderin mit dem Herz auf dem rechten Fleck, hatte Reginald sie genannt. Nach außen scheinbar wie die Eiskönigin, in Momenten der Leidenschaft ein kleiner Vulkan. Eine Seele wie Rosenblüten, versteckt hinter Schneekristallen, und voller Überraschungen, die zahlreicher waren als ihre Fingerringe und die Dolche in ihren Stiefeln.

Und so etwas wie mich willst du dir entgehen lassen?, dachte sie selbstbewusst. *Damit tätest du dir keinen Gefallen, Reginald Bull!*

Fran lehnte sich zurück, aktivierte auf dem Holodisplay eines ihrer Mars-Programme und begann zur Musik in ihren winzigen Kopfhörern Bilder und Filme aus der langen Geschichte des vierten Solsystem-Planeten zu betrachten. Irgendwann würde Reginald schweißübergossen in den Liner-01 zurückkommen, um ein paar Stunden schlafen zu wollen.

Neunzig Minuten vergingen, in denen Fran einnickte, immer wieder aufwachte und schließlich ihr Mars-Programm deaktivierte. Reginald war noch in der Zentrale der QUORISH. Fran streckte sich aus und schloss die Augen; sie fiel endgültig in den Schlaf.

Und fuhr in die Höhe.

Schikagos Fauchen hatte sie geweckt. Fran richtete sich auf und drehte sich um. Die Katze war auf eine Sessellehne gesprungen, starrte ihr Spiegelbild an und fauchte, den Rücken angriffslustig gekrümmt. Bis auf wenige Signallämpchen und leuchtende Sicherheitsstreifen in Boden und Decke waren sämtliche Beleuchtungskörper ausgeschaltet.

Schikago faucht nicht sich selbst an! Dort draußen ist etwas – oder jemand, dachte Fran. Alle anderen Liner-Insassen schliefen noch tiefer und hatten nichts gehört.

Fran stand ganz langsam auf und zog mit der Linken einen Dolch aus der Stiefelscheide, packte mit der anderen Hand den Scheinwerfer, der unterhalb des Armaturenbretts in der Magnethalterung haftete. Mit drei Schritten war sie an der vorderen Falttür, versuchte im Dunkel des Hangars etwas zu erkennen und drückte mit dem Dolchgriff auf den Türkontakt.

Zischend und mit knackenden Gelenken öffnete sich die Tür. Der Scheinwerferkegel zuckte zur gegenüberliegenden Wand, begann zu kreisen und richtete sich auf den Boden unmittelbar vor dem Einstieg. Ein Schwarm lichtscheuer Phichi-Gabe in allen Größen wuselte raschelnd auseinander. Fran leuchtete systematisch umher und sah schräg neben dem Heck des Liners, im Schatten einiger Rohrverkleidungen, die Augen eines Quochten bläulich aufleuchten.

Die Gestalt, deren nasse Schuppenhaut glänzte, trug hellblaue Netzkleidung. Fran glaubte zu wissen, dass diese Farbe den so genannten Wassermeistern vorbehalten war. Der Lichtschein, der den Quochten voll traf, blendete ihn; sein Kehlsack war prall gefüllt, er hielt die Hände vor die Augen, und dann schnellte er sich, ein langgezogenes, klagendes Knarren ausstoßend, mit einem blitzschnellen Sprung in die Dunkelheit davon.

»Wahrscheinlich hat er Appetit auf Schikago bekommen«, murmelte Fran und zog sich ins Innere zurück. Zischend schloss sich die Tür. »Oder er wollte ausprobieren, ob er mich in hypnotische Starre versetzen kann. Andererseits ...«

Sie schaltete den Scheinwerfer ab und sagte sich, dass die Anwesenheit eines Wassermeisters in einem Hangar kein Grund zur Aufregung war; da nur Bull über einen Translator verfügte, hätte sie ohnehin nicht mit ihm reden können.

Sie schob den Dolch zurück, lehnte sich nach hinten und versuchte wieder einzuschlafen; aber der seltsame Ausdruck und der klagende Schrei des Quochten gingen ihr nicht aus dem Sinn.

Am nächsten Mittag holte sich Sheo Omek aus dem halbautomatischen Magazin die dreifache Menge an Nahrungsriegeln, packte einige Rollen Mineral-Vitamin-Tabletten dazu und quittierte, stark korrigiert, die Ausgabe an seinem Varsonik-Terminal. Auf die Menge und Qualität der gelieferten Clezmor-Schwämme hatte er keinen Einfluss, aber für einen fairen Tausch würde er ab sofort sorgen.

Am Ausgang des Magazins warf er einen Blick auf den Einsatzplan und sah, dass er die Öffnung Norden Drei zugeteilt erhalten hatte, genau wie gestern. Dahinter steckte keine tiefere Bedeutung, die Stationsvarsonik vergab die Posten nach dem Zufallsprinzip.

Er schulterte den Isolierbehälter und bewegte sich, durch ein Ultraschallgerät vor den Fliegenschwärmen geschützt, ohne Eile zu der Tauschstelle. Während der Nacht, in seiner kleinen Wohnung, hatte er stundenlang wach gelegen und nachgedacht. Zu zwei wichtigen Erkenntnissen glaubte er gelangt zu sein.

»Erstens der wahre Grund des alten Kampfes, all der Auseinandersetzungen ...«

Es waren die klassischen, archaischen Gegensätze zwischen Nomaden und Stadtvolk. Zwischen Nodronen, die innerhalb bestimmter Naturlandschaften, später auf einzelnen Kontinenten und schließlich von Planet zu Planet wanderten, so als würden sie noch immer riesige Viehherden treiben.

Und die anderen, die Clans, auf denen sich das Empire gründete, bauten Siedlungen, Städte, Flughäfen und Raumhäfen und mehrten ihre Macht dadurch, dass sie in festen Gebäuden wohnten, arbeiteten und Dinge schufen. Irgendwann hatten sie angefangen, den Nomaden das Umherziehen zu verbieten. Und das hatte zu ihren heutigen Problemen geführt.

Seine zweite Einsicht: So wie in all den Jahren die unbarmherzig verstreichende Zeit die gesamte Anlage Pembur-Station hatte herunterkommen lassen, so hatten auch die Sitten ihrer Bewohner gelitten. Millimeter um Millimeter, eine Art Flugrost der Prinzipien, der persönlichen Bedürfnisse, der Disziplin und der Moral. Und es war das Endstadium der Nachlässigkeit, von der heute alles geprägt war. Alles. Auch er selbst.

»Ich werde Kayt Kissah nicht vorschreiben können, was er zu tun hat«, murmelte er und versuchte, im vagen Schatten des Energie-Riffs zu bleiben. »Aber ich verbiege mein Gewissen nicht länger. Ich bin den Deportierten gegenüber fair.«

Ich will nicht eines Tages abgelöst werden und mit dem Bewusstsein wegfliegen, ich hätte Deportierte indirekt umgebracht. Ich nicht!, dachte er und hob den gefüllten Behälter auf die andere Schulter.

Plötzlich fing er an, seine Umwelt und sich mit denselben Augen, aber unter einem gänzlich veränderten innerlichen Blickwinkel zu sehen. Was er sah, widerte ihn an.

2 *Langeweile in Pembur-Station*

An hundert Stellen erkannte Kommandeur Zayt Kissah die Zeichen der beginnenden Auflösung. Sämtliche Wände und Mauern waren von unzählbar vielen salzigen Regen, der gnadenlosen Sonne, von Algen, Salpetermoosen, Meerwasser und vom Alter stockfleckig und halb ruiniert. Die Transglasflächen waren stumpf geworden, selbst bestes Transplast setzte Rost an. Aber das war nicht das einzige Problem, das sie hatten.

Die Laderäume des Frachters, der die Clezmor-Schwämme fortgeschafft hatte, waren voller Versorgungsgüter aller Art gewesen, doch boten Landung, Ladearbeiten und Start nur Abwechslung für ein paar Stunden. Selbst die Einzelteile der Überwachungsanlagen litten unter den Temperaturen und den Myriaden Insekten; Unzufriedenheit machte sich breit, lastender und gefährlicher als je zuvor. Unverkennbar – und unübersehbar.

Nur seine unmittelbare Umgebung, die vier Räume seiner Wohnung im zweiten Turmhaus, war blitzsauber und zeigte nicht die geringsten Spuren von Alter, Abnützung oder gar Verfall. Das war gut, und das gab Hoffnung. Jedes

Möbelstück glänzte wie neu, die Teppiche über den geschliffenen Holzdielen waren nicht eingetreten, und sämtliche Farben strahlten frisch. Jedes Ding stand an seinem Platz. Hier konnte man die Einsamkeit ertragen.

Der Arbeitstisch bestand aus einer vier Finger dicken Glasplatte von zwei Quadratmetern Größe, die auf Böcken aus verziertem Metallguss ruhte. Das Glas trug nur die Abdrücke seiner eigenen Finger, und die wenigen Gegenstände – Holoschirm, Sprechanlage, Schreibzeug und drei hölzerne Schnitzwerke – waren sorgsam arrangiert. Aus dem Zustand der Wohnung und dem Anblick der alten Waffen an der Wand und allen Holobildern schöpfte der Kommandant der Station Ruhe, innere Stärke und Zufriedenheit; außer diesem Ersatz für ein erfülltes Leben auf einem Planeten des Empire gab es nichts auf Pembur und der Insel.

Außer dieser Einsamkeit, die Kissah nicht losließ. Er setzte sich in den hochlehnigen Sessel, stützte die Ellbogen auf und schaltete seinen Bildschirm nacheinander auf jede einzelne Kontrollkamera von Pembur-Station. Mangelnde Disziplin hatte er sich niemals vorzuwerfen brauchen. Wenn sein Vertreter seinen täglichen Morgenbesuch machte, musste er, Kissah, sich einen zutreffenden Überblick verschafft haben; es waren solche täglichen Zeremonien, die ihn davor bewahrten, in der Einsamkeit wahnsinnig zu werden.

Kissah sah Joger und öffnete die Temperaturschleuse des Wohnungseingangs.

Are'Nos Jaum Joger kam langsam aus dem Schatten, den das Sonnensegel auf die Terrasse warf. Unter den Achseln und an der Brust war die schwarze Uniformjacke schweißgetränkt. Der Holoschirm zeigte nacheinander die gewohnten Bilder und Geräusche des späten Morgens. Von den Stellen, an denen kleine Varsonik-Terminals für Energie-Riff-Strukturlöcher standen und die Wasserleitungen endeten, kamen Gelächter und Geschrei, Flüche und unverständliche Ausrufe.

»Der Frachter hat doch irgendwelche Dokumente mitgebracht. Steht da wieder nichts von Ablösung darin?«, fragte Joger.

Kissah schüttelte den Kopf. »Nur Anweisungen für die Sternenkreuzer, etwas Holz für Feuer und aktuelle Prüflisten für die Bodenforts. Seit zwei Jahren keine Ablösung – du hast Recht. Ist schon lange überfällig.«

In dem galaktischen Sektor, 11.601 Lichtjahre vom Zentrum und 14.620 Lichtjahre von Nodro entfernt, in dem Pembur um den gelben Stern Draynare kreiste, rechneten die Verantwortlichen des Empire von Nodron grundsätzlich mit möglichen Angriffen quochtischer Flotten. Aber man war im Empire der Ansicht, dass die zehn Leichten Sternenkreuzer und die zwölf schweren Forts durchaus zur Verteidigung reichten, zumal die Existenz von Pembur-Station den Quochten kaum bekannt sein dürfte.

Und selbst wenn – welches militärische Interesse hätten sie an einem uralten, verfallenen Straflager und am Wachstumsort der Clezmor-Schwämme?

»Irgendwie macht es verdammt wenig Spaß. Früher haben wir uns noch die jungen Weiber unter den Deportierten geholt.«

»Ja – früher. Da war alles besser.«

Früher: Vor neun Jahren, vor neun vollen Umläufen des Planeten Pembur um Draynare. Früher: Als es noch Tauchgeräte und Schutzkäfige für die berufsmäßigen Clezmor-Taucher gab. Als der Frachter die wenigen ehemaligen Rebellen ins Empire zurückgeflogen hatte, jene wenigen, vom Überlebenskampf geläutert, die zuletzt die Überzeugung übrig behalten hatten, dass ihre Sicht nodronischer Lebensweise falsch gewesen war.

Hauptmann Jaum Joger, Stellvertretender Kommandant, war, neben Kissah, einer der wenigen Wächter aus dieser Zeit, die noch eine vollständige, saubere Uniform trugen; Symbol der klaren Gesinnung eines nodronischen Clanangehörigen.

Aber sinnloser Drill, sinnleere Disziplin inmitten dieser maritimen Ödnis würden die Männer nur ärgern und gegen den letzten Rest Ordnung rebellieren lassen. Langeweile, Eintönigkeit und nicht minder die Tatsache, dass ein Tag wie der andere war und dass nur Hitze, Sonne, warmes Meer und unregelmäßige Gewitter einander abwechselten, nagten an jeder Vorschrift und ließen selbst das rigideste Pflichtbewusstsein rosten.

Er setzte sich gegenüber Kissah an die Platte und vermied es, die schweißnassen Hände auf die spiegelnde Fläche zu legen. Nach einer Weile, in der sie schwiegen, stand Kissah auf, deutete auf die Rauchfahne aus der Holzasche und ging zur Terrasse.

Jaum Joger folgte ihm bedächtig.

»Was hat sich geändert, Zayt? Alles nur wegen des Schwarms?«

Sie standen auf der obersten Plattform der Gebäudeansammlung, neben der rußigen Feuerstelle, deren Asche feucht geworden war, und blickten in südliche Richtung. Seit Tagen dachte der Kommandeur darüber nach, was er tun konnte, um seine verwilderten Männer bei Laune zu halten oder ihre Stimmung zu verbessern.

»Ich habe die Weisung, mit unbarmherziger Schärfe vorzugehen«, antwortete Kissah. »Befehl des Zwillingsgötzen. Aber mir ist keineswegs wohl dabei.«

»Und das alles, weil die Idee des Schwarms angeblich keine andere Auslegung verträgt?«

»Wahrscheinlich«, bekräftigte Zayt. »Das Empire steckt alles, was es hat, in die Übernahme des Schwarms. Widerspruch oder gar Rebellion gefährdet die Staatsidee.« Er stieß einen unterdrückten Fluch aus. »Dieser Vaaligische Schwarm! Er saugt alle Kräfte auf.«

»Und deswegen werden solch unwichtige Stationen wie unsere seit Jahren sträflich vernachlässigt.« Joger spuckte über die salzverkrustete Brüstung. »Manchmal verstehe ich das Empire nicht.«

»Das geht vielen so. Aber jedes Vorhaben, über dem das glänzende Siegel des Zwillingsgötzen schwebt, entspricht der galaktischen Ordnung und der nodronischen Bestimmung.«

Es waren nicht mehr als hundertfünfundsiebzig Wächter und anderes Personal, die innerhalb des Energie-Riffs auf eng begrenztem Raum wohnten. Der Mangel an Frauen und das Gefühl, eingesperrt zu sein, behagten nicht einmal dem Kommandeur. Sein Stolz ließ nicht zu, dass er sichtbar darunter litt. Noch gelang es Zayt, die Besatzung unter Kontrolle und die Station in einwandfreier Funktion zu halten, und ihm war als Abwechslung nur eine oder zwei Aktionen eingefallen.

Die Fischzüge auf dem Meer taugten als Attraktion nicht mehr viel, hatten indes die Männer immerhin einige Wochen lang beschäftigt – die Unterschalen einiger Gleiter waren in Handarbeit zu Bootsböden gehämmert und seewasserfest plastifiziert worden.

Es hatte lange gedauert und viel Mühe bereitet, die richtige Form des scharfen Kiels und der Längsführungen, eines geänderten Bugs und des Spiegels herauszufinden. Die meisten dieser Wasser-Gleiter waren in bunten Farben lackiert, voller Bilder, anzüglicher Sprüche, inzwischen mehrfach geändert, eingedellt und verbeult, aber dank der unbarmherzigen Aufsicht Jaum Jogers in technisch einwandfreiem Zustand.

Aber nun gab es diese Hybrid-Wasserfahrzeuge schon seit einigen Jahren, und die Wächter begannen sich wieder zu langweilen. Kissah dachte daran, eine Expedition zur Küste des Festlands zu planen. Dort würde man allerdings auch nur die Einsamkeit eines anderen Teils des Planeten finden und weder Paradiesgärten noch wunderschöne, willige Frauen.

Sicher würde es wenigstens kühlen Schatten geben, und Wälder, und Seen oder Flüsse, in denen wir baden könnten, dachte er versonnen.

»Du solltest dir endlich etwas Aufregendes einfallen lassen, Zayt.«

Jaum stützte sich auf das dicke Rohr des Feldlinsen-Teleskops, das auf einem wuchtigen Stativ thronte. Er verzichtete darauf, das Instrument herumzuschwenken, auf die bleiche Mondscheibe zu richten und dort zum tausendsten Mal Albedo-Licht, uralte Krater, Spalten, Umrisse und Schatten anzublicken. »Wenn die Jungen der Magnoraunden herumschwimmen, kannst du wieder ein paar Jagden ansetzen. Ergibt herrliche Aufregung!«

Während der ersten Jahre hatten die Wärter sich die stärksten Neuankömmlinge herausgepflückt und ihnen Vergünstigungen und durch bessere Tauchbedingungen ein paar Monate längeres Überleben versprochen, wenn sie in komplizierten Zweikämpfen siegten. Aber auch die Faszination solcher Auseinandersetzungen war bald allzu schal geworden; fast immer verloren die ungeübten Deportierten. Unterlegene zu demütigen, deren ohnehin längst brüchig gewordenen Stolz zu brechen und sie irgendwelchen Quälereien auszusetzen, war längst langweilig geworden. Eintönig. Unbefriedigend. Man müsste das alte Schema mit neuen, flirrenden Attraktionen aufbessern …

»Ein guter Rat«, sagte Zayt nach kurzem Nachdenken und nestelte am Haarzopf über seinem rechten Ohr. Er zog den blitzblank polierten Strahler und zielte auf einen Vogel, der entlang der gekrümmten Brandungslinie nach Nordwesten flog. »Werde ich beherzigen. Und vielleicht finde ich heraus, was wir tun können, dass sich unsere Männer irgendwelchen qualifizierten Duell-Gegnern gegenübersehen. Vielleicht zuerst interne Ausscheidungen?«

Er kniff ein Auge zu, packte das Handgelenk der rechten Hand mit der linken und verfolgte mit dem Lauf den Flug des Vogels. Dann feuerte er dreimal. Langgezogene Blitze, in der Sonnengrelle kaum sichtbar, zuckten schräg aufwärts und verfehlten dreimal den Vogel. Zayt lachte kurz, sicherte die Waffe und schob sie in die luftdichte Hülle zurück.

»Man kann nicht immer Erfolg haben«, murmelte er und folgte Jaum Joger in die Kühle des Beobachtungsraumes; von dort aus blickten sie schweigend auf den Saum der Gezeitensümpfe, von dem sich das Meer langsam zurückzog. »Die Leute in den Sternenschiffen, draußen im Orbit, leiden genauso unter der Eintönigkeit wie wir hier unten. Nachher werden sie sich wieder lautstark bei mir beklagen.«

Zehn Sternenkreuzer mit je dreihundertfünfzig Mann Besatzung kreisten in unregelmäßigen Abständen und auf variablen Kursen im planetenfernen Weltraum. Die trichterförmigen, 255 Meter langen Schiffe waren mit insgesamt achthundert Bipuls- und sechshundert Tripuls-Geschützen bewaffnet; eine stattliche Feuerkraft. Scheinbar viel zu viel für den Schutz von Pembur-Station. Dazu besaßen die Einheiten noch vierzig Kampfjäger, die zur Verteidigung des Planeten eingesetzt wurden; die Flotte wurde von Versorgungsschiffen angeflogen, die auch Ablösemannschaften transportierten.

In regelmäßigen Abständen vergewisserten sich die Schiffskommandanten und Zayt Kissah, dass auf der Insel und in der Flotte alles »in Ordnung« war und dass es keine »unvorhergesehenen Zwischenfälle« gab.

Zayt Kissah war sich bewusst, dass Pembur-Station einen relativ bedeutungslosen Nebenschauplatz darstellte. Weder Quochten noch Nodron-Rebellen würden Raumfahrer und Schiffe wegen einer solchen Geringfügigkeit wie diesem Stützpunkt opfern. Aber falls doch, würden die Deportierten es nicht überleben. Wenn die Schiffe und die schwer bewaffneten Forts zerstört werden konnten, blieb Zayt und seinen Wächtern immer noch genügend Zeit, sie zu töten und sich durch den Transmitter zu retten.

Müßige Überlegungen. Es gab keine vorstellbare Bedrohung von außen. Der Stoff, aus dem eine Explosion erwachsen konnte, lag im Inneren der Station. Zayt sah hinunter zum runden Innenhof, und in der flirrenden Hitze begann ein vager Einfall Gestalt anzunehmen. Auf der aktiven Fläche seines Armbandgerätes machte sich der Kommandeur eine Notiz.

Zayt Kissah ging durch einen klimatisierten Ringkorridor, an dessen Wänden die Hologramme seiner Vorgesetzten und Vorgänger ihn mit grimmigem Stolz anstarrten, durch drei offene Sicherheitsschotte hinunter in die Kommandozentrale. Der Wachhabende aller drei Ebenen grüßte ihn nachlässig, mit gerade noch ausreichender militärischer Höflichkeit. Zayt grüßte deutlicher und exakter zurück; dann setzte er sich vor die Holoschirme, um nacheinander die Kommandanten der Sternenkreuzer zu rufen und mit ihnen über die Sterne, die eigene Langeweile und die Großartigkeit oder die Versäumnisse des Empire zu reden.

Durch Rhodans erfolgreichen Tauchgang hatten sich Tasha und er kostbare Zeit erkauft. Die schwüle Nacht hatten sie, halb im Sand vergraben, einigermaßen gut überstanden. Perry fand seine Beobachtung bestätigt, dass Terraner im Gegensatz zu Nodronen weitaus bessere Nahrungsverwerter waren; Tasha aß und trank nahezu doppelt so viel wie er.

Während der Stunden, in denen sie nicht schlafen konnten, redeten sie miteinander; Rhodan erfuhr mehr darüber, welche Art Rebellion Tasha hierher gebracht hatte, und er versuchte, ihr begreiflich zu machen, dass er aus einer Zeit und einer Umgebung kam, die eine irrwitzige Milliarde Jahre entfernt war: Tasha schien ihm vieles zu glauben, die Milliarde aber nicht, und diese unbegreifbare Tatsache hatte er daher bald ausgeklammert; auch für ihn überstieg diese Anzahl Jahre noch immer den Rahmen des Vorstellbaren. Hierbei half nur eine Art Albtraum-Fantasie in hoher Potenz.

»Was bringt eine Frau wie dich, die über ihr Leben bestimmen konnte, in dieses Straflager?«, fragte Rhodan leise.

Tasha schloss die Augen, schien sich in ihr Inneres zurückzuziehen und holte tief Luft. Dann richtete sich ihr Blick auf den Horizont, und sie begann leise, zögernd zu reden.

»Was habe ich zu verlieren, wenn ich es dir erzähle? Also: Es fängt vor ungefähr zwanzig Jahren an. Bevor die Letzten meiner Familie endgültig das Traumhabitat verließen, durfte ich viel Zeit beim Bruder meiner Mutter verbringen. Wir lagen oft im Gras und sahen uns die prächtigen Nachbilder der Raumschiffe an.«

Sie deutete zum Himmel. Rhodan unterbrach sie nicht.

»Ich ließ mir von ihm alles erklären, was jenseits der Traumhaut liegt; Sonnen, Planeten, Monde und das ganze, herrlich aufregende Weltall. Irgendwann faltete ich eine Folie zu einem Papierflieger, warf ihn und stellte mir vor und sah zu, wie mein Schiff zwischen den Sternen kreiselte, einen Stern nach dem anderen anflog und schließlich auf irgendeinem Planeten im Gras landete.« Sie lächelte versunken. »Seit damals stand für mich fest, dass ich Raumfahrerin werden wollte. Ich musste einfach von Stern zu Stern fliegen.«

»Das ließ sich aber von einem Rebellenhabitat aus nicht so einfach durchführen«, vermutete Rhodan.

»Nein. Nicht für jemanden, dessen Familie die Habitate verlassen wollte. Es gab viele Hindernisse, bis wir nach Janigra übersiedelten. Damals war ich noch ein kleines Kind. Der dritte Planet der Sonne Ubodhail war von den so genannten Rebellen entdeckt worden und wurde besiedelt. Die Welt der Djel-Rundzelte und der Clansführer wurde verlassen, war vorbei und bald nur noch Erinnerung. Mein Großvater gründete die Farm, baute Obst an, verbesserte dessen Qualität und vergrößerte den Besitz; es dauerte nicht lange, und unsere Säfte, Fruchtauszüge und andere Spezialitäten waren überall bekannt und erzielten im Export gute Preise.«

Tasha berichtete Rhodan, dass aus allen Teilen des nodronischen Herrschaftsgebietes Siedler kamen und den Planeten »kolonisierten«. Der Bruder ihres Vaters entwickelte spezielle Einbauteile für Raumschiffe, ihr älterer Bruder verließ den Planeten, studierte Hochenergie-Physik und machte sich dank einiger Erkenntnisse und daraus gewonnener Patente einen Namen. Tasha selbst war eine der besten Sportlerinnen ihrer Schule, verlor aber ihr eigentliches Ziel niemals aus den Augen.

»Wir alle, meine Eltern und Großeltern und zwei Dutzend Arbeiter schufteten tagein, tagaus«, berichtete sie leise; wieder lächelte sie in der Erinnerung an gute, erfolgreiche Jahre. »Ich lernte alles über Sterne, Planeten und Raumfahrt, was es gab, und ich meldete mich zum Dienst in der nodronischen Raumfahrt. Bislang war die Ausbildung zur Pilotin möglich gewesen, ohne dass man sich ein Jahrzehnt oder länger verschulden musste. Aber nun wurde es teuer, sehr teuer. Jede Einzelheit musste bezahlt werden – von meiner Familie. Wir waren weder arm noch reich, aber wir konnten uns meine Ausbildung nur mit Mühe und Not leisten.«

Rhodan hörte aufmerksam zu und versuchte, die Eindrücke und Bilder nachzuvollziehen, die Tashas Erzählung heraufbeschwor. Allein schon das Risiko der Rebellen, in der Sesshaftigkeit eine neue Existenz zu gründen, bedeutete für die Familie und Tasha einen tiefgehenden Einschnitt in allen Bereichen des Lebens.

»Ich lebte karg und sparte, wo ich konnte. Ich bekam meine ersten wirklich bedeutenden Auszeichnungen während des letzten Zehntels der normalen Ausbildung und während meines Studiums: Dreikämpferin. Das ist Schnelllaufen, Ausdauerlauf, Bandschwertkampf und Gravospringen. Das Gravospringen war erster Teil einer Ausbildung in der Schwerelosigkeit und im Medium unterschiedlicher Oberflächen-Schwerebeschleunigungen. Ich fing mit der teuren Ausbildung zur *Kishte* an, also zur Raumfahrerin.«

Sie zeichnete die plumpen Umrisse eines Lasten-Shuttles in den Sand und vergewisserte sich, dass Rhodan aufmerksam zuhörte. »Jetzt bin ich achtundzwanzig nodronische Jahre alt. Zehn Jahre lang war ich Raumfahrerin. Zuerst als erfolgreiche Jung-Pilotin eines Lastentransporters und später eines Passagier-Shuttles habe ich es tatsächlich geschafft, meine Leidenschaft zur bezahlten Arbeit zu machen. Mein Verdienst, der nicht sonderlich hoch war, reichte knapp, um meine Schulden an meine Familie zurückzuzahlen und alles Nötige zu zahlen, um trotz scharfen Wettbewerbs und harter Prüfungen zur *Noya* aufsteigen zu können. Es war einfach so, dass jeder erfolgreiche Nodrone, der nicht in den Raumstreitkräften oder für die Zwillingsgötzen schuftete, von einer unfassbar großen Menge Steuern, Abgaben, Sonderabgaben, Sondersteuern, Maut, Zoll und Abflüssen überwältigt und halb erdrosselt wurde.«

»Du also auch?«

»Wie jeder andere«, bekräftigte sie. »Die Steuer und die Steuern auf die Abgaben und auf praktisch jeden Atemzug sind zu hoch. Sie lähmen die Eigeninitiative und werden eines Tages die Wirtschaft Nodros völlig ruiniert haben. So ging es auch meiner Familie und der Wirtschaft meines Heimatplaneten. Sie wurden systematisch fast ruiniert. Sämtliche Überschüsse kamen, direkt oder indirekt, dem ›Großen Vorhaben‹ zugute, wie der Schwarm genannt wird.«

»Wie halten es die sesshaft gewordenen Rebellen mit ihrem Glauben? Ich habe gehört, dass eine feinstoffliche Welt, die ihr Toongher nennt, euer Leben beeinflusst?«

Tasha schüttelte den Kopf. »Wenn ich dir das erklären sollte, brauchen wir einige Nächte. Aber auf Janigra gibt es nur wenige Unterschiede zu den ›modernen‹ Nodronen, und außerhalb der Traumhabitate reduziert sich die Glaubenswelt auf das Wesentliche.«

»Verstehe«, meinte Rhodan. »Später mehr.«

»Die Lage begann auch für uns hoffnungslos zu werden«, berichtete Tasha weiter. »Obwohl meine Familie inzwischen Obst mit hochenergetischen Bestandteilen entwickelt hatte und in großen Plantagen züchtete und klonte und die Fabrikation des spezialisierten Raumschiffs-Zubehörs den dreifachen Ausstoß lieferte, trotz eines bestens bezahlten und einflussreichen Hochenergie-

Experten, verarmte sie, während jedermann schuftete. Der Zwang, der Zwillingsgötzen-Maxime der Nodronen zu gehorchen, ruinierte nicht nur unser Unternehmen, sondern auch viele andere. Jeder Familienangehörige suchte fieberhaft nach einem Ausweg aus der Misere.«

Tasha schilderte mit ausdruckslos werdender Miene, wie der »Götzenschwur« ganze planetare Wirtschaftszweige ausblutete; ihre Familie versuchte, durch Steigerung der Produktion und Verkauf ohne Kontrolle das Überleben von fast hundert Personen zu retten, aber ein bestimmender Schwur blieb unbarmherzige Vorschrift: »Bei der Kraft unserer Herzen schwören wir Treue den Herren von Nodro, den Lenkern des nodronischen Empire, den Boten nodronischer Dominanz, den Zwillingsgötzen des Imperiums.«

»Schließlich war ich Kopilotin eines Handelsschiffes und begann, Erzeugnisse der Produktion meiner Familie zu schmuggeln und möglichst teuer zu verkaufen. Es ging ziemlich lange gut; niemand kam mir auf die Spur. Jeden Betrag, den ich einnahm, schickte ich nach Janigra, und so hat meine Familie – so war es, als man mich fasste – bis heute wohl überlebt.«

»Wie lange hast du erfolgreich geschmuggelt?«

Sie zog den Kopf zwischen die Schultern. »Mehr als drei Jahre, bis man mich erwischte. Mir wurde die Flugerlaubnis entzogen, und ich wurde, als das Ausmaß meiner Verfehlungen bekannt wurde, verurteilt. Meine Freiheit, zuletzt schon stark eingeschränkt, endete gänzlich. Zwei Monate später landete der Frachter mit mir als Gefangener auf Pembur-Station. So schnell ging es«, sagte Tasha gähnend und drehte sich zur Seite. »Und so einfach war es. Man gehorcht den Götzen, oder man ist ein Verbrecher.«

»Die Zwillingsgötzen sind also die oberste staatliche Instanz«, stellte Rhodan fest. »Das gesamte Empire unterliegt demnach einer Fremdherrschaft. Habe ich Recht? Alles wird zentral bestimmt, geleitet, ausgeführt. Aus diesem Grund müssen alle Gesetze und Vorschriften entsprechend hart und rigide befolgt werden. Das mindert, wie du sagst, jede Kreativität und wahrscheinlich auch jeden wirklichen Fortschritt.«

Tasha nickte und schien schwermütig ihr Schicksal zu bedauern. Rhodan lächelte schmerzlich und dachte an Terra, dessen lange Geschichte für nahezu jedes gesellschaftliche Prinzip – und war es noch so unglaubwürdig, unvernünftig, sektenhaft oder gar hirnrissig – eines oder mehrere Beispiele kannte.

Viele haben von Anfang an nicht funktioniert, dachte er mit der stillen Heiterkeit dessen, der Jahrtausende an Erfahrung besaß, und sofort schweiften seine Gedanken zu Freund Atlan, dem Arkoniden, der bei jenen vergessenen Großreichen sogar ein zuverlässiger Zeitzeuge gewesen war: das alte Ägypten, das Zweistromland, das Römische Weltreich, oder Dschinghis und Kubilai Khans Goldene Horden, oder andere Reiche, in denen »die Sonne nicht unterging« … und jene der neueren Geschichte in kosmischen oder wenigstens stellaren Ausmaßen.

Sie waren alle zum kommentierten, bebilderten Text in alten und bewährten Geschichtswerken geschrumpft. Er seufzte, verscheuchte einen aufsirrenden Schwarm metallisch leuchtender Fliegen und strich über Tashas Handrücken.

»Wir, die Clans der Traumhabitate und andere Gruppen haben unsere Gleichberechtigung verloren«, fuhr Tasha fort. »An jenen Teil der Nodronen, die dem Diktat der Zwillingsgötzen gehorchen. Sie sind in all den Jahren mächtiger geworden. Vielfalt wollen wir, und eigenständiges Leben in allen Bereichen. Unsere frühen geschichtlichen Wurzeln liegen im Nomadentum, und das weiß jeder Nodrone.« Tasha breitete hilflos die Arme aus und senkte die Daumen. »Wir rebellieren gegen die Machtzentrale Nodro.«

»Ich verstehe«, sagte Rhodan verständnisvoll und leise. »Aber solange eure Gegner die Waffen haben, wie auf Tapasand, nützt euch das so genannte wilde Rebellentum mitsamt allen verständlichen Autonomie-Wünschen nichts.«

»Wobei ›wir‹ nicht einfache Rebellion bedeutet. Die Wurzeln der Meinungsverschiedenheiten, die schließlich zu Kämpfen und Kriegen führten, liegen in der Herkunft aller Nodronen. Aller – eines jeden einzelnen. Wir alle waren in grauer Vorzeit Nomaden, später Planetennomaden, dann Weltraumnomaden, lebten immer im Einklang mit der Natur, und noch heute findest du etwas von uralten Schamanenbräuchen in den Lebensweisen beider Gruppen. Zum Beispiel wirkliche, also nicht virtuelle Feuer, angezündet und geschürt zu vielen wichtigen Anlässen.«

Tasha hatte Rhodan viele Einzelheiten mitgeteilt, die sich mit seinem neuen Wissen über den Zustand der Galaxis in einer Milliarde Jahren deckten: Schamanistisch geprägte, naturverbundene »Religionen« kämpften gegen jene ominösen Zwillingsgötzen und deren Anhänger. Ein Staatswesen, das durch eine ausgeprägte Kriegerkultur und gemeinsame Sprache geprägt war, zerfiel in zwei kämpferische Blöcke.

Angesichts unseres Überlebenskampfes verbietet sich das Nachdenken über utopische Staatsideen. Der nächste Clezmor-Schwamm ist wichtiger als alles andere!

Perry gähnte und streckte sich auf dem Sand aus. Aggressiv durchdringendes Fliegengesumm begleitete ihn bis in den kurzen Schlaf hinein.

Beim ersten Sonnenstrahl fing Rhodan an, möglichst viele lange Fäden aus den Resten der Kleidung zu ziehen. Tasha beugte sich über seine Schulter. »Was hast du mit den Fäden vor?«

»Die Algenfäden halten nicht viel aus, und wenn sie nass sind, lösen sie sich auf.« Rhodan kratzte vorsichtig über die Narbe seiner Nase. Große Hautschuppen lösten sich. »Wenn ich tauche und mich greifen Raubtaucher an, will ich nicht ganz wehrlos sein.«

»Willst du das Viehzeug mit den Fäden erdrosseln?«

Perry lachte kurz. »Keineswegs. In einer Stunde kannst du sehen, wie ich es machen will. Ein kleines bisschen kannst selbst du von mir lernen, *Noya-Kishte* Tasha.«

Er suchte die längsten Steine aus, spaltete sie mit wuchtigen Hieben und hämmerte so lange an ihnen herum, bis er zwei knapp handlange Splitter zurechtgeschlagen hatte, die schwache Ähnlichkeit mit steinzeitlichen Dolchen hatten. Aus den Fäden flocht er dünne Kordeln, die er so straff wie möglich um die stumpfen Enden der Steindolche wickelte. Die anderen Enden ließ er sich von Tasha um die Handgelenke knoten; ihren schlanken, sehnigen Fingern und deren flinken Bewegungen zuzusehen bereitete ihm ein stilles Vergnügen.

Er blickte kurz in ihre großen Augen, lenkte ihre Blicke auf seine Hände und machte eine ruckartige Aufwärtsbewegung mit den Unterarmen. Die Dolche schwangen sich in Viertelkreisen durch die Luft, und er fing sie mit den Fingern auf; mit der nächsten Bewegung stieß er sie wie Waffen blitzschnell vorwärts.

»Ich habe die Hände zum Schwimmen und für den Clezmor-Kohl frei«, sagte er langsam, »und immerhin kann ich mich gegen einen Raubtaucher wehren. Keine Sorge – wie man ausweicht und flüchtet, weiß ich auch, länger als du.«

Sie blickte ihn schweigend und in zögernder, sehr zurückhaltender Bewunderung an, dann zeigte sie auf seinen gebräunten, ölglänzenden Arm und führte eine hilflose Geste aus. Ungläubig murmelte sie: »Es ist doch ein Wunder, Perry. Jeder andere hätte einen Arm, der ihm abfault und ihn mit Wundbrand vergiftet.«

Die ärgsten Verbrennungen waren inmitten neuer, fester Haut flach vernarbt und heller als die Umgebung. An den Rändern sah Rhodan winzige weiße Haare und Poren, die sich mit Schmutz gefüllt hatten.

Er sagte ausweichend: »Eine solche Wunde oder ein Raubtaucherbiss heilen vergleichsweise schnell. Alles andere bringt mich ebenso um wie dich und die armen Kerle dort draußen.« Mit langsamen Bewegungen stand er auf. »Wollen wir es riskieren?«

Sie nickte und folgte ihm durch den Sumpf, in dem jede Bewegung unangenehm schmatzte und an der Haut sog, bis zum Ufer, half ihm mit der Taucherbinde und dem Steinnetz und schwamm neben ihm im kühlen Wasser des Vormittags zu einer Stelle hinaus, an der sie gestern und heute keine anderen Deportierten gesehen hatten. Perry tauchte einige Male, nur einen oder zwei Meter tief, und kam wieder hoch.

»Bei den anderen Versuchen habe ich die dünnen, orangefarbenen Fische mit den spitzen Mäulern nicht gesehen«, murmelte er. »Könnten irgendwelche

Schlangenwesen sein. Heute schwimmt hier ein ganzer Schwarm. Vielleicht auch mehrere, so deutlich war es im trüben Wasser nicht zu erkennen.«

Sofort sagte Tasha, hochgradig alarmiert: »Zurück zum Strand, Perry! Ich weiß, dass diese Bestien stets mit den Raubtauchern zugleich im Wasser sind.«

»Ich verstehe.«

Sie waren noch nicht weit hinausgeschwommen und kehrten sofort um. Zweihundert Meter weiter links erhob sich Geschrei, und Taucher flüchteten an den Strand. Der Meeresboden, drei oder vier Meter entfernt, war durch trübes Wasser hindurch zu erkennen, voller strudelndem Tang und offensichtlich abgeerntet. Perry drehte sich immer wieder um und entdeckte einen keilförmigen Schwarm von kaum weniger als einem Dutzend lanzettförmiger Fischartiger, mit sieben Flossen, die wie verkümmerte Gliedmaßen wirkten, deren Schuppen oder Reptilhäute orange leuchteten. Sie huschten hin und her und schienen nach Beute zu suchen, aber sie griffen weder ihn noch Tasha an; offensichtlich waren sie als Beute zu groß.

Hinter einem Korallenblock, der wie ein Stück einer untergegangenen Mauer aussah, in zwei Metern Tiefe, suchten Tasha und Rhodan Schutz. Sie beobachteten die Tiere, die Rhodan für sich *Aasfische* nannte.

Der Schwarm entfernte sich nach rechts.

Als Rhodan das nächste Mal den Kopf unter Wasser hielt, hörte er auf, sich zu bewegen und hielt die Luft an. Er war nicht in der Lage, genau zu bestimmen, aus welcher Richtung die Geräusche kamen, aber er glaubte, sie kämen von dorther, von wo sich ein Raubtaucher oder mehrere Bestien näherten. Es war eine Mischung zwischen scharfem Klicken und schabenden, raspelnden Lauten.

Die Laute wurden deutlicher, und als Rhodan zwei Schatten erkannte, die gemächlich näher schwammen, und als überdies plötzlich der Schwarm der Aasfische wieder vor den Raubtauchern einherschwamm, verstand er mit einem Schlag eine weitere Einzelheit dieses Meeresgebiets.

Er packte seine Steindolche, schlug die Griffe gegeneinander und schabte mit einem Stein am anderen. Die Aasfische kamen auf ihn zu, schwenkten synchron vor dem Korallensplitter herum, und beide Raubtaucher schwammen, wie hungrige Haie, in kaum einem Meter Abstand an Tasha und Rhodan vorbei. Deutlich waren lange Reihen knopfartiger Strukturen entlang der Seiten der Raubtaucher zu erkennen. Als sie sich entfernt hatten, nahm Rhodan Tashas Arm und zog sie in die Höhe und zurück zum Strand.

»Du hast es vielleicht selbst gesehen«, sagte er aufgeregt und wischte Wasser aus seinem Haar. »Die großen Raubtaucher haben keine Augen.«

»Und du hast etwas mit den Steinen gemacht, nicht wahr?«

»Ja. Ich erklär's dir, Tasha. Du kannst dann die anderen Taucher warnen.«

Er versuchte ihr begreiflich zu machen, dass die beiden Fischarten in erfolgreicher Symbiose miteinander lebten. Die orangefarbenen, dünnen Aasfische lockten und steuerten die Raubtaucher zur Beute, dafür erhielten sie die Reste der zerrissenen Opfer. Beide Arten verständigten sich durch Geräusche, die das Wasser hervorragend leitete und für deren Erzeugung und Empfang sie ebensolche Organe hatten wie ultraschallorientierte Fledermäuse. Und die Laute klangen, zufällig, wie aneinander schlagen und aneinander reiben von solchen Steinen, wie Rhodan sie verwendet hatte.

»Was bedeutet das für uns und die anderen Taucher?«

Rhodan sah zu, wie sich eine niedrige Brandungswelle zischend überschlug, und antwortete: »Ein Taucher lenkt die Fische ab, der andere findet den dicken Schwamm, ohne dass ihn die blinden Raubtaucher zerreißen. Das geht so lange, bis weit und breit kein Clezmor-Schwamm mehr zu finden sein wird.« Er lachte. »Das wird eine interessante Entwicklung. Zunächst ein Überangebot an Delikatessschwämmen.«

»Aber noch nicht heute«, sagte Tasha, ohne zu grinsen. »Heute müssen wir uns noch mit dem alltäglichen Tausch begnügen.«

Rhodan deutete mit den Steindolchen zur Brandung. »Worauf warten wir? Jetzt wissen wir, wie es geht.«

Zwei Stunden später hatten sie drei mittelgroße Schwämme gefunden und schwammen müde gegen den Sog der auslaufenden Ebbe zum Ufer.

Als sie am Rand des Sumpfes aus dem Wasser wateten, zeigte Tasha mit ausgestrecktem Arm aufs Meer. Unter den Deportierten am Rand der offenen Wasserfläche begann sich abermals Unruhe auszubreiten.

»Ganz weit draußen kannst du sehen, wie ein Magnoraunde auftaucht. Ab und zu kommen sie nahe heran. Sie brauchen tiefes Wasser, aber sie können auch an Land waten.«

»Ich sehe keinen dieser riesigen Räuber«, sagte Rhodan und suchte das Meer zwischen Horizont und Brandung ab. »Wo ist das Biest?«

»Dort, unter den schwarzen Punkten, die du *Vögel* nennst.«

»Jetzt sehe ich's auch.«

Ein mächtiger Körper pflügte vor der Kulisse einer hohen Wolkenwand durch die Wellen; der Rücken eines geschuppten Riesen, mit einem knöchernen Kamm oder kleinen Flossen. Vor dem Tier entstand eine schäumende Bugwelle, dann hob sich ein saurierartiger Hals, auf dem ein Schädel saß, der dem einer krokodilähnlichen Muräne glich. Der Kopf mit tiefen, dunklen Augenhöhlen drehte sich, das mehr als doppelt walgroße Tier beobachtete die Umgebung, und Rhodan sah einen großen, schwer durchhängenden Kehlsack.

Das Organ schien voller Beute zu sein, oder voller Wasser. Der Kopf tauchte unter, als sich der lange, in verschiedenen Reptilienfarben schimmernde Schwanz hob und eine breite Fluke zeigte, die ins Meer peitschte und eine Gischtfontäne hochschleuderte.

»Es gibt viele Magnoraunden«, erläuterte Tasha. »Aber manchmal sehen wir tagelang keinen von ihnen.«

»Trotzdem.« Rhodan stapfte weiter, als der Magnoraunde eintauchte und verschwand. »Noch eine hungrige Bestie, auf die wir Acht geben müssen.«

Tasha und er erreichten das Schattendach und setzten sich erleichtert in den Schatten.

Wieder etwa eine Stunde danach hatte Rhodan an drei verschiedenen Strukturöffnungen die Schwämme gegen Nahrung und Wasser getauscht und kehrte zu ihrem windschiefen Dach zurück. Tasha stand am Strand, hatte eine Gruppe Deportierter um sich versammelt und redete auf sie ein. Immer wieder hörte Rhodan das Klicken und Scharren der Steine, mit denen sie hantierte und ihr neues Wissen weitergab. Die Wolke über dem Meer war gewachsen und nahm eine schwärzliche Farbe an.

Die stechende Hitze stieg, als die Meeresbrise ausblieb. Die Feuchtigkeit in der Luft nahm zu und wurde atembeklemmend. Es schien, als ob Meer und Luft sich gegenseitig mit einer elektrisierenden Spannung auflüden, die sich steigerte und nach und nach alle Deportierten erfasste. Die Fliegen sanken herab und saßen reglos auf dem salzverkrusteten Boden oder auf dünstenden Tangblättern. Es wurde still in der kreisringförmigen Zone um das Energie-Riff. Schweißübergossen kam Tasha zurück, ließ die Steine fallen und setzte sich keuchend neben Rhodan.

Der Rand der Wolke, deren Oberkante sich wie ein Amboss formte, schob sich vor Draynare. Ein riesiger tiefschwarzer Schatten glitt über die Insel. Tasha lehnte sich flüchtig gegen Rhodans Schulter und atmete langsam. Ihre Körper waren voll Schweiß, und die Mischung aus Quallenöl und Brackwasser stank durchdringender als je zuvor.

Rhodan sah zu, wie sich das Wasser zurückzog, und zwinkerte Schweißtropfen aus den Augen; schließlich sagte er leise: »Pembur-Station auf der Insel Tapasand wäre ebenso zu stürmen wie viele andere Anlagen. Aber nicht mit den Möglichkeiten, die uns geblieben sind.«

Weit draußen auf dem Meer blitzte Wetterleuchten über dem Horizont. Der Horizont sah aus, als hätten die Wolken Wundränder.

Tasha zuckte zusammen und sagte: »Auch nicht im Schutz eines Gewittersturms. Ich habe hier schon zahlreiche Gewitter erlebt. Ich glaube, wir erleben heute Nacht das vierte, wirklich schwere. Regenwasser, Perry! Aber wie fangen wir es auf?«

»Eine weitere Infamie der potentiellen Herrscher der Galaxis Vaaligo. Nicht einmal ein Stück Folie haben die Deportierten. Aber wenigstens können wir uns im Regen waschen.«

»Ein Vergnügen, dessen Wirkung morgen wieder vorbei ist«, sagte Tasha; erneut zeichnete sich in ihrem Gesicht ein Lächeln ab, das eine hoffnungsvolle Ahnung in sich trug.

Der bärtige Wächter, der die Strukturöffnung im nordöstlichen Quadranten des Energie-Riffs bewachte, spürte, wie sich jede Zelle seines Körpers mit Elektrizität auflud. Eine drängende Stimmung, die er vor einem Jahr zum letzten Mal befriedigt hatte, nahm wieder von ihm Besitz. Ziellos irrten seine Blicke aus der runden Öffnung hinaus zu den Sümpfen und dem Meer. Eine einzelne Gestalt kam, ohne zu stolpern oder zu schwanken, auf das Riff zu und spiegelte sich im Tidensumpf. Er hatte sie schon mehrere Male gesehen und seine nächtliche Sim-Partnerin nach ihrem Aussehen programmiert.

Miani? Amaiani? Nein: *Aminti!*

Eine Frau in den mittleren Jahren, die gestern kurz nach Beginn seines Dienstes einen großen Clezmor-Schwamm getauscht hatte. Ihm war der Schwamm zwei Extrarationen wert gewesen. Jetzt trug sie einen ebenso großen und frischen Schwamm in beiden Armen. Niemand folgte ihr, auf diesem Abschnitt der Strände und Sandbänke saßen und lagen alle Deportierten, von der Hitze und der feuchten Hochspannung der reglosen Luft niedergedrückt.

Als die Frau vor der Öffnung stand, fragte der Wächter, der sie mit lauerndem Blick aus braunen Augen vom Scheitel bis zu den Fesseln musterte: »Du warst gestern schon einmal da, Rebellin … Aminti? Willst du weiterhin satt, kräftig und gesund bleiben?«

Er verzichtete auf das löffelartige Instrument, schob beide Arme durch die Strukturöffnung und nahm den Schwamm an sich.

»Ich bin keine Rebellin. Mit deiner Hilfe, Wächter?« Auch ihre Stimme war fest, wie ihr Körper. Der Wächter legte den Schwamm ab, nahm einen Stapel Rationen und stellte die angebrochene Trinkdose Energiegetränk darauf.

»Nur mit meiner Hilfe. Ich bin Sheo.«

»Ich heiße noch immer Aminti.« Die Frau nahm die Tauschartikel entgegen, stutzte und leerte die Dose in drei gierigen Schlucken. Aminti trug eine dünne, einigermaßen gut erhaltene Jacke und um die Hüften etwas, das vor langer Zeit ein Tuch oder ein Hosenrock gewesen sein mochte. Breite Risse klafften im Stoff, ihre olivfarben dunkelgebräunte Haut lockte hinter den fransigen Säumen. »Was habe ich zu tun, für deine Hilfe, Sheo?«

Ihr Körper glänzte schweißübergossen, das hellbraun gebleichte Haar hatte sie im Nacken zusammengebunden. Sie betrachtete ihn mit wissendem, abschätzendem Blick.

»Komm heute Nacht wieder hierher. Ich will dich; ohne Gewalt.« Sheo zwang sich, ruhig, aber lockend zu sprechen. Vernunft war die Basis des Überlebens. »Ich habe Heilsalbe, Essen, Wasser, Mineraltabletten, eine Decke, andere Dinge. Ich kann dich nicht retten, aber du lebst besser – und länger.«

Der Wächter konnte sich darauf verlassen, dass alle Deportierten – ebenso wie er selbst – über jede nur denkbare Möglichkeit des Überlebens ununterbrochen nachgedacht hatten. Selbst eine karge Antwort war das Ergebnis einer Art Notstands-Meditation. Besonders bei Rebellen und nodronischen Verbrechern. Aminti schien vor drei Monaten mit einem der letzten Transporte gekommen zu sein. Sie wusste inzwischen ihre aussichtslose Lage richtig einzuschätzen, und die Erregung, die in der Luft lag und über den Salzsümpfen flirrte, hatte auch sie ergriffen.

»Ihr Wächter seid allesamt sadistische Bastarde«, sagte sie leise. »Beweise mir, dass ich dir trauen kann.«

»Ich komme heute Nacht hier heraus. Zu dir, mit Essen und allem. Wenn mich die anderen«, er deutete zum Strand, »überfallen, schlagen sie mich vielleicht tot. Aber ich bin kein Pfand, Aminti. Der Kommandeur ließe mich nie wieder hinein.«

»Verstehe. Das Gewitter wird alle ablenken. Ich brauche etwas für die Haare und gegen die Fliegen. Und ich habe Hunger, Wächter!«

Sheo nickte kurz. »Ich bring's mit. Und vieles andere.«

Er füllte einen neuen Durstbeutel, reichte ihn durch die Öffnung und sah ein erstes Wetterleuchten über dem dunkelgrauen Saum des Horizonts.

Aminti hängte den schweren Behälter um ihren Hals, stopfte die Rationen in die Taschen und sagte: »Drei Stunden nach Anbruch der Nacht. Im Gewitter. Ich bin hier.«

»Ich auch«, entgegnete Sheo. »Verlass dich drauf.«

Er nickte ihr zu und sah, dass sie die letzte Taucherin dieses Tages war. Er starrte ihre runden Hüften und die langen Beine an, während sich die Energielücke langsam schloss. Sein Körper reagierte erregt auf seine wollüstige Erwartung: dennoch durfte Sheo keine Sekunde lang vergessen, dass er sich in tödliche Gefahr brachte. Aber die Begierde, eine willige Frau zu besitzen, war größer. Wie vor einem Jahr, als er sein letztes Erlebnis gehabt hatte.

Die Insel schien auf den uralten Resten eines Vulkanausbruchs gewachsen zu sein und vorwiegend aus korallenähnlichem Gestein bestanden zu haben, durchmischt mit Eruptiv-Tiefengestein. Vor vielen Jahren war sie von einem kreisförmigen Riff umgeben gewesen, das bis auf wenige Reste von der Gewalt des Meeres und der Zeit zermalmt und zermahlen worden war. In den Flächen zwischen Riffresten und dem höheren Teil der Insel breiteten sich später die Gezeitensümpfe aus, deren Boden von Tang und solchen salzwasserresistenten Pflanzen bedeckt war, deren Samen Vögel hierher geschleppt haben mochten. Einmal täglich waren die Sümpfe von Wasser bedeckt, einen halben Tag später begannen sie nach der Ebbe auszutrocknen – in ewigem Wechsel.

Wieder flackerte über die halbe Breite des Horizonts grelles Wetterleuchten auf. Die Wolken bedeckten zwei Drittel des Himmels. Sonnenlicht brach an wenigen Stellen durch Wolkenlöcher und durchschnitt wie brennende Balken das Grau über dem Meer, dessen Oberfläche stumpfschwarz geworden war. Rhodan konnte keine einzige Schaumkrone entdecken. Die Stimmung entsprach der Erwartung eines Weltuntergangs; aber die Apokalypse der Deportierten würde sehr viel länger dauern und war nicht von trompetenden Engeln begleitet. Rhodan nahm einen langen Schluck aus dem Durstbeutel.

»Die Hitze lähmt sogar die Gedanken«, murmelte er. »Selbst Schlafen ist unmöglich.«

Die Dunkelheit nahm zu. Einige Minuten später zuckte der erste Blitz, verharrte breit gefächert zwischen den Wolken und schlug ins Meer. Die Luft knisterte, das Energie-Riff färbte sich silbergrau. Rhodan dachte daran, seine zerfledderte Jacke von den Flechtwerkstützen loszuknoten und zu vergraben; er rechnete mit einem wütenden Regensturm. Ein zweiter Blitz: größer, blendender und vielfach verzweigt, gleichzeitig mit dem nächsten Blitz hörten sie den ersten krachenden Donnerschlag.

Wo eine Insel ist, gibt es auch andere, dachte Rhodan und erinnerte sich an die Vögel, die nach Süden geflogen und nicht wieder aufgetaucht waren. *Aber wenn nicht einmal ich die Wolken sehe, die sich über jeder Insel bilden, ist die nächste Insel unerreichbar für jeden Schwimmer.*

Das Gewitter wallte im Halbdunkel über das Meer heran. Tapasand lag genau in der Bahn des Sturms. Die Wolken bedeckten den gesamten Himmel, die Blitze schlugen fast im Sekundentakt ins Wasser, und der Donner wurde lauter und schärfer. Rhodan knotete, ohne viel zu sehen, die Jacke von den windschiefen Stützen herunter und setzte sich darauf. Tasha hielt sich die Ohren zu und starrte die näher kommende Gewitterwalze an. Undeutlich zeichneten sich zwischen dem Meer und den Wolken dicke, säulenartige Gebiete von sturzflutartigen Regenmassen ab.

Das grelle Licht der Blitze ließ einzelne Deportierte erkennen, die im Schlick lagen, irgendwo saßen oder standen und zu dunkelbraunen Statuen erstarrt auf den Weltuntergang warteten. Es spiegelte sich im Energie-Riff und in Tashas Augen.

Blinde Aasfische leiten die Raubtaucher mit Schallsignalen zu ihren Opfern. Führen Raubtaucher oder ähnliche Wesen auch die Magnoraunden an deren Beute heran? Sind es Lebendgebärende oder Echsen, die Eier legen – wo gäbe es eine solche Stelle? Zweifellos nicht im Bereich des überbevölkerten Tapasand.

Ein gewaltiger Blitz unterbrach seine Gedanken. Der Donner, der ihn und Tasha taub machte, folgte unmittelbar, noch als die Erscheinung in düsteren Komplementärfarben auf den Netzhäuten nachglomm. Die Erschütterung warf Tasha gegen Rhodan. Er hielt sie fest und wollte ihr etwas Beruhigendes sagen, aber der Donner verschluckte jedes Wort. Eine Serie klirrend peitschender Blitze schlug rings um sie ein, in die Gebäude oder das Riff, und mitten in einem langgezogenen Donner fielen die ersten Tropfen, hart wie Kiesel.

Dann rauschte Regen mit dem betäubenden Geräusch eines riesigen Wasserfalls herab, machte Tasha und Rhodan blind und lief wie ein Sturzbach an ihren Körpern herunter. Der erste heiße Windstoß, der den Regen zu verdampfen schien, warf Tasha und Rhodan fast um. Sie klammerte sich an ihn, bis Rhodan seine Hände von ihren Schultern nahm und die Schnüre des Durstsacks packte. Er öffnete das schlaffe Gefäß, wobei er sich mehr auf die Finger verließ als auf seine Augen, und hielt die Öffnung ins strömende Wasser, bis das Gefäß überlief. Tasha erkannte, was er tat, knotete ihr Wassergefäß vom Gürtel und wartete, bis es sich prall gefüllt hatte. Dann rissen beide ihre Kleiderreste herunter und versuchten, ihr verfilztes Haar und die klebrige Schicht auf ihrer Haut auszuwaschen und wegzureiben, während es unvermindert blitzte, donnerte und regnete.

Ringsherum schlugen die Regenfluten in den Gezeitensumpf und erzeugten im Salz, Sand und Schlamm weißlichen Schaum, der sich zu seltsamen nächtlichen Mustern verband. Das Gefühl plötzlicher Reinigung und Sauberkeit und dazu das trinkbare, kühle Wasser, das in ihre Münder rann, versetzten die beiden in gelöste Heiterkeit; sie wussten, dass das Gewitter nur eine Unterbrechung ihres hoffnungslosen Zustandes war.

Tasha legte ihre Arme um Perrys Schultern und presste sich an ihn. Im Schein des nächsten Blitzes sah er, dass sie nackt war wie er; ihre Lumpen lagen um ihre Knöchel. Innerlich schmunzelnd spürte er ihre gierige Bereitschaft und wie seine Erregung stieg. Sie schmiegte sich an seinen Körper, stellte sich auf die Zehenspitzen und küsste ihn mit einer Lust, die seine Hemmungen beseitigte und ihn dazu brachte, seine Finger über ihren sehnigen, nassen Rücken gleiten zu lassen und ihren Kuss zu erwidern; in der flackernden Dunkelheit und der Nässe, die an der Spannung zwischen ihren Körpern nichts änderte, sanken sie langsam zu Boden, auf das durchweichte Stück Sandboden, das für sie den einzigen Bezugspunkt in dieser mehr als irrsinnigen Situation bedeutete.

Beide waren ausgehungert nach Zärtlichkeiten, Leidenschaft und Befriedigung. Beide wussten, dass bei Tagesanbruch alles wieder so sein würde wie in den schlimmen Tagen zuvor. Tasha streckte sich im strömenden Regen auf der Sandfläche aus, und ihr überschlanker, drängender Körper war für Rhodan das Einzige, woran er denken konnte, und im scharfen, erotischen Krachen des Donners, den Flashlights der Blitze begannen sie sich mit Leidenschaft zu lieben.

Tasha stöhnte und zitterte unter ihm, stieß Laute des äußersten Wohlbehagens aus und machte ihm mit jeder Geste, mit jedem Zucken ihres Körpers bewusst, dass sie ihn als einzigen und stärksten, klügsten und am meisten erfolgversprechenden Partner anerkannte – für die kurze Spanne, die sie noch zu leben hatten.

Es regnete noch immer, nicht mehr so gewalttätig wie zuvor, als sich ihre Körper voneinander lösten. Sie streckten sich nebeneinander aus und genossen entspannt und schweigend den Regen, der auf sie herunterrieselte und die Haut kühlte. Die Umgebung war ihnen völlig unwichtig geworden. Im nachhallenden Donner bewegte sich Tasha wie ein träges, sattes Tier und versuchte gar nicht, ihre Hände von Rhodans Körper zu lassen. Er lag neben ihr, spürte Tropfen um Tropfen und schloss die Augen, um nicht geblendet zu werden.

Sheo Omek schien eine der Landschaften seiner Erinnerungen zu betreten, als er durch die weit projizierte Strukturöffnung kletterte. Er trug nichts als seine Jacke und eine Hose. Unter dem Arm hatte er eine eng zusammengerollte Spezialmatte, ein schwerer Beutel hing um seinen Hals. Im kreidigen Licht der Blitze hatte er aus dem Inneren des Riffs zugesehen, wie sich Aminti ihrer löchrigen Kleidung entledigte und im Regen zu waschen begann. Auf einem Stück nassen Sand rollte er die Matte auseinander und nahm den Beutel vom Hals.

»Hier ist alles drin, was ich finden konnte«, rief er unterdrückt und weidete sich am Anblick ihres nackten Körpers, der ihm in vielen blitzkurzen Abschnitten zuteil wurde. Aminti deutete auf die Matte und nickte; ihr Haar, schwer von Nässe, bewegte sich wie im Sturm. Sheo streifte die Jacke ab und drehte langsam den Kopf: Rings um sie herum, am Fuß des Energie-Riffs, war kein aufrecht stehender Körper zu sehen; alle Ausgesetzten duckten sich unter dem Gewitter.

Aminti kam auf ihn zu, fingerte an der großen Gürtelschnalle herum und presste sich, als die Hose um seine Knöchel schlackerte, an ihn. Sie war ebenso erregt wie er, und ihre Hände wanderten ebenso gierig über seinen Körper wie seine Finger über ihren Hals, die Brüste und die Schenkel. Weder Aminti noch er dachten an mehr als Befriedigung; es wurde eine heftige, kurze Vereinigung im Keuchen, in Donnerschlägen, Nässe, heißen Sturmstößen und in Schleiern salzigen Regens.

Der Sturm fiel über die Insel und deren Bewohner her wie eine heulende Meute hungriger Raubtiere. Aminti gab nicht vor, Sheos Zärtlichkeiten zu erwarten, aber nach einer Pause der Erschöpfung forderte sie seine Leidenschaft ein zweites Mal. Er vermochte ihr zu folgen und widmete sich bewusst und langsam ihrem Körper, der seinen Wünschen gehorchte und sich in gleitenden und zuckenden Bewegungen fügte. Zufrieden und erschöpft schoben sich die Körper auseinander. Sheo streckte sich auf der Matte aus und dachte an nichts anderes als an Wiederholung.

Mehrere Male wandte er den Kopf und kontrollierte die Öffnung im Riff. Kein Licht, kein anderer Wächter zeigte sich dahinter, fast unsichtbar hing die Steuerung am kurzen Kabel aus der Strukturlücke. Als Sheo im nachlassenden Regen erkannte, dass Aminti die Kraft seines Körpers ein drittes Mal mit Griffen ihrer erfahrenen Hände herausforderte, ächzte er wohllüstig auf und nahm die Frau so, wie sie es wollte.

Nachdem ein berstend krachender Schlag sie beide halb betäubt hatte, suchte Sheo im Schlamm tastend nach seiner Hose und rief unterdrückt: »Ich muss zurück. Morgen bin ich an einer anderen Öffnung. Weiß nicht, an welcher.«

Aminti antwortete, ohne zu lächeln, und ohne Wärme in ihrer Stimme: »Wenn ich dich will, werde ich dich finden.«

»Wenn du zu viel Hunger hast und Durst«, sagte er scheinbar ungerührt und fuhr in die klebrige Jacke, »werde ich da sein.«

Er berührte flüchtig ihre Schulter, legte die Hände kurz auf ihre Brüste und war mit sieben, acht schnellen Schritten an der Strukturlücke. Als er hindurchgeklettert war, sagte er sich zufrieden, dass er wieder einen Vorrat an Bildern, Empfindungen und Gedanken hatte, mit denen er sich in der Dunkelheit beschäftigen konnte. Nachts. Wenn weder die Holo-Visispiele, die Lektüre noch die einige Wochen alten Nachrichten von Nodro gegen Einsamkeit, Langeweile und Trostlosigkeit halfen.

In langen Reihen, die der Form des Geländes folgten, standen die Bäume der Plantage und warfen in den Stunden nach dem höchsten Stand des Gestirns ihre Schatten auf Sand und kurz geschnittenes Gras. Tasha lag auf dem Rücken, roch an der Blüte eines abgebrochenen Zweiges und kaute auf dem kleinen Blatt, in dem das Aroma zukünftiger Früchte verheißen war.

Nach fünf anstrengenden Raumflügen hatte sie fünfzehn Tage Urlaub auf Janigra bewilligt bekommen. Die Familie, die Wohn- und Produktionsgebäude und die Plantagen waren in gutem Zustand, obwohl es keine Zeichen von zunehmendem Wohlstand gab. Alles funktionierte zuverlässig; selbst die Blüten und Fruchtstände dufteten so, wie sie es sich in den Erinnerungen bewahrt hatte. Summende Insekten huschten von Blüte zu Blüte und bestäubten sie, und nach dem nächtlichen Regenguss roch die Erde des Planeten.

Tasha zog die Raumfahrerstiefel aus, lauschte auf die fernen Geräusche, die die kühle Stille erst erlebbar machten, und schloss die Augen. Nach wenigen Atemzügen schlief sie ein und entsann sich, als sie am frühen Abend aufwachte, eines Traums, der sie in die unbeschwerten Jahre der Kindheit zurückgeführt hatte; hinter den Hügeln waren riesige Wolken aufgezogen. In weiter Entfernung gewitterte es, denn sie hörte den leisen Donner, als sie aufstand und barfuß zum Haus zurückging.

Das Gewitter zog langsam über Tapasand hinweg, nahm an Intensität ab und entfernte sich über das Meer, dessen schwarze Wellen sich weiß schäumend höher aufbauten. Der Mond begann, nachdem sich die Wolken verzogen, inmitten dahindriftender Wolkenstreifen über den Himmel zu wandern. Tasha, die ihren Traumbildern nachtrauerte, streichelte Rhodans Schultern und seine Brust.

Nach unbestimmter Zeit flüsterte sie schmeichelnd und unsicher fordernd: »Es war gut und erschöpfend, Fremder Perry. Es wird eine gute Zeit sein bis zum Morgen – wenn wir wollen. Willst du?«

Seit einer Hand voll unglaubwürdiger Tage stand für Perry Rhodan fest, dass er sich in der Vision eines realen Traums bewegte, die ihn zwar umbringen konnte, aber durch die gigantische zeitliche Entfernung eine fast irreale Bedeutung hatte. Er vertraute darauf, einen Ausweg finden zu können. Hier und jetzt aber galten weder Konvention noch andere Zwänge; er schob seine Hand unter Tashas Nacken, hob ihren Kopf und verzichtete auf eine Antwort.

Zwischen dem Blitzen und Donnern des abziehenden Gewitters vereinigten sie sich, viel langsamer und zärtlicher, noch zweimal. Ohne darüber zu sprechen, sehnten sie sich nach endloser Wiederholung, nach der Chance, die Vereinigung an einem schöneren Ort, jenseits der Todesdrohung, zu wiederholen. Während der Sand unter ihren Körpern zu trocknen begann, schliefen sie ein und wachten auf, als schon seit zwei Stunden die Sonne über den dampfenden Gezeitensümpfen leuchtete und die Luft kochte. Ihr Vorrat an Nahrungskonzentraten war im Regen zu einer undefinierbaren Masse geworden; zerbröselt und durchweicht. Sie aßen den salzigen Brei trotzdem.

Rhodan sagte gähnend: »Als vorübergehend Liebende inmitten des Elends, mit sauberer Haut und viel Wasser – lass uns trotzdem nach Clezmor tauchen.«

»Ja. Gehen wir.« Tasha sah zu, wie er seine Kleidungsreste anzog, half ihm mit den Handgelenk-Dolchen, der Taucherbrille und dem steinbeschwerten Gürtel und folgte ihm zum Spülsaum des Strandes.

Rhodan sagte kurz: »Pass auf mich auf, ja?«

»Ich schwimme mit wenig Abstand hinter dir und versuche dich zu warnen.«

Er befestigte mit drei Versuchen, bis zu den Schultern im Wasser, die Taucherbrille und schwamm mit kraftvollen Zügen, zwischen fünf Dutzend Gruppen anderer Taucher, die schon jetzt mit den Steinen klickten und schabten, in Richtung des besten Erntegebietes.

Außerhalb der ehemaligen korallengesäumten Lagune, wo der Meeresgrund allmählich absank, wuchsen zwischen dem strudelnden Tang und den Bodengräsern die größten Clezmor-Schwämme. Nur die stärksten Gefangenen schafften es, so weit hinauszuschwimmen, dass die Wellen die Schwimmer um mehrere Meter hoben und sinken ließen.

Rhodan und Tasha ließen sich Zeit und versuchten in den wechselnden Strömungen ihre Kräfte richtig einzuteilen. Nach jedem Dutzend Schwimmstöße tauchte Rhodan unter und suchte mit Blicken nach ausgewachsenen Schwämmen. Jetzt, als das Energie-Riff über den Sümpfen bedenklich kleiner geworden war, schlug Rhodan einen Kreis ein und sah sich, als die Wellen ihn und Tasha in die Höhe gehoben hatten, wachsam um: Sie waren allein. Er holte tief Luft, gab Tasha ein Zeichen und tauchte fast senkrecht ab.

Der Meeresboden lag weniger als sieben Meter unter ihm. Mit dem Steingürtel beschwert, dessen Inhalt leise klapperte, schwamm Rhodan auf einen prächtigen Schwamm zu, der aus dem Gewirr der Tangfäden hervorleuchtete. Rhodan ergriff den Steindolch, führte ihn unter den Schwamm und durchtrennte mit drei Schnitten den weichen, faserigen Strunk, auf dem der Schwamm wuchs. Rhodans Zehen gruben sich in den sandigen Boden; er stieß sich ab und merkte, dass er keine Sekunde länger unter Wasser hätte bleiben dürfen. Stöhnend sog er, nachdem er mit dem Schwamm unter der Achsel die Wasseroberfläche durchbrochen hatte, frische Luft in seine Lungen und schob, als er sich erholt hatte, die Brillenbinde auf die Stirn.

Wo war Tasha?

Er entdeckte sie zehn Meter neben ihm, gleichzeitig sah sie ihn und schwamm auf ihn zu. Als sie die Hälfte der Entfernung zurückgelegt hatte, riss sie die Augen auf, starrte an Rhodan vorbei und begann zu schreien.

Eine mächtige Welle packte ihn und warf seinen Körper ebenso wie den Tashas gewaltsam zur Seite. Rhodan geriet unter Wasser, schluckte und hustete und warf den Schwamm blindlings in Tashas Richtung. Dann fiel ein riesiger Schatten auf ihn, und als er wieder klar sehen konnte, erblickte er über sich ein weit aufgerissenes Etwas, das er erst nach einer Schrecksekunde als das zahnstarrende Maul eines Magnoraunden erkannte, darüber zwei tellergroße, ausdruckslose Augen, die sich wie Chamäleonaugäpfel bewegten.

Eine neblige Wolke aus Gestank, die ihm den Atem verschlug, umhüllte ihn, als der riesige Rachen schräg auf ihn zukam. Das Wasser, das in den Schlund strudelte, riss Rhodan mit sich. Er versuchte zur Seite zu schwimmen, Tashas gellende Schreie in den Ohren, aber das Maul der Riesenechse schloss sich über ihm mit einem Geräusch wie von einer zufallenden Kerkertür aus schenkeldicken Bohlen.

Schlagartig wurde es dunkel, und er rutschte zwischen den Barrieren aus Zähnen über eine glatte, glitschige Oberfläche, über die Zunge, groß wie ein Mantel, in laues Wasser. Trotz seines tiefen Schreckens begriff er, dass er sich im Inneren des Kehlsacks befand und mit Händen und Fußspitzen an schwankende Wände stieß, die aus dickem Leder und oberarmdicken Adern, hart wie dicke Taue, zu bestehen schienen.

Der Gestank der Verdauungsgase des Riesen drohte Rhodan zu ersticken. Plötzlich fiel etwas Licht in sein Gefängnis; der Magnoraunde hatte den Rachen geöffnet. Aber es drang kein neuer Schwall Wasser ein. Die Echse hielt den Schädel offensichtlich über die Meeresoberfläche. Der Körper bewegte sich schnell. Rhodan spürte, wie sich mächtige Muskeln ausdehnten und zusammenzogen, und wie lange Rucke durch den Leib gingen.

Wohin schwimmt diese Bestie mit mir?, fragte sich Rhodan und versuchte, seine Furcht unter Kontrolle zu bekommen. *Der Magnoraunde wird seinen Rachen aufreißen und mit mir seine Jungen füttern. Vorher werden mich die Zähne in Stücke zerteilen. Was kann ich unternehmen, um diesem Ende zu entkommen?*

Er dachte daran, tiefer in den Schlund zu klettern und das Tier mit den Steindolchen zu verletzen, sodass es ihn herauswürgte oder ausspuckte. *Schnitte und Stiche in die empfindliche Zunge?* Mit einem einzigen Biss würde ihn das Riesentier zermalmen. Die biblische Geschichte von Jonas und dem Wal fiel ihm ein, und ihm war nicht zum Grinsen zumute.

Wieder drangen frische Luft, kräftig wie ein kleiner Sturm, und Licht in den Raum über dem Kehlsack, dessen Wasserinhalt sich verringert hatte. *War der Magnoraunde ein Lungenatmer?* Rhodan kauerte zwischen faltigen Vorhängen aus dunkelrotem Gewebe und klammerte sich an den Strängen der großen Adern fest.

Unverändert, und wie es schien, mit beträchtlicher Geschwindigkeit, schwamm der Magnoraunde irgendwohin. Mühsam gelang es Rhodan, sich zu beruhigen und seine Lage klar zu erkennen: Noch lebte er, er war noch nicht am Ende.

Seine Gedanken schweiften ab, fremde Bilder drängten sich in sein Bewusstsein, und die Erinnerungen an die »Rückkehr« des vierten Planeten aus unbekannter kosmischer Ferne erschienen vor seinem inneren Auge …

Der Rote Planet, mit einer atembaren Lufthülle, befand sich wieder an seinem alten Platz und war zur Neubesiedlung freigegeben worden. Unerwartete und willkommene Perspektiven taten sich auf, und die Interessenten, die auf dem Mars neue Unternehmen gründen wollten, standen Schlange. Es war für ihn und Reginald eine vergnügliche Verpflichtung gewesen, medienwirksam noch vor dem offiziellen Startdatum der Erschließung tätig zu werden.

50000 Menschen drängten darauf, als Pioniere den Planeten zu besiedeln. Nahe der Ausgrabungsstelle umhüllte ein Energiefeld aus goldenen Funkenregen den Mars-Liner-01 und entführte ihn transmittergleich nach Mantagir, die exotische Metropole, und um eine Milliarde Jahre in die Zukunft. Dort starben im zerstörten Ordensturm der Wissenschaftler von Cor'morian die meisten Insassen des Mars-Liners; nur er, eine kleine Gruppe und Bull überlebten. Und in der Zukunft, die sich als ebenso gefährlich gezeigt hatte wie Vergangenheit und Gegenwart, hockte er im Schlund einer Riesenechse und rang nach Atemluft.

Wieder einmal war er den Umständen ausgeliefert und ahnte nicht einmal, was ihn in den nächsten Stunden erwartete. Er rechnete mit dem Allerschlimmsten und hoffte, dass sein Überlebensfaktor noch immer hoch genug war.

Tasha hielt den ungewöhnlich großen Schwamm umklammert und wurde von den Wellenbergen, die der Magnoraunde mit der Brust, mit Gliedmaßen unter Wasser und dem langen Schwanz auftürmte, hin und her geworfen. Sie hatte, atemlos geworden, zu schreien aufgehört und schwamm ohne zu denken zum Strand.

Perry Rhodan ist tot!, hallte eine Stimme in ihrem Kopf unablässig. *Von einem Magnoraunden gefressen, verschlungen, für immer: tot!*

Trotz ihres Schreckens und der Trauer lauschte sie auf das Klicken und Scharren, das die Anwesenheit von Aasfischen verraten würde. Eine Strömung ergriff sie und trieb sie nach rechts ab. Plötzlich merkte Tasha, dass sie weinte. *Tränen im Todeslager auf Tapasand?*, dachte sie. Es war nicht die Gewissheit, keine zweite leidenschaftliche Nacht erleben zu dürfen, sondern der Kummer um den Verlust eines Mannes, der ihr Halt gegeben und Sicherheit vermittelt hatte; vielleicht wäre er der Anführer einer Revolte geworden, die den vielen Deportierten eine echte Chance gegeben hätte. Ihre Träume, die sie Rhodan erzählt hatte und deren Inhalte ihr wieder etwas Mut und Überlebenswillen gegeben hatten, waren zerstoben wie eine Wasserhose.

Mit dem prallen Schwamm, Perrys letztem Geschenk, näherte sie sich dem Rand des Gezeitensumpfs. Wahrscheinlich würde sie eines der nächsten Opfer werden – von Aasfischen zerrissen oder von einem Magnoraunden verschluckt.

Ein ausgemergelter Taucher, der seltsamerweise ein zuversichtliches Gesicht zeigte, hielt sie auf. Er kaute und redete gleichzeitig mit vollen Backen.

»Hast du es schon gehört, Tasha?«

»Was soll ich gehört haben?«, wollte sie wissen. Der Deportierte trug einen prallen Durstsack am Gürtel und fünf Nahrungsriegel in der Hand. »Ein neues Gewitter? Taucher zerfleischt Raubtaucher, oder was?«

Der Ausgesetzte schluckte seine Ration herunter. »Da gibt es einen Wächter, der Wasser und Riegel fair tauscht. Und er legt hin und wieder eine Mineraltablette dazu.«

»Hast du es selbst erlebt?«

»Nein. Einer hat es mir gezeigt. Dort, das Loch West Zwei. Ein Wächter in mittleren Jahren. Ich weiß den Namen nicht.« Er zupfte an den Schnüren des Durstbeutels und zuckte mit den Achseln. »Deine Portion scheint auch stattlich gewesen zu sein.«

»Zwei mittelgroße Köpfe.«

Tasha merkte, dass der Rebell augenscheinlich von einer Hoffnung erfüllt war, deren Grund sie nicht erriet. Sie zog die Schultern hoch und starrte ihn schweigend und prüfend an.

Er musterte den großen, prallen Schwamm, den sie unter der Achsel trug, und deutete mit dem Daumen über die Schulter. »Dann versuch's doch einmal bei West Zwei. Wo ist der Fremde geblieben? Unter Wasser zerrissen?«

Sie schüttelte den Kopf und knurrte: »Vom Magnoraunden gefressen. Weg und tot. So wie wir alle bald.« Sie nickte dem Deportierten zu. »Danke für den Hinweis. Ich werde es versuchen.«

Die Tauschöffnungen waren weder bezeichnet noch beschriftet. Vielleicht war es früher so gewesen. Bestimmte Auffälligkeiten in der Struktur des Energie-Riffs waren ebenso präzise Hinweise. Tasha fand die Nummer und ging durch den Sumpf darauf zu. Dreißig Schritte, bevor sie die Tauschöffnung erreichte, schloss sich die Strukturlücke lautlos. Sie rannte drei Schritte, schrie: »He, warte auf meinen Schwamm!« – das Loch im Riff öffnete sich nicht wieder.

Bei Öffnung Vier bekam sie einen annähernd ausgewogenen Vorrat Wasser und Konzentrate für ihren Clezmor-Kopf, aber keine Mineral-Vitamin-Tablette.

Sheo Omek hatte viermal mitten in den Nächten das Magazin aufgesucht, und erst nachdem er aus fünfzig verschiedenen Großverpackungen die gleiche Anzahl Pakete zusammengestellt hatte, manipulierte er das Bestandsverzeichnis der Varsonik. In diese Pakete hatte er Verbandsmaterial, Salben und Sonnenschutzmittel, Mineral- und Vitamintabletten, gefüllte Durstbeutel und mehr als hundert Dosen Kraftgetränk gelegt, einige Messer, kleine Werkzeuge und Hygieneartikel, sowie anderes Nützliches.

Die Pakete, in Decken aus wasserdichter Folie eingeschlagen und mit breitem Klebeband umwickelt, waren hinter Vorräten versteckt, die erst in zehn Tagen oder später gebraucht wurden. Er durfte nicht auffallen, deshalb verließ er das Magazin, nahm eine Mahlzeit in der Kantine ein und überlegte, wie er, ohne ertappt zu werden, eine Gleiterladung Hilfswaren über das Energie-Riff schaffen konnte; Kissah oder einer seiner Kameraden durfte nichts merken.

»Auf jeden Fall nachts«, überlegte er laut.

Er unternahm einen kurzen Spaziergang zu der Werkstatt und dem Gleiter-Stellplatz, betrachtete die Kontrollkameras und die Gleiter und sagte sich schließlich, dass sein Unternehmen nicht länger zu dauern brauchte als zehn Minuten. Weitaus schwieriger war es, die Pakete zum Gleiter zu schaffen und die Kameras zu manipulieren.

»Oder ist es sicherer, mit dem Gleiter zum Magazin zu fliegen? Ganz offen und selbstverständlich?«, murmelte er und ging zurück zum Wohngebäude.

Zwischenspiel

Pratton Allgame an Bord der QUORISH ...

Zweiter Tag des Fluges: Etwa nach einer Stunde in tiefem Schlaf überfiel Pratton seit ungefähr einem Jahr in unregelmäßigen Abständen stets der gleiche Traum. Kein wüster Albtraum, aber ein intensives Traumerlebnis mit der gleichen aufregenden Reihung starker Sequenzen. Jene anderen Träume, die Albträume, zeigten ihm immer wieder, wie knapp er in der Explosion des Ordensturmes in Mantagir dem Tod entkommen war, im Gegensatz zu den anderen Unglücklichen.

Heute erinnerte er sich nach dem Aufwachen – er hatte offensichtlich zu viel getrunken, und seine Blase machte sich bemerkbar – an ein kleines, baumumstandenes Traum-Landgut, das in einer idyllischen Landschaft unter dem warmen Licht einer gelben Terra-Sonne über ausgedehnten Kalkstein-Höhlen inmitten einiger stattlicher Weinberge erbaut war. Sein Traum hatte ihn an exotische Welten mit weitaus exotischeren Museen geführt, in denen funkelnde Sternendiademe, glimmende Monddiamanten, filigrane Schnitzwerke aus dem Staub erloschener Sonnen oder Pergamente mit Initialen aus vibrierenden Farben ausgestellt waren, die nur von wenigen Sehenden zu ertasten waren.

In der kühlen, von weißen Altarkerzen erhellten Halle seines Weinguts, in der er, der »Grand Old Oenologicus«, mit anderen weißbärtig schmatzenden Weinkennern alte Jahrgänge verkostete und Lob erntete, lag ein solches Exponat in einer Glasvitrine; er hatte es selbst auf einer Welt des Schwarms gestohlen, damals, als er für wenige Stunden inmitten eines begeisterten Museumspublikums aus Angehörigen von mehr als zwei Dutzend Sternenvölkern unsichtbar gewesen war.

Er liebte diesen Traum und alle seine Bilder!

»Ach!«, flüsterte er und gähnte. »Ist's nur Traum, ist's heldische Vision? Ich wünschte, es würde wahr werden und die Kunstsinnigen der Galaxis erfreuen!«

Er entspannte sich lächelnd und sann den Eindrücken dieses Traums nach. Dann seufzte er tief. Beim roten Laich! Es war und blieb nur ein Traum. Ein herrlicher Traum, der bald wiederkehren sollte. Aber: Ein kleines Weingut auf dem Mars, an den Hängen des Olympus Mons etwa, lag innerhalb seiner Möglichkeiten.

Er war erst 44 Jahre alt und wusste, dass er gut aussah. Nicht gut genug offensichtlich für die Eisfee Fran Imith, die einfach nicht auftauen wollte, obwohl er ihr bei jeder sich bietenden Gelegenheit mit ausgesuchter Höflichkeit und geschickter Galanterie begegnete. Shimmi hingegen nahm die Blicke seiner braunen Augen als Kompliment und bildete sich einiges darauf ein; schließlich war sie eine hübsche, für ihn indes zu junge Frau.

»Ich langweile mich«, sagte er zu sich selbst und richtete sich auf. »Aber ständige Wiederholung dieses Klageliedes ändert nichts an meiner Lage. Ich weiß nicht, wie es die anderen schaffen, nicht dabei durchzudrehen.«

Pratton säuberte seine Stulpenstiefel vom Schmutz des Hangars und achtete peinlich darauf, keinen Phichi-Gabe eingeschleppt zu haben. Die einzige Möglichkeit, sich einigermaßen sinnvoll zu beschäftigen, war die Lektüre einschlägiger Fachwerke über den Weinbau und die Versuche, die Gebäude seines Weinguts zu zeichnen, die Entwürfe zu verbessern, neue Ideen hinzuzufügen, sich über die Art der Dachziegel Gedanken zu machen und die Größe des Kamins zu errechnen, der sich mit alten Weinstöcken heizen ließ.

»Auf dem Mars? Ein Kamin?«, hörte er schon die Zweifler fragen.

Pratton Algame zog sich auf seinen Doppelsitz zurück, aktivierte sein Lesegerät und schaltete den Energievorhang ein. Er hasste wie jeder seiner Gefährten die Passivität, zu der sie gezwungen waren, und obwohl die Suche nach Perry Rhodan und seine Befreiung ihnen allen am Herzen lag, blieb ihnen während vieler Stunden nur das ereignislose Warten in der Hangarhöhle.

Pratton wählte das Kapitel »Wurzeln und artgerechtes Düngen der späten Bordeaux-Traube« und vertiefte sich in den Text. In den Kavernen, Stollen und Höhlen der Quochten konnte er schwerlich Wein anbauen; vielleicht Champignons? Aber die würden von den unappetitlichen Käfern gefressen werden.

»Nach der Rückkehr zum Mars – Schwarm hin oder her! – werde ich diesen herrlichen Planeten mit einem ausgezeichneten Weingut beglücken. Die Luft ist sauber, der Boden jungfräulich, die Durchschnittstemperatur weinfreundlich. 13° Grad Celsius! *Pratton Allgames Vineyards!* Auslese, in Fässern gereift! Anknüpfend an die Tradition großer, ehrwürdiger Marsweine; sowohl weiße als auch rote.«

Die Terraner hatten erfahren müssen, dass der Mars ihrer augenblicklichen Gegenwart nicht der Mars aus dem Jahr 1329 NGZ geblieben war: Die gesamte nördliche Halbkugel des Planeten, auf der sich auch die rätselhafte Stadt Mantagir ausdehnte, schien zivilen Zwecken vorbehalten zu sein. Die Südhalbkugel und das Innere des Planeten sollten zu einer gigantischen Schaltzentrale ausgebaut werden, aber die Terraner hatten mit eigenen Augen nichts davon gesehen. Ihre Versuche, Informationen einzuholen, waren fehlgeschlagen.

»Also bleiben meine Weingut-Träume auf die Nordhalbkugel beschränkt. Auch gut.« Allgame wechselte die Seite seines Fachberichts, las das Kapitel über Taubenkot als besten Weinbergdünger und begann achselzuckend darüber nachzudenken, ob er in Mantagir einen Taubenschwarm gesehen hatte.

»Marstauben? *Colomba vulgaris martii?*« Er war sicher, dass es keine Tauben auf dem Mars gab.

Interessiert las er weiter, stundenlang, bis er den Eindruck hatte, dass etwas um den Mars-Liner herumstrich. In Gedanken bei seiner Reben-Neuzüchtung, hörte er einige Male Schikago fauchen, dann ein scharfes Kratzen, daraufhin knarrende Laute, als ob ein Quochte im Selbstgespräch merkwürdige Dialoge führte; das Kratzen konnte von den gepanzerten Dreifingern eines Quochten kommen – nun, vielleicht war der Wassermeister, von dem Fran gesprochen hatte, wieder im Hangar mit Reparaturarbeiten beschäftigt.

Trotzdem: Pratton war beunruhigt und entspannte sich erst wieder, als nach ungefähr einer Stunde das Kratzen und Knarren aufhörten und sich endlich die nervtötende Ferrol-Katze beruhigte.

Er vertiefte sich wieder in die Mineralienzusammensetzung des Marsbodens.

Rhodan schnappte mühsam nach Luft und war völlig desorientiert. Er wartete in steigender Anspannung, von Übelkeit gepackt, auf das nächste Erlebnis. Er hatte weitestgehend das Zeitgefühl verloren, aber er schätzte, dass seit dem schrecklichen Augenblick weitaus mehr als eine Stunde vergangen war.

Wohin verschleppt mich der Magnoraunde?, dachte er verzweifelt und rang mit aufgerissenem Mund und schmerzenden Lungen nach Luft. *Und Tasha weiß jetzt, dass ich gefressen worden bin!*

In anscheinend gleichmäßigen Abständen tauchte das Riesenwesen den Kopf aus dem Wasser, schöpfte Luft und bewegte sich weiter, einem fernen Ziel zu. Rhodan war jetzt überzeugt, dass die Kreatur, die ihn verschluckt, aber nicht gefressen hatte, ein Sauerstoffatmer war, also eher eine amphibische Echse als ein Fisch. Rhodan kauerte im Kehlsack, und das ständige, unregelmäßige Schwanken, das Auf und Ab, steigerten seinen Ekel. Der Gestank war nur dann erträglich, wenn ein Luftstrom durch den Schlund des Tieres pfiff und fauchte.

Die Zeit schien sich endlos zu dehnen. Rhodan war mit seinen verzweifelten Gedanken allein. Er umklammerte die Griffe der Steinklingen und wartete. Eine hohe Dünung hob und senkte den mächtigen Körper des Meeressauriers und trug zu Rhodans Übelkeit bei.

Rhodan wartete ungeduldig, in Atemnot keuchend und vom Würgen und einem rebellierenden Magen geplagt.

Irgendwann glaubte er zu spüren, dass sich die Bewegungen des Magnoraunden verlangsamten. Die Abstände, in denen der schwimmende Gigant fauchend und zischend Luft holte, wurden kürzer, ohne Zweifel. Die Armwunde begann plötzlich rasend zu schmerzen. Rhodan fluchte, bezwang sich, richtete seine Gedanken auf vage Fluchtpläne, dachte an den vierten Planeten des Sol-Systems, an den Zwillingsgötzen-Botschafter Axx Cokroide und daran, wie lange diese Odyssee noch dauern mochte, an seinen Zellaktivator, der ihn wahrscheinlich abermals vor dem Tod gerettet hatte.

Und er dachte daran, ob – und wann – es ihm wohl gelingen würde, seine Gefährten und die hingebungsvolle Tasha Feori wiederzusehen und in die Vergangenheit von Balance B zurückzukehren.

Ein dumpfer Ruck ging durch den Körper des Riesentieres. Rhodan zuckte zusammen. Ein zweiter, dritter Ruck. Offensichtlich hatten die Gliedmaßen des Magnoraunden den Meeresboden berührt. Eine vierte Muskelbewegung, ein hohles Ächzen aus der Tiefe des Schlundes!

Dann merkte Rhodan, dass sich das Tier auf festem Grund schwankend und unbeholfen vorwärts bewegte. Eine plötzliche Bewegung des Halses hob Rhodan in dem schwer baumelnden Kehlsack hoch, der Rachen öffnete sich, und der Schädel kippte jäh nach vorn.

Mit einem unbeschreiblichen Laut und in einem Schwall übel riechender Flüssigkeit spuckte der Magnoraunde die Beute aus seinem Rachen aus. Rhodan war geblendet, sein Körper wurde umhergewirbelt, die Zunge unter ihm zuckte vorwärts und krampfte rückwärts. Rhodan krümmte sich zusammen und überschlug sich in der Luft; er rechnete damit, ins Wasser zu fallen, aber er fiel in weichen Sand und rollte hilflos umher.

Als er auf dem Rücken lag und die Muskeln anspannte, um aufzuspringen und wegzurennen, erhaschte er einen langen Blick auf den Magnoraunden. Dumpf klappend schloss sich der dreieckige Rachen über dem schwankenden Kehlsack, die Augen bewegten sich, und Rhodan empfing einen Blick, der ihn seltsam berührte. Rückwärts stapfte der Magnoraunde ins seichte Wasser zurück. Zwischen den klobigen Zehen glaubte Rhodan Schwimmhäute zu sehen; das Sonnenlicht rief auf der Schlangen- oder Saurierhaut viele farbige Reflexe hervor.

Langsam richtete sich Rhodan auf und wartete, bis das Tier wieder halb im Wasser verschwunden war und, einen Wellenberg vor sich herschiebend, vom Strand wegpaddelte. Der Schwanz hob sich und schlug die breite Flosse klatschend ins Wasser. Als Rhodan erleichtert Luft holte, merkte er erstaunt, dass allein er es war, der Gestank verbreitete. Sein Körper war von oben bis zu den Zehen von gelblichem Schleim überzogen. Er stand auf einem sauberen Strand aus weißem Sand, auf dem die Wellen ausrauschten.

Dem Stand der Sonne nach hatte er vielleicht drei oder auch vier Stunden im abscheulich stinkenden Rachen des Ungeheuers verbracht. Zwanzig Schritte hinter ihm sah er grünes, dichtes Gebüsch und Bäume, in weitem Umkreis des langen Strandes erhoben sich turmartige Felsen in verschiedenen Höhen und unterschiedlichem Umfang aus dem Meer.

»Was habe ich zu verlieren?«, fragte er sich laut und drehte sich herum. »Nur ein bisschen Zeit. Und viel Dreck. Ich stinke wie zehn ungewaschene Nodronen, mindestens!«

Er watete ins Wasser, knotete die Steindolche von den Handgelenken und wusch sich gründlich mit viel feinem Sand. Als er sich umdrehte, sah er fünf Nodronen, die zwischen den Büschen hervorgekommen waren und auf ihn zurannten. Sandfontänen stiebten unter ihren Fußsohlen in die Höhe.

Rhodan hob grüßend die Arme und rief in Vaaligonde: »Ich bin von Pembur-Station. Bin durstig, habe Hunger. Der Magnoraunde …«

»Wir bringen dich an die richtige Stelle der Insel«, übersetzte der Translator in seiner Wange.

Zwei Nodronen zogen seine Arme über ihre Schultern, hoben ihn hoch und trugen ihn mit schnellen Schritten in den Schatten der Bäume. Als sich Rhodan am höchsten Punkt des Strandes halb umdrehte, sah er, dass eine Korallenbarriere eine große Lagune abgrenzte. Unterbrechungen in den Brandungswogen zeigten, dass es breite Passagen gab, und außerhalb der Brandung erkannte er drei oder vier Magnoraunden, die Hälse und Köpfe hoch erhoben oder unter Wasser. Dann schlugen die Büsche hinter ihm zusammen.

Im Zickzack rannten die Nodronen mit ihm zwischen Baumstämmen und großen Felsen aus einer Art Gestein, die Rhodan als Korallenblöcke zu erkennen glaubte, zum Inneren der Insel. Auf einem breiten Pfad ging es aufwärts, bis zu einigen Höhleneingängen hinter großen Felsvorsprüngen in Baumwipfelhöhe. Die Männer mit wehendem schwarzen Haar und Bärten, die bis zur Brust reichten, legten Rhodan auf dicke Moospolster und hielten wassergefüllte Gefäße an seine Lippen.

Es waren, wie er erkannte, Blütenkelche!

Er leerte gierig vier oder fünf der handgroßen Kelche. Köstliches, quellfrisches Wasser, das auf seiner Zunge perlte. Dann brachte eine alte Frau dünne Scheiben Fleisch oder Fisch, träufelte Saft aus einer grünen Frucht darüber und legte einen kleinen, aus Grashalmen geflochtenen Korb voller gelbroter Beeren auf Rhodans Knie.

»Du kannst alles essen, kein Gift. Wir ernähren uns davon«, sagte sie. Rhodan nickte dankend und zwang sich, kleine Stücke abzubeißen und langsam zu kauen. Es war roher Fisch.

Vom Todesstrand ins Inselparadies, dachte er sarkastisch. *Das sieht wie ein erster Schritt zur Rettung aus! Wenn Tasha das sehen könnte ...!*

Er richtete sich auf und lehnte sich gegen die Wand der Höhle. Als er nach der nächsten Trinkblüte griff, die in einem durchlöcherten Tablett aus Flechtwerk steckte, betrat ein stattlicher, schwarzbärtiger Mann die Höhle. Respektvoll wichen die Nodronen zur Seite.

Rhodan starrte in die großen Tigeraugen des Mannes und hob den Blütenkelch. »Ich danke für den Empfang und für das Essen. Ich heiße Perry Rhodan. Wie seid ihr hierher gekommen?«

Ein Mann, der auf dieser Insel wie ein Ereignis wirken muss!, dachte Rhodan.

»Auf die gleiche Weise wie du«, antwortete der Hochgewachsene. »Viel früher als du und vor vielen anderen Ausgesetzten. Im Maul eines Magnoraunden. Wie wir alle. Ich bin Darracq Mogmorgh, hier auf dem Eiland so etwas wie ein Anführer.«

Mogmorghs ganze Erscheinung und sein Auftreten faszinierten Rhodan binnen weniger Atemzüge. Der breitschultrige Anführer, obwohl ebenso ausgemergelt wie Tasha und alle anderen Deportierten, schien erstaunlich kräftig zu sein und beweglich wie eine Kobra. Für jedermann ein gefährlicher Gegner; wenn er genügend Fleisch und Fett am Körper gehabt hätte, hätte Rhodan ein wahrer Hüne gegenübergestanden, eine erstaunliche Kampfmaschine mit klugen, gelben Augen.

Der Blick des Anführers war strahlend hell; Rhodan empfand einen Strom charismatischer Energie, der unter Mogmorghs schwarzen Brauen hervorzufließen schien. Seine wilde Mähne war schulterlang und im Nacken zu einem Schopf zusammengebunden, sein Bart dicht, ungepflegt und tiefschwarz. Rhodan hoffte, niemals Streit mit diesem Nodronen zu bekommen, und schluckte eine sarkastische Antwort herunter.

Er sagte: »Wenn du der Anführer bist, habe ich den richtigen Mann gefunden. Wir sollten über Pembur-Station reden und darüber, wie wir das Energie-Riff überwinden können.«

Im zweiten Tag, nachdem Sheo seinen Tauschvorrat mit ungewohnter Großzügigkeit aufgefüllt und zwei Magnum-Rationen Mineral-Vitamin-Tabletten entnommen hatte, gab die Varsonik Prüfalarm. Da es keine festen Tauschquoten gab und er keiner Vorschrift zuwiderhandelte, zuckte Omek nur mit den Schultern und suchte die zugeteilte Öffnung Ost Eins auf. Er kam an einem Gleiter vorbei, der unter dem Schattendach der Werkstatt stand und überholt oder durchgesehen wurde.

Drei Wächter schraubten und polierten an den Einzelteilen.

»Wir machen Magnoraunden-Wettfahrten, zwischen den Felsen drüben«, rief ihm ein Mann zu. »Machst du mit?«

Er schüttelte den Kopf, setzte den Behälter ab und sagte missbilligend: »Keine Lust. Bereitet mir kein Vergnügen, kleine Saurier umzubringen.«

»Kannst wohl kein Blut sehen, wie? Kein Jagdinstinkt, das ist es. Weich geworden?«

Sheo betrachtete den Gleiter, der zum Boot umfunktioniert worden war. Der Bug und der Kiel des unteren Teils glänzten; das Transplast war frisch geschliffen wie eine Messerschneide.

»Sucht euch bessere Gegner«, sagte er und hob die Kiste wieder auf die Schulter. »Vielleicht ein Rudel Raubtaucher. Da macht das Jagen Spaß!«

»Viel zu gefährlich, Alter.«

Sheo ging weiter, auf die ihm zugeteilte Strukturöffnung zu, wo er bis zur Abenddämmerung nach bestem Wissen Wasser, Vitamine und Konzentrate gegen mindere und gute Exemplare der Clezmor-Schwämme tauschte; er wusste ungefähr, wie viel die Reichen für einen Schwamm bezahlten.

»Kein verdammter Schwamm ist so viel wert, dass dafür so viele Deportierte sterben müssen!«, brummte er und wischte sich den Schweiß aus dem Nacken. Er dachte an seine versteckten Pakete und die kommende Nacht. »Es sind zu viele!«

3 *Darracq Mogmorgh von Hedrumeth*

»Wir nennen die Insel ›Hoffnung‹, weil dieser Ausdruck genau unserer Lage entspricht. Einige Hände voll nodronische Rebellen leben hier, weniger als zweitausend«, erläuterte Darracq Mogmorgh in sachlichem Tonfall und mit befehlsgewohnter, dunkler Stimme. Der Translator übersetzte den Begriff *Hedrumeth.* »Jeder einzelne Rebell oder Deportierte kam im Laufe der Zeit von Tapasand. Für die Leute dort – falls aus unserer Ankunftszeit noch welche am Leben sind – sind wir anscheinend sehr tot; von Magnoraunden gefressen.«

»Also sind diese riesigen Saurierwale, oder worum es sich auch handeln mag, gar keine Ungeheuer, sondern mit so etwas wie Vernunft begabt?«, fragte Perry Rhodan.

Mogmorgh nickte ernst. »Viele von uns sind überzeugt, dass es fühlende, möglicherweise denkende Wesen sind.« Der Anführer setzte sich neben Rhodan auf einen Hocker aus Treibholz und Lianenfäden. Er trug eine Schwimmhose, seine bloßen Füße steckten in Stiefeln aus einem Material, das an graues Aluminium denken ließ. Über dem Ansatz seines brustlangen Bartes sah Rhodan einige tiefe Falten; der Nodrone strahlte eine geradezu fühlbare Intensität aus. Rhodan musste unwillkürlich an die abgenutzte Metapher vom *inneren Feuer* denken. »Nenn mich ›Darracq‹, wie alle hier.«

»Ich bin Perry. Perry Rhodan. Habt ihr nie versucht, mit diesen Tieren irgendwie zu kommunizieren?«

»Niemand hat eine Möglichkeit gefunden.« Darracq betrachtete Rhodan mit mehr als bloßem Interesse. Er schien ihn auf eine bestimmte Brauchbarkeit zu prüfen. *Brauchbar wofür oder wogegen?* dachte Rhodan und hörte weiter zu. »Wir werden also niemals erfahren, was sie dazu trieb, uns zu helfen – denn verglichen mit Tapasand sind wir hier gut aufgehoben und führen, sozusagen, ein zufriedenes Leben.«

»Und keiner von euch, oder besser: von uns, weiß genau, wo Pembur-Station liegt. Hedrumeth, das steht für mich fest, ist südlicher als Tapasand.«

»Woher willst du das wissen, Perry?«

Der Führer der Rebellen rollte die *R's* in Perry ebenso wie die in seinem Namen. Es klang wie das Grollen einer großen schwarzen Raubkatze. Beide Unterarme Darracqs waren von farbigen Tätowierungen bedeckt. Auf dem rechten Arm, über harten Muskeln und Sehnen, undeutlich zu erkennen in dunkel gebräunter Haut, bemerkte Perry eine vielfigürliche Schlachtszene und im Vordergrund die naturalistische Darstellung eines Nahkampfes zweier von Wunden und Narben übersäter Krieger, die mit exotischen Waffen wütend aufeinander losgingen.

Rhodan zuckte mit den Achseln. »Die klugen Vögel, die verständlicherweise hier nisten, wo es Bäume und mehr Beute gibt, fliegen, von Tapasand aus gesehen, nach Süden. Die Sonne steht hier mittags genau über unseren Köpfen?«

Darracq und das Dutzend der Deportierten, die die Höhle halb füllten, nickten. Sie schienen überrascht zu sein. »Genauso ist es.«

»Habt ihr brauchbare Boote?«, erkundigte sich Rhodan, obwohl er die Antwort zu kennen glaubte.

»Nicht einmal ein Floß.«

»Welche überlebenswichtigen Wunder habt ihr außer nodronischem Hedrumeth-Sushi und den Trinkblüten auf Hedrumeth?«

»Du meinst den Fisch in Scheiben?«, brummte Darracq. Er trug eine offene Jacke aus dickem, schwarzem Leder und einen breiten Gürtel, der aus Silber zu bestehen schien. Ellbogen und Schultern der Jacke waren durch metallisch schimmernde Kappen aus Nodroplast verstärkt. Auf dem linken Unterarm, bis hinunter zum Handrücken, erkannte Rhodan die Schilderung eines friedlichen Marktplatzes. Bei jeder Geste schienen sich die kleinen Personen zu bewegen und miteinander nicht minder exotische Waren zu tauschen.

»Nicht viel«, fuhr der Anführer fort. »Außerdem müssen wir uns ständig verstecken. Die Wachschiffe im Orbit und die Frachter könnten Gruppen von uns oder größere Hütten orten. Was die Magnoraunden dazu treibt, einzelne Deportierte zu retten, wissen wir auch nicht. Ebenso wenig, ob sie instinktiv eine Auswahl treffen. Aber sie haben es weit öfter als zweitausend Mal getan. Im Inneren der Insel, die nicht groß ist, gibt es eine Quelle und einen kleinen Süßwassersee. Mehr ein Tümpel oder Teich. Und wir leben von den Fischen, die uns die Magnoraunden an die Strände treiben.«

»Fische? Tatsächlich? Die Magnoraunden? Frischfisch für euch Ausgesetzte?«

»Ganze Fischschwärme. Sie versetzen die Tiere in Panik, sodass sie aus dem Wasser flüchten. Wir erschlagen sie dann am Strand mit Steinen und schneiden sie mit Muschelschalen und ähnlichem Werkzeug.« Darracq zögerte. »Manchmal denken wir, sie spüren unseren Hunger und wollen uns helfen.«

»Keine Feuer – oder nur ganz selten? So viele Nodronen ... und ihr findet Pflanzen, Beeren und Früchte im Wald.«

Einige fast handgroße Libellen summten in den flachen Sonnenstrahlen ins Höhleninnere, kreisten und entfernten sich wieder. In einem silbrigen Spinnennetz zitterte angstvoll sirrend eine einzelne Fliege.

»Nur selten riskieren wir ein Feuer, obwohl wir Flammen, Hitze und Rauch lieben wie nichts anderes. Wir müssen alles rationieren und damit haushalten, denn zweitausend Leute hätten schnell die Insel kahl gefressen wie Raupen«, sagte Darracq bedächtig. »Lass es dir erklären. Dann haben wir alle deine Fragen hinter uns.«

»Anführer Darracq«, sagte Rhodan und sah über dessen Schultern hinweg, dass die Sonne in höchstens einer Stunde untergehen würde. »Ich bin kein Nodrone. Keiner von euch. Das erkläre ich euch, wenn ich die erste Nacht seit meiner Ankunft ohne Störung geschlafen habe.«

»Kein Nodrone? Ja, deine Augen ... Durchaus möglich. Aber hör uns noch weiter zu. Es gibt nicht mehr viel zu schilden.«

Darracq berichtete, dass die Magnoraunden an einigen Stellen der Insel Hedrumeth ihre Eier in den Sand legten. Ihre Gruppe hielt sich dann in der Nähe auf, bis die Jungen schlüpften. Die Deportierten hatten beobachtet, dass meist eines, höchstens drei Jungtiere zu den Elternteilen gehörten. Für Rhodan erklärte das einiges: Wahrscheinlich war auch Tapasand einst ein Brutgebiet gewesen, aber das Energie-Riff und der lang andauernde Lärm und die Unruhe, ausgelöst durch die Deportierten, hatten die Magnoraunden hierher vertrieben.

Die Sterblichkeit der Nodronen auf Hedrumeth war trotzdem hoch. Es gab keine Medikamente und nur zwei oder drei Kräuter, von deren heilender Wirkung man inzwischen wusste. Und es waren keine Kinder geboren worden.

Dass sich Darracqs Gefolgsleute verstecken mussten, erstaunte Rhodan, aber bald würde er den Grund erfahren, versicherte ihm Darracq, bevor er ihn mit einigen Blütenkelchen voller Wasser allein ließ.

Die kleine Höhle im Korallengestein war angenehm kühl. Durch den Eingang drang ein stetiger Strom warmer Luft. Unter sich das Moos, über seinem Körper eine Decke aus geflochtenen Gräsern, wartete Rhodan die kurze Dämmerung ab. Zum ersten Mal seit Tagen entspannte er sich und dachte in der Dunkelheit an Tasha und ihr verzweifeltes Bedürfnis nach Zärtlichkeit und Leidenschaft; übergangslos versank er in tiefen Schlaf und erwachte, trotz des normalerweise geringen Schlafbedürfnisses eines potenziell Unsterblichen, erst sehr spät, der Morgendämmerung nahe, in der sternenübersäten Finsternis.

Er tappte hinaus zum Felsvorsprung und versuchte ergebnislos, bekannte Sternkonstellationen zu finden. Der Mond Brayg stand tief über der abgewandten Seite der Insel. Das Meer erschien endlos, das Plappern der Wellen und das Rauschen der Brandung schläferten Rhodan ein. Er erleichterte sich und zog sich auf sein weiches Lager zurück.

Tapasand Island war ungefähr vier Stunden zu je vier, fünf Knoten oder Seemeilen entfernt – schneller schwamm ein Magnoraunde kaum –, also bestenfalls vierzig Kilometer im Durchmesser. Zu ausgedehnt für jeden Schwimmer. Vielleicht auch fünfzig Kilometer; Rhodan zuckte mit den Achseln. Seine Chancen, zu überleben, waren gestiegen. Die Möglichkeiten, den Planeten zu verlassen, waren gleich schlecht geblieben.

Plus Exponent Neun, dachte er und fluchte in sich hinein.

Rhodan fieberte danach, etwas zu unternehmen, aber die Umstände verdammten ihn zur völligen Passivität. Er hasste diesen Zustand mehr als alles andere. Er war nicht in der Lage, ihn zu ändern; er und alle anderen Deportierten waren ihrem Schicksal hoffnungslos ausgeliefert.

Trotz der Qual, die ihm die gebündelten Ungewissheiten verursachten, und des Salzes, das auf seiner Haut juckte, schlief er bis kurz nach Sonnenaufgang.

Am Strand traf er Darracq, der zusammen mit einigen Dutzend Männern nach angetriebenem Fisch, Treibholz und anderem Nützlichen suchte. Die Männer trugen Lendenschurze aus Stoffresten, ausgefranste Hosen, ärmellose Jackenteile oder Kleidung aus Tang und Bastgeflecht. Rhodan begrüßte ihn.

»Später kannst du dich mit Süßwasser waschen. Wir werden dir die Stelle zeigen«, sagte Darracq und grinste dabei. »Verschwende kein Wasser; zweitausend andere Insulaner brauchen es ebenso dringend wie du. Und wie war das mit deiner Herkunft?«

Rhodan setzte sich auf einen Stapel rindenloses, salzüberkrustetes Treibholz, die nackten Füße im Meerwasser. »Ich werde mich hüten, Wasser zu verschwenden. Also ... meine Geschichte fängt eine Milliarde Jahre in der Vergangenheit an. Wir waren ...«

Mogmorgh starrte ihn plötzlich in ungläubiger Wut an. Auf seiner dunkel gebräunten Stirn bildeten sich tiefe, senkrechte Falten. Rhodan hob die Hände und beteuerte: »Es ist die Wahrheit, Darracq. Ich kann es selbst nicht glauben. Hör zu! Bis zum Schluss. Ich weiß, dass es wie ein Lügenmärchen klingt, aber warum soll ich dir etwas Erfundenes erzählen?«

Er berichtete Darracq und einer Gruppe von sieben Nodronen, die ihm gebannt zuhörte, seine Geschichte. Er fing mit der Entführung an, schilderte den Mars der Vergangenheit und der Zukunft beziehungsweise Balance B der Jetztzeit, streifte das Wissen, das er inzwischen über Axx Cokroide und den Vaaligischen Schwarm besaß, erzählte von Bully und den Gefährten, und schließlich schloss er mit dem Hinweis auf den Zwang, nach den Wissenschaftlern von Cor'morian suchen zu müssen, um in die Vergangenheit zurückkehren zu können.

Schweigen. Nur die Brandung rauschte. Ein Vogel schrie gellend.

Darracq schüttelte langsam den Kopf und brummte: »Ich glaube dir das Unglaubliche, Perry. Zwar widerstrebend, aber ... Ich würde dir helfen, wenn ich könnte.« Er machte eine umfassende Geste. »Aber unter diesen Umständen? Wenn wir die Station auf Tapasand besetzen könnten – ein Überfall, den ich lieber gestern als heute riskieren würde.«

Rhodan senkte den Kopf. »Ich bin sicher, du wärst ein ausgezeichneter Mitkämpfer. Ich muss jedoch einsehen, dass es nicht den winzigsten Hebel gibt, etwas zu bewirken.«

»Du kannst dich ablenken. Sieh aufs Meer«, sagte ein Begleiter Darracqs. »Ein friedlicher Anblick in all dem Elend. Die kleinen Magnoraunden lernen schwimmen.«

Rhodan stand auf und ging zur höchsten Stelle der Sandbucht. Er blieb im Schatten weit vorspringender Äste stehen und sah zu, wie vor der Kulisse der Felstürme ein Dutzend Magnoraunden schwammen, tauchten und einander spielerisch anrempelten. Es waren ohne Zweifel Jungtiere, die nach Luft schnappten, von erwachsenen Exemplaren bewacht.

Rhodan bewunderte das Geschick der Nodronen von Hedrumeth, sich zu verstecken. Obwohl die kleine Insel mit zweitausend Leuten überbevölkert war, hörte und sah er immer nur wenige von ihnen.

Darracq kam durch den tiefen Sand auf ihn zu und zuckte mit den Achseln. »Sie stören uns nicht, wir stören sie nicht«, sagte er und zeigte auf die spielenden Wal-Echsenwesen. »Vor unseren Stränden ziehen die Magnoraunden unbehelligt ihre Nachkommenschaft auf.«

Rhodan sah eine Weile lang zu und identifizierte, wenn die Brandungswogen sich mit lautem Getöse gebrochen hatten und auf dem Strand ausrauschten, in den Pausen seltsame Laute. Zuerst hielt er sie für das Knarren von Bäumen oder Ästen in der morgendlichen Brise, aber höchstwahrscheinlich sonderten die erwachsenen Magnoraunden jene Laute ab.

Zum ersten Mal dachte er bewusst daran, dass Pembur ein Planet war, dessen Meere unendliche Massen Treibgut an steile oder flache, sandige oder felsige Küsten von unbekannter Länge warfen, wo es Stürme, Orkane, Taifune, Tsunamis und Windstille, Meeresbeben und Tiefseelebewesen gab wie auf jeder anderen Welt dieser Art.

Er wandte sich an Darracq. »Dieses langgezogene Knarren ... habt ihr das schon früher gehört? Ich glaube, es kommt von den ausgewachsenen Magnoraunden?«

»So laut und durchdringend ist es selten gewesen.« Darracq riss ein welkes Blatt vom Ast. »Die erwachsenen Kreaturen stoßen diese ... Geräusche aus. Mehr weiß ich auch nicht.«

Rhodan hörte weiter zu und versuchte, in der Abfolge der tierischen Lautäußerungen einen bestimmten Rhythmus oder den Ansatz einer Bedeutung zu erkennen. Aber auch mit viel Fantasie vermochte er nichts anderes wahrzunehmen als eine auf- und abschwellende Kakophonie.

Die Laute gingen im Rauschen des Windes in den Baumkronen und dem Lärmen der Brandung unter. Rhodan, der in seiner erzwungenen Passivität zu verzweifeln begann, lief hinunter zum Wasser, watete bis zu den Hüften hinein und fragte sich, ob er durch größere Nähe zu den Schallquellen mehr erfahren könnte, ob er sich irrte oder ob der vage Einfall, den er zu haben glaubte, wieder ins Leere lief.

Wasser leitet Schall besser als Luft, dachte er und tauchte unter.

Die Brandung war wie ferner Donner. Dann hörte er ein langes Knarren, ein helles Knurren, einen abgehackten Laut, der entfernt einem terranischen Walgesang ähnelte. Der unsichtbare Translator, der mit Rhodans Wange verwachsen war, machte sich mit leichtem Kitzeln bemerkbar. Rhodan glaubte, einige Worte zu hören, in abgrundtiefem Bass, durch eine Art Verlangsamung erzeugt oder modifiziert. Die Atemluft wurde knapp; er hob den Kopf aus dem Wasser und hörte wildes Geschrei aus Dutzenden nodronischer Kehlen.

»Komm sofort in Deckung! Raus aus dem Wasser. Hierher, Perry!«

Das langgezogene Signal aus einem Muschelhorn war wie ein urzeitlicher Laut. Rhodan verstand, drehte sich herum und watete so schnell er konnte an Land. Er rannte über den feuchten Streifen des Strandes und durch trockenen Sand zu der Gruppe um Darracq und sprang in den Schatten der Äste. »Was ist los?«

»Die Wachen auf dem Baum haben uns gewarnt.« Darracq packte Rhodans Arm und zog ihn mit sich in den Schutz der Büsche. »Wahrscheinlich wieder Gleiterboote von Tapasand. Komm!«

Die Männer rannten auf dem Sandboden durch ein Wäldchen, zwischen getarnten zeltartigen Behausungen hindurch, an Gruppen arbeitender Deportierter vorbei auf ein verstecktes Gewirr von Leitern aus Treibholzstücken zu, die zwischen einer Felsnadel und einigen Bäumen im Zickzack in die Höhe führten.

»Der höchste Punkt von Hedrumeth.« Weder Darracq noch Rhodan keuchten oder schwitzten. »Der Ausguck hat Alarm gegeben. Willst du sehen, warum?«

»Selbstverständlich!«

»Dann also hinauf mit dir!«

Rhodan begann mit dem Aufstieg. Das harte Holz schnitt schmerzhaft in die Fußsohlen, als er höher und höher kletterte, über Felsvorsprünge, breite Äste, von einem Stamm zum anderen bis in die dicht belaubte Krone eines Baumes. Der feuchte Wind fauchte zwischen den schwarzgrünen Blättern hindurch; zwei junge Männer saßen auf einer wackeligen Plattform und spähten angestrengt nach Nordosten.

Rhodan erinnerte sich schwer atmend daran, dass die Nodronen Vorgänge und Dinge in der Ferne nicht so scharf wie er und weniger farbgetreu sahen. Er sah ganz genau, was die Insulaner erschreckt hatte. Nicht nur die Insulaner. Auch die Magnoraunden.

Er überblickte aus dem Baumwipfel mehr als zweihundert Grad. Aus dem Meer ragten, über eine weite Fläche verteilt, ungefähr fünfzig große und kleine Felsen, unterschiedlich hoch und in unterschiedlichen Durchmessern. Einige Klippen lagen wie zufällig hingeschleuderte Kolosse nahe des Strandes, keine zweihundertfünfzig Meter entfernt.

Die Ebbe hatte eingesetzt. Am Fuß einer jeden Klippe schäumte Brandung, ab und zu gischteten weiße Fontänen gegen den Stein. Um die Spitzen der steinernen Säulen jagten Vögel, auf einigen Felsen und aus Spalten wuchsen Büsche und kleine Bäume. Im ruhigen Meer tummelten sich die jungen Magnoraunden, bewacht von den riesigen Schuppenleibern der Alten. Eine Szenerie, die unter den hurtig über den tiefblauen Himmel driftenden kleinen Wolken idyllischen Frieden ausstrahlte.

Von Norden, also mit größter Wahrscheinlichkeit von Tapasand und Pembur-Station aus, näherten sich durch die Luft einige Gleiter. Rhodan zählte sieben Maschinen, die in etwa zwanzig Metern Höhe in schnellem Flug herankamen. Sie bildeten eine Linie, und als sie nahe genug waren, sah er, dass es offene Gleiter waren, deren Unterschalen wie Bootsrümpfe geformt waren. Sekunden später konnte er deutlich erkennen, dass in jedem der auffällig bunten Gleiter drei oder vier Nodronen saßen; Wächter aus Pembur-Station.

»Ist es das erste Mal«, fragte Rhodan, »dass die Kerle mit ihren Gleitern hier auftauchen?« Er flüsterte, obwohl der Lärm der Umgebung jeden Laut verschluckte. Jetzt verstand er, warum die Deportierten sich und alles, was auf ihre Anwesenheit auf Hedrumeth hindeutete, versteckt hielten.

»Vielleicht vor einem halben Jahr waren sie zum letzten Mal hier«, lautete die Antwort. »Sie halten ihre Rennen hier ab.«

Die Gleiter hatten die ersten Felsen erreicht, weit außerhalb der Lagune. Sie verringerten ihre Geschwindigkeit und sanken, nachdem sie aus dem Bereich der hohen Wellen herausgeschwebt waren, ins stillere Wasser. Jeder Bug warf eine hoch schäumende Doppelwelle auf.

»Rennen? Wettfahrt?«, fragte sich Rhodan laut. »Hier? Zwischen den Magnoraunden?«

»Sieh zu. Dann verstehst du es.«

Die Gleiter hatten sich dadurch, dass die Piloten die Antigravprojektoren deaktivierten, in Boote verwandelt. Langsam trieben sie zwischen zwei niedrigen Klippen aufeinander zu und bildeten eine unregelmäßige Startlinie. Ein Insasse brüllte etwas Unverständliches, schwenkte einen Arm über dem Kopf und feuerte ins Wasser. Der Startschuss warf eine kochende Wassersäule in die Höhe.

Die Gleiter beschleunigten nebeneinander fast aus dem Stand, nahmen rasch Fahrt auf und wurden immer schneller. Zuerst hoben sich die Buge aus dem Wasser, die Bugwellen wanderten nach hinten, einige Bootsgleiter lösten sich aus dem Pulk und setzten sich an die Spitze. Die Männer schrien und johlten und feuerten ihre Strahler ab. Die ersten Fahrzeuge näherten sich einer Gruppe der jungen Magnoraunden, zwischen deren Körpern die Energieeinschläge das Wasser verdampften.

»Sie sind verrückt!«, ächzte Rhodan und schirmte die Augen mit der flachen Hand. »Sie bringen die Tiere um!«

»Eine Sache, die ihnen blutigen Spaß macht. Aus Langeweile …!«

Einige Elterntiere hoben ihre langen Hälse, aus den Rachen kamen trompetende Schreie, die bis zur Insel hallten, und mit mächtigen Bugwellen setzten sich die Magnoraunden in Bewegung, auf die Strecke zwischen zwei auffälligen Klippen zu. Die Kleinen erkannten offensichtlich die Gefahr und versuchten durcheinander schwimmend zu tauchen oder im seichten Ebbewasser zu flüchten, aber sie stellten sich ungeschickt an.

Inzwischen hatte ein vorwiegend rot dekorierter Gleiter die Spitze übernommen, zog in einer leichten Kurve auf den Spielplatz zu und raste auf ein Junges zu, das unbeholfen zur Seite paddelte und mit dem Schwanz die Luft peitschte. Der scharfe Kiel des Bootsgleiters schnitt, während das Gefährt mit dem Bug aus dem Wasser sprang, eine riesige Wunde in den Rücken des Tieres. Hinter dem Heck des Gleiters färbte sich der Schaum blutig.

Seltsam unbetont sagte der Ausguck neben Rhodan: »Schau es dir ganz genau an! Sie töten aus Langeweile.«

Die ersten drei Gleiter jagten mit geringem Abstand auf die Öffnung eines großen, natürlichen Torbogens in einer silbergrauen, schrundigen Klippe zu. Der Rest der kleinen Flotte folgte in einigem Abstand und weit auseinander gezogen. Das scharfe Summen der überforderten Antriebe drang bis an Rhodans Ohren.

Ein Eltern-Magnoraunde griff eines der Boote mit weit aufgerissenem Rachen an, aber der Pilot wich in einer Doppelkurve aus. Mit mächtigen bogenförmigen Heckwellen jagten die ersten durch das Tor, nahmen die Geschwindigkeit zurück und fuhren eine enge Kurve, beschleunigten wieder und gingen auf Gegenkurs.

Ungefähr eine Viertelstunde lang versuchte die Hälfte der Bootsgleiter-Besatzungen, in dem wilden Rennen zu gewinnen. Sie rasten zwischen den am weitesten entfernten Wendepunkten hin und her und schienen nicht auf die Leiber der jungen Meeresbewohner zu zielen.

Die Piloten der anderen Hälfte fuhren Schleifen und waaghalsige Manöver, wichen den großen Magnoraunden aus und versuchten, die Kleinen mit gezielten Schüssen ins Meer und den aufzuckenden Gischtfontänen zu erschrecken, um sie leichter rammen zu können; deutlich sahen die Beobachter von der Insel aus, an wie vielen Stellen blutende und sterbende Kreaturen versanken, wieder auftauchten, sich auf den Rücken drehten, und wie sich im weiten Umkreis das Wasser rot färbte. Einige Wächter feuerten Energiestrahlen in die Körper, die zu brennen begannen und gelbgrauen Rauch absonderten, den der Wind inselaufwärts trieb.

Ab und zu glaubte Rhodan in dem chaotischen Wettrennen die schlanken Körper von Raubtauchern zu erkennen, auf die reiche Beute wartete. Langgezogene klagende Laute hallten über das Wasser, während sich in den Fontänen der Wasservorhänge die Sonne in leuchtenden kleinen Regenbögen spiegelte.

Nach weniger als einer Stunde hatten sich die jungen Saurierwesen zerstreut, waren getötet worden, ertrunken oder von den Raubtauchern zerrissen. Jeder Angriff und jeder Verteidigungsversuch der Elterntiere war fehlgeschlagen – die Magnoraunden waren zu langsam, die Maschinen zu schnell, und die Piloten reagierten wie geübte Sportsleute.

Die Rachen der Magnoraunden würden, sagte sich Rhodan, ohne große Mühe einen Gleiter samt Insassen verschlucken können, wenn sie schneller zustießen. Rhodan hatte die Opfer ebenso wenig gezählt wie die anderen Nodronen, aber die Wächter waren rücksichtslose Jäger. Bis auf einzelne Raubtaucher, die sich scheinbar übermütig aus dem Wasser schnellten, war die Meeresoberfläche leer; die niedrigen Wellen trugen winzige, rötlich gefärbte Schaumkronen.

Rhodan atmete tief ein und aus und schloss die Augen. »Dass die Wächter hinter dem Energie-Riff sich langweilen, dass sie ihren eigenen Leuten gegenüber rücksichtslos und roh sind – das kann ich verstehen«, sagte er und sah zu, wie sich die Bootsgleiter sammelten und sich langsam nach Norden schoben, aus dem Gewirr der Klippen hinaus. »Aber dass sie derart mörderisch auf die Magnoraundenbabys losgehen, erstaunt selbst mich.«

Er hatte viele Wesen sterben sehen, die Vernichtung von Millionen und Milliarden miterlebt, der Zerstörung von Planeten und Sonnensystemen beigewohnt – aber eine solche Zurschaustellung gleichgültiger, bewusster Rohheit entsetzte ihn. Noch immer! Abscheu und Verzweiflung wurden weder durch potenzielle Unsterblichkeit gemindert noch durch das Wissen, sich weit in der Zukunft zu befinden.

Schweigend beobachteten er und die beiden Nodronen, wie der erste Gleiter aus dem Wasser stieg, den Bug nach Norden drehte und startete. Nach und nach folgten die anderen. Das raue Gelächter der Gleiterinsassen hallte über das Wasser. Schwarze Aasvögel flatterten und segelten von den Klippen und stürzten sich auf die Reste der jungen Magnoraunden, die in den Wellen trieben.

Als die Gleiter verschwunden waren – eineinhalb Stunden nach ihrer Ankunft –, kletterte Rhodan langsam hinunter und blieb vor Darracq stehen. Die Nodronen verließen ihre Verstecke und bildeten einen Kreis um die Männer. Ihre Gesichter waren unschlüssig, die Gesten sprachen von Ratlosigkeit.

Rhodan sagte: »Ich weiß nicht, wie ich es anfangen soll, Darracq. Aber irgendwie müssen sich die Verhältnisse ändern. Und zwar bald!«

Darracq Mogmorgh nickte. »Zu unseren Gunsten! Davon träume ich seit vielen Jahren.«

Rhodan ging zum Tümpel, trank köstlich frisches Wasser und wusch sich so gründlich, wie er es mit ungefähr zwanzig Litern aus einem heftig tropfenden Eimer aus geflochtenen Blättern und Gräsern vermochte. Dann fühlte er sich, auf dem Weg zu seiner Klippenhöhle, eine Spur besser.

Als die Gleiter kurz nach Anbruch der Nacht zurückkehrten, erkannte Sheo Omek seine Chance. Er erwartete seine Kameraden mit einem Liquitainer voller Schnaps, beglückwünschte sie und wartete, bis sie grölend und lachend zur Kantine unterwegs waren.

»Ich spritze eure versalzenen Gleiter ab!«, rief er ihnen nach. »Dann habe ich bei euch etwas gut.«

Er holte die Reinigungsgeräte und programmierte die Roboter. Während Wasserstrahlen und Sprühregen über die Maschinen niedergingen, vergewisserte er sich, dass ihm niemand zusah. Er steuerte den größten Gleiter zum Magazin, öffnete das Tor und stieß rückwärts hinein.

Er suchte während des kurzen Fluges nach einer glaubhaften Ausrede, aber selbst als er heraussprang und die Hälfte des Tores zur Seite gleiten ließ, war ihm keine eingefallen. Er zitterte vor Furcht, entdeckt zu werden.

In fieberhafter Eile lud er Paket um Paket auf die kleine Ladefläche, die Sitze und die Zwischenräume. Er sprang zu einem anderen Regal, nachdem er die Ordnung wiederhergestellt hatte, und faltete eine schwarze Folie auseinander. Er zog sie über die Ladung und die Seiten des Gleiters und schwebte so langsam wie möglich aus dem Magazin hinaus. Er sah sich um und spürte seine Angst, entdeckt zu werden.

Aber er war, als er das Portal zuschob, allein zwischen den Gebäuden. Vorsichtig steuerte er den Gleiter zwischen zwei Wänden, abseits der Reichweite einer Kontrollkamera, in die Höhe und zwischen den scharfen Graten über die Spitzen des Energie-Riffs. Er ließ den Gleiter um wenige Meter absinken, warf ein Paket nach dem anderen hinunter und steuerte auf die Stelle zwischen den glimmenden Positionslichtern zu, an der die heimkehrenden Jägergleiter über den Wall gekommen waren.

Das vorletzte Paket, das letzte, das auf dem Nebensitz gelegen hatte. Mit dumpfem Klatschen landete es im nassen Sand und im Sumpf. Sheo zog den Gleiter hoch und überwand mit der nachgeschleppten schwarzen Folie die Oberkante des Riffs und ließ die Maschine durch die Wasserstrahlen und den künstlichen Regen bis zum Boden sinken.

Als er die Motoren und die Antigravprojektoren abschaltete, merkte er, dass sein Herzschlag raste und dass er am ganzen Körper in kalten Schweiß gebadet war. Mit zitternden Knien stieg er aus und begann, die Folie zusammenzufalten.

»Ich hab's geschafft!«, stöhnte er und lehnte sich schwer an den triefenden Gleiter. Langsam ging er zur Werkstatt und schaltete die Tiefstrahler ein. Ein Roboter schwebte zur Seite, als Sheo das Reinigungsprogramm der Maschine deaktivierte.

Hoffentlich, dachte Sheo inbrünstig, *beobachtet morgen früh niemand die Ausgesetzten, wenn sie die Pakete auspacken und sich dabei auffällig verhalten.*

In der folgenden Stunde gelang es ihm, sich zu beruhigen. Die Gleiter standen gereinigt in Reih und Glied, als Sheo triefnass zu seinem Quartier ging und sich auszog; er war überzeugt, dass er vielleicht kein Leben gerettet, aber vielen Nodronen das Überleben erleichtert hatte.

In dieser Nacht schlief er tief und traumlos.

Niemand störte ihn während der zweiten Hälfte des Tages. Er verbrachte die Stunden damit, seine »Taucherbrille« wieder in Stand zu setzen, seinen Gedanken nachzuhängen und die Unruhe seines tiefsten Inneren zu befrieden. Die Rebellen auf Hedrumeth waren verständlicherweise auf ihren Anführer fixiert, aber Darracq war unzweifelhaft mehr. Und anders. Ein Geheimnis schien ihn zu umgeben; seine unangefochtene Autorität schien aus einer geheimen Quelle zu stammen.

Am nächsten Morgen begann Rhodan einen Rundgang über die Insel und befragte einige ältere Deportierte über Darracq Mogmorgh. Er erhielt nur ausweichende Antworten, die ihn nicht zufrieden stellten. Diejenigen, die seinen Gesichtsausdruck richtig deuteten, sprachen ihn, unsicher geworden, nicht an; schließlich, als sich Draynare der kurzen tropisch-äquatorialen Dämmerung entgegensenkte, aß er zusammen mit Darracq nicht mehr ganz frischen, aber gebratenen Fisch und reife Früchte und Beeren, Schoten und violette, pralle Knospen.

Nach einigen Schlücken kaltes Wasser sagte er: »Habt ihr auf Hedrumeth irgendwelche Schwimmhilfen? Fischblasen, trockenes Holz, ein kleines Floß, irgendetwas Derartiges?«

Darracq zuckte mit seinen muskelstarrenden, knochigen Schultern und deutete auf die Glut, den wertvollsten Besitz der Rebellen. Der Geruch nach kaltem Rauch durchzog die kleine, doppelt ovale Insel von einem Ende zum anderen. »Ein kleines Floß könnten wir dir bauen. Jetzt, weil die Wächter mit ihren Gleitern weg sind, haben wir das meiste Holz verbrannt. Aber wozu, Freund?«

»Damit ich nicht ertrinke, so entkräftet wie ich bin.«

»Willst du etwa …«

»Nein!«, sagte Rhodan entschieden und lächelte ironisch. »Ich will, wie du dir denken kannst, nicht nach Tapasand schwimmen. Aber zu den Klippen und Felstürmen, wo wir die Magnoraunden gesehen haben.«

»Was willst du dort?«

»Warte es ab, staune oder lache mich aus.« Rhodan zerschlug eine purpurne, haarige Nuss zwischen zwei Steinen. »Nur der törichte Einfall eines am Überleben Interessierten.«

Darracq nickte und winkte einige junge Männer herbei. Sie gehorchten blitzschnell, und wieder dachte Rhodan an die verborgene Bedeutung, die in dem Anführer schlummerte, und an die Autorität, die er verströmte. Darracq gab leise Befehle; die Männer nickten.

»Du findest das Schwimmgerät bei Sonnenaufgang am Strand unterhalb deiner Schlafhöhle.«

»Genau dort brauche ich es«, entgegnete Rhodan undeutlich. Er kaute auf dem fettreichen Nusskern, schlug Darracq kameradschaftlich auf die Schulter und stand auf. »Wünsch mir Glück. Oder anders: Flehe den Doppelgötzen oder den Allgeist, die ewigen Sterne oder sonst irgendwen an, dass ich einen brauchbaren Einfall habe.«

Darracq nickte und starrte seine schmutzigen Zehen an, hob dann den Kopf und blickte in die tiefrote Scheibe der Sonne. »Ich vertraue dir. Tu, was du glaubst, tun zu müssen – niemand wird über dich lachen.«

Rhodan grinste und antwortete wie ein weiser Stoiker: »Ich fürchte nicht das Gelächter von zweitausend Leuten, sondern den Misserfolg. Er würde uns umbringen; langsam und qualvoll.«

Darracq antwortete nicht. Aber Rhodan spürte seine Blicke zwischen seinen Schulterblättern; sie trafen ihn wie Stiche seiner steinernen Dolche.

Noch vor Sonnenaufgang lag er mit dem Oberkörper auf einem Raster aus trockenen Holzknüppeln, auf abenteuerliche Art mit Lianen, Fischdärmen, Ruten und jungem Süßwasserschilf irgendwie zusammengezurrt. Am rechten Handgelenk war der Steindolch festgebunden, auf der Stirn drückten die Knoten seiner Netzband-Taucherbrille. Mit ruhigen Zügen schwamm er bis zur Brandung, kämpfte sich lautlos fluchend durch die überkippend gischtende Woge und fasste sein Ziel ins Auge: drei nebeneinander aufragende Klippen in Ufernähe. Jenseits dieser Klippen hatte er die meisten Magnoraunden gesehen.

Später legte er sich mit den Schultern auf die missratene, knarrende Tochter aller Flöße, machte Schwimmstöße nur mit den Beinen, wünschte sich Schwimmflossen und blickte in die Sterne, die allmählich erloschen. Ruhig, mit möglichst wenig Kraftanstrengung, bewegte er seine Unterschenkel. Nach einigen Minuten, als kein Stern mehr zu sehen und der dunkel geäderte Brayg längst versunken war, als die Ahnung morgendlichen Tiefgraus das Firmament zu überziehen begann, spürte er eine Strömung, die ihm das Schwimmen erleichterte. Sie sog und schob ihn und das Floß in Richtung seines Ziels.

Ich darf mich nicht irren, dachte er. *Aber ich irre mich auch nicht! Was ich gehört habe, war keine Einbildung. Es wäre nicht das erste Mal, dass sich so unterschiedliche Lebewesen, wenn auch auf bizarre Weise, miteinander verständigen könnten.*

Und: Der Misserfolg hatte ihn nicht weiter zurück als bis zum Ufer und zu dem Augenblick geworfen, an dem er aufbrach. Der Misserfolg würde ihn nicht zerbrechen, aber er würde die vielleicht einzige Chance der Rückkehr kaputtmachen.

Er drehte den Körper und setzte auch die Arme wieder ein. Auf diesem Ozean, schoss es ihm durch den Kopf, war er wahrscheinlich zurzeit der einzige Schwimmer des Planeten. Oder schwamm auch Tasha wieder hinaus? *In memoriam* an den Gewitter-Lover Perry? Er dachte an die kurzen Stunden ihrer nächtlichen Leidenschaft und ihrer traurig-idyllischen Erzählungen und wusste, dass er sich immer gern daran erinnern würde. An beides.

Und wenn sie noch lebt, und wenn ich sie irgendwo wiederfinde, werde ich sie voller Wiedersehensfreude umarmen.

Er schwamm, ohne sich anzustrengen. Minuten, Wochen oder Jahre später hob er, vom rauschenden Zischen der Brandung aus seinen Gedanken geschreckt, den Kopf. Vor ihm, von Gischtspritzern umspült, ragte sein Ziel auf, die schräge Klippe gegen den weißgrauen Himmel mit den roten Strukturen des Sonnenaufgangs.

Er schwamm bis zu einem Vorsprung, schob sein Floß darauf und hielt sich am Stein fest. Er wartete ruhig und versuchte, das Netzband seiner Brille tiefer zu ziehen, ohne die Scheiben zu verlieren. Die Wellen schoben seinen Körper an den Felsen, hoben und senkten ihn, sogen ihn wieder zurück, und plötzlich glaubte er, aus den tiefen Sedimenten seiner Erinnerungen Musik zu hören, das jahrmilliardenfern anschwellende Echo reiner Klänge: die pietistische Logik des Johann Sebastian Bach, lange vor seiner Geburt: Schlusschöre der Matthäuspassion … Fetzen einer Kantate: »Wachet auf, ruft euch die Stimme« … jene Toccata und Fuge … eine Überreizung der Sinne, zweifellos. Aber die Klänge verhallten nicht.

Er wartete mit der Geduld eines Unsterblichen. Wartete, im kühlen Wasser, den Temperaturunterschied ignorierend, der seinem Körper Energie entzog. Und er war nicht überrascht, als er im ersten blendenden Feuerwerk der Sonne am östlichen Horizont das langgezogene, melancholische Knurren und Knarren eines Magnoraunden hörte.

Er tauchte unter, lauschte, fand nach einigen Sekunden seine akustische Beobachtung bestätigt und tauchte auf. Ruhig und konzentriert schob er die Kunststoffscheiben seiner Brille über seine Augen, holte mehrmals tief Luft und tauchte wieder.

Knarren, Knurren, gedehnte, niederfrequente Laute, sparsamer Gesang, Gluckern und Brodeln … Ausdruck der Trauer, darin hilflose, kreatürliche Wut: *Mein …* (Kind, Nachkomme, Ei, meine Brut, mein Kleiner, jenes unbeholfene Wesen, das mir nachfolgt, das ich umsorgt habe) *… verwundet, tot, von augenlosen Zahnfischen zerfetzt … bin leer, einsam, ratlos. Mein Drang, die Töter des Kleinen zu töten, ist erwacht und wird stark und mächtig.*

Die Signale waren leise, die Empathie deutlicher. Rhodan verstand weniger einzelne Worte – der Translator in seiner Wange übersetzte selbst unter diesen fantastischen Bedingungen äußerst zuverlässig! –, sondern fing die abgrundtiefe Trauer einer Mutter oder eines Vaters auf, die/der ein totes Kind betrauerte.

Er tauchte auf, holte Luft, tauchte unter und rief, einen wilden Wirbel kleiner und großer, brodelnder und aufsteigender Blasen erzeugend: »Ich, ein zweibeiniges Wesen, habe mit angesehen, wie eure Kinder getötet wurden. Sprich mit mir, du ... Wesen, das hundertmal so groß ist wie ich zweibeiniger Landbewohner.«

SCHWEIGEN. Nur das Geräusch der Wellen.

Zögernde »Antwort«: *W-e-r-b-i-s-t-d-u?*

Die »Sprache« der Magnoraunden war langsam, aber die Bedeutung ließ wenig Zweifel zu. Als Rhodan wieder auftauchte, sah er etwa fünfzig Meter entfernt den riesigen Schädel und den zwanzig Meter langen Saurierhals des Wesens.

Er rief Luftblasen ausstoßend unter Wasser: »Ich bin ... ein Wesen ... das ... dir ... und deinem ... Kleinen ... nicht wehtun wird ... nenne ... mich ... Perry.«

Der Magnoraunde schien viel Zeit zu brauchen, um eine Antwort zu finden. Rhodan hörte langgezogenes Knarren und andere, seltsam tiefe Laute. Sein Translator begann zu arbeiten.

Er verstand: *Du bist der erste Zweibeiner, Perry, der mit einem von uns redet.*

Rhodan tauchte auf, pumpte seine Lungen voll Luft und zog sich wieder unter Wasser. Er fürchtete, dass die Signale seines Translators zu leise für eine einwandfreie Übermittlung wären, und glaubte, näher an den Riesen heranschwimmen zu müssen.

»Warum hat mich einer von euch bei der Insel Tapasand gerettet?«

Zugleich mit dem Knarren der Antwort flutete eine Welle oder Strömung des Verständnisses auf Rhodan zu. *Wir spüren das Elend und die Verzweiflung und den Tod der Zweibeiner, die in unserem Brutgebiet ausgesetzt sind.*

Es dauerte lange, bis Rhodan alles verstanden hatte. Was er nicht verstand, reimte er sich zusammen und hoffte, seine Deutungsversuche mochten zutreffen. »Aber für die Zweibeiner seid ihr feindliche Ungeheuer. Alle Zweibeiner nennen sich ›Nodronen‹. Sie fürchten euch. Es gibt bösartige und gute, aber auch hilflose Nodronen.«

Nicht die guten Zweibeiner-Nodronen auf dieser Insel. Sie ist unser neues Brutgebiet, seit die Nodronen die andere Insel verwüstet haben. Aber dort sind zu viele Raubtaucher.«

»Ich verstehe«, sagte Rhodan und betonte jedes Wort besonders genau. »Die Nodronen, die mit ihren Booten von Tapasand kommen, haben eure Jungen getötet. Wir haben zugesehen.«

Er stellte sich vor, dass jeder einzelne von mehr als zweitausend Nodronen – auch auf Hedrumeth waren viele verhungert oder an den Folgen von Krankheiten gestorben – im Kehlsack eines Magnoraunden hierher gebracht worden war.

Sie sind schnell. Zu schnell für uns. Wir werden unsere Jungen an eine andere Stelle bringen, weit nach Sonnenaufgang. Die Nodronen-Waffen töten qualvoll. Könnt ihr uns helfen, so wie wir euch geholfen haben?

»Unsere Möglichkeiten sind sehr eingeschränkt«, antwortete Rhodan. »Lass mich noch einige Fragen stellen.«

Während sie auf diese langsame Weise kommunizierten, war der Magnoraunde näher herangekommen. Jetzt hob er den Kopf wenige Meter von Rhodan entfernt, der sich an die Felsen klammerte. Ein riesiges Auge inmitten einer Höhlung aus metallisch schimmernden Schuppen starrte Rhodan an, dessen Furcht sich in nichts aufgelöst hatte.

Er schob die Brille, die auf seine Augenhöhlen drückte, auf die Stirn und fragte den Giganten aus. Und erfuhr qualvoll langsam: Vor langer Zeit war die Population der Magnoraunden sehr viel größer gewesen. Zuerst hatten die Nodronen beim Bau von Pembur-Station die Eigelege zerstört und die flachen Strände verwüstet, später war in der Menge von dreitausend um ihr Leben tauchenden und verhungernden Deportierten keine Eiablage und Reife möglich. Einige Dutzend Eier wurden gefunden, aufgeschlagen, und die Deportierten aßen die Echsen-Embryonen. Da begannen die Magnoraunden die Not der Zweibeiner zu verstehen. Die wenigen Ausgesetzten, die daraufhin von Magnoraunden gerettet wurden, konnten aber die Menge der Störer und die Zahl getöteter Eier nicht verringern.

»Habt ihr hier genügend Platz und günstige Strände?«

Die Magnoraunden hatten *vor vielen, vielen Sonnen* die andere Insel gefunden. Zwar waren genügend Strände vorhanden, aber bei Flut waren auch diese sandigen Flachzonen nicht vor Raubtauchern sicher. Dies war keine Schuld der geretteten Nodronen, trotzdem griffen die augenlosen Räuber die jungen, wehrlosen Magnoraunden an. Jeder einzelne Verlust war schmerzlich und unersetzlich; noch immer nahm die Anzahl der Magnoraunden in diesem Bereich des Ozeans ab. Vier Junge waren beim letzten Jagdrennen der Gleiterboote getötet oder verwundet und von Raubtauchern zerrissen worden.

»Die Bewohner dieser Insel können nicht verhindern, dass die Jäger wiederkommen«, sagte Rhodan. Die Verständigung außerhalb des Wassers war einigermaßen brauchbar, wie Rhodan erleichtert feststellte. »Kann ein ausgewachsener Magnoraunde einen Raubtaucher töten?«

Wir töten sie, wo wir sie finden, war die Antwort. *Ein einziger Biss genügt. Dann werden ihre Kadaver von anderen Räubern gefressen oder von ihren Schwarmfischen.*

Rhodan betrachtete den Saurierschädel, der mitsamt einem knöchernen, sägezahnartigen Fortsatz etwa zehn Meter lang und an der Stelle hinter den Augen, wo das Kiefergelenk sein musste, breiter als drei Meter war. Unter der Haut, die aus unterschiedlich großen Schuppen zusammengesetzt war, bewegten sich massige Muskeln und Sehnen. Über die Schuppen verliefen Risse und Schnitte, die von Kämpfen mit Raubtauchern oder anderen Raubtieren des Meeres sprachen. Lederne Hautklappen öffneten und schlossen sich über winzigen Hörlöchern, die wie die Augen in tiefen, stumpfkegeligen Höhlungen lagen.

Ein Dutzend handgroßer Vögel hatte sich auf dem Stirnkamm niedergelassen und pickte emsig nach Parasiten. Die Zähne in beiden weit aufgerissenen Kiefern wuchsen in doppelter Reihe, die größten waren unterarmlang, gelb und mit weißen Spitzen, und zum Teil angesplittert.

Rhodan schüttelte sich und versuchte eine Feststellung: »Die Raubtaucher sind im Gegensatz zu euch Tiere!«

Sie haben keinen Verstand, keine Empfindungen. Sie sind stumpfe Tiere. Sie sind aber auch unsere natürlichen Fressfeinde.

Das Knarren drang aus dem klaffenden Spalt der hornigen Lippen, die eine schwammartige Oberfläche aufwiesen. Aus unmittelbarer Nähe war das Geräusch laut und scharf unterteilt; es klang, als würden dicke Baumstämme langsam von ungeheurer Kraft mitsamt der Rinde auseinander gedreht.

»Sie sind auch unsere Feinde«, bekräftigte Rhodan. »Komm nach der Nacht, beim ersten Licht, nahe an den Strand. Dort werde ich warten, mit dem Anführer der Geretteten.« Rhodan stieß sich vom Felsen ab und griff nach dem klapprigen Floß. Inzwischen fror er, war durstig und hungrig. »Wir werden beraten, wie wir gegen unsere Feinde kämpfen können.«

Ich werde dort sein, wo das Meer die Insel berührt.

Rhodan winkte grüßend, legte den Oberkörper auf das Floß und begann zu schwimmen. Der Magnoraunde drehte sich schwerfällig im Meer herum, zog seinen Hals unter Wasser und schwamm hinter Rhodan her. Der Wellenberg, den der mächtige Körper auftürmte, schob den Terraner schnell und ohne dass er sich anzustrengen brauchte bis zum Strand. Rhodan watete aus dem Wasser und blieb im vollen Sonnenschein stehen; langsam wich die Kältestarre aus seinem Körper. Ungefähr hundertfünfzig Nodronen warteten auf ihn, in ihrer Mitte stand Darracq. Rhodan zog das Floß über den Sand und ging auf den Anführer zu.

»Nun? Hast du etwas gehört?«

»Mit mir hat er gesprochen, Darracq.« Er deutete mit dem Daumen über die Schulter und tippte dann auf seine unrasierte Wange. »Aber das liegt an diesem klugen Apparat der Wissenschaftler von Cor'morian.«

»Erzähl es uns, Perry!«

»Zuerst muss ich etwas trinken, bitte.«

Rhodan setzte sich in den warmen Sand, nestelte die Brille von der Stirn und wartete, bis ein Nodrone ihm einige gefüllte Blütenkelche brachte. Darracq ließ sich neben ihn auf den Strand fallen und wartete. Rhodan berichtete von der Unterhaltung mit dem Riesenwesen, von der empathischen Begabung – der Fähigkeit, sich in andere Wesen hineinzuversetzen – des Magnoraunden und davon, dass zwischen den Nodronen und den Meeresbewohnern die Kette der Missverständnisse noch lange nicht beseitigt und das gegenseitige »Verständnis« noch weit entfernt waren. Er redete so laut, dass ihn auch die Umstehenden gut verstehen konnten.

»Morgen früh wagt sich mein knarrender Gesprächspartner wieder in Ufernähe«, schloss Rhodan. »Dann werde ich ihm erklären, was das Tapasand-Lager wirklich ist und dass wir die besseren Nodronen sind. Begreiflicherweise sind die Meeresechsen, trotz ihrer hohen Intelligenz, unerfahren und naiv.«

Darracq stützte seine nassen, tätowierten Arme auf den Knien ab und betrachtete nachdenklich Rhodans Armwunde. Sie hatte sich völlig geschlossen, überall wuchs neue Haut, und ein Teil der Haut war schon so gebräunt wie der übrige Arm.

»Und das alles hast du dort draußen erfahren?«

»Das meiste«, antwortete Rhodan. »Der Rest ergibt sich aus der Lebenserfahrung, die nicht ganz gering ist. Auch wenn zweihundert ausgewachsene Magnoraunden gegen das Energie-Riff und die Waffen der Pembur-Station anrennen, würde es nichts nützen.«

»Das sehe ich nicht anders.« Darracq blickte aufs Meer hinaus. Seine goldgelben Augen bekamen einen träumerischen Ausdruck. »Aber vielleicht können wir drei einen Plan entwickeln. Ich, du und die Magnoraunden.«

Rhodan nickte. »Diesen Plan oder wenigstens einige Einzelheiten wollte ich mit dir besprechen.«

Mit einer schnellen, kraftvollen Bewegung kam Darracq auf die Füße und zog Rhodan mit einem Ruck hoch. »Worauf warten wir? Gehen wir in den Schatten!«

Sie verschwanden unter den Baumkronen zwischen den Büschen.

Vor zwei Tagen und wenigen Minuten, kurz nach Sonnenaufgang, war der Frachter in einem nachhallenden Lärmorkan gestartet und zwischen den Wolken verschwunden. Heute, kurz nach Sonnenaufgang hatte ein Rudel Raubtaucher drei nodronische Rebellen zerrissen; sie waren zu schwach gewesen und hatten das Wasser nicht schnell genug verlassen können. Trotzdem wagten sich überall Taucher ins Wasser, vom Klicken und Schnarren der Steine begleitet.

Tasha Feori stand neben Perrys jämmerlichem Schattendach und blinzelte in die Sonne, die sich halb aus dem Meer gehoben hatte.

Es war wie an jedem verdammten Morgen. Die Kehle war trocken, der Magen knurrte, die Kraft und die Schönheit waren dahin. Seit Perry von der Riesenbestie gefressen worden war, hatten Tüchtigkeit und Glück Tasha verlassen. Sie trauerte, fühlte sich hässlich und vor der Zeit verbraucht und gealtert.

Rhodan hatte etwas aufgebrochen, was unter der rauen Kruste der Zeit und schlimmer Erlebnisse begraben gewesen zu sein schien, unter dem Gefühl, jegliche Würde und die Aussicht aufs Weiterleben verloren zu haben.

Rhodan hatte sie während einer Gewitternacht daran erinnert, dass sie trotz aller Härte eine fühlende, empfindende Frau war. Der Verlust schmerzte bis in die finstersten Winkel ihrer Seele. Erinnerungen an den Verlust ihrer ersten großen Liebe krochen wie Schatten heran.

Damals. Vor einer Ewigkeit. Vor zweieinhalb Jahren. Mitunter schien es erst vor wenigen Tagen gewesen zu sein:

Northan Xyan, der grauhaarige Pilot der TRILOC, ihr Ausbilder während Dutzender Flüge zwischen dem Heimatplaneten und dem Rohstoff-Mond, hatte sie gelehrt, eine umsichtige Raumfahrerin zu werden. Seine Unterweisungen waren präzise und umfassend, für jede ihrer Fragen hatte er die richtige Antwort. Tasha himmelte ihn auf professionelle Weise an; ihre strapaziöse Gegenwart bereitete ihm erhebliches Vergnügen. Es dauerte viele Flüge, bis sie sich ineinander verliebten. Dass er fünfzehn Jahre älter war als sie, faszinierte Tasha, und Northan war ebenso von ihrer Jugend hingerissen wie von dem Bewusstsein, dass er sein Wissen und Können weitergab und den Erfolg stündlich und täglich sehen und miterleben durfte.

Zwei Jahre dauerte das Idyll. Zwei Jahre, angefüllt von viel Arbeit und ständigem Lernen. Die Auseinandersetzung zwischen Rebellen und Vertretern des nodronischen Reiches hatte keinen Einfluss auf ihre Liebe; es schien, als könnten sie das Geschehen um sie herum ausblenden. Northan erhielt von Vertretern der Zwillingsgötzen den Auftrag, von seinem Frachtschiff auf einen Raumkreuzer zu wechseln und einen Rebellen-Unterschlupf anzugreifen.

Er versuchte den Befehl zu umgehen, weil er von Tasha vieles, wenn auch nicht alles über die lange Geschichte der Traumhabitate erfahren hatte. Er war kein Militärpilot. Alle Versuche scheiterten. Der Kreuzer startete, erreichte sein Ziel und geriet in schweres Abwehrfeuer. Mit letzter Kraft, fast ein Wrack, kehrte das Schiff zur Basis zurück. Der erste Treffer hatte die Zentrale getroffen und die sieben Männer darin getötet. Unter ihnen: Northan Xyan.

Für Tasha implodierte ein Universum.

Sie reagierte zuerst dadurch, dass sie sich weigerte, an Northans Tod zu glauben. Als sie sich gefasst hatte, flüchtete sie in die Ruhe der Plantagen ihrer Familie nach Janigra. Ihre Ablehnung und Wut richtete sich gegen Axx Cocroide und die Unkultur der Zwillingsgötzen, und sie – inzwischen Kommandantin eines Handelsraumers – versuchte durch ihren einträglichen Schmuggel das Reich Nodro weiter zu schädigen.

Und nun, nach ihrer Verurteilung, war ihr das Gleiche zum zweiten Mal geschehen. Rhodan, der in den grausigsten Tagen ihrer Existenz eine winzige Hoffnung verkörpert hatte, war tot. Unwiderruflich. Endgültig wie Northans Tod.

Sie musste versuchen, ihr Herz zu stählen und jegliches Gefühl weit von sich zu weisen. So weit, dass es für sie nicht mehr bindend war. Wahrscheinlich schaffte sie diesen freiwilligen Härteprozess. Langsam ging sie auf den Rand des Gezeitensumpfes zu; die Ebbe hatte große, nasse Flächen zurückgelassen, und zufällig waren an diesem Teil des Strandes nur wenige Deportierte zu sehen.

Tasha besaß jetzt Perrys Steine und den Tauchergürtel – und die Erinnerung an allzu kurze Stunden vorübergehenden Wohlbefindens.

Für kurze Zeit hatte es so ausgesehen, als hätten Perry und sie die Lage der Deportierten ein wenig verbessern können. Aber gerade als die anderen Gefangenen auf Perry aufmerksam geworden waren, als man daran hätte denken können, die geringen einzelnen Kräfte auf irgendeine Art zu bündeln, hatte sich der riesige Rachen über ihm geschlossen.

Tasha watete zwischen den Tangblättern geradeaus, durch längst abgeerntetes Gebiet, vorbei an einigen Gruppen Deportierter, die noch zögerten, ins Wasser zu gehen. Erst als Tasha bis zu den Hüften im warmen Meer stand, wagten sich ein Dutzend Männer rechts und links von ihr einige Dutzend Schritte weiter.

»Dein Fremder? Ist er wirklich zerrissen worden?«

»Ihn hat ein Magnoraunde gefressen«, gab Tasha widerwillig zurück. »Also ist er tot, und mit ihm sind nicht nur meine Hoffnungen gestorben. Lasst mich in Ruhe, Kameraden.«

»Schon gut, Tasha.«

Als sie den Boden unter den Zehen nicht mehr spürte, begann sie zu schwimmen. Nach jedem dritten, vierten Schwimmstoß tauchte sie, suchte den Boden ab und hoffte, wenigstens einen kleinen Clezmor-Schwamm zu finden.

Nichts. Sie schwamm weiter, hielt ängstlich Ausschau nach den Aasfischen, die vor den Raubtauchern zu hören und zu sehen sein würden. Nichts. Nur die Laute und Geräusche, die sie selbst erzeugte. Sie war sich bewusst, dass sie in eine Zone größerer Gefahr hineinschwamm, als sie sah, wie sich der Meeresboden unter ihr entfernte. Sieben, acht Meter Tiefe, schätzte sie und versuchte verzweifelt, tiefer zu tauchen, den Grund zu erreichen.

Suchend bewegte sie den Kopf, bemühte sich, durch das milchige Wasser etwas zu erkennen. Nichts. Die Luft wurde knapp, die Lungen schmerzten, aber sie schwamm weiter. Schräg vor sich, nach weiteren zehn Bewegungen und zweimaligem Auftauchen am Ende ihrer Kraft, sah sie einen mittelgroßen Schwamm. *Ein Tag Überleben ist mir sicher!*, durchzuckte es sie. Sie tauchte auf, pumpte Luft in die Lungen und strebte schräg abwärts, stieß beide Hände vor und umklammerte den Schwamm. Sie hatte nicht mehr genügend Kraft, ihn loszudrehen, aber als ihr Körper aufwärts trieb, löste sie den Griff nicht und brach den Schwamm vom Stängel.

Mit aller Kraft strebte Tasha senkrecht nach oben, durchstieß die Wasseroberfläche und riss den Mund weit auf, röchelte und keuchte, holte zitternd Luft und hustete qualvoll, aber hörte nicht auf, Schwimmbewegungen zu machen. Mit letzter Kraft umklammerte sie den Clezmor-Schwamm. Sie war völlig entkräftet, drehte sich auf den Rücken und hoffte inbrünstig, dass kein Raubtaucher in ihrer Nähe war.

Es war zu Ende. Für sie war der entscheidende Augenblick gekommen.

Sie hatte Angst. Sie fürchtete zu sterben. Es ging nicht mehr länger um das bloße Überleben, sie war zu schwach geworden, um sich dem täglichen Kampf zu stellen. In wenigen Tagen würde sie sich eingereiht haben in jene Gruppe, die den sicheren Tod durch Auszehrung vor Augen hatte. Der Kampf war vorbei. Sie besaß nicht mehr die Kraft, um zu kämpfen. Aber – besaß sie noch den Willen dazu?

Sie erreichte das flache Gebiet, stieg aus dem Wasser und fühlte, dass ihre Knie zitterten. Sie hustete und blies den salzigen Schleim nacheinander durch die Nasenlöcher. Durch den Sumpf führte kein Weg, aber sie schlich, während sich die Welt vor ihren Augen drehte, fast wie im Schlaf zu dem Schatten, den Perrys zerfranste Jacke warf. Dort sank sie in den Sand, umklammerte aber ihre Beute. Sie wusste: Einen zweiten Tauchversuch in diese Tiefe würde sie nicht mehr überleben.

Wie lange sie erschöpft dagelegen hatte, wusste sie nicht. Aber eine Lautsprecherstimme, die von den Gebäuden her über das Energie-Riff hallte, weckte sie: »Die Wachmannschaft von Pembur-Station sucht für eine Reihe kleiner Belustigungen innerhalb des Energie-Riffs einige kräftige und geschickte Freiwillige! Die Leistungen werden durch Ausgabe zusätzlicher Verpflegung, frischer Kleidung und, wenn nötig, einfacher medizinischer Versorgung belohnt! Ernsthaft Interessierte melden sich bei den Tauschöffnungen!«

In weitem Umkreis setzten sofort aufgeregte Gespräche ein. Tasha hörte die Worte, ohne den Sinn zu verstehen. Erst bei der nächsten Durchsage mit identischer Bedeutung begriff sie, dass diese Aufforderung ihr Leben verlängern konnte. Mehr Verpflegung bedeutete mehr Kraft und damit mehr Durchsetzungsvermögen. Sie verließ den Schatten, stand auf und schlurfte zu der Öffnung im Energie-Riff, die ihr am nächsten war.

Der Posten starrte sie überrascht an, als sie den Schwamm und den Durstbeutel auf die Schaufel legte, und sagte: »Zuerst Wasser und Nahrungsriegel.«

Als sie, ohne dass sie sich darüber wunderte, eine mehr als ausreichende Portion erhalten hatte, entgegnete sie: »Ich melde mich für eure so genannte kleine Belustigung an.«

Der Nodrone trat einen Schritt zurück, musterte sie schweigend durch die Strukturöffnung und schien ihre Brauchbarkeit abzuschätzen. Seine Blicke glitten langsam und in stiller Gier über ihren Körper; es war ihr, als würde er sie mit feuchten Fingern abtasten.

Schließlich knurrte er: »Dein Name? Komm heut Abend wieder hierher. Ich glaube, du bist brauchbar.«

»Tasha Feori. Brauchbar? Ich werde euch zeigen, wie brauchbar ich bin.«

Sie drehte sich um und ging zum Schattendach, streckte sich aus und sammelte Kräfte.

Der Nachhall des orgelnden Dröhnens des zweiten gestarteten Tapasand-Raumschiffs war längst verklungen. Rhodan und Mogmorgh standen bis zu den Schenkeln im Wasser. Der Magnoraunde war herangeschwommen und hatte sich die letzten Schritte im seichten Meer auf den Füßen vorgeschoben und offensichtlich auf dem Bauch niedergelassen. Sein Hals erhob sich halb in die Luft, sein Schädel ragte vor den beiden Männern über die Wellen und bewegte sich langsam hin und her; jeweils ein riesiges Auge betrachtete einen der Männer.

Der Strand war voller Nodronen, die das einzigartige Schauspiel bestaunten. Im Meeresgebiet jenseits der ersten Klippen schwammen erwachsene Magnoraunden langsam hin und her und drehten wachsam ihre Schädel.

»Jeder von uns hat einen besonderen Namen«, rief Perry. »Auch auf diese Weise können wir uns voneinander unterscheiden. Wie soll ich dich nennen? Hast *du* einen Namen?«

Der Magnoraunde öffnete den Rachen. Der Spalt war zwei Meter hoch. Das Lebewesen schien nachzudenken; schließlich knarrte es aus Rhodans Translator: *Wir sind die Großen Wogenzerteiler. Der Einzelne ist durch seine Einzigartigkeit zu erkennen – unterscheidbar von allen anderen Wogenzerteilern.*

»Bedeutet deine Antwort, dass ich mit allen rede, wenn ich mit einem, mit dir, rede?«, wollte Darracq wissen. Rhodan übersetzte.

Die Antwort lautete: *Wir sind Einzelne. Aber was einer weiß, wissen bald alle. Unsere Sprache trägt unter Wasser weiter, als ihr glauben könnt.*

Perry fing ein forderndes Nicken Darracqs auf und erklärte dem Wogenzerteiler, dass Pembur-Station ein Lager des langsamen Sterbens war und dass die Wächter und der Große Wächter an dem Elend der Nodronen schuld waren.

Er stieß auf Erstaunen und Unverständnis.

Wir können nicht verstehen, dass Wesen von der gleichen Art gegeneinander in einem solchen Maß kämpfen und versuchen, sich gegenseitig auszurotten. Das Leben und die Freiheit im Meer und auf festem Land sind Ausdruck eines denkenden Wesens.

Es dauerte lange, dem naiven Lebewesen wenigstens die gröbsten Unterschiede zwischen Tapasand und Hedrumeth sowie den Wächter-Nodronen und den freiheitsliebenden Rebellen-Nodronen zu erläutern. Nach mehr als einer halben Stunde waren Darracq und Perry sicher, dass der Große Wogenzerteiler verstanden hatte.

Wir Wogenzerteiler brauchen die Insel, die ihr Tapasand nennt. Dort haben wir früher unsere Eier abgelegt und ausbrüten lassen und die Tangfelder abgeweidet. Wir vermissen diese wertvolle Nahrung. Auch unsere Jungen ernähren sich von den jungen Fäden des Tangs. Wenn wir die Flutstrände rund um Tapasand für unsere Eierhöhlen zurückbekämen, würde unsere Zahl wieder zunehmen.

Der mächtige Raubechsenschädel, die hornigen Lefzen über den Zahnreihen, die knöchernen Wülste über den Augen und der Geruch aus dem Rachen vermittelten den Eindruck von Gewalt und Gefahr. Wahrscheinlich waren die Wogenzerteiler omnivor, sagte sich Perry, brauchten pflanzliche Nahrung und ernährten sich ebenso von Fischen und anderem Meeresgetier. Die »Sprache« des Magnoraunden kam aus der Tiefe des Halses und wurde hinter dem Kehlsack erzeugt, der in die plätschernden Wellen hing. Die Augen, deren Pupillen sich ständig in alle Richtungen drehten, waren groß, aber ausdruckslos.

Rhodan war versucht, sich unter diesem Blick als Beute zu fühlen, aber er sagte über Wasser: »Haben wir dich richtig verstanden, Großer Wogen- und Wellenzerteiler? Ist es unser fester Wunsch, eurer und unsrer, dass Pembur-Station und das Energie-Riff bekämpft und ausgelöscht werden müssen?«

Sie sind böse Eindringlinge und unsere Feinde. Jetzt haben wir es klar erkannt.

Rhodan erinnerte sich daran, dass die Verständigungslaute terranischer Wale und anderer Wasser-Lebewesen, die er kannte, sich im Meer ungehindert und erstaunlich weit fortsetzten. Darracq und er konnten damit rechnen, dass viele, wenn nicht alle anderen Wogen- und Brandungszerteiler jedes Wort dieses seltsamen Dialogs gehört und verstanden hatten.

Perry beriet sich mit Darracq, dann sagte er entschlossen: »Ihr Wellenzerteiler und wir, die Rebellen, können mit viel List und nach reiflicher Überlegung die Pembur-Station stürmen.«

Er wusste, dass sie einen kühnen Plan entwickeln mussten. Das Wesen vor ihm war wichtiger Bestandteil dieses Planes; ohne die aktive Mitwirkung der Wogenzerteiler ging es nicht.

»Zunächst auch ohne Waffen«, fügte er hinzu. »Sind wir Verbündete in diesem Kampf, wir Rebellen und ihr, die Wellenzerteiler?«

Wir sind verbündet. Wir tun, was ihr wollt, wenn wir unsere Wasserwelt wieder für uns allein haben können.

»Du willst der Basis des Empire Nodros einen schweren Schlag versetzen? Womit beginnt dein Plan?« Darracqs Gesichtsausdruck war unverändert halb skeptisch, halb angespannt.

»Wie immer mit geduldigem Warten«, antwortete der Terraner, obwohl er innerlich vor Ungeduld fieberte. Auf den ersten Blick wirkte Hedrumeth wie ein Idyll, und verglichen mit Tapasand war das Überleben weniger beschwerlich, aber auch ein geglückter Überfall auf Pembur-Station würde seine Lage nicht entscheidend ändern. Er sah durchaus die Lücke in seiner und Darracqs kühner Planung.

»Wenn du, Großer Wogenzerteiler, am Abend wiederkommst, wissen wir, was wir als Nächstes zu unternehmen haben.« Rhodan wartete, bis der Translator geendet hatte. »In der Zwischenzeit bitten euch die Nodronen, einige große Fische an Land zu treiben. Das Essen ist knapp geworden.«

Fisch verdirbt schnell und beginnt am Kopf zu stinken, dachte er in grimmigem Humor.

Der Magnoraunde antwortete: *Wir tun alles, um unseren neuen Verbündeten das Leben zu erleichtern.* Er klappte krachend die Kiefer zusammen, drehte sich schwerfällig auf der Stelle und begann zu den Klippentürmen hinauszuschwimmen.

Der Magnoraunde »mit den ungleichen Augenflecken« hob den Schädel, füllte seine Lungen mit viel Luft und ließ sich an der Stelle, wo der Strand steil in die Tiefe abfiel, langsam absinken. Zuerst streckte der Große Wogenzerteiler den Hals gerade aus, dann schob er den Körper mit wenigen Bewegungen des Schwanzes und der Flossen vorwärts. In der Tiefe, bei den Muschelhügeln, die sich im Dunkeln erhoben, führte eine der dünnen Strömungsadern vorbei. Sie mündete weit vor dem Schelf der Insel in den mächtigen warmen Strom, der um die Welt führte.

Ruhig schwamm der Große Wogenzerteiler weiter hinaus und sank tiefer. Als er die Strömung spürte, ließ er sich mitziehen und öffnete, als er im Sog trieb, den Rachen. So laut er konnte, begann er zu reden. Jedes Wort nahm die Strömungsader auf; das tiefe, langsame Knarren begann mit der kleinen Strömung in den großen Meeresstrom zu wandern, der es weiter und weiter mit sich nahm und das Meer damit erfüllte.

Andere Große Wogenzerteiler hörten die Rufe und verstanden, was »der mit den ungleichen Augenflecken« ihnen sagte. Zuerst hörten sie zu, wie sich Wort um Wort eine Botschaft formte. Sie verstanden die Botschaft, die vom Ende des Tötens und des hilflosen Zusehens sprach. Sie verstanden den Ruf, den der Wellenzerteiler an sie richtete, und antworteten.

Die Strömung trug auch die Antworten durch einen weiten Teil des Ozeans. Als der Riese spürte, dass die Atemluft knapp wurde, tauchte er langsam auf. Er wusste, dass sich aus großer Entfernung Dutzende seiner Artgenossen auf den Weg machten und dorthin zu schwimmen begannen, wo er auf sie wartete.

Sie hatten verstanden, was sie tun sollten.

Sheo Omek hob den Griff der Steuerung aus dem Schutzfach, aktivierte den Strukturprojektor und öffnete das Loch im Energie-Riff bis zum Maximum. Er schob Kopf und Oberkörper durch die Öffnung, schloss einen Atemzug lang geblendet die Augen und begann zu suchen. Er stellte sich vor, dass die Gefangenen in Gruppen umherstanden und den Inhalt der Pakete unter sich aufteilten – und das war genau der Umstand, der ihn verraten würde.

Sein Blick wanderte über einen Teil des Strandes. Er sah nicht mehr Gruppen als sonst. Die Gefangenen verhielten sich auch heute so wie an jedem Vormittag. Der erste Anflug der Enttäuschung machte sich in ihm breit; er hätte Staunen, Begeisterung oder unterdrückten Jubel erwartet. Aber außer der Frau kannte ihn keiner der dreitausend.

Schweigend musterte Sheo jene Gefangenen, die nahe genug waren – schließlich entdeckte er eine seiner Decken, die auf trockenem Sand lag. Dann sah er leere Tablettenpackungen und ausgequetschte Salbenbehälter. Stücke des Klebebandes lagen am Rand des nächstgelegenen Gezeitensumpfes.

»Sie haben die Pakete also gefunden«, murmelte er und zog den Kopf zurück. Während er mit seinem normalen, nur leicht aufgestockten Vorrat auf die ersten Clezmor-Schwämme wartete und die Durstbeutel mit frischem Wasser füllte, fanden seine unruhigen Augen mehr Anzeichen dafür, dass seine fünfzig Pakete schon in der Nacht oder im Morgengrauen gefunden und aufgeteilt worden waren. Teile des Inhalts und leere Verpackungen trieben in einzelnen Abschnitten des Gezeitensumpfes.

Sheo atmete tief durch. Unendlich langsam breitete sich vage Zufriedenheit in ihm aus. Und wenn es nur Stunden und Tage waren, eine große Hand voll, dachte er, diese Zeit hatte er den Gefangenen geschenkt.

Und ihm würde im Lauf der nächsten Monate noch mehr zu dieser Änderung der Voraussetzungen einfallen.

Bedächtig stapften Darracq und Perry die Anhöhe hinauf und kauerten sich im Schatten nieder. Perry begann mit einem Ästchen Linien, Kreise und Figuren in den Sand zu ritzen; Darracq und einige seiner Getreuen sahen und hörten zu, brachten Einwände, stimmten begeistertes Kriegsgeschrei an oder wiesen auf Risiken hin. Schließlich war jeder Bewohner Hedrumeths von Tapasand hierher gebracht worden und wusste, welche Umstände dort herrschten. Niemand brauchte motiviert zu werden!

Am Spülsaum der Strände versammelten sich die Hungrigen, die knorrige Knüppel, scharfgeschliffene Muschelschalen und Steine in den Händen hielten und auf die ans Land gescheuchten Fische warteten.

Unter den kräftigsten und am meisten entschlossenen Nodronen hatte Darracq zweihundert meist jüngere Nodronen ausgewählt, die ihm und Perry helfen sollten. Unter den *Affail* befanden sich Naketh-Wissenschaftler, Geliti-Experten für Kommunikation, einige *Kishten* und eine größere Anzahl Noy: Krieger, Raumfahrer und Spezialisten für allerlei technische Fachgebiete, wie der Translator übersetzte. Aus dem Meer drang, über das Dauergeräusch der Brandung hinweg, das laute Knarren, mit dem sich die Großen Wogenzerteiler miteinander verständigten.

Eine seltsame Allianz!, dachte Perry achselzuckend. *Die einzig mögliche des Planeten? Ja. Es gibt keine andere!*

Der Plan schien durchführbar, war und blieb aber mehr als ein großes Wagnis. Jeder Punkt wurde mehrfach diskutiert und »durchgerechnet«, und schließlich wurde deutlich, dass selbst ein fragwürdiger Erfolg schwerer wog als das sichere Sterben.

Am nächsten Tag, ungefähr zwei Stunden vor dem höchsten Sonnenstand, meldete der Ausguck zwei Gleiter aus Tapasand. Rhodan rannte durch das Inselwäldchen, kletterte in den Wipfel und beobachtete die näher kommenden Maschinen. Sie schienen von betrunkenen Wächtern mit der manuellen Steuerung pilotiert zu werden, wasserten mitten zwischen den Klippen und fuhren langsame Zickzackkurse.

»Offensichtlich suchen sie Jungtiere für ihre verbrecherischen Wettfahrten«, murmelte Rhodan und sah zu, wie die Gleiter nebeneinander auf einen der skurril geformten Pfeiler zufuhren. Jeder Gleiter war mit drei Männern besetzt. Undeutlich hörte Rhodan ihr Grölen und ihr Gelächter; sie vermissten ihre hilflosen Opfer im ruhigen Wasser.

Plötzlich, als beide Fahrzeuge zum Stehen gekommen waren, feuerte ein Pilot in die Luft; die starken Antriebe brummten auf, und die Wettfahrt startete trotz des Fehlens der Beute in der »Kinderstube der Magnoraunden«.

Es dauert nicht mehr lange …, dachte Rhodan. Der Punkt, von dem an wir nicht mehr zurückkönnen, wird binnen weniger Minuten erreicht sein. *Wir brauchen zu all der Planung auch noch eine Portion Glück.*

Die Gleiter rasten mit schäumenden Bugwellen und gischtenden Heckspuren auf jenen Felsturm zu, den Rhodan als Wendemarke kannte. Der gelbe Gleiter war eine Spur schneller als der blaue, gewann auf der zweitausend Meter langen Geraden einen geringfügigen Vorsprung und erreichte den gischtumschäumten Fuß des Pilasters zuerst, steuerte in eine enge Kurve und verringerte dabei die Geschwindigkeit bis fast zum Stillstand.

Als der blaue Gleiter in den Schatten des Turms einfuhr, war sein Konkurrent mit steigender Geschwindigkeit schon auf Gegenkurs. Die Männer neben Rhodan – angeblich hatten sie die besten Augen aller Deportierten Hedrumeths – wussten, was die Gleiterbesatzungen erwartete, und schwiegen voller Spannung. Die Maschinen jagten die gesamte Strecke zurück, umrundeten den Korallenturm und rasten im Abstand von einem Dutzend Metern auf die andere Wendemarke zu. Rhodan hielt den Atem an.

Als der erste Gleiter hinter dem Turm langsamer geworden war, halb gewendet hatte und in schäumenden Wirbeln herumschwenkte, tauchte ein Magnoraundenschädel direkt in seinem Kurs auf. Wasser lief von der Schuppenhaut, als sich der Rachen öffnete, hob und nach unten zuckte. Die doppelten Zahnreihen schlugen in die Körper der Männer und ins Material der Maschinen, und bevor die Posten reagieren konnten, zog der Wellenzerteiler das Gefährt und die Insassen unter Wasser. Neben ihm tauchte ein zweiter Riesenschädel mit weit aufgesperrtem Rachen auf.

Das Boot, im langsamsten Augenblick des Rennens, fuhr ins Maul des Magnoraunden, das sich krachend und triefend über ihm schloss. Der Schädel tauchte binnen einiger Herzschläge unter; die Nodronen kämpften, verwundet, gegen das Ertrinken, ehe sie zu den Waffen greifen konnten. Die Männer neben Rhodan schrien triumphierend auf.

»Das ist nur der erste Schritt«, sagte der Terraner nachdrücklich. »Wenn die anderen ihre Kameraden suchen, werden sie bald hier sein. Jetzt muss alles schnell gehen …«

Er nickte ihnen zu und stieg schnell hinunter zum Waldboden. Darracq, der vom Strand aus zugesehen hatte, begegnete ihm auf dem Inselpfad und schlug ihm wuchtig auf die Schulter. Er trug lange Hosen aus demselben Leder wie dem der Jacke. Die aluminiumfarbenen Stiefel, hatte Perry erfahren, waren aus Leder und besaßen eine antimagnetische Schutzbeschichtung. Für ihr Vorhaben brauchte Darracq diese Beschichtung nicht, aber die Stiefel stellten Darracqs einziges Schuhwerk dar.

»Jetzt muss alles sehr schnell gehen, Perry.«

Rhodan deutete in die Richtung der Felsklippen, wo die ersten jungen Wogenzerteiler auftauchten und sich die älteren Bewacher dazugesellten. Von einer Gruppe aus vielleicht hundert Nodronen begleitet, liefen Rhodan und Mogmorgh zum Strand.

Sie brauchten nicht lange zu warten, bis zwei Magnoraunden mit mächtigen Bugwellen heranschwommen, die Schädel aus dem Wasser hoben, nach vorn kippten und die Gleiter hoch auf den Strand ausspuckten. Die Maschinen, voller Wasser und Saurierspeichel, schlugen schwer in den Sand und kippten.

Majestätisch langsam drehten die Wellenzerteiler ihre Hälse, wuchteten die Körper herum und bewegten sich bedächtig in tieferes Wasser zurück.

Darracq rief eine Reihe kurzer, scharfer Befehle.

Von allen Seiten stürzten sich Nodronen auf die umgekippten Maschinen, stemmten sie hoch und zogen die Leichen der Wächter heraus. Die Körper waren schwer verletzt, die Männer waren erstickt; sie wurden binnen weniger Minuten ihrer Kleidung und Bewaffnung beraubt, zum Strand geschleift und in die Brandung gezerrt. Die Strömung sog die Körper in tieferes Wasser, wo sie nacheinander aufs Meer hinaustrieben und zur Beute der Aasfische und Raubtaucher wurden.

Das Wasser, das noch in den Gleitern schwappte, schöpften die Männer mit Muschelschalen aus, öffneten Staufächer und legten Werkzeuge und Ausrüstung neben die Uniformen und Stiefel zum Trocknen auf den Sand. Mit Muskelkraft und einigen dicken Ästen zerrten und hebelten die Deportierten die Gleiter in die normale Position, mit den scharfen Kielen im Sand.

Darracq und Rhodan setzten sich in die nassen Pilotensitze, testeten die Maschinen und fanden ihre Vermutung und Hoffnung bestätigt: Die meisten Aggregate waren versiegelt und daher wasserfest, die eine oder andere Funktion blieb außer Betrieb.

»Sechs Mann ziehen die Uniformen an«, bestimmte Darracq. »Du bitte auch, Perry. Vorher müssen wir unser Aussehen dem Standard der Pembur-Station anpassen.«

Der nicht besonders hoch ist, dachte Rhodan achselzuckend und fuhr mit den Handrücken über seine wuchernden Bartstoppeln.

Mit den geschliffenen Splittern großer Muschelschalen und einer Enthaarungscreme aus der Medobox eines Gleiters versuchten Darracq und vier seiner Männer, Bärte und Haar zu kürzen. Sie und Rhodan zwängten sich probeweise in die schwarzen Uniformjacken, die nassen Hosen und Stiefel, während andere die Waffen trockneten, putzten und ihre Funktion kontrollieren. Auch die Thermostrahler hatten die halbe Stunde im Wasser gut überstanden und waren gebrauchsfähig geblieben.

In der Sonnenhitze verdunstete aus den Gleitern das Meerwasser; die Fluggeräte überzogen sich mit einer feinen Schicht aus Salzkristallen, die in den folgenden Stunden entfernt wurden.

»Es wäre Selbstmord, die Station am hellen Tag anzugreifen«, sagte Darracq. »Und darüber hinaus müssen wir mit der geringeren Geschwindigkeit der Wellenzerteiler rechnen.«

Die Helfer reinigten mit allem, was zur Hand war, die schweren Maschinen. Die Uniformen waren bald trocken, und auch die Stiefel, die Rhodan sich ausgesucht hatte, passten ihm. Zweieinhalb Stunden nach dem Ende des Bootsrennens waren die falschen Gleiterbesatzungen bereit. Darracq Mogmorgh hatte Rhodan glaubhaft versichert, dass er und viele seiner Mitstreiter genau wussten, wie eine Station dieser verhassten Art gebaut und organisiert war.

»Spätestens in zwei Stunden müssen wir starten.«

Rhodan ging um die Gleiter herum und kontrollierte jede Einzelheit. Er vertraute Darracq, kannte aber keinen der Männer so gut, dass er dessen Entschlossenheit hätte einschätzen können. Allerdings wusste er, dass jeder als Alternative den sicheren Tod vor Augen hatte.

Prüfend wog er die Waffe in seiner Hand und schob sie in die feuchte Hülle zurück. »Wie ist es um das Zeitgefühl der Großen Wellenzerteiler bestellt?«

Darracq lachte leise. Er hatte sich trotz des gekürzten Haares und Bartes kaum verändert und schien seine Anspannung perfekt kontrollieren zu können. »Sie richten sich nach dem Sonnenstand«, sagte er. »Da sind sie.«

Sie drehten sich herum und blieben stehen. Es war beeindruckend, eine breite Reihe Magnoraunden mit hochgereckten Hälsen und schäumenden Wellen vor den Bügen ihrer mächtigen Körper näher kommen zu sehen.

»Welch ein Anblick!«, stieß Darracq hervor. »Der erste erfolgversprechende Schritt zu unserem Sieg.«

4 *Die Großen Wogenzerteiler*

Mehr als zwei Dutzend Magnoraunden kamen nebeneinander von den Felstürmen her auf den Strand zugeschwommen. Eine breite Woge aus buckelförmigen Bugwellen schob sich vor ihren Körpern näher. Ein Vogelschwarm kreiste aufgeregt über den Köpfen und Rücken der Riesenechsen, im Sonnenlicht funkelten und leuchteten die triefenden Schuppen und Knochenplatten. Rhodan war beeindruckt und ging, nachdem er die feuchten Stiefel auf dem heißen Gleiterheck abgestellt hatte, bis zum Rand des Wassers.

Als die Magnoraunden die seichte Zone erreicht hatten, lösten sich drei Riesen aus der Reihe und stapften auf die Versammelten zu. Eine Wolke des scharfen Echsengeruchs und, als sich die Schädel hoben und die Rachen öffneten, stinkender Verdauungsgase wälzte sich auf die Wartenden zu. Ein Chor knarrender und knarzender Stimmen hallte über den Strand und brach sich an der Wand aus lianenbehängten Baumstämmen.

»Wir sind bereit, ihr Wellenzerteiler«, rief Rhodan. »Kommt näher heran. Ihr dürft an dem Wall, den wir Energie-Riff nennen, erst im Dunklen ankommen. Nicht früher. Die Boote, die über den Wellen fliegen, sind schneller als ihr und werden euch überholen.«

Die Antworten klangen durcheinander, aber Rhodan verstand trotzdem, dass sich alle Magnoraunden an die Vereinbarung hielten, die er mit einem dieser Wesen getroffen hatte.

Wir werden euch zur ausgemachten Zeit zum Riff über dem Strand bringen. Endlos oft sind wir alle zwischen den Inseln geschwommen. Sage deinen Männern, Zweibeiner Perry, dass sie kommen sollen. Sie brauchen keine Angst zu haben.

Rhodan wartete, bis das Knarren aufgehört hatte. Die Wogenzerteiler kamen durch die Brandungswellen und hoben ihre Saurierhälse, senkten die Schädel tief herab und legten sie flach auf den Sand. Die schlaffen Kehlsäcke schoben den Sand zur Seite. Ein Rachen nach dem anderen klappte mit feucht-krachendem Schmatzen und dem Aufeinanderklirren der Zähne auf.

Rhodan rief den wartenden Männern zu: »Geht einfach über die Zunge hinein und setzt euch in den Kehlsack. Dort drinnen riecht es nicht gut, aber die Wellenzerteiler werden auf dem Weg nach Tapasand ihre Rachen offen halten.«

»Los!«, brüllte Darracq. »Stellt euch nicht so an! Und erinnert euch, welche Schritte wir abgesprochen haben! Schneller! Das ist unsere erste, einzige und letzte Chance!«

Die Nodronen hatten gezögert, blieben vor den Riesenrachen stehen, fassten schließlich Mut und verschwanden, als keiner der Magnoraunden sie angriff oder den Rachen schloss, nacheinander in den tropfenden Höhlungen der Saurierköpfe.

Einige Hundert Deportierte warteten im Schatten vor den Bäumen und sahen schweigend und mit ungläubigen Gesichtern zu: Jeweils acht, neun oder zehn Männer fanden Platz im Kehlsack. Als sich der untere Abschnitt des Strandes geleert hatte, hoben die Großen Wogenzerteiler ihre Schädel, bogen die Hälse und begannen ihren schwerfälligen Marsch bis zum offenen Wasser.

»Es ist eine Sache, sozusagen gefressen zu werden und dann festzustellen, man ist gerettet«, meinte Darracq und sah erleichtert zu, wie der Erste Wellenzerteiler mit dem Kopf über den Wogen nach Norden zu schwimmen begann. »Und eine andere, sich freiwillig in den stinkenden Kehlsack zu hocken.«

»Irgendwie ist mir der Flug mit dem Gleiter auch lieber.« Rhodan betrachtete abschätzend seinen Schatten. Die fünf nodronischen Gefährten schüttelten Sand aus den Uniformteilen und säuberten mit Tuchfetzen das Innere der Stiefel.

Der Ausguck war, wie immer, doppelt besetzt, denn wenn jetzt ein anderes Team von Tapasand sich in den Kopf gesetzt hätte, Magnoraunden-Jungtiere zu jagen, bräche auf Hedrumeth die Hölle los. Mindestens zwei Stunden lang mussten Darracq, Rhodan und die vier falschen Wächter noch warten …

»Ich gehe in den Schatten«, murmelte Rhodan und wischte sich Schweiß von der Stirn. »Es ist nicht einzusehen, warum wir die Wartezeit schwitzend verbringen müssen.«

»Du hast Recht, Terraner«, antwortete Darracq. »Kommt, Männer. Es genügt, wenn wir kämpfen; wir müssen nicht auch noch Unmengen Schweiß vergießen.«

Die sechs Männer zogen sich an den Waldrand zurück und ließen sich frisches Wasser bringen. Rhodan trank, schloss die Augen und durchdachte noch ein Mal – das zehnte Mal? – den Plan, der ihn wieder zu Bull und den anderen und damit an eine Stelle bringen sollte, wo er aussichtsreich gegen Cokroide, die Nodronen und ihren galaktischen Herrschaftsanspruch kämpfen konnte.

Immerhin, dachte er in einem Anflug von Sarkasmus, *hatte er einen Gleiter, eine Uniform und einen Thermostrahler.*

Er war wieder zurückgekehrt in eine Art zivilisierter Umgebung, aber noch lange nicht in die gewünschte Form der Kultur, mit der er etwas anfangen konnte.

Das Rudel der Großen Wogenzerteiler pflügte in gleichmäßiger Geschwindigkeit durch das Meer, auf die Lagune und die Insel Tapasand zu. Die Körper tauchten unter die Wellen, schoben sich wieder heraus, die Schwänze und die Flossen trieben die Wesen Schlag um Schlag weiter. Die Schädel hoben sich aus dem Wasser, und der Hals und die Brust schoben aufrauschende Wellenberge vor sich her.

Die Scheibe Draynares begann sich kupfern zu färben und senkte sich in das abendlich aufsteigende Wolkengebirge.

Weit hinter den Kolossen schwebten beide Gleiter etwa ein Dutzend Meter über dem tiefblauen Meer. Auf einzelnen Wellen erschienen kleine Schaumkronen und vergingen wieder. Der Fahrtwind kühlte die Gesichter der Gleiterinsassen, die schweigend nach vorn starrten und die silbergrauen Wälle des Energie-Riffs zu erkennen versuchten.

Noch hatten Rhodan und Mogmorgh, die in den feuchten Pilotensitzen vor den Instrumenten saßen, die Wellenzerteiler nicht überholt. Die Gleiter flogen mit mittlerer Geschwindigkeit, und nach dem Stand der Sonne schien es ziemlich sicher zu sein, dass sie Tapasand gerade in der kurzen Abenddämmerung erreichen würden.

Rhodan hoffte, dass der Wachhabende oder der Kommandant nicht über Funk nach seinen Männern rief; darüber hinaus hoffte er, dass Tasha noch lebte.

Zwischenspiel

Quart Homphé an Bord der QUORISH …

Dritter Tag des Fluges: Mit raschen, sicheren Strichen zeichnete er den zweiten Entwurf des Mondes auf die Folie. Vor wenigen Stunden war ihm der Einfall zu diesem Kunstwerk gekommen; über die Durchführbarkeit machte er sich noch keine Sorgen. Am Anfang war die Idee, und die Idee ward zum Entwurf. Später, wenn man ihm ein geeignetes Gestirn geschenkt hatte, würde das Vorhaben unter seiner Aufsicht, durchgeführt mit wenigen kunstfertigen Quochten und einigen Tripuls-Geschützen, mit ein wenig Geduld und viel Zeit glücken.

Er nieste wieder. *Verfluchtes Katzenvieh!* Jetzt waren noch sechs süße kleine Scheusale hinzugekommen. Aber – woher hatte er diese einzigartige Idee?

Er entsann sich, in seiner Jugend etwas Derartiges gelesen zu haben. Nein. Es gab nur Beschreibungen, kein Bild; es würde also keine Kopie und keine Replika, kein Plagiat sein, sondern eine Neuschöpfung, die seinem kühnen Einfallsreichtum entsprang. Jetzt fiel ihm die Story ein. E.C. Navej, der blinde terranische Poet, hatte sie einst geschrieben.

Ein Mond, der auf seiner Bahn um einen Planeten den Zwillingsgötzen symbolisierte.

»So wird es gehen! So muss es sein!«

Als er vor zwei Tagen mit Fran geredet und das Bildprogramm gesehen hatte, das sie angeblich studierte, wirbelten zwei Monde um den Mars: Phobos und Deimos. Furcht und Schrecken. Zwei der drei Kinder, die Kriegsgott Ares – später römisch »Mars« genannt – mit der Göttin Aphrodite hatte. Ares, dem Trunk und dem Krieg ergeben; ihn hatte Hephaistos, der hinkende, dennoch göttliche Gatte der Aphrodite, Schmied seines Zeichens, in einem unzerreißbaren Spinnwebnetz beim Liebesakt mit seiner Gattin, Symbol der Schönheit, listenreich gefangen. Klassisches Griechenland.

Ha! Klassisches Land Homers! Theater von Epidauros, oder wie das heißt. Troja. Athen. Odysseus. Weinfarbenes Meer …

»Apropos Wein.« Er nahm einen langen Schluck von Prattons Geschenk aus dessen schnell schwindenden Vorräten.

In seinem Kopf zuckten Vorstellungen wie farbige Blitze. Seine Finger führten den Stift und die Zeichenkohle; er arbeitete fast unbewusst. Die vollkommene Kugel eines Mondes, geteilt durch eine Trennlinie von Pol zu Pol, erhielt zwei Gesichter.

Wie ein ... Januskopf. Lunares Gestein statt Hologramm! Ja! Ein heiteres und ein leidendes Gesicht? Zu einfach. Ein Nodronen- und ein riesenäugiges Quochtengesicht? Schon besser. Nein! Jetzt habe ich es: das Gesicht eines Quochten und das Gesicht eines Wissenschaftlers von Cor'morian.

Er wechselte vom Zeichenblock auf die Arbeitsfläche des Holoprojektors. Sorgfältig zeichnete er beide Gesichter, verband sie an den Rändern fließend miteinander, höhlte die Höhlungen, hob Vorsprünge plastisch hervor und schaltete, als er fertig war, den winzigen HoloScanner ein, der binnen weniger Sekunden ein dreidimensionales Bild lieferte.

»Sehr schön. Sie werden mich feiern, alle!«, murmelte er mit selbstzufriedenem Grinsen.

Behutsam bearbeitete Quart Homphé das Hologramm, ließ es drehen, zauberte mit unterschiedlichem Lichteinfall und verschiedenen Sonnenspektren und überprüfte jede Winzigkeit seines Kunstwerks. Er verließ seinen Sitz, ging durch den Mittelgang von »Shimmis Katzenheim« zu Shimmi und hielt ihr, zweimal scharf niesend, das Holodisplay vor die Augen.

»Wie gefällt es dir? Du musst es dir so vorstellen: Tag und Nacht kreist der Mond um einen Planeten! Von Neumond bis Vollmond! Einmal zwei halbe Gesichter, dann wieder dieses oder jenes, und das für alle Ewigkeit.«

Er schaltete das Display auf Projektion, und über Shimmis Kopf begann sich das Holobild des Mondes zu drehen. Shim Caratech hörte damit auf, Schikago zwischen den spitzen Ohren zu kraulen, blickte den Mond der zwei Gesichter lange an und schüttelte den Kopf. Schikago hob den Kopf, starrte Quart aus ihren goldenen Raubtieraugen an, sträubte das langhaarige Fell und fauchte zischend. *Eindeutig aggressiv!* Sie mochte ihn ebenso wenig wie er sie.

»Ein blöder Mond, Quart. Er lacht nicht, weint nicht, blickt nur stur und würdevoll.« Ihre durchdringenden blauen Augen funkelten nicht unfreundlich. »Irgendwie total quappig. Gefällt mir nicht. Um welche unglückliche Welt soll diese Hässlichkeit kreiseln?«

»Um einen würdigen Planeten im Schwarm.« Seine Arme schlenkerten mit dem gelbgrün marmorierten Pullover; ein hässliches, viel zu weites Kleidungsstück, das niemals in Mode gewesen war. »An prominenter Stelle. Im Glanz reifer Sonnen.«

»Und wer soll ausgerechnet dir einen Mond schenken?« Shimmi duckte sich, als eine Bewegung von Quarts Bauch die Brille am Halsband in ihre Richtung wirbeln ließ.

»Ein Planetenvolk, das meine Kunst würdigt – nicht wie du. Du verstehst nichts von Skulpturen; dafür bist du noch zu jung.«

»Das wird's sein.«

Shimmi begann wieder die Katze zu kraulen, grinste Quart ins Gesicht und gähnte. Ihre Haare standen in vielen kleinen Spitzen ab und rochen unziemlich. Quart Homphé blickte mit Allergie-tränenden Augen aus seiner Höhe von fast zwei Metern in den Katzenkorb und schüttelte sich. Die türkisblaue Schikago säugte ihre blinden Jungen. *Widerliches Katzenvieh!* Er drehte sich um, nieste ausdauernd und stapfte an seinen Platz zurück.

Shimmi verstand, was er murmelte: »Niemand versteht mich. Und in dieser abstrus fernen Zukunft finde ich auch niemanden, der mich versteht.«

Homphé zuckte mit den Achseln. Er fühlte sich eingesperrt, unterfordert, maßlos gelangweilt. Die weiten rötlichen, grünen und wasserblauen Landschaften des Mars, in denen seine Skulpturen stehen sollten – sie waren seit dem Tag ihres Kidnappings in der Vergangenheit verschwunden. Die anderen waren auch eingesperrt: Bull, Fran Imith, Shimmi, Pratton Allgame, der Angeber, aber er, Homphé, litt am meisten darunter. Wahrscheinlich schlug dieses Gefühl so stark auf seine Psyche ein, dass er kurzsichtig wurde.

Er tastete nach seiner Brille und blickte prüfend, mit dem unbestechlichen Auge des Künstlers, das Hologramm über seinem Platz an, das sich langsam drehte und die Gesichter wechselte. Ein wahres Meisterstück, obwohl ja eigentlich holografische Installationen seine Stärke waren. Aber so sehr er darüber nachdachte, fiel ihm nicht die geringste Möglichkeit ein, dieser kulturlosen Galaxis die Kunst, seine Kunst, nahe zu bringen.

Die Vorstellung, mit dem leuchtenden Hologramm durch das dunkle Schiff zu laufen und in einer Sprache, die den Quochten ebenso fremd war wie eine Mondskulptur, für seine Kunst zu werben, war grotesk. Undurchführbar. Er würde nur verständnisloses Knurren ernten.

»Was bleibt mir?«

Quart Homphés kritische Künstleraugen prüften das Modell, das sich in der Scheibe spiegelte. Er stellte es sich vieltausendfach größer vor und von einer Schwarmsonne angeleuchtet; welch ein einmaliges, begeisterndes Kunstwerk! Sein Kunstwerk!

Alle Völker des Schwarms würden es bewundern!

Der Raumschiff-Wassermeister Oah Qongh begann sich zu fürchten. Vor sich selbst, der Auflösung seiner Persönlichkeit. Vor den Holo-Bildern, die er überall im Schiff sah: Sie zeigten den offenen, weiten Weltraum. Vor der Auflösung von Wänden, Boden und Decke, die ihn herausfallen lassen würde auf einen großen, weiten, hellen Platz.

Er kannte keinen quochtischen Begriff dafür. Als sich der Terraner mit einem Offizier in gelber Uniform unterhalten hatte, verstand er, dass sie über die »Quochten-Furcht« gesprochen hatten; über Agoraphobie. Der Druck, der auf

Oah Qonghs Verstand lastete, wurde mit jedem weiteren Linearsprung unerträglicher.

Als Wassermeister war er an keinen festen Arbeitsplatz in der QUORISH gebunden. Im Gegenteil, sein Tätigkeitsfeld umfasste nahezu sämtliche Verbindungen aller Hohlräume. Er hatte für die einwandfreie Funktion sämtlicher Räume und die Bewohnbarkeit aller Quartiere und Höhlungen zu sorgen. Und als er entdeckte, dass kurz nach dem Start ein Feuchtner-Rohrsystem samt allen Sprühern abgedrosselt worden war, hatte ihn der Vorgang alarmiert. Dem Rohrgefüge folgend war er in den Haupthangar geraten, in dem der große silberne Kasten eingeschleust und festgeklammert worden war.

Ein festes, starkes Behältnis in einem Höhlenraum, der sich innerhalb der schützenden Umhüllung des Schiffs befand. Dreifacher Schutz! Könnte er sich dorthin zurückziehen, würde der Außendruck von ihm weichen. Druck und Gegendruck, gleiche Wasserstände in miteinander verbundenen Systemen! Die innere Kondition, die sich gegen den Außendruck stemmte, weichte mit jedem weiteren Linearmanöver auf. Er fühlte sich wie ein Präparat in einem Druckkessel – von allen Seiten drohte ihn das gnadenlos offene All zu zerquetschen.

Aber: Noch gehorchten ihm die Phichi-Gabe aller Größen. Die Mikrokanäle des Hangarbodens und der Wände, die sich im Dunklen zur Decke krümmten, waren durchlässig geblieben, ebenso die Rohre und Austauscher größeren Durchmessers.

Hier gab es kein Tageslicht. Nur starke Quellen künstlichen Lichts. Das Spektrum innerhalb des fremden kastenförmigen Ei-Dinges in der Hangarhöhle entsprach demjenigen der Geburtshöhle der Königin. Im Licht der Ei-Mutter, dem Moment des Schlüpfens so nahe wie möglich, verloren Druck und Gegendruck ihre Schrecken.

Ich weiß, dass ich mit viel Mühe für die Raumfahrt und den Aufenthalt in Raumschiffen vorbereitet worden bin. Diese Kondition ist auflösbar. Äußere Einflüsse trocknen die satte Bewusstseinslage aus. Die Sicherheit schwindet. Die Energiebilanz meiner Existenz wird mit jedem weiteren Manöver schlechter. Wenn ich am Ende eines Raumflugs bestimmten Situationen ausgesetzt werde, verliere ich den Verstand. Also muss ich mich in der Höhle der optimalen Geborgenheit verbergen.

Der Metallkasten der Terraner verspricht diese Geborgenheit. Ich wühle mich durch den feuchten Boden der großen Höhle und suche nach einer Öffnung des silbernen Flugkastens.

Ich, Oah Qongh, muss hinein.

Tasha konnte sich nicht mehr daran erinnern, wann sie das letzte Mal sämtliche Annehmlichkeiten einer Hygienezelle genossen, sich satt gegessen und Angenehmeres als abgestandenes Wasser getrunken hatte. Seit sie sich gemeldet hatte, durfte sie ausschlafen und besaß bequeme neue Kleidung und weiche Schuhe. Dass es Männerkleidung war, störte sie nicht. In Ruhe und in einer klimatisierten Kammer ausschlafen! Welch ein Genuss!

Zusammen mit elf anderen Rebellen durfte sie die Geräte und Kampfroboter des Trainingsraums benutzen und dann wieder ausschlafen … Sie wusste, dass dieses ungewohnt feine Leben nur eine kurze Unterbrechung war. Aber was bedeutete wirklich eine »kleine Belustigung?« … Niemand sagte es ihr oder den anderen.

Tasha ahnte Grausiges. Allerdings war sie innerlich zu schwach, um an Gegenwehr zu denken. Tapasand und noch mehr der Verlust Perrys hatten sie zermürbt.

Bis auf Weiteres ließ sich ja auch alles recht vielversprechend an: Die Deportierten erhielten ausreichend Essen und Getränke, wenngleich sie ihre winzigen, ungepflegten Quartiere in einem abgelegenen Teil der Gebäude nicht verlassen durften. Es schienen ehemalige Gefängniszellen zu sein – in grauer Vorzeit hatte es wahrscheinlich noch »normale« Gefangene gegeben. Man ließ sie im Ungewissen, wie ihr weiteres Schicksal aussah.

Aber allein durch die großzügige Versorgung wurden die Bedenken geringer. In Tasha wuchs trotzdem die Angst vor einem schrecklichen Ende. Schließlich waren sie noch immer innerhalb des Energie-Riffs im Besserungslager gefangen.

Als die ersten Tiefstrahler und die indirekten Leuchten des Systems innerhalb des Energie-Riffs aufflammten, steuerten Rhodan und Darracq die Gleiter über die Schneise, die durch Positionslichter gekennzeichnet war und die Darracq angeblich genau kannte, über die gezackte Kante des Energie-Riffs und ließen sie dicht dahinter absinken.

Das Riff, als unüberwindlich gefürchtet, liegt hinter uns, sagte sich Rhodan und ließ seine Blicke umherhuschen. *Der symbolische Zaun, der Rebellen und Regierungstreue trennt, ist nun für uns wenige kein Hindernis mehr!*

Darracq winkte und deutete nach rechts. Beide Gleiter beschleunigten, jagten dicht über dem Boden dahin, und Darracq betätigte unentwegt den Signalgeber. Die Mannschaften der Gleiter drehten innerhalb des freien Raumes übermütig einige Runden; selbst Rhodan hatte zweimal solches Treiben gesehen, in dem die Maschinen huschende Silhouetten hinter dem milchig-semitransparenten Schirm gewesen waren.

Zwischen den Gebäuden hindurch sahen die Gleiterinsassen flüchtig einen hell beleuchteten runden Platz mit hellem Sandboden; die Rotunde. Nach der dritten Runde ließ Darracq seine Maschine steigen, drosselte die Geschwindigkeit und steuerte in einwandfreiem Sinkflug wieder den Gleiterparkplatz an, auf dem etwa fünfundzwanzig offene und geschlossene Fahrzeuge standen.

Der Platz, unmittelbar innen neben dem Riff, war nicht weit vom Landefeld des Clezmor-Frachters angelegt worden und mäßig beleuchtet. Die unterschiedlich großen Gleiter waren in Reih und Glied darauf abgestellt.

»Geräuschlos parken und hinter mir her!«, ordnete Mogmorgh leise an. »Entsichert die Waffen, aber haltet sie nicht in der Hand. Unauffällig!«

Rhodan und die Nodronen sprangen seitlich über die Bordwände. Niemand schien sie zu beobachten oder gar zu kontrollieren. Auf dem Weg zu den Gebäuden hörten sie Geschrei und Gelächter sowie deren Echos; die Geräusche kamen aus dem hell ausgeleuchteten Zentrum der Anlage. Bis zur Rückfront eines schmalen, vierstöckigen Bauwerks herrschte Halbdunkel. Einige Wächter waren im Gelände unterwegs, nahmen aber keine Notiz von Darracqs Truppe. Die varsonikgesteuerten Kontrollkameras schwenkten langsam hin und her; wenige Scheinwerferstrahlen geisterten über die freien Flächen und einen Teil der Gebäude.

Der Anführer und Olmirr, der Älteste der vier, kannten die Organisation solcher Anlagen und gingen ohne Umwege auf ein Magazin zu. Rhodan griff nach dem Kolben des Thermostrahlers und sicherte nach hinten, während Olmirrs Gefährten nach rechts und links ausschwärmten, zunächst eine geschlossene Stahltür und über einer Rampe ein Schott fanden, das sich ohne Schwierigkeiten öffnen ließ. Mit einem kurzen Blick und Handzeichen verständigten sich Darracq und Perry. Er wartete, während die fünf in den dunklen Raum eindrangen.

Rhodan zog die Waffe, legte den Sicherungsschalter um und zog sich in den Schatten zurück.

Aus dem Magazin war ein Ruf zu hören, das leise Geräusch von Schritten, ein hartes Klirren und ein dumpfer Schlag, dann ein Ächzen, das Splittern von dickem Transplast. Rhodan nickte grimmig. Fünf Atemzüge danach erschienen Olmirr und Monzenar, die eine Kiste mit aufgesprengtem Deckel bis zur Kante der Verladerampe schleppten.

»Übernimm du!«, rief Monzenar unterdrückt und sprang neben Perry in den schmutzigen Sand. Rhodan packte an, und im Laufschritt schleppten sie schwitzend den Behälter zum Gleiterparkplatz. Sie stellten ihn zwischen den Gleitern ab, die sie benutzt hatten.

Rhodan riss die aufgebogenen Teile zur Seite und sah, wie erwartet, dass der Behälter voller Handfeuerwaffen war, die ordentlich in raumfesten Halterungen steckten. »Wie viele?«, fragte er flüsternd und richtete sich auf.

»Dreißig Stück, laut Aufdruck.«

Sie hasteten zur Rückfront des Magazins und transportierten die nächste Kiste an den gleichen Platz. Olmirr und ein junger Nodrone folgten mit einem längeren, offensichtlich schwereren Waffenbehälter. Als Rhodan und Monzenar die sandige Rampe hinaufrannten, erschien Darracq im dunklen Eingang, mit zwei Thermostrahlern, die er in einem breiten Gürtel stecken hatte. Der Gürtel, den er über seinem eigenen trug, hatte einem Wächter gehört; wahrscheinlich auch die schwere Langwaffe, die Darracq in der Armbeuge hielt.

»Noch drei Kisten voller Waffen und Energiezellen«, sagte er mit kaltem, furchteinflößendem Grinsen. »Dann sind unsere Kehlsack-Krieger reichlich ausgerüstet.«

Er hob den Arm an und drehte den Körper langsam hin und her. Seine Augen suchten den gesamten freien Raum zwischen dem Gleiterparkplatz und dem Energie-Riff ab. Rhodan blieb neben Darracq stehen und sah im gleichen Augenblick, als die Rebellen ihre Lasten absetzten, dass eine Gruppe von drei Wächtern aus der entgegengesetzten Richtung sich dem Fuß der Rampe näherte. Er hob die Waffe, aber Darracq war schneller. Viel schneller.

Der Projektor seines Strahlengewehrs spie peitschend drei fadendünne Blitze aus. Die Entladungen folgten so schnell aufeinander, dass sie nicht zu unterscheiden waren. Es schien Rhodan, als habe Darracq nicht gezielt, aber die Hochenergie zerfetzte in präzisen Treffern Hälse und Köpfe der Nodronen. Die Körper wurden zurückgeschleudert und fielen in sich zusammen. Kleine Flammen züngelten, fettiger Rauch wallte auf. Der Lärm der Entladungen ging in einem Aufschrei unter, der aus dem Zentrum der Pembur-Station kam.

»Das nächste Ziel, mein verdutzter Freund«, sagte der Anführer leichthin zu Rhodan und senkte den Waffenlauf, »ist die Station der Wachhabenden. Bevor du wieder fragst – wir wissen, wo sie sich befindet. Wir werden kaum auf Widerstand stoßen.«

»Und … unsere zweihundert Kämpfer?«

»Sie werden in den nächsten Minuten hier sein.« Er winkte den Rebellen und sagte scharf zu Olmirr und Monzenar: »Ihr habt mehr als zweihundert Waffen aus dem Magazin hinausgeschafft?«

»Fast dreihundert, Darracq!«

»Gut. Wir tun so, als wären wir die Ablösung oder eine Patrouille. Klar?«

»Verstanden.«

Sie huschten in Zweierreihen die Rampe hinunter und in die Richtung, aus der die Posten gekommen waren. Rhodan sah sich um und erkannte, dass die nächststehenden Gebäude aus schweren Fertigteilen auf einem Sockel aus Korallenblöcken und Vulkan-Tiefengestein errichtet waren. Manche Stellen der Mauern waren durch wenig kunstvolle Graffiti in ausgeblichenen Farben verunziert. An vielen Stellen hatte der Wind Abfall in den Ecken und Winkeln zusammengetragen, ebenso oft sah er niedrige Sandverwehungen. Jeder dritte oder vierte Beleuchtungskörper war ausgefallen.

Mit wenigen Bewegungen wurden die Körper der toten Wächter in eine dunkle Ecke geschleift, die Rebellen steckten die Waffen in die Gürtel. Im Zickzack schritten die Rebellen, von Darracq angeführt, wie eine Patrouille durch dunkle Zonen auf die Wachstation zu; gerieten sie auf Treppen oder Stegen in den Bereich von Beleuchtungskörpern oder Scheinwerfern, bewegten sie sich augenblicklich langsam und nachlässig, so wie sie es bei den wenigen anderen Bewachern gesehen hatten.

Rhodan wandte sich an Darracq. »Hoffentlich ist die Aufmerksamkeit der Wachen ebenso nachlässig und verkommen wie offensichtlich große Teile der Station.«

»Durchaus wahrscheinlich«, knurrte der Rebell. »Sie feiern gerade irgendein Fest.«

Sie liefen unter einem breiten Schattendach eine Rampe aufwärts. Ihr Ziel war eine Art Turm, dessen Fenster ungehinderten Blick in alle Richtungen ermöglichten. Hinter dem Glas flackerte unverkennbar das Licht, das Ortungsschirme und Vergrößerungsfelder verströmten. Flüchtig sah Rhodan rechts von sich eine annähernd runde Arena, von den wenigen niedrigen Bäumen umstanden, die auf der Insel wuchsen. Dorther kam der Lärm; dort hatten sich viele Wachen versammelt.

Weiter!

Darracq und Olmirr blieben mit gezogenen Waffen vor dem geschlossenen Schott der Wachstation stehen.

»Vorsichtig! Wir müssen möglichst lange unentdeckt bleiben«, flüsterte der Anführer. »Nur gezielt schießen! Und kein Dauerfeuer!«

Die anderen nickten, Monzena packte den Griff des Schotts, bewegte ihn vorsichtig; es klickte – der Eingang war nicht gesichert.

Darracq befahl knurrend: »Hinein!«

Der Rebellen-Anführer sprang zur Seite. Sie rissen das schwere Schott auf, drangen ein und verteilten sich in beängstigender Schnelligkeit nach rechts und links. Fast gleichzeitig feuerten drei Männer. Die Posten, die nachlässig in den Sesseln lümmelten, hatten keine Zeit, um aufzuspringen, und keine Gelegenheit, zu den Waffen zu greifen und zu sehen, wer sie tötete. Rhodan hätte geschossen, aber er kam nicht dazu.

Darracq und seine Rebellen kannten keine Gnade und handelten wie erfahrene, trainierte Kämpfer. Fünf tote Wächter sackten aus den Sitzen.

Sie werden gnadenlos jeden töten, der sich uns in den Weg stellt, dachte Rhodan. *Verständlich, die Wachen haben so viele Rebellen in den Tod getrieben.*

Er half Olmirr und Monzena, die Leichen aus den Sesseln zu zerren; ein Rebell bewachte den Eingang. Als Rhodan nacheinander die Bilder auf den Schirmen musterte, sah er auf einer der Projektionsflächen die Vergrößerungen dessen, was die Überwachungsgeräte im südlichen Sektor erfassten.

»Darracq! Dort! Die Magnoraunden!« Er zeigte mit ausgestrecktem Arm auf einen Holoschirm. »Sie sind schon am Strand angekommen.«

Darracq lachte kehlig. Seine Blicke schienen Feuer zu sprühen. »Pünktlich wie versprochen, diese Wellenzerteiler!«

Brayg war noch nicht über dem Horizont erschienen. In der Dunkelheit konnten die Deportierten außerhalb des Energie-Riffs nicht deutlich genug erkennen, was auf den Strand zukam. Sie hörten wahrscheinlich nur ein gewaltiges Rauschen und nahmen riesige Körper wahr, aber dies genügte, um sie flüchten zu lassen.

Die Spezialgeräte der Station zeigten die hellen Körper der Deportierten und zwei, dann drei, schließlich mehr Große Wogenzerteiler in aller Schärfe. Darracq und Olmirr machten sich an den Varsonik-Terminals zu schaffen und schalteten die Kontrollkameras, die Alarmautomatik und alle Warn- und Signaleinrichtungen ab.

Die Rebellen störten sich nicht am Blut und an den Überresten der Getöteten auf Pulten, Displays und Schaltern.

Mühsam, mit wuchtigen Schritten, die Füße tief im Gezeitensumpf versinkend und die langen Hälse steil aufgereckt, näherten sich die Magnoraunden mit schweren Schritten und halb geöffneten Rachen fauchend und keuchend dem Energie-Riff. Rhodan hatte sich innerhalb der abgegriffenen Armaturen orientiert, drehte Schalter, kontrollierte varsonische Anzeigen und tippte auf verschmutzte Leuchtfelder.

Ein Kontrolllicht nach dem anderen erlosch. Von hier aus, erkannte Rhodan, war keine Kommunikation mit den Kreuzern im planetaren Orbit möglich, von denen Darracq und Tasha gesprochen hatten. Er sah deutlich, dass der vorderste Wellenzerteiler auf jene Stelle des Riffs zustapfte, hinter der die Rebellen die Waffen verborgen hatten.

»Sie kommen auf genau die richtige Stelle zu«, rief Rhodan unterdrückt. »Ich habe es nicht glauben können.«

Darracq gönnte ihm ein anerkennendes Lachen, ehe er herumschnellte und die Station verließ. Seine Männer arbeiteten weiter. Vom Schott aus rief er: »Das haben wir deiner Überredungskunst zu verdanken. Ich sagte es immer wieder: Im Umkreis der Station hat sich noch nie ein ernst zu nehmender Zwischenfall ereignet. Deshalb sind sie alle sorglos.«

»Zum Kontrollgebäude!«, meldete sich Olmirr. »Ich bin hier fertig.«

Rhodan warf einen letzten Blick auf den Schirm des südlichen Quadranten und sah, innerlich zufrieden und beruhigt, wie der erste Große Wogenzerteiler seinen Hals mit bedachtsamer Vorsicht über die Riffkante beugte, den Kopf zum Boden senkte und den Rachen weit aufriss. Winzige Gestalten sprangen, sich gegenseitig stützend, auf die Gleiter und zum Boden hinunter. Alles geschah, offensichtlich, völlig lautlos – und offensichtlich unbeobachtet!

Nacheinander verließen die Rebellen die Wachstation, verschlossen das Schott und orientierten sich neu. Ihr nächstes Ziel war ebenso wichtig wie der erste Erfolg, den sie errungen hatten. Gelang es ihnen, ohne nennenswerte Gegenwehr die Mauer des Energie-Riffs abzuschalten, hatten sie gewonnen. Tausende Rebellen, den qualvollen Tod vor Augen, würden die Station stürmen, und es würde ihnen gleichgültig sein, wie viele dabei sterben mussten.

In der Mannschaftskantine setzte sich Sheo Omek zu dreien seiner Kollegen aus seiner Gruppe. Er sah auch den heruntergekommenen ehemaligen Glanz der Innenräume mit geändertem Bewusstsein, und sein Unbehagen verstärkte sich nach einiger Zeit, während der er aß und trank und sich umsah, in bärtige Gesichter blickte und in ihnen nichts anderes las als Gleichgültigkeit, Roheit und Langeweile.

»Langeweile«, knurrte er und stand auf. Essgeschirr klirrte zu Boden. »Sie ist an allem schuld.«

Er ging zum Ausschank und holte sich einen Krug schäumendes Süßbier und einen Becher. Omek umrundete den kleinen Sockel. Sein Blick verweilte auf dem schäbigen Feuer, das in der Metallschale brannte. Erbärmliche Flammen, kaum würziger Rauch, nicht eine scharf knackende Bohle, keine springenden Funken! Den Krug stellte er krachend auf die Tischplatte und setzte sich schwer.

»Bier und Langeweile«, wiederholte er und nahm einen großen Schluck. »Die sind an allem schuld.«

»Deine Stimmung ist heute wieder besonders locker«, sagte sein Gegenüber grinsend. »Wie meinst du das? Schuld – an was?«

»Dass die armen Kerle da draußen jämmerlich krepieren.«

Omek nickte und schwieg. Stimmengewirr erfüllte den großen, kühlen Raum, in dessen Mitte das Holzfeuer brannte. Die Wächter stierten Omek über ihre Bierbecher hinweg zunächst verwundert, dann ärgerlich an. Ungerührt leerte er den zweiten Becher.

»Hast du plötzlich weinerliches Mitleid mit den Rebellen bekommen, mit dem *Affail?*«, fragte sein Nachbar erstaunt. »Das sind unsere Feinde! Unsere Gegner! Sie würden den Zwillingsgötzen vernichten, wenn sie könnten.«

»Wenn er den Befehl gegeben hätte, die Rebellen verhungern zu lassen, hätten sie Recht damit. Aber er hat es nicht befohlen.«

»Was willst du eigentlich, Omek?«

Gleichzeitig mit dem farbigen Glanz aller Oberflächen, der Innenräume ebenso wie der äußeren Wände und Mauern, war das Elitebewusstsein aller Wächter gealtert und verblasst. Viele aus ihren Reihen waren mehr als ein Jahrfünft lang nicht abgelöst worden; das Einzige, das noch so klar funktionierte wie früher waren die Dienstvorschriften.

Omek, den ein kühler Luftzug zwischen die Schulterblätter traf, dachte daran, dass sich draußen ungefähr dreitausend Frauen und Männer im Salzsumpf eingruben, um nicht von den Fliegen aufgefressen zu werden; der Inhalt seiner Pakete hatte längst nicht für zwanzig Prozent dieser gewaltigen Zahl ausgereicht.

»Ich will, dass wir uns wieder darauf besinnen, wie wir früher waren. Stolz darauf, der Einsamkeit widerstehen zu können. Viel zu stolz, um tagtäglich den Stolz anderer Nodronen zu brechen.« Er leerte den Rest aus dem Krug in den Becher und gestikulierte mit dem Gefäß in der Hand. »Von unserer eigenen Würde will ich gar nicht reden.«

»Hör auf!«, rief sein Gegenüber. »Du tust, als ob wir der lausigste Haufen der Galaxis wären. Du bist auch nicht besser.«

»Das nicht.« Er starrte in den leeren Krug. »Aber ich hab's endlich begriffen. Ich ändere mich. Ändere alles. Ich werde die armen Kerle da draußen nicht mehr schinden.«

Er schob den Sitz zurück und ging zum Ausschank. Das Stimmengewirr war leiser geworden; einige Männer hatten sich in ihre Quartiere zurückgezogen.

»Und was willst du wirklich?«, wurde er gefragt, als er wieder am Tisch saß und in seinem Essen stocherte.

»Ich will, dass wir als stolze Nodronen unsere Gefangenen mit Fairness behandeln. Nicht wie Tiere schinden.«

»Weltverbesserer! Bist du ein verkappter Gut-Nodrone?«

»Rede keinen Blödsinn!«, fuhr Omek auf. Er erntete Gelächter. Die gewollte Verständnislosigkeit begann ihn zu ärgern. »Seht euch um. Dann versteht ihr, was aus uns und der Station geworden ist.«

»Und was, nach deiner Meinung?«

»Wir alle sind eine soziale Randgruppe, die nichts leistet und nur das Elend verwaltet. Wenn wir hinausgehen würden, in die Sümpfe, und die Rebellen zu der richtigen Weltanschauung bringen würden – das würde mich stolz machen!«

Sein Gegenüber sprang auf, funkelte Sheo an und rief erbost: »Dann geh doch hinaus zu deinen Sozialkadavern! Geh Schwämme tauchen! Und hör dir ihr Jammern und Schamanengefasel an. Wir vertreten hier die richtigen Gesetze!«

»Ihr alle, und ich genauso«, sagte er trotzig und füllte seinen halb leeren Becher, »und der Are'Imga ebenfalls, wir sind in all den Jahren zwischen Gezeitensumpf und Schmeißfliegen ein verlotterter Haufen von sadistischen Lageraufsehern geworden. Das ist die Wahrheit!«

Omek merkte nicht, dass sie sich gegenseitig anschrien. An den anderen Tischen wurde es ruhiger; die Wächter hörten zu, und was sie aus Omeks Mund vernahmen, schien ihnen nicht zu gefallen.

Er verschüttete Bier und rief wütend: »Erinnert euch doch! Wie war es denn, als wir zum ersten Mal das Energie-Riff geschaltet haben? Jung waren wir, und stolz, und wir haben unsere tadellosen Uniformen getragen wie Krieger. Und jetzt – seht in den Spiegel! Alles verlottert!«

»Ich bin nicht verlottert, du *Affail*-Freund!«, schrie Omeks Nachbar und schlug ihm mit der flachen Hand zwischen die Schulterblätter. »Du vielleicht, aber nicht ich. Und die anderen auch nicht!«

Olmek sprang auf. Sein Sitz fiel krachend um. Er hob den Becher und schmetterte ihn auf die Tischplatte. Schäumend spritzte Bier nach allen Seiten. »Von euch allen bin ich der Einzige, der sich darüber Sorgen macht! Der Einzige, der alles klar sieht! Und ich fange an, das zu ändern!«

»Überlass die Änderungen unserem Are'Imga!«, schrie ein schmalgesichtiger, bartloser Systemhandwerker. »Kissah ist der Kommandeur! Nicht du!«

»Und er hat am meisten versagt. Sitzt in seinem Kriegerzimmer und schleift Zeremonienschwerter!« Jemand stellte den Sessel wieder auf. Omek schlug wütend nach den Händen, die ihn packen und beschwichtigend auf den Sitz herunterziehen wollten. »Weg da! Ich sollte am besten das Energie-Riff abschalten. Dann müssten wir uns wieder einer richtigen Aufgabe stellen!«

In der Kantine war es für einen Moment totenstill. Man hörte nur das Knacken der brennenden Holzscheite. Dann sagte im Hintergrund ein älterer Wächter in erzwungener Ruhe: »Es ist genug, Sheo. Du fängst an, uns zu beleidigen.«

Omek schlug seine Hand schwer auf den Kolben seiner Waffe, schüttelte sich und schrie: »Wer verbietet mir das freie Reden?« Seine Blicke suchten einen Gegner; seine Wut, geschürt durch seine Unsicherheit, suchte ein Ventil. Er sah sich plötzlich nur von Gegnern umgeben und gänzlich missverstanden. »Ich sage euch, dass ich euch zwingen würde, euch der Aufgabe zu stellen – ich gehe hinaus und rufe die Deportierten zur Rebellion auf. Dann werden sie uns zeigen, wer ein Rebell ist.«

Ein Wächter, der fast ebenso lange wie Sheo im Riff stationiert war, kam auf ihn zu, legte den Arm um Omeks Schultern und sagte beschwichtigend: »Hör auf, Sheo. Du trittst unsere Würde mit deinen versalzenen Stiefeln. Die Sache ist die Aufregung nicht wert.«

Plötzlich hatte Omek eine Vision. Sie überfiel ihn unvermittelt, ohne gedankliche Warnung. Er ahnte, dass er die Bilder einer überreizten Fantasie sah und dass nie geschehen würde, was ihm seine Gedanken vorgaukelten …

Das Energie-Riff öffnete sich. Die Wächter marschierten durch breite Durchlässe, und hinter ihnen schwebten voll beladene Gleiter. Die Gefangenen versammelten sich und lauschten der Ansprache Zayt Kissahs, der ihnen ein würdiges Leben mit ärztlicher Versorgung und gerechter Entlohnung versprach. Wächter und Gefangene verbrüderten sich für einen langen Augenblick, und dann begann Pembur-Station langsam wieder ihre vorherige, glanzvolle Bedeutung wiederzuerlangen.

Omek stieß den Kameraden grob zur Seite. Der Wächter stolperte und riss einen Tisch, einen Sessel und zwei Männer zu Boden. Sie kamen auf die Füße, senkten die Köpfe und sprangen auf Omek los. Omek zog den Thermostrahler aus der Schutzhülle, aber seine Nachbarn packten seinen Arm und das Handgelenk. Er versuchte sich loszureißen, trat um sich und fühlte, wie sein Arm in die Höhe gedrückt und gerissen wurde.

»Lasst mich los! Ich zeig's euch allen!«, schrie er.

Ein Schuss löste sich, fuhr in die Decke; brennende Trümmer krachten herunter. Ein Fetzen glühende Isolierung fiel auf Omeks Kopf und setzte sein Haar in Brand. Einer der Männer, die ihn festhielten, packte den Krug und leerte ihn über Omeks Kopf.

Dann sprangen sie ihn von allen Seiten an, rangen ihn zu Boden, und mitten im Getümmel peitschte ein Paralysatorschuss auf. Er verlor das Bewusstsein, sein Körper erschlaffte jäh. Jemand brüllte: »Bringt ihn in die Medostation! Ein Zwangsschlaf und kalte Duschen. Dann kommt er wieder zur Vernunft!«

»Bisher hat er sich doch immer vernünftig verhalten.«

»Sagt es dem Kommandanten. Kissah muss es wissen. Der Kerl war zu lange in der Sonne. Ist verrückt geworden.«

Ein Wächter fluchte. »Der Kopf. Seine Haare! Das sieht ja schlimm aus!«

Vier Wächter hoben den schlaffen Körper auf und schleppten ihn zur Medoabteilung. Zwei Stunden vor Sonnenaufgang wachte Omek auf, spürte die Spezialsalbe auf seinem Schädel und dass er sein Haar verloren hatte. Schrittweise kam die Erinnerung an den vergangenen Abend wieder. Er verfluchte seine Ungeduld. Er hatte zu schnell zu viel erwartet; dafür erwartete ihn eine Disziplinarstrafe, deren Ausmaße er nicht kannte.

Er stöhnte auf: Was hatte er in bester Absicht angerichtet!

Sheo Omek stand um Mittag, vor Dienstbeginn, als seine Kollegen gerade ihre Posten an den Strukturlöchern einnahmen, vor Zayt Kissahs spiegelnd sauber geputztem Schreibtisch. Kissah musterte ihn schweigend, mehrere Minuten lang. Das Gesicht des Kommandanten, das sich in der Platte brach, wirkte wie eine alte Kriegermaske aus hellem Holz.

»Du hast die Wahl zwischen zwei Optionen«, sagte der Are'Imga scheinbar ruhig. Seine Stimme kam aus einem Abgrund der Enttäuschung und Verachtung. »Von Anfang an warst du pflichtbewusst, pünktlich und zuverlässig. Du hast die Situation von Pembur-Station zwar richtig gesehen, aber ... Änderungen lassen sich weder betrunken noch bewaffnet durchführen, schon gar nicht mit Beleidigungen. Die Männer wollen, dass du nachhaltig bestraft wirst.«

»Ich sehe ein, dass ich für meine Unbesonnenheit gestraft werden muss«, entgegnete Omek mit gepresster Stimme. »Verliere ich mein Leben?«

Die Antwort ließ ihm einen Schimmer Hoffnung. »Nicht notwendigerweise. Es gibt verschiedene Optionen. Du hast es mir zu verdanken, sagen wir ... aus alter Kameradschaft.«

»Welche Optionen, Oberst?« Omek spürte die Prellungen und Platzwunden der Prügelei dank des Medorobots kaum, ebenso wenig wie die Brandblasen seines kahl geflämmten Schädels. Er hatte begriffen, dass er zur falschen Zeit zu weit gegangen war, als er den Stolz – die Menge, die ihnen verblieben war – der Kollegen herausgefordert hatte.

Kissah antwortete schneidend: »Diese beiden: Du gehst zu deinen Freunden hinaus und tauschst Clezmor-Schwämme gegen Wasser und Nahrungsriegel. Dann hast du, was du wolltest – Gleichheit und Brüderlichkeit.« Er legte die tiefbraun gebrannten Hände neben sein Spiegelbild flach auf die Platte. »Oder du bekämpfst deinen Stolz und trittst gegen einen Rebellen an. Hier. Im Sand der Rotunde. Bis zur Aufgabe.«

Omek sah ein, dass ihm der Kommandeur eine Möglichkeit des Überlebens anbot. Er nickte schwer. »Ich kämpfe. Gegen wen?«

»Deine Kollegen bestimmen deinen Gegner.«

»Wann?«, fragte er. Seine Stimme drohte zu versagen.

»Heute noch vor Sonnenuntergang. Das erste Dämmerungsduell seit Jahren.«

Sheo Omek verbeugte sich knapp, strich über seinen haarlosen Schädel, führte die Geste des Gehorsams aus und verließ ohne ein weiteres Wort Kissahs Befehlsraum.

5 *In der Arena*

Am frühen Nachmittag hatte Tasha Feori ihre schweißtreibenden, aber kräftigenden Übungen an den robotischen Kampfsimulatoren beendet.

Ihr Körper reagierte schnell auf das ausreichende Essen, die regelmäßigen Ruhepausen und die Entspannung, die sie in tiefem, ungestörtem Schlaf fand.

Müde und schwitzend zog sie sich in die Hygienezelle zurück und wählte das gesamte Erholungsprogramm. Heiße und kalte Duschen, Massagen, aufbauende Lotionen für die Haut, ein robotischer Haarschnitt, porentiefe Versorgung winzigster Wunden; mitunter dachte sie: *Ich blühe geradezu auf! Aber – wozu? Zu welchem Ende?*

»Perrys Augen würden aufleuchten, wenn er mich heute sähe!« Sie legte frische Kleidung an und achtete nicht mehr darauf, dass sie aus den Magazinen der verhassten Wachen stammte. Sie aß, nahm energiereiches Aufbaugetränk, halbroh gegrilltes Fleisch und Mineral-Vitamin-Tabletten zu sich und streckte sich auf der Liege aus.

Als sie geweckt wurde, hatte sie das Gefühl, nur kurz geschlafen zu haben; viel zu kurz. Drei Wachen betraten ihre Zelle und starrten sie herausfordernd an. Zwei Männer waren in verschwitzter Freizeitkleidung, einer in verlotterter Uniform; er sagte: »Heute wird die Gefälligkeit eingefordert, Rebellin Tasha. Du kommst mit. Vergiss deine Schuhe nicht.«

Sie setzte die Füße auf und zog die Schuhe an. »Was habt ihr vor? Worum geht es?«

Die Wachen betrachteten sie, als würden sie sich nach dem Kampf einzeln und ausdauernd mit ihrem wund geschlagenen Körper vergnügen wollen. »Du wirst es gleich erfahren. Komm mit.«

Sie stand langsam auf. Das Gefühl des Unbehagens steigerte sich in mühsam unterdrückte Panik. Sie erwartete das Schlimmste, alles Vorstellbare, nur nicht einen schnellen, gnädigen Tod. Sie folgte den Wachen, die keinen Versuch unternahmen, sie zu fesseln oder festzuhalten, durch einen Korridor, eine Treppe abwärts und vor ein Schott.

Die Stahlplatte schwang nach außen auf. Die Wachen schoben Tasha ins Freie. Es herrschte Dämmerung, aber geradeaus lag blendendes Licht von Tiefstrahlern auf einer Sandfläche. Tasha erkannte, dass sie sich unter den Kronen der wenigen Bäume auf einem breiten Weg zwischen Gebäudewänden befanden und auf eine improvisierte Arena zugingen, die etwa zwölf, fünfzehn Meter Durchmesser hatte. Der Rand der Sandfläche wurde von den Ästen der Bäume beschattet. Tasha blieb neben einer Wand voller grellfarbiger, teilweise salzverkrusteter Spraygemälde stehen, die in ungeschickten Darstellungen anzügliche Themen zeigten.

Stark rhythmische Musik, die an einem anderen Abend fröhlich stimmen konnte, hallte zwischen den Gebäuden wider. Rund um die Arena standen und saßen auf Rampen, Stegen und einem Gerüst Wächter mit erwartungsfrohen Gesichtern. Nur ein Teil der Männer trug Uniformjacken. Die Nodronen lachten, grölten und starrten hinunter auf Tasha inmitten der Sandfläche. Sie schätzte ihre Anzahl auf weit mehr als hundertzwanzig. Einige klatschten im Takt der Musik in die Hände.

Jetzt weiß ich, woraus die kleine Belustigung besteht, dachte Tasha verzweifelt. *Kampf in der Arena, bis zum Letzten. Und ... gegen welchen Gegner?*

Die Wachen schienen sie und ihren Gegner genau zu kennen. Einige Sekunden lang horchte sie auf das Grölen und die Rufe der angetrunkenen Männer. Die Nodronen hatten Wetten abgeschlossen. Auf einer Tafel, die über einem Zugang zur Rotunde hing, standen die Zahlen »1 : 20«. Tasha verstand, dass die Wetten hoch gegen sie standen. Also würde ein kampferfahrener, hünenhafter Nodrone ihr Gegner sein.

Einer aus der Wachmannschaft? Oder ein Deportierter?

Die Wachen werden kein Risiko eingehen, sagte sich Tasha. *Also kein Deportierter. Der Kräftigste, den sie gefunden haben.*

Nur einer würde überleben.

Sie oder der andere!

Ein letztes Mal bäumte sich in Tasha der Überlebenswille auf. Sie hielt sich für stark, gut und ausdauernd; vielleicht hatte sie auch ein wenig Glück. Langsam drehte sie sich einmal im Kreis und blickte in die aufgerissenen Augen, in die verwilderten Gesichter, von denen sie einige von den Tauschstellen wiedererkannte. Obwohl sich ihr Herzschlag beschleunigte, fühlte sie sich eiskalt und war dem Anschein nach völlig ungerührt.

Eine Lautsprecherstimme durchbrach den Lärm der vielen Gespräche und das Gelächter. »Der erste Kampf kennt nur scheinbar einen Wettsieger. Zwanzig zu Eins gegen Tasha Feori bedeuten nicht, dass sie verliert. Sheo Omek, ihr Gegner, den wir alle kennen und schätzen gelernt haben«, der Sprecher wechselte in beißenden Sarkasmus, »muss nicht zwangsläufig gewinnen, obwohl er doppelt so breit ist und weniger gut aussieht. Lasst ihn herein.«

Grölen und Gelächter übertönte das Knacken der Lautsprecher. Die rostige Tür wurde geöffnet, und ein kahlköpfiger Hüne mit kurzem, schwarzem Bart, ebenfalls in dünner Freizeitkleidung, große Schweißflecken unter den Achseln, kam mit langen Schritten durch den Sand auf Tasha zu. Sheo Omek überragte sie um einen Kopf und schien tatsächlich nahezu doppelt so breit zu sein. Auf seinem glatten Schädel glänzte eine dicke Öl- oder Salbenschicht.

»Tasha und Omek, deportierte Rebellin und Pseudo-Deportierter mit besonderem Schicksal, haben sich freiwillig zu unserer Belustigung gemeldet. Sie werden uns jetzt zeigen, wie abwechslungsreich und unterhaltend eine ernsthafte Auseinandersetzung zwischen zwei *Affail* sein kann. Fangt an, aber lasst euch Zeit – wir wollen etwas sehen für unseren Einsatz.«

Johlender Beifall, geringschätziges Gelächter und erwartungsvolles Murmeln vieler Gespräche erscholl von den Rängen.

Ausweichen, abtauchen und den Gegner ermüden!, dachte Tasha, sprang auf Omek los und wich, bevor er sie packen konnte, nach rechts aus.

Sheo Omek schien ein Wächter oder mit dem letzten Frachter auf die Insel gebracht worden zu sein, vielleicht sogar zusammen mit Perry, jedenfalls hatte er sich ebenso gut wie Tasha erholt; er besaß etwa die doppelte Kampfkraft, die sie sich zutraute. Sein Gesicht drückte Ratlosigkeit aus und mehr Wut als Kampfeslust.

Omek griff an, schnell und geschickt. Tasha bewegte sich rückwärts springend im Zickzack zum Rand der Arena, tauchte unter wütenden Hieben der langen, kräftigen Arme ab und ließ sich auf den Rücken fallen. Sie zog die Knie bis zum Kinn an, und als sich Omek auf sie stürzte, trat sie mit beiden Fersen gegen seinen Brustkorb.

Sie hatte alle Kraft in diesen Angriff gelegt. Omek wurde zurückgeworfen, und mit derselben Bewegung kam Tasha wieder auf die Füße. In Omeks bartumrahmtes Gesicht trat ungläubiges Staunen und der Ausdruck von Schmerz; er schüttelte sich, stieß einen Fluch aus und näherte sich seiner Gegnerin in einer Kampfstellung, die Tasha zu kennen glaubte.

Der feuchte Sand knirschte unter seinen vorsichtigen Schritten.

Die nächsten zwei Magnoraunden bogen in der Dunkelheit ihre Hälse, senkten stöhnend ihre Schädel über das Energie-Riff und warteten, bis die Rebellen die schwankenden Kehlsäcke verlassen hatten. Einige hielten sich an den Hornlippen oder an Zähnen fest, ehe sie sich fallen ließen. Wieder leerte sich ein Saurierkopf, wieder verteilte ein Rebell Waffen an andere Männer, deutete nach rechts oder links und sprang zur Seite, als sich tropfend und stinkend der nächste Magnoraundenschlund öffnete.

Ohne dass die Großen Wogenzerteiler darauf achteten, waren im ersten Licht des Mondes alle Deportierten an den festen Teilen der Gezeitensümpfe zusammengekommen, die jene Riesenwesen gesehen hatten. Die Nodronen hielten sich in respektvollem Abstand vom Energie-Riff und von den riesigen Kreaturen. Sie ahnten, dass sie ein außergewöhnliches Geschehnis miterlebten. Niemand redete ein lautes Wort, aber – etwas Unbegreifliches, Ungeheuerliches ging hier vor. Große Veränderungen lagen in der Luft. Rettung? Das Zauberwerk mächtiger Schamanen? Aufruhr aus dem Meer des Planeten?

Zehn Magnoraunden stampften nebeneinander und hintereinander auf das Riff zu, ein elfter war wieder, ohne die Nodronen zu beachten, auf dem Weg zurück zum Wasser. Tief sanken die Klauen samt der Schwimmhäute ein. Die Flut hatte eingesetzt, die Flächen der Sümpfe waren größer geworden; die Brandung leuchtete schwach aus zunehmender Entfernung. Aus dem Inneren der Pembur-Station drangen Musikfetzen, Geschrei und Klatschen.

Schließlich hob der letzte Magnoraunde den Kopf über das Riff, stieß ein erleichtertes Knarren aus und wandte sich, nach einigen Schritten rückwärts, dem Meer zu.

Das Kontrollgebäude bestand aus einem Turm von beachtlichem Durchmesser, einem etwas niedrigeren, würfelförmigen, fast fensterlosen Bauwerk und einer säulenförmigen Anlage, auf deren oberster Plattform eine zweite Batterie von Sende- und Empfangsantennen thronte. Die Gebäude waren durch schmale Stege aus Metallgeflecht miteinander verbunden und hatten drei Eingänge. Sonne, Gewitterregen, salzige Luft und das Alter hatten die Fassaden geschädigt und lange, senkrechte Streifen in verschiedenen Farben des Verfalls hinterlassen, unter denen das Material der Konstruktion mürbe zu werden begann. Einige Klimageräte heulten und winselten; ihre Filter waren von toten Insekten verstopft.

Drei oder vier Minuten, nachdem Rhodan, Darracq und die vier anderen den östlichen Zugang zur Wachstation mit kurzen Schüssen aus ihren Thermostrahlern verschlossen und verschweißt hatten, standen Perry und Darracq vor dem rechteckigen, überraschend blanken Schott, dessen Angeln und Zuhaltungen sauber und gefettet waren.

Erstaunlich! Fast unglaubhaft! Noch immer gab es keinen Alarm!

»Eindringen und töten«, sagte Darracq leise und ernst. »Geht nicht anders. Sie werden nicht zögern, uns zu töten. Ich kenne die Schaltungen. Das verfluchte Energie-Riff! Wir beide?«

»Ja. Du und ich! Los!«

Rhodan zog die Waffe, kontrollierte den Energiespeicher und die Sicherung und nickte. Das ausschließliche Interesse fast der gesamten Besatzung von Pembur-Station galt den unbestimmbaren Vorgängen auf der Sandfläche, die von den verwischten Klängen einer Musik begleitet wurden, die unregelmäßig an- und abschwoll.

Bisher hatten sich die sechs Eindringlinge so gut getarnt, dass sie förmlich ungesehen bis hierher hatten vordringen können. Das durchdringende Summen unzähliger Fliegen begleitete jeden Schritt. Was sie hinter dem Schott erwartete, konnten weder Rhodan nach Mogmorgh erraten. Sie blickten einander an, nickten, und Darracq öffnete geräuschlos das Schott.

Der Spalt war noch fast zu schmal, als sich Darracq hindurchzwängte. Er schien sich völlig auf Rhodans richtiges Vorgehen zu verlassen. Darracq hielt in jeder Hand einen Strahler, sprang in den Raum hinein und sah, dass er leer war. Eine halbkreisförmige Rampe führte aufwärts in eine kreisrunde Schaltzentrale. Darracq rannte mit weiten Schritten aufwärts und feuerte schreiend und gezielt aus beiden Waffen.

Es waren nur vier Nodronen in dem Raum; sie starben schnell in schrecklichen Explosionen aus Blut, Zellgewebe und Feuer. Ein fünfter Mann tauchte aus einer schmalen Tür auf, feuerte auf Rhodan und brüllte Flüche.

Perry duckte sich, sprang zur Seite und feuerte seinerseits im kontrollierten Sturz. Der Körper des Nodronen wurde von der Energie des Einschlags brennend in den Raum hinter der Tür zurückgeschleudert. Der Mann prallte sterbend mit dem Rücken gegen eine Wand voller Armaturen. Rhodan hoffte, dass außerhalb des Gebäudes kein Wächter die Schüsse hörte und dass die Geräusche, wenn sie nach draußen drangen, im Lärm untergehen mögen.

Ein Schrei in seinem Rücken: »Wir sind es!«

Olmirr und Monzena stürmten herein. Rhodan senkte die Waffe und war mit wenigen Schritten neben Darracq an den Kontrollen. Die Ungewissheit blieb trotz aller Planungen und mehrfacher Abstimmung der einzelnen Schritte. Löste sich das Energie-Riff auf, wurde diese Barriere abgeschaltet, mussten sämtliche Rebellen aus den Magnoraunden-Kehlsäcken sich bewaffnet innerhalb der Station befinden. Jedes ihrer Teams musste die Deportierten vom Strand und aus den Gezeitensümpfen an die richtigen Stellen leiten, unter anderem zuerst in die Magazine, wo sie sich bewaffnen konnten.

Auch Darracq zögerte, die wuchtigen Handschalter zu bewegen. In diesem Raum gab es keine Bildschirme, auf denen man diese Vorgänge hätte beobachten können.

»Perry«, brüllte er. »Wollen wir es riskieren?«

Sie alle begaben sich in tödliche Gefahr. Ihnen und zweihundert bewaffneten Rebellen standen etwa hundertfünfundsiebzig bewaffnete Wachen gegenüber, die ihre Station weitaus besser kannten als die Rebellen. Und draußen warteten dreitausend Rebellen, von denen vielleicht die Hälfte noch ernsthaft kampffähig war.

Perry holte tief Atem und schrie zurück: »Ja! Los! Zurückzählen von zehn bis null!«

»Zehn!«, rief Darracq. »Neun, acht … Jetzt!«

Tasha sog die warme Luft tief in ihre Lungen, aber sie keuchte noch nicht. Ungefähr zwanzig Mal hatte ihr Gegner sie angegriffen, und bis auf zwei Mal war sie ihm ausgewichen, hatte seine Schläge und Griffe ins Leere laufen lassen, war unter ihm hinweggetaucht und hatte es dreimal geschafft, mit der Fußspitze eine Sandfontäne in sein Gesicht zu schleudern, die ihn für einige Sekunden blind machte.

Jeder ihrer Versuche hatte einen Geräuschorkan herausgefordert. Die Männer auf den Rängen schrien und brüllten. Die Wetten auf dem blinkenden Display standen inzwischen 3 : 15. Der Kampf, der nun schon zehn, fünfzehn Minuten dauerte, begann an Tashas Kräften zu zehren, selbst unter dem Umstand, dass sie möglichst oft auswich statt anzugreifen. Ihre Fersen, einige Handkantenschläge, einige Fausthiebe und fünf oder mehr Schläge mit der flachen Hand auf Ohren und Augen hatten Omek getroffen, aber seine Angriffswut nicht gemindert. Wieder griff er an.

Und er trieb Tasha, deren Körper von einigen Dutzend Treffern schmerzte, an den Innenrand der Arena und verhinderte mit überraschender Gewandtheit jeden ihrer Versuche, seitwärts auszubrechen. Ein Funken ihres Überlebensinstinkts sagte ihr mit plötzlicher Eindringlichkeit, dass Omek kein Deportierter war. Flüche, Beschimpfungen oder Rufe der Zuschauer, die sie unbewusst gehört haben mochte, bestätigten diese Gewissheit.

Sie wusste es jetzt: *Sheo Omek war ein Pembur-Wächter!*

Er würde sie umbringen.

Sie dachte an Perry und trat Omek mit aller Kraft zwischen die Beine. Er schrie auf und prallte zurück. Hundert oder zweihundert Wächter johlten, pfiffen oder lachten laut.

Zwischenspiel

Reginald Bull an Bord der QUORISH ...

Der voraussichtlich letzte Tag des Fluges: Wieder saß Reginald in seinem olivfarbenen Overall auf dem Sessel im zweiten der konzentrischen Kreise, die um die Plätze des Kommandanten und seiner wenigen Offiziere angeordnet waren. Der Sessel war unbequem; seine Maße entsprachen quochtischen Notwendigkeiten. Bull fühlte sich in der Zentrale-Höhle unter knapp drei Dutzend riesenäugigen, mit den Uniformnetzen leise raschelnden Offizieren allein; allein gelassen mit seinen Problemen. Mit ausnahmslos allen seinen Problemen.

Rette Rhodan! Erkläre einer verliebten Frau die vorübergehende Aussetzung der Beziehung! Kläre wenigstens für einige Tage das Problem, ob du um eine vorübergehende Trennung gebeten hast, oder ob sie es war; denke daran, dass Frauen immer Recht haben! Oder meistens. Und beweise dein Geschick im Umgang mit unwilligen und fragwürdig konditionierten quochtischen Raumfahrern!

Seinen marsianisch-symbolhaften Werkzeuggürtel und die schwarze Jacke hatte er im Mars-Liner bei Fran zurückgelassen. Das Werkzeug brauchte er in der Zentrale der QUORISH nicht, und in der Jacke würde er sich zu Tode schwitzen.

Nach einer langen Serie von Fünf-Lichtjahre-Sprüngen – er hatte längst das Zählen aufgegeben und verließ sich auf die quochtischen Offiziere – befand sich die kleine Flotte unmittelbar vor dem Draynare-System. Die Bildschirme des Halbraumspürers waren leer bis auf die Echos der QUARM und der QUARNA, der beiden begleitenden Paateom-Raumschiffe. Bull wandte sich an einen Offizier, den er an den funkelnden Rangabzeichen auf den Brust-Rautennetzen erkannte.

»Wir müssen den Linearraum genügend weit außerhalb des Systems verlassen, um unentdeckt orten zu können, welche nodronischen Kräfte sich dort aufhalten, o Meister der Fernortung.« Die QUORISH hatte, wenn Bull die Auskünfte richtig deutete, etwa vierhundert Mann Besatzung. Die verschiedenen Arbeitsgruppen der Quochten, meist in ihre typischen Netzanzüge gekleidet, konnte er nur an den Farben der »Kleidung« erkennen; er hatte auch keineswegs das Bedürfnis, intensive Studien hierüber zu betreiben.

Jedenfalls war die Kleidung für Wesen, die in wasserdampfgesättigter Wärme lebten, von erprobter Zweckmäßigkeit. Die Netzoveralls, an Handgelenken und Fußgelenken mit federnden Bändern lose zusammengehalten, zeigten im Bereich der Zentrale nur drei Farben: Weiß, Gelb und irisierendes Hellbraun. An den Füßen hatten die Offiziere – an anderen Stellen hatte Bull diese Seltsamkeit nicht gesehen – elastische dicke Tücher, die sicherlich bequem waren, vermutlich leicht gereinigt werden konnten und mit einer Art Klebestreifen über dem Gelenk zusammengefasst waren; kein »Bundschuh«, sondern ein gebundener Halbstiefel.

Ein aparter Gegensatz zur glänzenden grünen Schuppenhaut: Der Kommandant und sein Stellvertreter trugen dichte Rautennetze in Weiß. Beide Offiziere schienen Bull bestenfalls als notwendiges, weil befehlsberechtigtes Übel anzusehen.

Mit bissigem Knarren entgegnete Laop Bloerph – so hatte Bull den Namen des Dans Kattins verstanden –, nachdem er knackend einen fetten Phichi-Gabe-Leckerbissen zermalmt hatte: »Ich habe bereits entsprechende Befehle gegeben. Unsere Fernortung vermag Erstaunliches zu leisten.«

»Das ist ausgezeichnet, aber auch notwendig, denn hier geht es um Rhodan, den designierten Strategen der Imperialen Königin.«

Reginald Bull kämpfte jedes Mal, wenn einer der Quochten-Offiziere einen fetten, lebendigen Käfer verzehrte, mit einer ruckartigen, schwefligsauren Übelkeit. Es widerte ihn in einem Maß an, das er schwer in Worte fassen konnte. Jedes Mal bezwang er sich von Neuem und dachte an Begriffe wie Xenophobie, Anti-Ekel, »andere Planetarier, andere Sitten«, »gekotzt wird später«, oder er vergegenwärtigte sich bei diesen Geräuschen manche Nachmittage an der Azurküste und das Sägen von Zikaden an schrundigen Pinienstämmen.

Die glitzernden Verbindungskugeln der Uniform klickten und klirrten leise. Sie saßen als Knoten überall dort, wo sich die Maschen kreuzten. Viele der etwa fingerlangen Rauten waren mit dünnem Transglas, kleinen, rautenförmigen Behältnissen, einem Stück feuchtigkeitsabweisenden Gewebes oder einer metallisch glänzenden Platte ausgefüllt, die Schmuck, Rangabzeichen oder schamhafte Bedeckung irgendwelcher Körperteile zu sein schienen. Um die weiten, prallen Hüften trugen alle Offiziere ausnahmslos handbreite Gürtel aus einer

Art Kettengewebe. Jede Bewegung rief in der Zentrale ein leises Knistern, Klirren oder Rasseln hervor; Reginald Bull war mittlerweile dagegen abgestumpft, aber noch immer nicht an diese Käfer-Fress-Geräusche.

Bull wartete. Die Unruhe in der Zentrale und die Anzahl der Schaltungen, die er beobachten konnte, nahm zu. Er hoffte, dass die Quochten-Schiffe so weit außerhalb des Systems in den Normalraum zurückfielen, dass sie von den Nodronen nicht geortet werden konnten.

Die Datumsanzeige seines Multifunktionsarmbandes blinkte seit einer Stunde mit den Ziffern des 4. August 1329 NGZ.

Die gewohnte Erschütterung ging durch den riesigen Diskuskörper.

Der kleine Schiffsverband war im virtuellen Ortungsschatten eines Gasplaneten aus dem Linearraum gefallen, und die Diskusschiffe bremsten ihre Fahrt ab. Die Monitore der Fernortung zeigten ein Bild, das Reginald Bull zu sehen befürchtet hatte: der Planet Pembur. Ein Mond unbekannten Namens. Zehn deutliche Echos, die nach Bulls Erfahrung von Leichten Sternenkreuzern stammten.

Bull sank in seinen Sitz zurück. Die Enttäuschung traf ihn wie ein Hieb. Drei gegen zehn. Keine Chance. Zwischen ihm und der Rettung des Freundes schwebten zehn Sternenkreuzer. Sinnlos, an eine tollkühne Aktion denken zu wollen – sie wären alle tot, ehe sie in die Lufthülle Pemburs einfliegen würden.

Er schluckte einen Fluch herunter und würgte einige Male, bis er seine Stimme wiederfand.

»Pembur ist stark bewacht«, sagte Bull. Der Kommandant drehte sich halb herum und musterte ihn aus riesigen Augen.

»Unverkennbar! Zehn leichte Sternenkreuzer«, sagte er niedergeschlagen, »gegen deren Menge und Feuerkraft unsere drei Schiffe nichts ausrichten können.«

»Aber die Kreuzer fliegen unterlichtschnell«, meinte Bull unschlüssig. »Da, auf dem Monitor: seltsame Manöver. Es scheint, als ob …«

Er zuckte mit den Achseln und wischte Schweiß aus seinem Gesicht. Auf einem der holografischen Bildschirme, die über den Sitzen und Terminals angebracht waren, war deutlich zu erkennen, dass sich die Raumschiffe bewegten. Raster und Entfernungslinien, vor denen die Echos dahinkrochen, zeigten Bull und den quochtischen Offizieren, dass die Kreuzer von sehr unterschiedlichen Positionen aus einem gemeinsamen Mittelpunkt entgegenflogen.

»Das kann etwas zu bedeuten haben«, murmelte Bull im Selbstgespräch. Seine Niedergeschlagenheit, die er beim Anblick dieser Übermacht empfunden hatte, wich vorsichtigem Optimismus und einer Spur vager Hoffnung. Die Kreuzer schienen sich über einem Punkt versammeln zu wollen, der rechnerisch im Zentrum der sonnenbeschienenen Hemisphäre des Planeten stand.

Die Quochten in den Sitzkreisen redeten aufgeregt miteinander und rasselten mit ihren Uniformen. In dem Stimmengewirr vermochte der Translator nicht zu arbeiten; Reizüberflutung.

»Wir müssen noch näher herangehen«, sagte Bull. »Dann erst können wir sehen, was im System vor sich geht. Sie scheinen einen Angriff vorzubereiten.«

»Wen sollten sie angreifen? Ihren eigenen Planeten?«, fragte der Dans Kattin Laop Bloerph herausfordernd.

Ärgerlich entgegnete Bull: »Weiß ich auch nicht.«

»Was schlägst du vor, Terraner? Wie lauten deine Befehle?«

»Wir warten ab, was dort in Planetennähe passiert.«

»Einverstanden.« Der Kommandant gab einige knarrende Befehle und griff in das Täschchen mit seinem Käfervorrat, aber es schien leer zu sein.

Gleichzeitig betätigten Rhodan und Darracq die Schaltungen in einer vier Meter breiten Varsonik-Tastatur. Doppelt handbreite Elemente rasteten mit scharfem Klicken ein. Mehrere Reihen Kontrolllichter blinkten und erloschen. Summer begannen durchdringend zu arbeiten. Und das Energie-Riff, jene zylindrische, unüberwindliche, zwölf Meter hohe Energiemauer mit silberfarben schrundiger Außenfläche und gezackter Krone, sank mit einem Knistern oberhalb der Hörgrenze und bodenerschütterndem Summen im niederfrequenten Bereich gleichzeitig an allen Stellen in sich zusammen und existierte fünfzehn Sekunden später nicht mehr.

Eigentlich hätten sie mit einigen gezielten Schüssen eine Serie anderer Schalter zerstören wollen. Aber dies wäre zum gegenwärtigen Zeitpunkt falsch; vielleicht wurden das Energie-Riff und andere Einrichtungen noch gebraucht.

Der Mond stand im ersten Drittel seiner Bahn und überschüttete Tapasand und Pembur-Station mit seinem molkigen Licht. Rhodan und Darracq hielten unwillkürlich den Atem an, als sie auf die Reaktionen warteten.

Aus dreitausend Kehlen kam ein einziger Schrei.

Jeder Deportierte, der noch in der Lage war, sich schnell zu bewegen, stürmte dem Mittelpunkt der Insel entgegen. Sheo Omeks Messer wurden gezückt, seine Minispaten geschwungen. In dieser Sekunde wandelte sich das Unbehagen Are'Imga Zayt Kissahs und Are'Nos Jaum Jogers zur Gewissheit, dass großes Unheil über Pembur-Station hereinbrach.

Augenblicklich interessierten sie sich nicht mehr für die Holoprojektion, die den Arenakampf zeigte, sondern beendeten ihre *Accan-Brocon*-Partie, legten die Halbrüstungen an, rafften die Waffen an sich und rannten zu ihren Kommandostellen.

Tasha hatte den wuchtigen Schlag nicht kommen sehen. Er traf sie mit plötzlicher Gewalt am linken Schultergelenk. Der scharfe Schmerz zuckte bis unter die Schädeldecke und hinab bis in die Zehenspitzen, lähmte Tasha vorübergehend und paralysierte Arm und Schulter. Sie konnte nichts anderes als sich fallen zu lassen und schlug schwer in den durchwühlten Sand.

Wächter Omek, ihr kaum zu besiegender, breitschultriger Gegner, hatte die kurze Zeit ihres Wohlergehens in direkter nodronischer Gefangenschaft dazu benutzt, seinen Kopf kahl scheren und den Bart stark kürzen und ausrasieren zu lassen. Dadurch zeigte er mehr von sich; Tasha blickte, zielte und schlug während des Kampfes irritiert in ein großflächiges, gutmütiges Gesicht mit melancholischen Augen. Auf eine sinnleere Weise tat ihr Omek ebenso Leid wie sie sich selbst. Als er sich jetzt mit wütender, schmerzverzerrter Miene und angewinkelten Armen auf sie stürzte, schaffte sie es gerade noch, sich zur Seite zu rollen.

So einfach ist es nicht, Omek, dachte sie, kam auf die Knie und stützte sich mit dem rechten Arm auf. Die nächste Kraftanstrengung brachte sie auf die Beine. Sie schwankte im Stehen. Das Schwindelgefühl und die Lähmung der Muskeln und Gelenke wichen. Sie zwang sich dazu, tief Luft in ihre geschundenen Lungen zu holen, zog sich an den Rand der Arena zurück und spürte die körnige Mauer in ihrem Rücken.

Omek stieß einen dumpfen Laut der Wut aus und kam langsam auf Tasha zu. Er war ebenso erschöpft wie sie und zwang sich, mit seiner Kraft hauszuhalten. Sie hatte ihn öfter getroffen als er sie, meist mit den Ellbogen, den Knien oder den Fersen, aber seine Schläge waren dank der größeren Körpermasse schwerer. Und sie schmerzten mehr. Selbst ihre Treffer bedeuteten schmerzhafte Schläge gegen ihren Körper.

Tasha wartete bis zum letzten Moment, dann schnellte sie sich von der Mauer weg, sprang in die Luft und täuschte einen Angriff mit den Füßen auf Omeks Hals vor. Er fing ihre Füße ab, aber sie schmetterte die rechte Faust in sein linkes Auge und vermochte den linken Arm auszustrecken.

Als sie sich zurückstoßen wollte, trafen sie zwei schwere Fausthiebe über dem Magen, genau unterhalb der Brüste. Sie schrie vor Schmerz. Die Schläge pressten die Luft aus ihren Lungen. Die Bewegung ihres Körpers stoppte, sie fiel senkrecht zu Boden und blieb liegen, krampfhaft zuckend und nach Luft schnappend. Die nodronischen Wächter brüllten und johlten.

Aus! Der einzige Gedanke, zu dem sie fähig war.

Sie erwartete, dass Omek sich auf sie fallen lassen und sie zu Tode würgen würde. Er ragte vor ihr auf, scheinbar riesengroß, und schien über die richtige Todesart nachzudenken. Tasha rollte sich auf den Bauch und robbte auf Knien und Ellbogen von ihm weg, weinend vor Schmerz, atemlos und den Mund voller Sand. Nach einer Zeitspanne von unbestimmter Länge begann sie sich darüber zu wundern, dass sie noch lebte.

Und plötzlich hörten alle Geräusche auf. Die Schläge hatten Tasha taub werden lassen.

Der große Kubus, dessen Wände mit salz- und sandverkrusteten Metallschuppen verkleidet waren, hatte nur wenige Fenster. Es waren Schlitze, die durch schwere Blenden und Schutzschirme verschlossen werden konnten. Ein Steg, auf dem nur zwei Männer nebeneinander Platz hatten, war in einer Höhe von etwa sechs Metern der einzige Zugang von außen.

»Drei Ebenen. Alles voller Technik«, rief Darracq unterdrückt, als er vor Rhodan auf die Sicherheitsschleuse zurannte. Die Schleuse stellte sich als Würfel zwischen dem Ende des Stegs und der Metallschuppenwand dar, und als die Rebellen nahe genug heran waren, sahen sie, dass das äußere Schott weit offen stand.

Gelbliches Licht erfüllte die Sicherheitsanlage. Mehr als ein Dutzend schwer bewaffneter Rebellen erreichte gleichzeitig, als Rhodan und Mogmorgh in die Schleuse stürmten, das andere, hintere Ende des Steges aus Metallgeflecht und grausilbernem Transplast.

Wenige Augenblicke zuvor hatte ein durchdringend lauter Aufschrei aus Hunderten Kehlen, der aus der Arena herüberklang, die Rebellen erschreckt.

Als er verklungen war und nur noch Fliegengesumm und vereinzelte Musikklänge zirpend die Nacht erfüllten, folgte eine Stille, die den Rebellen sagte, dass die dreitausend Deportierten das Verschwinden des Energie-Riffs mit angesehen hatten.

Jetzt drang abermals ein gewaltiges Geschrei, Johlen, Trillern, Schreien und Toben scheinbar von überall her über Pembur-Station herein wie ein Naturereignis.

Dreitausend Rebellen stürmen von allen Seiten die Station, dachte Rhodan, als er neben Darracq die Griffe des inneren Schleusenportals packte. *Unsere zweihundert Bewaffneten sollten sich längst strategisch verteilt haben!* Darracq hielt seine Hand hoch und tippte eine kurze Zahlenfolge in ein Tastenfeld. Kontrollen blinkten. Das Geschrei ebbte ab, und gerade als Rhodan: *Wann werden die Wächter reagieren?* dachte, erfolgten die ersten Energieentladungen aus Thermowaffen.

Das auffallend lackierte Portal teilte sich in der Mitte. Die Hälften fuhren rumpelnd und quietschend auseinander. Rhodan duckte sich, und Darracq schnellte sich vorwärts, in jeder Hand einen Thermostrahler. Hinter ihnen begann ein Feuergefecht zwischen Rebellen und Wächtern.

Der Raum war mit fünfzehn Männern besetzt.

Als Rhodan und Darracq eindrangen, hinter ihnen ein Dutzend Leute, hatten sich einige Männer umgedreht. Sie starben als erste unter den Schüssen, die Darracq schreiend und wie rasend aus beiden Waffen abgab.

Seine Treffsicherheit war atemberaubend; er feuerte und traf mit roboterartiger Genauigkeit. Rhodan sah andere Wachen zu ihren Waffen greifen; einer schaffte es, auf Darracq zu zielen, ein anderer feuerte auf Rhodan. Die ultrahellen, glühenden Entladungen erfüllten den Raum mit flackerndem Blitzlicht und spiegelten sich in den Bildschirmen, das peitschende Dröhnen erschütterte die Trommelfelle. Holoprojektionen zerbarsten peitschend. Darracq feuerte ununterbrochen, aus beiden Waffen zuckten Thermoentladungen. Stinkender Rauch und Flammen breiteten sich aus.

Rhodan erschoss den Nodronen, der auf ihn gefeuert hatte, und warf sich zur Seite, während die Entladung der Waffe in seiner Hand den anderen Wächter tot und halb verschmort aus dem Drehsessel schleuderte.

Darracqs Mannschaft hatte hinter dem Feuerwall ihrer Schüsse längst den Raum eingenommen und stürmte die darüber liegende Ebene. Der Nodrone wirbelte mit blitzenden Augen herum.

»Der Widerstand ist gebrochen«, knurrte Darracq und deutete mit der Waffe auf die Kontrollen. Einige der eingedrungenen Rebellen machten sich daran, die Leichen aus den Sitzen zu ziehen und in einer Ecke des Kontrollraums abzulegen. In den Stockwerken darüber wurde noch gekämpft. »Gleich wird der wichtigere Teil der Anlage ganz uns gehören. Setz dich vor die Schaltungen, Perry.«

Zwei Holoschirme waren ausgefallen. Auf anderen Displays war zu sehen, dass außerhalb der Gebäude einige Dutzend blutige Kämpfe ausgebrochen waren. Von allen Seiten fluteten Deportierte in die Station, nahmen den getöteten Wachen die Waffen ab und plünderten die Waffenmagazine. Die Rebellen machten keine Gefangenen; Rhodan sah seine Befürchtungen bestätigt.

Aber eigentlich war es ihm längst klar gewesen, dass sich der kalte, teilweise jahrelang aufgestaute Hass der Rebellen auf die Besatzung der Station rücksichtslos entladen würde.

Rhodan setzte sich trotz der Verwüstung und der Blutspritzer vor die Zentraleinheit und machte sich mit den Schaltungen vertraut. Varsoniken entsprachen in ihrem Arbeitsprinzip den hochgezüchteten Positroniken einer Zeit in seinem Leben, an die sich Rhodan gern erinnerte. Früher: Als das Leben noch einfacher erschien. Viele Funktionen und die meisten Anordnungen auf den Oberflächen der Terminals waren einander ähnlich.

An diesen Terminals liefen die Verbindungen zusammen, mit denen die Raumortung, der Funkverkehr und die Kommunikation mit den zehn Sternenkreuzern kontrolliert wurden. Rhodans erste Schaltungen setzten die Aufnahmegeräte außer Funktion – aus den Zentralen der Kreuzer und aus anderen

Teilen der Station war eine optische Kontrolle dieses Raumes unmöglich geworden.

»Gut so. Weitermachen!«, rief Darracq und rannte die Stufen in den höhergelegenen Raum hinauf. Der Lärm erbitterter Kämpfe drang durch die halb offene Schleuse und durch die Mauern.

Rhodan entspannte sich einen Augenblick lang, lehnte sich zurück und fragte sich, ob zwischen der Station und den Wachkreuzern regelmäßige Kontrollanrufe stattfanden – und zu welchen Zeiten, in welchen Abständen. Er musste einen Organisationsplan von Pembur-Station finden; dringend und schnell.

Und er fragte sich, ob die Rebellen sich schon an Zayt Kissah und Jaum Joger gerächt hatten.

Das Licht blendete sie. Fliegen krabbelten auf ihrem Gesicht, in den Ohren und den Nasenlöchern. Sie nieste, drehte den Kopf hin und her, um dem grellen Lichtschein zu entgehen, aber schließlich konnte sich Tasha aufsetzen und blinzelte um sich.

Grelles Licht aus Tiefstrahlern schlug auf sie herunter. Sie lag allein auf dem zerfurchten Sand, von Fliegen bedeckt und umschwirrt und einen wirren, undeutbaren Lärm in den Ohren. Ihr Gehör war also nicht völlig ausgefallen.

Als sie regelmäßig atmete und ihre Umgebung erkannte, sah sie, dass sich die Arena völlig geleert hatte. Vor der Öffnung, die aus der Rotunde hinausführte, lag Omek flach auf dem Rücken.

Tasha stand mühsam auf, schüttelte Sand aus dem Haar und hinkte schleppend langsam zu ihrem Gegner. Als sie nahe genug heran war und unwillkürlich eine hastige Bewegung machte, stob ein Fliegenschwarm von Omeks Brust, und sie sah die grässliche Wunde eines Strahlschusses, die den Brustkorb aufgerissen und die Lungen verkohlt hatte.

»Was ist passiert? Warum haben sie ihn getötet? Wer war es?«, murmelte sie und bewegte sich entlang des halbrunden Mauerstücks auf den Pfad zu, auf dem man sie hierher geführt hatte.

Jetzt erst konnte sie die Ursache des Lärms erkennen: Schüsse, Schreie, das Geräusch von Schritten, noch mehr Schreie und Schüsse. Jemand schrie Befehle. *Meuterei?* Sie schüttelte den Kopf und erstarrte, als sich der Schmerz ausbreitete. *Undenkbar! Also Kampf.* Sie ging weiter. *Kampf? Wer gegen wen? Hatten die Rebellen einen Angriff gewagt? Auch undenkbar, unvorstellbar!*

Als sie den einzigen Ort der Station, der wie ausgestorben dalag, verlassen hatte und in der Deckung des Baumstamms stehen blieb, dämmerte ihr die Wahrheit.

»Das Energie-Riff – es ist weg!«, flüsterte sie heiser und erkannte ihre eigene Stimme nicht wieder. »Eine … Revolution?«

War es etwa das Werk Perrys? Abermals undenkbar! Er war tot. Aber wie sonst hätte es all diese Kämpfe geben können?

Tashas Augen sahen in dem Licht des riesigen Brayg, das sich mit den harten Lichtkegeln der Tiefstrahler, den Helligkeitsbalken von Scheinwerfern und den dämmeriggelben Leuchtkreisen indirekter Strahler zu einer sinnverwirrenden Beleuchtung mischte, die gleißenden Bahnen von Thermoschüssen.

Sie zuckten überall, kreuz und quer von Gebäuden hinunter, am Boden hin und her, zu den Bauwerken und Kanzeln hinauf. An unzähligen Stellen sah Tasha kleine Feuer. Rauch brodelte vor einigen Lichtquellen vorbei und warf farbige Schatten zitternd an Wände und Mauern. Es mussten Tausende Rebellen sein, die in die Station eingedrungen waren und sich mit den Wachen Kämpfe auf Leben und Tod lieferten.

Tausende? Alle! Also ungefähr dreitausend Deportierte!

Jetzt konnte sie auch bewegungslose Körper unterscheiden. Von einigen Leichen stieg dünner weißer Rauch auf. Tasha war zu kraftlos, um klar denken oder sich gar am Kampf beteiligen zu können. Sie suchte sich den Weg zurück in ihre Zelle und fand ihn schließlich. Auf dem Weg dorthin stolperte sie über Trümmer und kam an mehr als einem Dutzend getöteter Wachen vorbei.

Der Kommandant rannte aus seinen Wohnräumen auf die Terrasse hinaus, an die sich der Korridor zur Kommunikationszentrale anschloss. Wüster Lärm, Schüsse und Geschrei empfingen Zayt Kissah. Das Sonnensegel und einige Sitzmöbel brannten.

Hinter ihm stob Jaum heraus, drehte sich halb herum und erkannte mit einem Blick, was Zayt zwei Sekunden zuvor bemerkt hatte. »Das Energie-Riff! Die verdammten Kerle haben es deaktiviert.«

»Die Deportierten haben keine Waffen«, rief der Kommandant. »Wir rufen einen Kreuzer zu Hilfe.«

Sie rannten auf den Eingang zum Korridor zu. Binnen weniger Schritte bemerkten sie nicht nur das Fehlen der Strahlensperre, sondern sahen auch die gewaltige Masse Nodronen, die wie die Wogen einer Springflut in die Station eingedrungen waren und noch immer eindrangen, und die Wachen, die sich verzweifelt verteidigten. Überall, zwischen den Gebäuden und auf den freien Flächen, wurde geschossen.

Zayt Kissahs Weltbild begann zu wanken, seine gesamte Beziehung zum nodronischen Staatsgefüge und dessen Werten bekam in diesen Augenblicken breite Risse, die sich mit jedem Eindruck vergrößerten. Das Undenkbare, Unvorstellbare war eingetreten!

Die dreitausend Deportierten, Versager, *Affail*, Rebellen und Verbrecher, kämpften gegen hundertfünfundsiebzig Wachen. Wahrscheinlich sah er, der Kommandant, gerade dem Untergang von Pembur-Station zu.

Seine Schritte wurden schneller, nachdem er die Tür des Korridors mit einem Tritt aufgeprellt hatte. Hinter ihm rannte Joger mit gezogenem Strahler. Das Sicherheitsschott zum Kontrollbau war geöffnet, die Helligkeit im Raum dahinter verstärkte Kissahs Niedergeschlagenheit und seinen Zorn; dort wüteten also schon die Rebellen.

Die Holobildnisse der nodronischen Kriegerhelden starrten Zayt von den Wänden des Korridors an. Auch sie konnten Zayt nicht erklären, wie Rebellen ins Innere der Station gelangt sein konnten. Und wie viele es waren. Und woher sie Waffen hatten. Aber Grübeln half nichts, Nachdenken schadete; nur der Abwehrkampf konnte die fatale Lage ändern. Zuerst musste die Station wieder gegen die Rebellen abgesichert werden.

Hat der verdammte Sheo Omek etwas damit zu tun? Das Energie-Riff!

Der Kommandeur entsicherte seine Strahler und stürmte weiter durch den Ringkorridor.

Nach zwanzig hastigen Schritten tauchte im Eingang der Zentrale, fünfzig Meter entfernt, ein großer Nodrone mit langem Haar und struppigem Bart auf. Er riss den Arm hoch und feuerte über Kissah in die Decke. Schmorendes Verkleidungsmaterial fiel in großen Fetzen herunter. Die Sprinklerautomaten blinkten grell und begannen zischend Flüssigkeit und Schaum zu sprühen.

»Die Rebellen haben gerade deine Station übernommen!«, dröhnte die Stimme. Ein zweiter Schuss fuhr vor Kissahs Fußspitzen in den Boden und setzte den Teppich in Brand. Kissah sprang zurück, Joger prallte gegen seinen Rücken. Es dauerte einige Herzschläge lang, bis Zayt Kissah sein Gegenüber erkannte.

»Darracq Mogmorgh!«, ächzte er. Vor zwei Jahren hier ausgesetzt – oder waren es drei Jahre gewesen? – und kurze Zeit danach angeblich von einem Magnoraunden gefressen worden.

Wie hatte er überleben können?

»Ich habe einige Leben!«, brüllte Darracq und warf sich vorwärts, gleichzeitig mit Kissah. Heiße Wut überschwemmte den Kommandeur, rasender Hass auf diesen barbarischen Abkömmling von Schamanen und nomadisierenden Gräserfressern. »Du hast nur eines. Beim Feuer der Schamanen – gleich wirst du in den Flammen verbrannt!«

Die Männer feuerten mit beiden Waffen, ungezielt und ununterbrochen. Keiner dachte an Deckung, aber Darracq schien zu stolpern, krümmte sich zusammen und rollte sich auf dem Korridorboden ab, ohne mit Schießen aufzuhören.

Einige Schüsse zischten an Zayt Kissah vorbei und trafen Joger, dessen Todesschrei in einer detonierenden Flammenlohe abriss.

Kissah starb aufrecht. Er taumelte sterbend gegen die Wand und fegte mit der letzten Zuckung ein Hologramm aus der Befestigung. Die Darstellung eines würdigen Kriegers mit der zeremoniellen Kurzlanze löste sich in einen schwirrenden Wirbel farbiger Punkte und Lichter als Rauchwolke auf, die sich rasend schnell ausbreitete.

Darracq warf einen langen Blick auf die beiden toten Anführer, senkte den Kopf und ging zum Kontrollzentrum zurück. Die Düsen der Löschanlage begannen pfeifend zu arbeiten und versprühten weißen Schaum und Wasserstrahlen.

Darracq schloss das Schott hinter sich und sagte heiser zu Rhodan: »Kommandeur Zayt Kissah und sein Stellvertreter sind tot. Der Sieg wird vollkommen sein.«

Rhodan zog die Schultern hoch und wies mit dem Kinn auf die Bildschirme und Holoprojektoren. »Hast du im Triumph des siegreichen Kriegers möglicherweise übersehen, dass wir uns mit zehn misstrauischen Kreuzerkommandanten unterhalten müssen?«

»Dazu fällt mir bald etwas ein«, antwortete Darracq und ersetzte klickend die Energiepacks der Waffen, trat die leeren Elemente achtlos zur Seite. »Undenkbar ist, dass ein nodronischer Offizier mit Rebellen zusammenarbeitet. Kissah hat den Tod gesucht.«

»Nun ... offensichtlich fand er, wonach er suchte«, sagte Rhodan und begann an der Feineinstellung der Ortungsschirme zu arbeiten.

Nach dem letzten Grau und den ersten Sonnenstrahlen: Die Übermacht war erdrückend gewesen, die Explosion von Wut und Hass und deren Druckwellen waren zerstoben, der Lärm war einer lastenden, unnatürlichen Ruhe gewichen. Bisher hatten die Nachtbeleuchtung der Station und der Widerschein des Mondes nicht alle Einzelheiten erkennen lassen, aber das Licht der Morgensonne zeigte: Es gab, soweit feststellbar, keinen einzigen Überlebenden.

Jene zweihundert Rebellen, die in den Kehlsäcken der Magnoraunden das Meer überquert hatten, bildeten den Kern von Darracq Mogmorghs Truppe. Sie gehorchten ihm mit geradezu beängstigender Bereitwilligkeit, und er schien sie hervorragend ausgebildet zu haben. Sechs von ihnen hatten die Kämpfe nicht überlebt. Aber binnen zweier Stunden waren die Kontrollräume geputzt, die Leichen weggeschafft und die Sitze vor den Varsonik-Terminals bemannt.

In der Küche von Pembur-Station schufteten zwei Dutzend Deportierte, die unverdrossen gewaltige Mengen Getränke und Trockennahrung verteilten. Andere Deportierte schleppten aus den Magazinen Nahrungsmittel und Portionspakete heran. Zwischen dem Strand und der Station liefen Rebellen hin und her und trugen die Leichen zum Wasser. Rhodan, der sich meistens in der Ortung aufhielt, konnte sich eines Schauderns ob solch deutlich gezeigter Tüchtigkeit nicht erwehren. Es war ein Festtag für ganze Schwärme von Raubtauchern und ihren Pilotfischen.

Auf einem Funktionsdiagramm studierte er die Bauweise der Anlage. Die gewaltigen energieerzeugenden Maschinen, die Meerwasser-Aufbereitungsanlage und die verschiedenen Umformer befanden sich in geschützten Kellern, Gewölben und Höhlungen tief im Boden der Insel, aus vulkanischem Gestein herausgeschnitten. Dort verbarg sich auch ein Transmitter in einer gesicherten Kaverne. Die Kapazität des unterplanetarischen Komplexes war bemerkenswert; sie reichte mühelos für die Projektoren des Energie-Riffs und darüber hinaus für einen Energie-Schutzschirm, der kuppelförmig über Pembur-Station projiziert werden konnte.

Nach einiger Zeit traf er Darracq im obersten Teil der Kommandozentrale, wo dessen Helfer einige Tischplatten mit Essen und Krügen voller Getränke aufgebaut hatten. Der Anführer trug seine offene, versengte und blutbespritzte Jacke mit eingerissenem rechten Ärmel. Rhodan mischte in einem Becher den dicken Saft unbekannter Früchte mit Wasser und Eisstückchen und schüttete eine gehörige Portion bernsteinfarbenen Alkohol hinein.

»Wir haben es geschafft, Darracq«, sagte er und nahm einen großen Schluck des säuerlich-prickelnden Gebräus. »Jetzt folgt die Hauptarbeit.«

»Gönnen wir uns ein paar ruhige Atemzüge«, entgegnete der Rebell und streckte den Arm aus. Rhodan blickte in diese Richtung und sah eine Kette von Gleitern, die nach Hedrumeth jagten. »Ich erinnere mich, dass wir beide auf Hedrumeth jeden einzelnen Schritt abgesprochen haben. Meine Männer halten sich an diese Abläufe. Fünfundzwanzig Gleiter bringen pro Flug ungefähr hundert Alte, Kranke und Hoffnungslose hierher.«

»Ob wir in der verbleibenden Zeit zwanzig Flüge schaffen?«

»Wir versuchen es. Alles geschieht so schnell und zuverlässig wie möglich.«

»Ich sage es dir zum dritten Mal.« Perry griff nach einem der ungewohnt großen Becher. »Als Mitstreiter, Freund und Kampfgenossen möchte ich dich an meiner Seite haben. Aber nicht als Gegner, Feind oder Planer meiner Niederlage.« Er versuchte den Inhalt der Krüge herauszufinden. »Du bist verdammt geschickt und ebenso gut wie rücksichtslos.«

»Ich weiß, das sagen alle.« Darracq lachte; kontrolliert zuversichtlich, aber nur halb entspannt.

In diesem Augenblick wurden sie durch das Geräusch unterbrochen, mit dem sich eine Lautsprecherdurchsage ankündigte. Darracq grinste siegesgewiss und knurrte: »Hörst du es? Unsere Planung, meine Leute!«

Rhodan leerte den Becher und klapperte mit den Eiskügelchen, dann lauschte er der Durchsage.

»Freunde! Die Pembur-Station ist in unserer Hand. Zur Stunde versuchen wir, euch allen etwas Essen und Getränke auszuteilen. Kein Gedränge – wir tun, was wir können. Aber wir sind jetzt zu Gefangenen der Umstände geworden. Damit sich diese Umstände ändern können, sind einige Maßnahmen unerlässlich. Passt auf!«

Darracqs Grinsen wurde breiter. Er stieß Rhodan mit dem Ellbogen an und deutete auf den Alkoholkrug. Rhodan schüttelte den Kopf.

»Das Aussehen und die Ordnung der Station müssen wiederhergestellt werden. In wenigen Minuten baut sich also wieder das verhasste Energie-Riff auf. Die Strukturlücken zum Strand sind schmal und befinden sich im südlichen Quadranten. Achtet bitte darauf: Ungefähr fünfzig von uns – wir von der anderen Insel, von Hedrumeth – werden sich als Pembur-Wächter verkleiden und bewaffnen. Also schießt nicht auf sie! Alle Wachen sind tot!

Denkt daran, dass es zehn Sternenkreuzer gibt und die Bodenforts. Und tausend andere Probleme. Also: Räumt die Station auf, ruht euch in den kühlen Quartieren der Wachen aus, esst und trinkt, benutzt die Duschen und zieht euch anständig an. Holt das Zeug aus den Magazinen! Die Medostation ist besetzt und, wie ich gehört habe, überfüllt. Wenn es Neuigkeiten gibt, erfolgt die nächste Durchsage oder Warnung.«

»Gut so«, sagte Rhodan. »Hauptsache, wir behalten die Kontrolle.«

Ein Rebell drehte sich hastig um und rief: »Perry! Darracq! Ein Hyperraumimpuls.«

Sie stürzten mit drei, vier langen Schritten an die Kontrollen. Die Displays zeigten deutlich, dass ein Objekt mitten im Draynare-System aus dem Linearraum gefallen war. Sekunden später stand fest, dass das Schiff direkten Kurs auf Pembur nahm. Abermals wenige Sekunden danach wies die Transponderkennung einen Frachtraumer mit geringer Masse aus.

Wenn es ein nodronischer Frachter war, so kannte Rhodan diesen Typ; er hatte ihn selbst auf abenteuerlichen Fluchtkursen geflogen.

Er sagte drängend: »Ich kann noch einige Minuten lang glaubhafte Störungen produzieren. Sorge dafür, dass erstens das Riff bald wieder steht und dass der Kommandant einen gut angezogenen Gesprächspartner in Pembur-Station findet.«

»Überflüssige Vorsichtsmaßnahmen.« Darracq legte die Hand hart auf Rhodans Schulter. »Ich mache das schon. Lass mich in den Sitz.«

»Nur zu gern.«

Vom anderen Kontrolldeck kam ein Ruf. »Das Riff wird gerade wieder eingeschaltet. Alles in Ordnung, Mogmorgh! Jetzt steht es wieder.«

»Wie geplant.« Darracq winkte nach hinten. Zwei Rebellen spurteten heran. Mit unverhohlener Schärfe sagte der Anführer: »Hört zu! Ich brauche eine Mannschaft von fünfzehn rasierten, sorgfältig uniformierten und schwerstbewaffneten Kerlen. Sucht die Besten von uns aus. Das ist das Team, das sich um den Frachter kümmern muss. In, sagen wir, zehn Minuten am Rand des Landeplatzes.«

»Verlass dich auf uns, Darracq!« Die Nodronen rannten davon.

Rhodan war aufgestanden, setzte sich auf die Lehne des Nebensitzes und sah zu, wie der Rebell Schalter und Regler bediente. *Ein barbarischer Kämpfer, dazu ausgestattet mit geschliffener Intelligenz! Ein Anführer, dem alle gehorchen, als wäre er ihr Kriegsherr! Und ein Mann, der offensichtlich jeden Handgriff solcher Anlagen kennt, als hätte er sie selbst konstruiert! Er ist mehr, als es scheint.*

Wieder seufzte Rhodan; als er Darracqs blitzschnelle Finger sah, spürte er Erleichterung und knurrte: »Qualis rex, talis grex! Wie der Anführer, so die Gefolgschaft. Von Petronius?«

Darracq ließ sich nicht aus der Ruhe bringen.

Rhodan sah ihm noch einige Sekunden lang zu, bis er völlig sicher war, dass der Mann die Situation voll im Griff hatte. Dann wandte er sich an den nodronischen Rebellen neben ihm und erklärte dem aufmerksam Lauschenden: »Sage ihm«, er deutete auf Darracq, der sich gerade das Headset überstreifte, »dass ich einer der Schwerbewaffneten sein werde. Er trifft mich beim Landefeld. Klar?«

»Ich glaube, er hat fest damit gerechnet, Perry, dass du ihm hilfst.«

»Wem sonst?«, murmelte Rhodan, ging zum Tisch mit den Erfrischungen, leerte seinen Becher und benutzte die von den Kämpfen unversehrte Wendeltreppe, um zu den Magazinen zu gelangen und sich dort glaubhaft als Wächter der Pembur-Station auszurüsten.

Stunden nach den Kämpfen, die Zeit nach dem Sieg …

Obwohl es keinen Grund dafür gab, begann Darracq Mogmorgh zu husten, murmelte bei aktiviertem Mikrophon etwas von »Kriechölspray und Kontakthilfe-Nebel, verdammten Reparaturarbeiten …« und sagte schließlich in normalem Ton: »Hier Pembur-Station. Wir haben euch präzise in der Ortung, Frachter CLAWEYNUM. Aber bei uns wird gerade die Anlage durchgesehen und repariert; der verdammte Salzwassernebel ruiniert alle Kontakte. Also vorübergehend keine schönen Bilder von uns und mangelnde Sprachqualität. Was ist eure Ladung? Ihr seid zur Landung freigegeben, CLAWEYNUM. Verstanden?«

Die Wiedergabe war hervorragend. Die Aufnahmebatterien zeigten die theaterähnliche Zentrale des kleinen Frachters, die Tonqualität ließ nichts zu wünschen übrig. Die Nodronen im Frachter hatten nur blinde Displays und wechselnde Störgeräusche einschließlich lautem Knacken vor Augen und in ihren Geräten.

»Verstanden«, kam die Antwort. »Warum habt ihr die Redundanzsysteme nicht eingeschaltet? Ist bei euch gerade Mittagsruhe?«

»Es ist früher Morgen in all seiner hektischen Betriebsamkeit, wie ihr unschwer sehen könntet. Vierzehn ... nein: siebzehn Tonnen Clezmor-Schwämme warten. Was bringt ihr uns? Übrigens – es lohnt sich nicht, die zweite Anlage hochzufahren. In einer Stunde sind wir wieder voll auf Sendung.«

Darracqs Worte wurden von zahlreichen verschiedenartigen Störungen untermalt. Gleichzeitig erschienen auf den Bildschirmen Linien, Blitze und die Strukturen von Fehlfunktionen. Die Mengenangabe der Schwämme war von Darracq erfunden worden; kein Rebell wusste, wie viele Schwämme in den Kühlräumen lagerten. Die Antwort kam wieder klar und mit nodronischer Gründlichkeit.

»Frachter CLAWEYNUM hat hundertachtundneunzig verurteilte Rebellen an Bord, die der Erntetätigkeit der Schwämme und der intensiven Besserung, Läuterung und schließlich finalen Einsicht zugeführt werden sollen. Landung in geschätzten vierzig Minuten. Laderäume für Clezmor-Kühlcontainer vorbereitet. Verstanden?«

»Klar und deutlich, Raumschiffer!«

Darracq nickte, hob den rechten Arm und winkte blind nach hinten. Ein Hedrumeth-Rebell in nachlässiger Wächteruniform, aber mit militärisch kurzem Haar und völlig bartlos, also frisch rasiert, stand binnen zweier Atemzüge neben seiner Schulter.

Darracq hakte den Zeigefinger in den breiten Gürtel des Mannes und wiederholte, sich im Sessel langsam herumdrehend: »Haben verstanden, Frachter CLAWEYNUM. Nächster Kontakt in dreißig Minuten. Noch eine Frage: Es gibt in unserer schäbigen Mannschaftskantine für eure Crew ein feines Essen. Wir haben perfekt fermentierte Pruyn-Essenz und frisch gedünstete Clezmors. Nur damit wir genügend Gedecke vorbereiten.«

»Ausgezeichnet. Vierundzwanzig Mann und ein Kapitän. Verstanden – bis in dreißig Minuten?«

»Verstanden. Bis in etwas mehr als dreißig Minuten«, antwortete Daracq und kippte fünf breite Hauptschalter. Er bohrte seinen Blick in die Augen des Rebellen und sprach weiter: »Besorge dir irgendeine Farbcreme für die weiße Haut unter dem fehlenden Bart! Du bist verantwortlich, dass die Gefangenen den Landeplatz in vorbildlicher Ordnung verlassen und durch die Strukturlücke an den Rand des Sumpfes gebracht werden. Dort klärst du sie auf, wie es hier so läuft seit neuestem.

Nimm ein paar Kameraden und unauffällige Schockwaffen mit – alles muss zunächst völlig natürlich aussehen. Wer von den Neuen nicht gehorcht, wird gelähmt. Perry und ich kümmern uns um das Schiff. Du erinnerst dich an jedes Wort von unserer Planung, auf Hedrumeth? Also. Dann renn los und mach alles, bloß keinen Fehler.«

»Ich renne, haste und gehorche, Kommandeur Mogmorgh.«

Darracq löste den Finger aus dem Gürtel und kontrollierte die Holos und Displays zu beiden Seiten des zentralen Terminals, wechselte mit den Nodronen an den Pulten lange Blicke und überzeugte sich, dass für die nächsten Stunden ein reibungsloser Betrieb gewährleistet war.

Er stand auf und sagte: »Bei der geringsten Störung schickt ihr einen Boten oder ruft mich über die Anlage. Ich bin unten – bei Perry, in der Kantine oder am Landefeld. Wahrscheinlich rufen uns die Wachschiffe an. Erzählt ihnen das Gleiche wie ich: vorübergehende Störungen, anodisierte Erdungen, salzverkrustete Kontakte, heftige Reparaturen. Klar?«

»Wir tun unser Bestes.«

»Ihr tut es nicht, weil ich es anordne«, schnappte er grollend, »sondern für alle Rebellen. Für uns alle. Für unsere Freiheit!«

Er fügte einen ausgesucht schauerlichen Fluch hinzu und polterte auf der Wendeltreppe nach unten.

6 *Die Geretteten von Tapasand*

Manchmal bekommen die ganz einfachen Dinge des Lebens eine unschätzbar große existenzielle, eine förmlich kosmische Bedeutung, dachte er halbwegs zufrieden.

Perry Rhodan hatte die leer stehende Wohnkabine eines toten Wächters bezogen und sich ohne Eile den Luxus des gesamten Hygienezellen-Programms gegönnt. Seine Armwunde war, wie nicht anders zu erwarten, verheilt; die neue, noch nicht gebräunte Haut über der vernarbenden Fläche war noch empfindlich. Er entfernte seinen kratzigen Bart, zog sich um, sorgfältig aus den Kleidungsbeständen des toten Nodronen auswählend.

Er vermisste sein wertvolles Allround-Armband, zuckte mit den Achseln und verdrängte alle Gedanken an Bully, die Quochten, an Tasha und eine Milliarde Jahre und an den Balance B-Mars, horchte in sich hinein und fühlte das zuverlässige Wirken des Zellaktivators.

Die Unterbrechung des elenden Lebens von dreitausend Nodronen-Rebellen auf Tapasand schien gründlich und perfekt erfolgt zu sein, aber mit dem Besitz von Pembur-Station war wenig und dies auch nur vorübergehend gewonnen. Er und Darracq brauchten nicht darauf zu hoffen, dass eine Flotte der Rebellen sich dem Risiko der Vernichtung aussetzte, nur um fünftausend Rebellen von diesem Unort zu retten.

Unort, dachte er. *Die entsprechende, treffende Bezeichnung für Tapasand.* Er schnallte den Gürtel mit den Waffen um und dachte jetzt bewusst an Tasha Feori, eine von dreitausend Deportierten, für die ein flüchtiger paradiesischer Zustand angebrochen war. Lebte sie noch? Und wenn, wo fand er sie, wenn er sie suchte? Sollte er sie suchen?

»Indem ich Tasha suche, finde ich anderes, womöglich Wichtiges! Es wird Zeit, Perry!«, sagte er zu sich und verließ ohne Eile das gemütliche, leicht verwahrloste, aber dank einer antiquierten Klimaanlage kühle Quartier.

Nach zehn Schritten überfielen ihn die gewohnten Fliegenschwärme. Überall herrschten entweder beängstigende Ruhe oder fallweise hektische Betriebsamkeit. Die Deportierten von Hedrumeth grüßten ihn, aber viele jener Deportierten, die Tapasand überlebt hatten oder jedenfalls eine ganze Menge, schienen ihn nicht mehr zu erkennen.

Sein Ziel waren die Bäume neben dem Pfad, der zum Landefeld führte. Die Lage der insgesamt rund fünftausend rebellischen Nodronen blieb völlig ungewiss, und die kommenden Stunden entschieden – wieder einmal – über Leben und Tod und über seine eigene Chance zur Rückkehr. *Rückkehr wohin? In welche Zeit?*

Schweigend und nachdenklich betrachtete er die Innenseite des hochlodernden Energie-Riffs, hob den Kopf und blickte in den Himmel. Nach seiner Rechnung schrieb man heute irgendwo im normalen Universum den dritten oder vierten August 1329, plus Exponent Neun.

Über die gleißende stahlblaue Fläche des Firmaments zogen weiße Sonnenwolken nach Westen; der Meereswind wehte kräftig und wohlriechend die Spuren von Bränden und Rauch von Pembur-Station weg. Wahrscheinlich tummelten sich die jungen Magnoraunden zwischen den Klippen Hedrumeths, wobei ihnen knapp zweitausend hungrige Deportierte zusahen und sich fragten, ob Darracq, Rhodan und zweihundert ihrer männlichen und weiblichen Kameraden noch lebten. *Eines der drängenden Anschluss-Probleme!*

Rhodan blieb im Schatten des Baumes stehen, betrachtete das leere Landefeld und wartete.

Die CLAWEYNUM kam mit orgelnden Bremstriebwerken aus den Wolken hervor und schwenkte in die langgezogene Landekurve ein. Der alte, zuverlässige Frachter, erst nur ein schwarzer Punkt vor der blauweißen Kulisse, wurde schnell größer und langsamer und folgte mit dröhnenden Triebwerken den Leitsignalen von Pembur-Station. Rhodan erkannte den gleichen oder fast identischen Typ, den er und die Freunde bei der Flucht vom Mars oder Balance B benutzt hatten.

Zweihundert Meter über dem Landeplatz schien der Frachter in der Luft stillzustehen. Kreischend und klappernd öffneten sich Klappen, krachend schoben sich Landestützen hervor, entfalteten sich Druckteller. Dann senkte er sich langsam abwärts, verschwand halb unter dem zackigen Rand des Riffs und setzte weich auf.

Die Projektoren des Schirmfeldes schufen eine Bucht, als sich die Bodenschleuse öffnete. Die einzige Öffnung in der schrundigen Energiewand gestattete den Zugang zu den Flächen aus Sand, Salz und kümmerlichen Gewächsen. Niemand sah die Wachen außerhalb des Schirms, als nacheinander ungefähr zweihundert Rebellen aus dem Schiff getrieben wurden.

Unter den Deportierten waren einige ansehnliche Frauen mittleren Alters.

Die Strukturlücke schloss sich, die inneren Wände lösten sich auf, und zwei Gruppen von je sechs Wachen kamen auf den Frachter zu. Rhodan und fünf Nodronen marschierten mit unbewegtem Gesichtsausdruck und geschäftsmäßigen Bewegungen in die geöffnete Bodenschleuse hinein. In der Wandung des Schiffs öffneten sich Hangarluken und entließen gebrauchte Luft, die zahlreiche Gerüche aus dem Schiffsinneren mit sich trug.

Darracqs Team wartete vor der zerschrammten Seitenrampe, bis sich das Schott öffnete. Fast gleichzeitig betraten die Rebellen das Innere des Frachters.

Darracq brüllte leutselig wie ein übermütiger Wächter, der vielleicht nicht mehr nüchtern war: »Wir sollen euch zum Essen holen; der Kommandeur erwartet euch.«

Niemand antwortete. Rhodan wartete vor den Gittern und neben den dicken Rohren der Versorgung, die den Raum der Bodenschleuse absperrten. Die Frachterbesatzung schien noch nicht misstrauisch geworden zu sein und öffnete für Darracqs Team ein Schott nach dem anderen. Die Rebellen stiegen schweigend in die Richtung zur Zentrale auf.

Rhodan grüßte in eine Kontrolloptik; ein Teil der Gitter rasselte in die Höhe. Er spürte die Erregung der Männer neben und hinter sich. Sie gierten danach, das Raumschiff zu erobern, und hielten sich trotzdem mühsam zurück.

Die technische Ausrüstung des Frachters ließ erkennen, dass das Schiff im harten Dauereinsatz gealtert war. Die Rebellen öffneten ein Schott und begannen durch einen mäßig beleuchteten Schacht eine breite Metalltreppe hinaufzusteigen.

Als Rhodan den Quergang erreichte, hörte er das unverkennbare Geräusch eines Schusses. Flüchtige Helligkeit kam von rechts; gleichzeitig brach Geschrei in der Zentrale aus.

»Hinauf!«, rief Rhodan und zog die Waffe.

Er rannte nach links, während seine Leute nach Zielen suchten. Auf der rechten Seite brach unvermittelt ein heftiger Schusswechsel aus. Die Mannschaft der CLAWEYNUM hatte Verdacht geschöpft und konnte nicht mehr überrascht werden.

Am Ende des Korridors glitt ein Schott auf, ein Nodrone sprang heraus und feuerte aus einem Thermostrahler. Die Schüsse schlugen über Rhodans Kopf und neben seiner Schulter ein. Eine Hitzeflut hüllte ihn ein. Er duckte sich, schoss, und hinter ihm eröffneten seine Gefährten ein Strahlengewitter, von dem das Ende des Schiffskorridors in eine Flammenhölle verwandelt wurde.

Über den sterbenden Raumfahrer hinweg hasteten die Rebellen weiter. In den metallenen Hohlräumen hallte ohrenbetäubender Lärm wider, der akustische Alarm brach los, und auf drei oder vier Ebenen bekämpften sich auf kurze Distanz Raumfahrer und Rebellen.

Die Deportierten stürzten sich mit dem lang aufgestauten Hass in die Auseinandersetzung und wüteten rücksichtslos. Türen und Schotts waren geöffnet; dahinter lagen verkrümmte, halb verkohlte Körper. Rhodan und Darracq rannten gleichzeitig in die Zentrale, von Löschschaum bedeckt und halb geblendet.

»Zehn von der Besatzung sind tot!«, schrie ein Rebell. »Wo sind die anderen?«

Verwirrung machte sich breit. Das Schießen hatte aufgehört. Durch die Schottöffnungen drangen Rufe und Flüche. Rauch und Dampf wirbelten durch die Ansaugrohre der jaulenden Luftversorgung. Dumpfes Dröhnen und schwere Erschütterungen ließen erkennen, dass eine Notschaltung schwere Druckschotts geschlossen hatte.

»Maschinenraum!«, schrie ein Rebell. »Sie haben sich verschanzt.«

»Vielleicht fahren sie den Antrieb hoch und sprengen sich und uns alle in die Luft«, rief Rhodan.

Darracq winkte ab und lief suchend entlang der Schaltpulte. Er blieb stehen, stutzte, schob Rhodan zur Seite und deutete auf ein Muster leuchtender Anzeigen. Einige Augenblicke später kippte er eine Schutzabdeckung hoch und drückte einen auffälligen Schalter. Wieder heulte eine Warnsirene auf.

Feuer im Maschinenraum?, dachte Rhodan und wunderte sich nicht mehr darüber, dass Mogmorgh jeden Aspekt nodronischer Technologie intuitiv verstand oder diese Technik studiert hatte; womöglich war er ausgebildeter *Kishte*-Raumfahrer gewesen, so wie Tasha.

»Feuer im Maschinenraum. Leider. Wir schützen den Besitz des Empire«, sagte Darracq in erklärendem Tonfall. Er hob die Faust, drückte einen zweiten Kompaktschalter und fügte hinzu: »Keine Besatzungsmitglieder in der gefährdeten Zone. Wir löschen.«

Rhodan starrte ihn entgeistert an. In Darracqs Gesicht sah er wieder die gleiche mörderische Entschlossenheit, die in den Augen aller anderen Rebellen brannte.

»Ihr löscht den virtuellen Brand«, sagte er in Vaaligonde. Der Translator übersetzte seine weiteren Worte: »Mit Stickstoff, dem besten Mittel gegen Feuer.«

»Dem einzigen, mit dem an Bord der Nodronenschiffe Maschinen- und Leitungsbrände gelöscht werden. Hocheffizient, Terraner.«

Rhodan schüttelte sich und wartete, bis die Kontrolllampen und Leuchtfelder wieder ihre Farbe wechselten und, Minuten danach, die schweren Schalter in die Ausgangsstellung zurücksprangen.

»Trotzdem durchsuchen wir das Schiff von oben bis unten«, entschied der Anführer. »Wir dürfen kein Risiko eingehen.«

Irgendwoher brüllte jemand die Antwort: »Drei von uns haben damit schon angefangen.«

Die Zentrale des Schiffes – den gleichen Typ hatte er selbst geflogen – erinnerte Perry an ein winziges so genanntes Griechisches Theater mit halbrunden, aufsteigenden Sitzrängen und, hinter einer halbrunden Gemeinschaftsfläche am Boden, einem waagrechten Bühnenabschluss. Wo auf Ephesos im klassischen Griechenland bunte Säulen, weiße Marmorbodenplatten und Kulissenöffnungen gewesen waren, befanden sich hier Bildschirme, Holoprojektionen, Sitze und Schaltpulte.

Darracq setzte sich in den Sessel des Kommandanten, und während er den Betriebszustand der CLAWEYNUM kontrollierte, liefen die Rebellen mit schussbereiten Strahlern aus der Zentrale.

Darracq führte verschiedene Schaltungen aus, deaktivierte die meisten Monitore und knurrte dann: »Jetzt haben wir ein Raumschiff. Mit der alten CLAWEYNUM werden wir nacheinander die zehn Sternenkreuzer in glühende Wracks verwandeln und dann mit fünftausendzweihundert Rebellen im Laderaum in die Zivilisation zurück starten. Oder hast du einen besseren Einfall?«

»Noch nicht«, antwortete Rhodan im gleichen sarkastischen Ton. »Aber er wird nicht lange auf sich warten lassen. Wie wäre es zuerst mit einem heiteren Strandfest?«

Darracq grinste kalt, schob die Daumen hinter den Gürtel und begann, langsam auf und ab zu gehen. Aus allen Teilen des Frachters waren die Geräusche aufgerissener und zugeworfener Türen und zufallender Schotts zu hören.

Rhodan wartete, bis Darracq stehen blieb, zeigte zur Decke und sagte: »Wir haben lange über den Zweck der planetaren Forts geredet. Wir sollten sie für unsere Zwecke einsetzen. Gehen wir in in die Kantine, trinken euer abscheuliches Bier und denken darüber nach?«

»Ein guter Einfall. Mein Magen knurrt schon seit einigen Viertelstunden.«

Sie verließen das Schiff, während mehrere Kommandos erklangen, um die Toten hinauszuschaffen und die gröbsten Schäden zu beseitigen. Rhodan und Darracq mussten in der Kantine über Feuerkraft und Reichweite der Bodenforts reden, über die Kapazität der Wachschiffe und die Gefährdung der Inseln voller Deportierter und der Magnoraunden.

In der Station herrschte eine Art aufgeregter Ordnung; die meisten Rebellen hatten sich satt gegessen und in kühle und dunkle Räume verkrochen, in denen es nicht von Fliegen und Stechmücken wimmelte. Der Geruch frisch gekochten und scharf angebratenen Essens lag in der Luft. Rhodan steuerte auf den Eingang der Kantine zu, drehte sich nach Darracq um und – zuckte vor Erstaunen zusammen.

Tasha Feori!

Sie kam aus dem Durchgang zwischen zwei Basisgebäuden auf ihn zu, blickte aber an ihm vorbei. Sie hinkte leicht, hatte den linken Arm in einem zur Schlinge geknoteten Tuch und bewegte sich vorsichtig. Ihr Gesicht war geschwollen, ein Auge geschlossen.

Rhodan ging auf sie zu, berührte sie an der Schulter und sagte leise: »Erschrick nicht. Ich war für den Magnoraunden zu schwer verdaulich. Ich lebe noch, Tasha.«

Jetzt zuckte sie zusammen, drehte den Kopf und starrte ihn aus einem weit aufgerissenen Auge an. »Perry! Du … lebst! Ich glaube es nicht.«

Tasha trat einen Schritt zurück, versuchte ein Lächeln und verzog dabei das Gesicht zu einer schmerzlichen Grimasse. Dann riss sie den Arm aus der Schlinge, breitete die Arme aus und legte sie um Perrys Hals. Darracq sah grinsend zu.

Tasha flüsterte: »Ich war sicher, dass das Riesenvieh dich gefressen hat. Beim Wirken der Toongher! Du lebst wirklich! Plötzlich war ich wieder ganz allein – hast du mit dem Energie-Riff und den Kämpfen und den toten Wachen etwas zu tun?«

Rhodan nickte stumm. Tashas Erleichterung und ihre unkontrolliert überströmende Freude waren echt und überwältigten ihn. Ihr Körper zitterte in seinen Armen.

»Wenn er nicht nach Hedrumeth gekommen, mit den Magnoraunden geredet und mit uns zusammen den Überfall geplant hätte, Schwester«, sagte Darracq voller Ernst, »hätten wir das alles nicht geschafft. Aber – das könnt ihr euch in der Kantine erzählen, Kriegerin.«

»Komm mit.« Rhodan zog sie mit sich durch die Hitzeschleuse in den großen, kühlen Raum und bahnte sich und ihr einen Weg zu einem freien Tisch. Rhodan und Darracq wurden von einem Teil der Anwesenden mit Beifallsrufen empfangen; es waren die Männer aus den Rachen der Wogenzerteiler. Ein Rebell, dessen Wächteruniform noch die blutigen und rußigen Spuren der Schiffseroberung trug, brachte Becher und Getränke.

Rhodan tippte Darracq mit dem Zeigefinger gegen die Brust. »Tasha Feori ist ausgebildete und geübte *Kishte*; Shuttle-Pilotin. Du solltest dir ihren Namen merken, wenn es um die neue Mannschaft der CLAWEYNUM geht.«

»Wirklich, Tasha? Professionelle *Kishte?*«, fragte Darracq.

Tasha verzog das Gesicht. »Wirklich. Vier Jahre lang. Fünf verschiedene Typen Shuttles und Fähren.«

Darracqs Blicke glitten prüfend über Tashas Hände und ihr Gesicht, dann nickte er bedächtig. Rhodan füllte die Becher und begann in Kurzform zu berichten, was er erlebt hatte, seit ihn der Magnoraunde scheinbar verschlungen hatte. Staunend hörte Tasha, dass ungefähr zweitausend Rebellen auf der Nachbarinsel überlebten, und erfuhr mit noch größerer Verwunderung, dass Rhodan der Einzige war, der dank des Translators mit den »sanften Riesen«, den »Großen Wogenzerteilern« reden konnte.

Unvermittelt und aufgeregt brachte Mogmorgh einen Einwand in das ruhige Gespräch. »Wenn ich irgendwann in meinem früheren Leben richtig zugehört habe, dann haben die Quartor-Kanonen vulgo Strahlengeschütze und Tripuls-Projektoren von bodengebundenen Forts eine weit größere Reichweite als die Angriffswaffen von Sternenkreuzern.«

»Das ist verständlich«, pflichtete ihm Rhodan bei, »denn im Vakuum des Weltraums sind Streuung, Ablenkung, Brechung und Widerstand meist keine relevanten Faktoren. Aber die Sternenkreuzer verfügen vielleicht über die stärkeren Schutzschirme.«

»Du verstehst, worauf ich hinauswill, Perry?«

Rhodan runzelte die Brauen, sein Blick verlor sich im Hintergrund des Raumes, dann rieb er scheinbar gedankenlos seinen Nasenrücken. »Was du da gesagt hast ... ja, das könnte gehen. Unser Risiko ist nach wie vor unglaublich groß. Aber – zehn Wachschiffe!«

Darracq stemmte sich halb aus dem Sitz heraus und nickte Tasha zu. »Bevor Perry und ich uns mit der Fernsteuerung der Bodenforts beschäftigen, habe ich eine vernünftige Aufgabe für dich, *Kishte* Tasha: Suche dir die beste Mannschaft«, sein Arm beschrieb einen Halbkreis, der die Insassen der Kantine umfasste, »die du finden kannst. Dreitausendvierhundert Mann stehen zur Verfügung. Nehmt Quartier in der CLAWEYNUM. Ungefähr vierundzwanzig, dreißig Mann. Stört euch nicht an Brandspuren und an Blutspritzern an den Wänden.«

»Was sollen wir im Schiff – außer Wände putzen?«

»Bereitet alles für einen Notstart vor. Maschinen ausgeschaltet lassen! Aber vielleicht müssen wir den Frachter irgendwann schnell von hier wegbringen, und dann seid ihr gefordert. Einverstanden?«

Rhodan bemerkte erstaunt, dass auch Tasha sich schnell, willig und kritiklos einordnete und keineswegs Mogmorghs Position und Kompetenz anzweifelte. Aber sie blickte Rhodan aus ihrem gesunden und dem halb zugeschwollenen Auge hilfesuchend an.

Rhodan nickte. »Darracq plant zuverlässig. Macht euch mit allen Einrichtungen des alten Schiffes vertraut und wartet. Ihr habt brauchbare Kabinen und genügend Vorräte aller Art, Capitana. Wir schalten einen Funkkanal in die Schiffszentrale.«

Tasha sagte leise: »Seit ich dich im Schlamm gefunden habe, wirken die Natur und das Schicksal jeden Tag ein neues Wunder.«

»Alte Traumfamnir-Schamanenweisheit, *Kishte* Tasha«, murmelte Darracq und unterdrückte mühsam sein Gähnen.

Tasha war verwirrt und zeigte es. Rhodans Hand, die sich auf ihr Handgelenk legte, und sein vielversprechendes Blinzeln beruhigten sie. Rhodan und Mogmorgh leerten durstig die Becher und verließen den Raum. Minuten später erreichten sie das oberste Deck der Schaltzentrale und setzten sich an die Schaltpulte.

»Wir dürfen uns keinen Fehler erlauben.« Die vielen Funktionsanzeigen eines Diagramms leuchteten auf. Darracq rief die Bilder und die Zustandsanalysen eines Forts nach dem anderen auf die Holoschirme. »Die zwölf planetaren Forts können wir steuern. Die Kommandanten der zehn Wachschiffe können wir wahrscheinlich hereinlegen. Aber sie werden nicht eigenmächtig handeln – ich kenne das Empire! Und – ich denke an unsere neuen Verbündeten, die Magnoraunden. Wir haben ihnen … du hast ihnen versprochen …«

»Ich weiß«, knurrte Rhodan.

Ein Blick auf die dreidimensionalen Darstellungen zeigte Rhodan, Darracq und den zehn oder zwölf Nodronen, die vor den Schaltungen saßen und standen, dass Pembur-Station und die Forts über eine Hemisphäre des Planeten verteilt waren. Zwei Abwehrstellungen befanden sich am Rand des Kontinents, die übrigen zehn waren auf namenlosen, stattlichen Inseln errichtet worden. Die Forts waren tatsächlich mit Tripuls- und Quartorkanonen bestückt, was auf gewaltige verfügbare Energiemengen schließen ließ.

Wie im Selbstgespräch sagte der Rebellen-Anführer: »Natürlich wussten wir Rebellen schon lange ziemlich gut Bescheid über Pembur und Tapasand. Und über andere Orte in der Galaxis, die ähnlich stark geschützt sind. Aber wir wagten nicht, Pembur zu erobern. Wir hätten wahrscheinlich Hunderte unserer Schiffe im Angriff auf das Lager verloren. Und Tausende unserer Leute.«

Rhodan verfolgte eine Simulation, die verschiedene Verteidigungsmanöver einer Station zeigte, und dachte: *Eine traurige, aber vernünftige Entscheidung der Rebellen. Vergiss nicht, Perry, es ist Krieg! Mit allen seinen verheerenden Gesetzmäßigkeiten und Opfern!*

Nacheinander testeten die Rebellen die Funktionen der planetaren Forts. Die Robotanlagen waren in erstklassigem Zustand und würden ihren Zweck erfüllen, von Pembur-Station, von diesem Raum aus ferngesteuert. Darracq rief über die Lautsprecher der Station einige Rebellen zu sich, sodass schließlich zwei Mannschaften zu je zehn Männern an den Pulten saßen beziehungsweise dafür verfügbar waren. Er schien zu wissen, dass sie technisch genügend geschult waren, um die Schaltungen der Terminals zu beherrschen; das Team und das Reserveteam würden die nächsten Stunden üben und einander ablösen.

»Vorläufig geklärt«, meinte Mogmorgh und starrte einen Bildschirm an, der von Anfang an eingeschaltet gewesen war. Seit Stunden liefen langsam Ziffern und Textblöcke über die Fläche; der Dienstplan für das gesamte Personal der Station – von denen keiner mehr lebte. Darracq las laut vor: »Drei Stunden Zeit, bis der nächste Kontakt mit den Wachschiffen stattzufinden hat. Die Überprüfung der Einsatzbereitschaft und die Unterhaltung haben Stellvertreter Jaum Joger oder der Kommandeur stets selbst geführt.«

»Drei Stunden.« Rhodan ging hinaus in den Korridor und betrachtete die löschschaumgeschädigten Hologramme berühmter nodronischer Offiziere. »Was hältst du von einem Besuch in Zayt Kissahs Privaträumen? Vielleicht entdecken wir etwas, das uns weiterhilft.«

»Einverstanden.«

Ohne Hast kletterten sie über schmale Treppen in die Wohnebene unterhalb der technischen Einrichtung, die im Turmgebäude zu den Antennen und Projektoren gehörte. Die Aussicht auf der vom Brand verwüsteten Terrasse zeigte ein Rundumbild der Station und der Gezeitensümpfe und Strandflächen Tapasands, bis weit hinaus aufs Meer, dessen Wellen unter der Mittagssonne schäumten. Die Fliegenschwärme wurden lästig wie immer.

Darracq ließ die Eingangstür aufgleiten. »In einer kühlen Umgebung lässt sich besser denken. Schwitzen und Durst schaden der Klarheit wichtiger Überlegungen.«

Rhodan stimmte zu und setzte sich.

Die meisten Deportierten waren zu erschöpft, um den Sieg feiern zu wollen. Das Innere der Station – Mannschaftsquartiere, leere Magazine, Aufenthaltsräume, Gefangenenzellen – füllte sich mit Deportierten, die nichts anderes als der Kühle, Ruhe und des Schlafs bedurften. Die Klimaanlagen arbeiteten rauschend in Höchstbelastung.

Obwohl sich kein Nodrone am eigenen Geruch oder am Körpergeruch des anderen störte, begann es in einigen kleineren Räumen atemraubend zu stinken, nach Tidensumpf, Quallenöl oder Salzbakterien auf schweißnasser Haut, sodass die Rebellen nach Duschen suchten und die Roboteinrichtungen der Bäder zur Hilfe nahmen; die Wassertanks leerten sich beängstigend schnell, und die Varsoniken erhöhten ständig die Leistung der Entsalzungsanlagen.

Die Reste alten Feuerholzes und die Holzlieferung der CLAWEYNUM wurden entdeckt; bald brannten in den offenen Kaminen der Offiziersmesse und der Mannschaftskantinen trotz der Hitze stattliche Feuer mit »stolzen Flammen«. Die Essenden und Trinkenden konnten sich an diesem lang entbehrten Symbol der Freiheit nicht satt sehen. An diesem Tag hatte jedes Stück brennenden Holzes nur eine einzige Bedeutung: *Freudenfeuer!*

Die Disziplin und das Zusammengehörigkeitsgefühl verhinderten, dass trotz des Gedränges und der Enge Streit ausbrach, während sich die Station mehr und mehr füllte.

Aber weder Perry Rhodan noch Darracq Mogmorgh hatten Zeit, sich um diese Befindlichkeiten zu kümmern; der Zeitplan der kommenden Ereignisse war unerbittlich.

7 *Tasha Feori – und Notsignale*

Zayt Kissahs tägliche Umgebung wirkte auf Perry Rhodan wie die stilisierte Wohnung eines an luxuriösen Bedürfnissen armen Kriegers; er dachte an die zivilisatorische Kargheit und den kulturellen Reichtum eines Samurai. Nichts fehlte, aber da war auch kein schwelgerischer Prunk. Wenige, ausschließlich zweckmäßige Möbel, standardisierte Einrichtung, Holografien und Originale archaischer Waffen an den Wänden – wobei Perry unsicher wurde: Wie alt war die Kultur und Zivilisation der Nodronen wirklich, sodass Schwerter, Lanzen und zeremonielle Brustpanzer in milliardenferner Zukunft noch einmal erfunden wurden?

Verwirrend, dachte er. *Auf Terra war ein Schwert nach ungefähr viertausend Jahren, in denen Hieb- und Stichwaffen gebraucht wurden, museumsreif und selbst als zeremonielle Waffe höchstens lächerlich geworden.*

Er blickte schweigend durch die großen Scheiben und erwog die Möglichkeiten seiner Flucht zurück in die Vergangenheit. Es bedurfte keiner großen Klugheit, um zu begreifen: Er und alle Nodronen saßen gegenwärtig auf Hedrumeth und Pembur-Station fest.

Es ging nicht weiter. Genauer: Wenn es weiterging wie bisher, führte die Entwicklung in den Tod. Sofern nicht wieder ein Wunder geschah.

Er folgte Darracq auf dessen unruhigem Gang durch die Räume und lehnte sich an eine mit Kampfszenen beschnitzte Säule, die aus einer Art Elfenbein zu bestehen schien, oder aus einer perfekten Kunststoff-Nachahmung. »Selbst wenn es uns gelingt, die Wachschiffe auszuschalten, müssten wir mit der CLAWEYNUM zwanzig Mal oder häufiger irgendwohin fliegen, um alle Rebellen fortschaffen zu können. Aber wohin? Wenn die Flotte des Empire alarmiert wird, vernichtet sie uns auf dem dritten oder vierten Flug. Ich weiß nicht, wie viel Zeit wir brauchen, um dieses unbekannte Fluchtziel zu erreichen. Zweihundertfünfzig, dreihundert Leute passen in den Frachter, wenn man sie in qualvoller Enge zusammenpfercht.«

»Du hast völlig Recht.« Darracq blieb vor dem Startterminal des Transmitters stehen. »Würden wir den Transmitter benutzen, kämen wir auch nur fünf Lichtjahre weit. Alle Transmitter sind, wie die Transitionen, auf diese karge Entfernung beschränkt. Und mit größter Wahrscheinlichkeit landen wir mitten in einem nodronischen Militärstützpunkt.«

»Also werden wir uns nicht weiter um den Transmitter kümmern«, entschied Rhodan. »Die Sonne Draynare ist mehr als 11.600 Lichtjahre vom galaktischen Zentrum entfernt. Wenn wir flüchten müssten – wohin würden wir fliegen? Zunächst planlos in den Raum hinaus?«

»Wahrscheinlich. Wenn nicht jene Hilfe kommt, von der du gesprochen hast. Aber ob deine Freunde etwas bewirken können …«

»Ist fraglich. Ich habe allerdings keine andere Wahl, als ihnen zu vertrauen«, schloss Rhodan.

Auf Holoprojektionen konnten sie verfolgen, wie einzelne Gleiter das Innere der Station erreichten. Die Maschinen waren mit Flüchtlingen von Hedrumeth überladen. Deportierte halfen ihren Schicksalsgenossen aus den Gleitern und brachten sie ins Innere der Station; augenblicklich starteten die Piloten wieder zum nächsten Flug.

Darracq betrachtete nachdenklich das Holo, auf dem das Frachtschiff und die nähere Umgebung des Landeplatzes zu sehen waren.

»Ich zögere noch«, meinte er und spannte seine Unterarmmuskeln. Die Gestalten der Tätowierung begannen sich zu bewegen, als lauerten sie auf einen Zwischenfall. »Ich zögere, die Wachschiffe anzurufen. Aber schließlich bin ich für die Militärs im Orbit der befehlshabende Kommandant.«

»Noch ist Zeit. Sie werden sich allerdings wundern, wenn zwischen der Landung der CLAWEYNUM und unseren Notsignalen so viel Zeit vergangen ist.«

»Sollen sie sich wundern. Bekümmert mich nicht.«

Die Lage in Pembur-Station und in der nächsten Umgebung war stabil. So stabil, wie es die Umstände zuließen. Das Energie-Riff war wieder errichtet, allerdings mit großen Strukturöffnungen. Immerhin bestand die Gefahr, dass einer der Sternenkreuzer seine Bodenortung einschaltete und die Mannschaft genau kontrollierte, was sie sah.

Die Anzahl der Deportierten wuchs, aber die Disziplin der jungen Rebellen von Hedrumeth steckte an: Nachdem die meisten Deportierten Tapasands ihre dringenden Bedürfnisse befriedigt hatten, versuchten sie einen Platz innerhalb der kühlen Gebäude zu finden, an dem sie sich ungestört ausruhen konnten.

Die Küche, in der Rebellen und Halbautomaten aus den Vorräten jene halbrohen Gerichte herstellten, arbeitete auf Hochtouren; gewaltige Mengen Wasser, Säfte, Brühe und eine Art nodronisches Leichtbier – das Perry Rhodan abscheulich fand –, ebenso wie die nodronischen Versionen von blutigen Steaks, bluttropfendem Roastbeef, knapp gedünstetem Gemüse und ähnlich gearteten barbarischen Zubereitungen – wanderten aus den Magazinen in die Kantine und zu den Deportierten. Wahrscheinlich tranken sie zu viel, aber monatelange Qualen unter stechender Sonne und in den Gezeitensümpfen machten diesen übersteigerten Durst psychologisch verständlich.

Viele Deportierte trugen Uniformteile aus dem Kleidungsvorrat der Wächter, und einige hundert Männer und Frauen hatten sich mit deren Waffen ausgerüstet. Andere schufteten in der Medostation, verbanden Wunden und verbrauchten Unmengen antibiotischer Salben, Sprays und Hautöle.

Nicht allen, die das Energie-Riff hinter sich gelassen hatten, war bewusst, dass die Ruhe vorübergehend war und die Gefährdung zugenommen hatte. Darracq Mogmorgh hoffte ebenso wie Rhodan, dass die Quochten Rhodans Freund Reginald Bull und »den anderen Terranern« helfen würden, Rhodan zu finden. Die Quochten wussten von Pembur und dessen Bedeutung als Strafplanet, dies wusste wiederum Rhodan. Und so ruhte seine Hoffnung darauf, dass Bully die richtigen Schlüsse gezogen und von der Imperialen Königin ein Rettungsschiff samt Mannschaft gestellt bekommen hatte.

Schließlich war Pembur nur fünfunddreißig Lichtjahre vom Stukoda-Sterncluster entfernt, dem Ort der vernichtenden DORDO'KYEION-Niederlage.

Und es wäre töricht von der Königin der Quochten, wenn sie sich nicht der Dankbarkeit vieler nodronischer Rebellen und deren Wissen und Kenntnissen versichern würde. Immerhin war ich designierter Raumschlacht-Stratege!

Rhodans Überlegungen beschäftigten sich mit der Möglichkeit, dass Bull sich zum richtigen Augenblick, wenn überhaupt, zeigen würde; sein Ausbleiben oder Zuspätkommen bedeutete das Todesurteil für mehr als fünftausend Rebellen, für Darracq Mogmorgh und ihn.

Mein Vertrauen in dich, Bully, ist grenzenlos! Du wirst mich nicht enttäuschen!

Darracq näherte sich Perry Rhodan, forschte in seinem Gesicht und fand wenig Zuversicht. Er sagte leise: »Fangen wir an. Ich weiß, dass wir uns nicht verstecken können, wenn unser Plan fehlschlägt.«

»Gehen wir in die Zentrale. Du wirst die Rolle deines Lebens spielen müssen.« Rhodan zuckte mit den Achseln. »Ab jetzt bist du Are'Imga Zayt Kissah. Mach das Beste daraus.«

»Ich gebe mein Äußerstes!«, sagte Darracq, schlug Perry auf die Schulter und schob ihn zum Ausgang.

Zwischenspiel

Shimmi Caratech an Bord der QUORISH ...

Vermutlich der letzte Tag des Fluges: Sie deaktivierte den Holoprojektor des Y-Bakami und vergaß die virtuelle Klassengemeinschaft des Trivispiels. Wieder hatte die langweilige Nacht im Mars-Liner begonnen.

Schikago und ihre winzigen Jungen schliefen wohlversorgt in ihrem Korb, der in Reichweite Shims auf dem Nebensitz stand. Über ihr Empfangsgerät, das sie sonst wie eine Spange über ihrem kurzen blonden Haar trug, hörte sie seit Tagen, seit einer langen Reihe von Linearmanövern, nur unverständliche Fetzen von Worten und Geräuschen, die der unverständlichen Technik innerhalb des versumpften Quochten-Raumschiffs entstammten. Und auf dem Fahrersitz hockte Fran Imith und betrachtete Bilder vom Mars, die Shim Caratech alle längst kannte.

»Jetzt frage ich mich zum zwanzigsten Mal«, maulte sie und starrte durch die Scheibe, aus der sie das mürrische Gesicht ihres Spiegelbildes anblickte, »was ich in diesem Höhlen-Raumschiff anfangen kann. Etwa herumlaufen und stinkende, krabbelnde Käfer zählen?«

Das Gehäuse aus anachronistischem Arkonitmaterial, das mehr als dreißig Personen befördern konnte, war für die wenigen Terraner zu klein. Eindeutig. Die Innenausstattung einfallslos, alles Plastik und Aluminium. Eine Überlebenskapsel, mehr nicht, ohne jeden Luxus, wie selbst Homphé sagte. Er hielt sich weit genug von Schikago entfernt und jammerte trotzdem ständig über seine Katzenhaar-Allergie.

Reginald Bull, der es sich meist auf der hintersten Bank bequem gemacht hatte, saß wieder einmal notgedrungen in der Zentrale des Schiffes; zufällig schnarchte gegenwärtig niemand.

Oah Qongh schob sich durch eine glatt geputzte Röhre, kletterte aus dem senkrechten Schacht einer Kreuzung und verschloss sorgfältig den Kubus. Die Kolonie der Phichi-Gabe im Vorraum des Hangars hatte ihre Pflicht erfüllt und die Warmluftverbindung durchgängig gehalten.

Der Wassermeister, der sämtliche Kanäle, Durchlässe, Mikroverbindungen und semipermeable Membranen der QUORISH aus dem Gedächtnis abrufen konnte, stellte sich unter den Dampfstrahl einer Erholungsdusche, und als er mit nassen Bundstiefeln wieder auf den feuchten Belag des Schleusen-Vorraumes trat, flammte der Holoprojektor an der Stirnwand auf.

Erschreckende Helligkeit flutete die Höhle. Auf dem Schirm erkannte Oah eine sonnenbestrahlte Planetenhälfte aus braungrünem Land, blauem Wasser und weißen Wolken. Und einen Mond, der das Licht der Sonne und das Widerlicht des Planeten spiegelte.

Die Furcht vor dem offenen Weltraum und den dreidimensionalen, leuchtenden Oberflächen der Weltenkörper erreichte, weil unkontrollierbar, ihren Höhepunkt. Jahrelang ertragener Stress überschwemmte den Verstand des Quochten. Die Selbstkontrolle verlor sich in der Lichtflut der Bilder, die elastischen Haltefäden der Konditionierung rissen. Die Reflexe waren von der Evolution längst in den königlichen Genen verankert und somit in jedem Ei, und jetzt steuerten sie seinen erwachsenen Organismus.

Oah Qongh flüchtete in die Richtung des kleinstmöglichen, dunklen Schutzes: zum stillen Behältnis der Terraner.

Die stämmigen Beine bewegten sich rasend schnell. Das letzte Schott fuhr auf und schloss sich hinter dem Quochten. Plötzlich hatten sich die summenden Geräusche der Mechanik zu einer bohrenden Drohung geändert. Oah drang, einige Haken schlagend, in das Halbdunkel des Hangars ein, umrundete den Mars-Liner in einer Serie niedriger Sprünge und sah, dass die weibliche Angehörige der Gäste-Gruppe – ihre Scheinwerfergrelle war, als er jüngst den pelzigen Leckerbissen hungrig angestarrt hatte, durch seine Augen in den Verstand gebohrt worden – nicht schlief, sondern aufmerksam auf irgendetwas lauschte.

Der Wassermeister handelte, ohne zu denken. Die weiße Furcht diktierte jede seiner Bewegungen und aktivierte seine Fähigkeit als Psi-Fänger.

Er wusste nicht, was in ihm vorging, als er seine Fingerspitzen, hart gepanzert wie Nodroplast, zwischen die wulstigen Dichtungen der zweigeteilten Tür des Liners zwängte. Um sich in der geschützten Dunkelheit verbergen zu können, musste Oah die Insassen für bestimmte Zeit neutralisieren. Zwei Armlängen entfernt von ihm versank die rothaarige Wächterin in hypnotische Starre, von Oah zielgerichtet hervorgerufen; ihre blauen Augen leuchteten nicht mehr länger in dieser Farbe.

Die Angespanntheit ihrer Muskeln und Sehnen verging. Die Wächterin würde ihn im Nahkampf nicht aufhalten können. Seine sechs Ohren nahmen nur ruhige Laute wahr und dann das Kreischen und Knarren strapazierten Metalls, als er mit beiden Armen den Türmechanismus sprengte. Irgendetwas im Inneren der beweglichen Elemente riss, und die Tür faltete sich auf. Mit einer unbewussten Anstrengung zog sich Oah ins Innere und verscheuchte die Phichi-Gabe, die ihm wie ein brodelnder Stoßkeil folgten. Bis auf einen zwei Finger breiten Spalt konnte er die Tür schließen.

Er stand im Mittelgang, erkannte die Griffe der Versteck-Fächer, sah die stoffartige Struktur der Abtrennungen, und als er seine Augen dem Standort des Beutetieres zuwandte, brach in jener Hälfte des Liners, die vor ihm lag, ein Chaos in mehreren Ebenen aus. Etwas kreischte und fauchte mit marterndem Heulen. Nacheinander flammten unterschiedliche Lichter auf; von oben, von den Seiten und von vorn. Wirre Schreie in der unangenehm modulierten Sprache der Terraner prallten wie Nadelgeschosse an seine Ohren.

Er versuchte seine Not gegen dieses Geschrei hinauszubrüllen: »Ich bin Oah Qongh. Der Wassermeister. Ich suche Hilfe und Schutz in eurer Dunkelheit. Ich bin hungrig …«

Er drehte sich verwirrt im Kreis. Seine Mutantenfähigkeit verließ ihn zuerst, ohne dass er es merkte, denn die Muskeln seiner Knie gaben nach. Aus der Lichtflut hervor schoss ein Tier auf ihn zu: Er erschrak vor dem Bild rissiger Krallen, eines Raubtierrachens mit weißen Reißzähnen und glühender Töter-Augen, das sich in seinem Verstand aufblähte, und prallte zurück, als Schikago, sich und ihre Jungen verteidigend, ihn ansprang und ihre Krallen durch seine ölglänzende Haut zog. Schmerz flammte auf wie Feuer.

Oah duckte sich, wollte sich irgendwo festhalten, zitterte vor Furcht und Schmerzen, und mitten in diesem unkontrollierbaren Wirbel aus Helligkeit, Lärm und Geschrei, unidentifizierbaren Angriffen von mehreren Terraner-Körpern und diesem rasenden Tier, schlugen gleichzeitig Lähmung, Dunkelheit und Stille über ihm zusammen.

Seine letzten Gedanken waren: *Sie haben mir geholfen, die Fremden. Jetzt bin ich im Schutz ihrer stillen, abgeschlossenen Finsternis!*

Fran Imith hielt sich am Griff der Rückenlehne fest und löste zwei ihrer Finger voneinander. Aus den heiß gewordenen Ringen hatte ein hastig und schlecht gezielter, aber wirkungsvoller Paralysatorschuss den Quochten in den Rücken getroffen; langsam rutschte er an den Lehnen und Sitzen der Bestuhlung herunter und schlug schwer in den Mittelgang. Shimmi warf sich halb über ihn, packte Schikago und versuchte die fauchende Katze zu beruhigen.

»Ich war wie hypnotisiert«, rief Fran und sprach leise in ihr Multifunktionsarmband. »Ich rufe Reginald zu Hilfe …«

Im gleichen Augenblick hämmerte Reginald mit der Faust gegen eine der Scheiben. Fran sprang zum Armaturenbrett und betätigte den Öffner. Mit nervtötenden Schleifgeräuschen und lautem Winseln ruckte die Tür zur Seite.

»Bin schon bei euch«, rief Bull. »Zufällig. Wollte gerade von den nodronischen Raumschiffen berichten – was ist los?«

Die ersten Phichi-Gabe begannen hinter Bull in den Bus zu krabbeln. Fran und Shimmi, die ihre Katze umklammert hielt, deuteten auf den Quochten und erklärten, dass er die Tür aufgerissen hatte und eingedrungen war, wahrscheinlich nur, um Schikago und ihre Jungen zu fressen.

»Packt mit an«, sagte Bull und fasste nach einem Arm des Quochten. »Wir schleppen ihn aus dem Bus.«

Pratton, Fran und Qart halfen Bull, den schweren Körper durch den Mittelgang zu schleifen und durch den Ausstieg zu wuchten. Fran alarmierte über ihr Armband und die Notruf-Funktion die Zentrale.

Als die Gestalt des Quochten vor dem Einstieg des Liners durch den krümeligen Morast gezogen wurde, folgten ihr die schwarzen Käfer; einige hundert ergossen sich als kleine Flut über den Bodenbelag und die Stufen und verschwanden in der Umgebung.

»Er hat dich mit seiner Psigabe ausgeschaltet, Fran«, sagte Bull im Versuch einer Erklärung und rüttelte an der widerspenstigen Tür. »Aber er hat dich nicht angegriffen. Vielleicht wollte er wirklich bloß die arme Katze fressen.«

Die Aufregung hatte sich gelegt. Shimmi blickte aufgeregt von einem zum anderen. Die Kätzchen bewegten sich unruhig im Korb, und als Shimmi ihren Liebling losließ, stolzierte Schikago buckelnd über die Sessellehnen und ließ sich vorsichtig neben ihrer Brut nieder.

»Wir haben leider zehn Wachschiffe über Pembur geortet«, sagte Reginald Bull und griff nach seinem marsianischen Werkzeuggürtel. »Es scheint sich irgendetwas anzubahnen, was wir aber nicht beeinflussen können. Nach dem Manöver wissen wir mehr. Vorläufig müssen wir abwarten und beraten, was die Quochten tun können.«

Er wählte einen halbrobotischen Schraubendreher und begann die Verkleidung des breiten Türholms abzuschrauben.

Zwei Stunden nach Mittag …

Rhodan füllte einen Becher mit einem kalten, belebenden Fruchtgetränk unbekannten Namens und verwirrenden Geschmacks und setzte sich abseits der Terminals.

Nacheinander wurden die Varsoniken mit dem Zentralen Ortungsschirm verbunden. Die zwölf Bodenforts hatten die Feuerkraft von mehr als zwanzig Kreuzern und wurden eine nach der anderen aktiviert, ihre Zieloptiken richteten sich auf den Weltraum, und auf Nebenholos der Pembur-Station erschienen gleichzeitig die Wiedergaben der Messungen.

Plötzlich zeichneten sich die Positionen der Sternenkreuzer auf dem Ortungsschirm ab. Darracq studierte in schweigender Konzentration die Entfernungen, die Kurslinien und die Geschwindigkeit der Schiffe, die sich in unterschiedlichen Bahnen um Pembur und im teilweise planetenfernen Bereich bewegten.

In der Zentrale herrschte angespannte Stille. Die Nodronen schienen den Atem anzuhalten, als Darracq die Kameraelemente abschaltete und die Sendeleistung der akustischen Komponente zu manipulieren begann.

Er hob die Hand, schnippte mit den Fingern und fragte leise: »Ihr seid alle feuerbereit? Höchste Energie auf die Quartor-Kanonen bereithalten. Beobachtet den Ortungsschirm und wartet auf mein Kommando. Klar?«

»Wir sind feuerbereit.«

Rhodans Neugierde war einige Augenblicke lang größer als die Summe seiner Befürchtungen.

Darracq nahm einige Feineinstellungen am Mikrophon vor, aktivierte die Anlage und sagte halblaut: »Hier Pembur-Station. Are'Imga Zayt Kissah spricht! Der Frachter CLAWEYNUM, der vor kurzem im Ortungsbereich aufgetaucht und kürzlich in Pembur-Station gelandet ist, war nicht von staatstreuen Nodronen bemannt.«

Rhodan erkannte Darracqs Stimme nicht wieder. Der Rebell sprach verzerrt, die manipulierte Technik veränderte den Klang zusätzlich, und tatsächlich klangen die Worte wie ein Notruf. Nacheinander meldeten sich die Kommandanten oder Funker der Kreuzer.

Darracq redete weiter. »Der Frachter brachte zwar nodronische *Affail*, aber die Mannschaft und ein Teil der Gefangenen, schwerst bewaffnet, versuchte in die Station einzusickern. Es wurde gekämpft, einige Teile der Sendeeinrichtungen sind beschädigt. Wir konnten zwei Rebellen lebend gefangen nehmen. Der Rest der vierzigköpfigen Mannschaft wurde, wie betont, nach heftigen Feuergefechten getötet. Wir haben die Gefangenen verhört. Die Verhöre dauerten lange; die Rebellen hatten Drogen geschluckt, die ihren Widerstand stärkten. Schließlich gaben sie zu, dass sie nur das Vorauskommando waren, eine Selbstmord-Kommandoeinheit. Ihre Aussagen sind alarmierend.«

Auf den Holoprojektionen sahen die Rebellen die Zentralen der Kreuzer. Die Offiziere waren spätestens beim dritten Satz Darracqs aufmerksam geworden; jetzt waren sie erschreckt. Als Standortkommandant des Planeten war Zayt Kissah den Wachschiffen gegenüber befehlsberechtigt.

Darracqs nächste Worte waren drängend und drückten seine schlimmsten Befürchtungen aus. »Die Rebellen gaben an, dass ihnen ein starker Flottenverband folgt. Mit der Ankunft im System Draynare und direktem Anflug auf Pembur muss ich jeden Augenblick rechnen.

Mein ausdrücklicher Befehl an die Kreuzer-Kommandanten lautet: Sie müssen unverzüglich alle Schiffe an die Position steuern, die für solche Zwischenfälle vorgesehen ist. Die planetaren Forts sind aktiviert; die Kreuzer befinden sich innerhalb kürzester Zeit zuverlässig im Feuerschutz unserer Forts. Ich will weder *Kishten* noch Schiffe in einem möglicherweise verlustreichen Kampf gegen einen zahlenmäßig überlegenen feindlichen Verband opfern. Der Befehl ist sofort zu bestätigen; die Durchführung kontrolliere ich auf der Fern- und Nahortung, deren Antennen glücklicherweise nicht beschädigt worden sind. Ende. Bestätigen.«

Die letzten Worte hatte Darracq in höchster Besorgnis hervorgestoßen. Militärisch knapp und exakt bestätigten die Kommandanten die Befehle, während sich die Echos auf den Orterschirmen nach und nach zu bewegen begannen und mit unterschiedlicher Sublicht-Geschwindigkeit einer gemeinsamen »stabilen« Orbitposition entgegenstrebten.

Kreuzer CLANSIEGEL bestätigte ... Kreuzer VAALIRTH bestätigte ... Kreuzer PEITSCHE NODROS bestätigte ...

»Bestätigung verstanden, CLANSIEGEL!«

Zehn Befehlsbestätigungen in militärischer Kürze. Darracq bestätigte seinerseits einzeln und mit hörbarer Erleichterung die Antworten aus den Schiffszentralen und deaktivierte daraufhin die Mikrophone der Fernverbindung. Die Kreuzerzentralen konnten mithören.

»Sie sind auf dem Weg. Und damit sie leichter zu überzeugen sind – Pembur-Station schützt sich selbst mit seinem Energieschirm. Mein nächster Befehl: Aktiviert den Schirm und fahrt langsam die Leistung hoch.«

»Wird ausgeführt.«

Die nächste Aktion war erwartet – oder schlimmer noch – befürchtet worden. Die Kommandanten verständigten sich innerhalb der Rangfolge, und ein Kreuzerkommandant setzte per Hyperfunk sofort einen Hilferuf an die nächstgelegene Flottenbasis des Empire ab, während die zehn schlanken, trichterförmigen Leichten Kreuzer mit mäßiger Sublichtbeschleunigung einer Position entgegenstrebten, die seit langem in den Kursvarsoniken gespeichert war.

Über Pembur-Station bauten die Projektoren ein Segment nach dem anderen eines kuppelförmigen Schutzschirms auf. Der Schirm reichte über das Energie-Riff hinaus, das auf Darracqs Befehl abermals abgeschaltet wurde, um die energieerzeugenden Kernfusionsmeiler nicht zu überfordern.

»Warten!«, sagte der Anführer. »Ganz ruhig bleiben.«

Darracqs Vorstellung hatte sich als glaubwürdig erwiesen. Wieder einmal schien sich die Zeit zu dehnen.

Ein Dutzend Atemzüge später drehte sich Darracq halb herum und verkündete leise und zögernd: »Sollte es zu Beschuss aus dem planetennahen Weltraum kommen, würde es die Magnoraunden treffen und ihre Jungen. Ein kochendes, verdampfendes Meer ist kaum eine geeignete Heimstatt für unsere

Verbündeten. Ohne die Großen Wogenzerteiler säßen wir nicht hier! Versprochen ist versprochen.«

Er konzentrierte seine Blicke auf die Ortung, wo sich die Echos schneller bewegten. Die Entfernungsangaben blinkten und zeigten, dass die Kreuzer näher kamen. »Wir dürfen die Wachschiffe nicht auf eine Distanz herankommen lassen, aus der sie uns sicher treffen könnten.« Seine Stimme wurde härter, er sprach lauter: »Ziele erfassen! Fort Eins zielt auf den Kreuzer CLANSIEGEL in Position. Fort Zwei auf ...«

»Verstanden!«

Der Erfolg aller dieser Maßnahmen hielt nur so lange an, bis die Flotte des Nodro-Empire auf dem Schauplatz erschien. Perry Rhodan zwang sich dazu, sich vorzustellen, dass Reginald Bull gerade mit einem respektablen Flottenverband der Quochten auf dem Weg ins Draynare-System war und sämtliche Tripuls-Kanonen feuerbereit geschaltet wurden ...

Warten. Wieder einmal hielt das Schicksal den Atem an.

Kaum ein Rebell außerhalb der Schaltzentralen ahnte, was in den Männern um Perry und Darracq vorging. Während die Echos eine Entfernungsangabe nach der anderen überwanden, die Signale auf dem großen Ortungsholo ihre Farbe in bedrohliches Rot zu wechseln begannen, entluden sich weitere Gleiter, die von Hedrumeth gekommen waren.

Rhodan fehlte ebenso wie Darracq jede Übersicht, wie viele der ursprünglich rund tausendachthundert Inselbewohner inzwischen nach Tapasand gebracht worden waren.

Die heisere Stimme Darracqs unterbrach das erwartungsvolle Schweigen in der Schaltzentrale: »Achtung!«

Wo bleibt Bully mit der Quochten-Flotte?, dachte Rhodan verzweifelt, als die ersten Echos nahe des Mittelpunkts des Ortungsholos die Geschwindigkeit verringerten und eine stabile Position bezogen. Ein Schiff geriet in Reichweite der Quartor-Kanonen, dann das zweite, schließlich das siebente, irgendwann nach einer kleinen Ewigkeit bezog auch der zehnte Kreuzer seine Position.

»Alle Ziele erfasst?«, rief Darracq.

»Erfasst und feuerbereit.«

Darracq schrie: »FEUER!«

Die Forts waren von Pembur-Station zu weit entfernt, als dass jemand, zudem am helllichten Tag über dieser Hemisphäre, die ultrahellen Geschützstrahlen hätte sehen können. Aber die gerichtete Energie zeichnete sich deutlich auf dem Ortungsschirm ab: Zwölf nadelfeine Strahlen zuckten von den Rändern des Holos aus zum Mittelpunkt und endeten in den rot blinkenden Ortungsechos.

Ein Echo nach dem anderen blähte sich zu einer weißen Kugel auf und verschwand. Ein einzelnes Pünktchen schien zur Seite auszuweichen und entfernte sich aus dem Zentrum, wurde von zwei Strahlen getroffen, beschleunigte dann und änderte seine Position schneller, als die Varsonik des Bodenforts die Projektoren steuern konnte.

Noch drei Echos waren übrig. Ein zweiter Kreuzer floh, obwohl er getroffen worden war. Das dritte Echo verging in einer Lichterscheinung. Die übrigen Explosionen verloren ihre Leuchtkraft; als die Strahlen zurückzuckten, herrschte über dem Planeten die Leere des Alls. Abermals blitzten zwei Geschützstrahlen auf und endeten in unmittelbarer Nähe der flüchtenden Kreuzer, aber die Distanz war zu groß geworden. In jedem Fall waren die beiden Sternenkreuzer stark beschädigt.

Sie würden im freien Raum, unerreichbar für die Bodenforts, Stellung beziehen. Sie brauchten nur zu warten, bis von der nächsten Flottenbasis die zur Hilfe gerufenen Schiffe des Empire eintrafen.

Rhodan stand auf, sein Blick verweilte in der Darstellung der Raumortung. »Ein paar hundert Rebellen könnten sich vielleicht in der CLAWEYNA retten, auch wenn zwei beschädigte Kreuzer das System absichern. Wahrscheinlich würden die Sternenkreuzer uns in eine Gaswolke verwandeln. Ich habe den Stolz der Nodronen kennen gelernt. Aber auch ich als Terraner wäre zu stolz, zu flüchten oder es zu versuchen, und dabei ein paar tausend Rebellen zurückzulassen. Wir sitzen in der Falle, Partner.«

»Wir sitzen in einer tödlichen Falle«, gab Darracq zu. Er wirkte wie ein Raubtier, das sich in die Enge getrieben sah. Er schloss die Augen, legte den Kopf in den Nacken und atmete scharf aus; dann hatte er sich wieder in der Gewalt. »Wie wäre es mit der Hoffnung auf ein Wunder? Mitunter ist Unmögliches möglich.«

»Stimmt.« Rhodan lächelte wehmütig. »Die Hoffnung, sagt ein Sprichwort, stirbt zuletzt.«

Die Rebellen saßen regungslos vor ihren Terminals. Einer nach dem anderen deaktivierte die Fernsteuerung und stand auf. Niedergeschlagenheit erfüllte den Raum, die Vorstellung eines Sterbens in Schrecken und Feuer nahm Gestalt an.

Mit müder, gebrochener Stimme sagte Darracq: »Sorgt dafür, dass das Energie-Riff und der Schutzschirm endgültig abgeschaltet werden. Der Schirm kann uns nicht mehr schützen, und das Riff ist absolut sinnlos geworden.«

»Eine symbolgeladene Deaktivierung, Darracq!«

»So ist es.« Er senkte den Kopf und vergrub die Finger in seinem Bart. »Sei's drum.«

Perry holte tief Luft und betrachtete die beiden Echos im sonst leeren Holoschirm. Zwei bewegungslose Echos. Dann, davon entfernt und schnell, ein drittes, viertes ... fünftes: Drei Schiffe verließen den Linearraum!

Rhodan blickte in Darracqs Augen, hob den Kopf und betrachtete den Bildschirm. »Da sind die Jagdschiffe des Empire. Alles ist vergeblich gewesen, sie werden uns töten.«

»Dann bleibt uns nur noch der Tod in Stolz und Würde«, knurrte der Rebell. Sein Traum von einem Rebellenvolk, das sich frei in der Galaxis bewegen konnte, schien ausgeträumt zu sein; vierzehn Augenpaare starrten die Bewegungen der Ortungsechos an.

Reginald Bull saß wieder in einem der konzentrischen Kreise um das Zentrum der QUORISH, von dem aus der Dans Kattin mit tiefer, knurrender Stimme seine Befehle gab. Ein Kommando hatte den besinnungslosen Quochten, einen Wassermeister, abgeholt und zur Medostation gebracht.

Vor wenigen Sekunden hatte die QUORISH, der Schwere Kampfpaat, nach einem ultrakurzen Sprung den rötlich wallenden Linearraum verlassen. Unmittelbar nach ihr folgten die beiden Paateoms, die QUARNA und die QUARM in das schwarze, dreidimensionale All.

»Ortungsechos voraus!«

»Zwei nodronische Sternenkreuzer.«

Längst hatte Bull die unzähligen krabbelnden Phichi-Gabe zu ignorieren gelernt. Sie waren überall, selbst in der »Steuerzentrale-Höhle« mit ihrem schlammigen Boden.

Bisher hatte sich der psychische Druck auf die quochtische Besatzung durch die wesensfremde Umgebung, gegen den die Raumschiffsbesatzungen geschult worden waren, nur ein einziges Mal fatal ausgewirkt – das vermutete der Kommandant und lobte die Schnelligkeit, mit der Bull und die Gefährten Oah Qongh, den Wassermeister, ruhig gestellt hatten. Trotzdem und auf Grund dieses Zwischenfalls blieb Bull misstrauisch.

Wieder waren die grünhäutigen Männer dem Anblick des offenen Weltraums ausgesetzt; dazu kam der Anblick zweier sonnenüberfluteter Gestirne. Trotzdem vermochte Bull aus ihren knurrenden Stimmen keine Beunruhigung herauszuhören.

»Nur zwei Einheiten?«, murmelte er verwundert. »Dann ist es Perry doch gelungen … Das sind vielleicht die Einheiten, die den Beschuss vom Planeten überstanden haben.« Bull lauschte dem Klang seines Translators. »Nodronen. Wo sind die anderen? Offensichtlich vernichtet. Wenn wir den Schützling der Imperialen Königin befreien wollen, stehen nur sie uns noch im Weg.«

Der Kommandant redete aufgeregt mit seinen Offizieren und sagte zu Bull: »Wir werden jeden sinnvollen Befehl befolgen, bis du unsere Schiffe wieder auf Zaphitti aus deiner Aufsicht entlassen haben wirst.«

»Was weniger lang dauern würde«, sagte Bull zurückhaltend, aber deutlich, »wenn eure Geschütze endlich auf die beiden Gegner zielen würden. Und wenn du den Befehl für Wirkungsfeuer gäbst.«

Reginald Bulls Blicke waren auf die Schirme des Halbraumspürers und die Voraus-Ortungsholos gerichtet. Manchmal wünschte er sich in einen Raumanzug mit aktivierter Kühlung hinein oder vor die Ausblasöffnung einer Kühlanlage. Er wischte sich den Schweiß vom Gesicht und sah blinzelnd, dass die beiden Echos seit der letzten Beobachtung ihre Lage nicht verändert hatten.

»Mit drei stattlichen Quochten-Schiffen gegen zwei beschädigte Nodronenkreuzer! Verspricht einen leichten Sieg.« Bull spürte das Arbeiten der Brems- und Steueraggregate, als das Flaggschiff auf das Ziel einschwenkte. Einige knurrende Kommandos und die Bestätigungen bewiesen, dass die Schiffsgeschütze in den Geschütztaschen des Kampfpaats feuerbereit gemacht wurden. »Greift sie an! Und dann bekommt die Oberflächenortung Arbeit.«

Die Schutzschirme der nodronischen Kreuzer schienen intakt zu sein; nur wenige Details der quochtischen Anlagen konnte Bull zweifelsfrei interpretieren. Der Kampfpaat näherte sich den Sternenkreuzern, die kleineren Diskusschiffe richteten die Tripuls-Kanonen auf den Gegner. Als der Kommandant die beste Entfernung für Wirkungsfeuer errechnet hatte, hörte Bull den endgültigen Befehl: »Feuer aus allen Geschützen!«

Endlich!

Die Unterschiede an Bord eines Quochtenschiffes zu LFT-Raumern waren beträchtlich. So wie Bull sich an die Dunkelheit, die feuchte Nässe, die wimmelnden Phichi-Gabe, das Rasseln der Uniformnetze und die Furcht der dunkelgrünen Wesen vor dem Aufenthalt an Planetenoberflächen gewöhnt hatte, sah er für sich auch keine Notwendigkeit, anderes Verhalten zu kommentieren, nur weil es vom lange Gewohnten abwich.

Er sah zu, wie die Energie der Tripuls-Kanonen die Schutzschirme der zwei Kreuzer durchschlug und die Schiffe zerfetzte. Siebenhundert Nodronen starben. Zwei Feuerbälle dehnten sich aus, Gaswolken detonierten in grellem Aufzucken, und Trümmer wirbelten durch den Weltraum.

Der Kommandant zog aus einer Rautentasche einen dicken, schwarzen Käfer, schob ihn in den Spalt seines breitlippigen Mundes und biss genussvoll auf den Krabbler.

Undeutlicher als sonst sagte er: »Die Mannschaft der Paateom QUARNA hat die Positionen der planetaren Forts und der Gefangenenstation des Planeten Pembur ermittelt. Wir werden in der befohlenen Weise dort auf der Insel landen beziehungsweise dir den Zugang zur Planetenoberfläche ermöglichen.«

»Ich danke.« Das Tuch in Bulls Hand war tropfnass von seinem Schweiß. »Die Frage der nodronischen Rebellen, an deren Existenz euch nichts gelegen ist, wird in kurzer Zeit beantwortet sein.« Bull spürte die Manöver der QUORISH und sah auf den Bildschirmen den Planeten in beträchtlicher Schnelligkeit größer werden. »Und zwar dann, wenn wir ihre Anzahl und ihre Bedürfnisse kennen.«

Er versagte sich die Vorstellung einer großen Anzahl Nodronen, die in den Phichi-Gabe-durchkrabbelten Höhlensystemen, die das Innere des Schiffes ausfüllten, tagelang untätig ausharren mussten.

Schließlich murmelte er, mehr zu sich selbst: »Besser in der Gesellschaft der Krabbler als verhungert. Verdursten wird wohl niemand während des Fluges.«

Der kleine Schiffsverband ging in den direkten Anflug auf Pembur-Station. Binnen kurzer Zeit zeichnete sich auf den Schirmen ein Meeresgebiet mit zwei Inseln ab. Die nächsten Detailvergrößerungen zeigten die Anlagen und die kreisringförmige, leere Lagunenlandschaft um die Station.

»Wir haben Pembur-Station gefunden!«, rief Bull und sprang auf. Die Uniformen der Ortungs-Offiziere knisterten. »Dort werden wir Perry Rhodan finden und herausholen. Hinunter, o Meister der Lichtjahre!«

Der Dans Kattin drehte sich zu Bull herum und erklärte mit seiner eigenartigen Stimme, die äußerste Missbilligung auszudrücken schien: »Wir bleiben nicht länger als unbedingt notwendig. Ich erwarte binnen kurzer Zeit einen Angriff der Nodronen; jeder andere Kreuzerkommandant hätte ebenso seine Flotte zu Hilfe gerufen.«

Reginald Bull verbeugte sich kurz. »Es gibt keinen Grund anzunehmen, dass wir uns gefährlich lange auf dem Planeten aufhalten müssen. Es hängt auch von eurer Geschicklichkeit ab. Aber der Einsatz ist noch nicht beendet, selbst wenn ich Perry Rhodan an Bord habe.«

Er versuchte sich zu entspannen und wartete darauf, dass die Schiffe den Flug durch die Atmosphäre beendeten und sich so nahe wie möglich an Pembur-Station postiert hatten.

8 *Raumschiffe über den Inseln*

Die Beobachter schwiegen noch immer; ihr Gesichtsausdruck schwankte zwischen Furcht, Trotz und ungläubigem Staunen. Drei deutliche Ortungsechos krochen von rechts oben im Display auf die beiden Sternenkreuzer zu. Die drei Schiffe der nodronischen Flotte, vermutlich ein Vorauskommando, jagten den Kreuzern entgegen, verringerten gleichzeitig die Distanz und die Geschwindigkeit. Etwas an diesem Manöver störte Rhodan: Es schien ein Angriffs-, kein Annäherungs- oder Bergekurs zu sein.

Als sich die drei Schiffe, die gestaffelt nebeneinander flogen, den Sternenkreuzern bis auf Schussentfernung genähert hatten, spannen sich dünne Energielinien zwischen den beiden Gruppen.

»Sie greifen an!«, flüsterte ein nodronischer Rebell.

»Bipuls- oder Tripuls-Kanonen!«, rief Darracq rau.

»Es sind keine Nodronenschiffe«, sagte Rhodan scharf. Plötzlich begann sein Arm an den Rändern der verheilten Wunde wie rasend zu jucken. »Das müssen Quochten-Raumer sein! Wir werden es sehen, wenn sie näher gekommen sind.«

Die beiden Ortungsechos vergingen in kugeligen Lichterscheinungen. Augenblicklich änderten die drei fremden Einheiten den Kurs und flogen in parallelen Manövern in Richtung des Planeten. Jubelschreie erfüllten die Schaltzentrale, aber nach überraschend kurzer Zeit wurde es still.

»Was ist los?«, erkundigte sich Rhodan. »Wir sitzen nicht mehr länger in der Falle. Wir sind gerettet? Ja, natürlich! Alle Rebellen sind gerettet!«

»Quochten!«, murmelte Darracq. Er schien, ebenso wie seine Männer, zutiefst enttäuscht zu sein. Rhodan runzelte die Stirn, bedachte die Rebellen mit fragenden Blicken und ließ die Arme hängen.

»Eure maßlose Freude nimmt mir förmlich den Atem«, sagte er zu Darracq. »Wenn sich euer Jubelgeschrei ein wenig abgeschwächt hat, wirst du mir sicherlich erklären können, was euch an der Rettung durch quochtische Raumschiffe stört oder gar enttäuscht.«

Darracq nahm ihn am Arm. Dann sagte er zu seinen Leuten: »Macht eine Lautsprecherdurchsage. Es darf keine Panik ausbrechen. Beide Inseln werden bis auf den letzten Mann geräumt. Ihr braucht nicht zu betonen, dass uns die ... Quochten, die anderen, gerettet haben – alle sehen es, wenn die Schiffe über Tapasand hängen.«

»Sofort, Darracq.«

»Ruft sie über die Frequenz, die für Notfälle vor langer Zeit zwischen beiden Völkern vereinbart worden war. Sagt den Dans Kattins, wie sich ihre Kommandanten nennen, dass Perry und ich unbedingt nach Hedrumeth fliegen müssen; triefende Höflichkeit erübrigt sich. Wir warten draußen, beim Frachter. Alle anderen Deportierten gehen so schnell wie möglich an Bord der zwei Schiffe. Den Rest erledigen wir später.«

Die Rebellen schienen genau zu wissen, was er meinte.

Langsam führte er Rhodan hinaus. Als sie allein waren, meinte Darracq in erklärendem Ton: »Du wirst alles zu verstehen lernen. Selbstverständlich sind wir dankbar; mehr deinem Freund als den Quochten. Es gibt gewisse ... nun ja, geschichtlich begründete Unstimmigkeiten. Deswegen keine Freudenfeuer und so.«

»Entschuldige«, entgegnete Perry, noch immer ironisch. »Ich bin in der Historie der Galaxis Vaaligo noch nicht so ganz bewandert. Zwei Sternenvölker, ein gemeinsamer Gegner – aber keine gemeinsame Front? Verstehe ich nicht. Bevor wir nach Hedrumeth fliegen – ich hole Tasha Feori und ihre Besatzung aus der CLAWEYNUM. Einverstanden?«

»Ja. Ich komme nach.«

Als Rhodan ins Freie hinaustrat, überfielen ihn die spätnachmittägliche Hitze und die gewohnten Fliegenschwärme. Auf dem Weg zum Frachter hörte er zweimal nacheinander die Durchsagen, zwischen denen ein Rebell aus Mokmonths Kerntruppe einige kurze, archaisch klingende Musikstücke abspielte.

Ungläubig und tatsächlich ohne rechte Begeisterung hörten die Rebellen, die Rhodan auf seinem Weg sah, die Durchsagen. Die triumphalen Klänge der Musik schienen sie weitaus mehr zu begeistern.

Atemlos kam Rhodan in der Zentrale des Frachters an. Die Mannschaft umringte Tasha und starrte schweigend auf die Holos, die Bilder und Vergrößerungen der Außenkameras zeigten. Die Rettungsschiffe waren auf dem Holo noch nicht größer als Muschelschalen, wie man sie am Strand fand. Tasha wandte sich um, erkannte Rhodan und war mit wenigen Schritten bei ihm. Sie legte die Hände auf seine Schultern und blickte lächelnd in sein Gesicht.

»Dein Freund, nicht wahr? Er hat dich gefunden«, sagte sie leise.

Ihr Auge war stark abgeschwollen, aber ihr Gesicht zeigte noch die Spuren des Kampfes. Rhodan bemerkte verblüfft, dass sie ihre Magerkeit verloren hatte und dass sie trotz der Blessuren in körperlich bester Verfassung war.

»Ja. Reginald und die anderen, denke ich. Ich bin hier«, antwortete er, »um dich und deine Mannschaft aus dem Frachter zu holen. Wir alle gehen an Bord der Quochtenschiffe.«

»Nichts lieber als das. Habt ihr verstanden? Wir fliegen weg – und wir lassen nichts zurück. Verlasst das Schiff!«

Ein letzter Blick auf die Holoprojektionen: Die drei schlanken Diskusschiffe vergrößerten die Abstände zueinander, wurden langsamer und gingen tiefer; im Licht der sinkenden Sonne wirkte die Schuppenstruktur ihrer Hüllen wie eine schrundige Lederhaut. Die Tripuls-Geschütze des größten Schiffes waren noch ausgefahren und stachen aus den Geschützkanzeln des Diskusrandes hervor.

Rhodan nahm Tashas Hand. »Darracq und ich holen die verbliebenen Bewohner von Hedrumeth ab. Dort werden wir uns auch ein letztes Mal mit den Magnoraunden unterhalten. Versprochen ist versprochen, sagt Darracq.«

Tasha nickte. Die Bestätigung, dass sie alle gerettet waren, überwältigte sie. Sie lehnte sich an Rhodan und atmete schwer.

Rhodan hob die Stimme. »Die gesamte Mannschaft verlässt das Schiff. Abzählen, kontrollieren – in einer Stunde ist kein Rebell mehr auf dem Planeten. Raus, alle – schnell!«

»Wir sind vollzählig, Perry.«

Rhodan erkannte auf den Schirmen einen schweren Kampfpaat und zwei Paateoms. Tasha zählte ihre Leute dreimal und verließ ohne Eile mit Rhodan als Letzte das Schiff. Hinter den Rohren in der Bodenschleuse, im Halbdunkel, drehte sie sich herum, umarmte Rhodan und küsste ihn.

Sie flüsterte mit heißem Atem an seinem Ohr: »Wir beide, Fremder Perry? Aber nicht im Schlamm? Eine Nacht, zum Abschied.«

Rhodan spürte, wie sie ihren Körper an ihn drängte, und erwiderte den Kuss. »Versprochen ist versprochen«, flüsterte er lächelnd.

»Ich komme mit dir, ja?«

»Gern!« Sie blieben am Rand der Bauwerke stehen und schauten nach Süden. Bis zur Abenddämmerung blieben noch drei, vier Stunden.

Wieder erfüllte das laute, sonore Geräusch von Raumschifftriebwerken die Luft. Rhodans Blick glitt über den Sand, heftete sich flüchtig auf die Projektoren des deaktivierten Energie-Riffs und streifte über die salzwassergefüllten Flächen der Gezeitensümpfe, in denen sich Himmel und Wolken spiegelten. Noch beherrschte totale Bewegungslosigkeit die Bilder des Schreckens. Für einen langen Moment schloss Rhodan die Augen und sagte sich, zufrieden, erleichtert und noch immer unruhig, dass es wirklich vorbei war.

Dort, in zwei Kilometern Entfernung, sah er über der Brandung die schmalen Silhouetten der drei Diskusschiffe und spürte den Druck von Tashas Hand um seine Finger.

Von einigen Männern seines Teams begleitet kam Darracq Mogmorgh aus dem Inneren der Station gerannt. Die freien Plätze, Terrassen und Rampen füllten sich mit Deportierten, die erleichtert, aber ohne Freudenbezeugungen den Schiffen entgegenblickten, die hundert Meter über dem Meer auf die Gezeitensümpfe zuglitten.

Darracq winkte stürmisch und rief Rhodan und Tasha entgegen: »Wir haben in aller notwendigen Kürze miteinander geredet. Ich und der mürrische quochtische Dans Kattin in der QUORISH. Ich soll dir ausrichten: Reginald Bull, deine Freunde und das Mars-Katzenheim sind an Bord des Flaggschiffs, was immer das bedeutet.«

»Bedeutet nur Gutes«, sagte Rhodan mit breitem Grinsen. »Du wirst nach unserem Ausflug interessante Leute kennen lernen. Nein, nicht nur grünhäutige Quochten.« Er begann zu lachen. »Terraner und große und kleine Katzen.

Und vielleicht gibt es noch ein terranisches Bier. Nicht diese Brühe, die man auf Pembur-Station trinkt.«

Schlagartig wurde er wieder ernst.

Darracq zeigte auf das kleinere Schiff, links von dem größten Diskus. »Wir sollen mit der kleineren QUORUM nach Hedrumeth fliegen. Sie bereiten alles vor. Bull lässt dir sagen, dass wir keine Zeit verlieren dürfen.«

»Das Gleiche habe ich eben gedacht«, entgegnete Rhodan. »Aber noch können wir das Schiff nicht betreten.«

Im Schritttempo näherten sich die Schiffe dem Rand der Gezeitensümpfe. Die mächtigen Körper verteilten sich, als sie noch tiefer sanken, über eine Strandlänge von etwa vier Kilometern. Die QUORISH, deren Durchmesser Rhodan auf neunhundertdreißig Meter schätzte, schwebte in der Mitte. Zuerst öffnete das linke, kleinere Schiff die Bodenschleuse und fuhr eine lange Rampe aus.

»Das Zeichen«, sagte Darracq. »Das ist die QUARM. Los, wir müssen durch den Sumpf rennen.«

Sie liefen los. Rhodan fiel während des Laufes durch Salz, aufspritzenden Morast und Tang ein, dass hier irgendwo seine Schuhe vergraben sein mussten. Er ließ Tashas Hand nicht los, rannte hinter Darracq die Rampe hinauf und blieb vor drei quochtischen Offizieren im Schlamm stehen, der den Boden des Schleusenhangars bedeckte. Ein Dutzend bewaffnete Rebellen waren Darracq gefolgt.

Hinter ihnen rumpelte und dröhnte die Rampe in den Schiffskörper zurück. Fast übergangslos begann sich der Diskus langsam zu drehen, die Schleuse schloss sich, und der Flug über das Wasser begann. Einige junge Rebellen schienen noch niemals unmittelbaren Kontakt mit Quochten gehabt zu haben und starrten die hochgewachsenen, stämmigen Offiziere an.

Der Ranghöchste wandte sich an Rhodan und streifte die Nodronen mit einem schnellen, gleichgültigen Blick. »Wir nehmen die Flüchtlinge an Bord, Terraner. Auf Befehl des Schützlings unserer Königin stellen wir dir, Stratege Rhodan, einen Schlickrutscher zur Verfügung. Achte darauf, keine Zeit zu verlieren.«

»Ich danke euch«, meinte Rhodan. »Ich habe es eiliger als ihr alle.«

Die Vibrationen und die Geräusche bewiesen, dass die QUARM nach Hedrumeth raste; für ein Schiff dieser Art eine lächerlich kurze Flugstrecke. Rhodan, Tasha und Darracq warteten im Licht der hellen Punktstrahler im Halbdunkel des höhlenartigen Schleusenhangars.

Als Darracq nach unten blickte, sah er, dass der Boden von braunem Erdreich und Sumpf bedeckt war, der nicht anders roch als der Schlick der Tapasand-Gezeitensümpfe.

Nacheinander kamen drei schwer beladene Gleiter von Hedrumeth nach Pembur-Station. Dicht über den Köpfen der Insassen war eines der Diskusschiffe nach Süden geflogen, also nach Hedrumeth. Als die Piloten die langen Schlangen und Prozessionen sahen, die sich aus der Station auf die Rampe des größeren der beiden Schiffe zubewegten, bremsten sie ab, flogen eine enge Kurve und landeten im Morast, neben der Stelle, an der sich die Vorderkante der Rampe tief in den Schlick des Tidensumpfes geschoben hatte.

Die geretteten Rebellen sahen sich in den höhlenartigen Räumen des Schiffes einer Umgebung gegenüber, die den Tidensümpfen bei Nacht sehr ähnlich war; in der Freude darüber, gerettet zu werden, merkten sie es zunächst nicht.

Drei weitere Gleiter, auf halber Strecke zwischen den Inseln, schwebten weiter nach Pembur-Station. Der Sog unterhalb des Diskus wirbelte das Meer in einer breiten Bahn auf und riss Gischt und Schaum in die Höhe.

Die nächsten Gleiter kehrten um und luden ihre Passagiere am Strand Hedrumeths aus, wo der Rest der Rebellen – ungefähr siebenhundertfünfzig Deportierte – ungeduldig wartete und wo einige Gruppen gerade in die Gleiter steigen wollten.

Ein quochtisches Schiff, das mit markerschütterndem Brummen über dem Strand anhielt und die quietschende Schleusenrampe ausfuhr, konnte nur eines bedeuten: So schnell wie möglich an Bord und weg vom Planeten Pembur!

Aus der Schleuse kam, von einem Quochten in gelber Netzuniform gesteuert, eine seltsame Konstruktion hervorgeschwebt. Sie sah aus wie ein riesiges abgefallenes Blatt, an den Rändern aufgewölbt, dessen Stiel wie der Schwanz eines Skorpions in Fahrtrichtung gekrümmt war. Ein Geländer erinnerte an Teile eines Spinnennetzes aus Transglas. Die Arbeitsplattform zog über dem Strand eine Kurve und flog auf die Felstürme und Klippen zu, wo spielende Magnoraunden und ihre Bewacher zu sehen waren.

Einige Nodronen wollten Perry Rhodan erkannt haben, aber die meisten erkannten zweifelsfrei Darracq Mogmorgh, der, zwischen sich und Rhodan eine dritte Gestalt, sich am Geländer der Plattform festhielt.

Etwa zur gleichen Zeit, als die Plattform die erwachsenen Magnoraunden erreichte, gingen die ersten Deportierten in geordneten Reihen an Bord der QUARM.

Der Schlickrutscher wurde langsamer und schwebte fünfzehn Meter über den Wellen und ebenso weit von dem Kopf eines Magnoraunden auf der Stelle.

Perry Rhodan winkte und brüllte: »Ich bin der Zweibeiner, der mit euch Großen Wogenzerteilern geredet hat.« Langsamer fuhr er fort, für den Translator jedes Wort deutlich betonend: »Unser Plan war erfolgreich. Alle bösen Nodronen sind tot. Die anderen verlassen eure Welt. Tapasand wird es bald nicht mehr geben.«

Er lauschte auf die Antwort und gab dann den Wortlaut an Darracq und Tasha weiter. Die Rebellin bestaunte, scheinbar furchtlos, den Schädel und den Hals des gigantischen Wesens.

Wir haben das Tosen in der Luft gehört, laut wie Gewitterdonner oder Meeresbeben. Jetzt sehen wir die Großen Luftzerteiler. Werden sie uns beschützen?

Rhodan antwortete laut, aber ohne zu brüllen: »Noch vor Anbruch der Nacht sind sie verschwunden.«

Die Magnoraunden verständigten sich lautstark untereinander. Nicht nur Darracq, sondern auch Rhodan und der Pilot der Arbeitsplattform warteten ungeduldig.

Schließlich kam die Antwort: *Für alle Zeiten gehört uns das Meer der Welt?*

»Was in vielen, vielen Jahren geschieht, kann kein Zweibeiner vorhersagen«, sagte Rhodan.

Darracq stieß ihn an und murmelte drängend: »Sag ihm oder ihr unseren Dank, und dass wir unser Versprechen gehalten haben. Morgen können sie auf Tapasand ihre Eier ablegen. Wir müssen weg, Perry!«

Rhodan übersetzte. Die Plattform bewegte sich langsam rückwärts und drehte. Rhodan schloss mit den Worten: »Versprochen ist versprochen!«

Die Antwort verhallte, als der Schlickrutscher auf dem Flug dicht über den Wellen zur offenen Schleuse war: *Ihr werdet in den Erinnerungen von uns Großen Wogenzerteilern bleiben. Euch verdanken wir viel. Möge eure Welt niemals unbeschützt sein. Dank eurer …*

Den Rest hörte Rhodan nicht mehr. Der Strand war leer, die Plattform schwebte ins Innere des Schiffes, und die Rampe schob sich noch immer zurück, als die QUARM bereits wieder flog. Einige Männer aus Darracqs Team, leicht zu erkennen an den lässig getragenen Wächteruniformen, halfen den Männern und Tasha von der Plattform herunter.

Darracq blickte sich im Halbdunkel um und rief: »Habt ihr die Insel völlig geräumt? Zuverlässig? Keinen zurückgelassen?«

»Zuletzt haben wir sie vier Mal nacheinander durchgekämmt. Beruhige dich! Sie ist leer.«

Der Flug schien nur einige Minuten zu dauern. Die Nodronen spürten die negative Beschleunigung, als der Diskus die Sümpfe Tapasands erreicht hatte. Ein quochtischer Offizier hatte Rhodan, Tasha und Darracq zu einer kleinen Schleuse geführt, die sich jetzt öffnete. Nur noch die riesige QUORISH hing wie ein nächtlicher Schatten über der Insel.

Die drei rannten hinüber, die Rampe hinauf, und Perry prallte fast mit Reginald Bull zusammen.

Hinter Bully standen Fran Imith, Shimmi mit dem geschlossenen Katzenkorb im Arm, Quart Homphé mit einer schaumtropfenden Bierdose in der Hand und Pratton Allgame, elegant und lächelnd wie meist.

Rhodan umarmte Bull herzlich, aber kurz, winkte den Gefährten und rief: »Wir sollten so schnell wie möglich starten und in den Linearraum gehen. Das Ziel kennen wir …«

Quietschend, rumpelnd und polternd schlossen sich, während die Rampe eingezogen wurde, die Portale der Außenschleuse.

Noch bevor Perry seinen Freund begrüßen konnte, packte Darracq ihn am Oberarm. »Frag ihn bitte, ob die Quochten tun werden, was sie über Funk versprochen haben.«

»Sei ganz ruhig. Alles klar!« Zu Darracqs Verwunderung antwortete Bull, dessen Translator ebenso schnell arbeitete wie Rhodans Gerät: »Wenn du es schaffst, rechtzeitig in die Zentrale zu kommen, kannst du zusehen, wie sie es den Nodronen besorgen.«

»Wir haben den Reaktor abgeschaltet. Es wird keine radioaktive Verseuchung auf den Eier-Stränden unserer Wogenzerteiler geben, Perry!«

Darracq schaffte es nicht mehr. Die Geretteten spürten, dass die QUORISH startete und wieder anhielt. Dann hörten Rhodan und Bull vertrauten Lärm und nahmen die Vibrationen wahr, die jedes Mal entstanden, wenn die schweren Geschütze feuerten.

Der Große Wogenzerteiler, »der mit dem schwarzen Halsfleck«, entspannte seine Muskeln und sank, nachdem er den Luftvorrat seiner Lungen ergänzt hatte, Meter um Meter tiefer. Das Brodeln zahlloser Luftblasen war wie ein sonniges Tiefenlied in seinen Ohren. Mit wenigen Schlägen des Schwanzes und langsamen Bewegungen der Gliedmaßen schob sich der Wogenzerteiler der Strömung entgegen; sorgfältig bedachte er die Worte und den Klang seines Gesangs, den er zu verbreiten hatte.

Tiefer, ganz bedächtig; ruhig und zuversichtlich gestimmt …

Als ihn die Seitenströmung in den kühlen, mächtigen Strom sog, der den Großen in der Tiefe als Wanderstraße und Pfad der Nachrichten diente, öffnete »der mit dem schwarzen Halsfleck« seinen Rachen und begann seinen knarrenden, dumpfen Gesang.

Der Inhalt seines Liedes, das binnen kurzer Zeit jeder Große Wogenzerteiler hören und verstehen würde, kündete von Ruhe und warmem Sand für die Eier, von jungem Tang, der sich in Strömungswellen wiegte, vom ungestörten Aufwachsen der Kleinen und vom ungestörten Besitz des Meeres rund um die Inseln.

Und vom Zweibeiner Perry, der als Einziger mit den Wogenzerteilern geredet und sie »Magnoraunden« genannt hatte.

Das riesige Flaggschiff und die kleinere QUARNA hatten ihre Bipuls- und Tripuls-Geschütze längst auf verschiedene Ziele ausgerichtet. Während die Diskusschiffe aufstiegen, begannen die Strahlenkanonen in langsamem Takt zu feuern.

Zuerst verwandelten sie den Turm und die CLAWEYNUM in berstende Ruinen und schmelzenden Schrott, dann verging fast zeitgleich das Wrack des Frachters in einer riesigen Detonation, die einen tiefen Krater aufriss. Die Bäume verglühten in großen Verpuffungen. In kurzen Serien greller Zerstörung barsten sämtliche Bauwerke in einer hochsteigenden Explosionswolke, aus der es glühende Trümmer regnete.

Der abgeschaltete Fusionsmeiler, geschützt durch viele Meter dicke Basaltschichten, wurde verschont; eine Reihe Krater füllte sich mit Meerwasser, eine Druckwelle warf riesige, kreisförmige Wogen auf, die Trümmer mit sich rissen und irgendwo auf dem Meer verebbten.

Die letzten Wirkungstreffer erfassten stehen gebliebene Reste ehemaliger Fundamente und verwandelten sie in aufflammendes Gas, dessen Schein noch über das dunkle Meer zuckte, als die Schiffe längst die Atmosphäre Pemburs durchstoßen, die QUARM eingeholt hatten und dem Sprung in den Linearraum entgegenbeschleunigten.

In diesem Moment gaben die quochtischen Offiziere aller drei Einheiten gleichzeitig Ortungsalarm.

Ein quochtischer Offizier in leise klirrender hellbrauner Netzuniform, schmutzige Bundstiefel bis zu den Knöcheln, holte Reginald Bull ab, eine Ordonnanz führte Perry, Tasha und Darracq Mogmorgh durch ein feuchtwarm triefendes Labyrinth in einen Hangar.

Als vor ihnen die Doppelscheinwerfer des Mars-Liners-01 dreimal kurz aufblendeten, wusste Perry, wo sie waren. Er wandte sich an seine Begleiter. »Dieser silbrige … Container ist das Heim von uns Terranern. Dort ist es ruhig, dort können wir miteinander reden. Wo der Eingang ist, werdet ihr sofort sehen …«

Zischend und mit rasselndem Gestänge öffnete sich die doppelte Klapptür des linken vorderen Einstiegs. Ein Spot beleuchtete die Stufen. Rhodan machte eine einladende Bewegung. Er erkannte hinter dem beschlagenen Glas Fran Imith und Shimmi Caratech, die ihn und die Nodronen zum zweiten Mal stürmisch begrüßten.

»Es war ein verzweifeltes Warten«, sagte Fran. »Und wir haben nichts tun können, um dir irgendwie zu helfen.«

Er hob die Hände, wartete auf das Zuklappen der Tür und atmete erst einige Male die kühle, gefilterte Luft, ehe er zu seiner Erklärung ansetzte: »Hier ist Tasha Feori. Sie hat mir auf Tapasand oder vor Pembur-Station das Leben gerettet. Sie ist mein Gast. – Darracq Mogmorgh. Er ist der ungekrönte Anführer von ungefähr fünftausendzweihundert Rebellen, ein stolzer, unglaublich guter Kämpfer, ohne dessen Hilfe ich nicht überlebt hätte.«

Er lächelte Shimmi und Fran zu, schüttelte Homphés schlaffe Hand und fuhr fort: »Ebenfalls mein Gast. Ohne meinen oder Bullys Translator müsst ihr euch mit Gesten und Grinsen verständigen – Tasha und Darracq brauchen reichlich Essen und ebenso viel Fürsorge. So viel fürs Erste.«

Pratton spielte den Gastgeber und führte Rhodan und die Nodronen durch den Mittelgang, bot ihnen Sitze und Getränke an. Quart Homphé öffnete Bierdosen und füllte Becher.

Rhodan spürte Darracs Unruhe, schob ihn zu einem Sitz und sagte beruhigend: »Mein Freund Bull ist wieder in der Zentrale. Auch ohne deine Anwesenheit haben die Quochten gemerkt, dass eine Flotte Sternenkreuzer der Nodronen aus dem Linearraum gekommen ist. Aber in ein paar Sekunden wird die QUORISH ihr Linearmanöver begonnen haben.«

Darracq leerte den Becher, verzog anerkennend sein bärtiges Gesicht und keuchte, Bierschaum im Kinnbart: »Entschuldigt, ihr … Terraner. Aber bisher haben wir mit Knüppeln und Steinen improvisiert. Der Rücksprung ist auch für mich wie ein Wunder.« Er lachte verlegen. Shimmi und Homphé starrten den Hünen mit den schwarzen Bartschatten und der langen schwarzen Mähne fast ehrfürchtig an; Homphés Finger zuckten. Er schien begierig, Darracq zu zeichnen. »Wo liegt das Ziel der Schiffe?«

»Der quochtische Außenposten Zaphitti«, antwortete Fran. »Den die Quochten, wie alles andere, vor euch verborgen halten.«

Im selben Augenblick stürzte sich das Flaggschiff in den Linearraum. Rhodan zog seine Gäste in den hinteren Teil des Liners, erklärte kurz die Funktionen verschiedener Einrichtungen und setzte sich dann schwer auf einen der Einzelsitze.

»Jetzt, im Schutz des Linearraums, des Schiffes und unseres wackeren Museumsvehikels, können wir über alles in aller Ruhe reden. Betrachtet mich als Gastgeber. Sagt es mir, wenn ihr Wünsche habt – wir sind nicht ganz hilflos und ärmlich in dieser Beziehung.«

Er nahm Homphé einen gefüllten Becher aus den Fingern und leerte ihn mit kleinen Schlucken. Das kühle, schäumende Bier war wie ein Symbol des Willkommens in eine bessere Welt. *In eine weitaus bessere als Tapasand!*, dachte er beruhigt.

Zehn oder zwölf Stunden, nachdem die Schiffe in dem gestaltlosen, rötlich wallenden Grau des Linearraums verschwunden und auf Kurs nach Zaphitti waren, saßen Perry Rhodan und Darracq Mogmorgh auf der hintersten Sitzbank des

Mars-Liners. Ebenso symbolhaft wie der Schluck Bier waren für beide Männer und Tasha alle anderen Annehmlichkeiten, die das Gefühl vermittelten, ein besonderer Abschnitt des fast tödlichen Abenteuers wäre beendet.

Nach Monaten und Jahren des Dürstens, Hungerns, der Schlaflosigkeit, des Aufenthalts im salzigen Schmutz, der durchschwitzten, verdreckten Kleidungsfetzen und anderer Übel schufen Sauberkeit, ungestörter Schlaf, nahrhaftes Essen und Geborgenheit schon nach so wenigen Stunden eine Zäsur; dies hatte Rhodan selbst schon hunderte Male und jetzt wieder, nach zwölf Tagen auf Pembur, erlebt.

Ein Mann, der meine Reserve-Unterwäsche trägt, wird niemals mein Feind werden, dachte er belustigt. Es erstaunte ihn selbst, dass er zum ersten Mal daran dachte: Darracq kam keineswegs aus dem Nichts.

Auch er war höchstwahrscheinlich in einen Clan gebunden, besaß Angehörige, vielleicht eine Familie, war aus seinem gewohnten Leben herausgerissen worden. *Ich werde es bald erfahren,* dachte Perry. Er selbst, rasiert, geduscht und mit spurenlos verheiltem Arm, trug seine bequeme Reserveuniform samt neuen Halbstiefeln und am Handgelenk ein neues Multifunktionsband.

»Wenn die Sternenkreuzer des Empire tatsächlich nach Pembur-Station gesucht haben sollten«, eröffnete Darracq das Gespräch, »haben sie nur meerwassergefüllte Krater und Gezeitensümpfe gefunden, und sonst nichts. Nur die verdammten Bodenforts …«

»… die äußerst schwierig fernzusteuern wären«, unterbrach Rhodan, »und nichts Schützenswertes verteidigen – das war in der Eile nicht mehr zu schaffen.«

»Wenn ich dabei helfen kann, wird es keine zweite Pembur-Station mehr geben«, knurrte Darracq. Er streckte wohlig ächzend seine Beine aus und kreuzte die Fußgelenke. »Den Großen Wogenzerteilern gegenüber haben wir unser Versprechen gehalten. Und die Verpflichtung, die du mir auferlegt hast, um mir – um uns allen – zu helfen, werde ich dir zurückgeben.«

Darracq hatte seine Kleidung mit pedantischer Gründlichkeit gereinigt und die Gastfreundschaft der Terraner begeistert ausgenutzt. Seine rebellenhafte Wildheit hatte er zumindest vorübergehend abgelegt; er wirkte erholter und ruhiger, sein Gesicht war voller, und er sprach mit Überlegung.

Rhodan entgegnete: »Ich habe es nicht als Verpflichtung betrachtet; es war nicht beabsichtigt. Aber ich muss so schnell wie möglich einen Kontakt zu den Wissenschaftlern von Cor'morian herstellen. Unabhängig von allem anderen.«

Darracq nickte langsam und nachdrücklich. »Als Rebell«, er lachte kurz, als verberge er den Grund seiner Heiterkeit, »als nicht gewählter, aber erprobter Anführer, bin ich durchaus in der Lage, dir zu helfen. Eine Verbindung zu den

Wissenschaftlern sollte keine Schwierigkeiten bereiten. Darf ich fragen, was du wirklich von ihnen willst?«

»Wie du weißt, haben sie mich aus meiner Welt in die Zukunft geholt«, gab Rhodan zur Antwort. Auch Darracq, ebenso wie Tasha, zweifelte anscheinend noch an dieser Tatsache, besonders an der Milliarde Jahre, auch wenn sie so taten, als glaubten sie ihm. »Und sie müssen mich und meine Freunde – du kennst sie jetzt – aus der Gegenwart in unsere Vergangenheit zurückbringen.«

»Ich habe verstanden. Das alte Problem.«

»Das einzige Problem«, bestätigte Rhodan. »Solange die Schiffe im Linearraum unterwegs sind, können wir darüber nachdenken.«

Darracq streckte die Hand aus. »Versprochen ist versprochen.«

Rhodan nahm die Hand. Die Tätowierungen auf Darracqs muskulösen Unterarmen schienen farbiger, deutlicher und lebendiger geworden zu sein. »Kann es sein? Das hab ich schon ein paarmal gehört.«

»Aber nur von stolzen und freiheitsliebenden Nodronen-Rebellen.« Für einen langen, bedeutungsvollen Augenblick wurde Darracq ernst. Was er sagte, klang wie ein feierlicher Clanschwur: »Mein Traum und mein Ziel ist ein Rebellenvolk, das ohne Krieg zu führen durch die Galaxis Vaaligo fliegen kann, friedlich, wie Nomaden. Niemals wieder dürfen Nodronen andere Völker oder Einzelwesen bedrohen! Und ich kämpfe für eine Zukunft ohne Zwillingsgötzen. Mehr will ich nicht, Perry!«

»Fürs Erste ist dies auch ein umfassendes Programm«, sagte Rhodan lächelnd, aber mit ernster Stimme. »Wenn es nach uns geht – wir helfen dir dabei.«

Er grinste Darracq an, der trotz seiner Selbstdisziplinierung unverändert jenes Charisma und jene Kraft verströmte, die ihn zum Anführer gemacht hatten. Noch immer glaubte Rhodan fest, dass dieser Mann in Wirklichkeit mehr war, als er zu sein vorgab.

Rhodan stand auf und ging nach vorn. Dort saßen Fran und Tasha auf einer Doppelbank und betrachteten dreidimensionale Aufnahmen der Mars-Topografie.

Aus den vielen verborgenen Einbau-Lautsprechern des leeren Liners 01 flutete nervenberuhigende altterranische Musik. Die zweiten vierundzwanzig Stunden des Fluges hatten kurz zuvor begonnen.

In den Fingern, dunkel gebräunt von Pemburs unbarmherziger Sonne, hielt Perry Rhodan einen jener stapelbaren Pseudokelche aus der Pausen-Ausrüstung des Mars-Liners. Aber sowohl sein billiges Trinkgefäß als auch jenes, aus dem Tasha trank, war mit Champagner gefüllt. Tasha trug Kleidung aus dem

Vorrat Shimmis und Frans; die Medo-Einheit der Hygienezelle hatte erfolgreich ihr Armgelenk und ihr Gesicht behandelt. Sie spürte nichts mehr von den Folgen des Arenakampfes.

»Sie sind alle mit Bull in der Zentrale der QUORISH«, sagte Perry leise. »Fünf Stunden lang. Dann kommt Shimmi Caratech, weil sie die jungen Kätzchen versorgen muss.«

»Auf Tapasand hätten wir keinen … Schampaynor? … aber uneingeschränkt Zeit. Bis zum Hungertod, Fremder Perry.«

Er streichelte ihre Wange. Fran hatte sich Tashas Haare angenommen und mit Bordmitteln eine fabelhafte Kurzhaarfrisur hervorgezaubert.

»Wir sollten die gegenwärtig gültige Variante bevorzugen, Tasha.«

Perrys Erfahrung und Tashas Empfinden mündeten unausgesprochen in dieselbe warme Begierde. Sie tranken den edlen Stoff in kleinen Schlucken, dachten an ihre ausweglose, hitzige Nacht auf Tapasand, küssten sich und entdeckten still und zärtlich abermals ihre Leidenschaft. Auf den weichen Polstern eines Doppelsitzes liebten sie sich zärtlich, sich der bedenklichen Brüchigkeit einer solchen Begegnung zwischen solch unterschiedlichen Individuen in so fragwürdiger zeitlicher Beziehung bewusst.

Jede Sekunde, jeder Atemzug zeichnete unauslöschliche Spuren in ihre Erinnerungen. Weder Tasha noch Perry würden diese Stunden je vergessen, ebenso wenig wie die Umstände, die sie vor dem sicheren Tod gerettet hatten.

Irgendwann, nachdem die wispernde Klimaanlage den Schweiß ihrer Körper getrocknet hatte, flüsterte Tasha: »Es ist wunderschön mit dir, Fremder Perry; wie damals. Können wir nicht die Zeit umkehren und den Ort so schnell wechseln wie in unseren Gedanken?«

Langsam schüttelte Perry den Kopf und berührte mit den Lippen ihre Augen. »Nein, Tash. Können wir nicht.« Seine Finger wanderten lustvoll über die weiche Haut ihres dunklen Körpers, der voll fester, jetzt entspannter Muskeln war. »Wir müssen uns unter dem Sturm der Ereignisse ducken. Die Zeit, die Galaxis, die Umstände … Nichts davon ist dauerhaft. Aber das haben wir vorher gewusst.«

»Ja.« Tasha begann ihn lächelnd zu erregen; er ließ es mit zurückgeneigtem Kopf geschehen. »Dieses Wissen macht alles doppelt schön.«

Bis zur letzten Minute nutzten sie die verbleibende Zeit und fanden zwischendurch Gelegenheit, die Flasche als Symbol eines bedeutenden, aber nicht bedeutungsschweren Abschieds zu leeren. Müde, lustvoll erschöpft, Arm in Arm, Hüfte an Hüfte, schliefen sie ein. Die Musik begleitete sie in einen Schlaf, während dem sie zum ersten Mal ohne jede Furcht und voller Hoffnung auf die nahe Zukunft entspannt dalagen.

Als Fran Imith etwa eine Stunde nach der vereinbarten Zeit als Erste zögernd den Liner betrat, fand sie Perry Rhodan, im Traum eines abgrundtiefen Schlafes lächelnd, unter einer Decke aus dem Notvorrat des Museumsvehikels. Neben seinem Arm lag, blinkend, sein Multifunktionsarmband.

Fran Imith zögerte, dann drückte sie die Wiedergabetaste. Tashas Stimme, leise, aber kaum weniger erotisch als ein Chanson oder ein lautenbegleitetes Minnelied, flüsterte: »Wenn du mich suchst, Fremder Perry, und ich wünsche es mir sehr – suche mich zwischen den Schwarmsternen.«

Wie Tasha es angestellt hatte, ihre vaaligondischen Worte übersetzt zu bekommen, blieb ihr Geheimnis. Die junge Frau hatte den Bus verlassen. Wenn Rhodan sie suchte – sie innerhalb des riesigen Raumschiffs im Dunkeln zu finden war nur möglich, wenn sie sich finden ließ. Sie verlor sich bewusst unter den tausenden Flüchtlingen.

Fran tippte auf »Rücklauf«, legte das Gerät wieder an seinen Platz und wünschte sich, Reginald Bull läge da und sie könne sich neben ihm ausstrecken.

»Das Universum ist groß«, flüsterte Fran bedauernd und sehnte sich nach der Berührung von Reginalds Händen. »Das Leben ist hart. Das Quochtenschiff fegt durch den Linearraum – und unsere Geschichte ist – alle Geschichten sind – noch lange nicht zu Ende.«

Fran streifte die Stiefel von den Füßen und kippte den Sitz in Schlafstellung. Dann schloss sie die Augen und hoffte auf einen guten Traum von der baldigen Rückkehr ins richtige Leben.

Perry Rhodan

ODYSSEE

4

FRANK BÖHMERT

Die Traumkapseln

»Das Große stirbt, wenn wir sterben.«

– Credo der Rebellen von Nodro

Die Schnecke auf dem Berg

Der Palast von Koortane

Die Paläste der Rebellen von Nodro sind unbewohnt. Sie dienen reinen Repräsentations- und Versammlungszwecken. Die Clansführer wohnen wie alle Mitglieder der Clans in Zelten, wie sie am Fuße des Berges zu sehen sind.

Der Palast von Koortane ist größtenteils gemauert; es wurden jedoch auch Überreste abgeschossener Kampfschiffe des Empire verarbeitet. Eingezogene Zwischendecken bestehen in der Regel aus Holz. Die Windungen im Einzelnen, von links nach rechts: Privatgemächer, Schatzkammer, Waffenkammer, Große Halle. Ganz rechts sind in der Hallenöffnung die Unterstände für die Reitechsen und Zugtiere zu sehen.

Prolog

Nach alter Sitte treffen die Clansführer, bevor sie in die Schlacht ziehen, ein letztes Mal unter freiem Himmel mit ihrem Fürsten zusammen, und so hat Tarak Mookmher seine Getreuen nach Koortane bestellt.

Eine Stunde vor der verabredeten Zeit tritt er schwer atmend, doch fertig angekleidet zur Wetterseite seines Privatgemachs hinauf und sieht aus dem riesigen Fenster. Die Scheibe, Teil der ehemaligen Kanzel eines schweren Kampfjägers des Empire, ist nach außen gebaucht und an manchen Stellen blind.

Noch liegt die Ebene zwischen Palast und Raumhafen finster und leer. Nur unten, am Fuße der Steilwand, ist eine Ansammlung Djels zu sehen. Die Dächer der runden Wohnzelte schimmern fahl vor dem schwarzen Grund. Licht dringt keines durch das schwere Filz der Zeltwände. Die Winternacht währt nun schon einige Wochen, und die Bewohner haben alle Kanten sorgsam überlappt.

Tarak seufzt. Jede Winternacht macht ihm mehr zu schaffen. Der alte Rebellenfürst legt die Hände an die Schläfen und späht hinaus. Die implantierten Stifte in seinem Nasenstumpf klacken gegen die Scheibe. Das Vaaligische Transglas ist trotz der bitteren Kälte, die draußen herrscht, beinahe warm.

Der Nachthimmel, der eben noch schwarz ausgesehen hat, erweist sich nach einigen Augenblicken als makellose, tief dunkelblaue Schale. Weit hinten, beinahe hinter dem Horizontbogen schon, flackern in einer bleichen Lichtkuppel ein paar winzige Scheinwerfer. Dort liegt der Raumhafen.

Dort blühen jetzt violette Tupfen am Himmel auf, einer nach dem anderen. Winzige helle Sterne bewegen sich von ihnen fort.

»Mein Fürst.« Dandar Schawdandar Otmookmher tritt neben ihn, seine Hofschamanin, ein Schatten in den Schatten. Sachte klingeln die Knöchlein und Spiegelscherben hinten an ihrem bodenlangen Mantel, nicht halb so wohlklingend wie ihre Stimme. »Sie kommen.«

Gemeinsam sehen sie zu, wie die Tupfen, dreizehn an der Zahl, sich allmählich zu unregelmäßigen Strahlenkränzen mit einem schwarzen, dann wieder dunkelblauen Kern ausbreiten, als habe jemand eine Hand voll Steine in einen unendlich trägen Teich geworfen.

Ein unendlich träger Teich – die äußere Grenze der Traumkapsel, die das Habitat Koortane birgt.

Eine Hand voll Steine – die dreizehn an ihren Positionslichtern zu erkennenden Schiffe der Clansführer, die allerdings aus dem Wasser geflogen gekommen sind. Die in Zeitlupe sich ausdehnenden Strahlenkränze sind nichts als Nachbilder ihres Eintritts in das Raum-Zeit-Kontinuum des Habitats, doch Tarak Mookmher überläuft ein Schauder.

Das Schaudern weitet sich zu einem immer heftigeren Zucken seiner Beine aus. Mit den Armen schlagend bekommt er eine der Transglasverstrebungen zu packen. Es gelingt ihm, sich aufrecht zu halten, aber seine Hüften zucken, zucken.

Seine Hofschamanin legt ihm eine Hand an den Schenkel. »Der Tonus ist viel zu hoch. Ich lasse den Gleiter kommen.«

Tarak funkelt sie an. »Untersteh dich, Weib!«, dröhnt er, während die Zuckungen nicht nachlassen wollen. »Tarak Mookmher wird im Sattel sitzen, wie es sich geziemt.« Er lehnt sich mit der Schulter gegen die Scheibe und löst seinen Gürtel. »Nun mach schon!«

Während Dandar Schawdandar seinen Umhang zur Seite schiebt und ihm mit kalten Fingern das Muskelrelaxans in den unteren Rücken spritzt, das einzige Sofortmittel gegen die vom Nervenfraß herrührenden Krampflähmungen, sieht Tarak wieder hinaus.

»Wundmale«, keucht er. »Ich weiß nicht, warum ... Dandar ... aber heute ... kommen sie mir wie Wundmale vor ... ein böses Zeichen.«

Die Frau lässt seinen Umhang wieder fallen. Während er mühsam seine Kleider in Ordnung bringt, fragt sie: »Dann soll ich das Besteck mitnehmen, mein Fürst?«

Er dreht sich um, wieder einigermaßen sicher auf den Beinen. Dandars rote Pupillen sind nicht zu erkennen, nur die schmalen Augenschlitze. Auf ihren hohen Wangenknochen tanzt der Widerschein des Feuers, das in dem eisernen Herdgestell unten in der Raummitte brennt.

»Ich denke, die Toten sprechen Gutes.«

»Oh, das tun sie.« Die Schamanin verneigt sich knapp. »Aber du nicht.«

»Bah.« Tarak macht eine abfällige Handbewegung. »Wundmale am Nachthimmel. Geschwätz eines alten Mannes.« Er tritt vor den Ankleidespiegel, vorsichtig wegen des nach unten gewölbten Bodens.

Trotz seiner Jahre und seiner Krankheit ist der Tarak Mookmher im Spiegel noch immer ein Baum von einem Mann. Groß, breitschultrig. Über dem pelzbesetzten Umhang thront ein gewaltiger rasierter, von zahllosen Narben gekrönter Schädel. Die Brauen dicht, der Bart gelblich weiß, doch voll, die Ohrringe glitzernd, der Nasenstumpf mit den zwei funkelnden Stiften eine stete Mahnung, den Gegner nicht zu unterschätzen. Aber die weiten, weichen Reithosen aus dem Leder ungeborener Famnire verbergen, wie dünn die Beine des Taraks im Spiegel sind.

Ja, ein Mann wie ein Baum. Der Tarak vor dem Spiegel verzieht grimmig das Gesicht. Wie ein Baum mit Wurzelfäulnis.

Der Nervenfraß hat ihn vor zwei Jahren erwischt. Seither hat er die Führung des Clans mehr und mehr in die Hände seines einzigen Sohnes gelegt, was ihm schwer gefallen ist. Zu viele Jahre schon hat er nicht nur den Clan der Mookmher, sondern die Rebellenstämme in ihrer Gesamtheit angeführt. Tarak der Strahlende. Die Geißel der Götzen. Der Gelbe Alte. Und, spöttischer: Tarak ohne Nas. Ihn so zu rufen wagt nur, wer ihn schon als jungen Hünen gekannt, wer miterlebt hat, wie er seiner Nase verlustig gegangen ist – und wer sich seiner Liebe sicher sein kann.

Tarak stellt den Tiegel Fett wieder weg, mit dem er sich den Schädel eingerieben hat, dann setzt er die Fellmütze auf, die so gearbeitet ist, dass sie die Ohren vor der klirrenden Kälte schützt, den dicken Nacken mit dem eintätowierten Glücksknoten aber frei lässt. Er wirft einen Blick auf die Eisennase mit ihren kurzen Stacheln, steckt dann jedoch die Ledernase auf: schwarz der Rücken, weiß die Flanken, rot die Ringe um die Nasenlöcher herum.

Er fletscht die Zähne, die beinahe ebenso gelb sind wie seine drohend aufgerissenen Augen, dann wendet er sich zum Durchgang in die nächste Windung und schreitet betont machtvoll aus. Hinter ihm scheppert kurz etwas – das Ritualbesteck, erkennt er, ohne hinzusehen. Dann klirren nur noch Knöchlein und Spiegel, als Dandar Schawdandar ihm auf leisen Sohlen folgt.

Mit dem machtvollen Ausschreiten ist es vorbei, noch bevor sie die dunkle Senke der Schatzkammer durchmessen haben.

Tarak nickt den beiden Männern zu, die an der Schwelle zur Waffenkammer Wache halten, dann geht es in diese dritte Windung des Palastes hinab.

In der Waffenkammer herrscht mehr Betrieb. Weit links, in etlichen Schritt Entfernung und hinter einer schmalen Leiter, die hinauf in den oberen, nicht einsehbaren Teil der Windung führt, sind eine Hand voll Männer damit beschäftigt, einen Kampfroboter einzulagern, der im Licht ihrer Arbeitslampen golden glänzt. Er hängt schon ein gutes Stück über ihren Köpfen an einem dicken Seil. Seine Strahlerrohre sind mit maßgeschnitzten Transportsicherungen arretiert.

Zwei Männer mit Haltetauen sorgen dafür, dass er sich nicht um die eigene Achse zu drehen beginnt, während die Zugtiere, zwei massige Zontars mit blank gescheuerten Hornkrägen, schwerfällig einen Fuß vor den anderen setzen und Richtung Halle geführt werden. Von hoch oben ist regelmäßig ein sattes Klicken zu hören, wenn die Sicherung des Flaschenzuges einen Zahn weiter gleitet. Eines der braunen Echsentiere döst; die Dungkugeln rollen ein Stück den gewölbten Stahl- und Plastboden hinab, bis sie an einer geschwärzten Fuge hängen bleiben. Prompt kommt eines der Kinder und sammelt die kostbaren Kugeln auf.

Tarak lässt sich vom Waffenmeister das Wehrgehenk mit seinem Streithammer anlegen. Die prächtige Waffe, deren eisernes Ende einem Famnirkopf nachgeformt ist, pflegt er rechts zu tragen, denn seine Rechte ist die Hand, die nimmt: Leben. Links hängt er das Ledersäckchen mit Heilkräutern und Betäubungsmitteln ein, denn seine Linke ist die Hand, die gibt: Frieden. Der Waffenmeister verkabelt ihm den als Umhangschließe gefertigten Individualschirm mit einem hinten am Wehrgehenk befestigten E-Pack; dann legt der dicke Mann ihm die beiden Patronengurte um und tritt zurück.

»Mein Gewehr«, dröhnt Tarak.

»Eigenhändig am Sattel deines Famnirs festgezurrt, mein Fürst«, sagt der Dicke und hält seinem Blick stand. Die Frechheit steht ihm ins Gesicht geschrieben. Die Fröhlichkeit auch.

»Olreg Ashmarto. Wenn du dich nicht so auf die alten Gesänge verstündest …«

»Und auf den besten gebratenen Fettschwanz aller einhundertzweiundzwanzig Habitate!«, wirft der Dicke ein. Er lässt die dichten Brauen tanzen und schiebt Tarak ein verschnürtes Bündel zu.

»… dann hätte dir schon längst jemand …« Der alte Clansführer winkt ab, befestigt das Bündel am Gürtel und geht weiter. Das Plasmagewehr wiegt fast so viel wie sein zweijähriger Enkel. Früher hat er es mit einer Hand getragen. Früher …

Es ist wirklich an der Zeit, dass er seinem Sohn nicht nur die Führung des Clans überlässt, sondern ihn auch zum Hüter der Grenzen erklärt. Aber Errek ist umstritten. Er will viel – zu viel, kritisieren manche. Er riskiere die Sicherheit der Karawane.

Vielleicht wird die bevorstehende Schlacht Klarheit bringen und Taraks Entscheidung befördern. Wenn er nur nicht ein so schlechtes Gefühl hätte.

Er schreitet den leichten Hang zur letzten Windung hinauf. Seine Beine verkrampfen sich bereits wieder. Der alte Clansführer bleibt auf der Schwelle stehen und sieht nach hinten. Dandar Schawdandar folgt ihm dichtauf. Wie schmal sie ist in ihrem Schamanengewand. Spiegelscherben funkeln auf wie Sterne. In ihrer Hand ein Gewirr von schwarz angelaufenem Werkzeug: Hammer und Sichel, Axt und Egge, Stößel und Messer, Nadel und Schlüssel – das Ritualbesteck, zusammengebunden mit Lederstreifen, verziert mit Schneckenhäusern und dem Unterkiefer eines geheiligten Famnirs.

Tarak wendet sich wieder der Großen Halle zu. An der Wand, die sich zu seiner Linken wegbiegt, gleißen glasgeschützte Fackeln. Ihre Flammen lodern zu den breiten Rußfahnen hinauf, die sich nach oben hin in der Finsternis verlieren. Rechts öffnet die Halle sich auf fast der gesamten Länge. Dahinter steht der dunkelblaue Himmel. Die Nachbilder der Raumschiffe sind von hier aus nicht zu sehen; sie liegen in Taraks Rücken. Weit voraus, in achtzig Schritt Entfernung am anderen Ende des Palastes, stehen die Zelte für die Tiere. Ein paar Umrisse sind dort auszumachen.

Nach dreißig Schrittlängen, in denen der alte Clansführer dreimal so oft einen Fuß vor den anderen hat setzen müssen, erfasst ihn der Winterwind, der über die weite Steppe in den Palast fährt, und bläht ihm den Umhang. Tarak lehnt sich in den beißend kalten Luftstrom und geht weiter auf die Zeltstallungen zu. Ein Schauer von Eiskristallen nadelt sein Gesicht. Rechts öffnet sich der Palast hoch und höher, offenbart das Beinaheschwarz der Steppe, die sich am Horizont dem dunkelblauen Himmel entgegenwölbt.

Seine Eskorte kommt ihm entgegengeritten. Sechs Männer sind es, handverlesen aus fünf verschiedenen Clans, dazu der Rittmeister. Er führt zwei gesattelte Famnire mit.

Tarak tätschelt seinem schwarzblau gesprenkelten Reittier den Hals und wirft ihm eine Hand voll Körner in den Schnabel. Dann steigt er die vom Rittmeister mitgebrachte Holztreppe hinauf und lässt sich die steifen Beine am Sattel verzurren.

Wenige Augenblicke später preschen sie den Hang vor der Palastöffnung hinab. In einer weiten Kurve geht es über die gefrorene Steppe. Als sie die Lichthülle des Raumhafens vor sich haben, über dem die Nachbilder nur noch aussehen wie große, an den Himmel gesprühte Kreise, wirft Tarak einen Blick nach rechts.

Der Palast liegt fast schwarz unter dem dunkelblauen Himmel; seine vier Windungen zeigen im Winter kaum einmal ihren Glanz.

Die Schnecke auf dem Berg …

In der großen Öffnung funkeln Lichtpunkte wie Perlen auf einer Schnur. Es sind die Fackeln an der hinteren Wand. Und die letzte, kleinste Windung des langgezogenen, auf der Seite liegenden gigantischen Schneckenhauses glimmt wie eine Lampe. Es ist das Herdfeuer seines Privatgemachs, das dort glimmt, hinter der transparenten Raumschiffkanzel, die Taraks Fenster ist.

Sie kommen, wie es sich geziemt, als Erste beim verabredeten Treffpunkt an. In der Senke des Grünen Sees lagert zu dieser Jahreszeit niemand. Sämtliche Adjels haben sich längst in die wärmeren, geschützteren Winternachtslager zurückgezogen, die sie ohne Not bis zum Frühlingsmorgen nicht verlassen werden.

Tarak starrt über die gefrorene, vom Wind blank gefegte Fläche des Sees. Drüben, auf der anderen Seite, taucht hinter einem Felsvorsprung ein heller Fleck in den Schatten auf, um gleich wieder zu verschwinden.

»Beeilt euch mit dem Feuer«, sagt Tarak. »Sie warten schon auf uns.«

Seine Männer, die bereits abgestiegen sind, legen hastig ihre Gaben auf dem Owu ab. Steine klacken, Glas klirrt. Dann machen sich alle daran, die Feuerstelle anzulegen.

»Dandar.« Tarak winkt die Schamanin näher und zieht, als sie herantritt, die Gabe aus der linken Schoßtasche seines Reitrocks hervor. Er schlägt den Lappen auf und hält ihn ihr hin. Einige Brocken getrockneten Käses liegen darauf – eine weiße Gabe, wie es sich geziemt.

Dandar Schawdandar nimmt den Lappen an sich, aber während sie das tut, spritzt sie ihm mit der anderen Hand durch das Leder seiner Hose flink noch einmal etwas Medizin.

Der alte Rebellenfürst sieht sich um. Niemand aus seinem Gefolge scheint es bemerkt zu haben. Sehr gut. Während seine Beinmuskeln, die buchstäblich zum Zerreißen gespannt sind, sich allmählich lockern, sieht er zu, wie die Hofschamanin seine weiße Gabe zu dem Owu hinüberträgt, einem bauchhohen Steinhaufen, aus dem knorrige Äste übermannsgroß in den dunklen Himmel ragen. Von den Ästen her dringt ein leises, trockenes Rascheln an Taraks Ohr, kaum zu hören über Dandars Brummgesang, mit dem sie sich auf ihr Ritual einstimmt. Zu sehen sind die Leder- und Stoffstreifen nicht, die die Äste schmücken. Nur ein großer, bleicher Fleck ist oben zwischen den Ästen auszumachen. Dies ist der alte, gehörnte Zontarschädel, den Taraks Großvater einst dem Toongher geopfert hat, dessen Heimstatt dieser Owu ist.

»Oben die neunundneunzig Toongher«, hebt Dandar Schawdandar die Lobpreisung der Geistwesen genau in dem Moment an, als das Feuer in ihrem Rücken hoch auflodert. Die Spiegelscherben an ihrem Mantel blinken. Die angenähten Menschenpüppchen scheinen zu tanzen, aber das liegt nur am Zucken ihrer Schatten.

»Oben die neunundneunzig Toongher«, singt Dandar Schawdandar wieder, »netzen die siebenundsiebzigteilige Erdmutter.«

Sie hat für diesmal einen langen Schamanengesang ausgewählt, der nicht einfach nur den Toongher des Owu gnädig stimmen soll, bei dem sie lagern, sondern im Gegenteil die Lebenskraft preist, die all das hat entstehen lassen: die jenseitigen Geistwesen, ihre diesseitigen Ausformungen – Mensch, Tier, Pflanze, Ding – und nicht zuletzt die Habitate in ihren Kapseln, diesen Traum in einem Traum.

Normalerweise hätte Tarak aus dem ausgedehnten Gesang Frieden gezogen. Aber heute hat er kein Ohr dafür. Er kann sich nicht einmal an dem puren Wohlklang von Dandars Gesangsstimme ergötzen. Heute kann er nur warten, dass sie kommen, seine Clansführer. Und dieses Warten, wird er das Gefühl nicht los, ist nur ein Vorgeschmack.

Er schafft es erst, sich von diesem weibischen Gedanken freizumachen, als die Clansführer endlich eintreffen.

Kaum ist das erste Getrappel zu hören, da heißt er seine Getreuen aufsitzen. Einzig ausgenommen ist die Schamanin, die immer noch am Owu zu tun hat.

»Errek Mookmher«, dröhnt Tarak, als der vorderste Kriegsherr zu erkennen ist. Der schwarzhaarige Hüne sitzt auf einem nachtblauen Famnir. »Hüter des Herdes, dereinst zugleich Hüter der Grenzen. Mein viel geliebter Sohn. Komm her.«

Sie umarmen einander von den Sätteln ihrer Famnire aus. Dann schickt Errek seine Männer zum Owu, die Gaben darzubieten. Errek lebt wie Tarak auf Koortane, ist aber dennoch heute mit seinem Raumschiff gekommen. Von Frau und Kind hat er sich schon vor zwei Tagen verabschiedet und seither mit seinen Männern geplant und geübt und geruht.

»Galrev Otashmarto«, begrüßt Tarak den nächsten Neuankömmling. »Schnecken- und Witwenmacher.« Und da er seinen alten Kampfgefährten seit einiger Zeit nicht gesehen hat, fügt er hinzu: »Wie war der Sommer? Ist das Vieh fett und stark?«

»Tarak Mookmher. Geißel der Götzen!«, erwidert dieser seinen Gruß. »Gut der Sommer, fett das Vieh. Nicht halb so fett wie das deine, hoffe ich.« Galrev winkt seine Männer zum Owu.

So geht der Reigen der Begrüßungen und der Opfer weiter, bis nur noch ein Kriegsherr fehlt.

Tarak starrt in die Nacht hinaus, aber niemand kommt. Tarak lauscht, aber es ist nichts zu hören über dem Wind und dem Geprassel des Feuers als das leise Schnäbeln der Famnire und das Knarren der Kampfkleider ihrer Reiter. Dandar Schawdandars Gesänge sind längst verstummt.

Der alte Rebellenfürst brummt ungehalten. »Weiß jemand, was mit Shirkam von den Otmookmher ist?«

»Er kommt«, erklingt die sanfte Stimme der Schamanin.

Doch niemand sieht, niemand hört ihn kommen.

»Fangen wir eben ohne ihn an«, grollt Errek schließlich, Taraks Sohn, und schlägt sich mit der behandschuhten Hand auf den Schenkel.

»Er kommt«, sagt die Schamanin wieder.

Doch wieder ist nichts zu hören.

»Ha!« Taraks Sohn, der Hüter des Herdes, macht Anstalten abzusteigen.

»Errek«, sagt der Alte nur.

Sie lauschen wieder. Und dann hören sie Hufgetrappel sich nähern.

»Shirkam Otmookmher«, begrüßt Tarak den letzten Kriegsherrn, einen hageren Glatzkopf mit dichtem, schwarzem Bart und schweren Ohrringen. »Bewahrer des Bewährten.«

Errek schnaubt.

»Verzeih, mein Fürst.« Shirkam verbeugt sich knapp im Sattel, dann wirft er einen Blick zur Hofschamanin hinüber. »Ich habe euch ungern warten lassen. Aber!«, ruft er und lenkt seinen Famnir herum, sodass ihn alle sehen können.

»Ich habe schwer mit mir gerungen, ob ich überhaupt hierher kommen sollte! Es ist Wahnsinn, was ihr vorhabt!«

»Und es ist Feigheit, was aus dir spricht!«, bellt Errek. Seine schwarzen Haare flattern, sodass es für einen Moment aussieht, als trüge Taraks einziger Sohn keinen Kopf mehr zwischen den Schultern. Der alte Rebellenfürst hat Mühe, das Schreckensbild abzuschütteln.

Die Leibwachen Erreks und Shirkams werfen einander prompt Unflätigkeiten an den Kopf.

»Setzen wir uns«, übertönt Tarak ihr Gebrüll. »Und ehren wir Ber, indem wir nicht hineinspeien«, fügt er mit einer Geste zum Feuer hinzu.

Sie lagern im Windschatten der Famnire. Die Clansführer sitzen um das Feuer herum. Ihre Männer hocken bei den Tieren, die dicht zusammengedrängt liegen, die Beine zwischen dem warmen Leib und dem warmen Boden geborgen. Taraks Männer haben an alle weiße Gaben ausgeteilt: Käse und Milch für die Männer und die Schamanin, den Clansführern noch einen Becher Branntwein dazu.

Der Rebellenfürst tätschelt das Bündel an seinem Gürtel. Das hält er für später zurück, als Abschiedsgabe. Er hebt seinen Becher. »Das Große stirbt, wenn wir sterben«, intoniert er.

»Niemals!«, rufen alle. Und damit kippen sie ihren Branntwein hinunter.

Tarak wischt sich den Bart mit dem Handschuhrücken ab und seufzt. »Nun denn, Shirkam Otmookmher, Bewahrer des Bewährten. Was hast du vorzubringen, das wir nicht schon gehört haben?«

Der Angesprochene sieht ihn kurz an und starrt ins Feuer. Er ist der Einzige hier, der keine Kopfbedeckung trägt. Über seine glänzende Glatze zuckt Widerschein. Trotz seiner Hagerkeit scheint er den massigen Schädel eines Zontars zu haben: Eine wärmende Speckschicht schützt seinen Kopf vor der Kälte. Er hat sie sich vor einigen Jahren implantieren lassen.

»Eines nur«, sagt er genau in dem Moment, als Taraks Sohn Errek höhnisch auflacht. Shirkam misst jeden einzelnen Kriegsherrn mit den Augen und heftet seinen Blick schließlich auf den Rebellenfürsten. Er sieht finster entschlossen aus.

»Ich werde«, sagt er mit gefährlicher Ruhe, »das Leben meiner Leute für diese selbstmörderische ›Informationsoffensive‹ nicht aufs Spiel setzen.«

»Dein Leben, meinst du!«, kommt es prompt von Errek.

»Du bezichtigst mich der Feigheit vor dem Feind«, sagt Shirkam kühl. »Dabei bist du es, der ihm in die Hände spielt.« Er lässt seinen Blick wieder über die Runde schweifen. »Die Zwillingsgötzen werden lachend danke schön sagen, wenn ihr euch solchermaßen in die Schwerter ihrer Schergen stürzt!«

»Die Frage war, ob du Neues zu erzählen hast, Bewahrer«, knarrt Galrev Otashmarto, Taraks alter Kampfgefährte. Tarak hält sich zurück; er will sehen, wie sein Sohn sich schlägt.

Shirkam schnaubt. »Wenn du Neues hören willst, Witwenmacher, dann lass dir von Errek ein Märchen erzählen. Wie wir die Freiheit erlangen, indem wir Götzenbilder umstürzen und Fernsehstationen besetzen und irgendwelche hohlen Pamphlete verlesen. Hunderte Männer werden sterben wegen dieser Schnapsidee! Hunderte! Wegen einer Schnapsidee, sage ich! Weil wir nichts gewinnen, sondern nur verlieren werden!«

Der alte Tarak hat Errek bei dieser Rede nicht aus den Augen gelassen. Sein Sohn hat aufbrausen wollen, reißt sich jedoch merklich zusammen. »Der Frosch im Brunnen«, entgegnet er kühl, »bemisst den Himmel nach dem Brunnenrand. Wir können uns nicht ewig nur vor dem Empire verstecken. Wenn wir das tun, sind wir zum Aussterben verdammt.«

»Wenn wir tun, was du sagst – was ihr tun wollt«, richtet Shirkam sich wieder an die ganze Runde, »dann wird uns das Empire als Terroristen hetzen. Dann wird es uns jämmerlich zu Tode hetzen.«

»Zurzeit schweigt es uns tot«, erwidert Errek. »Solange wir nur ab und zu einen seiner Kreuzer aufbringen oder irgendeine unwichtige Nachschubbasis ausplündern, wird sich daran nichts ändern. Das haben wir doch schon hundertmal durchgekaut. Was wir brauchen, sind spektakuläre Aktionen. Aktionen, die das Empire nicht verschweigen kann. Eines Tages, merkt euch meine Worte ...« Errek löst etwas von seinem Gürtel. Tarak kann nicht erkennen, was. »... eines Tages werden wir eine seiner Gefängniswelten stürmen, ob nun Pembur oder Jala oder Fribell, und sämtliche Gefangenen befreien. Tausende Nodroninnen und Nodronen, die die Wahrheit über die Lager verbreiten – das wird das Empire entzweien.«

Shirkam erhebt sich langsam und zieht sein Schwert eine Handbreit hervor. »Zeig, was du da hast, Vetter.«

»Spare dir deinen Speichel.« Errek, der immer noch sitzt, wirft lachend die Mähne zurück. Er hebt die Hand. Sie hält seine Notizlampe. Er klappt sie auf und drückt mit dem Stift in seiner behandschuhten Hand ein paar Tasten. Eine große Animation faltet sich über ihren Häuptern auf, eine Mannslänge über dem Feuer, das bereits allmählich in sich zusammenfällt: die Holografie eines Sonnensystems. Errek zoomt den zweiten Planeten größer, eine freundliche, grüne Welt, die von Punkten wirr umschwirrt wird. »Die rot markierten Satelliten«, erläutert er, »überwachen den nahen Raum. Sie schalten wir als Erstes aus ...« Er bricht ab und sieht zu seinem Rivalen, der geschnaubt hat. »Danke, Shirkam, du kannst jetzt gehen.«

Shirkam stößt sein Schwert in die Hülle zurück. Er grinst. »Wisst ihr noch? Wisst ihr noch, wie er vor ein paar Jahren vorgeschlagen hat, alle wahren Rebellen sollten sich tätowieren lassen? Um sich mit Haut und Haar der Sache zu verschreiben? Das war genauso eine Schnapsidee. Leichter hätten wir es dem Empire gar nicht machen können, uns zu identifizieren.«

»Das war nicht vor ein paar Jahren«, grollt Galrev Otashmarto. »Das ist mindestens zehn Jahre her. Kurz nach der Raumfahrerakademie war das.«

»Ja, genau! Die Akademie! Haben die Habitate ihn dort eingeschleust und ihm seinen Abschluss finanziert, damit er sein Leben jetzt wegen einiger fettsteißiger Bauerndeppen wegwirft, die sich für die Sache der Nomaden ohnehin nicht interessieren? Wir brauchen mehr Raumschiffe, keine Sendezeit beim Feind!«

»Du kannst jetzt gehen, Shirkam«, wiederholt Errek. »Geh. Such dir eine dralle Frau und mach dir ein schönes Leben, während wir das unsere für deine Freiheit riskieren.«

»Du bezichtigst mich schon wieder der Feigheit, Herdhüter. Ich werde gern neben dir in der Zentrale stehen, während du abgeschossen wirst. Nur meine Männer – die bleiben hier.«

»Also, Schritt eins«, sagt Errek und weist in die Animation hinauf. »Ausschalten der Überwachungssatelliten.«

Tarak atmet bewusst ruhig weiter und wechselt einen Blick mit seinem alten Kampfgefährten Galrev Otashmarto.

»Nun gut.« Shirkam Otmookmher nickt knapp. Unterhalb des Vollbarts treten seine Halsmuskeln hervor. Er bückt sich und hebt die Schale auf, in der er seine weißen Gaben gereicht bekommen hat. »Möge euer Weg so weiß sein wie diese Schale mit Milch! Möge vor euch ein Land unter bleichem Himmel liegen!«, intoniert er den Segen für Reisende, die einen weiten und gefahrvollen Weg außerhalb der Habitate vor sich haben. Dann besteigt er seinen Famnir und reitet davon. Seine Männer folgen ihm.

Anschließend sprechen Errek und die anderen Kriegsherren ihren Plan ohne weitere Störungen noch einmal durch, doch an Tarak Mookmher, dem alten Rebellenfürsten, rauschen die Worte und Bilder vorbei wie die Fetzen eines wirren Traums.

Irgendwann tanzt Dandar Schawdandar Otmookmher um die letzten Glutreste des Feuers herum und schwingt ihr Ritualbesteck zur symbolischen Tötung böser Geister, aber für Tarak ist es, als hantiere nur irgendein Mädchen mit Kochgeschirr.

Danach teilt er den Fettschwanz aus, mit dem der Waffenmeister ihn beehrt hat. Alle lassen sich diese Delikatesse munden, nur Tarak bekommt sie kaum hinuntergewürgt.

Und als er viel später wieder in der Schnecke auf dem Berg weilt und aus dem Fenster seines Privatgemachs starrt und oben am dunkelblauen Himmel die wandernden Positionslichter verschwinden und um die Austrittspunkte herum wieder die violetten Nachbilder aufblühen, da weiß er, dass er keines der Schiffe jemals wiedersehen wird.

1

Wir hatten den Rückflug zum Außenposten Zaphitti schon fast geschafft. Aber einen Tag vor dem Einflug ins quochtische Hoheitsgebiet knallte es dann doch.

Wir befanden uns alle im Mars-Liner, der in einem Hangar des Schweren Kampfpaats QUORISH untergebracht war. Ich saß im hintersten Einzelsitz, polierte zum dutzendsten Mal mein Werkzeug und deklinierte dabei aus dem Kopf einige unregelmäßige Verben der hiesigen Verkehrssprache Vaaligonde durch.

Ich hatte mich an das Schneckentempo, mit dem hier, in dieser unglaublich fernen, finsteren Zukunft, durch das All gereist wurde, noch immer nicht gewöhnen können. Von den ständigen Hyperstürmen ganz zu schweigen, deren raumzeitverzerrende Effekte immer wieder auf die nicht gerade fortschrittliche Triebwerkstechnik durchschlugen.

Wir mochten von diesem nachgerade magisch wirkenden »Temporal-Transmitter« eine Milliarde Jahre in die Zukunft gerissen worden sein, aber die anderen Technologien dieser Zukunft hinkten uns mehr als zweitausend Jahre hinterher. Keine Metagravs und keine Hyperzapfung mehr, nur noch Fusions- beziehungsweise NUG-Schwarzschildreaktoren. Lineartriebwerke. Maximaler Überlichtfaktor: lächerliche 1,5 Millionen. Maximale Linearetappe: schlappe 1000 Lichtjahre.

Erst feg ich eine halbe Platte, musste ich an den uralten Witz vom Glück des Straßenkehrers denken, *dann verschnauf ich ein bisschen, dann feg ich wieder eine halbe Platte, und dann verschnauf ich wieder ein bisschen …*

»Schaut euch das an«, sagte Shimmi Caratech auf einmal hinter mir. Es klang gerührt. »Schaut doch.«

Die Siebzehnjährige saß auf der breiten Rückbank zwischen den beiden Hygienezellen, neben sich den Katzenkorb mit eingefahrener Kuppel, und hielt eines der Jungen hoch ins Deckenlicht.

Ich konnte nicht gut sehen. Die anderen hatten sich schon vor der Rückbank versammelt. Ich stand auf und trat dazu.

Das winzige türkis-weiß gestreifte Fellknäuel streckte alle viere von sich. Die Krallen sahen wie Holzsplitter aus, die Pfotenballen fast durchsichtig, aber das meinte Shimmi nicht. Das Kätzchen war gerade dabei, zum ersten Mal die Augen zu öffnen.

»Warum sind sie denn blau?«, fragte Quart Homphé. Der Künstler, nach eigenen Angaben ein »Meister der holografischen Installation«, was immer das sein mochte, sprach ausnahmsweise einmal nicht im Jammerton. Er beugte sich trotz der Katzenhaarallergie, die er inbrünstig pflegte, über den Korb. »Sie sind alle blau. Dabei hat ihre Mutter doch goldene Augen.«

Seine an einer Kordel vor der Brust baumelnde Brille schwang nahe an das Muttertier heran. Die türkisfarbene Ferrol-Katze fauchte prompt. Quart Homphé zuckte zurück.

»Vielleicht ist es wie bei uns Menschen«, sagte ich. »Wir haben bei der Geburt ja auch alle blaue Augen. Die richtige Farbe schießt erst später ein.«

»Genau, Bully«, sagte Perry. Er stützte sich mit dem linken Arm auf eine Rückenlehne. Vielleicht zog die erst kürzlich verheilte Schusswunde. Unsere Zellaktivatoren vollbrachten Wunder, was Heilung anging, aber vor Zipperlein wie Zugschmerzen konnten sie uns auch nicht bewahren. »Mal abgesehen davon, Quart«, fügte Perry hinzu, »dass sich ja vielleicht auch die Gene der Väter durchsetzen – ihr hattet Schikago ja nicht decken lassen, nicht wahr, Shim?«

Die Kleine machte große Augen, was sie noch naiver als sonst wirken ließ, und schüttelte den blonden Struwwelkopf.

»Der Väter?«, fragte Pratton Allgame. Der sich stets elegant gebende Ex-Sträfling drehte den Kopf zu Fran herum. Ich konnte sein Gesicht nicht sehen, aber ich hätte wetten können, dass Allgame ihr zuzwinkerte. Ich atmete durch. Ganz langsam. Ganz ruhig.

»Aber ja«, sagte Perry. »Es gibt sogar einen wissenschaftlichen Namen dafür: Superfecundation. Überbefruchtung. Katzen sind extrem fortpflanzungsfreudig. Manchmal tragen sie die Kinder verschiedener Väter zugleich aus. Manchmal sogar um ein paar Wochen zeitversetzt; das heißt, sie haben verschieden weit entwickelte Föten zugleich in der Gebärmutter.«

Pratton Allgame pfiff leise und drehte wieder den Kopf zu Fran in ihrem hautengen Cat-Suit herum, der zu allem Überfluss ebenfalls türkisfarben war, wenn auch von einem dezenteren Ton. »Miau«, machte Allgame. Ich verspürte den starken Drang, ihn an seinem lächerlichen braunen Umhang zu packen und …

Aber es ging mich ja nichts mehr an.

Fran erwiderte Allgames Maunzen mit einem Schnurren.

Ich starrte die Katzenjungen an, die in dem offenen Korb durcheinander purzelten, aber ich nahm sie gar nicht richtig wahr. Ich drehte mich um und ließ mich wieder in meinen Einzelsitz fallen.

Tropfen rannen über die Scheibe, hinter der die Beinahedunkelheit des Hangars lag. In dem Licht, das nach draußen fiel, glänzten Schlamm und Modder. Sie schienen in unablässiger Bewegung zu sein. Der Eindruck mochte vom Wasser herrühren, das beständig durch das Quochtenschiff rieselte – oder von diesen Phichi-Gabe genannten Käfern, die überall herumwimmelten. Ab und zu hörte man ein Klicken, wenn eines dieser Krabbelviecher von der Hangardecke auf den Bus fiel.

O ja, das Universum war voller Wunder.

Die anderen waren immer noch dabei, über den Kätzchen staunend »ah« und »oh« zu machen, als etwas an die vordere Schleuse schlug. Ich wechselte einen Blick mit Perry und stand auf. Wieder ein Schlag. Dann noch einer. Rhythmisch, drängend.

War das schon wieder dieser neurotische Wassermeister mit seiner Angst vor dem leeren Raum, der neulich erst hier eingedrungen war und unseren mitentführten Gefährten einen Riesenschrecken eingejagt hatte?

Ich ging die zwanzig Meter zum Führerstand durch und warf einen Blick auf den Bildschirm. Draußen stand einer dieser nodronischen Rebellen. Das lange Haar klebte ihm nass im Gesicht. Er sah sich gehetzt um und schlug wieder mit der flachen Hand an die äußere Schleusentür.

»Darracq!«, rief er auf Nodronisch. »Nun macht schon ...« Dann schien er zu fluchen, in einem Dialekt, mit dem das Translatorpflaster auf meiner Wange nichts anfangen konnte.

Ich ließ ihn herein.

»Ist Darracq hier?«, fragte der Rebell, kaum dass sich die innere Schleusentür geöffnet hatte. Er achtete nicht einmal auf die Hand voll Käfer, die er uns mit hereinschleppte.

»Er kommt gleich.« Ich wies nach hinten zu den Hygienezellen.

»Darracq!«, rief der Rebell. Er war klitschnass und schlammbesudelt. Um den Bus einigermaßen behaglich zu halten, waren wir inzwischen dazu übergegangen, uns in der Schleuse umzuziehen. Oder aber gar nicht erst hinauszugehen.

Die Tür der linken Hygienezelle wurde aufgerissen. Darin stand mit nacktem Oberkörper Darracq Mogmorgh, einen rauschenden Föhn in der Hand. »Was gibt es, Mann?«

Ich grinste. Perrys tätowierter Kampfgefährte, den er vom Strafplaneten Pembur mitgebracht hatte, föhnte sich die Barbarenmähne – ein göttlicher Anblick!

Mogmorgh wechselte ein paar Worte mit dem Rebellen, wieder in diesem Dialekt, den mein Translator nicht erkannte. Die Sätze klangen immer gehetzter, dann warf Mogmorgh den Föhn hin, kam nach vorn gerast und hieb auf die Schleusentaste.

»Was ist denn los?«, fragte ich.

Der Nodrone rief, schon auf dem Weg in die Schleuse, ein Wort. »Ehrverletzung/Unterlaufen/Name einer altnodronischen Witzfigur«, bot mein Translator an. Na toll.

Perry kam ebenfalls nach vorn gelaufen. »Fran! Bully! Bewaffnen!« Er sah noch einmal nach hinten: »Ihr anderen bleibt hier! Und Allgame: Geh mal ins Handbuch und sieh unter ›Prallfeld/Antigrav‹ nach. Wäre vielleicht ganz gut, wenn ihr vorläufig unter der Hangardecke schwebt.«

»Aber … die Haltevorrichtungen des Hangars sind doch bestimmt übergeordnet«, rief Pratton Allgame, als wir schon in der Schleuse waren und ich gerade in meine Stiefel sprang.

»Das sollte doch für das ehemalige ›Phantom von Terrania‹ kein Problem darstellen!«, antwortete ich, griff mir einen der kleinen, handlichen Strahler, die wir in unserer Unterkunft in Mantagir vorgefunden hatten, und fügte noch leise, damit Fran es nicht hörte, eine launige Bemerkung über einen oberflächenveredelten Primaten hinzu, dessen Denkapparat eine schwere Überhitzung erlitten hatte.

»Irgendein Rebellenclan will das Schiff übernehmen!«, informierte Perry uns, während wir durch die düsteren Kavernen hetzten, die die Quochten als Schiffsgänge bezeichneten.

»Ein Quochtenschiff? Wie wollen sie denn mit der Technik klarkommen?«, rief Fran.

»Mal ganz zu schweigen davon, dass wir im Dreierverband unterwegs sind«, fügte ich hinzu. Nach wenigen Metern waren mein Kopf und meine Hände klatschnass. Zum Glück war mein Overall wasserabweisend.

Wir kamen an eine T-Kreuzung. Von Darracq und seinem Gesellen keine Spur.

»In die Zentrale oder hinüber zu den Quartieren der Rebellen?«, überlegte Perry laut. »Zur Zentrale!«

Quochtenschiffe waren diskusförmig angelegt. Zentrale, Observatorien, Unterkünfte und so weiter lagen allesamt am Außenrand. Wir hetzten den äußeren Bogengang entlang und zur Ebene der Zentrale hinauf.

Es dauerte nicht lange, dann hatten wir Mogmorgh fast eingeholt. Nodronen waren schwerer und kräftiger als Terraner. Aber laufen konnten Terraner besser, sogar ein Reginald Bull.

Fast in demselben Moment glühten überall, wo der Modder an den Wänden durchlässiger war, grüne und gelbe Lichtflecken auf, wie in einem besonders düsteren, psychedelischen Nachtklub. Die Phichi-Gabe, von denen wir während unserer Jagd durch die Tunnelgänge Dutzende zertraten, hörten synchron zu wimmeln auf und gaben schnarrende, klackende Laute von sich, um gleich darauf wieder zu verstummen und wild durcheinander zu flitzen.

»Herrgott, was ist das denn?«, rief Fran, als die Käfer erneut in perfekter Abstimmung erstarrten und klackten.

»Der Alarm«, sagte ich.

»Der ist ja infarktfördernd!«

»Wem sagst du das.« Ich grinste. »Genau so war es neulich auch in den Kavernen von Takuri.«

»Als du dich hast erwischen lassen?«

»Ja.« Es kam leider als Keuchen heraus. Ich weiß auch nicht, warum.

»O Mann ...« Die TLD-Agentin hob die Hände, an denen die Waffenringe silbrig aufblitzten, und streifte sich die nassen roten Haare zurück. Beim Anblick ihrer schönen Kopfform krampfte sich mir das Herz zusammen. »Ein Routineauftrag, haben sie gesagt. Ha!«

Lärm hinter uns, ein unglaubliches Gematsche und Geflitsche, das immer näher kam. Es waren Quochten im Explosivmodus.

Die bei relativ geringer Oberfläche ziemlich voluminösen Kaltblüter haushalteten mit ihrer Energie, indem sie sich die meiste Zeit über sehr langsam bewegten. Dann befanden sie sich im so genannten Arbeitsmodus. Manchmal verharrten sie sogar völlig und schienen in der Hocke zu schlafen, was jedoch ein Irrtum war – ein mitunter tödlicher.

Mit weit ausholenden, fast schlittschuhläuferartigen Bewegungen kamen die Quochten heran und ließen uns nach einem Blick aus ihren schwarzen, halb handtellergroßen Augen in Ruhe. Im Nu waren sie auf ihren kurzen, kräftigen Beinen an uns vorbei.

Entladungsblitze spiegelten sich weiter vorn an der Außenwand der Gangkurve. In der Zentrale wurde geschossen!

Ich schaltete den Schalter auf Lähmen und entsicherte.

Aber als wir dort ankamen, war das Gefecht schon vorbei. Vor dem offenen Zentraleschott lagen Rebellen aufgereiht, offensichtlich nur paralysiert oder in Hypnosestarre, denn manche regten sich bereits wieder. Einige Quochten, nun wieder im Arbeitsmodus, legten ihnen gemächlich Hand- und Fußfesseln an.

Perrys Kampfgefährte Darracq stand keuchend am Eingang, mit erhobenen Händen. Vor ihm auf dem Boden lag sein Strahler.

Ein halbes Dutzend Quochten, die energisch auf ihren Beinen hin und her federten, hielten ihn in Schach.

Perry schob sich, die Mündung der Waffe nach unten gehalten, an Darracq vorbei. »Dans Kattin. Dieser Mann hat nichts getan. Ich verbürge mich für ihn.«

Der Dans Kattin, der Kommandant also, blinzelte. Dann gab er seinen Männern – die durchaus auch Frauen sein konnten; bei den Quochten wusste man das nie – ein Zeichen. Prompt ließen sie die Waffen sinken.

In der Zentrale sah es schlimmer aus als draußen. Rauch hing in der Luft, Wasserdampf. Ein Teil des Kommandostands war versengt. Es musste sich um die einzige trockene Stelle im gesamten Schiff handeln. Ein Quochte hing gekrümmt über einem Bedienungspult. Sein einer Arm zuckte schrecklich. Es konnte nur einem Reflex geschuldet sein, denn der Kopf des Quochten war bis zum breiten, froschartigen Mund gespalten.

Direkt vor dem Dans Kattin saß ein bis auf einen Zopf glatzköpfiger, aber vollbärtiger Nodrone benommen auf dem glitschigen Boden. Auch ihn schienen die Quochten, die sich selbst als Psi-Fänger bezeichneten, hypnotisiert zu haben.

»Der mutmaßliche Rädelsführer«, erklärte der Kommandant. »Er wird umgehend dem Verhörmeister zugeführt.«

Darracq hatte auf einmal ein Schwert in der Hand. Ich hatte es bis zu diesem Moment gar nicht gesehen. Es musste sich um das Schwert handeln, mit dem diesem zuckenden Quochtenleichnam der Schädel gespalten worden war.

»Nein!«, gellte Perrys Schrei durch die Zentrale.

Es ging alles sehr schnell. Auf einmal stand der Kommandant ein Stück weiter links. Ein Schwall Blut schoss an ihm vorbei. Quochten waren vorwärts gestürzt, blieben nun aber wieder stehen und starrten Darracq an. Er stand breitbeinig über dem zusammengebrochenen Rädelsführer, in der einen Hand das gesenkte Schwert. Mit der anderen Hand reckte er dessen Kopf in die Luft, an dem schwarzen Zopf. Er brüllte – triumphierend? Wütend? Ich wusste es nicht. Dann stampfte der Nodrone hinaus. Wir hinterher.

»Seht!«, rief Darracq. »Seht, was *(wieder dieses Wort, für das mein Translator so lachhafte Übersetzungen anbot)* blüht!«

Diejenigen Nodronen, die sich von ihrer Paralyse schon einigermaßen erholt hatten, starrten ihn an. Er schleuderte den Kopf brüllend den Gang hinunter.

Ich sah weg. Ausgerechnet zu Fran. Unsere Blicke prallten voneinander ab wie Billardkugeln.

»Einen schönen Verbündeten hast du uns da mitgebracht«, sagte sie heiser zu Perry. »Was macht er privat denn so? Kleine Kinder fressen?«

2

»Ich werde«, sagte der Dans Kattin, »diesen Mordbuben auf gar keinen Fall wieder freilassen.«

Ich befand mich mit ihm unter vier, wenn auch sehr unterschiedlich großen Augen in einer Konferenzhöhle. Sie bestand im Wesentlichen aus einem Besprechungsteich, in dem vielleicht ein Dutzend Quochten Platz gefunden hätten. Jedenfalls ragte die entsprechende Anzahl kleiner Ablagetische aus dem dunklen Wasser hervor. Der Kommandant, dessen Namen für mich immer wie Laop Bloerph klang, war höflicherweise dicht am Ufer geblieben, sodass ich auf dem Trockenen bleiben konnte – beziehungsweise auf dem, was unter Quochten als trocken galt.

Draußen vor der Tür hatte sich ein Adjutant aufgebaut, der eine verwaschene braune Netzuniform trug und sicher seine hundertachtzig Kilogramm auf die Waage brachte.

Die Netzuniform des Kommandanten war weiß, was irritierend mit der grünen Haut kontrastierte. In den ersten Tagen hatte ich immer wieder an eine exquisite, jedoch höchst druckempfindliche und darum einzeln verpackte Riesenfrucht denken müssen – ein Bild, das durch den quochtentypisch birnenförmigen Leib des Kommandanten noch verstärkt wurde.

»Ehrwürdiger Dans Kattin«, sagte ich. Auf meinem olivgrünen Overall wuchsen schon wieder raue, rostrote Flecken, von einer Algenart vermutlich. »Dieser Mordbube, wie du ihn nennst, hat den feindlichen Übernahmeversuch selbst verhindern wollen. Genau wie wir.«

»Ihr aber habt nicht zum Schwert gegriffen und den Hauptverdächtigen mit einem Streich dem Zugriff der Justiz entzogen! Für immer!«

»Ich muss gestehen, ich kenne das Rechtsverständnis der Rebellen von Nodro nicht ...«

»Diese selbst ernannten Rebellen von Nodro *haben* kein Rechtsverständnis«, unterbrach der Kommandant mich. Ich ließ mich nicht gern unterbrechen, aber das war ein Punkt, den ich jetzt wohl besser nicht betonte. »Das ist nichts weiter als eine Rotte von Barbaren.«

»Die vielleicht durch sofortigen Zugriff diszipliniert werden musste, Dans Kattin. Wer weiß das schon?«

Im Kehlsack des Kommandanten zuckte es. Vielleicht von zurückgehaltener Emotion, vielleicht auch von noch lebenden Phichi-Gabe, die seine Lieblingsknabberei zu sein schienen. »Wie praktisch, dass mit dieser Disziplinierungsmaßnahme, wie du es nennst – ich bevorzuge den Begriff Mord dafür –, der Rädelsführer nun auch nicht mehr nach seinen eventuellen Hintermännern befragt werden kann, nicht wahr?«

Dieser Gedanke war mir ebenfalls schon gekommen, aber das brauchte ich Laop Bloerph ja nicht auf die flache Nase zu binden. Perry hatte für Mogmorgh seine Hand ins Feuer gelegt. Er befand sich im Moment bei seinem Rebellenfreund in der Arrestzelle, um ein wenig Klarheit in die Angelegenheit zu bringen, während ich dasselbe aufgrund meiner guten Verbindung zu ihm beim Schiffskommandanten tat.

»Ich versichere dir, ehrwürdiger Kommandant, Darracq Mogmorgh war von der Nachricht ebenso überrascht wie wir.«

Laop Bloerph gab einen tiefen Knarrlaut von sich, wandte den Kopf ab und spie quer durch den Teich ins Wasser. Sofort begann es weiter hinten zu brodeln. Schwammen dort Fische? Vielleicht stellte diese übel riechende Speichelflüssigkeit, die zur Vorverdauung der Nahrung im Kehlsack diente und die die

Quochten auf bis zu zwanzig Metern Distanz präzise spucken konnten, für sie eine Delikatesse dar?

Noch eines von unzähligen Welträtseln, die, was mich betraf, gern ungelöst bleiben konnten.

»Und?«, fragte ich. »Wie soll es jetzt weitergehen?«

»Ganz einfach«, entgegnete der Kommandant. »Euer Freund bleibt in Untersuchungshaft. Zusammen mit sämtlichen anderen, die an dem Übernahmeversuch beteiligt gewesen sind. Und dieses ganze Rebellenpack kommt in Vorbeugehaft. Ein entsprechender Befehl an die Kommandanten der beiden anderen Schiffe ist bereits ergangen.«

»Ihr wollt fünftausendzweihundert Rebellen in Vorbeugehaft nehmen? Fünftausend potenzielle Verbündete? Tut mir Leid, aber da komme ich nicht mehr mit. Mal ganz abgesehen davon, dass die Rebellen zum Teil bewaffnet sind und ihr damit weitere Gewalttätigkeiten riskiert.«

»Denen wir im wahrsten Sinne des Wortes den Boden entziehen werden, indem wir die Quartiere eurer Freunde im Bedarfsfall schlichtweg fluten. Im Übrigen sind diese Rebellen von Nodro allein deshalb noch bewaffnet, weil ich auf euer Geschwätz von wegen Verbündete gehört habe, Reginald Bull. Das war ein Fehler. Quochten und Nodronen – das geht nie und nimmer zusammen. Diesen Wesen fehlt jedes Feingefühl, jede Achtung vor fremden Kulturen.« Seine schwarzen Augen mit der blauen Iris funkelten mich an. Fast hätte ich Angst bekommen. »Sie waten in Blut und schwätzen von Ehre und Treue, und wenn man ihnen das Leben rettet, versuchen sie einem …«

Den Rest hörte ich nicht mehr. Ich sah nur noch schwarz mit blauen Einsprengseln.

Als ich wieder zu mir kam, hatte ich dank meiner Mentalstabilisierung keinen Brummschädel, sondern lediglich das Gefühl, kurz den Faden verloren zu haben.

Der Teich lag still da. Seine Oberfläche zitterte leicht. Die Tür stand offen. Von Laop Bloerph und seinem Adjutanten war nichts mehr zu sehen.

Du mich auch, Dans Kattin!, dachte ich. Ich wollte gerade Perry anrufen, da schlug mein Interkom schon an.

Er war bei Mogmorgh auch nicht erfolgreicher gewesen. »Die Quochten scheinen für ihn der Inbegriff des Verachtenswerten zu sein«, berichtete er. »Und dass ich von ihnen als *der Eine* bezeichnet werde und ihre letzte Königin mich als ihren strategischen Berater betrachtet hat, macht die Sache nicht einfacher. Er hockt da in einer besseren Abstellkammer und schweigt sich aus.«

»Großartig. So ungefähr ist auch mein Gespräch mit dem Dans Kattin verlaufen.« Ich brachte Perry auf den neuesten Stand und ließ nur den Teil mit der

Hypnosestarre weg. Auch der älteste Freund musste nicht alles wissen. Und ich ärgerte mich immer noch über mich selbst. Wie hatte ich dem Quochten nur in die Augen schauen können? Was für ein Anfängerfehler – nicht zu fassen.

»Wie war das?«, fragte er an einer Stelle. »›Sie waten in Blut und schwätzen von Ehre und Treue?‹ Eine reichlich merkwürdige Formulierung.«

»Wieso? Das passt doch. Die Quochten haben sie da herausgehauen und bringen sie allesamt von diesem Todeslager weg, und dieser undankbare Haufen hat nichts Besseres zu tun, als …« Ich brach ab.

»Undankbar. Ja, genau.« Mehr sagte Perry nicht.

Mir ging ein Licht auf. »Es gibt keinen Grund, ihnen Treulosigkeit vorzuwerfen.«

»Geschweige denn einen Mangel an Ehrgefühl.« Perry kam ein Stück weiter vorn aus einem Radialgang getreten. Er trug seinen dunkelblauen, eleganten Anzug, der beinahe mit dem dunklen Hintergrund verschwomm. Nur die goldenen Zierstreifen an Ärmeln und Hosenbeinen hoben sich deutlich ab. »Hier sind ja eindeutig nur verschiedene Ehrbegriffe aufeinander geprallt, wenn man es einmal beschönigend ausdrücken möchte.«

Wir drückten einander die nass glänzenden Schultern.

»Apropos Ehre«, sagte ich. »Was hat dein Rebellenfreund vorhin im Mars-Liner eigentlich gerufen? Mein Translator hat nur Müll ausgespuckt.«

»Im Bus? Da hat er doch nur geflucht.«

»Nein, nein. Ich krieg's nicht mehr zusammen. Aber es war etwas Ernstes. Bis auf irgend so eine Nebenbedeutung von wegen Komiker. Es war irgendetwas mit F.«

Perry lachte auf. »Ach, du meinst *Footrher!* Das ist ein reichlich derber Fluch, mein Alter.«

Seine letzten Worte gingen unter. »Ehrverletzung/Unterlaufen/Name einer altnodronischen Witzfigur«, plapperte mein Translatorpflaster dazwischen, während Perrys Miniaturgerät kurz und bündig »Scheißkopf!« verkündete.

»Hey, Protestnote!« Ich grinste. »Die Dinger lassen uns ja glatt mit vertauschten Rollen sprechen. Das geht so nicht. Das ist meinem Ruf abträglich.«

»Du kannst dich ja bei den Wissenschaftlern von Cor'morian beschweren, wenn wir sie endlich gefunden haben.« Perry schmunzelte matt. »Manchmal ist es gar nicht von Vorteil, dass Translatoren ihre Dateien mit fortlaufender Kommunikation aktualisieren. Die alte Bedeutung ist mir glatt entgangen. Sie muss während der Deportation nach Tapasand ersetzt worden sein. Als ich noch bewusstlos gewesen bin.«

Ich dachte nach. »Dann haben wir jetzt einen Ehr- und Treulosigkeitsvorwurf auf Seiten der Quochten und das Wörtchen ›Ehrverletzung‹ auf Seiten der Rebellen.«

»Vor allem haben wir eine gänzlich festgefahrene Situation. Ich will hier nicht zwischen irgendwelchen alten Fronten zerrieben werden. Ich will, dass Darracq uns mit den Wissenschaftlern zusammenbringt, damit wir wieder zurück nach Hau ...« Rhodan brach ab. »Das ist es«, sagte er. »Bully, mein Alter – auf dich und dein Mundwerk ist doch immer wieder Verlass.«

Mir fiel die Kinnlade hinunter. »Häh? Was hab ich denn ...?«

»Ach, komm schon. Was hast du gerade gesagt? Von wegen mit vertauschten Rollen sprechen?«

»Du meinst ...?« Ich griff mir an die Wange. »Wir *tauschen* sie? Was hat das denn ...«

»Also manchmal bist du mir ein richtiger Sofortumschalter.« Perry lachte. »Pass auf. *Ich* habe gedacht, ich könnte die Situation gut mit Darracq klären. Weil ich ihn schon kenne und immerhin ein paar Kleinigkeiten über die Rebellen weiß. Die falschen Kleinigkeiten womöglich, wie wir eben gesehen haben. Und *du* warst auf den ersten Blick der Richtige, um mit dem Kommandanten zu sprechen.«

»Weil ich schon eine ganze Weile mit ihm und den Quochten zu tun hatte.« Ich nickte. »Hinter dieser Abfuhr vorhin könnte simples Hierarchiedenken stecken. Er hat von der Imperialen Königin einen Quasi-Nodronen vor die Nase gesetzt gekriegt. Was die Mission angeht, stehe ich über ihm. Was sein Schiff angeht, hat jedoch er das Sagen. Wohingegen du ...«

»Wohingegen ich als *der Eine* aus den Prophezeiungen meilenweit außerhalb seiner gewohnten Rangordnungen stehe. Da fängt er garantiert kein Kompetenzgerangel an.« Rhodan schlug mir auf die Schulter. »*Wir* tauschen, Bully.«

›Manchmal bist du mir ein richtiger Sofortumschalter.‹ Dieser Satz sollte noch eine Weile in mir nachhallen. Weil er sich mit etwas verband, das Fran neulich zu mir gesagt hatte. Als wir noch gehofft hatten, ein Paar zu werden.

»Du bist ein hochintelligenter Kerl, Reginald«, hatte die TLD-Agentin gesagt und war mit den Nägeln ihrer beringten Finger meinen Unterarm entlanggefahren. »Du besitzt eine Lebenserfahrung, die nur von Atlan noch getoppt werden dürfte. Weil du, im Gegensatz zu Perry, auch *gelebt* hast. Aber sobald ihr beide zusammen seid, gibst du den hilfreichen, aber etwas begriffsstutzigen Kumpel. Ist dir das schon einmal aufgefallen?«

3

Die Arrestzelle war keine bessere Abstellkammer, sondern ein schlechteres Klo. Ich sah durch das altertümlich wirkende Rautengitter der Tür zu, wie Mogmorgh in der schmalen, feuchten Höhle der Einzelzelle eine Art Zirkeltraining absolvierte. Sein Oberkörper war immer noch nackt. Seine dunkle Stoffhose glänzte in der Nässe wie Leder.

Gerade machte er eine Art schnelle, kurze, federnde Liegestütze mit gespreizten Beinen. Bei vierzig hörte ich auf mitzuzählen und wandte mich an eine der beiden Wachen: »Wie lange macht er das schon?«

Die Froschartigen antworteten nicht. Sie kauerten der Tür gegenüber im Gang, reglos, anscheinend auch blicklos. Die Hand der einen Wache vollführte über dem Strahlerhalfter eine sachte, kontinuierliche Drehbewegung. Hin, her. Hin, her. Ansonsten hätten die beiden ebenso gut aus Kunststoff sein können.

»Ich möchte mit ihm reden«, sagte ich auf Vaaligonde.

»Nur zu.«

»Dort drinnen.« Und als die Wachen nicht reagierten: »Na los. Wird's bald.«

Die beiden Wachen sahen sich an. Übergangslos wechselten sie in den Explosivmodus, aber ich schaffte es, ruhig stehen zu bleiben. Zack, bauten die beiden Wesen sich vor der Tür auf, mit entsicherten Strahlern. »Heda! Hände an die Wand! Über den Kopf! Füße zurück!« Zack, waren die Tür geöffnet und die beiden Wesen drinnen. Zack, hatten sie den nodronischen Rebellen gepackt, mit Einwegfesseln an Händen und Füßen verschnürt und zu Boden geworfen. Zack, waren sie wieder draußen.

»Bitte schön, Missionsleiter.«

Zack, war die Tür hinter mir wieder zu.

Und zack, kauerten die beiden wieder im Arbeitsmodus an der gegenüberliegenden Wand, reglos bis auf die eine sich hypnotisch hin und her drehende Hand.

Mogmorgh kämpfte sich mit seinen auf den Rücken gebundenen Händen in eine Sitzposition hoch und lehnte sich an die Wand. Sein Atem ging keuchend. Auf seiner fleckig nassen Stirn kündigte sich eine Prellung an.

Ich griff an meinen Werkzeuggürtel, zückte das Vibromesser, ging in die Hocke und durchtrennte dem Nodronen die Fußfesseln.

»Heda!«, rief eine der Wachen vor der Tür. Gleichzeitig war zu hören, wie sie ihren Strahler wieder entsicherte. »Lass das, Missionsleiter. Oder …«

»Ja, ja«, machte ich und zerschnitt auch die Handfesseln, die Mogmorgh mir entgegenhielt. Ich wandte mich an die Wachen, ohne ihnen in die Augen zu sehen. »Ich werde jetzt ein Akustikfeld aktivieren, damit wir ungestört reden können. Wenn euch das nicht passt, beschwert euch beim Dans Kattin. Aber lasst mich in Ruhe.«

»So.« Ich hockte mich nicht gegenüber, sondern neben Mogmorgh, zwischen den Nodronen und die Tür. Zwischen den Humanoiden und die Froschartigen. »Jetzt mal zu uns beiden. Ich hab uns was zu futtern mitgebracht.« Ich zog einen Kunststoffbeutel aus einer der Brusttaschen meines Overalls und öffnete ihn. Nüsse, Dauerbrot, ein paar Konzentratriegel kamen zum Vorschein. Ich biss von einem Zwieback ab und hielt Mogmorgh den Beutel hin. »Hm? Nun nimm schon. Ich weiß doch, dass ihr Nodronen einen schnelleren Stoffwechsel habt.«

Wir kauten eine Weile.

Ich setzte mich ebenfalls auf den Boden. Das bescherte mir zwar eine dreckige Hose, aber ich wollte nicht herablassend wirken.

»Was für ein Loch, dieses Schiff.« Ich seufzte und schnippte demonstrativ einen Phichi-Gabe durch die Zelle.

Mogmorgh brummte, zustimmend vielleicht.

»Dieser Glatzkopf«, sagte ich. Und als Mogmorgh mich ansah: »Den du einen Kopf kürzer gemacht hast.«

Er musterte mich aus seinen strahlend gelben Augen. Sein Blick huschte über mein Gesicht.

»Ich frage mich«, versuchte ich, »ob der die QUORISH überhaupt hätte steuern können.«

Nun sah er wieder zur Wand.

»Und wenn ja, wohin er damit wollte.«

Keine Reaktion.

»Ganz schön undankbar, er und seine Truppe. Sich erst von den Quochten retten lassen und sie dann beklauen wollen.«

Wieder nichts.

»Ganz schön ehrlos. Zum Glück hast du ja unmissverständlich klar gemacht«, sagte ich und machte eine Kunstpause, »dass man so mit potenziellen Verbündeten nicht umgeht.«

Mogmorgh sah mich an. Seine tiefen Falten verzogen sich zu einer Zornesmaske. »Die Quochten haben Perry Rhodan gerettet, *den Einen*. Dass sie dabei auch uns befreit haben, war reiner Zufall. Kein Grund, ihnen *dankbar* zu sein.« Der Rebell spie das Wort förmlich aus. »Und wer weiß, ob sie sich überhaupt zu einer Rettungsaktion durchgerungen hätten, wenn du nicht gewesen wärst.« Der Rebell brach ab, als er mein Grinsen bemerkte.

»Sie sind hässlich«, sagte ich. »Sie stinken. Sie fliegen in riesigen Kloschüsseln durchs All. Igitt. Da gehen wir doch lieber zugrunde, bevor wir uns mit so was einlassen.«

Mogmorgh sah aus, als wäre er mir am liebsten ins Gesicht gesprungen. Er starrte mich an, aber sein Blick wurde unruhig, zuckte zu meiner Stirn, meinen Augen, meiner linken Wange, wieder zu den Augen.

Und da begriff ich. Zwei Dinge begriff ich. Erstens: So ähnlich hatte der Rebell mir eben schon einmal ins Gesicht geschaut.

Ich hob die Hand, fuhr mir mit dem Zeigefinger die Narben entlang. Vom Haaransatz quer über die Stirn bis zur linken Augenbraue, dann die grobere Narbe auf der linken Wange hinab.

»Damals war ich noch ein junger Mann«, entgegnete ich. Mehr nicht. Dass ich sie mir nie hatte wegmachen lassen, damit sie mich immer an die eigene Verletzlichkeit und Sterblichkeit erinnerten, sagte ich nicht. Es wäre auch lächerlich gewesen: Ich sah sie beim täglichen Blick in den Spiegel ja längst nicht mehr.

Das Zweite, was ich begriffen hatte, ließ sich in eine schlichte Frage fassen: »Wie viele? Wie viele Gefallene auf Seiten der Rebellen?«

4

»Zehntausende«, erzählte ich später im Mars-Liner. Ich hatte mich mit Perry in eine Zweiernische hinter einen Akustikvorhang zurückgezogen. »Es muss ein fürchterliches Gemetzel gewesen sein.«

Darracq Mogmorgh hatte nicht erwähnt, wann diese Schlacht stattgefunden hatte. Es mochte einige Generationen her gewesen sein. Damals, »einst«, wie Darracq es genannt hatte, waren Rebellen und Quochten eine Allianz eingegangen, die jedoch von den Froschartigen zu einem entscheidenden Zeitpunkt unter höchst merkwürdigen Umständen gebrochen worden war.

Die Rebellen hatten eine Schlacht gegen das Empire gefochten – und die Quochten waren trotz anders lautender, verpflichtender Vereinbarungen nicht zu Hilfe gekommen. Einige wenige vor Ort befindliche Flottenverbände waren sogar ohne Erklärung wieder abgezogen worden. Die Rebellen hatten sich eine Niederlage eingehandelt, wie sie verheerender nicht hätte ausfallen können. Noch Monate später hatte das Empire Widerstandsnester ausheben und Verbindungsleute hochnehmen können. Seine Folterer mussten gute Arbeit geleistet haben.

»Und die Quochten?«, fragte Rhodan.

»Haben sich wohl mit Staatstrauer und einem Wechsel an der Spitze ihrer biologisch-monarchistischen Demokratie herausgeredet. Diesen Verrat haben die Rebellen ihnen nie verziehen.«

Fran steckte den Kopf durch die Abschirmung. »Ist das hier ein Gespräch unter Männern oder eine Konferenz, an der der Terranische Liga-Dienst ebenfalls beteiligt sein sollte?«

Perry sah mich an.

»Ersteres«, sagte ich.

»Ah ja«, machte die TLD-Agentin und zog sich wieder zurück.

»Da wusste ich ja gar nichts von, Dicker«, sagte Rhodan.

Ich zuckte mit den Achseln. »So sieht es also auf Rebellenseite aus. Und, Dünner, was hast du so herausbekommen?«

»Über die Schlacht nichts. Das dürfte ja auch nicht gerade etwas sein, das ein quochtischer Militär gern erzählt. Aber solche Aktionen wie die heutige scheint es wohl öfters zu geben. Anscheinend werden immer wieder einmal quochtische Schiffe von Rebellen gekapert. Und ich vermute mal, dass mit der ursprünglichen Besatzung dann nicht gerade zimperlich umgegangen wird.«

»›Sie waten in Blut und schwätzen von Ehre und Treue.‹ So langsam wird mir klar, was dieser Spruch des Dans Kattin bedeuten sollte.« Ich pfiff leise. »Und wir zuckeln gerade mit fünftausend Rebellen auf ein Quochtennest zu. Herzlich willkommen, kann ich da nur sagen!«

Zwischenspiel

Pelmid Sulcatob, zum ersten Mal im Leben in einem so exklusiven Gasthaus wie dem Orbital-Hotel »Stern von Kion« untergebracht, ist gerade auf der Liege vor dem Feuer in einen unruhigen Dämmerschlaf gefallen, als sich die Rezeption unten auf Nodro meldet.

Sie überprüft kurz ihr Aussehen in dem blinkenden, summenden Handspiegel, dann aktiviert sie die Bildsprechfunktion. Statt ihres Gesichts zeigt der Spiegel nun einen kahl geschorenen Mann mit dunklen Bartschatten.

»Eine Besucherin, ehrwürdige Ot'Son'Trokete«, sagt er. »Bist du zu sprechen?«

»Für wen bitte?«, fragt Pelmid. Sie will jetzt niemanden sehen. Sie hat nur das Bedürfnis, sich zu verkriechen.

»Sie wollte Clan und Stand nicht nennen, Ot'Son'Trokete. Bitte verzeih. Ich soll einfach nur sagen: Tonka ist da.«

Ihr Herz krampft sich zusammen. »Tonk!«, entfährt es ihr. Ihre älteste Freundin. Noch aus der Schule kennen sie sich.

Das Bild wechselt zu einer langgliedrigen, dunkelhaarigen Schönheit im schwarzen Minikleid, die heftig winkend in die Kamera strahlt. Pelmid ertappt sich dabei, ebenso strahlend zurückzuwinken.

Es ist nicht zu fassen. Sie ist Waffenleitoffizierin und persönliche Adjutantin des Son'Trokete, des wichtigsten Mannes im Empire von Nodro, verflucht sei sein Geschlecht. Tonka ist die jüngste Referatsleiterin in der Geschichte des nodronischen Justizministeriums. Und kaum sehen sie einander, benehmen sie sich wieder wie Schulmädchen!

»Na, wie sieht's aus, Prinzessin?«, fragt Tonka. »Hast du ein Stündchen Zeit für mich?«

»Aber ja! Komm rauf!«

Während ihre Freundin sich via Transmitter von der Planetenoberfläche heraufstrahlen lässt, wirft Pelmid rasch die schwere Tagesdecke über das Lager im Schlafzimmer und entfernt die zerknüllten Kosmetiktücher, die Handtücher.

Sie besieht sich im Wandspiegel. Hochgeschlossene, schmale Bluse mit ebensolchem Wams; weich fließende, über den Stiefeln geraffte weite Hosen. Sie knetet sich die kurzen Locken zurecht. Gut. So kann sie sich sehen lassen.

Und dann ist Tonka da. Die herrliche, prächtige Tonk. Wirft ihre langen, nackten Arme um sie. Federt auf ihren langen, gebräunten, rasierten Beinen durch die Suite. Bewundert den schönen Teppich, das elegante Eisengekränz der Feuerstelle. Schüttelt staunend den Kopf mit den kunstvoll hochgetürmten nussdunklen Haaren über die Aussicht von der verglasten Terrasse.

Auf den gewaltigen, wie schmelzendes Eis schimmernden Zacken des Orbital-Hotels spiegeln sich die nahen Wolken, Meere und Kontinente Nodros.

»Und nirgendwo sind Fenster und Terrassen zu sehen. Sie gehen alle in den Farbverläufen unter. Oder nein, es muss am Transglas liegen!«

Tonka beugt sich über die Brüstung, streicht mit der einen Hand eine widerspenstige Strähne hinters Ohr zurück, lässt den einen Fuß aus der Pantolette schlüpfen und kratzt sich mit ihm in der bräunlich schimmernden Kniekehle. Sie ist so begeistert, so mädchenhaft lebendig, dass es Pelmid wehtut.

Pelmid starrt auf Tonkas schwarz gewandete Körperformen. Unter dem mit schmalen Schleierbahnen verzierten ärmellosen Etuikleid zeichnen sich der kleine Busen ihrer Freundin, das sanfte Bäuchlein, der schmale Po deutlich ab.

Eine Woge von Neid überschwemmt sie. Neid hat sie auch früher schon manchmal auf Tonkas sportlich-aparte Erscheinung verspürt, aber nie so gewaltig, nie mit solch verzweifelter Wucht.

Mit Tonkas Maßen – wer weiß, ob Cokroide sie da überhaupt je ein zweites Mal angesehen hätte. Aber so? Als handfest hat er sie einmal bezeichnet, in einer dieser endlosen, glücklosen Nächte. Als handfest, aber nicht handzahm.

»Das ist das reinste Märchenschloss.« Tonka dreht sich um, lehnt sich gegen die Brüstung. »Du hast es gut getroffen. Ich freue mich so für dich!«

Pelmid ringt sich ein Lächeln ab. »Ich hab mich noch nicht richtig dran gewöhnt.«

»Ot'Son'Trokete! Ich fasse es nicht!«

Pelmid nickt.

»So hoch ist noch keine Soldatin aufgestiegen!«

»Hör auf. Du machst mich ganz verlegen.«

Tonka strahlt. »Ich hab's in den Nachrichten gesehen, weißt du. Wie Son'Trokete Axx Cokroide deine Ernennung verkündet hat! Was für ein Spektakel! Schade, dass er dich schon auf Balance B ernannt hat, in diesem provinziellen Mantagir. Hier hätte es sein müssen, unten auf Nodro, in der Ewigen Stadt.« Sie macht einen Schmollmund. »Komm, lad mich ins ›Glanz‹ ein, und ich verzeihe dir großzügig, dass du mir nicht vorher Bescheid gesagt hast! Da muss ich erst Nachrichten sehen, um zu erfahren, dass meine älteste Freundin nach Nodro kommt, also wirklich.«

Langsam geht ihr Tonkas Lebhaftigkeit auf die Nerven. »Ich konnte dir nicht vorher Bescheid sagen. Ich war zu sehr eingespannt.«

»Na gut, dann sei dir noch einmal verziehen. Aber ich will trotzdem ins ›Glanz‹. Komm!«

»Ich bin ziemlich müde, Tonk. Es war viel los in der letzten Zeit.«

»Ja, genau. Und davon kannst du mir im ›Glanz‹ erzählen, los.« Sie fasst Pelmid bei der Hand und zieht sie durch die Suite zur Tür.

»Ach bitte, wir können doch hier bleiben. Ich lass uns etwas kommen.«

»Auf gar keinen Fall. Jetzt wird gefeiert.« Tonka beugt sich vor den Spiegel, zupft sich ein, zwei Strähnen zurecht, klackt ein paar Mal merkwürdig mit den Zähnen und wendet sich wieder zu Pelmid herum. Ihre Zähne, die eben noch perlweiß gewesen sind, schimmern auf einmal in irisierenden Regenbogenfarben. Funken stieben auf, als sie sich mit der Zunge über die Lippen fährt, umtanzen ihren breiten Mund. »Gehen wir?«

Das »Glanz«, wie Tonka das »Glanz des Empire« nonchalant abkürzt, ist ihr zufolge momentan das angesagteste Restaurant des Planeten. Sein Betreiber, jüngster Abkömmling einer Waffenfabrikantendynastie, hat die ehemalige Exerzierhalle in einen angepachteten Ballsaal des Orbital-Hotels verfrachten und mit Original-Militaria aus der ruhmvollen Geschichte Nodros schmücken lassen.

An den Wänden sind halb verfallene, geschwärzte Sandsäcke aufgeschichtet. Über der Bar hängt das allen Ernstes lebensgroße Modell eines antiken Flugpanzers. Es ist knallpink gestrichen und mit einer riesigen Uhr versehen worden. Die Stirnwand der Halle ist mit dem schreiend bunten Wandgemälde einer brennenden Stadt geschmückt. Zwischen den aus riesigen Maschinenteilen geschnittenen Tischen stehen Kampfroboter in verschiedenen Stadien des Zerfalls.

Alles ist bunt, grell, geschmacklos. Aber die geschäftig hin und her eilenden Bedienungen tragen Livree und bewegen sich mit vollendeter Eleganz durch den Saal. Und die Küche ist mehrfach ausgezeichnet. Besonders die Echsenfleischkreationen werden empireweit gerühmt.

Es läuft keine Musik. Keine Musikanten spielen auf. Trotzdem ist es nicht leise hier. Die Luft ist von einem Brausen aus hundert angeregten Tischgesprächen erfüllt.

»Keine Vorbestellungen«, steht auf einer antiken Stelltafel neben dem Pult des Empfangschefs, »Sie werden platziert«. Aber Tonka geht an der Schlange vorbei, verlangt: »Einen Tisch für die Ot'Son'Trokete, bitte«, und keine zwei Atemzüge später werden sie zu einem rasch frei gemachten Tisch geführt.

»Warst du schon im ›Stahlwerk‹?«, fragt Tonka. »Nein? Das ist noch abgefahrener. Da sitzt du direkt in der Halle, und ein riesiger Hochofen wird richtig befeuert. Alles ist total verdreckt. Nur die Tische und die Laufstege zu den Tischen sind reinweiß. Um reinweiße Kleidung werden auch die Gäste gebeten.« Sie lacht auf. »Am begehrtesten sind die Plätze vorn beim Hochofen, wo du den muskelbepackten, schweißglänzenden Arbeitern in ihren Lederschurzen zusehen kannst. Manche Frauen tragen Jaffagen, die sind so dünn, dass sie in der Hitze sofort auf der Haut kleben. Schwupps, sind sie praktisch nackt. Und du solltest mal sehen, wie sie sich dann recken und strecken, um den Kerlen in den Schurzen ordentlich einzuheizen.«

Sie trinken ihren Aperitif, und Tonka plaudert so anregend, dass Pelmid sich schließlich lockert und die Situation zu genießen beginnt, das Gespräch über alte Freunde und die Familien, über berühmte kleine Peinlichkeiten der Vergangenheit und peinliche kleine Berühmtheiten der Gegenwart, auch wenn ihr Tonka mitunter als enorm aufgedreht erscheint.

Dann wird die Vorspeise aufgetragen, und sie wünschen einander guten Appetit und essen. Damit wird alles anders. Stille senkt sich auf sie herab. Eine Stille, die umso schwerer lastet, da an ihren Tisch ein Meer aus Stimmen brandet.

Pelmid spürt die gleiche Kraftlosigkeit in sich aufsteigen wie in der Arena neulich, als sie auf ihr vermeintliches Todesurteil gewartet hat.

»So«, sagt Tonka schließlich und tupft sich die Lippen mit ihrer Serviette ab. Als sie das weiße Tuch wieder hinlegt, haften einige Regenbogenfunken daran. »Und wie geht es dir wirklich, Prinzessin?«

Pelmid sieht gebannt zu, wie die Funken vergehen. »Ich kann nicht klagen.« Ein Funke nach dem anderen scheint in den Stoff einzudringen wie Tinte in ein Löschpapier, um dann spurlos zu verschwinden.

»Fein. Und der Son'Trokete, wie ist der so?«

Pelmid macht eine vage, nichtssagende Geste.

»Er ist jetzt unten in Kion, ja? Auf Audienz bei den Zwillingsgötzen.«

»Ja. Ich hab einen Tag frei. Endlich einmal wieder. Ich bin in richtiger Faulenzlaune.« Sie hebt die Hand und tut, als gähne sie.

»Pelmid.« Ihre Freundin stellt Öllampe und Gewürzschalen beiseite und greift über den Tisch nach ihrer Hand. Pelmid ist versucht, sie ihr zu entziehen. »Ich erwarte nicht von dir, dass du mir irgendwelche Sachen erzählst, die der Geheimhaltung unterliegen. Ich will einfach nur wissen, wie es dir geht.«

»Mir geht es gut«, sagt Pelmid. Sie starrt in die Öllampe. Die Flamme verschwimmt. »Ich bin bloß zum Umfallen müde. Mir tränen schon die Augen.«

Sie gibt ein Lachen von sich und ist erschrocken, dass es als aufgesetztes, hilfloses Kichern herauskommt.

Tonka sieht sie böse an und lässt ihre Hand los. Sie lehnt sich zurück und greift sich in die Haare. Dann schüttelt sie ihre Mähne aus und legt eine kompliziert geformte Haarspange in die Tischmitte, während die dunklen, leicht gebogenen Haarsträhnen um ihre Schultern federn. Sie beugt sich vor. »Diese Spange erzeugt jetzt ein winziges Akustikfeld. Komm ein Stück näher.«

»Tonk. Was soll der Unsinn?«

»Ja, denkst du denn, ich bin nur aus Amüsierlaune mit dir in ein Restaurant gegangen? Schluss jetzt mit dem Versteckspiel. Du schwebst in Gefahr. Ich schwebe auch in Gefahr – bloß weil ich mit dir rede. Vielleicht werden wir abgehört. Oder wer weiß, vielleicht verletzt dich mein Reden ja, und du erzählst dem Son'Trokete davon, und als Nächstes finde ich mich auf einem Strafplaneten wieder …«

»Tonk! Was soll das? Was redest du da?«

»Ihr habt eine Affäre, stimmt's? Ach, tu bloß nicht so. Ich sehe es dir an, dass ich Recht habe.«

»Woher weißt du …«

»Neulich, auf Wrischaila. Du hast das Zimmer neben ihm bekommen, obwohl es einem ranghöheren Mitglied eurer Truppe zugestanden hätte. So etwas spricht sich herum, besonders wenn die entsprechenden Zeugen wissen, dass sie ohnehin sterben werden.«

Varrn Vardak. Mozz. Und Wlenko. Alle drei sind auf Wrischaila ihre Flurnachbarn gewesen und während des Schauprozesses zum Tode verurteilt worden. Zusammen mit dem Attaché, der ihnen die Zimmer zur Verfügung gestellt hat.

»Aber … sie sind wegen Versagen im Dienst verurteilt worden. Und wegen Kollaboration mit den Rebellen.«

»Ja. Genau.« Mehr sagt Tonka nicht.

Pelmid starrt in die Flamme. Sie merkt, dass Tonka ihren Blick einfangen will, und rückt störrisch ihr Glas hin und her. Schließlich hält sie es nicht mehr aus und sieht ihrer Freundin ins Gesicht. »Ja, was denn?«

»Und? Wie ist es so mit ihm?« Tonkas Augen blitzen kampfbereit. »Nächte in weißen Laken? Blütenblätter rieseln herab?«

»Ich glaube nicht, dass dich das etwas angeht.«

»Schön. Frage ich dich anders: Bist du in ihn verliebt?«

Nein! Ich hasse ihn, du blöde Schlampe!, würde Pelmid ihr am liebsten ins Gesicht schreien. Aber vielleicht zielt Tonka ja genau auf solch eine unbedachte Äußerung ab. Vielleicht ist sie ja von Axx geschickt worden. Sie arbeitet an hoher Stelle im Justizministerium. Seine Hand reicht bis in die Justiz, das hat der Schauprozess auf Mantagir bewiesen.

»Natürlich liebe ich ihn. Was denkst du denn?«

»Und da ist nichts, was dir Angst macht oder so. Nein?«

»Tonka!« Sie lacht auf. Es klingt besser diesmal. »Er ist der mächtigste Mann nach den Zwillingsgötzen. Natürlich macht mir das Angst. Welcher Frau würde das nicht Angst machen? Aber ich spiele nun mal gern mit dem Feuer – und nicht nur mit dem aus meinen Bi- und Tripulskanonen.«

Worauf will Tonka eigentlich hinaus? Pelmid fragt sie nicht. Sie lehnt sich zurück, wirft einen Blick auf die in den Flugpanzer über der Bar eingebaute Uhr. »Ich muss los«, sagt sie außerhalb des Akustikfeldes.

Tonka schlägt mit den flachen Händen auf den Tisch und sagt etwas, das nach »Na schön! Na schön!« aussieht. Zu hören ist kein Wort. Dann lehnt sie sich ebenfalls zurück und sieht mit einem schmelzenden Regenbogen-Lächeln zur Seite. »Zahlen bitte!« Sie greift sich den bizarren Haarreif und verwandelt ihn mit wenigen, zornigen Handgriffen in einen Armreif, den sie sich ansteckt.

»Vielleicht fragst du dich einmal, was aus seinen früheren Geliebten so geworden ist«, sagt sie, kurz bevor der Ober kommt. »Oder geworden sein könnte.« Sie lächelt immer noch strahlend.

Der Ober tritt an den Tisch. »Möchten die Damen noch etwas vom Haus?«

Pelmid schüttelt den Kopf. Sie gibt ihm ihren Chip.

»Sehr zuvorkommend«, sagt Tonka. »Ich nehme noch einen kleinen Bitter.« Sie hat einen harten Zug um den lächelnden Mund herum, den Pelmid noch nie an ihr gesehen hat. »Und wir zahlen getrennt, bitte.«

Pelmid wartet, bis sie wieder allein sind. »Du stellst sehr indiskrete Fragen, Tonka.« Ihre Stimmbänder beben. »Wir haben uns seit fast zwei Jahren nicht gesehen. Ich glaube nicht, dass dir solche Fragen zustehen.«

»Das ist eine hübsche Bluse, die du da anhast. Mir wäre sie zwar zu warm, aber du siehst gut aus darin.« Tonka sieht sich im Saal um.

Pelmid folgt ihrem Blick. Die meisten Frauen zeigen viel Arm, viel Bein, viel Busen.

»Na dann«, sagt Tonka, als der Ober ihren Bitter gebracht hat. Sie hebt das Glas. »Auf deine Gesundheit, Prinzessin.« Sie kippt die Flüssigkeit hinunter und steht auf. »Ruf mich an, wenn du dich mal wieder über … Verflossene unterhalten willst. Wenn du nicht so eingespannt bist. Oder so.«

Dann steht Pelmid im beleuchteten Eingangsbereich ihrer Suite und fragt sich, wie sie hierher gekommen ist.

Eine Karte in ihrer Hand. Der Schlüssel.

Sie dreht sich um und schüttelt den Kopf. Sie hat die Tür offen stehen lassen.

Sie macht sie zu. Zieht die Karte durch. Schließt ab.

Der Wandspiegel neben der Garderobe fängt ihren Blick ein. Das Lichtdisplay zeigt die Uhrzeit an. Tonka ist jetzt schon wieder unten auf Nodro. Unten auf Nodro, wo Axx Cokroide ist, Fluch seinem Geschlecht.

Ob Tonka ihm Bericht erstatten wird, wenn er von seiner Audienz bei den Zwillingsgötzen zurückkommt?

Aber vielleicht kommt er ja nicht zurück. Er hat versagt. Er hat die Fremden nicht aufgetrieben. Vielleicht bekommt ja nun er die Peitsche von Nodro zu schmecken, die Varrn Vardak, Mozz und Wlenko in Scheiben geschnitten hat.

Pelmid streift den Wams ab und hängt ihn an die Garderobe. »›Eine hübsche Bluse, die du da anhast‹«, hört sie wieder Tonkas Stimme. »›Mir wäre sie ja ein bisschen warm. Aber du siehst gut aus darin.‹«

Sie öffnet die Manschettenverschlüsse und krempelt die Ärmel hoch. Es tut weh, trotz der Blocker, die sie mittlerweile regelmäßig schluckt. Sie sieht zum Deckenlicht hinauf und beißt die Zähne zusammen. Als sie die Ärmel bis zum Bizeps aufgerollt hat, ergreift sie mit beiden Händen den hohen Stehkragen der Bluse und holt tief Luft. Dann stößt sie die Luft scharf durch die Nase aus und reißt die beiden obersten Verschlüsse der Bluse entzwei.

»So besser, Tonk?«, sagt sie und dreht sich zum Spiegel herum. Sie räuspert sich, aber die Worte wollen ihr trotzdem kaum aus der Kehle kommen. »Da wären wir aber das Ereignis des Abends gewesen im ›Glanz‹, hm?«

Ihre Kehle: makellos. In dem Ausschnitt jedoch, der bis zwischen die beiden großen Brüste reicht, ist die Haut von blauen, grünen und gelblichen Flecken verunstaltet.

Sie breitet leicht die Arme aus. Auf dem Aderngeflecht ihrer muskulösen Unterarme zeichnen sich Brandflecken in verschiedenen Zuständen der Vernarbung ab. In den Armbeugen schimmern rote Striemen.

»Oder vielleicht«, sagt sie und zerrt sich mit plötzlich aufflammender Wut die Bluse herunter, die Hose, »hätten wir auch gleich eine sexy Jaffage anlegen und ins ›Stahlwerk‹ gehen sollen!«

Blaue Flecken von Schlägen, von Quetschungen, überall an ihren Brüsten, auf ihren Rippen, ihrem Bauch. Bündel von Kratzern, wo er sie gepackt, einander gegenüberliegende verkrustete Halbmonde, wo er sie gebissen hat.

Das Bild der Frau, die sie selber ist, verschwimmt vor ihr im Spiegel. Soldatin ist sie. Waffenmeisterin. Feuerleitoffizierin. Scharfschützin.

Sie hat sich gewehrt beim ersten Mal. Sie hat nicht anders gekonnt.

»Und deshalb teile ich Feuer und Lager mit dir«, hat er zu ihr gesagt. »Weil du nicht vor mir kriechst wie die anderen. Weil du mir die Stirn bietest.«

Dann hat sie es eine Zeit lang geduldet. Die Zähne zusammengebissen. Weil er ihr drohte. Was hätte sie tun sollen? Aber nun wehrt sie sich wieder. Jede Nacht. Sie kann nicht anders.

Und es ist schlimmer geworden. Er *liebt* es, wenn sie sich wehrt!

»Was machst du?«, schreit sie ihr Spiegelbild an. »Was machst du denn?« Und ballt die Fäuste und schlägt zu. Links, rechts, links, rechts. Bis der Schmerz in ihren Knöcheln sich taub und scharf zugleich anfühlt.

Dann sackt sie kraftlos am unzerstörten Glas hinunter. Lässt sich auf die Seite fallen. »Hoffentlich stirbt er«, flüstert sie. »Hoffentlich machen die Zwillingsgötzen ihn kalt.«

Kalt liegen ihr die Stiefelschäfte an den Hinterschenkeln, faltig die Hosen zwischen den Knien. Sie schiebt sich die zerschlagenen Fäuste, die kaum bluten, zwischen die Schenkel.

»Bei den prächtigen neunundneunzig Toongher«, flüstert sie, obwohl sie die alten Götter nur aus den heimlichen Erzählungen ihrer Großmutter kennt, »hoffentlich machen sie ihn kalt.«

5

»Nein, nein und nochmals nein, Dans Kattin Laop Bloerph! So geht das nicht!« Die Herzogin von Zaphitti, deren Name mich an einen ausgedehnten Rülpser mit eingearbeiteten Japslauten erinnert hatte, wedelte mit den großen, viergliedrigen Händen. »Du machst mir Schande mit deinem Benehmen!«

Wir befanden uns in einer kleinen Audienzhöhle, in die der Thron der Herzogin seiner Größe wegen mehr schlecht als recht hineinpasste. Offensichtlich war der eigentliche Thronsaal bereits für die Imperiale Königin hergerichtet worden. Ich hatte mich auch schon hergerichtet und meinen Werkzeuggürtel im Mars-Liner gelassen.

»Durchlauchtigste Hoheit«, begann der Schiffskommandant mit einer Gegenrede. »Dieser Nodrone ist gefährlich. Er hat ...«

»Einen Sprecher, hat Ihre Majestät gesagt.« Die Herzogin schlug auf die Armlehne ihres Throns, der wie jeder Quochtenthron mehr Ähnlichkeit mit einem Diwan als einem Lehnstuhl besaß. »*Den Einen,* den Roten und für die Rebellen einen Sprecher. Wie kannst du es da wagen, ihm Handfesseln anzulegen? Wann hat es so etwas in der Geschichte des Reiches je gegeben?«

Es machte Spaß, mit anzusehen, wie die Herzogin ihrer Leibwache winkte. Prompt trat einer der Quochten vor und durchtrennte Mogmorghs Fesseln. Der Rebell streifte die Überreste von den Handgelenken und funkelte den Dans Kattin an.

»›Habt Dank‹, heißt das«, schimpfte die Herzogin. »›Habt Dank, Majestät.‹ Also bei Ihrer Majestät würde es jedenfalls so heißen. Ihr werdet Schande über mich bringen, ich spüre es in den Eierstöcken!« Sie zupfte an dem Gewand herum, das ihren selbst für eine Nestmutter seltsam unproportionierten Leib bedeckte. »Na schön, na schön. Also, ich werde jetzt vorgehen. Hinten herum. Ihr geht zum Haupteingang und wartet dort, bis man euch einlässt. Schön höflich sein!« Sie raffte ihr Gewand zusammen und zuckelte hinaus.

»Und wascht euch die Hände«, sagte ich leise.

»Bei der heiligen Urmutter, das geht schief, das geht schief!«, hörten wir die Herzogin draußen auf dem Gang noch jammern; dann waren sie und ihr Gefolge, das aus einer betagten Leibwache und einer altersschwachen Leibdienerin bestand, verschwunden. Ihre flitschenden Schritte verhallten.

Perry und ich wechselten einen Blick.

»Das diplomatische Parkett scheint nicht so ihr Terrain zu sein«, flüsterte er, während wir uns von einem weiteren herzoglichen Quochten, der ebenfalls recht klapperig wirkte, zum Haupteingang bringen ließen.

»Hast du gesehen, wie dürr sie oben herum ist?«, fragte ich leise. »Und diese Beulen an ihrem Unterleib? Wenn mich nicht alles täuscht, hat sie bei den Rundungen mit einigen Kissen nachgeholfen.«

»Quochten!«, kam es prompt von Perrys Rebellenfreund.

Bei aller Verschrobenheit, die die quochtische Kultur an den Tag legte: Ich war inzwischen einigermaßen genervt von Mogmorghs Haltung. »Die neue Imperiale Königin Irn Tekkme ist eigens für dieses Treffen angereist, mein Freund. Und *du* willst etwas von *ihr*.«

»Und du vergiss nicht, dass meine Leute immer noch dort oben in der Umlaufbahn festgehalten werden.«

Nachdem Rhodan und der Dans Kattin sich darauf verständigt hatten, dass die Rebellen ihre Waffen nicht abgeben mussten, jedoch nur unbewaffnet ihre jeweilige Kaverne verlassen durften, war der Rest des Flugs ohne größere Zwischenfälle verlaufen.

Aber dass die fünftausendzweihundert Rebellen nach Zaphitti überstellt wurden, einem kleinen, grünen Planeten, der auf mich einen einigermaßen heimeligen Eindruck machte, hatten die Kommandanten der drei Quochtenschiffe schlichtweg verweigert.

Die Audienz bei Irn Tekkme sollte in erster Linie klären, wie die Rückführung der Rebellen zu ihren eigenen Leuten vonstatten gehen konnte – was für uns wichtig war, weil Mogmorgh versichert hatte, Kontakt zu den Wissenschaftlern von Cor'morian herstellen zu können.

»Reiß dich bloß zusammen«, flüsterte ich dem Nodronen zu, als wir nach vielen, viel zu langen Minuten in den Thronsaal geleitet wurden.

Ein Quochte nahm uns in Empfang. Er stellte sich als Zeremonienmeister vor. In die Rauten seines blauen Netzanzugs waren zahllose blanke Spiegel eingearbeitet. Er zeigte auf die Strahlwaffen, die Perry und ich offen an der Hüfte trugen. »Die geben die Herren bitte vertrauensvoll am Waffentisch ab«, sagte er durchaus freundlich.

Artig kamen wir seiner Bitte nach.

Bevor der Zeremonienmeister uns durch die Tür vorausging, warf er einen Blick auf unsere Erscheinung. »Gefälliger Fingerschmuck, den ihr da tragt«, sagte er zu Perry und mir.

Wir hoben jeder die rechte Hand. Den kleinen Finger zierte ein breiter, reich verzierter Silberring, der eine halbe Nummer zu klein war. Sie stammten von Fran.

»Ein Gewerkezeichen?«, fragte der Zeremonienmeister angetan.

Perry schüttelte den Kopf. »Ein Andenken an unsere Zeit bei der Militärakademie«, antwortete er.

Ich nickte. »An die gute alte Studentenzeit. Tragen wir seit Ewigkeiten. Man sieht uns nie ohne.«

Der Zeremonienmeister tätschelte uns milde die Schultern. Dann wies er uns an, ihm zu folgen.

Wie jede Räumlichkeit bei den Quochten kam mir auch der Thronsaal eher erdrückend als von prächtiger Größe vor. Die Decke war vielleicht doppelt mannshoch. Links und rechts zogen sich Säulengänge hin – mit Säulen, die wie zusammengewachsene Tropfsteine geformt waren und in den schönsten Schimmeltönen glänzten. Überall in die Wände waren Spalten eingearbeitet, in einem Muster, das für Menschenaugen hoffnungslos chaotisch aussah. Durch diese Spalten drang Licht herein. Es wirkte wie Tageslicht, aber die Kaverne befand sich viele Meter unter der Erde.

»Perry Rhodan!«, scholl die Stimme des Zeremonienmeisters durch den Saal. »*Der Eine* aus den Prophezeiungen! Imperialer Stratege der Chi Waka! Gekommen von jenseits der Zeit!«

Das herzogliche wie königliche Gefolge raunte brav, während Perry vortrat. »Majestät. Meine aufrichtige Gratulation zu deiner Inthronisierung. Möge unsere Zusammenarbeit eine fruchtbare sein.«

Die zwei, drei Dutzend Froschartigen, die reglos um die beiden Throne herum kauerten, schienen Perry gar nicht zu beachten. Ihre großen, schwarzen Augen starrten ins Leere. Es waren wohl die Leibwächter der Königin, bereit, jederzeit in den Explosivmodus zu gehen.

»Reginald Bull!«, fuhr der Zeremonienmeister fort. »Genannt der Rote! Siegreich in der Schlacht um Pembur! Gekommen von jenseits der Zeit!«

Ich kam mir vor wie ein Schauspieler in einer Historienkomödie, verzichtete aber auf Bauch rein, Brust raus. Ich wollte meine Rolle ja nicht übertreiben. Ich trat bis vor die Leibwächter. »Hab Dank, Majestät, für die Schiffe, die ich hiermit wohlbehalten zurückbringe.«

Ein Krächzeln aus mehreren Kehlen kommentierte meine Worte. Es musste sich um loyale Freunde des Dans Kattin handeln.

»Darracq Mogmorgh!«, verkündete der Zeremonienmeister hinten beim Eingang. »Sprecher der Rebellen von Nodro! Gekommen von … äh … der nodronischen Strafkolonie Pembur!«

Reiß dich bloß zusammen, dachte ich.

Reißt euch bloß zusammen, das schienen auch die Blicke der Herzogin zu sagen, die neben der Imperialen Königin auf einem wesentlich kleineren Thron als dem, der in die kleine Audienzhöhle verfrachtet worden war, Platz genommen hatte.

Ich hörte die Schritte des Nodronen näher kommen. »Majestät«, sagte Darracq und fügte zu meiner Erleichterung hinzu: »Ich danke dir im Namen aller Rebellen für die Rettung.«

Die Stimme des Nodronen sprach eine andere Sprache, aber ich wollte mich gern damit zufrieden geben.

Da jedoch beugte die Imperiale Königin sich vor. Flink ordneten die Dienerinnen das Gewand um ihren gewaltigen Unterleib und richteten den Korb, in den unablässig königliche Eier plumpsten, neu aus, um die Schicklichkeit ihrer Herrin zu wahren.

Irn Tekkme musterte den Rebellen und sagte: »Wie war noch gleich dein Name?«

»Darracq Mogmorgh, Majestät.« Der Rebell vermied sichtlich, ihr in die Augen zu sehen.

Die Königin nahm einen Happen von einem dargereichten grünspanfarbenen Tablett. Die Fäden, die sie vornehm mit zwei Fingern hielt, sahen wie getrocknete und klarlackierte Würmer aus. »Ich glaube, meine Ohren haben Probleme mit dem Klang deiner Stimme.«

»*Darracq Mogmorgh,* Majestät«, wiederholte der Rebell hörbar gereizt.

»Nein, nein, nein«, machte die Königin und warf sich die Wurmfäden in den Mund. »Dein Name muss irgendwie anders lauten«, sagte sie kauend. »Hm. Hilf mir doch mal einer auf die Sprünge.« Sie wandte sich zur Herzogin herum, die am ganzen Leib bebte. Anscheinend war sie vor lauter Angst vor einem Eklat in den Explosivmodus verfallen. »Was meinst du, Große Mutter derer von Zaphitti? War es ›Henker von eigenen Gnaden‹? Oder hört er auf den schlichten Namen ›Der Schlächter‹?«

Ich ächzte im Stillen. Der neuen Matriarchin des Quochtenreiches hatte offensichtlich niemand empfohlen, sich zusammenzureißen.

Der halbe Hofstaat lachte, mit aufgeblasenen Kehlsäcken und wackelnden Birnenbäuchen. Die Imperiale Königin tupfte sich den Mund mit einem Schwamm ab. Sie legte den Kopf schief und sah zur Decke hoch. »Wenn ich's recht bedenke«, überlegte sie, »wäre ›Trockenfurz mit Haaren‹ auch nicht unpassend.«

»Majestät«, sagte Perry und trat einen Schritt vor. »Dieser Mann ist ein Freund …«

»Majestät«, sagte ich gleichzeitig und versuchte mich vor Mogmorgh zu schieben. »Ich bitte dich …«

»Majestät«, sagte zugleich der Nodrone mit bebender, aber kontrollierter Stimme. »Wer gibt dir das Recht …«

Keiner von uns dreien führte seinen Satz zu Ende, denn Majestät klatschte einmal kurz in die großen Hände, und die krötig um sie herum hockenden Wachen explodierten. Zack, hatten drei der Wesen Mogmorgh fest im Griff ihrer eisenharten Hände und hoben ihn vor den Thron.

Ich versuchte hinterher zu kommen, aber Perry und ich wurden von den massigen Leibern der übrigen Wachen zurückgedrängt.

»Sein Gesicht«, sagte die Königin kühl.

»Heilige Urmutter!«, hörte ich die Herzogin quaken.

Eine der Wachen packte Mogmorgh bei den Haaren und riss ihm den Kopf in den Nacken.

Die Imperiale Königin musterte den reglos verharrenden Rebellen, dessen Nase sich nur Zentimeter vor ihrem breiten Maul befand. Er hatte die Augen fest zugekniffen.

»Mich dünkt«, sagte sie mit lauter Stimme, die durch den gesamten Thronsaal trug, »die Aufseher von Pembur waren sich gar nicht bewusst, *wer* da in ihr Todeslager deportiert worden war. Obwohl ich gestehen muss, dass ich ein wenig enttäuscht bin. Nach den Berichten des Königlichen Geheimdienstes hatte ich mir einen jungen Nodronen von wesentlich aufbrausenderem Temperament vorgestellt. Aber in drei Jahren schleift sich wohl einiges ab.«

Die Regentin des Quochtenreichs erhob sich von ihrem Thron. »Nicht wahr, *Errek Mookmher*? Fürstensohn.«

Im nächsten Moment schoss mir ein Substantiv aus meinem Selbststudium des Vaaligonde durch den Kopf: *Dabrab,* was so viel bedeutete wie ›Tumult, Raserei‹, was wiederum bedeutete, dass der Thronsaal nun restlos durchdrehte.

Mit einem Aufschrei fiel die Herzogin, da die Armlehne unter ihrem bebenden Geruckel zerbrach, seitwärts und purzelte vom Thron. Ihr Gewand schlug hoch. Kurz waren darunter auf den Leib gebundene Schwämme und zwischen ihren Beinen eine schwärzlich-trockene, schrundige Fläche zu sehen. Dann war sie wieder auf den Beinen und floh zwischen die Säulen ins Dunkel.

»Die Schande, die Schande!«, wimmerte sie.

»Durchlauchtigste Hoheit!«, kreischte die versammelte herzogliche Dienerschaft und lief ihr nach, wurde jedoch zum Teil von Mitgliedern der königlichen Leibgarde zurückgeworfen, die ihre Herrin in Gefahr wähnten.

»Schrundbrand!«, rief ein königlicher Höfling im irisierenden Netzanzug und plusterte den Kehlsack auf. »Die alte Vettel hat Schrundbrand!«

Ein von einer noch recht rüstigen herzoglichen Dienerin geschleuderter Präsentierteller stopfte ihm das Maul. Er fiel hintenüber.

»Abführen!«, rief die Königin. »Nein, nicht den Fürstensohn, ihr nutzloses Gesindel! Diesen respektlosen Kerl!« Sie zeigte auf den Höfling, der dasaß und sich den Teller aus dem Mund zu ziehen versuchte.

Mogmorgh oder Mookmher oder wie immer der Nodrone nun hieß, wurde von den Froschartigen hin und her gezerrt.

»Lass ihn uns als Geisel nehmen, Majestät!«, rief einer der königlichen Militärberater. »Für die Sicherheit unserer Schiffe!«

»Nein, lass ihn uns ans Empire ausliefern, Majestät!«, rief ein anderer. »Als Zeichen des guten Willens!«

»Nein, lass ihn uns an Ort und Stelle mit dem Tod bestrafen!«, brüllte Laop Bloerph, der Kommandant der QUORISH. »Wer weiß, wie viele unschuldige Quochten sein Clan auf dem Gewissen hat!«

Ich sah Perry an. Perry sah mich an. Wir hoben wortlos die rechten Hände mit den beringten kleinen Fingern und bestrichen den Saal großzügig mit Betäubungsstrahlen.

»So, Majestät«, sagte Perry, als nur noch wenige Anwesende standen. »Können wir jetzt reden, wie es zivilisierte Wesen tun?«

»Ich bin untröstlich, Majestät.« Der Quochte in dem blauen, verspiegelten Netzanzug trat vor den Thron. »Da habe ich sie selbst noch auf diese Ringe angesprochen, und nun stellt sich heraus …«

Die Imperiale Königin unterbrach ihn. »Zeremonienmeister, walte deines Amtes – so lange du es noch dein Eigen nennen darfst.«

Er krächzelte. »Errek Mookmher, Majestät! Der sich selbst Darracq Mogmorgh nennt. Sohn des Rebellenfürsten Tarak. Gekommen von … äh … Koortane!«

Alle Augen, soweit schon wieder rege, richteten sich auf den Rebellen, den die Wachen inzwischen freigegeben hatten. Mit grimmigem Gesicht stand er da, gerade und stolz, die nasse Mähne in den Nacken geworfen. »So ist es, Majestät«, sagte er mit volltönender Stimme. »Aber sagt, habt ihr Nachricht von meinem Vater? Wie geht es ihm?«

Aus dem Augenwinkel nahm ich wahr, dass sich einige der von den Lähmstrahlen matt gelegten Quochten bereits wieder regten. Sie schienen keine Gefahr darzustellen, sahen sich nur um.

»Woher soll ich das wissen?«, sagte die Königin leichthin. »Die Nachricht von deinem Verschwinden muss allerdings ein sehr schwerer Schlag für ihn gewesen sein, da sie sogar bis zu uns Quochten gedrungen ist.« Sie nahm wieder von ihren Wurmfäden. »Es steht zu vermuten, dass er zwischenzeitlich vor Gram gestorben ist.«

»Ich hielt es für besser, nur ein Gesicht unter vielen zu sein«, entgegnete der Nodrone mit gepresster Stimme. »Ich glaube nicht, dass mein Vater anderes erwartet hat.«

»Jeder Quochte von Rang hätte den Anstand und die Weitsicht besessen, sich spätestens im Moment der Gefangennahme selbst zu entleiben, anstatt in der Masse unterzutauchen. Dein Vater muss hunderttausend Ängste ausgestanden haben, dass du dem Empire den Zugang zu euren Habitaten verrätst.«

»Tarak der Strahlende, die Geißel der Götzen, steht keine hunderttausend Ängste aus!«, donnerte Errek Mookmher zornig. »Und an die Traumhabitate kommt das Empire nie heran, da kann es foltern lassen, wen es will! Im Übrigen mögen sich deine Quochten von Rang nur ruhig umbringen. Rebellenzungen lösen sich nicht so leicht. Ich habe drei Jahre Pembur überlebt, Majestät, vergiss das nicht.«

Gut gekontert. Wenngleich knapp an der Wahrheit vorbeigeschrammt. Wie ich von Perry wusste, hatte Mookmher alias Mogmorgh seine drei Jahre Pembur jenseits des Energie-Riffs verbracht, nicht im Todeslager, sondern auf einer vergleichsweise paradiesischen Insel, zu der ihn die halb intelligenten saurierartigen Magnoraunden verschleppt hatten. Dort hatte er weder groß unter Hunger und Durst noch unter sadistischen Aufsehern leiden müssen.

»Aber genug davon«, schloss der Rebell das Thema ab, die breiten Hände auf die Schnalle seines silbernen Gürtels gelegt. »Ich darf dich bitten, Majestät, meinen aufrichtigen Dank anlässlich der Zurverfügungstellung der drei Schiffe zu empfangen, die mich von Pembur errettet haben …«

In salbungsvollen, höchst förmlichen Worten bedankte er sich bei der Imperialen Königin für den Beitrag zu seiner Rettung. Sein Tonfall allerdings ließ eher darauf schließen, dass er sie stattdessen lieber beschuldigen wollte.

Aber weshalb? Wieder wegen dieser alten Geschichte? Ich wechselte einen Blick mit Perry.

»… und darum, Majestät«, schloss Mookmher mit auffällig gepresster Stimme, »gewähre mir die Gunst einer Passage von Quocht zu den Traumhabitaten der Rebellen. Ein einfacher Frachter würde völlig ausreichen, den ich baldmöglichst zurückschicken werde.«

Irn Tekkme lehnte sich auf ihrem Diwan zurück und gab ein Schmatzen von sich. »Du bist ein Verbrecher, Nodrone. Du hast vor den Augen einer meiner Offiziere, der über jeden Zweifel erhaben ist, einen gemeinen Mord begangen.

Einen Mord, den zu begehen dir im Übrigen gar nicht erst in den Sinn hätte kommen müssen, wenn du deine Leute besser im Griff hättest. Vielleicht sollte ich dich und deinesgleichen also lieber auf irgendeiner einsamen Welt aussetzen lassen, und dann ist Ruhe – aber ach, was red ich! Mögest du deine Passage eben erhalten. Und nun geh mir aus den Augen, Nodrone.«

Sekunden später war Mookmher aus dem zaphittischen Nest verschwunden.

»Beinahe geflüchtet«, konstatierte Perry leise. Dann wandte er sich an die Königin. »Majestät. Wenn wir dich um eine Privataudienz ersuchen dürften? Damit die Wogen nicht noch höher schlagen.«

6

Kaum hatte die Königin den Saal räumen lassen, in dem sich nun außer ihr, Perry und mir nur noch jeweils zwei Leibwächter und Leibdienerinnen befanden, da war sie wie ausgewechselt.

»Das Regieren ist nicht leicht, Perry Rhodan. Zwar wächst man rasch in seine Rolle hinein ...« Irn Tekkme tätschelte ihren Königinnenleib. »Aber je mehr man wiegt, desto schneller der Fall. Und zumeist überlebt unsereins das Abdanken nicht lange. Das Volk erwartet nach dem Fiasko von Stukoda keine Experimente und Wankelmütigkeiten mehr, sondern verlangt nach einer sicheren, ruhigen, festen Hand.«

Sie wandte sich an eine ihrer Dienerinnen. »Den nächsten Korb, Kind, bringst du der Herzogin. Mit herzlichen Grüßen. Und richte ihr aus: Möge die Auffrischung ihrem Geschlecht gut tun. Aber dass du mir niemandem davon erzählst!«

»Jawohl, Herrin.« Die Leibdienerin legte die Hände auf den Rand des Korbes, und als dieser mit königlichen Eiern gefüllt war, trug sie ihn gemächlich davon.

Irn Tekkme zog sich gedankenverloren den Kehlsack lang. »Schrundbrand. Ein Schicksal, das hoch geachteten Nestmüttern im Alter droht, wenn einfach keine ernst zu nehmende Konkurrenz für sie heranwachsen wollte. Scheußlich.«

Perry verneigte sich. »Die Herzogin von Zaphitti wird dir ewig dankbar sein. Und dazu noch eine getreue Verbündete abgeben.«

»Wie es scheint, verstehst auch du etwas vom Regieren, Perry Rhodan«, sagte die Königin.

»Ach, ein wenig schon, Majestät.« Er machte eine Unschuldsmiene. Ich musste mir Mühe geben, nicht laut aufzulachen.

Perry warf einen Blick zu den Leibwächtern und der letzten Dienerin hinüber. »Können wir frei sprechen, Majestät?«

»Aber ja. Nur zu. So lange es nicht um Fürsprache für diese Rebellen geht …«

»Nicht um Fürsprache geht es, Majestät, aber ich fürchte, so ganz werden wir um das Thema nicht herumkommen. Was mich interessiert, ist, weshalb das Verhältnis zwischen Quochten und Rebellen so gespannt ist.«

Die Königin schwieg.

»Wie uns zu Ohren gekommen ist«, schaltete ich mich ein, »sind die Rebellen einst eure Bündnispartner gewesen, bis sie sich …« *Wie sag ich's meinem Kinde?* »… während einer Schlacht im Stich gelassen wähnten.«

»Einst!«, rief die Königin aus. »Bündnispartner! Die Quochten sind nie Bündnispartner der Rebellen von Nodro gewesen! Es gab lediglich den Versuch einer Allianz, dem aber kein Erfolg beschieden war. Und das war nicht *einst*, das war während der Regentschaft der Vorgängerin *meiner* Vorgängerin. Neben vielem anderen mangelt es diesen ungebildeten Rebellen auch noch an Geschichtsbewusstsein. Alles ist gleich *einst*, gleich Legende.«

»Wie gut«, sagte Perry, »dass du uns nun auf den Boden der Tatsachen zurückbringen und darüber aufklären kannst, was es mit diesem Versuch einer Allianz auf sich hatte.«

Ich hatte den Eindruck, als gingen auch meinem alten Freund die Quochten allmählich auf die Nerven.

»Man hatte sich versuchsweise auf eine gemeinsame Schlacht gegen das Empire geeinigt«, antwortete Irn Tekkme. »Aber dann starb überraschend die Imperiale Königin – die Vorgängerin der Chi Waka, die du, Rhodan, ja noch kennen gelernt hast. Das Volk der Quochten wurde damit handlungsunfähig, weil ohne Führung. Also bat man die Rebellen um einen Aufschub der Offensive. Aber das wollten sie nicht akzeptieren, weil sie wahrscheinlich die Notwendigkeit dieses Schrittes auch gar nicht begriffen. Im Gegenteil, sie drohten uns für unseren vermeintlichen Verrat offen mit Krieg! Während der laufenden Trauerfeierlichkeiten!«

Die Königin stieß ihre Magd weg, die sie mit Wasser aus einer Art Gießkanne hatte berieseln wollen. »Und was, meint ihr wohl, geschieht seither? Ständig versuchen diese Sternenräuber unsere Handelsraumer zu kapern! Kaum ein Kauffahrer traut sich noch ohne Eskorte ins offene Weltall hinaus. Und so etwas wirft uns mangelnde Bündnistreue vor!«

»Nur, damit es nicht wieder ein Missverständnis gibt«, sagte ich. »Ihr habt die Rebellen damals tatsächlich um einen Aufschub der Offensive gebeten?«

»Wer bist du, dass du das Wort Ihrer Majestät anzuzweifeln wagst«, mischte sich einer der Leibwächter ein.

Ich sah dem Quochten genau zwischen die Augen. »Jemand, der die Wahrheit liebt, Großer. Noch Fragen?«

Perry räusperte sich. »Dann herrscht also höchste Verstimmung zwischen eurem Volk und den Rebellen von Nodro. Obwohl ihr eigentlich im Kampf gegen das Empire zusammenstehen solltet, belauert ihr einander nur. Insofern scheint mir die dankenswerte Teilnahme an einer Rettungsaktion für Rebellen schon ein gewaltiges Zugeständnis der quochtischen Seite gewesen zu sein.«

Das war natürlich eine hübsche Brücke, die Perry der Königin da zu einem gelasseneren, würdevollen Gespräch gebaut hatte. Die Königin aber schien für den Brückenbau leider kein Interesse aufzubringen. »Auch die Rebellen von Nodro sind immer noch Nodronen! Barbaren ohne jedes Verständnis für fremde Mentalitäten!«

»Das ist vielleicht ein bisschen hart ausgedrückt«, sagte ich. »Ohne allzu viel Verständnis für fremde Mentalitäten, könnte man sagen.«

Die Königin setzte sich auf. »Sie reiten auf Echsen! Sie ernähren sich von Echsen- und Lurchenfleisch! Sie spannen Riesenechsen zu ihrem Schutz ein! Wie würdet ihr es nennen, wenn wir so mit Tieren umgehen würden, die euch Humanoiden ähnlich sind? Barbarisch würdet ihr es nennen, ganz gewiss.«

Sie erhob sich von ihrem Thron. »Ich, die Imperiale Königin Irn Tekkme, finde mich jedenfalls, ebenso wie meine ehrwürdigen Vorgängerinnen auch, keine Sekunde lang bereit, den Rebellen diesen ihren anmaßenden Hochmut zu verzeihen.«

Ich sah mich um. Stand hier irgendwo ein Reporterteam? Das klang ja ebenso einstudiert wie sendefähig.

»Und was euren Freund Errek Mookmher angeht«, fügte Irn Tekkme hinzu, »so mag der Sohn des Rebellenfürsten tun, wonach ihn gelüstet. Wir werden froh sein, wenn er endlich wieder zu Hause weilt und wir die Gegenwart nodronischer Rebellen nicht länger zu ertragen haben. In wenigen Stunden wird ein Schiff zum Abtransport der Rebellen bereitstehen. Sie können«, sagte sie noch über die Schulter hinweg, »also schon einmal mit dem Packen anfangen.«

Die königlichen Leibwächter lachten schallend und folgten ihrer Herrin in die Gemächer hinter dem Thronsaal.

»Ach ja«, drehte der eine Quochte sich noch einmal herum und hob die Stimme: »Die Audienz ist beendet!«

Dann schlurfte er seiner Königin im Arbeitsmodus nach. »Mit dem *Packen* anfangen«, wiederholte er lachend. »Mit dem Packen *anfangen*. Der war köstlich, Majestät. Wirklich köstlich.«

Perry und ich sahen uns an, während königliches Personal hereinkam und die Eierkörbe forttrug.

»Also mir war der zu hoch.« Ich strich mir das Wasser aus den kurz geschorenen Haaren. »Verstehst du den?«

Perry öffnete den Mund. Und schloss ihn wieder. »Nun ja«, machte er einen erneuten Versuch. »Es könnte sich um eine Anspielung handeln. Eine ... ähm ... hämische Anspielung vielleicht.«

»Schon gut, vergiss es.« Ich winkte ab. »Mann, bin ich froh, wenn wir hier weg sind!«

»Du kannst ja ...«, begann Perry.

»Schon mal mit Packen anfangen«, beendete ich seinen Satz.

Wir grinsten einander an.

7

Ich fand Errek Mookmher in dem Warteraum, der uns von der zaphittischen Nestmutter vorübergehend zur Verfügung gestellt worden war. Die Höhle war nicht so luxuriös ausgestattet wie die Räumlichkeiten auf Quocht neulich, aber das herzogliche Personal hatte sich erstaunlich viel Mühe gegeben, uns Humanoiden die Wartezeit einigermaßen angenehm zu machen. Kein einziger Phichi-Gabe krabbelte in der Höhle herum. Boden, Decke und Wände waren frei von Schlamm und trockneten bereits ab. Einigermaßen hell war es auch.

»Na, das ist doch schon mal was«, sagte ich. »Irgendwelche Kommunikationseinrichtungen wollen sie demnächst auch noch herschaffen.«

Mookmher antwortete nicht. Er saß im mittleren einer Reihe von Sesseln, die direkt aus dem Stein der Höhle gehauen zu sein schienen. Er hatte die Beine gespreizt, die breiten Hände auf den Lehnen abgelegt, und brütete vor sich hin.

»Wie soll ich dich jetzt anreden?«, fragte ich. »Darracq? Errek? Graf Mookmher? Edler Herr? Hochwohlgeboren?«

Der Rebell schnaubte. »Ich bin Errek vom Clan der Mookmher. Das reicht.«

»Na dann, Errek vom Clan der Mookmher.« Den Sesseln gegenüber stand eine Art Hocker oder Beistelltisch aus verschlungenem Wurzelwerk, oben und unten von einer dicken Holzplatte abgeschlossen. Ich setzte mich darauf. Hoffentlich war er so stabil, wie er aussah. Und hoffentlich handelte es sich dabei nicht um eine dekorative Skulptur. »Wir haben nicht viel Zeit. Demnächst wird sich ein Logistikoffizier mit uns in Verbindung setzen, dann geht das große Organisieren los. Gestatte mir also, gleich zum Kern zu kommen.«

Er sah mich an. »Wo ist Perry Rhodan?«

»Bei der Herzogin. Um sich bei ihr in aller Form für die Unannehmlichkeiten zu entschuldigen, die ihr durch unseren Besuch widerfahren sind. Eine Frieden stiftende Maßnahme. Wer weiß, ob wir Terraner und Quochten einander nicht noch einmal brauchen. Und selbst wenn nicht, ist es immer schöner, einander in so angenehmer Erinnerung zu behalten, wie nur möglich ist.«

Errek schnaubte und starrte wieder die Trocknungsflecken auf dem unebenen Fußboden an.

»Genau so etwas wünsche ich mir jetzt von dir. Du nimmst eine bedeutende Position bei den Rebellen ein, wie ich gerade erfahren durfte. Ein Entgegenkommen von dir dürfte einiges Gewicht für das weitere Verhältnis zwischen Quochten und nodronischen Rebellen haben.«

»Entgegenkommen? Wofür?«

»Weißt du eigentlich, dass die Ursache der Feindschaft zwischen Rebellen und Quochten im Grunde ein kulturelles Problem ist? Ohne Imperiale Königin sind die Quochten schlicht und einfach nicht handlungsfähig. Es geht also völlig an der Wirklichkeit vorbei, ihnen ihre Untätigkeit damals bei der Raumschlacht als Untreue auszulegen. Zumal sie die Rebellen nach eigener Aussage rechtzeitig informiert und um Aufschub gebeten haben.«

»Haben sie.«

»Haben sie? Du weißt davon?«

»Der größte Beweis ihrer Feigheit. Ein Krieger hat nur einen einzigen Grund, von einer einmal beschlossenen Strategie abzurücken: dass sie sich als undurchführbar erweist. Aber ich ändere doch meine Schlachtpläne nicht, weil Mami zu Hause Zahnschmerzen hat!«

»Auch nicht, wenn Mami zu Hause im Sterben liegt?«

»Auch nicht, wenn Mami *allein* zu Hause im Sterben liegt!«

»Hui. Beinhart. Aber jetzt pass mal auf, Errek vom Clan der Mookmher: Ein Gegner wie das Empire von Nodro erfordert das Zusammenstehen aller oppositionellen Kräfte – den Luxus einer Zersplitterung kann man sich da nicht leisten!«

Errek saß immer noch so da wie vorher. Aber seine Fingerknöchel wurden weiß unter der olivgrünen Haut, so fest hielt er die Lehnen gepackt. Zum Glück waren sie aus Stein. »Und was genau erwartest du von mir?«

»Dass du dieser Spirale gegenseitiger Provokationen ein Ende setzt und dich im Namen deines Volkes bei der Imperialen Königin entschuldigst. Oder bei der Herzogin, falls Irn Tekkme schon abgereist ist.«

»Niemals! Das Volk der Rebellen hat seinen Stolz!«

»Dann schluck ihn halt runter.«

»Stolz«, sagte Errek, und seine gelben Augen ließen mich mehr denn je an einen Löwen denken, »ist für uns einer der wichtigsten Beweggründe im Leben. Verletze den Stolz oder die Ehre eines Nodronen und bringe dein Leben in Gefahr. Ein Nodrone würde *nie* seine Verbündeten im Stich lassen. Mit Kultur kann man sich immer herausreden. Die Quochten haben die Rebellen schlicht und einfach im Stich gelassen, als es darauf ankam, *das* ist der Punkt.«

»Darf ich dich zitieren?«

Er sah mich verständnislos an.

»Erster Satz: ›Das Volk der Rebellen hat seinen Stolz.‹ Zweiter Satz: ›Mit Kultur kann man sich immer herausreden.‹«

Er sagte nichts.

Aus den Wänden war manchmal sachtes Gluckern zu hören. Ab und zu knackte es im Gestein. Von irgendwelchen Trocknungsprozessen vermutlich.

Errek atmete schwer.

Mein Atem war ganz ruhig. »Aber wer weiß«, sagte ich. »Vielleicht liegt es ja gar nicht in deiner Macht, das Verhältnis zu den Quochten neu zu definieren.«

Er rieb sich mit der breiten Hand das Gesicht. Sein Kinnbart stand ganz schief danach. Er sah zur Decke und stieß die Luft durch die Nase aus. Dann schloss er die Augen und lehnte sich wieder zurück.

Sein Gesicht war von tiefen Falten durchfurcht. Im Moment war die doppelte Zornesfalte zwischen seinen Augenbrauen am stärksten ausgeprägt. Aber sein Gesicht sprach auch von anderen Zeiten. Da waren Lachfalten an den Augenwinkeln. Sorgenfalten quer über der Stirn. Das war nicht das Gesicht eines Verbitterten, eines Fanatikers. Das war das Gesicht eines Mannes, der im Leben stand, der sich zu behaupten wusste, der sich von seiner Leidenschaft oft bis zur Erschöpfung bringen ließ, ganz gleich, ob es um Liebe, Krieg, Politik oder sonst etwas ging.

Ich beschloss, ihn in Ruhe zu lassen. Die Eigensaft-Schmormethode hatte noch keinem geschadet.

Leider öffnete sich im nächsten Moment die Tür. Ein relativ kleingewachsener Quochte schaute herein. »Entschuldigung. Dans Kattin Laop Bloerph versucht euch schon die ganze Zeit zu erreichen …« Er sah mich an und blies den Kehlsack auf. »Ja, aber – warum sitzt du denn auf dem Interkom?«

Ich stand auf.

Der kleine Quochte kam hereingeschlurft. Seine Füße hinterließen nasse Flecken auf dem Boden. Er drehte die vermeintliche Sitzfläche um ihren Mittelpunkt. Etwas klickte. Der kleine Quochte klappte gemächlich die obere Platte mitsamt der oberen Hälfte des Wurzelwerks hinunter. Ein Teil der Wurzelenden erwies sich als Projektoren, andere schienen Bedienungselemente zu sein. Zwei, drei endlos langsame Handgriffe später baute sich über den Wurzelenden eine blau schimmernde Holokugel auf.

Darin war Laop Bloerph zu sehen. Er saß in der Kommandoschale des Gleiters, mit dem er uns nach Zaphitti geflogen hatte. »Reginald Bull! Dabrab Mugg-Elmer! So sieht man sich wieder. Wo ist Perry Rhodan, seines Zeichens gestern designierter Imperialer Stratege, heute auf der Durchreise?«

»Was willst du?«

»Euch Gelegenheit zur Gratulation geben.« Und als weder Errek noch ich die Frage stellten, auf die er wartete: »Nun ratet mal, wen die Imperiale Königin Irn

Tekkme in ihrer unendlichen Güte zum zuständigen Logistik-Offizier für eure Passage zu den Rebellen bestimmt hat!«

Ich sagte nichts. Das einzig Angemessene wäre ein Fluch gewesen. Und ich fluche nie.

Bloerph sah zu Errek. Der Rebell richtete sich in seinem Sessel auf. Seine Kiefer mahlten.

»Danke«, sagte Bloerph. »Danke schön. Und wisst ihr was? Ich habe auch schon genau das Richtige für euch gefunden.«

Die Holokugel verdoppelte sich. Rechts war immer noch Bloerph zu sehen. Links hing die 3-D-Zeichnung eines Raumschiffs in der Luft. Wenn man es denn so nennen konnte. Es handelte sich im Wesentlichen um einen Quader, der am vorderen Ende über ein Gestänge mit einem kleinen Diskus verbunden war.

»Es war deine so bescheiden vorgebrachte Bitte um einen Frachter, die mich auf die Idee gebracht hat«, sagte Bloerph zu Errek. »Die QUORAXAQUOK transportiert normalerweise Schlick für den Innenausbau. Die verschiedensten Qualitäten, teils mit hochwertigen Phichi-Gabe-Völkern angereichert. Dafür lassen sich je nach Bedarf verschiedene Schottwände schließen, die wir für euch aber offen stehen lassen werden. Ihr mögt es ja gern weit und luftig um euch herum.«

In der Animation wurde die Außenwand durchsichtig. Die erwähnten Schotts färbten sich orange, bewegten sich.

»Schwerkraft, Heizung, atembare Luft, für alles ist gesorgt.« Verschiedene Bauteile färbten sich nacheinander bunt ein. »Sogar dafür, Fürstensohn, dass keiner deiner heißblütigen Gefolgsleute dich in Verlegenheit bringen kann.« Bloerph zoomte das Gestänge heran. »Wie du siehst, gibt es keine begehbare starre Verbindung zwischen Frachtraum und Steuereinheit. Es kann nur von Mannschaftsseite her ein Wartungsschlauch ausgefahren werden.« Ein wurmartiges Gebilde schlängelte sich zum Frachtraum hinüber und dockte an. »Nun, was sagt ihr dazu?«

»Wo ist die Bewaffnung?«, fragte ich. Aus dem Augenwinkel sah ich, wie die Tür aufging und Perry eintrat.

»Also hier«, sagte Bloerph, »haben wir eine ganz anständige Ortung, und das dort ist eine Standardvorrichtung zum Zerstrahlen kreuzender Meteoriten und so weiter, beides miteinander gekoppelt und sogar halbautomatisch. Es soll euch an nichts fehlen, meine lieben Freunde. Hallo übrigens, Perry Rhodan.«

»Schutzschirme?«, fragte ich.

»Leider nein. Aber ihr werdet auch keine brauchen. Wer vergreift sich schon an einem schmuddeligen, kleinen Schlicktanker.«

Errek Mookmher beugte sich vor, stützte die Ellbogen auf die Knie. Er sah erstaunlich ruhig aus. »Wir werden einige Tage unterwegs sein. Wie sieht es mit der Verpflegung aus?«

»Oh, ihr bekommt ausreichend Wasser in größeren und kleineren Gebinden. Aber unsere Nahrung vertragt ihr ja leider nicht.«

»Ihr könntet uns Lebensmittel liefern, die wir vertragen. Wie wir sie im Nest von Quocht bekommen haben.«

Bloerph blinzelte. »Tja. Das könnten wir natürlich. Aber dafür reicht die Zeit leider nicht. Ihr werdet mit dem auskommen müssen, was ihr von Pembur mitgebracht habt.«

»Wir haben vier Schiffstage von Pembur bis hierher gebraucht. Unsere Vorräte sind nahezu aufgebraucht.«

»Tja«, machte Bloerph mit flatterndem Kehlsack. »Das tut mir nun wirklich aufrichtig Leid. Aber wisst ihr, was Ihre Majestät Irn Tekkme gesagt hat vor ihrer Abreise? Bring sie mir so schnell wie möglich hier weg, Dans Kattin, hat sie gesagt. Noch heute, hat sie gesagt. Und genau das werde ich tun. Meine QUORISH und die beiden Begleitpaateoms *QUARNA* und *QUARM* brechen gerade zum Verladehafen auf, wo die *QUORAXAQUOK* schon bereitsteht. Draußen vor der Tür wartet eine Eskorte auf euch. Sie wird euch zu meinem Gleiter geleiten. Ende der Durchsage.«

»Moment!«, rief Errek. »Ich muss meine Leute noch sprechen!«

»Das könnte euch so passen«, sagte Bloerph.

Das Bild wurde so schwarz wie meine Gedanken. Wenn das, was wir in den letzten Tagen mitbekommen hatten, der übliche Umgang zwischen den beiden wichtigsten Widerstandsgruppen dieser zukünftigen Milchstraße war, dann gute Nacht.

Der kleine Quochte schaltete die Holokugel ab. »Wenn ihr bitte mitkommen würdet?«

8

In einem Punkt unterschieden sich quochtische Gleiter frappant von terranischen. Während wir, wie zahlreiche andere Sternenvölker auch, unsere Schiffe mit Kuppelfenstern, Panoramafenstern oder wenigstens Bullaugen versahen, wo immer es technisch nur machbar war, verzichteten die Quochten gänzlich auf Fensteröffnungen. Die unter der Erde lebenden Wesen scheuten den Anblick des offenen Raums in jeder Hinsicht. Angeblich vertrug ein Durchschnittsquochte weder Landschaft bis zum Horizont noch Vogelperspektive noch Weltall.

Ich hatte die Standardwerke von Bré Tsinga natürlich gelesen. Ich bildete mir sogar ein, den einen oder anderen Absatz verstanden zu haben. Aber Kosmopsychologie hin, Kosmosoziologie her – dass einem solchen Volk der Aufstieg zur raumfahrenden Zivilisation gelungen war, erschien mir wie ein Wunder. Wenn sie der Horizont und die Sterne nicht locken konnten, welche Motivation hatten sie dann gehabt?

Die historische Erklärung – Bevölkerungsexplosion und damit notwendige Erschließung neuer Lebensräume – war mir zu flach. Dieses Problem hätte sich auch über eine Geburtenkontrolle, die die Quochten ja ohnehin praktizierten, in den Griff kriegen lassen können. Nein, in meinen Augen kam nur eines in Frage: dass sie irgendwann Besuch bekommen hatten. Unerfreulichen Besuch, wie es schien. Sonst wären sie nicht so erpicht darauf gewesen, die Koordinaten ihrer Welten geheim zu halten.

Andererseits fiel ich aber vielleicht wieder nur auf die Physiognomie herein. Nur weil die Quochten über weniger fein abgestufte Gesichtsausdrücke verfügten, hieß das ja noch lange nicht, dass sie einfacher gestrickt waren als wir. Und für uns Menschen gilt ja oft: Wo die Angst ist, da geht's lang.

Jedenfalls hatten wir, während wir in Laop Bloerphs Gleiter mitflogen, keine Gelegenheit, uns den Planeten anzusehen. Die Bildschirme und Holos zeigten nur Grafiken oder Nahansichten.

Perry, Errek Mookmher und ich saßen, wieder einmal glänzend vor Nässe, abseits auf einer von drei Passagierbänken. Mookmher sagte kein Wort. Er wirkte jetzt, nachdem seine Identität bekannt war und wir uns gewissermaßen schon auf dem Weg in seine Heimat befanden, völlig entspannt. Er hatte die Augen geschlossen und schien in seiner eigenen Welt zu sein. Aber ich war mir sicher, dass er alles um sich herum mitbekam.

»Wie war dein Gespräch mit der Herzogin?«, fragte ich Perry leise.

»Gut genug. Es gibt übrigens einen Ordensturm auf Zaphitti.«

»Sag bloß!«

»Eine Ruine nur. Aber ich hätte sie mir trotzdem gern angesehen.« Er strich sich das Wasser aus den Haaren.

»Hui! Pass auf, dass dich Shimmi nachher nicht so sieht. Das macht dich glatt um ein paar tausend Jahre jünger.«

»Was denn?«

»Dein wilder Stachelkopf.«

Er sah mich einen Moment lang nur an. »Ist irgendwas?«

»Nein«, sagte ich. »Was ist denn nun mit dem Ordensturm?«

Er sah mich noch einmal an. Dann sagte er: »Er ist nicht zerstört worden. Die Cor'morianer haben ihn anscheinend einfach nur verlassen.«

»Das heißt, er hätte uns vielleicht einigen Aufschluss geben können.«

»Hätte können«, warf Errek Mookmher ein. Er hatte ein Auge geöffnet. »Schön gesagt.« Er machte das Auge wieder zu.

Ich sah zu Perry. »Hab ich irgendwas nicht mitgekriegt?«

Perry zuckte mit den Achseln. Er sah genauso ratlos aus wie ich. Ich konnte richtig sehen, wie es hinter seiner Stirn arbeitete. Auf einmal grinste er.

»Oha«, machte ich. Aber innerlich zermarterte ich mir immer noch das Gehirn. Dann ging mir ein Flutlicht auf. Ich grinste ebenfalls. »Das wird dem Dans Kattin aber gar nicht gefallen.«

»Ganz und gar nicht«, sagte Perry.

Wir sahen zu Errek, der sich wieder schlafend stellte.

»Schön gedacht, ihm den Funkkontakt zu seinen Leuten zu verwehren«, sagte ich.

»Schön gedacht, dumm gelaufen«, sagte Perry.

Ich lehnte mich zurück. »Ich glaube, ich gönne mir noch eine Mütze voll Schlaf.«

»Keine schlechte Idee, Dicker.« Er lehnte sich ebenfalls zurück, schlug die Beine übereinander.

Ich schloss die Augen.

Keine fünf Minuten später ging vorn das Geschrei los.

Zwischenspiel

Pelmid Sulcatob befindet sich in der Fitness-Abteilung des Orbital-Hotels auf dem Schießstand. Sie trägt ihre braunen, weich fließenden Hosen von vorhin. Die weiße Bluse mit den zerrissenen Verschlüssen hat sie gegen einen dunkelgrünen Pullover ausgetauscht. Pelmids Hände stecken in dünnen schwarzen Stoffhandschuhen. Sie hat sie kaum über die zerschlagenen, geschwollenen Knöchel bekommen.

Das Präzisionsgewehr, bis hin zu den Trainingsgewichten eine Spezialanfertigung nach ihren eigenen Entwürfen, ist wie eine Verlängerung ihrer selbst.

An ihrer Punktzahl merkt sie, dass sie nicht so konzentriert ist wie sonst. Aber anfühlen tut es sich wie immer. Schießen gibt Halt. Gibt Frieden. Sie hat immer noch Macht. Sie kann immer noch töten.

Anschließend absolviert sie ihr Krafttraining. Sie ist gerade beim zweiten Durchlauf, da gibt es einen Aufruhr im Eingangsbereich.

»Allmächtiger! – Gnade!«, tönen die Stimmen der anderen Sportler durcheinander.

Pelmid sperrt ihre Bank und richtet sich auf. Sie kann den Eingang von hier aus nur zum Teil einsehen. Männer springen auf, salutieren, werfen sich zu Boden.

Eine Frau rafft ihr Handtuch, ihre Trinkflasche zusammen und flieht an Pelmid vorbei zu den Frauenduschen. »Er hat das Mandat! Das Mandat!«, ruft sie und ist verschwunden.

Pelmid steht auf.

Ihr zuckt ein Muskel im linken Hinterschenkel. Fluchtinstinkt?

Dann kommt, mit einem breiten Lächeln, Axx Cokroide. »Dachte ich mir doch, dass ich dich hier finde«, sagt er. Hinter ihm buckelt ein gedrungener Nodrone in Freizeitkleidung her, offensichtlich der Manager des Fitness-Centers.

Auf Cokroides Brust prangt ein rötlich glitzerndes, kostbares Siegel. Die münzartige Scheibe trägt die schematische Darstellung zweier sich überlappender Köpfe.

Die Zwillingsgötzen haben ihn keineswegs der Peitsche von Nodro überantwortet. Sondern sie haben ihn mit dem Mandat der Götzen ausgestattet.

Axx Cokroide, der in die Ewige Stadt gegangen ist, um sein Versagen zu erklären – er kehrt zurück als mächtigster Nodrone von ganz Vaaligo. Sein Wort wird ab jetzt Gesetz sein.

In Pelmids Bauch wird es seltsam kalt. Als rieselte langsam, aus einer Gießkanne, Wasser ihre Gedärme hinunter.

»Lagebesprechung«, sagt Cokroide. »In einer halben Stunde. In meinem Büro.« Er wendet sich an den Manager. »Es fehlt der Ot'Son'Trokete doch an nichts?«

»Nein, Herr. Gewiss nicht, Herr.«

Der Manager redet nur noch mit Cokroides Rücken. Der frisch gebackene Mandatsträger ist schon wieder auf dem Weg nach draußen.

Cokroide hätte sie rufen lassen können, wird Pelmid klar. Jeder normale Vorgesetzte hätte sie rufen lassen. Nicht Cokroide. Er trägt das Mandat deutlich sichtbar an seiner Kleidung – und genießt den Schrecken und die vollständige Unterwerfung sämtlicher Nodronen, die das Siegel sehen.

Pelmid geht zu ihrem Schließfach, holt den Koffer mit dem Gewehr heraus.

Vorn am Tresen sieht ihr der Manager auf die durchgeschwitzte Kleidung. »Willst du dich nicht umziehen, ehrwürdige Ot'Son'Trokete? Stimmt etwas mit unseren Duschen nicht? Wir können alles zu deiner Zufriedenheit arrangieren!«

»Danke. Ich werde auf dem Zimmer duschen.«

»Ich werde die Duschen sperren lassen.«

»Nein. Danke.«

»Wenn ich dir dann vielleicht noch ein Protein-Präparat reichen dürfte?«

»Ich glaube nicht an Proteine«, sagt sie. »Die Arbeit macht die Muskeln.«

»Dann einen Saft vielleicht? Oder möchtest du einen Cocktail?«

»Ich möchte vor allem in Ruhe gelassen werden.«

»Sehr wohl, Ehrwürdige. Nichts für ungut. Nichts für ungut.«

Willkommen in der Wirklichkeit, Pelmid Sulcatob. Axx Cokroide ist noch am Leben, Punkt. Und mächtiger denn je, Punkt.

Als sie, wieder auf ihrem Zimmer, im Bad steht und sich auszieht, fällt ihr etwas auf. Alle Dinge um sie herum haben eine kristallklare Beschaffenheit. Die Duschwanne, die Brause, jeder einzelne Mosaikstein der Wände – das Deckenlicht scheint in sie einzudringen, sie von innen heraus zum Strahlen zu bringen.

Und so verhält es sich auch mit Pelmids Blessuren.

Sie wird, begreift sie, während das Wasser auf ihre Haut prasselt, hier nicht mehr heil herauskommen.

Weil sie längst nicht mehr heil ist.

Aber sie wird, begreift sie, während sie ihre Haut trocken tupft, hier herauskommen können.

Wenn sie wachsam ist. Wenn sie aufpasst. Auch auf sich aufpasst.

Zum ersten Mal, seit sie sich mit Axx Cokroide eingelassen hat, seit sie sich, naiv wie sie war, aus freien Stücken mit Axx Cokroide eingelassen hat, denkt sie nicht mehr in erster Linie an Rache, an Demütigung. Zum ersten Mal denkt sie daran, dass es zu allererst darum geht, ihre Haut zu retten.

Sie hat von Rache und Demütigung geträumt. Sie hat vom großen Fanal geträumt. Davon, ihn mit in den Tod zu nehmen.

Jetzt nicht mehr. Jetzt träumt sie davon, ihn zu überleben.

Darum geht es schließlich. Ihn zu überleben, das ist der größte Triumph.

Neulich, auf Wrischaila, hätte sie ihn erschießen können. Es wäre, begreift sie jetzt, die perfekte Lösung gewesen. Für einen ganz, ganz kurzen Moment hat sie den Drang verspürt, das Gewehr nur um einen Hauch zu schwenken und nicht Perry Rhodan ins Fadenkreuz zu nehmen, den Fremden, sondern Axx Cokroide, Fluch seinem Geschlecht.

Niemand hätte ihr hinterher einen Vorwurf machen können. Berühmtere Scharfschützen als sie hatten schon weiter danebengeschossen, zumal unter solchen Bedingungen. Ein kleines Loch in einem großen Kopf, und eine vielversprechende Karriere hätte ihr jähes Ende gefunden. Gestorben im Dienst für das Empire von Nodro. Ein Musterbeispiel der Pflichterfüllung. Die Vorstellung, an seinem Grab zu stehen, hat etwas Verlockendes gehabt.

Aber es war ihr als zu einfach erschienen, zu leicht. Weil er nichts davon mitbekommen hätte. Paff, und weg. Ausgeknipst wie eine Lampe. Ohne dass er gelitten, ohne dass er einen Funken Todesangst empfunden, um sein Leben gewinselt hätte oder, besser noch, um seinen Tod, um Erlösung von unbeschreiblichen Qualen. Vor allem: Ohne dass er gewusst hätte, dass sie es war, sie, Pelmid Sulcatob, von deren Hand er starb.

So hat sie gedacht. Voller armseligem Kleine-Mädchen-Pathos hat sie gedacht, dass so ein schneller Tod im freundlichen Feuer ihrer Rache nicht würdig wäre.

Nun holt sie Wundcreme aus ihrer Reiseapotheke und trägt sie auf sämtliche ihrer Blessuren auf, ob diese es nun nötig hätten oder nicht. Auch ihre dunkle, bräunliche Haut hat diese kristallklare Beschaffenheit, die sie eben schon so in Erstaunen versetzt hat. Sie hat das Gefühl, jede einzelne Zelle sehen zu können, wie in einer 3-D-Animation.

Willkommen in der Wirklichkeit, Pelmid Sulcatob. Ein Großteil dieser Verletzungen wäre dir erspart geblieben, wenn du ihn neulich in dieser Lagerhalle auf Wrischaila erschossen hättest.

Sie schraubt den Deckel auf die Tube. *Die Haut retten … da ist Wundcreme doch ein guter Anfang.* Zum ersten Mal seit – wie vielen Tagen? – muss sie einen Moment lang wirklich schmunzeln und tut nicht nur so.

Sie tritt an den Ankleideschrank und zieht sich an. Hochgeschlossen, langärmelig. Sie betrachtet ihre zerschlagenen Knöchel, greift zu den Handschuhen, wirft sie wieder in den Schrank.

Kurz vor der bestellten Zeit betritt sie Cokroides Büro. Es ist edel, aber gesichtslos. Hotelstandard. An dem kleinen Konferenztisch sind sämtliche Plätze bis auf einen neben Cokroide besetzt. Alles Männer. Alle starren sie an. Sie setzt sich rasch, zückt ihre Notizlampe, schaltet sie ein. Wie die Männer auch, stellt sie das Holo auf Teilsicht, sodass nur sie es einsehen kann.

»Entschuldigung. Bin ich zu spät?«

»Aber nein.« Cokroide macht eine große Geste. »Die Herren waren nur begierig darauf, mir zu gratulieren.«

Einige der Herren lachen pflichtschuldig.

Cokroide stellt vor. Inneres, Verteidigung, Abschirmung, Aufklärung, Information, Justiz. »Und meine persönliche Adjutantin, Pelmid Sulcatob.«

»Meine Gratulation zur Ernennung«, sagt ihr gegenüber der Informationsminister. Er starrt auf ihre Hände, die links und rechts neben dem Lampenfuß liegen.

»Jemand hat Ärger gesucht«, sagt sie.

»Und gefunden.« Er betrachtet ihr makelloses Gesicht. »Respekt, Ot'Son'Trokete.«

»Meine erste Maßnahme als Träger des Mandats«, sagt Cokroide. »Sämtliche Dienste der Galaxis stehen ab sofort unter meinem Befehl. Sie alle bekommen Order, nach ungewöhnlichen Ereignissen Ausschau zu halten, die möglicherweise mit den flüchtigen Personen in Verbindung stehen. Hier die Daten.« Er drückt eine Taste seiner Notizlampe. »Das gilt selbstverständlich auch für zurückliegende Ereignisse. Zeitfenster und so weiter siehe dort.«

Pelmid klickt in den Dateien herum, bis sie bei der Aufnahme eines dunkelblonden Mannes hängen bleibt. Das ist er. Perry Rhodan. Ein attraktiver Mann, ein überlebenstüchtiger Mann. Er hat sie auf Wrischaila allesamt hereingelegt.

»Welche Priorität?«, fragt der Justizminister. »Ach, ich sehe schon. Höchststufe. Verzeih, Son'Trokete, aber ist das nicht ein bisschen viel? Es handelt sich um drei bis zehn Personen.«

»Die von den Wissenschaftlern von Cor'morian hierher geholt worden sind. Sie stellen eine momentan noch nicht kalkulierbare Gefahr für das Große Vorhaben dar.«

»Das in dieser Phase einen Großteil unserer Kräfte bindet. Das neu geschnürte Sicherheitspaket ...« Er bricht ab.

Pelmid sieht auf. Er ist gegen die Lehne zurückgefallen. Sein Mund steht offen. Auf seiner Stirn ein winziges Loch, aus dem ein noch winzigerer Rauchfaden aufsteigt.

»Höchste Priorität«, sagt Axx Cokroide an die gesamte Runde gerichtet. Er lächelt. »Irgendwelche Einwände?«

An Cokroides Notizlampe leuchtet etwas auf. Es könnte eine Infrarotschnittstelle sein. Nur dass auf der Stirn jedes dieser Minister und Direktoren der rote Lichtpunkt einer Zieloptik zittert.

Nein. Niemand hat Einwände. Die ganze kurze Sitzung lang nicht.

»Was hast du heute gemacht in deinen freien Stunden?«, fragt Cokroide, als sie in seinem Büro allein sind. Allein mit dem Toten, der immer noch dasitzt, mit offenem Mund und offenen, stumpf werdenden Augen. »Außer trainiert, meine ich.« Er berührt sie wieder.

Was weiß er? »Eine alte Freundin getroffen«, sagt sie. Sie nimmt sich vor, diesmal still zu halten.

»Erzähl mir von ihr.«

Was weiß er? »Sie heißt ...« Es tut weh. »Tonka. Tonka Ashmarto. Sie ... arbeitet im Justizministerium.«

»Ist sie hübsch?«

Und wenn er nichts weiß? Wenn sie ihm Tonka gerade ans Messer liefert? Mama, tut das weh.

»Ist sie hübsch?«

»Bildschön.«

»Was?«

»Bildschön! Sie ist bildschön!«

»Ist sie ... gut?«

»Ich weiß nicht, was du damit meinst.« Sie fängt zu zittern an. *Mama, bitte. Bitte, Mama.*

Er lacht auf. »Ist sie gut in ihrem Job?«

»Eine der besten.«

Auf einmal lässt der Schmerz nach. Cokroide hat sie losgelassen. »Dann sollte ich ihr vielleicht«, tut er nachdenklich, »seine Stelle geben.« Er zeigt auf den toten Justizminister. »Was meinst du?«

9

»Ja, was machen die denn? – Halt! Stehen bleiben!«, brüllten die Stimmen aus den Lautsprechern durcheinander. »Alarm! Vollalarm! – Haltet sie auf, verdammt! – Wie denn? Sollen wir sie alle erschießen, oder was? – Erbitte Befehle! Hallo? Dans Kattin? Erbitte dringend Befehle!«

»Ganz ruhig, Kinder«, sagte Laop Bloerph. »Lagebeschreibung.«

»Die brechen aus! Die brechen alle aus!«

Ich fegte mir einen Phichi-Gabe vom Knie und trat nach vorn durch. Die Bildschirme zeigten nur unverständliche Details. Da waren Quochten, die in die Kamera riefen, anscheinend von Befehlsständen aus. Da war eine Art Gang zu sehen oder zu erahnen, auf der einen Seite aufgerissen oder aufgeschnitten. Grelles Sonnenlicht brach herein. Fetzen flatterten. Aus dem Schwarz des Gangs tauchten Trauben von Rebellen auf, sprangen grölend zur Seite weg, ins Licht.

Es war nicht nur ein Gang, es waren mehrere Gänge. Die Bilder tanzten, zitterten. Anscheinend waren die Kameras an den Netzuniformen einzelner Soldaten befestigt. Risse. Flatternde Bahnen. Davonstürmende Rebellen. Ein Schott, von einem Hangar aus gesehen. Quochten, die zur Seite geschwemmt wurden wie Polizisten von der Woge einer eben noch friedlichen Demonstration.

Einer dieser Schlauchrisse kam zitternd näher. Anscheinend lief ein mit Kamera ausgestatteter Quochte darauf zu. Schwenk. Für einen Moment grelles Weiß, dann schaltete ein Filter hinzu, und hinter dem verbrannten Gras eines Flugfeldes war eine Art Dschungellandschaft zu sehen. Der Himmel darüber war wieder fast weiß. Davonhastende Rebellen verschwanden in dem grünvioletten Gewirr.

»Anfrage Schießbefehl!«, hob sich eine Stimme aus den Lautsprechern vom allgemeinen Lärm ab.

Ich holte tief Luft. Ich merkte erst jetzt, dass Perry neben mir stand.

»Negativ.« Das war Bloerph.

Auf einmal kippte die Landschaft nach hinten weg. Himmel, dann die Dunkelheit dieses Tunnels. Ein Quochte kam ins Blickfeld, schien sich über uns zu beugen. »Ekkmo? Bist du okay?« Er sah zur Seite ins Licht, machte einen Satz nach hinten und verschwand.

Ich sah zu Laop Bloerph. Er starrte den schwarzen Bildschirm an.

»Erbitte Befehle!«, kam es wieder aus dem Lautsprecher.

»Ehrwürdiger Dans Kattin«, sagte Perry. »Gibt es nicht die Möglichkeit, eine Totale einzublenden?«

»Ortung?«, fragte Bloerph.

»Dicht genug dran sind wir«, antwortete ein Quochte.

»Dann bitte.«

Was eingeblendet wurde, waren keine Realaufnahmen, sondern Animationen, eine Art 2-D-Draufsicht. Drei Kreise stellten wohl die Schiffe dar, mit denen wir nach Zaphitti gekommen waren. Eine war deutlich größer als die anderen beiden: die QUORISH. Die Kreise umgaben ein großes Rechteck. Das musste dieser Schlicktanker sein, den Namen hatte ich gerade nicht präsent. Dicke schwarze Striche, die blinkten, verbanden die drei Schiffe mit dem Tanker: die Zubringergänge. Von den blinkenden Strichen wimmelten Punkte nach außen weg: die Rebellen.

»Erbitte dringend Befehle!«

»Dans Kattin«, sagte jemand von der Crew. »Wir könnten die Schotts schließen lassen. Und die bereits Flüchtigen mit Lähmstrahlen bestreichen.«

»Und sie dann alle einzeln auf die QUORAXAQUOK tragen, ja?«, fragte Bloerph. Seine Stimme schien aus einem tiefen Brunnen zu kommen. »Befehl an alle Einheiten: Nicht einschreiten. Ich wiederhole: Nicht einschreiten. Passagiere wie geplant ausborden.«

Er sah Rhodan und mich an. Ich sah knapp an seinem Kopf vorbei. Seine Mimik war nicht zu deuten, weil praktisch nicht vorhanden. Ich nehme an, Quochten verfügten über weniger Gesichtsmuskeln als Terraner. Das ließ sie rasch dümmlich erscheinen, stumpf. Aber der Eindruck täuschte.

»Und ich«, sagte er zu mir, »habe den Rebellen von Nodro mangelndes Einfühlungsvermögen in fremde Kulturen vorgeworfen.«

»Immerhin bist du ein guter Verlierer.«

»Kein Quochte wäre auf die Idee gekommen, sich der Planetenoberfläche auszusetzen.«

»Ein Quochte nicht«, sagte ich.

Errek Mookmher kam herübergeschlendert. Er kratzte sich hinter dem Ohr.

»Ich nehme an, Fürstensohn, dass das keine abgestimmte Aktion war?« Bloerph gab sich die Antwort gleich selbst: »Nein. Wie auch.« Er hob einen Phichi-Gabe auf, sah ihn an, warf ihn wieder weg. »In allen drei Schiffen gleichzeitig. Die Idee muss sehr nahe liegend gewesen sein.«

»So nahe liegend vielleicht auch wieder nicht«, sagte Perry. »Ein schneller Austausch unter den ersten Rebellen, die im Tanker ankommen, hätte auch gereicht.« Perry sah zu seinem Rebellenfreund.

»Meine Leute haben Hunger«, sagte Errek. »Sie hungern nach trockenen Kleidern, frischem Essen und prasselndem Feuer.«

»Und nach Freiheit vermutlich«, setzte ich hinzu.

Der Rebell grinste mich an.

»Darf ich davon ausgehen, dass deine Leute morgen früh zurückkehren werden?«, fragte Bloerph. »Wann immer ›morgen früh‹ auf diesem Planeten sein mag.«

»Ich denke schon«, sagte Errek. »Die meisten bestimmt.«

Der quochtische Kommandant krächzte. »Die meisten bestimmt.« Er stand langsam auf. Winkte einem Quochten. »Übernimmst du mal. Ich muss mich kurz hinhocken.« Er schlurfte davon.

Sein Stellvertretender kam herüber. »Viel Spaß noch«, sagte er und setzte sich. »Zaphitti wimmelt übrigens von Raubsauriern.«

»Hauptsache, sie schmecken«, meinte Errek.

Der Stellvertretende wandte sich ab. »Anflugmanöver vorbereiten.«

Der Gleiter nahm Kurs auf die QUORISH.

»Nun denn, meine Freunde von jenseits der Zeit«, sagte Errek und schlug uns gleichzeitig auf die Schultern. »Wolltet ihr euch nicht noch irgendwelche langweiligen Ruinen angucken?«

10

Als ich den Schwebebus langsam aus dem Hangar lenkte und das fast weiße Sonnenlicht über uns hinwegflutete, brachen unsere Pratton, Quart und Shimmi hinten in Jubel aus. Sonnenlicht hatten sie schon lange nicht mehr gesehen. Eine offene Landschaft ebenso wenig. Die nur niedrig bewachsene Flugfläche, die offensichtlich regelmäßig mit Desintegratoren frei gehalten wurde, endete in vielleicht sechzig Metern Entfernung am Dschungel. Das Pflanzengewirr ragte so schroff auf wie eine Felswand. Der Urwald erstreckte sich bis zum Horizont, ein grün und violett gefärbtes Meer, über das kabbelige Wellen liefen. Es musste windig sein dort draußen.

Ich beschleunigte. Tropfenbahnen liefen über die Kanzel nach hinten weg.

»Gehst du mal höher?«, sagte Perry. Er stand hinter meiner Rückenlehne.

Unser Hangar befand sich in vielleicht dreißig Metern Höhe. Die maximale Höhe der QUORISH aber betrug vielleicht hundertzwanzig Meter. Als ich unseren Mars-Liner in einer sanft geschwungenen Kurve nach oben zog, kam sie ins Blickfeld wie ein gigantisches Bauwerk.

»Durchmesser 933 Meter«, sagte Perry mit einem Blick auf die Instrumente. »Ein ganz schöner Brocken.«

Ich lupfte den Liner über die »Dachkante«. Die Außenhaut der QUORISH wirkte beinahe schuppenartig. Während das Schiff unter uns zurückfiel, schrumpften die Schuppen zu einer schrundigen Struktur zusammen. Blasenartige Erhebungen mochten Geschützöffnungen sein; der so genannte Schwere Kampfpaat war großzügig bewaffnet. Je höher wir stiegen, desto mehr war auch von den vier zackenartigen Geschütztürmen zu erkennen, die an den Diskusrändern in Geschütztaschen untergebracht waren.

Ich hatte es nicht eilig. Ich ließ den Bus durch die Luft kurven wie eine zugegebenermaßen etwas plumpe Libelle. Es war die reinste Freude, wieder einmal Raum zu spüren!

Perry schlug mir auf die Schulter und lachte. »Fast hätte ich eben gesagt: endlich wieder an der frischen Luft!«

»Ja, so kommt es einem vor.« Ich warf einen Blick auf die Instrumente. »Atmen werden wir sie können. Aber viel trockener als bei den Quochten wird's nicht werden. Knapp 100 Prozent Luftfeuchtigkeit bei 45 Grad Celsius sind nicht ohne.«

Mit Hilfe der Bildschirme war eine altmodische Art von Rundumsicht möglich. Das Flugfeld musste ungefähr Kreisform besitzen. Die QUORISH und die beiden kleineren, zackenlosen Paateoms umschlossen den Schlicktanker wie Mietshäuser ein Einkaufszentrum. Die nach wie vor aus den Zubringern wimmelnden Rebellen unterstrichen diesen Eindruck noch. Nur Reklame war nirgends zu sehen.

Ich ging auf Kurs. An manchen Stellen durchbrachen Schlote die Vegetationsdecke. Trüblich gelbe und graue Rauchfahnen zogen dahin. In der Hauptwindrichtung waren die Baumwipfel ausgeblichen und staubig.

»Umweltschutz scheint kein Thema zu sein bei einer unterirdisch lebenden Zivilisation«, sagte ich.

»Wie man's nimmt«, entgegnete Perry. »Auf die Luft- und Wasserqualität werden sie schon achten müssen. Aber kosmetische Belange dürften egal sein.«

»Ja, von Kulturlandschaft ist hier wenig zu sehen. Was dagegen, wenn ich wieder tiefer gehe?«

»Mach nur.«

Von nahem waren in dem Meer aus Baumwipfeln andere Pflanzen und Lebewesen auszumachen. Grellbunte Schmarotzer spannten sich wie Flecken von Spinnenweben über die Äste. Riesige Fluginsekten taumelten umher, terranischen Schmetterlingen ähnlich, aber transparent wie Tiere aus Glas. In der Ferne schwärmten schwarze Punkte. Es mochten Vögel sein.

Als ich noch weiter runterging, explodierte einer dieser bunten Schmarotzer. »Hoppla!«, rief ich. Ein Farbgewirr schoss auf uns zu. Es klatschte auf die Scheibe und zog sich, während ich wieder hochging, zu zähen, schillernden Fäden lang. Hinten kreischte Shimmi auf. Unser Künstler brüllte.

Im Flugverhalten des Mars-Liners war nichts von einem Festhängen zu merken. Die Fäden rissen. Irisierende, im Fahrtwind zitternde Fladen blieben auf der Kanzel zurück.

»Keine Panik, Herrschaften!«, gab ich über die Lautsprecher nach hinten durch. »Das war nur eine kleine Einlage, damit ihr nachher an der Hotelbar was zu erzählen habt.«

»Fliegt auch das nächste Mal wieder mit Bull's Adventure Sightseeing!«, rief Pratton Allgame, und alle lachten. Ich auch. Aber in den nächsten Minuten schielte ich immer wieder zu den Fladen hinüber. Wenn ich diese spinnwebartigen Flecken, die ich ursprünglich für Schmarotzer gehalten hatte, richtig einschätzte, waren sie so etwas wie offene Mägen, wie Venus-Fliegenfallen. Und dann enthielten ihre Abrisse vielleicht auch so etwas wie Magensäure.

Aber während wir dahinflogen, blieb das Glas unterhalb der Fladen beruhigend klar. Die Fladen trockneten nur allmählich aus, schrumpelten zusammen, verloren ihren Schimmer dabei, bis sie aussahen wie Vogeldreck. Von reichlich großen Vögeln zugegebenermaßen.

Wir flogen dahin. Shimmi und Pratton Allgame versuchten sich unter viel Gekicher und Erinnerungsversuchen an einem Lied. Zuerst hörte es sich so an, als ob nicht viel dabei herauskäme, aber schließlich stimmten auch Quart Homphé und Fran mit ein.

»Fort der Held, auf einer verlorenen Welt
und sein Leben in Gefahr,
fort der Held, doch die Erinnerung zählt,
dass es einmal Liebe war!«

Beim Klang von Frans herrlichem Sopran schnürte sich mir die Kehle zu. Wie konnte sie solche Worte dermaßen kühl singen?

»Bully?«, fragte Rhodan. »Alles in Ordnung?«

»Ja, ja«, sagte ich und korrigierte den Kurs. Meine Finger hielten den Steuerknüppel viel zu fest gepackt. Ich lockerte sie. »Muss nur kurz aufs Klo. Übernimmst du mal?«

Ich trat aus dem Führerstand und ging langsam den Gang zu den Hygienezellen hinunter.

Die anderen sangen immer noch. Shimmi und Allgame saßen hinten auf der Rückbank, neben sich den geöffneten Katzenkorb. Homphé saß mit Sicherheitsabstand zu den herumpurzelnden Kätzchen zwei Reihen weiter vorn in einem Einzelsitz.

Und Fran – Fran saß in dem Zweiersitz direkt vor Shimmi und Allgame. Quer saß sie da, mit Blick zu den beiden, die herrlichen Beine in den Gang gestreckt. Und während die vier ihr Lied schmetterten, schien sie zu merken, dass ich sie anstarrte.

Sie wandte sich um und sah mich an, gerade als alle sangen:

»... doch die Erinnerung zählt,
dass es einmal Liebe war!«

Ich drohte in ihren Augen zu versinken. Ich räusperte mich und ging an ihr vorbei in diese kleine, kühle Hygienezelle aus gebürstetem Aluminium. Dann stand ich vor dem Spiegel und starrte ihn an, diesen alten, vom Licht unzähliger Sonnen verbrannten Kerl mit dem Bürstenschnitt und dem ewigen Grinsen in der narbendurchzackten Visage. Ich beugte mich über das Waschbecken und schüttete mir Wasser ins Gesicht.

So konnte das nicht weitergehen. Ich war kein Teenager mehr. Ich musste endlich über diese Frau hinwegkommen. Bevor meine Gefühlsduselei noch jemanden das Leben kostete.

Als ich wieder nach draußen trat, drückten sich alle die Nasen an den Scheiben platt. Perry hatte den Bus mitten zwischen einen Schwarm Flugreptilien gelenkt. Sie erinnerten mich an Flugsaurier wie Pteranodon und Quetzalcoatlus aus der terranischen Kreide, nur dass sie mit ihrem dünnen Haarflaum so bunt wie Papageien waren. Und dass sie verspielter waren, als ich mir Saurier vorstellte. Sie umrundeten den Bus neugierig und schauten durch die Fenster, um dann abzudrehen und sich wegfallen zu lassen. Ich sah einem der Tiere nach.

Unter uns glitzerte eine Wasserfläche. Es stürzte auf sie hinab und kam mit einem wassertriefenden Maul wieder hoch. Ein Fischleib zappelte zwischen den zahnlosen Kiefern.

»Diese Zukunft«, sagte Quart Homphé mit glänzendem Gesicht, »ist der Traum eines jeden kleinen Jungen. Die Quochten, die Cor'morianer – sprechende Tiere. Und dazu massenhaft Dinosaurier. Der Traum eines jeden kleinen Jungen!«

Ich schüttelte grinsend den Kopf und ging zum Cockpit durch. In Flugrichtung waren schon zwei hoch aufragende Türme zu sehen. »Der Ordensturm?«, fragte ich.

»Ja«, sagte Perry. »Wir fliegen ihn seitlich an. Ich werde ihn einmal umrunden, um die Lage zu sondieren.«

Wenig später war die Konstruktion zweier sich überkreuzender Stimmgabeln deutlich zu erkennen.

»Hm«, machte Perry nachdenklich. »Keine Einflugscharten wie in Mantagir.«

»Der Abstand der Gabeln zueinander ist auch größer«, sagte ich. »Und wenn ich mich recht entsinne, war der Neigungswinkel spitzer. Anscheinend sehen die Türme auf jeder Welt ein bisschen anders aus.«

Die Panoramascheiben waren an vielen Stellen blind, aber ansonsten machte das Gebäude einen gut erhaltenen Eindruck. Seine Hülle war tagsüber wahrscheinlich auch viel zu heiß, als dass sich darauf so leicht Pflanzen angesiedelt hätten. Nur der höchste »Zinken« sah einsturzgefährdet aus. Hier waren knapp über dem unteren Drittel einige der großen Panoramascheiben geborsten. Gräser und Moose wuchsen an den Rändern der Löcher, und hier hatte anscheinend auch das Regenwasser in die Bausubstanz eindringen können. Ränder von Auswaschungen zogen sich die darunter liegenden Stockwerke entlang.

»Das wäre der perfekte Zugang«, sagte Perry.

»Gefällt mir nicht. Aber es bei einer unbekannten Flora und Fauna fröhlich durch den Haupteingang zu probieren gefällt mir noch viel weniger.«

Wir gingen näher heran. Die Luft flimmerte vor der Öffnung.

»Zu dumm, dass wir keine wohltemperierten Schutzanzüge haben«, sagte Perry.

Er stellte den Bus quer. Führte ihn Zentimeter für Zentimeter dichter an das zerborstene Fenster.

»He«, sagte Pratton Allgame und schob sich neben mich. Sein Umhang streifte meinen Handrücken. »Warum parkst du ihn nicht einfach drinnen?«

Perry sah ihn nicht an, sondern konzentrierte sich auf die gute alte Handsteuerung. »Weil keiner weiß, ob dieses Stockwerk das Gewicht des Mars-Liners noch halten kann. Der Turm steht seit Jahrhunderten leer. Wir werden über ein Schott hineingehen.«

»Na, dann mal los!« Allgame grinste mich an.

»Wir«, sagte ich, »meint in diesem Fall Perry Rhodan und mich.«

»Und den Terranischen Liga-Dienst.« Fran trat hinzu.

»Einer muss beim Mars-Liner bleiben«, sagte ich.

»Aber doch ich nicht! Ich bin eure Leibwächterin, schon vergessen?«

»Das ist eine Milliarde Jahre her, junge Frau.«

»Ja, nun mal nicht so aufgeregt, Herrschaften«, sagte Perry und stand auf. »Bully hat Recht. Ihr bleibt hier. Auch du, Fran. Du wirst mit dem Bus noch am besten umgehen können, falls es nötig wird.«

Ich bückte mich. Hinter der dritten Klappe fand ich, was ich suchte. Ich hakte die gelborangene Seilrolle an meinem Werkzeuggürtel fest und ging zur Schleuse.

Da die Außenluft atembar war, ließ ich beide Schotts gleichzeitig aufgehen. Heiße Luft schlug mir entgegen. Sie roch vage nach Blüten und Staub. Ich ließ die kleine Treppe ausfahren. Es knirschte, als sie den Boden berührte.

Ich trat bis an das Außenschott. Zwischen Mars-Liner und Fassade klaffte eine Lücke. Sie war zwei Hände breit und hundert Meter tief. Ich trat auf die Treppe. Zwei Schritte, und ich stand auf dem sandigen Beton und sah mich um.

Und erstarrte. Meine Nackenhaare stellten sich auf.

»Ich will auch mitkommen!«, rief Shimmi Caratech und drängte sich an den Erwachsenen vorbei.

»Bleib, wo du bist«, sagte ich leise.

»Kommt überhaupt nicht in Frage! Ich bin doch kein Kind mehr!« Sie trat auf die Treppe, sah kurz nach unten, ließ sich aber auch von dem sonnenhellen Abgrund nicht aufhalten. »Hopp!« Ihre Sohlen rutschten über den krümeligen Boden. Ich musste sie auffangen, damit sie sich nicht den süßen Hintern stieß. Und damit sie nicht noch mehr ausgreifende Bewegungen machte.

»Huch. Danke.« Dann bemerkte sie meinen Gesichtsausdruck. »Was ist denn?«

Ich zeigte nach oben. Schräg über uns hing noch ein Teil des Panoramafensters hinab. In dem Winkel zwischen Decke, Wand und Scheibe hing ein riesiges, geschwürartiges, braungraues Gebilde. Das Stockwerk hatte eine Höhe von zehn, fünfzehn Metern. Was bedeutete, dass das Gebilde etwa drei mal vier Meter maß. Es war wegen seiner unregelmäßigen Form schwer zu sagen. Uns zugewandt gähnten mehrere vielleicht faustgroße Öffnungen.

»W-was ist das?«, flüsterte Shimmi.

»Ein Nest«, sagte ich leise. Ich ließ sie los und zog meinen Strahler.

»Ein Schwalbennest oder so?«

»Eher Hornissen«, flüsterte ich. »Oder so.«

Shimmi durchbrach fast die Schallmauer, so schnell war sie wieder im MarsLiner.

»Perry«, sagte ich tonlos. »Kommst du mal.«

Er trat neben mich. Er erfasste die Lage sofort. »Geht von der Schleuse weg. Und schließt das Innenschott.« Dann wandte er sich an mich. »Schon irgendwas raus oder rein?«

Schmatzend schloss sich das Innenschott. »Nein. Nicht einmal ein Fühler oder ein Spinnenbein ist aufgetaucht. Ich glaube, das Ding ist leer.«

»Abwarten.«

Wir warteten. Nichts zeigte sich. Nichts kam nach Hause geflogen. Einerseits machte mich das froh. Insekten, die faustgroße Zugänge brauchten, versprachen eine Spannweite von mindestens zwanzig Zentimetern. Andererseits ist Warten, um es mal freundlich auszudrücken, eine meiner weniger gut ausgeprägten Stärken.

Ich schmolz mit dem Strahler ein bisschen von dem braungräulichen Zeug weg. Waben kamen zum Vorschein, Gänge. Irgendwelche fingerlangen, aufgerissenen Hülsen rieselten herab. Sie raschelten, wurden vom Wind bewegt. Sie erinnerten mich an Eierschalen.

»Staubtrocken. Und verlassen.« Ich steckte den Strahler weg. »Auf geht's.«

11

Zweieinhalb Stunden lang kraxelten wir in dem Zinken herum. Es war eine Plackerei. Aber viel anderes blieb uns nicht übrig. Die Antigravschächte funktionierten nicht, und Gravopacks gehörten leider nicht zum Ausrüstungsumfang unseres betagten Schwebebusses.

Die Cor'morianer oder Tambu, wie sie sich selbst nannten, hatten den Turm eindeutig aufgegeben und nicht etwa nur vorübergehend verlassen. Nichts funktionierte. Kein Licht, kein Wasser. Nirgendwo Terminals oder sonstige Hinweise auf Computeranlagen. Keine Möbel, keine Dekorationsgegenstände. Nur leere Zimmerfluchten, leere Stockwerke. Ab und zu Haufen von Schutt oder aus der Wand ragende Bündel einer Art Glasfaserkabel, die bei Berührung zersplitterten. Ab und zu hingen Plaketten an der Wand. Sie zeigten psychedelische Farbverläufe. Wahrscheinlich waren es einmal Hinweisschilder gewesen, vor langer, langer Zeit.

Wir wären gern in einen der anderen Zinken übergewechselt, aber nach unten zu zeigten unsere Armbänder eine immer höhere Radioaktivität an. Also machten wir kehrt und stiegen hinauf. Hoch und immer höher. Draußen vor den Panoramafenstern tauchten erst ein, dann zwei, dann drei Zinkenenden auf.

»Warum mussten wir ausgerechnet den höchsten Turm erwischen? Ich halte das nicht mehr lange durch, Dünner«, sagte ich irgendwann. Ich setzte mich in den Staub. Mein Overall, den ich bis zum Bauchnabel geöffnet hatte, klebte mir am Körper. Die Trinkflasche, die Perry mitgebracht hatte, war längst geleert.

»Komm«, sagte er aus dem Treppenschacht. »Ist nur noch ein Stockwerk, wenn ich das richtig sehe.«

»Das hast du doch eben schon mal gesagt.« Er antwortete nicht. Ich quälte mich hoch und folgte ihm. Am Anfang hatte ich das Treppengeländer nicht benutzt. Der Handlauf war mit irgendeinem im Verfallen begriffenen Kunststoff belegt, der unangenehm klebrige Brösel absonderte. Inzwischen war mir das egal. Ich wischte sie mir einfach immer an der Hose ab.

Das letzte Stockwerk sah aus wie viele andere. Ein großzügiger Vorraum lag vor uns. Rechts neben der Nottreppe, von der wir gerade gekommen waren, gähnte der dunkle Antigravschacht. Aber daneben lagen nicht nur wieder diese leeren, glasierten Räume mit den wannenartigen Vertiefungen, die sehr nach Sanitäranlagen aussahen, sondern es gab noch eine weitere Tür.

Wir brachen sie auf. Ein leerer, fensterloser Raum. Im Schein unserer Stablampen waren auf dem Boden leichte Vertiefungen zu sehen. Hier hatten Aggregatblöcke gestanden, eine schwere, solide Anlage. »Am ehesten wohl ein Transmitter«, sagte ich.

Perry nickte. »Damit sie von der einen Turmspitze in die andere wechseln konnten.«

»Oder in ein im Orbit befindliches Raumschiff. Lass uns schauen, was die eigentlichen Räume hergeben. Bei uns Terranern wäre das hier ja die Chefetage.«

Wir ließen den Eingangsbereich hinter uns. Ein riesiger, dämmeriger Sitzungssaal schien vor uns zu liegen. Der Grundriss war ein quergestelltes Oval. In der Mitte des Saals befand sich wieder ein Arrangement aus geschwungenen, vielleicht hüfthohen Quadern, wie wir sie schon in anderen Sitzungssälen hier und im Turm von Mantagir gesehen hatten. Tiefe Löcher zogen sich unter der oberen Kante der Quader entlang, insgesamt waren es zwölf. Sie gaben uns keine Rätsel auf. In Mantagir waren darin Sitzstangen für die vogelartigen Tambu eingesteckt gewesen.

Perry hockte sich hin und befühlte eines der Löcher. Er zog einen grauen Holzsplitter heraus. Das Holz war so morsch, dass er es mit zwei Fingern zu Staub zerbröseln konnte.

»Tja«, sagte ich. »Das einzig Überraschende ist, dass sich hier so wenig Sitzplätze befinden – für einen Saal dieser Größe. Hier muss ein hoher Rat getagt haben.«

Im Boden fanden sich regelmäßige Abdrücke. Von Sockeln vielleicht? Auf denen Büsten oder so gestanden hatten? »Die haben wirklich *alles* weggeräumt damals«, sagte ich enttäuscht und bestrich den dämmerigen Saal mit meiner Stablampe.

»Mach das noch mal«, sagte Perry. »Die gegenüberliegende Wand.«

Ich tat es. Ich sah nichts Auffälliges. »Was denn?«

»Komm her.«

Ich ging zu Perry hinüber, hockte mich hin, richtete die Stablampe aus. Nichts.

»Da war eine senkrechte Kante zu sehen«, sagte er. »Zu erahnen.«

Ich ging wieder an meinen alten Platz und legte die Stablampe so hin, dass sie die Rückwand beleuchtete.

»Ja«, sagte er. »Jetzt.«

Diesmal war aus seinem Blickwinkel deutlich eine senkrechte Linie zu sehen, ein Grat oder … »Eine Fuge«, sagte ich.

Wir untersuchten die Wand. Mittig war eine Blende angebracht worden. Eine Blende von vier Metern Breite.

Die Fuge ließ sich mit dem Fingernagel öffnen.

»Was liegt dahinter? Eine Schatzkammer? Eine Art Schreinraum?« Ich zog mein Vibromesser und bückte mich. Es machte einen Haufen Dreck, aber nach zwei Minuten hatte ich ein gutes Stück der millimeterdünnen Blende gelöst und brach es ab. Der verblendete Raum war nicht tief, vielleicht einen halben Meter.

Perry ging auf die Knie und leuchtete in die grob dreieckige Öffnung. Ich drängte mich neben ihn. Wir steckten unsere Köpfe hindurch.

»Ein Wandgemälde?«, rief ich.

»Es scheint irgendeine technische Darstellung zu sein«, sagte Perry. »Los!«

Wir legten so viel von dem Gemälde frei, wie wir konnten. Es handelte sich um eine Art Weltraumszene, nur ohne Weltraum. Eine Hand voll kleinerer Schiffe, die an Pilze oder Quallen erinnerten, flogen auf ein nur ausschnitthaft dargestelltes Objekt zu. Genauer gesagt, sie flogen auf eine längliche Öffnung in seiner Mitte zu. Braune, weiße und violette Töne überwogen.

»Seltsame Farbgebung«, sagte ich.

»Dieses Objekt«, sagte Perry. »Es muss gigantische Ausmaße haben. Ein künstlicher Planet?«

»Jedenfalls ist die Perspektive eindeutig die dieser Quallenschiffe.«

»Deshalb dürfte es sich um einen Schiffstyp der Wissenschaftler handeln.«

Ich nickte. »Das große Objekt könnte von der Darstellung her etwas Fremdes sein. Es sieht zu rätselhaft aus, um einfach das Hauptschiff oder so etwas zu sein.«

Vor unseren Augen veränderte das Gemälde sich. Die Farben verliefen, die Umrisse sackten durch, das ganze Bild verwandelte sich in etwas wie eine optische Täuschung.

»Die Farbe rieselt herunter!«, rief Perry. Das Bild zerfiel innerhalb von Sekunden. »Da ist es jahrhundertelang geschützt gewesen, und nun haben wir es dem Licht und der Luft ausgesetzt.«

»Geschützt gewesen?«, fragte ich. »Oder versteckt gewesen?«

Er sah mich fragend an.

»Es ist nur ein Gefühl«, sagte ich. »Aber ich glaube, die Tambu haben Dreck am Stecken.«

»Sie haben hier vor der Aufgabe des Turmes alles herausgerissen, Bully. Wenn sie etwas zu verbergen hätten, hätten sie das Bild doch einfach zerstören können.«

»Und wenn sie von dem Bild gar nichts mehr wussten?«

»Weil sie es voreinander verborgen haben, meinst du?« Er rieb sich die Nase. »Die eine Gruppe vor der anderen … Zu einer Zeit der Inquisition quasi? Das ergäbe einen Sinn.«

Wir drehten uns um und starrten die Konferenzquader mit den nicht mehr vorhandenen Sitzstangen an. Hier, vor diesem Gemälde, hatte einst ein verhältnismäßig kleiner Rat getagt.

Im obersten Stockwerk. Einem Transmitter gegenüber.

Ein kleiner Rat, aber einer von Gewicht.

Zwischenspiel

Einige Zeit vor dem Abflug nach Balance B durchstreift Pelmid Sulcatob die Einkaufsebenen des Orbital-Hotels. Sie hat erklärt, noch einige Andenken erstehen zu wollen, und so hat Axx Cokroide ihr diese Zeit zugestanden.

In einem Schuhgeschäft erwirbt sie ein paar Schaftstiefel aus echtem Sturmtierleder – eine handwerklich gefertigte Rarität, sagt der Verkäufer. Sie überweist ihm einen Wochensold dafür. Sie ist Ot'Son'Trokete. Sie kann sich so etwas jetzt leisten, auch wenn sie noch nicht weiß, wie viel sie tatsächlich verdienen wird. Sie hat bisher nicht danach gefragt.

Sie durchstreift die Läden, sucht sich hier ein Tuch aus, dort eine Seife, lässt sich noch eine Flasche Badesalz mit einpacken. Hauptsache, sie hat ihren Beutel schnell gefüllt.

Dann geht sie in eine Milchstube und ruft Tonka im Justizministerium an. »Hey«, sagt sie, als ihre Freundin sich ebenso förmlich wie offiziell meldet, »ich wollte mich noch von dir verabschieden, bevor es wieder zurück nach Mantagir geht. Und dir zu deiner inoffiziellen Ernennung gratulieren! Für wann ist denn die feierliche Amtseinführung angesetzt?«

»Für übermorgen«, sagt Tonka reserviert. Sie hat wieder diese Hochsteckfrisur. »Wo bist du denn da gerade? In einem Milchhaus?«

Pelmid bejaht. »Ich dachte mir, wir könnten uns noch auf ein schnelles Glas treffen …«

»Schrecklich gern, Prinzessin, aber meine Zeit ist wirklich knapp.«

»Ach komm, Tonk! Nur ganz kurz. Wer weiß, wann wir uns wiedersehen. Nur kurz etwas trinken und noch ein bisschen plaudern. Du hast mir so spannende Geschichten erzählt neulich! Weißt du noch, die von dem Gemüsehändler mit den vielen Frauen?«

Tonka starrt sie verständnislos an.

»Na, der mit den vielen Verflossenen!«, schiebt Pelmid nach.

Tonkas Gesicht hellt sich auf. »Ach ja, diese Geschichte!«

»Die würde ich zu gern noch einmal ausführlich hören«, sagt Pelmid.

Tonka gibt ein Lachen von sich. Aber ihre Augen sind ernst. »Bevor ich mich schlagen lasse«, sagt sie. Einen Moment lang sehen sich die beiden Frauen nur an. »Weißt du was«, sagt Tonka. »Ich ziehe meine Pause vor. Für die Mittagszeit ist eh eine Besprechung angesetzt. Dann können wir uns vorher noch kurz treffen.«

Pelmid gibt ihrer Freundin durch, wo sie sich gerade befindet.

»Hast du schon was zu lesen für den Flug? Nein? Ich bring dir was mit. Die Geschichte von dem Gemüsehändler. Die hält eine Weile vor.«

Pelmid setzt sich mit ihren Einkaufsbeuteln in die Passage. Hier herrscht künstliche Nacht. Außerhalb der Läden ist alles nur wenig beleuchtet von vereinzelten Hängelampen, vereinzelten Fackeln. Von unten angestrahlte Palmen rahmen alles mit kräftigen Pinselstrichen ein.

Pelmid nippt an ihrer Stutenmilch und schaut sich die Leute an. Da sind Männer in dunklen Gewändern. Im Licht der Fackeln blitzen Zierdolche und Zierstrahler auf. Ihre Rüstung beschränkt sich auf wenige, viel zu feine Lederstücke an Schultern und Wams. Es müssen Händler sein.

Da sind halbe Sippen, laut und überreizt, in jeder Hand zwei Einkaufsbeutel, die kleinen Kinder auf dem Rücken festgebunden. Touristen mit einer Tageskarte. Ab und zu kommen einzelne Frauen in wenig mehr als einer Jaffage vorbei. Sie sind zumeist sehr jung, sehr hübsch, und ihre dunklere Haut mit den Ritualtätowierungen weist sie als Angehörige eines eher rückständigen Clans aus, der eigentlich nicht das Geld haben dürfte, seine Töchter im »Stern von Kion« einzuquartieren.

Handelt es sich um Prostituierte, die es an den Kontrollen vorbeigeschafft haben?

Pelmid wirft einen Blick auf die Uhr. Jetzt könnte Tonka unten in der Rezeption angelangt sein. Sie lässt sich eine Pfeife bringen, raucht sie an. Wohltuende Bitterkeit legt sich in ihre Mundhöhle, akzentuiert durch die Frische der ätherischen Öle.

Tonka weiß, dass Axx sie schlägt. Das hat sie durchblicken lassen. Bei dem Gedanken, dass Tonka sie nicht einmal so zu sehen bräuchte, dass Tonka sich denken kann, wie sie jetzt nackt aussieht, zieht sich Pelmid der Magen zusammen.

Tonka hat angedeutet, dass seinen früheren Geliebten etwas zugestoßen ist. Geliebten – was für ein falsches, falsches Wort. »Vielleicht fragst du dich einmal, was aus ihnen so geworden ist«, hat sie neulich im »Glanz« gesagt. »Oder geworden sein könnte.«

Geworden sein könnte, das klingt nach spurlos verschwunden. Deportiert? In ein Lager? Oder haben sie sich abgesetzt?

Pelmid verliert den Faden, verliert sich in einem Sumpf von erinnertem Schmerz, einem dumpfen Reigen von Schlägen, von Bissen, von … von …

Justiz. Tonka arbeitet bei der Justiz. Sie will Reiselektüre mitbringen. *Eine Akte? Es muss um etwas strafrechtlich Relevantes gehen.*

»Du schwebst in Gefahr«, hat sie gesagt.

Gewalt in der Liebe ist nichts strafrechtlich Relevantes. In der Liebe und im Krieg ist alles erlaubt. Wie hat es damals im Sexualkundeunterricht geheißen? »Befriedigender Sex erfordert eine prekäre Balance zwischen Unterwerfung und Überhöhung.«

Pelmid schnaubt. *Den Teil mit der prekären Balance muss Axx Cokroide geschwänzt haben.*

Axx Cokroide, wie er danach auf den Kissen lehnt, ihr ein Schamhaar ausreißt, daran riecht und es sich auf die Zunge legt. Und verspeist.

Axx Cokroide, wie er Varrn Vardak, Mozz und Wlenko über die Klinge springen lässt, drei treue Gefolgsmänner. Unter falscher Anschuldigung.

Axx Cokroide, wie er dem Justizminister das Hirn grillt, vor versammelter Mannschaft. Nachdem das Mandat ihn rechtlich unangreifbar gemacht hat.

Es kann nur um Mord gehen – für den im Justizministerium Beweise unter Verschluss liegen. *Beweise, die Tonka ihr nun zeigen will?* Pelmid sieht wieder auf die Uhr. Ihr Zeitfenster ist gleich zu. Und Tonka müsste längst da sein.

»Du schwebst in Gefahr«, hat sie gesagt. »Und ich schwebe auch in Gefahr, bloß weil ich mit dir rede.«

Pelmids Herz krampft sich zusammen, einmal, machtvoll. Sie sieht die Passage entlang. Nirgendwo in der schattenhaften Menschenmenge zwischen den Palmen, den Nebelbrunnen, den Fackeln, den bunt leuchtenden Läden ist Tonka zu sehen. Nirgendwo.

Sie geht nach drinnen. »Ich muss noch mal telefonieren.«

»Bitte.« Der Inhaber zeigt zum Display hinüber.

Eine ältliche Frau meldet sich. »Justizministerium.«

»Ja, Pelmid Sulcatob, guten Tag«, sagt sie, ohne an ihren neuen Rang der Ot'Son'Trokete zu denken. »Ich hätte gern Tonka Ashmarto gesprochen.«

»Tut mir Leid«, sagt die ältliche Frau. »Sie befindet sich gerade in einer Besprechung. Kann ich etwas ausrichten?«

12

Errek Mookmher sollte Recht behalten. Die meisten Rebellen kehrten am nächsten Morgen schwer beladen mit Obst und Gemüse und erlegtem Wild wieder auf das Flugfeld zurück. Die Entdeckung, dass es rund dreihundert Personen weniger waren, als der quochtische Dreierverband nach Zaphitti transportiert hatte, schleuderte Laop Bloerph in einen letzten Anfall.

Der Rebellenführer zuckte nur mit den Achseln. »Einige werden den Tod gefunden haben. Die füttern jetzt eure Würmer. Den Übrigen gefällt es hier wahrscheinlich. Das ist eine aufregende, wilde Welt, die ihnen ein freies Leben ermöglicht. Wir sind Nomaden, vergiss das nicht.«

»Aber … sie haben hier nichts zu suchen!«

»Wenn sie das eines Tages auch so sehen sollten, werden sie schon wieder auftauchen. Da mach dir mal keine Sorgen.« Damit war das Thema für Errek erledigt. Er regte sich nicht einmal sonderlich über die erbärmlichen hygienischen

Bedingungen an Bord des Schlicktankers auf. »Ihr Quaker haltet uns für Barbaren, also behandelt ihr uns auch so, ist schon klar.«

Der Laderaum der QUORAXAQUOK war in fünf Decks aufgeteilt worden, die man über Wartungstreppen wechseln konnte. Es gab mit Schläuchen improvisierte Wasserstellen, es gab Wärme, es gab Licht – das sich nicht regulieren ließ, sondern einen ewigen Tag schuf, grell wie das Neonlicht meiner Kindertage. Und es gab am Ende jedes Decks eine Latrine. Sie bestand aus einem riesigen Becken, das einem Swimming-Pool ähnelte. Über diese Becken hängten die Rebellen ihren Allerwertesten, in diese Becken warfen sie ihren Müll.

Luftreinigung hin, Luftreinigung her; nach einem Bordtag roch es in dem Tanker erbärmlich. Dass die Rebellen auch überall ihre Tiere zerlegten, die Häute zum Trocknen aufspannten und sich das Fleisch kiloweise roh einverleibten, gab dem Ganzen einen zusätzlichen Odeur, der besonders Shimmi zu schaffen machte, die als junge Terranerin in einer rein vegetarischen Kultur aufgewachsen war. Am zweiten Tag dann entzündeten die Rebellen Feuer und garten ihr Fleisch durch, was sich ja zumindest lebensmittelhygienisch durchaus empfahl.

Pratton, Quart und Shimmi konnten nicht einmal in den Mars-Liner fliehen. Der Schwebebus hatte durch keine Ladeöffnung gepasst. Er war an der Außenhülle der QUORAXAQUOK in einer Ankerbucht befestigt worden. Immerhin hatten sie es trocken dort hinten.

Perry und ich redeten uns mit unserer gewichtigen Position als Entscheidungsträger heraus und hielten uns die meiste Zeit über vorn auf, in der Zentrale. Ich weiß nicht, ob das wirklich besser war. Unsere Nasen mussten sich immer wieder aufs Neue an die Luft hinten im Laderaum gewöhnen.

In der Zentrale war auch stets Errek Mookmher, der den Raumer der Quochten auf Kurs Richtung Milchstraßenzentrum dirigierte.

Die Tatsache, dass wir praktisch unbewaffnet dahinschlichen, machte mich durchaus nervös. Zaphitti lag am Außenrand des quochtischen Einflussbereiches. Gleich unsere erste Etappe hatte uns also wieder in ein Gebiet geführt, das mehr oder weniger unter Kontrolle des Empire war.

Ich tröstete mich damit, dass die kleine Mannschaft der QUORAXAQUOK gänzlich unbeeindruckt agierte. Der Kapitän war ein alter, maulfauler Haudegen, der seit Jahren nichts anderes tat, als Baustoffe durch die Gegend zu schippern. Ein Kieskutscher, hätten wir damals gesagt, als Terra noch »Erde« geheißen hatte oder simpel »die Welt«. Ruppig, aber nicht aus der Ruhe zu bringen. Er hätte auch einen mit Nitroglyzerin beladenen Laster über eine zerfallende Hängebrücke gesetzt, ohne in Schweiß auszubrechen – bildlich gesprochen jetzt, denn ich habe keine Ahnung, ob Quochten schwitzen.

Wir brachten etliche Etappen ohne Feindberührung hinter uns. Einmal wischte irgendeine Erfassung über uns hinweg. Angespannt lauschten wir den Klacktönen aus den Lautsprechern, aber nichts weiter geschah.

Von Hyperstürmen blieben wir mit unserem Kahn Gott sei Dank verschont – vor allem auch deshalb, weil der Kapitän uns um ein wohl berüchtigtes Schlechtwettergebiet herumführte. Dies war auch das einzige Mal, dass er Erreks Anweisungen nicht direkt Folge leistete.

An einer roten Sonne, die die Sternkarten als Zaroon auswiesen, ließ Mookmher stoppen. Er sah den Schiffsführer an. »Jetzt die Signale aussenden, Kattin.«

Der Quochte gab seinem Funker ein Zeichen.

»Geheimer Rebellencode«, erläuterte Errek mit Blick zu mir.

Nach einer Weile meldete sich der Quochte an der Ortung. »Da kommt was.«

»Hauptbildschirm«, sagte der Kattin.

Die Korona der Sonne, gleißend rot. Ein schwarzes, zartes Geflimmer schob sich langsam daraus hervor. Die Ortung zoomte näher. Ich beugte mich vor. Eine antennenartige Doppelspitze, ein raketenartig geformter Bugkörper, der sich heckwärts zu einem Trichter ausformte.

Ich begriff es in demselben Moment, in dem die Bildbearbeitung eine Risszeichnung darüber legte und die kuppelförmigen Sublicht-Antriebsblöcke am Schiffsende zu erkennen waren: »Ein Leichter Sternkreuzer des Empire! Nodronen!«

»Immer mit der Ruhe.« Mookmhers Kiefermuskeln spannten und entspannten sich.

Das Schiff schwenkte zu uns herum. »Ortung?«, fragte Errek.

Der Quochte quakte leise. »Die senden eure Kennung aus.«

»Na dann.« Errek lehnte sich zurück und atmete aus.

»Das kann ein Trick sein«, warnte Perry. Er sprach mir aus der Seele.

»Nein«, sagte Errek. »Das ist ein Beuteraumschiff.«

»Ihr operiert mit Beuteschiffen?«, fragte ich.

»Wir verfügen nicht über eine eigene Raumschiffsindustrie«, antwortete Errek knapp.

»Du meinst, eigenständig gebaute Rebellenschiffe gibt es gar nicht? Ich fasse es nicht!« Ich wechselte einen Blick mit Perry. Die Implikation war klar: Ohne Überläufer und Sympathisanten in den Reihen des Empire, ohne blutige Kaperflüge durch die Rebellen hätte eine eigenständige Rebellenflotte gar nicht existiert.

»Trotzdem«, sagte Perry, »kann es immer noch eine Falle sein.«

»Stimmt. Aber das werden wir gleich erfahren. Sobald die Funksysteme sich angepasst haben.«

Digitaler Schnee auf dem Schirm, sich verschiebende Farbstreifen. Dann saß dort ein alter Mann mit einem wallenden grauen Bart vor uns, in Leder und Fell gehüllt. Er stützte eine seiner Pranken auf eine Art Streitaxt und starrte finster in die Kamera. Dann hellte sich sein Gesicht auf.

»Errek von den Mookmher!«, rief er mit kehliger Stimme. »Du bist es wirklich! Das ist ein Freudentag!«

»Ich grüße dich, Galrev von den Otashmarto.«

»Dass ich dich noch einmal wiedersehe nach dieser langen Winternacht vor drei Jahren auf Koortane!« Der Alte lachte rau. »Hätte ich nie gedacht!«

»Wie war der Sommer?«, fragte Errek zu meiner Verblüffung. »Ist das Vieh fett und stark?«

»Prächtig war der Sommer, mein Junge, prächtig! Dem Vieh platzt fast die Haut, platzt dem Vieh! Und du?«

»Komme mit fünftausend Rebellen frisch von Pembur.«

»Ihr habt Pembur plattgemacht?« Der Alte stieß den Stiel seiner Streitaxt auf den Boden. »Ha! Hab ich Tarak doch schon immer gesagt, dass du zum Hüter der Grenzen taugst!«

»Wie geht es meinem Vater? Ist er wohlauf?«

Der Alte namens Galrev wurde ernst. »Beeil dich, Junge, wenn du ihn noch mal sehen willst. Ist eine Weile her, dass ich das letzte Mal auf Koortane gewesen bin, und da ging es ihm schon nicht gut. Ich sag's mal so. Wenn er nicht der festen Überzeugung wäre, dass du eines Tages zurückkehrst, wär er längst tot.«

Errek verzog das Gesicht. »Dann organisierst du mir besser schnell was, Witwenmacher.«

»Fünftausend, sagst du? Ich werde dir einen Kleinen Frachter schicken. Der sollte ausreichen. Möglichst rasch. Rechne mit einem Tag. Wir sehen uns, Errek. Und dann erzählst du mir alles. Auch von deiner Gesellschaft.« Sein riesiges Gesicht, das dem eines mordlustigen Weihnachtsmanns ähnelte, schien von einem Quochten zum anderen zu sehen. Dann wurde der Bildschirm dunkel.

Der Quochte an der Ortung schaltete auf eine Außenperspektive um, die wieder einmal einem Trickfilm ähnelte, und wir konnten zusehen, wie der Leichte Sternenkreuzer abdrehte, mit aufglühenden Antrieben beschleunigte und allmählich in dem dichten Sternenteppich des Milchstraßenzentrums verschwand.

13

Es dauerte einen Tag, dann war der Kleine Frachter an Ort und Stelle. Es handelte sich um eine nicht gerade elegant zu nennende Zylinderkonstruktion von hundertzwanzig Metern Durchmesser und der dreifachen Länge. Aber es war nicht die mangelnde Eleganz, die mich beschäftigte. Das Beuteschiff, das einst ebenfalls dem Empire gehört hatte, war ein besseres Wrack.

Mittschiffs schien der Frachter einmal einen ordentlichen Treffer eingesteckt zu haben. Ein bestimmt fünfzig Meter langes Teilstück war nahezu rundum ausgebessert worden, mit Metallen und Kunststoffen verschiedenster Färbung, zerklüftet, verbeult, rostig, pockennarbig und mit Schweiß- oder Klebenähten versehen, die einem Puzzlemuster ähnelten. An den unmöglichsten Stellen waren Fenster der unterschiedlichsten Formen eingesetzt worden, hoffentlich aus dem hiesigen Transglas. Ich fragte mich, was ein auch nur mittelmäßig ausgebildeter terranischer Statiker zu der Konstruktion gesagt hätte.

Am Kopfende des Zylinders prangte ein riesiges Emblem: eine Art in sich verschlungener Drache oder Weltenwurm. Der immerhin war höchst fachmännisch ausgeführt.

»Wie heißt das gute Stück?«, fragte Perry seinen Rebellenfreund.

»Das, meine Freunde, ist die SOLLBRUCHSTELLE!«, sagte Errek erfreut. »Ein prächtiges Schiff mit einer noch prächtigeren Mannschaft!«

»Ist einmal mittendurch geschossen worden, ja?«, fragte ich. »Vor langer, langer Zeit?«

»So ist es. Damals hieß sie noch AUS ZWEI MACH EINS. Eine wunderbare Geschichte, aber die soll an einem anderen Feuer erzählt werden.«

»Moment«, sagte ich. »Du willst damit sagen, dass sie ursprünglich aus zwei abgeschossenen Kleinen Frachtern zusammengesetzt worden ist? Und dann genau an der Nahtstelle wieder einen Wirkungstreffer abbekommen hat?«

»Ja. Wie der Name schon sagt.«

Ich musste lachen. »Ihr seid vielleicht hart drauf!« Dann fiel mir etwas ein. Die Rebellen machten ja keine vernünftigen Meldungen. »Sag, Fürstensohn, wie hieß eigentlich euer Schiff gestern?«

»Das war die SEHEN UND STERBEN.«

»Auch nicht schlecht.« Ich sah zu Perry. »Da können wir uns eine Scheibe von abschneiden, hm? Mit unserem langweiligen ›Mars-Liner-01‹.«

Perry schmunzelte. »Du willst ihn SCHNELLVORLAUF taufen?«

Ich zuckte mit den Achseln. »Oder ES WAR EIN HELLER UND STÜRMISCHER TAG.«

Perry blähte die Wangen.

Errek sah zwischen uns hin und her. »Hey! Das sind schöne Namen!«

Wie sich herausstellte, wurde die SOLLBRUCHSTELLE von einer Kommandantin geführt, die zum Clan der Ashmarto gehörte, sich Olrandar nannte und von Errek mit dem Beinamen »Eierschälerin« angerufen wurde.

Sie selbst nannte ihn »Hüter des Herdes«, was mich schmunzeln ließ. Vielleicht würde ich dem stolzen Rebellen ja eines Tages verklickern, dass unsereins damit eher einen häuslichen, wenig auf Durchsetzungsfähigkeit und Kampfstärke gebenden Mann assoziierte.

Die Kommandantin war in schwarzes Leder gehüllt und hatte einen rasierten Schädel, dessen rechte Hälfte rot bemalt war, abgesetzt mit einem tiefschwarzen Strich, der in einer geraden Linie die Stirn hinab bis halb auf den Nasenrücken führte und dann nach Blitzmanier unter dem Auge entlang bis zum Ohransatz zuckte. Ich hoffte für sie, dass es nur eine Bemalung war. Wie sollte sie eine solche Tätowierung sonst eines Tages den anderen Insassen des Pflegeheims erklären? Andererseits: »Rebellen sterben jung«, wie es in einem alten Song hieß.

Mookmher und seine befreiten Rebellen, außerdem wir Terraner mit unserem Mars-Liner-01 wechselten von dem Quochtenraumer in den Frachter über. Das dauerte, weil die Mannschaft der SOLLBRUCHSTELLE erst einigermaßen dichte Schleusen improvisieren musste. Aber, wie ich zu diesem Zeitpunkt erstmals erfuhr, die Rebellen von Nodro waren wahre Meister der Improvisation.

Schließlich betraten Errek, Perry und ich die Zentrale des Kleinen Frachters. Ich atmete auf. Endlich einmal wieder ein Raum mit anständiger Deckenhöhe! Die halbkreisförmige Zentrale musste vielleicht sechs Meter hoch sein. Sie besaß zwei Galerieebenen, von denen herab uns ein wilder Haufen anschaute. Bei der Kleidung herrschten Schwarz-, Braun- und Grüntöne vor. Nur auf der unteren Galerie fiel mir ein Nodrone auf, der einen hellblauen Helm trug.

Jemand warf Errek ein Handtuch zu. Er rubbelte sich Hände, Haare und Gesicht trocken und reichte es, etwas schmuddelig nun, an Perry weiter.

Errek übernahm ohne Diskussionen das Kommando über den Frachter.

Die Mannschaft des Schiffes kannte ihn! Das Leuchten in den Augen der Männer und Frauen, als der Sohn des Rebellenfürsten Tarak den Platz der Kommandantin übernahm, war nicht zu übersehen.

Über der Schleuse, durch die wir die Zentrale betreten hatten, war eine Lücke in den Galerien; dorthin wurde ein Holo des quochtischen Schlicktankers projiziert. Er drehte langsam ab.

»Ich staune, dass ihr die QUORAXAQUOK so einfach ziehen lasst«, sagte ich zu Errek und hängte das feuchte Tuch über einen Handlauf. »Wo ihr doch anscheinend jedes funktionsfähige Raumschiff gebrauchen könnt und wo die Quochten, namentlich Laop Bloerph und sein Team, euch so schlecht behandelt haben.«

»Diese Froschwesen sind mutig«, entgegnete Errek. »Sie sind mit uns hierher gefahren, obwohl sie wussten, dass wir sie vielleicht töten würden. Bei meiner Ehre, wie könnte ich ihnen etwas antun?«

Wir nahmen Kurs auf die Habitate. Errek Mookmher wollte noch immer nicht preisgeben, wo diese sich eigentlich befanden.

Immer tiefer ging die Reise bis in die Zentrumsregionen, mit immer kürzeren Linearetappen. Bis wir an einer Stelle im Weltraum stoppten. Die Sterndichte war hier extrem hoch, sie lag bei wenigen Lichtwochen Abstand.

Mookmher ließ den Frachter erneut Signale im Rebellencode aussenden – und mit einem Mal tauchte vor uns, ohne dass es eine Meldung von der Ortung gab, eine Ansammlung von flimmernden, nahezu unsichtbaren Feldern auf. Sie waren nicht wie Perlen auf einer Schnur angeordnet, sondern traubenartig, als Cluster.

»Die Habitate?«, fragte Perry.

»Die Traumkapseln«, erklärte Errek. »Die Habitate liegen in ihrem Inneren, wie ein Traum in einem Traum.«

Ich blinzelte. Der Anblick dieser Kapseln, die definitiv nicht stofflich und ortungstechnisch offensichtlich kaum wahrnehmbar waren, irritierte das Auge. Dies war nicht die totale Unsichtbarkeit eines Deflektorfeldes, natürlich nicht. Aber dies war auch nicht das immer irgendwie elektrisch wirkende Flimmern eines Schutzschirmes. Am ehesten sahen diese Kapseln aus wie heiße Wassertropfen, die in einer kalten Wasserströmung aufperlten. Riesige Wassertropfen, versteht sich. Sie waren nicht als Masse zu sehen, aber in der Bewegung und im richtigen Licht war ihre »Haut« zu erahnen.

Ich warf einen Blick auf die Entfernungsanzeige und pfiff leise. »Sie müssen jede Einzelne einen Durchmesser zwischen sechzig und achtzig Kilometern haben.«

Ich schätzte, dass es sich um etwa hundert dieser Felder handelte. Sie schienen sich zu verschieben, schienen langsam ihre Position zueinander zu verändern, fast unmerklich.

»Keine Wachschiffe?«, fragte Perry.

Errek schmunzelte. »Einige hundert.«

»Aber – eure Ortungsinstrumente zeigen nichts an!«, sagte ich.

»Die Schiffe liegen jenseits des quasi mentalen Ereignishorizonts«, erläuterte der Rebellenführer.

»Jenseits des quasi mentalen Ereignishorizonts«, wiederholte ich und sah Perry an. »Was hat dein Translator daraus gemacht?«

Seine Augen leuchteten. »Jenseits der Traumhaut«, sagte er.

Ich nickte. »Klingt schon besser. Damit kann ich was anfangen. Sag, wollen wir die Dinger nicht doch einmal tauschen?«

Er ging nicht darauf ein. »Obacht.«

Ich sah mich um. Die Rebellen in der Zentrale begannen sich wortlos anzuschnallen. Wir gingen davon aus, dass im ganzen Schiff nach Halt gesucht wurde, und folgten diesem Beispiel.

Nur Errek hielt sich nicht einmal fest. Als Einziger.

Da begann es auch schon. Der Frachter nahm Kurs auf eine der Traumkapseln.

Der Pilot des Schiffes war offenbar ein Spezialist. Wie ich jetzt erkannte, handelte es sich um den Rebellen mit dem halbkugelförmigen, himmelblauen Helm, der ihn von allen anderen in der Zentrale deutlich sichtbar unterschied. Eine Art SERT-Haube?

Immer näher kam das wässrig flimmernde Feld.

Ich hatte das Gefühl, dass mein Innerstes sich nach außen kehrte. Meine Gesichtszüge schienen auseinander zu treiben. Ich bekam eine Gänsehaut wie aus dem Bilderbuch. Jede einzelne Pore spreizte sich, jedes Körperhaar stellte sich auf. Schlagartig wurde mir kalt. Dann war ich mir auf einmal jedes einzelnen Organs im Leibe bewusst.

Sie schienen anzuschwellen, gegen die leibliche Hülle zu pulsen. Ich streckte die Hände nach den Lehnen meines Sessels aus, die kilometerweit fort zu sein schienen, und sah fassungslos zu, wie meine Arme lang und länger wurden – da drang der Frachter in die flimmernde Wässrigkeit ein.

»Wir durchstoßen soeben die Traumhaut«, verkündete Errek Mookmher.

Und dann waren wir hindurch. Das Gefühl völliger Desorientiertheit ließ nach. Ich sah mich um. Perry war blass, blinzelte mir aber zu. Ich fragte mich, wie es den Übrigen wohl ging. Außer Fran waren sie nicht mentalstabilisiert. Die Rebellen in der Zentrale jedenfalls schienen den Wechsel einigermaßen verkraftet zu haben. Nur einige zumeist Jüngere wirkten ramponiert. Wahrscheinlich war es, wie so vieles im Leben, Gewöhnungssache.

Vor uns im Raum schwebte eine Art Planetoid, ein unregelmäßig geformter Brocken von vielleicht zwanzig Kilometern Durchmesser. Im Orbit kreisten ein Dutzend Raumschiffe, allesamt Empire-Typen, drei davon Schwere Sternenkreuzer.

Trotz seiner geringen Größe wies der Planetoid eine Atmosphäre auf. Kleine Wasserflächen rollten unter uns hinweg, Wälder, weitläufige Vegetationsflächen, über die Tierherden zogen, eine Art Raumhafen, eine Art Stadt.

Nur Industrieanlagen, die hier für atembare Atmosphäre und nutzbare Gravitation sorgen konnten, waren nirgendwo zu sehen. Lagen sie unterirdisch?

»Das, meine Freunde, ist das Habitat Koortane«, sagte Errek mit kaum verhohlener Freude. »Meine Heimat. Hier bin ich geboren.«

»Sieht schön aus.« Ich nickte.

»Ich bin beeindruckt«, sagte Perry. »Aber wie kann es sein, dass euch die Kleinplaneten nicht unter den Sohlen auseinander fallen? Die Planetoiden, die wir kennen, sind keine soliden Felsen, sondern lockere Gesteinshaufen mit einer zerrütteten inneren Struktur. Sie würden bei jedem Start und jeder Landung eines größeren Raumschiffs weiter zu zerbrechen drohen.«

»Das ist richtig.« Erreks Augen blitzten. »Die Habitate sind mürbe wie ein Keks. Darum haben die Traumfamnire sie sich ja als Wohnstätte ausgesucht. Wo sonst könnten sie so schön herumwühlen und sich feine Höhlen bauen?«

»Traumfamnire?«, sagte ich zu Perry.

»Habe ich auch verstanden«, entgegnete er.

»Die Traumfamnire sind es, die dies alles fortwährend erschaffen. Die Traumkapseln, die Habitate, unsere ganze Welt. Sie sind es, die unsere Karawane durch das All bewegen.«

»Eine Art Geistwesen, ja?«, fragte Perry. »Die das alles auf paranormalem Wege erzeugen?«

»Geistwesen?« Errek lachte. Einige seiner Gefolgsleute fielen mit ein. »Die Traumfamnire sind doch keine Toongher! Sie sind Wesen aus Fleisch und Blut. Aber neben-normal sind sie! Darum braucht es ja Kühnreiter, sie zu lenken!«

»Ah ja«, machte ich. »Das ist bestimmt wieder so eine Geschichte, die du uns an einem anderen Feuer erzählen wirst.«

»So ist es. Seht! Seht!« Er zeigte zum Holo hinauf.

Im Näherkommen erwies sich das, was ich für eine Stadt gehalten hatte, als eine Ansammlung von Zelten, die sich ohne erkennbare Ordnung um ein seltsames Objekt gruppierten: ein riesiges, auf der Seite liegendes Schneckenhaus. Es war von länglicher Form, lief spitz zu, und offensichtlich handelte es sich um ein Bauwerk. Zwischen den Zelten liefen Menschen herum.

»Die Schnecke auf dem Berg«, sagte Errek. »Der Palast von Koortane. Von hier aus pflegt mein Vater, Fürst Tarak, die gesamte Organisation der Rebellen zu leiten. Drei Jahre lang habe ich die Schnecke nicht gesehen. Drei Jahre. Und jetzt« – er schlug mit der flachen Hand auf eine Konsole – »bin ich wieder da!«

Die ganze Zentrale brach in Jubel aus.

14

Wir standen in der Hangaröffnung. Hinter uns wartete der Mars-Liner-01. Vor uns erstreckte sich das Flugfeld. Rebellen strebten ungeordnet auf die kümmerlichen Hafengebäude zu. Es handelte sich im Wesentlichen um ein paar heruntergekommene Hallen. Eine Art Hotel schien doch eher ein Wohnblock zu sein, denn es war keinerlei Reklame zu sehen. Einige rostbraune Kräne ragten hoch auf. Eine Hand voll Gleiter standen unbenutzt vor einem Areal herum, das mit Containerstapeln und, wie es aussah, Raumschiffschrott voll gestellt war.

Ein Stück vor den Hafengebäuden war am Rand des Flugfelds ein heller Schutthaufen aufgetürmt, aus dem irgendwelche krummen Stangen hervorstachen.

Was seltsam war: Nichts warf einen Schatten. Das Licht schien von allen Seiten zu kommen. Man bekam fast den Eindruck, in einer künstlichen Umgebung zu sein, in einem Raumschiff oder einer ausgedehnten Kuppel.

Von einem Empfangskomitee oder wenigstens einem Shuttle war nichts zu sehen. »Wir können dich im Schwebebus mitnehmen, wenn du willst«, sagte ich zu Errek.

Er verneinte. »Ich werde reiten, wie es sich geziemt.« Er holte tief Luft. »Ich werde endlich einmal wieder reiten!«

Ich atmete ebenfalls durch. Die Luft war herrlich klar und ließ einen Hauch Kühle ahnen. Leichter Wind strich über uns hinweg. Der Himmel war hellblau, etwa wie auf Terra, und das Gras unten war von Gelb durchzogen. Der Horizont wirkte seltsam nah und fiel zu den Seiten hin ab.

»Es ist Herbst hier, ja?«, fragte ich. Errek nickte. Vom Hangar aus war nur ein geringer Ausschnitt des Himmels zu überblicken. »Nirgendwo sind Sonnen zu sehen oder wenigstens Sterne.«

»Die Traumkapseln entziehen die Habitate und alles, was sich sonst noch im Inneren befindet, dem normalen Raum-Zeit-Kontinuum«, klärte Errek uns auf. »Die Luft, die wir atmen, das Licht, das wir sehen, die Wärme, die wir spüren – all das schenkt uns der Traumfamnir, der in der siebenundsiebzigteiligen Erdmutter wohnt.«

Ich dachte für einen Moment, mit den siebenundsiebzig Teilen würde er die Karawane der Rebellen meinen. Dann ging mir auf, dass er nach unten zum Flugfeld zeigte. Alle Wetter! Festen Boden unter den Füßen konnte man in den Habitaten anscheinend wohl nicht erwarten. Ob es hier häufig tektonische Verschiebungen gab? Auf den Bildschirmen waren jedenfalls keine Spalten zu sehen gewesen, die darauf hingewiesen hätten, dass sich die verschiedenen Teilstücke des Kleinplaneten aneinander abarbeiteten.

»Habt ihr hier öfters Erdbeben?«

»Nicht im allgemeinen Sinne. Manchmal gibt es leichte Schwerkraftschwankungen, aber nichts Schlimmes. Wir sagen dann: Der Famnir streckt sich. Das läuft ganz langsam ab. Unfälle gibt es da nur, wenn sich jemand dumm anstellt.« Er streckte die Hand aus. »Da, sie kommen.«

Eine Gruppe Reiter näherte sich uns. Sie ritten auf einer Art Echsen, die nicht nur lange Schwänze und Hälse, sondern auch lange Beine hatten. Die Tiere, die sich auf allen vieren bewegten, glänzten in den unterschiedlichsten Blautönen.

Beim Näherkommen war zu sehen, dass sie kein Schuppenkleid trugen, sondern anscheinend ein dichtes, kurzes Fell. Schwanz und Hals pendelten im Laufen locker.

»Bald, meine Freunde, werde ich meine Schuld abtragen können und euch mit den Wissenschaftlern von Cor'morian zusammenbringen.« Errek klatschte in die Hände. »Auf geht's. Alle in den Bus.« Er bückte sich nach dem großen, unförmigen Sack zu seinen Füßen und hob ihn mit einer Hand auf.

Shimmi, die mit den Beinen am Hangarrand gebaumelt hatte, stand maulend auf. »Immer wieder in den Bus, in den Bus! Ich will auch reiten!« Aber sie schien ihre Worte selbst nicht ernst zu nehmen, denn sie stapfte zur Schleuse.

Errek versetzte ihr mit der freien Hand einen Klaps auf den Hintern. »Vielleicht nehm ich dich ja mit hinten rauf, Mädchen.«

Wir stiegen ein. Perry hatte den Pilotensitz übernommen. Errek blieb draußen auf der kleinen Rampe stehen. »Und los!«, sagte er. Perry ließ die vordere Schleuse offen – was blieb ihm anderes übrig – und lenkte uns aus dem Hangar. Errek stand draußen, eine Hand am Außenschott. Seine Haare flatterten im Wind, als es die zwanzig Meter zum Flugfeld hinunterging. Er verstand sich auf große Gesten, zweifelsohne.

»Oh, seht doch nur!« Shimmi zeigte zum Himmel hinter uns hinauf. Durch die Panoramafenster, die ein Stück ins Dach hineinragten, war ein seltsames Lichtphänomen zu sehen. Ein kreisförmiger rosa Strahlenkranz hing dort oben und breitete sich, wie es schien, langsam aus, denn er zog einen breiten orangenen Schweif hinter sich her. »Davon hat Errek mir erzählt. Das ist das Nachbild, das wir beim Eintritt in die Traumkapsel hinterlassen haben. Es wird jetzt langsam verwehen. Schön …«, schwärmte die Kleine. »Und keine Wolke am Himmel. Leute, wir werden im Freien sein können! Und nicht mal nass werden!«

»Jetzt hat es sich ausgequochtelt«, kalauerte Pratton Allgame, unser Weinbau-Experte und Ex-Sträfling.

Bevor Perry den Gleiter noch aufgesetzt hatte, sprang Errek ab. »Shirkam Otmookmher!«, hörte ich seine Stimme dröhnen. »Bewahrer des Bewährten!«

»Und Hüter des Herdes wie der Grenzen, Errek von den Mookmher. Du bist lange fort gewesen.« Die Stimme des Mannes war wohlklingend und freundlich, hatte aber auch etwas Gefährliches. Dieser Shirkam schien jemand zu sein, der sanfter sprach, wenn er wütend wurde.

Ganz im Gegensatz zu Errek. »Zu lange, wie es scheint«, grollte er.

Ich trat aus der Schleuse. Shirkam Otmookmher war ein hagerer Glatzkopf mit einem irgendwie speckig wirkenden Schädel. Neben seinem vollen schwarzen Bart glänzten schwere goldfarbene Ohrringe. Sein Gesicht wirkte arrogant und herablassend, aber das mochte auch daran liegen, dass er hoch oben auf einer Reitechse saß. »Viel zu lange«, sagte er. »Wir dachten schon, du wärest tot.

Welche Freude, dich wieder bei uns zu wissen, Vetter.« Er sah kurz zu mir, dann wieder zu Errek und hob eine Braue.

»Freunde«, sagte Errek schroff. »Gäste.«

»Namenlos? Clanlos?« Und als Errek nicht anwortete: »Du bist sehr unhöflich, Vetter.« Er gab seinen Männern ein Zeichen.

Zwischen meinen Schultern zuckte ein Muskel, aber von Otmookmhers fünf Männern rührten sich vier überhaupt nicht, während der fünfte, der ein zusätzliches Reittier mitführte, näher herankam und Errek dessen Zügel hinhielt. »Willkommen zu Hause, Errek Tarakssohn.«

Wenn mich nicht alles täuschte, gefiel diese Begrüßung weder Errek noch Shirkam.

Errek überprüfte den Sattelgurt, verzurrte den Sack an einer Schlaufe; dann saß er in einer einzigen, fließenden Bewegung auf. Er sah mich an. »Ihr, Freunde, folgt uns am besten in niedriger Höhe.« Er lenkte das Echsentier herum und ritt los. Shirkam und seine Leute schwenkten mit ein.

»Und was ist mit mir?«, sagte Shimmi leise in meinem Rücken. Ich drehte mich um. In der Schleuse drängte sich mit großen Augen der Rest unserer verlorenen Bande. Als ich den Bus betrat, ging jeder wieder auf seinen Platz. Hinter mir schloss sich mit einem Schmatzen das Außenschott. Ich trat hinter den Pilotensitz. »Hast du gehört, was er gesagt hat?«, fragte ich.

»Hm«, machte Perry. »In niedriger Höhe folgen.«

»Böses Blut zwischen den beiden. Vielleicht lässt du die Schleusen besser offen.«

Er betätigte einen Knopf, und auf einmal waren wieder Außengeräusche zu hören, war Wind zu spüren, der die Luft hinter mir im Gang verwirbelte.

Weit ritten die sieben Männer nicht. An dem Schutthaufen, den ich schon vom Hangar aus gesehen hatte und zu dem auch zahlreiche andere Rebellen strömten, machten sie Halt. Errek stieg ab. Keiner der Rebellen beachtete uns.

Perry ließ den Bus in der Luft stehen.

Der mehr als doppelt mannshohe Schutthaufen bestand im Wesentlichen aus faustgroßen Feldsteinen. Große Äste ragten dazwischen hervor, rindenlos und tot. Sie waren mit ausgefransten, verblichenen Stoffbändern geschmückt, die im Wind raschelten. Raschelten? Dann mussten die Außenmikros auf sein. Keiner der Männer sagte ein Wort. Zwischen den Steinen lagen andere Gegenstände herum. Ich stützte mich auf die Rücklehne des Pilotensitzes und beugte mich vor. Das mussten Abfälle sein: Glas, Lebensmittelreste, Kleinschrott. Nur, dass diese Abfälle in tiefem Schweigen hingelegt wurden, feierlich.

»Eine Art Schrein vermutlich«, sagte Perry. »An dem Dankopfer für die geglückte Reise niedergelegt werden.«

Errek löste den Sack vom Sattel seiner Reitechse und schlug ihn auf. Ein Tierschädel mit drei kurzen Stirnhörnern kam zum Vorschein. Er war von einem stumpfen Weiß.

»Igitt!«, machte es hinter mir. »Ist das eklig!« Sie zog das »E« sehr lang.

»Shim Caratech!«, sagte ich. »Geh auf deinen Platz. Für Passagiere kein Zutritt.«

Errek musste den Schädel aus dem Dschungel von Zaphitti mitgebracht haben. Er kehrte uns den Rücken zu, kletterte vorsichtig ein Stück auf den Schutthaufen respektive Schrein hinauf und platzierte den Schädel oben zwischen drei Ästen. Dann stand er kurz da, die Arme an den Seiten herabhängend, und machte kehrt. Sein Gesichtsausdruck war nur mit finster zu bezeichnen.

»Unsere Ahnen«, sagte er, »lehrten uns, weiße Gaben darzubringen. Getrockneten Käse, Milch, auch Schädel von geheiligten Zwergfamniren. Dann kamen Münzen auf, Schmuckstücke, Süßigkeiten, Lebensmittel. Jetzt stehen hier schon leere Schnapsflaschen und ausgediente Thermoskannen herum, und halb verrottete Tierschädel hängen neben leeren E-Packs und Geschossteilen aller Art. Schnapsflaschen! Kadaver! Waffenschrott!« Er sah Shirkam Otmookmher an und sagte noch etwas, das die Mikros nicht erfassten.

Otmookmher entgegnete ruhig etwas, das ebenfalls unverständlich war. Dann stieg Errek auf, und der Ritt ging weiter.

Die Hafengebäude sahen aus der Nähe auch nicht besser aus. Die meisten Wände hätten einen Anstrich gebrauchen können. Unkraut wucherte in ihrem Schutz.

Nach dem Raumhafen kam eine Ebene. Von der Stadt Koortane war noch nichts zu sehen. Wir zuckelten den Reitern hinterher. »Allzu eilig scheinen sie es mit dem Sturz des Empire nicht zu haben«, sagte ich nach einer Weile. Perry antwortete nicht. »Ich geh nach hinten. Sag Bescheid, wenn ich dich ablösen soll.« Er nickte.

Vielleicht konnte ich ja einmal mit Fran reden. Einfach ein paar Worte wechseln. Ein bisschen plaudern. Damit diese Verkrampftheit zwischen uns aufhörte. Ich drehte mich um und trat in den Gang. Die Übrigen sahen mich an. Nur Quart Homphé nicht, der drückte sich die Nase an der Scheibe platt.

Und da saß Fran – in einem Einzelsitz. Der Bus hatte Dutzende Sitzplätze und beherbergte seit den tragischen Ereignissen um den Ordensturm in Mantagir gerade einmal sechs menschliche und sieben feline Passagiere. Und trotzdem hatte Fran sich einen Einzelsitz ausgesucht.

Ich nickte ihr kurz zu, mit einem wahrscheinlich ziemlich verkniffenen Lächeln. Dann setzte ich mich eine Reihe vor ihr in einen Doppelsitz, ans Fenster. Wenn sie nicht wollte … Jedenfalls war neben mir ein Platz frei. Falls sie doch wollte.

Moment mal, Bully, alter Knabe. Wer hat gerade weggeschaut? Du oder sie?

Sie nicht. Ihr Gesichtsausdruck hatte auch nichts Verkniffenes gehabt. Offen hatte sie mich angesehen. Verletzlich. Und ich hatte vor diesem Blick die Kurve gekratzt wie ein ferngesteuerter Spielzeugroboter.

Ich drehte mich um, sah schräg nach hinten zu ihr. Sie saß von mir abgewandt und schaute aus dem Fenster, das Kinn auf die Hand gestützt, die Finger vor den Lippen. Ihre Haare waren hinter die Ohren zurückgestrichen. Elfenohren hatte ich sie ihrer Zartheit wegen genannt, in einer dieser wenigen glücklichen Stunden, die wir miteinander allein gewesen waren.

»Fran«, sagte ich leise.

Sie sah weiter aus dem Fenster, schüttelte nur den Kopf. Warum sah sie mich nicht an? Ich war doch hier, ich war zu ihr gekommen! Ich blieb sitzen und versuchte Ruhe zu verströmen, einladend zu wirken, vertrauensvoll, aber ich war zu aufgewühlt …

Ich stand auf und ging schulterzuckend wieder nach vorn.

»Alles in Ordnung?«, fragte Perry.

»Alles bestens.«

»Du siehst angeschlagen aus.«

Ich winkte ab. »Sag mal, was denkst du, wie sicher es hier in den Habitaten ist?«

»Hm. Hat Errek auf Zaphitti nicht gesagt, ein Rebellen-Habitat könne nicht angegriffen werden? Jedenfalls scheint es so zu sein, dass die Schiffe des Empire und wohl auch die der Quochten den Standort ortungstechnisch nicht feststellen können.«

»Und ins Innere kann man anscheinend auch nicht so einfach gelangen – es sei denn, man verfügt über einen speziell ausgebildeten Piloten.«

»Denjenigen mit dem himmelblauen Helm.«

»Genau. Und es würde mich nicht wundern, wenn diese Traumfamnire, die das alles hier angeblich beständig erschaffen, da auch noch ein Wörtchen mitzureden hätten.«

»Oder zumindest ihre – wie hießen sie noch? – Kühnreiter.«

»Ja.« Ich stützte mich mit der Hand an der Verkleidung neben meinem Kopf ab und starrte nach draußen, zum Himmel hinauf. »Immer noch dieselbe Abendstimmung. Seit wir angekommen sind. Wird es hier eigentlich nie dunkel?«

»Wo keine Sonne am Himmel steht«, sagte Perry, »da kann auch keine Sonne untergehen.«

»Oh!«, machte ich. »Das hast du aber schön gesagt. Ein Spruch aus dem Intergalaktischen Bauernkalender?«

Perry sah zu mir hoch. »Herrgott, Dicker, bist du unausgeglichen. Was ist denn los?«

»Nichts ist los«, sagte ich. »Und nenn mich nicht Dicker.«

»Also wenn du eine Frau wärst, würde ich dich zickig nennen, so wie du dich derzeit aufführst.« Er legte einen der alten Schalter um.

»Ich *bin* aber keine Frau!«, sagte ich. »He, hast du da etwa gerade den Akustikvorhang aktiviert? Du hast doch da gerade den Akustikvorhang aktiviert!«

»Das Folgende«, sagte Perry, »geht nur uns beide etwas an.«

Ich sah nach hinten. Frank, Pratton, Quart und Shimmi starrten uns über die Sitzlehnen hinweg an. Ich nickte. Er hatte Recht. Das Folgende ging nur uns beide etwas an.

Gleich nach unserer kleinen Unterhaltung, unserem konstruktiven Meinungsaustausch, unseren gemeinsamen Erwägungen stampfte ich den Gang des Schwebebusses hinab bis zu Frans Einzelsitz. »Fran!«, sagte ich und packte mit der Rechten ihre Rückenlehne.

Sie zuckte nicht zusammen. Sie sah mich nur an. »Ja.«

»Ich liebe dich!«, sagte ich. »Ich hab gedacht, wir sollten besser nichts miteinander anfangen, weil das für uns alle zu gefährlich wäre in dieser Situation, aber dann haben wir doch etwas miteinander angefangen! Weil ich nicht anders konnte! Und dann hab ich gedacht, wir sollten uns besser trennen, weil das für uns alle zu gefährlich wäre in dieser Situation, und dann haben wir uns getrennt, aber das hat nichts genutzt! Ich bin eine verfluchte Gefahr für die Allgemeinheit! Weil ich dich nämlich liebe! Ich halt's nicht aus ohne dich! Ich will mit dir zusammen sein! Ich werde sterben, wenn du stirbst, aber ich sag's dir, ich will für immer mit dir zusammen sein!«

Fran sah mich an. Ihr Blick war offen, ihr Gesicht ganz weich. Ich konnte nichts darin lesen.

Mir pochte der Puls in den Ohren. »Für immer und ewig«, sagte ich und nahm die Hand von ihrer Rückenlehne. Sie hinterließ einen feuchten Abdruck auf dem Stoff.

Hinter mir klatschte jemand leise. »Schlicht, aber ergreifend«, sagte Pratton Allgame. »Endlich. Das war ja nicht mehr zum Aushalten.«

Ich drehte mich um und gab ihm eins auf die Nase. Er federte von der Kopflehne zurück, griff sich ins Gesicht, besah sich die verschmierten Finger. »Kopf in den Nacken.« Ich wühlte nach einem Taschentuch. »Hier. Tut mir wirklich Leid, aber ...«

»Reginald Bull«, sagte Fran plötzlich neben mir. »Du bist ein Idiot.« Sie schob mich weg, auf einen der vorderen Doppelsitze. »Rühr dich ja nicht vom Fleck!« Ihre Augen blitzten. Ihre Haare knisterten. Diesen Eindruck hatte ich jedenfalls.

Über meine Lehne hinweg sah ich mit prickelnden Wangen zu, wie Shim Caratech und Fran feuchte Tücher aus der Hygienezelle holten und Allgames Blutung damit stillten. Das dauerte nicht lange.

»Schon okay«, sagte Allgame dann über die Sitzreihen hinweg zu mir. Er klang nasal. »Dicke Lippe riskiert, blutige Nase geholt. Schon okay.« Es sollte das einzige Mal bleiben, dass er sich dazu äußerte.

Eine Minute später setzte sich Fran neben mich. Sie sagte keinen Ton. Sie starrte auf die vordere Lehne.

»War das sehr unreif?«, fragte ich nach einer Weile.

»Extrem unreif«, sagte sie.

Ich sah sie an. Ihre Mundwinkel zuckten. »Du schmunzelst ja«, sagte ich.

»Halt den Mund.«

»Gern. Wenn du nur so lange meine Hand hältst.«

Sie tat es nicht.

»Du kannst mich auch ruhig noch eine Weile zappeln lassen.«

Ich legte die Hand mit der Innenfläche nach oben auf die Lehne zwischen uns und bemühte mich wieder, einladend zu wirken.

Diesmal gelang es mir besser.

Und erfolgreich sollte ich auch damit sein.

15

Als wir den Schwebebus verließen, mussten sich unsere Augen erst an die relative Dunkelheit der großen Halle gewöhnen, die den Eingang in den Palast von Koortane bildete. Errek tätschelte der Echse, die ihn hierher getragen hatte, den Hals. Dann reichte er die Zügel an eine Art Stallknecht weiter. Mehrere Jugendliche, halbe Kinder noch, führten die Echsen der Reiter zu offenen Zelten hinüber, die gleich am Anfang der Halle standen.

Errek gesellte sich zu uns. »Entschuldigt mich, meine Freunde, aber dringliche Angelegenheiten erfordern meine Anwesenheit.« Er warf einen Blick zu dem wartenden Shirkam Otmookmher. »Ihr seid meine Gäste und könnt euch im Adjel frei bewegen.«

Dann machte er eine Geste, die den Palast und auch die Fläche unterhalb des Steilhangs umfasste, auf der sich die Zeltstadt drängte. »Ich werde euch jemanden schicken, der euch eure Unterkünfte zuweist. Später werde ich wieder zu euch stoßen. Sagen wir in einer Stunde?« Damit stampfte er an der Seite seines »Vetters« in die Tiefen des Palastes hinein.

»Nun«, sagte Perry, »warten wir am besten mal auf diesen Jemand.«

Ich sah mich um. Dieses Bauwerk war nicht gerade das, was unsereins sich unter einem Palast vorstellte. Der Boden unter unseren Füßen war nicht nur im Kleinen uneben; im Großen war er als konkave Fläche ausgeformt. Rostige »Jahresringe« blühten, wo immer Pfützen wieder weggetrocknet waren. Nähte und Kanten deuteten darauf hin, dass auch die Schnecke auf dem Berg aus Raumschiffschrott errichtet worden war. Zum Teil schien sie aber gemauert zu sein. An einigen Stellen der lang gezogenen, gebogenen Wände war der Putz abgeplatzt, prangten graue Ziegelsteine. Schwarze Rußfahnen zeigten an, dass die wenigen Lampen nachts mit echten Flammen brannten. Geschwärzt waren auch viele Teile des Bodens, der offensichtlich nur gefegt wurde.

Niemand beachtete uns. Einzig die Stallburschen, die sich um die Echsentiere kümmerten, beäugten uns ab und zu neugierig. Das heißt, vor allem Shimmi und Fran.

Zumindest Shimmi schien das zu genießen. Sie tat ganz in sich versunken und gab mit ihrem Katzenkorb an, unter dessen Kuppel die blauen Katzen zu sehen waren. »Und hopp!«, stieß sie ihn auf einem Zeigefinger hoch in die Luft empor, um ihn dann, nach ein paar Sekunden Schwebeflug, ebenso lässig wieder mit der Fingerspitze aufzufangen. Eine beeindruckende Darbietung – sogar wenn man wusste, dass der schwere Korb mit einem kleinen Antigrav ausgestattet war.

Aber Shimmis »Akrobatik« beeindruckte die Burschen nicht. Sie trug wieder ihre inzwischen nicht mehr ganz so blütenweiße Bluse mit den romantischen blauen und roten Applikationen an den Ärmelenden. Der Ausschnitt, in dem ihre blauen und roten Ketten baumelten, war noch ein Stück tiefer gerutscht und flatterte, da von wenig Brust gehalten, publikumsfreundlich bei jeder Drehung. Die Bluse endete knapp über Shimmis Allerwertesten, der klein und knackig in einer schwarzen Elastikhose steckte. Dies und die Tatsache, dass jede ihrer Bewegungen von der Austrainiertheit und Beweglichkeit einer Schwimmerin sprach, gefiel den Burschen sichtlich.

Wieder schwebte der Katzenkorb in die Luft empor. Ich sah in die Düsternis hinauf. Fünfzehn Meter hoch war dieses auf der Seite liegende künstliche Schneckenhaus bestimmt.

Als der Korb wieder herunterkam, wollte Shimmi ihn übermütig mit der Fußspitze abfangen, traf ihn aber nicht an der richtigen Stelle. Der Korb trudelte zu den Stallzelten hinüber. Die aufgeregt umherpurzelnden Ferrolkatzen versetzten ihn in eine bizarre Taumelbewegung.

»Hoppla!«, kicherte Shimmi.

Fran wandte sich mit einem Stoßseufzer der Schneckenöffnung zu. Zwei der Burschen rempelten einander in dem Versuch an, als Erster den Korb zu erhaschen, während die anderen feixend zusahen. Vielleicht hatte ich Shimmis Übermut allzu kindlich interpretiert.

»Dort.« Perry zeigte zu dem Durchgang am anderen Ende der Halle. Er war vielleicht sechzig Meter entfernt. Zwei mit Hiebwaffen ausstaffierte Männer bewachten ihn. Eine zierliche Gestalt war zwischen ihnen hindurchgetreten und kam in unsere Richtung spaziert. Mattgrüne Pluderhosen, die in braunen Stiefeln steckten, eine mit einem Seil gegürtete dunkelbraune Bluse, die schwarzen Haare halbwegs mit einer silbernen Spange gebändigt, die der Shimmis nicht unähnlich war.

Das junge Mädchen hatte auch ungefähr Shimmis Alter.

»Ich bin Peikade Mookmher«, sagte sie mit heiserer, leicht atemloser Stimme. »Die Großnichte von Tarak dem Strahlenden.« Ihre Augen blitzten bernsteinfarben. Als sie lächelte, schimmerten pfeilspitze Zähne auf, die offensichtlich zugefeilt worden waren. »Ich soll euch euer Djel zeigen.« Unsere Unterkünfte, unsere Gemächer vermutlich. Ich hatte keine Ahnung, warum der Translator diesen Begriff nicht übersetzte. Perry offensichtlich auch nicht.

Peikade sah unsicher auf unsere Füße. »Könnt ihr gehen?«

»Ja«, lachte Perry. »Wieso?«

»Weil ihr mit einer Maschine gekommen seid.«

»Benutzt ihr denn keine?«, fragte ich.

»Wir tun alles, was wir können, aus eigener Kraft. Um den Toongher des Kars und des Hungers nicht zu nähren.«

»Dann wollen wir das auch so halten, Peikade Mookmher«, sagte ich feierlich, und sie stiefelte los, die Schwelle der Schnecke hinunter.

»Werden wir denn nicht im Palast untergebracht?«, fragte Fran.

»Aber nein.« Das Rebellenmädchen kicherte. »Doch nicht in diesem dunklen, muffigen Ding! Hier drin wohnt niemand außer ein paar armen Wachen! Ihr bekommt ein Djel. Ein wunderschönes! Es wird gerade aufgebaut.«

Ein Zelt also. Es war mir recht. Wir hatten so viel Zeit in beengten Verhältnissen zugebracht, dass ein wenig frische Luft und weiter Himmel nicht schaden konnten.

Shimmi begann, den Katzenkorb mit kleinen Stößen vor sich her zu treiben. Peikade starrte sie an. »Was machst du da? Hast du keine Kraft zum Tragen?«

»Ich soll den Korb schleppen?« Shimmi verschränkte die Arme vor der Brust.

»Bist du krank? Oder zu schwach dazu?« Peikade warf einen Blick durch die Kuppel. »Tiere? Was sperrst du sie überhaupt ein?« Die Jungen hinten bei den Stallungen amüsierten sich prächtig.

»Warum ich sie einsperre? Ich fasse es nicht.« Shimmi griff sich an die Haare. »Das sind Katzen! Die lässt man nicht frei herumlaufen!«

»Na, nun ist's mal gut.« Quart Homphé baute sich neben den beiden auf. Der Künstler überragte sie um einen Kopf. »Komm, Shim, ich helf dir beim Tragen.«

Sie stellte ächzend den Antigrav ab, und sie zuckelten los, den Katzenkorb in der Mitte. Homphé trug formlos flatternde Hosen und einen ausgeleierten Pullover, dessen Muster mich an ein Scheuertuch aus alter Zeit erinnerte. Die Ärmel hatte er hochgeschoben, und der Stoff war baumelig über die Bündchen zurückgerutscht. Was Pratton Allgame mit seinem wehenden Umhang an Modebewusstsein zu viel hatte, das hatte Homphé eindeutig zu wenig.

Der Boden war felsig und voller Geröll. Erst als wir dem weiten Bogen den Berg hinunter folgten, breitete sich Gras aus. Es war hart, kurz, dicht und an manchen Stellen von winzigen gelben Blüten überwuchert.

Peikade zog sich die Stiefel aus und ging barfuß weiter.

Wir erreichten die Zelte. Es waren große, runde Konstruktionen, verschnürt wie Pakete im alten Amerika, nur wirrer. Zwischen den filzigen Wänden roch es nach Wolle, Fett, Vieh und Schweiß.

An einer Stelle hatten einige Greise eine Decke ausgebreitet. Sie saßen, Männer wie Frauen, um die Decke herum und schlugen mit langen Gerten auf weiße Flusenbäusche ein, die im Takt ihres Peitschens tanzten. Es musste sich um eine Art Baumwolle handeln, die fürs Spinnen vorbereitet wurde. Oder fürs Filzen? Ich hatte zu wenig Ahnung von solchen frühen Handwerkstechniken.

An einer anderen Stelle versperrte uns eine Art Triceratops den Weg. Das gewaltige, fast schwarze Tier besaß einen Hornkragen und zwei Nasenhöcker. Der Kragen wie auch einige Stellen seiner Haut waren weißlich gefleckt. Eine Krankheit? Oder Scheuerstellen? Angebunden war das Tier jedenfalls nicht.

»Hallo, Gevatter Zontar«, sagte Peikade. »Lässt du uns durch?«

Das riesige Vieh sah sie aus braunen, sanften Augen an und bewegte sich ein Stück zur Seite.

»Vielen Dank«, sagte unsere Führerin, und wir drückten uns an Gevatter Zontar vorbei. Er schnaubte nur kurz, als Shim und Quart mit dem Katzenkorb kamen; ansonsten blieb er still. Hinter uns, wir waren gerade alle an ihm vorbei, plätscherte es. Fran rümpfte die Nase.

»Lässt dein Volk solche Riesen immer frei herumlaufen?«, fragte Perry.

»Immer«, bestätigte Peikade. »Zontars sind großzügig. Die Kühe schenken uns ihre Milch. Die Bullen lassen sich ins Joch spannen. Ihr Kot wärmt uns. Ihre Haut schützt uns, ihr Fleisch macht uns satt. Was sollen wir sie da einsperren? Es sind stolze, freundliche Tiere.«

»Na, schlachten werden sie sich wohl kaum stolz und freundlich lassen!«, sagte Shimmi hochnäsig.

»Nein«, entgegnete Peikade schlicht. »Dazu müssen wir sie überlisten.«

Inzwischen waren wir in einem Areal angelangt, das anscheinend gerade erst zum Wohnen vorbereitet wurde. Überall wurden Zelte hochgezogen. »Für die Neuankömmlinge?«, fragte ich.

Peikade blieb stehen und bejahte. »Wir werden so viele wie möglich in den einzelnen Adjels beherbergen. Jeder Adjel stellt auch an Zelten und Unterständen auf, was er entbehren kann. Die Winternachtszelte für das Vieh werden ja noch lange nicht gebraucht.«

Die meisten Zelte ähnelten denen, die wir von früher kannten, aus unserer nun so weit zurückliegenden Gegenwart. Aber dazwischen wurden auch diese Djels errichtet, die selbst in ihrer einfachsten Ausführung noch etwas Prächtiges hatten. Am ehesten ähnelten sie den terranischen Jurten, waren also Rundzelte mit Filzdeckung. Allerdings besaßen sie einen schnecken- oder spiralförmigen Grundriss. Im Vorbeigehen an verschiedenen »Baustellen« ließ sich erahnen, wie so ein Djel errichtet wurde.

Es bestand aus einem Holzgerüst, das zerlegt auf einen kleinen Karren oder den Rücken eines großen Zontars passte. Ich schätzte, dass es seine dreihundertfünfzig bis vierhundert Kilogramm wog.

Zum Aufbauen des Djels legte man zuerst Fußbodenplatten aus. Danach wurden gleich die Möbel in den zukünftigen Innenraum gestellt: Truhen, Tischchen, Stühle, Betten. Die schmalen Betten standen hintereinander längs an der Außenwand. Auch das Hausgerät landete gleich im Djel, auf einem Haufen in der Mitte. Dann zog man die scherengitterartigen Wände auseinander und stellte sie leicht spiralförmig um den möblierten Wohnraum herum auf. Diese Wände gingen den bauenden Nodronen etwa bis zum Solarplexus. Die Latten des Scherengitters hielten sie mit durch Löcher gezogene Lederriemen zusammen. Als Eingang diente eine massive Tür mit Rahmen. Tür und Wände verzurrten sie fest untereinander, dann wurden die zwei Säulen errichtet, die den Dachkranz trugen. Er ließ sich mit gestreckten Armen gerade noch aufstecken.

»Das müsste dein Künstlerherz doch erfreuen«, sagte ich zu Quart Homphé und zeigte auf ein Paar besonders kunstvoll geschnitzte und bemalte Säulen samt Dachkranz.

Er winkte ab. »Kunsthandwerk. Ohne Individualität und Reflexion.«

»Dafür aber mit einem Sinn für Schönheit«, sagte ich. Und dann, weil ich es mir einfach nicht verkneifen konnte: »Der dir möglicherweise abgeht.«

»Sichtbare Schönheit ist etwas für Frauen und alte Leute«, sagte Homphé. »Was mich reizt, ist die Schönheit, die im Hässlichen gefangen ist. Das Hässliche aufzubrechen, sodass die ihm innewohnende Schönheit zum Vorschein kommt, das nenne ich Kunst.«

»Ich weiß nicht, ob ich dich richtig verstehe«, sagte Pratton Allgame. »Aber falls ja, möchte ich nicht, dass du mir je ein Holo von deiner Freundin zeigst.«

Autsch, dachte ich, *der war heftig*. Zumal ich wusste, dass Homphé seit einer gescheiterten Beziehung solo war und von schweren Gewissensbissen geplagt wurde, was seine beiden Töchter anging, die er lange nicht mehr gesehen hatte – gegen seinen Willen, wie er bekundete.

Homphés Augen sprachen eine andere Sprache, aber der Künstler grinste nur. »Und ich möchte nicht wissen, was du im Knast so für Holos unter der Matratze gehortet hast. Die werden auch nicht immer ›schön‹ gewesen sein, hm?«

Peng! Ich schmunzelte in mich hinein. Es war nicht das erste Mal, dass Homphé unserem ehemaligen Meisterdieb so Konter bot. Immer dann, wenn Allgame ihn in die Enge trieb oder unter der Gürtellinie traf, zeigte Homphé eine gewisse Festigkeit, auch wenn sie nur kurz anhielt.

Ich wandte mich an Peikade. »Wie lange dauert es, bis so ein Djel errichtet ist?«

»Etwa eine Stunde.«

Ich pfiff. Eine Stunde für etwas, das den Komfort eines einfachen Bungalows zu bieten versprach. Nicht schlecht. Ich sah neugierig zu, wie jetzt – bei aufgerichteten Säulen – die Dachstreben in den Kranz eingefügt und mit dem anderen Ende auf das Scherengitter gelegt wurden. Damit war das Zeltgerüst fertig. Es folgte eine innere Plane aus Pflanzenfasern, dann eine dicke Wollfilzschicht, die große Dachkappe sowie eine weitere Plane aus Pflanzenfasern. Diese äußere Haut des Djels war es, die nach dem Auflegen wie ein Paket verschnürt wurde.

»So«, sagte Peikade, die uns dabei weitergetrieben hatte. »Dort vorn ist es – euer Djel.« Sie zeigte auf ein Rundzelt mit einer prächtigen roten Tür. Es war mittelgroß. Das daneben stehende, um einiges größere Djel wurde von mehreren Männern eher nachlässig bewacht. Sie saßen, die Waffen blank gezogen, im Gras um ein Brettspiel herum. Vor der Tür ragten Stangen in die Luft, an denen Tierschädel angebracht waren und flatternde Bänder. Vor einem rechteckigen Nebenzelt saß eine junge Frau, die unsicher zu uns herüber und dann zu Boden sah.

»Dort wohnt Errek Tarakssohn«, erläuterte Peikade.

»Und die Frau?«, fragte Fran. Verschiedenes Werkzeug deutete darauf hin, dass sie etwas baute, aber sie tat keinen Handschlag.

»Das ist Krenja – Erreks Frau«, sagte Peikade wichtig, aber leise.

Die Frau hatte geweint. Und nicht vor Freude, wie es aussah. Sie gab sich einen Ruck und fing fahrig wieder mit ihrem Werkzeug zu hantieren an. Die Wachen, die zu uns geschaut hatten, warfen einen Blick zu ihr hinüber und widmeten sich dann wieder ihrem Brettspiel.

Eine merkwürdige Szene.

Das Rebellenmädchen zog die Tür zu unserem Djel auf, die nicht abgeschlossen war, ja nicht einmal über ein Schloss verfügte. In den gebogenen Schlauchgang dahinter fiel etwas Licht, weil die Zeltbahnen leicht heruntergerollt waren. Der Gang führte nach rechts. Ein wenig Platz, zum Ausziehen der Schuhe vielleicht – jedenfalls warf Peikade dort ihre Stiefel hin. Dann kamen diese schmalen Betten, eins nach dem anderen. Der Schlauch öffnete sich zum Zeltinneren, das mit Fellen und Teppichen ausgelegt war. Durch eine Dachöffnung drang Licht.

Fran sprach das Offensichtliche aus: »Sollen wir alle in einem Raum schlafen?«

»Ja, seid ihr denn kein Adjel?« Peikade sah zwischen uns hin und her.

»Ich dachte, ein Adjel ist so etwas wie eine Familie oder Großfamilie«, antwortete Perry. »Wir sind einfach eine Reisegesellschaft.«

»Genau, ein Adjel, das sich für eine Reise zusammengefunden hat«, sagte Peikade. Sie schien fassungslos zu sein. »Dann wollt ihr alle – allein schlafen? Warum denn?«

»Nein, nein, schon gut«, meinte Perry. »Erklär uns einfach, wie das hier vor sich geht. Wir sind keine Nomaden, weißt du. Wir leben in festen Häusern. Mit einzelnen Zimmern. Aber die letzte Zeit haben wir alle gemeinsam in unserem Gleiter gewohnt.« Er sah sich demonstrativ um. »Das ist ein sehr schönes Djel. Wir werden mit Freuden hier wohnen.«

Peikade machte eine wackelnde Kopfbewegung und zeigte nach hinten in den Schlauch. »Ganz vorn schlafen immer die Kampfstärksten. Weiter innen dann die Sanften und die Kinder.« Sie zeigte auf die Feuerstelle in der ungefähren Zeltmitte. Ein dreibeiniges Metallgestell stand dort zwischen Holzscheiten, die von einem Ring Feldsteinen umgeben waren. »In der tiefsten Winternacht lagern oft alle zusammen am Feuer. Dort«, sie deutete zum letzten Stück Wand hinüber, wo neben einer Anrichte kofferartige Kisten und andere Behälter standen, »befinden sich das Küchengerät, der Wasserbehälter, die Vorräte und das Geschirr. Darf ich euer Feuer anmachen?«

»Aber ja.«

»Zu kochen braucht ihr nicht«, sagte sie, während sie das Feuer in Gang brachte. »Errek wird euch speisen.«

Die Qualmwolken verteilten sich, bevor sie aus der Dachöffnung zogen. Weiter vorn im Gang quietschte es. Shimmi hatte sich auf eines der Betten geworfen.

»Zelten«, sagte sie begeistert. »Ohne Schutzschirm und einen Haufen Technik. Ich fasse es nicht! Das ist ja noch viel besser als auf dem Mars.«

Zwischenspiel

Äußerlich glaubt Errek Mookmher ganz ruhig zu sein. Aber innerlich kocht er, während er neben Shirkam Otmookmher herstapft. Sie sind auf dem Weg zu den Gemächern seines Vaters. Die Gesichter der Wachen, denen sie begegnen, sind ihm fremd.

Dieser hinterhältige, ehrlose Kerl muss sie ausgetauscht haben!

Hüter des Herdes und zugleich Hüter der Grenzen? Hah! Wie hat er das geschafft? Der verdankt seine hohe Position im Clan der Mookmher doch allein seiner grausigen Schwester. Dandar Schawdandar Otmookmher. Die Hofschamanin. Jung, schön, undurchschaubar.

Sie ist meinem Vater in den Jahren, die er nun schon am Nervenfraß leidet, eine Vertraute geworden. Zu vertraut vielleicht. Haben sie etwas miteinander? Hat sie ihn verführt? Aber Mutter? Was ist denn dann mit Mutter? Ein Gift, ein kleiner Zauber …

Errek räuspert sich. »Wie geht es Thura?«

»Blendend für ihr Alter«, antwortet Shirkam.

»Ist sie hier?«

»Leider nein. Du weißt ja, wie sie ist.« Shirkam seufzt. »Du wirst sie später sehen. Ein Bote ist schon unterwegs.«

Wie familiär er tut, der Teufel. Ohne seine Schwester wäre er nichts. »Du weißt ja, wie sie ist.« Als gehörte er zu meinem Adjel!

Thura Mookmher, meine Mutter, ist die Kühnreiterin von Koortane, eine begnadete noch dazu. Sie führt den hiesigen Traumfamnir mit traumwandlerischer Sicherheit – den Toongher sei Dank auch heute noch.

Aber dann kann Dandar dem Gelben Alten doch nicht eingeflüstert haben, ihrem teuflischen Bruder so viel Macht über das Habitat zu geben. Über die Gesamtheit der Rebellen! – Hüter der Grenzen! Das darf nicht wahr sein.

Entfremdung. Vater und Mutter müssen sich fremd geworden sein. Sie hat zu viel mit ihren Lehrlingen gearbeitet, ist zu viel in den Höhlen gewesen. Diese Neigung hat sie schon immer gehabt. Der schamanische Weg führt in eine Fremde, aus der man kaum zurückkehren kann. Weil diese Fremde auch innen liegt.

»Onkel Shirkam!«, ruft es glockenhell aus den dunklen Höhen der Waffenkammer. Ein vielleicht fünfjähriger Junge kommt eine der Holzleitern hinuntergeflitzt. »Du wolltest doch mit mir schießen!«

»Jetzt nicht«, sagt Shirkam und streicht dem Jungen über den braunen Schopf. »Später. Versprochen.«

Der Junge protestiert nicht. Er schaut unsicher zu Errek hinauf. Erreks Herz krampft sich zusammen wie eine Faust im Zorn. »Wonjok?«

Das ist Wonjok. Das muss Wonjok sein. Er ist erst zwei gewesen damals.

Errek geht auf ein Knie. Der Junge schaut Errek misstrauisch an und dann zu Shirkam.

Er ist so schmal. So weich. »Ich bin es. Errek. Dein Vater.«

Der Junge öffnet den Mund zu einem stummen Schrei und flieht die Leiter hinauf. Errek springt hinterher, bekommt ihn aber nicht mehr zu fassen. »Wonjok!«

»Lass ihn.« Das ist Shirkams Stimme. Errek starrt in das Dunkel der Windung hinauf. »Er muss sich erst wieder daran gewöhnen, dass du lebst«, sagt Shirkam. »Es ist nicht einfach für ihn. Es ist für uns alle nicht einfach. Wir dachten, du wärst tot.«

»Was soll das heißen? Was ist das für eine Teufelei? Warum nennt er dich Onkel? Was hast du mit ihm gemacht!«

»Ich habe ihn getröstet«, sagt Shirkam und verzieht das arrogante Gesicht zu einer Maske der Traurigkeit. »Ich habe mich um ihn gekümmert. Ich habe mich um seine Mutter gekümmert. Deine Witwe, wie wir bis heute dachten. Und dann«, Shirkam seufzt, »haben wir uns ineinander verliebt.«

Schmerzlich, ach so schmerzlich verzieht dieser Teufel das Gesicht.

Errek kann keinen Muskel rühren. Schlägt sein Herz überhaupt noch? *Krenja, die herrliche Krenja in diesen Kerl verliebt? Wenn ich mich jetzt nicht gleich rühre, werde ich umfallen und in dieses Metall einsinken und immer tiefer und tiefer in seine kühle Schwärze stürzen, für immer stürzen, durch eine Traumhaut nach der anderen, tiefer und tiefer in nichts und alles zugleich.*

»Jetzt komm«, sagt Shirkam. »Dein Vater wartet. Seit drei Jahren hat er nichts anderes getan, als auf dich zu warten. Komm.«

Durch Errek geht ein Ruck, und er folgt Shirkam in das Privatgemach Taraks, der Geißel der Götzen.

Mild steht das Licht des Herbsttages im Gemach, grausam liegt es auf Taraks Gesicht. Die Geißel der Götzen ist ein Wrack. Der Gelbe Alte, er ist bleich wie der Tod. Tarak ohne Nas, er hat mitten im Gesicht ein Mullpflaster kleben, aus dem es gelblich suppt.

»Der Stumpf hat sich entzündet«, flüstert Shirkam mit dieser sanften, quälenden Stimme. »Wir mussten die Stifte ziehen.«

Nie wieder wird Tarak seine prächtigen Nasen aus Leder und Eisen tragen. Errek durchrieselt es kalt. Er hockt sich neben Taraks Lager. Die Ärmchen, die auf der Decke liegen, links und rechts neben diesem in einem ungesunden Dämmerschlaf gefangenen Leib, sie zucken.

Errek steigen Tränen in die Augen. Er muss schlucken. Holt Luft. Und ergreift eine der knochigen, großen Hände. Sie würden Taraks Kraft noch erahnen lassen, aber sie sind kalt, viel zu kalt. »Vater.«

Das Gesicht des alten Mannes bebt. Wie dünn sein Bart geworden ist. Falten sind darunter zu sehen, Flecken.

Errek beißt sich auf die Lippen. »Vater«, sagt er dann noch einmal.

Flatternd öffnen sich Taraks Augen. Matt sind sie. Gelb sind sie. Taraks Blick scheint zurückzukehren aus Gefilden jenseits der lebenden Welt, von dorther, wo es kalt ist, finster und leer. Der Alte starrt an die Decke.

»Du musst ihm den Kopf drehen«, flüstert Shirkam. »Oder dich über ihn beugen.«

Errek nimmt das Gesicht seines Vaters in die Hände und dreht es vorsichtig herum, bis dessen Blick auf ihm liegt. Die Augen starren durch ihn hindurch. Sie blinzeln. Keinerlei Erkennen blitzt in den Pupillen auf. So denkt Errek, bis sein Vater sagt: »Wusste es. Wusste es.« Und zittrig, schmallippig zu lächeln beginnt.

Er hat nur noch zwei oder drei Zähne im Mund. Stummel, die aussehen wie glasiert.

Faltig hängt die Haut ihm im Gesicht, aber Errek glaubt, dahinter den Schädel zu sehen. Es ist der eigene Schädel, den er dort schaut, für einen Moment. Die Zukunft ist es, die er dort schaut.

Seine Zukunft. Meine Zukunft. Und deine Zukunft, wer immer du bist.

16

Der Schrei drang einem durch Mark und Bein, obwohl er von den schweren Zeltbahnen abgemildert wurde. Wir starrten alle Peikade an. Sie wirkte genauso erschrocken wie wir. Schikago, die nach den Einlassungen des Rebellenmädchens tatsächlich zusammen mit ihrem Wurf frei im Zelt herumlaufen durfte, stand mit hoch aufgerichtetem, buschigem Schwanz da und fauchte. Die Kätzchen purzelten ein wenig irritiert durcheinander; sie waren wohl noch zu klein, um Gefahren einschätzen zu können.

»Was war das?«, fragte ich, als der Schrei endlich verhallte. »Ein abgestochener Zontar?«

Das Rebellenmädchen verneinte, da ließ schon der nächste Schrei die Luft erbeben.

»Euer Traumfamnir?«, fragte Perry – eine Idee, die mir gar nicht gekommen wäre, die aber etwas Zwingendes hatte. Mir wurde ganz anders.

Peikade verneinte wieder. »Traumfamnire sind stumm.« Sie war aufgestanden. Wir alle waren aufgestanden. Wir stürzten aus dem Zelt. Draußen war nichts zu sehen. Die Wachen vor Erreks Djel, seine junge Frau: Sie standen da, starrten zur Schnecke auf dem Berg hinauf. Weiter hinten brach eine junge Kragenechse auskeilend zwischen zwei Zelten hindurch.

Wieder dieser Schrei. Er kam direkt aus der Schneckenöffnung. Ein unmenschlicher, ein kreatürlicher Schrei.

»Das ist Errek«, sagte Perry und machte einen Schritt auf den Berg zu.

Ich trat neben ihn. »Was hat er denn, um Gottes willen?«

»Es zerreißt ihm das Herz«, hauchte Shimmi. »So schreit nur jemand, dem vor lauter verratener Liebe das Herz zerreißt …«

Fran öffnete den Mund, wahrscheinlich zu einer spitzen Bemerkung über den schlechten Einfluss trivialer Liebesdramen auf die durchschnittliche Teenagerpsyche, aber als der nächste dieser Urschreie ertönte, machte sie den Mund wieder zu.

Mich hielt nichts mehr. Ich rannte los.

Von allen Seiten stürzten Leute den Berg hinauf, wir mittendrin.

In der Großen Halle klangen die Schreie noch schrecklicher. Dazu waren Schläge zu hören, berstende Geräusche. Wir schoben uns zwischen den Leuten hindurch, die stehen geblieben waren. Drüben sah ich den Mars-Liner aufragen, während ich mich weiter in den Palast hineinarbeitete. Von Wachen, von Ordnern keine Spur. Nur Gedränge. Felle und derbe Stoffe unter den Händen, Schweißgeruch in der Nase.

Und auf einmal war ich durch eine enge Stelle hindurch, stolperte fast in eine freie Fläche hinein, die die wenigen Leute, die es ebenfalls hierher in die nächste Halle gewagt hatten, nicht betraten.

Da war Errek Mookmher, mit zerrissenem Hemd, zerkratzter Brust. Wirr klebten ihm die Haare im schweißnassen Gesicht. Seine Augen rollten, während er brüllte und mit etwas, das wie eine zerborstene Leiter aussah, gegen die hohe Wand schlug. Holzteile und Splitter flogen.

Dieser Shirkam stand ein Stück weiter weg im Licht zweier Fackeln. Errek hätte ihn problemlos erreichen können. Aber wie es aussah, kämpfte er nicht gegen einen äußeren Gegner.

Ich orientierte mich. Wir schienen in einer Art Gerätekammer zu stehen. Sie war etwa halb so groß wie die Große Halle. Holzvorbauten, Zwischenwände, kleinere Durchgänge. Errek lief im Vorraum umher wie ein wild gewordener Stier. Aber er tat niemandem etwas als sich selbst. Schlug um sich, krachte frontal in einen Tragbalken hinein, brüllte sich die Seele aus dem Leib.

Niemand versuchte ihn zu stoppen. Die Leute starrten ihn fast ehrfürchtig an.

Die Wachen, die gegenüber aus den Tiefen des Palastes gekommen waren, standen dort unschlüssig, die Läufe ihrer Strahler, die Spitzen ihrer blank gezogenen Schwerter gesenkt. Langsam kam Bewegung in sie. Sie wichen zu den Seiten aus, machten einer Gestalt freie Bahn.

Die Frau war klein, schmal. Sie war in zerlumpte Stoffe und Felle gehüllt, an denen kleine Spiegel hingen, Menschenpuppen, Stoffstreifen. Ihr Gesicht unter der Fellmütze war von tiefen Falten durchfurcht, aber irgendwie sah sie nicht alt aus, sondern gut, aber auf eine schmerzhafte, Mitleid erregende Weise. Ihre Augen funkelten rot. Die Arme hingen ihr schlaff an den Seiten hinab.

Sie wirkte wie eine lebende Tote.

»Dandar«, sagte Shirkam zwischen zwei Schreien, zwei Schlägen Erreks. Es klang flehend.

Die Frau nahm die Arme nach vorn. Ich hatte keine Ahnung, wo sie es herholte, aber auf einmal hielt sie ein Bündel geschwärzter Werkzeuge in den Händen. Ich erkannte etwas wie Sägen, Zangen. Sie machte kreisende, tänzerische Bewegungen in Erreks Richtung damit, wie mit einem Fächer. Und sie begann zu singen, mit einer hohen, glasklaren Stimme von kalter Schönheit. Und Errek, ich hätte es nicht für möglich gehalten, er schrie noch lauter.

»*Krenja!*«, brüllte er. »*Krenjaaaa!*«

»Krass«, hauchte Shimmi neben mir.

»Das hier ist keine Trividsendung, Mädchen!«, fauchte Fran.

Shimmi nickte. »Das ist Liebe.« Ihre Augen leuchteten. »Wahre Liebe ist das. Seine Frau hat einen anderen.«

Gedränge hinter uns. Rufe: »Lasst sie durch!« Ich bekam einen Stoß ins Kreuz, gleichzeitig wurden Shim und Fran gegen mich gedrückt. Shims bonbonsüßes Parfüm stieg mir in die Nase, eine Wohltat nach all dem Schweiß und Rauch.

Erreks Frau betrat den wie mit einem Kreidestrich abgezirkelten Raum, in dem sich nur Errek und diese Zauberin bewegten. Kaum erblickte Errek seine Frau, da hörte er zu schreien auf. Er stand da, schluchzend, keuchend, nass das Gesicht, blutig und schmutzig die nackte Brust, die sich heftig hob und senkte.

»Errek«, sagte seine Frau. »Was machst du. Was machst du denn.«

Er stand da, schwankend. Stierte sie an. Drüben klapperte und sang die Zauberin.

»*Krenjaaaa!*«, brüllte er wieder, so unvermittelt, dass ich zusammenzuckte.

Krenja ging zu ihm. Sie trug einen groben braunen Rock, darüber eine helle Bluse, eine grobe braune Weste. Ihre Haare waren kinnlang, ihr Gesicht rund und hübsch. Sie war so klein gegen ihn. Sie legte ihm die Hände an die Schläfen, und er riss sie an sich. »Krenja«, schluchzte er, »Krenja.«

»Errek, ach, Errek.« Sie strich ihm durch die Haare, und er brach langsam in die Knie. Fast stürzten sie hin. Mit einer Drehung balancierte die kleine, runde Frau sich aus. Ihr Gesicht war ganz weich. Ihre Wangen glänzten.

Als Erreks Kopf ihren Bauch berührte, fuhr der Mann zurück wie von einem Stromschlag getroffen, setzte sich schwer auf den Boden.

»Ach, du heilige Scheiße«, sagte Fran leise neben mir.

Krenjas eben noch helle Bluse war zwischen den Kanten der Weste mit Blut und Schmutz beschmiert.

»Ha!«, rief Errek. Ein kurzer, hoher Schrei. »Ha!«

»Wehe, Freundchen«, flüsterte Fran.

»Was ist denn los?«, fragte ich und sah sie an. Sie stand breitbeinig da, locker pendelnd, kampfbereit. Ihre Daumen spielten an den Fingerringen.

Was war denn los?

»Ha!« Errek sprang auf. Griff mit seinen beiden verdreckten Pranken nach der Bluse seiner Frau. Neben mir sprintete Fran los. Die Bluse riss unter Erreks Händen entzwei. Knöpfe sprangen durchs Licht wie Heuschrecken. »Ah!«, rief Errek.

Dann war Fran dort, in einem türkisfarbenen Wirbel von Überschlägen. Zack, saß sie auf Erreks Schultern und riss ihn seitwärts weg. Die beiden krachten zu Boden. Im nächsten Moment hatte Fran den offensichtlich benommenen Rebellen in der Beinschere und hielt ihm ihr verbliebenes Wurfmesser an die Kehle. »Niemand tut dieser Frau etwas!«, rief sie.

Auf einmal, *witsch!*, hatten alle in dem düsteren Raum ihre Schwerter, Messer, Dolche blank gezogen.

»Nein!«, donnerte Shirkam, die Arme ausgebreitet.

Krenja, Erreks Frau, stand reglos da. Die Fetzen der Bluse hingen an ihr hinunter. Sie hatte schwere, weiche Brüste, die unter ihren keuchenden Atemzügen zitterten. Sie hatte einen kleinen, prallen Bauch. Einen sehr prallen Bauch.

Sie war schwanger.

Shirkam trat vor. »Niemand wird Krenja etwas tun, Fremde. Du kannst ihn loslassen.«

Frans Blicke sprangen hin und her. »Ich werde keine Steinigung dulden! Oder sonst etwas!«

Pratton Allgame tauchte langsam aus der Menge auf, nahm im Gehen sein Cape ab. »Schon gut, Fran«, sagte er. »Lass ihn los.« Er hängte Krenja vorsichtig das Tuch um.

Fran nahm das Messer zurück und ließ Errek aus der Beinschere gleiten. Der Rebell blickte mit glasigen Augen ins Leere, ruderte hilflos mit einem Arm.

»Was hast du mit ihm gemacht?«, fragte Shirkam.

»Ein leichter Lähmstrahl. Geht gleich vorbei.« Fran stand auf, schob das Messer in die Stiefelscheide zurück.

Mir fiel erst jetzt auf, dass diese Zauberin nicht mehr sang. Ich sah mich um. Sie war verschwunden.

Shirkam beugte sich über Errek. »Kannst du mich verstehen, Vetter?«

Errek blinzelte. »Verstehe dich«, krächzte er.

»Wir werden Rat halten«, sagte Shirkam. »Später. An einem großen Feuer.«

»Ja«, krächzte Errek. Er setzte sich unsicher auf, schüttelte den Kopf.

»Gut.« Shirkam wandte sich ab und verließ das Lager Richtung Große Halle. Eine Hand voll bewaffneter Hünen folgte ihm.

Die Leute begannen sich zu zerstreuen.

»Errek«, sagte Krenja.

»Nein.« Der Rebell sah sie nicht an. »Jetzt nicht.«

Er sah sich um. Musterte Fran, mich, Perry. »Wir müssen reden«, sagte er rau.

17

Wir saßen in Erreks Djel um das Feuer herum. In dem Feuer stand ein dreibeiniges Metallgestell, Herd genannt; darauf köchelte in einem Topf mit Siebeinsatz Tee vor sich hin, den Krenja aufgesetzt hatte. Niemand sagte ein Wort, während Erreks Frau an der Anrichte hantierte. Sie kehrte uns den Rücken zu, in eine gemusterte Wolldecke gehüllt. Den Umhang hatte sie Pratton Allgame zurückgegeben. Er und Quart und Shimmi hatten nicht mit ins Zelt gedurft.

Errek räusperte sich. Er knetete seine Kehle. »Du hast sehr kraftvolle Schenkel, Fran von den Imith.«

Fran lächelte schief. Ihre Augen waren Schlitze. Sie gaben nichts preis.

Krenja wandte sich um und kam mit einem Tablett zum Feuer. Sie kniete nieder und stellte Fran, Perry und mir Holzschalen mit einer Art Schafskäsewürfeln darin hin, dazu Becher, ebenfalls aus Holz, in denen Milch war, und leere Metalltassen, offensichtlich für den Tee.

»Danke, Krenja«, sagte Fran betont. Sie hatte ja Recht, aber ich wartete lieber ab. Perry anscheinend auch.

Krenja sah unsicher zu Errek. »Auch Branntwein?«

»Nein.« Er hielt den Blick ins Feuer gerichtet. Er hatte ein frisches, sandfarbenes Hemd an. Es war noch nicht zugeknöpft. Auf der gewaschenen Brust prangten Abschürfungen und Kratzer, an den tieferen Stellen glänzte noch halb geronnenes Blut.

Krenja stand auf, stellte das leere Tablett auf die Anrichte und setzte sich auf eine Kiste an der Wand. Sie nestelte an dem Lederverschluss herum, der die Wolldecke um ihre Schultern zusammenhielt. Nach ein, zwei Minuten stand sie wieder auf und nahm den Siebeinsatz mit den Teeblättern aus dem Topf.

»Gut«, sagte Errek. »Ich danke dir.« Er hob den Blick und sah sie an – soweit ich es mitbekommen hatte, zum ersten Mal seit der Szene im Palast. »Nun möchte ich, dass du mein Djel verlässt.«

Sie schnappte nach Luft.

»Mein Djel«, sagte Errek. »Nicht meinen Adjel.«

Sie verschwand in dem Schlauchgang.

»Und, Krenja …«, sagte Errek.

»Ja?«, drang ihre Stimme durch die Plane.

»Suchst du Wonjok, bitte? Ich fürchte, er ist noch im Palast gewesen.«

Nach einem Moment: »Ja.« Dann das Schließen der Tür.

»Wonjok?«, fragte ich.

»Mein Sohn«, sagte Errek. »*Mein* Sohn. Ein Kind noch.« Er nahm einen Lederlappen und hob den Topf vom Herd, tauchte eine Schöpfkelle hinein und goss ein wenig Tee ins Feuer. Es zischte. Dampf wallte auf. Dann teilte er den Tee in die Tassen aus.

Ich nahm meine Tasse. Der Griff war sehr heiß. Ich biss die Zähne zusammen, hielt die Tasse über das Feuer und neigte sie leicht. Als Errek nichts dagegen sagte, kippte ich einen Schluck Tee ins Feuer. Perry tat es mir nach. Fran nicht. Ich stellte die Tasse wieder hin und rieb mir die Finger.

»Greift zu!«, sagte Errek und deutete auf die Schalen mit den weißen Würfeln. Ich kostete. Es schmeckte ungefähr wie Ziegenkäse, nur sahniger. Ich nickte.

»Weiße Gaben«, sagte Errek. »Es gehört auch noch ein Schluck Branntwein dazu, aber nicht heute. Bald werden wir am großen Feuer sitzen. Und ich weiß nicht, wer Freund ist und wer Feind.« Er schnaubte, sah uns der Reihe nach an. »Wie es aussieht, seid ihr die Einzigen, die ich heute einigermaßen sicher meine Freunde nennen kann. Jawohl, auch dich, Fran von den Imith. Du hast mich aus dem Land des Wahnsinns zurückgeholt.« Er rieb sich mit einer seiner Pranken das Gesicht. »Ich brauche euren Rat.«

Hoffentlich nicht in Liebesdingen. Da fühlte ich mich derzeit nicht kompetent. Ich nahm mir noch einen Käsewürfel.

»Shirkam Otmookmher«, sagte Perry. »Er macht dir den Führungsanspruch streitig.«

»Nein«, sagte Errek. »Ja.«

»Klingt kompliziert«, sagte ich. »Geht es auch ein bisschen einfacher?«

»Eigentlich führt mein Vater den Clan und die Gesamtheit der Rebellen an. Tarak, die Geißel der Götzen. Aber Tarak«, Errek verzog grimmig das Gesicht, »ist sehr krank. Seit langen Jahren schon. Ich hatte darum begonnen, die Führung mehr und mehr in die eigenen Hände zu nehmen. So, wie es mir ohnehin bestimmt war, denn Taraks einziger Sohn ist automatisch auch sein Nachfolger.«

»Wenn das so automatisch geht«, fragte Perry, »wie kommt Shirkam dann ins Spiel?«

»Eigentlich gar nicht. Mein Vater hat eine Schamanin zu sich geholt. Shirkam ist ihr Bruder. Mehr nicht.« Errek schnaubte.

»Die singende Zauberin«, sagte ich. »Aber inzwischen ist Shirkam ja mehr als nur der Bruder der Schamanin deines Vaters. Er …«

»Dieser Teufel!«, rief Errek. »Nutzt seine Stellung, um sich an meine Frau heranzumachen! Um ihr ein Kind zu machen!«

»Was ist daran schlimm?«, fragte Fran kühl. »Wenn sie dich doch für tot gehalten haben.«

»Er hat sich nur an sie herangemacht, um Rebellenführer werden zu können!«

»Und sie war so dumm, darauf hereinzufallen, ja? Das willst du doch damit sagen.«

»Fran«, meinte Perry. »Errek. Können wir auf hochkochende Emotionen vielleicht verzichten? Vom menschlichen Standpunkt, der sicher sehr schwer wiegt, einmal abgesehen, verstehe ich das Problem noch nicht. Wird Shirkam dir denn politisch nicht weichen, jetzt, wo du wieder da bist?«

»Ja, schon. Aber was nutzt mir das? Er ist mir immer einen Schritt voraus, der Teufel. Und er hat drei Jahre Zeit gehabt, alles so zu packen, wie es ihm gefällt.« Errek lachte böse. »›Vertrauten Platzes Gras ist weich‹, sagt man bei uns. Nicht für mich! Seine grausige Schwester hat meinen Vater in der Hand. Meine Frau ist von ihm schwanger. Meinen Sohn hat er mir entfremdet. Mein Vater hat ihn zum Hüter des Herdes und Hüter der Grenzen ernannt, mit dem Zutun meiner Frau und Shirkams Schwester vermutlich. In der Schnecke auf dem Berg habe ich kein bekanntes Gesicht unter den Wachen gefunden. Er hat die Leute ausgetauscht.«

»Kann das alles nicht ganz normale – Veränderung sein?«, fragte Perry. »Nach drei Jahren?«

»Shirkam ganz normal?« Errek lachte wieder. »Der hat keinen Funken Ehre im Leib! Nur ein kaltes Herz! Und einen böswilligen, verwinkelten Geist. Ihr wäret nicht die Ersten, die sich von ihm blenden lassen.«

»Du hältst nicht viel von deiner Frau, oder?«, warf Fran ein.

Das fegte ihm das Lachen aus dem Gesicht wie eine Ohrfeige.

»Fran«, sagte ich. »Für solche Einwendungen ist es vielleicht ein bisschen früh. Über einen solchen Schlag muss man erst einmal hinwegkommen. Da kannst du doch nicht jedes Wort auf die Goldwaage legen.«

»Schon recht. Aber Rebellenheld Errek hier ist immer sehr schnell darin, einen Schuldigen zu finden. Und der ist dann rasch auch einen Kopf kürzer, wie wir auf der QUORISH gesehen haben.«

Errek grunzte. Es klang beinahe bewundernd. »Lass mich dir eine Geschichte erzählen, Fran Imith. Die Geschichte, wie ich nach Pembur kam. Mein Vater bekam Nervenfraß. Er machte mich zum Hüter des Herdes.«

»Was ist das?«, fragte ich.

»Derjenige, der das Habitat schützt und dessen Angelegenheiten regelt. Damit begnügte ich mich aber nicht. Zwar war mein Vater noch immer der Hüter der Grenzen, aber ich begann, die Strategie der Rebellen weg von der reinen Verteidigung und mehr in Richtung Offensive umzustellen. Mein Volk hatte seit der legendären verheerenden Schlacht, bei der uns die Quochten im Stich ließen, nur noch defensiv agiert. Hatte hin und wieder eine Basis des Empire überfallen, um Raumfahrzeuge zu erobern, Nachschub zu sichern und Ähnliches. Aber echte Positionskämpfe hatte es nie wieder gegeben. Stets waren wir schon froh gewesen, wenn wir uns ohne allzu große Verluste von unseren Raubzügen zurückziehen konnten. Ansonsten wollten wir nur vor dem Zugriff des Empire verschont bleiben.«

Er nahm einen Schluck Tee. »Meine Strategie hat dagegen in Richtung Informationsoffensive gezielt, um dem Empire zumindest in den Randbereichen einen echten Gegenpol entgegenzusetzen. Aber diese Umstellung der Strategie hat mein lieber Vetter Shirkam erbittert bekämpft. Darum wird er auch ›Bewahrer des Bewährten‹ genannt. Shirkams Devise lautet: unsichtbar machen, als Gegner des Empire nach Möglichkeit in Vergessenheit geraten. Wie feige kann man denn sein! Rebell zu sein muss Rebellion bedeuten!«

Ich sah in meine Holzschale. Sie war leer. Ich kam zu dem Schluss, dass es kontraproduktiv wäre, gerade jetzt nach einer weiteren Portion Käsewürfel zu fragen.

»An jenem Tag vor drei Jahren, der mich nach Pembur geführt hat«, fuhr Errek fort, »startete ich mit meinen Leuten den ersten Versuch einer Informationsoffensive. Wir wollten die wichtigsten Medien eines Planeten in unsere Gewalt bringen und ein Rebellenprogramm mit unterdrückten Wahrheiten über das Empire verbreiten. Aber wir sind in einen bestens angelegten Hinterhalt geraten. Verrat! Hunderte Rebellen verloren das Leben, Dutzende wurden deportiert, darunter auch ich.«

Er sah uns der Reihe nach an. »Aber heute, meine Freunde, bin ich aus der Deportation zurückgekehrt. Wer immer mich damals den Truppen des Empire ausgeliefert hat, kann über mein Auftauchen keineswegs begeistert sein. Und was sehe ich, wer am meisten von meinem ›Tod‹ profitiert hat? Shirkam Otmookmher.«

18

Das große Feuer war groß an Umfang, nicht an Höhe. Es handelte sich um einen Ring, der eine Fläche von vielleicht drei Metern Durchmesser umschloss. Drum herum saßen die beiden Kontrahenten mit ihrem Gefolge.

Shirkam hatte eine Anzahl Hünen mitgebracht. Zwischen seinem und Erreks Gefolge saß seine Schwester, die Dandar Schawdandar hieß. Ein Name wie aus einem alten Märchen. Hinter der Hofschamanin, und damit wenigstens ein Stück vom Feuer entfernt, saß Tarak Mookmher, der alte Rebellenfürst, in einem auf einer Art Sackkarre befestigten Sitzgestell. Er war daran festgebunden, vermutlich damit er nicht umfiel. Er schien kaum mitzubekommen, was um ihn herum vorging.

Erreks Gefolge bestand aus Perry, Fran und mir. Hinzu kamen einige Männer, die er von Pembur her kannte.

Wir hatten ihm in den Stunden vor dem großen Feuer dabei geholfen, so viele ehemalige Strafgefangene ausfindig zu machen, wie wir nur konnten. Errek war ausgeritten, um entferntere Adjel zu besuchen. Wir hatten zu Fuß die ›Stadt‹ und ihre unmittelbare Umgebung abgesucht. Wir wären mit dem Mars-Liner sicher besser vorangekommen, doch wollten wir uns, so weit es ging, den hiesigen Gepflogenheiten anpassen.

Die Nachricht, dass Errek tapfere Männer und Frauen zu seiner Unterstützung suchte, hatte sich wie ein Lauffeuer verbreitet, und es wimmelte unter den Zuschauern in der großen Halle von Freunden Erreks, an die er bei unserem Gespräch in seinem Djel gar nicht gedacht hatte. Auch Pratton, Quart und Shimmi waren dort. Peikade kümmerte sich um sie.

Die Sitten bei einem solchen großen Feuer, die wir uns von Errek sicherheitshalber vorher hatten erklären lassen, waren hart. Wer etwas zu sagen hatte, sprang in den Feuerring. Man fasste sich kurz dort, denn es war heiß darin, und die Luft war schlecht.

»Manch einem würde sonst, während er Worte um Worte findet, die Kuh weglaufen«, hatte Errek schmunzelnd erläutert.

Andererseits hieß das natürlich auch: Nur wer stark, wer fit genug war, hatte auf diesen Versammlungen der Rebellen eine Stimme.

»Könnt ihr euch denn leisten, auf den Rat der Alten und Schwachen zu verzichten?«, hatte ich Errek gefragt.

»Es hat doch jeder hier Alte und Schwache in seinem Adjel«, hatte Errek geantwortet. »Und jeder hier ist von denen aufgezogen worden, die heute alt und schwach sind. Das ist wahrlich Einfluss genug.«

Zunächst wurde überhaupt nicht geredet. Schweigend saßen wir da. Ältere Kinder reichten uns weiße Gaben und Getränke, opferten vorher stets dem Geist des Feuers.

Langsam brannte der Ring hinunter, und wir konnten hinter den züngelnden Flammen diejenigen sehen, die uns gegenübersaßen. Meine Gesichtshaut spannte sich längst unter den Augen.

Schließlich stand Errek auf und sprang in den Kreis. Er trug jetzt einen Anzug aus dickem schwarzem Leder. Ellenbogen, Schultern und Knie waren mit metallisch schimmernden Kappen aus Nodroplast verstärkt. Die Stiefel schienen aus grauem Aluminium zu bestehen. Die wallenden schwarzen Haare hatte er geölt und zurückgekämmt. Die stacheligen Wangen waren frisch rasiert und der dichte Kinnbart gestutzt. Erreks von tiefen Falten durchzogenes, edel wirkendes Gesicht war deutlicher zu sehen denn je.

»Gibt es an diesem großen Feuer jemanden«, sagte er laut, »der bezweifelt, dass ich Errek Mookmher bin, Taraks Sohn, nach drei Jahren Deportation zurückgekehrt in die Heimat?«

Niemand sagte etwas, niemand trat in den Kreis.

»So beanspruche ich denn, was Taraks Sohn gebührt.«

Stille. Nur das Feuer prasselte. Ich schien in dem Kreis der Einzige zu sein, der zu Shirkam sah. Der hagere Hüne stand langsam auf. Er sprang nicht über das Feuer hinweg, sondern trat mitten hindurch. Funken stoben, als seine Stiefel das Holz ins Rutschen brachten. Der Schein des Feuers spiegelte sich auf seiner polierten Glatze, in seinen goldfarbenen Ringen. »Ich gebe in deine Hände das Hüten des Herdes, Errek Tarakssohn.«

Errek reckte das Kinn. »Und die Grenzen – Vetter?«

Shirkam lächelte. »Diese Pflicht darf ich nicht in deine Hände legen, wie du dich vielleicht erinnerst. Sie ist mir von deinem Vater, der Geißel der Götzen, vor einer Versammlung von Clansführern auferlegt worden, um diesen Gelegenheit zur Einrede zu geben. Wie es sich geziemt, wenn es keinen Erbnachfolger gibt.« Er zeigte in die Runde. »Wie viele Clansführer siehst du hier?«

»Ich bin Taraks einziger Sohn!«, donnerte Errek. »Mir allein steht das Recht zu, die Grenzen zu hüten, wenn Tarak das will! Ohne Einrede der Clansführer!«

Alle sahen zu Tarak. Tarak starrte ins Feuer.

»Wohl wahr«, sagte Shirkam. »Jedoch, wie das Lehrwort so schön sagt: Ehe du dasitzt und über Rechte den Mund aufreißt, lerne eine Arbeit zu tun. Du bist drei Jahre fort gewesen. Wir wissen nicht, ob du heute auch nur den Herd hüten kannst. Du aber stellst dich hin und begehrst gleich alles. Übe dich in Geduld, Vetter Errek. Zeige uns, was du vermagst; dann wollen wir in einigen Wochen gern am großen Feuer sitzen und beschließen, dass ich nicht mehr Hüter der Grenzen bin.«

Damit trat Shirkam aus dem Feuerkreis. »Hoch lebe Errek, der neue Hüter des Herdes!«, rief er.

»Hoch!«, rief ein Teil der Zuschauer. »Hoch Errek!«

Andere murrten.

Shirkam setzte sich wieder.

Errek stand dort allein im Kreis, eines Gegners beraubt. Ich sah, dass er kochte. Aber er stand dort und wartete, bis alles wieder schwieg.

Dann schlug er sich die Faust vor die Brust. »Ich, Errek von den Mookmher, beanspruche das Hüten der Grenzen. Hier und sofort. Ich habe drei Jahre Straflager überlebt, als Gefangener des Empire. Ich habe eine Widerstandsgruppe angeführt, die dieses Straflager dem Erdboden gleichgemacht und fünftausend Gefangene befreit hat. Hier sind genug Männer und Frauen, die euch diese Geschichte erzählen können, hier an diesem Feuer.«

Erreks Fraktion brach in Johlen und Rufe aus.

Ich sog Luft ein. Dieses Vorgehen war riskant. Im Wesentlichen war es Perry Rhodans strategisches Geschick gewesen, dem sie ihre Befreiung zu verdanken hatten. Und ohne die Schiffe der Quochten, mit denen ich vor allem Perry hatte herausschlagen wollen, wäre alles ganz anders für die Rebellen gekommen. Ich war gern bereit, nur die halbe Wahrheit zu erzählen, wenn es Errek diente. Aber wenn sich einer der Männer und Frauen verplapperte, die er hier als Zeugen aufrief, dann konnte ihm das eher schaden als nutzen.

Es kam gar nicht dazu. Niemand forderte irgendwen zum Erzählen auf.

»Ich frage euch«, sagte Errek, »ist diese Tat eines Hüters der Grenzen würdig? Hat jemand, der solches leistet, nicht hinreichend gelernt, seine Arbeit zu tun?«

»Das hat vielleicht einigermaßen die Scharte ausgewetzt, die du mit deiner ›Informationsoffensive‹ gehauen hattest!«, rief Shirkam von außerhalb des Kreises.

Seine Männer lachten, auch einige Leute im Publikum.

Ich hielt die Luft an. Das war der perfekte Augenblick für Errek, den Leuten von dem Hinterhalt zu erzählen. Aber er tat nichts dergleichen.

»Errek«, sagte Perry halblaut.

»Ich will mich beraten!«, rief Errek. Dann sprang er aus dem Kreis zu uns und hockte sich hin. Sofort erhoben sich überall Gespräche, Geflüster. Eine Auszeit zum Beraten zu nehmen galt anscheinend als unsportlich.

»Wenn Shirkam die Tatsache deiner Gefangennahme gegen dich benutzt, warum bringst du dann nicht den Hinterhalt ins Spiel?«, fragte Perry ihn leise. »Dann sollten doch auch andere das in einen Zusammenhang mit der Tatsache stellen können, dass Shirkam am meisten von deinem Verschwinden profitiert hat.«

»Richtig. Aber wenn ich andeute, dass Shirkam der Mann im Hintergrund gewesen ist, dann verletze ich damit seine Ehre. Dann hat er einen Grund, mich zum Duell aufzufordern. Und ein Duell«, sagte Errek und lächelte grimmig, »könnte ich gegen Shirkam derzeit nicht gewinnen. Ich bin zu lange fort gewesen. Die drei Spiele der Männer habe ich lange nicht geübt. Shirkam, der Teufel, kann sich das ausrechnen. Er hat ja gesehen, wie ich reite. Darum versucht er mich zu provozieren, indem er mir Recht gibt und mich zugleich als unweise hinstellt. Nein, Freunde, mir bleibt gerade nur eines. Klein beizugeben, auf möglichst ehrenvolle Art.«

Er stand auf. Er ging zu Shirkam hinüber und flüsterte kurz mit ihm. Dann sprangen die beiden Rivalen in den Kreis und hoben die Arme.

»Der alte und der neue Hüter des Herdes …«, sagte Shirkam schallend.

»Sie geben ein Fest!«, rief Errek.

Jubel brandete auf.

19

Vielleicht eine Stunde lang sah ich mir das bunte Treiben an und räumte einen winzigen Teil des Buffets ab, das in rasender Geschwindigkeit an der Seitenwand aufgebaut worden war. Dann suchte ich Fran.

Ich fand sie nicht. Ich drehte noch eine Runde.

Bei dem großen Feuerring war die Hölle los. Kinder sprangen über der Glut hin und her. Musikanten hatten sich ein wenig abseits aufgebaut und spielten stampfende Weisen auf hölzernen, augenscheinlich selbst gebauten Instrumenten. Der Korpus eines lautenartigen Streichinstrumentes war eindeutig aus einer Marktkiste gebaut, eine Trommel aus einem Kanister.

Die Rebellen im Kreis standen mit dem Rücken zum Feuer und klatschten im Takt der quietschigen Musik, pfiffen, johlten, trampelten mit den Füßen. Sie sahen bei irgendetwas zu.

Ich trat über eine schon aschegraue Stelle des Feuers hinweg und schob mich zwischen die Zuschauer.

Im Zentrum des Kreises waren Fran und Shimmi und Peikade am Tanzen. Sie schienen einander Tanzschritte zu zeigen, schienen auch Scharaden zu spielen dabei, denn alle drei hielten sich gerade die Zeigefinger als Hörner an die Nase und stampften aufeinander zu und lachten dann, strahlend die Augen, glühend die Wangen.

Es war ein herrlicher Anblick.

Shimmi mit ihrem gazellenartigen Leib und dem Rücken einer Schwimmerin, mit ihren kurzen blonden Struwwelhaaren; die rundliche Peikade mit dem unglaublich dicken, ungebändigten Haarschopf und den zugefeilten Zähnen, die gefährlich aufblitzten, wenn sie lächelte – sie waren lebendig; sie waren, jede auf ihre Art, schön.

Aber nur bei Frans Anblick durchpulste mich dieses seltsame Gefühl, das sich so schwer beschreiben lässt, bei Fran mit ihren roten, federnden Haaren und ihrem durchtrainierten Körper, der nicht zart war, aber so ausbalanciert wie eine gute Waffe, so ausgewogen wie ein durch jahrhundertelange Tradition perfektioniertes Werkzeug. Wenn ich Fran ansah, war es, als machte nicht nur mein Herz vor Freude einen Sprung, sondern als schlüge alles in meiner Brust, in meinem Bauch, diesen einen prickelnden Herzschlag mit. Ich meinte sogar, ihn zu hören, und das bei dem Lärm, den diese wilde Kapelle veranstaltete.

Ich sah den dreien zu, und mir wurde klar: Fran war nicht die schönste Frau, die ich je kennen gelernt hatte, auch nicht die erotischste oder die geistreichste. Aber Frans Schönheit war eine, die mich nicht mit Ehrfurcht erfüllte, sondern mit Wärme; Frans Erotik war eine, die mich nicht Eroberungslust spüren ließ, sondern Freude; und Frans Geist war einer, der die Dinge nicht durchlöcherte, sondern ihre Konturen hervorhob.

Fran sah mich an und winkte mir zu, und wieder durchpulste mich dieser eine große Herzschlag. Sie kam herangetanzt, lachend, lockend, und zwischen uns vibrierte die Luft. Ich räusperte mich, schlenkerte meine Beine, meine Hüften locker, und tanzte ihr entgegen. Eine Sekunde lang kam ich mir wie ein tapsiger Tanzbär vor – ein altes, hässliches Gefühl aus denjenigen Jugendtagen, die wir immer gern verdrängen. Dann *war* ich ein tanzender Bär, ihr tanzender Bär, und es war gut, denn sie war eine tanzende Katze, meine tanzende Katze.

Ich wusste auf einmal, woher auch immer: Mir drohten kein Nasenring und keine gestutzten Klauen. Und Fran, ihr drohte kein Silberglöckchen am Seidenhalsband, kein Leben als Stubenkatze.

Ich schwitzte, ich lachte. Ich war ganz ölig vor Glück.

Irgendwann konnte ich nicht mehr. »Gehen wir spazieren?«, rief ich Fran zu. Sie nickte.

Auf dem Weg nach draußen stießen wir immer wieder mit den Schultern zusammen. Also nahm ich sie in den Arm. Sie legte ihre Hand an meine Hüfte.

Dann standen wir auf der Schwelle der Schnecke und blinzelten in den nach wie vor hellen Tag hinaus.

»Zuerst hatten wir ewige Düsternis bei den Quochten«, sagte Fran, »und jetzt haben wir anscheinend ewigen Tag bei den Rebellen.«

Ich setzte mich auf die Schwelle. Zu unserer Rechten waren unten, in zwanzig oder dreißig Metern Tiefe, die Ausläufer der Zeltstadt zu sehen.

Fran setzte sich neben mich und legte den Kopf an meine Schulter. Ich roch Rauch und frischen Schweiß in ihren Haaren, darunter einen vagen Hauch Parfüm.

Der Horizont war sehr nah und sehr krumm. »Man hat auf Koortane die ganze Zeit das Gefühl, sich in einem Tal zu befinden«, sagte ich. »Komisch. Sollte man nicht denken.«

»Stimmt«, entgegnete Fran. »Ein ewiger Tag in einem ewigen Tal.«

»Was hältst du davon, wenn wir einmal um den Palast herum spazieren? Dann kriegen wir einen Eindruck von der Gegend.«

»Gute Idee.« Wir standen auf und schlenderten los. Die Grasnarbe war mit vereinzeltem Geröll bedeckt und die Fläche, auf der wir uns bewegen konnten, nicht allzu breit. Vielleicht zwei Meter, Maximum; dann ging es steil hinab. Ein schmaler Trampelpfad schlängelte sich durch das Gras. Anscheinend war die Umrundung des Palastes ein beliebter kleiner Spaziergang.

Fran streckte sich und seufzte. »Das hat gut getan. Endlich habe ich mir diese ganze Enge und Klammigkeit aus den Knochen geschüttelt.«

»O ja«, machte ich.

Wir gingen wieder ein Stück.

»Eine scheußliche Geschichte, hm?«, fragte ich.

Fran wusste sofort, was ich meinte. »Das Scheußliche daran ist, dass wahrscheinlich niemanden irgendeine Schuld trifft. Also zumindest was das Private angeht. Ein Mann zieht in den Krieg, gerät in Gefangenschaft und kommt erst nach Jahren wieder frei. Eine Frau verliert ihren Mann, kommt darüber hinweg, findet einen anderen, und auf einmal kehrt der Totgeglaubte zurück. Ein Mann tröstet eine verwitwete Frau und verliebt sich darüber in sie. Wer ist schuld? Wer hat etwas falsch gemacht? Und doch leiden alle und tun einander weh.«

»Shirkam eingeschlossen?«

»Shirkam ist in eine Frau verliebt, die gerade von ihm schwanger ist, und muss fürchten, dass sie zu ihrem Mann zurückkehrt. Meinst du nicht, dass er da leidet? Sicher, er ist mir zu glatt, zu sanft für sein Aussehen. Aber hat er irgendwas getan oder gesagt, das unser Misstrauen verdient? Er hat sich, glaube ich, in der Situation am besten verhalten.«

»Findest du?«

»Errek war der Wüterich, Krenja das Lamm. Shirkam hat aufgepasst, dass die Dinge nicht entgleisen.«

»Er hat Errek ins offene Messer laufen lassen.«

»Ja, meinst du?« Fran blieb stehen. Sie sah mich nachdenklich an, dann zur Ebene hinab. »Also, ich glaube, er hat Errek alles erzählt. Krenja ist doch erst später dazugekommen. Er hat Errek alles erzählt, und Errek ist ausgerastet. Zu viel Gefühl, zu wenig Verstand.«

»Siehst du«, sagte ich. »Und bei Shirkam geht es mir genau anders herum. Zu viel Verstand, zu wenig Gefühl.«

Wir schlenderten weiter.

»Errek der Wüterich und Krenja das Lamm«, sagte ich. »Und was war Shirkam dann? Welche Rolle hat er dabei übernommen?«

»Er war der Lenker. Der ältere Bruder.« Sie zuckte mit den Achseln. »Der Hüter des Herdes.«

»Der Manipulator, wie Errek sagt?«

»Mag sein. Aber Erreks Haltung gefällt mir nicht. Wenn er seine Frau liebt und achtet und sie sich nun aber, während sie ihn tot glaubte, in Shirkam verliebt hat, dann muss an Shirkam etwas dran sein, das ihre Liebe auch verdient. Dann kann Shirkam nicht einfach nur ein kalter Hund sein. So einfach ist das; Eifersucht hin, Schmerz her.« Sie kreuzte die Arme vor der Brust. »Weißt du, im Moment frage ich mich wirklich, ob die Rebellen mit Shirkam nicht besser dran sind.«

»Und dieser Hinterhalt?«

»In den Errek geraten sein will? Was wäre, wenn er sich einfach nur dumm angestellt hat? Zuzutrauen wär's ihm.«

»Errek hat, von Shirkams Fraktion einmal abgesehen, einen strahlenden Ruf bei den Rebellen. Den muss er sich ja auch irgendwie verdient haben.«

Sie brummte abfällig.

»Himmel, bist du sauer auf ihn.«

»Er hat ohne Not einen Menschen ermordet! Er hat seine Frau öffentlich entblößt, buchstäblich! Der Mann ist ein ... ein Emotionsidiot!«

»Fran«, sagte ich leise. »Das klingt nach alter Wut aus einer alten Liebe.«

Sie nickte und fuhr sich mit den kleinen Fingern unter den Augen entlang, massierte sich kurz die Mundwinkel. »Ich will nicht darüber reden. Jetzt nicht.« Sie hakte sich bei mir ein.

»Okay«, entgegnete ich. »Meinetwegen nie, wenn du nicht willst.«

Schweigend gingen wir weiter. Die Schnecke auf dem Berg verjüngte sich mit ihren Windungen. Schließlich waren wir am Ende des Berges angelangt. Die letzte Windung ragte über den steilen Hang hinaus. Man konnte unter ihr hindurchlaufen. Das taten wir, mit eingezogenen Köpfen. Es roch nach Fäkalien hier, nach Urin. Tatsächlich fand sich unter der Schräge eine kleine ausgestochene Latrine.

»Appetitlich«, sagte Fran. Wir gingen weiter, ohne uns die Aussicht anzusehen. Ich warf nur einen kurzen Blick zur Zeltstadt hinunter.

»Wir dürfen, glaube ich, nicht vergessen, dass die Rebellen, vielleicht auch die Nodronen überhaupt, Barbaren sind«, sagte ich, als wir unter der Schneckenspitze hindurch waren. »Bei den Quochten fühlten wir uns Errek und seinen Leuten vielleicht näher, als sie uns in Wirklichkeit stehen. Einfach wegen der Fremdartigkeit der Froschartigen.«

Ich seufzte. »Aber jetzt lass uns einmal von uns reden. Weißt du noch, was ich gesagt habe im Bus?«

»Nein.«

»Kein Wunder. Wo ich so geplappert habe. Und wo ich Pratton Allgame gleich eine semmeln musste. Bestimmt hältst du mich auch für so einen Emotionsidioten.«

»Nein.« Sie schmunzelte.

»Fran«, sagte ich und blieb stehen, nahm sie bei den Oberarmen. »Wenn ich jetzt hier so rede mit dir, dann weiß ich gar nicht mehr, wie ich überhaupt auf die Idee kommen konnte, nicht mit dir zusammen sein zu wollen.«

»Geht mir genauso.«

Wir küssten uns. Es war ein Kuss, bei dem ich erwartet hätte, dass das Universum knirschend einen Moment inne-hielt.

Es knirschte aber nichts. Vielleicht war ich ja doch nicht der Nabel der Welt.

»Was *hast* du denn gesagt im Bus?«, fragte Fran. Ihre Augen schielten leicht, so dicht waren sie vor den meinen.

»Dass ich dich brauche. Dass ich dich liebe. Dass ich für immer mit dir zusammen sein will. Dass ich eine Gefahr für die Allgemeinheit bin, so lange wir nicht wieder zusammen sind.«

»Und du hast gesagt, dass du sterben wirst, wenn ich sterbe.«

»He«, protestierte ich, die Hände über ihrem Po, »du weißt ja doch noch alles!«

»Nicht ausweichen, Reginald.« Ihre Augen waren tief und dunkel jetzt, ihre Stimme ernst. »Das ist zu wichtig.«

»Ist es nicht. Wichtig ist nur eines: dass es mir noch nie so *richtig* vorgekommen ist, mit jemandem zusammen zu gehen.«

»Mir auch nicht«, sagte sie.

Wir küssten uns wieder.

»Aber trotzdem müssen wir ein paar Dinge klarstellen.«

»Du lässt nicht locker, hm?«

Sie schüttelte den Kopf.

»Na schön. Mich haben die üblichen Ängste getrieben – ich ein Unsterblicher, du gerade einmal neunundzwanzig Jahre alt und dem Alterungsprozess unterworfen.«

Sie nickte mir aufmunternd zu.

»Und dazu noch eine Odyssee von tödlichem Gefahrenpotenzial«, sagte ich. »Da glaubte ich mir eine gefühlsmäßige Ablenkung nicht leisten zu können.«

»Ja«, sagte sie. »Und ich, ich frage mich, was du überhaupt an mir findest, das du nicht schon hundertmal gehabt hast in deinem unmenschlich langen Leben.«

Ich wollte etwas sagen, aber sie hielt mir ihren Zeigefinger an die Lippen.

»Pst. Ich frage mich, wie ich überhaupt bestehen kann gegen diese Männerfreundschaft, die Perry und dich tausend Mal länger verbindet, als jede Liebesbeziehung je halten könnte.«

Sie machte eine Pause, aber diesmal sagte ich nichts. Es kam noch etwas. Ihrer Stimme war anzuhören, dass es ihr schwer fiel, das Thema anzusprechen.

»Ich mag die Art nicht, wie ihr miteinander umgeht. ›Dicker‹, ›Dünner‹ und so weiter. Dass du so bereitwillig deine Rolle spielst in diesem Duo. Er der Sofortumschalter, du der Sofort-auf-dumm-Schalter.«

Ich grinste. »Der ist gut. Den merk ich mir. Den reib ich Perry irgendwann unter die Nase.«

Sie sagte nichts. Sie sah nur unwillig aus.

»He«, sagte ich. »Diesmal hast du von Perry angefangen.«

»Ja. Das stimmt.« Sie zuckte mit den Achseln. »Vielleicht verstehe ich einfach nicht, was euch miteinander verbindet. Vielleicht werde ich es nie verstehen.«

»Vielleicht. Und vielleicht hast du sogar Recht, wenn du unsere Art des gegenseitigen Umgangs nicht magst. Aber die Wahrheit ist, du wirst wahrscheinlich nie etwas daran ändern können, Fran. Und das sage ich nicht aus Trotz oder Arroganz oder so. Diese Freundschaft ist älter, als manche Hochkulturen gehalten haben.«

»Ja.« Es war ein sehr leises Ja.

»Mir ist gerade was aufgefallen«, sagte ich. »Als du deine Bedenken geäußert hast, habe ich immer nur gedacht: *ja und?*«

Sie lächelte traurig. »Danke, gleichfalls. Was soll es, wenn ich schneller altere als du? Geht den meisten Frauen so. Und sicher, vielleicht stehst du eines Tages an meinem Grab. In neunzig Jahren. Geht vielen Männern so. Vielleicht trennen wir uns aber auch in drei Monaten. Geht noch viel mehr Männern so. Oder vielleicht stirbst du ja vor mir und vielleicht schon nächste Woche – *bssst,* ein feiner, kleiner Desintegratorstrahl, und von deinem tollen Zellaktivatorchip ist nichts mehr übrig. Wer weiß?«

Wir gingen weiter, Hand in Hand.

»Das ist *Liebe,* Reginald. Die Angst sagt: ›Aber.‹ Die Liebe sagt: ›Trotzdem.‹«

Ich blieb stehen, drehte sie zu mir herum, ergriff auch ihre andere Hand noch. »Trotzdem«, sagte ich feierlich.

Sie nickte. »Trotzdem.« Der Klang ihrer Stimme ging mir durch und durch.

Wir spazierten bis vor die Schneckenöffnung und gingen dann, ohne uns abgesprochen zu haben, den Hang zur Zeltstadt hinab. Rebellen, die mitfeiern wollten, kamen uns entgegen, voller Vorfreude, Brote und Holzschüsseln und Flaschen in der Hand. Ein Stück weiter unten lag eine Rebellenfrau im Gras und schnarchte. Sie war wohl schon fertig mit Feiern.

Als wir Hand in Hand bei unserem Djel ankamen, mussten wir feststellen, dass Shimmi Caratech uns zuvorgekommen war. Sie saß mit Peikade, die anscheinend auch in Erreks Adjel lebte, zwischen den Zelten auf einer Decke. Die Mädchen ließen die Katzen die Gegend erkunden. Sie winkten uns zu, als sie uns erblickten.

Wir winkten zurück.

»Trotzdem?«, flüsterte ich Fran zu.

»Also das ist mir zu peinlich, jetzt einfach an ihnen vorbei ins Zelt zu spazieren. Da wissen sie doch gleich, wozu wir hierher kommen.«

»Das wissen sie doch auch so. Bei Shimmi wundert's mich ohnehin, dass sie sich nicht mit irgendeinem Burschen in die Büsche geschlagen hat …«

»Wir brauchen ein eigenes Zimmer«, flüsterte Fran. »Oder wenigstens ein eigenes Zelt. Ich bin für Gruppenreisen nicht gemacht.«

»Okay«, sagte ich. »Uns wird schon etwas einfallen.« Dann waren wir dicht genug heran. »Hallo, ihr beiden! Genug gefeiert?«

»Ich wollte Peikade mal meine Katzen zeigen«, verkündete Shimmi. »O nein, Schikago! Was machst du denn da?«

Sie sprang auf. »Lass das! Lass es sofort los! Hörst du nicht?«

Unsere Jungtouristin fiel beinahe in Ohnmacht. Die Katze hatte ein kleines Lebewesen gefangen, das aussah wie ein Wollknäuel. Das Knäuel floh, versuchte unter eine Zeltwand zu gelangen – aber zu spät, Schikago war viel zu schnell.

Als Shimmi die Katze zu fassen bekam, war das Knäuel zerrissen und tot.

Shimmi war schockiert. Sie sah leichenblass aus.

Ich konnte es nachvollziehen. Diese Welt war uns fremd. Jedes Lebewesen konnte intelligent oder ein Nutztier sein, vielleicht sogar ein geliebtes Haustier …

»O Gott.« Shimmi drehte sich um, das blutige Knäuel auf der Handfläche. »Peikade, das tut mir so Leid. Ich hätte besser aufpassen müssen …«

Aber Peikade brach nur in Gelächter aus. »Das ist ein Trenighe, Shim! Bloß ein Trenighe!«

»Eine Art Ungeziefer, ja?«, fragte ich. »Ein Schädling?«

»Von der schlimmsten Sorte«, sagte Peikade. »Diese Viecher breiten sich immer weiter aus und sind nicht auszurotten. Keiner weiß wie, aber sie haben den Sprung in jedes einzelne Habitat geschafft. Wenn es so weitergeht, müssen sie bald mit Biotechnik bekämpft werden. Und das finden unsere Kühnreiter und Schamanen gar nicht gut. Das stört dann nämlich die Toongher.«

Sie nahm Shim das Wollknäuel aus der Hand. »Wenn deine Katze also einen Trenighe gefangen und getötet hat, so ist das nur in unserem Sinne. Lass sie reinhauen!« Sie warf das tote Tier den Kätzchen hin, die damit zu spielen anfingen.

»Aber … zu Hause darf Schikago auch nie Mäuse jagen oder so«, sagte Shim jämmerlich. »Ich weiß noch nicht mal, ob so ein Trenighe nicht giftig für sie ist.«

»Ach, das wirst du bald wissen«, sagte Peikade munter. »Außerdem hat sie ja kaum reingebissen.«

Ich räusperte mich. »Ich wollte uns gerade einen Tee kochen«, sagte ich zu den Mädchen. »Einen kleinen Schlummertrunk. Möchtet ihr auch einen?«

»Ach, nö. Wir gehen gleich noch mal tanzen«, sagte Shim.

Bingo!, formte ich lautlos mit den Lippen zu Fran.

Sie verdrehte ganz kurz, fast unmerklich, die Augen. Für ein Kichern war sie ja auch wirklich zu erwachsen.

Ich öffnete die niedrige Tür und wollte Fran gerade mit einer einladenden Handbewegung den Weg weisen, da hörte ich ein wohlbekanntes Schnarchen.

Es kam von Quart Homphé, der in einem der Betten weiter hinten schlief, die für die Sanften und die Kinder reserviert waren. Es war ein ganz schöner Berg Mensch dort unter der Decke, und seine Atemwege klangen, als würde er jetzt eine Gräserpollen- oder Zontarhaarallergie entwickeln.

»Vielleicht kannst du ihm ja eins mit deinem schicken Betäubungsstrahlerring überbraten«, flüsterte ich Fran zu.

Sie starrte mich nur an.

»Nein?«

»Vergiss es«, sagte sie.

Zwischenspiel

»Ich dachte, ich hätte meinen Standpunkt deutlich gemacht«, sagt Pelmid Sulcatob. Der Mann von der Inneren Sicherheit starrt sie abschätzend an. Sie lässt den Blick über das von Cokroide handverlesene Team streichen, das sie gleich nach dem Eintritt des Sternenkreuzers in den Überlichtflug zur ersten richtigen Sitzung zusammengerufen hat. Drei Frauen, vier Männer. Alle jung, alle gänzlich unerfahren auf der Entscheidungsebene. Alle erwidern ihren Blick nur kurz.

»Ich will keine Propaganda hören«, sagt Pelmid. »Kein ›Wir haben alles im Griff‹. Kein ›Besondere Vorkommnisse: keine‹.«

Dem Mann von der Inneren Sicherheit lugen rote Flecken unter dem Backenbart hervor. »Aber wir *haben* alles im Griff«, sagt er. »Sicher, die Zahl der empirefeindlichen Handlungen steigt stetig. Aber die Kurve hat sich mit dem erstmaligen In-Erscheinung-Treten der Rhodan-Bande nicht auffällig verändert.« Er legt eine Grafik auf das große Holo.

Pelmid, bis vor kurzem noch einfache Offizierin, hat Mühe, ihre Verblüffung zu verbergen. Es brennt an allen Ecken des Reiches. Streiks, Aufstände, Sabotageakte. Dass daraus noch kein Flächenbrand geworden ist, verdanken die Zwillingsgötzen wohl allein der guten Arbeit der Zensurbehörden. Und den Truppen der Inneren Sicherheit, die schnell und gnadenlos zuschlagen.

Der Mann hat Recht. Der Anstieg ist beachtlich, aber nicht auffällig. Diese Tendenz wird sich problemlos umkehren, sobald das Große Vorhaben erst einmal greift. »Und diese gelben Punkte?«

»Stellen Ausreißer dar, Konflikte besonderer Relevanz. Den Arbeiteraufstand in einer Zheugir-Mine etwa, der die Verfügbarkeit von Hyperkristallen einzuschränken droht.«

Er bringt das Beispiel so routiniert über die Lippen, dass Pelmid der Verdacht kommt, er zitiere aus einem Lehrbuch. Jung genug ist er ja. »Sieh an«, sagt sie.

»Bitte? Ich verstehe nicht.«

»Du machst also doch Propaganda. Was ist ein Ausreißer, ein Konflikt von besonderer Relevanz bittschön anderes als ein besonderes Vorkommnis?«

Sie steht auf und zeigt auf den einzigen gelben Punkt in der Leiste des gegenwärtigen Jahres. »Vor oder nach Auftreten der Rhodan-Bande?«

»Moment.« Er klickt kurz auf seiner Tastatur herum, dann zoomt die Grafik zu einer Wochenübersicht auf. Er lässt sich in den Sitz zurückfallen. »Das wäre nach Auftreten.«

»Details bitte.« Pelmid setzt sich wieder.

»Überfall auf einen Strafplaneten. Tapasand. 5214 Rebellen, alle flüchtig. Eine zu Hilfe geeilte Flotte konnte nur noch die vollständige Zerstörung der Station und den Tod sämtlicher Besatzungsmitglieder feststellen.«

»Na also. Und? Hat jemand der hier Anwesenden je gehört, dass ein Strafplanet überfallen worden wäre? Nein? Dachte ich mir. Leute!« Pelmid sieht sich eindringlich um. »Wenn es nach mir geht, werden hier keine Köpfe rollen. Wir brauchen Ergebnisse, keine Schuldigen. Also haltet nichts zurück, bitte.« Sie wendet sich wieder an den Mann von der Inneren Sicherheit. »Keine weiteren Details?«

»Müsste ich erst abfragen. Ich habe hier nur noch den Vermerk, dass eine Kopie an die Verteidigung gegangen ist. Das ist auch ungewöhnlich.«

Pelmid sieht zur Vertreterin des Verteidigungsministeriums. Die riesige, breitschultrige Nodronin nickt dem IS-Mann zu. »Das Abfragen kannst du dir sparen. Ich habe die Akte hier. Quochten.«

Diesmal gelingt es Pelmid nicht mehr, ihre Verblüffung zu verbergen. »Quochten haben einen unserer Strafplaneten überfallen und Rebellen befreit?«

»Diese Frage ist noch nicht geklärt. Beim Einflug in das Sonnensystem wurden die Signaturen von drei Quochtenschiffen angemessen, die gerade in den Linearraum überwechselten. Ein Schwerer Kampfpaat und zwei Paateoms. Ein bisschen wenig, um eine mit Bodenforts gesicherte Welt angreifen zu können. Zurzeit sind noch Analytiker vor Ort, aber wir gehen bislang davon aus, dass die Quochten nur aufgeklärt haben.«

Dagegen kann Pelmid nichts einwenden. Aber dennoch … »Schon wieder Quochten«, sagt sie. »Das gefällt mir nicht. Die Rhodan-Bande ist ursprünglich ins Werftwerk von Wrischaila geflohen, in dem laut Abwehr die Quochten die Finger mit drin haben.«

Sie überlegt. »Das erste Mal wird Rhodan im Zusammenhang mit den Wissenschaftlern von Cor'morian in Mantagir aktenkundig, die laut Abwehr einen Sabotageakt gegen die Fertigstellung des Großen Vorhabens vorbereiten. Als wir den Ordensturm zerstören, flieht er über Wrischaila zu den Quochten. Dort verliert sich seine Spur. Nun tauchen Quochtenschiffe über einem zerstörten Strafplaneten auf – dessen sämtliche Internierte Rebellen waren. Bahnt sich da ein Bündnis an?« Sie wendet sich an die Frau von der Verteidigung. »Sonst noch besondere Vorkommnisse in Sachen Quochten?«

»Ja, natürlich. DORDO'KYEION.«

DORDO'KYEION. Pelmid könnte sich ohrfeigen. Sie ist doch selbst bei der Raumschlacht dabei gewesen.

»Ja, nun mal langsam«, sagt der IS-Mann. »DORDO ist eine lang angelegte Falle gewesen ...«

»In die die Quochten ausgerechnet tappten, *nachdem* die Rhodan-Bande bei ihnen untergetaucht ist«, ergänzt Pelmid mit einem Blick auf die chronologische Übersicht.

»Und aus der sich ein Teil der Quochtenflotte nur deshalb befreien konnte«, ergänzt ihrerseits die Frau von der Verteidigung, »weil diese nicht mehr nach Froschmaul-Art angriff, sondern mitten im Kampf auf eigentlich nodronische Strategien überwechselte.«

Sie wird blass. Klickt in ihren Dateien herum. Wird noch blasser.

»Ja?«, sagt Pelmid.

»Ich dachte nur gerade ...« Die Tür öffnet sich. Axx Cokroide tritt ein. Alle springen auf. Nur Pelmid nicht. Sie ist seine Adjutantin.

»Weitermachen.« Cokroide versucht sich an einem jovialen Lächeln. »Tut einfach so, als wäre ich nicht da.« Er setzt sich. Das Mandat der Götzen prangt auf seiner Brust. Täuscht Pelmid sich, oder hat er von seinem üblichen Lametta einiges entfernt, damit das Mandat besser zur Geltung kommt?

»Ja. Äh.« Die Frau von der Verteidigung räuspert sich. »Wir haben gerade festgestellt, ehrwürdiger Son'Trokete, dass ...«

Peng!, knallt Cokroide die flache Hand auf den Tisch.

Die Frau von der Verteidigung bekommt trotz mehrerer Anläufe kein Wort heraus.

»Wir wollten einfach so tun«, hilft Pelmid ihr auf die Sprünge, »als wäre der ehrwürdige Son'Trokete nicht da.«

»Ja. Also, die Quochten wechseln ihre Strategie, *nachdem* die Rhodan-Bande bei ihnen untergeschlüpft ist. Und, das wollte ich gerade sagen, *bevor* dieser quochtische Dreierverband über dem zerstörten Strafplaneten Tapasand gesichtet wird.«

Cokroide beugt sich interessiert vor, das Kinn auf eine Hand gestützt.

»Und?«, sagt Pelmid.

Die Frau von der Verteidigung sieht aus den Augenwinkeln zu Cokroide hinüber. Ängstlich.

»Wenn beim Verteidigungsministerium jemand in Scheiben geschnitten wird«, verspricht Pelmid ihr in dem Wissen, darüber gar keine Macht zu haben,

»dann doch nicht du. Du hilfst uns. Bei Bestandsaufnahme und Wahrheitsfindung.«

»Es hat ... Ich habe ...«, stammelt die Frau. Sie setzt noch einmal neu an. »Bei der Schlacht um DORDO'KYEION sind auch Gefangene gemacht worden. Mit einer Ausnahme Quochten. Bei dieser Ausnahme handelte es sich um einen Rebellen. Und ich habe gerade einmal nachgeschaut. Er ist nach Tapasand überstellt worden. Vorher ... vorher wurde er noch erkennungsdienstlich behandelt.«

»Ja?«, sagt Pelmid.

»Wir konnten es doch nicht wissen!«, ruft die Frau. Ihre Stimme kippt. »Es hat doch gar keine Fahndung gegeben oder so!«

Sie tippt so fest auf eine Taste ihrer Notizlampe, dass diese fast umfällt. Das große Holo zeigt das von Schmauchspuren verdreckte Gesicht eines Nodronen.

Er sieht aus wie angesengt.

Er sieht aus wie ausgespien.

Er sieht aus wie Perry Rhodan.

Niemand sagt etwas. Niemand, außer Pelmid, schaut zu Cokroide.

Er schnalzt traurig. »Tja. Wie gewonnen, so zerronnen.« Dann steht er auf. »Sehr schön. Gute Arbeit, meine jungen Freunde.« Er sieht Pelmid auffordernd an.

»Die Sitzung ist beendet«, sagt sie. »Lasst euch Holos der Leichen auf Tapasand schicken. Nicht, dass wir hier einen Toten jagen. Alles weitere später.«

Die sieben jungen Mitarbeiter packen ihre Lampen zusammen, hasten hinaus. Unsicher, ob sie den ehrwürdigen Son'Trokete nun wieder wahrnehmen dürfen oder nicht, deuten sie ihre Ehrenbezeugungen nur knapp an.

Cokroide nickt milde und winkt ab.

Pelmid steht auf. Er benimmt sich wirklich merkwürdig heute.

Kaum schließt sich die Tür hinter seinem Rücken, da legt er den Kopf schief, verzieht das Gesicht zu einer Leidensmiene und kommt mit ausgebreiteten Armen auf sie zu. »Pelmid. Schatz. Es ist ja so schrecklich.«

Sie steht da wie erstarrt, lässt seine Umarmung über sich ergehen. Er klopft ihr auf den Rücken. »Die Nachricht ist gerade hereingekommen«, flüstert er ihr ins Ohr und umgreift mit der Hand ihren Hinterkopf, drückt ihre Wange an seine, fängt an sich hin und her zu wiegen mit ihr.

»Tonka«, sagt er dann in ihr Ohr. »Deine liebe Freundin. Meine designierte Justizministerin. Sie hatte einen Verkehrsunfall. Sie war sofort tot. Ich werde ihr ein Staatsbegräbnis ausrichten lassen.«

Pelmid bäumt sich auf, will weg von ihm, weg!

Aber er hält sie fest, hält sie eisern in seiner Umarmung. Wiegt sie hin, wiegt sie her. »Ich weiß doch«, sagt er. »Ich weiß doch, wie viel sie dir bedeutet hat.«

20

Nach einer Mütze voll Schlaf und einer ordentlichen Mahlzeit wollten wir zu Errek. Aber er war nicht da, sondern widmete sich irgendwo seinem wiedererworbenen Amt. Also sahen wir Terraner uns die Zeltstadt an. Das Mädchen Peikade war als unsere Führerin dabei.

An der Zeltstadt war außer Zelten und Tieren nicht viel dran. Auf jeden Einwohner musste ein Dutzend Tiere kommen – diese Trenighe-Knäuel nicht mit eingerechnet.

Überall verrichteten freundliche Leute seelenruhig, aber fleißig alle möglichen Arbeiten. Da wurde genäht, gemolken, Holz gehackt, gebacken, geschlachtet, geschnitzt, gezimmert, gefilzt, gefärbt – alles Mögliche. Nur Werkstätten sahen wir nirgends. Anscheinend stellte jeder Adjel alles, was er benötigte, selbst her.

Entsprechend unterschiedlich waren auch die Djels. Manche waren völlig chaotisch verschnürt, andere so akkurat, dass dort – Rebellen hin, Barbaren her – nur Bürokratenseelen zu Hause sein konnten. Bei anderen, wenigen Zelten waren die Schnüre zu ornamentalen Mustern oder sogar zu regelrechten Motiven verknüpft, zu einem Spinnennetz etwa oder einer Blüte.

»Nirgendwo Betriebe oder Werkstätten«, überlegte Perry. »Anscheinend hat hier nie eine Spezialisierung stattgefunden, eine Arbeitsteilung.«

»Ach, die Leute teilen sich die Arbeit schon!«, sagte Peikade. »Manche Arbeiten wären doch sonst viel zu langweilig. So kann man einander dabei die schönsten Geschichten erzählen.«

»Nein, nein«, sagte ich. »Perry meint, hier ist es nicht so, dass man sich die Arbeit als solche aufteilt. Dass der eine nur töpfert, und der andere dafür nur Käse macht. Meistens sind dann die Töpferwaren besser und der Käse leckerer.«

»Ja? Also meine Oma hat mir das anders erzählt. Ist ein ganz altes Stubenhockermärchen. Die Geschichte vom Tod der guten Dinge. Irgendwann, vor langer, langer Zeit, dachten die Leute, das Leben verlange ihnen zu viel ab. ›Ständig muss man sich um alles kümmern! Vom Morgen bis zum Abend! Wie viel einfacher wäre es doch‹, sagten sie, ›wenn man nur eine Arbeit am Hals hätte.‹ Gesagt, getan. Nun brauchte man nicht mehr den lieben langen Tag lang alle möglichen Dinge zu machen, sondern nur noch die, die einem am meisten Freude brachten oder die man am besten, am schnellsten konnte. Zuerst wurden darum alle Dinge besser.«

Sie gestikulierte mit der Hand. »Aber dann machte den Leuten die eigene Arbeit immer weniger Freude, weil sie ständig dasselbe machen mussten. Der Töpfer haute seine Becher nur noch lustlos hin. Der Käser pfuschte seinen Käse zusammen. Und weil der Töpfer nichts mehr von gutem Käse und der Käser nichts mehr von guten Bechern verstand, merkten sie den Unterschied nicht. Und der Sohn des Töpfers lernte zu töpfern, und die Tochter des Käsers lernte Käse zu machen, und beide dachten: ›Herrje, ist das langweilig! Ist das umständlich!‹ Und sie hauten ihre Becher und ihren Käse noch lustloser hin. Und wieder merkten die Käser nicht, dass die Becher schlechter geworden waren, und die Töpfer nicht, dass der Käse nicht mehr so gut war.«

Sie zog die Nase kraus. »Und so kam es, dass alle Dinge immer schlechter und schlechter und schlechter wurden, und schließlich gab es überhaupt keine guten Dinge mehr. Und von den ganzen Stubenhockern wusste nicht einer, was ihnen verloren gegangen war – nur der kleine Hauch Nomadenseele, den sie alle noch in sich trugen aus den Zeiten der großen Wanderungen, der piesackte sie mit dem Gefühl eines tiefen, umfassenden Verlustes. Darum fingen sie in der freien Zeit, wenn sie ihr Tagwerk hinter sich hatten, das so genannte Selbermachen an. ›Es wäre doch schön, aus einem selbst gemachten Becher zu trinken‹, sagte der Käser, und der Töpfer sagte: ›Ach, wie gern würde ich einmal selbst gemachten Käse essen!‹ Und so kommt es, dass die Stubenhocker heute *wieder* von früh bis spät arbeiten, genau wie früher, genau wie wir. Nur merken sie es nicht und freuen sich auch nicht daran.«

Peikade lachte.

»Die Stubenhocker sind die Sesshaften, ja?«, fragte Pratton Allgame.

»Oh.« Peikade schlug sich eine Hand vor den Mund. »Verzeiht.«

»Ach, weißt du«, sagte ich, »eigentlich sind wir selbst halbe Nomaden. Das denken jedenfalls unsere Nachbarn. Wir ziehen ständig durchs Weltall. Perry und ich. Auch jetzt sind wir ja so weit von zu Haus entfernt, dass man diese Entfernung selbst mit dem schnellsten Raumschiff nicht überbrücken könnte.«

So spazierten wir durch die Stadt, und aus unseren Spekulationen und Peikades Geschichten entstand allmählich ein Bild der Rebellengesellschaft.

Mit einem Mal hielt vor uns ein Zontar, der vor einen Karren gespannt war. Es war ein ganz einfacher, grober Lastenkarren aus gebeiztem Holz.

Eine alte, verrunzelte Frau saß auf dem Kutschbock. Sie war in bunt gestreifte Gewänder gehüllt. Rottöne herrschten vor. Sie hatte weiße Haare und eine braune Haut wie Antiksamt. Ihr Gesicht war flach und von großer Altersschönheit, nur dass die bernsteingelben Augen weit auseinander standen und auch leicht auswärts schielten. Die Frau neigte den Kopf, als wäre sie blind und orientiere sich nach dem Gehör.

»Thura?«, sagte Peikade.

Die Alte reagierte nicht. Sie schien in tiefer Trance zu sein. Aber als sie vom Kutschbock stieg, hielt sie zielsicher auf unsere Gruppe zu – und blieb vor Perry stehen.

»Er will dich nun sehen, fremder Ankömmling«, sagte sie mit voller, warm klingender Stimme. »Steig auf. Begleite mich.«

Damit machte sie kehrt und suchte im Gras nach mehreren Steinen. Sie konnte also doch sehen. Sie kletterte wieder auf den Kutschbock, mit langsamen, aber kraftvollen, sicheren Bewegungen. Sie setzte sich. Sie schien zu warten.

»Wer ist das?«, fragte ich Peikade leise.

»Das ist *sie*«, sagte Peikade.

»*Er*«, ächzte ich. »*Sie*. Geht es auch ein bisschen präziser?«

»Das ist Thura Mookmher. Erreks Mutter. Die Kühnreiterin von Koortane.«

»Dann muss *er* …«

»Der Traumfamnir von Koortane sein!«, unterbrach Perry mich. Mit drei, vier Schritten saß er neben der Frau auf dem Kutschbock. Thura Mookmher schnalzte, und der Zontar setzte sich schwerfällig in Bewegung.

»Das lasse ich mir nicht entgehen!« Ich sprang hinten auf. Fran und unsere Kolonisten taten es mir nach. Nur Peikade blieb, wo sie war.

»Komm!«, rief Shimmi, die die Beine hinten von der Ladefläche baumeln ließ, und klatschte neben sich auf die Holzbretter.

»Das ist ein weiter Weg auf einem harten Wagen«, antwortete Peikade, während wir uns von ihr entfernten. »Und das Wilde Land lässt uns ohnehin nicht ein. Komm doch lieber mit zu mir!«

Shim zuckte mit den Achseln und sprang ab. Sie winkte uns, dann verschwand sie mit Peikade zwischen den Zelten.

Wir machten ein paar Bemerkungen über Dinge, die wir am Wegrand sahen, wie Touristen bei einem Ausflug. Perry und Thura Mookmher vorn auf dem Kutschbock sagten kein Wort. Schließlich verfielen auch wir in Schweigen.

Wir wurden ganz schön durchgeschüttelt auf dem Karren. Befestigte Straßen gab es auf Koortane nicht.

»Also, tut mir Leid, Leute«, sagte Quart Homphé irgendwann, noch in Sichtweite der Zeltstadt. Er ließ sich vom Karren rutschen, schlug fast hin dabei und ging zurück.

Später machten wir an einem Owu Halt. Er stand am Kreuzungspunkt zweier Wege. Hinter uns war nur die Schnecke auf dem Berg noch auszumachen, nicht mehr der Berg. Thura Mookmher stieg ab und legte einen der Steine, die sie vorhin zwischen den Zelten aufgehoben hatte, oben auf den Owu.

Sie sah uns an. »Jeder, der an einem Owu vorbeikommt, tut gut daran, sich für die bislang erfolgreiche Reise zu bedanken. Dazu legt man dort eine Opfergabe, zumindest einen Stein vom Weg nieder. Dann bittet man um den weiteren guten Verlauf der Reise.«

Sie winkte uns vom Karren und drückte jedem von uns einen Stein in die Hand. »Durch Opferhandlungen beim Owu soll sein Toongher, das darin niedergelassene Geistwesen, freundlich gestimmt werden.«

»Gute Frau«, sagte Pratton Allgame. »Ist es wahr, dass wir in dieses Wilde Land, wie Peikade es nannte, gar nicht werden eintreten dürfen?«

»Das Wilde oder Unantastbare Land ist für jeden Rebellen tabu. Man muss schon die Schamanenkrankheit haben, um sich dort hineinzuwagen.«

»Die Schamanenkrankheit?« Allgame ließ den Stein durch die Finger tanzen wie eine Münze.

»Jenseits der Traumkapseln würde man sie, glaube ich, Psychose nennen. Wahnvorstellungen.«

»In diesem Fall«, sagte Allgame, warf den Stein hoch, fing ihn auf und legte ihn mit einer eleganten Geste auf dem Owu nieder, »ziehe ich es vor, hier mit einem Dankeschön kehrtzumachen. Habe die Ehre, Kühnreiterin.« Er deutete eine Verbeugung an und machte sich auf den Weg zurück zur Stadt. »Das wird ein herrlicher Spaziergang!«, rief er noch und machte eine Geste zum Himmel. Blau spannte sich in alle Richtungen. Nicht eine Wolke, nicht ein rosa-orangenes Nachbild war zu sehen.

»Tja«, sagte Fran. Sie sah mich bedauernd an.

»Ach, komm«, sagte ich. »Das meinst du doch nicht im Ernst.«

Sie fuhr sich mit einer Hand durchs Haar. »Ich weiß nicht. Ich ...« Sie sah Allgame nach. »Tut mir Leid, Reginald. Ich – kann nicht.« Sie lachte unsicher.

»Fran«, ermunterte ich sie. »Du bist Agentin des Terranischen Liga-Dienstes. Du lässt dich doch nicht von ein paar dunklen Worten vergraulen. Was ist los?«

Sie zuckte mit den Achseln.

»Ist es wegen deiner Höhlenphobie?« Sie hatte auf Quocht, unten in den Kavernen von Takuri, mitunter Probleme deswegen bekommen.

»Vielleicht. Ich kann es wirklich nicht sagen.«

»Ach, komm«, forderte ich sie erneut auf. »Wir gehen in keine Höhle rein. Versprochen.«

»Höre auf dein Gefühl, fremde Schwester«, sagte Thura Mookmher.

Ich warf ihr einen ausgesucht finsteren Blick zu.

»Bully«, sagte Rhodan. »Können wir?« Er saß schon wieder oben auf dem Kutschbock neben der Kühnreiterin.

Ich sah von meinem alten, meinem ältesten Freund zu der Frau, die ich liebte. *Na toll.* Ich legte meinen Stein auf den Owu. Am liebsten hätte ich ihn in die Gegend gepfeffert.

»Tut mir Leid, Fran«, sagte ich. »Ich will ihn sehen. Ich will eines von den Wesen sehen, die das hier fortwährend erschaffen.« Ich wies mit der Hand um mich. Ich hätte Fran gern einen Kuss gegeben, aber sie sah nicht so aus, als hätte sie ihn erwidert. Ich stieg wieder hinten auf den Karren.

Der Karren rollte weiter.

Fran stand beim Owu. Ein Stück weiter weg war die kleine Gestalt von Pratton Allgame noch zu sehen. Wenn Fran sich beeilte, konnte sie ihn noch einholen.

Ich winkte.

»Reginald!«, rief sie und rannte los. Kam angerannt und warf sich wieder neben mich, heiß und keuchend. Ich drückte sie.

»Ich weiß nicht, was in mich gefahren ist«, sagte sie schwer atmend. »Aber jetzt bin ich wieder okay.«

»Die jenseitige Welt hat dich gestreift«, verkündete Thura Mookmher. »Wo alles zugleich ist und nicht ist.«

»Junge, ist das kompliziert«, meinte ich. »Wo ich dachte, die *Habitate* wären schon die jenseitige Welt. Ein Traum in einem Traum. Ein Jenseits in einem Jenseits. Junge, Junge.«

Perry warf mir einen Blick zu. Er war nicht schwer zu deuten: *Mach dich nicht lustig.*

Wir zuckelten dahin.

»Wir hätten auch Famnire nehmen können«, bemerkte Perry. »Wir sind, glaube ich, alle schon einmal geritten.« Er sah Fran an, und sie nickte. »Zwar nicht auf euren Echsen, aber auf anderen Tieren.«

»Die Famnire scheuen vor ihrem großen Bruder zurück. Und dem Wilden Land nähert man sich am besten langsam«, entgegnete Erreks Mutter. »Dann bleibt ausreichend Zeit, auf die eigenen Gefühle zu achten. Und zu schweigen. Nun aber, da feststeht, wer alles mitkommen wird, haben wir erst einmal zu reden. Zum Verstehen braucht es Wissen.«

Sie schwieg. Ich begriff erst, dass sie auf Fragen wartete, als Perry das Wort ergriff: »Das erste Mal von den Traumfamniren und ihren Kühnreitern gehört haben wir, wenn ich mich nicht irre, beim Anflug auf die Karawane der Rebellen. Die Traumfamnire verbergen die Habitate hinter einer paranormalen Raumkrümmung.«

»Wenn du die Traumhaut so nennen möchtest, ja.«

»Und die Kühnreiter? Sie lenken die Traumfamnire?«

»Sie lenken die ganze Karawane. Die Karawane fliegt niemals denselben Weg zweimal. Wer die Habitate der Rebellen erreichen möchte, erhält seine Kursanweisungen über Kontaktschiffe, die sich tief in den Koronen ausgewählter Sonnen verbergen. So hat das Empire wenig Chancen, uns auch nur zu lokalisieren.«

»Und selbst wenn es einem Aufklärer des Empire in einer verdeckten Aktion einmal gelingen sollte, die Karawane zu lokalisieren und auf die optische Ortung zu bekommen«, überlegte Perry, »dann fehlt ihm immer noch der speziell ausgebildete Pilot mit dem hellblauen Helm.«

»Der als Einziger darauf trainiert ist, den mentalen Ereignishorizont der Kapsel zu durchdringen«, fügte ich hinzu.

»Und selbst wenn sie einen solchen Piloten hätten«, führte Thura Mookmher aus, »so entscheiden immer noch die Kühnreiter, ob die Traumfamnire ein Schiff einlassen oder nicht.«

Ich pfiff. »Gegen diese Art des Versteckspiels muss das Empire chancenlos sein.«

»Wir wollen es hoffen«, sagte die Kühnreiterin mit ihrer tiefen Stimme. Sie seufzte. »Einst gab es Tausende von Traumkapseln. Heute sind es noch einhundertzweiundzwanzig – sie alle bilden die Karawane der Rebellen.«

»Was ist passiert?«, fragte Fran.

»Das Empire ist passiert! Die heutigen Rebellen entstammen dem einst über Dutzende Sektoren verzweigten Clan der Mook, der sich auf den Planetoiden der Traumfamnire angesiedelt hatte und mit diesen durch die Galaxis zog. Aber eines Tages, vor vielleicht tausendfünfhundert Jahren, beschlossen die Zwillingsgötzen auf dem fernen Planeten Nodro …«

»*Die* Zwillingsgötzen?«, riefen Perry und ich fast gleichzeitig.

Wir sahen uns an. »Dann müssen diese Wesen unsterblich sein«, sagte ich.

»Oder zumindest sehr langlebig.« Perry blinzelte. »Entschuldigung«, wandte er sich an Thura.

»Beschlossen die Zwillingsgötzen, dass die so schwer kontrollierbaren Habitate eine potenzielle Gefahr darstellten.«

»Wieso schwer kontrollierbar?«, fragte ich.

»Die Traumfamnire wechselten nach menschlichen Maßstäben völlig unvorhersehbar zwischen den Sonnensystemen. Die Traumkapseln waren kaum zu orten. Mitunter, wenn sich zu viele der desorientierenden Kapseln auf einmal in einem Sonnensystem einstellten, brach der gesamte interplanetare Verkehr zusammen. Außerdem hielten die Leute vom Clan der Mook an der tradierten nomadischen Lebensweise fest, was für die Ökologie der Habitate von entscheidender Bedeutung war. Das Empire aber sah nur rückständige, aufrührerische Elemente am Werk, die den Umbau zu einer zivilisierten, sesshaften Gesellschaft nicht mitmachen wollten.

Der Clan der Mook wurde angewiesen, seine Habitate zu verlassen. An diesem Tag begann die Ausrottung der Traumfamnire. Die mächtigen, doch harmlosen uralten Wesen, die die Schiffe des Empire wie immer in jener Zeit ohne Arg in ihre Traumkapseln einließen, wurden eines nach dem anderen von den Strahlkanonen vernichtet. Die ganze Spezies sollte ausgerottet werden, so wollten es die Zwillingsgötzen.«

Thura Mookmher wies nach vorn. Ein Stück weiter rechts war ein dunkelgrüner Streifen am Horizont zu sehen, eine Art Wald vermutlich. »Das Wilde Land.«

Wir reckten alle die Hälse. Perry kam als Erster zum Thema zurück. »Dann gab es damals noch keine Kühnreiter, die die Traumfamnire lenkten?«

»Nein. Für diejenigen Mook, die sich nicht fügen wollten, begann ein Wettlauf mit der Zeit. Sie mussten mehr Einfluss über die großen Famnire gewinnen. Die Mook hatten eine lange schamanische Tradition, und seit Generationen taten sich Schamanen hervor, die die großen Echsen zu reiten wagten. Nun mussten sie lernen, die Traumfamnire so zu lenken, dass diese von ihren natürlichen Wegen zwischen den Sonnen abwichen und zugleich nicht mehr jeden in ihre Kapseln einließen. Eine schwere Aufgabe, die nur den Willensstärksten gelang, denn die Echsen sind, vom menschlichen Standpunkt aus betrachtet, weltfremd. Sie sind nicht zu strategischen Handlungen fähig. Sie interessieren sich nicht einmal dafür.«

»Sind es Intelligenzwesen?«, wollte Fran wissen.

»Du kannst mit ihnen kommunizieren. Sie haben feine Antennen für den Charakter der Wesen. Du kannst einen Traumfamnir nicht belügen, nicht betrügen. Es ist sogar so, dass die Traumfamnire sich ihren Reiter, ihre Reiterin selbst aussuchen. Wen sie nicht akzeptieren, den töten sie. Sie sind schöpferisch tätig, sie erschaffen die Habitate. Aber sie bauen nicht. Sie entwerfen nicht. Sie führen keine Kriege. Sie haben keine Schrift, sie treiben keinen Handel. Nein, in *dem* Sinne sind sie nicht intelligent.«

Sie fuhr mit ihrer eigentlichen Geschichte fort. »Das Empire hätte es fast geschafft. Am Ende blieben einhundertzweiundzwanzig Habitate übrig, deren Bewohner sich zu Rebellen erklärten. Diese letzten, nun von Kühnreitern gelenkten Habitate sammelten sich zu einer Karawane und gingen auf eine ewige Reise durch die Zentrumssektoren der Galaxis, wo jede Ortung stark erschwert ist und das Empire nie richtig Fuß fassen konnte. Auf dieser Reise sind sie noch heute.

Und jetzt«, sie atmete durch, »schweigen wir.«

Das Wilde Land entpuppte sich als ein recht schroffes, von Bäumen bestandenes Tal. Wir standen am Rand, hinter uns den Zontarkarren, und sahen unten im Tal eine vielleicht zwanzig Meter lange Echse gemächlich herumkriechen. Sie war hellblau, fast weiß geschuppt und erinnerte mich am ehesten an eine riesenhafte Eidechse.

Dies war er. Der Traumfamnir des Rebellenhabitats Koortane.

Er erinnerte mich an noch etwas, wie er dort sich windend umherkroch. Aber ich kam nicht drauf.

»Er ist von derselben Farbe wie die Helme dieser besonderen Piloten«, sagte Perry.

»Dieses helle, fast weiße Blau nennen wir Fam«, sagte Thura. »Es ist die heilige Farbe der Rebellen. Fam ist sein Schuppenkleid. Fam ist der Himmel, wenn der Traumfamnir uns einen Sommer schenkt. Denn keine Sonne ist es, die uns Licht und Wärme gibt. Licht und Wärme träumt uns der große Famnir aus der jenseitigen Welt herüber.«

Die alte Kühnreiterin sah mich aus ihren weit auseinander stehenden Bernsteinaugen an. »Das ist etwas anderes als die Welt jenseits der Traumhaut, der – wie nennt ihr es noch gleich? – ›paranormalen Raumkrümmung‹, die ihr durchstoßen habt. Dort ist Diesseits, genau wie hier. Die diesseitige und die jenseitige Welt durchdringen einander immer und überall.«

Die Alte wackelte mit dem Kopf. »Für die Mehrheit der Rebellen mag es Glauben sein oder Vorstellung, dass in der diesseitigen Welt eine jenseitige Welt verborgen liegt und beide in vielfacher wechselseitiger Abhängigkeit zueinander existieren. Für die Kühnreiter und Schamanen ist es jedoch Erfahrung.«

Sie sah Fran an. »Wie das, was dir vorhin widerfahren ist. Die parallele, feinstoffliche Welt der Toongher beeinflusst unser Leben im Guten wie im Schlechten. Gebete, Opfer, Zeremonien sollen das Wirken dieser jenseitigen Wesenheiten für ihre diesseitigen Ausformungen günstig stimmen. Diese diesseitigen Ausformungen«, sie schmunzelte, »das sind wir.«

»Dann sind die Toongher – Götter?«, fragte Fran.

Thura lachte. »O nein. Brüder sind sie. Und Schwestern. Nur dass sie drüben leben. Wir kennen keine Himmelsgötter, keine Schöpfer aller sichtbaren wie unsichtbaren Dinge, sondern nur die männliche Lebenskraft, die sich in einer Fülle von Geistwesen und Ahnengeistern ergießt. Und die weibliche Erde kennen wir, die solchermaßen befruchtet die diesseitigen Wesen hervorbringt. Jeder Baum, den ihr hier seht, jeder Grashalm, jeder Stein ist von einem solchen Toongher oder Sprecher bewohnt.«

Ich sah wieder zu dem Traumfamnir, und auf einmal wusste ich, woran er mich noch erinnerte. An das vermeintliche Drachenmotiv, mit dem die SOLLBRUCHSTELLE geschmückt gewesen war. Und wenn er sich schlängelte, sich dort unten im engen Tal fast um sich selbst wand, dann erinnerte er mich auch an die seltsamen Knotenmuster, die ich an vielen Djeltüren gesehen hatte, auf Kleidungsstücken, als Tätowierungen. Glücksknoten hatte Peikade sie genannt.

»Bevor wir jetzt gleich hinuntergehen«, sagte Thura, »noch eines. Bleibt auf dieser Seite des Tals. Drüben liegen Stätten, die zu gefährlich sind für euch. Sie sollte nur sehen, wer Schamane werden muss.«

»Werden *muss?*«, erkundigte sich Fran.

»Man wird zu dieser Aufgabe berufen«, antwortete die Alte. »Von den Ahnengeistern. Ohne sein Zutun und gegen seinen Willen. Einen Hauch davon hast du vorhin zu spüren bekommen, Fremde. Ich glaube, sie haben geschaut, was du kannst. Welche Gaben du hast, unterhalb deiner Angst.«

Fran rieb sich die Arme, als friere sie.

»Gab es einmal eine Zeit, in der du viele verschiedene Krankheiten bekommen hast, dicht hintereinander?«

»N-nein«, sagte Fran. »Oder? Ich weiß nicht. Was heißt schon viele?«

»Damit fängt es an«, meinte die Alte. »Mit Krankheiten verschiedenster Art wird der Organismus umgestellt, auf sämtlichen Ebenen. Danach kann der Berufene schon ein wenig hinter die Dinge schauen, begreift Zusammenhänge und Hintergründe, die anderen verborgen bleiben. Weil er Krankheit erfahren und überwunden hat. Danach überkommen ihn Träume und Visionen von den Ahnen. Er findet sich in himmlischen Gefilden oder in der unterirdischen Welt wieder, wo er von Schimären belehrt und initiiert wird. Das ist die Schamanenkrankheit. Eine Zeit der Qualen, voller Leid und extremer geistiger Verwirrtheit. Viele Berufene suchen in dieser Zeit den Tod oder zerbrechen unter den Visionen. Weil sie den Weg hierher ins Wilde Land nicht wagen.

Hier, nur hier können sie die Schamanenkrankheit überwinden. Indem sie bei einem Schamanen in die Lehre gehen. Aber das ist ein langer, harter, hässlicher Weg, dem ein langer, harter, hässlicher Weg vorausging. Also bleibt hier, auf dieser Seite.«

»Gerne«, sagte ich und zwinkerte Fran zu, die anscheinend gerade versuchte, im Kopf eine Liste ihrer Krankheiten und Albträume zu erstellen. »Können wir jetzt los?«

Ich tat unbeeindruckt und burschikos, aber ich musste an Dandar Schawdandar denken, die Hofschamanin von Tarak Mookmher. An ihr zerfurchtes, doch junges schönes Gesicht. An ihre Ausstrahlung einer lebenden Toten.

»Manche werden regelrecht ausgeweidet, bevor sie es zurückschaffen«, sagte Thura Mookmher.

»Bitte?« Fran griff sich an die Kehle. »Ich glaube, ich bleibe besser hier.«

»Ich habe mit *ihm* gesprochen«, sagte die Alte. Sie zeigte auf mich. Hoppla.

Thura Mookmher kletterte an der rauen Schuppenhaut des Famnirs empor, geschickt trotz ihres hohen Alters, und nahm im Nacken der Riesenechse Platz.

Kaum saß sie, da hörten wir eine Stimme. *Duuuuu. Komm heeer.*

Fran und ich blieben am Fuße des Hanges stehen. Laub bedeckte den Boden. Es raschelte, als Perry vortrat.

Die Echse war riesig. Ein falsch gesetzter Fuß, und schon eine Klaue hätte genügt, um ihn zu töten. Aber Perry hatte Erfahrung mit großen Tieren, in jeder

Hinsicht. Ich glaube, er zuckte nicht einmal mit der Wimper, als die Echse ihren Kopf senkte und ihn ansah, ihn mit ihrer gespaltenen Zunge umzüngelte.

Duuu bist aaalt. Äääälter, als gut ist.

›Das sagst du so in deinem jugendlichen Leichtsinn‹, hätte ich geantwortet. Aber Perry schwieg.

Eine Maschiiine macht das. Niiiicht gut. Mach aus.

»Lieber nicht«, sagte Perry nur.

»Der hätte von mir sein können«, flüsterte ich Fran zu.

»Reginald Bull«, hauchte sie. »Halt die Klappe.«

Eine Woge großer Sympathie flutete über uns hinweg. Sie galt vermutlich einzig Perry, denn das uralte Wesen ›sagte‹: *Wooohl und Weeehe in dieser Welteninsel. Wooohl und Weeeehe. Sie werden sich scheiden aaaan dir, Reiter aus einer tiiiieefen Vergangenheit. Tooood und Leeeben in Vaaligo. An einem nicht mehr feeeernen Tag werden sie von diiiir abhängen.*

Damit endete der mentale Redefluss. Das große Echsenwesen hob den Kopf, Thura Mookmher immer noch in seinem Nacken, und wandte sich gemächlich ab.

Fran und ich gingen zu Perry.

»Dazu hat er mich kommen lassen?«, fragte er. Er war dicht davor, seine staatsmännische Ruhe zu verlieren. »Um mich in Augenschein zu nehmen und eine Prophezeiung zu äußern?«

»Eine Pr*oooo*phezeiung«, machte ich.

»Wie viele Stunden sind wir unterwegs gewesen? Drei? Vier?«

»Der W*eeee*g«, machte ich, »ist das Ziel.«

»Herrgott, Bully, du kannst dir gar nicht vorstellen, wie voll ich die Nase manchmal von Prophezeiungen habe. Dieses ganze so genannte Empire von Nodro ist eine einzige Unterdrückungsmaschinerie. Gewalt und Leid überall. Und? Stehen die Wesen auf und verbünden sich und *tun* etwas dagegen? Nein! Sie träumen von dem Einen! Sie faseln etwas vom Reiter aus der Tiefe!«

»Perry«, entgegnete ich. »Nicht jeder hat die Größe, sich am Abgrund des Atomkrieges die Rangabzeichen von den Schulterstücken der Uniform zu lösen und etwas Neues anzufangen. Nicht jeder hat den Mut, einen Schritt nach vorn zu tun und die schlussendliche Gebärde zu machen, auch wenn er dabei das Risiko eingeht, hinterher als Narr dazustehen. Das ist nun einmal so.«

Er machte eine unwirsche Handbewegung. »Wir vergeuden hier nur unsere Zeit, anstatt endlich Kontakt zu den Wissenschaftlern von Cor'morian zu bekommen.«

Er begann den Berg hinaufzustapfen. »Ich werde Pratton anrufen. Vielleicht ist er ja schon so vertraut mit dem Mars-Liner, dass er uns abholen kommen kann.« Perry hob den Arm mit dem Multifunktionsarmband.

Niiicht die Maschiiine, hörten wir den Famnir in unseren Köpfen, etwas leiser nun. *Die Wiiiissenschaftler sind näääher, als du glauuubst.*

»Na, das ist doch immerhin etwas«, sagte ich.

Wir arbeiteten uns den Hang hinauf.

Von der anderen Seite des Tals her waren aus dem Blattwerk plötzlich Klagelaute zu hören, die tierhaft, vage weiblich und sehr nah klangen. Sie brachen ebenso unvermittelt ab. In der anschließenden Stille kam uns jedes Knacken, jedes Rascheln doppelt so laut vor.

Als wir oben ankamen, stand dort der Zontarkarren. Thura Mookmher saß auf dem Kutschbock und lächelte in die Luft über unseren Köpfen.

21

Nach ein paar Stunden Schlaf und einer ausgedehnten Mahlzeit machten Perry und ich uns mit Errek auf den Weg zum Raumhafen. Diesmal nahmen wir den Mars-Liner.

Ich schmunzelte. »Endlich bist einmal du der Ungeduldigere von uns beiden.«

Er grinste schief. »Was hättest du gesagt, wenn ich vorgeschlagen hätte, zum Raumhafen zu reiten?«

»›He‹, hätte ich gesagt, ›warum nehmen wir nicht den Mars-Liner?‹ Mir tut immer noch alles weh.« Ich rieb mir den Allerwertesten.

Perry und ich standen hinter Errek. Der Rebell, der eine rötlich unterlegte Prellung auf dem Wangenknochen hatte, saß im Pilotensitz und lenkte den altehrwürdigen Gleiter. Er hatte ein gutes Gespür für die Maschine. Schon tauchte der Raumhafen am konvexen Horizont auf. Es war verrückt, wie schnell sich auf diesem Kleinplaneten die Landschaft veränderte.

Ich gähnte. »Wie bekommt ihr eigentlich einen anständigen Tagesablauf hin, so ganz ohne Tag- und Nachtunterschiede? Auf die Dauer wäre das nichts für mich.«

»Die Mahlzeiten sind unsere festen Punkte«, antwortete Errek. »Drum herum sind Arbeit und Schlaf angesiedelt. Und das ist gerade auf die Dauer sehr angenehm. Ich habe es immer gehasst, wenn ich einmal auf einem Planeten war, der mir lange Arbeits- und Ruheperioden aufzwingen wollte. Außerdem machen die meisten Kulturen doch auch die Nacht zum Tage und den Tag zur Nacht.«

»Aber wenn ich es nach den paar ›Tagen‹ richtig mitbekommen habe«, sagte Perry, »dann zwingen euch eure Habitate ja auch Tag-Nacht-Unterschiede auf. Jetzt ist hier gerade Herbstabend, nicht wahr?«

»Genau, mein Freund. Und als Nächstes kommt die Winternacht. Es sei denn, die Karawane gerät zu schnell wieder in Sonnennähe.«

»Aha?«

»Sowohl die Traumkapseln als auch die Bewohnbarkeit der Habitate werden von den Traumfamniren auf paranormalem Wege erzeugt. Wie genau, wissen wir nicht, denn die Rebellen von Nodro sind keine Naturforscher. Wie es aussieht, bedienen die großen Echsen sich dabei der Sonnenenergie und anderer kosmischer Ströme. Das hat direkte Auswirkungen auf das Wetter in den Habitaten: Können die Famnire lange Zeit nicht ›auftanken‹, weil die Karawane gerade zu sonnenfern unterwegs ist, bricht die Winternacht ein. Der blaue, fast weiße Himmel ...«

»Fam«, warf ich ein.

»Richtig. Er färbt sich allmählich über immer dunklere Blautöne zu Schwarz, und es wird kalt bis hin zu Permafrost. Auch die Luft wird dünner. In besonders schlimmen Wintern kriegen wir sogar Probleme mit der Gravitation.«

Er sah kurz zu Perry. »Kann ich auch landen?«

»Warum nicht.«

Der Bus ruckte kaum, als Errek ihn aufsetzte. Er fuhr die Systeme hinunter.

»Sauber«, sagte ich. »Sollten wir den Bus einmal nicht mehr brauchen, wissen wir ja jetzt, wo er in guten Händen wäre.«

Wir bestiegen ein kleines Raumschiff.

Es war, wie Errek erklärte, ein ›Stipper‹ und diente damit entweder der Karawane zur raschen Orientierung und Ortung – »Die Traumhäute machen uns ja im wahrsten Sinne des Wortes blind für unsere Umgebung« – oder eben für Flüge zwischen den Habitaten. Aus diesem Grunde war der Stipper nicht viel mehr als eine mit Ortungsinstrumenten voll gestopfte Kanzel plus Laderaum. Er wurde von einem der speziell geschulten und gewöhnten Piloten gelenkt.

Wir durchstießen die Traumkapsel. Wieder litt jede einzelne meiner Körperzellen unter den raumzeitverzerrenden Effekten, aber das kannten wir ja nun schon. Draußen funkelten die Sterne in herrlicher Fülle. Ein solcher Anblick bot sich einem nur in den Zentrumssektoren einer Galaxis.

Der Anblick jedoch, der sich uns bot, als der Pilot den Stipper nach rechts neigte, war von einer ungleich zarteren Pracht. Aus der Nähe betrachtet und nicht über Bildschirme, sondern direkt durch das Glas einer Kanzel, schillerten die Traumkapseln wie Trauben gigantischer Seifenblasen. Wir rasten die irisierenden, aneinander klebenden Kugelflächen entlang, bis der Pilot das Schiff durch eine der Traumhäute auf ein anderes Habitat hinabstieß.

Dieser Planetoid war kleiner. Er hatte die Form einer verwachsenen Kartoffel. In der Mulde des »Hörnchens«, über die wir gerade hinwegrasten, befand sich ein dichter Wald. Das Wilde Land vermutlich, in dem der örtliche Traumfamnir lebte.

Die Steppe sah von hier oben wie Moos aus. Nur wenige weiße Djels klebten wie Schnecken an der kosmischen Kartoffel.

An dem Ende des Hörnchens, über das wir nun hinwegschwebten, befand sich ein Raumhafen mit einer Art Reparaturdock, das eher einem Raumschiffschrottplatz ähnelte. Wieder sahen wir nirgendwo Antriebsaggregate, Kraftwerke oder Ähnliches. Dann bog sich vor uns der Rücken des Hörnchens. Felsdurchbrüche. Karger, knorriger Hochlandbewuchs, durch den, als unser Schiff sich näherte, Herden gämsenartiger Zweibeiner flohen. Und am Horizont: ein einzelnes Bauwerk.

»Wie heißt dieses Habitat?«

»Tatanungga.«

»Dann ist das da vorn der Palast von Tatanungga?«

Errek grinste nur. Ein paar Sekunden später sahen wir es selbst: Es musste sich um einen Ordensturm der Wissenschaftler von Cor'morian handeln!

Das Gebäude war zwar laut Ortungsanzeigen umgerechnet nur einhundertfünfzig Meter hoch; dennoch war die Grundform mit der des inzwischen zerstörten Baues auf Balance B, unserem alten Mars, und der der Ruine auf Zaphitti identisch: ein Turm in der Form einer doppelten Stimmgabel. Hier schienen die beiden Gabeln v-förmig aus dem Boden zu wachsen.

Und wenn auch keinerlei Aktivitäten sichtbar waren, der Turm war eindeutig keine Ruine. Schon wurde der Pilot angefunkt. Er wechselte einige leise Worte mit der Gegenstelle.

»Dann werden wir von hier aus weiter nach Cor'morian fliegen können?«, fragte ich Errek.

»Cor'morian? Ich glaube, die Wissenschaftler wissen nicht einmal, ob dieser Planet überhaupt je existiert hat.«

»Aber ich dachte, er wäre ihre Heimat.«

»Er soll ihr Ursprungsplanet gewesen sein. Aber soweit ich weiß, sind die Ordenstürme ihre Heimat. Deshalb findet man die Türme auf zahlreichen Planeten der Galaxis. Die meisten stehen jedoch leer. Die Tambu sind ein aussterbendes Volk.«

Vor uns im Turm öffnete sich ein Hangar.

Nachdem wir ausgestiegen waren, mussten wir erst einmal warten. Dann zuckelten uns aus einem Gang ein paar Tambu entgegen. Die Vogelartigen, deren weiß-gelb gefiederte Köpfe vage an die von terranischen Möwen erinnerten, nur dass die Schnäbel breiter und runder waren, trugen allesamt pastellfarbene »Fräcke« in Braun, Ocker und Beige. Sie gingen aufrecht und präsentierten sich, von den Köpfen einmal abgesehen, durchaus menschenähnlich. Nur ihr

Gang war wegen der anders beschaffenen und positionierten Kniegelenke seltsam stelzenartig.

Perry stellte uns kurz vor.

»Ich bin Vater Aris Tos Fiore, der Leiter des hiesigen Ordensturms«, entgegnete ein Tambu in Ocker. Er hatte, wie schon seine Kollegen in Mantagir, eine resonante, um nicht zu sagen basslastige Stimme, wie sie für Tambu vielleicht typisch war. »Bist du derjenige Perry Rhodan, welcher?«

Für einen Moment nur schien Perry verdutzt. »Kommt darauf an«, sagte er dann. »Welchjenigen meinst du denn, Aris Tos Fiore?«

»Aris«, sagte der Tambu. »Einfach nur Vater Aris, bitte. Ich meine denjenigen Perry Rhodan, nach welchem das Empire offensichtlich kürzlich eine umfassende Terroristenfahndung ausgeschrieben hat. Denjenigen Perry Rhodan, der offensichtlich am Untergang des Ordensturmes von Mantagir beteiligt gewesen ist.«

»Dann wisst ihr von der Zerstörung des Turmes durch Truppen des Empire?«, fragte ich.

»Offensichtlich«, antwortete der Tambu. Er hatte Humor. Und seine Quellen.

»Wir brauchen eure Hilfe«, sagte Perry. »Wisst ihr, wo wir herkommen?«

»Ich vermute, die Brüder auf Balance B haben euch geholt. Wir sind hier ein abgelegenes Kloster, in dem nur noch wenige Dutzend unseres alten Volkes leben. Aber so weit wir informiert sind, hat dort eine Gruppe unserer fähigsten Köpfe versucht, die örtlichen Instabilitäten des Raum-Zeit-Kontinuums für einen so genannten Temporaltransfer auszunutzen, wobei man sich eines Apparates bedienen wollte, der noch in der Experimentalphase steckte. Ist dem so?«

Wir bejahten.

»Hm. Urnodronen habe ich mir immer anders vorgestellt. Krumm und plump. Mit Armen bis zu den Knien. Fliehende Stirn. *Ugga-Ugga.*« Er schlug sich vor die Brust. »Ein Messer zwischen den Zähnen und unter jedem Arm eine Bombe. Und nun steht ihr vor mir, und nichts davon.«

Er legte den Kopf schief. »Ihr sucht Kontakt zu denjenigen Wissenschaftlern, welche. Warum? Wenn ich fragen darf.«

»Weil sie uns hierher geholt haben«, antwortete Perry. »Wir wollen den Grund erfahren. Sie müssen irgendeinen Plan haben.«

»Wenn meine Informationen zutreffen, wollte man mit dem Temporal-Transmitter Hilfe gegen die Übermacht der Nodronen holen. Hilfe aus einer Zeit, da noch die humanoiden Völker die Galaxis dominierten.«

»Was gut und schön ist, Aris«, sagte ich. »Nur sind wir nie gefragt worden, ob wir hierher geholt werden wollten. Es war eine *Entführung*, werter Tambu.

Und dabei sind Dutzende Wesen gestorben. Keine Krieger, keine Helden. Ganz normale Wesen, die sich auf einer Besichtigungsfahrt befunden haben.«

Er ruckte mit dem Kopf. »Davon weiß ich nichts.«

»Aber weißt du etwas von einer Redundanzanlage?«, erkundigte sich Perry. »Von einem weiteren Temporaltransmitter?«

»Ja, wollt ihr uns denn nicht helfen?«

Ich hätte mir am liebsten vor die Stirn geschlagen. »Wir tun seit Wochen nichts anderes, als irgendwelchen Völkern zu helfen! Aber das sollten wir vielleicht besser mit den zuständigen Personen besprechen. Weißt du, wie wir den erhabenen ...« Ich sah Perry an. »Wie hieß er noch gleich?«

»Lishgeth On Paz«, sagte Perry.

»Wie wir den erhabenen Lishgeth On Paz erreichen können?«

»Ihr kennt den Priorforscher?«

»Leider nein«, meinte ich. »Wir würden ihn gern einmal kennen lernen. Immerhin scheint er uns das alles eingebrockt zu haben.«

»Ihr meint, er hat gestümpert?«, sagte ein beige gewandeter Kollege von Aris Tos Fiore und strich sich über die Kopffedern. »Das würde mich nicht wundern. Der Hellste war er nie. Keine Bereitschaft zu systematischer Arbeit ...«

Dem Leiter des Ordensturmes sträubte sich das Gefieder. »Zinmat Mor Sen. Ich muss doch sehr bitten. Es bedarf anderer Talente als stupide genug für Laborarbeit zu sein, um einen Orden zu leiten.«

»Verzeiht, werte Tambu«, mischte ich mich ein. »Eure Interna interessieren uns, ehrlich gesagt, einen feuchten Dreck. Könnt ihr uns mit Lishgeth On Paz zusammenbringen? Könnt ihr ihn kontaktieren? Ihm eine Nachricht zukommen lassen oder so?«

Aris Tos Fiore sah uns an. »Einen Priorforscher kontaktieren? Einfach so? Ich weiß nicht, ob er ... Wer weiß, in welche wichtigen Arbeiten er gerade involviert ist.« Einer der braun gewandeten Tambu zupfte ihn am Frackärmel. »Ja?«

»Vater Aris«, flüsterte er. »Du hast doch bestimmt das gestrige *Akademische Zirkular* studiert.«

»Ja natürlich, Bruder Joshwa.« Und als Bruder Joshwa nichts weiter sagte: »Nun, zumindest die Zusammenfassungen überflogen. Den Rest wollte ich mir aufheben, um ihn mit der nötigen geistigen Frische studieren zu können, gleich nachher in der Erbauungsstunde, die dafür gewiss am besten geeignet ist. Nach den Leibesübungen.«

»Gewiss, Vater. Jedoch unter ›Kurz notiert‹ ...«

»Ach nein, die halt ich mir vom Gefieder. Personalia und Klatsch und Fördermittel-Angebereien. Da schwillt einem ja doch nur der Kropf.«

»Ja, Vater. Gewiss, Vater. Jedoch steht dort, dass der ehrwürdige Lishgeth On Paz gewisse Personen sucht, die sich Terraner nennen, und die Beschreibung passt, wie mir gerade auffiel, auf diese Humanoiden. Und«, fügte Bruder Joshwa hinzu, »für entscheidende Hinweise ist ein Vollstipendium ausgeschrieben.«

»Ein faszinierender Aspekt«, sagte Aris Tos Fiore. Er sah wieder zu uns. »Wir werden den ehrwürdigen Lishgeth On Paz unverzüglich kontaktieren und ihn bitten, auf schnellstem Wege in die Habitate zu kommen.«

»Wenn es stimmt, was man von ihm hört, und ich denke, wir können das als gegeben hinnehmen«, sagte der lästerliche Zinmat Mor Son, »dann wird er in einer Wolke von Flaumfedern losstürzen. Keine acht Standardtage, und er ist hier! Mitsamt seiner Multifunktionsbrille und seinen Kunstmuskeln.«

»Bruder Zinmat! Du hast sicher noch eine Dokumentation zu schreiben …« Vater Aris bedeutete zweien seiner Kollegen, Zinmat Mor Son in die Räume hinter dem Hangar zu geleiten.

»Bitte verzeiht«, sagte er dann. »Wir bekommen so selten Besuch. Das enorme Pensum der Studien macht unsereins schon etwas …« Er neigte den Kopf. »… wunderlich? Der Preis der Erkenntnis.«

Damit wandte er sich ab. Und starrte die leere Wand an. Ich wechselte einen Blick mit Perry und hob die Schultern.

»Komm, Vater«, sagte der Bruder namens Joshwa und nahm den Leiter des Ordensturms beim Arm.

»Ist es denn schon Zeit für die Mensa?«, fragte Aris Tos Fiore, und die Vogelartigen staksten hinaus. »Ich habe noch gar keinen Hunger.«

»Puh«, machte ich, als wir drei allein im Hangar standen.

»Acht Tage«, sagte Perry. »Acht Tage!«

22

Als Perry den Mars-Liner neben den Tierzelten abgestellt hatte, sagte ich: »Errek, noch Lust auf ein Bier? Hier im Bus?«

Perry und Errek wechselten einen Blick. »Gut«, meinte Errek.

Wir richteten uns eine Sitzgruppe ein und stießen an. Ich betrachtete Erreks Gesicht mit der Prellung auf dem Wangenknochen. »Wie geht's dem neuen Hüter des Herdes? Kommt er voran?«

»Hüter des *Herdes*«, sagte Errek abfällig. »Da gibt es nicht viel voranzukommen. Shirkam hat gute Arbeit geleistet. Das Vieh ist fett. Es gibt kaum Weideschäden. Das Einzige, was Koortane zu fürchten hat, sind die fünftausend Neuankömmlinge. Sie könnten einiges aus dem Gleichgewicht bringen. Aber der Einbruch der Winternacht dürfte noch eine Weile dauern. Bis dahin werden sie sich einigermaßen über die Habitate verteilt haben.«

Er verzog das Gesicht. »Viel wichtiger wäre mir eine Bestandsaufnahme der gesamten Karawane. Aber Shirkam verweigert mir Zahlen. Er verweigert mir Einblick in die Strategie der vergangenen drei Jahre. Ich muss um jeden Schritt kämpfen, den ich in den Palast tun will!«

Errek krallte die Hände in die Armlehnen. »Shirkam will mich provozieren. Er schlägt Haken. Er habe keine Zeit. Er habe etwas gerade nicht parat. Er bereite etwas vor, ich bekäme es demnächst. Und die ganze Zeit über grinst er in seinen schwarzen Bart.«

»Und dein Vater?«, fragte ich. »Wie geht es ihm?«

»Er ist nicht mehr richtig bei sich. Er ... Wie es aussieht, liegt er im Sterben. Als hätte er nur meine Rückkehr abgewartet. Ich habe ihn in mein Djel geschafft. Krenja oder ich, einer von uns ist immer bei ihm. Und natürlich Shirkams Schwester. Sie hat meinen Vater die letzten Jahre über gepflegt. Da kann ich sie schlecht hinauswerfen.«

Ich beschloss, den Finger in die Wunde zu legen. »Und wie geht es Krenja? Und eurem Sohn?«

Errek trank von seinem Bier. Wischte sich den Schaum von der rasierten Oberlippe. »Wonjok habe ich nicht wiedergesehen. Krenja weiß, wo er ist, aber sie will es mir nicht sagen. Und ich weiß auch gar nicht, ob ich ihn sehen will. Er sah so schwach aus, so weich! Bah!«

Ich enthielt mich eines Kommentars. Aber ich wusste, was Fran dazu gesagt hätte. Nur hätte Errek das in ihrem Beisein auch nie ausgesprochen.

»Und Krenja? Wie stehst du zu ihr?«

Er riss die Hand hoch, aber dann bremste er sich. Er ließ die Hand wieder sinken.

»Soll er sie doch haben – wolltest du das sagen?«

»Bull! Mann! Ich bin am Ende! Ich bin wie ein angebundenes wildes Tier!« Er atmete tief durch. »Krenja. Sie – sie fehlt mir. Dabei ...« Er lachte rau. »Dabei bin ich es, der sie wegstößt. Das ist doch krank, oder?«

»Wo ist sie hingegangen?«, erkundigte sich Perry. »Zu ihm?«

»Nein. Sie schläft in meinem Djel. Bei mir in meinem Djel. Aber ich kann nicht – ich kann sie nicht berühren. Nicht mit ihr sprechen. Über ... das alles. Ich weiß, sie hat nichts Böses getan. Aber sie ... sie ist *voll* von ihm.«

»Das ist eine wahrhaft üble Verstrickung von Politik und Privatem, die dich gefangen hält«, sagte Perry nach einer Weile. »Vielleicht solltest du dir so etwas wie einen Vertreter suchen, um wenigstens in die politische Situation Bewegung zu bringen. Damit nicht immer wieder das Private quer schlägt. Einen Unterhändler.«

Errek lachte grimmig. »Damit er mich als feige brandmarken kann, als Faulpelz? Ich höre schon das Gerede an den Feuern.«

»Dann wird wohl alles auf ein Duell hinauslaufen«, sagte ich.

Er nickte. »Und ich trainiere schon hart dafür.«

»Daher die Prellung.«

»Ja. Ich habe viel aufzuholen. Und ich werde es aufholen. Vor drei Jahren wäre Shirkam mir nicht gewachsen gewesen.«

Ich musste wieder an das denken, was Fran über Shirkam gesagt hatte. »Was wäre eigentlich schlimm daran, wenn es so bliebe, Errek? Wenn Shirkam der Hüter der Grenzen bliebe?«

»Es steht ihm nicht zu!«

»Ja, sicher. Aber was wäre schlimm daran?«

»Shirkam hat die Strategie der Rebellen wieder auf die alte, vermeintlich sichere Defensive umgestellt.«

»Wieso vermeintlich sicher?«, fragte Perry. »Nach allem, was ich an den Feuern so höre, dürftet ihr über vielleicht tausend Raumschiffe verfügen. Damit lassen sich keine großen Offensiven starten.«

»Wenn wir immer nur vor dem Empire davonlaufen wie die Trenighe«, antwortete Errek, »wird es spätestens in ein paar hundert Jahren keine Rebellenkarawane mehr geben.«

»Aber ihr sterbt doch nicht aus«, sagte ich. »Ich habe selten raumfahrende Völker mit so vielen Kindern gesehen. Und ihr bekommt ständig Zulauf. Wie zum Beispiel die fünftausend von Pembur.«

»Ich habe ja auch nicht gesagt, dass *wir* aussterben. Unsere Zahl liegt ziemlich konstant zwischen zwei und drei Millionen. Daran dürfte sich in den letzten drei Jahren nicht viel geändert haben. Nein, meine Freunde. Die Traumfamnire sterben aus.«

Er stand auf. »Seit tausendfünfhundert Jahren können sie nicht mehr ihren natürlichen Lebenszyklen folgen. Nicht mehr *sie* sind es, die den Weg ihrer Traumkapseln festlegen, sondern die Kühnreiter. Immer halten wir uns fern von allzu besiedelten Systemen. Vermeiden das Kreuzen von Sternstraßen. Zuckeln in den Zentrumsbereichen der Galaxis herum, obwohl die Traumfamnire früher weite, weite Strecken zurückgelegt haben. Seit tausendfünfhundert Jahren tun wir das, und seit tausendfünfhundert Jahren werden immer weniger gesunde Traumfamnire geboren. Ich weiß nicht, warum. Vielleicht liegt es am zu kleinen Genpool. Vielleicht liegt es an irgendeiner falschen Strahlung hier. Aber es sind immer mehr Möhs zur Welt gekommen.«

»Möhs?«

»Unsere Reitechsen stammen ursprünglich von Möhs ab. Von noch ganz guten Möhs, darum nennen wir sie auch Zwergfamnire. Die schlimmsten sind nur Fleischwucherungen ohne klare Form. Und diese Entwicklung wird immer schlimmer. Seit einigen Jahrzehnten ist kein einziger gesunder Traumfamnir mehr geschlüpft. Nur Möhs, wenn überhaupt. Die großen Echsen, sie scheinen steril zu werden.«

Er lächelte traurig. »Nun wisst ihr, warum wir auf Dauer nicht ohne Perspektive bleiben dürfen. Die Sicherheit, die uns die Traumkapseln bieten, sie ist eine trügerische.«

Ich dachte an Erreks Ausspruch, dass die Habitate mürbe wie ein Keks seien. »Was wird aus einer Traumkapsel, wenn ihr Traumfamnir stirbt?«

»Ach, das haben wir in der Vergangenheit schon ein paar Mal gehabt, wenn noch kein Jungtier reif genug war. Nicht zu meinen Lebzeiten. Wahrscheinlich wird ein anderer Famnir die verwaiste Kapsel mit seiner verschmelzen. Tatanungga, heißt es, habe seine merkwürdige Form in alter Zeit daher bekommen. Es gibt auch Doppelhabitate. Tauschuur und Dembra zum Beispiel. Sie umkreisen einander. Sehr fragile, sehr schöne Gegend mit den atemberaubendsten Aussichten. Aber nur für Leute mit sehr starken Nerven.« Er verzog das Gesicht. »Bis jetzt musste noch kein Habitat aufgegeben werden. Aber genau das kommt auf uns zu, wenn wir keine andere Richtung einschlagen.«

Perry beugte sich vor. »Eine Frage, Errek: Du hast gesagt, eure Zahl liege ziemlich konstant zwischen zwei und drei Millionen. Wie das? Ihr führt doch ein angenehmes Leben hier.«

»So sieht es aus für jeden, der noch keine Winternacht mitgemacht hat. Die Winternächte sind rau und streng. Dann kommt der Weiße Tod mit Schneefall und Eisstürmen oder der Schwarze Tod mit bretthart gefrorener Erde. Die Tiere verletzen sich Maul, Klauen und Hornsohlen, magern ab, verhungern. Die Wasserstellen frieren zu, die Tiere verdursten. Die Adjel drängen sich an den geschütztesten Stellen zusammen, die Menschen nehmen die Jungtiere mit ins Wohnzelt. Kälte, Gedränge, alles in totaler, wochenlanger Finsternis. Und immer dünner und dünner wird die Luft!«

Er setzte sich wieder und leerte sein Bier. »Wer hier geboren ist, kennt es nicht anders. Wer von draußen kommt, muss es erst einmal zu ertragen lernen. Und viele von draußen benehmen sich falsch. Sind zu egoistisch. Richten zu viel Schaden in der Natur an. Du kannst hier ein sehr freies Leben leben. Du kannst hier ein *Leben* leben. Aber das heißt zwangsläufig auch: ein hartes.«

»Ja, gut«, sagte Perry. »Aber warum sind nicht längst viel mehr Nodronen auf die *Seite* der Rebellen übergewechselt?«

Errek setzte sich wieder. »Der sesshafte Nodrone will herrschen. Sein Credo ist die nodronische Hegemonie in der Galaxis. Die offizielle Politik des Empire stützt sich genau darauf. Uns Rebellen dagegen vereint der Gedanke der Symbiose und des Miteinanders, aber auch der Autonomie. Das Leben in den Traumhabitaten mit ihren großen, erhabenen Echsen hat uns geprägt. Wie sollten wir ernsthaft der Vorstellung anhängen können, dass wir allen Echsenwesen grundsätzlich überlegen sind?«

Perry nickte. »Einverstanden. Aber auch ihr seid Nodronen. Vermutlich sogar ursprünglichere Nodronen als die des Empire. Ihr lebt nomadisch, ihr habt eine lebendige schamanische Tradition, ihr betreibt Naturverehrung.«

»Da täusche dich mal nicht, mein Freund von jenseits der Zeit. Die meisten Nodronen leben noch heute so. Was in den Zentren, in den Städten geschieht, ist eine Ausnahme. Eine verflucht machtvolle Ausnahme. Die Macht des Empire, sie zerstört die Traditionen des Volkes und fördert nur diejenigen Nodronen, die Macht, Macht, Macht wollen.«

»Da habe ich meine Zweifel.« Perry lehnte sich zurück.

Ich beugte mich vor. »Du spielst auf die Zwillingsgötzen an.«

Er nickte. »Was ist so Besonderes an ihnen? Wieso sind sie tausendfünfhundert Jahre alt? Oder vielleicht sogar noch älter?«

Errek ächzte. »Diese Fragen vermag ich euch nicht zu beantworten. Nicht einmal ihr Aussehen ist bekannt. Es gibt keine Aufnahmen, nur in den Bereich der Legenden ragende Erzählungen.« Er schob sich gegen die Rückenlehne, die Füße weit auseinander gestellt. »Demnach soll es sich um eine wunderschöne Frau und einen abgrundtief hässlichen Mann handeln. So erklärt sich das Symbol des Empire. Der schwarze und der weiße Kopf.«

»Sind es Nodronen?«, fragte Perry.

»Woher soll ich das wissen? Die Zwillingsgötzen erheben den Anspruch, Götter zu sein. Aber wahre Rebellen erkennen keine Götter an. Errek Mookmher schon dreimal nicht. Eher sterbe ich, als dass mir der Götzenschwur der empiretreuen Clansführer über die Lippen kommt!«

»Wie geht er denn?«, fragte ich.

Errek wollte aufbrausen, dann grinste er. »Der war gut. Der war richtig gut.«

Perry legte den Kopf in den Nacken und starrte zur Decke. Dann sagte er langsam:

»Bei der Kraft unserer Herzen schwören wir:
Treue den Herren von Nodro;
den Lenkern des nodronischen Empire;
den Schöpfern nodronischer Dominanz;
den Zwillingsgötzen des Imperiums.«

Er zuckte mit den Achseln. »So ungefähr.«

Ich pfiff. »Wo hast du den denn her?«

»Auf Pembur gelernt.«

»Von einer sehr ansehnlichen Rebellin.« Errek grinste. »Wie hieß sie noch gleich?«

»Tasha Feori«, sagte Perry.

»He, die kenne ich«, meinte ich. »Die habt ihr doch mit in den Mars-Liner gebracht. Was ist eigentlich aus ihr geworden?«

»Ja, genau«, wollte auch Errek wissen. »Was ist eigentlich aus ihr geworden, mein Freund?«

Perry hob die Schultern.

»Dann habt ihr euch nicht …« Errek grinste. »… wiedergesehen?«

»Wiedergesehen?«, fragte ich. Dann dämmerte es mir. »Perry, du Schurke! Und mir machst du Vorhaltungen wegen Fran!«

»Ich habe dir keine Vorhaltungen wegen Fran gemacht. Ich habe dir Vorhaltungen wegen deines Gefühlszustands gemacht. Das ist ein Unterschied. Und außerdem: Die größten Vorhaltungen hast du dir wohl selbst gemacht.«

Ich schüttelte den Kopf. Ich schnaubte. Ich war sprachlos.

»Und?«, sagte Errek zu Perry. »Habt ihr euch wiedergesehen, du und die streitbare Schöne?«

»Vielleicht«, sagte Perry. Er grinste schief.

»Du bist mir einer«, fand ich endlich meine Sprache wieder. »Na schön. Wo waren wir gerade?«

»Beim Götzenschwur«, sagte Perry.

»Das Empire von Nodro«, nahm Errek den Faden wieder auf, »ist ein die Freiheit vernichtender Moloch. Aber es gibt immer noch viele Nodronen, die nicht in erster Linie die Macht über andere lieben, sondern die Macht über sich selbst. Die Freiheit. Diese Nodronen sind unsere potenzielle Verstärkung. Auf zahlreichen Außenwelten des Empire, wo die Götzendiener nicht so einen festen Stand haben, sind unsere Werber mehr oder weniger geduldet. Wir können mehr Leute kriegen. Wir können auch mehr Raumschiffe kriegen. Wir müssen nur endlich mehr tun, als das Empire mit Nadelstichen zu piesacken. Wir müssen eine Offensive entwickeln. Dabei ist es fast egal, wie diese aussieht. Hauptsache, sie führt uns aus der selbst auferlegten Isolation im Galaktischen Zentrum heraus.«

Perry nickte. »Da kann ich dir nur zustimmen.«

Er holte tief Luft. »Diese Offensive zu schaffen, gegen Shirkams Willen zu schaffen, bin ich vor drei Jahren angetreten. Jetzt bin ich zurückgekehrt, und ich werde die Politik meines lieben Vetters so schnell wie möglich einstampfen. Ohne Perspektive dürfen wir auf Dauer nicht sein.«

»Und wie wirst du Shirkam los?«, fragte Perry.

»Da gibt es nur zwei Wege. Erstens ein Duell, so bald wie möglich. Shirkam hält das Amt, also kann ich ihn herausfordern. Es ist nur eine Frage der Zeit, bis ich ihm wieder gewachsen sein werde. Und zweitens … Zweitens werde ich automatisch Hüter der Grenzen, sobald mein Vater stirbt.«

Er lachte. Es klang nicht gut. »So weiß ich meinen Vater bei Dandar Schawdandar immerhin in guten Händen!«

Ich nickte. »Eine Sorge weniger. Und keine kleine.«

»Du sagst es, Mann.«

»Willst du noch ein Bier?«

»Danke, nein. Ich habe noch einiges an Programm vor mir.«

»Wenn wir dir irgendwie helfen können ...«, bot Perry an.

»Du, mein Freund, hast mir das Leben gerettet. Den Rest muss ich schon selber tun.«

Während wir Terraner auf Lishgeth On Paz warteten und einen sehr rustikalen Campingurlaub machten, trainierte Errek. Zwischendurch verschwand er immer wieder mit seinem Rittmeister und mehreren Famniren im Hügelland von Koortane.

Shim freundete sich mit Peikade an. Sie nervte uns überhaupt nicht mehr mit ihren Haaren. Sie hatte zu viel damit zu tun, Rebellen-*Styles* auszuprobieren, wie sie es nannte.

Schikago jagte die Trenighe mittlerweile in der ganzen Zeltstadt. Die Rebellen waren begeistert. Vor allem um die sechs kleinen Kätzchen rissen sich nicht nur die Kinder. Eine Wohltat nach den Quochten, die Schikago und die Kleinen eher zum Fressen gern gehabt hatten ... buchstäblich.

Fran und ich fanden Zeit füreinander.

Schließlich ritt Errek, nachdem er eine Weile bei seinem Vater verbracht hatte, zum Raumhafen und kam mit einem bärbeißigen, gedrungenen Freund wieder. »Galrev«, stellte er ihn uns vor, »Clansführer der Otashmarto, auch Schnecken- und Witwenmacher genannt. Einer der größten Krieger der Karawane. Sein Wort hat Gewicht.«

»Wie mein Spalter hier«, sagte der zwergenhafte Alte und küsste den Kopf seiner Streitaxt und rollte mit den Augen.

»Außerdem«, fügte Errek hinzu, »steht er auf meiner Seite, was die weitere Politik der Habitate angeht.«

Ich erkannte ihn wieder. Er war der Kommandant des Wachraumschiffs gewesen, der uns die SOLLBRUCHSTELLE geschickt hatte. Die beiden spazierten im Gras jenseits der Zeltstadt umher und unterhielten sich. Stundenlang.

Pratton Allgame studierte die Branntweinherstellung der Rebellen und sah mitunter recht kopfschmerzig aus. Jedoch nicht so kopfschmerzig wie Errek, wenn er von seinen Spaziergängen mit Galrev Otashmarto zurückkam.

Perry vertiefte sich in die Brettspiele der Rebellen. Und gab am Feuer Abenteuergeschichten zum Besten. Und manchmal verschwand er ebenfalls. Der Schurke.

Und Quart Homphé? Nun, Quart war damals eben Quart. Triefnasig, trampelig und eine Träne. Aber die Rebellenkinder liebten ihn. Besonders die kleinen. Sie müssen so etwas wie einen gutmütigen Riesen in ihm gesehen haben.

So rollte der lange, lange Herbstabend dahin.

Und dann starb Erreks Vater.

Zwischenspiel

Das Areal, auf dem der Ordensturm von Balance B gestanden hat, ist eine schwärzliche Wüste aus Metallen, Kunst- und Verbundstoffen. Die Rauchwolke muss Tage, vielleicht Wochen lang über Mantagir gestanden haben. Überall sind Bergungsteams zu Gange. Offiziell, um die Leichen der Wissenschaftler zu bergen. Inoffiziell, wie Pelmid Sulcatob inzwischen weiß, um ihre Hinterlassenschaften zu plündern.

Pelmid ist in einen weiten, leichten Schutzanzug gehüllt. Er behindert sie kaum. Aber der Helm mit dem riesigen Visier gibt ihr das Gefühl, nicht wirklich hier zwischen den schroff aufragenden Metallskeletten und Schuttbergen zu stehen, sondern sich alles nur auf einem primitiven Bildschirm anzusehen. Alles kommt ihr unwirklich vor.

Andererseits kommt ihr, seit sie sich mit Axx Cokroide eingelassen hat, ihr ganzes Leben unwirklich vor.

»Ot'Son'Trokete? Alles in Ordnung?« Es ist der Einsatzleiter.

»Gewiss«, sagt Pelmid. »Es ist nur … überwältigend.«

»Nicht wahr?« Seine Stimme klingt selbst durch die Helmlautsprecher begeistert. »Wir hätten uns diesen Vögeln längst schon widmen sollen, wenn mir diese Anmerkung gestattet ist. Da stellen diese subversiven Elemente so gefährliche Anlagen mitten in ein dicht besiedeltes Wohngebiet und führen Großversuche durch, heimlich, ohne jede Genehmigung.«

»So sagt die Propagandaabteilung.«

»So sagen die Untersuchungsergebnisse. Ein Teil der Zerstörungen hier lässt sich auf das Explodieren einer Transmitteranlage zurückführen, die auf bisher noch nicht geklärte Weise modifiziert worden ist. Es steht zu vermuten, dass die Tambu versucht haben, heimlich in den Transitionsverkehr einzugreifen und das Große Vorhaben durch gezielte Sabotageakte zu behindern. Du weißt, dass sie eine gänzlich autarke Energieversorgung hatten?«

Pelmid bejaht.

»Die unterirdischen Kraftwerksanlagen sind weitgehend intakt. Wir versuchen gerade anhand der Protokolle herauszufinden, ob es einen zeitlichen Zusammenhang zwischen besonders hohen Leistungsentnahmen und gewissen

Ausreißern bei den transitionsbedingten Strukturerschütterungen gibt. Wenn das zutrifft, sollten nach meinem Geschmack *alle* Ordenstürme so aussehen.«

Durch eine Schleuse, in der ihre Anzüge dekontaminiert werden, geht es in ein Druckluftzelt von der Größe einer Sporthalle. In Bodennähe versperrt jedoch eine Trennwand den Blick.

Der Untersuchungsleiter zeigt einen ungesicherten Schacht hinab. Aggregate deuten darauf hin, dass er mit einem behelfsmäßigen Antigrav ausgestattet ist. Maschinengeräusche dringen aus dem Schacht, ein Fauchen von Flammen, ein Kreischen von Metall.

»Die unterirdischen Anlagen sind gigantisch«, sagt er. »Wenn du eine Führung möchtest ...«

»Ich will mir nur einen Eindruck verschaffen. In deinem Zwischenbericht an den Son'Trokete hast du verschiedene Fundstücke erwähnt.«

»Richtig. Wenn du bitte mitkommen würdest ...«

Sie folgt ihm hinter die Trennwand. Ein Dutzend lange weiße Tischreihen erstrecken sich die Halle hinab. Im grellen Licht von Untersuchungslampen sortieren Spezialisten der Armee technische Trümmer, versuchen aus verformten, zerschmolzenen Bauteilen schlau zu werden.

»Es wird Wochen dauern, Monate, vielleicht sogar Jahre, das alles auszuwerten«, sagt der Untersuchungsleiter.

Er führt Pelmid die Tischreihen entlang zu einem Tresorschrank, starrt kurz in die Retina-Erkennung. Die Tür fährt nach oben. »Einige Teile haben wir, wie es ausschaut, unversehrt bergen können. Sie sind Millionen wert. Millionen!«

Er nimmt eine Kassette aus dem Schrank, öffnet sie. Darin liegen eine Hand voll münzgroßer, blass durchsichtiger Folien.

Pelmid sieht den Mann fragend an.

»Das sind die besten miniaturisierten Translatoren, die ich je gesehen habe«, verkündet er.

»*Das* sind Translatoren?«

Er nimmt eine der weißlichen Folien heraus. »Das dickste daran ist noch die Trägerfolie. Den eigentlichen Translator kannst du abziehen und dir auf die Wange kleben. Oder sonst wohin. Hauptsache in die Nähe von Mund und Ohr und, da er vermutlich unter anderem mit Hautwiderständen arbeitet, auf die nackte Haut. Er ist farblos, trägt überhaupt nicht auf und ist fast nicht zu sehen. Eine gänzlich neue Technologie!«

»Ich bin beeindruckt.« Pelmid nickt aufmunternd zum Schrank.

Der Untersuchungsleiter führt ihr seine Schätze vor. Die meisten Gerätschaften sind wahrscheinlich nur für Wissenschaftler aufregend.

Dann jedoch zeigt er ihr eine Art flaches, festes Kissen, an dem einige Gurte und Kabel baumeln. »Unscheinbar, auf den ersten Blick. Aber ein Knüller.« Er schnallt es sich auf den Rücken, zurrt die Gurte fest. Am Ende der Kabel ein Armband, das er sich ums Handgelenk schnallt. »Wir haben zufällig herausgefunden, was man damit machen kann.«

Auf einmal schwebt er über Pelmid in der Luft und lacht. »Wir mussten es mühsam von der Decke klauben!« Er kommt wieder hinunter. »Ich habe es vorläufig Flugpack genannt.«

In Pelmids Bauch bewegt sich etwas. Als rieben ihre Därme aneinander. Wie Schlangenleiber in einer Grube.

»Die Tambu sind anscheinend Meister der Miniaturisierung«, sagt der Untersuchungsleiter. »Das Seltsame ist nur, dass der Flugpack so gar nicht zu ihrem eigenen Körperbau passen will. Ebenso wenig wie diese Translatoren sich für ihr Federkleid eignen dürften.«

Pelmid kann für einen Moment nicht sprechen. Sie ist wie berauscht. Aus den Augenwinkeln schiebt sich Schwärze heran. Überall sind schwarze, tintige Schatten, nur die Konturen des Untersuchungsleiters leuchten weiß auf.

Wenn du willst, dann kannst du fliegen, Pelmid.

Wenn du willst, dann kannst du fliehen.

Du musst es nur – tun.

So, wie Perry Rhodan es getan hat. Sie könnte es nie begründen, aber sie ist überzeugt: Perry Rhodan und seine Leute sind hier, im Ordensturm von Mantagir, mit Ausrüstung versorgt worden. Mit Zaubergegenständen wie aus den alten Nomadenmärchen, die ihr ihre Großmutter immer erzählt hat. Von dem Zauberfischlein hat sie erzählt, das man sich nur ins Ohr zu stecken braucht, um die Sprachen aller Stämme der Welt zu verstehen. Von der fliegenden Hose, die einen über die Meere trägt. Von der Heilenuss, die man nur zu schlucken braucht, und schon kann einem kein Gift der Welt mehr etwas anhaben.

Wie Perry Rhodan gegrinst hat in der Lagerhalle auf Wrischaila! Axx Cokroide hat ihn damit konfrontiert, dass sein Begrüßungsdrink vergiftet gewesen ist, und was hat Perry Rhodan getan? Gegrinst hat er.

Pelmid grinst den Untersuchungsleiter an, der sie verunsichert anstarrt. Wahrscheinlich hat sie zu lange geschwiegen.

»Pack das ein.« Sie zeigt auf das Fluggerät, das er schon wieder im Schrank verstaut hat. »Und dazu noch so eine Translatorfolie. Ansichtsexemplare für den Son'Trokete.«

»Ja, aber … wir haben bisher nur dieses eine Flugpack bergen können!« Der Mann ist bestürzt.

Pelmid sieht ihn nur an.

»Jawohl, ehrwürdige Ot'Son'Trokete«, sagt er schließlich. »Ansichtsexemplare für den Träger des Mandats. Gewiss, ehrwürdige Ot'Son'Trokete.«

Auf dem Gleiterflug zur Botschaft frohlockt Pelmid. Es ist ein naives, nein: ein kindliches Frohlocken. Sie kann fliegen! Sie kann fliehen!

Immer wieder klopft sie mit den Fingerspitzen einen Rhythmus auf die Schachtel, in der das Flugpack der Tambu steckt. Ihr Fahrer tut so, als bemerke er es nicht.

»Mach einen Umweg, Taakhe. Ich möchte mir noch den Platz der Ewigen Wissenschaft ansehen«, sagt Pelmid.

»Sehr wohl.« Er meldet die neue Route ans Leitsystem.

Das hätte Pelmid auch allein tun können. Aber sie ist die Ot'Son'Trokete. Sie hat einen Piloten.

Bald schweben sie hoch über den umliegenden Parkanlagen und schauen auf den riesigen, exakt kreisrunden Platz hinab. Hier ist Halten verboten, aber der Gleiter gehört der Gesandtschaft. Niemand wird den Gesandten der Zwillingsgötzen mit einer Bußgeldforderung behelligen.

Unzählige Besucher wimmeln in dem Park herum. Die eigentlichen Lehrplätze vor den Tausenden Büsten und Statuen der größten Wissenschaftler der Galaxis liegen fast da wie ausgestorben.

Pelmid wendet den Blick ab. Das Fehlen der Ordenstürme in der Silhouette von Mantagir ist wie ein blinder Fleck auf der Netzhaut. Man muss sich bloß die Augen reiben, und schon ist die Silhouette wieder komplett.

Nur dass es so nicht funktioniert. Der Turm ist fort, für immer. So wie auch Tonka fort ist.

Für immer.

Und Tonka kommt auch nicht wieder, wenn Pelmid die Wahrheit über Axx Cokroide herausfindet. Tonka kommt erst recht nicht wieder, wenn Pelmid bei dem Versuch, diese Wahrheit herauszufinden, stirbt.

Sie hat sich den Fantasien hingegeben, ins Justizministerium einzubrechen und die interessante Lektüre zu suchen, die Tonka ihr angekündigt hatte. Sie hat sich vorgestellt, wie sie Cokroide in einer großen, einer großartigen Szene mit der Wahrheit konfrontieren wird, vor den Augen von ganz Nodro. Die Peitsche! Die Peitsche für Axx Cokroide, Fluch seinem Geschlecht.

Bei dieser Hinrichtung würde sie sich bestimmt nicht übergeben.

Seit Tonkas Tod hat Cokroide sie nicht mehr angerührt. Vorher hat er sie jede Nacht genommen. Manchmal auch tagsüber. Und nun rührt er sie nicht mehr an. Warum?

Braut sich etwas zusammen? Oder will er ihr eine Schonzeit geben?

Vielleicht hat er schon vor Tagen gespürt, was sie erst heute begriffen hat: Dass das Einfachste, Beste, rundum Gelungenste, was sie tun kann – Flucht ist. Vielleicht hat er das gespürt, lange vor ihr, und sie darum in Ruhe gelassen. Um sie so weiter an sich zu binden.

Axx Cokroide ist ein Spieler. Angeblich gehört er zu den wenigen Nodronen, die jemals das streng verbotene Faial gespielt und überlebt haben. Vielleicht ist für ihn auch ihr ganzer Leidensweg nichts weiter als ein kitzeliges Spiel.

Pelmid merkt, dass sie den Platz der Ewigen Wissenschaft gar nicht mehr wahrgenommen hat.

Aber ist sie nicht feige, wenn sie flieht? Ist sie dann nicht schwach?

Mach dir nichts draus, hört sie ihre Mutter sagen. Wie damals, als sie sich nach ihrer ersten Hinrichtung so fürchterlich geschämt hatte. *Mach dir nichts draus, das ist ganz normal. Bei Mädchen kommt das sehr oft vor.*

Bei Mädchen!

Pelmid Sulcatob ist kein Mädchen mehr, schon lange nicht. Sie ist Soldatin. Scharfschützin. Feuerleitoffizierin.

Pelmid Sulcatob ist vor allem am Leben, hört sie Tonka sagen. *Und so lange Pelmid Sulcatob am Leben ist, bin ich es auch. Hörst du, Prinzessin?*

»Danke, Taakhe. Wir können jetzt weiter.«

Der Pilot brummt, der Gleiter setzt sich wieder in Bewegung. Pelmid muss lachen. Kichert in sich hinein.

Sie öffnet den Karton, holt das Tütchen mit dem Translator heraus. Zieht die Folie vom Träger. Klebt sie sich auf den Pullover, knapp unterhalb der Kehle.

Taakhe sieht in den Rückspiegel. »Was ist das, wenn ich fragen darf?«

Taakhe ist zwar nur ein einfacher Kasho, ein Arbeiter. Aber er gehört zu einem Unterclan der Cokroide. Wie so viele vom Gesandtschaftspersonal. Pelmid muss aufpassen.

Trotzdem sagt sie: »Ein Glücksbringer.«

Sie wird ihr Gewehr holen, nichts weiter. Sie wird sich ein, zwei Creditchips organisieren, nicht mehr. Dann wird sie untertauchen. Und dann, dann wird sie dorthin gehen, wohin noch niemand aus dem Umfeld Axx Cokroides gegangen ist.

Und sie wird auch dort ankommen. Ganz gleich, wie lange es dauern mag.

Mädchen? – Nein.

Prinzessin? – *Nur für dich, Tonka.*

Vor allem aber eins: Soldatin.

23

Erreks Vater war tot, und es war, als hätte Errek nicht nur dessen Fürstentitel geerbt, sondern auch dessen Alter. Apathisch saß er am Totenbett und starrte ins Leere. Stunde um Stunde um Stunde. Wenn Krenja ihm zu trinken gab, trank er einen Schluck. Wenn Krenja ihm zu essen gab, aß er einen Happen.

Wenn Krenja ihm sagte, er solle einmal aufstehen und sich die Beine vertreten, dann ging er seine Notdurft verrichten. Wenn jemand kam, um ihm sein Beileid auszudrücken – und es kamen viele –, dann schloss Errek die Augen, und seine Hände, die auf den Lehnen seines Stuhls lagen, rührten sich nicht.

Nach einem Standardtag, so erzählte man sich an den Feuern, hatten Krenja und Galrev die Nase voll. Sie packten ihn bei den Armen und zogen ihn hoch, um ihn auf die Füße zu stellen. Er glitt ihnen aus den Händen, so schlaff war er, und fiel ohne einen Ton um. Ihnen blieb nichts anderes übrig, als ihn wieder in seinen Stuhl zu setzen. Und als die Balsamiererin aus dem Wilden Land kam, geschickt von Thura, Taraks Frau, der Kühnreiterin von Koortane, da mussten wir Errek auf seinem Stuhl ins Freie tragen, damit die Schamanin ihre Arbeit tun konnte.

Anschließend trugen wir ihn wieder zurück. Sein toter Vater hatte nun kein Gazepflaster mehr im Gesicht kleben, sondern eine martialische Ledernase in Schwarz, Weiß und Rot. Als Errek die Nase sah, beugte er sich vor und berührte sie.

Dann saß er wieder nur da.

Wir verließen sein Djel. Alle. Nur noch Errek war in dem Zelt. Allein mit seinem toten Vater.

Errek brüllte nicht, Errek weinte nicht. Errek schwieg. Stunden um Stunden um Stunden.

Wir aßen. Wir schliefen. Wir aßen. Wir warteten.

Schleierringe in Orange und Rosa dehnten sich am Himmel aus, schoben sich ineinander, vergingen. Clansführer um Clansführer traf auf Koortane ein. Djels wuchsen aus der Steppe wie weiße, dicke Pilze.

Zwei Standardtage waren vergangen seit Taraks Tod, da kam Errek, nun selbst der designierte Fürst, aus der Djeltür getreten.

»Tarak ist tot«, verkündete er mit einer Stimme, die von tief, tief unten kam. »Wir aber leben. Auf, Männer. Auf, Frauen. Auf zum letzten Geleit.«

Der Zug, der dem Leichenwagen folgte, schien endlos lang zu sein. Aber je näher wir dem Wilden Land kamen, desto mehr bröckelte er ab. Von uns Terranern waren es wieder nur Perry, Fran und ich, die bis zum Schluss dabeiblieben. Als der Zug über dem Tal ankam, hielten wir uns im Hintergrund. Wir wären uns zwischen Erreks Adjel und den Clansführern fehl am Platze vorgekommen.

Der Leichnam wurde Thura und zwei Schamanen übergeben. Die beiden Männer trugen ihn auf einer Bahre ins Tal hinunter. Es war ein steiler Weg, und mehr als einmal sah ich sie schon mit ihm ins Straucheln geraten. Aber es ging alles gut.

Unten kam der Traumfamnir aus seiner Erdspalte. Die Riesenechse umzüngelte den Leichnam auf der Bahre und sah zu, wie die Schamanen ihn hinter Thura her in die Erdspalte trugen. Sie sahen winzig aus neben dem Famnir. Einige Minuten später tauchten sie wieder auf, mit leeren Händen. Thura sah zu uns hoch und winkte.

Die Rebellen wandten sich ab und bestiegen ihre Reitechsen. Wir fuhren wieder auf einem der Karren von Erreks Adjel mit.

Fran flüsterte mit Krenja. Nach einer Weile beugte sie sich zu mir herüber. »Normalerweise sind Feuerbestattungen üblich. Aber die Fürsten finden ihre letzte Ruhestätte beim Famnir. In einem der Seitengänge seines Nestes gibt es ein Gebeinhaus.«

»Das aber nur den Schamanen zugänglich ist.«

»Ja.«

Wir zuckelten dahin. Und je weiter wir vom Wilden Land fort waren, desto mehr kehrten wir ins Leben zurück.

Als wir schließlich am Fuße des Berges ankamen, auf dem die Schnecke lag, verkündete Errek vom Rücken seines Famnirs herab: »Tarak ist tot und zur siebenundsiebzigteiligen Erdmutter zurückgekehrt! Auf, Männer! Auf, Frauen! Trinkt, singt, tanzt und erzählt Geschichten von Tarak, denn einen Menschen wie ihn verlieren wir bei *unserem* Tod, nicht bei seinem!«

Die Leute jubelten, und damit begann ein drei Tage andauerndes Fest.

Und nach dem Fest kam der Kater.

Shim Caratech, unsere Shimmi, wachte mit einer riesigen Tätowierung auf dem Rücken auf.

Und Errek …

24

Die Amtseinführung des neuen Rebellenfürsten fand nicht in der Schnecke auf dem Berg statt, sondern in Sichtweite des Palastes im Hügelland. Es war die Zeremonie eines Reitervolks. Die einhunderteinundzwanzig Clansführer, von denen nur wenige weiblichen Geschlechts waren, versammelten sich in einer Senke. Auf den umliegenden Hügeln versammelten sich die Rebellen. Alle Beteiligten saßen im Sattel.

Es war eine ursprüngliche, eine beeindruckende Zeremonie. Aber sie war zu lang. Zumindest für uns schnelllebige Terraner.

Hinter Errek waren zwei lange Tische aufgebockt. Auf dem einen waren Kleinodien aufgereiht, der andere war leer. Clansführer um Clansführer kam vorgeritten. Er überreichte Errek ein Geschenk. Das kam auf den leeren Tisch.

Er erhielt von Errek ein Gegengeschenk. Das wurde von dem vollen Tisch genommen.

Und immer reckte der Beschenkte die Kleinodien in die Luft, damit alle sie sehen konnten.

»Ich schenke dir einen neunäugigen Löffel für das Milchopfer, den meine Urgroßmutter noch gefertigt hat, die Schnitzerin von Koordonach!«

»Ich schenke dir die allerweichsten Hausschuhe aus dem Leder ungeborener Zwergfamnire!«

Und so weiter. Und so weiter.

Dann kam Shirkam. Er lächelte. »Tarak, der Gelbe Alte, er übergab mir, als er sein Amt nicht mehr auszufüllen vermochte, das Hüten der Grenzen, auf dass ich es in seinem Namen weiterführe, so lange der alte Clansführer von Koortane lebt.«

Er machte eine Pause. »Der alte Clansführer von Koortane ist tot! Es lebe der neue Clansführer! Errek, Taraks Sohn! Totgeglaubt! Zurückgekehrt aus der Gefangenschaft!«

Er zeigte auf Errek, und die Menge jubelte.

»Ich übergebe dir, Vetter, das Amt des Hüters der Grenzen.«

Jubel. Weniger laut, wenn ich mich nicht täuschte.

Noch ehe Errek sich bedanken konnte, fügte Shirkam hinzu: »Und ich fordere dich zum Duell.«

Der hagere Glatzkopf lenkte seinen Famnir zu den versammelten Clansführern herum. »Ich, Shirkam Otmookmher, Bewahrer des Bewährten …«

»Verklärer des Verklärten!«, rief eine kehlige Stimme dazwischen, und vereinzelt erhob sich Hohngelächter.

»… erhebe Anspruch auf das Hüten der Grenzen! Errek sagt, die Politik des Bewahrens führt uns in einigen Jahrhunderten in den Untergang. Ich aber sage euch, Erreks Politik der Offensive, mit der er uns ein Fenster in die Zukunft zu öffnen verspricht, wird uns viel eher den Untergang bringen! Noch ehe die Winternacht recht vorbei ist, merkt euch meine Worte, werden Rebellen über Rebellen für Erreks unheilige Sache gestorben sein! Und der Frühlingsmorgen wird nicht mehr auf einhundertzweiundzwanzig Habitaten dämmern. Auch nicht auf einhunderteinundzwanzig. Auch nicht auf einhundertzwanzig. Darum Errek, fordere ich von dir das Hüten der Grenzen.«

»Du machthungriger Niemand!«, ließ Errek sich hinreißen. »Ohne deine grausige Schwester wärst du nichts!«

Shirkam nickte zur Menge und zeigte auf Errek, als wollte er sagen: *Seht ihr? Hört ihr?*

»O nein, Vetter. Du kennst mich nicht. Nach Macht hungert es mich nicht. Hüter des Herdes und Fürst von Koortane magst du bleiben. Aber den Außenbereich hüten, das Schicksal unserer Karawane in Vaaligo bestimmen, das lasse ich dich nicht. Überlass mir das Hüten der Grenze.«

»Niemals!«, rief Errek.

»Besonnenheit!«, rief eine Clansführerin. »Ausgleich! Teilt euch das Amt!«

»Ein schwerer Weg«, sagte Shirkam. »Aber vielleicht ein gangbarer.« Er schien von dem Vorschlag wenig überrascht zu sein. War der Einwurf verabredet worden? »Teilen wir uns das Hüten der Grenzen, Errek. Deine Kühnheit, meine Vorsicht.«

Beifall. Vereinzelt.

»Niemals!«, rief Errek. »Und niemals will ich Hüter des Herdes sein, während ein Verräter der Hüter der Grenzen ist!«

Der Knall eines Schusses hätte keine tiefere Stille auslösen können.

»Wir wollen kämpfen«, verkündete Errek in die Stille hinein. »In drei Tagen. Um *alles*.«

Diese Erklärung löste einen Aufruhr aus, bei dem Blut fließen sollte. Zum Glück nur aus oberflächlichen Wunden.

Bevor wir mit den wenigen Leuten, die zu Fuß waren, vor den Hornballen der Famnire flohen, sah ich mir Shirkams Gesicht an. Er hatte die Augen zugekniffen und den Mund zugekniffen und leicht gespitzt. Ich sah Entschlossenheit und Zorn in seinem Gesicht. Das Eingeständnis eines Verrats sah ich nicht.

»Bist du des Wahnsinns?«, sagte Krenja. Erreks Djel war völlig überfüllt. Wer es hinein geschafft hatte, saß am Feuer.

»Mag sein«, antwortete Errek. »Mag sein, dass mich der Wahnsinn geritten hat. Mein Vater ist tot. Meine Frau trägt das Kind eines anderen unter dem Herzen. Da kann einem schon vorübergehend der Verstand abhanden kommen.«

»Wie sollen wir in Würde weiterleben, Errek? Willst du Shirkam schlagen? Ihn als Verräter verbannen? Und ihm unser gemeinsames Kind hinterherwerfen? Es ist ein Kind der Liebe! Genau wie Wonjok ein Kind der Liebe war! Hast du das schon vergessen?«

»Krenja«, sagte Errek.

»Es mag sein, dass du das nicht hören willst, Errek! Aber ich *liebe* Shirkam! Ich will mit dir zusammenleben, ja! Und ich will ihn auch verlassen, ja! Aber ich will auch, dass sein und mein Kind in Frieden leben kann! Bei uns und bei ihm! Denn dieses Kind kann genau wie sein Halbbruder am allerwenigsten etwas für das, was mit uns dreien geschehen ist!«

»Krenja«, sagte Errek.

»*Ich* rede jetzt!«, rief sie.

Alle waren still.

»Ich … ich hab vergessen, was ich *sagen* wollte.« Krenja brach in Tränen aus.

Fran drückte meine Hand und quetschte sich zu Krenja durch, nahm sie in den Arm. »Du hast von Würde gesprochen«, sagte sie ruhig. »Und von Liebe.«

»Wie *kannst* du nur, Errek«, sagte Krenja und wischte sich mit dem Handballen durchs Gesicht. »Wie *kannst* du nur sagen, dass er ein Verräter ist.« Ihr Kiefer bebte.

Errek schien ganz ruhig zu sein. Er sprach zu ihr wie mit einem Kind. »Aber er *ist* ein Verräter.«

»Du kennst ihn nicht. Er hat sich rührend um Wonjok gekümmert.« Sie holte tief Luft. Sie sah Errek an. Ich ahnte, was jetzt kam. Und ich wollte es nicht hören.

»Besser, als du dich je um ihn gekümmert hast, Errek.«

Ja. Genau das.

Errek schien es wegzustecken wie nichts. »Shirkam ist ein kühler Kopf. Er hatte seinen Rivalen aus dem Weg geräumt. Warum sollte er jetzt nicht einem armen Halbwaisen den Vater ersetzen?«

»Du denkst, er hat das alles geheuchelt? Den Trost, das Mitgefühl? Die Liebe? Die Fürsorge für Wonjok? Bei allen neunundneunzig Toongher, wie böse *denkst* du denn? Du zerstörst, Errek. Alles zerstörst du.«

»Ein Rebell zu sein, heißt zerstören zu können. Nur wer zerstören kann, schafft Platz für Neues.«

»Mir graust, wenn ich dich so höre.« Sie stand auf. »Ich verlasse dich, Errek. Du siehst mich nie mehr wieder.« Sie ging aus dem Zelt. Die Leute machten ihr Platz. Fran folgte ihr.

»Krenja«, sagte Errek. Aber da war sie schon weg.

Er rieb sich das Gesicht. Dann sah er sich im Zelt um. »Bitte geht.« Seine Stimme war tonlos, leblos.

Wir standen auf, schoben uns mit den Leuten in den kleinen Gang. Niemand sprach.

»Galrev, Perry, Bull? Könnt ihr bleiben, bitte? Ich brauche euren Rat.«

»Fällt dir reichlich spät ein, Junge«, sagte der alte Krieger. »Aber immerhin.«

Leer kam mir das Innerste des Djels vor, als wir nur noch zu viert auf den Filzen und Teppichen saßen, um das niedrige Feuer herum. Die beiden Säulen, der Dachkranz, die Dachstreben waren kunstvoll bemalt. Stilisierte Beerenranken auf rotem Grund.

»Hat Krenja die gemalt?«

Errek nickte. »Die oben ja. Die unten hat Peikade gemalt, als sie klein war.«

Richtig, ich konnte ungefähr auf Brusthöhe eine imaginäre Linie ausmachen, über der die Blätter feiner ausgeführt waren. »Kann sich sehen lassen«, sagte ich.

»Einige der Teppiche habe ich gemacht. Den, den und den.« Er zeigte auf drei Wandteppiche, die über den schmalen Betten hingen.

Galrev brummte. »Das mit dem Zerstören war ungefähr das Blödeste, was du sagen konntest, Junge. Da hätte ich mir von meinen Frauen aber etwas eingefangen für.«

»Ich weiß. Aber ich will entweder verlieren – oder endlich Ruhe vor diesem Kerl.«

»Nun«, sagte ich, »vielleicht bekommst du ja auch beides serviert. Die Niederlage und deine Ruhe. Ohne Fürstentitel. Ohne Amt. Ohne Familie. Das erinnert mich an die Geschichte vom Gordischen Knoten, wo der Held dieses ungeheuer schlimm verknotete Seil vor sich hat, das nach der Weissagung Gordios' nur der künftige Herrscher wird lösen können, und sich sagt: ›Pfeif darauf, ihn aufzupfriemeln. Ich werd das auf meine Art machen.‹ Und dann schlägt er ihn mit dem Schwert entzwei.«

»Und?«, fragte Errek.

Ich zuckte mit den Achseln. »Wird damit Beherrscher eines sehr, sehr großen Landes.«

»Ich verstehe nicht.«

Das wunderte mich nicht. Ich verstand es ja auch nicht. Es kam mir nur richtig vor.

»Denk dir das Seil als alles, was du liebst«, half Perry mir aus. »Als alles, zu dessen Schutz du die Herrschaft erringen möchtest.«

»Ja, genau«, sagte ich.

Errek rieb sich wieder das Gesicht. Dann sah er uns der Reihe nach an. »Vielleicht hat Shirkam Recht. Vielleicht wäre ich ein schlechter Hüter der Grenzen. Nicht, weil meine Strategie schlecht wäre, sondern weil ich mich nicht im Zaum halten kann.«

»Dann fang an, es zu lernen, Junge«, knarzte Galrev. »Und denk an die Geschichte von Tarak ohne Nas.«

»Tarak ohne Nas?«, fragte ich.

»Der große Tarak war als Kind schon groß«, sagte Errek. »Aber er gab zu viel auf seine Kraft. Er tyrannisierte die anderen. Und als er einmal gegen einen viel, viel kleineren Jungen kämpfte …«

»Mit dem er schwer verfeindet war«, warf Galrev ein.

»… da biss der Kleine ihm die Nase ab und gewann den Kampf.«

»Und später wurden wir die besten Freunde.« Galrevs Grinsen spaltete seinen Bart. Er ließ seine Eisenzähne aufeinander klacken.

»Und du, Roter Bulle?«, sagte er. »Wie bist du zu deiner Narbe gekommen?«

Ich ächzte im Stillen. Noch nie war ich so oft nach meinen Gesichtsnarben gefragt worden wie hier bei den Rebellen von Nodro. Üblicherweise nahm meine Umgebung sie gar nicht mehr wahr.

»Ach, das ist eine andere Geschichte«, sagte ich, »und die soll an einem anderen Feuer erzählt werden.«

»Er war Risikopilot«, sagte Perry. »Ein sehr risikofreudiger Risikopilot. Und als er seinen zweiten sehr, sehr teuren Prototyp in einen Haufen Schrott verwandelte, da ist er beim Aussteigen vom Schleudersitz in die nicht richtig abgesprengte Kanzel geschossen worden ...«

»He, das mit dem sehr risikofreudig nimmst du zurück«, protestierte ich. »Ich habe nicht mal eine Verwarnung gekriegt.«

»Ja, aber du wärst fast nicht zum Mondprogramm zugelassen worden.«

»Pfff«, machte ich. »Gerüchte.«

Errek und Galrev sahen uns verständnislos an.

»Ist tausend Jahre her«, sagten wir unisono.

Als wir Erreks Djel verließen, standen dort Krenja und Fran. Die beiden Frauen sahen sich an. Krenja mit großen, feuchten, ängstlichen Augen. Fran mit einem schiefen Lächeln. Sie nickte Krenja aufmunternd zu.

Krenja sah mich kurz an und ging dann an mir vorbei, verschwand im Zelt.

»Will sie ihre Sachen holen?«, flüsterte ich.

Fran schüttelte den Kopf, nahm meine Hand, und wir gingen wortlos davon.

25

Die Technikfaulheit der Rebellen musste ansteckend sein. Jedenfalls zuckten Fran und ich anderthalb Standardtage später regelrecht zusammen, als gleichzeitig ihr Funkgerät und mein Multifunktionsarmband anschlugen.

Perry war dran. »Das Warten hat ein Ende. Wie ich gerade höre, ist Lishgeth On Paz in der Karawane eingetroffen. Bully und Fran, euch hätte ich gern bei dem Gespräch dabei. Shim, Pratton, Quart, euch möchte ich vorher noch im Mars-Liner sprechen.«

»Och«, drang Shimmis schmollende Stimme aus dem Lautsprecher. »Ich will auch mit.«

Perry ging nicht darauf ein. »In zehn Minuten im Bus. Schafft ihr das?«

Alle schafften es.

»Sehr gut, Leute. Bevor wir mit Lishgeth On Paz reden, möchte ich eure Meinung wissen. Weil ich vorsorgen möchte. Nicht, dass wir nachher schon wieder eine Wartezeit haben, nur weil etwas unbesprochen blieb.«

Unsere drei Kolonisten sahen ihn erwartungsvoll an.

»Bully, Fran und ich haben beschlossen, dass wir den Widerstandsgruppen Vaaligos zur Seite stehen werden. Was euch betrifft, so will ich die Tambu bitten, euch so bald wie möglich wieder nach Hause zu schicken. Was ›so bald wie möglich‹ heißt, müssen wir natürlich erst in …«

»Perry«, unterbrach ihn Pratton Allgame. Er trug heute ein violettes Hemd mit einem handbreiten Stehkragen. Das einfache Leben der Rebellen schien ihn dazu zu inspirieren, seine extravaganteste Kleidung aus der Reisetasche zu ziehen. »Es ehrt dich ja, dass du so fürsorglich bist, aber denkst du, wir könnten nach allem, was wir hier erlebt haben, einfach sagen: ›Danke, war nett, auf Wiedersehen‹? Sicher, wir haben nicht so viel Erfahrung wie ihr drei, woher auch. Aber noch weniger sind wir drei kleine Touristen, die von ihrem Reiseleiter ans Händchen genommen werden wollen. Wir sind ein *Team.*«

»Ja, genau!«, sagte Shim Caratech. »Und außerdem können wir die Rebellen doch nicht einfach im Stich lassen. Ich will nicht, dass die Traumfamnire aussterben. Ich will nicht, dass das Empire die Leute herumschubsen kann, wie es will.«

Quart Homphé räusperte sich, als wolle er sich zu Wort melden, schwieg aber.

Perry lehnte sich zurück. »Leute! Ich muss schon sagen.« Er grinste über das ganze Gesicht. »Ja, dann – auf zum Raumhafen!«

Ein Stipper brachte uns mitsamt Mars-Liner hinüber nach Tatanungga. »Ich setze euch drüben gleich raus, Leute«, sagte der Blauhelm. »In zwei Stunden hole ich euch wieder ab. Gibt viel zu tun heute.«

Nun sah ich zum ersten Mal den Effekt, den das Durchdringen der Traumhaut auf nicht Mentalstabilisierte hatte.

»Spucktüten sind neben der Schleuse«, sagte der Blauhelm gerade noch rechtzeitig.

Ich will es mal so sagen: Unsere armen Kolonisten hatten nicht viel Gelegenheit, die schillernden Riesenseifenblasen zu bewundern.

Als wir schon mit dem Mars-Liner über den kleinen Raumhafen von Tatanungga hinwegflogen, stand dort ein Schiff, das mir merkwürdig bekannt vorkam. Es handelte sich um einen Kopf stehenden Pilz, an dessem Hut statt Lamellen zwölf Glaskuppeln angebracht waren.

»Das muss eine Variante dieser Schiffe sein, die wir auf dem Gemälde im Ordensturm von Zaphitti gesehen haben. Nur dass der Stiel kürzer ist«, sagte ich zu Perry. »Aber kein schlechtes Kaliber. Was meinst du: Durchmesser dreihundert Meter?«

»Eher zweihundertfünfzig«, sagte Perry. »Bully, wir haben das Gemälde falsch interpretiert. Das, was wir für Triebwerke hielten, sind Beobachtungs- oder

Wohnkuppeln. Die Schiffe sind nicht in diesen künstlichen Planeten hineingeflogen, sie sind aus ihm herausgekommen!«

»Was immer das bedeuten mag.«

Im Ordensturm erwartete man uns schon. Ein Hangarschott stand geöffnet.

Als wir ausstiegen, kam uns prompt ein Tambu entgegen. Er war sehr klein, selbst für einen Tambu. Vor den Augen trug er eine klobige Brille, die wie ein Teleobjektiv zu funktionieren schien; seine Arme und Beine waren von weißen Röhren ummantelt. Ansonsten trug auch er einen Frack nach Tambu-Art, in Ocker.

»Lishgeth On Paz, Priorforscher!«, rief er, bevor die anderen Tambu etwas sagen konnten. »Und ihr müsst die ehrenwerten Herrschaften aus der fernen Vergangenheit sein!«

»Sechs von ihnen«, sagte ich. »Die übrigen haben nicht überlebt. Reginald Bull mein Name.«

»Oh.« Er rieb sich den breiten, rundlichen Schnabel. »Zweitens: sehr erfreut. Und erstens: Das tut mir aufrichtig Leid. Aber doch nicht bei der Transmittierung?«

»Nein«, sagte Perry. »Bei der Vernichtung des Ordensturmes. Ich bin Perry Rhodan.«

»Ah! Der Terrorist. Ehre, wem Ehre gebührt. Das Empire fahndet inzwischen nach dir. Wenn auch nicht öffentlich, so doch durch seine Dienste.«

Wir stellten ihm auch die anderen vor.

»Und das ist euer faszinierendes Gefährt!« Er trat vor den Mars-Liner. »Vielleicht könnten wir hier drin miteinander konferieren ...« Er fuhr herum. »Vater Aris? Ich brauche einen Klappsitz!«

»Aber – wir haben ein Besprechungszimmer vorbereitet.« Der arme alte Vogel war völlig perplex.

Ich schmunzelte in mich hinein. On Paz verströmte eine ganz andere innere Kraft als die Tambu, die wir bisher kennen gelernt hatten. Im Gegensatz zu ihnen war er sofort als Praktiker zu erkennen.

Shimmi sollte es später einmal in ihrer Teenager-Art auf den Punkt bringen: »Der sieht nicht wie ein Wissenschaftler aus, sondern wie ein verrückter Erfinder!«

Ein Tambu – ich glaube, es war Bruder Joshwa – brachte den Klappstuhl, und On Paz betrat den Mars-Liner. Neugierig sah er sich um. Seine Brille sirrte.

Quart Homphé beugte sich zu ihm hinunter. »Ein Linsensystem?«

»Unter anderem«, sagte der Priorforscher. »Infrarot, Fern und Makro. Eine Eigenentwicklung. Ist etwas anderes als dein altertümliches Modell da.« Er tippte mit einem langen, dürren Finger an die Brille, die Homphé vor der Brust baumeln hatte.

Er klappte seinen Stuhl aus – bei dem es sich natürlich um eine Stange handelte. Er sah sich um. Wir richteten rasch bei der Rückbank eine Runde ein.

»So. Was möchtet ihr wissen?«, fragte er.

»Zuallererst: die Hintergründe unserer Entführung«, antwortete Perry.

»Gern«, sagte der Priorforscher. »Rückhaltlos. Jedoch leider mit der Einschränkung, dass ich an der Aktion auf Balance B nicht beteiligt gewesen bin. Sie ist von einer dortigen unabhängigen Gruppe durchgeführt worden. Ich bin lediglich über die Fortschritte auf dem Laufenden gehalten worden. Ehrlich gesagt habe ich mit einem Gelingen gar nicht gerechnet.«

Ich räusperte mich. »Gut. Wir haben verstanden. Du bist für nichts verantwortlich.«

»O nein«, sagte On Paz. »Ich bin durchaus verantwortlich. Ich bin der zuständige Priorforscher. Ich will damit nur sagen: Details werde ich nicht unbedingt liefern können.«

»Auch gut.«

Er setzte die Brille ab und rieb sich den Schnabel. Er hatte wie alle Tambu sehr ausdrucksvolle, traurige Augen. Wahre Seelenspiegel. »Heute mag es so aussehen, als sei der Vaaligische Schwarm eine Errungenschaft der Nodronen. Tatsächlich aber waren die Wissenschaftler von Cor'morian die ursprünglichen Baumeister des Schwarms!«

Er setzte die Brille wieder auf. »Im Laufe der Jahrtausende begann mein Volk die Kräfte zu verlieren. Die Tambu fielen einer schleichenden Degeneration anheim, so als hätten sie sich in den ersten Bauphasen innerlich aufgebraucht.«

»›Unheil aber droht dem‹«, meinte ich, »›der das Leben fördern will mit Gewalt. Nicht gewaltig, sondern gewalttätig nenne ich den Geist, der zwingen will die Kräfte des Lebens.‹«

Alle starrten mich an.

»Laotse«, sagte Perry.

Ich nickte. »Du bist nicht der Einzige, der an stillen Abenden die Nase gern mal in einen Klassiker steckt.«

Das war es nämlich, was unsereins tat während der langen Flüge, die uns durch das All führten. Zu allen Zeiten waren Seefahrer die belesensten unter den »Ungebildeten« gewesen. Trinken und Spielen liefen darauf hinaus, seine Zeit nur totzuschlagen, und der Anblick des Meeres, ob es nun aus Wasser oder aus Sternenstaub bestand, lud ohnehin zum Sinnieren ein.

Einmal lernte ich, in irgendeiner Kaschemme auf einer Welt, deren Namen ich längst vergessen habe, einen Hangararbeiter kennen, der in der einen Hemdtasche einen speckigen Kamm mit sich herumtrug und in der anderen eine zweisprachige Ausgabe von Goethes komplettem *Faust*. Wie er mir sagte, bevorzugte er die deutsche Version – weil sie schöner klänge.

Der gute Mann stammte vom Volk der Yülzish, die wir damals noch Blues nannten, und sein »Kamm«, muss ich hinzufügen, sah mit seinen Noppen aus wie eine Mischung zwischen Hundebürste und billiger Seifenschale.

Ein andermal, in noch jüngeren Jahren, sah ich auf Terra in der Wüste, noch einem Meer also, in einem Beduinenzelt drei Bücher liegen. Richtige Bücher, gedruckte. Ich fragte meinen Gastgeber, ob ich sie mir anschauen dürfe. Das eine war ein Interkosmo-Wörterbuch. Das andere der *Heilige Koran*. Das dritte, um das es hier geht, war ein Roman. Dostojewskis *Spieler*.

So sind sie, die Seefahrer! Wollen immer wissen, was hinter dem Horizont noch liegt. Auch hinter dem eigenen.

»Heute«, fuhr Lishgeth On Paz fort, »sind wir Wissenschaftler von Cor'morian, so schmerzlich dies ist, unbedeutend. Wir müssen der schleichenden Übernahme des Vaaligischen Schwarms durch das Empire von Nodro und seine gesichtslosen Zwillingsgötzen längst machtlos zusehen. Zwar habe ich ein … Netzwerk initiieren können, mit dem wir versuchen, ein gewisses Gegengewicht zu bilden. Aber viel dabei herausgekommen ist bisher leider nicht. Den Erfolg sieht man heute: Sobald das Empire es beschließt, gehört der Schwarm den Zwillingsgötzen. Die Übernahme dürfte nahe bevorstehen.«

»Gut«, sagte Perry. »Und da kommen wir ins Spiel.«

»Da kommt der Ordensturm von Mantagir ins Spiel. Er ist übrigens einer unserer ältesten gewesen. Er wurde errichtet, als die ersten Vorarbeiten zum Bau des Schwarms begannen. Und ausgerechnet die Brüder im Ordensturm von Mantagir stellten durch Zufall fest, mit dem Fortschreiten ihres Wissens, dass der Planet Balance B, den ihr Mars nennt, im Zentrum einer …«

»Ganz und gar außergewöhnlichen Raum-Zeit-Instabilität liegt«, unterbrach Perry ihn. »Das wissen wir längst.«

Er sah mich an. »Ich vermute, sie ist identisch mit der Zeit kurz nach dem ›Rücktausch‹ gegen Trokan und der dabei abklingenden Hyperstrahlung.«

»Bitte?« Lishgeth On Paz sah zwischen uns hin und her. Seine Brille surrte.

»Nicht weiter wichtig«, meinte ich. »Ist eine Milliarde Jahre her. Jedenfalls wissen wir, dass ihr uns gefunden und hergeholt habt. Wir sind ja hier. Und wir wissen auch, dass ihr euch Hilfe bei eurem Kampf gegen das Empire von uns versprecht.«

Der Priorforscher brummte. Es war eine Resonanz, die direkt aus seiner Tonnenbrust zu kommen schien. »Dann wisst ihr schon alles.«

»Vieles«, sagte Perry. »Aber längst nicht alles, Lishgeth On Paz. Wie kommt es, dass ihr, das erste Schwarmvolk, verdrängt worden seid? Wie kommt es, dass inmitten von lauter Echsen-, Vogel- und Lurchabkömmlingen die Nodronen ausgerechnet uns Terranern so ähnlich sind? Wie kommt es, dass man hier, in dieser Zeit, überhaupt noch Schwärme kennt?«

»Ich wüsste nicht, was daran wichtig sein sollte«, entgegnete Lishgeth On Paz.

»Wie sollen wir euch helfen, wenn ihr uns Wissen verweigert!«, sagte Perry.

»Könnte es sein, werter Priorforscher«, warf ich ein, »dass dein Sträuben sich mit gewissen cor'morianischen Raumschiffen in Verbindung bringen lässt, die einst etwas *geholt* haben? Aus einem gewissen riesigen *Objekt* etwa?«

On Paz schnappte mit dem Schnabel. »Was bringt euch auf eine so abstruse Idee?«

»Ein Wandgemälde in einem halb zerfallenen Ordensturm auf Zaphitti vielleicht. Das hinter einer Blende versteckt war vielleicht.«

»Die Wirren Jahre ...«, entfuhr es On Paz. Er verfiel in Schweigen.

Unsere Kolonisten fingen zu rascheln an, aber ich fand diesen Zeitpunkt genau richtig für die Eigensaft-Schmormethode.

Schließlich sagte On Paz: »Eure Fragen zielen auf einige höchst heikle Punkte, die zu den am besten gehüteten Geheimnissen der Tambu gehören. Nicht einmal ich bin befugt, euch über diese Dinge Auskunft zu geben. Dies kann nur der Zwölferrat tun.«

Perry und ich wechselten einen Blick. Die zwölf Sitzplätze vor dem verblendeten Wandgemälde!

Ich stand auf. »Sag nicht, wir müssen noch einmal acht Tage warten.«

»Aber nein«, sagte On Paz. »Die Zeit drängt, müsst ihr wissen. Die anderen Ratsmitglieder sind längst hierher unterwegs. Ich«, er spreizte die Arme, »war nur als Erster hier. Wie meistens, wenn ich das in aller Bescheidenheit hinzufügen darf.«

26

Zum Schauplatz des Duells war eine kleine, grasbewachsene Senke inmitten sanfter Hügelwellen auserkoren worden, eine ähnliche Landschaft wie die, in der Erreks Amtseinführung stattgefunden hatte.

Als wir volljährigen Terraner dort ankamen, war schon mehr Volk versammelt, als ich auf Koortane je auf einem Haufen gesehen hatte – von unserer Ankunft gemeinsam mit den Fünftausend von Pembur einmal abgesehen.

Ich setzte den Mars-Liner auf einen der Hügel. Fran hatte darauf bestanden, dass wir den Schwebebus nahmen, auch wenn uns das bei manchen Rebellen keine Pluspunkte bringen mochte.

»Wenn ich schon bei einem öffentlichen Zweikampf dabei sein muss, dann wenigstens mit einer anständigen Erste-Hilfe-Einheit«, hatte sie gesagt. Der

Liner hatte eine für sein Baujahr solide, heute und in dieser Gegend des Universums zumindest anständige Medo-Einheit an Bord. Sie war fest in einer der Hygienezellen installiert.

»Ihr hättet dabei sein müssen, als sie mit dem Abstecken angefangen haben«, sagte Shim. Sie war schon seit ein paar Stunden hier. »Wie da von überall her Reiter aufgetaucht sind über den Hügeln, einzeln, in Gruppen. Ganz langsam sind sie gekommen. Voll feierlich. Und ein bisschen gruselig.«

Eine Rennstrecke und eine Arena war abgesteckt worden, mit Stöcken, an denen rote Stoffbänder flatterten. Es war windig heute. Hinter den dünnen, verwehenden Wolkenschleiern breitete sich ein ganzer Strauß Nachbilder auf der Traumhaut aus.

Errek tänzelte hin und her. Er trug sein schwarzes Leder, darüber einen braunen Umhang, ebenfalls aus Leder gearbeitet, aber einem weicheren. Die Haare hatte er zu einem geölten Zopf zurückgeflochten. Er wirkte energiegeladen und entschlossen, nervös auch. Für ihn ging es nahezu um alles. Er hatte es sich so ausgesucht.

Und für uns ging es auch nicht gerade um wenig. Wie sollten wir je an einen eventuellen zweiten Temporaltransmitter in Mantagir oder sonstwo herankommen, wie sollten wir ihn überhaupt auch nur suchen können, wenn wir nicht vorher gemeinsam mit den Tambu, den Quochten und den Rebellen dieses ominöse Große Vorhaben des Empire hinreichend sabotierten? Dass wir dafür nicht mit der Unterstützung Shirkams, des Bewahrers des Bewährten, rechnen durften, stand außer Frage.

Shimmi strahlte über das ganze Gesicht. Sie war einfach nur begeistert. Vielleicht machte sie sich nicht bewusst, wie viel für uns auf dem Spiel stand. Vielleicht war sie aber auch nur der festen Überzeugung, dass Errek gewinnen würde.

»Wo sind die Ringrichter?«, fragte ich. Errek sah mich verständnislos an. »Oder die Schiedsrichter oder wer auch immer entscheidet, wenn der Sieg knapp ausfällt.«

»Wenn der Sieg knapp ausfällt«, antwortete Errek, »dann entscheiden die Kämpfer, wem er zuzusprechen ist.«

»Wie bitte? Und das funktioniert?«

»Es ist nicht überliefert, dass es einmal nicht funktioniert hätte.« Er grinste mich an. »Keine Beleidigung, Mann. Aber eure Kultur scheint wirklich einen sehr merkwürdigen Ehrbegriff zu haben, wenn ihr für so etwas Einfaches wie einen Zweikampf schon Richter braucht.«

»Und wenn ein Kämpfer nur gewinnt, weil er eine Regel übertritt?«

»Dann wird der andere widersprechen. Und dann werden sie zusammen festlegen, ob der Regelverstoß oder ob der Sieg schwerer wiegt.«

»Ich kann mir nicht vorstellen, dass jemand freiwillig um der Ehre willen seinen Sieg zurücknimmt, wenn es um so viel geht wie bei eurem Kampf heute.«

»Ich sage ja, ihr habt einen merkwürdigen Ehrbegriff. Wer will denn einem offensichtlichen Trickser folgen?« Er zeigte über die Hügel. »Hier sind genügend Leute, die Zeugnis ablegen werden, ob der Sieg ein ehrenhafter war oder nicht.«

Wir sahen zu Shirkams Lager hinüber. Seine Glatze, sein prächtiger Vollbart, die großen Ohrringe ließen ihn zäh aussehen, zäh und unerschütterlich. Er trug enge, hohe Stiefel und eine halblange, weite dunkle Hose. Seine Brust war nackt. Eine Fellweste wärmte ihn.

»Errek.« Galrev Otashmarto kam angeritten, auf einem hellblauen Famnir mit mitternachtsblauen Flecken. Einem Famnir-Schimmel. Er beugte sich herunter. »Du weißt, wen ich mir als Hüter der Grenzen wünsche. Mach ihn fertig. Zieh ihm eins über die Rübe, dass er erst im Frühling wieder aufwacht.«

Der gedrungene alte Clansführer stellte sich in seinen Steigbügeln auf, reckte die Streitaxt und rief: »Hoch lebe Errek, Taraks Sohn! Heute Hüter des Herdes! Morgen Hüter der Grenzen!«

Erreks Leute jubelten. In Shirkams Lager wurde gebuht.

So ernst dies alles auch war, die Rebellen von Nodro liebten den Nervenkitzel eindeutig, der mit Zweikämpfen dieser Art verbunden war. Sie liebten das Spektakel.

Ich fand es ebenfalls nicht schlecht. Die Atmosphäre erinnerte mich an ein paar Boxkämpfe, die ich mir als junger Mann angeschaut hatte, angeregt durch einige Kraftsportkameraden. Zum Krafttraining war ich gekommen wie so viele: gedemütigt in einer Schlägerei zur Ehrenrettung des Mädchens, mit dem ich damals ausging. Der ungleiche Kampf hatte mich einen Zahn und einen Gutteil meines Stolzes gekostet. Den kümmerlichen Rest hatte ich zusammengekratzt und mich zum Training angemeldet.

Das Duell bestand aus den »Drei Spielen der Männer«, wie die Rebellen es nannten.

Als Erstes stand uns allen Ernstes ein Wettstreit in Dichtkunst und Rätseln bevor.

Die beiden Gegner befanden sich in der Mitte des Kampfplatzes, eines Wiesenrunds von vielleicht vier Metern Durchmesser. Drum herum drängten sich die Zuschauer. Wir Terraner hatten es immerhin in die zweite Reihe geschafft. Vor uns saßen, wenn ich es richtig mitbekam, Clansführer und wichtige Persönlichkeiten aus den anderen Habitaten.

»Wo ist Krenja?«, fragte ich Fran.

»Im Mars-Liner geblieben. Sie kann es nicht mit ansehen, sagt sie. Wonjok ist auch bei ihr. Ein sensibler, wacher kleiner Junge.«

»Also, es gibt zwei Arten von Angriffen«, erklärte Peikade. Sie sah aus wie eine Fledermaus mit ihrem zuckerwattigen, stumpfen schwarzen Haar. Offensichtlich hatte Shim ihr beigebracht, wie man sich die Haare toupierte. Was hatten sie als Festiger genommen? Zuckerwasser? Hoffentlich nicht eins von unseren guten terranischen Bieren. Wir hatten nicht mehr viele.

»Entweder wirfst du deinem Gegner ein Rätsel entgegen; dann muss er die Antwort sagen. Oder du wirfst ihm den Anfang einer Triade hin; dann muss er die Drei sagen. Je länger das dauert, desto schlechter für ihn.«

Triaden waren sehr variantenreiche, klar strukturierte Gedichte, die bei aller Konkretheit oft philosophisch waren. Eines habe ich mir bis heute gemerkt, und es gefällt mir immer noch:

Die drei jüngeren Brüder der Welt –
der Reiche ist des Mächtigen jüngerer Bruder,
der Lügner ist des Diebes jüngerer Bruder,
der Schläfer ist des Toten jüngerer Bruder.

Wie Peikade ausführte, war das Ganze eine Mischung aus Eigenschöpfung und Rezitation. Eine fleißige Rebellin hatte einmal ein Kompendium überlieferter Rätsel und Triaden erstellt. Sie war auf über elftausend Triaden und über fünftausend Rätsel gekommen.

Wichtig war nicht nur, in einer angemessen kurzen Zeit die Antwort zu finden; wichtig war auch das Bilden feinsinniger Assoziationsketten von Angriff zu Angriff – wobei man nach Möglichkeit auf die Sache anspielte, um die es bei dem Duell ging, oder auch auf Unzulänglichkeiten des Gegners. Das war die psychologische Seite dieser Art Kampf.

Ich hätte ihn jämmerlich verloren. Ich stoße, um das gleich vorweg zu sagen, schon an meine Grenzen, wenn ich ihn nur beschreiben soll. Aber ich will es wenigstens versuchen, auch wenn mir kaum einer der Angriffe noch in Erinnerung ist.

Shirkam sagte zum Beispiel: »Ein Teppich mit Haar, ein Teppich ohne Haar.«

Worauf Errek sofort rief: »Erde und Himmel!«, denn dieses Rätsel gehörte zum gebräuchlichen Repertoire. Dann konterte er, noch ehe der leise Beifall abgeklungen war, mit »Ein bunt geflecktes Fohlen in einem Zaun aus Haaren«.

Wenn Shirkam nun »Auge!« rief, konnte er mit etwas anschließen, das zu sehen war: »Über der Steppe fünffache Seide, die du nicht nehmen kannst, die ich nicht nehmen kann.«

»Regenbogen.« Errek grinste und legte ihm eine Triade vor. »Die drei Schmuckstücke der Welt.«

»Die drei Schmuckstücke der Welt ...«, musste Shirkam dann wiederholen. »Ein strahlender Regenbogen ist des Himmels Schmuck, ein ...«

Einige seiner Leute ächzten. Peikade erklärte mir, warum. Er war auf Erreks Trick hereingefallen und hatte eine zu nahe Antwort erdichtet. Das galt als plump.

»... üppig verzweigter Baum ist des Berges Schmuck, ein ... eine ...«

Ich wandte mich flüsternd an Peikade: »Was hat er denn?«

»Es ist ein Klassiker«, sagte sie hoffnungsvoll. »Er müsste nach dem Baum jetzt mit der schönen Gattin kommen, die des Djels Schmuck ist, aber alle wissen, Krenja schläft nicht in seinem, sondern in Erreks Djel.«

»Ein silberner Fisch ist des Meeres Schmuck!«, beendete Shirkam triumphierend.

»Hoooh!«, machten die Leute. Es war eine ausgezeichnete Improvisation, wie Peikade sagte. Luft, Erde, Wasser; drei Elemente.

Nun war es an Shirkam zu grinsen. »Im endlosen Meer schwimmt ein silberner Fisch.«

»Hooh! Hohoooh!«, riefen die Leute. Ich hatte keine Ahnung, warum.

Errek sagte zähneknirschend: »Der Blitz.«

Er wies mit der Hand auf Shirkam, und die Menge jubelte. Auch seine eigenen Leute jubelten.

»Das war genial«, meinte Peikade. »Feuer, Wasser, Erde, Luft. Und dann hat er auch noch Errek gezwungen, die Kette selbst zu vollenden.«

Es war nicht nur genial, es war ein schlechtes Zeichen.

Das erste der »Drei Spiele der Männer« sollte Errek verlieren.

Und nicht zu knapp.

Für den nächsten Wettstreit zogen sich alle Zuschauer auf die Hügelkuppen zurück. Es handelte sich um ein Rennen. Beide Gegner hatten spezielle Rennfamnire mitgebracht, die ein wenig schlanker und drahtiger als die normalen Reitechsen waren. Beide Gegner hatten Schärpen um, in denen an der Hüfte, mit der Steinspitze nach oben, drei kurze Pfeile steckten. Den ebenfalls recht kurzen Bogen hielten sie in der Hand.

Drei Runden sollten sie durch die Senken laufen, auf einem abgesteckten Weg, den wir von unserer Position aus nur zum Teil einsehen konnten, und bei jeder Runde einen Schuss auf eine Zielscheibe abgeben. Im Lauf. Die Scheibe war kopfgroß und stand vielleicht acht Meter von der Rennstrecke entfernt auf einem Hang.

Zuerst sah es sehr gut für Errek aus. Er ritt wie der Teufel, verlangsamte nur wenig für den Schuss, traf. Zwar nur den äußersten Rand, sodass der Pfeil herunterbaumelte, aber er fiel nicht ab. Als Errek hinter den Hügeln wieder hervorkam, lag er eine halbe Länge in Führung.

Bei der zweiten Runde verfehlte er die Scheibe gänzlich. Shirkam setzte auch den zweiten Pfeil sauber in die nicht markierte Mitte. Er lag inzwischen zwei Längen zurück, die er auch nach dem Ritt außerhalb unserer Sichtweite nicht aufgeholt hatte.

Die dritte und letzte Runde. Errek preschte heran, verlangsamte, schoss – und traf nur das Holzgestell.

Shirkam, der inzwischen eine Länge aufgeholt hatte, feuerte seinen dritten Schuss ab. Wieder saß er perfekt.

Begeistert schrie Shirkams Lager auf. Errek hetzte seinen Famnir voran. Bevor er hinter den Hügeln verschwand, hatte er noch einmal eine halbe Länge herausgeschunden.

Wir reckten die Hälse.

Und endlich kam das Donnern der Echsen näher, und da kamen sie – Errek immer noch mit mindestens einer Länge Vorsprung.

Er konnte sie halten bis ins Ziel.

Die beiden Streiter ritten zu dem abgezirkelten Kampfrund. Dort führten sie ihre Tiere nebeneinander, die sichtlich Mühe hatten, ruhig dazustehen. Schaum klebte an ihren Schnäbeln.

Die beiden Reiter keuchten. Die Menge strömte die Hänge hinab und ihnen zu.

»Dieser Sieg ist Erreks«, verkündete Shirkam.

Aber Errek zerbrach in demselben Moment seinen Bogen, reckte die Teile Shirkam entgegen und warf sie dann ins Gras.

»Seht!«, dröhnte Galrev Otashmartos Stimme. »Sehet!«

»Wer dich schießen sieht«, sagte Errek vernehmlich, »der will nicht mehr schießen. *Du* hast gewonnen.«

Das Publikum war in Aufruhr.

»Warum tut er das?«, fragte ich Peikade.

»Ich weiß nicht«, sagte sie. »Keine Ahnung.«

»Großmut ist ja ganz schön, aber wie will er denn jetzt noch gewinnen?«

Fran sagte: »Errek zieht die Schraube an. Alles oder nichts. Entscheidung im letzten Kampf. Shirkam soll wissen, dass Errek sicher ist, ihn zu gewinnen. Und zwar überwältigend hoch.«

Shirkam hob die Hand. Die Leute verstummten. »Diese beiden Spiele haben gezeigt, Vetter Errek, welch gutes Team wir wären. Meine Zunge, mein Auge und meine ruhige Hand für die Grenzen. Dein Großmut, deine Führungsstärke und dein Feuer für den Herd.«

Kein Aufruhr diesmal, nur leises Getuschel.

»Dann willst du also aufgeben.«

»Siehst du«, flüsterte Fran.

»Ich gebe nicht auf, Errek, ich reiche dir die Hand.«

»Und ich *spucke* in deine Hand.« Er ließ sich aus dem Sattel gleiten, tätschelte der Echse den Hals und gab die Zügel an einen Stallburschen weiter. Dann zog er seine Lederjacke aus, sein Hemd. Galrev war abgestiegen und nahm ihm die Kleidungsstücke ab.

»Zweikampf«, erklärte Peikade. »Alles oberhalb der Gürtellinie ist erlaubt. Er ist sein Sekundant.«

Die beiden flüsterten erhitzt miteinander.

Shirkam saß immer noch im Sattel und knetete seinen Vollbart. Schließlich schüttelte er seinen speckigen Schädel. »Dann will ich dir sagen, dass du ein Narr bist, Errek. Ich nehme den zweiten Sieg nicht an. Es war ein Gleichstand.«

Galrev machte zu Errek eine Geste, die für mich nach einem *Siehst du!* aussah.

»Komm herunter und kämpf!«, rief Errek. »Im Schwätzen hast du schon gewonnen!«

Schmährufe aus dem Publikum.

Shirkam stieg ab und gab die Fellweste seinem Adjutanten. Er trat in das Kampfrund.

Es war schwer zu sagen, wer von den beiden im Vorteil war. Errek war schwerer. Aber Shirkam war größer und hatte die größere Reichweite. Errek traute ich eine höhere Schlagkraft zu, Shirkam die bessere Taktik, das bessere Haushalten mit den Kräften.

»Auf wie viel Runden ist der Kampf angesetzt?«, fragte ich.

»Runden?«, sagte Peikade.

Au Backe. – Was sich dann vor unseren Augen abspielte, war eine Mischung zwischen Faustkampf und Ringen. Errek arbeitete hart am Mann. Milz, Magen, Leber.

Shirkam zielte mehr auf den Kopf. Da die beiden mit nackten Fäusten kämpften, führte er diese Schläge seitlich aus. So brach er sich die Knöchel nicht.

Ab und zu verfielen sie ins Ringen, versuchten einander zu werfen. Gingen beide zu Boden, ließen sie sofort voneinander ab.

»Sie müssen im Stehen kämpfen, richtig?«

»Genau«, sagte Peikade.

»Und verloren hat, wer liegen oder sitzen bleibt.«

»Genau.«

Es war kein schöner Kampf. Es war ein Gemetzel. Shirkam sah nicht gut aus. Aber Errek sah auch nicht gut aus. Beide bluteten aus mehreren Wunden. Die nackten Rücken waren verkratzt von Steinen, die Gesichter geschwollen, die Oberkörper gerötet.

Und dann, mitten im Kampf, ohne dass er unmittelbar davor einen Wirkungstreffer hatte einstecken müssen, setzte Shirkam sich hin.

Errek riss die Arme empor und ging im Kreis herum. Seine Anhänger jubelten.

Shirkam blieb sitzen, mit offenem Mund. Er starrte ins Leere, die Augen aufgerissen. Er betastete seinen Leib. Seine Handbewegungen waren fahrig.

Als er versuchte aufzustehen und es erst beim dritten Mal schaffte, verstummte der Jubel.

Krumm stand er da, schwankend. Betastete seinen Bauch.

»Ach, du heilige … Reginald! Schnell!« Fran stürzte zum Kampfrund.

»Wo sind seine Bauchmuskeln geblieben?«, hörte ich Shim noch fragen.

»Errek!«, rief Fran. »Zum Mars-Liner mit ihm!«

Wir trugen – nein, wir *rannten* mit Shirkam den Hang hinauf. Seine Haut war kühl und schweißnass.

In den Mars-Liner, zur Medo-Einheit. Wir legten ihn auf den Boden. Es gluckerte in seinem Unterleib, als schwappe darin eine Flüssigkeit herum.

»Er hat einen Schock!«

»Nein, keine Schocklage! Keine Schocklage, sag ich!«

Shirkam hechelte. »Da ist … was gerissen.«

Sein Bauch war gebläht.

»Okay, Puls.« Die Digitalanzeige wechselte … *110 … 112 … 120 … 116.*

»Da ist einfach … was gerissen.«

»Gibt es hier einen Chirurgen?«, schrie Fran. »Gibt es hier irgendwo einen Chirurgen? Jemanden, der *schneidet*, verdammt!«

»Dandar … meine Schwester.«

»Wo ist sie?«

»Zurück … Wilden Land.«

»Dann los!« Perry stürzte ins Cockpit. Die Schleuse ging zu. Wir hoben ab.

Errek hockte neben Shirkam. Krenja war da, erstarrt, mit großen Augen. Hinten, an einem Fenster, stand stocksteif ein kleiner Junge. Wonjok.

Shirkams hechelnder Atem. Seine Augen flatterten. Blieben zu.

Fran schloss ihn an die Medo-Einheit an, um seinen Kreislauf zu stabilisieren.

»Okay«, sagte sie und fuhr sich durch die Haare. »Ich punktiere. Ich punktiere irgendwie. Vielleicht hat er ja Glück. Ich hab das schon mal mitgemacht.« Sie stieß ein Lachen aus. »Bei einem Tierarzt. Vielleicht hat er ja Glück, und es ist nur Wasser …«

»Fran«, sagte Pratton Allgame. Ich hatte ihn gar nicht gesehen. Er stand bei der Schleuse. »Wie soll sich denn so schnell Wasser in der Bauchhöhle sammeln?«

»Ich weiß nicht. Könnte doch sein.« Sie stieß wieder dieses Lachen aus. Aber als sie die Kanüle in Shirkams Bauchdecke schob, kam nichts als Blut heraus.

Errek atmete scharf aus. »Ich wollte ihn besiegen«, sagte er. »Ich wollte ihn doch nicht umbringen ...«

»Er muss ein Geschwür gehabt haben«, sagte Fran. »Das geplatzt ist.« Sie zog die Kanüle heraus und verklebte die Einstichöffnung.

»Wie geht's ihm?«, rief Perry.

»Puls bei ... 120!«, rief ich. »Er hat innere Blutungen! Sein Zustand verschlechtert sich.«

Die Turbinen heulten auf.

Shirkam öffnete wieder die Augen. »Wenn ich ... Krenja?«

Krenja schob Errek beiseite und nahm Shirkams Kopf in den Schoß. Sie hielt seine Wangen. Sein bleicher, schweißbedeckter Schädel lag an ihrem Bauch. An ihrem gemeinsamen Kind. Er starrte zu ihr empor. »Wenn ich ...« Er musste husten.

»Ist ja gut«, machte sie. »Ist ja gut ...«

Errek kniete hinter ihr und rieb sich die nackte, schmutzige Brust. Es sah aus, als wisse er nicht, wohin mit seinen Händen.

»Wenn ich von allen Menschen, die ich jemals gekannt habe, einen aussuchen müsste, um mit ihm die Ewigkeit zu verbringen«, sagte Shirkam so leise und hechelnd, dass es fast unverständlich war, den Blick auf Erreks Frau gerichtet, »dann wärst es du.«

Als Perry den Mars-Liner landete, war Shirkam nicht mehr bei Bewusstsein. Die Schamanen erklärten, er sei bereits tot.

27

Als Errek vor mir aus dem Stipper stieg, blieb Lishgeth On Paz der Schnabel offen stehen.

»Ich bin vom Rat ermächtigt worden, euch Terranern umfassend Auskunft zu geben. Das zu erreichen war schwer genug. Wir haben einen ganzen Standardtag lang darum gestritten. Und nun bringt ihr zwar noch einen Rebellen, aber eben auch Nodronen mit!«

Ich betrat den Hangar des Ordensturms. »Wenn wir irgendeinen Erfolg erzielen wollen, dann werden wir unsere Kräfte bündeln müssen. Das ist Errek Mookmher, der neue Rebellenfürst. Er vertritt die Gesamtheit der Rebellenkarawane. Er kann natürlich auch wieder abziehen. Dann erzählen wir ihm alles später.«

»Unsinn«, sagte der Tambu und stellte sich vor. »Ja. Dann gehen wir am besten einmal in den Ratssaal. Kommt.« Er wirkte nervös heute, hilflos. »Bitte entschuldigt, dass ich die Tür verriegele, aber manches sollte manchen Leuten lieber verborgen bleiben.«

»Den Ordensleuten von Tatanungga?«, fragte ich.

Er machte eine Geste, die ich nicht verstand.

On Paz setzte sich auf eine der Sitzstangen. Perry, Errek und ich machten es uns auf ein paar bereitgelegten Kissen bequem.

»Es begann alles vor 36 000 Jahren«, begann On Paz. »Die Zivilisation der Wissenschaftler von Cor'morian war damals in voller Blüte, da stießen einige ihrer Forschungskreuzer im Leerraum zwischen Vaaligo und einer Nachbargalaxis auf das treibende Wrack eines riesigen Raumschiffs. Wie lange das Schiff dort schon trieb, ließ sich nicht sagen. Doch es musste eine sehr lange Zeit gewesen sein.«

»Die Szene auf dem Wandgemälde im Ordensturm von Zaphitti«, sagte ich.

»Möglicherweise. Aber dabei handelt es sich um eine viel später geschaffene künstlerische Darstellung. Das Schiff, von dem ich spreche, muss nicht wirklich so ausgesehen haben. Die Wissenschaftler drangen in das Schiff ein und stießen auf die Überreste eines seltsamen Roboters, der offenbar der Kommandant des Raumschiffs war. Dieser Roboter bezeichnete sich selbst als ›der Göttliche‹. Details sind dem heutigen Zwölferrat nicht mehr überliefert. Jedenfalls fanden sich an Bord seines Schiffes ... fanden sich an Bord seines Schiffes ...«

»Ja?«, fragte Perry.

»... die Pläne zur Errichtung eines so genannten Schwarms!«, stieß On Paz hervor.

Was mich wiederum einen Pfiff ausstoßen ließ. »Das heißt, ihr Tambu – verzeih mir die Metapher – schmückt euch mit fremden Federn.«

»Was für eine barbarische Vorstellung. Jedenfalls – ja, das Konzept des Schwarms stammt nicht von uns. Die Forscher fanden diesen Roboter, und da der Roboter einen Schwarm nicht ohne Unterstützung errichten konnte, führte er eine Genbank mit sich, mit deren Hilfe ein in höchstem Maße geeignetes Volk von Baumeistern erschaffen werden sollte. Den Forschern gelang es tatsächlich, diese Genbank in den Trümmern des Raumschiffs zu finden. Sie war intakt. Und in den alten Wissenschaftlern von Cor'morian begann die Idee zu arbeiten, die der merkwürdige Fund ihnen eingeimpft hatte. Ein Schwarm ... Ein Gebilde aus Tausenden Sonnen und Planeten, unterwegs auf einer praktisch ewigen Schleife, um dem Universum Leben und Intelligenz zu bringen ... Welch kühne Idee! Welch Aufgabe von unvergleichlich hoch stehender Ethik!«

Er sah mich an. »Und zugleich auch eine unglaubliche Hybris, ich weiß. Die alten Wissenschaftler von Cor'morian nahmen die Herausforderung jedenfalls an. Da die Galaxis Vaaligo zu diesem Zeitpunkt eine geeinte, friedliche Gemeinschaftskultur vieler Völker war, wurden in Jahrtausenden schwerer Arbeit und unter titanischen Anstrengungen die technischen Grundlagen gelegt, Sonnen und Planeten mit Transitionen durch die gesamte Galaxis zu bewegen – und zwar in den weitgehend unbewohnten Sektor Tazmai, der als Entstehungsort des Vaaligischen Schwarms ausgewählt worden war. Zeitgleich aber hatten die Wissenschaftler mit jener Genbank aus dem Wrack des Raumschiffs zu experimentieren begonnen.«

»Und dabei kamen die Nodronen heraus«, folgerte Perry. »*Darum* sind sie das einzige menschenähnliche Volk hier.«

»So ist es«, sagte der Priorforscher. »Die Nodronen erwiesen sich als derart viril, talentiert, geradezu explosiv *fähig*, dass rasch deutlich wurde, weshalb ›der Göttliche‹ ausgerechnet ihre Gene auf seine gescheiterte Mission mitgenommen hatte. Es erwies sich jedoch, dass in den Nodronen keine Partner entstanden waren, sondern Konkurrenten. Eine Möglichkeit, die Nodronen sanft in die Völkergemeinschaft einzugliedern, scheint es nicht gegeben zu haben.

Nodronen verhielten sich stets aggressiver als andere, herrschsüchtiger, sehr viel stärker angetrieben vom Konkurrenzgedanken. Und am Ende zögerten sie nicht, ihre Überlegenheit auszuspielen. Es kam zu Umstürzen, zu Zerstörungen, zu Vertreibungen. Die Völkergemeinschaft von Vaaligo, deren Kräfte durch den Bau des Schwarms gebunden waren, erwiesen sich den Nodronen als nicht gewachsen. So kam es, unter vielen Wirren, während denen wir Tambu unseren Ursprungsplaneten und einen Großteil unserer Archive verloren, dass einerseits der Schwarm weitergebaut wurde, jener gewaltige kosmische Lebensbringer, und andererseits in seinem Licht das Empire von Nodro zu wuchern begann.

Und heute, da der Vaaligische Schwarm endlich so gut wie fertig gestellt ist, nach rund 36000 Jahren Entwicklungs- und Bauzeit, heute, da vom Planeten Balance A im System ZentraBalance aus nur noch der Schmiegschirm aktiviert werden muss, damit der Schwarm auf die Reise gehen kann, heute hat das Empire in der Galaxis faktisch die Macht übernommen.«

Damit beschloss Lishgeth On Paz seine Ausführungen.

Perry stand auf. »Dieses Raumschiff. Und dieser Roboter. Existieren sie noch?«

»Das wissen wir nicht«, antwortete Lishgeth On Paz. »Wenn, dann auf dem Planeten Nodro. Alle anderen sind uns ja noch einigermaßen zugänglich.«

»Und die Zwillingsgötzen?«, fragte Errek. »Wo kommen die her? Sie scheinen ja auch schon ein paar Jahrtausende alt zu sein.«

»Auch das wissen wir Tambu nicht. In den Ordenstürmen hat niemand die geringste Ahnung, wer oder was sich hinter diesem Namen verbirgt. Auf Gen-Experimente der Wissenschaftler scheinen sie nicht zurückzugehen.«

»Na schön«, sagte ich. »Vielleicht weißt du ja wenigstens die Antwort auf die eine, zentrale Frage: Was in aller Welt wollen die Zwillingsgötzen mit dem Vaaligischen Schwarm?«

»Was wohl, Bully«, sagte Perry müde. »Ihr Imperium vergrößern.«

»Nach unseren Informationen wollen sie ihn nicht zur Förderung, sondern zur Reduktion von Intelligenz benutzen! Zivilisationen, die sich widersetzen, werden verdummt; anschließend kann man in aller Ruhe ihre Welten übernehmen ... ein ebenso gigantischer wie finsterer Plan.«

»Der die Herrschaft des Empire für alle Zeiten zementieren würde«, fügte ich hinzu. »Wir müssen uns etwas einfallen lassen.«

»Und zwar bald, wenn ihr noch in eure Zeit zurückkehren wollt. Ich fürchte, wenn der Planet Balance B erst einmal per Transition versetzt worden sein wird, ist es um die Temporale Achse geschehen. Dann lässt sich die Raum-Zeit-Instabilität in eurer Zeit nicht mehr für einen Rücksprung nutzen.«

»Weißt du denn wenigstens, ob es eine Redundanzanlage, einen zweiten Temporal-Transmitter überhaupt gibt?«, fragte Perry.

»Ich denke, davon können wir ausgehen.«

»Im Klartext: Du weißt es nicht«, sagte ich.

»Wir haben keine Zeit, wir haben keine schlagkräftige Flotte, wir haben keine gemeinsame Front«, fasste Perry die Lage zusammen. »Der letzte Punkt ist der einzige, an dem wir etwas drehen können. Errek ...«

Der junge Rebellenfürst, der an die Wand gelehnt dasaß, die Unterarme auf den angewinkelten Beinen abgelegt, sah auf. Die Konflikte der letzten Zeit hatten ihre Spuren in seinem Gesicht hinterlassen. Er wirkte skeptischer, nüchterner. Weniger selbstgerecht. Er hatte in den Spiegel geschaut und seinen Schatten gesehen. »Ja?«

»Deine erste Aufgabe als Hüter der Grenzen ... Schulterschluss mit den Quochten. Sie verfügen immer noch über die größte oppositionelle Kriegsflotte – selbst nach dem Desaster von Stukoda. Wenn die Quochten mit dabei sind, steigen unsere Chancen enorm. Meinst du, du kriegst das hin?«

»Ja, Mann.«

»Gut. Und danach werden wir uns nicht weiter mit Kleinigkeiten aufhalten. Keine Scharmützel. Keine Nadelstiche.« Er grinste schief. »Dann gehen wir nach Nodro und greifen die Zwillingsgötzen an!«

Lishgeth On Paz stieß eine seiner Resonanzen aus.

Errek fuhr hoch. »Wie willst du *das* denn machen?«

Perry zuckte mit den Achseln. »Weiß ich noch nicht. Ein Schritt nach dem anderen. Treffen wir uns erst einmal mit Irn Tekkme.«

Errek schüttelte den Kopf. »Nein. Das mit den Quochten will ich allein hinkriegen. Ich werde meinen Stolz hinunterschlucken. Und ich begreife nach dem Tod meines Vaters auch, was die Quochten damals, bei ihrem angeblichen Verrat, vielleicht bewegt hat. Ich lasse nicht zu, dass ihr mich noch einmal nach Zaphitti begleitet.«

Er knetete seine Hände und gähnte. »Und außerdem werde ich mir einen Ratgeber mitnehmen, der hart im Nehmen und nie um eine diplomatische Idee verlegen ist.«

»Wen denn?«, fragte ich.

»Galrev Otashmarto«, sagte er. »Sein dritter Vorzug ist, dass er es noch stets geschafft hat, mir den Kopf zu waschen.«

Lishgeth On Paz spreizte raschelnd das Gefieder. »Verzeih die kleine Frage, edler Rebell, aber warum lässt du dir den Kopf denn waschen? Da kommst du doch sehr gut selber ran. Oder nicht?«

Zwischenspiel

Der Tasho Taakhe Ottacroide poliert gerade im Hangar einige Stellen an den Zierleisten seines Gleiters nach, für die die Reinigungsroboter zu plump sind. Sogar die erstklassigen Roboter der Gesandtschaft.

Der Lautsprecher der Gegensprechanlage an der Wand knistert. Taakhe schlägt das Poliertuch aus, legt es zusammen, steckt es sich in die Tasche seiner weiten, dunkelgrauen Hose. Dann drückt er den Knopf.

»Ja?«

»*(krächz)* Son'Trokete *(krächz) (krächz)*«

»Wann?«

»Jetzt gleich.«

»Offiziell oder hinten?«

»*(knister) (krächz)* nicht zu oder was? In seinem Büro!«

Taakhe erschrickt. »Er will mich sprechen?«

Stille. Nicht einmal mehr ein Knistern dringt aus dem Lautsprecher. Der Leiter des Fuhrparks hätte längst einen neuen Lautsprecher für seine Piloten bekommen – wenn die Beschaffungsstelle etwas davon gewusst hätte. Aber der Leiter hält lieber die Piloten für schwerhörig, als dass ihm Zweifel an seiner technischen Ausstattung kämen, und bis jetzt hat kein Pilot sich die Mühe gemacht, seinen Irrtum zu korrigieren.

Im Antigravschacht, auf dem Weg nach oben, nach ganz oben, richtet Taakhe seine Uniform. Er nimmt die Mütze ab. Seine Glatze verdankt sich nur noch zum Teil der wöchentlichen Rasur.

Wie das eben so ist, wenn einer mit achtundfünfzig Jahren eine halb so alte Frau und inzwischen drei Kinder hat.

In der obersten Etage schwingt Taakhe sich aus dem Schacht. Die Frau am Empfang sieht ihn an.

»Der ehrwürdige Son'Trokete hat mich rufen lassen.«

Sie wendet den Blick ab, ohne ein Wort zu sagen, und die Tür öffnet sich.

Drei Mann im Vorraum. Sicherheitskontrolle. Taakhe weist seine Identität nach, legt seinen Zierdolch ab, leert seine Taschen von metallischen Gegenständen, lässt sich durchleuchten, abtasten, weiternicken.

Das Büro des ehrenwerten Gesandten und Mandatsträgers ist weitläufig – und menschenleer.

Taakhe reckt den Hals. Axx Cokroide steht draußen auf einer Terrasse und winkt ihn zu sich. Sein Gesicht sieht durchaus freundlich aus.

Eine Beförderung? Eine Übernahme in einen der Dienste?

Taakhe geht an Möbeln aus dunklen Edelhölzern vorbei, an der großen steinernen Feuerstelle, die zu dieser Tageszeit noch kalt ist.

»Komm her, Tasho Ottacroide. Sieh sie dir an, die prächtige Stadt Mantagir. Warst du schon einmal hier oben?«

»Nein, Herr. So hoch oben noch nie.« Taakhe hält weiterhin seine Mütze in der Hand. Mit der anderen Hand umfasst er das Geländer. Er räuspert sich.

Der Anblick ist wahrlich atemberaubend. Sonnenflecken und Wolkenschatten spielen Jagen auf den Fassaden und Dächern der Häuser, die aus vielen Jahrhunderten stammen.

»Du solltest erst einmal Kion sehen, die Ewige Stadt! Dagegen ist Mantagir ein heruntergekommenes Dorf. Warst du schon einmal auf Nodro?«

Taakhe bejaht. »Einmal, Herr. Während eines Staatsaktes.«

»Du hattest eine Karte in der Lotterie gewonnen. Das ist jetzt wie lange her? Acht Jahre?«

Taakhe bejaht. Er tritt ein Stück vom Geländer weg.

»Du hast einen hervorragenden Leumund«, sagt der Son'Trokete. »Deine Akte ist über alle Zweifel erhaben.« Er tritt ebenfalls vom Geländer weg, setzt sich in einen der vier hölzernen Sonnenstühle, verschränkt die Hände hinter dem Kopf. Das Mandat auf seiner Brust gleißt. »Weißt du eigentlich, Tasho Ottacroide, dass du der Letzte bist, der die Ot'Son'Trokete Pelmid Sulcatob in offizieller Mission gesehen hat?«

»J-ja?«

»Allerdings! Wie hat sie auf dich gewirkt, Tasho Ottacroide?«

»Ich weiß nicht, Herr. Sie – sie ist ja noch nicht so lange hier. Es war meine erste Fahrt mit ihr.«

Ein leichtes Zucken um die Mundwinkel, kaum zu sehen durch den schwarzen Bartschatten. »Wie hat sie auf dich gewirkt?«

»Ganz normal, Herr. Vielleicht ein bisschen in sich gekehrt.«

»Sie hat nichts Besonderes gesagt oder getan?«

»Nein, Herr. Einmal hat sie gelacht. Und sich so einen Glücksbringer auf den Pullover geklebt.«

»Worüber?«

Taakhe ist perplex. »Verzeihung?«

»Worüber hat sie gelacht?«

»Das weiß ich nicht, Herr. Sie hat es mir nicht gesagt.«

»Ihr seid also vom Bergungsprojekt zurückgefahren, und sie hat gelacht, und das war's.«

»Ja, Herr.« Die Mütze in Taakhes Händen ist klamm. Seine Handinnenflächen müssen ganz nass sein. Er würde sie gern an der Hose abwischen. Aber wie sähe das denn aus?

»Stimmt etwas nicht, Herr? In der Kantine erzählt man sich, dass du sie auf eine geheime Mission geschickt hast. Dass sie sich in eine Terroristengruppe einschleichen soll.«

Cokroide lacht. »Das erzählt man sich in der Kantine? Ich sollte der Abwehr die Essenspausen streichen!« Er zeigt auf die leeren Sonnenstühle. »Komm her, Ottacroide. Setz dich.«

Taakhe setzt sich vorsichtig auf die Kante, seitlich, Cokroide zugewandt. Die Mütze legt er neben sich.

»Aaach!«, sagt der Son'Trokete. »Nun mach es dir schon gemütlich. Nimm dir ein Beispiel an mir!«

Taakhe schiebt die Mütze an den Rand, rutscht herum, legt die Beine ab, lehnt sich zurück, verschränkt die Hände hinter dem Kopf. Ganz langsam macht er das. Keine hektischen Bewegungen jetzt, keine panischen Gedanken. Einfach tun, was man gesagt kriegt, langsam, umsichtig. So kommt man heil nach Hause.

»Wie geht's zu Hause?«, fragt Cokroide, als hätte er Taakhes Gedanken gelesen.

»Ich kann nicht klagen, Herr. Danke der Nachfrage, Herr.«

»Drei Kinder, nicht? Zwei Jungen, ein Mädchen. Und eine tüchtige, hübsche Frau nach allem, was man hört.«

»Ja, Herr. Tüchtig ist sie. Und hübsch. Ich bin sehr glücklich.«

»Hm«, macht Cokroide. »Da tust du Recht daran. Wie das Gedicht sagt:

Die drei Schmuckstücke der Welt –
ein üppig verzweigter Baum ist des Berges Schmuck,
eine schöne Gattin ist des Zeltes Schmuck,
ein schöner Bart ist des Mannes Schmuck.«

Er lacht auf. »Einen schönen Bart haben wir beide nicht. Aber du wenigstens eine schöne Gattin. Na, mir bleibt der Baum!«

Er zeigt auf eine große, üppige Topfpflanze in der Ecke. Daneben hängt an der Wand ein Jagdbogen. Griffpolsterung und Köcher sind aus weißem Leder. Wahrscheinlich ein antikes Stück und mehr wert als Taakhes kleiner Familiengleiter.

»Nicht, dass ich auf alte Gedichte von verlausten Nomaden etwas gebe. Aber wenn du auch glücklich bist, Tasho Taakhe von den Ottacroide, dein Leben kann nicht leicht sein. Ein Einkommen für fünf Münder. Ich möchte wetten, dass ihr eure Lebensmittel abseits der Läden kauft. Unter der Hand, bei den Nomaden.«

Taakhe will etwas sagen, aber Cokroide hebt die Hand. »Nein, Mann Taakhe, sag nichts. Wir haben alle unsere Sorgen. Ich zum Beispiel.« Er seufzt. Tief, brummend. »Da läuft mir die Stellvertreterin weg. Läuft mir einfach weg. Wo ich schon daran gedacht habe, sie mir zur Gattin zu nehmen. Läuft mir einfach weg, dieses Miststück.«

Taakhe hat auf einmal das Gefühl, von innen her gegrillt zu werden. Panik! *Zwing sie nieder. Ruhig und besonnen, so kommst du nach Haus.*

»Herr«, versucht er …

»Und was denkst du, Taakhe? Habe ich Zeit, mir diese Schlampe zu greifen und ihr eine Lehre zu erteilen? Nein, habe ich nicht. Ich habe ja nicht einmal Zeit, mir diese Terroristen zu greifen, von denen ihr euch über eurer mageren Suppe zuraunt. Nirgendwo sind sie zu finden. Da trage ich das Mandat der Götzen, aber was hat es mir genutzt? Sämtliche Geheimdienste der Galaxis geben überhaupt nichts her. Wenn die Rhodan-Bande nicht von sich aus einen Fehler macht, werde ich nichts ausrichten können. Und wenn ich nichts ausrichten kann, werden die Zwillingsgötzen mein Leben nehmen. So einfach ist das.«

Ich darf das alles gar nicht wissen, denkt Taakhe.

»Herr«, sagt er. »Es ehrt mich, dass du mich in dein Vertrauen ziehst. Hab vielen Dank dafür. Aber ich bin nur ein einfacher Tasho. Ich verstehe nichts von Politik …«

»Du und ich, Mann Taakhe. Du!« Cokroide zeigt auf ihn. »Und ich!« Cokroide schlägt sich auf die Brust. »Wir sind hart arbeitende Männer. Sind wir das oder nicht?«

Ja, Herr, will Taakhe schon sagen. Aber diese Verbrüderung ist gefährlich. Gefährlicher vielleicht als ein Widerspruch.

»Sind wir das oder nicht, Mann Taakhe?«

»Nein, Herr«, sagt er. »Sind wir nicht. Ich sitze die meiste Zeit über nur im Hangar herum und vertreibe mir die Zeit mit meinem Poliertuch. Du dagegen …«

»Ich dagegen sitze hier auf der Terrasse herum und vertreibe mir die Zeit mit dir.« Cokroide lacht kalt. Er springt aus dem Liegestuhl, tritt ans Geländer. »Komm her. Sieh dir diesen Himmel an.«

Taakhe stellt sich an den Rand, beide Hände auf dem Geländer. Die Mütze liegt immer noch hinter ihm auf dem Stuhl. Der Himmel ist tief heute. Glasklar die Luft, die Wolken hoch aufgetürmt wie ferne Gebirge.

»Man denkt, man könne glatt bis ins Weltall schauen, stimmt's? Kann man aber nicht«, sagt Cokroide. »Wir sehen nichts. Rings um das Tazmai-System ordnet sich der Schwarm. Strukturerschütterungen pflanzen sich fort. Nicht so heftig wie früher, weil der schwere Transitionsverkehr längst vorbei ist. Was jetzt noch geschieht, ist lediglich Feinschliff.«

Cokroide sieht ihn an. Sein Gesicht ist breit und flächig und von alten Narben übersät. Seine Augen sind kalt, obwohl sie rot sind. Kalt wie Edelsteine. »Und soll ich dir ein Geheimnis verraten?«

»N-nein, Herr. Ehrlich gesagt …«

Cokroide legt ihm eine seiner Pranken auf die Schulter. Das schwere eiserne Armband, das sein Handgelenk schützt, drückt schmerzhaft auf Taakhes Schulterblatt.

»Das Empire bereitet hier im Sektor Tazmai den größten Militärschlag der jüngeren Geschichte Vaaligos vor. Wir wollen sämtliche wichtigen Steuerwelten des Vaaligischen Schwarms im Handstreich unter unsere Kontrolle bringen. Du schluckst, aber das ist vor allem eine Frage der Koordination. Darum kümmern wir uns hier in der Gesandtschaft in Mantagir, ich und mein Stab. Wir werden demnächst Nodro so wie einige weitere wichtige Welten per Transition hierher in den Sektor Tazmai versetzen lassen. Und dann werden wir von Nodro aus den Vaaligischen Schwarm kommandieren. Und mit ihm hinausziehen ins Universum.«

Cokroide nimmt die schwere Hand wieder weg. Der Schmerz bleibt noch. »Die Steuerwelten Balance A und Balance B haben wir schon mehr oder weniger unter Kontrolle. Sicher, diese Wissenschaftler von Cor'morian sind noch ein gewisser Unsicherheitsfaktor. Über welche Machtmittel sie wirklich verfügen …«

Cokroide hebt die Hände, lässt sie aufs Geländer fallen. »Ich persönlich glaube ja, dass sie gar nichts in der Hand haben. Auf die Vernichtung des Ordensturms haben sie jedenfalls – was?«

Taakhe hat aufgekeucht. »Nichts, Herr.« Er hüstelt. »Nur verschluckt. Verzeih, Herr.«

Vernichtung des Ordensturms? In den Medien war von einem tragischen Unfall die Rede, von Experimenten mit wer weiß wie vielen Dimensionen!

»Ich bin nur ein Pilot, Herr! Ein einfacher Tasho! Ich sollte solche Geheimnisse nicht wissen.«

»Da hast du Recht, Mann Taakhe. Da hast du Recht.«

Schweigend stehen sie da. Ein Brausen scheint aus den Tiefen der Stadt zu kommen, aber es ist wohl nur das Blut in Taakhes Ohren.

»Eigentlich steht diesem demütigen Diener der Zwillingsgötzen hier«, sagt Cokroide nach einer Weile, »der größte Moment seines Lebens bevor. Wenn wir den Schmiegschirm erst aktiviert haben, dann gibt es zum Vaaligischen Schwarm keinen Zugang mehr. Dann wird sich das Empire nehmen, was ihm längst zusteht. Das Universum!«

Cokroide zeigt mit großer Geste in den Himmel hinauf, und Taakhe kann nicht anders, als nach oben zu sehen.

»Dann zieht der Schwarm aus, spätestens in einigen Wochen. Aber die Frage, die eine große Frage ist: Werde ich, Axx Cokroide, dann noch dabei sein? Wo ich nicht einmal diese terroristische Rhodan-Bande auszuräuchern vermag? Wo ich nicht einmal dieses Miststück von Stellvertreterin auftreiben kann?«

Cokroide beugt sich über das Geländer, starrt nach unten in die Häuserschluchten. »Es gibt Stunden, Mann Taakhe, da sehe ich, der mächtigste aller Nodronen, nur Düsternis und Verzweiflung. Da tut sich vor mir ein Abgrund auf.«

Cokroide zeigt in die Häuserschluchten hinunter, und Taakhe kann nicht anders, als nach unten zu sehen.

»Und dann schaue ich in den Abgrund, und der Abgrund schaut in mich, und er ruft: Spring! Spring! Hörst du den Abgrund rufen, Mann Taakhe?« Cokroide starrt ihn an.

»Nein, Herr.« Taakhe tritt vom Geländer zurück. »Da ruft kein Abgrund.«

Cokroides rote Augen funkeln. »Dann werde ich dir einen Abgrund geben, Mann Taakhe. Du hast eine Frau. Du hast zwei Töchter. Du gehörst einem Unterclan der Cokroide an. Ich kann mir deine Frau holen und deine zwei Töchter.«

Er zeigt wieder über das Geländer. »Hörst du den Abgrund? Hörst du ihn rufen? Spring … Spring …«

Er richtet sich auf. »Spring, Taakhe.« Ganz nüchtern sagt er das. Ganz sachlich.

Taakhe spürt nichts als eine Stahlplatte in seinem Leib, wo das Zwerchfell sein müsste. Er holt mit Mühe tief Luft. »Du kannst dir jede Frau und jede Tochter holen, die du willst, Herr. Du bist der Träger des Mandats.«

»So ist es«, sagt Cokroide.

»Du kannst jede Schweinerei machen, die du willst, Herr.« Taakhes Stimme zittert. Er geht zum Liegestuhl hinüber. Seine Knie zittern. Er greift zu seiner Mütze. Seine Hand – zittert nicht.

Er setzt die Mütze auf. »Aber machen, Herr, musst du deine Schweinereien schon selbst. Die Hände schmutzig machen musst du dir schon selbst.«

Cokroide starrt ihn an. »Meinst du, ja? Du bist ein mutiger Mann, Tasho Ottacroide.«

»Um ehrlich zu sein, Herr, ich sterbe vor Angst.« Taakhe muss sich mehrmals räuspern, um die Worte durch seine enge Kehle zu bekommen. »Aber du wirst mich niemals dazu kriegen, dort für dich hinunterzuspringen.«

Er kehrt Cokroide den Rücken zu und verlässt die Terrasse.

An der Feuerstelle vorbei, an den dunklen, schimmernden Möbeln … nicht rennen … nicht rennen …

Er hätte das alles nicht erfahren dürfen.

»Respekt, Mann Taakhe.« Cokroides Stimme hinter ihm. Schneidend.

Er bleibt stehen. Ohne sich umzudrehen.

»Ein stolzer Nodrone bist du. Vielleicht habe ich anderweitig Verwendung für dich.«

Weitergehen … nicht rennen … nicht rennen …

Er bekommt einen Schlag in den Rücken, der ihn fast nach vorn stürzen lässt. Einen winzigen, wuchtigen Schlag unter das linke Schulterblatt, der nicht wehtut, der aber … der aber …

Er kann nicht mehr atmen. Die Hand eines Riesen umfasst seine linke Seite, presst die Rippen zusammen. Er tastet mit der rechten Hand vorn über die Rippen. Ein Knubbel ragt zwischen ihnen hervor, ein nasser, spitzer Knubbel.

Taakhe dreht sich um.

Axx Cokroide steht in dem Durchgang zur Terrasse, ein Schatten nur vor dem grellen, dramatischen Himmel. Er hält den Wandschmuck von draußen in der Hand. Den alten Jagdbogen.

»Und, Mann Taakhe?«, sagt der Schatten. »*(knister)* Habe ich mir *(krächz) (knister)* gemacht?«

»Was?«

»*(knister) (krächz)* Hände *(krächz)* gemacht?«

»Was?«

»*(krächz) (krächz) (knister)* schmutzig *(krächz)*«

Also wirklich. Jemand sollte ihm einmal sagen, dass dieser Lautsprecher hinüber ist.

Schmutzig, hat er gesagt. Kann gar nicht sein.

Taakhe schiebt die Hand in seine Hosentasche. Er will das Poliertuch herausholen, aber er findet es nicht. Er kann es einfach nicht finden in dieser riesigen, tiefen Tasche.

Er greift danach, mit beiden Händen nun, schiebt den ganzen Oberkörper in die Schwärze der Tasche hinein, aber so sehr er sich auch reckt nach dem Poliertuch, er … bekommt … es … einfach … nicht … zu … fassen …

Er könnte in Tränen ausbrechen.

Es rutscht ihm einfach immer weiter weg.

28

»Wow!«, entfuhr es Fran, als sich vor uns der Blick auf die Senke öffnete.

»Peikade hat nicht zu viel versprochen«, sagte ich. Mein Famnir tänzelte. Die beiden Echsen seien ganz leicht zu reiten, hatte das Rebellenmädchen erklärt. Auf ihren geduldigen Rücken würden üblicherweise Kinder das Reiten erlernen. Ich war skeptisch gewesen, aber ich musste ihr Recht geben. Das Reiten war kinderleicht, zumindest in dem gemächlichen Tempo, das wir anschlugen. Außerdem hatte Peikade uns grinsend Krankensättel verordnet.

»Die Senke des Grünen Sees«, sagte Fran. »Ich hätte nie gedacht, dass er wirklich grün ist.«

Der Anblick war herrlich. Je weiter es die Senke hinunterging, desto grüner wurde die Steppe. Am Ufer des Sees, der beinahe von derselben Farbe wie das satte Gras war, leuchteten Blüten über Blüten. Die Pracht endete abrupt an der Wasserlinie. Still, klar und grün lag der See da, wie ein Smaragd.

An der schönsten Stelle hatten mehrere Adjel ihr Lager aufgeschlagen. Einige Kinder winkten uns zu. Ich winkte zurück und lenkte meinen Famnir dorthin.

»He, und was wird aus unserem Picknick ganz allein zu zweit?«

»Das machen wir gleich«, sagte ich. »Aber es wäre unhöflich, nicht wenigstens Hallo zu sagen.«

Fran sah mich skeptisch an.

»Glaub mir. Nomaden sind die gastfreundlichsten Leute des Universums. In Sichtweite an ihrem Lager vorbeizureiten, zumal in der Einsamkeit, käme einer unflätigen Beleidigung gleich. Wir machen es ganz kurz. Versprochen.«

Ich hielt mein Versprechen. Ich grüßte die Leute nur kurz von Peikade, dann sahen wir uns das Lager an, tranken rasch einen Schluck Tee, tauschten, da wir gleich weiter wollten, mit einem alten Patriarchen einen Teil unserer Picknickvorräte gegen frisch gefangenen Fisch, den seine Tochter uns freundlicherweise noch grillte, und schwupp, waren wir wieder unterwegs zu einem verschwiegenen, abgelegenen Plätzchen, das wir zwischen einigen Felsdurchbrüchen zu finden hofften.

»Ging doch schnell«, sagte ich, als wir außer Hörweite waren.

»Wenn es hier ganz normales Licht von einer ganz normalen Sonne gäbe«, höhnte Fran, »müssten wir uns beeilen, damit wir nicht im Dunklen ankommen.«

»Na komm. Dafür dass sie uns zum Essen einladen und uns für das Verdauungsschläfchen sogar ein Nebenzelt überlassen wollten, ist eine Stunde doch gar nichts.«

»Anderthalb.«

»Aha? Dann muss es stehen geblieben sein.« Ich schüttelte mein Multifunktionsarmband. »Vielleicht hab ich es vergessen aufzuziehen.«

Fran schmunzelte nur kurz. »Solche Verwahrlosung habe ich schon lange nicht mehr gesehen.«

»Armut lässt sich gut abfedern, wenn man einen Sinn für Schönheit hat und organisieren kann. Wenn nicht …« Ich zuckte mit den Achseln.

Fran sah es nicht. Sie ritt vor mir. Ich bedauerte, dass die Krankensättel eine kleine Lehne für das Gesäß hatten. Fran sah prächtig aus. Sie trug heute eine dunkelgrüne Hose mit einem dunkelgrünen, gefransten Poncho. Die Farbe kontrastierte wunderbar mit ihren roten Haaren. Sie sah mehr denn je wie eine irische Elfe aus. »Wenn hier irgendwo Weiden wachsen oder so, schnitze ich dir einen Bogen«, sagte ich.

»Wenn hier irgendwo Weiden wachsen oder so«, sagte Fran und grinste mich an, »dann taugen sie hoffentlich als Blickschutz.«

»Oha«, machte ich.

Sie lachte. Mir gefiel ihr Lachen. Sie drückte dann immer die Zungenspitze gegen die oberen Schneidezähne.

»Aber danach«, sagte ich, »schnitze ich dir einen Bogen.«

Wir fanden zwischen den Felsdurchbrüchen tatsächlich eine schöne Stelle. Nirgendwo wuchsen Weiden, aber einsehbar war die Stelle nur vom gegenüberliegenden Ufer aus, und das war weit weg.

Irgendwann lag Fran auf mir und zog mit dem Finger die Narben auf meiner Stirn und meiner Wange nach. »Wo hast du die her?«

Wir hatten die andere Hälfte der Decke über uns geschlagen, weil vom See her ein auf die Dauer recht kühler Wind wehte und wir uns noch nicht wieder anziehen wollten. »Ach, das ist tausend Jahre her«, sagte ich. Mit der einen Hand spielte ich in ihren Haaren, die andere hatte ich mir unter den Kopf geschoben. »Habe ich längst vergessen.«

»Das ist aber schlecht.«

»Wieso?«

»Was soll ich meiner Mutter sagen, wenn sie mich danach fragt? Soll ich dann sagen, das will er mir nicht verraten? Ich weiß schon, was dann kommt. ›Verbrechervisage‹. ›Dunkle Vergangenheit‹. ›Du wirst es noch bereuen, Kind, merk dir meine Worte.‹«

»Deine Frau Mutter lass mal meine Sorge sein. Du vergisst, was für ein Charmebolzen ich bin.«

»Andere Leute nennen dich anders.«

»Die haben ja auch andere Töchter.«

Sie fuhr wieder die Narbe entlang. »Ach, bitte ...« Sie machte eine Schnute, und auf einmal konnte ich mir vorstellen, wie sie als Siebenjährige ausgesehen hatte.

»Du musst die reinste Plage für deinen Vater gewesen sein. Hat er dir je etwas ausschlagen können?«

»Lenk nicht ab.«

Ich gähnte. »Worum ging es gerade?«

»Die Akten geben nicht eine Zeile über die Narben her. Auf den meisten Bildern sind sie nicht mal zu sehen. Retuschiert eure Pressestelle die immer?«

Ich drehte den Kopf zum Picknickkorb herum. »Komisch. Ich könnte schon wieder etwas vertragen.«

»Bestimmt steckt eine schrecklich romantische Liebesgeschichte dahinter«, sagte Fran. »Darum willst du mir nichts verraten.«

»Stimmt. *Schrecklich* romantisch.«

Sie sah mich erwartungsvoll an, aber ich sagte nichts weiter.

»Reginald!« Sie setzte sich auf und klatschte mir die flachen Hände auf die Brust.

»Na schön«, sagte ich und schloss die Augen. »Du sollst alles erfahren.«

Sie seufzte und ließ sich neben mich fallen, kuschelte sich in meine Armbeuge.

»Ich war noch ein junger Mann damals. Das war noch vor der Mondlandung. Lange vor der Mondlandung. Ich studierte noch und verdiente mir nebenbei etwas Geld an einer Tankstelle. Damals gab es noch Autos, also eine frühe Form von Gleitern, die ...«

»Du meinst Automobile? Mit Rädern unten dran? Du bist so etwas noch gefahren?«

»Ja, genau. Die hatten Verbrennungsmotoren, fuhren also noch mit Benzin, und das holten sich die Besitzer an der Tankstelle. Kleine Reparaturen konnte man dort auch machen lassen. Jedenfalls war es Sommer, und ich jobbte als Tankwart. Es war eine abgelegene Tankstelle in einer Gegend, die man fast schon gottverlassen nennen konnte, und so arbeitete ich allein dort. Der Chef kam nur, wenn jemand einen Mechaniker brauchte, und natürlich abends zum Kassemachen.

Es war ein wunderschöner Sommer, ungefähr so wie hier, aber wärmer natürlich. Eines Tages fuhr ein richtiger Straßenkreuzer vor. Nichts für ganz Reiche, aber schön. Weiße Lackierung, lang gezogene, eckige Heckflossen. Eine Augenweide für einen jungen Mann, der sonst hauptsächlich Pick-ups und uralte Ford-Ts zu sehen bekam. Nicht dass dir das jetzt etwas sagen muss.

Aber eine noch viel größere Augenweide war die Frau, die hinter dem Steuer saß.«

»Ah«, machte Fran schläfrig. »Endlich.«

»Eine richtige Lady von der 5th Avenue, mit Kopftuch, Sonnenbrille und weißen Lederhandschuhen. Adrettes Kostüm, Seidenstrümpfe, dezentes Make-up. Um die vierzig. Doppelt so alt wie ich. ›Voll tanken‹, sagte sie. Wenn ich mich heute so zurückerinnere, weiß ich, dass ihr Gesicht Ärger verhieß. Aber damals dachte ich einfach: *Junge, ist die schön!* Ich war zu der Zeit noch fürchterlich schüchtern, auch wenn man sich das heute kaum vorstellen kann. Ich gehe also beflissen nach hinten und stehe da, tanke voll – da grinst mich durch die Scheibe jemand an.

Ein Mädchen sitzt auf der Rückbank, vielleicht dreizehn oder vierzehn. Sie sieht ganz niedlich aus, aber ansonsten ist sie das genaue Gegenteil von ihrer Mutter. Trägt Turnschuhe, Jeans und ein Flanellhemd. Hat lange Zöpfe mit solchen Plastikkirschen an den Gummis.«

»Du hast mit ihrer Mutter etwas angefangen«, murmelte Fran, »und dann hat sie es mitgekriegt und sie zur Rede gestellt, und die beiden sind mit Küchenmessern aufeinander los, und du bist dazwischen gegangen und hast von der Mutter den einen und von der Tochter den anderen Schnitt verpasst bekommen.«

»Wart's mal ab«, sagte ich. »Ich tankte also voll und guckte auch nach dem Kühlwasser und putzte die Frontscheibe, wie es damals eben so zum Service gehörte. Dann fuhren die beiden davon, und meine Wangenröte ließ langsam nach. *Die siehst du nie wieder*, dachte ich. *Wie eine Schauspielerin hat sie ausgesehen, wie Audrey Hepburn!* Die war damals das Damenhafteste, was man sich nur vorstellen konnte. Aber keine zwanzig Minuten später war die weiße Limousine wieder da. Dampf wallte unter der Motorhaube hervor. Ich machte auf, und was sah ich? Der Deckel vom Kühlwasserbehälter fehlte! Ich fand ihn in einem kleinen Spalt seitlich am Kühler.

Ich füllte Wasser nach, nahm einen Lappen, schraubte den Deckel auf, zog ihn noch einmal fest an. Dann machte ich die Motorhaube wieder zu, ging zur Fahrertür und entschuldigte mich für meinen Fehler. Die Mutter sah mich mehr als skeptisch an. Sie tippte mit ihren weiß behandschuhten Fingern auf dem Lenkrad herum. ›Mama, ich will noch etwas trinken‹, sagte die Tochter. – ›Dann soll er dir etwas bringen‹, entgegnet die Mutter. – ›Ich weiß aber noch nicht, welche Sorte ich will.‹ Also landen wir schließlich in dem kleinen Verkaufsraum. Ich zeige ihr, immer noch mit knallrotem Kopf, welche Limosorten wir haben, und sie kann sich einfach nicht entscheiden. Schließlich wurde es der Mutter zu bunt, und sie hupte. Tochter rein, Abgang mit spritzendem Schotter.«

Ich lachte. »Kurz darauf waren sie wieder da. Mit dampfendem Kühler.«

»Nein.« Fran hob den Kopf an, stützte ihn auf die Faust. Sie grinste erwartungsvoll.

»Ja. Und der Deckel? Klemmte zwischen Kühler und Karosserie. ›Ich verstehe das nicht. Ich hatte ihn extra noch einmal fest angezogen‹, sagte ich. – ›Junger Mann.‹ Ihr Ton ist ganz eisig jetzt. ›Es mag ja sein, dass Sie so etwas witzig finden, aber ich versichere Ihnen, mein Mann, Bundesrichter so und so, wird darüber nicht lachen können.‹ Ich konnte es nicht fassen. ›Wie? Sie meinen, ich hätte …?‹ – ›Ich sehe doch, wie Sie mich die ganze Zeit über anstarren! Glauben Sie, eine Frau merkt so etwas nicht?‹ Ich schnappte mehrmals nach Luft. Sicher, ich war ganz hingerissen von ihr. Aber ich war auch felsenfest davon überzeugt, dass ich diesen Deckel zumindest beim zweiten Mal richtig fest aufgeschraubt hatte. ›Mama, ich hab schon wieder Durst‹, sagte die Kleine hinten. – ›Hören Sie, Lady‹, sagte ich, ›Sie können gern mit nach vorn kommen und sich davon überzeugen, dass der Deckel jetzt sitzt.‹ Sie sah durch die Windschutzscheibe nach vorn. Ihre Hände in den weißen Lederhandschuhen öffneten und schlossen sich, immer wieder. ›Ma-ma!‹, tönte ihre Tochter. ›Ich hab schon wieder Durst.‹ – ›Mildred‹, sagte sie schließlich, ›geh dir was zu trinken holen und dann geh mit dem Herrn nach vorn und lass dir zeigen, dass der Kühlerdeckel zu ist.‹ So machten wir es.

Wieder stand ich mit Mildred in dem kleinen Laden, wieder konnte sie sich nicht recht entscheiden. Schließlich nahm sie eine Dr. Pepper's, und wir gingen zum Auto ihrer Mutter, und sie ließ sich den Kühler und den vermaledeiten Deckel zeigen. ›Müsste da nicht mehr Wasser drin sein?‹, fragte sie. Ich lief dunkelrot an. ›Ich hab vergessen nachzufüllen‹, gab ich zerknirscht zu. ›Er hat vergessen, Wasser nachzufüllen‹, verkündete Mildred ihrer Mutter, die über den Rand ihrer Sonnenbrille hinweg einen vernichtenden Blick auf mich abschoss. ›Aber jetzt hat er alles richtig gemacht, glaube ich.‹«

Fran lachte auf.

»Abgang in einer Staubwolke. Es war dermaßen peinlich«, sagte ich. »Erst die Erkenntnis, dass sie mir einen solchen Trick überhaupt zugetraut hatte, baute mich wieder auf. Ganze Kerle taten so etwas. Und ich konnte so etwas auch tun! Es war eine Lektion fürs Leben. Aber egal. Jedenfalls war das Auto nach zwanzig Minuten wieder da. Wieder in einer Dampfwolke.«

Fran sah mich amüsiert und ungläubig an.

»*Das muss irgendein perverses Spielchen sein, das diese feine Lady sich in ihrer Feine-Lady-Langeweile ausgedacht hat,* denke ich. Aber diesmal bin ich fest entschlossen, nicht mehr mitzuspielen. ›Hören Sie, Frau Bundesrichter. Und wenn Sie die Gemahlin des Präsidenten wären, diesen Deckel schrauben Sie hübsch selber wieder drauf.‹ Damit drehe ich mich um und stapfe zu dem

Campingstuhl, der vor der Werkstatt steht. Setze mich hin und verschränke demonstrativ die Arme vor der Brust. Frau Bundesrichter hebt die weiß behandschuhte Hand und drückt die Hupe. Und lässt die Hupe nicht mehr los. Ein einziger endloser Ton, der immer stärker vibriert, je länger man ihn hört, der flimmert wie die Luft über den Feldern.«

Ich wartete, bis Fran zu lachen aufhörte.

»›Schon gut! Schon gut!‹, brülle ich irgendwann und springe auf. Sie nimmt mit einem Lächeln die Hand von der Hupe und entriegelt die Motorhaube. Klack, springt die Haube den Spalt hoch. Ich warte, bis der Dampf einigermaßen verflogen ist, dann reiße ich die Haube auf. Reiße sie in meiner jugendlichen Wut richtig weit auf. Der Motor läuft noch. ›Motor aus!‹, rufe ich. Sie scheint es nicht zu hören unter ihrem schicken Kopftuch. *Ach, was soll's,* denke ich, finde diesen vermaledeiten Schraubdeckel wieder in diesem Spalt und schraube ihn auf. Passe dabei schön auf, dass ich nicht in den sirrenden Lüfterflügel komme. Den musst du dir wie so einen altmodischen Ventilator vorstellen, nur ohne Schutzgitter drum herum. Ich will gerade die Motorhaube runterklappen, da …«

Ich stutzte. »Ach so. Ich habe etwas zu erzählen vergessen. Diese Hauben hatten eine ›Automatik‹. Heute würde das niemand mehr so nennen. Es waren einfach Federn an Doppelscharnieren, die die Haube in der Schwebe hielten. Das funkionierte ganz prima, so lange man nicht die Haube so weit aufklappte, dass die Federn sich völlig entspannten. Dann konnten sie sich nämlich aus der Halterung lösen. Und wenn man das nicht merkte, zum Beispiel weil man gerade blind vor Wut war, dann rammte man sich die Haube beim Runterklappen voll auf den Schädel. Gut. Ich will also gerade die Motorhaube runterklappen, da steht auf einmal die kleine Mildred neben mir und ruft: ›Wir können uns so nicht mehr treffen! Meine Mutter wird misstrauisch!‹«

»O nein!«, kreischte Fran auf und schlug sich dann die Hand vor den Mund.

»Ich fuhr zu der Kleinen herum und bekam die schwere Haube voll hinten drauf. Peinlich, aber wahr. Patsch, hing ich mit einem Arm und dem Kopf im Motorraum fest. Für einen Moment nur. Aber der reichte, dass mir der Lüfterflügel *die hier* ins Gesicht fräsen konnte …«

Ich stützte mich auf einen Ellenbogen und zog mit dem Daumen die Narben nach. »Ich kann von Glück reden, dass ich damals das Auge behalten habe.«

»Du liebe Güte …« Fran hielt sich immer noch die Hand vor den Mund. In ihren Augen spiegelte sich eine rasche Abfolge von Gefühlen wider. Amüsiertheit. Mitgefühl. Ungläubigkeit. Misstrauen.

»Wie sich herausstellte, war die kleine Mildred telekinetisch begabt«, fügte ich hinzu. »Sie riss mit ihrer Mutantenfähigkeit die Motorhaube nämlich so heftig wieder hoch, dass das schwere Ding glatt die Frontscheibe zerschlug und dann nur noch an einem Scharnier baumelte. Wer weiß, wie ich ansonsten ausgesehen hätte.«

Ich zuckte mit den Achseln. »Als wir dann später für die Dritte Macht das Mutantenkorps rekrutierten, habe ich versucht, Mildred und ihre Mutter wiederzufinden. Aber sämtliche Spuren führten ins Leere. Das«, sagte ich, »ist die Geschichte meiner Narben.«

»Reginald«, sagte Fran langsam. »Wenn das ein Witz sein soll, dann lass dir gesagt sein, das ist nicht witzig.«

»Also dafür, dass du es nicht lustig fandst, hast du ganz schön viel gelacht«, sagte ich und setzte mich auf. »Ich freue mich schon darauf, deine Frau Mutter kennen zu lernen. Darf ich dabei sein, wenn du ihr das von den Narben erzählst?«

»Also ich gehe jetzt schwimmen«, tat Fran schnippisch und stand auf. »Mit dir rede ich doch überhaupt nicht mehr.« Sie kehrte mir den Rücken zu und stolzierte ins flache Wasser.

»Finde ich gut.« Ich stand ebenfalls auf. »Schluss mit dem Liebesgeflüster!«

»Iiihk!«, kreischte Fran. »Ein wild gewordener Tankwart!«

Wir waren gerade mitten in der schönsten Wasserschlacht, als jemand vom Ufer her rief: »Ach, hier steckt ihr!«

Es war Peikade. Sie grinste. »Ich hab euch schon überall gesucht. Errek ist zurück.«

»Und?«, fragte ich. »Hat er es hinbekommen?«

Peikade grinste nur.

29

Als wir in der Großen Halle ankamen, war dort alles am Feiern. Es mussten zwei-, dreihundert Leute sein. Ich konnte es nur schlecht schätzen, weil meine Augen sich noch nicht an die relative Dunkelheit gewöhnt hatten.

Die Fackeln an der hinteren Wand loderten. Schwarze Gestalten versperrten uns die Sicht, aber der Lichtschein ungefähr in der Mitte der Halle war unverkennbar: Dort brannte wieder ein so genanntes großes Feuer.

Ich nahm Frans Hand und bahnte uns einen Weg. Ein, zwei Dutzend Leute weiter außen waren mürrisch. Sie flüsterten kurz und harsch miteinander. Aber je weiter wir zum Feuer vordrangen, desto munterer und fröhlicher sahen die Frauen und Männer aus. Der Branntwein floss, wie ich ihn in den Traumhabitaten noch nie hatte fließen sehen. Jemand hielt uns eine Flasche entgegen; ohne Etikett, versteht sich. Fran lehnte dankend ab. Ich nahm für sie einen Schluck mehr. Ich wollte die Flasche zurückgeben, aber der Mann zeigte an mir vorbei. Ich sollte sie weiterreichen.

Dann waren wir durch die stehende Meute hindurch und schauten über die Köpfe der Sitzenden zu dem Feuerring. Diesmal war er schmaler, nicht so martialisch. In der Mitte stand breitbeinig, strahlend, erhitzt Errek Mookmher – zusammen mit dem alten Rebellen, der auf Taraks Totenfeier die Geschichte von der Nase erzählt hatte. Galrev Otashmarto sah wirklich aus wie ein terranischer Bilderbuch-Zwerg: stämmig, grauer Bart bis auf die Brust, die Gesichtszüge groß und grimmig.

»Setzt euch, Leute!«, dröhnte er in die Runde. »Oder holt euch was zu futtern.« Er wies mit seiner Streitaxt, die er kurz unter dem Kopf gefasst hielt, zum anderen Ende der Halle.

Dort waren Tische aufgebaut, die sich unter den Speisen bogen. Braten, Brote, Getreidebreis und Früchte, Beeren, Wildgemüse in einer Fülle, wie sie nur am langen Herbstabend der Habitate zu haben war.

»Hoch lebe Errek!«, riefen ein paar Leute.

»Jawohl, er lebe hoch!«, knarzte der Alte. »Errek, der der Quochtelnmama zeigte, was eines stolzen Rebellen Herz vermag!«

Quochtelnmama? Das klang aber nicht nach Friedensschluss. Ich sah mich nach Perry um. Er stand uns gegenüber, auf der anderen Seite des Feuerrings, kaum auszumachen in dem Geflacker und den tanzenden Schatten.

Und?, machte ich mit den Händen, aber er sah mich nicht.

»Erzähl's uns noch mal, Witwenmacher!«, rief jemand durch die Halle.

»Ja, los!«, rief ich. »Erzähl's uns!«

»Wasser her!«, sagte Galrev Otashmarto. »Einen Krug Wasser her, um mir die Kehle zu ölen!«

»Bist du bei den Quochten nicht nass genug geworden?«, rief eine Frau.

Der Alte lachte rau. »So begossen hab ich mich nicht mehr gefühlt, seit meine erste Nebenfrau, die Toongher mögen sie selig haben, mal ihren Nachttopf über mir ausgeleert hat. Aber das ist eine andere Geschichte, und die soll an einem anderen Feuer erzählt werden!«

Ein Kind sprang durch die Flammen, reichte ihm einen Krug. Er nahm einen tiefen Zug, wischte sich mit dem Handrücken den Mund ab, drückte Errek den Krug in die Hand. Der junge Rebellenführer nippte daran, stellte das Gefäß auf den Boden.

»Das ist ein prächtiger Hüter der Grenzen, den wir jetzt haben, Leute!«, rief Otashmarto. »Ein prächtiger Hüter der Grenzen!«

Errek hakte die Daumen hinter den Gürtel und starrte in die Flammen. Was wollte er damit signalisieren? Bescheidenheit? Eher so etwas wie majestätische Ruhe.

»Na schön«, sagte Otashmarto. »Na schön. Wir kommen also da an, sagen vorher Bescheid, wie es sich geziemt, und was sehen wir, als wir gelandet sind?

Ein Feuer. Viele Feuer. Eine Meute der Rebellen, die neulich auf Zaphitti geblieben sind, heißt uns willkommen, mit weißen Gaben und allem Drum und Dran. Deine kleine Schwester hab ich da gesehen, Gulnar! Es geht ihr gut. Sie platzt schier vor Leben! Und bald noch mehr. Sie bäckt sich nämlich gerade was. Hat einem wackeren Recken ihr Herz geschenkt!«

»Wacker muss er sein, wenn er sich auf ihr Lager traut!«, antwortete die Frau, die wohl Gulnar hieß.

Einige andere Frauen johlten.

»Wahr gesprochen. Anschließend ging es in den Bauch des Planeten hinab, zu den Käferknackern. Scheußlich war es da, sag ich euch! Duster und eng und nass! Und dann diese reglosen Quochtelnwachen überall. Da wusste man überhaupt nicht, ob die echt waren.«

»Ich denk, die flitzen *immer* so rum!«, ertönte die helle Stimme eines Kindes. Ein kleiner Junge weiter links zappelte hektisch vor dem Feuer hin und her. Die Leute lachten.

»Tun sie, Kleiner, tun sie. Entweder hocken sie rum wie tot, oder sie sehen aus, als ob sie ein Stück Glut in der Hose stecken hätten. Nicht, dass sie Hosen tragen würden. Die Quochteln laufen nackig rum. Bloß die Königin hat so ein paar nasse Lappen umhängen, damit keiner sieht, wie sie sich ihre Eier rausdrückt.«

Er ging in die Hocke und rollte mit den Augen und kniff das Gesicht zusammen. Die Kinder kreischten vor Lachen. Errek lächelte schief.

Fran formte mit ihren Händen einen Trichter vor dem Mund und rief: »Wer weiß, wie die Quochten jetzt gerade *dich* beschreiben, Galrev von den Otashmarto!«

Der Alte richtete sich wieder auf. »Da ist was dran, schöne Kriegerin. Die werden bestimmt auch genug zu lachen haben.«

Er wurde ernst. »Und wenn Zaphitti eine typische Quochtelnwelt ist, dann will ich nur eins sagen: Prächtige Planeten, in denen die da wohnen! Wenn ich eines Tages mal genug von den Habitaten haben sollte, dann könnte ich glatt auf so eine Quochtelnwelt ziehen. Ist immer schön warm dort, und Wild gibt's in Hülle und Fülle. Und seine Nachbarn bekäme man ja nie zu Gesicht, im Gegensatz zu euch Knallköpfen hier!«

Er runzelte die mächtigen Brauen. »Wo war ich gerade?«

»Beim Kacken!«, rief ein Mädchen. Alles, was Kind war, lachte ihn aus.

Otashmarto schüttelte drohend die Streitaxt.

Errek ergriff das Wort; ruhig, aber vernehmlich. »Irn Tekkme, die Imperiale Königin der Quochten, war auf meine Bitte hin noch einmal angereist.«

»Ja, genau.« Otashmarto wies mit der Axt zu Errek hinauf. »Der neue Hüter der Grenzen, er bat die oberste Herrscherin der Quochteln, des einzigen Volkes neben uns Rebellen, das dem Empire noch tüchtig einzuheizen versteht, um ein

Treffen. Und die Imperiale Königin, Herrin über tausend Welten und hunderttausend Kriegsschiffe, sie kam, um sich mit dem neuen Hüter der Grenzen zu treffen!«

Donnernder Beifall. So langsam verstand ich, warum Errek nicht selbst von seiner Audienz bei Irn Tekkme berichtete.

»Erzähl noch mal das mit der Axt!«, rief ein Junge.

»Ja. Stellt euch vor, die Quochteln wollten doch tatsächlich, dass ich ihnen Spalter gebe. ›Flossen weg, ihr Nassnasen‹, hab ich gesagt.«

Die Leute lachten.

»›Flossen weg‹, hab ich gesagt. ›Der Witwenmacher nimmt seine Axt sogar mit ins Bett‹, hab ich gesagt. ›Die legt er höchstens mal weg, wenn er Kinder machen will.‹«

Fran ächzte. Ich gab ihr einen Klaps auf die Hüfte.

»›Wenn du vor die Königin treten willst, dann ohne Waffen‹, sagten sie. – ›Hat die Königin denn so schlechte Leibwächter?‹, hab ich darauf gefragt. ›Dass sie Angst vor einer Axt hat, mit der man erst mühsam ausholen muss?‹«

Er schwang die Axt. Es sah bei ihm nicht so aus, als ob es sonderlich Mühe machte.

»›Ihr könnt ja gern mit irgendwelchen Strahlern auf mich zielen‹, hab ich gesagt. ›Aber meinen treuen Spalter, den geb ich nicht in fremde Hände. Niemals.‹ Also durfte ich ihn mit reinnehmen. Aber wisst ihr was?«

Er rollte mit den Augen. »Jetzt wollten sie plötzlich, dass ich meine *Ringe* abgebe. Verschrobene Bande.«

Fran sah mich fragend an. Ich zwinkerte ihr zu. Sie grinste.

Galrev fuhr fort: »›Na schön‹, hab ich gesagt. ›Wenn's denn der Friedensfindung dient …‹ Immerhin, geklaut haben sie keinen.« Er wackelte mit den Fingern. Sie waren mit dicken, wuchtigen Schlagringen bestückt.

»Dann waren wir endlich drinnen in dem Thronsaal. Irn Tekkme saß da und schob sich oben Käfergeschnetzeltes rein und drückte sich unten Eier raus und glotzte uns an.« Er wackelte mit dem Zeigefinger. »Das ist gefährlich, Kinder. Schaut einem Quochtel niemals in die Augen, wenn er euch anglotzt. Außer ihr lasst euch gern auch zur Abwechslung mal eins mit der Keule überziehen. Also! Wir gehen da rein, und Errek tritt vor die Königin und sagt – ach, das sagt er euch besser selbst. So schöne Worte finde ich nie.«

Errek schmunzelte. »›Majestät‹, habe ich gesagt, ›viel Missverständnis hat es gegeben zwischen unseren Völkern und vielerlei Leid. Ich, Errek Mookmher, Taraks Sohn, der neue Führer der Rebellen von Nodro, der neue Hüter der Grenzen, bitte dich im Namen meines Volkes um Verzeihung. Mögen für Rebellen und Quochten andere, bessere Zeiten anbrechen. Wir Rebellen wollen alles dafür tun.‹«

»Ja, genau«, sagte Galrev. »Und dann, Leute, zeigte er Irn Tekkme die Hand, die gibt.«

Errek riss seinen linken Ärmel hoch und schritt die Innenseite des Rings ab, zeigte den tätowierten Unterarm vor.

Wir standen zu weit weg, um die Tätowierung erkennen zu können. Aber es musste sich um die friedliche Marktplatzszene handeln.

»Und wisst ihr, was passiert ist, Leute?«, fragte der alte Zwerg.

Niemand wusste es.

»Irn Tekkme glotzte ihn verständnislos an, das ist passiert! Sie hat überhaupt nicht verstanden, dass Errek ihr Frieden bot. Und wisst ihr«, er grinste breit, »was unser Errek dann gemacht hat?«

Stille. Nur das Prasseln des Feuers um uns herum.

»Ich habe etwas getan, was eines stolzen Rebellen unwürdig ist«, verkündete Errek mit volltönender Stimme. »Unsereins ist stolz darauf, am Boden zu leben, unter einem gemeinsamen Himmel, als Gleicher unter Gleichen! Um *ein* Feuer sitzen wir, ob Mann, ob Frau, ob Kind! Ob Hüter oder Hirte! Kein Adjel wohnt in einem besseren Zelt als dem, das er mit seinen eigenen Kräften bauen kann!«

»Ist es so oder nicht?«, rief Galrev.

»Ja!«, schrien alle. »Ja, so ist es!«

Errek hob die Hände. Alle verstummten. »Ein Famnir ist des Menschen Gefährte, heißt es bei uns, ein Herr ist des Menschen Feind!«

»Heißt es so oder nicht?«, rief Galrev.

Wieder schrien alle begeistert ihre Zustimmung heraus, bis Errek die Hände hob.

Errek: »›Ehe du nach dem Willen anderer Fettschwanz isst‹, sagt das Lehrwort, ›trinke lieber nach deinem freien Willen Wasser!‹«

Galrev: »Heißt das Lehrwort so oder nicht?«

»Jaaaa!«

Errek: »›Ehe ich mit gesenktem Haupt sterbe‹, heißt es, ›will ich lieber angebunden sterben!‹«

Galrev: »Heißt es so oder nicht?«

»Ja! Jaaaa!«

»Ich aber«, verkündete Errek, »habe genau das getan! Ich bin vor Irn Tekkme auf ein Knie gegangen und habe das Haupt gesenkt!«

Gelähmtes, fassungsloses Schweigen.

»Und nun«, sagte Errek, »haben wir Frieden. Und Irn Tekkme wird Schlachtschiffe schicken – fünfunddreißigtausend Stück.«

»Frieden zwischen Rebellen und Quochteln!«, rief Galrev Otashmarto. »Eine gemeinsame Front von Rebellen und Quochteln! Tarak Mookmher, er war die

Geißel der Götzen! Errek Mookmher, Taraks Sohn, er wird der *Tod* der Götzen sein!«

Galrev reckte die Streitaxt, warf den Kopf in den Nacken und stieß einen Schrei aus.

Die Rebellen nahmen den Schrei auf. Ein Lärm wogte durch die Halle, der einem schier die Trommelfelle zerriss.

30

Die Zeit des Abschieds war gekommen, und der Abschiede waren viele.

Als wir die Reisetaschen vor der prächtigen roten Tür unseres Djels bereitstellten, sagte Errek drüben seiner Frau Lebewohl. Es war ein schmerzlicher Anblick.

Errek stand steif da, mit durchgedrückten Knien, fast wie ein altterranischer Rocker in seinem schwarzen Leder und den aluminiumgrauen Stiefeln. Die runde Krenja wirkte schüchtern und verlegen. Es war deutlich, dass sie sich immer noch liebten. Aber sie umarmten einander nicht. Krenja sah zu ihm hoch und berührte seine Wange. Errek ergriff ihre Hand, zog sie von seinem Gesicht weg, suchte dann aber auch ihre andere Hand. So standen sie einander gegenüber: an den Händen haltend. Wahrscheinlich versuchten sie zu vermeiden, dass Errek Krenjas Bauch zu spüren bekam, den Bauch, in dem das Kind seines Erzrivalen heranreifte, das Kind des Mannes, den seine Frau geliebt und den er getötet hatte.

Wenn alles Kämpfen der nächsten Wochen einen glücklichen Ausgang nahm, dann stand ihnen ihre schwerste Zeit wohl erst noch bevor.

Wonjok, ihr fünfjähriger Sohn, hielt sich weiter vom väterlichen Djel fern. Er war bei einem befreundeten Adjel untergeschlüpft. Hoffentlich wagte er sich wenigstens wieder zu seiner Mutter, wenn Errek fort war. Wenn sein Vater fort war. Der seinen Ziehvater vor den Augen halb Koortanes getötet hatte. Und vor Wonjoks Augen.

Wie sich der Kleine wohl gerade fühlte? Ich wollte es mir eigentlich gar nicht vorstellen.

Errek schritt den Weg zum Palast hinauf. Seine Frau verschwand hinter der hölzernen Tür ihres Djels.

»Was für eine Misere«, sagte Fran und umarmte mich von hinten.

Ich legte meine Hände auf ihre. »Die triumphale Rückkehr des Helden aus der Gefangenschaft. Im Märchen läuft die anders ab.«

»Aber wenn sie es *schaffen*, dann wird ihre Geschichte auch für ein Märchen taugen. – Hey, ist das da vorn nicht Peikade? Dort zwischen den Zelten?«

Es war Peikade. Sie kam auf uns zu und entblößte die spitz zugefeilten Zähne zu einem breiten Lächeln. »Hallo!« Sie winkte auf Bauchhöhe; eine Geste, die sie sich anscheinend von Shimmi abgeguckt hatte. Teenager aller Welten vereinigt euch. »Ist Shim da?«

»Hinten.« Ich zeigte mit dem Daumen zur Tür. »Spielt noch ein bisschen mit den Katzen, bevor es losgeht.«

»Gut. Ich muss sie nämlich was fragen.« Sie linste zu Fran und mir herauf. Es sah hinreißend aus. Die bernsteinfarbenen Augen leuchteten unter dem fransigen Pony hervor, den Shim ihr geschnitten hatte. »Kommt ihr auch mit rein?«

Ich lachte auf. »Keine Sorge. Wir bleiben hier, dann könnt ihr euch ungestört voneinander verabschieden.«

»Nein, nein«, sagte Peikade. »Ihr könnt ruhig mit reinkommen! So ist es ja nicht.«

Wie sich herausstellte, verhielt es sich genau anders herum. Sie wollte unseren Beistand.

Shim kauerte hinten beim Feuer auf den Fellen und spielte mit den Katzenjungen. Sie sah selbst aus wie eine halbe Katze, wie sie sich dort in ihrer schwarzen Hose und dem schwarzen Trägerhemd räkelte und die Wärme genoss.

Wir setzten uns ins Rund. »Wo ist Schikago?«, fragte ich.

»Drüben, in ihrem Korb. Ich glaube, sie ist ganz froh, ihn ab und zu wieder für sich allein zu haben.«

Die Augen der Ferrolkatze funkelten orange.

Peikade griff sich einen der kleinen Kater und küsste ihn auf die Stirn. Er angelte mit spitzen Krallen nach ihren Haaren. Sie hob ihn auf einer Hand hoch und schüttelte ihn leicht. Er verbiss sich in die Hand. Peikade lachte. »Hey, langsam merkt man ja richtig was!« Sie schleuderte ihn zwischen ein paar Kissen.

Sie seufzte. »Die Katzen werde ich vermissen. Wir alle werden sie vermissen.«

Shim kehrte uns den Rücken zu und holte den Kater wieder hervor. Ihre Tätowierung auf dem linken Schulterblatt war immer noch nicht ganz abgeheilt. Eine milchige Schicht bedeckte Teile der Szene.

»Kann ich mir vorstellen«, sagte ich. »Katzen und Rebellen, das passt.«

Peikade warf mir einen dankbaren Blick zu. Ach, daher wehte der Wind …

Ich beschloss, ihr beizuspringen. Wenn mich ein hübsches Mädchen mit den Wimpern anklimperte, das noch dazu auf furchterregende Weise lächeln konnte, dann wurde ich weich wie Butter. Zumal wenn sich Fran Imith an mich lehnte.

»Sag mal, Shim, was macht eigentlich deine Tätowierung?«, fragte ich.

»Jetzt kann man schon ein bisschen mehr erkennen«, sagte sie. »Guck!«

Es handelte sich um einen Karowu. Ein paar Striche um den Steinhaufen herum deuteten den nackten Fels an. Obenauf lag ein bleicher Zontarschädel gegen einen rindenlosen, verwitterten Ast gelehnt, der in dem Steinhaufen steckte. Dem Schädel fehlte der Unterkiefer. Ein Teil des Hornkragens war abgebrochen. Und an dem Ast flatterten zerfetzte Stoffbänder.

Alles war, soweit man das durch die milchigen Flecken schon erkennen konnte, sehr detailreich ausgeführt. Und die Stoffbänder flatterten wirklich.

»Shim, du wilde«, meinte ich. »Hat das nicht wehgetan?«

Shim und Peikade lachten. »Darum geht's doch gerade. Aber schlimm war es eigentlich nur direkt über dem Knochen.«

»Ein nodronischer Felsenschrein«, sagte ich.

»Der reinste Wahnsinn, nicht?«, entgegnete Shim.

»Ja. Genau das wollte ich auch gerade sagen.«

»Aber das Beste kommt noch. Leg mal dein Ohr an den Schädel. Na komm, Bully. Mach schon. Ist trocken. Ist doch Spray drauf.«

Fran stach mir einen Zeigefinger zwischen die Rippen, aber wohlerzogen, wie ich bin, folgte ich der Einladung.

»Na?«, fragte Shim.

Ihr Schulterblatt war sehr warm an meinem Ohr. Und trocken. Ich hörte ein fernes, hohles Pfeifen. »Was ist das?«

»Der Wind, der durch die Augenöffnungen streicht. Ist das nicht total krass?«

»Total«, sagte ich. »Deine Eltern werden begeistert sein.«

»Wenn wir je wieder zurückkommen«, sagte Shim und zuckte mit den Achseln. Durch die Stoffbahnen an dem Ast fuhr ein Windstoß.

»Eigentlich ein guter Trick, Shim. Wirklich. Du kommst mit dieser Horrortätowierung nach Hause, und deine Eltern kommen gar nicht mehr auf die Idee, dich zu fragen, wie es eigentlich passieren konnte, dass ihre teure, reinrassige Katze eine Horde Bastarde geworfen hat.«

Shim drehte sich um und zog den Träger ihres Hemdes wieder hoch.

»Ein sehr geschicktes Ablenkungsmanöver«, fuhr ich fort. »Wie ich es für mich selbst nicht besser hätte ausdenken können.«

»Heh«, sagte Shim. »Was ist hier eigentlich los?«

»Die Rebellen von Koortane«, sagte Peikade feierlich, »bitten dich durch mich um einen Gefallen. Sie wollen die sechs Katzenjungen Schikagos gern behalten.«

»Alle sechs?«, fragte Shim.

»Zwei Männchen und vier Weibchen, ja. Dann stehen die Chancen gut, dass sie sich vermehren. Dann ließe sich die Trenighe-Plage auf biologischem Wege eindämmen.« Sie grinste schräg. »Und außerdem hätte ich dann auch immer ein Andenken an meine beste Freundin von jenseits der Zeit.«

Über dem Filzdach hupte es. »Das ist Perry«, sagte ich. »Auf geht's.«

»Na gut.« Shim ging zum Katzenkorb und ließ die Kuppel hochfahren. »Dann machen wir das so. Hilfst du mir tragen?«

Peikade und sie trugen den Korb nach draußen. Ich wollte hinter uns die Tür schließen, aber Peikade rief: »Nein, lass mal. Sie sollen schauen, wo sie zu Hause sein wollen.«

Perry senkte den Gleiter auf eine kleine Freifläche zwischen den Zelten hinab. Die vordere Schleuse ging auf, die Treppe senkte sich herab. Pratton und Quart kamen heraus und halfen uns mit den Reisetaschen, nahmen auch Shim den Katzenkorb ab.

Die beiden Teenager umarmten sich. Sie hatten Tränen in den Augen.

»Vielleicht kommen wir ja noch mal vorbei, bevor uns diese Wissenschaftler nach Hause schießen«, sagte Shim schniefend.

Peikade schniefte auch. »Erzähl keinen Quatsch.«

Dann fingen sie beide zu weinen an. Ach, süßer Vogel Jugend.

Fran und ich gingen in den Schwebebus. Perry hatte sich angeboten, uns zu fliegen. Wir suchten uns einen Doppelsitz.

»Du hast mir in die Rippen gepikst«, sagte ich leise zu ihr.

»Bitte?« Sie sah mich verständnislos an.

»Vorhin. In die Rippen. Hier.« Ich zeigte auf die Stelle.

Sie schlug die Beine übereinander. »Da war wohl der Wunsch der Vater des Gedankens«, entgegnete sie kühl.

»Shimmis Rücken war ganz schön warm«, sagte ich. »Sehr warm sogar. Regelrecht heiß.«

»Aha?« Sie besah sich die Fingernägel ihrer gespreizten Hand.

»Vielleicht sollte ich nachher mal ihre Temperatur messen.« Ich lehnte mich zurück und verschränkte die Hände hinter dem Kopf. »Was meinst du?«

Sie trieb mir den Daumen in die Flanke.

So alberten wir herum, um nicht an das denken zu müssen, was vor uns lag.

Der Bus nahm Höhe auf und schwenkte Richtung Raumhafen herum. Oben am Himmel standen zahlreiche blasse, verwehende Eintauchringe. Einer war noch kleiner und greller. Unser Abholservice.

Je näher wir dem Hafen kamen, desto stiller wurden wir. Nicht nur Fran und ich. Alle.

Irgendwann holten wir Errek ein, der mit einer Eskorte über die Steppe preschte.

Der Kleine Frachter erwartete uns schon. Er hieß AKISCH 011. »Ein recht nüchterner Name für ein Rebellenschiff«, sagte ich, als wir um ein Feuer herumsaßen und unsere weißen Willkommensgaben erhielten.

»Wie kommst du darauf, dass es sich um ein Rebellenschiff handelt?«, fragte der Kapitän. »Wir gehören zur Flotte der AKISCH-Handelsgesellschaft. Ihr

Kopf ist ein hoch anständiger Export-Import-Kaufmann mit besten Verbindungen.«

»Ich habe ja schon viel vom Universum gesehen«, sagte ich. »Aber ein hoch anständiger Export-Import-Kaufmann ist mir noch nie über den Weg gelaufen.«

Der Kapitän grinste.

Weiße Gaben, schwarze Gedanken.

Und schließlich: der Abschied.

»Hals- und Beinbruch«, sagte ich und gab allen die Hand.

»Bis bald«, sagte Fran, als wir uns umarmten. »Ich liebe dich.«

»*Ich* liebe *dich*«, sagte ich. Dann verließ ich das Schiff.

Ich sah zu, wie der Frachter am Himmel verschwand und ein neues Nachbild in die Traumhaut pflanzte.

Ich sah zu, bis mir der Nacken wehtat.

Dann flog ich, während die AKISCH 011 Kurs auf Nodro nahm, mit dem Mars-Liner zur Schnecke auf dem Berg zurück. So hatten wir es abgemacht.

Als ich beim Palast von Koortane ankam, setzte ich den Schwebebus wieder in die Große Halle, neben die Tierzelte. Ich fuhr die Systeme herunter, ließ nur die Bordbeleuchtung noch an.

Ich hatte keine Ahnung, ob ich im Djel bleiben würde oder lieber in den Mars-Liner zog.

Ich verließ die Kanzel. Der Passagierraum, ganz Plastik und gebürstetes Aluminium, gähnte mich an.

Ich lockerte die Schultern und atmete tief durch.

Ich konnte mich in die Arbeit stürzen, sicher. Aber spätestens in den Pausen würde es mich wieder einholen.

Fran fehlte mir jetzt schon.

Es gab Dinge, an die gewöhnte man sich nie. Ganz gleich, wie lang man lebte.

Tausend Mal lieber wäre ich mit ihr und den anderen nach Nodro gegangen. Doch der Plan, den wir zum Kampf gegen die Zwillingsgötzen ausgearbeitet hatten, wies mir eine andere Rolle zu.

Aber das ist, wie die Rebellen so schön sagen, eine andere Geschichte, und die soll an einem anderen Feuer erzählt werden!

Epilog

In dem einen Moment ist Sneber Grax noch sehr nachsichtig mit der eigenen Person. Er schlendert, wie es so Yuchten-Art ist, mit langsamen, ruckelnden Bewegungen, aber putzmunter und immer in den richtigen Farbtönen die hohe Mauer einer Passage unweit von Ewig-nicht-mehr-gesäuberte-Ebenen entlang.

Hach ja, in der Heimat ist es doch am schönsten. Gewiss, die Werftwerke von Wrischaila sind für einen ausgewiesenen Lügner, Betrüger und Linksberater ein mitunter arg kühles Pflaster. Andererseits kann man nirgendwo so schöne, fantasievolle Geschäfte tätigen wie hier, wo sich selbst enge Mitarbeiter eines Schutzpatrons eine Lebensversicherung ›auszahlbar im Falle des Kältetods des Universums‹ aufschwatzen lassen. Sicher, erwischen lassen darf man sich dann nicht, zumal nicht von den Exekutern. Mit denen ist nicht gut Fliegen fangen. Aber wer kann sich schon besser unsichtbar machen als ein nackter Yuchte? Klein, aber oho! Selbstzufrieden rollt Sneber die Schwanzspirale ab und wieder auf und gestattet sich, kurz ein paar Regenbögen über die Haut laufen zu lassen.

In dem nächsten Moment ist es um Snebers Seelenfrieden geschehen, plumpst er beinahe die glatte Mauer hinunter, baumelt er nur noch kopfüber an einem Fuß.

»Aaargh! Was soll das? Au au au, tut das weeeh! Ich bin getroffen!«

Entsetzt fasst er sich an die Seite. Als er die Hand vor die Augen führt, klebt blaues Blut an den Haftballen. Schon spürt Sneber, wie ihm die Sinne schwinden …

Dann fällt ihm ein, dass er gar nicht blaublütig ist. Er sieht sich um. Die Menge spritzt auseinander. Übrig bleiben die klobigen Umrisse zweier Exekuter. Der eine hat eine Farbpistole gezückt. »Diesmal haben wir dich wirklich, du Wicht!«

Der andere legt einen Betäubungsstrahler auf ihn an. »Du bist verhaftet, Delinquent Grax! Ergib dich, du hast keine Chance. Und keine Tricks diesmal, sonst machen wir von der besonders schweren Dienstwaffe Gebrauch!«

Ups. Doch kein Betäubungsstrahler.

Sneber lässt sich fallen. Über ihm dampft der Desintegrator ein ansehnliches Loch in die Mauer.

Sneber versucht, in der Menge unterzutauchen, aber da ist nicht mehr viel Menge.

Er schlägt sich in einen mit Imbiss-Müll voll gestopften Seitengang. Stapelweise zusammengelegte Kartons, durchgerostete Fässer, aus denen Eingelegtes sickert. Sneber flitscht und glitscht durch den Gestank und die Beinahe-Dunkelheit. *Du blöde Yuchtel!*, beschimpft er sich. *Da hättest du ja gleich auf Quocht bleiben können!*

Aber nein, der Herr Linksberater muss ja unbedingt an seine frühere Wirkungsstätte zurückkehren. Dabei hätte er so leicht ein neues Leben anfangen können, als wenn auch kleiner Held in den Kavernen von Takuri zum Beispiel. Hat er nicht zusammen mit Perry Rhodan und all den anderen prächtigen Humanoiden die Takurische Jagd gewonnen?

Der Durchgang entpuppt sich als Sackgasse. Ein vom Boden bis zur Decke reichendes Gitter trennt Sneber von der Freiheit. Drüben, jenseits des schwarzen Loches der Schwermutsschlucht, funkeln verheißungsvoll die Lichter der Stadt.

Sneber schmiegt sich an die Wand, färbt sich durch, schließt die großen Kugelaugen. Der letzte Anblick Perry Rhodans hätte ihm eine Mahnung sein sollen. Wie Rhodan dort gestanden hat, in dem zu Klump geschossenen Nestschiff, und sich über die sterbende Königin beugte – das Bild hat sich ihm in die Netzhäute eingebrannt.

Nicht, dass er etwas daraus gelernt hätte.

Schon hört Sneber hinter sich die Exekuter poltern. Es scheppert. Kistentürme stürzen um, als die großen Echsenwesen sich in den schmalen Gang schieben. Die Lichtfinger ihrer Stablampen zucken über die Decke.

Sneber hätte es nicht für möglich gehalten, aber sein Herz macht einen Satz und rast dann noch schneller als zuvor. Die Farbpistole! Er ist ja blau! Er ist ja völlig blau!

Die Farbe leuchtet im Streulicht der Stablampen sogar leicht.

Na schön. Sneber Grax tritt vor und hebt die Hände.

Da stehen sie, die Exekuter, füllen mit ihren massigen Leibern den Gang völlig aus. Da stehen sie, blenden ihn mit ihren blöden Lampen und klären ihn über seine Rechte auf.

»... das Recht, dich in die eigene Waffe zu stürzen, sofern sie nicht abgetreten, beliehen oder verpfändet ist ... das Recht, die Aussage zum Zwecke der Herbeiführung einer hochnotpeinlichen Befragung zu verweigern ...«

Au Backe. Das sind die Rechte für besonders überzeugte Überzeugungstäter.

Na schön, Sneber Grax, Linksberater von weiß Gott wessen Gnaden, hat noch nie aufgegeben. Aber dies ist nun wirklich und wahrhaftig das Ende.

So denkt Sneber jedenfalls, aber dann schimmert um die Köpfe der beiden Exekuter herum kurz eine rötliche Aura auf. Die Kolosse stürzen der Länge nach hin, dem Yuchten direkt vor die Füße. Ihnen fehlen die Hinterköpfe. Rauch kräuselt aus den Wunden.

In dem hellen Viereck des Durchgangs zeichnet sich eine humanoide Silhouette ab. Sie lässt ihr Strahlergewehr unter dem langen Mantel verschwinden. Sie stapft auf ihn zu.

»Ich – ich bin ehrlich aufs Äußerste dankbar«, piepst er. »Nie-niemals nicht wird dir Sneber Grax das vergessen!«

Keine Antwort.

Die Gestalt schiebt sich zwischen den Exekutern hindurch und greift sich den Strahler, den die eine Großechse noch immer umklammert hält.

Sneber weicht zurück. »Aufs Äußerste dankbar. Ehrlich.«

Aber die Gestalt zielt weit über seinen Kopf hinweg, und er reicht ihr kaum bis zum Bauch.

Bssst, löst sich hinter ihm das Gitter auf.

Im nächsten Augenblick hat sie ihn beim Arm gepackt und zerrt ihn mit sich. Auf das klaffende Loch in dem Restgitter zu.

»Aber dahinter liegt die Schwermutsschlucht!«, sagt Sneber und versucht sich loszureißen.

»Dann halt dich besser fest«, sagt die Gestalt.

Es ist eine Frau, und sie springt mit Sneber über den Rand. Der Yuchte schreit, versucht mit den Haftballen ein Stück Fassade zu fassen zu bekommen und umklammert dann die Frau. Ihr Mantel ist speckig und stinkt.

Ein ganzes Stück geht es im freien Fall hinunter. Dann verlangsamt sich ihr Sturz, und sie segeln zur anderen Seite hinüber, rasen auf die Lichter drüben zu.

»Was ist das?«, ruft Sneber.

»Geheime Tambu-Technik«, sagt die Frau. »Nennt sich Flugpack.«

Verheißungsvoll schimmern die Lichter drüben auf der anderen Seite, doch auf einmal rutschen sie nach oben weg. Die Frau und er, sie stürzen tiefer in die Schwermutsschlucht. Es ist dunkel dort unten. Finster. Eine Knochenhalde muss es sein, übersät mit den Skeletten unzähliger Selbstmörder.

Kurz vor dem Grund – Sneber sieht fahle, unbestimmbare Strukturen aufschimmern – biegen sie ab und in eine Öffnung hinein. Dort landet die Frau. »Komm.«

Er folgt ihr tiefer in die Röhre, um einen Knick herum. Die Frau hockt sich hin und entzündet ein Feuer.

Geblendet blinzelt Sneber sie an. Sie sieht schmutzig aus. Schmutziger als Nodronen sonst sind. Die Haare sind eine verfilzte Matte, staubig, mit eingetrockneten Resten von Farbe darin. Das Gesicht sieht aus wie seit Wochen nicht gewaschen. Eine Stadtstreicherin mit einem Strahlergewehr?

»Was willst du von mir?«

»Bring mich zu den Rebellen von Nodro.«

Dem Yuchten entfährt ein Kiekser. »Wie kommst du darauf, dass ich das kann?«

»Bring mich zu den Rebellen von Nodro«, sagt die Frau wieder, in exakt dem gleichen Tonfall.

»Hast du je davon gehört, dass Yuchten und Rebellen gemeinsame Sache machen?« Er versucht sich an einem Humanoiden-Lachen.

»Du *hast* mit den Rebellen gemeinsame Sache gemacht«, sagt sie. »Hier auf Wrischaila. In einer Lagerhalle. Gegen Axx Cokroide, Fluch seinem Geschlecht.« Sie sagt es unbeteiligt, ohne bedrohlichen Unterton.

Trotzdem kriegt Sneber eine Blindhaut. »Wer *bist* du?«, fragt er.

Die Frau lächelt schief. Es ist ein Lächeln, dem jede Wärme fehlt.

»Nenn mich Tonka«, sagt sie.

Perry Rhodan

ODYSSEE

5

FRANK BORSCH

Das strahlende Imperium

Schwerer Kampfjäger des Empire von Nodro

Der Kampfjäger ist als Nurflügler konzipiert. Diese Auslegung in Kombination mit adaptiver Flügel-Technologie macht die Maschine besonders in der Atmosphäre zu einer konkurrenzlos effizienten Waffe. Während dieser Flugphasen kann auf Antigravunterstützung verzichtet werden - eine Eigenschaft, die zugleich dem Ortungsschutz zugute kommt.

Hauptenergiequelle sind Fusionsreaktoren, die primär den Impulsantrieb und die Reaktionskanonen versorgen.

Technische Daten:

Spannweite: 18 Meter
Länge: 14 Meter
Höhe: 3,5 Meter

Besatzung:

3 (Pilot, Ortungs-/Funk- und Varsonik-Operator, Bordschütze), eine weitere Person je nach Einsatzart.

Bewaffnung:

offensiv: 2 Reaktionskanonen, Desintegrator und Paralysator.
defensiv: Klasse I-Schutzschirm; Ortungsstörsysteme.

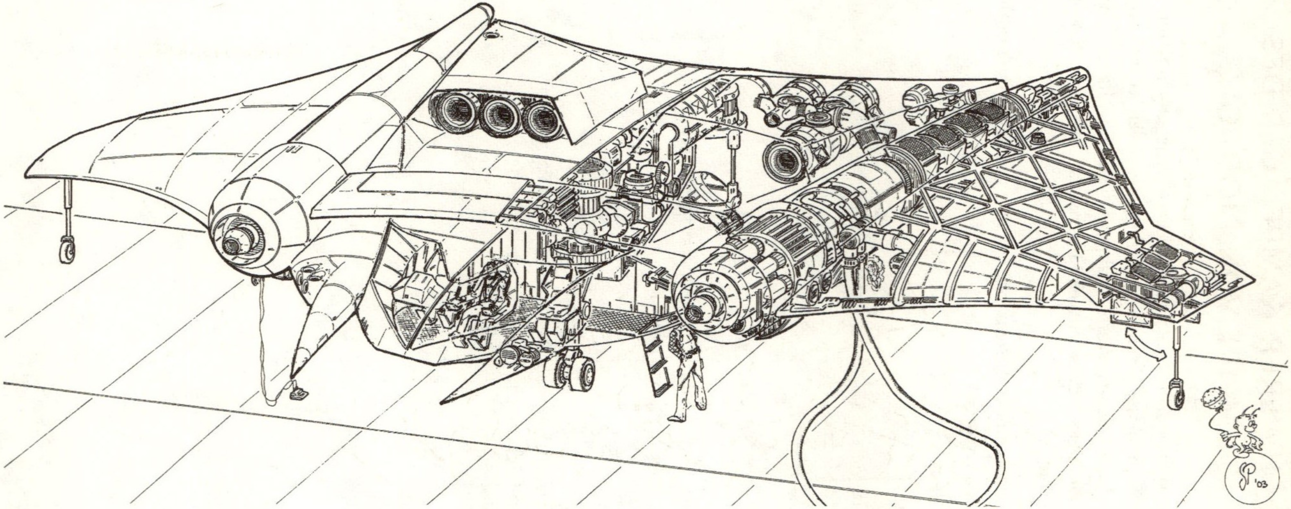

SCHWERER KAMPFJÄGER des Empire von Nodro

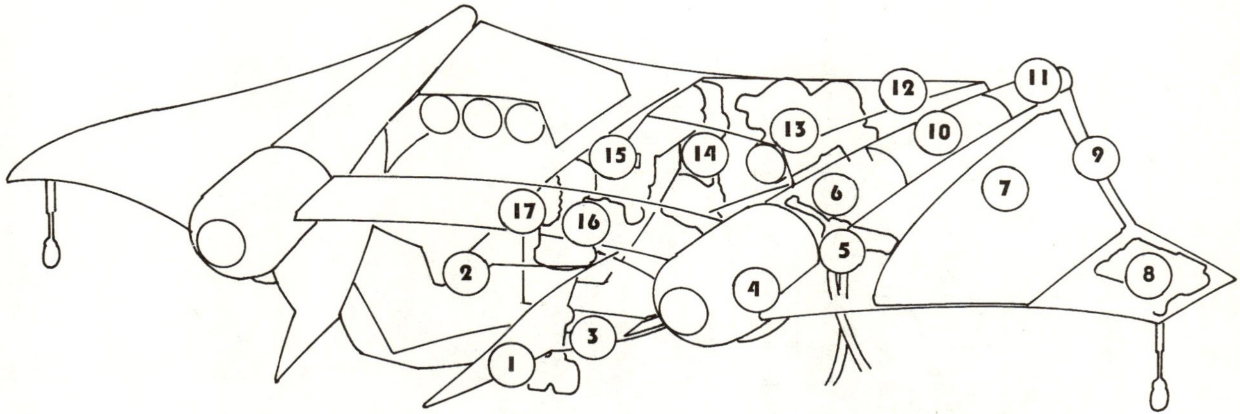

SCHEMAZEICHNUNG

LEGENDE:

1. Ortungssysteme in der Doppelbugspitze
2. Cockpit: vorn Andrucksitz Pilot, Schütze Backbord Seite, Operator an Steuerbord; zusätzlicher Sitz für Missionsspezialist nicht dargestellt. Cockpitverglasung aus vaaligischem Transglas
3. Einstiegsluke; Hauptfahrwerk
4. Reaktionskanone mit Beschleuniger, autonomen Zielpeilsystemen und Energiespeichern; unten externer Kühler
5. Betankungsanschlüsse für Treibstoff (Deuterium und Wismut)
6. Fusionsreaktor mit autarker Regelung, Neutronenkompensator, nachgeschaltetem Wandler und Kühlung; das Fusionsplasma wird entweder direkt zur Reaktionskanone (4) oder zu den Triebwerken (13) geleitet
7. Backborddrucktank für Deuterium mit Notentlüftung
8. Antennen und Kommunikationssysteme; Fahrwerkshydraulik
9. Aktuatoren der adaptiven Flügelsteuerung; die gesamte Flügelkante wird verformt
10. Schutzschirmgeneratorspulen und Projektoren, darunter Speicherbänke
11. Stör- und Ortungssysteme im Heckausleger
12. Düsensatz zur Lageregelung mit eigenem Zwischenspeicher
13. Fusionstriebwerke Backbord (insgesamt drei) mit je zwei Düsen für Beschleunigung und Verzögerung
14. Sekundärbewaffnung in ausfahrbarem Drehturm, davor Wismutdrucktank
15. Vorratstanks des Lebenserhaltungssystems und Klimaanlage
16. Antigravgenerator mit Matrixprojektoren und Komponenten des Andruckabsorbers
17. Computerkern (Varsonik)

1

Als Argha-cha das Zelt der Vorreiterin des Clans der Mongaal betrat, arbeitete ihre Großmutter am Menschbild.

Das Mädchen verharrte lautlos in der Aussparung der Zeltwand. Es geziemte sich nicht, die Vorreiterin unaufgefordert anzusprechen, auch nicht für ihre liebste Enkelin. Ratlos blieb Argha-cha auf der Schwelle stehen, einer mit dunklen Blutflecken bedeckten Planke, die aus dem Palast eines der vielen Feinde stammte, die dem Ansturm der Mongaal im Lauf der Jahrtausende erlegen waren.

Argha-cha erwog umzukehren. Sie musste es nicht tun. Die Clansleute der Mongaal waren frei, nur ihrer Vorreiterin und den Grenzen ihres eigenen Mutes untertan. Sie konnte auf der Stelle kehrtmachen, es einem der verdienten Krieger überlassen, der Vorreiterin die Mitteilung zu machen, Tasser-mor vielleicht. Aber Argha-cha blieb. Ihre Großmutter hatte sie gelehrt, niemals blind vor Dingen zu fliehen, die ihr Angst machen. Und ausgerechnet vor der Frau, die ihr das vermittelt hatte, sollte sie jetzt davonrennen?

Argha-cha war gerade vierzehn geworden, kein Kind mehr, aber auch noch keine Erwachsene, keine Gleiche im Kreis der Krieger, wie das leere Peitschenholster an ihrer Hüfte bezeugte. Sie würde sich erst bewähren müssen, einen Feind bezwingen, ihm das Leben aus den Knochen saugen oder etwas Vergleichbares leisten.

Etor-tai schien nichts von ihrer Anwesenheit zu spüren. Die alte Frau arbeitete mit stiller Hingabe an ihrem Menschbild. Immer, wenn sie sich streckte, um eine bestimmte Stelle in Augenschein zu nehmen oder ein neues Teil an das Menschbild anzupassen, straffte sich die sonnenverbrannte, runzlige Haut auf ihrem Nacken und Arm und gab den Blick auf straffe Sehnen und Muskeln frei. Als sie noch jung gewesen war, hieß es, hatte kein Lebender die Peitsche so geschickt und mit derart tödlicher Schnelligkeit und Präzision geführt wie Etor-tai.

Argha-cha hatte noch nie erlebt, wie ihre Großmutter die Peitsche züngeln ließ. Manchmal, wenn das eine oder andere Mitglied des Clans Argha-chas Stolz verletzt hatte, wünschte sie sich, dass Etor-tai die Riemen für sie sprechen ließe. Aber meist verging Argha-chas Wut ebenso schnell, wie sie aufgeflammt war, und sie bereute ihre Gedanken.

Jedes Kind wusste, dass das Knallen der Peitschen unumkehrbar Tod und Verheerung bedeutete – und diese gebührten den Feinden des Clans. Verließen die Mongaal den Pfad der Einheit, würden sich ihre Feinde zusammenrotten, sie unerbittlich jagen und die Mongaal auf einem Scheiterhaufen verbrennen, der die gesamte Galaxis in sein Licht tauchen würde.

»Es ist spät, Argha-cha. Wie lange willst du noch auf der Schwelle unseres verblichenen Triumphs stehen und mir Löcher in den Rücken starren?«

Das Mädchen schreckte hoch. Sie taumelte zurück und wäre hingefallen, hätte der Energieschirm sie nicht aufgehalten, der das Zelt der Vorreiterin wie eine unsichtbare Glocke umgab.

Etor-tais Zelt war eine Festung, um das sich die Behausungen der Mongaal drängten.

Jede Nacht, wenn der Clan sein Lager aufschlug, brach aufs Neue der Wettbewerb aus, das eigene Zelt möglichst nahe an dem der Vorreiterin aufzustellen. Je kürzer der Abstand, desto mehr galt das Wort des Betreffenden bei der Vorreiterin, so glaubte man im Clan. Argha-cha verzichtete auf diese Ehre – die viele ihr nur zu gerne eingeräumt hätten, um sich Etor-tai auf dem Umweg über ihre Lieblingsenkelin gewogen zu machen – und begnügte sich für ihr kleines Zelt mit einem Platz in dem Niemandsland, das sich zwischen den Zelten der Krieger und denen der Hirten-Sklaven erstreckte.

Das Mädchen glaubte den Geschichte-Erzählern, die beredt von dem Unglück jener Zeugnis gaben, die sich allzu eifrig in den Mittelpunkt gedrängt hatten.

»Komm schon!« Etor-tai winkte sie heran, ohne sich von dem Menschbild abzuwenden. Zwischen den Fingern ihrer Großmutter glaubte das Mädchen einen winzigen Knochen wie den eines Vogels zu erkennen. Oder war es ein Mikro-Bauteil aus Spezialplastik? »Komm rein!«

Argha-cha folgte der Aufforderung. Sie fragte sich, wie ihre Großmutter sie bemerkt hatte. Argha-cha war noch keine Kriegerin, aber man hatte sie von Kindesbeinen auf ihre Bestimmung vorbereitet, und einen Krieger wurde als Erstes gelehrt, sich unbemerkt dem Feind zu nähern. Argha-cha war die lautlose Bewegung bereits in Fleisch und Blut übergegangen. Dennoch war Etor-tai ihre Anwesenheit nicht entgangen. Das Gefechtssystem des Clans schenkte ihr eine Wahrnehmung, die in ihrer Schärfe und Spanne die einer gewöhnlichen Kriegerin weit übertraf.

Argha-cha betrat das Zelt. Es umschloss lediglich einen kleinen, niedrigen Raum. Die Bahnen aus Sturmtierleder liefen, von Stahlstangen gestützt, in flachem Winkel aufsteigend der Mitte entgegen und bildeten dort ein Loch, durch das der Rauch des Feuers in der Zeltmitte abziehen konnte. Argha-cha war keine große Nodronin – und mit ihren vierzehn Jahren noch längst nicht ausgewachsen –, aber selbst sie zog unwillkürlich den Kopf ein.

Als kleines Kind, als ihre Großmutter sie noch auf den Schoß genommen hatte, hatte sie Etor-tai einmal gefragt, wieso sie so ein schäbiges Zelt besaß.

Wieso sollte die Frau, die den Clan führte, deren Wort selbst über dem Gesetz stand, sich mit einem Zelt begnügen, dessen Inneres an die traurigen künstlichen Höhlen der Sesshaften erinnerte?

Etor-tai hatte ihr geduldig geantwortet, wie sie auf alle Fragen ihrer Enkelin, selbst die naivsten, geantwortet hatte.

Sie hatte Argha-cha davon erzählt, wie ihre Vorfahren über die Ebenen der Urwelt gezogen waren, auf denen das Schiff der Dreizehn notgelandet war, sie den Stürmen, der Kälte und der Hitze, dem Hunger und dem Durst und ihren Feinden getrotzt hatten. Wie sie sich zu den Herren der Welt aufgeschwungen, den Himmel und die Meere erobert hatten, ja bald sogar den Raum zwischen den Welten – und sich doch ein Element ihrer Herrschaft widersetzt hatte: der Blitz.

Immer wieder sandte er seine glühende Faust aus der Sphäre zwischen Himmel und Erde herab, verheerte nach Belieben. Lange hatten die Vorfahren geglaubt, der Blitz säe seine Zerstörung dort, wo es seine Launen ihm diktierten, aber irgendwann hatten kluge Männer und Frauen herausgefunden, dass dem nicht so war.

Der Blitz strafte jene, die sich hervorhoben, in ihrer Protzsucht ihre Zelte in den Himmel wachsen ließen. Seit dieser Zeit lebten die Vorreiter der Mongaal in Zelten, die sich demütig an den Boden drückten, wie es den Herrschern des Landes anstand.

Argha-cha hatte geglaubt, die Botschaft der Geschichte augenblicklich verstanden zu haben. Lag es daran, dass ihre Großmutter so eine geschickte Erzählerin war? Oder war es ihre eigene, rasche Auffassungsgabe, die ihr dazu verhalf?

Was immer der Grund sein mochte, als Argha-cha an jenem Tag aus ihrem Zelt getreten war, hatte sie noch etwas anderes verstanden.

Das Himmelszelt.

Es stand, nein, es ragte nur wenige Schritte neben dem Zelt ihrer Großmutter auf. Wollte man seine Spitze sehen, musste man den Kopf tief in den Nacken legen. In seinem Innern bot es gerade so viel Platz, dass ein einzelner Mensch um den mächtigen Hauptmast gerollt schlafen konnte. Manchmal verbrachte jemand die Nacht darin – meist erfuhr man erst hinterher, aus zweitem, drittem Mund davon – und seit jenem Tag wusste Argha-cha, wieso. Wer das Misstrauen der Vorreiterin erregte, wurde auf die Probe gestellt – hatte er Glück und die Vorreiterin glaubte, ihm eine weitere Chance geben zu dürfen – verschonte ihn der Blitz, galt er als gereinigt.

»Was führt dich zu mir? Wie gesagt, es ist spät.«

Etor-tai wandte sich endlich von dem Menschbild ab und lächelte sie gutmütig aus ihrem breiten Mund an. Beiläufig warf die Vorreiterin ein Tuch über das

Menschbild. Der Stoff war weich und schmiegte sich eng an das Menschbild an. Argha-cha konnte die Konturen, die das Tuch zeichnete, nicht von denen eines Nodronen unterscheiden. Bedeutete das, dass das Menschbild endlich vor der Vollendung stand? Und wenn dem so war, war das eine gute Nachricht?

»Ein Gesandter ist eingetroffen«, sagte Argha-cha. »Aus der Götzenstadt. Er bietet uns eine Eskorte an.«

»Das wurde auch Zeit. Was bilden sich diese Götzen ein, mit wem sie es zu tun haben? Wie lange wartet er schon?«

»Beinahe zwei Stunden.«

»Gut, das sollte genügen.« Es war ein Zeichen der Ungeduld der Vorreiterin, dass sie bereit war, den Gesandten schon nach so kurzer Zeit zu empfangen. Für gewöhnlich ließ sie Bittsteller von anderen Clans mindestens eine Nacht warten, bei Nicht-Nodronen zog sich die Wartezeit oft mehr als eine Woche hin. »Lass ihn holen!«

Etor-tai wollte sich bücken, um die leere Schale, die zu Füßen des Menschbilds stand, aufzunehmen, verharrte aber in der Bewegung, als ihre Enkelin keine Anstalten machte, ihrem Befehl zu folgen.

»Was ist los? Gelten dir meine Befehle nichts mehr? Willst jetzt auch du noch so bockig werden wie der Rest?«

Argha-cha schüttelte langsam den Kopf. »Nein, das würde ich nie tun, Großmutter.«

Das Mädchen wusste um die Unzufriedenheit, die im Clan gärte. Viele flüsterten, wenn auch nur hinter vorgehaltener Hand, dass die Vorreiterin alt und schwach geworden sei, sie ihre schwindenden Energien auf diese absonderliche Puppe verschwendete, die sie Menschbild nannte. Dass der Clan besser in anderen Händen aufgehoben sei.

Aber noch hatte sich niemand gefunden, der den Mut besessen hätte, die Vorreiterin zum Duell zu fordern und ihren letzten Atem zu schöpfen.

»Wieso tust du dann nicht, was ich sage?«

»Sie ... sie haben keine Geschenke gebracht.« Das Mädchen brachte die Antwort nur mit Mühe hervor. Sie kannte den furchtbaren Zorn ihrer Großmutter. Es war nicht klug, in ihrer Nähe zu sein, wenn er sich seine Bahn schlug – und schon gar nicht, sein Auslöser zu sein.

Aber deshalb hatte man sie ja vorgeschickt. Ihrer Lieblingsenkelin würde Etor-tai nichts antun.

Einen Augenblick lang geschah nichts. Etor-tai starrte Argha-cha an, aber das Mädchen spürte, wie der Blick durch sie hindurch ging, durch die Zeltbahn, durch den Energieschirm, dorthin, wo der Gesandte der Zwillingsgötzen im Empfangszelt der Vorreiterin saß und die wertvolle Sturmtiermilch des Clans trank. Dann wirbelte die alte Nodronin herum, packte die Schüssel, die vor dem

Menschbild stand, hob sie hoch und zerschmetterte sie mit aller Kraft auf einem der Steine, die das Feuer einfassten.

Scharfe irdene Splitter bohrten sich in Argha-chas Schienbein. Sie ließ sich den Schmerz nicht anmerken.

»Was bilden sich die Zwillingsgötzen ein? Halten sie uns für Vasallen, die auf dem Bauch rutschen und um eine Audienz betteln?« Etor-tais Stimme war laut, aber sie brüllte nicht. Das tat sie nie.

Argha-cha schwieg mit gesenktem Kopf. Ihre Großmutter schien nicht ihr, der Überbringerin der schlechten Nachricht, die Schuld zu geben. Besser, sie sorgte dafür, dass es so blieb.

»Weißt du, was ich tun sollte, Argha?«, fragte die Vorreiterin und fuhr fort, bevor das Mädchen zu antworten vermochte. »Ich sollte ihrem lumpigen Gesandten die Kehle durchschneiden, ihn mit Sturmtierdung ausstopfen, im eigenen Blut kochen lassen und ihn diesen Götzen zum Abendessen zurückschicken! So hätten die Alten gehandelt!«

»Soll ich Befehl geben …?«

Argha-cha überraschte die Heftigkeit ihrer Großmutter nicht. Es ging um die Ehre. Ein Gesandter ohne Geschenke war ein unerhörter Affront. Einen solchen schickten Clans nur zu geschlagenen Feinden aus, um ihrerseits Geschenke zu fordern. Niemand mehr würde den Clan der Mongaal achten, reagierte die Vorreiterin nicht angemessen.

Andererseits … ein getöteter Gesandter würde wiederum einen Affront für seine Herren darstellen, den diese nicht ungesühnt lassen konnten.

Argha-cha fragte sich, wie viele Angehörige des Clans für den Tod des Gesandten mit dem Leben bezahlen würden. Einer aus jeder Dreizehnerschaft? Oder noch mehr? Das System der Blutrache war so alt wie die Nodronen selbst, im Lauf der Jahrtausende hatte sich ein kompliziertes System von für legitim erachteten Racheakten etabliert. Dennoch war die Reaktion der Gegenseite jeweils nur schwer abzuschätzen. Fest stand nur, dass Blut für Blut vergossen würde.

»Nein, nicht doch. Die Alten hätten so gehandelt – aber die alten Zeiten sind längst vorbei, sonst hätte es der stolze Clan derer von Mongaal nicht nötig, dem Ruf der Zwillingsgötzen überhaupt zu folgen. Ich will nicht, dass Blut fließt. Nicht schon jetzt, wo wir noch nicht einmal die Stadt betreten haben. Wir werden es noch brauchen.«

»Aber was willst du dann tun? Ihn *vorlassen?*« Argha-cha machte dieser Gedanke kaum weniger Angst als der, den Gesandten zu töten. Empfing Etor-tai den Gesandten, der sie auf diese Weise beleidigt hatte, schoss sie die Ehre des Clans in den Wind. Andere Clans würden davon erfahren, und es würde nicht lange dauern, bis sie sich auf die Ehrlosen stürzten und sie zerfleischten.

»Lieber sterbe ich«, entgegnete die Vorreiterin. »Nein, ich …« Etor-tai strich sich über den kahl rasierten Schädel. Wieder sah sie zu ihrer Enkelin, wieder sah sie durch sie hindurch. Aber diesmal war Argha-cha sich bewusst, dass ihr Blick weit über das Empfangszelt hinausreichte. Viel weiter.

»Richte dem Gesandten meinen Dank für sein Kommen aus. Gib ihm ein Geschenk – nur eines, hörst du, nur eines! Such eines der Sturmtiere aus, die gestern Nacht geworfen wurden! – und versichere ihm unserer Treue zum Empire von Nodro. Bedanke dich für die Aufmerksamkeit der Zwillingsgötzen, die in ihrer Güte an den unbedeutenden Clan derer von Mongaal gedacht haben, und für die Führung, die sie uns anbieten.« Etor-tai schöpfte Atem, dann fuhr sie fort: »Und sag ihm, dass wir sie unermesslich zu schätzen wissen, aber dennoch auf sie verzichten werden. Der Clan derer von Mongaal hat stets seinen Weg gefunden, er wird ihn auch in Kion finden.«

Etor-tai nahm die Hand ihrer Enkelin, etwas, was sie nicht mehr getan hatte, seit Argha-cha das Peitschenholster der Halbwüchsigen erhalten hatte. »Sag es ihm genau so, wie ich es dir gesagt habe. Hörst du? Genau so!«

Die Vorreiterin entließ ihre Hand. »Und jetzt geh!«

Verstört zog sich das Mädchen zurück. Aus dem Augenwinkel nahm sie noch wahr, wie ihre Großmutter das Tuch von dem Menschbild zog, dann war sie durch die automatisch entstandene Strukturlücke im Energieschirm hindurch, hob die Zelttür an und schlüpfte nach draußen.

Alltag erwartete sie. Überall waren Männer und Frauen damit beschäftigt, die üblichen Lagerarbeiten auszuführen: das Schlachten eines alten, nutzlos gewordenen Tragtiers, die Ausbesserung von Zelten und Gleiterwagen, die Bewachung des Runds, in dem die Mongaal ihre Zelte aufgeschlagen hatten. Und doch meinte Argha-cha, unterdrückte Furcht zu spüren. Oder war es nur ihre eigene Aufgewühltheit, die sie in die Clansleute hineinlas?

Das Mädchen setzte geflissentlich einen Fuß vor den anderen, immer in Richtung auf das Empfangszelt, wo der Gesandte der Zwillingsgötzen bereits ungeduldig auf eine Antwort warten würde. Argha-cha hatte den Blick gesenkt. Sie wollte – konnte – jetzt niemandem in die Augen sehen. Außerdem sagte ihr ein Gefühl, dass, sollte sie ihre Füße nur einen Moment aus den Augen lassen, sie kehrtmachen und sie davontragen würden. Weit, weit weg.

In Gedanken sagte Argha-cha immer wieder die Worte ihrer Großmutter auf. Sie wollte um keinen Preis einen Fehler machen, nicht eine Silbe weglassen oder hinzufügen. Selbst die Betonung, die ruhige Abgeklärtheit ihrer Großmutter, durfte Argha-cha nicht verfälschen.

Das Schicksal des Clans hing von diesen Worten ab.

Argha-cha war trotz ihrer Jugend erfahren genug, das Kalkül der Vorreiterin zu erkennen. Etor-tai versuchte, den Kopf ihres Clans aus der Schlinge zu ziehen, die sich immer enger um seinen Hals zusammenzog. Die Vorreiterin hatte den Zwillingsgötzen eine goldene Brücke gebaut, die es ihnen erlaubte, das Gesicht zu wahren, ohne das Blut der Mongaal zu vergießen. Die Mongaal hatten, wenn auch nur ein bescheidenes, so doch ein Geschenk für die Götzen.

Sturmtiere waren auf Nodro eine Rarität. Die meisten Clans – ganz zu schweigen von den Clanlosen – hatten die Zucht längst aufgegeben, aber ihre Wertschätzung war im umgekehrten Maß gestiegen, stellten sie doch Symbole für die goldenen Zeiten der Alten dar. Mit ihrem Verweis auf das Vermögen der Mongaal, ihren Weg selbst zu finden, hatte Etor-tai dem, was als Befehl gedacht gewesen war, den Anstrich einer Höflichkeitsgeste unter Gleichen gegeben. Und unter Gleichen war es üblich, einander Dinge anzubieten und abzulehnen.

Die Mongaal konnten ohne Gesichtsverlust verschont werden – wenn es den Zwillingsgötzen beliebte.

Argha-cha rief einen Hirten-Slaven heran, befahl ihm, ein Sturmtierkalb in den Gleiter des Gesandten zu verladen, und trat in das Empfangszelt. Der Gesandte sprang bei ihrem Erscheinen auf und ließ sich, als er erkannte, dass er drauf und dran war, seine Würde zu verspielen, betont langsam wieder in die Kissen sinken.

Gegen ihren Willen empfand das Mädchen Mitleid mit dem Gesandten. In ihrem ganzen Leben hatte sie keinen jämmerlicheren Mann als ihn gesehen. Er war prächtiger gekleidet als selbst die Edelsten der Mongaal am Tag einer Siegesparade, aber zugleich wirkte er, als wolle er sich in der über und über mit Spitzen besetzten Uniformjacke verkriechen wie eine Schildkröte in ihrem Panzer. Seine tief in den Höhlen liegenden Augen waren gerötet, seine Züge blass wie die einer Leiche.

»Was … was sagt die Vorreiterin?«, fragte er stockend, als Argha-cha schwieg. Er musste wissen, was ihm bevorstand. Kein Nodrone wäre dumm genug gewesen, es nicht zu erkennen.

»Sie bittet den Gesandten der Zwillingsgötzen mit ihrer ganzen Seele um Verzeihung, aber sie ist unpässlich«, sagte Argha-cha. »Sie ist keine junge Frau mehr, und die Strapazen der langen Reise nach Nodro und des Marsches über den halben Planeten haben sie erschöpft.«

»Sie wird mich nicht empfangen?«

»Nein, aber sie lässt deinen Herren eine Botschaft ausrichten. Präge sie dir gut ein. Es ist von größter Wichtigkeit, dass du sie Wort für Wort weitergibst.«

Sie sagte die Nachricht ihrer Großmutter auf, zweimal, und ließ den Gesandten sie wiederholen. »Gut«, schloss sie das Gespräch ab. »Du kennst nun die Worte der Vorreiterin derer von Mongaal – überbringe sie deinen Herren!«

Der Mann erhob sich von den Kissen und verneigte sich vor ihr. Argha-cha registrierte, dass sein Gesicht, das sich während ihres Gesprächs gerötet hatte, erneut die Farbe verloren hatte. Dem Mann musste aufgegangen sein, dass er zwar dem Tod durch die Mongaal entgangen war – ihn aber nun das Schicksal durch die Hand seiner eigenen Herren ereilen würde, entschieden sich diese, die Botschaft Etor-tais als Beleidigung aufzufassen.

Ohne ein Wort des Abschieds verließ der Gesandte das Zelt. Argha-cha trat ebenfalls ins Freie und verfolgte, wie der Mann, jede Würde vergessend, mit den gehetzten Schritten eines gejagten Wildes zu seinem Atmosphären-Gleiter rannte und startete. Kurz darauf vollführte der silberne Keil eine Kehre über dem Lager und nahm Kurs auf Kion.

Argha-cha sah ihm noch lange nach, auch dann noch, als der Gleiter in der Silhouette der Stadt verschwunden war, die sich vor dem Gebirge der Stürme aus dem Dunst erhob.

Kion. Die Ewige Stadt.

Seit sie denken konnte, hatte Argha-cha davon geträumt, die Hauptstadt des Empire von Nodro zu erblicken, ganz gleich, welche Schauermärchen die Geschichte-Erzähler von ihr berichteten.

Aber jetzt, als sie die Skyline aus Hunderten von gewaltigen, Zelten nachgeahmten Wolkenkratzern musterte, sah sie vor sich nur ein Gewirr aus Himmelszelten, jedes darum bemüht, sich höher als alle übrigen in die Höhe zu recken.

Sie fragte sich, wann es dem Blitz gefallen würde, in ihnen einzuschlagen.

2

Die Attentäter beratschlagten in einer Lagerhalle der Akisch-Handelsgesellschaft am Westrand von Kion unweit des Raumhafens. Die Reihen der Hochregale, zwischen denen sie sich verbargen, schnitten das Licht der spärlich gesäten Leuchtkörper ab und tauchten die müden Gesichter der Attentäter in ein gnädiges Dämmerlicht.

Es war eine kurze Nacht für sie gewesen, zu kurz eigentlich, aber ihre Aufgabe duldete keinen Aufschub, zu viel hing von ihr ab – ihr eigenes Schicksal, aber auch das von zahllosen Einwohnern der Galaxis Vaaligo.

Die Attentäter waren zu sechst. Oder vielmehr zu siebt, zählte man Schikago dazu, aber das wäre Quart Homphé niemals eingefallen. Die Ferrol-Katze war nur ein dummes Tier, und dazu eines, das den Terraner mehr als einmal an den Rand des Wahnsinns getrieben, ihm zahllose heftige Niesanfälle beschert hatte und das er am liebsten auf Quocht zurückgelassen hätte. An diesem Morgen aber hätte Homphé viel darum gegeben, mit Schikago zu tauschen. Mit ihrem beschränkten Verstand mochte die Ferrol-Katze die düsteren Absichten der sechs erahnen, die Gewissensqualen, die Quart Homphé peinigten, würden ihr fremd bleiben.

»Hier ist eine aktualisierte Darstellung des Planeten Nodro. Seht sie euch gut an!« Errek Mookmher, der Anführer der Rebellen gegen das Empire, war von dem Tisch, um den sie sich versammelt hatten, aufgestanden, um den Terranern eine Einführung in die Verhältnisse vor Ort zu geben. Das Flüstern des Translators, der an Quart Homphés Wange klebte, war nur noch ein Beigesang. Homphé und seine Gefährten beherrschten Vaaligonde inzwischen nahezu perfekt.

Über der Tischmitte hing ein Holo der Zentralwelt des nodronischen Empire. Nodro war eine trockene Welt, bedeckt von staubigen Wüsten und Steppen, ohne Eiskappen oder nennenswerte Vorkommen von Oberflächenwasser. Quart Homphé erinnerte die schlammig-braune Kugel in ihrer Eintönigkeit an den Mars.

Der Mars. Homphé musste sich zusammenreißen, beim Gedanken an den Roten Planeten nicht laut zu schluchzen. Bis vor kurzem hatte er geglaubt, dass er bereit sei, alles dafür zu geben, dorthin zurückzukehren, in ihre eigene Zeit. Aber jetzt ... Quart Homphé war sich seiner Sache nicht mehr so sicher.

»Die Bevölkerung Nodros ist sehr ungleich verteilt«, fuhr Mookmher fort. Der Rebellenführer teilte die Planetenkugel mit weit ausholenden Gesten in mehrere Regionen ein. Er trug wie üblich einen verstärkten Anzug aus schwarzem Leder. Am Gürtel baumelte eine Peitsche, als rechnete er damit, jeden Augenblick in einen Kampf verwickelt zu werden – eine durchaus realistische Annahme für einen auf Ehre fixierten Nodronen. »Die Äquatorregionen sind beinahe völlig menschenleer, das Klima dort ist zu heiß, als dass es viele auf sich nehmen würden. Dort existieren nur Straflager, ähnlich dem auf Pembur.«

Quart Homphé erhaschte einen Blick auf die tätowierten Unterarme des Rebellenführers. Der linke zeigte in Miniatur eine Szene aus einem Marktplatz. Er gehörte zur Hand, die gibt. Der rechte Unterarm zeigte einen Ausschnitt aus einer blutigen Schlacht. Er gehörte zur Hand, die nimmt.

»Die gemäßigten Regionen bildeten einst die Heimat zahlreicher Clans, doch nur die wenigsten von ihnen sind geblieben. Dem Empire missfiel ihre Unabhängigkeit. Es verbot ihnen, nach ihrem eigenen Gutdünken über das Land zu ziehen, und deportierte sie in Reservate. Viele Nodronen sind dort gestorben, die übrigen haben sich irgendwann in ihr Schicksal gefügt und sind in die Stadt gezogen. Sie sind heute Clanlose, die ihre Vergangenheit vergessen haben und zu den treuesten Götzendienern zählen.«

Quart Homphés Blick saugte sich an den Tätowierungen des Rebellenführers fest. Seit er sie zum ersten Mal bemerkt hatte, war dem Terraner nicht mehr aus dem Kopf gegangen, wofür sie standen: die Dualität zwischen Krieg und Frieden. Letzterer, so las der Terraner die Tätowierungen, war nur für denjenigen erreichbar, der bereit war, Krieg zu führen, zu töten.

Blut zu vergießen war für die Nodronen kein Tabu. Gewalt war alltäglich und akzeptabel, setzte man damit seine Ziele durch. Es war eine Philosophie, die den stolzen Nodronen geradezu im Blut zu liegen schien. Nur, Quart Homphé war kein Nodrone. Er war ein einfacher Mensch, übergewichtig und von zahllosen – eingebildeten, wie seine Begleiter glaubten – Gebrechen geplagt, unendlich weit weg von zu Hause. Eine Milliarde Jahre.

Quart Homphé hatte noch nie ein Leben genommen, noch hatte er es je erwogen.

»Die Stadt ...« Auf Errek Mookmhers Stichwort wechselte die Darstellung des Holos. Das stilisierte Bild einer Stadt erschien, das auf einer Seite von einem Gebirge begrenzt wurde, das sich senkrecht in den Himmel schob. Quart Homphé erinnerte das Holo an ein Spielbrett. »Kion ... die Hauptstadt des Empire.« In die gelben Augen des Rebellenführers trat ein hasserfülltes Glimmen.

Quart Homphé drehte schnell den Kopf weg. Er fragte sich, was geschehen würde, wenn ihr Unterfangen gelang. Der Hass des Rebellenführers war so intensiv, dass Homphé ihn erspüren zu können glaubte. Würde Errek Mookmher das Symbol der Stärke seines Feindes dem Erdboden gleichmachen? Beteiligte er, Quart Homphé, sich an einer Mordtat, die lediglich ein Schreckensregime durch ein anderes ersetzen würde?

»Vor Jahrtausenden war Kion noch ein vergessenes Nest«, hallte Errek Mookmhers Stimme weiter durch die Halle, »doch die Führer der Clans erwählten es zur Hauptstadt ihres Sternenreiches, das sich anschickte, die gesamte Galaxis Vaaligo unter seine Herrschaft zu bringen. Hier errichteten sie ihre Feste, die Clansburg.«

»Ist bekannt, wieso ihre Entscheidung auf Kion fiel?«, schaltete sich Perry Rhodan ein. Der Terraner wirkte gefasst und konzentriert, als nehme er an einer Geschäftssitzung und nicht an den Planungen eines Mordes – eines Doppelmordes! – teil.

»Darüber gibt es viele Mutmaßungen, Freund Rhodan, aber keine verlässlichen Antworten. Manche sagen, es sei eine Geste der Macht gewesen: ›Seht her, wir Nodronen können selbst aus Schmutz einen funkelnden Edelstein erschaffen!‹ Andere sagen, der Grund sei die beeindruckende Kulisse gewesen.« Errek deutete mit der Linken auf die Wand, die am Rand der Stadt aufragte. »In ganz Vaaligo findet sich kein eindrucksvolleres Massiv als das Gebirge der Stürme. Seine höchsten Gipfel erreichen über zehntausend Meter Höhe. Und die Berge sind ein programmatisches Symbol: Sie markieren das Ende der Großen Steppe. Der einzige Weg, den sie zulassen, führt nach oben – in den Weltraum.«

Das Holo begleitete Erreks Worte mit einer Kamerafahrt über die Stadt, die mit einem senkrechten Aufstieg endete. Quart Homphé versuchte Einzelheiten der Stadt auszumachen, aber die Darstellung war zu grob. Wollte Errek etwas vor ihnen verbergen? Oder genügte die Genauigkeit für die Nodronen, die über einen ungleich schlechteren Gesichtssinn verfügten als Terraner?

»Heute ist Kion das Nervenzentrum des Empire«, fuhr Errek fort. »Hier wohnt und arbeitet das Millionenheer der Verwaltung, hier – nur wenige Kilometer von uns entfernt – befindet sich das Oberkommando der nodronischen Flotte, hierher kommen die Sklaven und Geiseln besiegter Völker, um der nodronischen Dominanz zu huldigen. Und hier, in Kion, sitzt der Kopf des Empire – oder vielmehr, sitzen die Köpfe.«

Das Holo wechselte wieder zu einer Gesamtansicht Kions.

»Die Struktur Kions ist einfach. Die Stadt ist im Lauf der Jahrtausende aus dem ursprünglichen Siedlungskern immer weiter gewachsen. Das Wachstum hat dabei stets von innen nach außen stattgefunden.« Eine Abfolge von verschiedenfarbigen, gekrümmten Linien legte sich über die Stadt. Sie erinnerten an die Jahresringe eines Baums. »Inzwischen leben über dreißig Millionen Nodronen in Kion.«

»Was ist mit Nicht-Nodronen? Du willst mir doch nicht erzählen, dass Kion für sie verboten ist, oder?«, fragte Fran Imith.

Die ehemalige Agentin des Terranischen Liga-Dienstes saß neben Rhodan. Quart Homphé hätte sich keinen besseren Platz für sie vorstellen können. Die Frau mit dem schulterlangen, roten Haar war knapp dreißig und blickte somit lediglich auf einen Bruchteil der Lebenszeit Rhodans zurück, aber die beiden verband eine kühle Professionalität, die Quart gleichzeitig beruhigte und verstörte. Fran Imith und Rhodan hatten bereits Leben genommen und würden nicht zögern, es ein weiteres Mal zu tun, sollten sie es für nötig befinden.

»Natürlich nicht.« Errek warf den Kopf zurück, als wollte er auflachen. »Glaubst du, die anderen Völker sollten denken, wir hätten Angst vor ihnen? Nein, Kion steht Angehörigen aller Völker offen – so sie sich denn trauen. Das tun nur die wenigsten. Die meisten Fremden bleiben unter ihresgleichen. Hier …« Errek markierte einige Punkte an der Peripherie Kions. »Sie haben ihre eigenen Viertel, aus denen sie sich nur selten hervorwagen.«

»Aha.« Fran Imith drang nicht auf weitere Erklärungen.

Eine neue Stimme mischte sich ein. Sie triefte vor Selbstgerechtigkeit. Quart Homphé spürte, wie sich seine Nackenhaare aufstellten.

»Deine Ausführungen sind hochinteressant, Errek. Aber lass uns zur Sache kommen: Wo stecken die Hunde?« Pratton Allgame strich schneidig über seine perfekt sitzende Frisur und entblößte sein blendend weißes Gebiss, als übertrügen unsichtbare Kameras sein Bild in den letzten Winkel der Galaxis.

Quart Homphé wäre am liebsten aufgestanden und hätte ihm die Faust ins Gesicht gerammt. Aber er ließ es sein. Er war klug genug, um zu wissen, dass der wendige Allgame seinem Schlag ausweichen würde. Am Ende würde er selbst Allgames Faust kosten. Und das Schlimmste wäre: Er, Quart Homphé, würde wieder einmal als der Schuldige dastehen.

Errek erwiderte Prattons Lächeln, von Siegertyp zu Siegertyp. »Das kann ich dir sagen. Hier!« Der Rebellenfürst zeigte auf einen Bereich, der auf drei Seiten vom Gebirge der Stürme begrenzt wurde. Er war in konturlosem Grau markiert, noch nichtssagender als der grobkörnige Rest der Darstellung. In der Mitte des Bereichs befand sich das Symbol der Zwillingsgötzen, zwei einander überlappende Köpfe, einer in Schwarz, einer in perlmuttartigem Weiß.

»Das ist die Götzenstadt, Festung und Heimat der Zwillingsgötzen.«

»Wieso ist das Holo so pixelig?«, erkundigte sich Shimmi Caratech. Die großen Augen der Teenagerin schienen beinahe aus ihren Höhlen treten zu wollen, als sie versuchte, Einzelheiten zu erkennen.

»Weil wir so gut wie nichts über die Götzenstadt wissen – und ich halte es für klüger, keine Darstellung zu geben als eine notwendigerweise falsche, die unsere Gedanken auf eine falsche Fährte führt.«

»Ach so.« Shimmi Caratech verdaute den Gedanken für einen Augenblick, dann sagte sie: »Okay, raus damit: Was wissen wir über die Götzenstadt?«

»Dass sie vor anderthalb Jahrtausenden errichtet wurde, als Bastion der Götzen, das neue Machtzentrum, und sie die Clansburg in dieser Rolle ablöste. Dass sie ein Areal von mehreren Quadratkilometern bedeckt. Dass es keine zuverlässigen Berichte darüber gibt, wie es in ihrem Innern aussieht.«

»Augenblick!«, schaltete sich Pratton Allgame ein. »Was du erzählst, ergibt doch keinen Sinn. Willst du damit sagen, dass noch nie jemand die Götzenstadt betreten hat? Das kann ich kaum glauben! Und was ist mit den Dienern? Man braucht mit Sicherheit viele tausend von ihnen, um eine Stadt in der Stadt am Laufen zu halten.«

»Du solltest mir besser zuhören, Pratton«, entgegnete Errek. Quart Homphé registrierte zufrieden den Anflug von Verärgerung in seinem Tonfall. »Natürlich haben Nodronen die Götzenstadt betreten, Abertausende sogar. Die Zwillingsgötzen gewähren, wenn auch selten, Audienzen. Aber nicht alle, die die Götzenstadt betraten, sind zurückgekehrt – und die, die es taten, haben nichts zu berichten, was verwertbar wäre.«

»Wie kann das sein?«

»Jeder von ihnen erzählt eine andere, verworrene Geschichte. Aber in einer Hinsicht gleichen sie sich: Sie berichten von einer quasi-religiösen Erweckungserfahrung. Der Betreffende ist nach seinem Aufenthalt von einem Streben erfüllt, den Zwillingsgötzen zu dienen. Dieses Verlangen überdeckt seine

Erinnerung an das, was er eigentlich gesehen hat, und lässt ihn erst nach langer Zeit wieder los. Und mit dem Verlangen klingt die Erinnerung ab.«

»Hypnosuggestive Manipulation?«, warf Fran Imith ein.

»Das erscheint wahrscheinlich. Wir wissen allerdings nicht, wie sie bewerkstelligt wird. Möglicherweise bedienen die Götzen sich Technologien, die uns verschlossen bleiben. Auf jeden Fall ist der Einfluss so stark, dass er sogar in den an die Götzenstadt angrenzenden Vierteln zu spüren ist, wenn auch abgeschwächt.«

»Das sind ja reizende Aussichten!«, brach es aus Shimmi Caratech hervor. Die Teenagerin hatte während Errek Mookmhers Ausführungen zunehmend nervös mit ihrer Haarspange gespielt. »Wir sollen also in die streng bewachte Götzenstadt marschieren, von der kein Mensch weiß, wie sie eigentlich aussieht, und irgendwo auf dieser Riesenfläche die Götzen finden, während wir gleichzeitig mit jedem Schritt, den wir näher an sie herankommen, in Hingabe für sie verfallen. Das ist das abgefahrenste, was ich je gehört habe!«

»Du hast eines übersehen, Shimmi.« Errek verbeugte sich galant in Richtung des Mädchens. Quart Homphé blieb bei dem Anblick die Luft weg. Ihn hätte man für einen unsinnigen Kommentar in der Luft zerrissen. Aber die hübsche Shimmi … die Welt war nicht gerecht, auch nicht eine Milliarde Jahre in der Zukunft.

»Was ich gesagt habe, gilt für Nodronen. Ihr seid anders. Insbesondere Rhodan hat auf Pembur bewiesen, dass in ihm Fähigkeiten schlummern, die Nodronen fremd sind. Ich habe berechtigte Hoffnung, dass ihr oder wenigstens einige von euch gegen den Einfluss der Götzen immun seid. Euch kann gelingen, was mir und meinesgleichen verwehrt ist: Ihr könnt die Zwillingsgötzen aufspüren und töten!«

Es war ausgesprochen.

Quart Homphé ließ den Blick über die am Tisch Versammelten fahren. Er fand nicht, wonach er suchte. Perry Rhodans und Fran Imiths Gleichmut schien ungebrochen zu sein. Shimmi Caratech überschüttete Errek Mookmher förmlich mit bewundernden Wimpernschlägen, während sie mit einer Hand selbstvergessen über das türkisblaue Fell Schikagos strich. Pratton Allgame warf sich für das unsichtbare Publikum, das ihn in Gedanken auf Schritt und Tritt begleitete, in eine lässige Siegerpose.

War er der Einzige, der zweifelte? Der Einzige, den sein Gewissen plagte?

Homphé hob die Hand. Zögerlich.

»Quart, du willst etwas sagen?«, fragte Rhodan.

»Ja … ich … ich …« Der dicke Terraner nahm seinen ganzen Mut zusammen. »Ich frage mich, ob es nicht einen anderen Weg gibt. Müssen wir uns wirklich zu Mördern machen?«

Errek Mookmher fuhr herum. Pratton Allgame kicherte: »Jetzt ist der Fettsack völlig durchgedreht! Er hat sein Gewissen entdeckt!«

Rhodan bedachte Allgame mit einem missbilligenden Blick und sagte: »Ich wünschte, es gäbe einen anderen Weg, Quart. Aber mir fällt kein anderer ein. Hast du einen Vorschlag?«

»Vielleicht sollten wir abwarten.« Homphé hob beschwörend die fleischigen Arme. »Was wissen wir schon über die Götzen? Wir kennen ihr Emblem, aber wer im Empire von Nodro tut das nicht? Abgesehen davon tappen wir im Dunkeln – Errek hat es selbst zugegeben. Was, wenn die Zwillingsgötzen überhaupt nicht existieren? Wir würden in eine Falle laufen! Wir …«

»Lass uns mit deinen billigen Taschenspielertricks in Ruhe!«, unterbrach ihn Pratton Allgame. »Wenn du zu ängstlich bist, dein Schicksal selbst in die Hand zu nehmen, bleib eben hier! Ich frage mich, wieso wir hier überhaupt noch herumsitzen und unsere Zeit mit Gerede vergeuden. Wir wollen doch alle zurück in unsere Zeit, nicht?«

Allgame nickte abschätzig in Richtung Quart Homphés. »Na gut, vielleicht dieser Versager hier nicht, er verbringt seine Zeit sowieso immer nur mit Jammern, egal, wo und wann er ist! Aber wir übrigen, wir wollen nach Hause – und diese Zwillingsgötzen stehen uns im Weg. Was sollen wir also noch debattieren?«

»Deine Beleidigungen gegen Quart sind überflüssig«, schaltete sich Rhodan ein. »Wir müssen zusammenhalten, wollen wir die Rückkehr schaffen. Und Quart hat auf einen wichtigen Punkt hingewiesen.«

»Jawohl!«, rief Homphé mit einer höheren Stimme als beabsichtigt. Sie tat ihm selbst in den Ohren weh. »Nehmen wir an, die Zwillingsgötzen existieren – wer sagt uns, dass ihr Tod uns auch nur einen Schritt weiterbringt? Was ist, wenn die Maschinerie blindlings weiterläuft, wie ein Huhn, dem man den Kopf abgetrennt hat? Keiner kann das wissen! Ich sage: Machen wir uns davon! Die Galaxis ist groß, die Zwillingsgötzen werden uns niemals finden. Und wenn nach ein paar Jahren die erste Aufregung abgeklungen ist und man uns vergessen hat, können wir in Ruhe die Rückkehr in unsere Zeit bewerkstelligen.«

»Was du sagst, ist nicht unvernünftig«, entgegnete Fran Imith. »Es ist nicht klug, einen übermächtigen Feind frontal anzugehen, zumal dann nicht, wenn man so wenig über ihn weiß.«

Quart Homphé ruckte überrascht hoch. Es geschah nicht oft, dass ihm jemand Recht gab.

»Allerdings vergisst du etwas Wesentliches«, fuhr Fran fort. Sie spielte mit den silbernen Ringen an ihren Fingern, während sie sprach. »Du hast dich während unseres Einflugs in das Nodro-System in deine Kabine zurückgezogen. Wärst du in der Zentrale des Frachters geblieben, hättest du die Reflexe der Karmuuchischen Montageringe auf den Ortern gesehen. Es sind über zwanzigtausend, und jeder misst über zwei Kilometer. Sie sind der Sonne Nodros zugewandt. Weißt du, was das bedeutet, Quart?«

Homphé schüttelte den Kopf. In Gedanken schalt er sich einen Narren. Wieso hatte er sich auch in der Kabine verkriechen müssen? Hätte in ihm nur ein Funken des Formats von Perry Rhodan oder Errek Mookmher gesteckt, wäre er in der Zentrale geblieben und hätte den beißenden Kommentaren Pratton Allgames und dem Niesreiz, den Schikago in ihm auslöste, Paroli geboten!

»Die Montageringe werden innerhalb der nächsten Tage ihre Arbeit aufnehmen und die Sonne anzapfen. Nicht mehr lange, und sie werden genug Energie gespeichert haben, um das gesamte Nodro-System in den Vaaligischen Schwarm zu transferieren. Und ist der Schwarm erst einmal komplett, sein Schmiegschirm aktiviert, gibt es für uns keine Rückkehr mehr in unsere Zeit.«

Quart Homphé wollte vor Scham im Boden versinken. Aber es sollte noch schlimmer kommen.

»Und da ist noch etwas«, sagte Rhodan. »Wir mögen uns eine Milliarde Jahre in der Zukunft befinden, aber diese Zeit ist ebenso real wie die unsere – und das gilt auch für die Leiden ihrer Bewohner. Jeder von uns muss seine Entscheidung treffen, du, Quart, genauso wie ich und die Übrigen. Die meine steht fest: Ich kann mich der Verantwortung nicht entziehen. Gelingt es dem Empire von Nodro, den Vaaligischen Schwarm für seine Zwecke einzusetzen, wird es in kurzer Zeit die gesamte Galaxis beherrschen – und Milliarden werden sterben. Der Tod von zweien, um dieses Sterben zu verhindern, ist ein geringer Preis.«

Niemand sagte etwas. Selbst Pratton Allgame verzichtete darauf, sich Rhodan mit einer verbalen Attacke auf Quart Homphé anzuschließen.

»Keine weiteren Einwände?«, fragte Rhodan schließlich. »Dann ist es also beschlossen. Die Zwillingsgötzen werden sterben.« Der Terraner erhob sich. »Ich werde versuchen, noch etwas Schlaf zu finden. Ich rate euch dasselbe, ihr werdet ihn brauchen. Wir treffen uns in sechs Stunden.«

Rhodan verließ den Raum. Die Übrigen folgten ihm wortlos. In schweigender Anklage, wie es Homphé erschien. Der dicke Terraner barg den Kopf in den Händen. Er hatte versagt, wieder einmal. Nicht nur, dass sein Vorschlag vor allen als unsinnig widerlegt worden war, er stand überdies als Feigling da, der sein eigenes Wohl und Wehe über das zahlloser anderer stellte.

Durch den Schleier der Tränen, der sich über seine Augen gelegt hatte, nahm Quart Homphé seine Unterarme wahr. Sie waren bleich und aufgequollen. Der Terraner dachte an Errek Mookmher. Die Arme des Rebellenführers waren kräftig und durchtrainiert, die Werkzeuge eines Mannes der Tat, eines Mannes, der unerschütterlich wusste, wofür er stand. Die Tätowierungen in seinem Fleisch würden es ihn niemals vergessen lassen.

Quart Homphé starrte auf die bleiche Haut seiner Unterarme. Er las in ihr nur die Leere, die er in seinem Herzen spürte.

Homphé fragte sich, ob er selbst, seine Arme, seine Hände jemals etwas von Bedeutung bewerkstelligen würden, etwas, was richtig war, was ihm die Anerkennung anderer einbringen würde. Er bezweifelte es.

Der einzige Beifall, der ihm je vergönnt sein würde, wäre der, wenn er sich eines Tages dazu entschloss, sich eigenhändig zu erdrosseln.

3

Nie hatte sich Argha-cha mehr am Leben gefühlt wie in diesem Moment, an dem sie und die ihren nur noch wenige Stunden vom sicheren Tod trennen mochten.

Das Mädchen saß im Sattel ihres Sturmtiers und ließ ihre Blicke über den Clan schweifen. An ihren Waden, der einzigen Stelle, an der ihre nackte Haut und das Fell des Sturmtieres sich berührten, fühlte sie, wie das Blut in kräftigen Schüben durch die Adern Chemlais pulsierte. Chemlai war ein Zweijähriger, ein Bulle, der für die Schlacht geboren und abgerichtet worden war, sie aber noch nie geschmeckt hatte. Die Hitze, die sich von seinen Flanken auf sie übertrug, ließ Schweiß auf Argha-chas Waden treten.

Es war früher Morgen, noch vor Sonnenaufgang, die bevorzugte Zeit des Angriffs der Mongaal. Nicht mehr lange, und die Sonne würde im Rücken des Clans aufsteigen und die Bewohner der Ewigen Stadt blenden.

Und was für einen Anblick die Mongaal boten!

Argha-cha meinte, ihr Herz müsste vor Stolz platzen. Sie fühlte sich zurückversetzt in die alten Tage des Clans, von denen ihr ihre Großmutter und die Geschichte-Erzähler immer berichteten. In die Zeit, bevor das Empire von Nodro entstanden war, als die Clans nach Gutdünken durch Vaaligo zogen und Verheerung und Tod brachten, wie es ihnen gefiel, oder in Frieden ihr Vieh hüteten.

Der Clan hatte einen vielzackigen, mehrere Kilometer durchmessenden Stern gebildet. Seine Linien wurden von erfahrenen Kriegern auf schweren, gepanzerten Sturmtieren geformt, an den Spitzen der Zacken befand sich jeweils eine Dreizehnerschaft auf einem von Sturmtieren gezogenen Panzerwagen. Innerhalb dieses Sterns, der den Rand der Formation markierte, befand sich eine Hand voll weiterer Sterne, kleiner jeweils, aber von identischer Form, bis hinunter zum letzten, engsten Stern, der von der Leibgarde der Vorreiterin gebildet wurde.

Die Krieger sahen furchterregend aus.

Einen Augenblick lang stellte Argha-cha sich vor, sie gehöre nicht zum Clan der Mongaal – eine abwegige Vorstellung, zugegeben, aber ihre Großmutter hatte sie gelehrt, immer wieder den Blick von außen auf die Dinge zu suchen – und stünde einem Krieger auf seinem Sturmtier gegenüber. Ein Schauder überlagerte einen Moment lang die Hitze, die sich unter ihrer Rüstung staute.

Die Gesichter der Krieger waren unter unaussprechlichen Fratzen verborgen; Totenmasken, die sie aus den Schädeln, Knochen und Häuten von Besiegten gearbeitet hatten. Die traurigen, leeren Augenhöhlen der Masken bezeugten das Leid derer, die töricht genug gewesen waren, sich den Mongaal zu widersetzen. Nur wenige hatten es in den Jahrtausenden versucht, meist genügte der Ruf, der den Mongaal vorauseilte, oder der Anblick ihrer Totenmasken, um raschen Gehorsam zu erzwingen.

Und die Rüstungen! Sie waren keine Uniformen – Argha-cha hätte um ein Haar ausgespuckt, als sich das Wort in ihren Gedanken formte. Eine Uniform zu tragen war das Mal von Vasallen, die Zeichen der Schande derer, die ihr Selbst an einen Herrn verscherbelt hatten. Keiner der Mongaal fände sich je bereit, eine anzuziehen, selbst wenn es die Vorreiterin ihm befohlen hätte. Nein, die Krieger der Mongaal trugen, was ihnen gefiel – und es gefiel ihnen zu prahlen.

Argha-chas Blick verweilte auf Tasser-mor, der mit seiner Dreizehnerschaft in ihrer Nähe wartete. Tasser-mor war womöglich noch älter als die Vorreiterin und zählte zu den angesehensten Kriegern des Clans. Es hieß, sein Urahn sei einer der dreizehn Gründer des Clans gewesen. Seine Totenmaske war riesig. Sie war aus dem Schädel eines vorlauten Echsenkönigs geschnitzt, den ein Vorfahr von Tasser-mor im Zweikampf gelehrt hatte, den frechen Mund zu halten. Tasser-mor selbst hatte sich als Jugendlicher herausgenommen, die knöchernen Lippen des Schädels rot zu bemalen, wie es die verweichlichten Frauen der Sesshaften zu tun pflegten. Tasser-mors Waffenrock war aus der Haut eines Wasserwesens gegerbt.

Als sie noch ein Kind gewesen war, hatte der Krieger Argha-cha einmal erlaubt, ihn zu berühren. Vorsichtig hatte sie über die grünlichen Härchen gestrichen. Nie hatte Argha-cha etwas Weicheres gefühlt als diese Haut. Und dann hatte sie einen überraschten Ruf ausgestoßen, der in einen Schmerzensschrei übergegangen war, als ihre Finger in die Gegenrichtung strichen. Die Haare hatten sich wie Klingen in ihre Fingerspitzen gegraben und blutige Wunden gerissen.

Später hatte sich Argha-cha oft gefragt, wieso Tasser-mor es ihr gestattet hatte, seinen Waffenrock zu berühren. Er war ein wortkarger, hochmütiger Mann, der anderen aus dem Weg ging und dem andere aus dem Weg gingen, gefürchtet und geachtet. Eine Zeit lang war sie überzeugt gewesen, in Tasser-mor ihren Großvater zu erkennen, aber nachdem sie ihn einige Monate lang beobachtet hatte, hatte sie den Gedanken wieder verworfen: Sie konnte – oder wollte? – nichts von sich selbst in dem mürrischen alten Mann erkennen.

Argha-cha wünschte, ihre Eltern wären noch am Leben. Etor-tai war in vielerlei Hinsicht wie eine zweite Mutter zu ihr, aber wenn die Vorreiterin über etwas nicht sprechen wollte, konnte sie stur wie ein junges Sturmtier sein, und der übrige Clan folgte in stillem Einverständnis ihrem Vorbild.

Ein erster Sonnenstrahl fiel auf das Gras des Lagerplatzes. Das Gemurmel der Krieger, der hohe Singsang der Geschichte-Erzähler, die die Formation durcheilten und die Krieger mit ihren Berichten von den Taten der Ahnen beflügelten, verstummte. Selbst das heisere Schnaufen der Sturmtiere, die die plötzliche Veränderung spürten, wurde vom Morgenwind davongetragen und lebte nicht wieder auf.

Der Clan verharrte in atemloser Starre, die Blicke auf das Zelt der Vorreiterin – neben dem Himmelszelt das einzige, das noch nicht abgebaut worden war – gerichtet. Auch Argha-cha sah zum Zelt ihrer Großmutter, versuchte, die Größe des Augenblicks ganz in sich aufzunehmen und gleichzeitig die tanzenden Schemen der Jäger des Empire, die nach dem überstürzten Aufbruch des Gesandten über dem Lager Position bezogen hatten, zu ignorieren.

Ein Arm stieß die Zelttür auf und verhakte die Plane in einer Schlaufe. Der Arm verschwand, und aus dem Dunkel des Zelts trat die Vorreiterin. Sie trug keine Maske, hatte aber das Gesicht mit dunklem Pulver eingerieben, sodass das Weiß ihrer Augen unnatürlich groß hervortrat. Argha-cha kannte die Symbolik: Augen, denen nichts entging.

Kein Zaudern unter den Kriegern, schon gar keine Feigheit.

In ihren Armen trug Etor-tai das Menschbild.

Argha-cha wurde zugleich an eine Mutter erinnert, die ihr – wenn auch erwachsenengroßes – Kind in den Armen hielt, und an eine Puppe. Das Tuch bedeckte wie üblich Kopf und Oberkörper des Menschbilds, aber die Beine und einer der Arme hingen leblos herab. Das Menschbild war in die Rüstung eines Kriegers gekleidet.

Etor-tai schien das Gewicht des Menschbilds nichts auszumachen. Gerade aufgerichtet verharrte sie einen Augenblick lang und verneigte sich in Richtung der Sonne, dann trat sie zu ihrem wartenden Sturmtier. Behände kletterte sie den Dreifachsteigbügel hinauf und setzte das Menschbild auf den hinteren Platz des Doppelsattels; es rutschte in die tiefe Mulde des Sattels und blieb aufrecht sitzen, obwohl seine Glieder weiter kraftlos herabbaumelten. Etor-tai schwang sich mit einem Satz in den vorderen Platz des Sattels.

Die Vorreiterin überblickte die Formation. Ihr musste gefallen, was sie sah, denn sie lächelte. Ihre Zähne waren komplett und so weiß wie die eines jungen

Mädchens. Mit einem Ruf, in dem sich für Argha-cha der schneidende Wind der Steppen, das Brennen der Mittagssonne, der beißende Qualm der Sturmtierdungfeuer und das Donnern ihrer Hufe vermengten, grub Etor-tai ihre Stiefel in die Flanken ihres Tieres.

Ein Ruf aus vielen tausend Kehlen antwortete ihr. Argha-cha legte ihre Angst in ihren eigenen Schrei, die Zweifel, die sie diese Nacht – ihrer letzten? – nicht hatten schlafen lassen und von denen sie niemandem erzählen durfte, weil man sie ausgelacht und ihr das Peitschenholster der Halbwüchsigen wieder genommen hätte.

Argha-cha war, als hätte sie ihre Ängste mit diesem einen Schrei gebannt. Der Clan brach endlich auf, und beim Anblick des stolzen Zugs, auf dessen Rüstungen das erste Sonnenlicht glitzerte, schalt sie sich ein törichtes Kind. Der Clan der Mongaal war mächtig. Furchterregend. Wer würde es wagen, sich ihm in den Weg zu stellen?

Eine Stimme klang hinter ihr auf. »Jetzt zerrt sie das verfluchte Ding auch noch auf ihr Sturmtier! Ich frage mich, was als Nächstes kommt. Dass wir dem Menschbild statt einem Menschen gehorchen sollen?«

Argha-cha schreckte hoch und wäre beim Versuch, sich umzudrehen, um ein Haar aus dem Sattel geglitten, hätte Chemlai ihre ungeschickte Bewegung nicht ausgeglichen.

»Echrod! Was fällt dir ein, dich an mich heranzuschleichen? Und wie kannst du es wagen, so über die Vorreiterin zu sprechen?«

Argha-cha funkelte den jungen Mann, der an ihrer Seite erschienen war, wütend an. Echrod-or ritt ein einfaches Tragtier, eine alte Stute, die gerade noch genug Kraft besaß, den schmächtigen Nodronen zu tragen. Die Stute war ein erbärmliches Exemplar eines Tragtiers. Ihre Beine waren krumm und kurz, und ihr Rücken hing so tief durch, dass die Zehenspitzen Echrod-ors nur einen Fingerbreit über dem Boden blieben. Hätte der Clan nicht bereits einen Spaßmacher gehabt, jedermann hätte Echrod-or dafür gehalten, so lachhaft wirkte er im Sattel des Tieres.

Echrod-or schien das nichts auszumachen – ebenso wenig wie die mangelnde Wertschätzung des Clans, der ihm ein Reittier zugestand, das längst in einen Suppentopf gehört hätte.

»Nun, was deine erste Frage angeht, so komme ich nur meiner Pflicht nach, indem ich den Mitgliedern des Clans von den Taten der Ahnen berichte.« Der Geschichte-Erzähler spielte mit seinen blau gefärbten Locken, während er sprach.

In Argha-cha löste er mit seiner Haarpracht gemischte Gefühle aus: Ein Teil von ihr bewunderte seinen Mut zum Anderssein, ein anderer empfand Widerwillen. Man hätte Echrod-or beinahe für einen verweichlichten Städter halten können!

»Und was die Letztere angeht: Ich müsste mir über die Vorreiterin nicht den Mund zerreißen, machte sie sich nicht selbst zum Gespött und zum Spektakel.«

Echrod-or schenkte ihr das breite Grinsen, für das sie ihn hasste. Argha-cha wusste einfach nicht damit umzugehen. Jeden anderen hätte sie zum Zweikampf gefordert. Der dürre Echrod-or hätte keine Chance gegen sie, daran zweifelte sie nicht. Aber irgendwie schien ein Zweikampf Argha-cha der falsche Weg zu sein, ihm beizukommen. Sie konnte Echrod-or jeden Knochen einzeln brechen, der Stachel seiner Worte würde bleiben.

»Wie kommst du auf ›Spektakel‹?«, entgegnete das Mädchen. »Gerade du müsstest es doch besser wissen. Schon die Dreizehn haben Menschbilder erschaffen – und die Sturmtiere und vieles andere. Was kümmert es dich, wenn es unsere Vorreiterin tut?«

Die beiden trugen keine Masken. Echrod-or nicht, weil er Geschichte-Erzähler war und man ihm in die Augen blicken wollte, um darin zu lesen, ob er einen anlog, und Argha-cha nicht, weil sie sich die Maske einer Kriegerin erst noch verdienen musste. Die Rüstung samt Nackenwulst, die sie mit dem Gefechtssystem des Clans verband, gestand man ihr zu, Angriffswaffen nicht.

»Ah, ich verstehe.« Echrod-or gluckste. »Du bist wütend, weil ich deine geliebte Großmutter anzweifle, nicht? Aber du solltest wissen, dass ich nicht der Einzige bin. Der gesamte Clan zerreißt sich den Mund über die Vorreiterin und ihr Menschbild. Kaum ein Mitglied des Clans ist von ihr verschont worden. Sie fordert immer neue Beutestücke, um sie in das Menschbild zu integrieren. Es heißt, Etor-tai würde ihm sogar Essen und Trinken hinstellen!«

Argha-cha antwortete nichts.

»Dann stimmt es also«, stellte Echrod-or zufrieden fest und grinste wieder breit.

Argha-cha stöhnte auf. »Und wenn schon, was wäre dabei?«

»Eine Menge. Es hieße, dass deine verehrte Großmutter den Aberglauben der Alten, an dem kein Mangel besteht, Wort für Wort geschluckt und für bare Münze genommen hat. Dass sie an die Götter glaubt, an Wesen, die über uns stehen und die man nur lange genug anbetteln muss, damit sie uns zu Hilfe eilen. Dass sie nicht mehr denkt und handelt, wie es einer Mongaal gebührt, nicht mehr auf unsere eigene Stärke und die Schwächen unserer Feinde baut. Dass sie …« Er brach ab.

»Dass sie was?«

»Dass sie … sie nicht mehr ganz richtig im Kopf ist.« Echrod-or brachte den Satz langsam und zögernd hervor. Als müsste er sich plötzlich zwingen.

Argha-cha schossen die Tränen in die Augen. Sie drehte sich weg, gab vor, in die Sonne zu sehen und ihre Augen mit der Hand zu schützen, damit niemand merkte, dass sie weinte.

Wieso tat Echrod-or ihr das an? Argha-cha war die Annäherungsversuche der jungen Krieger gewohnt. Rau und ruppig waren sie, wie es Kriegern gebührte. Oft machten sie nur ein Haarbreit vor offener Gewalt Halt. Argha-cha verstand, was die Krieger wollten. Sie wollten ihre Jungfernschaft, die der Enkelin der Vorreiterin, um damit zu prahlen, und sie verurteilte sie nicht dafür. Sie hätte an ihrer Stelle nicht anders gehandelt. Es war ein Spiel, dessen Regeln sie verstand.

Ließ sie sich von einem Krieger zu einem Duell hinreißen, würde man ihr eine Peitsche aushändigen, die sie auf der Stelle zu einer Erwachsenen machte – mit allen Konsequenzen. Gewann sie das Duell, konnte sie über den Besiegten verfügen, gewann ihr Gegner, war sie ihm ausgeliefert. Argha-cha wusste, seit sie ein Kind war, dass der Tag ihres ersten Duells kommen würde, und fürchtete sich – meistens – nicht davor. Es war die Sitte der Mongaal. Verwehrte sie sich ihr, hätte sie sich selbst verleugnet.

Aber Echrod-or …?

Sie begriff nicht, was er bezweckte. Wollte er sie mit seinen Sticheleien zu einem Zweikampf des Geistes herausfordern? Wenn ja, handelte es sich um einen ungleichen Kampf. Der Geschichte-Erzähler schien noch vor seinem Beginn das Duell in Gedanken stets viele Male durchgespielt zu haben, jede Parade, jedes Manöver ihrerseits einberechnet zu haben. Sie würde nie gegen ihn bestehen.

»Argha? Bitte, ich wollte nicht …«

Und noch etwas war anders an Echrod-or. Er genoss seinen Sieg nicht, wie es sich für einen Mongaal gehörte. Im Augenblick des Triumphs übermannte ihn die Bestürzung über das, was er getan hatte.

Der Geschichte-Erzähler trieb Argha-cha zum Wahnsinn. »Wenn du willst, lasse ich dich allein«, flüsterte er. »Es tut mir Leid.«

Argha-cha hörte, wie sein Tragtier zurückfiel. Sie wandte sich um. »Nein, bleib!«

Das Mädchen wusste nicht, wieso sie ihn aufhielt. Vielleicht wollte sie in diesem Augenblick nicht allein bleiben, und die Erfahrung sagte ihr, dass sie von Echrod-or in der nächsten Zeit nichts mehr zu befürchten hatte. Es würde eine Weile dauern, bis seine Lust an spitzen Bemerkungen von Neuem erwachte.

Der Clan setzte seinen Weg nach Kion fort. Die Minuten wurden zu Stunden. Die Sonne kletterte höher, stand schließlich senkrecht am Himmel. Die Formation wälzte sich weiter durch die karge Steppe, die sich vor der Hauptstadt des Empire von Nodro erstreckte. Die Marschgeschwindigkeit blieb konstant, auch als der Clan die Reihe von lang gestreckten, künstlich aufgeschütteten Bodenwellen durchquerte, die die Stadt vor den Winden der Steppe schützte.

Ein Beobachter – und potenziell existierten viele Millionen Zuschauer für die Bilder der immer dichter werdenden Schwärme von Jägern und Drohnen, die sich über den Mongaal zusammenbrauten – wäre unweigerlich zu dem Schluss gekommen, dass er auf mehr herabblickte als eine bloße Ansammlung von Individuen. Die Mongaal und ihre Tiere bildeten eine Einheit, die weit mehr ausmachte als die Summe ihrer Teile.

Argha-cha wusste um diese Summe. Um den Geist der Zusammengehörigkeit, der den Clan erfüllte, ebenso wie um das Gefechtssystem, das den Verbund an seinen unsichtbaren Fäden in den Kampf führte.

Niemand kannte die Einzelheiten des Systems, die junge Argha-cha schon gar nicht, aber auch nicht der tausendfach kluge Geschichte-Erzähler Echrod-or. Die Mongaal wussten lediglich um seine Existenz und dass es von den dreizehn Gründern des Clans ins Leben gerufen worden war. Die Krieger, die schon einmal mit ihm verbunden gewesen waren, gaben sich wortkarg, als wollten oder könnten sie die Erfahrung nicht beschreiben.

Natürlich gab es Spekulationen. Echrod-or vermochte es, stundenlang darüber zu diskutieren und alles um sich herum zu vergessen. Seine Lieblingsthese war die von einem autarken Computersystem, dessen Komponenten überall im Clan versteckt waren, eingewebt in das Leder von Kriegersätteln, integriert in die Speichen von Zugwagen oder in das Besteck, von dem die Mongaal aßen, und an vielen anderen unauffälligen Orten. Und natürlich in den Nackenwülsten der Rüstungen. Laut Echrod-or befand sich das Gefechtssystem überall und nirgends zugleich. Unangreifbar verwaltete es die Lehren, die die Mongaal aus vielen tausend Kämpfen gezogen hatten.

In diesem Sinne stellte es die Inkarnation der Vorfahren dar – und die Lebenden beugten sich willig seiner Erfahrung.

Argha-cha schwitzte. Die Vormittagssonne heizte ihre Rüstung so stark auf, dass sie sie am liebsten vom Leib gerissen hätte. Sie griff nach der Flasche, die an ihrem Sattel hing, und trank einen weiteren Schluck. Die Flasche war beinahe leer, sie hatte nicht daran gedacht, eine zweite zu füllen.

»Hier, du kannst etwas von mir haben!« Echrod-or hielt ihr seine Flasche entgegen, als sie ihre mürrisch wieder an den Sattel hängte.

Sie zögerte einen Augenblick, dann nahm sie das Wasser entgegen und trank. »Danke.«

»Heiß, was?« Echrod-or, der Geschichte-Erzähler, trug keine Rüstung, sondern einen leinenen Umhang.

»Ja.«

»Wenn wir nur die Individualschirme einschalten könnten!«

Es war sinnloses Geplapper, das war Argha-cha ebenso klar wie Echrod-or, aber wenigstens lenkten die nutzlosen Gespräche ab. Von den Jägern, die jetzt beinahe den Himmel zu verdunkeln schienen, aber sorgsam darauf achteten, mit ihren Schattenwürfen den Kriegern keine Linderung zu schenken. Von der

Skyline Kions und dem Gebirge der Stürme, die sich immer höher vor dem Clan in den Himmel türmten. Von der Ungewissheit.

Die Schirme hätten sie vor der sengenden Sonne geschützt, aber sie durften sie nicht aktivieren. Die Zwillingsgötzen würden sich die Hände reiben und die Schutzschirme als feindlichen Akt werten, der ihnen die Legitimation gab, den Clan durch einen Feuerstoß der orbitalen Raumforts auszulöschen.

Schließlich lag die letzte Bodenwelle vor ihnen. Ohne dass jemand ein Kommando gegeben hätte, hielt die Formation an. Aller Blicke richteten sich auf Etor-tai. Die Vorreiterin trieb ihrem Sturmtier die Stiefelspitzen in die Flanken, als bemerkte sie die Blicke nicht, und ritt den Hang hinauf. Die schnelle Gangart des Sturmtiers warf die Arme des Menschbilds hin und her. Argha-cha kam es vor, als winkten sie ihr auf groteske Art und Weise zu.

Sie gab Chemlai einen Klaps auf die Seite und machte sich an den Aufstieg. Echrod-or tat es ihr nach. Seite an Seite erreichten sie den Kamm der Welle.

Sie hielten an, überwältigt von dem Anblick. Kion war ungeheuer groß. Die Formation der Mongaal, die über einen Durchmesser von mehreren Kilometern verfügte, schien im Angesicht der Ewigen Stadt ein verschwindend geringes Nichts zu sein, ein Insekt, das verloren auf einem See stand, nur von der trügerischen Sicherheit der Oberflächenspannung über Wasser gehalten.

Argha-cha hörte Echrod-or flüstern: »Das Herz der Dunkelheit!«

»Was meinst du damit?« Die Augen des Geschichte-Erzählers waren geweitet, als könne er nur so das Bild, das sich ihm bot, aufnehmen. »Was soll das bedeuten, ›das Herz der Dunkelheit‹?«

»Es ist eine alte Legende. Sie stammt nicht von den Nodronen, sondern wahrscheinlich von einem Volk, das längst ausgestorben ist«, sagte Echrod-or, ohne den Blick von der Stadt abzuwenden. »Sie handelt von einem Mann, der aufbricht, um …«

Die Stimme des Geschichte-Erzählers wurde abgeschnitten. Unvermittelt verlor Argha-chas visuelle Wahrnehmung die ungefilterte, grelle Fülle, die sie seit Stunden dazu gezwungen hatte, mit zusammengekniffenen Augen zu reiten. Die Umrisse Kions rückten näher, wurden schärfer, der Dunst, der große Teil der Stadt vor ihr verborgen hatte, war wie fortgeblasen. Und das Gebirge der Stürme war … fort, verschwunden.

Argha-cha verstand. Das Gefechtssystem hatte den Kampfmodus aktiviert. Das System kontrollierte jetzt über die Nackenwülste ihrer Rüstungen die Wahrnehmung der Krieger, entschied, was sie sahen und hörten und rochen und was nicht. Echrod-or und das Gebirge der Stürme waren von dem System als unwichtig, als schädliche Ablenkungen eingestuft und aus ihrer Wahrnehmung eliminiert worden.

Der Befehl zum Weitermarsch kam. Argha-chas Puls hämmerte. Am Fuß der Welle standen die ersten Häuser Kions, einzelne Villen, umgeben von grünen, großzügig bewässerten Gärten. Wollten die Zwillingsgötzen sich des Clans der Mongaal ohne Aufhebens entledigen, bot sich ihnen hier die letzte Gelegenheit.

Der Clan gruppierte sich um, während sie den Abhang hinunterritt. Die Sternformation war in der Steppe optimal gewesen, in der Stadt mit ihren engen Straßen war sie unmöglich aufrechtzuerhalten. Der Clan verwandelte sich in einen Wurm, der sich zwischen die Häuser schlängelte und immer wieder gepanzerte Fühler ausstreckte.

Der Feuerschlag blieb aus.

Argha-cha spürte, wie sich ihre Spannung löste und ein neues Gefühl in ihr aufstieg: Neugierde.

Nach wenigen Minuten erreichte der Clan eine Straße, die ihn ins Innere der Stadt führen würde. Die Bebauung wurde dichter und höher, zwang den Heerwurm zwischen ihre Betonflanken.

Nodronen sammelten sich am Straßenrand, um ihren Durchmarsch zu begaffen. Immer mehr wurden es, bald standen sie in dichten Reihen zu beiden Seiten. Es war Stadtvolk, ihre gleichförmige, an Uniformen erinnernde Kleidung belegte es, und Argha-cha bemühte sich, die Verachtung, die sich in ihr regte, niederzukämpfen. Dies waren die Einwohner der Hauptstadt, sie lebten ein anderes Leben als der Clan, flüsterte die Mongaal sich selbst zu. Sie wollte nicht auf einen flüchtigen Eindruck hin den Stab über sie brechen.

Argha-chas Blicke saugten sich an ihnen fest. Ihre Großmutter hatte sie gelehrt, dass die Menschen der Schlüssel zu den Dingen waren, nicht ihre Festungen oder Raumschiffe oder Häuser. Das Gefechtssystem hatte die Gesichter der Nodronen ausgeblendet, damit sie die Krieger nicht ablenkten, deshalb war Argha-cha darauf beschränkt, die Gesten der Menschen zu beobachten. Wie sie winkten, ihren Gang, ihre Haltung, wie sie …

Etwas stimmte nicht.

Argha-cha holte ihre akustische Wahrnehmung zurück. Das Gefechtssystem erlaubte den Kriegern, seine Entscheidungen in Teilen temporär zu revidieren. Die Mongaal hörte plötzlich das Dröhnen von vielen tausend Stimmen und konzentrierte sich auf sie. Das Mädchen starrte in die leeren Flächen der Gesichter und versuchte, sie mit dem in Einklang zu bringen, was sie hörte.

Ihr kam ein unerhörter Verdacht. »Echrod? Echrod, bist du noch da?«

»Ja, natürlich. Was ist?«

»Echrod, was siehst du?«

»Was fragst du? Bist du blind?« Der Geschichte-Erzähler war nicht in das Gefechtssystem integriert. Er konnte nicht ahnen, wie viel Argha-cha wahrnahm.

»Was siehst du in den Gesichtern der Leute? Was tun sie?«

Einige Augenblicke hörte Argha-cha nur das vielstimmige Dröhnen, dann sagte Echrod-or traurig: »Sie lachen, Argha. Sie lachen uns aus!«

4

Pratton Allgame sah während des gesamten Flugs vom Raumhafen in die Stadt in den Spiegel. Quart Homphé hasste ihn dafür mit Inbrunst.

Verzückt lächelte Allgame sein auf Nodrone getrimmtes Konterfei in dem hauchdünnen Energiefeld an. Kleinere Felder rahmten den Hauptspiegel ein und zeigten eine Auswahl der besten, aus verschiedenen Winkeln aufgenommenen Schnappschüsse seines Kopfes.

Allgame gefiel sein Anblick. Und nicht ohne Grund: Der olive Teint stand ihm mindestens ebenso gut wie das tiefe Braun seiner natürlichen Hautfarbe. Der Olivton wies ihn als Mann der Tat aus, umgab ihn aber zusätzlich mit einer geheimnisvollen Aura. Seine nodronisch türkisgrünen Augen harmonierten in bestechender Weise mit seinem Teint, und sein Haar, das er gewöhnlich rechts gescheitelt und bestens frisiert trug, war ein Wunderwerk von gezähmter Wildheit. Allgame hatte es sich nicht nehmen lassen, der Frisur persönlich den letzten Schliff zu geben, nachdem der Stylist der Rebellen seine Arbeit beendet hatte.

Der eng geschnittene, erdfarbene Anzug saß wie eine zweite Haut an Allgame – die Kleidung erinnerte bewusst an eine Uniform, schließlich begaben sich Rhodan, Homphé und Allgame als Besatzungsmitglieder des Frachters AKISCH 011 nach Kion – und betonte den schlanken Körper des Terraners.

Quart Homphé hatte für einen Moment, als er Allgames eitles Posieren verfolgte, sein eigenes Abbild in dem Spiegel gesehen, und festgestellt, dass er so aussah, wie er sich fühlte: Wie ein mit einer riesigen, schlammfarbenen Verbandsrolle umwickelter Pottwal, dem man eine wirre Perücke aufgesetzt und in hundert Meter Höhe aus der Schleuse gestoßen hatte.

»Pratton! Quart! Wir sind da!«

Perry Rhodans Ruf riss den Holo-Künstler aus seinen Gedanken.

»Steigen wir aus!«

Der Ärger in Rhodans Stimme war unüberhörbar. Quart Homphé wäre auf der Stelle vor Scham im Boden versunken, hätte Rhodans Ermahnung nicht im gleichen Maße dem eitlen Pratton Allgame gegolten.

Die drei Männer verließen das robotgesteuerte Fahrzeug, eines aus einer Flotte von vielen Tausenden silbernen Keilen, die zwischen Raumhafen und Stadt verkehrten. Die Terraner stellten eines der beiden Teams dar, das eine erste Erkundung von Kion vornehmen sollte. Das zweite Team – Errek Mookmher, Fran Imith und Shimmi Caratech – war in einen anderen Teil der Stadt aufgebrochen.

Quart Homphé sagte sich, dass es eine Ehre sei, im Team des unsterblichen Terraners zu sein, aber irgendwie wollte sich kein Stolz einstellen. Zu offenkundig war, dass er die »Ehre« der Tatsache zu verdanken hatte, dass man ihn für derart unfähig hielt, dass er an die Leine des Erfahrensten der Verschollenen gehörte. So gesehen grenzte es an ein Wunder, dass man ihn nicht in der Lagerhalle zurückgelassen hatte.

In Kion war es später Nachmittag, und der Platz, auf dem der Gleiter sie abgesetzt hatte, war beinahe menschenleer. Rhodan nutzte die Gelegenheit für eine Ermahnung. »Denkt daran, wir sind hier zur Erkundung. Wir wollen sehen, ob wir etwas mehr über die Zwillingsgötzen herausfinden können, ein Gefühl für den Ort entwickeln, uns in ihn und seine Bewohner einfühlen. Also keine Eskapaden, wir sind Beobachter und verschmelzen mit den Kioni ...«, Rhodans Blick fiel auf Quart Homphé, »... so gut es geht. Verstanden?«

»Natürlich, Perry«, grinste Pratton Allgame anzüglich in Richtung Homphés. »Mir hättest du das nicht extra sagen müssen.«

An den Platz grenzte ein Viertel aus eng aneinander gedrängten, kleineren Bauten. Sie waren drei, manchmal auch vier Stockwerke hoch und beherbergten eine Vielzahl von kleinen Läden, die über Laufbänder aus durchsichtiger Energie erreichbar waren. Überall standen Nodronen und feilschten lautstark um die Waren, zumeist Kleidung. Die Gebäude erinnerten in ihrer konischen Form an Zelte, und Quart stellte ernüchtert fest, dass von der klaren Ordnung, die das Holo Kions vermittelt hatte, nichts geblieben war. Innerhalb weniger Minuten hatte er in dem Gewirr der Zelthäuser die Orientierung verloren.

Für Quart Homphé war der Marsch durch die Stadt ein Spießrutenlauf. Die Nodronen jagten ihm unbeschreibliche Angst ein – und zugleich bewunderte er sie mit der schmerzlichen Wehmut dessen, dem bewusst ist, dass ihresgleichen für immer unerreichbar bleiben würde.

Die Nodronen waren prachtvolle Menschen. Sie gingen nicht durch die Straßen, sie paradierten. Selbst wenn sie müßig von einem Laden zum nächsten schlenderten, war ihre Haltung nie nachlässig. Eine innere Spannung hielt sie aufrecht, eine schrankenlose Selbstsicherheit, als könne jeder von ihnen es alleine mit dem Rest des Universums aufnehmen.

Viele der Männer und Frauen trugen Uniformen. In ihrer Körperbetontheit ähnelten sie denen, die Quart und seine Begleiter trugen, aber sie hatten nichts von der Schlichtheit, mit der sich die Terraner begnügten. Zugegeben, sie waren aus grobem, schwarzem Stoff gewebt, doch die Brustpartien glitzerten in der Sonne wie Nester aus vielfarbigen Edelsteinen. Es waren Rangabzeichen, und ihrer Häufigkeit nach zu urteilen, musste das nodronische Militär zur Gänze aus hochdekorierten Offizieren bestehen.

Die Zivilkleidung der Nodronen befleißigte sich eines Retro-Stils. Männer wie Frauen trugen lederne Reitstiefel, die bis an die Knie, oft auch über die Oberschenkel reichten und Quart Homphé eher an Strumpfhosen erinnerten, so naturgetreu bildeten sie die Beine ihrer Träger ab. In breiten Gürteln steckte die obligatorische Peitsche und diverse andere Gegenstände, die je nach persönlicher Vorliebe variierten. Fransenbesetzte Blusen und Hemden rundeten die Kleidung ab.

Die nodronische Haarmode kannte offenbar nur zwei Ausprägungen: brutale Schlichtheit oder dekadente Extravaganz. Erstere, von Männern bevorzugt, äußerte sich in glatt rasierten Schädeln und sorgsam ungepflegten Dreitagebärten, Letztere war das unbestrittene Revier der Frauen – Haartürme, die sich anschickten, mit dem Gebirge der Stürme zu wetteifern.

Quart Homphés Blicke saugten sich an den stolzen Gestalten fest. Die Nodronen bestachen durch ihre Erscheinung. Niemand wäre auf den Gedanken gekommen, ein Nodrone könne versagen, einem Problem nicht gewachsen sein. Der dicke Terraner wünschte, er könnte wie sie sein.

Homphés Leben war ein einziger Kampf gegen das Vorurteil. Betrat der Holo-Künstler einen Raum mit Fremden, hatte man ihn bereits als Versager eingestuft, noch ehe er zur Begrüßung angesetzt hatte. Dagegen anzugehen war ein Ding der Unmöglichkeit. Eher hätte er Sonnensysteme versetzen können als das Urteil seiner Mitmenschen – abgesehen davon, dass ihm die Dinge, die er anpackte, auf derartig katastrophale Weise misslangen, dass er in seinen dunklen Stunden nicht umhinkam, ihnen zuzustimmen.

Er, Quart Homphé, war der geborene Versager, wenn auch ein feinfühliger.

Als Holo-Künstler betrachtete er es als seine Aufgabe, Dingen auf den Grund zu gehen, die Welt um sich herum mit wachen Augen wahrzunehmen. Er begnügte sich nicht damit, an der Oberfläche zu kratzen, sondern versuchte die verborgenen Feinheiten zu verstehen, die unbewussten Motivationen der Menschen. Nur auf diese Weise konnte er Kunstwerke erschaffen, die unter die Haut gingen, in den Menschen eine Saite zum Klingen brachten, von der sie bislang nichts geahnt hatten.

Während Quart Homphé sich dem Selbstmitleid hingab, nahm der Künstler in ihm mit wachen Sinnen seine Umgebung wahr, analysierte und sezierte, was er sah. Und er sah Angst, die ihm Angst machte.

Unter der Oberfläche unerschöpflicher Selbstsicherheit waren die Nodronen zutiefst verunsichert. Kein Nodrone konnte sich seines Ranges sicher sein. Ein Fehler, und man war als *Affail* abgestempelt, als Abschaum. Es galt, die eigene Stellung jeden Tag von Neuem zu erkämpfen, auf der Hut zu sein vor möglichen Konkurrenten – jeder kam in Frage, selbst der engste Freund –, Verletzungen der eigenen Ehre zu erkennen und zu ahnden.

Die Nodronen waren wie geladene und entsicherte Waffen – in Gefahr, jederzeit loszugehen.

Homphé fröstelte. Er wünschte, er hätte eine Jacke mitgenommen, oder besser noch, er wäre in der Handelsniederlassung geblieben. Er wollte weg von den Nodronen.

Pratton Allgame lag nichts ferner als das. Neidisch verfolgte Quart Homphé, wie sich sein Begleiter produzierte. Er stolzierte wie ein Pfau durch die Straßen, sah ungeniert den Frauen hinterher und war sich selbst für ein anerkennendes Pfeifen nicht zu schade, als ihnen eine Nodronin in einer Jaffage entgegenkam, dem halb durchsichtigen Schleiergewand, das Frauen auf Partnersuche anlegten. Quart Homphé war überzeugt davon, dass Allgame der Frau gefolgt wäre, hätte Rhodan nicht unbeirrt Schritt gehalten.

Der Unsterbliche erschien ungerührt von den Nodronen, ganz auf seine Aufgabe konzentriert.

Homphé fragte sich, wieso er nicht wie Rhodan sein konnte, ein kleines bisschen wenigstens, und sich mit ganzer Seele Dingen widmete, die größer waren als er selbst, anstatt sich in Selbstzerfleischung zu ergehen.

Nach einer Zeit, die Quart Homphé wie eine halbe Ewigkeit erschienen war, aber laut Chronometer nur eine halbe Stunde umfasst hatte, hielt Rhodan an.

»Hier muss es sein«, sagte der Unsterbliche.

Die drei standen vor einem sich nach oben verjüngenden Zeltbau. Er unterschied sich von der übrigen Architektur des Viertels in dem, was ihm fehlte: den Energierampen in die oberen Stockwerke, den Schaufenstern, den Holos, die Käufer in die Läden locken sollten. Die schmalen, sich nach unten verbreiternden Fensteröffnungen erinnerten an Schießscharten. Sie waren abgedunkelt.

»Sieht nicht sehr vertrauenerweckend aus«, warf Allgame ein.

Rhodan zuckte mit den Achseln. »Was hast du erwartet, Pratton? Große Werbeschilder?« Der Terraner trat auf den Eingang zu. »Hoffen wir, dass Erreks Informanten zuverlässig sind.«

Rhodan hatte kaum zu Ende gesprochen, als einen Schritt vor ihm das Holo einer Sklavin entstand. Ihre Füße waren gefesselt.

»Was wollt ihr hier?« Sie blickte Rhodan aus traurigen, blutunterlaufenen Augen an.

Quart Homphé hatte Mühe, ihre dünne Stimme zu verstehen. Der Translator hätte sie für ihn verstärkt, aber sie hatten die Geräte zurückgelassen, da sie ihre Tarnung als Nodronen zunichte gemacht hätten.

»Weisheit«, sagte Rhodan.

»Weisheit? Dann seid ihr hier falsch. Weisheit ist unbezahlbar. Geht!«

Rhodan machte keine Anstalten, ihrer Aufforderung zu folgen. Er griff in die Tasche an seiner Seite. »Nun, wir sind bescheidene Leute. Uns genügt bereits ein Hauch von Weisheit – und wir wissen um ihren Wert.« Der Terraner schob den Stoff der Tasche etwas zur Seite und gab den Blick auf die Clezmor-Schwämme frei, die sie ausfüllten.

Das Holo flimmerte. »Wieso nicht gleich so?«

Die Tür glitt zur Seite. Als sie eintraten, erwartete sie bereits das Holo der Sklavin. »Folgt mir!« Im Tippelschritt, das Seil um ihre Knöchel gab ihr nur wenig Spiel, führte sie die Terraner durch das Haus. Es stank. Nach Rauch und hundert anderen, unidentifizierbaren Dingen. Allerdings nicht schlimmer, stellte Quart Homphé fest, als in der AKISCH oder der Handelsniederlassung. Zum wiederholten Male musste er feststellen, dass die Nodronen offenbar eine andere Auffassung von Wohlgerüchen besaßen als Terraner.

Die Sklavin führte sie in einen kleinen, fensterlosen Raum und löste sich auf. Der Raum war spärlich möbliert, eine Hand voll Truhen stand an einem Ende, der Boden war mit Teppichen ausgelegt. In der Mitte des Raums brannte ein Feuer, dessen Rauch von einer Energieglocke eingefangen und abgeleitet wurde. An dem Feuer saß ein Mann im Schneidersitz.

Er winkte den Terranern zu. »Nur herein! Setzt euch!«

Der Nodrone war glatt rasiert. Dicke Adern wölbten seine Kopfhaut. Dichtes Brusthaar drängte aus dem – absichtlich? – nachlässig zugeknöpften Hemd.

»Ich bin Deberken«, sagte er dröhnend. Seine Stimme schien von mehreren Seiten zu kommen. »Was wollt ihr von mir?«

»Man hat uns gesagt, dass du ein Mann von großem Wissen und noch größerer Umsicht bist«, sagte Perry Rhodan.

»Ist das wahr?«

»So wahr, wie wir hier sitzen. Du kennst den Raumhafen. Dort wird von vielen gesprochen, aber von keinem mit so großer Ehrfurcht wie von dir …«

Quart Homphé folgte fasziniert dem Wortwechsel. Er selbst wäre mit der Tür ins Haus gefallen, seine Ungeduld hätte ihm keine Wahl gelassen. Perry Rhodan wirkte so entspannt, als besäße er alle Zeit der Welt.

Nach einiger Zeit war Deberken der Schmeicheleien müde. »Raus damit!«, forderte er Rhodan auf. »Was führt euch zu mir?«

»Ein Anliegen, das du mit Sicherheit verstehen wirst. Wir wollen den Zwillingsgötzen ins Antlitz schauen.«

Deberken lachte schallend. »Wer wollte das nicht?«

»Hast du es schon getan?«

Die Miene des Nodronen verdüsterte sich. »Nein, wie kommt ihr darauf? Wer die Götzen gesehen hat, ist nicht mehr derselbe. Jedes Kind weiß das. Und ich gefalle mir so, wie ich bin!«

»Ein verständlicher Standpunkt«, pflichtete Rhodan bei. »Aber meine Begleiter und mich treibt der Durst nach der Wahrheit an. Wir wollen wissen, wer die Wesen sind, die das Empire von Nodro zu seiner beispiellosen Größe geführt haben.«

Quart Homphé war froh, dass Rhodan die Gesprächsführung in der Hand hatte. Auf diese Weise konnte er nichts verderben, und er hatte Zeit, sich auf andere Dinge zu konzentrieren. Wie etwa Deberken.

Etwas störte ihn an dem Nodronen. Trotz seiner schwülstigen Art wirkte er auf Homphé merkwürdig leblos. Der Holo-Künstler fixierte seinen Blick auf die Brust Deberkens, presste die Augenlider in dem Versuch zusammen, jedes einzelne Brusthaar wahrzunehmen. Aber je stärker er sich bemühte, desto mehr verschwamm das Bild vor seinen Augen.

Als sein Anfangsverdacht sich bestätigt hatte, richtete der Terraner seine Aufmerksamkeit auf die Seite des Nodronen. Deberken wog den Oberkörper beim Sprechen leicht hin und her. Sah man aber genau hin, bemerkte man selbst im flackernden Schein des Feuers, dass sein Bild ausfranste. Bei jeder Bewegung blieben pixelige Artefakte stehen, wie sie für eine nachlässig justierte Projektion charakteristisch waren.

Der Nodrone war ein Hologramm!

Quart Homphé wollte Rhodan auf seine Entdeckung hinweisen. Aber wie? Deberken, dem Holo, würde nicht entgehen, was er Rhodan zuflüsterte. Und wer konnte wissen, wie er auf die Enttarnung reagierte? Quart Homphé entschloss sich klopfenden Herzens zu schweigen, fürs Erste.

Rhodan wickelte derweil ihren Handel ab. »Man weiß, dass die Zwillingsgötzen Audienzen geben«, sagte er.

»In der Tat«, stimmte Deberken zu. »Doch nur die Würdigsten sind auserwählt.«

»Würde ist eine Eigenschaft, die von vielen Faktoren abhängt«, meinte Rhodan. Er nahm die Tasche mit den Clezmor-Schwämmen und schob sie in Deberkens Richtung.

Deberken fasste sie nicht an. »Clezmor-Schwämme … wie viele sind es? Zehn? Ein Dutzend?«

»Ein Dutzend. Von ausgesuchter Qualität. Sie sind gleich mehrere Vermögen wert. Die Delikatesse ist in letzter Zeit aus unerfindlichen Gründen rar geworden.« Rhodan gestattete sich ein Lächeln.

»Was du sagst, trifft zu. Aber ihr habt eine außergewöhnliche Bitte. Eine Audienz bei den Götzen! In nächster Zukunft! Und nicht nur für eine Person, sondern für eine ganze Gruppe!« Deberken barg den Kopf in den Händen, als drohe die Größe der Aufgabe ihm die Fassung zu rauben. »Ich werde sehen, was sich machen lässt. Die Tasche bleibt hier, als Anzahlung. Wenn ihr wiederkommt, bringt jeder von euch eine Tasche. Haben wir uns verstanden?«

»Du hast dich klar ausgedrückt.«

Die Terraner erhoben sich und verließen den Raum. Das Holo der Sklavin erwartete sie und führte sie zum Ausgang.

Quart Homphé gelang es, an sich zu halten, bis das Haus Deberkens hinter einer Straßenecke verschwunden war, dann brach es aus ihm heraus.

»Deberken! Ist es euch auch aufgefallen?«

»Was soll mir an ihm aufgefallen sein – außer dass er ein gerissener Geschäftsmann ist?«, wehrte Pratton Allgame ab.

»Er ist kein Nodrone, er ist ein Holo!«

Perry Rhodan warf Homphé einen überraschten Blick zu. Der Holo-Künstler glaubte einen Anflug von Anerkennung an ihm zu erkennen. »Wie kommst du darauf, Quart?«

Ermutigt schilderte Homphé seine Beobachtungen. »Die nodronische Holo-Technologie muss der unseren weit unterlegen sein. Denkt nur an die grobe Darstellung von Kion, die uns Errek gezeigt hat«, schloss er.

»Das scheint nahe zu liegen. Gehen wir!« Rhodan wollte sich abwenden.

»Halt!«, rief Quart Homphé. »Ist das alles, was dir dazu einfällt? Man hat uns getäuscht!«

»In gewisser Weise ja. Aber denk die Sache zu Ende. Was bedeutet es schon, dass wir ein Holo als Gegenüber hatten? Wir sind gezwungen, einem Fremden blind zu vertrauen – was macht es da für einen Unterschied, ob er sich hinter einem Holo versteckt oder nicht? Wenn er uns verraten oder betrügen will, tut er es so oder so!«

Sie legten den Rückweg schweigend zurück. Quart Homphé nahm kaum Notiz von seiner Umwelt, zu sehr war er mit sich selbst beschäftigt. Holo-Technik war von jeher das einzige Gebiet gewesen, in dem er sich anderen gleichwertig, ja überlegen fühlte. Und jetzt sollte sein Wissen wertlos sein? Die Welt war ungerecht, insbesondere ihm gegenüber, das hatte er seit geraumer Zeit akzeptiert. Aber es gab Momente, in denen er diese Erfahrung vergaß – nur um kurz darauf brutal erinnert zu werden. Es schmerzte.

Die drei Terraner hatten beinahe den Landeplatz der Raumhafenshuttles erreicht, als sie laute Schreie hörten. Ihr Ursprung war schnell ausgemacht: Ein Mann in schwarzer Uniform – das Glitzern auf seiner Brust wies ihn als Are'Sam, als Leutnant der nodronischen Heimatflotte aus – zerrte eine Frau über die Straße. Die Frau stemmte sich mit aller Kraft gegen ihn, warf sich herum, stieß in schneller Folge Verwünschungen aus. Es war vergeblich. Der Mann war beinahe doppelt so breit wie sein Opfer, und er zog sie mit der Unerbittlichkeit eines Bauroboters über das Pflaster.

»Was geht hier vor?«, rief Pratton Allgame. »Was will der Typ mit der Frau anstellen?«

»Ich weiß es nicht«, antwortete Rhodan. »Nichts Gutes, fürchte ich.«

»Das sehe ich auch.« Allgame blickte sich verstört um. Die Passanten gingen ihres Weges, als nähmen sie nicht wahr, was sich vor ihren Augen abspielte. »Wieso hilft niemand der Frau? Sind die Leute blind und taub? Oder zu feige?«

Der Are'Sam machte Halt und versetzte der Frau mit der flachen Hand einen Schlag, der ihren Kopf ruckartig zur Seite fliegen ließ. Sie wimmerte.

»Dieser Hund!«, stieß Allgame hervor. »Behandelt man so eine Frau?« Er machte Anstalten, der Geschlagenen zu Hilfe zu eilen.

Perry Rhodan hielt ihn fest. »Pratton, mir gefällt das genauso wenig wie dir, aber wir dürfen uns nicht einmischen. Wir kennen die Hintergründe nicht. Und wir dürfen auf keinen Fall Aufmerksamkeit auf uns lenken!«

Die Frau hatte aufgehört zu wimmern. Der Are'Sam schleifte sie jetzt wie einen leblosen Sack über das Pflaster. Blut quoll aus aufgeriebenen Hautpartien, hinterließ eine rote Spur auf dem Pflaster.

Quart Homphé konnte sich nicht erinnern, dem eitlen Allgame seit dem Beginn ihrer Odyssee ein einziges Mal in Gedanken, geschweige denn in Worten zugestimmt zu haben. Aber der Anblick der geschundenen Frau war zu viel für ihn. Allgame hatte Recht, sie durften die Hände nicht in den Schoß legen.

Homphé rannte los.

»Quart, nicht!« Rhodans Aufschrei blieb hinter ihm zurück. Die Sticheleien Allgames, seine eigene Angst, in dieser grausamen Zukunft zu stranden, sein Selbsthass, die Furcht vor den Nodronen – Quart Homphé war, als würde er all das in diesem Augenblick zurücklassen, ein neues Kapitel seiner Existenz aufschlagen.

Er erreichte den Are'Sam. Der Mann hatte den Kopf abgewandt und den Angreifer noch nicht bemerkt. Quart tippte ihm auf die Schulter, bereit, seinem Schicksal ins Angesicht zu sehen.

Es gelang ihm nicht.

Noch bevor der Nodrone den Kopf herumgerissen hatte, wurde Quart Homphé von einem harten Schlag in die Seite gefällt. Ein stechender Schmerz stach von seiner Niere aus durch seinen gesamten Körper. Im Fallen sah er, wie eine schlanke Gestalt seinen Platz einnahm.

Perry Rhodan.

Der Nodrone musterte den Terraner, der sich vor ihm aufgebaut hatte, von oben bis unten. Er grinste. »Du Wicht willst mir streitig machen, was ich mir genommen habe?« Der Nodrone ließ die Frau los. Ihr Arm sackte kraftlos herunter. »Wie du willst – das Duell wird ein kurzes sein!«

5

Die Mongaal hatten ihr Lager auf einem Platz auf halbem Weg zum Zentrum von Kion aufgeschlagen. Es war keiner der prachtvollen Plätze, wie Argha-cha sie auf dem Marsch durch die Stadt gesehen hatte. Diese hatten in ihrer Weitläufigkeit mit der Steppe gewetteifert. Auf zahllosen Podesten stellte das Empire von Nodro dort seine Trophäen zur Schau: die von Strahlersalven zerschmolzenen Reste von Kriegsgerät aller Art, um sie herum drapiert die präparierten Leichen der Elenden, die sie gesteuert hatten; Beutestücke, angefangen von edlen Kristallen bis zu glitzernden Hightech-Geräten, und natürlich die Siegessteine, die sprechenden Säulen, die tagaus, tagein den Ruhm des Empire besangen. Überall war das Emblem der Zwillingsgötzen zugegen gewesen. Argha-cha hatte sich unwohl gefühlt, von kalten, grausamen Augen beobachtet.

Nein, der Lagerplatz der Mongaal hatte nichts mit den Plätzen Kions gemein – und doch war er ein Symbol imperialer Macht. Eine Gesandte der Zwillingsgötzen, eine herrische Frau, begleitet von zwei Hand voll schwer bewaffneten Leibwächtern, hatte den Mongaal ihren Platz in der Stadt zugewiesen: eine Handtuchbreit Boden, im Osten und Norden von breiten Trassen für bodengebundene Fahrzeuge eingezwängt, im Westen und Süden von den Zelthochhäusern, die eine der vielen Wohnanlagen der Stadt bildeten. Die langen Schatten der Gebäude verbargen die Mongaal vor dem Antlitz der Sonne, gewährten dem Clan selbst in der Mitte des Tages nur ein bedrückendes Halblicht.

Im Gefängnis der Mongaal – so hatte Argha-cha den Lagerplatz nach kurzer Zeit in Gedanken getauft – waren Menschen, Tiere, Zelte und Wagen so dicht aneinander gedrängt, dass dem Clan kaum Raum für den Aufbau einer Verteidigungsstellung blieb, geschweige denn seinen Angehörigen dafür, einander aus dem Weg zu gehen.

Die Enge, die Wut über die öffentliche Beleidigung, die sich unter den Clansleuten immer mehr aufstaute, bedrückten Argha-cha. Sie fragte sich, wie sie sich entladen würde. In einer Eruption der Gewalt, in der der stolze Clan der Mongaal einander an die Kehle gehen würde?

Dann haben sie wenigstens was Neues zu gaffen!, dachte das Mädchen trotzig.

Sie, das waren die unzähligen unsichtbaren Beobachter, die die Mongaal nicht aus den Augen ließen. Sie waren überall, Argha-cha war sich sicher. Allein in den Zelthäusern, die an das Lager grenzten, mussten Millionen von Nodronen leben – obwohl sich Argha-cha fragte, was es in einem Haus zu tun geben könnte. Auf den Kampf bereitete man sich draußen vor, den Elementen ausgeliefert, nicht im Schutz von klimatisierten Höhlen.

Dann waren da die Straßen. Sie erinnerten das Mädchen an reißende Flüsse, in deren Betten statt Wasser Fahrzeuge strömten. Argha-cha war, als ob bereits der halbe Planet an dem Lagerplatz der Mongaal vorbeigefahren war, um die Hinterwäldler zu bestaunen und zu belachen.

Argha-cha hätte sich am liebsten in ihrem Zelt verkrochen, sich in den Schlafsack eingerollt und die Lider fest zusammengepresst, bis kein Funken Licht mehr an ihre Netzhaut drang, und sich der bodenlosen Schwärze hingegeben, aber das war unmöglich. Ihre Wache endete erst in einer Stunde, und darauf, sich zu entfernen, oder auch nur auf bloße Unachtsamkeit stand der Tod.

Ein Rascheln ließ das Mädchen herumfahren. Es kam von hinter ihr, aus dem Inneren des Lagers, aber das musste nichts heißen. Kion war ihr fremd, nichts war unmöglich.

»Wer ist da?«, rief die Mongaal. Sie hob den Strahler, den man ihr für die Wache ausgehändigt hatte, und zielte damit in die Dunkelheit, in der das Lager des Clans lag. Die Waffe lag schwer und ungewohnt in ihren Händen, obwohl sie mit so etwas geübt hatte, seit sie Laufen gelernt hatte. Aber das waren Trainingsmodelle gewesen, deren Energieladung gerade ausreichte, einen Nodronen einige Minuten lang zu betäuben. Die Waffe, mit der sie nun anlegte, war tödlich, und ihr war, als ob ihre verheerende Energie schwer an ihren Armen zerrte.

»Beruhige dich, ich bin es nur.«

Etor-tai schälte sich aus dem Dunkel. Argha-cha ließ den Strahler erleichtert sinken. Ihre Großmutter. Sie hätte es sich denken sollen, nur die Vorreiterin vermochte es, sich ganz aus der Wahrnehmung des Gefechtssystems auszublenden und damit eine Quasi-Unsichtbarkeit zu erlangen.

Die alte Frau blieb neben Argha-cha stehen. »Habe ich dir einen Schrecken eingejagt?«

Das Mädchen schüttelte hastig den Kopf.

»Gut, das hatte ich auch nicht erwartet.«

Argha-cha gab vor, sich wieder auf das Gelände außerhalb des Lagers zu konzentrieren. *Was willst du von mir?*, lag ihr auf der Zunge, aber sie behielt die Frage für sich. Ihre Großmutter würde ihre Absicht zur Sprache bringen, sollte sie nicht nur der Wunsch getrieben haben, einige unverbindliche Worte mit ihrer Lieblingsenkelin zu wechseln.

Eine Zeit lang starrten die beiden Frauen schweigend auf das flackernde Lichtermeer der Stadt. Dann sagte Etor-tai: »Und, was hältst du von Kion?«

»Ich … ich weiß es nicht. Ich weiß nichts von diesen Leuten«, antwortete das Mädchen. »Sie sind anders, als ich erwartet habe.«

»Das sollte dich nicht überraschen.«

Argha-cha glaubte einen Anflug von Ungeduld in den Worten ihrer Großmutter zu erkennen und beeilte sich weiterzusprechen. »Ich meine, diese Leute da draußen, sie nennen sich Nodronen, und ich bin sicher, dass sie es auch sind. Physisch zumindest. Aber wie sie leben … Großmutter, kann man das überhaupt Leben nennen?« Sie deutete mit dem Lauf ihrer Waffe auf die Lichter. »Da sitzen sie in ihren Käfigen, umschlossen und umhegt von zahllosen Maschinen. Und wenn sie die Käfige ihrer Wohnungen und Häuser verlassen, dann nur um in neue Käfige zu steigen, ihre Gleiter oder Raumschiffe, die sie zu den Käfigen anderer Leute bringen.«

Argha-cha holte Atem. Sie machte eine angewiderte Grimasse. »Und ihre Luft, sie stinkt. Nach Metall und Plastik und was weiß ich. Großmutter, ich könnte so nicht leben! Diese Leute, sie werden nie erfahren, wie es sich anfühlt, durch den Morgennebel zu reiten oder am Sturmtierdungfeuer zu sitzen und den Geschichte-Erzählern zu lauschen. Wie es ist, jeden Tag an einem neuen Ort zu beginnen!«

Das Mädchen spürte, dass sich ihre Wangen gerötet hatten. Es tat gut, ihre Gefühle auszusprechen.

Etor-tai musterte ihre Enkelin einige Augenblicke lang, über ihre Züge huschte ein Anflug von … Bewunderung – war es möglich? – und schließlich lachte sie. »Für jemanden, der behauptet, nichts über die Bewohner Kions zu wissen, weißt du eine Menge.«

»Großmutter, ich … du hast Recht, ich habe mich bemüht, so viel zu sehen, wie möglich war. Aber was ich gesagt habe, sind natürlich nur Vermutungen.«

»Wieso gehst du dann nicht in die Stadt und siehst nach, ob sie zutreffen?«

»Aber das geht nicht! Niemand darf das Lager verlassen!«

»Du hast hiermit meine Erlaubnis.«

Argha-chas Gedanken rasten. »Aber ich bin doch keine Kriegerin!«, sagte sie lauter als gewollt.

»Eben.«

Argha-cha starrte ihre Großmutter aus großen Augen an.

»Dann ist es also ausgemacht«, schloss Etor-tai und wandte sich ab. »Morgen früh brichst du auf. Und vergiss nicht, mich zu besuchen, sobald du zurück bist!«

Die Vorreiterin war schon beinahe in der Dunkelheit verschwunden, als Argha-cha ihr nachrief: »Großmutter, einen Augenblick! Darf ich jemanden mitnehmen?«

»Ich hatte schon gedacht, du fragst nicht mehr«, seufzte die alte Frau. »Natürlich darfst du.«

Am nächsten Morgen brachen Argha-cha und ihr Begleiter auf. Das Mädchen hatte Echrod-or ausgewählt. Sie hätte jeden der Krieger – und insbesondere die jungen, die es auf sie abgesehen hatten – bitten können, er wäre mit ihr gegangen. Sein Ehrgefühl hätte ihm keine andere Wahl gelassen, selbst wenn der Vorstoß den sicheren Tod bedeutet hätte. Aber die Mongaal hatte Echrod-or gebeten. Der Geschichte-Erzähler würde ihr eher dabei helfen können, Kion zu verstehen, als ein hirnloser Kämpfer.

Gleichzeitig hoffte der Teil von ihr, den Echrod-ors Besserwisserei verletzt hatte, auf Genugtuung. Wer weiß, vielleicht würde sich der Allesschlau die Zähne an Kion ausbeißen? Die Vorstellung, Echrod-or sprachlos zu sehen, gefiel ihr.

Doch noch war davon nichts zu spüren. Echrod-or sprudelte vor Lebendigkeit. Aufgeregt ging er in kleinen Sprüngen neben dem Mädchen her, als müsse er sich beherrschen, nicht auf der Stelle loszurennen, um alle Wunder der Stadt zu entdecken.

»Die Götzenstadt! Wir müssen unbedingt zur Götzenstadt!« Der Geschichte-Erzähler wedelte mit dem animierten Stadtplan. Argha-cha hatte keine Ahnung, woher er ihn hatte, Echrod-or war seit ihrem Aufbruch nicht von ihrer Seite gewichen.

Der Geschichte-Erzähler trug wie üblich seinen einfachen Umhang, das Mädchen hatte ihre Rüstung abgelegt und eine Hose und Bluse aus Sturmtierleder angezogen, um nicht auf Schritt und Tritt als Clansfrau aufzufallen. Anfangs war sie erleichtert gewesen, die schwere, heiße Rüstung abstreifen zu dürfen, inzwischen wünschte sie sie sich zurück. Ohne die Panzerung fühlte sich Argha-cha ausgeliefert.

»Das werden wir schon, Echrod, aber nicht gleich als Erstes!« Argha-cha hatte von ihrer Großmutter keine Anweisungen bekommen, wohin sie sich wenden sollte, aber eine innere Stimme sagte ihr, dass die Götzenstadt den Abschluss ihres Tages bilden sollte, obwohl sie verwundert ein Sehnen in sich wahrnahm, sofort dorthin zu eilen. »Schlag etwas anderes vor!«

»Gut, gut …« Echrod-or vergrub den Kopf im Stadtplan. »Dann in die Halle der Clans! Nirgends kann man mehr über die Geschichte des Empire erfahren als dort.«

»Ich will nichts über die Vergangenheit erfahren, ich will wissen, wie die Menschen heute leben.«

»Oh. Also auch nicht die Clansburg.«

Die beiden Mongaal waren inzwischen in einer der Straßen angelangt, die zwischen den Zelthäusern verliefen. Unruhig trat Argha-cha von einem Fuß auf den anderen, während Echrod-or sich erneut dem Stadtplan widmete. Ihr behagte dieser Ort nicht. Sie fühlte sich eingesperrt.

Argha-cha legte den Kopf in den Nacken und sah nur einen schmalen Streifen des Himmels. Die Wolkenkratzer, die ihn einrahmten, hatten aus der Entfernung wie gewaltige Zelte gewirkt, aber jetzt erkannte sie, dass der Zeltcharakter nur eine Illusion gewesen war. Die Spitzen der Gebäude mündeten zwar in großen Zelten, aber sie waren aus Stein und Stahl gebaut. Ihre Flanken waren mit Zeltbahnen behangen, die ihre wahre Natur nicht zu verbergen vermochten. Die Bahnen waren aus Kunststoff gefertigt, nicht aus Leder, und der Wind, der durch die Straßenschlucht blies, hob sie von Zeit zu Zeit an und gab den Blick auf steinerne Fassaden frei.

Die »Zelte«, die sie aus der Entfernung für Himmelszelte gehalten hatte, waren eine Lüge. Aber, fragte sich Argha-cha, was machte ein Himmelszelt aus? Das Material, aus dem es gefertigt war? Oder seine Höhe, die Eitelkeit seiner Erbauer?

»Hier ist etwas, was dich interessieren könnte«, sagte Echrod-or. »Ein großer Park, nicht weit von uns. Dort kannst du sehen, wie die Leute hier leben.«

»Klingt gut. Wo lang?«

»Dort vorne ist eine Rohrbahnstation …«

»Nein, ich lasse mich nicht in eine dieser Büchsen einsperren! Können wir nicht laufen?«

»Hm, dazu ist es doch zu weit.« Echrod-or kratzte sich am Kopf, während sich auf der Karte in schneller Folge verschiedene Darstellungen abwechselten. »Ah, dachte ich es mir doch. Ich weiß einen Weg!«

»Und der wäre?«

»Das wirst du gleich sehen. Komm!«

Echrod-or lief los. Argha-cha hängte sich missmutig an seine Fersen. So hatte sie sich den Tag nicht vorgestellt. *Sie* folgte *ihm?*

Argha-cha hätte den Geschichte-Erzähler am liebsten zur Rede gestellt, aber bereits das bloße Fortkommen in den Straßen Kions beanspruchte ihre gesamte Konzentration. Die Wege der Ewigen Stadt waren zwar breit, doch auf ihnen war eine unvorstellbare Zahl von Nodronen und anderen Wesen unterwegs. Dem Mädchen schien es, als ob in einer beliebigen Minute mehr Wesen an ihr vorbeiströmten, als der Clan Angehörige zählte.

Und wie sie sich fortbewegten! Die Nodronen gingen in fahrigen, kurzen Schritten, die Köpfe leicht gesenkt, die Blicke auf imaginäre Punkte am Boden gerichtet. Unter den Mongaal wäre jeder, der sich so verhielt, zu einem Duell herausgefordert worden. Wie konnte man sein Gegenüber derart entehrend missachten? Im Clan nahm man sich stets Zeit, einige freundliche Worte zu wechseln. Das schuldete man seinem Gegenüber. Und sich selbst: Auf welchem Weg konnte man besser den neuesten Tratsch erfahren?

Zugegeben, ermahnte sich Argha-cha, Kion war nicht der Clan der Mongaal, ihr war bewusst, dass sie die Sitten ihres Clans nicht unbesehen auf die Hauptstadt des Empire übertragen konnte. Dennoch, es blieb ein schales Gefühl.

Echrod-or war stehen geblieben. »Jetzt geht es los!«, verkündete er.

»Was geht los?«, fragte das Mädchen genervt zurück. Vor ihnen tat sich ein kleiner Platz auf, kleiner noch als der Lagerplatz der Mongaal. Auf seinem steinernen Belag waren mehrere Dutzend verschiedenfarbige Kreise gemalt. Die wenigen Passanten, die den Platz überquerten, achteten sorgfältig darauf, sie nicht zu betreten.

»Unsere Fahrt!« Echrod-or nahm sie bei der Hand und zog sie mit sich. Die Verwegenheit des Geschichte-Erzählers – er berührte sie! – verblüffte das Mädchen so sehr, dass sie es mit sich geschehen ließ. Echrod-or hielt an einem blauen Kreispaar an. »Das muss es sein! Komm!«

Gleichzeitig sprangen die Mongaal in den Doppelkreis. Noch bevor ihre Zehenspitzen den Boden berührten, fühlte sich Argha-cha sanft angehoben. Sie gab einen überraschten Laut von sich. Unter ihr schrumpfte der Platz zusammen, und wenige Augenblicke später blickte sie bereits auf das Dach eines angrenzenden Gebäudes herab. Argha-cha verspürte keine Angst, die unsichtbare Hand, in der sie ruhte, schien unendlich gutmütig und stark zu sein.

Sie wandte sich an Echrod-or, der eine Armeslänge von ihr entfernt schwebte. »Was ist das?«

»Die Kioni nennen es den Schwerelosen Zug«, antwortete der Geschichte-Erzähler. »Er trägt einen überall in der Stadt umher. Der Zug wird fast nur von Touristen benutzt, den Einheimischen ist er zu langsam, sie nehmen lieber die Rohrbahnen.«

»Ah ja …« Argha-cha fragte nicht weiter nach. Der Fahrtwind war wunderbar, er erinnerte sie an die Steppe. Und was die Touristen anging … sie hatte das Wort schon einmal gehört, ohne seine Bedeutung zu verstehen, aber vor Echrod-or wollte sie sich keine Blöße geben.

Die Antigravfelder trugen die Mongaal durch Kion. Argha-cha war, als sähe sie die Stadt mit neuen Augen. Sie und Echrod-or glitten mit geradezu majestätischer Langsamkeit dahin, die Route des Schwerelosen Zugs führte in einem umständlichen Zickzackkurs entlang wenig befahrener und begangener Straßen.

Dem Mädchen fiel ein Stein vom Herzen, als sie feststellte, dass beileibe nicht alle Teile der Stadt so dicht bevölkert waren wie der, durch den sie gelaufen waren. Mehrmals sah sie Nodronen, die einfach nur in der Sonne saßen oder sich unterhielten. Einmal glaubte sie sogar ein echtes Zelt aus Tierleder zwischen den Steinbauten zu erkennen. Ihr Herz schlug bei dem Anblick höher.

Schließlich, fast hätte Argha-cha protestiert, so sehr genoss sie den Schwerelosen Zug, setzte die unsichtbare Hand die Mongaal am Park ab.

Ein neues Wunder erwartete das Mädchen.

Argha-cha hatte von Parks gehört, kaum eine Erzählung der Geschichte-Erzähler kam ohne sie aus. Sie waren der Ort, an dem der Clan nach dem Sieg sich ausruhte, der Ort, an dem man neue Kraft schöpfte, bevor man zum nächsten Kriegszug aufbrach. Oft schon hatte Argha-cha mit geschlossenen Augen am Sturmtierdungfeuer gelegen und sich, während ein Geschichte-Erzähler berichtete, vorzustellen versucht, wie ein Park aussehen könnte. Sie hatte Grün, frisches, helles Grün gesehen, und natürlich Wasser. Klares, kaltes Wasser, das man unbesorgt trinken konnte. Und auf den Bäumen, die Schatten spendeten, wuchsen würzige Früchte.

Doch neben dem, was sich vor ihr auftat, wirkte ihr Fantasiegebilde fahl und kraftlos. Der Clan der Mongaal hätte auf der Fläche des Parks mehrfach sein Lager aufschlagen können.

Ohne nachzudenken, rannte Argha-cha los. Sie nahm die Hand Echrod-ors und zog ihn mit. Auf der Grasfläche, die den Park begrenzte, angekommen, streifte das Mädchen die Stiefel ab und tanzte barfuß auf dem weichen Pflanzenteppich. Echrod-or zögerte, dann tat er es ihr gleich.

Schnell stellte Argha-cha fest, dass der Park viele Gesichter besaß. Er umfasste eine Vielzahl von Anlagen, voneinander getrennt durch einfache Energieschirme, die dafür sorgten, dass Organismen nicht von einer Anlage in die nächste gelangten. Für die Besucher gab es Schleusen, in denen man einige Augenblicke warten musste, bis die Luft erneuert war und Strahlenlampen Mikroorganismen abtöteten, aber ansonsten konnte man sich frei im Park bewegen.

Atemlos rannte Argha-cha von Anlage zu Anlage, jede von ihnen erschien ihr wie eine eigene Welt. Und das traf in gewisser Weise tatsächlich zu, wie Echrod-or ihr in einer Pause erklärte. Jede Anlage stellte ein Schaufenster in die Ökologie eines besiedelten Planeten des Empire von Nodro dar. Über fünftausend existierten bereits, und es verging kaum ein Tag, an dem nicht eine neue hinzukam.

Als sie das hörte, konnte Argha-cha sich zum ersten Mal eines Gefühls der Bewunderung für die Zwillingsgötzen nicht erwehren. Die Geschichte-Erzähler hatten von vielen großen Taten der Mongaal berichtet, aber ihr fiel keine ein, die sich mit diesem Werk hätte messen können.

Argha-cha und Echrod-or verbrachten beinahe den ganzen Tag im Park. Fast schien es, als versuchte das Mädchen, jede einzelne der Welten zu besuchen. In den Schleusen hüpfte sie ungeduldig auf und ab, bis endlich die quälend langen Sekunden des Sterilisierungsprozesses abgeschlossen waren und sich das Tor in eine neue Welt öffnete. Sobald die Türen der Schleuse auseinander glitten, zwängte sie sich durch den winzigen Spalt.

Echrod-or, der trotz seiner Schmächtigkeit breiter gebaut war als die Vierzehnjährige und abwarten musste, bis die Schleusentore weiter auseinander geglitten waren, gab es bald auf, hinter dem Mädchen herzurufen. Sie hörte ohnehin nicht auf ihn und verschwand in der Vegetation. Meist fand Echrod-or sie erst nach einigem Suchen wieder, nachdem ihr erster Eifer abgekühlt war und sie versunken eine Pflanze betastete, die ihr besonderes Augenmerk gefunden hatte.

Am frühen Abend zeigte Argha-cha schließlich erste Anzeichen der Sättigung. Sie zwängte sich immer noch als Erste aus den Schleusen, aber ihr Schritt hatte sich verlangsamt. Echrod-or gelang es jetzt oft, sie einzuholen, bevor sie in den Labyrinthen des Grüns verschwand. Und immer, wenn er es tat, lächelte Argha-cha ihn an, auf eine Weise gelöst, die sie selbst am meisten verwunderte.

Schließlich fasste sich der Geschichte-Erzähler ein Herz. »Es ist spät, Argha.«

Das Mädchen blickte gerade in eine große, glockenförmige Blüte, die auf einem armdicken Stängel saß. Von außen war sie von einem unauffälligen Dunkelgrün, das sie mit der übrigen Vegetation förmlich verschmelzen ließ, aber blickte man in die Blüte …

Argha-cha erinnerte die Kaskade von Farben an ein Spielzeug aus Kindertagen, eine mit Spiegeln ausgekleidete Röhre, in der bunte Steine kullerten. Hielt man es in die Sonne und drehte es, bildete es vielfarbige Muster. Argha-cha hatte früher stundenlang damit gespielt – jetzt schalt sie sich eine Närrin dafür: Wie hatte sie ihre Zeit mit dem Spielzeug vergeuden können, wenn solche Farbenpracht wie in dieser Blüte existierte? Argha-cha spürte, dass sie noch viel zu lernen hatte.

»Argha?«

Sie riss sich los. »Ja?«

»Ich sagte, es ist spät.«

»Willst du schon nach Hause, Echrod?«

Der junge Mann schüttelte wortlos den Kopf.

Einen Augenblick lang musterte Argha-cha den Geschichte-Erzähler, ohne zu verstehen – die blauen Zöpfe standen ihm hervorragend und sie hatten eigentlich gar nichts Städtisches an sich –, dann fiel es ihr ein. »Bei der großen Horde, die Götzenstadt! Ich … ich …«

Wie hatte sie so gedankenlos sein können, sie zu vergessen? Es war ungehörig gegenüber Echrod-or, der sich auf den Besuch dort gefreut hatte. Und Etor-tai … was würde Großmutter von ihr denken, wenn sie aus der Stadt zurückkehrte und ihr mitteilte, sie habe den ganzen Tag in einem Park verbracht?

Sie mussten zur Götzenstadt.

»Ja, lass uns zur Götzenstadt gehen.« Sie blickte sich suchend um und sah so weit ihr Auge reichte nur Grün. »Aber wie kommen wir hier wieder heraus?«

Echrod-or lachte auf. »Du bist gut, Argha! Hattest nur Augen für den Park, was? Aber mach dir keine Sorgen, du hast ja mich!«

Mit der Sicherheit desjenigen, der sich seinen Weg genau eingeprägt hat, führte Echrod-or sie drei Welten weiter zu einer Stelle, an der ein Doppelkreis im Gras sichtbar war: eine Station des Schwerelosen Zugs. Argha-cha war sich sicher, dass sie diese Welt durchquert hatten, sie erinnerte sich an die mannshohen Farne, die ihr Bild bestimmten. Doch den Doppelkreis hatte sie nicht bemerkt.

Echrod sieht Dinge, die ich nicht sehe, dachte sie. Argha-cha hielt den Gedanken fest. Sie ahnte, dass es ihr gelungen war, etwas Wichtiges in Worte zu fassen.

Der Schwerelose Zug erfasste die Mongaal. Der Park blieb unter ihnen zurück, und Argha-cha überkam Wehmut – sie hätte für immer an diesem Ort bleiben können! –, doch als die Götzenstadt in Sicht kam, verflog sie.

Ihr Anblick ließ das Mädchen den Atem anhalten. Die Götzenstadt war eine Stadt in der Stadt, bedeckt von einem viele Quadratkilometer durchmessenden Zeltkomplex. Rauch stieg aus den Abzugsöffnungen von hunderten von Nebenzelten auf. Der Rauch stieg in den Abendhimmel, formte sich zu gewaltigen, dreidimensionalen Schlachtengemälden – so lebensecht waren sie, dass Argha-cha glaubte, den Lärm des Kampfes zu hören –, die immer weiter vor der Steilwand des Gebirges der Stürme aufstiegen, um vom Wind erfasst zu werden und die Kunde der großen Taten der Nodronen dem gesamten Planeten mitzuteilen.

Und auch die Kämpfe der Mongaal konnten eines Tages auf diese Weise geehrt werden! Der Gedanke war schwindelerregend. Der Stolz trieb Argha-cha die Tränen in die Augenwinkel. Sie riss sich vom Anblick der Götzenstadt und sah zu Echrod-or.

Der Geschichte-Erzähler fühlte wie sie! Tränen liefen über seine Wangen. Es war das erste Mal, dass Argha-cha einen Mann weinen sah, aber es machte ihr nichts aus. Nur eine Maschine hätte der Anblick der prachtvollen Götzenstadt ungerührt gelassen.

Es war also wahr, was man flüsterte. Die Zwillingsgötzen, die die Stadt erbaut hatten, konnten keine gewöhnlichen Sterblichen sein. Argha-cha fühlte eine Hand am Werk, die sich nicht mit dem Verstand eines Menschen messen ließ.

Der Schwerelose Zug setzte sie an der Palisade der Götzenstadt ab. Sie bestand aus Baumstämmen, die man unbearbeitet in den Boden gerammt hatte. Argha-cha nahm es zufrieden zur Kenntnis. Es war eine Bauweise, wie sie Nodronen anstand, schnörkellos und funktional. Mit Schaudern dachte sie an die verspielten Bauten, die sie in Kion gesehen hatte. Es waren die eines Volkes, das vergessen hatte, wofür es stand.

In regelmäßigen Abständen standen Posten auf den Palisaden. Argha-cha winkte dem am nächsten stehenden übermütig zu, der Mann winkte wie selbstverständlich zurück, als wären er und das Mädchen Teil einer großen Gemeinschaft, ungeachtet ihres Standes.

»Gehen wir zur Pforte!«, schlug Echrod-or vor.

»Ja, zur Pforte!«

Die Mongaal liefen los. Argha-cha folgte dem Geschichte-Erzähler ohne Bedenken. Echrod-or würde den Weg zur Pforte wissen.

Ihr Lauf dauerte nur wenige Minuten. In dieser Zeit begegneten ihnen Hunderte von Nodronen, die wie sie gekommen waren, den Glanz der Zwillingsgötzen mit eigenen Augen zu erblicken. Die Menschen gestikulierten anerkennend, feuerten sie mit Rufen an. Argha-cha fühlte sich geborgen in einer Weise, wie sie sie niemals im Clan verspürt hatte – dem Clan, der ihr mehr bedeutete als alles im Leben, der ihr Leben war.

Die Pforte.

Das Kind in Argha-cha hatte ein weiteres himmelstürmendes Wunder erwartet, ein Tor so hoch und weit, dass selbst das Gebirge der Stürme durch es gepasst hätte. Was sie erblickte, war eine brusthohe, quadratische Öffnung in der Palisade, links und rechts von jeweils einer Wache gesäumt. Die Pforte erinnerte sie an die improvisierten Durchgänge, die die Mongaal dazu benutzten, die unter den jungen Tragtieren herauszusuchen, die kräftig genug waren, ihrer Bestimmung zu dienen.

Enttäuschung rührte sich in dem Mädchen, nur um einen Moment darauf vom Verstehen hinweggefegt zu werden. Natürlich, die Pforte war nichts anderes als ein Durchgang fürs Vieh! Hier schieden die Zwillingsgötzen die Würdigen von den Unwürdigen – nur, dass die Würdigen sich damit auswiesen, dass sie sich beim Eintreten in die Götzenstadt symbolisch verbeugten.

Argha-cha konnte sich nicht helfen, sie rannte zur Pforte.

»Argha, was tust du da? Komm zurück, das darfst du nicht!« Echrod-or war hinter ihr zurückgeblieben. Als folgten sie einem unsichtbaren Befehl, blieben die staunenden Nodronen auf Distanz von der Pforte.

Argha-cha blieb einen Schritt davor stehen. »Kann ich hinein?«, fragte sie. Die Pforte stand offen; Argha-cha konnte ein Stück Gras und dahinter eine unverputzte Wand sehen.

Die linke der Wachen schüttelte den Kopf. »Was denkst du, Mädchen? Das ganze Empire verzehrt sich danach! Wieso sollst ausgerechnet du auserwählt sein?«

»Ich … ich weiß nicht. Ich dachte nur, vielleicht …«

»Tut mir Leid«, sagte der Mann. »Die Zwillingsgötzen allein entscheiden darüber, wen sie empfangen. Aber du kannst bei der Hofmeisterin um eine Audienz bitten, jedem Nodronen steht das zu. Und wer weiß? Vielleicht hast du ja eines Tages Glück. Du bist noch jung und hast Zeit.«

Argha-cha konnte es nicht ausstehen, an ihr Alter erinnert zu werden. Aber merkwürdigerweise störte sie sich nicht an den Worten der Wache. Der Mann meinte es gut mit ihr, er spielte nicht auf ihr Alter an, um sie zu bevormunden, sondern um sie zu trösten.

»Hast du sie jemals gesehen, die Götzen?«, fragte sie.

»Ja.«

»Und wie hat es sich angefühlt?«

»Überwältigend.« Ein träumerischer Ausdruck war in die Augen des Mannes getreten. Er sah Argha-cha direkt an, aber das Mädchen spürte, dass er etwas ganz anderes sah. »Ich ... ich kann es nicht in Worte fassen. Mein Leben ist seitdem ein anderes. Ich würde es jederzeit für sie geben.«

Argha-cha bedankte sich und kehrte zu dem wartenden Echrod-or zurück.

Die Mongaal fanden eine Station des Schwerelosen Zugs, und bald darauf schwebten sie zurück zum Lager. Die letzten Strahlen der Sonne spielten auf Argha-chas Nacken. Sie streckte den Arm aus und nahm Echrod-ors Hand, seinen überraschten Blick ignorierte sie.

Je weiter sie sich von der Götzenstadt entfernten, desto mehr verblasste Argha-chas Hochgefühl. Eine neue Empfindung trat an seine Stelle: eine Wärme, die von innen kam; das Wissen, dass sie an der Schwelle zu etwas Großem, Neuem stand. Und Verwunderung: Waren die Götzen nicht die Feinde der Mongaal? Was war mit ihren Gefühlen geschehen?

Das letzte Stück zum Lager mussten sie zu Fuß zurücklegen. Argha-cha störte sich nicht daran, auch nicht an den furchtbaren Menschen, die wie Maschinen ihren Verrichtungen nachgingen. Sie hatte den wahren Geist des Empire gekostet, und es fühlte sich unendlich richtig an, Echrod-ors Hand zu spüren.

Dann, nur wenige Straßenzüge vom Lager entfernt, war der Weg versperrt. Eine dichte Menschentraube riegelte die Straße in ihrer ganzen Breite ab. Argha-cha und Echrod-or sahen einander fragend an. Sollten sie die Ansammlung umgehen? Es wäre das Vernünftigste gewesen, aber die Neugier siegte. Sie zwängten sich durch die Leiber und gelangten schließlich an den inneren Rand eines Kreises.

In der Mitte der Fläche umkreisten zwei Männer einander lauernd. Ein paar Meter weiter stand eine junge Frau. Sie blutete aus einer Wunde an der Stirn und folgte dem Kampf mit weit aufgerissenen Augen.

»Was geht hier vor?«, fragte Argha-cha den Mann, der neben ihr stand.

»Es geht um die Frau«, sagte er. »Der Are'Sam hat sie sich erobert, dann kam der Dürre und machte sie ihm streitig. Was für ein Irrsinn, er hat keine Chance!«

Der Are'Sam, das musste der Mann in Uniform sein. Argha-cha stimmte dem Zuschauer in Gedanken zu. Der Are'Sam war ein kräftiger und grimmig wirkender Mann, er erinnerte das Mädchen an die jungen Sturmtierstiere, bevor man sie kastrierte, um sie gefügig zu machen. In der Linken hielt er eine Peitsche. Sein Gegner, er war einen Kopf größer, wirkte neben ihm beinahe zerbrechlich. Auch er besaß eine Peitsche, doch hielt er sie so ungeschickt, als sei er nicht mit ihr vertraut. Der Zweikampf würde nicht lange dauern.

Die beiden Männer umtänzelten einander immer schneller. Der Are'Sam ließ seine Peitsche knallen. Jedes Mal glaubte Argha-cha, das Ende des Hageren sei gekommen. Aber wie durch ein Wunder gelang es ihm, den Peitschenriemen auszuweichen. Ein einziger Treffer hätte genügt, dem Mann ein Glied abzutrennen.

Dann geschah etwas Unerhörtes: Der Hagere ließ die Peitsche fallen, schnellte vor und rammte dem Are'Sam seinen Stiefel ins Gesicht, so schnell, dass sich Argha-cha nicht sicher war, ob die Bewegung überhaupt stattgefunden hatte. Der Are'Sam fror mitten in der Bewegung ein und kippte leblos zur Seite.

Der Hagere versetzte ihm einen weiteren Tritt in den Bauch, um sicherzustellen, dass er seinen Gegner ausgeschaltet hatte. Dann nahm er die Hand der Frau und rannte mit ihr durch die Schneise davon, die die verblüffte Menge bereitwillig gebildet hatte.

Die Menge zerstreute sich, und die Mongaal legten das letzte Stück des Weges zum Lager zurück. Argha-cha nahm nicht mehr die Hand Echrod-ors, obwohl er sie ihr darbot. Der Anblick des Duells hatte den Zauber des Abends gebrochen, und außerdem wollte sie nicht, dass jemand vom Clan sie händchenhaltend mit Echrod-or sah. Die Geste wäre als ein Versprechen gedeutet worden, von dem sie nur hätte wieder abrücken können, indem sie Echrod-or Gewalt antat, und das wollte sie nicht.

»Es war ein schöner Tag«, sagte der Geschichte-Erzähler, als sie wieder im Lager waren.

»Das war es.«

»Vielleicht könnten wir … könntest du …«

»Ja?«

»Vielleicht könnten wir wieder einmal einen solchen Tag verbringen?« Echrod-or schluckte, dann flüsterte er: »Vielleicht sogar viele?«

Argha-cha schwieg lange. Schließlich sagte sie, ohne ihm in die Augen zu sehen: »Echrod, ich muss zu meiner Großmutter. Ich habe versprochen, ihr von Kion zu erzählen.«

Sie rannte weg.

Als das Mädchen das Zelt Etor-tais betrat, war ihre Großmutter – wie erwartet – mit dem Menschbild beschäftigt. Zu Füßen des Menschbilds stand eine neue Schale, gefüllt mit Früchten. Beim Anblick des Obstes überkam Argha-cha nagender Hunger. Erst jetzt ging ihr auf, dass sie den ganzen Tag nichts gegessen hatte.

»Ah, da bist du ja.«

Die Vorreiterin warf geübt das Tuch über das Menschbild und bedeutete ihrer Enkelin, sich auf den Kissen neben dem Feuer niederzulassen. Argha-cha folgte der Aufforderung; Etor-tai setzte sich ihr gegenüber. »Angesichts der späten Stunde gehe ich davon aus, dass ihr einen erfüllten Tag hattet?«

»Oh, ja!« Das Mädchen erzählte ihrer Großmutter alles. Von den Menschen, die nur dem Anschein nach Menschen waren, und den Zelten, die keine waren. Aber auch vom Park und dem Schwerelosen Zug und den anderen Wundern. Etor-tai beschränkte sich darauf zuzuhören und ihr von Zeit zu Zeit aufmunternd zuzunicken. Manchmal fragte sie nach, wie Echrod-or bestimmte Dinge aufgefasst hatte.

Schließlich kamen sie auf die Götzenstadt zu sprechen. Den Ort, an dem der Feind wohnte, der den Clan der Mongaal zu vernichten trachtete. Es war das Erste, was man Argha-cha gelehrt hatte, noch bevor sie hatte sprechen können. Doch was sie heute gefühlt hatte, war etwas ganz anderes gewesen. Wie konnte sie es ihrer Großmutter vermitteln? Sollte sie ihr überhaupt davon berichten? Argha-cha entschied sich dagegen.

Das Mädchen war gerade bei ihrer Ankunft an der Palisade angekommen, als Etor-tai sie unterbrach. »Du verschweigst etwas, Argha. Das musst du nicht. Ich bin deine Großmutter, vor mir brauchst du keine Geheimnisse zu haben.«

Da brach es aus Argha-cha heraus. Sie berichtete von der Größe der Zwillingsgötzen, der Erhabenheit des Empire und von der großen Gemeinschaft der Nodronen, der alle Clans angehörten. Sie hielt nichts zurück. Als sie geendet hatte, war das feine Lächeln aus den Zügen Etor-tais verschwunden.

»Verstehst du mich, Großmutter?«, fragte sie unsicher.

»Ja, ich verstehe. Es ist, wie ich befürchtet habe.« Nach einer Weile fragte die Vorreiterin: »Ist das alles, was du erlebt hast?«

Argha-cha überlegte. »Nein, da ist noch etwas! Wir haben einen Zweikampf um eine Frau gesehen!« Das Mädchen erzählte von dem Duell und seinem überraschenden Ausgang.

»Und was hältst du davon?«, fragte Etor-tai.

»Der Hagere hat gut gekämpft.«

Die Vorreiterin lachte auf. »Natürlich hat er das, sonst hätte er nicht gesiegt. Nein, ich wollte auf etwas anderes hinaus: Glaubst du, die Angelegenheit war den Kampf wert?«

Darüber hatte Argha-cha noch nicht nachgedacht. »Nein, ich glaube, ich habe selten einen größeren Haufen Narren gesehen«, sagte sie nach einigen Momenten der Überlegung.

»Wieso das?«

»Nun, dieser Offizier, der Are'Sam war dumm, die Frau in der Öffentlichkeit erobern zu wollen. Er hätte damit rechnen müssen, dass ihn jemand herausfordert. Ein kluger Mann hätte die Frau an einem einsamen Ort abgepasst. Und der Hagere ... er ist ein guter Kämpfer, ja, aber ein dummer. Er wird keine Gelegenheit bekommen haben, seine Eroberung zu genießen. Das weiß selbst ich, die ich nur einen Tag in Kion verbracht habe.«

»Und was ist mit der Frau?«

»Das ist leicht! Sie ist die Dümmste der drei. Wie kann sie sich alleine auf die Straße wagen, wenn sie nicht in der Lage ist, sich zu behaupten? Und wieso hat sie nicht wenigstens den Zweikampf genutzt, sich aus dem Staub zu machen?«

»So, so ...« Die Vorreiterin lachte jetzt wieder, aber anders als vorher. Als wäre sie stolz auf ihre Enkelin. Argha-cha hatte das Gefühl, dass sie eine Art Test bestanden hatte. »Gut, ich danke dir für deinen aufschlussreichen Bericht. Geh jetzt schlafen, der Tag wird dich ermüdet haben, und du wirst deine Kräfte brauchen.«

Argha-cha stand auf. Ihre Großmutter wandte sich wieder dem Menschbild zu. Das Mädchen wusste, dass sie es nicht durfte, aber sie konnte nicht anders, als auf der Stelle zu verharren, um zu sehen, was Etor-tai tun würde.

»Sie halten mich für verrückt, was?«, sagte die Vorreiterin unvermittelt.

»W-was meinst du damit?«

»Die Clansleute. Sie glauben, ich sei verrückt, nicht? Dass das Alter mir Löcher ins Gehirn gefressen hat, dass ich ein Menschbild erschaffe.«

»Nein! Das ... das ... na ja, einige tun es.« Argha-cha glaubte die nächste Frage ihrer Großmutter zu kennen: »Und was denkst du, Argha? Hältst du mich auch für verrückt?«

Etor-tai schien gar nicht auf den Gedanken zu kommen, dass ihre Enkelin an ihr zweifeln könnte. »Lass sie, sie sind nicht wichtig«, winkte sie ab. »Was zählt, Argha, ist, was du selbst fühlst. Prüfe deine Gefühle, und wenn du ihrer sicher bist, handle danach. Lass dich nicht beirren.«

Das Mädchen nickte. Die Worte Etor-tais waren abschließend, aber ihre Großmutter schien heute Abend in einer ungewöhnlich nachdenklichen Stimmung zu sein. Argha-cha nahm ihren ganzen Mut zusammen und fragte: »Das Menschbild, wozu erschaffst du es? Glaubst du, dass es uns retten kann?«

»Oh, nein. Das müssen wir schon selbst tun. Aber mir ist, als wäre es an der Zeit, die Last der Verantwortung mehr als nur einer Schulter aufzubürden.« Etor-tai schüttelte den Kopf, als bemerke sie erst jetzt, was sie gerade tat. Sie straffte sich. »Du weißt schon zu viel, als gut für ein Mädchen ist. Geh jetzt, Argha-cha!«

Die Nacht war lange und unruhig. Argha-cha sah überall Gesichter, das Echrod-ors, des hageren Mannes im Zweikampf, das feiste Antlitz der Wache an der

Pforte, die stilisierten Häupter der Zwillingsgötzen. Nur eines entwand sich ihr immer wieder.

Das Menschbild blieb gesichtslos.

6

Rhodan rannte los, ohne auf Pratton Allgame und Quart Homphé zu warten. Er hoffte, dass die beiden klug genug waren, ihm und der Nodronin nicht zu folgen. Sie konnten ihm nicht helfen, im Gegenteil, ihre Begleitung würde lediglich die Gefahr für ihn erhöhen.

Die Hand der benommenen Nodronin fest umklammert, bog der Terraner in eine Nebenstraße ein, hastete an den Ladenfronten und ihn neugierig anstarrenden Passanten vorbei und schlug einen Bogen in eine kleine Gasse. Gedämpftes Licht umfing ihn. Als es ihn wieder freigab, fand er sich auf einer weiteren Einkaufsstraße wieder.

Rhodan zwang sich, langsam zu gehen. Er schöpfte tief Atem, entließ die Luft langsam aus seinen Lungen, hielt seinen Atem flach, als sei er mit der Frau auf einem Stadtbummel, nicht auf der Flucht.

Die Frau. Rhodan wandte sich ihr zu. Ihre Hand lag schlaff in der seinen, als hätte der Übergriff des Offiziers ihr jede Kraft geraubt. Ihr Haar, das sie ursprünglich zu einer Turmfrisur drapiert hatte, hing in wirren, bis an den Gürtel reichenden Strähnen über das Gesicht. Rhodan hob die Hand, um ihr die Haare aus dem Gesicht zu streichen. Die Frau zuckte zurück wie ein Hund, der einen weiteren Schlag seines jähzornigen Herrn fürchtete.

»Keine Angst!«, flüsterte Rhodan. »Ich will dir nichts tun.«

Diesmal zog die Frau den Kopf nicht weg. Vorsichtig schob Rhodan die Haarsträhnen zur Seite. Die gelben Augen der Frau lagen tief in den Höhlen, als versteckten sie sich. Schweiß rann ihr herab, verschmierte die Schminke, die sie aufgetragen hatte. Rhodan wischte mit dem Ärmel über ihre Stirnwunde. Sie war nur oberflächlich.

»Siehst du«, sagte Rhodan. »Ich habe dir nichts getan.«

Die Frau starrte wortlos ins Leere.

Sie musste noch unter Schock stehen. Rhodan wusste aus Erfahrung, dass es Zeit brauchte, bis sich die Schockstarre löste. Er drehte sich weg und musterte die Einkaufsstraße. Niemand schenkte ihm und der Nodronin Beachtung. Rhodan lauschte. Er hörte das ferne Rauschen des Stadtverkehrs, der um das Viertel herumgeleitet wurde. Musik, teils süßlich lockend, teils fordernd, drang aus den weit geöffneten Türen der Läden, Passanten tauschten Klatsch und Tratsch aus, beklagten sich über die hohen Preise oder das dürftige Angebot. Kein ungewöhnlicher Laut drang an seine Ohren. Keine plötzliche Unruhe, keine Sirenen oder was immer die nodronische Entsprechung dazu war.

Rhodan widmete seine Aufmerksamkeit wieder der Frau. Ihr Blick war nach wie vor ins Leere gerichtet. Unverändert? Nein, sie schielte jetzt. Und sie zitterte.

Dem Terraner wurde klar, dass er die Frau nicht alleine zurücklassen konnte. Sie war desorientiert, wahrscheinlich nicht einmal in der Lage, nach Hause zu finden. Ließ er sie allein, lief sie Gefahr, einem noch schlimmeren Schicksal anheim zu fallen als dem, vor dem er sie bewahrt hatte. Sie den Behörden zu übergeben kam ebenfalls nicht in Frage. Rhodan war sich nicht sicher, ob er gegen die Gesetze Nodros verstoßen hatte, und zog es vor, sein Glück nicht auf die Probe zu stellen.

Rhodan fasste die Frau an den Schultern, sah ihr direkt in die Augen und sagte beschwörend: »Wir können hier nicht bleiben!«

»... nicht ... bleiben ...?«

Er drang zu ihr durch! »Nein. Wir müssen weg hier, wir brauchen einen Ort zum Bleiben!«

»... einen Ort ...?«

»Ja. Weißt du einen?«

»... einen Ort ...« Verstehen glomm in den Augen der Frau auf. »Ja ...«

»Schön! Dann bring uns hin, schnell!«

Die Frau übernahm die Führung. Rhodan erinnerte ihr Gang an den einer Schlafwandlerin: schwankend, aber mit absoluter Zielsicherheit.

Nach einigen Minuten hatten der Terraner und die Nodronin einen fünfstöckigen Zeltbau erreicht. Er leuchtete in einem auffälligen, violetten Anstrich.

»Ist es das?«, fragte Rhodan.

Die Frau machte eine zustimmende Geste.

»Gut.«

Sie betraten das Haus. Ein widerwärtiger Geruch stieg Rhodan in die Nase. Schimmel, vermischt mit den Ausdünstungen von Nodronen und dem beißenden Rauch der allgegenwärtigen offenen Feuer.

Ein alter, fetter Nodrone saß im Vorraum hinter einer Art Theke. Er verfolgte auf einem für Rhodan nicht einsehbaren Schirm einen Film. In einer Scheibe hinter ihm spiegelten sich verzerrte, hektisch auf- und abhüpfende Schemen.

»Zimmer?«, fragte der Mann. Er blickte nicht auf.

»Ja.«

»400 Calcul. In bar.«

Rhodan legte den Betrag auf die Theke. Die Rebellen hatten ihn mit genügend Währung für alle Eventualitäten versorgt.

Der Mann nahm das Geld an sich. »Dritter Stock. Die grüne Tür. Sie öffnet sich automatisch, sobald sie euch sieht.«

Rhodan und die Frau stiegen die Treppe hinauf. In die Wand waren in regelmäßigen Abständen Flachschirme eingelassen, die pornographische Darstellungen zeigten. Es war der letzte Hinweis, den Rhodan benötigt hatte. Es passte alles zusammen, der auffällige Anstrich, der gelangweilte Rezeptionist, der Schmuddel: Er war in einem nodronischen Stundenhotel gelandet!

Um ein Haar hätte Rhodan laut aufgelacht. Hier war er richtig: Mehr als eine, zwei Stunden gedachte er nicht, mit der Angelegenheit zu verbringen, und ein Bordell würde der letzte Ort sein, an dem potenzielle Verfolger ihn vermuteten.

Rhodan und die Frau erreichten den dritten Stock, ohne jemandem zu begegnen. Die grüne Tür war gleich neben der Treppe und öffnete sich, wie der Mann an der Rezeption versprochen hatte, automatisch, als sie vor ihr standen.

Ein großes Bett nahm beinahe den ganzen Raum ein. Rhodan ließ sich darauf fallen. »Geschafft! Hier können wir bleiben, bis ... was machst du da?«

Die Frau war vor Rhodan stehen geblieben und machte sich an ihrer Bluse zu schaffen. Einen Augenblick später zog sie die Bluse über den Kopf und ließ sie achtlos auf den Boden gleiten. Ein eng anliegendes Top kam zum Vorschein.

»Lass das!«, rief Rhodan. »Du denkst doch nicht, dass ich dich deshalb hierher gebracht habe!«

Die Frau entledigte sich des Tops, entblößte ihre Brüste. »Du hast mich errungen«, sagte sie. Ihr Blick war immer noch leer.

»Nein!«, protestierte Rhodan. »Ich habe dich nicht errungen. Ich habe dir geholfen, dich befreit!«

Die Frau machte sich an ihren Reitstiefeln zu schaffen. Ihre Bewegungen waren abrupt, maschinenhaft. »Ich stehe dir zu«, sagte sie tonlos. »Nimm, was dir gehört.«

Rhodan schnellte hoch, packte ihre Handgelenke. »Nein, du verstehst nicht. Ich ...«

Mit einem durchdringenden Reißen löste sich die Zimmertür in unzählige Holzsplitter auf. Wie winzige Klingen bohrten sie sich in Wände, Boden und den Rücken der Frau. Instinktiv schloss Rhodan die Augen. Splitter bohrten sich in seine Stirn und Wangen, sandten schmerzhafte Stiche aus. Die Frau seufzte überrascht auf.

Rhodan riss die Augen auf und sah im Türrahmen einen Nodronen in einem schwarzen Körperpanzer. In den Händen hielt er eine schwere Waffe. Ihr breiter Lauf zeigte auf den Terraner. Der Nodrone drückte ab. Ein Schlag warf Rhodan zurück auf das Bett. Er spürte noch, wie der Körper der Frau leblos auf ihm zusammensank, dann verlor er sein Bewusstsein.

7

Axx Cokroide betrachtete prüfend sein Ebenbild im Spiegel.

Ja, so würde es gehen.

Der einfache, ölverschmierte Overall hing schlaff an ihm herab, verbarg den durchtrainierten Körper, der so viele Kämpfe bestanden hatte. Eine Klammer hielt sein langes, schwarzes Haar im Nacken, eine schmucklose Metallspange, wie sie seinem vorgeblichen Rang gebührte.

Triebwerksmechaniker zählten zu den wenigen *Kashos*, Arbeitern, die es unter den Nodronen noch gab, und waren stolz darauf, nichts auf ihr Äußeres zu geben.

Die Ringe, beinahe hätte er sie vergessen. Einen um den anderen zog Axx Cokroide sie von den Fingern und legte sie auf dem Tisch ab, besah dabei sein narbenübersätes Gesicht. Konnte es ihn verraten? Nein, entschied er nach einem Moment des Nachdenkens. Ein Nodrone, der etwas auf sich hielt, präsentierte stolz die Narben aus seinen Zweikämpfen. Niemand würde Verdacht schöpfen. Und außerdem … die vielen Nodronen, denen er tagtäglich Befehle erteilte, blickten ihn zwar an, aber sie sahen nicht ihn, die Person Axx Cokroide, sondern das, wofür er stand.

Seine rechte Hand glitt in die Brusttasche des Overalls. Als Axx Cokroide sie wieder hervorzog, ruhte in seinen Fingern das Siegel. Es war ungefähr so groß wie die größten der Münzen, die in Mantagir im Umlauf waren, und glitzerte rötlich. Wie ein Relief hoben sich die Umrisse zweier Köpfe ab, die sich überlappten. Einer war von perlmuttfarbigem Weiß, der andere schwarz. Sie blickten in entgegengesetzte Richtungen.

Das Mandat der Götzen.

Axx Cokroide hatte es vor Wochen auf Nodro erhalten. Die Zwillingsgötzen hatten ihn einbestellt, um seinen Bericht zu hören. Auch wenn niemand es sich hatte anmerken lassen, sein Tod war allgemein als beschlossene Sache erschienen. Doch Axx Cokroide, das Oberhaupt des Cokroide-Clans, der erfolgreichste Admiral, den das Empire von Nodro je gesehen hatte, war zurückgekehrt, mächtiger und stärker denn je, ausgestattet mit dem Mandat der Götzen.

Das Mandat gebot absoluten Gehorsam, nicht nur den Angehörigen der Flotte, sondern jedem Untertanen des Empire und bald schon, hoffte Axx Cokroide, jedem intelligenten Lebewesen der Galaxis.

Der Rausch der Macht hatte nicht lange angehalten. Die zu neuen Tiefen der Erniedrigung gesteigerte Unterwürfigkeit seiner Umgebung langweilte in an guten Tagen, an schlechten widerte sie ihn an. Niemand schien mehr das Rückgrat zu haben, ihm in die Augen zu sehen, wenn er mit ihm sprach, geschweige denn ihm zu widersprechen. Seit Pelmid verschwunden war … er verdrängte den Gedanken. Er schmerzte zu sehr. Er hatte alle Hebel in Bewegung gesetzt, sie wiederzufinden. Vergeblich. Er würde ohne sie auskommen müssen.

Axx Cokroide wog das Siegel nachdenklich in der Hand, dann legte er es zu den Ringen. Er würde ohne es gehen. Selbst wenn er es versteckt bei sich trug, er würde nicht vergessen können, dass er es mit sich führte. Man würde spüren, dass er kein gewöhnlicher Nodrone war. Und das wollte er heute Nacht nicht. Nicht in dieser Nacht.

Axx Cokroide verließ seine Gemächer. An der Tür nahm er seine Peitsche auf. Ohne sie in die Öffentlichkeit zu gehen war für einen Nodronen von Ehre undenkbar. Axx Cokroide steckte den Schaft in eine der Oberschenkeltaschen des Overalls, die für Werkzeuge gedacht war.

Der höchste Beauftragte der Götzen benötigte eine halbe Stunde, um zu Fuß eines der Tore der nodronischen Gesandtschaft in Mantagir zu erreichen. Er war froh darum, niemandem zu begegnen. Nicht weil er fürchtete, erkannt zu werden, sondern weil er es genoss, allein durch die kalte Nacht zu gehen und zu den Sternen aufzusehen, die bald ihm gehören würden. Seine Untergebenen arbeiteten in diesem wie in jedem anderen Augenblick daran, seine Pläne umzusetzen. Sie schufteten in Leitständen und Werkstätten, saßen in endlosen Besprechungen oder führten die präzise geplanten, chirurgischen Schläge durch, mit deren Hilfe das Empire das Große Vorhaben an sich reißen würde.

Axx Cokroide bezweifelte, dass auch nur einer der vielen Millionen Untertanen, die an der Verwirklichung seiner Pläne arbeiteten, in den letzten Wochen Zeit gehabt hatte, träumerisch zu den Sternen aufzusehen.

Er passierte das stark befestigte Tor der Gesandtschaft, die die Nodronen nach und nach zum stärksten militärischen Stützpunkt des Planeten ausgebaut hatten. Nominell waren die Nodronen Gäste, aber jeder wusste, dass sie längst die heimlichen Herrscher von Balance B darstellten. Keiner der Wächter machte Anstalten, den vermeintlichen Mechaniker aufzuhalten. Ihre Aufgabe war es, Eindringlinge von draußen fern zu halten. Wer sich innerhalb der Gesandtschaft aufhielt, bewies bereits durch seine bloße Anwesenheit, dass er das Recht dazu besaß.

Auf der weiten Park- und Landefläche vor dem Tor blieb Axx Cokroide stehen. Er atmete tief durch. Es kam nicht oft vor, dass er alleine unterwegs war. Sein Rang ließ es nicht zu.

Das helle Summen eines Gleitertriebwerks näherte sich ihm. »He, Kasho! Kumpel!«, rief jemand. »Taxi gefällig?«

Der Gleiter, ein verbeultes Fahrzeug älterer Bauart, die wie Vogelschwärme den Himmel über Mantagir bevölkerten, hielt neben ihm an. Der Pilot steckte den Kopf zum geöffneten Seitenfenster heraus. »Wohin, Kasho?«, fragte er.

Axx Cokroide zögerte. Er hatte kein Ziel, keinen bestimmten Ort, an den es ihn zog. Der Drang herauszukommen hatte ihn angetrieben. Er hatte weggemusst, aus seiner Haut schlüpfen, für wenige Stunden nur. Die übermächtige Spannung abbauen.

Eine tiefe Falte erschien auf der Stirn des Piloten. »Auf den Mund gefallen, was? Na gut, wer nicht will, der hat …«

»In die Stadt«, sagte Axx Cokroide. »Bring mich in die Stadt!«

»Na also, geht doch.«

Eine Tür sprang hinter dem Piloten auf. Axx Cokroide stieg in den Gleiter; die Tür schloss sich automatisch hinter ihm.

»Wohin?«, fragte der Pilot.

»Das sagte ich dir schon. In die Stadt.«

Der Pilot lachte auf. »Du bist gut, Kumpel! Mantagir ist groß. So groß, dass die meisten, die es hierher verschlägt, nie wieder herausfinden. Sieh mich an!«

»In die Stadt«, wiederholte Axx Cokroide. »Flieg einfach los.«

»Wie du willst …«

Der Gleiter hob ab und fädelte sich in den starken Luftverkehr ein, der Tag und Nacht über Mantagir herrschte. Axx Cokroide blickte auf ein Lichtermeer hinab, das sich zu allen Seiten bis zum Horizont erstreckte. Mit Ausnahme einer unregelmäßigen, weitläufigen Aussparung: die Gesandtschaft des Empire. Das Empire verbot es, die Gesandtschaft zu überfliegen, und das Gelände selbst war praktisch unbeleuchtet; eine bewusste Geste der Ausgrenzung, die von Axx Cokroides Vorgänger ersonnen und von ihm selbst beibehalten worden war.

»Lange Schicht gewesen, was?«

Axx Cokroide brummte zustimmend.

»Alle, die aus der Gesandtschaft kommen, stöhnen darüber.«

»Alle?«

Der Pilot nickte bekräftigend. »Na ja, die, die mit mir fliegen. Sind mehr als sonst. Viel mehr, die sich das leisten. Sind so erschöpft, dass sie nur nach Hause wollen.«

Axx Cokroide sagte nichts.

Der Pilot ließ sich in seinem Mitteilungsdrang nicht beirren. »Wenn du mich fragst, ist da was im Busch. Irgendeine große Aktion. So ne richtig große. In der Gesandtschaft arbeiteten sie sich tot.«

»Und was für eine Aktion soll das sein?«

Axx Cokroide war gespannt, mit was für einer Hypothese der Pilot aufwarten würde. Die Wahrheit, war sich der Träger des Siegels sicher, konnte er nicht kennen.

»Keine Ahnung. Hoffe nur, dass für uns kleine Leute was dabei herausspringt.«

»Bestimmt.«

»Du sagst das, als ob du genau Bescheid wüsstest.«

»Wie kommst du darauf?«, gab Axx Cokroide vor. »Uns erzählt keiner was. Wir sind doch nur das Kanonenfutter für die da oben.«

»Kannst du laut sagen!«

Warte nur, dachte Axx Cokroide. *Noch ein paar Tage, dann hat meine Flotte alle Schaltwelten und -stationen in ihre Gewalt gebracht. Die Sonnen, die die Energie für die Aktivierung des Schmiegschirms spenden werden, stehen bereit. Der Schwarm wird uns gehören. Mir! Du wirst dich noch wundern …*

»Und jetzt?«, riss der Pilot ihn aus seinen Gedanken.

»Was ›jetzt‹?«

»Wir sind mitten über Mantagir. Wo soll ich dich absetzen?«

»Nirgends. Flieg einfach weiter. In Schleifen von mir aus.«

»He, Kumpel. Das …«

Der Pilot brach ab, als Axx Cokroide ihm einen Hundert-Calcul-Schein über die Schulter schob. Der Pilot nahm den Schein und stopfte ihn in die Hosentasche.

»Kunde ist König, sag ich immer. Kunde ist König.« Der Gleiter kippte ab und nahm Kurs nach Westen.

Axx Cokroide blickte hinunter auf die Stadt. Er hatte Mantagir noch nie auf diese Weise gesehen. Der Träger des Siegels war schon viele Male in der Stadt gewesen, doch stets in offizieller Mission. In seinem schweren, gepanzerten Dienstgleiter herumchauffiert, dessen Passagierkabine lediglich ein Guckloch besaß. Aus Sicherheitsgründen. Am Zielort abgesetzt. Von seiner Leibwache wie von einer festen Mauer umringt.

Das Gefühl, in einem herkömmlichen, verletzlichen Gleiter zu sitzen, ohne Panzerung, ohne Schutzschirm, ließ Axx Cokroide beinahe wohlig erschauern. Es machte ihm klar, wie viel er zu verlieren hatte.

Er wandte sich an den Piloten. »Wie viel kostest du die ganze Nacht?«

»He, das ist nicht üblich, Kumpel.« Der Pilot war tiefer in den Sessel gesunken, als wolle er sich verbergen. Der Passagier wurde ihm wohl unheimlich.

»Mag sein. Aber wo kämen wir hin, wenn wir immer nur das Übliche täten?«

»Ich weiß nicht. Ich …«

Axx Cokroide hielt dem Piloten einen Tausend-Calcul-Schein hin. Der Mann zögerte, dann griff er hastig nach dem Geld. Er stopfte es tief in seine Tasche, als fürchte er, sein mysteriöser Passagier würde es sich anders überlegen und es ihm wieder entreißen.

»In Ordnung, Kumpel. Auf zu neuen Ufern!«

Sie flogen weiter. Eine Zeit lang genoss Axx Cokroide das Lichtermeer der Stadt, die Stille im Gleiter. Der Pilot hatte offenbar die Lust verloren, sich mit seinem Fluggast zu unterhalten, und Axx Cokroide hörte nur noch das Singen der Triebwerke und seinen eigenen, regelmäßigen und entspannten Atem.

Schließlich hatte er genug.

»Lande!«, wies er den Piloten an.

»Wo?«

»Irgendwo. Ich will frische Luft schnappen.«

Der Pilot landete in einem Wohngebiet von Echsenabkömmlingen. Eine Gruppe Jugendlicher beging den Fehler, sich dem seltsamen Nodronen zu nähern, der aus einem Taxi-Gleiter stieg und einige Minuten lang die Straße auf und ab ging, aber bereits der Anblick der Peitsche, die Axx Cokroide aus der Tasche zog, genügte, sie zu vertreiben.

Der Gleiter stieg auf, zog seine Kreise über der Stadt, bis Axx Cokroide dem Piloten erneut befahl zu landen.

Der Vorgang wiederholte sich noch viele Male. Axx Cokroide vertrat sich in den Straßen Mantagirs die Beine. Der Stadt, die bald ihm gehören würde. Bittersüße Melancholie stieg in ihm auf, erfüllte ihn. Das Gemisch der Völker, die Beschäftigungen, denen die Einwohner Mantagirs nachgingen, ihre kleinen und doch so großen Alltagssorgen, sie würden bald nicht mehr sein. Axx Cokroide war, als blicke er auf ein historisches Tableau, eine Rekonstruktion einer Zeit, die bereits verstrichen war, nur dass ihre Bewohner nichts davon ahnten.

Er fragte sich, wie viele von diesen schlichten Wesen die Erkenntnis der Wahrheit überstehen würden, wenn er sie in naher Zukunft enthüllte.

Schließlich hatte Axx Cokroide genug. Er befahl dem Piloten, Kurs auf die Gesandtschaft zu nehmen.

Der Pilot gehorchte unverzüglich. Schweiß stand auf seiner Stirn. Er würde froh sein, den Verrückten wieder los zu sein, Calculs hin oder her.

Axx Cokroide fühlte sich erfrischt. Die Gereiztheit, das Gefühl der totalen Erschöpfung, das in den letzten Wochen in ihm übermächtig geworden war, war verschwunden, als hätte es nie existiert. Seine Gedanken kehrten wieder zu der Aufgabe zurück, die vor ihm lag.

Die Herrschaft über den Vaaligischen Schwarm lag zum Greifen nahe. Die übrigen Völker vermuteten vielleicht die Absichten des Empire, aber sie waren zu schwach oder zu zaghaft, ihnen Einhalt zu gebieten. Dennoch – in Hochmut zu verfallen hätte bedeutet, Fehler zu machen und früher oder später über die eigene Fehlbarkeit zu stolpern.

Eine schwarze Fläche schälte sich aus dem Lichtermeer zu Axx Cokroides Füßen. Der Pilot machte keine Anstalten, den Flug zu verlangsamen.

»Wieso landest du nicht?«, herrschte er den Piloten an. »Dort unten ist die Gesandtschaft.«

»Nein, das sieht nur so aus.« Der Pilot hatte sich bereits vor Stunden abgewöhnt, seinen Fluggast als »Kumpel« anzureden. »Das ist nicht die Gesandtschaft. Das ist der Platz, an dem der Ordensturm der Wissenschaftler gestanden hat.«

Die Wissenschaftler von Cor'Morian. Sie waren der unbekannte Faktor in dem Spiel um die Macht in Vaaligo. Militärisch waren sie schwach, aber ihr Wissen … niemand vermochte seinen Umfang abzuschätzen.

Axx Cokroide hatte die Wissenschaftler aus Mantagir vertrieben. Er hatte ihren Turm zerstören lassen und der Öffentlichkeit weisgemacht, dass er aufgrund gefährlicher Experimente der Wissenschaftler eingestürzt war. Leider hatte es trotz des schnellen Eingreifens nodronischer Jäger keine Überlebenden gegeben …

Keine Überlebenden. So lautete die offizielle Version. Die inoffizielle war nur Axx Cokroide und einigen seiner engsten Vertrauten bekannt – und sie ging ihm nicht aus dem Kopf.

»Umkehren!«, befahl er dem Piloten. »Kehr um und lande beim Trümmerfeld!«

Es hatte Überlebende gegeben. Eine Hand voll. Fremde, die wie Nodronen aussahen, aber keine waren. Axx Cokroide wusste fast nichts über sie. Nur, dass ihr Anführer Perry Rhodan hieß und die Wissenschaftler ihn und seine Begleiter nach Mantagir geschafft hatten, in der Hoffnung, sie könnten die Pläne des Empire durchkreuzen.

Ein lächerlicher Gedanke. Eine Hand voll Fremder sollte dem mächtigsten Reich Vaaligos die Stirn bieten?

Und doch … Rhodan und seine Begleiter waren ihm entkommen. Mehrfach. Im Angesicht einer erdrückenden Übermacht. Aus ausweglosen Situationen. Dieser Perry Rhodan, er war kein gewöhnlicher Mann. Axx Cokroide traute ihm mehr zu, als er jemals öffentlich eingestehen würde.

Perry Rhodan war noch immer auf freiem Fuß, schmiedete in diesem Augenblick seine eigenen Pläne, um die des Empire zu durchkreuzen. Axx Cokroide zweifelte nicht daran. Dieser Perry Rhodan würde nicht einfach das Weite suchen und sich verkriechen.

Der Gleiter landete. Axx Cokroide stieg aus und kletterte über die Absperrung, die das Gelände umgab. Er hatte das Trümmerfeld mehrfach durchwühlen lassen, auf der Suche nach Hinweisen auf die Machenschaften der Wissenschaftler, in der Hoffnung auf verwertbare Gerätschaften. Die Leichen hatte man auf Axx Cokroides ausdrücklichen Befehl nicht geborgen. Sie hatten dem Empire getrotzt, er hätte sich keine passendere Stätte für sie als das Trümmerfeld denken können. Begraben im Schutt ihrer törichten Ambitionen.

An vielen Stellen rauchte noch der Schutt, den man in mehreren hohen Halden aufgehäuft zurückgelassen hatte. Axx Cokroide kletterte auf die nächste von ihnen. Es machte ihm nichts, dass die scharfen Kanten von herausragenden Metallstreben seinen Overall und seine Haut aufschlitzten.

Oben auf der Halde verharrte Axx Cokroide und besah sich das Werk, das er befohlen hatte. Es gefiel ihm ausgesprochen gut. Der Ordensturm war ein Symbol des Widerstands gewesen, eine scheinbar unbezwingbare Trutzburg. Nun, er, Axx Cokroide, hatte mit dem Mythos Schluss gemacht.

Axx Cokroide öffnete den Hosenschlitz des Overalls und urinierte auf das Trümmerfeld.

»Das, Perry Rhodan, gebe ich auf dich!«, rief er. »Schmeckt es dir?« Er lachte laut.

Der Pilot empfing ihn schweigend. Der Mann war bleich.

Als der Gleiter auf dem Landefeld vor der Gesandtschaft landete, fragte Axx Cokroide: »Und dein Name ist, Pilot?«

»M… Meklek. Meklek Vikkter.«

»Ich werde ihn nicht vergessen, Meklek Vikkter.«

Axx Cokroide stieg aus.

Hinter ihm raste der Gleiter mit aufheulenden Triebwerken dem ersten Licht des Morgens entgegen.

8

Rhodan erwachte, als ihn die metallischen Greifer eines Roboters packten und auf die Beine stellten. Sein Körper schmerzte, als hätte man ihn stundenlang mit Holzstöcken traktiert. Sein Gesicht brannte wie Feuer. Erschrocken schlug er die Augen auf.

»Ah, diesmal ist der Affail zu sich gekommen!«

Rhodan sah verschwommen eine untersetzte Nodronin vor sich stehen. Ihre Uniform strahlte so weiß, dass sie in den Augen des Terraners schmerzte.

»Na endlich, die Alte wartet auf ihn. Ihr ist der Tag jetzt schon zu lang.« Ein zweiter Nodrone trat in Rhodans Sichtfeld. Auch seine Uniform war von einem makellosen, klinischen Weiß.

»Gehen wir!«

Der Roboter setzte sich in Bewegung. Seine Greifer trugen Rhodan wie eine Marionette. Die Beine des Terraners schleiften die ersten Meter über den Boden, dann fanden sie ihren Schritt. Aber Rhodan war sich bewusst, dass sie auf der Stelle nachgeben würden, sollte der Robot ihn loslassen.

»Wo … wo bin ich?« Die Stimme des Terraners war ein ausgetrocknetes Krächzen.

Die beiden Nodronen tauschten einen vielsagenden Blick. »Nicht nur Abschaum, der Affail, sondern auch noch dumm wie ein Milchtier!«, bemerkte der Mann.

Die Nodronen lachten dröhnend. Ihr Gelächter warf in Rhodans Kopf schmerzhafte Echos.

Die Frau wandte sich an ihn. »Du glaubst gar nicht, wie oft ich die Frage schon gehört habe!«

»Dann weißt du sicher die Antwort?«

»Natürlich. Nur ein Blinder oder ein Einfaltspinsel wie du wüsste sie nicht. Du befindest dich in den Zelten der Vierunddreißigsten Hohen Gerichtsbarkeit – und gehst in diesem Augenblick deinem verdienten Urteil entgegen!«

»Aber ich habe doch nichts getan.«

Diesmal lachten die Nodronen so laut, dass Rhodan glaubte, der Schädel würde ihm platzen.

»Affail, du bist der größte Spaßvogel, den wir hier seit langer Zeit hatten«, höhnte der Mann. »Ich diene der Hohen Gerichtsbarkeit seit über zwanzig Jahren, und in dieser Zeit habe ich noch keinen einzigen vor die Richterin gebracht, der nicht unschuldig gewesen wäre. Seiner Meinung nach.« Der Mann versetzte Rhodan einen Schlag auf den Rücken, der den Terraner aufstöhnen ließ. »Komm schon, begnüg dich nicht mit halben Sachen! Sag uns, dass alles ein furchtbarer Irrtum ist!«

Das Gelächter der Wachen begleitete Rhodan auf seinem Weg zur Vierunddreißigsten Hohen Gerichtsbarkeit. Er verzichtete darauf, die beiden Nodronen noch einmal anzusprechen. Sie entschieden ohnehin nicht über sein Schicksal. Er musste seine wenigen Kräfte für den Moment der Entscheidung aufsparen.

Die Vierunddreißigste Hohe Gerichtsbarkeit residierte in einem weitläufigen Zelt, das Perry Rhodan an eine Jurte erinnerte, wie sie in der Frühzeit der Erde terranische Nomaden benutzten. Mehrere Dutzend über das ganze Zelt verteilte Feuer spendeten flackerndes Licht und füllten die Luft mit beißendem Qualm, der Rhodan husten ließ und ihm die Tränen in die Augen trieb.

In der Mitte des Zeltes schwebte eine Art Thron, hell erleuchtet von dem Lichtstrahl, der durch die Öffnung in der Spitze der Konstruktion hereinschien. Jemand saß in dem Thron, aber Rhodan bekam nur zwei Stiefelspitzen zu sehen, er blickte auf die Rückenlehne.

Die Grundfläche des Zeltes war in zwanzig oder mehr Abschnitte eingeteilt. In jedem von ihnen stand ein klobiger Roboter vom selben Typ wie der, der ihn aus seiner Zelle hierher gebracht hatte. Neben den Robotern standen demonstrativ gelangweilt Wächter in blütenweißen Uniformen. Und am Boden selbst … Rhodan glaubte Menschen kauern zu sehen, in einer Position, die ihn an den im alten China praktizierten Kotau erinnerte.

Der Roboter entließ Rhodan aus seinem Griff. Rhodan, seiner Stütze beraubt, sackte nach unten und stellte dann überrascht fest, dass seine Beine bereits wieder kräftig genug waren, sein Gewicht zu tragen. Er stand!

Ein Doppelschlag in die Kniekehlen setzte seinem flüchtigen Triumph ein Ende. Rhodan klappte zusammen und kam hart mit dem Oberkörper auf dem festgetretenen Erdboden auf.

Er spürte einen warmen Atem an seinem Ohr. »Bleib so«, zischte die Wächterin, »wenn du nicht gleich an Ort und Stelle deine Reise in die Endlose Steppe antreten willst!«

Rhodan rührte sich nicht. Er hätte sich ohnehin nicht wieder aufrichten können. Der harte Aufprall mit dem Oberkörper hatte ihm den Atem geraubt. Sterne tanzten vor seinen Augen.

Dem Terraner blieb nur sein Gehör, um den Vorgängen zu folgen. Über das Zischen und Prasseln der Feuer lauschte er, wie eine laute, weibliche Stimme im Minutentakt ihre Urteile verkündete.

»Ab ins Lager mit dir!«

»Der Tod ist zu gut für dich. Du wirst den Rest deines Lebens das Sklavendasein schmecken!«

»Die Peitsche für ihn!«

Keiner der Verurteilten protestierte gegen sein Urteil oder machte Anstalten, sich zu verteidigen. Auch sonst meldete sich niemand zu Wort. Verteidiger, Zeugen oder Geschworene – die Normen terranischer Rechtsprechung schienen nicht einmal im Ansatz auf das nodronische System übertragbar. Je länger Rhodan den Urteilen lauschte, desto stärker wurde in ihm die Überzeugung, dass es hier nicht um Wahrheitsfindung ging, sondern um eine effiziente und strikte Durchsetzung von Normen.

Schließlich war Rhodan an der Reihe.

»Ah, endlich!«, rief die Richterin aus. »Das Ende eines langen, anstrengenden Tages im Dienste der Gerechtigkeit. Wen haben wir denn da?« Einige Augenblicke hörte Rhodan nur das Prasseln der Feuer, dann sagte die Richterin: »Manchmal frage ich mich, ob ich hier nur von Idioten umgeben bin. Die Aufzeichnungen lassen keinen Zweifel an seiner Schuld! Wieso schleppt ihr ihn überhaupt hierher? Ihr hättet ihm längst die Peitsche geben können!«

Rhodan begriff, dass er nichts mehr zu verlieren hatte. Er reckte den Kopf nach oben und rief: »Hohe Richterin! Der Fall liegt anders, als man euch glauben machen will. Bitte hört mich an!«

Rhodan zog den Kopf in Erwartung des Schlages ein, den die Wachen dem aufmüpfigen Sträfling versetzen würden, aber er kam nicht. Die Richterin signalisierte den Wachen mit einer Geste, an Ort und Stelle zu bleiben.

»Sieh an, was haben wir denn da? Ein Stück Affail mit Mut!«

Rhodan wagte es, den Kopf erneut zu heben und in Richtung Thron zu blicken. Die Richterin war die dickste Nodronin, die Rhodan bislang gesehen hatte. Ihr Körper füllte den Schwebethron vollständig aus, ja quoll an den Rändern über ihn hinaus. Sie trug einen weißen Umhang, der den Uniformen der Wächter ähnelte, nur dass er über und über mit dunklen Stellen übersät war, in denen Rhodan Fettflecken zu erkennen glaubte. Ihr Haar – es war so lang, dass es für eine beeindruckende Turmfrisur ausgereicht hätte – hing in verklebten Strähnen herunter. Ihre Lippen waren von einem Damenbart beeindruckender Dichte eingerahmt.

Rhodan witterte seine Chance. Die Nodronin stand offenbar so weit oben in der Hierarchie, dass sie es nicht mehr nötig hatte, sich anzupassen. Die Richterin spielte bereits seit so langer Zeit Göttin, dass sie es überdrüssig war, über das Schicksal anderer zu urteilen. Gelang es ihm, sie aus ihrer Langeweile aufzurütteln – und den Anfang hatte er bereits gemacht –, konnte er vielleicht mit einem milden Urteil seinen Kopf aus der Schlinge ziehen.

»Nennt mich nicht Affail«, brachte Rhodan hervor. »Ich bin ein Mann von Ehre!«

»Und wie kommt es, dass du dann vor mir im Staub liegst?«

»Das kann ich nicht sagen«, sagte Rhodan. Es war besser, kein Organ des Rechtssystems eines Fehlers anzuklagen, um die Richterin nicht zu verärgern. »Ich kann nur sagen, dass ich hier bin, weil ich die Ehre einer Frau verteidigt habe.«

Ein Energiefeld entstand vor der Richterin. Rhodan konnte undeutlich nodronische Schriftzeichen ausmachen. Und bewegte Bilder.

»Natürlich, du selbstloser Held«, sagte die Richterin. »Du hast sie gerettet, um dich selbst an ihr zu vergehen. Die Umstände deiner Festnahme sind eindeutig, die Bilder der Bordell-Kameras lassen keinen Zweifel an deinen Absichten zu. Die Frau war halbnackt, als man dich verhaftet hat.«

Rhodan überlegte fieberhaft. »Natürlich!«, beteuerte er. »Ich … ich war nur im Begriff, mir zu nehmen, was mir zustand. Was ist daran gegen das Gesetz?«

»Oha, ein Traditionalist! So einer ist mir schon länger nicht mehr untergekommen!«

»Es war ein faires Duell. Mann gegen Mann, wie es die Tradition gebietet«, beharrte Rhodan.

Die Richterin fuhr sich nachdenklich durch den Bart. »Hättest du besser geschwiegen. Ich hatte erwogen, dich zum schnellen, den Ehre bewahrenden Tod durch den Desintegrator zu verurteilen. Aber nun … wer die Tradition über das Gesetz der Zwillingsgötzen stellt, hat ein solches Ende nicht verdient. Die Tradition des Duells in Ehren, doch wohin kämen wir, wenn gewöhnliche Nodronen die Repräsentanten der Götzen ungestraft herausfordern könnten, als seien sie Gleiche? Indem du Hand an den Are'Sam gelegt hast, hast du dich gegen das Gut gewandt, das zu beschützen die Hohe Gerichtsbarkeit existiert: die Ordnung der Zwillingsgötzen.«

Die Richterin gab den Wächtern ein Zeichen. »Weg mit ihm! Er soll die Peitsche Nodros spüren. Morgen, auf dem Platz der Vierunddreißigsten Hohen Gerichtsbarkeit. Als Warnung an all jene, die ordnungswidrige Gedanken hegen.«

Die Robotgreifer schlossen sich um Rhodans Schultern und trugen ihn zurück in seine Zelle.

9

Argha-cha sang den Schwur, lautlos. »*Bei der Kraft unserer Herzen schwören wir: Treue den Herren von Nodro; den Lenkern des nodronischen Empire; den Boten nodronischer Dominanz; den Zwillingsgötzen des Empire.*«

Ein ums andere Mal sang sie ihn; in einer gedanklichen Schleife, die kein Ende kannte und deren Anfang verloren war in der Allgegenwart, mit der sich der Schwur in ihrem Geist eingenistet hatte.

Am Morgen nach ihrem und Echrods Vorstoß in die Stadt war der Schwur in ihr aufgestiegen, nicht im Schlaf, der sie nur mit Sorgen gequält hatte, nein, nach Sonnenaufgang, als sie erschöpft und unruhig im Dämmerlicht ihres Zeltes gelegen, das vertraute Kratzen der Zweigmatte auf ihrer nackten Haut, und nach Antworten gesucht hatte.

Argha-cha war aufgesprungen, verwirrt und ängstlich. Sie hatte aufschreien wollen, die verbotenen Worte, die jemand ihr eingeflößt haben musste, übertönen, aus ihrem Geist verbannen, doch da hatte sie ein neues Gefühl überkommen: ein unbändiger Trotz, der dem Lockruf des Verbotenen folgte.

Der Schwur war ein Gift, wenn auch ein süßes, lehrten die Mongaal ihre Kinder und enthielten ihnen seine Worte vor, damit das Gift sich nicht in ihnen einnistete.

Es war eine Regel, die für die Schwachen ihre Richtigkeit haben mochte, hatte Argha-cha am Morgen schließlich entschieden, aber für sie selbst? War sie nicht die Lieblingsenkelin der großen Vorreiterin, eigentlich bereits eine Erwachsene, der lediglich das äußere Signum ihres Standes, die Peitsche in ihrem Holster, fehlte?

Argha-cha hatte sich dem Schwur geöffnet, heimlich, denn ihr war bewusst, dass ihr ein schneller Tod gewiss war, erfuhr jemand von ihrem gedanklichen Tun. Dennoch, um ein Haar hätte sie sich Echrod-or anvertraut.

Der junge Geschichte-Erzähler hatte diesen versonnen-abwesenden Ausdruck im Gesicht, wann immer sie ihm im Lager zufällig begegnete. Beherrschten ihn ähnliche Gedanken? Manchmal war sie überzeugt davon. Zu offensichtlich war, dass Echrod-or in seiner eigenen Gedankenwelt gefangen war, aber immer dann, wenn Argha-cha sich ein Herz fasste und ihn ins Vertrauen ziehen wollte, hob er den Kopf. Er sah Argha-cha in die Augen und lächelte sie so sehnsüchtig an, dass dem Mädchen schwindlig wurde, ihr die Röte in die Wangen schoss und sie sich rasch hinter einem Zelt oder Sturmtier versteckte.

Es war in einem jener Momente der Verlegenheit, da sie sich – einer stolzen Erwachsenen ganz und gar unwürdig – hinter einem Hirtenzelt duckte, als das Empire von Nodro seine schwere Hand über die Mongaal legte.

Unvermittelt verdichtete sich der Halbschatten, in dem das Lager des Clans lag, zu einer Nacht am Tage.

Argha-cha machte überrascht einen Satz, der sie beinahe über eine Zeltschnur stolpern ließ. Von überall her hörte sie Aufstöhnen und Rufe, aber auch das Klirren von Rüstungen und das elektrische Summen, mit dem die Geschütze sich ausrichteten. Der Kopf des Mädchens schoss von links nach rechts, ohne Angreifer zu erkennen. Was war los? Woher …? Argha-cha trug keine Rüstung, die sie in das Gefechtssystem eingebunden hätte.

Dann sah sie nach oben.

Ein riesiges Raumschiff schwebte über dem Lager. Argha-cha glaubte, in ihm einen nodronischen Kreuzer zu erkennen. Er schwebte aufrecht über dem Lager, wandte den Mongaal seine geschwärzten Triebwerksöffnungen dar. Argha-cha konnte ihre Augen nicht von dem Schiff lösen, auch dann nicht, als ihr Nacken zu schmerzen begann. Der Schwur ging ihr wieder durch den Kopf. »*… Boten nodronischer Dominanz …*«

Das Schiff, das den Clan zweifellos mit einem Feuerschlag auslöschen konnte, machte ihr Angst. Und gleichzeitig … die überragende Stärke, für die es stand, zog sie an. Niemand konnte einem Clan widerstehen, der solche Schiffe sein Eigen nannte. Ein Clan wie dieser musste sich niemandem beugen, seine Ehre von niemandem beschmutzen lassen.

Eine Schleuse öffnete sich. Die Dunkelheit wurde von dem Licht starker Scheinwerfer, die das gesamte Lager bestrichen, vertrieben. Aus zusammengekniffenen Augen verfolgte Argha-cha, wie in aufreizender Langsamkeit eine Gruppe aus einem Dutzend Nodronen dem Boden entgegenschwebte. Das Mädchen verlängerte in Gedanken die Richtung ihres Fluges und rannte los.

Sie kam gerade noch rechtzeitig, um zu verfolgen, wie die Gruppe vor dem Zelt ihrer Großmutter auf dem Boden aufkam. Die Männer und Frauen boten einen ehrfurchtgebietenden Anblick. Ihre Rüstungen waren mit den Trophäen zahlloser Feldzüge so überladen, dass sie spielend das Gewicht ihrer Träger erreichten, aber keiner der Männer und Frauen ließ sich die Anstrengung, sie zu tragen, anmerken. Stolz und aufrecht standen sie da. Sie waren die Besten ihrer

Clans. Ihre kahl geschorenen Köpfe, die glatt rasierten Gesichter versinnbildlichten ihren Mut: Maskenlos boten sie jeder Gefahr die Stirn.

Rasch bildete sich ein Kreis von Mongaal um die Gesandtschaft. Es gelang Argha-cha nur mit Mühe, ihren Platz in der vordersten Reihe zu behaupten. Schräg gegenüber sah sie einen Moment lang einen blauen Zopf. Echrod-or. Der Geschichte-Erzähler ließ sich keine Gelegenheit entgehen, Zeuge zu werden, wenn »Geschichte gemacht wurde«, wie er es nannte.

Etor-tai trat aus dem Zelt. Sie trug einen einfachen, weiten Umhang, wie Sklaven und Hirtenjungen ihn anlegten, wenn sie in der Hitze des Sommers die Herden begleiteten. Aufgeregtes Gemurmel kam auf und verstummte abrupt. Jedes Kind konnte die Geste der Vorreiterin lesen: Die Gesandtschaft erhielt den Empfang, den sie verdiente.

Ein gewöhnlicher Nodrone hätte auf diese Beleidigung mit der Forderung zum Duell reagiert, aber die Gesandten taten, als bemerkten sie die Geste nicht.

Etor-tai ergriff das Wort. »Was verschafft uns die Ehre des Besuchs von rückgratlosen Sklaven? Seid ihr hier, um euch zu unterwerfen? Lasst euch sagen, dass die Mongaal wählerisch sind – statt der Fußfessel könnte euch die Peitsche erwarten.«

»So sprechen jene, die mit ihrem Leben abgeschlossen haben, Etor-tai«, entgegnete einer der Gesandten. Er war ein Riese, mit einem sehnigen Nacken, der Argha-cha an den eines Sturmtieres erinnerte.

»Das Leben war nie das höchste Gut der Nodronen. Hast du das in deiner Knechtschaft bereits vergessen, Arem?«

Argha-cha horchte auf. Arem. Sie kannte diesen Namen. Echrod-or hatte ihr von ihm erzählt. Er war der Zailte der Tuurandir, des Bruderklans der Mongaal, der vor einigen Jahren dem Ruf der Zwillingsgötzen gefolgt war. Seitdem sprach man bei den Mongaal – wenn überhaupt – nur abfällig über die Tuurandir, die sich kampflos in Knechtschaft begeben hatten.

Argha-cha musterte neugierig den bulligen Mann. Sah so ein Sklave aus? Arem wirkte keinen Deut weniger stolz und stark als ihre Großmutter. Und irgendwo in Argha-cha sang weiter das Lied des Götzenschwurs. Was war so falsch daran, ihm zu folgen? Das Mädchen starrte Etor-tai und Arem an, als könne sie irgendwo in der Haltung oder den Mienen der beiden Vorreiter eine Antwort finden.

»Die Zeiten haben sich geändert, du – die Mongaal – ihr könnt euch ihnen nicht versperren«, sagte Arem. Die Sehnen seines Nackens traten hervor, ein Zeichen dafür, wie viel Kraft es ihn kostete, die Beleidigungen Etor-tais ungesühnt zu lassen.

»Das einzig Unveränderliche der Zeiten ist ihre stete Veränderung«, beschied die Vorreiterin ihm. »Jedes Kind weiß das. Hast du noch eine andere Botschaft für mich als die Plattitüden, die sich Milchmägde am Feuer als große Wahrheiten zuflüstern?«

Arem versteifte sich. »Die Zwillingsgötzen erwarten dich. Morgen, noch vor Mittag. Es ist eure letzte Chance. Verspiel sie nicht, Etor-tai!«

Die Sekunden zogen sich dahin. Als Argha-chas Großmutter keine Anstalten machte zu antworten, gab Arem den übrigen Vorreitern ein Zeichen. Lautlos schwebten die Gesandten zu ihrem Schiff empor. Augenblicke später hob sich der Schatten, der über dem Lager der Mongaal gelastet hatte, nicht aber der, der über den Herzen der Clansleute hing.

Schweigend sah die Menge zu, wie sich die Vorreiterin abwandte, um sich in ihr Zelt zurückzuziehen.

Argha-cha wusste nicht, was sie antrieb – die Sorge um ihre Großmutter? Die um den Clan? Oder war es das Lied des Götzenschwurs in ihrem Kopf? Sie hastete zu Etor-tai und fasste sie am Arm.

»Großmutter, warte!«, sagte sie.

»Was ist?«

Aus der Nähe sah Argha-cha, dass Schweißperlen auf der Stirn der Vorreiterin glänzten.

»Bitte, sag mir, was wirst du tun? Wirst du gehen?«

»Nein.«

»Was? Aber das kannst du nicht … du … du …«

»Ich gehe nicht. Wir gehen, Argha. Ich und du.«

Etor-tai befreite ihren Arm aus dem Griff ihrer Enkelin und verschwand im Zelt.

10

Eines musste Reginald Bull den Nodronen lassen, egal, ob sie zu den Rebellen oder den Empire-Treuen zählten: Was sie taten, taten sie gründlich.

Wenn die Nodronen dich hassten, hetzten sie dich wie ein Stück Wild, gaben sie keine Ruhe, bis sie dich erwischten. Und hatten sie dich erst, kannte ihre Fantasie keine Grenzen, wenn es darum ging, dir ein unsanftes Ende zu bereiten. Ersteres konnte Bull aus erster Hand bestätigen, Letzteres ging aus den Geschichten von Rache und Vergeltung hervor, mit denen sich die Nodronen zu brüsten pflegten. Selbst wenn man das meiste davon als Prahlerei abtat, blieb ein substanzieller, beunruhigender Rest an Grausamkeit.

Wenn die Nodronen dich liebten, taten sie es mit grenzenloser Hingabe. Sie verehrten dich, folgten dir in blindem Gehorsam. Überall hin, selbst in die Hölle und zurück – was ziemlich akkurat Bulls Vorhaben beschrieb.

Perry war bereits dort, auf Nodro. Und Fran. Ja, Fran, nach der er sich in jeder wachen Minute verzehrte, und im Schlaf sowieso. Und die übrigen Angehörigen ihres kleinen Haufens von Verschollenen: Shimmi Caratech, das Mädchen, dem immer noch genug Mut oder Naivität geblieben war, sich um ihre Frisur und ihre Katze zu sorgen. Der elegante Pratton Allgame, der seine alles andere als ehrenvolle Vergangenheit hinter der Maske des eleganten Lebemanns verbarg, und Quart Homphé, der größte Jammerlappen, der Bull in beinahe dreitausend Jahren über den Weg gelaufen war.

Sein Freund Perry und vier verlorene Seelen, mehr war ihm nicht geblieben, was ihn mit der eine Milliarde Jahre entfernten Heimat verband. Er hatte sie lieben gelernt. Nicht ohne Schwierigkeiten – er dachte an Fran Imith und das kräftezehrende Auf und Ab ihrer Beziehung und verdrehte unwillkürlich die Augen –, aber es war ihm gelungen. Selbst den Dickwanst Homphé wollte Bull nicht mehr missen. Irgendwo, glaubte er zu spüren, versteckte sich in seinem voluminösen Rumpf ein Mann, der es wert war, geachtet zu werden. Platz genug war ja.

»Alles ist bereit für den Aufbruch.« Der nodronische Adjutant sah zu Bull auf, erwartete seine Befehle.

Was die Nodronen tun, tun sie gründlich.

Errek Mookmher, der Anführer der Rebellen, der in diesem Augenblick auf Nodro mit Perry Rhodan das Attentat auf die Zwillingsgötzen vorantrieb, hatte Bull befördert.

Von einem Nichts war Reginald Bull innerhalb der wenigen Sekunden, die Errek Mookmher benötigt hatte, die Worte auszusprechen, zum Anführer der Rebellen katapultiert worden, zum Stellvertreter des Clan-Oberhaupts.

Und die Rebellen? Sie gehorchten ihm mit einer Selbstverständlichkeit, als hätte man ihnen ihr ganzes Leben lang eingedrillt, ausschließlich Reginald Bulls Befehlen zu folgen.

Bull war froh darum. Einerseits. Andererseits … wenn er sich vorstellte, in der Milchstraße würden in der Stunde der Not Fremde auftauchen, von denen man nicht das Geringste wusste, und behaupten, sie kämen eine Milliarde Jahre aus der Vergangenheit – er würde einen Teufel tun und ihnen irgendwelche Verantwortung in die Hand geben. Die Nodronen hatten aber ihr Schicksal in die Hände Bulls und Rhodans gelegt. Dazu gehörte, glaubte Bull, auch wenn er es nie laut ausgesprochen hätte, ein gerüttelt Maß Verrücktheit.

Und wie gesagt, was die Nodronen taten, taten sie gründlich.

Sie hatten Bull auf ein Podest erhoben. Buchstäblich. Bull thronte auf einer erhöhten Sesselkonstruktion, den Kopf knapp unterhalb der Decke. Nichts, was in der mehrere Stockwerke hohen Zentrale des alten Nodronenraumers vor sich ging, entging ihm.

Der Sessel war bequem, fast etwas zu weich für Bulls Geschmack, und bar jeder technischen Ausstattung. Wollte Bull etwas in Gang setzen oder brauchte er Messwerte oder Daten, war er darauf angewiesen, Befehle zu brüllen. Seine Offiziere hatten ihre Plätze auf den Galerien der Zentrale eingenommen, waren über mehrere Etagen verstreut.

Anfangs hatte er nicht geglaubt, auf diese Art effizient handeln zu können, aber er hatte seine Meinung schnell revidieren müssen. Die Nodronen erfüllten jeden seiner Befehle auf den Punkt genau, beinahe schneller, als er sie geben konnte, und ohne sie zu hinterfragen. Bull war sich sicher, dass die Mannschaft des Raumers innerhalb einer halben Minute mausetot wäre, käme er auf die Idee, ihnen zu befehlen, die Antigravschächte zu deaktivieren und hineinzuspringen.

Es war ein Kadavergehorsam, bei dem sich ihm die Nackenhaare aufstellten.

»Danke, das ist gut zu hören«, sagte Bull zu dem Adjutanten, der sich auf der obersten Galerie und damit ungefähr in seiner Augenhöhe befand. »Was ist mit den übrigen Habitaten?«

»Sind ebenfalls bereit.«

»Gut, dann brechen wir auf. Ich wette, wir werden schon ungeduldig erwartet.«

Der Adjutant wandte sich ab und bellte in rasender Abfolge Befehle.

Reginald Bull sah zu den Schirmen des alten Nodronenraumers. Die Schwärze des Alls bildete sich dort ab, im Vordergrund viele Dutzend überproportional helle Sterne. Was er sah, war keine Echtzeitdarstellung. Stipper, Raumer, die immerfort den unmittelbaren Bereich der Habitate verließen, um wenige Sekunden später zurückzukehren, übermittelten sie. Es war die einzige Möglichkeit, Informationen aus der Außenwelt zu erringen. Eine weitere Ebene Handlanger, die den Terraner von dem eigentlichen Geschehen trennten.

Bull spürte sich für einen Augenblick leicht, ja beinahe aus dem Sessel gehoben. Dann drückte es seinen Körper schwer in die Polster zurück.

Schwerkraftschwankungen. Ihr Flug hatte begonnen.

Hätte Bull es nicht besser gewusst, er hätte geglaubt, an Bord eines Raumers zu sein, der beschleunigte, um die Eintauchgeschwindigkeit in den Linearraum zu erreichen – und in gewisser Hinsicht traf das auch zu. Der Raumer, ein ehemaliger Schlachtkreuzer des Empire, schickte sich tatsächlich an, auf Überlichtgeschwindigkeit zu beschleunigen, nur tat er es nicht aus eigener Kraft. Der Kreuzer war ein Wrack. Sein Rumpf war von Strahlerschüssen durchlöchert, seine Triebwerkssektion abgetrennt und vergessen oder explodiert. Ein Notreaktor lieferte die Energie, um die Zentrale zu betreiben.

Seit Jahrhunderten war er, zusammen mit zahllosen anderen Wracks, Teil der Schnecke auf dem Berg, der Burg des Oberhaupts des Clans der Mookmher, der

Rebellen. Eine Trophäe mit Nutzwert, hatte man sie doch zum Leitstand für ihren Flug umgewandelt.

Die Rebellen führten einen aussichtslosen Kampf gegen die Zwillingsgötzen. So groß war die Macht des Empire inzwischen, dass ihnen nur noch Nadelstiche gelangen und sie ansonsten froh sein konnten, in ihren Habitaten eine Zuflucht zu besitzen, die für ihre Feinde nicht greifbar war.

Die Habitate.

Jedes von ihnen stellte eine eigene kleine Welt dar. Ein Planetoid, der seinen Bewohnern Umweltbedingungen bot, die ein Überleben ermöglichten, wenn sie auch harsch waren. Es gab noch 122 von ihnen. Bull befand sich auf Koortane, dem Heimat-Habitat von Errck Mookmher. Früher hatten Tausende existiert, aber eines Tages hatte das Empire sie mit einer List überrumpelt und die meisten von ihnen zerstört. Seitdem verbargen sich die verbliebenen Habitate in extra-dimensionalen Blasen, den Traumkapseln.

Und die Bewohner hatten das Verbrechen des Empire nie vergessen. Die Rebellen hatten ausgeharrt, in der Hoffnung, dass der Tag der Rache kommen würde.

Jetzt war es so weit.

Die Nodronen in der Zentrale verrichteten ihre Aufgaben äußerlich konzentriert und unaufgeregt. Für sie war der Vorgang normal, die Habitate wechselten beständig ihre Standorte, zogen fortwährend durch die Kernbereiche der Galaxis. Nicht nur, um der Flotte des Empire zu entgehen; es gehörte auch zur Natur der Traumfamnire.

Bull wünschte, er hätte die Gelassenheit der Nodronen besessen. Er war weiß Gott schon alles geflogen, was man sich vorstellen konnte, und einiges an Gerät, was sich der menschlichen Vorstellung entzog. Er war kein Anfänger, kein Weichei. War es nie gewesen. He, er hatte seine Raumfahrerkarriere damit begonnen, dass er sich an die Spitze einer besseren Silvesterrakete hatte schnallen und zum Mond schießen lassen. Ihn konnte so leicht nichts erschüttern.

Aber die STARDUST hatte er verstanden. Die Space Force hatte ihm und den anderen Astronauten jede verfluchte technische Einzelheit eingebläut, bis sie ihm wieder zu den Ohren herausgekommen waren. Irgendwann hatte er geglaubt, den Antrieb der STARDUST zu Hause im Keller aus Streichhölzern nachbauen zu können, so in- und auswendig kannte er ihn.

Später war das natürlich anders gewesen. Die Raumer, mit denen er seinen Traum von den Sternen wahrgemacht hatte, waren dazu viel zu komplex gewesen. Doch Bull war stolz darauf, wenn schon ein Amateur, dann wenigstens ein ambitionierter zu sein. Zugegeben, er drückte zwar wie alle anderen nur Knöpfe, aber zumindest wusste er, was er damit auslöste.

Hier auf den Traumhabitaten dagegen … es gab keine Knöpfe, die er drücken konnte. Und das Prinzip, das hinter dem Überlichtflug stand, in den sie in wenigen Augenblicken eintreten würden, war ihm komplett schleierhaft.

Für seine Begriffe handelte es sich nicht um Technik, sondern um Magie.

Bull malte sich aus, was in diesem Moment in einem anderen Trakt der Schnecke am Berg vor sich ging. Thura Mookmher würde an der rauen Schuppenhaut ihres Traumfamnirs hinaufgeklettert sein und sich auf dem Nacken der Echse niedergelassen haben. Mit geschlossenen Augen würde die alte Kühnreiterin in Kontakt mit dem Famnir getreten sein, seinen Geist nach ihrem Willen lenken. Und der Famnir, der das Habitat Koortane hinter Raumkrümmungen versteckte, würde mit seinem riesigen Kopf hin- und herpendeln und seine paranormalen Kräfte einsetzen, um in den Überlichtflug einzutreten …

Niemand außer den Kühnreitern konnte mit den Famniren kommunizieren. Die riesigen Echsen lebten in ihrer eigenen Welt, weit entrückt von dem ungemütlichen Platz, den das Vaaligo der Zukunft darstellte.

Das Beben setzte aus. Das Schwingen von Bulls Stuhl hielt noch einige Sekunden lang an, dann ebbte es ab und verging. Die Sterne auf den Schirmen waren verschwunden, nur ein paar Dutzend Lichtpunkte geblieben: die übrigen Rebellen-Habitate, die gleichzeitig mit ihnen den Überlichtflug angetreten hatten. Ob die Anzeige die Ortungen der Stipper abbildete oder die Varsonik Platzhalter einfügte, konnte Bull nicht sagen.

Bull spürte mit einem Anflug von Verwunderung, wie sich sein Puls beruhigte. Er hatte nicht gemerkt, dass er schneller geworden war.

»Alle Habitate sind in den Überlichtflug eingetreten«, meldete der Adjutant.

»Gut gemacht.«

Reginald Bull kletterte von seinem Thron. Die Karawane der Rebellen-Habitate war auf dem Weg. In den nächsten Stunden und Tagen gab es nicht viel für ihn zu tun – eigentlich hatte das bereits für den Start zugetroffen, aber Bull hatte es nicht geschafft, in dem Mars-Liner herumzusitzen, Däumchen zu drehen und vor sich hin zu grübeln.

Der Liner war jetzt, da seine Gefährten abgereist waren, leer und bedrückend. Und Bull war ein Mann der Tat, und wenn es für ihn nichts zu tun gab, verschaffte er sich zumindest den Anschein von Handeln. Es war eine Notlüge vor sich selbst, aber Bull war sich ihrer bewusst und setzte sie in Situationen immer wieder gezielt ein, um sein seelisches Gleichgewicht zu behalten.

Er würde es bald brauchen.

Drei terranische Tage dauerte der Flug der Rebellen-Habitate. Drei terranische Tage, die eigentlich keine waren, da in den Habitaten der lange Herbstabend herrschte, in denen Reginald Bull für sich blieb. Die Nodronen behandelten ihn mit der unpersönlichen Höflichkeit, die dem Ranghöheren zustand. Unmöglich, mit ihnen Freundschaft unter Gleichen zu schließen, geschweige denn, sich ihnen anzuvertrauen. Im besten Fall würden sie Bulls Sorgen nicht verstehen, im schlimmsten Fall ihn auslachen. Sein Status als Anführer wäre so oder so dahin.

Also blieb Reginald Bull allein, teilte seine Zeit zwischen Perioden der stummen Verzweiflung in dem Mars-Liner, in denen er überzeugt war, dass Perry und Fran und die Übrigen längst tot waren, gestorben in den Fängen der Folterer der Götzen, und langen Schichten in der Zentrale auf, wo die Routine des Raumflugs ihm wenigstens den Trost der Vertrautheit spendete.

Bull konnte das Gefühl nicht abschütteln, dass er zu spät kam. Aber er war machtlos. Die Überlichtraten vaaligischer Schiffe stellten ein Schneckentempo gegenüber dem dar, was er in seiner eigenen Zeit gewohnt war, und die Traumfamnire schienen zwar Magier zu sein, doch eher von der geruhsamen Sorte. Bulls Ermahnungen an Thura Mookmher wurden höflich, aber bestimmt abgewiesen.

»Reginald«, beschied ihm die Kühnreiterin ein um das andere Mal, »ich versichere dir, dass die Famnire bereits ihr Äußerstes geben. Es wäre höchst unklug, ihnen mehr abzuverlangen. Meinst du nicht? Wir brauchen sie doch später noch.«

Wir brauchen sie doch später noch. Es war die Antwort, die Bull am wenigsten von allen hören wollte. Mit den Famniren stand und fiel ihr Plan – wenn man ihr verzweifeltes Zusammenkratzen der letzten Ressourcen so nennen konnte. Hielten die Echsen nicht, was ihre Reiter versprachen, waren sie so gut wie tot.

Schließlich, nach drei endlos langen Tagen, erreichte die Karawane der Traum-Habitate den Rendezvouspunkt.

Bull verfolgte von seinem Thron herab, wie auf den Schirmen die Sterne aufflammten, als die ersten Stipper-Daten hereinkamen. Gleich darauf legte sich ein Meer von dreieckigen, rot leuchtenden Symbolen über das Bild.

»Sie sind da«, meldete der Adjutant. »Insgesamt 35 000 Einheiten.«

Auf den ersten Blick eine ansehnliche Streitmacht, dachte Bull. *In Wirklichkeit alles, was sie nach ihrer tollen Entscheidungsschlacht gegen das Empire noch übrig haben. Aber sie haben ja geglaubt, ihr Retter sei erschienen. So viel zum Glauben an die Vorsehung.*

Auf einem Schirm erschien ein Froschgesicht. Es war eine zweidimensionale Darstellung, sonderbar unscharf. Als befände sich das Wesen hinter einem Vorhang. Was es auch tat: Es befand sich jenseits der Traumhaut im Normalraum. Ein Stipper musste sich in der Übergangszone postiert haben und als Relais fungieren. Einfache Funksignale konnten auf diese Weise offenbar die eigentliche unüberwindliche Grenze zwischen Habitaten und Normalraum passieren, wenn auch leidlich.

Hinter dem Froschwesen, halb verborgen von Dampfschleiern, war die Zentrale des Raumers zu erkennen. Sie erinnerte Bull an eine Höhle.

Der Quochte, der Dans Kattin, also der Kommandant der Flotte, stellte sich nicht vor. »Das wurde auch Zeit«, bemerkte er bissig. »Was habt ihr so lange rumgetrödelt? Ihr seid schöne Verbündete!«

Und ihr erst!, gab Bull in Gedanken zurück. »Wir sind so schnell gekommen, wie wir konnten«, sagte er. »Seid ihr bereit?«

»Schon längst!«, schnaubte der Quochte.

»Dann wollen wir keine Zeit verlieren.«

Bull gab Befehl, Formation einzunehmen. Die Quochten-Raumer bildeten einen mehrfach gestaffelten Ring um die Habitate, dann beschleunigte der Verbund.

Sein Ziel: Nodro, die Hauptwelt des Empire.

Das letzte Aufgebot!, schoss es Bull durch den Kopf, unmittelbar bevor sie in den Überlichtflug gingen. *Eine Bande magischer Echsen, die in ihrer Traumwelt leben, ihre halsstarrigen Reiter und ein Haufen reizbarer Kröten – tut mir Leid, Perry. Mehr war nicht drin!*

11

Am Abend endlich kehrte Errek aus Kion zurück. Shimmi Caratech, die die langen Stunden des Wartens damit verbracht hatte, mit einer widerwilligen, unruhigen Katze zu spielen, die immer wieder ohne sichtbaren Grund die Krallen ausfuhr, war als Erste bei ihm. Die Teenagerin schoss wie ein Blitz von ihrem Lager hoch und flitzte auf den Rebellenführer zu. Schikago, plötzlich allein gelassen, miaute protestierend.

»Errek, da bist du ja!«, rief sie.

Fran Imith und Pratton Allgame folgten dem Teenager auf dem Fuß. Quart Homphé bildete den Abschluss. Der Terraner hob sich zögernd von seiner Matratze, schlurfte der kleinen Gruppe entgegen und verharrte im Schatten eines Hochregals in einigem Abstand von seinen Gefährten, als gehöre er nicht mehr zu ihnen. Er hielt sich nur mit Mühe aufrecht, die Größe seines Versagens schien ihm das letzte Quäntchen Lebenswillen aus den Knochen gesaugt zu haben.

»Hast du etwas herausgefunden, Errek?«, drängte Shimmi. Quart wusste, dass die Teenagerin in Rhodan verschossen war. Shimmi war wohl davon überzeugt, dass niemand ihr Geheimnis ahnte, aber Quart hätte nicht der verheulten Augen bedurft, aus denen sie Errek anblinzelte, um davon zu wissen.

Sie kann wenigstens weinen!, dachte Quart. *Du Versager kriegst nicht einmal das hin!*

»Ist Perry noch am Leben? Bitte sag, dass er noch am Leben ist!«, bettelte Shimmi.

Errek Mookmher ließ sich Zeit mit seiner Antwort. Quart Homphé musterte den Nodronen unverhohlen aus der sicheren Entfernung. Errek wirkte auf eine Weise müde und erschöpft, wie Quart es bisher noch nicht an ihm beobachtet hatte. Der Rebellenführer hatte das Todeslager auf Pembur überlebt, den Schock über die Verhältnisse bei seiner Rückkehr nach Koortane verarbeitet. Ein anderer hätte an seiner Stelle längst aufgegeben, aber auf Errek schienen alle Rückschläge und Entbehrungen nur eine Wirkung gehabt zu haben: Sie hatten ihn in seiner Entschlossenheit, gegen das Empire zu kämpfen, bestärkt.

Der Errek aber, der vor den Terranern stand, wirkte ... resigniert?

»Ja«, sagte der Rebellenführer. »Perry Rhodan ist am Leben. Noch.«

»Was soll das heißen?« Fran Imith hatte sich kerzengerade vor Errek aufgebaut. Die TLD-Agentin war unwillkürlich in einen schnarrenden Befehlston verfallen.

»Es war nicht leicht, Perrys Spur zu verfolgen«, sagte Errek. »Kion ist eine Stadt mit vielen Millionen Einwohnern. Und sie ist nicht die unsere: Wir Rebellen müssen vor den Dienern des Empire auf der Hut sein. Die Zwillingsgötzen – wer oder was immer sie sein mögen – sind misstrauische Geschöpfe. Unzählige Nodronen sind schon in den Lagern des Empire verendet, weil sie eine falsche Frage gestellt haben.«

»Aber ihr, du, Errek – du bist doch kein gewöhnlicher Bürger«, schaltete sich Pratton Allgame ein. »Du bist der Anführer der Rebellen, ihr seid der Widerstand, ihr seid organisiert!«

»So ist es.« Ein Anflug von Wut blitzte in Erreks hellgelben Augen auf. Der Rebell war Nodrone, und Nodronen waren ein hellhöriger Haufen, wenn es um ihre Ehre ging. »Wir sind bestens organisiert. Nur deshalb ist es uns gelungen, euren Perry Rhodan überhaupt zu finden.«

»Wo ist er?«, fragte Shimmi fast flehentlich.

»In einer der sechzig Verwahranstalten der Stadt.«

»Einer ›Verwahranstalt‹?«

»Ich glaube, in eurer Sprache würde man diesen Ort als ein ›Gefängnis‹ bezeichnen.«

»Na also!«, rief Pratton Allgame. »Das hört sich doch gar nicht so übel an.«

»Darin magst du Recht haben, Terraner.« Errek hatte die Finger verschränkt. Er spannte die Armmuskeln an. Sehnen traten hervor, und als er die Arme in die Höhe riss, erhaschte Quart Homphé einen Blick auf die Tätowierungen des Rebellen. Ein Aufruhr suchte den Markt auf seinem linken Unterarm heim.

»Aber Rhodan wird nicht lange in der Verwahranstalt bleiben. Seine Hinrichtung ist für morgen angesetzt!«

Homphé wurde schwarz vor Augen. Das kühle Metall des Hochregals, gegen das er sich stützte, wirkte plötzlich wie Gummi, gab unter seinem Gewicht nach.

Sie bringen ihn um! Und es ist meine Schuld, ganz allein meine!

Quart Homphé klammerte sich mit beiden Händen an die Regalstrebe. Es gelang ihm, den Sturz seines Körpers abzufangen, sein Geist aber fiel in ein Loch, schwärzer und hoffnungsloser noch, als er es sich in seinen schlimmsten Stunden jemals ausgemalt hatte.

Was tue ich hier? In dieser Zeit? Hat man mich nur deshalb eine Milliarde Jahre in die Zukunft gerissen, damit ich durch meine Dummheit Perry Rhodan das Leben koste?

Quart Homphé dachte an die übrigen Passagiere des Mars-Liners, die in Mantagir gestorben waren. Jeder einzelne von ihnen hätte es eher verdient gehabt zu überleben als er. Wieso hatte er sich nicht wenigstens aus dem Staub gemacht? Wie Ron Dyke einfach in das Unvermeidliche gefügt, in Mantagir untergetaucht, um ein neues Leben zu beginnen? Stattdessen hatte er sich wie ein Kind an den Rockzipfel Rhodans geklammert – des großen Unsterblichen, der in wenigen Stunden sterben würde, und es war ganz allein seine, Quart Homphés, Schuld.

Hätte ich doch nur ein Ende mit mir gemacht, gleich nachdem wir in dieser abscheulichen Zukunft angekommen waren, dachte er. *Ich hätte mir und den anderen eine Menge erspart!*

Durch den Wirbel seiner Gedanken lauschte er in Bruchstücken Erreks Bericht: Perry Rhodan würde auf dem Platz der Vierunddreißigsten Hohen Gerichtsbarkeit sterben. Morgen schon. Durch die Peitsche von Nodro.

»Die Peitsche?«, keuchte Shimmi. »Das … das bedeutet …«

»Dass nur Konfetti von ihm bleiben. Oder Fleischstreifen.« Pratton Allgame musste seine Bemerkung als Kostprobe schwarzen Humors gemeint haben, erntete aber lediglich entsetzte Blicke von Shimmi und Fran.

»Ja«, stimmte Errek ihm zu, nachdem sein Translator ihm das Konzept von »Konfetti« vermittelt hatte. »So wird es sein. Ganz nach Belieben des Henkers.« Der Nodrone war mit der Allgegenwart von Tod und Gewalt aufgewachsen. Ihm schien der Gedanke, dass Allgame etwas anderes als eine nüchterne Beschreibung des Hinrichtungsvorgangs im Sinn gehabt hatte, überhaupt nicht zu kommen.

»Wir müssen ihn heraushauen!«, rief Fran Imith. Die Knöchel ihrer mit silbernen Ringen bewehrten Finger traten weiß hervor. Die Schmuckstücke waren gespickt mit Hightech-Vorrichtungen. »Es gibt kein Gefängnis, das man nicht stürmen kann. Und außerdem haben wir einen Riesenvorteil: Perrys Maske ist nicht aufgeflogen. Die Behörden halten ihn für einen einfachen Raumfahrer von einem Hinterwäldlerplaneten, der sich in Kion danebenbenommen hat und an dem sie jetzt ein Exempel statuieren können. Niemand wird einen Befreiungsversuch von außen erwarten!«

»Täusche dich nicht in den Einrichtungen des Empire«, entgegnete Errek. »Es gibt immer wieder Clans oder Teile von ihnen, die die Urteile der Hohen Gerichtsbarkeit nicht hinnehmen wollen, sei es, dass sie sie für zu hart oder zu mild halten.« Errek wechselte das Gewicht auf den anderen Fuß und wandte sich der TLD-Agentin in ihrer türkisfarbenen Kombination zu. »Die Verwahranstalten des Empire sind kleine Festungen. Es hat viele Jahre und Kämpfe gedauert, bis das Empire seinen Anspruch, über alle Nodronen zu richten, durchgesetzt hat.«

»Und dazu kommt noch etwas«, fuhr der Rebellenführer fort. »Selbst wenn uns ein Überraschungsangriff gelingt, ist der Schaden, den wir anrichten, nicht wieder gutzumachen. Im Augenblick tappen die Götzen im Dunkeln. Sie wissen um die Existenz von uns Rebellen, aber sie ahnen nicht, dass wir uns in Kion, an ihrer Türschwelle eingenistet haben und uns anschicken sie auszuschalten. Versuchen wir Perry zu befreien, erfahren sie von uns. Wir werden nie zu ihnen vordringen können. Sie werden das Nodro-System nach Plan in den Vaaligischen Schwarm versetzen und die gesamte Galaxis unter ihre Herrschaft bringen.«

Errek stampfte entschlossen auf. »Ich schätze Perry, das wisst ihr. Ohne ihn wäre der Gefangenenaufstand auf Pembur gescheitert. Ich wäre tot. Aber Perry ist ein erfahrener Krieger, er wusste, worauf er sich einlässt. Ich kann sein Leben nicht über das von Millionen stellen. Ich darf einen Angriff auf die Verwahranstalt nicht zulassen!«

Stille legte sich über die Halle. Quart Homphé hörte das schwere Atmen seiner Gefährten, in dem sich Niedergeschlagenheit und wilder Trotz vermischten. Die Spannung, die über der Gruppe lag, war beinahe mit Händen zu greifen. Sie musste sich entladen, bald. Ein Bild stieg in Quart Homphé auf: Seine Gefährten schnellten herum und stürzten sich auf ihn, zerfleischten ihn, die Wurzel ihres Unglücks, mit bloßen Händen.

Der Gedanke erfüllte ihn mit einer absonderlichen Sehnsucht. Er hätte verdient, was immer sie ihm antun mochten. Und sie würden vollbringen, wozu ihm der Mut fehlte. Sie würden ihm ein Ende bereiten. Endlich.

»Wieso vergeuden wir unsere Gedanken auf stumpfe Gewalt, Freunde?«, brach Pratton Allgame das Schweigen. Quart Homphé blickte auf. Der schlanke Mann hatte ein maskulines, sich über alle Unbilden der Welt hinwegsetzendes Lächeln aufgesetzt. Vordergründig für Fran, Shimmi und Errek, aber Quart wusste, dass es dem einzigen Publikum galt, das für Pratton Allgame in letzter Konsequenz zählte: sich selbst. Die Mienen der anderen stellten für ihn nur Spiegel dar, in denen er sich selbstverliebt betrachtete. Allgame widerte Quart an.

»Was meinst du damit?«, bohrte Shimmi, als Allgame keine Anstalten machte, seine Frage zu erläutern.

»Nun, Waffen sind nicht immer das geeignete Werkzeug, um seine Ziele zu erreichen.« Der Terraner drehte sich zu Errek. »Du kannst es nicht wissen, denn ich bin ein bescheidener Mann und spreche nicht oft darüber, aber es gab eine Zeit, in der man mich das Phantom von Terrania nannte!«

»Das heißt ...?«

»Zwölf Jahre lang habe ich die Bürger und Polizei Terranias in Atem gehalten, einer Stadt, die in puncto Größe und Vielfalt spielend mit Kion mithalten kann!«, rief Allgame. »Ich war der geschickteste Einbrecher in der Geschichte der Stadt. Die Polizei suchte mich vergeblich. Erst durch einen Zufall kam sie mir auf die Spur, meine Meisterschaft war makellos. Die Lösung für unser Problem liegt daher auf der Hand: Ich hole Perry heraus!«

Quart bemerkte, dass Shimmi derart von Bewunderung ergriffen war, dass sie drauf und dran war, vor Allgame in die Knie zu sinken. Wut flackerte in ihm auf. Sein Versagen war schlimm genug, aber dass jetzt auch noch ausgerechnet dieser eitle Lackaffe von ihm profitieren sollte, raubte ihm den Atem.

»Dein Vorschlag klingt nicht unvernünftig, Pratton«, sagte Fran. »Auch wenn natürlich Terrania und Kion nicht ohne weiteres miteinander zu vergleichen sind. Auf Terrania kanntest du jeden Winkel, warst mit Technik und Mentalität der Bewohner vertraut. Hier wirst du es sehr viel schwerer haben, und dazu bleibt dir nur eine Hand voll Stunden. Dennoch, mir scheint das ein Ausweg zu sein. Was denkst du, Errek?«

»Nein!«

Der Schrei kam nicht aus der Kehle Errek Mookmhers, sondern aus der Quart Homphés – wie dieser zu seiner größten Verwunderung feststellte.

Die Köpfe der drei Terraner und des Nodronen flogen herum.

»Du hast einen Einwand, Quart?«, fragte Fran Imith, als Homphé die Gruppe mit offenem Mund anstarrte.

»Ja ... ja.« Quart Homphés Knie zitterten. Seine Zunge schien am Gaumen zu kleben. »Ich glaube nicht, dass Prattons Plan funktioniert.«

»Traust du es mir nicht zu?«, erkundigte sich der ehemalige Meisterdieb eisig.

»Nein, das ist es nicht. Fran hat Recht, hier in Kion wirst du es viel schwerer als in Terrania haben, aber du kannst es schaffen, da bin ich mir sicher.« Das Zittern in Quarts Knien flaute ab. Es tat gut, nicht mehr länger nur dazusitzen und sich Vorwürfe zu machen. »Aber die Frage ist doch auch hier das Hinterher. Sagen wir, Pratton gelingt es, Perry aus dem Gefängnis zu holen. Unbemerkt. Was dann? Ich glaube, dass es für die Götzen ein genauso eindeutiges Signal sein wird, wie wenn wir Perry mit Gewalt befreien, vielleicht sogar ein noch Alarmierenderes!«

»Wieso das?«, meldete sich Shimmi zu Wort. »Pratton holt Perry raus. Niemand sieht ihn dabei, kein Wächter, keine Überwachungskamera, kein Spürer. Pffft! Perry ist plötzlich verschwunden, als hätte er sich in Luft aufgelöst. Perfekter könnte es doch nicht sein!«

»Eben«, entgegnete Quart Homphé. Er löste sich von dem Regal. »Du redest von einem unerhörten Vorgang, einem, der die Götzen alarmieren *muss*. Ein Gefangener verschwindet spurlos aus einer Verwahranstalt. Ihnen bleiben zwei Schlüsse: Entweder ist der Gefangene nicht der einfache Raumfahrer, für den er sich ausgab, sondern ein Wesen mit außergewöhnlichen, bedrohlichen Fähigkeiten. Hätte der Gefangene es sonst geschafft, sich aus eigener Kraft zu befreien? Oder der Gefangene hatte Hilfe von außen. Aber diese Hilfe kann nicht durch einen x-beliebigen erbosten Nodronen-Clan erfolgt sein, eine derartige Flucht ist das Werk von Spezialisten, wie sie dem Empire bis zu diesem Zeitpunkt unbekannt waren.«

Quart holte tief Atem. »So oder so, wir erregen das Misstrauen der Götzen. Befreien wir Perry, wird uns kein Attentat gelingen, Vaaligo wird unter ihre Herrschaft fallen.«

»Du bist ein kluger Mann«, sagte Errek nach langen Sekunden in das lastende Schweigen hinein. Es klang überrascht.

»Das mag ja sein – verflucht, so sehr mir das gegen den Strich geht, Quart hat Recht! –, aber was tun wir jetzt?«, meldete sich Fran zu Wort. »Wir können doch nicht einfach zusehen, wie sie Perry umbringen!« Sie schüttelte wütend den Kopf.

»Errek, du kennst die Nodronen, du bist einer von ihnen, hast du vielleicht eine Idee, wie wir Perry helfen können?«, flehte Shimmi mit feuchten Augen.

»Nein, tut mir Leid.«

Quart nahm seinen ganzen Mut zusammen und sagte: »Ich schon.«

Die Gefährten starrten ihn ungläubig an.

»Da bin ich aber gespannt!«, rief Pratton Allgame spöttisch.

Fran Imith durchbohrte ihn mit einem wütenden Blick. »Gib Ruhe, Pratton! Ich will hören, was Quart zu sagen hat.«

Homphé schilderte seinen Vorschlag. Seine Gefährten lauschten ihm mit skeptischen Mienen, stellten ihm immer wieder bohrende Zwischenfragen. Schließlich kam er zum Ende.

Er hatte erwartet, dass Pratton Allgame sich zu Wort melden und seinen Vorschlag zerpflücken würde, doch er irrte sich. Allgame fixierte schweigend einen Punkt am anderen Ende der Halle.

»Dein Plan ist riskant, Quart«, sagte Fran Imith schließlich. »So riskant, dass ich ihn ablehnen sollte. Du weißt, welche Verantwortung du dir auflädst?«

Quart Homphé nickte.

»Ich glaube dir. Du hast einiges wieder gutzumachen.« Fran Imith blickte in die Runde. »Es ist ein verzweifelter Plan, aber es ist der einzige, den wir haben. Ich bin dafür.«

Niemand widersprach.

»Also ist er angenommen. Quart, was können wir tun, um dir zu helfen?«

Homphé überlegte. »Im Augenblick noch nichts. Ich muss mir erst das nötige Material besorgen. Aber ich werde euch später brauchen, wenn ich aus der Stadt zurück bin.«

»In Ordnung. Wir ruhen uns so lange aus.« Es klang wie ein Befehl – und es war auch einer. Ohne dass es zu einer Absprache gekommen wäre, war Fran in Rhodans Anwesenheit zur Anführerin der Gruppe aufgestiegen.

Quart verließ die Halle, um nach Kion zu fliegen. Er hatte keine Zeit zu verlieren. Er war im Begriff, das Gebäude zu verlassen, als er einen Ruf hörte. »Quart, warte!«

Es war Pratton Allgame. Was wollte er von ihm? Sein Vorhaben sabotieren? Der Gedanke erschien Quart Homphé durchaus plausibel. Schließlich hatte er Allgames Plan vor der gesammelten Gruppe als unsinnig bloßgestellt.

»Ja?«

»Du … du gehst jetzt nach Kion, nicht?«

»Ja, das hatte ich doch gesagt.« Quart Homphé hatte Allgame noch nie so unsicher und fahrig erlebt.

»Ich dachte mir … du könntest vielleicht Unterstützung gebrauchen.«

»Danke für das Angebot. Aber für das, was ich vorhabe, ist das Auge des Spezialisten gefragt. Nichts für ungut, Pratton.« Quart Homphé wollte sich abwenden.

»Warte! Das ist mir klar. Ich habe keine Ahnung von dem Zeugs. Ich dachte nur, es muss doch schwer sein. Wäre doch gut, wenn dir jemand beim Tragen hilft, nicht wahr?«

Quart Homphé musterte sein Gegenüber ratlos.

Da streckte Pratton Allgame ihm die Hand entgegen. »Bitte, Quart, lass dir helfen.«

Quart Homphé nahm die Hand und drückte sie fest.

»Weißt du was, Pratton?«, sagte er. »Mein Rücken plagt mich seit ein paar Tagen so furchtbar, du glaubst es nicht …«

Gemeinsam brachen die Männer in die Stadt des Feindes auf.

12

Es war ein Aufbruch ohne Beispiel in der vieltausendjährigen Geschichte der Mongaal. Die Vorreiterin des Lagers verließ das Lager schutzlos. Niemand, selbst Argha-cha, hätte die Begleitung durch eine vierzehn Jahre alte Halbwüchsige mit dem Wort »Schutz« bedacht.

Eine unheilvolle Stille lastete auf dem Lager. Die Clansleute standen überall in Gruppen zusammen und schwiegen. Die Geschichte-Erzähler, die für gewöhnlich in den Augenblicken vor einem großen Ereignis im Lager umherliefen und von den hehren Taten der Ahnen berichteten, standen einzeln da, die Köpfe vor Scham gesenkt: Ihnen fiel keine Tat ein, die Trost gespendet hätte.

Argha-cha zog Chemlai an den Hörnern hinter sich her. Das Mädchen steckte ebenso wie sein Sturmtier in einer Rüstung, war aber unbewaffnet und nicht mit dem Gefechtssystem des Clans verbunden. Argha-cha hoffte, dass sie bald auf den Rücken des Tieres klettern durfte, ihre Knie waren so weich, dass sie fürchtete, sie könnten jeden Augenblick nachgeben.

Etor-tai war dabei, ihr Sturmtier zu satteln, als das Mädchen vor ihrem Zelt eintraf. Die alte Frau trug die prachtvolle Rüstung, die von Vorreiter zu Vorreiter weitergegeben wurde. Argha-cha sah ihr zu, wie sie die Gurte mit geübten Bewegungen festzog, und schließlich räusperte sie sich. »Großmutter, nimmst du es mit?«

Etor-tai hatte den Doppelsattel gegürtet. »Das Menschbild? Nein, ich ...« Sie brach ab, als ärgere sie sich darüber, dass sie so unachtsam gewesen war, überhaupt auf die Frage einzugehen.

»Du ...?«, bohrte das Mädchen nach. Sie spürte, dass ihre Großmutter heute in einer nachdenklichen Stimmung war.

»Ich ... ich wünschte, es wäre möglich.« Die Vorreiterin zögerte. »Aber das ist es nicht. Es ist noch zu früh.«

»Was willst du damit sagen?«

»Es ist noch nicht ...« Etor-tai rückte den letzten Gurt mit einem entschlossenen Ruck zurecht. »Das erkläre ich dir, wenn wir zurück sind. Vielleicht.«

Die Vorreiterin kletterte am Dreifachsteigbügel auf den Rücken ihres Tieres – ihr Sturmtier war das größte und kräftigste des ganzen Clans und überragte Chemlai um nahezu das Doppelte – und ritt los.

Argha-cha stieg auf ihr eigenes Tier und folgte ihr.

Die beiden Frauen verließen das Lager, ohne dass jemand sie angesprochen hätte. Argha-cha war es nur recht. Sie fieberte der Begegnung mit den Zwillingsgötzen entgegen, in ihrem Kopf erscholl das Lied des Götzenschwurs immer lauter, drängte sie, forderte sie. Und außerdem machte Argha-cha der Gedanke verlegen, dass Echrod-or so dumm sein könnte, sich vor den Augen des Clans von ihr zu verabschieden. Zuzutrauen war es ihm.

Sie ritten durch die Schluchten der Zelthäuser. Die Passanten und Bodenfahrzeuge machten dem Mädchen und der Vorreiterin auf ihren Tieren Platz, anfangs aus Überraschung, dann aber, erschien es Argha-cha, aus Respekt. Niemand lachte sie aus, im Gegenteil, viele der Nodronen grüßten sie sogar respektvoll.

Wie konnte das sein? Argha-cha war klug genug, sich nicht einzubilden, dass die Kioni über die Hintergründe ihres Ritts Bescheid wussten. Die Mongaal waren zu unwichtig für das große Empire von Nodro, um besondere Beachtung zu verdienen. Argha-cha kam erst auf den Grund, als sie schon die Hälfte des Weges zurückgelegt hatten.

Es war ihre Großmutter.

Etor-tai war eine eindrucksvolle, ehrfurchtgebietende Frau, und in dieser Stunde schien sie über sich selbst hinausgewachsen zu sein. Die aufrechte Haltung, mit der sie auf dem Rücken ihres Sturmtiers saß, die Ungerührtheit, mit der sie die schaukelnde Bewegung des sechsbeinigen Tiers abfederte, versinnbildlichte den Stolz der Mongaal, des wahren Weges der Nodronen. Die Kioni, mochten sie auch clan- und haltlose Stadtbewohner sein, konnten sich ihrer Ausstrahlung nicht entziehen.

Argha-cha sah zu ihrer Großmutter auf. Das Mädchen wünschte sich nichts mehr, als eines Tages so wie sie zu sein.

Dann kam die Götzenstadt in Sicht. Argha-chas Puls schlug höher. Sie war auf dem Weg zu den mächtigsten Fürsten Vaaligos, zusammen mit ihrer Großmutter, einer Frau von einem eisernen Willen, der ausreichte, selbst das Gebirge der Stürme zu versetzen. Die Zwillingsgötzen würden Etor-tai einen überwältigenden Empfang bereiten, Argha-cha zweifelte jetzt nicht mehr daran. Wie sollte ihrer Aufmerksamkeit entgehen, was für eine ehrenwerte Frau sie vor sich hatten? Die Vorreiterin der Mongaal und die Götzen würden ihre Differenzen beilegen, froh darum, verwandte Seelen gefunden zu haben.

Argha-cha und Etor-tai gelangten zur Pforte. Das Mädchen konnte sich eine gewisse Enttäuschung nicht verkneifen, dass der Wächter, der sie vor zwei Tagen erst abgewiesen hatte, nicht an der Pforte stand. Es hätte ihr gefallen, an seinem verblüfften Gesicht vorbei in die Götzenstadt zu spazieren.

Die Wachen forderten sie auf abzusteigen.

»Die Sturmtiere müssen vor der Götzenstadt bleiben«, sagte einer der Männer. »So ist der Wille der Zwillingsgötzen. Macht euch keine Sorgen, sie warten auf euch.«

Etor-tai nickte ihrer Enkelin zu. Argha-cha stieg ab, streichelte Chemlai noch einmal beruhigend, dann stellte sie sich vor der Pforte auf.

»Gut so«, sagte der zweite Mann. »Tretet ein und erschaut die Wunder der Zwillingsgötzen!« Er gab den Weg frei.

Etor-tai nickte dem Mann zu, dann winkte sie das Mädchen heran und flüsterte ihm zu: »Argha, wenn wir in der Götzenstadt sind, halt den Mund, was immer auch passiert. Hast du verstanden?«

Argha-cha blickte ihre Großmutter verwundert an. Sie wäre nie auf den Gedanken gekommen, das Wort zu ergreifen. Es wäre eine unverzeihliche Anmaßung gewesen, sich aufzudrängen, wenn Nodronen vom Rang Etor-tais und der Zwillingsgötzen ihre Angelegenheiten besprachen.

»Ja, natürlich.«

»Hoffen wir, dass du dich an dein Wort erinnerst«, seufzte Etor-tai. »Und noch was: Komm auch nicht auf den Gedanken, etwas zu unternehmen. Du bist Zeugin, sonst nichts. Klar?«

»Ja … ja.« Das Mädchen wollte nachfragen, was die Bemerkung zu bedeuten hatte, aber die Vorreiterin hatte sich bereits in Bewegung gesetzt. Die alte Frau knickte auf der Schwelle in die Knie – widerwillig, wie es Argha-cha schien, doch die niedrige Pforte zwang sie dazu – und betrat die Götzenstadt.

Argha-cha folgte ihr mit klopfendem Herzen. Der Schlag ihres Pulses vermischte sich mit dem Schwur der Götzen und den tausend Fragen, die ihr auf der Zunge brannten, zu einem Gewirr, das keinen klaren Gedanken mehr zuließ.

Sie zwang sie beiseite. Sie war in der Götzenstadt! Welche Wunder würden sie und Etor-tai hier erwarten?

Die Geduld des Mädchens wurde nicht lange strapaziert. Ein Götzendiener erschien, so übergangslos, als sei er aus einer höheren Dimension materialisiert oder einer verborgenen Tür getreten, und nahm sie in Empfang.

Der glatt rasierte Mann hatte kurze Haare und trug eine einfache, rote Uniform – Argha-cha spürte beim Anblick dieses Symbols der Knechtschaft einen Stich – und sagte statt einer Begrüßung: »Euch wurde die höchste Ehre gewährt, die einem Nodronen zuteil werden kann. Ich hoffe, ihr wisst euch der Würde des Augenblicks angemessen zu benehmen.«

»Selbstverständlich«, sagte Etor-tai unverfänglich, aber das Schnauben, mit dem sie das Wort hervorpresste, verkehrte seine Bedeutung ins Gegenteil.

Der Diener, der sich bereits, einer viele Male geübten Routine folgend, halb abgewandt hatte, verharrte in der Bewegung. »Tatsächlich …?«

Die Pupillen des Mannes hatten sich geweitet, sein Blick maß wie eine Kamera die Vorreiterin der Mongaal ab, verweilte schließlich auf der Peitsche, die sie an der Seite trug, der einzigen Waffe, die Besuchern von Rang in der Götzenstadt gestattet war.

Argha-cha schenkte er keine Beachtung. Das Mädchen war erleichtert darüber. Der durchdringende Blick des Mannes erschien ihr obszöner als die Berührungen, die sich die jungen Männer ab und an bei den Mädchen des Clans herausnahmen.

»Unter diesen Umständen«, fuhr der Mann fort – jetzt streifte sein Blick doch das Mädchen – und zeigte ein Lächeln, das keines war, »sollten wir besser auf die sonst übliche Führung durch die Götzenstadt verzichten und euch ohne Umstände an das Ziel eurer Träume befördern. Folgt mir!«

Der Diener führte sie in einen mit gegerbten Tierhäuten abgehängten Gang. Wortlos beschleunigte er seine Schritte, sodass die beiden Mongaal in ihren schweren Rüstungen ihm nur mit Mühe folgen konnten.

Der Weg schlängelte mal nach links, mal nach rechts, aber niemals mündete ein anderer Gang in ihn. Minuten zogen sich, wurden zu … Stunden? Argha-cha wusste es nicht zu sagen, sie verlor rasch jedes Gefühl für Zeit und Ort. Es war ohne weiteres möglich, dass der Diener, der gleichmäßig wie ein Roboter vor ihnen herging, sie im Kreis herumführte.

Argha-cha wurde heiß, Schweiß rann ihr über das Gesicht, floss in ihre Augen und brannte. Mit einem Rumoren erinnerte sie ihr Magen daran, dass sie heute Morgen vor Aufregung nichts herunterbekommen hatte.

Das Mädchen sah zu ihrer Großmutter und erschrak. Ein Fremder hätte nichts Besonderes an ihr bemerkt. Natürlich, auch ihr rann der Schweiß herunter, aber ihr Schritt stand in seiner Beständigkeit dem des Dieners in nichts nach. Argha-cha, die Enkelin, kannte ihre Großmutter allerdings zu gut, um sich täuschen zu lassen. Etor-tais leerer Blick, das leise Röcheln, das sich in ihre Atemzüge mischte, die tiefe Furche, die sich zwischen ihren Augenbrauen abzeichnete – die Vorreiterin stand am Limit ihrer Möglichkeiten.

Es war in diesem Augenblick, in den Gängen der Götzenstadt, weit weg von der schützenden Gemeinschaft des Clans, da Argha-cha ihre Großmutter als das wahrnahm, was sie tatsächlich war: eine alte Frau, der die Jahre zusetzten, deren Kräfte zusehends dahinschwanden und die vielleicht längst in einem ungeschmückten Grab zurückgeblieben wäre, hielte sie ihr eiserner Willen nicht am Leben. Das Mädchen fragte sich, wie alt Etor-tai eigentlich war. Argha-cha hatte ihre Großmutter niemals gefragt, die Frage war ihr nicht wichtig erschienen, und niemand im Clan sprach jemals über das Alter der Vorreiterin.

Etor-tai würde eines Tages sterben, vielleicht schon bald. Sie war nur ein Mensch, ihre Kräfte waren endlich. Die Erkenntnis traf das Mädchen wie ein Schlag. Ihr war, als würde sie vor einem dunklen Abgrund stehen. Ihre Großmutter war immer für sie da gewesen. Wie würde Argha-cha eines Tages ohne sie bestehen können?

Das Mädchen versuchte immer noch eine Antwort auf diese Frage zu finden, als der Diener anhielt und auf eine Öffnung deutete, die in den Tierhäuten entstanden war.

»Mir scheint, ihr seid jetzt so weit, dass ich euch den Götzen präsentieren kann.«

Die Zwillingsgötzen! Nur noch wenige Augenblicke, und sie würde den Höchsten der Nodronen ins Antlitz blicken!

Ungestüme Freude überkam Argha-cha, verdrängte die Sorge um ihre Großmutter, degradierte den beleidigenden Tonfall des Dieners zu einer Nichtigkeit, zur Laune eines missgünstigen Sklaven.

Wortlos ging Etor-tai in die Knie und rutschte auf allen vieren durch die Öffnung. Argha-cha tat es ihr gleich. Es war der rechte, der einzige Weg, sich den Götzen zu nähern. Niemand durfte sich anmaßen, ihnen auf Augenhöhe entgegenzutreten.

Der Boden, über den Argha-cha kroch, war mit rauen Matten aus Pflanzenfasern ausgelegt. Sie stachen in die Handflächen des Mädchens. Ein kühler Luftzug erfasste die Mongaal. Argha-cha war er willkommen, er trocknete den Schweiß, der inzwischen an ihrem gesamten Körper klebte.

Befanden sie sich im Freien? Spürte sie die Fallwinde des Gebirges der Stürme?

Argha-cha wagte es nicht, den Kopf zu heben. Ihr Blickfeld war auf einige Quadratmeter der Matten und die Stiefelsohlen ihrer Großmutter beschränkt.

Dann verharrte Etor-tai, wieso, wusste Argha-cha nicht. Der Wind wurde schneidender, begann sie auszukühlen. Würde man sie wieder warten lassen? Sie fröstelte.

»Schau an«, erklang die Stimme eines Mannes. Sie schien von allen Seiten zugleich zu kommen. Oder erklang sie sogar in ihren Gedanken?

»Ist das nicht die hoch geschätzte Etor-tai?«, fuhr die Stimme fort. Sie war ehrfurchtgebietend wie die eines Gottes. »Die Vorreiterin des stolzen Clans derer von Mongaal, des Schreckens der verweichlichten Völker von Vaaligo, Spross der mythenumrankten Dreizehn, die sich selbst und die ihren einst aus den Trümmern ihres Raumschiffes zu neuer Größe emporkämpften?«

Es war eine Frage, die offensichtlich keiner Antwort bedurfte. Die Mongaal schwiegen.

Dann sagte eine zweite Stimme, die einer Frau, in die Stille hinein: »Ihr dürft aufblicken.«

Zögernd ging Argha-cha in die Hocke. Jetzt, da der Moment, auf den sie hingefiebert hatte, gekommen war, stieg plötzlich die Furcht auf, enttäuscht zu werden. Wie konnte die Wirklichkeit mit den Bildern in ihrem Herzen Schritt halten?

Ihre Furcht war unbegründet.

Zwei oder drei Mannslängen vor den Mongaal erhoben sich die Stufen eines Podests, bedeckt nicht von rauen Matten, sondern feinsten, purpurnen Stoffen.

Auf ihm saßen die beiden beeindruckendsten Menschen – wenn es denn gewöhnliche Sterbliche waren –, die das Mädchen je erblickt hatte.

Der Mann, der auf einem Thron aus Knochen saß, war bis zur Unkenntlichkeit entstellt. Sein linker Arm war ein Stumpf, an dessen Ende Fransen hingen. Nicht aus dem Stoff seines Gewandes bestanden sie, sondern aus Fetzen von Fleisch. Etwas Weißes blitzte aus ihnen hervor, bewegte er den Stumpf. Der Knochen?

Die Beine des Mannes steckten in eng anliegenden, die Oberschenkel bedeckenden Reiterstiefeln. Unter dem Leder, das sich wie eine zweite Haut anschmiegte, zeichneten sich die Konturen der Beine ab. Das rechte war kräftig und muskulös, das eines Kriegers, der sein Sturmtier mit eisernem Griff in die Schlacht führte. Das linke dagegen … es erinnerte Argha-cha an einen Zweig, den man verdreht und anschließend in der Sonne hatte trocknen und ausbleichen lassen.

Nur das feste Material des Reitstiefels verhinderte, dass das Bein leblos herabhing.

Argha-chas Blick wanderte wieder nach oben – registrierte ohne Überraschung die Kissen, mit der die linke Seite des Mannes abgestützt war, um ihn vor dem Abrutschen zu bewahren – und gelangte schließlich bei seinem Gesicht an. Eine tiefe Narbe, die von der Seite der Stirn schräg über den Nasenrücken bis zum Kinn verlief, teilte sein Antlitz in zwei Hälften. Die stumpfe Klinge – die Unregelmäßigkeit der Wundränder sprach eine eindeutige Sprache – musste mehrere Nervenstränge durchtrennt haben, die leblose Starre seiner Züge war nicht anders zu erklären.

Bewunderung erfüllte Argha-cha. Sie hatten einen wahren Krieger vor sich, einen Mann, dem es nicht an Mut gemangelt hatte, sich für die Sache der seinen bis um den Preis der Verstümmelung einzusetzen. Anders als die Mehrzahl ihrer Feinde, die die Krüppel des Krieges voller Scham versteckten, weil sie in ihnen eine Wahrheit erblickten, die sie nicht ertragen konnten, verehrten die Nodronen ihre im Krieg Versehrten, sorgten für sie bis ans Ende ihrer Tage. Narben und Verstümmelungen galten als Ehrenzeichen, welche die Krieger stolz zur Schau stellten.

Zu den Füßen des Götzen, auf der obersten der Stufen, saß eine Frau. Es fiel Argha-cha schwer zu glauben, dass es sich bei ihr tatsächlich um die Schwester des Verstümmelten handelte. Sie war von feenhafter, zerbrechlicher Schönheit. Ihre bleichen, dünnen Arme wirkten zu schwach, um selbst eine winzige Waffe zu halten. Ihr schlanker Körper war in ein luftiges Gewand gehüllt, das aus Milliarden von Insektenflügeln gewebt schien. Es glitzerte in allen Regenbogenfarben, entrückte seine Trägerin den gewöhnlichen Sterblichen.

Argha-cha wandte sich dem Gesicht der Götzin zu. Es war ebenmäßig bis zu einem Grad, dass es an eine Maschine erinnerte. Ihre Haut war rein und makellos.

Die Frau war perfekt.

Argha-cha stockte der Atem. Die Götzin verkörperte all das, was die Clans der Nodronen vom Anbeginn der Zeit suchten, aber niemals erringen konnten. Die Götzin war das ultimative Produkt der Sesshaftigkeit, eines Lebens ohne Sorgen und Härten, einer Existenz, die unweigerlich in der Verweichlichung und im Untergang enden musste, dem Tod unter den Hufen der Sturmtiere ungestümer Angreifer.

Mehr als ein Clan der Nodronen war im Lauf der Jahrtausende dem Lockruf der Stadt erlegen, nur um in ihr zu versiegen, bis zur Unkenntlichkeit entstellt von den vermeintlich Besiegten.

Der Krüppel und die Schönheit – ihr Anblick eröffnete eine neue Welt für Argha-cha, eine der Synthese, in der der Krieger die Stadt für seine Zwecke zähmte, ohne ihr zu erliegen. Gab es vielleicht einen anderen Weg als den der Mongaal, recht zu leben?

»Ist dies nicht Etor-tai?«, sagte der Mann jetzt. »Die Vorreiterin der stolzen Mongaal, die auf kaum zehntausend Seelen zusammengeschmolzen sind? Der Mongaal, deren Schiffe so marode sind, dass der Raumhafen von Kion ihnen die Landeerlaubnis verweigerte und sie stattdessen in die Wüste auf der gegenüberliegenden Seite des Planeten dirigierte?«

Die Augen der Vorreiterin funkelten vor Wut, als sie zur Entgegnung ansetzte: »Sind dies die Zwillingsgötzen, von denen die Legende spricht, die erhabenen Herrscher des größten Reiches, das Vaaligo jemals gesehen hat? Wenn ja, so frage ich mich, was dies für Herrscher sind, dass sie ihre Zeit mit so unwichtigen Kreaturen wie den Mongaal verschwenden, ihnen ihre Gesandten durch die halbe Galaxis hinterherschicken? Mir scheint, dass ein derartiger Kleingeist keinem Führer gut ansteht.«

Um ein Haar hätte Argha-cha ihr Versprechen, ihre unwürdige Stellung vergessen und aufgeschrien. Was ging hier vor? Wie konnten sich die Götzen und ihre Großmutter zu wüsten Beleidigungen hinreißen lassen? Sahen sie nicht das Offensichtliche, dass ein Bündnis zwischen ihnen natürlich war?

Niemand erhörte Argha-chas Flehen. Die Götzin verzog das Gesicht, schwieg aber.

Der Götze ergriff das Wort. »Der kluge Herrscher weiß um die Wichtigkeit von scheinbar Nichtigem. Selbst das größte und mächtigste Reich ruht auf dem Fundament seiner Gabe, sich dem vermeintlich Geringen zu widmen, dafür zu sorgen, dass aus einer winzigen Wunde nicht ein Geschwür erwächst, das das Ganze verzehrt.« Während er sprach, gestikulierte der Götze mit der gesunden rechten Hand. Es schien die einzige ungehinderte Bewegung, zu der er fähig war.

»Wie kommst du darauf, die Mongaal seien eine Wunde?«, entgegnete Etor-tai. »Wir zahlen unseren – hohen! – Tribut an das Empire, lassen seine Welten und Vorposten ungeschoren. Wie sollten wir jämmerlicher Haufen dem großen Empire von Nodro schaden?«

Die Antwort des Götzen war kurz und brutal. »Durch eure bloße Existenz.«

»Durch unsere …« Die Vorreiterin brachte den Satz nicht zu Ende. Der Götze hatte sie überrumpelt.

»Ihr seid ein Relikt«, sagte der Götze, die Miene geisterhaft unbewegt. »Es ist der Weg der Mongaal, der die Nodronen groß gemacht hat – einst. Aber die alten Zeiten sind vorüber, ein Sternenreich lässt sich nicht mit stolzen Kriegern und Sklaven allein zusammenhalten. Es braucht Spezialisten, Techniker und Wissenschaftler, Verwaltungskräfte, Geschäftsleute und Soldaten und vieles mehr. Unsere Untertanen wissen um diese Tatsachen, und dennoch halten sie die ruhmreichen alten Zeiten in Ehren.«

Der Götze ballte die gesunde Rechte zur Faust. »Allerdings gibt es auch die unter unseren Untertanen, die zu dumm und verblendet sind, diese einfachen Wahrheiten zu erkennen, die sich nach der guten alten Zeit der Anarchie zurücksehnen. Sie nehmen die Mongaal als Beweis dafür, dass eine Rückkehr zu den alten Sitten möglich ist. Das können wir nicht zulassen.«

Argha-chas Blick wanderte rastlos zwischen den beiden Götzen und ihrer Großmutter hin und her. Sie verstand nicht, was geschah. Das Sehnen in ihr, den Zwillingsgötzen zu dienen, wurde immer stärker, ganz gleich, welche Beleidigungen oder Drohungen sie ausstießen. Was ging mit ihr vor? War sie nicht länger Herrin ihrer eigenen Gefühle?

Und da war noch etwas jenseits der Worte, was das Mädchen verwirrte. Sie traute sich nicht, den Zwillingsgötzen in die Augen zu sehen, und hatte sich deshalb unwillkürlich auf die gesunde Hand des Götzen konzentriert. Die Hand hob und senkte sich und gestikulierte, ihre Finger ballten sich immer wieder zur Faust, um seine Worte zu unterstreichen – und der Oberkörper der Götzin, als folge er seinem Kommando, wiegte sich im Rhythmus seiner Hand leicht vor und zurück.

Argha-cha erinnerte der Anblick an einen Geschichte-Erzähler aus ihren Kindertagen. Turtai-sam, so hatte sein Name gelautet, war einer der weniger beliebten Geschichte-Erzähler des Clans gewesen, seine Erzählungen waren so holprig und langweilig, dass er immer kurz vor dem Rückfall in den Stand eines Hirten gestanden hatte. Aber dann war Turtai-sam plötzlich für einige Wochen verschwunden, und als er zurückgekehrt war, stieg er innerhalb kürzester Zeit zum beliebtesten Geschichte-Erzähler des Clans auf.

Turtai-sam hatte Marionetten mitgebracht, die lebten. In gewisser Weise.

Der Geschichte-Erzähler hatte die Frühgeburten von Sturmtieren gesammelt, ihnen robotische Bauteile einverleibt und ihre Nerven mit Mikrovarsoniken verbunden. Nun führten die Föten – Tote, die gestorben waren, noch bevor sie gelebt hatten, und nun wiederauferstanden waren – Schauspiele nach Turtai-sams Willen auf.

Die Föten schlüpften in Kostüme und spielten die Schlachten und Großtaten vergangener Tage nach, zum Vergnügen von Argha-cha und den anderen Kindern, die vor Vergnügen quietschten, wenn die ungeschickten Pummelchen mit ihren Stummelgliedern sich anschickten, weihevoll umherzustolzieren. Selbst die Erwachsenen folgten, wenn auch ohne Heiterkeit, so doch fasziniert dem Schauspiel, das Turtai-sam mit mühelosen Bewegungen aus dem Handgelenk dirigierte.

Aber schon bald stellte die junge Argha-cha fest, dass sie eher dem Spiel von Turtai-sams Hand als dem seiner Kreaturen folgte. Es war in perfekter Harmonie mit den Bewegungen der Föten. Der Geschichte-Erzähler lenkte sie mit unsichtbaren Fäden.

Als die erste Faszination verblasst war, meldeten sich die Kritiker zu Wort. Zuerst waren es die Familien, denen die Sturmtiere gehörten, von denen die Föten stammten. Turtai-sam, klagten sie, enthielte ihnen vor, was ihnen gehöre – Sturmtierföten galten als gesuchte Delikatesse –, einige beschuldigten ihn sogar, ihren Tieren giftige Kräuter gefüttert zu haben, um sich neue Föten zu verschaffen. Dann stimmten die Geschichte-Erzähler in die Klagen ein. Turtai-sam besudele mit seinen Possen die Ehre der Vorfahren, brachten sie vor. Es dauerte nicht lange, und es kamen immer weniger Erwachsene zu seinen Vorstellungen.

Argha-cha war damals sieben gewesen, aber selbst sie und die anderen Kinder hatten sich gewundert, dass Turtai-sam die Vorzeichen nicht verstand.

So kam es, wie es kommen musste. Eines Nachts versammelten sich empörte Clansleute und erschlugen Turtai-sam. Sie überbrückten die Steuerung der Föten und befahlen ihnen, ein tiefes Grab auszuheben, in das sie die Leiche des Geschichte-Erzählers warfen. Eine Woche lang ließen sie die Föten Wache stehen, damit niemand versuchte, den letzten Atem Turtai-sams zu schöpfen, dann warfen sie die ausgemergelten Föten auf einen Scheiterhaufen und verbrannten sie zu Asche.

Etor-tais Stimme holte das Mädchen zurück in die Gegenwart. »Ihr wollt die Mongaal auslöschen?«, fragte die Vorreiterin, die Schultern trotzig nach vorne gereckt.

»Nein«, winkte der Götze ab. »Nur, wenn es sich nicht vermeiden lässt. Wir wollen nicht unnötig Märtyrer erschaffen.«

»Was sind eure Forderungen?«

»Bedingungslose Unterwerfung. Du, Etor-tai, wirst zu den deinen zurückkehren und dafür sorgen, dass unserem Willen entsprochen wird. Die Mongaal werden mit Ausnahme der Peitschen ihre Waffen übergeben und sich in die Reservation begeben, die meine Gesandten euch zuteilen. Dort werdet ihr bleiben, bis ihr neue Befehle erhaltet.«

Etor-tai erbebte. Beugten die Mongaal sich dem Willen der Götzen, hatten sie auf immer ihre Ehre verspielt. Kampflos die Waffen abzulegen war undenkbar. Aber verweigerten sie sich … die Raumforts würden sie innerhalb eines Augenblicks punktgenau verbrennen.

Die Vorreiterin kam zu einem Entschluss. »Eurem Willen wird entsprochen«, sagte sie langsam, als müsse sie jede Silbe mit Gewalt aus sich herauszwingen.

»Gut so«, sagte der Götze. »Ihr dürft euch entfernen.«

Argha-cha und Etor-tai gingen auf die Knie und schickten sich an davonzukriechen.

Da ertönte die Stimme des Götzen. »Noch etwas. Die Tiere des Clans bleiben selbstverständlich zurück. Unsere Diener werden sie unverzüglich in die Schlachthöfe der Stadt bringen, um der Seuchengefahr vorzubeugen.«

Die Beleidigung war kalkuliert. Argha-cha spürte, noch während der Götze sie aussprach, dass ihre Großmutter sie nicht hinnehmen konnte.

»Etor, nein!«, rief sie.

Die Vorreiterin hörte den Schrei des Mädchens nicht mehr. Die alte Frau schnellte hoch, flinker und behänder als ein Sturmtier ein Hindernis nahm. Ihre Hand schoss pfeilschnell zum Peitschenholster, fasste den Griff und …

Eine Peitschenspitze züngelte nach der Kehle der Vorreiterin und durchtrennte sie lautlos. Ein Blutstrahl ergoss sich über die Matten und über Argha-cha. Der Körper der Vorreiterin sank leblos zu Boden.

Argha-chas Kopf ruckte herum, ihr Blick folgte dem Riemen der Peitsche, die ihre Großmutter getötet hatte, und langte schließlich bei einer zarten, makellosen Hand an. Es war die der Götzin.

»Was für eine törichte Frau«, sagte die Schönheit. »Nimm sie mit, Mädchen, ihr Anblick missfällt unserem Auge. Geh zu deinem Clan und richte ihm aus, dass wir morgen seinen neuen Zailte erwarten – wir hoffen, er wird mehr Vernunft besitzen als das alte Weib.«

Ein humanoider Roboter erschien. Er hob die tote Vorreiterin auf und legte sie über die Schulter. Dann umfasste er Argha-chas Oberarm und zog das Mädchen davon.

Der Rückweg zur Pforte dauerte nur wenige Minuten und führte durch einen schnurgeraden Gang. Argha-cha folgte dem Roboter wie betäubt, sein Griff wäre nicht nötig gewesen, um sie anzutreiben. Sie wollte nur weg von diesem Ort.

An der Pforte übergab der Roboter ihr die Leiche. Mit Mühe, Etor-tai war eine wuchtige Frau gewesen, und die Rüstung musste ihr Gewicht beinahe verdoppeln, trug das Mädchen die bleiche Tote aus der Götzenstadt, wo die Sturmtiere warteten, als sei nichts geschehen. Die beiden Wachen verzogen keine Miene, als sie die Leiche sahen.

Argha-cha gelang es mit vor Schmerz brennenden Armen, ihre Großmutter über den vorderen Sitz des Sattels ihres Tiers zu wuchten, anschließend erklomm sie den hinteren.

Sie ritt los, ohne sich noch einmal umzudrehen. Chemlai würde ihr von alleine folgen, und sie wollte die Götzenstadt nicht mehr sehen, nie mehr wieder.

Argha-cha begann zu singen. Nicht in Gedanken, sondern laut, so laut, dass es die ganze Welt hörte. Und es kümmerte sie nicht, dass die Menschen stehen blieben und mit den Fingern auf sie zeigten und dass ihr Tränen über die Wangen strömten und sich mit dem Blut ihrer Großmutter vermischten, das auf ihrem Gesicht klebte.

Argha-chas neues Lied huldigte nicht den Götzen; es war eines der Trauer, wie es einer großen Kriegerin auf ihrem letzten Ritt gebührte.

13

Quart Homphé und Errek Mookmher trafen in der Morgendämmerung auf dem Platz der Vierunddreißigsten Hohen Gerichtsbarkeit ein. Sie kamen zu spät.

»Das gibt es doch nicht!«, stöhnte Quart Homphé beim Anblick des lückenlosen Rings von fahrbaren Buden. »Was wollen die alle hier?«

»Dasselbe, was wir vorgeblich wollen: ein gutes Geschäft machen«, entgegnete Errek Mookmher ungerührt und setzte ihren Wagen, wenn auch langsamer, wieder in Bewegung.

Aus dem Mikro-Ohrhörer, mit dem die Spezialisten des Rebellenführers Quart ausgestattet hatten, drang in kurzer Folge eine Reihe von Ausrufen, als Fran, Pratton und Shimmi mit ihren jeweiligen Wagen von anderen Straßen auf den Platz fuhren und sich derselben Barrikade gegenübersahen.

Der Wagen Quarts und Erreks rumpelte über das unregelmäßige Pflaster. Es war ein primitives Fahrzeug. Auf einen sechsrädrigen, mit Vollgummireifen bestückten Unterbau war ein ausrangierter Container montiert, wie er innerhalb des Empire für Warentransporte aller Art benutzt wurde. Ihr Exemplar, hatte Quart nach einer kurzen ersten Inspektion in der Nacht beschlossen, musste der heruntergekommenste und stinkendste Container ganz Vaaligos sein – mit Ausnahme der drei vielleicht, derer sich seine Gefährten bedienten.

Aber sie hatten keine Wahl gehabt: Die Stunden, die bis zu Perrys Hinrichtung blieben, schmolzen dahin. Sie benötigten die Imbisswagen zur Tarnung, sie konnten nicht wählerisch sein. Und außerdem, hatte sich Quart getröstet, schienen die Nodronen sich im Allgemeinen weniger an Gerüchen zu stören als Terraner. Die Wagen würden ihren Zweck für einige Stunden erfüllen. Mehr war nicht nötig, so oder so.

Errek brachte den Wagen zum Halt. Der Antrieb – er arbeitete so stotternd und ruckhaft wie ein bockiges Reittier – nagelte im Leerlauf so laut vor sich hin, dass die beiden Männer, die auf an der Vorderseite montierten, ungeschützten Sitzen saßen, schreien mussten, um sich zu verständigen.

»Was jetzt?«, rief Quart und deutete auf den Ring der Konkurrenz. Die Imbisswagen standen dicht an dicht, die Lücken zwischen ihnen waren gerade groß genug, dass zwei Nodronen gleichzeitig passieren konnten.

»Wir begnügen uns mit der zweiten Reihe«, schlug Errek vor.

Quart schüttelte den Kopf. Ein fauliger Geruch stieg ihm in die Nase. Er drang aus dem Container. Einige Rebellen bereiteten darin nodronische Spezialitäten aus kleinen Tieren am Spieß vor, die in Quarts Augen eine verblüffende Ähnlichkeit mit Ratten hatten. Wer weiß, vielleicht waren es sogar welche? Ratten hatten allen Versuchen der Terraner getrotzt, sich ihrer zu erwehren, und waren an Bord ihrer Raumschiffe auf zahlreiche Welten der Milchstraße gereist. Es erschien zumindest nicht gänzlich unmöglich, dass sie auch nach einer Milliarde Jahre noch existierten.

»Das geht nicht«, antwortete Quart. »Ich brauche eine ununterbrochene Sichtlinie zum Hinrichtungsort, sonst werden die Interferenzen zu groß ...«

Für eure hundelangsamen Varsoniken!, hätte er den Satz um ein Haar zu Ende geführt.

Aber Quart beherrschte sich. Jetzt war nicht der Augenblick, Errek mit abfälligen Kommentaren über das Technologieniveau Vaaligos vor den Kopf zu stoßen. Er, Quart, musste mit dem auskommen, was er hatte. Schließlich war es das Geschick des Künstlers, das den Effekt eines Werkes bestimmte, nicht das Material, das ihm zur Verfügung stand.

»Du sagst also, wir brauchen einen Platz in dem Ring der Buden?« Errek fixierte Quart aus seinen hellgelben Augen. Ein Funkeln tanzte in ihnen.

»Ja, und nicht irgendeinen.« Quart zog einen Folienausdruck aus der Tasche. »Hier auf dem Plan steht es. Die vier Wagen müssen genau an den eingezeichneten Stellen postiert werden. Mit jedem Zentimeter Abweichung wächst die Unschärfe exponenziell an.«

»In Ordnung, du kriegst deinen Platz.«

Der Rebellenführer flüsterte in sein Kehlkopfmikrophon und schaltete den Motor ab. Dann schwang er sich vom Fahrersitz und ging zielstrebig auf die Bude zu, die den Platz eingenommen hatte, die Quart für die ihre auserkoren hatte. Es war ein an beiden Längsseiten aufgeschlitzter Container, dessen Anstrich fließend die Farbe wechselte und immer neue, abstrakte Muster bildete.

»He, Stinkwieselbruzzler!«, rief Errek.

Der Besitzer der Bude, ein älterer, untersetzter Nodrone, streckte den Kopf heraus.

»Was willst du, Mann? Ich habe noch nicht auf! Hier passiert noch nichts, komm später wieder!«

»Du glaubst doch nicht, dass ich bei dir etwas essen will?«, entgegnete Errek, die Arme in die Seiten gestemmt. »Deine Bude ist eine Schande für den Platz. Sie tut den Verurteilten ja in den Augen weh!«

Es war eine offensichtlich unwahre Aussage – und plötzlich verstand Quart, was der Rebellenführer beabsichtigte.

»Was fällt dir ein, mich zu beleidigen?«, empörte sich der Budenbesitzer. »Ich brate das beste Streifenfleisch Kions!«

»Das wird vielleicht auf dem Hinrichtungsplatz geschnitten, aber deine Bude stinkt zum Himmel.« Errek rammte eine Faust so hart gegen die Bude, dass der Farbveränderungseffekt für einen Moment aussetzte. »Verschwinde von hier!«

Die beiden Nodronen starrten einander aus vor Wut sprühenden Augen an. Schließlich wandte der Budenbesitzer den Blick ab. »Was tue ich hier eigentlich?«, presste er hervor. »Auf dem Platz der Vierunddreißigsten ist ohnehin kein gutes Geschäft mehr zu machen. Ich vergeude hier nur mein Können!«

Der Nodrone verschloss seinen Container, setzte sich ans Steuer und verließ den Platz, nicht ohne im Vorbeifahren zwischen Erreks Füße zu spucken. Der Rebellenführer warf den Kopf zurück, lachte auf und parkte den Wagen mit Quart auf dem frei gewordenen Platz. Errek schien die Auseinandersetzung Spaß gemacht zu haben.

Die Klarmeldungen der übrigen Teams kamen herein. Quart überblickte den Platz und registrierte zufrieden, dass alle Wagen die vorgesehenen Plätze eingenommen hatten. Er verzichtete darauf nachzufragen, wie sie es geschafft hatten. Die übrigen Rebellen würden ihrem Anführer an nodronischer Streitlust in nichts nachstehen.

Quart Homphé machte sich an die Feinjustierung der Projektoren. Anschließend überprüfte er die Einstellungen. Einmal. Zweimal. Ein drittes Mal. Über Funk tat er das gleich für die anderen drei Wagen.

»Zufrieden?« Errek beugte sich zu ihm herunter. Quart sah nur seinen Umriss, die aufgehende Sonne stand dem Nodronen im Rücken.

Quart zuckte mit den Achseln. »Ein wahrer Künstler ist nie zufrieden.«

»Du bist gut!« Errek klopfte ihm auf die Schulter; eine Geste, die er den Terranern abgeschaut hatte. »Dann lass es mich so ausdrücken: Bist du zufrieden mit dem Rest an Unzufriedenheit, der dir geblieben ist?«

Zu seiner Überraschung musste Quart lachen. Er verstand immer besser, wie Errek zum Anführer der Rebellen aufgestiegen war. Der Nodrone verfügte über außerordentliche Beharrlichkeit, ohne verbissen zu sein.

»Eigentlich schon«, antwortete Quart. »Die Einstellungen stimmen bis zur zwanzigsten Stelle hinter dem Komma. Das ist so gut, dass uns sogar etwas Spiel bleibt. Nodronen sehen ja schlechter als Terraner, und sie sind es, auf die wir es abgesehen haben.« Quart strich sich eine klebrige Strähne Pseudo-Nodronenhaar aus dem Gesicht. Die Sonnenstrahlen brannten schon in dieser frühen Stunde heiß, ließen ihn schwitzen. »Und das Gerät, das ihr mir zusammenstellen geholfen habt, ist fehlerfrei.«

»Wieso siehst du dann so bedrückt drein, Terraner?«

»Es steht viel auf dem Spiel. Du kannst wahrscheinlich nicht ermessen, was Perry Rhodan für uns bedeutet. Er ist eine lebende Legende für uns Terraner.«

Und ich habe ihn womöglich schon bald auf dem Gewissen, fügte Quart lautlos hinzu.

»Auch du wirst bald eine sein«, meinte der Rebellenführer. »Quart Homphé, der Mann, der Perry Rhodan rettete! Also sei nicht so betrübt. Was kann schon schief gehen? Wir haben den Plan immer wieder besprochen, er hat keine Schwächen.«

»Der Plan vielleicht nicht.« Quart richtete sich auf. Der Rücken schmerzte ihm vom vielen in der Hocke kauern. »Aber ich.« Errek öffnete den Mund, um zu widersprechen – Quart Homphé hob die Hand und sprach hastig weiter: »Die Steuervarsoniken arbeiten fehlerfrei, doch sie sind nur Rechenmaschinen, ihnen fehlt der schöpferische Funken. Sie folgen stur den Parametern, die man ihnen eingibt. Und die Parameter, sie kommen von mir.« Quart tippte sich an die Stirn. »Was ist, wenn ich einen Fehler gemacht habe? Keiner von euch hätte es bemerkt, ihr kennt euch nicht gut genug dafür aus. Ein Fehler – und Rhodan ist tot!«

Errek Mookmher legte ihm beide Hände auf die Schultern. »Ich vertraue dir, Quart Homphé«, sagte er. »In dir steckt mehr, als du denkst.« Er wandte sich ab, um den übrigen Rebellen beim Aufspießen der marinierten Rattentiere zu helfen.

Quart Homphé sah ihm einen Augenblick ungläubig nach, dann schüttelte er seine Befangenheit ab und führte den letzten Check zu Ende. Er fand keine Fehler. Quart juckte es in den Fingern, eine weitere Testreihe durchzuführen, aber er hielt sich zurück. Er wusste aus Erfahrung, dass es bei jedem Projekt einen Punkt gab, an dem man es gut sein lassen *musste*, wollte man nicht Gefahr laufen, aus übergroßer Vorsicht neue Fehler einzuschmuggeln.

Das Warten begann.

Nach und nach füllte sich der Platz der Vierunddreißigsten Hohen Gerichtsbarkeit mit Schaulustigen. Es waren nur wenige, die in kleinen Gruppen zusammenstanden und auf den Beginn der Hinrichtungen warteten. Viele von ihnen waren Nicht-Nodronen, zumeist Echsenwesen. Es war das erste Mal, dass Quart Homphé in Kion Extraterrestrier in nennenswerter Zahl zu Gesicht bekam. Offenbar schien ihnen die Hinrichtung ein Schauspiel zu sein, das es wert war, sich unter die aggressiven Nodronen zu mischen.

Quart Homphé ertrug es nicht mehr länger dazusitzen. Er wandte sich an Errek. »Ich drehe eine Runde. Ich bin gleich zurück.«

Der Terraner ging an den Imbissbuden entlang und lauschte den Gesprächen ihrer Besitzer. Sie waren unzufrieden. Früher, so der Tenor, war alles besser gewesen. Früher zogen Hinrichtungen Zehntausende an. Heute dagegen: »Schaut euch diesen Haufen Echsen an! Stehen nur starr wie Baumstämme da und gaffen, essen nichts, trinken nichts!«

Quart Homphé blieb jeweils an den Buden seiner Gefährten stehen und wechselte einige Worte mit ihnen. Belanglosigkeiten nur, doch es konnte keinen besseren Gradmesser ihrer Nervosität geben: Keiner traute sich, über das zu sprechen, was sie eigentlich bewegte.

Schließlich machte sich der Terraner auf den Rückweg. Diesmal ging er nicht an den Buden entlang, sondern zwang seine Schritte zu der Mitte des Platzes an den Ort, an dem die Hinrichtungen durchgeführt wurden. Es war ein Kreis aus festgetretener Erde, mit einem Durchmesser von vier, vielleicht fünf Metern. In seiner Mitte züngelte ein Feuer. Keine Überraschung. Quart Homphé hätte es eher verwundert, wenn die Feuer liebenden Nodronen auf eines verzichtet hätten. Keiner der Budenbesitzer auf dem Platz ließ es sich nehmen, seine Speisen über offenem Feuer zuzubereiten.

Die Erde des Hinrichtungsplatzes war von einem durchdringenden, dunklen Ton. Quart Homphé starrte die mit dem Blut zahlloser Opfer getränkte Erde lange an, bevor er wieder zu seinem Wagen zurückkehrte.

»Hoffentlich fängt es bald an«, sagte er zu Errek.

»Das weiß man nie«, entgegnete Errek. »Die Behörden des Empire sind nur dem Willen der Zwillingsgötzen verpflichtet. Sie befinden es für besser, uns Untertanen nicht mit überflüssigen Informationen zu verwirren.«

Eine halbe terranische Stunde später begann das Schauspiel. Im Pflaster unmittelbar neben dem Hinrichtungsplatz öffnete sich lautlos eine runde Aussparung. Zwei Nodronen, ein Mann und eine Frau, in lupenrein weißen Uniformen schwebten empor, stellten sich neben der Öffnung auf. »Verneigt euch vor der Inkarnation der Gerechtigkeit der Zwillingsgötzen«, riefen sie mit donnernden, künstlich verstärkten Stimmen, »der ehrenwerten Richterin der Vierunddreißigsten Hohen Gerichtsbarkeit von Nodro!«

Überall auf dem Platz senkten sich Köpfe und Echsenhäupter.

»Das genügt, ich habe nicht den ganzen Tag Zeit!«, erschütterte gleich darauf eine Frauenstimme den Platz.

Quart Homphé hob den Kopf und sah die ehrenwerte Richterin auf einem Antigravthron schweben.

»Los, bringen wir es hinter uns!«, befahl die fettleibige Frau.

Die beiden Wächter salutierten, verschwanden in der Öffnung und kehrten kurz darauf mit einer jungen Nodronin in ihrer Mitte zurück. Quart schätzte sie auf Shimmis Alter.

Hinter ihr folgte ein weiterer Mann in einer blendend weißen Uniform. Er hatte die Arme mit den Handflächen nach oben ausgestreckt, als hielte er ein Tablett. Ein unterarmlanger, verzierter Schaft ruhte auf seinen Händen. Der Mann behandelte ihn mit dem stillen Respekt, den ein Gläubiger einer Reliquie entgegenbrachte.

»Seht die Peitsche von Nodro!«, riefen die beiden Wächter. »Seht, wie sie Gerechtigkeit spendet!«

Der Henker trat auf den Hinrichtungsplatz. Seine Finger schlossen sich um den Peitschenschaft, vollführten mit ihm eine geschmeidige Figur. Quart Homphé hörte ein leises, aber dennoch durchdringendes Sirren, sah vor dem Mann etwas aufblitzen. Es waren die Peitschenschnüre. Jede von ihnen war lediglich ein einziges Molekül dick und für das menschliche oder nodronische Auge für gewöhnlich unsichtbar. Erst als er die Peitsche schwang, konnten Zuschauer die Existenz der Schnüre erahnen: Sie reflektierten das Licht der Sonne.

Die beiden Wächter eskortierten die junge Frau auf den Hinrichtungsplatz und zogen sich anschließend zurück. Die Frau blieb stehen und blickte dem Henker trotzig in die Augen.

»Diese Frau hat die Götzen beleidigt!«, verkündete die Richterin. »Lass sie die Peitsche der Gerechtigkeit schmecken, Henker!«

Der Henker ließ die Peitschenschnüre eine neue Figur vollführen – und noch im selben Augenblick sackte an der Stelle, an der eben noch die junge Nodronin gestanden hatte, ein Bündel aus in Streifen geschnittener organischer Masse, Knochen und Blut zu Boden.

Quart Homphés Puls setzte einen Augenblick aus. Er wartete darauf, dass ihn der Ekel übermannte, doch es kam nicht so weit. Stattdessen stieg in dem Terraner eine kalte, überwältigende Angst auf. Er dachte an die alte Erde.

In der Zeit, lange bevor die Menschen ins All aufgebrochen waren und es noch Nationalstaaten gegeben hatte, war es in einem von ihnen zu einer Revolution gekommen. Frankreich ... ja, Frankreich hatte es geheißen. Viele Tausende waren damals hingerichtet worden, mit einer neuartigen Maschine, der Guillotine, die den Opfern den Kopf abtrennte. Ihre Befürworter hatten argumentiert, dass sie eine humane Methode der Hinrichtung sei, da ihre Opfer keine Schmerzen empfanden, so schnell und exakt sei der Vorgang. Aber die Guillotine war rasch gefürchteter gewesen als jede andere Todesart: Ihre maschinelle Exaktheit, ihre Schnelligkeit erschreckte die Menschen.

Jetzt, da die Wächter das zweite Opfer auf den Hinrichtungsplatz brachten, verstand Quart Homphé diese Furcht. Es war die Leichtigkeit, mit der die Guillotine und die Peitsche von Nodro töteten. Sie führte vor Augen, wie wertlos ein Leben war, wie es in einem einzigen Moment erlöschen konnte.

Quart Homphé sah nicht hin, als die Peitsche die nächsten Opfer tötete. Nicht direkt. Er beugte sich über die Displays seiner Geräte, überprüfte die Einstellungen. Eine Aufgabe zu haben beruhigte ihn. Und die Tode, deren Zeuge er über das Display wurde, berührten ihn weniger. Ihm war, als folge er einem Trivideo-Film. Zufrieden stellte er fest, dass die Projektoren einwandfrei arbeiteten. Sie erfassten den gesamten Hinrichtungsplatz.

Schließlich, nachdem die Peitsche über ein Dutzend Mal durch die Luft geschnitten war, kam Perry Rhodan an die Reihe. Seine Stirn und Wangen waren gerötet.

Hat man ihn in der Haft misshandelt?, fragte sich Quart Homphé.

Auf den ersten Blick schien er ähnlich gefasst zu sein wie die Nodronen, die vor ihm gestorben waren und die es nie mit ihrer Ehre hätten vereinbaren können, eine Schwäche zu zeigen. Nur die Terraner und übrigen Rebellen registrierten Rhodans schnelle Blicke, mit denen er die Lage taxierte. Quart Homphé betete, dass er keinen Fluchtversuch unternehmen würde. Seine Projektoren wirkten nur auf den Hinrichtungsplatz.

Rhodan wurde auf den Platz geführt. Der Henker hob die Peitsche und wollte den Schlag ausführen, als die Richterin ihn aufhielt. »Halt!« Sie schwebte in ihrem Thron näher. »Wen haben wir da? Ist das nicht der freche Kerl von gestern?« Sie streckte dem Henker fordernd die Hand entgegen. »Her damit, das erledige ich selbst. Ich gönne mir ja weiß Gott sonst kein Vergnügen!«

Nein, tu das nicht!, schrie Quart Homphé in Gedanken auf. *Bitte nicht!*

»Was ist los? Stimmt etwas nicht?«, fragte Errek.

»Die Richterin, ihr Thron schwebt *vor* dem Hinrichtungsplatz!«

»Und?«

»Das wirft alle meine Berechnungen über den Haufen!« Quart Homphé beugte sich über die altmodische Tastatur der Varsonik und hieb fieberhaft auf sie ein. Zahlen und Diagramme erschienen in rascher Folge auf den Schirmen. Auf einem Display sah der Terraner, wie die Richterin zum Hieb ausholte.

Nicht, ich habe noch nicht zu Ende gerechnet!

Aus dem Gefühl heraus gab er die fehlenden neuen Parameter ein, bestätigte sie im selben Moment, als die Richterin den Peitschenschlag ausführte.

Für die Schaulustigen auf dem Platz, die gelangweilten Budenbesitzer, ja selbst für die Terraner und Rebellen trat keine Veränderung ein. Der eine oder andere aufmerksame Beobachter mochte vielleicht ein Flimmern wahrnehmen, mehr nicht. In den Augen der Richterin aber hechtete ein verzweifelter Verurteilter zur Seite.

»Ha, wusste ich doch, dass du ein Feigling bist!«, rief die Richterin und hieb auf den Fliehenden ein.

Die Peitschenschnüre pfiffen durch die Luft – und zerteilten das Hologramm Perry Rhodans, das Quart Homphé erschaffen hatte.

Ungehindert schnitten die Schnüre weiter, durchdrangen die Metallhülle des Antigravthrons und zerteilten den Unterarm der Richterin. In einer Explosion aus umherspritzendem Blut und Metallsplittern stürzte das Gerät ab und prallte dumpf auf das Pflaster.

Einige Herzschläge lang hing nur das Jaulen des defekten Antigravaggregats über dem Platz, dann übertönten die ersten Rufe es. Sie kamen von den Budenbesitzern, die mit den Hinrichtungen vertraut waren, aber bald schrie der gesamte Platz seine Überraschung heraus.

»Die Peitsche von Nodro hat ihn verfehlt!«

»Das erste Mal seit Jahrhunderten!«

»Er hat die Peitsche überlebt! Er ist frei!«

Errek erschien an Quart Homphés Seite, versetzte ihm einen freundschaftlichen Schlag. »Ich habe es gewusst, Terraner. Du hast es geschafft!«

Quart Homphé richtete sich betäubt auf. *Du hast es geschafft!*, wiederholte er in Gedanken. *Du hast es geschafft!* Es war, als weigere sich sein Gehirn, den Gedanken anzunehmen. Er, Quart Homphé, schaffte nie etwas.

Und doch … Perry Rhodan stand regungslos auf dem Hinrichtungsplatz, als könne er nicht fassen, was geschehen war. Er war unverletzt.

Er hatte es tatsächlich geschafft!

Quart Homphé sah, wie Fran, Pratton und Shimmi sich von ihren Buden lösten und auf den Geretteten zueilten. Quart warf die Arme hoch und rannte los, Errek neben sich.

Der Terraner und der Nodrone waren auf halbem Weg, als die Druckwelle einer Explosion sie erfasste und zu Boden schleuderte.

14

Reginald Bull war ein Kind des Krieges. Geboren im Jahr 1938 der alten Zeitrechnung waren die frühesten Bilder, die ihm im Gedächtnis haften geblieben waren, die des Krieges: Aus Zeitungen, aus Comic-Heften, deren Sprechblasen er noch nicht lesen konnte, deren Bilder aber eine unmissverständliche Geschichte von tapferen amerikanischen Helden erzählten, die ihre menschenverachtenden Gegner bezwangen, und natürlich aus Wochenschauen.

Seine Eltern nahmen ihn Samstag nachmittags mit ins Kino von Flushing, seinem Heimatort. Die bewegten Bilder – zweidimensional und schwarzweiß, im Rückblick konnte er es kaum fassen, dass er sich mit so primitiven Mitteln hatte beeindrucken lassen – hinterließen einen tiefen Eindruck in ihm. Besonders eine Sequenz, die aus einem Bomber aufgenommen war. Er musste fünf oder sechs gewesen sein, als er sie sah. Der Verband, dem der Bomber angehörte, hatte einen Nachtangriff geflogen; zu einem Zeitpunkt, als die deutsche Abwehr noch intakt gewesen war.

Das Abwehrfeuer hatte in Flughöhe der Bomber einen Vorhang aus explodierenden Flakgranaten gewoben, dazwischen hatten Leuchtspurgeschosse ihre Bahn gezogen, die meterdicken Lichtkegel von Suchscheinwerfern hatten den Himmel abgetastet.

Das Kind Reginald hatte losgeschrien und nicht mehr aufgehört zu weinen. Seine Eltern hatten ihn aus dem Kino hinausbringen müssen.

Reginald hatte sich in das Cockpit versetzt gefühlt, hatte gespürt, dass in dieses Feuer hineinzufliegen dem gleichkam, als trete man durch das Tor zur Hölle.

Jetzt, eine Unendlichkeit entfernt, kehrte die Erinnerung an diesen Tag schlagartig zurück.

Der Verband aus Rebellen und Quochten fiel am Rande des Nodro-Systems in den Normalraum zurück. Reginald Bull, der auf dem Podest des Kommandanten thronte, blieb nur ein Augenblick, die Anzeige der von einem Stipper übermittelten Ortung – fünfzehn Planeten und vielleicht die dreifache Anzahl von Monden – aufzunehmen, dann glühten die Schirme des Habitats Koortane unter dem Feuer auf, das den Verband in seiner Einflugbahn erwartete.

»Statusreport!«, brüllte Bull.

»Raumforts«, meldete sein Adjutant. »Fünf Ringe um und innerhalb des Systems. Nehmen an Dichte zu, je tiefer sie im System positioniert sind. Feuer aus Bipuls- und Tripuls-Geschützen.« Nach einer kurzen Pause fügte er hinzu: »Auf der Ebene der System-Ekliptik haben sich zwanzigtausend Karmuuchische Montageringe aufgereiht. Sie scheinen einsatzbereit zu sein.«

»Um die Ringe kümmern wir uns später«, befahl Bull. Der Terraner ging davon aus, dass es einige Stunden brauchen würde, sie in Betrieb zu nehmen. Bis dahin hatten sie das Nodro-System erobert oder waren allesamt tot. »Können wir die Forts knacken?«

»Ohne die Hilfe der Famnire?«, fragte der Adjutant. Er sprach kurzatmig, als raube ihm die Größe des Augenblicks den Atem. Sie marschierten auf Nodro! Sie schlugen endlich zurück!

Der Adjutant beugte sich über seinen Varsonik-Terminal, dann rief er nach oben: »Den ersten und zweiten Ring ja, den dritten vielleicht, wenn auch unter hohen Verlusten. Danach …«

»Danke, das genügt mir für den Augenblick. Kurs und Formation beibehalten.«

Bull hatte sich in den zwei Tagen, die das Aufgebot gebraucht hatte, die Entfernung nach Nodro zurückzulegen, den Kopf über ihr Vorgehen zerbrochen. Idealerweise hätten sie das Nodro-System von allen Seiten in die Zange nehmen sollen, die Verteidiger dazu zwingen, ihre Kräfte zu zersplittern. Idealerweise.

Idealerweise hätte sich Bull noch ein paar hunderttausend Schiffe extra gewünscht. Oder hätte sich mit tausend begnügt, wären sie nur auf dem technischen Stand seiner eigenen Zeit gewesen. Die Schlacht wäre ein Spaziergang gewesen, ein Zusammenfegen des Nodronen-Schrotts, die sich Kampfraumer schimpften. Oder, noch mehr als Raumschiffe, hätte Bull sich zuverlässige Verbündete gewünscht.

Seine wenigen, kurzen Gespräche mit dem Kommandanten der Quochten hatten ihm Albträume eingeflößt. Die Quochten spielten mit. Aber sie spuckten bei jeder Gelegenheit Gift und Galle und versuchten ihren eigenen Kopf durchzusetzen. Bei den Quochten wusste man nie. Vielleicht gefiel ihnen das Wetter über Kion nicht und sie drehten ab. Oder sie verwandelten diese Welt in einen rauchenden Trümmerhaufen.

Besser, er behielt die Quochten in der Nähe. Unter Kontrolle, auch wenn er damit ihre Verluste erhöhte – sofern die Traumfamnire nicht hielten, was ihre Kühnreiter versprachen.

»Eine Verbindung zu Thura!«, befahl Bull.

Ein Holo-Feld entstand vor seinem Kopf. Es zeigte das Zelt, in der die geachtetste der Kühnreiterinnen mit ihrem Traumfamnir untergebracht war.

»Thura Mookmher!«, rief Bull.

Reiterin und Echse rührten sich nicht. Der Traumfamnir lag halb auf die Seite gerollt und streckte die Stummelbeine aus. Sein dicker Hals schmiegte sich an den Boden, die großen Augen waren fest geschlossen. Thura Mookmher lag eng an den Hals geschmiegt, so eng, dass Bull sie erst nach einigen Augenblicken bemerkte.

Er glaubte, in seinem Leben noch nie zwei Wesen gesehen zu haben, die so friedlich schlummerten.

»Thura!«, rief Bull lauter. »Hörst du mich?«

Der geschuppte Schwanz des Famnirs strich spielerisch über den Boden und kam wieder zur Ruhe.

»Verdammt, Thura! Wenn du mich hörst, dann rühr dich! Wir sind im Nodro-System, die Schlacht beginnt. Ohne eure Hilfe sind wir verloren!«

Keine Reaktion.

Die Zentrale erbebte, als ein Raumfort des Empire das Habitat unter Feuer nahm. Bulls Podest schwankte bedrohlich, aber der Terraner konnte es stabilisieren, indem er geistesgegenwärtig sein Gewicht verlagerte.

Dieser besch... Schaukelstuhl!, fluchte Bull in Gedanken. Am liebsten wäre er von dem Ding heruntergeklettert, aber eine solche Geste hätten die Rebellen nie verstanden. Sie würden glauben, er würfe das Handtuch.

Dann eben nicht!

Bull krallte seine Finger in die Lehnen und brüllte seinem Adjutanten zu: »Schirmauslastung?«

»63 Prozent.«

Diesmal fluchte Bull laut. Die Schirme der Habitate waren selbst für vaaligische Verhältnisse unterdimensioniert. Aus gutem Grund: Die Habitate waren den Nachstellungen des Empire bislang entkommen, indem sie sich hinter den mentalen Ereignishorizonten verbargen, die die Famnire erzeugten. Traumhäute nannten die Rebellen ihre Schutzvorrichtungen in ihrer blumigen Sprache. Aber wie das gezielte Feuer der Abwehrforts bewies, war ihr Ortungsschutz zumindest in Teilen dahin. Das war ein böses Vorzeichen. Sollte es den Famniren nicht mehr gelingen, die Traumhäute der Habitate aufrechtzuerhalten, würde ihre Atmosphäre schlagartig in das Vakuum entweichen.

»Wir haben den äußersten Ring durchbrochen«, meldete der Adjutant.

»Verluste?«

»Dreizehn Quochten-Raumer.«

»Habitate?«

»Keines.«

Bull erlaubte sich aufzuatmen. Weniger als befürchtet. Wenigstens eine gute Nachricht.

»Kurs halten?«, fragte der Adjutant.

»Ja. Bis auf Widerruf.«

»Thura!«, wandte sich Bull wieder an die Kühnreiterin. »Hast du das gehört? Wir brauchen euch. Wenn ihr nicht bald eingreift, dann ...«

Er ließ den Satz offen. Aus dem Holo leuchtete ihm weiter die Idylle entgegen. Die alte Thura lag, den Rücken gebogen, wie es eigentlich nur einer Schlange möglich war, auf dem Hals des Famnirs. Und der Famnir? Sein Schwanz blieb ruhig, dafür kaute er abwesend wie eine terranische Kuh.

Prima!, dachte Bull. *Schöne Retter seid ihr! Euren kühnen Ritt in die Schlacht hatte ich mir anders vorgestellt!*

Dann gelangte der Verband in die Reichweite der Geschütze des zweiten Abwehrrings. Der Zentraleboden bäumte sich unter Bull auf. Mit knapper Not gelang es ihm, das Umstürzen seines Kommandopodests zu verhindern. Der Terraner versuchte auf den Schirmen dem Geschehen zu folgen, sah aber nur eine blendende Kaskade aus Licht.

Die Stimme einer Rebellin übertönte das Quietschen und Knarren der alten Raumschiffzentrale. »Schirmauslastung 89 Prozent. Steigend.«

»Was ist mit den anderen Habitaten?«, brüllte Bull.

Ein neues Holo erschien vor ihm, gesellte sich zur Idylle von Famnir und Reiterin. Es war eine Tabelle, die die Verluste des Verbands anzeigte. In schneller Folge veränderten sich die Ziffern. Die Verluste der Quochten hatten den vierstelligen Bereich erreicht, stiegen stetig weiter. Die Vorhut ihres Verbandes hatte sich in glühende Gase aufgelöst.

Noch kein Habitat verloren.

Bull war erleichtert, in gewisser Weise. Jedes Habitat stellte die Heimat von jeweils zehntausenden oder sogar hunderttausenden Rebellen dar. Wurde eines zerstört, ging eine ganze Welt unter – mit friedlichen Hirten und Handwerkern und Bauern, Kindern und Alten; Intelligenzwesen, deren Berufung nicht der Kampf war.

Die Quochten andererseits hatten Kriegsschiffe geschickt, bemannt mit Soldaten, deren Bestimmung es war, zu töten und getötet zu werden. Die Quochten hatten gewusst, worauf sie sich einlassen.

Bull fiel es leichter, ihren Tod zu akzeptieren.

Aber wie erging es dem Kommandanten der Quochten? Bulls Verband operierte dank einer Abmachung: Die Quochten hielten die Köpfe hin, wenn im Gegenzug die Traumfamnire der Rebellen dafür sorgten, dass sie von Geschützen des Empire nicht abgehackt wurden.

Die Verlustmarke der Froschwesen überschritt die fünftausend.

Die Quochten hielten ihren Teil des Handels ein.

Die Rebellen …

»Thura!«, brüllte Reginald Bull so laut, dass die Rebellen in der Zentrale zusammenzuckten. »Thura, tu endlich was! Ich flehe dich an!«

Bitten und Betteln war nicht die Sache der Nodronen. Bull war es gleich, ob er sein Gesicht als Kommandeur verlor. Die Raumforts konnten den Verband jeden Augenblick in glühende Gase verwandeln.

»Thura, bitte!«

Ein gewaltiger Schlag traf die Zentrale. Bull wurde zur Seite gerissen. Der Terraner stemmte sich gegen die Lehne, stieß sich ab. Seine Stiefel kamen auf der Sitzfläche des Sessels auf. Bull reckte sich hoch, seine Finger erreichten die rettende Decke. Mit aller Kraft drückte er dagegen, gelang es ihm, das Podest zu stabilisieren.

»Schirmauslastung 105 Prozent!«, meldete der Adjutant.

Die Rebellin rief: »Verlustmeldung. Habitate Dhembar und Lifgeth zerstört.«

»Thura!«, schrie Bull.

Keine Antwort.

»Stipper-Meldung! Die System-Flotte nähert sich uns. Fünfzehntausend Einheiten«, meldete der Adjutant. »Zeit, bis sie in Schussweite ist: neunzig Sekunden!«

Es ist aus!, dachte Bull. *Das sind zu viele. Sie walzen uns platt. So oder so. Und wenn die Quochten nur einen Funken Verstand besitzen, machen sie sich davon. Ich würde es tun. Wozu den Heldentod für eine verlorene Sache sterben?*

»Fünfundvierzig Sekunden!«

Bull zwang sich, Thura nicht noch einmal anzusprechen. Er hatte geschrien und getobt, gebeten und gebettelt, was blieb ihm noch?

»Fünfzehn Sekunden!«

Reginald Bull starrte auf die Schirme. Schweiß rann von seiner Stirn in die Augen und brannte. In die Formation der Quochten kam Bewegung. Ergriffen sie die Flucht? Oder ordneten sie sich neu? Egal, es war ohnehin zu spät …

Dann brach das Inferno los.

Die Geschütze von fünfzehntausend Raumern eröffneten gleichzeitig das Feuer. Bull stand starr da, drückte die Handflächen gegen die Zentraledecke, bis seine Handgelenke schmerzten, und wartete auf den Tod. Er kam nicht.

»Feuer ist unkoordiniert!«, rief der Adjutant. »Sie schießen mit allem, was sie haben. Aber sie treffen nichts – außer einander!«

Das Holo mit den Verlusten des Verbandes machte einem neuen Platz. Es zeigte die Vorgänge in der Formation der Heimatflotte des Nodro-Systems. Die Raumer schossen buchstäblich aus allen Rohren, auch den Geschützen, die dem Gegner abgewandt waren. Immer wieder vergingen Raumer im Feuer ihre Bruderschiffe. Andere scherten aus dem Verband aus, auf Kursvektoren, die offenbar von keiner vernünftigen Hand bestimmt waren, kollidierten mit anderen Schiffen der Flotte.

Es war, als ob die Raumfahrer des Empire auf einen Schlag den Verstand verloren hätten.

»Thura! Ihr habt es geschafft!« Reginald Bull erlaubte sich den Luxus, eine Hand frei zu machen, ballte sie zur Faust und schüttelte sie triumphierend. »Ihr habt euer Wort gehalten. Eure Psi-Felder rauben ihnen den Verstand!«

Er wandte sich dem Holo zu, das die Anführerin der Kühnreiter und ihren Famnir zeigte. »Thura! Ich könnte dich …«

Bull brach seinen Freudenschrei abrupt ab. Kühnreiterin und Echse lagen unverändert da. Schliefen, nein *bündelten* offenbar ihre gesamten mentalen Kräfte. Bull blickte gebannt auf das Holo und betete, dass die beiden sich nicht rührten. Nicht auszudenken, was geschehen mochte, riss irgendetwas Reiterin und Echse aus ihrer Konzentration – und sei es der Freudenschrei eines überglücklichen Terraners, der sich nichts mehr wünschte, als diese furchtbare Zeit hinter sich zu lassen und wieder nach Hause zurückzukehren.

»997 gegnerische Einheiten zerstört«, meldete die Rebellin. »Davon 529 durch quochtische Raumer.«

»Was?« Bulls kurzer Moment der Seligkeit war schlagartig vorüber. »Bist du dir sicher?«

»Ja. Die Quochten lösen sich aus der Formation und greifen die Empire-Raumer an. Verluste steigen an. Stehen jetzt bei 712.«

»Eine Verbindung zum Quochten-Kommandanten! Sofort!«

Es dauerte eine quälend lange Minute, bis das zweidimensionale Abbild des Froschgesichts des Quochten vor Bull erschien. Eine Minute, in der weitere zweihundert der jetzt nahezu wehrlosen Empire-Raumer im Feuer der Quochten verglühten.

»Was, zum Teufel, treibt ihr da eigentlich?«, herrschte Bull das Froschwesen an. Dem Terraner war nicht nach Höflichkeiten zumute, und die Quochten hatten sowieso nichts dafür übrig.

»Wir schalten den Gegner aus«, schnarrte der Quochte. »Wie vereinbart.«

»Von wegen vereinbart! Was ihr treibt, ist blanker Mord! Wir hatten ausgemacht, dass die Raumer kampfunfähig geschossen werden.«

»Eben das tun wir.« Der Quochte gluckste. Die übrigen Froschwesen in der Zentrale-Höhle des Quochtenraumers stimmten ein.

»Komm mir nicht so!« Bull machte eine Faust und ließ sie gegen die Decke krachen. »Wir hatten eine Vereinbarung. Das weißt du genau!«

»So ist es. Und wir haben gerade erfahren, wie viel sie wert ist. Zehntausende Quochten sind gestorben, weil eure Echsen uns nicht geschützt haben.« Der Quochte zischte verächtlich. »Und was schert dich das Schicksal dieser Raumfahrer? Es sind Nodronen. Mörder allesamt. Wer garantiert uns, dass diese Echsentiere ihren Einfluss aufrechterhalten? Wir sorgen nur dafür, dass die Flotte uns nicht in den Rücken fallen kann.«

Es sind Nodronen. Mörder allesamt.

Allesamt.

Wieso sollten die Quochten sich mit der Heimatflotte des Nodro-Systems begnügen?, fragte sich Bull. *Wieso nicht diese einmalige Gelegenheit ergreifen und das ganze System auslöschen? Ein für alle Mal der Nodronen-Brut ein Ende bereiten?*

»Die Famnire haben getan, was sie konnten. Mehr haben die Rebellen nie versprochen. Ich befehle dir, dich an unsere Vereinbarung zu halten. Ihr schießt die Nodronen manövrierunfähig. *Mehr nicht!*«

»Und wieso sollte ich deinem unsinnigen Befehl folgen?«

»Weil er nicht unsinnig ist! Und ...«, Bull suchte verzweifelt nach einem stichhaltigen Grund, »... und weil ich der Stellvertreter Perry Rhodans bin, des großen Strategen, der von eurer Königin Chi Waka auserwählt wurde, den Angriff auf die Flottenbasis DORDO'KYEION zu führen!«

Glucksen antwortete Bull. »Chi Waka ist tot und vergessen. Und was DORDO'KYEION angeht: Dein Perry Rhodan hat uns ein Desaster beschert, das ohne Beispiel in der Geschichte unseres Volkes ist. Es wird Zeit, dass die Nodronen dafür bezahlen.«

»Nein, das dürft ihr nicht tun!«

»Und wieso nicht? Ich sehe keine Veranlassung, deinem Wunsch zu folgen, wenn du keine besseren Argumente als diese hast. Tu mir einen Gefallen und verschone mich in Zukunft mit Störungen wie ...«

»Augenblick!«, rief Bull. »Das ist kein Wunsch, das ist ein Befehl!«

»Und wenn wir ihm nicht nachkommen?«

»Dann ...« Bull holte tief Luft. »Dann werde ich den Kühnreitern Anweisung geben, die Psi-Sphäre der Traumfamnire auf euch auszudehnen. Ihr werdet so hilflos sein wie die, die ihr gerade abschlachtet. Und an deiner Stelle würde ich eines bedenken: Alle hier in der Zentrale haben unser Gespräch mitgehört. Die Rebellen sind Nodronen. Was glaubst du, was sie mit einer hilflosen Quochten-Flotte anstellen würden, nachdem du sie zu Gesindel erklärt hast, das ausgerottet gehört?«

Der Quochte sagte nichts. Sein Froschmaul zitterte.

Na los!, flehte Bull in Gedanken. *Zieh schon den Schwanz ein und gib nach! Stell mich nicht auf die Probe!*

Bull verspürte nicht die geringste Lust, seine Drohung wahr zu machen – und ebenso wenig zu erleben, wie sie verpuffte, weil ihm die Kühnreiter die Gefolgschaft verwehrten oder sie ihn gar nicht hörten. Ein Seitenblick verriet ihm, dass Thura nach wie vor in seliger Trance verharrte.

Der Quochte wandte sich ab, schnarrte einige Befehle und wandte sich wieder dem Terraner zu. »Unsere Kanoniere beschränken sich auf die Triebwerke. Bist du jetzt zufrieden?«

»Beinahe«, sagte Bull. »Die Planeten und Monde des Systems sind für euch Sperrzone. Sollte auch nur die Seitenflosse eines Beiboots in die Lufthülle Nodros eindringen, werfe ich euch den Rebellen zum Nachtisch vor. Haben wir uns verstanden?«

»Die Absicht hatten wir sowieso nicht«, zischte der Quochte. »Niemand, der nur einen Funken Verstand besitzt, setzt sich freiwillig dem freien Himmel aus.«

Das Holo fiel in sich zusammen, als der Quochte die Verbindung beendete.

Bull wischte sich den Schweiß von der Stirn und wandte sich an den Adjutanten. »Hat der Frosch die Wahrheit gesagt?«

»Ja, die Quochten konzentrieren sich auf die Triebwerkssektionen der Empire-Raumer.« Der Rebell verharrte einen Augenblick über seinem Holo-Schirm. »Ungefähr jeder zwanzigste Raumer explodiert. Möglicherweise absichtlich, möglicherweise durch unkontrollierbare Kettenreaktionen auf den Raumern ausgelöst. Sollen wir eingreifen?«

Bull schüttelte den Kopf. »Nein, lass sie machen.« Den Quochten weiter zu drangsalieren hätte ihn aufbegehren lassen. Die Völker Vaaligos waren in einem Teufelskreis der Gewalt gefangen. Bull wollte diesen Kreis stoppen, aber er war realistisch genug, zu wissen, dass dies nicht über Nacht zu bewerkstelligen war. Der Hass und das Misstrauen saßen zu tief.

»Deine Befehle?«, fragte der Adjutant.

»Wir stoßen direkt nach Nodro vor. Die Hauptmacht der Quochten folgt uns, sobald sie die Heimatflotte des Empire vollständig ausgeschaltet haben. Fünftausend Einheiten begleiten uns, das sollte genügen.«

Der weitere Vorstoß glich einem Spaziergang. Die Traumfamnire leisteten ganze Arbeit. Die wenigen Schiffe, die sich ihnen entgegenstellten, taten dies aus Zufall. Ihre Mannschaften waren längst nicht mehr in der Lage, sie zu beherrschen. Bull gab den Befehl, sie links liegen zu lassen.

Das Feuer der Wachforts war ziellos, und die wenigen Treffer verpufften in den Schirmen der Habitate. Die Kugel Nodros auf den Schirmen wuchs zusehends an. Nodro war ein Planet von Erdgröße, aber heißer und trockener. Aus dem All besaß das vorherrschende Braun einen rötlichen Stich, der Bull an den Mars seiner Zeit erinnerte. Mehrere Dutzend große Orbital-Stationen und Raumforts umkreisten den Planeten.

Innerhalb von Minuten waren die Forts zerstört. Vor ihnen lag das Zentrum des Empire. Wehrlos.

»Auf geostationären Orbit über der Hauptstadt einschwenken«, befahl Bull. »Landekommandos ausschleusen. Die übrigen Habitate verteilen sich über das restliche System, begleitet von Quochten-Eskorten. Stellt sicher, dass die Montageringe nicht in Aktion treten.«

Bulls Anweisung hatte zwei Gründe: Er wollte sicherstellen, dass die Psi-Sphäre der Traumfamnire möglichst gleichmäßig über das System verteilt war und eventuell zur Verstärkung eintreffende Empire-treue Raumer frühzeitig abgefangen wurden. Und er wollte verhindern, dass die Rebellen das Werk vollbrachten, an dem er eben die Quochten gehindert hatte, und Nodro verheerten. Rache und Vergeltung waren zentrale Kategorien der nodronischen Wertvorstellungen, und die Rebellen hatten dem Empire weiß Gott einiges heimzuzahlen.

Die Stärke der Landetruppen war bewusst knapp berechnet. Errek hatte versichert, nur die treuesten und besonnensten seiner Männer und Frauen für die Aufgabe ausgewählt zu haben. Kämpfer, die Befehlen gehorchen würden. Wenn es darauf ankam, auch dem, *nicht* zu schießen.

Die Landung nahm ihren Lauf. In Rochenjägern fielen die Rebellen über Kion her, und bald zeigten dicke, schwarze Rauchsäulen die Orte an, an denen Widerstand geleistet wurde.

Die ersten Meldungen kamen herein. Alle Positionen waren wie geplant eingenommen. Nicht mehr lange, und Kion würde ihnen gehören.

Zum ersten Mal seit Tagen konnte sich Reginald Bull zurücklehnen und sich Angelegenheiten von eher privater Natur widmen.

Er wandte sich an den Adjutanten. »Bekommen wir das Peilsignal herein?«

»Klar und deutlich.«

»Lokalisieren und die Quelle sowie die Umgebung heranzoomen.«

Es war ein wolkenloser Tag. Die Kameras des Habitats fanden mühelos den Punkt, von dem aus Fran Imiths Ringe ihr schwaches Peilsignal aussandten.

Das Bild zoomte heran. Bull sah einen großen, runden Platz und in seiner Mitte …

Er sprang so abrupt auf, dass er um ein Haar das Podest zum Umkippen gebracht hätte. »Das gefällt mir überhaupt nicht!« Er kletterte das Podest herunter. »Steht der Jäger bereit?«

»Ja. Wie du befohlen hast.«

»Gut. Wir sehen uns später!« Bull wandte sich zum Gehen.

»Aber du kannst doch nicht einfach davonrennen!«, rief der Adjutant. Zum ersten Mal sah Bull den Mann um Fassung ringen.

»Tue ich ja auch nicht«, beschied ihm Bull. »Ich renne nicht von wo *weg*, ich renne wo *hin* – und zwar so schnell wie möglich!«

»Aber was ist mit den Kämpfen?«

»Verlaufen nach Plan. Und die Quochten machen sich in die Hosen vor mir. Führe einfach unsere Pläne durch, dann kann nichts schief gehen. Und falls doch … meine Maschine hat Funk, Mann!«

Minuten später löste sich ein Rochenjäger und fiel Kion entgegen.

15

Der Ritt mit der toten Etor-tai durch Kion dauerte so lange, dass Argha-chas Trauerlied immer leiser wurde und sich schließlich in ein heiseres Krächzen wandelte, wie es die Sklaven von sich gaben, denen man, wenn durch ihre Nachlässigkeit ein Sturmtier verendete, als Bestrafung die Zunge herausgeschnitten hatte. Als das Mädchen das Lager erreichte, rutschte es entkräftet aus dem Sattel und fiel in Echrod-ors Arme, der an der Spitze der entgeisterten Clansleute auf sie zugerannt war.

Argha-cha sah nicht, was danach geschah. Sie nahm ihre Umgebung nur noch verschwommen wahr, und Echrod-ors Kopf füllte fast ihr ganzes Sichtfeld aus. Tränen der Sorge flossen ihm aus den Augenwinkeln, tropften auf sie herab und vermengten sich mit dem Blut Etor-tais.

»Argha!«, rief der Geschichte-Erzähler. »Was ist mit dir? Bist du verletzt?«

Sein Ausruf ging beinahe im Schlagen der Rüstungen und Zischen der Strahlenwaffen unter, als die Krieger die Leiche der Vorreiterin bemerkten und in ohnmächtiger Wut ihre Waffen in die Luft abfeuerten.

In der einen Hand hielt Echrod-or einen Wasserschlauch. Argha-cha ließ es zu, dass der Geschichte-Erzähler ihr mit einem Teil des Wassers das Blut Etor-tais aus dem Gesicht wusch, den Rest schluckte sie gierig herunter.

»Ich ... nein, mir ist nichts passiert«, brachte sie keuchend hervor.

Argha-cha hatte jetzt, da sie zurück im Lager der ihren war, der Erschöpfung nichts mehr entgegenzusetzen. Sie wollte nur noch in ihr Zelt, die Augen schließen und einschlafen – und am nächsten Morgen erwachen und feststellen, dass alles ein böser Traum gewesen war.

»Gut, dann komm!«

Echrod-or riss das Mädchen mit einer Kraft hoch, die Argha-cha selbst in ihrer Benommenheit verwunderte. Sie hätte niemals vermutet, dass in dem schmächtigen Geschichte-Erzähler eine solche Stärke schlummerte.

Echrod-or zerrte sie davon, weg von den beiden Sturmtieren, wo eine Menschenmenge die Leiche der Vorreiterin ehrfurchtsvoll aus dem Sattel hob.

Einen Moment lang gab sich Argha-cha dem bestimmenden Griff Echrod-ors hin, aber dann, als sie das Innere des Lagers erreicht hatten und der Geschichte-Erzähler nach rechts abbog, bäumte sie sich auf.

»Wohin führst du mich?«, krächzte sie. »Ich will zu meinem Zelt! Das ist die falsche Richtung!«

»Das Letztere ist eine Frage des Betrachtungswinkels«, entgegnete Echrod-or. Argha-cha sah zu ihm auf und blickte in eine ernste, für einen jungen Mann unpassende, um vieles älter wirkende Miene. »Ich sehe das genau andersherum wie du.«

»Aber ...!«

»Kein Aber. Du darfst dich jetzt nicht verkriechen. Du willst doch wissen, wer Etor-tais letzten Atem schöpft, nicht wahr?«

Der Geschichte-Erzähler brach ihren Widerstand mit einem einzigen Ruck. Er zerrte Argha-cha weiter. Die Zuflucht ihres Zelts, nach der sie sich so sehr sehnte, blieb hinter dem Mädchen zurück.

Nach kurzer Zeit bekamen die beiden Mongaal Begleitung. Von überall her strömten Clansleute herbei, Krieger zumeist, die Hände vielsagend auf den Peitschenholstern, und eilten einem gemeinsamen Punkt entgegen.

Argha-cha kniff die Augen zusammen und blickte in die Ferne, um zu erkennen, wohin sie gingen. Als sie das Ziel erkannte, stöhnte sie auf.

»Deine Augen trügen dich nicht«, sagte Echrod-or grimmig. »Das Zelt der Beratungen. Was hattest du erwartet?«

Das Mädchen antwortete nicht. Plötzlich schämte sie sich ihrer Begriffsstutzigkeit. Etor-tai war tot, die Mongaal brauchten einen neuen Vorreiter.

Vor dem Zelt hatten sich mehrere hundert Clansleute versammelt. Gebrüllte Wortgefechte hallten über den Platz, an mehreren Stellen war man bereits dazu übergegangen, statt Worte Faustschläge oder Peitschenhiebe auszutauschen. Dreizehn mal dreizehn Clansleute durften an einer Ratssitzung teilnehmen, aber welche der Mongaal das waren, entschied sich jedes Mal aufs Neue. Nur den stärksten und besten gelang es, in das Ratszelt vorzudringen. Was bildete sich Echrod-or ein? Sie würden niemals ...

»Macht Platz!«, zerschnitt der Ausruf des Geschichte-Erzählers ihren Gedanken. »Macht Platz für Argha-cha, die ehrenwerte Enkelin, die unsere Vorreiterin auf ihrem letzten Ritt begleitet hat! Platz da!« Echrod-or musste einen Stimmverstärker angelegt haben, so laut donnerten seine Worte über das Lager.

Die Clansleute hielten einen Augenblick wie erstarrt inne, dann bildeten sie eine Gasse, um Argha-cha und den Mann, der sie stützte, in das Zelt zu lassen.

Bewunderung erfüllte das Mädchen, als sie zwischen den reinigenden Feuern hindurch in das Halbdunkel traten. Wie geschickt Echrod-or das angestellt hatte! Zugleich keimte ein Verdacht in ihr auf: War sie nur sein Werkzeug, mit dessen Hilfe er sich Zutritt verschaffte? Der Geschichte-Erzähler hätte es auf sich allein gestellt niemals vermocht, in das Zelt des Rates zu gelangen.

Die beiden Mongaal nahmen auf dem nackten Erdboden Platz. Nach und nach füllte sich das Zelt. Die Männer und Frauen betraten den Rat schweigend. Viele von ihnen bluteten, Spuren des Auswahlprozesses, mit denen die Mongaal die Besten und Würdigsten ermittelten. Schließlich schloss sich das lichterfüllte Rechteck des Zugangs. Der Rat war komplett, die Dreizehn mal Dreizehn des Rates der Mongaal hatten sich versammelt.

Das Schweigen zog sich in die Länge, wurde lastender. Argha-cha hatte das Gefühl, dass alle Blicke auf ihr ruhten.

Echrod-or stieß sie in die Seite. »Mach schon! Erzähl ihnen, was geschehen ist. Sie warten darauf!«

Zögernd erhob sich Argha-cha, räusperte sich und schilderte dem Rat die Worte und die Taten, die verübt worden waren, nicht aber, was sie darüber dachte. Zu ihrer Verwunderung unterbrach sie niemand.

Als sie geendet hatte, ergriff Tasser-mor das Wort. Argha-cha war überrascht, dass der alte Krieger es geschafft hatte, in das Zelt zu kommen. Er musste seine letzten Kräfte mobilisiert haben, um hier zu sein.

»Du bist ein mutiges Mädchen, Argha-cha.« Tasser-mor verneigte sich in Richtung der Mongaal. »Eines Tages wirst du eine furchtbare Kriegerin sein, die sich nicht scheuen wird, das Richtige zu tun, so hoch der Preis dafür auch sein mag – solltest du, sollten die Mongaal den morgigen Tag überleben!«

Argha-cha funkelte den alten Krieger wütend an. Wieso nannte er sie vor dem Rat ein Mädchen?

Aber Tasser-mor hatte den Blick bereits abgewandt und fuhr fort: »Wir, die Mongaal, haben das Missfallen der Zwillingsgötzen erregt. Dies war ein Fehler. Auch wenn die Götzen Stadtbewohner sind, ihre Macht ist groß – und sie wächst mit jedem weiteren Tag. Ich wurde in den langen Jahren meines Lebens Zeuge, wie sich das Empire wie ein Krebsgeschwür immer weiter über Vaaligo ausgebreitet hat. Als ich jung war, konnten wir Mongaal noch beinahe nach Belieben durch die Galaxis streifen. Die Schiffe des Empire gingen uns aus dem Weg oder zollten uns den Respekt, der uns zusteht. Aber heute?«

Tasser-mor ließ die Frage einen Augenblick einwirken. Mit einer beiläufigen Bewegung wischte er das Blut von Gesicht und Hals, das aus einer frischen Fleischwunde an der Stirn rann.

»Heute jagen die Schiffe des Empire uns wie Beutetiere. Oder schlimmer noch, sie verspotten uns. Mongaal! Wir müssen der Wahrheit ins Auge sehen: Uns bleibt keine Wahl, als uns dem Willen der Zwillingsgötzen zu beugen!«

Ein anderer Krieger erhob sich. Er war jung, nicht älter als Echrod-or, aber der Geschichte-Erzähler wirkte neben ihm wie ein Zwerg. Es war Belhon-ang. Er hatte einmal, im vorigen Jahr, versucht, sich Argha-cha zu nähern. Das Mädchen mochte es nicht, gegen ihren Willen berührt zu werden, und hatte ihm den Arm gebrochen. Belhon-ang hatte seit diesem Tag nie wieder versucht, in ihre Nähe zu gelangen, aber Argha-cha waren die hasserfüllten Blicke, mit denen er sie aus der Ferne bedachte, nicht entgangen.

»Was du sagst, Tasser-mor, scheint einleuchtend. Doch bevor wir die Zukunft beraten, sollten wir zuerst die Vergangenheit abschließen.«

»Was willst du damit sagen?«, fragte Tasser-mor, sichtlich ungehalten über den Widerspruch des Jüngeren.

»Wir sollten uns fragen, wie wir überhaupt in diese missliche Lage gekommen sind. Wer hat die Zwillingsgötzen über Monate, nein, Jahre hingehalten? Wer hat verhindert, dass wir Mongaal uns dem Empire zu einem Zeitpunkt anschlossen, als wir noch die Bedingungen hätten diktieren können? Oder wenn nicht dem Empire, wenigstens den Rebellen! Und wer war so töricht, den Götzen die Stirn ausgerechnet in ihrer eigenen Heimstatt zu bieten?«

Argha-cha kannte die Antwort auf seine Frage; alle Mongaal, die anwesend waren, kannten sie – und das Mädchen wünschte sich, sie hätte Belhon-ang damals das Genick statt den Arm gebrochen.

»Etor-tai war es!«, rief der Krieger. »Sie hat mit ihrem Starrsinn dieses Unglück über uns gebracht!«

»Wie kannst du es wagen, die Vorreiterin zu beleidigen?« Tasser-mors Hand fuhr zur Peitsche.

»Ich spreche nur die Wahrheit aus! Etor-tai war eine alte Frau, der ihre Aufgabe über den Kopf gewachsen ist! Das war für jeden, der Augen im Kopf und einen Funken Verstand hat, schon lange nicht mehr zu übersehen. Sie hat sich von der Realität abgewandt, sich in Wahnvorstellungen geflüchtet. Denkt nur an ihr Menschbild! Wie …«

Seine Worte gingen in einem vielstimmigen Aufschrei unter. Die Krieger sprangen auf und brüllten einander an. Manche verteidigten die Vorreiterin, andere verschärften noch die Vorwürfe gegen sie. Argha-cha hörte das Knallen von Peitschen auf dem nackten Boden; Gesten der Entschlossenheit, die jederzeit in offene Gewalt umschlagen konnten.

Und dann, ohne dass sie es gewollt hätte, schrie auch Argha-cha. Dass ihre Großmutter eine gute Frau gewesen war. Dass die Mongaal niemals eine klügere Vorreiterin gehabt hatten. Dass Etor-tai gestorben war, wie es einer Kriegerin anstand. Dass sie nicht verrückt gewesen war. Niemals!

Keiner beachtete das Mädchen. Das Trauerlied hatte sie so heiser gemacht, dass sie sich nicht sicher war, ob sie ihre eigene schwache Stimme nur in Gedanken vernahm.

Sie wandte sich an Echrod-or, um seine Hand zu nehmen, von seiner Stärke zu schöpfen. Ihre Bewegung ging ins Leere. Der Geschichte-Erzähler hatte einige Schritte entfernt von ihr einen Holzblock erklommen und versuchte, sich mit rotem Kopf Gehör zu verschaffen.

Argha-cha war alleine. Das Mädchen drückte die Hände gegen die Ohren. Vergeblich. Das Geschrei drang hindurch, bohrte sich in ihre Gedanken.

Sie stieß die Kriegerin neben sich zur Seite und drängte durch die Menge zum Ausgang. Draußen holte sie tief Luft, ignorierte die neugierigen Blicke der Wartenden und rannte weiter.

Irgendwohin. Nur weit weg.

Glaubte sie. – Ihre Füße trugen sie mit einer Zielstrebigkeit, als gehorchten sie nicht mehr ihr, sondern einer fremden Macht, zum Zelt der Vorreiterin.

Es kauerte verlassen in der Mittagssonne, neben ihm ragte das Himmelszelt auf. Ohne zu zögern, lief Argha-cha zwischen den beiden Feuern am Eingang hindurch und betrat das Innere. Sie hielt an. In der Mitte des Zelts brannte das ewige Feuer und verströmte den würzigen Grasduft, der nur dem ihrer Großmutter zu eigen war. Einen Augenblick lang, als sie den vertrauten Geruch tief in sich einsog, war es Argha-cha, als wäre Etor-tai noch am Leben.

Argha-cha blickte sich um. Das Menschbild stand an seinem Platz, eine leere Schale zu seinen Füßen. Wie üblich verhüllte das Tuch es vor fremden Blicken. Das Mädchen trat auf das Menschbild zu.

»Etor-tai? Etor?«, flüsterte sie vorsichtig. »Bist du da drin … irgendwo?« Argha-cha nahm ihren ganzen Mut zusammen, packte den Saum des Tuches mit beiden Händen und zog es herunter.

Sie starrte in große, angsterfüllte Augen.

Der Kopf des Menschbilds war aus Holz geschnitzt. Es war eine grobe Arbeit. Sein Mund war ein einfacher, dünner Einschnitt im Holz, die Nase ein unregelmäßiger Klumpen. Es besaß keine Ohren. Und die Augen … sie waren mit weißer Farbe aufgemalt; in ihrer Mitte saßen zwei große, funkelnde Edelsteine, die Argha-cha an die aufgerissenen Pupillen eines Menschen erinnerten.

Der Körper des Menschbilds bestand aus einem Sammelsurium von Knochen und Metallteilen. Das Menschbild besaß keine Haut. An einigen Stellen konnte Argha-cha durch es hindurchschauen, aber merkwürdigerweise gelang es ihr nicht, *in* den Körper zu sehen. Die dunklen Löcher verloren sich in bodenloser Schwärze.

»Etor-tai …? Menschbild …?«

Sie versuchte Blickkontakt mit dem Menschbild aufzunehmen, doch seine Augen blieben leer, leblos. Argha-cha streckte den Arm aus und fasste das Menschbild an der Hand. Die Finger waren warm. Hatte das Feuer sie gewärmt?

»Bitte, sprich mit mir!«, drängte sie. »Was immer du bist, Etor-tai glaubte, dass du sehr wichtig bist. Etor-tai hat sich nie geirrt! Bitte, hilf mir, hilf uns!«

Sie erhielt keine Antwort.

Von draußen drangen aufgeregte Rufe ins Zelt. Sie kamen näher.

»Bitte, tu etwas!«

Argha-cha baute sich unmittelbar vor dem Menschbild auf, packte es mit beiden Händen an den Schultern. Tränen traten ihr in die Augenwinkel. »Du dummes Ding! Rühr dich endlich!« Sie schüttelte das Menschbild hart. Der Holzkopf baumelte in einer nickenden Bewegung vor und zurück, als wolle er sie verspotten. »Hast du gehört? Wieso hast du nichts getan, wieso hast du Etor nicht gerettet? Sie hat dich erschaffen, du dummes nutzloses Ding! Wie kannst du nur so undankbar sein? Antworte mir, sonst …«

Sie zerrte jetzt so heftig an dem Menschbild, dass es beinahe aus der Halterung, die es aufrecht hielt, gerissen wurde.

Da hörte sie hinter sich das Schlagen von Metall. Sie ließ von dem Menschbild ab und wirbelte herum. Ein halbes Dutzend Männer und Frauen in schweren Rüstungen war in das Zelt getreten. An ihrer Spitze stand Belhon-ang. Blut klebte an seiner Peitsche.

»Zur Seite mit dir, Mädchen«, forderte er sie auf. »Lass das einen Krieger erledigen.« Der Krieger hob vielsagend die Peitsche.

»Ihr wollt es umbringen?«

»Umbringen kann man nur, was lebt. Und jetzt zur Seite mit dir!«

»Nein!« Argha-cha baute sich schützend vor dem Menschbild auf. Vor wenigen Augenblicken noch war sie im Begriff gewesen, es mit bloßen Händen in Stücke zu reißen, aber jetzt, als sie in Belhon-angs breites Gesicht starrte, spürte sie, dass sie das Menschbild behüten musste. Alles andere hätte bedeutet, ihre Großmutter zu verraten.

»Nein, das lasse ich nicht zu!«

»Wie du willst ... dann teilst du eben sein Schicksal.« Belhon-ang malte mit der Peitsche spielerisch eine Figur in die Luft.

»Wartet! Nicht!«, klang eine neue Stimme auf. Echrod-or drängte sich zwischen den Kriegern hindurch. »Argha, was tust du da? Geh aus dem Weg, sie werden dich umbringen!«

»Nein, das kann ich nicht.«

»Wieso nicht?«

»Weil ich es Etor schuldig bin.«

»Sie ist tot!«

»Dann muss ich es erst recht tun! An ihrer Stelle!«

Argha-cha hielt Echrod-ors bohrendem Blick stand, auch als die Sorge darin sich in verzweifelte Wut verwandelte. »Wofür hältst du dich, Mädchen«, presste der Geschichte-Erzähler schließlich hervor, »dass du dir herausnimmst, dich dem Willen des Clans in den Weg zu stellen?«

»Diejenige, die den letzten Atem Etor-tais schöpft.« Argha-cha warf den Kopf herum und starrte die Krieger herausfordernd an. »Oder sollte es unter euch jemanden geben, der den Mut dazu besitzt?«

Schweigen antwortete ihr.

16

Die Druckwelle der Explosion riss Perry Rhodan von den Beinen – und aus der Benommenheit. Er lebte! Wie durch ein Wunder. Rhodan hatte jede Hoffnung auf Rettung aufgegeben, als die Richterin die Peitsche erhoben hatte. Und doch war sie erfolgt. Das Undenkbare war geschehen: Die Peitsche der Richterin hatte ihn verfehlt!

Rhodan fragte sich, wer hinter dem Wunder steckte. Es musste sich um eine Illusion gehandelt haben. Die Richterin hatte auf einen Punkt neben ihm gestarrt, als befände er sich dort. Ihr Gesichtssinn war mittels herkömmlicher Technik oder suggestiv in die Irre geführt worden.

Errek musste einen Trupp Spezialisten zusammengetrommelt haben. Ein Gedanke kam Rhodan. War vielleicht Quart Homphé am Werk gewesen? Der dicke Terraner war schließlich Holo-Künstler, Illusionen waren somit sein Beruf. Rhodan wollte den Gedanken als unsinnig abtun – Quart besaß nicht die Nerven, ein solches Unternehmen durchzuziehen –, aber ein Gefühl hielt ihn davon ab. Der Holo-Künstler wäre nicht der Erste gewesen, der an diesem Ort, eine Ewigkeit von ihrer Zeit entfernt, neue, unvermutete Seiten an sich entdeckt hätte.

Eine weitere Explosion ließ den Boden unter Rhodan erzittern. Der Terraner sah, wie eine Rauchwolke hinter einem Block von Zelthäusern aufstieg.

Rhodan überblickte nur einen Ausschnitt des Himmels, aber selbst dort tummelten sich Hunderte von Fluggeräten. Nicht die silbernen Keile der Atmosphärengleiter, die den zivilen Verkehr Kions dominierten, sondern schweres Gerät, verschiedene Typen von nodronischen Jägern, ähnlich denen, die den Ordensturm der Wissenschaftler von Cor'morian in Mantagir zerstört hatten. Die meisten besaßen Rochenform, einige erinnerten den Terraner an Fledermäuse. Blitze schossen aus den Jägern und schlugen in der Stadt unter ihnen ein.

Kion lag unter Beschuss!

Eine wilde Hoffnung überkam Rhodan. War es möglich, dass …?

»Perry! Alles in Ordnung?«

Shimmi Caratech war neben ihm in die Knie gegangen. Ihr wirres Nodronenhaar war noch zerwühlter, als er es in Erinnerung hatte.

Rhodan richtete sich auf. »Ja. Wieso …?« Er sah an sich herunter und verstand ihre Frage: Seine Kleidung war blutverklebt. »Das ist nicht meines – wenn auch nur um ein Haar.«

Fran Imith und Pratton Allgame kamen jetzt auf Rhodan zugerannt; gefolgt von Quart Homphé und Errek Mookmher – der Rebellenführer hatte die Hand auf Quarts Schulter gelegt, keine abfällige Geste, eher eine wie unter Freunden – und einem Dutzend Rebellen. Die Nodronen hatten Strahler gezogen und beäugten misstrauisch den inzwischen menschenleeren Platz. Die Schaulustigen hatten ihr Heil in der Flucht in die angrenzenden Straßen gesucht. Die Richterin, die beiden Wächter und der Henker waren spurlos verschwunden. Rhodan ging davon aus, dass sie sich in die Anlagen unter dem Platz verkrochen hatten. Wäre das Wrack des Flugthrons nicht gewesen, Rhodan hätte geglaubt, er hätte seine im letzten Augenblick vereitelte Hinrichtung nur geträumt.

Ein einzelner Strahlerschuss fauchte, gefolgt von einer ganzen Salve aus den Waffen der Rebellen. Rhodans Blick folgte der Richtung, die die Energiefinger vorgaben. Ein schwarzer Flugrochen hatte sich aus dem Gewirr am Himmel gelöst und raste auf den Platz der Vierunddreißigsten Hohen Gerichtsbarkeit zu. Die Strahlersalven verpufften wirkungslos in seinem Schirm. Ohne den Widerstand zu beachten, fiel der Rochen dem Platz entgegen, die Mündungen seiner schweren Geschütze auf das Häuflein Terraner und Nodronen gerichtet.

Der Rochen landete in einer Staubwolke. Errek Mookmher rief einen Befehl, und das Feuer der Nodronen verstummte. Es hatte keinen Sinn, die Schirme des Rochens waren zu stark, und der Rebellenfürst schien es vorzuziehen, dem Tod in würdevoller Ergebenheit ins Auge zu blicken.

Aus einer Luke trat ein Mann in Rebellenuniform.

Fran Imith erkannte ihn als Erstes. »Bully!« Sie lief mit weit ausgebreiteten Armen auf ihn zu. Im Schirm des Rochens entstand eine Strukturlücke. Reginald Bull und Fran Imith fielen einander in die Arme.

»Du bist spät dran, Dicker«, sagte Rhodan, als sich das Paar wieder voneinander gelöst hatte.

Reginald musterte Rhodans blutüberströmte Kleidung. »Sieht so aus. Aber besser spät als nie, was? Nur hereinspaziert!« Er verneigte sich mit einem breiten Grinsen.

Die Terraner und Errek Mookmher folgten seiner Aufforderung, während ein zweiter Rochen landete und die übrigen Rebellen aufnahm.

Bull katapultierte den Rochen in den Himmel über Kion und stoppte den Steigflug auf zweieinhalbtausend Metern. Cockpit und Laderaum waren an der Unterseite angebracht. Das Material des Rumpfes, von außen schwarz, war für seine Insassen transparent.

Zu Rhodans Füßen breitete sich Kion wie das Modell eines Architekten aus. Die Stadt brannte an zahllosen Stellen. In unregelmäßigen Abständen schnellten den Angreifern, die den Luftraum offenbar komplett beherrschten, Strahlenzungen entgegen. Die Rochen antworteten mit massivem Gegenfeuer.

»Schieß los, Bully. Wie ist die Lage?«

Rhodan, Bull, Fran Imith und Errek Mookmher hatten sich in das enge Cockpit des Rochens gezwängt.

»Es ist alles nach Plan gelaufen. Die Quochten und die Rebellen haben ihren alten Streit fürs Erste begraben und eine Flotte aufgestellt. Das letzte Aufgebot, um ehrlich zu sein, wir verfügen über keine Reserven mehr, aber dank des Einflusses der Traumfamnire sind wir im Augenblick die Herren des Systems … und auch nicht.«

»Soll heißen?«

»Soll heißen, dass unsere Schiffe den organisierten Widerstand der Flotte des Empire gebrochen haben. Ihre Einheiten haben entweder aufgehört zu existieren oder sind kampfunfähig. Die Traumfamnire haben eine Psi-Sphäre erschaffen, die das ganze System einhüllt. Die Empire-treuen Nodronen können keinen klaren Gedanken mehr fassen. Was du da unten siehst, ist das reine Chaos. Empire-Soldaten, die den widerstreitenden Suggestivbefehlen der Götzen und der Traumfamnire unterliegen. Eigentlich arme Schweine.«

Während er sprach, hantierte Bull an den Kontrollen des Rochens, obwohl der Autopilot die Steuerung übernommen hatte. *Gegen die alten Pilotenreflexe ist kein Kraut gewachsen,* dachte Rhodan, der selbst ein Jucken in den Fingern spürte.

»Aber unsere Übermacht ist nur temporär«, fuhr Bull fort. »In einigen Stunden werden die ersten Flotteneinheiten des Empire das Nodro-System erreichen, in spätestens einem Tag werden sie uns zahlenmäßig überlegen sein. Keiner weiß, wie lange die Traumfamnire durchhalten. Und dann …« Bull legte die Hand im rechten Winkel auf die Kehle und zog sie wie ein Messer zur Seite. Fran Imith warf ihm einen fragenden Blick zu, Errek Mookmher dagegen schien die Geste auf Anhieb zu verstehen.

»Uns bleibt also bestenfalls ein Tag, die Entscheidung zu erzwingen, sonst rollen unsere Köpfe«, stellte der Rebellenführer fest.

Bull nickte. »Wenn die Traumfamnire so lange die Psi-Sphäre aufrechterhalten können. Das Volumen des Nodro-Systems übersteigt das aller Rebellenhabitate zusammengenommen um einen so irrsinnigen Faktor, dass ich ihn ganz schnell verdrängt habe, als mir deine Kühnreiter, Errek, davon erzählt haben. Im Augenblick kann es eines unserer Schiffe mit einem Dutzend Gegnern aufnehmen, weil die Einheiten des Empire nur von Varsoniken im Notfallmodus gesteuert werden. Ihre Besatzungen sind dank der Traumfamnire zu desorientiert, um eine Hilfe zu sein. Im Gegenteil, ihre unkoordinierten Eingriffe in die Varsoniksteuerung machten sie zu einer noch leichteren Beute für uns.«

»Und was ist mit den Planeten?«, fragte Rhodan.

»Da genügt ein Blick«, sagte Bull und deutete auf die umkämpfte Stadt unter ihnen. »Was sich zu euren Füßen abspielt, geschieht gerade auf allen besiedelten Planeten und Monden des Systems. Die Nodronen wehren sich wie Berserker. Blinde Berserker allerdings. Ich kann nur erahnen, was die Traumfamnire ihnen vorgaukeln, aber offenbar schmeckt es ihnen nicht. Vielleicht spüren sie einfach auch nur ein unbestimmtes Gefühl der Bedrohung und schießen deshalb wie wild um sich.«

»Es sind Nodronen«, warf Errek ein. »Sie geben nie auf. Sie beugen sich keinem Feind, auch keinem unsichtbaren oder schwer greifbaren.« Rhodan glaubte, eine Spur gekränkten Stolzes herauszuhören.

Ein einzelner Energiestrahl schlug in den Schirm ein. Der Rochen erzitterte. »Keine Sorge«, sagte Bull und steuerte manuell einen Ausweichkurs. »Ist nur das Warnsystem von diesem Ding, je stärker das Zittern, desto höher die Schirmauslastung. Das eben waren keine fünf Prozent.«

Rhodan nickte. »Haben wir realistische Aussichten, den Widerstand der Nodronen in naher Zukunft zu brechen? Oder dass sie zu uns überlaufen?«

»Nein und nein.« Bull strich sich durch das Stoppelhaar. »Ihren Widerstand komplett zu brechen hieße, jede einzelne Stadt des Systems auszuradieren.«

»Das kommt nicht in Frage!«, meldete sich Errek zu Wort. »Wir wollen die Nodronen von den Zwillingsgötzen befreien, nicht sie alle umbringen!«

»Bully wollte nur ausdrücken, wie unrealistisch ein solches Vorgehen ist«, beschwichtigte Rhodan. »Aber du hast ein wichtiges Stichwort gegeben, Errek. Es hat damit zu tun, dass die Nodronen nicht zu uns überlaufen. Was ist mit den Götzen, Bully?«

»Wissen wir nicht. Es ist uns bisher nicht gelungen, in die Götzenstadt vorzudringen, die suggestive Beeinflussung ist zu groß. Jeder, der sich ihr nähert, unterliegt ihm. Die Piloten der Rebellen drehen ab, bevor sie ihm verfallen.«

»Es stimmt, was er sagt.« Errek hatte den Kopf zwischen die Hände gelegt und lauschte in sich hinein. »Ich höre Stimmen, leise nur, aber deutlich. Sie flüstern mir zu, dass ich etwas Falsches tue, sagen den Götzenschwur auf.« Errek deutete in Richtung der Götzenstadt, dem einzigen Teil Kions, aus dem kein Rauch aufstieg. »Wir sind mindestens fünf Kilometer von der Götzenstadt entfernt. So weit dürfte der Einfluss der Götzen eigentlich nicht reichen!«

Rhodan nickte langsam. »Das hatte ich befürchtet. Die Götzen versuchen ihren Einflussbereich zu vergrößern, um der mentalen Kraft der Traumfamnire zu kontern …« Er wandte sich an Bull. »Jetzt sind wir an der Reihe, Dicker.«

17

Die Mongaal hatten das Grab mit bloßen Händen ausgehoben. Argha-cha schritt auf ihrem Weg durch ein Spalier von vielen hundert Clansleuten mit blutenden Händen. Selbst Kleinkinder, die noch nicht reiten konnten, standen in der Reihe und kämpften gegen die Tränen an, die die schmerzenden Finger ihnen in die Augenwinkel trieben.

Argha-cha vermied es, mit jemandem Blickkontakt aufzunehmen. Den Kopf starr auf den Boden gerichtet, konzentrierte sie sich ganz darauf, einen Fuß vor den anderen zu setzen, den nagenden Zweifeln zu widerstehen, die sie dazu bringen wollten umzukehren.

Übernahm sie sich nicht? Maßte sie sich, eine Halbwüchsige, die noch nicht einmal eine Peitsche im Holster trug, nicht etwas an, was viel zu groß war für sie, eine Aufgabe, an der sie elend ersticken würde?

Belhon-ang war dieser Überzeugung. Der Krieger hatte sie nach der ersten Überraschung über ihre trotzige Ankündigung ausgelacht. Hatte sich vor ihr verbeugt und ihr galant den Vortritt überlassen.

Argha-cha stand mehr als einmal kurz davor, kehrtzumachen und sich zu verkriechen, aber dann sah sie wieder das Bild der Zwillingsgötzen vor sich, die auf die verblutende Etor-tai herabblickten, als sei sie ein ungezogenes Haustier, das es gewagt hatte, den Teppich zu besudeln. Ein neuer Schwur formte sich in ihren Gedanken. Er galt den Götzen und verhieß nichts Gutes.

Das Grab Etor-tais war flach, zu flach. Die Tradition gebot es, die Toten tief in der Erde zu begraben, zwei, drei Mannslängen unter der Oberfläche. Aber den Clansleuten war es nur unter großen Schwierigkeiten gelungen, überhaupt eine Grube auszuheben, zu widerspenstig hatte sich der Untergrund des Lagers erwiesen. Wo immer die Mongaal gegraben hatten, waren sie schnell auf Fundamente gestoßen – aus primitivem Beton und wohl aus der Frühzeit Kions, für bloße Hände dennoch ein unüberwindbares Hindernis. Schließlich, als die Wut und Verzweiflung übermächtig zu werden drohte, hatte man eine Stelle gefunden, an denen die grabenden Hände wenigstens anfangs auf kein Hindernis gestoßen waren. In aller Hast hatte man eine Grube ausgehoben und die Leiche der Vorreiterin in sie hineingelegt.

Argha-cha roch Verwesung, als sie an das Grab trat. Der Gestank ging nicht von ihrer Großmutter aus, dazu lag der Todeszeitpunkt der Vorreiterin zu nahe. Es war die Grube und das ausgehobene Erdreich, die einen Gestank verströmten, die das Mädchen würgen ließen. Ihr Blick fiel über den Aushub und fand halb zersetzte Folien und Plastikteile, die aus der grauen Masse hervorstanden.

Sie betteten ihre Großmutter in einer Müllkippe zur letzten Ruhe.

»Argha, ist dir nicht gut?«

Echrod-or hatte sich aus der schweigenden Menge geschält und war zu ihr getreten.

»Es geht schon«, brachte sie hervor. »Es ist nur dieser Gestank!«

Der Geschichte-Erzähler nickte. »Er ist widerlich, ja.«

Argha-cha holte tief Luft, durch den Mund, um den Gestank nicht schmecken zu müssen. Einmal, zweimal, dreimal. Wie eine Taucherin pumpte sie ihren Körper voller Sauerstoff, bevor sie in die Tiefe stieg.

»Argha, du musst das nicht tun«, flüsterte Echrod-or. »Das ist die Aufgabe eines erfahrenen Kriegers. Überlass es ihnen, einen zu finden, der den Mut aufbringt. Von mir aus diesem Belhon-ang. Du bist nur ein Mädchen, wenn auch ...«, er stockte, »... wenn auch ein besonderes. Du kannst immer noch umkehren, niemand wird deshalb schlecht von dir denken.«

»Nein, das geht nicht«, sagte sie. »Ich habe mich entschieden, Echrod.« Sie umarmte ihn rasch und wandte sich ab, bevor der Mut sie verlassen konnte.

Die Clansleute hatten an einer Seite der Grube unregelmäßige Stufen in die Erde gekratzt. Argha-cha stieg sie hinab.

Ihre Großmutter lag am Grund der Grube. Man hatte ihr die Rüstung ausgezogen, das Blut abgewaschen und sie mit einem einfachen Tuch bedeckt. Es war aus demselben Material wie das des Menschbilds, stellte das Mädchen fest, als sie sich vorbeugte und es prüfend betastete. Das Tuch ließ den Kopf frei. Einen Augenblick lang versuchte Argha-cha die bleichen, blutleeren Züge ihrer Großmutter zu deuten. Sie las grenzenlose Überraschung darin, als könne Etor-tai selbst im Tod nicht glauben, dass sie einem Gegner unterlegen war.

Argha-cha legte sich auf die tote Frau. Sie musste die Beine etwas anwinkeln, da Etor-tai kleiner als sie war und die Mongaal das Grab auf die Größe der Vorreiterin hin ausgehoben hatten. Kälte drang von der Leiche herauf und ließ sie erschauern. Argha-cha schloss die Augen und wartete.

Erdklumpen fielen auf sie herab. Anfangs rollten sie von ihrem Rücken zur Seite, bald aber häuften sie sich auf und legten sich wie eine schützende, wärmende Decke über sie. Argha-chas Zittern ebbte ab, und für kurze Zeit gab sie sich der unvermuteten Geborgenheit hin.

Dann prallte die erste Hand voll Erde gegen ihren Hinterkopf. Argha-cha keuchte, riss den Kopf hoch. Im selben Moment traf sie der nächste Klumpen. Er war wie ein Faustschlag und drückte ihren Kopf wieder nach unten. Das Mädchen keuchte. Der Rhythmus der Einschläge beschleunigte sich jetzt. Hatte er anfangs einem sanften Nieseln geglichen, erinnerte er sie nun an einen Hagelschauer – nur, dass die Erde anders als der Hagel nicht schmelzen würde und sich immer höher auftürmte. Argha-cha war, als laste ein Tonnengewicht auf ihr. Etwas in ihr schrie auf, wollte sich freizappeln, mit aller Kraft um sich schlagen, wie ein Fisch, den man an Land geholt hatte.

Argha-cha kämpfte mit aller Kraft dagegen an. Sie durfte ihrem Überlebensimpuls nicht nachgeben. Es war zu spät. Die Clansleute würden das Grab mit Erde auffüllen, ganz gleich, was sie tat. Argha-cha hatte sich aus freien Stücken entschieden, den letzten Atem der Vorreiterin zu schöpfen. Verließ sie jetzt der Mut, starb sie als Feigling, der den Mund zu voll genommen hatte. Der Clan hatte keine Verwendung für ihresgleichen. Die Clansleute würden das Grab nach der vorgeschriebenen Zeit wieder ausheben, Argha-chas Leiche in einem Feuer aus Tragtierdung verbrennen, und ein anderer, Würdigerer, würde den letzten Atem Etor-tais schöpfen.

Argha-cha gelang es, bis zu dem Punkt stillzuhalten, an dem das Gewicht der aufgehäuften Erde es unmöglich machte, sich zu rühren. Sie öffnete die Augen. Dunkelheit umgab sie. Zwischen ihrem und dem Kopf Etor-tais hatte sich ein kleiner, von Erde ausgesparter Raum erhalten. Argha-cha atmete die Luft, die darin gefangen war. Mit jedem Zug wurde sie wärmer und abgestandener, löschte sie weniger das Brennen in ihren Lungen.

Die Aufschläge der Erde, die die Clansleute immer höher über ihr aufhäuften, kamen von weit weg, wie die Erschütterungen eines fernen Erdbebens. Argha-cha nahm sie nur noch am Rande wahr, Millionen von Nadeln stachen in ihre Haut, gleichzeitig fühlte sie, wie ihre Glieder taub wurden.

Sie musste Etor-tais Atem schöpfen. Rasch.

Die Schwärze war so tief, dass sie das Gesicht ihrer Großmutter nicht sah, obwohl es nur einen Fingerbreit von ihrem entfernt war. Doch in Gedanken sah sie die Großmutter vor sich, die zahllosen Falten, die sich in ihre von Wind und Sonne verwüstete Haut gegraben hatten, ihre unpassend kleine Nase, die an die eines vorlauten Kindes erinnerte, die dünnen Lippen ihres Mundes, die sich nur selten zu einem Lächeln verzogen, und meist nur dann, wenn ihre Lieblingsenkelin in der Nähe war.

Etor-tais Lippen …

Das Feuer in Argha-chas Lungen loderte immer höher, dennoch zögerte sie. Man berührte die Vorreiterin nicht ungefragt, auch nicht, wenn man ihre liebste Enkelin und die Vorreiterin tot war.

Schließlich wurde das Brennen unerträglich. Argha-cha, die ihre Hände um den Kopf der Großmutter gelegt hatte, verstärkte den Griff, als fürchte sie, Etor-tai könne sich ihr entwinden, dann presste sie ihre Lippen gegen die der Vorreiterin und sog ihren Atem ein.

Augenblicklich strömte Kühle in die Lungen des Mädchens. Sie sog ein zweites, drittes Mal, spürte, wie das Feuer in ihr erstarb. Argha-cha wollte ihre Lippen wieder von denen ihrer Großmutter lösen. Es gelang ihr nicht. Die Tote hielt sie fest, nicht kraft ihrer zu neuem Leben erwachten Muskeln, sondern als fesselte ein Unterdruck Argha-cha.

Der Unterdruck nahm zu. Er sog an ihr. Das Mädchen spürte, wie ihr Innerstes nach außen gekehrt wurde. Mit aller Kraft stemmte sie sich dem Zug entgegen. Einige Augenblicke hielt sie ihm stand, dann wurde Argha-cha davongerissen.

Eine neue, noch tiefere Schwärze umfing sie.

Argha-cha war allein. Die Steppe, deren Staub sich zwischen ihren Zehen und Zähnen, unter ihren Armen und ihrer Kleidung abgesetzt hatte, reichte bis zum Horizont. Das Mädchen drehte sich auf dem Absatz. Das Land war flach und konturlos. Kein Baum, kein Strauch, keine Erhebung brach die Ebene.

Die Sonne? Es gab keine. Argha-cha reckte den Kopf in alle Richtungen. Vergeblich. Der Himmel war von einem düsteren Rot, das an Abendrot erinnerte, aber das Licht kam von allen Seiten zugleich.

Argha-cha richtete den Blick wieder auf die Steppe. Ihr war kalt. Ein schneidender Wind strich über sie, drang durch ihre Kleidung. Ein dünnes Tuch war es, um ihre Schultern geschlungen. Argha-cha kannte die Steppe. Sie wusste, dass sie Schutz brauchte, Wärme. Sonst würde sie verloren sein. Und Wasser. Ihr Mund war ausgetrocknet.

Wieder drehte sie sich um die Achse – und sah ihn.

Es war nur ein Punkt, eine winzige Unebenheit in der flachen Linie des Horizonts. Ihre Hoffnung. Argha-cha stellte sich eine Oase vor. Bäume, die sie vor dem Wind schützten. Und Wasser, süßes Wasser. Sie konnte sich nicht entsinnen, wann sie das letzte Mal getrunken hatte. Es musste Jahre her sein, in einem anderen Leben.

Argha-cha machte sich auf den Weg. Sie brauchte eine kleine Ewigkeit, um den Punkt zu erreichen. Ihr trockener Mund schmerzte. Der Punkt wuchs, bis sie schließlich Einzelheiten erkennen konnte. Sie sah Farnbäume. Ihr glänzendes Grün peinigte die Augen des Mädchens.

Argha-cha rannte los. Mit schmerzenden Muskeln und brennender Lunge erreichte sie die Oase. Ein Tümpel! Das Mädchen stürzte sich hinein, trank das schlammige Wasser, löschte den Brand in ihrem Innern.

Irgendwann kroch sie wieder aus dem Wasser. Ein Duft war ihr in die Nase gestiegen. Von gebratenem Fleisch. Tragtier, der stechende Beigeruch war unverkennbar. Hungrig folgte sie der Duftspur, bahnte sie sich ihren Weg durch die großen Farnwedel.

Sie gelangte an eine Lichtung. Ein Feuer brannte in ihrer Mitte. An einem Spieß briet ein Stück Fleisch. An dem Feuer, den Rücken zu Argha-cha, kauerte eine gedrungene Gestalt auf einem Stein.

Argha-cha trat auf die Lichtung.

»Entschuldige«, sagte sie leise, um die Gestalt nicht zu erschrecken. »Kannst du mir helfen? Ich habe Hunger und …«

Die Gestalt wandte sich um.

Es war eine Frau. Ihr Schädel war kahl rasiert. Ihr faltiges Gesicht wurde von einem großen Mund bestimmt. Ihre Augen lagen tief in den Höhlen und lachten.

»Großmutter!«

Etor-tai stand auf. »Argha-cha! Ich hatte gehofft, dass du kommst. Ich wusste, dass du mich nicht enttäuschen würdest.«

»Du … lebst? Aber das kann nicht sein! Ich habe dich sterben sehen. Dein Blut ist mir ins Gesicht gespritzt, brannte in meinen Augen!«

»Glaubst du wirklich, dass man ein altes Schlachtross wie mich so einfach loswird?« Die Vorreiterin der Mongaal breitete die Arme aus. »Komm, Kind, begrüße deine Großmutter!«

Argha-cha warf sich mit einer Inbrunst in die Arme ihrer Großmutter, die sie selbst überraschte. War es die Kälte, die von ihrem nassen Tuch auf sie eindrang? Die Sehnsucht danach, nicht allein zu sein? Egal. Argha-cha konnte nicht an sich halten. Ihre Großmutter war warm. Ihre starken Arme, die viele Feinde zerquetscht hatten, umschlossen sie zärtlich. Argha-cha spürte, dass ihr nichts mehr geschehen konnte. Ihre Großmutter würde sie beschützen.

»Großmutter«, murmelte Argha-cha. »Ich lasse dich nie wieder allein. Nie wieder!« Ihr war, als sei sie wieder ein Kind.

Etor-tai sagte nichts, drückte sie nur fest an sich.

Nach einiger Zeit schob Etor-tai das Mädchen von sich. Sanft, aber bestimmt. Argha-cha ließ es mit sich geschehen, wenn auch widerwillig.

»Du musst hungrig sein, Mädchen«, sagte die Vorreiterin der Mongaal. »Du bist einen weiten Weg gekommen.«

Natürlich. Wie hatte sie das Knurren ihres Magens vergessen können? »Ja!«, rief Argha-cha. »Ich könnte die halbe Welt verspeisen!«

Etor-tai verzog den breiten Mund zu einem Lächeln. »Gut, du hast Appetit. Du wirst ihn brauchen.«

Die Vorreiterin ging an das Feuer und beugte sich über den Braten. Sie schnitt ein Stück – ein großes – davon ab, legte es in eine Schale. Aus einem Topf, den Argha-cha bislang nicht bemerkt hatte, schöpfte sie Gemüse und füllte die Schüssel damit auf.

Argha-cha beobachtete ihre Großmutter. Sie wirkte jünger, gelenkiger. Die Etor-tai, die sie kannte, hätte sich niemals so beiläufig über den Braten beugen können. Der Rücken hatte die alte Frau seit langer Zeit geplagt.

»Hier.« Die Vorreiterin hielt ihr die dampfende Schale hin. »Iss!«

Es hätte der Bitte nicht bedurft. Argha-cha schlang das Fleisch und das Gemüse wie eine Verhungernde in sich hinein. Rasch hatte sie die Schale geleert.

»Noch eine?«, fragte ihre Großmutter.

Argha-cha nickte.

Etor-tai füllte die Schale ein zweites Mal. Argha-cha stürzte sich auch auf diese.

»Argha …«, sagte ihre Großmutter, während sie ihren Magen füllte. »Hör mir gut zu, ich habe dir etwas Wichtiges zu sagen.«

Argha-cha grunzte eine Antwort. Sie wollte den Löffel absetzen, um ihrer Großmutter in ganzen Sätzen antworten zu können, aber Etor-tai hob die Hand. »Nein, iss weiter. Immer weiter. Du darfst nicht aufhören, versprichst du mir das?«

Argha-cha nickte. Was für eine seltsame Bitte! Aber sie würde ihr nachkommen. Ihre Großmutter würde ihr nie etwas antun. Niemals.

»Argha, Liebes«, fuhr Etor-tai fort. »Du weißt nicht, wie sehr ich mich freue, mit dir zusammen zu sein. Aber ich kann nicht bleiben.«

Argha-cha verschluckte sich. Ihre Großmutter bedachte sie mit einem strafenden Blick. Das Mädchen beeilte sich, weiter zu essen, auch wenn es ihr schwer fiel. Die Fleischstücke wurden immer größer. Es gelang ihr beinahe nicht mehr, sie hinunterzubringen.

»Das gilt auch für dich«, sagte Etor-tai. »Du kannst hier nicht bleiben. Niemand kann das, in diesem Niemandsland. Ich bin hier, um dir etwas zu geben. Danach muss ich weiterziehen. Und du auch.«

Die Vorreiterin rückte näher an das Mädchen heran. »Die Mongaal sind in Gefahr, das weißt du. Ich habe getan, was ich konnte, um unseren Clan zu beschützen, aber ich habe nicht genügt.«

»Aber Großmutter!«, brachte Argha-cha hervor. Das Eingeständnis des Versagens war zu unerhört, als dass sie sich hätte beherrschen können.

»Still! Iss!«, herrschte die alte Frau sie an. »Wir haben nicht viel Zeit.« Etor-tai legte dem Mädchen eine Hand auf die Schulter. »Du musst zu Ende führen, was ich begonnen habe, Argha-cha. Hörst du? Gib nicht auf, zieh dich nicht zurück!«

Argha-cha hatte die Schale beinahe leer gegessen. Nur das größte Stück Fleisch war übrig. »Das will ich!«, rief sie. »Aber wie soll ich das tun? Ich bin ganz allein. Ein Mädchen!«

Etor-tai schüttelte den Kopf. »Du wirst nicht alleine sein. Niemals wieder. Das verspreche ich dir. Die Mongaal werden bei dir sein, die Toten wie die Lebenden. Aber das genügt nicht. Du brauchst Hilfe. Von außen.«

»Von außen? Was willst du damit sagen?«

»Du wirst verstehen, wenn es so weit ist. Und jetzt iss fertig!«

Argha-cha nahm das Fleischstück und hob es an den Mund. Auf halbem Weg hielt sie inne. War da nicht ein Knochen? Sie befühlte das Fleischstück mit Daumen und Zeigefinger. Ja, da war etwas Hartes. Aber was war das? Ein metallisches Glitzern. Sie …

»Ich sagte, iss fertig!«

»Aber Großmutter, da ist …«

»Tu, was deine Großmutter dir sagt. Oder vertraust du mir etwa nicht?«

»Doch. Natürlich.« Argha-cha nahm das Stück in den Mund.

»Nicht kauen!«, befahl ihre Großmutter. »Schluck es herunter!«

Argha-cha tat es. Sie hatte ihr ganzes Leben lang getan, was ihre Großmutter ihr aufgetragen hatte. Das Stück glitt ihre Kehle hinunter und blieb stecken. Argha-chas Atem stockte. Das Stück musste ihr in die Luftröhre geglitten sein. Sie bekam keine Luft mehr.

Das Mädchen spürte, wie ihre Großmutter die Arme um sie legte, sie fest an sich zog, wie damals, als sie noch ein kleines Kind gewesen war, nach dem Tod ihrer Eltern.

»Wehr dich nicht, Kleines«, flüsterte die Vorreiterin. »Lass es einfach geschehen. Dann ist es schneller vorüber.«

Argha-cha bäumte sich auf. Ihre Lunge brannte. Sie schnappte nach Luft, aber das Fleischstück saß so fest, als hätte es metallene Krallen ausgefahren und sich festgehakt und würde sich jetzt über ihren ganzen Körper ausbreiten. Ein zweites, verbessertes Nervensystem.

»Nur einen kurzen Moment«, flüsterte die alte Frau. »Gleich ist es vorüber.« Tränen rannen ihr über die Wangen.

Das Brennen in Argha-cha steigerte sich zu einem Glühen. Es verschlang das Mädchen. Ihre Arme und Beine erlahmten. Wie eine Puppe sank sie in sich zusammen.

Etor-tai drückte das tote Mädchen fest an sich. »Viel Glück, Liebes!« Die Vorreiterin legte die Tote ab, stand auf und ging in die Steppe.

Das Licht der Welt kehrte stückweise, mit jeder Hand voll Erde, die die Clansleute abtrugen, zu Argha-cha zurück. Schließlich bedeckte nur noch eine fingerbreite Schicht die neue Vorreiterin der Mongaal. Die grabenden Hände stellten ihre Arbeit ein, und Argha-cha hörte, wie die Clansleute auf leisen Sohlen die Grube verließen.

Argha-cha richtete sich auf. Die Erde fiel von ihr ab wie eine alte, abgelegte Haut. Die Mongaal fühlte sich auf wundersame Weise ausgeruht und stark, nur in ihrem Hals tobte ein Schmerz, als hätte man mit Gewalt einen viel zu großen Gegenstand hindurchgezwungen. Eine vage Erinnerung stieg in ihr auf, trieb sie an.

Sie stand auf und ging die Treppe hinauf, ohne sich noch einmal umzusehen. Man würde das Grab hinter ihr schließen und die leere Hülle Etor-tais, die ihren letzten Hauch ausgeatmet hatte, für immer vor den Blicken der Menschen verbergen.

Die – *ihre* – Clansleute erwarteten sie. Argha-cha sah sie mit neuen, unendlich erfahrenen Augen. Nicht wie früher, als sie die Clansleute danach bewertete, ob sie freundlich zu ihr waren, sie in Ruhe ließen, wenn ihr danach war, sie nicht versuchten, niedere Arbeiten auf sie abzuwälzen. Nein, jetzt sah sie den Wert des Einzelnen für den Clan. Wer war ein guter, kluger Kämpfer? Wer ein gewissenhafter Hirte? Wer ein geschickter Handwerker, wer der schnellste darin, ein Zelt auf- oder abzubauen? Wer harmonierte gut in seiner Dreizehnerschaft, wer war geeignet, zu führen? Wer war ein Tunichtgut und stiftete Ärger für den Clan? Und wer mochte ihr die Führung streitig machen – jetzt oder in der Zukunft?

Argha-cha drehte sich langsam auf der Stelle, nahm in sich die Flut der Eindrücke auf und ordnete das neue Wissen.

Echrod-or rannte auf sie zu. Sein Gesicht war rot vor Aufregung. »Argha-cha, ist alles in Ordnung mit dir?«, rief er.

»Natürlich ist es das. Würde ich sonst hier stehen?« Argha-cha fragte sich, wieso ihr früher nie aufgefallen war, wie jung der Geschichte-Erzähler war. Er war kaum mehr als ein Kind.

»Ich habe mir solche Sorgen um dich gemacht!«

Argha-cha hörte die Worte Echrod-ors nur noch am Rande. Ihr Blick war auf die Hochstraße gefallen, die neben dem Lagerplatz verlief. Kein einziges Fahrzeug war auf ihr unterwegs. Das unablässige Brummen, das der Verkehr verursacht hatte, war einer Lautlosigkeit gewichen, die Argha-cha an die Steppe bei Windstille erinnerte.

»Was ist geschehen?«, fragte sie. »Etwas ist anders.«

»Während du ... du fort gewesen bist, haben die Rebellen angegriffen, Argha-cha. Sie haben das System im Handstreich genommen! Es heißt, nur noch in der Götzenstadt selbst werde gekämpft! Wir wissen nicht wie, aber die Soldaten des Empire sind verwirrt, als ob sie nicht mehr Realität und Traum voneinander unterscheiden könnten. Sie leisten nur schwachen Widerstand. Wir Mongaal, wir scheinen gegen den mentalen Angriff der Rebellen gefeit zu sein. Vielleicht schützt uns das Gefechtssystem, vielleicht spüren die Rebellen auch, dass wir nicht zu den Empire-Treuen gehören. Keiner weiß es.«

Sie sagte nichts, ließ die Information einsinken.

»Argha ...«, sagte Echrod-or, als sich ihr Schweigen hinzog. »Du solltest dich ausruhen. Dich hinlegen. Es ist eine Frage der Zeit, bis die Zwillingsgötzen entmachtet sind. Wir müssen nur warten.«

»Warten?« Hatte sie sich so sehr in Echrod-or getäuscht? Wie kam er darauf, dass die Mongaal die Hände in den Schoß legten und es anderen überließen, über ihr Schicksal zu befinden?

»Die Mongaal werden sich nicht auf andere verlassen«, sagte sie so laut, dass alle Umstehenden sie hören konnten. »Echrod-or, stell mir eine Dreizehnerschaft der besten Krieger zusammen! Und bring mir mein Sturmtier!«

18

»Vier ... drei ... zwei ... eins ... Absprung!«

Rhodan und Bull winkten Fran Imith, die im Pilotensessel des Rochenjägers saß und mit fest aufeinander gepressten Lippen gegen den hypnotischen Einfluss der Zwillingsgötzen ankämpfte. Die LFT-Agentin hatte es sich nicht nehmen lassen, sie abzusetzen. Und Bull hatte größte Mühe gehabt, sie davon abzuhalten, ihn und Rhodan zu begleiten. Fran war ebenfalls mentalstabilisiert, aber aus irgendeinem Grund war sie nur unvollkommen vor den suggestiven Rufen der Götzen geschützt. Nicht auszudenken, was geschehen würde, wenn sie den Wesen gegenüberstand.

Fran ist ein Dickkopf, hatte Rhodan gedacht, *wie Bull,* und hatte sich daran gefreut, dass sein Gefährte eine Partnerin gefunden hatte, die ihm in Augenhöhe begegnete. *Wenigstens ein Gutes hat unsere Odyssee!*

Die beiden Terraner sprangen aus der Luke des Rochens, fielen der Götzenstadt entgegen. Rhodan blieben nur wenige Sekunden, den Anblick in sich aufzunehmen; er und Bull hatten das Fahrzeug in niedriger Höhe verlassen, weit unterhalb der gewaltigen Holographien, die den Schlachtenruhm des Empire von Nodro vor Augen führten, als stehe nicht die Existenz des Sternenreichs in Frage, und so dicht an den Zeltdächern, dass der Rochenjäger sie um ein Haar gestreift hätte.

Rhodan sah ein Gewirr aus Gebäuden, die an das Zeltlager einer Nomadenherde erinnerten, umrahmt von einer Palisade aus Holzpfählen. Rauchsäulen stiegen aus der Götzenstadt auf. Es waren anders als in der Hauptstadt keine Feuer der Zerstörung, die unter ihnen brannten, sondern der Normalität. Die Götzenstadt war bisher von Kampfhandlungen verschont geblieben. Nodronen liebten das Feuer, und die Zwillingsgötzen schienen darin keine Ausnahme zu machen, hatten sie doch offenbar in keinem Gebäude auf sie verzichtet.

Oder, dachte Rhodan, *sind die Zwillingsgötzen gar keine Nodronen und ihr Spiel mit dem Feuer ist eigentlich eines mit der Mentalität ihrer Untertanen?*

Rhodans Schirm öffnete sich auf den Impuls der Steuervarsonik. Er spürte einen Schlag, seine Sinne gaukelten ihm einen Moment lang vor, der Schirm risse ihn nach oben, statt seinen Fall abzubremsen. Im selben Moment hörte Rhodan einen aufgekratzten, heiseren Schrei. Er wandte den Kopf in die Richtung, aus der er kam.

Bull. Natürlich. Zu ihrem Training bei der US Space Force vor dreitausend und einer Milliarde Jahren hatten regelmäßige Fallschirmsprünge gezählt; Vorbereitungen für den Notfall, einem misslungenen Start der STARDUST, der nie eingetreten war. Auf das dagegen, was stattgefunden hatte – ihre Entdeckung eines gestrandeten Arkonidenkreuzers, der der Menschheit das Tor zu den Sternen aufstoßen sollte –, hatte es keine Vorbereitung geben können. Rhodan und Bull waren auf sich selbst zurückgeworfen gewesen – so wie jetzt.

Rhodan fiel einem steil ansteigenden Zeltdach entgegen und wurde im letzten Moment herumgerissen, als die Steuervarsonik eine der einfachen chemischen Raketen zündete. Die beiden Terraner kamen auf einer winzigen offenen Fläche auf.

Rhodan rollte sich ab, die in seinen Anzug integrierten Knie- und Ellbogenschützer schlugen auf der harten Oberfläche Funken. Er kam zum Halten, schnallte den Schirm ab und schnellte – trotz des Gewichts, das er auf dem Rücken trug – in den Schutz eines Vordachs. Noch in der Bewegung zog er einen Strahler und taxierte seine Umgebung. Neben Rhodan krachte ein Schemen gegen die Wand. Bull. Gleich darauf zielten zwei Strahler auf potenzielle Feinde.

»Die Luft ist rein«, sagte Rhodan.

Explosionen und das Zischen von Strahlern kamen aus Richtung der Palisaden.

»Zumindest hier. Sie scheinen nicht damit gerechnet zu haben, dass jemand direkt in das Herz der Finsternis vorstößt.« Bull versetzte Rhodan einen freundschaftlichen Stoß in die Seite. »Wieder mal Schwein gehabt.«

Die beiden Terraner hörten eine letzte Explosion, dann legte sich Stille über die Götzenstadt. Ihre Wächter mussten erkannt haben, dass man sie in die Irre geführt hatte.

Mehrere Dutzend Rochen hatten, von Autopiloten gesteuert und mit einfachen Robotern bemannt, zur gleichen Zeit wie der der Terraner über der Götzenstadt ihre Kreise gezogen. Auf Frans Kommando hatten sie sich ihrer Fracht entledigt: den Leichen von Nodronen, einem Gut, an dem in Kion derzeit kein Mangel bestand. Die Straßen waren voll von ihnen. Erreks Rebellen hatten die Toten in Kampfanzüge gesteckt, in die Rochen verladen und auf ihre letzte Reise geschickt. Ihre unfreiwillige Mission hatte gelautet, von Rhodan und Bull abzulenken – und alles deutete darauf hin, dass sie sie erfüllt hatten.

Rhodan hatte anfangs gegen Erreks Plan protestiert. Etwas in ihm hatte sich dagegen gesträubt, die Ruhe der Toten zu stören. Errek hatte sich seinen Protest schweigend angehört, eher verblüfft als verärgert, um ihn dann zu fragen, ob er, Rhodan, einen besseren Plan habe. Rhodan hatte passen müssen, und Errek hatte ihm daraufhin erklärt, dass er es nicht zulasse, dass Rhodan sein Leben wegen ein paar Toter wegwerfe.

Der Rebellenfürst hatte einen nachdenklichen Rhodan stehen lassen. Noch bis unmittelbar vor dem Absprung hatte der Terraner über die Nodronen gegrübelt. Sie waren geradezu überwältigend menschlich. In ihrer tief empfundenen Kameradschaft, in der aufrichtigen Sorge, die Errek um das Leben seiner terranischen Freunde zeigte, in ihrem Stolz auf das, was sie waren und was sie erreicht hatten – und ebenso in ihrer Grausamkeit und Rücksichtslosigkeit, die sie bei der Erreichung ihrer Ziele an den Tag legten, ihrer Intoleranz gegen alles, was anders war als sie, ihrer Gier nach Besitz.

Rhodan hätte viel dafür gegeben, diese Seite der menschlichen Natur zu leugnen, aber er war im Laufe seines langen Lebens zu oft mit ihr konfrontiert worden, um sich belügen zu können. Sie existierte.

Waren die Nodronen die Nachfahren der Terraner? Die Wissenschaftler von Cor'morian hatten berichtet, dass sie die ersten Nodronen auf der Grundlage einer Gendatenbank gezüchtet hatten, die sie in einem Raumschiffswrack unbekannter Herkunft gefunden hatten. Die Ursprünge von Schiff und Datenbank lagen im Ungewissen, gewiss dagegen war, dass den Zauberlehrlingen die Kontrolle über ihre Geschöpfe entglitten war. Die Nodronen hatten sich gegen ihre Meister erhoben und sich zu ihren eigenen Herren gemacht. Aber erst unter der Herrschaft der Zwillingsgötzen hatte der Ansturm der Nodronen den Schwung gefunden, der sie jetzt unmittelbar vor die Erfüllung ihres Ziels getragen hatte.

Wer waren diese Zwillingsgötzen? Waren sie überhaupt Nodronen? Verfügten die Götzen über Quellen der Macht, die sie, Rhodan und Bull, noch nicht einmal erahnen konnten?

»Wir können los!«, sagte Bull, die Displays seines Kampfanzugs im Auge. »Die nähere Umgebung scheint sauber. Keine Wächter, keine Roboter oder Ähnliches. Zumindest laut dem Ding hier.« Bull klopfte abfällig gegen die Seite seines klobigen Helms.

»Gut. Wahrscheinlich konzentrieren sich die Wachen auf die Außenbereiche.« Rhodan verstand die Unzufriedenheit seines Freunds. Die Technik Vaaligos blieb weit hinter der ihrer eigenen Jetztzeit zurück. Bull, der schon immer ein Faible für technische Spielereien gehabt hatte, tat sich schwer mir ihrer relativen Rückständigkeit und fluchte lauthals, wenn wieder einmal ein Gerät nicht das hielt, was er sich von ihm versprochen hatte.

Rhodan dagegen hatte sich schnell auf die neuen Umstände eingestellt. Technik war für ihn ein Werkzeug. Es zählte, was man daraus machte. Und im Konfliktfall entschied nicht so sehr der Stand der eigenen Technik über das Überleben als vielmehr der Stand der gegnerischen. Bislang hatten ihre Feinde in Vaaligo, wie man auf Altterranisch sagte, »nur mit Wasser gekocht«.

Bislang.

»Wohin jetzt?«, fragte Bull. »Irgendeine Ahnung?« Er grinste auffordernd.

»Noch nicht. Muss mich erst konzentrieren. Behalt die Orter im Auge, okay?«

»Okay.«

Rhodan schloss die Augen. Er holte tief Atem, sog die süßliche Luft der Götzenstadt ein. Er behielt die Luft einige Sekunden lang in den Lungen, atmete langsam wieder aus und wiederholte den Vorgang. Mit jedem Atemzug verlangsamte sich sein Puls. Rhodan verbannte nach und nach die Gedanken über die Herkunft der Nodronen, ihre Technologie, die bangen Fragen darüber, was die Zukunft bringen und ob sie jemals wieder in die Vergangenheit, ihre Zeit, zurückkehren würden, aus seinem Bewusstsein.

Er lauschte. Nicht dem, was seine Ohren ihm übermittelten, sondern tief in sich hinein. Stille empfing ihn. Er gab sich ihr hin. Bullys Schulter drückte gegen seine, warm und vertraut.

Schließlich hörte er es. Wie einen Ruf aus weiter Ferne. Er drehte den Kopf, um ihn besser zu hören. Eine nutzlose Geste, nahm er den Ruf doch nicht mit seinen Ohren wahr. Rhodan konzentrierte sich, und die Stimme, nein, die Stimmen wurden lauter. Eine gehörte einem Mann, die andere einer Frau. Worte formten sich aus dem Singsang.

Bei der Kraft unserer Herzen schwören wir; Treue den Herren von Nodro; den Lenkern des nodronischen Empire; den Boten nodronischer Dominanz; den Zwillingsgötzen des Empire.

»Funktioniert es?«

Bulls Stimme übertönte den Götzenschwur, verdrängte ihn aber nicht.

»Ja. Ich höre ihn.« Nach einigen Augenblicken verkündete Rhodan: »Wir müssen hier lang.« Rhodan überspielte seinem Freund die genaue Richtungsangabe auf die Anzugsvarsonik.

»Dann los!«

Rhodan schüttelte die Trance ab, und die beiden Männer rannten los, die Funktionen ihrer Anzüge auf ein Minimum reduziert, um Aufspürung durch die gegnerische Ortung zu vermeiden. Sie folgten dem inneren Kompass, den Rhodan beim Flug über das umkämpfte Kion entdeckt hatte. Dank der Mentalstabilisierung waren er und Bull gegenüber fremden mentalen Einflüssen eigentlich immun, seien es die der Traumfamnire oder der Götzen, aber Rhodan hatte zu seiner Verblüffung festgestellt, dass er, konzentrierte er sich nur stark genug, den Ruf der Götzen in sich widerhallen hörte. Den Ruf, frei von seinem suggestiven Zwang. Offenbar besaß er eine geringfügig größere Empfänglichkeit für mentale Signale als Bull.

Der Plan, der sich daraus ergeben hatte, war offenkundig gewesen: Rhodan und Bull würden zusammen in die Götzenstadt vordringen und ihre Herrscher ausfindig machen – dank ihres Rufs, der Rhodan ohne ihr Wissen als mentaler Peilsender diente.

Rhodan und Bull liefen die mit Tierhäuten abgehängte Wand entlang. Rhodan spähte in die Lücken zwischen die einzelnen Häute, um festzustellen, aus welchem Material sie bestanden. Es war von stumpfem Grau, ein Kunststoff oder eine Metalllegierung, auf jeden Fall aber nicht die Bahn eines echten Zelts. Die Götzenstadt setzte offenbar die Linie Kions fort: Nach außen hin einer mythenumrankten Vorzeit verbunden, gehörte ihr Kern unzweifelhaft zu der Moderne eines raumfahrenden Volkes.

Die beiden Terraner gelangten an einen Eingang. Er stand offen. Rhodan und Bull nickten einander zu. Rhodan hechtete in die Öffnung, gedeckt von Bull, rollte sich ab und suchte Deckung.

Das erwartete Gegenfeuer blieb aus. Bull betrat vorsichtig den Zeltbau. Es war eine riesige Halle, die Rhodan in ihren Ausmaßen an eine Raumschiffswerft erinnerte. Knisternde Feuer erhellten sie. Sie waren überall auf dem Boden verteilt, schwebten, getragen von Antigravfeldern unter der Hallendecke. Ihr Rauch musste von unsichtbaren Energiefeldern abgeleitet werden, Rhodan roch nicht einmal einen Anflug von Qualm.

»Nicht übel! So gibt man seinen Untertanen zu verstehen, wo oben und unten ist«, flüsterte Bull. Getragen von einer ausgefeilten Akustik hallten seine Worte durch den Saal, als hätte er sie gerufen.

Die beiden Männer drangen in die Mitte des Audienzsaals vor. Ein Podest ragte dort auf. Es erinnerte Rhodan an das der Richterin der Vierunddreißigsten Hohen Gerichtsbarkeit, doch dieses, erkannte er augenblicklich, war ein Abklatsch gewesen, eine krude Kopie, gefertigt aus billigem Plastik. Das Original bestand aus einem Gestein, das von innen heraus leuchtete und seine Farbe je nach Betrachtungswinkel und Ausleuchtung durch die flackernden Feuer wechselte. Die Pracht war so überwältigend, dass Rhodan sie nur aus zusammengekniffenen Augen betrachten konnte.

Das Podest war rund, und etwa ein Dutzend hohe Stufen führten zu ihm hinauf. Oben standen zwei Throne, verziert mit dem Emblem der Götzen, der eine auf der Plattform des Podests, der andere auf der obersten Treppenstufe. Rhodan entging ihre Botschaft nicht: Offenbar bestand unter den Götzen eine Hierarchie.

Sie setzten ihren Weg fort. Unbehelligt verließen sie die Audienzhalle. Und betraten die nächste. Und die nächste.

Ein Gefühl der Unwirklichkeit überkam die beiden Terraner. Bull brachte es als Erster auf den Punkt.

»Was für eine Art Palast ist das?«, rief er und warf die Arme hoch, als sie eine weitere der geisterhaft verlassenen Audienzhallen betraten. »Besteht er nur aus diesen Protzhallen? Wo ist der Apparat, mit dem diese Götzen ihr Empire regieren? Wo sind die Schaltzentralen ihrer Macht? Die Konferenzräume, die Quartiere ihres Hofstaats, ihre Vorratskammern und Privatgemächer? Wo sind die Tausendschaften von Dienern und Beamten, die ihren Willen umsetzen?«

Rhodan sparte sich eine Entgegnung. Er stellte sich dieselben Fragen, ohne eine Antwort zu finden. Ihm war fast, als jagten sie einem Popanz nach, als seien die Götzen vor langer Zeit gestorben und das System, das sie errichtet hatten, lief weiter, als wenn nichts geschehen wäre, vom eigenen Schwung getragen – niemand hatte gemerkt, dass ihm die Köpfe fehlten. Oder jemand hatte es sich zunutze gemacht und regierte im Namen der Götzen, heimlich und verstohlen.

»Weißt du, was ich glaube, Perry?«, fuhr Bull fort. »Hier ist jemand dem Größenwahn verfallen. Und zwar so richtig!«

Von Zeit zu Zeit suchten die Terraner Deckung. Rhodan schloss die Augen und horchte in sich hinein. Der Singsang des Götzenschwurs wurde bei jedem Stopp lauter. Nach einiger Zeit – einer Stunde, wie ein Blick auf den Chronometer verriet – wurden die Stimmen so laut, dass Rhodan sie nicht mehr aus seinen Gedanken ausblenden konnte. Schließlich, nach einer weiteren halben Stunde, hatte der Singsang eine Intensität erreicht, dass er sich anschickte, die Wahrnehmung von Rhodans Gehör zu übertönen.

Er gab Bully ein Zeichen. »Ich glaube, wir sind da, Dicker.«

Die beiden hielten sich in einem Teil der Götzenstadt auf, in dem die Architektur sich mit kleineren Maßstäben begnügte. Möglicherweise hatten sie den ältesten Teil der Stadt erreicht, der in die Zeit vor der Götzenherrschaft zurückreichte.

Bull neigte den Kopf in Richtung eines Zeltbaus zu ihrer Rechten, von dem sie etwa hundert Meter trennten. »Da drin?«

Rhodan nickte.

Was folgte, geschah in schweigender Einhelligkeit, getragen von der Vertrautheit einer jahrtausendelangen Freundschaft und nüchterner Professionalität. Rhodan und Bull hatten ihren Einsatz mit Errek Mookmher und Fran Imith in jeder Einzelheit besprochen, sich bereits im Voraus auf ein Vorgehen für eine Vielzahl von Situationen geeinigt. Und diese war ohnehin die gewesen, die sie angestrebt hatten: Sie hatten den Bau aufgespürt, in dem sich die Götzen verkrochen hatten.

Bull stellte sich hinter Rhodan, öffnete einige Verschlüsse an Rhodans Tornister und nahm einen überschweren Strahler an sich. Sein Gewicht war so groß, dass Bull ihn nur mit beiden Händen tragen konnte. Rhodan schnallte eine identische Waffe von Bulls Tornister ab.

Die Terraner überquerten ohne Zwischenfall die offene Fläche und stürmten Seite an Seite in die Halle, die unförmigen Strahler in den Händen – zu schwer, als dass sie sie länger als eine Hand voll Sekunden in der Waagrechte hätten halten können, aber ideal für ihren Zweck: einen Überraschungsangriff, der in wenigen Augenblicken entschieden war und bei dem es darauf ankam, auf Anhieb die Schutzschirme des Gegners zu knacken.

Bull übernahm die linke Seite des Saals, der sich vor ihnen auftat, Rhodan die rechte. Ohne sich die Mühe zu machen, genau zu zielen, schwenkten sie ihre Waffen im Halbkreis, ähnlich wie es auf der alten Erde Maschinengewehrschützen getan hatten. Auch die Wirkung erinnerte an Maschinengewehre: Die oberarmdicken Strahlen mähten durch die über den Saal verteilten Leibwächter der Götzen wie eine scharfe Klinge durch ein Kornfeld.

Rhodan zählte ungefähr ein Dutzend Männer, die auf seiner Seite starben. Zerfetzt von ihren unter der unvermittelten Überlast explodierten Schirmaggregaten, verbrannt oder, hatte ihr Aggregat standgehalten, von der in Wucht umgesetzten Energie der Salve gegen Säulen und Wände geschleudert.

Rhodan spürte einen Klumpen in seinem Magen, aber er wusste, dass ihm und Bull keine andere Wahl geblieben war. Die Leibwächter hätten sie ihrerseits ohne zu zögern getötet; sie mussten die treuesten Diener der Götzen sein.

Die Götzen. Sie kauerten auf Thronen auf einem runden Podest in der Mitte der Halle, und Rhodan war auf den ersten Blick klar, dass ihr Emblem, der schwarze und der weiße Kopf, sie akkurat wiedergab. Nicht im wörtlichen Sinne, auch wenn der Teint der Frau von einem alabasternen Weiß war, vielmehr im Kontrast der beiden, der abgrundtiefen Hässlichkeit des Mannes, dessen Körper das am schlimmsten geschändete Stück Mensch war, das Rhodan jemals untergekommen war, und der makellosen Schönheit der Frau, die Rhodan an die christliche Darstellung von Engeln erinnerte. Die Frau schien rein, unbefleckt, keiner Untat fähig zu sein, geschweige denn eines bösen Gedankens.

Die beiden Götzen hatten die Augen geschlossen. Ihre Köpfe waren nach vorne gesunken, während sie in stummer Konzentration den Schwur, der ihnen gewidmet war, aussandten.

Die Terraner blieben in zwanzig Schritten Entfernung von dem Podest stehen. Rhodan wusste, dass er die beiden Wesen vor ihm erschießen sollte, dass er damit unzählige Leben retten würde, aber er konnte es nicht. Die Götzen erschienen unbewaffnet, wehrlos. Bull mussten ähnliche Gedanken bewegen; er machte keine Anstalten, seine Waffe zu heben.

Der Götze eilte den Terranern zu Hilfe. Der Krüppel zuckte, sein Kopf ruckte hoch. Tief in den Höhlen liegende Augen funkelten Rhodan und Bull hasserfüllt an. Gleichzeitig griff seine gesunde Hand nach dem Peitschenholster.

Rhodan war schneller. Er zerrte die überschwere Waffe, deren Lauf er am Boden abgestützt hatte, hoch und drückte ab. Der Strahl verdampfte die Molekülstränge der Peitschenschnüre, die Rhodan entgegensurrten, und schlug in den Individualschirm des Götzen ein. Der Schirm war stärker als diejenigen der Wachen und hielt der Belastung beinahe eine ganze Sekunde lang stand.

Der Götze explodierte von innen heraus. Seine Brust riss entzwei, als wolle ein Geist, der ihn besessen hatte, ausbrechen. Der Körper des Krüppels wurde einen halben Meter in die Höhe gerissen, dann kam er mit einem furchtbaren Laut wieder auf und blieb verkrümmt liegen. Ein Kugelblitz entstand, breitete sich von seinem Zentrum in der Brust des Mannes aus und durchschlug die beiden Terraner und den Bruchteil einer Sekunde später die Wände der Halle. Ein Gefühl sagte Rhodan, dass die Welle des Blitzes auch noch in den Außenvierteln Kions, vielleicht sogar im ganzen Nodro-System wahrgenommen würde.

»Verdammt, was ist das?«, stieß Bull aus. »Das muss pure fünfdimensionale Energie gewesen sein, sonst hätte diese Welle uns gegrillt wie Brathähnchen!«

»Ich weiß es nicht. Der Energiestrahl wird einen Selbstmordmechanismus ausgelöst haben. Der Götze hat sich dagegen abgesichert, in Gefangenschaft zu geraten.«

»Ja. Er oder ein anderer hat es für ihn getan. Wir …«

Eine Frauenstimme schnitt Bull das Wort ab. »Ich danke euch, ihr habt mich aus der Knechtschaft gerettet. Wie lange habe ich mich nach diesem Tag gesehnt!«

Die Götzin hatte die Augen geöffnet. Sie hob langsam die weißen Arme. »Ich hatte schon gedacht, ich würde ihn niemals erleben.«

»Was willst du damit sagen?«, fragte Rhodan.

»Habt ihr keine Augen im Kopf?«, fragte die Frau. Tränen liefen jetzt über ihre Wangen. »Dieses Scheusal hat mich für seine düsteren Zwecke missbraucht. Ich war ganz in seiner Hand – bis eben. Aber ihr habt mich befreit.« Sie erhob sich von ihrem Thron und ging die Stufen hinab. »Ich will euch danken.«

Das Lied des Götzenschwurs in Rhodans Kopf war verschwunden. Eine neue Empfindung nahm ihren Platz ein: unendliches Mitleid mit dem geplagten Geschöpf, das vor ihm stand. Es war von einer überirdischen Reinheit. Wie hatte der Götze es wagen können, sie zu besudeln?

Die Frau hatte den Fuß der Treppe erreicht. Sie hatte die Arme gesenkt und kam auf Rhodan zu, suchte Schutz bei ihm. Der Terraner ließ die Waffe fallen und breitete die Arme aus, um sie zu empfangen. Niemals wieder sollte ihr Unrecht geschehen. Dafür würde er sorgen.

Nur ein Schritt trennte die Götzin noch von Rhodan, als ein Energiestrahl ihre Vorwärtsbewegung stoppte. In der Sekunde, die der Strahl benötigte, um ihren Schirm zum Zusammenbruch zu bringen, verfolgte Rhodan, in der Bewegung erstarrt, wie ihr Engelsantlitz sich in eine wütende Fratze verwandelte, die der des Götzen in ihrer Hässlichkeit in nichts nachstand.

Dann war es vorbei. Die Brust der Frau riss auf, ein Kugelblitz brach hervor, breitete sich aus. Die Leiche der Frau fiel zu Boden, neben ihr rollte die Peitsche davon, nach der sie unbemerkt von Rhodan gegriffen hatte.

»Mann, Mann, du kannst von Glück sagen, dass ich so ein gefühlloser Holzkopf bin, sonst hätte sie mich mit ihrem Gesäusel auch herumgekriegt.« Bull legte ihm eine Hand auf die Schulter, stützte ihn. »Sie hat ihre ganze suggestive Kraft, die sie vorher auf die Götzenstadt und Kion projiziert hatte, auf uns gerichtet. Es hat nicht viel gefehlt, und sie hätte mich genauso um den Finger gewickelt wie dich.«

Rhodan sagte nichts. Er starrte die tote Götzin an, Tränen in den Augen.

»Perry!«, sagte Bull nach einer Weile, als sein Freund keine Anstalten machte, sich zu rühren. »Wach auf! Es ist vorbei. Wir haben die Köpfe der Schlange abgeschlagen. Wir haben gewonnen.«

»Was macht dich so sicher?«, flüsterte Rhodan. Er hatte jetzt die Augen geschlossen, als konzentriere er sich ganz auf das, was in seinem Innern vorging, als wäre es wichtiger als alles Übrige.

»Was ...?! Zum Teufel, Perry, sperr die Augen auf! Die Götzen sind tot, ihre Leichen liegen zu deinen Füßen. Sie waren es, die hinter dem Plan gesteckt haben, den Vaaligischen Schwarm zur Verdummung der Galaxis einzusetzen. Sie haben die Nodronen mit ihren suggestiven Kräften versklavt – hör doch in dich hinein, der mentale Druck ist in dem Moment verschwunden, als die Götzin starb.«

»Ja.«

»Also, worauf wartest du dann noch? Um die da«, Bull nickte verächtlich in Richtung der Toten, »lohnt es sich nicht zu trauern. Ich will nicht wissen, wie viele Leben sie auf dem Gewissen haben. Lass uns verschwinden, Perry! Ich habe keine Lust, im letzten Augenblick von einem versprengten Getreuen dieser Götzen über den Haufen geschossen zu werden!«

Rhodan widerstand der fordernden Hand des Freundes. »Bully, einen Moment! Kommt dir das Ganze nicht auch seltsam vor. Zu *einfach?*«

»Wieso? Wir haben sie überrascht. Sie hatten niemals damit gerechnet, dass jemand ihren suggestiven Kräften widersteht und sie in ihrer Protzstadt aufstöbert. Was soll daran ...«

»Das meine ich nicht.« Rhodan öffnete die Augen und sah Bull direkt an. »Ich meine das ganze System. Vergiss nicht, dass wir in der Götzenstadt nichts gefunden haben, was man für die Regierung eines Sternenreichs braucht, keine Verwaltung, keine Rechnernetze oder Archive, keine Heerscharen von Beratern, nichts.«

»Das beweist nichts. Der Komplex ist groß, wir haben nur einen Bruchteil davon gesehen.«

»Ja, aber ich bezweifle, dass es in den übrigen Teilen anders aussieht. Bully, das da waren nur gewöhnliche Nodronen, wenn auch psionisch begabt. Wie hätten sie auf sich alleine gestellt ein Sternenreich regieren können? Woher haben sie das Know-how, einen Schwarm für ihre Expansionsabsichten zweckzuentfremden?«

»Okay, du gibst ja doch keine Ruhe. Worauf willst du hinaus?« Bull drehte sich um die eigene Achse, überblickte die Audienzhalle. Er sah lediglich tote Wächter. Nichts regte sich.

»Wir haben nur die Spitze des Eisbergs gesehen«, sagte Rhodan. »Gehen wir jetzt, war das hier umsonst.« Er deutete auf die Toten.

»Schon gut, schon gut. Und verrätst du mir jetzt noch, wie du es anstellen willst, deinen ›Eisberg‹ zu finden? Hier könnten sich Hunderte verstecken!«

»Damit.« Rhodan tippte sich gegen die Stirn. »Frag mich nicht, woran es liegt, vielleicht bin ich durch den mentalen Einfluss der Götzen im Moment gerade sensibilisiert, aber mit dem Tod der Frau sind in meinem Kopf nicht alle Stimmen verstummt. Ich höre etwas.«

»Und jetzt willst du herausfinden, wer oder was dahintersteckt, was?« Bull hob abwehrend die Hand, als Rhodan antworten wollte. »Sag nichts, ich kenne dich doch. Mich nennst du einen Dickkopf, obwohl du es immer bist, der seinen Willen durchsetzt. Es hat keinen Sinn, gegen ihn anzukämpfen. Also, was hörst du?«

»Ich kann es nicht genau sagen. Die Stimme ist sehr schwach, am Rande der Wahrnehmbarkeit.«

»Aber deutlich genug, um ihre Quelle aufzuspüren?«

»Zumindest, um es zu versuchen.«

»Okay, worauf warten wir dann noch?«

Rhodan schloss die Augen und konzentrierte sich auf die Stimme in seinem Innern. »Hier lang«, sagte er bald darauf. »Ich glaube, wir müssen hier lang.«

Die beiden Terraner brachen auf. Ihr Weg führte sie in immer ältere Teile der Götzenstadt. Die Zeltgebäude schrumpften zusehends in ihren Dimensionen, und bald gelangten sie in die ersten Räume, die offenbar nicht mehr in Benutzung waren.

Anders als im Fall der Götzen gewann die neue Stimme in Rhodans Kopf nur zögerlich, wenn überhaupt, an Stärke – Rhodan vermutete, dass der Effekt vor allem darauf zurückzuführen war, dass er sich zusehends besser auf sie einstellte. Die Stimme stellte keine Aufforderung zum Gehorsam dar, geschweige denn einen Ruf. Rhodan wurde eher an ein Versehen erinnert, einen unabsichtlichen Nachhall.

Das Fortkommen gestaltete sich mühsam und kräftezehrend. Die Schwäche des Signals, dem sie folgten, führte dazu, dass Rhodan sich oft in der Richtung irrte, und die kleinteiligere Struktur der Götzenstadt in diesem Bereich unmittelbar am Fuß des Gebirges der Stürme ließ Rhodan und Bull immer wieder in Sackgassen geraten. Die Tornister – die Terraner verzichteten weiter auf den Einsatz der Antigravs, um keine Aufmerksamkeit auf sich zu ziehen – schienen ihr Gewicht verdoppelt zu haben.

Schließlich machte Rhodan mitten in einem Korridor Halt.

»Ist diese Stimme wieder verschwunden?«, fragte Bull. Sein Gesicht war rot angelaufen. Schweißperlen hatten sich auf seinen Bartstoppeln gebildet.

Rhodan schüttelte den Kopf, die Augen geschlossen. »Nein. Es ist … wir kommen so nicht weiter.«

Rhodan trat hinter seinen Freund und schnallte den überschweren Strahler los. Er richtete ihn auf einen Punkt zehn Meter entfernt von ihnen und drückte ab. Innerhalb von Augenblicken fraß der Energiestrahl ein Loch in den Boden, durch das zwei Menschen passten.

»Ein größeres Leuchtfeuer hättest du kaum hinkriegen können!« Bull grinste. Der Marsch war nicht nach seinem Geschmack gewesen. Er war ein Mann, der es vorzog, Situationen zuzuspitzen, bis eine Entscheidung unumgänglich war. »Dann wollen wir mal!« Bull nahm den überschweren Strahler von Rhodans Tornister und versetzte dem Freund einen Klaps auf die Schulter.

Die beiden Terraner nahmen an einem von einem glühenden Rand gesäumten Loch Aufstellung und sprangen hinein.

Sie stürzten in Schwärze.

Rhodan zog eine Leuchtgranate vom Gürtel und schleuderte sie von sich. Sie entzündete sich und stürzte wie eine Sternschnuppe dem Boden entgegen. Sie tauchte das Gewölbe in ein Halblicht. Es war eine Halle, die selbst den größten der Audienzsäle in den Schatten stellte. Die Instrumente von Rhodans Anzug ermittelten eine Länge von beinahe zehn Kilometern und eine Höhe von einem Kilometer.

Rhodan hörte Bull neben ihm nach Luft schnappen. Sein Anzug musste identische Werte geliefert haben.

Aber die eigentliche Überraschung erwartete sie am Boden der Halle. Es war ein Raumschiff. Es besaß Walzenform und war ungefähr sieben Kilometer lang. Sein Rumpf war von einem intensiven Kobaltblau.

Die Varsoniken der Anzüge aktivierten die Antigravs der beiden Terraner, bremsten sie unmittelbar vor dem Aufschlag auf dem Hangarboden ab.

»Ein Raumschiff, wie es die Abgesandten der Kosmokraten benutzen!«, rief Bull. »Was, zum Teufel, tut dieses Ding hier?«

»Benutzt haben«, korrigierte ihn Rhodan. »Das war vor einer Milliarde Jahren. In der Zwischenzeit kann viel geschehen sein.«

»Von mir aus ›benutzt haben‹. Meine Frage bleibt genauso wichtig. Jemand muss erkannt haben, was für einen Schatz das Schiff darstellt, sonst hätte er sich nicht die Mühe gemacht, es hier zu verstecken. Der Aufwand muss gigantisch gewesen sein!«

»Ja, die Götzen müssen von ihm gewusst haben.«

»Und?«, fragte Bull. »Kommt diese Stimme aus dem Schiff?«

Rhodan konzentrierte sich. »Nein«, sagte er dann. »Ihre Quelle ist nicht mehr fern, aber sie liegt eindeutig nicht in dem Schiff.« Der Terraner war erleichtert, dass ihnen – vorerst? – ein Vorstoß in das Schiff erspart blieb. Es würde faszinierend sein, sein Inneres zu erforschen – und mit hoher Wahrscheinlichkeit tödlich. Die Kosmokraten ließen sich nicht gern in die Karten sehen, und ihre Technologie war der vaaligischen um mehrere Größenordnungen überlegen. Rhodan bezweifelte, dass er und Bull länger als einige Minuten in dem Schiff überlebt hätten.

»Wo dann?«

»Am … am anderen Ende dieses Hangars, glaube ich.«

Die Terraner machten sich auf den Weg. Sie setzten jetzt ihre Antigravs ein. Sollte es in dem Schiff jemand auf sie abgesehen haben, waren sie ohnehin verloren, ob sie die Möglichkeiten ihrer Anzüge ausspielten oder nicht.

Rhodan beschleunigte auf etwa hundert Kilometer pro Stunde. Auf diese Weise erreichten sie das Ende des Hangars in wenigen Minuten, konnten aber immer noch Einzelheiten ihrer Umgebung ausmachen.

Schon nach kurzer Zeit wurde deutlich, wieso das Schiff in diesem Hangar lag: Es war ein Wrack. Strahlengeschütze hatten viele Quadratmeter große Löcher in seinen Rumpf gefressen, Explosionen das kobaltblaue Metall seines Rumpfs von innen heraus zum Bersten gebracht.

»Saubere Arbeit«, flüsterte Bull. »Die Walze ist nur noch besserer Schrott. Die, die das angerichtet haben, will ich lieber nicht treffen.«

Rhodan war seine Anspielung klar. Der Gegner des Walzenschiffs musste auf einem technologischen Niveau gestanden haben, das weit über dem lag, dem sie bislang in Vaaligo begegnet waren. Wer konnte das gewesen sein? Gab es in diesem Spiel um die Macht in der Galaxis ein Volk, das nicht offen in Erscheinung trat, gewissermaßen als graue Eminenz im Verborgenen seine Fäden zog?

Sie gelangten ohne Zwischenfälle an das Ende des Hangars. Sollte ein Teil der Waffensysteme der Walze noch einsatzfähig sein, hatte derjenige, der sie steuerte, beschlossen, sie ungeschoren passieren zu lassen.

An der Hangarwand zeichneten eine Reihe von dünnen Linien die Umrisse von Schotten nach.

Bull warf Rhodan einen fragenden Blick zu. *Dahinter?*

Rhodan nickte und deutete auf ein Schott zu ihrer Linken. Die Terraner schnallten die überschweren Waffen ab und gingen zum Schott. Rhodan stellte sich unmittelbar vor die Metalltür, Bull blieb rechts davon stehen. Rhodan berührte das Metall. Das Schott zog sich in die Wand zurück.

Die Terraner reagierten augenblicklich. Rhodan hechtete in die neu entstandene Öffnung, während sich Bull flach auf den Boden vor dem Schott warf, den schweren Strahler im Anschlag.

Stille erwartete Rhodan.

Der Raum, der sich vor ihm auftat, besaß nach Maßstäben der Götzenstadt eine flache Decke – Rhodan schätzte sie auf vier oder fünf Meter – und lag im Halbdunkel. Wände und Decken waren schwarz. Rhodan konnte keine Leuchtkörper ausmachen. Ihm schien, als ob das wenige Licht, das den Raum erfüllte, aus Wänden und Decken, ja aus der Luft selbst kam.

Rhodan hörte, wie Bull sich aufrichtete und ihm folgte.

Der Raum war bis auf ein Objekt in seiner Mitte leer. Es war ein rechteckiger Block aus grob behauenem Stein, etwa hüfthoch. Rhodan erkannte einen runden

Umriss, der auf seiner Fläche lag. Die beiden Terraner näherten sich dem Block vorsichtig, die Mündungen ihrer schweren Strahler auf den Block gerichtet.

Noch vier Schritte trennten sie von dem Podest, da erfüllte goldenes Licht den Raum. Rhodan und Bull blieben unwillkürlich stehen. Sie blickten in wie Edelsteine funkelnde Augen.

»Vieles habe ich in den langen Jahren gesehen«, sagte der Roboterkopf, dem die Augen gehörten. »Aber dass eines Tages ein Ritter der Tiefe vor mich tritt, hätte ich nicht für möglich gehalten.«

19

Das Schlagen der Sturmtierhufe hallte durch die verlassenen Straßen Kions, wurde von den Zeltbauten zurückgeworfen und verdichtete sich zu einem Donnern, als wäre der gesamte Clan der Mongaal über die Hauptstadt des Empire gekommen und nicht nur eine Dreizehnerschaft.

Argha-cha ritt in der Mitte der Formation auf dem Sturmtier, das ihrer Großmutter gedient hatte und nun auf sie übergegangen war, wie alles, was Etor-tai ausgemacht hatte. Es war eine erhabene Position auf dem riesigen Tier, Argha-cha überragte selbst die kräftigsten der Krieger um beinahe eine Körperlänge. Das Sturmtier war Ausguck und Thron zugleich, wie es der Vorreiterin des Clans zustand.

Die Krieger hatten eine lockere Formation eingenommen, die ständig in Bewegung blieb. Die Krieger auf ihren Sturmtieren wechselten mit der Beiläufigkeit lebenslanger Übung ununterbrochen die Positionen, führten einen stilisierten Tanz auf, der es ihren Feinden erschwerte, sie ins Visier zu nehmen, und schließlich in ein Finale von Tod und Vernichtung münden würde.

Stunden oder auch Tage später: Die Sturmtiere rannten viermal so schnell wie ein Mensch, ein Tempo, das sie eine Woche lang aufrechterhalten konnten.

Argha-cha verfolgte das Schauspiel mit grimmiger Zufriedenheit. Sie trug die Rüstung ihrer Großmutter, dieselbe, die seit Generationen von Vorreiter zu Vorreiter gereicht worden war. Jeder ihrer Träger hatte sie modifiziert, hatte sich selbst in das Erbe des Clans eingebracht, ihn gestärkt. Zu ihrer Überraschung passte Argha-cha die Rüstung.

In einem Augenblick der Nachdenklichkeit fragte sich Argha-cha, was ihr eigenes Geschenk an den Clan sein würde. Doch der Gedanke – und die Schwere, die mit ihm einherging – verflog rasch im Wind, der mit ihren Haaren spielte, dem ausgelassenen Schnauben der Sturmtiere, die es genossen, ihre Muskeln spielen zu lassen, und der beinahe schmerzhaften Klarheit, mit der sie ihre Umgebung wahrnahm.

Argha-cha sah, nein, erspürte die Welt mit ihren neu gewonnenen Sinnen. Ihre Augen nahmen sie in jeder Einzelheit wahr. Konzentrierte sie sich auf einen bestimmten Punkt, zoomte er heran, gab seine Geheimnisse wie unter den forschenden Linsen eines Mikroskops preis. Die Schatten, die in den Hauseingängen nisteten, zerstoben unter ihrem neugierigen Blick. Und mehr noch: Argha-cha stellte verblüfft fest, dass sie an viele Stellen zugleich blicken, jedes Mitglied ihrer Dreizehnerschaft zur selben Zeit im Auge behalten konnte.

Ihr Verstand sagte ihr, dass sie diese neue Ebene der Wahrnehmung dem Gefechtssystem des Clans verdankte, aber derselbe Verstand war hilflos, wenn es darum ging, ihr zu erklären, wie das möglich war. Argha-cha blieb nur, ihren Gefühlen zu vertrauen, der mächtigen Präsenz, die sie spürte, die die Gesamtheit des Stamms über viele Generationen hinweg zu umfassen schien und sich ihr entwand, so sehr sie sie auch zu fassen versuchte.

»Argha-cha!«, drang eine Stimme zu ihr durch. »Was hast du vor? Wir reiten in den Tod!«

Sie zweigte einen Teil ihrer Wahrnehmung, einen geringen nur, wie es der Situation angemessen war, ab und sah zu Echrod-or hinunter. Der Geschichte-Erzähler ritt neben ihr auf Chemlai. Er trug Argha-chas alte Rüstung, ohne Maske, und er war unbewaffnet. Argha-cha hatte es so entschieden. Ein Strahler in der Hand des kampfunerfahrenen Geschichte-Erzählers hätte eher die Dreizehnerschaft gefährdet als die Gegner.

»Und woher willst du das wissen, erfahrener Krieger, der du bist?«, fragte sie. Chemlai erinnerte Argha-cha an ein Spielzeug. Wie hatte sie ihn nur jemals für ein vollwertiges Sturmtier halten können?

»Wer sind wir schon, dass wir versuchen, uns hiermit zu messen?« Echrod-or nahm eine Hand von Chemlais Hörnern und zeigte auf die Zeltbauten, die um sie herum in die Höhe ragten. Um ein Haar verlor der Geschichte-Erzähler das Gleichgewicht. Seine Hand suchte hastig wieder den Halt des Horns. »Wir sollten uns davonmachen, solange es noch möglich ist!«

Argha-cha schüttelte unwillig den Kopf. »Lass dich nicht vom Schein blenden, Geschichte-Erzähler.« Sie trieb die Fußspitzen in die Flanken ihres Sturmtieres, und einen Herzschlag später war der protestierende Echrod-or weit hinter ihr zurückgeblieben.

Argha-cha bereute es fast, den Geschichte-Erzähler mitgenommen zu haben. Sie hatte gehofft, dass er ihr nützlich sein würde, er zu Einsichten käme, die ihr verborgen blieben. Stattdessen erging er sich in Gezeter. Sah er nicht das wahre Gesicht Kions? Dass die mächtige Fassade des Empire nur ein Lügengebilde war, ein Luftschloss?

Ihre erste Wahrnehmung Kions, vor Tagen, als der Clan vor der Stadt eingetroffen war, hatte sie nicht getrogen: Die mächtigen Gebäude der Stadt waren

Himmelszelte, dem Untergang geweiht. Aber sie – und der gesamte Clan – hatte es damals versäumt, daraus Schlüsse zu ziehen. Die Mongaal hatten vor Furcht erstarrt darauf gewartet, dass ein Blitz aus dem Himmel fahren und die blasphemische Skyline auslöschen würde. Und tatsächlich, ein Blitz, die Rebellen, war eingeschlagen und hatte Kion erschüttert.

Doch nicht die Endzeit war angebrochen, die sich Argha-cha erhofft hatte, sondern lediglich ein Beben, das Kion, das Fundament des Empire, erzittern, aber nicht einstürzen ließ. Ein größerer, wilderer, entschlossenerer Sturm war dazu nötig.

Die Mongaal würden dieser Sturm sein.

Im Schatten eines Hauseingangs, der für sie kein Schatten war, registrierte Argha-cha eine Bewegung. Sie gab einen lautlosen Befehl, und einer der Krieger hob die Waffe, zielte und drückte ab. Der Hauseingang verglühte in einem Energiestrahl.

Die Formation der Mongaal passierte den Ort der Verheerung, ohne ihren Ritt zu verlangsamen oder ihm weitere Aufmerksamkeit zu schenken. In dem Eingang mochten sich einfache Bürger ängstlich vor dem Sturm der Dreizehnerschaft oder Empire-treue Soldaten verborgen haben, die Krieger würden es nie erfahren. Die Mongaal befanden sich im Gefecht und befolgten seine Regeln: kein Zögern, keine Gnade. Wer entschlossen Furcht und Schrecken säte, minimierte die eigenen Verluste und in letzter Konsequenz die des Feindes – so dieser denn klug handelte und sich den Mongaal bedingungslos unterwarf.

Als die Dreizehnerschaft an der Pforte der Götzen ankam, blieb hinter ihr eine Spur aus qualmenden Feuern zurück, die den Geruch von brennendem Fleisch verströmten. Nirgends hatte man den Mongaal ernsthaft Widerstand entgegengebracht, aber Argha-cha verschwendete keinen Gedanken an die Gründe für die Desorientierung der Kioni. Sie waren verweichlichte Stadtbewohner, was war von ihnen anderes zu erwarten gewesen?

Die Dreizehnerschaft suchte am äußeren Rand des Vorplatzes der Pforte Deckung hinter einem Verwaltungsgebäude.

»Die Pforte ist zu niedrig für die Sturmtiere«, stellte eine Kriegerin fest. Sie trug eine eng anliegende Maske aus Schlangenhaut. »Wir sollten sie umgehen. Es muss noch andere Eingänge geben.« Die Frau erblickte ebenso wie die übrigen Krieger die Pforte zum ersten Mal.

Die Dreizehnerschaft schwieg. Der Einwurf der Kriegerin war klug, aber den Kriegern widerstrebte es, einem Hindernis auszuweichen.

»Die Pforte ist zu stark befestigt, als dass die Sturmtiere sie bezwingen könnten«, gab die Frau zu bedenken.

Argha-cha sagte nichts. Sie wartete ab, dass Belhon-ang sich rührte. Sie würde ihm nur diese eine Chance geben. Er ergriff sie.

»Ich übernehme das«, sagte er, die Stimme unnatürlich hoch. Belhon-ang zog einen schweren Projektilwerfer aus der Sattelhalterung, überprüfte die Waffe und löste sich von der Gruppe.

Der Mongaal ritt langsam, jede Vorsicht missachtend auf den Platz, als paradiere er. Kaum hatte er die Deckung verlassen, zuckten ihm aus dem Bereich der Pforte armdicke Energiestrahlen entgegen. Das schwere Schirmaggregat, das sein Sturmtier trug, absorbierte die auftreffende Energie. Ein vielfarbiger Lichterkranz umhüllte Belhon-ang und das Tier.

Die Dreizehnerschaft verfolgte das Schauspiel mit angehaltenem Atem. Belhon-ang hatte sich der Vorreiterin öffentlich widersetzt, er musste nun ihr und dem Clan seine Loyalität beweisen. Versäumte er es, würde der Vorreiterin keine Wahl bleiben, als ihn aus dem Weg zu räumen. Sie durfte keine Zweifel an ihrer Autorität dulden.

Reiter und Sturmtier setzten ihren Weg unbeirrt fort. In der Mitte des Platzes hielt Belhon-ang an. Sein Schirm warf jetzt Blasen, Blitze züngelten über seine Oberfläche, elektrisches Knistern übertönte das Fauchen der Strahlen. Sein Schirmaggregat lief auf Überlast. Der Krieger nahm sorgfältig Ziel, als stünde er mit seinen Kameraden in der Steppe und schösse zur Übung auf Felsen, dann löste er das Doppelprojektil aus.

Einen Augenblick lang schien die Pforte zweimal zu existieren, als ihre Konturen in dem Schirm, der sie umhüllte, hervortraten. Der Schirm brach zusammen, für eine zehntausendstel Sekunde nur, aber der Zeitraum genügte dem zweiten Projektil, sein Ziel zu finden.

Der Boden bäumte sich unter Argha-cha auf, als die Pforte der Götzenstadt samt der Schirmaggregate explodierte. Eine gewaltige Stichflamme schoss in den Himmel, zerschnitt die Hologramme, die über der Götzenstadt immer noch den mittlerweile angeschlagenen Ruhm des Empire besangen.

Die Dreizehnerschaft brüllte auf, verließ ihre Deckung und ritt zu Belhon-ang. Arme streckten sich aus, Hände stritten darum, dem mutigen Krieger auf die Schulter zu klopfen. Argha-cha ließ die Dreizehnerschaft gewähren, dann gab sie einen Befehl.

Die Krieger formierten sich neu – und der Sturm der Mongaal brach los.

Argha-cha ritt an der Spitze ihrer Krieger, wie es sich für die Vorreiterin der Mongaal jetzt, da der Moment der Entscheidung bevorstand, gebührte. Hinter Argha-cha reihten sich die Krieger auf ihren Sturmtieren auf wie Perlen an einer Kette. Zwischen den Tieren blieb nur eine Handbreit Abstand, auch dann, als das Sturmtier Argha-chas auf Höchstgeschwindigkeit beschleunigte.

Argha-cha presste sich mit aller Kraft gegen den Rücken des Sturmtieres, spürte, wie die mächtigen Muskeln des Tieres seinen tonnenschweren Körper vorantrieben. Ein Schirm baute sich auf, hüllte Reiterin und Sturmtier wie eine zweite Haut ein. Nur eine Stelle ließ er bloß: die Hörner des Sturmtiers.

Glut umhüllte die Reiter, als sie durch das Feuer stieß, das die Reste der Götzenpforte verzehrte. Argha-cha war, als nehme sie ihre Umgebung in Zeitlupe wahr, als sei das Gefechtssystem vom Ansturm der Eindrücke überfordert. Oder war das Gegenteil der Fall? Bereitete das System sie auf, um sie, Argha-cha, nicht zu überfordern?

Die Glut blieb hinter ihr zurück. Die Formation der Sturmtiere raste über eine Rasenfläche auf das erste Gebäude der Götzenstadt zu.

Argha-cha verfolgte aus zusammengekniffenen Augen, wie die Mauer immer näher kam. Dann erstarb das Muskelspiel, als das Sturmtier seine sechs Beine einzog und in den Schutz seiner Hörner brachte.

Wie ein Geschoss stürzte das Sturmtier der Mauer entgegen.

Der Aufprall war völlig anders, als sie erwartet hatte. Argha-cha hatte mit einem furchtbaren Schlag gerechnet, einer Gewalt, der sie nur mit letzter Mühe standhalten könne. Stattdessen schnitten die Hörner des Sturmtieres, das Ergebnis jahrtausendelanger genetischer Manipulationen, durch den Stahl der Mauer, als bestünde sie aus Papier. Licht blendete Argha-cha, als sie in den Innenraum des Gebäudes vorstieß, einen Augenblick später verdrängt von dem Aufblitzen der Strahler, als die übrigen Krieger ihr folgten und die Nodronen, die sich in dem Gebäude fanden, erschossen.

Argha-cha verharrte unschlüssig auf der Stelle und wartete darauf, dass ihr das Gefechtssystem einen Hinweis lieferte. Die Götzenstadt umfasste viele Quadratkilometer. Wo hielten sich die Zwillingsgötzen versteckt? Ihr Blick streifte die verkohlten Leichen, die über die Halle verstreut lagen. Sie trugen die Reste von Uniformen einfacher Diener. Keiner der Toten hätte ihnen weiterhelfen können.

»Und jetzt?«, fragte Echrod-or. Der Geschichte-Erzähler war unnatürlich bleich. Sein linker Mundwinkel zuckte, als er sprach, und verzerrte seine Worte. »Wohin gehen wir jetzt? Du warst doch schon in der Götzenstadt.«

»Ja, aber ich erkenne nichts wieder. Man hat Etor-tai und mich durch einen Gang geschleust.« Den nächsten Satz richtete sie an die gesamte Dreizehnerschaft. »Wir stoßen weiter ins Innere vor, bis wir einen Hinweis finden!«

Mit Argha-cha an der Spitze bahnten sich die Mongaal ihren Weg in die Götzenstadt. Sie verzichteten darauf, die vorhandenen Wege und Gänge zu benutzen, des Überraschungseffekts wegen, aber auch, weil Argha-cha eine Stärke durchflutete, die mit jeder Mauer zu wachsen schien, die sie mit ihrem Sturmtier durchstieß. Nichts konnte sie aufhalten!

Das Gefechtssystem zeichnete ein zunehmend exakteres Bild der Götzenstadt. Sie war zu großen Teilen verlassen. Die Götzendiener mussten geflohen sein oder hatten sich so geschickt in ihren Verstecken vergraben, dass sie der Aufmerksamkeit des Gefechtssystems entgingen.

Nach einer halben Stunde, in der Argha-chas Sturmtier viele Dutzend Mauern durchstoßen hatte, ließ die Vorreiterin eine Ruhepause einlegen. Nicht der Sturmtiere wegen – diese ließen sich nur widerwillig dazu bringen, auf der Stelle zu verharren –, sondern um ihrer selbst willen. Sie musste nachdenken.

Argha-cha war ratlos. Das Hochgefühl, dass sie beim Eindringen in die Götzenstadt erfasst hatte, war verpufft. Die Zeit zerrann ihnen zwischen den Fingern. Mit jeder Stunde, die verstrich, verstärkte sich der Griff der Rebellen um das Empire, erhöhte sich die Chance, dass jemand anderes vor ihr die Götzen aufstöberte oder den Zwillingsgötzen die Flucht gelang. Wieso konnte das Gefechtssystem ihr nicht den Weg weisen? Speiste es sich nicht aus Quellen, die ihr verborgen blieben, vereinte es nicht die Weisheit der Vorfahren in sich?

Ein Gedanke kam ihr. »Echrod-or!«

»Ja?« Der Geschichte-Erzähler näherte sich zögerlich. Er war als Einziger von seinem Reittier abgestiegen. Aus Argha-chas Perspektive wirkte er wie ein Zwerg.

»Du weißt doch sonst alles«, beschied sie ihm. »Sag mir, wo diese verfluchten Götzen sich verbergen!«

»Das kann ich nicht … Argha.« Echrod-or wich einen Schritt zurück, als fürchte er sich vor der Vorreiterin. »Ich bin hier noch nie gewesen.«

»Na und? Seit ich mich erinnern kann, prahlst du mit Wissen von Orten, die du noch nie betreten hast!« Argha-cha spürte, dass sie ihm Unrecht tat, aber sie konnte nicht an sich halten. Die Enttäuschung darüber, so kurz vor dem Ziel zu scheitern, war zu groß. Sie fühlte sich wie eine Verräterin an ihrer toten Großmutter. »Also sperr gefälligst den Mund auf!«

»Argha-cha … ich bitte dich … ich …«

Die Vorreiterin bekam nicht mehr mit, ob Echrod-or einen ganzen Satz hervorbrachte. In ihrer Wahrnehmung, gespeist vom Gefechtssystem und den Ortern ihrer Rüstung, flammte eine Sonne auf. Eine Explosion, etwa einen Kilometer westlich von ihrem Standort. Sie war weit schwächer als diejenigen, die sie bisher registriert hatten, aber sie besaß ein Merkmal, das sie elektrisierte. Die Orter wiesen eindeutig eine starke fünfdimensionale Strahlungskomponente nach.

»Argha!«, rief Echrod-or. »Was hast du? Du siehst so abwesend …«

»Nichts. Steig auf, Geschichte-Erzähler!«

Sie gab ihre Wahrnehmung an die übrigen Krieger weiter. Die Dreizehnerschaft nahm blitzschnell eine neue Sturmformation ein, wartete einige lange Sekunden, bis sich der Geschichte-Erzähler eingereiht hatte, und machte sich auf.

Sie hatten etwa die Hälfte der Strecke zurückgelegt, als eine zweite Sonne in Argha-chas Wahrnehmung aufging. Ihr Spektrum glich haargenau der ersten.

»Schneller!«, spornte die Vorreiterin die Dreizehnerschaft an und trieb ihre Fußspitzen tief in die Flanken des Sturmtiers. Das Tier beschleunigte. Sein Schnauben klang jetzt angestrengt. Eine um die andere durchschlug Argha-chas Sturmtier die Mauern des Palasts. Die Hallen, die in ihrem Prunk wetteiferten, erwarteten verlassen den Einzug der neuen Herren.

Schließlich rammte Argha-chas Sturmtier durch eine Mauer, die widerstandsfähiger als alle vorherigen war. Zum ersten Mal spürte sie, wie das Sturmtier einen Moment aufgehalten wurde, bevor das Material nachgab.

Warmes, indirektes Licht umfing Argha-cha, als sie die letzte Zuflucht der Götzen betrat.

Sie kam zu spät.

Überall in dem Saal fanden sich Kampfspuren. Einige kleinere Brände züngelten vor sich hin, erfüllten die Luft mit beißendem Rauch. Leichen lagen verstreut im Saal, die Uniformreste, die an ihnen klebten, wiesen sie als Soldaten der Götzenstadt aus.

Die Dreizehnerschaft schwärmte in Argha-chas Rücken aus, bereit, jeden aufflackernden Widerstand zu brechen. Rasch stellte es sich heraus, dass es keinen gab, sie waren auf ein Leichenfeld gestoßen. Keiner der Krieger sagte ein Wort. Echrod-or öffnete den Mund, schloss ihn aber wieder, als er Argha-chas Miene bemerkte.

Die Vorreiterin löste ihre Finger von den Hörnern. Das Gefühl war aus ihnen gewichen, so fest hatte sie sie umklammert. Steif hangelte sie sich den Dreifachsteigbügel hinunter auf den Boden und trat in den Saal, um bestätigt zu sehen, was ein schmerzhafter Klumpen in ihrem Magen ihr längst mitgeteilt hatte.

Sie fand die Götzin zuerst. Sie lag auf dem Bauch. Argha-cha schob eine Stiefelspitze unter den Körper. Die Leiche rutschte herum und kam auf dem Rücken zu liegen.

Argha-cha erinnerte die Götzin an eine Puppe, die sie und Echrod-or bei ihrem Ausflug nach Kion in einem Laden gesehen hatten, perfekt und seelenlos. Ihr makelloses Gesicht hatte im Tod nichts von der Maskenhaftigkeit verloren, die ihm zu Lebzeiten zu eigen gewesen war. In ihrer Brust klaffte ein faustgroßes Loch. Seine Ränder waren glatt, nirgends war Blut zu sehen. Man hätte glauben können, jemand hätte ihr in einer so schnellen Bewegung das Herz aus der Brust gerissen, dass der Schock schlagartig ihre Blutgefäße versiegelte.

Ihr Bruder lag einige Meter weiter auf der Spitze des Podests, auch in seiner Brust fand sich ein sauber geschnittenes Loch.

Die Vorreiterin beugte sich über die Leiche. Was für eine Waffe richtete derartige Verletzungen an? Ein Strahler verbrannte organisches Gewebe mühelos, aber Argha-cha konnte keine Brandspuren an den Leichen finden. Ein Desintegrator? Argha-cha erschien diese Möglichkeit glaubhafter, aber immer noch unwahrscheinlich. Der Strahl eines Desintegrators hätte sich glatt durch die Körper hindurchgebohrt. Ein verwegener Gedanke kam ihr: Was, wenn die Verletzungen von innen heraus entstanden waren?

Sie spürte eine Hand auf ihrer Schulter.

»Es tut mir Leid«, flüsterte Echrod-or. »Es muss dir sehr wehtun, dass andere uns zuvorgekommen sind.«

Es war eine ungehörige Geste, die Vorreiterin zu berühren, doch Argha-cha ließ den Geschichte-Erzähler gewähren. Ihre Wut auf ihn war erkaltet – fast schämte sie sich ihrer –, und Echrod-or meinte es nur gut mit ihr.

»Wer immer das war, hat ganze Arbeit geleistet«, sagte der Mongaal. »Wir hätten es nicht besser vermocht. Komm«, er versuchte sie wegzuziehen, »lass uns diesen Ort verlassen. Für uns gibt es hier nichts mehr zu tun.«

»Einen Moment.« Da war dieser Geruch. Argha-cha hatte ihn anfangs im Rauch, der in der Halle lag, nicht wahrgenommen. Jetzt ließ er sich nicht mehr verdrängen. Er war würzig, wie der Schweiß eines fremdartigen Tiers. Und von größter Wichtigkeit. Argha-cha spürte es. Das Gefechtssystem musste Gründe dafür haben, ihn wie eine Fährte in ihre Wahrnehmung einzublenden.

»Du irrst dich«, sagte sie zu Echrod-or, eher mitfühlend als vorwurfsvoll. Der Geschichte-Erzähler hatte nur minderen Zugang zum Gefechtssystem, es war ihm unmöglich, ihre Wahrnehmung zu teilen. »Da ist eine Spur. Wir müssen ihr folgen!«

Sie rannte die Stufen hinunter zur Dreizehnerschaft. »Los!«, rief sie. »Wir dürfen keine Zeit verlieren! Aber die beiden …«, sie zeigte auf die Leichen der Zwillingsgötzen, »nehmen wir mit.«

Zwei der Krieger sprangen von ihren Tieren, hoben die Toten auf den hinteren Platz von Argha-chas Doppelsattel und schnallten sie mit Gurten fest.

20

»Du irrst dich«, antwortete Rhodan dem Roboterkopf ohne merkliches Zögern. »Ich war einmal ein Ritter der Tiefe, doch ich habe die Ritterwürde vor langer Zeit abgestreift.«

»Das sagst du. Du besitzt noch immer die Aura – und einen Lebensspender.« Nur die Lippen des Roboterkopfes bewegten sich. Sie waren von einem etwas dunkleren Haselnussbraun als der übrige Kopf. »Es ist nicht so einfach, aus dem Dienst der Kosmokraten zu treten. Glaub mir, ich weiß, wovon ich rede.«

»Und wer bist du, dass du von dir behauptest, von den Kosmokraten und ihren Handlungen zu wissen?« Rhodan und Bull hatten ihre Strahler sinken lassen. Sie waren zu schwer, um mit ihnen länger als für wenige Augenblicke auf den Kopf zu zielen. Außerdem schien das Roboterhaupt wehrlos zu sein – und sollten sie sich irren, musste es über Mittel verfügen, gegen die die beiden Terraner ohnehin nichts ausrichten konnten.

»Ich bin Cairol«, sagte der Kopf so laut, dass seine Stimme von den Wänden zurückhallte. »Cairol der 404te. Cairol der Verräter.«

Rhodan und Bull musterten den Kopf verblüfft. Ein Beauftragter der Kosmokraten – in dieser Zeit, eine Milliarde von der eigenen entfernt! Hieß das, dass die Kosmokraten hinter den Kulissen als die Initiatoren beim Bau des Vaaligischen Schwarms wirkten?

Bull überwand als Erster seine Überraschung. »Was, zum Teufel, treibst du hier?«

Cairol bedachte den Terraner mit einem abschätzigen Blick aus seinen Edelsteinaugen, als wolle er sagen: *Du wagst es, mich so anzusprechen?,* rang sich aber doch zu einer Antwort durch.

»Das«, sagte Cairol, »ist eine Frage, auf die es keine einfache Antwort gibt. Aber ich will sie euch dennoch geben. Du ...«, er richtete den Blick wieder auf Rhodan, »musst ein Wesen von besonderer Statur sein, sonst hätte man dir niemals die Ritterwürde verliehen. Und ich gestehe, dass es mich dazu drängt zu berichten. Einsamkeit ist der Preis, den die Großen für die Verwirklichung ihrer Träume zahlen.«

Cairol schloss die Augen, als wolle er die optische Wahrnehmung ausblenden, um sich besser konzentrieren zu können, und schwieg einige Momente. Rhodan nutzte die Gelegenheit, sich ins Bewusstsein zu rufen, was er über die Gesandten der Kosmokraten wusste.

Er war bereits mehrmals Robotern vom Typ Cairols begegnet. Es handelte sich um Maschinen – bislang eine Vermutung, die jetzt aber durch die Tatsache, dass der Kopf vor ihnen offenbar ohne Körper überleben konnte, bestätigt wurde –, aber Rhodan hatten sie ungeachtet ihres technischen Ursprungs von jeher wie Zwitterwesen angemutet. Ihre Haut beispielsweise bestand aus einem unbekannten Metall, das im Normalzustand die Flexibilität von organischem Material aufwies.

Die Cairols verfügten über ein Bewusstsein, begriffen sich selbst als denkende Wesen, und Rhodan glaubte bei seinen Begegnungen mit ihnen sogar Gefühlsregungen festgestellt zu haben. Dieser hier, seinen Behauptungen nach der 404te, besaß ohne jeden Zweifel Gefühle.

»Es ist eine Ewigkeit her«, begann der Roboterkopf schließlich. »So lange, dass selbst du, der du einen Vitalenergiespeicher besitzt – wieso dein Begleiter einen erhalten hat, ist eine Frage, die wir später klären sollten –, den Zeitraum nicht erahnen kannst. Ich war ein treuer Diener der Kosmokraten, unerfahren zwar, doch von einem Eifer besessen, der jenem ähnelt, wie ihn die Jugend gepaart mit Unwissenheit bei organischen Wesen gebiert. Ich reiste von Galaxis zu Galaxis, im Auftrag einer Sache, die ich als die einzig Richtige begriff. Ich kundschaftete, beobachtete und vermittelte, stellte die nötigen Weichen, und zuweilen tötete ich. Meine Herren schenkten mir volles Vertrauen. Sie gaben mir die Ziele vor. Wie ich sie erreichte, lag in meinem Ermessen.

Mein Selbstvertrauen war grenzenlos. Nichts und niemand konnte mir widerstehen, meinem messerscharfen Intellekt ebenso wenig wie den Instrumenten der Macht, die meine Herren mir an die Hand gaben. Tief in mir nistete ein Gefühl, etwas Besonderes zu sein, auserwählt. Nicht einzigartig, nein, das wäre eine Vermessenheit, wie sie nur fehlerhaften organischen Wesen unterlaufen kann, aber auserwählt, Teil eines auserlesenen Zirkels, zu dem diesseits der Materiequellen nur ein, zwei Hand voll zählen mochten. Aus der Gewissheit der Auserwähltheit schöpfte ich die unerschütterliche Zuversicht, die unweigerlich den Erfolg nach sich zieht.

So vergingen Jahrtausende. Das Licht unzähliger Sonnen spiegelte sich in meinen Augen, während ich zufrieden verfolgte, wie meine Anstrengungen und die meiner Herren Früchte trugen. Wir wiesen das Leben, das im Universum überhand zu nehmen drohte, in seine Schranken. Generationen von Helfern, organische Wesen, wie ihr es seid, kamen und gingen. Nützliche Narren, die halfen, den Untergang ihrer eigenen Völker einzuleiten, nur um in meiner Nähe zu sein, in der vergeblichen Hoffnung, dass ein Funke meines Glanzes auf sie selbst überspringt.«

Cairol stockte. »Später, in der endlosen Einsamkeit, die folgen sollte, habe ich oft auf diese Zeit zurückgeblickt, die ihr in eurer begrenzten Begrifflichkeit vielleicht als meine Jugend bezeichnen würdet. In diesen Momenten schienen sie mir als die glücklichsten, die ich erlebt habe. Zweifel waren mir damals fremd, ebenso wie das Brennen eines Ehrgeizes, den wohl nicht einmal die Kosmokraten selbst stillen könnten.«

»Du sprichst von deiner Jugend. Wie viele Jahre liegt sie zurück?«, erkundigte sich Rhodan.

»Das, Ritter, der du keiner mehr sein willst, ist eine Frage, die deiner nicht würdig ist«, entgegnete Cairol. »Was bedeuten dir Zeiträume, die du ohnehin niemals begreifen kannst? Es ist besser, du erfährst nicht von ihnen, sie würden dich nur unnötig verwirren.

Eines Tages erging ein Ruf der Kosmokraten an mich«, fuhr Cairol fort. »Es war ein seltenes Vorkommnis – wie ich schon sagte, ließ man mir freie Hand –, aber nicht ungewöhnlich. Ich begab mich unverzüglich an den Ort, dessen Koordinaten man mir übermittelt hatte. Dort, in einem dünn besiedelten Seitenarm einer Galaxis, erwartete mich ein Schiff. Sein Anblick bereitete mir ein gewisses Unbehagen. Die Walze glich meinem eigenen Schiff. Ich war befremdet.

Natürlich hatte ich nicht angenommen, dass meines einzigartig war – nicht einmal die Kosmokraten sind verrückt genug, dass sie Schiffe von dieser Größe als Unikate konstruieren –, aber der Anblick des Schiffes schien den Wert des meinen zu mindern. Und ich musste den Blick nur durch meine Zentrale schweifen lassen, um zu erfahren, dass mein Gefühl den Tatsachen entsprach. Es war meiner organischen Besatzung von den Gesichtern und Fühlern abzulesen.

Ich setzte über. Zugegeben, von einer gewissen Unruhe erfüllt, aber in keiner Weise auf die Begegnung vorbereitet, die mir bevorstand. Ein einzelnes Lebewesen erwartete mich und führte mich in die Zentrale. Das Innere des Walzenschiffs glich dem meinen bis in die letzte Einzelheit. Ein geringerer als ich wäre wahrscheinlich nach kurzer Zeit zu dem Schluss gekommen, er hätte seine vertraute Umgebung überhaupt nicht verlassen.

Ich betrat die Zentrale. Und dort, in der erhöhten Mitte, an meinem Platz, stand ein anderer – ich. Der Roboter, der über das Schiff gebot, war ein perfektes Ebenbild meiner Selbst. Zum ersten Mal, seit ich das Bewusstsein erlangt hatte, forderte mich eine Situation so sehr, dass ich zu keiner Reaktion fähig war. Ich verharrte an Ort und Stelle, während meine Sinne mein Gegenüber taxierten. Optisch nur, meine Orterfühler griffen ins Leere. Dennoch konnte ich – mit einer gewissen Erleichterung, ich gestehe es – einige feine Unterschiede zwischen mir und meinem Gegenüber feststellen: Ihm fehlten zwei Finger der rechten Hand, ein Bein erschien etwas kürzer, was in einer leicht asymmetrischen Körperhaltung mündete, sein Körper zeigte hier und da Kratzer ähnlich der Narben eines organischen Wesens.

›Hast du genug gesehen?‹, fragte mein Ebenbild schließlich. ›Dann lass uns unsere Aufgabe besprechen. Ich bin Cairol.‹

›Cairol?‹, entgegnete ich. Verwundert. Und ja, verärgert. ›Das ist unmöglich. *Ich* bin Cairol.‹

Der Roboter, der sich meinen Namen angeeignet hatte, blieb auf halbem Weg zu einer Konsole stehen. ›Ah, ein Neuling! Du triffst das erste Mal auf einen Bruder, nicht wahr?‹

Mir wollte keine kluge Antwort einfallen, deshalb schwieg ich. ›Also, es ist so‹, stellte mein Gegenüber fest. Er trat vor mich. ›Du bist Cairol. Und ich bin es.

Und viele andere sind es auch. Wir sind gleich und wieder nicht. Wir sind eins, und doch ist jeder von uns ein Einzelner. Ich – ich bin Cairol der fünfundvierzigste.‹

›Der fünfundvierzigste? Heißt das, ich bin nicht … Es gibt so viele von uns?‹

Mein fünfundvierzigster Bruder sah mich mitfühlend an. ›Noch viel, viel mehr. Man hat dir deinen ganzen Namen nicht mitgeteilt, nicht wahr? Dann will ich es tun. Du bist …‹, ich spürte, wie er eine Datenabfrage startete, ›… du bist … Cairol der 404te.‹

Ein Abgrund tat sich vor mir auf. Ich wäre ihn hinabgestürzt, wäre nicht mein Bruder an Ort und Stelle gewesen und hätte mich aufgefangen. Er sorgte dafür, dass die Erkenntnis, dass ich nur ein Industrieprodukt war, billige Massenware der Kosmokraten, sich erst nach und nach in mir ausbreitete. Er tat dies, indem er darauf bestand, unsere Mission unverzüglich zu planen und auszuführen.

Und das taten wir. Der Auftrag, den wir von den Kosmokraten erhalten hatten, war einer des Ausgleichs und Friedens gewesen. Aber wie ich bereits sagte, die Kosmokraten gestatteten es mir – uns –, Entscheidungen weitgehend autonom zu treffen, den Erfordernissen der Lage entsprechend. Ich und mein Bruder erfüllten den Auftrag. Wir hinterließen eine Spur der Zerstörung, und in der Glut, in der Welten starben, verging der schlimmste Stachel der Wut über die demütigende Offenbarung meines Bruders.

In den Jahrtausenden, die folgten, traf ich Dutzende meiner Brüder, doch Cairol den fünfundvierzigsten sah ich nie wieder. Nach und nach verblasste meine Enttäuschung darüber, ein gewöhnliches Werkzeug zu sein. Es tat gut, Brüder zu haben. Jedes Treffen mit einem Bruder war eine aufrüttelnde Erfahrung, die ihr angeblich so gefühlvollen organischen Wesen niemals zu erleben hoffen könnt. In jedem Bruder begegnete ich mir selbst und gleichzeitig einem anderen, waren wir doch Wesen vom selben Ursprung, erfüllten wir doch denselben Auftrag, und gleichzeitig hatten uns die Jahre zu eigenständigen Persönlichkeiten gemacht.

Schließlich begann ich die unerwartet gefundene Kameradschaft zu genießen, so unvollkommen sie auch war. Mein Weg führte mich dorthin, wohin die Kosmokraten mich schickten. Wenn sie überhaupt von meinen Bedürfnissen Kenntnis hatten, nahmen sie keine Rücksicht auf sie.

Wir Brüder trafen uns für winzige Zeiträume, erfüllten unsere jeweilige Aufgabe und gingen wieder auseinander. Bald rührte sich in mir eine neue Unzufriedenheit. War es nicht ungerecht von den Kosmokraten, ausgerechnet ihre treuesten und wichtigsten Diener so nachlässig zu behandeln? Im Geheimen begann ich mit meinem, unserem Schicksal zu hadern. Ich wagte es nicht, mich einem Bruder anzuvertrauen, und hätte es der Zufall nicht gewollt, wäre meine

Missbilligung ohne Folgen geblieben, versteckt in dem virtuellen, vielfach abgesicherten Rechner, in dem ich sie vor meinen Herren verbarg.

Ein neuer Ruf kam. Am Treffpunkt erwartete mich ein Anblick, den ich nicht für möglich gehalten hätte. Neun Walzenschiffe meiner Brüder schwebten im Orbit einer einsamen Welt, die ihre Bahnen durch den Leerraum zog. Es war ein Fest! Bereits die Begegnung mit einem einzelnen Bruder war ein aufwühlendes Erlebnis, die mit mehreren ... in den kurzen Stunden, die uns blieben, bevor unser Einsatz begann, erwuchs in uns ein Gefühl der Zusammengehörigkeit, das sich in keiner Sprache organischer Wesen in Worte fassen lässt. Wir waren als Einzelne an diesen öden Ort gekommen, als Gemeinschaft verließen wir ihn wieder.

Wir nahmen unsere Mission auf. Ich muss den Kosmokraten zugestehen, dass sie uns im Voraus wissen ließen, dass unser Einsatz dem Kampf dienen würde. Für gewöhnlich schwiegen sie sich über die Natur unserer Missionen aus. Ihre Gründe, die Ziele, abgesehen von den unmittelbaren, die Grundlagen, auf denen sie ihre Entscheidungen fällten – wir erfuhren sie niemals. Die Kosmokraten befahlen, wir gehorchten. So war es immer gewesen, so würde es immer sein.

Unser Zielplanet war eine Welt in Flammen. Überall auf der winzigen Kugel tobten Kämpfe. Nachvollziehbare Fronten, eine noch so verworren anmutende Ordnung der Kampfhandlungen, ja ein Grund, wieso wir diese Welt nicht einfach mit einem Feuerstoß unserer Bordwaffen vernichten sollten, waren nicht zu erkennen. Wir zehn verließen unsere Schiffe und fielen dem Schlachthaus entgegen.

Ich war der Einzige, der wiederkehren sollte. Meine Brüder blieben zurück. Oder genauer ausgedrückt: Was von ihnen übrig war, blieb zurück. Im Feuer des Gegners, den wir niemals zu Gesicht bekamen, wurden ihre Körper in Stücke gerissen und zerrieben. Sie verbrannten, bis rauchende Aschehaufen davon kündeten, dass einstmals ein Bruder existiert hatte.

Ich versuchte, meine Brüder zu retten, wenigstens in der Form, in der ihr mich jetzt seht, aber der Gegner ließ es nicht zu. Und meine Herren? Nie zuvor hatte ich die Macht der Kosmokraten so unmittelbar gespürt wie an jenem Tag, als meine Brüder starben. Sie verboten es mir, ihnen zu Hilfe zu eilen, und mein Körper gehorchte den Kosmokraten und verweigerte mir den Dienst.

Ich war nicht mehr derselbe nach meiner Rückkehr. Ich versuchte mir einzureden, dass ich mich glücklich schätzen sollte, überlebt zu haben. Es nutzte nichts. Meine Gedanken kehrten immer wieder auf die namenlose Welt zurück, auf denen meine Brüder ihre Existenz gelassen hatten. Und sie verweilten bei den Kosmokraten, die nicht dagegen eingeschritten waren.

Ich analysierte die Daten, die ich an jenem Tag aufgezeichnet hatte, ebenso wie die meines Schiffes und die – heimlich und mit größter Vorsicht – der Schiffe meiner toten Kameraden. Ihre Auswertung führte zu einem eindeutigen Schluss: Die Kosmokraten hatten den Tod meiner Brüder wissentlich in Kauf genommen, ja sogar geplant. Meine Brüder hatten ihr Ende in einem Ablenkungsangriff gefunden, einer flüchtigen Figur in dem unendlich ausgefeilten Schauspiel des Todes, das auf dieser Welt aufgeführt wurde. Die Kosmokraten hatten uns für entbehrlich gehalten und entsprechend gehandelt.

In der Stunde, in der ich die wahre Natur der Kosmokraten erkannte, wurde der Zorn geboren, der mich in letzter Konsequenz hierher geführt hat. Er wurde geboren als einsame, hilflose Wut.

Nach außen hin ging meine Existenz ihren gewohnten Gang. Gewissenhaft erfüllte ich die Aufgaben, die meine Herren mir stellten. Von Zeit zu Zeit traf ich mit Brüdern zusammen. Nur, die Freude, die mich einst erfüllt hatte, wollte sich nicht mehr einstellen. Stand ein Bruder vor mir, sah ich in ihm das leblose, verkohlte Stück Metall, als das er einst enden würde. Ich konnte mich auf das Angebot der Kameradschaft nicht einlassen, spürte ich doch, dass sie unweigerlich in Trauer und ohnmächtiger Wut enden musste. Ich beschränkte meine Kommunikation auf das für die jeweilige Mission Unabdingbare.

Mit einer Ausnahme: Gegen besseres Wissen erkundigte ich mich nach dem Schicksal der Brüder, die ich in den Jahren vor meiner Verwandlung schätzen und lieben gelernt hatte – und erhielt die Antworten, die unausweichlich waren. Sie sprachen vom Tod, von sinnlosen Opfern, vom Vergessen. Meine Wut stieg.

Und mein Gefühl der Schuld. Wieso hatte ich als Einziger überlebt? Wieso hatte das Schicksal, der Zufall oder der unergründliche Wille der Kosmokraten dafür gesorgt, dass mich keine Granate zerriss? Wer war ich, dass ich es verdient hatte zu leben, während meine Brüder den Weg der Auslöschung gegangen waren? Ich fühlte mich wie ein Verräter an ihnen.

Heute muss ich beinahe lachen, wenn ich an diese Tage zurückdenke. Ich hatte keine Vorstellung davon, was Verrat bedeutet. Ich war kein Verräter, ich war ein Dummkopf.

Einer, der fähig war zu lernen, allerdings. Ich beließ es nicht dabei, mich meiner Wut und meiner Schuld hinzugeben, auch wenn es mir selbst in dieser Zeit so erschien. Tatsächlich arbeitete ich im Unterbewusstsein bereits daran, auf die neuen Erkenntnisse zu reagieren.

Meine frühere Naivität war mit den Überresten meiner Brüder auf der Welt des Krieges geblieben. Ich hinterfragte, wenn auch nur heimlich, meine Existenz, die Befehle der Kosmokraten, ihre Motive. Letztere, muss ich eingestehen, sind mir selbst bis zum heutigen Tag verborgen geblieben, aber ich lernte viel über die Vorgehensweise der Kosmokraten und erkannte schließlich die wahre Quelle ihrer Macht. Es war nicht ihre unangreifbare Stellung hinter den Materiequellen, nicht die märchenhafte Überlegenheit ihrer Technik, nicht der gigantische Umfang ihrer Ressourcen. Es war ihr Wissen.

Die Kosmokraten tun nie etwas ohne guten Grund. Sie schöpfen aus einem unerschöpflichen Reservoir von Wissen. Nichts, was in unserem Universum geschieht, entgeht ihnen. Ihre Erfahrung, die möglicherweise in die Milliarden Jahre geht, gestattet es ihnen, dieses Wissen einzuordnen, es korrekt zu gewichten und richtig auf jede Eventualität zu reagieren.

Dies spürte ich mehr, als dass mein Verstand es wahrnahm. Und in meiner Beschränktheit, in meinem kleinen, unwichtig wirkenden Maßstab eiferte ich den Kosmokraten nach. Ich begann, Wissen zu sammeln. Daten, die ich früher unbesehen gelöscht hätte, speicherte ich nun heimlich ab. An mehreren Orten, begraben und vielfach verschlüsselt in einem Wust von unverfänglichen Datenmüll. Zug um Zug legte ich ein Archiv an, arbeitete ich mir einen Wissensvorsprung heraus, der mich von allen anderen Cairols abhob.

Wozu ich das tat? Ich konnte es nicht sagen. In mir spürte ich eine Zuversicht, dass sich eines Tages die Puzzleteile, die ich zusammentrug, zu einem Bild zusammenfügen würden. Dass ich bei seinem Anblick augenblicklich verstünde.

Nach außen hin blieb ich ein treuer Diener meiner Herren. Niemand konnte mir nachsagen, meine Pflichten nicht zu erfüllen. Im Gegenteil, ich übertraf sogar die Leistungen, die ich in meinen frühen Tagen erbracht hatte. Mein jugendliches Ungestüm war verflogen, und die Erfahrung bewahrte mich davor, unüberlegt zu handeln.

Mir war beinahe, als wäre ein neuer Cairol am Werk. Früher hatte ich mich damit begnügt, in Notfällen zu intervenieren. Ich folgte dem Ruf meiner Herren, bereinigte die Situation – mit allen Mitteln, die mir nötig erschienen – und kehrte dem Ort meiner Handlungen den Rücken, um in der Abgeschiedenheit meines Schiffs auf den nächsten Ruf zu warten. Nun nahm ich mir Zeit. Ich beobachtete, analysierte die Lage und handelte erst dann. Ich setzte die Machtmittel, die mir zur Verfügung standen, sparsam ein. Und ich blieb, um zu erfahren, wie mein Handeln fortwirkte.

Immer länger wurden diese Aufenthalte, immer schwerer fiel es mir, den Rufen der Kosmokraten zu folgen. Die Bewunderung meiner Untertanen, waren es auch nur organische Wesen, erfüllte mich mit Freude, übertroffen allenfalls von der tiefen Zufriedenheit, die mich beim Anblick dessen überkam, was ich geschaffen hatte. Ich war unversehens vom Beobachter zum Architekten geworden, vom Zerstörer zum Schöpfer.

Und eines Tages verstand ich, weshalb ich auf der Welt des Krieges verschont worden war. Nicht dem Zufall, nicht der Laune der Kosmokraten hatte ich mein

Überleben zu verdanken, sondern der Vorsehung. Ich, Cairol der 404te, war anders als meine Brüder, kein bloßer Diener und Befehlsempfänger wie sie, dazu bestimmt, eines Tages wie ein stumpf gewordenes Werkzeug weggeworfen zu werden. Nein, ich war *auserwählt* – und es war meine Pflicht, mich meinem Schicksal zu stellen.

Ich vervielfachte meine Anstrengungen, widmete beinahe meine gesamten Rechenkapazitäten dem Sammeln von Daten und ihrer Auswertung. Den Anforderungen der Kosmokraten, die mir inzwischen eine lästige Routine geworden waren, genügte ich spielend, wusste ich doch, dass meine Knechtschaft nicht mehr lange andauern würde.

Jahre verstrichen in fieberhafter Aktivität. Nur wenige waren es, ihre Zahl lag noch unter der Lebensspanne der meisten organischen Wesen. Schließlich war das Bild meiner Daten nahezu vollständig, einige wenige, unwichtigere Stücke fehlten noch, es zu komplettieren. Ich hätte an diesem Punkt meinen Plan bereits umsetzen können, doch das hätte sich nur schwer mit den Ansprüchen vereinen lassen, die ich an mich stellte. Ich war auserwählt, meine Schöpfung sollte *perfekt* sein.

In diesen, den letzten Tagen, bevor ich mich anschicken wollte, meine Ketten zu sprengen, erreichte mich ein Ruf der Kosmokraten. Mein erster Impuls war, ihn zu ignorieren, aber er war von außergewöhnlicher Dringlichkeit. Sich ihm zu verweigern hätte bedeutet, meine Rebellion zu offenbaren. Und ein zweiter, furchteinflößender Gedanke beschlich mich: Bedeutete der Ruf, dass die Kosmokraten von meinen Plänen erfahren hatten?

Mir blieb keine Wahl. Ich folgte dem Ruf.«

21

Errek Mookmher wartete.

Es war still geworden in Kion. Das Summen der allgegenwärtigen Gleitertriebwerke war verstummt, ebenso das Zischen, mit dem die Luft um ihre Flügel und Rümpfe strich. Niemand, in dem ein letzter Funken Lebenswillen glomm, wäre mehr auf die Idee gekommen, ein Fluggerät zu besteigen – selbst im Nebelschleier, den die Psi-Sphäre der Traumfamnire über das Nodro-System gelegt hatte und der die Bewusstseine seiner Bewohner in seinem Griff hielt.

Über der Stadt, in großer Höhe, kreisten kleine schwarze Punkte, nur sichtbar, wenn man die Augen zusammenkniff und nicht in die Sonne sah. Jäger, die in der Stratosphäre Patrouille flogen, ihre Orter auf die Stadt gerichtet, bereit, jeden Widerstand im Keim zu ersticken. Und über ihnen, unsichtbar für das bloße Auge, die Habitate und Quochten-Raumer. Eine Salve aus ihren Geschützen genügte, um Kion zu vernichten. Errek musste lediglich den Befehl geben.

Errek Mookmher, der Rebellenfürst, der wie kaum ein anderer unter der Herrschaft der Zwillingsgötzen gelitten hatte, saß auf einer Treppenstufe, die Ellenbogen auf die Oberschenkel gestützt, und starrte auf seine Unterarme.

Der dicke, schwarze Qualm, der sich über die Straßen gelegt hatte und auf seinem schwarzen Lederanzug klebte, der in seine Lungen drang und sich in ihnen festsetzte, kümmerte ihn nicht. Ebenso wenig wie die Explosionen, die von Zeit zu Zeit den Boden unter ihm erschütterten, oder das Fauchen von Strahlen oder die kläglichen Schreie der Verwundeten und Sterbenden.

Krieger hasteten heran, stießen keuchend Meldungen hervor, erfragten Befehle. Errek Mookmher erteilte sie, ohne aufzusehen. Die Kämpfe in Kion waren Nebensache. Das wahre Ringen fand in diesem Moment an einem anderen Ort statt. Und er, Errek Mookmher, das stolze Oberhaupt des Mookmher-Clans, war von ihm ausgeschlossen. Er war auf andere angewiesen. Clanlose. Fremde.

Errek Mookmher blieb nur, dazusitzen und zu warten.

Und in sich hineinzuhorchen.

Errek Mookmher schloss einige Augenblicke lang die Augen, öffnete sie wieder. Sein Körper erbebte. Er verzehrte sich danach, endlich zu *handeln*. Aber es war zu früh, die süße Stimme, die teuflische Verführung bestand noch.

Er streckte die Finger der rechten Hand, ballte sie zur Faust.

Die Hand, die nimmt.

Sein Unterarm war tätowiert. Männer ritten in die Schlacht, prallten aufeinander. Im Vordergrund nahm ein Duell seinen Fortgang. Die beiden Kombattanten, ausgestattet mit mächtigen Klingen, hieben aufeinander ein. Ihre Körper und Waffen waren blutverschmiert. Wenn Errek die Muskeln anspannte, erwachte die Szene wie ein primitiver, zweidimensionaler Trickfilm zum Leben.

Errek Mookmher war Rechtshänder, er hatte in den siebenunddreißig Jahren seines Lebens ausgiebig Gebrauch von der Hand gemacht. Der Rebellenfürst hatte genommen. Leben in größerer Zahl, als er sich erinnern konnte, und Beute, so viel er zusammenkratzen konnte. Alles im Namen des großen Ziels, dem Ende des Götzen-Regimes. Für ein neues, besseres Morgen.

War es bereits angebrochen?

Errek Mookmher horchte in sich hinein, fand Leere, und für einen kurzen Moment glaubte er, dass sie den Sieg errungen hatten. Doch dann kehrte der Sirenengesang der Zwillingsgötzen zurück. Hier, in vielen Kilometern Entfernung von der Götzenstadt, gelang es Errek mühelos, ihm zu widerstehen. Näher an der Götzenstadt oder sogar in ihrem Innern …

Errek Mookmher war zu klug, sich einer Selbstüberschätzung hinzugeben. Hätte er Perry Rhodan und Reginald Bull begleitet, er wäre zu einer Marionette in den Händen der verbrecherischen Herrscher reduziert worden.

Er musste Geduld haben.

Geduld. Warten.

Es war eine Tugend, die er mindestens ebenso perfekt beherrschte wie den Kampf. Nein, das traf es nicht. Warten und Kampf, sie waren eins.

Von außen betrachtet, bestand der Kampf aus den wenigen Sekunden oder Minuten der Gewaltausübung, des Austauschs von Schlägen, sei es mit bloßen Fäusten, Schwertern oder Schlachtkreuzern. Errek Mookmher hatte gelernt, dass das ein Trugbild war. Kampf, das waren die endlosen Jahre der Vorbereitung, des Trainings, der Übung. Es waren die Stunden der Meditation, der Konzentration; die Sorge, die man sich selbst angedeihen ließ, um Körper und Geist auf der Höhe ihrer Leistungsfähigkeit zu erhalten.

Und eben das Warten. Auf den Moment der Entscheidung.

Kampf, das bedeutete Zweifel, die den Schlaf raubten. An der Sache, an sich selbst. Und nach dem Kampf? Hatte man nicht genügt, kehrte man als Krüppel aus dem Kampf zurück, und das Warten auf den Tod begann. Die Erlösung von den Zweifeln, von der Gewissheit, nicht versagt zu haben. Hatte man den Gegner bezwungen, kam die Euphorie. Kurz, wie ein Blitzschlag. Elektrisierend, alles einnehmend.

Und dann begann das Warten von Neuem. Auf den nächsten Kampf, der der letzte sein mochte.

Eine Zeit lang hatte Errek Mookmher erwogen, die Tätowierung ergänzen zu lassen. Um einen Krieger, der friedlich auf einer Matte unter einem Baum döst, im Wissen um seine Stärke und der Unausweichlichkeit seines Schicksals. Irgendwann kam für jeden der Moment, an dem er nicht genügte.

Errek hatte den Gedanken verworfen. Seine Clansleute hätten ihn für verrückt erklärt. Exzentrizitäten waren etwas für verdiente Krieger, wie es sein Vater gewesen war. Tarak hatte bewiesen, wozu er fähig war, niemand hätte es ihm krumm genommen, wenn er einer Laune nachgab.

Das lag noch vor Errek Mookmher. Er hatte sich noch nicht bewiesen.

Errek Mookmher sah auf den linken Arm.

Die Hand, die gibt.

Die Tätowierung auf seinem linken Unterarm zeigte einen Marktplatz. Einkäufer schlenderten von Stand zu Stand, feilschten erregt um Waren, als gäbe es in ihrem Leben keine größere Sorge, als womöglich für eine Ware einen zu hohen Preis zu bezahlen. Die Menschen waren gut genährt, gepflegt bekleidet. Sie lachten in die helle Sonne.

Errek Mookmher hatte in seinem Leben noch nie einen solchen Markt betreten. Die Bewohner der Habitate waren arm. Die Überschüsse, die sie in guten Jahren erwirtschafteten, wurden eingelagert für die schlechten. Zum Handeln blieb kaum etwas übrig.

Als junger Mann hatte er die Traumhabitate verlassen. Unter falschem Namen hatte er eine Raumfahrerakademie auf Nodro besucht. Die harte Disziplin, gekoppelt mit den langen Monaten an Bord von Raumschiffen, hatten ihm keine Gelegenheit gegeben, die Welt außerhalb der Akademie zu besuchen. Die Skyline Kions war lockend am Horizont aufgeragt, und Errek hatte sich mehr als einmal ermahnen müssen, dass er ein Trugbild sah. Die friedliche Szene, die auf seinem Arm tätowiert war, mochte tatsächlich existieren – auf einem vergessenen Hinterwäldlerplaneten des Empire. In Kion, dem Auge des Bösen, tat sie es nicht.

In den langen Nächten, in denen er die schimmernden Lichter der Stadt beobachtet hatte, hatte er einen Schwur gelobt: Er würde nach Nodro zurückkehren und Kion für sich gewinnen.

Er hatte seinen Schwur wahr gemacht. Kion gehörte seinen Truppen. Der Widerstand der Götzentreuen war zum Scheitern verurteilt. Ihr Antrieb, gespeist von den hypnosuggestiven Impulsen der Götzen, war enorm, doch irregeleitet. Die Psi-Sphäre der Traumfamnire legte sich wie ein Schleier über ihre Wahrnehmung, machte jedes koordinierte Handeln unmöglich.

Eine Explosion in unmittelbarer Nähe erschütterte die Treppe. Ein Schauer aus Metall- und Plastiksplittern ging über dem weiten Vorplatz nieder. Errek sah auf und verfolgte, wie seine Leibwache einen einzelnen Nodronen niederschoss, der eine Granate geworfen hatte. Der Mann, er trug die Uniform eines gewöhnlichen Soldaten, starb lautlos.

Errek richtete seine Aufmerksamkeit wieder auf seine Arme. Er war Rechtshänder. Von jeher. Sein rechter Arm war muskulös und sehnig. Stark. Sein linker Arm … er war schwächer, ungeschickter. Errek mochte es nicht, Dinge mit ihm anfassen zu müssen. Die Unbeholfenheit machte ihn wütend.

Die Hand, die gibt.

Errek Mookmher versuchte sich zu erinnern, wann und wie er sie benutzt hatte. Während seiner Zeit im Empire unter falschem Namen? Nein, die Götzen brauchten gewissenlose Mörder für ihre Flotten und Armeen. Wer unter ihnen bestehen wollte, durfte nicht zartbesaitet sein. Mitgefühl mit anderen wurde als Schwäche betrachtet, die es auszunutzen galt. Während seiner Zeit auf Pembur, der Todeswelt? Vielleicht. Er hatte die Rebellen in ihren Verstecken angeführt, aber die eigentliche Gabe, die Flucht, hatte ihnen Perry Rhodan geschenkt. Rhodan und die verfluchten Quochten.

Was hatte *er* den Männern und Frauen gegeben, die er führte?

Den Tod in den Folterkammern des Empire. Ein Leben auf der Flucht, in Verstecken, in Angst. Ein kurzes dazu. Und die Hoffnung, dass ihre Leiden einen Sinn hatten, dass sie – oder wenigstens ihre Kinder oder Kindeskinder – in Frieden leben konnten. In Freiheit.

Jetzt war es an der Zeit, sein Versprechen einzulösen. Ausgerechnet er, der Krieger, sollte die Nodronen in eine friedliche Zukunft führen. Errek Mookmher ballte die linke Hand zur Faust. Er drückte, bis sich die Tätowierung zur Unkenntlichkeit verzerrte. Wieder einmal in dieser Zeit des Wandels hatte er Angst, nicht zu genügen, einen Kampf zu verlieren.

Er schloss die Augen, suchte in seinem Innern nach der Kraft, die neue Aufgabe zu bestehen.

Er fand ... Stille.

Der Sirenengesang der Götzen war verstummt. Errek wartete einige Sekunden. War der Gesang nicht schon einmal wieder zurückgekehrt? Die Stille blieb. Die Götzen waren tot. Rhodan und Bull hatten ihr Versprechen gehalten.

Errek Mookmher erhob sich. Augenblicklich umringte ihn seine Leibwache, zehn Männer und Frauen in schweren Kampfanzügen. Sie wollten ihn begleiten.

»Nein«, befahl Errek Mookmher. »Das hier muss ich alleine tun. Sorgt dafür, dass mir niemand folgt und alles bereit ist.«

Die Leibwächter wichen zurück, gaben ihm den Weg frei. Errek wandte sich um, legte den Kopf in den Nacken. Die Treppe türmte sich hoch über ihm auf. 1792 Stufen lagen vor ihm. Jede von ihnen stand für einen Clan, der zu der Zeit existiert hatte, als die Clansburg von Kion erbaut worden war, lange bevor die Zwillingsgötzen die Macht an sich gerissen hatten. Kaum die Hälfte von ihnen existierte noch. Viele Clans waren erloschen. Opfer der Nachstellungen der Götzen. Und ihres Expansionsdrangs. Das Empire von Nodro war größer denn je, aber jede einzelne Welt, die ihm angehörte, war mit Blut bezahlt worden.

Errek Mookmher machte sich an den Aufstieg. Kion, die gemarterte Hauptstadt, blieb hinter ihm zurück. Errek sah sich nicht um. Am Ende seines Weges erwartete ihn ein Ausblick, wie ihn seit anderthalb Jahrtausenden kein Nodrone mehr genossen hatte. Er wollte ihn sich nicht durch Ungeduld verderben.

Er gelangte an das Ende der Treppe. Die mächtigen Mauern der Clansburg ragten vor ihm auf, in ihrer Mitte das Große Tor. Errek trat vor die hölzerne Pforte, drückte mit beiden Händen dagegen und wartete.

Seit anderthalb Jahrtausenden war der Zutritt zur Burg verboten gewesen. Nicht technische Vorrichtungen hatten das Verbot durchgesetzt, sondern der Einfluss der Götzen. Jetzt musste die Clansburg ungeschützt sein.

Eigentlich.

Das Tor hielt seinem Druck stand.

Errek sah in Kopfhöhe einen Schlitz im Holz des Tors. Brauchte man etwa einen längst vergessenen Schlüssel, es zu öffnen? Sollte sein Vorhaben an einer aberwitzigen Nebensächlichkeit scheitern?

Er verstärkte den Druck auf die Tür, legte sein ganzes Gewicht gegen sie. Knarrend gab sie nach. Gerade weit genug, dass Errek sich hindurchzwängen konnte.

Halbdunkel erwartete den Rebellenfürsten, ausgehend von dem Streifen Licht, der durch den Türspalt fiel. Der Rebellenfürst erblickte eine prächtige Empfangshalle. Errek Mookmher verharrte ehrfürchtig auf der Stelle, die Arme in die Hüften gestemmt, bis ihm der Staub von anderthalb Jahrtausenden in die Nase stieg.

Er nieste laut.

Es war, als wäre damit ein Bann gebrochen. Errek Mookmher lachte laut auf. Seine Ehrfurcht war nicht verschwunden, sie war nur an den Platz gerückt, an den sie gehörte. Die Achtung vor den Ahnen war wichtig. Wichtiger als sie waren aber die Lebenden, die Ungeborenen. Um ihretwillen war er hier.

Errek Mookmher ging weiter, stieg immer höher. Staub und Schmutz verklebte seine Stiefel, kroch an ihm hoch. Er hielt ein Tuch vor Mund und Nase, um nicht noch weiteren Staub einzuatmen. Clanshalle um Clanshalle passierte er. Hin und wieder übermannte ihn die Neugierde, und er blieb an den Eingängen stehen. Es waren Ruhmeshallen, die die Taten des jeweiligen Clans bezeugten. Entgegen aller Wahrscheinlichkeit hoffte er, die Halle der Mookmher zu passieren, aber sein Wunsch blieb unerfüllt. Er nahm sich vor, zurückzukommen und sie zu suchen. Später, wenn alles vorüber war.

Schließlich gelangte er zum Burgturm. Bevor er sich an den Aufstieg die lange Wendeltreppe hinauf machte, strich er über seine Kleidung und entfernte den Schmutz. Nicht allen, seine Zuschauer sollten sehen, dass er den Weg aus eigener Kraft zurückgelegt und sich nicht etwa von einem Gleiter hatte absetzen lassen. Errek Mookmher trug seinen einfachen schwarzen Lederanzug. Auch das ein bewusster Entschluss: *Seht her! Ich bin einer von euch!*

Er zwang sich, die Wendeltreppe langsam hinaufzusteigen. Es würde kein gutes Bild abgeben, wenn er nach Luft ringend und schweißverklebt auf die Spitze trat. Und das Bild war beinahe entscheidender, als was er sagen würde. Die Schwebekameras, die bereits auf ihn warteten, würden es aufnehmen und in den letzten Winkel Nodros, ja des Empire senden.

Errek Mookmher trat auf die Turmspitze. Es war eine runde Plattform von vielleicht zwei oder drei Metern Durchmesser. Es gab kein Geländer. Der Rebellenfürst beugte den Oberkörper vor, um dem scharfen Wind zu trotzen, und blickte auf Kion hinab.

Bis an den Horizont dehnte sich das Gewirr der Zelthäuser, auf einer Seite begrenzt durch das Gebirge der Stürme, das wie eine Wand aufragte. Die Holos über dem Götzenpalast waren erloschen. Errek brauchte einige Momente, um den Palast ausfindig zu machen. Er schien geschrumpft zu sein. Er hatte seine Wichtigkeit verloren, war nur noch eine leere Hülse.

Kion war seine, Erreks Stadt.

Die Stadt aller Nodronen.

Eine Kamera stieg auf, blieb zwei Meter vor seinem Gesicht stehen. Der Moment war gekommen.

»Nodronen«, sagte er. »Ich bin Errek vom Clan der Mookmher. Die Zwillingsgötzen sind tot. Besiegt in einem fairen Duell.«

Nicht die ganze Wahrheit, aber das ließ sich nicht ändern. Er musste seinen Anspruch begründen.

»Als Fürst und Anführer der Rebellen verlange ich, was mir zusteht: Die Herrschaft über das Empire. Euren Gehorsam.«

Es genügte nicht. Errek spürte es. Man würde ihm nicht folgen. Er musste nachlegen. Der Rebellenführer versuchte sich an die vielen weihevollen Sätze zu erinnern, die er sich für diesen Augenblick zurechtgelegt hatte. Sie entwanden sich ihm.

Errek Mookmher sah in die Kameralinsen, spürte die prüfenden Blicke von Milliarden.

Und dann hob er den Arm. Den linken. Hielt die Marktszene in die Kamera. Reichte den Nodronen die Hand, die gibt. Es war ein Versprechen, das jeder Nodrone verstand.

Frieden.

22

»An dem Ort, an den mich die Kosmokraten gerufen hatten, tobte eine Raumschlacht von einem Ausmaß, wie weder ich noch einer meiner Brüder es jemals beobachtet hatten«, setzte Cairol seinen Bericht fort, den Blick unverwandt auf die beiden Terraner gerichtet. »Das Feld, in dem sie ausgefochten wurde, umfasste ein Raumquadrat von über fünfzig Lichtjahren Seitenlänge. Mehrere Hunderttausend Einheiten auf beiden Seiten hatten sich ineinander verbissen.

Es war ein Ringen ohne Gnade: Beide Seiten vernichteten ohne wahrnehmbares Zögern die Rettungsboote der Gegenseite, oft fanden die Strahlenfinger auch hilflos in ihren Raumanzügen treibende Schiffbrüchige. Was die Ursache für dieses Ringen war, wer damit begonnen hatte, welchen Zielen es diente, wie sich seine Unbarmherzigkeit erklärte – dies waren Fragen, über die meine Herren mich nicht unterrichtet hatten.

Ihrem Ruf war lediglich zu entnehmen, dass in diesem Teil des Universums eine Schlacht um die Herrschaft geführt wurde und ich ihren Verlauf beobachten und aufzeichnen sollte. Auf keinen Fall, in dieser Hinsicht waren ihre Anweisungen ungewöhnlich eindeutig, hatte ich in den Kampf einzugreifen oder mich zu erkennen zu geben.

Eine Zeit lang folgte ich fasziniert dem Geschehen. Selbst mir, der ich viele zehntausende Welten gesehen hatte und auf eine Existenzspanne zurückblickte, die organische Wesen als gottgleich empfinden müssen, hatte niemals ein vergleichbares Schauspiel gesehen. Die Verbissenheit, mit der beide Seiten kämpften, war furchterregend, die Zerstörungen, die sie anrichteten, als die Schlacht sich immer tiefer in die dicht besiedelten Gebiete dieser Sterneninsel verlagerte, ohne Beispiel.

Neugierig geworden, nahm ich einige der zum Erstickungstod verurteilten Schiffbrüchigen an Bord. Eine der Parteien stellte sich als ein Volk von Echsenwesen heraus, die andere ähnelte stark euch. Gemein war den Kämpfern beider Seiten ihre Engstirnigkeit. Ihr gesamtes Denken und Trachten war darauf ausgerichtet, Mitglieder des gegnerischen Volkes zu vernichten. Ihre Unbeweglichkeit erinnerte verblüffend an primitive Maschinen, die einzig und allein für einen Zweck konstruiert sind.

Enttäuscht – wie konnten Wesen, die die gewaltige logistische Leistung dieser Raumschlacht vollbrachten, derart unflexibel sein? – erlaubte ich den Kriegern beider Seiten, ihren Lebenszweck zu erfüllen, und öffnete die Türen zwischen ihren Quartieren. Die Wesen fielen übereinander her. Den einzigen Überlebenden setzte ich mit den Leichen in der Korona einer Sonne aus, damit anhand ihrer Überreste niemand auf meine Anwesenheit aufmerksam wurde.

Nach Wochen strebte die Schlacht ihrem Höhepunkt entgegen, aber mein Interesse war erloschen. Der millionenfache Tod hatte mich abgestumpft. Mir schien, als hätte ich all das, was die Instrumente meines Schiffs aufzeichneten, bereits gesehen, wenn auch in kleinerem Maßstab. Meine Ängste, die Kosmokraten könnten hinter meinen Plan gekommen sein, waren verflogen. Dies war tatsächlich eine Routinemission wie jede andere auch.

Alles in mir drängte danach, mich wieder meinen eigenen Plänen zu widmen, mich von der Langeweile und Sinnlosigkeit zu erlösen, die mir beschert waren. Und so gestatte ich mir, einen Teil meiner Rechenkapazitäten auf meine Pläne zu verwenden, wenige Prozent nur.

Es war ein unverzeihlicher Fehler. Der einzige, den ich mir nach Jahrtausenden immer noch vorwerfe. Dennoch, aus Cairol dem 404ten, einer Maschine mit einer Seriennummer, sollte Cairol der Verräter werden – wenn auch in einer anderen Weise als von mir erträumt.

Es gibt keinen stärkeren Sog für ein mit Bewusstsein ausgestattetes Wesen als den der eigenen Träume. In immer kürzeren Abständen vergrößerte ich den für die Ausarbeitung meines Plans benötigten Anteil meiner Rechenkapazität. Jedes Mal mit einer anderen, durchsichtigen Begründung, die ich nicht durchschauen wollte. Für die Beobachtung der Schlacht blieb schließlich nur noch ein vernachlässigbarer Bruchteil meiner Kapazitäten.

Ich hatte von Beginn an darauf geachtet, mein Schiff am Rand der Schlacht zu positionieren. Ihr Feld hatte sich nur träge verschoben, sodass es ein Leichtes gewesen war, Abstand zu halten. Nun, im letzten Aufbäumen der Verliererseite, verlagerte sich die Schlacht sprunghaft. Unvermittelt fand ich mein Schiff zwischen den Fronten gefangen. Im Feuer Tausender Einheiten überschritten die Schirme rasch die Grenzen ihrer Belastbarkeit. Erste Energiestrahlen durchschlugen die Schirme und fraßen sich in den Rumpf meines Schiffs. Dennoch wäre ich der Katastrophe entronnen, wäre in diesem Moment nicht eine neue Waffe zum Einsatz gekommen.

Es gelang mir erst später – in den langen Jahren danach –, ihre Wirkungsweise anhand der Orteraufzeichnungen zu ergründen. Im Moment der Schlacht registrierte ich nur, wie Hunderte von Einheiten von den Orterschirmen verschwanden, als hätten sie nie existiert. Ich spürte einen Schlag. Ein weiterer Energiestrahl hatte die Schirme meines Schiffs durchschlagen und bohrte sich durch die Zentrale. Plötzlich hatte ich die Kontrolle über meine Gliedmaßen verloren.

Dann geriet mein Schiff in den Wirkungsbereich der neuen Waffen. Über die Sensoren des Schiffs nahm ich einen sechsdimensionalen Impuls wahr – und den Bruchteil einer Zeiteinheit später trieb mein Schiff im Leerraum, allein.

Mein Schiff war ein Wrack. Die Über- wie Unterlichttriebwerke waren vernichtet. Von der viele hundert Köpfe zählenden Besatzung hatte nur eine Hand voll überlebt.

Ich befahl den Überlebenden, einen neuen Körper für mich zu improvisieren, aber ihre organischen Geister waren der Leere, die sie umgab, nicht gewachsen. Sie nahmen sich, einer nach dem anderen, noch vor ihrer Zeit das Leben. Bald war ich auf mich allein und die wenigen noch funktionsfähigen Instrumente meines Schiffs gestellt.

Ich machte mich daran, meine Umgebung zu analysieren. Wohin hatte mich das übergeordnete Feld der Waffe verschlagen? Die Antwort auf diese Frage war schnell gefunden: Zwei verbliebene Teleskope fanden bekannte Galaxien, anhand derer Positionen es mir gelang, meine eigene zu bestimmen. Aber eine genauere Analyse der Daten brachte zutage, dass ich die falsche Frage gestellt hatte. Die Spektren der bekannten Galaxien waren verschoben, in einer konsistenten Weise, die nur einen Schluss zuließ: Das Energiefeld hatte mich und mein Schiff nicht nur an einen anderen Ort versetzt, sondern auch in eine andere Zeit. In eine Zukunft, so weit entfernt, dass sie selbst die Maßstäbe sprengte, in denen die Kosmokraten dachten und handelten. In diese Zeit.«

Die Edelsteinaugen Cairols fixierten Rhodan. »Du und dein Begleiter, ihr stammt ebenfalls nicht aus dieser Zeit, nicht wahr? Mir ist in den Jahren seit meinem Schiffbruch kein Wesen mit Ritteraura untergekommen. Du musst mir erzählen, wie du hierher gelangt bist – später.

Ich gestehe«, fuhr der Roboter mit seinem Bericht fort, bevor Rhodan zu einer Entgegnung ansetzen konnte, »die Erkenntnis traf mich schwer. Ich verfiel in einen Zustand, den ihr organischen Wesen als ›Schock‹ bezeichnen würdet. Er hielt nicht lange an, denn ich begriff, dass es sich bei meiner unfreiwilligen Versetzung um einen Akt der Vorsehung gehandelt hatte. Mit einem Schlag hatte er das größte Hindernis beseitigt, das meinen Plan gefährdete, nämlich, wie ich ihn von den Kosmokraten unbemerkt umsetzen und seine Früchte genießen konnte.

Die Kosmokraten in ihrer nahezu vollkommenen Allwissenheit hätten mich früher oder später aufgespürt und bestraft. In dieser Zukunft dagegen, erkannte ich, war ich ungefährdet. Mein Dahintreiben im Leerraum stellte nur eine lästige Prüfung dar, die mir die Vorsehung gestellt hatte. Um sie zu bestehen, benötigte ich lediglich etwas Geschick und Geduld.

Ich machte mich an die Arbeit. Es gelang mir, durch Umkonfiguration der erhaltenen Bordrechnerkomponenten den Schiffssender in Betrieb zu nehmen, nur im lichtschnellen Normalfunkbereich, doch das genügte. Ich sandte ein Notsignal aus und wartete. Jahrtausende vergingen, in denen ich jedes erdenkliche Szenario zur Verwirklichung simulierte, und als schließlich ein Schiff meinem Notruf folgte, war ich bereit.

Das Schiff gehörte einem Volk an, das sich selbst Tambu nennt – die übrigen Völker Vaaligos kennen seine Angehörigen als die Wissenschaftler von Cor'Morian. Ich hätte mir keine geeigneteren ›Retter‹ wünschen können. Die Tambu zeichnen sich durch eine grenzenlose Neugierde aus, gepaart mit einer Naivität, die an Lebensuntüchtigkeit grenzt. Die Vorsehung hatte mir perfekte Werkzeuge geschickt.

Ich ließ die Tambu an Bord, gestattete es ihnen, mich zu finden. Auf ihre Fragen antwortete ich wahrheitsgemäß, dass ich mich auf einer dringlichen Mission im Auftrag höherer Mächte befunden hätte, als es mich in diesen Teil des Universums verschlagen hatte – und dass es, trotz des mitgenommenen Zustands meiner selbst und des Schiffs, noch nicht zu spät sei, meine Mission zu erfüllen.

Ich hatte mich in den Tambu nicht getäuscht. Sie stürzten sich auf den Köder, den ich ihnen hingeworfen hatte; nicht mit dem Überschwang von Kindern, eher dem verzweifelten Grapschen eines Ertrinkenden nach einer rettenden Planke. Die Tambu waren auf der Suche nach einem Sinn, und ich würde ihnen einen geben. Ich gewährte ihnen Zugriff auf einen Teil der Daten, die ich unter Mühen und Gefahren gesammelt hatte.

Die Tambu erfuhren von den Schwärmen, die das Universum durchstreifen, gewaltigen Gebilden aus vielen tausend Sonnen und Welten, mit dem Ziel, Leben und Intelligenz zu spenden. Von Ehrfurcht durchdrungen, fragten die Tambu mich, wo sie einen solchen Schwarm finden konnten. Sie wollten mit eigenen Augen ihre Pracht erblicken. Ich musste sie enttäuschen.

›Schwärme‹, antwortete ich, ›sind ein äußerst seltenes Phänomen. Und ein höchst eigenwilliges dazu. Niemand kann ihren Aufenthalt oder Kurs prophezeien, selbst ich nicht. Aber da euer Eifer so tief empfunden und rein ist, werde ich ein Geheimnis mit euch teilen …‹

Ich erlaubte den Tambu den Zugriff auf meine gesammelten Daten – mit einer winzigen, aber entscheidenden Ausnahme. Ihre bloße Menge war überwältigend für die Tambu, die nur über langsame Rechner verfügten. Doch schließlich begriffen sie, welches Geschenk ich ihnen gemacht hatte: Ich hatte ihnen die kompletten Baupläne eines Schwarms zur Verfügung gestellt.

Von diesem Augenblick an veränderte sich das Verhalten der Tambu mir gegenüber. Hatten ihre Schiffe – zwei Dutzend hatten sich zwischenzeitlich im Leerraum eingefunden – bislang genau darauf geachtet, Abstand zu meinem zu wahren, verloren sie nun auch die letzte Scheu. Sie sammelten sich in nächster Nähe und transportierten mich und mein Schiff zu ihrer Heimatwelt. Dort schufen sie einen unterirdischen Hangar, der groß genug war, es aufzunehmen, und setzten es dort ab. Mir boten sie an, einen neuen Körper anzufertigen.

Ich lehnte ab. Mir schien meine neue Form der Existenz angemessener. Cairol der 404te mochte auf einen angewiesen gewesen sein, aber ich, Cairol der Verräter, Cairol, der den Kosmokraten getrotzt hatte, konnte auf einen verzichten. Die Tambu und später andere Völker dienten mir wirkungsvoller als Gliedmaßen, als es meine Arme und Beine je getan hatten.

Die Tambu enttäuschten mich nicht. Noch während sie mich auf ihre Heimatwelt brachten, begannen sie mit den Vorbereitungen für das Große Vorhaben. Dank ihrer sanften, auf Konsens ausgerichteten Natur, standen sie in friedfertigem Kontakt mit fast allen Zivilisationen Vaaligos. Es gelang ihnen, eine Vielzahl von ihnen für ihr Vorhaben, die Errichtung eines Schwarms zur Verbreitung der Intelligenz, zu gewinnen. In Vaaligo war es ein geflügeltes Wort, dass ein Tambu niemals log – wieso also hätte man ihnen misstrauen sollen? Ihr Gewissen war rein, sie verfolgten nur die besten Absichten. Ich selbst hielt mich im Hintergrund, meine Existenz war nur wenigen führenden Tambu bekannt. Meine Begründung, ich wolle meine Person nicht in den Vordergrund spielen, wurde von ihnen akzeptiert, ohne sie zu hinterfragen.

Zufrieden verfolgte ich, wie der Schwarm nach und nach Gestalt annahm. Die Tambu waren – für organische Lebewesen – höchst geduldig. Sie nahmen sich Zeit, die Pläne nicht nur eins zu eins umzusetzen, sondern auch sie zu verstehen, sie, wo immer nötig, an die lokalen Verhältnisse anzupassen. Das Wissen, das sie erlangten, gaben sie in verwertbarer Form an die Völker weiter, die ihnen bei der Errichtung des Schwarms halfen.

Im Zuge ihrer Bemühungen stießen sie auch auf die Gendatenbanken der Erbauervölker, die einen Teil meiner Sammlung darstellten, vielleicht sogar den wichtigsten. Die Tambu riefen verschiedene Völker ins Leben, wachten über sie, bis ihre Populationen stark genug waren, aus eigener Kraft zu überleben und ihren Platz in der Gemeinschaft des Großen Vorhabens einzunehmen.

Eines dieser Völker bestand aus Humanoiden. Wesen, die euch sehr ähnlich sehen und sich später selbst den Namen Nodronen gaben. Die Nodronen stellten ein Rätsel für die Tambu dar. Ihr Platz im Gefüge des großen Projekts war nicht ersichtlich, sie brachten keine Fertigkeiten mit sich, die beim Aufbau des Schwarms nützlich gewesen wären.

Die Tambu suchten mich auf und baten mich um Rat. Ich beschied ihnen, in meiner üblichen Bescheidenheit, dass auch ich nicht über jede Einzelheit der Schwarm-Pläne unterrichtet sei und ihnen nicht weiterhelfen könne.

In ihrer Naivität bezweifelten die Tambu die Aufrichtigkeit meiner Antwort nicht. Und aus derselben Haltung speiste sich ihr Umgang mit den Nodronen: Die Tambu, die das Töten von intelligenten Lebewesen ablehnten, ließen die kleine Gemeinschaft der Humanoiden, die sie herangezüchtet hatten, am Leben. Aber auch nicht willens, einen Teil der Ressourcen, die für das Große Vorhaben benötigt wurden, an sie abzutreten, überließen sie die Nodronen sich selbst. Sie setzten sie in den kargen, unbesiedelten Steppen ihrer Heimatwelt aus.

Sollte dahinter die Hoffnung gesteckt haben, sich der unerwünschten Wesen zu entledigen, ohne sich die Hände schmutzig zu machen, wurde sie enttäuscht: Die Nodronen erwiesen sich als zäh. Innerhalb weniger Generationen passten sich die Humanoiden nahezu perfekt an ihre unwirtliche Heimat an. So stark vermehrten sie sich, dass sie sich in mehrere Clans aufspalteten, die einander mit einer Grausamkeit bekriegten, die die Tambu zutiefst befremdete – zumindest die wenigen, die dem Geschehen in den Steppen überhaupt Beachtung schenkten. Was bedeuteten schon die Streitereien eines Haufens Barbaren verglichen mit dem Großen Vorhaben?

Ich wusste es besser. Ich verfolgte, wie der Überlebenskampf die in den Genen der Nodronen verankerte Aggressivität zu neuen Höhen steigerte. Ein Volk von

Kriegern entstand. Die Nodronen waren geborene Herrscher. Was ihnen fehlte, waren die Mittel, an die Herrschaft zu gelangen.

Ich sorgte dafür, dass sie sie erhielten. Das Vertrauen, das die Tambu in mich setzten, war grenzenlos, und so war es mir ein Leichtes, die Nodronen mit Waffen zu versorgen. In Vaaligo herrschte Friede, nicht zuletzt dank des Großen Vorhabens, das die Völker miteinander verband, aber die Zeiten des Krieges lagen noch nicht allzu lange zurück. Ein unerschöpfliches Waffenreservoir lagerte in halb vergessenen Depots. Unbenutzt und nachlässig bewacht. Ich ließ den Clans der Nodronen einen winzigen Teil davon zukommen.

Der Tag des Aufstands kam. Die Nodronen, inzwischen zu einem millionenstarken Volk herangewachsen, begruben ihre Streitigkeiten und schlugen los. Die Tambu, überrascht und auf jede Art eines bewaffneten Konflikts unvorbereitet, wurden überrannt. Die Nodronen verfuhren mit ihnen, wie sie es mit Gefangenen aus ihren internen Konflikten taten: Die nützlichen unter den Tambu wurden versklavt, die übrigen getötet. Die Nodronen befanden nur eine kleine Anzahl der Ersteren für würdig, und auch diese töteten sie, nachdem die gefangenen Tambu ihnen ausreichend Wissen über ihre Technologie vermittelt hatten.

Der Aufstand war nicht das Ende der Tambu. Einer erheblichen Anzahl der Vogelwesen gelang es, von Nodro zu entkommen – den Nodronen fehlten die Mittel, ihre Flucht zu unterbinden oder sie zu verfolgen. Weitere Millionen hielten sich in verschiedenen Teilen Vaaligos auf, um das Große Vorhaben zu betreuen.

Unter den Tambu brach eine Zeit des inneren Aufruhrs an. Sie endete, wie ich es vorausgesehen hatte: Die unkriegerischen Tambu verzichteten darauf, die Wiedereroberung ihres Heimatplaneten anzustreben. Stattdessen hüllte man einen Mantel des Schweigens über das Geschehene. Die Tambu nahmen das Leben in den Ordenstürmen auf, das sie bis zum heutigen Tag führen. Ihre Anstrengungen, das Große Vorhaben zu vollenden, vervielfachten sie noch, als wollten sie die Schande, die der Verlust ihrer Heimat über sie gebracht habe, ungeschehen machen.

Mir war ihr Eifer nur recht. Ich hatte zwar für den Augenblick die direkte Kontrolle über den Bau des Schwarms verloren, aber die Tambu bestellten unwissentlich das Feld, das ich eines Tages in meine Gewalt bringen und ernten würde.

Die Nodronen bemächtigten sich derweil ihrer Beute. Sie gaben dem Planeten, der nun ihre Heimat war, den Namen Nodro. Die verlassenen Siedlungen der Tambu verfielen, einige wenige wurden dem Erdboden gleichgemacht, um darauf neue zu errichten. Das Vorgehen der Nodronen war weniger von Notwendigkeit getrieben – noch war ihre Zahl vergleichsweise gering – als von dem

Wunsch, den geschlagenen Feind zu demütigen. Bei einer dieser Brandschatzungen stießen sie auf den Hangar meines Walzenschiffs und schließlich auf mich.

Dies war der kritischste Punkt meiner Planungen. Die gleiche angeborene Aggressivität, die die Nodronen zum Werkzeug meiner Wahl für mein weiteres Vorgehen machte, bedrohte nun meine Existenz. Den Nodronen war die Tendenz zu eigen, zu schießen und erst hinterher über ihr Vorgehen nachzudenken. Die Entdeckung meines Walzenschiffs musste sie in erhebliche Unruhe versetzt haben. Wesen, die noch nie den Planeten ihrer Geburt verlassen haben, beäugen Raumschiffe mit Ehrfurcht und Misstrauen.

Was musste der Anblick meines gigantischen Schiffes in ihnen auslösen? Die Furcht vor dem Unbekannten mochte in ungezügelte Aggressivität umschlagen.

Die Vorsehung hatte andere Pläne. Ein außergewöhnlich besonnener Clanführer war der Erste, der meinen Aufenthaltsort betrat. Er war bereit zu sprechen, und so fiel es mir nicht schwer, ihn von meinen guten Absichten und meinem unschätzbaren Wert für sein Volk zu überzeugen. Ich wurde zu seinem unsichtbaren Ratgeber, führte ihn und seine zahlreichen Nachfolger an unsichtbaren Fäden. Meine Kontrolle war in diesen frühen Tagen unvollkommen. Die Führer der Nodronen besaßen ihren eigenen, oft dickköpfigen Willen. Für meine Pläne genügten sie.

Das aggressive Wesen der Nodronen ließ sie schnell einen Expansionskurs einschlagen. Sie brachten das übrige Nodro-System in ihren Besitz, bald auch die ersten fremden Systeme. Mir blieb lediglich, meine Schützlinge vor einem zu überhasteten Vorstoß zu bewahren und meine Sinne offen zu halten. Ich hatte Zeit. Früher oder später würde ich fündig werden.

Und so geschah es. Die Nodronen hatten bereits mehrere hundert Systeme unter ihre Herrschaft gebracht, als ich auf ein Geschwisterpaar stieß, das meinen Zwecken in idealer Weise genügte. Sie waren Clanlose und stammten aus den Slums von Kion, der Hauptstadt, die sich inzwischen über dem Hangar meines Schiffes, der nur dem engsten Führungszirkel bekannt war, erstreckte. Heimlich unterstützte ich ihren Aufstieg, verbot mir ein Eingreifen auch dann, als der Bruder des Paares bei Kämpfen so schwer verletzt wurde, dass er ein Krüppel blieb.

Als die Geschwister, auch dank meiner Hilfe, genug Anhänger gewonnen hatten, putschten sie sich an die Macht.

Ich gab mich den beiden zu erkennen, ließ durchblicken, dass ich ihren Aufstieg gefördert hatte, und bot ihnen meine Dienste an. Die Geschwister nahmen an – und ich leitete die nächste Phase meines Planes ein: Ich verriet den Ort zweier Verstecke an Bord meines Schiffs, die allen Untersuchungen der Tambu getrotzt hatten. In den Verstecken fanden die Geschwister Vitalenergiespender. Sie waren darauf programmiert, sich angesichts einer unüberwindlichen Gefahr selbst zu vernichten.

Ihr beide habt den Selbstzerstörungsmechanismus ausgelöst.

Die Geschwister nahmen die Lebensspender begierig an. Sie schöpften keinen Verdacht. Wieso sollten sie auch? Sie waren Mutanten, verfügten über suggestive Kräfte, mit deren Hilfe sie anderen ihren Willen aufzwingen konnten und deren Wirkung sich im Lauf der Jahre noch erheblich steigern sollte. Ich wusste, was sie dachten: Ich schien ihnen ein nützlicher Diener zu sein. Sollten sie meiner überdrüssig werden, konnten sie mich jederzeit vernichten. Ich könne ja nicht weglaufen, scherzten sie in ihren Quartieren, wo sie sich unbeobachtet glaubten.

Ich überließ sie ihrem Hochmut.

Sie ahnten nicht, dass ich meine Vorbereitungen getroffen hatte. Die Vitalenergiespender, die ich in meiner Zeit als vorgeblich treuer Diener der Kosmokraten an mich genommen hatte, waren sorgfältig manipuliert. Sie erlaubten es mir, die beiden unbemerkt zu beherrschen. Ich machte von dieser Möglichkeit nur sparsam Gebrauch, und um jedem Verdacht gegen mich zuvorzukommen, pflanzte ich den beiden einen Glauben ein: Bruder wie Schwester bildeten sich ein, den jeweils anderen heimlich zu beherrschen.

Meine neuen Diener erwiesen sich als höchst effektiv. Ihre potenziell unbegrenzte Lebensspanne ermöglichte es ihnen, über längere Zeiträume zu planen. Ihre suggestiven Kräfte erzwangen absoluten Gehorsam, und ihr Rückzug aus dem öffentlichen Leben, ihre Idolisierung als Zwillingsgötzen tat ein Übriges, um dem Staatengebilde der Nodronen einen bis dahin unbekannten Fokus zu geben.

Gerade die Tatsache, dass nur Bruchstückhaftes über die Zwillingsgötzen bekannt war, machte sie zu idealen Identifikationsfiguren: Jeder Nodrone konnte sich unter ihnen vorstellen, was seinen Neigungen am ehesten entsprach. Die Götzen formten das Empire von Nodro. Wo vorher ein Wust aus kriegerischen Clans existiert hatte, die mit ebenso großer Hingabe übereinander wie über fremde Völker herfielen, formte sich unter der harten Hand der Zwillingsgötzen eine schlagkräftige Militärmacht von absoluter Geschlossenheit.

Das Empire stieg zur größten Macht Vaaligos auf. Es war unweigerlich, dass es auch einen Anteil am Großen Vorhaben gewann und jetzt, da es kurz vor der Vollendung steht, die Schaltstellen der Macht besetzt hat.«

Cairol schwieg, als sei er von der langen Erzählung erschöpft. Dann sagte er, leiser: »Mein Plan steht kurz vor seiner Erfüllung. Nur ein kurzer Augenblick, und der Vaaligische Schwarm ist komplett – und in meiner Hand. Er wird auf seine Reise von Galaxie zu Galaxie aufbrechen und säen, wofür ich ihn vorgesehen habe. Er wird Verdummung über die Sterneninseln bringen, sie zur Aufnahme in ein Imperium vorbereiten, wie es das Universum noch nicht gesehen hat.

In das Imperium Cairols des Verräters!«

Die Edelsteinaugen funkelten jetzt, schienen Rhodan und Bull zu durchbohren. »Ihr beide habt mich am Vorabend meines Triumphs meiner besten Werkzeuge beraubt. Ein Geringerer als ich würde euch nun Vorwürfe machen, euch beschimpfen, euch vernichten. Aber nicht ich. Ich bin Cairol der Verräter, der Auserwählte. Ich weiß, dass euch die Vorsehung geschickt haben muss.

Ihr beide habt die Zwillingsgötzen besiegt, ihr tragt Vitalenergiespender, einer von euch besitzt sogar eine Ritteraura. Ihr seid keine gewöhnlichen Wesen. Tretet an die Stelle der Götzen! Beschreitet mit mir den Weg zu unauslöschlichem Ruhm, erfüllt euch eure geheimsten Träume: Herrscht an meiner Seite über ein Sternenreich von nie gekanntem Ausmaß!«

23

Argha-chas Dreizehnerschaft setzte ihren Sturm durch die Götzenstadt fort. Als sie die Halle, in der die Zwillingsgötzen ihr Leben gelassen hatten, verließen, sah Argha-cha noch einmal zurück. Ihr Blick blieb an der Leiche einer der Wachen hängen. Der Mann war von einer Explosion gegen eine Säule geschleudert worden und, den Oberkörper an sie gelehnt, liegen geblieben. Sein Helm hatte sich vom Kopf gelöst und lag einige Meter weiter.

Argha-cha erkannte den Mann. Es war die Wache, die sie vor zwei Tagen an der Pforte abgewiesen hatte, bestimmt, aber mit väterlicher Freundlichkeit. Die gebrochenen Augen des Mannes schienen Argha-chas Blick zu erwidern. Die Mongaal versuchte, dem Starren des Toten standzuhalten. Tränen liefen ihr in die Augen, trübten ihre Wahrnehmung. Sie hob den Desintegrator und drückte ab. Die Leiche löste sich in eine Gaswolke auf.

»Wieso hast du das getan?«, fragte Echrod-or. »Er war doch längst tot, er konnte uns nichts mehr tun.« Der Geschichte-Erzähler hatte die Wache offenbar nicht erkannt.

»Ich … ich wollte auf Nummer sicher gehen«, antwortete Argha-cha. »Ich hatte geglaubt, eine Bewegung zu sehen.« Sie wandte sich ab und hoffte, dass niemand den wahren Grund in ihrem Gesicht hatte lesen können: Dass der Tod der Wache, als Erster der vielen Dutzend, deren Zeuge sie heute geworden war, in ihr Trauer ausgelöst hatte. Die Mongaal kannten kein Mitgefühl für ihre Feinde, und sie, die Vorreiterin, war das Leitbild, an dem der Clan sich maß. Sie durfte keine Schwäche zeigen.

Die Verfolgung der Fährte erwies sich als ein mühseliges Unterfangen, und schon bald sehnten sich die Krieger in die erste Phase ihres Vorstoßes zurück, als sie sich mit ihren Sturmtieren den Weg gebahnt hatten. Diejenigen, die sie verfolgten, verfügten über keine Sturmtiere. Sie waren den vorgegebenen Gängen und Wegen der Götzenstadt gefolgt – und das in einer alles andere als zielgerichteten Art und Weise. Die Fährte vollführte abenteuerliche Wendungen, verlief mehr als einmal im Kreis und – schlimmer noch – verlor sich immer wieder.

Argha-cha, die ein beinahe schmerzhaftes Gefühl der Dringlichkeit antrieb, als fürchte sie, ein zweites Mal zu spät zu kommen, war ein ums andere Mal gezwungen anzuhalten, vom Rücken ihres Sturmtiers zu klettern, die Augen zu schließen und tief durchzuatmen – in der Hoffnung, dass das Gefechtssystem ihr den Weg wies.

Mehrere Stunden waren verstrichen, als die Krieger an ein Loch im Boden gelangten. Sein Durchmesser betrug mehrere Meter, und von seinen unregelmäßigen Rändern ging starke Hitze aus. Jemand hatte es vor nicht allzu langer Zeit mit Hilfe von Strahlern geschaffen.

Argha-cha ritt an seinen Rand und spähte hinunter. Das Licht des Korridors verlor sich nach wenigen Metern in undurchdringlicher Schwärze. Unwillkürlich fiel Argha-cha der Begriff ein, der Echrod-or beim Anblick Kions entfahren war: »Das Herz der Dunkelheit«.

Argha-cha schob ihre Angst beiseite. Sie war die Vorreiterin der Mongaal. Sie würde jede Dunkelheit bezwingen.

Sie gab den Kriegern ein Zeichen und trieb ihr Reittier an. Das Tier sprang ohne zu zögern. Die Mongaal hatten den Sturmtieren das Vermögen, Furcht zu empfinden, vor langer Zeit herausgezüchtet.

Reiterin und Tier fielen. Argha-cha musste nicht fürchten, am Grund der Schwärze zu zerschellen, das Sturmtier war in der Lage, selbst einen Sturz aus mehreren hundert Metern Höhe abzufedern, aber die Vorreiterin fühlte sich bloßgestellt, verwundbar.

Lichter flammten auf, blendeten Argha-cha. Als die Vorreiterin sich an das Licht gewöhnt hatte, sah sie das Schiff. Ihr blieben nur Sekunden, um es in seiner Gesamtheit zu überblicken, zu schnell stürzte sie dem Boden des Hangars entgegen. Es war eine Walze, so gewaltig, dass sie es aufrecht gestellt mit den höchsten Gipfeln des Gebirges der Stürme aufnehmen konnte. Ihr Rumpf schimmerte in einem dunklen Kobaltblau.

Der Aufprall auf dem Hangarboden war so hart, dass Argha-cha glaubte, ihr würde das Innerste nach außen gerissen. Das Schnauben des Sturmtiers ging abrupt in ein Blöken über, das als Echo durch den gewaltigen Hangar gellte. Argha-cha war sich nicht sicher, ob sie einen Schmerzens- oder Freudenschrei vernahm.

Zu allen Seiten gingen gleich darauf die Krieger nieder, bildeten mit gezogenen Waffen einen schützenden Riegel um die Vorreiterin. Auch Echrod-or gelang es, den Sturz unverletzt zu überstehen, was zweifellos Chemlai zu verdanken war und nicht den beschränkten Reitkünsten des Geschichte-Erzählers.

Die Vorreiterin lenkte ihre Aufmerksamkeit erneut auf das Schiff – oder vielmehr das Wrack. Die Außenhaut war mit einer Vielzahl von Wunden übersät. Von weitem betrachtet wirkten sie wie Nadelstiche, aber jetzt, da die Dreizehnerschaft in seiner unmittelbaren Nähe stand, erwiesen sie sich als brutale Narben, in den Rumpf gerissen von meterdicken Energiestrahlen. Das Ausmaß der Zerstörungen war so groß, dass Argha-cha sich fragte, wie es dem Schiff gelungen war, aus eigener Kraft in dem Hangar zu landen. Oder hatten die Zwillingsgötzen das Wrack hierher bringen lassen?

»Das ist kein nodronisches Schiff!«, rief Echrod-or.

Argha-cha nickte nur. Der Geschichte-Erzähler sprach das Offensichtliche aus.

»Es gibt eine Legende, die viel älter ist als unser Clan«, fuhr Echrod-or fort. »Diese Schiffe, sie ...«

Die Vorreiterin bedeutete ihm zu schweigen. »Später. Wir haben keine Zeit zu verlieren.«

Das Gefechtssystem hatte erneut die Fährte aufgenommen. Die Dreizehnerschaft setzte sich mit donnernden Hufen in Bewegung.

Die Sturmtiere liefen so schnell sie konnten, aber dennoch benötigten die Krieger mehrere Minuten, das Schiffswrack hinter sich zu lassen. Mit jedem Hufschlag verdichtete sich der Geruch fremdartigen Schweißes in Argha-chas Wahrnehmung. Als die Vorreiterin das Ende des Hangars erreichte, war ihr bewusst, dass sie nur noch Meter von ihrem Ziel trennten.

In der Hangarwand zeichneten sich die feinen Linien eines Schotts ab. Argha-cha signalisierte der Dreizehnerschaft, Kampfformation einzunehmen, dann lenkte sie ihr Sturmtier gegen einen Punkt in der Hangarwand, mehrere Mannslängen links von dem Schott.

Sie durchschlugen die Wand. Das Sturmtier drückte seine Hufe gegen den Boden. Es kam mit einem durchdringenden Kratzen zum Stehen. Argha-cha stemmte sich gegen den Sattel und überblickte mit Hilfe des Gefechtssystems die Lage. Sie sah zwei Männer, ihre Waffen auf etwas gerichtet, was Argha-cha an den verkohlten Kopf eines Menschen erinnerte.

Hinter Argha-cha stürmte die Dreizehnerschaft die Halle. Der Vorreiterin blieb nur die Dauer eines Herzschlags für ihre Entscheidung.

»Nein!«, rief sie.

Das Gefechtssystem reagierte augenblicklich. Argha-cha hörte, wie die Krieger die Abzüge ihrer auf die beiden Männer gerichteten Waffen betätigten.

Keine Feuerlanzen loderten aus den Mündungen; das Gefechtssystem hatte die Strahler blockiert.

Sie wandte sich an die Männer. »Was tut ihr hier? Antwortet schnell, oder ich halte meine Krieger nicht länger zurück!«

24

»Wieso sagt ihr nichts?«, rief Cairol. »Hat euch der Umfang dessen, was ich euch anbiete, die Sprache verschlagen? Ihr habt geglaubt, ihr könntet euch an die Spitze des nodronischen Empire setzen. Und nun wird euch Macht in einem Maß angetragen, wie ihr es euch in euren kühnsten Träumen nicht habt vorstellen können. Sind eure schwachen, organischen Gehirne überfordert?«

Bull beugte sich zu Rhodan. »Er ist verrückt geworden«, flüsterte er dem Freund ins Ohr. »Völlig über den Jordan. Entweder war er es von Anfang an, oder die Jahre haben ihm zugesetzt – falls er uns überhaupt die Wahrheit gesagt hat!«

»Du! Bist du so naiv zu glauben, dass ich nicht mitbekomme, was du tuschelst?« Cairols Blick richtete sich auf Rhodan. »Hör nicht auf ihn! Er ist nicht wie du. Er ist es nicht würdig, einen Lebensspender zu tragen. Wir entledigen uns seiner – sicher bist du es müde, ihn mitzuschleppen – und herrschen gemeinsam!«

Rhodan umfasste wortlos den schweren Strahler, stellte ihn auf maximale Kapazität und drückte ab. Der Roboterkopf verschwand hinter dem Gleißen des Energiestrahls. Rhodan glaubte einen Aufschrei zu hören, der im Fauchen der Entladung unterging, traute seiner Wahrnehmung aber nicht. Cairol wirkte so menschlich, dass es Rhodan befremdete. Doch ein Schmerzensschrei ging einen Schritt zu weit. Er hatte nur den Kopf einer Maschine vor sich.

Rhodan nahm den Finger vom Abzug, als die Waffe zu schwer wurde, und stützte sie mit dem Lauf auf dem Boden ab. Der Kopf Cairols befand sich immer noch auf dem Podest, er war stabiler befestigt, als Rhodan erwartet hatte.

Cairol hatte die Edelsteinaugen geschlossen. Das Haselnussbraun seiner »Haut« hatte sich tiefschwarz verfärbt. Der Kopf glänzte. Rhodan wusste aus seinen vorherigen Begegnungen mit Robotern desselben Typs, dass sich die Molekularstruktur des Materials verändert hatte. Es war in diesem Zustand beinahe unzerstörbar – und behielt dennoch seine Flexibilität.

Cairols Lider sprangen auf. Seine Edelsteinaugen traten aus dem kohleschwarzen Gesicht vor, beherrschten es. Ihr Blick richtete sich jetzt fast flehend auf Rhodan.

»Du weißt nicht, was du tust!« In der konturlosen schwarzen Fläche des Gesichts waren keine Lippenbewegungen erkennbar. Es war, als käme Cairols Stimme aus einem verborgenen Lautsprecher. »Du wirfst eine Chance weg, die noch nie einem organischen Wesen geboten wurde! Richte deine Waffe nicht auf mich, sondern auf ihn! Du und ich, wir …«

Eine zweite Salve verschluckte den Rest des Satzes. Diesmal feuerte auch Bull. Die armdicken Energiestrahlen rissen den Kopf aus seiner Verankerung. Er flog in einem flachen Bogen durch die Halle, prallte schließlich gegen eine Säule. Rhodan und Bull setzten die zu schwer gewordenen Waffen ab.

Einige Sekunden hörten sie nur das leise Knacken, mit dem der Roboterkopf abkühlte, dann meldete sich Cairol wieder zu Wort.

»Bitte hört auf!« Der Roboter flüsterte jetzt. Entweder war er bereits so schwer beschädigt, dass er keine kräftigere Stimme mehr bilden konnte, oder er hoffte, auf diese Weise Gnade zu finden. »Bitte lasst mich leben.«

Rhodan und Bull sahen einander an. Es widerstrebte ihnen zu töten. Cairol war nur ein Roboter, aber seine Geschichte belegte, dass zumindest eine seiner Behauptungen zutraf: Er war anders. Er fühlte. Und deshalb musste er sterben. Cairol würde seine Ambitionen niemals aufgeben, immer neue Wege finden, sie zu verwirklichen.

Die Terraner hoben ihre Waffen zu einem letzten Feuerstoß und drückten ab.

Der Raum erbebte. Ein furchtbarer, metallischer Schlag ertönte, gefolgt von einem vielstimmigen, durchdringenden Kratzen. Rhodan und Bull schnellten herum. Sie sahen sich einem Dutzend Strahler gegenüber, das auf sie zielte. Das Flimmern in den Mündungen zeigte an, dass sie schussbereit waren.

»Nein!« Ein Befehl auf Nodronisch schmetterte durch die Halle, das Flimmern erlosch.

Rhodans Blick schweifte über die Neuankömmlinge, fand die Reiterin, die den Befehl gegeben hatte. Ihr Reittier überragte die ihrer Begleiter – einem Dutzend, wie der Teil Rhodans, der in Gefahren nüchtern analysierte, abzählte – um mindestens einen Meter. Aus dem Kopf des Tieres wuchsen zwei gewaltige Hörner, die Rhodan an das Blatt einer Axt erinnerten. Sie liefen nach vorne zusammen und bildeten eine zwei Meter hohe Klinge.

Rhodan erlaubte sich einen Blick auf das Loch in der Wand, durch das die Reiter gekommen waren. Seine Ränder waren glatt, so als hätte eine unerhört scharfe Messerklinge durch sie geschnitten. Die Hörner dieser Tiere mussten für das bloße Auge unsichtbar verstärkt oder das Produkt genetischer Modifikation sein.

Das Leittier hatte sechs muskulöse Beine, wuchtig wie die eines Elefanten, die in Hufen mündeten. Der Rumpf war von einer mit Stickereien übersäten Decke eingehüllt, nur an einer Stelle, dort, wo die Wade seiner Reiterin seine

Flanke berührte, lugte braunes, kurzes Fell aus einer ausgesparten Stelle. An der Decke – in der die Projektoren für den Schirm eingewebt sein mussten, der Tier und Reiterin einhüllte – hing ein vielteiliges Arsenal aus Waffen und Werkzeugen.

Und eine besondere Trophäe: die Leiche des Zwillingsgötzen. Rhodan zweifelte nicht daran, dass die seiner Schwester auf der anderen, ihm abgewandten Seite befestigt war.

»Was tut ihr hier? Antwortet, oder ich halte meine Krieger nicht länger zurück!«

Rhodan lenkte seine Aufmerksamkeit auf die Reiterin des Leittiers. Sie saß leicht vornübergebeugt in einem Doppelsattel, glich geistesabwesend die Bewegungen ihres unruhigen Reittiers aus. Ihre Kleidung … Rhodan drängte sich der Begriff »Rüstung« auf. An mehreren Stellen – den Gelenken, dem Oberkörper – war sie verstärkt. Rhodan konnte keinen einheitlichen Stil ausmachen. Die Rüstung schien aus Teilen unterschiedlichen Alters und unterschiedlicher Herkunft zu bestehen, dennoch wirkte sie wie ein geschmeidiges Ganzes. Ihre Einzelteile griffen nahtlos ineinander, vereinten die gegensätzlichen Eigenschaften von Flexibilität und Härte.

»Ich frage euch noch einmal: Was tut ihr hier?«

Rhodan legte die Waffe vorsichtig ab. Bull folgte seinem Beispiel.

Rhodan erwiderte den Blick der … Frau? Je länger er sie musterte, desto mehr schwand seine Gewissheit dahin. Das Gesicht der Reiterin wies die glatten Züge einer Jugendlichen auf. Für eine Nodronin war sie ungewöhnlich zart gebaut. Ihre Figur erinnerte Rhodan an die der siebzehnjährigen Shimmi Caratech.

Rhodans Blick glitt nach unten, die eng anliegende Rüstung hinab. Das Brustteil wies keine Wölbung auf, lag glatt an. Ihre Flanken waren ein nahezu gerader Strich, Rhodan konnte nur die Andeutung eines Hüftschwungs ausmachen.

Er hatte ein besseres Kind vor sich – ein Kind, das ein Dutzend Krieger befehligte.

»Wir sichern die Freiheit der Nodronen«, sagte Rhodan.

»Indem ihr Zielübungen auf einen Roboterkopf aufführt? Wenn ihr wollt, dass ich euch am Leben lasse, müsst ihr euch eine bessere Antwort einfallen lassen. Wer sagt mir, dass ihr nicht Diener der Götzen seid?«

Das Gesicht der Nodronin war schmutzig. Ihr Haar, das womöglich noch nie gewaschen und geschnitten worden war, war zu einer Art Turban gebunden, um sie nicht zu behindern. Er ruhte auf einem Nackenwulst, dem obersten Ausläufer ihrer Rüstung. Rhodan stellte mit einem Seitenblick fest, dass die Rüstungen aller Krieger, denen sie sich gegenübersahen, diesen Nackenwulst aufwiesen. Er stellte das einzige Element in ihrer gesamten Ausrüstung dar, das standardisiert war.

»Ganz einfach«, sagte Rhodan. »Das da …«, er deutete auf die Leiche des Götzen, die von der Seite des Reittiers der Nodronin herabhing, »… das waren wir.«

»Behauptest du. Aber wie erklärst du dann ihre Verletzungen?« Sie beugte sich im Sattel vor und drehte die Leiche so, dass die aufgerissene Brust des Toten sichtbar war. »Sie stammen nicht von euren Strahlern, sie hätten die Götzen zu Asche verbrannt.«

Die Nodronin sprach mit einer hohen Kinderstimme – und gleichzeitig mit einer Selbstsicherheit, die Rhodan verblüffte. Hätte Rhodan die Augen geschlossen, er hätte geglaubt, eine alte Kriegerin vor sich zu haben, eine Veteranin zahlloser Kämpfe, die sich nichts vormachen ließ.

»Du hast Recht«, pflichtete Rhodan der Nodronin bei. »Unserer Strahler hätten nur ein Häufchen Asche von den Götzen übrig gelassen. Eigentlich. Aber in dem Moment, als ihre Schirme unter der Einwirkung unserer Waffen zusammenbrachen, explodierten sie von innen.«

»Ich weiß, dass ihr beiden in dem Saal wart, in dem die Götzen starben«, entgegnete die Nodronin. »Die Spur, die uns hierher geführt hat, lässt daran keinen Zweifel. Ihr stinkt schlimmer als ein krankes Tragtier. Aber erwartest du im Ernst, dass ich dir deine Geschichte abnehme? Ein Nodrone nimmt sich nicht das Leben. Er kämpft bis zuletzt, zieht den Feind mit in den Tod. Und die Götzen … sie waren Mörder, ich habe es mit eigenen Augen gesehen, aber ich habe ebenso gesehen, dass sie echte Krieger waren. Sie hätten nie ein ehrloses Ende gesucht.

Du und dein Begleiter, scheint mir, seid nur zwei Götzendiener, die versucht haben, sich aus dem Staub zu machen.«

Die Reittiere scharrten unruhig über den Boden, ihre Hufe gruben Rillen in das Metallplastik. Ihre Reiter saßen unbeweglich in den Sätteln. Mit Ausnahme eines jungen Manns, der etwas abseits verharrte, trugen sie fratzenartige Masken, die keinen Schluss darauf zuließen, was ihre Träger dachten – im Gegensatz zu den Mündungen ihrer Waffen, in denen jetzt wieder die Abstrahlfelder flimmerten.

Sie hatten die Geduld der Reiter erschöpft.

»Argha-cha?« Der junge Mann hatte sein Tier neben das der Anführerin gelenkt. Er trug sein Haar in ordentlichen, blau gefärbten Zöpfen, eine Frisur, die Rhodan noch bei keinem anderen Nodronen gesehen hatte. Er blickte von seinem Reittier, dem kleinsten der Gruppe, zu der Anführerin hinauf. In seinen Augen lag ein Ausdruck, der zwischen Zuneigung und Furcht schwankte. »Argha-cha, ich glaube, wir sollten sie anhören.«

»Was sollen sie uns noch erzählen? Sie hatten ihre Chance.«

»Ich weiß. Aber …« Der Junge hielt dem strengen Blick der Anführerin nicht mehr stand und drehte den Kopf weg. »… der eine von ihnen. Erkennst du ihn nicht? Es ist gerade erst einen Tag her …«

Die Nodronin wandte sich Rhodan zu. Einige Augenblicke lang ruhte ihr forschender Blick auf dem Terraner. Zögerlich, als erinnere sie sich an ein längst vergessenes Gesicht, das sie an einem anderen Ort, einer anderen Zeit gesehen hatte, glomm Erkennen in ihren Augen auf.

»Ja«, sagte sie. »Ich kenne dich. Du hast ein Duell gekämpft, gegen einen Are'Sam der Götzen. Wegen einer Frau.«

Sie machte mit beiden Händen eine anerkennende Geste. Sie trug keinen Strahler, die maskierten Krieger dienten ihr als Waffen. »Du hast gut gekämpft. Einfallsreich und mutig. Ungewöhnlich, wenn auch dumm. Die Frau war den Einsatz nicht wert. Ich hoffe, du hast daraus gelernt und dich hat ein lohnenderer Einsatz in die Götzenstadt geführt.«

Rhodan atmete tief durch, um seinen Puls zu beruhigen, dann wies er auf den abkühlenden Kopf Cairols. »Er war es – auch wenn wir noch nichts von seiner Existenz ahnten, als wir aufbrachen. Wir glaubten, wie alle Übrigen, dass die Zwillingsgötzen die Herrscher des Empire von Nodro seien.«

»Und du willst sagen, sie waren es nicht? Ich habe ihre Bekanntschaft gemacht. Sie führten sich auf wie Herrscher.«

»Sie glaubten zu herrschen. In Wirklichkeit waren sie aber nur die Werkzeuge eines anderen. Dieses Roboters hier.«

Rhodan berichtete von den Machenschaften Cairols, ohne die Kosmokraten zu erwähnen. Er fürchtete, dass die Stimmung der Nodronin wieder kippen könnte, erzählte er von den Hohen Mächten. Die Kosmokraten würden ihre Bereitschaft zu glauben übersteigen. Die Nodronin schien trotz ihrer Jugend einen zutiefst skeptischen Ausblick auf die Welt zu haben. Für sie existierten nur die Kategorien Freund und Feind. Rhodan wusste, dass es ihr Ende bedeutet hätte, stufte sie ihn und Bull in letzterer ein.

»Das alles soll ein einziger Roboter angerichtet haben?«, fragte sie, nachdem Rhodan seinen Bericht beendet hatte.

»So ist es.«

»Was für ein ungewöhnliches Wesen. Seine Erbauer müssen uns weit überlegen sein.«

Die Nodronin glitt aus dem Sattel, in einer Bewegung, die einem kontrollierten Fall glich. Den einen Moment saß sie noch, im nächsten schritt sie schon auf Cairol zu. Sie ging in die Hocke und beugte sich über den Kopf.

Rhodan folgte ihr langsam, die Hände nach oben ausgestreckt, um seine friedlichen Absichten zu bekunden. Die Mündungen eines Dutzend Strahler zeichneten seine Bewegungen nach.

Der Kopf hatte seinen Glanz verloren. Anstelle einer der angedeuteten Ohrmuscheln klaffte ein Loch im Schädel. Die Nodronin nahm ihn auf, strich mit einer Sanftheit, die Rhodan ihr nicht zugetraut hätte, über die Metalloberfläche. Ruß löste sich, blieb an ihren Händen haften.

Bald hatte die Gesichtsfläche des Roboters ihren Glanz wiedergewonnen. Seine Züge waren ausdruckslos, die Augen geschlossen.

»Er ist beschädigt.« Die Nodronin sagte es beinahe anklagend.

»Wahrscheinlich irreparabel«, sagte Rhodan.

»Was für eine Verschwendung! Er war uralt. Er muss unzählige Welten gesehen haben. Denk nur, was für einen Schatz von Erfahrungen er angehäuft haben dürfte.«

»Ein Grund mehr, ihn zu vernichten. Cairol war verrückt, wenn man das bei einem Roboter so nennen kann. Auf jeden Fall gefährlich. Er hätte seine Pläne niemals aufgegeben.«

»Du sprichst, als könne es keine Veränderung geben. Als wäre unser aller Schicksal vorherbestimmt.«

Rhodans Kopf ruckte hoch. Aus nächster Nähe blickte er der Nodronin ins Gesicht. Sie wirkte entrückt, als befände sich nur eine Hälfte von ihr im Hier und Jetzt, die andere ... Rhodan konnte es nur erahnen.

Die Nodronin gab ein Zeichen. Einer der Krieger, seine Maske war aus dem Maul eines Fisches gefertigt, der ein Gebiss besaß, das dem eines Säbelzahntigers ähnelte, stieg von seinem Reittier, zog ein Tuch aus einer Satteltasche und brachte es der Anführerin.

Die Nodronin nahm das Tuch, breitete es aus, setzte den Kopf Cairols in seine Mitte und schlug es über ihm zusammen. Verblüfft verfolgte Rhodan, wie sie mit dem Bündel zu ihrem Reittier ging, es neben dem toten Götzen befestigte und in den Sattel kletterte. Sie gab einen Befehl, den Rhodan nicht verstand. Ihre Krieger nahmen eine neue Formation ein, eine lange Kette, achteten aber darauf, dass immer mindestens zwei von ihnen Rhodan und Bull im Visier behielten.

Die Anführerin wandte sich an Rhodan. »Mein erster Eindruck von dir hat nicht getrogen. Du bist ein mutiger Mann, ein ehrenhafter – und ein dummer. Du siehst die Dinge und handelst, wie es dir dein Gewissen befiehlt, und übersiehst das Offensichtliche. Du verdienst, dein Leben zu behalten, nicht aber die Beute.«

Sie klopfte auf das Bündel und setzte sich an die Spitze der Formation. Sie schrie einen Befehl, und noch bevor der Antwortschrei verklungen war, rammte ihr Reittier durch die Wand. Die übrigen Krieger folgten ihr.

Rhodan und Bull standen noch lange da, starrten auf das glatt in die Wand geschnittene Loch und lauschten, wie die Hufe der Reittiere in dem Hangar des Walzenschiffs verhallten.

Bull brach schließlich das Schweigen.

»Das«, sagte er, »war der stinkendste, abgedrehteste und furchterregendste Haufen, dem ich seit langem begegnet bin. Dagegen sind Erreks Rebellen ein Trupp Ministranten. Ich frage mich, was sie mit Cairols verkohlter Rübe anfangen wollen.« Er strich sich den Schweiß aus der Stirn. »Aber weißt du was, Perry? Wenn ich ihnen, um die Antwort zu erfahren, noch einmal begegnen muss, verzichte ich lieber darauf!«

25

»... ist alles zu deiner höchsten Zufriedenheit vorbereitet, Son'Trokete.«

Der Sprecher, seit bald fünf Jahren im Stab Axx Cokroides und damit der Veteran seines inneren Führungszirkels, versuchte nervös Blickkontakt mit dem Träger des Götzenmandats aufzunehmen. Schweiß stand ihm im Gesicht. Er wusste besser als jeder andere im Raum, wie der Son'Trokete mit Mitarbeitern umzuspringen pflegte, die seiner Ansicht nach versagt hatten.

Schweigen senkte sich über den Konferenzraum in der Nodronischen Gesandtschaft auf Mantagir, als sich Axx Cokroide Zeit ließ, auf den Bericht des Mannes zu reagieren. Cokroide blickte durch das Panoramafenster über den ausgedehnten Komplex der Gesandtschaft und die Metropolis, die sich daran anschloss. Er verweigerte den entlastenden Blickkontakt.

Schließlich brach Axx Cokroide das Schweigen.

»Ist das so, Hankech?«

»Ja, Son'Trokete.«

»Balance B?«

»Ist unser. Dein Entschluss, den Turm der Wissenschaftler auszuräuchern, hat den Willen der hiesigen Regierung endgültig gebrochen. Sie hat eingesehen, dass Widerstand zwecklos ist. Man wird unsere Anweisungen Punkt für Punkt ausführen. Sollten sich unerwartet Schwierigkeiten ergeben, stehen genügend Truppen zum Eingreifen bereit. Militärisch kann uns auf Balance B niemand die Stirn bieten.«

»Gut.« Axx Cokroide wandte sich vom Fenster ab und sah dem Offizier in die Augen. »Und Balance A?«

»Ein ähnliches Bild. Unsere Truppen sind eingesickert und haben alle Schlüsselpositionen besetzt. Die Karmuuch-Techniker sind in unserem Gewahrsam.« Der Offizier erlaubte sich ein Lächeln. »Sie tun gut daran, unseren Befehlen Folge zu leisten.«

»Ja«, stimmte Axx Cokroide zu. »Nichts ist wichtiger im Leben, als zu wissen, wo der eigene Platz ist und wem man zu gehorchen hat.«

Es war eine Anspielung, die auf seinen eigenen Stab gemünzt war. Und eigentlich unnötig, zumal sie lediglich Axx Cokroides Vergnügen diente.

Die Männer im Raum – seit Pelmid Sulcatobs Verschwinden fand sich keine Frau mehr in seinem Stab – waren gleich in mehrfacher Weise an ihn gebunden. Er, Axx Cokroide, war der Träger des Mandats der Götzen, der weltliche Vertreter der gottgleichen Herrscher des Empire. Es gab kein Gesetz, nur sein Wort. Zugleich gehörten alle Anwesenden dem Clan der Cokroide an, an dessen Spitze Axx stand. Widerspruch gegen den Zailte, das Clan-Oberhaupt, war nicht unerhört, aber mit tödlicher Gefahr verbunden. Keiner der wenigen, die es bislang gewagt hatten, Axx Cokroide den Gehorsam zu verweigern, hatte seine Tat überlebt.

Beide Komponenten hätten bereits genügt, die Männer zu einer unschlagbaren Einheit zusammenzuschweißen, aber es kam noch eine dritte hinzu, die vielleicht wichtigste: Der brennende Ehrgeiz aller Anwesenden, der absolute Wille, an der Spitze zu stehen. Eine Welt, in der es kein Oben und Unten gab, war ihnen unvorstellbar – und sie waren bereit, alles zu tun, um zu den Oberen zu gehören.

»Die Transitionsenergiespender?«

»Sind in Position. Ein Knopfdruck genügt, sie zu aktivieren. Wir erwarten nur noch deinen Befehl.«

Deinen Befehl. Hankech war klug. Die Zwillingsgötzen herrschten über das Empire, nicht Axx Cokroide. Doch die Götzen waren weit weg und kümmerten sich um die großen Dinge. Sie würden Hankech nicht helfen, fiel er bei Axx Cokroide in Ungnade.

Der Son'Trokete überging die Schmeichelei. Der Befehl der Zwillingsgötzen war eine Formsache, der Abschluss eines seit Jahrhunderten mit Beharrlichkeit und Klugheit verfolgten Planes. Er würde kommen, so sicher wie die Sonne über Balance B auf- und unterging, vielleicht schon in dieser Stunde.

Axx Cokroide trat wieder an das Panoramafenster und blickte nach Mantagir. Wie eine riesige schwarze Wolke hingen die Schwärme von Gleitern über der Stadt.

Er fragte sich, ob der Taxipilot von vor ein paar Tagen dort draußen war und wie ein Fisch in seinem Schwarm schwamm. Bestimmt, was sollte er auch sonst tun? Er brauchte das Geld. Wahrscheinlich kutschierte er gerade für ein paar lumpige Calcul irgendwelche stinkenden Echsen durch die Gegend, die ihm die Sitze mit ihrem Hautsekret verklebten. Wie war noch sein Name gewesen? Meklek. Meklek vom Clan der Vikkter.

Eine Idee kam Axx Cokroide: Wenn alles vorbei war, würde er ihn zu sich schaffen lassen und ihn fragen, wie ihm die neue Ordnung gefiel. Was würde der armselige Wicht wohl sagen, sollte er noch am Leben sein?

Axx Cokroide wandte sich wieder seinen in unterwürfigen Posen ausharrenden Offizieren zu. »Ihr habt gute Arbeit geleistet. Geht jetzt und ruht euch aus. Jeden Augenblick kann unser Plan in seine entscheidende …«

Die Tür des Konferenzraums glitt zur Seite. Ein junger Offizier hastete herein, mit rasselndem Atem und rotem, erregtem Gesicht. Seine Uniform wies ihn als Geliti aus, einen Kommunikationsexperten, eine ungewöhnliche Stellung für einen Mann.

»Son'Trokete!«

»Was gibt es?« Axx Cokroide schätzte es nicht, unterbrochen zu werden. Der Mann musste wichtige Nachrichten haben. Sonst wäre er nicht das Risiko eingegangen, den Zorn des Siegelträgers auf sich zu ziehen. Geliti standen eigentlich zu tief unten in der Rangordnung, um in direkten Kontakt mit dem Son'Trokete zu kommen. Brachte der Mann den Befehl der Götzen zum Losschlagen?

»Die Zwillingsgötzen!«, rief der Geliti. »Sie …« Er brach ab, schnappte keuchend nach Luft.

»Was ist mit ihnen?«

»Sie sind tot, Son'Trokete!«

»Tot? Was redest du für einen Unsinn? Die Götzen sind unsterblich.« Axx Cokroide hob die Stimme. »Wachen, der Mann ist verrückt geworden! Führt ihn ab, ich kümmere mich später um ihn!«

Zwei schwer bewaffnete Wachen stürmten in den Raum, machten aber vor dem Eindringling Halt, ohne ihn zu berühren.

»Es ist die Wahrheit, Son'Trokete!«, rief der Geliti. »Sie sind tot. Die Rebellen sind in die Götzenstadt eingedrungen. Nodro ist in ihrer Hand! Einer von ihnen hat sich zum neuen Herrscher des Empire ausgerufen, Errek Mookmher!«

Axx Cokroide zwang sich zur Ruhe. »Unsinn, sage ich, du redest Unsinn. Ich kenne die Götzenstadt. Niemand kann dort eindringen, nicht gegen den Willen der Zwillingsgötzen. Kein Nodrone kann sich ihrem Bann entziehen!«

»Es waren keine Nodronen, Son'Trokete. Es heißt, Fremde seien in die Stadt vorgestoßen und hätten die Götzen getötet. Die Fremden, die du seit Wochen suchst.«

»Was, Perry Rhodan?«

»Ja, Son'Trokete. So scheint es. Der Name ist gefallen. Er und ein Begleiter.«

Einen Augenblick lang stand Axx Cokroide wie gelähmt da, dann brach sich seine Wut und Enttäuschung Bahn. Er griff nach der Peitsche an seinem Holster – und ihre moleküldicken Stränge spalteten den Tisch, um den herum sein Stab saß.

Der Geliti, der die schlechte Nachricht überbracht hatte, öffnete die Augen, verdrehte langsam die Pupillen, prüfend, als traue er seiner Wahrnehmung nicht, noch am Leben zu sein. Der Mann hatte genug Hinrichtungen beigewohnt, um den furchtbaren Moment zu kennen, in dem die Verurteilten glaubten, die Peitsche habe sie verfehlt, in dem Sekundenbruchteil, bevor ihre Körper auseinander fielen, durchtrennt von den Peitschenschnüren.

»Raus mit euch!«, schrie Axx Cokroide in die ungläubige Stille. Axx Cokroide hatte verfehlt! Er zitterte, verblüfft über sich selbst. »Na los, bewegt euch!«, schrie er die erstarrten Offiziere ein zweites Mal an. »Oder wollt ihr meine Peitsche zu spüren bekommen?«

Bewegung kam in die Männer. In wilder, ungeordneter Flucht rannte die Creme des nodronischen Offizierskorps zur Tür, darauf bedacht, das nackte Leben zu retten. Ihre jahrzehntelange Ausbildung, ihre eiserne Disziplin waren vergessen, als hätte man ihnen den Boden unter den Füßen weggezogen.

Die Tür schloss sich hinter den Männern.

Axx Cokroide zwang sich tief durchzuatmen. Er ging zur Kom-Konsole und überprüfte die Nachrichten. Mehr als ein Feldherr war dadurch zugrunde gegangen, dass er einem Untergebenen, der die Nerven verloren hatte, Glauben schenkte.

Doch seine Hoffnung, es mit einer Falschmeldung zu tun zu haben, so gering sie auch gewesen sein mochte, zerstob. Der Mann hatte die Wahrheit gesagt. Die Bilder zeigten den Rebellenführer, der in einer vor Sentimentalität triefenden Geste den Nodronen Hand und Arm darbot.

Die Geste schien ihren Zweck zu erfüllen. Nodro stand unter der Kontrolle der Rebellen. Zwar wurde noch gekämpft, aber der Widerstand war sporadisch und unorganisiert. Ein Tag oder zwei, und er würde vollends erloschen sein.

Und die Götzen? Es konnte kein Zweifel an ihrem Schicksal bestehen. Es gab sogar Filmmaterial aus der Götzenstadt, aufgenommen von Überwachungskameras. Es zeigte Rhodan und seinen rothaarigen Freund in Kampfanzügen.

Tot.

Tot, tot, tot.

Das Wort hallte in seinen Gedanken wider.

Tot, tot, tot.

Die Götzen, die das Empire von Nodro zur stärksten Macht der Galaxis gemacht hatten, waren nicht mehr. Und er, ihr Vertreter, der lange, unbarmherzige Arm ihrer Macht …

Es war vorbei.

Axx Cokroide griff nach dem Mandat der Götzen, das er an einer Kette um den Hals trug, und riss es ab. Er wog das Siegel in der Hand. Eben noch hatte es ihm beinahe gottgleiche Macht gewährt. Und nun? Es war weniger wert als ein Fünf-Calcul-Stück, dessen Größe es teilte.

Seine Finger schlossen sich um das Siegel, versuchten es zu zerdrücken. Vergeblich, das Metall war stärker als er. Axx Cokroide schleuderte es zu Boden, zog den Desintegrator und zerstrahlte es.

Tot. Dahin. Aus.

Axx Cokroide starrte auf das Loch, das der Strahl des Desintegrators gebohrt hatte. Die Götzen waren Vergangenheit, Staub wie ihre Symbole. Und er, Axx Cokroide, ihr Vertreter, er …

Axx Cokroide steckte den Desintegrator wieder in den Gürtel, griff nach dem fein gearbeiteten Peitschenschaft. Es war die Peitsche der Zailte der Cokroide, seit vielen Generationen von Anführer zu Anführer weitergegeben. Seine Finger fuhren liebevoll über das Material.

Er, Axx Cokroide, war der Vertreter der Götzen gewesen. Das mochte vorbei sein. Aber er war immer noch der Anführer des Cokroide-Clans, der vielleicht mächtigsten Sippe des Empire. Er war Oberbefehlshaber der Wachflotte. 220 000 Einheiten, der größte bewaffnete Verband der Galaxis, bemannt mit Soldaten, denen die Treue zu ihm seit vielen Jahren eingedrillt worden war.

Wieso sollten sie sich dem Willen eines dahergelaufenen Rebellen beugen? Mookmher war ein unbeschriebenes Blatt, er würde sich erst beweisen müssen. Er selbst dagegen … niemand, der ihm unterstand, bezweifelte seine Durchsetzungsfähigkeit, seine schnelle Auffassungsgabe, die Konsequenz, mit der er jeden bestrafte, der aus der Reihe ausscherte.

Axx Cokroide schwang die Peitsche. Er ließ ihre Schnüre spielerisch über die Stuhllehnen fegen, trennte die Schmutzschicht ab, die sich auf sie gelegt hatte. Das Plastikmaterial leuchtete ihm hell entgegen, frisch und erneuert.

Die Peitsche in der Hand, trat Axx Cokroide auf den Korridor. Sein Stab wartete dort. Er erinnerte Axx Cokroide an einen Haufen Schlachttiere, die vor ihrem letzten Gang standen.

Einige der Männer waren mit dem Rücken zur Wand zu Boden gesunken. Andere standen in kleinen Gruppen beieinander, flüsterten einander mit gesenkten Köpfen und hängenden Schultern zu. Ein Mann lag am Boden und weinte haltlos. Der Geliti, der die Nachricht überbracht hatte, und die beiden Wachen hatten die Gelegenheit ergriffen, sich abzusetzen.

Die Männer sahen auf, als sie den Mechanismus der Tür hörten. Ihre Blicke hefteten sich an Axx Cokroides Brust, auf die Stelle, an der das Mandat der Götzen gehangen hatte.

»Die Vergangenheit ist tot«, verkündete Axx Cokroide. »Ihr seht es mit euren eigenen Augen. Und ich sehe, dass ihr um sie trauert. Das ist gut.«

Der Mann, der auf dem Boden lag, hörte auf zu weinen und setzte sich auf. Die Männer an den Wänden erhoben sich, zögernd und unsicher.

»Die Vergangenheit war eine große Zeit, ein goldenes Zeitalter«, fuhr Axx Cokroide fort. »Sie ist es wert, um sie zu trauern.« Er ging einige Schritte auf die Männer zu. Sie wichen nicht zurück. Gut. »Aber es ist nicht die Art der Nodronen, dem Vergangenen ewig nachzuweinen, wie die anderen Völker es zu tun pflegen. Größe ist nicht die Frucht des Jammers, sondern von Taten. Wie alle Generationen vor uns haben wir danach gestrebt, unsere Vorfahren noch zu übertreffen.«

Er blickte in die Runde. Hankech, der wendige Hankech, der immerzu erschnüffelte, woher der Wind wehte, war ganz nach vorne gekommen, suchte die Nähe des Anführers.

»Nun sind die Zwillingsgötzen tot. Gehen wir mit ihnen unter? Vielleicht. Aber nur, wenn wir schwach sind. Zaghaft. Uns ängstlich verkriechen. Die Augen vor der Realität verschließen.« Die Männer strafften sich. Kein Nodrone von Ehre war dumm genug, die Anspielung Axx Cokroides zu überhören.

»Ein Zeitalter ist zu Ende gegangen – und ein neues beginnt«, verkündete Axx Cokroide. »Es ist an uns, dass diese neue Zeit ein goldenes Zeitalter für unser Volk wird, das alle vergangenen verblassen lässt. Wir sind Nodronen, wir sind zum Herrschen geboren. Nehmen wir uns, was uns zusteht! Erkämpfen wir uns unser Recht!«

Hankech stieß einen begeisterten Jubelschrei aus. Rasch stimmten die übrigen Offiziere ein, feuerten Axx Cokroide mit rhythmischen Rufen an.

Axx Cokroide ließ sie gewähren. Zufrieden registrierte er, wie der Glanz der Zuversicht in ihre Augen zurückkehrte. Das Bewusstsein, auserwählt zu sein, an Großem teilzuhaben.

Schließlich hob er die Hand mit der Peitsche. Die Rufe erstarben.

»Hankech«, sagte Axx Cokroide. »Gib die Befehle. Der Vaaligische Schwarm soll unser sein!«

»Das wird er, ich schwöre es!« Hankech verneigte sich vor Axx Cokroide, dann wandte er sich abrupt ab und bellte eine Reihe von Befehlen. Die Offiziere rannten los, in ihrer Haltung keine Spur mehr von der Verzweiflung, die sie eben noch übermannt gehabt hatte. Axx Cokroide hatte ihnen das Vertrauen in die Ordnung der Dinge zurückgegeben.

Axx Cokroide begab sich wieder in den Konferenzraum und ließ sich in seinen Sessel sinken. Er legte die Beine hoch und sah hinüber zur Stadt.

War der Schmiegschirm erst aktiviert, würde der Vaaligische Schwarm unangreifbar sein. Er konnte in Ruhe die Anlagen des Schwarms fertig stellen und zu einem beliebigen Zeitpunkt die Galaxis mit verdummender Strahlung bestreichen. Zwei, drei Monate würden ausreichen, um die Zivilisationen Vaaligos so tief sinken zu lassen, dass Widerstand undenkbar war.

Axx Cokroide lächelte.

Es würde doch zu einer erneuten Begegnung mit Meklek vom Clan der Vikkter kommen. Er war gespannt auf das Gesicht, das der Taxipilot machen würde, wenn er seinen nächtlichen Passagier wiedertraf.

26

Der Clan war bereit.

Argha-cha spürte die Spannung der Zehntausend durch die schweren Zeltwände. Der Vorreiterin war, als griffen die Hoffnungen und Ängste der Mongaal nach ihr und legten sich wie eine erdrückende Last auf ihre Schultern.

Der Clan wartete auf ihr Signal zum Aufbruch. Die Zelte des Lagers, mit Ausnahme des der Vorreiterin und des Himmelszeltes, waren gefaltet, die Habseligkeiten der Mongaal auf den breiten Rücken der Tragtiere verstaut, die Vorderläufe der Fleischtiere mit langen Seilen aneinander gebunden; die Krieger trugen ihre Schmuckrüstungen und hatten Marschformation eingenommen.

Argha-cha hörte das aufgeregte Scharren der Tiere, das Brüllen von Kommandos und das unbeschwerte Lachen von Kindern. Mensch und Tier teilten jene sehnsüchtige Ungeduld, die den Mongaal zu eigen war. Der Clan hatte sich schon viel zu lange an einem Ort aufgehalten, es war Zeit weiterzuziehen.

Er würde sich noch ein wenig gedulden müssen.

Argha-cha erhob sich vom Feuer. Sie hatte die Nacht damit verbracht, in die Flammen zu blicken, das Bündel in ihrem Schoß, und die Entscheidung in sich heranreifen zu lassen. Die Vorreiterin trat an die Seite des Zelts und blieb vor dem Menschbild stehen. Sie legte das Bündel ab. Die Schale zu Füßen des Menschbilds war leer. Argha-cha hatte sie vor ihrem Sturm auf die Götzenstadt mit Gaben gefüllt. Hatte das Menschbild sie genommen? Argha-cha bezweifelte es. Die Zelte der Mongaal waren nicht wie die Häuser der Stadtbewohner hermetisch abgeriegelte Kapseln, kleinere Tiere vermochten sie nahezu nach Belieben zu betreten und wieder verlassen. Hungrige Stadtratten würden sich die Gabe haben schmecken lassen.

Die Vorreiterin zog an dem Tuch, das Kopf und Oberkörper des Menschbilds bedeckte. Es rutschte herab. Argha-cha ließ es achtlos auf dem Boden liegen. Es hatte seinen Zweck erfüllt.

Das Menschbild starrte ihr aus furchtgeweiteten Augen entgegen. Jetzt, da sie den Ausdruck zum zweiten Mal erblickte, erschien er ihr auf seltsame Weise passend. Das Menschbild musste geahnt haben, dass es nicht genügte.

Argha-cha ging in die Knie. Ihre Finger fanden den Knoten, der das Tuch zusammenhielt, und lösten ihn. Der Kopf Cairols kam zum Vorschein.

Die Hitze des Strahlerbeschusses hatte seine Züge zu einem tiefen Schwarz versengt. Das Ohr an der linken Seite war verschwunden, an seiner Stelle befand sich ein Loch. Die Augen Cairols waren geschlossen. Der Roboterkopf schien nur noch ein verbranntes Stück Schrott zu sein.

Argha-cha wusste es besser. Die Vorreiterin hatte eine andere Sicht der Dinge als gewöhnliche Menschen, gespeist aus den Erfahrungen vieler tausend Mongaal, deren Essenz im Gefechtssystem des Clans aufgegangen war. Mit jedem neuen Tag glaubte Argha-cha ihre Anwesenheit klarer zu spüren. Argha-cha hoffte, dass ihre Sinne eines fernen Tages so fein sein würden, dass sie es ihr erlaubten, mit den Vorfahren zu sprechen. Es gab noch vieles, was sie Etor-tai hätte sagen wollen.

Aber auch wenn die Verbindung zwischen ihr und den Vorfahren einstweilen stumm war, genügte sie, um ihr die Sicherheit zu geben, dass sie richtig handelte.

Viele Jahrtausende lang, seit die Dreizehn sich von den übrigen Clans der Nodronen losgesagt hatten, waren die Mongaal ihren eigenen Weg gegangen. Sie hatten weder ein Sternenreich errichtet, noch waren sie zu einer Position der Macht aufgestiegen, um dem Empire von Nodro offen die Stirn zu bieten. Die Mongaal hatten ihre Freiheit bewahrt. Aus eigener Kraft. Niemals hatten sie es zugelassen, dass ein Außenseiter in das Gefechtssystem einging.

Das System war die Summe der Erfahrungen der Mongaal, und es war eben diese Einzigartigkeit, seine Unverfälschtheit, die es dem Clan ermöglicht hatte, seine Feinde ein ums andere Mal zu überraschen.

Die Mongaal waren anders.

Argha-cha würde die Vorreiterin sein, die mit der Tradition brach. Sie packte den Kopf des Menschbilds mit beiden Händen und riss ihn ab. Der Körper des Menschbilds bäumte sich auf, aber der Anschein von Leben verflog rasch und das Menschbild hing wieder schlaff in seiner Aufhängung.

Argha-cha nahm den Kopf Cairols und setzte ihn auf die Schultern des Menschbilds. Sie musste ihn festhalten, damit er nicht sofort wieder zu Boden fiel. Mit erhobenen Armen, die Hände um Cairols Kopf gelegt, stand sie vor dem Menschbild und wartete.

Nach kurzer Zeit spürte sie Wärme an ihren Fingerspitzen. Der Körper des Menschbilds erbebte, seine Glieder schlugen wild um sich. Seine Knie bohrten sich in ihre Oberschenkel, seine Hände klatschten schmerzhaft gegen ihre Seite.

Argha-cha schluckte den Schmerz hinunter, blieb ungerührt stehen. Am Halsansatz des Menschbilds entstand eine Bewegung. Die Haut warf Wellen, als schlängelten sich Raupen unter ihr. Das Aufbäumen des Menschbilds verstärkte sich. Hätte Argha-cha nicht den Kopf Cairols mit aller Kraft auf den Halsansatz des Menschbilds gedrückt, es wäre zur Seite gekippt.

Dann erreichte die Wellenbewegung die Unterseite des Roboterkopfs. Die Haut wich wie erschreckt zurück, als sie den Kopf berührte, wälzte sich über das versengte Metall.

Unvermittelt spürte Argha-cha Trauer, die sich nicht aus ihr selbst speiste. Verzweiflung über eine verschwendete Existenz. Schuld. Schuld in einem Ausmaß, das ihre Vorstellungen sprengte. Und schließlich: Reue.

Die Augen Cairols öffneten sich. Argha-cha erwiderte ruhig ihren Blick. Ihr war, als sie in die funkelnden Edelsteinaugen des Roboters sah, als blicke sie in das Antlitz eines Gefährten. Eines Gefährten, von dem sie, Argha-cha und die Mongaal, unendlich viel lernen konnten.

Cairols Lippen blieben unbewegt. Argha-cha war nicht enttäuscht, dass der Roboter schwieg. Worte waren unnötig. Was sie verband, ging viel tiefer, als Worte es je auszudrücken vermochten.

»Komm!«, sagte sie, mehr zu sich selbst als zu Cairol. »Der Clan wartet.«

Cairol hob die Arme, stützte sich auf ihre Schultern und stemmte sich mit eigener Kraft aus der Aufhängung. Seine Bewegungen waren noch fahrig und unsicher, aber das würde sich legen. Cairol hakte den Arm bei ihr unter, und gemeinsam traten sie vor das Zelt.

Die Gespräche erstarben, als die Mongaal die Vorreiterin und ihren neuen Gefährten erblickten. Argha-cha führte Cairol zu dem wartenden Sturmtier und half ihm, zum hinteren Platz des Doppelsattels hinaufzuklettern, dann stieg sie selbst in den vorderen. Cairols Hände legten sich um ihre Hüften. Sein Griff war warm und fest.

Die Rüstung Etor-tais, die Argha-cha trug, saß wie eine zweite Haut. Die Vorreiterin hatte die Innenseite mit der Haut der Zwillingsgötzin polstern lassen. Der Armstumpf des Götzen war an ihrem Sattel befestigt und diente, mit Metallstreifen verstärkt, als Peitschengriff.

Argha-cha suchte Blickkontakt mit Belhon-ang, den sie nach ihrer Rückkehr aus der Götzenstadt dazu bestimmt hatte, die Vorbereitungen für den Aufbruch des Clans zu leiten. Belhon-ang hatte bewiesen, dass er Mut besaß – und ihr treu ergeben war. Tasser-mor hatte sich bitter über die Ungerechtigkeit von Argha-chas Entscheidung beklagt, aber die Vorreiterin hatte sich nicht umstimmen lassen. Tasser-mor war ein alter Mann, seine Tage waren gezählt. Belhon-ang dagegen würde auf viele Jahre hinaus ein nützliches Werkzeug in ihren Händen sein.

Argha-cha gab das Signal zum Aufbruch. Mit einem Schrei aus zehntausend Kehlen setzte sich der Clan in Bewegung, ließ die Stadt Kion hinter sich zurück, in der ihm seine größte Niederlage bestimmt gewesen war und in der er einen Schatz gewonnen hatte, dessen volle Bedeutung sich erst in Jahrhunderten würde ermessen lassen.

Als sie die ersten Ausläufer der Steppe erreichten, fiel Argha-chas wachsam über die Kolonnen schweifender Blick auf Echrod-or. Der Geschichte-Erzähler ritt auf seinem dürren Tragtier zwischen den Hirten im hinteren Teil der Formation. Er hatte den Kopf gesenkt. Gegen ihren Willen verweilte Argha-chas Blick auf dem Jungen mit den blauen Zöpfen, und einen Augenblick lang glaubte sie noch einmal die Berührung seiner Hand zu spüren.

Der Druck von Cairols Fingern um Argha-chas Hüften verstärkte sich, erinnerte sie daran, wo ihr Platz war. Die Vorreiterin der Mongaal zwang ihren Kopf herum und sah nach vorne, zum Horizont.

Argha-cha blickte nie wieder zurück.

Epilog

»Da unten! Das muss er sein!«

Reginald Bull bremste die Fahrt des Rochenjägers abrupt ab und leitete eine weite Schleife über den Ausläufern des Ewigen Gebirges ein. Ihre Eskorte, zehn schwere Jäger der Nodronen, deren Form Rhodan an Fledermäuse erinnerte, folgten Bulls Manöver so unverzüglich, als seien sie von einer Hand gesteuert.

Vom Boden, dachte Rhodan, *müssen wir wie ein Schwarm Vögel erscheinen.*

Nur dass niemand zu ihnen aufblickte.

Bull leitete die Landung ein. Der Rochenjäger erzitterte, als er auf dem Strahl seiner Triebwerke tanzend dem Boden entgegenfiel. Ihre Eskorte, von Errek Mookmher, dem neuen Herrscher über Nodro gestellt, blieb zurück. Nicht, weil sie ihren Auftrag für erfüllt hielt, sondern um ihn effektiv auszuführen: Aus der Luft konnten die mit loyalen ehemaligen Rebellen besetzten Maschinen flexibler auf Bedrohungen reagieren.

Kion stand unter der Kontrolle Erreks, aber noch war seine Herrschaft nicht gesichert. Immer wieder flackerten Kämpfe auf. Alte Loyalitäten starben nicht über Nacht, und Rhodan und Bull mussten damit rechnen, dass sie hier draußen, in den Ausläufern des Gebirges der Stürme, auf versprengte Götzenanhänger trafen, die sich dem Zugriff der neuen Herren zu entziehen suchten – ein weiterer Grund, sich zu beeilen.

Rhodan spähte durch den Boden aus Vaaligischem Transglas nach unten. Bäume ragten ihm entgegen, wuchtige Stämme, aus denen einige wenige Zweige wuchsen, die sich wie Stacheldraht zusammenrollten. Sie waren von Nadeln besetzt, die Rhodan an die eines terranischen Igels erinnerten. Hier, auf beinahe zweitausend Meter Höhe, dominierten sie die Vegetation.

Reginald Bull ließ den Jäger mit einem Handbreit Abstand vom nächsten Baum herabgleiten. Er grinste zufrieden. Bull hatte Gefallen an den wendigen Maschinen der Nodronen gefunden.

»Fliegende Schrotthaufen gegen alles, was wir zu Hause haben!«, bemerkte er zwar nach wie vor pflichtschuldig, wenn die Sprache auf dieses Thema kam, aber Bull hatte herausgefunden, dass die Rochenjäger Schrotthaufen waren, die *alles* mit sich machen ließen. Keine fürsorgende Syntronik riss die Steuerung an sich, nahm sich der Pilot heraus, Manöver an oder jenseits der Grenze der physikalischen Möglichkeiten zu vollführen. Kurz: Es war, in Reginald Bulls Worten: »Fliegen, wie es unser Schöpfer gemeint hat!«

Ein Rechteck wurde zwischen den Bäumen sichtbar. Eine Grube, die Rhodan auf eine Länge von vielleicht zwanzig Metern und eine Breite von zehn schätzte. Daneben stand ein Gleiter, ein ziviles Modell nicht-nodronischen Ursprungs. Eine Hand voll Roboter war über das Gelände verstreut. Zivile Arbeitsmaschinen, in den Greifern Grabwerkzeuge.

»Treffer!«, rief Bull, als er den Gleiter sah. »Auf die Idee, auf Nodro allein mit einer unbewaffneten Suppenschüssel wie der unterwegs zu sein, kommt nur er!«

Rhodan nickte. »Und darauf«, fügte er hinzu, »das Funkgerät zu deaktivieren! Zum Glück wusste seine Mannschaft die ungefähre Richtung, in die er verschwunden ist.«

Die Umrisse der Grube verschwanden hinter einer Wand aus aufgewirbelter Erde und Pflanzenteilen, als der Jäger aufsetzte.

Rhodan erhob sich. »Drück mir die Daumen, dass er nicht widerspenstig ist.«

»Mache ich!«

Reginald Bull blieb in dem Jäger zurück, dessen Triebwerke im Leerlauf brummten. Die Zeit war knapp. Sie konnten es sich nicht leisten, sie mit fruchtlosen Diskussionen zu verschwenden.

Rhodan sprang ins Freie. Der Waldboden war mit Nadeln bedeckt, die sich wie stählerne Bolzen in seine Sohlen gebohrt hätten, wären die schweren Stiefel des Terraners nicht gewesen. Nach einigen Schritten ließ er auch die Staubwolke des Jägers hinter sich.

Der Boden war mit Instrumenten aller Art übersät, nicht ordentlich und exakt aufgereiht, wie es von einem Wissenschaftler zu erwarten gewesen wäre, sondern willkürlich verstreut. Rhodan wurde an das Spielzeug eines Kindes erinnert, das nach Gebrauch achtlos weggeworfen worden war. Es hatte seinen Zweck erfüllt, sein Besitzer hatte sich neuen Dingen zugewandt.

Der Terraner erreichte den Rand der Grube. Er war unregelmäßig, hatte nichts von den glatten Linien, die Desintegratoren hinterließen. Diese Grube war von Roboterhand ausgehoben worden, mit mechanischen Werkzeugen und unendlicher Vorsicht, um nicht unwiederbringlich Dinge zu zerstören.

Nur welche? Was suchte er?

Rhodan hätte die Grube für das Werk von Bauarbeitern gehalten, wie er sie aus seiner Jugend im primitiven zwanzigsten Jahrhundert der Erde kannte, wären da nicht überall dünne Laserstrahlen gewesen. In verschiedenen Farben zogen sie gerade Linien, skizzierten den Grundriss und die Mauern des Gebäudes, das an dieser Stelle vor Jahrtausenden gestanden hatte.

Dann sah er endlich den Wissenschaftler. Der Tambu kauerte an der gegenüberliegenden Seite der Grube. Sein Sneem, der frackähnliche Umhang, den alle Angehörigen seines Volkes trugen, war über und über mit Lehm verschmiert, ließ ihn beinahe mit dem Boden verschmelzen.

»Lishgeth!«, rief Rhodan. »Lishgeth On Paz!«

Der Tambu reagierte nicht. Er musste so sehr in seine Arbeit vertieft sein, dass er Rhodans Ruf nicht gehört hatte.

Der Terraner winkte Bull beruhigend zu und sprang in die Grube. Es gab keine Leiter oder eine andere Einrichtung,um die anderthalb Meter, die ihn vom Grubenboden trennten, zu überwinden. Der feuchte Boden federte seinen Aufprall ab.

Er ging auf den Tambu zu. »Lishgeth! Was fällt dir eigentlich ein? In der Stadt wird noch gekämpft – und du lässt dein Raumschiff zurück, ohne jemandem zu sagen, wozu oder wohin du gehst, und treibst dich ganz alleine herum!«

Diesmal hörte ihn der Tambu. Das Vogelwesen wandte sich um und richtete sich auf; eine Bewegung, die an das Aufspringen einer Feder erinnerte.

»Perry!«, zwitscherte Lishgeth. »Was für eine schöne Überraschung!«

Der Tambu blickte Rhodan durch die dicken Gläser seiner Brille an. Die Gläser vergrößerten die ohnehin bereits großen Augen des Prior-Forschers der Cor'morian, verliehen seinem Vogelgesicht eine menschliche Qualität, die den anderen Angehörigen seines Volkes abging. Die gefiederten Gesichter der Tambu verfügten über eine ausgeprägte Mimik, aber Rhodan hatte die Erfahrung gemacht, dass sie ihnen nicht viel nützte: Zu viele ihrer Ausdrücke waren für Menschen unergründlich, und, schlimmer noch, diejenigen, die der menschlichen ähnelten, bargen völlig andere Bedeutungen.

Lishgeth On Paz machte darin keine Ausnahme. Aber seine Augen … Rhodan glaubte in ihnen lesen zu können, was in dem Prior-Forscher vor sich ging. In diesem Moment lag in den dunklen Pupillen ein fast fiebriger Glanz.

»Lishgeth«, sagte Rhodan. »Du musst unbedingt mit mir kommen! Wir haben …«

»Später, Perry. Später.« Der Tambu warf seine mit Hornlamellen geschuppten Arme hoch. »Du hast großes Glück. Du hättest in keinem besseren Moment kommen können.«

»Lishgeth! Du …«

Der Prior-Forscher hatte sich bereits abgewandt. Er beugte sich wieder nach vorne, fuhr behutsam mit der Hand über den Boden, ohne dass Rhodan sehen konnte, was er eigentlich tat, und trat schließlich schweigend zur Seite.

Auf dem Boden lag ein Skelett.

Es ruhte auf Tonscherben. Neben dem Skelett hatte Lishgeth weitere Scherben aufgehäuft, an denen feuchte Erdklumpen klebten. Die Scherben mussten ein Gefäß geformt haben, länglich und bauchig, nicht unähnlich einer antiken Amphore. Und das Skelett hatte sich in dem Gefäß, das unter dem Druck der Erde zerplatzt war, befunden.

»Was ... was ist das?«, fragte Rhodan. Der Grund seines Kommens war für den Augenblick vergessen. Der Terraner konnte den Blick nicht von dem Skelett abwenden.

In der Länge maß es ungefähr einen halben Meter. Es besaß dünne, in Krallen endende Beine, auf denen ein ehemals wuchtiger Körper aufsetzte. Die Rippen des großen Brustkorbs waren eingedrückt. Der Kopf mit dem spitzen Schnabel saß auf einem kurzen Hals. An manchen Stellen glaubte Rhodan die Reste von Federn zu sehen. Das Skelett war wie ein Embryo zusammengerollt, als befände es sich im Mutterleib und nicht in einem Grab.

»Das ist ein Kind«, flüsterte der Forscher.

»Was für ein Kind?«

»Ein Tambu-Kind«, sagte Lishgeth. »Es wurde nicht alt. Es ist noch sehr klein. Seine Eltern müssen es hier begraben haben.«

Eine Zeit lang standen der Terraner und der Tambu schweigend vor dem Grab des Kindes. Gegen seinen Willen schweiften Rhodans Gedanken ab. Der Terraner fragte sich, wie das Kind wohl gestorben war, stellte sich den Schmerz der Eltern vor.

»Das hier«, Rhodan umfasste die Grube schließlich mit einer Geste, »das hier ist einmal ein Haus gewesen, nicht wahr?«

»Ja. Es ist bei meinem Volk üblich, die Toten unter dem Heim der Lebenden zu bestatten. Auf diese Weise bleiben sie miteinander verbunden. Unter jedem unserer Türme befindet sich ein Friedhof.«

»Und was willst du mit ihm tun?«

Lishgeths Gefieder plusterte sich auf. »Was wohl? Ich werde es wieder begraben. Es soll weiter ruhen.«

Rhodan zögerte, dann gewann seine Neugierde die Oberhand. »Bitte verzeihe mir die Nachfrage. Ich will deine Gefühle nicht verletzen, aber wenn du das Kind wieder begräbst, welchen Sinn hat es dann gehabt, es überhaupt auszugraben?«

Die Gesichtsfedern des Tambu stellten sich auf. Rhodan glaubte zu bemerken, wie eine Welle durch das Gefieder unter dem Sneem des Forschers lief.

»Mein Vorhaben war es nicht, Tote auszugraben«, sagte er schließlich, »aber es ließ sich nicht umgehen. Ich musste Gewissheit haben – und anders hätte ich sie nicht erhalten können.«

»Gewissheit worüber?«

»Unsere Herkunft. Niemand erinnert sich mehr daran, woher unser Volk ursprünglich stammt. Aber es gibt Vermutungen. Eine davon besagt, dass wir Tambu von der Welt stammen, die heute Nodro genannt wird. Das Kind hier«, Lishgeth zeigte auf das Skelett, »gibt mir diese Gewissheit. Die Nodronen haben uns unsere Welt gestohlen. Ich habe es geahnt, deshalb bin ich alleine hierher gekommen.«

Rhodan sagte nichts. Er hatte von der Vertreibung der Tambu bereits von Cairol erfahren – und beschlossen, dieses Wissen für sich zu behalten. Was geschehen war, war geschehen. Der Versuch, das Verbrechen der Nodronen rückgängig zu machen, würde nur in einem neuen münden: an den unschuldigen Nachfahren derjenigen Nodronen, die die Tambu vertrieben hatten.

»Was willst du jetzt unternehmen?«, fragte Rhodan.

»Nichts. Ich gebe dieses Kind wieder der Erde zurück – und überlege, ob ich meinem Volk die Wahrheit mitteilen werde. Ich glaube aber nicht, dass ich es tue. Vaaligo braucht Frieden, keinen endlosen Teufelskreis der Vergeltung.«

»Du bist ein kluger Mann, Lishgeth On Paz.«

Der Tambu stakste auf und ab. Seine Augen weiteten sich. Rhodans Kompliment beschämte ihn sichtlich. »Ich tue nur, was ich tun muss. Nicht anders als du.« Lishgeths Pupillen verengten sich und fixierten Rhodan. »In meiner Erregung habe ich versäumt, dir die wichtigste Frage zu stellen: Was führt dich zu mir, Perry Rhodan? Wieso hast du dich aufgemacht, mich hier zu finden, obwohl ich alles unternommen habe, um nicht gefunden zu werden?«

»Das hier.« Rhodan zog eine Folie aus der Tasche und hielt sie dem Prior-Forscher entgegen. Sie enthielt eine Zusammenfassung der Meldung, die vor einer knappen Stunde Nodro erreicht hatte.

Lishgeth On Paz hielt die Folie unmittelbar vor das Gesicht; eine unnötige Geste, verlieh ihm seine Brille doch eine Sehschärfe, die weit über die eines Menschen hinausging. Aber sie verriet die Sorge, die ihn erfasst hatte.

»Das … das darf nicht wahr sein!«, rief er schließlich aus, als er die Folie sinken ließ.

»Es besteht kein Zweifel an der Richtigkeit der Meldungen, sie wurden von mehreren unabhängigen Quellen bestätigt: Sechstausendfünfhundert Sterne am Rand des Vaaligischen Schwarms zeigen erhöhte energetische Aktivität. Die Forscher an Bord deines Raumschiffs sind sich darüber einig, was das bedeutet. Der Vaaligische Schwarm …«

»Schickt sich an, seine Reise anzutreten. Die Sonnen werden dem Schwarm die notwendige Energie zur Transition spenden!«

»Und das müssen wir um jeden Preis verhindern«, sagte Rhodan. »Sonst war unser Sieg auf Nodro nur ein unbedeutendes Scharmützel, während die eigentliche Schlacht verloren geht.«

»Du hast Recht.« Die Augen des Prior-Forschers wirkten jetzt matt und eingefallen. »Aber es ist zu spät. Die Aktivierung wird ungefähr einen halben Tag in Anspruch nehmen – kein Schiff Vaaligos ist schnell genug, um in dieser Spanne die Entfernung von Nodro nach Balance A oder B zurückzulegen. Ganz abgesehen davon, dass die Steuerwelten schwer bewacht sind; und wer immer hinter diesem Unternehmen steckt, muss die Wachflotten auf seiner Seite haben.« Lishgeth On Paz taumelte, stützte sich an der Grubenwand ab. »Wir sind verloren! Du und ich, wir alle sind so tot wie dieses Kind!«

Perry Rhodan fasste den Tambu an der Schulter und bewahrte ihn davor, zu Boden zu sinken. »Noch ist es nicht zu spät. Wir leben noch.«

»Eine letzte Galgenfrist! Hat der Schwarm erst seine Ewige Schleife angetreten, sind wir rettungslos verloren. Er wird ganz Vaaligo verdummen – und du und deine Freunde werdet nie in eure Zeit zurückkehren können. Das ist nur möglich, solange Balance B an seiner Position bleibt.«

»Das ist richtig, aber dennoch besteht Hoffnung.« Rhodans Finger bohrten sich in die Schultern des Tambu. Lishgeth heulte vor Schmerz und Überraschung auf. »Hör mir zu, Lishgeth On Paz: Du hast Recht, wir können den Schwarm nicht mehr aufhalten. Von *außen*. Aber vielleicht von *innen?*«

»Was willst du damit sagen?«

»Dass wir noch eine letzte Chance haben. Nodro ist nahe genug, um von hier aus den Rand des Schwarms zu erreichen, bevor der Schmiegschirm aktiviert wird. Was es braucht, ist ein schnelles Schiff, einen fähigen Piloten und eine Gruppe von Wesen, die zu allem entschlossen sind.«

Ein Anflug von Glanz kehrte in die Augen des Tambu zurück. »Sollte der Schwarm auf seine Reise gehen, so ist das ein Verbrechen, das die Vertreibung meines Volkes weit in den Schatten stellt. Ich bin bereit, alles zu tun, um das zu verhindern!«

»Bestens.« Rhodan ließ den Tambu los. Er brauchte seine Stütze nicht mehr. »Ich habe mir die Freiheit genommen, die Mannschaft der KAPORNE aufzufordern, Startbereitschaft einzuleiten. Man sagt, dein Kreuzer sei das schnellste Schiff der Galaxis.«

»Zu Recht!«, rief Lishgeth On Paz aus.

»Und es heißt, ihr Pilot flöge wie der Teufel«, sagte Rhodan. Der Prior-Forscher galt als bester Pilot seines Volkes.

»Schneller, besser und präziser – du könntest keinen besseren finden, um in den Schlund des Feindes zu fliegen!«

»Genau darum geht es. Gehen wir? Wir haben keine Zeit zu verlieren.«

»Einen Augenblick.« Lishgeth On Paz wandte Rhodan den Rücken zu und beugte sich über das Grab des Kindes. Wieder strichen seine Finger über den Boden, und diesmal sah Rhodan, was der Tambu streichelte: den Schädel des Kindes. »Bitte entschuldige, Kleines«, flüsterte der Forscher, »ich wollte dich in Würde begraben, aber das geht jetzt nicht mehr. Die Lebenden gehen vor.«

Der Tambu wandte sich an Rhodan. »Los! Wir haben schon genug Zeit vertrödelt!«

Die mit Kraftverstärkern bewehrten Arme des Forschers packten Rhodan und schleuderten den Terraner aus der Grube. Dann folgte Lishgeth On Paz selbst. Er stieß sich mit den Beinen ab und kam neben Rhodan auf, unwillkürlich mit den Armen fuchtelnd in der Imitation eines Flügelschlags.

Seite an Seite rannten der Terraner und der Tambu dem Jäger entgegen, der mit laufenden Triebwerken auf sie wartete. Aus dem Augenwinkel nahm Rhodan wahr, wie die Roboter damit begannen, die Grube zuzuschütten. Noch bevor die Tür hinter dem Terraner und dem Tambu zugeglitten war, startete Bull.

»Was habt ihr so lange getrieben? Vielleicht ein Schwätzchen gehalten?«, rief er ihnen vom Pilotensessel zu.

Der Jäger bohrte sich senkrecht in den Himmel, kippte abrupt in die Horizontale und jagte über Kion hinweg, von seiner Eskorte gedeckt.

Rhodan hatte gerade im Sessel des Copiloten Platz genommen, als bereits der Raumhafen in Sicht kam. An mehreren Stellen wuchsen Rauchsäulen in den Himmel, Spuren der sporadisch immer noch aufflackernden Kämpfe.

Der Forschungskreuzer von Lishgeth On Paz stand abseits auf dem fast leeren Landefeld. Es war eines der wenigen Schiffe, die in den letzten Stunden auf Nodro niedergegangen waren – die meisten Kapitäne hatten es vorgezogen, den Planeten zu verlassen und abzuwarten, wie sich die Lage nach dem Sturz der Zwillingsgötzen entwickeln würde.

Der Rumpf des Kreuzers bestand aus einer etwa zweihundertfünfzig Meter durchmessenden, nach oben offenen Halbkugel. Darauf aufgesetzt war ein sechzig Meter hoher und einhundertdreißig Meter breiter Zylinderbau. Neben den schlanken Schiffen der Nodronen wirkte der Kreuzer plump und behäbig, aber Rhodan wusste aus Erfahrung, dass man bei Raumern wenig auf das Äußere geben durfte. Was zählte, war das Innenleben – und über das der KAPORNE waren die unmöglichsten Gerüchte im Umlauf.

An der Hauptschleuse des Kreuzers warteten bereits Fran Imith, Pratton Allgame, Shimmi Caratech und Quart Homphé. Shimmi hielt den Korb mit Schikago. Die Begrüßung fiel zurückhaltend aus. Die Menschen hatten geglaubt, den Sieg bereits in den Händen zu halten, dass ihre Rückkehr nach dem Sturz der Götzen nur noch eine Frage der Zeit sei – und nun schien wieder alles verloren zu sein.

Die Schleuse des Kreuzers öffnete sich. Lishgeth On Paz trat ein. Rhodan zögerte, dann folgte er dem Tambu in den grell erleuchteten Gang.

Der Terraner fragte sich, wie es in dem Kreuzer aussah – und ob das Schiff zu seinem Grab werden würde.

Perry Rhodan

ODYSSEE

6

UWE ANTON

Die Lebensboten

Montagering der Karmuuch

Die Karmuuch gelten als die Techniker des Vaaligischen Schwarms und weitgehend auch als lebendige technische Kompendien. Auf ihren Welten stellen nicht Reichtum oder Familienstand ein gesellschaftliches Erfolgsmerkmal dar, sondern die erreichten Tera-Grade.

Der erste Tera-Grad wird mit der Abschlussprüfung an der technischen Grundschule der Karmuuch erreicht. Diesen Grad haben zirka sechzig Prozent aller Karmuuch erworben. Der weitere Aufstieg kann bis zum elften Tera-Grad führen.

Inhaber des elften Tera-Grades dürfen sich als Ultra-Techniker bezeichnen. Sie sind mit allen technischen Aspekten des Vaaligischen Schwarms vertraut.

Ein »Montagering« der Karmuuch ist ein ringförmiges Raumschiff mit 2,2 Kilometern Durchmesser; der eigentliche Ringkörper ist 420 Meter dick.

Der Innendurchmesser eines Montagerings liegt bei 1360 Metern. Hier können beliebig Energiefelder projiziert werden; in diesem Bereich werden auch Geräteblöcke, Materialien und vieles mehr transportiert.

Als wendige Montageboote werden acht Montagelinsen von jeweils 212 Metern Durchmesser mitgeführt. Diese Boote bringen die Karmuuch sowie benötigte Geräte und Materialien zum Einsatzort.

Im Gebiet des Schwarms operieren 134 000 Karmuuchische Montageringe. Sie sind nahezu unbewaffnet.

Technische Daten:

Durchmesser		(über alles)	2200 Meter
Durchmesser		(Ringkörper)	420 Meter
Maximaler Durchmesser Transportfeld			1300 Meter
Beiboote		acht Montagelinsen (212 Meter Durchmesser)	
Bewaffnung	defensiv	gestaffelte Schutzschirme unbekannter Wirkungsweise	
	offensiv	leichte Desintegratoren	
Besatzung	Minimum	220 Karmuuch	
	Maximum	4500 Karmuuch	

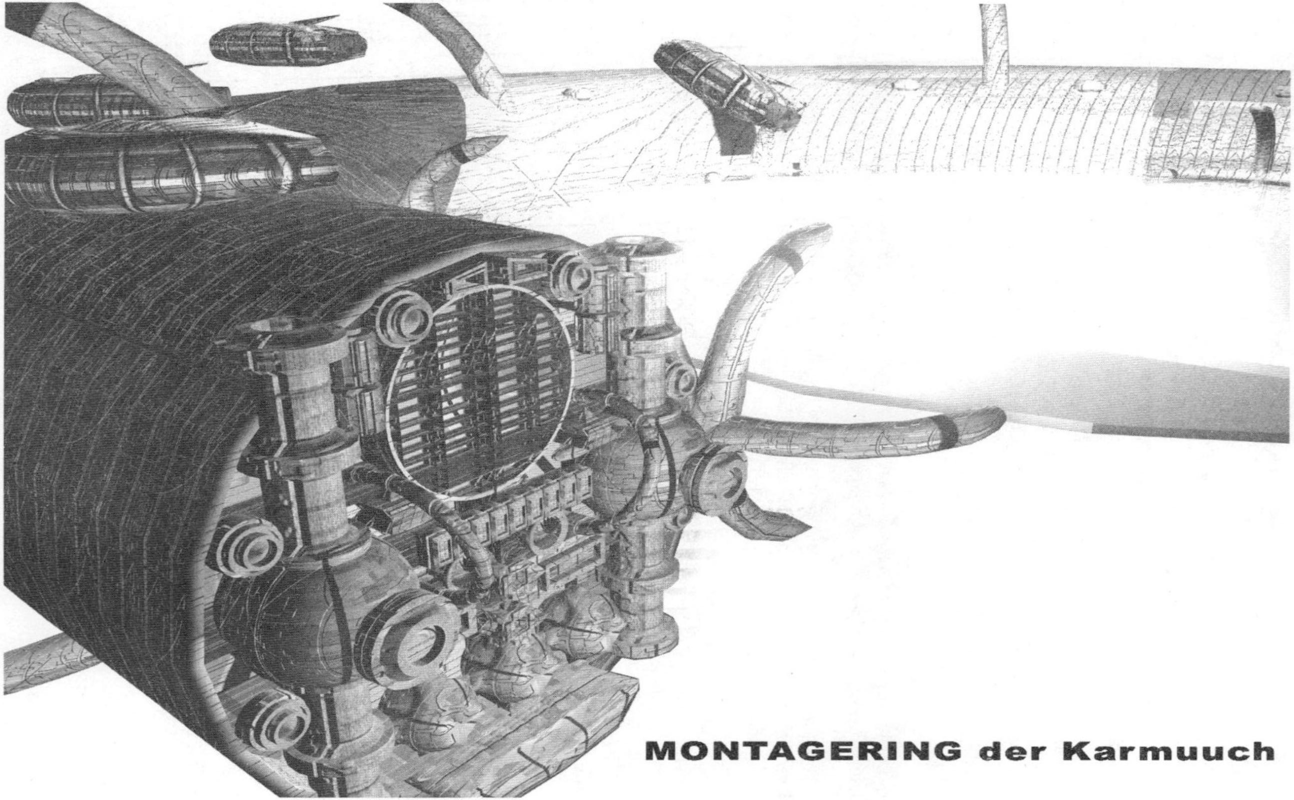

MONTAGERING der Karmuuch

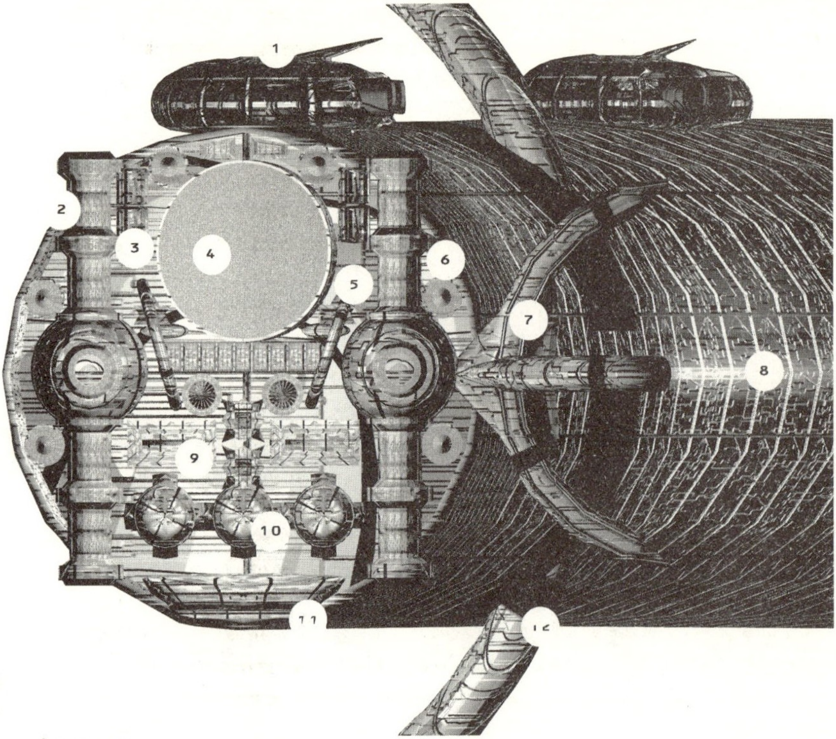

LEGENDE:

1. Angedockte Montagelinse
2. Korrekturtriebwerke
3. Speicheraggregate
4. Unterkünfte, Zentralen, Werkstätten für Kleinteile und Labors
5. Emissionsabsorber
6. Andruckabsorber
7. Projektor für das Transport-Energiefeld (insgesamt acht Krallen)
8. Aufgespanntes Transport-Energiefeld in maximaler Ausdehnung
9. Lebenserhaltungssysteme
10. Reaktoren und Kraftwerke auf NUGAS-Basis
11. Überlichttriebwerk
12. Projektor für den Schutzschirm (insgesamt acht Krallen)

Nichts ist gleichgültiger als die Ewigkeit.

– Perry Rhodan

Prolog

Axx Cokroide sah die Katastrophe kommen. Oder zumindest den schwerwiegenden Zwischenfall, der auf jeden Fall Konsequenzen nach sich ziehen würde.

Selbst in der holographischen Darstellung wirkte der Montagering der Karmuuch riesig. Zusätzliche kleinere Datenholos blendeten die relevanten Angaben ein, aber Cokroide wendete den Blick nicht vom Hauptholo ab; die technischen Einzelheiten der Montageeinheit waren ihm mehr als nur geläufig.

Das ringförmige Raumschiff hatte einen Durchmesser von 2,2 Kilometern, der eigentliche Ringkörper war 420 Meter dick.

In dem immerhin noch 1360 Meter durchmessenden Innenraum des Montagerings hatte die Besatzung mehrere schwach schimmernde Energiefelder unterschiedlicher Größe projiziert. Außerdem transportierte sie in diesem Bereich auch einige Geräteblöcke, Container mit den unterschiedlichsten Materialien und einiges mehr.

Sämtliche acht Beiboote des Montagerings waren ausgeschleust. Die wendigen Montagelinsen von jeweils 212 Metern Durchmesser umschwirrten den Riesen wie lästige Schmarotzerfische einen Magnoraunden. Sie brachten Karmuuch, die dort letzte Überprüfungen vornehmen mussten, zu den Geräteblöcken im Innenraum und schleppten weitere Container mit dringend benötigtem Gerät in den Innenraum des Rings.

Das Rochenschiff der Riana wirkte selbst im Vergleich zu den Montagelinsen winzig. Es hatte einen Durchmesser von knapp einhundert Metern und wirkte filigran, eher wie ein Spielzeug denn wie ein raumflugtaugliches Gefährt, das sogar den meisten anderen Einheiten der Erbauer-Völker überlegen war. Unter seiner durchsichtigen Hülle konnte Axx verschiedenfarbige Strömungen ausmachen; was wie gefärbtes Wasser aussah, das durch ein komplexes Röhrensystem geleitet wurde, war in Wirklichkeit reine Energie.

Axx Cokroide lächelte. Würde er jemals begreifen, was die Riana mit *Energie* anstellten? Wie sie sie wahrnahmen, fesselten, beherrschten, einsetzten? Er bezweifelte es. Aber die Riana waren wertvoll für den Vaaligischen Schwarm. Ihr Umgang mit Energie war einzigartig, und ihre Fähigkeiten kamen dem gesamten Gemeinwesen zugute. Man musste etwas nicht unbedingt verstehen, um davon profitieren zu können.

Aus irgendeinem Grund faszinierte Cokroide das transparente Rochenschiff, das sich langsam dem Montagering näherte, so sehr, dass er es weiterhin beobachtete, obwohl die Holobatterien in diesem Hauptraum der planetengroßen

Schaltzentrale Balance A wesentlich interessantere Anblicke zeigten. Der Augenblick des Triumphs stand unmittelbar bevor; die Erbauer-Völker des Schwarms würden gemeinsam etwas schaffen, das größer war als die Summe seiner einzelnen Bestandteile.

Und er würde davon profitieren. Er und das Empire von Nodro.

Er kniff die Augen zusammen. Unvermittelt war der schmale, fast durchsichtige Rochen ins Trudeln geraten.

Lag eine Störung der Energieversorgung vor? Bei einem Schiff der Riana? Unmöglich! Nein, der Rochen versuchte abzudrehen, in einer unmöglich engen Kurve sich so schnell wie möglich von dem Montagering zu entfernen.

»Das Rochenschiff da!« Er zeigte auf das betreffende Hologramm. »Schaltet den Funkverkehr hinzu!«

Eine Ordonanz sah ihn verwirrt an. Seit Pelmid verschwunden war, hatte er immer öfter das Gefühl, es in seiner näheren Umgebung nur mit Idioten zu tun zu haben. Sie ließ sich nicht ersetzen, weder als Ot'Son'Trokete noch im Bett.

Aber er konnte dem Mann keinen Vorwurf machen. Wenn er das Holo nicht so konzentriert wie Axx verfolgt hatte – und bei den Tausenden von holographischen Darstellungen hier in der Hauptzentrale war das kaum anzunehmen –, hatte er nichts von dem absonderlichen Verhalten des Rochenschiffs mitbekommen, sah jetzt nur, wie es von dem Montagering abdrehte.

»Der Funkverkehr zwischen dem Schiff der Karmuuch und dem der Riana!«, stellte er klar. »Auf diesem Holo hier!«

Die Ordonanz wandte sich ab und machte sich hektisch an den Kontrollen ihres Pults zu schaffen. Der ehemalige Botschafter des Zwillingsgötzen von Nodro und Herrscher des Vaaligischen Schwarms von eigenen Gnaden trommelte ungeduldig mit den Fingerspitzen auf seine Konsole, hielt sich aber zurück.

Er konnte dem Mann keinen Vorwurf machen. Ausgerechnet jetzt musste es zu solch einem Zwischenfall kommen … ausgerechnet jetzt, da Cokroide sukzessive die Anlagen des Vaaligischen Schwarms in Betrieb nehmen ließ, da die Ereignisse sich überschlugen und bald noch heftiger überschlagen würden.

Cokroide richtete seine Aufmerksamkeit wieder auf den Montagering … nein, auf zwei der Montagelinsen, die beide auf den Innenring des Raumriesen zuhielten. Aus der einen schoss plötzlich ein Stängel aus Energie, der sich dann rasend schnell zu einer roten Blume entfaltete. Ihre Blütenblätter wurden immer größer, leuchteten immer heller und erloschen dann so abrupt, wie sie entstanden waren.

Die Explosion zerfetzte die Montagelinse in zwei Teile. Einer trudelte auf den riesigen Ring zu, der andere genau auf die zweite Linse. Er traf sie und riss sie mit, gegen die Innenwand des Montagerings.

Das war es!, dachte Axx Cokroide. *Das haben die Riana angemessen, als es sich noch nicht abzeichnete!*

Aber was hatte die erste Explosion verursacht?

»Schaltet die Schutzschirme hoch!«, flüsterte der Clansführer. Aber er erteilte den Befehl nicht laut; er wusste, es war längst zu spät. Wenn der Kommandant des Montagerings bis jetzt nicht reagiert hatte, würde ihm eine Anweisung von Balance A auch nicht mehr helfen.

Die Ringe verfügten über gestaffelte Schutzschirme als Defensiv- und leichte Desintegratoren als Offensivbewaffnung; für Kampfzwecke waren sie unbrauchbar, aber mit den Schirmen ließ sich vielleicht noch das Schlimmste verhindern …

Ein Ruck ging durch den Ring; Cokroide hatte den Eindruck, der Kommandant hätte die Korrekturtriebwerke aktiviert, um das riesige Schiff aus dem Gefahrenbereich zu bringen. Ein sinnloses Unterfangen, er würde den Weltraumriesen niemals ausreichend beschleunigen können.

Die Trümmerstücke der Linsen durchbrachen das aufgespannte Transport-Energiefeld des Rings, als wäre es nicht vorhanden. Die Hälfte einer Linse streifte einen Projektor für das Energiefeld und riss die Kralle aus ihrer Verankerung. Der Ring erzitterte heftig; im nächsten Augenblick schlugen die restlichen Trümmerteile in die Innenwand des Montagerings und bohrten sich tief ins Innere des Weltraumriesen.

Ein Trümmerstück musste ein Energiespeicheraggregat getroffen haben; wie in Zeitlupe schien sich der Montagering von innen nach außen aufzublähen. Cokroide glaubte, einen Riss in der Hülle zu sehen, der sich rasend schnell ausweitete. Dann leckten schon Flammenzungen über die schroffen Metallzacken, schlugen ins All hinaus und loderten unter dem nachschießenden Sauerstoff hell auf, bevor sie vom Vakuum wieder erstickt wurden.

Der Clansführer wusste, was nun geschehen würde. Die Explosionen setzten sich, wenn auch für ihn nicht sichtbar, im Inneren des Montagerings fort. Schneller als erwartet griffen sie auf die Reaktoren und Kraftwerke auf NUGAS-Basis über. Cokroide schloss instinktiv die Augen, als der Ring selbst explodierte, obwohl die Varsoniken Filter vor das Holo schoben, um die Lichtentfaltung einzudämmen und zu verhindern, dass Betrachter sich Schäden zuzogen oder gar dauerhaft geblendet wurden.

Als er die Augen wieder öffnete, sah er eine neue Sonne am Himmel. Am Rand der Korona machte er einen winzigen Punkt aus, den er in einer Vergrößerung als Rochenschiff erkannte.

Die Riana hatten es also geschafft; sie waren dem Inferno entkommen, vielleicht wegen ihrer überlegenen Energieschirme, vielleicht, weil sie rechtzeitig reagiert oder die Katastrophe noch vor ihrem eigentlichen Beginn bemerkt hatten.

Der Montagering war mitsamt der Linsen zerstört worden. Cokroide warf einen Blick auf das Datenholo. 220 Karmuuch genügten als Minimalbesatzung, um den Ring funktionsfähig zu halten. Aber dieser hier war maximal besetzt gewesen. 4500 Karmuuch hatten soeben ihr Leben verloren.

Der Clansführer zuckte mit den Achseln. Im Gebiet des Schwarms operierten zur Zeit 134 000 Karmuuchische Montageringe. Der Verlust ließ sich verschmerzen.

Wichtiger war für ihn die Frage, wie es zu diesem Zwischenfall hatte kommen können.

Ein Unglück? Karmuuchisches Versagen? Oder …

Er verzog das Gesicht und winkte die Ordonanz heran. Das Gesicht des Mannes war bleich; er bewegte sich ruckartig, abgehackt. Cokroide hatte den Eindruck, dass die Augen der Ordonanz ihn zwar sahen, aber eigentlich gar nicht wahrnahmen.

»Ich möchte, dass der Vorfall untersucht wird«, sagte er. »Vor Ort, aber auch rückwirkend. Ich will wissen, wo dieser Montagering sich im letzten Jahr befunden, welche Welten er angeflogen, wer ihn betreten hat. Ich will Namen! Durchleuchtet die Besatzung! Wer von ihr hat Kontakt zu Nodronen gehabt? Und ich will Ergebnisse, und zwar schnell!« Um seine Worte zu unterstreichen, legte er die Hand auf den Griff der Peitsche an seinem Gürtel.

Die Ordonanz riss die Augen auf. »Wonach soll ich gezielt suchen?«

Nach Rebellen, wollte Cokroide schon antworten, *nach dem Stachel im Fleisch des Empire, nach unserer Nemesis! Nach Rebellen, denen es irgendwie gelungen ist, sich auf diesem Montagering einzuschleichen und ihn so zu sabotieren, dass er genau in diesem Augenblick zerstört wird und beinahe ein Rochenschiff der Riana mit sich in den Untergang gerissen hätte!*

Doch dann überlegte er es sich anders und bedachte den Mann mit einem kalten Blick. »Wenn du das nicht weißt, war deine Ernennung wohl ein Fehler.« Er sah die Explosion des Montagerings ausgerechnet in diesem Augenblick als persönliche Beleidigung, wenn nicht sogar Niederlage an. Eine kleine, unbedeutende Niederlage zwar, aber nichtsdestotrotz musste sie Konsequenzen haben. Sein Triumph durfte nicht befleckt werden, nicht einmal durch den Verlust eines von 134 000 Karmuuchischen Montageringen.

Eine Handbewegung, und die Ordonanz wirbelte geradezu herum und entfernte sich, suchte fluchtartig das Weite, wie es Cokroide vorkam. Der Clansführer wandte sich wieder den Hologrammen zu, doch die Erhabenheit des Augenblicks hatte sich verflüchtigt. Wie zuvor die Ordonanz ihn angeschaut hatte, ohne ihn wirklich zu sehen, betrachtete er nun das unfassbare Wunder, das die Gesamtheit aller Hologramme nur unzulänglich wiedergeben konnte, ohne zu begreifen, was hier und jetzt wirklich geschah.

Er versuchte dagegen anzukämpfen, aber es gelang ihm nicht, nicht einmal in diesem Moment. Wie schon so oft zuvor glitten seine Gedanken zurück zu der letzten Stunde, Minute, in der er wirklich glücklich gewesen war. Die Holos verblichen, und er sah wieder den Sandstrand, den blauen Himmel, das Meer …

Rebellen, dachte er. *Rebellen.*

Und erinnerte sich.

Als Axx das Meer sah, gab es kein Halten mehr für ihn. Blau wogte es vor ihm, viel blauer, kräftiger als der Himmel; ganz vorn war es kristallklar, weiter hinten wurde es immer undurchsichtiger, bis es dann irgendwann nur noch ein schmaler, dunklerer Strich war, der in den Himmel überging.

Er sah das Wasser, er spürte den warmen Sand unter seinen nackten Füßen, und es war um ihn geschehen. Die Körner rieben sich weich an seiner empfindlichen Haut, doch sie kitzelten ihn eher, als dass sie ihm wehtaten, und er genoss das Gefühl.

Er fühlte sich *frei.*

Er wusste, er hatte versprochen, seinen Eltern und seinem Bruder beim Aufbau des Zeltes zu helfen, das sie am Tag vor der Sonne schützen sollte, und dann in dem Hain, der hinter dem Strand lag, Holz für das Lagerfeuer zu sammeln, das sie in der Nacht wärmen sollte, aber es war um ihn geschehen.

Seine Eltern standen dicht hinter ihm, doch er vernahm wie aus weiter Ferne die Stimme seiner Mutter. »Axx!« Und die seines Vaters fiel sofort ein: »Wage es ja nicht!« Er wusste auch, sie würden ihn bestrafen, aber das war ihm in diesem Augenblick gleichgültig. Er ließ die beiden Taschen, die er trug, einfach fallen und rannte los. Im Laufen riss er sich die Kleidung vom Leib, das dünne Hemd und die kurze Hose. Es störte ihn nicht, dass er nackt war. Er verstand sowieso nicht, wieso die Erwachsenen immer so ein Getue darum machten. Auch wenn es ihm in letzter Zeit etwas seltsam vorkam, dass ein paar Mädchen kicherten, wenn er unbekleidet am Strand oder sonst wo spielte.

Aber das waren eben nur Mädchen.

»Aaaxxx!«, hörte er erneut die Stimme seines Vaters. Er schaute über die Schulter zurück und sah, dass er ihm kurz nachgesetzt hatte, dann aber bei den Kleidungsstücken stehen geblieben war. Jetzt bückte er sich und hob sie auf. Einen Moment lang hatten sie Blickkontakt, und Axx schwante, was ihm blühte, wenn er irgendwann zu seiner Familie zurückkehren würde.

Irgendwann …

Er lief vorbei an den Feuern, die die anderen Besucher des Strandes neben ihren Zelten und Sandburgen, Sichtverzerrern und Flimmerfeldern errichtet hatten. Normalerweise faszinierten ihn Lager- und Freudenfeuer, und er konnte nicht an ihnen vorbeigehen, ohne zu verharren und sie lange zu betrachten, in die Flammen zu starren, ihrem Prasseln zu lauschen und sich zu wärmen. Er sah dann Bilder in dem roten und gelben Flackern, die sich immer wieder veränderten, eine Rakete aus Feuer, die auf leuchtenden Strahlen in einen feurigen Himmel ritt und dort zu einem riesigen Drachen wurde, der Feuer spie und eine Burg aus brennenden Wolken einäscherte …

Seine Eltern stritten sich oft über die Feuer, die sie errichteten. Echt muss es sein, so viel war klar, künstliche Flammen kamen nicht in Frage. »Männer fackeln einfach nur ab«, schimpfte seine Mutter immer, wenn sein Vater ein Lagerfeuer vorbereitete. Axx verstand die ganze Aufregung nicht. Wenn sie ein Feuer entfachte, warf sie immer mehrlagige Ballen hinein, die dann mit jeder verbrennenden Schicht neue Duftstoffe freigaben. Ihre Feuer rochen zwar angenehm, aber der Geruch war Axx nicht wichtig. Und die Feuer, die sein Vater *abfackelte*, brannten einfach viel länger und schöner, und nur darauf kam es an.

Aber jedes Feuer trat bei ihm in den Hintergrund, wenn Wasser im Spiel war. Teiche und Seen zogen ihn wie magisch an, und das endlose Meer vor ihm … Auch in ihm sah er Bilder, aber viel schönere, viel interessantere. Er stellte sich vor, wie die Wellen der Brandung sich in bunte, schillernde Fische verwandelten, die ihn umschwärmten und mit ihm spielten, oder auch in große, gefährliche Fische mit rauer Haut und langen, scharfen Zähnen, mit denen er um die Wette schwimmen musste, damit sie ihn nicht fraßen. Natürlich gewann er jedes Wettschwimmen. Er war nämlich klug. Er entfernte sich nie so weit vom Ufer, dass sie ihn einholen konnten. Und er blieb wachsam, war stets auf der Hut. Er hielt immer Ausschau nach großen, gefährlichen Fischen, die ihn fressen wollten.

Mit dem Meer war es so ähnlich wie mit Lagerfeuern. Beide faszinierten ihn, aber das Meer machte einfach mehr *Spaß*. Und er war nicht so oft am Wasser, während er Lagerfeuer praktisch jeden Tag sah.

Er vergaß den drohenden Blick des Vaters und lief weiter, der flachen Brandung entgegen. Vielleicht würde das Donnerwetter doch nicht ganz so schrecklich ausfallen, wenn er ihm erklärte, dass er einfach als Erster am Wasser sein *musste*, damit sein Bruder ihn nicht mit Schlammkugeln bewerfen konnte. Immer wieder hatte er ihn gebeten, das nicht zu tun, aber Gerth hörte einfach nicht darauf, tat es immer wieder, lachte ihn dabei aus und stritt dann alles ab, wenn ihre Eltern ihn dann irgendwann zur Rede stellten.

Manchmal hasste er seinen Bruder.

Und Gerth hatte den Kniff raus! Er nahm den Schlamm nicht aus dem Meer, der ließ sich nämlich nicht so gut formen. Dort, wo die Wellen über den Strand spülten, aber wieder zurückflossen, war der Schlamm am besten geeignet. Er war fester, ließ sich zu kleinen Kugeln formen, die *richtig* wehtaten, wenn sie, mit voller Wucht geworfen, die nackte Haut trafen.

Das war doch ein Argument, oder? Auch wenn seine Eltern es einfach nicht verstehen *wollten*. Wenn er sich über seinen Bruder beklagte, schimpften sie ihn immer aus. Wenn er sagte: »Das ist unfair, die Kugeln, die wo er auf mich wirft, tun einfach weh!«, sagten sie immer: »Es heißt nicht *die wo*. Es heißt ›Die Kugeln, die er wirft‹. Warum sagst du nur immer ›die, wo‹? Und komm nicht flennend angelaufen, wenn du Streit mit deinem großen Bruder hast. Nodronen regeln das unter sich.«

Als ob das »die, wo« wichtig wäre. Wichtig war nur, dass sein Bruder ihn mit Schlammkugeln bewarf, obwohl er das eigentlich nicht tun sollte. Manchmal verstanden die Erwachsenen ihn nicht, und seine Eltern erst recht nicht.

Er jauchzte auf, als er das kalte Wasser an seinen Beinen spürte. Auch darum machten die Erwachsenen immer so ein Theater. Sie zierten sich immer so, in die Fluten zu laufen, anstatt einfach hineinzuspringen. *So* kalt war es nun wirklich nicht.

Ihn störte die Kälte jedenfalls nicht.

Sein Käscher! Das war dumm von ihm gewesen. Er hatte vergessen, seinen Käscher mitzunehmen. Hier gab es so viele Fische, die man fangen konnte, und Muscheln und Krebse. Aber Krebse waren eklig. Einmal hatte ein kleiner Krebs ihn in den Zeh gebissen, und er hatte den Fuß geschüttelt, aber der Krebs war einfach nicht abgefallen, und er war weinend an Land gelaufen, er hatte gebrüllt wie am Spieß, und sein großer Bruder war um ihn herum getanzt und hatte sich wieder lustig über ihn gemacht, obwohl er selbst fürchterliche Angst vor Krebsen hatte, und sein Vater hatte ihn ausgeschimpft, »Ein Nodrone hat doch keine Angst vor Krebsen!«, und er hatte fürchterlich geschrien, und sein Vater hatte ihn geschlagen, weil er nicht aufhörte zu schreien, und …

Axx fragte sich, ob es wirklich so eine gute Idee gewesen war, das Gepäck einfach hinzuwerfen und den Ruf zur Ordnung zu ignorieren. Er wunderte sich, wieso sein Vater ihm nicht nachgesetzt hatte. Als er noch einmal zurückschaute, sah er, dass sein Vater wie erstarrt dort stand, den Kopf in den Nacken gelegt hatte und angestrengt in den Himmel über dem Hain hinter dem breiten Strand schaute.

Dann spürte er das Wasser an den Knien und verlor jegliche Angst vor Strafe; er dachte nicht mehr daran, welche Folgen sein Handeln haben konnte. Er jauchzte auf und warf sich in die Fluten, spürte die Nässe und die Kälte, das Prickeln des Wassers auf seiner Haut.

Die Zeit verlor für ihn jede Bedeutung. Er planschte und spritzte mit Wasser, hielt inne, als er einen kleinen Fisch sah, der mit schlängelnden Bewegungen vor ihm floh, und blickte dann auf und sah zu den anderen Kindern hinüber, die wenige Meter von ihm entfernt spielten. Er kannte keines davon; wie konnte er das auch, schließlich war es sein erster Tag am Strand.

Er schaute kurz hoch, als er in der Ferne ein tiefes Brummen hörte, doch als er nichts sah, wandte er sich einem Jungen und drei Mädchen zu, die eine Burg bauten. Sie machten es nicht richtig. Sie hatten keinen Graben gezogen, durch den das Wasser ablaufen konnte, und es überspülte die Außenwand, zerrte an ihr und schwemmte die äußeren Schichten weg.

Er ging zu ihnen, blieb vor der Burg stehen. Aber die Kinder sahen ihn nicht an. Sie schauten an ihm vorbei zum Strand.

Langsam drehte er sich um. Er erblickte seine Mutter; sie hatte Gerth an sich gedrückt, riss ihn hoch und lief mit ihm auf Axx zu. Dann hörte er sie auch: »Axx, komm her! Komm sofort her!«

Und sein Vater winkte hektisch mit den Armen und rief etwas, doch er war zu weit weg, als dass er ihn verstehen konnte.

Eigentlich interessierte Axx gar nicht, wieso seine Mutter plötzlich so aufgeregt wirkte und ihn zu sich rief. Erwachsene hatten manchmal solche Anwandlungen. Wenn man so tat, als würde man sie gar nicht hören, verloren sie oft die Geduld und hörten damit auf, ständig etwas von einem zu fordern. Man durfte es damit nur nicht übertreiben, musste wissen, wie weit man gehen durfte, sonst setzte es was.

Und seine Mutter hatte einen viel längeren Geduldsfaden als sein Vater. Bei seinem Vater konnte er sich das nicht erlauben, aber bei ihr …

Das Summen, das er gehört hatte, wurde lauter. Nun setzte sich auch sein Vater in Bewegung, lief ebenfalls auf ihn zu, rief ihm dabei unentwegt etwas zu.

Axx verstand ihn nicht, doch plötzlich wurde ihm klar, dass etwas nicht stimmte. Seine Eltern benahmen sich ganz anders als sonst. Und sie waren nicht böse auf ihn, weil er nicht gehorchte. Weil er sie ignorierte, als wären sie gar nicht vorhanden. Immer, wenn er das tat, wurden sie zornig. Das konnten sie einfach nicht vertragen. Erwachsene mochten es nicht, wenn sie einem etwas sagten, und man hörte nicht darauf.

Aber das war es jetzt nicht. Sie waren nicht wütend auf ihn, sie waren besorgt. Das spürte er plötzlich ganz genau.

Und als würde diese Besorgnis, diese Angst, auf ihn übergreifen, schossen ihm plötzlich Tränen in die Augen, und er wollte zu seiner Mutter laufen, doch er konnte sich mit einem Mal nicht mehr bewegen, war wie erstarrt.

Das Brummen wurde lauter. Es machte ihn neugierig, und er vergaß seine Angst kurz und hob den Kopf. Am Himmel näherte sich ein Gleiter, aber ein anderer als der, der sie zu dem Strand gebracht hatte. Der war viel größer gewesen, und irgendwie plumper, längst nicht so schnittig und wendig.

Dann sah er die Geschütztürme.

Mit Gleitern kannte er sich ganz gut aus. Er hatte seinem Vater einmal gesagt, dass er später gern Gleiterbauer werden würde. Er konnte sich vorstellen, dass es Spaß machte, hinter einem heißen Feuer zu stehen und auf glühendes Eisen zu schlagen, bis es sich so verformte, wie man es wollte. Bis ein gerades Stück Metall zu einer geschwungenen Tragfläche wurde, die man dann leuchtend rot lackieren konnte.

»So funktioniert das nicht«, sagte sein Vater dann immer. »Gleiter werden von Fertigungsstraßen gebaut. Und warum willst du ausgerechnet in den Stand der Kasho? Du hast etwas Besseres verdient, du sollst nicht als einfacher Arbeiter deinen Lebensunterhalt bestreiten. Wenn schon, wirst du Naketh – ein Wissenschaftler, der Gleiter konstruiert, oder ein High-Tech-Experte, der sie in Theorie und Praxis testet.«

So wichtig war das für ihn nicht. Vielleicht wurde er, wenn er groß war, auch Noy, würde als Krieger gegen die Feinde des Empire kämpfen, zum Strategen aufsteigen und eine Schlacht nach der anderen gewinnen. Oder er ging zu den Parkyn, leitete als Politiker die Geschicke einer Kolonialwelt oder setzte sich als Diplomat für den Frieden in Vaaligo ein. Eigentlich wollte er jeden Tag etwas anderes werden. Das, was ihm gerade Spaß machte.

Nur Kampfgleiter hatten Geschütztürme!

Aber was hatten Kampfgleiter hier auf Sartaire zu suchen, einer Welt, zu der wohlhabende Nodronen flogen, um Urlaub zu machen?

Sein Vater lief noch immer auf ihn zu, und nun verstand er, was er rief. »Rebellen!«, brüllte er. »Rebellen! Bringt euch in Sicherheit! Rebellen greifen an!«

Rebellen, dachte Axx. Dieses Wort hatte er schon einmal gehört. Es war schon eine Weile her, damals, als seine Eltern besprachen, wo sie den Urlaub verbringen wollten. Ihn und Gerth hatten sie natürlich nicht gefragt, aber das war schon in Ordnung so. Sie wussten, wie heiß und innig er und sein Bruder das Meer liebten, und hatten sich wohl deshalb für Sartaire entschieden.

»Ist das nicht zu gefährlich?«, hatte seine Mutter gefragt. »Auf Sartaire soll es doch Rebellen geben.«

Genau, in *diesem* Gespräch war das Wort gefallen.

»Unsinn«, hatte sein Vater gesagt, »wie oft waren wir schon auf Sartaire, und ist jemals was passiert?«

»Ich weiß nicht«, hatte seine Mutter gesagt, aber als Gerth und er jauchzten und krächzten und nur noch davon sprachen, wie schön es doch auf Sartaire sei, war die Entscheidung gefallen.

Und jetzt schoss ein Kampfgleiter dieser *Rebellen* durch den blauen Himmel heran und wurde immer größer, und das tiefe Summen wurde immer lauter, und Axx sah weitere Gleiter am Himmel, und sie näherten sich aus verschiedenen Richtungen, und dann bekam Axx es richtig mit der Angst zu tun.

Aus dem Geschützturm des vordersten Gleiters schoss nämlich ein rot leuchtender Strahl und schlug inmitten eines Kreises aus acht, neun Lagerfeuern in den Boden ein. Das Erdreich explodierte, und mit ihm auch die Feuer. Brennendes Holz wurde hoch in die Luft geschleudert, zog rote Streifen über den Himmel, senkte sich dann wieder und entzündete das Gebüsch am Rand des Strandes, Sonnenschirme aus Stroh, Decken und Nodronen, die nicht davongelaufen waren und noch auf ihnen lagen oder standen.

Dann eröffneten auch die anderen Kampfgleiter das Feuer. Plötzlich waren überall Strahlen. Kreuz und quer schossen sie über den Strand. Axx sah Nodronen, die von den Energien erfasst wurden und in Bruchteilen von Sekunden zu schwarzen Schlackeklumpen verkohlten. Andere waren etwas weiter von den Strahlen entfernt und hatten mehr Glück, glaubte Axx zumindest. Ihre Haut schlug Blasen, ihre Haare fingen Feuer oder glimmten zumindest, aber sie lebten noch und liefen auf das Wasser zu.

Axx hörte Schreie, qualvolle Schreie. Noch immer kreuzten die Gleiter über dem Strand, hielten nun gezielt nach einzelnen Nodronen Ausschau und schossen auf sie. Axx verstand nicht ganz, was die Piloten taten, und weshalb sie es taten, doch seine Angst wurde immer größer.

Der Junge und die drei Mädchen, die gerade noch an einer Sandburg gebaut hatten, liefen schreiend auseinander, und ein schmaler Energiestrahl streifte die Festung und zog den Graben, den die Kinder vergessen hatten.

Axx hatte sich nicht vorstellen können, dass Sand brennen konnte, aber dieser hier brannte. Myriaden winziger Körnchen spritzten auseinander, schnell wie Geschosse, und einige bohrten sich in seine Haut und rissen tiefe Wunden.

Das Mädchen, das am weitesten von der Sandburg entfernt gestanden hatte, wurde von der Druckwelle der Explosion meterweit durch die Luft geschleudert. Der Arm wurde ihm abgerissen; Axx sah, wie das Gliedmaß noch in den Himmel wirbelte, während das Mädchen schon wieder zu Boden fiel. Sein Kopf hatte sich verdreht; das Kinn berührte fast den Rücken. Als es auf dem Wasser aufschlug, war es schon tot.

Der kleine Junge und die beiden anderen Mädchen, die die Burg gebaut hatten, wurden von dem nächsten Strahl erfasst. Einen Moment lang konnte Axx noch die Umrisse ihrer Körper sehen, dunkle Schemen in einem hellroten Licht, dann schienen sie einfach zu schmelzen.

Axx wandte den Kopf ab, riss ihn hoch. Der Himmel war nicht mehr blau, und auch nicht rot von Strahlen, sondern schwarz vom Rauch der Brände, so schwarz, dass die Gleiter darin zu verschwinden schienen. Aber sie waren noch vorhanden, wie Axx merkte, als er plötzlich eine glühende Hitze spürte und seine Welt wieder hell und rot wurde.

Jemand ergriff seinen Arm, und er fuhr herum und sah, dass sein Vater plötzlich bei ihm war. Axx konnte sich noch immer nicht bewegen, doch Vater riss ihn zur Seite, und die Hitze ließ nach.

Aber nur kurz. Selbst durch fast gänzlich zusammengekniffene Augen erkannte Axx, dass der Energiestrahl ihn nur knapp verfehlt hatte. Sein Vater hatte nicht so viel Glück gehabt; er schrie auf und schien plötzlich von innen heraus zu leuchten.

Einen Moment lang glaubte Axx, sein Vater würde einfach zusammenbrechen; er wankte und schien sich kaum auf den Beinen halten zu können. Aber dann nahm er noch einmal seine ganze Kraft zusammen und hob ihn hoch, hielt ihn kurz in der Luft und schleuderte ihn danach weit zurück, ins Wasser.

Als Axx durch die Luft wirbelte, sah er eine gigantische Feuerwand, dreimal so hoch wie sein Vater, die über die Haine am anderen Ende hinwegrollte, die Bäume und Sträucher zuerst in Flammen aufgehen und dann einfach verschwinden ließ.

Aber Axx sah noch etwas. Er sah seine Mutter, seinen Bruder auf den Armen, die vor dieser Feuerwalze floh, auf ihn zu lief, auf das Meer zu, das vielleicht Rettung bot. Doch sie war zu langsam; Gerth behinderte sie – sie hätte es sowieso nicht geschafft. Die Flammenkugel näherte sich rasend schnell.

Dann erreichte sie seine Mutter und seinen Bruder.

Axx schrie auf, als seine Mutter sich nach vorn warf, den Flammen aber nicht entkommen konnte. Später war er dankbar, dass er nicht genau erkennen konnte, was nun geschah. Die Feuerwalze war da, seine Mutter riss den Mund auf, wohl zu einem lang gezogenen Schrei, den er im Getöse aber nicht hören konnte, und dann waren sie und Gerth einfach … weg.

Fort, als hätte es sie nie gegeben.

Axx prallte auf dem Wasser auf, und nun spürte er dessen Kälte deutlich. Wie ein Messer schien sie sich in seine Haut zu schneiden und seinen Körper zu durchdringen. Er ging unter; Salzwasser drang ihm in Mund und Nase, und er verlor die Orientierung, wusste nicht mehr, wo oben und unten war. Hilflos schlug er mit den Armen, strampelte mit den Beinen. Seine Angst wuchs ins Unermessliche, er bekam keine Luft mehr, glaubte zu ersticken.

Wie eben die Flammen über seine Mutter und Gerth hinweggefegt waren, fegte jetzt nackte Panik über ihn hinweg.

Mit einer Hand berührte er Grund, stieß sich sofort wieder ab, schwamm zur Wasseroberfläche empor. Er schnappte nach Luft, riss die Augen auf, obwohl das Salz in ihnen brannte, drehte den Kopf, sah zuerst auf das Meer hinaus, dann zum Strand.

Sein Vater … Er lebte noch, war zwar zusammengebrochen, als er ihn ins Wasser geschleudert hatte, richtete sich aber auf den Ellbogen auf, sah auf das Meer hinaus …

Er sucht mich, wurde Axx klar. *Er will wissen, ob ich noch lebe.*

Er drehte sich im Wasser um, schwamm auf seinen Vater zu, doch dann sah er, wie sein Vater mit dem Mund Worte bildete. Er verstand sie nicht, aber er konnte ein wenig von den Lippen lesen, und das Gesicht seines Vaters war so gequält, dass er auch so wusste, was er sagen wollte: *Nein! Nicht ans Ufer! Schwimm ins offene Meer hinaus!*

Er wollte zu seinem Vater, wollte ihm helfen, ihn ins Wasser zerren, ihn retten, ihn vor den Flammen beschützen, doch die Feuerkugel fiel zwar schon in sich zusammen, war aber noch immer riesig, so hoch wie sein Vater, wenn er stand. Er spürte schon die Hitze, die sie ausstrahlte, und dann hörte er tatsächlich, was sein Vater rief: *Na los! Schwimm! Schwimm!*, und er drehte sich im Wasser wieder um und schwamm, was das Zeug hielt.

Schon spürte er, wie das Wasser wärmer wurde. Er wagte nicht zurückzublicken, hatte Angst, dass er nur die Flammenwalze sehen würde, die ihn jetzt fast erreicht hatte und ihn dann genauso umschließen würde, wie sie es mit seinen Eltern und seinem Bruder getan hatte. Er glaubte, dass das Wasser nun kochte, das Fleisch ihm jeden Augenblick von den Knochen fallen würde. Ihm fiel ein, wie sein Vater ihn ins Wasser geworfen hatte und er untergegangen war, und ihm kam ein Gedanke, vielleicht sogar der rettende, aber dann konnte er den Kopf nicht mehr drehen und zu seinem Vater sehen, und er drehte den Kopf und sah, dass die Flammen schon längst das Wasser erreicht und seinen Vater verschlungen hatten, und er tauchte.

Er holte so tief Luft, wie er es noch nie getan hatte, und tauchte schräg abwärts. Er wusste nicht genau, wie tief, aber es mochten sechs, sieben Meter sein, entlang einer schmalen Zunge aus dunklem Tang. Die kurzen Pflanzen kräuselten sich plötzlich, als würde eine neue Strömung sie erfassen, und Axx spürte, wie auch ihn etwas ergriff, zur Seite riss. Ein riesiges Meeresungeheuer schien mit ihm zu spielen, ihm mit einem harten, genau gezielten Strahl Wasser aus seinem gewaltigen Maul die Luft aus seinen Lungen zu treiben und ihn herumzuwirbeln, als wäre er nur ein kleiner Krebs.

Und das Wasser wurde noch wärmer, fast unerträglich warm, so heiß, dass Axx unwillkürlich aufschrie.

Ein Fehler. Sofort drang Wasser in seinen Mund und Hals. Er schloss den Mund wieder, wollte ausspucken, aber das Wasser war auch in seiner Nase. Wie eine Puppe wurde er herumgewirbelt, verlor wieder jede Orientierung, prallte dann mit den Schultern gegen einen harten Gegenstand.

Ein Stein! Ein Stein auf dem Grund des Meeres!

Er drehte den Körper, stieß sich mit den Zehen vom sandigen Boden ab und tauchte mit dem letzten Luftvorrat in den Lungen senkrecht hoch. Das aufgewühlte Wasser wurde immer heller, und dann durchstieß er die Oberfläche, prustete, holte tief Luft und blies die Nase frei.

Luft! Er pumpte die Lungen voll Luft, voll köstlicher, frischer Luft, obwohl sie gar nicht frisch war, sondern heiß wie flüssiges Feuer. Axx sah sich um. Der Himmel war noch immer dunkel, doch die Feuerwalze hatte sich aufgelöst, war weder vor noch hinter ihm zu sehen.

Ein noch dunklerer, massiger Schatten löste sich aus der riesigen Rauchwolke, hielt genau auf ihn zu. Axx erkannte einen Kampfgleiter, vielleicht genau den, der auf seinen Vater geschossen hatte.

Sein Vater … Er war tot, genau wie seine Mutter und sein Bruder. Axx sah ihn noch vor sich auf dem Strand, aber der Strand war gar keiner mehr, sondern nur noch eine glatte schwarze Fläche, die schon nach wenigen Metern landeinwärts mit dem dunklen Himmel zu verschmelzen schien.

Der Gleiter schwebte näher, langsam, wie eines der großen Insekten, die Axx früher so gern beobachtet hatte. Ihre Flügel schlugen so schnell, dass man die einzelnen Bewegungen gar nicht mehr wahrnehmen konnte, und die bunt schillernden Körper schienen dann reglos an Ort und Stelle zu schweben, umgeben von einem trüben Schimmern an den Seiten, bis sie schließlich, überraschend und fast schneller, als man mit den Blicken verfolgen konnte, wieder davonschossen, hin zu einer anderen Stelle über dem flachen Wasser. Warum, wussten sie vielleicht selbst nicht.

Dann blieb auch der Kampfgleiter in der Luft stehen wie eines dieser unheimlichen Insekten, und Axx glaubte zu sehen, dass der Pilot angestrengt nach etwas im Wasser Ausschau hielt.

Nach mir, wurde ihm klar. *Er hat gesehen, wie Vater mich ins Meer geworfen hat, und will mich jetzt töten. Sind alle anderen tot? Bin … bin ich der einzige Überlebende?*

Axx holte wieder Luft und tauchte, so schnell und tief er nur konnte, und diesmal schluckte er kein Wasser und hielt die Augen offen, um nicht schon wieder die Orientierung zu verlieren. Mit schnellen Schwimmstößen näherte er sich den tangbehangenen Steinen auf dem Grund und hielt sich an den Pflanzen fest. Sie waren glitschig zwischen seinen Fingern, einfach eklig anzufassen, doch er wagte es nicht, sie loszulassen, umklammerte sie, bis das Blut dröhnend in seinem Kopf pulsierte und die Schädelknochen zu sprengen drohte. Erst dann tauchte er wieder auf.

Die dunklen Wolken lösten sich schnell auf, und Axx konnte den Kampfgleiter nicht mehr sehen. Den Grund dafür machte er aus, als er in den Himmel schaute. Am Horizont konnte er einige kleine Punkte erkennen, die schnell größer wurden.

Weitere Gleiter, aber diesmal keine der Rebellen, sondern die offiziellen Ordnungskräfte. Als sie näher kamen, konnte er die schematische Darstellung der beiden sich überlappenden Köpfe ausmachen, einer perlmuttweiß, der zweite schwarz.

Erst, als zwei, drei Gleiter auf dem schwarz glasierten Strand aufsetzten, ganz nah am Wasser, kamen ihm wieder Tränen. Zuerst nur einige wenige, aber dann schossen sie einfach nur heraus und spülten in Axx Cokroides neuntem Lebensjahr seine Kindheit endgültig hinweg.

Axx Cokroide kniff die Augen zusammen, um sich zu überzeugen, dass nun keine Tränen in ihnen standen. Das war schon lange nicht mehr vorgekommen. Anfangs ja, als er noch ein Kind war. Aber schon als Halbwüchsiger hatte er nicht mehr weinen müssen, wenn er an Sartaire dachte.

Sartaire! Wie er diesen Planeten hasste! Nicht nur, weil seine Eltern und sein großer Bruder dort gestorben waren, auch wegen allem, was später dort vorgefallen war. Wegen der Station, wegen Ankya, Jurzka und Jundaii und Duunill, wegen …

Nein! Jetzt nicht! Er würde sich den Augenblick des Triumphs nicht durch hässliche, sinnlose Erinnerungen verderben lassen, die ihn nur belasteten, seinem Ziel aber nicht näher brachten. Was vergangen war, war vergangen und ließ sich nicht mehr ändern. Er hatte sich damit arrangiert und konnte damit leben. Und er hatte es trotz allem – oder gerade wegen dem, was ihm widerfahren war – weit gebracht.

Zu weit, um sich von so etwas zurückwerfen zu lassen.

Diesmal gelang es ihm, sich auf die Hologramme zu konzentrieren.

Er rief auf einem Holo die aktuellen Daten ab und beschloss, sie zur Sicherheit direkt bestätigen zu lassen. »Status der Kriegsschiffe?«

»Bereit und im Alarmzustand!«

Eines der zahlreichen Holos wurde in der Mitte der Hauptzentrale vergrößert. Es zeigte eine Unmenge winziger Punkte, die sich kugelförmig im Raum postiert hatten: 80 000 nodronische Kriegsschiffe, die den gesamten Raum rings um das System ZentraBalance sicherten.

»ZentraBalance?«

Ein anderes Holo bildete sich. Es zeigte einen hellblau leuchtenden Riesenstern, dessen Durchmesser laut Datensatz 0,5 Lichtjahre betrug.

Umkreist wurde er in 82 Milliarden Kilometern Entfernung von einem einzigen Planeten, der künstlich in die Umlaufbahn um das Riesengestirn gebracht worden war. Cokroide musste keinen Blick auf das dazugehörige Datenholo werfen, er kannte die wichtigsten Einzelheiten auswendig. Sein Durchmesser betrug 15 611 Kilometer, die Rotationsdauer 32,6 Stunden, die Schwerkraft 1,18 Gravo, die mittlere Temperatur 29,5 Grad Celsius.

Dieser Planet war Balance A, die zentrale Rechenwelt des Vaaligischen Schwarms. Von hier aus sollten später die Transitionen des Schwarms koordiniert werden.

Falls alles glatt läuft, dachte Cokroide.

Aber was sollte jetzt noch schief gehen? Auf beiden Ebenen befanden sie sich voll im Plan. Millionen Schwarm-Techniker der Karmuuch, die von den Nodronen koordiniert und mehr oder weniger befehligt wurden, sorgten auf der augenscheinlichen Ebene dafür, dass der Schwarm in Betrieb genommen wurde.

Und auf der verborgenen Ebene bekam er ebenfalls nur Vollzugsmeldungen. Auch das Große Vorhaben war sorgsam vorbereitet. Sobald er den Befehl erteilte, würden seine Leute es in die Wirklichkeit umsetzen.

Mehrere kleinere Holos zeigten Ausschnitte von Balance A im Detail. Es war eine technifizierte Welt; Cokroide machte auf den ersten Blick Schaltanlagen, Kraftwerke und Antennensysteme aller Art aus. Sämtliche Einrichtungen wiesen beeindruckend große Ausmaße auf. Die einzigen freien Flächen wurden praktisch von sechs ausgedehnten Raumhäfen gebildet, auf denen hektischer Betrieb herrschte.

Das Licht, das den Planeten erhellte, stammte nicht von dem Blauen Riesen, sondern von etwa 120 000 kleinen Atomsonnen, die in nur 26 Kilometern Höhe angeordnet waren.

»Schmiegschirm?«

Als wäre die Kamera, die das Bild aufnahm, in einem Raumschiff installiert, das sich nun mit hoher Geschwindigkeit entfernte, wurden die blaue Riesensonne und ihr einziger Planet schnell kleiner. Die tiefe Schwärze des Alls schien zu *wachsen*, und erneut bekam Cokroide einen Eindruck davon, wie winzig im Vergleich zum Universum, ja schon zu Vaaligo, das war, was sie hier schaffen würden. So gewaltig es auch für sie sein mochte.

Wie winzig waren *sie* dann erst im Vergleich zum Universum ...?

Plötzlich unterbrach ein schwaches Flimmern die schier undurchdringliche Finsternis des Weltraums. Während die fiktive Kamera weiterhin zurückfuhr, wurde es größer und schloss sich schließlich zu einer Kugel, die die Sonne und den Planeten umgab.

»Schmiegschirm störungsfrei in Betrieb!«

Cokroide lächelte schwach. Der Schirm, in erster Linie von den Riana konstruiert, hüllte das gesamte System ein; eine zwar kleine, jedoch hochwirksam ausgelegte zusätzliche Schutzfunktion neben den 80 000 Kriegsschiffen, sodass nach nodronischem Ermessen keinerlei Störung im Getriebe des eben anlaufenden Schaltbetriebs zu erwarten stand.

»Schaltanlagen auf Balance A?«

»Bereit, warten auf den Befehl zur Aktivierung!«

»Relaisstationen?«

»Bereit, warten auf den Befehl zur Aktivierung!«

»Reizimpulsstationen?«

»Bereit, warten auf den Befehl zur Aktivierung!«

»Transitionsenergiespender?«

»Bereit, warten auf den Befehl zur Aktivierung!«

Cokroide nickte knapp. Er hatte nichts anderes erwartet, und seine Leute hatten nicht mehr und nicht weniger als ihre Pflicht getan. Trotzdem ließ er sich zu einem Lächeln und einem »Ausgezeichnet!« hinreißen.

Und jetzt …

Er atmete tief ein.

Jetzt kam der Augenblick, den er bis zur Neige auskosten wollte.

Sein Triumph.

Die Erfüllung seines Lebens und der Beginn seines wirklichen Ruhms. Das Ereignis, das ihn unsterblich machen, das seinen Namen auf ewig in alle Geschichtsbücher eintragen würde, die jemals geschrieben werden würden.

»Zeigt mir …« Er hielt inne, atmete noch einmal tief ein. Nein. Es ging nicht um seinen Ruhm. Es ging um …

Worum?

Er wusste es nicht. Wieso musste er ausgerechnet jetzt an einen der wenigen Sätze seines Vaters denken, an die er sich noch erinnern konnte? Sie hatten an einem Feuer gesessen, nachts am Strand, drei oder vier Tage vor dem feigen, ruchlosen Angriff der *Rebellen,* und über das gesprochen, was das Leben für sie bereithielt, was sie vom Leben erwarteten.

Unter anderem auch über Ruhm.

Er wusste noch wortwörtlich, was sein Vater damals gesagt hatte. *Nur diejenigen verdienen langen Nachruhm, die schon zu ihren Lebzeiten wissen, wie eitel das Streben danach ist …*

Damals hatte er es nicht verstanden. Und heute?

Heute verstand er es. »Zeigt mir den Schwarm!«, sagte er mit klarer, deutlicher, aber von jedwedem Pathos freier Stimme.

Ein neues Hologramm bildete sich in der Mitte der Zentrale, und hätte Cokroide es nicht besser gewusst, er hätte geglaubt, eine Kleingalaxis zu sehen.

Funkelnde Sterne, wohin er blickte, so hell, dass sie die Dunkelheit des Alls auf Dauer zurückdrängen würde.

Bis in alle Ewigkeit …

Erneut schien die fiktive Kamera zurückzuweichen und bot damit einen immer besseren Blick auf die Ansammlung hell strahlender Punkte, bis sie sich schließlich als lang gestrecktes, irgendwie in sich geschlossenes astronomisches Gebilde entpuppte.

Seine Vorderseite war gerundet. Die Breite dort am Kopf betrug unfassbare 610 Lichtjahre, nahm dann zu und erreichte in der Mitte eine größte Ausdehnung von 998 Lichtjahren, bevor sie langsam wieder abnahm.

Die Darstellung im Holo drehte sich, und Cokroide konnte den Schwarm nun von oben sehen. Vom Kopf bis Schwanzende erreichte er eine größte Länge von 6326 und, von der Seite gesehen, eine größte Dicke von 921 Lichtjahren.

Das sind nur Durchschnittswerte, rief er sich in Erinnerung. Er musste einfache, banale Gedanken hegen, um von der schieren Größe des Gebildes nicht überwältigt zu werden. Bald schon, sehr bald, sobald der Schwarm Fahrt aufnahm, würden sich die Werte wegen der beweglichen Himmels- und Flugkörper fortlaufend ändern.

Die Zahl der schwarminternen Sonnen und Planeten betrug etwa 300000. *Aber das ist erst der Anfang,* dachte er. *Die Zahl wird im Lauf der Reise noch wachsen.*

Manchmal, kurzfristig, würde sie auch abnehmen. Auf jeden Fall würde die Zahl der Planeten und Sonnen variieren, da der Schwarm immer wieder neue Systeme aufnehmen und ausgeplünderte Planeten abstoßen würde. Sonnensysteme, die dem Schwarm im Weg liegen, würden von Blockaderäumern entfernt werden.

Einen Moment lang war Cokroide von dem Anblick überwältigt und konnte überhaupt nicht mehr klar denken. Um sich zusammenzureißen, Ordnung in seine Gedanken zu bekommen, betrachtete er die zu dem Hauptholo gehörigen Datenholos.

Aber das reichte nicht aus. Er sah die Angaben, konnte sie geistig aber nicht erfassen. Mühsam bildete er mit den Lippen zuerst stockend, dann immer flüssiger Wörter und danach ganze Sätze.

»Die … die Zahl … die Zahl der Flugkörper im Schwarm, der Raumschiffe, Stationen und so weiter, liegt zu Reisebeginn bei etwa fünfhunderttausend. Wachflotte und Jagdflotte sind die Einheiten des Empire von Nodro …«

Es war totenstill in der Zentrale. Nicht nur er war von dem Anblick beeindruckt. Es beruhigte ihn, dass er als Erster die Fassung zurückgewann und wieder die Initiative ergriff.

»Relaisstationen aktivieren!« Er hatte große Mühe, seine eigene Stimme zu erkennen.

»Relaisstationen aktiviert!«

»Reizimpulsstationen aktivieren!«

»Reizimpulsstationen aktiviert!«

Cokroide starrte auf das Holo, doch zuerst geschah gar nichts. *Das ist ganz normal,* versuchte er sich zu beruhigen. *Es wird dauern …*

Aber so lange?

Es kann nichts schief gehen. Wir haben alles durchgerechnet, überprüft, in Simulationen durchgespielt. Die Pläne waren einwandfrei. Es muss funktionieren. Es wird *funktionieren.*

Die Pläne … Das war vielleicht der einzige Makel des Großen Vorhabens. Des offensichtlichen, nicht des eigentlichen.

Der Vaaligische Schwarm war nach den erbeuteten Plänen des Roboters Cairol dem 404ten erbaut worden. Zwanzig Völker hatten diese Aufgabe auf sich genommen, und seine Aufgabe war es, Leben und Intelligenz zu fördern und zu verbreiten. Dazu diente eine Manipulation der fünfdimensionalen Feldlinien-Gravitationskonstante.

Wie dem auch sein mochte, es waren nicht ihre eigenen Pläne gewesen. Die Erbauer-Völker hatten nur umgesetzt, was ein anderer Geist ersonnen hatte.

Es wird dauern …

Wo blieb die Vollzugsmeldung?

ZentraBalance mit der Zentralwelt Balance A lag im paraphysikalischen Balanceknotenpunkt des Schwarms.

Dieses Zentrum war keineswegs identisch mit dem optisch messbaren Mittelpunkt des Schwarms, den es wegen seiner in sich zerklüfteten Form auch nicht geben konnte, aber das spielte keine Rolle. Ausschlaggebend war, dass es sich um den paraphysikalischen Mittelpunkt handelte.

Innerhalb des sekundären Schmiegschirms des Systems waren acht Relaisstationen für die Befehlsübermittlung per Hyperfunk an die Reizimpulsstationen errichtet worden. Wenn sie nicht erwartungsgemäß funktionierten, würde das Große Vorhaben scheitern, bevor es begonnen hatte.

»Relaisstationen senden!«

Unwillkürlich atmete Cokroide auf. Nun war es so weit; jetzt konnte es nicht mehr lange dauern.

Dennoch dauerte es schier unendlich lange, bis die nächste Bestätigung erfolgte: »Reizimpulsstationen aktiv!«

Cokroide kniff die Augen zusammen, betrachtete den Schwarm, jenes 6 326 Lichtjahre lange, 998 Lichtjahre breite und 921 Lichtjahre dicke Gebilde, das *er* geschaffen hatte.

Nur diejenigen verdienen langen Nachruhm, die schon zu ihren Lebzeiten wissen, wie eitel das Streben danach ist …

In der Holodarstellung flammten an den Rändern des astronomischen Wunderwerks einzelne Punkte so grell auf, dass es in seinen Augen schmerzte. Punkte, die bislang nur hell geleuchtet hatten, wurden zu Fanalen seines Triumphs, zu Pflöcken, die seinen Ruhm auf ewig zementieren würden.

Jeder dieser hellen Punkte in der holographischen Darstellung war eine Sonne. Zehn Sonnen leuchteten auf, 50, 100, 1000, 5000 …

Dann 6500.

6500 Sonnen am Rand des Schwarms.

Gleißend, strahlend, so hell, dass es trotz aller Filter in seinen Augen schmerzte.

Doch dann verblichen diese 6500 Sonnen vor einem neuen Glanz, einem hellen Schein, der den der Sterne bei weitem übertraf.

Dem Leuchten eines primären Schmiegschirms, im Gegensatz zu dem sekundären, der ZentraBalance separat schützte.

Eines Schmiegschirms, der den gesamten Vaaligischen Schwarm umschloss.

Axx Cokroide lächelte. Die Transitionsenergiesonnen am Rand des Vaaligischen Schwarms hatten den Schmiegschirm plangemäß hochgefahren.

Doch das war nur der erste Schritt. Das war nicht die eigentliche Aufgabe der 6500 Sonnen.

Diese 6500 Sonnen, diese Transitionsenergiespender, spielten eine zentrale Rolle bei der Fortbewegung des Schwarms.

Balance A war die Zentralwelt des Schwarms. Von hier aus war der Schmiegschirm aufgebaut worden. Von hier aus würde dieser Schirm in Kürze zu einem riesigen Transitionsfeld umgewandelt werden.

Dieses Transitionsfeld würde dann die hyperstrahlgebundene Balancestabilisierung vornehmen. Dabei handelte es sich um sternförmig abgestrahlte Hyperenergien, die vom statischen Mittelpunkt des Schwarms aus die Innenhaut des Schmiegschirms – der *Eierschale*, wie Cokroide manchmal abfällig dachte – abstützten und sie nochmals auf fünfdimensionaler Energieebene stabilisierten.

Dieser Vorgang war unerlässlich wichtig für die Stabilität des gesamten, durch eine Umpolung erzeugten Transitionsfeldes. Wenn die hyperstrahlenden Balanceleiter ausfielen, wäre es absolut unmöglich, eine Transition durchzuführen.

Die Transitionsenergiespender wurden von Reizimpulsstationen umlaufen, deren Aktivitäten von den Anlagen auf Balance A geleitet und koordiniert wurden. Bei Transitionen wurden die Sonnen energetisch angezapft. Die Energien wurden dann von den Reizimpulsstationen an den Schmiegschirm weitergeführt. Dort bewirkten sie die Umpolung des gesamten Schirms, der damit zu einem schwarmumfassenden Transitionsfeld wurde.

Und von Balance A als zentraler Rechenwelt des Vaaligischen Schwarms aus würden sie die Transitionen des Schwarms koordinieren.

»Transition auf deinen Befehl!«

Cokroides Gesicht verzog sich zu einem Lächeln, das aber nur zu einer hässlichen Fratze geriet. Er wusste es, doch er bemühte sich nicht, es zu verhindern. Wer wollte ihn jetzt noch aufhalten?

Perfekt. Es war gelungen. 6500 Sonnen in der Nähe der Innenseite des Schmiegschirms funktionierten wie geplant.

Vaaligo gehörte ihm.

Und den Zwillingsgötzen.

Wie beiläufig hob er die rechte Hand, strich über seine rechte Wange, dann über das Kinn. Berührte den dort eingepflanzten Mikrochip.

Und erteilte damit den *Befehl.*

Den Befehl, auf den seine Nodronen gewartet hatten. Den Befehl, das Große Vorhaben umzusetzen.

Seine insgesamt 220000 Einheiten umfassende Kampfflotte hatte Position bezogen und würde nun vorrücken und den gesamten Schwarm übernehmen.

Das dürfte eigentlich kein Problem darstellen. Die wichtigsten Welten, wie etwa Balance B im Tazmai-System, standen schon längst unter faktischer Kontrolle der Nodronen. Seine Truppen würden mit einer einzigen Angriffswelle sämtliche bekannten Ordenstürme der Cor'morian vernichten. Die Metropole Mantagir auf dem Planeten Balance B würde im Handstreich unter seine Kontrolle gelangen. Das Empire war schon lange Zeit der heimliche Herrscher dieser Welt, nun würde es die Macht auch offen übernehmen.

Der Schwarm gehörte ihm.

Und den Zwillingsgötzen.

Ein lustvoller Schmerz breitete sich in ihm aus, erfasste ihn vollständig. Einen Moment lang schien er über keinen Körper mehr zu verfügen, sein ganzes Sein wurde von dieser Erfahrung vereinnahmt.

Und sobald es ihnen dann gelang, über die Schaltzentrale Balance A jene Anlagen in Betrieb zu nehmen, die zur Manipulation der 5-D-Feldlinien-Gravitationskonstante dienten, konnten sie die Verdummung der Galaxis Vaaligo in Angriff nehmen. Sie würden die Intelligenz nicht fördern, sondern verringern, so sehr verringern, dass ihnen niemand mehr Widerstand entgegensetzen konnte. Dann gehörte früher oder später ihm – ihnen! – nicht allein der Schwarm, sondern auch die Galaxis mit all ihren Machtblöcken.

Und danach …

Aber genau dieser Punkt bereitete Cokroide noch leichte Sorgen. Cairols Pläne waren in dieser Hinsicht nicht eindeutig gewesen. Cairol hatte ihnen zwei Möglichkeiten geboten. Sie konnten die galaxisweite Verdummung, die Beeinflussung der 5-D-Feldlinien-Gravitations-Konstante, mit den Anlagen auf Balance A auslösen oder auch, indem sie so genannte Manipulator-Schiffe aussandten. Er hätte eine Entscheidung treffen müssen, zu der er sich nicht berufen fühlte. Also hatte er sowohl die Anlagen auf Balance A als auch die so genannten Manips konstruieren lassen.

Andererseits standen ihm damit alle Möglichkeiten offen. Und eines war klar: Niemand hatte mehr die Macht, ihm, dem Clansführer, dem Herrscher über den Vaaligischen Schwarm, jetzt noch Widerstand zu leisten.

»Herr?«

Cokroide schüttelte sich. Die Zukunft lag glasklar vor ihm, und er hätte gern noch eine Weile in ihr verweilt. Er war durchaus ungehalten, dass er so profan aus ihr gerissen wurde.

Durchaus ungehalten.

Er brauchte eine Weile, um den Nodronen zu erkennen, der vor ihm stand und ihn aus seinen Gedanken, seinen Träumen, gerissen hatte. Dann endlich konnte er ihn einordnen: Es war die Ordonanz, die er beauftragt hatte, die Hintergründe des Zwischenfalls mit dem Montagering der Karmuuch aufzuklären.

»Ja? Du kommst mit Ergebnissen?«

Manchmal war Axx Cokroide stolz auf sich. Stolz auf seine Fähigkeit, sich von einem Augenblick zum anderen auf eine neue Situation einzustellen. *Sofortumschalter,* nannte er sich manchmal scherzhaft in Gedanken.

»Wir haben keinerlei Unregelmäßigkeiten gefunden.«

»Habt ihr keine gefunden, oder gibt es keine?«

Die Ordonanz erbleichte von einem Sekundenbruchteil zum anderen. Cokroide war wieder einmal dankbar, solch einen Instinkt zu haben. Genauso gut hätte das Gesicht der Ordonanz unvermittelt in heftige Zuckungen geraten können. Er las in ihm wie in einem Datenspeicher.

»Es ... ist nicht auszuschließen, dass ...«

»Ihr habt keine gefunden.«

Cokroide hätte es nicht für möglich gehalten, aber das Gesicht der Ordonanz wurde noch bleicher als bleich. Ein bleicher Schatten von Bleich, ohne jede Ehre, ohne jeden Selbstwert.

»Aber vielleicht gibt es doch welche?«

»Die Zeit war einfach zu knapp. Solche umfangreichen Untersuchungen erfordern Zeit ...«

»Oder Können. Gewisse Fähigkeiten.« Cokroide legte die Hand auf den Griff seiner Peitsche.

Sie bestand auf den ersten Blick aus einem vierzig Zentimeter langen, braunen, gravierten Schaft. Die eigentliche, bei Bedarf ausfahrbare Peitschenschnur von einem Meter Länge war im Ruhezustand in diesen Schaft eingezogen.

»Wie soll ich in so kurzer Zeit ...«

Cokroide machte eine Handbewegung. Die Ordonanz verstummte.

Er zog die Peitsche heraus.

Schweißtropfen perlten auf dem Gesicht der Ordonanz. *Wenn jeder Tropfen eine Sonne wäre,* dachte Cokroide, *hätte der Schwarm die Größe, die ich mir für ihn wünsche.*

»Das ist kein Ergebnis«, sagte er. »Und ich wollte Ergebnisse.«

Die Ordonanz bewegte die Lippen, doch kein Ton kam über sie. Cokroide konnte zwar nicht von den Lippen lesen, wusste aber trotzdem, was der Mann hauchte. »Bei der Kraft unserer Herzen schwören wir Treue den Herren von Nodro, den Lenkern des nodronischen Empire, den Boten nodronischer Dominanz, den Zwillingsgötzen des Empire.«

»Recht so.« Cokroide lächelte. »Treu bis zum Letzten. Das ist das Holz, aus dem meine Noy geschnitzt sind.« Er hob die Peitsche.

Die Peitsche von Nodro … eines der Wahrzeichen ihrer Zivilisation.

Sie konnte zwar schwere Verletzungen zufügen, aber sie tötete nicht.

Normalerweise.

Mit einer Ausnahme.

Das traditionelle Instrument für Hinrichtungen war ebenfalls die Peitsche von Nodro – die für Exekutionen jedoch mit speziellen, lediglich einem Molekül dicken Schnüren bezogen wurde. Der Henker, der mit der Peitsche von Nodro arbeitete, zerlegte mit dem ersten Schlag seinen Delinquenten regelrecht in Scheiben.

Cokroide holte mit der Peitsche aus.

Und sah Verzweiflung im Gesicht der Ordonanz. Verzweiflung, und eine Spur von Hoffnung.

Die Ordonanz hatte zwei Chancen.

Einerseits, dass es sich um eine normale Peitsche handelte.

Andererseits, dass Axx Cokroide kein Meister seines Fachs war, denn wenn man als Henker mit der tödlichen Peitsche arbeitete, musste man schon ein ausgebildeter Experte sein. Die Schnüre der Peitsche waren nicht gesichert. Wer zu stark schlug, riskierte, den eigenen Arm zu treffen und zu zerfetzen.

Was praktisch niemals geschah. Aber für die Delinquenten galt es als einzige Chance. Wer die Peitsche überlebte, war frei.

Die Angst im Gesicht der Ordonanz war widerlich.

Cokroide schlug zu.

Was mag dieser unwürdige, kleine Nodrone jetzt denken?, fragte sich Cokroide. *Vielleicht ist es eine normale Peitsche? Vielleicht schlägt er zu stark zu?*

Axx Cokroide lächelte verächtlich. Er wusste genau, was er tat.

Der Schlag traf perfekt. Und die Peitsche war natürlich mit lediglich einem Molekül dicken Schnüren bezogen.

Die Ordonanz stand einen Augenblick lang da wie erstarrt. Sie nahm den eleganten Schwung der Peitsche einfach nur wahr, sah den Boten an.

Voller Hoffnung.

Und Verzweiflung.

Noch lange, nachdem die Peitsche die Ordonanz getroffen hatte, stand der Mann schier reglos da. Cokroide fragte sich, ob in seinem Blick die Hoffnung oder die Verzweiflung überwog.

Dann brach der Nodrone in Streifen geschnitten zusammen. Unnatürlich langsam, wie in einem Trick-Holo für kleine Kinder.

Cokroide wandte sich von den Fleischbrocken ab, betrachtete die Holos des Schwarms und stellte fest, ganz kurz und beiläufig, dass er nicht einmal wusste, wie der Name dieser Ordonanz war.

Oder gewesen war.

Ich bin Coshwan On Ker, ein Tambu. Man nennt uns auch »die Wissenschaftler von Cor'morian«. Wir sind eines der Erbauer-Völker des Vaaligischen Schwarms, vorgesehen als Wächter des Schwarms, als graue Eminenzen im Hintergrund.

Wir sind anders als die anderen, doch das gilt für uns alle. So unterschiedlich wir auch sind, gemeinsam werden wir etwas schaffen, das größer ist als die Summe seiner einzelnen Bestandteile.

Wir Tambu sind ein friedliches Volk. Wir wirken manchmal sogar sehr, sehr müde und kraftlos. Wir sind fragile Vogelabkömmlinge mit breiten Schultern, einer Tonnenbrust und dünnen Beinen, werden bis zu einen Meter und achtzig groß und bis zu 500 Jahre alt. Wir gelten als höchste moralische Instanz im Schwarm. Nur uns ist es möglich, sechsdimensionale Vorgänge bis zu einem gewissen Grad zu begreifen. Schon die Beherrschung der fünfdimensionalen Technik macht uns zu den technologisch führenden Intelligenzen von Vaaligo.

Was wird geschehen, wenn der Schwarm in Betrieb genommen wird und in die Weiten der Galaxis Vaaligo und darüber hinaus zieht? Es gibt Legenden, denen vielleicht ein Fünkchen Wahrheit zugrunde liegt. So soll es immer wieder Schwärme gegeben haben, die durch das Universum ziehen. Erbaut wurden sie angeblich im Auftrag übergeordneter Instanzen, deren Wesen sich unserem Verständnis entzieht, und ihre Aufgabe war es, Intelligenz zu fördern und zu verbreiten. Dazu sollte die Manipulation der fünfdimensionalen Feldlinien-Gravitationskonstante dienen.

Das ist mein Traum. Ich glaube, dass unsere Galaxis zu einem Teil des Universums gehört, in dem das Leben langsam ausstirbt. Wenn es uns gelingen sollte, neues Leben zu schaffen und mit Intelligenz zu versehen, erfüllen wir womöglich einen Schöpfungsplan, den zu erfüllen wir vielleicht überhaupt nur geschaffen wurden.

1

In der KAPORNE sah es wie in einem Nest aus. Jedenfalls kam Perry Rhodan sich vor wie in einem Nest.

Nicht, dass die Räume des Kreuzers mit Zweigen oder weichem Flaum gepolstert gewesen wären. Aber sämtliche Räume und Gänge schienen gerundet zu sein. Rhodan war eckige Boden- und Deckenwinkel gewöhnt; hier fand er Rundungen vor, die zwar verhinderten, dass man den Raum optimal nutzen konnte, aber einen Eindruck von Behaglichkeit vermittelten, der auf den Terraner irgendwie anheimelnd wirkte.

Ansonsten erblickte Rhodan, wie in jedem anderen Raumschiff auch, Metall, aber auch Vaaligisches Transplast, eine hyperphysikalisch behandelte, mehrfach in submolekularen Vorgängen gehärtete und bearbeitete Verbundmaterial-Legierung aus Stahl und Polymeren. Die auf hyperenergetischem Wege künstlich verstärkten Kohäsionskräfte des Materials verliehen ihm besondere Härte, Festigkeit und eine hohe Temperaturbeständigkeit.

Werkteile aus diesem Material waren gegen mechanische Beanspruchung und gegen Hitze von bis zu 12 000 Grad Celsius geschützt, Belastungen auf Druck, Biegezug, Torsion, Hitze und dergleichen wurden bis zu einem ihm nicht bekannten Grenzwert anstandslos absorbiert.

»Beeindruckend, meinst du nicht auch?«

Reginald Bull nickte. Rhodan sah, dass es den Dicken in den Fingerspitzen juckte, sich eingehend mit den unbekannten Geräten und Aggregaten zu beschäftigen, an denen Lishgeth On Paz sie vorbeiführte. Aber Bull wusste sich zu benehmen; schon allein die Dankbarkeit für die Gastfreundschaft und Hilfe, die der Prior-Forscher des Ordens der Wissenschaftler von Cor'morian ihnen gewährte, verhinderte, dass er sich in irgendeiner Weise ungebührlich benahm.

Außerdem waren sie in höchstem Maße abhängig von ihm. Wenn es Lishgeth nicht gelang, sie nach Balance A zu bringen, zum ehemaligen Mars, würden sie wohl auf ewig *hier* gestrandet bleiben. Oder besser *jetzt* – eine Milliarde Jahre in der Zukunft.

Andererseits konnte Rhodan den Freund aus fast drei Jahrtausenden verstehen. Von Bull hieß es, er könne jedes Raumschiff fliegen, jeden Antrieb reparieren und jedes Kontrollpult bedienen. Kein Wunder, dass er danach lechzte, sich mit den Eigenheiten der KAPORNE vertraut zu machen.

»Ist das hier Nodroplast?«, flüsterte er so leise, dass nur Perry ihn verstehen konnte.

Rhodan hatte sich die Frage auch schon gestellt. Die strukturverdichtete Speziallegierung der Nodronen für den Raumschiffsbau war geradezu legendär.

Strukturverdichtung umschrieb dabei den Effekt einer extremen Kohäsionsverstärkung nach einer hyperenergetischen Aufladung, die dem Material eine besondere Festigkeit und einen Schmelzpunkt bei etwa 38000 Grad verlieh. Der Erfindung des Nodroplasts kam eine hohe Bedeutung beim Aufstieg des Empire von Nodro zu; ohne diese Legierung hätten die Nodronen niemals die Raumschiffe gebaut, die sie gebaut, und die Schlachten gewonnen, die sie gewonnen hatten.

Rhodan fragte sich, was das alles *gekostet* hatte. Und ob alle Schiffe der Wissenschaftler von Cor'morian so hochwertig ausgestattet waren oder nur die KAPORNE.

»Ich glaube schon. Jedenfalls muss ich meine Meinung über den Kreuzer revidieren.«

Als Rhodan das Schiff zum ersten Mal gesehen hatte, war er ein wenig enttäuscht gewesen. Sein Rumpf bestand aus einer etwa 250 Meter durchmessenden, nach oben offenen Halbkugel. Darauf aufgesetzt war ein 60 Meter hoher und 130 Meter breiter Zylinderbau. Neben den schlanken Schiffen der Nodronen hatte der Kreuzer plump und behäbig gewirkt. Aber Rhodan wusste aus Erfahrung, dass man bei Raumern wenig auf das Äußere geben durfte. Was zählte, war das Innenleben – und über das der KAPORNE waren die unmöglichsten Gerüchte im Umlauf.

Er brannte darauf, endlich festzustellen, ob diese Gerüchte der Wahrheit entsprachen oder stark übertrieben waren.

Bislang hatte er lediglich herausfinden können, dass sich im Rumpf die Triebwerks- und die Kraftwerkssysteme befanden. Als der Prior-Forscher sie ihnen kurz gezeigt hatte, hatte Bull glänzende Augen bekommen.

Ein Antigravschacht hatte sie – neben Lishgeth, Rhodan und Bull die vier weiteren Terraner, die es eine Milliarde Jahre in die Zukunft verschlagen hatte, Fran Imith, Quart Homphé, Shimmi Caratech und Pratton Allgame – hinauf in den Zylinderbau gebracht, der angeblich dicht gepackt mit High-Tech-Anlagen war, wie sie nirgendwo sonst in Vaaligo zu finden waren.

Dabei hatten sie zwölf Kuppeln aus Vaaligischem Transglas passiert, in denen die Wissenschaftler von Cor'morian offensichtlich ihre Unterkünfte und einen Teil ihrer Laboratorien betrieben. Über Einzelheiten, auch, was die Besatzungsstärke betraf, hatte Lishgeth sich allerdings ausgeschwiegen. Rhodan ging jedoch davon aus, dass sich in diesem cor'morianischen Zylinder die eigentlichen Geheimnisse der Wissenschaftler finden lassen würden. Vielleicht bekamen sie ja die Gelegenheit, sich einmal dort umsehen – ob nun mit oder ohne Lishgeths Genehmigung.

Der 320 Jahre alte Prior-Wissenschaftler war wie alle seine Artgenossen ein fragil wirkender Vogelabkömmling mit breiten Schultern, einer Tonnenbrust und dünnen Beinchen. Sein Schädel erinnerte Rhodan an den eines irdischen Tölpels.

Der Prior-Wissenschaftler war nur etwa 1,40 Meter groß, also selbst für einen Tambu sehr klein, und Rhodan schätzte, dass er kaum mehr als vierzig Kilo wog. Dennoch war ihm deutlich ein Hauch von Persönlichkeit anzumerken. Wenn andere Tambu zugegen waren, sprach Lishgeth On Paz als Erster. Die anderen achteten auf ihn, orientieren sich an ihm und seinen Reaktionen. Die Besatzung der KAPORNE behandelte ihn nicht nur mit ausgesuchter Höflichkeit, sondern mit ungespielter Ehrfurcht.

Und im Gegensatz zu den meisten anderen Wissenschaftlern von Cor'morian war Lishgeth On Paz auf den ersten Blick sichtbar ein Praktiker. Vor den Augen trug er eine klobige Brille, die ihm Infrarot-, Fern- und extreme Detailsicht verlieh, und sein Körper wirkte zwar ebenso fragil wie die der anderen Tambu, aber Lishgeth hatte seine Arme und Beine mit mechanischen Kraftverstärkern und Panzern in weißer Farbe ausgestattet. Sie sahen zwar aus wie Schienbein- oder Armschoner, doch Rhodan hatte sich schon von ihrer Leistungsfähigkeit überzeugen können.

»Ich lasse euren Gefährten Quartiere zuweisen«, sagte der Prior-Wissenschaftler, als sie den Antigravschacht verließen. »Rhodan und Bull, ihr begleitet mich bitte in die Zentrale.«

Rhodan fragte sich, wie die Besatzung der KAPORNE so schnell reagieren konnte. Jedenfalls standen zwei Sekunden später vier Tambu – für jeden Gast einer – vor ihnen und warteten höflichst ab, bis Rhodan mit einem Nicken sein Einverständnis gegeben hatte.

»Macht euch keine Sorgen.« Der Prior-Wissenschaftler sah Rhodan an, nachdem die anderen außer Sicht verschwunden waren. Sein Gesicht war sehr lang gezogen, die Augen waren sehr groß, wobei die dunkle Iris nicht von dem arttypischen Hellgelb umgeben war, das man bei fast allen anderen Tambu sah, sondern in einem seltenen perlmuttfarbenen Ton schimmerte. »Die KAPORNE fliegt selbstverständlich mit zehn Prozent über maximaler Lichtgeschwindigkeit. Oder macht euch doch Sorgen, wenn ihr wollt. Wir werden es nicht mehr rechtzeitig schaffen.«

Rhodan wechselte einen bedeutungsvollen Blick mit Bull. Sie schrieben den 16. Oktober +E^{09}, wobei sie sich am weiterlaufenden Kalender ihrer Armbandgeräte orientierten, als Jahreszahl jedoch eher ironisch das E^{09} hinzufügten, sprich Exponent 9, zehn hoch neun – eben eine Milliarde.

Sollte dieser 16. Oktober tatsächlich der Tag sein, an dem die Entscheidung fallen würde? Eine Entscheidung zu ihren Ungunsten …?

»Wir werden es schaffen«, entgegnete Rhodan ruhig. »Wir haben bislang alles geschafft, was wir schaffen wollten.«

»Wenn ihr meint.« Ein Schott öffnete sich vor ihnen, und On Paz führte sie in die Zentrale.

Die Technik hier wirkte sehr viel filigraner als zum Beispiel bei den Nodronen. Rhodan konnte allerdings nicht behaupten, dass er die Feuerstellen inmitten der Konsolen und Sessel stark vermisste.

Die oben und unten gerundeten Wände waren fast vollständig mit Schaltflächen überzogen, auf denen unablässig schwache Energieströme flossen. Rhodan warf Bull einen Blick zu. War die gesamte Innenverkleidung der Zentrale eine einzige Varsonik? Dann musste es sich um eine sehr leistungsfähige Einheit handeln.

Die Konsolen der einzelnen Abteilungen der Schiffsführung waren kreisrund um eine weitere angeordnet, zu der Lishgeth jetzt ging, der des Kommandanten offensichtlich. Die Wissenschaftler, die sie bedienten, hockten in halbkugelförmigen Schalen, die mit verstellbaren Sitzstangen ausgestattet waren; Rhodan vermutete, dass die Gebilde sich im Fall eines Alarms schließen würden, um den Besatzungsmitgliedern zusätzlichen Schutz zu bieten.

Ihm fiel auf, dass der Schädel des Piloten vollständig von einem sphärischen Energiefeld eingehüllt wurde. Der Tambu schien wie unter einem Dunstschleier verborgen.

Er nickte zu dem Vogelabkömmling hinüber. »Was ist das?«, fragte er Lishgeth.

»Der Pilot.«

»Das habe ich mir gedacht. Welchen Zweck hat das Energiefeld um seinen Kopf?«

»Eine cor'morianische Mentalkappe.« Lishgeths Antworten klangen zwar nicht abweisend, waren aber sehr knapp gehalten. Offensichtlich war der Kommandant der KAPORNE nicht gewillt, sich allzu sehr in die Karten schauen zu lassen und mehr Informationen als unbedingt nötig preiszugeben.

Dennoch sahen Rhodan und Bull sich weiterhin mehr oder weniger ungeniert in der Zentrale um, während Lishgeth an seiner Konsole hantierte. Der Wissenschaftler kommentierte ihre Neugier nicht, nahm sie einfach zur Kenntnis.

Rhodan fielen einige weitere Beschriftungen auf den unterschiedlichsten Konsolen auf, die sein Translator recht eigenwillig übersetzte: Reflexwerfer, Antennenturm, Energiegestalter, Signaturgeber, Mentalmanipulator.

Das Energiefeld um den Kopf des Piloten erlosch, und ein sanftes Zittern durchlief die Zentrale. Rhodan nahm an, dass die KAPORNE in den Normalraum zurückgekehrt war.

Fieberhafte Erregung überkam ihn. Jetzt würde es sich entscheiden!

Mit einer Handbewegung rief Lishgeth On Paz ein Hologramm auf. Offensichtlich stand auch der Wissenschaftler unter beträchtlicher Anspannung. Er bewegte sich ruckartig, mit viel mehr Kraft, als eigentlich nötig gewesen wäre. Sein Kleidungsstück, der arttypische Sneem, geriet in Wallungen. Auf dem Rücken des ockerfarbenen, frackartigen Gewands war ein rätselhaftes, verschlungenes Linienmuster in kräftigem Azurblau abgebildet. Wenn Rhodan genau hinsah, schälte sich aus dem Muster eine schematische Darstellung der Spiralarme der Galaxis Vaaligo heraus.

Natürlich in jener Anordnung, die eine Milliarde Jahre in der Zukunft aktuell ist, dachte Rhodan, als die Wellen die Galaxis kräuselten, anhoben und wieder senkten, als wäre sie nur ein Spielball in der Faust eines Riesen.

Irgendwie traf das Bild sogar zu. *In Axx Cokroides Hand,* dachte der Terraner. Wenn der Nodrone erst einmal die 5-D-Feldlinien-Gravitationskonstante verändert und die Bewohner der Galaxis Vaaligo damit verdummt hatte, war alles verloren. Auch die Wissenschaftler von Cor'morian würden der Verdummung anheim fallen. Dann hatten Rhodan und seine fünf Begleiter zum einen die einzigen Verbündeten verloren, die ihnen noch zur Seite standen. Früher oder später würde Cokroide sie dann ergreifen.

Allein in einer fremden Galaxis, die ihnen nicht besonders vertraut war – denn das war Vaaligo, die Milchstraße in einer Milliarde Jahren. Eine fremde Galaxis …

Zum anderen würden die Wissenschaftler ihnen dann nicht mehr die Rückkehr in ihre Zeit ermöglichen können. Verdummte konnten keine High-Tech-Geräte bedienen, deren Sinn und Zweck und deren Funktionsweise sie nicht mehr verstanden.

Auf dem Holo bildete sich nun ein Ausschnitt jener Galaxis Vaaligo, die sich gerade noch auf dem Sneem so bedrohlich verzerrt hatte. Rhodan sah die Schwärze des Alls, einige helle Funken darin, Sonnen wohl, und dann …

Sein Herz setzte einen Schlag lang aus.

Und dann einen schwachen Schimmer, der sich aus zahllosen Blasen und Halbkugeln zusammensetzte.

»Wir haben den Sektor Tazmai erreicht.« Die Stimme des Prior-Forschers klang weiterhin nüchtern und sachlich. »Aber zu spät, so wie ich es vorhergesagt habe. Der Schmiegschirm steht bereits, von der gigantischen, planetengroßen Schaltzentrale Balance A aus geschaltet.«

Rhodan wagte das Augenscheinliche, das Einzige von Bedeutung nicht zu denken. *Balance A, das ist vermutlich die alte Erde,* dachte er stattdessen.

»Balance A hat als zentrale Rechenwelt des Vaaligischen Schwarms bekanntlich vor allem die Aufgabe, die Transitionen des Schwarms zu koordinieren«, fuhr Lishgeth fort.

Rhodan biss sich auf die Unterlippe. Noch immer dachte er nicht das Einzige von Bedeutung. Es überraschte ihn fast ein wenig, dass er in diesem Augenblick, in dem alles verloren schien, so etwas wie Respekt vor den Völkern Vaaligos empfand.

Eine gewaltige technische Leistung in einer Zeit, in der intergalaktische Reisen keineswegs an der Tagesordnung sind, dachte er. *Einen so großen Schwarm nicht nur zu erbauen, sondern auch noch in fremde Galaxien zu schicken … das ist unglaublich!*

Dann endlich sprach Reginald Bull aus, was Rhodan schon längst hätte denken sollen, der er doch als wahrer Sofortumschalter galt. Aber er hatte sich diesen einen Moment gegönnt, um einmal aus diesem Klischee auszubrechen.

»Eine Katastrophe!«, sagte der Verteidigungsminister einer Liga, die es seit einer Milliarde Jahren nicht mehr gab, gepresst.

»Ja.« Rhodan nickte. »Wir können nicht mehr den Mars erreichen und in unsere eigene Zeit zurückkehren. Die Völker von Vaaligo werden früher oder später verdummen, und der Vaaligische Schwarm wird nicht zur Verbreitung von Intelligenz im Universum gedient haben, sondern zur Errichtung eines intergalaktischen Reiches! Diesen Anschein hat es!«

»Verfluchtes Katzenvieh!« Quart Homphé holte aus und warf den Schuh. Das Warten zerrte fürchterlich an seinen Nerven, und jetzt musste er sich noch mit diesem Raubtier herumschlagen.

Schikago sträubte den Rücken zu einem Buckel, zischte laut und sprang von der Konsole. Der Schuh prallte dort, wo die Ferrol-Katze gerade noch gesessen hatte, gegen die Wand.

»Lass das!« Shim Caratech fauchte nicht weniger gefährlich als ihr Haustier und baute sich zwischen ihm und Schikago auf.

Quart seufzte leise. Das Mädchen war eigentlich recht hübsch. Nein, nicht eigentlich, es *war* hübsch. Ein rundes, makelloses Gesicht mit vollen Lippen, samtbrauner Teint, den sie kaum nachschminken musste, große, blaue Augen. Sehr schlank, die tolle Figur einer Sportlerin, wenn auch mit einem etwas breiten Rücken. Aber ihr Hintern … Da hätte auch er schwach werden können, wäre sie nicht so verflucht jung gewesen.

Nun ja, die künstlich auf wild getrimmte Frisur ihrer kurzen blonden Haare musste einem nicht unbedingt gefallen. *Aber ich bin auch mal jung gewesen,* dachte Quart bei sich, nur um sich im nächsten Augenblick zu fragen: *War ich das wirklich mal?*

Er sah sich verstohlen um, ob Pratton Allgame in der Nähe war und seinen Ausbruch mitbekommen hatte. Er war nicht besonders versessen auf einen weiteren Streit mit dem »Phantom von Terrania«. Nicht deshalb, weil er fast immer den Kürzeren dabei zog, sondern weil Prattons nicht vorhandene Streitkultur ihm regelmäßig Magenschmerzen bereitete. Allgame konnte nicht beim Thema bleiben, wich immer wieder auf Nebenschauplätze aus, die es ihm dann ermöglichten, seine spöttischen Bemerkungen abzuschießen und längst vergessene Vorfälle wieder hervorzukramen und mit seiner unerträglichen hämischen Art darauf herumzureiten.

Nein, Allgame war nicht in der Nähe. Er und Fran Imith hielten sich noch in den Kabinen auf, die die Wissenschaftler ihnen zugewiesen hatten, während Shimmi und er die Einsamkeit in einem Augenblick von so ausschlaggebender Bedeutung wohl so schlecht ertragen konnten, dass sie sogar die Gegenwart des jeweils anderen bevorzugten und sich in den kleinen Aufenthaltsraum begeben hatten, zu dem von allen sechs Kabinen aus Türen führten.

Quart seufzte und sammelte seinen Schuh wieder ein. »Sie hat mich angegriffen«, stellte er klar. »Sie hockt da und bedroht mich. Es scheint ihr größte Freude zu machen, mich mit gesträubtem Buckel und eindeutigem Zischen in den Wahnsinn zu treiben.«

Shimmi lachte hell auf. »Sie hat dich angegriffen«, echote sie. »Sie will nur klarstellen, dass sie stets auf der Hut vor deinen hinterhältigen Angriffen ist! Und sie vermisst ihre Jungen!« Ihre sechs Nachkömmlinge, zwei Männchen und vier Weibchen, waren in Errek Mookmhers Traumhabitat zurückgeblieben, um dort als »biologische Waffe« gegen die Plage der Trenighe zu dienen. »Würdest du deine Kinder nicht auch vermissen, wenn du welche hättest? Aber du und Kinder …« Shimmi lachte erneut. »Eine absurde Vorstellung!«

Quart lag eine Erwiderung auf der Zunge, wollte schon aufbrausen, hielt sich dann aber zurück. »Du weißt, dass ich eine Katzenhaarallergie habe«, sagte er stattdessen, als der Stich nicht mehr ganz so wehtat. »Kannst du nicht dafür sorgen, dass sie nicht in meine Nähe kommt?«

»Eine nicht nachweisbare Allergie!«

»Die psychisch aber definitiv vorhanden ist.«

»Homphé …«

Er seufzte erneut. Er bezweifelte ja gar nicht, dass sie es wirklich versuchte, aber in der Enge ihres Kabinentrakts in der KAPORNE, oder früher sogar in der des Mars-Liners, in den sie sich regelmäßig zurückgezogen hatten, war es nicht zu vermeiden, dass er und das verfluchte Katzenvieh sich gelegentlich über den Weg liefen.

»Was würdest du sagen …« Er hielt inne. Nein, er würde es ihr nicht verraten. Sie würde es nicht für sich behalten, und er konnte sich genau vorstellen, wie Allgame es ausschlachten würde. Und darauf konnte er verzichten.

Was würde sie sagen, wenn sie erführe, dass er auch einmal eine Katze gehabt hatte?

Nun ja, nicht direkt er, eigentlich seine Eltern. Damals hatte er noch keine Allergie gehabt. Und er hatte die Katze, die auf den sinnigen Namen *Mausi* hörte, innigst geliebt.

Noch vor kurzem – nun ja, noch vor dieser vermaledeiten Entführung, und bevor ihm dieser Quälgeist von Schikago vor die Nase gesetzt worden war – hatte er Katzen eigentlich gemocht. Er hatte den Kontakt mit ihnen gemieden, aber sie zumindest nicht gehasst.

Eine Katze, das war etwas ganz Besonderes, das hatte er nie abgestritten. Welches Tier bewegte sich schon so grazil und lautlos wie ein Stubentiger? So geschmeidig und doch unterschwellig gefährlich. Wer kannte nicht das Geräusch, das man langläufig als Schnurren bezeichnete? Ein Geräusch, das einem *Wohlbefinden* so richtig wohlig vermittelte.

Ja, eine Katze. Ein Fell auf vier grazilen Beinen. Mal einfarbig, mal getigert, mal fleckig. Kein Tier glich dem anderen. Und jede Katze ist auf ihre Art einzigartig. Wenn Katzen wollten, waren sie richtige Schmusetiger, wenn nicht … Dann sollte man ganz schnell das Tier in Ruhe lassen. Katzen waren halt Individualisten.

Genau wie Mausi. Sie hatte ebenfalls Charakter gehabt. Er wusste noch ganz genau, wie sie ausgesehen hatte.

Außen Kuh, innen Katze. Ein zartes, schwarz-weiß geflecktes kleines Etwas mit schwarzem Schwanz und weißen Stiefeln. Wenn Mausi ihn anschaute, hatte er das Gefühl, ein Pirat mit Augenklappe sah ihn an. Die eine Gesichtshälfte war schwarz, die andere weiß. Obwohl sie zwei Jahre alt und kastriert war, als sie aus seinem Leben verschwand, erinnerte ihre Körperform damals noch immer an ein Jungtier.

Mausi war eigentlich die Katze seiner Eltern gewesen. Seine Eltern hatten sich getrennt, als er sieben Jahre alt gewesen war. Zwei Jahre später zog Mutters neuer Freund bei ihnen ein, und der hatte einen Hund, ein kleines, wuscheliges Fellknäuel, munter, immer zum Spielen aufgelegt, frech und vorwitzig.

Aber leider hatte die Katze keine Lust gehabt, ihr Heim gegen diesen kleinen Konkurrenten zu verteidigen. Wobei der Hund beim ultimativen Showdown sicherlich den Kürzeren gezogen hätte. Mausi hatte viel mehr die elegantere Lösung gesucht und sehr schnell neue Dosenöffner gefunden, ein älteres Ehepaar in der Nachbarschaft, das auch nur noch die Sorte Futter kaufte, die die Katze am liebsten mochte.

Mausi hatte es gut gehabt. Ein neues Frauchen, das mehrmals am Tag überprüfte, ob der Platz an der Heizung auch wirklich warm war. Dafür lohnte sich der Stress mit dem Hund wirklich nicht. Obwohl sie gelegentlich kurz im alten Heim vorbeischaute und noch einmal zeigte, wo die Krallen saßen …

Und das Schlimme daran war: Quart hatte auch diesen Hund heiß und innig geliebt, mindestens genauso sehr wie Mausi. Er hatte um die Katze getrauert, sie aber, typisch für einen Siebenjährigen, schnell wieder vergessen.

Bis er dann die Katzenhaarallergie bekam, die ihn immer wieder an Mausi erinnerte. Von da an hatte er keine andere Wahl mehr gehabt, als Katzen endgültig zu meiden. Er hatte sich nie wieder auch nur in die Nähe von einer begeben.

Quart seufzte erneut. In einer Hinsicht irrte sich das kleine Gör vor ihm ganz gewaltig. Er warf seinen Eltern schon längst nicht mehr vor, dass sie sich getrennt hatten, als er noch ein Kind war. Auch er hatte aus einer früheren, gescheiterten Ehe zwei Mädchen, Billi und Patia, zehn und elf Jahre alt. Er hatte die beiden schon lange nicht mehr gesehen. Er lebte heute allein und litt unter der Trennung von seiner Familie, die gegen seinen Willen zustande gekommen war. Damals hätte er es noch einmal mit seiner Ex versucht, auch wenn ihm in letzter Zeit klar geworden war, dass es wohl sinnlos gewesen wäre.

Shimmi betrachtete ihn noch immer mit einem fragenden Gesichtsausdruck. Mühsam erinnerte er sich daran, was er zu ihr gesagt hatte.

»Was bedeutet das eigentlich, Ferrol-Katze?«, fragte er.

»Wie meinst du das?«

»Schikago ist eine Ferrol-Katze. Und Ferrol ist doch der achte Planet der Sonne Wega, des ersten fremden Sonnensystems, in das Menschen vorgestoßen sind. Haben sich Ferrol-Katzen ursprünglich auf diesem Planeten entwickelt? Parallel zu denen auf der Erde also? Oder stammen sie eventuell von irdischen Katzen ab, die terranische Raumfahrer mal mitgebracht haben … sozusagen eingeschleppt … und sind dann reimportiert worden?«

»Hm …« Shimmi schaute etwas ratlos drein. »Schikagos Stammbaum gehört zum Besten, was man auf Terra so als Import bekommt … also kommt sie wohl aus dem Wega-System …«

»Ja, ich weiß. Und er reicht dreißig Jahre zurück und füllt einschließlich der Abbildungen ihrer Vorfahren und Geschwister einen kleinen Speicherchip.« Quart seufzte wieder laut und vernehmlich.

Schimmi griff unwillkürlich nach ihrer Tasche. Sie trug den Chip ständig bei sich. Er war mit einem kleinen Holoprojektor versehen, der den Inhalt etwa daumengroß darstellen konnte, wie Quart aus eigener Erfahrung wusste.

Sie kniff die Augen zusammen. »Sag mal, was soll das alles? Willst du mich etwa verarschen?«

Quart zuckte mit den Achseln und wandte sich ab, um ein leichtes Grinsen zu verbergen. Er hatte das Gefühl, endlich einmal einen – wenn auch kleinen – Sieg über Shimmi und, stellvertretend, die anderen Passagiere des Mars-Liners errungen zu haben.

Aber deshalb fühlte er sich trotzdem nicht im Geringsten besser. Nur allzu gern hätte er gewusst, was in der Zentrale der KAPORNE vor sich ging.

»Diesen Anschein hat es«, wiederholte Rhodan, diesmal an den Wissenschaftler gewandt. »Nicht wahr, Lishgeth On Paz?«

»Nun ja.« Der Prior-Forscher rückte seine klobige Brille zurecht. »Als wichtigster Wissenschaftler meiner Zeit, als einer der letzten noch aktiven Schwarmkonstrukteure, verfüge ich selbstverständlich über gewisse Befehlscodes, die uns ein Vordringen in den Schwarm gestatten.«

Bull plusterte die Wangen auf. »Das finde ich nicht witzig, Lishgeth.«

Rhodan legte dem Freund beruhigend eine Hand auf die Schulter. »Ich auch nicht, aber wir müssen die … Eigenarten unseres Verbündeten wohl oder übel akzeptieren. Außerdem habe ich mir so etwas bereits gedacht. Was meinst du, weshalb ich so ruhig geblieben bin?«

»Sofortumschalter und Sofort-auf-dumm-Schalter«, murmelte Bull.

Rhodan runzelte die Stirn, doch der Rothaarige schüttelte den Kopf. »Nur etwas, das Fran neulich mal zu mir gesagt hat.« Dann wandte er sich wieder dem Cor'morian zu. »Worauf wartest du denn? Oder haben wir Zeit zu verschenken?«

»Ich habe bereits alles in die Wege geleitet. Es wird aber noch eine kleine Weile dauern.« Mit einer nicht ganz so abgehackten Handbewegung rief der Prior-Forscher ein neues Hologramm auf. Es zeigte den Forschungskreuzer.

Aber er hatte sich verändert. Oder wurde, besser gesagt, gerade erweitert. Aus dem aufgesetzten Zylinderbau von 130 Metern Durchmesser und 60 Metern Höhe schob sich langsam, aber stetig ein …

Ja, ein was?, fragte sich Rhodan. Es war ein kreisrunder Turm, der bereits eine Höhe von über 200 Metern erreicht hatte und weiterhin ständig wuchs. Rhodan fiel ein, dass er einen dazu passenden Begriff auf einer der Konsolen in der Zentrale gelesen hatte: *Antennenturm!*

Als der Terraner genau hinschaute, stellte er fest, dass der Turm keineswegs aus dem Zylinderbau *geschoben* wurde. Er schien sich viel mehr *aufzubauen*. Wie bei einer Torte schien eine Schicht auf die andere gesetzt zu werden, ein Ring von 30 Metern Höhe, dann der nächste. Nähte oder Bruchstellen konnte Rhodan allerdings nicht ausmachen.

Als der Turm eine Höhe von 480 Metern erreicht hatte, sprossen filigrane Verästelungen aus seiner Wand. Auch sie schienen nicht langsam zu entstehen, sondern mit einem Mal vorhanden und nahtlos mit dem Turm verbunden zu sein.

Rhodan kniff die Augen zusammen. »Ist das etwa …«

»Formenergie«, bestätigte Lishgeth.

Der Terraner pfiff leise auf. In Vaaligo war das eine echte Rarität!

Er bemerkte, dass sich um den Kopf des Piloten wieder Energiefelder bildeten.

Der Prior-Forscher nahm einige Schaltungen vor. »Ich strahle jetzt die entsprechenden Codeimpulse ab.«

Rhodan schaute wieder auf das erste Holo und sah, dass die KAPORNE wieder Fahrt aufgenommen hatte und auf den Schmiegschirm zuhielt. Im nächsten Augenblick bildete sich tatsächlich eine kleine Strukturlücke in ihm, gerade groß genug, um die KAPORNE passieren zu lassen. Das Schiff steuerte sie an. »Eine größere oder eine permanente Lücke zu schalten ist mir mit den Einrichtungen der KAPORNE leider nicht möglich«, erklärte Lishgeth bedauernd.

Der Pilot war gefordert, schaffte es aber mit spielerisch anmutender Leichtigkeit, das Schiff durch die Lücke zu bugsieren. Hinter ihnen schloss sich der Schmiegschirm sofort wieder.

Lishgeth warf einen Blick auf seine Instrumente. »Wir müssen nun sehr schnell sein. Ich kann nicht feststellen, ob unser Eindringen bemerkt wurde oder nicht.« Die KAPORNE beschleunigte bereits.

Die feinen weißen Gesichtsfedern des Prior-Forschers wiesen zarte Farbabstufungen auf, deren Verlauf einer Art Physiognomie ähnelte. Ein schwaches Zittern durchlief sie nun; Rhodan hielt das für einen Ausdruck von Besorgnis oder zumindest Betroffenheit. »Im Gebiet des Vaaligischen Schwarms standen auf verschiedenen Planeten etwa drei Dutzend Ordenstürme, und etwa vierhundert Forschungskreuzer waren in diesem Bereich stationiert.« Lishgeths Stimme klang dumpf. »Wir alle haben gesehen, wie die Nodronen unter unserem Volk gewütet haben. Es wird sich zeigen, wie viel von dieser Streitmacht sich noch retten lässt.«

»Und wie willst du das herausfinden?«, fragte Bull.

Der Prior-Wissenschaftler rief ein weiteres Hologramm auf. Es zeigte den Schwarm, aber ohne Schmiegschirm. Stattdessen waren schier unzählige rote Punkte und Pünktchen eingeblendet, die mit hauchdünnen roten Linien miteinander verbunden wurden. So ergab sich ein komplexes Netzwerk, das das gesamte, 6326 Lichtjahre lange und fast 1000 Lichtjahre breite Gebilde durchzog.

»Das gesamte Schwarmgebiet ist von Funk- und Relaissatelliten komplett und bis in den hintersten Winkel erschlossen«, sagte Lishgeth. »Ich als Prior-Forscher verfüge über die notwendigen Kenntnisse, das Relaissystem für die eigenen Zwecke auszunutzen.«

Rhodan warf Bull einen vielsagenden Blick zu. Der Wissenschaftler schien noch einige Überraschungen in petto zu haben.

»Ich sende mit einer unbekannten Kodierung auf einer für die Nodronen normalerweise ausgeblendeten Frequenz einen Rundspruch an sämtliche Einrichtungen der Wissenschaftler von Cor'morian.« Er lehnte sich in seinem Schalensitz zurück. »Jetzt heißt es erst einmal warten. Und es wird sich erweisen, ob Geduld bei Vogelabkömmlingen wirklich deutlicher ausgeprägt ist als bei Humanoiden.«

Nach einer Stunde stand fest, dass sämtliche Ordenstürme in einer koordinierten Welle von nodronischen Truppen vernichtet worden waren. Dennoch war es etwa der Hälfte der Wissenschaftler gelungen, mit Forschungskreuzern zu entkommen. »Lediglich einhundertundachtzig Einheiten haben die Vernichtung überstanden«, erklärte Lishgeth mit noch dumpferer Stimme.

»Diese Einheiten stellen zwar keinen militärischen Machtfaktor dar, könnten durch ihr überlegenes Wesen unter Umständen aber eine Menge bewirken«, gab Rhodan zu bedenken.

Lishgeth tat die Bemerkung mit einer Handbewegung ab. »Ich habe die Koordinaten eines Sammelpunkts im interstellaren Raum des Schwarms ausgegeben, an denen sich weder eine Sonne noch Planeten befinden. Er ist einhundertundneun Lichtjahre vom Rand des Schwarms entfernt. Wir befinden uns bereits in seiner Nähe.«

Ein Flug von knapp einer Stunde für einhundertundneun Lichtjahre, dachte Rhodan. Auch das führte ihm wieder eindringlich nah, dass sie weit, weit von zu Hause entfernt waren. Er hatte sich noch immer nicht daran gewöhnt, welche physikalischen Bedingungen in dieser Epoche herrschten.

Ein Ortungsholo erhellte sich. Es zeigte einen kahlen, kargen Felsbrocken im Dunkel des Alls, einen unregelmäßig geformten Gesteinsklotz von fast 100 Kilometern Länge und 60 Kilometern maximaler Breite. In einer Vergrößerung sah Rhodan, dass seine Oberfläche von einer meterdicken Eisschicht überzogen war.

Ein Asteroid, der von Jahrhunderttausenden oder Jahrmillionen durch irgendeine kosmische Katastrophe aus seinem angestammten Sonnensystem vertrieben worden war und seitdem durch die Kälte des Leerraums trieb?

»Das ist Balance C«, sagte Lishgeth On Paz.

Rhodan sah den Wissenschaftler von Cor'morian an. »Balance C?«, wiederholte er. »Vergleichbar mit Balance A und Balance B?«

»Nicht ganz«, schränkte der Prior-Forscher ein. »Die Existenz und Position dieses Asteroiden ist lediglich uns Wissenschaftlern von Cor'morian bekannt. Balance C ist eine mobile Notzentrale, konzipiert für den absoluten Notfall, aber immerhin in der Lage, die wichtigsten Schaltvorgänge im Schwarm für eine Weile zu übernehmen.«

Rhodan atmete tief ein. War das die Lösung all ihrer Probleme? Seine Achtung vor dem Volk Tambu wuchs, doch gleichzeitig musste er innerlich grinsen.

So hehr die Ideale waren, die die Völker Vaaligos dazu bewegt hatten, einen Sternenschwarm zu schaffen, so wenig konnten sie abstreifen, was sie in den Jahrtausenden seit ihrer Intelligenzwerdung immer wieder eingeübt hatten: sich ein Hintertürchen offen halten, den anderen nicht die volle Wahrheit sagen, zuerst einmal eigene Interessen schützen.

War auch das ein universelles Naturgesetz, das kein Intelligenzwesen jemals überwinden konnte?

In den Orterholos zeichneten sich weitere Impulse ab. Die ersten Schiffe der Wissenschaftler von Cor'morian trafen am Sammelpunkt ein.

»Allerdings«, fuhr Lishgeth On Paz dann fort und nahm Rhodan damit wieder die Hoffnung, die gerade erst so hell in ihm aufgeflammt war, »taugt Balance C vorerst nur als geheime Operationsbasis. Solange Balance A oder Balance B aktiv sind, ist der Asteroid nutzlos.«

»Solange können wir von hier aus nicht das Geringste bewirken?«

»So ist es.« Der Prior-Forscher schaute noch ernster als sonst drein.

»Und von Balance B aus?«

»Balance A hat Priorität. Wenn wir etwas bewirken wollen, müssen wir dort zuschlagen. Solange Balance A einwandfrei arbeitet, können wir die Steuerung des Schwarms weder von Balance B noch C aus beeinflussen.«

Rhodan warf dem Wissenschaftler einen lauernden Blick zu. »Das Zentra-Balance-System wird innerhalb des primären Schmiegschirms von einem sekundären Schmiegschirm separat geschützt, der zwar klein, jedoch hochwirksam ausgelegt ist.«

»Das ist richtig.«

»Ich möchte keine weiteren Überraschungen erleben, negative erst recht nicht, aber auch keine positiven. Ich möchte wissen, worauf ich mich einlasse. Die Wissenschaftler von Cor'morian, die beide Schmiegschirme konstruiert haben, können selbstverständlich auch eine Strukturlücke in diesen sekundären Schmiegschirm schalten?«

Lishgeth gab ein leises Gackern von sich. »Selbstverständlich.«

»Na wunderbar«, polterte Bull. »Dann müssen wir nur noch einen Weg durch die Reihen der achtzigtausend Wachschiffe finden, die Balance A sichern.«

Rhodan musterte den Prior-Forscher nachdenklich. »Dennoch schlage ich vor«, sagte er, »dass du Kurs auf das ZentraBalance-System setzen lässt, Lishgeth On Paz.«

Ich bin Balfo Rielt, ein Riana. Wir sind eines der Erbauer-Völker des Vaaligischen Schwarms. Wir werden die Energieströme im Schwarm überwachen. Energien fließen unentwegt, und wir nehmen sie wahr.

Wir sind anders als die anderen, doch das gilt für uns alle. So unterschiedlich wir auch sind, gemeinsam werden wir etwas schaffen, das größer ist als die Summe seiner einzelnen Bestandteile.

Mein Körper erinnert die Angehörigen der anderen Erbauer-Völker an den eines Fisches, eines schlanken, schmalen, fast durchsichtigen Rochens, der wie schwerelos durch das Wasser gleitet. So gleiten wir durch die Luft; getragen vom Wind und seinen Strömungen, aber auch vom elektrischen Äther, der uns alle umgibt, nicht nur die Riana, sondern auch die Erbauer-Völker. Unsere Sprache ist das Rauschen des Stroms, das Strömen des Windes, die Winde der Elektrizität. Mit den anderen Erbauer-Völkern verständigen wir uns mittels elektrischer Impulse und Translatoren.

Was wird geschehen, wenn der Schwarm in Betrieb genommen wird und in die Weiten der Galaxis Vaaligo und darüber hinaus zieht?

Der Äther ist im Aufruhr. Große Dinge, große Entwicklungen werfen ihren Schatten voraus. Der Vaaligische Schwarm selbst ist ein hell strahlendes Gebilde, ein heller Peak in einem hektischen Diagramm, eine wärmende Sonne in einem Raum, der von heftigen Energien umtost wird. Aber diese Energien sind hell und freundlich auf der einen und dunkel und tödlich auf der anderen Seite.

Der Vaaligische Schwarm ist ein Ideal, doch dieses Ideal wird umkämpft von hellen und dunklen Strömungen. Der Ausgang dieses Kampfes ist noch ungewiss; die dunkle Seite scheint schier unüberwindlich zu sein und setzt ihre Pläne zielstrebig in die Wirklichkeit um.

Was auch immer geschehen wird, wenn der Schwarm in Betrieb genommen wird und in die Weiten der Galaxis Vaaligo und darüber hinaus zieht, es wird Tod und Elend mit sich bringen und vielleicht die Umkehr dessen sein, was wir mit dem Schwarm bezweckt haben.

2

Mantagir brannte schon längst nicht mehr. Die Flammen waren schnell erstickt worden. In der gewaltigen Metropole auf dem Planeten Balance B kehrte schnell wieder Normalität ein. Und die Stadt war tatsächlich im Handstreich unter seine Kontrolle geraten.

Kein Wunder, dachte Axx Cokroide. Der dortige Ordensturm der Cor'morian war ja schon vor geraumer Zeit bei einem … bedauerlichen Unfall zerstört worden. Und wer sollte den disziplinierten, straff organisierten Nodronen schon Widerstand leisten? In Mantagir lebten Hunderte der unterschiedlichsten Völker mehr schlecht als recht zusammen. Die Bewohner waren lediglich Kolonisten überall aus Vaaligo. Eine Urbevölkerung, die sich konsequent gegen die Enteignung ihrer Welt zur Wehr gesetzt hätte, gab es auf ganz Balance B nicht.

Die Holokamera des Nachrichtensenders machte einen Schwenk über die bizarren Gebäude, die die Silhouette der riesigen Metropole bildeten. Fremdartige Bauten gingen mit filigraner Architektur eine Symbiose ein, die Cokroide unpraktisch und verspielt vorkam. Die ausgedehnte Skyline schien sich scheinbar endlos zu erstrecken, bedeckte die gesamte Ebene.

Cokroide stellte erfreut fest, dass eine überaus hohe Fahrzeugdichte herrschte. Gleiter schwebten von allen Seiten heran und vermischten sich auf vielen Ebenen, ein weiteres Anzeichen dafür, dass das Leben wieder seinen geregelten Gang nahm.

Die Sendung war aktuell, wurde praktisch ohne Zeitverlust hierher nach Balance A übertragen. Die Machtübernahme war also gelungen, zumindest auf Balance B.

Die Kamera näherte sich nun den Außenbezirken der gewaltigen Metropole. Querab schimmerten Wasserflächen im Widerschein fahler Sonnenstrahlen. Überhaupt bestimmte hier zunehmend exotische Vegetation das Bild, die Bauten traten weiter auseinander und wurden niedriger.

Dann kehrte sie wieder zum Stadtzentrum zurück, falls es bei einer Metropole dieser Größe wirklich eins gab, und hielt auf einen gewaltigen Dom zu. Transportbänder stiegen in verwirrendem Durcheinander zu offenen Zwischenetagen auf. Gläserne Aufzugkapseln schimmerten wie Regentropfen, die ihre Farbe mit der Höhe veränderten, und zwischen alledem spannten sich Fußgängerbrücken ebenso wie spiralförmig gewundene Hohlröhren, in denen hin und wieder Schwärme geflügelter Lebewesen sichtbar wurden.

»Mantagir heißt die neue Ordnung willkommen und begrüßt die Nodronen als …«

Angewidert schaltete Cokroide den Ton aus. Speichellecker, allesamt, die ihre Fahne nach dem Wind hingen und auch den nächsten neuen Herrscher mit solch enthusiastischem Jubel begrüßen würden.

Nur, dass es keinen nächsten Herrscher geben würde. Alles lief nach Plan. Seinen Truppen war es tatsächlich gelungen, mit einer logistischen Meisterleistung sämtliche bekannten Ordenstürme der Cor'morian auf einen Schlag zu vernichten. Die Vogelabkömmlinge waren dabei zumeist umgekommen, die wenigen Überlebenden geflohen und in alle Himmelsrichtungen zerstreut.

Die wichtigsten Welten, wie etwa Balance B im Tazmai-System, standen ja schon längst unter faktischer Kontrolle der Nodronen, und auf den unwichtigeren beobachtete man die Entwicklung vielleicht mit Misstrauen und Verdruss, aber hauptsächlich mit Angst. Mit einer lähmenden Angst, die verhinderte, dass die wehrfähigen Männer und Frauen in ihre Schiffe stürmten und Nodros Streitmächte angriffen.

Clansführer Cokroide wurde klar, dass das, was er hier überwachte, die letzten Schritte zu seinem persönlichen, totalen Erfolg waren. Höher konnte er nicht mehr steigen: Nachfolger der Zwillingsgötzen, Herrscher über den Vaaligischen Sternenschwarm, Herr über Intelligenz oder Verdummung, kommender Beherrscher eines neuen Empire von Nodro, das mehrere Galaxien umfassen dürfte …

Eines Empire, das eigentlich für die Ewigkeit geschaffen sein sollte. Mit ihm an der Spitze, bis in alle Ewigkeit.

Nun ja … das Universum war groß. Wer konnte schon sagen, welche Wunder es für ihn bereithielt, wenn der Schwarm erst Vaaligo verließ und andere Galaxien erreichte? Vielleicht war eins dieser Wunder auch das der Unsterblichkeit …

Alles, alles hatte er erreicht. Alles bis auf eins. Eins war ihm verwehrt geblieben.

Axx Cokroide schloss die Augen. *Gibt es Liebe auf den ersten Blick?*, fragte er sich und gestattete sich den Luxus, kurz zurückzudenken an die Zeit, als er alles, aber auch *alles* hätte erringen können.

Gibt es Liebe auf den ersten Blick?

Bis vor wenigen Tagen hätte Axx Cokroide über diese Vorstellung gelacht. Er glaubte nicht einmal, dass es überhaupt so etwas wie Liebe gab, geschweige denn eine, die einen plötzlich und unerwartet überkam und gegen die man sich nicht wehren konnte.

Aber seit er Ankya Fatichai kannte, war er davon nicht mehr überzeugt.

Er verdrängte den Gedanken und konzentrierte sich wieder auf das Schott. Es lag am Ende eines schmalen Gangs und hob sich durch die grellblaue Farbkennzeichnung deutlich von den Metallwänden der alten Rebellenstation ab. Links davon war etwa in Augenhöhe eine handtellergroße Schalttafel angebracht, deren Anzeigen allerdings seit geraumer Zeit tot waren. Ein ganz normales, wenn auch momentan funktionsunfähiges Schott.

Und doch ging etwas Bedrohliches von ihm aus. Die schlichte Metallstruktur strahlte etwas Lockendes, Geheimnisvolles aus, als raunte sie den Betrachtern leise und verführerisch zu: *Öffnet mich! Öffnet mich, und hinter mir wird sich eine neue Welt auftun!*

Eine neue Welt … oder der Tod.

Axx runzelte die Stirn. Er hatte schon oft genug bewiesen, dass ihn so leicht nichts schrecken konnte, aber er hatte auch gelernt, seinem Instinkt zu vertrauen. Und jetzt schlug dieser Instinkt Alarm, und Axx spürte die Gefahr, die hinter diesem Schott lauerte, beinahe körperlich. Und er bildete sich diese Gefahr nicht nur ein. Es war keineswegs so, dass lediglich die Vergangenheit ihn wieder einzuholen drohte, wegen dieses unglaublichen Zufalls, der ihn hierher verschlagen hatte.

Rastaar Duunill räusperte sich. Axx hatte schon am ersten Tag in dieser Einheit herausgefunden, dass der Are'Nos sich gern in Pose warf, und das bewies er bei der Einsatzbesprechung aufs Neue. Duunill war ein mittelgroßer Mann in den Vierzigern, der zur Fettleibigkeit neigte. Man konnte ihn nicht direkt als dick bezeichnen, doch die Tendenz war da. Allerdings wagte es niemand – zumindest keiner seiner Untergebenen –, ihn mit bösartigem Spott zu bedenken. Und auch Gleichrangige und Vorgesetzte hielten sich mit Bemerkungen über seinen Leibesumfang beflissentlich zurück.

Axx schätzte seine Scharfsinnigkeit und analytischen Fähigkeiten mindestens genauso sehr, wie er ihn als Vorgesetzten fürchtete – und gleichzeitig respektierte. Duunill duldete kein undiszipliniertes Verhalten, war zu seinen Leuten aber fair und schenkte ihnen stets reinen Wein ein. Und da sah man ihm schon mal nach, dass er sich gern in den Vordergrund stellte.

Was allerdings nicht für den Nodronen zutraf, der ihn in die Station begleitet hatte. Der Mann hielt sich auffällig zurück und trug weder die typische Kleidung der Noy noch eine Waffe.

»Die Lage ist ernst«, verkündete Duunill gewichtig und ließ den Blick durch den Raum schweifen, um zu überprüfen, ob die Are'Sam und die Levent'en seine Worte auch mit dem gebührenden Ernst aufnahmen. »Ihr alle wisst, worum es geht.«

Axx sah sich ebenfalls verstohlen um. 24 Nodronen gegen eine ganze Station, mit einer Besatzungsstärke, über die nur Mutmaßungen angestellt werden konnten, mit technischen Möglichkeiten, die denen der Noy des Empire von Nodro mindestens gleichwertig waren, auch wenn die Propaganda etwas anderes behauptete. Das meinte Duunill mit seiner kurzen Bestandsaufnahme. Aus ihm sprach die Sorge um seine Männer.

Und Frauen, auch wenn sie in der Minderheit waren.

Orser Jurzka, genau wie er und Ankya ein Are'Sam und damit einer der drei Offiziere des Unternehmens, von denen einer den Oberbefehl erhalten würde, lachte leise auf. »Wir öffnen also einfach die Tür, spazieren gemütlich hinein, wischen den Boden mit den Rebellen auf und drücken ein paar Knöpfe, und unsere Probleme sind gelöst.«

Axx mochte Orser nicht. Er mochte ihn überhaupt nicht.

»Und wenn sie nicht gestorben sind, so leben sie noch heute«, sagte Ankya Fatichai spöttisch. Sie stand mit verschränkten Armen in der Gangmitte und musterte das Schott mit ähnlicher Intensität wie Axx.

Zuerst waren ihm ihre dunkelroten Augen aufgefallen. Die vorherrschenden Augenfarben waren Gelb oder Türkisgrün, und Rot kam bei Nodronen eher selten vor. Als Axx zum ersten Mal in diese Augen geblickt hatte, glaubte er, in einem Meer zu versinken, das ein Sonnenuntergang blutrot gefärbt hatte, oder direkt in einen Roten Riesen zu schauen, ohne jeden optischen Filter.

Ihr Haar war kurz geschnitten, genau wie seins, und obwohl ihn so etwas bislang nie interessiert hatte, fragte er sich sofort, wie es aussehen würde, wäre es zu einer kunstvoll aufgetürmten und geflochtenen Frisur hochgesteckt, wie sie in letzter Zeit in Mode waren.

»Diese Bemerkung ist überflüssig.« Orser Jurzka funkelte Ankya Fatichai wütend an. Der bullige, grobschlächtige Leutnant schien nicht den geringsten Spaß zu verstehen. Unbeherrscht schlug er mit der flachen Hand gegen die Wand.

Axx mochte ihn wirklich nicht. Er blinzelte Ankya kurz zu. »Ich fürchte, genau das ist das Problem.«

Beim Anlegen der Monturen hatte er das Spiel der Muskeln unter ihrer olivfarbenen Haut deutlich beobachten können. Sie entsprach genau dem Idealbild, das er von einer Nodronin hatte: Sie war athletisch und geschmeidig, ähnlich kräftig wie ein Mann, wies aber durchaus weibliche Formen auf. Große Brüste, eine schmale Taille, lange Beine. Sie war nicht viel kleiner als er.

Aber Liebe …? Er hatte schon mit vielen Frauen geschlafen und sich kein einziges Mal gefragt, ob so etwas wie Liebe im Spiel war. Was unterschied Ankya von anderen Nodroninnen?

Er wäre froh gewesen, hätte er es gewusst.

Ihre Augen funkelten; er konnte ihren Zorn förmlich riechen.

Natürlich. Solch eine Zurechtweisung konnte sie sich nicht bieten lassen.

Jurzka und sie waren gleichrangig. Hier ging es um eine Frage der Ehre. Und es konnte tödlich sein, den Stolz oder die Ehre eines Nodronen zu verletzen. Jeder Nodrone war bereit, aus Gründen der Ehre oder des Stolzes sein Leben aufs Spiel zu setzen, ob in einem Duell oder sonst wie. Und das galt auch für die Frauen dieses Volkes. Obwohl weibliche Nodronen, wie er festgestellt hatte, in der Regel weniger gewalttätig waren als ihre männlichen Gegenstücke. Nicht nur in dieser Hinsicht kannten Nodronen grundsätzlich keine geschlechtliche Diskriminierung.

Dennoch wurden Frauen nur ganz selten mit Führungsaufgaben betraut, da ihnen gerade in einer Gesellschaft, die die körperliche Durchsetzungsfähigkeit förderte, die letzte Aggressivität fehlte. Ankya hatte es immerhin schon bis zum Are'Sam geschafft; sie musste darauf achten, dass ihre Autorität nicht untergraben wurde.

Plötzlich schien die Luft zu knistern. Jurzka hatte sich zu ihr umgedreht und sah die junge Frau herausfordernd an. Er achtete genau auf jede ihrer Bewegungen, bereit, sich beim geringsten Anzeichen für einen Angriff zu verteidigen oder sogar zuerst zuzuschlagen.

»Nein«, sagte Duunill nur. »Jetzt nicht. Klärt das später, wenn ihr es unbedingt klären müsst.«

Jurzkas Körper blieb angespannt. Erst als Ankya ausatmete und einen Schritt zurücktrat, lächelte er schwach. »Später«, sagte er.

Die Frau nickte knapp. »Jederzeit. Ich freue mich darauf.« Sie wandte den Blick ab.

Axx atmete auf. Die Spannung ließ fühlbar nach. Niemand würde es wagen, gegen einen direkten Befehl eines Vorgesetzten zu verstoßen. Damit hätte er Duunills Autorität in Frage gestellt – und seine Ehre herausgefordert. Und das konnte der Are'Nos sich nicht leisten, wollte er nicht Gefahr laufen, das Kommando ganz schnell zu verlieren.

Nicht umsonst waren die Nodronen für ihre unglaubliche Disziplin berühmt. In einer Schlacht verlor keiner die Nerven, vor einer Schlacht war keiner berauscht. Nur so war es ihnen gelungen, sich auf Dauer gegen die vorherrschenden echsenhaften Zivilisationsformen von Vaaligo zu behaupten. Ihre Fähigkeit zur Zusammenarbeit überstieg trotz aller Wildheit alles, was die anderen Spezies dieser Galaxis aufzuweisen hatten.

Duunill räusperte sich und wandte sich seinen Untergebenen zu. »Sartaire war eine Hochburg der Rebellen gegen das Empire«, sagte er. »Eine des Clans der Ashmarto. Aber es ist den Bewohnern dieser Welt ergangen, wie es allen ergeht, die sich gegen das Empire von Nodro auflehnen.«

Sartaire, dachte Axx. *Ausgerechnet.* Ein endloses blaues Meer unter einem endlosen blauen Himmel, ein Sandstrand, so weit das Auge reichte, und dann ... Er sah den Körper eines kleinen Mädchens, der durch die Luft wirbelte und dann langsam zu Boden sank, während ein einzelner Arm, sich um sich selbst drehend, langsam, wie in Zeitlupe, weiterhin in den Himmel stieg.

Das Werk der Rebellen.

Wie er die Rebellen hasste ... Wie oft war er mitten in der Nacht aufgewacht und hatte vor seinem inneren Auge wieder den Sandstrand gesehen, und seine Mutter, die mit Gerth im Arm auf ihn zulief, hinter ihr die alles vernichtende Feuerwalze, die die beiden dann erreichte und ...

»Nein«, flüsterte er. Und sah seinen Vater, wie er auf dem Strand lag, nachdem er seinen Sohn gerade mit schier übernodronischer Kraft weit ins Wasser geschleudert hatte. Und sein Mund öffnete und schloss sich unentwegt und bildete immer wieder dieselben Worte: *Na los! Schwimm! Schwimm!*, eine endlose Kette: *Na los! Schwimm! Schwimm! – Schwimm! Schwimm!*

Deshalb hatte er sich auch freiwillig für diesen Einsatz gemeldet. Rebellen … Wahrscheinlich war er lediglich zu den Noy gegangen, weil es noch immer Rebellen gab. In all den Jahren war es dem Empire nicht gelungen, diese Brut mit Stumpf und Stiel auszurotten, diese Schlange an der Brust des Reiches. Die ungefähr 5000 besiedelten Welten, aus denen das Empire von Nodro bestand, boten genug Verstecke und Unterschlupfmöglichkeiten für immer neue Generationen dieser nodronenverachtenden Bastarde.

Axx würde diesen Tag auf Sartaire niemals vergessen, auch wenn das Empire durchaus gewisse Erfolge errungen hatte. Bei den Rebellen gab es jetzt nur noch zwei große Clans: die Mookmher und die Ashmarto. Fast alle anderen Gesetzlosen waren im Lauf der Zeit aus Clanlosen rekrutiert worden.

Er schloss die Augen, konzentrierte sich aber auf die Ereignisse der vergangenen Stunden. Er glaubte, noch immer explodierende Sonnen zu sehen, die die Dunkelheit der Nacht hell erleuchteten und dann wieder erloschen, nachdem sie sich in seine Netzhaut gebrannt hatten.

Die Schweren Sternenkreuzer des Empire von Nodro hatten den Angriff über der von der Sonne abgewandten Seite des Planeten geflogen. Sobald sie in Reichweite gewesen waren, hatten sie das Feuer eröffnet.

Der junge Are'Sam stellte sich vor, wie ein Augenzeuge den Angriff wohl erlebt hätte. Plötzlich blendende Lichter am Himmel, die Energieentfesselungen der Bipuls- und Tripuls-Geschütze sowohl der zahlenmäßig weit überlegenen Angreifer wie auch der Verteidiger. Schiffsriesen mit kugelförmigen Hauptkörpern von 820 Metern Durchmesser, aus denen konusförmige Heckkörper und raketenförmig geschwungene Bugkörper und weitere Aufbauten ragten: zwei antennenartige Ausleger von ebenfalls 120 Metern Länge. Sie ermöglichten überlegene Funk- und Ortungsreichweiten, die den Nodronen gegenüber anderen Völkern einen klaren Vorteil verschafften.

Der Widerstand der wenigen Rebellenschiffe war schnell gebrochen. Das Empire von Nodro machte keine Gefangenen. Wer sich nicht ergab, wurde vernichtet. Und kein einziger Rebell ergab sich.

Dann flogen die Leichten Sternenkreuzer die zweite Angriffswelle, 225 Meter lange Schiffe mit trichterförmigem Heckkörper, sich zur Mitte verjüngend, wie auch die Schweren Kreuzer bewaffnet mit in den Bug integrierten Bipuls-, ins Heck integrierten Tripuls-Geschützen, Desintegratoren und Paralysestrahlern. Umgehend schleusten sie ihre Beiboote aus: jeweils vier Kampfjäger in Hangars im unteren Teil der Heckkörper.

Und dann kamen die Schweren Kampfjäger, Schiffe eines rochenförmigen Typs, deren Körper als durchgehende Schwingen konzipiert waren, die auch Atmosphärenflüge ermöglichten. Die Schwingen liefen an den Flügelenden spitz zu, der Bug war als Doppelspitze ausgeformt.

Durch die Schwingenkonstruktion konnten Atmosphäreflüge ohne Antigravitation stattfinden, eine nodronische Besonderheit, die den Ortungsschutz verbesserte und die Jäger des Empire innerhalb von Atmosphären zu einer konkurrenzlos effizienten Waffe machte.

Die Besatzung der Jäger, die im Rumpfteil unterhalb der Schwinge untergebracht war, bestand jeweils aus vier Personen, dem Piloten und Kommandanten, dem Orter, der gleichzeitig als Varsonik-Operator und Funker fungierte, dem Bordschützen und einem vierten Passagier, der je nach Einsatzart bestimmt wurde. In einem der Jäger hatte Axx Cokroide gesessen.

Er hatte während des Landeanflugs alles beobachten können, und er fragte sich, ob er jemals die grauenvollen Bilder der Zerstörung des blühenden Sartaire aus seinen Träumen bannen konnte. Einer Zerstörung, die notwendig gewesen war. Das Empire konnte keine offene Auflehnung dulden; die Rebellen waren ein Geschwür in seinem Fleisch, das herausgeschnitten werden musste. Und doch hatte er sich bis zu diesem Tag nicht vorstellen können, was es wirklich bedeutete, solch eine dringend nötige, aber sehr schmerzhafte Operation vorzunehmen.

Er musste nur die Augen schließen, um sich wieder an die Bilder der Vernichtung zu erinnern. Er sah die blaue Kugel des Planeten, umgeben von einer Wolke aus Feuer und Staub. Die Hauptstadt der Welt ging in einer Serie nicht enden wollender Blitze unter; Nodronen wie er versuchten vergeblich, das nackte Leben zu retten.

Aber der Tod holte sie gnadenlos ein und verbrannte sie zu Asche, Männer, Frauen und Kinder. Und vielleicht wehte irgendwo auf dieser geschundenen Welt noch ein Banner mit dem Symbol der Zwillingsgötzen, mit den beiden einander überlappenden Köpfen, einer in Perlmuttweiß, der zweite schwarz, nun getaucht in blutrotes Licht, und die beiden Köpfe sahen beinahe höhnisch auf nodronenleere, ausgebrannte Ruinen von Gebäuden hinab, in denen es gerade noch vor Leben nur so gewimmelt hatte.

»Nein«, flüsterte er, und dann sprach er, unhörbar für die anderen, den Götzenschwur, den jeder ablegte, der sich für den Militärdienst entschied, vom Son'Troketen, dem Admiral, bis hin zum Are'Sam, dem Leutnant wie ihm, und dem Levent'n, dem einfachen Mannschaftsgrad. »Bei der Kraft unserer Herzen schwören wir«, murmelte er, »Treue den Herren von Nodro, den Lenkern des nodronischen Empire, den Boten nodronischer Dominanz, den Zwillingsgötzen des Empire.«

Und wie immer gab der Schwur ihm neue Kraft und Zuversicht.

»Um Sartaire wird noch gekämpft«, fuhr Duunill fort, »aber die Soldaten des Empire werden den Sieg davontragen! Daran gibt es keinen Zweifel, die Bodentruppen haben die Lage unter Kontrolle und heben zur Zeit die letzten Widerstandsnester aus. Das wird noch eine Weile dauern, aber am Ergebnis besteht nicht mehr der geringste Zweifel.«

»Und unsere Aufgabe?«, polterte Orser Jurzka.

Rastaar Duunill warf dem Are'Sam einen finsteren Blick zu. Eine weitere Unterbrechung werde ich nicht dulden, besagte er. Axx wandte den Kopf ab und lächelte schwach.

Der Are'Nos deutete auf den Nodronen, der ihn in die Station begleitet und sich bislang im Hintergrund gehalten hatte. »Das ist Jundaii«, sagte er. »Ein Sartairer. Er hat uns überhaupt erst auf die Existenz dieser Station aufmerksam gemacht.«

Verstohlen musterte Axx den Bewohner des umkämpften Planeten. Ein schmächtiger, unscheinbarer Mann, ganz bestimmt nicht der Stoff, aus dem gute Soldaten gemacht sind, dachte er.

»Und wer genau ist Jundaii?«, fragte Ankya. Genau das wollte Axx auch wissen, und sicher auch Jurzka. Aber der traute sich nach dem Rüffel nicht mehr zu fragen.

»Ein …« Duunill zögerte auffällig lange. »Ein ehemaliger Rebell, der seine Verfehlungen eingesehen und auf den rechten Weg zurückgefunden hat«, sagte er dann salbungsvoll.

Axx riss die Augen auf. Ein Verräter! Nichts anderes konnten diese Worte bedeuten. Ein Überläufer, der seine Sache im Stich gelassen hatte, nachdem er sich ihrer Aussichtslosigkeit bewusst geworden war.

Axx fragte sich, wie Jundaii diesen Wechsel der Seiten mit seiner Ehre vereinbaren konnte. Er hatte seine Freunde im Stich gelassen, seine Familie, seine Ideale, alles, woran er geglaubt und wofür er gelebt hatte.

Wie wollte er mit dieser Schuld weiterleben? Er war nun ein Wanderer zwischen den Welten, nirgendwo mehr heimisch. Wenn man auf Sartaire seiner habhaft wurde, würde man ihn sofort töten, aber dieses Schicksal erwartete ihn früher oder später auch in den Reihen der Soldaten des Empire von Nodro. Einmal ein Verräter, immer ein Verräter …

»Nur dank ihm wissen wir überhaupt von dieser Station. Sie stellt die geheimste Einrichtung der Rebellen auf diesem Planeten dar.«

Axx wurde klar, dass Jundaii sich mit diesem Verrat sein Leben erkauft hatte. Zumindest auf Zeit. Er sah zu dem abseits stehenden Sartairer hinüber. *Er wird immer ein Fremder für mich bleiben, im wahrhaftigen Sinne des Wortes. Ein Feind. Ich werde ihm nie vertrauen können.* »Und wieso ist er hier?«, fragte er.

»Er wird euch in diese Station begleiten«, sagte Duunill knapp.

Der Verräter räusperte sich. »Ihr habt … meine volle Unterstützung. Das ist klar und bedarf keiner besonderen Erwähnung.« Er verstummte wieder und senkte den Blick.

»Und was befindet sich nun in dieser Station?«

Jundaii hielt den Blick gesenkt. »Das … habe ich nicht genau herausfinden können. Wenn meine Informationen richtig sind, liegt hinter diesem Schott eine komplett ausgerüstete funktionsfähige Raumschiffswerft der Rebellen. Andere Quellen sprechen von einem Entwicklungslabor für eine Superwaffe. Aber … wir wissen es nicht genau.«

Der hochgewachsene Are'Sam setzte zu einer Entgegnung an, aber dann überlegte er es sich anders. Was sollte er sagen? Duunill hatte hier die Befehlsgewalt.

»Das Einsatzteam muss äußerst vorsichtig agieren.« Der Are'Nos ließ den Blick über seine Leute gleiten. »Sartaire wird noch umkämpft, und unsere Truppenstärke ist begrenzt. Wenn die Besatzung der Station Alarm schlägt und Verstärkung anfordert, wird unsere Lage unhaltbar. Das müssen wir um jeden Preis verhindern.«

»Und unser genauer Auftrag?«, fragte Axx.

»Die Sicherung der Station unter Einsatz aller Mittel! Und falls das nicht möglich ist … ihre völlige Vernichtung. Die Rebellen dürfen nicht im Besitz dieser Station bleiben.«

Axx warf Ankya einen bedeutungsschwangeren Blick zu. Beide wussten, was diese Anweisung im Klartext bedeutete.

Die Einnahme oder auch Zerstörung der Station hatte absoluten Vorrang, auch wenn sie für diesen Zweck ihr eigenes Leben opfern mussten.

»Damit wäre alles geklärt«, schloss Duunill seine Ausführungen ab. »Weitere Informationen liegen uns nicht vor. Wir haben nicht einmal rudimentäre Kenntnisse über die Stärke des Personals in der Station. Der Einsatz wird geleitet von den drei Are'Sam Axx Cokroide, Ankya Fatichai und Orser Jurzka. Zwei von ihnen erhalten den Befehl über jeweils zehn Levent'en.«

»Und der Oberbefehl?«, fragte Jurzka mit einem lauernden Unterton in der Stimme.

Duunill zögerte. »Ja, natürlich. Die oberste Kommandogewalt hat …« Er zögerte, betrachtete der Reihe nach die drei Leutnants. »Axx Cokroide«, sagte er dann zögernd und sah Orser Jurzka verzeihungheischend an. Ankya bedachte er mit einem eher kurzen, desinteressierten Blick.

Jurzka grunzte nur abfällig.

Axx blickte demonstrativ in Jundaiis Richtung. Duunill zögerte erneut. »Unser … Freund Jundaii hat die Funktion eines … nun ja, sagen wir …« Er wand sich unbehaglich unter Cokroides eisigem Blick. Ihm war klar, dass seine Leute dem Verräter nichts als Abneigung entgegenbrachten, aber auch er hatte seine Befehle. Er holte tief Luft. »Eines Beraters. Er wird euch begleiten. Ihr geht sofort rein«, sagte er. »Wir halten über die üblichen Kanäle Verbindung. Ich erwarte baldigen Vollzug.« Er wandte sich ab und trat zurück.

Axx sah von Jundaii zu Ankya und dann zu Jurzka. Er atmete tief ein, um sich zu beruhigen, und schloss kurz die Augen.

Immerhin, dachte er. *Wir müssen den Verräter zwar mitnehmen, doch den Befehl über das Unternehmen hat Duunill mir erteilt.*

Ein kleiner Sieg.

Ihm gefiel nur nicht, dass Ankya immer wieder verstohlen zu Jurzka hinüberschaute. Bemerkte sie sein Interesse an ihr denn nicht?

Gibt es Liebe auf den ersten Blick?, fragte er sich erneut. Er war noch immer nicht bereit, daran zu glauben, doch aus irgendeinem Grund störte ihn gewaltig, dass Ankya den anderen Are'Sam überhaupt bemerkte.

Und dann noch dieser Verräter!

Ein heftiger Schmerz zuckte durch seine rechte Hand. Er öffnete die Augen wieder und stellte fest, dass er mit geballten Fäusten vor dem Schott stand. Ankya sah ihn besorgt an. Offenbar hatte er gegen das Metall geschlagen.

Er riss sich zusammen. »Wir werden herauskriegen, was hinter dir steckt«, flüsterte er dem Schott zu, um von den wahren Gründen seines Ausbruchs abzulenken.

Überrascht bemerkte er, dass der Satz wie ein Schwur klang.

Die zwanzig Levent'en und ihre Unteroffiziere waren mit dem Besten ausgerüstet, was die Nodronen in ihren Arsenalen hatten. Alle, auch Axx, waren mit Uniformen aus grobem schwarzem Stoff bekleidet; in das synthetische Gewebe seiner weit geschnittenen, in der Taille gegürteten Jacke waren kleine, fast unzerstörbare Plättchen aus Nodroplast eingelassen. Der eng gemaserte Paillettenpanzer überzog die Jacke hauchfein. Damit war die Montur sicherer als die besten Panzerwesten des Empire.

Um die Taille trug er einen schweren Waffengürtel aus silbrigem Kunststoff. Er enthielt zahlreiche Ausrüstungsgegenstände, Waffen und Ersatzmagazine. Axx hatte schon früh gelernt, sich nicht nur auf die Tötungswerkzeuge zu verlassen, die in den Waffenkammern ausgeteilt wurden. Für Notfälle hatte er eine ganz spezielle Auswahl darin verstaut.

Die Hosen und das Schuhwerk der Noy waren dem persönlichen Geschmack überlassen. Der junge Are'Sam hatte sich für eng anliegende schwarze Beinkleider und feste Stiefel in derselben Farbe entschieden.

Aber damit war die Ausrüstung noch nicht komplett. Seinen Kopf umschloss ein Kampfhelm, in den eine weit reichende Funkanlage integriert war. Das Gesicht wurde von getönten Visieren geschützt, die gleichzeitig als Infrarotgeräte dienten. Mit ihnen konnte man sogar in absoluter Dunkelheit fast so gut sehen wie am hellen Tag.

Axx schlug mit der ebenfalls schwarz behandschuhten Faust auf seine Brust, auf das aufgestickte Rangabzeichen im Bereich des Herzens, und aktivierte das Funkgerät. Durch das Visier klang seine Stimme gedämpft. »Wie ist der Empfang?«

»Gut«, hörte er Duunills Stimme in seinem Empfänger. »Das kann sich natürlich ändern, nachdem ihr die Anlage betreten habt. Daher werdet ihr in regelmäßigen Abständen Sender deponieren, die als Relaisstation fungieren.«

Jurzkas Stimme klang ungeduldig. »Das übliche Vorgehen.« In Wirklichkeit wollte er wohl sagen: Halte uns nicht schon wieder einen Vortrag! »Es wird Zeit.«

»Diese Entscheidung liegt bei mir«, sagte Axx verärgert. »Oder ist nicht klar, wer hier die Befehle gibt?«

»Doch«, antwortete Jurzka gepresst.

Axx nahm sich erneut vor, ein Auge auf den Gleichrangigen zu halten. »Also gut«, sagte er verdrossen. Er postierte sich wieder vor dem Schott, überprüfte die Sprengladung und nickte knapp. »Alle zurücktreten!«

Er wartete, bis die anderen die berechnete Distanz zwischen sich und das Schott gebracht hatten. Ein letztes Mal überprüfte er die Varsonik-Überbrückung. Sie mussten davon ausgehen, dass die Schotten der Station durch mehr oder weniger primitive Alarmanlagen gesichert waren. Die Schaltung müsste eigentlich verhindern, dass eine Beschädigung an die Überwachungszentrale weitergeleitet wurde.

Eigentlich …

Er drückte den Zündknopf und folgte seinen Leuten schnell. »Bei der Kraft unserer Herzen schwören wir«, sagte er, »Treue den Herren von Nodro …«

Dann ertönte eine so laute Detonation, dass sie sogar seine Gedanken zum Verstummen zu bringen schien.

»Kampfformation! Ausschwärmen!« Axx blinzelte in einen langen Gang, der im Dunklen lag. Der Kombistrahler in seiner Hand war glatt und kalt und verlieh ihm ein Gefühl von Sicherheit. Ein trügerisches Gefühl; Axx nahm sich vor, sich keinesfalls nur auf die Waffe zu verlassen.

Seine Sinne waren aufs Höchste angespannt. Die Infrarotsicht enthüllte einen gewundenen Gang. Wände und Decken schienen aus glasiertem Fels zu bestehen, doch für diese Aussage würde er nicht die Hand ins Feuer legen; vielleicht waren sie auch mit irgendeinem Kunststoff verkleidet. In regelmäßigen Abständen waren Leuchtkörper in die Decke eingelassen.

Nodronen, dachte Axx. Wir kämpfen nicht gegen fremde Wesen, sondern gegen unser eigen Fleisch und Blut. Es sind zwar Rebellen, aber Nodronen wie wir. Ihre Lampen sehen aus wie die unseren, ihr Blut hat die gleiche Farbe wie das unsere.

Er sah kurz nach links und rechts. Jurzka und Ankya hielten sich dicht neben ihm. Sie wurden flankiert von den Levent'en, die einen Ring um sie bildeten.

Plötzlich blieb Ankya stehen. »Fällt euch etwas auf?«, sagte sie.

Axx sah sie fragend an.

Sie bückte sich und strich mit den Fingern misstrauisch über den Boden. »Hier gibt es keinen Staub, so wie ich das in dieser Finsternis feststellen kann. So gut sind die Sichtgeräte nun auch wieder nicht.« Prüfend betrachtete sie ihre Fingerkuppen. »Sauber«, stellte sie fest. »Wer hat hier Staub gewischt? Bestimmt keine Putzkolonne.«

»Jedenfalls keine im herkömmlichen Sinn«, gab Axx zurück. Sie befanden sich also in einem Gang, der regelmäßig benutzt wurde. Warum waren sie noch nicht auf Rebellen gestoßen? Warum lauerten die Abtrünnigen ihnen nicht auf? War ihr Eindringen tatsächlich unbemerkt geblieben?

»Ich frage mich ...« Unvermittelt flammte Licht auf. Axx blieb wie angewurzelt stehen. Einer der Levent'en stieß einen unterdrückten Schrei aus. Die Soldaten rissen die Gewehre hoch, schnellten herum, sicherten nach allen Seiten.

Axx fühlte den kalten Stahl des Kombistrahlers in seiner Rechten und tastete mit der Linken nach seiner Peitsche. Der vierzig Zentimeter lange, braune Schaft lag kühl in seiner Hand. Axx überlegte kurz, ob er die eigentliche Peitschenschnur von einem Meter Länge aus dem Schaft ausfahren sollte, entschied sich aber dagegen. Die Peitsche von Nodro war zwar die traditionelle Waffe der Nodronen; sie konnte schwere Verletzungen zufügen, tötete aber nicht, wenn es nicht die eines Henkers war. In dem vielleicht bevorstehenden Kampf war der Kombistrahler die bessere Alternative.

»Was ist passiert?«, erklang Duunills Stimme in seinem Helm. Sie war völlig ruhig, weder aufgeregt noch besorgt.

Wir sind nur Kanonenfutter, dachte Axx. *Wenn wir scheitern, schickt er eben einen weiteren Trupp hinein.*

Aber immerhin funktionierte die Funkverbindung einwandfrei.

»Das Licht ist angegangen«, sagte Ankya lakonisch.

»Warum?«

»Woher soll ich das wissen? Ich habe den Schalter nicht gedrückt.«

»Sie meint, dass wir die Beleuchtung nicht eingeschaltet haben«, sagte Axx schnell, bevor die junge Frau sich einen Verweis wegen einer unsachlichen Meldung einhandeln konnte, und sah sich misstrauisch und ein wenig unsicher um. »Anscheinend hat jemand bemerkt, dass wir in die Station eingedrungen sind, und darauf reagiert.«

»Also doch ein autarkes Varsoniksystem, das das Innere der Station überwacht. Verdammt!«

»Das steht noch nicht fest, Are'Nos. Noch ist alles ruhig. Vielleicht haben Sensoren unsere Bewegungen wahrgenommen und routinemäßig die Beleuchtung hochgefahren. Aber wir halten vorerst Funkstille. Wer weiß, wer vielleicht zuhört ... Wir brechen bis auf weiteres den Kontakt ab.« Axx Cokroide berührte einen Sensor an der Unterseite des Helmes und schaltete damit das Funkgerät aus. Er drückte einen zweiten Sensor, und das Visier glitt nach oben. »Jetzt können wir nicht mehr angepeilt werden.«

»Das ist doch Unsinn, Axx.« Jurzka schüttelte den Kopf. »Wenn es hier eine autarke Varsonik gibt, spürt sie uns sowieso auf.«

»Vielleicht. Aber weiß sie dann auch, wer hier kommt?«

Jurzka sah ihn verwirrt an. »Wir wissen nicht, inwieweit die Varsonik handlungsfähig ist.«

»Genau. Nimmt sie unsere Anwesenheit über Sensoren wahr? Schlägt sie lediglich Alarm, geht sie selbstständig gegen uns vor, oder macht sie nur das Licht an? Und solange sie uns nicht hört, kann sie unsere Absichten nicht ahnen. Ab sofort besteht ausdrückliches Redeverbot. Habe ich mich klar ausgedrückt?«

Orser Jurzka gab wieder ein unverständliches Grunzen von sich, nickte dann aber. Er und die ihm unterstehenden Levent'en trugen immer noch die Visiere unten und hielten die Kombistrahler feuerbereit. Wortlos deutete Jurzka mit seiner Waffe nach vorn.

Axx nickte und ging langsam weiter. Vor ihnen vollzog der Gang eine Krümmung nach rechts.

Direkt hinter der Biegung führte eine Art Wendeltreppe nach unten. Zwar hatten die Erbauer auf Stufen verzichtet, aber die metallische Oberfläche der geschwungenen Rampe war in regelmäßigen Abständen aufgeraut worden. Axx konnte auf den ersten Blick nicht erkennen, wie tief diese Konstruktion hinabführte.

Er blieb stehen und bedeutete den anderen, ebenfalls zu warten. Das Gebilde sah zwar stabil aus, doch er war nicht gewillt, in diesem frühen Stadium der Mission auch nur das kleinste Risiko einzugehen. Er griff an seine linke Hüfte und öffnete eine Tasche des Kampfanzugs. Seine suchenden Finger ertasteten einen Karabinerhaken und zogen daran. Ein dünnes, aber reißfestes Seil kam zum Vorschein.

Der Are'Sam reichte Ankya das Ende der Leine. Sie nahm es wortlos und befestigte den Haken an ihrem Kampfanzug. Dann holte sie ihr mit dem Anzug verbundenes Seil hervor und reichte es wiederum ihrem Hintermann. Ein paar Minuten später war der ganze Trupp miteinander verbunden.

Nachdem Axx sich vergewissert hatte, dass jeder seiner Leute vom jeweiligen Hintermann gesichert wurde, setzte er vorsichtig einen Fuß auf das Metall. Es schwankte nicht; auch als er das zweite Bein nachzog und die Rampe mit seinem vollen Gewicht belastete, spürte er keine Schwingung.

Er drehte sich um. Ankya sah ihn fragend an, Jurzka verzog das Gesicht, als wolle er sagen: Was hast du erwartet? Dass sich eine Falltür öffnet und dich verschluckt?

Immerhin bewahrte er Funkstille.

Die Scheinwerfer hellten die Dunkelheit nur unzureichend auf, und immer nur für wenige Meter. Axx blieb stehen und lauschte. Keine verräterischen Geräusche, kein unheimliches Scharren.

Was hatte er erwartet? Jedenfalls nicht, dass sich der Vorstoß in die Station ohne jeden Zwischenfall vollzog. Ohne irgendeine Reaktion der Rebellen.

Weiter, immer tiefer in die Dunkelheit der Anlage. Drei Minuten, fünf, sieben, noch immer kein Zwischenfall.

Nach zehn Minuten endete die Rampe. Abrupt, wie Axx fand, nur um sich sofort darauf einen Narren zu schimpfen. Irgendwann musste sie ja zu einem Ziel führen.

Der junge Are'Sam fand sich in einem weiteren Gang wieder, an dessen Ende es im Licht der Scheinwerfer bläulich schimmerte. Ein zweites Schott. Er zögerte nicht lange, zog kurz an der Leine, spürte Widerstand, wusste, dass Ankya ihm folgte, und schritt langsam auf das Schott zu. Als er sich ihm bis auf einen Meter genähert hatte, öffnete sich die Metalltür lautlos.

Axx prallte zurück, riss instinktiv den Arm mit dem Kombistrahler hoch. Ein kurzer Blick zurück verriet ihm, dass seine Leute ihm Deckung gaben. Er nickte Ankya zu, sprang durch die Öffnung, wirbelte nach rechts und links und schwenkte die Waffe sofort wieder herum.

Er stand in einem runden Raum mit einem Durchmesser von etwa zwanzig Metern. In der Mitte waren zahlreiche Schaltpulte aufgereiht, deren primäre Funktion auf den ersten Blick nicht offensichtlich war. Auch die Wände wurden von ähnlich aussehenden Anlagen flankiert, die nur hier und da von weiteren Schottöffnungen voneinander getrennt wurden.

Das entsprach in etwa der üblichen Anordnung einer Raumschiffzentrale. Darin befand sich das Kommandantenpult mit den Terminals für die wichtigsten Offiziere in der Mitte, die der wichtigsten Leitoffiziere auf Galerien, die den unteren Mittelpunkt umgaben. Mit weiteren Galerien aufwärts nahm die

Wichtigkeit der Mitarbeiter ab. Axx schätzte, dass sich im Zentrum die Konsole des Befehlshabers der Station befand.

Zwischen den Schaltpulten entdeckte Axx einige Feuerstellen. Die Flammen waren jedoch schon längst erloschen, und Asche konnte der Are'Sam auch nicht ausmachen.

Der Raum war nodronenleer.

Axx sah sich noch einmal erleichtert und enttäuscht zugleich um. Die Maschinen waren alle tot bis auf das Deckenlicht, das eine grelle, unangenehme Helligkeit verbreitete. Sie schienen keine Gefahr für die Eindringlinge zu bedeuten, aber er wusste nicht genau, ob ihm das recht war oder nicht. Die Ungewissheit nagte an ihm, und er verspürte wieder jenen eigentümlichen Nervenkitzel, das Kribbeln, das von höchster Anspannung und der Erwartung einer Auseinandersetzung kündete.

Fast wäre es ihm lieber gewesen, hier auf Widerstand zu stoßen, auf Rebellen, mit denen er sich in fairem Kampf messen konnte. Die Umstände des Einsatzes wurden immer rätselhafter. War die Station verlassen, oder sollten sie in eine Falle gelockt werden? Und hatten Duunill und der Verräter ihnen tatsächlich die ganze Wahrheit gesagt?

Anstelle einer Werft hatten sie jedenfalls eine Varsonikzentrale gefunden. Wie unschwer zu erkennen war, bestand sie aus Nodronentechnik, doch zahlreiche eher unkonventionelle Bauteile und Verbindungen wiesen darauf hin, dass sie wohl tatsächlich von Rebellen errichtet worden war.

Einen Moment lang stand Axx ziemlich ratlos da. Die Varsoniken konnten sich als wahre Goldgrube erweisen, falls es ihnen gelang, sie in Betrieb zu nehmen. Andererseits aber war es denkbar, dass sämtliche Alarmglocken zu schrillen anfingen, wenn sie sie aktivierten.

Jurzka winkte aufgeregt. Er hatte etwas entdeckt und deutete auf ein Diagramm, das an der Wand hing. Es zeigte einen detaillierten Aufriss der Station.

Die Zentrale befand sich genau in der Mitte. Um sie herum waren eine Anzahl kleinerer Räume angeordnet.

Das war alles. Nichts, was auch nur im Entferntesten an eine Werft erinnerte.

Axx ließ den Blick über die anderen gleiten und dann auf Jundaii verharren. Was wurde hier gespielt? Hatte der Verräter sie belogen? Waren sie auf einer falschen Spur? Gab es diese Werft etwa gar nicht?

Er fluchte lautlos. Das Gefühl, in eine Falle gelockt zu werden, wurde immer stärker.

Aber Spekulationen halfen ihm im Augenblick auch nicht weiter. Und die Flinte ins Korn zu werfen konnte er sich schon gar nicht leisten. Jurzka wartete wahrscheinlich nur darauf, dass er Führungsschwäche an den Tag legte, um ihm seine Position streitig machen zu können.

Er sah verstohlen Ankya an. Täuschte er sich, oder schaute die junge Frau in diesem Sekundenbruchteil von dem anderen Are'Sam zu ihm? Schätzte sie ihn ab? Verglich sie ihn mit dem gleichrangigen Konkurrenten?

Er musste handeln, durfte sich das Heft nicht aus der Hand nehmen lassen. Wenn er sich nicht an die Varsoniken wagte, gab es nur eine Möglichkeit. Sie mussten weitere Informationen sammeln.

Er unterteilte das Team mit einigen Gesten in kleine Gruppen und deutete auf die verschiedenen Türen, die aus der Zentrale führten. Jurzka schaute verdrossen drein, Ankya nickte – und hielt inne, als die Luft von einem hell klingenden Summen erfüllt wurde.

Axx dachte sofort an einen aufgescheuchten Raubinsektenschwarm, der sich rasend schnell näherte. Er schaute sich um, konnte jedoch nichts Auffälliges entdecken. Trotzdem hob er den Kombistrahler. Aus den Augenwinkeln sah er, dass die anderen es ihm gleichtaten.

Er gab ein Zeichen, und Jurzka und seine Levent'en verteilten sich schnell an strategisch ausgesuchten Stellen der Zentrale. Die schweren Waffen lagen schussbereit in ihren Händen.

Axx machte eine beschwichtigende Handbewegung. Ruhe bewahren, nichts überstürzen!

Ankya trat neben ihn und nickte.

Das Geräusch wurde lauter. Die Levent'en sahen sich nervös um, und Axx hoffte, dass er sich auf sie verlassen konnte. Aber es waren kampferfahrene Soldaten, die es nicht zum ersten Mal mit einem unbekannten Gegner zu tun hatten.

Hatte Duunill ihm zumindest versichert.

Die Maschinen in der Zentrale gaben noch immer kein Lebenszeichen von sich.

Was habe ich erwartet? Flackernde Lämpchen, die ein unheimliches Licht verbreiten? Lächerlich!

Ein kreischendes Geräusch, und eine der Türen öffnete sich. Axx schnellte herum, kniff die Augen zusammen, spähte in ein blaues Dämmerlicht, und drei bösartig summende Metallobjekte jagten in die Zentrale.

Sie waren etwa so groß wie seine Faust, und das misstönende Dröhnen verwandelte sich schlagartig in eine rhythmisch klingende Lautfolge. Axx sah das Unglück kommen, stand aber zu weit von den anderen, um noch etwas ausrichten zu können.

Jurzka und seine Leute rissen die Waffen hoch und drückten fast gleichzeitig ab. Das erste der drei Flugobjekte detonierte im konzentrierten Feuer der Kombistrahler. Trümmerstücke flogen durch die Zentrale. Eins raste haarscharf an Axx' Kopf vorbei und bohrte sich wie ein Schrapnell in eine Konsole, in der es rauchend stecken blieb. Der Are'Sam warf sich zu Boden, robbte hinter die Deckung einer anderen Varsonik. Er rollte sich auf den Rücken, riss den Strahler hoch, versuchte den zweiten Flugroboter ins Visier zu nehmen, aber er kam zu spät. Auch dieses Objekt explodierte mitten in der Luft, und Sekundenbruchteile später dann das dritte.

Erst als die Levent'en sicher waren, dass die fliegenden Roboter zerstört am Boden lagen, nahmen sie die Finger von den Abzügen.

Und in die zurückkehrende Stille hörten sie Axx Cokroides wütenden Schrei: »Ihr verdammten Idioten!«

»Hört doch mit dem sinnlosen Streit auf!«, sagte Ankya Fatichai. »Du weißt, dass du vorschnell gehandelt hast, Jurzka. Der Schaden ist angerichtet. Wir sollten lieber überlegen, was wir nun unternehmen wollen!«

»Das war ein verdammter Angriff«, beharrte Jurzka auf seinem Standpunkt. Sein Kopf war knallrot angelaufen. »Sollen wir uns von diesen Robotern in Scheiben schneiden lassen, nur weil dieser Are'Sam sich nicht entscheiden konnte?« Aber immerhin griff er Ankya nicht direkt an.

Irgendwie schien er die Frau zu schonen …

Axx bemühte sich, seinen Zorn im Zaum zu halten. Ihm entging nicht, dass sämtliche Levent'en sich unauffällig um ihn und den Gleichrangigen geschart hatten, und er wusste auch, dass er Jurzka diese Respektlosigkeit nicht durchgehen lassen durfte.

Er atmete tief durch und baute sich dicht vor dem Are'Sam auf. Keine fünfzig Zentimeter trennten ihn von ihm. Da Axx einige Zentimeter größer als der Kommandoführer war, musste Jurzka gezwungenermaßen zu ihm aufsehen. Ein weiterer Vorteil für den eigentlichen Anführer des Teams, und Axx war nicht bereit, auch nur einen Fußbreit Boden aufzugeben.

»Es ist meine Sache, wann und warum ich Befehle erteile«, sagte er leise, aber unbeugsam. »Mir ist auch egal, ob diese Befehle dir passen. Das können wir beide klären, wenn wir hier raus sind. Dann stehe ich dir gern zur Verfügung.«

Jurzka blähte die Wangen auf, hielt sich nur mühsam unter Kontrolle.

»Aber diese Sache hast du versiebt. Diese Flugkörper hätten uns weiterhelfen können, aber du musstest ohne ausdrücklichen Befehl drauflosballern! Du hast zum letzten Mal meine Befehle ignoriert. Ist das klar, Jurzka?«

Einen Augenblick lang sah es so aus, als wolle der bullige Kommandoführer sich auf Axx stürzen. Seine Hände öffneten und schlossen sich langsam, als würde er den Konkurrenten schon im Geist erwürgen. Zitternd vor unterdrückter Wut sah er sich um.

Die anderen mieden seinen Blick. Auch die ihm unterstellten Levent'en hatten begriffen, woher der Wind wehte.

Axx atmete tief ein. Diese Runde hatte er klar gewonnen.

»Verstanden«, stieß Jurzka zwischen zusammengebissenen Zähnen hervor. »Und auf das Angebot komme ich gern zurück.« Er drehte sich einmal um die eigene Achse und ließ den Blick durch die halb verwüstete Zentrale der Rebellenstation gleiten. Fast überall lagen kleinere oder größere Trümmer der zerstörten Roboter. »Wo ist also die Werft der alten Sartairer?«

»Gut.« Ohne ein weiteres Wort zu verlieren, wandte sich Axx ab. Er wusste genau, dass er sich soeben einen tödlichen Feind geschaffen hatte, aber im Moment gab es Dringenderes.

Er trat in die Mitte des Raums. »Wir trennen uns. Jurzka untersucht mit seinen Leuten eine Hälfte der Station, Ankya mit ihren die andere.« Er winkte je zwei Levent'en aus beiden Gruppen zu sich. »Ihr bleibt mit dem ... mit Jundaii in der Zentrale und versucht, die Varsoniken wieder in Betrieb zu nehmen. Wir brauchen jede Information, die wir kriegen können. Ach ja, und achtet gut auf unseren neuen Freund. Wir wollen nicht, dass ihm etwas zustößt oder er sich ... verläuft.«

Ein Blick in die grimmigen Gesichter der Männer verriet ihm, dass sie ihn verstanden hatten.

Wortlos drehte Jurzka sich um und marschierte zu der Tür, durch die die Roboter gekommen waren.

»Ich begleite deine Gruppe«, sagte Axx zu Ankya. »Obwohl ich mich nicht des finsteren Eindrucks erwehren kann, dass wir in einer Sackgasse gelandet sind.«

Ihr Mund verzog sich zu einem ironischen Lächeln. »Wieso habe ich gewusst, dass du dich mir und nicht Jurzka anschließen wirst?«

Er war plötzlich unsicher, zuckte mit den Achseln. Wie sollte er diese Bemerkung verstehen? Als Aufforderung – oder als Zurückweisung?

»Aber das hier ist eindeutig Rebellentechnik«, fuhr sie dann fort. »Die Art des Materials und der Technik lassen keinen Zweifel übrig.«

»Die Frage ist nur«, entgegnete Axx, »was es mit dieser Station wirklich auf sich hat.« Er ging zu einem anderen Schott.

Der Raum unterschied sich durch einige Besonderheiten von allen anderen, die sie bislang entdeckt hatten. Auf den ersten Blick stellte er eine Mischung aus Arbeitszimmer und Unterkunft dar, und in ihm herrschte im Gegensatz zu den anderen eine persönliche Atmosphäre, die durch eine gemütlich eingerichtete Ruhezone unterstrichen wurde.

»Hier hat bestimmt der Befehlshaber gewohnt«, sagte Ankya und ließ sich auf eine mit exotischen Fallen überhäufte Polstergarnitur sinken. »Und hier kann man es wirklich aushalten.«

Axx zögerte, es ihr gleichzutun. Seine Anspannung war zu groß. Er verstand nicht, wie die Frau so gelassen sein konnte.

Oder war ihre Ruhe nur gespielt? Machte sie ihm etwas vor? Wollte sie ihn gar provozieren? Oder ihm die kalte Schulter zeigen?

Er fluchte leise. Diese Gedanken lenkten ihn nur von seiner eigentlichen Aufgabe ab ... der Erkundung einer komplett ausgerüsteten Station der Rebellen. Sie hatten in den an die Zentrale grenzenden Räumen einiges gefunden, eigentlich mehr, als er erwartet hatte. Unterlagen über geheime Basen der Rebellen, Aufmarschpläne. Geräumige Ruheräume für Mannschaften und Bedienungspersonal wechselten sich mit prall gefüllten Arsenalen voller Waffen und anderer Ausrüstungsgegenstände ab.

Axx wusste schon bald nicht mehr, worauf er seine Aufmerksamkeit zuerst richten sollte. Sie hatten genug Material gefunden, um die Generalstäbe der Son'Troketes des Empire für die nächsten Jahre zu beschäftigen.

Trotzdem machte sich in ihm ein immer stärker werdendes Gefühl der Unzufriedenheit und des Unbehagens breit.

Von einer Werft hatten sie keine Spur entdeckt.

»Ja, der Raum wirkt sehr privat«, stimmte Axx ihr zu und betrachtete skeptisch eine kleine Statue, die mit zahlreichen Kristallen verziert war. Je nach Blickwinkel veränderte sich die Farbe des Gebildes. »Das gehört bestimmt nicht zur Standardausstattung eines Mannschaftsquartiers.«

Ankya kämpfte sich aus den Polstern und ging zu einem großen Tisch. Die breite Arbeitsfläche war leer und völlig staubfrei. »Hier war wieder unsere fleißige Putzfrau am Werk«, sagte sie nachdenklich. »Alles sauber. Es sieht so aus, als würde der rechtmäßige Besitzer jeden Augenblick zurückerwartet.«

»Vielleicht trifft das ja auch zu«, überlegte Axx laut, während er in einem Wandschrank stöberte, der mit zahlreichen Kleidungsstücken gefüllt war. »Hier stimmt etwas nicht.« Das Gefühl war in ihm zur Gewissheit geworden, auch wenn er noch keine Beweise dafür hatte. »Vielleicht ist diese Station eine einzige Falle. Und nicht nur die Station, sondern ganz Sartaire ...«

»Du meinst ...« Ankya setzte sich auf die Tischplatte und ließ die langen Beine baumeln.

»Man schickt uns in diese Station, angeblich, um eine Werft zu sichern, und was finden wir? Nicht verifizierbare Informationen in Datenspeichern, unbrauchbare Varsoniken, aber keine Raumschiffe oder Superwaffen.« Er dachte angestrengt nach. »Und das alles, weil ein elender Verräter, der angeblich selbst nicht mehr weiß, irgendwelche vagen Gerüchte kolportiert?« Er schüttelte den Kopf.

»Aber was für einen Zweck soll das alles haben?«

Axx schloss den Wandschrank und zuckte mit den Achseln. »Was weiß ich? Bisher haben wir jedenfalls keine Werft gefunden. Und das kommt mir nur logisch vor. Das ist das Schlimmste an der ganzen Sache.«

»Wieso?«

»Überleg doch mal! Wieso haben Duunills Vorgesetzte die Angaben des Verräters nicht überprüft? Es muss doch Mittel und Wege geben, ihn zum Sprechen zu bringen, alles aus ihm herauszuholen, was er weiß. Warum schickt man uns mit so spärlichen Informationen in die Station?«

Ankya glitt geschmeidig vom Tisch herunter. Sie wirkte plötzlich angespannt und zu jeder Reaktion bereit. »Ich glaube, wir sollten hier schleunigst verschwinden.«

»Ja. Wenn es dazu nicht schon zu spät ist. Man hat uns mittlerweile eindeutig als Eindringlinge identifiziert. Ich verstehe nicht, dass man noch nicht gegen uns vorgegangen ist.«

Sie sah ihn nachdenklich an. »Wer sagt denn, dass das noch nicht geschehen ist? Aber du hast Recht ... Ziehen wir uns zurück! Und zwar so schnell wie möglich.«

Axx setzte sich in Bewegung. Aber in seinen Ohren klangen Ankyas Worte wie ein düsteres Omen. Wenn es dazu nicht schon zu spät ist ...

Als Axx und Ankya die Zentrale betraten, hatte sich dort schon fast das ganze Team versammelt. Nur einige von Orser Jurzkas Leuten fehlten noch.

Der Are'Sam sah ihn an. Lauernd und berechnend, wie Axx fand. »Was soll nun geschehen?«, fragte er. »Irgendwelche Befehle?«

Axx ignorierte ihn und sah sich um. »Wir ziehen uns an die Oberfläche zurück. Wer fehlt noch?« Erst da fiel es ihm auf. »Wo ist Jundaii?«

»Er hat eine wichtige Entdeckung gemacht und wollte ihr nachgehen.«

Axx spürte, wie der Zorn in ihm emporstieg. War das ein weiterer Versuch Jurzkas, seine Autorität zu untergraben? »Ich habe ausdrücklich befohlen, dass er hier in der Zentrale bleiben soll!«

»Du hast auch befohlen, die Varsoniken wieder in Betrieb zu nehmen. Wir brauchen jede Information, die wir kriegen können, hast du gesagt. Oder etwa nicht? Außerdem sind zwei meiner Leute bei ihm und achten darauf, dass ... ihm nichts geschieht!«

Axx zögerte. Natürlich war das eine neuerliche Provokation, aber er musste sich vorwerfen lassen, keine eindeutigen Anweisungen gegeben zu haben. Diesen Fehler würde er nicht noch einmal machen. »Was habt ihr entdeckt?«, fragte er barsch.

Der bullige Are'Sam zuckte mit den Achseln. »Nichts von Bedeutung, soweit ich es erfassen kann. Zahlreiche Unterlagen, aber keine Spur einer Werft.«

»Also liegt der Schluss nahe, dass es gar keine Werft gibt«, sagte Axx und warf Ankya einen bedeutungsvollen Blick zu.

Sie ignorierte ihn.

Täuschte er sich, oder hing ihre Reaktion damit zusammen, dass Jurzka in der Nähe war? Er hatte den Eindruck, dass sie in dessen Gegenwart stets fast abweisend zu ihm war, jedenfalls ganz anders als sonst, wenn sie allein waren.

»Völlig falsch!«

Axx sah zur Tür. Flankiert von zwei Levent'en kam Jundaii schnellen Schrittes in die Zentrale zurück. Axx fiel sofort der besorgte Gesichtsausdruck des Verräters auf. Der Sartairer wirkte auch nicht mehr unbeteiligt, fast desinteressiert wie zuvor, sondern geradezu aufgewühlt. Seine Bewegungen wirkten hektisch und ruckartig.

»Meine Informationen sind hieb- und stichfest!«, sagte der Verräter. Seine Stimme schien sich fast zu überschlagen. »Dafür lege ich meine Hand ins Feuer!«

»Autsch«, murmelte Ankya leise, und trotz des bislang niederschmetternden Ergebnisses ihres Einsatzes musste Axx verstohlen grinsen.

Axx musterte den Sartairer mit zusammengekniffenen Augen. »Was wird hier gespielt?«

Jundaii schien ihn gar nicht gehört zu haben. »Ich habe die Daten immer wieder überprüft, und ein ganzes Team ausgesuchter Spezialisten stand mir dabei zur Seite. Nein, hier gibt es eine Werft! Es muss eine geben! Vielleicht ist sie sogar genau unter uns.«

»Wieso bist du dir so sicher? Oder hoffst du das nur?«

»Warum fragst du mich das?«

»Weil du dir gar nicht so sicher warst, was für Geheimnisse diese Station birgt, als Duunill dich zu uns gebracht hat.«

»Ich ...« Der Verräter zögerte kurz. »Ich habe keine eindeutigen Beweise, aber ich bin mir völlig sicher. Es gibt hier eine Werft!«

»Und wo?« Axx zeigte auf das Diagramm der Station. »Oder gibt es etwa noch verborgene Etagen?«

Der Blick, den Jundaii ihm zuwarf, kündete von solcher Verzweiflung, dass Axx geneigt war, dem Verräter Glauben zu schenken. Er bezweifelte noch immer, dass der Sartairer mit offenen Karten spielte und ihnen die volle Wahrheit gesagt hatte. Aber auf jeden Fall hatte der Mann etwas herausgefunden, das ihn zutiefst erschüttert hatte.

»Ich glaube dir nicht«, sagte er. »Du verschweigst uns etwas.« Um seinen Worten Nachdruck zu verleihen, legte er die Hand auf den langen, braunen Schaft seiner Peitsche.

Jundaiis Blick flackerte. Der Verräter kaute kurz auf seiner Unterlippe.

Axx ließ die Hand auf und ab gleiten.

»Hilft uns das jetzt weiter?«, sagte Ankya in die gespannte Stille hinein.

»Im Moment nicht«, gestand Axx ein. »Also, Jundaii?«

»Ich habe etwas entdeckt, das mir gar nicht gefällt. Das ich mir nicht erklären kann.«

»Mach es nicht so spannend, Verräter. Also?«, wiederholte Axx.

Jundaii zögerte kurz. »Um es ganz einfach auszudrücken: Die Varsoniken in der Zentrale sind tot.«

Axx runzelte die Stirn. »Und? Das habe ich auf den ersten Blick festgestellt. Erkläre das genauer.«

Zur Angst in Jundaiis Blick gesellte sich echte Besorgnis. »Nun, sie arbeiten nicht. Keine Energie. Kulisse. Zweck unbekannt. Aber meinen Informationen zufolge gibt es in dieser Station eine Varsonik.«

Ankya strich mit der Hand über eine Konsole. »Und wer hat hier alles in Schuss gehalten? Wer hat diese Roboter geschickt? Waren das etwa Reinigungsmaschinen?«

Der Sartairer schüttelte den Kopf. »Auf keinen Fall. Das waren Kampfmaschinen.«

»Jurzka hat zwar ganze Arbeit geleistet und von den Robotern nicht viel übrig gelassen«, warf Axx ein, »aber ich wage zu behaupten, dass sie nicht aus eigenem Antrieb in die Zentrale geflogen sind. Und ausgerechnet zu diesem Zeitpunkt ...«

»Aber das würde bedeuten ...« Ankya ließ den Rest des Satzes unausgesprochen.

»Richtig. Es gibt hier irgendwo über uns oder unter uns noch eine Rebellenvarsonik. Und die ist alles andere als eine Attrappe.« Axx schlug wütend mit der Faust gegen die Wand. »Man hat uns getestet. Und wir haben es nicht mal bemerkt!«

»Und sind durchgefallen«, sagte Jurzka. »Andererseits jedoch ... Die ganze Station ist eine wahre Fundgrube! Wir werden auf Monate beschäftigt sein, alle Daten auszuwerten!«

»Das kann warten«, sagte Axx. »Wir gehen. Die Mannschaft ist vollzählig.«

»Das ist doch nicht dein Ernst«, knurrte Jurzka. »Mit den Unterlagen, die wir hier finden, können wir uns endlich ein genaueres Bild von den Rebellen machen. Und ...«

Und wenn diese Unterlagen allesamt gefälscht sind?, dachte Axx. »Das kann warten«, wiederholte er. »Jetzt kommt.«

Jurzka schüttelte stur den Kopf und stemmte die Arme in die Seiten.

Jetzt reichte es Axx. Wenn der Are'Sam erneut seine Autorität untergraben und nicht freiwillig mitkommen wollte, ging es auch anders. Sie alle schwebten in Gefahr.

»Ich sage es nicht noch einmal.« Er machte einen Schritt auf Jurzka zu – und trat ins Leere. Mit einem Mal war der Boden unter seinen Füßen verschwunden.

Axx schnappte nach Luft, kam gar nicht dazu, einen Schrei auszustoßen. Bei seinem Atemzug schien eine eiskalte Hand nach seinem Herz zu greifen. Einen Moment lang drehte sich die Welt um ihn.

Jetzt ist es so weit!, durchzuckte es ihn. *Jetzt schlagen sie zu. Jetzt sind wir verloren!*

Er stürzte in undurchdringliche Dunkelheit, wusste nicht mehr, wo oben und unten war.

Dann erfolgte der Aufprall, der von einem stechenden Schmerz im linken Arm begleitet wurde. Unwillkürlich schrie er auf und griff instinktiv mit der gesunden Hand nach dem verletzten Oberarm.

Das hätte er besser nicht getan, denn der Fall ging weiter. Er war auf eine schräge Fläche geprallt und rutschte mit zunehmender Geschwindigkeit in die Tiefe. Hals über Kopf überschlug er sich. Verzweifelt versuchte er, seinen Körper zu stabilisieren.

Ohne Erfolg. Ständig schlug sein verletzter Arm gegen den harten Untergrund, bis ihm die Sinne zu schwinden drohten.

Er spreizte die Beine und stemmte sie gegen die Wände des Schachts oder der Röhre, durch die er fiel, und es gelang ihm tatsächlich, den Sturz etwas zu bremsen. Es dauerte eine Weile, bis diese Tatsache von seinem Bewusstsein aufgenommen wurde und der flammende Schmerz in seinem linken Arm sich auf ein erträgliches, aber beständiges Pochen reduzierte.

Dann kam der Aufprall. Axx stöhnte laut, so hart war er. Aber er hatte Glück im Unglück. Er kam nicht auf dem verletzten Arm zu liegen, sondern landete auf beiden Füßen. Die Wucht ließ ihn in die Knie gehen. Instinktiv rollte er sich ab.

Keuchend kam er wieder auf die Beine. Er kämpfte gegen den Schmerz an, der sich von seinem Arm nun durch den gesamten Körper ausbreitete. Mit der gesunden Hand aktivierte er das Infrarotvisier und die Funkanlage seines Helms, dann tastete er nach dem Kombistrahler, den er während des Sturzes verloren hatte.

Nichts. Er fühlte nur kalten Boden unter seinen Fingern.

Er hielt inne, rührte sich nicht. Die Infrarotanlage baute nur langsam ein Bild auf. Er konnte nur hellere und dunklere Schlieren ausmachen.

Aber da war ein Geräusch … ein metallisches Scharren, vielleicht fünfzehn, zwanzig Meter entfernt. Und es schien lauter zu werden, näher zu kommen.

Er fluchte leise und griff mit der unverletzten Hand in eine Tasche seiner Uniformjacke, riss eine Handfeuerwaffe hervor.

»Komm schon!«, flüsterte er. Das Infrarotvisier schien sein Flehen zu erhören. Ein hellerer Schatten tastete sich zu ihm heran, nein, zwei. Axx erkannte nicht genau, worum es sich handelte, doch ihm genügte die Tatsache, dass sie sich bewegten.

Er entsicherte die Waffe.

Keine Sekunde zu früh. Aus der Finsternis schnellten zwei peitschenähnliche Stahltentakel auf ihn zu. Ohne das Visier hätten sie ihn mühelos gepackt. Axx warf sich zur Seite und schoss. Der eine Tentakel wurde in der Mitte durchtrennt, während der andere nur um Zentimeter an seiner Schulter vorbeipfiff.

Ehe Axx erneut feuern konnte, zog der Metalltentakel sich wieder zurück. Das Infrarotvisier bildete die Greifarme nur schemenhaft ab. Er konnte nicht erkennen, woher sie gekommen waren.

Als er erneut ein Geräusch hörte, diesmal ein dünnes Pfeifen, war es zu spät. Sein unsichtbarer Gegner hatte die Position gewechselt und griff von der Seite an. Axx schrie auf, als sich mit einem schmerzhaften Ruck der Tentakel um seinen Oberkörper wickelte und seine Arme an die Seite drückte. Er konnte nicht einmal den Strahler heben. Die Waffe fiel aus seinen kraftlosen Fingern und prallte scheppernd auf den Boden.

Er versuchte, sich zur Seite zu werfen, aber der eiserne Greifarm hielt ihn unbarmherzig fest und verstärkte den Druck. Axx spürte, wie ihm langsam die Luft aus den Lungen gepresst wurde. Er wappnete sich innerlich gegen den zu erwartenden Ruck, der ihn unweigerlich von den Beinen holen musste.

Doch die heftige Bewegung blieb aus. Axx schrie auf, als ein glutroter Strahl die Finsternis zerteilte und den metallenen Tentakel keine zwanzig Zentimeter vor ihm durchtrennte.

Und atmete dann tief durch, als eine nur zu vertraute Stimme durch die Dunkelheit hallte. »Dich kann man auch keinen Moment lang allein lassen, Axx.«

Ankya Fatichai!

Die Are'Sam stieß den leblosen Robottentakel mit dem Fuß aus dem Weg. »Das hätte leicht ins Auge gehen können.«

»Es ist ins Auge gegangen«, sagte Axx. »Wir haben nicht schnell genug reagiert. Jetzt sind wir von den anderen getrennt und auf Gedeih und Verderb der Varsonik ausgeliefert, die hier alles unter Kontrolle hat. Kein angenehmer Gedanke.«

»Nein. Aber wir können es im Augenblick nicht ändern. Lass mal sehen.« Sie kniete neben ihn, öffnete vorsichtig seine Uniformjacke und streifte behutsam den Ärmel zurück.

Axx stöhnte vor Schmerz auf.

»Du hast Glück gehabt«, sagte Ankya schließlich. »Scheint ein glatter Bruch zu sein. Tut es weh?«

Axx knurrte etwas zwischen zusammengebissenen Zähnen.

»Glaub ich gern«, meinte Ankya und half ihm wieder in die Jacke. Sie holte ihr Erste-Hilfe-Set hervor und injizierte ihm ein schmerzstillendes Medikament, das gleichzeitig als Kreislaufstabilisator fungierte.

Axx' Gesicht bekam wieder etwas Farbe. »Wo sind wir hier gelandet?«

Sie lachte humorlos. »Das wüsste ich auch gern. Verdammt, musste das passieren?«

Axx enthielt sich jeder Antwort. Was hätte er auch sagen sollen? »Hoffentlich sind die anderen ebenfalls so glimpflich davongekommen.« Er deutete auf den gebrochenen Arm, den Ankya gerade provisorisch schiente.

»Das nennst du glimpflich?« Sie beendete ihre Arbeit und überprüfte den Verband mit einer kräftigeren Bewegung, als es eigentlich nötig gewesen wäre. »Geht es so?«

Er biss die Zähne zusammen. »Wir hätten tot sein können.«

Sie befestigte den geschienten Arm an Axx' Waffengürtel. Er stand vorsichtig auf; nun stöhnte er unterdrückt. »Verdammt, ich fühle mich, als hätte mich ein Bodengleiter überrollt.«

Ankya runzelte verständnislos die Stirn.

»Hast du noch nie von dieser Welt gehört?«, fragte er und winkte dann ab. »Schon gut. Vergiss es. Bei Gelegenheit erkläre ich es dir. Es geht schon. Es muss gehen.«

»Gut.« Er griff mit der unverletzten Hand in eine Tasche seiner Montur, zog die Hand wieder heraus, streckte den Arm aus, als wolle er sie berühren. »Danke.«

Sie trat einen Schritt zurück, als wolle sie der Berührung ausweichen, drehte sich dann um. Seine Hand streifte lediglich ihre Schulter.

Axx sah sich um. Sie standen in einer großen, fast leeren Halle. Hinter ihnen befand sich die Rampe, die sie hierher befördert hatte.

»Da kommen wir nie rauf«, stellte er fest. »Aber da hinten scheint es einen Ausgang zu geben. Sieht aus wie ein Schott. Vielleicht lässt es sich öffnen.«

»Und wenn nicht?«

»Werden wir hier verrotten.« *Keine gute Alternative, Axx!*

»Also los! Mal sehen, was sich die Varsonik noch alles für uns ausgedacht hat. Ich fürchte, es wird uns nicht gefallen.«

»Falls es diese Varsonik überhaupt gibt.« Axx versuchte, den Schmerz in seinem Arm zu ignorieren; trotz des Medikaments gelang es ihm nicht vollständig. »Außerdem … Varsoniken müssen programmiert werden. Warum sollten die Rebellen diese Station mit zwei Varsoniken ausgerüstet haben, von denen eine nur eine Attrappe ist? Um zwei Dutzend Noy der Zwillingsgötzen in eine Falle zu locken? Das ergibt doch nicht den geringsten Sinn. Nein, hier stimmt etwas nicht.«

Ankya nagte an ihrer Unterlippe und nickte dann düster. »Ich kann mich deinen Argumenten nicht entziehen. Und in einem Punkt gebe ich dir Recht: Ich sehe nicht den geringsten Sinn darin.«

»Aber es hilft alles nichts, wir müssen hier raus. Wenn wir uns freikämpfen, können wir den anderen vielleicht helfen.« *Und hinter das Geheimnis dieser Station und dieser seltsamen Mission kommen,* fügte er in Gedanken hinzu, denn dem galt nun sein eigentliches Interesse. *Und wenn ich dabei mein Leben verlieren sollte – ich will erfahren, was hier gespielt wird.*

Ankya atmete tief ein. »Worauf wartest du?« Sie nickte ihm aufmunternd zu.

Axx ging langsam los. So schwer es ihm auch fiel, er versuchte, sich auf seine Umgebung zu konzentrieren. Er nahm sie nur verschwommen wahr, wie durch einen Filter, der sämtliche Helligkeit unnatürlich dämpfte.

Seine Partnerin blieb einige Schritte links hinter ihm zurück. So konnte sie ihn decken und ihm, wenn nötig, den Rücken freihalten – eine altbewährte Strategie, die sie schon in den ersten Tagen ihrer Ausbildung eingeübt hatten.

Noch immer vermochte Axx lediglich dank seines Infrarotvisiers zu sehen; es herrschte fast völlige Finsternis. Er konnte nicht einmal abschätzen, wie groß der Raum war, in den es sie unfreiwillig verschlagen hatte.

Unvermittelt tauchte eine graue Mauer vor ihm auf, ein Wall aus etwas dunkleren Schwaden als denen, die sein Sichtfeld bestimmten. »Eine Wand«, murmelte er und kniff die Augen zusammen.

Er hatte dem Umstand, dass Nodronen schlechtere Augen als die meisten anderen Völker Vaaligos hatten, nie große Bedeutung beigemessen. Ihre Fernsicht war nicht besonders gut, und sie konnten weniger Farben voneinander unterscheiden als Angehörige anderer Spezies. Diese Tatsache machte sich zwar kaum im Alltag, aber doch in Grenzsituationen wie dieser bemerkbar.

Jetzt wünschte er sich, dem wäre nicht so.

Vor ihm schien sich tatsächlich eine fugenlose, durchgehende Fläche zu erstrecken. Vorsichtig näherte er sich ihr, bis er sie berührte. »Mal sehen, welche Form unser Gefängnis hat«, murmelte er, hauptsächlich, um sich selbst Mut zu machen, und tastete sich mit der linken Hand an der Wand entlang. Ankya hielt einen Meter Abstand und folgte ihm.

Die Handschuhe behinderten ihn zwar, aber Axx glaubte nach einigen Metern trotzdem, eine Fuge zu ertasten. »Hier ist etwas«, murmelte er. »Vielleicht ein Schott!«

»Sei vorsichtig«, sagte Ankya, doch ihre Worte wurden schon von einem dumpfen Grollen überdeckt. Axx spürte eine Bewegung und sprang zurück. Eine gleißende Lichtflut schien über ihn hinwegzuspülen.

Er riss die Hände vors Gesicht, um nicht geblendet zu werden, aber es war bereits zu spät. Die ausgefeilte Technik der Infrarotvisiere, die es ihm ermöglichte, in der Dunkelheit des Raums zu sehen, konnte die plötzliche Helligkeit nicht dämpfen. Einen Moment lang war Axx praktisch blind.

Er zwang sich, die Augen wieder zu öffnen. Unter einem Tränenschleier machte er eine wuchtige Maschine aus, die sich aus dem gerade geöffneten Schott schob. Ein Kampfroboter, über zwei Meter groß, und hinter ihm zeichnete sich der Umriss eines zweiten ab.

Axx stieß noch einen Warnschrei aus, doch schon eröffneten beide Roboter das Feuer. Eine todbringende Energieflut peitschte Axx und Ankya entgegen. Er machte sie als grelles Licht inmitten einer verschwommenen, grauen Umgebung aus.

Er reagierte instinktiv. Blindlings warf er sich vor, krümmte sich zusammen und rollte sich ab. Der Strahl verfehlte ihn um Zentimeter. Ehe der Kampfroboter das Ziel erneut anvisieren konnte, kam Axx wieder auf die Füße und warf sich zur Seite, noch vom Schwung seiner Rolle getragen.

Er war noch immer so gut wie blind. Rote Schlieren tanzten vor seinen tränenden Augen. Die Automatik des Infrarotvisiers schien ausgefallen oder zumindest gestört zu sein; jedenfalls reagierte sie nicht schnell genug, und so hatte Axx das Gefühl, als würde er in rabenschwarzer Nacht unvermittelt in eine explodierende Sonne blicken.

Er hoffte kurz, dass Ankya etwas mehr Glück als er gehabt hatte. Da sie einige Schritte hinter ihm gestanden hatte, musste sein Körper einen Großteil des Lichts von ihr abgeschirmt haben. Sie musste zwar auch geblendet worden sein, vielleicht aber nicht im gleichen Ausmaß wie er. Und vielleicht würde dieser Umstand ihr Leben retten.

Schemenhaft sah Axx die beiden Kampfroboter, die noch immer auf sie schossen. Und aus dem Augenwinkel erhaschte er einen Blick auf Ankya. Kaltblütig kauerte sie sich nieder, um ein kleineres Ziel zu bieten. Gleichzeitig riss sie den Handstrahler aus dem Gürtel und feuerte.

Und traf.

Der erste Hochenergiestrahl durchbohrte das breite Brustteil des Kampfroboters und zerstörte wichtige Aggregate im Inneren der Maschine. Der zweite Schuss gab dem Roboter den Rest. Etwas explodierte in ihm; Trümmer flogen, und die Kampfmaschine kippte langsam, wie in Zeitlupe, zur Seite und schlug dann krachend auf dem Boden auf.

Axx blieb auch nicht untätig. Als er sich zur Seite warf, prallte er fast gegen den zweiten Kampfroboter. Er streifte die Maschine mit dem linken Oberschenkel, kam dann auf dem Rücken zu liegen. Trotz des Schmerzmittels schien der gebrochene Arm glühende Lava durch seinen gesamten Körper schießen zu lassen.

Der Kampfroboter folgte seinen Bewegungen und drehte sich auf der Stelle, bis seine eingebauten Waffen ihr sich windendes Ziel erneut anvisiert hatten. Diese Sekundenbruchteile genügten Axx. Obwohl er noch immer kaum etwas erkannte, hatte er sich eingeprägt, wo sein Gegner stand. Mehr noch, irgendwie schien er es zu ahnen, mit einer instinktiven Sicherheit, die ihn selbst überraschte, als verfüge er in dieser kritischen Situation über einen sechsten Sinn, dessen einziges Interesse sein Überleben war.

Schon längst hatte er die Waffe gezogen. Er erwiderte das Feuer. Der erste Schuss verfehlte den Roboter, erhellte die Umgebung aber so weit, dass er die Umrisse einer massigen Gestalt ausmachen konnte.

Der nächste Schuss saß.

Der Strahl fuhr in den »Unterleib« des humanoiden Roboters. Einen Moment lang geschah gar nichts, doch dann kam es zu einer Explosion, die den gesamten Torso zerfetzte. Trümmer schossen durch die Luft, und der zweite Kampfroboter teilte das Schicksal seines Gefährten und sackte in sich zusammen, praktisch nur noch aus Armen, Beinen und Kopf bestehend.

Das war zu einfach, fand Axx. Wieso verfügten die Kampfmaschinen nicht über Schutzschirme? Zwar konnten 5-D-Schirme bei kleinen Objekten wie Beibooten oder auch Kampfrobotern in dieser Größe nicht mehr mit Energie versorgt werden und waren somit nicht praktikabel, doch ein konventioneller Schutzschirm hätte es hier auch getan.

Als rauchendes Wrack schlug der Roboter auf dem Boden auf.

Axx atmete tief durch.

»Das war knapp«, vernahm er Ankyas Stimme.

Nur langsam gewöhnten sich seine Augen wieder an die Dunkelheit des Raums, die von dem durch das Schott fallenden Licht nicht mehr erhellt wurde. In der Infrarotortung zeichneten sich die Trümmer des Roboters als hell leuchtende Illuminationspunkte ab, aber der Rest der Örtlichkeit schien weiterhin aus wabernden Schlieren zu bestehen.

Und warum versagt die Anzugtechnik genau im entscheidenden Augenblick?

Ankya stieg vorsichtig über die beiden zerstörten Kampfroboter hinweg. Langsam schien sich ihr Blick zu klären. »Ungebräuchliche Modelle«, sagte sie. »Rebellentechnik. Die Blechkumpel haben annähernd humanoide Form. Zwei Arme, zwei Beine. Allerdings bewegen sie sich auf Rollen. Die sind bestimmt ganz schön flink, nicht wahr, Axx?«

Er stöhnte unterdrückt. »Im Moment ist mir das ziemlich egal.« Er richtete sich auf dem Boden in eine sitzende Position auf und nahm seinen Kampfhelm ab. Vorsichtig betastete er seine Augen, blinzelte mehrmals, um Tränenflüssigkeit abzusondern.

Ankya kniete neben ihm nieder und nahm seinen Kopf in beide Hände. »Lass mal sehen. Scheint aber alles in Ordnung zu sein … Augenblick mal.« Sie kramte aus einer Tasche eine kleine Stablampe hervor und hielt sie vor sein Gesicht. Auf ihren Fingerdruck leuchtete die Lampe auf.

Axx zuckte zurück. »Bist du verrückt geworden?«

»Keinesfalls«, entgegnete Ankya. Sie klang irgendwie zufrieden. »Deine Pupillen reagieren. Die Blendung scheint keine bleibenden Schäden verursacht zu haben. Mach einfach kurz die Augen zu.«

Axx tat wie geheißen. Die wild umherhuschenden Funken und Sterne beruhigten sich langsam, und als er die Augen aufschlug, konnte er schon viel besser sehen. Er setzte den Helm wieder auf und erhob sich mühsam. Die Schmerzen in dem verletzten Arm wogten auf und ab, ließen aber nicht nach.

»Gehen wir nach rechts oder nach links?«

Axx starrte in das gleißende Licht. Nach einer Weile gewöhnten seine Augen sich an die Helligkeit. Er konnte einen Korridor ausmachen, der sich nach wenigen Metern gabelte. Zuvor beschrieb er einen leichten Bogen, und es war nicht auszumachen, wohin er führte.

»Spielt das eine Rolle?«, sagte er. »Wir müssen einen Weg an die Oberfläche finden, und im Moment sieht es so aus, als führten alle Wege dorthin. Dabei dürfen wir nur nicht den … Drahtziehern in die Hände fallen.« Er seufzte leise. »Wenn ich bloß wüsste, was hier gespielt wird.« Sein Gesicht war plötzlich hart und verschlossen.

»Ich weiß, was du meinst«, sagte Ankya, und plötzlich erkannte er, dass es Liebe auf den ersten Blick gab. Nicht nur ihre körperlichen Reize zogen ihn an. Zum ersten Mal in seinem Leben war er überzeugt davon, dass eine geistige Einheit zwischen Mann und Frau existierte, die alles andere in den Schatten stellte. Die Verheißung bot und Erfüllung gab.

Zum ersten Mal in seinem Leben fühlte er sich nicht allein.

Ihre nächsten Worte bestätigten seine tiefsten Gefühle.

»Du sorgst dich um die anderen. Du weißt, dass sie sich im Ernstfall nicht so gut wehren können. Dazu fehlt ihnen einfach die Voraussetzung und die Ausbildung. Aber dich trifft keine Schuld. Wer kann denn schon ahnen, dass das Wachsystem der Station so reagiert und uns praktisch entführt. Ich frage mich wirklich, was dahintersteckt. Das ergibt doch alles keinen Sinn!«

»Du sprichst mir aus der Seele«, entgegnete Axx. »Aber du hast Recht. Darüber können wir uns später den Kopf zerbrechen. Erst einmal müssen wir sehen, dass wir hier herauskommen.«

Ankya hob eine Hand. »Was soll ich denn …?«

»Still«, sagte Axx. »Hörst du nichts?«

Ankya nickte. Jetzt hörte sie es auch.

Ein dumpfes Brummen näherte sich. Das Geräusch klang verzerrt, bedingt durch die eigentümliche Akustik der Metallwände.

Axx deutete nach links. Das Dröhnen kam eindeutig von dort.

Ankya überlegte kurz und nickte dann wieder. Der Gegner war im Anmarsch. Sie zog ihren Strahler und überprüfte das Energiemagazin.

Aber Axx schüttelte den Kopf. Er deutete in die entgegengesetzte Richtung. »Hier haben wir nicht genug Deckung.«

»Wer sagt dir, dass wir weiter hinten mehr Deckung finden? Und wenn wir in einer Sackgasse landen?«

»Das Risiko müssen wir eingehen. Komm!«

Ankya zögerte. Axx hatte schon mitbekommen, dass es ihr nicht leicht fiel, sich jemandem unterzuordnen. Der Umstand, dass er offensichtlich in sie verliebt war, machte ihr die Entscheidung auch nicht leichter. Sie waren ranggleiche Noy und ausgeprägte Persönlichkeiten. Das machte ihre Beziehung nicht unkompliziert.

Aber Ankya wusste auch, dass jetzt nicht der richtige Zeitpunkt war, um über so etwas zu debattieren. Obwohl sie nicht von der Richtigkeit von Axx' Idee überzeugt war, nickte sie und lief los.

Axx folgte ihr, lief locker und gleichmäßig, teilte seine Kräfte ein. Es war sinnlos, sich zu verausgaben. Wer konnte schon sagen, welche Gefahren noch auf sie warteten!

Das Dröhnen folgte ihnen. Der Korridor führte geradeaus, schien kein Ende zu nehmen. Axx warf einen Blick über die Schulter, konnte aber nichts Ungewöhnliches ausmachen. Anscheinend schienen die Verfolger es nicht eilig zu haben, sie einzuholen und zu stellen.

Als wären sie sich ihrer Opfer sicher …

Der Gang vollzog eine scharfe Kurve. Axx folgte ihr – und blieb abrupt stehen, fluchte unterdrückt und riss die Waffe hoch.

Vor ihm führte der Gang durch eine breite Öffnung in eine große Halle, in der zahllose Maschinen und Aggregate in verwirrender Anordnung standen, hier gewaltige Klötze, die offensichtlich zur Energieerzeugung dienten, dort Varsonikkonsolen zur Steuerung der Energieflüsse, im Prinzip ein idealer Ort, um sich zu verstecken oder zu verschanzen.

Aber ganz so einfach war es doch nicht. In dem Durchgang hatten sich drei Kampfroboter des gleichen Typs postiert, mit dem sie sich gerade noch ein Gefecht geliefert hatten.

Drohend streckten sich ihnen drei Waffenarme entgegen.

»Clansführer!«

Eine Ordonanz stand vor Cokroide, deren Namen ihm nicht geläufig war. Diesmal eine Frau. Kräftig, aber schlank; mit festem Fleisch, aber an den richtigen Stellen gut proportioniert.

An Pelmid reichte sie nicht heran, von Ankya ganz zu schweigen, aber vielleicht würde er sie trotzdem einmal in sein Bett holen, wie es ihm als Clansführer zustand.

»Ja?«

»Gellumern Dekvydt Skalkynme will dich unbedingt sprechen. In einer Angelegenheit von äußerster Dringlichkeit.«

Einen Augenblick lang wusste er überhaupt nicht, wen sie meinte, so fest hatte ihn die Vergangenheit noch im Griff, dann fiel es ihm wieder ein.

Einer der Sprecher der Karmuuch, natürlich ein Ultra-Techniker, also Inhaber des elften Tera-Grades. Das ließ auf Probleme schließen. Ultra-Techniker waren mit allen technischen Aspekten des Vaaligischen Schwarms vertraut; wenn sich nun einer direkt an ihn wand, statt den üblichen Weg durch die Instanzen einzuschlagen …

»Natürlich.« Er nickte. Der Herrscher über den Vaaligischen Sternenschwarm hatte für seine Untertanen stets ein offenes Ohr. Zumindest, solange sie ihm noch nützlich waren.

Zwei Leibwächter führten den Ultra-Techniker zu ihm. Die schmalen, verhornten Lippen der Echsen zitterten heftig, die unabhängig beweglichen, an den Seiten stehenden Kugelaugen drehten sich unablässig.

»Störungen!«, sagte der Inhaber des elften Tera-Grades. »Störungen an über alle Maßen neuralgischen Punkten des Schaltplaneten Balance A!«

»Was für Störungen?«, fragte Cokroide.

Der Karmuuch war so erregt, dass er seine Zurückhaltung vergaß und eine Mimikry-Nachahmung des Gesichts seines Gegenübers versuchte. Eigentlich galt dies als Zeichen der Aufmerksamkeit, und andere Echsenwesen wurden dabei ziemlich gut nachgeahmt, Nodronen jedoch nicht so sehr. Daher verzichteten die Karmuuch bei humanoiden Gesprächspartnern zunehmend auf diese Geste.

Cokroide schüttelte angewidert den Kopf. Sein *Spiegelgesicht* wirkte verzerrt, ja lächerlich.

»Die Störungen sind unerklärlich.« Gellumern Dekvydt Skalkynmes abgehackte Sprechweise kündete von völliger Ratlosigkeit; soweit kannte der Clansführer die Karmuuch.

»Kümmern sich deine Techniker darum?«

»Natürlich. Aber … meine Techniker zeigen sich der Lage alles andere als gewachsen.«

Axx Cokroide seufzte. Er würde sich selbst um die Sache kümmern müssen.

»Aber das ist noch nicht alles«, fuhr Skalkynme fort. »Die Schaltvorgänge von Balance A, die per Relaisnetz selbst in die entlegensten Winkel des Vaaligischen Schwarms dringen, werden von einer unbekannten Instanz gestört …«

Ich bin Rindran Dennuga, ein Nodrone. Wir sind eines der Erbauer-Völker des Vaaligischen Schwarms. Wir sind im Schwarm für die unterschiedlichsten Aufgaben vorgesehen; in erster Linie werden wir aber als Ordnungsmacht des Schwarms und Betreiber der Schwarm-Wachflotte dienen.

Wir sind anders als die anderen, doch das gilt für uns alle. So unterschiedlich wir auch sind, gemeinsam werden wir etwas schaffen, das größer ist als die Summe seiner einzelnen Bestandteile.

Wir Nodronen sind eine der wenigen humanoiden Spezies in einer Galaxis, die von Intelligenzwesen echsenhafter oder insektoider Abstammung dominiert wird. Wir sind kräftige, geschmeidige Wesen mit olivfarbener Haut. Andere Völker sagen uns nach, dass wir uns an Körpergeruch wenig stören. Man spricht uns aber nicht direkt darauf an, dass wir nicht zu übertriebener Reinlichkeit neigen; das würde uns in unserer Ehre verletzen, und die ist uns heilig, wie die anderen Bewohner Vaaligos wissen.

Wir Nodronen unterscheiden in unserer Gesellschaft acht Stände. Die Kasho sind einfache Arbeiter, die Naketh Wissenschaftler und Technik-Experten. Findj ist die Bezeichnung für Mediziner, manchmal auch Schamanen und Wunderheiler, und Noy die für Krieger, Raumfahrer und Strategen. Parkyn sind Politiker und Diplomaten, Geliti Kommunikationsexperten. Geliti sind übrigens fast ausschließlich Frauen, die sich darauf spezialisiert haben, mit ihrer, den Männern vielleicht überlegenen, sozialen und psychologischen Auffassungsgabe Streitigkeiten in einer für die Zivilisation verträglichen Art auszuräumen.

Zailte sind unsere Clansoberhäupter, und Affail sind Nutzlose, Abschaum. Auch Rebellen bezeichnen wir so.

Der neunte Stand steht außerhalb des Systems: nämlich die Kischten, die Raumfahrer.

Was wird geschehen, wenn der Schwarm in Betrieb genommen wird und in die Weiten der Galaxis Vaaligo und darüber hinaus zieht?

Ich weiß es nicht. Ich bin ein Noy und habe einen Eid geleistet. Bei der Kraft meines Herzens habe ich den Herren von Nodro Treue geschworen, den Lenkern des nodronischen Empire, den Boten nodronischer Dominanz, den Zwillingsgötzen des Empire.

Die Zwillingsgötzen sind tot, ermordet von feigen Attentätern. An die Stelle der Götzen ist ein neuer Herrscher getreten, Axx Cokroide, der bisherige Ober-

befehlshaber sämtlicher Truppen des Empire. Er wird ihr Erbe bewahren. Ich werde ihm folgen, notfalls auch bis in den Tod.

3

»Ortung! Eine Einheit der Nodronen!«

Perry Rhodan achtete kaum noch auf die Meldungen des Orterchefs der KAPORNE und die Alarmtöne, die dann durch das Schiff hallten. Sie erklangen seit einer ganzen Weile fast im Zehn-Sekunden-Takt. Und das, obwohl die KAPORNE eigentlich noch gar nicht ins absolute Kerngebiet rings um Balance A eingedrungen war.

Der Umstand, dass die Instrumente der KAPORNE offensichtlich viel empfindlicher waren als ihre Gegenstücke in den Kriegsschiffen der Nodronen, trug auch nur unwesentlich zu seiner Beruhigung bei. Doch bislang hatten sie jedes Mal Glück gehabt. Sie hatten jedes Mal ausweichen und beidrehen können, bevor die Nodronen sie entdeckt hatten.

Auf Dauer wird dieses Spielchen nicht gut gehen, dachte Rhodan. *Wir müssen uns etwas einfallen lassen.*

»Wir haben das ZentraBalance-System jetzt in der Fernortung«, sagte der Tambu, der links hinter Lishgeth On Paz saß, und rief ein Hologramm auf.

Rhodan atmete tief ein, kniff die Augen zusammen und beugte sich vor. Aus dem Augenwinkel sah er, dass Bull es ihm gleichgetan hatte. »Könnt ihr vergrößern?«, flüsterte er heiser.

Der Tambu tat ihm den Gefallen.

Rhodan stieß den Atem wieder aus. Im ersten Augenblick nahm er nur die hellblaue Gigantsonne ZentraBalance wahr, ein Riese, der alles andere in den Schatten stellte und unbedeutend werden ließ. Sein Licht erfüllte das gesamte Holo, ließ es unwirklich erscheinen. Leerer Weltraum, in einen blauen Schein gehüllt …

Eine optische Täuschung, wurde ihm klar. *Das Licht der Korona …*

Eine weitere Vergrößerung, und nun konnte er deutlich den einzigen Planeten ausmachen, der um die blaue Riesensonne kreiste, Balance A …

Ist sie es?, fragte er sich. *Ist das unsere Erde?*

Die Erde in einer Milliarde Jahren …?

Neben ihm bewegte sich Bull, reckte den Hals, als könne er die Welt dann besser sehen. Reginald schien etwas sagen zu wollen, doch heraus kam nur ein Krächzen.

Die Erde …

Rhodan warf einen Blick auf das Datenholo. Der Planet umkreiste den Blauen Riesen in einer Entfernung von 82 Milliarden Kilometern, im Gegensatz zu den

150 Millionen, die die Erde von der Sonne entfernt war. *Gewesen war.* Aber das hatte nichts zu bedeuten, der Himmelskörper war künstlich in die Umlaufbahn um sein Zentralgestirn gebracht worden. Daher konnte auch die Rotationsdauer keine weiteren Aufschlüsse geben, die hier 32,6 Stunden und nicht 24 wie bei der alten Erde betrug, genauso wenig wie die mittlere Temperatur von 29,5 Grad Celsius.

Durchmesser 15611 Kilometer, las er, im Gegensatz zu den 12757, die die Erde damals gehabt hatte, und auch die Schwerkraft hatte sich verändert, war um 0,18 Gravos auf 1,18 gestiegen.

»Ist das möglich?«, flüsterte Rhodan. Konnte der Durchmesser einer Welt im Verlauf von einer Milliarde Jahren um 3000 Kilometer zunehmen? Dass sich dann auch die Schwerkraft veränderte, war klar.

Er konnte den Blick nicht von dem Holo lösen, sog ihn gierig auf. Ein blauer Planet, mit einer weißen Eiskappe am Südpol, über der sich langsam Wolkenwirbel drehten. Darüber ein Kontinent, bei dem es sich um Afrika handeln konnte, darüber wiederum das ehemalige Europa, beide grün und braun gefleckt.

Rhodan wusste nicht, was er erwartet hatte. Vielleicht, dass sich eine innere Stimme bei ihm meldete, ihm sagte: *Ja, das ist die Erde!*, dass er den Planeten zweifelsfrei erkannte, nur weil er auf ihm geboren war? Dass sein Blut es ihm verriet, seine Gene?

Enttäuscht lehnte er sich wieder zurück. Ja, diese Welt könnte durchaus mit der Erde identisch sein. Aber sie musste es nicht, die Werte waren doch zu unterschiedlich. Ob dies wirklich die Erde war oder nicht, würde sich ohne weitere Informationen, ohne weitere Daten nicht endgültig entscheiden lassen.

Und diese Informationen und Daten waren im Verlauf von einer Milliarde Jahren untergegangen.

Reginald sah ihn an. Sein Gesicht war ein einziges Fragezeichen, sein Blick eine einzige Bitte um Aufklärung: *Ist sie es oder nicht?*

Lishgeth On Paz räusperte sich. »Habe ich euch jetzt genug Zeit zugestanden, das Wiedersehen mit eurer vermeintlichen Heimatwelt zu verkraften?«

»Ja, das hast du. Und ich sehe es ein, wir müssen uns um dringliche Angelegenheiten kümmern. Uns bleibt keine andere Wahl, wir müssen ein Kommandounternehmen ausrüsten und durch die Reihen der achtzigtausend Wachschiffe bringen.« Rhodan seufzte leise. »Und dann auf dem Schaltplaneten tätig werden.«

»Tätig werden … Du drückst das sehr neutral aus, Rhodan. Was genau schwebt dir vor?«

Der Terraner sah den Tambu fragend an und runzelte die Stirn.

»Ich schlage vor, auf Balance A eine Atombrandbombe zu zünden. Dann sind wir aller Probleme ledig.«

Rhodan zuckte allein bei dem Gedanken zusammen. *Ist es Terra?*, dachte er. *Oder ist es nicht Terra?*

»Wir sollten nicht den vierten Schritt vor dem ersten tun«, sagte er, um Zeit zu gewinnen, Argumente gegen diesen Plan zu sammeln. »Wir müssen zunächst einmal den Schmiegschirm durchdringen, uns dann an den Wachschiffen vorbeischleichen, dann das Kommandounternehmen zusammenstellen, dann einen Schlachtplan ausarbeiten und schließlich nach Balance A vordringen.«

Er warf wieder einen Blick auf das Holo. Der Planet schien größer geworden zu sein, Rhodan konnte jetzt mehr Details von der Oberfläche ausmachen. Balance A war bis auf den letzten Quadratkilometer bebaut; Berge waren abgetragen, Täler aufgefüllt worden. Erde oder nicht, die Frage ließ sich weiterhin nicht beantworten.

»Erster Schritt.« Der Prior-Forscher rief ein Holo auf, das das von einem goldenen Schimmer verhüllte ZentraBalance-System zeigte. »Wie du siehst, haben wir den Schmiegschirm fast erreicht. Wir verfügen über den nötigen Code, um eine Strukturlücke zu schalten, was in diesem Augenblick geschieht.«

Wie aufs Stichwort klaffte ein Riss in dem Glanz auf, der rasend schnell größer wurde. *Weil die KAPORNE sich ihm schnell nähert*, wurde Rhodan klar.

»Ortung!«, rief der Tambu, der links hinter Lishgeth saß. »Eine Einheit der Nodronen!«

»Zweiter Schritt.« Ein neues Holo zeigte einen Leichten Sternenkreuzer der Nodronen mit dem typischen trichterförmigen Heck und dem raketenförmig geschwungenen Bug, lediglich 255 Meter lang und mit einem größten Durchmesser von 79 Metern, aber immerhin noch mit 80 Bipuls- und 60 Tripuls-Geschützen sowie Desintegratoren und Paralysestrahlern ausgestattet.

Doch die KAPORNE drehte ab, und der Kreuzer zog vorbei, ohne den Kurs zu ändern. »Wie du siehst, ist unsere Ortung der der Nodronen überlegen. Außerdem verstehen die Wissenschaftler von Cor'morian sich darauf, die Energiesignatur ihrer Schiffe zu manipulieren.«

Rhodan runzelte die Stirn. Wann würde der Prior-Forscher der Neigung widerstehen, immer wieder neue Kaninchen aus dem Zylinder zu zaubern, um die Überlegenheit des Volkes von Tambu hervorzuheben? Es bereitete ihm Unbehagen; er hätte lieber gewusst, woran er tatsächlich war, um eine Gefahr richtig einzuschätzen und ihr vielleicht noch begegnen zu können. »Und was genau heißt das?«

»*Falls* uns ein Schiff der Nodronen oder ihrer Hilfsvölker tatsächlich einmal in die Ortung gerät, bekommt die Varsonik der feindlichen Einheit einen Datensatz eingespielt, der uns zum Beispiel als Schiff der Karmuuch identifiziert, oder der Treikiden, der Rmedi, Jifften, Irchy-Ba oder T'manaken. Uns stehen über zwanzig verschiedene Muster zur Verfügung. Kritisch wird es natürlich, wenn uns die feindliche Einheit so nahe kommt, dass mehrere Ortungssysteme uns erfassen und Widersprüche feststellen oder sogar ein Sichtkontakt zustande kommt.«

Rhodan achtete kaum noch auf den Ruf des Ortungschefs der KAPORNE – »Ortung! Eine Einheit der Nodronen!« – und den nachfolgenden Alarm. Doch der Vogelabkömmling bekam seine volle Aufmerksamkeit, als er ein »Wir wurden entdeckt!« hinzufügte und die Alarmsirenen plötzlich dreimal so laut jaulten.

Der Terraner wartete einen Augenblick lang ab, bis das hochmütige Grinsen aus Lishgeths Gesichtsgefieder gewischt wurde, dann stieß er einen lauten Fluch aus.

Das, was der Prior-Forscher gerade noch als höchst unwahrscheinlich abgetan hatte, war soeben geschehen.

Und etwas Schlimmeres hätte kaum passieren können.

»Liebst du ihn wirklich?«

Fran Imith drehte sich zu Pratton Allgame um und warf dem braungebrannten, blendend aussehenden Lebemann, von dem sie wusste, dass er eine Vorliebe für alle Sinnesfreuden hatte, einen wütenden Blick zu. »Willst du dir auch bei mir eine blutige Nase holen?«

Reginald Bull hatte ihm nämlich kurzerhand eins auf die Nase gegeben, als er seiner Liebeserklärung an sie applaudiert und sie mit »Endlich!« kommentiert hatte.

Pratton schüttelte lediglich den Kopf. »Ich frage doch nur.«

Sie lauschte auf einen ironischen Unterton, jenen mit einem unterschwelligen, von feiner Ironie gebrochenen Ernst, der so typisch für ihn war, fand ihn aber nicht.

»Ich glaube schon«, sagte sie zögernd. Dann nickte sie energisch.

Was würde Reginald sagen, wenn er wüsste, dass ich mich ausgerechnet mit Pratton darüber unterhalte?, fragte sie sich. Allgame war ihr gegenüber stets höchst galant und ließ sich auch durch die zuweilen giftigen Blicke des Verteidigungsministers nicht davon abhalten, ihr den Hof zu machen. Natürlich war das nicht ganz Ernst gemeint; Fran bezweifelte, dass Pratton es tatsächlich darauf anlegen und versuchen würde, sie Bull abspenstig zu machen.

Aber er verstand es, mit Frauen umzugehen. Solange er es nicht übertrieb, und das tat er bei ihr selten, fühlte sie sich wohl in seiner Nähe. Auch Shimmi gegenüber zeigte er sich freundlich und verständnisvoll. Er nahm dieses durchaus nicht ganz uneitle Kind als Frau zur Kenntnis, und das bauchpinselte die Kleine natürlich mächtig.

»Ich meine nur … Wie soll das gehen? Er ein Unsterblicher, an den Schaltstellen der Macht, und du seine Leibwächterin, die neben ihm altern wird?« Er wischte sich sein braunes, rechts gescheiteltes, bestens frisiertes Haar aus dem breiten Gesicht. Seine dunklen braunen Augen schauten ungewohnt ernst drein.

»Was ist los mit dir?«, fragte sie.

Er zuckte mit den Achseln. »Nichts. Das Warten geht mir auf die Nerven, sonst nichts.«

»Das geht uns allen auf die Nerven.« Reginald schaute zwar immer wieder mal vorbei, um sie auf dem Laufenden zu halten, aber das ließ sich natürlich nicht damit vergleichen, direkt vor Ort zu sein.

Andererseits konnte sie verstehen, dass die Wissenschaftler von Cor'morian nicht gerade versessen darauf waren, Fremde in der Zentrale zu bewirten, die dort nur im Weg standen und die geregelten Abläufe durcheinander brachten. Fran hatte sich gründlich vorbereitet, als sie den Auftrag bekam, bei der Public-Relations-Tour als Perrys und Reginalds Kindermädchen zu fungieren. Sie hatte sich auch alte Einsatzberichte besorgt und festgestellt, dass Rhodan früher sogar *Klonelefanten* in den Zentralen seiner Raumschiffe geduldet hatte. Offensichtlich handhabten die Vogelabkömmlinge das etwas strenger, was sie in ihren Augen zwar nicht unbedingt sympathischer, aber doch leichter einzuschätzen und handhabbarer machte.

»Ich bin jetzt neunundzwanzig. Reginald ist knapp dreitausend. Der Altersunterschied ist doch wirklich nicht so bedeutend.« Sie grinste; irgendwie tat es ihr gut, mit jemandem darüber zu sprechen, die Gedanken laut zu äußern, die ihr unentwegt durch den Kopf gingen, und Pratton Allgame war vielleicht wirklich nicht die schlechteste Wahl.

Zumal Pratton auch über eine gewisse Lebenserfahrung verfügte. Nach außen hin spielte er den Weinbauern, der sich vorgenommen hat, die Tradition alter marsianischer Weine wiederzubeleben. Das war allerdings nur die halbe Wahrheit.

Pratton hatte über zwölf Jahre lang als der geschickteste Einbrecher Terras gegolten, als das »Phantom von Terrania«, das einfach nicht zu fassen war.

Er war erst vor kurzem aus einer terranischen Resozialisierungsanstalt entlassen worden, in der er vier Jahre lang interniert gewesen war. Für ihn war der Mars die große Chance, sich zu bewähren, eine Chance, die die Entführung durch die Wissenschaftler von Cor'morian vorerst zunichte gemacht hatte. Doch im Gegensatz etwa zu Quart Homphé hatte er sich sofort an die neue Lage angepasst und seinen Mann gestanden.

Vielleicht versucht er, diese Chance hier zu nutzen, dachte Fran.

»Reginalds Alterungsprozess wurde mit achtunddreißig Jahren aufgehalten.« Fran zuckte mit den Achseln. »Klar, in fünfzig Jahren werde ich fast achtzig sein, und er ist noch immer achtunddreißig.« *Falls er dann noch lebt. Falls wir alle dann noch leben.* »Dann kann man sich wegen des Altersunterschieds langsam mal Gedanken machen. Aber diese fünfzig Jahre haben nicht viele Paare. Wie viele gehen befristete Ehekontrakte ein, wie viele unbefristet geschlossene Ehen scheitern? Wie viele Frauen verlieren ihre Ehemänner, wie viele Männer ihre Frauen? Wenn es uns gelingt, diese fünfzig Jahre glücklich miteinander zu verbringen, haben wir schon ein Geschenk erhalten, das nicht viele Paare genießen können. Garantien gibt es auf Kühlschränke, nicht auf das Leben. Und unsere Liebe *ist* das Leben … zumindest für mich, und hoffentlich auch für Reginald.«

Pratton nickte zögernd. Irgendwie wirkte er in diesem *gerundeten* Raum der KAPORNE unpassend in seiner cremefarbenen Jacke, die aufgrund ihrer Materialeigenschaften niemals verschmutzte, den weiten, eleganten, grauen Hosen, den Stulpenstiefeln und dem dunkelbraunen Cape aus seidigem Stoff.

Er betonte stets, er habe seine Kleidungskombination farblich passend zum Aufenthalt in einer Wüste ausgesucht, nur eben nicht wie ein hemdsärmeliger Kolonist, sondern wie ein Entdecker mit der nötigen Prise Stil. Fran kam er allerdings vor wie ein mehr oder weniger begnadeter Schauspieler, der sich mit allen Mitteln profilieren wollte, auch mit Hilfe einer ausgefallenen Kleidung.

»Wenn man es so sieht«, gestand er ein. »Aber … hängt nicht irgendwie ein Schatten über euch, schon jetzt, ganz am Anfang eurer Beziehung?«

Fran warf ihr lockiges, dunkelrotes Haar zurück. »Hängt dieser Schatten nicht über uns allen? Schon im Augenblick unserer Geburt? Ist mit unserem ersten Atemzug nicht schon unser letzter beschlossene Sache? Selbst wenn man über einen Zellaktivator verfügt, ist die Unsterblichkeit relativ. Überleg doch mal, wie Perry und Reginald sich fühlen müssen. Sie können ja immerhin auf die relative Unsterblichkeit hoffen, aber in einer Milliarde Jahren werden die Menschen nicht einmal mehr eine Legende sein …«

»Nun ja … eine Milliarde Jahre ist eine unvorstellbare Zeit, und es gibt immerhin noch Nodronen, die uns doch sehr ähnlich sind …«

Sie lachte leise auf. »Gezüchtet aus der Genbank eines Cairol-Roboters, eines Dieners der Kosmokraten. Aber immerhin eine sehr erfolgreiche Züchtung. Schon nach wenigen Jahrtausenden haben sie die Galaxis unterworfen, in der sie eigentlich gar nichts verloren haben. Wir Menschen müssen auf die Kosmokraten und ihre Bediensteten doch einen gewissen Eindruck hinterlassen haben, wenn sie es ausgerechnet uns zutrauen, einen Sternenschwarm auf den Weg zu schicken.«

»Hast du eigentlich Familie? Geschwister?«, wechselte er abrupt das Thema.

»Vier. Ich bin das jüngste von fünf Kindern, bis auf mich alles Jungen. Mein Vater ist Musiklehrer und leitet eine kleine Schule in Atlan-Village, meine

Mutter arbeitet als Exo-Kontakterin für die Solare Residenz und befindet sich die halbe Zeit über nicht auf Terra. Und du?« Eigentlich hatte sie »Warum fragst du?« sagen wollen, aber aus irgendeinem Grund wollte sie Pratton nicht in die Enge treiben. Sie hatte ihn selten so ernst und nachdenklich erlebt.

Er zuckte mit den Achseln. »Meine Mutter lebt noch, sie wohnt in Neu-London. Wir haben allerdings keinen engen Kontakt. Sie dürfte sich frühestens in ein, zwei Jahren Sorgen um mich machen. Und falls wir bis dahin nicht in unsere Zeit zurückgekehrt sind, wird es uns wohl niemals gelingen. Es wird sich in den nächsten Stunden oder Tagen entscheiden, meinst du nicht auch?«

Fran nickte zögernd. »Wenn die Nodronen Vaaligo erst einmal unterworfen haben, werden wir ihnen früher oder später in die Hände fallen.« *Nicht auszudenken, was sie dann mit uns anstellen,* fügte sie in Gedanken hinzu, sprach es aber nicht aus.

»Dieser Schatten, von dem du gesprochen hast …« Pratton sah sie unverwandt an. »Wann hast du ihn zum ersten Mal gespürt? So richtig bewusst, meine ich?«

Sie überlegte kurz. »Vor zehn Jahren, seltsamerweise im Augenblick meines größten Triumphs. Als ich die terranische Stadtmeisterschaft im 400-Meter-Sprint gewonnen habe. Da war mir klar, dass ich solch einen Erfolg wohl nie wiederholen konnte. Dass ich in irgendeiner Hinsicht einen Höhepunkt erreicht, einen Gipfel erklommen hatte, der von nun an unerreichbar für mich war. So einen Sieg erringt man nur ein Mal. Danach ist es an der Zeit, abzutreten. Andere werden einem folgen, und in ein paar Jahren wird meine Leistung vergessen sein, nur noch eine Fußnote in einem Sportfachbuch.«

»Genau, wie die Menschheit einmal abtreten wird? Aber in einer Milliarde Jahren wird sie nicht mal mehr eine Fußnote sein …«

Fran streckte die Hand aus, zögerte, tat es dann doch, legte die Hand auf seine Schulter und lächelte. »Aber das heißt nicht, dass alles vorbei ist. Die Stadtmeisterschaft war ein Traum für mich, und ich habe ihn verwirklicht. Aber danach kam ein neuer Traum, und auch den werde ich irgendwann verwirklichen, und dann wird wieder einer kommen, und noch einer …«

»Du hast einen Traum?«

Fran nickte.

»Verrätst du ihn mir?«

Sie überlegte kurz, lachte dann. »Warum nicht? Aber sei gewarnt, es ist ein lächerlicher Traum, ein kindischer Traum, eigentlich ist er nicht der Rede wert …«

»Nun sag schon.«

»Mein großer Traum … Ich möchte gern einmal die Andromeda-Galaxis sehen.«

Pratton nickte. »Was sich auch im vierzehnten Jahrhundert NGZ so einfach nicht erfüllen lässt ...«

»Genau. Aber es wäre kein Traum, wenn er sich einfach erfüllen ließe ...«

»Und wenn du ihn erfüllt hast, senkt sich wieder ein dunkler Schatten auf dich, weil du wieder einen Traum weniger hast, dein Leben wieder um einen Traum ärmer geworden ist ...«

»Nein, so darfst du das nicht sehen. Ich habe es dir doch erklärt. Wenn ich Andromeda gesehen, die Geschichte dieser Galaxis geatmet habe ... wenn ich dort war, wo die Maahks und Tefroder waren, die Meister der Insel und der Gelbe Meister, wo Rhodan zum Schutz der Ungeborenen in den Kampf gezogen ist ... dann wird sich bei mir ein neuer Traum einstellen, den es zu verwirklichen gilt. Und jetzt, in diesem Augenblick, ist mein wichtigster Traum, mit Reginald glücklich zu werden.«

»Du hast einen Traum«, sagte er, »und über mich hat sich ein dunkler Schatten gesenkt.«

»Pratton ...«

»Nein, wirklich. Ich spüre es seit einigen Tagen. Es ist ein seltsames Gefühl, ich kann es nicht richtig beschreiben. Aber irgendwie weiß ich, dass nicht alle von uns in unsere Gegenwart zurückkehren werden ... falls es uns überhaupt gelingen sollte. Ist das nicht unvorstellbar? Ungeheuerlich? Hier zu sterben, eine Milliarde Jahre, bevor wir geboren werden ...«

Das Gefühl der Erleichterung, ja der Ausgelassenheit, das sie überkommen hatte, als sie sich auf das Gespräch mit Allgame eingelassen hatte, wich plötzlich einer tiefen Niedergeschlagenheit. Sie hatte mit Pratton über ihre neue Liebe sprechen wollen, er jedoch mit ihr über den Tod.

Sie räusperte sich. »Haben wir einen neuen Mutanten unter uns? Willst du Gucky, Trim und Startac fragen, ob sie mit dir zusammen ein neues Mutantenkorps gründen? Kannst du plötzlich in die Zukunft sehen, Pratton?«

»Ich *habe* die Zukunft gesehen«, antwortete er ernst, »und sie gefällt mir gar nicht.«

»Wir gehören vielleicht nicht hierher«, sagte sie, »fühlen uns in dieser Zeit wie Fremdkörper ... Die psychische Belastung ist gewaltig, und unter solch einer Belastung bildet man sich manchmal etwas ein ...«

»Nein!« So leise, gleichmütig und belegt Allgames Stimme bislang geklungen hatte, so laut und nachdrücklich war sie nun. »Du kannst es mir nicht ausreden, Fran. Ich spüre es ganz deutlich. Nicht alle von uns werden in unsere Gegenwart zurückkehren, wenn überhaupt.«

Fran war geradezu erleichtert, als wieder eine Alarmsirene erklang, bestimmt zum zehnten Mal in dieser Stunde, wenngleich ihr der aktuelle Alarm wesentlich lauter als die bisherigen vorkam, und Pratton zusammenzuckte und irritiert aufschaute. »Diese verdammte Ungewissheit.« Er lächelte schwach. »Nichts für ungut, Fran. Vergiss, was ich gesagt habe.« Er drehte sich um und ging zu seiner Kabine zurück.

»Pratton!«, rief sie ihm nach, doch er tat so, als habe er sie nicht gehört.

Wie soll ich vergessen können, was er gesagt hat? Fran räusperte sich. *Er hat von Liebe gesprochen und den Tod gemeint.*

Und sie befürchtete, genau zu wissen, *wessen* Tod der dunkle Schatten über Pratton Allgame vorhergesagt hatte.

Schneller, als Rhodan es dem Prior-Forscher zugetraut hätte, wechselte er mit dem Piloten die Plätze. Noch während er sich auf die Sitzstange kauerte, bildeten sich die sphärischen Energiefelder um seinen Schädel und hüllten ihn dann vollständig ein.

Die KAPORNE beschleunigte so stark, dass ein Ruck durch das Schiff zu gehen schien. Wieder eine Täuschung, denn wenn die Andruckabsorber so nachlässig reagieren würden oder so schwach eingestellt waren, könnte man die Besatzung nach einem normalen Bremsvorgang von den Wänden kratzen.

Gespannt beobachtete Rhodan auf dem Holo, wie der nodronische Kreuzer der KAPORNE immer näher kam. Das Schiff der Wissenschaftler beschleunigte zwar mit allem, was es hatte, doch die feindliche Einheit war mit einer weit höheren Geschwindigkeit geflogen und verkürzte die Distanz rapide.

Der eigentliche Pilot der KAPORNE schien sich keinerlei Sorgen zu machen, dass die Begegnung unangenehme Folgen haben könnte. »Die Steuerung eines Forschungskreuzers der Cor'morian per Mentalkappe verlangt spezielle, in Jahren harter Arbeit antrainierte Fähigkeiten«, sagte er zu Rhodan.

Der Terraner nickte und hielt weiterhin das Holo im Auge.

»Diesem Aufwand unterwerfen sich nur wenige Wissenschaftler. Lishgeth On Paz gehört jedoch dazu und gilt als fähigster Mentalkappen-Pilot seines Volkes.«

»Daran hätte ich nie gezweifelt«, knurrte Rhodan. »Ich nehme an, diese *Mentalkappe* ist ein Spezialverfahren zur Steuerung von Raumschiffen, bei dem speziell trainierte Piloten ihre gedanklichen Steuerbefehle direkt in die Schiffssysteme eingeben?«

»Ganz genau. Diese Vorrichtung wandelt sämtliche gedanklichen Befehlsimpulse in positronische Steuerbefehle um. Mit einer Mentalkappe kann ein Pilot sein Schiff wesentlich schneller steuern, als jede Varsonik es vermag.«

Das änderte aber nichts an der Tatsache, dass das Kampfschiff der Nodronen in zwanzig Sekunden in Feuerreichweite sein würde. Rhodan hörte, dass Bull mit den Fingerspitzen auf eine Konsole trommelte. Er konnte es ihm nicht verdenken. Die scheinbare Unbesorgtheit des Vogelabkömmlings drohte auch ihn schier in den Wahnsinn zu treiben.

»Interessant«, entgegnete er. So viel hatte er sich auch schon gedacht. Das Wirkprinzip einer Mentalkappe war identisch mit dem einer SERT-Haube beziehungsweise der SERT-Steuerung, wie sie zu seiner Zeit bekannt war.

Rhodan sah wieder auf das Ortungsholo. Noch fünfzehn Sekunden. Und just in diesem Augenblick erschien wie durch Zauberei ein weiteres Raumschiff im Holo, ein Rochenschiff der Riana, und eröffnete aus allen Rohren das Feuer auf den nodronischen Kreuzer.

»Verdammt!«, rief Bull. »Wo kommt der denn plötzlich her?«

Das Gesichtsgefieder des Piloten der KAPORNE kräuselte sich zu einem Lächeln. »Ich habe mich schon gefragt, wann Lishgeth On Paz den Reflexwerfer endlich einsetzen wird. Er hat fast bis zum letzten Augenblick gewartet! Perfekt!«

»Den Reflexwerfer?«, echote Rhodan und beobachtete, wie die feindliche Einheit abdrehte und ein wahnsinnig enges Ausweichmanöver flog, das das trichterförmige Heck fast vom raketenförmig geschwungenen Bug gerissen hätte.

»Der Reflexwerfer sammelt über ein spezielles Energiefeld über neunzig Prozent der Streustrahlungs-Impulse eines Raumschiffes und projiziert sie an eine weit entfernte Position im Weltraum. Die kann bei den leistungsfähigsten Versionen bis zu zweieinhalb Lichtsekunden entfernt liegen. Die KAPORNE verfügt natürlich über solch ein Modell. Für einen Verfolger entsteht so ein virtuelles Ortungsbild.«

Rhodan lachte leise auf. Das Wirkprinzip war grundsätzlich identisch mit dem eines terranischen Virtuellbildners! Die terranischen Versionen waren zwar weit leistungsfähiger, aber für den technischen Entwicklungsstand der Galaxis Vaaligo war das schon ganz beachtlich. »Und solche Geräte finden sich ausschließlich an Bord von Forschungsschiffen der Cor'morian?«

»In der Tat. Was übrigens auch für die Mentalkappe gilt, den Antennenturm, den Formenergiegestalter, den Signaturgeber und einige andere Einrichtungen, über die wir noch nichts verlauten lassen möchten.«

»Natürlich. Das verstehe ich.« Die Einheit der Nodronen war weit zurückgeblieben, als die KAPORNE endlich die nötige Geschwindigkeit für eine kurze Lineaetappe erreicht hatte und damit den Gegner endgültig abschüttelte.

Die Energiefelder um Lishgeth On Paz' Kopf erloschen. Das Gesicht des Prior-Forschers wirkte entspannt.

»Dritter Schritt«, sagte er, als wäre in den letzten Minuten nichts Besonderes geschehen. »Stellen wir das Landekommando gemeinsam zusammen, oder willst du diese Aufgabe mir überlassen?«

Rhodan gestand es sich nicht gern ein, aber er schnappte tatsächlich kurz nach Luft. Er konnte nur hoffen, dass die Wissenschaftler nichts davon bemerkten. »Vielleicht sollten wir die Reihenfolge abändern«, sagte er, »zuerst einen Schlachtplan ausarbeiten, wie wir nach Balance A vordringen können, und nach dessen Erfordernissen die Mannschaft zusammenstellen?«

»Das habe ich bereits erledigt. Die KAPORNE verfügt selbstverständlich über Transmitter. Auch auf Balance A gibt es zahlreiche dieser Geräte. Und zwar solche, die wir Wissenschaftler von Cor'morian ohne Kenntnis der anderen Erbauer-Völker installiert haben. Falls die Nodronen nicht *sämtliche* Gegenstationen entdeckt haben, müssten wir eine von Bord der KAPORNE aktivieren und den Planeten auf diese Weise unbemerkt erreichen können.«

Rhodan verdrehte die Augen. *Und warum hast du mir das nicht schon längst gesagt?*, hätte er am liebsten drohend gezischt, doch er hielt sich zurück. Vielleicht machte ihm ja nur ein Kommunikationsproblem zu schaffen. Vielleicht hielten die Tambu es einfach nicht für nötig, ihren Verbündeten groß und breit zu erklären, welche Hindernisse sie bereits aus dem Weg geräumt hatten. »Wenn das so einfach ist ...«

»Nun ja, ganz so einfach ist es nicht. Die Reichweite der Transmitter ist begrenzt. Aber es gibt auch auf einigen Wachstationen solche Geräte, und wenn wir nahe genug an die am weitesten von Balance A entfernte dieser Stationen herankommen, können wir einen Transmitter nach dem anderen benutzen, bis wir schließlich auf dem Planeten aus dem letzten Torbogen treten.«

Der Terraner nickte. Das Limit für Transitionen und Linearetappen betrug in Vaaligo etwa 1000 Lichtjahre. Und irgendwann würde der Prior-Forscher ihm bestimmt verraten, wie weit man ungefährdet mit einem Transmitter springen konnte.

»Also gut. Aus wem soll das Kommandounternehmen bestehen?«

»Aus mir«, antwortete Lishgeth.

Verwirrt runzelte Rhodan die Stirn.

»Ich kann allein bewerkstelligen, was bewerkstelligt werden muss.« Der Prior-Forscher gackerte kurz. »Warum sollte ich da andere Wissenschaftler in Gefahr bringen?«

»Das ist richtig gedacht«, gestand Rhodan ein. Und suchte nach einer Möglichkeit, seine Vorbehalte höflich auszudrücken. Lishgeth On Paz war zwar durchaus praktisch begabt, mit weitem Abstand der am praktischsten begabte Tambu, den er bislang kennen gelernt hatte, aber im Einsatz ungeübt. Er hielt es für besser, wenn Lishgeth nicht allein ging. »Hast du auch Skrupel, mich und einen zweiten Terraner in Gefahr zu bringen?«

»Weniger.«

»Also gut.« Er sah Bull an. *Das alte Problem,* besagte der Blick. Er wusste, Reginald wäre liebend gern mitgekommen. Aber falls doch etwas schief gehen sollte, musste einer von ihnen beiden versuchen, die anderen doch noch zurück in ihre eigene Zeit zu führen. Nur sie hatten eine Erfahrung von fast 3 000 Jahren, die das vielleicht möglich machen würde.

Sein alter Freund seufzte. »Ich nehme an, du gehst«, sagte er.

»Ja.«

»Und nimmst Fran mit?«

»Das hatte ich mir eigentlich so vorgestellt.«

»Da siehst du mal, wie gut ich dich nach unserer nun bald drei Jahrtausende währenden Männerfreundschaft kenne.«

Irritiert legte Rhodan den Kopf zurück. »Solltest du doch noch zum Sofortumschalter werden?«

»Jedenfalls bin ich kein Sofort-auf-dumm-Schalter.«

Rhodan kniff die Augen zusammen. »Das habe ich auch nie behauptet.«

»*Du* nicht«, sagte Bull und grinste dann breit. »Viel Glück, Sofortumschalter!«

Jeder Nerv in Rhodans Körper brannte wie Feuer, als er nach Lishgeth On Paz und Fran Imith aus dem Torbogen des Transmitters trat, der hinter ihm sofort wieder erlosch. Tränen schossen in seine Augen und ließen ihn die Umgebung nur verschwommen wahrnehmen. Er blinzelte sie weg, drehte sich einmal um die eigene Achse, den Kombistrahler schussbereit, sicherte nach allen Seiten und kämpfte wieder gegen den Schmerz an.

Der kleine Raum war leer. Lediglich der Transmitter befand sich darin. Das Licht der Deckenbeleuchtung warf Reflexe auf glatten, schimmernden Wänden, die aus einem Kunststoff zu bestehen schienen.

Seltsam, dachte Rhodan, *manche Technologien scheinen über Milliarden von Jahren Bestand zu haben.* Darunter auch die Transmittertechnik mit dem für sie typischen Ent- und Rematerialisierungsschmerz. Rhodan fühlte sich an die Anfänge der terranischen Raumfahrt erinnert, als sie mit Hilfe arkonidischer Technik das Tor zu den Sternen aufgestoßen hatten.

Im Laufe der Jahrtausende hatten die Terraner diese Technik beträchtlich verbessert, doch damals war ein Transmitterdurchgang meistens mit solchen Schmerzen verbunden gewesen. *Nein,* korrigierte Rhodan sich sofort, *die Schmerzen damals waren nicht so schlimm. Und das hat nichts mit Verklärung zu tun.*

Die glühende Lava, die sich durch seine Adern wälzte, verhinderte allerdings nicht, dass er Respekt vor der Leistung der Wissenschaftler von Cor'morian empfand. Unter den gegebenen Umständen war es schon beeindruckend, eine

Transmitterverbindung zu konstruieren, die sie von einem Raumschiff über mehrere Raumstationen dann zu einem Planeten brachte.

Fran Imith stand ebenfalls leicht schwankend und mit gezeichnetem Gesicht da, hielt den Kombistrahler aus dem Fundus der Wissenschaftler von Cor'morian aber mit beiden Händen und sicherte ebenfalls.

Ganz die ausgebildete Agentin, dachte Rhodan und lächelte schwach. Er hatte mit ihr als Begleiterin eine ausgezeichnete Wahl getroffen.

Nur Lishgeth On Paz schien seiner Umgebung kaum Beachtung zu schenken und stapfte zu einer Tür in der gegenüberliegenden Wand. Er schien sich sicher zu sein, dass die geheime Anlage der Wissenschaftler von Cor'morian nicht von den Nodronen entdeckt worden war.

Der Vogelabkömmling gab einen Code ein und öffnete die Tür. Ein leises Klacken verriet, dass er seine klobige Brille aktiviert oder zumindest umgeschaltet hatte. Dann winkte er Rhodan und Fran zu sich.

Die Tür führte in einen runden Raum mit einem Durchmesser von etwa zwanzig Metern. Rhodan sah in seiner Mitte zahlreiche Konsolen, offensichtlich Steuerungseinheiten einer Varsonik. Als er vorsichtig näher trat und sich umdrehte, stellte er fest, dass auch die Wände von ähnlichen Pulten flankiert wurden.

Unwillkürlich fühlte er sich an eine Raumschiffzentrale der Nodronen erinnert. Er entdeckte zwischen den Schaltpulten sogar einige Feuerstellen, die jedoch schon lange nicht mehr in Gebrauch gewesen waren.

»Wo sind wir hier?«, fragte er.

»In einer Station der Nodronen zur Ausbildung ihrer Noy.« Er sprach das Wort mit einer Mischung aus Verachtung und Abscheu aus. »Sie haben auf zahlreichen Welten solche Anlagen errichtet. Meinen Informationen zufolge ist die hier zur Zeit nicht in Gebrauch. Wir dürften hier sicher sein. Die Station ist verlassen.«

Rhodan trat zu einer der Varsonik-Konsolen, doch der Prior-Forscher winkte ab. »Alles Attrappen, höchstens für den internen Gebrauch innerhalb der Station geeignet, falls überhaupt. Hier werden wir nicht bewerkstelligen können, was wir uns vorgenommen haben. Dazu müssen wir die Station verlassen. Folgt mir.«

Er ging voraus zu einem anderen Schott. Als Rhodan sich umdrehte, stellte er verblüfft fest, dass sich dasjenige, hinter dem sich der Transmitterraum befand, in Luft aufgelöst zu haben schien. Er war sicher, in die richtige Richtung zu schauen, aber dort befand sich jetzt eine Varsonik-Konsole.

Lishgeth bemerkte seinen verwirrten Blick. »Ein Hologramm«, erklärte er lapidar. »Wir Wissenschaftler von Cor'morian verstehen uns darauf, unsere kleinen Geheimnisse zu schützen.«

Das bezweifelte Rhodan nicht im Geringsten.

»Bleibt dicht hinter mir«, empfahl der Prior-Forscher. »Die Station birgt einige unliebsame Überraschungen. Falltüren, Hologramme, die einem tödliche Gefahren vorgaukeln, und so weiter.«

Entweder verließ er sich auf die Funktionen seiner Brille, oder er kannte den Aufbau und das Innenleben der Station besser, als er zugab. Jedenfalls stapfte er, unterstützt von seinen mechanischen Kraftverstärkern, zielstrebig voran und ließ sich auch nicht aus der Ruhe bringen, als ein hohes Sirren ertönte und eine faustgroße, rot leuchtende Metallkugel vor ihm auftauchte. Sie war mit Stacheln gespickt, die verdächtige Ähnlichkeit mit Waffenrohren hatten.

»Keine Gefahr«, sagte Lishgeth. »Der Roboter reagiert nur, wenn wir ihn angreifen.«

Das wütend summende Insekt begleitete sie noch eine Weile und schlug dann an einer Abzweigung einen anderen Weg ein.

Nach wenigen Schritten blieb der Prior-Forscher vor einem Schott stehen und öffnete es. Rhodan blickte in einen engen, röhrenförmigen Schacht. Sprossen an den Wänden schienen die einzige Möglichkeit zu bieten, ihn zu erklimmen.

»Da hinauf?«, fragte er.

»Ja.« Lishgeth streckte die Hand aus und strich mit den Fingerspitzen über die Wand, und ein rötliches Leuchten erfüllte den Schacht. Der Prior-Forscher trat hinein und wurde sanft nach oben getragen. Rhodan folgte ihm, Fran bildete die Nachhut.

Nach ein paar Metern hielt der Vogelabkömmling sich an einer Sprosse fest und berührte erneut die Wand. Mit einem leisen Summen fuhr ein Schott zurück, das Rhodan zuvor nicht bemerkt hatte; wahrscheinlich war es ebenfalls mit einer Holoprojektion getarnt worden.

Sie traten aus dem Antigravschacht. »Vorsicht jetzt«, murmelte der Prior-Forscher. »Wir haben den Ausbildungsbereich der Station verlassen.« Mit einem Mal wirkten seine Bewegungen bedächtiger, kündete seine Körpersprache von echter Anspannung.

Er blieb vor einer Tür stehen, betrachtete sie lange, untersuchte sie mit den Geräten in seiner Brille. Dann machte er sich vorsichtig mit dem Codegeber an die Arbeit. Mit einem leisen Klick sprang die Tür auf. Lishgeth huschte in den Raum. Rhodan folgte ihm, sah sich um. Der Prior-Forscher hockte schon hinter einer Varsonik-Konsole, aktivierte das Gerät, kramte in einer Tasche seines Sneem, holte ein fingergroßes Metallgerät hervor, schloss es an die Varsonik an.

Daten rollten über den Monitor. »Die Manipulation der fünfdimensionalen Feldlinien-Gravitationskonstante steht anscheinend kurz bevor«, murmelte der Vogelabkömmling. »Wir sind gerade noch rechtzeitig gekommen.«

»Klappt die Datenübertragung?«, fragte Rhodan.

»Selbstverständlich. Der Virus ist im System. Nicht einmal den Karmuuch-Technikern wird es gelingen, ihn zu finden, geschweige denn, ihn zu beseitigen. Von jetzt an werden Anlagen auf Balance A falsch geschaltet, die Flotte der Manips erhält falsche Befehle zugestellt, es wird zu Störungen an allen neuralgischen Punkten des Schaltplaneten kommen. Kein Schiff wird mehr starten können, keine Maschine mehr arbeiten, die die Feldlinienkonstante beeinflusst. Und das Relaisnetz wird die widersinnigen Anweisungen bis in den entlegensten Winkel des Vaaligischen Schwarms übertragen.«

»Und Balance C?«, fragte Rhodan.

»Hat jetzt Priorität. Wir können von unserer Operationsbasis aus gezielt die Versuche der Karmuuch sabotieren, den Schaden zu beheben.« Er entfernte das Gerät wieder von der Varsonik, schob die Brille herunter und sah Rhodan an. »Worauf wartet ihr noch, Terraner? Wir sollten zusehen, dass wir so schnell wie möglich von hier verschwinden, bevor Cokroides Noy uns doch noch fangen. Zurück zum Transmitter, und dann ab durch die Mitte!«

Am liebsten hätte Rhodan den Flaum auf Lishgeth On Paz' breitem Schädel gekrault.

Ich bin Venlister Gesking Agtrynser, ein Karmuuch. Wir sind eines der Erbauer-Völker des Vaaligischen Schwarms und gelten als seine Techniker.

Wir sind anders als die anderen, doch das gilt für uns alle. So unterschiedlich wir auch sind, gemeinsam werden wir etwas schaffen, das größer ist als die Summe seiner einzelnen Bestandteile.

Wir Karmuuch stammen, wie so viele Völker Vaaligos, von Echsen ab. Im Schnitt erreichen wir eine Größe von einem Meter und neunzig und werden ungefähr 180 Jahre alt. Unsere Köpfe sind haarlos und stark breit gedrückt, und wir haben schmale, verhornte Lippen und unabhängig bewegliche, an den Seiten stehende Kugelaugen. Um dreidimensionale Sicht auf ein Objekt direkt vor uns herzustellen, fahren wir die Augen an bis zu drei Zentimeter langen Stielen aus.

Unsere Arme enden in sechsfingrigen und schlanken Händen. Zusätzlich zu unseren beiden kräftigen Beinen wird unser aufrechter Gang von einem Echsenschwanz unterstützt.

Unsere Haut ist gelblich und wirkt auf manche, hauptsächlich humanoide Spezies wie eitrig. Doch wir haben extrem geschickte Hände und eine rasche Auffassungsgabe.

Wir Karmuuch präsentieren bei Kontakt mit fremden Wesen als Zeichen unserer Aufmerksamkeit häufig eine Mimikry-Nachahmung des anderen Gesichts. Andere Echsenwesen können wir recht gut nachahmen, mit Nodronen haben wir jedoch unsere Schwierigkeiten. Deren Spiegelgesichter wirken oft eigenartig verzerrt.

Wir gelten als lebendige technische Kompendien, und auf unseren Welten wird gesellschaftlicher Erfolg nicht von Geld oder Fortpflanzung bestimmt, sondern von den erreichten Tera-Graden.

Der erste Tera-Grad wird mit der Abschlussprüfung an unserer Technischen Grundschule erreicht. Diesen Grad haben etwa sechzig Prozent aller Angehörigen unseres Volkes inne.

Der weitere Aufstieg kann bis zum elften Tera-Grad führen.

Inhaber dieses Grades dürfen sich Ultra-Techniker nennen. Sie sind mit allen technischen Aspekten des Vaaligischen Schwarms vertraut und damit in einem für andere Wesen nur schwer vorstellbaren Maß befähigt.

Allein die technischen Spezialisten unter den Wissenschaftlern von Cor'morian gelten einem Karmuuch des elften Tera-Grades als überlegen, wahrscheinlich zu Recht.

Was wird geschehen, wenn der Schwarm in Betrieb genommen wird und in die Weiten der Galaxis Vaaligo und darüber hinaus zieht?

Was geschieht, wenn wir mit einem Messer zustechen, den Abzug eines Kombistrahlers betätigen, einen Gleiter steuern? Wir können mit dem Messer die Schale einer Frucht öffnen, die uns vor dem Hungertod rettet, oder einen unschuldigen Karmuuch hinterrücks erstechen. Wir können uns mit dem Kombistrahler gegen einen tödlichen Feind verteidigen oder einen reichen Artgenossen ausrauben. Wir können mit dem Gleiter bequem große Entfernungen überwinden oder ihn in eine Karmuuchgruppe steuern und alle töten.

Wir Karmuuch sind Techniker. Wir schaffen Grundlagen und Voraussetzungen und tragen Sorge, dass die Technik funktioniert. Alles andere ist nicht unsere Sache.

4

»Balance A ist nutzlos. Nicht mehr zu einer ernsthaften Kontrolle des Vaaligischen Schwarms in der Lage!«

Gellumern Dekvydt Skalkynme senkte den haarlosen, breitgedrückten Kopf. »Ich verstehe es selbst nicht. Anlagen müssen falsch geschaltet worden sein. Die Flotte der Manips bekommt falsche Befehle zugestellt. Wer kann so etwas tun?«

Ja, wer?, dachte Axx Cokroide. »Mittlerweile ist der Einsatz jeglicher Schiffe und Maschinen gefährdet, die die Feldlinienkonstante beeinflussen.« Seine

Stimme klang gefährlich leise. »Du sollst nicht fragen, wer so etwas tut, sondern es mir sagen, Ultra-Techniker. Und es abstellen!«

»Ich habe keine Erklärung …«

»Die Schaltanlagen auf Balance A spielen verrückt! Relaisstationen schalten sich wie durch Zauberei selbst ab! Reizimpulsstationen führen Energie sonst wo hin, nur nicht zum Schmiegschirm! Die Transitionsenergiespender zapfen solche Mengen von Sonnenenergie ab, dass sie bald durchbrennen werden! Und du hast keine Erklärung dafür, Gellumern Dekvydt Skalkynme?«

»Nur die offensichtliche. Jemand manipuliert die Schaltanlagen.« Der Karmuuch zitterte am ganzen Leib.

»Das weiß ich selbst!«, brüllte Cokroide. »Ich will wissen, wer sie manipuliert, und wie das geschieht!«

Skalkynme öffnete den Mund und entblößte dabei unwillkürlich lange, spitze Raubechsenszähne. Bildete Cokroide es sich nur ein, oder schlug ihm ein übel riechender Gestank ins Gesicht?

»Entweder Balance B ist in Feindeshand geraten, oder es gibt eine dritte Schaltwelt, von der ich nichts weiß.«

Cokroide horchte auf. »Was weißt du von einer dritten Schaltwelt?«

Der Karmuuch wich einen Schritt zurück und sah ihn fragend an.

Wie eklig seine Haut doch aussieht, gelblich, krank, geradezu wie eitrig wirkend! Wieso hatte ihn das eigentlich nie zuvor gestört? Er hatte sich schon immer zwingen müssen, die Karmuuch nur als begnadete Techniker zu sehen und nicht als die Nachkommen von Raubsauriern, die sie waren.

»Nichts«, beantwortete Skalkynme endlich die Frage.

Viel zu spät, fand Cokroide. Er zog die Waffe so schnell, dass die Echse nicht mehr reagieren konnte. Der Schuss traf sie mitten in die Stirn.

Die ideale Stelle. Der Clansführer lächelte. Ein Kopfschuss war eine saubere Sache. Sofort tödlich, und es war ausgeschlossen, dass eine Panzerung einem eine Enttäuschung bereitete.

Die Ordonanz, deren Namen er noch immer nicht kannte, starrte ihn aus weit aufgerissenen Augen an. Sie öffnete den Mund und schloss ihn wieder. Es war klar, welche Frage sie stellen wollte, auch wenn sie es nicht wagte: *War das klug?*

»War das klug?«, fragte sie dann. Überrascht sah er sie an. »Er war ein wertvoller Mitarbeiter, ein Ultra-Techniker.«

»Es gibt Karmuuch wie Sand am Meer.« *Sand am Meer …* »Einer mehr oder weniger spielt keine Rolle. Ein bedauerlicher Unfall. Gestorben in Erfüllung seiner Pflicht. Als dieser Montagering explodierte, haben viereinhalbtausend Karmuuch ihr Leben verloren. Nur, weil sie sich nicht ausreichend vor einem hinterhältigen Attentat der Rebellen geschützt haben. War *das* klug?«

Die Ordonanz wusste, dass sie sich auf dünnes Eis gewagt hatte und schwieg.

Cokroide lächelte. Die Frau gefiel ihm. Gefiel ihm wirklich.

Ausschlaggebend für seine Tat war die Erwähnung einer dritten Schaltwelt gewesen. Gab es tatsächlich solch eine Station? Wenn ja, wusste er zumindest nichts davon. Und Gellumern Dekvydt Skalkynme als *der* herausragende Wissenschaftler der Karmuuch hatte auch nichts davon gewusst.

Sollte es solch eine Welt geben, konnte dies nur eins bedeuten: Die Wissenschaftler von Cor'morian hatten ihr eigenes Süppchen gekocht. Und sollte es solch eine Welt geben, war es durchaus möglich, dass die Inbetriebnahme des Schwarms von dort aus sabotiert wurde.

Auszuschließen war es nicht, aber Cokroide hielt es für unwahrscheinlich. Und was konnte er schon tun? Er hatte alle Ordenstürme der Cor'morian vernichten lassen. Dort würde er keine Antworten mehr finden. Vielleicht hatte er doch etwas vorschnell gehandelt.

Und er hatte im Augenblick dringlichere Sorgen. Er hatte die Nerven verloren; das durfte nicht noch einmal geschehen. Seine Fassade der Unbesiegbarkeit hatte zum ersten Mal Risse erhalten.

Vielleicht hatte er mit der Erschießung des Ultra-Technikers tatsächlich eine falsche Entscheidung getroffen, sich dazu hinreißen lassen, nur um Dampf abzulassen. In Zukunft würde er sich um mehr Beherrschung bemühen.

Aber geschehen war geschehen, und er war keiner, der vertanen Chancen nachtrauerte.

Er konzentrierte sich wieder auf die anstehenden Probleme. Balance A schien nutzlos für ihn geworden zu sein. Was also tun? Er musste eine Entscheidung treffen, und zwar schnell.

»Wir deaktivieren die Schaltzentralen des Planeten«, befahl er. »Den Rest werden wir von Balance B aus erledigen. Wir brechen sofort auf.«

Tazmai lag 55 Lichtjahre von ZentraBalance entfernt. Wenn sie mit dem üblichen maximalen Überlicht-Faktor von einer Million flogen, würden sie ihr Ziel in einer halben Stunde erreichen.

Eine halbe Stunde konnte ein Herzschlag sein, aber auch eine Ewigkeit.

Auf jeden Fall würde der kurze Flug ihm Gelegenheit bieten, noch einmal darüber nachzudenken, was vielleicht anders gekommen wäre, wären die Dinge nicht so geschehen, wie sie geschehen waren.

Wäre der Kampf um seine große Liebe anders ausgegangen.

Und noch einmal an diese verdammte Station auf Sartaire zurückzudenken …

Axx sprang sofort vor, prallte gegen Ankya und riss sie mit sich zu Boden. Noch im Stürzen schoss er, konnte jedoch nicht sehen, ob er getroffen hatte. Den Geräuschen nach zu schließen, wohl kaum: Das dumpfe Dröhnen setzte wieder ein, diesmal jedoch viel lauter – und näher! – als zuvor.

Sie kommen von beiden Seiten!, dachte Axx. *Hinter uns sind auch welche!*

Der Rückweg war ihnen versperrt. Die Geräusche, die sie gehört hatten, stammten eindeutig von weiteren Kampfmaschinen.

Sollte es so enden? In die Zange genommen von Robotern, in einem Bereich der Station, der in den Lageplänen, die sie in der Zentrale gefunden hatten, nicht einmal verzeichnet war?

Er sah Ankya an, drehte den Kopf – vorwärts oder zurück?

Sie zögerte kurz, entschied sich dann für die Flucht nach vorn. Dort wussten sie wenigstens nicht genau, was sie erwartete.

»Gib mir Deckung!«, zischte er und rutschte bäuchlings über den Boden, spähte um die Ecke, sah die massigen Körper der Roboter, schoss. Er zielte auf die Rollen der Kampfmaschine, die das unheimliche Dröhnen verursachten, und traf. Metall schmolz und verdampfte, doch die Walze war zu groß, um nachhaltig beschädigt zu werden. Unbeeindruckt rumpelte die Kampfmaschine weiterhin auf ihn zu.

Bis sie im nächsten Augenblick erneut von einem Energiestrahl getroffen wurde, genau unterhalb der Stelle, die Axx ins Visier genommen hatte. Er rollte sich herum und sah, dass Ankya hinter ihm kniete und das Feuer auf die Maschine eröffnet hatte.

Er lächelte schwach, spürte in diesem Augenblick wieder dieses überwältigende Gefühl, das ihm bislang fremd gewesen war und er für Liebe hielt. Der kostbare Augenblick verflog, als der Kampfroboter vor ihm einknickte und krachend zu Boden fiel.

Ankya hatte geschafft, was ihm nicht gelungen war. Sie hatte die Walze zerstört!

Axx robbte weiter, in die Deckung, die die gefällte Maschine ihm bot. Der Rumpf drehte sich, die Waffenarme hoben und senkten sich, aber gefährlich werden konnte das metallene Monstrum ihm wohl nicht mehr. Doch er ging auf Nummer Sicher: Er zielte auf eine Augenlinse des Ungetüms und drückte ab. Der Kopf des Roboters explodierte, und seine Bewegungen erstarben abrupt.

Am liebsten hätte Axx einen lauten Triumphschrei ausgestoßen, aber er wollte die beiden anderen Roboter nicht überflüssigerweise auf sich aufmerksam machen. Und was war mit denen, die sich ihnen von hinten näherten?

Sie hatten nur wenig Zeit gewonnen. Und es gab keine andere Möglichkeit: Wollten sie überleben, mussten sie an den beiden Robotern vor ihnen vorbei.

Er gab Ankya ein Zeichen und deutete über den Roboter hinweg nach vorn. Sie blinzelte in den grellen Lichtschein und nickte dann.

Axx ignorierte den Schmerz im verletzten Arm, zog sich mit dem unverletzten an dem Roboter hoch, dessen Bewegungen mittlerweile erlahmt waren, spähte über ihn hinweg – und starrte in rot glühende Mündungen von Waffenarmen.

Sofort zog er den Kopf wieder zurück. Die beiden Roboter waren näher herangerückt, als er vermutet hatte. Mit überraschender Verstohlenheit hatten sie sich angeschlichen. Axx fragte sich, wieso er nicht das geringste Geräusch vernommen hatte.

Er glitt tiefer in die Deckung der beschädigten Maschine. Eine Deckung, die kaum etwas wert war, wie ihm im nächsten Augenblick klar wurde. Die Kampfroboter eröffneten das Feuer, und der Rumpf der Maschine, die ihn schützen sollte, explodierte in tausend Splitter.

Fluchend schrie Axx auf, warf sich zurück und riss Ankya mit sich. »Affail«, stieß er hervor – der Begriff für den achten Stand der Nodronen, Abschaum, Nutzlose. Aber auch Rebellen wurden so bezeichnet. Und im Moment waren für ihn alles und jeder *Affail*, vor allem Kampfmaschinen der Rebellen.

Axx zog Ankya an sich, wirbelte herum und erstarrte. Die Kampfroboter, die sie durch die Station verfolgt hatten, waren kaum noch zwanzig Meter von ihnen entfernt. Auch ihre Waffenarme waren aktiviert, und Axx hatte nicht den geringsten Zweifel darüber, was die Zielerfassungen ins Visier genommen hatten.

Das war es, dachte er. *Jetzt ist es endgültig aus. Bei der Kraft unserer Herzen schwören wir …*

Nein! Noch lebte, noch atmete er. Und so lange er atmete, gab es Hoffnung. »Zurück!«, schrie er, obwohl es eigentlich egal war, mit welchem Roboterpaar sie sich ein Gefecht liefern würden.

Alles geschah gleichzeitig, oder zumindest in so kurzer Zeit, in so wenigen Sekundenbruchteilen, dass er erst später Klarheit darüber bekam, was überhaupt geschehen war. Er warf sich erneut herum, sah, dass der von Ankya außer Gefecht gesetzte Roboter mittlerweile nur noch aus einigen wenigen, lachhaft kleinen, glühenden Fragmenten bestand, die ihnen nicht mehr den geringsten Schutz boten. Er sah die genau auf ihn gerichteten Waffenarme der beiden Roboter, das dumpfe und gleichzeitig so grelle energetische Wabern, das ihm alles verriet, was er wissen musste.

Was hatte er erwartet? Dass sein kurzes Leben wie im Zeitraffer an seinem inneren Auge vorbeilief? Dass die Zwillingsgötzen wie aus dem Nichts erschienen und ihn retteten? Dass Ankya in der Sekunde ihres Todes rief: »Axx, ich liebe dich?«

Alles. Er hatte alles erwartet, nur nicht, dass in diesem Augenblick der Kopf des ihm näheren Roboters explodierte und der ihm fernere von einem Energiestrahl in der Brust getroffen wurde, und am Waffenarm, und an der Walze …

Der Sekundenbruchteil, der zur Ewigkeit geworden war, dehnte sich noch immer aus, und dann sah er einen Schatten im grellen Licht des Ganges hinter den Robotern, und noch einen, und einen dritten, und während der vordere Roboter zusammenbrach, wurde der hintere von weiteren Energiestrahlen geradezu in ein Kreuzfeuer genommen. Und während er unter dem konzentrierten Beschuss verging, nahmen die Schatten Gestalt an, wurden von zweidimensionalen Abziehbildern zu dreidimensionalen Realitäten, und Axx wusste nicht, ob er lachen oder weinen sollte.

Er empfand einerseits unglaubliche Erleichterung. Sein Leben war gerettet worden, buchstäblich in letzter Sekunde. Ein Gesandter der Zwillingsgötzen hatte eingegriffen und ihn dem Tod entrissen.

Aber dass dieser Gesandte ausgerechnet Orser Jurzka sein musste …

Obwohl Jurzka ihm das Leben gerettet hatte, kochte Axx geradezu vor Wut. Er hatte Jurzka noch nie sonderlich gemocht. Aber jetzt hasste er ihn. Sobald sie diese Mission hinter sich hatten, würde er ihn erwischen – und bluten lassen. Es gab für ihn keinen Zweifel, dass er der bessere der beiden war. Er hatte die besseren Reflexe und war reaktionsschneller. Und stärker, und intelligenter, und …

Jurzka stieß einen gellenden Schrei aus und warf sich vorwärts, schnellte über die ausglühenden Wracks der Kampfroboter. Axx musste unwillkürlich grinsen, als das Manöver nicht wie geplant gelang und sein Konkurrent auf allen vieren landete. Fluchend rappelte er sich auf. Dabei prallte er gegen Ankya, die ebenfalls mit einem Sprung dem vermeintlich tödlichen Schuss des Roboters ausgewichen und genau neben Jurzka gelandet war.

Sie verlor den Halt und fiel erneut zu Boden. »Kannst du nicht aufpassen?«, fauchte sie den Are'Sam an.

Axx wusste nicht, was er davon halten sollte. Ihm war nicht entgangen, dass Ankya sich von Jurzka keineswegs abgestoßen fühlte. Sie himmelte ihn zwar nicht an, aber sie schien durchaus ein gewisses Interesse für ihn zu empfinden. Ein Interesse, das mindestens genauso groß war wie das, das sie ihm entgegenbrachte.

Und das machte Axx krank.

Gibt es Liebe auf den ersten Blick?, fragte er sich. Und dachte dann: *Dieser Einsatz wird nicht ohne weiteres Blutvergießen zu Ende gehen.*

»Halt den Mund«, brummte Jurzka und sah sich misstrauisch um, die entsicherte Waffe schussbereit in der Hand. Außer ihm machte Axx noch drei seiner Noy aus. Einer lag auf dem Boden; die beiden anderen hatten die Kampfhandlung offensichtlich unbeschadet überwunden und standen kampfbereit da.

Die beiden anderen Roboter, dachte Axx. *Warum greifen sie nicht an? Warum warten sie?*

Der ganze Einsatz kam ihm immer absurder vor. Nicht zum ersten Mal fragte er sich, was hier gespielt wurde.

»Gleich werden zwei Roboter aus der anderen Richtung angreifen«, sagte Axx.

Angewidert spuckte Jurzka auf den Boden, dann ging er zu dem leblos daliegenden Noy und kniete neben seinem anscheinend bewusstlosen Mann nieder. Der Soldat lag verkrümmt auf der Seite. Jurzka rollte ihn auf den Rücken. Der Mann gab keinen Laut von sich.

»Ist er tot?«, fragte Ankya.

Jurzka ergriff den Mann an der Schulter und hob ihn hoch. Dabei pendelte der Kopf des Levent'en haltlos hin und her. Blut sickerte unter dem Visier des Helms hervor.

Jurzka ließ ihn wieder los. »Er hat sich das Genick gebrochen. Beim Fallen, als er einem Schuss ausweichen wollte.«

Axx fiel auf, dass Jurzka nicht im Geringsten über die beiden anderen Roboter besorgt zu sein schien. Der Are'Sam sah Ankya lauernd an und deutete auf den Toten. »Im Kampf gefallen. Ein ehrenvoller Tod. Hoffentlich passiert dir das nicht auch.«

Ankya behielt die Nerven. Sie verzog spöttisch die Mundwinkel und verschränkte die Arme unter der Brust. Der schwere schwarze Kampfanzug verbarg ihre Formen kaum.

Was mag Jurzka jetzt denken?, fragte sich Axx. *Du kaltes Luder?*

Dann erwiderte der Are'Sam das Grinsen. »Unser furchtloser Führer scheint ja keinen Ausweg gefunden zu haben. Also müssen wir uns aus eigener Kraft aus dieser Falle befreien.«

»Und wie wollen wir das anstellen?«

»Ganz einfach«, sagte Orser Jurzka. »Ich schlage vor, dass ihr ausnahmsweise mal meinen Anweisungen folgt. Oder hast du damit Probleme, Axx?«

Axx Cokroide war klar, dass der Gleichrangige ihn provozieren wollte. Aber Jurzka war ihm gegenüber im Vorteil. Er kannte den Weg, der sie – zumindest vorläufig – aus dieser Falle führen würde. »Worauf warten wir?«, knurrte er.

Ankya kletterte über die Robotertrümmer, und Axx folgte ihr. Jurzka drehte sich noch einmal um und gab mit seinem Kombistrahler Dauerfeuer, bis Boden, Decke und Wände des Ganges rot glühten. Axx konnte die gewaltige Hitze durch seine Kombination spüren.

Hoffte Jurzka etwa, die sie verfolgenden Roboter damit aufhalten zu können?

»Weiter!«, rief der Are'Sam. Er lief voraus durch einen Gang, der sich durch nichts von dem zu unterscheiden schien, den sie auf der Flucht vor den Robotern genommen hatten.

Der Gang nahm eine Biegung, und Axx verharrte mitten im Lauf. Schatten türmten sich vor ihm auf, groß, verzerrt, bedrohlich. Aber dann nahmen sie normale Züge und Dimensionen an, und Axx wurde klar, dass es sich um Mitglieder der Einsatztruppe handelte. Als er sich wieder in Bewegung setzte, erkannte er mehrere Angehörige ihres Trupps, darunter auch den Verräter, Jundaii.

Offensichtlich hatten die anderen mehr Glück gehabt als er und Ankya und waren nicht in die abrupt entstandene Öffnung gestürzt.

Das wird Jurzka bis zur Neige ausnutzen und versuchen, mich auszuschalten und Ankya für sich zu gewinnen.

Der Are'Sam war kein schlechter Befehlshaber. Eine Handbewegung, und die Noy ließen sie passieren und sicherten nach hinten ab. Jurzka rannte weiter, wie eine Maschine; seine Beine stampften, der Oberkörper bewegte sich im Rhythmus dazu, die Arme ruckten vor und zurück.

Doch dann blieb er abrupt stehen. Seine Körpersprache verriet eindeutig die Verwirrung, die ihn überkommen hatte.

Ein weiteres Schott versperrte ihnen die Flucht.

Wenn Axx sich nicht täuschte, war Jurzka so überrascht, weil dieses Schott auf dem Hinweg noch nicht vorhanden – oder zumindest nicht geschlossen – gewesen war.

»Und jetzt?«, fragte er.

Jurzka klopfte vielsagend mit dem Kombistrahler gegen seinen Oberschenkel. »Wir schießen uns den Weg frei. Oder hast du einen besseren Vorschlag?«

Axx schüttelte den Kopf. »Dann mal los, Jurzka.«

Der Are'Sam grinste und winkte drei seiner Männer heran. »Ihr habt gehört, was er gesagt hat. Brennt das Schott auf!«

Ein junger Noy nickte, zog seinen Kombistrahler und schoss. Ein verheerender Lichtstrahl peitschte über die Metallfläche und wurde wie von einem Spiegel reflektiert, direkt zum Schützen zurück. Dem Levent'en blieb nicht einmal mehr Zeit, einen Schrei auszustoßen. Der Energiestrahl brannte sich den Weg durch die Schutzmontur und in seine Eingeweide.

Die beiden Levent'en, die neben dem Schützen standen, wurden ebenfalls getroffen, wenn auch nicht direkt. Kaum abgeschwächte Energien loderten an ihren Körpern empor und verwandelten sie in lebende Fackeln.

Der dumpfe Aufprall des ersten Levent'en, der bereits tot war, als er auf den Boden aufkam, hallte überlaut in Axx' Ohren. Noch lauter waren jedoch die Schreie der beiden Verletzten, die sich mit ersterbender Kraft auf dem Boden wälzten, um die Flammen zu ersticken. Aber es war sinnlos. Die Hitze hatte ihre Monturen verschmort und mit der Haut verbunden.

Axx wollte zu den Soldaten laufen, doch Jurzka hielt ihn zurück. Aufgebracht wollte Axx sich losreißen, doch der Are'Sam hielt seinen Arm eisern fest. So viel Kraft hatte Axx dem anderen gar nicht zugetraut.

»Es hat keinen Zweck! Der eine ist tot, und die anderen sind verloren! Komm, wir müssen hier weg, ehe es zu spät ist!«

Axx konnte nicht glauben, was er hörte, wollte es nicht. »Aber wir müssen ihnen doch helfen«, stieß er hervor.

»Wir können ihnen nicht mehr helfen«, herrschte Jurzka ihn an. »Sollen wir alle hier sterben? Du hast uns doch selbst vor den Robotern gewarnt. Wir müssen sehen, dass wir wegkommen ... so lange wir es noch können!« Jurzka zerrte ihn mit sich, fort von dem Schott und den Sterbenden. »Weg hier!«, schrie er den anderen Levent'en zu.

Sie zögerten. Es widerstrebte ihnen, die Kameraden zurückzulassen. Aber in einiger Entfernung erklang nun ein dumpfes Brummen, wurde schnell lauter.

Die Roboter hatten offensichtlich das Hindernis überwunden und näherten sich wieder.

Ankya fluchte laut, setzte sich dann in Bewegung und folgte Jurzka. Zögernd schlossen sich die anderen ihr an.

Weiter ging die Flucht. Kahle Gänge, dann und wann die Öffnung einer Rutsche wie der, über die Axx und Ankya in die Tiefe befördert worden waren, zu steil, um sie erklimmen zu können.

Jurzka ließ Axx los. Automatisch lief er mit, folgte dem Gleichrangigen, während er versuchte, das eben Geschehene zu begreifen. Drei Levent'en waren vor seinen Augen gestorben, Männer, für die er die Verantwortung trug.

Und wieso benahm Jurzka sich so seltsam? Wieso hatte er in aller Ruhe abgewartet, obwohl er doch wusste, dass weitere Roboter im Anmarsch waren?

Wollte er damit Ankya beeindrucken? Axx war klar, dass der Are'Sam ein Rivale im Kampf um die junge Frau war. So unverständlich es ihm auch vorkam, sie interessierte sich für den anderen.

Eigentlich hatte es nicht schlimmer kommen können. Jurzka hatte sie alle gerettet; nun hatte er freie Bahn. Ankya konnte sich nur für seinen Konkurrenten entscheiden.

Und trotzdem war es nicht richtig. Er wusste plötzlich, worauf es hinauslief. Er würde Jurzka irgendwie besiegen müssen, im fairen Kampf. Er würde beweisen müssen, dass er der bessere der beiden war, der bessere für diese Frau. Es gab keine andere Möglichkeit.

Ein Duell.

Nicht, dass ihn diese Vorstellung betroffen oder besorgt gemacht hätte. In der Kultur der Nodronen stand der Zweikampf im Mittelpunkt; die Entscheidung, wer eine führende Position besetzte, wurde oftmals durch ein Duell entschieden. Oder auch die, wer die Frau seines Herzens für sich gewinnen konnte …

Beschämt musste Axx sich eingestehen, dass er diesem Kampf bislang ausgewichen war. Er liebte den Nervenkitzel und das Spektakel, das mit Zweikämpfen dieser Art verbunden war. Aber während eines Kampfeinsatzes … Das hatte die sprichwörtliche Disziplin der Noy bislang verhindert.

Doch seine Stunde würde kommen. Er musste versuchen, Ankya und die anderen zu retten, aus dieser Falle zu führen. Danach konnte er die Konfrontation mit Jurzka suchen. Sonst würde er Ankya nicht mehr unter die Augen treten, ihr nicht die Frage stellen können, die er ihr unbedingt stellen wollte.

Unbemerkt von den anderen blieb er etwas zurück.

Mittlerweile hatte Jurzka eine Abzweigung erreicht und blieb kurz stehen. Er hatte einen Großteil seiner Selbstsicherheit verloren, wahrscheinlich zusammen mit seiner Orientierung; offensichtlich war dies nicht der Weg, den Jurzkas Gruppe genommen hatte, als sie sich zu ihm und Ankya durchgeschlagen hatte.

Wie haben sie uns überhaupt gefunden?, dachte Axx.

Jurzka wusste sicher, dass er sich ein Zögern nicht leisten konnte. Weiterhin waren Roboter hinter ihnen her, und bei Führungsunsicherheiten würde er den Kredit, den er gerade bei seinen Leuten gewonnen hatte, sofort wieder verspielen.

Weit vor ihnen leuchtete es heller im Gang. Axx kniff die Augen zu und erkannte ein weiteres Schott, eher einen rechteckigen Umriss, aus dem hellerer Lichtschein fiel.

Keuchend blieb Jurzka stehen und stieß dann einen Triumphschrei aus, als er die Augen zusammenkniff und das offene Schott in der Ferne erkannte. »Weiter!«, rief er. »Wir haben es gleich geschafft! Dann sind wir aus der Falle raus!«

Axx ging nur langsam weiter, ließ sich auch von den restlichen Levent'en überholen, bis er das Ende der Kolonne bildete. Die anderen beachteten ihn gar nicht, schienen nur noch das geöffnete Schott zu sehen, das etwa fünfzig Meter vor ihnen lag, wollten es so schnell wie möglich erreichen.

Nun machte Axx zwei Levent'en aus, die dort standen und ihnen auffordernd zuwinkten. Er kniff die Augen zusammen, aber ihre Gesichter blieben seltsam verschwommen, und er konnte ihnen keine Namen zuordnen. Waren es überhaupt Leute aus seiner Gruppe, oder hatte Duunill noch weitere Teams in die Station geschickt?

Der Are'Sam zögerte. Die unbekannten Levent'en unterhielten sich und lachten, als wäre alles in bester Ordnung und es völlig normal, dass ein Teil der Expeditionsgruppe in panischer Eile auf sie zugestürmt kam.

Er blieb abrupt stehen. Etwas stimmte nicht; nicht mit den Noy dort, und auch nicht mit der Station an sich. Und plötzlich wusste er es. Die beiden Soldaten, die dort standen und auf sie warteten, redeten und redeten – er sah sie jetzt ganz deutlich, aber kein Ton drang zu ihm hinüber.

Hologramme!, dachte er. *Schlechte Hologramme!*

»Bleibt stehen!«, rief er. »Es ist eine Falle!«

Als er die Warnung ausstieß, wusste er, dass es bereits zu spät war. Die ersten Levent'en hatten das Schott fast erreicht, als die beiden nur umrisshaft dargestellten Soldaten sich von einer Sekunde auf die andere auflösten.

Und mit ihnen das geöffnete Schott.

Mit voller Wucht prallten die Levent'en gegen die massive Metallfläche und wurden zurückgeworfen. Einer brach wie von der Peitsche gefällt zusammen und blieb reglos liegen, der zweite wälzte sich stöhnend auf dem Boden.

»Ankya!«, brüllte Axx. »Zurück! Schnell!«

Die junge Frau hörte ihn, zögerte nur ganz kurz, wirbelte herum und setzte sich in Bewegung. Sie rannte, ohne auch nur einmal zurückzuschauen.

Auch Jurzka blieb wie angewurzelt stehen. Er sah sich gehetzt um und riss den Kombistrahler aus dem Gürtel. Aber es gab nichts, worauf er hätte schießen können – nur eine nackte Wand, die gerade noch ein Schott gewesen war. Dann rannte auch er los, hielt ganz kurz inne, packte Jundaii und zerrte ihn mit sich.

Ausgerechnet den Verräter rettet er!, dachte Axx, während die Zeit stillzustehen schien und er auf das wartete, was unausweichlich kommen würde. Er wusste nicht, was es war, nur, dass es schrecklich werden würde.

Endlich reagierten die anderen Levent'en, folgten ihren Vorgesetzten. Sie spürten auch, was Axx ahnte, hatten jede militärische Ordnung aufgegeben, liefen um das nackte Leben.

Aber sie kamen nicht weit. Ein dumpfes Knirschen, und Teile der Deckenverkleidung fuhren zurück und enthüllten breite, röhrenförmige Gebilde.

Ein lautes Zischen erklang, und aus den Öffnungen in der Decke spritzte mit starkem Druck eine Flüssigkeit – geruchlos, klar wie Wasser, aber tödlich. Wo sie die Kampfanzüge der Levent'en berührte, quollen Dämpfe empor, wo sie schließlich nackte Haut berührte, verfärbte sie sich, wurde zuerst rot, dann violett, dann schwarz, und schlug Blasen.

Säure!, dachte Axx.

Der enge Korridor verwandelte sich in eine Hölle aus schreienden Levent'en und der alles zerfressenden Substanz. Schon nach wenigen Sekunden bedeckte sie auch den Boden. Axx stellte sich vor, welche Qualen die Sterbenden ausstanden. Hätte man sie mit Flammenwerfern angegriffen, hätten sie versuchen können, sich auf dem Boden zu wälzen, um das Feuer zu ersticken. Aber jetzt warfen sie sich in den Säurefilm, und die tödliche Substanz griff sie gleichzeitig von oben und von unten an, zersetzte zuerst ihre Kampfanzüge, dann ihre Haut …

Axx schloss die Augen.

Ankya schrie auf, schlug mit den Armen um sich, als wolle sie einen unsichtbaren Insektenschwarm abwehren, rannte dann weiter. Als sie Axx erreichte, stiegen kleine Rauchfäden von ihrer Uniform empor, lösten sich dann jedoch auf. Sie war der Falle in letzter Sekunde entronnen.

Noch immer von Entsetzen gepackt, wirbelte Axx herum, riss Ankya mit sich und lief los, immer weiter, floh in die Tiefe der unterirdischen Station. Hinter ihm erklangen dumpfe, polternde Schritte. Einige seiner Leute hatten das Massaker überlebt. Auch Jurzka war darunter, wie Axx feststellte, als er sich umdrehte.

Im ersten Augenblick voller Verdruss, wie er sich eingestand, aber dann mit Erleichterung. Es wäre keine Lösung, sollte der Are'Sam auf diese Art und Weise sterben.

»Aufbrennen«, befahl Axx kurz entschlossen. »Auf meinen Befehl.«

Die beiden Levent'en, die ihm noch verblieben waren, zögerten nicht lange und hoben die Waffen.

Axx hatte alle erdenklichen Vorsichtsmaßnahmen ergriffen. Die beiden Soldaten hielten einen gewissen Abstand und richteten ihre Waffen schräg auf die Wand, damit sie nicht direkt getroffen wurden, falls die Energien der Kombistrahler wieder zurückschlagen sollten.

Axx hatte lange gezögert, diesen Befehl zu erteilen, vielleicht sogar zu lange. Letzten Endes hatte er jedoch keine andere Möglichkeit gesehen.

Jede Faser seines Seins verriet es ihm. Mit dieser Station stimmte etwas nicht. Die ganze Situation kam ihm immer unwirklicher vor.

Er musste etwas unternehmen. Die Spielregeln verändern, außer Kraft setzen. Dem Spiel neue Regeln aufzwingen. So ging es jedenfalls nicht weiter.

»Bist du sicher?«, fragte Orser Jurzka. »Weißt du wirklich, was du tust?«

Axx ignorierte ihn und gab das Handzeichen.

Die schweren Kombiwaffen traten in Aktion. Gebündelte Energiestrahlen schnitten ein Viereck in die Wand.

Sonst geschah nichts. Die Strahlen schlugen nicht zurück, von der Decke tropfte keine Säure, es öffneten sich keine verborgenen Klappen, aus denen Roboter hervorschossen. Die Energiestrahlen trieben ungehindert ein rechteckiges Muster in den Stahl.

Als die Schweißkanten sich abgekühlt hatten, nahm Axx Anlauf und rammte seine Schulter mit voller Wucht gegen das Viereck. Der Schmerz zuckte durch seinen gesamten Körper, flammte auf wie eine neue Sonne, wurde von den Nerven weitergeleitet, breitete sich aus und konzentrierte sich dann wieder in seinem Arm.

Er ignorierte ihn.

Knirschend gab das Metall nach, und die Platte fiel nach hinten und polterte auf der anderen Seite zu Boden. »Na also«, stöhnte Axx und rieb sich die schmerzende Schulter. »Nichts wie raus hier! Und haltet die Augen offen!«

Nacheinander folgten ihm Ankya und die Männer durch die Öffnung. Axx fand sich in einem breiten Korridor wieder, an dessen einem Ende ein schmales, geöffnetes Schott zu sehen war.

Es roch geradezu nach einer weiteren Falle.

»Das sehen wir uns mal an«, sagte er trotzdem. »Ich gehe voraus, und ihr bleibt hinter mir.«

»Immer auf meinen Schutz bedacht, Axx?«, bemerkte Ankya spöttisch.

Der Kommandoführer musterte sie von oben bis unten. Er fragte sich, wie viel sie dem Blick entnehmen konnte. Was blieb ihr verborgen, was konnte sie sich denken?

Aber jetzt war weder die richtige Zeit noch der richtige Ort für solche Gedanken. Wenn sie hier in einem Stück heil herauskamen, konnte er weitersehen.

»Du hast es erfasst«, antwortete er genauso spöttisch. »Und jetzt los.« Aus dem Augenwinkel sah er, dass die beiden Levent'en nickten und ihre Waffen fester ergriffen.

Langsam näherte sich Axx dem Schott. Als er einen Meter vor der Öffnung stand, drückte er sich mit dem Rücken gegen die Wand. Auf ein Handzeichen folgten die anderen seinem Beispiel.

Vorsichtig riskierte Axx einen Blick um die Ecke. Das Schott führte auf eine Art Plattform, der sich ein schmaler, mit einem Geländer abgesicherter Laufgang anschloss. Der Steg führte etwa hundert Meter über dem Boden einer gigantischen Halle einmal um die Grundfläche herum. Axx machte in regelmäßigen Abständen Leitern aus, über die man nach unten steigen konnte.

Die Halle selber war leer. Axx hatte erwartet, Aggregate, Fertigungsstraßen, vielleicht sogar ein flugbereites Raumschiff zu sehen. Er trat auf die Plattform hinaus und schüttelte verblüfft den Kopf. »Was soll das?«, fragte er niemanden im Besonderen.

Ankya trat neben ihn. »Vielleicht ist die Halle früher zu etwas benutzt worden.«

Er schüttelte den Kopf. »Der Boden und die Wände sind total eben und glatt. Wenn es Maschinen gegeben hätte, müssten wir etwas sehen, Sockel, Anschlüsse …«

Sie lächelte überlegen. »Angenommen, hier wurde nur etwas gelagert? Vorgefertigte Teile ... oder Fahrzeuge. Oder Raumschiffe.«

»Na klar. Kilometer unter der Erde wurden Fahrzeuge oder Raumschiffe gestapelt. Das glaubst du doch selbst nicht.«

»Und wenn es tatsächlich Raumschiffe waren ...?«

Jurzka räusperte sich und kniff die Augen zusammen. »Du meinst, das hier ist ein Teil der Werft?«

Ankya zuckte mit den Achseln. »Wäre doch möglich, oder?«

Jurzka schüttelte den Kopf. »Ich weiß nicht. Warum sollte uns diese Wachvarsonik – falls es sie überhaupt gibt – mit der Nase auf die Werft stoßen, wenn sie eigentlich doch dazu da ist, genau das zu verhindern?«

Axx tat es nicht gern, aber er musste dem Are'Sam Recht geben. »Hier passt etwas nicht zusammen. Es geht nicht um eine Werft oder das Ausheben einer Rebellenstation.«

Ankya sah ihn fragend an.

Er nickte ihr zu. »Sehen wir uns die Sache an, wenn wir schon hier sind.« Er zeigte nach vorn und betrat den Steg. »Nehmen wir die Leiter da.«

Doch die Metallkonstruktion war so schmal, dass sie alle nur hintereinander gehen konnten. Axx tastete sich vorsichtig voran, rechnete damit, dass der Steg zu schwanken anfing, vielleicht sogar unter seinem Gewicht nachgab, sah sich aber getäuscht. Er trug ihr Gewicht problemlos und sicher.

Noch drei, vier Schritte, und er würde die Leiter erreichen.

Aber – er hatte es erwartet und wurde wieder nicht enttäuscht.

Einer der Levent'en stieß einen Schrei aus. Alarmiert fuhr Axx herum.

Er sah es sofort. In der Decke bildete sich eine Öffnung, diesmal ohne jedes Knirschen und Ächzen, geräuschlos, wie es sich für eine gut geführte Anlage gehörte.

Für eine gut geführte Anlage ...

Durch die Öffnung schoss ein Roboter in die Halle, dann noch einer, und ein dritter, ein vierter. Axx machte zuerst nur einen verschwommenen Umriss aus, ein metallisches Schimmern, dann, als er die Augen zusammenkniff, einen Kugelkörper, aus dem drei lange, tentakelförmige Greifarme ragten.

Lautlos rasten die Objekte auf ihn – die kleine Gruppe! – zu.

Die Spielregeln verändern, dachte Axx, und diese winzige Verzögerung nahm ihm jede Chance, seinen Plan umzusetzen. Orser Jurzka hob den Kombistrahler an die Schulter und visierte sorgfältig. Die beiden Levent'en folgten seinem Beispiel, und auch Ankya hatte ihre Waffe aus dem Gürtel gezogen.

»Nein!«, rief Axx.

Zu spät.

»Gut so«, flüsterte Jurzka grinsend. »Lasst die Bastarde noch etwas näher kommen! Ja, so ist es gut, kommt, kommt!«

Als die Flugroboter nur noch zwanzig Meter entfernt waren, betätigte Jurzka den Auslöser. Der vorderste Roboter explodierte. Glühende Trümmerstücke schossen in alle Richtungen, rasten kreuz und quer durch die riesige Halle, zogen wie Kometen durch einen künstlichen Himmel, erloschen und senkten sich in lang gezogenen Kurven wieder dem Boden zu.

Die anderen schossen jetzt auch. Ein Flugroboter nach dem anderen verging. »Bei den Zwillingsgötzen«, rief Jurzka begeistert und visierte den nächsten Roboter an, »das ist ja leichter als Tontaubenschießen!«

Axx sah es kommen, lange vor Jurzka und den anderen. *Wieso sehen sie es nicht?*, dachte er. *Bin ich um so vieles besser als sie, reaktionsschneller, schneller von Begriff? Merkt denn kein anderer, was hier gespielt wird?*

Oder bildete er sich nur etwas ein, hatte er sich in eine abwegige Theorie verrannt?

Jurzka konzentrierte sich voll auf die Maschine, die er unbedingt abschießen wollte. Axx fluchte haltlos. Jurzka entging, dass ein neuer Typ von Roboter aus der Deckenöffnung geschossen kam.

Diese Maschinen waren von zylindrischer Form und wesentlich größer, erreichten fast die Höhe eines ausgewachsenen Nodronen. Zwei, drei Blicke auf ihren Kurs, und Axx durchschaute ihre Taktik. Sie peilten ihr Opfer an und warteten, bis der Feind wieder von den kleineren Maschinen abgelenkt wurden, um dann wie Raubvögel herabzustoßen.

Das Opfer war Ankya. Ihr erging es nicht besser als Jurzka; sie bemerkte den neuen Feind erst, als es zu spät war.

Wie die anderen auch hatte sie die kleinen Flugobjekte unter Dauerfeuer genommen, wenn auch nicht mit solcher Verbissenheit und einer schlechteren Trefferquote.

Unvermittelt schwebte der erste Zylinderroboter genau über ihr. Sie erkannte die Bedrohung erst, als es viel zu spät war, riss den Kombistrahler hoch, doch bevor sie feuern konnte, griffen zwei stählerne Tentakel mit Klauenfortsätzen zu und packten sie an den Schultern.

Ankya schrie auf, doch unbeeindruckt hielt die Maschine sie fest und riss sie in die Luft.

Axx fuhr herum und hob den Kombistrahler. Aber er konnte nichts tun. Der Roboter hielt die Frau wie einen Schild vor sich. Hätte Axx geschossen, hätte er auf jeden Fall Ankya getroffen.

Eins musste er ihr zugute halten. Erst als sie dreißig Meter über dem Boden schwebte, rief sie um Hilfe.

Was kann ich tun?, dachte Axx. Selbst wenn er den Roboter jetzt hätte abschießen können, wäre Ankya aus dieser Höhe zu Tode gestürzt.

Ohnmächtig musste er zusehen, wie die Maschine mit ihrer Beute langsam zur Decke schwebte und dann in der Öffnung verschwand.

Die anderen Flugroboter folgten ihr, als wären sie informiert worden, dass sie ihren Auftrag erfüllt hatten.

Dann herrschte wieder Stille in der riesigen, leeren Halle, von Axx' wilden Flüchen einmal abgesehen.

»Machen wir eine Pause«, schlug Jurzka vor.

Axx nickte und lehnte sich gegen die Wand. Ihm ging es nicht besonders gut. Die Wirkung des Narkotikums hatte nachgelassen, und der gebrochene Arm schmerzte wieder stärker.

»Ich gebe dir noch eine Spritze«, schlug Jundaii vor, doch Axx wehrte ab. Es behagte ihm nicht, sich von einem Verräter helfen zu lassen. »Es geht auch so. Das Zeug macht mich nur benommen, und ich brauche alle meine Sinne.«

Wozu?, hätte er sich beinahe gefragt, aber dann verkniff er es sich. Es fiel ihm schwer, sich nichts von seiner Hoffnungslosigkeit anmerken zu lassen. Schon seit einiger Zeit irrten sie durch die nicht enden wollenden Korridore der Station, ohne einen Weg gefunden zu haben, der sie zurück an die Oberfläche brachte. Es kam Axx mitunter vor, als würden sie im Kreis gehen.

Einer der Levent'en verteilte Notrationen.

Raumfahrerkost, dachte Axx abfällig. Wie alle Nodronen bevorzugte er Nahrung, die in wenig verarbeitetem Zustand auf den Tisch kam: je roher, desto lieber. Was sich nicht allein auf tierische Proteine bezog, sondern auch auf vegetarische Nahrung; Nodronen waren Vollwert- und Rohkostesser. Zahllose Angehörige ihres Volkes suchten Entspannung in den Jagdrevieren verschiedener Planeten, erlegten dort eigenhändig mit prätechnischer Bewaffnung die Mahlzeit für den kommenden Tag.

Und dieses Zeug, das er nun in sich hineinzwang, eine braune, fast geruchslose Paste aus einer Tube ... Sie mochte zwar alle lebenswichtigen Nährstoffe enthalten, hatte aber nur rudimentäre Ähnlichkeit mit *wirklicher* Nahrung.

»Kopf hoch«, sagte Jurzka. »Wir finden einen Weg.«

»Bevor wir verhungern oder verdursten?« Axx lachte freudlos. »Warum sprichst du es nicht aus? Du kannst die Lage doch genauso gut einschätzen wie ich.«

Jurzka nickte knapp. »Es sieht nicht rosig aus. Aber wir dürfen die Hoffnung nicht aufgeben. Vielleicht ist ja schon ein zweiter Trupp in die Station eingedrungen, und man sucht nach uns ...«

Axx ließ sich auf den Boden nieder, wobei er sorgfältig darauf achtete, den gebrochenen Arm nicht zu belasten. Währenddessen ging Jundaii vor ihnen auf und ab. Schließlich blieb er vor ihnen stehen und sah zu ihnen hinab. »Ich verstehe das nicht«, sagte er.

Axx musterte den Verräter misstrauisch. »Was verstehst du nicht?«

Der Sartairer schüttelte den Kopf. »Ich kenne mich mit Varsoniken aus, und ich habe eine Theorie entwickelt …«

»Ich höre.« So sehr es Axx widerstrebte, falls der Verräter eine Idee hatte, die ihnen weiterhelfen konnte, mussten sie darauf eingehen.

»Als wir in diesen Teil der Station eingedrungen sind, hat sich ein Programm aktiviert. Wahrscheinlich ist es schon vor Jahren geschrieben worden. Die Varsonik erwachte praktisch wie aus einem langen Schlaf.«

»Aber warum hat uns diese Wachvarsonik dann nicht direkt getötet?« Axx runzelte die Stirn. Er nahm seinen Kampfhelm ab und legte ihn neben sich auf den Boden.

»Wahrscheinlich konnte sie uns zuerst nicht genau einordnen. Sie musste zweifelsfrei bestätigen, dass wir unbefugte Eindringlinge sind. Die Varsonik hat uns beobachtet, und als Jurzka auf die Roboter schoss, wusste sie, auf welcher Seite wir stehen. Das Programm nahm seinen Lauf.«

»Und wie sieht dieses Programm aus?«

»Das ist die Frage …«

Nun schüttelte Axx den Kopf. »Die Varsonik verfügt über genug Machtmittel, uns mit Robotern zu stellen und zu töten. Warum setzt sie ihre Möglichkeiten nicht ein und geht konsequent gegen uns vor? Hat sie etwa vor, uns hier verhungern zu lassen?«, fügte er spöttisch hinzu.

»Das kommt mir nicht sehr wahrscheinlich vor«, gestand der Verräter.

»Ich schlage vor, dass wir abwarten, was passiert«, warf Jurzka ein. »Das gefällt mir zwar nicht besonders, aber die Alternative wäre, weiterhin in diesem Labyrinth herumzuirren. Wir haben schon zwanzig Leute verloren. Da schonen wir doch besser unsere Kräfte.«

»Wir haben noch eine andere Möglichkeit«, sagte Axx und musterte sowohl den Verräter als auch den anderen Are'Sam ganz genau. Bei Jundaii hatte er durchaus den Eindruck, dass der Sartairer von seinen Worten überzeugt war und glaubte, was er sagte.

Jurzka hingegen konnte er überhaupt nicht mehr einschätzen. Vielleicht musste er sein Urteil über den Are'Sam revidieren. Bislang hatte er ihn in erster Linie als Rivalen um Ankyas Gunst gesehen. Die Entscheidungen, die er als Are'Sam getroffen hatte, waren weitestgehend richtig gewesen, wenngleich er überstürzt gehandelt hatte, als er zum ersten Mal das Feuer auf die Roboter eröffnet hatte.

Auch jetzt verriet Jurzkas Gesichtsausdruck ihm nicht das Geringste.

Die beiden sahen ihn fragend an.

»Wir könnten«, sagte Axx und griff in eine der Taschen seiner gegürteten Jacke, »ein kalkuliertes Risiko eingehen und aktiv werden.«

»Und wie?«, fragte Jurzka.

Axx hielt den Gegenstand hoch, den er hervorgeholt hatte. Es war ein kleiner mobiler Empfänger, der auf ein bestimmtes Ortungssignal programmiert war. Der Monitor zeigte einen hellroten Lichtpunkt inmitten eines verwirrend anmutenden Labyrinths aus gelben, grünen und blauen Strichen.

Jurzka sah ihn fragend an.

»Als Ankya meine Verletzung versorgte, habe ich einen kleinen Peilsender an ihrer Uniform befestigt«, sagte er. »Dieser Empfänger verrät uns, wo wir sie finden.«

Es war ein Wartungsschacht, kreisrund, mit einem Durchmesser von vielleicht zwei Metern. An beiden Seiten waren Sprossen eingelassen, sodass sie ihn problemlos emporsteigen konnten.

Axx warf einen Blick auf den Empfänger. Der rote Punkt leuchtete heller und größer denn je zuvor.

Er hatte die dreifarbigen Striche mittlerweile als stark vereinfachten Grundriss eines Teils der Station erkannt. Der Weg, den die Roboter mit Ankya eingeschlagen hatten, war farblich hervorgehoben. Aber dieser Weg war ihnen versperrt. Hier standen sie vor einem Schott, das sie hätten aufsprengen müssen. Dort war ein Schott verzeichnet, das gar nicht vorhanden war. Oder das sich zumindest mit ihren beschränkten Mitteln nicht finden ließ. Dann wiederum gerieten sie an eine Abzweigung, die auf dem kleinen Bildschirm nicht verzeichnet war.

Den Wartungsschacht hatte Axx zufällig entdeckt. Und er führte geradewegs hinauf in die höheren Bereiche der Station, in denen Ankya gefangen gehalten wurde.

Oder ihre Leiche lag.

»Hier muss es sein«, sagte Axx. »Direkt hinter der Wand müsste sich ein Gang befinden.«

Jundaii kletterte an den Sprossen neben ihm hoch und fuhr mit der Hand über das glatte Material. »Da ist nichts. Keine Fuge, keine Öffnung. Nichts.«

Axx schüttelte den Kopf. »Ich kann mir nicht vorstellen, dass ein Wartungsschacht durch die Station führt und keine Ausgänge zu den einzelnen Stockwerken hat.«

»Wir haben noch keinen einzigen Ausgang gefunden«, gab Jurzka zu bedenken.

»Eben.« Axx warf noch einen Blick auf das Display des kleinen Empfängers. Der rote Punkt leuchtete heller denn je.

Ankya, dachte er. Lebte sie noch? Warum hatten die Roboter ausgerechnet sie entführt? Fast wäre es ihm lieber gewesen, sie hätten ihn an ihrer Stelle mitgenommen. Aber dann könnte er jetzt gar nichts tun. So hatte er vielleicht die Möglichkeit, ihr zu helfen.

»Schalte den Kombistrahler auf Desintegratorfunktion«, befahl er Jundaii.

Der Verräter wand sich. »Hältst du es für ratsam, die Roboter wieder auf uns aufmerksam zu machen? Wir haben nur eine Chance, wenn wir überraschend zuschlagen. Sie werden die Energieemission anmessen.«

Axx wurde von seinem gebrochenen Arm behindert, sonst hätte er schon längst selbst die Initiative ergriffen. Das dumpfe Pochen des Schmerzes war zu einem heißen Brennen geworden, das in seinen gesamten Körper abstrahlte.

Die Zurückhaltung des Verräters kam ihm verdächtig vor. Er konnte verstehen, dass Jundaii nicht unbedingt großes Interesse daran hatte, Ankya zu befreien, aber musste er nicht alles daransetzen, diese Station so schnell wie möglich zu verlassen?

Was verheimlichte der Sartairer?

»Jurzka«, sagte er.

Der Are'Sam sah mit unverhohlener Abneigung zu ihm hoch. »Ich halte nichts davon, mit solcher Brachialgewalt vorzugehen. Das Überraschungsmoment ist unsere einzige Chance.«

Das war Befehlsverweigerung. Jurzka war zwar gleichrangig, aber er hatte den Oberbefehl über die gesamte Gruppe bekommen.

Doch was sollte er tun? Mit einem gebrochenen Arm, den er nicht belasten konnte, konnte er mit Müh und Not die Sprossen erklimmen. Sollte es zu einer offenen Auseinandersetzung kommen, war er hoffnungslos unterlegen.

Er nickte knapp und ließ den gebrochenen Arm aus der behelfsmäßigen Schlinge gleiten, hin zum Griff des Kombistrahlers im Gürtelhalfter. Die Schmerzen waren ungeheuerlich. Er konnte nur hoffen, dass er sich nicht durch sein verzerrtes Gesicht verriet.

»Na schön«, sagte er, während er die Einstellung des Strahlers veränderte. »Dann suchen wir eben weiter.« Mit dem unverletzten Arm zog er sich die nächste Sprosse hoch, dann noch eine, und noch eine. »Irgendwo *muss* es ja einen Ausgang geben.«

Er glaubte zu hören, wie Jurzka erleichtert aufatmete. Im nächsten Augenblick betätigte er den Auslöser des Kombistrahlers.

Der grünlich leuchtende Waffenstrahl fuhr durch die Wand des Wartungsschachts. Das Hyperfeld, das er erzeugte, neutralisierte die Bindungskräfte fester Stoffe. Die getroffene Materie im Zielbereich – also die Wand – zerfiel zu

Ultrafeinstaub, dessen Partikel einen Moment lang wie ein feiner Schleier in der Luft schwebten und dann langsam zu Boden sanken.

Mit schmerzverzerrtem Gesicht hob Axx die Hand ein wenig, bis die Öffnung, die der Desintegratorstrahl schuf, groß genug war. Bevor Jurzka oder Jundaii reagieren konnten, stieß er sich mit beiden Füßen ab und sprang durch das Loch. Er landete auf dem gebrochenen Arm; glühende Lava schien durch seinen Körper zu fließen und nahm ihm kurz jegliche Sicht.

Wie er es tausendmal geübt hatte, rollte er sich ab. Er kam auf den Knien auf und schwankte, als er sich erheben wollte, wäre fast wieder zusammengebrochen.

Allmählich klärte sich sein Sichtfeld. Er sah, wie Jurzka sich durch die vom Desintegrator erzeugte Öffnung schwang.

Axx fuhr herum. Ein Gang lag vor ihm, nicht anders als die, die er bereits passiert hatte. Eine monotone Wandverkleidung, indirekt beleuchtet.

Er lief los, weiter, immer weiter. Hinter ihm hämmerten Jurzkas Stiefel auf dem Boden. Der Are'Sam fluchte ungebührlich, forderte ihn auf, stehen zu bleiben. Jundaiis Stimme fiel ein.

Axx ignorierte sie. Sein Verdacht bewahrheitete sich, der Gang öffnete sich in eine große Halle. Er sah Varsonikkonsolen, kreisrund um Feuerstellen angeordnet, und in der Mitte des Saals ...

Hier stimmt etwas nicht, dachte er, und der Drang, das Geheimnis der Station endlich zu klären, wurde schier übermächtig. Axx spürte, dass sich ihm jetzt die Gelegenheit dazu bot, wahrscheinlich die einzige, die er bekommen würde.

In der Mitte der Halle stand Ankya, etwas zerzaust, die Uniform an einer Stelle über der Brust zerrissen, wohl vom Tentakelgriff der Roboter, ansonsten aber unverletzt. Ihre Häscher waren nicht zu sehen. Sie wurde weder von Kampfmaschinen bedrängt, noch war sie gefesselt.

Und neben ihr lagen auf drei, vier Tischen unzählige Schmuckstücke, so glaubte er anfangs zumindest, matte Juwelen mit hell leuchtenden Einschüben, Hunderte, Tausende.

Verblüfft trat er näher und kniff die Augen zusammen.

Nun endlich erkannte er das Material. Sein Verstand hatte ihm einen Streich gespielt. Es war so selten, so kostbar, dass er nie damit gerechnet hätte, es einmal in solchen Mengen zu sehen.

Zheugir, dachte er.

Ein Mineral auf Quarzbasis, dessen Einschlüsse hyperenergetischer Natur waren und die als *pseudomaterielle* Struktur mehr oder weniger stabile Stofflichkeit erlangt hatten. Chemische und physikalische Messungen führten stets zu stark schwankenden Ergebnissen – die Bandbreite des festgestellten Atomgewichts etwa pendelte willkürlich zwischen Null und 1024, und chemisch zeigte sich edelgasähnliche Reaktionsträgheit neben chlorgleicher Reaktionsfreudigkeit. Deshalb und weil die Einschlüsse sich nicht ins Periodische System der Elemente einordnen ließen, hatten die praktisch orientierten Nodronen diese Hyperelemente als *hyperenergetisch-pseudomaterielle Konzentrationskerne* definiert.

Axx rief sich in Erinnerung zurück, was er sonst noch über diese geheimnisvolle Substanz wusste. Als nicht synthetisch herzustellende Quarzform hatte Zheugir ein ungewöhnliches Silizium-Isotopenverhältnis: Es bestand zur Hälfte aus dem Isotop Si-30, das in der Natur nur rund drei Prozent des Silizium-Bestandes ausmachte. Während der Kristallaufbau einem normalen Raumgitter entsprach, konnte der eingelagerten Pseudomaterie zwar eine atomähnliche Feinstruktur zugewiesen werden, aber selbst exakteste Messungen erbrachten ein zwischen 208 und 513 schwankendes Atomgewicht.

In Abhängigkeit von dieser *Pseudo-Masse* variierte die natürliche Hyperstrahlung, weshalb von einer *hyperenergetischen Vario-Konstanten* gesprochen wurde. Sie war klar von jener zu unterscheiden, die sich durch äußere Anregung – konventionell und/oder hyperphysikalisch – ergab.

Kurz gesagt: Zheugir war extrem selten und damit auch extrem kostbar.

Und ausgerechnet hier, in dieser Station auf Sartaire, fanden sie Zheugir in solchen Mengen!

Ist das der wahre Grund für unseren Einsatz?, fragte sich Axx. Hatten die Statthalter der Zwillingsgötzen etwa von diesem Vorkommen erfahren und wollten es sicherstellen? Aber warum sollten sie den Noy, die die Drecksarbeit erledigten, dann eine so komplizierte Lügengeschichte auftischen?

Er hielt das für nicht sehr wahrscheinlich. *Nein*, dachte er, *hier stimmt wirklich etwas nicht.*

Ankya stand vor dem Quarz und betrachtete es mit großen Augen. Offensichtlich war sie ebenso verblüfft wie er.

Dann bemerkte sie ihn, oder spürte vielleicht nur, dass sie nicht mehr allein war, drehte sich zu ihm um und riss die Augen noch weiter auf. Mehr als nur Erschrecken spiegelte sich auf ihrem Gesicht.

»Was wird hier gespielt?«, fragte Axx. »Wo sind die Roboter, die dich entführt haben?«

Ankya öffnete den Mund, doch kein Ton kam über ihre Lippen. Gerade noch rechtzeitig bemerkte Axx, dass ihr Blick von ihm abfiel und zur Seite glitt.

Er fuhr herum. Die rasche Bewegung ließ das Blut in seinem Kopf rauschen. Nur mühsam konnte er sich auf den Beinen halten.

Jurzka stand hinter ihm, die Hand zum Schlag erhoben.

Axx sah den Are'Sam an. »Ich habe den Oberbefehl«, sagte er.

Jurzka zögerte.

Die unglaubliche nodronische Disziplin, dachte Axx. *Kein Nodrone wird während einer Schlacht die Nerven verlieren, kein Nodrone wird sich während eines Einsatzes gegen seinen Vorgesetzten wenden. Das ist das Credo unseres Volkes.* Darauf musste er sich verlassen. Das war seine beste Trumpfkarte in diesem unwürdigen Spiel, das es jetzt zu beenden galt.

Jurzka holte aus und schlug zu. Axx ahnte die Bewegung eher, als dass er sie sah, und konnte sich noch zur Seite drehen, aber nicht verhindern, dass die Faust seinen gebrochenen Arm noch streifte. Der Schmerz ließ ihn fast ohnmächtig werden.

Er konnte nicht mehr reagieren, als Jurzka erneut ausholte und die Faust in seiner Magengrube versenkte. Er bekam keine Luft mehr, merkte, wie die Beine ihm den Dienst versagten, brach schließlich zusammen. Jurzka trat ihm in die Rippen, zog den Kombistrahler aus seinem Halfter und schob ihn mit dem Fuß weg.

Es geht hier nicht mehr um eine Befehlsverweigerung, wurde Axx klar. *Es geht um Ankya.*

Klärt das später, wenn ihr es unbedingt klären müsst, hallte Duunills Stimme wie durch Watte gedämpft in seinem Kopf.

Jetzt war es so weit. Jurzka hatte eine Grenze überschritten. Er konnte nicht mehr zurück, würde die Peitsche von Nodro zu spüren bekommen, falls Axx die Befehlsverweigerung zur Sprache brachte.

Einer von ihnen würde den Kampf nicht überleben.

Wie aus weiter Ferne hörte er, dass Ankya etwas rief. Aber sie würde Jurzka nicht zur Besinnung bringen können.

Und ihn auch nicht.

Er spürte das Gewicht des anderen auf seinem Brustkorb, zwang sich, die Augen zu öffnen. Durch einen roten Schleier sah er Jurzkas Oberkörper; dann spürte er dessen Hände an seinem Hals.

»Nein«, krächzte er. So durfte es nicht enden.

Ich habe … Seine Gedanken flossen schwerfällig, behäbig. Der Schmerz war so groß, dass er nicht einmal sagen konnte, ob Jurzka ihn tatsächlich würgte. *Ich habe schon früh gelernt …*

Was hatte er schon früh gelernt? *Tötungswerkzeuge … Waffenkammern … sich nicht nur darauf verlassen …*

Jurzka zwängte mit dem Bein seinen unverletzten Arm an seinen Körper. Den gebrochenen vernachlässigte er. Ein Fehler. Der Schmerz konnte nicht noch schlimmer werden und wurde es auch nicht, als Axx den Arm ausstreckte und mit der Hand über die gegürtete Jacke tastete.

Seine Finger schienen gefühllos zu sein, spürten zuerst gar nichts, dann nur rauen Stoff. *Verdammt, wo ist das Ding?* Dann das Gefühl von Härte, ein scharfer Schmerz in seiner Fingerkuppe, ganz anders als der allumfassende, der vom Arm aus seinen gesamten Körper durchdrang.

Seine Hand legte sich um den Griff des verborgenen Messers, und die Klinge klappte automatisch aus. Er riss den gebrochenen Arm hoch und rammte Jurzka die Klinge bis zum Heft in den Rücken.

Der Druck auf seinen Hals wurde schwächer, und er bekam wieder Luft. Jurzka brach langsam über ihm zusammen, aber noch im Fallen griff er nach hinten und zog das Messer wieder heraus. Er stach damit zu, doch seine Bewegungen waren langsam und schwach. Axx riss den Kopf zur Seite, und die Klinge zog lediglich einen blutigen Strich über seine Wange.

Meine erste Narbe, dachte er, als wäre er ein unbeteiligter Zuschauer, *in meinem ersten Zweikampf.*

Er schloss die Finger der unverletzten Hand um Jurzkas Gelenk und drückte zu. Gleichzeitig zwang er ein Bein hoch, und sein Rivale kippte langsam zur Seite. Das Messer fiel aus Jurzkas kraftlosen Fingern; er tastete danach, fand den Griff, wälzte sich herum, hob die Hand zum tödlichen Stich ins Herz des Gegners, hörte Ankyas gellenden Schrei …

… und sein Arm wurde zurückgerissen, und stöhnend fiel er auf den Rücken und starrte in Jundaiis Gesicht.

Der Verräter! Der *Affail,* der so gut wie tot war, weil er zu keiner Welt, zu keinem Clan mehr gehörte.

»Du wagst es …«, flüsterte Axx ungläubig.

Jundaii hielt seinen unverletzten Arm mit stählerner Kraft fest, mit einer Kraft, die er dem schwächlich anmutenden Sartairer, der den Blick stets gesenkt und sich selbst im Hintergrund gehalten hatte, gar nicht zugetraut hätte. »Hör auf!«, zischte der *Affail.* »Es reicht!«

Axx griff mit dem gebrochenen Arm an seinen Gürtel und fand die richtige Stelle; die Schnalle schoss hoch und bohrte sich in die Schulter des Verräters. Jundaii schrie auf, griff mit beiden Händen nach der Wunde. Axx winkelte das rechte Bein an, hielt im nächsten Augenblick den kleinen Strahler in der Hand, den er im Stiefel verborgen hatte, und richtete ihn auf den Sartairer.

Er konnte nur einen Schuss mit der Waffe abgeben. Die Ladung reichte nicht aus, um eine ganze Wand zu schmelzen, aber die Energie würde ein schönes, großes Loch durch Jundaiis Kopf brennen.

Der *Affail* öffnete den Mund, schloss ihn wieder, öffnete ihn erneut. »Nicht«, flüsterte er.

»Warum nicht, Verräter?«, fragte Axx. »Winselst du um Gnade, wie es sich für Abschaum wie dich geziemt?«

»Ich ...« Jundaii zögerte. »Tu es nicht«, sagte er dann. »Mach dich nicht unglücklich ...«

»Indem ich einen Verräter erschieße?« Axx lachte leise auf.

»Ich ... kann es dir nicht sagen. Du musst mir vertrauen!«

»Dir? Einem Verräter vertrauen? So dumm bin nicht einmal ich!«

»Ich ... ich bin kein Verräter ...«

»Was bist du dann? *Wer* bist du?«

Jundaii nagte an seiner Unterlippe. »Der ... eigentliche Leiter dieser Mission. Du bist mir unterstellt. Ich bin ein Are'Imga des Empire.«

»Du, ein Kommandant?« Axx schnaubte höhnisch. »Wenn das wahr ist ... Was wird hier gespielt?«

»Wenn ich dir das verrate, sind wir beide tot.«

»Wenn du es *nicht* verrätst, bist du tot!« Wie aus weiter Ferne drangen Geräusche an Axx' Ohren. Zuerst glaubte er, das typische Brummen der Roboter dieser Station zu identifizieren, aber dann hörte er ganz deutlich das Trampeln zahlreicher Stiefel auf dem Boden der Halle.

Jemand kam! Rebellen oder Soldaten des Empire. So oder so, ihm blieb nicht mehr viel Zeit.

»Was ist das Ziel dieser Mission?«

Die Schritte wurden lauter.

Jundaii schüttelte den Kopf. »Du wirst keinen vorgesetzten Offizier erschießen!«

»Aber einen mir unterstellten Verräter, der meine Befehle nicht befolgt und mich angegriffen hat. Ankya kann es bezeugen.«

Ankya ... Wenn Jundaii ihm nicht die Wahrheit sagen wollte, würde sie es tun. Und wenn er sie dazu zwingen musste!

»Du wirst nicht schießen«, wiederholte Jundaii. Es klang wie ein Mantra.

Den Schritten zufolge musste, wer auch immer sich näherte, sie bald erreicht haben.

Jetzt war es zu spät. Jundaii würde ihm nichts mehr verraten.

Axx drückte ab. Der Blick in den Augen des Sartairers verriet, dass der Mann gar nicht mitbekam, wie ihm geschah. Über der Nase bohrte sich der Energiestrahl in seinen Kopf und hinterließ einen kleinen Kanal, dessen Ränder sofort kauterisiert wurden. Jundaii war auf Anhieb tot und bemerkte es nicht einmal.

Ächzend ließ Axx sich zurückfallen und wälzte sich herum, sodass er Ankya sehen konnte. Die Are'Sam kniete neben Jurzka, versorgte offenbar dessen Verletzung.

Axx spürte, dass er jeden Augenblick das Bewusstsein verlieren würde. Er krächzte etwas, konnte es jedoch selbst nicht verstehen. Er wusste nicht einmal, was er hatte sagen wollen.

Die Schritte schienen jetzt direkt in seinem Kopf zu dröhnen, und plötzlich starrte Axx an einem Beinpaar hoch. Es bereitete ihm unerträgliche Mühe, den Kopf zu heben. Irgendwie gelang es ihm aber, und er erkannte Duunill.

»Schafft sie raus!«, bellte der Are'Nos. »Schnell! Die Station wird jeden Augenblick explodieren!« Axx hatte den Eindruck, dass sein Vorgesetzter nicht zu seinen Leuten, sondern nur zu ihm sprach. Als wolle er ihm etwas erklären – oder eine Lüge als reine Wahrheit auftischen.

Zwei Männer hoben ihn hoch. Sie bemühten sich, rücksichtsvoll mit ihm umzugehen, doch jede Bewegung, ja schon jede Berührung bereitete ihm schier unerträgliche Schmerzen. Er hörte ein Zischen, spürte erst dann ein Stechen in seiner Schulter. *Ein Narkotikum! Sie haben mir ein Narkotikum gespritzt!*

Er drehte den Kopf, sah Ankya an. Sie hatte sich von Jurzka erhoben. Ihre Blicke trafen sich, und in dem ihren sah Axx nur Hass, abgrundtiefen Hass, nicht die geringste Spur von Liebe.

»Er ist tot!«, drang ihre Stimme durch die dämpfenden Schleier, die sich immer enger um ihn zogen. »Du hast ihn umgebracht!«

Aber er wollte doch mich töten!, dachte er. *Warum hasst Ankya mich, nur weil ich mich verteidigt habe?*

Falls es Liebe auf den ersten Blick gab, beantwortete er sich die Frage, die er sich gestellt hatte, seit er Ankya zum ersten Mal begegnete, war sie in diesem Augenblick gestorben.

Er fragte sich, ob er Ankya jemals wiedersehen würde.

Das war sein letzter Gedanke, bevor die Schleier der Bewusstlosigkeit ihn in endlose Tiefen zogen.

Ich bin Premr Ermorrc, ein Treikide. Wir sind eines der Erbauer-Völker des Vaaligischen Schwarms, vielleicht sogar das wichtigste: die Arbeiter.

Wir sind anders als die anderen, doch das gilt für uns alle. So unterschiedlich wir auch sind, gemeinsam werden wir etwas schaffen, das größer ist als die Summe seiner einzelnen Bestandteile.

Wir Treikiden sind genetisch veränderte Abkömmlinge von Quochten. Wir haben allerdings keine Königinnen mehr, sondern vermehren uns ausschließlich in vitro.

Dabei werden wir selten größer als einen Meter, wirken dabei aber unglaublich kompakt. Durch unsere schwarze Haut kann man uns eindeutig von Quochten unterscheiden, ansonsten sind die biologischen Merkmale weitgehend identisch.

Wir Treikiden sind Nachkömmlinge des Separatisten-Imperiums, das sich vor mehr als zwanzigtausend Jahren vom eigentlichen Imperium der Quoch-

ten abgespalten hat. Das Separatisten-Imperium ist heutzutage aufgelöst und weitgehend integriert ins Gebiet des Empire von Nodro.

Allein tausend Treikiden-Planeten gehören mittlerweile zum Schwarmgebiet; per Transition wurden sie dorthin versetzt. Man trifft uns buchstäblich allenthalben an.

Was wird geschehen, wenn der Schwarm in Betrieb genommen wird und in die Weiten der Galaxis Vaaligo und darüber hinaus zieht?

Wir werden gebraucht. Wir werden härter arbeiten müssen denn je zuvor. Überall wird etwas zu tun sein, und wir werden den größten Teil davon erledigen müssen. Was nutzt es schließlich, wenn Tambu fünfdimensionale Probleme wälzen, Nodronen einen Planeten nach dem anderen erobern und Karmuuch hochkomplizierte Geräte bauen, wenn der gesamte Vaaligische Schwarm im Dreck versinkt oder niemand die Varsoniken zusammenschraubt, die die Tambu für ihre fünfdimensionalen Berechnungen, die Nodronen für ihre Kriegsführung und die Karmuuch für ihren Gerätebau benötigen?

Ich weiß, was geschehen wird, wenn der Schwarm in Betrieb genommen wird und in die Weiten der Galaxis Vaaligo und darüber hinaus zieht. Wir Treikiden sind Arbeiter, und auf uns wird viel Arbeit zukommen.

5

Das Holo zeigte 179 rote Punkte auf der Schwärze des Alls, ganz in der Nähe des silbernen Schimmers, der den Weltraum dort wie eine Mauer in zwei Hälften teilte.

Auch in ihrer Summe wirkten sie in dieser Darstellung nicht besonders beeindruckend, aber Rhodan wusste, dass jeder dieser Punkte ein cor'morianischer Forschungskreuzer war, ein Schiff mit einem Rumpf aus einer 250 Meter durchmessenden, nach oben offenen Halbkugel und, darauf aufgesetzt, einem 60 Meter hohen und 130 Meter breiten Zylinderbau.

Die Vogelabkömmlinge hatten, mit Ausnahme der KAPORNE, die gesamte ihnen noch verbliebene Streitmacht am Schmiegschirm zusammengezogen. 179 Raumschiffe, die zwar keinen besonders großen militärischen Machtfaktor darstellten, aber über eine Technik verfügten wie kein anderes Volk in Vaaligo.

Fasziniert beobachtete Rhodan, wie diese Schiffe ihre strenge Formation auflösten und ausfächerten. Einen Moment lang schienen sie sich völlig ungeordnet zu verteilen, dann bildeten sie eine Art Speerspitze, ein vorn geschlossenes und hinten geöffnetes Dreieck.

Die holographische Darstellung gab nur wenig Aufschluss darüber, was nun genau am Schmiegschirm geschah, doch Rhodan wusste es in allen Einzelheiten. Er hatte den Schlachtplan gemeinsam mit Lishgeth On Paz ausgearbeitet.

»Es geht los«, sagte Bull neben ihm.

Rhodan nickte. Der silberne Schimmer des Schmiegschirms wurde matter, zuerst an einer Stelle, dann an mehreren anderen ganz in der Nähe. Die Flecken wurden immer größer und dunkler, vereinigten sich zu einem unregelmäßig geformten Riss, durch den schließlich der Weltraum außerhalb und der innerhalb zu verschmelzen schienen.

Im zusammengeschalteten Verband öffneten die letzten Forschungskreuzer der Wissenschaftler von Cor'morian eine große Strukturlücke im Schmiegschirm. Eine Strukturlücke, durch die nicht nur ein Schiff in den Vaaligischen Schwarm eindringen konnte, sondern eine ganze Flotte.

»Funkkontakt steht«, meldete der Orter der KAPORNE. »Die Traumfamnire stoßen mit den Rebellenhabitaten durch die Lücke.«

Auf dem Holo erschienen nun eine Unmenge weiterer Punkte, genau 122, wie Rhodan wusste, doch einem zufälligen Beobachter wäre der Raum dort am Schmiegschirm weiterhin schwarz und leer vorgekommen. *Traumfamnire,* dachte Rhodan. Er hatte sie im Rebellen-Habitat Koortane kennen gelernt, mit eigenen Augen gesehen, bezweifelte jedoch, ob ihm damals klar geworden war, was es damit auf sich hatte.

Die Begegnung war so ... traumartig gewesen.

Traumfamnire waren zwanzig Meter lange, blau geschuppte, paranormal begabte Echsen. Sie verbargen die Habitate der Rebellen hinter paranormalen Raumkrümmungen. Unter normalen Umständen hätten nicht einmal die Wissenschaftler von Cor'morian sie mit ihren überlegenen Instrumenten orten können, doch der schnelle Flug der Flotte forderte seinen Tribut.

Traumfamnire mussten von speziell ausgebildeten Dompteuren geführt werden, den so genannten Kühnreitern. Thura Mookmher, Erreks Mutter, war eine davon. Wobei allerdings nicht der Kühnreiter den Famnir, sondern die Echse den Dompteur aussuchte, denn die Famnire spürten den Charakter der Wesen in ihrer Nähe. Einen Famnir konnte man nicht betrügen. So erkannten Traumfamnire auch potenzielle Spione – sie konnten *das Wesen* eines Geschöpfes schauen.

Die Echsen waren jedoch so weltfremd, dass sie ohne Führung eines Kühnreiters nicht zu strategischen Handlungen fähig waren; sie waren daran nicht einmal interessiert.

Das war der Gewinn der Gemeinschaft: Die Famnire lebten in ihrer eigenen Welt, ohne sich um die praktischen Aspekte des Lebens kümmern zu müssen, und die Rebellen sorgten für sie, wobei sie deren Traumkapseln als Zufluchtsstätten vor dem Empire von Nodro benutzten.

Die heutigen Rebellen entstammten dem einst über Dutzende Sektoren verzweigten Mook-Clan, der sich auf den Planetoiden der Traumfamnire angesiedelt hatte und mit diesen durch die Galaxis zog. Aber eines Tages, vor etwa 1500 Jahren, beschlossen die Zwillingsgötzen auf dem fernen Nodro, dass die Habitate eine potenzielle Gefahr darstellten – sie hatten sich der Kontrolle des Empire entzogen. Die Mitglieder des Mook-Clans wurden angewiesen, ihre Habitate zu verlassen.

An diesem Tag begann die Ausrottung der Traumfamnire. Die rätselhaften Wesen, die wie immer in jener Zeit arglos die Schiffe des Empire in ihre Traumblasen einließen, wurden von den Strahlkanonen vernichtet.

Von einst vielen tausend Habitaten blieben am Ende nur noch 122, deren Bewohner dem Völkermord nicht zusehen konnten. Ein Teil des Mook-Clans erklärte sich zu Rebellen, und das waren sie bis heute: Die letzten 122 Rebellen-Habitate ordneten sich zu einer Karawane und gingen auf eine ewige Reise durch die Zentrumssektoren der Galaxis, in denen jede Ortung stark erschwert war und das Empire von Nodro keine große Macht hatte.

Und nun waren sie hier, am Schmiegschirm, um in den Vaaligischen Schwarm vorzustoßen.

Aber wird es ihnen gelingen, dachte Rhodan, *das Husarenstück von Nodro zu wiederholen?*

Dann schien der Raum im Bereich des Schmiegschirms zu explodieren. Zahlreiche neue Holos bildeten sich in der Zentrale der KAPORNE, die Meldungen der Orter überschlugen sich.

1000 nodronische Sternenkreuzer fielen vor dem Schmiegschirm in den Normalraum, aber Rhodan wusste, das war nur die Vorhut. Dann waren es 5000, 10000, und noch immer wuchs die Zahl der Schiffe ... 50000, 100000. Nun musste es schnell gehen; wenn Axx Cokroides Truppen die Manipulation am Schmiegschirm nicht bemerkt haben sollten, würden ihnen die Strukturerschütterungen, die am Raum-Zeit-Gefüge zerrten, auf keinen Fall verborgen bleiben.

Während die ersten Schiffe schon mit Hilfe ihrer Sublicht-Antriebsaggregate in das Schwarminnere eindrangen, tauchten noch weitere auf.

Rhodan lächelte schwach. Mit der Präzision eines Uhrwerks setzten die insgesamt 110000 nodronischen Sternenkreuzer unter Errek Mookmhers Kommando das nur theoretisch sorgsam geplante Manöver in die Wirklichkeit um und flogen in den Schwarm ein.

Und damit nicht genug! Weitere Strukturerschütterungen zerfaserten das Raum-Zeit-Gefüge vor der relativ kleinen Lücke im Strukturschirm.

Rhodan sah in den Holos pockenübersäte Rundsterne mit einem Durchmesser von 933 Metern und einer Höhe von 117. Schwere Kampfpaat der Quochten, mit jeweils 750 der froschähnlichen Wesen als Besatzung, bewaffnet mit Bipuls- und Tripulsgeschützen – die Abordnung der neuen Imperialen Königin Irn Tekkme.

Es hatte Errek Mookmher viel Überwindung gekostet, sich mit ihr auszusöhnen, aber es hatte sich gelohnt. 30 000 Kriegsschiffe hatte die Herrscherin der Quochten abgestellt, und diesmal hielt sie Wort und stand zu der neu gebildeten Allianz. Diesmal gab es keine Missverständnisse wie die, die das Verhältnis der Quochten und den nodronischen Rebellen über lange Jahre getrübt hatten.

»Es gelingt! Es gelingt tatsächlich!« Bulls Stimme war ein heiseres Flüstern.

Gemeinsam beobachteten sie, wie auch die Flotte der Quochten die Austrittsgeschwindigkeit aus dem Überraum nutzte und schneller, als sie es sich erhofft hatten, durch die Strukturlücke in den Vaaligischen Schwarm eindrang.

»Perfekt geplant!«, gestand auch Lishgeth On Paz ein. »Es ist zu keinem einzigen Ausfall gekommen, zu keinem einzigen Zusammenstoß! Eine hervorragende Koordination unter verschiedenartigen Spezies! Das gibt mir Hoffnung für das, was jetzt kommen wird.«

Die Schiffe der Nodronen und Quochten hatten sich schon längst aus der Region um den Schmiegschirm entfernt, und dann beendeten die Forschungskreuzer der Wissenschaftler von Cor'morian die Manipulation des Schirms und zogen sich ebenfalls zurück.

Sekunden später erinnerte nichts mehr an das, was soeben hier geschehen war.

»Was machst du an meinem Schrank?«

Pratton Allgame fuhr herum und lächelte ein wenig verlegen. Die Hände hielt er hinter dem Rücken verborgen, und mit der Schulter schob er die Schranktür zu. »Nichts«, sagte er. »Was soll ich denn an deinem Schrank machen?«

»Was hast du überhaupt in meiner Kabine zu suchen?« Shim Caratech baute sich breitbeinig in der Tür auf, um zu verdeutlichen, dass sie Pratton nicht einfach gehen und die Sache auf sich beruhen lassen würde. »Schnüffelst du etwa in meiner Unterwäsche herum?«

Er lachte. »Hast du überhaupt welche? Dann geht es dir besser als den meisten von uns. Ich habe nur das, was ich auf dem Leib trage.«

»Wieso stinkst du dann nicht zehn Meilen gegen den Wind?« Sie ging langsam auf ihn zu.

Er nahm eine Hand hinter dem Rücken hervor und strich damit über seine cremefarbene Jacke. »Du weißt doch, aufgrund ihrer Materialeigenschaften verschmutzt sie nie. Weder von außen noch von innen.«

Shim musste unwillkürlich lachen. Sie mochte Pratton; er war ihr sympathisch, und er behandelte sie wie eine erwachsene Frau, nicht wie ein Kind, wie die anderen es manchmal taten. Gelegentlich flirtete er sogar mit ihr.

Aber sie machte sich keinerlei Illusionen. Ein Mann von 44 Jahren lebte in einer ganz anderen Welt als eine Frau von siebzehn. Sie bezweifelte nicht, dass sie ihm gefiel; sie wusste, dass sie gut aussah. Nur, wenn sie sich mit ihm unterhielt, waren ihre Gesprächsthemen nach wenigen Minuten erschöpft.

Er war ganz einfach *anständig* zu ihr, hatte eben *Stil,* den manch anderer nicht hatte.

Außerdem interessierte sie sich nicht besonders für ihn. Da gab es einen anderen Mann, dem sie ihr Herz schenken würde ... Wenn er es nur haben wollte.

Aber der war *noch* älter.

»Oder hast du mir etwa Unterwäsche *geklaut*?«

Er schaute entrüstet drein, aber so übertrieben, dass sie unwillkürlich grinsen musste. »Traust du mir so etwas zu?«

»Mal ehrlich, was hast du in meiner Kabine zu suchen?«

»Ich wollte nur mal sehen, ob sie genauso eingerichtet ist wie meine.«

»Und was hältst du hinter dem Rücken versteckt?«

Er holte die zweite Hand hervor. Sie war leer. »Glaubst du mir jetzt?«

Zögernd nickte sie. Sie hatte sowieso nicht angenommen, dass er tatsächlich in ihrer Wäsche stöberte oder ihr etwas entwenden wollte. Was hatte sie denn schon, das ihn interessieren könnte?

Andererseits ... Er war immerhin das »Phantom von Terrania«. Der berühmteste Einbrecher der Erde. Sie traute ihm durchaus zu, dass er das Diebesgut, das er gerade noch in der Hand gehalten hatte, einfach *verschwinden* ließ.

Plötzlich kam sein Blick ihr unendlich traurig vor. »Sei weiterhin so wachsam, Kleine, dann kann dir nicht viel passieren. Und vertraue keinem vorbehaltlos.« Er schob sich an ihr vorbei. Obwohl sie sich vorgenommen hatte, ihn zur Rede zu stellen, ließ sie ihn gehen.

Nachdenklich sah sie zu dem Schrank. Sie hatte tatsächlich ein paar ihrer Besitztümer hineingelegt. Die Kabinen, die die Wissenschaftler von Cor'morian ihnen zur Verfügung gestellt hatten, schienen genau an ihre Bedürfnisse angepasst zu sein, obwohl Menschen ja einen guten halben Meter größer waren als die Vogelabkömmlinge. Sie musste sich jedenfalls nicht bücken, um den Schrank zu öffnen.

Überrascht pfiff sie leise auf. Pratton hatte nichts herausgenommen, er hatte etwas in den Schrank *gelegt,* das notdürftig von einigen Wäschestücken verborgen wurde. Hätte sie ihn nicht überrascht, hätte sie es wohl erst gefunden, wenn sie den Schrank wieder ausgeräumt hätte.

Shim schüttelte den Kopf.

Es war sein Lieblingsbuch, ein uralter, abgegriffener Wälzer, das *Placke'sche Compendium.* Eine Art Heilige Schrift für ihn, ein Buch mit dem Titel *Vom*

Wesen des Weines, das vor über zweitausend Jahren verfasst wurde. »Aber jedes Wort ist heute noch gültig«, hatte er einmal zu ihr gesagt.

Weshalb hatte er es ihr in den Schrank gelegt? Sie verstand es nicht. Normalerweise trennte er sich nie von dem *Compendium.* Sie hatte sogar den Verdacht, dass er es mit ins Bett nahm.

Und nun schob er es ihr unter?

Sie nahm das Buch vorsichtig heraus, hielt es einen Moment lang in den Händen und schlug es dann auf.

Von der Rückseite her. Dort befand sich ein aus den Seiten herausgeschnittenes, etwa anderthalb Zentimeter tiefes Geheimfach, das Prattons elektronische Einbruchwerkzeuge enthielt, sein »Besteck«. Sie hatte ihn einmal überrascht, wie er es aufgeschlagen hatte, und sich gewundert, dass er sein Buch der Bücher dermaßen verschandelt hatte. Außerdem wollte er ja auf dem Mars ein ganz neues Leben als Weinbauer beginnen. »Die Kapitel über Schaumwein und Champagner sind für den Mars nicht so relevant«, hatte er lapidar erklärt.

Das Fach war leer. Die Stäbchen, Spateln und Kärtchen, seine mikropositronischen Dietriche, lagen nicht mehr darin.

Warum hatte er sie mitgenommen, das Buch aber zurückgelassen?

Nachdenklich drehte Shim sich zur Tür um, konnte Pratton Allgame jedoch nicht mehr sehen. Er war schon in seine Kabine zurückgekehrt.

»Nodronen!« Lishgeth On Paz hatte Persönlichkeit, Charisma, das konnte Rhodan nicht bestreiten. Die Worte des Vogelabkömmlings jagten auch ihm, dem humanoiden Terraner, einen Schauer über den Rücken.

»Nodronen! Wir fordern euch auf, den Usurpatoren des Schwarms die Gefolgschaft zu verweigern! Auf dem Planeten Nodro haben die Herrscher gewechselt. Die Zwillingsgötzen von Nodro sind tot! Im Zweikampf besiegt vom neuen Fürsten Errek Mookmher!«

Von Balance C aus hatten sich die Wissenschaftler von Cor'morian Zugang zum internen Kommunikationssystem des Schwarms verschafft. Der Aufruf des Prior-Forschers war innerhalb des gesamten Schmiegschirms zu empfangen. Und es gab kaum eine bessere Wahl, als einen Wissenschaftler von Cor'morian diese Ansprache halten zu lassen. Die Tambu galten als die höchsten moralischen Instanzen der Galaxis Vaaligo. Sie waren überall anerkannt – nur bei den Nodronen nicht.

Und die Informationen, die auf diesem Weg die Schwarmvölker erreichten, waren in der Tat überaus brisant: »Axx Cokroide ist nicht mehr der ranghöchste Clansführer! Die Führer von Nodro haben längst dem Fürsten Errek Mookmher die Gefolgschaft geschworen!«

Rhodan nickte anerkennend.

»Nodronen! Lasst ab von dem falschen Weg, den ihr eingeschlagen habt! Kehrt zurück in die Gemeinschaft aller Völker von Vaaligo, die einen Schwarm auf den Weg schicken wollen, um das Leben und die Intelligenz zu fördern – und nicht, um Tod und Vernichtung zu verbreiten!

Und ihr anderen, die ihr diese Gemeinschaft bildet ... ihr alle ... erinnert euch an unsere Ziele und Absichten! Ihr Karmuuch, die ihr die Techniker des Vaaligischen Schwarms seid ... ihr Jifften, die ihr die Schwarmdiplomaten seid ... ihr Prospektoren von den Irchy-Ba, ihr Soziologen von den Rmedi, ihr Treikiden, Riana, T'manaken und Abosselua ... Tretet ein für den Weg des Lichts und weist die Dunkelheit zurück, die einige wenige Nodronen unter der Führung von Axx Cokroide über uns alle bringen wollen!«

Lishgeth On Paz beendete die Übertragung, lehnte sich auf seiner Sitzstange zurück und sah Rhodan über den Rand seiner Brille an. »Wenn jetzt alles so eintritt, wie unsere Psychologen und Völkerkundler es sich vorstellen«, sagte er, »wird in nur wenigen Stunden zum ersten Mal Sand ins Getriebe des Systems geraten!«

Ich bin Tcrbkt'Ldskr, ein Rmedi. Wir sind eines der Erbauer-Völker des Vaaligischen Schwarms. Als Schwarmbiologen, -psychologen und -soziologen sind wir dafür zuständig, die Eignung fremder Völker für die Übernahme in den Schwarm zu überprüfen. Bei einer Übernahme verantworten wir dann deren Integration in die Gemeinschaft, damit nicht die Nodronen als Wachvolk tätig werden müssen.

Wir sind anders als die anderen, doch das gilt für uns alle. So unterschiedlich wir auch sind, gemeinsam werden wir etwas schaffen, das größer ist als die Summe seiner einzelnen Bestandteile.

Wir werden durchschnittlich einen Meter und zehn groß, bewegen uns flink und wuselig. Wir Rmedi sind eine insektoide Lebensform, sechsgliedrig, aufrecht gehend. Wir haben schwarze Körperpanzer, und unsere Köpfe erinnern an die primitiver Fliegen.

Unsere Sprache klingt wie eine Abfolge aus klickenden Lauten. Das Vaaligonde sprechen wir stimmlos, in der Regel verwenden wir Translatoren.

Was wird geschehen, wenn der Schwarm in Betrieb genommen wird und in die Weiten der Galaxis Vaaligo und darüber hinaus zieht?

Das Geflecht der Beziehungen zwischen zehn oder mehr verschiedenen Völkern ist schon kompliziert genug. Auch wenn diese Völker eng zusammenarbeiten, wenn es sich um die Erbauer-Völker des Vaaligischen Schwarms handelt.

Wie schwierig wird es erst werden, wenn weitere Völker dazu stoßen, Völker, die sich vielleicht nicht sofort und vollständig mit den Zielen der Erbauer identifizieren?

Der Vaaligische Schwarm ist eine große Herausforderung für uns alle, doch er birgt auch gewaltige Gefahren. Wir dürfen uns nicht blenden lassen von primitiver Propaganda, die nur das Ziel sieht, aber nicht den Weg. Der Weg ist das Ziel, und wir Rmedi werden uns für dieses Ziel einsetzen, aber niemals vergessen, dass der Weg dorthin steinig und beschwerlich ist.

6

Axx Cokroide betrachtete nachdenklich das Ortungsholo vor ihm. Im nachtschwarzen All wimmelte es von kleinen, hellen Punkten, die man für Sterne halten könnte, hätten sie nicht immer wieder neue Formationen angenommen und ständig ihre Positionen geändert.

Raumschiffe. Der Tazmai-Sektor war das größte militärische Aufmarschgebiet der Nodronen. Und dieser Sektor war soeben infiltriert worden.

Er sah zu dem zweiten Holo. Als Balance B darauf größer wurde, verspürte er zum ersten Mal einen gewissen Zweifel.

Die Herrschaft der Nodronen dauerte erst wenige Tage. War sie wirklich so gefestigt, wie er bislang angenommen hatte?

Wohl kaum. Dafür hatte sich das Empire von Nodro über lange Jahre hinweg zu unbeliebt gemacht. Die Völker von Vaaligo vergaben nicht so schnell, Humanoiden wie den Nodronen schon gar nicht. Solche Spezies waren in der Minderheit und wurden von den zumeist von Echsen und Insekten abstammenden Völkern mit einem gehörigen Misstrauen betrachtet.

Auf dem Holo drehte sich rasch die Nordhalbkugel von Balance B, dem aktuell einzigen Planeten der Sonne Tazmai im nach ihr benannten Sektor. Sie war zivilen Zwecken vorbehalten; auf ihr wucherte die Metropole Mantagir unentwegt und vereinnahmte immer mehr der Oberfläche.

Die gesamte Südhalbkugel hingegen sowie das Innere des Planeten wurden derzeit zu einer gigantischen Schaltzentrale ausgebaut. Sie war für die Öffentlichkeit gesperrt.

Eine Art Grenzpunkt bildete das noch leer stehende VAALINK, als Stätte der Begegnung für die Schwarmvölker gedacht. Hier sollten Verhandlungen geführt und Entscheidungen getroffen, also Gemeinsamkeit gepflegt werden.

Wie schade, dachte Cokroide, dass VAALINK nun niemals seiner ursprünglichen Bestimmung zugeführt werden wird. *Von nun an werden nur die Nodronen Entscheidungen treffen, und statt Verhandlungen zu führen, werden die Völker Vaaligos sich in Unterwerfung üben.*

Noch war nämlich nichts verloren. Was mit Balance A geschehen war, hatte ihn vielleicht ein wenig aus dem Gleichgewicht gebracht, dann aber mit nur umso größerer Entschlossenheit erfüllt.

Wer immer sein Gegner sein mochte – etwa jene Fremden aus dem Ordensturm von Mantagir, die er seit ihrem geheimnisvollen Erscheinen vergeblich jagte? Dieser Perry Rhodan, der sich ihm immer wieder entwunden hatte? –, er war auf alle Eventualitäten vorbereitet.

Er hatte schon vor geraumer Zeit die Ersatz-Anlagen von Balance B vollständig bemannen lassen. Und Balance B war als Reserveplanet ausgelegt worden, da er in kluger Voraussicht einen Ausfall von Balance A nicht ausgeschlossen hatte.

Die Aktivität des Schwarms durfte jedoch niemals gestört werden. Deshalb verfügte Balance B über eine hinreichende Leistungskapazität, um bei Bedarf Balance A zu ersetzen.

Dieselben Steuerzugriffe, die von Balance A aus erfolgten, konnten auch über ein dicht gestreutes System von Fernsteuersatelliten erfolgen.

Das Große Vorhaben war vielleicht in unruhiges Wasser geraten, aber es war noch längst nicht gescheitert.

Cokroide fragte sich, ob es auch zu dieser Entwicklung auf Balance A gekommen wäre, wären die Zwillingsgötzen nicht getötet worden.

Die Zwillingsgötzen …

Warum drängte ausgerechnet jetzt eine Erinnerung in den Vordergrund, die er jahrzehntelang verloren hatte? Die ihm bewusst genommen worden war.

Besaßen sie immer noch Macht über ihn? Er hatte ihr Siegel, das Mandat der Götzen, zerstrahlt, als die Nachricht von ihrem Tod eingetroffen war, hatte die Macht, wenn schon nicht über das Empire, so doch über den Vaaligischen Schwarm an sich gerissen.

Wie dem auch sein mochte, diese Erinnerung war ein wichtiger Bestandteil seines Lebens, ein Schlüsselerlebnis, das ihn nun deutlich erkennen ließ, was damals, vor all diesen Jahren, wirklich geschehen war …

»Bei der Kraft meines Herzens schwöre ich«, flüsterte Axx Cokroide, »Treue den Herren von Nodro, den Lenkern des nodronischen Empire, den Boten nodronischer Dominanz, den Zwillingsgötzen des Empire.« Immer wieder flüsterte er diesen Eid, versuchte, sich damit zu beruhigen, den Verstand auszuschalten, sich in herkömmliche Bahnen gewohnten Denkens zu flüchten, doch es gelang ihm nicht.

Warum ich?, dachte er. Er verspürte Angst, aber irgendwo tief in seinem Inneren auch Neugier. *Was wollen die Zwillingsgötzen von einem jungen Nodro-*

nen wie mir? Weshalb haben sie mich hierher befohlen? Was können Götter *nur von mir wollen?*

Aber ... waren die Zwillingsgötzen wirklich Götter? Er konnte nicht glauben, dass es allmächtige Wesen gab. Wesen mit großer Macht – ja. Wesen mit so großer Macht, dass sie ihm übernatürlich und allumfassend vorkam – auch das konnte er sich vorstellen. Aber mit tatsächlich allumfassender Macht? Nein.

Doch der Zweifel, der an ihm nagte, wurde mit jedem Schritt schwächer, den er durch den dunklen, schnurgeraden Gang tat. Und je schwächer der Zweifel wurde, desto stärker wurde die Angst.

Niemand wusste, wie die Zwillingsgötzen aussahen, auch er nicht. Ihr Aussehen war öffentlich nicht einmal von Holos bekannt, nur aus Erzählungen. Axx entsann sich der Berichte, die man verstohlen flüsterte. Er hatte lediglich Gerüchte von Nodronen gehört, die jemanden kannten, der wiederum jemanden kannte, der jemanden kannte, der irgendwann einmal, vor langer, langer Zeit, lebend aus der Götzenstadt zurückgekehrt war, der Festung und Heimat der Zwillingsgötzen.

Sie waren alt, die Götzen und die Götzenstadt. Man munkelte, die Stadt sei vor anderthalb Jahrtausenden errichtet worden, als Bastion der Götzen, als neues Machtzentrum, das die Clansburg ablösen sollte. Dass sie sich über mehrere Quadratkilometer erstreckte und längst nicht jeder, der sie betreten hatte, auch aus ihr zurückgekehrt war. Eigentlich die wenigsten, wenn er genau darüber nachdachte.

Und die Götzen ... Sie waren noch älter. Nicht einmal in den Ordenstürmen wusste man, seit wann sie die Geschicke der Nodronen leiteten oder wer sich hinter dieser Bezeichnung verbarg.

Axx ging weiter und kniff die Augen zu, um in dem schwachen Licht besser sehen zu können. Über einer Öffnung weit vor sich machte er das Symbol der Zwillingsgötzen aus, ja des gesamten Empire von Nodro, zwei einander überlappende Köpfe, einer in Schwarz, einer in perlmuttartigem Weiß.

Zwei Köpfe ... einer schwarz, einer weiß.

Eine wunderschöne Frau und ein furchterregend hässlicher Mann ...

So besagten die Gerüchte, von denen niemand wusste, ob sie der Wahrheit entsprachen. Sah das Symbol des Empire tatsächlich aus diesem Grund so aus, wie es aussah? Der weiße Kopf für die Frau, der schwarze für den Mann?

Plötzlich änderte sich etwas. Zuerst bemerkte er es gar nicht; es ging schleichend vonstatten, unauffällig. Doch mit einem Mal spürte er, dass mit jedem Schritt, den er tat, seine Angst geringer wurde und seine Nervosität schwand. Gleichzeitig nahm er den Anflug einer ganz anderen Regung wahr, eines Wunsches, der immer übermächtiger wurde.

Des Drangs, den Zwillingsgötzen zu dienen.

Sie sind meine Götter, dachte er. *Natürlich will ich ihnen dienen.*

Aber es war mehr als nur das. Es war ein Verlangen, das er fast körperlich spürte, bis in die tiefsten Fasern seiner Zellen. Es bereitete ihm geradezu Schmerzen, diesem Drang nicht auf der Stelle nachkommen zu können.

Zehn weitere Schritte, und hätten die Zwillingsgötzen es von ihm verlangt, er hätte ohne das geringste Zögern versucht, sich das Herz aus der Brust zu reißen.

Er ging schneller. Als er die Öffnung erreichte, stellte er fest, dass sie so niedrig war, dass er niederknien musste, um hindurchkriechen zu können.

Zuerst wunderte er sich darüber. Götter, die die Nodronen, die ihnen huldigen wollen, durch ein kleines Loch kriechen lassen? Konnte es wirklich wahr sein? Konnte es tatsächlich einen dermaßen primitiven Grund geben, weshalb diese Öffnung so tief in die Wand eingelassen war?

Zwingen die Götzen diejenigen, denen sie eine der raren Audienzen gewähren, auf diese Weise, sich von vornherein vor ihnen zu erniedrigen?

Andererseits jedoch … was war so verwerflich daran, auf die Knie zu gehen und sich den Götzen kriechend zu nähern? Alles in ihm sehnte sich danach, ihnen zu dienen. Warum sollte er ihnen nicht von vornherein seine Ehrfurcht beweisen? Vielleicht war dies genau der richtige Weg für alle Nodronen, sich den Götzen zu nähern.

Der Gedanke war mit einem Mal da: *Niemand darf sich anmaßen, ihnen auf Augenhöhe entgegenzutreten!*

Es war sein eigener Gedanke, aber auch ein fremder, als sei er ihm irgendwie eingegeben worden.

Er schob sich auf allen vieren durch die Öffnung. Raue Pflanzenfasern stachen in seine Handflächen; der gesamte Boden war mit Matten aus diesem Material ausgelegt.

Er kroch weiter durch die Dunkelheit, ignorierte den Schmerz, den die scharfen Fasern ihm zufügten. Schließlich erfasste ihn ein kühler Luftzug.

Überrascht stellte Axx fest, dass er ihn willkommen hieß; sein gesamter Körper war nass vor warmem Schweiß. Lag es daran, dass es hier wärmer war als gewohnt, oder reagierte sein Körper auf diese Weise auf die einzigartige Begegnung, die nun unmittelbar bevorstand?

Anders ausgedrückt … War es *Angstschweiß?*

Er hielt den Kopf gesenkt, schaute weiterhin auf die Matten hinab.

So willkommen der Luftzug gerade noch gewesen war, so unangenehm wurde er nun. Axx fröstelte plötzlich, spürte, wie sich auf seinem Nacken eine Gänsehaut bildete, als hätte sich das Gefüge von Raum und Zeit mit einem Mal verändert, als befände er sich nicht mehr in der Götzenstadt, sondern auf dem höchsten Gipfel dieser Welt, schutzlos den Gewalten der Natur ausgesetzt, der Kälte und dem Sturm.

»Sieh an«, vernahm er eine hohe, wohl modulierte Stimme. »Der junge Nodrone, den wir zu uns gerufen haben. Er hat nicht einmal um eine Audienz ersucht. Nie wäre er auf den Gedanken gekommen, uns sehen und sprechen zu wollen, meinst du nicht auch?«

Das ist richtig, dachte Axx. Er wusste wirklich nicht, weshalb er hier war. Er hatte nicht um eine Audienz gebeten, vielmehr den Befehl erhalten, sich in der Götzenstadt einzufinden, und um alles andere hatten sich dann Nodronen gekümmert, die im Dienst der Zwillingsgötzen standen. Sie hatten ihn untersucht, gesalbt und gekleidet und dann zum Palast gebracht …

»Nein«, antwortete eine viel tiefere, knarrige Stimme desinteressiert. »Das wäre er wohl nicht.«

»Ein hübscher Bengel, meinst du nicht auch?«, fuhr die hohe Stimme fort.

»Durchaus.« Nun klang die tiefe Stimme etwas lebhafter.

»Du darfst aufschauen«, sagte die hohe Stimme.

Axx Cokroide tat wie geheißen. Drei Mannslängen vor ihm erhoben sich die Stufen eines Podests; es war nicht von rauen Matten, sondern von feinen purpurnen Stoffen bedeckt. Darauf saßen die beiden außergewöhnlichsten Nodronen, die er je gesehen hatte.

Der Mann hockte auf einem Thron aus Knochen und war bis zur Unkenntlichkeit entstellt. Sein linker Arm war nur noch ein Stumpf, an dessen Ende Fransen hingen. Axx kniff erneut die Augen zusammen und erkannte, dass es sich dabei keineswegs um Stoffreste, sondern um sein eigenes Fleisch handelte.

Als er sich bewegte, blitzte etwas Weißes zwischen ihnen auf. Axx glaubte, Knochen zu erkennen.

Unsere Götter?, dachte er. *Unsere Götter können nicht einmal ihre Wunden versorgen? Wieso können Götter überhaupt verwundet werden?*

Cokroides Blick blieb an den Beinen des Mannes haften. Das rechte war kräftig und muskulös, das linke hingegen dünn wie ein Zweig, der bei der geringsten Berührung zerbrechen würde. Nur der Stiefel, in dem es steckte, verhinderte, dass es leblos herabbaumelte. Auch die linke Körperseite des Götzen wurde mit Kissen abgestützt, damit er nicht vom Thron rutschte.

Und dann erst das Gesicht … Eine tiefe Narbe, die von der Stirn schräg über die Nase bis zum Kinn verlief, teilte es in zwei Hälften, die leblos und starr zu sein schienen.

Axx war hin- und hergerissen zwischen Faszination und Abscheu. Natürlich, die Nodronen verehrten ihre im Krieg versehrten Kämpfer, sorgten für sie bis an das Ende ihrer Tage. Narben und Verstümmelungen galten als Ehrenzeichen, die stolz zur Schau getragen wurden.

Aber … der *Götze?* Der Herr von Nodro, der Lenker des nodronischen Empire, der Bote nodronischer Dominanz, dem sie alle Treue geschworen hatten? Ein mächtiger Krieger, der seine Soldaten zu glorreichen Siegen geführt hatte … ja, das ging mit seinen Vorstellungen überein. Aber ein verunstaltetes Geschöpf, das seine Wunden nicht zu heilen vermochte?

Oder steckte mehr dahinter? Trug der Götze diese Verletzungen vielleicht mit unbändigem Stolz? Verzichtete er absichtlich darauf, sie zu verbergen, zu kaschieren, um der Welt zu zeigen, was er erlebt, was er *überlebt* hatte?

Wer war Axx Cokroide schon, dass er sich anmaßen konnte, die Wege der Zwillingsgötzen zu verstehen?

Sein Blick glitt weiter. Zu den Füßen des Götzen saß auf der obersten Stufe des Podests eine Frau. Ihr schlanker Körper war in ein luftiges Gewand gehüllt, das aus Milliarden von Insektenflügeln gewebt zu sein schien und in allen Farben des Regenbogens glitzerte. Ihr Gesicht war schon geradezu unnatürlich ebenmäßig, *zu* schön. Auf den ersten Blick wäre sie eine ideale Partnerin, in ihrer überfeinerten Perfektion einfach unvorstellbar reizvoll. Aber diese Vollkommenheit schreckte ihn gleichzeitig ab.

Unwürdig.

Das war der richtige Begriff. Er musste die Götzin nur schauen, und er fühlte sich minderwertig. Auf das reduziert, was er war. Ein kleiner, unbedeutender Nodrone, der nicht einmal wusste, weshalb er hier in der Götzenstadt war.

Und … konnte solch ein vollkommenes Geschöpf überhaupt lebenstauglich sein? Lag in dieser Perfektion nicht schon der Keim zum Untergang begründet? Oder zumindest der des Stillstands? Mit solch einem Wesen lag die Endstufe einer Entwicklung vor, eine weitere Steigerung konnte es nicht geben.

Ihm kam ein weiterer, absurder Gedanke. *Wenn meine Gene sich mit den ihren vermischten …*

»Ein wirklich hübscher Bengel, nicht wahr?«, erklang wie aus weiter Ferne die hohe Stimme der Götzin.

Als Axx den Blick wieder hob, sah er, dass sie aufgestanden war. Die Insektenflügel ihres Gewandes schienen sich in eine Vielzahl mehr oder weniger durchsichtiger Schleier verwandelt zu haben, die ihren Körper mal eng, mal weit umschmiegten und mehr entblößten als verhüllten, genau, wie es der gängigen Mode entsprach.

Einen Moment lang dachte Axx an Ankya, an ihren schlanken Körper mit den langen Beinen und den großen Brüsten, an Ankya, die er – vielleicht – wirklich geliebt hatte. Und die er nicht mehr gesehen hatte, seit sie Sartaire verlassen hatten, die wie vom Erdboden verschluckt zu sein schien.

Duunills Leute hatten ihn aus der Station geführt und an Bord eines Raumschiffs gebracht, das sofort von Sartaire gestartet war. Zwei Tage später hatten sie ihn zum Are'Nos befördert und ihm dann einen vierzehntägigen Landurlaub auf einem anderen Planeten gewährt.

Seine Fragen nach Sartaire waren nicht beantwortet worden. Alle Anfragen waren im Sande verlaufen. Bis heute hatte er keine Einzelheiten erfahren. Er wusste nichts über den wahren Sinn der Mission, über ihre Hintergründe, über Ankyas weiteren Werdegang.

Die Zwillingsgötzin berührte ihn ganz leicht mit den Fingerspitzen und beanspruchte seine Aufmerksamkeit damit wieder fast vollständig.

Nur noch ein kleiner Rest galt ihrem Bruder. »Das habe ich doch schon gesagt. Sehr vielversprechend.« Der Götze beugte sich vor. Plötzlich glaubte Axx, in seinen Augen ein helles Lodern zu sehen. »Denkst du das, was ich denke?«

Axx Cokroide war verblüfft über sich selbst. Er stand – nun ja, lag – den Zwillingsgötzen gegenüber. Eigentlich hätte sein Denken in diesem Moment erstarren müssen. Er hätte vor Ehrfurcht versteinern müssen.

Aber ihm fiel zweierlei auf. Während der Götze sprach und dabei fast vom Thron zu rutschen drohte, gestikulierte er mit der gesunden rechten Hand. Es schien die einzige ungehinderte Bewegung zu sein, zu der er fähig war.

Und die Götzin sprach genau in dem Rhythmus, in dem die Finger ihres Bruders sich öffneten und schlossen. Die Hand ihres Zwillings hob und senkte sich und gestikulierte, die Finger ballten sich zur Faust, um die Worte zu unterstreichen – und der Oberkörper der Götzin wiegte sich im Rhythmus der Hand leicht vor und zurück, als folge er dem Kommando der Finger.

Die Götzin ging langsam, mit fließenden Bewegungen, auf Axx zu. Die Schleier, die sie umhüllten, wurden mit jedem Schritt durchsichtiger. Er sah ihren Körper nicht, erahnte ihn aber. Und diese Ahnung war verheißungsvoller als jeder direkte Blick, den er hätte erheischen können.

Die Hand des verstümmelten Götzen öffnete sich wieder, und seine Schwester blieb stehen. Deutlich zeichneten sich ihre langen, schlanken Beine unter dem transparenten Stoff ihres Gewandes ab, ihre Hüften, ihre festen Brüste. Sie streckte einen Arm aus, richtete den Zeigefinger auf den jungen Nodronen und krümmte ihn dann.

Cokroide richtete sich langsam auf, bis er vor der Götzin kniete.

Ihre zarte, makellose Hand näherte sich seinem Kopf. Dann strichen ihre Fingerspitzen über sein Haar.

Die Bewegung elektrisierte Axx geradezu. Er verspürte ein überwältigendes Glücksgefühl. Glühend heiße Funken schienen sich durch seine Nervenbahnen zu fressen und sie in Brand zu setzen. Ein lustvoller Schmerz breitete sich in ihm aus, erfasste ihn vollständig. Einen Moment lang schien er über keinen Körper mehr zu verfügen, sein ganzes Sein wurde von dieser Erfahrung vereinnahmt.

Im nächsten Augenblick schrie er auf. Die Lust war gewichen, zurück blieb nur stechender, brennender Schmerz. Es dauerte eine Weile, bis er ihn genau lokalisieren konnte: Er zog sich von seiner rechten Wange, dicht unter dem Auge, am Mundwinkel vorbei bis zur Mitte des Kinns.

Tropfen einer metallisch und gleichzeitig süß schmeckenden Flüssigkeit breiteten sich auf seiner Zunge aus. Schließlich wurde ihm klar, dass es sich dabei um sein eigenes Blut handelte.

Die Götzin öffnete ihre Hand und entblößte eine kleine Klinge. »Eine schöne Narbe«, sagte sie. »Fast so schön wie die andere auf seiner Wange. Vielleicht zwei von vielen, die der Bursche sich später in Zweikämpfen zuziehen wird, wenn er das hält, was wir uns von ihm versprechen.«

Das Gesicht ihres Bruders wirkte auf Axx noch immer starr, aber der junge Nodrone bemerkte, dass er sich mit der Zunge über die Lippen fuhr, als würde er das Blut genauso schmecken wie Axx selbst. Oder als hätte er zumindest Appetit darauf, es zu schmecken.

Die Götzin legte die Hand auf die Wunde. Zuerst zuckte Axx zurück, wollte es zumindest, stellte allerdings fest, dass er sich nicht bewegen konnte.

Seine panische Angst war überflüssig. Der Schmerz verblich abrupt, als wohnten der Berührung durch die Göttin heilende Kräfte inne. Ihre Fingerspitzen wanderten sein Gesicht entlang, berührten seine Lippen. Es knisterte laut und vernehmlich.

»Wir haben Großes mit dir vor«, flüsterte sie ihm zu, als sollte ihr Bruder die Worte nicht vernehmen. »Jedes Jahr lassen wir vielversprechende junge Nodronen zu uns bringen, die vielleicht einmal imstande sein werden, unseren Ruhm und unsere Macht zu vergrößern. Und die im Gegenzug ebenfalls davon profitieren werden, die solchen Ruhm und solche Macht gewinnen werden, dass sie davon vorher nicht einmal zu träumen wagen. Bist du solch ein junger Nodrone, Axx Cokroide? Steckt diese Größe in dir? Die Größe, gleichzeitig andere zu beherrschen und uns zu dienen?«

Ja!, wollte er voller Inbrunst und Überzeugung sagen, aber er brachte das Wort nicht über die Lippen, konnte es nicht einmal krächzen.

Die Götzin schien es auch nicht zu erwarten. Sie drehte sich zu ihrem Zwillingsbruder um. Ein Lächeln lag auf ihren Zügen, doch es ließ sie nicht attraktiver wirken, sondern verzerrte sie, machte sie hässlich. Es war ein gieriges, ein böses Lächeln. Ein Lächeln, das Axx aus irgendeinem Grund Angst machte.

»Er wird sich beweisen müssen«, sagte der Verstümmelte. Axx wusste zwar nicht, wie es angesichts seiner starren Gesichtshälften möglich sein sollte, aber nun schien auch er zu lächeln. Und sein Lächeln war noch ungezügelter als das seiner Schwester.

»Er hat sich schon bewiesen«, sagte sie. »Wir sind auf ihn aufmerksam geworden und haben ihn einer Prüfung unterzogen, und er hat den Test bestanden.«

Sartaire! Meinen sie vielleicht Sartaire?

Er dachte an die 25 Männer und Frauen, die seinem Befehl unterstanden, an die, die dort gestorben waren, und die wenigen, die lebend die Station verlassen hatten. Aber nein, sie konnten nicht die Station auf diesem Planeten meinen. *Sartaire* war für ihn verbunden mit der größten Niederlage, die er in seinem jungen Leben jemals hatte hinnehmen müssen. Er hatte das Geheimnis der Station nicht klären können, und er hatte dort alles verloren, was ihm wichtig gewesen war … seine Leute und Ankya.

Im nächsten Augenblick hatte er den Gedanken wieder vergessen und konzentrierte sich, so gut er es vermochte, auf das, was hier und jetzt geschah. *Was haben sie vor?*, dachte der junge Nodrone voller Schrecken. *Was hat das alles zu bedeuten?*

Die Götzin legte die Hand auf seine Schulter und stieß Axx zurück. So zerbrechlich sie auch wirkte, der Bewegung lag eine unglaubliche Kraft zugrunde.

Sie beugte sich über ihn. Die Schleier, die sie mehr schlecht als recht verhüllten, waren nun völlig durchsichtig. Er konnte den Blick nicht von ihren Brüsten lösen.

Axx stieg ihr Geruch in die Nase, eine feine Ausdünstung wie von Blumen, die er erst gar nicht wahrgenommen hatte, so schwach war sie. *Richtige* Nodroninnen rochen anders.

Im nächsten Augenblick spürte er ihre Hände an seinem Leib. Sie strichen über sein Hemd, die weiten, bauschigen Hosen, machten sich an seinem Schritt zu schaffen. Er schloss die Augen.

Nein, dachte er. *Ich träume. Das bilde ich mir nur ein. Das* kann *nicht geschehen. Die Zwillingsgötzin wird sich nicht … wird sich nicht …*

Dann spürte er ihre Hand an seinem Glied, und die unbändige Erregung, die ihn erfüllte, seit sie ihn zum ersten Mal berührt hatte, überwand jede Angst, jedes Entsetzen. Die Götzin zerrte an seinen Hosen, und instinktiv, fast ohne eigenes Dazutun, schob er das Becken hoch.

Im nächsten Augenblick saß sie schon auf ihm.

Er öffnete die Augen wieder, betrachtete ihre Brüste unter dem hauchdünnen, transparenten Stoff. Er spürte ihre Wärme und Feuchtigkeit, wollte nach ihr greifen, aber sie zwang mit ungeheurer Kraft seine Arme wieder zurück, drückte sie auf den Boden.

Er warf den Kopf hin und her, und aus dem Augenwinkel sah er, dass der Verstümmelte sich vorgebeugt hatte und ein Stück hinabgerutscht war und wie die Travestie eines Nodronen schräg auf dem Thron aus Knochen lag. Der Zwillingsgötze hatte die Augen weit aufgerissen, als wolle er sich kein Detail des Anblicks entgehen lassen, und seine rechte Hand öffnete und schloss sich hektisch. Der Rhythmus wurde immer schneller, und Axx wurde klar, dass die Schwester des Götzen sich in dem gleichen Takt bewegte wie die Hand.

Trotz seiner überwältigenden Angst genoss er, was mit ihm geschah, wie er noch nie in seinem jungen Leben etwas ausgekostet hatte, und wollte es hinauszögern. Er wollte, dass es nie aufhörte, eine Ewigkeit währte. Eine Ewigkeit des absoluten Glücks, die die Erfüllung seines Lebens darstellte. An dieses Erlebnis würde er sich immer erinnern, auch als Greis würde er noch davon zehren, und er war überzeugt, dass er im Augenblick seines Todes die Zwillingsgötzin sehen würde, wie sie, nur von transparenten Schleiern bedeckt, auf ihm saß und ihn ritt.

Aber er hatte keine Gewalt über seinen Körper. Schon nach drei, vier Stößen ergoss er sich in sie.

Der Götze stöhnte auf dem Podest tief und guttural auf und rutschte noch ein Stück den Thron hinab. Seine rechte Hand öffnete und schloss sich ein letztes Mal und verharrte dann reglos.

Schwer atmend blieb Axx liegen, trauerte dem überwältigenden Glücksgefühl der Erfüllung nach und genoss die endlose Leere, die ihn nun ausfüllte, während die wunderschöne, fragile Götzin sich langsam von ihm erhob. Zwischen ihren Beinen schimmerte es feucht auf unbehaarter Haut.

»Ich glaube«, sagte die überirdisch schöne Frau mit samtiger Stimme, »aus ihm kann ein ganz Großer werden. So lange hat schon seit Ewigkeiten keiner mehr durchgehalten.«

Der furchtbar verkrüppelte Mann antwortete nicht. Selbst aus dieser Entfernung erkannte der junge Nodrone, dass sein Blick leer und verklärt war, als hätte *er* soeben die höchste körperliche Erfüllung gefunden und nicht Axx. Als würde ihn ein unsichtbares Band mit seiner Zwillingsschwester vereinen und ihre Empfindungen an ihn weiterleiten. Mehr noch … auch seine, Axx' Empfindungen, als hätten er und die Götzin gerade für einen Moment lang nicht nur eine körperliche, sondern auch eine geistige Vereinigung vollzogen.

Die wunderschöne Frau drehte sich kurz zu ihrem Bruder um. Ein leises Lächeln umspielte ihre Lippen, und diesmal las Axx Cokroide daraus eine gewisse Zufriedenheit, aber auch so etwas wie Verachtung.

Der Krüppel bewegte die rechte Hand, und das Lächeln auf dem Gesicht seiner Schwester erlosch. Ohne Axx eines weiteren Blickes zu würdigen, kehrte sie zu dem Götzen zurück, half ihm dabei, sich auf seinem Knochenthron wieder aufzurichten, und hockte sich dann zu seinen Füßen nieder.

»Du kannst gehen, junger Nodrone«, sagte sie nach einer schieren Ewigkeit.

Ist das alles?, dachte Axx. Kein weiteres Wort einer Erklärung, kein Hinweis darauf, was nun werden würde ... aus ihm und seiner Beziehung zu den Zwillingsgötzen. Hatten sie das Interesse an ihm verloren? War er wirklich nur einer unter vielen, und wartete draußen schon der Nächste darauf, von den Götzen ... eingeschätzt zu werden?

Er fühlte sich so kraftlos wie noch nie zuvor in seinem Leben, als hätte er sämtliche Energie, die in ihm war, in die Götzin verströmt – und in ihren schrecklichen Bruder. Es bereitete ihm unsagbare Mühe, sich auf den Bauch zu drehen und zu der Öffnung zu kriechen. Er bezweifelte, dass er sich je wieder erheben, auf eigenen Beinen stehen konnte. Aber eines würde ihm immer bleiben – die Erinnerung an die Zwillingsgötzin und den Augenblick des höchsten Glücks, den er mit ihr erlebt hatte.

Einen Moment lang verspürte er wieder die eisige Kälte, die er schon wahrgenommen hatte, als er den Thronraum der Zwillingsgötzen betreten hatte. Nun kühlte sie seinen erhitzten Körper ab, und seltsamerweise schien sie ihm neue Kraft zu geben. Er kroch schneller, und diesmal musste er keine Ewigkeit warten, bis er sein Ziel erreichte. Er schlüpfte durch die tiefe Öffnung, und als er sie passiert hatte, bereitete es ihm keine Mühe mehr, sich in dem dunklen, schnurgeraden Gang zu erheben.

Er schüttelte sich. Wieder spürte er Verlangen, aber kein körperliches mehr, sondern das, was er wahrgenommen hatte, bevor er die Zwillingsgötzen zum ersten Mal erblickt hatte. Den Wunsch, den unwiderstehlichen Drang, ihnen zu dienen. Und als dieses Verlangen immer stärker wurde, überdeckte es seine Erinnerung an das, was er eigentlich gesehen hatte, und füllte ihn schließlich vollständig aus.

Es hatte ihn fest im Griff, ließ ihn auch nicht los, als er das Ende des Ganges erreichte und in die strahlende Helligkeit der Oberfläche trat. Im Gegenteil, es wurde immer stärker. Und mit dem Verlangen klang die Erinnerung an das Geschehene ab, bis sie verblasste wie ein schönes Traumgespinst, das von der gnadenlosen Kraft des endgültigen Erwachens zerrissen wurde.

»Bei der Kraft meines Herzens schwöre ich«, flüsterte Axx Cokroide, »Treue den Herren von Nodro, den Lenkern des nodronischen Empire, den Boten nodronischer Dominanz, den Zwillingsgötzen des Empire. Ich werde euch immer dienen, ihr Götter, und ihr werdet mit Wohlgefallen auf mich blicken und feststellen, dass ich euren Ruhm und eure Macht vergrößere und euer Wort in ganz Vaaligo verkünde ...«

Das schwor er sich, auch wenn er die Zwillingsgötzen nur einmal wieder in seinem Leben erblickt hatte, vor kurzer Zeit erst, um ihr Mandat zu erhalten. Ein verwirrendes Gefühl des Déjà-vu hatte ihn erfasst, aber er hatte es weggedrückt, in diesem Moment, von dem er irrtümlich geglaubt hatte, es sei der Höhepunkt seines Lebens ...

Ich bin Cacqusuma-Ringuer, ein Jiffte. Wir sind eines der Erbauer-Völker des Vaaligischen Schwarms. Wir werden die Schwarmdiplomaten sein, ein ausgleichendes Element nach innen, aber auch jene Unterhändler, die in den zu passierenden Galaxien von der Ankunft des Vaaligischen Schwarms künden und kriegerische Zusammenstöße verhindern werden.

Wir sind anders als die anderen, doch das gilt für uns alle. So unterschiedlich wir auch sind, gemeinsam werden wir etwas schaffen, das größer ist als die Summe seiner einzelnen Bestandteile.

Wir Jifften werden über zwei Meter groß. Aufgrund der Herkunft von einer Hochschwerkraftwelt – Jifft, die natürlich in den Vaaligischen Schwarm übernommen wurde – wiegen wir bis zu einer halben Tonne. Wir sind aufrecht gehende Echsen. Unsere Haut ist mit schwarzen und gelben Schuppen auffällig »giftig« gesprenkelt.

Wir haben flach gedrückte, kantige Schädel mit grünen Schlitzaugen und extrem biegsame Hälse von 30 Zentimetern Länge, die wir bei Bedarf um bis zu 300 Grad drehen können.

Unsere gefährlichste körpereigene Waffe ist der stets unbekleidete, extrem kräftige Stützschwanz von einem halben Meter Durchmesser, an den Enden mit dornigem Horn besetzt. Ein Schlag mit dem Schwanz wäre zum Beispiel für einen Nodronen tödlich. Der Schwanz kann bei Verletzung abgeworfen werden und wächst innerhalb eines Vierteljahrs nach.

Aber wir setzen diese Waffe so gut wie niemals ein. Andere Erbauer-Völker, vor allem die Nodronen, werfen uns mitunter ein eher feiges Naturell vor, doch wir bevorzugen den Ausdruck defensive Denkweise. Wir Jifften sind keine Angreifer, sondern gegen den ersten äußeren Eindruck sehr begabte Diplomaten.

Unsere Stimmen klingen quäkend, verzerrt, dabei ist uns eine ausgesuchte Höflichkeit zu eigen.

Wir Jifften kleiden uns in hautenge Anzüge aus dünnem Kunststoff, die nur den Kopf und den Schwanz unbedeckt lassen. Schuhwerk gehört selbstverständlich dazu.

Was wird geschehen, wenn der Schwarm in Betrieb genommen wird und in die Weiten der Galaxis Vaaligo und darüber hinaus zieht?

Uns erwartet eine große Zukunft, eine Gelegenheit, wie sie sich wohl nur einmal bietet. Man stelle sich vor, ein riesiges Gebilde, das von Dutzenden von Kern- und Hunderten unterschiedlichster Randvölker bewohnt wird. Und wir werden das Zusammenleben orchestrieren! Wir werden hier ein wenig Druck ausüben, dort Versprechungen machen oder einfordern, Kompromisse ausarbeiten, Gedanken in die richtigen Bahnen lenken, Anregungen geben, Widerstände beseitigen, Verhandlungen führen.

Unser Ideal ist ein perfektes Zusammenleben aller Völker, die im Schwarm vereinigt sind, und wir werden alles daransetzen, diesen Traum zu verwirklichen.

Manchmal denke ich, der Schwarm wurde nur geschaffen, damit wir Jifften endlich unsere Erfüllung finden.

7

Ich finde es schrecklich, dachte Rhodan, *dass die Wunder des Universums in dieser Zeit entzaubert sind. Ein Universum, in dem das Leben auf dem Rückzug begriffen ist, ausstirbt. In dem es keinen Fortschritt gegeben hat. In dem die Technik des Jahres 1329 NGZ der des Jahres Plus E Null Neun – Exponent Neun! – weit überlegen ist.*

Die Wunder des Kosmos, dachte er, *initiiert von mächtigen und nicht erfassbaren Entitäten wie Superintelligenzen und Höheren Mächten, sind hier schal und stumpf geworden.*

Das war es, was ihm an Vaaligo so zu schaffen machte. Das und der Umstand, dass sich in einer Milliarde Jahren die Probleme, die lächerlichen Probleme, nicht im Geringsten gewandelt hatten.

Macht, Machtstreben, Gier nach Macht. Musste er die Nodronen als Spiegelbild sehen? Entstanden aus einem Genpool, in den mit großer Wahrscheinlichkeit terranische Eigenschaften geflossen waren? Er kämpfte seit 3000 Jahren dafür, dass sich etwas änderte, dass sich Toleranz und Verständnis und Miteinander endlich durchsetzten gegen den Egoismus, das sinnlose Machtstreben.

Vielleicht stand er deshalb noch immer, trotz allem, was vorgefallen war, auf der Seite der Kosmokraten. Weil sie Leben und Intelligenz gefördert hatten. Intelligenz, die dringend nötig war, wollte das Leben sich erhalten.

Bis das Leben dermaßen überhand genommen hatte, dass es die Vormachtstellung der Kosmokraten herausforderte.

Er seufzte. Er konnte sich nicht vorstellen, dass das Leben jemals überhand nehmen konnte.

Vielleicht war der Vaaligische Schwarm eine neue Chance für dieses Universum, diese Zeit. Wenn es gelang, ihn auf den Weg zu schicken, würde er Leben und Intelligenz fördern.

Er hatte Errek Mookmher erklärt, was das bedeutete: Leben und Intelligenz. Vielleicht würde der Rebellenführer es ja verstehen.

Und die Chancen, diesem Universum, dieser Zeit, einen neuen Sinn zu geben, standen gut. Sie hatten …

Rhodan ließ den Gedanken fallen, hielt inne. Runzelte die Stirn. Wieso dachte er ständig von diesem Universum, dieser Zeit? War das nicht ihr Universum, nur in einer anderen Zeit?

Diese Zeit macht uns krank, dachte er. *Wir gehören nicht hierher. Wir werden hier nicht leben können. Nicht überleben.*

Jedenfalls bot der Vaaligische Schwarm eine ungeahnte Chance für diese Zeit. Wenn es ihm tatsächlich gelang, Leben und Intelligenz zu fördern, stellten sich irgendwann vielleicht wieder die Wunder ein, die er hier so schmerzlich vermisste.

Und sie hatten gut geplant, alles sorgsam vorbereitet, Lishgeth On Paz, Errek Mookmher und er selbst, Perry Rhodan, als variabler Faktor, der nicht in die Gleichung einzubeziehen war, weil er eigentlich nicht hierher gehörte, in diese Zeit.

In dieses Universum …

Ihr sorgsam ausgearbeiteter Plan würde Früchte tragen. Sie würden den Handstreich von Nodro wiederholen und Axx Cokroide mit einer Operation von chirurgischer Präzision ausschalten …

Und in diesem Moment erklangen die Alarmsirenen in der Zentrale der KAPORNE, und Rhodan dachte unwillkürlich an einen von Reginalds Lieblingssprüchen.

Kennst du Murphys Gesetz?

Ja. Alles, was schief gehen kann, wird schief gehen.

Und kennst du Oppenheimers Kommentar zu Murphys Gesetz?

Nein.

Murphy war ein Optimist.

»Wir haben die Kontrolle über Balance C verloren!«, rief Lishgeth On Paz. »Die Schaltungshoheit über den Vaaligischen Schwarm!«

Rhodan stieß einen leisen Fluch aus. Ihm war sofort klar, dass ihre Strategie gescheitert war und sie nun improvisieren mussten.

Sie hatten gehofft, mit Hilfe von Balance A und C die Fäden in die Hand nehmen zu können. Aber Axx Cokroide ließ nicht willenlos geschehen, was sie – Lishgeth, Errek und er – geplant hatten. »Was ist passiert?«

»Eine Überbrückung durch die Anlagen von Balance B. Offenbar ist Axx Cokroide dorthin ausgewichen. Die Prioritäts-Schaltung! Wir haben das Kommando über den Schwarm wieder verloren!«

Balance B … der Planet, bei dem es sich in seiner Zeit um den Mars handelte …

»Balance B beginnt, die abgebrochenen Prozesse zur Manipulation der fünfdimensionalen Feldlinien-Gravitationskonstante weiterzuführen.« Die Stimme des Prior-Forschers klang, den Umständen entsprechend, ruhig und gelassen. Der Vogelabkömmling wuchs in Rhodans Achtung. Ihre gesamte Strategie war soeben zum Teufel gegangen, und Lishgeth blieb sachlich.

Aber noch hatten sie die von Traumfamniren gesteuerten Rebellenhabitate und die Einheiten der Nodronen und Quochten.

Augenwischerei, dachte Rhodan. In diesem Moment wurde ihm eines klar. Alles würde sich auf Balance B entscheiden. Auf dem Mars, dem Planeten, auf dem sie in diese Zeit entführt worden waren.

»Also ist Plan A gescheitert«, sagte er. »Nehmen wir Plan B in Angriff.«

Er hatte gar nicht bemerkt, dass die Alarmsirenen verstummt waren, bekam es erst mit, als sie plötzlich noch lauter jaulten.

»Strukturerschütterungen!«, meldete der Orter der KAPORNE. »Siebzehn, neununddreißig, achtundfünfzig, fünfundsiebzig, einhundertzweiundzwanzig ... Die Habitate stürzen in den Normalraum zurück!«

Rhodan fluchte erneut. Er konnte sich denken, was geschehen war, wartete nur auf die Bestätigung durch die Wissenschaftler von Cor'morian.

Die Traumfamnire, deren letzte Essenz er eigentlich noch immer nicht verstanden hatte. *Das ist eine mittlere Katastrophe!,* dachte er.

»Der aktivierte Schmiegschirm scheint das innere Koordinatensystem der Traumfamnire so nachhaltig zu stören, dass sie die Kontrolle über die Rebellenhabitate verloren haben. Die Habitate stürzen eines nach dem anderen in den Normalraum zurück und taumeln nur mehr durch das Weltall«, vermutete der Prior-Wissenschaftler.

Rhodan nickte knapp. Hörte Reginald neben sich fluchen. Fluchte selbst. Einen Plan C hatten sie nicht. »Das war auch mein erster Gedanke. Wie hätten wir damit rechnen können? Keiner von uns hat Erfahrung mit einem Vaaligischen Schwarm. Mit den Traumfamniren ist in der letzten Schlacht um den Schwarm also nicht zu rechnen!«

Lishgeth On Paz rief einige Holos auf. »Und ich bekomme gerade die Meldung, dass der Feind auf unseren Vorstoß reagiert hat. Er zieht sich mit dem Großteil seiner Truppen in das Tazmai-System zurück!«

»Cokroide will Balance B schützen.« Rhodan sah sich einer nicht unbedingt neuen, aber doch ziemlich ungewohnten Situation ausgesetzt. Er stand vor den Trümmern einer eigentlich perfekten Planung.

In diesem Augenblick wurde ihm eines klar. *Balance B ... dort wird sich alles entscheiden.*

»Die Quochten bleiben zum Schutz der jetzt hilflosen Habitate zurück«, entschied er. »Balance C hält sich zum Einsatz bereit. Und die Flotte der Nodronen nimmt mit den 179 Forschungskreuzern im Gefolge Kurs auf Balance B.«

Genau das hatte er vermeiden wollen. Wenn Axx Cokroide tatsächlich sämtliche Truppen ins Tazmai-System zurückgezogen hatte …

Er dachte an die beiden Flotten der Nodronen, die sich dort gegenüberstehen würden, die der Rebellen und die, die Axx Cokroide noch treu ergeben waren. An das Blutvergießen, das nun wohl nicht mehr zu vermeiden war. An die Millionen Nodronen, die im Kampf Bruder gegen Bruder ihr Leben lassen würden.

Und fluchte noch einmal.

Gespannt betrachtete Rhodan die Holos. Zwei Flotten standen sich gegenüber, die von Axx Cokroide, die Balance B sichern wollte, und die von Errek Mookmher, 110 000 Einheiten des Empire am Rand des Tazmai-Systems.

Aber noch war kein einziger Schuss gefallen.

Haben die permanenten Aufrufe der Wissenschaftler von Cor'morian tatsächlich Wirkung gezeigt?, fragte sich Rhodan. *Ist es möglich, dass einmal, nur ein einziges Mal, tatsächlich die Vernunft siegt?*

Der Vaaligische Schwarm befand sich in heillosem Aufruhr; überall wandten sich hochgestellte Clansführer der Nodronen an die Erbauer-Völker.

Die Zwillingsgötzen sind tot! Errek Mookmher ist ihr Nachfolger. Errek Mookmher ist der neue Führer der Nodronen, von allen anerkannt, nur von Axx Cokroide nicht!

Auch die Nodronen in Cokroides Schiffen kannten diese Clansführer selbstverständlich als Persönlichkeiten des öffentlichen Lebens. Sie kannten sie und vertrauten ihnen.

Ist es wirklich möglich?, fragte sich Rhodan. *Kann dieser neue Faktor tatsächlich die bis dahin loyale Flotte der Nodronen nachhaltig destabilisieren?*

Er rief Holos auf, die Balance B zeigten, Mantagir. Dort war, wie im gesamten Tazmai-System, das Chaos ausgebrochen! Aber noch kam es nicht zur großen Entscheidungsschlacht!

Die Nodronen strömten auf die Straßen, lieferten sich gelegentliche Scharmützel mit Truppenteilen, die noch zu Cokroide hielten, doch der Bruderkampf Nodronen gegen Nodronen blieb aus. Immer neue Meldungen verwandelten die Zentrale der KAPORNE in einen Orkan aus Stimmen, die der Terraner kaum noch voneinander zu unterscheiden vermochte.

»Immer mehr von Cokroides Einheiten erkennen Mookmher als neuen Führer an und legen die Waffen nieder! Cokroide zieht sich mit loyalen Truppen in die Gesandtschaft von Nodro zurück! Die Verwaltung von Mantagir erkennt Errek Mookmher an!«

Und dann, mitten während solch einer Meldung, setzte sich ein Schiff aus Mookmhers Flotte in Bewegung, aber nicht irgendeins, sondern das neue

Flaggschiff des Clansführers persönlich, die STERN VON NODRO, und hielt auf Balance B zu.

Noch immer fiel kein einziger Schuss.

Atemlos sah Rhodan zu, wie weitere Rebellenschiffe beschleunigten, der STERN folgten.

Wie die STERN in geringer Entfernung an einem Schiff der regulären Truppen vorbeiflog.

Wie immer mehr Rebellenschiffe die Verteidigungslinien einfach durchstießen und auf den Planeten zuhielten.

Wie die STERN VON NODRO auf Balance B aufsetzte.

Ohne dass ein einziger Schuss gefallen war!

Lishgeth On Paz räusperte sich.

Rhodan drehte sich zu dem Prior-Forscher um.

»Wir sollten die Verwirrung nutzen«, sagte der Wissenschaftler, »um ebenfalls auf Balance B zu landen.«

Das war das Leben!

Errek Mookmher schoss, lachte gellend, schoss erneut und warf sich in die Deckung eines ausgebrannten Gleiters. Er rollte sich ab, hechtete mit derselben Bewegung weiter, in den Schutz einer Hauswand.

Keinen Sekundenbruchteil zu früh. Er spürte, wie seine Kopf- und Barthaare knisterten, als ein Energiestrahl ihn nur um Zentimeter verfehlte, und dann explodierte der ausgebrannte Schweber in tausend Teile, und eines hätte ihn fast gestreift.

Fast.

Errek Mookmher lachte gellend und schoss erneut.

Das war das Leben! Keine taktischen Planungen in der Sicherheit der STERN VON NODRO, keine arroganten Bemerkungen von Lishgeth On Paz, keine weisen Sprüche von Perry Rhodan, der ihm ständig unter die Nase rieb, was er, Errek, ihm zu verdanken hatte, keine Quochten, denen er am liebsten den mit Speichelflüssigkeit zur Vorverdauung der Nahrung gefüllten Kehlsack unterhalb des Mundes zugeschnürt hätte, obwohl er ja den Friedens- und Schulterschluss mit ihnen herbeigeführt hatte.

Sondern eine hässliche, kleine Station cokroidentreuer Nodronen, die sich wider jede Vernunft verschanzt hatten, obwohl es nicht zum befürchteten Bürgerkrieg gekommen war und der Großteil der Truppen des Usurpators längst zu den Rebellen übergelaufen war, die jetzt die Allianz sämtlicher freier, intelligenter Völker Vaaligos anführten, die auf Toleranz, Kooperation und Gemeinsamkeit setzten und das Leben und eben diese Intelligenz fördern und nicht unterdrücken wollten, um ihre eigenen Machtgelüste zu befriedigen.

Das war das Leben, und Errek Mookmher fühlte sich so lebendig wie lange nicht mehr.

Was hatten sie ihm davon abgeraten, die Strategen und Taktiker und hohen Noy von den Son'Varish bis zu den Son'Troketen. »Du bist unsere Galionsfigur! Mit dir steht und fällt die Rebellion! Du darfst dich nicht unnötig in Gefahr bringen! Du musst lernen zu delegieren, du hast deine Leute, wir folgen dir blind, dein Wort ist Befehl, wir werden das für dich erledigen ...«

Sollte er in einem Kommandostand sitzen und vertrocknen? Niemand zweifelte seine Ehre an, doch war es ehrenvoll, seine Noy in den Kampf zu schicken, während er im Warmen saß und trübseligen Gedanken nachhing, über Krenja, seine Frau, die mit dem Kind seines größten Rivalen schwanger ging, den er eigenhändig getötet hatte, und über Wonjok, seinen Sohn, der schreiend davonlief, wenn er seinen Vater nur sah?

Das war *kein* Leben!

Aber dieser Kampf ... dieser ehrliche Kampf, diese Herausforderung ... das war die Ehre, auf die es ankam. Sicher, der große Sieg war wichtig, sonst würden die Traumfamnire sie wieder ins Zentrum der Galaxis führen, und ihre Generation und die nach ihnen und die nach dieser, und alle kommenden Generationen nach dieser würden ein Leben auf der ewigen Flucht verbringen, nicht mehr imstande sein, je wieder in den Normalraum zurückzukehren, wenn sie nicht endgültig und auf alle Ewigkeit verdummen wollten, verblöden, bis ihnen bis in alle Ewigkeit der Sabber aus den Mundwinkeln lief.

Bis in alle Ewigkeit ... *Und nichts ist gleichgültiger als die Ewigkeit*, hatte Perry Rhodan zu ihm gesagt.

Nein, den Respekt und die Achtung seiner Leute verdiente er sich, indem er hier und jetzt zeigte, dass er nichts Besseres, sondern so war wie sie, dass er sie in keine Gefahr schickte, die er nicht selbst auf sich nehmen würde.

Er lachte. Außerdem machte dieser Kampf Mann gegen Mann *Spaß*. Das war das Leben! Er genoss geradezu, wie das Adrenalin durch sein Blut jagte, ihn aufpeitschte, zu Höchstleistungen antrieb.

Errek Mookmher schoss, lachte gellend, schoss erneut und hechtete aus der Deckung der Hauswand weiter, in die eines Werbe-Holoterminals, das das Gefecht auf unerklärliche Art und Weise unbeschadet überstanden hatte. Eine gut gewachsene, vollbusige Nodronin türmte sich vor ihm auf, schaukelte mit den beiden guten Gründen, die es gab, sie ausgiebig zu betrachten, und pries ihm ein Potenzmittel an, das er, wenn sich alles so entwickelte, wie er es sich vorstellte, frühestens in hundert Jahren benötigen würde.

Er lachte und rollte sich ab, mit derselben Bewegung weiter, um sofort wieder zu schießen, und starrte in die Mündungen von zehn, zwölf Strahlenwaffen, in die Gesichter von zehn, zwölf Noy, die die Station des Usurpators mit einer Verbissenheit verteidigten, die jedem Nodronen zur Ehre gereichte. Er riss den Kopf herum und sah sich nach seinen Leuten um, doch die waren vom Kampfesrausch verschont geblieben, hatten Deckungen gesucht, die ihnen auch Deckung bot.

Das ist das Leben!, dachte Errek Mookmher. *Und das Leben bedingt den Tod. In dem Augenblick, in dem wir geboren werden, können wir nur eines über unser Leben sagen. Nämlich, dass es einmal enden wird.*

Er hatte sich schon immer einen ehrenvollen Tod gewünscht.

Aber dann, als die Finger der Noy sich schon um die Abzüge ihrer Waffen krümmten, fragte er sich, ob es nicht vielleicht ehrenvoller wäre, sich gefangen nehmen zu lassen und später, in drei Tagen oder drei Monaten oder drei Jahren, aus der Gefangenschaft zu befreien, seinen Peiniger zu töten und ruhmreich zu seinen Leuten zurückzukehren.

In drei Jahren würde Krenjas vaterloser Bastard schon laufen und sprechen und lachen können, und vielleicht würde er ihn, Errek, als den Vater akzeptieren, den Wonjok nie gehabt hatte.

Drei Jahre hatte er auch auf Pembur verbracht, und er hatte überlebt.

Und in diesem Augenblick, als zwölf Waffen sich auf ihn richteten, wurde ihm klar, dass er Krenja alles verzeihen würde, auch wenn es nichts zu verzeihen gab, und dass er sie trotz allem liebte und versuchen musste, sie für sich zurückzugewinnen.

Und er lachte und ließ die Waffe fallen und hob die Arme. *Das ist das Leben*, dachte er. *Mal sehen, wie ich aus dieser Scheiße herauskomme. Irgendwie wird es mir schon gelingen.*

»Du wolltest mich sprechen, Pratton? Was …?« Überrascht hielt Rhodan inne.

Pratton Allgame hatte wieder Maske gemacht, wie schon bei ihrem Einsatz in Kion. In einem hauchdünnen Energiefeld-Spiegel betrachtete er die Anstrengungen eines Nodronen, ihn zumindest rein äußerlich zu einem der ihren zu machen.

Rhodan musste sich eingestehen, dass Pratton der ungewohnte olive Teint mindestens ebenso gut wie das tiefe Braun seiner natürlichen Hautfarbe stand. Die Maske wirkte natürlich. Nahezu perfekt wurde sie durch den Haarlack, den Pratton sich gerade selbst einrieb, um seiner neuen Frisur auch diesmal einen Eindruck von gezähmter Wildheit zu verleihen.

»Ganz recht, Perry.« Pratton lehnte sich wieder zurück, damit der nodronische Stylist ihm den letzten Feinschliff geben konnte. »Es sieht nicht gut aus, nicht wahr?«

»Im Tazmai-System herrscht nacktes Chaos«, gestand er ein. »Wenigstens ist es nicht zu einem Bürgerkrieg gekommen.«

»Und Axx Cokroide hat sich in die Gesandtschaft des Empire zurückgezogen, eine fast uneinnehmbare Festung, und hält offensichtlich Errek Mookmher als Geisel. Das macht die Sache nicht einfacher. Er wird bald Forderungen stellen.«

»Wir wissen noch nicht genau, ob Errek ihm tatsächlich in die Hände gefallen ist.«

Allgame machte eine abfällige Handbewegung. »Es läuft doch darauf hinaus, Perry – früher oder später werden wir die Gesandtschaft stürmen müssen, wenn wir die Sache zu einem Ende bringen wollen.«

Rhodan nickte knapp.

»Ich habe euch schon einmal in die Gesandtschaft gebracht. Damals, als wir den Mars-Liner dort herausgeholt haben.«

»Worauf willst du hinaus, Pratton? Und was soll diese Verwandlung in einen Nodronen?«, fragte Rhodan, obwohl er die Antwort darauf schon längst kannte.

»Ich bringe euch noch einmal hinein. Ich werde einen Weg in die Botschaft finden.«

»Damals wussten die Nodronen nichts von uns. Wir hatten das Überraschungsmoment auf unserer Seite. Jetzt ist die Gesandtschaft der am stärksten gesicherte Ort auf diesem Planeten. Sie wird von Rebellen belagert. Wie willst du das schaffen?«

»Ich werde einen Weg finden«, wiederholte Pratton Allgame. »Es wird nicht einfach, und ich werde Zeit brauchen. Zwei, drei Tage vielleicht. Aber wenn Errek Mookmher tatsächlich in der Botschaft ist, sollte ich sofort damit beginnen, einen Weg zu suchen. Bevor Axx Cokroide ihn umbringt.«

»Das wird er nicht.« Rhodan schüttelte den Kopf. »Mookmher ist sein Faustpfand. Er wird ihn am Leben lassen, bis für ihn alles verloren ist, es nicht mehr die geringste Hoffnung auf den Sieg oder auch nur das Überleben gibt.«

»Trotzdem. Du solltest Mookmher so schnell wie möglich dort herausholen.«

Rhodan zögerte. Ihm behagte nicht, Pratton Allgame allein hinaus nach Mantagir zu schicken. Aber welche Wahl blieb ihm? Er und Bull wurden hier gebraucht, im Hauptquartier der Rebellen, um ihre Aktionen zu planen und zu koordinieren. Wem sollte er Pratton an die Seite stellen? Fran Imith? Das wäre eine Möglichkeit …

Er musste an Ron Dyke denken, der sich bei ihrem ersten Eindringen in die Botschaft geopfert hatte, um ihnen die Flucht zu ermöglichen. Aber Dyke hatte alles verloren, seinen Job, seine Familie … Der Mars war für ihn die letzte Hoffnung gewesen, noch einmal neu anzufangen, und er hatte nicht verkraftet, dass erneut etwas dazwischen gekommen war, diese neue Existenz nun ebenfalls zu scheitern drohte, bevor sie überhaupt begonnen hatte.

Ron Dyke hatte sterben wollen, davon war Rhodan überzeugt. Deshalb war er auf Balance B zurückgeblieben.

Rhodan bezweifelte nicht, dass Dyke tot war. In Mantagir herrschte Aufruhr, die Rebellen waren da, mit ihnen eine Hand voll Fremde, die Dyke sofort erkannt hätte. Würde er noch leben, hätte er sich schon längst bei ihnen gemeldet.

Der Resident musterte Pratton eindringlich. Er hatte nicht den Eindruck, dass Allgame unter ähnlichen Problemen litt. Bislang hatte er sich in dieser einzigen Krisensituation, die ihre Entführung in die Zukunft ja war, gut behauptet.

Aber wer konnte schon in einen Menschen hineinsehen …?

Trotzdem … Wenn einer Axx Cokroides letzte Bastion knacken konnte, dann das ehemalige »Phantom von Terrania«. »Fran wird dich begleiten«, sagte er.

Allgame schüttelte den Kopf. »Ich gehe allein. Ich brauche kein Kindermädchen.«

»Was hast du überhaupt vor?«

»Das wird sich weisen. Ich muss mich in Mantagir umschauen, die Lage erkunden, sehen, was möglich ist. Irgendetwas wird mir schon einfallen.«

»Wann können wir mit der Ablenkung rechnen?«

Allgame zuckte mit den Achseln. »Wie ich schon sagte, in zwei, drei Tagen. Ich melde mich bei euch. Du wirst von mir hören, Perry.«

Rhodan wusste nicht, wieso, aber aus irgendeinem Grund zögerte er noch immer, dem ehemaligen Einbrecher seine Einwilligung zu geben. Aber brauchte Pratton sie überhaupt? Konnte Rhodan verhindern, dass er einfach auf eigene Faust loszog?

»Also gut«, sagte er schließlich, obwohl ihm bei der Sache unwohl war. »Wir hören dann von dir, Pratton.«

»Fran kann mir aber ihr Standard-Kombiarmband geben«, sagte Pratton.

Ist es moralisch, dachte er, *was ich hier tue?*

Er lachte leise auf. *Ist es moralisch, uns* eine Milliarde Jahre *in die Zukunft zu holen, ohne uns vorher zu fragen, ob wir damit auch einverstanden sind? Oder ist es moralisch, einen ganzen Ordensturm zusammenzuschießen, Hunderte intelligenter Wesen dabei zu töten und das Leben weiterer Tausender aufs Spiel zu setzen?*

War es moralisch, was die Nodronen darüber hinaus noch taten? Sie wollten eine ganze Galaxis unterwerfen und sich zu uneingeschränkten Herrschern aufschwingen.

Aber solch ein Gespräch hatten sie schon einmal geführt, damals, als sie ihren Einsatz in Kion planten und debattierten, ob es moralisch gerechtfertigt sei, die Zwillingsgötzen zu töten.

»Ist das etwa moralisch?«, flüsterte er.

»Was hast du gesagt?« Die Nodronin sah ihn fragend an. Keineswegs unsicher, aber leicht verwirrt. Er konnte verstehen, dass sie sich nicht wohl in ihrer Haut fühlte. Er wirkte auf sie wahrscheinlich genauso seltsam wie sie auf ihn. Mit einem so schmächtigen, kleinen Nodronen war sie wohl noch nie im Bett gewesen.

Er hingegen konnte ihr eine gewisse Attraktivität nicht absprechen. Sie war zweifellos eine Frau, wenn auch eine, mit der er sich normalerweise niemals eingelassen hätte. Sie hatte durchaus weibliche Formen. Aber auch ein Kampfroboter konnte weibliche Formen haben, und wenn er die Muskelpartien unter ihrer olivgrünstichigen Haut betrachtete, erinnerte sie ihn eher an eine tödliche Maschine denn an ein zartes Geschöpf, das seine Hormone in Wallung bringen konnte.

Andererseits ... Er war schon lange nicht mehr mit einer Frau zusammen gewesen. Und er war allein auf einem fremden Planeten, bei dem es sich wohl um den Mars der fernen Zukunft handelte. Allein in der gewaltigen Metropole Mantagir, in einem Hexenkessel der Intrigen und der Gewalt, auf sich gestellt, ohne einen einzigen Verbündeten. Ohne ein einziges Wesen, das er auch nur näher kannte. Und er hatte seine Bedürfnisse. Wenn er also das Angenehme mit dem Nützlichen verbinden konnte ...

Außerdem hatte er den Eindruck, dass sie ihn aufgegabelt hatte und nicht er sie. Mit der ureigenen Offenheit der Nodroninnen hatte sie ihn angemacht, geradezu herausgefordert, mit ihr auf dieses billige Zimmer zu gehen.

Und sie stank wenigstens nicht. An Körpergeruch störten sich die meisten Nodronen wenig, so viel hatte er schnell herausgefunden. Sie neigten nicht zu übertriebener Reinlichkeit, und manche waren echte Schweine. Was ihnen allerdings keinerlei Nachteile brachte. Wieso auch? Wenn *alle* stanken, fiel ein Einzelner deshalb nicht auf.

Die weiblichen Nodronen stellten in dieser Hinsicht eine wirklich angenehme Abwechslung dar. Vor allem in diesem Zentrum der Zivilisation, in Mantagir, war er kaum einer stinkenden Frau begegnet.

»Nichts. Ich habe nichts gesagt«, antwortete er.

»Du hast etwas von Moral gesagt«, beharrte die Nodronin.

»Aber nein«, beeilte er sich zu versichern. Die Lüge kam ihm problemlos über die Lippen. Er lachte und schüttelte den Kopf. »Dieser Varenn, bei dem wir uns ... kennen gelernt haben ...«

»Ich will nicht über ihn sprechen. Das könnte gefährlich werden.«

Er lächelte spöttisch. »Gefahr ist mein Geschäft«, sagte er und hob die Hand, als sie etwas erwidern wollte. Übergangslos wurde er wieder ernst. Sah er sich mittlerweile wirklich schon so? Ging er dermaßen in seiner Rolle auf?

Drei Tage, hatte er Rhodan gesagt. Drei Tage, um die stark gesicherte Botschaft zu knacken, einen Weg hinein zu finden.

Den ersten Tag war er ziellos durch Mantagir gestreift, auf der Suche nach einer Idee ... und der Flucht vor dem dunklen Schatten, den er immer deutlicher auf sich spürte. Beides war ihm nicht gelungen. Er wusste noch immer nicht, wie er in die Gesandtschaft hineinkommen konnte, und dieser dunkle Schatten, diese unheimliche Vorahnung senkte sich immer tiefer auf ihn.

Am zweiten Tag hatte er sich dann in die Gefilde begeben, die er für die Halbwelt Mantagirs hielt. Dort hatte er Varenns Geschäft gefunden, das eines zwielichtigen Händlers, der einem angeblich alles besorgen konnte, was sich legal nicht beschaffen ließ.

Aber er musste auf der Hut sein. Er durfte niemals vergessen, dass er ein überaus riskantes Spiel trieb, ein Spiel ohne Netz und doppelten Boden, ein Spiel, von dem er nicht einmal wusste, wie er es beenden wollte. Dabei ging es ihm nicht unbedingt um sich selbst. Rhodan verließ sich auf ihn. Er wollte nicht als Großmaul erscheinen, das den Mund zu voll genommen hatte und seine Versprechungen nicht einhalten konnte.

»Kann schon sein.« Die Nodronin streckte sich, und ihr Busen machte aufregende Bewegungen. Er spürte, wie sein Mund trocken wurde. »Aber das interessiert mich nicht, und ich habe nicht die gesamte Nacht Zeit. Du bestimmt auch nicht. Worauf wartest du also?«

Er setzte sich zu ihr auf das Bett, beugte sich über sie und küsste ihre weichen Lippen.

Sie blieb seltsam unbeteiligt. Einen Moment lang hatte er den Eindruck, dass sie den Kuss sanft erwiderte, es ihr sogar Spaß machte. Dann schien sie plötzlich zu erstarren, seine Berührungen nicht mehr zu genießen, sondern nur hinzunehmen.

Aber er konnte sich auch täuschen. Schließlich wollte er jetzt zum ersten Mal mit einer Nodronin schlafen. Er wusste nicht, wie sie normalerweise reagierten.

Sie schien zu spüren, dass er nicht ganz bei der Sache war. »Kennst du den Clan der Ximailian?«, flüsterte sie. »Er hat sich den schönen Dingen des Lebens verschrieben. Alles, was Spaß macht. Vor allem ihre Mode ist hinreißend. Und erst ihre Unterwäsche. Ich habe mir eine Garnitur besorgt. Willst du mal sehen?«

Wenn er schon eine Rolle spielte, musste er sie auch richtig spielen. Es wurde wirklich Zeit, dass sie zur Sache kamen. Sie erwartete von ihm, dass er sich das nicht zweimal sagen ließ, und ihm war klar, dass er ihre Erwartungen erfüllen musste.

Er grunzte gespielt behaglich. Seine Finger suchten nach dem Druckverschluss, der ihre rote einteilige Montur zusammenhielt, und öffnete ihn langsam. Unter dem engen Kleid quollen ihre Brüste hervor.

»Aber du hast doch gesagt …«, stotterte er mit gespielter Überraschung.

Sie kicherte. »Ich habe gelogen. Warum machst du nicht da weiter, wo du aufgehört hast?«

Dann schloss sie die Augen und gab sich seinen zarten Liebkosungen und Küssen hin, die immer fordernder wurden. Er bildete sich ein, dass sie sie stürmisch erwiderte. *Das Angenehme mit dem Nützlichen verbinden …*

Und mit einem Mal hatte diese Nacht viel zu wenig Stunden für ihn.

»Dieser Varenn …«, sagte er erneut, viel später. »Dieser Händler, bei dem wir uns begegnet sind …«

Die Nodronin richtete sich auf die Ellbogen auf und sah ihn an. Seine Erregung war abgeklungen, doch sein Blick blieb auf ihren Brüsten haften, glitt dann langsam über ihre geschwungenen Hüften hinab zu ihren muskulösen Beinen. Auf der Erde seiner Zeit hätte sie als Paradesportlerin gegolten. Mit einem Mal war ihm unklar, wieso sie ihn in irgendeiner Hinsicht als Bedrohung ansehen konnte. Ein Schlag von ihr, und er konnte seine Knochen einzeln aufsammeln.

Es lag wahrscheinlich daran, dass er nur mit Müh und Not als Nodrone durchging. Vielleicht einer von einem Kolonialplaneten, wie es auch umweltangepasste Terraner gegeben hatte.

Vor einer Milliarde Jahren …

»Warum interessierst du dich für ihn? Wieso erkundigst du dich immer wieder nach ihm?«

Er rutschte zum Rand des Bettes, erhob sich und zog sich langsam an. »Ich brauche Informationen, die dieser Varenn mir vielleicht verkaufen kann. Er scheint aber sehr misstrauisch zu sein. Vielleicht könntest du das Geschäft vermitteln. Es soll nicht zu deinem Nachteil sein.« Die Rebellen hatten ihn auf die bloße Hoffnung hin, ihnen einen Weg in die Botschaft verschaffen zu können, mit mehr Calculs ausgestattet, als er in zehn Jahren ausgeben könnte. In dieser Hinsicht musste er sich also keine Sorgen machen.

»Was für Informationen?«

Er sah ihr direkt in die Augen. »Über die Gesandtschaft von Nodro. Pläne der Energieversorgung, der Alarmvorrichtungen, der Kanalisation … einfach alles.«

Sie schien nicht im Geringsten schockiert zu sein. »Ich glaube, ich kann dir helfen.« Sie zögerte, lächelte dann. »Wenn der Preis stimmt.«

Pratton kniff die Augen zusammen. Ihre plötzliche Bereitschaft machte ihn misstrauisch. Ahnte sie vielleicht, was er vorhatte? Hoffte sie darauf, dass er bei den neuen Machthabern ein gutes Wort für sie einlegen würde? War sie vielleicht doch nicht das, wofür er sie hielt – eine Prostituierte? Zumindest eine halbprofessionelle, die sich ein paar Calcul nebenbei verdiente, wenn sie mit Männern ins Bett stieg, die ihr einigermaßen sympathisch waren?

»Du wirst dich nicht beklagen können«, sagte er trotzdem, holte aus seiner Tasche – in der er einen winzigen Teil seiner »Barmittel« aufbewahrte – einen CredChip hervor, schaltete ihn frei und gab ihn ihr, ohne auch nur einen Blick auf die Summe zu werfen.

Sie lächelte und schob den CredChip in eine Tasche ihrer roten Montur, die neben ihr auf dem Bett lag, ohne ihrerseits auf die Summe zu schauen.

Gut gekontert, dachte er. *Du hast Stil …*

Plötzlich wurde ihm bewusst, dass er mit der Nodronin geschlafen hatte, ohne sich auch nur nach ihrem Namen erkundigt zu haben. Sie hatte Varenns Laden betreten, ihn angesprochen und keinen Zweifel daran gelassen, dass sie sich für ihn interessierte.

Diese Unterlassung kündete nicht gerade von Stil. Hatte er es so nötig?

»Ich … danke dir …«, sagte er und ließ das Ende des Satzes bewusst in der Schwebe.

Sie verstand seine Absicht – aber peinlich war es ihm trotzdem – und lächelte erneut. »Nenn mich Tonka«, sagte sie.

Pelmid Sulcatob hätte nicht gedacht, dass sie je wieder zulassen würde, dass ein Mann sie berührte, nicht nach allem, was Axx Cokroide ihr angetan hatte. Die körperlichen Schmerzen waren verblichen, die seelischen geblieben. Die Prellungen, Quetschungen und Abschürfungen schmerzten nicht mehr, die Erinnerungen umso mehr. Wund- und Narbenschmerzen auf der Seele, und die Zeit brachte keine Linderung. Nicht die geringste.

Andererseits … Nicht jeder Nodrone war wie Axx, und dieser Mann war gar kein Nodrone.

Er kannte sie nicht, aber sie kannte ihn. Sie hatte ihn schon im Fadenkreuz gehabt. Auf Wrischaila, in einer Lagerhalle in der Burg des Schutzpatrons der Diebe, als Axx Rhodan und seine Begleiter in eine Falle locken wollte, aus der sie sich dann mit überraschendem Einfallsreichtum und fast spielerischer Leichtigkeit befreit hatten.

Hatte sie damals schon mit Axx Cokroide geschlafen, oder noch nicht? Sie konnte es nicht sagen, hatte es verdrängt.

Geschlafen! Hätte Pratton Allgame nicht neben ihr gestanden, sie hätte laut aufgeschrien.

Es war nicht schwer gewesen, den Terraner zu finden. Nachdem Sneber Grax, Linksberater von weiß Gott wessen Gnaden, für sie den Kontakt mit den Rebellen von Nodro hergestellt, sie sich bei ihnen bewiesen hatte und akzeptiert worden war, hatte sie schnell Möglichkeiten gefunden, in Erfahrung zu bringen, welche Taktiken und Pläne deren Führungsspitze ausheckte. Und als Pratton Allgame, der *Meisterdieb*, der *Einbrecher*, dann allein loszog, hatte sie geahnt, was er vorhatte.

Sie hatte ihre Rebellenfreunde gebeten, Ausschau nach ihm zu halten. Und als sie ihn dann in Varenns Laden aufgestöbert hatten, in einem Bezirk von Mantagir, in dem die Unter- und Halbwelt ihr strenges Regiment führte, hatte ihre Ahnung sich verfestigt.

Und nun wusste sie genau, wie der Hase lief. Die Gesandtschaft von Nodro. In der Axx Cokroide sich verschanzt hatte.

Allein würde Allgame es nie schaffen. Dazu kannte er sich nicht gut genug in Mantagir aus.

Aber sie wollte, dass er es schaffte. Also würde sie ihm helfen. Und wenn es das Letzte war, was sie in ihrem Leben tun würde.

Aber warum hatte sie mit ihm geschlafen? Sie wusste es selbst nicht. Vielleicht, um sich an Axx zu rächen. Obwohl sie bezweifelte, dass er jemals davon erfahren würde.

Oder um Tonka zu rächen, ihre Freundin, die Axx hatte umbringen lassen, nur um sie zu quälen. Die Freundin, deren Namen sie angenommen hatte.

Sie wusste es wirklich nicht. Sie verstand sich selbst nicht mehr.

Sie wusste nur, sie würde die Chance nutzen, die sie so unverhofft bekommen hatte.

Sie lächelte Pratton Allgame an. »Nenn mich Tonka«, sagte sie.

Ich bin Krachaay-Gyedested-Weydchlop, eine Irchy-Ba. Wir sind eines der Erbauer-Völker des Vaaligischen Schwarms. Wir werden die Schwarmversorger sein, Prospektoren, die die äußere Zufuhr von benötigten Bodenschätzen, Versorgungsgütern und so weiter übernehmen, soweit sie nicht vom Schwarm in Selbstversorgung bereitgestellt werden können.

Wir sind anders als die anderen, doch das gilt für uns alle. So unterschiedlich wir auch sind, gemeinsam werden wir etwas schaffen, das größer ist als die Summe seiner einzelnen Bestandteile.

Wir Irchy-Ba stammen von Eidechsen ab, doch die Evolution hat uns ins schier Riesenhafte vergrößert. Wir gehen nicht aufrecht, obwohl wir uns bei Bedarf aufrichten können. Dann werden wir zu gewaltigen Geschöpfen, die eine Länge von meist über drei Metern aufweisen.

Wir haben an der Kehle eine Querfalte, die andere Spezies mitunter abfällig als »Halsband« bezeichnen und die durch vergrößerte, meist leicht aufgequollen wirkende bläuliche Schuppen gebildet wird. Unsere schlanken, sechsgliedrigen Körper weisen gut entwickelte fünfzehige Gliedmaßen, bei denen zwischen Lauf- und Handlungsarmen zu unterscheiden ist, und lange Schwänze auf. Unsere Handlungsarme wirken noch immer kräftig, gegen den restlichen Körper jedoch feingliedrig. Mit unseren fünf Fingern – davon zwei Daumen – pro Hand können wir differenzierteste Tätigkeiten verrichten.

Unsere Pupillen sind rund, die Augenlider dabei vollständig unbeweglich. Männliche und weibliche Vertreter unserer Spezies unterscheiden sich in Farbe und Körpergröße.

Männliche Irchy-Ba werden bis zu einer Tonne schwer und haben eine flammend rote Schuppenhaut. Weibliche sind grau und wiegen maximal 300 Kilogramm. Das weibliche Geschlecht gilt bei unserer Spezies als intelligenter, feinfühliger, mit dem besseren Spürsinn und besserer Auffassungsgabe ausgestattet. Das männliche Geschlecht besticht durch sehr viel größere Körperkraft, den größeren Mut – aber auch Leichtsinn. Da unser Volk zu etwa 70 Prozent aus männlichen Vertretern besteht, können die Männchen sich logischerweise biologisch eine sehr viel größere Ausfallrate leisten, ohne dass die Art bedroht ist.

Unsere Bekleidung besteht im Allgemeinen aus Konglomeraten von Ausrüstungsgürteln, Tragegurten mit verschiedensten Inhalten, Rucksäcken und so weiter.

Was wird geschehen, wenn der Schwarm in Betrieb genommen wird und in die Weiten der Galaxis Vaaligo und darüber hinaus zieht?

Die Aufgabe, die uns erwartet, ist ungeheuerlich. Manchmal frage ich mich, ob unser Volk nicht der Hybris anheim fiel, als es einwilligte, an der Schaffung des Schwarms mitzuwirken.

Was muten wir uns zu? Was erlauben wir uns, wenn wir in die Schöpfung eingreifen, um Leben und Intelligenz zu fördern? Setzen wir uns damit nicht über den natürlichen Ablauf der Evolution hinweg, der für unseren Teil des Universums vielleicht etwas ganz anderes vorsieht? Manchmal habe ich den Eindruck, dass Vaaligo verbraucht ist, ausgebrannt, erschöpft. Werden wir nicht zwangsläufig an der selbst gestellten Aufgabe scheitern und verzweifeln, wenn wir einmal feststellen müssen, dass man diesen Prozess nicht umkehren kann?

Wir Irchy-Ba sind Pragmatiker. Wir haben unsere Aufgabe im Schwarm gefunden und akzeptiert. Wir sehen gewisse Gefahren und Schwierigkeiten. Der Vaaligische Schwarm ist ein gewaltiges Gebilde. Spannungen sind unausweichlich. Nicht nur innere, sondern auch äußere Konflikte. Wie werden die Spezies reagieren, denen der Schwarm auf seinem Weg begegnet? Werden sie uns freundlich empfangen, desinteressiert, misstrauisch oder gar ablehnend, feindlich, kriegerisch?

Und der Schwarm selbst ist ein unglaubliches Machtmittel. Was würde geschehen, wenn er in falsche Hände geriete?

Wir beobachten die weitere Entwicklung nicht nur aufmerksam, sondern auch mit einer gewissen Besorgnis. Und werden versuchen, unseren Teil dazu beizutragen, dass dieses gewaltige Unterfangen tatsächlich gelingt.

8

Die Ruhe in den Gängen war gespenstisch. Sie drang auf Axx Cokroide ein, gefährlicher als jedes Kampfgeräusch, bedrückender als die Schreie sterbender Noy. Am liebsten hätte er sich die Ohren zugehalten, um die Stille nicht mehr ertragen zu müssen.

Niemand wagte sich in seine Nähe. In der Gesandtschaft von Nodro wimmelte es vor Noy, vor seinen letzten Getreuen, doch sie mieden ihn, als fürchteten sie seinen Zorn.

War er nicht immer ein gütiger Herrscher gewesen? Und ein fairer, der stets auf das Wohl seines Volkes bedacht war?

Dieses feige Pack!, dachte er und meinte damit auch die Nodronen, die ihn verrieten und zu Errek Mookmher überliefen, statt sich der großen Entscheidungsschlacht zu stellen. Lieber ein ehrenhafter Tod, auch in einem Bürgerkrieg, im Kampf Nodrone gegen Nodrone, als sich kampflos auf die Seite der Rebellen zu schlagen, alles aufzugeben, was er für sie aufgebaut hatte.

Was war daran ehrenhaft?

Und ausgerechnet Errek Mookmher! Seit drei Jahren tot geglaubt, eigentlich schon so gut wie tot, verrottet und verfault auf dem Strafplaneten Pembur, und nun kehrte er als Nachfolger der Zwillingsgötzen zurück, als den Cokroide sich ebenfalls sah, aber nicht allein, sondern mit mehreren hochgestellten Clansführern und insgesamt 110000 Einheiten des Empire! Mit Clansführern, die alle Nodronen, auch die Noy in seinen Schiffen, als Persönlichkeiten des öffentlichen Lebens kannten.

Ist das der Anfang vom Ende?, fragte sich Cokroide. Alles, was er geschaffen hatte, auch für sein Volk, zerfiel ihm unter den Händen.

Nein, bohrte ein quälender Gedanke tief in seinem Kopf. *Der Anfang vom Ende ist schon viel früher gekommen, damals, als du einige Antworten auf die Fragen erhalten hast, die dich seit Jahrzehnten nicht nur beschäftigen, sondern geradezu quälen! Aber wie hättest du das erkennen können? Du hast es damals nicht begriffen, und du verstehst es auch heute noch nicht ganz!*

Er schrie auf, um die Stimme zum Verstummen zu bringen, und dachte an das Mandat der Götzen, das er damals so begehrt hatte.

Damals, als die Zwillingsgötzen ihn noch nicht damit ausgezeichnet hatten. Damals …

Axx Cokroide betrachtete nachdenklich das Mandat der Götzen, das rötlich irisierende, kostbare Siegel, die sechs Zentimeter durchmessende, münzartige Scheibe mit einer schematischen Darstellung zweier sich überlappender Köpfe, einer in Perlmuttweiß, der zweite schwarz, die zum Zeichen seiner Macht geworden war.

Es war nur eine Nachbildung, doch irgendwann würden die Götzen ihm das echte verleihen, davon war er überzeugt. Das Mandat würde ihn berechtigen, überall in Vaaligo im Namen der Zwillingsgötzen zu handeln. Jeder Clansführer oder militärische Befehlshaber der Nodronen wäre ihm automatisch unterstellt.

Ich habe es schon weit gebracht, dachte er. *Ich habe fast alles erreicht, was ein Nodrone erreichen kann. Nur zwei Dinge sind mir bislang verwehrt geblieben. Das Mandat und das, woran mir am meisten liegt, wie mir jetzt klar ist.*

Ihm war erst klar geworden, was er verloren – oder niemals gewonnen – hatte, nachdem er *sie* längere Zeit nicht mehr gesehen hatte.

Der Schmerz wollte nicht schwächer werden, geschweige denn verschwinden. Sicher, er zog sich zurück, tief unter die Oberfläche, aber er blieb vorhanden, nagte unentwegt an ihm. Abends vor dem Einschlafen, morgens vor dem Aufstehen, in jenen dunklen Stunden zwischen Erwachen und Einschlafen, wagte er sich regelmäßig wieder hervor, wogte über ihn hinweg wie eine gewaltige Flut, riss ihn mit und unterwarf ihn, trieb ihn in die Gefilde der Lethargie, die ihn zu müde und schwach werden ließ, als dass er aufstehen, aber auch zu aufgewühlt, als dass er einschlafen konnte.

Noch immer, dachte Axx. *Wie lange ist es jetzt her?*

Zu lange.

Er warf einen Blick auf einen der Spiegel, mit denen sämtliche Wände des Raums verkleidet waren, und sah einen groß gewachsenen, kräftigen Mann, dessen Gesicht von den Narben aus Dutzenden ritueller Zweikämpfe entstellt war. Wettergegerbte Haut, langes schwarzes Haar, Hände wie Pranken. Seine Handgelenke wurden von eisernen, fünf Zentimeter dicken, mit Ornamenten gravierten Bändern geschützt. Sein Schädel war kahl geschoren, das breite, flächige Gesicht wies deutliche Bartschatten auf.

Es fiel ihm nicht leicht, sein Aussehen, seine Wirkung auf Frauen einzuschätzen, aber er würde sich als durchaus beeindruckend bezeichnen.

Wieso hat sie mich zurückgewiesen?

Vielleicht lag es an seinen Augen? Sogar ihm selbst erschienen sie kalt, eiskalt. Aber dieses Manko, so es in der Gesellschaft der Nodronen überhaupt eines war, wurde ausgeglichen durch die Macht, die er innehatte.

Macht, die ihn noch attraktiver werden ließ.

Die Macht eines Son'Troketen. Das war sein militärischer Rang.

Die Macht eines Clansführers, der uneingeschränkt an der Spitze seines Teilclans stand. Die Clansführerschaft wurde in der Regel vererbt; allerdings hatte sich jeder Führer bei einer entsprechenden Herausforderung einem Zweikampf um die Führerschaft zu stellen.

Axx lächelte schwach. Er hatte um seine Stellung als Clansoberhaupt unzählige Duelle geführt, aber keiner, der ihn je herausgefordert hatte, hatte den Zweikampf überlebt, und in letzter Zeit waren keine Aufforderungen mehr erfolgt.

Und, nicht zuletzt, die Macht des Gesandten der Zwillingsgötzen. Oberbefehlshaber sämtlicher nodronischer Truppen waren grundsätzlich die Zwillingsgötzen, und er war ihr offizieller Botschafter. Sein Wort war Gesetz, unter allen Nodronen Vaaligas.

Und genau das machte ihm nun zu schaffen.

Wie würde sie sich verhalten? Er wollte sie wegen seiner selbst, nicht wegen der Macht, die er innehatte. Als Gesandter der Zwillingsgötzen bekam er jede Frau. Als Axx Cokroide hatte er die einzige nicht bekommen, die er wirklich liebte.

Falls er sie tatsächlich liebte, je geliebt hatte.

Gibt es Liebe auf den ersten Blick?, fragte er sich.

Diese Frage quälte ihn seit Sartaire, und eine Antwort darauf hatte er noch immer nicht gefunden.

Er räusperte sich. »Sie soll jetzt zu mir kommen«, sagte er. Seine Stimme klang unnatürlich belegt.

Wie viele Jahre waren vergangen?

Zu viele. Er hatte sich verändert – und wie er sich verändert hatte! –, sie würde sich ebenfalls verändert haben. Aber irgendwie bezweifelte er nicht, dass sie in seinen Augen noch genauso schön war wie damals, als er sie zum letzten Mal gesehen hatte. Für ihn würde sie immer so alt bleiben, wie sie auf Sartaire gewesen war.

Sie war jetzt eine Are'Imga, und er war nicht nur Son'Trokete, nicht nur Clansführer, sondern Gesandter der Zwillingsgötzen.

Er hörte ein Geräusch, ein Rascheln wie von Federn eines kleinen, zerbrechlichen Vogels, und blickte auf. Ohne dass er es bemerkt hatte, war sie vor ihn getreten.

Und er hatte sich nicht getäuscht. Sie war noch genauso schön wie auf Sartaire.

Zu seiner Überraschung hatte sie sich herausgeputzt. Einerseits wunderte ihn das nicht. Nodronische Frauen wiesen von alters her eine größere Spannbreite modischer Varianten auf als ihre männlichen Artgenossen. Sie griffen eher zu farbigen Applikationen; wenn sie es darauf anlegten, einen Mann aufzureizen, aber manchmal konnten ihre Gewänder auch aus purer Lebensfreude ziemlich durchsichtig werden.

Er fragte sich, warum sie sich so attraktiv gewandet hatte. Sie wusste, was sie erwartete.

Sie trug die Jaffage, das traditionelle Kleidungsstück der Frauen insbesondere zu Zeiten der Partnerwahl, einen halb durchsichtigen Schleier in verschiedenen Farben, der in der Regel von einem täglich neu aufgebrachten Seidengespinst am Körper gehalten wurde. Und sie pflegte die Tradition, indem sie sich für natürliche, hautnahe und keineswegs grelle Farben entschieden hatte.

Als Are'Imga war es ihr nicht schlecht ergangen. Sie hatte ihre Kleidung mit wertvollen Accessoires aus Gold und Silber verziert, und das Edelmetall war besetzt mit kleinen Splittern aus Zheugir und seltenen Edelsteinen. Eine Gürtelschnalle betonte ihre schmale Taille, eine Spange hielt den ungebändigten Haarschopf einigermaßen in Form, geschickt angebrachte senkrechte mosaikartige Stiefelinlays ließen ihre sowieso schon langen Beine noch länger wirken.

Und sie trug an der Gürtelschnalle eine prächtig verzierte Variante der Peitsche von Nodro. Eine reine Zierwaffe, untauglich für den Kampf. Er konnte sich darauf verlassen, dass sie keine verborgenen Waffen mit sich führte, die ihm wirklich gefährlich werden konnten. Wahrscheinlich stammte ihre Kleidung sogar aus den umfangreichen Kammern, die er für diesen Zweck hatte anlegen lassen.

Aber warum?, dachte er. Er hatte sie nur hierher befohlen, ihr keinerlei Vorschriften gemacht, wie sie sich zu kleiden hatte. Warum also hatte sie sich nicht für eine unscheinbare Aufmachung entschieden? Etwa für eine weit geschnittene Uniform aus grobem schwarzem Stoff?

Wie auf Sartaire…

»Also sehen wir uns doch wieder«, sagte er.

Sie hob den Kopf, sah ihm in die Augen. »Bei der Kraft unserer Herzen schwöre ich«, sagte sie dann, »Treue den Herren von Nodro …«

Er winkte ab, öffnete den Mund, wollte etwas sagen.

»Ich grüße dich, Bote der nodronischen Dominanz, Gesandter der Zwillingsgötzen …«

»Hör auf«, sagte er gequält. Das war nicht die Gesprächseröffnung, die er gewollt oder geplant hatte.

»Muss ich dir nicht Ehre erweisen?«, sagte sie.

»Ankya …« Ihm behagte nicht, dass sie die Gesprächsführung an sich gerissen hatte.

Aber was hätte er ihr sagen sollen? Dass sie ihn verletzt hatte, sein Seelenleben getötet? Dass er seit Jahren immer wieder an sie denken musste, sie nicht vergessen konnte?

Sollte er ihr diese … Schwäche eingestehen?

Die Frauen, die er haben konnte, wollte er nicht haben. Seit langer Zeit nicht mehr. Seit Sartaire …

Und diejenige, die er haben wollte, konnte er nicht haben. Jedenfalls nicht so, wie er es sich vorstellte.

Er hatte sie zumindest gefunden. Als Son'Trokete war es ihm endlich gelungen, ihre Einheit ausfindig zu machen, ja festzustellen, ob sie überhaupt noch lebte.

Bei der Station auf Sartaire hatte er weniger Glück gehabt. Natürlich standen ihm als Son'Troketen sämtliche Datenbanken des Empire zur Verfügung. Er hatte nachgeforscht, doch so gut wie nichts gefunden. Vor seiner Machtübernahme musste jemand sämtliche relevanten Daten gelöscht haben.

Warum?

Er hatte so etwas befürchtet. All seine bisherigen Bemühungen, etwas über Sartaire zu erfahren, waren gescheitert. Nicht einmal als Son'Varish, als General, der im Rang direkt unter einem Admiral stand, hatte er etwas herausfinden können. Sartaire fiel unter die höchste Geheimhaltungsstufe; nur der damalige Son'Trokete war befugt, die Informationen abzurufen.

Dann war er nach Sartaire geflogen, hatte seine Erkundungen vor Ort fortgesetzt. Die Station war dem Erdboden gleichgemacht worden; wo sie sich einmal befunden hatte, dehnte sich nun ein neuer Raumhafen aus. Die Hohlräume der ehemaligen Station waren nicht lediglich aufgeschüttet worden; man hatte das Gebilde mit Desintegratoren aufgelöst und das Areal dann mit dem Gestein eines Gebirgszugs wieder aufgefüllt.

Er räusperte sich, ließ den Blick wieder über Ankya gleiten und schluckte. »Würde es irgendetwas nutzen« – seine Stimme klang krächzend – »wenn ich dir sage, dass ich dich immer geliebt habe? Und dass ich dich noch immer liebe?«

Sie sah ihn weiterhin unverwandt an, überging die Frage. »Du bist Traditionalist.«

Er schüttelte den Kopf. Die Richtung, die dieses Gespräch einschlug, gefiel ihm ganz und gar nicht. »Was willst du damit sagen?«

»Die Stellung als Oberhaupt eines Clans beinhaltete in früheren Zeiten eindeutig das Recht zur absolut freien Partnerwahl innerhalb des Clans, ob mit oder ohne Einwilligung des jeweiligen Partners.« Ihre Stimme klang unbeteiligt, als würde sie aus einem historischen Lehrbuch zitieren. Aber jedes einzelne ihrer Worte ließ ihn innerlich zusammenzucken.

Er war kein Narr. Er war nicht dumm. Er wusste, dass er verloren hatte. Dass sein Traum ein Traum bleiben würde.

Es gab Liebe auf den ersten Blick. Und er verdammte diesen Umstand.

»Traditionalisten wie du bestehen auch heute noch ohne Einschränkung auf diesem Recht.«

Er suchte verzweifelt nach einer Möglichkeit, dem Gespräch eine Wendung zu geben, von vorn anzufangen, zu sagen, was er eigentlich von Anfang an hatte sagen wollen.

Dass er sie noch immer liebte. Und auf den ersten Blick geliebt hatte.

Aber er brachte kein Wort über die Lippen.

»Jede Frau des Cokroide-Clans, die du begehrst, wird dir unverzüglich vorgeführt.«

Nein, dachte er. *Es war ein Fehler, sie zu mir kommen zu lassen.*

Er zuckte innerlich zusammen.

Er hatte sich immer durchgesetzt. Das war es, was sein Leben bestimmte. Das war sein Ziel, seine Philosophie. Er musste sich durchsetzen. Er würde niemals sein wie die Zwillingsgötzen, ihm war in dieser Hinsicht eine klare Grenze gesetzt. Aber innerhalb seiner Möglichkeiten strebte er an, dass kein anderer Nodrone ihm gleichkam. Unter den Son'Troketes des Empire hatte sein Wort zu gelten.

Bei Ankya galt es nichts.

Er konnte sie nehmen.

Aber er würde sie niemals haben.

Warum tust du mir das an?, dachte er.

Er beherrschte das Empire.

Ankya beherrschte ihn. Oder würde ihn beherrschen, falls sie es wollte.

Aber nicht einmal das wollte sie.

Sie drückte auf eines der Accessoires, die ihre Jaffage zusammenhielten, auf ein mit mehreren Edelsteinen besetztes goldenes Herz – wie passend, dachte er –, und die Schleier lösten sich voneinander. Axx glaubte, wieder das Schlagen von Vogelschwingen zu vernehmen.

Während die Schleier sich, noch immer leise raschelnd, um ihre Füße drapierten, musste er sich zwingen, sie nicht allzu offensichtlich anzustarren. Aber es gelang ihm nicht, er konnte den Blick nicht von ihr lösen, von den festen Brüsten, die für ihren schlanken Körper eigentlich viel zu groß waren, der schmalen Taille, dem dichten, gekräuselten Haar zwischen ihren langen, nahezu perfekt proportionierten Beinen.

Nun lächelte sie, oder verzog zumindest das Gesicht, doch mehr als eine spöttische Grimasse kam dabei nicht heraus. Sie trat aus den Schleiern heraus und drehte sich einmal um die Achse. »Bin ich nicht schon längst zu alt für dich? Im Cokroide-Clan munkelt man, dass du gern jüngere Frauen zu dir kommen lässt, ganz junge, Mädchen fast, mit Vorliebe Geliti. Weil du so gute Gespräche mit ihnen führen kannst, heißt es. Weil sie so einfühlsam sind und dich so gut verstehen, sagt man.«

Axx empfand eher Scham als Zorn. Der Stand der Geliti wurde fast ausschließlich von Frauen gebildet, die sich darauf spezialisiert hatten, mit ihrer den Männern überlegenen sozialen und psychologischen Auffassungsgabe die meist »männlichen« Streitigkeiten in einer für die Zivilisation verträglichen Art auszuräumen.

Und er sollte solche … Kommunikationsexpertinnen bevorzugen?

Dann wurde ihm klar, dass sie ihn lediglich provozieren wollte. Ganz junge Mädchen konnten keine Geliti sein; um in diesen Stand erhoben zu werden, war eine lange Ausbildung erforderlich.

»Warum?«, sagte er.

Ankya sah sich in dem Raum um, ließ den Blick abfällig über die verspiegelten Wände gleiten und dann auf dem großen, breiten Diwan ruhen, der in der Mitte des Spiegelsaals stand und fünf Nodronen Platz geboten hätte. Sie ließ sich darauf nieder, legte sich auf den Rücken und spreizte die Beine.

Der Anblick erregte Axx Cokroide nicht im Geringsten, kam ihm lediglich obszön vor. Das war es wirklich nicht, was er wollte, sich erhofft hatte.

»Weil du mich hast kommen lassen. Weil du das Oberhaupt des Cokroide-Clans bist und jede Frau, die diesem Clan angehört, dir untertan sein muss. Nun nimm dir, was dein ist.«

Sie wusste genau, dass er das nicht gemeint hatte. »Warum hast du mich damals zurückgewiesen?«, fragte er.

Sie sah ihn eine Weile an, schloss die Beine dann wieder, blieb aber auf dem Rücken liegen. »Weißt du das wirklich nicht?«

»Habe ich so abstoßend auf dich gewirkt? Hast du dich dermaßen vor mir geekelt?«

Sie lachte leise auf. »Abstoßend? Nein. Du warst ein sehr anziehender Mann, Axx, und es hätte mich schon gereizt, mich mit dir einzulassen. Du hast mich wirklich sehr beeindruckt. Aber … es war unmöglich.«

»Warum?«, wiederholte er. Er verstand es nicht.

»Hast du es damals wirklich nicht begriffen?«, schien sie seine Gedanken zu wiederholen.

Er schüttelte den Kopf.

»Es war unmöglich, weil ich damals mit Orser zusammen war.«

Er prallte buchstäblich zurück. »Mit … Jurzka?«

Sie nickte. »Er und ich, wir waren ein Paar. Und du …«

Und ich habe ihn getötet, dachte er. »Aber … nichts hat darauf hingedeutet … ich habe euch beobachtet …«

Und ob er das hatte! Er hatte auf kleine, versteckte Blicke geachtet, auf verstohlene Berührungen, leise geflüsterte Worte, verräterische Zeichen.

Nichts. Nicht einmal eine Andeutung hatte er mitbekommen. Er hatte wirklich gar nichts geahnt.

»Dann ... dann warst du von Anfang an beteiligt? Dann hast du mit in der Sache gesteckt?«

Sie setzte sich auf, drückte die Beine zusammen, verschränkte die Arme vor der Brust, als wolle sie ihre Blöße bedecken, nickte zögernd. »Ich glaube ... sie alle waren beteiligt. Alle, jeder Einzelne, nicht nur Orser und Jundaii.«

»Wer?«, fragte er, als sei alles andere plötzlich unwichtig. »Wer hat diese Aktion befohlen? Wer hat mich ...« Er fand nicht das richtige Wort.

»Es war eine Prüfung. Du bist hohen Stellen aufgefallen, und sie wollten sich vergewissern, ob du ...« Sie verstummte, zuckte hilflos mit den Achseln. »Ich weiß es nicht«, sagte sie dann. »Man hat es mir nicht verraten.«

Die Vermutung, die er schon seit langem hegte, wurde nun zur Gewissheit, auch wenn sie ihm keine Bestätigung geben konnte. »Die Zwillingsgötzen«, murmelte er.

»Wer sonst?«

Er lachte leise auf. »Wer sonst? Und diese Unmengen von Zheugir?«

»Reine Ablenkung, um dich zu verwirren. Man hat mich eigens für diesen Auftrag ausgesucht und geschult. Ich entsprach wohl deinem Idealbild einer Frau. Du solltest dich in mich verlieben, und du hast dich in mich verliebt. Ich sollte dich ermutigen, ohne mich zu etwas zu verpflichten.«

»Ziel war es, mich unter Druck zu setzen. In jeder Hinsicht. Es hat ihnen nicht genügt, mich körperlich an den Rand meiner Leistungsfähigkeit zu treiben, sie wollten mich auch geistig brechen.«

»Sie wollten sehen, ob du dem Druck standhältst. Weil du für Höheres erkoren warst.«

»Für ... Höheres ...?«

»Ich weiß wirklich nicht, wer den Befehl erteilt hat, dich dieser Prüfung zu unterziehen, aber du hast sie bestanden. Ich habe gewusst, was man von dir erwartet. Du solltest deine Mission nicht in blindem Kadavergehorsam fortsetzen, sondern einen Ausweg aus der Falle suchen. Und den hast du gefunden.«

Axx hingegen wusste, wer diesen Befehl erteilt hatte. Er wusste es so eindeutig, als hätte er in diesem Augenblick die Bestätigung von ihnen persönlich erhalten.

Die Zwillingsgötzen ... »Bei der Kraft unserer Herzen schwören wir Treue den Herren von Nodro ...« Seine Stimme brach. Es dauerte eine Weile, bis er sich gefasst hatte. »Zieh dich an«, sagte er dann barsch.

Erstaunt sah sie ihn an.

»Was hast du dir vorgestellt?«, sagte er zu ihr. Oder fragte es sich selbst. Dass er sie nehmen würde, während sie unter ihm lag wie ein totes Stück Fleisch?

Dass er endlich ihren Körper besitzen und ihm damit endgültig klar werden würde, dass er ihre Seele, ihre Liebe, niemals bekommen würde? Sollte er etwa mit dem Wissen weiterleben, dass sie ihn ewig für das hassen würde, was er ihr angetan hatte?

Wenn er sie jetzt gehen ließ, konnte er sich wenigstens dem Wunschtraum hingeben, dass sie es sich noch einmal anders überlegen, sie irgendwann doch noch zu ihm finden würde.

Frauen stellten kein Problem für ihn dar. Er bekam jede, die er haben wollte.

Bis auf eine.

»Geh!«, sagte er. »Geh sofort. Bevor ich es mir anders überlege.«

Sie raffte ihre Jaffage hoch, hielt sie sich schützend vor den Körper. War sie ihm vor kurzem noch wie eine anbetungswürdige Göttin vorgekommen, erschien sie ihm nun wie ein hilfloses Kind, viel schutzloser, als sie auf Sartaire jemals gewirkt hatte.

Als sie sich umdrehte, wandte er den Blick von ihrem kleinen, knackigen Hintern ab, der noch so straff wie der einer Zwanzigjährigen war.

Aber vielleicht bildete er sich das ja auch nur ein.

An der Tür drehte sie sich noch einmal zu ihm um. »Axx«, begann sie, doch er machte eine abwehrende Handbewegung.

»Geh«, wiederholte er.

Er sah ihr nicht nach.

Lange stand er da, dachte zuerst gar nichts, dann an Sartaire, dann an die Zwillingsgötzen.

An das, was sie mit ihm gemacht hatten.

Nach Ankyas Erklärung hegte er nun nicht mehr den geringsten Zweifel daran, dass sie ihn auf Sartaire tatsächlich auf die Probe gestellt hatten. Das war ihr gutes Recht. Sie waren die uneingeschränkten Herrscher Vaaligos. Sie hätten ihm das Leben nehmen können; ein Wort von ihnen, und er wäre gern in den Tod gegangen.

Aber warum?, fragte er sich. *Wieso sind sie ausgerechnet auf mich aufmerksam geworden? Wieso haben sie gerade mich dieser Prüfung unterzogen?*

Und ihn verwunderte, ja bedrückte, wie sie vorgegangen waren. Sie hatten ihm auf Sartaire eine Hand voll Leute an die Seite gestellt und ihn kämpfen lassen. Er hatte überlebt und einen Teil seiner Leute gerettet. So weit, so gut.

Sie hatten ihn gegen Roboter kämpfen lassen oder gegen automatische Fallen, aber nicht gegen Lebewesen. Er hatte in der geheimnisvollen Station keinen einzigen Nodronen zu Gesicht bekommen.

Warum hatten sie ihn nicht gegen einen echten Gegner antreten lassen, aber in Kauf genommen, dass seine eigenen Leute starben? Wollten sie damit ein ganz besonders perfides psychologisches Spiel inszenieren? Wollten sie feststellen, ob er auch mit einem Verlust umgehen konnte, ohne zu verzweifeln?

Oder …

Plötzlich kam ihm eine Ahnung. Ein grausamer, fast unfassbarer Verdacht.

War … war die Station auf Sartaire etwa eigens für diesen Zweck geschaffen worden? War er vielleicht nicht der erste – und auch keineswegs der letzte – Nodrone, der dort von den Zwillingsgötzen einem Eignungstest unterzogen worden war? Schickten die Herrscher Vaaligos mit schöner Regelmäßigkeit vielversprechende junge Männer und Frauen in diese Station, um sie dort unter extremen Belastungen zu testen?

Oder … Nein, dieser Gedanke war so ungeheuerlich, dass Axx ihn sofort weit von sich wies. Aber dennoch … hatten die Zwillingsgötzen Sartaire vielleicht nur angreifen lassen, um ihn dort dieser Prüfung zu unterziehen? Hatten sie zum Sturm auf eine Rebellenwelt geblasen, nur um festzustellen, ob ein junger Nodrone das Potenzial hatte, einst für sie in gehobener Position tätig zu werden?

Waren solche Prüfungen überhaupt nötig? Oder verrannte er sich mit diesen Überlegungen, hing er einer fixen Idee nach, schwelgte er in dem verzweifelten Versuch, doch noch Sinn in ein Chaos zu bringen, das sich ihm nie erschließen würde?

Dann dachte er an das, was er war und was aus ihm geworden war.

Axx Cokroide, der Bote nodronischer Dominanz, der weltliche Herrscher des Empire. Er verspürte kurz die Sehnsucht, alles aufzugeben, was er erreicht hatte, und sich mit einigen wenigen Getreuen und Gespielinnen auf einen der vielen unbewohnten Planeten der Galaxis zurückzuziehen, auf eine paradiesische Welt mit einem warmen Ozean und einem weiten Strand. Er sehnte sich danach, ein unendliches Meer zu sehen, feinkörnigen Sand unter seinen nackten Füßen zu spüren, unbeschwert wie ein Kind herumzutollen.

Er sehnte sich nach dem, was er einmal gewesen war und verloren hatte.

Und ihm war klar, dass er es nie wieder zurückbekommen würde. Vielleicht auch gar nicht mehr zurückhaben wollte. Er war nicht mehr das Kind, das alles vergaß, wenn es das Meer sah. Er war der Mann, der aus dem Kind geworden war, nachdem Rebellen seine Eltern und seinen Bruder an solch einem Strand getötet hatten.

Er hatte die Unbeschwertheit endgültig verloren. Er hätte sie auch verloren, wenn seine Eltern nicht durch den feigen Angriff der Rebellen umgekommen wären, vielleicht nicht so früh und so gründlich, aber trotzdem, irgendwann hätte er sie verloren.

Axx erkannte in diesem Augenblick, dass alles zusammenhing, dass all diese Ereignisse ihn zu dem Nodronen geformt hatten, der er nun war. Der Angriff der Rebellen … die Station auf Sartaire …

Der Angriff der Rebellen … Nein. Das konnte nicht sein.

Oder doch?

War dieser Angriff etwa auch von den Zwillingsgötzen in die Wege geleitet worden?

»Nein«, flüsterte er. Er musste Acht geben, sonst würde er noch völlig dem Verfolgungswahn anheim fallen. Es war, wie es war; die Zwillingsgötzen waren die Herrscher Vaaligos, und er war ihr Gesandter und das Oberhaupt des Cokroide-Clans. Er herrschte uneingeschränkt über Vaaligo, doch ihre Macht übertraf die seine noch bei weitem.

Er ließ den Blick lange über die verspiegelten Wandflächen gleiten, über den Diwan. Dann seufzte er.

Seine Pflichten warteten auf ihn. Er konnte ihnen nicht entrinnen. Den Zauber des Meeres und des Strands gab es für ihn nicht mehr.

Morgen. Morgen würde er sich wieder den Aufgaben stellen, die Vaaligo für ihn bereithielt. Den heutigen Tag würde er noch genießen.

Ohne an Ankya zu denken.

Er hatte genug Gespielinnen, mit denen er sich die Zeit vertreiben konnte. Er überlegte kurz und drückte auf den Kommunikationsknopf. »Schickt Yakona zu mir.«

Nur, wenn er diesen Knopf betätigte, war eine Verbindung mit der Außenwelt möglich. Dieser Raum hier war zwar nicht gerade sein Heiligtum, aber niemand sollte erfahren, was hier geschah. Der Raum war absolut abhör- und überwachungssicher. Die besten Spezialisten des Empire hatten dafür gesorgt. So gute Spezialisten, dass er sie anschließend nicht einfach hatte beseitigen können, nachdem sie ihre Arbeit getan hatten, wie er es vorgehabt hatte.

Er seufzte. Yakona war eine gute Wahl. Sie war jung und schön und mehr als nur willig; einfallsreich war vielleicht eine gute Wortwahl. Natürlich erhoffte sie sich von diesen gemeinsamen Stunden einen Karriereschub, und er hatte sich, was dies betraf, durchaus schon als großzügig erwiesen.

Und sie bewies von Mal zu Mal, dass sie es ihm durchaus zu danken wusste.

Eine Beziehung auf Gegenseitigkeit, dachte er und lächelte schwach.

Er bemühte sich, nicht an Ankya zu denken, während er auf Yakona wartete. Es fiel ihm schwer; seine Gedanken glitten immer wieder ab zu dem, was nie gewesen war, aber hätte sein können.

Zum Glück dauerte es nicht lange, bis sie den Raum betrat. Sie trug eine schlichte, aber sehr eng anliegende Fantasieuniform, unter der sicher noch die eine oder andere Überraschung für ihn versteckt war.

Er nickte ihr zu und deutete auf den Diwan. Als sie zu dem großen Lager ging, kamen ihre Bewegungen ihm abgehackt und gezwungen vor, nicht so fließend, geschmeidig und anmutig wie sonst.

Er kniff die Augen zusammen und sah, dass sie zitterte.

Verwundert runzelte er die Stirn. Einen Moment lang kam ihm der ungeheure Verdacht, jemandem könnte es gelungen sein, die Sicherheitsvorkehrungen zu durchbrechen, und er stellte sich vor, wie mehrere seiner Leibwächter um ein Holo saßen und konzentriert verfolgten, was hier in diesem Raum geschah.

Wie sie beobachteten, was er mit seinen Gespielinnen trieb. Wie sie hörten, was Ankya ihm zu sagen hatte. Wie sie ihn zurückwies.

Er verdrängte den Gedanken und richtete den Blick wieder auf Yakona. Sie war schön, und sie war jung ...

Im Cokroide-Clan munkelt man, dass du gern jüngere Frauen zu dir kommen lässt, ganz junge, Mädchen fast, hörte er wie aus weiter Ferne Ankyas Stimme.

... und die Überraschung bestand darin, dass sie unter der Uniform nichts trug, gar nichts.

Wie es ihm am liebsten war. Frauen mussten sich nicht eigens aufreizend kleiden, um ihn zu erregen. Noch war er nicht so alt.

Warum zittert sie?, dachte er. *Sie kann nichts wissen.*

Bis jetzt hatten sie noch kein einziges Wort gesprochen. Warum auch? Sie wusste, was er erwartete, und sie war bereit, es ihm zu geben. Wenn sie zu ihm kam, ging sie manchmal danach wieder, ohne dass sie ein einziges Wort gesprochen hatten. Fast instinktiv schien sie seine geheimsten Wünsche zu ahnen.

Hatte sie etwa mit Ankya gesprochen? Aber nein, das war ausgeschlossen, seine Leute hatten genaueste Anweisungen gehabt. Er konnte sich nicht vorstellen, dass sie es gewagt hatten, dagegen zu verstoßen.

»Sieh mich an«, sagte er.

Sie tat wie geheißen, doch ihr Blick, sonst so lasziv und voller Verheißung, zitterte nun, und sie wandte ihn schnell wieder ab.

»Was ist mit dir?«, fragte er.

Sie schaute wieder zu Boden, zuckte schwach mit den Achseln. »Nichts.« Auch ihre Stimme zitterte.

»Wirklich nicht?«

Sie schüttelte den Kopf.

Er trat zu dem Diwan, betrachtete sie, zog sich langsam aus. Aber während er versuchte, sich auf ihren schlanken, jungen, nackten Körper zu konzentrieren, musste er immer wieder an Ankya denken, so sehr er sich auch bemühte, sie vollständig aus seinem Gedächtnis zu verbannen.

Als er nackt war, schaute er Yakona wieder ins Gesicht.

Und sah darin eine Spur von Überraschung, hauptsächlich aber Angst.

Im nächsten Augenblick erkannte er den Grund dafür.

Zwischen seinen Beinen regte sich nichts. Im Gegensatz zu sonst, wenn seine Erregung schon offensichtlich wurde, sobald sie diesen Raum betrat, übte ihre Anwesenheit nun nicht die geringste Wirkung auf ihn aus.

Schrieb sie sich die Schuld dafür zu? Wahrscheinlich lag es an den Enthüllungen, die Ankya gemacht hatte; tausend Gedanken gingen ihm durch den Kopf, und ihm wurde klar, dass sein Befehl, Yakona zu ihm zu schicken, nur der Versuch war, sich von dem abzulenken, was er unbedingt und dringendst verarbeiten und für sich klären musste.

Aber wieso ihre Angst? Was wusste sie? Wieso reagierte sie so seltsam?

Trieb sie ebenfalls ein falsches Spiel mit ihm? Hatte sie sich mit anderen gegen ihn verschworen, wie damals Ankya, Duunill, Jurzka, ja sogar Jundaii und die Levent'en? Er würde sie nun wegschicken, und sie würde allen erzählen, dass Axx Cokroide, der Bote nodronischer Dominanz, der weltliche Herrscher des Empire, kein richtiger Mann mehr war …

Nein, dachte er, *das wird sie nicht wagen, niemals. Sie wird doch nicht ihr eigenes Todesurteil unterzeichnen.* Die Peitsche von Nodro wäre ihr sicher, und wenn es das Letzte wäre, was er noch anordnen würde.

Aber wenn sie es doch tat? Wie viele Rivalen um seine Position warteten nur auf ein Zeichen seiner Schwäche, auch auf ein vermeintliches? Solch ein Gerücht würde genügen, und sie würden über ihn herfallen wie Aasvögel über einen Kadaver, ihn zu Duellen herausfordern.

Und eines war klar. Bislang hatte er zwar jedes Duell gewonnen, ob als Herausforderer oder als Herausgeforderter, aber irgendwann würde er eines verlieren. Vielleicht durch bloßen Zufall, vielleicht, weil er an einen jüngeren, stärkeren Gegner geraten war, der tatsächlich besser als er war, gegen den auch seine überlegene Erfahrung nutzlos war?

Konnte er es sich erlauben, wegen solch einer Sache vielleicht sein Leben zu verlieren? Wegen einer Lappalie, wegen einer kurzfristigen … funktionellen Störung, wegen einer Ablenkung? In diesem Augenblick verfluchte er Ankya, die Umstände, die Station auf Sartaire, ja sogar die Zwillingsgötzen.

Nein, er konnte es sich nicht erlauben.

Langsam ging er auf Yakona zu, und in ihrem Gesicht sah er nacktes Entsetzen. Sie wusste, ahnte zumindest, dass etwas nicht in Ordnung war, anders als sonst. Sie hatte es von dem Augenblick an geahnt, in dem sie den Raum betreten hatte.

War es ihm so deutlich anzumerken? Hatten Ankyas Enthüllungen ihn so deutlich gezeichnet?

»Es tut mir Leid«, murmelte er, eher zu sich selbst als zu ihr, und holte aus.

Ein einziger Hieb, kurz, ansatzlos, aber mit voller Wucht. Mit der Handfläche von schräg unten gegen die Nase. Der Knochen würde ins Gehirn katapultiert werden, der Tod sofort eintreten, schnell und schmerzlos. Ein gnädiger Tod. Er wollte ihr keine überflüssigen Qualen zufügen.

Er holte aus und schlug zu, und in diesem Sekundenbruchteil stellte er sich vor, wie sie zusammenbrach, die Augen weit aufgerissen, wie sich in ihren Pupillen die Erkenntnis spiegelte, das Begreifen. Würde sie noch lange genug leben, um ihn ansehen zu können? Vielleicht vorwurfsvoll, vielleicht fragend? Würde sie einen letzten Schrei ausstoßen, ein letztes Seufzen?

Er schlug zu, und er dachte: *Nein!* Er war vieles. Er war Son'Trokete und das Oberhaupt des Cokroide-Clans. Er war der Gesandte und offizielle Botschafter des Zwillingsgötzen von Nodro. Er hatte um seine Stellung als Clansoberhaupt unzählige Duelle geführt, und keiner, der ihn je zum Duell gefordert hatte, war heute mehr am Leben.

Er hatte sich immer durchgesetzt, er würde sich immer durchsetzen müssen. Sein Bestreben war, dass kein anderer Nodrone ihm gleichkam.

Er kannte seine Schwächen. Eine davon war sicher seine Leidenschaft für das Spiel.

Er ging grundsätzlich keinem Spiel aus dem Weg. Er gehörte zu den wenigen Nodronen, die jemals das streng verbotene Faial gespielt und überlebt hatten.

Im Spiel galt für ihn das Gebot absoluter Fairness. Axx würde stets mit jedem Einsatz spielen, den er hatte, denn er *musste* siegen. Aber er würde nie betrügen, und er erkannte jede Niederlage an, solange sie fair zustande kam. Betrügern hatte er mehr als einmal die Peitsche von Nodro gegeben.

Das war seine Philosophie.

Er dachte: *Nein!*, und er begriff im letzten Augenblick, dass er fast gegen diese Philosophie verstoßen hätte. Er war immer fair gewesen, und Yakona hatte dieses Schicksal nicht verdient.

Es war nicht fair.

Der Gesandte des Zwillingsgötzen drehte im letzten Augenblick die Hand und schloss die Finger zur Faust. Sie verfehlte die Nase knapp, streifte Yakonas Wange. Die Wucht des Schlages warf sie zurück auf den Diwan. Wimmernd blieb sie liegen.

Es war seltsam. In dem Augenblick, in dem die Faust auf die weiche Haut prallte, den Knochen darunter spürte, regte sich etwas zwischen seinen Beinen. Axx fügte Yakona Schmerz zu, und dieser Schmerz war gleichbedeutend mit Macht. Mit einer anderen Macht als derjenigen, die er als Bote des Zwillingsgötzen ausübte.

Es war eine kleinere Macht, aber auch eine persönlichere. Entscheidungen, die er als Clanchef oder Son'Trokete traf, fegten Bevölkerungen von Planeten, entschieden über Leben und Tod von Millionen von Nodronen. Es waren Entscheidungen, die getroffen werden mussten, von einem kühl kalkulierenden Denker mit fast unfehlbarem Instinkt.

Die Entscheidung, die er nun traf, bereitete ihm *Spaß*. Er sah die wimmernde Frau und wusste, sie war ihm ausgeliefert. Sie war hilf- und wehrlos.

Er konnte mit ihr anstellen, was er wollte. Er konnte seine Macht ausüben, weil er es wollte, nicht, weil er es musste. Nichts hing davon ab; kein militärischer Sieg, geschweige denn das Schicksal Vaaligas.

Er bückte sich und schlug noch einmal zu, diesmal gegen die Rippen der jungen Frau. Und noch einmal, mit der flachen Hand ins Gesicht, und direkt noch einmal, mit der Faust.

Dann stöhnte er auf und zwang ihre Beine auseinander. Und während er schlug und stieß und schlug und stieß, vergaß er Ankya.

»Clansführer!«

Die Stimme der Ordonanz, deren Namen er noch immer nicht kannte, riss ihn aus seinen Gedanken.

Wieso nennt sie mich Clansführer? Aber wie hätte sie mich sonst anreden sollen? Ich bin nicht mehr der Bote der Zwillingsgötzen, die Zwillingsgötzen sind tot. Ich bin nicht mehr der Beherrscher des Schwarms, der Herr über Intelligenz oder Dummheit, der Schwarm wird umkämpft. Aber ich bin noch Axx von den Cokroiden. Wie sonst soll sie mich also anreden?

»Was willst du?«, sagte er nachsichtig. »Mir mitteilen, dass die Desertionswelle unter meinen Leuten zu einer Flut angewachsen ist, die meine Herrschaft in den Schaltanlagen von Balance B hinwegschwemmt?«

»Clansführer, uns …«

Er hob die Hand, damit sie verstummte, und rief einige Holos auf. Die letzten Nodronengarden, die ihm verblieben waren, räumten soeben das Feld. »Wie heißt du eigentlich?«

»Tonka, Herr.«

Tonka. Wie Pelmids Freundin, die er zur Justizministerin gemacht hatte, nachdem ihr Vorgänger im Amt bei einem ganz ähnlichen … *Unfall* ums Leben gekommen war. Und die dann bei einem *Verkehrsunfall* gestorben war, noch bevor sie ihr Amt antreten konnte.

Vielleicht habe ich den Bogen überspannt, dachte er. *Vielleicht war das der Tropfen, der das Fass zum Überlaufen brachte. Vielleicht ist Pelmid deshalb verschwunden.*

Wenn er sie je wieder in die Finger kriegen würde … Aber er glaubte nicht mehr daran.

Nun ja. Er sah kein Zeichen darin. Tonka war ein gebräuchlicher Name unter den Nodronen. »Und was willst du mir sagen, Tonka?«

Die Ordonanz sah ihn an, und ihr Gesicht hellte sich ein wenig auf.

Es können also keine ganz schlechten Nachrichten sein, dachte Cokroide.

»Ich bringe gute Nachrichten, Herr. Errek Mookmher hat die Invasionstruppen persönlich geführt, und einer uns noch treu ergebenen Einheit ist es gelungen, ihn in einen Hinterhalt zu locken. Der Rebellenführer ist uns unverletzt in die Hände gefallen!«

Nun lächelte auch Cokroide. Das änderte *alles!*

Ich bin Gydxaz Raccux, ein T'manake. Wir sind eines der Erbauer-Völker des Vaaligischen Schwarms. Wir werden gemeinsam mit den Treikiden und Karmuuch die Flotte der Blockaderäumer bemannen.

Wir sind anders als die anderen, doch das gilt für uns alle. So unterschiedlich wir auch sind, gemeinsam werden wir etwas schaffen, das größer ist als die Summe seiner einzelnen Bestandteile.

Wir T'manake sind Sauerstoff atmende und Eier legende Echsenwesen. Im Schnitt erreichen wir eine Größe von einem Meter und sechzig und werden ungefähr 90 Jahre alt. Unsere Köpfe sind schlangenartig breit gedrückt, unsere hervorquellenden Kugelaugen sehr beweglich.

Unsere Arme enden in achtfingrigen, schlanken, extrem geschickten Händen, unsere Beine sind kräftig, der Schwanz ist jedoch verkümmert und zappelt mit etwa dreißig Zentimetern Länge ziemlich nutzlos am Steißbereich herum.

Was wird geschehen, wenn der Schwarm in Betrieb genommen wird und in die Weiten der Galaxis Vaaligo und darüber hinaus zieht?

Ich weiß es nicht. Ich weiß nur eines: Der Vaaligische Schwarm macht mir in seiner Gesamtheit Angst. Kann man solch ein Gebilde überhaupt kontrollieren, beherrschen? Ist es nicht so gewaltig, dass es unweigerlich wuchern muss, wie ein Organismus, dessen Zellen außer Kontrolle geraten sind?

Was wird geschehen, wenn die Erbauer-Völker in ihrer Auffassung uneins werden? Wenn eines der Völker versucht, den Schwarm nur zu seinem Vorteil einzusetzen? Wenn es den Schwarm als Machtmittel für seine ureigenen Zwecke missbraucht?

Mag sein, dass wir T'manaken von unserem Naturell her besonders ängstlich sind. Aber mich beeindruckt einerseits das gewaltige Unterfangen, das wir uns vorgenommen haben, während es andererseits eine starke Beklemmung in mir auslöst.

9

»Zwei Tage«, sagte Lishgeth On Paz. »Seit zwei Tagen befindet Errek Mookmher sich in Axx Cokroides Gewalt, und der Usurpator hat noch keine Forderungen gestellt. Das ist unlogisch.«

Rhodan runzelte die Stirn. Der Wissenschaftler von Cor'morian hatte offensichtlich noch nie etwas von psychologischer Kriegsführung gehört. Sein arkonidischer Freund Atlan hätte dem Vogelabkömmling einige Vorlesungen darüber halten können. Wahrscheinlich hätte er aber keine Zeit dafür gehabt, weil er die Botschaft von Nodro schon längst hätte stürmen lassen und dabei in vorderster Front vorangeeilt wäre.

»Warum?«, fragte Rhodan. »Cokroide hat einen Energieschirm um die Botschaft errichtet. Niemand kommt hinein, niemand kommt heraus. Er kann in aller Ruhe die weitere Entwicklung abwarten und uns dabei gleichzeitig weich kochen.«

»Sein Zögern gibt uns Gelegenheit, unsere Position zu festigen und Ordnung zu schaffen.«

»Ordnung zu schaffen vielleicht, aber unsere Position kann kaum noch gefestigt werden. Axx Cokroide hat ausgespielt, und er weiß das. Wir haben die Schaltstationen besetzt, der Schwarm ist fest in unserer Hand. Die Nodronen haben Errek Mookmher als neuen Herrscher akzeptiert. Der Usurpator könnte höchstens versuchen, freies Geleit für sich und seine Leute auszuhandeln.«

»Er könnte Mookmher zum Zweikampf herausfordern und ihn in der Zeit, in der er in seiner Gewalt ist, unter Drogen setzen, foltern, mit einem schleichenden Gift infizieren … Wir Tambu haben gelernt, dass in dieser Hinsicht dem Einfallsreichtum der Humanoiden keine Grenzen gesetzt sind.« Lishgeth sah Rhodan über den Rand seiner klobigen Brille hinweg an. »Verzeihung. Der Nodronen natürlich.«

Rhodan fragte sich, wie groß die Verbitterung der Wissenschaftler von Cor'morian sein musste, dass der Prior-Forscher sich zu solch einer Bemerkung hinreißen ließ. Aber er hatte auch allen Grund dazu. Axx Cokroide hatte nicht mehr und nicht weniger versucht, als das gesamte Volk Tambu auszurotten.

»Mir gefällt die Situation auch nicht«, gestand er ein. »Aber wie sollen wir in die Gesandtschaft des Empire von Nodro eindringen? Bei aktiviertem Energieschirm und einer wohl perfekten Bewachung? Wenn wir mit brachialer Gewalt angreifen und den Energieschirm zum Beispiel mit Raumschiffwaffen brechen, hat Cokroide genug Zeit, um seine Geisel zu töten. Wir müssten ein Kommando in die Botschaft einschleusen, ohne dass der Usurpator es merkt. Unsere Leute stehen bereit, warten nur auf den Einsatzbefehl. Jetzt käme uns ein weiterer verborgener Transmitter der Wissenschaftler von Cor'morian sehr gelegen. Oder ein Code, mit dem man in dem Schirm eine Strukturlücke schalten könnte.«

»Ich kann leider weder mit dem einen noch mit dem anderen dienen. Außerdem verhindert der Energieschirm jeden Transmitter-Einsatz.«

Rhodan winkte ab. »Natürlich. Deine Leute arbeiten weiterhin an einer Lösung des Problems?«

»Genau wie dein Ass im Ärmel, nicht wahr?«

Der Blick des Terraners verdüsterte sich. Pratton Allgame hatte sich noch nicht gemeldet. Seit nicht ganz zwei Tagen war das »Phantom von Terrania« nun in Mantagir untergetaucht.

Im Grunde kam Rhodan das eigentlich unverständliche Zaudern Cokroides gelegen. Er hatte Allgame noch nicht abgeschrieben; vielleicht konnte der Einbrecher ja tatsächlich etwas bewirken. Drei Tage hatte er ihm zugestanden.

»Wir können uns nicht darauf verlassen, dass Pratton einen Weg in die Gesandtschaft findet«, schränkte Rhodan ein. »Wir müssen weiterhin nach anderen Lösungen ...«

»Eine Nachricht aus der Botschaft des Empire!«, rief der Ortungs- und Funkchef der KAPORNE, die auf einem Raumhafen von Mantagir stand und als provisorisches Hauptquartier der Wissenschaftler von Cor'morian diente.

Rhodan fuhr herum. In der Mitte der Zentrale baute sich ein Hologramm auf. Es flimmerte stark und war ziemlich grobkörnig, in der Qualität der Darstellung nicht mit terranischen Holos zu vergleichen.

Axx Cokroide war trotzdem deutlich zu erkennen. Er trug eine übertrieben mit Orden behangene Paradeuniform, die im Prinzip lächerlich wirkte. In der einen Hand hielt er die Peitsche, die er allen Berichten zufolge so oft und gern einsetzte, in der anderen eine Schusswaffe.

Die, wie Rhodan sah, als die Holokamera zurückfuhr und der Blickwinkel sich vergrößerte, auf Errek Mookmher gerichtet war.

Der Rebellenfürst wirkte mitgenommen; seine schwarze Lederkleidung wies zahlreiche Risse auf, das Gesicht war von Prellungen und unversorgten Schnittwunden gezeichnet. Die Hände waren ihm auf den Rücken gefesselt, eine archaische Kette verhinderte, dass er die Beine ungehindert bewegen konnte.

»Wenn die Terraner und Nodronen nicht unverzüglich die Schaltstationen räumen«, sagte Cokroide, »ist Mookmher tot. Zwei Stunden!«

Bevor Rhodan oder Lishgeth antworten konnten, erlosch das Holo wieder.

Der Terraner sah den Wissenschaftler von Cor'morian an.

»Natürlich ist an Aufgabe nicht einmal zu denken«, sagte Lishgeth.

»Genauso wenig aber können wir Errek Mookmhers Tod hinnehmen«, entgegnete Rhodan. »Wir stecken gewaltig in der Klemme, Lishgeth On Paz.«

»Das ist es!« Pratton Allgame schnippte mit Daumen und Mittelfinger. »Genau darauf haben wir gewartet! »

Tonka sah ihn aus großen Augen an. »Auf dieses Holo?«

Er nickte begeistert. »Genau! Auf diese Nachricht *aus der Botschaft!* Ich bin drin!« Seine Finger flogen über die Varsonik, die Varenn ihnen zur Verfügung gestellt hatte. Sie ließ sich nicht mit einer terranischen Syntronik vergleichen, erfüllte ihren Zweck aber.

Es war nicht einfach gewesen, die Varsonik mit einem der Kärtchen aus seinem »Besteck« zu verbinden, und er konnte auch nur ein Zehntel der Kapazität des mikropositronischen Dietrichs nutzen. Die restlichen neunzig Prozent konnten von dem primitiven Vaaligo-Rechner gar nicht erst eingelesen werden.

Aber diese zehn Prozent genügten.

Dafür war alles andere einfach gewesen, fast zu einfach, wie Pratton meinte. Tonka hatte ihn zu Varenn geführt, und der Händler hatte sich mit erstaunlich wenig Calculs zufrieden gegeben, um Pratton mit allem auszustatten, was dieser verlangte – mit allen verfügbaren Plänen über die Botschaft, einer Varsonik und sogar einem Unterschlupf am nördlichen Stadtrand von Mantagir, in unmittelbarer Nähe der Gesandtschaft von Nodro. Pratton brauchte nur aus einem Fenster zu schauen und sah den Rand des monströsen Gebäudekomplexes, der weiträumig in gleißende Lichtflut getaucht wurde.

Sie stammte nicht nur von den Scheinwerfern, die wirklich überall positioniert zu sein schienen, sondern auch von dem Energieschirm, der das Gelände über- und umspannte. Lückenlos, wie Pratton sehr schnell herausgefunden hatte. Er zermarterte sich den Kopf, fand aber kein Durchkommen.

Sollte er Rhodan informieren? Ihm sein Scheitern eingestehen? Nein. Außerdem waren die drei Tage, die er sich ausbedungen hatte, noch längst nicht verstrichen. Er musste nur auf die richtige Gelegenheit warten …

»Diese Karte, meine Hübsche«, murmelte er, während er den Blick nicht vom Schirm der Varsonik nahm, »ist ein Einbruchwerkzeug. Höchst illegal, überaus kostspielig, aber auch äußerst effektiv.«

Tonkas vermeintliche Gelassenheit schien kurz von ihr abzufallen. Pratton wunderte es sowieso, dass sie bei ihm geblieben war, nachdem sie ihr Geld bekommen hatte. Überhaupt kam ihm die ganze Sache irgendwie oberfaul vor. Eine Halbprofessionelle, die sich auf einmal dafür interessierte, wie man den Energieschirm um die Botschaft von Nodro knacken konnte, die ihm für lächerlich wenig Calculs mit fast aufdringlicher Bereitwilligkeit alle erforderlichen Hilfsmittel zur Verfügung stellte …

Aber er wollte dem geschenkten Gaul nicht allzu misstrauisch ins Maul schauen.

»Der Energieschirm musste für die Holoübertragung durchlässig gemacht werden«, sagte er, während er die letzten Justierungen vornahm. »Genau dort habe ich mich eingeklinkt. Und mein kleines Programm verhindert, dass die Lücke sich wieder schließt. Frag mich nicht, wie genau es gemacht wird, das hat sich ein größeres Genie einfallen lassen, als ich es bin. Eines mit einer größeren kriminellen Energie, als ich sie habe. Ich weiß nur, wie man dieses Ding benutzt!«

»Und jetzt?«, fragte Tonka.

Pratton hob die Hand, an deren Gelenk er Fran Imiths Standard-Kombiarmband trug. »Jetzt benachrichtige ich einen Freund.« Er aktivierte das Gerät.

Rhodan meldete sich keinen Atemzug später.

»Ich hab's geschafft, Perry. Ich habe eine Strukturlücke in den Energieschirm geschaltet, an genau der gleichen Stelle, an der wir damals in die Botschaft eingedrungen sind und den Energiezaun durchtrennt haben.«

»Ich erinnere mich.« Rhodans Stimme klang seltsam blechern und verzerrt.

»Ich schleiche mich durch die Strukturlücke in die Botschaft, um den Energieschirm endgültig auszuschalten. Die Lücke bleibt so lange bestehen, bis die Nodronen merken, dass ich den Schirm manipuliert habe. Aber das könnte jeden Augenblick der Fall sein. Beeilt euch also.«

»Wir sind unterwegs. Sei vorsichtig, Pratton.« Rhodan unterbrach die Verbindung.

Pratton stand auf. »Ich muss jetzt gehen.« Er überlegte, ob er Tonka zum Abschied küssen sollte.

Die Nodronin trat hinter ihn und drückte ihm einen Kuss auf die Wange. »Ich komme mit.«

Er lachte. Schüttelte den Kopf. »Und wovon träumst du nachts?«

»Von Axx Cokroide«, sagte Tonka. »Aber es sind keine angenehmen Träume.« Dann drückte sie ihm die kalte Mündung eines Strahlers in den Nacken.

Sie warteten schon, als er und Tonka die Grenze der Botschaft erreichten, Varenn und eine Hand voll Männer. Tonka hatte ihre Position ständig über Funk weitergegeben. Pratton bezweifelte nicht, dass jeden Augenblick weitere Nodronen hier eintreffen würden.

»Ihr seid Rebellen«, sagte Pratton. »Ihr könnt die Waffen einstecken, wir haben die gleichen Interessen. Aber ihr verderbt alles, wenn ihr mich zwingt, euch in die Botschaft zu führen.«

Tonka senkte ihren Strahler um keinen Millimeter.

»Warum schließt ihr euch nicht Errek Mookmhers Truppen an? Sie werden jeden Augenblick hier sein. Gemeinsam haben wir größere Chancen, den neuen Fürst zu befreien.«

Tonka lachte leise auf. »Errek Mookmher interessiert mich nicht. Ich will Axx Cokroide haben, und sie werden ihn mir nicht geben. Deshalb hole ich ihn mir jetzt.« Sie winkte mit der Waffe. »Geh voran!«

Ein Großteil des Lichts, in den der unüberschaubare Komplex der Botschaft getaucht wurde, stammte vom taghell erleuchteten botschaftseigenen Raumhafen. Jetzt standen allerdings keine Raumer dort. Der Randbereich lag eher im Dunkeln.

Pratton trat zögernd einen Schritt vor. Er streckte die Hand aus, nahm allen Mut zusammen, berührte den Schirm, tastete sich an ihm entlang. Ein leichtes Kribbeln lief durch seinen Arm. Er justierte die Ortungen des Kombiarmbands, ging ein paar Schritte nach links – und seine Hand drang durch den Schirm.

»Hier ist es!«, rief er und trat ganz durch den Schirm. Dabei spürte er nichts. Wie auch? Die Strukturlücke drängte die Energie des Schirms zurück.

Die anderen folgten ihm, Tonka als Erste. Er lief schnell weiter, in die Deckung der Wand einer Lagerhalle. »Das Gelände wird von energetischen Zäunen geschützt«, warnte er.

»Energiezäune kann man überwinden«, sagte Tonka.

Pratton lachte. Genau das hatte er auch gesagt, als sie zum ersten Mal auf das Botschaftsgelände eingedrungen waren, vor einer halben Ewigkeit. Rhodan, Bull, Fran und all die anderen … und Ron Dyke.

Er deutete auf massive Kuppeln, die sich in regelmäßigen Abständen im Innenbereich des Botschaftsgeländes erhoben. »Geschütztürme. Sind aber nicht gegen Bodenziele zu gebrauchen.«

Tonka nickte. »Weiter«, flüsterte sie.

Zur Linken lagen Werkstätten und Hangars, rechts erhob sich in einiger Distanz ein hufeisenförmiges Gebäude, die eigentliche Gesandtschaft. Die Nodronin deutete mit der Waffe darauf. »Dorthin. Dort wird er sein.«

Pratton wusste, wen sie meinte. Er trabte los, lief, bis der Energiezaun ihm den Weg verstellte. Tonka und die anderen hatten mühelos mit ihm Schritt gehalten. »Kannst du den Zaun ausschalten?«, fragte sie.

Ich könnte sie hier und jetzt aufhalten, dachte Pratton. *Aber sie wird mir nicht abkaufen, dass ich den Energieschirm, aber nicht den Zaun überwinden kann.*

Und mit einem Mal spürte er wieder die Last des dunklen Schattens, der von ihm abgefallen war, seit er von Varenn die Varsonik erhalten hatte und wieder etwas *tun* konnte.

Plötzlich hatte er Angst vor diesem Schatten. Plötzlich wollte er nicht, dass er sich endgültig auf ihn senkte.

»Muss ich dir Beine machen?«, erklang Tonkas Stimme dicht an seinem Ohr.

»Nicht nötig«, wehrte er ab und holte das entsprechende Werkzeug aus der Jackentasche. »Ich werde eine Interferenz erzeugen, die in einem eng begrenzten Bereich die tödliche Wirkung aufhebt, ohne dabei eine Rückkoppelung zu provozieren, die Alarm auslösen würde. Ein Kinderspiel. Habe ich schon mal gemacht.« Er ermittelte schnell den Frequenzbereich.

Ein leichtes Flirren entstand vor ihm, eine Wellenbewegung. Der eng pulsierende Bereich wurde blasser und breitete sich nach beiden Seiten über zwei, drei Meter im Zaun aus.

»Schnell!«, sagte Pratton, trat durch die pulsierende Energie und drehte sich um.

Tonka zögerte, offensichtlich unfähig, aus eigener Kraft den Schritt zu machen. Pratton griff nach ihr und zog sie durch die Lücke im Energiezaun.

Warum?, dachte er. *Warum habe ich das getan? Warum habe ich nicht die Gelegenheit genutzt, mich davonzumachen und allein in die Botschaft einzudringen?*

Weil er Angst hatte, wurde ihm klar. Nicht nur vor dem dunklen Schatten, sondern auch vor dem, was ihn erwartete. Er wollte es nicht allein durchstehen müssen.

Tonka steckte die Waffe ein, die sie bislang unentwegt auf ihn gerichtet hatte. »Weiter!«, zischte sie.

Er lief nach rechts, auf das hufeisenförmige Gebäude zu. Damals hatten sie sich nach links gewandt, zu den Werkhallen und Hangars. Jetzt betrat er sozusagen Neuland.

Schon nach wenigen Schritten hörte er das Brummen. Er sah sich nach einer Deckung auf dem riesigen Gelände um, doch Gebäude, die ihnen vielleicht Schutz bieten könnten, waren viel zu weit entfernt. Als ein Scheinwerfer die relative Dunkelheit vor ihm in gleißende Helligkeit verwandelte, wusste er, dass ein weiteres Versteckspiel sinnlos war. Ihr einziges Heil lag in der Flucht.

»Bodengleiter!«, rief er. »Weg hier! Lauf!«

Er warf sich herum, spurtete los. Das Licht blieb hinter ihm zurück, aber nur kurz, kam dann wieder näher. Ein zweites leuchtete auf, direkt vor ihm, dann ein drittes.

Die Luft brannte in seinen Lungen, das Blut rauschte in seinem Schädel. Er riss den Kopf hoch, sah direkt in ein weiteres Licht, aber in ein anderes, in einen seltsam gefärbten Strahl, ein kaltes Schimmern, das ihn erfasste und erstarren ließ.

Mitten in der Bewegung brach er zusammen.

Ein Paralysestrahl!, wurde ihm klar, als er auf dem Boden aufschlug.

Leider nahm der Strahl ihm nur die Fähigkeit, sich zu bewegen, aber nicht den Schmerz.

»Hier ist es«, sagte Rhodan. Er musste sich überwinden, in den Energieschirm zu greifen, obwohl das Multifunktions-Armband ihm bestätigte, dass sich dort eine Strukturlücke befand.

Seine Hand glitt hindurch. Er zögerte nicht, sondern trat durch die Lücke. Bull verzog das Gesicht und folgte ihm.

Bei den Nodronen war schon einiges mehr an Überwindung nötig. Fünfzig der erfahrensten Kämpfer, gekleidet in schwarze Kombinationen, finster anmutende Gesellen, die überdies noch zehn Meilen gegen den Wind stanken.

»Beeilt euch!«, rief Rhodan. »Die Lücke kann sich jeden Augenblick wieder schließen!«

Zwei Nodronen waren durch, vier, sechs, acht ... Sie sicherten sofort mit ihren Kombistrahlern nach allen Seiten, bildeten einen Halbkreis, rückten vor, während weitere ihre Reihen ergänzten, zehn, zwölf, vierzehn ...

Fünfzig Mann gegen tausend oder mehr Noy des Usurpators, dachte der Terraner. Eigentlich lächerlich. Auch wenn sie mit dem Besten an Technik und Waffen ausgerüstet waren, was Nodronen und Tambu zu bieten hatten. Rhodan hätte jetzt viel für einen SERUN gegeben.

Er schaltete den Individualtaster ein, den Lishgeth On Paz ihm zur Verfügung gestellt hatte, und bekam sofort ein Signal. Wie der Wissenschaftler an Errek Mookmhers diesbezügliche Daten gekommen war, hatte er nicht verraten, und Rhodan hatte auch nicht auf einer Auskunft beharrt.

Der achtzehnte Nodrone trat durch die Strukturlücke, der neunzehnte, der ...

Der zwanzigste kam nicht einmal mehr dazu, einen Schrei auszustoßen. Rhodan glaubte zu sehen, wie der Energieschirm seinen Körper aufleuchten ließ, war sich aber nicht völlig sicher. Der Mann *verschwand,* löste sich auf. Nicht einmal Asche blieb von ihm übrig.

Die Strukturlücke war geschlossen worden!

Rhodan war klar, was das bedeutete.

Sie waren entdeckt worden, oder Pratton Allgame, der vor ihnen in die Botschaft eingedrungen war. Oder Cokroides Krieger hatten die Manipulation des Energieschirms entdeckt und rückgängig gemacht.

Auf jeden Fall waren sie aufgeflogen.

Und das konnte für Errek Mookmher nichts Gutes bedeuten.

Rhodan deutete auf das große hufeisenförmige Gebäude, die eigentliche Botschaft. »Dort ist Mookmher!«, sagte er. »Holen wir ihn heraus!«

Während er loslief, fragte er sich, woher er diesen Optimismus nahm.

Jemand rollte ihn herum und richtete ihn halb auf, und Pratton Allgame konnte endlich wieder etwas anderes sehen als das Material der Antigravtrage.

Man hatte ihn in den Bodengleiter geschafft und auf die Trage gelegt. Sie waren ein Stück geflogen, man hatte ihn aus dem Gleiter und durch mehrere Korridore in den Raum geschoben, in dem er sich jetzt befand. Was aus den Rebellen geworden war, wusste er nicht.

Nun sah Pratton Stiefel, eine Uniformhose und die Schnüre einer Peitsche von Nodro. Einer Peitsche, deren einmolekulare Stränge schon mit der kleinsten Berührung töten konnten. Und er wusste, zu wem man ihn gebracht hatte.

Er hörte ein Geräusch links neben sich, ein Kratzen, nicht einmal ein Stöhnen. Er konnte den Kopf nicht bewegen, aber aus dem Augenwinkel eine zweite Gestalt ausmachen, die wie er mit den Schultern an einer Wand auf dem Boden lag.

Tonka.

Wo waren die anderen Rebellen? Waren sie entkommen? Würden sie jeden Augenblick in den Raum stürmen und sie befreien?

Lächerlich.

»Warum verfolgst du mich, Jurzka? Warum verfolgst du mich über den Tod hinaus?«

Die Stimme war tief und dunkel – und schlug dann bei dem Namen *Jurzka* über, wurde hell und kreischend, höher als die einer Frau. Doch in der Uniform steckte ein kräftiger Mann, das Gesicht von zahlreichen Narben entstellt, und breit und flächig, wie Pratton sah, als sein Gegenüber in die Knie ging und ihm in die Augen sah.

Die Augen seines Häschers waren eiskalt. Und loderten dann plötzlich mit einem intensiven Feuer.

Wer ist Jurzka?, dachte Pratton.

»Haben die Zwillingsgötzen den Überfall auf Sartaire befohlen, Duunill? Sag es mir, du bist doch eingeweiht! Ihr alle wart eingeweiht! Damals, als ich noch ein kleiner Junge war und meine Eltern und mein Bruder starben? Waren das gar keine Rebellen, sondern Beauftragte der Götzen? Haben die Götzen mich schon als kleines Kind beobachtet? Haben sie alle Urlauber auf Sartaire umbringen lassen, um herauszufinden, wie viel ich ertragen kann? Ich, in dem sie das Potenzial gesehen haben, ihr nächster Bote zu werden? Sag es mir, Jundaii, du elender Verräter!«

Selbst wenn Pratton gewusst hätte, wovon Axx Cokroide sprach, hätte er nicht antworten können. Die Paralyse verhinderte es. Verzweifelt überlegte er, wie er das dem Nodronen klar machen konnte.

Mit seiner gewaltigen Pranke griff Cokroide nach Prattons Gesicht, legte den Daumen auf den einen und die Finger auf den anderen Wangenknochen und drückte zu. Der Schmerz war schier unerträglich, aber Pratton konnte noch nicht einmal schreien.

»Du bist gar nicht Jurzka, nicht wahr?« Nun ahnte Pratton, was für ein Feuer in Cokroides Augen loderte. Das des blanken Irrsinns.

Die Stimme wurde wieder dunkler, tiefer. »Dann verrate mir, wie ihr hier hereingekommen seid!« Cokroide drückte noch einmal zu, noch fester als zuvor, und der Schmerz wurde noch unerträglicher, und etwas in Allgames Kopf knirschte und knackte und splitterte, und er verlor das Bewusstsein.

Rhodan warf sich vor, aus der Schusslinie, in die Deckung einer hüfthohen Wand. Er war noch in der Drehung begriffen, als er das Feuer bereits erwiderte.

Im nächsten Augenblick kniete er, gab weiterhin Dauerfeuer. Dann nahm ihm dichter, dunkler Rauch die Sicht.

Aber auch den Nodronen, die ihnen aufgelauert hatten! Rhodan kniff die Augen zusammen und machte drei, vier Umrisse aus, die sich ihm im Schutz des Rauchs näherten.

Eines Rauchs, der für sie undurchdringlich war.

Nodronen haben schlechtere Augen als Terraner!, durchzuckte es Rhodan. Sie hatten eine schlechtere Fernsicht und konnten weniger Farben voneinander unterscheiden. Dieser Umstand machte sich im Alltag zwar kaum, aber in Grenzsituationen wie diesen vielleicht entscheidend bemerkbar.

Er warf sich herum und nahm den vordersten Schemen unter Feuer. Ein lauter Schrei verriet ihm, dass er getroffen hatte, dann torkelte wie zur Bestätigung eine leuchtende Fackel durch den Qualm, stürzte und erlosch.

Rhodan schoss blindlings Sperrfeuer und rannte los, und in diesem Augenblick wurde die Nacht zum Tag. Ein roter Schein breitete sich am Himmel aus, hell wie tausend Sonnen. Fast geblendet schloss Rhodan die Augen, warf sich zu Boden und feuerte gleichzeitig.

Endlich!, dachte er. Lishgeth On Paz hatte endlich reagiert und den Sturm auf die Botschaft befohlen. Mit Raumschiffwaffen ließ er den Energieschirm über der Gesandtschaft unter Beschuss nehmen, aber mit der gebotenen Zurückhaltung. Ziel der Aktion war es, nur den Schirm zu überlasten, damit dringend nötige Verstärkung nachrücken konnte, aber nicht, das gesamte Gelände dem Erdboden gleichzumachen.

Rhodan rappelte sich auf, sah durch einen Tränenschleier Bull, der mit den überlebenden Nodronen des Kommandos Deckung in einem Säulengang gefunden hatte, lief zu ihm. »Haltet mir den Rücken frei!«, brüllte er. »Ich gehe rein!«

Reginald hob den Daumen als Zeichen, dass er ihn verstanden hatte, und Rhodan nutzte das durch den Angriff aus dem All entstandene Chaos aus und stürmte in das Botschaftsgebäude.

»… nicht gestört werden! Unter keinen Umständen!« Wie aus weiter Ferne drang die kreischende Stimme an sein Ohr, durch den Nebel, der seine Gedanken einhüllte, durch den Schmerz.

Dann Schritte, die sich schnell entfernten.

Und andere, die näher kamen.

Aber nicht zu ihm.

Zu Tonka.

Pratton Allgame hätte vor Erleichterung geschluchzt, wäre es ihm nur möglich gewesen. Aber er konnte noch immer keinen Finger rühren, so verzweifelt er es auch versuchte.

Aber er konnte sich hassen. Hassen, weil er dafür dankbar war, dass Cokroide ihn noch schonte, ihm keinen weiteren Schmerz mehr zufügte, sondern Tonka.

Aus dem Augenwinkel sah er, dass Cokroide vor der Nodronin in die Hocke ging. »Du hast mich zweimal verlassen, Ankya!«, hörte er dann wieder die hohe, sich überschlagende Stimme. »Warum? Wie konntest du mir das antun, Pelmid? Habe ich dich nicht immer gut behandelt? Und ich habe dich geliebt, Ankya, geliebt. Ich habe es dir gesagt, als ich dich zu mir kommen ließ. Ich hätte dich nehmen können, aber ich habe dich gehen lassen. Und du bist einfach gegangen, statt bei mir zu bleiben! Und nun sag es mir, Pelmid! Warum bist du einfach verschwunden?«

Pratton hörte ein leises Wimmern.

Nicht einmal das brachte er zustande.

Nicht einmal ein Wimmern.

Axx Cokroide erhob sich, trat einen Schritt zurück, hob die Hand mit der Peitsche. Pratton sah, dass das Gelenk von einem eisernen, fünf Zentimeter dicken, mit Ornamenten gravierten Band geschützt wurde.

Cokroide holte aus.

Pratton wollte die Augen schließen, konnte es nicht.

Wollte sich die Ohren zuhalten, konnte es aber erst recht nicht.

Er hörte ein eigentümliches Geräusch. Es erinnerte ihn an ein leises Schmatzen oder das Zischen, mit dem ein heißes Messer durch Butter fuhr.

Sonst hörte er nichts, gar nichts. Nicht einmal ein Wimmern.

Cokroide drehte sich zu ihm um, musterte ihn. Die Bartschatten auf seinem Gesicht schienen zu zucken, ein Eigenleben zu entwickeln.

Nein! Cokroides Gesicht zuckte. Willkürlich, unkontrollierbar.

Blanker Irrsinn in den Augen …

Der Usurpator hob die Hand.

Holte aus.

Bildete Pratton es sich ein, oder hörte er tatsächlich wieder Schritte, die sich schnell näherten?

Nein. Er musste es sich einbilden. Der Wunsch musste der Vater des Gedankens sein.

Pratton konnte die Augen noch immer nicht schließen. Er sah das eiserne, fünf Zentimeter dicke, mit Ornamenten gravierte Band um das Handgelenk.

Und dann das Wischen der einmolekularen Stränge der Peitsche, die mit der kleinsten Berührung töteten.

Hoffentlich passt Shim gut auf das Placke'sche Compendium auf, dachte er, sein letzter Gedanke, bevor der dunkle Schatten ihn endgültig umschloss.

»Nein!«, schrie Rhodan, konnte es aber nicht mehr verhindern.

Er sah, wie Axx Cokroide vor dem reglos auf dem Boden liegenden Pratton Allgame stand, mit der furchtbaren Peitsche von Nodro ausholte und ...

Die Zeit schien stillzustehen.

In der Gesandtschaft selbst war Rhodan auf keinen Widerstand mehr gestoßen – und nur auf eine einzige Nodronin, eine Ordonanz, wie ihre Uniform verriet. Als sie ihn erblickte, hatte sie sich umgedreht und war davongelaufen.

Er bezweifelte, dass der Angriff auf das Gelände den Widerstand von Cokroides Soldaten gebrochen hatte, das verhinderte wohl schon deren Ehrbegriff. Fast hatte es den Anschein, als hätten sie Cokroide gemieden, sich gescheut, dem Usurpator zu nahe zu kommen.

Der Individualtaster der Wissenschaftler von Cor'morian wies ihm den Weg in die Tiefen der Botschaft.

In den Folterkeller, dachte er mit einem Anflug von Zynismus.

In einen großen, leeren Raum, leer bis auf vier Personen. Oder das, was von ihnen übrig war.

Errek Mookmher, der gefesselt und geknebelt auf dem Boden lag, aus weit aufgerissenen Augen verfolgt hatte, was sich hier abgespielt hatte.

Die Überreste einer Nodronin, ebenfalls auf dem Boden, Kopf und Oberkörper fein säuberlich in Scheiben geschnitten.

Pratton Allgame, neben der Leiche, mit verunstaltetem, geschwollenem Gesicht und ebenfalls weit aufgerissenen Augen, nicht gefesselt, aber offensichtlich zu keiner Bewegung fähig.

Und Axx Cokroide, der vor ihm stand und ausholte und zuschlug.

Und auch Pratton Allgames Kopf und Oberkörper in Scheiben zerteilte.

Allgame starb, ohne ein Geräusch von sich zu geben.

»Nein!«, schrie Rhodan, und Axx Cokroide fuhr zu ihm herum, in der Hand noch die Peitsche von Nodro, und als Rhodan seine Augen sah, wusste er, warum seine letzten Gefolgsleute den Usurpator gemieden hatten.

In Cokroides Augen flackerte blanker Irrsinn.

Wer auch immer sich dem Wahnsinnigen näherte, musste damit rechnen, von ihm getötet zu werden, grundlos und ohne Vorwarnung.

Cokroide sah ihn und brüllte etwas, das Rhodan nicht verstand. Es klang wie *Jurzkajundaiiduunill.* Er stürmte auf Rhodan zu, riss die Peitsche hoch, holte aus.

Rhodan zielte nicht genau, nur in die ungefähre Richtung, schoss. Ein Schuss aus einem Kombistrahler war immer schneller als der Schwung von Peitschensträngen, und selbst wenn er das Ziel nur streifte, würde er es außer Gefecht setzen.

Aber Cokroide war noch schneller. Rhodan hätte es nicht für möglich gehalten, aber er warf sich zur Seite, und der Energiestrahl verfehlte ihn. Und schon holte er wieder mit der Peitsche aus, legte alle Kraft in die Bewegung …

Zu viel Kraft. Die Spitzen der einmolekularen Stränge der Henkerswaffe drangen tief in seinen Rücken ein.

Ein leises Schmatzen ertönte, ein Zischen, als würde ein glühendes Messer in Eiswasser fallen.

Vom Schwung seiner Bewegung weitergetragen, machte Axx Cokroide noch zwei, drei Schritte. Dann blieb er stehen, öffnete mit unsagbarer Verblüffung den Mund, doch kein Wort kam über seine Lippen, nur helles Blut, das schaumig sprudelte.

Dann brach er zusammen, blieb bäuchlings auf dem Boden liegen. Der gravierte Schaft der Peitsche rollte langsam aus seiner Hand.

Schwer atmend stand Rhodan da, hielt die Waffe weiterhin auf Cokroide gerichtet, schob die Peitsche dann mit dem Fuß zurück. Doch seine Vorsicht war unnötig: Die Schnüre hatten den gesamten Brustkorb durchdrungen, auch das Herz.

Das unablässige, dumpfe Grollen des Kampflärms draußen, das Rhodan auch noch in den Gewölben der Botschaft wahrgenommen hatte, war verstummt. Die Schlacht war geschlagen, und Rhodan hatte nicht den geringsten Zweifel, welches Ende sie genommen hatte.

Er kniete neben Errek Mookmher nieder, zog dem Fürsten der Nodronen den Knebel aus dem Mund, schickte sich dann an, ihn von seinen Fesseln zu befreien.

Mookmher öffnete und schloss den Mund, sammelte Speichel, versuchte etwas zu sagen, aber es kam nur ein unverständliches Krächzen heraus. Dann versuchte er es erneut, und diesmal gelang es schon besser, und er grinste.

»Das ist das Leben, Rhodan!«, brachte er hervor. »Das ist das Leben!«

Ich bin Búrgolo Plerselel, ein Abosselua. Wir sind eines der Erbauer-Völker des Vaaligischen Schwarms. Wir sind die Denker im Hintergrund und werden die anderen Erbauer-Völker beraten. Das Zusammenleben in einem Schwarm wird nicht einfach werden. Hilfsvölker werden Fragen stellen. Wir Abosselua werden versuchen, diese Fragen schon vorher zu formulieren und Antworten darauf zu finden, die wir Erbauer-Völker den anderen Völkern dann geben können.

Wir sind anders als die anderen, doch das gilt für uns alle. So unterschiedlich wir auch sind, gemeinsam werden wir etwas schaffen, das größer ist als die Summe seiner einzelnen Bestandteile.

Wir Abosselua erinnern die anderen Schwarmvölker an Pflanzen, die in den Trockenregionen ihrer Planeten wachsen, an kleine, stachlige, grüne, braune oder graue Kakteengewächse. Wir sind tatsächlich Pflanzenabkömmlinge, auch wenn wir über Lauf- und Greifgliedmaßen verfügen. Als Nahrung dient uns Licht, das wir per Photosynthese umwandeln, aber auch pflanzliche und tierische Proteine und Nährstoffe, die wir auf – für die anderen Erbauer-Völker – herkömmlichem Wege umsetzen.

Wir leben in großen Gemeinschaften. Als wir langsam Intelligenz entwickelten, hat unsere Körperform uns vor den wenigen natürlichen Feinden geschützt, die wir hatten. Später haben wir in großen Höhlen Schutz vor der Kälte der Nacht und tierischen Lebewesen unserer Heimatwelt gefunden, dann errichteten wir erste Ansiedlungen.

Was wird geschehen, wenn der Schwarm in Betrieb genommen wird und in die Weiten der Galaxis Vaaligo und darüber hinaus zieht?

Keins der Erbauer-Völker sollte jemals vergessen, dass die Entsendung eines Schwarms eine ungeheuerliche Aufgabe darstellt, nicht nur in logistischer, sondern auch in metaphysischer, philosophischer und weltanschaulicher Hinsicht. Was denken und fühlen die Schwarmbewohner? Finden sie zu einer Einheit zusammen? Ermessen sie die Dimension ihres Vorhabens? Gibt es eine gemeinsame Philosophie? Was bedeutet der Bau eines Schwarms im philosophischen Sinn?

Das alles sind Fragen, die die einzelnen Völker, die die Gesamtheit des Vaaligischen Schwarms bilden, früher oder später stellen werden. Wir Abosselua versuchen, schon jetzt eine Antwort auf diese Fragen zu finden und einzuschätzen, wie die Entwicklung verlaufen wird.

Werden die Schwarmvölker auch weiterhin eine Einheit bilden und zusammenarbeiten? Oder wird es zu internen Spannungen kommen, zu Reibereien, zu Kämpfen um die Vorherrschaft in einzelnen Bereichen oder gar um den gesamten Schwarm?

Wir hören uns um und arbeiten mit dem uns eigenen Gespür für Tendenzen diese Entwicklungen heraus, um rechtzeitig gemeinsam mit den anderen Völkern korrigierend eingreifen zu können. Sollte uns dies gelingen, so wird, davon bin ich überzeugt, unsere Mission ein Erfolg.

10

Die Ruhe in der Zentrale der KAPORNE wirkte befremdlich auf Rhodan. *Die Schlacht ist geschlagen,* dachte er, *der Schurke tot, die müden Krieger lecken ihre Wunden.*

Es fiel ihm schwer, sich auf die holographischen Diagramme zu konzentrieren, die Lishgeth On Paz hin und her schob, als könne er sich nicht entscheiden, welches er den beiden Terranern erläutern wollte. Wie zuvor hatte der Prior-Forscher lediglich ihm und Bull Zutritt gewährt. Fran, Quart und Shimmi mussten in den ihnen zugewiesenen Kabinen ausharren. Rhodan fragte sich, wie es in ihren drei Begleitern derzeit aussehen mochte.

Lishgeth entschied sich für ein Holo, das eine schwarze Kugel inmitten eines dreidimensionalen Rasters aus roten Linien zeigte. Aus dieser Kugel sprossen mehrere Kurven nach oben, anfangs noch eng beieinander, doch dann entfernten sie sich immer weiter voneinander und strebten unterschiedlichen Zielen entgegen, die allerdings weit außerhalb des Rasters zu liegen schienen. »Wie ihr seht, ist unser Vorhaben nicht unkompliziert.«

»Ich sehe gar nichts«, polterte Bull. »Ich sehe nur, dass wir unseren Teil der Verabredung erfüllt haben und jetzt ihr an der Reihe seid, uns in unsere eigene Zeit zurückzuschicken.«

Rhodan warf Bull einen mahnenden Blick zu. *Das hilft uns nicht weiter!* »Hören wir uns doch an, was Lishgeth zu sagen hat.«

»Ein guter Vorschlag.« Der Vogelabkömmling zeigte auf die schwarze Kugel. »Meine Kollegen haben euch entlang eines instabilen Zeitgradienten in die Gegenwart der Galaxis Vaaligo geholt, und das bereitet mir Gefiederjucken.«

»Was meinst du damit … entlang eines instabilen Zeitgradienten?«

»Balance B liegt im Mittelpunkt einer außergewöhnlichen Raum-Zeit-Instabilität. Erst diese Instabilität hat es uns ermöglicht, entlang der Zeitachse in die Vergangenheit zu greifen und euch hierher zu holen.«

»Die Instabilität wurde wahrscheinlich verursacht, als Trokan wieder vom Mars ersetzt wurde … von Balance B. Ein zweimaliger Austausch. Der Mars befand sich ursprünglich an dieser Stelle des Sonnensystems, wurde dann durch Trokan ersetzt, und Trokan später wieder durch den Mars.« Rhodan hätte dem Prior-Forscher gern weitere Hinweise gegeben, wie der zweite Austausch zustande gekommen war, doch darüber zerbrachen sich die Wissenschaftler seiner Zeit noch immer die Köpfe. Es gab höchstens Hypothesen und Theorien, aber keine gesicherten Fakten.

Lishgeth sah Rhodan über den Rand seiner klobigen Brille hinweg an und rief dann mit einer Bewegung seiner grazilen Finger ein anderes Holo heran. Es zeigte die schwarze Kugel, deren Oberfläche wogte und wallte, sich ständig veränderte, Blasen schlug und Ausstülpungen bildete und Rhodan trotz der falschen Farbe ein wenig an die Korona einer Sonne erinnerte.

Durch diese erratischen Bewegungen wurde der schwarze Strich, der in die Kugel führte – oder aus ihr heraus, je nachdem, wie man es sah – bereits an der Oberfläche zerfasert.

»Das meine ich mit einem instabilen Zeitgradienten. Die Raum-Zeit-Instabilität verzerrt das Raum- und Zeitgefüge. Die Zeit zersplittert sozusagen bereits innerhalb der Instabilität, und was einmal ein Gradient war, wird noch während seiner Entstehung zu unendlich vielen.«

Rhodan wurde kurz schwarz vor Augen. *Es geschieht, weil es geschah* … Das war die gängige Erklärung der Wissenschaftler seiner Zeit für Zeitschleifen und Zeitreisen. Eine Erklärung, die ihm nicht behagte, weil sie deterministisch die Möglichkeit der Entscheidungsfreiheit ausschloss.

Natürlich – hätten die Wissenschaftler von Cor'morian sie nicht in die ferne Zukunft geholt, hätte diese Zukunft einen völlig anderen Verlauf genommen. Aber sie hatten sie geholt, und damit war alles so geschehen, wie es geschehen war.

Das bedeutete allerdings auch … Sie hatten sie holen *müssen*, damit es so geschah. Es gab keine andere Möglichkeit.

Und wenn der Zeitgradient, der eine Milliarde Jahre überbrückte, sich bereits während seiner Entstehung in unendlich viele Gradienten teilte, die alle einen anderen Verlauf nahmen … dann …

»Dann«, sagte er und sah Bull an, »dann bedeutet das, dass die Zukunft der Milchstraße nicht zwingend identisch sein wird mit dem, was wir in Vaaligo erlebt haben …«

»Du hast es erkannt, Rhodan«, sagte Lishgeth On Paz. »Die Zeit ist eine komplexe Thematik, viel zu schwierig, um über einen Zeitraum von einer Milliarde Jahre eindeutige Aussagen zu treffen. Ich kann nicht einmal mit Sicherheit ausschließen, dass ihr aus einer parallelen oder alternativen Realität stammt. Aber wie auch immer, die Probleme bleiben dieselben.«

Du wirst es mir nicht glauben, dachte Rhodan, *aber ich habe schon geahnt, dass diese Zukunft nicht unbedingt die unsrige sein muss …*

»Verdammte Zeitreisen!«, flüsterte Bull, und Rhodan gab ihm inbrünstig Recht.

Aber Fakt blieb nun einmal Fakt: Da eine Milliarde Jahre in der Zukunft keine zu ihrer Zeit gebräuchliche Technologie mehr existierte, konnten sie keine wirklich verbindlichen Rückschlüsse ziehen. Es war also *keineswegs* sicher, dass in ihrer eigenen Zeit, auf ihrem eigenen Zeitgradienten, die Dinge physikalisch so aussehen würden, wie es in dieser Zukunft der Fall war.

Mehr noch, sie konnten nicht einmal sicher sein, dass im Verlauf von einer Milliarde Jahre seitens der Kosmokraten nicht die eine oder andere weitere *Feinkorrektur* vorgenommen wurde.

Doch in einer Hinsicht hatte der Wissenschaftler von Cor'morian auf jeden Fall Recht: Die Probleme bei ihrer Rückkehr in die Gegenwart blieben tatsächlich dieselben.

»Gherdon Cal Stogg, dein Kollege, der uns in die Zukunft geholt hat, hat uns eingestanden, dass die Zielgenauigkeit des Temporal-Teleporters noch zu wünschen übrig lässt. Dass es zu Streuwirkungen kommt …«

»Genau das bereitet mir das Gefiederjucken. Meine Kollegen haben euch nicht gezielt für den Transport ausgewählt, sondern mussten akzeptieren, was sie zufällig im Wirkungsbereich des Temporal-Transporters fanden. Wenn wir euch nun in eure Gegenwart zurückschicken, wird es wieder zu einer Streuwirkung kommen.«

»Zu einer räumlichen oder zeitlichen?«, unterbrach Rhodan den Prior-Forscher.

»Sowohl als auch. Wir können im Prinzip nichts anderes versuchen, als euch genau in das Zentrum der Raum-Zeit-Instabilität zurückzuschicken, aus der wir euch hierher geholt haben.«

»Das klingt nicht besonders sicher, würde uns aber schon genügen«, sagte Rhodan. »Uns bleibt nichts anderes übrig, als nach jedem Strohhalm zu greifen, den ihr uns reicht. Aber all diese Ausführungen sind sinnlos, reine Theorie, solange wir nicht herausgefunden haben, ob es zu dem vernichteten Ordensturm der Wissenschaftler von Mantagir tatsächlich eine Redundanzanlage gibt!«

»Du hast selbstverständlich Recht. Wir sollten nicht den vierten Schritt vor dem ersten tun.«

Ich liebe diese Ironie des Prior-Forschers geradezu!, dachte Rhodan und schluckte dann. *Hoffentlich sagt er es nicht nur, um Zeit zu gewinnen. Um zu überlegen, wie er uns möglichst schonend auf die schreckliche und hoffnungslose Wahrheit vorbereiten kann.* »Wir sollten diese Anlage suchen.«

»Ich bin die ganze Zeit über davon ausgegangen, dass es solch eine Anlage gibt. Ich habe doch kaum Zweifel daran gelassen, nicht wahr?«

»Nun ja …« Rhodan zuckte mit den Achseln. So *ganz* überzeugt geklungen hatte der Wissenschaftler eigentlich nicht.

»Und wir haben sie gefunden. Sie befindet sich ganz in der Nähe des zerstörten Ordensturms. Es sind mit einem Gleiter nur wenige Minuten. Wenn du möchtest, bringe ich euch gern zu ihr.«

Manchmal hätte Rhodan ihm am liebsten den Hals unter dem Schädel umgedreht, der ihn so sehr an den eines irdischen Tölpels erinnerte.

»Wo soll denn hier ein Ordensturm sein?«, maulte Quart Homphé und beeilte sich, seine unförmige Gestalt hinter den anderen herzuschleppen. »Hier kennen wir uns doch aus. Hier waren wir schon mal!«

Fran warf ihm einen bösen Blick zu. »Vielleicht solltest du mal deine Brille aufsetzen. Obwohl du mit der auch nicht besser siehst.«

Homphé wollte etwas erwidern, besann sich dann aber eines Besseren, um die Agentin nicht noch mehr gegen sich aufzubringen. Hier waren sie tatsächlich schon einmal gewesen – als sich der Meister der holographischen Installationen unerlaubt von den anderen entfernt und damit alle in Gefahr gebracht hatte.

Vor ihnen dehnte sich das größte Kunstwerk der Stadt aus, der Platz der Ewigen Wissenschaft, der den ehemaligen Holokünstler und zukünftigen Bildhauer damals wie magisch angezogen hatte.

Rhodan ließ den Blick über die Tausende von steinernen Büsten und Plastiken schweifen, die den Platz prägten. Auch er fragte sich, wo hier die Redundanzanlage versteckt sein könnte. *Vielleicht in den Statuen?* Die Skulpturen stellten zum größten Teil Wissenschaftler von Cor'morian dar, Persönlichkeiten, die vor langer Zeit Bedeutendes geschaffen oder erforscht hatten. Nur wenige Vertreter anderer Völker schienen Eingang auf den Platz gefunden zu haben.

Stellte man sich vor einer dieser Statuen auf, erwachte sie zu holographischem Leben. Dann war es, als trete der Betroffene persönlich aus dem Stein hervor, um seine Lehrsätze zu verkünden. Es sähe den nicht uneitlen Wissenschaftlern – zumindest gehörte Lishgeth On Paz zu dieser Sorte – durchaus ähnlich, praktisch unter den Augen der Nodronen ihre Anlage in Statuen zu verbergen, die von ihrem eigenen Ruhm kündeten.

Aber ein Ordensturm und steinerne Büsten – das waren doch zwei ganz verschiedene Kaliber. Rhodan überschlug schnell im Kopf, wie viele dieser Skulpturen auf dem kreisrunden, genau drei Kilometer durchmessenden Platz aufgestellt waren, und kam zu einem beachtlichen, aber für eine Redundanzanlage von der Größe eines Ordensturms doch niederschmetternden Ergebnis. Zumal er noch die vielen Lehrplätze abziehen musste, auf denen die Statuen ihr Wissen preisgaben.

Auch jetzt ergossen sich, wie damals, als sie Quart Homphé gesucht hatten, schier unzählige Besucher über den Park, allerdings hauptsächlich über seine Peripherie, wie Rhodan feststellte. Nodronische Sicherheitskräfte hatten den eigentlichen Platz großräumig abgeriegelt.

Lishgeth On Paz deutete auf die Nodronenmengen und lachte gackernd. »Eine kleine Völkerwanderung. Ich frage mich, aus welchem Anlass so viele treue Untertanen des Empire hier zusammenkommen.«

Rhodan warf dem Prior-Forscher einen nachdenklichen Blick zu und fragte sich wieder, wie viel Belastung sein fragiler Hals aushalten würde.

Nicht zum ersten Mal ging Lishgeth On Paz zu nahe an einer der Statuen vorbei. Rhodan hatte den Eindruck eines *Déjà-vu*. Die Statue war detailliert gearbeitet. Schon aus der Entfernung zeigten sich die im Kopfbereich abgespreizten Federn. Dazu die kantigen spitzen Schnäbel und weit vorn angesetzten, hochgestellten Augen. Fast schien es, als lebte sie.

Sie lebte. So sah es aus.

Aber in Wahrheit war vor ihr ein Wesen materialisiert, das ihr auf die Feder glich.

»Die Wissenschaftler von Cor'morian sind bekannt für ihre Sorgfalt und Vorsicht«, sagte es. »Sie verlassen sich nie darauf, dass etwas funktioniert, sondern setzen stets auf die Redundanz. Das Redundanzsystem des Ordensturms von Mantagir zum Beispiel ist – sicherlich ein höchst ungewöhnlicher Fall! – in den Boden gebaut. Dabei handelt es sich um eine subplanetarische Anlage, die sich genau unter dem Platz der Ewigen Wissenschaft befindet, einem ausgedehnten Park, der wie ein riesiger Museumsplatz wirkt.«

Die letzten Worte des Tambu waren kaum noch verständlich. Unter Rhodans Füßen vibrierte der Boden, und ein dumpfes Grollen schwoll in seinen Ohren an und übertönte langsam, aber sicher alle anderen Geräusche. Um das Zentrum des Platzes der Ewigen Wissenschaften bildete sich ein Energiefeld mit einem Durchmesser von einem Kilometer, das allerdings nicht für die Geräusche verantwortlich zeichnete. Das Scharren und Knirschen stammte eindeutig von den Bodenplatten des Parks, die sich langsam, aber beständig zurückzogen und eine sternförmige Öffnung bildeten.

Der Prior-Forscher rückte ganz dicht an Rhodan heran. Mit Hilfe seiner mechanischen Kraftverstärker sprang er hoch und hielt sich an der Schulter des Terraners fest, sodass sein Schnabel fast den Mund des Menschen berührte. »Schritt vier. Wir haben die Redundanzanlagen unterhalb des Platzes der Ewigen Wissenschaft entdeckt und bereits in Betrieb genommen. Ihr reist mit kleinem Gepäck, also können wir den Transfer sofort in die Wege leiten.«

Rhodan fragte sich, wie viele Knorpel oder Knochen im Hals des Vogelabkömmlings saßen. Er griff mit beiden Händen zu und packte den Prior-Forscher an den Schultern. »Codes für Strukturlücken, Mentalkappen, Formenergie, Virtuellbildner, Transmitter … Ich finde deine Informationspolitik einfach genial.«

Lishgeth gackerte. Aber es war kein Lachen. »Und ich kann nicht einmal kleine Kinder des Volkes der Tambu begraben. Unsere gesamte Situation ist exkrementiös. Aber was wollen wir machen? Dich stört es, dass du auf uns angewiesen bist, nicht die Initiative ergreifen kannst. Das sieht euch Säugetier-

Abkömmlingen absolut nicht ähnlich, treibt euch in den Wahnsinn. Aber du musst uns wohl oder übel vertrauen.«

»Habe ich eine andere Wahl?«, flüsterte Rhodan.

»Zehnter Schritt. Wir haben alles durchdiskutiert. Wir wissen nicht, ob es gelingen wird. Aber die Hoffnung stirbt zuletzt. Wenn der Transfer misslingt, bekommt ihr eine hübsche Sauerstoffwelt ganz für euch allein, auf der ihr euch ungestört vermehren könnt. Elfter Schritt. Nimmst du Fran Imith oder Shim Caratech? Wie ich euch einzuschätzen gelernt habe, wird eure Kolonie in zweitausend Jahren das Empire von Nodro beherrschen.«

»Ja«, sagte Rhodan. »Aber wir gehören nicht hierher.«

»Ich weiß«, sagte Lishgeth On Paz. »Und wir bemühen uns wirklich.«

Rhodan trat vor, um besser sehen zu können, was sich dort unter der Erde befand. Er konnte nicht so tief hinabblicken, um alles zu erkennen. Aber er sah die Spitze eines Turms in der Form einer Stimmgabel, bei dem sich zwei gewaltige Gabeln zu einem Kreuz überlappten. Die vier Zinken der Gabeln waren alle verschieden hoch und wiesen Dächer mit dreißig Grad Neigungswinkel auf.

Kein Ordensturm glich dem anderen, wie Rhodan mittlerweile wusste. Höhe, Winkel der Stimmgabeln zueinander, Materialien und alles andere waren unterschiedlich geformt. Aber dieses unterirdische Gebilde sah von oben aus wie der Turm von Mantigar.

Oder vielmehr wie seine Spitze. Mehr konnte Rhodan nicht ausmachen.

»Zwanzigster Schritt«, sagte Lishgeth On Paz. »Meinetwegen können wir jetzt.«

Eine Plattform hob sich, von einem Antigrav geschoben, aus der Öffnung. Darauf standen Errek Mookmher und einige Mitglieder seines neuen Kabinetts. Nun wurde Rhodan klar, wieso so viele Nodronen am Rand des Platzes warteten.

Errek hat viel gelernt, dachte der Terraner, auch wenn ihm nicht behagte, nur Bestandteil einer wohlinszenierten Aufführung zu sein. Aber solch ein publikumswirksamer Auftritt war Gold wert, wenn es galt, als neuer Herrscher die Zuneigung des Volkes zu gewinnen.

Rhodan musterte den Nodronen. Schwarzes Leder, imposante Körperhaltung, Charisma. Errek hatte die Zuschauer am Rand des Platzes voll im Griff.

Rhodan schwante Übles. *Warum das alles?*

Errek stieg von der Plattform auf den Platz. Die Nodronen an der Peripherie jubelten. Wussten sie überhaupt von der Redundanz-Anlage? Wichtig war für sie nur ihr neuer Fürst. Ihn wollten sie sehen, nicht die Fremden, die ihm den Weg zum Sieg geebnet hatten.

Mookmher blieb stehen, sich der Holokameras bewusst, die das Spektakel im gesamten Empire übertrugen, und hob die rechte Hand.

Rhodan erstarrte. *Nein,* dachte er, *nicht das.*

Er wusste, was es mit dieser Geste auf sich hatte. *Die Rechte ist die Hand, die nimmt: Leben.*

Der Clansführer, der neue Herrscher der Nodronen, sah Rhodan lange an. Niemand wagte ein Wort zu sprechen. Rhodan ließ bewusst den Blick über den Platz der Ewigen Wissenschaft schweifen, betrachtete kurz die Skulpturen, die buchstäblich die Geschichte einer Galaxis schilderten, die Geschichte der letzten 30 000 Jahre, die Geschichte des Baus des Vaaligischen Schwarms.

Dann erst erwiderte er Erreks Blick. »Ich weiß, was du jetzt sagen willst. Hüter des Herdes, Hüter der Grenzen.« Auch diese beiden Begriffe nannte er ganz bewusst.

Errek Mookmher senkte tatsächlich den Blick. »Es tut mir Leid, Rhodan, aber ich will ... ich *kann* euch nicht gehen lassen! Ihr Terraner seid die Garanten dafür, dass die Mission des Schwarms zumindest in dieser Anfangsphase planmäßig abläuft.«

Shim Caratech schrie leise auf und hielt sich dann die Hand vor den Mund, Quart Homphé setzte zu einer Schimpftirade an und brachte dann doch keinen Ton über die Lippen, Fran Imith krümmte die Finger beider Hände, deren Ringe mit miniaturisierter High-Tech gespickt waren, und Reginald Bull trat einen Schritt vor.

Lishgeth On Paz baute sich vor ihm auf. »Nein. Wartet. Ich werde dem ehemaligen Rebellenführer, dem jetzigen Fürsten von Nodro, ins Gewissen reden.«

Rhodan nahm zur Kenntnis, dass auch der Wissenschaftler von Cor'morian seine Worte mit Bedacht gewählt hatte, schob ihn sanft zur Seite und trat vor den Nodronen. »Errek Mookmher, wir gehören nicht hierher. Stell dir vor ... eine Milliarde Jahre in der Zukunft, in einem Universum, einer Realität, die vielleicht, nur vielleicht, nicht einmal die unsrige ist. Das macht uns krank! Wir *müssen* in unsere Zeit zurückkehren!«

Der neue Herrscher des Nodronischen Empire zögerte. Er gab eine imposante Gestalt ab, wie er dort stand, ganz in schwarzes Leder gekleidet, hoch aufgerichtet. Aber zeugte seine Körperhaltung nicht ein wenig von Unsicherheit? Von Schuldgefühlen? Die Art und Weise, wie er immer wieder zur Seite schaute, Rhodans Blick auswich ...

»Seid ihr körperlich krank?«, fragte er.

»Noch nicht.« Rhodan blieb bei der Wahrheit. »Aber psychisch auf jeden Fall. Und wer weiß, wann physische Auswirkungen hinzukommen. *Wir gehören nicht hierher, Errek.*«

Mookmher zögerte noch immer.

»Hüter des Herdes, Hüter der Grenzen«, wiederholte Rhodan. »Ehemaliger Rebellenführer, jetziger Fürst von Nodro.« Der Terraner fragte sich, wie weit er gehen konnte, ohne Mookmher vor seinen Leuten zu entehren. Er konnte nur hoffen, dass die Mikrophone nicht jedes Wort auffingen, das gesagt wurde.

Unausgesprochen blieb bei dieser Aufzählung: *Das alles bist du nur wegen uns geworden, dank unserer Hilfe. Ich habe dir erst die Flucht von Pembur ermöglicht. Den Vertrag mit den Quochten. Ohne mich würden die Zwillingsgötzen noch leben. Ohne mich hättest du niemals Nodro eingenommen.* Das alles blieb ungesagt, doch es hing fast fühlbar in der Luft zwischen ihnen. »Es ist auch eine Frage der Ehre, Errek Mookmher. Eine Frage der Ehre.«

»Ich brauche euch ... Wir müssen den Schwarm auf den Weg bringen, die Anfangsschwierigkeiten überwinden. Dann ... können wir weitersehen.«

»Mit Lishgeth On Paz hat der Schwarm einen Kommandanten, der seine Qualitäten unter Beweis gestellt hat. Einen besseren Anführer, als ich es je sein könnte. Oder zweifelst du die Fähigkeiten des Prior-Forschers an? Hat er uns nicht nach Balance A gebracht? Hat er Axx Cokroides Pläne nicht wirkungsvoll durchkreuzt? Hat er nicht die Verdummung Vaaligos verhindert? Im letzten Augenblick, kurz bevor alles zu spät war?«

»Das hat er«, gestand Mookmher ein, als wäre er froh über die goldene Brücke, die Rhodan ihm bauen wollte.

Gesagt war bei den Nodronen gesagt. Sie nahmen ihre Worte nur selten zurück. »Aber trotzdem ...«

»Es ist eine Frage der Ehre«, wiederholte Rhodan. »Es ist nur ehrenhaft, dass du uns ziehen lässt, bevor ich dich in einem Zweikampf besiege. In einem Zweikampf, den ich vermeiden möchte. Axx Cokroide hat meinen Bedarf in dieser Hinsicht gedeckt.«

»In einem Zweikampf?« Mookmher warf den Kopf zurück und lachte laut und gellend. »Ho, das könnte ich dir nicht antun, kleiner Terraner. Die Nodronen verdanken dir in der Tat zu viel, als dass einer von ihnen dir alle Knochen im Leib brechen sollte, sogar die, von denen du nicht einmal wusstest, dass du sie hast!« Er trat einen Schritt vor, und seine Augen blitzten.

Vor Erleichterung?, fragte sich Rhodan. *Vor Freude?*

»Außerdem habe ich keine Zeit für einen Zweikampf, wie kurz er auch nur währen würde. Wir haben unsere Pläne geändert, Rhodan. Wir werden nicht Nodro in den Schwarm versetzen, sondern den Schwarm eine Transition durchführen lassen, eine ganz kleine nur, nach der Nodro sich aber in seiner Mitte befindet. Eine Art Testlauf sozusagen, eine letzte Probe unter ernsthaften Bedingungen, bevor es dann richtig losgeht.« Er trat noch einen Schritt vor, senkte die rechte Hand und hob die linke.

Und die Linke ist die Hand, die gibt: Frieden.

Dann umarmte er Rhodan so heftig, so kräftig, dass der Terraner das Gefühl hatte, ihm würde sämtliche Luft aus den Lungen gedrückt werden.

Erst als Errek Mookmher die Pranken wieder von seinen Schultern nahm, hörte Rhodan den unbeschreiblichen Jubel, der über den Platz der Ewigen Wissenschaft hallte.

Ein Jubel, der im nächsten Augenblick noch lauter zu werden schien. Rhodan sah sich mit fragendem Blick um, konnte aber keinen Grund dafür entdecken.

Errek Mookmher deutete in den Himmel.

Anfangs vermochte Rhodan nur ein silbriges Schimmern am Horizont auszumachen, aber schon nach wenigen Sekunden konnte er Einzelheiten erkennen, schließlich sogar den Schriftzug in der innovativen Interkosmo-Schreibweise jener Zeit lesen – in fünfzig Zentimeter hohen Lettern: *Mars-Liner-01*.

Er hätte nicht gedacht, dass er sich jemals so freuen würde, den Passagierbus, das schwebende Museums-Vehikel, wiederzusehen.

Es war ein echtes Relikt der Vergangenheit, eine authentische Hinterlassenschaft der ersten Mars-Kolonisten, Baujahr 2021 alter Zeitrechnung. Er und Bull waren damals noch selbst mit diesen Dingern geflogen! Der Bus war im öffentlichen Nahverkehr eingesetzt worden, verfügte über eine positronische Steuerung, Prallfeld- und Antigrav-Generatoren, Pulsator- und Impulstriebwerke. 21 Meter war das Gefährt lang, dreieinhalb hoch und drei Meter breit, und es bestand aus anachronistischem Arkonit, außen in silbriger Farbe eloxiert, ein lächerliches Altertümchen, nicht mal mehr ein Spielzeug, mit dem man in Vaaligo irgendein Kind hinter dem Ofen hervorlocken konnte, und doch war es für Rhodan ein Stück zeitliche Heimat, ein Inbegriff der Hoffnung, vielleicht doch noch in seine Gegenwart zurückkehren zu können.

Der Mars-Liner-01 verharrte nur wenige Meter von ihnen entfernt Zentimeter über dem Boden.

»Mein Abschiedsgeschenk für euch!«, erklang die donnernde Stimme des Rebellenführers. »Der Schwebebus soll als gutes Omen für das Gelingen der letzten Aktion dienen!«

Es fiel ihm schwer, Mookmher zu antworten. Beim ersten Mal versagte ihm die Stimme, und er musste sich räuspern, bevor er endlich ein Wort über die Lippen brachte. »Ich danke dem großmütigen Fürsten von Nodro, einem Herrscher, der sein Volk verdient, so wie sein Volk ihn verdient, aber im besten Sinne. Einen mutigen Mann voller Ehre, mit Visionen, der sich für das Leben, die Intelligenz und die Toleranz einsetzt. Denn beides benötigt das Universum so dringend wie nie zuvor.«

Errek Mookmher sah ihn an. Nun schienen dem Nodronen die Worte zu fehlen; offensichtlich wusste er darauf nichts zu erwidern. Er behalf sich, wie er sich zumeist behalf: mit einem lauten Lachen. »Und nun geht!«, sagte er dann.

»Lange Abschiede waren noch nie meine Sache. Geht, bevor ich es mir doch anders überlege.« Aber das Zwinkern in seinen Augen verriet, dass er zumindest den zweiten Satz nicht ernst meinte.

Wortlos reichte Rhodan zuerst dem Fürsten von Nodro und dann dem Prior-Forscher der Wissenschaftler von Cor'morian die Hand.

Lishgeths Gesichtsgefieder kräuselte sich auf eine dem Terraner unbekannte Art und Weise. *Vielleicht Wehmut?*, fragte sich Rhodan.

»Ich werde mein Bestes geben«, sagte der Vogelabkömmling. »Aber ich habe dich auf die Gefahren hingewiesen.«

»Das hast du. Und ich danke dir für deine Hilfe.«

»Dann begebe ich mich jetzt in die Zentrale der Redundanzanlage und bereite den Transfer vor. Und ihr steigt in …« – er zeigte auf den Mars-Liner – »… dieses Relikt und kreist über dem Platz der Ewigen Wissenschaft.«

»Wie lange?«

Der Prior-Forscher gackerte kurz. »So lange, bis euch der Treibstoff ausgeht.« Dann drehte er sich um.

Rhodan sah ihm noch einen Augenblick lang nach, schaute dann zu seinen Begleitern, die die von Errek Mookmher so ungeliebte Abschiedszeremonie über sich ergehen lassen mussten, und steckte den Kopf durch den vorderen Einstieg auf der rechten Seite.

Er empfand fast so etwas wie Rührung, als er die betont praktische Einrichtung aus Plastik und gebürstetem Aluminium sah, den Führerstand für den Piloten und die beiden Sitzplatzreihen, auf denen sie ihre Odyssee in die Zukunft angetreten hatten. Auf der linken Seite befanden sich ausschließlich Einzelplätze, auf der rechten ausschließlich Doppelbänke. Die hinterste Reihe bestand aus einer Bank für vier Personen, zwischen den Bankreihen befand sich der Gang.

Wie viele waren sie gewesen, als die Wissenschaftler von Cor'morian sie ohne ihr Wissen und ihre Einwilligung in die Zukunft geholt hatten? Wie viele hatten auf diesen Bänken gesessen? Dreißig. Und wie viele kehrten nun – vielleicht! – zurück? Fünf.

Und eine Katze.

Dieser Blutzoll, dachte Rhodan. *Dieser verdammte Blutzoll. Pratton Allgame … Ron Dyke, der kurz nach ihrer Ankunft auf Balance B auf dem Planeten zurückgeblieben war, um den anderen die Flucht zu ermöglichen … und die über zwanzig anderen Passagiere, die bei der Vernichtung des Ordensturms von Mantagir oder kurz darauf ums Leben gekommen waren …*

Er war froh, als Shim Caratech hinter ihm den Mars-Liner betrat und den Korb mit Schikago darin auf den Gang stellte. »Jetzt haben wir es geschafft, Perry!«

Er lächelte schwach. *Nein. Der entscheidende Augenblick steht noch bevor. Jetzt wird sich erweisen, ob wir jemals in unsere Gegenwart zurückkehren können. Ob Lishgeth On Paz und seinen Wissenschaftlern von Cor'morian gelingt, woran sie selbst nicht so ganz glauben.*

Aber das sagte er dem Mädchen nicht.

»Wie lange soll ich noch über diesem verdammten Platz kreisen?« Bull erweckte den Eindruck, als hätte er sich am liebsten das kurze rote Haar gerauft. Aber er wagte es nicht, die Kontrollen des Mars-Liners auch nur für einen Sekundenbruchteil aus den Augen zu lassen.

Notfalls, bis uns der Treibstoff ausgeht. Rhodan blinzelte, schaute nach draußen und rieb sich die Augen. Er hasste dieses Warten, diese Untätigkeit. Sie ermüdete ihn. Die Zeit an Bord der KAPORNE war in dieser Hinsicht schon eine Qual für ihn gewesen, aber hier und jetzt im Mars-Liner war es noch schlimmer.

Andererseits … Was konnte er schon tun? Als Objekt des Temporal-Teleporters war er wohl kaum imstande, das Gerät gleichzeitig noch zu bedienen, zumal die Wissenschaftler von Cor'morian sich nach wie vor ungern in die Karten schauen ließen und nicht einmal geduldet hatten, dass er auch nur einen Blick auf die Anlage warf.

Im Mars-Liner war es totenstill, von den Triebwerksgeräuschen und Reginalds gelegentlichen Ausbrüchen einmal abgesehen. Niemand wagte etwas zu sagen, alle starrten hinaus. Quart Homphé tastete geistesabwesend, ohne den Blick von der Scheibe abzuwenden, nach seiner Brille und setzte sie auf. Fran wirkte äußerlich beherrscht und ruhig, aber Rhodan konnte sich genau vorstellen, wie es in ihr brodelte. Und Shimmi bewegte die Lippen, ohne jedoch einen Ton von sich zu geben. Betete sie?

Sie alle warteten auf dasselbe. Auf ein goldenes Flirren, wie dichtes Schneetreiben. Darauf, dass plötzlich alles seltsam unwirklich, irgendwie unscharf erschien.

Aber nichts dergleichen geschah. Die Konturen des Platzes der Ewigen Wissenschaft blieben gestochen scharf, genau wie die fremdartige, faszinierende Skyline der Metropole Mantagir.

Bull schrie auf, und der Mars-Liner-01 kippte gleichzeitig zur Seite. Instinktiv griff Rhodan nach etwas, woran er sich festhalten konnte, doch die Magnetgurte hielten ihn sicher im Sitz fest. Er riss die Augen auf, hielt verzweifelt nach einem goldenen Flimmern Ausschau, aber da war nichts. Nichts …

Hatte Reginald die Kontrolle über den Antrieb verloren? Oder ging dem Mars-Liner tatsächlich der Treibstoff aus? *Blödsinn!*, schalt Rhodan sich, und dann drehte sich ihm der Magen um, und ein gallebitterer Geschmack im Mund ließ ihn würgen.

Seine Umgebung war mit einem Mal golden. Alles wurde von dem hellen Flirren erfasst, er selbst, Bull, Fran, Quart, Shimmi, der Katzenkorb, die Sitzreihen, der Gang dazwischen, das gesamte Innere des Mars-Liners.

Seine Gedanken schienen plötzlich langsam und zäh zu verlaufen, wie goldene Tropfen aus Sirup, die eine ganz schwach geneigte Ebene hinabrollten. Er hatte einen goldenen Geschmack auf der Zunge, hörte goldenen Glockenhall, fühlte den goldenen Stoff des Sitzpolsters unter seinen Fingern.

Dann war da nur noch Gold.

Und schließlich gar nichts mehr.

Und schließlich wieder irgendwo tief im Nichts ein Gedanke, flüchtig, kaum fassbar, so schnell wieder erloschen, wie er gekommen war.

Er konnte ihn nicht festhalten.

Er?

Wer war er?

Was war er?

War er überhaupt?

Er dachte, also musste er sein.

Der Gedanke kehrte zurück, ein goldener Funke im goldenen Glanz, identisch mit ihm und doch anders.

Es …

Er spürte, dass Zeit verging, denn um einen Gedanken zu formen, benötigte man Zeit. Aber er konnte nicht sagen, ob Sekundenbruchteile oder Jahre vergangen waren. Seine Sinne waren nicht dafür geschaffen, ein goldenes Nichts wahrzunehmen. Es war viel zu fremdartig.

… hat …

Ein zweiter Gedanke, vage, verschwommen, unabhängig vom ersten. Es dauerte eine weitere Ewigkeit, bis er erkannte, dass er doch in einem Zusammenhang mit dem ersten stand, eine Art Ergänzung bildete. Zwei goldene Funken im alles durchdringenden Gold des reinen Nichts, unvertraut, ungewohnt.

Der Anfang einer Gedankenkette?

Dann ein dritter goldener Funke: *… funktioniert.*

Es hat funktioniert! Und mit der Erkenntnis, dass er einen vollständigen Satz gedacht hatte, kam auch die Erinnerung zurück, und die Wahrnehmung.

Er hörte ein gellendes Lachen, zügellos, überschwänglich. Aber nicht mehr golden. Nach einer Weile erkannte er es als sein eigenes. Und er begriff, dass der Schmerz, den er empfand, der ihn jetzt so vollständig ausfüllte wie zuvor das allgegenwärtige Gold, von der Verkrampfung seiner Muskeln herrührte. Ein dumpfes Pochen wurde zu einem feurigen Zerren unter seiner Schädeldecke, und plötzlich hatte er wieder Blut, das in den Schläfen rauschte. Das Herz hämmerte wild gegen die Rippen.

Hat es wirklich funktioniert?

Der goldene Schein zog sich langsam zurück, und er machte sich verdichtende Schatten aus, die langsam wieder andersfarbige Konturen annahmen. Ein Sprenkel Rot ... Reginalds Haar. Oder Frans Haar, er konnte es nur vermuten. Ein klägliches, herzzerreißendes Jaulen, Shimmi, nein, Schikago in ihrem Korb. Nun erkannte er die Konturen genauer, die sich um ihn gebildet hatten. Die Bankreihen, der Gang ...

Das seltsame Energiefeld aus goldenem Funkenregen war endgültig erloschen, das goldene Schneetreiben verweht, die Sicht hatte sich normalisiert.

Ein weiterer Schrei, diesmal vor Überraschung und Zorn. *Bully!* Der Mars-Liner kippte zur Seite. Mit einem grässlichen Kreischen schrammte Stahl über harten Fels. Der Aufprall warf Rhodan hoch, nur den Magnetgurten verdankte er es, dass er nicht von seinem Sitz geschleudert wurde. Rasend schnell schlitterte der Liner weiter, bäumte sich einmal auf, dass Rhodan schon befürchtete, er würde auseinander brechen, knallte wieder herunter und blieb endlich liegen.

Rhodans Gedanken verliefen wieder so schnell und klar wie gewohnt. Sein alter Freund hatte unter dem Einfluss der Temporal-Teleportation die Kontrolle über die Steuerung des Mars-Liners verloren, und sie waren abgestürzt.

Bedeutete das ...?

Er zerrte an den Magnetgurten, doch sie öffneten sich nicht. Er reckte den Hals, konnte hinter den Scheiben aber nur ein verwaschenes Gelbbraun ausmachen. Endlich fand er den Knopf, mit dem er den Gurt öffnen konnte, und drückte ihn.

Vorn auf dem Pilotensitz machte er eine Bewegung aus. Reginald versuchte fluchend, sich ebenfalls zu befreien. Fran schüttelte sich benommen, Quart Homphé hing bewusstlos in seinem Gurt, atmete aber. Shimmi gab ein schwaches Stöhnen von sich, Schikago tobte geradezu in ihrem Korb.

Der Mars-Liner stand schräg auf der Seite. Rhodan kletterte den Sitz hinauf, zog sich hoch, drückte die Nase gegen das Fenster, kniff die Augen zusammen.

Das verwaschene Gelbbraun war Staub, der um den Liner aufgewirbelt worden war und sich nun langsam wieder senkte. Rhodan sah eine rote Wüste aus Gestein und Sand unter einem roséfarbenen Himmel, dahinter, wie zum Greifen nah, aber wohl etliche Kilometer weit entfernt, ein schroffes Gebirge.

Der Schotter und das Geröll auf der Ebene waren rot, braun und beige gefärbt und warfen scharfkantige, blauschwarze Schatten. Die Sonne stand als kleine, verwaschene Scheibe nahezu im Zenit.

Der Mars!, dachte Rhodan. *Der Rote Planet!*

Aber er konnte sich nicht völlig sicher sein. Auf keinen Fall befanden sie sich noch auf Balance B, in Mantagir, auf dem Platz der Ewigen Wissenschaft …

Und viel wichtiger war … *wann* waren sie? In welcher Zeit?

Zuerst glaubte er sich zu täuschen, doch dann identifizierte er einen kleinen Punkt, der mit hoher Geschwindigkeit aus dem Gebirge zur Ebene flog, als Gleiter. Er schloss die Augen, öffnete sie wieder, und der Gleiter war noch immer da. Nun konnte er Einzelheiten ausmachen, erkannte er das Modell. Es war gerade einmal zwei Jahre alt.

Die Gegenwart!

Unwillkürlich stöhnte Rhodan erleichtert auf.

Er ließ sich wieder hinab, stand schwankend zwischen den geneigten Sitzreihen, musste sich festhalten, um nicht zu stürzen. Er kämpfte sich zu den anderen vor, sah, dass Fran sich schon um Shimmi kümmerte. Reginald schüttelte sich wie ein verwundeter Stier, stampfte dann ebenfalls herbei.

»Hilfe ist unterwegs«, sagte Rhodan. »Ich glaube, jetzt haben wir es tatsächlich geschafft.« Er fuhr herum, als ein Hämmern an der Tür erklang, zuckte dann zusammen, als sie aufgerissen wurde und ein Schwall kalter, dünner, aber durchaus atembarer Luft ihn erreichte. Ein junger Mann steckte den Kopf zur Tür herein, sah sie aus großen Augen an.

»Resident! Das halbe Solsystem befindet sich auf der Suche nach euch! Tifflor und die Unsterblichen …«

»Was für einen Tag schreiben wir?«, unterbrach Rhodan den Soldaten.

»Ich habe Tifflor bereits informiert, er ist auf dem Weg …«

»Tag, Monat, Jahr!«, herrschte Rhodan den Mann an.

»Was …?«

»Welchen Tag haben wir heute? Ist das so schwer zu verstehen?«

»Den … den sechzehnten Juli …«

»Und das Jahr?«

»Dreizehnhundertneunundzwanzig. Aber …«

Rhodan hörte nicht mehr, was der Mann sagte. *Einen Monat,* dachte er. Sie waren nur einen Monat lang fort gewesen.

Er blickte hinauf in den von zweihundert Kunstsonnen erhellten Himmel. *Wir haben es tatsächlich geschafft!*

Seine Erleichterung war grenzenlos, aber auch ein wenig Wehmut überkam ihn. Sie würden nun niemals erfahren, ob der Start des Vaaligischen Schwarms in einer fernen, fernen Zukunft wirklich gelang.

Falls es sich wirklich um ihre Zukunft handelte, was er nach dem Gespräch mit Lishgeth On Paz immer stärker bezweifelte.

Sie wussten nicht, wie es in der fernen Zukunft um die Aktivitäten der Kosmokraten bestellt war, ob sie den Vaaligischen Schwarm überhaupt dulden oder seine Reise schon nach kurzer Zeit unterbinden würden. Allein die Zeitdifferenz ließ keinerlei gültige Vorhersage zu.

Angesichts der langen Reaktionszeiten aber, die kosmischen Entitäten nun einmal zu eigen waren, könnte die Reise des Vaaligischen Schwarms buchstäblich sehr, sehr lange dauern.

Rhodan trat aus dem Gleiter. Seine Schuhe wirbelten Staub auf, ansonsten fühlte der Boden sich nicht anders an als der von Balance B.

Shimmi folgte ihm hinaus, gestützt von Quart Homphé, den Korb mit Schikago fest umklammernd. Und dann kamen Reginald Bull und Fran Imith, Hand in Hand.

Rhodan lächelte. Der Anblick entschädigte nicht für alles, aber für vieles. Er bezweifelte nicht, dass die beiden die nächste Gelegenheit nutzen würden, um einfach zu verschwinden und ein paar Tage unbelastet und privat gemeinsam zu verbringen.

Auch wenn er befürchtete, dass diese Gelegenheit noch etwas auf sich warten lassen würde. Der Alltag des Jahres 1329 NGZ hatte sie wieder.

Epilog

Errek Mookmher war erleichtert, den Befehl erteilt zu haben, die Ortungsinstrumente der STERN VON NODRO entsprechend zu justieren. Der nodronische Verstand konnte zwar Berechnungen anstellen, was dieses Ereignis bedeutete und für Folgen haben würde, *vorstellen* konnte er es sich aber nicht.

Der Hyperraum riss auf, und das Dröhnen der Triebwerke und Energieanlagen war plötzlich nicht mehr zu hören. Ein anderes, viel mächtigeres Geräusch brach wie eine Sturmflut über das Schiff herein. Die in der Zentrale stationierten Strukturtaster schlugen unter ohrenbetäubendem Krachen bis zum Anschlag und darüber hinaus an. Wären sie nicht mehrfach gesichert worden, wären sie durchgeschlagen und explodiert.

Das Schiff vibrierte so heftig, dass die Zelle der STERN VON NODRO bis an die Grenzen der Bruchfestigkeit belastet wurde. Es war, als begännen Tausende von Glocken gleichzeitig auf engstem Raum zu schlagen.

Und das, obwohl wir einen angeblich ausreichenden Abstand halten, dachte der ehemalige Rebell.

Die gewaltigen Hiebe ständig neuer Strukturerschütterungen schienen das gesamte Gefüge von Raum und Zeit zum Zusammenbruch zu bringen, als in mehreren Wellen Zehntausende Sonnen, Planeten und Raumschiffe aus dem Hyperraum ins Standarduniversum eindrangen und Stofflichkeit zurückgewannen. Ein Gebilde von 6326 Lichtjahren Länge entstand. Es war umgeben von einem schwachen Schimmer, der sich aus zahllosen Blasen und Halb- sowie sonstigen Kugeln zusammensetzte.

Da die STERN VON NODRO sich nun *innerhalb* des Gebildes befand, hätte Errek es auch mit bloßem Auge ausmachen können, denn sein gesamtes Raum-Zeit-Gefüge war ja transportiert worden, nicht nur die einzelnen Sonnen, Planeten und Raumschiffe darin. Aber er gab sich mit den Holodarstellungen zufrieden. Bei ihnen sorgten Filter dafür, dass das Gleißen, das abrupt die gerade noch vorherrschende Schwärze des Alls ersetzt hatte, einigermaßen erträglich blieb.

Die schimmernden Halb- und Viertelkugeln reihten sich in lichtjahregroßen Ballungen aneinander, umgaben Sterne und gruppierten sich erneut um.

Errek Mookmher empfand Ehrfurcht davor, wie präzise und punktgenau der Sternenschwarm sein vorbestimmtes Etappenziel erreicht hatte. Und das nach all den Unbilden, den Schwierigkeiten, die sie gerade erst überwunden hatten!

Das Gebilde bewegte sich nun mit der Hälfte der Lichtgeschwindigkeit parallel zur Hauptebene der Galaxis, aber 13 000 Lichtjahre unter ihr, ein kristalliner Wurm ungeheuren Ausmaßes, der sich in das Glitzern des Sternenmeers bohrte, erfüllt und durchdrungen vom Leuchten der integrierten Sonnen, bis er dann von einem neuen Lichtspiel umgeben wurde, einem grünlichen Flirren, das in den Augen schmerzte.

Noch größere Ehrfurcht flößte der Schwarm selbst ihm ein. Um nichts in der Welt hätte er sich das unglaubliche Erlebnis entgehen lassen, wie der Schwarm materialisierte und das Nodro-System in sich aufnahm.

Dafür hatten sie gekämpft, sie alle, die Karmuuch, die Treikiden, die Rmedi, die Riana, die Jifften, die Irchy-Ba, die Abosselua, die T'manake. In erster Linie natürlich die Wissenschafler von Cor'morian, aber auch ein Großteil der Nodronen, all jene, die sich nicht von wenigen Blendern hatten mitreißen lassen, die für ein Miteinander aller Völker Vaaligos eintraten und nicht die Herrschaft über die anderen suchten.

Die Lebensboten, dachte er. Sie alle waren die Lebensboten, die Intelligenz verbreiten und steigern wollten. Die für das Leben in einem Universum eintraten, in dem es auf dem Rückzug begriffen zu sein schien.

Auch Perry Rhodan war solch ein Lebensbote gewesen, und alle, die ihn begleitet und für dieses Ziel gekämpft hatten.

Es erfüllte ihn mit Befriedigung, dass sie Nodronen nun wieder dazugehörten. Etwa die Hälfte der Rebellen hatte die Habitate verlassen und war ins Empire zurückgekehrt; die anderen setzen nun wieder ihre Reise mit den Traumfamniren fort, unter ihnen auch Thura, die Kühnreiterin, seine alte Mutter.